上册

词籍文献通考

邓子勉———

著

中国出版集团 东方出版中心

图书在版编目（CIP）数据

词籍文献通考 / 邓子勉著. —上海: 东方出版中
心, 2024.2
ISBN 978 - 7 - 5473 - 2346 - 5

Ⅰ.①词… Ⅱ.①邓… Ⅲ.①词学—文献—研究—中
国 Ⅳ.①I207.23

中国国家版本馆 CIP 数据核字(2024)第 032941 号

词籍文献通考

著　　者　邓子勉
责任编辑　万　骏　陈明晓
封面设计　钟　颖

出 版 人　陈义望
出版发行　东方出版中心
地　　址　上海市仙霞路 345 号
邮政编码　200336
电　　话　021 - 62417400
印 刷 者　徐州绪权印刷有限公司

开　　本　890mm × 1240mm　1/32
印　　张　56.5
字　　数　1536 千字
版　　次　2024 年 5 月第 1 版
印　　次　2024 年 5 月第 1 次印刷
定　　价　380.00 元（全二册）

作者简介

　　邓子勉，生于1963年，文学博士，江苏第二师范学院教授。已出版的著作主要有《樵歌校注》(上海古籍出版社)、《宋人行第考录》(中华书局)、《宋金元词话全编》(江苏凤凰出版社)、《宋金元词集文献研究》(上海古籍出版社)、《明词话全编》(江苏凤凰出版社)、《两宋词集的传播与接受史研究》(华东师范大学出版社)等。另校点整理有《唐宋诸贤绝妙词选》和《中兴以来绝妙词选》(上海古籍出版社)，以及《志雅堂杂抄》、《云烟过眼录》、《澄怀录》(中华书局)等。主持国家社科基金项目《两宋词集的接受史研究》(2007年度)和《词籍文献通考》(2014年度)，又主持国家古籍整理出版资助项目《明词话全编》(2011年度)和《况周颐全集》(2014年度)等。

前　言 |

　　元人马端临编撰有《文献通考》，全书分 24 门 348 卷。其中"经籍考"一门，凡 76 卷，考录历代典籍。清乾隆时则有官修《清朝文献通考》，近人刘锦藻又编撰了《清朝续文献通考》，以上三书所收虽然包括有词集，以今天的眼光看，著录的就显得较为简略单薄。有鉴于此，笔者以《词籍文献通考》为课题，于 2014 年申报了国家社科基金项目，有幸被立项。本课题是对唐五代至清代历朝词别集文献进行的考述，其间一方面借鉴了《文献通考》等编写的思路，另一方面又吸收了前贤时彦相关著作的长处，以体现当今的学术理念和特色。

　　词学研究是中国古代文学研究的重要领域之一，以往的词学文献研究，主要局限于唐五代、宋、金、元时期。近年来随着《全明词》、《全清词》的出版，明、清词学的研究热度也在升温，新成果不断涌现，其间对词集文献的研究，也是日新月异的。随着现代图书出版业的旺盛，海内外所藏大批量的汉籍被影印出版，词学资源也是更多地被公布与问世，凡此都有效地促进了相关学术研究的繁荣，对前贤时彦相关著作内容的补充、拓展、丰富等就成为可能。本课题是对中国古代历代词别集文献的考录，所谓"通"，包含两方面的意思：一是指对唐五代至清代已知词别集的考述，只要是见于历代书志书目中著录的，或是历代诗文集附载的，以及子史杂述中提及的，不论存佚，凡属可考录者，均属采集的范畴。二是指对某种词别集在历朝的著录传抄、版本源流及其相关的学术话题的著录与考述等。是纵向与横向的关联，也是点与面相结合的产物。

就本课题而言，所据翻阅与采集的图书资料，主要涉及四大块：

其一，书目书志类。自宋代至民国，凡书目书志之类的书，都在网罗之列，这也是本书稿撰写的基础。这类书著录有大量的词集，既有常见本、通行本，又有抄稿本、批校本，以及稀见刊本等。此外，这类书中或存录有一些题识序跋文，其中不少是据手迹移录的，可以考见相关词集的传藏及存佚情况，也可获取词人的生平行迹、词学创作以及当时的词坛活动等相关信息。

其二，诗文别集类。南宋以来诗文别集中附载有词作的现象较为普遍，宋朝至清代文人别集存世量大，其中附载的词作也是相当可观的，实际上有不少词集就是自诗文别集中析出而单行的，比勘单行词集和诗文别集附载的词作，可考见其间的关联。当然，也有单行词集与诗文别集所载有出入的，这有助于考见其间的异同演化。

其三，词集词学类。宋朝至清末民国初期的词集丛编，不论是刊本，还是抄本，凡收录有词别集的，本书稿均析出著录。这类书籍以晚清民国初刻印的为主，其中多有题识序跋文，谈及词集的传抄与刻印、校勘与编辑，足资考核。至于词选集、词话、词谱等著作中，凡提及词别集的也一并采录。

其四，子史杂学类。这类书比较繁杂，翻阅时颇费时，凡涉及与本课题相关的资料，也是见则采录。

本课题既是对唐五代至清代词别集进行的较为全面地梳理和考述，又是对某种词别集在历代的刊印与传抄等的考录，是词学之目录学、版本学、校勘学及相关学术话题的综合。辨章学术，考镜源流，能在前贤时彦相关著作基础上有所拓展和创新，则是本课题努力要达到的目标。本课题是以唐五代至清代词别集作为研究对象，主要涉及以下几方面的内容：

其一，词集的数量。主要是基于历代书目书志的著录和历朝诗文别集的附载，以及史籍子杂之类书的记载和现存书等，本书稿汇录其中所载词别集的相关信息，有些词别集保存了下来，还有不少失传了，只在书目书志等中还有著录。笔者翻阅的书目书志之类书有数百种，其间可增补的内容是较为丰富的。同时也翻阅了一些抄稿本、批校本以及稀见本词集，其数量还是可观的。

其二，词集的版本。目录与版本往往是共存的，基于历代书目书志、子史杂著等书的记载，不少书籍中是著录或谈及到了词别集版本，除了抄稿本外，还有刊本，其中有不少是今已经失传了，这主要是指抄稿本词集，多数未曾被后人所采录或利用。本书稿在此方面着意关注，为今人在相关方面的研究可提供些便利，尤其在考核版本的传藏方面。

其三，传藏与演变。历朝词别集，湮没不传的有不少，即使同一种词集，有名称的不同，也有卷数的不同。其中或有名称不同者多达十馀种，在卷数方面也有歧出不一的，其中的情况很复杂，考核其间的传藏与演变，可较为详细地得知词别集的源流与演化。

其四，批校和题识。书目书志之类的书除记载词集版本等信息外，还移录有不少批校题识之类的文字，在词集湮没不闻的情况下，这类文字不少是仅见于此的，抄稿本词集中也存在有这种情况，所记载的词学资料因散见而不易被人利用，对此，本书稿中也是尽可能地多利用。

其五，辨析和考述。这方面涉及的主要是学术话题，批校和题识之类的文字除谈及版本外，有的还谈及了相关的学术话题，如对词集版本优劣的选择与取舍，对词集刊印情况的陈述，对字词使用的辨析，兼及与词学思潮的互动等，信息量较为丰富，从中可考知相关的学术话题。

本书稿是集词学目录版本、学术辨析、传承考述为一体，在资料的挖掘与采用等方面，尽可能体现出其文献价值和学术意义。然而典籍浩渺，笔者虽然尽可能地翻阅了大量相关书籍，但有待补充完善的仍属不少。本课题最初的设想，是打算以唐五代至清代所有类别的词集文献作为考述对象，在编写过程中，发现唐五代至清末词别集存量相当大，除单刻另行的词集外，还有诗文别集附载的词作等。此外对现存的词集丛编和其他丛书中收录的词别集，也尽可能地析出著录。为避免体例及编排上的冲突，本书稿只就历代词别集给予汇录与考核，至于词集丛编、词选集、词话、词谱等，材料也采辑了不少，容日后另行编排，就不编排在本书稿中，以免造成不必要的混乱。

凡　例 |

一、本书所载，为唐五代至清末的词别集。

二、书目书志中著录的词集文献极其丰富，其中既有刻本，也有抄稿本，又有版本情况不明者，以书目书志所载为基础，考核历代词人词别集的传承源委，是本书努力之处。至于一时不能考核的，存其目，借此也可考见词集传载情况之一斑。

三、晚唐五代为词兴起之时，所知词之别集是屈指可数的，由此可考见词别集编印初始的情状。

四、两宋是词创作的昌盛时期，书目书志所载两宋人词集最为繁富，足资考镜源流，辨析存佚。

五、金元人词延续两宋馀波，书目书志所载词集存量仍有可观之处，文献价值不可低估。

六、明代词学不振，明人词别集另行刊印的不多，而明人诗文别集中附载有词的不少。近代赵尊岳辑有《明词汇刊》，辑录各类词集近二百七十种，以别集居多，其中又以明人所撰为主，少数属元人和清人。其中著录的词别集，多属自诗文别集中析出者。

七、清人词别集另刻单行的极其繁富，今存的数量也远非前代所能及，据《清词别集知见目录汇编——见存书目》，全书计收今存清词作者二千馀家，别集六千馀条，就版本而言，单一的不在少数，也无考核的必要。本书主要就书目书志所载，取其或可考者，略为登载，以存一代词别集之一斑。

八、民国时辑刻唐宋金元人词集之风盛行，如朱祖谋《彊村丛书》、赵万里《校辑宋金元人词》、周泳先《唐宋金元词钩沉》、赵尊岳《明词汇刊》等，存词数量在十首以下者不少，甚至存词数仅有一二首的也不是个别现象，这些称作"集"，似觉勉强。本书稿依已成书著录，不再分辨。

九、词别集除另行单刻者外，见载于历代词人诗文别集中的尚有不少，或独自成卷，或附载于诗末，凡此，本书均给予著录说明。

十、词集丛编或丛书中收录的词别集均已析出著录于相关词人条目中，为避免体例及编排上的混乱，词集丛编、词选集、词话、词谱等，不在本书考录的范围。

十一、本书依词人生卒年先后次第排列，生卒年不详者，参照词人生平事迹排入。

目　　录

南宋

元

明

唐五代

温庭筠

　　温庭筠（812?—870?），字飞卿，旧名岐，太原祁（今山西祁县）人。貌奇丑，人称温钟馗。举进士不第，官终国子助教。才情绮丽，善鼓琴吹，尤工律赋。著有《握兰集》、《金荃集》、《乾巽子》等。

　　欧阳炯《花间集序》有"近代温飞卿复有《金荃集》"云云，欧阳炯为五代人，仕前后蜀。"金荃"多作"金荃"，这是较早提及温氏词集者。宋陆游《渭南文集》卷二十七有《跋金奁集》，云：

　　　飞卿《南乡子》八阕，语意工妙，殆可追配刘梦得《竹
　　枝》，信一时杰作也。淳熙己酉立秋，观于国史院直庐，是日
　　风雨，桐叶满庭。放翁书。

跋作于宋孝宗淳熙十六年（1189）。知温氏词集又名《金奁集》，或以为"金奁"为"金荃"之误。《温庭筠全集校注》附录载清顾嗣立《温飞卿诗集笺注后记》云："今所见宋刻，止《金荃集》七卷，《别集》一卷，《金荃词》一卷。"知宋刊温氏诗文集附有词一卷，按：宋王尧臣等《崇文总目》卷十一"别集类"载有温氏《握兰集》三卷《金荃集》十卷，又宋晁公武《昭德先生郡斋读书志》卷四中"别集类中"载温氏《金荃集》七卷《外集》一卷，未云是否附有词，提要云："能逐弦吹之音，为侧艳之辞。"或附有词。

　　温氏词集见于后世著录的有：

一、抄本

其词集见于丛书中收录的有：

1. 《唐宋八家词》本，清鲍氏知不足斋抄本，其中有《金荃集》一卷补一卷，清魏之琇校，清鲍廷博跋。藏国家图书馆。按：魏之琇（1722—1772），字玉璜，号柳州，钱塘（今浙江杭州）人。家世医，著有《续名医类案》。鲍廷博（1728—1814），字以文，号渌饮。本安徽歙人，寓居浙江杭州、桐乡等。补歙县庠生，后参加省试未中，遂绝意仕进。因刻丛书，受朝廷嘉奖，八十六岁时恩赏为举人。著有《花韵轩小稿》等。

此本有鲍氏跋，后人传抄时多移录，朱祖谋辑《彊村丛书》本附载有，录于下：

> 右《金荃集》一卷，计词一百四十七阕，明正统辛酉海虞吴讷所编《四朝名贤词》之一也。编纂各分宫调，此他词集及词谱所未有。间取《全唐诗》校勘，中杂韦庄四十七首、张泌一首、欧阳炯十六首，温词只六十三首，疑是前人汇集四人之作，非飞卿专集也。按：飞卿有《握兰》、《金荃》二集，"金荃"岂即"金荃"之讹耶？元本为梅禹金先生评点，余从钱唐汪氏借抄得之。

明吴讷编有《四朝名贤词》，又名《唐宋名贤百家词》，今存明朱丝栏抄本，四十册，藏天津图书馆，天津古籍出版社 1989 年据以影印出版。核以其书，并无《金荃集》一书。津图藏本虽为明抄本，但并不是吴氏原稿本，考第二十一册《后山居士词》末题有"正德五年孟秋巧夕前一日录"，第三十册《竹山词跋》末有"正德丁卯季夏十月苏台云翁志"，正德丁卯为正德二年（1507），知津图藏本是在吴讷卒后五十馀年抄成。书前有"诸儒姓氏"，其中列唐五代作家人名凡十八人，包括温庭筠在内，核以这十八人，实为所收《花间集》中的作者。鲍氏云所收《金荃集》一卷，计词一百四十七阕，或另有所据，其中掺杂有韦庄四十七首、张泌一首、欧阳炯十六首，温氏词只有六十三首。

按：梅鼎祚（1549—1615），字禹金，号胜乐道人，宣城（今属安徽）人。申时行为内阁大学士，荐于朝，辞不赴。归隐于书带园，藏书达数万卷。著有《梅禹金集》、《青泥莲花记》、《鹿裘石室集》等。知此书原为梅氏藏书，或抄自吴讷编《唐宋名贤百家词》本，有梅氏评点，此书后为钱塘汪氏家收藏，钱塘汪氏疑指钱塘汪氏振绮堂，鲍氏借汪氏藏本传抄。

2. 《唐宋词八种》本，清知足知不足馆抄本，其中有《金荃集》一卷，见《中国丛书广录》著录。又有按语云："台湾'中央图书馆'藏，清齐召南手校。天津图书馆亦有藏。"检《中国古籍善本书目》卷三十著录有温庭筠《金荃集》一卷，云清抄本，清齐召南校并跋，藏浙江图书馆。两家著录或有关联。按：王绍兰（1760—1835），字畹馨，号南陔，自号思惟居士，萧山（今浙江杭州）人。清乾隆五十八年（1793）进士，知闽县，又知泉州府，为福建按察使、福建布政使、福建巡抚。其藏书处为知足知不足馆，著有《诚斋文脍前集》。知此书原本为王氏家藏抄本。又齐召南（1703—1768），字次风，号琼台，晚号息园，浙江天台人。清乾隆元年（1736）举博学鸿词，授翰林院编修，官至礼部侍郎。著有《宝纶堂文抄》、《诗抄》等。

3. 《十家词抄》本，清何元锡抄本，其中有《金荃集》一卷，藏南京图书馆。按：丁丙《善本书室藏书志》卷四十著录有温飞卿《金荃词》一卷，精抄本，何梦华藏书。云：

> 唐自大中后，诗衰而倚声作。至庭筠始有专集，名《握兰》、《金荃》。右一卷，有无名氏跋。凡词一百四十七阕，明正统辛酉海虞吴讷所编《四朝名贤词》之一，间取《全唐诗》校勘，中杂韦庄四十七首、张泌一首、欧阳炯十六首，温词只八十三首。疑是前人汇集四人之作，非飞卿专集也。原本为梅禹金先生评点，余从钱塘汪氏借抄得之。飞卿词继太白之后，开延巳之先，为倚声家鼻祖。有"钱江何氏梦华馆藏"、"布衣暖，菜根香，诗书滋味长"印。

多是因袭鲍氏跋云，其中"八十三"当是"六十三"之误。其中有梅氏评点，与鲍氏知不足斋抄本同源。此本当为《十家词抄》中之物，盖析出著录者。按：何元锡（1766—1829），字敬祉，号梦华、蝶隐等，清钱塘（今浙江杭州）人。监生，候选县主簿。藏书处名梦华馆，藏书达八万馀卷。手自抄录秘书达数百册。著有《秋神阁诗抄》。

又见于藏家著录的抄本有：

1.《劳氏碎金》卷中著录有《金奁集》一卷，手抄本。劳格跋云："咸丰戊午十月，传知不足斋写本，复从《渭南文集》卷第二十七录此，双声阁主人手书。"知是传抄自鲍氏知不足斋所藏。按：劳权（1818—1861?），字平甫，号巽卿、顨卿，又号蟫盦、饮香词隐、双声阁主人等，清仁和（今浙江杭州）人。藏书处曰丹铅精舍、沤喜亭等。劳格（1820—1864），字季言，与其兄劳权髫年俱以治经补弟子员，后遂不与试，丹铅杂陈，专攻群史，有"二劳"之称。编有《丹铅精舍书目》。

此书录有渌饮居士（鲍廷博）题识和陆游《跋金奁集》一文。又云："《欧阳文忠集》一百三十二近体乐府《应天长》第三篇校云：《金奁集》作温飞卿词。"劳权案云："《花间集》实作韦庄集，欧集校误，惟集名与此本合。"据《景刊宋金元明本词》之《景宋吉州本欧阳文忠公近体乐府》，《应天长》见于《欧阳文忠集》卷一百三十三，罗泌于《应天长》"绿槐阴里黄莺语"校语云："《花间集》作皇甫松词，《金奁集》作温飞卿词。"按：宋绍兴十八年（1148）刊《花间集》作皇甫松词，而《四部丛刊》本影印明万历壬寅（1602）刊《花间集》作韦庄词，知劳氏所见当是明刊本。又《中国古籍善本书目》卷三十"总集"著录有唐温庭筠《金奁集》一卷，云清劳权抄本，清劳权校，曹元忠跋，藏上海图书馆。所指当为此本。曹元忠（1865—1927），字夔一，又作揆一，号君直，吴县（今江苏苏州）人。清光绪二十年（1894）举人，官内阁侍读、资政院参议。著有《笺经室遗书》。

2. 傅增湘《藏园群书经眼录》卷十九著录有《金奁集》一卷，云："旧写本。旧人以朱笔校过。有'璃案'云云。钤有'双溪草堂图记'朱、'孙星衍印'白各印。"（李木斋先生遗书。辛巳）又录有毛晋《跋金荃集》一文。按：汪文柏，字季青，号柯庭，一作柯亭，安徽休宁人，占籍浙江桐乡。汪森弟，清康熙间官兵马司指挥。藏书处有古香楼、摛藻堂，藏书印有"双溪草堂图记"等。著有《柯庭馀习》、《古香楼吟稿》等。又李盛铎（1859—1937），字椒微，号木斋、师庵居士等，江西九江人。清光绪十五年（1889）榜眼，民国时任山西民政长、参议院议长等。喜藏书，木犀轩为其藏书总称。辛巳为清光绪七年（1881），知傅氏所得为李氏木犀轩藏旧抄本。

3. 《中国古籍善本书目》卷三十著录有温庭筠《金荃集》一卷补一卷，清抄本，清翁同书跋，清翁之润校并跋，藏国家图书馆。按：翁同书（1810—1865），字祖庚，号药房，江苏常熟人。清道光二十年（1840）进士，授翰林院编修，官至巡抚，卒谥文勤。著有《药房诗文集》、《文勤杂著》等。翁之润，翁同书曾孙，翁斌孙长子。

二、刊本

近代有朱祖谋辑《彊村丛书》本，所收除温庭筠词六十二首外，还有韦庄词四十八首、欧阳炯词十六首、张泌词一首，以及张志和《渔父》十五首，共计一百四十二首。曹元忠跋云：

> 此为明正统辛酉海虞吴讷编《四朝名贤词》本，而鲍渌饮从钱唐汪氏借抄本。卷首题《金荃集》，次行为温飞卿庭筠，与《渭南文集·跋金荃集》语合，惟卷末黄钟宫调列《渔父》十五首，题为张志和，而在飞卿集中，吾友沤尹颇以为疑。元忠按：张志和无集，其《渔父词》附见李德裕集，故《舆地纪胜》"荆湖北路·岳州·洞庭湖·青草湖"诗载："青草湖中月正圆，巴陵渔父櫂歌连。钓车子，橛头船，乐在风波不用仙。"注云："李文饶记元（当作玄，下同）真子张志和渔歌。"又"两浙西路·安吉州·仙释门"出张志和云有《渔父词》五首，其一曰："雪溪湾里钓鱼翁，舴艋为家西复东。江上雪，浦边风，笑著荷衣不叹穷。"李文饶称其："隐而有

名，显而无事，不穷不达，严子陵之徒欤？"盖记《渔父词》而论及之。《瀛奎律髓》所谓"张志和《渔父词》五首在李卫公集中"是也。是张志和《渔父词》唐时只见李德裕集，其后《尊前集》本之，顾亦仅五首。而此集多至十五首，且无一首相同者。据《直斋书录解题》，有《元真子渔歌碑传集录》一卷，云："尝得其一时倡和诸贤之词各五章，及南卓、柳宗元所赋，通为若干章，因以颜鲁公碑述《唐书》本传，以至近世用其词入乐府者，集为一编，以备吴兴故事。"疑此集所载当是同时诸贤倡和，或南卓、柳宗元所赋者，本题"《渔父》十五首和张志和"，传抄本以为衍"和"字而去之。不然，此集于韦庄、张泌、欧阳炯之词犹且以为飞卿，岂有《渔父词》明知非张志和所作，而强题其名之理哉？特传抄本既去"和"字，辗转至北宋，无知之者。是以《声画集》"观画·题画门"载陈之高《奉题董端明渔父醉乡烧香图》十六首，内渔父七首，中有"雷泽田渔翊圣明，射蛟南幸见升平。稍分天汉昭回象，更和江湖欸乃声。"注云："上驻跸会稽，因览黄庭坚所书张志和《渔父词》十五首，戏同其韵。"可知黄庭坚所见本，其《渔父》十五首下已题张志和，于是从而书之。及至南宋，高宗又从而和之，则此集之题张志和，实出宋本。宋贤不尚考据，词又止尊前酒边嘌唱而已，虽《渔父》倡和诸贤及南卓、柳宗元等姓名具在，亦不暇订正。明吴讷编《四朝名贤词》即用其本，所以飞卿《金荃集》有张志和《渔父词》也。沤尹搜罗词集不遗馀力，倘并《元真子渔歌碑传集》录得之，必能证成吾言。丙辰病月，曹元忠客海上刘氏楚园书。

跋作于民国五年（1916），云出自明吴讷编《四朝名贤词》本《金荃集》，而今存明抄吴讷编本没有《金荃集》，也是因袭知不足斋鲍氏所云云，其中多出张志和《渔父》十五首。朱祖谋跋云：

    此鲍渌饮手稿，朱笔别纸附写本后。按：宋吉州本《欧阳文忠公集》刻成于庆元二年，"近体乐府"校语引《尊前》、《金奁》诸集。陆放翁跋《金奁集》云："飞卿《南乡子》八阕，语意工妙，殆可追配刘梦得《竹枝》，信一时杰作也。淳熙己酉立秋，观于国史院直庐。"此则更在庆元之前。盖宋人杂取《花间集》中温、韦诸家词，各分宫调，以供歌唱。其意欲为《尊前》之续，故《菩萨蛮》注云："五首已见《尊前集》。"吴伯宛谓"《尊前》就词以注调，《金奁》依调以类词，义例正相比附也。"《南乡子》本欧阳炯作，放翁目为温词，可见标题飞卿由来已古。《尊前集》有张志和《渔父》五首，以校此集，无一相同，而亦沿志和名者。吾友曹君直据《书录解题》有"元真子渔歌，尝得其一时倡和诸贤之辞各五章，及南卓、柳宗元所赋，通为若干章，集为一编，以备吴兴故事"等语，谓此集所载当是同时诸贤倡和，或南卓、柳宗元所赋者，疑本题"《渔父》十五首和张志和"，传抄本以为衍"和"字而去之，不然，集于韦庄、张泌、欧阳炯之作，犹且属于飞卿，断无于《渔父》明知非志和所作而强题其名也。今为目录，依《花间集》分别作者名氏，标注调下。其《渔父词》当如曹说，定为"和张志和"云。丙辰三月谷雨日，归安朱孝臧。

跋作于民国五年（1916），知是据鲍氏知不足斋藏本传抄而刊刻的，至于"宋人杂取《花间集》中温、韦诸家词，各分宫调，以供歌唱"云云，认为是书为宋人采自《花间集》而成的，这是有道理的，原书中掺杂有韦庄、欧阳炯、张泌、张志和四家词，凡八十首。刻入《彊村丛书》时，已标示出各家归属。至于张志和《渔父》十五首，曹元忠以为不是张氏之作，是时人和唱张志和《渔父》词，朱孝臧于跋文中也认可了这种说法。按：鲍氏知不足斋抄《金奁集》存词一百四十七首，中有《菩萨蛮》二十首，因五首已见于所刊《彊村丛书》本《尊前集》中，不再收录。

三、版本未详者

1. 明杨慎《词品》卷二"《金荃》"条云:"温飞卿词名《金荃集》,荃,即兰荪也,音筌。《兰畹》,唐人词曲集名,与《花间集》出入,而中有杜牧之词。"未言卷数与版本。

2. 明王世贞《弇州四部稿》卷一百五十二"说部·艺苑卮言附录一"云:"温飞卿所作词曰《金荃集》,唐人词有集曰《兰畹》,盖皆取其香而弱也,然则雄壮者固次之矣。"

3. 王骥德《新校注古本西厢记》"引证书目"其中有《金荃集》词附。

4. 明毛晋《隐湖题跋》之《跋金荃集》云:"相传有《方城令诗集》五卷、《汉南真稿》十卷、《握兰》、《金荃》等集,今不尽传,仅见宋刻《金荃集》七卷《别集》一卷。参之迩来分体本子,略有不同。其小词亦名《金荃集》,尚容嗣镌。"

5.《御选历代诗馀》卷一百十二"词话·唐二"引《北梦琐言》云温氏"词有《金荃集》,盖取其香而软也"。

6. 清王闻远《孝慈堂书目》著录有温庭筠《金奁集》一卷。

以上均不详卷数与版本。

韦庄

韦庄(836—910),字端己,京兆杜陵(今陕西西安)人,唐昭宗乾宁元年(894)登进士第,授校书郎,改任左补阙。天复元年(901),应王建之聘入川,为掌书记。唐亡,王建称帝,为宰相,终身仕蜀,官至吏部侍郎兼平章事。著有《幽居杂编》、《浣花集》等。

所著《浣花集》见于宋人著录,卷数不一,如晁公武《郡斋读书志》卷四中作五卷,陈振孙《直斋书录解题》卷十九作一卷,王尧臣等《崇文总目》卷十一和郑樵《通志》卷七十作二十卷,均为诗文集,不知附有词否。明晁瑮《晁氏宝文堂书目》"乐府"类著录有《浣花集》,当指词集,只是未标明卷数版本。

又明人曹学佺《蜀中广记》卷一百"诗话记第四"云:"韦庄有

《浣花集》，词尚绮靡，其《河传》二首皆浣花溪作也。"或指词集。

和凝

和凝（898—955），字成绩，郓州须昌（今山东东平）人。年十七举明经，后梁贞明二年（916）登进士第。后唐天成中为翰林学士，官至中书舍人、工部侍郎。后晋天福年间拜中书侍郎同中书门下平章事。后汉天福中除太子太保，封鲁国公。后周时为太子太傅。词集有《香奁集》、《红叶稿》。

一、《香奁集》

较早见于宋沈括《梦溪笔谈》卷十六"艺文三"，云：

> 和鲁公有艳词一编，名《香奁集》，凝后贵，乃嫁其名为韩偓，今世传韩偓《香奁集》，乃凝所为也。凝生平著述分为《演纶》、《游艺》、《孝悌》、《疑狱》、《香奁》、《籝金》六集，自为《游艺集序》，云予有《香奁》、《籝金》二集，不行于世。凝在政府，避议论，讳其名，又欲后人知，故于《游艺集序》述之，此凝之意也。予在秀州，其曾孙和惇家藏诸本，皆鲁公旧物，末有印记甚完。

此又见宋江少虞《新雕皇朝事实类苑》卷三十九和尤袤《全唐诗话》卷五引录，知和凝和韩偓都有《香奁集》，据宋人载述，韩氏《香奁集》为诗集，如晁公武《郡斋读书志》卷四中、尤袤《遂初堂书目》、陈振孙《直斋书录解题》卷十九等著录。至于和氏《香奁集》，所载为艳词小曲。按：胡仔《苕溪渔隐丛话·前集》卷二十三云：

> 《遁斋闲览》云：《笔谈》谓《香奁集》乃和凝所为，后人嫁其名于韩偓，误矣。唐吴融诗集中有《和韩致元侍郎无题二首》，与《香奁集》中无题韵正同，偓叙中亦具载其事。又尝见偓亲书诗一卷，其《袅娜》、《多情》、《春尽》等诗多在卷中。偓词致婉丽，非凝言余有《香奁集》不行于世。凝

好为小词，洎作相，专令人收拾焚毁，然凝之《香奁集》乃浮艳小词，所谓不行于世，欲自掩耳，安得便以今《香奁集》为凝作也？

此又见宋曾慥《类说》卷四十七引录，据此知韩氏《香奁集》行世，而和氏《香奁集》失传，以致时人误认韩氏诗集为和氏词集。晁公武《郡斋读书志》卷四中于《韩偓诗》二卷《香奁集》云："《香奁集》一卷，或曰和凝既贵，恶其侧艳，故诡称偓著云。"宋薛季宣《艮斋先生薛常州浪语集》卷三十《香奁集叙》云：

> 韩渥《香奁集》二卷，蜀本诗一百一篇；京本诗赋二篇、诗一百七篇、曲调二章；秘阁本同，亡诗十篇。三家篇什相糅莒，差次不伦，以雠比除复重定，著赋诗曲词一百十二，以朱墨辨，阁、京本皆已刊正可传。渥字致尧，唐翰林学士承旨，朱全忠颛命，以渥行礼为简傲，放外以死，事见《唐传》。曰字致光者，讹也。渥为诗有情致，形容能出人意表，有集二卷，其一此书。晋相和凝亦尝著《香奁集》，皆委巷艳词，猥亵不可示，儿时已有曲子相公之号。沈括《笔谈》著论乃以是为凝书，陈正敏为辨之，设二事以验，谓吴融集有《和致光无题诗》二，与《香奁诗》韵正同，而此集序中正载其事，一也；向尝于渥裔埙所见渥亲书所作诗卷，其《袅娜》、《春尽》、《多情》等篇多出卷中，二也。渥富才情，词致婉丽，固非凝及。而《北梦琐言》载：凝小词布于汴洛，作相之后，收拾焚毁，则凝之集乃浮艳小词，安得遂以《香奁》为凝作？岂谓正敏辨得矣。《传》称凝尝自刊己集为板本，而特谓《香奁集》不行于时，行不行在凝，则此集为可知也。况诗与词曲固有不言之辨，其诗有岐下作者，而凝未尝在岐。《江表志》：王延彬子继士与渥子寅亮幼日通家，寅亮母尼，即荐福院讲筵，偶见又别者也。今诗亦在此什，则斯集也为渥语可不疑。夫人之著书，上世犹不免沿袭《春秋》大典，亦有十数

家书学者，不究谓何，泛以名取，则晏吕之传为孔氏之经矣。以凝艳曲归渥集者，不几于此乎？信《笔谈》者虽甚或于此，必自有辨。年月日，叙。

按：韩渥一作韩偓。正敏即陈正敏，著《遁斋闲览》。

明毛晋《跋香奁集》云：

> 沈梦溪云："和鲁公凝有艳词一编，名《香奁集》，凝后贵，乃嫁其名为韩偓，今世传韩偓《香奁集》，乃凝所为也。"此说惟刘潜夫信之，石林、遁斋、虚谷诸公俱以为误。吴融和韩侍郎无题诗三首，及致光亲书《袅娜》、《多情》等诗为证，则斯编是致光作无疑矣。如凝之《香奁》，乃浮艳小词，集名偶同耳。况凝自谓不行于世，后人又何必借韩侍郎行本以行之耶？

刘潜夫即刘克庄，石林、遁斋、虚谷分别指宋人叶梦得、陈正敏和元人方回，对沈括的说法，自宋以来多有人持怀疑。如王楙《野客丛书》卷二十四云：

> 欧阳公曰"池外轻雷池上雨，雨声滴碎荷声"云云，末曰："水精双枕，旁有堕钗横。"此词甚脍炙人口。旧说谓欧公为郡幕日，因郡宴，与一官妓荏苒，郡守得知，令妓求欧词以免过，公遂赋此词。仆观此词正祖李商隐《偶题》诗云："小亭闲眠微醉消，石榴海柏枝相交。水纹簟上琥珀枕，旁有堕钗双翠翘。"又"池外轻雷"亦用商隐"芙蓉塘外有轻雷"之语，"好风微动帘旌"，用唐《花间集》中语。欧词又曰："栏干敲遍不应人，分明窗下闻裁剪。"此语见韩偓《香奁集》。

知署名韩偓《香奁集》中是存有词的，按：宋楼钥《攻媿集》卷五十二《求定斋诗馀序》云："平日游戏为长短句甚多，深得唐人风韵，其得意处，虽杂之《花间》、《香奁集》中，未易辨也。"则词集《香奁集》在南宋似依然存世。

明胡应麟《少室山房笔丛》卷三十二"四部正讹下"云：

> 《香奁集》，沈存中、尤延之并以和凝作，凝少日为此诗，后贵盛，故嫁名韩偓，又不欲自没，故于他文中见之。今其词与韩不类，盖或然也。方氏《律髓》以偓同时吴融有此题为讹，不知此正凝假托之故。不然，胡以弗托之温、韦诸子而托之偓？叶少蕴以为韩熙载，则姓与事皆近之。总之，俱五代耳，叶以不当见《唐志》为疑，此不然，《唐志》如罗隐、韦庄、刘昭、禹真，皆五代人也。

又明董其昌《容台文集》卷三《江南春题词》云："吏部徐大冶为舍人时，和倪瓒《江南春》之词，每韵八首，又广之为四时，而夏秋冬各八首，虽文生于情，而意若有托，非仅仅《比红诗》、《香奁集》等者，且窄韵奇语叠出不枯，如渡泸之师七纵犹擒，如桃源之路再入不误，先时和者皆自废矣。岂非'蒹葭'、'白露'独写伊人之怀，铁心百肠不掩广平之藻者乎？"所云《香奁集》当存有词，或明时此书尚存。

二、《红叶稿》

此书不见清以前著录，清朱彝尊《词综》卷二词人小传云和凝有《红叶稿》云云，至《御选历代诗馀》卷一百一"词人姓氏"就直言"其长短句名《红叶稿》"。王国维《唐五代二十一家词辑》之《红叶稿》跋云：

> 案：《宋史·艺文志》有和凝《演论集》三十卷。又《游艺集》五十卷、《红药编》五卷。《御选历代诗馀》云凝有集百馀卷，长短句名《红叶稿》。殆即宋志所云《红药编》者。然考焦竑《国史经籍志》，《红药编》五卷入制诸类，则非长短句明矣。今考《历代诗馀》所选凝词，除见于《花间集》、《全唐诗》者，其《抛球乐》、《喜迁莺》二阕，亦见冯延巳《阳春录》，馀无所增益。恐所谓《红叶稿》者，亦但据《词综》书之。但《词综》唯云凝有《红叶稿》，《历代诗馀》遂以

为凝词之名耳。兹辑成一卷，仍用此名，以便称举而已。光
绪戊申季夏海宁王国维记。

作于清光绪三十四年（1908），疑本无《红叶稿》一书，为朱氏误书
《红药编》，而且朱氏小传中并未明言《红叶稿》为词集，是《御选历
代诗馀》编纂者的误读。按：宋王尧臣等《崇文总目》卷十二"别集"
载有《红药编》五卷，与他人制诰集类排列在一起，又宋郑樵《通志》
卷七十"艺文略第八·别集四·制诰"载有《红药编》五卷，注云：
"晋和凝所撰制诰。"

此书有民国年间排印《海宁王忠悫公遗书》本，又见于刘毓盘辑
《唐五代宋辽金元名家词集》，民国间排印本，刘氏《辑校和凝红叶稿
跋》云：

> 余髫龀时侍先大夫，谒秀水杜方伯筱舫丈苏州寓
> 庐。……丈所藏有宋大字本和凝《红叶稿》一卷，凡百馀首，
> 末附宋人跋曰："鲁公相晋高，悔其少作，悉索而悔之，其存
> 者曰《红叶稿》，故曰唐人也。"丙辰秋，假馆秀州，访之陆
> 颂襄同年，曰丈既归，辟小园于报忠埭，其邻也，今易姓矣，
> 其后人不可问。《红叶稿》更无知之者。吁！四十年来沧桑乖
> 迭，区区孤本，不再流传，辑为一编，鲁公其许我否？丁巳
> 夏，江山刘毓盘校毕并识。

跋作于民国六年（1917），刘氏云杜氏藏有宋刊大字本《红叶稿》，却
不见历代著录，而宋刊孤本竟也迷失，真相难明。按：杜文澜（1815—
1881），字小舫，又作筱舫，清代秀水（今浙江嘉兴）人。少年中举，
官至江苏道员，署两淮盐运使。著有《宋香词》、《憩园词话》、《词律
校勘记》等。

冯延巳

冯延巳（903—960），一名延嗣，字正中，广陵（今江苏扬州）

人。南唐烈祖时召授秘书郎，累官户部侍郎、中书侍郎同平章事等，官终太子太傅。著有《阳春集》。

其词集见于宋人著录的有：

1. 张侃《张氏拙轩集》卷五《跋拣词》云："又《香奁集》，唐韩偓用此名所编诗，南唐冯延巳亦用此名所制词，又名《阳春》。"云冯氏有词集名《香奁集》，未见后人著录。

2. 马令《南唐书》卷二十一本传云：

> 著乐章百馀阕，其《鹤冲天》词云："晓月坠，宿云披银烛，锦屏围。建章钟动玉绳低，宫漏出花迟。"又《归国谣》词云："江水碧，江上何人吹玉笛。扁舟远送潇湘客，芦花千里山月白。伤行色，明朝便是关山隔。"见称于世。元宗乐府词云"小楼吹彻玉笙寒"，延巳有"风乍起，吹皱一池春水"之句，皆为警策，元宗尝戏延巳曰："'吹皱一池春水'，干卿何事？"延巳曰："未如陛下'小楼吹彻玉笙寒'。"元宗悦。

马令，北宋徽宗时在世。知冯延巳所著词集或北宋时已刊行。

3. 陈振孙《直斋书录解题》卷二十一著录有《阳春录》一卷，云：

> 南唐冯延巳撰，高邮崔公度伯易题其后，称其家所藏最为详确，而《尊前》、《花间》诸集往往谬其姓氏，近传欧阳永叔词亦多有之，皆失其真也。世言"风乍起"为延巳所作，或云成幼文也。今此集无有，当是幼文作。长沙本以置此集中，殆非也。

为长沙刻《百家词》本，元马端临《文献通考》卷二百四十六"经籍考七十三"据以著录。

4. 罗愿《新安志》卷十"记闻"云：

> 冯相国乐府号《阳春录》者，冯氏子孙泗州推官璪尝以示

> 晏元献公，公以为真赏。至元丰中，高邮崔公度伯易跋，以
> 为李氏既有江左，文物甲天下，而冯公才华风流又为江左第
> 一。其家所藏集，乃光禄公手抄，最为详确。而《尊前》、
> 《花间》诸集中往往谬其姓氏，近时所镂欧阳永叔词亦多有
> 之，皆传失其真本也。崔公云。

知冯氏词集为其后裔所编辑，检《江南通志》卷一百十九"选举志·
进士"载宋仁宗天圣年间，有冯璪，武进人，献《阳春录》于晏殊者，
或为此人。又崔公度，《宋史》有传，英宗时授和州防御推官，为国子
直讲。神宗朝依附王安石，哲宗朝以直龙图阁卒。

5. 尤袤《遂初堂书目》"乐曲类"著录有《阳春集》，未标明卷数
和版本。

今存冯氏词集前有宋仁宗嘉祐三年（1058）陈世修序，云：

> 南唐相国冯公延巳，乃余外舍祖也。公与李江南有布衣
> 旧，因以渊漠大才，弼成宏业。江南有国，以其勋贤，遂登台
> 辅。与弟文昌左相延鲁俱竭虑于国，庸功日著，时称二冯
> 焉。公以金陵盛时，内外无事，朋僚亲旧，或当燕集，多运藻
> 思，为乐府新词，俾歌者倚丝竹而歌之，所以娱宾而遣兴
> 也。日月寝久，录而成编。观其思深词丽，韵律调新，真清
> 奇飘逸之才也。噫！公以远图长策翊李氏，卒令有江介地，
> 而居鼎辅之任，磊磊乎才业何其壮也。及乎国已宁，家已
> 成，又能不矜不伐，以清商自娱，为之歌诗，以吟咏情性，飘
> 飘乎才思何其清也。核是之美，萃于一身，何其贤也。公薨
> 之后，吴王纳土，旧帙散失，十无一二。今采获所存，勒成一
> 帙，藏之于家云。

知北宋即有刊本，《御选历代诗馀》卷一百一"词人姓氏"云嘉祐中陈
世修编定为《阳春录》一卷，所谓"采获所存"，似为陈氏编辑者，当
与其裔孙所编不尽同，冯氏词集较早是名《阳春录》的。按：《景宋吉

州本欧阳文忠公近体乐府》校文多处提及冯氏《阳春录》，又有罗泌跋云：

> 元丰中，崔公度跋冯延巳《阳春录》，谓皆延巳亲笔，其间有误入六一词者，近世《桐汭志》、《新安志》亦记其事。今观延巳之词往往自与唐《花间集》、《尊前集》相混，而柳三变词亦杂《平山集》中，则此三卷，或甚浮艳者，殆非公之少作，疑以传疑可也。郡人罗泌校正。

知混同他人词作不少。

宋以后著录冯氏词集的有《阳春录》，又名《阳春集》、《阳春词》等，述如下：

一、《阳春录》

此书见于宋以后著录的有：

1. 《宋史》卷二〇八"艺文志"著录有《阳春录》一卷。

2. 明毛晋《汲古阁毛氏藏书目录》著录有《阳春录》五卷。按：卷数与其他著录和今存本多不同，情况不明。

3. 清朱彝尊《词综》"发凡"与卷三冯氏小传均云有《阳春录》一卷。

4. 《江南通志》卷一百九十三"艺文志·集部"著录有《阳春录》一卷。

以上均未言版本。另明钱溥《秘阁书目》"诗集"著录有《阳春》。按："诗集"后附载有不少词集，《阳春》列于《南唐二主词》之后。

二、《阳春集》

见于今存词集丛编中收录的有：

1. 明吴讷辑《唐宋名贤百家词》本，明朱丝栏抄本，藏天津图书馆，其中有《阳春集》一卷。

2. 《汲古阁未刻词》本，清光绪抄本，藏上海图书馆，其中有《阳春集》一卷。

3. 《宋金元名家词抄》本，清抄本，藏上海图书馆，其中有《阳春集》一卷。

4. 《三家词》本，清抄本，清冯登府校并跋，藏台湾，其中有《阳春集》一卷。

5. 清赵辑宁辑《星凤阁抄五代宋人词》本，清赵氏星凤阁抄校本，藏台湾，其中有《阳春集》一卷。

又见于藏家著录的有：

A. 抄本

1. 清汪宪《振绮堂书目》卷二"闻·抄本集类杂集并总集·第一格"载"南唐二主、冯相国、陈简斋、韩山人，合一册"，注云："《二主词》一卷，李璟、李煜撰，自序。《阳春集》一卷，冯延巳撰。《简斋词》一卷，宋陈与义撰。《韩山人词》一卷，宋韩奕撰。卷末有毛扆朱笔跋，少岳道人手抄本。"按：项元淇（1500—1572），字子瞻，别号少岳，又号少岳山人，元汴兄，秀水（今浙江嘉兴）人。补诸生，以赀为光禄寺署丞。性狷介寡俦，博学嗜古，工诗词，尤好临摹古法书，以草圣擅名。少岳道人手抄本疑为项氏抄本。

2. 清范懋柱《天一阁藏书目》卷四之四著录有《阳春集》一卷，绵纸，抄本。

3. 清陈揆《稽瑞楼书目》"邑中著述捐入兴福寺"著录有《南唐二主词》一卷，旧抄，附《阳春集》，一册。

4. 清张金吾《爱日精庐藏书志》卷三十六著录有《阳春集》一卷，抄本，从钱塘何氏藏本传录。云：

> 南唐冯延巳撰。延巳工诗，尤善乐府，每宾朋宴集，则自制新词，被之弦管，积久成帙。后经兵革，散失殆尽。陈世修裒集所存，勒为是编，凡一百十八阕。南唐当元宗之时，强邻压境，国势日削，为国相者方运筹赞画之不暇，乃以绮语相高，试问此日何日而可以声律自娱乎？世修以亲故之私曲为掩饰，亦可云欲盖弥彰者矣。其书本无足取，特以传本

颇稀，故录存之。焦氏《经籍志》著录，《直斋书录解题》作
《阳春录》，云有高邮崔公度题后，今本不载，未知陈氏所见
即此本否？

按：钱塘何氏即何元锡。焦氏《经籍志》即明焦竑编的《国史经籍志》，知此本无崔公度题识。

5. 清瞿镛《恬裕斋藏书记》卷四著录有《阳春集》一卷，旧抄本。云：

> 南唐冯延巳撰，陈世修辑并序。陈氏《书录》作《阳春录》，谓后有高邮崔公度伯易题。是本已佚，亦萧飞涛所抄，卷后有"嘉靖甲辰秋假文氏抄本，录于悬磬室，穀记"，盖出自钱穀抄藏本。卷首有"萧江声读书记"、"白妙"、"珍玩"二朱记。

云后有崔公度题，知出自宋本。按：钱穀（1508—？），字叔宝，号磬室，明长洲（今江苏苏州）人。少从文徵明学画，以绘事妙天下。性嗜书，尤嗜抄书，藏书处名悬磬室。由钱氏题记知，此本借自文徵明家藏，于明世宗嘉靖二十三年（1544）抄成，后为萧江声所得。此书又见瞿镛《铁琴铜剑楼藏书目录》著录，有上述题识文，文字略异，末注："卷首有飞涛朱记。"知飞涛即萧江声。按：瞿良士《铁琴铜剑楼藏书题跋集录》于《南唐二主词》一卷、《阳春集》一卷、《简斋词》一卷（旧抄本）录诸题跋三则，移录于下：

> 嘉靖甲辰秋假文氏抄本录于悬磬室。穀记。《阳春集》后。
>
> 右词三卷，从磬室借录，因再阅原本，乃磬室手抄，可重，遂留之，而以此本归焉。磬室知余之重其手迹，当亦不吝也。第一卷为《南唐二主》；第二卷为《阳春集》，南唐相冯延巳所著。《志》：南唐君竟尚浮靡，逐于声律技艺，而不复知政治之事，其败亡晚矣。然其词调往往逸丽流畅，无不可诵，至其怨声，鲜不鸣咽，要亦变风之馀习也，知音之士，当不弃焉；第三卷为简斋陈去非词，尤古雅顿挫，阆阆可诵，

人云简斋善冥搜静觅，颇得佳句，信哉！闲窗漫题，兼质诸
磬室，他日校定，当为刻之以传。嘉靖甲辰冬十一月，少岳
山人复初识。

乙未长夏，假洞庭东山叶氏朴学斋藏本录于留馀堂东
轩，书此，以识岁月。星源萧江声。以上《简斋词》后。

知此三种为萧江声抄本，今存中国国家图书馆，见《中国古籍善本书
目》著录，乙未为清康熙五十四年（1715）。又叶树廉（1619—？），
字石君，号道毅，江苏常熟人。积书数千卷，明末遭兵乱，所藏尽毁，
藏书处名朴学斋。萧氏所据即为叶氏藏书。按：萧江声，字飞涛，星
源当是其号，江苏常熟人。据引录少岳山人跋云云，知此三种实同前
汪宪《振绮堂书目》著录者，只是汪氏著录多《韩山人词》一卷，大概
后有所佚失。

6. 清朱学勤《别本结一庐书目》"抄本"著录有"宋元词二十一卷
（旧抄，二册）"，其中有《阳春集》一卷。当为词集丛抄中之物。

7. 清陈徵芝《带经堂书目》卷四下著录有《阳春集》一卷，明
抄本。

8. 张均衡《适园藏书志》卷十六著录有《阳春集》一卷，旧抄
本。其中引录冯氏（海粟冯子振、怵守老人）手跋云："南唐风调，自
是北宋雅林也。戊戌九日细读一过。"按：冯子振（1253—1348），字
海粟，攸县（今湖南株洲）人。元成宗大德二年（1298）登进士及第，
为集贤院学士、待制、节度史等，晚年退居乡里，笔耕不休。戊戌即
大德二年。

9. 张乃熊《菦圃善本书目》卷五上"抄稿本上·旧抄精抄本"载
唐宋三家词三卷，云："旧抄本，一册，江南春柳校跋。"注三家词
为：冯延巳《阳春集》、侯寘《懒窟词》和王沂孙《玉笥山人词集》。

10. 王重民《中国善本书提要》著录有《阳春集》一卷，一册，北
图藏书。为赵氏星凤阁抄本[十行二十字]，又云卷内有"赵印辑宁"
印记。按：赵辑宁，清钱塘人，不过赵氏星凤阁抄本多为赵辑宁命其

长子赵之玉抄录的。

B. 刻本

1. 清侯文灿编《十名家词集》本，有清康熙二十八年（1689）侯氏亦园刻本，其中有《阳春集》一卷。

2. 清王鹏运辑《四印斋所刻词》本，清光绪十四年（1888）王氏家塾刻本，作《阳春集》一卷补遗一卷。冯煦序云：

> 往与成子漱泉有《唐五代词选》之刻，尝以未见吾家正中翁《阳春集》足本为憾。后二年来京师，遇王子幼霞，出彭文勤家所藏汲古旧抄。借而读之，得未曾有。幼霞遂以是编授之剞氏，而属煦引其端。词虽导源李唐，然太白、乐天兴到之作，非其专诣。逮及季叶，兹事始邕。温、韦崛兴，专精令体。南唐起于江左，祖尚声律。二主倡于上，翁和于下，遂为词家渊丛。翁俯仰身世，所怀万端，缪悠其辞，若显著晦。揆之六义，比兴为多。若《三台令》、《归国谣》、《蝶恋花》诸作，其旨隐，其词微，类劳人思妇，羁臣屏子，郁伊怆怳之所为。翁何致而然耶？周师南侵，国势岌岌，中主既昧本图，汶闇不自强，强邻又鹰瞵而鹗睨之，而务高拱，溺浮采，芒乎芴乎，不知其将及也。翁负其才略，不能有所匡救，危苦烦乱之中，郁不自达者，一于词发之。其忧生念乱，意内而言外，迹之唐五季之交，韩致尧之于诗，翁之于词，其义一也。世直以靡曼目之，诬已。善乎！刘融斋先生曰："流连光景，惆怅自怜，盖亦易飘飏于风雨者。"知翁哉！知翁哉！煦系出文昌左相，为翁族孙，既幸是编之得传于世，而幼霞甄采之勤，为尤可感也。光绪己丑秋八月金坛冯煦。

作于清光绪十五年（1889）。按：成肇麐（1844—1901），字漱泉，号原卿，江苏宝应人。彭元瑞（1732？—1803），字掌仍，又字辑五，号芸楣，别署身云居士。清乾隆二十二年（1757）进士，历官礼、兵、吏、工四部尚书、太子太保。著有《恩馀堂辑稿》、《知圣道斋书目》、

《知圣道斋读书跋》。刘熙载（1813—1881），字伯简，号融斋，晚号寤崖子，江苏兴化人。道光二十四年（1844）进士，官至左春坊左中允、广东学政。又王鹏运跋云：

> 右冯正中《阳春集》一卷，宋嘉祐戊戌陈世修辑。陈振孙《书录解题》云："《阳春录》一卷，崔公度跋称其家所藏最为详确。《尊前》、《花间》往往谬其姓氏。近传永叔词亦多有之，皆失其真也。"此本编于嘉祐，既去南唐不远，且与正中为戚属，其所编录自可依据，益见崔跋之不谬。《书录》又云："'风乍起'一阕当是成幼文作，长沙本以置冯集中。"此集适载此阕，殆即长沙本也。刻本久佚，从彭文勤传抄《汲古阁未刻词》录出，斠勘授梓。并补遗若干阕。未刻词前后有文勤朱书序目，兹附卷末，亦好古者搜罗之一助云。光绪十五年六月己卯临桂王鹏运跋。

作于光绪十五年，此本后附彭氏记及所藏书之名目，可资考核。

另周庆云《晨风庐书目》"第一类·词类·乙·词集之属"著录有《阳春集》一册，未标明卷数版本。

三、《阳春词》

《御选历代诗馀》卷一百十三引《柳塘词话》云："冯正中乐府思深语丽，韵逸调新，多至百首。有杂入六一集中者，黄山谷、陈后山虽以庸滥目之，然诸家骈金俪玉，而《阳春词》特为言情之作。"又《四库全书总目》于《御定历代诗馀》提要云："泊乎五季，词格乃成，其歧为别集，始于冯延巳之《阳春词》，其歧为总集，则始于赵崇祚之《花间集》。"见于清代藏书家著录的有：

1. 清王闻远《孝慈堂书目》著录有《阳春词》一卷，未标明卷数与版本。

2. 清许宗彦《鉴止水斋藏书目》著录有《阳春词》一本，未标明卷数与版本。

李璟、李煜

李璟（916—961），字伯玉，初名景通，彭城（今江苏徐州）人，南唐烈祖李昇过世后，李璟即帝位。与后周交战，败后削去帝号，改称国主，史称南唐中主。又避后周信祖郭璟讳而改名李景。庙号元宗。李煜（937—978），字重光，初名从嘉，号钟隐等，南唐元宗李璟第六子。宋太祖建隆二年（961）继位，史称李后主，在位十五年。宋太祖开宝八年（975），宋军攻破南唐都城，李煜降宋，被封为右千牛卫上将军、违命侯。

李璟存词不多，仅四五首，李煜存词三十馀首，《御选历代诗馀》卷一百一"词人姓氏"云后主李煜"妙于音律，能自谱乐府，后人合中主所作，刻之为《南唐二主词集》一卷"，两人词集宋时已刊行于世，陈振孙《直斋书录解题》卷二十一著录有《南唐二主词》一卷，云：

> 中主李璟、后主李煜撰。卷首四阕《应天长》、《望远行》各一，《浣溪沙》二，中主所作。重光尝书之，墨迹在盱江晁氏，题云："先皇御制歌词。"余尝见之，于麦光纸上，作拨镫书，有晁景迁题字。今不知何在矣，馀词皆重光作。

所载为长沙刻《百家词》本，元马端临《文献通考》卷二百四十六"经籍考七十三"据此著录。又尤袤《遂初堂书目》著录有《李后主词》，未标明卷数版本。

宋以后见于著录的有：

一、《南唐二主词》

A. 抄本

见于今存词集丛编中收录的有：

1. 明吴讷辑《唐宋名贤百家词》本，明抄本，藏天津图书馆，其中有《南唐二主词》一卷。

2. 明李东阳辑《南词》本，抄本，其中有《南唐二主词》一卷。

3. 明李东阳辑《南词》本，清董氏诵芬室抄本，藏天津图书馆，其中有《南唐二主词》一卷。

又见于后世著录的有：

1. 清汪宪《振绮堂书目》卷二"闻·抄本集类杂集并总集·第一格"著录云："南唐二主、冯相国、陈简斋、韩山人合一册。"注云："《二主词》一卷，李璟、李煜撰，自序；《阳春集》一卷，冯延巳撰；《简斋词》一卷，宋陈与义撰；《韩山人词》一卷，宋韩奕撰。"又云："卷末有毛扆朱笔跋，少岳道人手抄本。"少岳道人当为项元淇，参见"冯延巳"条。知原为毛氏汲古阁藏书。

2. 清陈揆《稽瑞楼书目》"邑中著述捐入兴福寺"著录有《南唐二主词》一卷，旧抄本，附《阳春集》，凡一册。

3. 清瞿镛《恬裕斋藏书记》卷四著录有《南唐二主词》一卷，旧抄本，云：

> 此书见陈氏《书录》，谓卷首四阕中主李璟作，馀皆后主李煜作，疑与冯延巳《阳春集》皆出宋嘉祐中陈世修手辑，多从所是（疑作见）墨迹录传，故有残阕，邑人萧飞涛抄本。

萧飞涛其人参见"冯延巳"条。此又见于瞿镛《铁琴铜剑楼藏书目录》卷二十四，云"卷首有汲古阁朱记"，知此书曾为毛氏汲古阁藏书。《中国古籍善本书目》载《南唐二主词》一卷，著录为清康熙五十四年（1715）萧江声抄本，即为瞿氏所藏，今藏国家图书馆。

4. 清瞿世瑛《清吟阁书目》卷二"名人批校抄本"著录有《南唐二主词》，云："旧抄本，鲍校补，四种合一。"知为鲍氏知不足斋藏书，云"四种合一"，疑同汪宪《振绮堂书目》著录者，有鲍氏校补。

5. 傅增湘《藏园群书经眼录》卷十九著录有《南唐二主词》一卷，云：

> 旧写本，十行二十字。目录三十题，三十九阕。本书题低四格，每题下注明墨迹在某家或见某集，间于每阕后载本事，低五格。《谢新恩》七首缺字甚多。钤有"乐意轩"、"吴

氏藏书"朱文印。(己未)

己未为民国十八年（1929）。按：吴成佐，字赞皇，号懒庵。清长洲（今江苏苏州）人，为吴铨次子。铨殁，成佐年幼，藏书多散佚，后重自搜罗，建藏书楼三楹，藏书处为乐意轩。著有《懒庵偶存稿》、《乐意轩书目》等，藏书印为"乐意轩吴氏藏书"。又按：吴铨，字容斋，号璜川。随父迁居上海，老而复迁居苏州。清雍正年间为吉安知府，归田后，居璜川，室名璜川书屋，又筑遂初园，以校书藏书为事，数至万卷，多宋元善本。

又傅增湘《双鉴楼善本书目》卷四著录有旧抄本《南唐二主词》一卷，当指此书。

6.《中国古籍善本书目》载《南唐二主词》一卷，清抄本，藏南京图书馆。

7.《中国古籍善本书目》载《南唐二主词》一卷，清光绪三十四年（1908）王国维抄本，王国维跋，藏国家图书馆。

B. 印本

1. 明万历四十八年（1620）吕远墨华斋刻本《南唐二主词》一卷，明谭尔进辑，藏上海图书馆。谭氏《题南唐二主词》云：

> 阳羡在《南唐书》，辞义严正，然于二主之文才未尝不痛惜焉。尔时家国阴阴如日将莫，二主乃别有一副闲心寄之词调，竟以此获不朽矣。是集世所传《南唐二主词》，特其一斑也。读之，皆凄怆悲动，亦复幽闲跌宕，如多态女子，如少年书生，落调纤华，吐心婉挚，竟为有情人案头不可少之书，异哉！嗣主少时于庐山瀑布前构书斋，为它日终焉之计。及大渐之际，群鹤翔空，双龙据殿，此岂凡骨邪？后主少而聪颖，尤喜属文，兼攻书画。至读其杂制诗及亲谏周后数百馀语，转折流连，性柔材大，更非人所及也。予谓明道崇德之谥，未足为嗣主生色。违命侯之封，亦未足为后主减光。但使二主不为有国之君，居然慧业文人，自足风流千古，斯亦可为

二主之定论也。万历庚申华朝，谭尔进序并书，时年十七。

谭尔进，字抑之。里贯行迹不详，万历间在世，此书编成时，才十七岁。其中有校语，略辨作品归属，或录典事，涉及的词作约二十首。

2. 清侯文灿辑《十名家词集》本，清康熙二十八年（1689）侯氏亦园刻本，其中有《二主词》一卷。此本见缪荃孙《目录词小说谱录目》等著录。

3. 《四部备要》本，民国二十五年（1936）排印本，其中有《南唐二主词》（不分卷）。《四部备要书目提要》卷四云：

> 词至南唐二主，眼界始大，感慨始深，故后人之研究长短句者必追溯二主，所以探其源也。陈廷焯《白雨斋词话》云："南唐中宗《山花子》云：'还与韶光共憔悴，不堪看。'沉郁之至，凄然欲绝。后主虽善言情，卒不能出其右。"又云："后主词思路凄惋，词场本色，不及飞卿之厚，自胜牛松卿辈。"清侯氏文灿所辑《十名家词集》，内有《南唐二主词》一卷，计中主四首，后主三十三首。阮文达称其简择不苟。本局特根据侯本校印，以公同好。

知据侯氏刻本排印。

4. 郑振铎《西谛书目》卷五著录有《南唐二主词》一卷，清朱景行辑，清光绪十五年（1889）咏花馆刊本，一册。与《咏花馆诗馀》合一册。

5. 佚名《平妖堂藏书目》著录有《南唐二主词》，影印本，一册，一元。

C. 版本不详者

1. 明钱溥《秘阁书目》"诗集"著录有《南唐二主词》。

2. 明毛晋《汲古阁毛氏藏书目录》著录有《南唐二主词》一卷。

3. 清曹寅《楝亭书目》卷四著录有《南唐二主词》，二卷，一册。

4. 朱彝尊《词综》"发凡"著录有《南唐二主词集》一卷。

5. 清王闻远《孝慈堂书目》著录有《南唐二主词》一卷，一册。

6. 清张宗松《清绮斋藏书目》著录有《南唐二主词》一卷，一册。

以上著录的均未标明版本。

二、《南唐二主长短句》

见明赵琦美《脉望馆书目》著录，其中有《南唐二主长短句》一本，未标明卷数版本。

三、《南唐二主词笺》

见于著录的有：

1. 王祖畲《书籍簿记》著录有《南唐二主词笺》，一册。

2. 周庆云《晨风庐书目》著录有《南唐二主词笺》，一册。

3. 伦明《东莞伦氏续书楼藏书目录》"第二十五箱"著录有《南唐二主词笺》。

4.《西泠印社金石印谱法帖藏书目》"家刻善本"著录有《南唐二主词笺》，铅印本，洋四角。

以上四家，前三家未提及版本，当与《西泠印社金石印谱法帖藏书目》著录的为同一种书。当指刘继增笺注本，刘氏有自序，见收于《词籍序跋萃编》中，云：

> 《南唐二主词》编辑缘起不可考。康熙二十八年吾邑亦园侯氏文灿刻《名家词》十种，首列之，见王文简《居易录》、阮文达《四库未收书目》。近江阴金氏《粟香室丛书》所刻者，即其本也。此本卷末印记为明万历四十八年春常熟吕远所刻，目录下缀陈直斋《书录解题》一条。其编次大略与侯本同，惟侯本分题中主、后主，此则前后连属不分为异。《解题》有云："卷首四阕，《应天长》、《望远行》各一、《浣溪沙》二，中主作，馀皆重光作。"盖宋时原本如此，故陈氏特表而出之，中间注引似亦出宋人手。惟卷末《捣练子》一阕，侯本所无，注引升庵《词林万选》，乃明人书，疑

不类。旋得汲古阁旧抄本，编次悉同，独无此阕，知为吕氏所补，非原有也。三本相校，吕本为长。侯本刻在吕本后六十九年，时地相近。而自序乃云："所刻诸词，见者绝少。"岂吕本当时印行未广，侯氏未之见邪？案：《钦定词谱》成于康熙五十四年，中列南唐李璟《望远行》词，注云："从二主词原本校定。"是当时原本固在。审所校字句虽与此本合，而此本后主词"亭前春逐红英尽"一阕，调为《采桑子》。《词谱》于此调注云："李煜词，名《丑奴儿令》。"又"晚妆初了明肌雪"一阕，调为《玉楼春》，《词谱》于此调注云："李煜词，名《惜春容》。"则所谓原本，又一本矣。第此原本，四库既未著录，无从订证。吕氏此刻虽在明季，尚存宋时之旧，好古家所当珍视者也。爰与旧抄本、侯本及诸选本，校其异同而为之笺。凡校笺皆双行夹写，其原有校笺者，单行则仍之，双行则冠"原注"二字，别为补遗附于后。家鲜藏书，见闻狭隘，裨补阙略，尚俟博雅君子。光绪庚寅中秋，无锡刘继增。

知是以明万历四十八年（1620）春吕远刊本为底本，校以毛氏汲古阁藏旧抄本、清亦园侯氏文灿编本及诸选本。

另有清杨文斌辑《三李词》本，清光绪十六年（1890）香海阁刻本，其中有《李煜词》一卷。

北　宋

潘阆

潘阆（？—1009），字逍遥，号逍遥子，大名（今属河北）人，一云广陵（今江苏扬州）人。宋太宗至道初（995）自布衣赐进士及第，授国子四门助教。举止疏狂，坐事亡命。真宗时释其罪，为滁州参军。著有《逍遥集》。

潘阆词今仅存《酒泉子》十首，后人据之辑成《逍遥词》。前有潘氏题词，云：

> 莰秀莰秀，颇有吟性。若或忘倦，必取大名。老夫之言，又非佞也，闻诵诗云："入郭无人识，归山有鹤迎。"又云："犬睡长廊静，僧归片石闲。"虽无妙用，亦可播于人口耶。然诗家之流，自古尤少，间代而出，或谓比肩。当其用意欲深，放情须远，变风变雅之道，岂可容易而闻哉？其所要《酒泉子》曲子一十首，并写，封在宅内也。若或水榭高歌，松轩静唱，盘泊之意，缥缈之情，亦尽见于兹矣。其间作用，理且一焉。即勿以札翰不谨而为笑耶？阆顿首。

为一封书简，此录自南图藏明抄本，其中"莰秀"或作"茂秀"，知词为赠人之作，以供选唱。又载有序跋文二则，其一云：

> 潘阆，谪仙人也，放怀湖山，随意吟咏，词翰飘洒，非俗子所可仰望。虽寓钱塘，而篇章靡有存者。《酒泉子》十首，

> 乃得之蜀人，其石本今在彭之使厅。予适为西湖吏，宜镌诸
> 石，庶共其传。崇宁五年重午日武夷黄静记。

知黄氏所得《酒泉子》十首为石刻拓本，据《福建通志》卷三十三"选举"载，黄静，浦城县人，宋神宗元丰五年（1082）进士，扬历州县，所至有声。宋徽宗政和中除福建提举，终朝奉大夫。武夷黄静或为此人。其二云：

> 子通惟是邦以严名州，为子陵也。以桐庐名郡，为桐君
> 也。二公之所立，可以为廉贪立懦，有不容称赞者。皇朝所
> 以作风俗，亦未尝不在是。方削平僭伪，平定戎虏，告成岱
> 宗。时则有若潘先生阆、杨先生朴、魏先生野以高节简知圣
> 心，师表一世。而句法清古，语带烟霞，近时罕及。妄意以
> 为可袭二公之风，谨刻梓于郡斋，以与有志斯道者共之。绍
> 定之元冬十一月辛未，山阴陆子通书。

作于宋理宗绍定元年（1228），知词已结集刊刻。宋潜说友《咸淳临安志》卷六十五载："潘阆，字逍遥，尝居钱塘，今城北潘阆巷是也，俗呼潘郎……崇宁间武夷黄静仕杭，得其诗馀《酒泉子》十首镌诸石，为之跋云：'放怀湖山，随意吟咏。词翰飘然，非俗学所可仰望。潘阆，谪仙人也。'有《逍遥集》行于世。"知原本无《逍遥词》，是据《逍遥集》而命名，《逍遥词》名或定于此。按：陆子通，山阴（今浙江绍兴）人，陆游子。宋宁宗嘉定十二年（1219）为溧阳令。据《景定严州续志》卷二载，陆子通理宗宝庆二年（1226）十一月十五日以奉议郎到任，绍定二年（1229）三月二十二日赴召。

潘氏词集见收于今存抄本词集丛编中的有：

1. 明李东阳辑《南词》本，抄本，其中有《逍遥词》一卷。

2.《宋元明词》本，明抄本，其中有《逍遥词》一卷。

3.《宋明九家词》本，明抄本，其中有《逍遥词》一卷。

4.《宋名贤七家词》本，明抄本，其中有《逍遥词》一卷。

5.《唐宋八家词》本，清鲍氏知不足斋抄本，其中有《逍遥词》一卷，清人魏之琇校。按：魏之琇其人参见"温庭筠"条。

6.《宋金元明十六家词》本，清抄本，其中有《逍遥词》一卷。

以上多见《中国古籍善本书目》著录。

其词集不见于清以前藏书家著录，入清后见于诸家著录的有：

1. 清朱彝尊《词综》"发凡"云有《逍遥词》一卷。

2.《御选历代诗馀》卷一百二"词人姓氏"载云有《逍遥词》一卷。

3. 清陆漻《佳趣堂书目》著录有《逍遥词》一卷，壬寅。按：陆漻生于清世祖顺治元年（1644），卒年不详。壬寅当为清康熙六十一年（1722），时陆氏七十九岁。陆氏未标明版本，疑为抄本。

4. 清丁丙《善本书室藏书志》卷四十载《逍遥词》一卷，精抄本，原为何梦华藏书。丁氏跋云：

> 逍遥，大名人，尝居洛阳卖药。太宗朝有荐其能诗者，召见崇政殿，赐进士及第，授四门国子博士。后坐事遁入中条山中，题诗钟楼，寺僧疑而迹之，复逸去。寻出自首，谪信州。真宗朝为滁州参军，有《逍遥词》一卷，存者惟《酒泉子》十阕，皆忆钱塘山水之作，东坡爱之，至摘书于玉堂屏风，末附到"茂秀"小简一通。崇宁五年武夷黄静记云："潘阆，谪仙人也，放怀湖山，随意吟咏，词翰飘洒，非俗子所可仰望。虽客钱塘，而篇章靡有存者。《酒泉子》十首，乃得之蜀人，其石本在彭之使厅。予适为西湖吏，宜镵诸石，庶永其传。"又有绍定元年山阴陆子通跋语，钱塘何氏梦华馆藏印，乃过录梅禹金本也。鼎祚记云："甲午九月十九日校，新霁月出，步鹫峰寺，前望长桥柳色而归。"

"东坡爱之"句，东坡一作钱希白，详后。按：梅鼎祚（1549—1615），字禹金，号胜乐道人，宣城（今属安徽）人。曾被荐举入朝，辞不赴。归隐于书带园，建天逸阁、东壁楼、鹿裘石室等处为藏书处，藏书累数万卷。编著有《梅禹金集》、《青泥莲花记》、《鹿裘石室集》等书。甲午为明神宗万历二十二年（1594），知丁氏藏书是过录梅氏万历年间所校本。

5. 清陆心源《皕宋楼藏书志》卷一百十九载《逍遥词》一卷，旧抄本。

6. 清沈德寿《抱经楼藏书志》卷六十四载《逍遥词》一卷，旧抄本。

民国时，王鹏运四印斋刻印《宋元三十一家词》，《逍遥词》收入其中。有况周颐跋，云：

> 《古今词话》：潘逍遥自制《忆馀杭》词三首，其词曰："长忆西湖湖水上"，又"长忆孤山山影独"，又"长忆西湖添碧溜"云云。旧刻或云《虞美人》，或云《酒泉子》，皆误。更有失去"山影独"、"添碧溜"字者，不成词矣。按：《词话》所载，即卷中第四、五、六三阕，每起羼入三字，似属杜撰。何谓失去不成词耶？其七阕，考明以来词选、词话，并未载，沈氏殆未见耳。光绪癸巳灌佛日，玉梅词隐校毕记。

光绪癸巳为光绪十九年（1893）。此本见缪荃孙《目录词小说谱录目》、叶德辉《叶氏观古堂藏书目》等著录。检清沈雄《古今词话·词辨》上卷"忆馀杭忆西湖"云：

> 潘阆字逍遥，太宗朝人，狂逸不羁，坐事系狱，往往有出尘之语。《词品》曰：有忆西湖《虞美人》一阕，于时盛传，东坡爱之，书于玉堂屏风。《词综》曰：潘阆有《酒泉子》二阕，石曼卿见此词，使画工绘之作图。柳塘沈雄起而辨之，非《虞美人》，亦非《酒泉子》，乃自制《忆馀杭》也。旧刻词曰："长忆西湖湖水上，尽日凭阑楼上望。三三两两钓鱼舟，岛屿正清秋。　　笛声依约芦花里，白鸟成行忽飞起。别来闲想整纶竿，思入水云寒。"复见《词综》共刻三首，其

二首首句俱失三字，今为正之。其一："长忆孤山山影独，山
在湖心如黛簇。"其二："长忆西湖添碧溜，灵隐寺前天竺
后。"如失"山影独"三字、"添碧溜"三字，便不成词矣。

沈氏认为潘氏词调既不是《虞美人》，也不是《酒泉子》，而是自度
曲，名《忆馀杭》。考宋人较早记载潘氏及其词事的是释文莹《湘山野
录》，卷下云：

潘逍遥阆有诗名，所交游者皆一时豪杰。……阆有清
才，尝作《忆馀杭》一阕曰："长忆西湖，尽日凭阑楼上望。
三三两两钓鱼舟，岛屿正清秋。　笛声依约芦花里，白鸟
成行忽惊起。别来闲想整钓竿，思入水云寒。"钱希白爱之，
自写于玉堂画壁。

又见宋陈应行《陈学士吟窗杂录》卷五十等，首句作四字。《全宋词》
据南京图书馆藏明抄本《逍遥词》录《酒泉子》十首，首句均为四字
句，而非七字句。录潘氏《忆馀杭》"长忆西湖湖水上，尽日凭阑楼上
望"一词，明陈耀文《花草粹编》卷九和明卓人月《古今词统》卷七均
录有《忆馀杭》"长忆西湖湖水上，尽日凭阑楼上望"一首，《花草粹
编》注云据《湘山野录》，首句为七字句，又附引《古今词话》云："石
曼卿见此词，使画工彩绘之作小景图，《湘山》云钱希白爱之，自书玉
堂屏风。"此《古今词话》为宋人杨湜编撰。清朱彝尊《词综》卷四录
潘氏《酒泉子》三词，即"长忆孤山，山在湖心如黛簇"、"长忆西湖，
灵隐寺前天竺后"、"长忆西湖湖水上，尽日凭栏楼上望"，首句七字者
也只是一首。清万树《词律》卷三录《酒泉子》"长忆孤山，山在湖心
如簇黛"，又录"长忆西湖湖水上，尽日凭栏楼上望"，于后者注云：
"首句七字起韵。"又云："按：潘作此词三首，前四十九字者二，此五
十二字者一。旧原系《酒泉子》，即石曼卿取作画图，钱希白自书于玉
堂屏风者。尾句虽稍变，实是《酒泉子》，而《词统》收此一篇作《忆
馀杭》，误也。纵有此别名，亦应附入《酒泉子》，不得另立一调。"

又《御选历代诗馀》卷二十三载此词作《酒泉子》，题解云："又一体，双调五十二字，一名《忆馀杭》，此调始四十字，止于此体。按字分调，各自有别。"知《词综》《词律》《御选历代诗馀》所载首句七字者均只"长忆西湖湖水上"一首。《钦定词谱》卷七于《忆馀杭》云："见《湘山野录》，潘阆自度曲，因忆西湖诸胜，故名《忆馀杭》。《词律》编入《酒泉子》者，误。"《词谱》录潘氏词二首，即"长忆西湖"和"长忆孤山"，首句均四字。按：《乾隆浙江通志》卷二百七十八"艺文二十"载潘氏《酒泉子》四词，录如下：

> 长忆西湖湖水上，尽日凭阑楼上望。三三两两钓鱼舟，岛屿正清秋。　　笛声依约芦花里，白鸟成行忽惊起。别来闲整钓鱼竿，思入水云寒。

> 长忆孤山山下麓，山蠡湖心如黛簇。僧房四面向湖开，轻棹去还来。　　芰荷香喷连云阁，阁上清声檐下铎。别来尘土污人衣，空役梦魂飞。

> 长忆西山山骨瘦，灵隐寺前三竺后。冷泉亭子几经游，三伏似清秋。　　白猿时见攀高树，长啸一声何处去。别来几向画图看，终是欠峰峦。

> 长忆高峰峰一对，峰上塔高尘世外。昔年独上最高层，月出见微棱。　　举头咫尺疑天汉，星斗分明在身畔。别来无翼可飞腾，何日得重登。

首句均作七字句，且较沈雄《古今词话》所载多一首，文字也有出入。前文知陈耀文是据杨湜《古今词话》抄录的，杨湜为南北宋间人，如此的话，首句为七字句的宋代就已存在了，但只有"长忆西湖湖水上"一首，其他未见。疑潘氏《酒泉子》十首还有另一版本，即首句均为七字句者。

张先

张先（990—1078），字子野，乌程（今浙江吴兴）人。宋仁宗天圣八年（1030）进士。知吴江，签判嘉禾，神宗熙宁间以尚书都官郎中致仕。著有《安陆集》、《子野词》。

张先词集，较早见于陈振孙《直斋书录解题》卷二十一著录，作《张子野词》一卷，云：

> 都官郎中吴兴张先子野撰。李常公择为六客堂，子野与焉，所赋词卒章云"也应傍有老人星"，盖以自谓，是时年八十馀矣。东坡倅杭，数与唱酬。闻其买妾，为之赋诗，首末皆用张姓事。《吴兴志》称其晚年渔钓自适，至今号张钓鱼湾。死葬弁山下，在今多宝寺。案：欧阳集有《张子野墓志》，死于宝元中者，乃博州人，名姓字偶皆同，非吴中之子野也。

此为长沙刻《百家词》本。马端临《文献通考》卷二百四十六"经籍考七十三"据此录入。

宋以后，见诸诸家著录的有：

一、《张子野词》

A. 抄本

今存抄本词集丛书收有其词集的有：

1. 明吴讷辑《唐宋名贤百家词》本，明抄本，其中有《张子野词》一卷。

2. 《宋金元名家词抄》本，清抄本，其中有《张子野词》一卷。

3. 《宋元人词》本，清抄本，其中有《张子野词》一卷。

4. 朱祖谋辑《彊村丛书》本（二十二卷），稿本。今藏上海图书馆，其中有《张子野词》二卷补遗二卷。

又见于藏家著录的抄本有：

1. 清范懋柱《天一阁藏书目》卷四之四著录有《张子野词》一卷，绵纸，抄本。

2. 清黄丕烈《荛圃藏书题识》卷十载《张子野词》一卷，云钱颐仲孙艾写本。有黄氏题识文三则，移录如下：

张子野词，学山海居中尚有藏本，留此以书存人。见颐仲之为人，可补志乘所未备，复翁记。

是书栏格傍有"幽吉堂"三字，卷中有"颐仲钱孙艾印"二印、"彭城"一印、"钱氏幽吉收藏印记"一印。余初不知其为何许人，客岁，有书友携校宋本《嘉祐新集》来，其抄补之叶俱有"怀古堂"字刻于版心，又有"颐仲钱孙艾印"，玩其跋语，知与钱孙保求赤为兄弟行。而此抄本张子野词，即钱孙艾手笔也。考《苏州府志》：钱谦贞，字履之，读书求志，辟怀古堂以奉母。子孙保，字求赤。为人方严抗特，勤读书，有父风。独未及其次子孙艾字颐仲者，幸赖《嘉祐新集》有以证之。幽吉堂独见于此书，可见知人论世之难，而没世称名，不能牵连及之者，为更足悲也。乙亥仲夏，偶检及此，因记，复翁。

去岁所见校宋本《嘉祐新集》出于怀古堂者，余为友人陈仲遵言之，后退还书贾，即归陈氏。项因欲对钱颐仲笔迹，复从西畇草堂借归，逐一对勘，知最后老苏墓铭等一卷，皆其亲笔，与此抄手正同，则此本的系颐仲手书矣。颐仲既不附见于《苏州府志》，而幸赖《嘉祐新集》一书后有钱求赤跋，始知其人，甚哉！古书之不可轻弃，足为知人论世之一助也。因录彼书跋语一则附考。

后又移录钱孙保清顺治三年（1646）题识文一，云："右《嘉祐集》三本，题照绍兴宋本校正，其中点阅，皆亡弟手笔，兼多手书，其补写者，为张氏家仆王泰。今舍弟既发愤而没，王泰亦遭□难以死。独余茕茕踽踽，苟生人间，每一展览，未尝不为之流涕痛哭也。"亡弟即钱孙艾。按：钱谦贞（1593—1646），明末江苏常熟人。有二子：长子孙保（1624—？），又名容保，字求赤，号匪庵。次子孙艾（？—1645），字颐仲，年仅二十卒。孙保、孙艾均喜藏书校书，冯舒《怀旧集》云孙艾："亦喜诵读，每与人通假抄录，朱黄两豪不去手。"幽吉

堂当为其藏书处。钱孙艾所抄张先词，未知所据。黄氏题识写于乙
亥，即嘉庆二十年（1815），次年又借陈仲遵藏本校勘，按：陈塽，字
仲尊，一作仲遵，又字古衡，号苇汀、西畇，别署白堤花隐、南湖花
隐，清长洲（今江苏苏州）人。生卒年不详。工画山水。藏书甚富，
藏书处所有西畇草堂、山光塔影楼、晚翠轩等，编有《列朝诗文集
目》、《西畇寓目编》等。

黄氏藏书后为周星诒传忠堂所有，《传忠堂书目》卷四有著录，
云："《张子野词》一卷，一册，钱孙艾幽吉堂抄本，黄丕烈手跋。"
按：周星诒（1833—1904），字季贶，一字曼嘉，号巳翁，又号窳翁，
先世为绍兴人，后徙居河南祥符。清咸丰十年（1860）以同知分发福
建候补，同治时补邵武府同知。父兄均雅好藏书，购得陈氏带经堂所
藏，多前贤手录及名家批校。藏书处有书抄阁、传忠堂，编有《书抄
阁行箧书目》，后罗振常改题为《周氏传忠堂藏书目》，又有手写《窳
橫旧藏书目》。

此书后又为蒋凤藻所得，蒋氏《铁华馆家藏书目》著录云："《张
子野词》，一本，钱孙艾抄，荛翁跋。"又蒋氏《秦汉十印斋藏书目》
卷四著录云："《张子野词》一卷，钱氏幽吉堂抄本，黄荛翁圈手
校。"按：蒋凤藻，字香生，一作芗生，长洲（今江苏苏州）人。家世
货殖，任福宁知府，约卒于光绪二十二年（1896）前。与周星诒为同
年友，又为姻亲，周氏藏书多归其有，藏书处有铁华馆、心矩斋、秦汉
十印斋等。此书又曾归双宋斋所有，见《双宋书斋善本书目》著录，
云："《张子野词》一本，钱孙艾幽吉堂抄本，荛翁手跋。"按：《双宋
书斋善本书目》，朱丝兰抄本，编撰者不详，其书钤有"君谦"、"磊盦
珍藏"、"德基"等印。按：张祖翼（1849—1917），字逖先，号磊盦，
安徽桐城人。善书法篆刻。知《双宋书斋善本书目》曾为张氏藏书。

3. 清韩应陛《读有用书斋藏书志》著录有《张子野词》一卷，明
抄本。并云："卷末有墨书三行云：尚书郎张先子野善著词，有云'云
破月来花弄影'、'帘幕卷花影'、'堕轻絮无影'，世称诵，云张三
影。右书刘（疑作陈）后山居士诗话四十五字，无署名。卷首有'李

琳'朱白文二方印、'每爱奇书手自抄'朱文方印。"按：《读有用书斋书目》、《韩氏藏书目》以及《云间韩氏藏书目附书影》均著录有《张子野词》一卷，均云旧抄本，或指明抄本。检张乃熊《菦圃善本书目》卷五上"抄稿本上·旧抄精抄本"载《张子野词》一卷，云："旧抄本，一册，校，读有用书斋旧藏。"即此书。按：张乃熊（1891—1942），字芹伯，又字芹圃，张钧衡子，浙江吴兴人。藏黄丕烈跋本达百部，所藏大都售与中央图书馆。

4. 清丁丙《善本书室藏书志》卷四十载《张子野词》一卷，明抄本。云：

> 宋张先撰，先字子野，吴兴人。天圣八年进士。晏殊尹京兆，辟为通判，历官都官郎中。居钱塘，尝创花月亭。张铎《湖州府志》称先有文集一百卷，惟乐府行于世。《宋艺文志》载先诗集二十卷，《直斋书录解题》载张子野词一卷。自明以来久罕流传，汲古阁刻《六十家词》，亦无先集。《四库》著录者，乃安邑葛鸣阳所辑，名《安陆集》，凡诗八首，词六十八首。右明抄本词一百二十九阕，后附东坡题跋，较为完善。侯文灿编《名家词》十卷，阮文达尝进之天府，此即《名家词》中之一也。

按：清康熙二十八年（1689）侯氏亦园刊《名家词》侯氏序云："既闻孙星远先生有《唐宋以来百家词》抄本，访之，仅存数种，合之箧中所藏，共得四十馀家，拟公当世，兹先刻十家，余即以次付梓人。"《唐宋以来百家词》即明吴讷编《唐宋名贤百家词》，今存明抄本，其中《张子野词》存词一百三十首，知侯氏所据为吴讷本。丁氏藏明抄本当与吴讷本同源。又《江南图书馆善本书目》载《张子野词》一卷，云明抄本。按：丁氏藏书多归藏江南图书馆，此本当为《善本书室藏书志》所著录者，今存南京图书馆，又见《中国古籍善本书目》著录。

5. 清沈德寿《抱经楼藏书志》卷六十四著录有《张子野词》二卷补遗二卷，为抄本。云："右录《安陆集》一卷，近时安邑葛鸣阳所辑，凡词六十八首，较为完善，末附东坡题跋。"知自别集《安陆集》析出，存词只及吴讷编《唐宋名贤百家》本半数强。

6. 《中国古籍善本书目》载《张子野词》一卷，清初抄本，藏上海图书馆。

7. 《中国古籍善本书目》载《张子野词》二卷补遗二卷，清抄本，藏北京大学图书馆。

B. 刊本

张先词集，不见明刻本，入清以来有以下几种：

1. 清侯文灿辑《十名家词集》本，清康熙二十八年（1689）侯氏亦园刻本，其中有《子野词》一卷。缪荃孙《目录词小说谱录目》等著录。

2. 清鲍廷博辑《知不足斋丛书》本，清乾隆、道光间长塘鲍氏刊本，其中有《张子野词》二卷补遗二卷。补遗二卷为鲍氏辑录，鲍氏跋曰：

> 张都官以歌词擅名当代，与柳耆卿齐名，尤以韵高见推同调。"三中"、"三影"流声乐府，至今艳称云。而《安陆集》独见遗于汲古阁《六十家词》刻之外，诚词坛憾事也。项得绿斐轩抄本二卷，凡百有六阕。区分宫调，犹属宋时编次，喜付汗青。既又得亦园十家乐府所刊，去其重复，得六十二阕。诸家选本中采辑一十六阕，次为补遗二卷。合计得词一百八十四阕，于是子野词收拾无遗矣。昔东坡先生称子野诗笔老妙，可以追配古人，歌词乃其馀事。惜全集久亡，无从缀辑，以存其梗概耳。乾隆戊申腊月朔，歙鲍廷博识。

作于乾隆五十三年（1788），以张氏词集不见收于毛氏汲古阁刊《宋名家词》中，甚觉遗憾。按：绿斐轩，一作菉斐轩，此或为影宋抄本。鲍氏刊本又有黄锡禧跋云：

> 是本比侯亦园刻增多五十六阕，校注亦详。惟误标之

> 调、后添之题，不免杂厕。引校异文，又间有显系伪谬者，辄
> 为芟薙，以便翻觅，未敢贤诸大雅也。己未三月，锡禧识。

己未为清咸丰九年（1859），知黄氏有批校。按：黄锡禧，字子鸿，一字勺园，号鸿道人，斋名栖云山馆，浙江仁和人。鲍氏刊本见于多家著录，如清耿文光《万卷精华楼藏书记》、清秦嘉谟《思补精舍书目》，以及吴昌绶《双照楼续辑宋金元百家词目》、缪荃孙《目录词小说谱录目》、叶德辉《叶氏观古堂藏书目》、《生白斋读书自省记》等。

3. 朱祖谋《彊村丛书》本，朱氏跋云：

> 鲍刻《张子野词》二卷补遗二卷，原校稍繁，经江都黄子
> 鸿芟正，仍著卷中。兹举诸条，据黄氏改订，或谬见所及者，
> 疏记如右。

据校记，凡十二则，称引自黄氏校文的只七则，多为文字校异，也有改校词牌的。

4. 民国时中华书局排印《四部备要》，其中有《张子野词》二卷补遗二卷附校记一卷，《四部备要书目提要》之"本书略述"云：

> 鲍氏廷博得绿斐轩《张子野词》抄本二卷，凡百有六阕，
> 每阕区分宫调，犹属宋时编次。既又得侯文灿《十名家词
> 集》所刊，去其重复，得六十三阕，复于诸家选本中采辑一十
> 六阕，次为《补遗》二卷，合计得词一百八十四阕，于是子野
> 词收拾无遗，曾刻入《知不足斋丛书》中。……

是据鲍本校印，并将朱孝臧校记采入。

C. 版本不详者

1. 《永乐大典》自《张子野词》引录十三首：《汉宫春》一首，见2811/20A（指卷数及页码，下同）；《倾杯》一首，见 7962/15A;《如梦令》、《西江月》、《塞垣春》三首，见 14381/28B;《木兰花》、《更漏子》、《少年游》、《醉落魄》、《燕春台》二首，见 20353/8A。

2. 明钱溥《秘阁书目》"诗集"著录有《张子野词》。

3．明赵用贤《赵定宇书目》著录有《张子野词》一本。

4．明陈第《世善堂藏书目录》卷下著录有《张子野词》一卷。

5．明董其昌《玄赏斋书目》卷七著录有张先《子野词》。

6．明赵琦美《脉望馆书目》著录有《张子野词》一本。

7．明梅鼎祚《青泥莲花记》"采用书目"，其中有《张子野词》，未标明卷数。

8．明毛晋《汲古阁毛氏藏书目录》著录有《张子野词》一卷，云："吴兴张先字子野，即三影是也。"当源自宋刊《百家词》本。

9．清钱曾《钱遵王述古堂藏书目录》著录有《张子野词》一卷。

10．清钱曾《也是园藏书目》卷七著录有《子野词》一卷。

11．清朱彝尊《词综》"发凡"载《子野词》一卷。

12．《御选历代诗馀》卷一百二云张氏有《子野词》一卷。

13．《浙江通志》卷二百五十二"经籍集部·乐府"载有《张子野词》一卷。

14．清郑元庆《湖录经籍考》卷五著录有《子野词》一卷。

15．清王闻远《孝慈堂书目》著录有《张子野词》一卷。

16．清孙星衍《孙氏祠堂书目》卷四著录有《张子野词》二卷补遗一卷。

17．《今生读作来生用藏书目录》著录有《张子野词》二卷补遗二卷。

18．清庄仲芳《映雪楼藏书目考》卷十著录有《张子野词》一卷补遗一卷，云："宋都官郎中乌程张先撰，先字子野，当时以张三影传。乐府之工与柳永埒，是编一名《安陆集》。"

以上诸家所载，或未标明版本，或未标明卷数。其中明人著录的当以抄本居多，而清人著录的或有鲍氏刊本，只是卷数略歧出，不能确认。

二、别集本

清朱彝尊《词综》卷五张先小传云有《安陆集词》一卷，为别集附词者。《安陆集》现存较早的为乾隆年间安邑葛鸣阳校刻本，至光绪八年（1882）和十八年，又有香山刘氏小苏斋重刊本。葛鸣阳跋云：

> 余既刻张有《复古编》，考其家世，盖卫尉寺丞维之曾孙，都官郎中先之孙也。维有《曾乐轩稿》，先有《安陆集》，残阙之馀，散见他书。先以乐府擅名一时，毛氏《六十家词》初不及先。今搜辑遗逸，得如干首，合其诗为一卷。维诗则采之《十咏图》自为一卷，然因端蹅事，实阶于《复古编》也，故并为镂木。归安丁小雅杰、海宁沈鲍尊心醇、曲阜桂未谷馥、吾乡宋芝山葆醇同与校雠，佐予不逮云。

跋作于乾隆四十六年（1781），又云：

> 无名氏《北宋人小集·张都官集》五首，《绍兴续编到四库阙书目》：《张先集》十二卷，又曰张先《安陆集》，又曰《子野词》一卷。《齐东野语》曰：余家偶藏子野诗一帙，名《安陆集》，然则安陆为子野集之总名，词仅集中之一卷耳。

所刊除《安陆集》外，还有张维《曾乐轩稿》和张有《复古编》，为张氏祖孙三代书稿汇集。《安陆集》存诗八首、词六十八首。按：明董斯张《吴兴备志》卷二十二"经籍征第十八"引周密《癸辛杂志》云张先《安陆集》一百卷，然检周密《齐东野语》卷十五"张氏十咏图"云："余家又偶藏子野诗一帙，名《安六（当作陆）集》，旧京本也，乡守杨嗣翁见之，因取刻之郡斋。"未言卷数，知《安陆集》原一百卷，失传甚多，即使存留的词，也仅仅是今存的一半强。《四库全书》据以录入，提要云：

> 张铎《湖州府志》称先有文集一百卷，惟乐府行于世。《宋史·艺文志》载先诗集二十卷，陈振孙《十咏图》跋称偶藏子野诗一帙，名《安陆集》，旧京本也，乡守杨嗣翁见之，因取刻之郡斋云云。案：此跋载周密《齐东野语》。则振孙时其集

尚存，然振孙作《直斋书录解题》，乃惟载《张子野词》一卷，而无其诗集，殊不解其何故也。自明以来并其词集亦不传，故毛晋刻六十家词独不及先。此本乃近时安邑葛鸣阳所辑，凡诗八首、词六十八首。其编次虽以诗列词前，而为数无几，今从其多者为主，录之于词曲中。

葛鸣阳校刊本，有诗有词，因词多于诗，四库本置诗八首于词后。此本多见后人著录，如：

1. 清佚名《小万卷楼书目》载《安陆集》一卷附录一卷，葛鸣阳本。

2. 清沈德寿《抱经楼藏书志》卷六十四"集部·词曲类"载《安陆集》一卷，乾隆刊本。

3. 清耿文光《万卷精华楼藏书记》卷一百四十三"集部五·词曲类一"载安陆集一卷附录一卷，云："安邑葛氏本，乾隆辛丑葛鸣阳校刊，有跋，凡诗八首，词六十八阕。"

4. 缪荃孙《目录词小说谱录目》"词类二"载《安陆集》一卷附录一卷附《复古编》，刊本。

5. 清刘体智《远碧楼经籍目》卷三十一"集部·词类"载《安陆集》一卷附录一卷附《复古编》本。

6. 河田罴编《静嘉堂秘籍志》卷五十"陆氏十万卷楼旧藏·词曲类"载《安陆集》，刊本，《曾乐轩集》合刊。

以上知诸家均把《安陆集》归于词曲类。此外，见于藏书家著录的还有：

1. 清许槤《古韵图书目》卷四载《安陆集》一卷附录一卷。

2. 清张宗祥《补抄文澜阁四库阙简记录》载《安陆集》一卷附录一卷，一册。

3. 清王修《诒庄楼书目》卷八载《安陆集》一卷，郑叔问、朱古微校本。有朱祖谋、郑文焯手跋。

4.《修绠堂书目二十二年（北平）》"词曲类"载《安陆集》一

卷，竹纸，一册。

以上未标明版本，其中或为乾隆葛氏刊本，或是光绪复刊本。又《墨缘堂经籍金石书画目录》载《安陆集诗词》合一卷附录一卷，汪潮生辑，汪氏刊本，蟫隐庐印行，白纸，一本。按：罗振常（1875—1942），字子经，一字子敬，浙江上虞人，蟫隐庐为其藏书处。汪氏辑本，当属晚清至民国时印本。

晏殊

晏殊（991—1055），字同叔，临川（今江西抚州）人。宋真宗景德初以神童荐于朝，与进士并试，赐同进士出身，擢秘书省正字。仁宗明道元年（1032）拜参知政事，卒谥元献。有文集二百四十卷，不存。另有《珠玉集》。

晏氏词集见于宋时，宋胡仔《苕溪渔隐丛话·后集》卷三十三云：

> 苕溪渔隐曰：《雪浪斋日记》谓："晏叔原工于小词，'舞低杨柳楼心月，歌尽桃花扇影风'，不愧六朝宫掖体。"无咎评乐章，乃以为元献词，误也。元献词谓之《珠玉集》，叔原词谓之《乐府补亡集》，此两句在《补亡集》中，全篇云："彩袖殷勤捧玉钟，当年拚却醉颜红。舞低杨柳楼心月，歌尽桃花扇影风。　　从别后，忆相逢，几回魂梦与君同。今宵剩把银釭照，犹恐相逢是梦中。"词情婉丽。

这是较早提及《珠玉集》的，胡仔生活于南北宋之交，《珠玉集》或北宋时就已行世了。至南宋时，陈振孙《直斋书录解题》卷二十一载《珠玉集》一卷，为长沙刻《百家词》本，云："其子几道尝言：先公为词未尝作妇人语，以今考之，信然。"元马端临《文献通考》卷二百四十六"经籍考七十三"据以著录。又宋黄昇《唐宋诸贤绝妙词选》卷三云："公有词名《珠玉集》，张子野为序。"张先，字子野，与晏殊同时，张氏序已佚。

宋以后著录名曰《珠玉集》的，见于明钱溥《秘阁书目》，其中有

《珠玉集》，未标明版本和卷数，除此外，明清以来著录为词集名《珠玉集》的罕见，而著录为《珠玉词》的较多，述如下：

一、《珠玉词》

A. 刊本

1. 明末毛氏汲古阁刻《宋名家词》本《珠玉词》一卷，毛晋跋云：

> 同叔，抚州临川人也。七岁能属文，张知白以神童荐，真宗召见，与千馀人并试廷中，神气不慑，援笔立成。帝异之，使尽读秘阁书，每取咨访，率用寸方小纸细书问之。继事仁宗，尤加信爱，仕至观文殿大学士。以疾请归，留侍经筵。及卒，帝临奠，犹以不亲视疾为恨，特罢朝三日，赠谥元献。一时贤士大夫，如范仲淹、欧阳修等皆出其门，择婿又得富弼、杨察。赋性刚峻，遇人以诚，一生自奉如寒士。为文赡丽，应用不穷，尤工风雅，间作小词。其暮子几道云："先公为词，未尝作妇人语也。"

未言所据版本，此本见清郑德懋辑《汲古阁校刻书目》之《宋名家词六集》著录，云凡四十叶。又清耿文光《万卷精华楼藏书记》卷一百四十三著录此本，又引夏树芳序曰："毛氏刻《宋名家词》，凡十人，捃摭□异，各具本色，余得而下上之。"耿氏案云："此题《宋名家词》共十三卷，与《六十家词》为二种。"按：毛氏刊《宋名家词》凡六集，每集所刻时间不一，第一集收《珠玉词》十家，共十三卷，夏氏序所指是第一集刊刻的时间。耿氏所云有误。又清赵宽《小脉望馆书目》"亨册·木字箱"著录有《珠玉词》等十家八本，即指此。

2. 清光绪年间汪氏振绮堂重刊汲古阁本《宋名家词》，较汲古阁原刊本，此本反倒更易寻见。此本见叶德辉《叶氏观古堂藏书目》、李盛铎《天津延古堂李氏旧藏书目》著录，又《中国古籍善本书目》载《珠玉词》一卷，云清光绪十四年汪氏刻《宋名家词本》本，有朱孝臧校，藏浙江图书馆。

B. 抄本

今存抄本丛书收有其词集的有：

1. 明吴讷辑《唐宋名贤百家词》本，明抄本，其中有《珠玉词》一卷。

2. 明李东阳辑《南词》本，抄本，其中有《珠玉词》一卷。

3. 《宋二十家词》本，明抄本，其中有《珠玉词》一卷，有清许宗彦、丁丙跋，今藏南京图书馆。按：丁丙《善本书室藏书志》卷四十载《珠玉词》一卷，云："明抄本，鉴止水斋藏书。"提要云：

> 同叔名殊，临川人。景德初张知白安抚江南，以神童荐，真宗召见，命与进士并试，援笔立成，赐同进士出身，累官翰林学士，左庶子。仁宗朝迁右谏议大夫、兼侍读学士，历迁至参知政事、集贤殿学士，拜同中书门下平章事、兼枢密使，卒赠司空兼侍中，谥元献。陈振孙《书录解题》载殊《珠玉词》一卷，毛晋刻冠《六十家词》，即此本也。旧有张先序，今佚。殊词不蹈袭前人语，而风调闲雅，尤喜冯延巳词，其所自作亦不减延巳。卷首有许周生题字，盖经鉴止水斋收藏者也。

按：许宗彦（1768—1818），字积卿，一字固卿，号周生，浙江德清人。清嘉庆四年（1799）进士，授兵部车驾司主事。好藏书，著有《鉴止水斋集》、《鉴止水斋藏书目》。盖《善本书室藏书志》析出著录。

4. 清《四库全书》本，其中有《珠玉词》一卷，提要云：

> 宋晏殊撰，殊有《类要》已著录。陈振孙《书录解题》载殊词有《珠玉集》一卷，此本为毛晋所刻，与陈氏所记合，盖犹旧本。《名臣录》称殊词名《珠玉集》，张子野为之序。子野，张先字也。今卷首无先序，盖传写佚之矣。殊赋性刚峻，而词语特婉丽，故刘攽《中山诗话》谓元献喜冯延巳歌词，其所自作亦不减延巳。赵与旹《宾退录》记殊幼子几道

尝称殊词不作妇人语，今观其集，绮艳之词不少，盖几道欲重其父名，故作是言，非迥论也。集中《浣溪沙》春恨词"无可奈何花落去，似曾相识燕归来"二句，乃殊《示张寺丞王校勘》七言律中腹联，《复斋漫录》尝述之，今复填入词内，岂自爱其造语之工故不嫌复用耶？考唐许浑集中"一樽酒尽青山暮，千里书回碧树秋"二句，亦前后两见知，古人原有此例矣。

所据为毛氏汲古阁刊本。又《钦定续通志》卷一百六十三载《珠玉词》一卷，当与库本同。又见《四库著录江西先哲遗书目》著录，有《珠玉词》一卷。

5.《大小晏词》本，清抱经斋抄本，其中有《晏同叔珠玉词》一卷拾遗一卷，藏国家图书馆。按：徐嘉炎（1631—1703），字胜力，号华隐，秀水（今浙江嘉兴）人。清康熙十八年（1679）举博学鸿儒，授翰林院检讨，官至内阁学士兼礼部侍郎。家有抱经斋，聚书颇多。著有《抱经斋诗集》、《焚馀草》等。

又见于藏家著录的抄本有：

1. 清范懋柱《天一阁藏书目》卷四之四著录有《珠玉词》一卷，云："绵纸，抄本。"按：傅增湘《双鉴楼善本书目》卷四著录有《珠玉词》一卷，明抄本，天一阁藏书。又傅氏《藏园群书经眼录》卷十九著录有《珠玉词》一卷，注云：共一百四十二首。又云："明蓝格写本，十行二十一字。天一阁旧藏。"（余藏）

2. 清陈徵芝《带经堂书目》卷四下著录有《珠玉词》一卷，影宋抄本。

3. 清韩应陛《读有用书斋藏书志》著录有《珠玉词》一卷，明抄本。又云："每半页八行，每行十四字。有'士礼居藏'八分书朱文长方印、'黄印丕烈'、'荛圃'朱文二方印。"按：《读有用书斋书目》载《珠玉词》一卷，旧抄本，士礼居旧藏。又《韩氏藏书目》和《云间韩氏藏书目附书影》载《珠玉词》一卷，云旧精抄本。

4. 清陆心源《皕宋楼藏书志》卷一百十九载《珠玉词》一卷，注云："陆敕先校宋本。"又移录陆敕先手跋曰："七月二十四校，凡二抄本，其一即底本也，章次皆同，而此刻独异，据卷首有潜翁手注，云依宋刻本。"按：陆贻典（1617—1686）字敕先，号觌庵，清江苏常熟人。明诸生，曾入钱谦益门下。与毛晋为儿女亲家，为毛扆丈人，翁婿二人常共同校书。至于潜翁，不知何氏。陆贻典所见为潜翁依宋本校的抄本，而非宋本，陆心源著录不确切。

5. 清薛福成《天一阁见存书目》卷四著录有《珠玉词》一卷，云："全，抄本。"

6. 《中国古籍善本书目》载《珠玉词》一卷，明抄本，藏国家图书馆。

7. 《中国古籍善本书目》载《珠玉词》一卷，明抄本，清何焯校，藏原杭州大学(今浙江大学)图书馆。

C. 未标明版本者

1. 明毛晋《汲古阁毛氏藏书目录》著录有《珠玉词》一卷。

2. 清钱曾《也是园藏书目》卷七著录有《珠玉词》一卷。

3. 清朱彝尊《词综》"发凡"及卷四小传云有《珠玉词》一卷。

4. 清徐文元《含经堂藏书目》著录有《珠玉词》一卷。

5. 清陆漻《佳趣堂书目》著录有《珠玉词》一卷。

6. 清庄仲芳《映雪楼藏书目考》卷十载《珠玉词》一卷。

以上诸家均未标明版本，除庄仲芳外，其馀诸家所藏为抄本的可能性居多。另明董其昌《玄赏斋书目》卷七著录有《晏珠玉词》，未标明卷数版本，当属抄本。

二、《珠玉词抄》

清咸丰初年，晏端书辑刻有《珠玉词抄》一卷补抄一卷，跋云：

> 余家贫，罕藏书，幼时曾觅先元献公暨小山公词集，不可得，乃就《钦定历代诗馀》中摘录成帙，藏诸箧衍，几三十年矣。丁未孟秋，典郡吴兴，薄领稍闲，始谋以付梓。继权纂

武林，恭阅文澜阁藏书，知《四库》著录词曲类以《珠玉词》为首，其本为毛氏汲古阁所辑，视曩所录，计多词三十七首。愧当时未见原帙，而《历代诗馀》中有词七首，又毛本所未载，则正不必合而一之也。因取手录本一百首为《珠玉词抄》一卷，其馀三十七首为《珠玉词补抄》一卷，共词一百三十七首。惟别集类有《元献遗文》一卷，所录诗馀，视此为少，且羼入小山公词，是原编率略已甚。中间多词三首，亦恐流传未审，不敢轻录。至诗文各止六首，篇页寥寥，尤难成卷，俟他日悉心蒐采，再为刊布焉。咸丰二年八月，裔孙端书谨识。

丁未为清光绪二十七年（1847），提及的《元献遗文》存词情况，参见后文说明。此为咸丰二年（1852）扬州刻本，又有光绪十一年（1885）扬州重刻本。此本多见于藏书家著录，如刘声木《苌楚斋书目》卷二十二、缪荃孙《目录词小说谱录目》、郑振铎《西谛书目》卷五等。

又见于著录的有：

1.《稊米楼书目》"月字号"著录有精刻《珠玉词抄》一卷补抄一卷，云："咸丰中晏端书刊袖珍本，有批注。"批注者不详。

2. 余一鳌《无锡西溪余氏负书草堂所藏书目》著录有《珠玉词抄》一卷，云："心禅公朱句过，一本。"未标明版本，疑为晏端书编本。按：余一鳌（1838—1895），字成之，号心禅居士，江苏无锡人。曾从水师戎幕，官候选通判。善词，喜藏书，藏书处为负书草堂。

三、《晏元献公乐府》

《永乐大典》卷 540（第 18A 页）自《晏元献公乐府》引录有《少年游》一词。此种不见后人著录。

四、别集本

刘克庄《后村先生大全集》卷一百八《再题黄孝迈长短句》云："本朝庐陵、临淄二公，于高文大册之外，时出一二，存于集者可见也。"临淄公即晏殊，知全集中附有词，欧阳修《居士集》卷二十二《晏公神道碑铭》云晏氏有文集二百四十卷，今不存，后人辑有遗文，不及十卷。《江西通志》卷八十"人物·抚州府"于晏氏传引《东都事略》云："有文集二百四十卷，又集古今文章为集选二百卷。"注云："按：晏元献所著尚有《紫薇集》一卷、《珠玉词》一卷、《翰苑制词》二十卷、《类要》八十卷、《方岳志》五十卷。"

按：《四库全书》收有《元献遗文》一卷，其中文六篇、诗六首、诗馀五十一首，词仍居大头。所收词有三十首并不见于汲古阁刊本《珠玉词》中，据《全宋词》，其中有六首为晏殊词外（即《浣溪沙》"已是年光有限身"，《鹊踏枝》"槛菊愁烟兰泣露"，《木兰花》"东风昨夜回梁苑"、"池塘水绿风微暖"、"朱帘半下香销印"三词，《玉楼春》"绿杨芳草长亭路"），其馀二十四首为他人，属于晏几道就有二十首（即《临江仙》"斗草阶前初见"、"浅浅馀寒春半"二词，《蝶恋花》"醉到西楼醒不记"、"欲减罗衣寒未去"二词，《鹧鸪天》"彩袖殷勤捧玉钟"、"斗鸭池南夜不归"、"陌上蒙蒙残絮飞"三词，《生查子》"金鞭美少年"，《南乡子》"绿水带春潮"，《清平乐》"留人不住"、"西池烟罩"、"暂来还去"三词，《木兰花》"秋千院落重帘暮"，《菩萨蛮》"哀筝一弄湘江曲"，《玉楼春》"一尊相遇春风里"，《阮郎归》"残香剩粉似当初"，《虞美人》"飞花自有牵情处"、"曲阑干外天如水"二词，《踏莎行》"雪尽寒轻"，《六么令》"日高春睡"）。另有欧阳修《浣溪沙》"青杏园林煮酒香"、赵令畤《蝶恋花》"卷絮风头寒欲尽"、冯延巳《阮郎归》"南园春半"、无名氏《御街行》"霜风渐紧寒侵被"各一首。

杜安世

杜安世，字寿域，一名寿域，字安世，京兆（今陕西西安）人。生卒年不详，著有《寿域词》。

其词集宋代已刊行，陈振孙《直斋书录解题》卷二十一著录有《杜寿域词》一卷，云："京兆杜安世寿域撰，未详其人，词亦不工。"为宋长沙刊《百家词》本。元马端临《文献通考》卷二百四十六"经籍考

"七十三"据此著录。宋元以后见于著录的有：

一、刊本

杜氏词集，明清以来，只有毛氏汲古阁刊《宋名家词》本，名《寿域词》，毛氏跋云：

> 杜寿域，不知何许人。据陈氏云："京兆杜安世，字寿域。"黄氏又云："字安世，名寿域。"未知孰是？侪辈嗤其词不工，余初读其《诉衷情》云："烧残绛蜡泪成痕，街鼓报黄昏。碧云又阻来信，廊上月侵门。　　愁永夜，拂香裀，待谁温？梦兰憔悴，掷果凄凉，两处消魂。"语纤致巧，未尝不工。此词载《花庵词选》，不载本集。本集载《折红梅》一首，龚希仲又谓是吴中丞红梅阁词，纪之甚详。吴感，字应之，以文章知名。天圣二年省试为第一，又中九年书判拔萃科，仕至殿中丞。居小市桥，有侍姬曰红梅，因以名其阁。尝作《折红梅》词曰："喜轻澌初泮，微和渐入，芳郊时节春消息。夜来陡觉，红梅数枝争发。玉溪仙馆，不是个寻常标格。化工别与，一种风情，似匀点胭脂，染成香雪。　　重吟细阅，比繁杏夭桃，品流真别。只愁共彩云易散，冷落谢池风月。凭谁向说，三弄处龙吟休咽。大家留取倚阑干，闻有花堪折，劝君须折。"其词传播人口，春日群晏，必使倡人歌之。吴死，其阁为林少卿所得，兵火前尚存。子纯，字晦叔，文行亦高，乡人呼为吴先生。杨元素《本事集》误以为蒋堂侍郎有小鬟号红梅，其殿丞作此词赠之，可见诗词名篇，互淆者甚多，同时尚未能析疑，何况千百年后邪？

未言所据。此本见清郑德懋辑《汲古阁校刻书目》之《宋名家词六集》第六集著录，云凡三十一叶。

又《四库全书总目》著录有此书，提要云：

> 《寿域词》一卷，宋杜安世撰。安世字寿域，京兆人。黄

昇《花庵词选》又谓名寿域，字安世，未知孰是？《书录解题》载《寿域词》一卷，其事迹本末，陈振孙已谓未详。集内各调皆不载原题，无可参考，观振孙列之张先词后、欧阳修词前，则北宋人也。振孙称其词不甚工，今核集中所载八十六阕，往往失之浅俗，字句尤多凑泊，即所载《折红梅》一词，毛晋跋指为吴感作者，通体皆剽窃柳永望梅词，未可谓之佳制，振孙之言非过。至《菩萨蛮》第二首乃南唐李后主词，《凤衔杯》第二首乃晏殊词，惟结句增一空字为小异，晋皆未注。晋所称《诉衷情》一首见于《花庵词选》者，仅附载跋中，亦未补入集内。字句讹脱，尤不一而足，首尾仅二十馀纸，舛谬不可胜乙。晋殆亦忽视其词，漫不一校耶？

著录的即为毛晋汲古阁刊本，为安徽巡抚采进本，为《四库存目》者。又《钦定续通志》卷一百六十三据文渊阁著录，其中有《寿域词》一卷，也是据四库而著录的。

又王国维编《大云书库藏书目》卷中载："《寿域词》一卷，宋杜安世。《审斋词》一卷，宋王千秋。《东浦词》一卷，宋韩玉。汲古阁刊本，宁都魏伯子藏书。"所云为罗振常藏书。

二、抄本

今见于抄本词集丛书中收录的有：

1. 明吴讷辑《唐宋名贤百家词》本，明抄本，藏天津图书馆，其中有《杜寿域词》一卷。

2. 明李东阳辑《南词》本，抄本，其中有《寿域词》一卷。

3. 《宋二十家词》本，明抄本，有清许宗彦、丁丙跋，藏南京图书馆，其中有《杜寿域词》一卷。按：清丁丙《善本书室藏书志》卷四十载《寿域词》一卷，明抄本。提要云：

《直斋书录解题》载《寿域词》一卷，其事迹本末未详。观其列于张先之后、欧阳修之前，则为北宋人也。汲古阁刻入《六十家词》，《四库》列之存目，此则明人抄本也。安世词颇伤浅弱，然如"喜轻渐初绽微和"之《折红梅》，"尊前一曲"之《卜算子》，《花庵词选》所收之《诉衷情》，未尝不婉约可诵。

按：《善本书室藏书志》著录的当是此种，只是析出著录罢了。

又见于著录的有：

1. 清钱曾《也是园藏书目》卷七著录有《寿域词》一卷，未标明版本。检傅增湘《藏园群书经眼录》卷十九载《寿域词》一卷，云："戊午又三月十四日述古主人钱遵王校对一过，补录阙文。"戊午为康熙十七年（1678），按：钱曾（1629—1701），字遵王，别号也是翁，江苏常熟人。明诸生，不事科举，以布衣终。家富藏书，与毛晋、毛扆父子等往还，尤其与毛扆等交往密切。酷嗜宋椠，有述古堂，藏宋刻各书。述古主人即钱曾。又傅增湘题云：

> 右词四种，明写本。《知稼翁词》格式甚古，半叶八行，每行十四字，题低二格，题下小序低三格，校字朱笔甚旧，当是述古主人笔也。馀三种皆八行二十字。《烘堂词》亦校过。钤有"清晖馆"、"陆贻裘印"、"黄丕烈印"。皆松江韩德均旧藏。白坚持示，因详记之。（己卯十月）

己卯为民国二十八年（1939），此四种今存台北。据《"中央"图书馆善本书目第一次》载："《烘堂集》一卷，一册，宋卢炳撰，明抄本，清韩应陛朱笔题记。"又："附《审斋词》一卷，宋王千秋撰。《杜寿域词》一卷，宋杜安世撰。《知稼翁词》一卷，宋黄公度撰。清钱曾手校。"知钱曾所藏为明抄本，后为清韩应陛所得。核以韩应陛《读有用书斋藏书志》，其中著录有《寿域词》一卷，作明抄本。而《读有用书斋书目》、《韩氏藏书目》和《云间韩氏藏书目附书影》均作旧抄本，《韩氏藏书目》云"有目无序"。按：韩应陛（？—1860），字绿钦、绿卿，一字对虞，江苏娄县（今上海松江）人。清道光二十四年（1844）举人，官内阁中书。家多藏书，大半为黄丕烈、汪阆源等所藏，藏书处名读书未见斋、读有用书斋，编有《读有用书斋书目》、《云间韩氏藏书目》、《读有用书斋藏书志》等。又韩德均（1898—1930），字子谷，号荀庐。应陛之孙。性爱书，能保藏先世遗书，早卒。傅增湘所见，为韩德均所藏。

2. 清范懋柱《天一阁藏书目》卷四之四著录有《杜寿域词》一卷，绵纸，抄本。

三、版本不详者

1. 明钱溥《秘阁书目》著录有《杜寿域词》。

2. 《永乐大典》卷 6523 第 3A 页和卷 20353 第 14B 页据《杜寿域词》分别引录有《燕归梁》和《凤栖梧》词各一。

3. 明毛晋《汲古阁毛氏藏书目录》著录有《杜寿域词》一卷。

4. 清徐元文《含经堂藏书目》著录有《寿域词》一卷。

5. 叶德辉《叶氏观古堂藏书目》著录有《寿域词》一卷。

以上诸家著录的多属抄本。

欧阳修

欧阳修（1007—1072），字永叔，号醉翁，又号六一居士，吉安永丰（今属江西）人。宋仁宗天圣八年（1030）进士，为馆阁校勘。嘉祐年间拜礼部侍郎兼翰林学士，为枢密副使，擢参知政事。卒赠太子太师，谥文忠。编著有《唐书》、《五代史》、《居士集》等。

欧阳修词集，见于宋人著录的有：

1. 宋罗愿《新安志》卷十"记闻"引崔公度元丰中《阳春录序》云："近时所镂欧阳永叔词亦多有之，皆传失其真本也。"知北宋时已有别行本，名称和卷数均不详。

2. 《景刊宋金元明本词》影印宋刊《欧阳文忠公集》卷一百三十三"近体乐府"附罗泌跋云：

> 情动于中而形于言，人之常也。《诗》三百篇，如"俟城隅"、"望复关"、"摽梅实"、"赠芍药"之类，圣人未尝删

焉。陶渊明《闲情》一赋，岂害其为达，而梁昭明以为白玉微瑕，何也？公性至刚，而与物有情，盖尝致意于诗，为之本义，温柔宽厚，所得深矣。吟咏之馀，溢为歌词，有《平山集》盛传于世，曾慥《雅词》不尽收也，今定为四卷，且载乐语于首，其甚浅近者，前辈多谓刘辉伪作，故削之。元丰中，崔公度跋冯延巳《阳春录》，谓皆延巳亲笔，其间有误入六一词者，近世《桐汭志》、《新安志》亦记其事。今观延巳之词，往往自与唐《花间集》、《尊前集》相混，而柳三变词亦杂《平山集》中，则此三卷，或其浮艳者殆非公之少作，疑以传疑可也。郡人罗泌校正。

知有词集《平山集》四卷，按：明吴讷《唐宋名贤百家词》有《六一词》四卷，其间或有渊源。"则此三卷"是指全集本中之"近体乐府"三卷，罗泌跋文即是为"近体乐府"而作。

3.《醉翁琴趣外篇》六卷，今存有宋刊本、影宋抄本等，详后。

4. 陈振孙《直斋书录解题》卷二十一载《六一词》一卷，云："其间多有与《花间》、《阳春》相混者，亦有鄙亵之语一二厕其中，当是仇人无名子所为也。"元马端临《文献通考》卷二百四十六"经籍考七十三"据此著录。

关于欧阳修词集中杂有他人之作，宋人多谈及这一话题，除前文提及的外，又如王灼《碧鸡漫志》卷二云："欧阳永叔所集歌词，自作者三之一耳。其间他人数章，群小因指为永叔，起暧昧之谤。"其词窜入，北宋就已有之。除了名《平山集》的外，其他仍见于宋以后人的著录：

一、《六一词》

A. 抄本

见于丛书中收录的有：

1. 明吴讷辑《唐宋名贤百家词》本，明抄本，其中有《六一词》四卷附录乐语一卷。

2. 明李东阳辑《南词》本，抄本，其中有《六一词》四卷。

3. 清《四库全书》本《六一词》一卷，提要云：

> 宋欧阳修撰，修有《诗本义》已著录。其词陈振孙《书录解题》作一卷，此为毛晋所刻，亦止一卷，而于《总目》中注原本三卷，盖庐陵旧刻兼载乐语，分为三卷，晋删去乐语，仍并为一卷也。曾慥《乐府雅词序》有云欧公一代儒宗，风流自命，词章窈眇，世所矜式。乃小人或作艳曲，谬为公词。蔡絛《西清诗话》云欧阳词之浅近者谓是刘辉伪作，《名臣录》亦云修知贡举，为下第举子刘辉等所忌，以《醉蓬莱》、《望江南》诬之，则修词中已杂他人之作。又元丰中崔公度跋冯延巳《阳春录》，谓其间有误入《六一词》者，则修词又或窜入他集，盖在宋时已无定本矣。晋此刻亦多所厘正，然诸选本中有梅尧臣《少年游》"阑干十二独凭春"一首，吴曾《能改斋漫录》独引为修词，且云不惟圣俞、君复二词不及，虽求诸唐人温、李集中，殆难与之为一，则尧臣当别有词，此词断当属修。晋未收此词，尚不能无所阙漏。又如《越溪春》结语"沉麝不烧金鸭，玲珑月照梨花"，系六字二句，集内尚沿坊本，误"玲"为"冷"，"珑"为"笼"，遂以七字为句，是校雠亦未尽无讹，然终较他刻为稍善，故今从其本焉。

知是据毛氏汲古阁刊本录入，按：清万树《词律》卷五《少年游》"阑干十二独凭春"一词标作梅尧臣，又《四库全书简明目录》于《六一词》提要云：

> 宋欧阳修撰，修诗文皆变当时旧格，为词为小技，未尝别辟门庭，然婉约风流，较苏轼之硬语盘空，转不失本色。

即认可欧词走的是婉约词的传统路子。又《钦定续通志》卷一百六十三据文渊阁著录，同《四库》本，又见于《四库著录江西先哲遗书目》

著录。

4.《宋二十家词》本，明抄本，清许宗彦、丁丙跋，其中有《六一词》一卷，又有丁丙跋。今藏南京图书馆，又见《中国古籍善本书目》著录。按：丁丙《善本书室藏书志》卷四十载《六一词》一卷，云："明抄本，鉴止水斋藏书。"提要云：

> 修晚号六一居士，陈振孙《书录》载其词一卷，毛晋并庐陵旧刻三卷为一卷，前有罗泌序。此明人抄本，前无罗叙。永叔词温柔道丽，与《花间》、《阳春》抗衡，集中鄙衰之语，陈直斋谓是仇人无名子所为，间误入冯延巳作，盖二人笔意相类耳。有许宗彦印白文方印。

按：鉴止水斋属许宗彦，知《善本书室藏书志》所载即指此，盖析出著录者。

B. 印本

明末毛氏汲古阁刊《宋名家词》本，其中有《六一词》，毛氏跋云：

> 庐陵旧刻三卷，且载乐语于首，今删乐语，汇为一卷。凡他稿误入，如《清商怨》类，一一削去。误入他稿，如《归自谣》类，一一注明。然集中更有浮艳伤雅，不似公笔者，先辈云，疑以传疑，可也。

知是据刊本录入。据宋元人记载，欧氏词集中混杂有不少唐五代及北宋人词，据《全宋词》"存目词"，与欧阳修词互见的多达五十馀首。汲古阁本见清郑德懋辑《汲古阁校刻书目》之《宋名家词六集》第一集著录，云凡五十四叶。又见清耿文光《万卷精华楼藏书记》、佚名编《海宁张渭渔藏书目》、李盛铎《天津延古堂李氏旧藏书目》等著录，又见叶德辉《叶氏观古堂藏书目》著录，为清光绪汪氏振绮堂重刊汲古阁本。

C. 版本不详者

1. 明毛晋《汲古阁毛氏藏书目录》著录有《六一词》一卷。

2. 清钱曾《钱遵王述古堂藏书目录》和《也是园藏书目》卷七均著录有《六一词》一卷。

3.《御选历代诗馀》卷一百十四引《乐府纪闻》云有《六一词》。

4. 清徐元文《含经堂藏书目》著录有《六一词》四卷。

5. 清陆漻《佳趣堂书目》著录有《六一词》一卷。

6. 清庄仲芳《映雪楼藏书目考》卷十著录有《六一词》。

7. 清佚名《小万卷楼书目》著录有《六一词》一卷，又云："全集诗馀三卷。"

8. 缪荃孙《目录词小说谱录目》著录有《六一词》一卷。

以上均未标明版本，四卷本当同吴讷《唐宋名贤百家词》本，一卷本同汲古阁刊本，删去了其中三卷之乐语部分。

二、《醉翁琴趣》

元吴师道《吴礼部诗话》云：

> 欧公小词间见诸词集，陈氏《书录》云："一卷，其间多有与《阳春》、《花间》相杂者，亦有鄙亵之语一二厕其中，当是仇人无名子所为。"近有《醉翁琴趣外篇》，凡六卷二百馀首，所谓鄙亵之语，往往而是，不止一二也。前题东坡居士序，近八九语，所云散落尊酒间，盛为人所爱尚，犹小技，其上有取焉者，词气卑陋，不类坡作，益可以证词之伪。

知《醉翁琴趣外篇》前有苏轼序，苏序今不存。其书今存，录所知如下：

A. 宋刊本

1. 清季振宜《季沧苇藏书目》"宋元杂板书"载："欧文忠、秦淮海、真西山琴趣，四本，宋刻。"未标明卷数。

2. 清徐乾学《传是楼宋元板书目》"天字下格"载："《醉翁琴趣》上下卷，二本，宋板。"

3.《"中央"图书馆善本书目第一次》著录有《醉翁琴趣外篇》，存三卷，一册，宋欧阳修撰，宋刊本。

以上《传是楼宋元板书目》标作二卷,《季沧苇藏书目》载卷数疑同。《"中央"图书馆善本书目第一次》所载今存台北,云存三卷,为残本。

B. 影宋刊本

民国时吴氏双照楼景刊宋本《醉翁琴趣外篇》,凡六卷。陶湘《景宋本琴趣外篇》三家叙录云:

> 湘案:《四库提要》称"琴趣外篇"宋人中如欧阳修、黄庭坚、晁端礼、叶梦得四家词,皆有此名。并晁补之而五,然其时所见只汲古刻补之一集。武进董大理始得毛抄欧阳、二晁三家,伯宛据以摹刊。劳辈卿曾见《山谷琴趣》,以篇次分标明刻卷端。辛酉岁海盐张太史元济始得宋椠《山谷琴趣》三卷与欧阳公《琴趣》后三卷,湘假以补完,而欧公《琴趣》末叶仍有缺字。盖毛抄即从此宋本出,益足征流传有绪也。原本半叶十行,行十八字。写刻精整,盖出南宋中叶。别有汪阆源藏旧抄赵彦端《介庵琴趣外篇》六卷,朱侍郎刻入《彊村丛书》,以非原本,未能并摹。今可考者凡六家,惟《石林琴趣》未见。据《直斋解题》,石林词亦三卷,有江阴曹鸿注,其标题新异,意当时欲汇为总集,而蒐采名流,颇有甄择,非如长沙《百家词》,欲富其部帙,多有滥吹者比,询宋词之珍秘矣。

称词集为琴趣,见于南宋,陈振孙《直斋书录解题》卷二十一载有曹鸿注叶梦得词《琴趣外篇》,刘克庄《后村先生大全集》卷一百六十九《秘阁东岩赵公墓志铭》谓赵彦侯"诗律、琴趣妙一世",这里的琴趣与诗律并称,当指词,或者就是指其词集。现知名曰"琴趣"的宋人词除欧阳修、黄庭坚、晁端礼、晁补之、叶梦得五家外,还有晏几道、秦观、真德秀、赵彦端、赵彦侯五家,共十家。

此本多见藏家著录,计有:

1. 章钰《章氏四当斋藏书目》卷上之四著录有《醉翁琴趣外

篇》六卷，云："民国五年仁和吴氏双照楼景刊宋本，朱印本，一册。与《近体乐府》、《渭南词》、《芦川词》同函。"又《醉翁琴趣外篇》六卷，云："民国五年仁和吴氏双照楼景刊宋本，一册。与《晁氏琴趣外篇》、《闲斋琴趣外篇》同函。""函签题：双照楼景宋本琴趣三种：欧阳文忠、晁闲斋、晁补之，茗簃校定本。"知前者为朱印校本，后者为墨印定本。按：章钰（1865—1937），字式之，号茗理、茗簃，晚号北池逸老、霜根老人等，长洲（今江苏苏州）人。清光绪二十九年（1903）进士，官至一等秘书，曾兼京师图书馆编修。辛亥革命后寓天津，以收藏、校书、著述为业。藏书处为四当斋，聚书数万馀册，手校书五百馀部，近一万五千卷。知墨印定本为章氏校订。

2. 梁启超《梁氏饮冰室藏书目录》著录有双照楼影刊宋元本词《影宋吉州本欧阳文忠公集近体乐府》三卷、《影宋本醉翁琴趣外篇》六卷、《影宋本放翁词》一卷、《影宋本芦川词》一卷。云："民国初年仁和吴氏影刻朱色初印本，五册。"

3. 刘承干《嘉业藏书楼书目》著录有《醉翁琴趣外篇》六卷，云："景宋朱印本，一册。"

以上著录的均有朱印本，知为样书。

C. 抄本

1. 清初影宋抄本《醉翁琴趣外篇》六卷，一册，藏国家图书馆，钤有"楝亭曹氏藏书"、"人间孤本"、"克文"、"佞宋"、"人生一乐"、"一廛十驾"、"寒云秘籍珍藏之印"、"三琴趣斋"、"赵钫珍藏"、"赵氏元方"、"孤本书室"、"相对展玩"、"与身俱存亡"等印，迭经曹寅、袁克文、赵钫收藏。此书又见《中国古籍善本书目》著录，有《醉翁琴趣外篇》六卷，清初影宋抄本。

2. 傅增湘《藏园群书经眼录》卷十九载《醉翁琴趣外篇》六卷，著录为："影写宋刊本，半叶十行，行十八字。钤有'宋本'、'希世之珍'及毛氏父子印、汪阆源印、曹楝亭印。惟醉翁一册只有曹氏印，恐是补抄。"题识云：

> 此书字画精湛，楮墨明丽，与真宋刻无异，真铭心绝品。
>
> 昔为袁寒云所得，因题三琴趣斋。今归白坚甫。（戊寅）

戊寅为民国二十七年（1938），为傅氏得书的时间。所谓"惟醉翁一册只有曹氏印，恐是补抄"，似不止一种，又"昔为袁寒云所得，因题三琴趣斋"云云，知除了欧阳氏《琴趣》外，还有二家琴趣。前《季沧苇藏书目》载宋刻本三家《琴趣》，三家为欧阳修、秦观、真德秀，疑"三琴趣斋"据此而来。按：袁克文（1890—1931），字豹岑，又字抱存，号寒云，河南项城人。袁世凯次子，因反对袁世凯称帝，触怒其父，逃往上海。晚景萧条，以卖文卖字为生。喜搜藏，尤其是宋元善本。白坚（1883—？），字坚甫，四川西充人。曾留学日本，民国时在北洋政府等处任职，热衷金石书画的鉴赏与收藏等，为掮客。

3. 曹寅《楝亭书目》卷四著录有《醉翁琴趣》，云："抄本，宋庐陵欧阳修著，一函二册。"未标明卷数。

三、别集本

宋刘克庄《后村先生大全集》卷一百八《再题黄孝迈长短句》云："本朝庐陵、临淄二公，于高文大册之外，时出一二，存于集者可见也。"知全集中附有词，按南宋有周必大等编校的全集本，凡一百五十三卷，刊于吉州，此本存，其中卷一百三十一至一百三十三为"近体乐府"，凡三卷。又《永乐大典》据《欧阳公集》录词十二首，有《采桑子》十首（2265/4B，指卷数与页码，下同）、《临江仙》（3004/11B）、《归自遥》（3006/1A）。今所见明清以来欧氏全集本中多附有词，凡题作"近体乐府"的，均是源自欧阳氏别集者。以下仅录宋本、影宋刊本、抄本等，明清以来刊本就不赘述了。

1. 清陆心源《皕宋楼藏书志》卷一百十九著录有《近体乐府》三卷，毛斧季手校本。移录朱松等跋文二则，参见后文。又录陆贻典题识文云：

> 辛亥七月廿六日灯下本集校讫，凡分三卷，后刻郡人罗泌校正，其别作字俱另书，附于各卷之末。壬子六月六日读

于松影堂。

辛亥为清康熙十年（1671），壬子为康熙十一年。

2. 民国时吴氏双照楼景刊宋吉州本欧阳修《近体乐府》，凡六卷。陶湘《景宋吉州本欧阳文忠公近体乐府三卷》叙录云：

> 《清学部图书馆善本书目》《欧阳文忠公集》一百五十三卷，宋刊本，每半叶十行，行十六字，高六寸二分，宽四寸八分，白口单边，上有字数，下有刻工姓名。每卷末熙宁五年秋七月男发等编定、绍熙二年三月郡人孙谦益校正，有元人收书印记。

又陶湘案语云：

> 京师图书馆所存内阁大库书，欧阳公集宋刊残本凡三部，存卷互有参差，其第二部存一百二十五之一百三十三，后三卷为近体乐府，宣统间伯宛在图书馆时景写付刊，后来诸本皆发端于此。

《近体乐府》卷二《渔家傲》原附有二篇题识，录如下：

> 荆公尝对客诵永叔小阕云"五彩新丝缠角粽，金盘送，生绡画扇盘双凤"曰："三十年前见其全篇，今才记三句。"乃永叔在李太尉端愿席上所作十二月鼓子词，数问人求之，不可得。呜呼！荆公之没二纪，余自永平幕召还，过武陵，始得于州将李君谊，恨荆公之不获见也。谊，太尉犹子也，□□□□年中秋日金陵□□□□阙其名。

> 政和丙申冬，余还自京师，过歙州太守濠梁许君颂席上，见许君所举荆公三句，且云：此词才情□馀，它人不能道也。后十二年建炎戊申，偶得此本于长乐同官方君，后四年辛亥绍兴二月朔，自尤溪避盗，宿龙爬以待二弟，适无事，谩

录于此。吏部员外郎朱松乔年。

前一则跋者不详，王安石卒于宋哲宗元祐元年（1086），则题识作于宋徽宗政和二年（1112）。朱松跋，"辛亥绍兴"当作"绍兴辛亥"，即宋高宗绍兴元年（1131）。景宋本后附刻有缪荃孙跋，云：

欧阳《近体乐府》三卷，在全集一百三十一之一百三十三，共二百零四阕。二卷有续添，有又续添。三卷有续添。二卷有金陵□□□跋、有朱松跋。三卷有罗泌跋。宋刊本，每半叶十行，行十六字。高六寸二分，广四寸八分。白口单边，上有字数，下有刻工姓名。蝴蝶装。欧公集，汴京、江、浙、闽、蜀皆刊之，而无定本。周益公解相印，会郡人孙谦益，承直郎丁朝佐，遍蒐旧本，旁采先贤文集，互加编校，起绍熙辛亥春，迄庆元丙辰夏，成一百五十三卷，别为附录五卷，可缮写模印。惟《居士集》经公决择，篇目素定，而参校众本，有增损其辞至百字者，有移易后章为前章者，皆已附注其下。自馀去取因革，粗有依据。或不必存而存之，各为之说，列于卷末，以释后人之惑。乐府分为三卷，且载乐语于首。据泌跋，即泌所手定。是此本庆元二年刊于吉州，元明均有翻刻，此则祖本也。朱松，字乔年，朱子之父。孙谦益，字彦摅。罗泌，字长源。皆郡人。泌跋云：世传公词曰《平山集》，此曰《近体乐府》，汲古名之曰《六一词》，似误，以跋中六一词为词名者。且刻此三卷，又不尽依旧刻，毛氏往往如此。宣统辛亥闰月，江阴缪荃孙跋。

知影宋本是据宋宁宗庆元二年（1196）吉州刻本。此本多见于藏家著录，参见前影宋刊本《醉翁琴趣》。

　　3. 清沈德寿《抱经楼藏书志》卷六十四著录有《近体乐府》三卷，旧抄本。知是据别集本传抄。

刘几

刘几（1008—1088），字伯寿，号玉华庵主，洛阳（今属河南）人。进士及第，知邠州。宋神宗即位，转四方馆使，知保州，以秘书监致仕。著有《戴花正音集》。

宋叶梦得《石林燕语》卷十云：

> 刘秘监几，字伯寿，磊落有气节。善饮酒，洞晓音律。知保州，方春，大集宾客，饮至夜分，忽告外有卒谋为变者，几不问，益令折花劝坐客尽戴，益酒行。密令人分捕，有顷，皆搂至。几遂极饮达旦，人皆服之，号戴花刘使。几本进士，元丰间换文资，以中大夫致仕。居洛中平时，刘挟女奴五七辈，载酒持被囊，往来嵩、少间。初不为定所，遇得意处，即解囊藉地，倾壶引满，旋度新声，自为辞，使女奴共歌之，醉则就卧不去，虽暴露不顾也。尝召至京师议大乐，旦以朝服趋局，暮则易布裘徒步市廛间，或娼优所集处，率以为常，神宗亦不之责。其自度曲有《戴花正音集》行于世，人少有得其音者。

"其自度曲有《戴花正音集》行于世"知曾刊行，未言卷数版本，其书宋以后未见流传。

柳永

柳永（1010—？），原名三变，字景庄，后改名永，字耆卿，崇安（今福建武夷山）人。排行第七，人称柳七。宋仁宗景祐元年（1034）进士，官至屯田员外郎，世称柳屯田。著有《乐章集》。

柳永词集两宋时期就已刊行于世，见于宋人著述中提及的有：

1. 黄裳《演山集》卷三十五《书乐章集后》云：

> 予观柳氏《乐章》，喜其能道嘉（当为嘉）祐中太平气

象，如观杜甫诗，典雅文华，无所不有。是时予方为儿，犹想
见其风俗，欢声和气，洋溢道路之间，动植咸若，令人歌柳
词，闻其声，听其词，如丁斯时，使人慨然有感。呜呼！太平
气象，柳能一写于乐章，所谓词人盛世之黼藻，岂可废耶？

柳词反映了仁宗一朝的太平景象，宋人多有载述，又如王象之《舆地
纪胜》卷一二九"福建路·建宁府·人物"于"柳耆卿"云："范蜀公
叹曰：仁宗四十年太平，镇在翰苑十馀载，不能出一语歌咏，乃于耆
卿词见之。"又祝穆《方舆胜览》卷十一"建宁府·人物·柳耆卿"也
有类似的记载，其中"四十年"作"四十二年"。又胡仔《苕溪渔隐丛
话·后集》卷三十三引李易安话云："至本朝，礼乐文武大备，又涵养
百馀年。始有柳屯田永者，变旧声作新声，出《乐章集》，大得声称于
世。"又陈师道《后山诗话》云："柳三变游东都南北二巷，作新乐
府，骩骳从俗，天下咏之，遂传禁中。仁宗颇好其词，每对酒，必使侍
从歌之再三。"柳词生前就盛行于世，于此可知。

2. 王灼《碧鸡漫志》卷二云：

柳耆卿《乐章集》，世多爱赏该洽，序事闲暇，有首有
尾，亦间出佳语，又能择声律谐美者用之。惟是浅近卑俗，
自成一体，不知书者尤好之。予尝以比都下富儿，虽脱村
野，而声态可憎。前辈云："《离骚》寂寞千年后，《戚氏》凄
凉一曲终。"《戚氏》，柳所作也，柳何敢知世间有《离骚》？
惟贺方回、周美成时时得之。贺《六州歌头》、《望湘人》、
《吴音子》诸曲，周《大酺》、《兰陵王》诸曲，最奇崛，或谓
深劲乏韵，此遭柳氏野狐涎吐不出者也。歌曲自唐虞三代以
前、秦汉以后皆有，造语险易，则无定法，今必以"斜阳芳
草"、"淡烟细雨"绳墨后来作者，愚甚矣。故曰："不知书
者，尤好耆卿。"

对柳词虽有所贬损，却指出柳词流传之广的事实，这主要得力于其词

的通俗性方面。

3. 陈振孙《直斋书录解题》卷二十一云：

> 《乐章集》九卷，柳三变耆卿撰。景祐元年进士，官至屯田员外郎，世号柳屯田。初磨勘及格，昭陵以其浮薄罢之，后乃更名永。其词格固不高，而音律谐婉，语意妥帖，承平气象，形容曲尽。尤工于羁旅行役，若其人则不足道也。

此为南宋长沙刊《百家词》本，凡九卷，元马端临《文献通考》卷二百四十六"经籍考七十三"据此著录。

宋刊本《乐章集》至明清时依然存于世，有九卷本和三卷本之分，叙如下：

A. 九卷本

明毛晋《汲古阁毛氏藏书目录》著录有《乐章集》九卷，未言版本。按：毛晋之子毛扆《汲古阁珍藏秘本书目》著录有宋刻本《柳公乐章》，云："五本，今世行本俱不全，此宋本特全，故可宝也。五两。"未言卷数。二书目著录的当属同一书。核以《汲古阁毛氏藏书目录》所载词集，《直斋书录解题》著录的词集多见其中，知汲古阁藏《乐章集》当属宋刊九卷本者。又汲古阁刊《宋名家词》中有《乐章集》一卷，毛氏跋云：

> 耆卿初名三变，后更名永，官至屯田员外郎，世号柳屯田。所制乐章，音调谐婉，尤工于羁旅悲怨之辞，闺帏淫媟之语。东坡拈出"霜风凄紧，关河冷落，残照当楼"，谓唐人佳处不过如此。一日，东坡问一优人曰："吾词何如柳耆卿？"对曰："柳屯田宜十七、十八女郎按红牙拍，唱'杨柳岸，晓风残月'，学士词须铜将军铁绰板唱'大江东去'。"言外褒弹，优人固是解人。

未言所据，检《宋名家词》第一集总目，于《乐章集》一卷下注云："原本九卷"，知毛氏汲古阁刊本所据当为宋刊九卷本，并九卷为一卷，前有词目，计存词一九四首，这也可以看是宋刊九卷本收录词的情况。

又清朱学勤《结一庐书目》卷四著录有《乐章集》九卷，云计十三本，元刊本。所谓"元刊本"，或是就宋刊九卷本而言，即原刊本意。

B. 三卷本

《吴氏石莲庵刻山左人词》本《乐章集》有缪荃孙校勘记，缪氏跋云：

> 刻既成，吴兴陆纯伯观察以宋本次第及讹字注于新刻本，悉刺取入记而另刻之，列宋本目录于前。宋本有而汲古脱者十二首，悉按原次补入校勘记。

按：陆树藩，字纯伯，为陆心源长子，知所用宋本，为陆氏皕宋楼藏书。缪氏《校勘记》前载有"宋本《乐章集》目"，分上、中、下三卷，知陆氏藏宋本是三卷，与汲古阁藏九卷本不同。列宋本《乐章集》目录于下：

上卷：黄莺儿、玉女摇仙佩、雪梅香、尾犯、早梅芳、斗百花亦名夏州，三首、甘草子二首、送征衣、昼夜乐二首、柳腰轻、西江月、倾杯乐、笛家弄、倾杯乐、迎新春、曲玉管、满朝欢、梦还京、凤衔杯二首、鹤冲天、受（当作爱）恩深、看花回二首、柳初新、两同心二首、女冠子、玉楼春五首、金蕉叶、惜春郎、传花枝。

中卷：雨霖铃、定风波、尉迟杯、慢卷𬘓、征部乐、佳人醉、迷仙引、御街行二首、归朝欢、采莲令、秋夜月、巫山一段云五首、婆罗门令、法曲献仙音、西平乐、凤栖梧三首、法曲第二、秋蕊香引、一寸金、永遇乐二首、卜算子、鹊桥仙、浪淘沙慢、夏云峰、浪淘沙令、荔枝香、古倾杯、倾杯乐、破阵乐、双声子、阳台路、内家娇、二郎神、醉蓬莱、宣清、锦堂春慢、定风波、诉衷情近二首、留客住、迎春乐、隔帘听、凤归云、抛球乐、集贤宾、殢人娇、思归乐、应天长、合欢带、少年游九首、木兰花四首、戚氏、轮台子、引驾行、望远行、彩云归、洞仙歌、离别难、击梧桐、夜半乐、祭天神、过涧歇

下卷：安公子、菊花新、过涧歇近、轮台子、望汉月、归去来、燕归梁、八六子、长寿乐、望海潮、如鱼水二首、玉蝴蝶五首、满江红四首、洞仙歌、引驾行、望远行冬雪、八声甘州、临江仙、竹马子、小镇西、小镇西犯、迷神引、促拍满路花、六么令、剔银灯、红窗睡、临江仙、凤归云、女冠子、玉山枕、减字木兰花、木兰花令、甘州令、西施三首、河传二首、木兰花慢、又清明二首、临江仙三首、瑞鹧鸪二首、忆帝京、塞孤、瑞鹧鸪二首、洞仙歌、安公子二首、长寿乐、倾杯三首、鹤冲天。

计存词一九一首，与汲古阁本（即九卷本）目次有差异，所收词数量也略有出入。九卷本有而三卷本无者，如《祭天神》、《归去来》、《梁州令》、《燕归梁》、《夜半乐》、《清平乐》、《迷神引》等，三卷本有而九卷本无者，如《惜春郎》、《传花枝》、《法曲第二》、《一寸金》、《锦堂春慢》、《过涧歇近》、《轮台子》、《八六子》等，这仅是就词调不同的而言，另有同一词调所存词数不一者，如《少年游》，九卷本存十首，三卷本存九首；《如鱼水》，九卷本存一首，三卷本存二首；《西施》，九卷本存一首，三卷本存三首；《临江仙》，九卷本存二首，三卷本存三首；《满江红》四首，九卷本存三首，三卷本存四首。去其重见，知宋刊本存词在二百馀首。另宋本词目后又有"抄本续添曲子目"，录如下：

木兰花四首、倾杯乐、祭天神、瑞鹧鸪、归去来、梁州令、燕归梁、夜半乐、清平乐、迷神引。

为三卷宋本所无，凡十三首。

此外著录为宋刊疑为三卷本者有二：

1. 清徐元文《含经堂藏书目》著录有《乐章集》二卷，未标明版本。检清陆心源《皕宋楼藏书志》卷一百十九著录有《乐章集》一卷，录毛氏手跋云："癸亥中秋，借含经堂宋本校一过，卷末续添曲子，乃宋本所无，又从周氏、孙氏两抄本校正，可称完璧矣。毛扆。"知徐元文所藏为宋刊本，只是卷数不明。按：日本静嘉堂文库藏有汲古阁刊《宋名家词》本，有朱笔批校。残存十一册，除第一册书口墨书"陆敕先校宋词"外，其馀墨书"陆校宋词"。其中有《乐章集》，末朱笔题云："辛亥七月廿三日灯下校。"又："六月初九日读讫。"又："癸亥中秋，借含经堂宋本校一过，卷末续添曲子，乃宋本所无，又从周氏、孙氏两抄本校正，可称完璧矣。毛扆。"按：陆贻典（1617—1686），字敕先，号觌庵，江苏常熟人。明诸生，入钱谦益门下。精校审，富于藏书，多善本。为毛扆岳丈。毛扆（1640—1713），字斧季，号省庵，毛晋第五子。毛扆能继承父业，终身从事藏书、访书、抄书、校书等活动。编有《汲古阁秘本书目》。

辛亥为清康熙十年（1671），癸亥为清康熙二十二年（1683）。《乐章集》批校的词有三十馀首，其中校词用到的有宋本、抄本等。又有墨笔补逸词者，如原书第十八页 A、B 间有抄配四页（黏连），依次补词有《西施》"柳街灯市好花多"、"自从回步百花桥"、《正平调·八六子》"如花貌"、《大石调·惜春郎》"玉肌琼艳新妆饰"、《传花枝》"平生自负"、《中吕调·过涧（旁朱笔补"歇"字）近拍（朱笔删"拍"字）》"酒醒"、《正宫·早梅芳》"海霞红"、《南吕·瑞鹧鸪》"吴会风流"、《小石调·法曲第二》"青翼传情"、《驻马听》"凤枕鸳帏"，凡十首，其间有朱笔校。又《乐章集》末配抄纸（黏连），墨笔补抄《一寸金》"井络天开"、《轮台子》"雾敛澄江"、《如鱼水》"帝里疏散"、《满江红》"正□□□（当作'匹马驱驱'）"、《临江仙》"画舸"、《长寿乐》"繁红嫩翠"，凡六首，其中均有朱笔校。按：《西施》"柳街灯市好花多"和《驻马听》"凤枕鸳帏"二词已见于汲古阁刻《乐章集》中，知所补为汲古阁本不载者实十四首。前文知毛氏汲古阁藏有宋刊九卷本，并据以刊入《宋名家词》中。另日本东洋文库藏有王国维《校宋本〈乐章集〉所增词》，为红格抄本，有"校宋本《乐章集》三卷目"，除抄宋本三卷的目录外，另补为宋本未有之词。跋云：

> 宣统改元夏五，假得仁和劳巽卿先生手抄毛斧季校宋本《乐章集》，既校录于毛刻上，复抄此，且及毛刻无而抄本所有之词，别为一册，抄毕附记。海宁王国维。

作于清宣统元年（1909），知宋本三卷目是转抄自劳权抄本，源自毛扆批校本。可知毛扆用以校勘的徐氏藏宋刊本当为三卷者。

2. 清秦巘《词系》卷十"柳永"末有跋云：

> 愚按：宋初词调甚鲜，皆袭唐音，太宗亲制二百数十调，原词未传。柳永增至二百馀调，其名遂繁。所著《乐章集》，一一注明宫调，创制居多，惜无传本。仅见汲古阁六十家词刻内，而讹谬遗误，不可卒读。词家见其蹖驳芜杂，不敢操觚，殊为缺憾。吴门戈氏家藏宋刊《乐章集》，整齐完善，灿然具备，且多十四阕，足证汲古之误。今皆据以订正，各按宫调分列，柳词悉成完璧，词家照填无误，并刊入《词学丛书》内，公诸同好，俾学者按谱填腔。增多数十调名，岂非艺林一大快事哉？庚戌八月初六日校勘毕，识于塘栖舟中。

跋文作于清道光三十年（1850），吴门戈氏疑指戈载，戈载（1786—1856），字宝士，号顺卿，吴县（今江苏苏州）人，为"吴中七子"之一。编著有《翠薇花馆词》、《词林正韵》、《宋七家词选》等。戈氏藏宋本《乐章集》情况不详，秦巘云："且多十四阕，足证汲古之误。"知不属九卷本，或为三卷本。按：秦巘，字玉笙，秦恩复（1760—1843）之子，恩复辑有《词学丛书》，今存，收有《乐府雅词》、《阳春白雪》、《词源》、《日湖渔唱》、《元草堂诗馀》和《词林韵释》，凡六种，秦巘"并刊入《词学丛书》内，公诸同好"云云，或恩复原有此意，后未果。《词系》卷七至十收录柳永词，凡四卷，选柳词一百三十馀首。

除此外，见于元明清人著录的柳氏词集还有：

一、《柳公乐章》

1. 明杨士奇等《文渊阁书目》卷十"诗词·月字号第二厨书目"著录云："《柳公乐章》一部一册，阙。"又见明杨士奇、清傅维麟《明书经籍志》著录，云："《柳公乐章》一册，阙。"其中的"阙"不是指书残缺，而是指此书已经不存于文渊阁。

2. 明钱溥《秘阁书目》著录有《柳公乐章》，一册。

3. 明叶盛《菉竹堂书目》著录有《柳公乐章》，一册。

4. 明晁瑮《晁氏宝文堂书目》著录有《柳公乐章》。

以上均为明前期人所藏书，均不详其卷数版本。

二、《柳屯田乐章》（《柳屯田乐章集》）

见于今存抄本词集丛编中收录的有：

1. 明吴讷辑《唐宋名贤百家词》本，明抄本，藏天津图书馆，其中有《柳屯田乐章集》三卷。

2. 明李东阳辑《南词》本，抄本，其中有《柳屯田乐章集》三卷。

又见于藏家著录的有：

1. 明赵用贤《赵定宇书目》著录有《柳屯田乐章》一本，未标明卷数版本。又明赵琦美《脉望馆书目》著录有《柳屯田乐章集》一本，未标明卷数版本。按：赵琦美为赵用贤之子。检傅增湘《双鉴楼善本书目》卷四著录有《乐章集》二卷，云："明抄本，十二行二十四字。清常道人据焦弱侯本校，卷尾有黄蒉圃题记，有平江黄氏图书印。"按：赵琦美（1563—1624），字元度，号清常道人，明直隶常熟（今属江苏）人，编著有《脉望馆书目》等。焦竑（1541—1620），字弱侯，号澹园，生于江宁（今江苏南京），明万历十七年（1589）状元，官翰林院修撰。性喜藏书，著作甚丰。此本多见藏家著录，如清周星诒《传忠堂书目》卷四著录有《柳三变词》三卷，云："一册，宋柳永撰，赵清常手抄手校本。"又清蒋凤藻《铁华馆家藏书目》著录有《柳三变词》，一本，云赵清常抄本。又蒋凤藻《秦汉十印斋藏书目》卷四著录有《柳耆卿词》一卷，云："明抄本，赵清常手校。"又清陈徵芝《带经堂书目》卷四下著录有《柳耆卿词》一卷，云赵清常手校本，未标明版本。又见清佚名《双宋书斋善本书目》著录，云一本，为赵清常抄校本，未标明卷数。以上诸藏书家著录的书名、卷数等或有不同，应指同一书，赵琦美抄本，据焦氏藏本校过，此书后为清黄丕烈所得，黄氏藏书散出，见于周星诒《传忠堂书目》著录的不少，蒋凤藻与周星诒为同年友和姻亲，周氏所藏书后多归蒋氏有。又《中国古籍善本书目》载《乐章集》二卷，云明抄本，明赵琦美校并跋，周叔弢校。藏国家图书馆，当指此本。

2. 明梅鼎祚《青泥莲花记》"采用书目"，其中有《柳屯田乐章》，未标明卷数版本。按：清丁丙《善本书室藏书志》卷四十著录有《柳屯田乐章》三卷，云："明抄本，梅禹金藏书。"题识文云：

> 耆卿，初名三变，后更名永，乐安人。景祐元年进士，官至屯田员外郎。有《乐章集》九卷，毛晋汲古阁传刻只三卷。右明抄本为梅禹金藏，卷尾有"甲午十月八日金陵所校"墨笔一行，有"梅鼎祚印"、"梅禹金藏书印"。毛刻作一卷，且于上卷尾叶原本未全之词删削以减其迹，最为大谬。

按：梅鼎祚（1549—1615），字禹金，号胜乐道人，宣城（今属安徽）人。藏书处有天逸阁、东壁楼、鹿裘石室等。先后藏书达数万卷，一生以读书、藏书、著书为乐，编著有《青泥莲花记》、《鹿裘石室集》等。丁氏藏书民国时归江南图书馆，见《江南图书馆善本书目》，著录为："《柳屯田乐章》三卷，宋乐安柳永，明刊本，梅禹金藏书。"明刊本当是明抄本之误。《中国古籍善本书目》载有《柳屯田乐章》三卷，云明东壁楼抄本，清丁丙跋。今藏南京图书馆。又吴昌绶《宋金元词集见存卷目》附《双照楼续辑宋金元百家词目》著录有《乐章集》三卷《补遗》一卷，云："明梅鼎祚抄本，以陆氏校宋本、海丰吴氏刻《山左人词》校补。"陆氏校宋本即陆贻典、毛扆校本。吴氏著录的当指丁氏藏本。

3. 清林佶《天一阁书目》著录有《柳屯田乐章》一本，按：清佚名《四明天一阁藏书目录》著录有《柳屯田乐章》一本，云抄本，未标明卷数。又舒木鲁氏抄《天一阁书目》著录有《柳屯田乐章》一本。

4. 缪荃孙《目录词小说谱录目》著录有《柳屯田乐章集》三卷，云影写明梅禹金抄本。按：缪荃孙《艺风藏书续记》卷七著录有《柳屯田乐府》三卷，云传录梅禹金本，仁和罗榘亭临校，并录罗氏手跋曰：

> 右柳永《乐章集》三卷，从梅禹金抄本过录。梅氏原本词牌之下朱笔增入题目，有曰美、曰圣、曰科、曰官者，凡三十馀处，均不可晓。榘见前明抄本柳词凡数本，均与汲古阁刻本相同，词牌下注题者，通部不过数阕。此本当为梅氏以意增添，或仅注一字，今人无从索解，殊为善本之额。又原本于词牌之上朱笔标以圈点，亦有时标于左右，及标于词牌之下者，未能喻其故。因此本系照抄，故亦有朱笔依其位置照样标明如右。八千卷楼别藏有明时抄本一册，楮墨甚旧，当是万历以前抄本。因取以覆校，大致与毛本相同。今用朱笔注于书眉，所称明抄本者是也。汲古刊本并三卷为一卷。又上卷末《驻马声》之前明抄尚存十六字，下尚有正平调《安公子》一阕，其词虽全缺，尚可考其旧第，毛氏一并删去，不为注明，尤为大谬。光绪辛丑且月廿三日仁和罗榘挥汗校毕，因记卷尾。是日吊谭丈复堂之丧，吾浙词家又少一人矣。

所据为明梅鼎祚抄本，为丁氏八千卷楼藏书，参见前丁丙《善本书室藏书志》著录的《柳屯田乐章》。有光绪二十七年（1901）罗榘校。按：罗榘，浙江仁和人，行迹俟考。

5. 傅增湘《国立北京图书馆由沪运回中文书籍金石拓本舆图分类清册》著录有《柳屯田乐章集》一册，清宣统抄本，王国维校，未标明卷数。检王国维编《大云书库藏书目》卷中著录有校宋本《乐章集》

补目并补遗一卷，为抄本。按：大云书库为罗振常藏书处。又《中国古籍善本书目》载《柳屯田乐章集》三卷，云清宣统元年吴氏双照楼抄本，王国维校并跋。今藏国家图书馆，当指傅氏著录者。

三、《乐章集》

A. 抄本

今存抄本丛编中收有柳氏词集的有：

1. 《宋元名家词》本，明抄本，清毛扆校，唐晏跋，藏北京大学图书馆，其中有《乐章集》三卷。

2. 《四库全书》本《乐章集》一卷，提要云：

> 陈振孙《书录解题》载其《乐章集》三卷，今止一卷。盖毛晋刊本所合并，宋人词之传于今者，惟此集最为残缺，晋此刻亦殊少勘正，讹不胜乙。……万树作《词律》尝驳正之，今并从其说，其必不可通者，则疑以传疑，姑仍其旧焉。

是据毛氏汲古阁刊本录入，其中云"陈振孙《书录解题》载其《乐章集》三卷"，按：《书录解题》著录的是九卷，而非三卷，详见前文。

另见于藏家著录的抄本有：

1. 清王闻远《孝慈堂书目》著录有《乐章集》二卷，云："合上一册，抄，七十四番。"

2. 清陆心源《皕宋楼藏书志》卷一百十九著录有《乐章集》一卷，注云毛斧季手校本，并录毛氏手跋，详前文。

3. 傅增湘《藏园群书经眼录》卷十九著录有《乐章集》三卷续添曲子一卷，为清劳权手抄精校本，录有毛扆手跋文。傅氏按云："此集似据毛斧季本抄出，以陆敕先及毛刻本互校者。沅叔。（余藏）"陆敕先即陆贻典。按：《中国古籍善本书目》载《乐章集》三卷续添曲子一卷，清劳权抄本，清劳权校。今藏国家图书馆，当指此本。

4. 傅增湘《双鉴楼善本书目》卷四著录有《乐章集》一卷，云劳巽卿手抄校本。与前条所载，同为清劳权抄校本，但卷数不一，属不同抄本。

5. 张乃熊《菦圃善本书目》卷五上"抄稿本上・名人手抄本"著录有《乐章集》一卷，云："陆遁斋抄校本，一册。"按：陆长春，字向荣，清乌程（今浙江湖州）人，号遁斋。抄校者或为此人。

6. 费寅编《朱衎庐旧藏抄本书目》载《屯田乐府》，云："唐仁寿藏抄，一本。"未标明卷数版本。按：《中国古籍善本书目》载《乐章集》一卷，云清张文虎校订，清同治十一年（1872）唐仁寿家抄本，清唐仁寿校并跋。藏国家图书馆。又按：唐仁寿（1829—1876），字端甫，号镜香，浙江海宁人。诸生，著有《讽字室诗稿》。张文虎（1808—1885），字孟彪，一字啸山，号天目山樵，南汇（今属上海）人。由诸生保举训导，清光绪初援例加州判衔。著有《舒艺室诗存》、《舒艺室杂著》、《舒艺室随笔》、《索笑词》等。

7.《中国古籍善本书目》载《乐章集》二卷，清抄本，清筠轩女史录明赵琦美校跋。藏上海图书馆。

B. 刊本

1. 清光绪十四年汪氏刻《宋名家词》本，其中有《乐章集》一卷，为重刊汲古阁本。又《中国古籍善本书目》载此本，云朱孝臧校，藏浙江图书馆。

2.《吴氏石莲庵刻山左人词》本，其中有《乐章集》一卷，有缪荃孙校勘记和曹元忠校勘记补遗。此为清光绪二十七年（1901）海丰吴氏金陵刊本。缪荃孙跋云：

> 宋人词集，校订至难，而柳词为最。……《汲古书目》有宋板《柳公乐章》五本，注："今世行本俱不全，此宋板特全，故可宝。"然《六十家词》刻只一卷，粗率异常，汲古之书，往往所藏与所刻不符，殊不可解。今吴仲饴同年重刻此集，因取明梅禹金抄校三卷本，次序与毛本同，唯分三卷，多《西施》一阕，不全，又《八六子》一题。又一明抄本、《花草粹编》、《啸馀图谱》、红友《词律》、《天籁阁词谱》、秀水杜小舫《词律

校勘记》引宋本校之，脱行夺句、讹字、颠倒字，悉为举出，得百许事，编《校勘记》一卷、《逸词》一卷。刻既成，吴兴陆纯伯观察以宋本次第及讹字注于新刻本，悉剌取入记而另刻之，列宋本目录于前。宋本有而汲古脱者十二首，悉按原次补入校勘记。另辑《逸词》十首，而声律非所知，尚不敢自居为柳氏功臣也。杜、陆两宋本，不知有汲古所藏否？朱竹垞《词综》注云九卷，将来如遇各本，当校之，必有所得出此刻之外者，或于柳氏不无小补云。

前文知宋刊本是据陆氏皕宋楼藏三卷本。按：吴重熹（1838—1918），字仲怿，一字仲饴、少文、敬美，晚号石莲，海丰（今山东无棣）人。清同治元年（1862）举人，历官开封知府、福建按察使、江宁布政使、河南巡抚等。辛亥后居天津、北京。著有《石莲庵诗》十卷词一卷、《石莲庵乐府》、《金石汇目》等。藏书甚富，手抄批校，多珍本秘笈，藏书处为石莲庵，有《海丰吴氏藏书目》、《石莲庵藏书目》。辑有《九金人集》、《吴氏石莲庵刻山左人词》等。吴氏《山左人词》收宋人词集九家，缪氏全都参与了校勘，其中以校《乐章集》用力最勤，缪氏《艺风老人日记》载其事，知前后历时一年半多，涉及《乐章集》的校对、印刷、覆校、补遗、题跋等，所校情况，详见《乐章集校勘记》及《补遗》。《补遗》为曹元忠所撰，跋云：

> 壬寅宿月，元忠重游白下，谒吾师艺风先生于钟山讲舍，出近馔（当作撰）仲饴方伯新刊《乐章集校勘记》见示，且命辑录屯田逸词，既得十许调，复取《花庵词选》、《草堂诗馀》、《阳春白雪》、《乐府指迷》、《梅苑》、《全芳备祖》及徐城庵丈《词律拾遗》为补遗一卷。柳词自汲古刻《六十家》本，至此始一再理董，纵未能刊嘌倡新添之字，传含韫内里之声，亦庶几有井水处能歌矣。师与方伯皆谓可存，促成之，附《校勘记》后。皋月十又二日，吴曹元忠识于钟山小园，时红藕试华，绿蕉坼阴，宿雨初晴，凉思洒然。

壬寅为清光绪二十八年（1902），知曹氏只是据诸选本而补校的。又清陈作霖《冶麓山房藏书跋尾》"丁部·历朝别集类"于《乐章集跋》云：

> 此柳屯田永之《乐章集》也，耆卿词极疏爽，而不免于猥亵，世每以俳体目之，然其融会雅俗，有井水处皆能歌，实在于此。末附缪荃孙、曹元忠两太史校勘记，并有补录各词，可谓精审之至矣，书凡二册。

指的就是《山左人词》本。又佚名《东莞伦氏续书楼藏书目录》"第二十五箱"著录有《乐章集》附校勘记，当指此本。

3. 《彊村丛书》本《乐章集》三卷《续添曲子》一卷，末录毛扆题识，又朱孝臧跋云：

> 毛斧季据含经堂宋本及周氏、孙氏两抄本校正《乐章集》三卷，劳巽卿传抄本，老友吴伯苑得之京师者。《直斋书录解题》：《乐章集》九卷。《汲古阁秘本书目》：《柳公乐章》五本。注云：今世行本俱不全，此宋本特全。俱不经见。伯苑又寄示清常道人赵元度校焦弱侯三卷本，毛子晋所刻，似从之出。而删其《惜春郎》、《传花枝》二调。然毛刻不分卷，亦不云何本。海丰吴氏重梓毛本，缪小珊、曹君直引梅禹金及诸选本一再校勘。又采案吾郡陆氏藏宋本入记而别刊之。考《䞋宋楼藏书志》称曰：毛斧季手校本，非宋椠也。以校劳氏抄本，篇次悉同，而字句颇有乖违，往往与万红友说合。或传写者据《词律》点窜，已非斧季真面。杜小舫校《词律》，徐诚斋编《词律拾遗》，兼举宋本，又与毛校不尽合符。兹编显有脱讹。杂采周、孙二抄，恐非宋椠，未可尽为依据。缪、杜诸所据本又未寓目，无从折衷。姑就诸本，钩稽异同，粗为逴正。其贰文别出，非显属悾谬者，具如疏记，以备参榷。柳词传诵既广，别墨实繁，选家所见，匪尽辜较。今止惟是之

从，亦依违不能勒若也。甲寅三月，彊村老民朱孝臧跋。

跋文作于民国三年（1914），知是据劳格传抄毛扆校本刊刻的，校以明赵琦美校焦竑藏本（参见前文）。又胡桐庵《新昌胡氏问影楼藏书目·初编》卷下著录有《乐章集》三卷附逸词卷、附校勘记，云原刻本，当指《彊村丛书》本。

C. 版本未详者

1. 元贯云石《越调·斗鹌鹑》"忆别"套曲之《调笑令》有"柳七，《乐章集》，把臂双歌真先味"云云。

2. 明钱溥《秘阁书目》著录有《乐章集》。

3. 明陈第《世善堂藏书目录》卷下著录有《乐章集》九卷。

4. 明董其昌《玄赏斋书目》卷七著录有《乐章集》。

5. 清钱曾《也是园藏书目》卷七著录有《乐章集》三卷。

6. 清陆漻《佳趣堂书目》著录有《乐章集》一卷。

7. 清朱彝尊《词综》"发凡"及小传云有《乐章集》九卷。

8.《御选历代诗馀》卷一百二"词人姓氏"云柳永有《乐章集》九卷。

9. 清郭元釪编《御订全金诗增补中州集》卷六十"道释·重阳真人王嚞"附引唐顺之《史纂左编》云：

> 王嚞，号重阳子，京兆咸阳人。母感异梦而妊，二十有四月始生，时宋徽宗二十年十二月二十二日也。……师至南京，憩于王氏旅邸。时孟宗献友之以同知单州，丁忧归，有神风先生杜某者尝预言友之四魁事，凡所发，莫不应，友之以仙待之。一日，忽告友之曰："元师来，我当参谒。"友之令僮仆默踵其后，径入王氏邸中，一膝跪见。师方卧而阅书，殊不少顾，友之雅重杜，及闻大惊，杜再往，始为一盼，三往，笑而视之，杜乃雀跃而去，友之因之就谒，师阅书而不为礼，问读何书，亦不答，就视，《乐章集》也。问全乎？师曰："止一帙尔。"友之曰："家有全集，可观也。"即为送

至，师自到京日，使马钰等四人乞钱于市，市及斤之鲤，煮食之，秤不及，则不食。友之颇惑，默念道人看《乐章集》，已非所宜，又食鱼，必其斤重，果何为哉？他日友之问："《乐章集》彻乎？"师不言，但付其旧本，友之检阅其空行间，逐篇和讫，不觉叹曰："神仙语也。"即还，沐浴更衣，焚香请教，日益加敬，师自是不复食鱼，盖以友之为大鲤，故示意尔。

提及《乐章集》凡二，一为残帙，一为全本。均不详版本。

10. 清庄仲芳《映雪楼藏书目考》卷十著录有《乐章词》一卷。

11. 清赵宽《小脉望馆书目》"元册·亨字橱·第四层"著录有《乐章集》，二本。

12. 袁荣法《刚伐邑斋藏书记》著录有《乐章集》一卷，云："曾经先世父以宋三卷本细勘一过，又别以他本校读数过。卷尾仍摘载耆卿故事，有己未、庚午二校记。"又云：

> 甲子赵近知词人假校题字，后钤"近知词人"朱文长印。
>
> 案：先世父校异如下：十万卷楼宋椠三卷本、梅禹金抄校三卷本、明抄本、顾汝所校、《草堂诗馀》本……并录厉樊榭批《词律》语，郑小坡、陈葤骏、夏映盦诸丈语，先世父论注。

知袁氏曾用十万卷楼藏宋刊三卷本校勘，十万卷楼藏本即陆氏皕宋楼藏宋本。按：袁思亮（1879—1939），字伯夔，一字伯葵，号蘉庵、莽安，别署袁伯子，湖南湘潭人。清光绪二十九年（1903）举人，试礼部未中，遂绝意于科举。民国初年曾任北洋政府工商部秘书、国务院秘书、印铸局局长等职。袁世凯复辟，弃官归，隐居上海，和叶揆初为邻，终日以著述、购书为事。所藏宋元古籍甚多，藏书处曰雪松书屋、刚伐邑斋等，著有《蘉庵文集》、《蘉庵词集》、《蘉庵诗集》等。郑小坡、夏映盦即郑文焯、夏敬观，陈葤骏俟考。

以上著录的，均未标明版本，有一卷、三卷、九卷之别，九卷当是源自宋刊《百家词》本。

另《永乐大典》自《柳耆卿词》录柳永词三首：即《望海潮》、《如鱼水》（2265/7A、B，指卷数和页码，下同）、《瑞鹧鸪》（2808/11A）、《安公子》（8628/8B）。又佚名《双宋书斋善本书目》著录有《柳耆卿词》，一本，未标明卷数版本。

王安石

王安石（1021—1086），字介甫，号半山，抚州临川（今江西抚州）人。宋仁宗庆历二年（1042）中进士第，累迁知制诰。神宗熙宁年间知江宁府，召为翰林学士，除参知政事，拜同中书门下平章事。卒谥文公，封荆国公。著有《临川先生文集》等。

宋王灼《碧鸡漫志》卷二云："王荆公长短句不多，合绳墨处自雍容奇特。"其词集宋代未见单行者，而诗文别集收录有词，今存宋高宗绍兴年间刻王氏《临川集》、《王文公文集》均收有《歌曲》一卷。明以来多种刻本也是如此。宋以后其词集有单行者，述于下：

一、《荆公词》

明高儒《百川书志》卷六著录有《荆公词》一卷，未标明版本。

按：明董其昌《画禅室随笔》卷一《书荆公词题尾》云：

> 王介甫金陵怀古词，东坡于壁上观之，叹曰："此老狐精也。"其推服若此。米元章又称荆公书绝似五代杨少师，苏之词，米之书，皆横绝千古，独不敢傲介甫，此公若不作宰相，岂至掩其长邪？

知明代有《荆公词》，版本不详。

二、《半山词》

今存抄本词集丛编收有其词集的有：

1. 明李东阳辑《南词》本，抄本，其中有《半山词》一卷。

2.《宋元明词》本，明抄本，藏浙江绍兴市鲁迅图书馆。其中有《半山词》一卷。

3. 《宋明九家词》本，明抄本，清丁丙跋，藏南京图书馆。其中有《半山词》一卷。按：清丁丙《善本书室藏书志》卷四十著录有《半山词》一卷，云："精抄本，何梦华藏书。"提要云：

> 安石晚居金陵，自号半山老人。《半山词》清约婉丽，核以为人之折拗，迥然两辙。集中《桂枝香》、《伤春怨》、《渔家傲》诸阕尤工。卷首有"钱塘何元锡字敬祉号梦华又号蝶隐"朱文大方印。

按：何元锡（1766—1829），字敬祉，号梦华，又号蝶隐，清钱塘（今浙江杭州）人。监生，官至主簿。富收藏，藏书处名梦花馆，藏书达八万卷，手自抄录秘书达数百册。又丁丙《八千卷楼书目》著录有《半山词》一卷，云明抄《九家词》本，何梦华抄本。知《书志》、《书目》所载即丛书本，此为析出著录者。

4. 《彊村丛书》本（二十二卷），稿本，藏上海图书馆。其中有《半山词》一卷。

另缪荃孙《目录词小说谱录目》著录有《半山词》一卷，云传抄明蓝格本。

三、《半山老人词》

1. 清朱彝尊《词综》"发凡"云有《半山老人词》一卷。按：卷四小传云临川集词一卷。均不详版本。

2. 清吴昌绶《宋金元词集见存卷目》附《双照楼续辑宋金元百家词目》著录有《半山老人词》一卷，云武林董氏旧抄《南词》本。

四、《临川先生歌曲》

《中国古籍善本书目》载《彊村所刻词甲编》十五卷，清宣统三年（1911）、民国二年（1913）刻本，朱孝臧校。今藏浙江图书馆，其中有《临川先生歌曲》一卷补遗一卷。又有《彊村丛书》本，曹元忠跋云：

> 此《临川先生歌曲》，从绍兴重刊《临川集》第三十七卷写出，惟是卷前集句诗，后歌曲，而《桂枝香》又适与《甘露

歌》相接，故当时曾慥、黄大舆辈皆误以《甘露歌》为词，明陈耀文无论已。其实《临川集》目录于《甘露歌》后标题"歌曲"二字，而本卷《桂枝香》调下复注"歌曲"二小字，皆所以别于集句诗也，特诸家未之察耳。《临川集》有临川、金陵、麻沙、浙西诸本，此绍兴重刊本，即介甫曾孙钰所谓临川龙舒刊行，尚循旧本者也。其分体当仍政和间官局所编，故能详尽如此。用书卷末，以质彊村。彊村复取见诸选本者校列异同，别为补遗如右。其《甘露歌》误收于《乐府雅词》及《梅苑》者，不复列入云。曹元忠写记。

跋作于民国二年（1913），知是据别集析出另行者。

韦骧

韦骧（1033—1105），字子骏，钱塘（今浙江杭州）人。宋仁宗皇祐五年（1038）进士，以荐擢利州路运判，移福建路。召为主客郎中，出知明州，乞祠。著有《韦骧集》。

韦骧词宋以来无单行本，词附于别集中。清陆心源《仪顾堂集》卷十四《影宋乾道本钱塘集跋》云：

> 此本从乾道本影写，"构"注"太上皇帝御名"，"眘"注"今上御名"。每叶廿行，行廿字，亦缺首二卷。卷三至卷九古今体诗九百九十三首……卷十八杂著、歌词，凡文五百六首，较《四库》增十七、十八两卷，增文九十八首，词十一首。末附陈师锡行状。

按：《武林往哲遗书》本《钱塘韦先生集》即是据乾道本刊刻的，详见丁丙序（光绪二十二年（1896）），所述行款等与陆氏所云同。末附其孙能定跋（乾道四年（1168）），云原有文稿二十卷，季父携归，遗失后二卷，惧复有亡逸，"谨命工锓木于临汀郡庠"，知宋刊即已不全。丁氏刻本卷十八存词十一首。

民国时朱祖谋据吴氏瓶花斋藏抄《韦先生集》本录词十一首，成《韦先生词》一卷，收入《彊村丛书》中。按：吴焯（1676—1733），字尺凫，号绣谷，清钱塘（今浙江杭州）人。有藏书楼名瓶花斋，凡宋雕元椠与旧家善本，必求之获而后已。仿晁公武、陈振孙书目体例，辑有《薰习录》（一作《绣谷亭薰习录》），著有《药园诗稿》、《玲珑帘词》、《绣谷杂抄》等。

王观

王观（1035—1100），字通叟，如皋（今属江苏）人，一作海陵（今江苏泰州）人。宋仁宗嘉祐二年（1057）进士，累官翰林学士。著有《冠柳集》。

王观词集在宋代就已行于世，尤袤《遂初堂书目》著录有《王逐客词》，未标明卷数版本。不过宋人更多著录的是名《冠柳集》者。陈振孙《直斋书录解题》卷二十一著录有《冠柳集》一卷，云：

> 王观通叟撰，号王逐客。世传"霜瓦鸳鸯"，其作也。词格不高，以冠柳自名，则可见矣。

元马端临《文献通考》卷二百四十六"经籍考七十三"据此著录。又黄昇《唐宋以来绝妙词选》卷三云：

> 名观，著有《冠柳集》，序者称其高于柳词，故曰冠柳。至于踏青一词，又不独冠柳词之上也，踏青词即《庆清朝慢》，今载于首。

又于王观《庆清朝慢·踏青》"调雨为酥"云：

> 风流楚楚，词林中之佳公子也，世谓柳耆卿工为浮艳之词，方之此作，蔑矣。词名"冠柳"，岂偶然哉？

此外，吴曾《能改斋漫录》卷十七云：

> 王观学士尝应制撰《清平乐》词云："黄金殿里，烛影双

龙戏。劝得官家真个醉，进酒犹呼万岁。　　折旋舞彻《伊州》，君恩与整搔头。一夜御前宣住，六宫多少人愁。"高太皇（一本作后）以为媟渎神宗，翌日罢职，世遂有逐客之号。今集本乃以为拟李大白应制，非也。

提到"集本"，或是指词集。又陈鹄《西塘集耆旧续闻》卷九引陆游话云：

> 梅词《汉宫春》，人皆以为李汉老作，非也，乃晁叔用赠王逐客之作。王甫一作仲甫为翰林，权直内宿，有宫娥新得幸，仲甫应制赋词云："黄金殿里，烛影双龙戏。劝得官家真个醉，进酒犹呼万岁。　　锦袍舞彻《凉州》，君恩与整搔头。一夜御前宣唤，六宫多少人愁。"翌日，宣仁太后闻之，语宰相曰："岂有馆阁儒臣应制作狎词耶？"既而以弹章罢。然馆中同僚相约祖饯，及期，无一至者，独叔用一人而已，因作梅词赠别云："无情燕子，怕春寒、轻失花期。"正谓此尔。又云："问玉堂何似，茅舍疏篱。"指翰苑之玉堂，《苕溪丛话》却引唐人诗"白玉堂前一树梅，今朝忽见数枝开"，谓人间之玉堂，盖未知此作也。又"伤心故人去后，零落清诗"，今之歌者类云"冷落"，不知用杜子美酬高适诗"自从蜀中人日作，不意清诗久零落"，盖"零"字与"泠"字同音，人但见"泠"字去一点为"冷"字，遂云"冷落"，不知出此耳。王仲父，字明之，自号为逐客，有《冠卿集》行于世。

所载之事较吴曾为详些，仲甫即仲父，只是云"王仲父，字明之，自号为逐客"，与王观字通叟、号逐客者当为同一人，或名字前后有更改。《冠卿集》当为《冠柳集》之讹，知有词集行于世。按：张炎《词源》卷下"杂论"云："晁无咎词名《冠柳》，琢语平帖，此柳之所以易冠也。"晁补之，字无咎，云晁氏词集名《冠柳》，疑有误。

王观词集见于宋以后著录的有:

1. 明钱溥《秘阁书目》"诗集"著录有《冠柳词》,未标明卷数版本

2. 明毛晋《汲古阁毛氏藏书目录》著录有《冠柳集》一卷,未标明版本。

3. 清朱彝尊《词综》卷七小传云有《冠柳集》一卷,版本不详。

4. 《御选历代诗馀》卷一百三"词人姓氏"云王观有《冠柳集》一卷,未言版本。

以上版本均不详,或云《冠柳词》,或作《冠柳集》,当属同源。

清光绪至民国年间,冒广生辑有《如皋冒氏丛书》,其中有《冠柳词》一卷,为冒氏所辑,前有曹元忠序,云:

> 《冠柳集》者,同岁生冒君所辑王通叟词也。呜呼!美成遗稿,久无宫讲之家藏;醉翁外篇,并乏东坡之伪序。从毛刻六十家之外,拾宋词七百年以上。匹诸前林过风,欲索而已渺;飞絮作雪,堆聚而无多。传后且难,抱残岂易?幸而叔原乐府,得署《补亡》;希真《樵歌》,广为清遗。歌曲一家,扇芳风于逐客;《乐章》九卷,减芬响于耆卿。则花庵有言,序者称其高于柳词,故曰"冠柳",其旨可略言焉。夫其《天香慢》曲,为世所称。霜瓦风帘,吟边对影;瑞云芝草,画里呼名。斯则低唱浅斟,雪夜销金之帐;粉围香阵,春寒玉照之堂。视所谓柳氏野狐涎者,雅郑之判,固不待言。至若应制《清平》,取则太白,因宫娥之新幸,疑馆臣之狎词。几乎供奉禁中,呼衰臣以曲子;成词床下,押邦彦于国门。轻艳浮华,或乖体要。然以视《醉蓬莱》成,仁宗不复进用,措辞之际,见优劣矣。若夫江城梅引,传遍燕山。洪皓使金,和四笑之作;张总侍婢,歌万里之句。亦犹范阳肆上,刻苏集之数篇;契丹国中,诵魏诗之上帙。盖视西夏井水饮处皆歌柳词,殆又过之。嗟夫!屯田笛谱,孤行至今,籍令生

平，揽其篇翰。得南威而为美，见西施而憎貌。笙歌队里，
订作同声；鼓吹海中，推为绝唱。何至赓续无闻，旧观不
复。长沙之刻，幼文置于阳春；南昌之词，务观不载本集。
么花孤叶，零落殆尽。使晦叔《漫志》，莫证惊人之目；友仁
《词旨》，仅传属对之精。不其惜与？冒君敬恭乡里，搜罗文
献，采获群籍，删并复重。北宋小集，录都宫之五篇；南唐歌
词，存中主之四阕。屠门之肉，未得大嚼；尝鼎之脔，亦为知
味。将与通受，共垂不朽；持质当代，良无间然。光绪二十
有六年，太岁庚子七月晦日，东吴曹元忠谨序。

此本据《花庵词选》录九首、《乐府雅词》和《阳春白雪》各一首、《梅
苑》二首，另有《临江仙》"别浦相逢何草草"一词，未标明所据，共
十四首。

民国时赵万里辑《校辑宋金元人词》，其中有《冠柳集》，题
记云：

王观《冠柳集》，宋世有长沙书肆《百家词》本。《花庵
词选》五云："序者称其高于柳词，故名冠柳。"《能改斋漫
录》十七、《直斋书录解题》二十一均云观又号逐客，与《遂初
堂书目》著录之《王逐客词》合。然《耆旧续闻》九则以逐客
属之王仲甫，盖误记也。《词品》一云：王通叟词"十三女子
绿窗中"，今未见称引，知其散佚多矣。万里记。

为民国排印本，录词十五首附录二首。

苏轼

苏轼（1036—1101），字子瞻，又字和仲，号东坡居士，眉州眉山
（今属四川）人。宋仁宗嘉祐二年（1057）试礼部登第，英宗治平二年
（1065）入判登闻鼓院，召试秘阁，直史馆。神宗熙宁中，王安石行新
法，轼上书论其不便，请外通判杭州。元丰二年（1079），因"乌台诗

案"责授黄州团练副使。哲宗元祐年间迁中书舍人，除翰林学士、礼部尚书兼端明殿学士。坐元祐党籍，累贬儋耳。卒谥文忠。著有《东坡集》、《东坡词》等。

宋赵德麟《侯鲭录》卷八云：

> 鲁直云：东坡居士曲，世所见者数百首。或谓于音律小不谐，居士词横放杰出，自是曲子缚不住者。

按《文献通考》引作"世所见者几百首"云云，可知词作规模，苏轼词今存三百馀首。其词集宋代就已刊行，见于载述的有：

1. 曾慥《东坡词拾遗跋》云：

> 东坡先生长短句既镂板，复得张宾老所编，并载于蜀本者，悉收之。江山秀丽之句，樽俎戏剧之词，搜罗几尽矣。传之无穷，想象豪放风流之不可及也。绍兴辛未孟冬，至游居士曾慥题。

绍兴辛未即绍兴二十一年（1151），跋中所云苏轼词集不止一本，其中有张宾老编本，按：张康国（1056—1109），字宾老，维扬（今江苏扬州）人。初入太学，宋神宗元年（1078）进士，徽宗朝历官起居郎、中书舍人、翰林学士兼侍讲、尚书左丞、知枢密院。卒谥曰文简，赠开府仪同三司。知北宋后期苏轼词集即刊行于世，只是卷数不详。

2. 曾季狸《艇斋诗话》云：

> 东坡"大江东去"词，其中云："人道是、三国周郎赤壁。"陈无己见之，言不必道三国，东坡改云"当日"。今印本两出，不知东坡已改之矣。
>
> 东坡《贺新郎》在杭州万顷寺作，寺有榴花树，故词中云石榴，又是日有歌者昼寝，故词中云"渐困倚孤眠清熟"，其真本云"乳燕栖华屋"，今本作"飞"字，非是。
>
> 东坡在徐州作长短句云"半依古柳卖黄瓜"，今印本作"牛衣古柳卖黄瓜"，非是，予尝见坡墨迹作"半依"，乃知

"牛"字误也。

所谓真本，或为词作手稿，未必是词集，至于印本，或指别行词集，或指诗文别集。按：曾季狸，字裘父，江西南丰人。生卒年不详。宋高宗绍兴年间曾师事吕居仁，与朱熹等有交往。

3. 宋赵彦卫《云麓漫抄》卷四云：

> 版行《东坡长短句·贺新郎》词云"乳燕飞华屋"，尝见其真迹，乃"栖华屋"。《水调歌》词版行末云"但愿人长久"，真迹云"但得人长久"，以此知前辈文章为后人妄改亦多矣。

知为刻本，卷数不详。至于"真迹"，当就作者手迹而言。

4. 陈振孙《直斋书录解题》卷二十一著录有《东坡词》二卷，云：

> 苏文忠公轼撰。集中《戚氏》叙穆天子西王母事，世不知所谓，李端叔跋详之。盖在中山燕席间有歌此阕者，坐客言调美而词不典，以请于公，公方观《山海经》，即叙其事为题，使妓再歌之，随其声填写，歌竟篇就，才点定五六字而已。端叔时在幕府目击，必不诬。或言非坡作，岂不见此跋耶？今坡词多有刊去此篇者。

按：李之仪（1048—1127），字端叔，沧州无棣（今属山东）人。神宗元丰中举进士，哲宗元祐末从苏轼于定州幕，著有《姑溪居士集》。关于《戚氏》一词典事，详见《姑溪居士前集》卷三十八《跋〈戚氏〉》一文，至于其是非，可参见陆游《老学庵笔记》卷九、费衮《梁溪漫志》卷九等。又马端临《文献通考》卷二百四十六"经籍考七十三"据《直斋》著录。

5. 尤袤《遂初堂书目》著录有《东坡词》，未标明卷数版本。

宋刊本明清时尚存于世，见于著录的有：

1. 明李鹗翀《江阴李氏得月楼书目摘录》著录有《东坡词乐府》

三本，宋板。

2. 清季振宜《季沧苇藏书目》"延令宋版书目"著录有《东坡乐府》上下二卷。又著录有《东坡长短句》十二卷。

3. 清徐乾学《传是楼宋元板书目》"天字下格"著录有《东坡乐府》上下卷，一本，宋板。

4. 清徐元文《含经堂藏书目》著录有《东坡长短句注》十二卷，宋本，二册。

以上知宋刊苏轼词集有《东坡词》、《东坡长短句》、《东坡词乐府》、《东坡乐府》等。宋以后，诸种词集多见于刊印与传抄，叙录于下：

一、《东坡乐府》

A. 刊本

1. 元叶辰刊本，这是苏轼词集现存最早的刻本，名《东坡乐府》，二卷，前有叶辰序云：

> 今之长短句，古三百篇之遗旨也。自风雅骤散，流为郑、卫、侈靡之音，不能复古之淳厚久矣。东坡先生以文名于世，吟咏之馀，乐章数百篇，乐而不淫，哀而不伤，真得六义之体。观其氤氲吐词，非涉学窥测。好事者或为之注释，中间穿凿甚多，为识者所诮。旧板湮没已久，虽有家藏善本，再三校正一新，刻梓以求流布。使先生文章之光焰复盛于明时，不亦幸乎？延祐庚申正月望日，括苍云源叶辰刻于云间南阜书堂。

知为元仁宗延祐七年（1320）叶辰云间刻本，所见旧本原有注，以"中间穿凿甚多"而不取。此书今存国家图书馆，《中华再造善本》据以影印出版，钤有"东郡杨绍和彦合珍藏"、"四经四史之斋"、"思适斋"、"顾广圻印"、"徐健庵""乾学"、"知不足斋藏书"、"季振宜藏书"、"曾藏汪阆源家"、"杨承训印"、"古吴王氏"、"竹坞"、"辛夷馆印"、"顾涧蘋藏书"、"玉兰堂"、"以增之印"、"聊城杨氏三世守藏"、"梅溪精舍"、"东郡杨二"、"绍和筠岩""鲍以文藏书记"、"宋存书室"、"半塘老人"、"歙鲍氏知不足斋藏书"、"佑遐"、"杨绍和藏书"、"杨保彝印"、"王鹏运"、"杨氏海源阁藏"、"沧苇"、"振宜之印"、"海源阁藏书"等印，知曾为徐乾学、季振宜、汪士钟、鲍廷博、顾广圻、杨绍和、王鹏运等藏阅。前有黄丕烈墨笔题识云：

余所藏宋元人词极富，皆精抄，或旧抄。而名人校藏者，若宋元刻本，向未有焉。既从骨董铺中获一元刻《稼轩长短句》，可称绝无仅有之物。其时余友顾千里馆余家，共相欣赏，以为此种宝物竟以贱直得之，何世之不知宝而予幸遇之乎？盖辛词直不过白镪七金也。近年无力购书，遇宋元刻又不忍释手，必典质借贷而购之，未免室人交遍谪我矣。故以卖书为买书，取其可割爱者去之，如抄本词，屡欲去，而为买宋刻《太平御览》计省已。今秋顾千里自黎川归，余访之城南思适斋，千里曰："闻子欲卖词，余反有一词欲子买之。"余曰："此必宋刻矣。"千里曰："非宋刻却胜于宋刻，昔钱遵王已云宋本殊不足观，则元本信亦可宝。"请观之，则延祐庚申刻《东坡乐府》也。其时需直卅金，余以囊涩，未及购取。后思余欲去词，辛词本欲留存，且苏、辛本为并称，合之实为双璧。因检书一二种售诸友人，得银廿四两，千里意犹不足。余力实无馀，复益以日本刻《简斋集》如前需数，而交易始成。余遂得以书归，取毛抄《东坡词》勘之，非一本二卷，虽同其序次，前后字句歧异，当两存之。抄本附《东坡词拾遗》一卷，有绍兴辛未孟冬至游居士曾慥跋，谓："东坡先生长短句既镂板，复得张宾老所编，并载于蜀本者悉收之。"似前二卷亦系曾刊，而《直斋解题》但云《东坡词》二卷，不云有《拾遗》，似非此本。然直斋云：集中《戚氏》叙穆天子西王母事，今毛抄本亦有此语，似宋刻即毛抄所自出，而此刻《戚氏》下无此注释。大概钱所云穿凿附会者也，且毛抄遇注释处，往往云公旧注云云，俱与此刻合，而其馀多不同。
或彼有此无，或彼无此有。余以毛抄注释多标明公旧注，则
此刻之注释，乃其旧文。遵王欲弃宋留元，未始无意。此书
未必述古旧藏，前明迷经文、王两家收藏，本朝又为健庵、沧
苇鉴赏，宜此书之益增声价矣。癸亥季冬六日荛翁黄丕
烈识。

跋文作于仁宗嘉庆八年（1803），文又见《荛圃藏书题识》卷十。知此
本明朝曾经文徵明、王宠两家收藏（详见后文），入清又历健庵、沧苇
二家典藏。按：徐乾学（1631—1694），字原一，号健庵，江苏昆山
人。康熙九年（1670）探花，授编修，官至刑部尚书。藏书处是传是
楼，编有《传是楼藏书目》、《传是楼宋元板书目》、《积学斋书目》，著
有《憺园文集》、《虞浦集》等。季振宜（1630—1677），字诜兮，号沧
苇，泰兴（今属江苏）人。清顺治四年（1647）进士，知兰溪县，为浙
江道御史。所藏之书，尤多宋本、抄本，半得之毛之汲古阁，半得之
钱氏述古堂。著有《静思堂诗集》、《季沧苇藏书目》等。由前文知，
二家所藏有宋刊《东坡乐府》。检钱曾《读书敏求记》卷四著录有《东
坡乐府》一卷，云：

> 《东坡乐府》刻于延祐庚申，旧藏注释宋本穿凿芜陋，殊
> 不足观，弃彼留此可也。

又管庭芬、章钰《钱遵王读书敏求记校证》卷四之下于《东坡乐府》一
[原校]一改二。[补]阮本、胡校本均作一。卷题词本有，见《也是园目》。云：

> 《东坡乐府》刻于延祐庚申，[补]黄丕烈云：《东坡乐府》，予
> 见一写本，乃胥江沈宝研家藏书，从延祐庚申本录出者，托名祝允明所书，
> 索重值，未之得也。钰案：黄氏又有元刻本，见题跋记，今藏海源阁。旧藏
> 注释宋本[补]劳权云：《书录解题》有仙溪傅幹《注坡词》二卷。穿凿芜
> 陋，殊不足观，弃彼[补]宋抄本"留"作"取"。留此可也。

又钱曾《也是园藏书目》卷七著录有《东坡乐府》，作二卷，未标明版

本，或指此书。知钱曾著录的为元仁宗延祐七年刊本。

又《荛圃藏书题识》卷十于《东坡乐府》二卷（校元本）云：

> 苏、辛词，余皆有元刻善本。友人张讱庵各借去校阅，年来力绌，悉转徙他所，仍从讱庵借校本传录。辛词向已校，此又近时借临者，破一日有半之工，手校上下二卷，去真存副，自笑其痴也。癸未仲冬荛夫。在末卷后。

癸未为宣宗道光三年（1823），知黄氏藏苏、辛词集元刊本后转归他人，二十年后黄氏又借以校阅，其中苏氏词集借自张讱庵。按：张绍仁，字学安，号讱庵，又号巽翁，清长洲（今江苏苏州）人。不事科举，专心于藏书和校勘，所藏元明刊本颇多，黄丕烈多次造访其藏书楼，借观藏书，藏书处有绿筠庐、执经堂、读异斋等。黄氏藏苏、辛词集元刊本后均归海源杨氏，杨绍和《楹书隅录》卷五著录元本《东坡乐府》二卷，二册。云：

> 每半叶十行，行十八字，有竹坞、辛夷馆印、玉兰堂、古吴王氏、梅溪精舍、石上题诗扫绿苔、季沧苇藏书、振宜之印、沧苇、乾学徐健庵、歙鲍氏知不足斋藏书、鲍以文藏书记、顾广圻印、顾涧蘋藏书、思适斋、老荛曾藏、汪阆源家各印。

按：文徵明（1470—1559），原名璧，字徵明，以字行，后更字徵仲，号衡山，因官至翰林待诏，故称文待诏，长洲（今江苏苏州）人。明武宗正德末年以岁贡生荐试吏部，授翰林待诏。藏书甚富，竹坞、梅溪精舍等均是其藏书印。著有《莆田集》。王宠（1494—1533），字履仁，更字履吉，号雅宜山人，吴县（今江苏苏州）人。邑诸生，贡入太学。工书善画。好藏书，设有大雅堂、辛夷馆、铁观斋等收藏书画之所，藏印有"古吴王氏"、"王履吉印"、"辛夷馆印"等，著有《雅宜山人集》。知此本在明朝为文徵明、王宠藏物，入清后归钱曾，后又归季振宜、徐乾学、鲍廷博、顾千里、黄丕烈、汪士钟等。按：汪士钟，字春霆，又字阆源，号眼园，长洲（今江苏苏州）人。其父开布号，饶于赀。喜购书，广为搜采宋元旧刻以及四库未收之书，吴中四大藏书家黄丕烈、周锡瓒、顾之逵、袁廷梼所藏，多归其所得，藏书处名艺芸书舍，编有《艺芸书舍宋元本书目》、《艺芸书舍书目》，检《艺芸书舍宋元本书目》"元板书目·集部·词"著录有《东坡词》二卷，云元刊本，即指叶辰刊《东坡乐府》。清咸丰十年（1860）以前，汪氏藏书已基本散尽，多归杨氏海源阁、瞿镛铁琴铜剑楼。叶辰刊《东坡乐府》即归山东聊城杨氏海源阁收藏。又《楹书隅录》卷五著录有校元本《东坡乐府》二卷一册，并录黄氏跋。元刊本与校元本《东坡乐府》二书又见录于杨绍和《宋存书室宋元秘本书目》和《海源阁藏书目》。又清江标《宋元本行格表》据《楹书隅录》著录。

2. 清光绪年间王鹏运得元刊苏、辛词集，刻入《四印斋所刻词》中。有苏、辛合刻序云：

> 吾乡藏书之富，自毛氏父子、绛云、传是、遵王、延令而后，实数黄氏士礼居，百宋一廛，千元十架，被之歌咏，海内称盛。道光之季，聊城杨端勤公建节河上，博搜坟典，于是良贾居奇，不胫而走，孔堂汲郡，欲从末由。自来都下，获交于公之子绲卿学士，尝出视《楹书隅录》，属为之序。日月易迈，山河邈然。比者绲卿令嗣凤阿侍读同官日下。高密礼堂之遗，崇贤书麓之秘，世守弗失，清菜载扬。暇日公宴，幼霞同年讨论群籍，偶及倚声。因出元延祐《东坡乐府》及大德信州本《稼轩长短句》二种，盖即士礼居所藏弃者。予尝为幼霞序《双白词》，遂怂恿借抄合刻，以广其传。镂板既成，乃命为序。……

序为许玉瑑撰，作于清光绪十四年（1888），知在许氏的建议下，王鹏运遂有合刊苏、辛词集之举，又王氏跋云：

> 右延祐云间本《东坡乐府》二卷，钱遵王《读书敏求

记》："《东坡乐府》二卷，刻于延祐庚申。旧藏注释宋本，
穿凿芜陋，殊不足观。弃彼留此可也。"其说与叶序吻合。按
《文献通考》：《注坡词》二卷。陈氏曰：仙溪傅干撰。而黄
荛翁跋即以毛抄中《戚氏》叙穆天子、西王母云云为宋本穿
凿之证，或未尽然。光绪戊子春，凤阿同年闻余有缩刻稼轩
长短句之役，复出此册假我，遂借抄合刻。中间字句间有讹
夺，与缺笔敬避及不合六书字体者，悉仍其旧，略存影写之
意。文忠诗文传刻极夥，倚声一集，独少别本单行。且苏、
辛本属并称，而二书踪迹始并见于季沧苇《延令书目》中，继
复同归黄氏士礼居、汪氏艺芸书舍。余复从杨氏海源阁假刻
以行。三百年来，合并如故，洵乎艺林佳话，而凤阿善与人
同之量，亦良足多矣。越月刊成，志其缘起如此。临桂王鹏
运半塘识。

跋文亦作于光绪十四年（1888），所据为元延祐叶辰刻本，得自海源阁
后人杨凤阿。苏、辛二氏词集均源自元刻本，四印所刊均是影刻，故
"中间字句，间有讹夺，与缺笔敬避及不合六书字体者，悉仍其旧，略
存影写之意"，因是影写摹刻，笔形难免有出入，如序末之署名"叶
辰"之"辰"，四印斋摹刻成"曾"，以至后人多误作叶曾。此书多见
藏家著录，如缪荃孙《目录词小说谱录目》，云四印堂本，当是四印斋
之误。又见叶德辉《叶氏观古堂藏书目》著录。又《中国古籍善本书
目》载《四印斋所刻词》，云傅增湘校，其中有《东坡乐府》二卷。又
章钰《章氏四当斋藏书目》卷上之四著录有《东坡乐府》二卷，云：
"清光绪十四年临桂四印斋刊本，一册。有蓝笔校字。"又书衣题云：
"下卷据宋本校，惜缺上卷，癸丑十一月十日式之。蓝笔。"式之即章
钰，知为民国二年（1913）章氏校本。

　　3.《彊村丛书》本，此为朱祖谋校订编年本，较早见于《彊村所
刻词甲编》本，有清宣统三年（1911）刻本，朱孝臧校，藏浙江图书
馆，其中有《东坡乐府》三卷。后有民国十四年（1925）订补本，收入

《彊村丛书》。冯煦序云：

> 词之有南北宋，以世言也。曰秦、柳，曰姜、张，以人言也。若东坡之于北宋，稼轩之于南宋，并独树一帜，不域于世，亦与他家绝殊。世第以豪放目之，非知苏、辛者也。顾二家专刻，世不恒有，坡词尤鲜善本。古微前辈，词家之南董也，酷嗜坡词，乃取世所传王、毛二刻，订讹补阙，以年为经，而纬以词。既定本，属煦一言简端。……

序作于清宣统二年（1910），所谓："乃取世所传王、毛二刻，订讹补阙，以年为经，而纬以词。"知是据王氏四印斋和毛氏汲古阁刊本编成。前有"凡例"七则，录首末二则如下：

> 《东坡词》今行世者，只毛氏汲古阁、王氏四印斋二本。毛跋谓得金陵刊本，未详所自。王刻从元延祐云间本出，较为近古，中有十首为汲古所未载，而汲古多于元刻者六十一首，今以元刻为主，毛本异文著于词后，元刻之确为讹阙者，则依毛本正之。
>
> 元本、毛本已有牴异，坡词为世传诵，宋人诗话说部征引既繁，复有墨迹石刻，字句悬区，殆不胜校，略采要实，附著于篇，至其同时交游事迹，亦间录存，以资考证。

是以四印斋影刻叶辰本为底本，以毛氏汲古阁本校补，对苏词进行编年，所据为宋人傅藻《纪年录》、王宗稷《年谱》和清人王文诰《苏诗总案》，编年的词作占十分之六七，为前二卷，不能编年的归作第三卷。朱祖谋跋云：

> 曩纂次东坡乐府编年本，以急于观成，漏误滋甚。今年春徐君积馀以旧抄傅干《注坡词》残本见示，《南歌子》"海上乘槎侣"、"苒苒中秋过"二阕题作"八月十八日观潮和苏伯固"，《南乡子》"晚景落琼杯"一阕题作"黄州临皋亭作"，

《临江仙》"夜饮东坡醒复醉"一阕题作"夜归临皋",《八声甘州》"有情风万里卷潮来"一阕题作"寄参寥子时在巽亭",《临江仙》"九十日春都过了"一阕题作"熙宁九年四月一日同成伯、公谨辈赏长春馆残花,密州邵家园也"词同毛本,《菩萨蛮》"画檐初挂弯弯月"一阕题作"七夕黄州朝天门上作",又汪穰卿笔记言在张文襄幕见苏文忠手书《浣溪沙》五首,"雪林初下晚跳珠"句"林"作"㴲",注:"京师俚语:霰为雪㴲。""废圃寒蔬挑翠羽"句"挑"作"排"。"荐士已闻飞鹗表"句"闻"作"曾",注:"公近荐仆于朝。""万顷风涛不记苏"句注:"公田在苏州,今年风潮荡尽"云云,事实佚闻,胥足为考订坡词之一助,故类记之,以俟他日补编焉。乙丑残岁,孝臧记。

跋作于民国十四年(1125),"曩纂次《东坡乐府》编年本,以急于观成,漏误滋甚。今年春徐君积馀以旧抄傅干《注坡词》残本见示……事实佚闻,胥足为考订坡词之一助,故类记之,以俟他日补编焉。"知清宣统时校,十六年后见傅干《注坡词》,欲以据之订补,但未果。

朱氏刊本见于著录的,如梁启超《梁氏饮冰室藏书目录》、刘承干《嘉业藏书楼书目》、郑振铎《西谛书目》所载,均为清宣统刊本。又吴昌绶《宋金元词集见存卷目》附《双照楼续辑宋金元百家词目》著录的,云朱氏无著庵重定编年本,或指民国订补本。刘承干《嘉业藏书楼书目》又著录有郑叔问批校本,凡二册。

4. 吴虞辑《蜀十五家词》本,有民国时排印本。所据为《彊村丛书》本。

B. 抄本

1. 清曹寅《楝亭书目》卷四著录有《东坡乐府》,云:"抄本,二卷。括苍叶辰序,一册。"知抄自元延祐本。检王重民《中国善本书提要》载有《东坡乐府》,残存一卷,一册(北图),明抄本,十行十八字。提要云：

> 宋苏轼撰。按：《楹书隅录》卷五有黄丕烈旧藏元延祐庚
> 申刻本，行款与此本相同，未知此本即从延祐本出否？此本
> 仅存下卷，有"棟亭曹氏藏书"、"吴江凌氏藏书"、"凌淦字
> 丽生一字砺生"等印记。

凌淦，字丽生，一字砺生，吴江（今江苏苏州）人，行迹俟考。知曹氏所藏后为凌氏所得，曹氏原抄本全，至民国时只存下卷了。

2. 《京师图书馆善本书目》著录有《东坡乐府》二卷，云："归安姚氏书。一册。"又云："影宋本，存下卷。"又缪荃孙《清学部图书馆善本书目》著录有《东坡乐府》下卷，云摹宋本，即据宋刊本影抄。按：缪荃孙为江南图书馆和京师图书馆的创始人。此书现存台湾，见《"中央"图书馆典藏国立北平图书馆善本书目》著录，云："存一卷，宋苏轼撰，影宋抄本，一册。"笔者所见为日本东洋文库影印件。

3. 《中国古籍善本书目》载《东坡乐府》二卷，云清抄本，清王鹏运校。今藏上海图书馆。

C. 版本不详者

1. 金元好问《遗山先生文集》卷三十六有《东坡乐府集选引》一文，据孙安常《注东坡乐府》（参见后文）选录七十五首，占苏轼词全部的四分之一的样子，元氏选本今不存。

2. 明高儒《百川书志》卷六著录有《东坡乐府》一卷，云"止二十四阕"。

3. 明董其昌《玄赏斋书目》卷七著录有《东坡乐府》，未标明卷数。

4. 周庆云《晨风庐书目》著录有《东坡乐府》三卷，二册。

已知名《东坡乐府》，前人著录的有宋刊本，也有元刊本，均为二卷。叶辰元刊本卷上存词一百十五首，卷下存词一百六十九首，宋刊规模也大体如此。《百川书志》著录的当为残本，或原文有脱字。《晨风庐书目》著录的疑指朱祖谋编年本。

二、《东坡词》(《苏东坡词》)

A. 刊本

有毛氏汲古阁刊《宋名家词》本《东坡词》一卷,毛晋跋云:

> 东坡诗文不啻千亿刻,独长短句罕见。近有金陵本子,
> 人争喜其详备,多混入欧、黄、秦、柳作,今悉删去。至其词
> 品之工拙,则鲁直、文潜、端叔辈自有定评。

未言所据,此本见清郑德懋辑《汲古阁校刻书目》之《宋名家词六集》第一集著录,云凡一百七叶。所谓"金陵本子",或认为是明万历时焦竑的刊本,按:《宋集珍本丛刊》收有焦竑编刻的《重编东坡先生外集》,凡八十六卷,其中卷八十二至八十五为词,存词一百六十三首,是今存词的一半强。《中国古籍善本书目》载《东坡词》一卷,云明崇祯毛氏汲古阁刻《宋名家词》本,清黄丕烈跋并录清张绍仁校,今藏国家图书馆。毛氏刻本见于多家著录,如李盛铎《天津延古堂李氏旧藏书目》、王修《诒庄楼书目》、叶德辉《叶氏观古堂藏书目》等。

B. 抄本

今存抄本丛书中收有其词集的有:

1. 明吴讷辑《唐宋名贤百宋词》本,明抄本,藏天津图书馆,其中有曾慥编《东坡词》二卷拾遗一卷。

2. 明李东阳辑《南词》本,抄本,其中有《东坡词》二卷。

3. 《宋元名家词》本,明紫芝漫抄本,清毛扆校,唐晏跋,藏北京大学图书馆,其中有《东坡词》三卷拾遗一卷。

4. 清《四库全书》本,其中有《东坡词》一卷,提要云:

> 《宋史·艺文志》载轼词一卷,《书录解题》则称《东坡词》二卷。此本乃毛晋所刻,后有晋跋云得金陵刊本,凡混入黄、晁、秦、柳之作,俱经芟去。然刊削尚有未尽者,如开卷《阳关曲》三首已载入诗集之中,乃饯李公择绝句,其曰以

《小秦王》歌之者，乃唐人歌诗之法，宋代失传，惟《小秦王》调近绝句，故借其声律以歌之，非别有词调谓之《阳关曲》也。使当时有《阳关曲》一调，则必自有本调之宫律，何必更借《小秦王》乎？以是收之词集，未免泛滥。至集中《念奴娇》一首，朱彝尊《词综》据《容斋随笔》所载黄庭坚手书本改"浪淘尽"为"浪声沉"，"多情应笑我早生华发"为"多情应是我笑生华发"，因谓"浪淘尽"三字于调不协，"多情"句应上四下五，然考毛开此调如"算无地"、"阆风顶"皆作仄平仄，岂可俱谓之未协？石孝友此调云"九重频念此，衮衣华发"，周紫芝此调云"白头应记得，尊前倾"，盖亦何尝不作上五下四句乎？又赵彦卫《云麓漫抄》辨《贺新凉》词板本"乳燕飞华屋"句真迹"飞"作"栖"，《水调歌词》板本"但愿人长久"句真迹"愿"作"得"，指为妄改古书之失，然二字之工拙皆相去不远。前人著作时有改定，何必定以真迹为断乎？晋此刻不取洪、赵之说，则深为有见矣。词自晚唐五代以来，以清切婉丽为宗，至柳永而一变，如诗家之有白居易；至轼而又一变，如诗家之有韩愈，遂开南宋辛弃疾等一派，寻源溯流，不能不谓之别格，然谓之不工则不可，故至今日尚与花间一派并行而不能偏废。曾敏行《独醒杂志》载轼守徐州日作燕子楼乐章，其稿初具，逮辛巳闻，张建封庙中有鬼歌之，其事荒诞，不足信，然足见轼之词曲，舆隶亦相传诵，故造作是说也。

据毛氏汲古阁刊本录入，为江苏巡抚采进本。又《钦定续通志》卷一百六十三著录有《东坡词》一卷，据文渊阁著录，当与此同。又《四库全书简明目录》提要云：

> 《东坡词》一卷，宋苏轼撰。轼以歌行纵横之笔，盘屈而为词，跌宕排奡，一变唐五代之旧格，遂为辛弃疾一派开山。寻溯源流，不能不谓之别调，然亦不能谓之不工。

四库馆臣对苏词在风格上创新的论断，在词史上地位的肯定，为世所认可，多为后人所引述。至于对《阳关曲》三首是否为词却有所质疑，检《钦定词谱》卷一收有《阳关曲》，注云：

> 本名《渭城曲》。宋秦观云：《渭城曲》绝句，近世又歌入《小秦王》，更名《阳关曲》。属双调，又属大石调。按唐《教坊记》有《小秦王》曲，即秦王小破阵乐也，属坐部伎。

其中仅录王维"渭城朝雨浥轻尘"一诗，末附注云：

> 宋苏轼词三首，其第二句一首云"银汉无声转玉盘"，一首云"才到龙山马足轻"，则此词"客"字可平也。至第三句仄平仄仄仄平仄，苏词三首皆然，若平仄一误，即非此调。
>
> 按此亦七言绝句，唐人为送行之歌。三叠，其歌法也。

以苏词平仄不合处，所以未收录。又清万树《词律》卷一于《小秦王》注云："二十八字，又名《阳关曲》。"《词律》录无名氏《小秦王》"柳条金嫩不胜鸦"一首，末云："即七言绝句，平仄不拘。如东坡所作'暮云收尽溢轻寒'一首，下二句失粘不论。"也是不认可的。检曾慥《东坡词》，《阳关曲》三首、《瑞鹧鸪》二首均已收录词集中，知南宋中均已视作词了，《全宋词》据曾慥本也全部收录。

又见于著录的抄本有：

1. 清黄丕烈《荛圃藏书题识》卷十于《东坡乐府》题跋云："取毛抄《东坡词》勘之，非一本二卷，虽同其序次，前后字句歧异，当两存之。抄本附《东坡词拾遗》一卷，有绍兴辛未孟冬至游居士曾慥跋，谓：'东坡先生长短句既镂板，复得张宾老所编，并载于蜀本者，悉收之。'似前二卷亦系曾刊。"知此为毛氏汲古阁抄本，是据曾慥编本移录。又云："余以毛抄注释多标明公旧注，则此刻之注释，乃其旧文。遵王欲弃宋留元，未始无意。"遵王指钱曾。

2. 清范懋柱《天一阁藏书目》卷四之四著录有《东坡词》二卷，绵纸，抄本。

3. 清陈徵芝《带经堂书目》卷四下著录有《东坡词》一卷，云："明抄本，项墨林天籁阁藏书。"按：项元汴（1525—1590），字子京，号墨林山人，又号香严居士、退密斋主人等，明秀水（今浙江嘉兴）人。国子生，家资雄厚，多购法书图画，藏于天籁阁。

4. 清沈德寿《抱经楼藏书志》卷六十四著录有《东坡词》一卷，抄本。

C. 版本不详者

1. 《永乐大典》自《苏东坡词》录其词四首，即《定风波》（540/17A）、《好事近》和《南歌子》二首（2265/4A）。

2. 明赵琦美《脉望馆书目》著录有《东坡词》一本。

3. 梅鼎祚《青泥莲花记》"采用书目"，其中有《东坡词》，未标明卷数。

4. 明毛晋《汲古阁毛氏藏书目录》著录有《东坡词》二卷。

5. 明陈第《世善堂藏书目录》卷下著录有《苏东坡词》二卷，

6. 明曹学佺《蜀中广记》卷九十八"著作记第八"载有《东坡词》二卷。

7. 清徐元文《含经堂藏书目》著录有《东坡词》四卷。

8. 清陆漻《佳趣堂书目》著录有《东坡词》一卷。

9. 清黄澄量《五桂楼书目》卷四著录有《东坡词》一卷。

10. 清庄仲芳《映雪楼藏书目考》卷十著录有《东坡词》一卷，提要云：

> 宋苏轼撰。词之始，以清切婉丽为宗，至柳永而一变，至轼而又一变，以歌行纵横之笔而为词，跌宕排奡，独成一家，开柳宗元、辛弃疾一派，虽非正格，而卓然成一大宗。

其中"柳宗元"当误。以上著录的均未标明版本，赵琦美、毛晋、曹学佺、徐元文、陆漻著录的当以抄本为主，又其中有一卷、二卷，还有未标明卷数的，至于《含经堂藏书目》著录为四卷者，不见其他家著录过。按：明紫芝漫抄本《宋元名家词》收有《东坡词》，作三卷拾遗一卷，合计四卷，或与此同。

另清陈维崧《陈检讨四六》卷十《徐竹逸荫绿轩词序》一文注云："宋辛弃疾字幼安，有《稼轩长短句》十二卷，苏轼字子瞻，有《东坡居士词》二卷，时号辛、苏。"

三、别集本

1. 《宋史》卷二○八"艺文志"载苏轼前后集七十卷、奏议十五卷、补遗三卷、南征集一卷、词一卷，为全集本，版本不详。

2. 《永乐大典》自《苏东坡大全集》录词二首，即《南乡子》（12043/22B，指卷数与页码，下同）和《南乡子》（15139/14B）。

明清以来苏氏诗文别集本多附有词，此不录。

四、注释本

A. 傅干《注坡词》

陈振孙《直斋书录解题》卷二十一著录有《注坡词》二卷，云仙溪傅干撰。元马端临《文献通考》卷二百四十六"经籍考七十三"据此著录。宋洪迈《容斋随笔·续笔》卷十五云：

> 注书至难，虽孔安国、马融、郑康成、王弼之解经，杜元凯之解《左传》，颜师古之注《汉书》，亦不能无失。……绍兴初，又有傅洪秀才《注坡词》，镂板钱塘，至于"不知天上宫阙，今夕是何年"，不能引"共道人间惆怅事，不知今夕是何年"之句，"笑怕蔷薇罥"、"学画鸦黄未就"，不能引《南部烟花录》，如此甚多。

此书南宋高宗绍兴初年就有钱塘刻本，作傅洪，当误。此书见于明清人著录，列于后：

1. 明毛晋《汲古阁毛氏藏书目录》著录有《注坡词》二卷，未标明版本。

2. 清佚名抄（清林佶题名）《天一阁书目》著录有《注坡词》一本，未标明卷数版本。又舒木鲁氏《天一阁书目》著录有《注坡词》一本。按：范懋柱《天一阁藏书目》卷四之四著录有《注坡词》十二卷，云：“抄本，傅干撰，傅共洪甫序。”又清佚名《四明天一阁藏书目录》著录有《注坡词》一本，云抄本，未标明卷数。知范氏天一阁藏有抄本，十二卷。

3. 清沈德寿《抱经楼藏书志》卷六十四著录有《注坡词》十二卷，云旧抄本，并录傅共序。

4. 《国立北平图书馆善本书目乙编续目》卷四著录有《注坡词》十二卷，云抄本。

5. 日本《普门藏书明德目录》著录有：“《注坡词》，合二册，唐。”

按：前文录清徐元文《含经堂藏书目》著录有《东坡长短句注》十二卷，云宋本，二册。疑指傅干《注坡词》。又季振宜《季沧苇藏书目》“延令宋版书目”著录有《东坡长短句》十二卷，或同《含经堂藏书目》，脱“注”字。又《汲古阁毛氏藏书目录》著录为《注坡词》二卷，同《直斋书录解题》，版本不详，今人或以为“二卷”为“十二卷”之讹。

今存有抄本，凡三四种，北京图书馆出版社有影印本，为黄永年先生购藏的清抄本，前有傅共序，云：

> 东坡□□□□天下，其为长短句数百章，世以其名尚□□□□闺窗孺弱，亦知爱玩。然其寄意幽渺，指事深远，片词只字，皆有根柢，是以世之玩者未易识其佳处。譬犹懷（当作瓌）奇珍怪之宝，来于异域，光彩眩耀，人人骇瞩。而□辨质其名物者盖寡矣。展玩虽□□□□□兹可慨焉。余族子干，尝以旧□□□□□□□用事彰而解之，削其附会者数十□□□□传张芸叟所作《私期》数章，旧于《文忠公集》见之。以至《更漏子》有“柳丝长”、“春夜阑”之类，则见于《花间集》，乃温庭筠、牛峤之词。《鹊踏□（当作枝）》有“□（当作一）霎秋风”、“紫菊初生”之类，则见□《本事集》，乃晏元献之词，凡是皆削而不取。益之以遗轶者百馀□□十有二卷。敷陈演析，指摘源流，开卷烂然，众美在目。予曰：兹一奇也，不可不传之好事者，使其当琐窗虚明、

棐几净滑，据胡床而支颐，钩绣幌而曲肱，咀□名之味于口吻之间，轩眉而颔首□□□破颜，悠然而思，跫然而跃者，皆自子而发之也。自兹以往，列屋闲居，交口教授，吾知秦、柳、晁、贺之论，束于高阁矣。幹，字子立，博览强记，有前辈风流。视其所注，可以知其人焉。竹溪散人傅共洪甫序。

按：傅共，字洪甫，仙游（今属福建）人。据《福建通志》载，宋徽宗崇宁间知仙游，高宗绍兴二年（1132）张九成榜特奏名进士，著有《东坡和陶诗解》十卷。知《容斋随笔》误序者为编者，傅洪盖傅共之讹。抄本的扉页有《积学斋藏书记》，云：

> 《注坡词》十二卷，旧影抄宋本，每半页九行，行十七字，小字双行。前有竹溪散人傅共洪甫序，称为族子干字子立所撰。按陈振孙《直斋书录解题》"歌词类"有《注坡词》二卷，仙溪傅干撰，当即是书。惟卷数不同，或传刻脱误耳。又宋黄岩孙编、元黄真仲重订《仙溪志》"进士题名"：傅共，傅权子，绍兴二年张九成榜特奏名，其人物志傅权传后附共传。共三荐卷特奏名，文词秀拔，有《东坡和陶诗解》，是共、干皆与东坡诗词有所解注也。卷三《临江仙》第七首之题、卷五《八声甘州》题中"时在巽亭"四字，诸本并无之。书有"浙东沈德寿家藏之印"朱文、"抱经楼藏书印"朱文、"五万卷藏书楼"朱文方印，四明沈氏《抱经楼藏书志》著录。

知是本原为沈德寿家藏旧抄本，沈氏《抱经楼藏书志》卷六十四著录，详前。沈氏藏本后归徐乃昌积学斋收藏。龙榆生、赵万里均曾从徐氏借观，赵氏云此本是传录范氏天一阁藏本[1]。抄本无格栏，半页九行，行十七字，小字双行同。书末有龙榆生跋云：

----

[1] 见中华书局上海编辑所影印元延祐本《东坡乐府》跋。

　　南陵徐氏小檀銮室旧藏仙溪傅干《注坡词》□本三，廿年
前曾从借阅，并采入拙《东坡乐府笺》。案：《容斋随笔》载
傅洪秀才有《注坡词》云云，而此本有傅共洪甫序，称族子幹
云云，岂容斋亦未自睹此书耶？

　　永年仁弟偶以贱值收得，属为题记，因赋《水龙吟》词一
阕归之。癸巳初冬忍寒居士。

癸巳为 1953 年，则龙氏自徐氏借观是在民国二十二年（1933）前。又
国家图书馆藏有清抄本，末题云"从南陵徐氏藏沈德寿家抄本传录"，
又有民国时赵尊岳珍重阁自徐氏积写斋传录本[1]，考《国立北平图书
馆善本书目乙编续目》卷四载云："《注坡词》十二卷，宋傅干撰，抄
本。"当指国家图书馆藏本。

　　诸本同出一源，均残缺。据黄永年先生藏本，凡四册，有总目，依
调编次，据总目，共收词六十八调，二百七十一首，其中卷三缺《戚
氏》一首，卷六缺《江神子》其五至其九凡五首、《无愁可解》一首、
《蝶恋花》八首，卷十一缺《浣溪沙》其二至其九凡八首、《沁园春》半
首、《雨中花》一首，卷十二缺《皂罗特髻》半首、《调笑令》一首、
《双荷叶》一首、《荷花媚》一首，共缺二十三首又二个半首。苏轼词今
存二百九十馀首，傅干《注坡词》是收苏轼词较全者。

　　《注坡词》序文缺文不少，傅干所据底本不可知，考卷十《浣溪
沙》"西塞山边白鹭飞"之"散花洲外片帆微"句有"旧注云"云云，
又《浣溪沙》"万顷风涛不记苏"云："旧注云：公有薄田在苏，今岁为
风涛荡尽。"卷十一《鹧鸪天》"笑捻红梅高弹翠翘"末云："旧注：东
坡书此词至'娇'字下误笔，再点，因续作下语。"知其时还有其他注
本。傅干是在旧注本的基础上删去附会的数十首，又益以百馀首，删
者有传为张舜民《私期》数章，温庭筠《更漏子》"柳丝长"、牛峤"春
夜阑"之类，晏殊《鹊踏枝》"一霎秋风"、"紫菊初生"等。张舜民今

---

[1]　见刘尚荣整理本《注坡词》前言等。

存《江神子》、《朝中措》、《买花声》（二首），凡四首，所谓《私期》数章，不在其中。至于序中提及的《鹊踏枝》二首，云见《本事集》。按杨绘，字元素，编有《本事集》，或作《本事词》、《本事曲》等，苏轼《东坡续集》卷五《与杨元素八首》之六云："近一相识录得公明所编《本事曲子》，足广奇闻，以为闲居之鼓吹也。然窃谓宜更广之，但嘱知识间，令各记所闻，即所载日益广矣。辄献三事，更乞拣择，传到百四十许曲，不知传得足否？"知苏氏曾助其编《本事集》，不应有误收之事，《鹊踏枝》"一霎秋风"、"紫菊初生"今均见晏殊集中。至于增益的百馀首，不能详其细目。

B.《补注东坡长短句》

宋陈鹄《西塘集耆旧续闻》卷二云：

> 赵右史家有顾禧景蕃《补注东坡长短句》真迹云：按唐人词，旧本作"试教弹作忽雷声"，盖《乐府杂录》云："康昆仑尝见一女郎弹琵琶，发声如雷。而文宗内库有二琵琶，号大忽雷、小忽雷，郑中丞尝弹之。"今本作"辊雷声"，而傅干注亦以"辊雷"为证，考之传记无有。又云余顷于郑公实处见东坡亲迹书《卜算子》断句云"寂寞沙汀冷"，今本作"枫落吴江冷"，词意全不相属也。又《南歌子》云："游人都上十三楼，不羡竹西歌吹古扬州。"十三楼在钱塘西湖北山，此词在钱塘作，旧注云："汴京旧有十三楼。"非也。

"今本"当指刊本。又云：

> 襄见陆辰州，语余以《贺新郎》词用榴花事，乃妄名也，退而书其语，今十年矣，亦未尝深考。近观顾景蕃续注，因悟东坡词中用白团扇、瑶台曲，皆侍妾故事。按晋中书令王珉好执白团扇，婢作《白团扇》歌以赠珉。又《唐逸史》：许澶暴卒复窬，作诗云："晓入瑶台露气清，坐中惟见许飞琼。

尘心未尽俗缘重，千一作十里下山空月明。"复寝，惊起，改第二句，云："昨日梦到瑶池，飞琼令改之，云'不欲世间知有我'也。"按《汉武帝内传》所载董双成、许飞琼，皆西王母侍儿，东坡用此事，乃知陆辰州得榴花之事于晁氏为不妄也。《本事词》载榴花事极鄙俚，诚为妄诞。

核以傅氏《注坡词》卷二，《贺新郎》一词注提到了《晋书》王珉事，却未见征引《唐逸史》和《汉武帝内传》所载，顾氏续注或是就傅氏本补注而言。

C.《注东坡乐府》

金元好问《遗山先生文集》卷三十六《东坡乐府集选引》云：

> 绛人孙安尝（当作常）注坡词，参以汝南文伯起《小雪堂诗话》，删去他人所作《无愁可解》之类五十六首，其所是正亦无虑数十百处，坡词遂为完本，不可谓无功。然尚有可论者，如"古岸开青苹"《南柯子》，以末后二句倒入前篇，此等犹为未尽，然特其小小者耳。就中"野店鸡号"一篇，极害义理，不知谁所作，世人误为东坡，而小说家又以神宗之言实之，云神宗闻此词不能平，乃贬坡黄州，且言"教苏某闲处袖手，看朕与王安石治天下"，安常不能辨，复收之集中，如"当时共客长安，似二陆初来俱妙年。有胸中万卷，笔头千字，致君尧舜，此书何难？用舍由时，行藏在我，袖手何妨闲处看"之句，其鄙俚浅近、叫呼衒鬻，殆市驵之雄，醉饱而后发之，虽鲁直家婢仆且羞道，而谓东坡作者，误矣！又前人诗文有一句或一二字异同者，盖传写之久，不无讹谬，或是落笔之后，随有改定，而安常一切以别本为是，是亦好奇尚异之蔽也。就孙集录取七十五首，遇语句两出者择而从之，自馀"玉龟山"一篇，予谓非东坡不能作，孙以为古词删去之，当自别有所据，姑存卷末，以候更考。丙申九月朔，书于阳平寓居之东斋，元某引。

丙申为公元 1236 年，时金朝才亡不久。据元好问辑《中州集》卷七"孙省元镇"云：

> 镇，字安常，绛州人。高才博学，尝中省试魁。承安二年五赴廷试，赐第，以陕令致仕，年八十四卒。有《注东坡乐府》、《历代登科记》行于世。

又《山西通志》卷一百四十"人物四十·文苑五"云：

> 孙镇，字安常，绛州人。高才博学，尝中省试魁。承安二年五赴廷试，赐第。以陕令致仕，年八十四卒。有《注东坡乐府》、《历代登科记》行世。弟宁州刺史锜，字安世；潘原令铉，字安道。同榜擢第，乡人荣之，号"三桂孙氏"。知为金章宗时人。

知孙镇金章宗承安二年（1197）第进士，为县令。按：黄虞稷《千顷堂书目》卷三十二云："孙镇《注东坡乐府》，字安常，绛州人。承安二年赐第，官陕令。"又清倪灿撰、卢文弨补《补元史艺文志》著录有孙镇《注东坡乐府》，知孙氏《注东坡乐府》一书明末清初尚在，今不存。

D. 叶辰《东坡乐府叙》（元仁宗延祐七年）云："好事者或为之注释，中间穿凿甚多，为识者所诮。"注本情况不明。

晏几道

晏几道（1038—1110），字叔原，号小山，抚州临川（今江西抚州）人。晏殊幼子。监颍昌府许田镇，宋徽宗崇宁间为乾宁军通判，擢开封府判官等。著有《小山集》。

其词集宋代就已行于世，述如下：

1. 晏氏自序云：

> 《补亡》一编，补乐府之亡也。叔原往者浮沉酒中，病世之歌词不足以析酲解愠，试续南部诸贤绪馀。作五七字语，

期以自娱，不独叙其所怀，兼写一时杯酒闻见所同游者意中
事。尝思感物之情，古今不易。窃以谓篇中之意，昔人所不
遗，第于今无传尔。故今所制，通以《补亡》名之。始时沈十
二廉叔、陈十君龙家有莲、鸿、蘋、云，品清讴娱客。每得一
解，即以草授诸儿，吾三人持酒听之，为一笑乐。已而君龙
疾发卧家，廉叔下世，昔之狂篇醉句，遂与两家歌儿酒使俱
流转于人间，自尔邮传滋多，积有窜易。七月己巳，为高平
公缀辑成编。追惟往昔过从饮酒之人，或垅木已长，或病不
偶。考其篇中所记悲欢离合之事，如幻如电，如昨梦前尘，
但能掩卷怃然，感光阴之易迁，叹境缘之无实也。

云"遂与两家歌儿酒使俱流转于人间，自尔邮传滋多，积有窜易""为
高平公缀辑成编"，知在流传中字词有所窜易，后为高平公编辑成册，
按：宋人多称范仲淹为高平公，如文彦博《潞公文集》卷四有《题高平
公范文正亲书伯夷颂卷后范自青州书寄许下》一诗，或为范氏编辑。又邵
博《邵氏闻见后录》卷十九云其"手写自作长短句上府帅韩少师，少
师报书：'得新词盈卷，盖才有馀而德不足者，愿郎君捐有馀之才，
补不足之德，不胜门下老吏之望'云"。韩少师即韩维，知有词作
手稿。

2. 黄庭坚《山谷集》卷十六《小山集序》云：

晏叔原，临淄公之莫子也。磊瑰权奇，疏于顾忌，文章翰
墨自立规模，常欲轩轾人，而不受世之轻重。诸公虽爱之，
而又以小谨望之，遂陆沉于下位。平生潜心六艺，玩思百
家，持论甚高，未尝以治世。余尝怪而问焉，曰我盘姗勃窣，
犹获罪于诸公，愤而吐之，是唾人面也。乃独嬉弄于乐府之
馀，而寓以诗人句法，精壮顿挫，能动摇人心。士大夫传之，
以为有临淄之风尔，罕能味其言也。余尝论叔原，固人英
也。其痴亦自绝，人爱叔原者愠而问其目，曰："仕宦连蹇，
而不能一傍贵人之门，是一痴也；论文自有体，不肯一作新

进士语，此又一痴也；费资千百万，家人饥寒，而面有孺子之色，此又一痴也；人百负之而不恨，已信人终不疑其欺己，此又一痴也。"乃共以为然，虽若此，至其乐府，可谓狭邪之大雅，豪士之鼓吹，其合者《高唐》、《洛神》之流，其下者岂减《桃叶》、《团扇》哉？余少时间作乐府，以使酒玩世，道人法秀独罪余以笔墨劝淫，于我法中当下犁舌之狱，特未见叔原之作邪？虽然，彼富贵得意，室有倩盼慧女，而主人好文，必当市购千金家求善本，曰独不得与叔原同时邪？若乃妙年美士，近知酒色之娱，苦节臞儒，晚悟裙裾之乐，鼓之舞之，使宴安酖毒而不悔，是则叔原之罪也哉！

所谓"寓以诗人句法，精壮顿挫，能动摇人心"，既说明了晏氏词对传统词风的继承，又肯定了晏氏词的创新处。黄氏对晏氏的为人、词风，有独到的见解，是后人了解晏氏其人其事的重要文献。

3. 王灼《碧鸡漫志》卷二云：

晏叔原歌词，初号《乐府补亡》，自序曰……其大指如此。叔原于悲欢合离，写众作之所不能，而嫌于夸，故云昔人定已不遗，第今无传。莲、鸿、蘋、云，皆篇中数见，而世多不知为两家歌儿也。其后目为《小山集》，黄鲁直序之云……叔原年未至乞身，退居京城赐第，不践诸贵之门。蔡京重九、冬至日，遣客求长短句，欣然两为作《鹧鸪天》："九日悲秋不到心，凤城歌管有新音。风雕碧柳愁眉淡，露染黄花笑靥深。　初过雁，已闻砧，绮罗丛里胜登临。须教月户纤纤玉，细捧霞觞艳艳金。""晚日迎长岁岁同，太平箫鼓闲歌钟。云高未有前村雪，梅小初开昨夜风。　罗幕翠，锦筵红，钗头罗胜写宜冬。从今屈指春期近，莫使金樽对月空。"竟无一语及蔡者。

知晏氏词集初名《乐府补亡》，后改称《小山集》。

4. 胡仔《苕溪渔隐丛话·后集》卷三十三有"元献词谓之《珠玉集》，叔原词谓之《乐府补亡集》"云云，未言版本、卷数。

5. 黄昇《唐宋诸贤绝妙词选》卷三云："晏叔原，元献公之暮子，自号小山。有乐府行于世，山谷为之序，称其词为《高唐》、《洛神》之流，其下者不减《桃叶》、《团扇》云。"知曾刊行。

6. 陈振孙《直斋书录解题》卷二十一著录有《小山集》一卷，云：

> 其词在诸名胜中独可追逼《花间》，高处或过之。其为人
> 虽纵弛不羁，而不苟求进，尚气磊落，未可贬也。

是对黄氏《小山集序》的高度概括。此为宋刊《百家词》本，元马端临《文献通考》卷二百四十六"经籍考七十三"据以著录，按：《文献通考》卷一七八《诗序》云："夫后之词人墨客，跌荡于礼法之外，如秦少游、晏叔原辈，作为乐府，备狭邪妖冶之趣。其词采非不艳丽可喜也，而醇儒庄士深斥之，口不道其词，家不蓄其书，惧其为正心诚意之累也。而诗中若是者二十有四篇，夫子录之于经，又烦儒先为之训释，使后学诵其文推其义，则《通书》《西铭》必与《小山词选》之属兼看并读，而后可以为学也。"知又有选本。

7. 尤袤《遂初堂书目》著录有《晏叔原词》，未标明卷数版本。

另《景定建康志卷》三十三"文籍·书版"载有《和晏叔原小山乐府》，云二百四十六版，知晏氏词集又名《小山乐府》。

以上知宋时晏氏词集名有《乐府补亡》、《小山集》、《小山乐府》等。明代钱溥《秘阁书目》著录有《小山集》，未标明卷数版本。又《永乐大典》卷3006第9A页自《小山琴趣外篇》录《丑奴儿》一词，卷12043第25A页自《晏叔原词》录《玉楼春》二首。名《小山琴趣外篇》仅见于此，不见前后其他藏书家的著录。

宋以后名曰《乐府补亡》、《小山集》、《小山乐府》、《小山琴趣外篇》者均不见著录。见于明清以来著录的多称作《小山词》，或《晏小山词》等，叙录于下：

一、抄本

见于抄本丛书中收录的有:

1. 明吴讷辑《唐宋名贤百家词》本,明抄本,藏天津图书馆,其中有《小山词》一卷。

2. 明李东阳辑《南词》本,抄本,其中有《小山词》二卷。

3.《宋二十家词》本,明抄本,清许宗彦、丁丙跋,藏南京图书馆,其中有《小山词》二卷。

4.《四库全书》本《小山词》一卷,提要云:

> 宋晏几道撰,几道字叔原,号小山,殊之幼子。监颍昌许田镇。熙宁中郑侠上书下狱,悉治平时所往还厚善者,几道亦在其中,从侠家搜得其诗,裕陵称之,始得释,事见《侯鲭录》。黄庭坚《小山集序》曰:"其乐府可谓狭邪之大雅,豪士之鼓吹,其合者《高唐》、《洛神》之流,其下者,岂减《桃叶》、《团扇》哉?"又《古今词话》载程叔微之言曰:"伊川闻人诵叔原词'梦魂惯得无拘检,又踏杨花过谢桥',曰:'鬼语也。'"意颇赏之。然则几道之词固甚为当时推挹矣。马端临《文献通考》载《小山词》一卷,并录黄庭坚全序,此本佚去,惟存无名氏跋后一篇,据其所云,似几道词本名《补亡》,以为补乐府之亡,单文孤证,未敢遽改,姑仍旧本题之。至旧本字句往往讹异,如《泛清波摘遍》一阕"暗惜光阴恨多少"句,此于"光"字上误增"花"字,衍作八字句,《词汇》遂改"阴"作"饮",再误为"暗惜花光,饮恨多少",如斯之类,殊失其真,今并订正焉。

据汲古阁刊本抄录入,为江苏巡抚采进本。所谓"惟存无名氏跋后一篇,据其所云,似几道词本名《补亡》"云云,无名氏跋,实指晏几道自序。检库本《泛清波摘遍》"催花雨小"一阕下片尾句"暗惜光阴恨多少",汲古阁本作"暗惜花光阴恨多少"。按:明陈耀文《花草稡编》卷二十三、《御选历代诗馀》卷八十三和《钦定词谱》卷三十四、清万树《词律》卷十八均同库本。知库本已订正。又按:《钦定词谱》云:"此调只有此词,其平仄宜从之。"又《词律》云:"此词丰神婉约,律度整齐,作者何寥寥耶? 而各谱中失收,更不可解。"又云:"前结句《词汇》作'暗惜花光饮恨多少',甚无义理,原疑其误,及查汲古刻《小山词》又作'暗惜花光阴恨多少','花光饮'与'花光阴'皆不通,因恍然悟,后结又用'花月',则此'花'字乃误多,而《词汇》又因'阴'字讹作'饮'字耳。"检《全宋词》,《泛清波摘遍》只存这一首。又《钦定续通志》卷一百六十三据文渊阁著录有《小山词》一卷,同库本。又见《四库著录江西先哲遗书目》著录。

5.《大小晏词》本,清抱经斋抄本,其中有《晏叔原小山词》一卷拾遗一卷,藏国家图书馆。关于抱经斋,参见"晏殊"条相关说明。

又见于藏家著录的抄本有:

1. 清王闻远《孝慈堂书目》著录有《晏小山词》一卷,云:"曹秋岳手阅,绵纸,一册,抄,白四十五番。"按:曹溶(1613—1685),字秋岳,一字洁躬,号倦圃,清秀水(今浙江嘉兴)人。明崇祯十年(1637)进士,历官副都御史。入清出仕,任顺天学政督学。筑书楼于嘉兴南湖之滨的倦圃别业,称静惕堂,藏书极富,藏宋元古本近千种,编撰《静惕堂书目》、《静惕堂藏宋元人集目》。又清汪宪《振绮堂书目》卷二"闻·抄本集类杂集并总集·第一格"著录有《晏小山词》一册,云:"一卷,宋晏几道叔原撰,前有山谷道人序,闻声宏、曹倦圃、王莲泾臣俱藏过。"知此书后为汪氏振绮堂所藏。按:王闻远(1663—1741),字声宏,号莲泾,晚号灌稼村翁,吴县(今江苏苏州)人。藏书处有孝慈堂、率真书屋、四美轩等。著有《孝慈堂书目》、《金石契言》等。闻声宏疑为王声宏之误。

2. 清瞿世瑛《清吟阁书目》卷一"抄本"著录有《晏小山词》一卷,云旧抄本,一本。

3. 清佚名《四明天一阁藏书目录》著录有《小山词》一本,抄本。又清范懋柱《天一阁藏书目》卷四之四著录有《小山词》一卷,抄本。

4. 清陆心源《皕宋楼藏书志》卷一百十九著录有《小山词》二卷，陆敕先、毛斧季手校本。并陆、毛二氏跋，陆氏手跋云：

> 辛亥七有廿二日校，凡三抄本：其一即底本也，章次皆同，而此刻自《玉楼春》后即颠倒错乱，不知何故？内一本分二卷，自《归田乐》以下为下卷，其本极佳，得脱谬字极多，惜下卷已逸去耳。

辛亥为清康熙十年（1671），陆、毛手校的底本是汲古阁刊的《宋名家词》本，至于校本有三种抄本，其中一种为二卷，具体不详。毛氏手跋云：

> 己巳四月廿七日从孙氏旧录本校，孙氏凡二卷，其次如朱笔所标云。毛扆。

己巳是康熙二十八年（1689），孙氏名俟考，其所藏抄本，凡二卷。

5. 清丁丙《善本书室藏书志》卷四十著录有《小山词》一卷，精抄本，星凤阁藏书。云：

> 宋晏几道撰，几道字叔原，号小山，临川人，尝监颍昌许田镇。《文献通考》载《小山词》一卷，并录黄庭坚序。阁本序佚，汲古刻者亦佚，惟存无名氏后跋云：小山词本名《补亡》，以为补乐府之亡。《提要》以其单文孤证，未为据改。此本黄序独全，称叔原临淄公之暮子也，磊隗权奇，疏于顾忌，遂陆沉下世。独嬉弄于乐府之馀，而寓以诗人之句法。清壮顿挫，能动摇人心。士大夫传之，谓有临淄之风，故毛子晋云晏氏父子具足追配李氏父子云。白纸蓝格，抄手极工。有"四明谢氏博雅堂藏书"、"谢三宾印"、"汪钱亭藏阅书"、"竹景庵"、"旧雨楼书画印"、"古欢书屋"、"钱塘赵氏星凤阁藏书"、"赵辑宁印"、"素门先生"诸印。

"阁本"不明所指，至于云汲古刻本"惟存无名氏后跋"，此跋实为晏几道自序，而非无名氏。按：谢三宾，字象三，明四明（今浙江宁波）人。明天启五年（1625）进士，官至巡按御史。好藏书，藏书楼称博雅堂，收藏之富几与钱谦益绛云楼相等。赵篪，字典承，号素门、辑宁等，清钱塘（今浙江杭州）人。清乾隆、嘉庆时在世，喜聚书，长子之玉，喜抄校书。竹景庵、古欢书屋、星凤阁等，均是其室名。知此本当是明抄本，又为赵辑宁星凤阁所得，后为丁氏收藏，民国时归藏江南图书馆，见《江南图书馆善本书目》，著录为精抄本，星凤阁藏书。又《中国古籍善本书目》载《小山词》一卷，云明抄本，清丁丙跋。藏南京图书馆。所指当为星凤阁藏书。

6.《中国古籍善本书目》载《小山词》一卷，明抄本，清何焯校。藏原杭州大学（今浙江大学）图书馆。按：何焯（1661—1722），字润千，改字屺瞻，号茶仙、蓼谷，又号憩闲老人，学者称义门先生，长洲（今江苏苏州）人。清康熙四十二年（1703）进士，翰林院庶吉士，授翰林院编修。家有藏书楼，名赍砚斋，藏书数万卷，多宋元精椠。著有《义门读书记》等。

7.《中国古籍善本书目》载《小山词》一卷，清四宝斋抄本。藏上海图书馆。

8.《中国古籍善本书目》载《小山词》一卷，清抄本，朱孝臧校，藏浙江图书馆。

另《词学季刊》第三卷第三号载郑文焯《小山词跋》，云：

> 比于《文献通考》得黄山谷所制《小山集序》，论叔原痴绝，有之，称其乐府："寓以诗人句法，精壮顿挫，能动摇人心，士大夫传之，以为有临淄之风尔，罕能味其言也。"又谓："其合者《高唐》、《洛神》之流，其下者岂减《桃叶》、《团扇》？"诚足当小山知音雅旧。已别录一卷，即以兹叙弁首，更为斠订词中蹉驳，以小字密行，精刊墨版，名曰《小山乐府补亡》，从其自序义例也。

知郑氏有抄校本，改称《小山乐府补亡》。

二、印本

1. 明末毛氏汲古阁刊《宋名家词》本《小山词》一卷，毛晋跋云：

> 诸名胜词集删选相半，独《小山集》直逼《花间》，字字娉娉袅袅，如揽嫱施之袂，恨不能起莲、鸿、蘋、云，按红牙板唱和一过。晏氏父子真足追配李氏父子云。

未言所据。此本见清郑德懋辑《汲古阁校刻书目》之《宋名家词六集》著录，云凡七十六叶。又见清耿文光《万卷精华楼藏书记》、蔡宾年编《墨海楼书目》、李盛铎《天津延古堂李氏旧藏书目》等著录。

2. 清晏端书辑《小山词抄》一卷补抄一卷，清咸丰二年刻本。据《御选历代诗馀》等选本抄录，又以毛本补。又有清光绪二年和十一年刻本。缪荃孙《目录词小说谱录目》著录有《小山词》一卷，云晏端书刊本。此外，见于著录的还有：

① 余一鳌《无锡西溪余氏负书草堂所藏书目》著录有《小山词抄》一卷，云："心禅公朱句过，一本。"按：心禅即余一鳌，参见"晏殊"条相关说明。

② 刘声木《苌楚斋书目》卷二十二著录有《小山词抄》一卷补抄一卷。

③ 伦明《东莞伦氏续书楼藏书目录》"第二十五箱"和"第三十一箱"均著录有《小山词抄》，未标明卷数。

④ 郑振铎《西谛书目》卷五著录有《小山词抄》一卷补抄一卷，云清光绪刊本，一册。

以上四家著录的，有的未标明卷数或版本，但均当属晏端书辑本。

3. 清光绪年间汪氏振绮堂重刊汲古阁本《宋名家词》本，叶德辉《叶氏观古堂藏书目》著录，《中国古籍善本书目》载有清光绪十四年（1888）汪氏刻《宋名家词》本，云朱孝臧校，藏浙江图书馆。

4.《彊村丛书》本《小山词》一卷，朱祖谋跋云：

右《小山词》一卷，赵氏星凤阁藏明抄本。以校毛氏汲古
阁刻，斠正八十馀字。其讹文之显见者，即以毛本校录如
右。它所参校亦附见焉。孝臧识。

据赵氏星凤阁藏明抄本付梓，校以汲古阁刊本。

5. 民国林大椿排印《百家词》本，林氏《小山词校本跋》云：

《小山词》一卷，毛晋刊在《六十一家词》中。近岁归安
朱氏《彊村丛书》取赵氏星凤阁藏明抄本以校毛刻，斠正八
十馀字，视毛本增多一阕。兹编次序悉依惠本，以毛刻及诸
选本参校一过，列其同异，录为校记一卷。凡惠本校记所
及，不复重著。中华民国十七年六月六日，闽侯林大椿记于
北京。

是据明吴讷《唐宋名贤百家词》排印，有校。

C. 版本不详者

1. 明董其昌《玄赏斋书目》卷七著录有《小山词》，未标明
卷数。

2. 明毛晋《汲古阁毛氏藏书目录》著录有《小山词》一卷。

3. 清钱曾《也是园藏书目》卷七著录有《小山词》一卷。

4. 清朱彝尊《词综》"发凡"云有《小山词》二卷。

5. 清徐元文《含经堂藏书目》著录有《小山词》二卷。

6. 清陆漻《佳趣堂书目》著录有《小山词》一卷。

7. 清佚名抄（清林佶题名）《天一阁书目》著录有《小山词》
一本。

8. 《御选历代诗馀》卷一百二"词人姓氏"载《小山词》一卷。

9. 清庄仲芳《映雪楼藏书目考》卷十著录有《小山词》一卷。

10. 清姚燮《大梅山馆藏书目》卷十一著录有《小山词》一卷。

以上或标一卷，或作二卷，或未标明卷数，但均未注明版本。其
中前七家著录的应多属抄本。

舒亶

舒亶（1041—1103），字信道，号懒堂，慈溪（今属浙江）人。宋英宗治平二年（1065）试礼部第一，授临海县尉。神宗时拜给事中，权直学士院，为御史中丞。徽宗崇宁初知南康军，由直龙图阁进待制。

舒氏词集宋时未见刊行，明清以来也罕见藏家著录。已知较早的有清劳权抄本，易大厂《校刊北宋三家词叙》云：

> 予藏有精抄本《宋二十家词》，缄镉箧衍，历有年矣，颇自珍秘，娄欲校而刊之。惟察其二十家，仅舒亶《信道词》、苏庠《后湖词》、曹组《元宠词》三家，世无刊本，馀皆经专家校刊流播。因以暇日，借友人龙榆生教授所录朱彊村先生批校《四部丛刊》涵芬楼藏鲍渌饮抄校本之《乐府雅词》及《花庵绝妙词选》、《花草粹编》、《词综》、《历代诗馀》诸书，校勘一过，别为校记于后，扃而置之，亦数年矣。去岁沪变，家屋播迁，藏籍虽幸保存，然仓遽移居，稍有零散。是抄亦缺失数册，信道、元宠二种适在遗佚中，遍检不获，伤惋而已。好在当时抄存□过备刊之稿本尚在，《后湖》一集原抄亦未失，良用□慰。念再事因循，时节因缘，则又不知奚若？顷橐笔民智书局，因商之林焕庭翁，以所抄存三集校稿，入余所编定之《民智艺文杂俎》中，以新制成宋体活字排印，庶不负一番丹铅之役，而海内亦得见北宋三家佚存词集也。理董毕，爰志其况如此。二十一年冬日大厂居士。

按：易大厂（1874—1941），原名廷熹，字季复，旋易名孺，字韦斋，号大厂等，广东鹤山人。曾游学日本，历任北京高等师范学堂、上海音乐学院等教授。著有《大厂词稿》、《和玉田词》等。据叙知易氏曾据劳氏抄本录副，经校订，与曹组《元宠词》、苏庠《后湖词》一起，汇入所辑的《北宋三家词》中，有民国二十二年（1933）上海民智书局排印本，各一卷。

按：曾慥《乐府雅词》卷中载舒亶词四十八首，《全宋词》即据此录入，又据《北宋三家词》本补《菩萨蛮》"疏英乍蕾馀寒浅"和《好事近》"箫鼓却微寒"二词。此本叙末页空白处有吴庠墨笔题，云：

> 此北宋词三种，出自劳舝卿手校，固自可珍。印本大字疏行，尤为爽目。细读数过，如信道词《菩萨蛮》"江梅未放"一首"风帆画画鸥"句，第一"画"字，《木兰花》"十二阑干"一首"想见想云垂鬟脚"句，第二想字。元宠词《水龙吟》牡丹一首"高柳花风淡"句，"高"字不能无疑。原稿如在，愿更勘之。眉孙。

按：吴庠（1879—1961），原名清庠，字眉孙，别号寒竽，江苏镇江人。毕业于上海南洋公学，清末诗文与丁传靖、叶玉森齐名，人称"铁瓮三子"。

除劳氏抄本外，缪荃孙《目录词小说谱录目》也著录有《舒信道词》一卷，云传写本。此本情况不明。

民国时赵万里辑《舒学士词》，收入《校辑宋金元人词》中，题记云：

> 案：《舒学士集》久佚，其诗馀载《乐府雅词》，凡四十八首。江山刘毓盘先生尝云于范氏天一阁见《舒学士集》十卷，录其词一卷。校以《雅词》，多《醉花阴·送陆宣德》一首，此说也，余颇疑之。案：送陆宣德一词始见于《梅苑》，与"月幌风帘"一首衔接，不注撰人。《历代诗馀》误以为舒作，不图与天一阁本适合。以《梅苑》原文校之，文字又不尽同。此不可解也。检阮元《天一阁书目》及薛福成《天一阁见存书目》，均未见有《舒学士集》。果范氏藏书有出于目外者耶？意刘君笃老著书，其所称引或有出于记忆，所谓天一阁本者，非依托即误记也。附书于此，以质世之博雅君子。

万里记。

为民国排印本。按：《宋史》卷二〇八载舒亶文集一百卷，未见保存下来。民国时张寿镛辑录舒氏遗文，成《舒懒堂诗文存》三卷补遗一卷附录一卷，收入所辑《四明丛书》中。其中卷二为诗余，据《乐府雅词》录词四十八首。其后附赵万里题记，并据补《醉花阴》"粉轻一捻和香聚"一词。

黄裳

黄裳（1043—1129），字冕仲，又作勉仲，号演山，南剑州（今福建南平）人。宋神宗元丰五年（1082）进士第一，徽宗时累官至端明殿学士。卒赠少傅，谥忠文。著有《演山先生文集》等。

黄氏《演山集》卷二十《演山居士新词序》云：

> 演山居士闲居无事，多逸思，自适于诗酒间。或为长短篇及五七言，或协以声而歌之，吟咏以舒其情，舞蹈以致其乐。因言风、雅、颂，诗之体；赋、比、兴，诗之用。古之诗人，志趣之所向，情理之所感，含思则有赋，触类则有比，对景则有兴，以言乎德则有风，以言乎政则有雅，以言乎功则有颂。采诗之官收之于乐府，荐之于郊庙，其诚可以动天地、感鬼神，其理可以经夫妇、移风俗，有天下者得之以正乎下，而下或以为嘉；有一国者得之以化乎下，而下或以为美。以其主文而谲谏，故言之者无罪，闻之者足以诫。然则古之歌词固有本哉！六序以风为首，终于雅、颂，而赋、比、兴存乎其中，亦有义乎。以其志趣之所向、情理之所感，有诸中以为德，见于外以为风，然后赋、比、兴本乎此以成其体，以给其用。六者，圣人特统以义而为之名，苟非义之所在，圣人之所删焉，故予之词清淡而正，悦人之听者鲜，乃序以为说。

其词集并不见于宋人著录，但其诗文别集中是存有词的，《四库全书》

有《演山集》六十卷，前有王悦序云：

> 公之高文大册，汪洋瀚漫，不知纪极。在韦布初，收拾遗
> 稿，已四十卷，尝自为之序，道其梗概。既而历华要，阶常
> 伯，不倦著述，所积愈多，类而析之，为卷凡六十焉。……绍
> 兴庚辰，与公季子同僚宗邸，遂与闻公之为人，比复遗公所
> 为全集，再拜敬读，日不足，继之以夜，且以自释。

绍兴庚辰为宋高宗绍兴三十年（1160）。又《四库》提要云："其
集见于陈振孙《书录解题》者六十卷，今此本卷目相符，盖犹宋时原
本。……兹编为乾道初其季子玠哀辑，建昌军教授廖挺订其舛误，刻
于军学，前有王悦序。"知库本所据源自南宋刊本。其中卷三十至三十
一为词，凡二卷。《永乐大典》自《演山集》录词十首，有《宴琼林》
（2262/5A，指卷数与页码，下同）、《蝶恋花》四首（2262/16A）、《蝶
恋花》四首（12043/22B）、《花心动》（20353/9B），知是自别集中
录出。

宋以后，黄氏词集另行，词集丛书中收录的有：

1. 清彭元瑞辑《汲古阁未刻词》本，清光绪抄本，清江标跋，藏
上海图书馆，其中有《演山先生词》二卷。

2. 《宋元八家词》本，清抄本，藏国家图书馆，其中有《演山词》
一卷。

3. 《宋元人词》本，清抄本，藏上海图书馆，其中有《演山词》
一卷。

4. 清江标辑《宋元名家词》本，为传抄彭元瑞辑《汲古阁未刻
词》中，有清光绪二十一年湖南思贤书局刻本，其中有《演山词》
二卷。

另见于清以来著录的有：

1. 清汪宪《振绮堂书目》卷二"闻·抄本集类杂集并总集·第一
格"载：黄勉仲、陈子微、吴幼青三家词合一册，注云："《演山词》
二卷，宋延平黄裳撰。《宁极斋稿》一卷，宋吴陈淳子微撰。《吴文正

公词》一卷，元临川吴澄幼青撰。小山堂抄本。"按：赵昱（1689—1747），原名殿昂，字功千，号谷林，清仁和（今浙江杭州）人。弟赵信（1701—？），字辰垣，号意林。赵氏兄弟皆以诗名于世，时称"二林"，均喜藏书，藏书处名小山堂，所藏数万卷。

2. 清朱学勤《别本结一庐书目》著录有《演山词》二卷，为抄本。

3. 吴昌绶《宋金元词集见存卷目》附《双照楼续辑宋金元百家词目》著录有《演山词》二卷，云传抄《演山集》本。

4. 《中国古籍善本书目》著录有《演山先生词》二卷，清抄本，清劳权校，藏国家图书馆。

黄庭坚

黄庭坚（1045—1105），字鲁直，号山谷道人，晚号涪翁，洪州分宁（今江西修水）人。宋英宗治平四年（1067）进士，调叶县尉。除北京国子监教授，知吉州太和县。哲宗即位，以秘书省校书郎召，擢起居舍人，除秘书丞，兼国史编修官。贬涪州别驾、黔州安置。著有《山谷集》、《山谷词》等。

黄庭坚词集宋代就有刻本，苏籀《双溪集》卷十一有《书三学士长短句新集后》，云：

> 予晚生，希仰前修，汲汲与能。耳目屡接典刑故老，喜如获麟凤，屦于昏懵不知，而作者论文，拊卷每每兴叹。顾念九原，莫作述者，有迹可传，不忍置也。曩日正始，群贤在朝，黄、秦、晁三公骞翔台阁，追想其奏篇大庭，垂绅文陛，据梧挥犀，石渠东观，质据辨析，泯然邈矣。所馀著书，名章大论，炜煌照世，其樽俎折冲，款昵名胜，高酬妍倡，以夷犹寓意，融金石，感鬼神，《咸》、《韶》虽隐，《阳春》、《白雪》犹将仿佛焉。其风流雅尚之最，吾人所欲珍缉，实天下奇韵嘉闻也。喻夫东阿豆萁之敏，子敬蚕种之墨，渊明闲情之赋，三公度曲与此何远？尝窃评之：黄太史，纤秾精稳，体趣

天出，简切流美，能中之能，投弃锜斧，有佩玉之雍容；秦校理，落尽畦畛，天心月胁，逸格超绝，妙中之妙，议者谓前无伦而后无继；晁南宫，平处言近，文缓高处，新规胜致，朱弦三叹，斐丽音旨，自成一种姿致。概考其才识，皆内重而外物轻，淳至旷达，学无所遗。水镜万象，谢遣势利，湔被陈俚，发为新雅，有谓寓言，罕能名之。三公同明相照，并驾而驰声称，彰灼于天下斯文，经纬乎一世，泆沨萎散，剿裂无稽之徒熄矣。吾侪鲰生，讽咏喝噙，刿目娱心，痼文字之僻。昔谢安石中年伤于悲欢，与亲友别，作数日恶。王右军曰："正赖丝竹陶写耳。"嗟夫！吉日良宵，宾主酣饫，笙簧嘈杂，使旷世孄阿之伦，求语意之相类，穷音调之抑扬，上激青云，荡泄吾辈胸怀，所谓陶写也。杨恽耳热乌乌，梁鸿《五噫》狂歌，亦茫眇耳，乌能逮此哉？或曰："耳非夔、旷，安知幻妙之音？"答曰："三公之词，非专玩而独鉴者，实四海九州岛有识之士共焉。"故予言而不僭越耳。

未言卷数版本。按苏籀为苏辙之孙，南渡后居婺州，官至监丞，据文意，三学士词新集当刻于南渡后。

又见于宋人著录的有：

1. 陈振孙《直斋书录解题》卷二十一著录有《山谷词》一卷，为长沙刊《百家词》本。元马端临《文献通考》卷二百四十六"经籍考七十三"据以著录。

2. 尤袤《遂初堂书目》著录有《黄鲁直词》，未标明卷数版本。

今存有宋刊本黄氏词集，名《山谷琴趣外篇》，叙录如下：

1. 钱泰吉《曝书杂记》卷下载平湖钱天树家藏书，有宋版黄山谷《琴趣外篇》，未言卷数。按：钱天树，字子嘉，又字仲嘉，号承培、梦庐等，清浙江平湖人。国子监生，工书画，有藏书楼名味萝轩、是耶楼等，著有《是耶楼诗稿》。

2. 清徐乾学《传是楼宋元板书目》"天字下格"著录有《山谷琴

趣》一本，宋板。

3.《"中央"图书馆善本书目第一次》著录有《山谷琴趣外篇》三卷，一册，宋刊本。今存台北。按：张人凤编《张元济古籍书目序跋汇编·序跋·四部丛刊三编》载《宋本〈山谷琴趣外篇〉跋》云：

> 《四库全书总目》录晁无咎词曰《琴趣外篇》，宋人中如欧阳修、黄庭坚、晁端礼、叶梦得四家词，皆有此名，并补之此集而五，殊为淆混。盖馆臣仅见毛氏所刊晁词，实则"琴趣"为当时词之别名，曰"某某词"者，亦可称曰"某某琴趣"。今其书皆已复出，欧阳曰《醉翁琴趣》，黄曰《山谷琴趣》，二晁曰《闲斋》、曰《晁氏琴趣》，可证也。是为余六世祖寒坪公旧藏，卷端衬叶钤有"清绮斋书画记"小印。钱警石《曝书杂记》云："二十年前，同家□□访古盐张氏主人，见有宋版《琴趣外编》按为"篇"字之讹。乃欧阳文忠、黄山谷、秦淮海之词稿也。"余得此于故乡某亲串家，同时尚有《醉翁琴趣》后三卷，而淮海已不可复见。此为四库馆臣所未知。设兼得之，不更快耶？双照楼吴氏刊《醉翁琴趣》，用汲古毛氏影宋抄本，卷末缺两半行，与余家藏本正同，此可证为毛氏所自出。吾友陶兰泉假是本覆刻，与吴氏所刊并行。涵芬楼亦尝印入《续古逸丛书》中，然皆非单行，不易得，故更缩影，以广流通。海盐张元济。

述说得宋本的原委。按：张宗松（1690—1760），字青在，一字楚良，又字蠖庐，号寒坪，清海盐（今属浙江）人。国学生。家藏图籍甚富，藏书处名清绮斋。编著有《寒坪诗抄》、《扪腹斋诗草》、《诗馀》、《清绮斋书目》等。知原为张宗松清绮斋藏书。

明清以来见于著录的有：

一、《山谷词》

A. 刊本

1. 明末毛氏汲古阁刊《宋名家词》本，其中有《山谷词》一卷，毛晋跋云：

> 鲁直少时使酒玩世，喜造纤淫之句，法秀道人诫云："笔
> 墨劝淫，应堕犁舌地狱。"鲁直答曰："空中语耳。"晚年来亦
> 间作小词，往往借题棒喝，拈示后人，如效宝宁永禅师《渔家
> 傲》几阕，岂其与《桃叶》、《团扇》斗妖艳耶？

未言所据，此书见清郑德懋辑《汲古阁校刻书目》之《宋名家词六
集》第一集著录，云凡六十一叶。又见李盛铎《天津延古堂李氏旧
藏书目》著录。又《中国古籍善本书目》载《山谷词》一卷，云明
崇祯毛氏汲古阁刻《宋名家词》本，清黄丕烈校并跋。藏国家图
书馆。

2．清光绪汪氏振绮堂重刊汲古阁《宋名家词》本，其中有《山谷
词》一卷。见叶德辉《叶氏观古堂藏书目》等著录。

此外，见于藏家著录的刊本有：

1．清许槤《古韵图书目》卷四著录有《山谷词》一卷别编一卷，
嘉靖刊本。

2．清蒋汝藻《传书堂书目》著录有《山谷词》一卷，明刊本。又
见王国维《传书堂藏善本书志》载《山谷词》一卷，明刊本。

3．郑振铎《西谛书目》卷五著录有《山谷词》一卷，明刊本，
一册。

4．《中国古籍善本书目》载《山谷词》一卷，明刻本。藏国家图
书馆。

B．抄本

见于抄本丛书中收录的有：

1．明吴讷编《唐宋名贤百家词》，明抄本，藏天津图书馆。其中
有《山谷词》三卷。

2．《宋二十家词》本，明抄本，清许宗彦、丁丙跋，藏南京图书
馆。其中有《山谷词》一卷。

3．《四库全书》本《山谷词》一卷，提要云：

宋黄庭坚撰，庭坚有《山谷集》已著录，此其别行之本
也。《宋史·艺文志》载庭坚乐府二卷，《书录解题》则载
《山谷词》一卷，盖宋代传刻已合并之矣。陈振孙于晁无咎
词条下引补之语曰："今代词手惟秦七黄九，他人不能及
也。"于此集条下又引补之语曰："鲁直间作小词固高妙，然
不是当行家语，自是著腔子唱好诗。"二说自相矛盾。考"秦
七黄九"语在《后山诗话》中，乃陈师道撰，殆振孙误记欤？
今观其词，如《沁园春》、《望远行》、《千秋岁》第二首、《江
城子》第二首、《两同心》第二首第三首、《少年心》第一首第
二首、《丑奴儿》第二首、《鼓笛令》四首、《好事近》第三
首，皆亵诨不可名状，至于《鼓笛令》第三首之用躯字、第四
首之用屡字，皆字书所不载，尤不可解，不止补之所云不当
行已也。顾其佳者，则妙脱蹊径，迥出慧心，补之著腔好诗
之说颇为近之。师道以配秦观，殆非定论。观其《两同心》
第二首与第三首、《玉楼春》词第一首与第二首、《醉蓬莱》第
一首与第二首皆改本，与初本并存，则当时以其名重，片纸
只字，皆一概收拾，美恶杂陈，故至于是，是固宜分别观之
矣。陆游《老学庵笔记》辨其《念奴娇》词"老子平生，江南
江北，爱听临风笛"句，俗本不知其用蜀中方音，改"笛"为
"曲"以叶韵，今考此本仍作"笛"字，则犹旧本之未经窜乱
者矣。

是据毛氏汲古阁刊本录入，对其中俗词俗字不以为然。又《四库全书
简明目录》提要云：

> 《山谷词》一卷，宋黄庭坚撰。庭坚诗峭拔奇丽，自为门
> 径，入词乃非当行。集中如《沁园春》等十馀首尤亵诨不可
> 名状，然当其造语高妙之处，亦脱然畦封。盖此事非所留
> 意，但偶然兴到即佳耳。

对黄氏词独辟蹊径处赞许，盖出于自然，非刻意为之者。又《钦定续通志》卷一百六十三著录有《山谷词》一卷，据文渊阁著录，当与库本同。又《四库著录江西先哲遗书目》著录有《山谷词》一卷。

又见于著录的抄本有：

1. 清马瀛《唫香仙馆书目》卷四著录有《山谷词》一卷，抄本，一本。

2. 清陈徵芝《带经堂书目》卷四下著录有《山谷词》一卷，旧抄本，项墨林天籁阁藏书。按：此为明人项元汴藏书，参见"苏轼"条。

3. 清丁丙《善本书室藏书志》卷四十著录有《山谷词》三卷，明抄本。提要云：

> 《宋史·艺文志》载庭坚乐府二卷，《书录解题》则载《山谷词》一卷，此绵纸蓝格，明抄，分作三卷，殆从别本传录者。山谷词清刚隽永，于晏同叔、秦少游外别树一帜，间伤于亵诨，善恶杂陈，固宜分别观之也。

丁丙藏书后归藏江南图书馆，见《江南图书馆善本书目》著录，云明抄本。

4. 清莫友芝编《持静斋藏书记要》卷下著录有《山谷词》一卷，旧抄本。又清江标编《丰顺丁氏持静斋书目》"抄本·集部"著录有《山谷词》一卷，旧抄本。按：丁日昌（1823—1882），字持静，小名雨生，又名禹生，清丰顺（今属广东）人。贡生。历任两淮盐运使、江苏布政使、江苏巡抚、福州巡抚、节制沿海水师兼理各国事务大臣。喜藏书，搜罗古刻善本，不遗馀力。藏书楼为实事求是斋，后改名百兰山馆，又改为持静斋、读五千卷书室等，延请莫友芝、江标等学者为之整理校勘。

5. 蒋汝藻《传书堂善本书目》卷十二著录有《山谷词》一卷，明抄。又眉批云："归西谛，下同。"西谛即郑振铎。

6. 《中国古籍善本书目》载《山谷词》三卷，明抄本，清丁丙跋，周大辅题款。藏南京图书馆。

C. 版本不详者

1. 明李廷相《濮阳蒲汀李先生家藏目录》"东间朝东、三柜二层"著录有《山谷词》。

2. 明王道明《笠泽堂书目》著录有《山谷词》一册。

3. 明梅鼎祚《青泥莲花记》"采用书目"，其中有《山谷词》，未标明卷数。

4. 明毛晋《汲古阁毛氏藏书目录》著录有《山谷词》一卷。

5. 清朱彝尊《词综》卷六小传云有《山谷词》二卷。

6. 《御选历代诗馀》卷一百三"词人姓氏"云有《山谷词》二卷。

7. 清徐元文《含经堂藏书目》著录有《山谷词》二卷。

8. 清陆漻《佳趣堂书目》著录有《山谷词》一卷。

9. 清黄澄量《五桂楼书目》卷四著录有《山谷词》一卷。

10. 清庄仲芳《映雪楼藏书目考》卷十著录有《山谷词》一卷。

二、《山谷琴趣》

A. 刊本

今存有宋刊本《山谷琴趣外篇》，详前，据此而影刻或覆刊者有：

1. 《景宋金元明本词》本《景宋本山谷琴趣外篇》三卷，民国时据海盐张氏藏宋刻本影刊，陶湘有《叙录》，参见"欧阳修"条。

2. 《彊村丛书》本《山谷琴趣外篇》三卷，朱祖谋跋云：

> 右《山谷琴趣外篇》三卷，南宋闽刻本。按《宋史·艺文志》：黄庭坚词二卷，今佚。《直斋书录解题》：《山谷词》一卷。虞山毛氏刻本疑从之出，故仍沿旧名。明嘉靖刻宁州祠堂本《豫章黄先生词》一卷，词同毛刻，而编次前后则异，往岁吴伯宛尝以见示，小山何仲子据张南伯抄本校录者也，劳舜卿又校以《琴趣》，并于书眉标其卷次。余据劳校移写，即以"琴趣"名之。以不睹原书，"琴趣"之名未遽征实，未付手民。今年春，张君菊生获是书于海盐，为其先世清绮旧

藏。余亟假归，比勘劳校，一一符合。宋词称"琴趣"传于今
者，醉翁、二晁、介庵诸家，皆攈据繁备，甚或阑入他人之
作。惟山谷此编较别本仅得其半，卷中讹文脱字往往而有。
题尤芟节太甚，或乖本旨。今以祠堂本斠补，间涉他校，撮
录如右。《方舆胜览》载山谷待月词云："老子平生，江南江
北，最爱临风笛。"谓蜀人读笛若牍。今本"笛"改"曲"，
非是。《瓮牖闲评》、《濠南诗话》并言《西江月》"杯行到手
莫留残"，"莫"为"更"误。然则"琴趣"者，祝穆所讥俗
本，其误字之有待钩考者，惜无袁文、王若虚其人耳。辛酉
端阳，归安朱孝臧跋于礼霜堂。

辛酉为民国十年（1921），朱氏首先见到的是明嘉靖刻宁州祠堂本《豫
章黄先生词》，为"小山何仲子据张南伯抄本校录者"，而不是《琴趣
外篇》。按：张南伯，明代吴人，工墨梅，好蓄书。何煌（1668—
1745），字心友，一字仲友，号小山，别号何仲子，清长洲（今江苏苏
州）人。何焯弟，早年曾随同何焯前往京师。酷爱藏书，藏书处有语
古斋。后又借得海盐张氏藏宋刻本《琴趣外篇》，并以此为底本，校以
明嘉靖祠堂刻本。跋云"惟山谷此编较别本仅得其半"，按：已知宋人
词集名"琴趣"者多作六卷，黄氏《琴趣》却作三卷，存词只及黄氏今
存词的半数，考《钦定词谱》卷十四录《喝火令》"见晚情如旧"一
词、卷二十六录《逍遥乐》"春意渐归芳草"，均云调见黄氏《琴趣外
篇》，核以今存的影宋本《山谷琴趣外篇》，这两首词却不见收。今存
宋刊本为卷一至卷三，容易使人误以为是全本，也就是说宋刊《山谷
琴趣外篇》原本应是六卷，与欧、二晁、赵四人的《琴趣》卷数吻合，
疑有残缺，卷四至六佚。

  B. 抄本

  今存明李东阳辑《南词》本，抄本，其中有《山谷琴趣词》三卷。
又见于著录的有：

  1. 清曹寅《楝亭书目》卷四著录有《山谷琴趣》，抄本，三卷，

一册。

2.《中国古籍善本书目》载《山谷琴趣外篇》三卷，云清抄本，沈曾植校并跋。今藏上海图书馆。

C. 版本不详者

1.《永乐大典》卷 20353 第 10B 页自《黄山谷琴趣外编》录词四首，即《采桑子》、《减字木兰花》三首。

2. 清朱彝尊《词综》"发凡"著录有黄庭坚《琴趣外篇》二卷，未言版本。

三、《黄山谷词》

1. 明陈第《世善堂藏书目录》卷下著录有《黄山谷词》二卷，未标明版本。

2. 明董其昌《玄赏斋书目》卷七著录有《黄山谷词》，未标明卷数版本。

3. 清钱曾《钱遵王述古堂藏书目录》著录有《黄山谷词》一卷，又钱曾《也是园藏书目》卷七著录有《黄山谷词》一卷，均未标明版本。

4. 清林佶题名《天一阁书目》著录有《黄山谷词》一本，未标明卷数版本。又舒木鲁氏抄《天一阁书目》著录有《黄山谷词》一本。

5.《涵芬楼原存善本草目》著录有《黄山谷词》，云旧抄本，未标明卷数。

以上未标明版本的也多属抄本。

四、《豫章黄先生词》

1. 明朱睦㮮《万卷堂书目》卷四著录有《豫章黄先生词》一卷，未标明版本。

2. 明高儒《百川书志》卷六著录有《豫章黄山谷词》一卷，云："宋太史山谷翁黄庭坚鲁直撰。六十八令，一百七十五阕。"未标明版本。

以上两家著录的疑是明嘉靖刻宁州祠堂本，据《百川书志》，所收词是不全的。

五、别集本

宋代刊黄庭坚诗文集就附有词,陈善《扪虱新话·下集》卷一云:

> 予尝疑山谷小词中有和僧惠洪《西江月》一首云:"日侧
> 金盆堕影,雁日醉墨当空。君诗秀绝两园葱,相见衲衣寒
> 拥。　　蚁穴梦回人世,杨花踪迹风中。莫将社燕等秋鸿,
> 处处春山翠重。"意其非山谷作。后人见洪载于《冷斋夜
> 话》,遂编入山谷集中,据《夜话》载洪与山谷往返语话甚
> 详,而集中不应不见,此词亦不类山谷,真赝作也。后读曾
> 公所编《皇宋百家诗选》,乃云:"惠洪多诞,《夜话》中数事
> 皆妄。洪尝诈学山谷作赠洪诗云:'韵胜不减秦少游,气爽绝
> 类徐师川。'师川见其体制绝似山谷,喜曰:'此真勇氏诗
> 也。'遂收置豫章集中。"然予观此诗全篇,亦不似山谷体
> 制,以此益知其妄。

知集中是存有词的。祝尚书《宋人别集叙录》卷十一著录:宋洪炎编
《豫章黄先生集》三十卷、李彤编《外集》十四卷和黄㽦编《别集》二
十卷,《别集》有黄㽦淳熙壬寅(1182)跋云:"用是类次家所传集,博
求散亡,得八百六十六首:为诗七十六,铭、赞、颂六十九,序、说、
记四十二,律赋、策问五,笺注二,书、表、奏状、启二十八,杂著六
十五,疏、词、文三十四,行状、墓铭、表二十四,题跋二百有三,书
简三百二十,合为十九卷。"所谓"疏、词、文三十四",知集中词不
多。按后人重刻本,有简尺二卷、词一卷,独自成卷,或自《别集》中析
出,但词的数量已增益不少。又《宋史》卷二〇八"艺文志"载黄庭坚集
三十卷、乐府二卷、外集十四卷、书尺十五卷。为全集本,版本不详。

见于明清以来著录的:

1.《永乐大典》卷 12043 第 18 页自《黄山谷外集》录《木兰花
慢》一词,又卷 20353 第 9B 页自《豫章集》录《好事近》一首。

2. 清季振宜《季沧苇藏书目》"延令宋版书目"著录:"山谷赋词
诗十卷,二套。"知为宋刊诗文集本。

3. 清鲍廷博《知不足斋宋元文集书目》"宋人文集"载《山谷文集》，云："宋知太平州黄庭坚著，分宁人。三十卷，别集二十卷、外集十四卷、年谱三十卷、《山谷词》一卷。"未标明版本。

4. 黄丕烈《荛圃藏书题识》卷十载《山谷词》一卷（校宋本），题识云：

> 乾道刊本《类编黄先生大全文集》后有乐章一卷，适殿五十卷之末。因家无《山谷词》，先借护经书屋《六十家词》中本校一过，此残岁事也。今春送考事了，儿辈检箧中，亦有毛刻，遂复校此，仍借护经本覆勘之，知尚有脱误。盖校书如扫叶拂尘，洵非虚语。而原本分类编纂，故一调而先后互见，兹以数目识之，可得宋本类编面目。至于取分之类，不复标出，无损于词也。若护经本，予所校者，向有之，兹不赘。道光乙酉花朝后三日，月望，复初氏书。在卷末。

跋作于道光五年（1825），知为南宋乾道刊别集本，此书后为海源杨氏所得，见杨绍和《楹书隅录续编》，著录有校宋本《山谷词》一卷一册，并录黄丕烈题识。又见杨绍和《海源阁藏书目》和《宋存书室宋元秘本书目》著录，云南省校宋本《山谷词》一卷一册。

5. 佚名《善本书目》著录有《类编增广黄先生大全文集》五十卷，注："古赋、古诗、杂文、乐章，宋刊。"又云："宋黄庭坚撰，宁州祠堂全集本，十二行，廿一字。"按：北京大学图书馆藏有宋孝宗乾道间麻沙镇水南刘仲吉宅刻《类编增广黄先生大全文集》，凡五十卷，其中末卷为乐章。傅增湘《藏园群书经眼录》卷十一著录："半叶十五行，每行二十六字，细黑口，四周单边。"

6. 清耿文光《万卷精华楼藏书记》卷一百四十三著录有《山谷词》，云一百八十三首，全书本。

晁端礼

晁端礼（1046—1113），一作元礼，字次膺，巨野（今山东巨野）人。宋神宗熙宁六年（1073）举进士，为单州成武主簿，迁瀛州防御推官，知洺州平恩县，授泰宁军节度推官，知大名府莘县。后废徙达三十年之久。徽宗政和三年（1113）应诏到京，以承事郎为大晟府协律，未受命而卒。著有《晁次膺集》、《闲适集》、《闲斋琴趣外篇》。

晁氏词集宋代就已刊行，陈振孙《直斋书录解题》卷二十一著录有《闲适集》一卷，为宋长沙刊《百家词》本。元马端临《文献通考》卷二百四十六"经籍考七十三"据以著录。又尤袤《遂初堂书目》著录有《晁次膺词》，未标明卷数版本。

以上知宋代著录的晁氏词集名称有二，即《闲适集》和《晁次膺词》，前者多见后人著录，而后者罕见著录，如《永乐大典》自《晁次膺词》录词三首，即：《朝中措》（8628/3A，指卷数与页码，下同）、《安公子》和《诉衷情》（14381/23 A、B）。除此外，还有名《闲斋琴趣外篇》，宋本已不可见。

见于明清人著录的主要有：

一、《闲适集》

1. 明钱溥《秘阁书目》著录有《闲适集》，未标明卷数。

2. 明毛晋《汲古阁毛氏藏书目录》著录有《闲适集》一卷。

3.《御选历代诗馀》卷一百三"词人姓氏"载有《闲适集》一卷。

以上均未言版本，当与《直斋书录解题》有关。

二、《闲斋琴趣外篇》

此书宋刻本未见，所见多为抄本，其中有清初毛氏汲古阁影宋抄本，凡六卷，一册，藏国家图书馆，《中华再造善本》收录，钤有汲古阁毛氏父子诸印以及 "汪印士钟"、"阆原甫"、"佞宋"、"克文""人间孤本"、"三琴趣斋"、"十廛十驾"、"赵氏元方"、"曾居无悔斋中"、"寒云秘笈珍藏之印"、"孤本书室"、"相对展玩"、"与身俱存亡"等印，知曾经汪士钟、袁克文、赵钫递藏。此书又见《中国古籍善本书目》著录，云《闲斋琴趣外篇》六卷，清初毛氏汲古阁影宋抄本。

按：董康《嘉业堂藏书志》著录有《闲斋琴趣外篇》六卷，旧抄本。提要云：

元礼字次膺，熙宁六年进士，官县令。以蔡京荐，进词称旨，除协律郎。所著词有《闲适集》。此帙为毛氏汲古阁传本，仅五卷。从武进董氏藏毛氏影宋抄本补目录及卷六。按晁无咎亦有《琴趣外篇》，《历代诗馀》"词话"斥为俗人赝托，与此书题名、卷帙皆同，疑系一本也。宋本仁和吴伯宛刻入双照楼宋元人词中，有"振绮堂兵燹后收藏书"、"陆鱼亭藏书记"。影宋本，仁和吴伯宛刻入双照楼宋元人词中。

汪宪（1721—1771），字千陂，号鱼亭，钱塘（今浙江杭州）人。清乾隆十年（1745）进士，官刑部主事，迁陕西司员外郎。好藏书，藏书楼名振绮堂，著有《振绮堂稿》、《振绮堂诗存》等。知"陆鱼亭藏书记"之"陆"为"汪"字之误。据汪氏《振绮堂书目》卷二"闻·抄本集类杂集并总集·第一格"，著录有《闲斋琴趣外篇》，一册，五卷。指的就是传抄汲古阁本，缺卷六。董康（1867—1947），字授经，号诵芬室主人，江苏武进人。清光绪十六年（1890）进士，民国时先后任司法总长、财政总长等。藏书处为诵芬室，著有《书舶庸谈》等。

又吴格整理《嘉业堂藏书志》载《闲斋琴趣外篇》六卷，旧抄本。录缪荃孙撰提要云：

> 宋晁元礼撰，元礼字次膺，济北人。此卷汲古阁抄本，每叶口下有"汲古阁"三字，存卷一至卷五，目录与卷六，用董氏诵芬室影宋本补抄。有"汪鱼亭藏阅书"朱文方印，"振绮堂兵燹后收藏书"朱文方印。

知嘉业堂所藏为毛氏汲古阁传抄本，存卷一至五。而毛氏汲古阁影宋抄本，又曾为董氏所藏。又刘承干《嘉业藏书楼抄本书目》著录有《闲斋琴趣外篇》六卷，云："旧抄本，一册，振绮堂旧藏，感峰楼跋。"按感峰楼为近代湖州藏家沈韵斋所有，周子美编《嘉业堂抄校本目录》卷四载《闲斋词（当为琴）趣外篇》六卷，云旧抄本，一册，振绮堂旧经（此字疑误）。毛氏汲古阁传抄本，归藏汪氏振绮堂，后又归刘氏嘉业堂收藏。

另有清赵辑宁辑《星凤阁抄五代宋人词》本，清赵氏星凤阁抄校本，其中有《闲斋琴趣外篇》六卷，藏台湾。

除毛氏汲古阁影宋抄本外，见于明清藏家著录的还有：

1. 清钱曾《也是园藏书目》卷七著录有《琴趣外篇》五卷。

2. 朱彝尊《词综》"发凡"载有《闲斋琴趣外篇》一卷。

3. 清朱学勤《别本结一庐书目》"抄本"著录有《闲斋琴趣外篇》五卷。

4. 傅增湘《藏园群书经眼录》卷十九著录有《闲斋琴趣外篇》六卷。

5. 王重民《中国善本书提要》载《闲斋琴趣外篇》六卷，一册（北图）。提要云：

> 赵氏星凤阁抄本［十行二十一字］
>
> 　　原题："济北晁元礼次膺。"卷内有"赵印辑宁"印记，末有辑宁题记云："《闲斋琴趣外编》五卷，诸本编次不同，有一本题云《晁次膺词》分二卷，较此册多二十七阕，今一一补之，但无从编入，因列为第六卷云。甲戌五月廿日灯下，梅泉记于乌戌寓斋。"

赵之玉，号梅泉，又作某泉，赵辑宁长子，星凤阁为其家室名。其中提及《闲斋琴趣外篇》和《晁次膺词》，均见于宋人著录，知前者原为五卷，第六卷是据后者补录的，与宋刊《闲斋琴趣外篇》六卷本是有差别的。按：《中国古籍善本书目》载《闲斋琴趣外篇》六卷，云清抄本（目录、卷六配抄本），今存国家图书馆。此书与王重民著录的当为同一种书。

以上钱曾、朱学勤等著录为五卷的，多是传抄汲古阁传录的五卷本，实为残缺者。民国时，吴昌绶借董氏藏影宋抄本影刻，收入《景宋金元明本词》，参见欧阳修条陶湘《叙录》说明。此本见章钰《章氏四当斋藏书目》卷上之四著录，云："民国五年仁和吴氏双照楼景刊宋本，一册。与《醉翁琴趣》、《晁氏琴趣》同函。"

三、别集本

《永乐大典》卷 13497 第 5A 页自《晁次膺集》录词一首，应制《黄河清慢》，知全集是有词的。

刘弇

刘弇（1048—1102），字伟明，号云龙，吉州安福（今属江西）人。宋神宗元丰二年（1079）登进士。哲宗时知嘉州峨眉县，擢太学博士。徽宗时改著作佐郎、充实录检讨官。著有《龙云集》。

刘氏词集宋代不见单行本，有诗文别集本，其中收有词。宋罗良弼《跋龙云集后》云：

> 其平生所为文，漫散莫考，浦城所锓，才二十有五卷耳。雄篇大册，尚多不著。良弼惜其流落，冥搜博访，得彭德源、曾如晦等手编数十卷，又得宏词时议诸编于内相郭明叔家，合而次之，得古律赋三、宏词四、古诗一百四十、律诗一百二十一、绝句一百一、生辰诗一十一、挽诗一十三、总三百九十三首，印本止有三十九首。乐府六、表一十七、启五十二，郭本黜，今附。书四十四、序一十四、时议六、策问四十五、记十、杂著五、疏语十、祭文一十一、碑志一十二，总六百三十一篇，为三十有二卷，而先生之文略尽矣。

有浦城刻本二十五卷，不知附有词否？罗氏辑录凡三十二卷，其中有词六首。按：《四库全书》收有《龙云集》，周必大序（嘉泰四年）云：

> 先是汴京及麻沙刘公集二十五卷，绍兴初，予故人会昌尉罗良弼遍求别本，手自编纂，增至三十二，凡六百三十馀篇。嘉泰三年贤守豫章胡元衡平一表郑公之乡里，访襄阳之耆旧，欲广其书，激厉后学，予亟属罗尉之子泌缮写定本，授

俟刻之。

知二十五卷本有汴京及麻沙二种刊本，当刻于北宋。罗良弼辑录本在高宗绍兴初，周必大序作于宁宗嘉泰四年（1204），当刻于其后不久。又有明刊本，入清，《四库全书》据以录入。其中卷十附乐府，存词六首。后来的词集，多是自别集析出，见于著录的有：

1. 清许宗彦《鉴止水斋藏书目》"集部第九厨"载《龙云词》等四家一本，未标明卷数版本。

2. 清朱学勤《别本结一庐书目》"抄本"著录有《龙云词》一卷。

3. 清吴昌绶《宋金元词集见存卷目》附《双照楼续辑宋金元百家词目》著录有《龙云先生乐府》一卷，云传抄《龙云先生集》本。

近代朱祖谋据明刊《龙云先生文集》，辑《龙云先生乐府》一卷，收入《彊村丛书》本，存词七首。按：罗氏序谓"乐府"六首，四库本也是作六首，与《彊村丛书》本比对，四库本实为七首，即《安平乐慢》一词，因佚去词牌，直接抄在前一词《内家娇》后，混抄为同一首词了。

朱服

朱服，字行中，湖州乌程（今浙江吴兴）人。宋神宗熙宁六年（1073）进士，历官国子司业、起居舍人，以直龙图阁知润州，徙泉州、婺州等地。哲宗朝官中书舍人、礼部侍郎。徽宗朝知广州，黜知袁州，改兴国军。著有《朱服集》。

清郑元庆《湖录经籍考》卷五"历代人词曲"著录有《朱服词》一卷，未标明版本。按：方勺《泊宅编》卷一云：

> 朱行中自右史带假龙出典数郡，是时年尚少，风采才藻皆秀整。守东阳日，尝作春词云："小雨纤纤风细细，万家杨柳青烟里。恋树湿花飞不起，愁无比，和春付与东流水。　　九十光阴能有几？金龟解尽留无计。寄语东城沽酒市，拼一醉，而今乐事他年泪。"予以门下士每或从容，公往往乘醉大言，你曾见我"而今乐事他年泪否"？盖公自为得

意，故夸之也。予尝心恶之，而不敢言。行中后历中书舍人，帅番禺，遂得罪，安置兴国军以死，流落之兆已见于此词。

宋人记录朱氏词作仅见于此，《全宋词》据此录入，今存词仅一首。与《朱服词》一卷所载相去甚远。

李之仪

李之仪（1048—1127），字端叔，号姑溪居士、姑溪老农，沧州无棣（今属山东）人。宋英宗治平四年（1067）进士及第，哲宗元祐初为枢密院编修官，通判原州，元祐末从苏轼于定州幕府。徽宗崇宁初提举河东常平，坐为范纯仁草遗表，除名，编管太平州，晚年卜居当涂。著有《姑溪居士集》等。

李之仪《姑溪居士·后集》卷十五《书乐府长短句后》云：

> 器之上人好事，不立畦畛，所到人多喜之。喜收予书，虽造次必录，无择藏云。岁杪，夜长灯暗，辄以此轴见邀，如醉梦中。随智臣口占，随得随书，不觉轴尽。又以岁月与其会人及其他见邀，云将为异日之观。时大观四年十二月十日夜，释宝之、周智臣、葛大川、释子长、樊圣可，并器之与予也。入云际院东房火积中记。

知为词手稿，不止一首。李之仪词集宋代就曾刊行，陈振孙《直斋书录解题》卷二十一著录有《姑溪集》一卷，为宋刊《百家词》本。元马端临《文献通考》卷二百四十六"经籍考七十三"据此著录。又《永乐大典》自《姑溪集》录词三首，即《临江仙》、《早梅芳》（2808/11B，指卷数及页码，下同）和《丑奴儿》（2811/17A）。此后明清人多著录为《姑溪词》，而名《姑溪集》者则多指诗文别集。述如下：

一、《姑溪词》

A. 刊本

1. 明末汲古阁刊《宋名家词》本《姑溪词》一卷，毛晋跋云：

端叔，赵郡人，辟为中山幕府，因代范忠宣作遗表得罪，编置当涂，即家焉，自号姑溪居士。客春从玉峰得《姑溪词》一卷，凡四十调，共八十有八阕，惜卷尾《踏莎行》为鼠所损耳。中多次韵小令，更长于淡语、景语、情语，如"鸳衾半拥空床月"，又如"步懒恰寻床，卧看游丝到地长"，又如"时时浸手心头熨，受尽无人知处凉"，即置之《片玉》、《漱玉》集中，莫能伯仲。至若"我住长江头，君住长江尾。日日思君不见君，共饮长江水。"直是古乐府俊语矣。叔阳不列之南渡诸家，得无遗珠之恨耶？

未言所据，此本见清郑德懋辑《汲古阁校刻书目》之《宋名家词六集》第四集著录，云凡三十一叶。按：黄昇，字叔旸，辑有《中兴以来绝妙词选》和《唐宋诸贤绝妙词选》，又合称为《花庵词选》。叔阳即指黄昇。汲古阁本多见于后人著录，如王修《诒庄楼书目》卷八著录有《姑溪词》一卷，云汲古阁刻本，有"梁溪邹氏珍藏"一印。

2. 清吴重憙辑《吴氏石莲庵刻山左人词》本，清光绪二十七年（1901）海丰吴氏金陵刊本，其中有《姑溪词》三卷。吴氏跋云：

右《姑溪词》三卷，宋李之仪撰。之仪字端叔，无棣人。官至提举河东常平，坐草范纯仁遗表，过于鲠直，忤蔡京意，编管太平州，事迹见《宋史·李之纯传》。端叔有《姑溪居士集》五十卷后集二十卷，卷首题赵郡，乃其族望。《唐书·宰相世系表》卷四："赵郡李氏出自秦司徒昙，最为钜族。"陈氏《书录解题》称为赵郡人，误矣。姑溪居士者，端叔南迁后自号，因以名其集。词三卷，均在集中，汲古阁刻入《六十家词》。毛子晋跋云得单行本，实则从集抄出，并三卷为一，次第均从本集，一无更动，决非别本，而从《踏莎行》以下均为鼠损。此本为明吴鲍庵丛书堂抄本，不特《踏莎行》字未损坏，后尚有四调，因并取二集词五调附入，似比汲古阁本稍完善矣。海丰吴重憙识。

按：吴仰贤（1821—1887），字牧骢，别署小匏庵，浙江嘉兴人。清咸丰二年（1852）进士。曾任云南罗次、昆明知县。藏书处为小匏庵。著有《小匏庵诗存》、《小匏庵诗话》等。

3. 缪荃孙《目录词小说谱录目》著录有《姑溪词》一卷，云石画轩刊本。

B. 抄本

见于抄本丛书中收录的有：

1. 明李东阳辑《南词》本，抄本，其中有《姑溪词》一卷。

2. 《宋元明三十三家词》本，明石村书屋抄本，其中有《姑溪词》一卷。藏国家图书馆。

3. 《宋元名家词》本，明抄本，清毛扆校，唐晏跋，其中有《姑溪词》一卷。藏北京大学图书馆。

4. 《宋二十家词》本，明抄本，清许宗彦、丁丙跋，其中有《姑溪词》一卷。藏南京图书馆。按：丁丙《善本书室藏书志》卷四十载《姑溪词》一卷，云："明抄本，鉴止水斋藏书。"提要云：

> 《书录解题》载《姑溪词》一卷。之仪以尺牍擅名，词亦甚工，小令尤佳。此明人抄本，殆出自湖南旧刊《百家词》者。端叔小令婉丽不减少游，《花庵词选》未经采入，当是偶尔未见，未必有心删汰。此本抄手甚旧，前有周生白文小印。

知原为清许宗彦（号周生）藏书，后归藏丁氏。与《善本书室藏书志》著录的当同，盖析出著录。

5. 《四库全书》本《姑溪词》一卷，提要云：

> 宋李之仪撰，之仪有《姑溪集》已著录。《书录解题》载《姑溪词》一卷，此本为毛晋刊，凡四十调，共八十有八阕。之仪以尺牍擅名，而其词亦工，小令尤清婉峭蒨，殆不减秦观。晋跋谓《花庵词选》未经采入，有遗珠之叹，其说良是。

疑常（疑作当）时流传未广，黄昇偶未见之，未必有心于删汰。至所称"鸳衾半拥空床月"、"步懒恰寻床，卧看游丝到地长"、"时时浸手心头润，受尽无人知处凉"诸句，亦不足尽之仪所长，则之仪之佳处，晋亦未能深知之也。其和陈瓘、贺铸、黄庭坚诸词皆列原作于前而己词居后，唱和并载，盖即谢朓集中附载王融诗例，使赠答之情彼此相应，足以见措词运意之故，较他集体例为善。所载庭坚《好事近》后阕"负十分蕉叶"句，今本《山谷词》"蕉叶"误作"金叶"，亦足以互资考证也。

据毛氏汲古阁本录入，按：库本词集前提要文字略有出入，其中云："晋跋谓《花庵词选》未经采入，有遗珠之叹，不知黄昇所录皆南渡以后之人，故曰'中兴以来绝妙词'，之仪时代在前，晋殊未考。"盖黄昇后又有《唐宋诸贤绝妙词选》，故四库馆臣前后有所更改。又《四库简明目录》提要云：

> 宋李之仪撰，之仪以尺牍擅名，而词亦甚工，小令尤清婉峭蒨。黄昇《花庵词选》北宋名篇采摭略尽，独未登之仪一字，殆未见其集欤？

又《钦定续通志》卷一百六十三据文渊阁著录有《姑溪词》一卷，当与库本同。

另清范懋柱《天一阁藏书目》卷四之四著录有《姑溪词》一卷，云："绵纸，抄本。"

C. 版本未详者

1. 《永乐大典》自《姑溪词》录词一首，即《朝中措》（2271/15A）。

2. 明赵琦美《脉望馆书目》著录有《姑溪词》一本，未标明卷数。

3. 明毛晋《汲古阁毛氏藏书目录》著录有《姑溪词》一卷。

4.《御选历代诗馀》卷一百三"词人姓氏"云有《姑溪词》二卷。

5. 清徐元文《含经堂藏书目》著录有《姑溪词》二卷。

6. 清陆谬《佳趣堂书目》著录有《姑溪词》一卷。

7. 清庄仲芳《映雪楼藏书目考》卷十著录有《姑溪词》一卷，云："之仪以尺牍擅名，而其词亦工，与秦观匹。"

8. 叶德辉《叶氏观古堂藏书目》著录有《姑溪词》一卷。

以上或作一卷，或作二卷，或未标明卷数。又清朱彝尊《词综》"发凡"云有《姑溪集词》二卷，或是抄自诗文别集。

二、 别集本

李之仪诗文集，宋代就已刊印，宋吴芾《湖山集》卷十《姑溪集序》云：

> 姑溪居士前集序，李公端叔以词翰著名，元祐间余始得其尺牍，颇爱其言思清婉，有晋宋人风味，恨未睹他制也。乾道丁亥假守当涂，因访古来文士居此邦而卓然有声于世者，惟李太白、郭功父与端叔三人，郡旧有太白、功父集，而端叔独阙然，求于其家，而子孙往往散落，无复遗稿。间得之邦人，类而聚之，命郡士戴翚订正，厘为五十卷，锓板于学。……

知孝宗乾道三年（1167）吴氏搜集李之仪遗稿，编为五十卷，并为刊印。清王士禛《池北偶谈》卷十七《姑溪集》云：

> 宋李之仪端叔《姑溪文集》五十卷：古赋诗十一卷、铭赞一卷、表启书四卷、杂书一卷此上下阙数卷、手简十七卷、序一卷、记二卷、题跋五卷、祭文青词二卷、墓志三卷、词曲三卷。后集二十卷：古赋诗十三卷、铭赞一卷、序跋一卷、手简三卷、志状二卷。端叔在苏门名次六君子，曩毛氏《津逮秘书》中刻其题跋，观全集，殊下秦、晁、张、陈远甚，然其题跋自是胜场。

知前集收有词。又陈振孙《直斋书录解题》卷十七著录有《姑溪集》五十卷《后集》二十卷，知宋时又有后集，此书见存于《四库全书》，提要云：

> 是编前集五十卷，为乾道丁亥吴芾所辑，并为之序。姑溪居士之仪南迁后自号，因以名其集也。后集二十卷，不知谁编，然《文献通考》已著录，则亦出宋人手矣。

检库本，前集卷四十五至四十七为"词曲"，存词三卷。又后集卷十三附词五首。

秦观

秦观（1049—1100），字少游，一字太虚，号淮海居士，别号邗沟居士，扬州高邮（今属江苏）人。宋神宗元丰八年（1085）进士，授定海主簿、蔡州教授。哲宗元祐二年（1087）苏轼引荐为太学博士，后迁秘书省正字，兼国史院编修官。哲宗亲政后出任杭州通判，贬处州，徙郴州，编管横州，又徙雷州。徽宗即位，自横州放还，至滕州卒。著有《淮海集》。

秦氏词有手稿，明代尚存，张丑《清河书画舫》卷九下云：

> 《少游诗馀草稿》一卷，楷行妙绝，骎骎出黄豫章上。子瞻评其书云："少游行草甚有东晋风味。"真知言哉！丁巳八月获观妙迹，漫书其尾。

作于明万历四十五年（1617）。按：张丑（1577—1643），原名张谦德，字叔益。后改名丑，字青甫，号米庵，别号亭亭山人，昆山（今属江苏）人。善鉴藏，知书画。编著有《清河书画舫》、《真迹日录》等。清卞永誉《书画汇考》卷十作《秦少游诗馀草稿》，清倪涛《六艺之一录》卷三百四十五作《秦少游诗馀草稿卷》，又《六艺之一录》卷三百五十二云《秦少游诗馀草稿卷》，行楷书。均未言卷数，知有词之手稿，明万历年间尚存，所载词作数目不详。

其词集宋代就有刊本，述如下：

1. 苏籀《双溪集》卷十一有《书三学士长短句新集后》一文，参见"黄庭坚"条。据文意，三学士词新集当刻于南渡后。

2. 陈振孙《直斋书录解题》卷二十一著录有《淮海集》一卷，为宋长沙刻《百家词》本。元马端临《文献通考》卷二百四十六"经籍考七十三"据此著录。并录晁无咎言云："少游词如'斜阳外、寒鸦数点，流水绕孤村。'虽不识字人，亦知是天生好言语。"

3. 尤袤《遂初堂书目》著录有《秦淮海词》，未标明卷数版本。

4. 张炎《词源序》云：

> 旧有刊本《六十家词》，可歌可诵者，指不多屈。中间如秦少游、高竹屋、姜白石、史邦卿、吴梦窗，此数家格调不侔，句法挺异，俱能特立清新之意，删削靡曼之词，自成一家，各名于世。

知有刊《六十家词》本。

宋刊词集清代有存本，见于藏家著录，如下：

1. 清季振宜《季沧苇藏书目》"宋元杂板书"著录云："欧文忠、秦淮海、真西山《琴趣》，四本，宋刻。"

2. 清徐乾学《传是楼宋元板书目》"天字下格"著录有《淮海琴趣》，云一本，宋板。

知宋刊本名《淮海琴趣》，检清曹寅《栋亭书目》卷四著录有《淮海琴趣》，云："抄本，宋学士秦观著，三卷，一册。"季、徐二家均未标明卷数，曹氏著录的作三卷，或宋刊也是三卷。名《淮海琴趣》仅见于上述清初三家著录。

以上知宋刊秦氏词集有《三学士长短句新集》、《淮海集》、《秦淮海词》、《淮海琴趣》等不同名称，至于《六十家词》本，张氏云旧刊，或为宋刊。

另洪迈《夷坚志补》卷二云：

义倡者，长沙人也，不知其姓氏，家世倡籍。善讴，尤喜秦少游乐府，得一篇，辄手笔口咏不置。久之，少游坐钩党南迁，道长沙，访潭土风俗妓籍中可与言者，或言倡，遂往焉。少游初以潭去京数千里，其俗山獠夷陋，虽闻倡名，意甚易之。及见，观其姿容既美，而所居复潇洒可人意，以为非唯自湖外来所未有，虽京洛间亦不易得。坐语间，顾见几上文一编，就视之，目曰《秦学士词》，因取竟阅，皆己平日所作者，环视无他文。……

义倡，不知其姓氏，据"辄手笔口咏不置"云云，知《秦学士词》或为抄本。

此外，宋刊秦观诗文集也附载有词，《直斋书录解题》卷十七著录有《淮海集》四十卷后集六卷长短句三卷。提要云：

秘书省正字高邮秦观少游撰，一字太虚。观才极俊，尝应制举，不得召。终以疏荡不检，见薄于世，后亦不免贬死。

未说明版本，当指刊本。又胡仔《苕溪渔隐丛话·后集》卷三十九云：

苕溪渔隐曰：《古今词话》以古人好词世所共知者易甲为乙，称其所作，仍随其词牵合为说，殊无根蒂，皆不足信也。如秦少游《千秋岁》"水边沙外，城郭春寒退"末云"春去也，飞红万点愁如海"者，山谷尝叹其句意之善，欲和之，而以"海"字难押，陈无己言此词用李后主"问君那有几多愁，恰似一江春水向东流"，但以"江"为"海"耳。洪觉范尝和此词题崔徽真子云："多少事，都随恨远连云海。"晁无咎亦和此词吊少游云："重感慨，惊涛自卷珠沉海。"观诸公所云，则此词少游作明甚，乃以为任世德所作。又《八六子》"倚危亭，恨如芳草，萋萋刬尽还生"者，《浣溪沙》"脚上鞋儿四寸罗"者，二词皆见《淮海集》，乃以《八六子》为贺方回作，以《浣溪沙》为涪翁作。晁无咎《盐角儿》"开时似雪，谢时似雪，花中奇绝"者为晁次膺作，汪彦章《点绛唇》"新月娟娟，夜寒江静山衔斗"者为苏叔党作，皆非也。

云《八六子》"倚危亭"、《浣溪沙》"脚上鞋儿四寸罗"，二词皆见《淮海集》。不过《淮海集》在宋代也有专称词集者，俟考。

宋刊诗文别集本，至今尚存于世，叙录如下：

清黄丕烈《荛圃藏书题识》卷十著录有《淮海长短句》三卷（宋刻补抄本），黄氏题识文有二则，云：

> 嘉庆庚午人日，书友以社坛吴氏所藏诸本求售，中惟《淮海居士长短句》最佳，因目录及上卷、中卷之二叶、四叶犹宋刻也。《淮海集》宋刻全本行款不同，无长短句，盖非一刻。而所藏有残宋本，行款正同，内有错入文集序第三叶，与此目录后所列序中三叶文理正同，知全集或有长短句本也，惜此已抄补，然出朱卧庵家，必有所本。买成之日，复翁记。
>
> 此册前目录后有《淮海闲居文集序》四叶，尤为可宝，此全集之叙，偶未散失，附此以存，俾考文集颠末，后来翻刻抄传之本均无有矣。道光元年四月，荛夫重检并记。

知所得为宋刊诗文别集本，有长短句，此本有抄补。嘉庆庚午即嘉庆十五年（1810）。朱之赤，字守吾，号卧庵，别署烟云逸叟，明末清初人。祖籍安徽休宁，居吴县（今江苏苏州）。入清后为南京朝天宫道士。喜收藏书画，宋椠元抄充栋。按：李文裿辑《士礼居藏书题跋补录》著录有《淮海居士长短句》三卷，宋刊本，黄丕烈题识文二则也著录其中。李氏云："按：《荛圃藏书题识》所著录第二段有脱句及颠倒，当时未见原书，辗转传抄，故有此误也。"又《荛圃藏书题识》卷十《淮海长短句》三卷（校本）录黄氏题识文三则：

> 嘉庆庚午人日，书客以江郑堂旧藏诸本一单见遗，惟残宋刻《淮海居士长短句》最佳，因手校，此余旧抄，未校

入也。

　　庚午人日，书客携残宋刻来，目录及上卷全，中卷止有第二、第四叶，挑灯手校，复翁。

　　《淮海居士集·前集》四十卷、《后集》六卷，宋刻本，藏锡山秦氏，余从孙平叔借校，此甲子年事也。顷偶忆全集中不知有词与否，因检校本核之，彼弟有诗文，不收词也。可见残宋《淮海居士长短句》盖专刻矣。甲戌二月三十日春分节，复翁记，时已断九，寒犹未消，狂风震屋，密霰打窗，吴谚云拗春冷，今年更甚。

按：江藩（1761—1830），字子屏，号郑堂，晚号节甫，清甘泉（今江苏扬州）人。监生，博综群经，师承惠栋，将经学分为汉学、宋学两派，曾受聘为丽正书院山长。富藏书，藏书室曰炳烛室、半毡斋。撰《半毡斋题跋》。此书后为潘氏滂喜斋收藏，见潘祖荫《滂喜斋宋元本书目》著录，有宋版《淮海居士长短句》一本，未标明卷数。又潘祖荫撰、潘承弼增补《滂喜斋藏书记》卷三著录有宋刻《淮海居士长短句》三卷，一函一册，移录黄丕烈题识文，又录他人题识文如下：

　　每半叶十行，行二十一字，"惊"字、"恒"字缺笔，北宋刊也。旧为朱卧庵藏书，宋刻仅存上卷及中卷之二叶、四叶，馀皆卧庵抄补。明吴文定、文寿承、周天球皆有藏印。国朝道光间由士礼居入虞山张氏，其面叶题字，茗翁手笔也。后有茗翁两跋及蒋辛峰因培跋，辛峰亦常熟人，嘉庆间官泰安令，著有《乌目山房诗存》。

　　庚戌九月中浣复生孙云鸿观。

　　道光乙未秋八月十一日访芙川仁兄于味经书屋，得观此朱卧庵补抄宋刻《淮海词》，以识心赏，辛峰蒋因培。

又著录诸藏书印有："原博，雁门世家，寿承，周印天球，应祯，卧庵居士，寒士精神，休宁朱之赤珍藏图书，卧庵老人，虞山张蓉镜鉴藏，芙川鉴定，蓉镜，陈延恩观风月，从横玉笛中。"知此书历诸藏家颇多，列小传如后：① 吴宽（1435—1504），字原博，号匏庵，明长洲（今江苏苏州）人。成化八年（1472）进士，会试、廷试皆第一，授修撰。官至礼部尚书，卒谥文定。② 文彭（1498—1573），字寿承，号三桥，明长洲（今江苏苏州）人。文徵明长子，曾任两京国子监博士。③ 周天球（1514—1595），字公瑕，号幼海，明太仓（今属江苏）人。诸生，善画，从文徵明游。④ 张蓉镜（1802—？），字芙川，一字伯元。小名长恩，清昭文（今江苏常熟）人。妻姚畹真，号芙初女史。夫妇皆喜藏书，藏书楼名双芙阁。⑤ 陈延恩，字登之，清新城（今江西黎县）人。监生，补松江府柘林通判，迁川沙同知，代理扬州、常州知府，兼淮徐扬海道。知此本明代曾归藏吴宽、文彭、周天球、朱之赤诸家，入清则归藏黄丕烈、张蓉镜、陈延恩、潘祖荫诸家。此书今藏上海博物馆，见《中国古籍善本书目》著录，云：《淮海居士长短句》三卷，宋乾道刻本（卷中、下配清朱之赤抄本），清黄丕烈、蒋因培、沈树镛跋，朱孝臧、吴梅、邓邦述跋，冒广生题诗，清孙雪鸿题款。按：蒋因培（1768—1838），字伯生，江苏常熟人。诸生。年十七以国子监生应顺天乡试，为法式善激赏。嘉庆二年（1797）援例补阳谷县丞，历知汶上、泰安、齐河等县。著有《乌目山房诗存》。又题识中"复生孙云鸿"当为孙雪鸿之误。

又《故宫善本书影初编》著录有《淮海集》四十卷后集六卷长短句三卷。提要云：

> 宋秦观撰，宋刊元印本，版已漫漶，屡经修补，兼多抄配之叶。书末有严绳孙题识，称为北宋监本。考卷中宋讳，"慎"、"敦"均减笔，而"敦"字有剜改之痕，殆乾道时刻本。无收藏印记，原藏位育斋。

位育斋为故宫斋名。乾道刊本即乾道九年高邮军学刻本，又录严氏题识文如下：

　　右《淮海先生集》四十卷后集六卷，吾锡秦氏世守本也。
　　淮海集雕本先后四家：仪真黄中丞刻于山东，高邮张牧刻于
　　鄂州，胡民表刻于高邮，最后李君之藻荟萃诸家，编次成帙，
　　至今流传坊间。而卷帙互异，篇次多不诠整。此本为先生自
　　定，自叙云十卷。本传云四十卷，今分为四十六卷，盖北宋
　　椠本，即雪洲黄氏所称监本，惜岁久漫漶者也。先生二十四
　　世孙对岩宫谕出以示余，爰识数语于卷尾。康熙甲戌春三
　　月，旧史后学严绳孙。

严绳孙（1623—1702），字荪友，号秋水，晚号藕塘渔人，江苏无锡
人。清康熙十八年（1679）举博学鸿儒，授翰林院检讨，历任日讲起
居注官、山西乡试正考官等。秦松龄（1637—1714），字汉石，又字留
仙，号对岩，江苏无锡人。清顺治十二年（1655）进士，改翰林院庶吉
士。授国史馆检讨，因逋粮案削籍。著有《苍岘山人文集》、《微云
词》等。严氏所见，为秦观后裔秦松龄所藏，题识撰写于康熙三十三
年（1694）。严氏云为北宋监本，当误。据书影，是本左右双边，十
行，二十一字。

　　黄丕烈藏本后归吴湖帆所有，有黄丕烈道光元年跋二（详前），又
朱祖谋、吴梅跋各一、吴湖帆跋二，录如下：

　　　　菟翁得此，以校旧抄本淮海词，为云间韩绿卿所藏，老友
　　曹君直手录遗余，刻入《彊村丛书》中。菟翁跋称宋刻全集
　　但有诗文而不收词，可见长短句为专刻。此帙跋又称藏有残
　　宋本，行款正同，内有错入序文亦同，知全集或有长短句。
　　其说两歧。全集藏锡山秦氏，今不知尚存否？愿湖帆求得
　　之，以参斠其说也。丁卯岁寒，孝藏跋于思悲阁。

丁卯为民国十六年（1927），锡山秦氏指秦松龄后人。又：

　　　　戊辰岁暮，湖帆出示此册，为潓喜斋旧藏。计目录二叶，
　　《淮海闲居文集序》四叶，长短句上卷七叶，中卷第二、第四

两叶，馀皆朱卧庵抄补。先后为明吴文定、文寿承、周天球、李日华，清朱卧庵、黄荛圃、张芙川、沈韵初所藏，最后归潘文勤，详见《滂喜斋藏书记》中。余校读之，"驚"字、"桓"字缺笔，足征宋刊，而诸词换头皆提行书写，又为宋人刻词之证。《水龙吟》"小楼连远"不作"连苑"，《满庭芳》"天连衰草"不作"天黏"、"寒鸦万点"不作"数点"，《长相思》毕曲"不应同是悲秋"句亦完好无缺，此皆宋刊佳处。惟目录中《桃源忆故人》作"桃椽"，《梦扬州》换头"长记曾陪燕游"句以"长记"二字属上叠，此则微有疏舛，顾无害其为精本也。卧庵补抄未明言所自出，鄙意当从张南湖本补录。余旧藏南湖刻《淮海集》为嘉靖己亥刊本，南湖名綖，即作《诗馀图谱》者，集共四十卷后集六卷长短句三卷，刊于鄂州。据曹君直元忠云当依陈氏《书录解题》所著录本重刊者，是亦出于宋刊也。就此三卷中较卧庵抄补本，已一一符合。张本诸词换头皆空一格，朱抄自《阮郎归》起不空格、不提行，《满庭芳》以下至终卷，换头概空一格，与宋刊每首提行不同。同牌诸词，张本书一"又"字，朱抄作"其一"、"其二"，此亦略异。又《调笑》十首，张本先书题目，次"诗曰"，次"曲子"，朱抄《烟中怨》一首脱"曲子"二字一行。后列"右一"、"右二"云云，其体亦与朱抄同。然则卧庵所据即是张本，而张本亦出宋刊，是此册弥足珍矣。荛翁跋文推崇卧庵，颇为有识，特未考明所据何本。因取旧藏张本斠校一过，并书鄙见于后，湖帆或不以为非与？霜崖居士吴梅跋。

戊辰为民国十七年（1928）。知吴氏藏宋本为别集本，据跋文，似宋刊仅存目录二页、《淮海闲居文集序》四页、长短句上卷七页、中卷第二和第四两页，计存十五页，其馀为朱之赤抄补，吴梅以为朱之赤用嘉靖张綖编本配抄。不过据吴湖帆、叶恭绰等跋（详后文），宋本所存实不止此，吴梅所见，仅是吴湖帆藏本的其中之一册。又吴湖帆跋二，录如下：

> 第一卷宋刻本《梦扬州》换头"长记"二字误刻于上叠过拍下。《雨中花》"满空寒白，玉女明星迎笑"二句"白玉"误刻"皇"字，"在天碧海"句"在"字下应缺一字。《长相思》歇拍完全，各本皆缺，惟此调又见《贺方回词》卷一，作《望扬州》，按：杨补之《逃禅词》《长相思·己卯岁留涂上，追用贺方回韵》。第二卷《菩萨蛮》"翠幕"应从毛氏本作"幔"，《满庭芳》"搜揽"应从毛作"揽"。第三卷《临江仙》首句"接蓝浦"应从毛作"接"。此皆微有舛误，应校正处。集中胜处，可校正他刻者正多，亦无用余之赘述矣。戊辰冬日，吴湖帆跋于梅影书屋。

> 己巳七月，番禺叶遐庵丈见示故宫善本书影，载《淮海集》总目一叶，文集首叶，长短句首叶，严秋水题跋一叶。按严氏跋时康熙甲戌，藏无锡秦对岩宫谕处，淮海先生二十四世孙也。彊村老人跋云："全集藏无锡秦氏，今不知尚存否？"朱氏应见秋水之跋，不知已归内府，藏之位育斋，疑乾隆间四库进本也。此册仅存长短句首叶，互校，远胜内府本之漫漶。严氏跋谓："北宋刻，即雪州黄氏所称监本，惜岁久漫漶"者也。两本行款笔道全同，而此册之清楚精致，令人神往，足征内府本为元印，此或北宋印也。"《淮海集》重雕本先后四家：仪真黄中丞刻于山东，高邮张牧刻于鄂州，胡民表刻于高邮，最后李之藻荟萃诸家，编次成帙，至今流传坊间，两卷帙互异，篇次多不诠整。"此秋水跋中语。七夕大雨，灯下遣闷书。

二跋分别撰于民国十七年、十八年，所谓"两本行款笔道全同"，知吴氏藏本与故宫藏秦氏本为同一版本，只是秦氏本有漫漶处。

民国十九年（1930）故宫博物院图书馆有影印宋刊《淮海居士长

短句》之举，赵万里跋云：

> 《淮海居士长短句》三卷，附刻宋本《淮海集·后集》后，以讳字及刊工笔势观之，当系乾道中浙中刊本。其版至明季犹存（张绖序重刻《淮海集》云"北监旧有集版"，疑"北监"乃"南监"之误，然不见于黄佐《南雍志·经籍考》，盖至嘉靖间监中已无存矣。）故传世此本以后印者为习见，宋及元初印本则希如星凤矣。并世公私藏家，如常熟之瞿、德化之李、吴兴之蒋及北平图书馆所藏残帙，均不附长短句（潘氏《滂喜斋藏书志》有宋本《淮海居士长短句》三卷，今未知存亡）。此本长短句赫然具在，虽间有抄补，亦足宝也。持校明嘉靖间南湖张绖校刻《淮海集》附刻本，此本即张刻所自出，合者固十之八九，然亦有足订张刻之误者。如：《望海潮》"茂草台荒"，张本"台荒"作"荒台"；《水龙吟》"水（当作小）楼连远横空"，张本"远"作"苑"，"疏帘半卷"，"疏"作"朱"；《满庭芳》"寒鸦万点"，张本"万"作"数"；《一落索》"杨花终日飞空舞"，张本"飞空"作"空飞"。《阮郎归》"身有恨"，张本"身"作"更"，又"那堪肠已愤"，张本"已"作"也"；《满庭芳》"骤雨才过还晴，古台芳榭"，张本"才"作"方"，"古"作"高"，又"开瓶试一品香泉"，张本"瓶"作"尊"；《调笑令》诗"越公万骑鸣箫鼓"，张本"箫"作"笳"，曲子"旧欢新爱谁是主"，张本"是"作"为"；《虞美人》"绿荷多少斜阳中"，张本"斜"作"夕"；《临江仙》"独倚危樯情悄悄"，张本"樯"作"楼"等均是。其他《广陵怀古》、《越州怀古》、《别意春思》诸题，宋本皆无之。张刻殆涉诸选本而误，并当据以删。昔归安朱氏校刊《淮海词》，据松江韩氏读有用书斋藏黄尧（当作荛）圃校抄本入录，欲求宋椠一校，苦不可得，且并张绖刊本亦未移校。今此本出，亦足弥朱氏之缺憾矣！

　　传世秦词以毛氏汲古阁本为最劣，其底本亦当自三卷本出，惟前后倒置，又妄据他书增入《如梦令》等十阕，除《喜春来》或确系淮海佚词外，馀率据《类编草堂诗馀》及明人所辑《续草堂诗馀》、《古今词统》内录出，实则均非秦作。其误与毛氏所刻苏子瞻、周美成、李清照词均同，实无足怪也。试于宋人载籍中求淮海佚词，则仅于《阳春白雪》（卷一）得《木兰花慢》一首，《苕溪渔隐丛话》（前集卷五十）引《冷斋夜话》（今本《夜话》无此文）及《全芳备祖》（前集卷七海棠门）得《喜春来》一首而已。《喜春来》毛本已收之，而《木兰花慢》缘《阳春白雪》一书乃晚出（明万历间陈耀文辑《花草粹编》、清康熙间朱彝尊辑《词综》时俱未见），故诸本并未及。然气弱不似他作，姑附以存疑可也。至《直斋书录》所载长沙坊刻《百家词》有《淮海词集》一卷，乃宋时秦词之别本，与三卷本有无异同则不可知矣。十九年五月海宁赵万里跋。

知故宫藏本为宋乾道刻别集本，其中长短句附刻其后，"虽间有抄补"，仍是完善的。民国时叶恭绰据故宫藏本与吴湖帆藏本合并影印，有朱祖谋跋一，云：

　　秦太虚《淮海长短句》流传善本甚稀，余往年校刊是词，曹君直以所录松江韩氏本见贻，出自黄荛圃据宋本手校，而所据宋本未得见也。后识吴湖帆，始得见潘氏滂喜斋所藏宋本，即荛圃据以校勘者。今岁叶遐庵以影印故宫藏宋本见贻，始知锡山秦氏家藏宋本已入秘府，亦荛圃所经见者。两本同出一版，而词集或有时别印单行，致荛圃间滋迷惑，实则滂喜斋藏本亦即淮海全集中物也。遐庵既幸两宋本之复见，又伤两宋本之仅存，乃取两宋本之属于原版者，并合影印，其两本皆缺者，则取潘氏本补叶，以其出朱卧庵手校精审也。遐庵又以历代所刊《淮海集》，今存者尚十馀种，乃钩考其源流统绪及字句异同，为《淮海词版本系统表》、《淮海词经见各本概要表》、《淮海词经见各本字句异同表》、《现存淮海词两宋本比较表》各一，复别为两宋本校记及两宋本各序跋摘要，汇印于后，精密贯串，得未曾有。余闻遐庵治事精干，不图治学翔实亦如此，遐庵先德三世以词名岭海，家学所承，远有端绪，其所作亦把臂前贤，成连海上，能移我情，载览兹编，逌然神往已。庚午孟冬之月，朱孝臧跋。

庚午为民国十九年（1930）。知吴氏藏本和故宫藏本，黄丕烈均曾见过，只是黄氏所见其中有仅存长短句者，就以为名《淮海居士长短句》者宋刊有单行印本，不知是属别集附刊本。又有叶恭绰跋二，其一云：

> 秦少游淮海词，宋刊可考者凡三种：一、 乾道间杭郡所刊《淮海全集》之《淮海长短句》三卷本。二、 南宋长沙所刊《百家词》中之《淮海词》。三、 南宋某处所刊《琴趣外篇》中之《淮海琴趣》。二、三两种今皆不可得见，世所存者只杭郡本二部而已，一为故宫所藏（原藏无锡秦氏），一为吴县吴湖帆所藏（原藏潘氏滂喜斋），且皆非完璧。世曾兼见此二宋本者，殆只黄荛圃。汲古阁辑词至富，乃称淮海词从无的本，其他可知。乾隆修四库诸臣亦未一见宋本，致疑全集分卷为张綖所乱，而非原书之旧。自秦氏藏本入宫，滂喜斋本又秘藏吴下，致朱彊村、王幼遐、吴印臣、陶兰泉四家刻词时，均未得全见此两本。朱氏跋吴本及陶氏刊词《叙录》，均太息，引为慊事。余居海上，数与湖帆往还，因得见滂喜斋一本。嗣袁守和同礼寓书，谓将景印故宫藏本，阅数月而寄沪，于是两本原状皆得寓目。余审谛数四，觉宋槧佳处，不一而足，且可释明清两代校刻家无数之疑，因取所见淮海词凡十三种，汇而校之，编为四表：一《淮海词版本系统表》，二《淮海词经见各本概要表》，三《淮海词经见各本字句异同

表》，四《现存淮海词两宋本比较表》，条分缕析，自谓颇极
详密，盖前此固尚无人以此十三种本从事汇校者也。淮海词
经此整理，版本字句之异同变迁，胥可瞭然。因思宋本淮海
词，天壤间只存此两部，而所存原版叶数又不一，既同出一
版，似不如衷两本之属于原版者合而景印，以存其真。因商
之袁、吴两氏，得其许可，印以行世。并附所撰四表暨校勘
随笔各条，其两本内序跋识语之可资考证者，一并附入。至
两本原缺各叶，均经抄补，而所从出不同，吴本似从张绂本
出，且又出朱卧庵手，讹误较少，故此次凡两本无原版之叶，
则用吴本之抄补叶，而将故宫本异同注出，庶真相可稽，而
淮海词可据此为比较最善之本。独惜康熙时黄子鸿尚及见之
《淮海琴趣》，今已了无踪迹，长沙本久不可得见，无从为最
有力之校证，是可叹也。至是书之校勘借录，多赖张菊生元
济、徐积馀乃昌、袁叔和同礼、赵蜚云万里、赵叔雍尊岳、龙莪
生沐勋、吴瞿庵梅、吴湖帆诸先生之力，其缮写则赖何君志
航、时君巽庵，合并声谢。民国十九年十月，叶恭绰记于上
海寓庐之遐庵。

袁同礼（1895—1965），字守和，徐水（今河北保定）人。毕业于北京
大学，曾赴美留学，历任北平图书馆馆长。性喜聚书，著有《永乐大
典考》、《宋代私家藏书概略》、《明代私家藏书概略》、《清代私家藏书
概略》等。按：袁氏 1929 年至 1948 年任国立北平图书馆副馆长和馆
长。叶恭绰知袁氏欲影印故宫藏本，遂有合印吴氏藏本和故宫藏本之
举，叶氏另一跋云：

> 绰按：故宫所藏淮海全集，乃锡山秦氏家藏本，其以何因
> 缘入清宫，今不可考。向疑朱古老跋内"全集存锡山秦氏"
> 云云，似秦氏别有一藏本。今午晤询古老，始知其曩时亦得
> 自传闻，并未目验。然则故宫所藏，盖即秦本之全璧，吴本
> 仅单行长短句而已。淮海全集目录确系自宋时，即定为四十

卷，又后集六卷长短句三卷，得此可以证明纪氏《四库全书总目》以为此种分卷由于明嘉靖张綖重编，盖属不确。至《文献通考》载《淮海集》三十卷，"三"字或"四"字之误。《宋史》作四十卷，或只举文集而言，或漏载后集，均未可知。长短句以三卷为一卷，或因篇帙无多，三卷合装一册，故遂以为一卷，如此解释，则一切可以贯通无滞矣。《闲居文集》自序在元丰七年，时公方三十六岁，所编卷数不能以为定本，故不必据以疑四十六卷及三卷之编订也。《直斋书录解题》及李之藻、张綖、胡民表刊本均系四十卷，又后集六卷长短句三卷，以意度之，淮海全集目录确自宋时起如此编定，不过印行时或有单行之举，而文学家记述有时亦欠周密，遂致参差。即如故宫本严秋水跋称："右《淮海集》四十卷后集六卷"云云，竟不提及长短句，而长短句固在该帙内，讵能因严跋漏载，遂谓当时未编入耶？

故宫本之抄补叶系根据何本，故宫本未有声明，然臆揣当是根据李之藻本。盖以两本相校，如《八六子》之"红袂"误作"红社"，《鹊桥仙》之"传恨"误作"傅恨"，《一落索》之"空飞"作"飞空"，《虞美人》第三首之"夕阳"作"斜阳"，两本皆同，而他本均与之不同，即其确证也。

两本同出一版，已无可疑，惟究系何时何地所刊，尚无确证。然窃意主乾道间刊于杭郡者为是，盖两宋公私书籍刊于杭者最多，而南宋尤盛。宋亡，其版必偕他版同入西湖书院之库，逮明初遂移入南雍。其不见于太学经籍志者，殆偶然疏漏耳。至由南监曾否移于北监，张綖序所谓"北监旧有集版"一语，有无根据，现已无从考证。或者张序之"北"字，乃"南"字之讹，未可知也。

吴本抄补叶出自朱卧庵，当系据张綖本，较故宫本之抄补叶为佳。故此次付印，凡无宋版之叶，即用吴本之抄补叶。第卧庵抄手欠整齐，故属何志杭君重为誊录，而将故宫本之异同悉注于上。又故宫本下卷末叶系原宋版，而依故宫本及吴本两抄补叶之行款，至末叶均不能与之吻合。余知抄补叶之行款必与宋本不同，致有此病，因悉心推敲，将各抄补叶悉照原来宋版排比，如下半阕皆提行写，及一调而有数首者，所有"其二"、"其三"等字均提行写，到末叶恰相衔接，一字不差，足证两本之抄补叶均非照原版，而此番重行抄补为较得其真也。又吴本《调笑令》之标题，如"王昭君"及"诗曰"、"曲子"、"右一"等字，其地位之高下，亦与原宋版不同。今据故宫本下卷第一叶原版格式，改归一律。民国十九年十月叶恭绰记。

据"故宫所藏，盖即秦本之全璧，吴本仅单行长短句而已"知，故宫藏本系别集，为宋刊配抄补，吴氏藏本仅长短句全，其中也配有抄补，不过据吴梅跋，吴藏本不仅存长短句，还含有全集目录等。按：叶恭绰（1881—1968），字裕甫，又字玉甫、誉虎，号遐庵，祖籍浙江余姚，生于广东番禺。毕业于京师大学堂仕学馆，曾留学日本，任北洋政府交通总长、北京大学国学馆馆长，新中国建立后，曾任中央文史馆副馆长、北京画院院长等。著有《遐庵汇稿》、《遐庵谈艺录》。叶氏合印秦观两宋本长短句，校以十馀种秦氏词（其中有别集本，也有单行本），编制有《淮海词版本系统表》、《淮海词经见各本概要表》、《淮海词经见各本字句异同表》、《现存淮海词两宋本比较表》四种表格附于后。

据《中国古籍善本书目》载，有《淮海集》四十卷后集六卷长短句三卷，为宋乾道九年（1173）高邮军学刻绍熙三年（1192）谢雪重修本（缺叶缺字，清初毛氏汲古阁影宋抄补），藏国家图书馆。另有《淮海集》四十卷后集六卷长短句三卷，宋乾道九年高邮军学刻宋元明递修本，存四十四卷（《淮海集》一至十五、二十一至四十，后集六卷，长短句三卷），藏上海图书馆。知宋乾道刊本均非完璧。又日本长泽规矩也编《关东现存宋元版书目》著录有《淮海集》四十卷《淮海后集》六卷《淮海居士长短句》三卷，四册，为宋末覆高邮军学刊本。

唐圭璋《宋词版本考》载有乾道间刊淮海全集本，有《淮海居士长短句》三卷。按：乾道间高邮军学教授谢雩跋云："右秦学士《淮海集》前、后四十六卷。文字偏旁间有讹缺，读者病焉。雩以蜀本校之，十才得一二……《长短句》三卷，非止点画讹也，如'落红万点愁如海'，以'落'为'飞'；'两行芙蓉泪不干'，以'两行'为'雨打'，皆合订正。"蜀本不知是指单行词集，还是指诗文别集。

除宋刊本外，见于明清著录的有：

一、《淮海居士长短句》（《淮海长短句》、《秦淮海长短句》）

A. 刊本

1. 清林佶《天一阁书目》著录有《淮海居士长短句》一本，又清佚名《四明天一阁藏书目录》"盈字号厨"著录有二种《淮海居士长短句》，均一本，未标明卷数版本。又舒木鲁氏抄《天一阁书目》著录有《淮海居士长短句》一本。检清薛福成《天一阁见存书目》卷四著录有《淮海长短句》三卷，全。又林集虚编《目睹天一阁书录》卷四著录有《淮海居士长短句》三卷，云："黄皮纸，一本。明正德辛巳孟春晖编刻本。"又冯贞群编《鄞范氏天一阁书目内编》"劫馀书目第四·集部·词曲类"著录有《淮海居士长短句》三卷，云："明孟春晖编，明正德辛巳刻本，有脱叶。"按天一阁文物保管所藏有明刻本《淮海居士长短句》三卷，见《中国古籍善本书目》著录。

2. 明嘉靖张綖刊本，见于诸藏家著录的有：① 吴昌绶《宋金元词集见存卷目》附《双照楼续辑宋金元百家词目》著录有《淮海长短句》三卷补遗一卷，云明张綖刻《淮海集》本校补。② 王修《诒庄楼书目》卷八著录有《淮海长短句》三卷，云嘉靖己亥刻本，有"张廷玉印"一印。按：张廷玉（1672—1755），字衡臣，号砚斋，安徽桐城人。清康熙三十九年（1700）进士，雍正时官至保和殿大学士、军机大臣等。著有《传经堂集》。③《"中央"图书馆善本序跋集录》著录有《淮海长短句》三卷，一册，为明嘉靖己亥南湖张綖刊本。以上三家著录的为同一刊本，为明世宗嘉靖十八年（1539）张綖刻本。按：张綖，字世文，自号南湖居士，江苏高邮人。王磐婿。明武宗正德八年（1513）举人，官至光州知州。编著有《诗馀图谱》、《南湖诗集》、《杜诗通》等。因秦观为乡邦文献，故刊刻有《淮海集》、《少游诗馀》等。

3. 郑振铎《西谛书目》卷五著录有《淮海居士长短句》三卷，1930年影宋印本，一册。又《蟫隐庐新板书目第五期》载《淮海居士长短句》，云影印宋乾道本，一册。又佚名《平妖堂藏书目》载《淮海居士长短句》，云："影印，一册，八元。"又《故宫普通书目》卷四著录有《淮海居士长短句》三卷，云影宋本，一册。按：宋乾道刊本详前。

4. 《彊村丛书》本，录东坡、鲁直、黄丕烈诸人跋文，又有曹元忠跋云：

> 《淮海居士长短句》三卷，见《书录解题》。嘉庆间茗翁得江子屏家残秩，以校旧抄本，除《长相思》毕曲"不应同是悲秋"句为各本所无外，其馀胜处，旧抄本悉与相同。惟称《淮海词》为异。意丁松生《藏书志》所称明抄《淮海词》三卷，后有嘉靖己亥南湖张綖跋者，当与此旧抄本同出宋刊。以张綖曾刻《淮海集》四十卷后集六卷长短句三卷于鄂州，即《直斋》著录本也。旧抄本所出既同，又得茗翁以宋刊残秩校定，弥足珍已。彊村每言淮海词无善本，因录此云间韩绿卿前辈旧藏士礼居本寄之。癸丑六月庚子望，曹元忠客读有用书斋写记。

此本以黄丕烈藏残宋本校旧抄本为底本，校以毛氏汲古阁刊本、鲍廷博藏抄本等。按：韩应陛，号绿卿，读有用书斋为其藏书处，所藏抄本详后。

B. 抄本

1. 清韩应陛《读有用书斋藏书志》著录有《淮海居士长短句》三卷，明抄本。提要云：

> 旧抄蓝格本。宋秦观撰，每半页十一行，每行二十八

字。黄荛圃以宋本用朱墨笔手校，收藏有"春晖堂"白文、"平江黄氏图书"朱文、"荛圃手校"朱文、"复翁"白文、"黄印丕烈"朱文、"荛圃"朱文六方印。

又移录黄丕烈题识文二则，即"嘉庆庚午人日"和"《淮海居士集》前集四十卷"云云，已见于前。又《云间韩氏藏书目附书影》著录有《淮海居士长短句》三卷，云："旧抄本，黄荛圃以宋本校并跋。"又《读有用书斋书目》著录有《淮海居士长短句》三卷，云："旧抄蓝格本，黄荛圃以宋本校并跋。"并附黄丕烈题识文三，除前录二则外，尚有"庚午人日"云云，已见于前。按：傅增湘《藏园群书经眼录》卷十九著录有《淮海词》三卷，云："旧写本，九行二十八字。黄荛圃丕烈以宋刻本校过，有跋。"并云钤有："荛圃手校"朱、"平江黄氏图书"朱、"黄丕烈印"朱、"荛圃"朱、"复翁"白。又录黄氏题识文二则。又曹元忠《笺经室所见宋元书题跋》著录有《淮海居士长短句》三卷，云旧抄本。附黄丕烈题跋三则。曹氏云：

> 士礼居校宋本《淮海居士长短句》三卷，原书系旧抄本，但有"春晖楼"白文印，不知何氏所藏。其卷数次第悉同宋刊，惟名《淮海词》为异。疑所据本与《善本书室藏书志》所载明抄本《淮海词》同。荛翁再以江郑堂家宋刻残本校之，复旧观已，盖《淮海词》以此三卷本为最善。自南宋陈直斋所见，以至明嘉靖己亥南湖张綖、万历戊午仁和李之藻所刻，皆附《淮海集》四十卷《后集》六卷行世，顾流传绝少。至江湖间别刻单行本，则名《淮海集》。《苕溪渔隐丛话·后集》所谓《八六子》"倚危亭，恨如芳草，萋萋刬尽还生"、《浣溪沙》"脚上鞋儿四寸罗"二词，皆见《淮海集》者，乃长沙书坊所刻《百家词》本，只一卷耳，有《书录解题》可证，然今亦不传，何况此长短句三卷本耶？因手录一通，劝余友归安朱侍郎祖谋刻之。

《彊村丛书》本后有曹氏跋文一，详见前文，曹氏于韩氏读有用书斋见到黄丕烈藏本，手录一部，邮寄给朱祖谋。检《"中央"图书馆善本书目_{第一次}》著录有《淮海居士长短句》三卷，一册。云："旧抄本，清黄丕烈手校并跋，又韩应陛手书题记。"此书今存台北。

2. 章钰《章氏四当斋藏书目》卷中之四著录有《淮海居士长短句》一卷，云："潘祖年写本，一册。有朱祖谋校。"并著录题识文若干，录如下：

> 书衣题：《淮海长短句》，潘仲午抄，乃见文勤旧本。
> 朱氏手跋云：癸丑正月客沪上，假张嘉民藏鲍渌饮抄上中二卷本校一过。
> 潘氏祖年函云：枉驾尚稽，走答为罪。淮海词为录副本，谨上检人，毋须掷缴。天寒手僵，涂雅恶劣，不禁自笑耳。沤公大安，弟年书。

潘祖年（1870—1925），字仲午，号西园，吴县（今江苏苏州）人，潘祖荫弟，祖荫死，藏书多归其所有，藏书处为拙速斋。沤公即朱祖谋。前文知黄丕烈藏本曾归潘祖荫滂喜斋收藏，潘祖年抄本，当据此。癸丑为民国二年（1913），朱氏自张嘉民处借得鲍廷博藏本校过，见《彊村丛书》本校勘记。至于张嘉民，其人俟考。

3. 李盛铎《木犀轩收藏旧本书目》著录有《淮海居士长短句》三卷，云："依写宋刊本，一册。"又见《木犀轩收藏旧本书目录》著录，云景抄宋本。

C. 版本未详者

1. 明杨士奇等《文渊阁书目》卷十"诗词·月字号第二厨书目"著录有《淮海居士长短句》，云："一部一册，阙。""阙"字是指此书文渊阁已不存有了。

2. 明钱溥《秘阁书目》著录有《淮海居士长短句》，一册，未标明卷数。

3. 明叶盛《菉竹堂书目》著录有《淮海居士长短句》，一册，未标明卷数。

4. 明董其昌《玄赏斋书目》卷七著录有《秦淮海长短句》，未标明卷数。

5. 清钱曾《也是园藏书目》卷七著录有《秦淮海长短句》三卷。

以上均未标明版本，然五家均属明朝与清代早期的人，所著录的秦氏词集与宋本的关联较密切。

二、《淮海词》(《秦淮海词》)

A. 刊本

1. 明末毛氏汲古阁刊《宋名家词》本《淮海词》一卷，毛晋跋云：

> 晁氏曰："今代词手惟秦七黄九。"或谓词尚绮艳，山谷特瘦健，似非秦比。朝溪子谓少游歌词当在东坡上，但少游性不耐聚稿，间有淫章醉句，辄散落青帘红袖间，虽流播舌眼，从无的本。予既订讹搜逸，共得八十七调，集为一卷，亦未敢曰无阙遗也。

知为毛氏辑录本。此本见清郑德懋辑《汲古阁校刻书目》之《宋名家词六集》第一集著录，云凡三十三叶。此本见多家著录，如李盛铎《天津延古堂李氏旧藏书目》，又《保萃斋书目民国二十二年（北平）》著录云："汲古阁刊，竹纸，一册。"

另有批校本，见于著录的有二：

其一，清徐乾学《积学斋书目》著录有《淮海词》一卷，云：

> 宋秦观撰。汲古阁刻本（每半页九行，行十八字，白口，单边，末有虞山毛晋记。）常熟黄子鸿先生仪以宋本校，子鸿工词，有《纫兰别集》。

又录黄仪（子鸿）题识文二：

> 辛亥七月廿三日宋刻本集校，凡词七十七首，分上中下三卷，章次亦与此异。六月初十日读。

　　　　壬戌正月十一日重阅。　　仪。

按：黄仪，字子鸿，江苏常熟人。著有《纫兰别集》。辛亥为清康熙十一年（1671），壬戌为康熙二十一年（1681），黄氏以宋刊集本校订。

　　其二，《中国人民大学图书馆古籍善本书目》著录有《淮海词》一卷，云：

　　　　明末毛氏汲古阁刻《宋名家词》本，刘不同批校并跋，一册一函。八行十八字，白口，左右双边，版心下镌"汲古阁"。

按：刘不同（1906—1968），曾用名刘纯一，辽宁庄河县人。1925年烟台益文商专毕业，民国时曾在复旦大学、金陵大学任教授，新中国成立后曾到西北大学任教授。著有《中国财政史》等。

　　2. 清光绪时汪氏振绮堂重刊汲古阁本，见叶德辉《叶氏观古堂藏书目》著录。

　　3. 清耿文光《万卷精华楼藏书记》卷一百四十三著录有《淮海词》三卷，徐渭评本，张綖刻于鄂州，有跋，嘉靖乙巳胡氏重刊。

　　B. 抄本

　　其词集见于今存的抄本丛书中，计有：

　　1. 明吴讷编《唐宋名贤百家词》本，为明抄本，梁启超跋，其中有《淮海词》三卷。藏天津图书馆。

　　2.《宋元明三十三家词》本，为明石村书屋抄本，其中有《淮海词》三卷。藏国家图书馆。

　　3.《宋二十家词》本，明抄本，清许宗彦、丁丙跋，其中有《淮海词》三卷。藏南京图书馆。按：丁丙《善本书室藏书志》卷四十著录有《淮海词》三卷，明抄本，鉴止水斋藏书。提要云：

　　　　观有《淮海词》三卷，《书录解题》作一卷，毛晋所刻亦一卷，乃杂采诸书而成，非其旧帙。此明抄三卷，后有嘉靖己亥中秋南湖张綖跋曰：陈后山云"今之词手，惟秦七黄九"，谓淮海、山谷也。然词尚丰润，山谷特瘦健，似非秦比。此在诸公非其至，多出一时之兴，不自甚惜，故散落者多。其风怀绮丽者，流播人口，独见传录，盖亦泰山毫芒耳。字复舛误，颇为辨正，其有一二字不可校者，不欲以臆见辄易，存阙文之意，更俟善本正之。

《善本书室藏书志》著录的当指此本，盖析出著录者。

4. 《四库全书》本《淮海词》一卷，提要云：

宋秦观撰，观有《淮海集》已著录，《书录解题》载《淮海词》一卷，而传本俱称三卷。此本为毛晋所刻，仅八十七调，裒为一卷，乃杂采诸书而成，非其旧帙。其总目注原本三卷，特姑存旧数云尔。晋跋虽称订讹搜遗，而校雠尚多疏漏，如集内《长相思》"铁瓮城高"一阕，乃用贺铸韵，尾句作"鸳鸯未老否"，《词汇》所载则作"鸳鸯未老绸缪"，考当时杨无咎亦有此调，与观同赋，注云用方回韵，其尾句乃"佳期永卜绸缪"，知《词汇》为是矣。又《河传》一阕尾句作"闷损人，天不管"，考黄庭坚亦有此调，尾句作"好杀人，天不管"，自注云因少游词戏以"好"字易"瘦"字，是观原词当是"瘦杀人，天不管"，"闷损"二字为后人妄改也。至"唤起一声人悄"一阕，乃在黄州咏海棠作，调名《醉乡春》，详见《冷斋夜话》，此本乃缺其题，但以三方空记之，亦为失考，今并厘正，稍还其旧。观诗格不及苏、黄，而词则情韵兼胜，在苏、黄之上，流传虽少，要为倚声家一作手。宋叶梦得《避暑录话》曰："秦少游亦善为乐府，语工而入律，知乐者谓之作家歌。"蔡絛《铁围山丛谈》亦记观婿范温常预贵人家会，贵人有侍儿喜歌秦少游长短句，坐间略不顾，温酒酣欢洽，始问此郎何人，温遽起叉手对曰："某乃'山抹微云'女婿也。"闻者绝倒云云。梦得，蔡京客，絛，蔡京子，而所言如是，则观词为当时所重可知矣。

是据毛氏汲古阁刊本录入，又《钦定续通志》卷一百六十三据文渊阁著录有《淮海词》一卷，当与库本同。

另清陈徵芝《带经堂书目》卷四下著录有《淮海词》一卷，云明抄本。

C. 版本不详者

1. 《永乐大典》卷 20353 第 14A 页自《淮海词》录《木兰花》词一首。

2. 明梅鼎祚《青泥莲花记》"采用书目"，其中有《淮海词》，未标明卷数。

3. 明陈第《世善堂藏书目录》卷下著录有《秦淮海词》一卷。

4. 明毛晋《汲古阁毛氏藏书目录》著录有《淮海词》一卷。

5. 清钱曾《钱遵王述古堂藏书目录》著录有《秦淮海词》一卷。

6. 清朱彝尊《词综》"发凡"与小传著录有《淮海词》三卷。

7. 《御选历代诗馀》卷一百三"词人姓氏"著录有《淮海词》三卷。

8. 清徐元文《含经堂藏书目》著录有《淮海词》一卷。

9. 清陆漻《佳趣堂书目》著录有《淮海词》一卷。

10. 清黄澄量《五桂楼书目》卷四著录有《淮海词》一卷。

11. 清庄仲芳《映雪楼藏书目考》卷十著录有《淮海词》一卷，云："观诗不及苏、黄，词则情韵兼胜，在二人上。"

以上诸家未标明版本，陆漻以上数家著录的当以珍善本居多。

三、《少游诗馀》

1. 《词苑英华》本《少游诗馀》一卷，此为毛氏汲古阁刊《词苑英华》九种之《诗馀合璧》本，清郑德懋辑《汲古阁校刻书目》著录，云凡四十九叶。《四库全书》提要云：

《秦张诗馀合璧》二卷内府藏本，明王象晋编，象晋有《群芳谱》已著录，是书乃以宋秦观《淮海词》、明张綖《南湖词》合为一编，以二人皆产于高邮也。然一古人，一时人，

169

> 越三四百年而称为合璧，已自不伦，况缒词何足以匹观？是
> 不亦老子、韩非同传乎？

又见于《续文献通考》卷一九八著录，提要云：

> 王象晋《秦张诗馀合璧》二卷：象晋，见子类。臣等谨
> 按：是书以宋秦观《淮海词》、明张綖《南湖词》合为一编，
> 以二人皆产于高邮也。

又清祁理孙《奕庆藏书楼书目》集之六著录云：少游、湖南（当作南湖）诗馀，一卷，一本。

2.《宝铭堂书目》著录有《少游诗馀》一卷，云："精抄本，竹纸，一册，一元。"宝铭堂为民国时旧书店，所藏抄本不知与毛氏刊本同否。

此外，《江南通志》卷一百九十三"艺文志"著录有《淮海诗馀》一卷。未言版本。又《杭州抱经堂旧书目录》（民国二十年十二月第六期）著录有《淮海词抄》三卷，云："白纸，一本，一元六角。"版本不详。

四、 别集本

明清以来见于刊印与著录的有：

A. 刊本

前文引严绳孙题识文知明刊秦观别集附有词者有四，今多存，见于《中国古籍善本书目》著录有：

1.《淮海集》四十卷后集六卷长短句三卷，明嘉靖十八年张綖刻本。张綖跋长短句云：

> 陈后山云："今之词手，惟有秦七黄九。"谓淮海、山谷
> 也。然词尚丰润，山谷特瘦健，似非秦比。此在诸公非其
> 至，多出一时之兴，不自甚惜，故散落者多。其风怀绮丽者，
> 流播人口，独见传录，盖亦泰山毫芒耳。字复舛误，颇为辨
> 正。其有一二字不可校者，不欲以臆见辄易，存阙文之意，

更俟善本正之。嘉靖己亥中秋日，南湖张绖。

嘉靖己亥为嘉靖十八年（1539）。又著录此本批校者有二：①《淮海集》四十卷后集六卷长短句三卷，明嘉靖十八年张绖刻本。清季锡畴校并跋，藏国家图书馆。按：季锡畴（1792—1863），字菘耘，又字松云、范卿，清太仓（今属江苏）人。诸生，晚年馆虞山瞿氏，为铁琴铜剑楼校勘书籍千馀种，编纂《铁琴铜剑楼藏书目录》，撰成《藏书志》。著有《菘耘文稿》等。②《淮海集》四十卷后集六卷长短句三卷，明嘉靖十八年张绖刻本。张元济跋，藏上海图书馆。

2.《淮海集》四十卷后集六卷长短句三卷，明嘉靖二十四年（1545）胡民表刻本。又著录此本批校者有二：①《淮海集》四十卷后集六卷长短句三卷，明嘉靖二十四年胡民表刻本。清丁丙跋，藏南京图书馆。②《淮海集》四十卷后集六卷长短句三卷，明嘉靖二十四年胡民表刻本。傅增湘跋，藏山西省文物局。

3.《淮海集》四十卷后集六卷长短句三卷，明万历四十六年（1618）李之藻刻本。又著录此本批校者有三：①《淮海集》四十卷后集六卷长短句三卷，明万历四十六年李之藻刻本。清丁丙跋，藏南京图书馆。②《淮海集》四十卷后集六卷长短句三卷，明万历四十六年李之藻刻本。佚名录清何焯跋，藏北京师范大学图书馆。③《淮海集》四十卷后集六卷长短句三卷，明万历四十六年李之藻刻本。李盛铎跋，藏北京大学图书馆。此本又见叶德辉《郋园读书志》卷八著录，有《淮海集》四十卷后集六卷长短句二卷，提要云：

> 《淮海集》、《后集》、《长短句》共四十八卷，宋秦观撰。明万历戊午李之藻刻。每半页九行，每行二十一字，版心上"淮海集"三字，下有刻工姓名及字数，盖犹仿宋款式也。《四库全书总目》集部著录为明嘉靖张绖刻本，此本即从之出。在万历时所刻书，固尚守旧法者。宋晁公武《郡斋读书志》：秦少游《淮海集》三十卷。陈振孙《直斋书录解题》：《淮海集》一卷。马端临《文献通考》两引之，前入别

集内，后入歌词内。而《宋史·艺文志》作四十卷。近人莫友芝《知见传本书目》载有影宋抄本《淮海集》四十卷，是宋本无后集之目。歌词内之《淮海集》一卷，即此长短句。宋时分别单行，至明乃合刻耳。道光十七年，高邮王敬之刻本，合为十七卷，《后集》合为二卷，又《补遗》一卷，此则全非原刻卷帙，不能存古，不能信今，盖两失之。

云秦观词集宋时单行，至明人则与诗文别集合刊，这种说法是不确切的。又叶德辉《叶氏观古堂藏书目》著录有《淮海词》三卷，云："宋秦观撰，一，《淮海集》附刊本。"又王修《诒庄楼书目》卷七著录有《淮海集》四十卷后集六卷又长短句三卷，云万历刻本，时李之藻校。

4.《淮海集》四十卷后集六卷长短句三卷，明徐谓评，诗馀一卷，明邓汉章辑，明末段之锦刻本。

以上知有四种明刊本，另见于明清藏家著录的有：

1. 清瞿镛《恬裕斋藏书记》卷四著录有《淮海集》四十卷后集六卷词三卷，云明刊本。

2. 傅增湘《藏园群书经眼录》卷十九著录有《淮海集长短句》一卷，云：

> 明刊本，八行二十字。题"明郡人李廷芝九畹、长洲袁玄又玄校"二行。版心有"戏鸿馆"三字，叶阴叶阳各为单阑，字体俊逸，兼作行书，似手书上版。后刻东坡、山谷二跋，亦行书。
>
> 钱遵王用朱笔校宋本，后题二行云："戊午九月廿七日从不全宋椠本校一过，述古主人遵王。"何小山煌以墨笔再校，跋细字于标题下云："辛巳五月廿三日再以残宋本校，缺更倍于钱所见本，而刻则一也。小山。"又有"乾隆丙戌十二月二十日鲍氏知不足斋收藏"题识。（周叔弢藏，乙亥正月六日见。）

知述古主人钱曾于清康熙十七年（1678）用残宋本朱笔校，何煌于康熙四十年（1701）用宋本墨笔再校。乾隆时归藏鲍氏知不足斋。藏国家图书馆，见《中国古籍善本书目》，著录为《淮海集长短句》一卷，云："明戏鸿馆刻本，清钱曾、何煌校并跋，张允亮校。"按：张允亮，字庾楼，河北丰润人。清光绪二十四年（1898）进士，民国年间先后在故宫博物院、北平图书馆、北京大学图书馆任职，编有《国立北京大学图书馆善本书目》、《故宫善本书目》、《故宫善本书影》等。

3. 清耿文光《万卷精华楼藏书记》卷一百四十三著录有《淮海词》三卷，鄂州本，附《淮海集》后，长短句上中下，又诗馀十六首，有张綖跋。

4. 《愚斋图书馆书目》集部卷一著录有《淮海集》四十卷后集六卷长短句三卷，明翻张綖本，四本。

5. 《江南图书馆善本书目》著录有《淮海集》四卷后集六卷长短句三卷，云明嘉靖小字本。又著录有明万历戊午（1618）刊本。

除明刊本外，清刊秦氏别集附有词的则有：

1. 清梁启超《梁氏饮冰室藏书目录》著录有《淮海集》十七卷后集二卷淮海词一卷补遗一卷考证一卷附年谱节要。云："清道光十六年重刻本，考证：道光二十四年补刻，六册。"

2. 《粹芬阁珍藏善本书目》著录有《淮海集》四十卷后集六卷长短句三卷，清初精刊初印本，八册。

3. 《中国古籍善本书目》著录有《淮海集》十七卷后集二卷词一卷补遗一卷续补遗一卷考证一卷，清王敬之、茆泮林、金长福撰。《重编淮海先生年谱节要》一卷，清秦瀛撰。清道光十七年（1837）、二十一年（1841）王敬之等刻本，傅增湘校跋并录清严绳孙跋，藏国家图书馆。

B. 抄本

1. 《四库全书》本《淮海集》四十卷后集六卷长短句三卷，提要云：

《文献通考》别集类载《淮海集》三十卷，又歌词类载《淮海集》一卷。《宋史》则作四十卷，今本卷数与《宋史》

相同，而多后集六卷，长短句分为三卷，盖嘉靖中高邮张綖
以黄瓒本及监本重为编次云。

认为后集六卷及长短句分三卷，是张綖重编所为。按：前文引陈氏
《直斋书录解题》著录有《淮海集》四十卷后集六卷长短句三卷，《宋
史》作四十卷，佚后集和长短句。

2. 王大隆辑《荛圃藏书题识续录》卷三著录有《淮海先生文集》
四十卷后集六卷长短句三卷，又长短句补遗（旧抄本）。黄丕烈题
识云：

> 余向借无锡秦氏所藏《淮海集》宋本手校一过，颇精审，
> 惜为人购去。其底本系明细字刻本，忘其为何时刻矣。箧中
> 但有宋刻后印《文集》一册，又宋刻宋印与《文集》同行款之
> 《长短句》残帙，皆非秦氏藏本之宋刻，想宋时必非一刻也。
> 此外又有《淮海闲居集》十卷，向为顾氏物，而今归蒋氏者，
> 似与秦本同。此抄本出香严书屋，因有孙潜印，故收之。《文
> 集》四十卷《后集》六卷词三卷，较为全备。及收得，命长孙
> 取旧藏残宋对勘，并搜得文集四十卷，抄手更旧，亦出孙潜
> 所藏，遂取对勘，始知余所藏者，即孙潜据以抄录之本。而
> 兹所云校者，亦即是本也。故校止于四十卷，后集及词又别
> 据抄录矣。明刻四十卷及后集亦有藏本，向已遗忘，暇当出
> 之，以资对勘。因此益思宋刻不置云，莞夫。

周锡瓒（1742—1819），字仲涟，号漪塘，别号香岩居士。清吴县（今
江苏苏州）人。副贡生，以富藏书知名。藏书楼名水月亭、香岩书
屋、漱六楼等，黄丕烈每购得一书，必往周氏处借所藏秘本考证。又
孙潜（1618—？），字潜夫，一字节生，号蔽园，又号知节君，别署道
人法顶、字山法顶，江苏句容人。喜藏书，手抄手校之本，世多流
传。又王大隆辑《荛圃藏书题识再续录》卷三著录有《淮海先生文
集》四十卷后集六卷长短句三卷，又长短句补遗（旧抄本），录黄氏题

识二云：

> 自十二至二十五卷，偶得宋本残帙，藏箧中久矣，兹收此旧抄出，为对勘，用墨笔识之。惜阙叶连篇，仍多漏略，芜夫。卷二十五后
>
> 以旧藏抄宋本《淮海长短句》校宋本，皆有调无题，此抄又一本也。面目稍异，兹不悉改，但记异字，芜夫。长短句后

知黄氏校长短句时，用了残宋刻本及数种抄本。黄氏手校本后归韩氏读有用书斋，韩应陛《读有用书斋书目》著录有《淮海先生文集》四十卷《淮海后集》六卷《淮海长短句》三卷，又《长短句补遗》，云："旧抄本，虚止阁朱笔校，黄荛圃手校并跋，韩绿卿跋。"又见录于《韩氏藏书目》，云校抄本，黄荛圃手校，并有虚止阁朱笔校。此书藏国家图书馆，《中国古籍善本书目》著录为《淮海先生文集》四十卷后集六卷长短句三卷补遗一卷，云清初抄本，清黄丕烈、韩应陛校并跋。

C. 版本不详者

1. 明焦竑《国史经籍志》卷五著录有《淮海集》四十卷，又后集六卷，又长短句三卷。未标明版本。

2. 伊其淦《生白斋读书自省记》著录有《淮海集》四十卷后集六卷长短句三卷。未标明版本。

五、注本

1. 宋曾季狸《艇斋诗话》云："章质夫家子弟有注少游词者。"未言注者名字。按：章楶（1027—1102），字质夫，建宁军浦城（今属福建）人。治平二年（1065）状元及第。官至枢密直学士，龙图阁端明殿学士，进阶大中大夫。检章定《名贤氏族言行类稿》卷二十六云章楶七子："绰，登进士第，历官户部员外郎，出为淮东提刑，会蔡京更钞法，江淮富商变为流丐，赴水死相继，绰上言变法误民，乞如初以存大信，京怒逐之。统，尝转漕陕西，孙觌为铭其墓。"又明凌迪知《万姓统谱》卷四十九云七人为绰、综、□、绾、綖、演、缜，又云："章绰，字伯成，楶长子，中熙宁九年进士，除提举江东常平，入对，

上面谕与换在京差遣，以便侍养，遂改授开封府推官，转户部员外郎。丁父庄简忧，服除，擢淮东提刑。会蔡京更钞法，江淮富商变为流丐，赴水死者相继。上言变法误民，请如初，以存大信。京怒，罢絆，降两宫，窜台州，复通州、秀州，终户部郎中。"又云："章综，字子京，粢第三子。中进士第一，调洛阳簿。时范纯仁为尹，一见，待以国士。韩玉汝、李邦直俱以文行名于时，官至龙图阁学士。"又云："章䌥，字君邃。金判西安州，为蔡京所诬，配沙门，时论冤之。后复崇政殿秘书郎。"注者当为上述诸人之一，注本情况不明。

2. 杨万里《诚斋集》卷一二七《胡英彦墓志铭》云：

> 澹庵先生胡公以道德文学师表一世，仁濡义染丕变，大江以西而其宗族家庭俊茂尤角立，其好学刻深，厉操清苦，克肖先生者，犹子英彦也。英彦讳公武，年十三为党庠春秋弟子员，一试出诸先生上。……有诗若干篇、诗话若干卷、□□丛书三卷，又《集音》两卷、《文髓》十卷、注《兰台》及《淮海词》各若干卷。

知胡公武为胡铨之后，所注《淮海词》情况不明。

米芾

米芾（1051—1107），一作米黻，字元章，号襄阳漫士、海岳外史、鹿门居士等，祖籍太原（今属山西），后徙居襄阳（今属湖北），晚年移居润州（今江苏镇江）。恩补秘书省校书郎，知无为军。宋徽宗宣和时诏为书画学博士，擢礼部员外郎。著有《宝晋英光集》、《宝晋山林集》等。

米氏词作宋已结集，岳珂《宝真斋法书赞》卷二十四于米元晖《阳春词帖》赞云：

> 右米元晖书自作词十八篇，名《阳春集》，二册。绍兴戊午中春，在姑苏别墅为其女甥所写。老辞近班，归艺松菊，

犹不能忘情于翰墨间，斯亦足以见嗜好之笃矣。宝庆丙戌二月
之得中都刘氏。赞曰：予家有《山林集》，观宝晋自制之词，
每不逮乎平日之文，岂句律之未工？疑用志或分。伟笔力之扛
鼎，得过庭之异闻，陶冶性情。自为《阳春》，既寓意于馆
甥，亦秘笈而自珍。予尝商略函书，仿佛梁尘，规矩合作，匀
箫夺伦。窃以为夫君金缕之衣，亦未足以换墨练之裙也。

知《山林集》中是载有词的。

其词集见载于诗文集中，宋史弥坚修、卢宪纂《嘉定镇江志》卷二
十一"文事"自《宝晋集》引录其《渔家傲·金山》词"昔日丹阳行乐
里"一首。又明张丑《清河书画舫》卷九下自米芾《山林集》录有《中
秋登海岳楼作》诗一首和《蝶恋花·海岳楼玩月》"千古涟漪清绝地"
一词，知米氏诗文别集中是收有词的。按：《宝晋英光集》前有岳珂序
（绍定壬辰），云："予仕居润馀十年，会羽书交驰，凡访古撷奇，皆日
力所不暇，仅能考海岳一遗址，堑槿为园，荐菊为祠，倚江为堂，砻石
为刻，时一至其间，徙倚纵目，慨想摩挲而已。……夫既卜园观，则
不可以不祠，既葳祠，则不可以不撷遗，考文翰，以备一堂之缺，既竣
摹瑑之事，而捃放失恪，编次为是集以传，又次序之，所当举而必不
可无者也，则又奚疑？或者无以答。予按：《山林集》旧一百卷，今所
会萃附益未十之一。"知米氏原有诗文集《山林集》一百卷，岳珂所见
仅得十分之一。检陈振孙《直斋书录解题》卷十七著录有《宝晋集》
十四卷，又《宋史》卷二〇八"艺文志"载米芾《山林集拾遗》八卷，
不知何者为岳珂辑本。

今存诗文集附载有词的有：

1. 《四库全书》本《宝晋英光集》八卷，前有岳珂序，《四库》提
要云："此本后有张丑跋，云得于吴宽家，中间诗文或注'从英光堂帖
增入'，或注'从群玉堂增入'，则必非岳珂原本。又有注'从戏鸿堂
帖增入'者，则并非吴宽家原本。"其中卷五附有长短句，存词十
六首。

2. 清蒋光煦辑《涉闻梓旧》本《宝晋英光集》八卷补遗一卷，清咸丰年间刊本，其后有张丑跋云：

> 写本《宝晋英光集》六卷，吴文定公原博故物也。万历丁巳中秋十日获于公之四世孙，所校雠之次，摘录刘、孙二公四时诗于后，以志梗概。行将授梓，以广其传云。后学张丑记。

刘、孙二公指刘克庄和孙元京。知所据原为明吴宽藏书，与《四库》本同，而库本未录张丑跋文。按：吴宽（1435—1504），字原博，号匏庵，明长洲（今江苏苏州）人。成化八年（1472）进士，会试、廷试皆第一，授修撰。官至礼部尚书，卒谥文定。张丑（1577—1643），原名谦德，字叔益。后改名丑，字青父，号米庵，别号亭亭山人。明昆山（今属江苏）人，善鉴藏，知书画，著有《清河书画舫》等。张丑得吴氏藏本六卷，而《涉闻梓旧》本为八卷，或后有增益。其中卷五附有长短句，凡十六首，另有《补遗》一卷，末有词《醉太平》"风炉煮茶"。此本见吴昌绶《宋金元词集见存卷目》附《双照楼续辑宋金元百家词目》著录，有《宝晋斋词》一卷，云《别下斋丛书》《宝晋英光集》本。按：《别下斋丛书》为清蒋光煦辑，蒋氏又辑有《涉闻梓旧》，其中后者收有《宝晋英光集》，而前者无。

3. 卢靖辑《湖北先正遗书》本《宝晋英光集》八卷补遗一卷，民国十二年（1923）影印本，是据《涉闻梓旧》本影印。

后又有据别集中析出词而另行者，见缪荃孙《目录词小说谱录目》著录，有《宝晋长短句》一卷，云传写集本。

近世朱祖谋又辑《宝晋长短句》一卷，收入《彊村丛书》中，据清赵氏星凤阁抄《宝晋英光集》录入，校以蒋氏《别下斋丛书》本（即《涉闻梓旧》本）。

贺铸

贺铸（1052—1125），字方回，自号庆湖遗老，卫州（今河南汲县）人。宋孝惠皇后族孙，娶宗室之女。授右班殿直，监临城酒税。
神宗元丰年间改官滏阳都作院，领徐州宝丰监。哲宗时任承事郎，徽
宗时通判泗州，又通判太平州，以承议郎致仕，卜居苏州。家藏书万
馀卷，手自校雠，以此终老。著《庆湖遗老集》。

贺铸词生前就已结集，张耒《张右史文集》卷四十八《贺方回乐府
序》，云：

> 文章之于人，有满心而发，肆口而成，不待思虑而工，不
> 待雕琢而丽者，皆天理之自然，而性情之道也。世之言雄暴
> 虓武者，莫如刘季、项羽，此两人者，岂有儿女子之情哉！至
> 其过故乡而感慨，别美人而涕泣，情发于言，流为歌词，含思
> 凄婉，闻者动心焉。为此两人者，岂有费心而得之哉？直寄
> 其意耳。余友贺方回博学业文，而乐府之辞婉绝一世。携一
> 编示予，大抵倚声而为之辞，皆可歌也。或者讥方回好学能
> 文，而惟是为工，何哉？予应之曰：是所谓满心而发，肆口而
> 成，虽欲已焉而不能者。若其粉泽之工，则其才之所至亦不
> 自知也。夫其盛丽如游金张之堂，而妖冶如揽嫱施之袪，幽
> 洁如屈、宋，悲壮如苏、李，览者自知之。盖有不可胜言者
> 矣。谯郡张耒序。

所谓"携一编示予"，似为手稿。李之仪《姑溪居士前集》卷四十《跋
小重山词》："右六诗托长短句寄《小重山》，是谱不传久矣……崇宁四
年冬，予遇故人贺铸方回，遂传两阕，宛转抽绎，能到人所不到处，从
而和者凡五六篇。"又同卷《再跋小重山后》云：

> 予与方回相别五六年，邂逅江上，未及见首，折简问劳，
> 甚勤恳，其末云：比多长短句，安得与君抑扬于尊俎间以寻
> 平日美况？未几遽以相及，每为之呻吟抽绎，未必中律，要
> 将披写倦滞，如与之周旋，时有仿佛其妙处，辄次第之，庶几
> 知所警策也。

又同卷《题贺方回词》云：

> 右贺方回词，吴女宛转有馀韵，方回过而悦之，遂将委质焉，其投怀固在所先也。自方回南北垢面蓬首，不复与世故接。卒岁注望，虽传记抑扬一意不迁者，不是过也，方回每为吾语，必怅然，恨不即致之。一日暮夜，叩门坠简，始辄异其来非时，果以是见讦，继出二阕，已尝报之曰：已储一升许泪，以俟佳作。于是呻吟不绝，泪几为之堕睫，尤物不奈久，不独今日所叹，予岂木石哉，其与我同者，试一度之。

又同卷《跋凌歊引后》云："一日会稽贺方回登而赋之，借《金人捧露盘》以寄其声，于是昔之形容藻绘者奄奄如九泉下人矣。"李氏文中多次提及贺词，或一首，或数篇，多为手稿。

又叶梦得《石林居士建康集》卷八《贺铸传》云："方回既自哀其平生所为歌词名《东山乐府》，致道为之序，略道其为人大概矣。"按程俱，字致道，其《北山小集》卷十五有《贺方回诗集序》，云："戏为长短句，皆雍容妙丽，极幽闲思怨之情。"又《宋史》本传云："所与交终始厚者，惟信安程俱。铸自哀歌词名《东山乐府》，俱为序之。"而程氏词序未见存。

至南宋贺铸词集已刊行，叙录于下：

1. 陈振孙《直斋书录解题》卷二十一著录有《东山寓声乐府》三卷，云："以旧谱填新词，而别为名以易之，故曰寓声。"为宋刊《百家词》本，元马端临《文献通考》卷二百四十六"经籍考七十三"据此著录。又《直斋书录解题》卷二十著录有《庆湖遗老集》九卷拾遗二卷，提要云："其《东山乐府》，张文潜序之，铸后居吴下，叶少蕴为作传，详其出处，且言与米芾齐名，然铸生皇祐壬辰，视米芾犹为前辈也。"

2. 黄昇《唐宋以来绝妙词选》卷三云："名铸，少为武弁，以定力寺一绝见奇于舒王。山谷又赏其词，遂知名当世，小词二卷，名《东山寓声乐府》，张右史序之。"未言卷数版本。

3. 陈思《两宋名贤小集》卷一百二十于《庆湖集》云："自哀歌

词，名《东山乐府》。"又陈思编、元陈世隆补《两宋名贤小集》卷一百二十贺铸小传也云自裒歌词名《东山乐府》。

今有宋刊本《东山词》，存卷上一卷，藏国家图书馆，《中华再造善本》中收录，钤有"赵宋本"、"毛褒之印"、"华伯氏"、"席鉴之印"、"席氏玉照"、"铁琴铜剑楼"、"古里瞿氏记"、"长洲世家"、"虞山席鉴玉照氏收藏"等，知是书曾为毛氏汲古阁、虞山席氏、瞿氏铁琴铜剑楼等庋藏，前有张耒序。检清张金吾《爱日精庐藏书志》卷三十六著录有《东山词》一卷，宋刊本，汲古阁藏书。提要云：

> 宋山阴贺铸方回撰。原上下二卷，今存卷上一卷，凡一百九阕。《直斋书录解题》云《东山乐府》张文潜序之，当即此本。伏读《钦定四库全书总目》云：铸以填词名家，世传其《青玉案》词"梅子黄时雨"句，有贺梅子之称，此词今载卷中。馀亦音节铿锵，可歌可诵，诚有如张耒序所云"不待思虑而工，不待雕琢而丽"者。是书《六十家词》未刊，盖以得书稍迟故，未及梓入耳。毛褒有印记。

毛褒，字华伯，号质庵，为毛晋子，毛晋卒前，汲古阁所藏书分别为其子毛褒、毛表、毛扆所有。又清瞿镛《恬裕斋藏书记》卷四著录有《东山词》残本一卷（宋刊本），提要云：

> 宋山阴贺铸方回撰，张耒序。原上下二卷，今存上卷，每叶二十行，行十八字，《直斋》书目（眉批：直斋所据，乃长沙望城《百家词》本）有《东山寓声乐府》三卷，殆又一本也（眉批：今亦园所刻即此本，稿易其次第）。方回词有"梅子黄时雨"句，世有贺梅子之称。文潜谓其满心而发，肆口而成，虽欲已焉而不能，其粉泽之士，则其禾之所至亦，不有知也。旧为汲古毛氏藏书，不解《六十家词》本，何未刻入也？（眉批：又有抄本《贺方回词》二卷本，与此本多少不同。）

此又见瞿镛《铁琴铜剑楼藏书目录》著录，云《东山词》一卷，宋刊残本。提要同上，除无眉批外，文字略异。末云：卷首有"毛褒之印"、"华伯"二朱记。又见《铁琴铜剑楼藏宋元本书目（景宋元刻本附）》著录。又清江标《宋元本行格表》著录有："宋残本《东山词》，行十八字，存一卷。瞿氏书目。"知此本先为张氏爱日精庐之物，后归瞿氏铁琴铜剑楼。前文知宋时贺铸词集就有二卷本和三卷本之分，均名《东山寓声乐府》，此名《东山词》，知宋时两名并存，此本存卷上，存词一百九首，仅及今存词数的约三分之一。又莫友芝《郘亭知见传本书目》著录有《东山词》一卷，云昭文张氏藏汲古旧藏宋刊本，又云："原上下二卷，今存卷上一卷，凡一百九阕。《直斋书录》云《东山乐府》，张文潜序之，当即此本。《六十家词》未刊，盖以得书稍迟耳。郘亭丁卯中秋于杭肆见一册二卷，上卷盖以此本，下卷又别据旧抄，益诸选本中辑出者，惜未购致。"此书又见傅增湘《藏园群书经眼录》卷十九著录，有《东山词》二卷（存卷一上），云：

> 宋刊本，半叶十行，行十八字，版匡高五寸，阔三寸八分，字迹似书棚本，但版微阔耳，皮纸湿墨印。钤"席玉照印"二方。（常熟瞿氏藏书，癸丑见于郘里。）

癸丑为民国二年（1913）。按：席鉴，字玉照，号茮萸山人，江苏常熟人。清乾隆间国子监生。有藏书楼扫叶山房、酿华草堂、敏逊斋等。知宋刊《东山词》旧为席氏家藏。此书又见《中国古籍善本书目》著录，云宋刻本，存一卷，上卷。

知宋时其词集有《东山寓声乐府》、《东山乐府》、《东山词》等不同名称，又有二卷本和三卷本之别。

其词集见于元人著录的有：李治《敬斋古今黈》卷三云："贺方回《东山乐府别集》有《定风波》异名《醉琼枝》者云。"云别集，当有正集之类。卷数版本不详。又佚名《氏族大全》卷十八"遗老集"云："贺铸，字方回，好学，藏书万卷，工文辞。有《庆湖遗老集》，小词二卷，名《东山寓声乐府》。"未标明版本。

明清以来著录的贺氏词集列如下：

一、《东山寓声乐府》

A. 抄本

1. 清陆心源《皕宋楼藏书志》卷一百十九著录有《东山寓声乐府》三卷补遗一卷，旧抄本。移录有张耒序、陈振孙《直斋书录解题》提要、王迪跋。王氏跋云：

> 《东山寓声乐府》，宋山阴贺铸方回撰。原本三卷，久已失传。所传者，亦园侯氏本而已。常熟张氏藏本与侯本同，皆缺中、下两卷，非足本也。近获知不足斋鲍氏手抄校本两种：一本与侯氏、张氏同，一本分为二卷，与侯氏、张氏本相较，同者仅八首。此本虽非原书，亦属罕见，足可宝贵，不知鲍氏何自得之？顷以三家藏本汇而编之，得二百四十五首，录成三卷，仍其旧名，又于诸家选本中辑得四十首为补遗一卷，附于后，方回先生词可以十得六七矣。道光戊申长至后九日钱塘惠庵王迪识于惠迪吉斋。

此为清王迪辑本，原为陆氏皕宋楼藏书，今存日本静嘉堂文库。河田罴编《静嘉堂秘籍志》卷五十"陆氏十万卷楼旧藏·词曲类"著录有《东山寓声乐府》，云宋贺铸撰、清王迪辑，抄，一本。河田罴："案：是书《四库》未收，阮元亦未进呈。"王迪跋作于清道光二十八年（1848），王氏得鲍氏知不足斋藏抄本二种，一种不分卷，与常熟张氏藏本和侯文灿所刻《名家词集》本同，常熟张氏当指张氏爱日精庐，藏有宋刊本《东山词》，详后文；一种二卷，与侯氏刻本相同者仅八首，按：侯氏《名家词集》本《东山词》存词一百七十二首，常熟张氏藏本当同，王迪据三家藏本汇校，得词二百四十五首，鲍氏藏抄本当有一百七十三首为侯本所无，可知两抄本出入颇大。

2. 清丁丙《善本书室藏书志》卷四十著录有《东山寓声乐府》三卷补遗一卷，旧抄本。提要云：

> 《书录解题》曰《东山寓声》，前有谯郡张耒序。其歌诗

> 凡三卷，此本末有钱塘惠庵王迪跋云：方回乐府三卷，久已
> 失传。所传者，亦惟侯氏本而已。爱日精庐张氏藏本与侯本
> 同，皆缺中、下两卷。鲍氏知不足斋校藏者，与侯、张两本仅
> 同八首。虽非原书次第，已属罕见。顷以三家藏本汇编，得
> 二百四十首，录成三卷，仍其旧名。又于诸家选本中辑得四
> 十首，为补遗一卷，方回先生词可以十得六七矣。

丁氏藏书后归藏江南图书馆，见《江南图书馆善本书目》著录："《东
山寓声乐府》三卷补遗一卷，宋山阴贺铸，旧抄本。"按：《中国古籍
善本书目》载《东山寓声乐府》三卷补遗一卷，清眠云精舍抄本，清丁
丙跋。藏南京图书馆，当指《善本书室藏书志》著录者。

3. 张钧衡《适园藏书志》卷十六著录有《东山寓声乐府》三卷
《补遗》一卷，传抄本。提要云：

> 宋贺铸撰，铸字方回，山阴人。原本三卷，久已失传。近
> 世所传：一侯氏本，一毛氏本，皆只一卷。鲍渌饮得一二两
> 卷本，与侯氏同者仅八首。钱塘王惠庵以三本汇编，得二百
> 四十五首，录成三卷，仍其旧名。又于诸家选本中得四十首
> 为《补遗》一卷。此传抄本。

与丁丙一样，所言也当是据王迪跋文。

4. 缪荃孙《目录词小说谱录目》著录有《东山寓声乐府》三卷补
遗一卷，云："荃孙新写精校本，四印斋本劣。"按：《中国古籍善本书
目》载《宋金元明人词》二十八卷，云清光绪三十四年（1908）缪氏艺
风堂抄本，缪荃孙校，藏国家图书馆，其中有《东山寓声乐府》三卷补
遗一卷。当与缪氏《书目》著录者同。

5. 《中国古籍善本书目》载《东山寓声乐府》三卷补遗一卷，
云："清抄本，清王鹏运校，况周仪、朱孝臧校。"藏上海图书馆。

6. 《"中央"图书馆善本序跋集录》著录有《东山寓声乐府》三
卷补遗一卷，云："二册，宋贺铸撰，清王迪编，抄本。"当是传抄王

迪辑本。

B. 刊本

有王鹏运辑《四印斋所刻词》本，清光绪十四年（1888）王氏家塾刻本，其中有《东山寓声乐府》一卷，又《东山寓声乐府补抄》一卷。王鹏运跋云：

> 右贺方回《东山寓声乐府》一卷。按：《四库全书总目》载方回《庆湖遗老集》十卷，偶其词胜于诗。此集则未经著录。《文献通考》引陈氏曰：以旧调填新词，而易其名以别之，故曰寓声。即周益公《近体乐府》、《元遗山新乐府》之类，所以别于古也。此本由毛抄录出，阙佚二十馀阕，据宋以来选本校之，仅补《小梅花》一调，知是书残损久矣。至诸家谱录，并云《东山寓声乐府》三卷。此合百六十九首为一，题曰《东山词》。毛氏传抄，每变元书体例，不独此集为然。兹改从旧名。若分卷，则无由臆断，姑仍毛氏焉。末附补遗，为况夔笙舍人编辑，斠雠掇拾，颇资其力，例得牵连书之。光绪己丑夏日，临桂王鹏运跋。

> 是刻成后，得梁溪侯氏《十家词》本，校补阙佚若干字。其与毛抄字句互异处，并附注各阕之末。十一月庚申，半塘老人。

二跋作于光绪十五年（1889），知所据为毛氏汲古阁抄本，原名《东山词》，不分卷，王氏刻印时，改今名，据《御选历代诗馀》和《词综》补《忆秦娥》"著春衫"一词，又据《阳春白雪》补《小梅花》"思前别"一词。其间有况周颐批校。王氏后又刊《东山寓声乐府补抄》，录词一百十三首，王氏跋云：

> 右《东山寓声乐府补抄》一卷。按东山词传世者，惟前刻汲古阁未刻词本，即所谓亦园侯氏本也。近读归安陆氏《皕宋楼藏书志》，知有王氏惠庵辑本，视前刻多百许阕。乃丐纯

伯舍人抄得，为《补抄》一卷附后。唯屡经传写，讹阙至不可
句读。与纯伯、夔笙校雠一再，略得十之五六。其仍不可通
者，则空格，或注元作某字于下，以俟好学深思者是之。方
回，北宋名家，其填词与少游、子野相上下。顾淮海、安陆完
书具在。独《东山》一集，销沉剥蚀，仅而获存，又复帝虎焉
乌，使读者不能快然意满。如此世有惠庵祖本，愿受而卒业
焉。光绪壬辰新秋，临桂王鹏运识。

跋作于光绪十八年（1892），距《东山寓声乐府》刊印的三年后，得陆
树藩和况周颐校勘。按：陆树藩（1868—1926），字纯伯，号毅轩，归
安人。陆心源之子，举人。清光绪年间任内阁中书本衙门撰文等职。
王迪辑本归陆氏皕宋楼收藏，今存日本静嘉堂文库。

此本见吴昌绶《宋金元词集见存卷目》附《双照楼续辑宋金元百
家词目》著录，有《东山寓声乐府》三卷《补遗》一卷，云："钱塘王
氏惠迪吉斋辑本，四印斋刻，先后补抄，未见原辑。《铁琴铜剑楼书
目》有残宋本一卷，当即侯刻、王辑所自出。"又见刘承干《嘉业藏书
楼书目》著录，又浙江图书馆藏朱孝臧校本，国家图书馆藏傅增湘
校本。

C. 版本不详者

1. 明钱溥《秘阁书目》著录有《东山寓声乐府》，未标明卷数。

2. 明毛晋《汲古阁毛氏藏书目录》著录有《东山寓声乐府》
三卷。

3. 清朱彝尊《词综》"发凡"与小传云有《东山寓声乐府》三卷。

4.《御选历代诗馀》卷一百三"词人姓氏"云自衷其歌词为《东
山寓声乐府》三卷。

以上均未言版本。

二、《东山词》

A. 刊本

1. 清侯文灿编《十名家词集》本，清康熙二十八年（1689）侯氏

亦园刻本，其中有《东山词》一卷。又见叶德辉《叶氏观古堂藏书目》著录，云锡山侯氏《名家词》刊本。

2. 清侯文灿编《名家词集》本，《粟香室丛书》本，此为清光绪十三年（1887）金武祥翻刻本。

3. 《彊村丛书》本，分别据铁琴铜剑楼藏残宋本《东山词》卷上、劳权传录鲍氏知不足斋抄本《贺方回词》二卷和吴昌绶辑《东山词补》一卷刊刻，录有张耒序，残宋本《东山词》卷上朱祖谋跋云：

> 右《东山词》上一卷，虞山瞿氏藏残宋本；《贺方回词》二卷，劳巽卿传录鲍渌饮抄本；《东山词补》一卷，则吴伯宛就诸家补遗，汰复除讹，别为编次也。考《东山寓声乐府》三卷，见《直斋书录解题》。《东山乐府别集》，见《敬斋古今黈》，皆久佚。彭文勤知圣道斋藏汲古阁未刻本，即《东山词》上卷，前增《望湘人》一首，后又杂辑数十首。锡山侯氏亦园所刻实由之出，而二卷本之《方回词》讫未见于著录。道光间，钱塘王氏惠庵始取而汇之，录作三卷，仍题以《寓声乐府》，惟前本原题卷上，何以反置之下卷，而以后本列于上中。又同调之词并归一处，复往往以意窜补，尽失《寓声乐府》真面。补遗四十首亦即汲古所辑，略加排比而已。半塘翁用汲古本版行，而校以侯刻，兼有增附。最后得吾郡陆氏皕宋楼写惠庵本，乃掇拾所遗，别补一卷。诸刻皆逊劳抄之完善，其补遗又多不著所本，亦未逮吴辑之详明。伯宛不欲徒袭故名，手写三本，各自为卷，寄属授梓。适又获见鲍渌饮覆校本，略得据以斠订。半塘翁所谓《东山》一集销沉剥蚀，仅而获存，而复帝虎焉乌，使读者不能快然满意者，仍未尽免。他日宋本复出，庶乎一晰疑尘。寓声之名，盖用旧调谱词，即摘取本词中语，易以新名。后来《东泽绮语债》略同兹例，半塘翁以平园《近体》、遗山《新乐府》拟之，似犹未伦也。甲寅闰端阳，归安朱孝臧跋于无著庵。

知所刻贺铸三种词集均由吴昌绶手写，各自为卷，残宋本《东山词》卷上不见校文，《贺方回词》和《东山词补》据王迪辑本、鲍氏抄校本、毛氏抄本等校。

4.《景宋金元明本词》本《景宋本东山词》上卷，陶湘《叙录》引录《铁琴铜剑楼藏书目录》云云，详前。当是据铁琴铜剑楼藏书录入。

B. 抄本

今存抄本词集丛书中收有贺氏词集的有：

1.《宋元名家词》本，明紫芝漫抄本，清毛扆校，唐晏跋。藏北京大学图书馆，其中有《东山词》一卷。

2. 清彭元瑞辑《汲古阁未刻词》本，清光绪抄本，清江标跋。藏上海图书馆，其中有《东山词》一卷。

3. 清赵辑宁辑《星凤阁抄五代宋人词》本，清赵氏星凤阁抄校本，其中有《东山词》二卷，藏台湾。

此外见于藏家著录的有：

1. 清徐乾学《积学斋书目》著录有《东山词》二卷，云："影抄宋本，每半页十行，行十八字。首有目录及谯郡张耒序。原本分上下二卷，今止存上卷矣。宋刊在铁琴铜剑楼瞿氏。"

2. 清陈徵芝《带经堂书目》卷四下著录有《东山词》一卷，影宋抄本。

3. 清瞿世瑛《清吟阁书目》卷二"名人批校抄本"著录有《东山词》，鲍校补旧抄，二种合一。

4. 清朱学勤《结一庐书目》卷四著录有《东山词》二卷，云："计一本，宋贺铸撰。影写宋刊本，述古堂藏书。"知原为钱曾述古堂藏书。

5. 王重民《中国善本书提要》著录有《东山词》二卷，与《阳春集》同订一册（北图）。为赵氏星凤阁钞本[十行二十一字]。提要云：

原题："山阴贺铸方回。"卷内有："赵印辑宁"、"古欢书屋"等印记。又有赵辑宁签记云："贺铸，诸书皆作铸，今因宋刻改。凡字有用殊笔簿者，皆从宋刻补。"

又著录有张耒序。

C. 版本不详者

1. 《永乐大典》自《东山词》录词三首，即《蝶恋花》(6523/5A，指卷数及页码，下同)、《簇水近》(6523/9A)、《鹤冲天》(8844/18B)。

2. 杨慎《百琲明珠》卷一冯延巳《舞春风》"严妆才罢怨春风"评云："此即七言律，而音节婉丽，又名《瑞鹧鸪》，见后贺方回《东山词》，又名《鹧鸪曲》。"

3. 清钱曾《也是园藏书目》卷七著录有《东山词》二卷，未标明版本。按：朱学勤《结一庐书目》著录有钱氏述古堂藏影宋抄《东山词》二卷，或为此本，详前文。

三、《方回词》(《贺方回词》)

1. 《永乐大典》自《贺方回词》录词五首，有《乌啼月》(2346/8A)、《薄幸》(3005/12B)和《生查子》、《好女儿》、《诉衷情》(7329/9B)。

2. 清钱曾《钱遵王述古堂藏书目录》著录有《方回词》一卷，未标明版本。

3. 张钧衡《适园藏书志》卷十六著录有《贺方回词》一卷，为旧抄本，云："鲍六饮手校本，署《贺方回词》，不曰《东山寓声乐府》。"按：鲍廷博，号渌饮，鲍六饮即此人。《中国古籍善本书目》载《贺方回词》二卷《东山词》二卷，清抄本，清鲍廷博校。(存三卷，《贺方回词》全，《东山词》卷上。)藏国家图书馆。此书清以来藏家多提及，并用以雠校。

4. 《中国古籍善本书目》载《贺方回词》二卷，吴氏双照楼抄本，朱孝臧校。藏国家图书馆。《彊村丛书》用作底本付梓。

四、《东山乐府》

1. 明王鏊《姑苏志》卷五十七"人物二十·游寓"云有《东山乐府》五百首、《庆湖遗老集》二十卷。知《东山乐府》存词五百首，较今存词多二百馀首。

2. 《修绠堂书目二十二年（北平）》著录有《东山乐府》二卷，日本板，皮纸，一册。

3. 《钦定续通志》卷五百六十一"文苑传"贺铸传云："其所与交终始厚者，惟信安程俱，铸自哀歌词名《东山乐府》，俱为序之。"

释仲殊

释仲殊，字师利，俗名张挥，安州（今湖北安陆）人。曾应进士，不中，弃家为僧，居苏州承天寺、杭州宝月寺。宋徽宗崇宁间自缢卒。著有《宝月集》。

仲殊词集宋代就已行世，黄昇《唐宋以来绝妙词选》卷九云：

> 僧仲殊，名挥，姓张氏，安州进士。弃家为僧，居杭州吴山宝月寺，东坡所称蜜殊者是也。有词七卷，沈注为序。

词集名不详，凡七卷，未言版本，沈注其人俟考。龚明之《中吴纪闻》卷四载云：

> 工于长短句，东坡先生与之往来甚厚，时时食蜜解其药，人号曰蜜殊。有《宝月集》行于世。慧聚寺诗僧孚草堂以其喜作艳词，尝以诗箴之云……一日造郡中，接坐之间，见庭下有一妇人投牒，立于雨中，守命殊咏之，口就一词云："浓润侵衣，暗香飘砌，雨中花色添憔悴。凤鞋湿透立多时，不言不语厌厌地。　　眉上新愁，手中文字，因何不倩鳞鸿寄？想伊只诉薄情人，官中谁管闲公事。"后殊自经于枇杷树下，轻薄子更之曰："枇杷树下立多时，不言不语厌厌地。"

知仲殊喜作艳词，有《宝月集》刊行于世。又范成大《吴郡志》卷四十二云：

> 仲殊，字师利，承天寺僧也。初为士人，尝预乡荐，其妻
> 以药毒之，遂弃家削发，时食蜜以解药毒。苏文忠公与之还
> 往甚厚，号之曰蜜殊。殊工于诗词，有《宝月集》行于世，其
> 长短句间有奇作，非世俗诗僧比也。后自经于枇杷木下。

所谓"工于诗词，有《宝月集》行于世"云云，又明王鏊《姑苏志》卷
五十八"人物二十三·释老"云："工于诗词，有《宝月集》，当时有诋
其所作多艳体。"或《宝月集》所收不止于词。按：卢宪《嘉定镇江
志》卷二十一"文事"载云：

> 崔鸥德符命僧仲殊赋《南徐好》十词：一、瓮城："南徐
> 好，鼓角乱云中。金地浮山星两点，铁城横锁瓮三重。开国
> 旧夸雄。　　春过后，佳气荡晴空。渌水画桥沽酒市，清江
> 晚渡落花风。千古夕阳红。"二、花山李卫公园亭："南徐
> 好，城里小花山。淡薄融香松滴露，萧疏笼翠竹生烟。风月
> 共闲闲。　　金晕暗，灯火小红莲。太尉昔年行乐地，都人
> 今日散花天。桃李但无言。"三、渌水桥："南徐好，桥下渌
> 波平。画柱千年尝有鹤，垂杨三月未闻莺。行乐过清
> 明。　　南北岸，花市管弦声。邀客上楼双榼酒，舣舟清夜
> 两街灯。直上月亭亭。"四、沈内翰宅百花堆："南徐好，溪
> 上百花堆。宴罢歌声随水去，梦回春色入门来。芳草遍池
> 台。　　文彩动，奎璧烂昭回。玉殿仪刑推旧德，金銮词赋
> 少高才。丹诏起风雷。"五、刁学士宅藏春坞："南徐好，春
> 坞锁池亭。山送云来长入梦，水浮花去不知名。烟草上东
> 城。　　歌榭外，杨柳晚青青。收拾年华藏不住，暗传消息
> 漏新声。无计奈流莺。"六、多景楼："南徐好，多景在楼
> 前。京口万家寒食日，淮南千里夕阳天。天际几重山。
> 莺啼处，人倚画阑干。西寨烟深晴后色，东风春减夜来寒。

花满过江船。"七、金山寺化城阁:"南徐好,浮玉旧花宫。琢破琉璃闲世界,化城楼阁在虚空。香雾锁重重。　　天共水,高下混相通。云外月轮波底见,倚栏人在一光中。此景与谁同。"八、陈丞相宅西楼:"南徐好,樽酒上西楼。调鼎勋庸还世事,镇江旄节从仙游。楼下水空流。　　桃李在,花月更悠悠。侍燕歌终无旧梦,画眉灯暗至今愁。香冷舞衣秋。"九、苏学士宅绿杨村:"南徐好,桥下绿杨村。两榭风流称郡守,二苏家世作州民。文彩动星辰。　　书万卷,今日富儿孙。三径客来消永昼,百壶酒尽过芳春。江月伴开尊。"十、京口:"南徐好,直下控淮津。山放凝云低凤翅,潮生轻浪卷龙鳞。清洗古今愁。　　天尽处,风水接西滨。锦里不传溪上信,杨花犹见渡头春。愁杀渡江人。"见《宝月集》

十词是录自《宝月集》。

词集又名《宝月词》,宋陈元靓《岁时广记》卷二十六载云:

> 《史记·天官书》:织女,天女孙也。陈后山《七夕》诗云:"上界纷纷足官府,也容河鼓过天孙。"陈简斋诗云:"天女之孙擅天巧,经纬星宿超庸庸。"武夷詹克爱词云:"天孙亲织云锦,一笑下河西。"《宝月词》云:"遥想天孙离别后,一宵欢会,暂停机杼。"

又《永乐大典》卷2813第17B页自《宝月词》录《惜双双》词一首。又《御定词谱》卷三十四载《楚宫春慢》"轻盈绛雪",注云调见《宝月词》。

民国时赵万里辑《宝月集》,收入《校辑宋金元人词》中,题记云:

> 《碧鸡漫志》二论北宋人词,以僧仲殊与贺方回、周美成、晏叔原并举。且云殊之赡,晏反不逮也。然其词久佚,《花庵词选》九云有集七卷,沈注为之序。元初人似犹及见

之。《天籁集》上云："夺锦标曲，不知始于何时，世所传者，惟僧仲殊一篇而已。"今覆检群书，仅得三十首，录为一卷，聊以备宋词一格焉。万里记。

此书有民国排印本。

赵士暕

赵士暕，字明发，宋宗室。哲宗元符元年（1098）赐进士出身，高宗绍兴初为密州观察使，转清远军承宣使。读书能文，兼工画，书师米芾。

宋潜说友《咸淳临安志》卷八十一"寺院·佛日净慧寺"于"邹忠公陈忠肃公题名"录李从题云："（赵）明远，名士暕，尝以清远军留，后知南外宗正，有词集行世。"当为刻本，卷数不详。《全宋词》自《永乐大典》卷2811"梅"字韵录其《好事近·腊梅》四首。

陈师道

陈师道（1053—1101），字履常，一字无己，号后山居士，彭城（今江苏徐州）人。宋哲宗元祐初得苏轼等荐，起为徐州教授。除太学博士，任颍州教授，召为秘书省正字。为苏门六君子之一，著有《后山集》等。

陈氏《后山居士文集》卷九《书旧词后》云：

> 晁无咎云："眉山公之词盖不更此境也。"余谓不然，宋玉初不识巫山神女而能赋之，岂待更而知也？余他文未能及人，独于词，自谓不减秦七黄九。而为乡搽三年，去而复还，又三年矣，乡妓无欲余之词者，独杜氏子勤恳不已，且云得诗词满篚，家多畜纸笔墨，有暇则学书，使不如言其志，亦可喜也，乃写以遗之。古语所谓"但解闭门留我处，主人莫问是谁家"者也。元符三年十一月后山居士陈师道书。

作于宋哲宗元符三年（1100），知所作词为歌伎杜氏传抄，规模不详。

按：秦七黄九指秦观和黄庭坚，秦、黄二人今存词均在一百首以上，陈氏词今存仅五十馀首，陈氏自谓作词不减秦、黄，知失传不在少数。又陆游《渭南文集》卷二十八《跋后山居士长短句》云：

> 唐末诗益卑，而乐府词高古工妙，庶几汉魏。陈无己诗妙天下，以其馀作辞，宜其工矣。顾乃不然，殆未易晓也。
>
> 绍熙二年正月二十四日，雪中试朱元亨笔，因书。

作于光宗绍熙二年（1191），所跋为一首词，还是多首词，或是词集，不可知。不过，对陈氏词不能当行略有微词，或有助于解读陈氏自信作词不亚于秦观、黄庭坚，却不及秦、黄流行的原因。

陈师道词集宋代就已行于世，王灼《碧鸡漫志》卷二云："陈无己所作数十首，号曰《语业》。妙处如其诗，但用意太深，有时僻涩。"未言卷数版本。陈振孙《直斋书录解题》卷二十一著录有《后山词》一卷，为宋刊《百家词》本。元马端临《文献通考》卷二百四十六"经籍考七十三"据此著录。

明清以来著录的陈氏词集多名《后山词》，刻本有明末毛氏汲古阁刻《宋名家词》本《后山词》一卷，毛晋跋云：

> 后山姓氏爵里已详载《诗话》卷尾矣。宋人好著诗话，未有著词话者，惟《后山集》中略载一二，余漫采录一帙，附于《诗馀图谱》之后，亦可资顾误周郎一盼也。后山云：吴越后王来朝，太祖为置宴，出内妓弹琵琶，王献词云："金凤欲飞遭掣搦，情脉脉，看即玉楼云雨隔。"太祖起拊背曰："誓不杀钱王。"○尚书郎张先，善著词，有"云破月来花弄影"、"帘幕卷花影"、"堕轻絮无影"，世称颂云张三影。王介甫谓"云破月来花弄影"，不如李冠"朦胧淡月云来去"也。冠，齐人，为《六州歌头》，道刘、项事，慷慨雄伟。刘潜，大侠也，喜诵之。○往时青幕之子妇，妓也，善为词。同府以词

挑之，妓答曰："清词丽句，永叔、子瞻曾独步；似恁文章，写得出来当甚强。"〇黄词云："断送一生惟有，破除万事无过。"盖韩诗有"断送一生惟有酒"、"破除万事无过酒"，才去一字，遂为切对，而语益峻。又云："杯行到手更留残，不道月明人散。"谓思相离之忧，则不得不尽，而俗士改为"留连"，遂使两句相失。正如论诗云"一方明月可中庭"，"可"不如"满"也。〇柳三变游东都南北二巷，作新乐府，骪骳从俗，天下咏之，遂传禁中。仁宗颇好其词，每对，必使侍从歌之再三。三变闻之，作宫词号《醉蓬莱》，因内官达后宫，且求其助，仁宗闻而觉之，自是不复歌其词矣。会改京官，乃以无行黜之。后改名永，仕至屯田员外郎。〇苏公居颍，春夜对月，王夫人曰："春月可喜，秋月使人愁耳。"公谓前未及也，遂作词曰："不似秋光，只与离人照断肠。"〇王荇，平甫之子，尝曰："今语例袭陈言，但能转移尔。世称秦词'愁如海'为新奇，不知李国主已云：'问君能有几多愁，恰似一江春水向东流。'但以'江'为'海'耳。"此皆可采韵语也。余按：张三影、柳三变二段与他集不同，客有谓张子野曰："人皆谓公为张三中，即心中事、眼中泪、意中人也。"公曰："何不目为张三影？"客不晓，公曰："'云破月来花弄影'、'娇柔懒起，帘栊卷花影'、'柳径无人，堕飞絮无影'，此余平生得意句也。"或又曰：子野云："浮萍过处见山影"，又云"云破月来花弄影"，又云"隔墙送过秋千影"，并脍炙人口，因谓张三影。柳三变更名永，为屯田员外郎，会太史奏老人星见，时秋霁，宴禁中，仁宗命左右词臣为乐章。内侍属柳应制，柳方冀进用，作《醉蓬莱》奏呈，上见首有"渐"字，色若不怿，读至"宸游凤辇何处"，乃与御制真宗挽词暗合，上惨然，又读至"太液波翻"，曰："何不言波澄？"投之于地。自此不复擢用。二说未知孰是。古虞毛晋识。

跋文于陈氏著作中辑录词话数则，未言所据，此本见清郑德懋辑《汲古阁校刻书目》之《宋名家词六集》第六集著录，云凡二十叶。

除刻本外，还有抄本，收于抄本丛书中的计有：

1. 明吴讷辑《唐宋名贤百家词》本，明抄本，梁启超跋，藏天津图书馆。其中有《后山居士词》一卷。

2. 明李东阳辑《南词》本，抄本，其中有《后山词》一卷。

3. 《宋二十家词》本，明抄本，清许宗彦、丁丙跋，藏南京图书馆。其中有《后山词》一卷。

4. 《四库全书》本《后山词》一卷，提要云：

> 宋陈师道撰，师道有《后山丛谈》已著录，其诗馀一卷已附载集中。考陈振孙《书录解题》载《后山词》一卷，《宋史·艺文志》则称为《语业》一卷。而魏衍作师道集记，但及《丛谈》、《理究》，不及其词，知宋时本集外别行也。胡仔《渔隐丛话》述师道自矜语，谓于词不减秦七黄九，今观其《渔家傲》词有云"拟作新词酬帝力，轻落笔，黄秦去后无强敌"云云，自负良为不浅。然师道诗冥心孤诣，自是北宋巨擘，至强回笔端，倚声度曲，则非所擅长，如赠晁补之歌鬟之类殊不多见。其《诗话》谓曾子开、秦少游诗如词，而不自知词如诗，盖人各有能有不能，固不必事事第一也。

未言所据。又《钦定续通志》卷一百六十三据《四库全书存目》著录有《后山词》一卷，与此同。

又见于明清藏家著录的有：

1. 明高儒《百川书志》卷六著录有《后山词》一卷。

2. 明董其昌《玄赏斋书目》卷七著录有《后山词》，未标明卷数。

3. 明陈第《世善堂藏书目录》卷下著录有《陈后山词》一卷。

4. 明毛晋《汲古阁毛氏藏书目录》著录有《后山词》一卷。

5. 清钱曾《钱遵王述古堂藏书目录》著录有《陈后山词》一卷。

6. 清钱曾《也是园藏书目》卷七著录有《后山词》一卷。

7. 清朱彝尊《词综》"发凡"有《后山长短句》二卷。

8. 清徐元文《含经堂藏书目》著录有《后山词》二卷。

9. 清丁丙《善本书室藏书志》卷四十著录有《后山词》一卷，明抄本，提要云：

> 陈振孙《书录解题》载《后山词》一卷，与此合，毛晋刻入《六十家词》，《四库》列入附存。后山自谓他文未能及人，独于词不减秦七黄九，其高自期许如此。今读其词，殊无超诣，与诗之冥心孤往者相去不可道里计，盖诣有专工，固鲜能合之两美也。

和陆游等有同感，都以为陈氏词不如其诗那样擅长。

10. 叶德辉《叶氏观古堂藏书目》著录有《后山词》一卷。

以上多未言版本，前八家著录的当以抄本居多。

陈师道诗文别集，较早为其门人魏衍所编，据魏氏《彭城陈先生集记》（政和五年），知魏氏辑本二十卷，只存诗文。今存最早宋刻本为《后山居士文集》，凡二十卷，有谢克家绍兴二年（1132）序，藏国家图书馆，也不见存词等。胡仔《苕溪渔隐丛话·前集》卷五十一云：

> 《后山诗话》云："晁无咎言：'眉山公之词短于情，盖不更此境也。'"余谓不然，宋玉初不识巫山神女而能赋之，岂待更而知也？余他文未能及人，独于词，自谓不减秦七黄九。苕溪渔隐曰："无己自矜其词如此，今《后山集》不载其小词，世亦无传之者，何也？"

胡氏为南北宋间人，所见大概是蜀本类不附词者。南宋时刊印的陈氏别集已附有词了，陈振孙《直斋书录解题》卷十七著录有《后山集》十四卷外集六卷谈丛六卷理究一卷诗话一卷长短句二卷，提要云：

> 秘书省正字彭城陈师道无己撰，一字履常。蜀本但有诗文合二十卷，案：魏衍作集序云厘诗为六卷、类文为十四卷，今蜀本正如此。又言受其所遗甲乙丙稿，诗曰五七，文曰千

> 百，今四明本如此。此本刘孝题刊于临川，云未见魏全本，
> 仍其旧。十四卷为正集，盖不知其所谓十四卷者止于文，而
> 诗不与也。外集诗二百馀篇，文三篇，皆正集所无。《谈
> 丛》、《诗话》或谓非后山作，后山者，其自号也。

知别集有蜀刻本、四明刻本，均不见附词。而江西临川刘氏刻本最
全，除诗文外，还有诗话、笔记、词等，词名长短句。又明焦竑《国史
经籍志》卷五著录有《陈师道集》十四卷，又外集六卷，又究理一卷，
又长短句二卷。当指临川刻本。又《宋史》卷二〇八"艺文志"著录
有《陈师道集》十四卷又语业一卷，未言版本。与《直斋书录解题》著
录的不属同一种本子。

今所见陈氏别集多附有词，如《四库全书》收有《后山集》，凡二
十四卷，除诗文外，还收有杂著、谈丛、理究、诗话、长短句，提
要云：

> 此本为明马暾所传，而松江赵鸿烈所重刊，凡诗七百六
> 十五篇，编八卷；文一百七十一篇，编九卷；谈丛编四卷，诗
> 话、理究、长短句各一卷，又非衍之旧本。方回《瀛奎律髓》
> 称谢克家所传有《后山外集》，或后人合并重编欤？其五言古
> 诗出入郊、岛之间，意所孤诣，殆不可攀，而生硬之处则未脱
> 江西之习。七言古诗颇学韩愈，亦间似黄庭坚，而颇伤蹇
> 真，篇什不多，自知非所长也。五言律诗佳处往往逼杜甫，
> 而间失之僻涩。七言律诗风骨磊落，而间失之太快太尽。五
> 七言绝句纯为杜甫遣兴之格，未合中声。长短句亦自为别
> 调，不甚当行。大抵词不如诗，诗则绝句不如古诗，古诗不
> 如律诗；律诗则七言不如五言。

所据为副都御史黄登贤家藏本。按：今存明弘治马暾刻本《后山先生
集》，凡三十卷，附有词。又有清雍正时赵鸿烈据马暾本传抄重刊，凡
二十四卷。又道光、光绪也有刊本，清刊本多是据明弘治传刻，只是

分卷歧出，但均附有词。

晁补之

　　晁补之（1053—1110），字无咎，号归来子，济州巨野（今山东巨野）人。为"苏门四学士"之一。宋神宗元丰二年（1079）进士，调澶州司户参军、北京国子监教授。哲宗元祐初年任太学正，升秘书省正字，迁校书郎。徽宗朝召为著作佐郎，历官吏部员外郎、礼部郎中、兼史馆编修、实录检讨官。提举南京鸿庆宫，终知泗州。著有《鸡肋集》。

　　晁补之词集宋代就已刊行，苏籀《双溪集》卷十一有《书三学士长短句新集后》，参见"黄庭坚"条。据文意，三学士词新集当刻于南渡后，未言卷数版本。陈振孙《直斋书录解题》卷二十一著录有《晁无咎词》一卷。提要云：

　　晁尝云："今代词手，惟秦七黄九，他人不能及也。"然二公之词亦自有不同者，若晁无咎，佳者固未多逊也。

此为宋刊《百家词》本，所谓"今代词手，惟秦七黄九"，陈师道也有同样的说法，参见前文"陈师道"。元马端临《文献通考》卷二百四十六"经籍考七十三"据此著录。又张炎《词源》云："晁无咎词名《冠柳》，琢语平帖，此柳之所以易冠也。"未言卷数版本。按：王观词集亦名《冠柳集》，参见相关条目。

　　今存清初影宋抄本《晁氏琴趣外篇》六卷，藏国家图书馆。《中华再造善本》中收录。钤"楝亭曹氏藏书"、"思巽藏书"、"佞宋"、"克文"、"三琴趣斋"、"人生一乐"、"与身俱存亡"、"相对展玩"、"孤本书室"、"寒云秘籍珍藏之印"、"赵钫珍藏"、"曾居无悔斋中"、"无悔斋"、"赵氏元方"等印。知曾经曹寅、耆龄、袁克文、赵钫等递藏。又检曹寅《楝亭书目》卷四，著录有《无咎琴趣》，云："抄本，宋学士晁补之著，六卷，一册。"当指此书。又见《中国古籍善本书目》著录。

明清以来见于著录的词集有：

一、《琴趣外篇》

A. 刊本

1. 明末毛氏汲古阁刊《宋名家词》本《琴趣外篇》六卷，毛晋跋云：

> 《琴趣外篇》六卷，宋左朝奉、秘书省著作郎、充秘阁校理、国史编修官济北晁补之无咎长短句也。其所为诗文凡七十卷，自名《鸡肋集》，惟诗馀不入集中，故云《外篇》。昔年见吴门抄本，混入赵文宝诸词，亦名《琴趣外篇》，盖书贾射利，眩人耳目，最为可恨，余已厘正，《介庵词》辨之详矣。无咎虽游戏小词，不作绮艳语，殆因法秀禅师谆谆戒山谷老人，不敢以笔墨劝淫耶？大观四年卒于泗州官舍。自画山水留春堂大屏上，题云："胸中正可吞云梦，盏底何妨对圣贤。有意清秋入衡霍，为君无尽写江天。"又咏《洞仙歌》一阕，遂绝笔，不知何故逸去。今依花庵词客附诸末幅。

未言所据，此本见清郑德懋辑《汲古阁校刻书目》之《宋名家词六集》著录，云凡六十三叶。与民国时影刊宋刊本《晁氏琴趣外编》比照，除卷六末一首《洞仙歌》"青烟幕处"是据黄昇《唐宋诸贤绝妙词选》补录外，其馀每卷收录的词及次第均同，知汲古阁本所据也是宋刊《琴趣外篇》。只是影宋本卷一末三词《碧牡丹》"渐老闲情减春山"、《江神子》"双鸳池沼水融融"、《好事近》"风雨过中秋"，为汲古阁本所不载，疑汲古阁本所据原本有残缺。

2. 吴重憙辑《吴氏石莲庵刻山左人词》本，清光绪二十七年（1901）海丰吴氏金陵刊，其中有《琴趣外编》六卷，所据为毛氏汲古阁刻本。

3. 《景宋金元明本词》本，有《景宋本晁氏琴趣外编》六卷，陶湘《叙录》云：

　　湘案：《四库提要》称"琴趣外篇"宋人中如欧阳修、黄
庭坚、晁端礼、叶梦得四家词，皆有此名，并晁补之而五。然
其时所见只汲古刻补之一集。武进董大理始得毛抄欧阳、二
晁三家，伯宛据以摹刊。劳舉卿曾见《山谷琴趣》，以篇次分
标明刻卷端。辛酉岁，海盐张太史元济始得宋椠《山谷琴
趣》三卷与欧阳公《琴趣》后三卷。湘假以补完，而欧公《琴
趣》末叶仍有缺字。盖毛抄即从此宋本出，益足征流传有绪
也。原本半叶十行，行十八字。写刻精整，盖出南宋中叶。
别有汪阆源藏旧抄赵彦端《介庵琴趣外篇》六卷，朱侍郎刻
入《彊村丛书》，以非原本，未能并摹。今可考者凡六家，惟
《石林琴趣》未见。据《直斋解题》，石林词亦三卷，有江阴
曹鸿注，其标题新异，意当时欲汇为总集，而蒐采名流，颇有
甄择，非如长沙《百家词》，欲富其部帙，多有滥吹者比，洵
宋词之珍秘矣。

参见前"欧阳修"条说明。章钰《章氏四当斋藏书目》卷上之四著录
有《晁氏琴趣外篇》六卷，云："民国五年仁和吴氏双照楼景刊宋本，
一册。与《醉翁琴趣》、《闲斋琴趣》同函。"

　　B. 版本不详者

　　1. 明杨士奇等《文渊阁书目》卷十"诗词·月字号第二厨书目"
著录有《琴趣外篇》，云："一部一册，阙。""阙"指文渊阁中已不见
此书。又明杨士奇、清傅维鳞《明书经籍志》著录有《琴趣外篇》，一
册，阙。未言卷数。

　　2. 明钱溥《秘阁书目》著录有《琴趣外篇》一册。未言卷数。

　　3. 明叶盛《菉竹堂书目》著录有《琴趣外篇》一册。未言卷数。

　　4. 明赵琦美《脉望馆书目》著录有《晁氏琴趣外编》一本。未言
卷数。

　　5. 明赵用贤《赵定宇书目》著录有《晁氏琴趣》二本，未言
卷数。

6. 清钱曾《也是园藏书目》卷七著录有《琴趣外篇》六卷。

7. 清徐元文《含经堂藏书目》著录有《琴趣外编》六卷。

8. 叶德辉《叶氏观古堂藏书目》著录有《琴趣外篇》六卷。

9. 傅增湘《藏园群书经眼录》卷十九著录有《晁氏琴趣外篇》六卷。

宋人词集称"琴趣外篇"的有数家，前多冠以姓氏名号，唯有晁补之的，明清藏家著录时，有独称《琴趣外编》者。以上九家著录的晁氏《琴趣》，称名或略异，当多以善本为主。

二、《晁无咎词》

A. 抄本

1. 《四库全书》本《晁无咎词》六卷，提要云：

> 宋晁补之撰，补之有《鸡肋集》已著录。是集《书录解题》作一卷，但称《晁无咎词》。《柳塘词话》则称其词集亦名《鸡肋》。又称补之常（当作尝）自铭其墓，名《逃禅词》，考杨补之亦字无咎，其词集名曰"逃禅"，不应名字相同，集名亦复蹈袭，或误合二人为一欤？此本为毛晋所刊，题曰《琴趣外篇》，其跋语称诗馀不入集中，故名外篇。又分为六卷，与《书录解题》皆不合，未详其故。卷末《洞仙歌》一首为补之大观四年之绝笔，则旧本不载，晋撼黄昇《花庵词选》补录于后者也。补之为苏门四学士之一，集中如《洞仙歌》第二首填卢仝诗之类，未免效苏轼檃括《归去来词》之颦。然其词神姿高秀，与轼实可肩随。陈振孙于《淮海词》下记补之之言曰：少游词如"斜阳外、寒鸦数点，流水绕孤村"，虽不识字人，亦知是天生好言语。观所品题，知补之于此事特深，不但诗文之擅长矣。刊本多讹，今随文校正。其《引驾行》一首，证以柳永《乐章集》及集内"春云轻锁"一首，实佚其后半，无从考补，今亦仍之。至《琴趣外篇》，宋人中如欧阳修、黄庭坚、晁端礼、叶梦得四家词，皆有此名，

并补之此集而五，殊为淆混，今仍题曰《晁无咎词》，庶相
别焉。

知库本据毛氏汲古阁本录入，毛本原名《琴趣外篇》，馆臣以为是毛晋
所改，而据《直斋书录解题》等改今名。又《御选历代诗馀》卷一百三
"词人姓氏"云："有《鸡肋集》，词一卷，其《琴趣外篇》六卷，则俗
人赝托者。"然而汲古阁本所据实为宋刊《琴趣外篇》，馆臣所言不
实，参见后文。又《钦定续通志》卷一百六十三据文渊阁著录有《晁
无咎词》六卷，当与库本同。

2. 清丁丙《善本书室藏书志》卷四十著录有《晁无咎词》六卷，
旧抄本，提要云：

> 《柳塘词话》云无咎词亦名《鸡肋》，《书录解题》但称
> 《晁无咎词》一卷，此即汲古阁刻之《琴趣外篇》六卷本，仍
> 题曰《晁无咎词》。陈直斋谓其佳处未尝多逊秦、黄，今读其
> 词，清新婉约，陈氏之评为允。

丁氏藏书后归江南图书馆，见《江南图书馆善本书目》著录，云《晁无
咎词》六卷，旧抄本。又见《中国古籍善本书目》著录，清抄本，清丁
丙跋。

3. 李盛铎《木犀轩收藏旧本书目》著录有《晁无咎词》五卷，
云："四库抄抵（当底）本，袁漱六旧藏，一册。"按：袁芳瑛（1814—
1859），字漱六，湘潭（今属湖南）人。清道光二十五年（1845）进
士，授翰林院编修，官至松江知府。嗜蓄书，所藏多得之孙星衍旧
藏，藏书楼名漱蠹圃、卧雪楼（一作卧雪庐）。所藏后为李盛铎木犀轩
购得。编有《蠹圃书目》、《卧雪庐书目》、《卧雪庐全集》等。

4. 李盛铎《木犀轩收藏旧本书目录》著录有《晁无咎词》一卷，
云四库传抄本。

5. 《中国古籍善本书目》载《晁无咎词》六卷，清乾隆翰林院抄
本。藏北京大学图书馆。

B. 版本不详者

1. 明陈第《世善堂藏书目录》卷下著录有《晁无咎词》一卷。

2. 明毛晋《汲古阁毛氏藏书目录》著录有《晁无咎词》一卷。

3. 清庄仲芳《映雪楼藏书目考》卷十著录有《晁无咎词》六卷。

以上三家未言版本，前二家所载或为抄本。

晁冲之

晁冲之，字叔用，一字用道，济州巨野（今山东巨野）人。生卒年不详。宋哲宗绍圣初，党锢事起，于阳翟具茨山隐居，得免于祸，人称具茨先生。官至授承务郎，约卒于南渡初。著有《具茨集》。

晁冲之词集宋代已刊行，陈振孙《直斋书录解题》卷二十一著录有《晁叔用词》一卷，提要云："压卷《汉宫春·梅词》行于世，或云李汉老作，非也。"为宋刊《百家词》本。元马端临《文献通考》卷二百四十六"经籍考七十三"据此著录。

宋以后见于著录的有：

1. 明钱溥《秘阁书目》著录有《晁叔用词》，未标明卷数。

2. 毛晋《汲古阁毛氏藏书目录》著录有《晁叔用词》一卷。

以上均未言版本，所载或为抄本。

民国时赵万里辑《晁叔用词》，收入《校辑宋金元人词》中，题记云：

> 《晁叔用词》一卷，宋世有长沙坊刻《百家词》本，《直斋书录解题》著于录，久佚。兹于《乐府雅词》、《全芳备祖》、《苕溪渔隐丛话》、《花草粹编》搜得十有六首，录为一卷如后。万里记。

此书有民国排印本。

按：《宋史》卷二〇九著录《晁新词》一卷，云晁端礼、晁冲之所撰，归为总集类。疑是二晁词作品的汇刊。

周邦彦

周邦彦（1056—1121），字美成，号清真居士，钱塘（今浙江杭州）人。宋哲宗朝自太学正出为庐州学教授，知溧水县，为国子监主簿，除秘书省正字。徽宗朝迁校书郎，出知河中府，改知明州。为徽猷阁待制，提举大晟府等。著有《清真集》。

周氏词宋时已结集，董更《皇宋书录》卷中云："谷中云：周美成正行皆善，有词稿藏张宫讲宓家。"当为手稿，具体不详。按：董更字良史，《皇宋书录》成于理宗淳祐年间。考宁宗嘉定、理宗绍定时，有张宓，为著作佐郎，知南康军事。

周氏词集有强焕序，云：

　　文章、政事初非两途，学之优者发而为政，必有可观；政有其暇，则游艺于咏歌者，必其才有馀刃者也。溧水为负山之邑，官赋浩穰，民讼纷沓，似不可以弦歌为政。而待制周公元祐癸酉春中为邑长于斯，其政敬简民，到于今称之者，固有馀爱，而其尤可称者，于拨烦治剧之中，不妨舒啸。一觞一咏，句中有眼，脍炙人口者又有馀，声声洋洋乎在耳，则其政有不亡者存。余慕周公之才名有年于兹，不谓于八十馀载之后，踵公旧踪，既喜而且愧，故自到□以来，访其政事于所治后圃，得其遗致，有亭曰姑射，有堂曰萧闲，皆取神仙中事揭面名之，可以想象其襟抱之不凡。而又睹新绿之池、隔浦之莲，依然在目，抑又思公之词，其抚写物态，曲尽其妙。方思有以发扬其声之不可忘者而未能，及乎暇日从容，式燕嘉宾，歌者在上，果以公之词为首唱，夫然后知邑人爱其词，乃所以不忘其政也。余欲广邑人爱之意，故裒公之词，旁搜远绍，仅得百八十有二章，厘为上、下卷，乃辍俸馀，鸠工锓木，以寿其传，非惟慰邑人之思，亦薪传之有所托，俾人声其歌者足以知其才之优于为邑如此，故冠之以序，而述其意

> 云。公讳邦彦，字美成，钱塘人也。淳熙岁在上章困敦孟陬
> 月围赤奋若，晋阳强焕序。

序作于孝宗淳熙七年（1180）。据宋周应合《景定建康志》卷二十七
"官守志四·诸县令"引《溧水县厅壁记》，知强焕于孝宗淳熙五年
（1178）七月到任。检陈振孙《直斋书录解题》卷十七《清真杂著》提
要云：

> 邦彦尝为溧水令，故邑有词集，其后有好事者取其在邑
> 所作文记诗歌并刻之。

其中所指溧水刻本当指强氏刊本。按：哲宗元祐八年（1093）周邦彦
知溧水（今江苏南京），溧水词集刻本当是周氏词集较早的刊本。此
外，其词集宋刊见于著录的有：

1. 陈振孙《直斋书录解题》卷二十一著录有《清真词》二卷《后
集》一卷，提要云：

> 多用唐人诗语隐括入律，浑然天成。长调尤善铺叙，富
> 艳精工，词人之甲乙也。

为宋刊《百家词》本，与溧水本是不同的，元马端临《文献通考》卷二
百四十六"经籍考七十三"据此著录。

2. 黄昇《唐宋以来绝妙词选》卷七云：

> 周美成，名邦彦。初进《汴都赋》得官，徽庙时提举大晟
> 乐府，官至待制。词名《清真诗馀》。

又方仁荣、郑珤撰《景定严州续志》卷四"书籍"云：

> 郡有经、史、诗、文、方书，凡八十种，今志其目：……
> 《省事老人集》、《陈宋集》、《西昆酬唱集》、《唐御览诗》、
> 《巨鹿东观集》、《潘逍遥诗》、《东里诗》、《千岩集》、《七里
> 先生自然庵诗》、《清真集》、《顺庵集》、《史氏指南方》、《史

载之方》、《卫济方》、《本事方》、《二典义产宝方》、《痈疽方》、《清真诗馀》。

知《清真诗馀》曾被刻印行世，至于《景定严州续志》中提及的《清真集》，或为别集，而附词否不能知。

宋刊本明清之际尚存，明毛晋《片玉词跋》云："余家藏凡三本：一名《清真集》，一名《美成长短句》，皆不满百阕；最后得宋刻《片玉集》二卷，计调百八十有奇，晋阳强焕为叙。"知有宋刊《片玉集》二卷，检毛扆《汲古阁珍藏秘本书目》著录有元板《片玉词》，云二本，一两二钱。按：清朱学勤《结一庐书目》卷四著录有《片玉词》二卷，云："计一本，宋周美成撰，元刊本，汲古阁藏书。"元刊本或为原刊本之意，疑指宋刊，而非元代刊本。又检清钮树玉《钮非石日记》云乾隆五十八年（1793）五月二十日有"观北宋本周美成《片玉词》"云云，未言卷数。

以上知宋代周邦彦词集有《清真词》、《清真诗馀》、《片玉集》及《片玉词》等，不止其一。

除词集另行者外，周氏诗文集也附有词，楼钥《攻媿集》卷五十一《清真先生文集序》云：

> 公之殁，距今八十馀载，世之能诵公赋者盖寡。而乐府之词盛行于世，莫知公为何等人也。公尝守四明，而诸孙又寓居于此，尝访其家集而读之，参以他本，间见手稿，又得京本文选，与公之曾孙铸裒为二十四卷。中更兵火，散坠已多，然足以不朽矣。……制使待制陈公，政事之馀，既刊曾祖贤良都官家集，又以清真之文并传，以慰邦人之思。君子谓是举也，加于人数等类，非文吏之所能为也。

云尝与公之曾孙铸裒其集为二十四卷，为全集本。按：陈振孙《直斋书录解题》卷十七载有《清真集》二十四卷云：

> 徽猷阁待制钱塘周邦彦美成撰，元丰七年进《汴都赋》，

自诸生命为太学正。邦彦博文多能，尤长于长短句自度曲，其提举大晟府，亦由此。既盛行于世，而他文未传。嘉泰中四明楼钥始为之序，而太守陈杞刊之，盖其子孙家居四明故也。《汴都赋》已载《文鉴》，世传赋初奏御，诏李清臣读之，多古文奇字，清臣诵之如素所习熟者，乃以偏傍取之尔，钥为音释，附之卷末。

嘉泰为南宋宁宗年号（1201—1204）。知陈氏著录的即为楼钥序本。检明焦竑《国史经籍志》卷五著录有《清真集》二十四卷又长短句□卷，当源自宋刊二十四卷本，知宋刊别集本是收有词的。

周邦彦词集见于明清人著录的有：

一、《清真词》（《清真集》）

A. 刊本

1. 《清真词》二卷，见吉庵居士辑《清真倡和集》本，清道光二十五年（1845）王氏活字印本，清劳权、劳格校，吴昌绶跋。藏上海图书馆。

2. 四印斋刊本《清真词》二卷附《集外词》一卷，仿元巾箱本，王鹏运跋云：

> 右影元巾箱本《清真集》二卷，附《集外词》一卷。案美成词传世者以汲古毛氏《片玉词》为最著。近仁和丁氏《西泠词萃》所刻，即汲古本。此本二卷，百二十七阕，为余家所藏，末有盟鸥主人志语，盖明抄元本也。编次体例与《片玉词》迥别，而调名字句亦多不同。陈振孙《书录解题》云《清真集》二卷后集一卷。又毛子晋《片玉词跋》："美成词一名《清真集》，一名《美成长短句》，皆不满百阕。"与此均不合。久欲刊行，以旧抄剥蚀过甚，无本可校而止。去年从孙驾航京兆丈假得元刻庐陵陈元龙《片玉词》注本，编次体例与抄本正同，特分卷与题号异耳。爰据陈注校订，依式影写，付诸手民。其集中所无而见于毛刻者，共五十四阕，为

《集外词》一卷附后。毛本强序，陈注刘序，抄本不载，今皆
补入。美成集又名《片玉词》，据序即刘必钦改题也。光绪丙
申春三月十有三日，临桂王鹏运鹜翁记。

跋作于清光绪二十二年（1896），知据明影抄元本刊刻，校以宋陈元龙
注本。按：卷下末有题识云："明隆庆庚午用复所司李藏元人巾箱本，
命胥鲁颂照录讫，盟鸥园主人序。"为明穆宗隆庆四年（1570）影抄
本，盟鸥园主人俟考。孙楫（1827—1899），字济川，又字子舟，号驾
航，山东济宁人。清咸丰二年（1852）进士，官至顺天府尹。此本多
见藏家著录，如胡桐庵《新昌胡氏问影楼藏书目·续编》卷下、刘承
干《嘉业藏书楼书目》、吴昌绶《宋金元词集见存卷目》等，又缪荃孙
《目录词小说谱录目》著录有《片玉词》二卷补遗一卷，云："四印斋
影宋本，杭州词本。"云影宋本，且书名不符，疑有误。至云"杭州词
本"，当指清丁丙刊《西泠词萃》本。

《中国古籍善本书目》载四印斋本批校本数种，有北京市文物局
藏郑文焯批校本、浙江图书馆藏朱孝臧校本、国家图书馆藏傅增湘校
本，均著录为清光绪十四年（1888）王氏家塾刻《四印斋所刻词》本，
据王鹏运跋，此本所刻不会早于光绪二十二年（1896）。另浙江图书馆
藏朱孝臧校本，见浙江古籍出版社影印的《周邦彦珍本词集三种》）。

3. 郑文焯校刊本《清真集》二卷补遗一卷，有郑氏《清真词校后
录要》四则（光绪庚子，1900）。又《词学季刊》第二卷第三号载《大
鹤山人词籍跋尾》之《片玉词跋》云：

> 宋陈振孙《直斋书录解题》载《清真词》二卷后集一卷，
> 所云后集，不详所谓，岂补遗耶？又载曹杓注《清真词》二
> 卷，别集类有《清真集》二十四卷，注："嘉泰中，四明楼钥
> 为叙，太守陈杞刊之，盖其子孙居于明故也。"考美成传，卒
> 于处州，则其家于四明可信。案《宋史·艺文志》：《清真居
> 士集》十一卷，与《解题》不合，而《乐志》未著其词集。
> 《解题》所称二十四卷，又注"皆他文"，其富有著作可证。

又载其《杂著》三卷，云："好事者取其在溧水诸所作文记诗刻（当作歌）而并刻之"，是又在强刻词集之外，为清真官溧水时一集。综核《清真集》宋刻之最先者，为淳熙庚子孝宗七年晋阳强焕叙刻之词集二卷，百八十二章。其后为《清真杂著》三卷，并先后刊于溧水者。次则嘉泰中四明太守陈杞刊其文集二十四卷。又单行本《清真词》二卷后集一卷，曹杓注《清真词》二卷，并未详年代及刻者姓氏，见之《直斋书录》，其为宋椠无疑。后又有元巾箱分类本《清真集》上下，为明抄词集，近临桂王半塘抚刻本。又元陈元龙刻《片玉词》注本，孙稼航藏，此元版之二种。又明季汲古阁毛氏刻《片玉词》二卷补遗一卷，跋云合三本校订。然《片玉》题号始于元人刘必钦，见之《片玉词》陈注后叙，毛氏谓宋刻者缪甚。顾所云："百八十有奇，强焕为叙。"又似宋淳熙中溧水所刊本，惜为毛所羼乱而失考耳。

此本见叶德辉《郋园读书志》卷十六著录，有《清真词》二卷补遗一卷，为光绪庚子郑文焯校刊本。提要云：

> 此《清真词》二卷《补遗》一卷，光绪庚子郑文焯镂版，酷似宋巾箱善本。每半页九行，行十七字。以世传汲古阁刻元十家词中《片玉词》，毛晋多所窜改，因据明影元抄本，及宋元人各家词选如《花庵词选》、《阳春白雪》、《乐府雅词》、《草堂诗馀》暨其他书所引，择善而从，为之订正。校语拈二字、三字或全句附本词后，不似前人刻书校录异同注本句之下，以致隔断语气，诚善法也。明影元抄本为桂林王幼霞侍御鹏运所藏，于光绪丙申模印行世，然原本究属抄本，不免传写之讹，经此番考订，庶为完璧。……当光绪中叶，海内以词名家者三人：桂林王侍御，长沙张雨珊观察祖同及文焯也。于时吾县王湘绮检讨闿运、仁和朱古微侍郎祖谋皆擅长，一为老宿，一为达官。时论罕及之，今海内亦惟存此三

人矣。此吾同年友武陵陈伯弢大令锐所赠，大令亦于此功力

甚深，尤服膺文焯云。光绪戊申八月中秋德辉记。

跋文作于清光绪三十四年（1908），按：陈汉章（1864—1938），名得闻，字倬云，号伯弢，浙江象山人。清光绪十四年（1888）举人。师从俞樾。辛亥革命后，曾任国立北京大学教授，又任南京中央大学教授兼系主任。

此本见梁启超《梁氏饮冰室藏书目录》著录，有《清真集》二卷附补遗及校录，提要云：

宋周邦彦撰，清光绪二十六年刻本，一册。此书经任公先生批校，并于封面题云：大鹤山人校本《清真集》，何澄一所赠。丙寅三月任公题藏。

丙寅为民国十五年（1926）。又见吴昌绶《宋金元词集见存卷目》著录，云："昌绶案：北海郑氏校录《清真集》最精，尚未墨版。"又刘承干《嘉业藏书楼书目》著录有《清真集》二卷集外词一卷，为光绪四印斋仿元巾箱本，一册。又："又一部，郑叔问批校本，三册。"

B. 抄本

1. 刘承干《嘉业藏书楼抄本书目》著录有《清真词》一卷，云："北海郑文焯校订，红格稿本，一册。"周子美编《嘉业堂抄校本目录》卷四著录有《清真词》一卷，云："清郑文焯校订，稿本，一册。"

2.《中国古籍善本书目》载《清真集》二卷，清抄本，朱孝臧校并录明毛晋题识，藏浙江图书馆。按：浙江古籍出版社影印有《周邦彦珍本词集三种》，其中有《清真词》二卷补遗一卷，题朱祖谋辑校稿本，末录有毛晋跋。

C. 版本不详者

1.《永乐大典》卷 20353 第 12B 页自《清真集》录《蝶恋花》、《渔家傲》二词。

2. 明毛晋《汲古阁毛氏藏书目录》著录有《靖贞集》二卷后集一

卷，云周邦彦，字美成。则《靖贞集》当为《清真集》，或因避违，或为笔误。未言版本。

3．清赵昱《小山堂藏书目录备览》著录有《清正（当作真）词》，未标明卷数。

4．缪荃孙《目录词小说谱录目》著录有《清真集》二卷，未言版本。

5．《修绠堂书目二十二年（北平）》著录有《清真词》二卷，云竹纸，一册。疑指郑氏刊本。

二、《片玉词》

A. 刊本

1．明末汲古阁刊《宋名家词》本《片玉词》二卷补遗一卷，毛晋跋云：

> 美成于徽宗时提举大晟乐府，故其词盛行于世。余家藏凡三本：一名《清真集》，一名《美成长短句》，皆不满百阕；最后得宋刻《片玉集》二卷，计调百八十有奇，晋阳强焕为叙。予见评注庞杂，一一削去，厘其讹谬，间有兹集不载，错见清真诸本者，附《补遗》一卷，美成庶无遗憾云。若乃诸名家之甲乙，久着人间，无待予备述也。

知是据宋刊本《片玉集》，凡二卷，存词一百八十馀首，又据《天机馀锦》、《草堂诗馀》等辑录十词，成《补遗》一卷。此本见清郑德懋辑《汲古阁校刻书目》之《宋名家词六集》著录，云凡八十三叶。清陆心源《皕宋楼藏书志》卷一百十九著录有《片玉词》二卷，云毛斧季手校本。并移录强焕序全文，为汲古后人毛扆校。按：此书今存静嘉堂文库，为汲古阁刻本，有毛扆等朱笔校及题识文。

2．叶德辉《叶氏观古堂藏书目》著录有《片玉词》二卷补遗一卷，为清光绪汪氏振绮堂重刊汲古阁本。

3．清丁丙辑《西泠词萃》本，《片玉词》二卷《补遗》一卷，清光绪十一年（1885）年刻本。许增跋云：

声音之学，至明季不绝如缕，故宋人词集散佚几半，使非汲古阁汇刊《六十家词》流传海内，此事遂成《广陵散》矣。四库著录亦以汲古为蓝本，毛氏之有功于词学，实非浅鲜。丁君松生刻杭人词，属为校订，其表章乡邦文献之盛心，实与子晋后先媲美。顷以《片玉词》属校，浏览永夕，似汲古本亦尚有蹖讹者，因取《清真集》、《美成长短句》，按之图谱，暨杜氏校勘《词律》，句栉字比，一一厘政之，不敢谓驾汲古而上之，要之继汲古而起者，不得不谓之善本矣。松生属书数语于后，似蒙之不学，乌足以语此？若视诸抄胥之俦，则不敢辞焉。光绪丁亥正月仁和许增跋。

跋作于光绪十三年（1887），是据毛氏汲古阁刊本，又取《清真集》、《美成长短句》和杜文澜校勘的《词律》校正。按：缪荃孙《目录词小说谱录目》著录有《片玉词》二卷补遗一卷，云杭州词本。当指《西泠词萃》本。又《中国古籍善本书目》载《片玉词》二卷补遗一卷，清光绪十一年（1885）钱塘丁氏刻《西泠词萃》本，清谭献校，藏上海图书馆。

B. 抄本

1.《四库全书》本《片玉词》二卷补遗一卷，提要云：

宋周邦彦撰，邦彦字美成，钱塘人。元丰中献《汴都赋》，召为太乐正。徽宗朝仕至徽猷阁待制，出知顺昌府，徙处州，卒。自号清真居士。《宋史·文苑传》称邦彦疏隽少检，不为州里推重，好音乐，能自度曲制乐府长短句，词韵清蔚。《艺文志》载《清真居士集》十一卷，盖其诗文全集久已散佚，其附载诗馀与否不可复考。陈振孙《书录解题》载其词有《清真集》二卷后集一卷，此篇名曰片玉，据毛晋跋，称为宋时刊本所题，原作二卷，其补遗一卷，则晋采各选本成之。疑旧本二卷，即所谓《清真集》，晋所掇拾，乃其后集所载也。卷首有强焕序，与《书录解题》所传合。其词多用唐人诗句檃括入调，浑然天成，长篇尤富艳精工，善于铺叙。陈郁《藏一话腴》谓其以乐府独步，贵人学士、市侩妓女皆知其词为可爱，非溢美也。又邦彦本通音律，下字用韵皆有法度，故方千里和词一一按谱填腔，不敢稍失尺寸。今以两集互校，如《隔浦莲近拍》"金丸落，惊飞鸟"句，毛本注云：按谱，此处宜三字二句，然千里词作"夷犹终日鱼鸟"，则周词本是"金丸惊落飞鸟"，非三字二句。又《荔枝香近》"两两相依燕新乳"句止七字，千里词作"深涧斗泻飞泉洒甘乳"句，凡九字，观柳永、吴文英二集，此调亦俱作九字句，不得谓千里为误，则此句尚脱二字。又《玲珑四犯》"细念想梦魂飞乱"句七字，毛本因旧谱误脱"细"字，遂注曰：按谱宜是六言。不知千里词正作"顾鬓影翠云零乱"七字，则此句"细"字非衍文。又《西平乐》"争知向此，征途区区伫立尘沙"二句，共十二字，千里和云："流年迅景，霜风败苇惊沙"止十字，则此句实误衍二字。至于《兰陵王》尾句"似梦里，泪暗滴"六仄字成句，观史达祖此调此句作"欲下处，似认得"，亦止用六仄字，可以互证毛本乃于"梦"字下增一"魂"字作七字句，尤为舛误，今并厘正之。据《书录解题》，有曹杓字季中号一壶居士者，曾注《清真词》二卷，今其书不传。

知库本是据毛氏汲古阁刊本录入，为浙江巡抚采进本。又《钦定续通志》卷一百六十三据文渊阁著录有《片玉词》二卷补遗一卷，当指库本。

2.《片玉词》二卷补遗一卷，清抄本，藏浙江图书馆，见浙江古籍出版社影印的《周邦彦珍本词集三种》。

C. 版本不详者

1. 明董其昌《玄赏斋书目》卷七著录有《片玉词》，未言卷数。

2. 清徐元文《含经堂藏书目》著录有《片玉词》八卷。

3．清陆滮《佳趣堂书目》著录有周邦彦《片玉词》二卷。

4．清赵宽《小脉望馆书目》"亨册·木字箱"著录有《片玉词》等七家，四本，未标明卷数。

5．清庄仲芳《映雪楼藏书目考》卷十著录有《片玉词》二卷补遗一卷。

6．章篯编《文澜阁浙江书目》著录有《片玉词》二卷补遗一卷。

7．刘声木《苌楚斋书目》卷二十二著录有《片玉词》二卷补遗一卷。

8．傅增湘《双鉴楼善本书目》卷四著录有《片玉词》二卷《补遗》一卷，云郑樵风手批校本。知为郑文焯校本。

以上诸家著录的均未标明版本，其中《含经堂藏书目》著录的《片玉词》为八卷，如此卷数，未见他家著录。至于后四家疑指汲古阁刊本。

三、《片玉集》

今存词集丛书中收有其词集的有：

1．明吴讷辑《唐宋名贤百家词》本，明抄本，藏天津图书馆，其中有《片玉集》十卷抄补一卷。

2．《宋元明三十三家词》本，明石村书屋抄本，藏国家图书馆，其中有《片玉集》十卷。

3．《宋元名家词》本，明抄本，清毛扆校，唐晏跋。藏北京大学图书馆，其中有《片玉集》十卷。

又见于藏家著录的有：

1．清钱曾《也是园藏书目》卷七著录有《片玉集》一卷，未标明版本。

2．《劳氏碎金》卷中著录有《片玉集》十卷，手抄本。并录劳氏题识如下：

咸丰丙辰季冬入城，向汪铁樵千户借得此旧抄本，系汪氏振绮堂藏，祀灶日录，臬卿记。　　是夕上元朱述之司马

为迎新出城，舟次塘栖，见过草堂，并招季言来谈，明日又记。卷一

小除夕录。卷二

除夕录，沤喜亭主记。卷三

丁巳正月初九日晴时写毕，明日立春。　　陈姬归予匝月矣，姬人初名染兰，予复字之曰双声，盖取春风故实也。去冬，友人江西谷作，缘于城，纳之西谷，制玉印为贺。寄江七札为双姬乞方，饮香生手识。卷四

元夕录。　　寄乌程司训高叔荃五兄札，客腊在城解后，忽忽别去，今属渠回杭，时相过，以践前约，灯下记。卷五

收灯夜，微雨，录于双声阁。卷六

二十日适有客招饮，托故辞之，健户录此。卷七

廿一日午后录。　　鼎上人来，得叔荃消息，蝉隐记。卷八

廿三日录，积雨阴寒。　　秾女笄年初度。卷九

校写原本元乔梦符乐府毕，接抄此卷。又借到陈允平《西麓继周集》，盖和清真词也，勘定此帙，行将抄之。廿九日丹铅精舍识。是月小尽。卷十

按：汪士骧（？—1861），字铁樵，号铁叟、铁老等，清钱塘（浙江杭州）人。袭世职，授杭州营千总，以年老休致。清咸丰十一年（1861），太平军破城，全家皆跃水死。此书原为汪宪振绮堂所藏，咸丰六年（1856）十二月劳权自汪士骧处借得，至七年正月底校毕，历时一年有馀。此书后为傅增湘收藏，见《藏园群书经眼录》卷十九著录，有《片玉集》十卷拾遗一卷，清咸丰六年劳权手抄精校本，并摘录劳氏题识语。又见傅增湘《双鉴楼善本书目》卷四著录，云劳巽卿手抄校本。按：国家图书馆藏《片玉集》十卷，为清咸丰六年劳权抄本，清劳权校并跋，见《中国古籍善本书目》。

3. 傅增湘《国立北京图书馆由沪运回中文书籍金石拓本舆图分类

清册》著录有《片玉词》二册，清宣统抄本，王国维校并跋。

另民国时有《四部备要》本，民国二十五年（1936）上海中华书局排印本，其中有《片玉集》十卷附校记一卷。

四、《周美成词》

1. 明李廷相《濮阳蒲汀李先生家藏目录》"中间朝东、头柜二层"著录有周美成等五家词集，三本。未言卷数版本。

2. 明赵用贤《赵定宇书目》著录有《周美成词》一本，云抄自《百家词》，知为抄本。

3. 明晁瑮《晁氏宝文堂书目》著录有《周美成词》，未言卷数版本。

4. 明陈第《世善堂藏书目录》卷下著录有《周美成词》二卷，未言版本。

五、注本

周邦彦词集评注本，见于宋元人著录的不止其一，计有：

1. 陈振孙《直斋书录解题》卷二十一载《注清真词》二卷，云："曹杓季中注，自称一壶居士。"元马端临《文献通考》卷二百四十六"经籍考七十三"据此著录。

2. 张炎《词源》云："近代杨守斋精于琴，故深知音律，有《圈法周美成词》。"按：杨缵，字继翁，号守斋，又号紫霞。严陵（今属浙江）人，居钱塘（今浙江杭州）。本鄱阳洪氏，出继宁宗杨后兄侄为嗣。官至司农卿、浙东帅。度宗时，以女选为淑妃，赠少师。好古博雅，善琴，著有《紫霞洞谱》。

3. 沈义父《乐府指迷》云："学者看词，当以《周词集解》为冠。"集解者不详。

4. 元袁桷《清容居士集》卷三十三《外祖母张氏墓记》云："于时周待制邦彦孙璹于太傅为中外表，太师越忠定王尝命谱清真词，手笔具在，今付汝，虽不解，慎勿坠也。"

另毛晋《跋片玉词》云："最后得宋刻《片玉集》三卷，计调百八十有奇，晋阳强焕为叙。予见评注庞杂，一一削去。"注者不详。

以上宋元人著录的诸种周邦彦词集的注解本，今均不见存。现存有《详注周美成词片玉集》，为宋陈元龙注，有刻本，也有传抄本，均见于清人著录。

今存宋刊《详注周美成词片玉集》有二种，均题曰"建安蔡庆之宗甫校刊"，为南宋闽地坊刻本，均藏于国家图书馆，其一原为黄丕烈、汪阆源所藏，此本卷十最后二页半（五面）残缺，均已抄补。其二原为毛晋汲古阁藏书，此书完善。《中华再造善本》中收录，前有刘肃序，云：

> 周美成以旁搜远绍之才，寄情长短句，缜密典丽，流风可仰。其征辞引类，推古夸今，或借字用意，言言皆有来历，真足冠冕词林。欢筵歌席，率知崇爱，知其故事者，几何人？斯殆犹属目于雾中花、云中月，虽意其美而皎，然识其所以美则未也。漳江陈少章家世以学问文章为庐陵望族，涵泳经籍之暇，阅其词，病旧注之简略，遂详而疏之，俾歌之者究其事，达其意，则美成之美益彰，犹获昆山之片珍，琢其质而彰其文，岂不快夫人之心目也？因命之曰《片玉集》云。庐陵刘肃必钦序。

按：末句黄氏藏本作："少章，名元龙。时嘉定辛未杪腊，庐陵刘肃必钦序。"序作于宁宗四年（1211）。又知陈氏参阅了其他注本，毛氏藏本卷五《四园竹》"浮云护月未放满"词牌下注云："官本作《西园竹》。"官本，指官府刊本，与《严州图经》所载《清真诗馀》当不同。黄氏跋，以其中惟避"慎"字，而"慎"为孝宗讳，故定为宋宁宗嘉定时刊本。

黄丕烈《荛圃藏书题识》卷十著录有《详注周美成词片玉集》十卷，黄氏诸题识文云：

> 己巳秋七月，余友王小梧以此《详注周美成词片玉集》三册示余，谓是伊戚顾姓物，顾住吴趋坊周五郎巷，而与白斋

陆绍曾邻，此乃白斋故物，顾偶得之，托小梧指名售余者。小梧初不识为何代刻本，质诸顾千里，始定为宋刻，且云精妙绝伦。小梧始持示余，述物主意，索每册白金一镒，后减至番钱卅圆，执意不能再损。余爱之甚，而又无赀措诸他所。适得足纹二十两，遂成交易，重其为未见书也。是书历来书目不载，汲古抄本虽有十卷，却无注。此本装潢甚旧，补缀亦雅，从无藏书家图记，实不知其授受源流。余收得后，命工加以绢面，为之线钉，恐原装易散也。初见时，检宋讳字不得，疑是元刻精本，细核之，惟避"慎"字，"慎"为孝宗讳，此刊于嘉定时，盖宁宗朝避其祖讳，已上讳或从略耳。至词名《片玉集》，据刘肃序，似出伊命名。然余旧藏抄本只二卷，前有晋阳强焕序，亦称《片玉词》，是在淳熙时，又为之先矣。若《书录解题》美成词名《靖（当为清字，下同）真词》，未知与《片玉词》有异同否？又有《注靖真词》，不知即刘序所云病旧注之简略者耶？古书日就湮没，幸赖此种秘籍流传什一于千百，余故不惜多金购之。惟是一二同志老者老，没者没，如余之年及艾而身尚存者，又日就贫乏，无力以收之，奈何？书此志感，复翁。

《虞美人》第三阕，据毛汲古阁抄本校"生"作"先"，复翁。

《秋日杂兴》诗之一："秋来差喜得书奇，李贺歌诗片玉词。金刻四编多赵序，宋笺十卷补陈题。冯抄别贮添馀闰，陆校先储出两歧。集部先收双秘本，囊空一任笑余痴。"赵序，何义门校本失之，此却有。陈序，陈直斋《书录解题》但载《清真词》二卷《后集》一卷，未及此本。冯抄，上郉冯氏抄本四卷，后多《集外诗》，每卷钤有"宋本"二字，与金刻异。陆校，《片玉词》二卷，为嘉靖乙未七桧山房校本，后题云："陆兆登校过。"复翁黄丕烈记。

陆绍曾，字贯夫，号白斋，清吴县（今江苏苏州）人。精于赏鉴，抄录平日所见碑帖字画，凡二十四函，曰《续铁网珊瑚》、《吉光片羽》等。王小梧其人待考。此本又见黄丕烈《求古居宋本书》著录，云《周美成词片玉集》三册。

黄氏所藏后归汪氏艺芸书舍，按：汪士钟，字春霆，号阆源，清长洲（今江苏苏州）人。官至观察使、户部侍郎等。其父经商布匹，家富于财，以藏书知名，藏书处为艺芸书舍，士礼居所藏多归其所有。此书见《艺芸精舍宋元本书目》"宋板书目·集部"著录，云："《片玉词》，周美成，详注，十卷。"又见《艺芸书舍宋元本书目》"词集·宋本"著录。

其后蒋汝藻传书堂得到此书，蒋氏（1877—1954），字孟苹，号乐庵，吴兴（今浙江湖州）人。清光绪二十九年（1903）举人。任学部总务司郎中。曾任浙江军政府首任盐政局长及浙江省铁路公司董事长等职，后专习实业。为吴兴藏书世家，有传书楼、密韵楼等。蒋氏《传书堂善本书目》卷十二载《详注周美成片玉集》十卷，云："宋刊本，十行十七字，黄荛圃手跋。（归潘明训）"又王国维《传书堂藏善本书志》著录此书，云：《详注周美成片玉集》十卷（宋刊宋印本）。又云：庐陵陈元龙少章集注，建安蔡庆之宗甫校正，刘肃序（嘉定辛未）。移录黄氏题识文。提要云：

> 每半叶十行，行十七字，向来美成词只传《片玉词》与《清真集》二本，皆二卷。《直斋书录解题》则云《清真词》三卷《续集》一卷，此评注本《片玉集》十卷，分类编次，与《片玉词》次序大异，而与《清真集》同，与方千里、杨泽民和词亦同，但方、杨和词至卷八末《满路花》止，而九、十两卷未和，疑此本即据《清真词》三卷《续集》一卷，分为十卷，以前八卷续一卷为九、十两卷也。此本传世甚希，尚有一本为汲古阁旧藏，乃就此本校改者。刘序"嘉定辛未"等字已删去，改刻此本，卷十旧阙一叶。旧从彼本影抄补足，可谓完善矣。荛翁诗云："秋来差喜得书奇，李贺歌诗《片玉

词》。"余辛酉夏得北宋刊南宋修李贺歌诗编，旋得此本，莞
翁所收李诗，号为金本，实蒙古宪宗丙辰刊本，是余之古缘，
又侈于莞翁矣。有"丕烈"、"莞夫"、"士礼居"、"汪士钟
印"、"阆源真赏"诸印。

辛酉为民国十年（1921），为蒋氏得书之年。

　　毛晋、黄丕烈所藏后均归袁克文所得。袁克文（1890—1931），字
豹岑，又字抱存，号寒云，河南项城人。袁世凯次子，因反对袁世凯
称帝，触怒其父，逃往上海。晚景萧条，以卖文卖字为生。喜搜藏，
尤其是宋元善本。著有《寒云手写所藏宋本提要廿九种》，其中黄氏藏
与毛氏藏《详注周美成词片玉词》均载其中，黄氏藏本云："十卷，宋
刊宋印，三册。"提要云：

> 　　宋周邦彦撰，陈元龙注。
>
> 　　次行标题曰：庐陵陈元龙少章集注，三行曰：建安蔡庆之
> 宗甫校正。
>
> 　　半页十行，行十七字，注双行。宗同序，大字行书，半页
> 五行，行十四字。间有四周双阑线，鱼尾下标"片玉"及卷
> 次，每卷首尾叶无之。目录板心或标"片玉目"，或标"玉
> 目"，有□书或或，行书，无刻工姓名。
>
> 　　藏印：士礼居、丕烈、莞夫、汪士钟印、阆源真赏每册首
> 俱有之。首册前附叶莞翁录《秋日杂兴》诗一首，末册尾莞翁
> 跋一叶，十卷第六叶及尾叶俱补抄。尾叶题字一行，曰《虞
> 美人》第三阕，据毛汲古阁抄本校。□□先复翁，予复属内
> 子梅真影钞，汲古阁藏另一宋本十卷六叶附于后。
>
> 　　《片玉集》，宋麻沙刊之最精者，另藏一宋刊，为汲古故
> 物，行格俱同。惟序较此缺"少章名元龙，时嘉定辛未抄，
> 腊"十二字，下题"庐陵刘肃必钦序"与此同。注中亦间有异
> 同，盖覆刻此本也。装冷金白绢衣，犹莞翁之旧。首册尾附
> 叶吴观岱临莞翁小像，自宋刊《挥麈录》中孙子潇绘本

摹出。

其中有抄补页，又云："予复属内子梅真影抄汲古阁藏另一宋本十卷六叶附于后。"知是据毛氏藏本影写抄补。

毛氏藏本后有袁氏题跋数则，其一云：

> 此本原藏孙驾航家，辗转流入厂市，争购者颇多，予辛以重金得之，过于得黄本之值，可谓狂且痴者。此较黄本，序尾集云下缺"少章名元龙时嘉定辛未抄腊"十二字，以此定之，则黄本似原刻也。

提出了黄氏藏本似为原刻，而毛氏藏本为覆刻之说。毛藏本有朱祖谋跋云：

> 美成词刻于宋世者，一为《清真诗馀》，见《景定严州续志》；一《圈发美成词》，见《词源》；一《清真词》，见《直斋书录解题》。又有溧水三英诸本，皆无注。其曹杓《注清真词》，亦见《书录解题》，书亦久佚。兹集刘必钦序，谓"病旧注之简略，遂详而疏之"，疑即据曹注本，故编次与《清真词》悉合。黄荛圃藏本与是略同，而刘序称"嘉定辛未"，其为宋刻无疑。此虽删去"嘉定辛未"十许字，然核其注语，较黄本为详明。卷五注中尤相径庭，其为少章手自斠改覆刻亦无疑，且当时印布较广，故视黄本之初稿力稍漫漶。半塘老人谓为元刻者，盖未睹黄本，固标明"嘉定"且有异同也。己未春莫，明训兄得之，出以见示，漫识数语，且述是帙之远胜黄本，固不必以印工而轩轾之也。上彊村民孝臧记。

在袁氏疑为毛氏藏本为覆刻黄氏藏本的基础上，朱氏提出了"定为少章手自斠改覆刻之本"，并以为毛氏藏本优于黄氏藏本。按：《中国古籍善本书目》著录此书，云："宋刻本，李盛铎跋，朱孝臧校并跋。"李盛铎曾为袁氏藏本撰写题记，其中含宋刊陈氏注本，《木犀轩藏书题记》附录载有《详注周美成词片玉集》十卷，宋刻本，云：

《周美成片玉词》写刻精妙，纸墨工致，且为罕见秘籍。卷首题陈少章集注、蔡庆之校正。按：南宋建阳蔡氏校刊书籍最多，如蔡琪之《汉书》，蔡梦弼之《史记》、《草堂诗笺》，其字体与此绝相似。《汉书》亦有嘉定年月，盖同时之精刊也。

寒云主人前得一本，摹印稍后，序末亦缺年月，今又购此精帙，且第十卷末叶之缺可以彼本补之，真可傲士礼居矣。乙卯（1915）长至后五日，德化李盛铎。

又云：

寒云初得此本，属为审定。余叹为得未曾有，且决定是宋刊。今又得一精印本，此本似退而居乙。然黄布序尾有嘉定纪年，纸是宽帘，固是宋刊宋印，而此本第十卷之末叶可补黄本之缺，合之则为两美也。乙卯长至后五日重观，因记。盛铎。

题识二则均作于民国四年（1915），知所题均为毛氏藏本。

黄氏藏本与毛氏藏本后又均为潘宗周宝礼堂藏物。潘宗周（1867—1939），字明训，南海（今广东广州）人。供职洋行，居上海，为英工务局总办。喜储宋刻，袁克文所藏善本十之六七归其所有，多为黄氏百宋一廛、汪氏艺芸精舍、杨氏海源阁、韩氏读有用书斋散出之物。新中国成立初所藏全部捐献国家，藏北京图书馆。张元济为其编订有《宝礼堂宋本书录》、《宝礼堂书目》等。《宝礼堂宋元本书目》著录此书，云："宋刊本，黄丕烈跋，有周遇吉、黄丕烈、汪士钟诸藏印。"又《宝礼宋本书录》载黄氏藏三册，著录其款式等云：

版式：半叶十行，行十七字。小注双行，字数同。版心细黑口，左右或四周双阑不一律，双鱼尾，书名题"片玉几"或"玉几"。

宋讳：仅一"慎"字阙笔。

藏印:"周遇古印"、"满足清净"、"丕烈"、"荛夫"、"士礼居"、"汪士钟印"、"阆源真赏"。

又提要云:

《直斋书录解题》:"《清真词》二卷《后集》一卷,周邦彦美成撰。"无"片玉"之名。毛晋尝得宋刻《片玉集》,亦二卷,无后集,有淳熙庚子晋阳强焕叙,晋覆刻之,跋称其书"评注庞杂,一一削去,厘其讹谬",故其刊本所存之注无几。是本题"庐陵陈元龙少章集注、建安蔡庆之宗甫校正",书名亦称"片玉",然与晋所得者不同。全书十卷,以春夏秋冬四景及单题杂赋分类。卷端有庐陵刘肃序,作于嘉定辛未,后于强焕者三十余年。刘序谓"陈氏病旧注之简略,遂详而疏之"者,必即指强本之注。取毛氏刊本对校,其注略有同者,是可证也。然陈注亦殊肤浅,篇中曲调仅就字面注释,全不述其源流。又如《侧犯》一阕"见说胡姬,酒炉寂静"句,注引《左传》"胡姬乃齐景公妾也";《诉衷情》一阕"不言不语,一段伤春,都在眉间"句,注引《论语·乡党》"食不语,寝不言",均欠贴切。阮文达以《四库》未收影写进呈,其《提要》于引原序外来赞一辞,亦可于言外见之矣。是本黄荛圃、顾千里均定为宋刻,荛圃后跋谓"无藏书家图记",然卷三末叶有"周遇吉印"朱文方印,《明史·列传》有此姓名,其人以御流贼战死于宁武关者。如为其人,更可宝巳。

按:周遇吉传见《明史》卷二百六十八,云为锦州卫人,少有勇力,好射生,后入行伍,积功至前锋营副将。屡加太子少保、为山西总兵官。

《宝礼堂宋本书录》又载有毛氏藏本,云:"二册,宋刊本,朱祖谋跋,有毛晋、宋筠诸藏印。"提要云:

余续得此刻，与前本较，不能定其先后。以视彊村先生，先生取前本参校，举其讹脱，谓此刻为胜，且定为少章手自斠改覆刻之本。自来剞劂之事每以初版为佳，凡后出者大都据以覆刻，故讹文夺句，时有所见。不知者就表面观之，必以此为原本而彼为覆本。然覆刻之讹只有疑似而无增减，且是本辞句之不同者，审其文义，实有青胜于蓝之概，尤以卷五前四叶为甚。其卷四《诉衷情》"不言不语"之注亦并无存，彊村一代词宗，其定为斠改覆刻者，所言固自可信，特不解初刊是书者何以如是草草耳。版印不及前本，盖有初印晚印之别，若竟以此退而居乙，则诚未免皮相矣。彊村校语，至为详密，附录于后。

又云："宋讳仅'匡'、'慎'二字阙笔。"较黄氏藏本多讳一"匡"字。毛氏藏本，除毛氏诸藏书印外，还钤有"雪苑宋氏兰挥藏书记"、"张南伯书画印"、"宋履素书画印"、"张氏南伯"、"髯"、"遗子孙"、"子孙保之"、"孙楫"、"驾航"、"密埒楼""退庵眼福"、"博明经眼"、"乌程蒋祖诒藏"、"人间孤本"、"寒云鉴赏之□"等印，知辗转收藏者颇多。此原为毛氏汲古阁藏本，与前黄丕烈藏本不同。毛氏藏本，今有福建人民出版社影印的《宋元闽刻精华》本，前有刘肃序，卷端下题注者、刊者与黄氏藏本同。此书有毛晋藏书诸印，如"甲"、"毛晋"、"宋本"等，然毛晋《跋片玉词》云藏有三种周氏词集，却没提及此宋本，而提到的《片玉集》虽有注，却为三卷，前有强焕叙，收词一百八十首，知与此不是同一书。

比照毛、黄藏二本，每卷的页码都同，每卷所收的词作也同，每页行款均同，不同的是边框，黄氏藏本或四周双边，或左右双边，而毛氏藏本只有左右双边一种情况。就正文和注文而言，绝大多数均同，即每行中所刻某某字也多同，间有出入的，但不多。最明显的差异是卷五前四页（八面）载的六首词，即《风流子》"枫林凋晚叶"、《华胥引》"川原澄映"、《宴清都》"地僻无钟鼓"、《四园竹》"浮云护月未放

225

满"、《齐天乐》"绿芜凋尽台城路"、《木兰花》"郊原雨过",注文出入很大。

两种宋刻本实同出一源,只是刊印有前后,就略有出入。如总目词调下或标宫调,或标小题,黄本就比毛本详细,毛本有三十馀首未标宫调,或小题,而黄本却有。词作出入不大,而注文则不然,除卷五前四叶所载六首词外,总的来看,毛氏藏本确实优于黄氏藏本,所谓后出转精。

至于注文,此以两宋刊本卷五前六首词中之《风流子》为例说明之,注文很少注明所引之书,这是现存宋词注本中普遍的现象:其一,注文方面,除前后有少数相同外,绝大多数的释文是不同的,毛藏本较黄藏本丰富详细,也合理些。其二,注文标示的位置,黄藏本往往把属于同一韵的几句割裂,毛藏本则在韵句处出注,较黄藏本合理些。其三,黄藏本有错字,如宋玉的《九辨》作《九卞》,又引文"登山临水兮送将归"之"临水"作"临春",又引杜诗"花摧蜡炬销"之"销"作"谓",又引杜诗"还对欲分襟"之"对欲"作"欲对",意多不可通。而毛藏本错字就少些。不过,毛藏本也有不足处,如秦韬玉《贫女》诗句"蓬门未识绮罗香"误作秦观诗句,又司马相如《上林赋》之句"亭皋千里"误作《子虚赋》之句,另卢仝当作卢全。其他五首词的出入也很多,此不赘,朱孝臧以为这些修改是陈元龙所为。宋人谓闽刻图速售,刻板不精,于此可见一斑。

除宋刊本外,近代刊印本有:

1.《景刊宋金元明本词》本《景宋本详注周美成词片玉集》十卷,民国时吴昌绶据黄丕烈藏书影写刻印,陶湘《叙录》云:

> 湘案:文达所据宋本,光绪中在济宁孙驾航京兆楫家。临桂王氏四印斋别得元人所抄无注本《清真集》二卷,曾以孙本互校,篇次字句略同,取汲古《片玉词》辑为集外词一卷,而未录陈注。江安傅沅叔复从南中收劳檆卿手写一本,亦分十卷。词目下稍采注语,似前人所最录。近岁孙本散

出，纸墨颇有渝损。适又出一宋椠，为黄荛圃旧藏，精整远过之，有"丕烈"、"荛夫"、"士礼居"、"惟庚寅吾以降"、"汪士钟印"、"阆源真赏"诸印。每半叶十行，行十七字，景写上版。北宋词有注者，惟此独为完本，亦前贤未见之秘帙也。

　　荛圃多收宋词，恒以自诩。此本独无题识，盖其晚岁所得，故仅有印记。附识以补《百宋一廛》著录。

核以景刻本，与袁克文所云虽均为半叶十行，行十七字，然而仍是略有差异，如袁云有宗同序，而景刻本却为刘肃（字必钦）序，又鱼尾下标等也有不同处，知不是同一刻本。考陶氏影宋本刘肃序末句作"庐陵刘肃必钦序"，而《彊村丛书》本校记引黄丕烈藏本作"少章，名元龙。时嘉定辛未杪腊，庐陵刘肃必钦序。"知存有差异。至于孙楫家藏宋本，具体不详。《中国古籍善本书目》载《片玉集》十卷，为清宣统元年（1909）吴氏甘遁村居抄本，王国维校并跋，今藏国家图书馆。按：吴昌绶，字伯宛，一字印臣，号甘遁，知为吴氏抄本。

2.《彊村丛书》本《片玉词》十卷，朱祖谋跋云：

　　周美成词《片玉集》十卷，陈元龙少章集注，汲古阁旧藏，半塘翁目为元板者也。美成词刻于宋世者：一为严州本，名《清真诗馀》，《景定严州续志》载州校书板有《清真集》，复有《诗馀》是也，黄昇《花庵词选》据之。一为溧水本，名《清真词》，《直斋书录解题》谓："邦彦尝为溧水令，故邑有词集。"即晋阳强焕为序者是也，《西麓继周集》据之。一为《圈法美成词》，见《词源》。一为《美成长短句》，见毛子晋跋语。又有《三英集》，乃与方千里、杨泽民和作同刻者，皆无注。若曹杓《注清真词》，亦见《书录解题》，其书久佚。然兹集刘必钦序谓："病旧注之简略，详而疏之。"所云旧注，疑即曹注。尝见士礼居别藏本，与兹本悉同，惟卷五注中有异，又序尾有"嘉定辛未"云云。今已据补。其为宋刻无疑。兹本虽削"嘉定辛未"字，词中讹脱较鲜，注亦加详，卷五注尤多增改，其为少章手订覆刻亦无疑。毛氏《秘本书目》谓为元刻，半塘翁因之，盖未睹黄本标明"嘉定"也。毛刻用强焕序本《清真词》，乃以兹集之名名之。老友曹君直谓其跋中"最后得宋刻"云云，明指强本；"余见评注庞杂"云云，复指陈本。悬牛头，市马脯，令人迷罔。而所谓"长短句"者，未知视兹集增损何如？亦湮没不可考，为尤可惜也。庚申小除日，归安朱孝臧跋于礼霜堂。

据毛氏藏宋刊本刻，校以黄氏藏宋刊本等。

另有抄本，见于著录的有：

1. 清阮元《揅经室经进书录》卷四著录有《详注周美成词片玉集》十卷。按：《故宫善本书目·宛委别藏书目》著录有《详注周美成词片玉集》十卷，云："三册，宋陈元龙撰，抄本。"即指此书，今存台北故宫博物院。阮元（1764—1849），字伯元，号芸台，晚号怡性老人，清仪征（今江苏扬州）人。乾隆五十四年（1789）进士，为翰林院编修，先后出任湖南、浙江、江西巡抚和两广、云贵总督，官至太子太保、太傅，卒谥文达。喜纠合文人，编书撰述不辍。在杭州建诂经精舍，在粤立学海堂，延揽通儒，著有《揅经室集》、《揅经室经进书录》等。

2. 《中国古籍善本书目》载《详注周美成词片玉集》十卷，云清抄本，清羊复礼批校，藏湖北省图书馆。

另徐世昌《书髓楼藏书目》卷四著录有《片玉集》十卷，云陈元龙注，未标明卷数版本。

万俟咏

万俟咏，字雅言，号大梁词隐，生卒年及里贯不详。哲宗元祐时以诗赋见称于时。宋徽宗政和初中召试补官，充大晟府制撰。高宗建炎四年（1130）乞进官，未果。绍兴五年（1135）补任下州文学。善工音律，能自度新声。著有《大声集》。

其词集见于宋人著述，计有：

1. 王灼《碧鸡漫志》卷二云：

> 沈公述、李景元、孔方平、处度叔侄、晁次膺、万俟雅
> 言，皆有佳句，就中雅言又绝出。然六人者，源流从柳氏来，
> 病于无韵。雅言初自集分两体，曰雅词、曰侧艳，目之曰《胜
> 萱丽藻》。后召试入官，以侧艳体无赖太甚，削去之。再编成
> 集，分五体：曰应制、曰风月脂粉、曰雪月风花、曰脂粉才
> 情、曰杂类。周美成目之曰《大声》。

知词集较早名《胜萱丽藻》，后周邦彦命名为《大声集》，分五类，即
应制、风月脂粉、雪月风花、脂粉才情、杂类，未言版本。

2. 黄昇《唐宋以来绝妙词选》卷七云：

> 万俟雅言精于音律，自号词隐。崇宁中充大晟府制撰，
> 依月用律制词，故多应制。所作有《大声集》五卷，周美成为
> 序。山谷亦称之为一代词人。

五卷即《碧鸡漫志》所谓五类，未言版本。

3. 陈振孙《直斋书录解题》卷二十一著录有《大声集》五卷，提
要云："周美成、田不伐皆为作序。"为宋刊《百家词》本，元马端临
《文献通考》卷二百四十六"经籍考七十三"据以著录。知除周邦彦
序外，还有田为序，二序今均不存。

又见于宋以后藏家著录的有：

1. 明钱溥《秘阁书目》著录有《大声集》，未言卷数版本。

2. 明毛晋《汲古阁毛氏藏书目录》著录有《大声集》五卷，未言
版本。

3. 清朱彝尊《词综》卷九小传云有《大声集》五卷。按《词综》
"发凡"云："藏书家编目录，词集多不见收。……万俟雅言《大声
集》、陈克《赤城词》……旧本散失，未经寓目，或诗集虽在而词则阙

如，仅于选本中录其一二。"知小传所云《大声集》五卷大概是据他人著录，未曾目睹原词集。

4.《御选历代诗馀》卷一百三"词人姓氏"云有《大声集》五卷。

5. 吴昌绶《宋金元词集见存卷目》附《双照楼续辑宋金元百家词目》著录有《大声集》一卷，云："□□万俟雅言。附田为词，二家自《直斋书录解题》及诸选本，皆以字传，而佚其名，从《碧鸡漫志》考补，并为辑存，以见大晟遗制。"

按：杨慎《词品》卷四云：

> 万俟雅言精于音律，自号词隐。崇宁中，充大晟府制撰，按月用律进辞，故多新声。《草堂》选载其《三台》及《梅花引》二首而已，其《大声集》多佳者，山谷称之为一代辞人。

知明清之际《大声集》五卷本或还见存。

民国时赵万里辑《大声集》，收入《校辑宋金元人词》中，题记云：

> 陈振孙云："《大声集》五卷，万俟雅言撰。尝游上庠，不第，后为大晟府制撰。周美成、田不伐皆为作序。"案：雅言入大晟府官制撰，王灼《碧鸡漫志》二记之最详。《漫志》云："万俟咏，政和初召试补官，置大晟乐府制撰之职。新广八十四，患调弗传。雅言请以盛德大业及祥瑞事迹制调实谱。有旨依月用律，月进一曲，自此新谱稍传。"《花庵词选》、《岁时广记》所引《雪明鵁鶄夜慢》、《明月照高楼慢》、《恋芳春慢》、《安平乐慢》三叠请首，盖即依月用律时所进矣。《漫志》又云："雅言初自集分两体，曰雅词，曰侧艳，目之曰《胜萱丽藻》。后召试入官，以侧艳体无赖大甚，削去之，再编成集，分五体：曰应制，曰风月脂粉，曰雪月风花，曰脂粉才情，曰杂类，周美成目之曰《大声》。"说与直斋所

云五卷合。盖一体为一卷，编次与他人迥异。求之两宋，略与曹勋《松隐乐府》相似，盖均以应制词见长也。考大晟府之立在崇宁四年，周邦彦提举大晟则在政和六年。当时僚属，典乐则有徐伸、田为，协律郎则有姚公立，寺丞则有晁冲之，制撰官则有江汉、晁端礼，并雅言而三。除周、晁外，馀并无专集传世，一代宗工，至今日并其名亦几不传，良可叹也。万里记。

为民国排印本，录词二十七首附录二首。

田为

田为，字不伐，里贯不详。宋徽宗政和末充大晟府典乐。徽宗宣和元年（1119）罢典乐，为大晟府乐令。著有《洋呕集》。

其词集不见宋人著录。白朴《天籁集》卷上《水龙吟》"彩云萧史台空"一词序云：

> 么前三字用仄者，见田不伐《洋鸥集》，《水龙吟》二首皆如此。田妙于音，盖可以无疑，或用平字，恐不堪协。云和署乐工宋奴伯妇王氏以洞箫合曲，宛然有承平之意。乞词于予，故作以赠，会好事者为王氏写真，末章及之。

卷数、版本不详。《洋鸥集》或作《洋呕集》。

民国时赵万里辑《洋呕集》，收入《校辑宋金元人词》中，题记云：

> 白朴《天籁集》卷上《水龙吟·丙午秋到维阳途中》一阕注云："么前三字用仄者，见田不伐《洋呕集》。"此"洋呕集"三字见于载籍之始，可据以补宋志之遗，《永乐大典》卷一万四千三百八十一"寄"字韵《卢疏斋集》云："晚泊采石，醉歌田不伐《黑漆弩》，因次其韵。"今检《花庵词选》、《阳春白雪》，搜得佚词六首。《水龙吟》、《黑漆弩》均未见称

引，知其散佚多矣。万里记。

为民国排印本，录词六首。

徐伸

徐伸，字幹臣，三衢（今浙江衢州）人。生卒年均不详，宋徽宗政和初以知音律为太常典乐，出知常州。著有《青山乐府》。

徐氏词集见于宋人记载，黄昇《唐宋以来绝妙词选》卷八"徐幹臣"云：

> 名伸，三衢人。有《青山乐府》一卷行于世，然多杂周词，惟此一曲，天下称之。

所选为《二郎神》"闷来弹鹊"一词，未言版本。

其词集见于清人著录：

1. 朱彝尊《词综》"发凡"和卷九小传云有《青山乐府》一卷。

2. 《御选历代诗馀》卷一百三"词人姓氏"云有《青山乐府》一卷。

3. 《浙江通志》卷二百五十二"经籍十二"载有《青山乐府》一卷。

以上均未言版本。

曹组

曹组，字元宠，颍昌（今河南许昌）人。生卒年不详。宋徽宗宣和三年（1121）进士及第，召试中书。历任阁门宣赞舍人、睿思殿应制、防御副使。著有《箕颍集》等。

其词集宋代已刻印行世，王灼《碧鸡漫志》卷二云：

> 元祐间王齐叟彦龄、政和间曹组元宠皆能文，每出长短句，脍炙人口。彦龄以滑稽语噪河朔。组潦倒无成，作《红窗迥》及杂曲数百解，闻者绝倒，滑稽无赖之魁也。……组

> 之子知阁门事勋，字公显，亦能文。尝以家集刻板，欲盖父
> 之恶。近有旨下扬州，毁其板云。

为家刻本。又宋赵与峕《宾退录》卷六："元宠名组，尝赋《红窗迥》
百馀篇，皆嘲谑之词，故掩其文名。"又陈振孙《直斋书录解题》卷十
七《箕颍集》二十卷云："组本与兄纬有声太学，亦能诗文，而以滑稽
下俚之词行于世，得名，良可惜也。"宋以来未见词集传世。

　　缪荃孙《目录词小说谱录目》著录有《曹元宠词》一卷，云传写
本，为后人辑录本。

　　北宋易大厂校印有《北宋三家词》，其中有《曹元宠词》一卷附校
记一卷。据劳权抄本排印，存词三十二首。

　　民国时赵万里辑《箕颍词》，收入《校辑宋金元人词》中，题记云：

> 《碧鸡漫志》二云：政和间曹组能文，每出长短句，脍炙
> 人口。潦倒无成，作《红窗迥》及杂曲数百解，闻者绝倒，滑
> 稽无赖之魁也。又云：今少年不学柳耆卿，则学曹元宠，其
> 贬之也如此，盖以其专工谑词故也。谑词见于小说、平话者
> 居多，当时与雅词相对称。宋世诸帝如徽宗、高宗均喜其
> 体，《宣和遗事》、《岁时广记》载之。此外尚有俳词，亦两宋
> 词体之一，与当时戏剧实相互为用，此谈艺者所当知也。万
> 里记。

为民国排印本，录词三十五首附录一首。

毛滂

　　毛滂（1060—？），字泽民，号东堂居士，衢州江山（今属浙
江）人。宋神宗元丰七年（1081）以荫出任郿州县尉。哲宗元祐时为
杭州法曹，知武康县。徽宗崇宁初为删定官，政和年间以祠部员外郎
知秀州，约卒于徽宗宣和末年。著有《东堂集》等。

　　其词集宋代就刊行于世，陈振孙《直斋书录解题》卷二十一著录

有《东堂词》一卷，提要云：

> 毛滂泽民撰，本以"断魂分付潮回去"见赏东坡得名，而他词虽工，未有能及此者。

为宋刊《百家词》本，元马端临《文献通考》卷二百四十六"经籍考七十三"据以著录。

宋以后见于著录的有：

一、抄本

见于今存抄本丛书中收录的有：

1. 明吴讷编《百家词》本，明抄本，梁启超跋，藏天津图书馆，其中有《东堂词》一卷。

2.《宋二十家词》本，明抄本，清许宗彦、丁丙跋，藏南京图书馆，其中有《东堂词》二卷，清丁丙跋。

3.《四库全书》本，有《东堂词》一卷，提要云：

> 宋毛滂撰，滂有《东堂集》已著录。此词一卷，载于马端临"经籍考"，与今本相合。盖其文集久佚，今乃裒录成帙。其词集则别本孤行，幸而得存也。端临又引《百家诗序》称其罢杭州法曹时，以赠妓词"今夜山深处，断魂分付潮回去"句见赏于苏轼，其词为《惜分飞》，今载集中。然集中有太师生辰词数首，实为蔡京而作。蔡絛《铁围山丛谈》载其父柄政时，滂献一词甚伟丽，骤得进用者，当即在此数首之中。则滂虽由轼得名，实附京以得官，徒擅才华，本非端士。方回《瀛奎律髓》乃以为守正之士，盖偶未及考。其词则情韵特胜，陈振孙谓滂他词虽工，终无及苏轼所赏一首者，亦随人作计之见，非笃论也。其文集、词集并称东堂者，滂令武康时改尽心堂为东堂，集中《蓦山溪》一阕自注其事甚悉云。

为江苏巡抚采进本，当为毛氏汲古阁刊本。《钦定续通志》卷一百六十三据文渊阁著录有《东堂词》一卷，即此本。

又见于藏家著录的抄本有：

1. 清范懋柱《天一阁藏书目》卷四之四著录有《东堂词》一卷，绵纸，抄本。

2. 清丁丙《善本书室藏书志》卷四十著录有《东堂词》二卷，明抄本。

3. 袁荣法《刚伐邑斋藏书记》著录有《东堂词》一卷，提要云：

> 此本乃璜川吴氏影写宋本。先世父得之京师，仁和吴印臣丈昌绶假录一部，以贻古微侍郎。复假得丁氏善本书室藏明抄本，据以校勘，刻入《彊村丛书》，跋中所载即此本也。……明抄本有较佳处，然此本不啻宋本，传世当推为最古，虽讹夺处，与毛本亦有同者，其前后编次绝异，知二本实非同出一本。有吴文题跋二笺附卷首，又经古微先生以明抄本用朱笔校过，复有劳舞卿校签二纸。每半页八行，行十四字。首有"璜川吴氏收藏图书"朱文方印，后有"劳舞卿"白文方印，"梁兰"朱文长印，"吴昌绶读"白文方印。劳、朱二家校，璜川吴氏影写本。四册。

知有影宋抄本，此为吴昌绶传抄本，又据丁氏善本书室藏明抄本校勘。按：吴铨，字容斋，号璜川，长洲（今江苏苏州）人。清雍正中为吉安知府，归田后居潢川，筑遂初园，以校书藏书为事，藏书处为璜川书屋，多宋元善本。按：吴昌绶，字伯宛，一字印臣，号甘遁。

二、刊本

1. 明末毛氏汲古阁刊《宋名家词》本，其中有《东堂词》一卷，毛晋跋云：

> 泽民自叙少时喜笔砚浅事，徒能诵古人纸上语。尝知武康县，改尽心堂为东堂，簿书狱讼之暇，辄觞咏自娱，托其声于《蓦山溪》，如图画然。凡诗文、书简、乐府，总名《东堂

集》，盛行于世。昔人谓因赠"琼芳"一词见赏东坡得名，果尔尔耶？

未言所据，此本见清郑德懋辑《汲古阁校刻书目》之《宋名家词六集》著录，云凡六十四叶。又见清耿文光《万卷精华楼藏书记》卷一百四十三、李盛铎《天津延古堂李氏旧藏书目》著录，又王修《诒庄楼书目》卷八著录，云有"西川李氏亿书楼藏书"、"臣鼎元印"、"家在三山红雨楼"三印。

又清陆心源《皕宋楼藏书志》卷一百十九著录有《东堂词》一卷，毛斧季手校本，录题识文如下：

> 陆氏手跋曰：七月廿一日校，凡三抄本：其一即底本也，章次皆同，而与此刻异，内一小字本最佳，所得脱误字极多。

> 毛氏手跋曰：乡谓子鸿深于词，及阅此，未免尚隔一层，甚矣，学问之难也。己卯五月十六日，从旧录本校一过。毛扆。

此为汲古阁刊本，有朱笔校，今藏日本静嘉堂文库，为陆贻典与毛扆翁婿二人核校。按黄仪，字子鸿，常熟（今属江苏）人。

2. 清光绪重刊汲古阁《宋名家词》本，见叶德辉《叶氏观古堂藏书目》著录。

3. 《彊村丛书》本《东堂词》一卷，朱祖谋跋云：

> 《东堂词》一卷，璜川吴氏影写宋词，凡二百二首，与毛刻正合。其讹脱亦有同者，而前后编次绝异。《直斋书录解题》称《东堂乐府》二卷，今《东堂集》久佚。《四库》从《永乐大典》辑存，谓其词毛氏已刊，别著于录，则当时更未睹有别本可知。老友吴甘遁移写见示，并据《乐府补题》补《水调歌头》"元会曲垂衣"二句，据《全芳备祖》补《玉楼春·咏红梅生》"罗衣褪"句，而犹不能无误。乃以丁氏善本

书室藏明抄本校订如右。原抄经仁和劳氏收藏，有"染兰"
小印，甘遁谓染兰即巽卿姬人陈氏双声小字。尚欲详考纪
年，以补《碎金》跋尾也。宣统强圉大荒落之岁，朱孝臧跋。

跋作于宣统丁巳，即民国六年（1917），知所刻是据吴昌绶借清璜川吴
铨藏影写宋本移录。

三、 版本不详者

1. 明梅鼎祚《青泥莲花记》"采用书目"，其中有《东堂词》，未
标明卷数。

2. 明董斯张《吴兴备志》卷七"官师征第四之六"云："滂时作长
短句，声文遒媚，缉之为《东堂词》。"

3. 明毛晋《汲古阁毛氏藏书目录》著录有《东堂词》一卷。

4. 清钱曾《钱遵王述古堂藏书目录》著录有《东堂词》一卷。

5. 清钱曾《也是园藏书目》卷七著录有《东堂词》一卷。

6. 清朱彝尊《词综》"发凡"及卷七小传著录有《东堂词》二卷。

7. 清徐元文《含经堂藏书目》著录有《东堂词》一卷。

8. 清陆漻《佳趣堂书目》著录有《东堂词》一卷。

9. 清郑元庆《湖录经籍考》卷五著录有《东堂词》二卷

10. 清庄仲芳《映雪楼藏书目考》卷十著录有《东堂词》一卷。

11. 章篯编《文澜阁浙江书目》著录有《东堂词》一卷。

上述清陆漻以上等明清人著录的当以抄本居多，陆漻以下著录的
当以刻本为主，如毛氏汲古阁刊本等。

除词集单行本外，宋刊毛滂诗文别集也附有词，陈振孙《直斋书
录解题》卷十七载《东堂集》六卷诗四卷书简二卷乐府二卷，提
要云：

祠部郎江山毛滂泽民撰。滂为杭州法曹，以乐府词有佳句
受知于东坡，遂有名。尝知武康县，县有东堂，集所以名也。
又尝知秀州，修月波楼，为之记，其诗文视乐府颇不逮。

知有词二卷，黄昇《唐宋诸贤绝妙词选》卷六云："毛泽民名雱，有《东堂集》十卷。"云名雱，当误。至于《东堂集》十卷，当指诗文别集。毛滂诗文集载有词见于宋人多家提及，陈造《江湖长翁文集》卷三十一《题东堂词集》云：

> 毛泽民集，合文诗、尺牍、乐府为十五卷，刊于嘉禾郡库。予校文秋闱，得是，藏于家。细观静阅，其视苏氏之门秦、黄、晁、张、陈、李辈，未遽辈行，要为当时文士，伯乐肯顾，宁复凡骨？士之从事斯道，当贵重之。

又同卷《题东堂集》云：

> 予读《东堂集》，玩绎讽味，其文之瑰艳充托，其韵语之精深婉雅，视秦、黄、晁、张，盖不多愧。比文宗学师，不彼即而彼即之，其贤于世几等。此集嘉禾有板，予己酉岁考是郡秋试，郡将赵侯送似，遂得宝藏之。

与《直斋》著录的十四卷不同。词之卷数不详，为嘉禾（今浙江嘉兴）郡刻本。

按：《永乐大典》卷 2809 第 16B 页自《东堂集》录《木兰花》一词，又卷 12043 第 22B 页自《毛东堂先生集》录《剔银灯》一词。又卷 2811 第 18B 页录毛泽民词《踏莎行》一首，又卷 20353 第 12A、B 页据录毛滂词三首，即《醉花阴》二首和《南歌子》一词。见于明人著录的有：

1. 焦竑《国史经籍志》卷五著录有《毛滂东堂集》六卷，又诗四卷，又书简二卷，又乐府二卷。

2. 毛晋《汲古阁毛氏藏书目录》著录有《东堂集》六卷、诗四卷、书简二卷、乐府二卷。

张继先

张继先，字嘉闻，贵溪（今属江西）人。道士，为第三十代天师。

宋哲宗元符三年（1100）嗣教，徽宗崇宁四年（1105）赐号虚靖先生。
著有《虚靖语录》。

其词集不见于宋人提及，见于今存抄本词集丛编中收录的有：

1. 明李东阳辑《南词》本，抄本，其中有《虚靖真君词》一卷。

2.《宋元明三十三家词》本，明石村书屋抄本。其中有《虚靖真
君词》一卷，清毛扆校。

3.《宋元名家词》本，明抄本，清毛扆校，唐晏跋。其中有《虚
靖词》一卷。

4.《宋明九家词》本，明抄本，清丁丙跋。其中有《虚靖真君
词》一卷。

5.《宋元明八家词》本，清何元锡家抄本，清丁丙跋。其中有
《虚靖真君词》一卷。按：丁丙《善本书室藏书志》卷四十著录有《虚
靖真君词》一卷，精抄本，何梦华藏书。提要云：

> 《士礼居藏书题跋》云：真君著迹宋崇宁、靖康间，《道
> 藏》必有是书，从天庆观借阅，在席字一二号，共七卷。书名
> 《语录》，此殆抄自《语录》中者，有"梦华印记"。

知是自《道藏》中析出另行者。

6.《彊村丛书》本，稿本，其中有《虚靖真君词》一卷。

又见于清以来人著录的有：

1. 清朱彝尊《词综》"发凡"云有《虚靖真君词》，未言卷数
版本。

2. 吴昌绶《宋金元词集见存卷目》附《双照楼续辑宋金元百家词
目》著录有《虚靖真君词》一卷，云："三十代天师张继先嘉闻。武林
董氏旧抄《南词》本。旧佚名，今考补。"

3. 缪荃孙《目录词小说谱录目》著录有《虚靖真君词》一卷，传
写明抄本。

近代朱祖谋辑《虚靖真君词》一卷，刊入《彊村丛书》中，未见
跋文。

赵令畤

赵令畤（1061—1134），初字景贶，苏轼为改字德麟，自号聊复翁，宋宗室。哲宗元祐中签书颍州节度判官公事，时苏轼为知州，荐其才于朝。后坐元祐党籍，废弃十年。高宗绍兴初，袭封安定郡王，为宁远军承宣使，卒赠开府仪同三司。著有《侯鲭录》、《聊复集》。

赵氏词集宋代就已刊行，陈振孙《直斋书录解题》卷二十一著录有《聊复集》一卷，为宋刊《百家词》本。元马端临《文献通考》卷二百四十六"经籍考七十三"据此著录。按：周紫芝《太仓稊米集》卷六十六《书安定郡王长短句后》（绍兴五年）云：

> 安定郡王具文殊无碍辨才，传东坡居士正法眼藏，时时游戏于长短句中，妙丽清壮，无一字不可人意。今观此数解，真乐府中绝唱也。试使韵人胜士酒酣耳热倚席而歌之，当复令人想见其风采。后五诗馀旧闻于故人者，并书卷尾。绍兴五年嘉平十有三日，静寄老人书。

知书写的词在五首以上。

赵氏词集见于明清藏家著录，计有：

1. 明毛晋《汲古阁毛氏藏书目录》著录有《聊复集》一卷，未标明版本。

2. 明钱溥《秘阁书目》著录有《聊复词》，未标明卷数版本。

3. 清朱彝尊《词综》小传云有《聊复集》，未言卷数版本。

4.《御选历代诗馀》卷一百三"词人姓氏"云有《聊复集》一卷。

5. 王国维编《大云书库藏书目》卷中著录有《聊复集》一卷，抄本。为罗振玉藏书。

6.《中国古籍善本书目》著录有《聊复集》一卷，王国维辑，稿本。

以上除《秘阁书目》著录为《聊复词》外，其他均著录为《聊复集》。

民国时赵万里辑《聊复集》，收入《校辑宋金元人词》中，题记云：

> 《聊复集》一卷，宋时有长沙书肆《百家词》本，见《直斋书录解题》，久佚不传。兹于《乐府雅词》、《花庵词选》外，于其自撰《侯鲭录》中辑得《商调·蝶恋花》十二首，咏莺莺故事，与曾布《水调歌头》咏冯燕事《玉照新志》二、董颖《道宫·薄媚》咏西施事《乐府雅词》上，体制相似。惟曾、董所作为大曲，故曲外无叙事之文，德麟则置本事于曲前，以首阕起，末阕结之。观堂先生以为视后世戏曲之格律，几于具体而微，其说良是。《警世通言》卷三十八以《商调·醋葫芦》小令十篇咏蒋淑真刎头鸳鸯会故事，叙事文虽改用语体，然文末亦有"奉劳歌伴"二语，与德麟同，盖即仿此篇而作。考宋时鼓子词，以一调连成十数阕，欧阳修、洪适集中均有之。张抡且以《道情鼓子词》名集，殆即此体之滥觞，惟不搬演故事耳。厥后诸宫调体，即由此递变而成，余别于《两宋乐府考》中详之，兹不复赘。万里记。

为民国排印本，录词三十六首。

苏庠

苏庠（？—1147），字养直，自号眚翁，本泉州（今属福建）人，后徙居丹阳（今属江苏），卜居丹阳后湖，又号后湖病民。宋高宗绍兴年间被征召，独不赴，以隐逸终。

苏庠词集宋代就有刊印，陈振孙《直斋书录解题》卷二十一著录有《后湖词》一卷，为宋刻《百家词》本，元马端临《文献通考》卷二百四十六"经籍考七十三"据以著录。

见于明以来藏家著录的有：

1. 明钱溥《秘阁书目》著录有《后湖词》，未标明卷数版本。

2. 明毛晋《汲古阁毛氏藏书目录》著录有《后湖词》一卷，未标明版本。

3. 缪荃孙《目录词小说谱录目》著录有《苏养直词》一卷，传写本。

民国时易大厂据劳权抄本排印有《后湖词》二卷，收入《北宋三家词》中。

谢逸

谢逸（？—1113），字无逸，号溪堂，宋临川（今江西抚州）人。屡举不第，以布衣终。著有《溪堂集》。

谢逸词集宋代就刊行于世，陈振孙《直斋书录解题》卷二十一著录有《溪堂词》一卷，为宋刻《百家词》本。元马端临《文献通考》卷二百四十六"经籍考七十三"据以著录。又宋陈思编、元陈世隆补《两宋名贤小集》卷三十于谢逸《溪堂集》云："《溪堂》、《竹友》二集，系门人所编。长短句尤天然工妙，今诗馀所载，仅剑首一映耳。"知别集中收有词。

其词集见于宋以后著录的有：

一、 抄本

今所见明抄词集丛编本有数种，均收有谢逸词集，计有：

1. 明吴讷辑《唐宋名贤百家词》本，明抄本，梁启超跋。其中有《溪堂词》一卷。

2. 明李东阳辑《南词》本，抄本，其中有《溪堂词》一卷。

3.《宋元名家词》本，明抄本，清毛扆校，唐晏跋。其中有《溪堂词》一卷。

4.《宋二十家词》本，明抄本，清许宗彦、丁丙跋，其中有《溪堂词》一卷。按：清丁丙《善本书室藏书志》卷四十载《溪堂词》一卷，明抄本，鉴止水斋藏书。云："此为明人所抄，乃子晋所称首《蝶恋花》、尾《望江南》本，并无《花心动》阑入，尚是明时善本也。"原为鉴止水斋许宗彦藏书，《善本书室藏书志》著录的即为丛编本，盖析出著录者。

入清则有《四库全书》本《溪堂词》一卷，提要云：

> 宋谢逸撰，《宋史·艺文志》载逸有集二十卷，《溪堂诗》
> 五卷，岁久散佚，今已从《永乐大典》中搜辑成编，已著录。
> 《书录解题》别载《溪堂词》一卷，今刊本一卷，末有毛晋
> 跋。称既得《溪堂全集》末载乐府一卷，遂依其章次就梓。
> 盖其集明末尚未佚，晋故得而见之也。逸以诗名宣、政间，
> 然《复斋漫录》载其尝过黄州杏花村馆题《江神子》一阕于驿
> 壁，过者必索笔于驿卒，卒苦之，因以泥涂焉，其词亦见重一
> 时矣。是作今载集中，语意清丽，良非虚美，其他作亦极煅
> 炼之工。卷首有序，署漫叟，而不名其所称。"黛浅眉痕沁，
> 红添酒面潮"二句乃《菩萨蛮》第一阕中句，"鱼跃冰池抛玉
> 尺，云横石岭拂鲛绡"乃《望江南》第二阕中句，然"红潮登
> 颊醉槟榔"本苏轼语，"鱼跃练江抛玉尺"亦王令语，皆剽窃
> 前辈旧文，不为佳句，乃独摘以为极工，可谓舍长而取短，殊
> 非定论。晋跋语又载《花心动》一阕，谓出近来吴门抄本，疑
> 是赝笔，乃沈天羽作续词谱，独收此词，朱彝尊《词综》逸
> 词，因亦首登是阕。考宋人词集如史达祖、周邦彦、张元干、
> 赵长卿、高观国诸人皆有此调，其音律平仄如出一辙，独是
> 词随意填凑，颇多失调，措语尤鄙俚不文，其为赝作，盖无疑
> 义。晋刊此集，削而不载，特为有见，今亦不复补入，庶免鱼
> 目之混焉。

此为安徽巡抚采进本，所据为毛氏汲古阁刊本。《钦定续通志》卷一百
六十三"艺文略·词曲·词集"据文渊阁著录，有《溪堂词》一卷，当
与库本同。又《四库著录江西先哲遗书目》著录有《溪堂词》一卷，
同此。

二、刊本

1. 明末汲古阁刊《宋名家词》本《溪堂词》一卷，毛晋跋云：

时本《溪堂词》卷首《蝶恋花》以迄蝉尾《望江南》共六十有三阕，皆小令，轻倩可人，中间字句舛谬，无从考索。既获《溪堂全集》，末载乐府一卷，今依其章次就梓。近来吴门抄本多《花心动》一阕，其词云："风里杨花，轻薄性，银烛高烧，心热。香饵悬钩，鱼不轻吞，辜负钩儿虚设。桑蚕到老丝长伴，针刺眼，泪流成血。思量起，拈枝花朵，果儿难结。　　海样情深忍撇。似梦里相逢，不胜欢悦。出水双莲，摘取一枝，可惜并头分折。猛期月满会姮娥，谁知是，初生新月。折翼鸟，甚是于飞时节？"疑是赝笔，不敢阑入，附记以俟识者。

知所据为诗文集本，所云吴门抄本不详。此本见清郑德懋辑《汲古阁校刻书目》之《宋名家词六集》著录，云凡二十三叶。又见蔡宾年编《墨海楼书目》、李盛铎《天津延古堂李氏旧藏书目》等著录。

又清陆心源《皕宋楼藏书志》卷一百十九著录有《溪堂词》一卷，陆敕先、毛斧季手校本。录陆贻典、毛扆翁婿二人题识：陆氏手跋曰："庚戌四月十三日抄本校，敕先。"毛氏手跋曰："己巳三月九日从孙氏旧录本校，毛扆。"陆、毛批校所据的本子为毛氏汲古阁刻本，今藏日本静嘉堂文库。

2. 清光绪汪氏振绮堂重刊汲古阁本《宋名家词》本，见叶德辉《叶氏观古堂藏书目》著录。

三、版本不详者

1. 明钱溥《秘阁书目》著录有《溪堂词》，未标明卷数。

2. 《永乐大典》卷 540 第 16B 页自《溪堂词》录《西江月》一首。

3. 明毛晋《汲古阁毛氏藏书目录》著录有《溪堂词》一卷。

4. 清钱曾《钱遵王述古堂藏书目录》著录有《溪堂词》一卷。

5. 清钱曾《也是园藏书目》卷七著录有《溪堂词》一卷。

6. 清朱彝尊《词综》"发凡"和卷八小传云有《溪堂词》一卷。

7. 清徐元文《含经堂藏书目》著录有《溪堂词》一卷。

8. 清陆漻《佳趣堂书目》著录有《溪堂词》一卷。

9.《御选历代诗馀》卷一百三"词人姓氏"云有《溪堂词》一卷。

10. 清庄仲芳《映雪楼藏书目考》卷十著录有《溪堂词》一卷，云："逸以诗名，而词亦工，大抵陶炼清圆，点染工丽。"

11. 清姚燮《大梅山馆藏书目》卷十一著录有《溪堂词》一卷。

以上均未标明版本，除庄仲芳、姚燮著录的有可能为汲古阁刊本外，其他当以善本居多。

除别行词集外，另有诗文别集本，见于著录的有：

《永乐大典》卷 20353 第 14A 页自《溪堂集》录《西江月》一词，又毛晋《跋溪堂词》云得《溪堂全集》，末载乐府一卷。知谢氏别集是附载有词的，《四库全书》收有《溪堂集》十卷，提要云：

> 考江西派中有集者二十四人，逸所著文集二十卷、诗集五卷、补遗二卷、诗馀一卷，尤称繁富。今自黄、陈、吕、晁诸家外，惟韩驹《陵阳集》及蒇之《竹友集》犹有写本，逸集已久佚无传，故王士禛跋《竹友集》以未见逸集为歉。近时厉鹗撰《宋诗纪事》搜罗极广，所采逸诗亦止十馀首，今从《永乐大典》所载裒集缀辑，尚得诗文数百篇，中间如《冷斋夜话》所载"贪夫蚁旋磨，冷官鱼上竿"之句，又《豫章诗话》所引逸《蝴蝶》诗"狂随柳絮有时见，舞入梨花何处寻"、"江天春晓暖风细，相逐卖花人过桥"等句虽皆已失其全篇，然其存者诗词约什之七八，文亦约什之四五，已可略见其大概，谨订正讹舛，厘为十卷，庶考江西诗派者犹得备一家焉。

知辑自《永乐大典》，库本卷六存诗馀一卷。

谢薖

谢薖（1074—1116），字幼盘，号竹友居士，临川（今江西抚州）人，谢逸弟。举进士不中，终身不仕，著有《竹友集》。

谢薖词集宋代就刊行于世，陈振孙《直斋书录解题》卷二十一著录有《竹友词》一卷，为宋刻《百家词》本。元马端临《文献通考》卷二百四十六"经籍考七十三"据以录入。

明代谢氏词集主要是抄本，以词集丛编为主，计有：

1. 明李东阳辑《南词》本，抄本，其中有《竹友词》一卷。

2.《宋元名家词》本，明抄本，清毛扆校，唐晏跋。其中有《竹友词》一卷。

3.《宋明九家词》本，明抄本，清丁丙跋。其中有《竹友词》一卷。

4.《宋明十六家词》本，清丁氏嘉惠堂抄本。其中有《竹友词》一卷。

又见于明清藏家著录的有：

1. 明钱溥《秘阁书目》著录有《竹友词》。

2. 毛晋《汲古阁毛氏藏书目录》著录有《竹友词》一卷。

3. 清朱彝尊《词综》"发凡"和卷八小传云有《竹友词》一卷。

4.《御选历代诗馀》卷一百三"词人姓氏"，其中有《竹友词》一卷。

5. 清丁丙《善本书室藏书志》卷四十著录有《竹友词》，明抄本。云：

> 《历代诗馀》云：薖，逸之从弟，有《竹友词》一卷，与此本合。词仅十六阕，无其兄《溪堂集》之富，然语意清丽，颇有锻炼之工，虽不能与兄齐名，亦不至同床各梦。此为万历时抄本，妍雅可玩。

为明万历抄本。

6. 吴昌绶《宋金元词集见存卷目》附《双照楼续辑宋金元百家词目》著录有《竹友词》一卷，武林董氏旧抄《南词》本。

7. 王国维编《大云书库藏书目》卷中也著录有《竹友词》一卷，

抄本。

　　刻本仅见《彊村丛书》本，其中有《竹友词》一卷，据彭氏知圣道
斋藏明抄本刻入，未见朱祖谋跋文。

吴则礼

　　吴则礼（？—1121），字子副，号北湖居士，永兴（今湖北阳
新）人。以父荫入仕，为军器监主簿，宋徽宗朝累官至直秘阁，知虢
州。著有《北湖集》。

　　其词宋时见附于诗文别集中，周必大《文忠集》卷五十五《吴康肃
公芾〈湖山集〉并奏议序》云：

> 　　其子嘉兴太守洪衮公遗文，号《湖山集》二十五卷长短句
> 三卷别集一卷奏议八卷，远来谒序。予与公同朝，久知公
> 熟，公虽志在功名，而议论专以恤民为主。复躬行之，自非
> 才气学术两皆有馀，何以臻此？当乾道庚寅，公帅豫章，胡
> 忠简公邦衡以泉守，予以闽宪俱入奏事过焉，燕集欵甚，将
> 别，各为二词以送，备载集中。自是力请奉祠，继以挂冠，享
> 林下之乐者十有六年。其诗词益多，意远而辞达，使人读
> 之，萧然有出尘之想。

序文作于宁宗嘉泰三年（1203），知为稿本，附载有词。

　　又陈振孙《直斋书录解题》卷十七著录有《北湖集》十卷长短句一
卷，元马端临《文献通考》卷二百三十八据以录入，虽然为诗文别集
附词者，与周必大所称卷数不同。明焦竑《国史经籍志》卷五著录有
《北湖集》十卷、又长短句一卷，当与《直斋书录解题》著录的同。

　　入清，有《四库全书》本《北湖集》五卷，提要云："今从《永乐
大典》各韵中裒辑编缀，尚得诗三百馀首、长短句二十馀首、杂文三
十馀首，谨校正讹舛，厘为五卷。"知是自《永乐大典》中辑录而成，
其中卷四附有诗馀，

　　清代藏家著录的，多是据别集析出另行者，如清许宗彦《鉴止水

斋藏书目》"集部第九厨"著录有《北湖词》等十五家词一本。又吴昌绶《宋金元词集见存卷目》附《双照楼续辑宋金元百家词目》著录有《北湖词》一卷，云传抄《北湖集》本。

近代有朱祖谋辑《北湖诗馀》一卷，收入《彊村丛书》中，是据知不足斋藏抄《北湖集》本刻入，未见校文和朱氏跋文。

南　宋

葛胜仲

葛胜仲（1072—1144），字鲁卿，丹阳（今属江苏）人。宋哲宗绍圣四年（1097）进士，元符三年（1100）中博学宏词科。徽宗朝累迁国子司业，高宗初起知湖州，绍兴元年致仕。卒谥文康。著有《丹阳集》、《丹阳词》。

葛胜仲词集宋代就刊行于世，陈振孙《直斋书录解题》卷二十一著录有《丹阳词》一卷，为宋刻《百家词》本，元马端临《文献通考》卷二百四十六"经籍考七十三"据以录入。

宋以后则有明末毛氏汲古阁刻《宋名家词》本，其中有《丹阳词》一卷，毛晋跋云："常之《归愚集》，予梓行既久，复订《丹阳词》一卷，以公同好。"未言所据，此本又见清郑德懋辑《汲古阁校刻书目》之《宋名家词六集》著录，云凡二十七叶。

今存抄本丛编中收有葛氏词集的有：

1．明吴讷辑《唐宋名贤百家词》本，明抄本，梁启超跋。其中有《丹阳词》一卷。

2．明李东阳辑《南词》本，抄本，其中有《丹阳词》一卷。

3．《宋元名家词》本，明抄本，清毛扆校，唐晏跋。其中有《丹阳词》一卷。

4．《四库全书》本，其中有《丹阳词》一卷，提要云：

其词则《书录解题》别载一卷，此为毛晋所刻，盖其单行

之本也。胜仲与叶梦得酬唱颇多，而品格亦复相垺，惟叶词中有《鹧鸪天·次鲁卿韵观太湖》一阕，此卷内未见原唱，而此卷有《定风波·燕骆驼桥次少蕴韵》二阕，叶词内亦未见，非当时有所刊削，即传写佚脱，至《浣溪沙》三首在叶词以为次鲁卿韵，在此卷又以为和少蕴韵，则两者必有一讹，不可得而复考矣。其《江城子》后阕押"翁"字韵，益可证叶词复押宫字之误。《鹧鸪天·生辰》一词独用仄韵，诸家皆无是体，据调当改《木兰花》。至于字句讹缺，凡《永乐大典》所载者如《鹧鸪天》后阕"欢华"本作"欢娱"，第二首后阕"红囊"本作"红裳"，《西江月》第二首后阕"祟涂"本作"荣涂"，《临江仙》第三首后阕"擂鼓"本作"醊鼓"，《浣溪沙》第二首后阕"容貌"本作"容见"，《蓦山溪》第一首前阕"裋服"本作"袄服"、"摸名"本作"摸石"，第二首后阕"横石"亦本作"摸石"，第三首前阕"使登荣"本作"便登荣"，"随柳岸"本作"隋岸柳"，《西江月》第三首后阕"鲈鱼"本作"鲈蒪"，《瑞鹧鸪》后阕"还过"本作"还遇"，《江城子》第二首后阕"歌钟"下本有"卷帘风"三字，《蝶恋花》后阕今本作二方空者，本"黄纸"二字，"龙溁"本作"龙蘲"，《临江仙》前阕"儒似"本作"臞仙"，第二首后阕今本缺十二字，本作"凭谁都卷入，芳樽赋、归欢靖节"二句，《醉花阴》前阕"冻挤万林梅"句本作"冻桥万株梅"，《浪淘沙》第二首后阕"关宴"本作"开燕"，皆可证此本校雠之疏。又《永乐大典》本尚有小饮《浣溪沙》一首、九日《南乡子》一首、题灵山广瑞禅院《虞美人》一首，为是本所无，则讹脱又不止字句矣。

据毛氏刊本录入，为安徽巡抚采进本。又《钦定四库全书简明目录》提要云：

> 《丹阳词》一卷，宋葛胜仲撰。其诗文集久佚，今从《永

乐大典》录出。词集则原有传本，但多讹脱，今亦以《永乐大
典》补完。胜仲多与叶梦得唱和，词格少亚于梦得，而工力
大致相埒。

按：《永乐大典》卷20353第13A页自《丹阳集》录《浣溪沙》二首，
知四库本是据《永乐大典》辑本《丹阳集》校勘的。又《钦定续通志》
卷一百六十三据文渊阁著录有《丹阳词》一卷，同库本。

又见于藏家著录的抄本有：

1. 清汪宪《振绮堂书目》卷二"闻·抄本集类杂集并总集·第一
格"著录有《金谷遗音》、《丹阳词》、《归愚词》、《信斋词》，合一册，
注云："《金谷遗音》一卷，宋石孝友次仲撰；《丹阳词》一卷，宋葛胜
仲鲁卿撰；《归愚词》一卷，宋葛立方常之撰；《信斋词》一卷，宋葛郯
谦问撰。旧抄本。"

2. 清沈德寿《抱经楼藏书志》卷六十四著录有《丹阳词》一卷，
抄本。

3.《中国古籍善本书目》著录有《丹阳词》一卷，明抄本，今藏
国家图书馆。

此外，见于藏家著录而未言版本的，计有：

1. 明钱溥《秘阁书目》著录有《丹阳词》，未标明卷数。

2. 明毛晋《汲古阁毛氏藏书目录》著录有《丹阳词》一卷。

3. 清朱彝尊《词综》"发凡"载《丹阳词》一卷。

4. 清徐元文《含经堂藏书目》著录有《丹阳词》一卷。

5. 清陆漻《佳趣堂书目》著录有《丹阳词》一卷。

6. 清郑元庆《湖录经籍考》卷五著录有《丹阳词》一卷。

7. 叶德辉《叶氏观古堂藏书目》著录有《丹阳词》一卷。

以上郑元庆、叶德辉二家著录的或为毛氏刊本，而其馀五家著录
的当以善本居多。

董颖

董颖，字仲达，号霜杰，德兴（今属江西）人。宋徽宗宣和六年

（1124）登进士第，官至太学正。高宗绍兴初，与汪藻、徐俯游。著有《霜杰集》。

其词见载于诗文集中，《永乐大典》卷 20353 第 13B、14A 页自《董霜杰先生集》录《卜算子》、《满庭芳》二词。检陈振孙《直斋书录解题》卷十八著录有《霜杰集》三十卷，云汪藻为序。未言收词否。曾慥《乐府雅词》卷上载其《薄媚·西子词》大曲十首。

冯时行

冯时行（？—1163），字当可，号缙云，璧山（今属四川）人。宋徽宗宣和六年（1124）恩科状元，调江原县丞。高宗建炎间为丹棱令，绍兴初召对，力主抗金，出知万州，寻罢职，居县北缙云山中，授徒讲学。坐废十七年，后起用，官至成都府路提刑。著有《缙云文集》等。

其词见载于诗文集中，《永乐大典》自《冯缙云先生集》录其词二首，即《醉落魄》（2811/17A，指卷数和页码，下同）、《蓦山溪》（3581/9B）。按：《四库全书》收有《缙云文集》四卷，云："其文集本五十五卷，岁久散佚。明嘉靖中重庆推官李玺始访得旧抄残本，编为四卷授梓，此本即从玺所刻传写者也。"未见存词。

米友仁

米友仁（1074—1153），字元晖，号懒拙老人、海岳后人，祖籍太原（今属山西），徙居丹徒（今江苏镇江）。米芾之子，人称"小米"。宋徽宗宣和中为大名少尹，高宗绍兴八年（1138）出守滁州，权兵部侍郎，以敷文阁待制提举佑神观。著有《阳春集》等。

宋岳珂《宝真斋法书赞》卷二十四"宋名人真迹"载《米元晖〈阳春词〉帖》，云："一十八首，并行书。第一、第二、第九首各九行，第三、第四首各七行，第五、第七、第十、第十六、第十七首各十行，第六、第十三、第十八首各八行，第八首六行，第十一、第十五首各十七行，第十二、第十四首各十一行，尾记一行，跋十九行，标题一行。"

词凡十八首，即《临江仙》"昨夜扁舟沙外舣"、《小重山》"醉倚朱栏
一解衣"、《减字木兰花》"柳塘微雨"、《点绛唇》"浩渺湖天"、《渔家
傲》"从古荆溪名胜地"、《阮郎归》"小舟载酒向平湖"、《临江仙》"一
曲阳关肠断处"、《醉桃源》"蝶梦初回栩栩"、《南歌子》"遇酒词先
举"、和晏元献《渔家傲》韵"郊外春和宜散步"、《念奴娇·村居九
日》"九秋气爽"、《临江仙》"宝晋轩窗临望处"、《阮郎归》"碧溪风动
满文漪"、《临江仙》"野外不堪无胜侣"、《念奴娇·裁成渊明归去来
辞》"栏干倚处"、《醉春风》"一阳来复群阴往"、《小重山》"雨过风来
午暑清"、《诉衷情·渊明诗》"结庐人境美陶潜"，末云："皆吾所作
词，元晖。"又跋云：

> 绍兴戊午中春初七日，懒拙道人得守滁阳，既老则懒，遂
> 请宫投闲。泛小舟，来平江大姚村，过谦之于庄舍。……家
> 女甥索书此，柔毛顽悍，作不成，略无可观。是月十三日押，
> 《阳春集》。

绍兴戊午即高宗绍兴八年（1138），又岳珂跋云：

> 右米元晖书自作词十八篇，名《阳春集》，二册。绍兴戊
> 午中春，在姑苏别墅为其女甥所写。老辞近班，归艺松菊，
> 犹不能忘情于翰墨间，斯亦足以见嗜好之笃矣。宝庆丙戌二
> 月之得中都刘氏。

宝庆丙戌为宋理宗宝庆二年（1226），距米氏书写已八十馀年。

入清，有鲍氏知不足斋刊本《阳春集》，鲍氏跋云：

> 元晖以墨戏继武南宫，词翰惜不传于世。此卷为其自书
> 小词，南宋时藏金陀岳氏，录存《宝真斋法书赞》中。予近年
> 始获见之，亟为刊订，以补乐府之遗。尚惜竹垞先生不及收
> 入《词综》耳。通介叟鲍廷博书。

《阳春集》收入《知不足斋丛书》第二十三集中。此本多见于清以来

藏家的著录，如清耿文光《万卷精华楼藏书记》、叶德辉《叶氏观古堂藏书目》、缪荃孙《目录词小说谱录目》等。又见清庄仲芳《映雪楼藏书目考》卷十，云朱笔批。

除鲍氏刊本外，还有《彊村丛书》本，据武英殿聚珍版《宝真斋法书赞》录《阳春词》一卷，另吴昌绶《宋金元词集见存卷目》附《双照楼续辑宋金元百家词目》著录有《阳春集》一卷，云聚珍版《宝真斋法书赞》本。

又佚名《今生读作来生用藏书目录》著录有《阳春集》一卷，未标明版本。

王安中

王安中（1076—1134），字履道，号初寮，中山曲阳（今属河北）人。宋哲宗元符三年（1100）进士。徽宗时为翰林学士，拜尚书右丞，除大名府尹兼北京留守司公事。靖康初被贬，象州安置。高宗即位，徙道州，任左中大夫。著有《初寮集》。

一、刊本

王安中词集宋代就已刊行于世，陈振孙《直斋书录解题》卷二十一著录有《初寮词》一卷，为宋刻《百家词》本。元马端临《文献通考》卷二百四十六"经籍考七十三"据以录入。

明清以来见于著录的有：

1. 明末毛氏汲古阁刻《宋名家词》本，其中有《初寮词》一卷，毛晋跋云："其破子如'安阳好'九阕、六花冬词六阕，为时所称。玉林不尽录，岂亦疵其人耶？"未言所据，此又见清郑德懋辑《汲古阁校刻书目》之《宋名家词六集》著录，云凡二十叶。其后则有清光绪汪氏振绮堂重刊汲古阁本，见叶德辉《叶氏观古堂藏书目》等著录。

2. 民国时阳湖陶氏《景汲古阁抄宋金词七种》本，其中有《初寮词》一卷，是据毛氏汲古阁抄本景刊。曹元忠《笺经室遗集》之《旧抄本初寮词跋》云：

吾友甘遁景写娄韩绿卿前辈家藏汲古阁旧抄《初寮词》
讫，因取毛刻《六十家词》校之，知抄本原出宋椠，编次有
法，刻本则依调类列，颠倒失序，又往往改易款式，更非庐山
真面。如送耿太尉赴阙"尧天雨露"词，本作《木兰花》，列
于《一络索》"欲访瑶台"词后，今改作《玉楼春》，列"秋鸿
只向"词后矣。《蝶恋花》注云"六花冬词"，本先题"长春
花口号"五字，次"露桃烟杏"云云，再题"词"字，次"曲
径深丛"云云。以下山茶、蜡梅、红梅、迎春、小桃同此。今
但题《蝶恋花》，次"露桃烟杏"云云，又次"曲径深丛"云
云，再题"右长春花"四字，直至小桃皆然，而口号与词，眉
目不清矣。然犹有《乐府雅词》所载《木兰花·送耿太尉》，
及六花队冬词《蝶恋花》并口号，可见宋本旧式也。若《安阳
好》原注云"九首并口号破子"，本先题"口号"二字，次
"赋尽三都"云云，再题"一"字，次"安阳好，形胜魏西
州"云云，以下接二、三、四、五、六、七、八、九词，款式
同此，然后入破子《清平乐》"烟云千里"词。今但题《安阳
好》注云"有口号"，次"赋尽三都"云云，又次《安阳好》
"形胜魏西州"云云，直至末阕"千古邺台都"词，而"烟云
千里"词以其亦《清平乐》调，移于"花枝嫩晚"词后，及在
《安阳好》词前，若忘其为破子者。惟《能改斋漫录》乐府门
尚称《安阳好》十章，当合破子计之。然云熙宁初韩魏公罢
相出镇安阳作，则又误为阅古堂矣。自非得此抄本，又何
从见宋本旧式？且何从决为初寮词耶？至抄本出自南宋旧
椠，即《安阳好》第八首"又翚飞"上，旁填"御讳"二字，
为避"构"字可证，刻本则竟作"□□又翚飞"，疑为脱字而
已。毛刻《六十家词》与抄本违异如此，爰书卷末，以质甘
遁。甲寅孟秋。

跋作于民国三年（1914），知所得为吴昌绶借松江韩应陛读有用书斋藏

毛氏汲古阁影宋抄本摹写，陶湘据吴氏摹本影印。按：曹元忠
（1865—1927），字葽一，一作撰一，号君直，晚号凌波居士，吴县
（今江苏苏州）人，清光绪二十年（1894）举人，官内阁侍学士。辛亥
革命后侨寓上海，以遗老自居。著有《笺经室所见宋元书题跋》、《笺
经室遗集》等。

二、 抄本

见于丛书中收录的有：

1. 明吴讷辑《唐宋名贤百家词》本，明抄本，梁启超跋，其中有
《初寮词》一卷。

2. 明李东阳辑《南词》本，抄本，其中有《初寮词》一卷。

3. 《宋元名家词》本，明抄本，清毛扆校，唐晏跋。其中有《初
寮词》一卷。

4. 《四库全书》本，其中有《初寮词》一卷，提要云：

> 《花庵词选》载其词如《小重山》之"椽烛垂珠清漏长，
> 庭留春笋缓飞觞"、《蝶恋花》之"翠雾萦纡消篆印，笛声恰
> 度秋鸿阵"等句，皆为当世所称。就文论文，亦南北宋间佳
> 手也。《书录解题》载《初寮词》一卷，与今本合。考集内
> 《安阳好》九阕，吴曾《能改斋漫录》称韩魏公皇祐初镇维
> 扬，曾作《维扬好》词四章，其后熙宁中罢相，镇安阳，复作
> 《安阳好》十章，人多传之云云。据曾所录之一首，即此集内
> "形胜魏西州"一首，安阳为魏郡地，安中未曾镇彼，似此词
> 宜属韩琦，显然误入，殆又经后人裒辑，非陈氏所见原本
> 矣。疑以传疑，姑存之，以备考证焉。

当是据毛氏汲古阁刊本录入，为安徽巡抚采进本。又《钦定续通志》
卷一百六十三据文渊阁著录，有《初寮词》一卷，所指即库本。

另清丁丙《善本书室藏书志》卷四十著录有《初寮词》一卷，明抄
本。云："馀事为倚声，亦清和婉转，与老于填词者未为多让。《书录
解题》载其《初寮词》一卷，此本虽非原第，尚属明抄。"此书后归江

南图书馆，见《江南图书馆善本书目》著录，云《初寮词》一卷，明抄本，藏南京图书馆，见《中国古籍善本书目》著录。

三、版本不详者

见于明清以来藏家著录的有：

1．毛晋《汲古阁毛氏藏书目录》著录有《初寮词》一卷。

2．明钱溥《秘阁书目》著录有《初寮》。

3．清钱曾《钱遵王述古堂藏书目录》著录有《初寮词》一卷。

4．清钱曾《也是园藏书目》卷七著录有《初寮祠》一卷。

5．清徐元文《含经堂藏书目》著录有《初寮词》一卷。

6．清陆漻《佳趣堂书目》著录有《初寮祠》一卷。

以上多未著录版本，所藏当以善本为主。至于《秘阁书目》著录的不知是指词集，还是诗文别集。

华镇

华镇，字安仁，号云溪居士，会稽（今浙江绍兴）人。生卒年不详。宋神宗元丰二年（1079）登进士第，调高邮尉。哲宗时知海门，徽宗时知新安、谭州，官至朝奉大夫。著有《云溪居士集》等。

《云溪居士集》卷三十附华初成跋（绍兴十三年）云："先君遗文有《云溪集》一百卷、《扬子法言训解》一十卷、《书说》三卷、《会稽览古诗》一百三篇、长短句一卷、《会稽录》一卷，并附见者《哀文》一卷，定为一百一十有七卷……是用镂版而传之。"又华初成撰《行状》（绍兴十三年）云："谨并以扬子《法言训解》一十卷、《书说》三卷、《会稽览古诗》一百三篇、小词一卷、《会稽录》一卷、哀文一卷，镂之于板，以广其传焉。"知有词一卷，为刊本。

《四库全书》收有《云溪居士集》三十卷，自《永乐大典》中辑录，提要云：

> 宋华镇撰，镇字安仁，会稽人。元丰二年进士，官至朝奉
> 大夫知漳州军事。镇原集本一百卷，又有《扬子法言训解》

> 十卷、《书说》三卷、《会稽览古诗》一百三篇、长短句一卷、
> 《会稽录》一卷并附哀文一卷，通一百十七卷。绍兴十三年其
> 子初成哀集刊刻，曾表进于朝。

知宋时长短句与诗文集是分别刊行的，而库本《云溪居士集》是不含
词的。

又吴昌绶《宋金元词集见存卷目》附《双照楼续辑宋金元百家词
目》著录有《云溪居士词》一卷，云传抄《云溪集》本。

叶梦得

叶梦得（1077—1148），字少蕴，号石林居士，吴县（今江苏苏
州）人。宋哲宗绍圣四年（1097）登进士第，调丹徒尉。徽宗朝迁翰
林学士，知汝州等，钦宗时知杭州。高宗朝除户部尚书，为江东安抚
大使兼知建康府等。著有《石林集》、《石林燕语》、《石林诗话》等。

宋时叶氏诗文集是附载有词的，卢宪《嘉定镇江志》卷十七"宰
贰"载云："叶梦得，崇宁间丹徒尉，有所赋诗词，在《石林集》中。"
知全集中是收有词的。《四库全书》本《建康集》有跋云：

> 右先君大卿手编《建康集》八卷，乃大父左丞绍兴八年再
> 镇建康时所作诗文也。别有总集一百卷，昨已刻于吴兴里
> 舍。侄凯任总司酒官，来索此本，欲置诸郡庠，并以年谱一
> 卷授之，庶广其传云。嘉泰癸亥重阳日烙谨题。

跋作于宁宗嘉泰三年（1203），《建康集》八卷，不含词。而总集一百
卷是包含词的。

除此以外，叶氏词集宋代已另行，陈振孙《直斋书录解题》卷二十
一著录有《石林词》一卷，为宋刻《百家词》本。元马端临《文献通
考》卷二百四十六"经籍考七十三"据以录入。关注《题石林词》云：

> 右丞叶公以经术文章为世宗儒，翰墨之馀，作为歌词，亦
> 妙天下。元符中，予兄圣功为镇江掾，公为丹徒尉，得其小

词为多。是时妙龄气豪，未能忘怀也。味其词，婉丽绰有温、李之风，晚岁落其华而实之，能于简淡时出雄杰，合处不减靖节、东坡之妙，岂近世乐府之流哉？陈德昭始得之，喜甚，出以示余，挥汗而书，不知暑气之去也。诗云："谁能执热，逝不以濯。"以词之能慰人心盖如此。绍兴十七年七月九日，东庑关注书。

按：关注，字子东，号香岩居士，钱塘（今浙江杭州）人。宋高宗绍兴五年（1135）进士，尝教授湖州，官至太常博士。著有《关博士集》。序作于绍兴十七年（1147），所见为叶氏词集，未言版本。

其词集见于明清时著录的有：

一、刊本

1. 明末毛氏汲古阁刊《宋名家词》本，其中有《石林词》一卷，毛晋跋云：

> 所撰诗文甚富，有《建康集》、《审是集》、《燕语》，后人合编《石林总集》百卷行世。外《石林词》一卷，与苏、柳并传，绰有林下风，不作柔语殢人，真词家逸品也。其爵里始末具载年谱及本传。

此本又见清郑德懋辑《汲古阁校刻书目》之《宋名家词六集》著录，云凡三十九叶。又见李盛铎《天津延古堂李氏旧藏书目》等著录。又清陆心源《皕宋楼藏书志》卷一百十九著录有《石林词》一卷，云毛斧季手校本。又录陆贻典、毛扆题识，陆氏手跋曰："辛亥六月廿八日，三抄本校，其一即底本也。"毛氏手跋曰："子鸿校后，手校一过，其不中款处多抹去。"按：黄仪，字子鸿。此书藏日本静嘉堂文库，为汲古阁刊本。

又叶德辉《叶氏观古堂藏书目》著录有《石林词》一卷，为清光绪汪氏振绮堂重刊汲古阁本。《中国古籍善本书目》著录有《石林词》一卷，云清光绪十四年（1888）汪氏刻《宋名家词》本，朱孝臧校。藏国家图书馆。

2. 徐世昌《书髓楼藏书目》卷四著录有《石林词》二卷，云承恩堂刊本。按：承恩堂本为道光十八年（1838）刊本。《中国书店散页书目十九年十二月寄到》著录有《石林词》二卷，云道光戊戌裔孙光复校刻。

3. 《中国古籍善本书目》著录有《石林词》一卷，为清叶廷琯校正，又补遗一卷，为叶廷琯辑。清道光二十九年（1849）叶氏懋华盦刻本，朱孝臧校。藏国家图书馆。

4. 《石林遗书》本，其中有《石林词》一卷，清宣统三年（1911）刊。按：此本民国时又收入《郋园先生全书》中。

二、 抄本

今存抄本丛书中收有叶氏词集的有：

1. 明吴讷辑《唐宋名贤百家词》本，明抄本，梁启超跋。其中有《石林词》一卷。

2. 《四库全书》本，其中有《石林词》一卷，提要云：

> 是编陈振孙《书录解题》作一卷，与今本同。卷首有关注序，称其兄圣功元符中为镇江掾，梦得为丹徒尉，得其小词为多。味其词，婉丽有温、李之风，晚岁落其华而实之，能于简淡时出雄杰，合处不减靖节、东坡云云。考倚声一道，去古诗颇远。集中亦惟《念奴娇》"故山渐近"一首杂用陶潜之语，不得谓之似陶，注所拟殊为不类。至于"云峰横起"一首全仿苏轼"大江东去"，并即参用其韵。又《鹧鸪天》"一曲青山后"阕，且直用轼诗语足成，是以旧刻颇有与东坡词彼此混入者，则注谓梦得近于苏轼，其说不诬。梦得著《石林诗话》，主持王安石之学而阴抑苏、黄，颇乖正论。乃其为词则又把苏氏之馀波，所谓是非之心有终不可澌灭者耶？卷首《贺新郎》一词，毛晋注或刻李玉，考王楙《野客丛书》曰：章茂深常得其妇翁所书《贺新郎》词，首曰"睡起啼莺语"，

章疑其误，颇诘之。石林曰：老夫常得之矣，流莺不解语，啼
莺解语，见《禽经》云云。则确为梦得之作。晋盖未核，又
《野客丛书》所记正谓此句作"啼莺语"，故章冲疑"啼"字
"语"字相复，此本乃改为"流莺"，与王楙所记全然抵牾，
知毛晋疏于考证，妄改古书者多矣。

是据毛氏汲古阁本录入，为江苏巡抚采进本。《钦定续通志》卷一百六
十三据文渊阁著录有《石林词》一卷，当同此本。

又见于藏家著录的抄本有：

1. 清莫友芝《持静斋藏书记要》卷下著录有《石林词》一卷，旧
抄本。又清江标《丰顺丁氏持静斋书目》著录有《石林词》一卷，旧
抄本。

2. 清沈德寿《抱经楼藏书志》卷六十四著录有《石林词》一卷，
抄本。并录关注跋。

三、 版本不详者

1.《永乐大典》自《叶石林词》录词十首，即《卜算子》（540/
17B，指卷数与页码，下同）、《定风波》（2810/20A）、《千秋岁》
（2811/19B）、《临江仙》（12043/24B）、《临江仙》三首、《浣溪沙》三
首（20353/7B、8A）。又卷 2810 第 9B 页自《叶石林老人词》录《千
秋岁》一词。又录叶少蕴词三首，即《临江仙》（2809/18A）、《减字木
兰花》二首（2811/19A）。

2. 明毛晋《汲古阁毛氏藏书目录》著录有《石林词》一卷。

3. 清钱曾《也是园藏书目》卷七著录有《石林词》一卷。

4. 清钱曾《钱遵王述古堂藏书目录》著录有《叶石林词》一卷。

5. 清徐元文《含经堂藏书目》著录有《石林词》一卷。

6. 清陆漻《佳趣堂书目》著录有《石林词》一卷。

7. 清朱彝尊《词综》"发凡"载有《石林词》一卷。

8. 清朱彝尊《词综》卷十一小传云有《建康集石林词》一卷。

9.《御选历代诗馀》卷一百四"词人姓氏"云有《建康集石林

词》一卷。

10. 《浙江通志》卷二百五十二著录有《石林词》一卷。

11. 清郑元庆《湖录经籍考》卷五"历代人词曲"著录有《石林词》一卷。

12. 清庄仲芳《映雪楼藏书目考》卷十著录有《石林词》一卷，云："宋叶梦得撰。梦得《石林诗话》崇安石而隐抑苏、黄，乃为词又挹苏氏馀波。"

13. 叶昌炽《五百经幢馆藏书目录》著录有《石林词》，一册，未标明卷数。

14. 伦明《东莞伦氏续书楼藏书目录》"第二十五箱"著录有《石林词》，未标明卷数。

以上均未标明版本，毛晋及钱曾、徐元文、陆漻、朱彝尊等著录的当以善本为主。

叶氏词宋代就有注本，陈振孙《直斋书录解题》卷二十一著录有《注琴趣外篇》三卷，云江阴曹鸿注叶石林词。元马端临《文献通考》卷二百四十六"经籍考七十三"据以录入。又卢宪《嘉定镇江志》卷二十一"文事"载有"叶石林梦得《琴趣外篇注》"云云，知此书编成不会晚于宋宁宗嘉定年间，其书今不存，方志中引录一节，可窥一斑。又明毛晋《汲古阁毛氏藏书目录》著录有《注琴趣外篇》三卷，云江阴曹鸿注华（当为叶）石林词。

李光

李光（1078—1159），字泰发，越州上虞（今属浙江）人。宋徽宗崇宁五年（1106）进士，钦宗时权右司谏，高宗时为吏部尚书、参知政事。力诋秦桧误国，谪琼州安置。卒谥庄简。著有《庄简集》。

其词见载于诗文集中，《永乐大典》自《李庄简公文集》录词二首，即《南歌子》（5838/7A，指卷数及页码，下同）、《水调歌头》（7962/11B）。知别集中是收有词的。今有《四库全书》本《庄简集》十八卷，提要云："今从《永乐大典》中采掇编次，共诗四百二十五首、词十三首、杂文二百六十五首，厘为十八卷。"知采自《永乐大典》，库本卷七附有诗馀。

清光绪年间则有王氏四印斋刻《南宋四名臣词集》本，其中有《李庄简词》一卷。前李慈铭序一及信函四则，序云：

> 同年临桂王子鹏运刻《南宋四名臣词》既成，属慈铭序之……王子之刻《四名臣词》，固欲廉贪立懦，使人兴起。尤以见临安一隅，歌舞湖山，后人读南宋诸家之词，贤者当知其谲谏主文，感伤时事，不贤者当知其导谀亡国，陷溺君心，兴观群怨之旨，庶有在焉。夫四公所传，固不在词，此编掇拾散亡，尤不过百一，而有关于南宋国是之大，序而传之，此王之志也夫。

又诸信函云：

> 集无刻本。弟于四库书抄得之。是从《永乐大典》掇拾而成。弟久拟付刊，因无善本可校，脱误甚多，集中附词十三阕，虽苦太少，然与三公真一家眷属也。若并而刻之，名为《南宋四名臣词》，似较稳妥，未知尊意以为何如？（其一）

> 手示敬悉，承惠新刻白兰谷《天籁集》，平生未见书也，谢谢！《四名臣词》先庄简公词小儿早已录出，因尚有误字，再校两过，重命缮录。顷尚有两阕未竟，容午后并原册送上。（其二）

> 顷奉手教，并校刻《四名臣词》样本一册，敬悉。先庄简词当即命小儿谨取原本，再校一过，并拙序明日奉上。（其三）

谈及四家词动议及校刊原委等，又王鹏运跋（光绪十八年，1892）云："右《南宋四名臣词集》一卷，赵忠简、李庄简、忠定、胡忠简四公作也。初从夔笙舍人抄得得全居士、梁溪、澹庵三词，拟丐同年李越缦侍御序而刊之。侍御复出其先世庄简公词若干阕，遂并编录以为斯集。"按：李慈铭（1830—1894），初名模，字式侯，后改今名，字爱伯，号莼客，室名越缦堂，晚年自署越缦老人，会稽（今浙江绍兴）人。清光绪六年（1880）进士，官至山西道监察御史。著有《越缦堂日记》等。此本又见缪荃孙《目录词小说谱录目》著录。

刘一止

刘一止（1078—1160），字行简，号苕溪，归安（今浙江湖州）人。宋徽宗宣和三年（1121）进士及第，为越州教授。高宗朝累官中书舍人、给事中，以敷文阁直学士致仕。著有《苕溪集》。

刘氏词集宋代就已刊行于世，陈振孙《直斋书录解题》卷二十一著录有《刘行简词》一卷，云："尝为晓行词，盛传于京师，号刘晓行。"此为宋刊《百家词》本。元马端临《文献通考》卷二百四十六"经籍考七十三"据以录入。

其词集见于明清时著录的有：

一、《刘行简词》

1. 明钱溥《秘阁书目》著录有《刘行简词》。

2. 明董斯张《吴兴备志》卷二十二"经籍征第十八"载《刘行简词》一卷，云："尝为晓行词，盛传于京师，号刘晓行。"

3. 明毛晋《汲古阁毛氏藏书目录》著录有《刘行简词》一卷。

4.《浙江通志》卷二百五十二"经籍"载《刘行简词》一卷。

以上均未言版本。

二、《苕溪词》

今存抄本词集丛编中收录其词集的有：

1. 明吴讷辑《唐宋名贤百家词》本，明抄本，梁启超跋。其中有《苕溪词》一卷。

2.《宋元明三十三家词》本，明石村书屋抄本。其中有《苕溪词》一卷。

3.《宋元名家词》本，明抄本，清毛扆校，唐晏跋。其中有《苕溪词》一卷。

4.《宋金元名家词抄》本，清抄本。其中有《苕溪词》一卷。

又见于著录的有：

1. 朱彝尊《词综》"发凡"及卷十一小传云有《苕溪词》一卷。

2.《御选历代诗馀》卷一百四"词人姓氏"云有《苕溪词》一卷。

3. 清范懋柱《天一阁藏书目》卷四之四著录有《苕溪词》一卷，绵纸，抄本。

4. 清郑元庆《湖录经籍考》卷五"历代人词曲"著录有《苕溪词》一卷，云："《书录解题》云：一止尝为晓行词，盛传京师，号刘晓行。"

5. 清王闻远《孝慈堂书目》著录有《苕溪词》一卷。

以上多未言版本。

三、 别集本

刘一止《苕溪集》卷五十四附韩元吉撰《阁学刘公行状》（绍兴三十二年）云："公文章之馀，笔法甚工，而乐府亦尽其妙，京师市人鬻者，纸为之贵。"又宋谈钥《嘉泰吴兴志》卷十七"贤贵事实下·归安县"云："为制诰有体，诗典丽，乐府尤工，有《类稿》五十卷、《苕溪集》三十卷传于世。"知集本是存有词的。《永乐大典》自《苕溪集》录词二首，即《青玉案》（3006/9A，指卷数与页码，下同）、《醉蓬莱》（20354/19B）。

入清，《四库全书》收有《苕溪集》五十五卷，为浙江鲍士恭家藏本，又《钦定四库全书简明目录》云："《苕溪集》五十五卷，宋刘一止撰，原名《非有斋类稿》，凡五十卷，此本出自朱彝尊家，增多三卷，又附录行状告词各一卷，而题曰《苕溪集》，不知何人所改也。"知《苕溪集》原名《非有斋类稿》，库本卷五十三为"乐章"，存词一卷。后人将词析出著录，如：

1. 吴昌绶《宋金元词集见存卷目》附《双照楼续辑宋金元百家词目》著录有《苕溪词》一卷，传抄《苕溪集》本。

2. 缪荃孙《目录词小说谱录目》著录有《苕溪词》一卷，传写集本。

3. 朱祖谋据丁氏善本书室藏抄《苕溪集》本，辑《苕溪乐章》一卷，刻入《彊村丛书》中，无校文，无题跋。

吕渭老

吕渭老，一作吕滨老，字圣求，嘉兴（今属浙江）人。宋徽宗宣和年间以诗词名世。著有《圣求词》一卷。

赵师岁《吕圣求词》序云：

> 世谓少游诗似曲，子瞻曲似诗，其然乎？至荆公《桂枝香》词，子瞻称之："此老真野狐精也。"诗词各一家，惟荆公备众作艳体，虽乐府柔丽之语，亦必工致，真一代奇材。后数十年，当宣和末，有吕圣求者，以诗名……一日，复得圣求词集一编，婉媚深窈，视美成、耆卿伯仲耳。余因念圣求诗词俱可以传后，惜不见他所著述，以是知世间奇才未尝乏也。士友辈将刻《圣求》，求序于余，故余得言其大概。圣求居嘉兴，名滨老，尝位周行，归老于家云。嘉定壬申中秋，朝奉大夫成都路转运判官赵师岁序。

序作于宁宗嘉定五年（1212），知吕渭老词集宋时就已刊刻。陈振孙《直斋书录解题》卷二十一著录有《吕圣求词》一卷，云："宣和末人，尝为朝士。"为宋刊《百家词》本，元马端临《文献通考》卷二百四十六据以录入。

明末有毛氏汲古阁刊《宋名家词》本《圣求词》一卷，毛晋跋云：

> 吕圣求名渭老，或云滨老，槜李人。有声宣和间，其咏梅词寄调《东风第一枝》，先辈与坡仙《西江月》并称，兹集中不载，不知何故？其词云："老树浑苔，横枝未叶，青春肯误芳约？背阴未返冰魂，阳梢已含红萼。佳人寒怯，谁惊起、

晓来梳掠。是月斜窗外栖禽，霜冷竹间幽鹤。　　云澹澹、粉痕渐薄，风细细、冻香又落。叩门喜伴金樽，倚阑怕听画角。依稀梦里，半面浅窥珠箔。甚时重写鸾笺，去访旧游东阁。"又《惜分钗》，其自制新谱也，尾句用二叠字云"重重"，又云"怔怔"，较之陆放翁《钗头凤》尾句云"错错错"、"莫莫莫"更有别韵。又喜用险峭字，如"侧寒斜雨"之类，杨升庵云："其用'侧寒'字甚新，唐诗'春寒侧侧掩重门'，韩偓诗'侧侧轻寒剪剪风'，又无名氏词：'玉楼十二春寒侧'，与此'侧寒'相袭用之，不知所出。大意，侧，不正也，犹云峭寒尔。"今坊本俱作"恻寒"，几认"壹关"为"壶矢"矣。古虞毛晋识。

未言所据。此本见清郑德懋辑《汲古阁校刻书目》之《宋名家词六集》著录，云凡五十一叶。

其词集见收于今存抄本丛书中的有：

1. 明吴讷编《唐宋名贤百家词》本，明抄本，梁启超跋，其中有《吕圣求词》一卷。

2. 明李东阳辑《南词》本，抄本，其中有《圣求词》一卷。

3. 《宋二十家词》本，明抄本，清许宗彦、丁丙跋。其中有《吕圣求词》一卷，

4. 《宋金元名家词抄》本，清抄本，其中有《吕圣求词》一卷。

5. 《宋人词》本，清抄本，清冯登府校并跋，其中有《吕圣求词》一卷。

6. 《四库全书》本，其中有《圣求词》一卷，提要云：

词则至今犹传，《书录解题》作一卷，与此本相合。杨慎《词品》称其《望海潮》、《醉蓬莱》、《扑蝴蝶近》、《惜分钗》、《薄幸》、《选冠子》、《百宜娇》等阕，佳处不减少游；《东风第一枝》咏梅不减东坡之《绿毛幺凤》，今考咏梅词集中不载，仅附见毛晋跋中，晋跋亦不言所据，未详其故。晋

> 跋又称其《惜分钗》一阕，尾句用二迭字，较陆游《钗头凤》
> 用三迭字更有别情，不知滨老为徽宗时人，游乃宁宗时人，
> 《钗头凤》词实因《惜分钗》旧调而变平仄相间为仄韵相间
> 耳，晋似谓此调反出于《钗头凤》，未免偶不检也。

知是据毛氏汲古阁刊本录入，为安徽巡抚采进本。又《钦定续通志》卷一百六十三据文渊阁著录，有《圣求词》一卷，同库本。

又见于著录的抄本还有：

1. 清王闻远《孝慈堂书目》著录有《吕圣求词》，云："一卷，赵师秀（当作岁）序。合一册，抄，八十一番。"

2. 清范懋柱《天一阁藏书目》卷四之四著录有《吕圣求词》一卷，云绵纸，抄本。

3. 清丁丙《善本书室藏书志》卷四十著录有《吕圣求词》一卷，明抄本，云：

> 《书录解题》载词一卷，与此合。前有嘉定壬申赵师岁序，称其诗寓忧国之思，词则婉媚深窈，视美成、耆卿伯仲耳。秦少游又称其咏梅词不减东坡，而集中不载，毛子晋补录于汲古阁刊本跋尾。

4. 清忻宝华《澹庵书目》著录有抄本《吕圣求词》一卷。

5. 《中国古籍善本书目》载《吕圣求词》一卷，明抄本。

此外见于著录而未言版本者，计有：

1. 明钱溥《秘阁书目》著录有《吕圣求词》。

2. 明毛晋《汲古阁毛氏藏书目录》著录有《吕圣求词》一卷。

3. 清徐元文《含经堂藏书目》著录有《圣求词》一卷

4. 《浙江通志》卷二百五十二载《吕圣求词》一卷。

5. 章篯编《文澜阁浙江书目》著录有《圣求词》一卷。

6. 叶德辉《叶氏观古堂藏书目》著录有《圣求词》一卷。

以上均未言及版本，其中前三家所载当为抄本，末二家当为汲古

阁刊本。

又朱彝尊《词综》"发凡"及卷十小传云有词一卷,《御选历代诗馀》卷一百三"词人姓氏"也云有词一卷。另《永乐大典》载李吕《李滨老词》二首:《临江仙》(2261/12B,指卷数和页码,下同)、《青玉案》(3005/12B),李滨老疑为吕滨老。

侯延庆

侯延庆,字季长,长沙(今属湖南)人。宋徽宗政和五年(1115)进士,调繁昌主簿。高宗建炎时通判衢州,行尚书都官员外郎。绍兴元年除太常少卿,为起居舍人,出知潮州。知虔州,召修起居注。著有《退斋集》、《退斋闲雅录》。按:晁公武《郡斋读书志》卷五下收有《退斋居士文集》二十八卷,有"兄彭老所为志铭附集后"云云,又前有晁氏绍兴二十一年(1151)自序,知侯延庆卒于高宗绍兴二十一年前。

侯延庆词集宋时就已刊行,陈振孙《直斋书录解题》卷二十一著录有《退斋词》一卷,云:"长沙侯延庆季长撰。压卷为天宁节《万年欢》,又有庚寅京师作《水调》,则大观元年也。"为宋刊《百家词》本。元马端临《文献通考》卷二百四十六"经籍考七十三"据以录入。

其词集宋以后罕见著录,明钱溥《秘阁书目》著录有《退斋词》,未标明卷数及版本。

王庭珪

王庭珪(1080—1172),字民瞻,号卢溪,或作芦溪,吉州安福(今属江西)人。宋徽宗政和八年(1118)登进士第。调茶陵县丞。高宗绍兴中谪新州,孝宗朝除国子监主簿,直敷文阁。著有《卢溪集》。

王氏词集宋时就已刊行于世,陈振孙《直斋书录解题》卷二十一著录有《卢溪词》一卷,为宋刻《百家词》本。元马端临《文献通考》卷二百四十六"经籍考七十三"据以录入。

其词集见于今存抄本词集丛编中者有：

1. 明吴讷辑《唐宋名贤百家词》本，明抄本，梁启超跋。其中有《卢溪词》一卷。

2. 《宋元名家词》本，明抄本，清毛扆校，唐晏跋，其中有《卢溪词》一卷。

又见于明清时著录的有：

1. 明钱溥《秘阁书目》著录有王氏《芦（当为卢）溪词》，未标明卷数。

2. 《永乐大典》卷 7329 第 13A 页自《卢溪词》录《菩萨蛮》一词。

3. 明毛晋《汲古阁毛氏藏书目录》著录有《卢溪词》一卷。

4. 清朱彝尊《词综》"发凡"载有《卢溪词》二卷。

5. 《御选历代诗馀》卷一百四"词人姓氏"云有《卢溪词》二卷。

以上均未提及版本。民国时赵万里辑录《卢溪词》，收入《校辑宋金元人词》中，赵氏题记云：

> 王庭珪《庐（当作卢，下同）溪词》《词综》云《庐溪词》二卷，与《直斋书录解题》不合，盖非其溯矣。世无刊本，今所传嘉靖本《庐溪集》不收，平生所见有吴讷《四朝名贤词》本及毛斧季校紫芝漫抄本。兹据毛本以校吴本，并旁搜《花庵词选》、《历代诗馀》、《钦定词谱》诸书，参订如下。康熙间朱彝尊、沈辰垣等尚及见之，同光以后，王、朱诸氏校刊丛书均未列入，盖隐晦者非一日矣。万里记。

为民国排印本，录词凡四十二首附录一首。

曾惇

曾惇，字谹父，南丰（今属江西）人。宋高宗绍兴中官太府寺丞，知黄州、台州、镇江府、光州等。著有《曾谹父诗词》。

孙觌《内简尺牍》卷三《与宫使李尚书名擢，字德升》云：

> 曾宏父名惇，时为台守。寄近诗，可见宾客之盛。然德齿之
> 尊，则莫有出公右者。又示长短句一轴，樽俎风流，追继前
> 修，想寓公不复赋式微矣。

所谓"示长短句一轴"，或指手稿。曾氏词宋时就已刊行，林表民《赤
城集》卷十七谢伋《曾使君新词序》云：

> 及十三年岁在丙寅，硋父来守临海，四方无事，屡丰穰，
> 不鄙夷其民，教以礼乐，老者安而少者怀矣。于是以少日之
> 所自乐，而与斯民共乐之变，叹息愁恨之音，为乐职中和之
> 作，合乐府五十一，转而上闻，则安静平易，无烦苛迫急。办
> 治于谈笑之间，殆将于此乎？政小而行远，则高下抑扬，曲
> 折变化，人情物态，莫不周知，虽异世识其人矣。既秩满去
> 郡，门生故吏相与衷次，属黄岩长刻诸板，将传之，又属伋
> 为序。

知为高宗绍兴年间黄岩刻本，未言卷数。陈振孙《直斋书录解题》卷
二十载《曾硋父诗词》一卷，并云"皆在台时所作"，当指黄岩刊本。
又黄昇《中兴以来绝妙词选》卷一云："曾硋父，名惇，以故相之孙，
工文辞，播在乐府，平康皆习歌之。有词一卷，谢景思为序。"未言版
本。知宋时曾氏有词集一卷。

见于明清人著录的有：

1．明钱溥《秘阁书目》著录有《曾旅（当作硋）父诗词》。

2．明毛晋《汲古阁毛氏藏书目录》著录有《曾硋父诗词》一卷。

3．清朱彝尊《词综》"发凡"和卷十二小传云有词一卷。

4．《御选历代诗馀》卷一百四"词人姓氏"云有词一卷。

5．《浙江通志》卷二百五十四"经籍·两浙志乘下"载《天台诗
词集》二卷。

以上多是诗词混编的，均未言版本。民国时周泳先辑《曾使君新

词》，题记云：

> 《直斋书录解题》著录：《曾惇父诗词》一卷，知台州曾
> 惇惔父撰。纡之子也，皆在台时所作。花庵《中兴词选》云：
> "以故相孙，工文辞，播在乐府，平康皆习歌之。有词一卷，
> 谢景思为序。"《词综·发凡》曾经选辑词目中，亦著《曾惇
> 词》一卷，而所选惇词仅《点绛唇》一首，不见宋以来诸选
> 本，知此书竹垞或尚见及。今于《词综》、《中兴词选》外，
> 又于《全芳备祖》得二阕，更于林表民《赤城集》搜得谢伋原
> 序，辑为一卷，殊快意焉。泳先记。

收入《唐宋金元词钩沉》中，有民国排印本。

陈克

陈克（1081— ？），字子高，自号赤城居士，台州临海（今属浙
江）人，侨居金陵（今江苏南京）。宋高宗绍兴初吕祉节制淮西抗金军
马，辟为参谋，以光禄寺丞致仕。著有《天台集》。

陈氏词集宋代就已刊行于世，见于著录的有：

1. 陈振孙《直斋书录解题》卷二十一著录有《赤城词》一卷，
云："词格颇高丽，晏、周之流亚也。"为宋刻《百家词》本，元马端临
《文献通考》卷二百四十六"经籍考七十三"据以录入。

2. 黄昇《唐宋以来绝妙词选》卷八小传云："名克，天台人。吕安
老师建康，辟为参议。有《赤城词》一卷。"未言版本。

其词又见载于诗文集后，《直斋书录解题》卷二十载《天台集》十
卷、外集四卷、长短句三卷附，云："诗多情致，词尤工。"知别集是
附有词的，凡三卷，与长沙刊《百家词》本是不同的。又尤袤《遂初堂
书目》载陈子高《天台集》，未标明卷数和版本，应当也附有词。

又见于明清时人著录的有：

1. 《永乐大典》自《赤城词》录词十首，即《鹧鸪天》（004/11B，
指卷数与页码）、《临江仙》和《清平乐》（3006/9A）、《南歌子》七首

（20353/16A）。又录陈子高词四首：《浣溪沙》三首、《鹧鸪天》（14381/25B）。

2. 明毛晋《汲古阁毛氏藏书目录》著录有《赤城词》一卷。

3. 清朱彝尊《词综》卷十小传云有《赤城词》一卷。

4.《御选历代诗馀》卷一百三"词人姓氏"云有《赤城词》一卷。

5. 缪荃孙《目录词小说谱录目》著录有《赤城词》一卷，传写本。

6. 郑振铎《西谛书目》卷五著录有《赤城词》一卷，云："林无垢辑，朱祖谋抄本，一册。"

以上当以抄本为主。今存的印本有：

1. 朱祖谋辑《彊村丛书》本，其中有《赤城词》一卷，据林无垢校补旧抄本刻入，无校文，无跋文。

2. 金嗣献辑《赤城遗书汇刊》本，民国四年（1915）太平金氏木活字印本，其中有《赤城词》一卷。按：金嗣献（1885—1920），字剑民，号谔轩，一号鹤轩，太平（今浙江温岭）人。建藏书楼为冬青草堂、鸿远楼等，编有《鸿远楼所藏台州书目》、《赤城遗书汇刊》、《国朝太平诗存》等。

3. 赵万里辑《校辑宋金元人词》本，其中有《赤城词》，赵氏题记云：

> 王灼《碧鸡漫志》二称：陈子高词佳处如其诗。《直斋书录解题》歌词类亦云："子高词格颇高，晏、周之流亚。"顾其集久佚。宋世有长沙书肆《百家词》本。《永乐大典》"寄"字韵引陈子高词《鹧鸪天》一首，为他书所未见，知明初尚有传本。兹据宋明以来选集及《咸淳毗陵志》、《永乐大典》诸书辑为一卷，以视归安朱氏所据林无垢校补旧抄本则加详矣。万里记。

为民国排印本，录词四十一首附录一首。

吴云公

吴云公，南北宋时人，避地吴中，号中兴野人。北宋末为岁寒社成员。著有《香天雪海集》。

元徐大焯《烬馀录·乙编》云：

> 吴云公雅善诗词，居城东之临顿里，著有《香天雪海集》，传诵一时。靖康国难后，披发佯狂，更号中兴野人。厌弃城市，时往来于吴江李山民家，李即忠愍公讳若水之侄，避寇来吴，就馆吴江。与云公为僚婿，且同为岁寒社诗友也。山民尝题《洞仙歌》于吴江桥亭云曰："飞梁压水，虹影澄清晓。橘里渔村半烟草。今来古往，物是人非，天地里、惟有江山不老。　　雨巾风帽。四海谁知我，一剑横空几番过。案玉龙、嘶未断，月冷波寒，归去也、林屋洞天无锁。认云屏烟障是吾庐，任满地苍苔，年年不扫。"云公和以《念奴娇》云："炎精中否？叹人材委靡，都无英物。贼骑长驱三犯阙，谁作长城坚壁？万国奔腾，两宫幽陷，此恨何时雪？草庐三顾，岂无高卧贤杰？　　天心眷我神州，吾皇神武，踵曾孙周发。河岳英灵俱效顺，狂贼会须灰灭。翠羽南巡，扣阍无语，徒有冲冠发。孤忠耿耿，剑锋冷浸秋月。"两词并刊集中。

知《香天雪海集》是收有词的，只是存量不明。按：吴氏《念奴娇》词事多见宋人记载，如方勺《泊宅编》卷九云："有称中兴野人和东坡《念奴娇》词，题吴江桥上。车驾巡师江表，过而睹之，诏物色其人，不复见矣。"（词略）又廖莹中《江行杂录》云："建炎己酉，杭州清波门里竹园山平地涌血，须臾成池，腥闻数里。明年，金人杀戮万人，即暗竹园也。熙宁八年冬，杭州地涌血者三，最后流入于河，腥不可闻。有称中兴野人，和东坡《念奴娇》词题吴江桥上，车驾巡师江表，过而睹之，诏物色其人，不复见矣。"（词略）

按：《香天雪海集》所引录二词《洞仙歌》"飞梁压水"和《念奴娇》"炎精中否"或云分别为林外和黄中辅所写。

顾淡云

顾淡云，南北宋时人，号梦梁词人，著有《梦梁集》。

元徐大焯《烬馀录·乙编》云：

> 顾淡云，别号梦梁词人，著有《梦梁集》。和李山民题吴江桥亭一阕，倚《水调歌头》云："平生太湖上，短棹几经过？如今重到，何事愁与水云多。拟把匣中长剑，换取扁舟一叶，归去老渔蓑。银艾非吾事，丘壑已蹉跎。　　鲙新鲈，斟美酒，起悲歌。太平生长，岂谓今日识兵戈？欲泻三江雪浪，净洗胡尘千里，不用挽天河。回首望霄汉，双泪堕清波。"淡云居灵芝坊，亦岁寒社友。

知与吴云公同为岁寒社的成员，北宋末人，《梦梁集》中载有词，存量不明。

赵明诚

赵明诚（1081—1129），字德甫，密州诸城（今属山东）人。宋徽宗崇宁间宰相赵挺之之子，娶李清照为妻。钦宗靖康二年（1127）为秘阁修撰，知江宁府，兼江南东路经制使，改湖州。所藏三代彝器及汉唐前后石刻，为目录十卷辨证二十卷，辑录成《金石录》，高宗绍兴年间李清照表上之。

元伊世珍《嫏嬛记》卷中云："易安以重阳《醉花阴》词函致明诚，明诚叹赏，自愧弗逮，务欲胜之。一切谢客，忘食忘寝者三日夜，得五十阕。"知为手稿，今未见有存词。

朱敦儒

朱敦儒（1081—1159），字希真，号岩壑，又称伊水老人、洛川先生，洛阳（今属河南）人。少有词名，朝廷屡征不起。宋高宗绍兴五年（1135）赐同进士出身，为秘书省正字，权兵部郎中，通判临安府，为都官员外郎、两浙东路提点刑狱公事，致仕，居嘉禾。著有《岩壑老人诗文》、《樵歌》等。

朱氏词集宋代就已刊行于世，陈振孙《直斋书录解题》卷二十一著录有《樵歌》一卷，为宋刻《百家词》本。元马端临《文献通考》卷二百四十六"经籍考七十三"据以录入。又张端义《贵耳集》卷上云：

> 朱希真，南渡以词得名。月词有"插天翠柳，被何人推上，一轮明月"之句，自是豪放。赋梅词如不食烟火人语："横枝销瘦一如无，但空里、疏花数点。"语意奇绝。词集曰《太平樵唱》。

未言卷数版本。宋以后《太平樵唱》罕见提及，只有《钦定词谱》卷八《促拍采桑子》、卷二十《踏歌》、卷二十六《孤鸾》均云调见朱氏《太平樵唱》。另宋马廷鸾《碧梧玩芳集》卷十三有《题〈樵歌〉后》一文，不知是否是指朱氏词集。

宋以后，朱氏词集仅有名《樵歌》者传世，有一卷、二卷、三卷本不等，计有：

一、抄本

词集丛编收录的有：

1. 明吴讷辑《唐宋名贤百家词》本，明抄本，梁启超跋，其中有《樵歌》二卷。

2. 明李东阳辑《南词》本，抄本，其中有《樵歌词》三卷。

3. 《宋元名家词》本，明抄本。清毛扆校，唐晏跋。其中有《樵歌》二卷。

4. 清阮元辑《宛委别藏》本，其中有《樵歌》三卷，今存稿本，在台湾。阮氏《揅经室外集·四库未收书提要》云：

> 此依毛晋汲古阁旧抄过录。案：花庵词客称："敦儒，东

都名士，天资旷逸，有神仙风致。《西江月》二首可以警世之
役役于非望之福者。"是编《西江月》凡八，即指第五第六二
首而言。又张正夫称敦儒月词"插天翠柳，被何人推上，一
轮明月"，词意绝奇，似不食烟火人语。是作今载集中，馀皆
音律谐缓，情至文生，宜其独步一时也。

又《故宫善本书目·宛委别藏书目》著录有《樵歌》三卷，一册，云录
汲古阁旧抄本。

5. 清彭元瑞辑《汲古阁未刻词》二十七卷，清光绪抄本，清江标
跋，其中有《樵歌词拾遗》一卷。

6.《宋六家词》本，抄本，其中有《樵歌词拾遗》一卷，藏台湾。

又南京图书馆藏有抄本《樵歌》二：

1. 清张蓉镜抄本《樵歌》三卷，按：张蓉镜，字芙川，昭文（今江
苏常熟）人。其妻姚婉真，号芙初女史，夫妇皆喜藏书，藏书楼名双
芙阁，又有小琅嬛福地。

2. 清光绪刘继增抄本。有刘氏题序云：

《樵歌》世无刊本，此旧抄本，购自常熟书贾，元无序
目。今排比之，为调七十七，为词二百四十五，卷第篇次与
阮文达《四库未收书目》所载同，盖亦从汲古阁旧抄过录
者。陈氏《直斋书录解题》：《樵歌》一卷，其本不传，此作
三卷，中间多寡异同不可考。《钦定词谱》《促拍采桑子》调下
注云："调见朱希真《太平樵唱》，一名《促拍丑奴儿》。"《聒
龙谣》调下注云："调见朱敦儒《樵歌》。"希真，敦儒字。据
此，则所著《樵歌》之外更有所谓《太平樵唱》者，是否一本
两名，未读中秘，不敢臆断。惟列谱之词，校绎文义，互有短
长，知别是一本。此本原校不知出自何人，所据异同又出
《词谱》所见之外。单行古帙，易于亡失，亟欲付梓以传。眼
前无别本参订，仅取《词谱》校注数处，其不注《词谱》者，
皆原校也。又《渊鉴类函》果部有朱希真咏梅云："寒阴渐

晓，报驿使探春，南枝开早。粉蕊弄香，琼枝低小，雪天分外精神好。"此词今本不载，知尚有遗佚，识之，以俟他日。光绪庚寅日长至，无锡刘继曾。

序作于清光绪十六年（1890），知是据汲古阁藏抄本传抄。

又见于藏家著录的有：

1. 清陆心源《皕宋楼藏书志》卷一百十九著录有《樵歌》三卷，旧抄本。

2. 清瞿镛《恬裕斋藏书记》卷四著录有《樵歌》三卷，旧抄本。又眉批云："是本从吴讷《名贤词》本抄出。"此又见瞿镛《铁琴铜剑楼藏书目录》著录和瞿良士辑《铁琴铜剑楼藏书题跋集录》著录。

3. 清张金吾《爱日精庐藏书志》卷三十六著录有《樵歌》三卷，云："抄本，从照旷阁藏本传录。" 此又见载于《爱日精庐藏书简目》。按：张仁济（1717—1791），字敬堂，号纳斋，清昭文（今江苏常熟）人。诸生，喜读书，晚年建照旷阁，藏书万卷，多宋元旧刻。长子张光基、侄张海鹏，亦嗜典籍，照旷阁藏书量日增。

4. 缪荃孙《目录词小说谱录目》著录有《樵歌》三卷，旧抄本。又缪荃孙《艺风藏书记》卷七"诗文第八下"著录有《樵歌》三卷，旧抄本，吴枚庵藏书。缪氏有跋，参见前文。

5. 李盛铎《木犀轩收藏旧本书目》著录有《樵歌》三卷，云："绿格抄本，云轮阁旧藏，一册。"按云轮阁为缪荃孙藏书印。

6. 傅增湘《藏园群书经眼录》卷十九著录有《樵歌》三卷，旧写本。云："古书流通处送阅，壬戌。"按：壬戌为民国十一年（1922）。

7. 《中国古籍善本书目》载有《樵歌》三卷，清抄本。藏国家图书馆。

二、 印本

1. 王鹏运四印斋刻《樵歌拾遗》一卷，收入《四印斋汇刻宋元三十一家词》中。王氏跋云：

希真词清隽谐婉，犹是北宋风度。《樵歌》三卷，求之屡年，苦不可得。此卷抄自知圣道斋所藏《汲古阁未刻词》本，先付梓人。它日当获全帙，以慰饥渴。珠光剑气，必不终湮，书此以为左券。癸巳初冬三日，晨起炳烛记，吟湘病叟。

跋作于光绪十九年（1893），知是抄自彭元瑞知圣道斋藏《汲古阁未刻词》本，不是足本。此本见叶德辉《叶氏观古堂藏书目》著录。

2. 王鹏运四印斋刻《樵歌》三卷，缪荃孙跋云：

右《樵歌》三卷，宋朱敦儒撰。敦儒字希真，洛阳人。绍兴乙卯以荐起赐进士出身，为秘书省正字兼兵部郎官，迁两浙东路提点刑狱。上疏乞归，居嘉禾。工诗及乐府，婉丽清畅。秦桧当国，奖用骚人墨客，以文太平，复除鸿胪少卿。桧死，敦儒亦废，见《宋史·文苑传》。……希真著有《岩壑诗人集》一卷，又有《猎较集》，均不传。《樵歌》三卷，阮文达《经进书目》依汲古阁旧抄本进呈，而书亦罕。吾友临桂王佑遐给事汇刻宋元人词，抄得知圣道斋所藏《汲古阁未刻词》内《樵歌拾遗》三十四首，先梓以行。今年正月，新安友人以吴枚庵抄藏见贻，如获瑰宝。三卷计二百五十五首，首尾完善，亦无序跋，不知源出何所？第与《拾遗》相校，均在其中。同为汲古抄本，何以别出《拾遗》，殊不可解。惟《贵耳录》所举二词俱在，想无甚遗佚矣。

按：吴翌凤（1742—1819），字伊仲，号枚庵，一作眉庵，晚号漫叟，别号古欢堂主人，祖籍安徽休宁，侨居吴郡（今江苏苏州）。清嘉庆年间诸生。藏书处为古欢堂、古香楼，多至万卷。勤于抄书，近千百卷，多罕见之书。著有《与稽楼丛稿》、《怀旧集》。缪氏得吴氏藏抄本《樵歌》足本，王鹏运才得以成全璧，王氏跋云：

右朱希真《樵歌》三卷，长洲吴小匏抄校本。初余校刻《樵歌拾遗》，即欲求其全帙刻之而不可得。甲乙之际，小山太史归田，属访之南中，逾五年而后如约。亟校，付手民，以酬夙愿。词三卷，凡若干阕，《拾遗》所录，悉载卷中。唯于《花草粹编》补《孤鸾》、《词综》补《念奴娇》各一阕。其《拾遗》误收朱淑真《生查子》"年年玉镜台"一阕，系沿杨升庵《词林万选》之讹，兹不录。希真词于名理禅机均有悟入，而忧时念乱，忠愤之致，触感而生，拟之于诗，前似白乐天，后似陆务观。至晚节依违，史家亦与务观同慨。然《南园》一记，尚论者多为原心，希真则鲜有论及之者，岂文人言行，固未易相符耶？抑自待过高，不能谐俗，名与谤俱也。去年小山入都，倚声相唱酬，戏援蜀人武横诮希真诗所谓"如今便插梅花醉，未必王侯著眼看"者，以为笑谑，并致深慨。校此卷竟，更不禁为之怃然矣。光绪庚子春日，临桂王鹏运识。

跋作于清光绪二十六年（1900）。以吴氏藏抄本三卷刊入，又据《花草粹编》辑《孤鸾》"天然标格"、《词综》辑《念奴娇》"别离情绪"各一首，作补遗一卷。此本多见于藏家著录，如梁启超《梁氏饮冰室藏书目录》、吴昌绶《宋金元词集见存卷目》、缪荃孙《目录词小说谱录目》、佚名《平妖堂藏书目》、刘复《半农书目》等，又王修《诒庄楼书目》卷八著录有《樵歌》三卷，云："李希圣以知圣道斋抄本校于王氏四印斋刻本，用朱笔，有'李希圣印'一印，并朱笔跋语。"

3. 清光绪许巨楫听香仙馆刻《樵歌》三卷，许氏跋云：

自来乐府多绮靡，鲜有作世外人语者，惟宋秘书朱希真先生天资旷达，有神仙风致。所著《樵歌》三卷，世罕流传。嘉、道间昭文张月霄氏《爱日精庐藏书志》仅有抄本，从照旷阁传录，可知此书久无刻版矣。昔余于宋元选本中得读数阕，思欲尽窥其全。岁壬申薄游京师，每从市上物色之，频年不可得。光绪庚寅秋，谒寄沤居士，蒙出所藏旧抄本相示，亟请付梓以传。居士亦乐为校雠。中间人事因循，至癸

巳冬始克蔵事。书成，谨识缘起，且申私淑云。古梅里听香
仙馆许巨楫少期甫跋。

刘继增（1843—1905），字梁渔、长高，号石香，又号寄沤。淡泊功
名，究心学问，著有《寄沤文抄》、《寄沤诗抄》、《寄沤词抄》等，另
有《南唐二主词笺》。岁壬申，为同治十一年（1872），知许氏于光绪
十六年（1890）拜谒刘继增，见所藏抄本，于光绪十九年（1893）底刻
成。此本见郑振铎《西谛书目》卷五著录，又见缪荃孙《目录词小说
谱录目》著录，云光绪乙酉刘廷（当继）增刊本。按：乙酉为光绪十一
年（1885），云为乙酉刘继增刊本，疑误。

　　4.《彊村丛书》本《樵歌》三卷，朱祖谋跋云：

　　　　朱希真《樵歌》，《直斋书录解题》作一卷，其本不传。
　　《挙经室外集》：《樵歌》三卷，录自汲古阁旧抄。《爱日精
　　庐》、《铁琴铜剑楼》、《皕宋楼藏书志》并有其目，与《直
　　斋》所云一卷同异殆不可考。《词谱》《采桑子》注云：调见朱
　　希真《太平樵唱》，岂《樵歌》之异名邪？近有梅里许氏、临
　　桂王氏两刊本。王刊为吴枚庵抄校，稽录致详，足资参斠。
　　往年于家冀良案头见吾乡范白舫錯藏抄一帙，与吴抄举注一
　　作云云，十九吻合，疑此本枚庵先亦寓目，惜皆未著所出。
　　今据范本兼校吴本，其许本之显属讹误者不复赘及。他日倘
　　获《直斋》一卷本勘之，尤足快已。《词综》亦称《樵歌》三
　　卷，而所选《念奴娇》"别离情绪"一阕，为此本及吴、许二
　　本所不载，又不可解也。甲寅四月先立夏三日，朱孝臧跋。

跋作于民国三年（1914），据范声山校旧抄本刊刻，按：范錯（1765—
1844），原名范音，字声山，号白舫，乌程（今浙江吴兴）人。贡生。
性淡泊孤傲，无意于仕途。经营盐业多年，喜收藏地方文献与古籍。
《彊村丛书》是以范氏藏本为底，校以吴翌凤藏抄本。

　　5. 刘复《半农书目》著录有《樵歌》三卷，为北新书局铅印本，

一册。

三、 版本不详者

1. 元徐硕《至元嘉禾志》卷十三云:"宋朱敦儒,字希真,号岩壑。本中原人,以词章擅名,天资旷远,有神仙风致。高宗南渡初寓此,尝为《樵歌》。有读书堂在大庆观之西。"未言卷数。

2. 明钱溥《秘阁书目》著录有《樵歌》,未标明卷数。

3. 明王道明《笠泽堂书目》著录有《樵歌》一册,未标明卷数。

4. 明毛晋《汲古阁毛氏藏书目录》著录有《樵歌》一卷。

5. 清黄虞稷《千顷堂书目》卷三十二著录有《樵歌》三卷。

6. 清倪灿撰、清卢文弨校正《宋史艺文志补》著录有《樵歌》三卷。

7. 清朱彝尊《竹垞行笈书目》"人字号"著录有《樵歌》一本,未标明卷数。按:朱彝尊《词综》"发凡"和卷十二小传云有《樵歌》三卷。

8. 清沈季友《槜李诗系》卷二"朱少卿敦儒"云有《樵歌》三卷。

9. 《御选历代诗馀》卷一百四"词人姓氏"云有词三卷,名《樵歌》。

10. 清朱学勤《别本结一庐书目》著录有《樵歌》一卷,一册。

11. 余一鳌《无锡西溪余氏负书草堂所藏书目》著录有《樵歌》二卷,一本。

12. 王国维编《大云书库藏书目》卷中著录有《樵歌》三卷。

13. 《陈逆群藏书目》著录有《樵歌》,二册,未标明卷数。按:陈群(1890—1945),字人鹤,福建长汀人。民国时曾任汪伪政府内政部长、江苏省长等职,日本投降后,服毒自尽。陈氏酷爱藏书,建有泽存书库,所藏不下七十万册。

朱敦儒词集除单行本外,尚有别集附词者,见于著录的有:

1. 《宋史》卷二〇八"艺文志"载朱氏《陈渊集》二十六卷、又《词》一卷。

2. 明焦竑《国史经籍志》卷五"集类·别集·宋"著录有："朱敦儒一卷，又长短句三卷。"按：陈振孙《直斋书录解题》卷十八著录有朱氏《岩壑老人诗文》一卷，未言是否附词。惜其别集明以后就失传了。另《永乐大典》录朱希真词七首，即《木兰花慢》（10877/9A，指卷数及页码，下同），《蓦山溪》、《菩萨蛮》二首、《苏武慢》、《浣溪沙》（14381/28A），《鹧鸪天》（20353/14A）。

李处权

李处权（？—1155），字巽伯，号崧庵惰夫，祖籍丰县（今属江苏），迁居洛阳（今属河南）。宋徽宗宣和间以诗名。南渡后曾领三衢，官至朝请大夫。著有《崧庵集》。

李处权《崧庵集》自序（绍兴二十四年）云："五十年间，作古赋、五古诗三百、律诗一千二百、杂文二百、长短句一百，平生之力尽于此矣……暇日拾掇次第，粗成编缀，名之曰《崧庵集》。"为全集本，未言版本，今未见存词。

王灼

王灼，字晦叔，号颐堂，遂宁（今属四川）人，生卒年不详。宋高宗绍兴中尝为幕僚，晚年闲居成都和遂宁，潜心著述。著有《颐堂先生文集》、《颐堂词》、《碧鸡漫志》等。

王氏词集宋时附见于别集本中，晁公武《郡斋读书志》卷五下载有《颐堂先生文集》五十九卷、《碧鸡漫志》一卷、《长短句》一卷、《祭文》一卷。云："右王灼晦叔之文也。灼，遂宁人，尝佐总幕，故赵公为之序，《漫志》可以见乐府之源委。"今国家图书馆藏宋乾道年间刊《颐堂先生文集》，其中附有词。此本有《续古逸丛书》本和《四部丛刊三编》本。

宋以后，其《颐堂词》仅见于清人著录，计有：

1. 清林佶题名《天一阁书目》著录有《熙（当作颐）堂词》一本，又清佚名《四明天一阁藏书目录》著录有《颐堂词》一本，均未标明卷数版本。又清范懋柱《天一阁藏书目》卷四之四著录有《颐堂词》一卷，不著撰人姓氏，未标明版本。又清薛福成《天一阁见存书目》卷四著录云："《颐堂词》，附《梦溪杂录》、《乐府指迷》、《乐府乐谈》，一册，全，为抄本，不著撰人名氏。"按：傅增湘《藏园群书经眼录》卷十九著录有《颐堂词》一卷。云："明蓝格写本，十一行二十二字。题《颐堂词》。见此者六十五解，今取其尤，得以上二十一解。（天一阁佚出书。丁巳）"丁巳为民国六年。

2. 清吴引孙《扬州吴氏测海楼藏书目录》卷八著录有《颐堂词》一卷，影抄天一阁本。

3. 李盛铎《木犀轩收藏旧本书目录》著录有《颐堂词》一卷，抄本。又《木犀轩收藏旧本书目》著录有《颐堂词》一卷，云："宋□□撰，抄本，与《乐斋词》合装。"

4. 吴昌绶《宋金元词集见存卷目》附《双照楼续辑宋金元百家词目》著录有《颐堂词》一卷，钱塘丁氏旧抄本，云："卷末佚名题云：'《颐堂词》六十五解，今取二十一解。'未知何人所删，当求《颐堂集》补之。"

另有《宋人词四种》本，近代沈韵斋手抄本，其中有《颐堂词》一卷，藏台湾。

赵佶

赵佶（1082—1135），即宋徽宗，神宗第十一子，哲宗弟，元符三年（1100）即皇帝位。多才艺，擅书法。有诗文集一百卷。

赵佶词集未见历来藏家著录，近世曹元忠辑录《宋徽宗词》一卷，朱祖谋刻入《彊村丛书》中，曹元忠跋云：

> 光绪庚子岁，余假馆顾氏怡园，尝辑宋徽宗词，而以《书画大观录》所载高宗御制序附其后。……独惜宋世君臣，但知建阁设官，典司掌守，并无刊本流传。卒令国亡，集亦散佚。无论闳篇钜制也，即此慢曲小唱，至今见闻所及，随事

搜罗，亦只存十一于千百。转不若崇宁大晟府诸臣，如周邦彦、晁端礼辈，其所撰乐章，阅七八百年犹在人口也，则感慨系之矣。丙辰二月己巳晦吴曹元忠客侨沪刘氏楚国记。

序作于民国五年（1916），按：顾麟士（1865—1930），字鹤逸，号西津渔父、鹤庐等，吴县（今江苏苏州）人。家有藏书楼名过云楼，收藏字画古籍。承祖业筑怡园，为收藏图书之所。编撰有《顾鹤逸藏书目》等。光绪二十六年（1900）曹氏作客顾氏怡园，据顾氏藏书辑录赵佶词一卷。

周紫芝

周紫芝（1082—1155），字少隐，号竹坡居士，宣城（今属安徽）人。宋高宗绍兴十二年（1142）进士，除枢密院编修官，为礼兵部架阁、右迪功郎敕令所删定官，出知兴国军，奉祠，居庐山。著有《太仓稊米集》。

周紫芝《太仓稊米集》卷六十六有《书自作长短句后》云：

> 余少年时间作长短句，殊不能工。常戏自评之，以谓视古今诸家乐府，盖貌兄弟而年父子也。犹不能无意于著鞭，今须发种种，则无复事矣。同舍郎叶南美屡丐于余，偶追录此数解，因以遗之，南美老于文辞，以功名自喜，乃复须此。韩退之所谓如人之嗜昌歜，未易诘其所以然者哉！绍兴十一年清明后五日书。

文作于高宗绍兴十一年（1141），为周氏手写词数首。周氏词集宋时就已行于世，孙兢《竹坡老人词序》云：

> 竹坡先生少慕张右史而师之，稍长，从李姑溪游，与之上下其议论，由是尽得前辈作文关纽，其大者固已掀揭汉唐，凌厉骚雅，烨然名一世矣。至其嬉笑之馀，溢为乐章，则清丽宛曲，当□□是岂苦心刻意而为之者哉？昔□□先生蔡伯

评近世之词，谓苏东坡辞胜乎情，柳耆卿情胜乎辞，辞情兼称者，唯秦少游而已，世以为善评。虽然，耆卿不足道也，使伯世见此词，当必有以处之矣。凡一百四十八词，厘为三卷。乾道二年上元日，高邮孙兢序。

序作于宋孝宗乾道二年（1166），未言版本。又《竹坡词》原跋云：

> 先父长短句一百四十八阕，先是浔阳书肆开行，讹舛甚多，未及修正。适乡人经由渭宣城搜寻此，未得其半，遂以金受板。东下未几，好事者辐凑访求鬻书者，利其得，又复开成，然比宣城本为善，盖桀亲校雠也。去岁武林复得二章，今继于《忆王孙》之后，先父一时交游如李端叔、翟公巽、吕居仁、汪彦章、元不伐莫不推重平生著述，缀集成七十卷，锓板襄阳黄州，开《楚辞赘说》、《诗话》二集，尚有尺牍、《大闲录》、《胜游录》、《群玉杂嚼》，藏于家，以俟君子广其传云。乾道九年闰正月十五日，男桀拜书。

知其词集多次被刊印，有浔阳本、宣城本、襄阳黄州本等。考毛晋《跋竹坡词》云："子盘、桀，皆力学不仕。兹集长短句凡三卷，末有子桀跋，缀二阕于绝笔之后。"知三卷为其子编辑，周桀跋文今未见。按饶宗颐《词集考》别集类卷三云："乾道九年，其子桀汇校宣城、浔阳两板之三卷本，则有毛晋刊传。"所指或即孙氏序本。

陈振孙《直斋书录解题》卷二十一著录有《竹坡词》一卷，为宋刻《百家词》本。元马端临《文献通考》卷二百四十六"经籍考七十三"据以录入。

知宋时周氏词集有一卷本与三卷本之别，不知两者所载是否同？见于宋以后著录的有：

一、《竹坡词》

明末毛氏汲古阁刊《宋名家词》本，其中有《竹坡词》三卷，毛晋跋云：

余昔镌《竹坡老人诗话》，恨未见其全集，亦未详其始末。……绍兴乙亥卒。子盘、栎，皆力学不仕。兹集长短句凡三卷，末有子栎跋，缀二阕于绝笔之后。但《减字木兰花》一调误作《木兰花令》，今厘正。紫芝尝评王次卿诗云："如江平风霁，微波不兴，而汹涌之势，澎湃之声，固已隐然在其中。"其词约略似之。古虞毛晋识。

未言所据，此本又见清郑德懋辑《汲古阁校刻书目》之《宋名家词六集》著录，云凡五十五叶。入清，则有《四库全书》本《竹坡词》三卷，提要云：

宋周紫芝撰，紫芝有《太仓稊米集》已著录，《书录解题》载《竹坡词》一卷，此本作三卷。考卷首高邮孙兢序称厘为三卷，则《通考》一卷乃三卷之误，兢序称共词一百四十八阕，此本乃一百五十阕。据其子栎乾道九年重刊跋，则《忆王孙》为绝笔，初刻止于是篇。其《减字木兰花》、《采桑子》二篇乃栎续得佚稿别附于末，故与原本数异也。集中《鹧鸪天》凡十三阕，后三阕自注云："予少时酷喜小晏词，故其所作时有似其体制者。此三篇是晚年歌之，不甚如人意，聊载乎此"云云。则紫芝填词本从晏几道入，晚乃刊除秾丽，自为一格，兢序称其少师张耒，稍长师李之仪者，乃是诗文之渊源，非词之渊源也。栎跋称是集先刻于浔阳，讹舛甚多，乃亲自校雠。然集中《潇湘夜雨》一调实为《满庭芳》，两调相似而实不同，其《潇湘夜雨》本调有赵彦端一词可证，自是集误以《满庭芳》当之，《词汇》遂混为一调，至《选声集》列《潇湘夜雨》调反不收赵词而止收周词，是愈转愈讹，其失实由于此。又第三卷《定风波令》实为《琴调相思引》，亦有赵彦端词可证，其《定风波》另有正体与此不同，皆为疏舛，殆后人又有所窜乱，非栎手勘之旧矣。

是据汲古阁刊本录入，为安徽巡抚采进。至于"则《通考》一卷乃三卷之误"云云，所云不确，《通考》（即《文献通考》）是据《直斋书录解题》著录的，为一卷本，与三卷本不是同一书。又《钦定续通志》卷一百六十三据文渊阁著录，有《竹坡词》三卷，当与库本同。

见于宋以后藏家著录的有：

1．元汪泽民、张师愚编《宛陵群英集》卷十二小传云：所著有《太仓稊米集》、《竹坡词》、《竹坡诗话》、《楚词赘说》等若干卷。

2．明毛晋《汲古阁毛氏藏书目录》著录有《竹坡词》一卷。

3．清徐元文《含经堂藏书目》著录有《竹坡词》三卷。

4．清朱彝尊《词综》小传云有《竹坡词》三卷

5．《御选历代诗馀》卷一百三"词人姓氏"载云有《竹坡词》一卷。

6．《江南通志》卷一百九十三"艺文志·集部"著录有《竹坡词》。

7．叶德辉《叶氏观古堂藏书目》著录有《竹坡词》三卷。

以上均未谈及版本。

二、《竹坡老人词》

今存抄本词集丛编中收有其词集者有：

1．明吴讷辑《唐宋名贤百家词》本，明抄本，梁启超跋。其中有《竹坡老人词》三卷。

2．《宋元名家词》本，明抄本，清毛扆校，唐晏跋。其中有《竹坡老人词》三卷。

3．《宋金元名家词抄》本，清抄本，其中有《竹坡老人词》三卷。

又见于藏家著录的有：

1．清钱曾《也是园藏书目》卷七著录有《竹坡老人词》三卷。

2．清范懋柱《天一阁藏书目》卷四之四著录有《竹坡老人词》三卷，绵纸，抄本。

3．清王闻远《孝慈堂书目》著录有《竹坡老人词》二卷，孙兢

序，子周琹（当作栞）跋。

另《永乐大典》自《周竹坡老人词》录词三首，即《渔家傲》和《西江月》（540/16B，指卷数与页码，下同）、《雨中花》（7962/15A）。又录周紫芝词三首，即《宴桃源》（3004/11B）、《宴桃源》和《清平乐》（3006/9A）。

左誉

左誉，字与言，号筠翁，临海（今属浙江）人。宋徽宗大观三年（1109）进士，官至湖州通判，后弃官为浮屠。著有《筠翁长短句》。

其词集宋时就已行于世，王明清《玉照新志》卷四云：

> 左与言，天台之名士大夫也，其孙衰其乐章，求为序其后云：政、宣之际，文物鼎盛，异才垒出。天台左君与言，委羽之诗裔，饱经史，而下笔有神，名重一时，学者之所敬仰。策名之后，籍甚宦途，屡彰美效，蔼闻荐绅。著书立言，自托不朽，平日行事，盖见之国子虞仲容所述志碑详矣。吟咏诗句，清新妩丽，而乐府之词，调高韵胜，好事者尤所争先快睹。豪右左戚，尊席一笑，增气忘倦。承平之日，钱塘幕府乐籍有名姝张足女名浓者，色艺妙天下，君颇顾之，如"无所事，盈盈秋水，淡淡春山"与"一段离愁堪画处，横风斜雨摇衰柳"及"堆云剪水，滴粉搓酥"，皆为浓而作。当时都人有"晓风残月柳三变，滴粉搓酥左与言"之对，其风流人物可以想象。倡扰之后，浓委身于立勋大将家，易姓章，遂疏封大国。绍兴中，君因觅官行阙，暇日访西湖两山间，忽逢车舆甚盛，中睹一丽人，褰帘顾君而颦曰："如今若把菱花照，犹恐相逢是梦中。"视之，乃浓也。君醒然悟入，即拂衣东渡，一意空门，不复以名利关心，老禅宿德，莫不降伏皈依，此殆与夫僧史所载楼子和尚公案若合一契。君之孙文本，编次遗词若干首，名曰《筠翁长短句》，欲以刻行，求余为序。筠

翁，君之自号，与言，其字，字盖析其名云。余既识之，服膺三叹，并为书此一段奇事。

知词集名《筠翁长短句》，未言卷数。《御选历代诗馀》卷一百四"词人姓氏"云所著词名《筠翁长短句》。按：朱彝尊《词综》"发凡"云左誉《筠庵长短句》，"筠庵"当为"筠翁"之误。

蒋元龙

蒋元龙，字子云，宋丹徒（今江苏镇江）人。以特科入官，终县令。

其词集宋时就已行于世，卢宪《嘉定镇江志》"附录"云："蒋元龙，字子云，丹徒人，工于乐府，有词板行于世，以特科入官，终县令。"知有词集刊行于世，卷数不详。

李纲

李纲（1083—1140），字伯纪，号梁溪居士，邵武（今属福建）人。宋徽宗政和二年（1112）进士及第，授镇江教授，为监察御史兼权殿中侍御史，以言事被罢官。宣和七年（1125）被召回朝，任太常少卿，除知枢密院事。又以"专主战议，丧师费财"的罪名落职。高宗朝拜尚书右仆射，兼中书侍郎等，卒赠少师，谥忠定。著有《梁溪集》。

其词宋时见载于诗文集中，刘克逊《丞相李忠定公长短句跋》云：

> 樵川官书经兵毁后，仅存《丞相李忠定大全集》，然犹散阙五百馀板。今左司赵卿以夫为守，汲汲刊补，汔成全书，四方人士皆欲行之。余旧与三山，识公之曾孙发见，游从相好，近因行役，经从间见，因及其家集，尚有长短句数十首，余欣跃……亟锓板附集后，庶其所谓"大全"云。嘉熙元年九月中浣莆田刘克逊敬书。

跋作于宋理宗嘉熙元年（1237），知宋刊《丞相李忠定大全集》后附有词。

今存抄本词集丛编中收有李氏词集的有：

1. 《典雅词》本，清劳权抄本，清劳权校并跋，藏国家图书馆，其中有《丞相李忠定公长短句》一卷补遗一卷。

2. 《宋八家词》本，清初抄本，其中有《丞相李忠定公长短句》一卷。

3. 清彭元瑞辑《汲古阁未刻词》本，清光绪抄本，清江标跋，其中有《梁溪词》一卷。

4. 《宋元八家词》本，清抄本，其中有《梁溪词》一卷。

除《丞相李忠定公长短句》外，藏家著录的多名为《梁溪词》，盖据别集中析出，见于著录的有：

1. 《御选历代诗馀》卷一百四"词人姓氏"云有《梁溪词》。

2. 清王闻远《孝慈堂书目》著录有《梁溪词》，云："一卷，抄，白十六番。"

3. 缪荃孙《目录词小说谱录目》著录有《梁溪词》一卷。

以上著录的多属抄本。近世有王鹏运四印斋汇刻《南宋四名臣词集》，有李慈铭序及信函数则，又有王鹏运跋一，参见前"李光"条。

张纲

张纲（1083—1166），字彦正，号华阳老人，润州丹阳（今属江苏）人。宋徽宗朝以首贡入太学，应试内舍、上舍，均得第一。除太学正，为秘书省校书郎，高宗建炎元年（1127）出为两浙路提刑，绍兴初进起居舍人，改中书舍人，除给事中。秦桧用事，隐居茅山华阳洞二十年。桧死，召为吏部侍郎兼侍读，擢参知政事。以资政殿学士知婺州，寻致仕。卒谥文简。著有《华阳集》。

其词宋时见载于诗文集中，《华阳集》卷四十张坚跋（乾道三年）云："哀集遗文，以类编次，仅得外制二百二十二、表疏九十八、奏札六十八、故事十九、讲议十九、启八十四、杂文七十六、古律诗二百三十九、乐府三十四，厘为四十卷，以先君自号华阳老人，目之曰《华阳集》。"又张釜跋（绍熙元年[1]）云："先叔宝文久欲镂之木，而志勿遂。釜假守秋浦之明年，郡事稍闲，因取所编复加订正，以成先叔之志云。"知生前曾刊刻过，为别集本附词。

又有《四库全书》本《华阳集》四十卷，提要云："然嗣子坚搜辑散佚，尚得八百馀篇。至孙釜始刊板，置郡学。以其自号华阳老人，即以名集。洪迈为之序，凡文三十三卷、诗五卷、词一卷，后附行状一卷。"为两江总督采进本。按：《华阳集》卷三十九为长短句，凡一卷。今存《华阳集》诸本，如万历刻本、《四部丛刊三编》本、清抄本等，均附有词。

其后则有自别集中析出另行者，如吴昌绶《宋金元词集见存卷目》附《双照楼续辑宋金元百家词目》著录有《华阳居士长短句》一卷，云传抄《华阳集》本。又朱祖谋据丁氏善本书室藏抄《华阳集》本析出，辑有《华阳长短句》一卷，收入《彊村丛书》中，无校文，无跋文。

此外，其词集又有另行者，今有《宋元名人词十六家》本，清抄本，其中有《华阳词》一卷，藏国家图书馆。又有《华阳长短句》一卷，清抄本，朱祖谋校，藏浙江图书馆。

徐泳

徐泳，字荐伯，平阳（今属浙江）人。生卒年不详。宋高宗绍兴二十七年（1157）进士，官水军统领、兴化巡检，终忠训郎。著有《横槊醉稿》。

宋陈傅良《止斋先生文集》卷一《跋徐荐伯诗集》云："一日，示余《横槊醉稿》，余读已喜。荐伯慷慨有烈丈夫气，其诗词视唐诸子砠砠弄篇章者多哉！"知集中是有词的，今未见存词。

---

[1] 原署："绍兴改元冬十二月，孙朝奉大夫、权知池州军州、兼管内劝农营田事釜谨书。"按张纲卒于孝宗乾道二年（1166），此当为"绍熙"之误。

吕本中

　　吕本中（1084—1145），字居仁，号紫微，人称东莱先生，寿州（今安徽寿县）人。以恩荫补承务郎，宋徽宗宣和年间为枢密院编修官。高宗绍兴六年（1136）召赐进士出身，为中书舍人、权直学士院，因忤秦桧罢官。卒谥文清。著有《东莱集》、《紫微词》等。

　　吴昌绶《宋金元词集见存卷目》附《双照楼续辑宋金元百家词目》著录有《紫微词》一卷，云阳湖吕景端辑本。

　　民国时赵万里辑录《紫微词》，收入《校辑宋金元人词》中，赵氏题记云：

　　　　王灼《碧鸡漫志》二称居仁词佳处如其诗，然其词《东莱先生集》不收，岂当时别出单行欤？万里记。

　　为民国排印本，录词凡二十六首。

李清照

　　李清照（1084—1155），号易安居士，济南章丘（今属山东）人。李格非之女，年十八嫁与太学生赵明诚，二人致力于书画金石的搜集整理。宋高宗建炎三年（1129），明诚病亡。清照流寓浙东，年五十一时，再适张汝舟，未几离异。著有《易安居士集》等。

　　其词集宋时就已行于世，见于著录的有：

　　1. 赵彦卫《云麓漫抄》卷十四云：

　　　　李氏自号易安居士，赵明诚德夫之室，李文叔女，有才思，文章落纸，人争传之。小词多脍炙人口，已版行于世，他文少有见者。

　　知已有词集刊本，卷数不详。

　　2. 陈振孙《直斋书录解题》卷二十一著录有《漱玉集》一卷，提要云：

> 易安居士李氏清照撰。元祐名士，格非文叔之女，嫁东
> 武赵明诚德甫，晚岁颇失节。别本分五卷。

为宋刻《百家词》本，元马端临《文献通考》卷二百四十六"经籍考七十三"据以录入。

3. 黄昇《唐宋以来绝妙词选》卷十云："李易安，赵明诚之妻，善为词，有《漱玉集》三卷。"

4. 《草堂诗馀》卷二于李易安《一剪梅》"红藕香残玉簟秋"引苕溪渔隐云："近时妇人能文词者，如赵明诚之妻李易安，长于词。有《漱玉集》三卷行于世，此词颇尽离别之情，当为拈出。"

以上知宋刊李清照词集有一卷本、三卷本、五卷本之别。其词集见于宋以后著录的有：

一、《漱玉集》

元佚名《新编排韵增广事类氏族大全·戌集》云："能诗词，有《漱玉集》三卷。"又明彭大翼《山堂肆考》卷九十四"猥配驵侩"云："有《漱玉集》三卷行世。"又卷一百二十二于"漱玉集"云："能诗词，有《漱玉集》三卷。"又明张丑《清河书画舫》卷九上"着色春山图附李易安词稿"载云：

> 易安词稿一纸，乃清秘阁故物也，笔势清真可爱。此词《漱玉集》中亦载，所谓离别曲者邪？卷尾略无题识，仅有点定两字耳。录具于左："红藕香残玉簟秋，轻解罗裳，独上兰舟。云中谁寄锦书来，雁字回时，月满楼头。　　花自飘零水自流，一种相思，两处闲愁。此情无计可消除，才下眉头，却上心头。"右调《一剪梅》。

此又见清卞永誉撰《书画汇考》卷十二"李易安《一剪梅》词"和清倪涛《六艺之一录》卷三百五十一和《六艺之一录续编》卷十三。以上所云《漱玉集》是专指词集，还是诗文别集，有待考核，不过其中是载有词的。

又见于明清藏家著录的有：

1. 明钱溥《秘阁书目》著录有《漱玉集》，未标明卷数。

2. 明陈第《世善堂藏书目录》卷下著录有《漱玉集词》一卷。

3. 明毛晋《汲古阁毛氏藏书目录》著录有《漱玉集》一卷。

4. 清陆漻《佳趣堂书目》著录有《漱玉集》一卷。

5. 清朱彝尊《词综》"发凡"和卷二十五小传云有《漱玉集》一卷。

6. 《御选历代诗馀》卷一百七"词人姓氏"有《漱玉集》一卷。

7. 伦明《东莞伦氏续书楼藏书目录》"第二十五箱"著录有《漱玉集》，未标明卷数。

8. 《大华书店新旧书目乙亥年五月第五期》著录有《断肠集》一卷、《漱玉集》一卷，云："旧抄本，全书圈点。"

以上除末一条云旧抄本外，其馀均未言版本。另清潘永因《宋稗类抄》卷十四云："有《漱玉集》三卷行于世，其《声声慢》一词尤婉妙，词云……"

二、《漱玉词》

A. 刊本

1. 明末毛氏汲古阁刻《宋名家词》本《漱玉词》一卷，毛晋跋云：

> 黄叔阳（当作旸）云《漱玉集》三卷，马端临云别本分五卷，今一卷。考诸宋、元杂记，大率合诗词杂著为《漱玉集》，则厘全集为三卷无疑矣。第国朝博雅如用修先生，尚慨未见其全，湮没不几久耶？庚午仲秋，余从选卿觅得宋词廿馀种，乃洪武三年抄本，订正，已阅数名家中，有《漱玉》、《断肠》二册，虽卷帙无多，参诸《花庵》、《草堂》、《彤管》诸书，已浮其半，真鸿宝也。急合梓之，以公同好。末载《金石录后序》，略见易安居士文妙，非止雄于一代才媛，尽洗南渡后诸儒腐气，上返魏、晋矣。尾附遗事数则，亦罕传者。

湖南毛晋识。

所据为明洪武三年（1370）抄本，按：毛晋《跋樵隐词》有"余近得杨梦羽先生秘藏《宋元名家词》抄本二十七种"云云，洪武年抄本词集或即杨梦羽藏书。毛晋认为三卷本《漱玉集》为诗文别集。此本又见清郑德懋辑《汲古阁校刻书目》之《诗词杂俎十六种》著录，云凡十五叶。毛氏刻本多见藏家著录，如李盛铎《天津延古堂李氏旧藏书目》、《恩园藏书楼善本书目》、陶湘《陶氏书目·明毛氏汲古阁刻书目录》等。又清耿文光《万卷精华楼藏书记》卷一百四十三著录有《漱玉词》一卷，云：

> 文光案：此汲古阁《诗词杂俎》之一种，凡十四阕，毛氏所附《金石录后序》亦删节本，非全文也。集诸家说五条，皆不著出典，明人刻书，大率如此，毛子晋亦不能改其习。此本与朱淑真《断肠词》合刻，朱词二十七调，大抵皆采辑而成，非原本也。易安更嫁，乃决无之，至今辨之始明。欧公有元夜《生查子》词，今在集内，不知何以讹为朱氏之作，世遂疑淑真失妇德，《简明目录》、《池北偶谈》已辨之矣。

又伊其淴《生白斋读书自省记》著录有《漱玉词》一卷，云：

> 清照工诗文，尤以词擅名。此本为毛晋汲古阁所刊，卷末备载轶事逸闻。清照以一妇人，而词格乃抗轶周、柳。张端义《贵耳集》极推其元宵词《永遇乐》、秋词《声声慢》，以为闺阁有此文笔，殆为间气，良非虚美。虽篇帙不多，固不能不宝而存之，为词家一大宗矣。

知为汲古阁原刊本。

2. 《四印斋所刻词》本，其中有《漱玉词》一卷补遗一卷附录一卷。端木埰序（光绪七年，1881）云："偶翻《漱玉》之词，深恫烁金之谬。将刊专集，藉雪厚诬。以仆同心，属为弁首。"又《补遗》前王鹏运题记云：

> 易安词刻辑于辛巳之春，所据之书无多，疏漏久知不
> 免。己丑夏日况夔笙舍人校刻《断肠词》，因以此集属为校
> 补，计得词七首，间有互见它人之作，悉行附入，吉光片羽，
> 虽界在疑似，亦足珍也。半塘老人记。

知词集辑刻于清光绪七年（1881），十五年嘱况周颐校补，补得词共计八首。又附录一卷，计有俞正燮《易安居士事辑》、陆心源《〈癸巳类稿〉易安事辑书后》、李慈铭《书陆刚甫观察仪顾堂题跋后》等，王鹏运跋云：

> 右易安居士《漱玉词》一卷。按：此词虽见于《宋史·艺
> 文志》、《直斋书录解题》，世已久无传本。古虞毛氏刻之《诗
> 词杂俎》中者，仅词十七首。《四库》所收，即是本也。此刻
> 以宋曾端伯《乐府雅词》所录二十三首为主，复旁搜宋人选
> 本、说部，又得二十七首，都为一集，而以俞理初孝廉《易安
> 居士事辑》附焉。易安晚节，世多訾议，甚至目其词为不
> 祥。得理初作，发潜阐幽，并是集亦为增重。独是闻见无
> 多，搜罗恐尚未备。然即此五十首中，假托污蔑之作，亦已
> 屡见。昔端伯录六一翁词，凡属伪造者，皆从刊削，为六一
> 存真。此则金沙杂揉，使人自得于披拣之下，固理初之心，
> 亦犹之端伯之心云。光绪辛巳燕九日，临桂王鹏运志于都门
> 半截胡同寓斋。

跋作于光绪七年。此本多见藏家著录，如梁启超《梁氏饮冰室藏书目录》、缪荃孙《目录词小说谱录目》、郑振铎《西谛书目》、叶德辉《叶氏观古堂藏书目》等。

3. 《吴氏石莲庵山左人词》本，清光绪吴重熹辑刻，其中有《漱玉词》一卷补遗一卷附录一卷。是据四印斋刻本覆刊。

4. 缪荃孙《目录词小说谱录目》著录有《漱玉词》一卷，石画轩刻本。

5. 《遁叟藏书目》著录有《漱玉词》，初印，乙本。

6. 《中国书店书目第十五期乙亥年一月》著录有《漱玉词》三卷，云："石印，白纸，一本。"与朱淑真《断肠词》一卷合印。

民国时赵万里辑录《漱玉词》，收入《校辑宋金元人词》中，赵氏题记云：

> 《漱玉词》旧本分卷多寡颇不一，《直斋书录解题》作一卷又云别本五卷，《花庵词选》作三卷，《宋史·艺文志》作六卷。然元以后无一存者。今所见虞山毛氏《诗词杂俎》本，临挂王氏四印斋本，俱非宋世之旧。毛本自云据洪武三年抄本入录。然如《浣溪沙》"绣面芙蓉一笑开"一阕，虽又引见《古今词统》、《草堂诗馀续集》诸书，顾词意儇薄，不似女子作，与易安他词尤不类，疑所云非实。其本后录入《四库全书》，光绪间临桂王氏校刻宋元人词，始以《乐府雅词》所载二十三首为主，旁搜宋明选本、说部，又得二十七首，都为一集，视毛本加详。然真赝杂出，亦与毛本若。且于《古今词统》、《历代诗馀》所引亦深信不疑，又不注所出，读之令人如坠五里雾中。岁在己巳，余草《两宋乐府考》，因翻《漱玉词》，遇有他书引李词者，辄条举所出，校其异同，始稍稍知毛、王二本俱不足取，而王本所载，亦未为备也。爰于暇日详加斠正，录为定本。凡前人误收引诸作，悉入附录，虽不敢谓一无舛误，然视毛、王二本，似较胜一筹矣。万里记。

为民国排印本，录词四十三首附录十七首。

B. 抄本

今存抄本丛书中收有其词集的有：

1. 《四库全书》本，其中有《漱玉词》一卷，提要云：

> 此本为毛晋汲古阁所刊，卷末备载其轶事逸文，而不录

此篇，盖讳之也。案：陈振孙《书录解题》载清照《漱玉词》一卷，又云别本作五卷。黄昇《花庵词选》则称《漱玉词》三卷，今皆不传，此本仅词十七阕，附以《金石录序》一篇，盖后人裒辑为之，已非其旧。其《金石录后序》与刻本所载详略迥殊，盖从《容斋随笔》中抄出，亦非完篇也。清照以一妇人而词格乃抗轶周、柳，张端义《贵耳集》极推其元宵词《永遇乐·秋词》"声声慢"，以为闺阁有此文笔，殆为间气，良非虚美，虽篇帙无多，固不能不宝而存之，为词家一大宗矣。

是据毛氏汲古阁刊《诗词杂俎》本录入，为江苏周厚堉家藏本。又《钦定续通志》卷一百六十三据文渊阁著录，有《漱玉词》一卷，当与库本同。

2. 清彭元瑞辑《汲古阁未刻词》本，清光绪抄本，清江标跋。其中有《漱玉词》一卷。

又见于藏家著录有抄本的有：

1. 清丁丙《善本书室藏书志》卷四十著录有《漱玉词》一卷，旧抄本。又《江南图书馆善本书目》载《漱玉词》一卷，与《断肠词》合订，旧抄本，当指此本。又《中国古籍善本书目》载《漱玉词》一卷，宋李清照撰；《易安居士事辑》一卷，清俞正燮撰。清抄本，清丁丙跋。藏南京图书馆。

2. 清陆心源《皕宋楼藏书志》卷一百十九著录有《漱玉词》一卷，劳巽卿手校本。按：河田罴编《静嘉堂秘籍志》卷五十"陆氏十万卷楼旧藏·词曲类"著录有《漱玉词汇抄》，云清汪氏玢辑，附《易安事迹》。刊一本。又云："《志》：《漱玉词》一卷，劳巽卿手校本。"提要云：

案：此本钱塘汪氏玢所辑刊，第一行题"漱玉词汇抄"，第二行题"宋李氏清照易安著，钱唐汪氏玢孟文笺"。卷首有道光壬午玢序，云："余笄总之年，即喜诵其词，惜汲古阁刊本不满二十阕，既而娣佩徐珊助余搜他选遗珠，并辑录诸家词话，汇为一册"云云，后附《易安事辑》一卷。《提要》所收，即汲古阁刊本，云清照号易安居士，济南人。礼部郎、提点京东刑狱格非之女，湖州守赵明诚之妻也。清照工诗文，尤以词擅名，中略。此本为毛晋汲古阁所刊，案盖《诗词杂俎》所收，既见于上。陈振孙《书录解题》载清照《漱玉词》一卷，又云别本作五卷。黄昇《花庵词选》则称《漱玉词》三卷，今皆不传。此本仅词十七阕，清照以一妇人，而词格乃抗轶周、柳，虽篇帙无多，固不能不宝而存之，为词家一大宗矣。

此本卷中有"蟫叟"白文小长印，"彝轩"朱文小方印，墨校，即劳权手笔也。

为清道光汪玢汇编抄校，此本今藏日本静嘉堂文库。

3.《咫园藏书楼善本书目·阅览室检查书目》"集部抄本书及稿本"著录有《漱玉词》一卷，景抄汲古阁本，一册。

4. 王修《诒庄楼书目》卷八著录有《漱玉词》二卷，奚虚白写本。云："宋易安居士李清照撰，有'奚疑之印'、'虚白私玩'二印，与四印斋刻本异同甚多。"按：奚疑（1771—1854），字子复，一字虚白，又字乐夫，号方屏山樵，别号榆楼，晚号酒奚，归安（今浙江湖州）人。善诗词，精绘画。著有《榆楼诗稿》。

5.《大华书店新旧书目乙亥年一月第四期》著录有《断肠词》一卷和《漱玉词》一卷，旧抄本，竹纸，一册。

6.《中国书店第十七卷书目民国二十四年九月》著录有《漱玉词》一卷，云："慈水董葆琛、董绎青同编，稿本，未刻，有咸丰五年董绎青跋，云为较毛晋本为完备，一本。"按：董葆琛字献臣，号啸兰，浙江慈溪人。诸生，有《学易堂诗稿》。

7.《中国古籍善本书目》载有《漱玉词》一卷，清莫友芝家抄本。藏复旦大学图书馆。按：莫友芝（1811—1871），字子偲，号郘亭，又号紫泉、眠叟，贵州独山人。清道光十一年（1831）举人。喜藏书，著有《邲亭诗抄》、《邲亭遗文》、《邲亭知见传本书目》、《影山词》等。

C. 版本不详者

1. 清张仁美《宝闲斋藏书目》著录有《漱玉词》一卷。

2. 清赵昱《小山堂藏书目录备览》著录有《漱玉词》，未标明卷数。

3. 清孙星衍《孙氏祠堂书目》卷四著录有《漱玉词》一卷。

4. 清庄仲芳《映雪楼藏书目考》卷十著录有《漱玉词》一卷。

5. 清王祖畬《书籍簿记》著录有《漱玉词》、《断肠词》，一册，未标明卷数版本。

6. 伦明《东莞伦氏续书楼藏书目录》"第三十三箱"著录有《漱玉词》，未标明卷数。

以上未著录版本，其中不少当是汲古阁刊本。

三、《易安词》（《李易安词》）

1. 《宋史》卷二〇八"艺文志"著录有《易安词》六卷，或据宋刊本著录。

2. 《永乐大典》自《李易安词》录词七首，即《春光好》（2808/12A，指卷数与页码，下同），《河传》、《七娘子》、《忆少年》三首（2810/15A），《玉楼春》（2811/19B）。

3. 明赵琦美《脉望馆书目》著录有《李易安词》一本，未标明卷数版本。

另有清杨文斌辑《三李词》本，清光绪十六年（1890）香海阁刻本，其中有《李清照词》一卷。

赵鼎

赵鼎（1085—1147），字元镇，号得全居士，解州闻喜（今属山西）人。宋徽宗崇宁五年（1106）进士，累官河南洛阳令。高宗建炎年间拜御史中丞，除端明殿学士，签书枢密院事。绍兴四年

（1134）除参知政事，因与秦桧不合，罢相。谪外，至吉阳军，知秦桧必欲杀己，绝食而卒。孝宗朝追赠太傅，谥忠简。著有《忠正德文集》、《得全词》。

赵鼎词集宋时就已刊行于世，陈振孙《直斋书录解题》卷二十一著录有《得全词》一卷，为宋刻《百家词》本。元马端临《文献通考》卷二百四十六"经籍考七十三"据以录入。宋以后见于著录的有：

一、抄本

今存抄本词集丛编中收有赵氏词集的有：

1.《宋元名家词》本，明抄本，清毛扆校，唐晏跋，藏北京大学图书馆，其中有《得全居士词》一卷。

2. 清汪曰桢辑《又次斋词编》本，稿本，藏国家图书馆，其中有《得全居士词》一卷。

3. 清汪曰桢辑《宋元十家词》本，清又次斋抄本，清汪曰桢校，吴昌绶校。藏国家图书馆，其中有《得全居士词》一卷。

二、刊本

1.《别下斋丛书》本，清道光中海昌蒋氏刊本，又有民国十二年（1923）上海商务印书馆景印本、民国武林竹简斋景印本，其中有《得全居士词》一卷。见于藏家著录的有叶德辉《叶氏观古堂藏书目》、佚名《今生读作来生用藏书目录》、缪荃孙《目录词小说谱录目》等。

2. 王鹏运四印斋刻《南宋四名臣词集》，其中有《得全居士词》一卷，有李慈铭序及信函数则，又有王鹏运跋一，参见前"李光"条。此本见缪荃孙《目录词小说谱录目》等著录。

三、版本未详者

1.《宋史》卷二〇八"艺文志"著录有《得全居士词》一卷，作"不知名"。

2. 清黄虞稷《千顷堂书目》卷三十二著录有《得全居士词》一卷。

3. 清倪灿撰，卢文弨校正《宋史艺文志补》著录有《得全居士词》一卷。

4. 清赵昱《小山堂藏书目录备览》著录有《得全词》，未标明卷数版本。

5. 伦明《东莞伦氏续书楼藏书目录》"第二十五箱"著录有《得全居士词》附《茗斋诗馀》，未标明卷数。

6.《三友堂书目》（民国二十三年，1934）著录有《得全居士词》，未标明卷数。

以上诸家所载均未标明版本。又明毛晋《汲古阁毛氏藏书目录》"歌词"著录有《得全集》一卷，未言版本。《得全集》当为《得全词》之误。另清沈嘉辙《南宋杂事诗》卷一于"香云漫与白云游"诗末案语云："赵鼎，字元镇，撰《忠正德文集》十卷，四字高庙所赐宸翰中语也。又《得全词》一卷。"也未言版本。

此外，赵氏诗文别集宋时就附有词，周必大《文忠集》卷五十四《忠正德文集序》（嘉泰元年，1201）云：

> 将刻遗稿，附昌黎文以传，凡拟诏百有十、杂著八、古律诗四百馀首、奏疏表札各二百馀篇，号《得全居士集》，而以乐府四十为《别集》，属某题辞。

未言卷数，为其裔孙潮州刻本。《全宋词》存其词四十五首，当无逸佚。

又陈振孙《直斋书录解题》卷二十著录有《得全居士集》三卷，提要云："其曾孙璧别刊其诗，附以乐府。"与周必大序文中所云不是同一刊本。

入清有《四库全书》本《忠正德文集》十卷，提要云：

> 有奏疏诗文二百馀篇，《绍兴正论》、陈振孙《书录解题》皆作十卷，今久佚不传。仅就《永乐大典》散见各条，按时事先后分类裒缀，得奏议六十四篇、骈体十四篇、古今体诗二百七十四首、诗馀二十五首、笔录七篇，又据《历代名臣奏议》增补十二篇，仍厘为十卷，计所存者尚二百九十六篇，与《宋史》所称二百馀篇不符，疑其集本三百馀篇，传刻《宋

《史》者或偶误三字为二字欤？

是据《永乐大典》辑出，卷六附有诗馀。

又清耿文光《万卷精华楼藏书记》卷一百四十三著录有《忠正德文词》二十五首，云为集本。

向子諲

向子諲（1085—1152），字伯恭，号芗林居士，临江（今江西清江）人。宋哲宗元符三年（1100）以荫补假承奉郎，徽宗宣和年间除淮南转运判官。高宗建炎间知潭州，绍兴中官户部侍郎，知平江府。因反对秦桧议和，致仕居临江。著有《酒边词》。

其词集宋时已刊行，胡寅《斐然集》卷十九《向芗林酒边集后序》：

> 词曲者，古乐府之末造也。古乐府者，诗之傍行也。诗
> 出于《离骚》楚词，而《离骚》者，变风变雅之意，迫而哀伤
> 者也。其发乎情则同，而止乎礼义则异，名之曰曲，以其曲
> 尽人情耳。方之曲艺，犹不逮焉，其去曲礼则益远矣。然文
> 章豪放之士，鲜不寄意于此者，随亦自扫其迹，曰谑浪游戏
> 而已。唐人为之最工者，柳耆卿后出，掩众制而尽其妙者，
> 以为不可复加。及眉山苏氏一洗绮罗香泽之态，摆脱绸缪宛
> 转之度，使人登高望远，举首高歌，而逸怀浩气超乎尘垢之
> 外，于是《花间》为皂隶，而柳氏为舆台矣。芗林居士步趋苏
> 堂而哜其胾者也，观其退江北所作于后，而进江南所作于
> 前，以枯木之心幻出葩华，酌元酒之樽，弃置醇味，非染而不
> 色，安能及此？予得其全集于公之外孙汶上刘苟子卿，反复
> 厌饫，复以归之，因题其后。公宏才伟绩，精忠大节在人耳
> 目，国史载之矣。后之人味其平生，而听其馀韵，亦犹读《梅
> 花赋》，而未知宋广平欤？武夷胡寅题。

未言版本，所谓"退江北所作于后，而进江南所作于前"，按：向氏词

集由两部分构成，即：《江南新词》，系建炎南渡后作；《江北旧词》，系北宋时所作。又陈振孙《直斋书录解题》卷二十一著录有《酒边集》一卷，云户部侍郎向子諲伯恭撰，自号芗林。为宋刻《百家词》本，元马端临《文献通考》卷二百四十六"经籍考七十三"据以录入，并节录胡寅序。

宋刊本清代尚存于世，见于藏家著录的有：

1. 清季振宜《季沧苇藏书目》"延令宋版书目"著录有《酒边词》，一本，项元汴记。按：项元汴（1525—1590），字子京，号墨林等，浙江嘉兴人。明国子生，藏书楼为天籁阁，富藏书画古籍。

2. 清徐乾学《传是楼宋元板书目》"荒字二格"著录有《酒边集》二卷，云一本，宋板。

二家著录的宋本或名《酒边词》，或名《酒边集》，所指或为同一本书，只是称呼不同罢了。

宋以后见于著录或刊印的有：

一、抄本

今存清初毛氏汲古阁影宋抄本《酒边集》一卷，《中华再造善本》中收录，封面书签墨笔题"宋本影写"四字，钤有"宋本"、"甲"、"汲古主人"、"毛子晋"、"毛晋私印"、"毛扆之印"、"汪士钟印"、"袁钰克文"、"三琴趣斋"、"克文"、"佞宋"、"惟庚寅吾以降"、"思巽藏书"、"人间孤本"等印，知又递经汪士钟、袁克文收藏。据袁克文《寒云日记钞》（乙卯）载，袁氏得汲古阁影写宋本书六种，《酒边词》为其中之一，今藏国家图书馆。

又今存抄本丛编中收有向氏词集的有：

1. 明吴讷辑《唐宋名贤百家词》本，明抄本，梁启超跋。其中有《酒边集》一卷。

2. 明李东阳辑《南词》本，抄本，其中有《酒边词》一卷。

3. 《宋元明三十三家词》本，明石村书屋抄本，其中有《酒边集》一卷。

4. 《宋元明词》本，明抄本，其中有《酒边集》二卷。

5.《宋元名家词》本，明抄本，清毛扆校，唐晏跋，其中有《酒边集》一卷。

6.《四库全书》本《酒边词》二卷，提要云：

> 此本毛晋所刊，分为二卷，上卷曰江南新词，下卷曰江北旧词。题下多自注甲子，新词所注皆绍兴中作，旧词所注则政和、宣和中作也。卷首有胡寅序，称退江北所作于后，而进江南所作于前，以枯木之心幻出葩华，酌元酒之尊，弃置醇味，玩其词意，此集似子諲所自定，然《减字木兰花》"斜江迭翠"一阕注兼纪绝笔云云，已属后人缀入，而此词以后所载甚多，年月先后又不以甲子为次，殆后人又有所窜乱，非原本耶？其《浣溪沙·咏岩桂》第二阕"别样清芬扑鼻来"一首，据注云曾端伯和，盖以端伯和词附录集内，而目录乃并作子諲之词，题为《浣溪沙》十二首，则非其旧次明矣。

所据为毛氏汲古阁刊本，为江苏巡抚采进本。又《钦定续通志》卷一百六十三据文渊阁著录，有《酒边词》二卷，当与库本同。又《四库著录江西先哲遗书目》著录有《酒边词》二卷。

除此外，见于著录的抄本有：

1. 清汪宪《振绮堂书目》卷二"闻·抄本集类杂集并总集·第一格"著录有《酒边集》，注云："《江南新词》一册一卷，《江北旧词》一卷，宋向子諲芗林撰，抄本。"此本后归丁氏善本书室所藏，清丁丙《善本书室藏书志》卷四十著录有《酒边集》一卷，云明抄本，汪鱼亭藏书。提要云：

> 子諲，临江人，敏中之后，以钦圣宪肃皇后从侄恩补假承奉郎。建炎初，迁直龙图阁、江淮发运副使，为黄潜善所斥。寻起知潭州，累迁户部侍郎。以徽猷阁直学士知平江府，复忤秦桧，罢归。卜筑清江，颜其堂曰芗林。《书录解题》载《酒边集》一卷，《乐府纪闻》则称四卷，汲古阁所刊

> 分"江南新词"、"江北旧词"为二卷，新词为绍兴时作，旧词乃政和、宣和间作。前有武夷胡寅序，谓得其集于公之外孙汶上刘荀子卿。此明抄一卷，似在毛刻之前。书法古秀，有"汪鱼亭藏阁书"一印。

此书后归江南图书馆，见《江南图书馆善本书目》著录，作："《酉（当作酒）边集》一卷，宋临江向子諲，明抄本，汪鱼亭藏书。"又《中国古籍善本书目》载《酒边集》一卷，明抄本，清丁丙跋。藏南京图书馆。

2. 王文进《文禄堂访书记》卷五著录有《酒边词》一卷，云："宋向子諲撰，明毛子晋影抄宋本。半页八行，行十四字，黑格。板心上记字数，下记刊工姓名百初。计六十三叶。第三十九叶、四十一叶空白。"知是汲古阁影宋抄本。又《中国古籍善本书目》载《酒边集》一卷，云清初毛氏汲古阁影宋抄本。藏国家图书馆。

二、刊本

1. 明末毛氏汲古阁刊《宋名家词》本《酒边词》二卷，有毛晋跋，未言所据，此本见清郑德懋辑《汲古阁校刻书目》之《宋名家词六集》著录，云六十一叶。清陆心源《皕宋楼藏书志》卷一百十九著录有《酒边集》一卷，为陆敕先、毛斧季手校本。又录陆氏手跋曰："庚戌四月十三日两抄本校，敕先。"按：陆、毛所校底本是汲古阁刊本，为朱笔校，今存日本静嘉堂文库。又清陈徵芝《带经堂书目》卷四下著录有《酒边词》一卷，云毛斧季先生手校本。

此本又见李盛铎《天津延古堂李氏旧藏书目》著录，又《中国古籍善本书目》载《酒边集》二卷，云明崇祯毛氏汲古阁刻《宋名家词》本，吴昌绶校并跋，藏南京图书馆。

另叶德辉《叶氏观古堂藏书目》著录有《酒边词》二卷，为清光绪汪氏振绮堂重刊汲古阁本。按：《中华再造善本》收有此本，为章钰据毛抄宋本精校，曾为吴重熹所得，现藏国家图书馆。

2. 民国仁和吴氏双照楼《景刊宋金元明本词》本，其中有《酒边

集》一卷,为影宋刊本,陶湘《叙录》云:

> 湘案:宋本半叶八行,行十四字。题下注双行,字疏密不等。首江南新词,次江北旧词,通为一卷。有"宋本"、"甲"、"毛晋私印"、"子晋"、"汲古主人"、"毛扆之印"、"斧季"诸印。又有赵文敏公书卷末云五十六字,朱文大印,是汲古景写最精之本。芗林词无别刻,《六十家词》当从此出,而讹舛至多,又改题为《酒边词》。毛刻遇前人标题,一概删易,自属当日编校之陋。世传毛抄诸本,有"斧季"印记者,皆在《六十家词》刻成之后。至《汲古秘本书目》所称"宋词百家,元词二十家",亦后来编写。今散见各种,版心有"汲古阁"字,抄校精工,远出旧刻之上。惜斧季时已无力汇刊也。毛刻有胡寅序,宋本所阙,因补存之。

知所据原为毛氏汲古阁影宋抄本。

章钰《章氏四当斋藏书目》卷中之四著录有《酒边集》一卷,为民国四年仁和吴氏双照楼覆宋刊本,一册。又录吴昌绶手跋数则如下:

> 《酒边集》,初印本,奉赠式之长兄。

> 年来常与茗簃主人晤对,狂谈快论,辄于酒边倾泻。今芗林《酒边集》刻成,不可不志此一段因缘。三十年后展玩此箧,得毋风景不殊之感?乙卯十月仁和吴昌绶。

> 日闻人道白石、梦窗、草窗、碧山、玉田一流,吾极厌之。此皆乱世闲民藉重声律,与道学头巾心同迹异,其猥鄙何可胜言?吾刻宋元词,力祛此辈,独与众争,此以当揭橥,甘逌再记。函面

按:章钰(1865—1937),字式之,号茗理、茗簃等。吴氏题识文作于民国四年(1915),章钰著录的为吴氏赠送的书。

三、 版本不详者

1.《永乐大典》自《酒边集》录词九首,即《南歌子》(6523/

11A，指卷数及页码，下同），《浣溪沙》（8628/3A），《卜算子》（13344/15A），《点绛唇》、《六州歌头》（15139/15A、B），《好事近》、《减字木兰花》、《鹧鸪天》、《西江月》（20353/11B、A）。又自《江南新词》录《鹧鸪天》（2809/19B）词一首。又录向子諲词一首：《西江月》（14381/29A）。

2．明钱溥《秘阁书目》著录有《酒边集》，未标明卷数。

3．明毛晋《汲古阁毛氏藏书目录》著录有《酒边集》一卷。

4．清钱曾《钱遵王述古堂藏书目录》著录有《酒边集》一卷。

5．清钱曾《也是园藏书目》卷七著录有《酒边集》一卷。

6．朱彝尊《词综》"发凡"及卷十一小传云有《酒边集》四卷。

7．清徐元文《含经堂藏书目》著录有《酒边词》二卷。

8．清陆漻《佳趣堂书目》著录有《酒边词》二卷。

9．《御选历代诗馀》卷一百四"词人姓氏"，云："卜筑清江，颜其堂曰芗林，自号芗林居士，有《酒边集词》四卷。"

10．《御定佩文斋书画谱》"纂辑书籍"著录有《酒边集》，未言卷数。

11．清庄仲芳《映雪楼藏书目考》卷十著录有《酒边词》二卷。

12．清姚燮《大梅山馆藏书目》卷十一著录有《酒边词》二卷。

以上所载均未标明版本，陆漻以上当以抄本居多。

孙道绚

孙道绚，号冲虚居士，宋建安（今福建建瓯）人。生卒年不详，黄铢母。三十丧夫，寡居以终。平生作词甚富，晚毁于火。

宋张世南《游宦纪闻》卷八云：

> 黄公铢，字子厚，富沙浦城人。与朱文公为交友，长于诗。刘潜夫宰建阳，刻其《谷城集》于县斋。黄之母笔力甚高，世南尝见黄亲录词稿，今载于此，云："先姚冲虚居士，少聪明，颖异绝人，于书史无所不读，一过辄成诵。年三十，先君捐弃，即抱贞节以自终。平生作为文章诗辞甚富，晚遭

回禄，毁燕无馀。此词数篇皆脍炙在人者，因访求得之。适予与景绍主簿兄有好，且屡见索，敬书以赠。绍兴三年中春二十有四日黄铢识。"景绍，则太参郑公昭先也。

知为手稿，并录其词六首。又黄昇《中兴以来绝妙词选》卷四云铢母孙夫人能文有词，见前《唐宋集》，存词三首。

毛氏

毛氏，名姓里贯不详。居士，著有《乌有编》。

其词宋时已结集。郑刚中《北山文集》卷十三《乌有编序》云：

> 长短句，亦诗也，诗有节奏，昔人或长短其句而歌之，被酒不平，讴吟慷慨，亦足以发胸中之微隐。余每有是焉，然赋事咏物，时有涉绮靡而蹈荒怠者，岂诚然欤？盖悲思欢乐入于音声，则以情致为主，不得不极其辞，如真是也。毛居士逢场作戏，乌有是哉？辄自号其集曰《乌有编》。

毛氏名姓不详，词集名《乌有编》，当为手稿。

黄大舆

黄大舆，字载万，号岷山耦耕，蜀（今四川）人。生活于南北宋间。著有《乐府广变风》，又辑有《梅苑》。

其词宋时已结集，王灼《碧鸡漫志》卷二云：

> 吾友黄载万歌词号《乐府广变风》，学富才赡，意深思远，直与唐名辈相角逐，又辅以高朋之韵，未易求也，吾每对之叹息。诵东坡先生语曰："彼尝从事于此，然后知其难，不知者以为苟然而已。"夏几道序之曰："惜乎语妙而多伤，思穷而气不舒，赋才如此，反啬其寿，无乃情文之兆欤？"载万所居斋前梅花一株甚盛，因录唐以来词人才士之作，凡数百首，为斋居之玩，命曰《梅苑》。其序引云："呈妍月夕，夺

霜雪之鲜；吐臭风晨，聚椒兰之酷。情涯殆绝，鉴赏斯在，莫
不抽毫袭彩，比声裁句，召楚云使与歌，命燕玉以按节。妆
台之篇，宾筵之章，可得而述焉。"《乐府广变风》有赋梅花
数曲，亦自奇特。案：梅苑序云："莫不抽毫遣滞，劈彩舒衷。"

未言卷数版本。

吴淑姬

吴淑姬，生平事迹不详，著有《阳春白雪》。

其词宋时已结集，黄昇《唐宋以来绝妙词选》卷十"吴淑姬"云：
"女流中黠慧者，有词五卷，名《阳春白雪》，佳处不减李易安也。"未
言卷数版本。

其词集宋以后罕见著录，清朱彝尊《词综》卷二十五小传云："嫁
士人杨子治，有《阳春白雪词》五卷。黄叔旸云淑姬词佳处不减李易
安。"又《御选历代诗馀》卷一百七"词人姓氏"云："吴淑姬嫁士人
杨子治，有词五卷，名《阳春白雪》。"其词集清初或见存。

洪皓

洪皓（1088—1155），字光弼，鄱阳（今属江西）人。宋徽宗政和
五年（1115）进士，为台州宁海主簿、秀州司录参军。高宗建炎时出
使金，被羁留十五年。归宋后除徽猷阁待制，权直学士院，卒谥忠
宣。著有《鄱阳集》等。

其词见载于诗文集中，《永乐大典》自《鄱阳集》录词四首，即
《忆仙姿》二首（1056/10A，指卷数及页码，下同）、《点绛唇》
（2809/19B）、《点绛唇》（2811/17A）。又卷2811第19A页录洪忠宣公
词《减字木兰花》一首。

检陈振孙《直斋书录解题》卷十八著录有《鄱阳集》十卷，知其集
宋代就已刊行。入清有《四库全书》本，是自《永乐大典》中辑《鄱阳
集》四卷，洪适跋云："谪九年而即世，故手泽之藏于家者，唯北方所

313

作诗文数百篇，谨位而叙之，以为十卷，刻诸新安郡。"洪适为洪皓之子，库本卷三存词十四首，宋刊本存词或更多些。

又吴昌绶《宋金元词集见存卷目》附《双照楼续辑宋金元百家词目》著录有《鄱阳词》一卷，云："旧抄《鄱阳集》本重校补。"朱祖谋又据吴昌绶校补本辑录为《鄱阳词》一卷，刊入《彊村丛书》中，存词十七首。无跋文。

蔡伸

蔡伸（1088—1156），字伸道，号友古居士，仙游（今属福建）人。宋徽宗政和五年（1115）进士，释褐将仕郎，为太学博士。知潍州北海县，通判徐州。高宗时通判真州，知滁州，为浙东安抚使司参谋官，提举崇道观。著有《友古词》。

蔡伸词集宋时就已刊印于世，陈振孙《直斋书录解题》卷二十一著录有《友古词》一卷，云左中大夫莆田蔡伸伸道撰，自号友古居士，君谟之孙。为宋刊《百家词》本。元马端临《文献通考》卷二百四十六"经籍考七十三"据以录入。

明末又有毛氏汲古阁刊《宋名家词》本，其中有《友古词》一卷，毛晋跋云：

> 伸道，莆田人，别号友古居士，忠惠公之孙也。其居距城不及五里，舍宇矮，欲压头，犹是伊祖旧物。刘后村过而咏之曰"庙院蜂房居"，想美其同居古风欤？但据忠惠公《荔子谱》云："玉堂红一种佳绝。"正产其地，伸道从无一语咏之，何耶？其和向伯恭木犀诸阕亦逊《酒边集》三舍矣。

未言所据。此本见清郑德懋辑《汲古阁校刻书目》之《宋名家词六集》著录，云凡五十七叶。

明清以来，见于著录的《友古词》（《友古居士词》）有：

一、抄本

今存抄本丛编中收有其词集的有：

1. 明吴讷辑《唐宋名贤百家词》本，明抄本，梁启超跋，其中有《友古居士词》一卷。

2.《宋二十家词》本，明抄本，清许宗彦、丁丙跋，其中有《友古居士词》一卷，

3.《四库全书》本，据以录入，其中有《友古词》一卷。提要云：

> 《友古词》一卷，宋蔡伸撰，伸字伸道，莆田人。襄之孙，自号友古居士，宣和中官彭城倅，历官左中大夫。《书录解题》载伸《友古词》一卷，此本卷数相合。伸尝与向子諲同官彭城漕属，故屡有赠子諲词，而子諲《酒边词》中所载倡酬人姓氏甚夥，独不及伸，未详其故。伸词固逊子諲，而才致笔力亦略相伯仲，即如《南乡子》一阕自注云："因向词有'凭书续断肠'句而作。"今考向词乃《南歌子》，以伸词相较，其婉约未遽相逊也。毛晋刊本颇多疏舛，如《飞雪满群山》一调，晋注云又名《扁舟寻旧约》，不知此乃后人从本词后阕起句改名，非有异体，亦不应即以名本词。《惜奴娇》一调，晋注云一作《粉蝶儿》，不知《粉蝶儿》另有一调与《惜奴娇》判然不同，至《青玉案》和贺方回韵前阕，"处"字韵讹作"地"字，贺此调南宋诸人和者不知凡几，晋不能互勘其误，益为失考矣。

据毛氏汲古阁刊本录入，为安徽巡抚采进本。又《钦定续通志》卷一百六十三据文渊阁著录，有《友古词》一卷，当与库本同。

又见于藏家著录的抄本有：

1. 清丁丙《善本书室藏书志》卷四十著录有《友古居士词》一卷，明抄本。云："毛氏刊《六十家词》颇多讹舛。此明人抄本，纸墨古雅，观其格式，盖三百年前物也。"

2. 清周星诒《传忠堂书目》卷四著录有《友古居士词》一卷，一册，为陆敕先校本。又清蒋凤藻《秦汉十印斋藏书目》卷四著录有《友古居士词》一卷，陆敕先手校本。按：周星诒与蒋凤藻为姻亲，所

藏后归蒋氏。又蒋氏《铁华馆家藏书目》著录有《知稼翁词》、《友古居士词》，一本，陆敕先抄校本。又佚名《双宋书斋善本书目》著录有《知稼翁词》、《友古居士词》，合一本，陆敕先校本。

3. 李盛铎《木犀轩收藏旧本书目录》著录有《知稼轩词》一卷、《友古居士词》一卷，旧抄本。又《木犀轩收藏旧本书目》著录有《友古居士词》一卷，旧抄本，黄荛圃旧藏。又《木犀轩藏书题记及书录》之《书录》卷四著录有《友古居士词》一卷，旧抄本[清初抄本（毛扆据钱曾抄本校）]。又云："莆田蔡伸仲道撰，黑格抄本。前后无序跋，有旧人朱蓝笔校。卷末题'青、红笔俱遵王抄本校'一行。收藏有'平江黄氏图书'朱文方印，与《知稼翁词》合装一册。"按：傅增湘《藏园群书经眼录》卷十九著录有《友古居士词》一卷，云："清写本，毛扆据钱曾本校。（李木斋藏书，壬子）"壬子为民国元年（1912）。

二、版本不详者

又见于明清人著录的计有：

1. 《永乐大典》自《蔡友古居士词》录词三首，即《忆秦娥》、《浣溪沙》（2265/2B，指卷数与页码，下同），《浣溪沙》（3581/9B）。又《永乐大典》卷14381第23A页自《蔡伸道词》录《满庭芳》一词。

2. 明梅鼎祚《青泥莲花记》"采用书目"，其中有《友古居士词》，未标明卷数。

3. 明毛晋《汲古阁毛氏藏书目录》著录有《友古词》一卷。

4. 清钱曾《钱遵王述古堂藏书目录》著录有《友古居士词》一卷。

5. 清钱曾《也是园藏书目》卷七著录有《友古居士词》一卷。

6. 清陆漻《佳趣堂书目》著录有《友古词》一卷。

7. 清徐元文《含经堂藏书目》著录有《友古词》一卷。

8. 清朱彝尊《词综》"发凡"及卷十一小传云有《友古词》一卷。

9. 《御选历代诗馀》卷一百三"词人姓氏"云有《友古词》一卷。

10. 《福建通志》卷六十八著录有《友古词》一卷。

11. 清赵昱《小山堂藏书目录备览》著录有《友古词》，未标明卷数。

12. 叶德辉《叶氏观古堂藏书目》著录有《友古词》一卷。

按：前引《藏园群书经眼录》有"毛扆据钱曾抄本校"云云，知钱曾著录的当为抄本，而前十家中其他所载，也当以抄本为主。

另《钦定词谱》卷十四于蔡氏《渔家傲》"烟锁池塘秋欲暮"一词按语有"此见《友古集》"云云，又卷十六于蔡氏《小镇西犯》"秋风吹雨"一词按语有"此见《友古集》，名《镇西》。"按：蔡伸诗文集宋以来不见流传，此《友古集》似指词集。

李弥逊

李弥逊（1089—1153），字似之，号筠溪居士等，吴县（今江苏苏州）人。宋徽宗大观三年（1109）上舍登第，调单州司户。高宗朝试中书舍人，为户部侍郎，因反对议和忤秦桧，乞归田，隐连江西山。著有《筠溪集》、《筠溪乐府》。

李氏词见附于诗文集后，《永乐大典》卷2809第17B页自李弥逊《竹（当作筠）溪集》录《浣溪沙》一首。按：《四库全书》有《筠溪集》二十卷，末附乐府一卷，李珏跋云：

> 大父捐馆之日，先君尚幼，遗墨散失，旋传录于亲友家，所辑文稿仅有二十四卷，其间脱误居多。先君辛勤裒梓，粗成全书，将传于后，力所未逮。珏缪承坠绪，始克锓梓，大参攻媿先生既光宠先世，亲染序文，冠于篇端矣。

序作于嘉定辛未，知李弥逊文集由其裔孙于宋宁宗嘉定四年（1211）刊刻，后附有词一卷。又《四库全书》收有《筠溪乐府》一卷，提要云：

> 宋李弥逊撰，弥逊有《筠溪集》已著录，此编旧本附缀《筠溪集》末，考弥逊家传称所撰奏议三卷、外制二卷、诗十

卷、杂文六卷，与今本《筠溪集》合，而不及乐府，则此集本别行也。凡长短调八十一首，其长调多学苏轼，与柳、周纤秾别为一派，而力稍不足以举之，不及苏之操纵自如，短调则不乏秀韵矣。中多与李纲、富知柔、叶梦得、张元干唱和之作，又有鹏举座上歌姬唱《夏云峰》一首，考岳飞与汤邦彦皆字鹏举，皆弥逊同时，然飞于南渡初倥偬戎马，不应有声伎之事，或当为汤邦彦作欤？开卷寄张仲宗《沁园春》一首注《芦川集》误刊字，然《蝶恋花》第五首今亦见《芦川集》中，又不知谁误刊也？自《虞美人》以下十二首皆祝寿之词，□预通用，一无可取，宋人词集往往不加刊削，未喻其故，今亦姑仍原本以存其旧焉。

知是据别集本所附词集析出另行者，此为两淮盐政采进本。又《钦定续通志》卷一百六十三据文渊阁著录，有《筠溪乐府》一卷，又清《续文献通考》卷一九八著录有《筠溪乐府》一卷。二者所载与库本同。

其词集或名《筠溪乐府》，或名《筠溪词》，见于著录的抄本有：

1. 清姚晏《邃雅堂书目》著录有《筠溪乐府》一卷，云："旧抄本，竹纸，一册，六元。"

2. 清丁丙《善本书室藏书志》卷四十著录有《筠溪乐府》一卷，旧抄本。此书后藏江南图书馆，见《江南图书馆善本书目》著录，云旧抄本。今藏南京图书馆，作《筠溪乐府》一卷，清抄本，清丁丙跋。

3. 清陆心源《皕宋楼藏书志》卷一百十九著录有《筠溪乐府》一卷，旧抄本。又见河田罴编《静嘉堂秘籍志》卷五十"陆氏十万卷楼旧藏·词曲类"著录，云抄本，一本。

4. 莫友芝《郘亭知见传本书目》卷十六下著录有《筠溪乐府》一卷，云："知不足斋刊本，路氏有抄本，旧本附集内。"又叶德辉《叶氏观古堂藏书目》著录有《筠溪乐府》一卷，云："一鲍氏知不足斋刊本，一王氏四印斋刊本。"检鲍氏《知不足斋丛书》，并无《筠溪乐府》，莫氏、叶氏所云或有误。至于路氏抄本，俟考。

5. 王重民《中国善本书提要》著录有《筠溪词》一卷，与《琴趣外篇》同订一册（《四库总目》卷一百九十八）（北图）。赵氏星凤阁抄本[十行二十一字]，又云："原题：李弥逊似之。卷内有：'赵印辑宁'印记。按《四库全书》著录本作《筠溪乐府》，然据《提要》所注，两本编次益相同。"

又见于著录而版本不详者有：

1. 清朱彝尊《竹垞行笈书目》"人字号"著录有《筠溪乐府》一本。

2. 清赵魏《竹崦庵传抄书目》著录有《筠溪词》一卷，三十一。

3. 清许宗彦《鉴止水斋藏书目》"集部第九厨"著录有《筠溪词》、《风雅遗音》、《磻溪词》，一本。

以上均未言版本，所载当以抄本为主。

晚清有王鹏运四印斋《汇刻宋元三十一家词》本《筠溪词》一卷，此本见叶德辉《叶氏观古堂藏书目》、缪荃孙《目录词小说谱录目》等著录。

另有清赵辑宁辑《星凤阁抄五代宋人词》本，清赵氏星凤阁抄校本，其中有《筠溪词》一卷，藏台湾。

陈与义

陈与义（1090—1138），字去非，号简斋，洛阳（今属河南）人。宋徽宗政和三年（1113）登太学上舍甲科，授开德府教授，擢太学博士，为著作佐郎。高宗朝为起居郎，迁中书舍人，除翰林学士，擢参知政事。著有《简斋集》。

陈氏词集宋代已刊行于世，陈振孙《直斋书录解题》卷二十一著录有《简斋词》一卷，为宋刊《百家词》本。元马端临《文献通考》卷二百四十六"经籍考七十三"据以录入。又黄昇《中兴以来绝妙词选》卷一云："有《无住词》一卷，词虽不多，语意超绝，识者谓其可摩坡仙之垒也。"未言版本。

元戴表元《剡源戴先生文集》卷十九《题陈强甫乐府》："山阴陈

强甫示余《无我辞》一编，体用姜白石，趣近陆渭南，而编名适与其家去非公《无住词》相似，是有以爽然于余心者哉！"

名《简斋词》和《无住词》者均见于宋以后著录，叙录如下：

一、《简斋词》

今见存于抄本词集丛编中数种，计有：

1. 明吴讷辑《唐宋名贤百家词》本，明抄本，梁启超跋，其中有《简斋词》一卷。

2. 明李东阳辑《南词》本，抄本，其中有《简斋词》一卷。

3. 《宋元名家词》本，明抄本，清毛扆校，唐晏跋，其中有《简斋词》一卷。

4. 《宋名贤七家词》本，明抄本，清鲍廷博校，清丁丙跋，其中有《简斋词》一卷。

见于藏家著录的抄本有：

1. 清汪宪《振绮堂书目》卷二"闻·抄本集类杂集并总集·第一格"著录有南唐二主、冯相国、陈简斋、韩山人合一册，注云："《二主词》一卷，李璟、李煜撰，自序。《阳春集》一卷，冯延巳撰。《简斋词》一卷，宋陈与义撰。《韩山人词》一卷，宋韩奕撰。卷末有毛扆朱笔跋，少岳道人手抄本。"检傅增湘《藏园群书经眼录》卷十九著录有《简斋词》一卷。云："旧写本，十行二十字。目录接本文，行款与南唐二主词同。有跋录后。"跋云：

> 右词三卷，从磬室借录，因再阅。原本乃磬室手抄，可爱，遂留之，而以此本归焉。磬室知余之重其手迹，当亦不吝也。第一卷为南唐二主，第二卷为《阳春集》，南唐相冯延巳所著。《志》：南唐君臣竞尚浮靡，逐于声律技艺，而不复知政理之事，其败亡晚矣。然其词调往往逸丽流畅，无不可诵，至于怨声，鲜不鸣咽，要亦奇风之馀习也，知音之事当不弃焉。第三卷为简斋去非词，尤古雅顿挫，阆阆可咏，字字可爱。人言简斋善冥搜静觅，颇得佳句，信哉。闲窗漫题，

兼质诸磬室，他日校定，当为刻之以传。嘉靖甲辰冬十一月
二日少岳道人复初氏识。

知是借钱谷抄本传抄。按：钱谷（1508—　？　），字叔宝，号磬室，一作
罄室，明代长洲（今江苏苏州）人。少从文徵明学画，工山水兰竹。
性嗜书，手录古文金石书近万卷。项元淇（1500—1572），字子瞻，号
少岳，秀水（今浙江嘉兴）人。南太学生，以赀为光禄寺署丞。于书
无所不窥，尤好临摹古法书。著有《少岳集》。少岳道人复初氏当指此
人。傅氏题识云："按：此帙冯词已不存，字迹亦非明人手笔，当是
乾、嘉人从之转录，审其款式，必出宋本矣。（己未）"己未为民国八年
（1919），知原书为词集丛抄，傅氏以为不是明抄本，而是清乾、嘉时
传抄本。

　　2. 清瞿镛《恬裕斋藏书记》卷四著录有《简斋词》一卷，明抄
本。云："陈氏《书录》作《无住词》（旁批：长沙《百家词》本），此
亦出文氏抄本，飞涛所录。"又瞿氏《铁琴铜剑楼藏书目录》著录有
《简斋词》一卷，旧抄本，云："此亦出文氏抄本，萧飞涛所录。"又
《铁琴铜剑楼藏书题跋集录》卷四录少岳山人复初识语（详前），又
云："乙未长夏，假洞庭东山叶氏朴学斋藏本录于留馀堂东轩，书此以
志岁月，星源萧江声。"乙未为清康熙五十四年（1715），按：叶树廉
（1619—　？　），一作树莲，又名万，字石君，号道毂，别署鹤汀、清远
堂主人、南阳毂道人等，吴县（今江苏苏州）人。诸生。本居太湖洞
庭山，尝游虞山，乐其山水，遂迁居于虞山。性嗜书，聚书多至近万
卷，校对精严。建朴学斋、归来草堂、怀峰山房等藏书楼。著有《朴
学斋集》、《续金石录》、《金石文随笔》等。此本又见《中国古籍善本
书目》著录，有《简斋词》一卷，清康熙五十四年（1715）萧江声抄
本，清萧江声跋，清季锡畴校。按：江声，曾从萧姓，名萧江声，字飞
涛，号白沙，江苏常熟人。清乾隆间在世，以诗画擅名，著有《匏叶斋
稿》。季锡畴（1792—1863），字菘耘，又作松云，一字范卿，江苏太
仓人。诸生，以开馆授徒为业，晚年馆于虞山瞿氏，为铁琴铜剑楼校

勘书籍千馀种，编纂成《铁琴铜剑楼藏书目录》，著有《菘耘文稿》。

3. 清瞿世瑛《清吟阁书目》卷二"名人批校抄本"著录有《陈简斋词》，一本。

4. 清丁丙《善本书室藏书志》卷四十著录有《简斋词》一卷，明抄本，鲍以文校藏。提要云：

> 与义有《简斋集·无住词》一卷，此明抄本，题曰《简斋》，凡十八阕。简斋词以《虞美人》、《临江仙》二阕得名，馀亦清空婉丽，在南宋亦称矫矫。得鲍氏精校，可谓佳本矣。

知为鲍廷博知不足斋藏书，鲍氏校勘。

5. 清丁丙《八千卷楼书目》：《简斋词》一卷，劳巽卿抄本，何梦华本。

6. 《中国古籍善本书目》载《简斋词》一卷，清抄本。

另见于著录而版本不详者：

1. 明杨士奇等《文渊阁书目》卷十"诗词·月字号第二厨书目"著录有《简斋词》，一部一册，阙。又明杨士奇、清傅维麟《明书经籍志》著录有《简斋词》，一部一册，阙，菉竹堂同文渊阁。按："阙"意指此书今不见存于文渊阁。二者均未标明卷数。

2. 明叶盛《菉竹堂书目》著录有《简斋词》，一册，未标明卷数。

3. 明毛晋《汲古阁毛氏藏书目录》著录有《简斋词》一卷。

以上三家均未详版本，所载当为抄本。

二、《无住词》

此种宋时附于诗文集后，胡仔《苕溪渔隐丛话·后集》卷三十四有"《简斋集》后载数词，惟此词为优"云云，又刘昌诗《芦浦笔记》卷九云："《简斋集》有《水府法驾导引曲》，乃倚其体，作《步虚声词》六章，羽人有不俗者，使歌之风清月明之下，虽未得仙，亦足以豪矣。"宋刊本清以后尚存，清钱泰吉《曝书杂记》卷下载云：道光二十八年（1848）于朱绪曾处见宋刻胡穉《增广笺注简斋诗集》三十卷《无住词》一卷《年谱》一卷。又清陆心源《仪顾堂题跋》卷十二载有宋麻沙本《陈简斋诗注》，云胡穉等注、刘辰翁评，卷十五为《无住词》。民国时《四部丛刊》据宋刊本影印。

又见于著录的尚多，列如下：

1．《四库全书》本《简斋集》十六卷，提要云："是集第一卷为赋及杂文九篇，第十六卷为诗馀十八首，中十四卷皆古今体诗。"此为浙江鲍士恭家藏本，卷十六题作"无住词"，存词一卷。

2．清阮元《揅经室经进书录》卷四著录有《增广笺注简斋诗集》三卷《无住词》一卷，提要云："此本作三十卷，末附词一卷。"按：《故宫善本书目·宛委别藏书目》著录有《增广笺注简斋诗集》三卷《无住词》一卷，六册，抄本。今存《宛委别藏》本，为稿本。

3．清江标《宋元本行格表》载宋本《增广笺注简斋诗集》三十卷《无住词》一卷，云十八字，注双行同。（《瞿氏书目》）

4．清陆心源《皕宋楼藏书志》卷八十载有《须溪先生评点简斋诗集》，卷十五为《无住词》一卷，胡穉注，刘辰翁评，作元刊本，云："每叶十六行，每行十六字，小字双行，大黑口。"

5．清耿文光《万卷精华楼藏书记》卷一百四十三著录有《简斋集》本词一卷。

6．沈曾植《海日楼题跋》卷一《影元本〈简斋诗集〉跋》云："旧抄本《简斋集》十五卷，第一卷赋，第二至十三诗，十四《无住词》，十五外集，前有刘辰翁序……盖影抄元本，仅存旧式者。"按：今存有元刻本胡穉《增广笺注简斋诗》附《无住词》一卷，见《续修四库全书》。

7．刘声木《苌楚斋书目》卷二十二著录有《无住词》一卷，云《简斋集》本。未言版本。

8．叶启勋《拾经楼紬书录》卷下著录有《须溪先生评点简斋集》十五卷，云高丽纸印本。提要云：

　　前有刘辰翁序一卷，一赋，卷二至十三诗，卷十四杂著，十五《无住词》，年谱散入诗，题之下续添正误，散入每卷之后，注为胡稺作，又有增注，以墨质白章别之，不知出自何人，今不可考云。此本一一与之吻合，则其出自宋椠，盖信而有征矣。惟增注不作墨质白章为异，此固无关要义也。

云高丽本，是据宋刊翻刻的。

此外，《无住词》多是析出另行。明末有毛氏汲古阁刻《宋名家词》本《无住词》一卷，毛晋跋云：

> 陈与义，字去非。其先蜀人，东坡所传陈希亮公粥者，其曾祖也。后为汝州叶县人，每自称洛阳陈某，又别号简斋。少年赋墨梅诗，受知于徽宗，遂入中秘。建炎中，掌帝制，参绍兴大政。以诗名世，刘后村轻轻元祐后诗人，不出苏、黄二体，惟陈简斋以老杜为师。建炎以后，避地湖峤，行路万里，诗益奇壮。或问刘须溪："宋诗，简斋至矣，毕竟比坡公何如？"须溪曰："诗论如花，论高品，则色不如香；论逼真，则香不如色。"雌黄具在，予于其词亦云。

未言所据。此又见清郑德懋辑《汲古阁校刻书目》之《宋名家词六集》著录，云凡八叶。

入清则有《四库全书》本《无住词》一卷，提要云：

> 宋陈与义撰，与义有《简斋集》已著录，陈振孙《书录解题》载其《无住词》一卷，以所居有无住庵，故以名之。与义诗师杜甫，当时称陈、黄之后无逾之者。其词不多，且无长调，而语意超绝，黄昇《花庵词选》称其可摩坡仙之垒。至于《虞美人》之"及至桃花开后却匆匆"、《临江仙》之"杏花疏影里，吹笛到天明"等句，胡仔《渔隐丛话》亦称其清婉奇丽，盖当时绝重其词也。此本为毛晋所刊，仅十八阕，而吐言天拔，不作柳躭莺娇之态，亦无蔬笋之气，殆于首首可传、不能以篇帙之少而废之。方回《瀛奎律髓》称杜甫为一祖，

而以黄庭坚、陈师道及与义为三宗，如以词论，则师道为勉强学步庭坚，为利钝互陈，皆迥非与义之敌矣。开卷《法驾导引》三阕，与义已自注其词为拟作，而诸家选本尚有称为赤城韩夫人所制，列之仙鬼类中者，证以本集，亦足订小说之诬焉。

据毛氏汲古阁本录入，为安徽巡抚采进本。又《钦定续通志》卷一百六十三据文渊阁著录，有《无住词》一卷，当与库本同。

又见于明清藏家著录的有：

1. 明高儒《百川书志》卷六著录有《无住词》一卷，凡十八阕。

2. 明王道明《笠泽堂书目》著录有《无住词》，一册。

3. 清徐元文《含经堂藏书目》著录有《无住词》一卷

4. 清庄仲芳《映雪楼藏书目考》卷十著录有《无住词》一卷，云："与义为南渡诗人第一，词亦吐言天拔，不作柳弹莺娇之态。"

5. 清郑元庆《湖录经籍考》卷五"历代人词曲"著录有《无住词》一卷。

6. 王修《诒庄楼书目》卷八著录有《无住词》一卷，精写本，有"蕉林居士"一印。

7. 叶德辉《叶氏观古堂藏书目》著录有《无住词》一卷。

以上除《诒庄楼书目》著录的为抄本外，其馀均未言版本。

近代朱祖谋据鲍廷博校影宋抄胡仲孺笺《简斋集》本，辑校《无住词》一卷。收入《彊村所刻词甲编》中，有清宣统三年（1911）、民国二年（1913）刻本。后又收入《彊村丛书》中，吴昌绶跋云：

右《无住词》一卷，在竹坡胡仲孺襕笺《简斋集》后，影宋抄本。鲍渌饮以明刻毛校互勘，原本字句与汲古阁《六十一家词》刊本略同。此云毛校转多违异，疑出斧季之手。如《法驾导引》"玉舟"改"玉尊"、《虞美人》"只吟诗"改"不吟诗"、"此州"改"此间"、《浣溪沙》"起舞"改"起写"、《临江仙》"起三更"改"两三声"，未详所据，仍从原本为是。其明本增出数字，汲古亦阙，今并据补。胡笺殊未详备，又意在注诗，多云见某卷。惟超然堂注一条，足证本事。宋人注宋词，独此仅存，所当珍惜。授经大理假恽学士藏本见示，重勘一过，写寄沤尹先生审正。戊申五月，仁和吴昌绶记。

序作于清光绪三十四年（1908），董康（1867—1947），字授经，号诵芬室主人，江苏武进人。清光绪十六年（1890）进士，任刑部郎中，曾留学日本。抗战爆发后，曾在汪伪政权任要职。藏书室为诵芬室，刻有《诵芬室丛刊》，著有《书舶庸谈》。

王以宁

王以宁，字周士，湘潭（今属湖南）人。宋徽宗政和间入太学，宣和三年（1121）为从事郎。高宗建炎以枢密院编修官出守鼎州。绍兴年间为京西制置使，责永州别驾，潮州安置。著有《王周士词》。

王氏词集宋时就已刊行于世，陈振孙《直斋书录解题》卷二十一著录有《王周士词》一卷，为宋刻《百家词》本，元马端临《文献通考》卷二百四十六"经籍考七十三"据以录入。

见于抄本丛编中收录的有：

1. 明吴讷辑《唐宋名贤百家词》本，明抄本，梁启超跋，其中有《王周士词》一卷。

2. 明李东阳辑《南词》本，抄本，其中有《王周士词》一卷。

3. 《宋元名家词》本，明抄本，清毛扆校，唐晏跋，其中有《王周士词》一卷。

4. 《宋元四家词》本，清初抄本，清梁同书、丁丙跋，其中有《王周士词》一卷。

5. 清阮元辑《宛委别藏》本，稿本，其中有《王周士词》一卷。按：阮元《揅经室经进书录》卷四著录有《王周士词》一卷，云："是编依毛晋汲古阁旧（原本旧误作书）抄过录，凡三十一首。"又《故宫善本书目·宛委别藏书目》著录有《王周士词》一卷，一册，汲古阁抄本。

6．《宋明十六家词》本，清丁氏嘉惠堂抄本，其中有《王周士词》一卷。

7．《宋人词四种》本，近代沈韵斋手抄本，其中有《王周士词》一卷，藏台湾。

8．清赵辑宁辑《星凤阁抄五代宋人词》本，清赵氏星凤阁抄校本，其中有《王周士词》一卷，藏台湾。

又见于明清以来著录的抄本有：

1．清朱学勤《别本结一庐书目》"抄本"著录有《王周士词》一卷，一册。

2．清丁丙《善本书室藏书志》卷四十著录有《王周士词》一卷，明抄本。云："是编依毛晋汲古阁旧抄过录，凡三十一首。以宁词句法雄壮，如和虞彦恭寄钱逊升《蓦山溪》一阕、重午登霞楼《满庭芳》一阕，绝无南宋浮艳虚芜之习，其他作亦多类是也。此明抄本，似在汲古阁之前，楮墨精，古雅可爱玩。"民国时此书归江南图书馆，见《江南图书馆善本书目》著录，有《王周士词》一卷，明抄本。《中国古籍善本书目》载《王周士词》一卷，明抄本，清丁丙跋。所云即《善本书室藏书志》著录者。

3．张钧衡《适园藏书志》卷十六著录有《王周士词》一卷，传抄本。云："此从丁氏本抄。"前文知丁氏所藏为明抄本。

4．吴昌绶《宋金元词集见存卷目》附《双照楼续辑宋金元百家词目》著录有《王周士词》一卷，武林董氏旧抄《南词》本。

5．缪荃孙《目录词小说谱录目》著录有《王周士词》一卷，传录明梅卿本，又校毛抄本。

6．王国维编《大云书库藏书目》卷中著录有《王周士词》一卷，抄本。按：王国维《观堂别集》之《跋王周士词》云："是编依毛晋汲古阁旧抄过录，凡三十一首。以凝词法精壮，如和虞彦恭寄钱逊升《蓦山溪》一阕、重午登霞楼《满庭芳》一阕、舣舟洪江步下《浣溪沙》一阕，绝无南宋浮艳虚薄之习，其他作亦多类是也。"知传抄汲古阁藏抄本。

7. 王重民《中国善本书提要》著录有《王周士词》一卷，与《乐斋词》同订一册（《四库未收书目》卷三）（北图），云赵氏星凤阁抄本[十行二十一字]，又云："原题：'长沙王以宁周士。'按《未收书提要》作以凝。卷内有：'赵印辑宁'印记，又题云：'癸酉十二月初十日校，梅泉记。'"梅泉名赵之玉，为赵辑宁之子，赵氏星凤阁抄本多属赵之玉所为。

此外见于著录而未言版本的有：

1. 明钱溥《秘阁书目》著录有《王周士词》，未标明卷数。

2. 明毛晋《汲古阁毛氏藏书目录》著录有《王周士词》一卷。

3. 清朱彝尊《词综》"发凡"云有《王以宁词》一卷。

4. 清王闻远《孝慈堂书目》著录有《王周士词》一卷。

5. 清赵魏《竹崦庵传抄书目》著录有《王周士词》一卷，十页。

以上诸家著录的均未言版本，但所载仍以抄本为主。另《永乐大典》据《王以宁词》录词二首，即《蓦山溪》（14381/26B，指卷数和页码，下同）、《满庭芳》（20353/13B）。

邓肃

邓肃（1091—1132），字志宏，号栟榈，南剑州沙县（今属福建）人。宋徽宗宣和间入太学，钦宗嗣位，补承务郎，授鸿胪寺簿。金人犯阙，被命入敌营，留十五日还，奔行在，擢左正言。高宗绍兴二年（1132）避寇福唐，以疾卒。著有《栟榈集》。

其词见于诗文别集中，清朱彝尊《词综》"发凡"和卷十二小传均云有《栟榈集词》一卷，又《御选历代诗馀》卷一百四"词人姓氏"也云所著有《栟榈集词》一卷。检《四库全书》，其中收有《栟榈集》十六卷，提要云：

> 有文集号《栟榈遗文》三十卷，诗附集中云云。即其人

也。今本仅诗一卷、词一卷、文十四卷，与三十卷之数不符，殆散佚不完，又经后人重编欤？

为福建巡抚采进本。库本卷十一为乐府，存词四十五首。

近世则有王氏四印斋《汇刻宋元三十一家词》本《栟榈词》一卷，所收词与库本同。此本多见于藏家著录，如缪荃孙《目录词小说谱录目》、叶德辉《叶氏观古堂藏书目》等。

另清瞿世瑛《清吟阁书目》卷一"抄本"著录有《栟榈乐府》，云宋邓牧，二本，未标明卷数，邓牧当为邓肃之讹。

阮阅

阮阅，字闳休，号散翁，又号松菊道人，舒城（今属安徽）人。生卒年不详。宋神宗元丰八年（1085）进士（榜名美成），为钱塘幕官，知巢县。徽宗宣和中知郴州。高宗建炎初知袁州。著有《松菊集》，编有《诗话总龟》。

阮氏词集宋时已行于世，今存词集丛编《典雅词》，有毛氏汲古阁影宋抄本，藏日本静嘉堂文库，其中有《巢令君阮户部词》一卷。检清陆心源《皕宋楼藏书志》卷一百十九著录有《巢令君阮户部词》一卷，汲古阁影宋本。云：

> 后致仕，居于宜春，妓有赵佛奴，籍中之铮铮者也。尝为《洞仙歌》赠之。著《总龟先生松菊集》五卷、《彬江百咏》二卷、《诗话总龟》一百卷，见《万姓统谱》、《能改斋漫录》、赵希弁《读书附志》，《方舆胜览》以阅为阆，传写之讹。赠佛奴词，本集已缺，见《宜春遗事》。其词《四库》未收，各家亦罕见著录。

此为《典雅词》中之物。此外，据汲古阁影宋本传抄的《典雅词》有二：一为清丁氏八千卷楼藏书，今藏南京图书馆。一为原北平图书馆藏书，今藏台湾。二者均有《巢令君阮户部词》一卷。

见于藏家著录的有：

1. 吴昌绶《宋金元词集见存卷目》附《双照楼续辑宋金元百家词目》著录有《阮户部词》一卷，云："钱塘丁氏旧抄本，此本补四首，注云：下阙。陆氏有汲古景宋本，丁藏当由此出。凡类是者取其近古，俟更为搜补也。"此即丁氏藏《典雅词》中之物。

2. 缪荃孙《目录词小说谱录目》著录有《巢令君阮户部词》□卷，云传写《典雅词》本。

近世朱祖谋据丁氏善本书室藏《典雅词》本辑《阮户部词》一卷，刻入《彊村丛书》中，存词仅四首。

张元干

张元干（1091—1161），字仲宗，号芦川居士，又号真隐山人，永福（今福建永泰）人。宋徽宗政和初，太学上舍释褐，宣和七年（1125）为陈留县丞。钦宗靖康初入李纲行营使幕府。高宗绍兴中秦桧当国，力主和议，胡铨上书请斩秦桧等以谢天下，元干赋《贺新郎》一词送行。后桧闻此事，以他事追赴大理寺除名削籍。著有《芦川归来集》、《芦川词》。

张氏词集宋时就已刊印，宋蔡戡《定斋集》卷十三《芦川居士词序》云：

> 公之子靖裏公长短句篇，属余为序。某晚出，恨不及见前辈，然诵公诗文久矣。窃喜载名于右，因请以送别之词冠诸篇首，庶几后之人尝鼎一脔，知公此词不为无补于世，又岂与柳、晏辈争衡哉？公讳元干，字仲宗，自号芦川居士云。

为其子张靖所编，未言卷数版本。陈振孙《直斋书录解题》卷二十一著录有《芦川词》一卷，云："坐送胡邦衡词，得罪秦相者也。"为宋刊《百家词》本，元马端临《文献通考》卷二百四十六"经籍考七十三"据此录入。

　　宋刊本《芦川词》流传于后世,《中华再造善本》中收录,凡二册,藏国家图书馆。钤有"铁琴铜剑楼"、"绍基秘笈"、"瞿印秉沂"、"瞿印秉清"、"百宋一廛"、"黄丕烈"、"荛翁借读"等印,书末有黄丕烈跋二,录如下:

　　此书出元(即玄字)妙观前骨董铺中,余闻之,欲往观,而主人已许归竹厂陈君,仅一寓目焉而已。顷从他处买得影抄旧本,识是刻本行款,雠校之私,卒未能忘情于前所见者。遂托蒋大砚香假之,而竟获焉,许以十日之期,校补影抄失真处,何幸如之。庚午七月丕烈记。

　　宋板书纸背多字迹,盖宋时废纸,亦贵也。此册宋刻固不待言,而纸背皆宋时册籍朱墨之字,古拙可爱,并间有残印记文,惜已装成,莫可辨认,附著之,以待藏是书者留意焉。复翁又记。

题识文作于清嘉庆十五年(1810),又见载于《荛圃藏书题识》卷十。按:竹厂陈君为陈以纲(？—1782),字立三,号竹厂,海宁人。初工词章,后锐意汉学。

　　此书多见于清人著录,如清汪士钟《艺芸书舍宋元本书目》"词集·宋本"著录有张氏《芦洲(疑为川)词》一卷。宋刊本后归铁琴铜剑楼收藏,瞿镛《铁琴铜剑楼藏宋元本书目(景宋元刻本附)》著录有《芦川词》二卷,云:"宋刊本,每半页七行,行十三字,每叶板心下有'功甫'二大字。"又瞿镛《铁琴铜剑楼藏书目录》卷二十四著录有《芦川词》二卷,宋刊本。云:

　　旧不题名,亦无序跋。案:《直斋书录》谓三山张元干仲宗撰,作一卷,此分上下二卷,每半叶七行,行十三字。"殷"、"贞"字有阙笔,每叶板心有"功甫"二大字,疑是仲宗别字。何义门但见影抄本,仞为钱功甫录本,谬矣。朱氏

《词综》所选，据毛氏所刻六十家本，故多讹字。如《贺新郎》"况人情易老悲如许"，"如许"讹作"难诉"，"凉生岸柳催残暑"，"催"讹"摧"；《石州慢》"到得却相逢"，"却"讹"再"；《怨王孙》"楼外柳暗谁家"，"柳暗"二字讹倒，遂不成句；"小研鱼笺"，"研"讹"砚"，毛刻次序亦异，并羡几首，不知出何本也？卷末有黄莞圃跋。

按：瞿良士辑《铁琴铜剑楼藏书题跋集录》著录有《芦川词》二卷，宋刊本，又录黄氏诸跋云。清江标《宋元本行格表》著录有宋本《芦川词》，云："行十三字，二卷。瞿氏书目。"按：傅增湘《藏园群书经眼录》卷十九著录有《芦川词》二卷，云：

> 宋刊本，半叶七行，行十三字，白口，左右双阑，版心上鱼尾下记"功甫"二字，下鱼尾下记叶数。白皮纸印，纸背为宋时册籍。版匡高五寸六分，阔四寸。有黄丕烈跋二则。（常熟瞿氏藏书，癸丑南游访书，见于邑里瞿宅。）

知民国二年（1913）傅氏在瞿氏家见到此本。又见《中国古籍善本书目》著录，有《芦川词》二卷，宋刻本，清黄丕烈跋。

黄氏除收藏有宋刻本外，还收藏有影宋抄本，为便于理解，一并叙录于此，黄丕烈《荛圃藏书题识》卷十著录有《芦川词》二卷，影宋本。有跋云：

> 周益公云：长乐张元干，字仲宗，在政和、宣和间已有能乐府声，今行于世，号《芦川集》，凡百六十篇，以《贺新郎》二篇为首，其前□李伯纪丞相，此其□□□（当作"后即送"）胡邦衡贬新州词，以《贺新郎》□（当作"为"）题，□□□（当作"其意著"）曰"失位不足吊，得名为不负"也。康熙乙酉心友得此册于钱曾王家，乃钱功甫旧传本，而不著作者姓氏，□（当作"为"）录益公语于卷□。戊子十月焯记。

此为何焯题记，作于康熙四十七年（1708），括注是据《涵芬楼烬馀书录》补。按：何焯（1661—1722），字润千，更字屺瞻，号茶仙，人称义门先生，长洲（今江苏苏州）人。康熙四十二年（1703）进士，官翰林院编修。著有《义门读书记》、《义门先生文集》等。何煌（1668—1745），字心友、一字仲友，号小山，别号何仲子，何焯弟。早年曾同何焯前往京师。喜收藏旧书，精于校勘，藏书处为语古斋，所得元明人曲本甚多。知此本为何煌得自于钱曾述古堂所藏。核以钱曾《也是园藏书目》卷七，著录有《芦川词》二卷，又钱曾《读书敏求记》卷四著录有"长□□□词"二卷，云："□□□□手书词，中多呼否为府与舞□□□□也。"管庭芬、章钰校证《钱遵王读书敏求记校证》卷四之下云：

> 张元干《芦川词》。钰案：阮本"张"字残，作"长"，馀均缺。二卷。此条刊本佚。入《述古目》。[补]劳权云：《恬裕目》云影宋抄本，上下二卷，与《宋艺文志》合，十六行，行十三字，板心有"功甫"二字，有义门、莞圃跋。钰案：今《铁琴铜剑楼目》所载乃宋板，非影宋。艺芸书舍有宋板，作一卷。
>
> 匏庵先生钰案：阮本上四字缺。手书词，中多呼"否"为"府"，与舞同押，盖闽音钰案：阮本上五字缺。也。钰案：《芦川词》首阕《贺新郎》"过苕溪尚许垂纶否"，上阕末句"醉中舞"即此记闽音否、舞同押之证。

何煌所得即此书，所藏后来又经黄丕烈、汪士钟、赵宗建、丁祖荫、郑振铎等收藏。《荛圃藏书题识》卷十录黄丕烈跋文若干，择一二如下：

> 前年玄妙观西有骨董铺，某收得宋板《芦川词》及残宋本《礼记》，欲归余，而为他姓豪夺以去。既物主因曾许余，故假《芦川词》一阅，谓毕余读未见书之愿。然余见之，而欲得之愿益深。屡托亲友之与他姓之熟识者往商之，卒不果，亦遂置之矣。今夏从友人易得旧抄本《芦川词》，行款与宋版同，因重忆宋版，思得一校，余愿粗了。复托蒋大砚香请假

之，竟以书来，喜甚，取对两书，而喜愈甚。盖旧抄本系影宋，每叶板心有"功甫"二字者，其字形之欹斜，笔画之残缺，纤悉不误，可谓神似。而中有补抄一十八翻，不特无"功甫"字样，且行款间有移易，无论字形笔画也。因倩善书者影宋补全，撤旧抄非影宋者附于后，以存其旧。再旧抄有何义门先生跋，谓此是钱功甫旧传本，义门但见"功甫"字样，故以钱功甫当之，岂知"功甫"亦宋版原有，岂系传录人所记耶？惟是宋版款式，向无记人名字于卷第下方者，即有书写刊刻人姓名，皆列于板心最下处，此却仅见。故义门不计及此，此"功甫"二字或当时刊诸家词，以此作记耶？《芦川词》作者姓张，名元干，字仲宗，功甫或其别一字耶？俟博考之。

此书宋版，余虽未得，得此影抄本，又得宋板影抄，旧所缺叶并一一手补，其蠹蚀痕，宋板而外，此为近真之本。昔人买王得羊，庶几似之。他姓虽豪夺于前，而仍慨借于后。余始恭之，终德之，不敢没其惠也。藏此书宋版者，为北街九如堂陈竹厂云。嘉庆庚午七月立秋后一日，黄氏仲子丕烈识于求古居。

壬申春仲二日，因坊友携示王莲泾家抄本《藏春集》，遂检阅《孝慈堂书目》，适于目上见有《芦川归来集》六卷，宋板，四册衬订，原本不全，知张仲宗所著全集，宋版本尚留天壤间也。莲泾藏书在国朝康、雍间，所居在郡之乡僻，故身后往往有流传者，未识此词本在全集中否？抑别刊行。余留心古籍，既遇《芦川词》，安知日后不复遇《芦川归来集》耶？书此为券。春社戊申日，阴晦殊甚，雷雨交作，坐百宋一廛中，无聊之至，出此，录所见古书源流如是。半恕道人笔。

按：王闻远（1663—1741），字声宏，号莲泾，晚号灌稼村翁，吴县

（今江苏苏州）人。家多藏书，藏书楼有孝慈堂，编有《孝慈堂书目》，所藏书多归黄丕烈士礼居。黄氏跋文分别作于嘉庆十五年（庚午，1810）、十七年（壬申，1812）、二十一年（丙子，1816）、二十四年（己卯，1819），较为详细地叙说了所得宋刻本和影宋本《芦川词》的原委及感受。

与宋刊本一样，影宋抄本后归瞿氏，清瞿镛《恬裕斋藏书记》卷四著录有《芦川词》二卷，影宋抄本。云：

> 旧不题名，陈氏《书录》谓三山张元干仲宗撰，作一卷，此本分上、下二卷，与《宋史·艺文志》合。每叶十六行，行十三字。板心俱有"功甫"二大字。仲宗坐送胡邦衡词，得罪秦相，此词见卷一第一首，旧为何义门藏书，有手跋曰：周益公云：长乐张元干，字仲宗，在政和、宣和间已有能乐府声，今行于世，号《芦川集》，足百六十篇，以《贺新郎》二篇为首，其前送李伯纪丞相，其后即送胡邦衡贬新州词，以《贺新郎》为题，其意若曰："失位不足吊，得名为可贺"也。康熙乙酉心友得此册于钱遵王家，乃钱功甫旧传本，而不著作者姓氏，为书于卷后。戊子十月。又黄丕烈手跋曰：宋椠《芦川词》，近为郡中陈竹厂购得曳旧抄本，乃义门所得述古堂故物，予于嘉庆庚午夏从友人易得之，因借朱本以核其行款字书志同。每叶板心书名下有"功甫"二字，疑即元干别字也。其式亦宋本仅见，义门未见宋本，遂说以为钱功甫录传。毛氏刻《六十家词》本，作一卷，其序次先后，词句歧异，并美几首，亦未见宋本也。壬申春仲二。（校黄）

《恬裕斋藏书记》原文抄手多鲁鱼帝虎，此径改。

瞿氏藏宋本和影宋本后归张元济，《涵芬楼烬馀书录》著录有《芦川词》二卷，云明吴氏丛书堂影宋抄本，五册。又云吴文定、钱遵王、何心友、黄荛圃、瞿荫棠、丁禹生旧藏。张元济跋云：

宋张元干撰。此为影宋抄本。半叶七行，行十三字。每叶版心均有"功甫"二字。黄荛圃先得是本，后得宋刻。因将原抄非出宋本、版心无"功甫"二字者，撤去十八叶，重以宋刻影写补全。何义门跋谓"得自钱遵王家"。故人缪艺风先生证以《敏求记》，定为述古堂旧物，且为吴文定手书，自士礼居入于铁琴铜剑楼。当丁禹生抚吴时，将命驾至常熟观书，瞿氏急以书若干种为赠，是殆其中之一，故又为丰顺丁氏所藏。

何焯、黄丕烈跋已见于前。按：丁日昌（1823—1882），字持静，小名雨生，别名禹生，广东省丰顺人。历任琼州府儒学训导、江苏布政使、江苏巡抚、福建巡抚等，为近代著名藏书家。又有缪荃孙跋云：

明抄《芦川词》二卷，黄荛圃旧藏，前有何义门跋。荛圃先得抄本，后得宋本，撤去补写之叶，而影宋版补之，加跋至八段，兼识两诗，可谓爱之至矣。此本与宋版由黄归邑里瞿氏，由瞿氏归持静丁氏，今归吾友张君菊生。假我录副校讫。读何跋，言心友得此册于钱遵王家，因检《敏求记》旧抄足本，词曲类末条云："张元干《芦川词》二卷，匏庵先生手书，词中多呼'否'字为'府'，与'舞'同押，盖闽音也。"赵本脱此条，阮本题存"长"字之半，空四格，词二卷解上空四格，手书：词中多呼"否"为"府"，与"舞"字同押，下又缺。然则此书为吴文定公手书，其版心无"功甫"字者，为后人所补，故字迹不合。荛圃未检《敏求记》，一经拈出，愈为此书增重。宋本仍在瞿氏。此书后有"恬裕斋藏"朱文方印，即瞿氏之旧藏印也。壬子九秋，缪荃孙跋。下钤"荃孙"白文长方印。

首阕《贺新郎》："过苕溪，尚许垂纶否？风浩荡，欲飞举。"上阕末三字"醉中舞"，即《敏求记》所云也。

跋文写于民国元年（1912），又著录有诸藏书印："黄丕烈印"、"黄丕烈"、"复翁"、"荛圃手校"、"荛圃过眼"、"荛夫"、"老荛"、"荛言"、"平江黄氏图书"、"求古居"、"瞿氏鉴藏金石记"、"恬裕斋藏"、"丰顺丁氏得思堂藏"、"絜园主人"、"禹生父秘赏"、"忆香山印"。知瞿氏藏书归藏丰顺丁日昌持静斋,后为张元济所得。按:清江标《丰顺丁氏持静斋书目》"抄本·集部"著录有《芦川词》上下二卷,云:

> 明人景宋抄本,每页版心有"功甫"二字,何义门跋以为钱功甫所藏本,不知黄荛圃所见宋板板心已有"功甫"二字,则非钱明甚。此书荛圃以宋本校过,卷末手跋至七八次,又抄本与前部共一册,均黄丕烈藏。

又清陈徵芝《带经堂书目》卷四下著录有《芦川词》一卷,云:"黄荛圃先生手校本,宋张元干撰。后有黄荛圃跋,称临过宋本,与毛刻异。"《中国古籍善本书目》载《芦川词》二卷,云明影宋抄本,清何焯跋,清黄丕烈校跋题诗,并倩人影宋抄补,缪荃孙跋。

傅增湘《藏园群书经眼录》卷十九著录有《芦川词》二卷,云:

> 明吴匏庵宽手抄,见《读书敏求记》上卷四十五番,下卷四十七番。影写宋刊本,七行十三字。黄荛圃假陈竹厂藏宋本补抄十八番。有何义门焯跋。又黄荛圃丕烈跋八段。
>
> 钤印录左:"絜园主人"朱方、"求古居"朱方、"瞿氏鉴藏金石记"白长文、"恬裕斋藏"朱方、"求古居"朱长、"荛圃过眼"白方、"黄丕烈"白方、"荛言"白方、"老荛"白方。(壬子见)

壬子为民国元年(1912),按:吴宽(1435—1504),字原博,号匏庵,长洲(今江苏苏州)人。成化八年(1472)状元,授翰林修撰,累官礼部尚书,卒谥号文定。著有《匏庵集》。知影宋抄本为明时吴宽所抄。又李盛铎《木犀轩收藏旧本书目》著录有《芦川词》二卷,为影宋抄本,一册。

民国时吴昌绶由张氏处借得影抄,并影刻于世,见《景宋金元明本词》,此本多见藏家著录,如章钰《章氏四当斋藏书目》卷上之四著录有《芦川词》二卷, 云: "民国□年仁和吴氏双照楼景刊宋本, 朱印本, 二册, 与《近体乐府》、《渭南词》、《醉翁琴趣》同函。"朱印本即样书, 又梁启超《梁氏饮冰室藏书目录》著录有双照楼影刊宋元本词, 计有: 《影宋吉州本欧阳文忠公集近体乐府》三卷、《影宋本醉翁琴趣外篇》六卷、《影宋本放翁词》一卷、《影宋本芦川词》一卷, 云吴昌绶编, 民国初年仁和吴氏影刻朱色初印本, 五册。又刘承干《嘉业藏书楼书目》著录有《芦川词》二卷, 云景宋朱印本, 二册。所指也是此本。又顾廷龙编《章氏四当斋藏书目》卷上之四著录有《芦川词》□卷, 云民国五年 (1917) 仁和吴氏双照楼景刊。

除宋刊本、影宋抄本、影宋刻本外, 又有明末毛氏汲古阁刊《宋名家词》本, 其中有《芦川词》一卷, 毛晋跋云:

> 仲宗别号芦川居士, 三山人, 平生忠义自矢, 不屑与奸佞同朝, 飘然挂冠。绍兴戊午胡澹庵上书乞斩秦桧被谪, 作《贺新郎》一阕送之, 坐是, 与作诗王民瞻同除名, 兹集以此词压卷, 其旨微矣。人称其长于悲愤, 及读《花庵》、《草堂》所选, 又极妩秀之致, 真堪与片玉、白石并垂不朽。凡用字多有出处, 如"洒窗间, 惟稷雪"云云, 见《毛诗疏》: "稷雪, 霰也, 形如米粒, 能穿窗透瓦。"今本改作"霰雪", 又如"薄劣东风, 夭斜飞絮"云云, 见白香山诗《钱塘苏小小》: "人道最夭斜。"自注: "夭, 音歪。"时刻改作"颠斜", 便无韵味, 姑记之, 以为妄改古人字句之戒云。

未言所据, 此本见清郑德懋辑《汲古阁校刻书目》之《宋名家词六集》第四集著录, 云凡六十五叶。又见王修《诒庄楼书目》卷八著录, 又叶德辉《叶氏观古堂藏书目》著录有《芦川词》一卷, 为清光绪汪氏振绮堂重刊汲古阁本。

今存抄本丛书中收有张氏词集的有:

1. 明吴讷辑《唐宋名贤百家词》本, 明抄本, 梁启超跋, 其中《芦川词》一卷。

2.《宋元明三十三家词》本，明石村书屋抄本，其中有《芦川词》一卷。

3.《宋元名家词》本，明抄本，清毛扆校，唐晏跋，其中有《芦川词》一卷。

4.《宋二十家词》本，明抄本，清许宗彦、丁丙跋，其中有《芦川词》一卷。

5.《四库全书》本，其中有《芦川词》一卷，提要云：

> 宋张元干撰，元干有《芦川归来集》已著录。《宋史·艺文志》载其词二卷，陈振孙《书录解题》则作一卷，与此本合。案：绍兴八年十一月待制胡铨谪新州，元干作《贺新郎》词以送，坐是除名。考《宋史·胡铨传》，其上书乞斩秦桧在戊午十月，则元干除名自属此时。毛晋跋以为辛酉，殊为未审，谨附订于此。又李纲疏谏和议亦在是年十一月，纲斯时已提举洞霄宫，元干又有寿词一阕。今观此集，即以此二阕压卷，盖有深意。其词慷慨悲凉，数百年后尚想其抑塞磊落之气。然其他作则多清丽婉转，与秦观、周邦彦可以肩随。毛晋跋曰人称其长于悲愤，及读《花庵》、《草堂》所选，又极妩秀之致，可谓知言。至称其"洒窗间，惟稷雪"句引毛诗疏为证，谓用字多有出处，则其说似是而实非。词曲以本色为最难，不尚新僻之字，亦不尚典重之字，"稷雪"二字拈以入词，究为别格，未可以之立制也。又卷内《鹤冲天》调本当作《喜迁莺》，晋乃注云向作《喜迁莺》误，今改作《鹤冲天》，不知《喜迁莺》之亦称《鹤冲天》，乃后人因韦庄《喜迁莺》词有"争看鹤冲天"句而名，调止四十七字，元干正用其体，晋乃执后起之新名、反以原名为误，尤疏于考证矣。

所据为毛氏汲古阁刻本，为安徽巡抚采进本。《钦定续通志》卷一百六十三"艺文略·词曲·词集"据文渊阁著录，有《芦川词》一卷，当与库本同。

另清丁丙《善本书室藏书志》卷四十著录有《芦川词》一卷，明抄本，提要有"固知抄出于汲古阁刊刻之先"云云。

又见于著录而未标明版本的有：

1. 《宋史》卷二〇八"艺文志"著录有《芦川词》二卷，未言卷数。

2. 明毛晋《汲古阁毛氏藏书目录》著录有《芦川词》一卷。

3. 清陆漻《佳趣堂书目》著录有《芦川词》一卷。

4. 清朱彝尊《词综》"发凡"云《芦川词》一卷。又卷十二小传云有《归来集芦川词》一卷。

5. 《御选历代诗馀》卷一百四"词人姓氏"云有《芦川词》一卷。

6. 清钱曾《钱遵王述古堂藏书目录》著录有《芦川词》一卷。

7. 清徐元文《含经堂藏书目》著录有《芦川词》一卷。

8. 清倪灿撰，卢文弨校正《宋史艺文志补》著录有《芦川词》一卷。

9. 清赵昱《小山堂藏书目录备览》著录有《芦川词》。

以上虽然未标明版本，所载当以善本居多。另明赵用贤《赵定宇书目》"词"著录有张元干、戴复古词一本，未标明词集名称。又黄虞稷《千顷堂书目》卷三十二"词曲类·补·宋"著录有《芦川居士词》一卷。

此外，宋时张元干的诗文别集也附有词，曾噩《芦川归来集序》云：

> 噩，里人也，敬慕三张之声价久矣。馆寓家塾，复得敛祉以受教于公之文集，凡裒集书启、古诗、律诗、赞序等作共十五卷，《幽岩尊祖录》一卷附于其后，乐府二卷见于别集，于是乎有考焉。

为其子张靖编辑，知附有词二卷。又张广序《芦川归来集》（绍熙甲寅（1194））云："掇拾其馀，得二百馀首，先叔提举锓木于家。"张广为其侄孙，知已刊行于世。《凤墅残帖释文》卷四杨万里题云："万里顷官五羊，与少监张公之子提舶公同寮，相得《芦川集》，首见此词。"或是家刻本，未言卷数。又周必大《文忠集》卷四十七《跋张仲宗送胡邦衡词》云：

> 长乐张元干，字仲宗，在政和、宣和间已有能乐府声，今传于世，号《芦川集》，凡百六十篇，而以《贺新郎》二篇为首，其前遗李伯纪丞相，其后即此词。送客贬新州，而以"贺新"为题，其意若曰"失位不足吊，得名为可贺"也。庆元丙辰五月十三日题。

跋文作于宁宗庆元二年（1196），所言《芦川集》已刊行，收有词。

《永乐大典》自张元干《归来集》录词五首，即《菩萨蛮》（540/17B，指卷数及页码，下同）、《八声甘州》（2265/2B）、《豆叶黄》二首（2808/12B）、《醉落魄》（2809/19B）。又卷20354页20B页自《芦川归来集》录《明月逐人来》词一首。又卷2260第13A页自《芦川张元干集》录《水调歌头》词一首。

入清有《四库全书》本《芦川归来集》十卷附录一卷，提要云："其集今有抄本，称嘉定己卯其孙钦臣所锓，然跋称诵上陈侍郎诗序，知挂冠之年甫四十一，抄本无此篇。……今裒集成帙，与抄本互相勘校，删其重复，补其残缺，定为五卷。"是自《永乐大典》中辑录而成，库本卷五至卷七为词，凡三卷。《四库全库总目》又载《别本芦川归来集》六卷，为编修汪如藻家藏本，提要云："盖残缺掇拾之本也。"为残书，未见存词。

康与之

康与之，字伯可，号顺庵，滑州（今河南滑县）人，居宛丘（今河南淮阳）。生卒年不详。秦桧当国，谄事之。宋高宗绍兴中监尚书六部门，又官军器监丞。桧死，除名编管钦州，移雷州，再移新州牢城。著有《顺庵乐府》。

康氏词集宋时就刊行于世,见于著录的有:

1. 岳珂《桯史》卷三云:

> 是时润有贡士姜君玉莹中,尝与余游,偶及此,次日携康伯可《顺庵乐府》一帙相示,中有《满江红》,作于婺女潘子贱席上者,如"叹诗书万卷,致君人、番沉陆。且置请缨封万户,径须卖剑酬黄犊。怆当年、寂寞贾长沙,伤时哭"之句,与稼轩集中词全无异。

未言版本。按:又有陈文东眉批云:

> 伯可词用事亦多。伯可,盖先四五十年,君玉亦疑之,然余读其全篇,则它语却不甚称,似不及稼轩出一格律。所携乃板行,又故本殆不可晓也。顺庵词今麻沙尚有之,但少读者,与世传俚语不同。

知有多种刻本,其中有福建麻沙刊本。又陈文东尾批云:"读康词偶熟,不觉用其语耳,决非窃。"

2. 陈振孙《直斋书录解题》卷二十一著录有《顺庵乐府》五卷,云:"世所传康伯可词鄙衰之甚,此集颇多佳语,陶定安世为之序。"为宋刊《百家词》本,有陶定安世序,元马端临《文献通考》卷二百四十六"经籍考七十三"据以录入。

3. 黄昇《中兴以来绝妙词选》卷一云:

> 康伯可,名与之,号顺庵。渡江初有声乐府,受知秦申王,王荐于太上皇帝,以文词待诏金马门。凡中兴粉饰治具,及慈宁归养,两宫欢集,必假伯可之歌咏,故应制之词为多。书市刊本皆假托其名,今得官本,乃其婿赵善贡及其友陶安世所校定,篇篇精妙。汝阴王性之,一代名士,尝称:"伯可乐章非近代所及,今有晏叔原,亦不得独擅。"盖知言云。

南　宋

知有官刻本，又有坊肆刊本，前者优于后者。

4．董史《皇宋书录》卷下云：

> 康与之，字伯可。吴兴陶定序其词集云：君尝谓余曰："我昔在洛下，受经传于晁四丈以道，受书法于陈二丈叔易，有书传于世。"

知与陈振孙、黄昇著录的均为陶定字安世的序刊本，未言卷数。

5．陈思《两宋名贤小集》卷一百七十一于《椒亭小集》云："善为乐府，时以柳耆卿目之，有词五卷。凡中兴粉饰治具及慈宁归养，两宫欢集，必假伯可之歌咏。"云有词五卷，与陈振孙著录的同。

以上知宋时康与之词集名《顺庵乐府》，凡五卷，有官刻本，有坊刻本。见于明清藏家著录的，计有：

1．明钱溥《秘阁书目》著录有《顺庵乐府》，未言卷数。

2．明毛晋《汲古阁毛氏藏书目录》著录有《顺庵乐府》五卷。

3．清黄虞稷《千顷堂书目》卷三十二著录有《顺庵乐府》五卷，云："以词受知宋高宗，官郎中。"

4．清倪灿撰、卢文弨校正《宋史艺文志补》著录有《顺庵乐府》五卷。

5．清赵昱《小山堂藏书目录备览》著录有《顺庵乐府》，未言卷数。

6．清厉鹗《宋诗纪事》卷四十四小传云有《顺庵乐府》，未言卷数。

7．清朱彝尊《词综》卷十二小传云有《顺庵乐府》五卷

8．《御选历代诗馀》卷一百四"词人姓氏"云有《顺庵乐府》五卷。

9．清沈季友编《檇李诗系》卷二"康台郎与之"云："善为乐府，时以柳耆卿目之，有词五卷。"

以上所载，均未言版本，但多著录为《顺庵乐府》五卷，仍是据宋本传承而来。

民国时赵万里辑录《顺庵乐府》，收入《校辑宋金元人词》中，赵氏题记云：

> 《顺庵乐府》五卷，《直斋书录解题》歌词类著于录。《花庵词选》云："与之应制之词为多，书市刊本皆假托其名。今得官本，乃其婿赵善贡及其友陶安世所校定，篇篇精妙。汝阴王性之尝称伯可乐章非近代所及，今有晏叔原，亦不得独擅。"其推重如此。顾其书明以后久佚，周亮工《书影》六引岳亦峰云康伯可《顺庵乐府》今麻沙尚有之云云，似清初人尚得见之。兹于各书辑得三十五首，厘为一卷。《寿亲养老新书》二云：刘随如词用"那里暨"三字，盖本于康伯可词。花庵《唐宋诸贤绝妙词选》七有苏养直和康伯可《鹧鸪天》词。今顺庵原作俱未见，知散佚已多。明写本《说郛》二十一引康与之《昨梦录》注云：与之字叔闻，号退轩老人。既字叔闻，又字伯可，不应同是一人，《四库提要》混为一谈，非是。万里记。

为民国排印本，录词三十五首附录七首。

王之道

王之道（1093—1169），字彦猷，庐州（今安徽合肥）人。宋徽宗宣和六年（1124）兄弟三人同登进士第。钦宗靖康初调和州历阳丞，摄乌江令。高宗绍兴和议初成，忤秦桧意，谪监南雄盐税。卜居相山，自号相山居士，沦废二十年。桧死，起知信阳军，除湖南转运判官，以朝奉大夫致仕。著有《相山集》三十卷。

王氏词集宋时就有刻本，陈振孙《直斋书录解题》卷二十一著录有《相山词》一卷，为宋刊《百家词》本。元马端临《文献通考》卷二百四十六"经籍考七十三"据以录入。又《宋史》卷二〇八"艺文志"载《相山长短句》二卷，版本不详。

今存抄本词集丛编中收王氏词集的有：

1. 明吴讷编《唐宋名贤百家词》本，明抄本，梁启超跋，其中有

《相山居士词》一卷。

2.《宋元明三十三家词》本，明石村书屋抄本，其中有《相山居士词》一卷。

3.《宋元名家词》本，明抄本，清毛扆校，唐晏跋，其中有《相山居士词》一卷。

4.《唐宋八家词》本，清鲍氏知不足斋抄本，吴昌绶跋，其中有《相山居士词》一卷。

其词集见于明代藏家著录的有：

1. 明钱溥《秘阁书目》著录有《相山词》，未标明卷数。

2. 明毛晋《汲古阁毛氏藏书目录》著录有《相山问》一卷。

钱溥为明初人，毛晋为明末人，二家著录的均未言版本。

又其词集多见于清以来藏家的著录，计有：

1. 朱彝尊《词综》"发凡"及卷十一小传云有《相山居士词》二卷。

2.《御选历代诗馀》卷一百三"词人姓氏"云有《相山居士词》二卷。

3. 清劳格《劳氏碎金》卷中著录有《相山居士词》一卷，云旧抄本。录诸题识文如下：

> 壬子八月朔午刻，据知不足斋写本校。
>
> 《相山词》一卷，《书录解题》著录，长沙《百家词》本，即此本也。《宋史·艺文志》附集本，名《相山长短句》，且二卷。今四库馆纂修《大典》集本，有诗馀三卷，校此少二十馀阕，而《如梦令·和张文伯木犀》一阕、《采桑子·孙仲益集于西斋》一阕、《菩萨蛮·采莲女》一阕、《贺新郎·送郑宗承》一阕，可补此本之佚。《一剪梅》后片脱句，赖以补全，其他误脱亦改正不少。《相山词》长调隽爽，小令尤婉秀，微嫌存之稍滥耳。咸丰癸丑五月晦饮香词隐劳犟卿力疾校毕题记。秾女来沤喜亭问疾，是月小尽。

题记作于咸丰三年（1853），知用鲍氏知不足斋本校过。《中国古籍善本书目》著录有《相山居士词》一卷，清抄本，清劳权校并跋，周叔弢校。

4. 清朱学勤《别本结一庐书目》"抄本"著录有《相山词》一卷。

5. 清丁丙《善本书室藏书志》卷四十著录有《相山居士词》一卷，明抄本，梅禹金藏书。云："此词一卷出自明抄，灼为旧帙。前有梅禹金藏书印，后有'甲午季秋十九日下春校'朱字一行。"民国时归藏江南图书馆，见《江南图书馆善本书目》著录，云明抄本，梅禹金藏书。《中国古籍善本书目》著录有《相山居士词》一卷，明东壁楼抄本，清丁申、丁丙跋。按：东壁楼为梅禹金藏书处。

6. 吴昌绶《宋金元词集见存卷目》附《双照楼续辑宋金元百家词目》著录有《相山居士词》一卷，钱塘丁氏旧抄本。

7. 缪荃孙《目录词小说谱录目》著录有《相山居士词》一卷，传写梅禹金本。

8. 张钧衡《适园藏书志》卷十六著录有《相山居士词》一卷，为传抄本。云："由丁氏传出。"

9. 张乃熊《菦圃善本书目》卷五上"抄稿本上·名人手钞本"著录有《相山居士词》一卷，沈韵斋抄校本，一册。按：沈毅，号韵斋，浙江吴兴人，清末民国初在世，喜抄书，家有感峰楼，为藏书之所。

10.《国立北平图书馆善本书目乙编续目》卷四著录有《相山居士词》，双照楼抄本，吴昌绶校。此又见于傅增湘《国立北京图书馆由沪运回中文书籍金石拓本舆图分类清册》著录，作一册。又《中国古籍善本书目》著录有《相山居士词》一卷，云清光绪吴氏双照楼抄本，吴昌绶校。

以上除《词综》和《御选历代诗馀》未言版本外，其馀所载均为抄本。

近代有朱祖谋据梅禹金藏明抄本，辑《相山居士词》一卷，刻入《彊村丛书》中，无校文，无跋记。

另王氏词又见载于诗文集中，《永乐大典》卷20354第20A页自王之道《相山集》录《朝中措》词一首。入清则有《四库全书》本《相山集》三十卷，提要云：

> 之道尝自号相山居士，其集即以为名，《宋史·艺文志》作二十五卷，《书录解题》作二十六卷，《宝祐濡须志》及《濡须续志》俱作四十卷，尤袤碑文作三十卷，彼此乖互不合。今原集既亡，无可复证，然袤碑乃据其子家状所书，似当得其实也。……谨就《永乐大典》各韵中搜辑编次，仍可得三十卷，疑明初纂修诸臣重其为人，全部收入，故虽偶有脱遗，而仍去原数不远欤？

知是自《永乐大典》辑出，库本卷十六至十八为诗馀。

刘愈

刘愈（1096—1166），字进之，或作达之，宋仙居（今属浙江）人。幼颖悟，笃志于学，试郡三舍，屡入优等。四十弃场屋，游志于浮图氏，学号无相居士。

宋薛季宣《艮斋先生薛常州浪语集》卷三十四《刘进之行状代作》云："有诗词杂著一编，藏于家。"知为手稿。

欧阳澈

欧阳澈（1097—1127），字德明，崇仁（今属江西）人。为布衣，性尚气节，南渡初，宋高宗即位于南京（今河南商丘），欧阳澈伏阙上书，为诋和议，言辞激切，与太学生陈东一起被斩首。绍兴四年（1134）被追赠为秘阁修撰。著有《欧阳修撰集》。

其词见载于诗文集中，《欧阳修撰集》吴沆序云："于其弟国平家得其遗文一编，大抵咳唾挥斥之馀，十百不存一二……予姑取其文之近似而可喜，得古律诗、词、书语八十有七，次而编之，名曰《飘然集》。"知别集有词，规模不详。《全宋词》存其词八首。按：《四库全书》收有《欧阳修撰集》，提要云：

　　绍兴二十六年吴沆次其诗为《飘然集》三卷，并为作序。
至嘉定甲申会稽胡衍又取其所上三书并序而刻之，厘为六
卷。元季板毁于兵，明永乐丙申澈十世孙永康县丞齐重刊
之，金华唐光祖跋称其书编为三卷、诗文事迹为四卷，当时
陈东所同上之书，亦为掇拾，无所失坠，并取附为一卷，合为
八卷。所称赞府士庄甫即齐字也，而永乐丁酉崇仁知县王克
义序乃称齐录前后奏议，次继《飘然集》分为六卷，与光祖跋
不同，盖词有详略，实即一本。万历甲寅澈二十世孙钺再新
其板，吴道南为序，此本即从钺刻传写，而阙第八卷陈东之
书，然东已有别集单行，可不必附录于此，今亦仍从此本，定
为七卷焉。

　　原为编修汪如藻家藏明万历刊本，凡七卷，卷一至三为奏议，卷四至
六为《飘然集》，卷七为附录，其中卷六载词七首。

　　近代朱祖谋据丁氏善本书室藏抄《欧阳修撰集》本，辑《飘然先生
词》一卷，收入《彊村丛书》，存词七首，无校文，无跋记。

朱翌

　　朱翌（1097—1167），字新仲，号潜山居士、省事老人，舒州怀宁
（今安徽潜山）人，居四明鄞县（今属浙江）。宋徽宗政和八年
（1118）同上舍出身，为溧水主簿。高宗绍兴年间除秘书省正字，试
起居舍人，为中书舍人。以言事忤秦桧，谪居韶州安置。桧死，充秘
阁修撰，出知宣州，移平江府。著有《灊山集》、《猗觉寮杂记》等。

　　陈鹄《西塘集耆旧续闻》卷一云：

　　　待制公十八岁时尝作乐府云："流水泠泠，断桥斜路横枝
　　亚。雪花飞下，全胜江南画。　　白璧青钱，欲买春无价。
　　归来也，风吹平野，一点香随马。"朱希真访司农公不值，于
　　几案间见此词，惊赏不已，遂书于扇而去。初不知何人作
　　也，一日，洪觉范见之，扣其所从得，朱具以告，二人因同往

谒司农公，问之，公亦愕然。客退，从容询及待制公，公始不敢对，既而以实告，司农公责之曰："儿曹读书，正当留意经史间，何用作此等语邪？"然其心实喜之，以为此儿他日必以文名于世。今诸家词集及《渔隐丛话》皆以为孙和仲或朱希真所作，非也。正如咏折迭扇词云："宫纱蜂趁梅，宝扇鸾开翅。数折聚清风，一捻生秋意。摇摇云母轻，袅袅琼枝细。莫解玉连环，怕作飞花坠。"余尝亲见稿本于公家，今《于湖集》乃载此词，盖张安国尝为人题此词于扇故也。大抵公于文不苟作，虽游戏嘲谑，必极其精妙。尝咏五月菊词云："玉台金盏对炎光，全似去年香。有意庄严端午，不应忘却重阳。　　菖蒲九节，金英满把，同泛瑶觞。旧日东篱陶令，北窗正卧羲皇。"又与秦师垣启："鸡鸣函谷，孟尝踥是以出关；雁落上林，属国已闻于归汉。"盖秦尝留金庭，未几纵还，既而金人复海，遣骑追之，已无及矣。公之用事亲切多类此，遂得擢用。

按：待制公指朱翌，司农公指朱载上，"亲见稿本于公家"云云，知有手稿。按今有别集存有词，如《四库全书》本《灊山集》三卷，提要云："今文集已不可见，诗集亦无传本，惟《永乐大典》所收篇什尚多，谨裒而集之，厘为三卷，以还其原目。"知是自《永乐大典》中辑录，库本卷三附诗馀四首，又见《知不足斋丛书》第十八集中。

近代朱祖谋据邵二云藏抄本《灊山集》，辑《灊山诗馀》一卷，收入《彊村丛书》，存词五首，无校文，无跋记。

扬无咎

扬无咎（1097—1169），一作杨无咎，字补之，号逃禅老人，又号清夷长者。宋临江军清江（今江西樟树）人，晚寓居豫章（今江西南昌）。不乐仕进，以绘事自娱。著有《逃禅集》等。

刘克庄《后村先生大全集》卷一○七《杨补之词画》云：

> 其墨梅擅天下，身后寸纸千金。所制梅词《柳梢青》十阕
> 不减《花间》、《香奁》及小晏、秦郎得意之作。词画既妙，
> 而行书姿媚精绝，可与陈简斋相伯仲。顷见碑本，已堪宝
> 玩，况真迹乎？孟芳此卷，宜颜曰逃禅三绝。

知为手稿。扬氏词集宋代就已刊行，陈振孙《直斋书录解题》卷二十
一著有《逃禅集》一卷，云："世所传江西墨梅即其人也。"元马端临
《文献通考》卷二百四十六"经籍考七十三"据以录入。

其词集除名《逃禅集》外，还有《逃禅词》，见于明清著录的有：

一、 抄本

今存抄本丛书中收有扬氏词集的有：

1. 明吴讷辑《唐宋名贤百家词》本，明抄本，梁启超跋，其中有
《逃禅词》一卷。

2. 明李东阳辑《南词》本，抄本，其中有《逃禅词》一卷。

3. 《宋元明三十三家词》本，明石村书屋抄本，其中有《逃禅
词》一卷。

4. 《宋元名家词》本，明抄本，清毛扆校，唐晏跋，其中有《逃禅
词》一卷。

5. 《宋二十家词》本，明抄本，清许宗彦、丁丙跋，其中有《逃禅
词》一卷，清丁丙跋。

6. 《四库全书》本，其中有《逃禅词》一卷，提要云：

> 宋扬无咎撰，无咎字补之，自号逃禅老人，清江人。诸书
> "扬"或作"杨"，按：《图绘宝鉴》称无咎祖汉子云其书从
> 才不从木，则作杨，误也。高宗时秦桧擅权，无咎耻于依附，
> 遂屡征不起。其人品甚高，所画墨梅，历代宝重，遂以技艺
> 掩其文章，然词格殊工，在南宋之初不忝作者。陈振孙《书
> 录解题》载无咎《逃禅词》一卷，与今本合。毛晋跋称或误以
> 为晁补之词，则晁无咎亦字补之，二人名字俱同，故传写误
> 也。集中《明月棹孤舟》四首，晋注云向误作《夜行船》。今

按谱正之，案：此调即是《夜行船》，亦即是《雨中花》，诸家词虽有小异，按其音律，要非二调，无咎此词实与赵长卿、吴文英词中所载之《夜行船》无一字不同，晋第见词谱收黄在轩词名《明月棹孤舟》，不知明月即夜，棹即行，孤舟即船，近时万树《词律》始辨之，晋盖未及察也。又《相见欢》本唐腔正名，宋人则名为《乌夜啼》，与《锦堂春》之亦名《乌夜啼》名同实异，晋注向作《乌夜啼》，误尤，考之未详。至《点绛唇》原注用苏轼韵，其后阕尾韵旧本作裹字，晋因改作㻮字，并详载㻮字，义训于下，实则苏词末句乃破字韵，裹字且误，而㻮字尤为臆改，明人刊书好以意窜乱，往往如此，今姑仍晋本录之，而附纠其缪如右。

是据毛氏汲古阁本录入，为安徽巡抚采进本。又《钦定续通志》卷一百六十三据文渊阁著录，有《逃禅词》一卷，当与库本同。又《四库著录江西先哲遗书目》著录有《逃禅词》一卷。

又见于藏家著录的抄本有：

1. 清范懋柱《天一阁藏书目》卷四之四著录有《逃禅词》一卷，绵纸，抄本。

2. 清丁丙《善本书室藏书志》卷四十著录有《逃禅词》一卷，明抄本。提要云："《直斋书录》载其《逃禅词》一卷，即此本也。毛子晋刻入《六十家词》，颇有改易。《提要》非之，此犹明抄旧帙，未失真也。"

二、 刊本

有明末毛氏汲古阁刊《宋名家词》本《逃禅词》一卷，毛晋跋云：

补之，清江人，世所传江西墨梅，即其人也。其诗文亦不多见，向有补之词行世，或谓是晁补之，谬矣。无论字句之舛讹，章次之颠倒，即调名如《一斛珠》误作《品令》、《相见欢》误作《乌夜啼》之类，亦不可条举，今悉一一厘正。但散花庵词客一无选录，谓其多献寿之章，无丽情之句耶？《草堂

集》止载"痴牛骏女"一调，又逸其名，后人妄注毛东堂，可
恨，坊本无据，反令人疑《香奁》或凝或偓云。

未言所据，此本见清郑德懋辑《汲古阁校刻书目》之《宋名家词六集》
著录，云凡六十一叶。

三、 版本不详者

1. 《永乐大典》自《逃禅词》录词七首，即：《水龙吟》、《夜行船》（2265/7A，指卷数及页码，下同），《永遇乐》（2810/19A），《传言玉女》、《于中好》三首（20353/15A、B）。

2. 明钱溥《秘阁书目》著录有《逃禅集》。未言卷数。

3. 明毛晋《汲古阁毛氏藏书目录》著录有《逃禅集》一卷。

4. 清黄虞稷《千顷堂书目》卷三十二著录有《逃禅集》二卷，云："字补之，清江人，高宗朝累征不起。"

5. 清倪灿撰、卢文弨校正《宋史艺文志补》著录有《逃禅集》二卷。

6. 清钱曾《也是园藏书目》卷七著录有《逃禅词》一卷。

7. 清朱彝尊《词综》"发凡"云有《逃禅词》三卷，又卷十二小传云有《逃禅集》二卷。

8. 清徐元文《含经堂藏书目》著录有《逃禅词》一卷。

9. 清陆漻《佳趣堂书目》著录有《逃禅词》一卷。

10. 《御选历代诗馀》卷一百四"词人姓氏"云有《逃禅词》三卷，又卷一百五"词话"云："晁补之自称济北词人，有《鸡肋词》、《逃禅词》，近代词家自秦七黄九外，无咎未必多逊。陈质斋"陈质斋当为陈直斋之误，即陈振孙。其中又误扬无咎词为晁无咎词。

11. 清赵昱《小山堂藏书目录备览》著录有《逃禅词》。未言卷数。

12. 叶德辉《叶氏观古堂藏书目》著录有《逃禅词》一卷。

13. 庞元澄《百匦楼藏书目录》著录有《逃禅词》，一册。

以上诸家著录的均未言版本，其中陆漻以上所载当以抄本词集

南　宋

居多。

姚毂

姚毂，字进道，秀州华亭（今属上海）人。宋徽宗政和五年（1115）乙未科进士，仕为左朝散郎、新差权通判、太平州军州事等，卒年才三十。

其词见于诗文集中，张守《毗陵集》卷十《姚进道文集序》云："未几卒于京师，年才三十，悲夫！下世之后，文字散落，致道访亲旧间，篇搜句掇，得古律诗、长短句，与夫杂书，仅成两编，特平生之十一。且要余为序其首。"知文集是存有词的，未言卷数版本。今未见存词。

曹勋

曹勋（1098？—1174），字公显，号松隐，颖昌阳翟（今河南禹县）人。以荫补承信郎，宋徽宗宣和五年（1123）特命赴进士试，赐甲科。高宗绍兴十一年（1141）奉命使金，劝金人归还徽宗灵柩。后又曾出使金，孝宗朝拜太尉。著有《松隐文集》、《北狩见闻录》、《松隐词》等。

其词见载于诗文集中，《永乐大典》自《松隐集》录词二首，即《隔帘花》（5838/10A，指卷数及页码，下同）、《王孙游》（8844/13B）。入清则有《四库全书》本《松隐文集》四十卷，提要云：

> 是集前载正统中大理寺正洪益中序，称为勋十世孙参所藏，朱彝尊亦尝从其家借抄《迎銮赋》七篇，谓勋之子姓保有此卷，半千馀年勿失，后复得文集，录之，盖止有家传抄本，从未锓板也。……集中间有脱篇落句，第十四卷已佚不存，楼钥《攻媿集》有所作《松隐集序》一篇，此本亦失载。盖其后人传录，仅存，故不免于丛残失次，今厘订讹舛，仍其所阙，著之于录焉。

所据为抄本，为浙江鲍士恭家藏本。按：楼钥《攻媿集》卷五十二有《曹忠靖公松隐集序》一文。又库本前有明洪益中序（正统五年，1439）云："其十世孙曰参者，自幼情交，因诣访焉，得请而拜观之。集计六册，通四十卷，字字精明，无少脱落。" 库本卷三十八、三十九为长短句，卷四十为乐府句，存词凡三卷。

民国时又有刘承干辑《嘉业堂丛书》本，其中有《松隐文集》四十卷，民国九年（1920）刊。前有楼钥、洪益中二序，刘承干跋云："集久罕传，予得一旧刻，寿之厥氏。"知所据为旧刊本，其中卷三十八、三十九为长短句，卷四十为乐府句，存词凡三卷。与库本不同的是，此本卷三十八首载应制《法曲·道情》套曲一套，不见载于库本。

其词后多自集本析出另行，见于清以来人著录，计有：

1. 清曹寅《栋亭书目》卷四著录有《松隐词》，抄本，三卷，一册。

2. 清丁丙《善本书室藏书志》卷四十著录有《松隐词》三卷，旧抄本。提要云：

> 勋有文集四十卷，其卷三十八至四十为长短句。外间所传仅存首卷，缺后二卷。此本楮墨甚旧，当是前明抄本。勋词笔工丽，集中多应制之作，雍容华贵，迥墨歌馆狎亵之态，不仅来往北庭忠节可取也。

按：《江南图书馆善本书目》著录有《松隐词》三卷、《水云村诗馀》一卷，云："旧抄本，曹勋；宋南丰刘壎，精抄本。"当指此本，又《中国古籍善本书目》载《松隐词》三卷，云清抄本，清丁丙跋。

3. 张钧衡《适园藏书志》卷十六著录有《松隐词》三卷，传抄本。云："《文集》三十九卷，词已在内，此抄出别行者。"

4. 吴昌绶《宋金元词集见存卷目》附《双照楼续辑宋金元百家词目》著录有《松隐词》三卷，钱塘丁氏旧抄本。

5. 缪荃孙《目录词小说谱录目》著录有《松隐词》三卷，传写明抄本。提要云："按今本四十卷，卷三十八至四十存词三卷。"

以上著录的多为抄本，其中所载也多是据别集本移录。

刘仪凤

刘仪凤（1110—1175），字韶美，普州（今属四川）人。宋高宗绍兴二年（1132）进士，调蓬溪尉，为起居郎。召试馆职，迁秘丞，礼部员外，兼国史院编修，孝宗乾道元年（1165）迁兵部侍郎兼侍讲，俸入半以储书，凡万馀卷。著有《奇堂集》。

《宋史》卷二〇八"艺文志"载其《奇堂集》三十卷，又《乐府》二卷。知全集本附有词。

高登

高登（？—1148），字彦先，号东溪，漳浦（今属福建）人。宋徽宗宣和间为太学生，高宗绍兴初授富川主簿。以事忤秦桧，编管容州。著有《东溪集》。

其词集不见清以前著录，今存词集丛编中收有其词集的有：

1.《宋五家词》本，清初毛氏汲古阁抄本，清丁丙跋，藏南京图书馆，其中有《东溪词》一卷。按：清丁丙《善本书室藏书志》卷四十著录有《东溪词》一卷，汲古阁抄本。提要云："此册版心有'汲古阁'三字，盖毛晋尝拟续刻《六十家词》，当写而未梓之帙，后跋亦未缀也。"盖析出著录者。

2.《宋元人词》，抄本，藏上海图书馆，其中有《东溪词》一卷。

晚清有王鹏运四印斋汇刻《宋元三十一家词》，其中有《东溪词》一卷，王氏跋云：

> 《宋名臣言行录》云：胡铨贬新州，偶为词云："欲驾巾车归去，有豺狼当辙。"张棣即迎桧意，奏铨怨望。于是送南海编管，流落几二十年。按：此词乃《好事近》歇拍，载《东溪集》中。盖彦先亦以发策忤桧被谪，事纛略同。棣遂牵合为澹庵作，从来谗慝之口，含沙射影，伎俩大率类此，可叹亦

> 可笑也。去秋校刻《澹庵词》，深以失载此词为憾，读此方为
> 释然。癸巳四月半唐老人。

跋作于光绪十九年（1893）。此本多见藏家著录，如叶德辉《叶氏观古堂藏书目》、缪荃孙《目录词小说谱录目》等。

又其词见载于诗文集中，有《四库全书》本《东溪集》二卷附录一卷，提要云：

> 登之遗集，《文献通考》作二十卷，《书录解题》及《宋史·艺文志》俱云十二卷，此本为明林希元所编，仅分上下二卷，书疏论议辨说等作共二十篇、诗三十一首、赞五首、箴铭二十六首、词十二首、启二首，末有附录一卷，则朱子褒录奏状、祠堂记两篇及《言行录》十条。

为两江总督采进本，按：《直斋书录解题》卷十八著录有《东溪集》十二卷，库本据明人编本，仅存二卷，卷下附词十二首。

刘子翚

刘子翚（1101—1147），字彦冲，号屏山，又号病翁，人称屏山先生，崇安（今属福建）人。以荫补承务郎，宋高宗建炎年间通判兴化军，以疾辞归武夷山，居屏山潭溪，专事讲学。著有《屏山集》。

刘氏词见载于诗文集中，黄昇《中兴以来绝妙词选》卷二云：

> 刘彦冲，名子翚，号屏山先生，刘忠显公之子，朱文公之师。有《屏山文集》行于世，小词附其后。

未言卷数、版本。又有《四库全书》本《屏山集》二十卷，胡宪序（绍兴三十年）云："越十有三年，其嗣子玶始编次其遗文，凡得古赋、古律诗、记、铭、章、奏议、论二十卷，目曰《屏山集》，属予为序。"又朱熹跋（乾道癸巳，1173）云："《屏山先生文集》二十卷，先生嗣子玶所编次已定，可缮写，先生启手足时，玶年甚幼，以故平生遗文多所散逸。后十馀年始复访求以补家书之阙，则皆传写失真，同异参

错而不可读矣。于是反复雠订，又十馀年然后此二十卷者始克成。"知库本是据宋本而来的，为两江总督采进本，库本卷二十附词二首。

近代朱祖谋据明刊《屏山集》辑《屏山词》一卷，收入《彊村丛书》中，存词四首，无校文，无跋记。

胡铨

胡铨（1102—1180），字邦衡，号澹庵，吉州庐陵（今江西吉安市）人。宋高宗建炎二年（1128）进士，授抚州军事判官，除枢密院编修官。秦桧主和，胡铨抗疏力斥，乞斩秦桧等，声振朝野。编管新州，移谪吉阳军。孝宗时历国史院编修官、兵部侍郎，以资政殿学士致仕。卒谥忠简。著有《澹庵集》等。

胡氏词集未见宋人记载，见于宋以后著录的有：

一、《澹庵长短句》

A. 抄本

今存抄本词集丛编数种，收有胡氏词集的有：

1. 《典雅词》本，毛氏汲古阁影宋抄本，原为清陆氏皕宋楼藏书，今藏日本静嘉堂文库，其中有《澹庵长短句》一卷。检陆心源《皕宋楼藏书志》卷一百十九著录有《澹庵长短句》一卷，云汲古阁影宋本，即指此本，盖析出著录者。除静嘉堂文库藏书外，据汲古阁本传抄的还有二种：一为清丁氏八千卷楼藏书，藏南京图书馆。一为原北平图书馆藏书，藏台湾。二者均有《澹庵长短句》一卷。

2. 《汲古阁未刻词》本，清光绪抄本，清江标跋。其中《澹庵长短句》一卷。

3. 《又次斋词编》本，清汪曰桢编，稿本。其中有《澹庵长短句》一卷。

4. 《宋元十家词》本，清汪曰桢编，清又次斋抄本，清汪曰桢校，吴昌绶校。其中《澹庵长短句》一卷。

又缪荃孙《目录词小说谱录目》著录有《澹庵长短句》一本，传写《典雅词》本。

B. 刊本

1. 《别下斋丛书》本，清道光中海昌蒋氏刊本，又有民国十二年（1923）上海商务印书馆景印本、民国武林竹简斋景印本。其中有《澹庵长短句》一卷。此本多见于藏家著录，如叶德辉《叶氏观古堂藏书目》、缪荃孙《目录词小说谱录目》、《三友堂书目》（民国二十三年，1934）等。

2. 晚清有王鹏运四印斋刻《南宋四名臣词集》本《胡忠简澹庵长短句》一卷。有李慈铭序及书信数则及王鹏运跋，参见"李光"条。又见缪荃孙《目录词小说谱录目》著录。

另《今生读作来生用藏书目录》著录有《澹庵长短句》一卷，未标明版本。

二、《澹庵词》

此种仅见于清以来人著录，计有：

1. 清陆漻《佳趣堂书目》著录有《澹庵词》一卷，壬辰。按：壬辰为清康熙五十一年（1712）。

2. 清曹寅《楝亭书目》卷四著录有《澹庵词》，抄本，一卷。

3. 清王闻远《孝慈堂书目》著录有《澹庵词》，一卷。

4. 清朱学勤《别本结一庐书目》"抄本"著录有《澹庵词》一卷，一册。

5. 清丁丙《善本书室藏书志》卷四十著录有《澹庵词》一卷，汲古阁抄本。云："此册为毛氏旧抄，又得曹种水朱笔校正，与公之忠义合之双美，洵足辉映百世矣。"按：曹言纯，字种水，一字丝赞，号古香，秀水（今浙江嘉兴）人。贡生，善作诗填词，著有《征贤堂诗》、《种水词》等。又按：今有《宋五家词》，清初毛氏汲古阁抄本，清丁丙跋，藏南京图书馆，其中有《澹庵词》一卷。《善本书室藏书志》所载即此，盖析出著录者。

6. 张钧衡《适园藏书志》卷十六著录有《澹庵词》一卷，传抄本。云："朱竹垞《词综》未曾收及，别下斋已刻，此从丁氏本抄。"

7. 李盛铎《木犀轩收藏旧本书目》著录有《澹庵词》一卷，旧抄本，朱竹君旧藏。又见于《木犀轩收藏旧本书目录》著录云："《燕喜词》一卷、《澹庵词》一卷、《石湖词》一卷、《萧台公馀词》一卷，朱竹君藏抄本。"按：朱筠（1729—1781），字竹君，一字美叔，号笥河，大兴（今属北京）人。清乾隆十九年（1754）进士，授官编修，历翰林院侍读学士，督安徽学政等，著有《笥河集》。

以上除《孝慈堂书目》未标明版本外，其他所载均抄本。

另有《宋人词四种》本，近代沈韵斋手抄本，其中有《澹庵词》一卷，藏台湾。

三、 别集本

其词见载于诗文集中，《永乐大典》卷 2809 第 19A 页自《澹庵集》录《滴滴金》一词。又《四库全书》收有《澹庵文集》六卷，提要云："本传称铨集凡百卷，今所存者仅文五卷诗一卷，盖得之散佚之馀。然《书录解题》载铨集七十八卷，《宋志》载铨集七十卷，则在当时已非百卷之旧矣。"为两淮马裕家藏本。按：宋陈振孙《直斋书录解题》卷十八载有《澹庵集》七十八卷，《宋史》本传云有《澹庵集》一百卷行于世，知入清后所存仅为零头。四库本卷六附有长短句，存词十五首。

岳飞

岳飞（1103—1141），字鹏举，相州汤阴（今属河南）人。宋徽宗宣和四年（1122）应募从军，补承信郎，迁秉义郎。高宗时以军功加神武右军副统制，官至枢密副使。后以"莫须有"的谋反罪名被害。孝宗时被平反，追谥武穆，封鄂王。著有《岳武穆集》。

其词见于诗文集中，宋岳珂《金佗稡编》卷十"家集"序（嘉定三年，1210）云："臣谨汇次，凡三万六千一百七十四言，厘为十卷。阙其首尾，以俟附益。曰表、曰跋、曰奏议、曰公牍、曰檄、曰律诗、曰词、曰题记，其目有八。"《四库全书》中有《岳武穆遗文》一卷，提要云："陈振孙《书录解题》载《岳武穆集》十卷，今已不传。此遗文一卷，乃明徐阶所编，凡上书一篇、札十六篇、奏二篇、状二篇、表一篇、檄一篇、跋一篇、盟文一篇、题识三篇、诗四篇、词二篇。"为浙江巡抚采进本，存《满江红》"怒发冲冠"、《小重山》"昨夜寒蛩不住鸣"二首。

李祁

李祁，字萧远，雍丘（今河南杞县）人。生卒年不详。宋徽宗崇宁间登科，宣和间责监汉阳酒税，官至尚书郎。

《永乐大典》卷 2270 第 4A 页自《李萧远诗》录词二首，即《水龙吟》和《醉桃源》。知别集中是存有词的。

朱雍

朱雍，字号、里贯、生卒年均不详，宋高宗绍兴中乞召试。著有《梅词》二卷。

朱氏词集宋时就已刊行，黄昇《中兴以来绝妙词选》卷一云："有《梅词》二卷行于世。"当为刻本。

今存抄本词集丛编中收有其词集的有：

1. 《宋元明六家词》本，清道光、咸丰间劳权抄本，清劳权校跋并录清赵辑宁题识，清丁丙跋。其中有《梅词》一卷。按：丁丙《善本书室藏书志》卷四十著录有《梅词》一卷，精抄本，劳巽卿校藏。云："有《梅词》二卷，此仅二十阕，又不分卷，疑原本不止此数，此为后人重辑也。雍词笔意清澈，不染纤尘，如《忆秦娥》、《西平乐》诸阕，尤雅丽可诵。卷首钤首'霁卿'朱文小方印。"即《宋元明六家词》中书，盖析出著录者。

2. 《宋元八家词》本，清抄本，其中有《梅词》一卷。

3. 清彭元瑞辑《汲古阁未刻词》本，清光绪抄本，清江标跋，其中有《梅词》一卷。

4. 《宋六家词》本，抄本，其中有《梅词》一卷，藏台湾。

又见于著录的抄本有：

1. 清周星诒《传忠堂书目》卷四著录有《梅词》一卷，一册，旧抄本。又清蒋凤藻《秦汉十印斋藏书目》卷四著录有《梅词》一卷，旧抄本。按：周、蒋为同年友和姻亲，周氏所藏后归蒋氏。

2.《双宋书斋善本书目》著录有《道情歌（当作鼓）子词》、《五峰词》、《梅屋诗馀》、《梅词》，合一本，旧抄本。

3. 王重民《中国善本书提要》著录有《梅词》一卷，与《和清真词》合订一册（北图）。抄本［十行十八字］。云："雍，绍兴间人。是集有王鹏运校刻本。"

另见于著录而未言版本的有：

1. 清黄虞稷《千顷堂书目》卷三十二著录有《梅词》三卷。

2. 清倪灿撰，卢文弨校正《宋史艺文志补》著录有《梅词》三卷，云《词综》作二卷，绍兴中人。

3. 清朱彝尊《词综》"发凡"云有《梅词》一卷，然卷十二小传云有《梅词》二卷。

4.《御选历代诗馀》卷一百四"词人姓氏"云有《梅词》二卷。

晚清则有王氏四印斋汇刻《宋元三十一家词》本《梅词》一卷，况周颐跋云：

> 通卷咏梅，行间自无一点尘俗，是不浪费楮墨者。著卿《塞孤》词乐章。旧刻误连为一段，《词律》云：应于"裂"韵分段。又云前后段歇拍字数应同，前结"渐西风紧"句，"紧"字为"美"。《笛家》词"别久"二字，旧刻误属前段之末。《词律》亦力辨之。今按："和"作"政"，与万氏说合，足资考证。光绪癸巳送春日，校毕并记。玉梅词人。

跋作于清光绪十九年（1893），此本经况氏校过。此本多见藏家著录，如叶德辉《叶氏观古堂藏书目》、缪荃孙《目录词小说谱录目》等。

王之望

王之望（1103—1170），字瞻叔，襄阳谷城（今属湖北）人。宋高宗绍兴八年（1138）进士，调处州教授，为太学录，迁博士。孝宗时除户部侍郎，充川陕宣谕使，擢右谏议大夫，拜参知政事，兼同知枢密院事等。著有《汉滨集》。

王氏词集见于诗文别集中，《永乐大典》卷20353第10B页自《王汉滨先生集》录词二首，即《鹧鸪天》和《虞美人》。入清则有《四库全书》本《汉滨集》十六卷，提要云："钱溥《秘阁书目》载有之望《汉滨集》而佚其册数，焦竑《经籍志》作六十卷，然赵希弁、陈振孙两家俱未著录，则宋代已罕传本，后遂散佚不存。今从《永乐大典》中采撮裒缀，所存什之三四而已。"知是自《永乐大典》中辑录出，按《直斋书录解题》卷十八著录有《汉滨集》六十卷，所谓"然赵希弁、陈振孙两家俱未著录，则宋代已罕传本"是不对的。不过库本中并未存词。其后朱祖谋自《大典》本《汉滨集》辑《汉滨诗馀》一卷补遗一卷，收入《彊村丛书》中，存词三十首，无校文，无跋记。

民国时又有李之鼎《宜秋馆诗馀丛抄》本，李氏宜秋馆抄本，况周颐批校，朱孝藏校，其中有《汉滨诗馀》一卷。

姚宽

姚宽（1105—1162），字令威，号西溪，宋嵊县（今浙江嵊州）人。以父荫补官。秦桧当政，以怨抑不用。监进奏院、六部门，官至权尚书员外郎、枢密院编修官。著有《西溪居士集》、《西溪丛语》等。

姚氏词集宋时已刊行，陈振孙《直斋书录解题》卷二十一著录有《西溪乐府》一卷，为宋刊《百家词》本。元马端临《文献通考》卷二百四十六"经籍考七十三"据以录入。又明毛晋《汲古阁毛氏藏书目录》著录有《西溪乐府》一卷，当与《直斋》著录有关。

入清则有《西溪居士乐府》，见于多家著录：

1. 清黄虞稷《千顷堂书目》卷三十二著录有《西溪居士乐府》一卷。

2. 清倪灿撰，卢文弨校正《宋史艺文志补》著录有《西溪居士乐府》一卷。

3. 清朱彝尊《词综》卷十三小传云有《西溪居士乐府》一卷。

4.《御选历代诗馀》卷一百四"词人姓氏"云有《西溪居士乐府》一卷。

以上均未言版本。民国时周泳先辑《唐宋金元词钩沉》，其中有《西溪乐府》，周氏题记云：

> 《西溪乐府》一卷，《直斋书录解题》二一著录，亦宋世长沙书肆《百家词》本也。《会稽续志》举宽著作甚夥，而未及词集，或即附于《西溪集》十卷《直斋书录》二十著录《西溪居士集》五卷，与《续集》不合中。但自周密《绝妙好词》以来，选录宽词，未有除花庵《中兴词选》外者，知其词集散佚久矣。泳先记。

为民国排印本。

史浩

史浩（1106—1194），字直翁，号真隐居士。鄞县（今浙江宁波）人。宋高宋绍兴十五年（1145）进士，为温州教授。除太学正，升国子博士，为起居舍人。孝宗时以中书舍人迁翰林学士，除参知政事，拜尚书右仆射。封魏国公，卒谥文惠。著有《鄮峰真隐漫录》等。

其词见于诗文别集中，《永乐大典》自《鄮峰漫录》录词十八首，即《清平乐》四首、《满庭芳》六首、《扑蝴蝶》、《蝶恋花》、《临江仙》、《粉蝶儿》、《瑞鹤仙》、《永遇乐》、《青玉案》、《醉蓬莱》（12043∕23 A、B，24 A、B，指卷数及页码，下同）。又自《鄮峰真隐漫录》录词十三首，即《水龙吟》、《永遇乐》、《南浦》、《夜合花》、《迎仙客》（13075∕16B），《浣溪沙》七首（20353∕6A、B），《宝鼎现》（20354∕19B）。

入清有《四库全书》本《鄮峰真隐漫录》五十卷，提要云：

> 其集见于陈振孙《书录解题》、《宋史·艺文志》者皆五

十卷，此本卷数并合，而目录别为三卷。首题门人周铸编，则犹宋时刊行旧式也。……集为门弟子编排，所言当必有据，是亦足与史相参考也。集凡诗五卷、杂文三十九卷、词曲四卷，末二卷为童卯须知，分三十章，所言皆治家修身之道，而谐以韵语，乃录之家塾以训子孙者，自署辛丑，为淳熙八年，盖其罢官以少傅侍经筵时所著云。

所据为浙江范懋桂家天一阁藏本，库本卷四十五至四十八为词曲。

又其词多自别集中析出另行，见于藏家著录的有：

1. 清耿文光《万卷精华楼藏书记》卷一百四十三著录有《真隐漫词曲》四卷。

2. 吴昌绶《宋金元词集见存卷目》附《双照楼续辑宋金元百家词目》著录有《鄮峰真隐词》四卷，传抄《鄮峰真隐漫录》本。

3. 缪荃孙《目录词小说谱录目》著录有《鄮峰真隐词》二卷，集本。

近代朱祖谋据集本刊入《彊村丛书》，有《鄮峰真隐大曲》二卷《词曲》二卷，吴梅跋云：

宋时大曲有《水调歌》、《道宫薄媚》、《逍遥乐》诸种，大抵以词联缀之。其中节目有散序、靸、排遍、撷、正撷、入破、虚催、实催、衮遍、歇拍、煞衮，始成一曲，谓之大遍。其词段数繁简不同，类皆文人为之。曾慥《乐府雅词》可证也。陈旸《乐书》云："大曲前缓叠不舞，至入破则羯鼓、襄鼓、大鼓与丝竹合作，勾拍益急，姿制俯仰，百态横出。"据此，则当时舞态犹可想见。第宋代作者如六一、东坡，往往仅作勾放乐语，而不制歌词；郑仅、董颖之徒，则又止有歌词而无乐语，二者鲜有兼备焉。《鄮峰大曲》二卷，有歌词，有乐语。且诸曲之下，各载歌演之状，尤为欧、苏、郑、董诸子所未及。宋人大曲之详，无有过于此者矣。彊村先生，词家之南董也，比年校刻宋元诸词，不胫而遍天下。近得此曲，谓足以尽词之变也，为刊而传之。夫词之与曲，判然为二。及究其变迁蝉蜕之迹，辄不能得其端倪。今读此曲，则江出滥觞，河出昆仑，源流递嬗之所自，昭若发矇，锡惠来学，岂有既哉。乙卯季夏，长洲吴梅跋。

跋作于民国四年（1915），又朱祖谋跋云：

《鄮峰真隐大曲》二卷《词曲》二卷，史氏裔孙传写。四库《鄮峰真隐漫录》本，乃天一阁范氏所进呈者。范氏藏底本，今归缪氏艺风堂。去年腊月借校一过，卷中率信笔茝莈，殆写进时出于妄人之手。词曲亦多窜改字句，鄮刻正与符合，始知经进本亦未足尽据也。直翁本不为倚声嫥家，落腔失韵，增减文字，往往而有。改之者，以其不翾于律也，勇违不知，盖阙之义，遂蹈削足适履之失。涂饰真面，迷误方来。今一一胪举，得百四十馀条。记注如右。其原误脱者亦颇类及，俾后之读是编者有所钩考焉。丁巳二月，朱孝臧跋。

跋作于民国六年（1917），朱氏以史氏裔孙传抄四库本为底本，校以缪荃孙艺风堂藏范氏天一阁藏书，有校记。

洪瑹

洪瑹，字叔玙，自号空同词客，宋理宗时人。著有《空同词》。

洪氏词集未见宋人著录，黄昇《中兴以来绝妙词选》卷十录其词十六首，未提及其词集名。

其词集多见明清以来人著录，计有：

一、抄本

今存抄本词集丛编中收有洪氏词者有：

1. 明吴讷辑《唐宋名贤百家词》本，明抄本，梁启超跋，其中有《空同词》一卷。

2. 明李东阳辑《南词》本，抄本，其中有《空同词》一卷。

3.《宋元名家词》本，明抄本，清毛扆校，唐晏跋，其中有《空同词》一卷。

4.《宋金明人九家词》本，清抄本，其中有《空同词》一卷。

二、刊本

1. 明末毛氏汲古阁刻《宋名家词》本，其中有《空同词》一卷，毛晋跋云：

> 叔岷自号空同词客，先辈称其不减周美成，如"燕子又归来，但惹得满身花雨"，又"花上蝶，水中凫，芳心密意而相于"等语，尤艳惊一时，惜不多见。既读《空同词》一卷，真若游金、张之堂，而揽嫱、施之袂，宜花庵全录之。但卷尾《清平乐》一阕，是连可久作，可久十二岁时，其父携见熊曲肱，适有渔父过前，命赋词，援笔立成，四座叹服，后果为江湖得道之士，何竟混入耶？

未言所据，检《中兴以来绝妙词选》卷十载有连可久《清平乐·渔父》"阵鸿惊处"词一首，云："连可久，名久道，江湖得道之士也。十二岁已能作诗，其父携见熊曲肱，适有渔父过前，令赋《渔父词》，曲肱赠以诗，且谓此子富贵中留不住，后果为羽衣，多往来西山。"按：连可久之后即洪璂，或因此而误抄混同。汲古本又见清郑德懋辑《汲古阁校刻书目》之《宋名家词六集》著录，云八叶。

2. 清洪汝奎辑《洪氏晦木斋丛书》本，其中有《空同词》一卷，为同治十二年刊。

3.《景汲古阁抄宋金词七种》本，民国阳湖陶氏据明毛氏抄本景印，其中有《空同词》一卷。

三、版本不详者

1. 清钱曾《也是园藏书目》卷七著录有《空同词》一卷。

2. 清黄虞稷《千顷堂书目》卷三十二著录有《空同词》一卷。

3. 清倪灿撰，卢文弨校正《宋史艺文志补》著录有《空同词》

一卷。

4. 清朱彝尊《词综》"发凡"云有《空同词》一卷，又卷十八小传云："洪瑹字叔玙，自号空同词客，有词一卷。"

5. 清徐元文《含经堂藏书目》著录有《空同词》一卷。

6.《御选历代诗馀》卷一百六"词人姓氏"云有《空同词》一卷。

7. 清陆漻《佳趣堂书目》著录有《空同词》一卷。

8.《四库全书存目》著录有《空同词》一卷，提要云：

> 宋洪瑹撰，瑹字叔玙，自号空同词客。此集仅词十六首，据毛晋跋语，乃全自黄昇《绝妙词选》中摘出别行，非完帙也。卷末咏渔父《清平乐》一阕，据《花庵词选》本，连久道词，且载其本事甚明，因二人之词相连，遂误入之瑹词中，实止十五首耳。

所云即毛氏汲古阁本，由安徽巡抚采进。又《钦定续通志》卷一百六十三据《四库全书存目》著录有《空同词》一卷。又《续文献通考》卷一百九十八"经籍考"著录有《空同词》一卷。二者均同库本。

9. 清赵昱《小山堂藏书目录备览》著录有《空同词》，未言卷数。

10. 叶德辉《叶氏观古堂藏书目》著录有《空同词》一卷。

以上诸家均未言版本，其中所载仍以抄本居多。又《永乐大典》卷2265第5B页录洪叔屿《菩萨蛮》一词。

黄公度

黄公度（1109—1156），字师宪，号知稼翁，莆田（今属福建）人。宋高宗绍兴八年（1138）进士第一，签书平海军节度判官，除秘书省正字。后被秦桧诬陷，罢职，主管台州崇道观。桧死复起，仕至尚书考功员外郎兼金部员外郎。著有《知稼翁集》、《知稼翁词》等。

黄氏词宋时就已见于诗文集中，洪迈《莆阳知稼翁集序》云：

高宗一马化龙，讫于巽位，自丁未至壬午，三十六年间，策进士数千计，擢居大龙甲者十有一人。科名巍峨，副以属望，视富贵岐辙若长风挂席，一息万里。于是文靖梁公至宰相，景明陈公冠枢极，位尚书者三：汪圣锡、刘文孺、王宣子也。它侍从者五：李顺之、张子韶、赵庄叔、张安国、王龟龄也。惟莆田黄公师宪名声最卓卓，而财至尚书郎，寿不满半百，梦幻覆手，天歼此良，大车云徂，出门折轴，人到于今伤之。爰初登第，以行卷忤秦相，君旋为赵忠简公礼接，益衔之弗舍。坎壈摧揠，无复有为天下惜人材之意。一旦遇主，则死及之。呜呼！公既以词赋压英躔，故于诗尤精。大氐铿锵蹈厉，发越沉郁，精深而不浮于巧，平澹而不近俗，与强名作诗者，直相千万。风樯阵马，不足呈其勇；犀渠鹤膝，不足侔其珍。《悲秋》之句曰："迢迢别浦帆双去，漠漠平芜天四垂。雨意欲晴山鸟乐，寒声初到井梧知。"吾不知谪仙、少陵以还，大历十才子尚能窥其藩否？公既没，其嗣子邵州君沃收拾手泽，汇次为十有一卷，诗居大半焉。它文悉从肺府，源深流长。迨乐府词章，宛转清丽，读者咀嚼于齿颊间而不能已。惟其不沽于用，身不到銮坡凤阁中。铺扬太平之闳休，其所表暴如是而已。魏国陈丞相既序其首，而邵州又欲予赘语于后。忆四十年前，与公从容于番禺药洲之上，予作《素馨赋》，公盖戏而反之，异于不相知闻者，兹不宜辞。若平生事业，则有参知政事龚公、吏部尚书林公之铭在。庆元二年十月庚申，焕章阁学士、宣奉大夫、提举隆兴府玉隆万寿宫魏郡公鄱阳洪迈序。

序作于宁宗庆元二年（1196），知为诗文别集，凡十一卷，附有词。又陈俊卿庆元四年序云："乾道五年冬，顺昌令黄君沃书抵中都，来告曰：先君考功力学半世，虽得一第，而仕不克显。平生所为文仅十一通，愿得序引以冠其首。"知诗文集或编成于孝宗乾道五年（1169）。

《莆阳知稼翁文集》附词后有黄沃跋文二则，云：

> 公既南归，适秦益公薨，于是大魁张九成、刘章、王佐、赵逵等以次除召。公在一辈中最久，最滞，故首被命登对便殿，言中时病，上喜，劳问再三，面除尚书考功外郎。朝论美其亲擢，知眷奖之渥，继见朝夕。亡何，公得疾，卒于位，享年四十八。吁吁痛哉！在时号知稼翁，因以名集，凡十一卷，先已命工锓木。而此词近方搜拾，未得其半，姑录而藏之，以传后裔，谨毋逸坠云。淳熙十六年重五日，男朝散郎、权通判抚州兼管内劝农营田事、赐绯鱼袋沃谨择手识于卷末。

> 庆元乙卯假守邵阳，逾年，谨刊《知稼翁集》于郡斋，并以词一卷系其后。

知孝宗淳熙十六年（1189）刊刻《知稼翁集》凡十一卷，不载词。宁宗庆元元年（1195）刊刻时，凡十二卷，其中附有词一卷。

宋刊本清代仍存，清朱绪曾《开有益斋读书志》卷五著录有《知稼翁集》，提要云：

> 知稼翁集十一卷、词一卷，宋尚书考功员外郎莆阳黄公度师宪撰，录入《四库》者仅二卷，此为其子知邵州沃汇次，其孙惠安县主簿处权校勘，宋庆元二年刊本。文集首有陈俊卿、洪迈二序，词有曾丰序。曾丰《缘督集》，余得宋刊四十卷本，此序目次在第十八卷中。

知为宋庆元刊本，其中有词一卷。

民国时李之鼎据影宋抄本，刻入《宋人集乙编》中，有《莆阳知稼翁文集》十一卷附录一卷校记一卷，李之鼎跋云：

> 向年避地沪渎，徐积馀君以余编刊宋集，出此本及龙学文集、陈简斋外集三种，禅移录付刊，以广流布。此集原分十二卷，卷七以前为诗，八卷至十一卷为文，末卷为词，后有

附录。乃景宋抄本也，每叶二十行，行十八字，卷末间有其
孙处权衔名校勘一行，实为宋刊原式，与库本稍有不同，盖
库本乃据明天启裔孙崇翰所刊著录并为二卷，诗文次序虽无
大异，惟中有全句及数十字，彼此互异者，盖宋时已有二刻
本，一刊于家塾，一刊于郡阳，见师宪子沃跋中，处权所刊，
殆家塾之本欤？鼎别有丁氏所藏传抄库本，以之相校，尚不
惬心。因丁氏本讹误太多也，戊午冬邮寄京师，乞周子幹用
文津阁库本复校，乙未秋亲携写定本，至京再以库本重校，
始臻完善。至题字上下不同，诗文互异之处，不复更易，以
存宋本之旧。有宋本实误者，从库本间易数字，别作校记附
后，各还两本之面目。黄师宪硕学巍科，以言事切直斥窜岭
表，交赵鼎，忤秦桧，其气节有足多者，文章尔雅，尚其馀
事，洎秦桧既死，高宗召还，方当柄用，年仅四十有八，遽以
病卒，读是集，不禁为之三叹息焉。己未冬月南城李之
鼎跋。

跋作于民国八年（1919），是以影宋抄本为底本，校以丁氏传抄《四库
全书》本和文津阁《四库全书》本，其中附录一卷为词，存十五首。

又有《四库全书》本《知稼翁集》二卷，提要云：

> 宋黄公度撰，公度字师宪，莆田人。绍兴八年进士第一，
> 历官考功员外郎。《书录解题》载公度集十一卷，卷端洪迈序
> 称公度既没，其嗣子知邵州沃收拾手泽，汇次为十有一卷，
> 卷末载有沃跋，亦称故箧所存，涂乙之馀，才十一卷，均与陈
> 氏所载合。又《书录解题》词曲部别有公度《知稼翁词》一
> 卷，合之当为十二卷。此本为天启乙丑其裔孙崇翰所刊，称
> 嘉靖丙午得于陕西谒选人，乃前朝秘府之本，尚有御印，然
> 并词集合为一编，仅一百三十四页，分为上下二卷，似不足
> 十二卷之数，岂尚有佚遗欤？公度早掇巍科，而卒时年仅四
> 十八，仕宦不达，故《宋史》无传。《肇庆府志》称其为秘书

省正字时，坐两贻书台官言时政，罢为主管台州崇道观，过分水岭，题诗有"谁知不作多时别，依旧相逢沧海中"之句，时赵鼎方谪潮阳，说者谓此诗指鼎而言，遂触秦桧之怒，令通判肇庆府云云，殆亦端悫之士，不附时局，故言者得借赵鼎中之欤？其诗文皆平易浅显，在南宋之初，未能凌跞诸家，然词气恬静而轩爽，无一切淟涊龌龊之态，是则所养为之矣。公度别有《汉书镌误》，今已佚。此本从他本掇拾二段并佚词一首附之卷末，今亦并录之焉。

所据为明天启五年（1625）刊本，为两淮盐政采进，后有黄崇翰跋云：

《知稼翁集》目载《文献通考》及《八闽通志》，更宋元之变无存者。嘉靖辛卯主政敬甫公刻监簿四如公集，其序慨知稼集不可见矣。丙午岁先司空任翰撰，司徒君辨公任文选，有陕中谒选人持是集赟，册有御印，盖前朝秘府流落人间者，得之，喜从天坠，与先考百叩交庆。乙卯考以宫洗谪倅衡州，刻于衡。壬戌倭变，板复毁，乃就榕城陈环江公索回一部，崇翰等誊较多年，迨侄孙鸣俊自会稽寄俸四金，遂图命梓。窃念吾宗唐宋来著作载郡乘者凡二十五种，今存惟御史公及公监簿公集耳。语曰：文字可爱，祖宗文字尤可爱，苟后人知爱□传未艾也。役竣，谨告之先灵，尚一慰焉。董役则侄泰兒、胤星，天启乙丑长至不肖世孙崇翰顿首志。

知有明嘉靖刻本，又嘉靖三十四年（1555）衡州刻本，又天启五年（1625）黄崇翰刻本，诸本当二卷，系明时所为。书后录黄沃诸跋，除前文已引录的二则外，另有一则云：

沃尝见昌黎伯叙张中丞传，攻责张、许二家子弟不能通知父志，以至史家不为许远立传，而雷万春事已失首尾。窃为仕宦功名，史家不及知，所托为千百年计者，门生故吏与

之撰述耳。门生故吏亡意斯，作为儿，亦无所托，则湮没无
闻也，固宜。先君考功再举擢上管，官不过郎曹，安得门下
士？沃所以求状丐铭为不可缓者，诚有感昌黎之一语也。虽
埋石幽壤，陵谷难迁，而石之隐秘初不可睹，孰若以未干之
墨寄之纸上，传十为百、传百为千乎？先君在时号知稼翁，
文成辄为人取去，故笥所存，涂乙之馀，才十一卷，沃于暇日
泣而次之，名之曰《知稼翁集》，已刊于家塾，今复刊于邵阳
郡斋，而求序于年家父执者，成先志也。柳柳州以垂绝之时
抵书于刘梦得，曰我不幸死，以遗稿累故人，此先君之意，沃
所不能言也。使地下闻之，当喜身后无封禅书。庆元二年丙
辰蜡月哉生霸，嗣子朝散大夫权知邵州军州、兼管内劝农营
田事、兼沿边溪洞都巡检使、兼提举义勇民兵借紫沃谨书。

序作于庆元二年（1196），与前黄沃庆元元年题识文字所云有相同处，
而此跋略有增饰，盖庆元元年题识云已刊刻，而实际问世当在次年。

库本卷下附有词，存词十五首，所载与影宋本同。库本又据《词
律》补《菩萨蛮·闺情》"牡丹带露真珠颗"一首。清朱彝尊《词综》
卷十三小传云有《知稼翁集词》一卷，又《御选历代诗馀》卷一百四
"词人姓氏"云有《知稼翁集词》一卷，子沃编辑行世。所指均为别集
附词本。

此外，黄氏词集宋时已另行于世，陈振孙《直斋书录解题》卷二十
一著录有《知稼翁集》一卷，提要云：

> 考功郎官莆田黄公度师宪撰。绍兴戊午大魁，坐与赵忠
> 简往来，得罪秦桧，流落岭表。更化召对，为郎，未几死，年
> 才四十八。

为宋刊《百家词》本，元马端临《文献通考》卷二百四十六"经籍考七
十三"据以录入。

又曾丰《缘督集》卷十七《知稼翁词序》云：

淳熙戊申，故考功郎黄公公度之子沃通守临川，明年，临川人士得考功乐章，其题为《知稼翁词》，请锓之木。通守重于诺，于余乎质焉。余谓：乐始有声，次有音，最后有调。商《那》、周《清庙》等颂，汉《郊祀》等歌是也。夫颂类，选有道德者为之，发乎情性，归乎礼义，故商、周之乐感人深。歌则杂出于无赖不羁之士，率情性而发耳，礼义之归与否耶不计也，故汉之乐感人浅。本朝太平二百年，乐章名家纷如也。文忠苏公文章妙天下，长短句特绪馀耳，犹有与道德合者。"缺月疏桐"一章，触兴于"惊鸿"，发乎情性也，收思于"洲冷"，归乎礼义也。黄太史相多，大以为非口食烟火人语。余恐不食烟火之人口所出仅尘外语，于礼义遑计欤！考功所立，不在文字，余于乐章窥之，文字之中所立寓焉，泉幕之解，非所欲去，而寓意于邻鸡，不管离情之句。秘馆之除，非所欲就，而寓意于残春，已负归约之句。凡感发而输写，大抵清而不激，和而不流，要其情性则适，揆之礼义而安，非欲为词也。道德之美，腴于根而盎于华，不能不为词也。天于其年，苟夺之晚，俾更涵养，充而大之，窃意可与文忠相后先。顾余非识者，人未必以为然，尝试志卷端以归通守，通守于家为贤子，于时为才士夫，有志扬其先而不惮锓之木，则传者日益广，当有大识者出，为考功重其价焉。十二月五日，奉议郎、新知静江府义宁县、主管劝农公事赐绯鱼袋曾丰序。

序作于孝宗十六年（1189），为公度之子沃通守临川时所辑，刻于孝宗十七年，据序，黄氏词思想内容符合"发乎情，止乎礼"的要求，依《全宋词》，黄氏今存词不到二十首，无艳情之作。

宋人提及的黄氏词集单行本，一名《知稼翁集》，一名《知稼翁词》。见于宋以后著录的，明钱溥《秘阁书目》载有《知稼翁集》，未言版本。除此外，其他则均著录为《知稼翁词》，计有：

一、抄本

今存抄本丛书中收有黄氏词集的有:

1.《典雅词》本,毛氏汲古阁影宋抄本,原为清陆氏皕宋楼藏书,今藏日本静嘉堂文库,其中有《知稼翁词》一卷。检陆心源《皕宋楼藏书志》卷一百十九著录有《知稼翁词》一卷,云汲古影宋本。所载即此书,盖析出著录。此外,据汲古阁本传抄的还有二种:一为清丁氏八千卷楼藏书,藏南京图书馆。一为原北平图书馆藏书,今藏台湾。二者均收有《知稼翁词》一卷。

2. 明吴讷辑《唐宋名贤百家词》本,明抄本,有梁启超跋,藏天津图书馆,其中有《知稼翁词集》一卷。所载同影宋本,然多阙讹字。

3. 明李东阳辑《南词》本,抄本,其中有《知稼翁词》一卷。

4.《宋元名家词》本,明紫芝漫抄本,清毛扆校,唐晏跋,藏北京大学图书馆,其中有《知稼翁词》一卷。

5.《宋元明词》本(存二十一卷),明抄本,藏绍兴鲁迅图书馆,其中有《知稼翁词》一卷。

6.《宋金明人九家词》本,清抄本,藏国家图书馆,其中有《知稼翁词》一卷。

7.《四库全书》本《知稼翁词》一卷,提要云:

> 宋黄公度撰,公度有《知稼翁集》已著录,所作词一卷已见集中。此则毛晋所刊别行本也,词仅十三调共十四阕。据卷末其子沃跋语,乃收拾,未得其半,录而藏之,以传后裔者。每词之下系以本事,并详及同时倡酬诗文。公度之生平本末可以见其大概,较他家词集特为详备。至汪藻《点绛唇》词"乱鸦啼后,归思浓于酒"句,吴曾《能改斋漫录》改窜作"晓鸦啼后,归梦浓于酒",兼凭虚撰一事实,殊乖本义。沃因其父有和词,辨正其讹,自属确凿可据,乃朱彝尊选《词综》犹信吴曾曲说,改藻原词,且坐《草堂》以擅改之罪,不知《草堂》惟以"归思"作"归兴",其馀实未尝改,

彝尊殆偶误记欤？

据毛氏汲古阁本录入，为安徽巡抚采进。按：汲古本所收实十五首，提要云十四阕，当误。黄氏《点绛唇》"嫩绿娇红"一词序云：

> 汪藻彦章出守泉南，移知宣城内，不自得，乃赋词云："新月娟娟，夜寒江静山衔斗。起来搔首，梅影横窗瘦。好个霜天，闲却传杯手。君知否，乱鸦啼后，归兴浓如酒。"公时在泉南签幕，依韵作此送之。又有送汪内翰移镇宣城长篇，见集中。比有《能改斋漫录》载汪在翰苑屡致言者，尝作《点绛唇》云云，最末句"晓鸦啼后，归梦浓如酒"，或问曰："'归梦浓如酒'何以在晓鸦啼后？"汪曰："无奈这一队畜生何？"不惟事失其实，而改窜二字，殊乖本义。

据吴曾《能改斋漫录》卷十六载：

> 汪彦章在翰苑，屡致言者，尝作《点绛唇》云："永夜厌厌，画檐低月山衔斗。起来搔首，梅影横窗瘦。　好个霜天，闲却传杯手。君知否？晓鸦啼后，归梦浓如酒。"或问曰："'归梦浓如酒'何以在晓鸦啼后？"公曰："无奈这一队畜生聒噪何？"

与黄氏词序引录的汪氏词作文字出入颇多，据黄氏词序所言，汪氏词作的时间地点也是不同的，一云在知宣城时所作，一云在翰林院时作。《钦定续通志》卷一百六十三据文渊阁著录有《知稼翁词》一卷，当与库本同。

又见于藏家著录为抄本的有：

1. 清钱曾《钱遵王述古堂藏书目录》著录有《知稼翁词》一卷，又钱氏《也是园藏书目》卷七著录有《知稼翁词》一卷。按：清韩应陛《读有用书斋藏书志》著录有《知稼翁词》一卷，明抄本。云："卷首有钱遵王墨书二行云：戊午又三月十四日述古主人钱遵王雠对一过，补录阙文二十三字。"戊午为清康熙十七年（1678）。又见于《云间韩氏藏书目附书影》，云："《知稼翁词》一卷，旧抄本，钱遵王旧藏。"又见《韩氏藏书目》，云："《知稼翁词》一卷，旧抄本。"又《"中央"图书馆善本书目第一次》著录有《烘堂集》一卷，一册。云："明抄本，清韩应陛朱笔题记。"又云："附《审斋词》一卷，宋王千秋撰；《杜寿域词》一卷，宋杜安世撰；《知稼翁词》一卷，宋黄公度撰，清钱曾手校。"又见于《"中央"图书馆善本序跋集录》著录。知是书今藏台北。

2. 清丁丙《善本书室藏书志》卷四十著录有《知稼翁词》一卷，精抄本。提要云：

> 公度，绍兴八年进士第一，除秘书省正字。秦桧诬以事，罢归。后官至尚书考功员外郎。此本末有淳熙十六年其子沃识云："公享年四十有八，在时号知稼翁，因以名集。凡十二卷，先已锓木，而此词近方搜拾，未得其半，姑录以传后裔。"前有曾丰序。毛晋曾刊入《六十家词》，此则康熙间旧抄也。

3. 清陈徵芝《带经堂书目》卷四下著录有《知稼翁》、《蔡友古词》，二卷，云："黄荛圃先生手校本，宋黄公度、蔡伸撰。公度号稼翁，伸号友古，均莆阳人。此二种乃明人旧抄，黄荛圃从钱遵王旧抄本校补。"陈氏藏书后多为清周星诒所得，周氏《传忠堂书目》卷四著录有《知稼翁词》一卷一册，云陆敕先抄校本。又清蒋凤藻《秦汉十印斋藏书目》卷四著录，云《知稼轩（当作翁）词》一卷，云陆敕先抄校本。又见蒋氏《铁华馆家藏书目》著录，有《知稼翁词》、《友古居士词》，云一本，陆敕先抄校本。又《双宋书斋善本书目》著录有《知稼轩词》、《友古居士词》，云："合一本，陆敕先校本。"按：周星诒与蒋凤藻为同年友与姻亲，周氏书后多归蒋氏所有。此书后又归李盛铎，李氏《木犀轩收藏旧本书目录》著录有《知稼轩词》一卷、《友古居士词》一卷，云旧抄。又见《木犀轩收藏旧本书目》著录，有《知稼翁词》一卷，云："旧抄本，黄荛圃旧藏，一册。"

4. 缪荃孙《目录词小说谱录目》著录有《知稼翁词》一卷,云影写《典雅词》本。

二、刊本

1. 明末毛氏汲古阁刊《宋名家词》本,其中有《知稼翁词》一卷,毛晋跋云:

> 知稼翁,字师宪,世居莆田。代多闻人,唐御史滔,即其先也。先是,莆中有谶云:"拆却屋,换却椽,望京门外出状元。"绍兴八年,孙守孟改创谯门,规模雄伟,甫成,公果以文章魁天下。公年四十有八,宅边有大木可蔽亩,忽仆,又自梦雷电震闪,旗帜殷赫,拥椽而去,金书化字以示。迨属纩之夕,果雷雨大作,人甚异之。其父静以本州首贡作南庙省魁,中上舍两优之选,既以公贵,赠中奉大夫。从兄泳,以童子召见,徽宗赐五经及第。季弟庚,以文艺知名,将试礼部,适公捐馆,不忍独留京师,同护丧归殡。子五人:沃、泮、洧、洙,皆力学;南僧,幼,未名。有文集十一卷,子沃编以行世,丐序于莆田陈俊卿、潘阳洪迈。洪迈评其词云:"宛转清丽,读者咀嚼于齿颊间而不能已。又诵其悲秋之句曰:'迢迢别浦双帆去,漠漠平芜天四垂。雨意欲晴山鸟乐,寒声初到井梧知。'吾不知谪仙、少陵以还,大历十才子尚能窥其藩否?"可谓赞扬之极矣。其居官始末详于龚茂良《行状》、林大鼐《墓志铭》中。近来闽中镂版甚善,末幅有讳崇翰者,纪录详挈。倘历代先贤名集,尽得文孙各为表章如知稼翁者,不大快邪? 古虞毛晋识。

所据或为明闽中刻本,陈俊卿、洪迈二序见于黄氏别集前,所收词实同影宋本。汲古阁本又见于清郑德懋辑《汲古阁校刻书目》之《宋名家词》著录,云凡十六叶。

2.《景汲古阁抄宋金词七种》本,民国阳湖陶氏据明毛氏抄本景印,其中有《知稼翁词》一卷,所载同汲古阁刊本。

三、 未言版本者

1. 明陈第《世善堂藏书目录》卷下著录有《知稼翁词》一卷。

2. 明董其昌《玄赏斋书目》卷七著录有《知稼翁词》。

3. 明毛晋《汲古阁毛氏藏书目录》著录有《知稼翁词》一卷。

4. 清朱彝尊《词综》"发凡"云有《知稼翁词》一卷。

5. 清徐元文《含经堂藏书目》著录有《知稼翁词》一卷。

6. 叶德辉《叶氏观古堂藏书目》著录有《知稼翁词》一卷。

7. 傅增湘《藏园群书经眼录》卷十九著录有《知稼翁词》一卷，云前有曾丰序，后有男沃手记。

以上著录的均未言版本，所载当以抄本居多。据前文知，影宋本诗文别集附词与单行本词不仅存词数一样，且先后次第也不爽。黄沃辑录成卷时，至少是在诗文成编刊行的五六年之后，而后附于诗文集后，一并重刊，也就是说词集原本是独自另行的。

曾协

曾协（？—1173），字同季，号云庄，南丰（今属江西）人。宋高宗绍兴年间举进士不第，以荫授长兴丞，迁嵊县丞，继为镇江、临安通判。孝宗乾道年间知吉州，又知抚州、永州。著有《云庄词》。

曾氏诗文集中收有词，但不见宋人著录，《永乐大典》卷20353第13A页自曾协《云庄集》录《醉江月》词一首。入清则有《四库全书》本《云庄集》五卷，提要云："今掇拾《永乐大典》所载，以类编次，尚得五卷。"知是据《永乐大典》辑录，傅伯寿序（庆元庚申八月）云："《云庄集》，故零陵太守曾公所作也……公卒之二十八年，公之子今直敷文阁福建转运副使炎辑公之文为二十通，面以授伯寿。"按：《千顷堂书目》卷二十九载有曾协《云庄集》二十卷，知宋时曾氏集原本二十卷，库本残存五卷，卷二有词，存词十四首。

其后朱祖谋据《永乐大典》本《云庄集》辑录《云庄词》一卷，收入《彊村丛书》中，存词十五首。无校文，无跋记。

曾觌

曾觌（1109—1180），字纯甫，号海野老农，汴京（今河南开封）人。以父任补官，宋高宗绍兴中为建王府内知客。孝宗朝授权知阁门事，淳熙初除开府仪同三司，加少保，著有《海野集》、《海野词》。

曾氏词集宋时已刊行，陈振孙《直斋书录解题》卷二十一著录有《海野词》一卷，云："孝宗潜邸人，怙宠依势，世号曾龙者也，龙名大渊。"为宋刻《百家词》本。元马端临《文献通考》卷二百四十六"经籍考七十三"据此录入。又黄昇《中兴以来绝妙词选》卷一云："名觌，号海野。东都故老，及见中兴之盛者，词多感慨，如《金人捧露盘》、《忆秦娥》等曲，凄然有黍离之感。"未提及词集。

除名《海野词》外，还有名《海野老人词》及《海野老人长短句》，见于明清以来著录的有：

1. 明钱溥《秘阁书目》著录有《海野词》，未标明卷数。

2. 明赵琦美《脉望馆书目》著录有《海野老人词》一本。

3. 明赵用贤《赵定宇书目》著录有《海野老人词》一本。

4. 明毛晋《汲古阁毛氏藏书目录》著录有《海野词》一卷。

5. 清黄虞稷《千顷堂书目》卷三十二著录有《海野词》一卷。

6. 清倪灿撰，卢文弨校正《宋史艺文志补》著录有《海野词》一卷。

7. 清钱曾《也是园藏书目》卷七著录有《海野老人词》一卷。

8. 清朱彝尊《词综》"发凡"及卷十二小传云有《海野词》一卷。

9. 《御选历代诗馀》卷一百四"词人姓氏"云有《海野词》三卷。

10. 清徐元文《含经堂藏书目》著录有《海野老人长短句》三卷。未言版本。

11. 清陆漻《佳趣堂书目》著录有《海野词》一卷

12. 清赵昱《小山堂藏书目录备览》著录有《海野词》，未标明卷数。

13. 叶德辉《叶氏观古堂藏书目》著录有《海野词》一卷。

以上诸家均未标明版本，著录的多为一卷，又有三卷者，所载当以抄本居多。

今易见者有明末毛氏汲古阁刻《宋名家词》本《海野词》一卷，有毛晋跋，未言所据，此本见清郑德懋《汲古阁校刻书目》之《宋名家词六集》著录，云凡三十一叶。

又有《四库全书》本《海野词》一卷，提要云：

> 宋曾觌撰，觌有《海野集》已著录，初孝宗在潜邸时，觌为建王内知客，常与觞咏唱酬。卷首《水龙吟》后阕有云"携手西园，宴罢下瑶台，醉魂初醒"，即纪承宠游宴之事，故用飞盖西园故实，以后常侍宴应制，如《阮郎归·赋燕》、《柳梢青·赋柳》诸词，亦皆其时所作。觌又尝见东都之盛，故奉使过京作《金人捧露盘》、邯郸道上作《忆秦娥》、重到临安作《感皇恩》等曲，黄昇《花庵词选》谓其语多感慨，凄然有黍离之悲，虽与龙大渊朋比作奸，名列《宋史·佞幸传》中，为谈艺者所不齿，而才华富艳，实有可观，过而存之，亦选六朝诗者不遗江总，选唐诗者不遗崔湜宗，楚客例也。

为安徽巡抚采进本，所据疑为毛氏汲古阁刻本。另云有《海野集》已著录，核以库本，实未见，也未见宋以来藏家著录。又《钦定续通志》卷一百六十三据文渊阁著录，有《海野词》一卷，当与库本同。

侯寘

侯寘，字彦周，东武（今山东诸城）人，徙居长沙（今属湖南）。生卒年不祥。宋绍兴中以直学士知建康，卒于孝宗时。著有《嬾窟词》。

侯氏词集宋时已刊刻，陈振孙《直斋书录解题》卷二十一著录有《嬾窟词》一卷，云："东武侯寘彦周撰。其曰母舅晁留守者，谦之也，绍兴中以直学士知建康。"此为宋刊《百家词》本。元马端临《文献通考》卷二百四十六"经籍考七十三"据以录入。

明清以来见于著录的有：

一、抄本

今存抄本丛书中收有侯氏词集的有：

1.《典雅词》本，毛氏汲古阁影宋抄本，原为清陆氏皕宋楼藏书，今藏日本静嘉堂文库，其中有《嬾窟词》一卷。检陆心源《皕宋楼藏书志》卷一百二十著录有《嬾窟词》一卷，云汲古影宋本，即指此书，盖析出著录。此外，据汲古阁本传抄的还有二种：一为清丁氏八千卷楼藏书，藏南京图书馆。一为原北平图书馆藏书，今藏台湾。二者均有《嬾窟词》一卷。

2.《宋元明三十三家词》本，明石村书屋抄本，其中有《嬾窟词》一卷。

3.《宋元名家词》本，明抄本，清毛扆校，唐晏跋，其中有《嬾窟词》一卷。

4.《四库全书》本，其中有《嬾窟词》一卷，提要云：

> 宋侯寘撰，案陈振孙《书录解题》：寘，字彦周，东武人。绍兴中以直学士知建康，今考集中有戏用贺方回韵饯别朱少章词，则其人当在南宋之初，而《眼儿媚》词题下注曰效易安体，易安为李清照之号，亦绍兴初人，寘已称效，殆犹杜牧、李商隐集中效沈下贤体之例耶？又有为张敬夫直阁寿词、中秋上刘共甫舍人词，皆孝宗时人，而壬午元旦一词实为孝宗改元之前一年，则乾道、淳熙间其人尚存，振孙特举其为官之岁耳。寘为晁氏之甥，犹有元祐旧家流风馀韵，故交游皆胜流，其词亦婉约娴雅，无酒楼歌馆簪乌狼籍之态，虽名不甚著，而在南宋诸家之中要不能不推为作者。《书录解题》著录一卷，与今本同。毛晋尝刻之《六十家词》中，校雠颇为疏漏，其最甚者如《秦楼月》即《忆秦娥》，因李白词中

有"秦娥梦断秦楼月"句，后人因改此名，本属双词，晋所刻于前阕之末脱去一字，与后阕联属为一，遂似此词别有此体，殊为舛误。他如《水调歌头》之"欢倾拥旄旌""倾"字不应作平，《青玉案》之"咫尺清明三月暮""暮"字与前阕韵复，又"冉冉年光真暗度"句"元"字文义不可解，当是"光"字，其《遥天奉翠华引》一首尤讹误，几不可读，今无别本可校，其可改正者改正之，不可考者亦姑仍其旧云。

所据为毛氏汲古阁刊本，为江苏巡抚采进。又《钦定续通志》卷一百六十三据文渊阁著录，有《蠹窟词》一卷，当与库本同。

5.《三家词》本，清抄本，清冯登府校并跋，其中有《蠹窟词》一卷，藏台湾。

又见于藏家著录的抄本有：

1. 清范懋柱《天一阁藏书目》卷四之四著录有《蠹窟词》一卷，绵纸，抄本。

2. 清陈徵芝《带经堂书目》卷四下著录有《蠹窟词》一卷，旧抄本。

3. 清丁丙《善本书室藏书志》卷四十著录有《蠹窟词》一卷，精抄本。提要云："词笔婉约娴雅，无酒楼歌馆簪舄狼籍之态，虽不甚著名，亦南宋一时作者也。"

4. 清忻宝华《澹庵书目》著录有抄本《蠹窟词》一卷。

5. 张钧衡《适园藏书志》卷十六著录有《蠹窟词》一卷，旧抄本。

6. 缪荃孙《目录词小说谱录目》著录有《蠹窟词》一卷，传写《典雅词》本。

7. 张乃熊《菦圃善本书目》卷五上"抄稿本上·旧抄精抄本"著录有《唐宋三家词》三卷，云："旧抄本，一册，江南春柳校跋。"三家为：冯延巳《阳春集》、侯寘《懒窟词》、王沂孙《玉笥山人词集》。当为一卷。

二、 刊本

1. 明末毛氏汲古阁刊《宋名家词》本《孏窟词》一卷，毛晋跋云：

> 彦周，东武人，晁氏甥也。渭阳之谊甚笃，如《玉楼春》、《青玉案》、《朝中措》、《瑞鹧鸪》诸调，情见乎词矣。其席上送行云：“后夜萧萧葭苇岸，一尊独酌见离情。”不让徐勉《送客曲》。弇州先生病美成不能作情语，彦周殆能作情语者耶？

未言所据，此本见清郑德懋辑《汲古阁校刻书目》之《宋名家词六集》第五集著录，云凡三十三叶。

2. 《吴氏石莲庵山左人词》本，清光绪吴重熹辑刻，其中有《孏窟词》一卷。是据毛氏汲古阁刻本覆刊。

三、 版本不详者

1. 《永乐大典》自《孏窟词》录词三首，即《浣溪沙》(2809/17B，指卷数及页码，下同)、《苏武慢》和《江城子》(20353/16A)。

2. 明钱溥《秘阁书目》著录有《懒窟词》，未言卷数。

3. 明董其昌《玄赏斋书目》卷七著录有《孏窟词》，未言卷数。

4. 清黄虞稷《千顷堂书目》卷三十二“词曲类·补·宋”著录有《孏窟词》一卷。

5. 清倪灿撰，卢文弨校正《宋史艺文志补》著录有《孏窟词》一卷。

6. 清钱曾《钱遵王述古堂藏书目录》著录有《孏窟词》一卷。

7. 清钱曾《也是园藏书目》卷七著录有《孏窟词》一卷。

8. 清朱彝尊《词综》“发凡”云曾见《孏窟词》一卷。又卷十二小传云有《孏窟词》一卷。

9. 《御选历代诗馀》卷一百四“词人姓氏”云有《孏窟词》一卷。

10. 清陆漻《佳趣堂书目》著录有《孏窟词》一卷。

11. 清徐元文《含经堂藏书目》著录有《孏窟词》一卷。

12. 清赵昱《小山堂藏书目录备览》著录有《孏窟词》，未言卷数。

13. 叶德辉《叶氏观古堂藏书目》著录有《孏窟词》一卷。

以上诸家均未言版本，所载当以抄本居多。

王十朋

王十朋（1112—1171），字龟龄，号梅溪，温州乐清（今属浙江）人。宋高宗绍兴二十七年（1157）为进士第一，授左承事郎，除秘书省校书郎。孝宗立官侍御史，历知湖、泉、台三州，为太子詹事，以龙图阁学士致仕。卒赐谥忠文。著有《梅溪集》。

王氏词见于诗文别集中，《永乐大典》卷 2811 第 16B 页自王十朋《梅溪集》录《点绛唇》一首。按：今有《四部丛刊》影印明正统年间刘谦刻《梅溪王先生文集》，计有廷试策并奏议五卷、诗文前集二十卷、诗文后集二十九卷，凡五十四卷，检其中并无词。入清则有《四库全书》本，据正统本录入。

民国时有周泳先辑《唐宋金元词钩沉》，其中有《梅溪诗馀》，周氏题记云：

> 王十朋《梅溪集》未附词，此从《全芳备祖》、《百菊集谱》、《温州府志》诸书辑出，校录为一卷，殊快人意。《花草粹编》八载有汪梅溪《南州春色》"清溪曲，一枝梅"一阕，疑亦十朋词。汪梅溪或即王梅溪之误，以无他证，因不拦入，姑志之。泳先记。

有民国排印本。

刘镇

刘镇（1114—？），字方叔，又字子山，温州乐清（今属浙江）人。宋高宗绍兴十八年（1148）登进士第，知长溪县，为隆兴府通判。著有《待评集》。

其词见于诗文集中，王十朋《梅溪王先生文集·前集》卷十七《刘方叔待评集序》云：

> 今春访予，又示予以《待评集》，其间诗、赋、小词，无虑百篇，体兼古律，愈新愈奇。至前日又见其集，益增新制于其间，比今春所见又加数等。予三年间见方叔之进，如此日进不已，将何所不至也？方叔之集既名曰《待评》，又命予序之，意欲待予文而评其当否也。

知诗文集中收有小词，数目不详。

芮烨

芮烨（1115—1173），字国器，一字仲蒙，乌程（今浙江湖州）人。宋高宗绍兴十八年（1148）进士，为仁和县尉。任左从政郎，除秘书省正字，擢监察御史，任广东提刑。孝宗乾道间除国子司业，升祭酒。著有《易传》、《芮氏家藏集》等。

其词见于诗文集中，周必大《文忠集》卷五十四《芮氏家藏集序》（嘉泰三年，1203）云："今公子邵武太守立言上高宰及等，哀公《易传》一卷、诗四卷、奏议二卷、表、启、书、札、论、策、记、序、杂著、长短句共七卷，属予为序。"知诗文集中存有词，数目不详。《全宋词补辑》存其词一首。

倪偁

倪偁（1116—1172），字文举，归安（今浙江湖州）人。宋高宗绍兴八年（1138）进士，为常州州学教授，官至太常寺主簿。著有《绮川集》、《绮川词》等。

其词集仅见于清以来著录，今存抄本丛编中收有其词集的有：

1.《唐宋八家词》本，清鲍氏知不足斋抄本，吴昌绶跋，藏国家图书馆，其中有《绮川词》一卷，云清鲍廷博跋。

2．《宋金元明十六家词》本，清抄本，佚名录清劳权校跋，清丁丙跋，藏南京图书馆，其中有《绮川词》一卷。

3．《宋人词三种》本，清抄本，刘燕庭题记，其中有《绮川词》一卷，藏台湾。

4．清赵辑宁辑《星凤阁抄五代宋人词》本，清赵氏星凤阁抄校本，其中有《绮川词》一卷，藏台湾。

又见于藏家著录的抄本有：

1．清曹寅《楝亭书目》卷四著录有《绮川词》，抄本，一卷，一册。

2．清汪宪《振绮堂书目》卷二"闻·抄本集类杂集并总集·第一格"著录有：《萧台公馀词》、《绮川词》、《文定公词》，一册。注云："《萧台公馀词》一卷，宋钱唐姚述尧撰；《绮川词》一卷，宋倪称（当作偶）文举撰；《文定公词》一卷，宋河南邱宓宗卿撰。汲古阁抄本。"

3．清朱学勤《别本结一庐书目》"抄本"著录有《绮川词》一卷，与上合一册。

4．清丁丙《善本书室藏书志》卷四十著录有《绮川词》一卷，知不足斋抄本，劳氏校藏。提要云："有《绮川词》一卷，见《直斋书录解题》及《历代诗馀》'词人姓氏'。此知不足斋鲍氏旧抄，有蟫盦一印。"

5．清陆心源《皕宋楼藏书志》卷一百二十著录有《绮川词》一卷，旧抄本。提要云："此旧抄本，为劳巽卿旧藏。《四库》所未收也。"

6．王重民《中国善本书提要》著录有《绮川词》一卷，与《乐斋词》同订一册（北图）。赵氏星凤阁抄本[十行二十一字]，又云卷内有"赵印辑宁"印记。

另见于著录而版本不详者有：

1．清陆漻《佳趣堂书目》著录有《绮川词》一卷，壬辰。按：壬辰为康熙五十一年（1712）。

2．清朱彝尊《词综》"发凡"著录有《绮川词》一卷。

3．《浙江通志》卷二百五十二"经籍十二"载有《绮川词》一卷。

4．清郑元庆《湖录经籍考》卷五"历代人词曲"著录有《绮川词》一卷。

5．清王闻远《孝慈堂书目》著录有《绮川词》一卷。

以上均未言版本。晚清则有王氏四印斋汇刻《宋元三十一家词》本，其中有《绮川词》一卷，无序跋文。此本见于藏家著录的有叶德辉《叶氏观古堂藏书目》、缪荃孙《目录词小说谱录目》等。

毛开

毛开（1116—？），字平仲，号樵隐居士，宋信安（今浙江衢州）人。尝为宛陵、东阳二州倅。著有《樵隐集》、《樵隐词》。

毛氏词集宋代就已刊行，王木叔序云：

> 《樵隐诗馀》一卷，信安毛平仲所作也。平仲为人傲世自高，与时多忤，独与锡山尤遂初厚善，临终以书别之，嘱以志墓。遂初既为墓志铭，又序其集。或病其诗文视乐府颇不逮，其然？岂其然乎？乾道柔兆阉茂阳月，永嘉王木叔题。

序作于孝宗乾道二年（1166）。陈振孙《直斋书录解题》卷二十一著录有《樵隐词》一卷，为宋刊《百家词》本。元马端临《文献通考》卷二百四十六"经籍考七十三"据以录入。

见于明清以来著录的有：

一、《樵隐词》

今存明李东阳辑《南词》本，抄本，其中有《樵隐词》一卷。

又有明末毛氏汲古阁刻《宋名家词》本《樵隐词》一卷，毛晋跋云：

> 平仲，三衢人，仕止州倅，礼部尚书友之子。负才玩世，

颇有毛伯成之风。撰《樵隐集》十五卷，尤延之为序，惜乎不
传。杨用修云：毛开小词一卷，惟予家有之，极赏其"泼火初
收"一阕，今亦不多见。余近得杨梦羽先生秘藏《宋元名家
词》抄本二十七种，内有《樵隐诗馀》一卷，共四十二首，调
名二十有三，亟梓而行之，庶不与集俱湮耳。

知据抄本刊入，按：杨仪（1488—？），字梦羽，号五川，常熟（今属
江苏）人。明嘉靖五年（1526）进士，官山东副使。藏书楼有七桧山
房、万卷楼，多聚宋元旧本及法书名画、鼎彝古器等。编著有《古虞
文录》、《南宫集》等。此又见清郑德懋辑《汲古阁校刻书目》之《宋
名家词六集》著录，云凡二十叶。清陆心源《皕宋楼藏书志》卷一百
十九著录有《樵隐词》一卷，陆敕先、毛斧季手校本，录有陆贻典、毛
扆题识文，陆氏手跋曰："庚戌四月十三日，抄本校，敕先。"毛氏手
跋曰："辛巳六月二十三日，从锡山孙氏抄本校，次序标上，毛扆。"
又曰："惜梦羽先生藏本已失，无从参考，甲寅午日读讫。"批校的为
毛氏汲古阁刊本，今存日本静嘉堂文库，盖析出著录。又见李盛铎
《天津延古堂李氏旧藏书目》著录。又叶德辉《叶氏观古堂藏书目》
著录有《樵隐词》一卷，为清光绪汪氏振绮堂重刊汲古阁本。

入清有《四库全书》本《樵隐词》一卷，提要云：

> 宋毛开撰，开字平仲，信安人。旧刻题曰三衢，盖偶从古
> 名也。尝为宛陵、东阳二州倅，所著有《樵隐集》十五卷，尤
> 袤为之序，今已不传。陈振孙《书录解题》载《樵隐词》一
> 卷，此刻计四十二首，据毛晋跋，谓得自杨梦羽家秘藏抄本，
> 不知即振孙所见否也？开他作不甚著，而小词最工。卷首王
> 木叔题词有或病其诗文视乐府颇不逮之语，盖当时已有定论
> 矣。集中《满江红》"泼火初收"一阕尤为清丽芊眠，故杨慎
> 《词品》特为激赏。其《江城子》一阕注次叶石林韵后半"争
> 劝紫髯翁"句，实押"翁"字，而今本石林词此句乃押"宫"
> 字，于本词为复用，可订石林词刊本之讹。至于《瑞鹤仙》一

调，宋人诸本并同此本，乃题与目录俱讹作《瑞仙鹤》，又《燕山亭》前阕"密映窥亭亭万枝开遍"句止九字，考曾觌此调作"寒垒宣咸紫绫几垂金印"共十字，则窥字上下必尚脱一字，尾句"愁酒醒绯千片"止六字，曾觌此调作"长占取朱颜绿鬓"共七字，则绯字上下又必尚脱一字，其馀如《满庭芳》第一首注中"东阳"之讹"东易"，第三首注中"西安"之讹"四安"，《好事近》注中"陈天予"之讹"陈天子"，鲁鱼纠纷，则毛本校雠之疏矣。陈正晦《遁斋闲览》载开为郡，因陈牒妇人立雨中作《清平调》一词事既媟衰，且开亦未尝为郡，此宋人小说之诬，晋不收其词，特为有识。今附辨于此，亦不复补入云。

知是据毛氏汲古阁刊本，为安徽巡抚采进。又《钦定续通志》卷一百六十三据文渊阁著录，有《樵隐词》一卷，与库本同。

又见于藏家著录的有：

1．《永乐大典》卷20353第15A页自《樵隐词》录《念奴娇》一首。又卷14381第23B页录毛平仲《念奴娇》和《满庭芳》词二首。

2．明钱溥《秘阁书目》著录有《樵隐词》，未标明卷数。

3．明毛晋《汲古阁毛氏藏书目录》著录有《樵隐词》一卷。

4．清朱彝尊《词综》"发凡"及卷十六小传云有《樵隐词》一卷。

5．《御选历代诗馀》卷一百六"词人姓氏"云有《樵隐词》一卷。

6．《浙江通志》卷二百五十二"经籍十二·集部五"载《樵隐词》一卷。

7．清陆漻《佳趣堂书目》著录有《樵隐词》一卷。

8．清庄仲芳《映雪楼藏书目考》卷十著录有《樵隐词》一卷。

9．清姚燮《大梅山馆藏书目》卷十一著录有《樵隐词》一卷。

10．章篆编《文澜阁浙江书目》著录有《樵隐词》一卷。

以上诸家著录的均未标明版本，其中所载不少属于抄本。

二、《樵隐诗馀》

今存抄本词集丛编中收有毛氏词集的有：

1. 明吴讷编《唐宋名贤百家词》本，明抄本，梁启超跋，其中有《樵隐诗馀》一卷。

2.《宋元名家词》本，明抄本，清毛扆校，唐晏跋，其中有《樵隐诗馀》一卷。

3.《宋明九家词》本，明抄本，清丁丙跋，其中有《樵隐诗馀》一卷。

4.《宋五家词》本，明抄本，其中有《樵隐诗馀》一卷。

又见于藏家著录的有：

1. 清钱曾《也是园藏书目》卷七著录有《樵隐诗馀》一卷。

2. 清徐元文《含经堂藏书目》著录有《樵隐诗馀》一卷。

3. 清范懋柱《天一阁藏书目》卷四之四著录有《樵隐诗馀》一卷，云："绵纸，抄本，三衢毛行（当作开）撰。"

4. 清丁丙《善本书室藏书志》卷四十著录有《樵隐诗馀》一卷，明抄本。提要云：

> 开尝倅宛陵、东阳二州，有《樵隐集》十五卷，尤袤为序，今久失传。《书录解题》载其《樵隐词》一卷，毛晋刻入《六十家词》，凡词四十二阕，与此抄本相符。开为礼部尚友之子，本信安人，题三衢者，偶从古名也。《瑞鹤仙》不讹《瑞仙鹤》，《满庭芳》词注：自宛陵易倅东阳，不讹东易，足订毛刻之疏。

5. 缪荃孙《目录词小说谱录目》著录有《樵隐诗馀》一卷，传写明抄本。

6. 傅增湘《双鉴楼善本书目》卷四著录有《樵隐诗馀》一卷，明抄本。

7. 傅增湘《藏园群书经眼录》卷十九著录有《樵隐诗馀》一卷。

8.《中国古籍善本书目》载《樵隐诗馀》一卷，清抄本。

以上著录的多为抄本，即使未标明版本的，如《也是园藏书目》和《含经堂藏书目》等，所载也应属抄本。

洪适

洪适（1117—1184），初名洪造，字温伯，又字景温，入仕后改今名，字景伯，号盘洲老人，饶州鄱阳（今江西鄱阳）人。以父恩补修职郎，宋高宗绍兴十二年（1142）中博学宏词科，改秘书省正字，为参知政事，累官至尚书右仆射、同中书门下平章事兼枢密使，封魏国公，卒谥文惠。著有《盘洲文集》。

洪氏词见载于诗文集中，今存宋刊本，藏国家图书馆。另有：

1.《永乐大典》自《盘洲集》录词九首，即《浣溪沙》二首（2810/1A，指卷数及页码，下同）和《浣溪沙》三首、《卜算子》二首、《好事近》、《满江红》（20353/8B、9A）。

2.《四部丛刊》本《盘洲文集》八十卷附录一卷拾遗一卷，其中卷七十八至八十存乐章词三卷，按：《四部丛刊》初印本影印的是旧抄本，重印本影印的是宋刊本。

3.《四库全书》本《盘洲文集》八十卷，提要云："此本为毛氏汲古阁所藏，犹从宋刻影写。"知所据为毛氏汲古阁影宋抄本，为浙江巡抚采进，其中卷七十八至八十存乐章词三卷。

4. 清洪汝奎辑《洪氏晦木斋丛书》本，清同治至宣统间刊本，其中有《盘洲文集》八十卷，所据为宋本，其中卷七十八至八十存乐章词三卷。

后世著录的洪氏词集多是据别集析出者，计有：

1. 清朱彝尊《词综》"发凡"及卷十四小传云有《盘洲集词》二卷。

2.《御选历代诗馀》卷一百五"词人姓氏"云有《盘洲集词》二卷。

3. 张钧衡《适园藏书志》卷十六著录有《盘洲词》一卷，传抄本。云："宋洪适撰，《盘洲集》见前集类，此词抄出别行者。"

4. 吴昌绶《宋金元词集见存卷目》附《双照楼续辑宋金元百家词目》著录有《盘洲乐章》三卷，云江阴何氏宋版《盘洲集》本。

5. 《"中央"图书馆善本书目第一次》著录有《盘洲乐章》三卷，一册，云："宋洪适撰，明虞山毛氏汲古阁影抄宋刊《盘洲文集》本，近人吴湖帆、吴梅、王同愈、黄孝纾、沈尹默等各手书题记。"

6. 《北京师范大学图书馆古籍善本书目》著录有《盘洲词》三卷，云："清抄本，一册，十行二十四字，无格。钤：冯雄印，南通冯氏景岫楼藏书。"

7. 《中国古籍善本书目》著录有《盘洲词》三卷，清抄本。

以上诸家著录的多为抄本，多是据别集析出别行者。按：《盘洲文集》卷七十八至八十为乐章词三卷，其中卷七十八为联套曲，卷七十九和八十为词，《词综》和《御选历代诗馀》云有《盘洲集词》二卷，针对的是卷七十九和八十所载的词而言。

近代朱祖谋据洪氏晦木斋校刊《盘洲集》辑《盘洲乐章》三卷，收入《彊村丛书》中，无跋文。

另有《三家诗馀》本，清抄本，其中有《盘洲诗馀》一卷，藏台湾。

韩元吉

韩元吉（1118—1187），字无咎，号南涧，开封雍丘（今河南杞县）人，徙居信州上饶（今属江西）人。宋高宗绍兴二十八年（1158）知建安。孝宗隆兴二年（1164）移守鄱阳，权中书舍人，为吏部尚书。著有《南涧甲乙稿》等。

韩氏词集宋代已刊行，《南涧甲乙稿》卷十四《焦尾集序》云：

> 《礼》曰："士无故不彻琴瑟。"古之为琴瑟也，将以和其心也，乐之不以为教也。士之习于琴者既罕，而瑟且不复识矣。其所恃以为声而心赖以和者，不在歌词乎？然汉魏以来，乐府之变，《玉台》诸诗已极纤艳。近代歌词，杂以鄙

俚，间出于市廛俗子，而士大夫有不可道者。惟国朝各辈数公所作，类出雅正，殆可以和心而近古，是犹古之琴瑟乎？或曰：歌词之作，多本于情，其不及于男女之怨者少矣。以为近古，何哉？夫诗之作，盖发乎情者，圣人取之，以其止于礼义也。硕人之诗，其言妇人形体态度摹写略尽，使无孔子，而经后世诸儒之手，则去之必矣。是未可与不达者议也。予时所作歌词，间亦为人传道，有未免于俗者，取而焚之，然犹不能尽弃焉。目为《焦尾集》，以其焚之馀也。淳祐壬寅岁居于南涧，因为之序。

序作于理宗淳祐二年（1242），知命名为《焦尾集》，是作者对自己词集删定的结果。又陈振孙《直斋书录解题》卷二十一著录有《焦尾集》一卷，为宋刊《百家词》本。元马端临《文献通考》卷二百四十六"经籍考七十三"据以录入。

见于明清人著录的有：

一、《焦尾集》（《焦尾集词》）

1．明钱溥《秘阁书目》著录有《焦尾集》，未标卷数。

2．明毛晋《汲古阁毛氏藏书目录》著录有《焦尾集》一卷。

3．清朱彝尊《词综》"发凡"云有《焦尾集词》一卷，又卷十四小传云有《焦尾集》一卷。

4．清查为、厉鹗笺《绝妙好词笺》卷一云有《焦尾集词》一卷。

5．《御选历代诗馀》卷一百四"词人姓氏"云有《焦尾集》一卷。

以上均未言版本，所载当以抄本为主。

二、《南涧诗馀》

1．明晁瑮《晁氏宝文堂书目》著录有《南涧诗馀》。

2．清黄虞稷《千顷堂书目》卷三十二"词曲类·补·宋"著录有《南涧诗馀》一卷。

3．清倪灿撰，卢文弨校正《宋史艺文志补》著录有《南涧诗馀》

一卷。

以上均未言版本，所载当以抄本为主。

三、别集本

其词见载于诗文集中，《永乐大典》卷 2603 第 7B 页自《韩元吉文集》录《水调歌头》一词，又自《南涧集》录词九首，即《菩萨蛮》（2811/19A，指卷数及页码，下同），《满江红》（13344/14B），《浣溪沙》、《浪淘沙》、《一剪梅》、《醉落魄》、《南柯子》、《好事近》、《水调歌头》（20353/7A、B）。

又有《四库全书》本《南涧甲乙稿》二十二卷，提要云："集本七十卷，又自编其词为《焦尾集》一卷，《文献通考》并著录，岁久散佚，今从《永乐大典》所载总裒为诗七卷、词一卷、文十四卷。"知是据《永乐大典》辑录，库本卷七存词一卷。又有《武英殿聚珍版书》本，同库本。

后人多据别集本辑出词一卷，见于著录者如：

1. 缪荃孙《目录词小说谱录目》著录有《南涧词》一卷，传写集本。

2. 吴昌绶《宋金元词集见存卷目》附《双照楼续辑宋金元百家词目》著录有《南涧词》一卷，云："聚珍版《南涧甲乙稿》本，旧名《焦尾集》，此从《大典》辑出。"

近代朱祖谋据吴昌绶校补《南涧甲乙稿》本辑录《南涧诗馀》一卷，收入《彊村丛书》中。另据《花庵词选》等辑补词十六首。无校记，无跋文。

洪遵

洪遵（1120—1174），字景严，号小隐，鄱阳（今属江西）人。宋高宗绍兴十二年（1142）与兄洪适中博学宏词科，赐进士出身，擢秘书省正字。孝宗朝历官翰林学士承旨、同知枢密院事，以端明殿学士提举太平兴国宫，卒谥文安。著有《小隐集》。

其词见载于诗文集中，《永乐大典》卷 2264 第 14A 页自《洪文安公小隐集》录《忆西湖》一词。按：宋陈振孙《直斋书录解题》卷十八著录有《小隐集》七十卷，云："枢密文安公洪遵景严撰，其进用最先于兄弟而得年不永，薨于淳熙元年。"其集今不存，知存有词。

赵彦端

赵彦端（1121—1175），字德庄，号介庵，鄱阳（今江西鄱阳）人。宋高宗绍兴八年（1138）进士。为钱塘主簿，召除国子监丞。孝宗乾道时知建宁府，改浙东路提刑。著有《介庵集》、《介庵词》。

赵氏词集宋时已刊行，陈振孙《直斋书录解题》卷二十一著录有《介庵词》一卷，为宋刊《百家词》本。元马端临《文献通考》卷二百四十六"经籍考七十三"据以录入。

宋以后见于著录的有：

一、《介庵词》

A. 刊本

有明末毛氏汲古阁刻《宋名家词》本《介庵词》一卷，毛晋跋云：

> 予家旧藏《介庵词》一卷，板甚精良，惜未得其全集。又有《文宝雅词》四卷，中误入孙夫人咏雪词，又曾见《琴趣外篇》六卷，章次颠倒，赝作颇多，不能悉举。至如席上赠人《清平乐》，昔人称为集中之冠，反逸去，可恨坊本之乱真也。

提及赵氏词集三种，为刻本，有完整者，也有残缺者。此本见清郑德懋辑《汲古阁校刻书目》之《宋名家词六集》著录，云凡五十叶。

B. 抄本

今存抄本丛书中收有其词集者有：

1. 《宋元明三十三家词》本，明石村书屋抄本，其中有《介庵词》四卷。

2. 《四库全书》本，其中有《介庵词》一卷，提要云：

宋赵彦端撰，彦端字德庄，号介庵，魏王廷美七世孙。乾道、淳熙间以直宝文阁知建宁府，终左司郎官。《宋史·艺文志》载彦端有《介庵集》十卷外集三卷，又有《介庵词》四卷，《书录解题》则仅称《介庵词》一卷，此本为毛晋所刊，亦止一卷。然据其卷后跋语，似又旧刻散佚，仅存此一卷者，未之详也。张端义《贵耳集》载彦端尝赋西湖《谒金门》词有"波底斜阳红湿"之句，为高宗所喜，有"我家里人也会作此等"语之，称其他篇亦多婉约纤秾，不愧作者。集末《鹧鸪天》十阕乃为京口角妓萧秀、萧莹、欧懿、刘雅、欧倩、文秀、王婉、杨兰、吴玉九人而作，词格凡猥，皆无可取，且连名入之集中，殆于北里之志，殊乖雅音，自唐宋以来士大夫不禁狭邪之游，彦端是作，盖亦移于习俗，存而不论可矣。

所据为毛氏汲古阁刊本，为安徽巡抚采进。又《钦定续通志》卷一百六十三据文渊阁著录，有《介庵词》一卷。另有《四库著录江西先哲遗书目》著录有《介庵词》一卷，均同库本。

见于藏家著录的抄本有：

1. 清范懋柱《天一阁藏书目》卷四之四著录有《介庵词》四卷，绵纸，抄本。

2. 清沈德寿《抱经楼藏书志》卷六十四著录有《介庵词》四卷，明抄本。

C. 版本不详者

1. 《永乐大典》自《介庵词》录词十一首，即《诉中情》（2809/19B，指卷数及页码），《临江仙》、《满江红》、《点绛唇》、《蝶恋花》、《浣溪沙》、《好事近》（20353/11A、B），《如梦令》（2405/13B），《好事近》二首（2811/20B），《清平乐》（3006/10A）。

2. 明钱溥《秘阁书目》著录有《介庵词》，未标卷数。

3. 清钱曾《钱遵王述古堂藏书目录》著录有《介庵词》一卷。

4. 清黄虞稷《千顷堂书目》卷三十二著录有《介庵词》四卷。

5. 清倪灿撰，卢文弨校正《宋史艺文志补》著录有《介庵词》四卷。

6. 清朱彝尊《词综》"发凡"及卷十四小传云有《介庵词》四卷。

7. 《御选历代诗馀》卷一百五"词人姓氏"云有《介庵词》四卷。

8. 清徐元文《含经堂藏书目》著录有《介庵词》四卷。

9. 清陆漻《佳趣堂书目》著录有《介庵词》一卷。

10. 清赵昱《小山堂藏书目录备览》著录有《介庵词》，未标卷数。

11. 叶德辉《叶氏观古堂藏书目》著录有《介庵词》一卷。

以上或作一卷，或作四卷，所载出入并不大。诸家著录的均未言版本，所载仍是以抄本居多。又明杨慎《词品》卷四云：

> 赵德庄，名彦端，有《介庵词》一卷。《清平乐》一首云："桃根桃叶，一树芳相接。春到江南二三月，迷损东家蝴蝶。　殷勤踏取春阳，风前花正低昂。与我同心栀子，报君百结丁香。"为集中之冠。

也未言版本。

二、《介庵赵宝文雅词》

其词集见今存明吴讷辑《唐宋名贤百家词》中，明抄本，梁启超跋，其中有《介庵赵宝文雅词》四卷。

又明晁瑮《晁氏宝文堂书目》著录有《介庵赵宝文雅词》，未标卷数。又著录有《介庵乐府》，疑所指也是赵氏词集，未见他人著录。

按：毛晋《跋介庵词》有所谓"又有《文宝雅词》四卷"云云，当为刊本。

三、《介庵琴趣外篇》

此种少见明人著录，毛晋《跋介庵词》云："又曾见《琴趣外篇》六卷，章次颠倒，赝作颇多，不能悉举。至如席上赠人《清平乐》，昔人称为集中之冠，反逸去，可恨坊本之乱真也。"知为坊肆刻本，质量不高。此种多见清以来人著录，计有：

1. 清钱曾《也是园藏书目》卷七著录有《琴趣外篇》六卷。

2. 蒋汝藻《传书堂书目》著录有《介庵琴趣外篇》六卷，旧抄本，汪阆源旧藏。又《传书堂善本书目》卷十二著录有《介庵琴趣外编》六卷，旧抄本（归西谛）。王国维《传书堂藏善本书志》著录有《介庵琴趣外篇》六卷，抄本。云："直宝文阁赵彦端德庄，卷数编次并与汲古阁刊《介庵词》不同，有'汪士钟藏'、'徐康'二印。"又郑振铎《西谛书目》卷五著录有《介庵琴趣外篇》六卷，清抄本，一册。按：汪士钟，字春霆，号阆源，清长洲（今江苏苏州）人。其父经商布匹致富，喜购书，藏书处为艺芸精舍，编有《艺芸书舍宋元本书目》。知此本原为汪氏艺芸精舍之物，后为蒋氏传书堂收藏，最后归郑振铎。

3. 刘体智编《远碧楼经籍目》卷三十一著录有《介庵琴趣外篇》六卷补遗一卷，云："宋赵彦端，明抄四卷本，二册。"

4. 《中国古籍善本书目》载《介庵琴趣外篇》六卷，清抄本。

以上著录的除《也是园藏书目》未标版本外，其馀均为抄本。

近代朱祖谋据汪士钟藏旧抄本刻入《彊村丛书》中，朱氏跋云：

> 《介庵琴趣外篇》六卷，汪阆源藏旧抄本，盖黄氏士礼居故物也。毛子晋刊《介庵词》一卷，为《琴趣》所不载者三十三首，而《琴趣》增多之四十首，则三十六首见赵师侠《坦庵词》。子晋跋称曾见《琴趣外篇》，章次颠倒，赝作颇多。殆以杂见《坦庵词》中，故为此语。介庵宦游多在湘中暨闽山赣水间，坦庵踪迹颇同。编者于二家词未能一一抉别，似未可遽以赝作摈之。子晋又言介庵席上赠人《清平乐》，昔人称为集中之冠，《琴趣》逸去，以为坊本乱真。而是编载之，则又非子晋所见矣。今粗校条记如右，惜子晋所藏《宝文原作文宝，误。雅词》四卷，未得寓目耳。丁巳重九朱孝臧。

跋作于民国六年（1917），据汪氏藏《介庵琴趣外篇》六卷抄本刊刻，又据汲古阁刊《介庵词》辑录为《琴趣》不载者为补遗一卷。

四、 别集本

其词宋时就见载于诗文集中，见于著录的有：

1. 韩元吉《南涧甲乙稿》卷二十一《直宝文阁赵公墓志铭》云："德庄在朝时，每欲用为文字之职，讫不得用，闻其诗词一出，人嗜之，往往如啖美味。然宗戚贵游欲以图画纳禁廷、祈为题赋者，率谢不能。……其所为文，类之为十卷，自号《介庵居士集》云。"知别集是附有词的。

2. 张端义《贵耳集》卷上云：

> 赵介庵，名彦端，字德庄，宗室之秀，能作文，赋西湖《谒金门》"波底夕阳红绉"。阜陵问谁词，答云："彦端所作。""我家里人也，会作此等语。"喜甚，有《介庵集》三卷。

知有诗文集三卷，有词。

另《宋史》卷二〇八"艺文志"载《介庵集》十卷又《外集》三卷《介庵词》四卷。检陈振孙《直斋书录解题》卷十八著录有《介庵集》十卷，无《外集》和《介庵词》。

王阮

王阮（？—1208），字南卿，德安（今属江西）人。宋孝宗隆兴元年（1163）进士，调都昌主簿，移永州教授，淳熙时知新昌。光宗绍熙中知濠州，改知抚州。宁宗庆元初韩侂胄当政，旨予奉祠，归隐庐山。著有《义丰文集》。

清黄丕烈《百宋一廛书录》云："《义丰文集》，王阮南卿所著也。题曰文集，而兹所存者，仅诗一卷。前有大梁人赵希㟧叙。卷一目录以《水调歌头》一首止，后空六行。"佚名《善本书志》著录有《义丰文集》一卷，云："宋刻本，宋王阮南卿撰，前有淳祐戊申大梁赵希㟧叙，卷一目录，以《水调歌头》一首止，后空六行，结尾有《义丰文集》目录终，皆妄人割补所为也。"又傅增湘《藏园群书经眼录》卷十四《义丰文集》云："宋淳祐三年王旦刊本，半页十行，行十八字，细黑口，左右双阑。"又："集为王阮南卿所撰，目录自《水调歌头》后有补缀痕……兹所存者只诗一卷，而又缺《水调歌头》一首，殊为可惜。"知宋本诗文别集中是存有词的，今有《四库全书》本《义丰集》一卷，前有理宗祐淳三年（1243）吴愈序，不见存词。另有《豫章丛书·九宋人集》本《义丰集》一卷，据丁氏八千卷楼藏抄本刻入，也未见词。

陈从古

陈从古（1122—1182），字希颜，一作晞颜，号敦复先生，金坛（今属江苏）人。宋高宗绍兴二十一年（1151）进士，调富阳尉，改邵州教授。擢司农寺主簿，坐法罢，起知蕲州。孝宗乾道时为湖南提点刑狱，除本路转运判官。淳熙元年（1174）以贪墨不才罢。著有《洮湖集》。

陈氏词集宋时已刊行，陈振孙《直斋书录解题》卷二十一著录有《洮湖词》一卷，为宋刊《百家词》本。元马端临《文献通考》卷二百四十六"经籍考七十三"据以录入。又明钱溥《秘阁书目》著录有《桃源词》，当为《洮湖词》之讹，未标卷数。又明毛晋《汲古阁毛氏藏书目录》著录有《洮湖词》一卷。词集今不存。

李流谦

李流谦（1123—1176），字无变，号澹斋，宋绵竹（今属四川）人。以荫补将仕郎，授成都府灵泉尉，调雅州教授。以荐授诸王府大小学教授，通判潼川府。著有《澹斋集》。

其词宋代就见载于诗文集中，李流谦《澹斋集》附李益谦撰《行状》云："文若干卷，长短句若干卷，题跋若干卷，讲义若干卷，杂篇若干卷，皆自删类。命廉稼手编之，标为《澹斋集》，盖将永历世之传也。"为别集本，未言卷数、版本。

《永乐大典》自《澹斋集》录词四首，即《虞美人》（2266/19A，指卷数及页码，下同）、《醉蓬莱》（12043/24B）、《小重山》和《青玉案》（20353/11B）。

入清则有《四库全书》本《澹斋集》十八卷，提要云："谨就《永乐大典》所载抄撮编次，厘为十八卷。其益谦行状及其子廉槊刊集原跋并附录于末，以备考证焉。"是从《永乐大典》中辑录出，卷八附有词，凡二十五首。

民国时有吴虞辑《蜀十五家词》本，为排印本，其中有《澹斋词》一卷。又有《彊村丛书》本，是据《永乐大典》辑《澹斋集》本辑录《澹斋词》一卷。二者存词数均同四库本，均无序跋文。

王千秋

王千秋，字锡老，号审斋，东平（今属山东）人，流寓金陵（今江苏南京）。生卒年不详。宋光宗绍熙四年（1193）知长汀县。著有《审斋词》。

王氏词集宋时已刻印，陈振孙《直斋书录解题》卷二十一著录有《审斋词》一卷，为宋刊《百家词》本，元马端临《文献通考》卷二百四十六"经籍考七十三"据以录入。

宋以后见于著录的有：

一、抄本

今存抄本丛书中收有王氏词集的有：

1. 明吴讷辑《唐宋名贤百家词》本，明抄本，梁启超跋，其中有《审斋词》一卷。

2.《宋元名家词》本，明抄本，清毛扆校，唐晏跋，其中有《审斋词》一卷。

3.《四库全书》本，其中有《审斋词》一卷，提要云：

> 宋王千秋撰，千秋字锡老，审斋，其号也，东平人。陈振
> 孙《书录解题》载《审斋词》一卷，而不详其始末，据卷内有

寿韩南涧生日及席上赠梁次张二词,南涧名元吉,隆兴中为吏部尚书;次张名安世,淳熙中为桂林转运使。是千秋为孝宗时人矣。惟安世诗称千秋为金陵耆旧,与陈振孙所称为东平人不合,或流寓于金陵耶?毛晋跋称其词多酬贺之作,然生日嘏词,南宋人集中皆有,何独刻责于千秋?况其体本《花间》而出入于东坡门径,风格秀拔,要自不杂俚音,南渡之后亦卓然为一作手。黄昇《中兴词选》不见采录,或偶未见其本耳。晋跋遽以绝少绮艳评之,亦殊未允。集中如《忆秦娥》、《清平乐》、《好事近》、《虞美人》、《点绛唇》以及咏花诸作,短歌微吟,兴复不浅,何必屯田乐章始为情语也?

是据毛氏汲古阁本抄录,为安徽巡抚采进。又《钦定续通志》卷一百六十三据文渊阁著录,有《审斋词》一卷,当与库本同。

又见于藏家著录的抄本有:

1. 清王闻远《孝慈堂书目》著录有《审斋词》,云:“一卷,节录。《燕喜词》附,合一册,抄,三十八番。”

2. 清韩应陛《读有用书斋藏书志》著录有《审斋词》一卷,为明抄本。云:“东平王千秋锡老撰,梁文恭序。收藏有‘冶先’朱文、‘臣裘’白文二方印。”又《读有用书斋书目》著录有《审斋词》一卷,云旧抄本。又见《云间韩氏藏书目附书影》和《韩氏藏书目》著录,作《审斋词》一卷,为旧抄本。按:傅增湘《藏园群书经眼录》卷十九著录有《审斋词》一卷,云前有梁文恭题诗。又《“中央”图书馆善本书目第一次》著录有:“《烘堂集》一卷,一册,宋卢炳撰,明抄本,清韩应陛朱笔题记。”又:“附《审斋词》一卷,宋王千秋撰;《杜寿域词》一卷,宋杜安世撰;《知稼翁词》一卷,宋黄公度撰,清钱曾手校。”

二、 刊本

1. 明末毛氏汲古阁刊《宋名家词》本,其中有《审斋词》一卷,毛晋跋云:

东平王千秋,字锡老,尝见自制启联云:“少日羁孤,百口星分于异县；长年忧患，一身蓬转于四方。"其遭逢概可想已。乐府凡六十馀调，多酬贺篇，绝少绮艳之态。衡山县令梁文恭读而赠诗云："审斋先生世稀有，曾是金陵一耆旧。万卷胸中星斗文，百篇笔下龙蛇走。渊源更擅麟史长，碑版肯居鳄文后。倚马常摧鏖战场，脱腕难供扫愁帚。中州文献儒一门，异县萍蓬家百口。恨极黄杨厄闰年，闲却玉堂挥翰手。夜光乾没世称屈，远积卑栖价低售。漂摇何地著此翁，忘忧夜醉长沙酒。岂无厚禄故人来，为辨草堂留野叟。嗟余亦是可怜人，惭愧阿戎惊白首。一灯续得审斋光，多少达人为斋胄。眷予憔悴五峰下，频寄篇来复相寿。年来事事淋过灰，尚有诗情闲情窦。有时信笔不自置，忆起居家吕窦白。审斋乐府似《花间》，何必老夫济篇右。"集中席上呈梁次张《水调歌头》一阕，其互相溢美，可谓无言不雠矣。古虞毛晋识。

未言所据，此本见清郑德懋辑《汲古阁校刻书目》之《宋名家词六集》著录，云凡二十七叶。王国维编《大云书库藏书目》卷中著录："《寿域词》一卷，宋杜安世。《审斋词》一卷，宋王千秋。《东浦词》一卷，宋韩玉，汲古阁刊本，宁都魏伯子藏书。"按：魏际瑞（1620—1677），原名祥，字善伯，号伯子，江西宁都人。明诸生，清顺治十七年（1660）岁贡生。著有《魏伯子文集》、《五杂俎》等。

2．《吴氏石莲庵山左人词》本，清光绪吴重熹辑刻，其中有《审斋词》一卷。

三、版本不详者

1．明钱溥《秘阁书目》著录有《审斋词》，未标卷数。

2．明毛晋《汲古阁毛氏藏书目录》著录有《审斋词》一卷。

3．清朱彝尊《词综》"发凡"及小传云有《审斋词》一卷。

4．清黄虞稷《千顷堂书目》卷三十二著录有《审斋词》一卷。

5．清倪灿撰，卢文弨校正《宋史艺文志补》著录有《审斋词》

一卷。

6. 清徐元文《含经堂藏书目》著录有《审斋词》一卷。

7.《御选历代诗馀》卷一百五"词人姓氏"载有《审斋词》一卷。

8. 清庄仲芳《映雪楼藏书目考》卷十著录有《审斋词》一卷，云："宋东平王千秋撰。千秋字锡老，号审斋。其词体本《花间》，风格秀拔，出入苏轼、秦观之间。"

9. 叶德辉《叶氏观古堂藏书目》著录有《审斋词》一卷。

以上诸家均未言版本，所载当以抄本居多。

另其词集有不称作《审斋词》的，见于著录的有：

1. 明赵琦美《脉望馆书目》著录有《审斋乐府》一本。

2. 清钱曾《也是园藏书目》卷七"词"著录有《审斋集》一卷。

二家均未言版本。又明李廷相《濮阳蒲汀李先生家藏目录》于"中间朝东、头柜二层"著录有"词，周美成、刘静修、程正伯、蒋竹山、王审斋，三本"，或为词集丛编本之一，也未言版本。

程大昌

程大昌（1123—1195），字泰之，徽州休宁（今属安徽）人。宋高宗绍兴二十一年（1151）进士，为吴县主簿。除太平州教授，召为太学正，迁秘书省正字。孝宗时擢著作佐郎，为国子司业兼权礼部侍郎、直学士院。光宗绍熙中以龙图阁学士致仕。卒谥文简。著有《程文简集》等。

程氏词集不见于宋人著录，今存抄本词集丛编数种，收有程氏词集，计有：

1.《典雅词》本，毛氏汲古阁影宋抄本，原为清陆氏皕宋楼藏书，今藏日本静嘉堂文库，其中有《文简词》一卷。检陆心源《皕宋楼藏书志》卷一百十九著录有《文简词》一卷，云汲古影宋本。即指此书，盖析出著录。今存《典雅词》数种，均收有程氏词集，计有：① 传抄汲古阁本，清丁氏八千卷楼藏书，藏南京图书馆。② 传抄汲古阁本，原北平图书馆藏书，今藏台湾。③ 清劳权抄本，清劳权校并跋，藏国家图书馆。④ 清吴氏拜经楼旧藏抄本，藏上海图书馆。

2.《宋词》本，清抄本，朱孝臧校，其中有《文简公词》一卷。

3.《宋八家词》本，清初抄本，其中有《文简公词》一卷。

4.《宋九家词》本，清道光蒋氏别下斋抄本，清许光清跋，其中有《文简公词》一卷。

5.《宋元人词》本，清抄本，其中有《文简公词》一卷。

又见于藏家著录的抄本有：

1. 清曹寅《楝亭书目》卷四著录有《程文简词》，云抄本，一卷。

2. 清王闻远《孝慈堂书目》著录有《文简公词》云："一卷，合上口册，抄，十五番。"

3. 清丁丙《善本书室藏书志》卷四十著录有《文简公词》一卷，《典雅词》抄本。云："词非公所措意，而寄兴之作亦复清新笃雅，世少流传。汲古阁有影宋写本，为吴兴陆存斋观察所藏。此抄自《典雅词》中，拟假陆本勘其异同，兼补卷末缺叶也。"此本即《典雅词》本析出著录者，参见前文。

4. 吴昌绶《宋金元词集见存卷目》附《双照楼续辑宋金元百家词目》著录有《文简公词》一卷，钱塘丁氏旧抄本。

5. 缪荃孙《目录词小说谱录目》著录有《文简公词》一卷，影写《典雅词》本。

以上均属抄本，多抄自《典雅词》。后朱祖谋据《典雅词》本刻入《彊村丛书》中，成《文简公词》一卷。无校记，无跋文。

张抡

张抡，字才甫，一作材甫，号莲社居士，开封（今属河南）人。生卒年不详。宋孝宗乾道间知阁门事，除浙东提刑，累官太尉。著有《莲社词》，又有称《道情鼓子词》者。

张氏词集宋时就已刊行，陈振孙《直斋书录解题》卷二十一著录有《莲社词》一卷，为宋刊《百家词》本。元马端临《文献通考》卷二百四十六"经籍考七十三"据以录入。

一、《莲社词》

今存抄本词集丛编数种，收有《莲社词》的有：

1. 《典雅词》本，清吴氏拜经楼旧藏抄本，藏上海图书馆，其中有《莲社词》一卷。

2. 《十家词抄》本，清何元锡家抄本，清何元锡校，清丁丙跋，其中有《莲社词》一卷。按：清丁丙《善本书室藏书志》卷四十著录有《莲社词》一卷，精抄本，何梦华藏书。云：

> 抢，南渡故老，与曾觌同知阁门事，自号莲社居士。《直斋书录解题》：《莲社词》一卷，久佚不传。《武林旧事》：淳熙六年三月十五日，车驾过宫，恭请太上皇后幸聚景园赏花，知阁张抢进《壶中天慢》赏大花词；十一年六月初一日，太上至冷泉堂后苑，小厮儿三十人打息气唱《道情》，太上云：此是张抢所撰鼓子词。右即《道情鼓子词》，乃应诏所撰。卷首九阕从花庵《中兴绝妙词选》录入，改其标题，疑汲古毛氏所为。劳氏舜卿又从《阳春白雪》补《壶中天》一首，卷末有残缺。有钱江何梦华馆藏印。

所指即《十家词抄》本，盖析出著录者。

3. 《宋明十六家词》本，清丁氏嘉惠堂抄本。其中有《莲社词》一卷。按：吴昌绶《宋金元词集见存卷目》附《双照楼续辑宋金元百家词目》著录有《莲社词》一卷附《道情鼓子词》一卷，云："□□张抢材甫。钱塘丁氏旧抄本，《鼓子词》不见著录，此本增入《花庵》所选，改题《莲社词》，劳禩卿跋疑汲古毛氏所为，今别析为卷。"检《劳氏碎金》卷中著录有《莲社词》一卷，旧抄本。劳氏题识云：

> 张抢才甫《莲社词》一卷，见《直斋书录解题》，已佚不传。此《道情鼓子词》，乃应诏所撰。初不见于著录，此本卷末残缺，卷首九阕系从花庵《中兴绝妙词选》录入，遂改其标

题，疑汲古毛氏所为。予又从《阳春白雪》补得一首，此十首，则《莲社词》中作也。非见丁氏抄本，何从证其伪耶？咸丰丙辰七月霁卿手识。

《武林旧事》七：淳熙十一年六月初一日，车驾过宫云云，太上邀官里便背儿至冷泉堂云云，后苑小厮儿三十人打息气唱《道情》，太上云此是张抡所撰鼓子词。

又：淳熙六年三月十五日，车驾过宫，恭请太上太后幸聚景园，次日云云，遂至锦壁赏大花云云，是日知阁张抡进《壶中天慢》赏大花词，草窗云：此词或谓是康伯可所赋，张抡以为己作。案：今伯可《顺庵乐府》既佚，诸选本亦不录伯可此词，因录于后，蟫盒记。

跋作于咸丰六年（1856），云《道情鼓子词》改名《莲社词》，疑为毛晋所为。吴昌绶著录的即此书。

4. 《宋元人词》本，清抄本，其中有《莲社词》一卷。

5. 《宋词》本，清抄本，朱孝臧校，其中有《莲社词》一卷。

6. 《彊村丛书》（二十二卷）本，朱孝臧编，稿本，其中有《莲社词》一卷。

见于藏家著录的抄本有：

1. 清曹寅《楝亭书目》卷四著录有《莲社词》，抄本，一卷，共一册。

2. 《涵芬楼原存善本草目》著录有《莲社词》，抄本。

3. 缪荃孙《目录词小说谱录目》著录有《莲社词》一卷，传写何梦华本。据前文，当是据钱塘丁氏藏书传抄。

4. 《中国古籍善本书目》载《莲社词》一卷，清抄本，朱孝臧跋。

又见于著录而版本不详者有：

1. 清朱彝尊《词综》"发凡"及卷十二小传云有《莲社词》一卷。

2. 清黄虞稷《千顷堂书目》卷三十二著录有《莲社词》一卷。

3. 清倪灿撰，卢文弨校正《宋史艺文志补》著录有《莲社词》一卷。

4. 清赵昱《小山堂藏书目录备览》著录有《莲社词》，未标卷数。

5. 蔡宾年编《墨海楼书目》著录有《莲社词》二卷，一本。

以上诸家著录的均未言版本，不过还是以抄本为主。不过，《莲社词》似不见于明人著录，检明钱溥《秘阁书目》著录有《莲斋词》，又明赵琦美《脉望馆书目》著录有《莲词》二本，又明赵用贤《赵定宇书目》著录有《莲词》二本，疑《莲斋词》或《莲词》或是《莲社词》之讹。

近代朱祖谋据丁氏善本书室藏抄本刻入《彊村丛书》中，作《莲社词》一卷补遗一卷，并录劳氏手跋三则。无校记，朱氏也无跋文。

二、《道情鼓子词》

宋周密《武林旧事》卷七云："后苑小厮儿三十人打息气，唱《道情》，太上云：'此是张抡所撰鼓子词。'"按：今存张抡所撰鼓子词凡十套，即《点绛唇·咏春十首》、《阮郎归·咏夏十首》、《醉落魄·咏秋十首》、《西江月·咏冬十首》、《踏莎行·山居十首》、《朝中措·渔父十首》、《菩萨蛮·咏酒十首》、《诉衷情·咏闲十首》、《减字木兰花·修养十首》、《蝶恋花·神仙十首》，而《莲社词》所收除十套鼓子词，另还有九首词。

此书多见于清以来藏家著录，计有：

1. 清周星诒《传忠堂书目》卷四著录有《道情鼓子词》一卷一册，旧抄本。按：周氏藏书多归蒋凤藻，蒋氏《秦汉十印斋藏书目》卷四著录有《道情鼓子词》一卷，旧抄本。又蒋氏《铁华馆家藏书目》著录有《道情鼓子词》等四种，一本，明抄本。

2. 《双宋书斋善本书目》著录有：《道情歌（当作鼓）子词》、《五峰词》、《梅屋诗馀》、《梅词》，合一本，旧抄本。

3. 李盛铎《天津延古堂李氏旧藏书目》著录有《道情鼓子词》一卷，抄本，一册。

4. 缪荃孙《目录词小说谱录目》著录有《道情鼓子情》一卷，传写汲古抄本。又李盛铎《木犀轩收藏旧本书目》著录有《道情鼓子词》一卷，云："藕香簃抄本，从劳罍卿抄本传录，一册。"按：藕香簃为缪荃孙室斋名。

5. 傅增湘《藏园群书经眼录》卷十九著录有《道情鼓子词》一卷。

6. 《"中央"图书馆典藏国立北平图书馆善本书目》著录："《和清真词》一卷，宋杨泽民撰，旧抄本，一册。附《道情鼓子词》一卷，宋张抡撰。"

以上除《藏园群书经眼录》外，均著录为抄本。

赵伯骕

赵伯骕（1124—1182），字希远，自号无隐居士，伯驹弟，宋宗室。兄弟二人皆善画，高宗时以文艺侍从左右，仕至和州防御使。

其词宋时就见载于诗文集中，周必大《文忠集》卷七十《和州防御使赠少师赵公伯骕神道碑嘉泰四年》云："自号无隐居士，有诗词二十卷，藏之家。"今未见有存词。

吴儆

吴儆（1125—1183），字益恭，原名吴偁，字恭父，号竹洲先生，休宁（今属安徽）人。宋高宗绍兴二十七年（1157）进士，调鄞县尉。孝宗乾道二年（1166）知安仁县，通判邕州，擢知州，兼广南西路安抚都监。以亲老奉祠，起知泰州，转朝散郎致仕。卒谥文肃。著有《竹洲集》。

其词宋时就见载于诗文集中，今有《四库全书》本《竹洲集》二十卷附《棣华杂笔》一卷，为安徽巡抚采进本，有程珌序（端平乙未，1235）云："珌生也晚，视公盖前辈，而公之子载将梓公之集，欲珌一言于篇末，盖累年于此矣。而公之孙铉又复申言之谊，不得以晚学辞也，乃敬书而归之。"知源自宋本，为其裔孙裒辑。其中卷二十为乐府词一卷。

宋以后其词集多属析出别行者，见于明清以来著录的有：

一、 抄本

今存抄本词集丛编中收有吴氏词集的有：

1. 明吴讷辑《唐宋名贤百家词》本，明抄本，梁启超跋，其中有《竹洲词》一卷。

2. 明李东阳辑《南词》本，抄本，其中有《竹洲词》一卷。

3. 明李东阳辑《南词》本，清董氏诵芬室抄本，吴昌绶、朱孝臧校，其中有《竹洲词》一卷。按：吴昌绶《宋金元词集见存卷目》附《双照楼续辑宋金元百家词目》著录有《竹洲词》一卷，云："武林董氏旧抄《南词》本。《汲古未刻词》本未全。"

4. 《宋元名家词》本，明抄本，清毛扆校，唐晏跋，其中有《竹洲词》一卷。

5. 《宋名贤七家词》本，明抄本，清鲍廷博校，清丁丙跋，其中有《竹洲词》一卷。按：清丁丙《善本书室藏书志》卷四十著录有《竹洲词》一卷，明抄本，鲍以文校藏。提要云：

> 徽生南宋最盛之时，其时姜白石、辛稼轩二词家尤负甚名。徽集中有与石湖倡和之作，其为名流推把者久矣。虽所传仅十八阕，而"水满池塘"之《满庭芳》、"十里青山"之《浣溪纱》二阕，置之白石集中亦无以辨，固不必以少而见弃矣。通卷有鲍渌饮朱笔校改，真佳本也。

所指即《宋名贤七家词》本，盖析出著录。

6. 清彭元瑞辑《汲古阁未刻词》本，清光绪抄本，清江标跋，其中有《竹洲词》一卷。

二、 刊本

1. 清侯文灿辑《十名家词集》本，清康熙二十八年（1689）侯氏亦园刊，其中有《竹洲词》一卷。

2. 清江标辑《宋元名家词》本，清光绪二十一年（1895）湖南思贤书局刻本，其中有《竹洲词》一卷。

3. 金武祥辑《粟香室丛书》之侯文灿辑《名家词集》本，清光绪十三年（1887）刊，其中有《竹洲词》一卷。

另缪荃孙《目录词小说谱录目》著录有《竹洲词》一卷，云《名家词》本。当指侯文灿辑本。

三、 版本未详者

见于著录的有：

1. 清朱彝尊《词综》"发凡"云有《竹洲词》一卷。

2. 叶德辉《叶氏观古堂藏书目》著录有《竹舟（当作洲）词》一卷。

以上二家未言版本。

陆游

陆游（1125—1210），字务观，号放翁，越州山阴（今浙江绍兴）人。宋高宗时应礼部试，为秦桧黜落。孝宗时赐进士出身，为镇江府通判，又为夔州通判，中年入蜀，投身军旅生活，官至宝章阁待制。著有《剑南诗稿》、《渭南文集》、《放翁词》等。

陆氏词集宋时已刊行，《渭南文集》卷十四《长短句序》云：

> 雅止之乐微，乃有郑、卫之音，郑、卫虽变，然琴瑟笙磬犹在也。及变而为燕之筑、秦之缶、胡部之琵琶箜篌，则又郑、卫之变矣。风、雅、颂之后为骚，为赋，为曲，为引，为行，为谣，为歌，千馀年后乃有倚声制辞，起于唐之季世，则其变愈薄，可胜叹哉！予少时汩于世俗，颇有所为，晚而悔之，然渔歌菱唱犹不能止。今绝笔已数年，念旧作终不可掩，因书其首，以识吾过。淳熙己酉炊熟日放翁自序。

陆氏自序其词，作于孝宗淳熙十六年（1189）。陈振孙《直斋书录解题》卷二十一著录有《放翁词》一卷，为宋刊《百家词》本，元马端临《文献通考》卷二百四十六"经籍考七十三"据以录入。

见于后世著录的有：

一、《放翁词》(《陆放翁词》)

A. 刊本

有明末毛氏汲古阁刊《宋名家词》本,其中有《放翁词》一卷,毛晋跋云:

> 余家刻放翁全集,已载长短句二卷,尚逸一二调,章次亦错见,因载订入《名家》。杨用修云:"纤丽处似淮海,慷慨处似东坡。"予谓超爽处更似稼轩耳。

知虽然名《放翁词》,实际上是据全集中析出单行。此本见清郑德懋辑《汲古阁校刻书目》之《宋名家词六集》著录,云凡四十五叶。此本多见藏家著录,如清耿文光《万卷精华楼藏书记》、王国维编《大云书库藏书目》、李盛铎《天津延古堂李氏旧藏书目》等。又清陆心源《皕宋楼藏书志》卷一百二十著录有《放翁词》二卷,毛斧季手校本。又录毛扆题识文二:

> 毛氏手跋曰:辛亥七月廿一日,抄本校,外有《夜游宫》一、《月照梨花》二、《如梦令》一,共四阕,见《花庵词选》中,宜刻作拾遗。
>
> 又曰:六月十三日晓刻,雨窗读讫。

按:毛扆校本藏静嘉堂文库,为汲古阁刊本,有朱墨笔校。《皕宋楼藏书志》是析出著录者。又叶德辉《叶氏观古堂藏书目》著录有《放翁词》一卷,为清光绪汪氏振绮堂重刊汲古阁本。

B. 抄本

今存抄本丛书中收有陆氏词集者有:

1. 明吴讷辑《唐宋名贤百家词》中,明抄本,梁启超跋,其中有《放翁词》一卷。

2. 《四库全书》本,其中有《放翁词》一卷,提要云:

> 宋陆游撰,游有《入蜀记》已著录。《书录解题》载《放翁词》一卷,毛晋所刊放翁全集内附长短句二卷,此本亦晋

所刊，又并为一卷，乃集外别行之本。据卷末有晋跋云："余家刻放翁全集，已载长短句二卷，尚逸一二调，章次亦错见，因载订入《名家》"云云，则较集本为精密也。游生平精力尽于为诗，填词乃其馀力，故今所传者，仅乃诗集百分之一。刘克庄《后村诗话》谓其时（当作诗）掉书袋，要是一病。杨慎《词品》则谓其纤丽处似淮海，雄快处似东坡。平心而论，游之本意盖欲驿骑于二家之间，故奄有其胜而皆不能造其极。要之，诗人之言，终为近雅，与词人之冶荡有殊，其短其长，故具在是也。叶绍翁《四朝闻见录》载韩侂胄喜游附己，至出所爱四夫人号满头花者索词，有"飞上锦裀红皱"之句，今集内不载，盖游老而堕节，失身侂胄，为一时清议所讥，游亦自知其误，弃其稿而不存。《南园》、《阅古泉记》不编于《渭南集》中，亦此意也，而终不能禁当代之传述，是亦可为炯戒者矣。

所据为毛氏汲古阁刻本，为江苏巡抚采进。又《钦定续通志》卷一百六十三据文渊阁著录，有《放翁词》一卷，当与库本同。

　　见于藏家著录的抄本有：

　　1. 清王修《诒庄楼书目》卷八著录有《放翁词》一卷，写本。又云："有李桂林印、丹岩、庶常吉士、曾读中秘书、家在三山红雨楼五印。"按：三山红雨楼指明代藏书家徐𤊹，或曾藏徐氏家。

　　2. 缪荃孙《目录词小说谱录目》著录有《放翁词》一卷，云："影写宋刊本，游字缺笔。"

　　C. 版本未详者

　　见于明清以来著录的有：

　　1. 明高儒《百川书志》卷六著录有《放翁词》一卷。

　　2. 明陈第《世善堂藏书目录》卷下著录有《陆放翁词》一卷。

　　3. 明毛晋《汲古阁毛氏藏书目录》著录有《放翁词》一卷。

　　4. 清钱曾《钱遵王述古堂藏书目录》著录有《陆放翁词》一卷。

5. 清钱曾《也是园藏书目》卷七著录有《陆放翁词》四卷。

6. 清徐元文《含经堂藏书目》著录有《放翁词》一卷。

4. 清陆漻《佳趣堂书目》著录有《陆放翁词》一卷。

7. 清黄澄量《五桂楼书目》卷四著录有《放翁词》一卷。

8. 清庄仲芳《映雪楼藏书目考》卷十著录有《放翁词》一卷。
云："游所工在诗，填词乃其馀事，故词止一卷。明杨慎谓其纤丽处似
淮海，雄快处似东坡。"

9. 章篯编《文澜阁浙江书目》著录有《放翁词》一卷。

10.《今生读作来生用藏书目录》著录有《放翁词》一卷，云陆放
翁全集本。

以上诸家著录的多作一卷，偶有作四卷者，均未标明版本，所载
当以抄本居多。

二、《渭南词》

此种多为《渭南文集》中析出单行者，陆子遹《渭南文集》序云：

> 盖今学者皆熟诵《剑南》之诗，《续稿》虽家藏，世亦多
> 传写，惟遗文自先太史未病时，故已编辑，而名以《渭南》
> 矣，第学者多未之见，今别为五十卷，凡命名及次第之旨皆
> 出遗意，今不敢紊，乃锓梓溧阳学宫，以广其传。渭南者，晚
> 封渭南伯，因自号为陆渭南。尝谓子遹曰："《剑南》乃诗家
> 事，不可施于文，故别名《渭南》。如《入蜀记》、《牡丹
> 谱》、乐府词，本当别行，而异时或至散失，宜用庐陵所刊欧
> 阳公集例，附于集后。"此皆子遹尝有疑而请问者，故备著于
> 此。嘉定十有三年十一月壬寅，幼子承事郎知建康府溧阳县
> 主管劝农公事子遹谨书。

序作于宁宗嘉定十三年（1220），知词是附于文集后的。《永乐大典》
自《渭南集》录词三首，即《月上海棠》（2808/17B，指卷数及页码，
下同）和《浣溪沙》、《玉蝴蝶》（20353/6A）。

今存丛编中收有其词集的有：

414

1.《宋元名家词》本，明抄本，清毛扆校，唐晏跋，其中有《渭南词》二卷。

2.《四库全书》本，其中有《渭南文集》五十卷逸稿二卷，提要云：

> 宋陆游撰，游晚封渭南伯，故以名集。陈振孙《书录解题》作三十卷，此本为毛氏汲古阁以无锡华氏活字板本重刊，凡表笺二卷、札子二卷、奏状一卷、启七卷、书一卷、序二卷、碑一卷、记五卷、杂文十卷、墓志墓表圹记塔铭九卷、祭文哀词二卷、天彭牡丹谱一卷、致语一卷、入蜀记六卷、词二卷，共五十卷，与陈氏所载不同。疑三字五字笔画相近而讹刻也，末有嘉定三年游子承事郎知建康府溧阳县主管劝农事子遹跋，称："先太史未病时故已编辑，凡命名及次第之旨皆出遗意，今不敢紊。"又述游之言曰《剑南》，乃诗家事，不可施于文，故别名渭南。如《入蜀记》、《牡丹谱》、乐府词本当别本，而异时或至散失，宜用庐陵所刊欧阳公集例附于集后"云云。则此集虽子遹所刊，实游所自定也。

所据为毛氏汲古阁刊本，为内府藏本，库本卷四十九、五十为词。

3.《景宋金元明本词》本，其中有《景宋本渭南词》二卷，陶湘《叙录》云：

> 湘案：宋本《渭南居士文集》五十卷，嘉定三年，放翁子承事郎知建康府溧阳县主管劝农事子遹刻。所谓游字缺笔本也。子遹跋称先太史未病时，故已编辑，凡命名及次第之旨，皆出遗意，今不敢紊。又述放翁之言曰：《剑南》乃诗家事，不可施于文，故别名"渭南"。如《入蜀记》、《牡丹谱》、乐府词，本当别行，而异时或至散失，宜用庐陵所刊欧阳公集例，附于集后云。四十九至五十为词二卷。半叶十行，行十七字，缪艺风先生从南中摹寄，未详原本所在。

知是据宋刊别集中析出，此本又见梁启超《梁氏饮冰室藏书目录》著录。又章钰《章氏四当斋藏书目》卷上之四著录有《渭南词》二卷，云："宋山阴陆游撰，民国五年仁和吴氏双照楼景刊宋本，朱印本，一册。与《近体乐府》、《醉翁琴趣》、《芦川词》同函。"又著录有《渭南词》二卷，云："宋山阴陆游撰，民国五年仁和吴氏双照楼景刊宋本，一册。与《石湖词》同函。"又云："函签题：《放翁词》、《石屏词》、《梅屋诗馀》，双照楼景宋本，茗籍手校。"茗籍即章钰。又刘承干《嘉业藏书楼书目》著录有《放翁词》二卷，云景宋朱印本，一册。以上著录所云朱印本，均指样书。

仲并

仲并，字弥性，江都（今江苏扬州）人。生卒年不详。宋高宗绍兴二年（1132）进士，授平江府学教授。通判湖州，又通判镇江府。言者希秦桧意，论罢，自是闲退二十年。孝宗时擢光禄丞，终朝请大夫、淮东安抚使参议。著有《浮山集》。

仲氏词见于诗文别集中，周必大《文忠集》卷五十四《仲并文集序辛酉夏》云：

> 平生著述亦多散失，外孙南安太守孟猷嗜学好修，渊源有自，裒成《浮山集》十六卷，以序见属。……杂著题跋，清雅可爱，复以馀力出入释氏，游戏歌词，无不过人。

序作于宋宁宗嘉泰元年（1201），知别集中有词。《永乐大典》卷20353 第 8B 页自《浮山集》录词四首，即《画堂春》、《浣溪沙》、《眼儿媚》、《武陵春》。

入清则有《四库全书》本《浮山集》十卷，提要云："据周必大序，其集乃并外孙南安太守孟猷所编，旧本久佚，今采《永乐大典》所载，排次订正，辑成十卷。"知是自《永乐大典》中辑录出的，库本卷三存诗馀三十二首。

近代朱祖谋据《大典》本《浮山集》辑录《浮山诗馀》一卷，刻入

《彊村丛书》中，存词数同库本，无校记，无跋文。

另有李之鼎辑《宜秋馆诗馀丛抄》本，李氏宜秋馆抄本，况周颐批校，朱孝藏校，其中有《浮山诗馀》一卷。

姜特立

姜特立（1125—？），字邦杰，号南山老人，丽水（今属浙江）人。南渡后以父恩补承信郎。宋孝宗淳熙中，累迁福建兵马副都监，除阁门舍人，充太子宫左右春坊。光宗时除知阁门事，恃恩纵恣，遂夺职。宁宗时，拜庆远军节度使。卒于宋光宗绍熙中，卒年约八十。著有《梅山稿》及《续稿》。

姜氏词见于诗文别集中，今有《四库全书》本《梅山续稿》十七卷，提要云：

> 陈振孙《书录解题》载《梅山稿》六卷续稿十五卷，列之诗集类中，则两集皆有诗无文。此本出休宁汪森家，附以杂文及诗馀，共为十七卷，不知何人所增辑。森序称其流传绝少，故缮写以传，则亦罕觏之本。其正稿六卷，藏书家皆不著录，意其散佚已久矣。

知所据为抄本，为浙江鲍士恭家藏本，库本卷十八附有词一卷。有汪森序云："诗凡十七卷，外杂文六篇，长短句二十首，流传绝少，故缮写以侪于有宋诸家，不欲使作者之意随世而湮沦也。"序作于清康熙二十六年（1687），按：汪森（1653—1726），字晋贤，号碧巢，浙江桐乡人，原籍安徽休宁。清康熙间拔贡生，为广西桂林府通判，官终户部江西司郎中等。聚书万卷，甲于浙西。编辑有《裘杼楼藏书目》、《粤西诗载》、《小方壶存稿》、《桐扣词》等。知鲍氏藏本原为汪森传抄本。前有姜氏自题云："时时作应用小诗，虽有惭大雅，譬如鸡肋，不忍弃也，故录之，名曰续稿。"知为一时之作的结集，全集今不存。《御选历代诗馀》卷一百五"词人姓氏"云有《梅山续稿词》一卷，即指此书而言。

又《中国丛书综录》载有《宋元人词》，抄本，其中有《梅山词》一卷，藏上海图书馆。

晚清有王鹏运四印斋汇刻《宋元三十一家词》本，其中有《梅山词》一卷，见于藏家著录，如叶德辉《叶氏观古堂藏书目》、缪荃孙《目录词小说谱录目》等。

蔡柟

蔡柟（？—1170），字坚老，自号云壑道人，宋南城（今属江西）人。曾为袁州通判。著有《云壑隐居集》、《浩歌集》。

蔡氏词集宋时已刊行，见于著录的有：

1. 王象之《舆地纪胜》卷三十五"江南西路·建昌军·人物"引《夷坚志》云蔡柟有诗词十馀卷。

2. 陈振孙《直斋书录解题》卷二十一著录有《浩歌集》一卷，为宋刊《百家词》本。元马端临《文献通考》卷二百四十六"经籍考七十三"据以录入。

3. 晁公武《郡斋读书志》卷五下著录有《云壑隐居集》三卷《浩歌集》一卷，云："右蔡柟坚老之作也，柟尝为宜春别驾云。"又为别集附载者。

见于宋以后著录的有：

1.《宋史》卷二〇八"艺文志"载《浩歌集》一卷。

2.《永乐大典》自《浩歌集》录词九首，即《念奴娇》（10116/6B，指卷数及页码，下同）、《满庭芳》、《诉衷情》二首、《凤栖梧》四首（14381/28A、B）。

3. 明钱溥《秘阁书目》著录有《浩歌集》，未标卷数。

4. 明晁瑮《晁氏宝文堂书目》"乐府"著录有《浩歌》，未标卷数。

5. 明毛晋《汲古阁毛氏藏书目录》著录有《浩歌集》一卷。

6.《御选历代诗馀》卷一百五"词人姓氏"云词名《浩歌集》，未标卷数。

以上多见于明代藏家著录，均未标明版本，当以抄本为主。又郭子章《豫章诗话》卷五云："有《云壑隐居集》三卷《浩歌集》一卷。"入清后，罕见藏家著录，知已不存于世。

民国时赵万里辑《校辑宋金元人词》，其中有《浩歌集》，题记云：

> 《浩歌集》一卷，《直斋书录解题》、《宋史·艺文志》并著于录。宋时有长沙书肆《百家词》本，《永乐大典》引之，知明初尚存。考《大典》残帙所引宋人词，见于长沙本《百家词》者，此外尚有张孝忠《野逸堂词》，仅于妆字韵搜得一首，附见于后，以谂读者。万里记。

为民国排印本，录得词五首。

范成大

范成大（1126—1193），字致能，一作至能，号石湖居士。吴郡（今江苏苏州）人。宋高宗绍兴二十四年（1154）擢进士第，授户曹，监和剂局。孝宗时历官秘书省正字，迁著作佐郎，除吏部员外郎，为参知政事等。光宗绍熙时知太平州。卒谥文穆。著有《石湖集》。

范氏词宋时就见载于诗文集中，《永乐大典》自《范石湖大全集》录词九首，即《满江红》四首和《念奴娇》（2266/10A，指卷数与页码，下同）、《绿萼梅》（2809/21B）、《玉楼春》（2809/23B）、《浣溪沙》（3579/4B）、《破阵子》（13993/14A）。今存《石湖诗集》（三十卷）有范莘跋云：

> 诗文凡百有三十卷，求序于杨先生诚斋，求校于龚编修芥隐，而刊于家之寿栎堂。春秋霜露，思其志意，思其所乐，优然如见，忾然如闻，庶得借口以告吾先人云。嘉泰三年十二月初三日莘兹谨书。

序作于宋宁宗嘉泰三年（1203），为家刻本，凡一百三十卷，当为大全集。今仅存《石湖诗集》、《石湖词》以及笔记杂撰数种，而文集不存。按：清朱彝尊《词综》小传云有《石湖集词》一卷，《御选历代诗馀》卷一百四"词人姓氏"云《石湖集词》一卷，所指均当指别集附词者。

其词集宋时已刊刻别行，陈振孙《直斋书录解题》卷二十一著录有《石湖词》一卷，为宋刊《百家词》本。元马端临《文献通考》卷二百四十六"经籍考七十三"据以录入。

《永乐大典》卷 2266 载杨长孺《石湖词跋》云：

> 石湖先生文章翰墨，其视坡、谷，所谓鲁君之宋，呼于垤泽之门者。今留天地间，已贵珍之，况后世子云耶？吟咏馀思，游戏乐府，纵笔落纸，不雕而工，较之于诗，似又度骅骝前也。淳熙戊戌先生归自浣花，是时家尊守荆溪，置酒卜夜，触次从容，先生极谈锦城风景之盛，宦情之乐，因举似数阕，如赋海棠云："马蹄尘扑，春风得意笙箫逐。款门不问谁家竹。只拣红妆，高处烧银烛。　碧鸡坊里花如屋，燕王宫下花成谷。不须悔唱关山曲。直为海棠，也合来西蜀。"如《忆西楼》云："怅望梅花驿，凝情杜若洲。香云低处有高楼。可惜高楼、不近木兰舟。　缄素双鱼远，题红片叶秋。欲凭江水寄离愁。江已东流，那肯更西流？"此盖先生最得意者。长孺耳剽，恨未饱九鼎之珍也。后九年，忽得《馀妍亭稿》二百十有二阕，遂入宅于后湖无尽藏中，豪发无遗恨矣。又二年，长孺系官三水，丞相益国周公罗致幕下，偶为乡人刘炳先、继先伯仲言之。炳先曰："昔蘧伯玉耻独为君子，足下独私先生之制作，可乎？"长孺对曰："不敢。"乃以授之，俾传刻云。绍熙壬子六月二日，门下士修职郎永州零陵县主簿、权湖南安抚使准备差遣杨长孺跋。

绍熙壬子为宋光宗绍熙三年（1192），按：杨长孺（1155—1234），字伯子，号东山潜夫，吉水（今属江西）人，万里子。光宗绍熙元

（1190）以荫补零陵主簿。宁宗朝历知赣州、湖州、广州等。理宗时累召不起，以集英殿修撰致仕。著有《东山集》。据序跋知《馀妍亭稿》或为诗文集，收词二百十二阕，此为刘炳先、刘继先兄弟绍熙年间刻《石湖词》。按：宋杨万里《诚斋集》卷七十三《怡斋记》云："又与予里之士刘炳先兄弟来，见人事始扰扰矣。炳先一日约予与彦周过其家，予嘉炳先兄弟之好学，而又雍睦怡怡如也，索笔为记，书其楣间曰怡斋，炳先求予记之，予以行，亟辞，未能也。后九年炳先试南宫，过庐陵，炳先不知予在，予亦不知炳先过矣……炳先名孝祖，弟继先名述祖，吾州安福人也，徙长沙，今五世云。"知刘氏兄弟名刘孝祖、刘述祖。

又见于后世著录的有：

一、抄本

今存抄本词集丛编中收有范氏词集的有：

1. 《唐宋八家词》本，清鲍氏知不足斋抄本，吴昌绶跋，其中有《石湖词》一卷补遗一卷，清江立、鲍廷博校并跋。

2. 《十家词抄》本，清何元锡家抄本，清何元锡校，清丁丙跋。其中有《石湖词》一卷。检丁丙《善本书室藏书志》卷四十著录有《石湖词》一卷，精抄本，何梦华藏书。云："《历代诗馀》载有《石湖词》，文穆以诗雄一代，词亦清雅莹洁，迥异尘嚣。集中小令更胜事于长调，毛氏刻《六十家词》未曾收入。此卷抄写精雅，有'钱塘何元锡字敬祉号梦华又号蝶隐图记'。"所指即此本，盖析出著录者。

3. 《宋金明人九家词》本，清抄本，其中有《石湖词》一卷。

4. 《宋元人词》本，清抄本，其中有《石湖词》一卷。

5. 《彊村丛书》本（二十二卷），朱孝臧编，稿本，其中有《石湖词》一卷补遗一卷。

此外，见于藏家著录的有：

1. 清曹寅《楝亭书目》卷四著录有《石湖词》，云："抄本，宋吴郡范成大著，一卷。附宋陈三聘《和石湖词》一卷，一册。"

2. 清朱彝尊《曝书亭藏书目》著录有《范石湖词》，云一册，抄。

3. 清朱学勤《别本结一庐书目》"抄本"载有《石湖词》一卷，一册。又朱氏《结一庐书目》卷四著录有《石湖词》一卷。检李盛铎《木犀轩收藏旧本书目录》著录有《燕喜词》一卷、《澹庵词》一卷、《石湖词》一卷、《箫台公馀词》一卷，云朱竹君藏抄本。又李氏《木犀轩收藏旧本书目》著录有《石湖词》一卷，云："旧抄本，朱竹君旧藏，合装。"又《木犀轩藏书题记及书录》之《书录》卷四著录有《石湖词》一卷，云旧抄本（清抄本）。又云："半叶八行，行十六字。有'大兴朱氏竹君藏书之印'朱文长方印，'朱印锡庚'白文方印，'结一庐藏书印'朱文方印。"按：朱筠（1729—1781），字竹君，一字美叔，号笥河，大兴（今属北京）人。清乾隆十九年（1754）进士，授官编修，历翰林院侍读学士，督安徽学政等，著有《笥河集》。知原为朱氏结一庐藏书，后归李氏木犀轩。

4. 清孔广陶《三十有三万卷堂书目略》著录有《石湖词》一卷《和词》一卷，云："旧抄本，合，一函一本，宋范成大、陈三聘。"

5. 清沈德寿《抱经楼藏书志》卷六十四著录有《石湖词》一卷，抄本。按：刘体智《远碧楼经籍目》卷三十一著录有《石湖词》一卷，抱经楼抄本，一册。

二、 印本

1. 《知不足斋丛书》本，见第十一集，有《石湖词》一卷补遗一卷，补遗为鲍氏辑录。此本多见藏家著录，如：清卢址《抱经楼藏书记》、清秦嘉谟《思补精舍书目》、清耿文光《万卷精华楼藏书记》、缪荃孙《目录词小说谱录目》、叶德辉《叶氏观古堂藏书目》、吴昌绶《宋金元词集见存卷目》附《双照楼续辑宋金元百家词目》、刘体智《远碧楼经籍目》等。

2. 《彊村丛书》本《石湖词》一卷补遗一卷，朱祖谋跋有二，云：

　　右《石湖词》一卷附补遗，半塘翁手校知不足斋本。乙巳夏间寄余粤东，翁旋归道山，以未详所据，久庋箧衍。去年，吴伯宛以鲍渌饮原抄本见示，其误与刊本同。覆检翁校精审无可疑，岂出旧本耶？遂付剞氏，以补四印斋丛刻之所未逮云。原抄词后有小齐云江立跋，首阕《满江红》词亦江氏手录，补遗仅九阕，刊本《玉楼春》以下八阕殆渌饮辑也。宋刘昌诗《芦浦笔记》载《白玉楼赋》，道君皇帝亲洒宸翰于图后，石湖跋有《法驾导引步虚词》六章，原跋云："自玉阶及红云法驾之后，以至六小楼，意趣超绝，形容高妙，必梦游帝所者仿佛得之，非世间俗史意匠可到。明窗净几，尽卷展玩，怳然便觉身在九霄三景之上。《简斋集》有《水府法驾导引曲》，乃倚其体，作《步虚声词》六章，羽人有不俗者，使歌之风清月明之下，虽未得仙，亦足以豪矣。"今并附卷尾。癸丑上巳归安朱孝臧跋于无著庵。

《爱日精庐藏书志》云：《满江红》第二阕脱"始生之日，丘宗卿使君携具来为寿，坐中赋词，次韵谢之"二十二字，按宗卿《满江红·寿石湖》词正同其韵。又云："三聘和《醉落魄·元夕》词'欲知此夜碧天阔'，下脱一叶。据目录，尚有《醉落魄》唱和两阕、《眼儿媚》唱和两阕，末叶'何人为我，丁宁驿使，来到江干。'盖《眼儿媚》和词尾句。"据此知石湖词与陈梦弨词唱和相间，原编为一卷，补遗《眼儿媚》非梦弨韵所辑，殆尚未尽也。癸丑四月朔上彊村人再记。

知是据王鹏运校《知不足斋丛书》本，此为初校，二校时，补石湖词跋，又跋云：

松江韩氏读有用书斋藏毛子晋抄本《石湖词》，曹君直校举若干条，取其可从者，记而刊之，孝臧。

二校是以韩氏读有用书斋藏汲古阁抄本，为曹元忠所校，曹氏跋云：

吾郡范文正文集别集皆无诗馀，此从岁寒堂本补编录出，乃后人据《花庵词选》等掇辑，非全帙也。故《苕溪渔隐丛话·前集》引《东轩笔录》云："范希文守边日，作《渔家傲》乐歌数阕，皆以'塞下秋来'为首句，颇述边镇之劳苦。"今只存"衡阳雁去"一调。《敬斋古今黈》云："《本事曲子》载：范文正自前二府镇穰下营百花洲，亲制《定风波》五词，其第一首'罗绮满城'云云。"今且并此无之。然则公词散佚多矣。因合《中吴纪闻》所载，与欧阳公席上分题《剔银灯》词为补遗，而以《忠宣公集》和韩持国《鹧鸪天》词附其后，子统于父，我彊村当亦以为然也，吴曹元忠。

知曹氏有校异，也有辑补。此本见刘体智《远碧楼经籍目》卷三十一著录。

3.《萃文书局书目乙丑五月第一期》"集部"著录有《石湖词》宋范成大撰附《和石湖词》陈三聘著，云味菜庐活字印本。

4. 中华书局辑《四部备要》本，民国二十五年（1936）上海中华书局排印本，其中有《石湖词》一卷补遗一卷附校记一卷。

三、 版本不详者

1.《永乐大典》自《范石湖词》录词四首附一首，即《菩萨蛮》（540/17B，指卷数与页码，下同）、《满江红》（2265/3A）附陈三聘和（2265/3B）、《水调歌》（3001/22A）、《鹧鸪天》（20353/13A）。

2. 明毛晋《汲古阁毛氏藏书目录》著录有《石湖词》一卷。

3. 清朱彝尊《词综》"发凡"云有《石湖词》一卷。

4. 清陆漻《佳趣堂书目》著录有《石湖词》一卷，癸巳。按：癸巳为清康熙五十二年（1713）。

5. 清王闻远《孝慈堂书目》著录有《石湖词》一卷。

6. 清孙星衍《孙氏祠堂书目》卷四著录有《石湖词》一卷。

7. 清庄仲芳《映雪楼藏书目考》卷十著录有《石湖词》一卷。

8.《今生读作来生用藏书目录》著录有《石湖词》一卷。

9. 伊其淦《生白斋读书自省记》著录有《石湖词》一卷。

10.《复初斋书目录》（杭州，第一期，民国二十三年春）著录有

《石湖词》、《和石湖词》，云："范致能等著，白纸，二册。"

11.《树仁书店书目》（二十四年，上海）著录有《稼轩词补遗》附《石湖词》附补遗，一本。

以上均未言版本，前六家著录的当以抄本为多。

陈三聘

陈三聘，字梦弼，宋吴郡（今江苏苏州）人。生平不详，曾拜见范成大。著有《和石湖词》一卷。

《和石湖词》后有陈氏跋云：

> 大参相公望重百僚，名满四海，有志之士愿见而不可得者也。一日，客怀诗词数十篇相示曰："此大参范公近所作也。"三聘正容敛衽登受，谢客曰：夫珍奇之观，得一而足，况坐群玉之府，心目为之洞骇，足之至者止于此乎？客之赐厚无以加。既去，披吟累日，辄以芜言属韵，可笑其不自量矣。然使三聘获登龙门宾客之后尘，与闻黄钟、大吕之重，平时之愿至足于此，则今日狂率之意，无乃自为他时之地哉？至于良玉碔砆杂然前陈，兹固不免于罪戾，尚可追耶？东吴陈三聘梦弼谨书。

知是积数日功夫和唱而成。见于后世著录的有：

一、抄本

今有抄本词集丛编中收有陈氏词集的有：

1.《唐宋八家词》本，清鲍氏知不足斋抄本，吴昌绶跋，其中有《和石湖词》一卷，清鲍廷博校。

2.《十家词抄》本，清何元锡家抄本，清何元锡校，清丁丙跋，其中有《和石湖词》一卷。检丁丙《善本书室藏书志》卷四十著录有《和石湖词》一卷，精抄本，何梦华藏书。提要云："其词篇篇均和原韵，如方千里之和周美成。其清空跌宕亦不让石湖也。后有自跋一篇，卷首有'钱塘何元锡字敬祉号梦华又号蝶隐'朱文大方印。"所载即此本，盖析出著录者。

3．《宋金明人九家词》本，清抄本，其中有《和石湖词》一卷。

4．《宋元人词》本，清抄本，其中有《和石湖词》一卷。

5．朱孝臧编《彊村丛书》本（二十二卷），稿本，其中有《和石湖词》一卷。

又见于藏家著录的有：

1．清曹寅《楝亭书目》卷四著录有《石湖词》，抄本，宋吴郡范成大著，一卷。附宋陈三聘《和石湖词》一卷，一册。

2．清张金吾《爱日精庐藏书志》著录有《和石湖词》一卷，旧抄本。提要云：

> 宋吴郡范成大至能词，东吴陈三聘梦弼和。是书鲍氏梓入丛书，石湖《满江红》第二阕脱"始生之日，丘宗卿使君携具来为寿，坐中赋词，次韵谢之"二十二字，此本三聘和《醉落魄》元夕词"东风寒绝，江城待得花枝发，欲知此夜碧天阔"下脱一页，鲍氏未注下阕，据目录，除《醉落魄》元夕和词下半阕外，尚有《醉落魄》唱和两阕、《眼儿媚》唱和两阕，末页"酸。何人为我，丁宁驿使，来到江干"，鲍氏本阕，盖《眼见媚》和词尾句也。陈三聘跋。

又清张金吾《爱日精庐藏书简目》著录有《和石湖词》一卷，云："旧抄本。'宋吴郡范成大为寿，坐中赋词，次韵谢之'二十二字，此本三聘和《醉落魄》元夕词'此夜碧天阔'下脱一页。"

3．清朱学勤《结一庐书目》卷四著录有《和石湖词》一卷，计一本，明人抄本。又《别本结一庐书目》"抄本"著录有《和石湖词》一卷，一册。

4．清沈德寿《抱经楼藏书志》卷六十四著录有《和石湖词》一卷，抄本。录陈三聘《石湖词》跋文。又刘体智编《远碧楼经籍目》卷三十一著录有《和石湖词》一卷，抱经楼抄本。

5．清孔广陶《三十有三万卷堂书目略》"贞号·集部·词曲类"著录有《石湖词》一卷、《和词》一卷，旧抄本，合，一函一本，宋范成大、陈三聘。

6. 莫友芝《郘亭知见传本书目》著录有《和石湖词》一卷，昭文张氏有旧抄本，云："是书知不足斋梓入丛书，犹有缺字脱页，而此较善。"

7.《中国古籍善本书目》载《和石湖词》一卷，为清抄本。

二、印本

1.《知不足斋丛书》本，见第十一集，《和石湖词》一卷。此本多见藏家著录，如清卢址《抱经楼藏书记》、清秦嘉谟《思补精舍书目》、清庄仲芳《映雪楼藏书目考》、缪荃孙《目录词小说谱录目》、叶德辉《叶氏观古堂藏书目》、吴昌绶《宋金元词集见存卷目》附《双照楼续辑宋金元百家词目》、刘体智《远碧楼经籍目》等。

2.《彊村丛书》本，据汲古阁抄本，末录陈三聘跋。无校记，无朱氏跋文。按：刘体智编《远碧楼经籍目》卷三十一著录有《和石湖词》一卷，彊村本。

3.《景汲古阁抄宋金词七种》本，其中有《和石湖词》一卷。按：曹元忠《笺经室遗集》有《汲古阁精抄本和石湖词跋》一文，云：

> 《和石湖词》，首题"吴郡范成大至能，东吴陈三聘梦敬"两行，已下倡和相间，自《满江红》至《醉落魄》都百四十四首，惟《醉落魄》和词"东风寒绝，江城待得花枝发，欲知此夜碧天阔"下接"酸。何人为我，丁宁驿使，来到江干"，其间脱去一叶，据目录为《醉落魄》半首，外尚有《醉落魄》、《眼儿媚》倡和各二首，则原本固百四十八首也，末有陈三聘跋十二行，八十六字。鲍渌饮刻《知不足斋丛书》，乃分《石湖词》与《和石湖词》各自为卷，于是石湖《满江红》第二首脱"始生之日，丘宗卿使君携具来为寿，坐中赋词，次韵谢之"二十二字。《和石湖词》《醉落魄》第三句下未注阙字，《眼儿媚》尾句十三字亦未刊入。《爱日精庐藏书志》

已略言之，至鲍刻所据，尝与此本相同，而非此本。观《和石湖词》《念奴娇》第二首"麝馥萦妆，愁花凝恨"注云"一作麝馥凝恨"，而此本作"麝馥萦愁，妆花凝恨"，可知其非矣。

4.《萃文书局书目乙丑五月第一期》著录有《石湖词》宋范成大撰附《和石湖词》陈三聘著，味菜庐活字印本。

三、 版本不详者

1.《永乐大典》录陈三聘词二首，即《满江红》（2265/3B 指卷数和页码，下同）和《念奴娇》（2266/10B）。

2.《御选历代诗馀》卷一百四"词人姓氏"云：陈三聘字梦弼，吴郡人。尝和范成大词数百首，为时所称。

3. 清陆漻《佳趣堂书目》著录有《和石湖词》一卷。

4. 清王闻远《孝慈堂书目》著录有《和石湖词》一卷。

5. 清彭元瑞《知圣道斋书目》卷四著录有《和石湖词》，一本。

6. 清许宗彦《鉴止水斋藏书目》"集部第九厨"著录有《和石湖词》一本。

7. 清孙星衍《孙氏祠堂书目》卷四著录有：又和词一卷，宋陈三聘词。

8.《今生读作来生用藏书目录》著录有《和石湖词》一卷。

9.《复初斋书目录》（杭州，第一期，民国二十三年春）著录有《石湖词》、《和石湖词》，云白纸，二册。

以上诸家均未言版本，其中许宗彦以上所载当以抄本为主。

赵磻老

赵磻老，字渭师，东平（今属山东）人。以妇翁欧阳懋恩泽补官，宋高宗绍兴三十年（1160）为宝应主簿。孝宗乾道中随范成大使金，自尚书吏部员外郎除直秘阁知庐州，为两浙路转运副使，以工部侍郎知临安府。坐失于弹压，放罢，送饶州居住。著有《拙庵杂著》、《拙庵词》。

一、抄本

今有抄本词集丛编中收有赵氏词集的有：

1．《典雅词》本，毛氏汲古阁影宋抄本，原为清陆氏皕宋楼藏书，今藏日本静嘉堂文库，其中有《拙庵词》一卷。检陆心源《皕宋楼藏书志》卷一百十九著录有《拙庵词》一卷，汲古影宋本。所指即此本，盖析出著录者。今存《典雅词》数种，均收有赵氏词集，计有：① 传抄汲古阁本，清丁氏八千卷楼藏书，藏南京图书馆。② 传抄汲古阁本，原北平图书馆藏书，今藏台湾。③ 清劳权抄本，清劳权校并跋，藏国家图书馆。④ 清吴氏拜经楼旧藏抄本，藏上海图书馆。

2．《宋五家词》本，清初毛氏汲古阁抄本，清丁丙跋，其中有《拙庵词》一卷。检丁丙《善本书室藏书志》卷四十著录有《拙庵词》一卷，汲古阁抄本。云："此词仅十八阕，版心有'汲古阁'三字，后未缀跋，殆毛子晋续刻六十家未曾会梓之词也。"所指即此本，盖析出著录的。

3．《五家词》本，清十万卷楼抄本，其中有《拙庵词》一卷。

4．《宋六家词》本，清抄本，其中有《拙庵词》一卷。

5．《宋词》本，清抄本，朱孝臧校，其中有《拙庵词》一卷。

6．《宋八家词》本，清初抄本，其中有《拙庵词》一卷。

7．《宋元人词》本，清抄本，其中有《拙庵词》一卷。

另外又有清赵箎辑《唐宋元三朝名贤小集二十九种》本，清乾隆、嘉庆间赵氏星凤阁抄校本，藏湖南图书馆，其中有《拙庵词》一卷。

此外，见于藏家著录的有：

1．清曹寅《楝亭书目》卷四著录有《拙庵词》，抄本，一卷，一册。

2．清陆心源《皕宋楼藏书志》卷一百十九著录有《拙庵词》一卷，旧抄本。

3．柳弃疾《养馀斋松陵书目》卷四著录有《拙庵词》一卷，抄本。

4. 缪荃孙《目录词小说谱录目》著录有《拙庵词》一卷，传写《典雅词》本。

5. 缪荃孙《艺风藏书记》卷七著录有《拙庵词》一卷，旧抄本。

二、 刊本

1. 晚清王鹏运四印斋汇刻《宋元三十一家词》本，其中有《拙庵词》一卷。此本多见藏家著录，如叶德辉《叶氏观古堂藏书目》、缪荃孙《目录词小说谱录目》等。

2.《吴氏石莲庵山左人词》本，清光绪中吴重熹辑刻，其中有《拙庵词》一卷。

三、 版本不详者

1. 清陆漻《佳趣堂书目》著录有《拙庵词》一卷。

2. 清赵魏《竹崦庵传抄书目》著录有《拙庵词》一卷，七页。

以上未言版本，所载当属抄本。

周必大

周必大（1126—1204），字子充，一字洪道，号省斋居士、平园老叟，庐陵（今江西吉安）人。宋高宗绍兴二十一年（1151）进士，二十七年举博学宏词科。授左徽州司户参军，举博学宏词科，为秘书省正字，兼国史院编修，拜监察御史。孝宗时为起居郎，兼权中书舍人。累迁吏部尚书兼翰林学士承旨，除参知政事，知枢密院事。宁宗朝以少傅、观文殿大学士、益国公致仕。卒谥文忠，著有《文忠集》。

周必大词见于全集中，宋已如此。《文忠集》附录卷二李壁撰《行状》（开禧元年，1205）云：

> 公有《省斋文稿》四十卷、《平园续稿》四十卷、《省斋别稿》十卷、《词科旧稿》三卷、《掖垣丛稿》七卷、《玉堂类稿》二十卷、《政府应制稿》一卷、《历官表奏》十二卷、《奏议》十二卷、《奉诏录》七卷、《承明集》十卷、《辛巳亲征录》一卷、《壬午龙飞录》一卷、《癸未日记》一卷、《闲居

录》一卷、《丁亥游山录》三卷、《庚寅奏事录》一卷、《壬辰南归录》一卷、《思陵录》二卷、《玉堂杂记》三卷、《二老堂诗话》二卷、《二老堂杂志》五卷、《玉蕊辨证》一卷、《乐府》一卷、《书稿》十五卷。

知有《乐府》词一卷，今有《四库全书》本《文忠集》二百卷，提要云：

> 集即史所称《平园集》者是也，开禧中其子纶所手订，以其家尝刻六一集，故编次一遵其凡例，为《省斋文稿》四十卷、《平园续稿》四十卷、《省斋别稿》十卷、《词科旧稿》三卷、《掖垣类稿》七卷、《玉堂类稿》二十卷、《政府应制稿》一卷、《历官表奏》十二卷、奏议十二卷、《奉诏录》七卷、《承明集》十卷、《辛巳亲征录》一卷、《龙飞录》一卷、《归庐陵日记》一卷、《闲居录》一卷、《泛舟游山录》三卷、《乾道庚寅奏事录》一卷、《壬辰南归录》一卷、《思陵录》一卷、《玉堂杂记》三卷、《二老堂诗话》二卷、《二老堂杂志》五卷、《唐昌玉蕊辨证》一卷、《近体乐府》一卷、书稿三卷、札子十一卷、小简一卷，其年谱一卷亦纶所编，又以祭文、行状、谥诰、神道碑等别为附录四卷终焉。陈振孙谓初刻时以《奉诏录》、《亲征录》、《龙飞录》、《思陵录》十一卷所言多及时事，托言未刊。郑子敬守吉时，募工人印得之，世始获见完书。今雕本久佚，止存抄帙，而《玉堂杂记》、《二老堂诗话》等编，世亦多有别本单行者，已各著于录。兹集所载，则依原书编次之例，仍为录入，以存其旧第焉。

知所据为抄本，源自宋编，为浙江鲍士恭家藏本。库本卷一百八十五为《近体乐府》一卷。《钦定续通志》卷一百六十三"艺文略"据四库全书全目著录有《近体乐府》一卷，又《御选历代诗馀》卷一百四"词人姓氏"云有《平园集》二百卷《近体乐府》一卷，又《四库著录江西

先哲遗书目》著录有《近体乐府》一卷，三者著录的均当指库本。后
又有清道光刊《庐陵周益国文忠公集》，其中有《近体乐府》一卷。

宋以后其词多是自别集中析出另行，叙录如下：

一、刊本

1. 《宋名家词》本，明末毛氏汲古阁刊，其中有《近体乐府》一
卷，毛晋跋云：

> 南渡而下，诗之富贵（当为实字）维放翁，文之富实维益
> 公，先辈争仰为大家，与欧、苏并称，但卷帙浩繁，我明尚未
> 副枣。予于寅卯间已镌放翁诗文一百三十卷有奇行世，而益
> 斋诸稿二百卷仅得一抄本，句错字淆，未敢妄就剞劂。倘海
> 内同志，或宋刻，或名家订本，肯不惜荆州之借，俾平园叟与
> 渭南伯共成双璧，真艺林大胜事也。兹《近体乐府》数阕，特
> 公剩技耳，先梓之以当相征券。

知自所藏抄本周必大全集中析出词集一卷刊行，此本见清郑德懋辑
《汲古阁校刻书目》之《宋名家词六集》著录，云六叶。又叶德辉《叶
氏观古堂藏书目》著录有《近体乐府》一卷，为清光绪汪氏振绮堂重
刊汲古阁本。

2. 沈宗畸辑《晨风阁丛书》本，清宣统元年（1909）番禺沈氏
刊，其中有《平园近体乐府》一卷。沈氏跋云：

> 汲古毛氏刊益公乐府草率殊甚，至以《点绛唇》二阕前后
> 叠合为一阕，殊堪捧腹，兹以益公大全集校正，开卷《朝中
> 措》词前有乐语及口号并补刻之。番禺沈宗畸。

当是据汲古阁本，以周氏大全集校补。

3. 朱祖谋辑《彊村丛书》本，据宋刊《平园集》辑《平园近体乐
府》一卷刻入，存词十三首，无校记，无跋文。

二、抄本

今存抄本丛书中收有周氏词集的有：

1.《四库全书》本，其中有《近体乐府》一卷，提要云：

> 宋周必大撰，必大有《玉堂杂记》已著录，此编凡词十二
> 阕，已编入《文忠集》中，此乃毛晋摘录之本，刻于六十家词
> 中者也。题下所注甲子，其可数者自丁亥至庚寅，大约不出
> 四岁中，所作疑当周纶编次全集时已掇拾于散佚之馀，非其
> 完本矣。

所据为毛氏汲古阁刊本，为安徽巡抚采进。所作自丁亥至庚寅，即孝宗乾道三年（1167）至六年。

2.《十家词抄》本，清何元锡家抄本，清何元锡校，清丁丙跋，其中有《近体乐府》一卷。检丁丙《善本书室藏书志》卷四十著录有《近体乐府》一卷，精抄本，何梦华藏书。云："必大所著《平园集》二百卷，中有《近体乐府》一卷，文忠学问渊博，著述繁富，词乃其馀事。此本凡十三首，笔意雍容华贵，迥殊艳亵之体。卷末有'钱江何氏梦华馆藏'朱文方印。"所云即此本，盖析出著录者。

3.《宋元四家词》本，清初抄本，清梁同书、丁丙跋，其中有《近体乐府》一卷。

又见于著录的抄本有：

1. 清朱学勤《别本结一庐书目》"抄本"著录有《近体乐府》一卷。

2.《中国古籍善本书目》载《近体乐府》一卷，清抄本。

三、未言版本者

1. 朱彝尊《词综》"发凡"和卷十四小传载《近体乐府》一卷。

2. 清陆漻《佳趣堂书目》著录有《近体乐府》。

3. 清徐元文《含经堂藏书目》著录有《近体乐府》一卷

4. 清赵昱《小山堂藏书目录备览》著录有《近体乐府》。

以上诸家著录的均未言版本，所载当以抄本为主。

杨万里

杨万里（1127—1206），字廷秀，号诚斋，吉州吉水（今属江

西）人。宋高宗绍兴二十四年（1154）进士，授赣州司户参军，调零陵丞。孝宗乾道年间擢国子博士，迁太常博士，权吏部右侍郎官，将作少监。淳熙间提举广东常平茶盐，除广东提点刑狱。召为左司郎中，为秘书少监。光宗受禅，召除秘书监。绍熙元年（1190）为实录院检讨官，出为江东转运副使。宁宗朝屡召不起，闲居达十五年。卒谥文节。著有《诚斋集》。

　　杨氏词见载于诗文集中，今存有宋端平初年刻本，藏日本宫内厅书陵部。又有影宋抄本《诚斋集》卷一百三十三卷，原为缪荃孙艺风堂藏书，《四部丛刊》据以影印。据理宗端平二年（1235）刘炜叔序知，始刻于端平元年，完成于次年。其中卷九十七"杂著"载有"乐府"，存《归去来兮引》等词七首。又《永乐大典》卷 13495 第 14B 页自《杨诚斋集》录《念奴娇》词一首。

　　入清则有《四库全书》本《诚斋集》一百三十二卷，提要云："其集卷帙重大，久无刻板，故传写往往讹脱。……今核正其可考者，凡疑不能明者，则姑阙焉。"所据当为宋麻沙刊本，为编修汪如藻家藏本。其中卷七十八"杂著"载有"乐府"，所载词与影宋本同，但卷数却略异。按：库本刘炜叔序置于书末，库本所据当晚于端平本，每卷所载类别略异，而总卷数不变。

　　后人据诗文集中析出词，成《诚斋乐府》一卷别行，仅见于清代以来著录，计有：

　　1. 清朱彝尊《词综》"发凡"云有《诚斋乐府》一卷。

　　2.《御选历代诗馀》卷一百五"词人姓氏"云有《诚斋乐府》一卷。

　　3. 王国维编《大云书库藏书目》卷中著录有《诚斋乐府》一卷，为抄本。

　　4. 吴昌绶《宋金元词集见存卷目》附《双照楼续辑宋金元百家词目》著录有《诚斋乐府》一卷，日本旧抄《诚斋集》本。

　　近代朱祖谋据日本旧抄本《诚斋集》辑《诚斋乐府》一卷，刊入《彊村丛书》中，存词八首。无校记，无跋文。其中七首同影宋本，另据《花庵词选》补《忆秦娥》一词。

另清朱学勤《结一庐书目》卷四著录有《诚斋乐府》十卷，云："计三本，宋杨万里撰，元刊本，振绮堂藏书。"云元刊乐府词凡十卷，疑有误。按：明朱有燉撰有《诚斋乐府》，所载为杂剧。

赵善待

赵善待（1128—1188），字时举。宋孝宗隆兴元年（1163）进士，授昆山县丞，知江阴，通判吉州，终知岳州。有杂著十卷。

宋徐鹿卿《宋宗伯徐清正公存稿》卷五《赵司戒诗集序》云："久乃出诗词四帙示余，余熟之复之，于是尽得时举之为人。"序作于宁宗嘉定十七年（1224），或为手稿，今未见存词。

李洪

李洪（1129—？），字子大，号芸庵，宋庐陵（今江西吉安），又作扬州（今属江苏）人，寓居海盐、湖州（今属浙江）。高宗绍兴二十五年（1155），监盐官县税，孝宗隆兴初为永嘉监仓。历知温州、藤州。著有《芸庵类稿》。

李氏词见载于诗文集中，今有《四库全书》本《芸庵类稿》六卷，提要云："陈贵谦序称原本二十卷，而今所掇拾，仅得诗词三百九十馀首、文三十首，视原集只十之三四，谨据所存者厘为五卷，而以杂文一卷附之，略具梗概，俾不致终就泯没焉。"是自《永乐大典》中辑出，库本卷五附有诗馀，存词十首。按：陈贵谦序有"其子藤州使君讳洪，则有《芸庵类稿》二十卷，贵谦得而读之"云云，知佚文尚多，包括词。

近代朱祖谋据《大典》之《芸庵集》本，辑录《芸庵诗馀》一卷，收入《彊村丛书》中，存词十首，同库本，无校记，无跋文。

又有李之鼎《宜秋馆诗馀丛抄》本，李氏宜秋馆抄本，况周颐批校，朱孝藏校。其中有《芸庵诗馀》一卷。

按：宋时有《李氏花萼集》刊行于世，陈振孙《直斋书录解题》卷二十一著录有《李氏花萼集》五卷，云："庐陵李氏兄弟五人：洪，子大；漳，子清；泳，子永；洤，子召；涮，子秀。皆有官阀。"为宋刊《百家词》本，元马端临《文献通考》卷二百四十六"经籍考七十三"据以录入。为李氏兄弟五人词作的合集，每人词当各具一卷，今不存。

《永乐大典》卷 2808 第 12A 页自李洪《李子大词》录《卜算子》一词，又卷 2811 第 18B 页自李洤《李子召花萼词》录《西江月》一词，又自卷 12043 第 25B、26A 页自李涮《柯山别驾李涮词》录词十二首，即《满庭芳》、《千秋岁》各一首和《减字木兰花》十首。李氏三兄弟词当采自《李氏花萼集》。

其书见于后世著录的有：

1. 明钱溥《秘阁书目》著录有《李氏花萼集》。

2. 明陈第《世善堂藏书目录》卷下著录有《李氏花萼楼词》五卷。

3. 明王道明《笠泽堂书目》著录有《花萼集》二册。

4. 清黄虞稷《千顷堂书目》卷三十二"词曲类·补·宋"著录有《李氏花萼集》五卷。

5. 清倪灿撰，卢文弨校正《宋史艺文志补》著录有《李氏花萼集》五卷。

6. 清朱彝尊《词综》卷十六云："李洪，字子大，庐陵人。与弟漳、泳、洤、涮著《李氏花萼集》五卷，其侄直伦为之序。"

7. 《御选历代诗馀》卷一百六"词人姓氏"云：李洪字子大，庐陵人，与弟漳、泳、洤、涮并举进士，著《李氏花萼集》五卷，其侄直伦为之序。

以上诸家著录均未标明版本，可知其书明代尚存，入清已佚。民国时赵万里辑录《李氏花萼集》，收入《校辑宋金元人词》中，赵氏题记云：

　　　　《李氏花萼集》五卷，庐陵李洪及其弟漳、泳、洤、涮所

撰，其侄直伦为之序。宋时有长沙坊刻《百家词》本，见《直
斋书录解题》五十五歌词类。《永乐大典》"梅"字韵两引之。

余尝谓长沙《百家词》至明季犹存，此即一证也。万里记。

其中存词：李洪二首，李漳四首，李泳四首，李淦二首，李洄一首，另
附录二首。按：《直斋书录解题》原有五十馀卷，四库重辑本分为二十
二卷，其中卷二十一为歌词类，赵氏题记歌词类标作卷五十五，是据
传抄宋本著录的。

朱熹

朱熹（1130—1200），字元晦，一字仲晦，号晦庵、晦翁、云谷老
人、沧洲病叟、考亭先生。祖籍徽州婺源（今属江西），生于南剑州尤
溪（今属福建）。宋高宗绍兴十八年（1148）赐同进士出身，授左迪功
郎、泉州同安县主簿。孝宗时为国子监武学博士，知南康军兼管内劝
农事，提举浙东常平茶盐公事。光宗时知漳州，为湖南安抚使兼知潭
州。宁宗时除焕章阁待制兼侍讲。卒谥文公，赠宝谟阁直学士，又追
封徽国公等。著有《晦庵先生文集》等。

朱氏词宋时就见载于诗文集中，吴泳《鹤林集》卷二十八《与魏鹤
山书》云：

前辈尝谓退之、子厚皆于迁谪中始收文章之极功，盖以
其落浮夸之气，得忧患之助，言从字顺，遂造真理。今观
《渠阳》一编，则又岂可例以文士目之耶？然尚有可商量
者，记、序、铭、说、诗、词，各自有体，虽文公老先生素
号秉笔太严，而乐府十三篇咏梅花与人作生日，清婉骚润，
未尝不合节拍。如侍郎歌词"内重卦三三，后天八八"、"三
三律管"、"九九玄经"等语，觉得竟非词人之体，是虽胸次
义理之富，浇灌于舌本，滂沛于笔端，不自知其然而然。但
恐或者见之，乃谓侍郎尽以《易》元之妙谱入歌曲，是则可
惧也。

所谓"文公老先生"即朱熹,有乐府词咏梅十三首,今不存。又王柏《鲁斋王文宪公文集》卷十一《跋文公梅词真迹》云:

> 昔南轩先生与先大父石笋翁在长沙赏梅分韵,有曰"平生嘉绝处,心事付寒梅。"今又获拜观文公先生怀南轩之句,曰:"和羹心事,履霜时节。"由是知二先生之心事与梅花一也。然此八字虽甚平熟,极有深意,盖和羹之用,正自履霜中来。自昔贤人君子有大力量、立大功业者,必有孤洁挺特之操,百炼于奇穷困厄之中而不变者也。异时先生又曰:"绝艳谁怜,真心自保。"所以指示学者尤亲切,梅花与二先生之心果何心哉?不过保一"真"字而已。天台吕居中,学朱子者也,保爱此词,如护拱璧,惟独为其推所以知爱之道。昔朱子尝书寇忠愍《阳关词》而题于后,欲使百世之下有以知先生与莱公之意,继之以于戏,悲夫!予于此词亦云。

检朱熹集,卷五有"雪梅二阕奉怀敬夫"词,词调为《忆秦娥》,所云"和羹心事,履霜时节"二句见第二首,按:张栻(1133—1180),字敬夫,号南轩。至于"绝艳谁怜,真心自保"二句,见卷十《念奴娇·用傅安道和朱希真梅词韵》一词。按:朱氏词见文集卷十,附于诗后。至于卷五《忆秦娥》二词,因有《题二阕后自是不复作矣》一诗,就随此诗附之前,置在卷五了。

今有明嘉靖刊《晦庵先生朱文公文集》一百卷续集十一卷别集十卷,《四部丛刊》据此影印,其中正集卷十附有"乐府",存词十六首。

清有《四库全书》本《晦庵集》一百卷续集五卷别集七卷,为内府藏本,提要云:

> 此本为康熙戊辰蔡方炳、臧眉锡所刻,眉锡序之,而方炳书后题曰《朱子大全集》,不知其名之所始考。黄仲昭跋及嘉靖壬辰潘潢跋尚皆称《晦庵先生集》,而方炳跋乃称朱子故有

大全文集，岁月浸久，版已磨灭，则其名殆起明中叶以后
乎？惟是潢跋称文集百卷、续集五卷、别集七卷，与今本合，
而与潢共事之。苏信所作前序乃称百有二十卷，已自相矛
盾，方炳手校此书。其跋又称原集百卷、续集十卷、别集十
一卷，其数尤不相符，莫明其故。疑信序本作百有十二卷，
重刻者偶倒其文，而方炳跋则缮写笔误，失于校正也。方炳
跋又称校是书时不敢妄有更定，悉依原本，即续别二集，亦
未依类附入，颇得古人刊书谨严详慎之意，今通编为一百一
十二卷，仍分标晦庵集、续集、别集之目，不相淆乱，以存其
旧焉。

所据为康熙刊本，库本卷十附"诗馀"，存词同嘉靖本。

其词集有析出别行者，今有：

1. 清彭元瑞辑《汲古阁未刻词》本，清光绪抄本，清江标跋，其
中有《晦庵词》一卷。知朱氏词集明以前未曾别行，明末毛氏汲古阁
或自文集中移录出，成《晦庵词》一卷，又吴昌绶《宋金元词集见存卷
目》附《双照楼续辑宋金元百家词目》著录有《晦庵词》一卷，云武进
董氏藏《汲古未刻词》本。

2. 清江标辑《宋元名家词》本，清光绪二十一年（1895）湖南思
贤书局刊刻，其中有《晦庵词》一卷。

3.《宋六家词》本，抄本，其中有《晦庵词》一卷，藏台湾。

又见于著录的有：

1. 清朱彝尊《词综》"发凡"云曾见《晦庵词》一卷。

2.《御选历代诗馀》卷一百五"词人姓氏"云有《晦庵词》
一卷。

以上均未言版本。

李处全

李处全（1131—1189），字粹伯，号晦庵，徐州丰县（今属江

苏）人。宋高宗绍兴三十年（1160）进士，为宗正寺簿，迁太常寺丞。孝宗时除秘书丞，知袁州、处州、舒州等。著有《晦庵词》。

李氏词集宋时就已刊行，陈振孙《直斋书录解题》卷二十一著录有《晦庵词》一卷，云淳熙中侍御史。为宋刊《百家词》本。元马端临《文献通考》卷二百四十六"经籍考七十三"据以录入。

今存抄本词集丛编中收有李氏词集的有：

1. 明吴讷编《唐宋名贤百家词》本，明抄本，梁启超跋。其中有《晦庵词》一卷。

2. 明李东阳辑《南词》本，抄本，其中有《晦庵词》一卷。

3. 《宋元明三十三家词》本，明石村书屋抄本，其中有《晦庵词》一卷。

4. 《宋元人词》本，清抄本，其中有《晦庵词》一卷。

另《中国古籍善本书目》载有《晦庵词》一卷，明抄本。此外见于明清著录的有：

1. 明毛晋《汲古阁毛氏藏书目录》著录有《晦庵词》一卷。

2. 清黄虞稷《千顷堂书目》卷三十二著录有《晦庵词》一卷。

3. 清倪灿撰，卢文弨校正《宋史艺文志补》著录有《晦庵词》一卷。

4. 清朱彝尊《词综》"发凡"及卷十四小传云有《晦庵词》一卷。

5. 《御选历代诗馀》卷一百五"词人姓氏"云有《晦庵词》一卷。

以上诸家著录的均未言版本，所载当以抄本为主。

晚清有王鹏运四印斋汇刻《宋元三十一家词》本，其中有《晦庵词》一卷。此本又见叶德辉《叶氏观古堂藏书目》、缪荃孙《目录词小说谱录目》等著录。

葛邲

葛邲（1131？—1196？），字楚辅，吴兴（今属浙江）人。宋孝宗隆兴元年（1163）进士，为国子博士。历官中书舍人、给事中、刑部尚书。光宗绍熙元年（1190）授参知政事，知枢密院事，为左丞相。除观文殿大学士，知建康府。宁宗时判绍兴府。著有《归愚集》。

其词见附于全集中，见于著录的有：

1．《宋史》本传云有文集二百卷词业五十卷。

2．明董斯张《吴兴备志》卷二十二"经籍征第十八"载葛郯文集二百卷词业五十卷。

3．清王士禛《居易录》卷十六云：

> 宋葛立方常之《归愚集》十卷，诗四卷、乐府一卷、骚赋杂文一卷、外制二卷、表启二卷。谥文康胜仲之子，谥文定郯之父也。

《国史经籍志》作二十卷。文定公，南渡贤相，有文集二百卷、词业五十卷，不知传于世否？

4．《浙江通志》卷二百四十八载葛郯文集二百卷词业五十卷。

5．清倪涛《六艺之一录续编》卷五《石刻钱塘吴焯尺凫武林石刻题跋》于石刻"淳熙丁未季春甲子，驾幸玉津园，萧燧、韩彦直、宇文价、洪迈、葛郯、蒋继周、叶翥、韩彦质、王信、陈居仁、李岷、陈贾、章森、颜师鲁、刘国瑞、胡晋臣扈从至此。"石刻在龙华寺 题跋有"传称郯有文集二百卷词业五十卷，然未之见也"云云。题跋作于宋孝宗淳熙十四年（1187）。

以上知宋时刊葛氏全集存词五十卷，其词的创作是有相当规模的。至迟清初其诗文集已不存于世。

张孝祥

张孝祥（1132—1170），字安国，号于湖居士，历阳乌江（今安徽和县）人。宋高宗绍兴二十四（1154）年廷试，为进士第一。授承事郎，为秘书省正字。除校书郎、著作郎、中书舍人等。孝宗时为建康留守，历知抚州、平江等，以显谟阁直学士致仕。著有《于湖居士文集》、《于湖词》等。

张氏词集宋时已刊行于世，汤衡《张紫微雅词序》云：

昔东坡见少游《上巳游金明池》诗有"帘幕千家锦绣垂"之句，曰："学士又入小石调矣。"世人不察，便谓其诗似词，不知坡之此言盖有深意。夫镂玉雕琼，裁花剪叶，唐末词人非不美也。然粉泽之工，反累正气。东坡虑其不幸而溺乎彼，故援而止之，惟恐不及。其后元祐诸公嬉弄乐府，寓以诗人句法，无一毫浮靡之气，实自东坡发之也，于湖紫微张公之词同一关键。始公以妙年射策魁天下，不数岁入直中书，帝将大用之，未几，出守四郡，多在三湖七泽间，何哉？衡谓兹地自屈、贾题品以来，唐人所作，不过《柳枝》、《竹枝》词而已，岂□以物色分留我公，要与"大江东去"之词相为雄长，故建牙之地不于此而于彼也欤？建安刘温父博雅好事，于公文章翰墨尤所爱重，片言只字，莫不珍藏。既裒次为法帖，又别集乐府一编，属予序之，以冠于首。衡尝获从公游，见公平昔为词，未尝著稿。笔酣兴健，顷刻印成。初若不经意，反复究观，未有一字无来处，如歌头凯歌、登无尽藏、岳阳楼诸曲，所谓骏发踔厉，寓以诗人句法者也。自仇池仙去，能继其轨者，非公，其谁与哉？览者击节，当以予为知言。乾道辛卯六月望日，陈郡汤衡撰。

序作于孝宗乾道七年（1171），知已刊行于世，所谓歌头凯歌，指《水调歌头·凯歌上刘恭父》"猩鬼啸篁竹"一词。又陈应行《于湖先生雅词序》云：

苏明允不工于诗，欧阳永叔不工于赋，曾子固短于韵语，黄鲁直短于散语，苏子瞻词如诗，秦少游诗如词，才之难全也，岂前辈犹不免耶？紫微张公孝祥，姓字风雷于一世，辞彩日星于群。因其出入皇王，纵横礼乐，固已见于万言之陛对。其判花视草，演丝为纶，固已形于尺一之诏书。至于托物寄情，弄翰戏墨，融取乐府之遗意，铸为毫端之妙词，前无故人，后无来者，散落人间，今不知其几也。比游荆湖间，得

公于湖集，所作长短句凡数百篇，读之泠然洒然，真非烟火
食人辞语。予虽不及识荆，然其潇散出尘之姿，自在如神之
笔，迈往凌云之气，犹可以想见也。使天假之年，被之声歌，
荐之郊庙，当其英荃韶頀间作而递奏，非特如是而已。一日
凤鸟去，千年梁木摧，予深为公惜也。于湖者，公之别号
也。昔陈季常晦其名，自称为龙丘子，尝作《无愁可解》，东
坡为之序引。世之不知者，遂以龙丘为东坡之号，予故表而
出之。乾道辛卯仲冬朔日，建安陈应行季陆序。

序所作时间与汤衡同，知有词集名《紫微雅词》，按：黄昇《中兴以来
绝妙词选》卷二云："有《紫微雅词》，汤衡为序，称其平昔为词未尝
著稿，笔酣兴健，顷刻即成，无一字无来处。如歌头凯歌诸曲骏发蹈
厉，寓以诗人句法者也。"知《紫微雅词》已刊行于世。又《御选历代
诗馀》卷一百十七引《朝野遗记》云："张孝祥《紫微雅词》，汤衡称其
平昔未尝著稿，笔酣兴健，顷刻即成，却无一字无来处。一日在建康
留守席上作《六州歌头》，张魏公读之，罢席而入。"按：《朝野遗
记》为宋人所撰，其人不详。又陈振孙《直斋书录解题》卷二十一著
录有《于湖词》一卷，为宋刊《百家词》本。元马端临《文献通考》卷
二百四十六"经籍考七十三"据以录入。其与《紫微雅词》是不同的。

张氏词集见于后世著录的有：

一、《于湖词》

A. 印本

明末毛氏汲古阁刊《宋名家词》本，其中有《于湖词》三卷，毛晋
跋云：

> 字安国，号于湖，蜀之简州人也。后卜居历阳，故陈氏称
> 为历阳人。甲戌状元及第，出自思陵亲擢，故秦相孙埙居其
> 下，桧忌恶之，以事召致于狱。桧亡，上眷益隆，不数加载，
> 入直中书，惜其不年，上尝有用不尽之叹。玉林集中兴词家
> 选二十有四阕，评云："旧有《紫薇雅词》，汤衡为序，称其

> 平昔为词未尝著稿，笔酣兴健，顷刻即成，无一字无来处，如
> 歌头凯歌诸曲，骏发踔厉，寓以诗人句法者也。"恨全集未
> 见耳。

跋在首卷末，未言所据，存词二十八首，而《中兴以来绝妙词选》所选
二十四词均在其中。又总目只列卷一所载，其馀二卷所载则不见，知
是先刻卷一部分，卷二、卷三是后来补刻者，故有"恨全集未见"云
云。此本见清郑德懋辑《汲古阁校刻书目》之《宋名家词六集》著录，
云凡六十二叶。又见王修《诒庄楼书目》卷八著录。又叶德辉《叶氏
观古堂藏书目》著录有《于湖词》四卷，为清光绪汪氏振绮堂重刊汲
古阁本，云四卷，当误。

B. 抄本

今存抄本丛书中收有其词集的有：

1. 明吴讷编《唐宋名贤百家词》本，明抄本，梁启超跋，其中有
《于湖词》二卷。

2. 明李东阳辑《南词》本，抄本，其中有《于湖词》二卷。

3. 《四库全书》本《于湖词》三卷，提要云：

> 宋张孝祥撰，孝祥有《于湖集》已著录，《宋史·艺文
> 志》载其词一卷，陈振孙《书录解题》亦载《于湖词》一卷，
> 黄昇《中兴词选》则称《紫微雅词》，以孝祥曾官中书舍人故
> 也。此本为毛晋所刊，第一卷末即系以跋，称恨全集未见，
> 盖只就《词选》所载二十四阕更撖四首益之，以备一家。后
> 二卷则无目录，亦无跋语，盖其后已见全集，删其重复，另编
> 为两卷以续之。而首卷则未重刊，故体例特异耳。卷首载陈
> 应行、汤衡两序，皆称其词寓诗人句法，继轨东坡，观其所
> 作，气概亦几几近之。《朝野遗记》称其在建康留守席上赋
> 《六州歌头》一阕，感愤淋漓，主人为之罢席，则其忠愤慷
> 慨，有足动人者矣。又《耆旧续闻》载孝祥十八岁时即有《点
> 绛唇》"流水泠泠"一词为朱希真所惊赏，或刻孙和仲，或即

> 以为希真作，皆误。今集不载是篇，或以少作而佚之欤？陈
> 应行序称于湖集长短句凡数百篇，今本乃仅一百八十馀首，
> 则原稿散亡，仅存其半，已非当日之旧矣。

所据为毛氏汲古阁刻本，为安徽巡抚采进。又《钦定续通志》卷一百六十三据文渊阁著录，有《于湖词》三卷，与库本同。

另清张宗祥《补抄文澜阁四库阙简记录》著录有《于湖词》一卷，重抄。

C. 版本不详者

1. 明毛晋《汲古阁毛氏藏书目录》著录有《于湖词》一卷。

2. 清钱曾《钱遵王述古堂藏书目录》著录有《于湖词》一卷。

3. 清徐元文《含经堂藏书目》著录有《于湖词》四卷。

4. 清朱彝尊《词综》"发凡"云曾见《于湖词》一卷。

5. 《御选历代诗馀》卷一百四"词人姓氏"云有《于湖词》一卷。

6. 清赵昱《小山堂藏书目录备览》著录有《于湖词》，未标卷数。

7. 清姚燮《大梅山馆藏书目》卷十一著录有《于湖词》一卷。

8. 清庄仲芳《映雪楼藏书目考》卷十著录有《于湖词》一卷。

以上诸家著录的均未标明版本，所载当以抄本居多。

二、《于湖先生长短句》(《于湖长短句》)

此种有宋刊，见佚名《善本书目》著录，有《于湖长短句》五卷拾遗一卷，云："宋本，有一卷本、二卷本、五卷本，佳，与词同。"后人多据以影抄，见于清以来人著录的有：

1. 清钱曾《也是园藏书目》卷七著录有《于湖长短句》五卷。

2. 清徐乾学《积学斋书目》著录有《于湖词》五卷《补遗》一卷。提要云：

> 张孝祥安国撰。影宋抄本，此书又名《雅词》，各家书目
> 均载一卷，《四库》本三卷，附集本四卷。惟瞿氏《铁琴铜剑
> 楼书目》与此本合，盖出于乾道刊本，较别本词亦有出入，可

另辑《补遗》一卷。有乾道辛卯陈应行、汤衡二序。

据宋乾道刻本影抄，名《于湖词》，盖省略名称而然。

3. 清张金吾《爱日精庐藏书志》卷三十六著录有《于湖先生长短句》五卷拾遗一卷，影写宋刊本。云："是书毛氏初刊一卷，继得全集，续刊两卷，篇次均经移易，并删去目录内所注宫调，此则犹是宋时原本，当与知音者共赏之。"据张蓉镜序（嘉庆庚辰，1820），有"家诒经堂主人见而爱玩不置，假录副本始还"（参见后文）云云，按：张金吾（1787—1829），字慎旃，号月霄，昭文（今江苏常熟）人。嘉庆十四年（1809）补博士弟子员，不久弃去，致力于藏书、校书、刻书。积藏至八万卷，藏书楼曰爱日精庐，别名诒经堂、世德斋、青藜仙馆等，编有《爱日精庐书目》、《爱日精庐藏书志》等，诒经堂主人即张金吾，知是抄自张蓉镜家藏本。

4. 清瞿镛《恬裕斋藏书记》卷四著录有《于湖先生长短句》五卷拾遗一卷，影抄宋本。云："《宋史·艺文志》、《直斋书目》（旁批：长沙《百家词》本）俱作一卷。此出乾道间刻本，有陈应行、汤衡序，毛氏《六十家词》本先刻一卷，续刻二卷，章次俱不合。"又眉批："毛氏初刻，当即长沙本，两本不当合口，犹鲍氏所刻《张子野词》不当以两本合编也。鲍编张词，亦园本脱去一首。"又瞿镛《铁琴铜剑楼藏书目录》著录有《于湖先生长短句》五卷拾遗一卷，影抄宋本。有提要云云，同上。

5. 清朱学勤《结一庐书目》卷四著录有《于湖先生长短句》五卷拾遗一卷，云："计一本，宋张孝祥撰，影写宋刊本。"

6. 清陈徵芝《带经堂书目》卷四下著录有《于湖长短句》五卷拾遗一卷，云张蓉镜小琅环福地影宋抄本。按：张蓉镜（1802—？），字芙川，昭文（今江苏常熟）人。娶妻姚畹真，号芙初女史，夫妇皆喜藏书。藏书处名双芙阁、小琅嬛福地、味经书屋，有《小琅嬛仙馆书目》。张氏有跋文，详后。

7. 清周星诒《传忠堂书目》著录有《于湖先生长短句》五卷拾遗

一卷，一册，影宋抄本。又清蒋凤藻《秦汉十印斋藏书目》卷四著录有《于湖先生长短句》五卷拾遗一卷，景宋抄本。又蒋氏《铁华馆家藏书目》著录有《于湖先生长短句》，一本，抄本。按：周氏与蒋氏为同年与姻家，其藏书后归蒋氏。

8. 吴昌绶《宋金元词集见存卷目》附《双照楼续辑宋金元百家词目》著录有《于湖先生长短句》五卷拾遗一卷补一卷，云："武进董氏诵芬室景宋乾道本，以《南词》校补。"按：《蟫隐庐旧本书目十六期》著录有《于湖长短句》五卷补遗二卷，颂（当作诵）芬室辑订精抄足本。

9. 张钧衡《适园藏书志》卷十六著录有《于湖先生长短句》五卷拾遗一卷，旧抄本。录题识文如下：

> 宋张孝祥撰，孝祥字安国，历阳乌江人。绍兴二十四进士第一，进显谟阁直学士，致仕。事迹具《宋史》本传。《于湖集》四十卷，词只四卷。此单行本，乾道辛卯汤衡后序，李子仙孝廉福手影宋本，黄荛圃以赠张子和者，前有子和小像。
>
> 孙氏手跋曰：于湖辞沉雄跌宕，专学东坡。尝于建康留守席上赋《六州歌头》，慷慨激昂，主人为之罢宴。草窗选《绝妙好辞》，以集中《念奴娇》一阕压卷，其为当时见重如此。汲古阁刊本以初得一卷刻成，后续得全集，故篇次不无移易。此册的系原本，洵可宝贵。惟舛讹处颇多，须一校正之耳。孙原湘识。
>
> 于湖先生天才雄放，文章冠伦魁，能即其乐府之作，不事雕琢粉泽，浩气孤行，卓然大家。惜其原本久湮，世所传毛氏汲古阁本，首卷只就《词选》二十四阕，更摭四首益之，以备一家。迨后得全集续刊，而首卷则未重刻，故编次紊乱。且集中宫调已逸，读先生词者，不免残缺失次之憾。吴郡黄荛圃先生以是册赠先祖观察公，为李子仙孝廉影宋抄本，首

尾完整，行款、字体的系原刻面目，珍藏味经书屋阅廿馀稔矣。今秋，家诒经堂主人见而爱玩不置，假录副本始还。因叹物每聚于所好，遇称赏者乃益见珍。展阅之下，流连古香，爰识数语于卷尾，庶读是编者咸知宝贵，而祖砚之诒，又深感黄公之雅谊矣。嘉庆庚辰重阳前一日，海虞张蓉镜书于小琅嬛福地之南窗。

芙川张君携张于湖《雅词》过友琴书屋，暇日展诵一过，为校十馀字，末卷《拾遗》内《丑奴儿》阕，"伯鸾德曜"已见卷五，又《点绛唇》阕"秩秩宾筵"与卷五"绮燕高张"云云小异，杨希铨记。

知是书为李福影写宋本，原为黄丕烈之物，由黄氏赠送张燮，藏张氏味经书屋凡二十馀年，张蓉镜为张燮孙，序作于嘉庆二十五年（1820）。诸题跋文中涉及的人员生平略述如左：① 李福字子仙，又字备五，吴县（今江苏苏州）人。清嘉庆十五年（1810）举人，官州同，能文擅书。② 张燮（1753—1808），字子和，昭文（今江苏常熟）人。清乾隆五十八年（1793）进士，历官宁绍台兵备道、刑部员外郎，卒于官。藏书至万卷，与黄丕烈一时有两"书淫"之称。藏书处为小琅嬛福地，著有《味经书屋集》、《小琅嬛随笔》。③ 孙原湘（1760—1829），字子潇，一字长真，号心青，自署姑射仙人侍者，昭文（今江苏常熟）人。清嘉庆十年（1805）进士，选庶吉士，充武英殿协修。先后主持毓文、紫琅、娄东、游文等书院讲席，著有《天真阁集》。④ 杨希铨，嘉庆间进士，道光年间知惠州。

此书今藏台湾，见《"中央"图书馆善本序跋集录》，著录有《于湖先生长短句》五卷拾遗一卷，云："二册，宋张孝祥撰。清李子仙影宋抄本，诸家递校，清孙原湘、张蓉镜、吴宪征、杨希铨各手跋。"

10.《双宋书斋善本书目》著录有《于湖先生长短句》三卷，一本，影宋抄本。

11. 佚名《善本书目》著录有《于湖先生长短句》五卷拾遗一卷，

云："影写宋刊本，宋状元张孝祥安国撰，是书毛氏初刊一卷。"

12. 王国维编《大云书库藏书目》卷中著录有《于湖先生长短句》五卷补遗一卷，抄本。

13.《蟫隐庐旧本书目十六期》著录有《于湖长短句》五卷补遗二卷，颂（当作诵）芬室辑订精抄足本。

以上除《也是园藏书目》未标明版本外，其馀诸家多著录为影宋抄本。

其词集见于今存抄本丛书中的，有《宋元名家词》本，明抄本，清毛扆校，唐晏跋，其中有《于湖先生长短句》五卷。

又《中国古籍善本书目》著录《于湖先生长短句》五卷拾遗一卷，凡三种，其中清抄本有二，另一为抄本，均藏国家图书馆。

民国时有《景宋金元明本词》刊本，其中有《景宋本于湖先生长短句》五卷拾遗一卷，陶湘《叙录》云：

> 湘案：光绪间授经大理曾于京师得传抄五卷附拾遗本，据汲古所刻为补遗一卷，以寄伯宛。当时犹未见《于湖集》宋椠。别获旧抄一本，亦有阙卷。后始从瞿氏摹传此本，较传抄特为精整，足与集本互证也。宋本半叶十行，行十八字。目录下题"状元张孝祥安国撰"。每词各注宫调，拾遗同。

授经大理即董康，其诵芬室有影宋抄本，详前吴昌绶（伯宛）《双照楼续辑宋金元百家词目》著录。此本是据瞿氏铁琴铜剑楼藏影写乾道刊本影刻。

三、 别集本

张氏诗文集附有词，韩元吉《南涧甲乙稿》卷十四《张安国诗集序》云：

> 历阳胡使君元功，集安国诗，得若干篇，将刻而传之，以慰其乡闾之思。又掇其歌词以附于后，属予序引，予于是收

涕而怀，有不忍述者。嗟乎！士大夫或未识安国咏其诗而歌其词，襟韵洒落，宛其如在，亦足以悲其志之所寓，而知其为一世之隽杰人也。乾道八年四月庚申颍川韩某序。

序作于孝宗乾道八年（1172），知诗文刻本附有词。《宋史》卷二〇八"艺文志"载有《张孝祥文集》四十卷词一卷，为全集本，版本不详。

今存有宋宁宗嘉泰元年（1201）刊《于湖居士文集》四十卷附录一卷，《四部丛刊》据以影印，其中卷三十一至三十四为词。前有嘉泰元年谢尧仁、张孝伯二序，而无韩元吉序。谢序有"天下刊先生文集者有数处"云云，知刊本颇多，此为张孝伯知隆兴府充江南西路安抚使时于嘉泰元年所刊本。

袁克文《寒云手写所藏宋本提要廿九种》著录有《于湖居士文集》四十卷，宋刊宋印（见第十一本，略）。云："半页十行十六字，白口，左右双栏。板心上端有字数。"袁氏跋云：

> 伯宛景刊宋元本词，多从旧椠精抄，裁篇别出，其旨以词家自昔无钜帙，欲创为之，以存古刻真面目。四五年来，仅成二十馀种，海内珍储，搜摭略具。克文近获宋刻《于湖居士集》，为世间绝无之本，属内子梅真手模乐府四卷，贻以上版，备南宋大家之一。乙卯八月，项城袁克文记。

跋作于民国四年（1915），知为袁氏内子刘姆影写本，后陶湘据影写本刊刻，收入《景宋金元明本词》，陶氏《叙录》云：

> 湘案：汲古刻《于湖词》，其初只就《花庵词选》所载二十四首，更摭四首益之，以备一家。后见全集，删其重复，另编为两卷以续之。故次序淆乱。宣统之季，宋椠《于湖居士集》始出于盛伯希祭酒家，大字精整，半叶十行，行十六字。卷三十一至三十四，凡乐府四卷。袁寒云夫人刘姆梅真所景摹也。

按：盛昱（1850—1900），爱新觉罗氏，字伯希，别号韵莳，自号意园、郁华阁者，清满族镶白旗人，为宗室。清光绪二年（1876）进士，历官编修、侍讲、国子监祭酒等，富藏书籍、金石、书画等，精鉴赏考订。著有《郁华阁遗集》、《意园文略》等。此书多见藏家著录，如章钰《章氏四当斋藏书目》卷上之四著录有《于湖居士乐府》四卷，为民国五年（1916）仁和吴氏双照楼景刊宋本，一册。函签题："仁和吴氏影宋刊本，茗理手校。"茗理即章钰。又见赵诒琛《赵氏图书馆藏书目录》卷四等著录。

王伯刍

王伯刍（1132—1201），字驹父，号率斋，宋庐陵（今江西吉安）人。博洽工文辞，日夜校雠笺注经史。家贫，一介不取诸人。

其词宋时见载于诗文集中，周必大《文忠集》卷七十三《率斋王居士伯刍墓志铭嘉泰元年》云："有《史法杂著》十卷、诗词十卷、《五代咏史诗》二百篇、《杂记》一编，享年七十。"《墓志铭》作于宁宗嘉泰元年（1201），云有诗词十卷，具体不详。今未见有词存世。

黄定

黄定（1133—　?），字泰之，号龙屿，晚号巩溪居士，永福（今福建永泰）人。宋孝宗乾道八年（1172）进士第一，擢秘书省校书郎，为兵部员外郎，任国子监司业。出知温州、潮州，直显谟阁，终广东提举。著有《凤城词》。

黄氏词集宋时已刊行于世，陈振孙《直斋书录解题》卷二十一著录有《凤城词》一卷，云："三山黄定泰之撰，乾道壬辰榜首。"为宋刊《百家词》本。元马端临《文献通考》卷二百四十六"经籍考七十三"据以录入。

其词集宋以后罕见著录，明钱溥《秘阁书目》著录有《凤城词》，未标明卷数。又明毛晋《汲古阁毛氏藏书目录》著录有《凤城词》一卷。明以后不见著录，朱彝尊《词综》"发凡"叹其词集已属只字不见者，知佚亡已久。

陈造

陈造（1133—1203），字唐卿，号江湖长翁，高邮（今属江苏）人。宋孝宗淳熙二年（1175）进士，调太平州繁昌尉，改平江府教授，寻知明州定海县，通判房州，为浙西路安抚司参议，改淮南西路安抚司参议。著有《江湖长翁集》。

陈氏词见载于诗文集中，《永乐大典》自《江湖长翁集》录词九首，即《诉衷情》（2265/4B，指卷数及页码，下同），《蝶恋花》（2266/10A），《洞仙歌》、《水调歌头》（2809/19A），《菩萨蛮》（2813/16B），《虞美人》、《鹧鸪天》三首（15138/20A）。按：《四库全书》收有《江湖长翁文集》四十卷，所据为明崇祯中李之藻高邮刻本，为山东巡抚采进本。其中未收词。

民国时赵万里据《永乐大典》辑佚词，收入《校辑宋金元人词》中，赵氏题记云：

> 陈造《江湖长翁集》，《宋史·艺文志》不著于录。崇祯间李之藻以淮南自秦观而后，惟造有名于时，因与观集同刻之于高邮，然所刻仅文集四十卷，集中诗词俱未收。余覆检《永乐大典》，见所引《江湖长翁集》时有出文集外者，则李刻殆非是本也。兹汇录《大典》所引诗馀如后，聊以备宋词一格焉。生平所见《大典》残帙，合南北公私藏家计之，约及百二十册，然所得仅此。他日续有所见，当赓续刊之。万里记。

为民国排印本，辑录词凡三首。

张颀

张颀，里贯行迹不甚详。陈造《张使君诗词集序》云曾知高邮，据《嘉庆高邮州志》卷八"秩官志"，知宋有张颀，字仲思，孝宗淳熙中知高邮军事。又宋潜说友撰《咸淳临安志》卷五十一"秩官九·县令"知张颛曾知馀杭县。又宋李心传《建炎以来系年要录》卷一百五载云,绍兴六年九月己丑:"温州进士张颛召赴都堂审察。颛,瑞安人。"按:《浙江通志》卷一百七十四"人物四·温州府"《两浙名贤录》云张颛,字叔靖,瑞安人。倜傥有气节,绍兴中太守章谊荐于朝,以《中兴十策》干执政,语不合,归老于家,年九十馀卒。不知张颛字叔靖者是否即知高邮之张颛。

其词见载于诗文集中,陈造《江湖长翁集》卷二十三《张使君诗词集序》云:

> 文章自有体,豫章翁语,学者法也,不见春华众木乎?红白色香,洪纤秾淡,具足娟好。翁属思运笔类是,文而文,诗而诗,词而词,体不同而皆工,可法也,要自有体之言求之。檇李张侯为高邮,予父子从之游,辱顾甚厚,予亦知侯之深。侯郡政称最,而文名称是,尽得到郡所作诗,凡七十七,皆隽发而严密。词二十六,皆清丽而圆淑,集而读之,老泉所谓投之如意者欤?文章有体,造豫章之奥者欤?然其措辞命意,非归君相之美,则奉亲庭之欢;非鲁僖之闵农,则渊明、乐天之自适,无益名理之言,一不形焉,是尤可贵。将博其传,以锓木,请再,不可,而后为私淑计,序而藏之家。

知诗词合集,其中有词二十六首。《全宋词》存其词一首。

陈梦锡

陈梦锡,生平不详,为陈造同宗。按:陈造《江湖长翁集》多有与来往诗文,如卷十有《谢陈梦锡诗卷二首》、卷十三《次陈梦锡韵二首》、又同卷《次韵陈梦锡》、卷十八《次韵答陈梦锡十首》、卷二十六《答陈梦锡书》等,知能诗,著有《月溪词》等。

陈造《江湖长翁集》卷三十一《题月溪辞后》云:

《梅花赋》似非广平语，《九辩·招魂》峻洁厉严，宋玉
之文，盖不愧其师，至赋《神女》，则妍嫮妖蛊之态俨在人
目。士游戏翰墨，情寓于辞，不主故常乃妙尔。吾宗梦锡
公，养高行意，傲睨人士，若不可把而扳之，其文高古简淡，
称其所为。见于长短句，则婉丽丰嫩，音谐字帖，使人诵咏
吟玩，若交五陵佳公子，相与坐锦帐，目蕙兰而耳笙箫，狎兴
自生，幽忧不留，予然后知二宋公之随作而工，异乎长彼短
此者。礼讥张而不弛，而善戏谑兮，诗人不去，予于月溪语
亦云。

未言卷数版本。今未见存词。

沈瀛

沈瀛，字子寿，号竹斋，吴兴归安（今浙江湖州）人。生卒年不
详。宋高宗绍兴三十年（1160）进士，任常州州学教授。孝宗时迁枢
密院编修官，为江东安抚司参议等。著有《竹斋集》、《竹斋词》等。

沈氏词集宋时已刊行，陈振孙《直斋书录解题》卷二十一著录有
《竹斋词》一卷，为宋刊《百家词》本，元马端临《文献通考》卷二百
四十六"经籍考七十三"据以录入。

今有抄本词集丛编中收有沈氏词集的有：

1. 明吴讷编《唐宋名贤百家词》本，明抄本，梁启超跋，其中有
《竹斋词》一卷。

2. 明李东阳辑《南词》本，抄本，其中有《竹斋词》一卷。

3.《宋元明八家词》本，清何元锡家抄本，清丁丙跋，其中有
《竹斋词》一卷。检丁丙《善本书室藏书志》卷四十著录有《竹斋词》
一卷，精抄本，何梦华藏书。云："有《竹斋词》一卷，叶适序之，此
本佚。有钱江何氏梦华馆藏图记。子寿词劲气直达，颇思矫涤纤丽之
习，惟好作理语，终于斯道去之远耳。"所指即此本，盖析出著录者。

4.《宋名贤七家词》本，明抄本，清鲍廷博校，清丁丙跋，其中

有《竹斋词》一卷。

5．明李东阳辑《南词》本，清董氏诵芬室抄本，吴昌绶、朱孝臧校，其中有《竹斋词》一卷。检吴昌绶《宋金元词集见存卷目》附《双照楼续辑宋金元百家词目》著录有《竹斋词》一卷，云武林董氏旧抄《南词》本。

此外，见于明清以来著录的有：

1．明钱溥《秘阁书目》著录有《竹斋词》，未标卷数。

2．明徐献忠《吴兴掌故集》卷四"著述类"载有《竹斋词》，未标卷数。

3．明毛晋《汲古阁毛氏藏书目录》著录有《竹斋词》一卷。

4．朱彝尊《词综》"发凡"及卷十一小传云曾见《竹斋词》一卷。

5．《御选历代诗馀》卷一百四"词人姓氏"云有《竹斋词》一卷。

6．《浙江通志》卷二百五十二"经籍十二·集部五"载《竹斋词》一卷。

7．清郑元庆《湖录经籍考》卷五"历代人词曲"著录有《竹斋词》一卷。

以上均未言版本。近代朱祖谋据知圣道斋藏明抄本刻入《彊村丛书》中，无校记，无跋文。

另沈氏诗文集中收有词，但不见宋人著录。《永乐大典》卷2952第9B页自《竹斋集》录《捣练子》二首。又卷19866第14B页自《竹斋沈子寿集》录《朝中措》一首。除《大典》引录外，其诗文集未见流传下来。

吕胜己

吕胜己，字季克，号渭川居士，建阳（今属福建）人。生卒年不详。从朱熹讲学，以荫仕湖南干官，历江州通判，知杭州。宋孝宗淳熙八年（1181）知沅州，坐事放罢。官至朝请大夫。著有《渭川居士词》。

吕氏词集不见宋人著录，今存抄本词集丛编中收有吕氏词集者有：

1. 《宋金元明十六家词》本，清抄本，佚名录清劳权校跋，清丁丙跋，其中有《渭川居士词》一卷。

2. 《宋金明人九家词》本，清抄本，其中有《渭川居士词》一卷。

3. 朱孝臧编《彊村丛书》本（二十二卷），稿本，其中有《渭川居士词》一卷。

见于后世著录为抄本的有：

1. 清张金吾《爱日精庐藏书志》卷三十六著录有《渭川居士词》一卷，旧抄本。又见于《爱日精庐藏书简目》著录，《渭川居士词》一卷，旧抄本。按：清瞿镛《恬裕斋藏书记》卷四著录有《渭川居士词》一卷，旧抄本。云："此书藏书家俱未著录，出明人抄本。'桢'字、'桓'字有阙笔。题注'恩'字提行，犹抄自宋刻可知，旧为爱日精庐藏本。"知原为爱日精庐藏书。又见瞿氏《铁琴铜剑楼藏书目录》，著录为《渭川居士词》一卷，旧抄本。又见瞿良士辑《铁琴铜剑楼藏书题跋集录》，著录为《渭川居士词》一卷，旧抄本。移录诸题识文如下：

> 旧抄《渭川词》一卷，"祯"字"恒"字皆阙笔，题注"恩"字提行，盖犹抄自宋刻，而藏书家均不著录，洵词苑秘籍也。旧为月霄张君金吾爱日精庐中物，今归香初阁。香初搜索，采遗事三则附后，又为校补蚀字，以片纸校对者则阙之，间有疑处，则始识之，以俟他日再勘。昔钱遵王行箧中有《绝妙好词》，小长庐叟以计赚录，遂布人间，词家奉为圭臬。此集倘有好事如叟者刊播海内，则不特渭老之幸，抑亦词林韵事也，香初然余言否耶？道光丁未腊月醉司命次日，文村王振声记。
>
> 香初阁所藏《渭川居士词》，即爱日精庐所藏旧抄本也，

向秘张氏帷中，未经传出。自香初阁收得后，友人持去，抄
过一二帙，鲁鱼亥豕，不及此本多矣。道光己亥二月十四
日，香初阁主人周纶焕谨志。

按：王振声（1799—1865），字宝之，一作保之，人称文村先生，昭文
（今江苏常熟）人。清道光十七年（1837）举人，藏书处为鱼雅堂、仙
屏书屋，著有《鱼雅堂全集》等。周纶焕（当作涣），昭文人，清道光
时人。《中国古籍善本书目》载《渭川居士词》一卷，明抄本，清周纶
焕、王振声校并跋。藏国家图书馆。

2. 清朱学勤《别本结一庐书目》"抄本"著录有《渭川居士词》一
卷，一册。

3. 清丁丙《善本书室藏书志》卷四十著录有《渭川居士词》一
卷，旧抄本。

4. 清陆心源《皕宋楼藏书志》卷一百二十著录有《渭川居士词》
一卷，旧抄本。又陆氏《仪顾堂题跋》卷十三有《渭川居士词跋》
一文。

5. 清沈德寿《抱经楼藏书志》卷六十四著录有《渭南（当作
川）居士词》一卷，旧抄本。

6. 吴昌绶《宋金元词集见存卷目》附《双照楼续辑宋金元百家词
目》著录有《渭川居士词》一卷，钱塘丁氏旧抄本。

7. 缪荃孙《目录词小说谱录目》著录有《渭川居士词》一卷，传
抄书楼本。

8. 张钧衡《适园藏书志》卷十六著录有《渭川居士词》一卷，传
抄本。

以上均见清以来藏家著录，知是书明代罕传。

民国则有陶湘《景汲古阁抄宋金词七种》本，其中有《渭川居士
词》一卷。又朱祖谋据丁氏善本书室藏抄本，校以瞿氏铁琴铜剑楼藏
抄本，刻入《彊村丛书》中，成《渭川居士词》一卷，无跋文。

程垓

程垓，字正伯，号书舟，宋眉山（今属四川）人。生平不详。或云为苏轼中表。著有《书舟词》（一作《书舟雅词》）。

程氏词集宋时已刊行，王俛《书舟词序》云：

> 程正伯以诗词名，乡之人所知也。予顷岁游都下，数见朝士，往往亦称道正伯佳句，独尚书尤公以为不然，曰："正伯之文，过于诗词。"此乃识正伯之大者也。今乡人有欲刊正伯歌词，求予书其首，予以此告之，且为言正伯方为当涂诸公以制举论荐，使正伯惟以词名世，岂不小哉？则曰："古乐府亦文尔，初何损于正伯之文哉？"予用是乐为书之。虽然，昔晏叔原以大臣子，处富贵之极，为靡丽之词，其政事堂中旧客尚欲其捐有馀之才益未至之德者，盖叔原独以词名尔，他文则未传也。至少游、鲁直则兼之，故陈无己之作，自云不减秦七黄九，是亦推尊其词尔。予谓正伯为秦、黄则可，为叔原则不可。绍熙甲寅端午前一日，王俛季平序。

序作于光宗绍熙五年（1194），知曾刊刻。陈振孙《直斋书录解题》卷二十一著录有《书舟词》一卷，云王俛季平为作序。此为宋刊《百家词》本，元马端临《文献通考》卷二百四十六"经籍考七十三"据以录入。

见于后世著录的有：

一、《书舟词》

A. 印本

有明末毛氏汲古阁刊《宋名家词》本，其中有《书舟词》一卷，毛晋跋云：

> 正伯与子瞻，中表兄弟也，故集中多混苏作。如《意难忘》、《一剪梅》之类，今悉删正。其《酷相思》、《四代好》、

《折红英》诸阕，词家极欣赏，谓秦七、黄九莫及也。

未言所据，此本见清郑德懋辑《汲古阁校刻书目》之《宋名家词六集》著录，云凡五十三叶。又见李盛铎《天津延古堂李氏旧藏书目》著录。又叶德辉《叶氏观古堂藏书目》著录有《书舟词》一卷，云清光绪汪氏振绮堂重刊汲古阁本。

B. 抄本

今存抄本丛书中收有其词集的有：

1. 明吴讷编《唐宋名贤百家词》本，明抄本，梁启超跋。其中有《书舟词》一卷。

2. 《宋二十家词》本，明抄本，清许宗彦、丁丙跋，其中有《书舟词》一卷。

3. 《四库全书》本《书舟词》一卷，提要云：

宋程垓撰，垓字正伯，眉山人。其家有拟舫名书舟，见本集词注。《古今词话》谓号虚舟，盖字误也。《书录解题》载垓《书舟词》一卷，传本或作《书舟雅词》二卷，而《宋史·艺文志》乃作陈正伯《书舟雅词》十一卷，则又误程为陈，误二为十一矣。此本为毛晋所刻，仍作一卷，前有王俦序，与《书录解题》所载合。序云：尚书尤袤曾称其文过于诗词，今其诗文无可考，而词则颇有可观。杨慎《词品》最称其《酷相思》、《四代好》、《折秋（当作红）英》数阕，盖垓与苏轼为中表，耳濡目染有自来也。集内《摊破江神子》"娟娟霜月又侵门"一阕，诸刻多作康与之，《江城梅花引》仅字句小有异同，此调相传为前半用《江城子》，后半用《梅花引》，故合云《江城梅花引》，至过变以下并两调，俱不合，考《词谱》载《江城子》，亦名《江神子》，应以名《摊破江神子》为是。详其句格，亦属垓本色，其题为康作，当属传讹。又卷末毛晋跋《意难忘》、《一剪梅》诸阕俱定为苏作，悉行删正，今考东坡词内已增入《意难忘》一首，而《一剪梅》尚未

载入，其词亦仍载此集中，未尝刊削，然数词语意浅俚，在垓
亦非佳制，可信其必非轼作，晋之所云，未详其何所据也。

所据为毛氏汲古阁刻本，为安徽巡抚采进。又《钦定续通志》卷一百
六十三据文渊阁著录，其中有《书舟词》一卷，与库本同。

另清丁丙《善本书室藏书志》卷四十著录有《书舟词》一卷，明抄
本。云：

> 正伯名垓，其家有屋如舫，榜曰书舟，词因以名。《宋·
> 艺文志》作陈正伯《书舟雅词》十一卷，姓氏卷数并误。此棉
> 纸蓝格明抄一卷，与《书录解题》所载合，前有绍兴甲寅王俌
> 季平序。正伯与苏长公为中表兄弟，故集中杂有苏作，毛子
> 晋尝辨之。其词丽而不赋，婉而不弱，不仅《酷相思》、《折
> 红英》诸阕传诵一时也。

丁氏藏书后归江南图书馆，见《江南图书馆善本书目》著录，云《书舟
词》一卷，明抄本。又《中国古籍善本书目》载《书舟词》一卷，明抄
本，清丁丙跋。

C. 版本不详者

1. 明毛晋《汲古阁毛氏藏书目录》著录有《书舟词》一卷。

2. 清钱曾《钱遵王述古堂藏书目录》著录有《书舟词》一卷。

3. 清钱曾《也是园藏书目》卷七著录有《书舟词》一卷。

4. 清徐元文《含经堂藏书目》著录有《书舟词》一卷。

5. 清陆漻《佳趣堂书目》著录有《书舟词》一卷。

6. 清卢址《抱经楼书目》著录有《书舟词》，一本。

7. 清庄仲芳《映雪楼藏书目考》卷十"集部·词曲类"著录有
《书舟词》一卷。

以上诸家均未标明版本，所载多属抄本。又明李廷相《濮阳蒲汀
李先生家藏目录》"中间朝东、头柜二层"载程正伯等五家词集，三
本，也当属抄本。

二、《书舟雅词》

1．《宋史》卷二○八"艺文志"载陈正伯《书舟雅词》十一卷，"陈"当为"程"之讹。

2．清朱彝尊《词综》"发凡"云《书舟雅词》二卷，然卷十三小传云有《书舟雅词》一卷。

3．《御选历代诗馀》卷一百四"词人姓氏"云有《书舟雅词》一卷，王偁序之，行世。

4．清赵昱《小山堂藏书目录备览》著录有《书舟雅词》，未言卷数。

以上均未提及版本。

姚述尧

姚述尧，字道进，钱塘（今浙江杭州）人。生卒年不详。宋高宗绍兴二十四年（1154）进士。孝宗乾道年间知乐清县，权发遣处州，知鄂州，知信州，旋改主管亳州明道宫。著有《箫台公馀词》。

姚氏词集不见宋人著录，《宋史》卷二○八"艺文志"载有《箫台公馀词》一卷。其后多见于清以来人的著录。

一、 抄本

今有抄本丛编中收其词者：

1．清陈德溥辑《宋人小集四十二种》，清海宁陈氏抄本，其中有《箫台公馀词》一卷。

2．《宋金元明十六家词》本，清抄本，佚名录清劳权校跋，清丁丙跋。其中有《箫台公馀词》一卷。检丁丙《善本书室藏书志》卷四十著录有《萧台公馀词》一卷，劳氏抄本。云："有玉参差馆、蟫盦、巽卿诸印。"所指即此，盖析出著录者。

3．清赵篪辑《唐宋元三朝名贤小集二十九种》本，清乾隆、嘉庆间赵氏星凤阁抄校本，其中有《箫台公馀词》一卷。

4．《宋人词三种》本，清抄本，刘燕庭题记，其中有《箫台公馀词》一卷，藏台湾。

见于藏家著录的抄本有：

1. 清曹寅《栋亭书目》卷四著录有《萧台公馀词》，抄本，未标卷数。

2. 清汪宪《振绮堂书目》卷二"闻·抄本集类杂集并总集·第一格"著录有《萧台公馀词》、《绮川词》、《文定公词》一册，注云："《萧台公馀词》一卷，宋钱唐姚述尧撰。《绮川词》一卷，宋倪偁文举撰。《文定公词》一卷，宋河南邱崈宗卿撰。汲古阁抄本。"另一本《振绮堂书目》卷二"闻·抄本集类杂集并总集·第一格"著录有《萧台公馀词》附《支离子集》一册，注云："《公馀词》一卷，宋钱唐姚述尧撰。"

3. 清黄丕烈《荛圃藏书题识续录》卷四载《萧台公馀词》一卷，云："绣谷亭吴氏抄本，黄荛圃据汲古阁抄本校。"诸题识文云：

> 案：《北窗炙輠》纪姚进道事，其名阙如，但云华亭人。朱竹垞跋此书，谓子韶以文祭之云："生平朋友，不过四人，姚、叶先亡，公继又去。"又云："进道名述尧，张孝祥榜进士，有《萧台公馀词》一卷。"又案：《词综》载姚进道华亭人词一首，此卷无之，疑非一人也。

> 癸酉夏，五柳主人以宋词三册示余，余独留此册，以有《玉照堂词抄》在也，附收《萧台词》，用毛抄本校，颇有胜于此本者。校毕，复翁记。

跋作于清嘉庆十八年（1813），五柳主人，其人俟考。按：吴焯（1676—1733），字尺凫，号绣谷，钱塘（今浙江杭州）人。贡生，官同知。喜聚书，编《薰习录》（一作《绣谷亭薰习录》），专记所藏秘册。著有《药园诗稿》、《陆渚飞鸿集》、《玲珑帘词》等。《中国古籍善本书目》载《萧台公馀词》一卷，云清吴氏绣谷亭抄本，清吴焯跋，清黄丕烈校并跋。

4. 清孔广陶《三十有三万卷堂书目略》著录有《萧台公馀词》一卷，旧抄本，一函一本。

5. 清瞿世瑛《清吟阁书目》卷一"抄本"著录有《萧台公诗馀》一本。

6. 清朱学勤《别本结一庐书目》"抄本"著录有《萧台公馀词》一卷，一册。

7. 清陆心源《皕宋楼藏书志》卷一百二十著录有《萧台公馀词》一卷，旧抄本。

8. 李盛铎《木犀轩收藏旧本书目录》著录有《燕喜词》一卷、《澹庵词》一卷、《石湖词》一卷、《萧台公馀》一卷，朱竹君藏抄本。又《木犀轩收藏旧本书目》著录有《萧台公馀词》一卷，云："旧抄本，朱竹君旧藏。" 按：朱筠（1729—1781），字竹君，一字美叔，号笥河，大兴（今属北京）人。清乾隆十九年（1754）进士，授官编修，历翰林院侍读学士，督安徽学政等，著有《笥河集》。

9. 傅增湘《双鉴楼善本书目》卷四著录有《萧台公馀词》一卷，旧抄本。

10. 《中国古籍善本书目》载《萧台公馀词》一卷，清丁氏八千卷楼抄本，清丁丙校并跋。

二、刊本

1. 清丁丙辑《西泠词萃》本，其中有《萧台公馀词》一卷，清光绪十二年（1886）钱塘丁氏刻本。清陆心源《仪顾堂题跋》卷十三《新刻萧台公馀词跋》云：

> 《萧台公馀词》一卷，钱唐姚述尧撰，《宋史·艺文志》著于录。……是本流传极罕。《四库》及《擘经室外集》皆未著录，余以仁和劳氏得抄本，丁松生明府将有杭州八家词之刻，移书借录，并嘱考订仕履，因识其颠末于后。

此跋又见刻于《西泠词萃》本后，末有"光绪纪元之十二年冬十二月归安陆心源识"。此本见吴昌绶《宋金元词集见存卷目》附《双照楼续辑宋金元百家词目》著录，又缪荃孙《目录学小说谱录目》著录有《萧台公馀词》一卷，云杭州词本，即指《西泠词萃》本。

2.《彊村丛书》本，是据劳氏沤喜亭藏旧抄本《萧台公馀词》刊刻，末附陆心源跋。无校记，无朱氏跋文。

三、 版本不详者

1. 清朱彝尊《词综》"发凡"云《萧台公馀词》一卷。

2.《御选历代诗馀》卷一百五"词人姓氏"云有《萧台公馀词》一卷。

3. 清陆漻《佳趣堂书目》著录有《萧台公馀词》一卷，壬辰。按：壬辰为清康熙五十一年（1712）。

4. 清王闻远《孝慈堂书目》著录有《萧台公馀词》一卷。

5. 清赵昱《小山堂藏书目录备览》著录有《萧台公馀词》，未标卷数。

6.《浙江通志》卷二百五十二"经籍·集部"载《萧台公馀词》一卷。

7. 清赵魏《竹崦庵传抄书目》著录有《萧台公馀词》一卷，二十一。

以上诸家均未言版本，所载以抄本为主。

曹冠

曹冠，字宗臣，号双溪居士，东阳（今浙江金华）人。以乡贡入太学，秦桧令诸孙师事之。宋高宗绍兴二十四年（1154）进士，为平江府学教授，除国子录，擢太常博士，兼权中书门下检正诸房公事。桧死，被论放科名。孝宗时许再试，复登乾道五年（1169）进士。光宗绍熙初知郴州。著有《双溪集》、《燕喜词》等。

曹冠词集宋时已刊行于世，陈巏序云：

> 同年检正曹公，文雄学奥，节劲气严，三十年台省旧人也。不辞小试，来游宣幕，使君大监状元詹公既深知之，一见其文集，尤加叹赏，叙而锓板于郡庠，名之曰"双溪"，因其居也。又以其所著乐府可歌于闺门之内者，别为一集，名

之曰"燕喜",摭其实也。方其花朝月夕,少长团栾,尊俎之
馀,出而歌之于以导嘻嘻怡怡之情,佳作乐事,卒于一门,近
世之所未有者。淳熙丁未备倅于此,公馀请(一本作清)闲,
辱以见教。熟读三复,玩其辞而绎其意,岂非中有所本欤?
吁!寥寥百馀年,继坡仙之作,非公而谁?中秋前一日,长
乐陈巘。

序作于孝宗淳熙十四年(1187),又詹效之序云:

> 检正曹公行兼九德,浑然天成,文章政事,渊源经术,廉
> 介有守,既和且正。太守大监詹公叹赏其文,摭其大略,而
> 刊诸宣城学宫。既有成集矣,复以其所著乐府析为别集,名
> 曰燕喜。

也作于孝宗淳熙十四年,按:詹骙,字晋卿,会稽(今浙江绍兴)人,
一作遂安(今属浙江)人。孝宗淳熙二年(1175)状元,为将作少监、
中书舍人,官至龙图阁学士知定国府。序中提及的"使君大监状元詹
公"或"太守大监詹公",当指詹骙,詹氏知宣城时,刻曹氏文集,名
《双溪集》,又析其词,单刻别行,名《燕喜集》,一名《燕喜词》。

陈振孙《直斋书录解题》卷二十一著录有《燕喜集》一卷,为宋刊
《百家词》本。元马端临《文献通考》卷二百四十六"经籍考七十三"
据以录入。又明毛晋《汲古阁毛氏藏书目录》著录有《燕喜集》一卷,
也与《百家词》本有关。

见于后世著录的有:

一、抄本

今存抄本词集丛编中收有曹氏词集的有:

1.《典雅词》本,毛氏汲古阁影宋抄本,原为清陆氏皕宋楼藏
书,今藏日本静嘉堂文库,其中有《燕喜词》一卷。检陆心源《皕宋楼
藏书志》卷一百十九著录有《燕喜词》一卷,为汲古影宋本。云:"其
词《四库》未收,朱竹垞《词综》亦只字未见,则流传之罕可知矣。"

即指此书，盖析出著录。今存《典雅词》数种，均收有程氏词集，计有：① 传抄汲古阁本，清丁氏八千卷楼藏书，藏南京图书馆。② 传抄汲古阁本，原北平图书馆藏书，今藏台湾。③ 清劳权抄本，清劳权校并跋，藏国家图书馆。

2.《五家词》本，清十万卷楼抄本，其中有《燕喜词》一卷。

3.《宋六家词》本，清抄本，其中有《燕喜词》一卷。

4.《宋八家词》本，清初抄本，其中有《燕喜词》一卷。

5.《宋元人词》本，清抄本，其中有《燕喜词》一卷。

6. 朱孝臧编《彊村丛书》本（二十二卷），稿本，其中有《燕喜词》一卷。

7.《宋人词三种》本，清抄本，刘燕庭题记，其中有《燕喜词》一卷，藏台湾。

另有清赵篪辑《唐宋元三朝名贤小集二十九种》本，清乾隆、嘉庆间赵氏星凤阁抄校本，湖南图书馆藏，其中有《燕喜词》一卷。

此外，见于藏家著录的抄本有：

1. 清曹寅《楝亭书目》卷四著录有《燕喜词》，抄本，一卷。

2. 清王闻远《孝慈堂书目》著录有《燕喜词》一卷，合一册，抄，共百八番。

3. 清阮元《揅经室经进书录》卷四著录有《燕喜词》一卷，云："今从毛氏汲古阁旧藏本录出。"知为抄本，当源自汲古阁藏影宋《典雅词》本。

4. 清韩应陛《读有用书斋藏书志》著录有《燕喜词》一卷，云：每半页八行二十八字，莪翁书。收藏有"士礼居藏"八分书朱文长方印、"黄印丕烈"、"莪圃"、"平江黄氏图书"三方印。又录题识文云：

> 先大夫手跋曰：曹宗臣词，朱□翁未曾见过，见《词综》发凡，惟彼自作《燕喜集》耳，想当然笔误也。咸丰戊午六月十四日韩应陛记。
>
> 又跋曰：已录入《词综》，续补入卷内，凡八首，不观全

书，轻易下笔，鲜不致误，如是如是。

韩氏题记作于咸丰八年（1858），知原为黄丕烈士礼居藏书。又《云间韩氏藏书目附书影》著录，云："《燕喜词》一卷，旧抄本，士礼居旧藏。"《读有用书斋书目》著录有《燕喜词》一卷，云："旧抄本，韩绿卿跋，士礼居旧藏。"又见《韩氏藏书目》著录，云《燕喜词》一卷，旧抄本，士礼居旧藏。按：《"中央"图书馆善本书目第一次》著录有《燕喜词》一卷，一册，云："清初影抄宋淳熙十四年刊本，清韩应陛手校。"又《"中央"图书馆善本序跋集录》载云："《燕喜词》一卷，一册，宋曹冠撰。清初影抄宋淳熙丁未刊本，清咸丰戊午韩应陛手跋。"

5. 清朱学勤《别本结一庐书目》"抄本"著录有《燕喜词》一卷，一册。

6. 清杨绍和《宋存书室宋元秘本书目》著录有旧抄本《燕喜词》一册。又杨氏《海源阁藏书目》"抄本"著录有《旧抄燕喜词》一册。按：莫伯骥《五十万卷楼藏书目录初编》卷二十二著录有《燕喜词》一卷，云杨氏海源阁藏写本。

7. 清丁丙《善本书室藏书志》卷四十著录有《燕喜词》一卷，精抄本。云："又以所著乐府可歌于闺门之内，别为一集，名曰《燕喜》，摭其实也。又有淳熙丁未宣城丞钓台詹效之序。《四库》既未收，朱氏《词综》亦未登只字，传流之罕可知矣。"此本疑指丁氏八千卷楼藏抄《典雅词》本，盖析出著录者，参见前文。

8. 李盛铎《木犀轩收藏旧本书目》著录有《燕喜词》一卷，云："旧抄本，朱竹君旧藏，四词合装一册。"又李氏《木犀轩收藏旧本书目录》著录有《燕喜词》一卷、《澹庵词》一卷、《石湖词》一卷、《箫台公馀》一卷，云朱竹君藏抄本。按：朱筠（1729—1781），字竹君，一字美叔，号笥河，大兴（今属北京）人。清乾隆十九年（1754）进士，授官编修，历翰林院侍读学士，督安徽学政等，著有《笥河集》。又《木犀轩藏书题记及书录》之《书录》卷四著录有《燕喜词》一卷，旧抄本（清抄本）。又云："半叶八行，行十八字。首长乐陈虢序，末有'味经书屋'朱文方印。"按：张蓉镜（1802—？），字芙川，昭文（今江苏常熟）人。藏书处有味经书屋，此书或曾入藏张氏家。

9. 缪荃孙《目录词小说谱录目》著录有《燕喜词》一卷，传写《典雅词》本。

10. 《中国古籍善本书目》载有《燕喜词》一卷，清抄本。

二、 刊本

1. 清蒋光煦辑《别下斋丛书》本，清道光中海昌蒋氏刻本，其中有《燕喜词》一卷。此本见叶德辉《叶氏观古堂藏书目》、缪荃孙《目录词小说谱录目》等著录。

2. 晚清王鹏运四印斋汇刻《宋元三十一家词》本，其中有《燕喜词》一卷，有况周颐跋云：

> 宗臣词世鲜传本，仅一刻于海昌蒋氏《别下斋丛书》中，印行未广。兵燹后，版佚无存。近杭州书贾仿袖珍本石印，讹误几不可读。此传抄本较为精整，间有误字，据蒋本改正，遂成完璧。卷中和归去来辞一首，非长短句体，或当时可被管弦，故附于此，仍之，以存旧观。癸巳七月，半塘属斠。羼提生记。时移居宣武门外将军校场头条胡同，与半塘同衔。是月，半塘擢谏垣。

跋作于清光绪十九年（1893），知据抄本录入，校以蒋氏《别下斋丛书》本。至于"近杭州书贾仿袖珍本石印"云云，是指民国时武林竹简斋影印的蒋氏《别下斋丛书》。

3. 胡宗楙《续金华丛书》本，民国十三年（1924）刻本，其中有《燕喜词》一卷，胡氏跋云：

> 曩读尤延之《东阳志序》，知宋时乔、马诸公未贵，曹冠独以名绅居里，久为乡人推重，所著有《双溪忠诚堂集》若干卷，又有《恢复秘略》、《救敝》、《裕民》、《政要》、《忠言》、

《帝范》等文，是集凡词六十馀阕，《别下斋丛书》、《宋元三
十一家词》均经收录。冠字宗臣，东阳人，余刊先哲典籍，工
倚声者三家：陈亮《龙川词》、黄机《竹斋诗馀》，此其一
也。季樵胡宗楙。

此本是据汲古阁本校刊，当源自《典雅词》本。

三、 版本不详者

1．明钱溥《秘阁书目》著录有《燕喜词》。

2．清陆漻《佳趣堂书目》著录有《燕喜词》一卷，壬辰。按：壬
辰为清康熙五十一年（1712）。

3．《御选历代诗馀》卷一百五"词人姓氏"云所著乐府名《燕喜
集》。

4．《浙江通志》卷二百五十二"经籍·集部"载《燕喜集》
一卷。

5．清许宗彦《鉴止水斋藏书目》"集部第九厨"著录有《燕喜
词》，云为七家词等，一本。

6．清赵魏《竹崦庵传抄书目》著录有《燕喜词》一卷，二十七。

7．莫友芝《邵亭知见传本书目》卷十九下著录有《燕喜词》一
卷，云："此本淳熙丁未刊于宣城，于文集中析而名之，阮氏从汲古阁
藏本录出进呈。"

以上诸家均未言版本，所载当以抄本为主。

马宁祖

马宁祖，字奉先，宋扶风（今属陕西）人。生平事迹不详。著有
《退圃词》。

马氏词集宋时已刊行，陈振孙《直斋书录解题》卷二十一著录有
《退圃词》一卷，为宋刊《百家词》本。元马端临《文献通考》卷二百
四十六"经籍考七十三"据以录入。

见于后世著录的有：

1. 明钱溥《秘阁书目》著录有《退圃词》，未标卷数。

2. 明毛晋《汲古阁毛氏藏书目录》著录有《退圃词》一卷。

以上未言版本，由此知其词集罕见，入清已不见著录。

向滈

向滈，一作向镐，字丰之，号乐斋，开封（今属河南）人。宋高宗绍兴间为萍乡令。著有《乐斋词》。

向氏词集宋时已刊印，陈振孙《直斋书录解题》卷二十一著录有《乐斋词》一卷，为宋刻《百家词》本，元马端临《文献通考》卷二百四十六"经籍考七十三"据以录入。

其词集多见于明清以来人的著录，见于今存抄本词集丛编中收录的有：

1. 明吴讷编《唐宋名贤百家词》本，明抄本，梁启超跋，其中有《乐斋词》一卷。

2. 明李东阳辑《南词》本，抄本，其中有《乐斋词》一卷。

3. 《宋元名家词》本，明抄本，清毛扆校，唐晏跋，其中有《乐斋词》一卷。

4. 《宋名贤七家词》本，明抄本，清鲍廷博校，清丁丙跋，其中有《乐斋词》一卷。检丁丙《善本书室藏书志》卷四十著录有《乐斋词》一卷，明抄本，鲍以文藏书。提要云："此本不分卷，词凡四十三阕。鲍以文记于末云：'戊子十一月初三日，剪烛校一过。'丰之词传本未广，亦颇清婉流丽，虽未能与秦、柳抗衡，要不失为第二流也。"所指为此本，盖析出著录者。

5. 明李东阳辑《南词》十六卷，清董氏诵芬室抄本，吴昌绶、朱孝臧校，其中有《乐斋词》一卷。

6. 《唐宋八家词》本，清鲍氏知不足斋抄本，吴昌绶跋，其中有《乐斋词》一卷。

7. 清彭元瑞辑《汲古阁未刻词》本，清光绪抄本，清江标跋，其中有《乐斋词》一卷。

8.《宋金元明十六家词》本，清抄本，佚名录清劳权校跋，清丁丙跋，其中有《乐斋词》一卷。

9.《宋元人词》本，清抄本，其中有《乐斋词》一卷。

10.《宋六家词》本，抄本，其中有《乐斋词》一卷，藏台湾。

11. 清赵辑宁辑《星凤阁抄五代宋人词》本，清赵氏星凤阁抄校本，其中有《乐斋词》一卷，藏台湾。

见于藏家著录的抄本有：

1. 清王闻远《孝慈堂书目》著录有《乐斋词》一卷，一册，抄，十一番。

2. 清陆心源《皕宋楼藏书志》卷一百二十著录有《乐斋词》一卷，旧抄本。云："案《书录解题》：《乐斋词》二卷，向镐丰之撰，各家书目罕见著录，《四库》所未收也。"

3. 李盛铎《木犀轩收藏旧本书目录》著录有《乐斋词》一卷，抄本。又《木犀轩收藏旧本书目》著录有《乐斋词》一卷，云："抄本，与《颐堂词》合装。"

4. 缪荃孙《目录词小说谱录目》著录有《乐斋词》一卷，传写梅禹金本。

5. 王重民《中国善本书提要》著录有《乐斋词》一卷，一册（北图）。提要云：

赵氏星凤阁抄本［十行十一字］

原题："河内向镐丰之。"按江标校刻《宋元名家词》有是集，"镐"作"滈"，《直斋书录解题》亦作"滈"，则作从水者近是。《善本书室藏书志》卷四十有鲍氏明抄原本，从金作"镐"，为赵氏此抄本所本。卷内有："赵印辑宁"印记，卷末又有辑宁题记云：

《乐斋词》时有佳处，唯是儿女情痴，不觉言之亹亹，"至没"一章，尤足笑人。录毕为捧腹者再。乾隆丁亥十一月二日识。

赵氏题识作于乾隆三十二年（1767），为清赵辑宁星凤阁抄本。

又见于著录而未言版本者：

1. 明钱溥《秘阁书目》著录有《乐斋词》，未标卷数。

2. 《永乐大典》卷 3005 第 21B 页自《乐斋词》录《菩萨蛮》二词。又卷 14381 第 24A、B 页录向滈词三首，即《清平乐》、《阮郎归》、《西江月》。

3. 明赵用贤《赵定宇书目》著录有向丰之、白石、竹屋、履斋等词一本。未言词集名及卷数，当指《乐斋词》。

4. 明毛晋《汲古阁毛氏藏书目录》著录有《乐斋词》一卷。

5. 清钱曾《也是园藏书目》卷七著录有《乐斋词》一卷。

6. 清朱彝尊《词综》"发凡"及卷十一小传云有《乐斋词》二卷。

7. 《御选历代诗馀》卷一百三"词人姓氏"云有《乐斋词》二卷。

以上诸家均未言版本，所载当以抄本为主。

晚清则有清江标编《宋元名家词》本，清光绪二十一年（1895）思贤书局刻本，傅增湘校并跋，其中有《乐斋词》一卷。

张孝忠

张孝忠，字正臣，历阳（今安徽和县）人，寓鄞县（今浙江宁波）。生卒年不详。宋孝宗隆兴元年（1163）进士，宁宗朝权知荆门军，为京西运判，直显谟阁。著有《野逸堂词》一卷。

张氏词集宋时已刊行，陈振孙《直斋书录解题》卷二十一著录有《野逸堂词》一卷，为宋刊《百家词》本。元马端临《文献通考》卷二百四十六"经籍考七十三"据以录入。

见于明人著录的有：

1. 《永乐大典》卷 6523 第 4A 页据《野逸堂长短句》录《鹧鸪词》一首，又卷 20353 第 10A 页录张孝忠《菩萨蛮》、《西江月》、《霜天晓角》三词。又卷 2265 第 22B、23A 页据李忠《野逸堂集》录《杏花天》二首、《破阵子》、《玉楼春》四首。

2．明钱溥《秘阁书目》著录有《野逸堂词》，未标卷数。

3．明毛晋《汲古阁毛氏藏书目录》著录有《野逸堂词》一卷。

以上均未言版本。清以后则罕见著录，民国时周泳先辑入《唐宋金元词钩沉》中，题记云：

> 张孝忠《野逸堂长短句》，《直斋书录解题》著于录，宋
> 长沙书肆《百家词》本。赵万里辑《浩歌集》于《大典》
> "妆"字韵搜得《鹧鸪天》一首，附《浩歌集》前记，今更由
> 《大典》"湖"字韵搜得四首，录为一卷如后。泳先记。

有民国排印本。按：或以为《大典》中引录的李忠为张孝忠之误，如周泳先，又如唐圭璋《词学论丛》之《从〈永乐大典〉内辑出〈直斋书录解题〉所载之词》一文。

朱淑真

朱淑真，或作朱淑贞，号幽栖居士，宋钱塘（今浙江杭州）人，一说海宁（今属浙江）人。生于仕宦之家。从夫宦游往来吴越间，因志趣不合，终致抑郁早逝。著有《断肠诗集》、《断肠词》。

朱淑真词集不见宋时刊印，所作《断肠词》，一名《断肠集》，见于后世著录的有：

一、刊本

1．明末毛氏汲古阁刊《诗词杂俎》本《断肠词》一卷，毛晋跋云：

> 淑真诗集脍炙海内久矣，其诗馀仅见二阕于《草堂》集，
> 又见一阕于十大曲中，何落落如晨星也。既获《断肠词》一
> 卷，凡十有六调，幸睹全豹矣。先辈拈出元夕诗词，以为白
> 璧微瑕，惜哉！湖南毛晋识。

依毛晋《漱玉词跋》知，是据明抄本录入，又见清郑德懋辑《汲古阁校刻书目》之《诗词杂俎十六种》著录，云凡十叶。此本多见后人著录，

如伊其淦《生白斋读书自省记》著录有《断肠词》一卷，汲古阁刊本，云：

> 其词则仅《书录解题》载一卷，世久无传本。此为毛晋汲古阁所刊，后有晋跋，称词仅见二阕于《草堂集》，见一阕于《十大曲》中，落落如晨星，后乃得此一卷，为洪武间抄本，乃与《漱玉词》并刊。然其词止二十七阕，则亦必非原本矣。杨升庵《词品》载其《生查子》一阕，有"月上柳梢头，人约黄昏后"语，晋跋遂称为白璧微瑕，然此词今载欧阳修《庐陵集》第一百三十一卷中，不知何又窜入淑真集内，诬以桑濮之行。今刊此一篇，应免于厚诬古人，贻九泉之憾焉。

又见清耿文光《万卷精华楼藏书记》、《咫园藏书楼善本书目》、《陶氏书目·明毛氏汲古阁刻书目录》、《天津延古堂李氏旧藏书目》等著录。按：《中国书店书目第十五期乙亥年一月》著录有《漱玉词》三卷，宋李清照，《断肠词》一卷，宋朱淑真，石印，白纸，一本。按：此当指民国上海医学书局景印汲古阁刊《诗词杂俎》本。

2. 清丁丙辑《西泠词萃》本，清光绪十二年（1886）钱塘丁氏刻本，其中有《断肠词》一卷。检缪荃孙《目录词小说谱录目》著录有《断肠词》一卷，云杭州词本。即指《西泠词萃》本。

3. 晚清王鹏运四印斋所刻词本，其中有《断肠词》一卷。前有许玉瑑《校补断肠词序》云：

> 己丑四月，春闱被放，十上既穷，益无聊赖。适夔笙舍人以校补汲古阁未刊本宋朱淑真《断肠词》一卷刊成，属为之序，并旁搜他书所见淑真轶事，以证升庵《词品》所论之诬。……是本出自毛抄，著录甚富。兵燹以后，散在市廛。辗转为常熟翁大农年丈所得。去冬假归案头，将乞幼霞补刊一二，以存其旧。夔笙乃欣赏不辍。眠餐并忘，捡得此词，特任剞劂。依其篇第，存玉台之遗；广其搜罗，补白华之

逸。此难得者二也。《断肠词》就《纪略》所著，原有十卷。
至陈振孙《书录解题》，仅存一卷。片玉易碎，单行良难。夔
笙与幼霞居同里闬，近复合并，诚与《漱玉词》都为一编，流
传艺苑。

又况周颐《校补断肠词跋》云：

> 右校补汲古阁未刻本宋朱淑真《断肠词》一卷，词学莫盛
> 于宋，易安、淑真尤为闺阁隽才，而皆受奇谤。国朝卢抱孙、
> 俞理初、金伟军三先生并为易安辨诬。吾乡王幼遐前辈鹏运
> 刻《漱玉词》，即以理初先生《易安事辑》附焉。显微阐幽，
> 庶几无憾。淑真《生查子》词，钦定《四库全书提要》辨之綦
> 详。宋曾慥《乐府雅词》、明陈耀文《花草粹编》并作永叔。
> 慥录欧词特慎，《雅词》序云："当时或作艳曲，谬为公词，今
> 悉删除。"此阕适在选中，其为欧词明甚。毛刻《断肠词》校
> 雠不精，跋尾又袭升庵臆说，青蝇玷璧，不足以传。贤媛此
> 本得自吴县许鹤巢玉瑑前辈，与《杂俎》本互有异同，订误补
> 遗，得词三十一阕，抄付手民。书成，与四印斋《漱玉词》合
> 为一集，亦词林快事云。光绪己丑端阳临桂况周仪夔笙识于
> 都门寓斋。

序和跋均作于清光绪十五年（1889），知所据为许玉瑑借抄常熟翁大农
家藏本，况氏又加以校订，与李清照《漱玉词》合刻。按：许玉瑑，初
名赓飏，字起上，号鹤巢，吴县（今江苏苏州）人。清同治三年
（1864）举人，历官刑部郎中。藏书数万卷，著有《诗契斋诗抄》。

此本多见于后人著录，如梁启超《梁氏饮冰室藏书目录》、缪荃孙
《目录词小说谱录目》、《扫叶山房图书汇报》卷三等。

二　抄　本

其词集见于丛书中收录的有：

1.《宋元名家词》本，明抄本，清毛扆校，唐晏跋。其中有《断

肠词》一卷。

2. 《四库全书》本《断肠词》一卷，提要云：

> 宋朱淑真撰，淑真，海宁女子，自称幽栖居士。是集前有
> 《纪略》一篇，称为文公侄女，然朱子自为新安人，流寓闽
> 中，考年谱世系，亦别无兄弟著籍海宁，疑依附盛名之词，未
> 必确也。《纪略》又称其匹偶非伦，弗遂素志，赋《断肠集》
> 十卷以自解，其词则仅《书录解题》载一卷，世久无传。此本
> 为毛晋汲古阁所刊，后有晋跋，称词仅见二阕于《草堂》集，
> 又见一阕于十大曲中，落落如晨星，后乃得此一卷，为洪武
> 间抄本，乃与《漱玉词》并刊。然其词止二十七阕，则亦必非
> 原本矣。杨慎《升庵词品》载其《生查子》一阕，有"月上柳
> 梢头，人约黄昏后"语，晋跋遂称为白璧微瑕。然此词今载
> 欧阳修《庐陵集》第一百三十一卷中，不知何以窜入淑真集
> 内，诬以桑濮之行，慎收入《词品》，既为不考，而晋刻《宋
> 名家词》六十一种，《六一词》即在其内，乃于《六一词》漏
> 注互见《断肠词》，已自乱其例，于此集更不一置辨，且证实
> 为白璧微瑕，益卤莽之甚。今刊此一篇，庶免于厚诬古人，
> 贻九泉之憾焉。

是据毛氏汲古阁本录入，为江苏周厚垍家藏本。清《续文献通考》卷
一九八著录有《断肠词》一卷，又《钦定续通志》卷一百六十三据文渊
阁著录，有《断肠词》一卷。均同库本。

3. 清彭元瑞辑《汲古阁未刻词》二十七卷，清光绪抄本，清江标
跋。其中有《断肠词》一卷。

又见于著录的抄本有：

1. 清钱曾《钱遵王述古堂藏书目录》著录有《断肠词》一卷，
按：清马瀛《唫香仙馆书目》卷四著录有《断肠词》一卷，云："述古
堂藏本，抄本，一本。"又《中国古籍善本书目》载《断肠词》一卷，
云清初钱氏述古堂抄本，清章绶衔跋。当与钱氏书目著录的有关。

按：章绶衔（1804—1875），字紫伯，一作子檗，号辛复，别号爪鲈外史，归安（今浙江吴兴）人。恩贡生，家富藏书画，精于鉴别。著有《磨兜坚室书画录》、《磨兜坚室诗抄》。

2．清丁丙《善本书室藏书志》卷四十著录有《断肠词》一卷，旧抄本。云："毛晋得其词凡十有六调，刻与李易安并传。跋称元夕词以为白璧微瑕，岂知元夕词乃欧阳文忠作，不知何人妄行编入，误甚。"丁氏藏书后归藏江南图书馆，见《江南图书馆善本目》著录，云："《断肠词》一卷，附《断肠集》内，宋海宁朱淑真，旧抄本。"

3．《咫园藏书楼善本书目·阅览室检查书目》"集部抄本书及稿本"著录有《断肠词》一卷，云："景抄汲古阁本，一册。"

4．《大华书店新旧书目乙亥年一月第四期》著录有《断肠词》一卷、《漱玉词》一卷，旧抄本，竹纸，一册。

5．《大华书店新旧书目乙亥年五月第五期》著录有《断肠集》一卷、《漱玉集》一卷，旧抄本，全书圈点。

三、 版本不详者

1．明祁承㸁《澹生堂藏书目》卷十二著录有《断肠词》，一册，一卷。

2．明董其昌《玄赏斋书目》卷七著录有《断肠词》，未标卷数。

3．清黄虞稷《千顷堂书目》卷三十二著录有《断肠词》一卷。

4．清陆漻《佳趣堂书目》著录有《断肠词》一卷。

5．清倪灿撰，卢文弨校正《宋史艺文志补》著录有《断肠词》一卷。

6．清钱曾《也是园藏书目》卷七著录有《断肠词》一卷。

7．清朱彝尊《词综》"发凡"云有《断肠集》一卷，又卷二十五小传云有《断肠集词》一卷。

8．《御选历代诗馀》卷一百七"词人姓氏"云有《断肠集词》一卷。

9．清张仁美《宝闲斋藏书目》著录有《断肠词》一卷。

10．清孙星衍《孙氏祠堂书目》卷四著录有《断肠词》一卷。

11. 清庄仲芳《映雪楼藏书目考》卷十著录有《断肠词》一卷。

12. 王祖畲《书籍簿记》著录有《漱玉词》、《断肠词》，一册。

以上诸家著录均未言版本，所载当以抄本居多。

除单行词集本外，今存朱氏诗集，其后也附载有词，见于著录的有：

1.《四库全书总目》著录有《断肠集》二卷，提要云："前有田艺蘅《纪略》一篇，词颇鄙俚，似出依托。至谓淑真寄居尼庵，日勤再生之说，时亦牵情于才子，尤为诞语。殆因世传淑真《生查子》词附会之，其词乃欧阳修作，今载在《六一词》中，曷可诬也？"所据为浙江鲍士恭家藏本，是附有词集的。

2. 清黄丕烈《荛圃藏书题识》卷十著录有《断肠集》二卷，抄本。题识云：

> 《断肠集》旧本不之见，此二卷本，嘉兴金繤庭寄余，将以付梓者。适晤鲍丈渌饮，云有十卷本，因从鲍借得取校，知多所异，然未敢据也。盖此虽二卷，有田艺蘅序，似出于明时本，而鲍本之分卷既多，未妥，且词中有校语云据毛刻增入，似出毛后矣，未敢信，聊记其异而已。潘本系选本，亦见过，并存其面目，复翁记。

知黄氏抄本源自明本，并用鲍廷博藏本校勘，所谓鲍氏云有十卷本者，与《四库全书总目》著录的鲍士恭藏二卷本卷数有别。按：鲍士恭为鲍廷博之子。又金锡爵，字秬和，号繤庭，嘉禾（今浙江嘉兴）人。清嘉庆年间举人，选恩平令，道光间任澳门同知。喜藏书，藏书处曰玩华居、拜五经斋，晚年所藏书大部分归于黄丕烈士礼居。所云鲍廷博藏十卷本，为诗集附词者。

3. 叶德辉《郎园读书志》卷八著录有《断肠集》四卷，明潘是仁刻本。云：

> 今按《四库全书》词曲类《断肠词》提要亦详辨其事，此

> 明潘是仁刻《宋元名家诗》之一，仅留此及《花蕊夫人诗集》
> 二种，从子定侯得之旧书肆中，执以询余。时插架有浙人丁
> 丙所刊《武林往哲遗著》，中有《新注朱淑真断肠诗集》十
> 卷、《后集》七卷，为钱唐郑元佐注，前有序，题通判平江军
> 事魏仲恭撰，即《四库提要》所称之魏端礼也。

按：潘是仁，字讱叔，新安人。明万历时在世，编有《宋元诗六十一
种》。黄丕烈题记云潘氏四选本系选本，盖针对十卷本而言的。田艺
蘅，字子艺，钱塘（今浙江杭州）人。明隆庆、万历年间人，以岁贡生
官休宁县训导。编著有《同文集》、《留青日札》、《诗女史》等。

4. 徐乃昌《南陵徐氏藏书目》（残）"第四十五箱"著录有《断肠
诗集》十卷，云胡慕椿抄本，附补遗词诗二卷。又《南陵徐氏藏书目》
（残）"第四十六箱"著录有《断肠诗集》十卷，无南遁叟传抄本。附补
遗诗词二卷，昆山胡慕桥（前作椿）传抄本，一本。

5. 清王弢辑《弢园丛书》本，抄本，其中有《断肠诗集》十卷补
遗一卷词一卷。

另《山东书局木板书籍目录》著录有《断肠诗词》，二册，八元。

知朱氏诗集历代著录的有二卷本、四卷本和十卷本，其中后二者
是附有词的，前者是否附词，不能确认。而十卷本为常见的，如清丁
丙辑《武林往哲遗著》本，清光绪中钱唐丁氏嘉惠堂刻本，其中有《新
注朱淑真断肠诗集》十卷后集七卷补遗一卷，此本并未附有词。按：
清钱谦益《牧斋书目》著录有《断肠集》十卷后集八卷，清陈揆《稽瑞
楼书目》"邑中著述捐入兴福寺"著录有《断肠集注》十卷，旧抄，一
册。又《劳氏碎金》卷中著录有《编注朱淑真断肠诗集》十卷后集四
卷等，其中附有词否，也难以确认。

王质

王质（1135—1189），字景文，号雪山，其先郓州（今山东东
平）人，后徙居兴国军（今湖北阳新）。高宗绍兴三十年（1160）进

士，召试馆职，为言者论罢。孝宗乾道初入为太学正，为敕令所删定官，迁枢密院编修官。出通判荆南府，改吉州，皆不行，奉祠山居。著有《雪山集》、《绍陶集》。

王氏词见附于诗文别集中，《永乐大典》自《雪山集》录词五首，即《清平乐》（2810/14B，指卷数及页码，下同），《江城子》二首、《虞美人》（20353/11B），《虞美人》（20353/12A）。

入清则有《四库全书》本《雪山集》十六卷，提要云："质自序《西征丛记》云：自丁亥至庚寅得诗一百三十有九、词五十有一、记十、序六、铭二，又于淳熙二年作退文，有六悔六变。《永乐大典》所载乃总题曰《雪山集》，不可辨识。"库本据《永乐大典》本辑出，其中卷十六为诗馀，存词七十五首，与自序《西征丛记》云有词五十一首相较，有所增益。

又有《武英殿聚珍版书》本，存词情况同库本。见于藏家著录的有清耿文光《万卷精华楼藏书记》和吴昌绶《宋金元词集见存卷目》附《双照楼续辑宋金元百家词目》等。

后世有《雪山词》一卷，多是据别集本析出别行，见于藏家著录的有：

1. 李盛铎《天津延古堂李氏旧藏书目》著录有《雪山词》一卷，抄本，一册。又李氏《木犀轩收藏旧本书目》著录有《云（当作雪）山词》一卷，抄本，一册。

2. 缪荃孙《目录词小说谱录目》著录有《雪山词》一卷，石莲室抄校本。按：吴重熹（1838—1918），字仲怡，亦字仲饴、仲怿，号蓼舸、石莲，晚号石莲老人，海丰（今山东无棣）人。举人。1900 年由江安粮台道升福建按察使，历任江宁布政使、江西巡抚、河南巡抚等。藏书处名石莲庵，或作石莲轩。辑刻有《九金人集》、《石莲庵山左人词》等。此或为吴氏抄本。

近代朱祖谋据《武英殿聚珍版书》本辑《雪山词》一卷，刻入《彊村丛书》中，无校记，无跋文。

刘德秀

刘德秀（？—1208），字仲洪，号退轩。丰城（今属江西）人。宋孝宗隆兴元年（1163）举进士，宁宗朝历官谏议大夫、吏部尚书，进龙图阁学士、四川制置使，改知潭州，召签枢密院。著有《默轩遗稿》、《默轩词》。

刘氏词集宋已刊行，陈振孙《直斋书录解题》卷二十一著录有《默轩词》一卷，为宋刊《百家词》本。元马端临《文献通考》卷二百四十六"经籍考七十三"据以录入。

宋以后罕见著录，仅有明钱溥《秘阁书目》著录有《黜（当作默）轩词》，未标明卷数。又明毛晋《汲古阁毛氏藏书目录》著录有《默轩词》一卷。明以后不见著录。

丘崈

丘崈（1135—1208），字宗卿，江阴（今属江苏）人。宋孝宗隆兴元年（1163）进士，调建康府观察推官，为太常博士。除户部郎中，迁枢密院检详文字。移江西转运判官，提点浙东刑狱，除两浙转运副使，以忧去。光宗即位，除太常少卿兼权工部侍郎，进户部侍郎，擢四川安抚制置使兼知成都府。宁宗嘉定元年（1208），拜同知枢密院事。著有《丘文定集》。

丘氏词集见于宋人编的《典雅词》中，《永乐大典》卷 10999 第 22A 页自丘宗卿《典雅词》录其《浪淘沙》一首，按：今存的数种抄本《典雅词》（均残）中均无丘氏词集。此外《永乐大典》还录其词六首，即《诉衷情》（2808/11B，指卷数和页码，下同），《鹧鸪天》三首、《太常引》、《清平乐》（20353/18B），当也是录自《典雅词》本丘氏词集。

其词集见收于抄本词集丛编中者有：

1. 《宋元八家词》本，清抄本，其中有《文定公词》一卷。

2. 《宋元人词》本，清抄本，其中有《文定公词》一卷。

3.《宋金元明十六家词》本，清抄本，佚名录清劳权校跋，清丁丙跋，其中有《文定公词》一卷。检丁丙《善本书室藏书志》卷四十著录有《文定公词》一卷，为劳氏抄本。云："词亦清转华妙，无愧作者。卷首有巽卿小印。"所指即此本，盖析出著录者。

4. 清顾沅辑《宋五大家词集》本，清元和顾氏艺海楼抄本，其中有《丘文定公词》一卷，藏台湾。

又见于著录的有：

1. 清朱彝尊《词综》"发凡"载有《文定公词》一卷。

2.《御选历代诗馀》卷一百五"词人姓氏"云有《文定词》一卷。

3. 清汪宪《振绮堂书目》卷二"闻·抄本集类杂集并总集·第一格"著录有《萧台公馀词》、《绮川词》、《文定公词》一册，注云："《萧台公馀词》一卷，宋钱唐姚述尧撰。《绮川词》一卷，宋倪称文举撰。《文定公词》一卷，宋河南丘崈宗卿撰，汲古阁抄本。"

4. 清朱学勤《别本结一庐书目》"抄本"著录有《文定词》一卷。

5. 清陆心源《皕宋楼藏书志》卷一百二十著录有《文定词》一卷，旧抄本。

近世刊印本则有：

1. 王鹏运四印斋刊本，其中有《文定公词》一卷，收入《宋元三十一家词》中。见于叶德辉《叶氏观古堂藏书目》、缪荃孙《目录词小说谱录目》等著录。

2. 朱祖谋据朱氏结一庐藏旧抄本，辑有《丘文定公词》一卷，刻入《彊村丛书》中，无校记，无跋文。

按：缪荃孙《目录词小说谱录目》著录有《丘文定公词》一卷，云："丘崈，侯文耀（当作灿）《名家词》本，《宋元三十一家词》本。"检《名家词》中并无丘氏词集，当为《彊村丛书》之误。

梁安世

梁安世（1136—？），字次张，括苍（今浙江丽水）人。宋高宗绍兴二十四年（1154）进士，知衡山县。孝宗淳熙年间为广南西路转运判官，改提点刑狱。

宋周必大《文忠集》卷一百八十六"书"《韶州梁守安世，淳熙五年》云："且示近著表、启、古律诗、长短句一编，伏读累日，一字三叹。"知有词，规模不详，《全宋词》存词一首。

廖行之

廖行之（1137—1189），字天民，号省斋，衡州（今湖南衡阳）人。宋孝宗淳熙十一年（1184）进士，调岳州巴陵尉，未数月，以太夫人病乞归。告满，改授潭州宁乡主簿，未赴而卒。著有《省斋文集》、《省斋诗馀》。

廖氏词集宋时已刊行，陈振孙《直斋书录解题》卷二十一著录有《省斋诗馀》一卷，为宋刊《百家词》本。元马端临《文献通考》卷二百四十六"经籍考七十三"据以录入。见于后世著录的有：

一、抄本

今存抄本词集丛编中收有其词集的有：

1. 明吴讷编《唐宋名贤百家词》本，明抄本，梁启超跋，其中有《省斋诗馀》一卷。

2. 明李东阳辑《南词》本，抄本，其中有《省斋词》一卷。

3.《宋元名家词》本，明抄本，清毛扆校，唐晏跋，其中有《省斋诗馀》一卷。

4. 明李东阳辑《南词》本，清董氏诵芬室抄本，吴昌绶、朱孝臧校，其中有《省斋诗馀》一卷。检吴昌绶《宋金元词集见存卷目》附《双照楼续辑宋金元百家词目》著录有《省斋诗馀》一卷，云："武林董氏旧抄《南词》本，《大典》本《省斋集》未全。"

5.《宋金元名家词抄》本，清抄本。其中有《省斋诗馀》一卷。

6.《宋金元明十六家词》本，清抄本，佚名录清劳权校跋，清丁丙跋，其中有《省斋诗馀》一卷。

7.《宋明十六家词》十六卷，清丁氏嘉惠堂抄本，其中有《省斋诗馀》一卷。

另有清赵筤辑《唐宋元三朝名贤小集二十九种》本,清乾隆、嘉庆间赵氏星凤阁抄校本,其中有《省斋诗馀》一卷。

见于藏家著录的抄本有:

1. 清黄丕烈《荛圃藏书题识》卷十著录有《省斋诗馀》一卷、《养拙堂词》一卷,旧抄本。录诸家题识文如下:

> 乙丑六月十一日从周氏旧录本再校一过,时斜风细雨,毛扆。

> 毛氏旧藏诸词,余所收最富,精抄本二种,都有稿本,止有廖词,余皆列诸《读未见书斋词目》矣。此二种又出汲古后人毛斧季手校者,非特旧抄,且于所校之本,必溯其原,详哉!言之,小毛公其真知笃好者耶?余往往见毛氏词本,有旧抄手校者,有誊清稿本者,有画一精抄者,虽一词部不嫌再三讲求,余何幸而一一收之,如前人之兼有其本,自幸窃自怪也。癸酉四月朔,复翁。

> 同得尚有词选一本,偶检董(当作管)鉴词《水龙吟·夷陵雪中作》"晓来密雪如筛",此尚误"密"为"蜜",漏校于此,见几尘风叶之论为不谬矣,复翁。

知黄丕烈所得,原为毛氏汲古阁之物,毛扆为汲古主人毛晋之子,其题识作于清康熙二十四年(1685),而黄氏题识文作于嘉庆十八年(1813)。检《"中央"图书馆善本书目第一次》著录有《省斋诗馀》一卷,一册,云:"明乌丝栏抄本。清毛扆朱笔手校,黄丕烈手跋。"又附《养拙堂词》一卷,宋管鉴撰。此书今藏台湾。

2. 清张金吾《爱日精庐藏书志》卷三十六著录有《省斋诗馀》一卷,旧抄本。又见《爱日精庐藏书简目》著录。

3. 《劳氏碎金》卷中著录有《省斋诗馀》一卷,旧抄本。劳氏题识文如下:

己酉八月依毛斧季校本手录，巽卿。

咸丰己未六月二十一日，《大典》本《省斋集》校过，多
所改正，惜不及半耳。秋井草堂记。

劳氏题识文，前者作于清道光二十九年（1849），后者作于清咸丰九年
（1859）。检清丁丙《善本书室藏书志》卷四十著录有《省斋诗馀》一
卷，劳氏抄本。提要云：

此本毛扆从孙氏藏本校正，劳权又从毛本抄校。《四库》
著录《省斋集》，录自《永乐大典》中有诗馀，较此少去一
半，其为当时别行之本可知矣。词华质朴，绝去雕饰，惟嫌
其多寿词耳。有沤喜亭、劳巽卿、双声诸印。

知此本即《劳氏碎金》著录者。又清莫友芝《持静斋藏书记要》卷下
著录有《省斋诗馀》，云汲古阁藏旧抄本，注云："《曝书亭书目》亦有
本□□未收。"又清江标《丰顺丁氏持静斋书目》"抄本·集部"著录
有《省斋诗馀》一卷，云毛扆手校旧抄本。知汲古阁本后归藏丁氏持
静斋。又张钧衡《适园藏书志》卷十六著录有《省斋诗馀》一卷，旧抄
本。云："宋廖行之撰，行之字天明。《直斋书录》著录，毛斧季从孙氏
藏本抄录。"知是书后又归藏张氏。

　4. 清陆心源《皕宋楼藏书志》卷一百二十著录有《省斋诗馀》一
卷，旧抄本。录诸家题识文：

毛氏手跋曰：壬戌四月十四日，从孙氏藏本校正，毛扆。

劳氏手跋曰：己酉八月依毛斧季校本手录，巽卿。

咸丰己未六月二十一日，《大典》本《省斋集》校过，多
所改正，惜不及半耳。秋井草堂记。

《书录解题》曰：《省斋诗馀》一卷，衡阳廖行之天
民撰。

案：行之，字天民，衡阳人，著有《省斋集》，《四库》著
录。其词较《大典》本《省斋集》增多一半。

毛氏、劳氏题识文等，当是据劳氏抄校本移录。

5. 清瞿世瑛《清吟阁书目》卷一"抄本"著录有《养拙》、《省斋诗（脱馀字）》一本。

6. 缪荃孙《目录词小说谱录目》著录有《省斋诗馀》一卷，传写劳颦卿本。

7.《中国古籍善本书目》载《省斋诗馀》一卷，清抄本。

又见于著录而未言版本的，计有：

1. 明钱溥《秘阁书目》著录有《省斋诗馀》，未标卷数。

2. 明毛晋《汲古阁毛氏藏书目录》著录有《省斋诗馀》一卷。

3. 清朱彝尊《词综》"发凡"云有《省斋诗馀》，未标卷数，而卷八小传却云有《省斋诗馀》一卷。

4.《御选历代诗馀》卷一百三"词人姓氏"云有《省斋诗馀》一卷。

5. 清王闻远《孝慈堂书目》著录有《省斋诗馀》一卷。

6. 清赵魏《竹崦庵传抄书目》著录有《省斋诗馀》一卷。

以上均未言版本，但所载仍以抄本居重。

近代朱祖谋据姚氏邃雅堂藏抄本《省斋诗馀》一卷刻入《彊村丛书》中，存词四十一首，无校记，无跋文。按：姚晏，字圣常，号婴斋，浙江归安人。清道光时在世，二品荫生，任刑部主事。自其父即于书无所不读，有邃雅堂藏书。

除另行本外，廖氏诗文集中也存有词，见《四库全书》，有《省斋集》十卷，提要云："是集乃其子谦所刊，原本十卷。今从《永乐大典》中采掇裒辑，篇帙颇夥，似当日全部收入，谨排次审订，仍析为十卷，以还其旧。其原跋十七通，行状、墓铭等三首仍附于后，以备考核。"知是据《永乐大典》辑录，戴溪序（绍熙二年，1191）云："余分教雪川，得谦书，云先君不幸，日月易失，谦既服阕矣，哀平生遗文，得拾卷，不肖之孤惧湮没不传，愿有以序次之。"知宋本原十卷，按库本卷四附有词，存十五首。

鳙溪老人

鳙溪老人，姓汪氏，生平不详。著《鳙溪老人集》。

王炎《双溪类稿》卷二十四《鳙溪老人集序》云：

> 文与行相符，亦与行相异。《酒德》一颂，可以知刘伯伦
> 之旷达；《陈情》一表，可以知李令伯之纯孝，此文与行符者
> 也。陶靖节之冲淡，宋广平之毅，而《闲情》、《梅花》两赋，
> 词旨婉丽，若非二君子所道之语，此文与行异者也。外祖鳙
> 溪老人汪公，倦游庠序，退而徜徉，自放于丘壑之间，盖晦其
> 光而不耀矣。第其幽怀清兴，时自见于诗文，而尤喜为小
> 词，模写物态，染绘风光，意有所寓，笔下翩翩立就。其高处
> 视张子野、晏叔原、秦少游分道并驱，未知孰先后也。求诸
> 翰墨，意其为人必以风流自命，而公平生素履有与其文极不
> 相似然者。其待物胸次明白，不立城府，人百欺之无疑，百
> 忤之不愠也。其平昔自处，薄嗜欲，不喜饮酒，不商度财货，
> 有亡终身，未尝一乘肩舆，曰："吾布衣，不敢以人代畜
> 也。"年过九十，步履轻强，对短檠，阅蝇头细字，虽少年有
> 所不逮。其见素抱璞，厚自颐养，殆如古所谓有道之士者，
> 非耶？公没七年，某宦游自沔鄂来归，始见舅氏收拾残稿，
> 既成编，恐览公之文者，谓其止于词藻清丽也，故叙其编首，
> 概见公之隐德奥行云。

所谓"尤喜为小词，模写物态，染绘风光，意有所寓，笔下翩翩立就，
其高处视张子野、晏叔原、秦少游分道并驱，未知孰先后也。"又：
"公没七年，某宦游自沔鄂来归，始见舅氏收拾残稿，既成编，恐览公
之文者，谓其止于词藻清丽也，故叙其编首，概见公之隐德奥行云。"
知喜作词，未言卷数版本，其生平俟考。

王炎

王炎（1137—1218），字晦叔，一字晦仲，号双溪，婺源（今属江西）人。孝宗乾道五年（1169）进士，调明州司法参军，通判临江军，召除太学博士。宁宗庆元年间迁秘书郎，除著作佐郎，兼实录院检讨官，为礼部员外郎，主管武夷山冲佑观。起知饶州，改湖州，终以谤罢，再奉祠。所居有双溪，筑亭寄兴，以白乐天自比。著有《双溪类稿》。

王氏词见载于诗文别集中，《永乐大典》卷 2808 第 12A 页自《双溪类稿》录《好事近》词一首。入清则有《四库全书》本《双溪类稿》二十七卷，提要云：

> 总题曰《双溪类稿》，今已无传。惟诗文集仅存，世所行者凡二本：一本为康熙中其族孙祺等所刊，凡十二卷。一即此本，乃明万历丙申尚宝司丞王麟得沈一贯家旧本为校正开雕者也。凡赋乐府一卷，诗词九卷，文十七卷。

知所据为明万历刻本，为两淮马裕家藏书。前有王麟序（万历丙申）云："集今行于世，赋乐府一卷，诗词九卷，文十七卷。"又有"余因请得拜受，退而鸠工梓焉"云云，知为万历二十四年（1596）刻本。库本卷十为长短句，前有自序云：

> 古诗自风雅以降，汉魏间乃有乐府，而曲居其一。今之长短句，盖乐府曲之苗裔也。古律诗至晚唐衰矣，而长短句尤为清脆，如么弦孤韵，使人属耳不厌也。予于诗文本不能工，而长短句不工尤甚。盖长短句宜歌而不宜诵，非朱唇皓齿，无以发其要妙之声。予为举子时，早夜治程文，以幸中于有司。古律诗且未暇着意，况长短句乎？三十有二，始得一第，未及升斗之粟，而慈亲下世。以故家贫，清苦终身，家无丝竹，室无姻侍。长短句之腔调，素所不解。终丧，得薄

崇阳，逮今及五十年，而长短句所存者不过五十馀阕，其不工可知矣。今之为长短句者，字字言闺阁事，故语陋而意卑，或者又为豪壮语以矫之。夫古律诗且不以豪壮为贵，长短句命名曰曲，取其曲尽人情，惟婉转妩媚为善，豪壮语何贵焉？不溺于情欲，不荡而无法，可以言曲矣，此炎所未能也。曹公论鸡肋曰："食之无益，弃之可惜。"此长短句五十馀阕，亦鸡肋之类也。故衰而集之，因发其意于卷首云。嘉定十一年四月朔日，双溪王炎序。

序作于宋宁宗嘉定十一年（1218），云撰词五十馀首，未言卷数版本。按：库本卷十存词五十二首，与王氏自序所言吻合，知明刊本仍是源自宋本。

王氏词集见于明清著录，多为单行，盖是据别集本析出别行者，见于后世著录的有：

一、《双溪词》

今存抄本词集丛编收有王氏词集的有：

1．《宋金元明十六家词》本，清抄本，佚名录清劳权校跋，清丁丙跋，其中有《双溪词》一卷。

2．清汪曰桢编《又次斋词编》本，稿本，其中有《双溪词》一卷。

3．清汪曰桢编《宋元十家词》本，清又次斋抄本，清汪曰桢校，吴昌绶校，其中有《双溪词》一卷。

4．《宋元人词》本，清抄本，其中有《双溪词》一卷。

见于藏家著录的有：

1．清丁丙《善本书室藏书志》卷四十著录有《双溪词》一卷，旧抄本。提要云："今读其词，质实妍雅，虽未能与姜白石、高竹屋方驾，亦一时作手也。"

2．清陆心源《皕宋楼藏书志》卷一百十九著录有《双溪词》一卷，旧抄本。

二、《双溪诗馀》

王国维《大云书库藏书目》卷中著录有《双溪诗馀》一卷，影抄明刊本。按：王国维《观堂别集》跋《双溪诗馀》云：

> 壬子夏日，于董氏诵芬室见《双溪文集》残本（明嘉靖刊），幸诗馀尚全，因假归，令儿子潜明影写之。此集传世甚稀，竹垞纂《词综》时未见此书。此本乃嘉靖十二年所刊，前有潘滋序，计为书十七卷，与文渊阁之二十七卷编次不同，目录家亦罕见著录。词虽不甚工，亦一家眷属也。

知是据明嘉靖十二年（1533）刊本影写的，嘉靖本凡十七卷，与四库所据明万历刻本卷数不同。

晚清则有王鹏运四印斋刻本，见《宋元三十一家词》中，有《双溪诗馀》一卷。王鹏运跋云：

> 《古今词话》云："林外题词垂虹，传者以为仙，寿皇阅之，笑曰：'此闽人作耳。'"盖以"老"叶"我"，为闽音也。双溪此集，以方音叶者十居三四。其时取便歌喉，所谨严者在律而不在韵，故不甚以为嫌。毛稚黄尝主是说，而戈宝士力诋之，则以防下流之偭越，固两是也。纳兰侍卫云："韵本休文小学之书，以为诗韵已误，今人又为词韵，谬之谬也。"其理甚微，特难为躁心人道耳。又宝士著书，动谓宋词失韵。余谓执韵以绳今之不知宫调者则可，若以绳宋人，似尚隔一尘也。半塘老人。

此本前有王炎序，存词五十二首，与库本存词同。四印斋本见叶德辉《叶氏观古堂藏书目》、缪荃孙《目录词小说谱录目》等著录。

袁去华

袁去华，字宣卿，奉新（今属江西）人。生卒年不详，宋高宗绍兴十五年（1145）进士。历知善化、石首。著有《适斋类稿》、《袁宣卿词》。

袁氏词集宋时已刊行，陈振孙《直斋书录解题》卷二十一著录有《袁去华词》一卷，为宋刊《百家词》本。元马端临《文献通考》卷二百四十六"经籍考七十三"据以录入。按《直斋书录解题》卷十八于袁去华《适斋类稿》云："善为歌词，尝赋长沙定王台，见称于张安国，为书之。"又明毛晋《汲古阁毛氏藏书目录》著录有《袁去华词》一卷，也是源自《百家词》本。

后世著录的多是名《袁宣卿词》者，或名《宣卿词》。今存抄本词集丛书数种，其中收有其词集，计有：

1.《典雅词》本，今存数种：① 毛氏汲古阁影宋抄本，清陆氏皕宋楼藏书，藏日本静嘉堂文库。检陆心源《皕宋楼藏书志》卷一百二十著录有《袁宣卿词》一卷，旧抄本。云："《书录解题》著录其词，《四库》未收，朱竹垞辑《词综》，搜罗甚富，而云只字未见，则流传之罕可知矣。"所指即此本，盖析出著录者。② 传抄汲古阁本，清丁氏八千卷楼藏书，藏南京图书馆。检丁丙《善本书室藏书志》卷四十著录有《袁宣卿词》一卷，《典雅词》抄本。云："朱竹垞选《词综》，只字未收，传本之罕可知，否则不应见遗也。"所指即此本，盖析出著录者。③ 传抄汲古阁本，原北平图书馆藏书，今藏台湾。④ 清劳权抄本，清劳权校并跋，藏国家图书馆。以上四种均有《袁宣卿词》一卷。

2.《五家词》本，清十万卷楼抄本，其中有《袁宣卿词》一卷。

3.《宋六家词》本，清抄本，其中有《袁宣卿词》一卷。

4.《宋八家词》本，清初抄本，其中有《袁宣卿词》一卷。

5.《宋九家词》本，清道光蒋氏别下斋抄本，清许光清跋，其中有《袁宣卿词》一卷。

6.《宋元人词》本，清抄本，其中有《宣卿词》一卷。

另清赵篪辑《唐宋元三朝名贤小集二十九种》本，清乾隆、嘉庆间赵氏星凤阁抄校本，藏湖南图书馆，其中有《袁宣卿词》一卷。

此外，见于其他著录的有：

1.《永乐大典》卷 15139 第 15B 页自《袁宣卿词》录《菩萨蛮》

一首。

2. 清王闻远《孝慈堂书目》著录有《宣卿词》，云："袁去华，一卷，抄，白二十九番。"

3. 清赵魏《竹崦庵传抄书目》著录有《袁宣卿词》一卷。

4. 缪荃孙《目录词小说谱录目》著录有《宣卿词》一卷，影写《典雅词》本。

5.《中国古籍善本书目》载《袁宣卿词》一卷，清初抄本。

以上二家未言版本，赵魏所载也应是抄本。

晚清则有王氏四印斋刻本，有《宣卿词》一卷，见《宋元三十一家词》中，王氏跋云：

> 《皕宋楼藏书志》：袁去华，字宣卿，江西奉新人。绍兴乙丑进士，改官知石首县而卒。善为歌词，尝赋定王台，见称于张安国。著有《适斋类稿》八卷，《书录解题》著录。其词，四库未收。朱竹垞辑《词综》，搜罗甚富，而云只字未见，则流传之罕可知矣。癸巳初夏，校付梓人，录陆氏按语于后，以资观览。吟湘病叟记。

跋作于清光绪十九年（1893）。此本见叶德辉《叶氏观古堂藏书目》、缪荃孙《目录词小说谱录目》等著录。

京镗

京镗（1138—1200），字仲远，号松坡居士，豫章（今江西南昌）人。宋高宗绍兴二十七年（1157）进士，知瑞昌县。孝宗淳熙年间除监察御史，累迁右司郎官，授四川安抚制置使、知成都府。光宗绍熙五年（1194）除参知政事，宁宗庆元年间拜右丞相，进左丞相。卒赠太保，谥文忠，改谥定忠。著有《松坡集》、《松坡词》等。

京氏词见附于诗文集后，黄汝嘉跋云：

> 右《松坡居士乐府》一卷，大丞相祁国京公帅蜀时所赋

也。公以镇抚之暇，酬唱盈编，抑扬顿挫，吻合音律，岷峨草木，有荣耀焉。汝嘉辄再锓木豫章学宫，附于诗集之后。惟公之词翰春容，随所寓而有，尚须遍加裒咨，时续刊之。庆元己未八月初吉，门下士莆田黄汝嘉谨识。

跋作于宁宗庆元五年（1199），知为豫章学宫刻本，为诗文别集附词者。

又陈振孙《直斋书录解题》卷二十著录有《松坡集》七卷乐府一卷，云：“丞相豫章京镗仲远撰，镗使金执节，骤用，其在相位，当韩侂胄用事，无所立。”元马端临《文献通考》卷二百四十五据以录入。

此外，黄昇《中兴以来绝妙词选》卷三云：“有乐章，名《松坡集》。”未言卷数版本。又佚名《氏族大全》卷十云有乐章，自号《松坡居士集》。所指或均为别集本。

见于宋以后著录的有：

1.《宋史》卷二〇八“艺文志”著录有京镗诗七卷、又词二卷。

2. 明陈第《世善堂藏书目录》卷下“宋元诸名贤集”著录有《松坡集》七卷乐府一卷。

3. 明毛晋《汲古阁毛氏藏书目录》“别集”著录有《松坡集》七卷乐府一卷。

知其别集明时尚存，入清已佚。其乐府析出别行，见于明清以来著录的有：

1. 清黄虞稷《千顷堂书目》卷三十二“词曲类·补·宋”著录有《松坡居士乐府》一卷。

2. 清倪灿撰，卢文弨校正《宋史艺文志补》著录有《松坡居士乐府》一卷。

3. 清朱彝尊《词综》“发凡”及卷十四小传云《松坡居士乐府》一卷。

4.《御选历代诗馀》卷一百四“词人姓氏”云有《松坡居士乐府》一卷。

以上均未言版本。

除别集本外，京氏词集宋时已刊行于世，陈振孙《直斋书录解题》卷二十一著录有《松坡词》一卷，为宋刊《百家词》本。元马端临《文献通考》卷二百四十六"经籍考七十三"据以录入。

今存抄本词集丛编收有京氏词集的有：

1. 《典雅词》本，清吴氏拜经楼旧藏抄本，藏上海图书馆，其中有《松坡居士词》一卷。

2. 明吴讷辑《唐宋名贤百家词》本，明抄本，梁启超跋，其中有《松坡居士词》一卷。

3. 明李东阳辑《南词》本，抄本，其中有《松坡词》一卷。

4. 《宋九家词》本，清道光蒋氏别下斋抄本，清许光清跋，其中有《松坡居士词》一卷。

5. 明李东阳辑《南词》本，清董氏诵芬室抄本，吴昌绶、朱孝臧校，其中《松坡词》一卷。检吴昌绶《宋金元词集见存卷目》附《双照楼续辑宋金元百家词目》著录有《松坡词》一卷，云武林董氏旧抄《南词》本。

6. 《宋词》本，清抄本，朱孝臧校，其中《松坡词》一卷。

见于著录的有：

1. 明钱溥《秘阁书目》著录有《松坡词》，未标卷数。

2. 明毛晋《汲古阁毛氏藏书目录》著录有《松坡词》一卷。

3. 清曹寅《楝亭书目》卷四著录有《松坡词》，云："抄本，宋丞相豫章京镗著，莆田黄汝嘉跋尾，一卷。"

4. 《中国古籍善本书目》载《松坡词》一卷，吴氏双照楼抄本，朱孝臧校。

5. 《中国古籍善本书目》载《松坡居士词》一卷，明抄本。

以上前二家著录的也当是抄本。

民国时朱祖谋刻入《彊村丛书》中，为《松坡词》一卷，后录黄汝嘉跋，又朱祖谋跋云：

《松坡词》一卷，彭氏知圣道斋藏明抄本，锓木既竣，始于沪肆见吴兔床手写本，亟校改若干字如右。吴本缺《水调歌头》"四载分蜀阃"一阕、《满江红》"道骨仙风"一阕，而《水调歌头·次永康白使君韵》词后又有《奉陪永康白使君游春城再次韵》一词曰："雪岭倚空白，霜柏傲寒青。千岩万壑奇秀，禽鸟寂无声。好是群贤四集，同访宝仙九室，中有玉京城。眼底尘嚣远，胸次利名轻。　云山旁，烟水畔，肯渝盟。传呼休要喝道，方外恐猜惊。雅美林泉胜概，倘遂田园归计，志愿足生平。此意只自解，聊复为君倾。"己未十月朱孝臧跋。

跋作于民国八年（1919），知是以彭氏知圣道斋藏明抄本为底本，校以吴氏抄本。按：彭元瑞（1731—1803），字掌仍，一字辑五，号芸楣，一作云楣，江西南昌人。清乾隆二十二年（1757）进士，改庶吉士，授编修，官至工部尚书、协办大学士，卒谥文勤。藏书处为知圣道斋，晚年家贫，藏书归于朱学勤结一庐。著有《知圣道斋书目》、《知圣道斋读书跋尾》、《恩馀堂稿》等。吴骞（1733—1813），字槎客，号兔床，清浙江海宁人。诸生。笃嗜典籍，所得不下五万卷，筑拜经楼藏之。辑刻有《拜经楼丛书》，著有《拜经楼书目》、《兔床山人藏书目录》、《拜经楼藏书题跋记》、《愚谷文序》、《拜经楼诗集》等。

杨冠卿

杨冠卿（1138—？），字梦锡，宋江陵（今属湖北）人。举进士，知广州，以事罢。寓临安，与范成大、陆游、张孝祥、姜夔等交往。著有《客亭类稿》。

杨氏词集不见宋人著录，而诗文别集中附有词，今影印文渊阁《四库全书》本有《客亭类稿》十四卷，提要云：

其集世颇罕传，惟浙江采进书中有旧刊《客亭类稿》，为巾箱小字本，检勘尚孙原刻分四六编、杂著编、古律编，皆所作诗文，惠答客亭书启编，则同时名人酬赠之作，不标卷数，前后亦无序跋。而《永乐大典》各韵内所收冠卿之文，尚有表笺诗馀各数十首，皆刊本所未收，疑当时本各自为编，流传既久，遂有阙脱。今据《永乐大典》所载，以刊本参校，搜缉补缀，诸体始全，谨仿原编名目，厘为十四卷，而仍以书启一卷附之。

知据《永乐大典》辑录出，库本卷十四为乐府，存词三十六首。按：《永乐大典》卷2265第4A页录杨冠卿《菩萨蛮》词一首。又有《湖北先正遗书》本，据文津阁《四库全书》本影印。

近世朱祖谋据《永乐大典》本《客亭类稿》辑《客亭乐府》一卷，刻入《彊村丛书》中，无校记，无跋文。

谢懋

谢懋，字勉仲，号静寄居士，宋洛阳（今属河南）人。工乐府，有名于当时。卒于孝宗末年。著有《静寄居士乐府》。

谢氏词集宋时已刊行于世，杨冠卿《客亭类稿》卷七《静寄乐府序》云：

> 始余客凤山，因与静寄谢公相还往，阅时既久，熟其为人，酝藉风流，翩翩可喜，而其文亦类之。尤以乐府知名于时，每一篇出，人争传诵。一旦过余，读李太白从阳冰求序文书，慨然若有所感，乃属以平生所为文，曰庶乎其有托而传也。无几何，公有玉楼召，整衣与余语，拱手坐亡。余既嘉其才，哀其不遇，又念其所以属于余者为不苟，亟请遗稿于其家，则已为秦氏子取去。求之，不可复得，收拾残笺断楮于散亡弃置中，自其他诗文外，仅得乐府七十五篇，摹写物华，舒发情思，俱与声度合。虽恢谐戏谑，间见迭出，往往金辉玉映，敷腴润泽，无一点寒陋气，于是铨次雠校，锓木以传。或者乃谓绮靡之词，发人幽感，君子病之，不传焉可也，

曾不知至理所寓，何往而不存？昔柳耆卿赋咏绮靡尤甚，而有浮屠氏者歌所谓"晓风残月"句，乃于祖道契悟豁然，则词之绮靡，亦奚病？静寄之作，从昔以耆卿自许，晚年且嗜禅学，安知无警悟于世者？余故叙而首之，以见不忘之意云。公名懋，字勉仲，洛师人。淳熙丙午立春日江陵杨冠卿梦锡序。

序作于孝宗淳熙十三年（1186），知曾刊刻，未言卷数。又黄昇《中兴以来绝妙词选》卷四云："号静寄居士，有乐章二卷，具坦伯明为序，称其片言只字，戛玉铿金，酝藉风流，为世所贵云。"知词集凡二卷，具坦或作吴坦，其人不详。

其词集不见于明代藏家著录，入清则有：

1．清黄虞稷《千顷堂书目》卷三十二著录有《静寄居士乐章》二卷。

2．清倪灿撰，卢文弨校正《宋史艺文志补》著录有《静寄居士乐章》二卷。

3．清朱彝尊《词综》"发凡"及卷十六小传云有《静寄居士乐章》二卷。

4．《御选历代诗馀》卷一百六"词人姓氏"云有《静寄居士乐章》二卷。

以上均未言版本，所载以抄本居多。

民国时赵万里辑《校辑宋金元人词》，其中有《静寄居士乐章》，赵氏题记云：

> 《花庵词选》云："静寄居士有乐章二卷，吴坦伯明为序，称其片玉只字，戛玉铿金，酝藉风流，为世所贵。"然《直斋书录解题》、《文献通考》、《宋史·艺文志》均未著录，知散佚已久。《千顷堂书目》三十二载《静寄居士乐章》二卷，即据花庵所云以补《宋志》，非真见其书也。万里记。

为民国排印本，录词十四首。

郑仁杰

郑仁杰（1139—1198），字克俊，信州弋阳（今江西抚州）人。宋高宗绍兴间中材武优等，累迁阁门祗候，历知廉、钦、光诸州，以总管福建马步军政致仕归。著有诗文集二十卷。

其词宋时见载于诗文集中，曾丰《搏斋先生缘督集》卷十一《郑公知府墓志铭》云："所幸武经郎岩坚才难，与仲岩瞻俱有志广父声，先厘其奏议、诗词为二十卷，传于后。"知有词，版本不详，今未见存词。

吴镒

吴镒（1140—1197），字仲权，号敬斋，临川（今江西抚州）人。宋孝宗隆兴元年（1163）进士，为郴州教授，知宜章县，召为秘书省正字。光宗绍熙中知郴州，除湖南提举，为司封郎官。宁宗庆元中湖南转运判官。著有《云岩集》、《敬斋集》、《敬斋词》。

吴氏词集宋时已刊行，陈振孙《直斋书录解题》卷二十一著录有《敬斋词》一卷，为宋刊《百家词》本，元马端临《文献通考》卷二百四十六"经籍考七十三"据以录入。见于后世著录的有：

1. 明钱溥《秘阁书目》著录有《敬斋词》，未标卷数。

2. 明毛晋《汲古阁毛氏藏书目录》著录有《敬斋词》一卷。

又《永乐大典》卷 2265 第 20B 页自《敬州（当作斋）吴镒词》录《水调歌头》二首。以上知其词集明代尚存，其后则佚。

钟将之

钟将之，字仲山，长沙（今属湖南）人。生卒年不详。宋宁宗庆元年间监登闻鼓院，为军器监丞。开禧时除江西提刑兼权赣州，又为江南路转运判官。著有《岫云词》。

钟氏词集宋时已刊行，陈振孙《直斋书录解题》卷二十一著录有

《岫云词》一卷，云："长沙钟将之仲山撰，尝为编修官。"为宋刊《百家词》本。元马端临《文献通考》卷二百四十六"经籍考七十三"据以录入。见于后世著录的有：

1. 明钱溥《秘阁书目》著录有《岫云词》，未标卷数。

2. 明毛晋《汲古阁毛氏藏书目录》著录有《岫云词》一卷。

又《永乐大典》卷20353第14B页录钟将之《浣溪沙》二词。以上知钟氏词集明时尚存，其后则佚。

辛弃疾

辛弃疾（1140—1207），原字坦夫，改字幼安，别号稼轩，历城（今山东济南）人。及冠，参加抗金义军，宋高宗绍兴末率义军回归南宋，任江阴签判。孝宗朝历任湖北、江西、湖南、福建、浙东安抚使等，官终知镇江府。卒谥忠敏。著有《稼轩集》、《稼轩词》等。

辛氏词集在南宋多次被刊刻，见于宋人多家著述中提及，列如下：

1. 周辉《清波别志》卷下云：

> 《稼轩乐府》，辛幼安酒边游戏之作也，词与音叶，好事者争传之。在上饶，属其室病，呼医对脉，吹笛婢名整整者侍侧，乃指以谓医曰："老妻病安，以此人为赠。"不数日，果勿药，乃践前约。整整既去，因口占《好事近》云："医者索酬劳，那得许多钱物？只有一个整整，也盒盘盛得。下官歌舞转凄惶，剩得几枝笛？觑着这般火色，告妈妈将息。"一时戏谑，风调不群，稼轩所编遗此。

所云《稼轩乐府》，未言卷数版本，然元代《稼轩乐府》仍有传刻，详后。

2. 韩淲《涧泉日记》卷中云："辛弃疾，字幼安，有机数，调度高放，词语洒落，俗传所谓《稼轩长短句》是也。"未言卷数版本。

3. 岳珂《桯史》卷三有"与稼轩集中词全无异"云云，又有"每见集中有'解道此句，真宰上诉，天应嗔耳'之序，尝以为其言不诬"云云，序者不详，也未言卷数。考文中有"余时以乙丑南官试"句，乙丑为宁宗开禧元年（1205），知此集刊成不会早于是年。

4. 陈振孙《直斋书录解题》卷二十一著录有《稼轩词》四卷[1]，云："宝谟阁待制济南辛弃疾幼安撰，信州本十二卷，卷视长沙为多。"为宋长沙坊刻《百家词》本。元马端临《文献通考》卷二百四十六据以录入，四卷本与信州本十二卷本不同。

5. 刘克庄《后村先生大全集》卷一七六"诗话·后集"云："上饶所刊辛集有词无诗，惜无好事者搜访补足之。"宋置信州上饶郡，已知宋有上饶刊本词集，凡十二卷。明李濂《批点稼轩长短句序》云："余家藏《稼轩长短句》十二卷，盖信州旧本也，视长沙本为多。"当指宋刊本，前有序，序者不详。李濂引录了部分，可参看。又《后村先生大全集》卷九十八《辛稼轩集序》云：

> 世之知公者，诵其诗词，而以前辈谓有井水处皆倡柳词，余谓者卿直留连光景、歌咏太平尔。公所作，大声鞺鞳，小声铿鍧，横绝六合，扫空万古，自有苍生以来所无；其秾纤绵密者，亦不在小晏、秦郎之下，余幼皆成诵。公嗣子故京西宪□欲以序见属，未遣书而卒，其子肃具言先志，恨余衰惫，不能发斯文之光焰，而姑述其梗概如此。

不知是指诗文别集含有词者，还是纯为词集者，也未言是否刊刻。

6. 徐元杰《梅野集》卷十一《稼轩辛公赞》"谏稿、词集行于世"云云，是指诗文集含词者，还是词集另行者，不详，但为刻本无疑。

7. 刘辰翁《须溪集》卷六《辛稼轩词序》云："因宜春张清则取稼轩词刻之，复用吾请。清则少游杭浙，有奇志逸气，必能仿佛为此词者。"知为宜春张清则刻本，未言卷数。

8. 罗大经《鹤林玉露·甲编》卷一有所谓"此词集中不载，尤隽

---

[1] 或作一卷。

壮可喜"云云，提及的词集，具体不详。

另有宋刊《稼轩词》甲集、乙集、丙集、丁集（各一卷），今存影宋刻本。甲集前有范开《稼轩词序》云："因暇日裒集冥搜，才逾百首，皆亲得于公者。以近时流布于海内者率多赝本，吾为此惧，故不敢独阁，将以祛传者之惑焉。"序作于宋孝宗淳熙十五年（1188），按：辛氏今存词六百馀首，所谓"因暇日裒集冥搜，才逾百首，皆亲得于公者"，针对的是《稼轩词·甲集》而言，存词百馀首。至于云"以近时流布于海内者率多赝本"，或为书商所乱。

以上知宋时辛氏词集：就编辑方式而言，有单行本，也有别集本；就名称而言，有《稼轩词》、《稼轩集》、《稼轩乐府》、《稼轩长短句》、《辛稼轩词》之别；就分卷而言，有四卷、十二卷，以及甲乙丙丁等之别；就版本而言，有刻本，也有其他；就年代而言，刊刻时间不一；就地域而言，有长沙本、信州本等。

宋以后，辛氏词集见于著录，或刻印和传抄的情况，叙录于下：

一、《稼轩词》

A. 印本

1. 明末毛氏汲古阁刊《宋名家词》本，其中有《稼轩词》四卷，毛晋跋云：

> 蔡元长工于词，靖康中陷房庭，稼轩以诗词谒见，蔡曰："子之诗则未也，他日当以词名家。"故稼轩晚年来卜筑奇狮，专工长短句，累五百首有奇。但词家争斗秾纤，而稼轩率多抚时感事之作，磊砢英多，绝不作妮子态。宋人以东坡为词诗，稼轩为词论，善评也。

未言所据，此本见清郑德懋辑《汲古阁校刻书目》之《宋名家词六集》著录，云凡二百五叶。又多见于藏家著录，如清陆心源《皕宋楼藏书志》卷一百二十著录有《稼轩词》四卷，云陆敕先、毛斧季手校宋本。录毛氏手跋云："辛亥七月三日敕先所校，元板重校讫。"此为毛氏汲古阁刊《名家词》本，今存日本静嘉堂文库，盖析出著录者，毛扆用元刻本校勘过。又见清耿文光《万卷精华楼藏书记》卷一百四十三、周越然《言言斋藏书目》、刘复《半农书目》、李盛铎《天津延古堂李氏旧藏书目》、莫友芝《郘亭知见传本书目》等著录。

另《中国古籍善本书目》载《稼轩词》四卷，云明崇祯毛氏汲古阁《宋名家词》本，清姚椿批校。按：姚椿（1777—1853），字春木，一字子寿，号樗寮生、塞道人，上海娄县人。国子监生，道光元年（1821）被举荐为孝廉方正，辞谢不就。道光年间，曾主讲河南夷山书院、湖北荆南书院、松江府景贤书院。家富藏书，编有《姚氏家藏书目》，著有《樗寮先生全集》等。

此外叶德辉《叶氏观古堂藏书目》著录有《稼轩词》四卷，为清光绪汪氏振绮堂重刊汲古阁本。

2.《善本书目》著录有《稼轩词》八卷，云："明刊，佳，有长短句十二卷。"明刊八卷本情况不明，与源自宋刊十二卷本的长短句，不知是否仅仅是卷数歧出。按：《八千卷楼书目》作《稼轩词》八卷，明李濂编，明刊本。

B. 抄本

1. 明李东阳辑《南词》本，抄本，其中有《稼轩词》四卷。

2.《四库全书》本《稼轩词》四卷，提要云：

> 宋辛弃疾撰，弃疾有《南烬纪闻》已著录，其词慷慨纵横，有不可一世之概，于倚声家为变调，而异军特起，能于剪红刻翠之外屹然别立一宗，迄今不废。观其才气俊迈，虽似乎奋笔而成，然岳珂《桯史》记弃疾自诵《贺新凉》、《永遇乐》二词，使座客指摘其失，珂谓《贺新凉》词首尾二腔语句相似，《永遇乐》词用事太多，弃疾乃自改其语，日数十易，累月犹未竟，其刻意如此云云，则未始不由苦思得矣。《书录解题》载《稼轩词》四卷，又云信州本十二卷，视长沙本为多。此本为毛晋所刻，亦为四卷，而其总目又注原本十二卷，殆即就信州本而合并之欤？其集旧多讹异，如二卷内

《丑奴儿近》一阕前半是本调，残阕不全，自"飞流万壑"以下则全首系《洞仙歌》，盖因《洞仙歌》五阕即在此调之后，旧本遂误割第一首以补前词之阙，而五阕之《洞仙歌》遂止存其四。近万树《词律》中辨之甚明，此本尚未及订正，其中"叹轻衫帽，几许红尘"句，据其文义，"帽"字上尚有一脱字，树亦未经勘及，斯足证扫叶之喻矣，今并详为勘定，其必不可通而无别本可证者，则姑从阙疑之义焉。

所据是毛氏汲古阁刊本，为江苏巡抚采进，馆臣疑毛氏刊本是据信州刊本而来，只是并十二卷为四卷，按：比勘两书，十二卷本每三卷并为一卷，分别是汲古本四卷所收，只是汲古本有缺。如汲古本卷二收《木兰花慢》四首，信州本作《木兰花》，凡五首，多"可怜今夕"一词；又同卷收《洞仙歌》四首，信州本凡七首，多"江头父老"、"冰姿玉骨"、"飞流万壑"三词。卷三收《新荷叶》五首，信州本凡六首，多"徐思上巳，乃子似生日，因改订"一词。卷四收《朝中错》五首，信州本凡六首，多"绿萍池沼絮飞忙"一词；又同卷收《菩萨蛮》十三首，信州本凡十八首，多"万金不换囊中术"、"看灯元是菩提叶"、"游人占却岩中屋"、"君家玉雪花如屋"、"葛巾自向沧浪濯"五词。汲古本较信州本少十一首，检明刊李濂评批辛词十二卷本，汲古本所收实同李氏评批本，可知毛氏并十二卷为四卷，所据不是信州本，可能是据明刊李濂评本。又《四库全书简明目录》云：

> 《稼轩词》四卷，宋辛弃疾撰。其词源出苏轼，而才气纵横，溢为奇姿，遂如宋人中别辟门庭，譬诸苏、黄之书不可绳以二王法，而能自为一法，传之至今。

与四库提要一样，都强调了辛词虽非由词之传统门径，却能独树一帜，醒人眼目。库本据汲古本录入，略有文字订正，参见《钦定四库全书考证》卷一百，是据《词谱》、《词律》、《词综》、《历代诗馀》等，订正十一词。其中有些是据意思而更改的，如《永遇乐·新种杉松》和《玉楼春·答吴子似县尉》。又《钦定续通志》卷一百六十三据文渊阁著录，其中有《稼轩词》四卷，当与库本同。

3.《稼轩词》十二卷，吴嵩梁抄本。见吴则虞《稼轩词版本考》，云："丁丑年在沪上见之。皮纸抄，字作行楷，钤有'香苏山馆'一印，封面背页画桂花一株，当时索价极昂，后不知归何处。"按：丁丑为民国二十六年（1937）。吴嵩梁（1766—1834），字子山，又字兰雪，晚号石溪老渔，清江西东乡人。嘉庆五年（1800）举人，由内阁中书官贵州黔西知州。室名香苏山馆、石溪舫、听香馆，著有《香苏山馆全集》、《石溪舫诗话》、《听香馆丛录》等。

C. 版本不详者

1. 明毛晋《汲古阁毛氏藏书目录》著录有《稼轩词》四卷。按：前文知，毛氏汲古阁刻本为四卷，是依调编排的。又汲古阁藏影宋本，为甲乙丙丁四集本，是依写作时间先后编排的，也是四卷。《书目》著录的不知是汲古阁刻本所据的本子，还是影宋抄本。考毛晋《书目》所载词集，多同《直斋书录解题》，若汲古阁刻本是据毛晋《书目》著录者，那么清以来以为毛晋刻本是并十二卷本为四卷本的看法就不正确。

2. 清陆漻《佳趣堂书目》著录有《稼轩词》四卷，云曹秋岳选定。曹溶（1613—1685），字秋岳，一字洁躬，号倦圃、锄菜翁，秀水（今浙江嘉兴）人。明崇祯十年（1637）进士，官御史。入清，任顺天学政，擢左副都御史、户部右侍郎，授广东布政使。康熙时诏举博学鸿词，未试。著有《静惕堂集》、《静惕堂书目》。

3. 清徐元文《含经堂藏书目》著录有《稼轩词》一卷，又十二卷。

4. 清庄仲芳《映雪楼藏书目考》卷十著录有《稼轩词》四卷，未言版本，疑指汲古阁刊本。

5. 清许宗彦《鉴止水斋藏书目》"集部第九厨"著录有《稼轩词》一本，未言卷数。

6. 叶昌炽《五百经幢馆藏书目录》著录有《稼轩词》四卷，

二册。

以上著录的均未言版本，所载当以抄本为主。

二、《稼轩长短句》（或《辛稼轩长短句》）

A. 刊本

1. 元刻《稼轩长短句》十二卷，为现存最早的辛氏词集，藏国家图书馆，凡四册，《中华再造善本》据以影印，书末题曰："大德己亥中吕月刊毕于广信书院，后学孙粹然，同职张公俊。"凡二行，知为元大德三年（1299）广信书院刻本。钤有"聊城杨氏宋存书室珍藏"、"东郡杨氏鉴藏金石书画印"、"宋存书室"、"曾藏汪阆源家"、"以增之印"、"朱之赤鉴赏"、"袁氏鱼叔"、"杨承训印"、"四经四史之斋"、"朱之赤印"、"杨绍和读过"、"赵行仙"、"彦合"、"半塘"、"朱卧庵收藏印"、"绍和彦合"、"镜汀"、"袁氏鱼叔"、"袁鱼叔收藏"、"鹏运"、"东郡杨二"、"彦合珍玩"、"半塘老人"、"杨绍和读过"、"碧云居"、"王鹏运"、"镜汀书画记"、"杨氏海源阁藏"、"杨保彝藏本"、"聊城杨承训珍藏书画印"、"郋亭"等印，知曾经汪士钟、朱之赤、杨绍和、王鹏运等藏阅。前有黄丕烈墨笔题识云：

> 余素不解词，而所藏宋元诸名家词独富，如《汲古阁珍藏秘本书目》中所载原稿皆在焉，然皆精抄、旧抄，而无有宋元椠本。顷从郡故家得此元刻稼轩词，而叹其珍秘无匹也。稼轩词卷帙多寡不同，以此十二卷者为最善，毛氏亦从此抄出，惜其行款体例有不同耳。涧薲据毛抄以增补阙叶，非凭空撰出者可比。而《洞仙歌》中缺一字，抄本亦无，因以墨钉识之。其十一卷中四之五一叶，亦即是卷七之八一叶之例，非文有脱落，而故强就之也。是书得此补足，几还旧观。至于是书精刻，纯乎元人松雪翁书，而俗子不知，妄为描写，可谓浮云之污。甚至强作解事，校改原文，如卷十中"为人庆八十席上戏作"有云："人间八十最风流，长贴在、儿儿额上。"校者云："下儿字当作孙。"涧薲以为儿儿或是奴家之

称，二语之意，当以八字作眉字解，知此则改儿为孙，岂不大
可笑乎？本拟灭此几字，恐损古书，故凡遇俗手描写处，皆
不灭其痕，后之明眼人当自领之。嘉庆己未，黄丕烈识。

作于清嘉庆四年（1799），又书有墨笔题记四则，录如下：

> 《文献通考》：《稼轩词》四卷，陈氏曰："信州本十二
> 卷，视长沙为多。"此元大德间所刊，以卷数考之，盖出于信
> 州本。《宋史·艺文志》云：辛弃疾长短句十二卷，亦即此
> 也。嘉庆己未莌圃买得于骨董肆，内缺三叶，出旧藏汲古阁
> 抄本，命予补足，因检卷中所有之字集而为之，所无者仅十
> 许字耳。既成，遂识数语于后。七月廿二日涧薲书。

> 嘉庆庚申十月，长洲陶梁观。
> 十月四日嘉定瞿中溶同观。

> 光绪癸未秋日，试东昌毕，登杨氏海原阁内，凤阿舍人借
> 读是书，阅二年乙酉九月归之，书此以志眼福。汪鸣銮。

> 光绪十有三年九月临桂王鹏运借校汲古阁本，吴县许玉
> 瑑同观并识。

知元刊原有缺，顾广圻据黄氏藏毛氏汲古阁抄本校补。以上四则，一
为嘉庆四年顾广圻题记，一为嘉庆五年（1800）陶梁、瞿中溶题记，一
为光绪年间汪鸣銮题记，一为光绪十三年（1887）许玉瑑题记。按：
黄丕烈《莌圃藏书题识》卷十著录有此书，云元本。并录黄丕烈、顾
广圻和陶梁、瞿中溶题记。又王大隆辑《思适斋书跋》卷四著录有此
书，云元刻本。又录顾千里题识。按：顾广圻（1766—1835），字千
里，号涧薲、无闷子，别号思适居士。元和（今江苏苏州）人。嘉庆诸
生。博洽多识，通经史小学，尤精校雠，又精目录学，晚年被孙星衍、

张敦仁、黄丕烈、胡克家、秦恩复等人相继延聘校书，著有《思适斋文集》。陶梁（1772—1857），字宁求，号凫芗，一作凫香，清长洲（今江苏苏州）人。嘉庆十三年（1808）进士，改庶吉士，授编修，官至礼部侍郎。著有《红豆树馆诗稿》。瞿中溶（1769—1842），字镜涛，号木夫、空空叟，上海嘉定人。钱大昕婿，诸生。官湖南布政司理问。博览群籍，尤精金石考据，编有《古泉山馆题跋零稿》、《奕载堂文集》等。汪鸣銮（1839—1907），字柳门，号郋亭，一作郇亭，清钱塘（今浙江杭州）人。同治四年（1865）进士，为翰林院编修、国子司业，历江西、陕甘、山东、广东学政，总理衙门行走、吏部右侍郎等。喜藏书，藏书楼名万宜楼，编有《万宜楼善本书目》。至于凤阿舍人、许玉瑑参见后文。

黄氏藏书后归山东聊城海源阁，清杨绍和《宋存书室宋元秘本书目》著录有《元本稼轩长短句》十二卷，四册一函。又见杨氏《海源阁藏书目》"元本"著录，又见杨氏《楹书隅录》卷五著录，并录黄丕烈、顾千里、陶梁和瞿中溶、许玉瑑题记。又云：

> 每半叶九行，行十六字，卷末题款云："大德己亥中吕月刊毕于广信书院，后学孙粹然、同职张公俊。"每册有朱之赤览赏、朱卧庵所藏印、朱之赤印、道行仙、袁氏鱼叔、梦鲤、袁鱼叔印、碧云居、黄丕烈印、荛圃、广圻审定、曾藏汪阆源家、镜汀书画记各印记。

知是书历经朱之赤、袁鱼叔、汪士钟、黄丕烈等人收藏，检汪士钟《艺芸精舍宋元本书目》"元板书目·集部·词"著录有《辛稼轩长短句》十二卷。按：朱之赤，字守吾，号卧庵，别署烟云逸叟，祖籍安徽休宁，侨寓吴中（今江苏苏州）。明末清初在世，入清后，为南京朝天宫道士。喜收藏书画，精于鉴别。藏书处有卧庵、水镜堂、留耕草堂等，著有《朱卧庵藏书画目》。

此书多见藏家著录，如：清江标《宋元本行格表》著录有《元本稼轩长短句》，云十六字，十二卷。又佚名编《善本书目》著录有《长短句》十二卷，云广信书院刊。又佚名编《善本书志》著录有《稼轩长短句》十二卷，云："元大德刻本，题历城辛弃疾幼安，前有目录，半页九行，行十六字，卷十二后有'大德己亥中月刊毕于广信书院，后学孙粹然，同职张公俊'二行。每册有朱之赤览赏、朱卧庵所藏印、朱之赤印、道彭（前作行）仙、袁氏鱼叔、梦鲤、袁鱼叔印、碧灵（前作云）居各记印。"按：《中国古籍善本书目》载《稼轩长短句》十二卷，云元大德三年广信书院刻本。清黄丕烈跋，清顾广圻抄补并跋，清陶梁、瞿中溶、汪鸣銮、王鹏运、许玉瑑题款。此书今藏国家图书馆。

2. 明嘉靖王诏校刊《稼轩长短句》十二卷，见于多家著录，如：

① 清林佶《天一阁书目》著录有《辛稼轩长短句》四本。又舒木鲁氏抄《天一阁书目》著录有《辛稼轩长短句》四本。又清佚名《四明天一阁藏书目录》著录有《稼轩长短句》，未标卷数版本。按：清薛福成《天一阁见存书目》卷四著录有《稼轩长短句》十二卷，云：缺，存卷一至六、卷十至末。又林集虚编《目睹天一阁书录》卷四著录有《稼轩长短句》十二卷，云存卷一至卷六、卷十至末。又云："明李濂批评。明嘉靖丙申刻本，王诏校，棉纸，三本。"又冯贞群编《鄞范氏天一阁书目内编》"劫馀书目第四·集部·词曲类"著录有《辛稼轩词》十二卷，云："明李濂批评，明嘉靖丙申王诏刻本。存九卷卷一、卷六、卷十至卷十二。"林佶等著录的当指此。

② 清黄丕烈《荛圃藏书题识》卷十著录有《辛稼轩长短句》十二卷，云校元本。有题识，录如下：

> 直斋陈氏曰：稼轩词以信州本十二卷为多，黄荛翁所藏大德刊本，大字行书，流丽娟秀，如松雪翁体，以卷数考之，当出于信州本。此嘉靖历城王诏刊本，似即出于元本，以元本所阙三叶，此本皆同也。惟中间每多谬讹不合，或因流传抄写，妄有改窜欤？今借黄氏元本一一校正补阙，有可疑者则两存之，亦成一善本矣。嘉庆丙子四月十八日校毕，䚡庵

居士记。

　　昔人不轻借书与人，恐其秘本流传之广也，此鄙陋之见，何足语于藏书之道。余平生爱书如护头目，却不轻借人，非恐秘本流传之广也。人心难测，有借而不还者，有借去轻视之而或致损污遗失者，故不轻假也。同好如张君切庵，虽交不过十年，而爱书之专、校书之勤，余自愧不及，故敝藏多有借去手校者。此《辛稼轩长短句》元本，余未及校，已为他人购去。因复从切庵借校本手临于何孟伦本上，盖又在王诏本下也。然脱误并同，又有歧异处，此艾子所谓一蟹不如一蟹也。顾何刊本有一二字合，元本犹未若，王刊本之谬，亦有一二字似，本胜于王刊本者，此切庵所云可疑，两存之字也。向使未经借出，而无校本之流传，则元本几成独种矣，又何从而临校耶？书此以为借书与人者劝。庚辰小春二十九日复翁记。均在末卷后

此本又见《楹书隅录》卷五著录，含上述二则题识。张氏跋作于嘉庆二十一年（1816），知曾借黄丕烈藏元刊本校明王诏刻本。按：张绍仁，字学安，号切庵，一号巽翁，清长洲（今江苏苏州）人。喜藏书，不事举业。藏书处有绿筠庐、执经堂、读异斋、静寄东轩等，与黄丕烈为同时人，黄丕烈曾多次造访，借观其藏书。黄氏跋作于嘉庆二十五年（1820），知所藏元刊本已出售，反又借张氏手校移录于明何孟伦刊本上。此本又见于《宋存书室宋元秘本书目》和《海源阁藏书目》"校本"著录。

　　③清王闻远《孝慈堂书目》著录有《稼轩长短句》十二卷，云："李濂评，王诏校，二册。"

　　④清陆心源《皕宋楼藏书志》卷一百二十著录有《稼轩长短句》十二卷，云明刊本。检河田罴编《静嘉堂秘籍志》卷五十"陆氏十万卷楼旧藏·词曲类"著录有《辛稼轩长短句》，云刊四本。案云："稼

轩词既见毛刊六十家词，此本明大梁李濂批评，历城王诏校刊，同邑张继宗校书，共五百六十八阕。"

⑤ 莫伯骥《五十万卷楼藏书目录初编》卷二十二著录有《批点稼轩长短句》十二卷，云明嘉靖刊，何子贞、叶郋园旧藏，提要云：

> 宋辛弃疾撰，前有嘉靖丙申李濂序，略云……序后有目四叶，卷一首题历城辛弃疾漫著、大梁李濂批评、历城王诏校刊。濂事迹见《明史·文苑传》，少年尝作《理情赋》，为李梦阳所见，大嗟赏之，访濂吹台，自此声驰河洛。其后益肆力于学，遂以古文名于时。著有《祥符先贤传》及《嵩渚集》一百卷。此批点本半页九行，行二十字，版心鱼尾上无字，鱼尾下记卷几、叶数，护叶有何氏绍基墨笔题字云："东坡、稼轩两家词，同治乙丑春正月顾子山同年赠我于苏州旅寓，蝯叟记。"伯骥以重直得此，东坡词则不知流落何处？书为长沙叶氏旧藏，有"郋园过目"、"叶德辉鉴藏善本书籍"、"观古堂"三章。

此书又见莫氏《五十万卷楼群书跋文》集部七著录，有提要，与《初编》提要文字略异，其间有注文，为《初编》所无，录如下，云：

> 伯骥按：宋刻十二卷之信州本，近世已无有，黄荛圃所藏之元大德广信书院本，后归聊城杨氏，王幼霞四印斋据以翻雕。海丰吴氏石莲庵本亦出于此。毛氏四卷刻本，则割裂信州本以求合《通考》所云卷数，若长沙本则一卷也，故此序谓信州本视长沙本为多。陶氏比年景印宋元词，辛词所据之本以甲乙丙分三集，固与前刻多异。梁任公读明吴讷《唐宋名贤百家词》，得辛词本，则拍案叫绝，知《通考》所云四卷本尚存人间，撰跋语，作《稼轩年谱》，每据此本。盖陶刻本、吴辑本、毛抄本皆同出一源矣。四卷本中甲集卷首有淳熙戊申门人范开序，略云："开久从公游，暇日裒集冥搜，才逾百

首，皆亲得于公者。以近时流布于宇内者率多赝本，故不可独闶，将以袪传者之惑焉。"任公称四卷本含有编年意味，故辛之年齿及生平仕历可由此推知。又谓甲乙集皆范辑，丙丁集似非，因四集中丙丁集所甄采似不如甲乙集之精严也。然四集皆稼轩生时编成，则可断定云。伯骥按：《系年要录》说稼轩为词寿韩侂胄，谢迭山集中诘驳之，《要录》之言与《宋史》合，盖《宋史》言稼轩因韩而起用也。范序云辛词赝本，固其一证。《宋史》之应改撰，此亦一端也。歙县汪允宗德渊藏元大德已亥孙粹然、张公俊广信书院刊本辛氏长短句十二卷，读其贷书记，知已出售于粤估，汪因中国外交事，以电报为公平之争论卖书为电费，至可敬也。

知此书曾为顾文彬、何绍基、叶德辉收藏。检叶德辉《观古堂藏书目》卷四著录有《稼轩长短句》十二卷，云明万历丙申王诏刻本。光绪戊子王鹏运重刻元信州本，当指此书。按：顾文彬（1811—1889），字蔚如，号子山，晚号艮斋、过云楼主。清元和（今江苏苏州）人。道光二十一年（1841）进士，官浙江宁绍道台。喜书画，善诗词，晚年退隐苏州，筑怡园，建过云楼，收藏天下书画。著有《眉绿楼词》、《过云楼书画记》、《过云楼帖》。何绍基（1799—1873），字子贞，号东洲居士，晚号蝯叟，清道州（今湖南道县）人。道光十六年（1836）进士，咸丰初任四川学政，为国史馆总纂。著有《惜道味斋经说》、《东洲草堂诗集》、《东洲草堂文抄》等。此书又见于王文进《文禄堂访书记》卷五著录，有《稼轩长短句》十二卷，云：

> 宋辛弃疾撰，明嘉靖刻本。次题李廉批，许壬诒校刊。半页九行二十字，白口。嘉靖丙申李濂序。
>
> 何氏手跋曰：东坡、稼轩两家词，同治乙丑春正月顾子山同年见赠我于苏州旅寓，蝯叟记。
>
> 有叶德辉鉴藏善本书籍、叶启发、东明印。

何氏手跋即何绍基跋。叶启发，字东明，为叶德辉之弟叶德炯之子。生卒年不详。好藏书，藏书处为华萼堂、宝书室，藏书近五万馀卷，所藏解放后由其子捐赠湖南图书馆。著有《华鄂堂读书小识》一书。《中国古籍善本书目》载《稼轩长短句》十二卷，云明李濂评，明嘉靖十五年（1536）王诏刻本，清何绍基跋。当指此书，今藏国家图书馆。

⑥ 蒋汝藻《传书堂书目》著录有《稼轩长短句》十二卷，云明王诏刻本。按：王国维《传书堂藏善本书志》著录有《稼轩长短句》十二卷，明刊本。云：

> 历城辛弃疾漫著，大梁李濂批评，历城王诏校刊。李濂
> 序嘉靖丙申
>
> 每半叶九行，行二十字。有李川父评语、旁注，并加圈点，李序云"余家藏稼轩长短句十二卷，盖信州旧本，视长沙本为多，开封贰郡历城王侯诏读而爱之，请寿诸梓"云云，案信州本有宋、元二刻，宋刻陈直斋曾言之，元刻为黄复翁旧藏，今在聊城杨氏，中阙三叶，此本阙处并同元本，知即出于元刻也。明代尚有何孟伦刊本，亦十二卷，盖出此本。若汲古阁本四卷，与长沙本卷数同，恐出自长沙本也。

认为王诏校刊本源自元信州刻本。此本又见蒋汝藻《传书堂善本书目》卷十二著录，云《稼轩长短句》十二卷，明嘉靖刻本，又云归西谛。按：郑振铎《西谛书目》卷五著录有《稼轩长短句》十二卷，云明李濂评明嘉靖十五年王诏刊本，二册。又《西谛书目》卷五著录有《稼轩长短句》，云存四卷，明李濂评，明刊本，一册，存卷一至四。当属另一复本，只不过是残缺了。

⑦ 刘承干《嘉业堂藏书志》著录有《稼轩长短句》十二卷，明刻本。录诸题识文等如下：

> 历城辛弃疾漫著，大梁李濂批评，历城王诏校刊。弃疾

字幼安，历城人。耿京聚兵山东，节制忠义军马，留掌书记，令奉表南归。高宗召见，授承务郎，累官浙东安抚使，加龙图阁待制，进枢密都承旨。德祐初以谢枋得请，赠少师，谥忠敏。是书首有嘉靖丙申李濂川父序。陆敕先先生以朱笔校勘元本，至六卷为止，惟卷四后补出《中秋馀酒》一首，想见元刻之佳，惜未全校耳。直斋陈氏曰："稼轩词以信州本十二卷为多。"元大德刻本即出于信州本。此本或即出于元本，以其讹误阙叶又与元刻同者。而亦间有不合者，或因流传抄写，妄有改窜欤？明又有何孟伦本，题曰《辛稼轩词》，盖又在此本之后矣。有"朱彝尊锡鬯"朱文、"南书房旧讲官"白文两大方印，"刘氏晚晴阁考藏图书记"朱文方印，莫氏父子藏印。（缪稿）

历城辛弃疾漫著，大梁李濂批评。

李濂序嘉靖丙申春二月

黼季借郡友元刻行书大字本，属校此本，己酉五月七日，敕先记。元本九行十六字，名空三格，题空四格。

是帙为嘉靖刻本，且得陆氏校正，藉可睹元椠面目。武进陶氏梓宋元人词，将北京图书馆藏小草斋抄本及涵芬楼不全抄本均收入，尚未印行，未识较此本异同若何？有"朱十彝尊锡鬯"方朱文、"南书房旧讲官"方白文、"汪季青收藏书画之印"方朱文、"嘉兴戴光曾鉴藏经籍书画印"方朱文、"刘氏晚晴阁藏书记"方朱文、"嘉兴刘与权印"圆瓜形朱文、"勉锄斋藏书记"微长白文、"莫友芝图书记"长朱文、"莫不绳孙"方白文等记。（吴稿）

所录分别是缪荃孙和吴昌绶撰跋。知此本是经陆贻典用元刊本校勘过，曾经朱彝尊、汪文柏、戴光曾、刘与权、莫友芝等庋藏。检清周星诒《传忠堂书目》卷四著录有《稼轩长短句》十二卷，二册，明嘉靖刻本，陆敕先手校。又清蒋凤藻《铁华馆家藏书目》著录有《稼轩长短句》，二本，云明刻，陆敕先校。又蒋凤藻《秦汉十印斋藏书目》卷四著录有《辛稼轩长短句》十二卷，云："明嘉靖刻本，陆敕先手校。"知有陆贻典手校。按：周氏与蒋氏为同年，周氏藏书多归蒋氏所有。又佚名《双宋书斋善本书目》著录有《稼轩长短句》四卷，二本，明嘉靖刊本，陆敕先校。以上三家著录的当指此本，知此书又曾经周星诒、蒋凤藻等收藏过。又按：汪文柏，字季青，号柯庭，一作柯亭，安徽休宁人，占籍浙江桐乡。汪森弟，清康熙间官兵马司指挥，改行人司行人。工诗善画。藏书楼名古香楼、摛藻堂、拥书楼，收藏古书、法帖、名画。与朱彝尊等藏书家有交往，著有《柯庭馀习》、《古香楼吟稿》等。戴光曾，字松门，号水松、谷原，浙江嘉兴人。嘉庆岁贡生，官至河工同知。工诗善画，喜藏书，与黄丕烈、鲍廷博有交往，藏书处名从好斋、省心斋，著有《从好斋诗集》。刘与权（1782—1858），号寿庐，清浙江嘉兴人。诸生。能大小篆，兼写生。又《"中央"图书馆善本序跋集录》著录有《稼轩长短句》十二卷，云："六册，宋辛弃疾撰，明李濂评，明嘉靖丙申（十五年）历城王诏开封刻本，过录清陆贻典校语。"

⑧ 傅增湘《双鉴楼善本书目》卷四著录有《稼轩长短句》十二卷，云明嘉靖丙申刊本，李濂批点，九行二十字。又傅氏《藏园群书经眼录》卷十九著录有《稼轩长短句》十二卷，云："明嘉靖十五年丙申刊本，李濂批点，九行二十字。"（余藏）

3. 清陈徵芝《带经堂书目》卷四下著录有《辛稼轩长短句》四卷，明刊本。

4. 倪模《江上云林阁书目》卷四著录有《稼轩长短句》十二卷，二本，明刊本。

5. 《中国古籍善本书目》载《稼轩长短句》十二卷，明刻本。藏北京大学图书馆。

6. 王氏四印斋刻本《稼轩长短句》十二卷。清光绪年间王鹏运得元刊苏轼、辛弃疾词集，刻入《四印斋所刻词》中，许玉瑑《苏辛合刻序》云：

> 吾乡藏书之富，自毛氏父子、绛云、传是、遵王、延令而后，实数黄氏士礼居，百宋一廛，千元十架，被之歌咏，海内称盛。道光之季，聊城杨端勤公建节河上，博搜坟典，于是良贾居奇，不胫而走，孔堂汲郡，欲从末由。自来都下，获交于公之子飂卿学士，尝出视《楹书隅录》，属为之序。日月易迈，山河邈然。比者飂卿令嗣凤阿侍读同官日下，高密礼堂之遗，崇贤书麓之秘，世守弗失，清棻载扬。暇日公宴，幼霞同年讨论群籍，偶及倚声。因出元延祐《东坡乐府》及大德信州本《稼轩长短句》二种，盖即士礼居所藏弆者。予尝为幼霞序《双白词》，遂怂恿借抄合刻，以广其传。镂板既成，乃命为序。

序作于清光绪十四年（1888），元刊本苏、辛二家词集均归杨氏海源阁，按：杨以增（1787—1855），字益之，或字至堂，号东樵，谥号端勤，清山东聊城人。道光二年（1822）进士。历官陕西巡抚、陕西总督、江南河道总督等。藏书数十万卷，黄丕烈士礼居等藏书多归其购得，建海源阁藏之。著有《退思庐文存》、《杨端勤公奏疏》。有子杨绍和（1830—1876），字彦合，一字飂卿，号冬樵行者、陶南居士。清同治四年（1865）进士，历官侍讲、翰林院编修等，除海源阁外，另辟宋存书室等藏书。编有《宋存书室宋元秘本书目》、《楹书隅录》，著有《仪晋观堂诗抄》。杨凤阿为杨氏第四代传人，生活于晚清民国时，辑有《海源阁书目》。王鹏运跋云：

> 光绪丁亥九月，从杨凤阿同年假元大德信州书院十二卷本，校毛刻一过。按毛本实出元刻，特体例既别，又并十二卷为四，不同耳。元本所缺三叶，毛皆漏刻，又无端夺去《新荷叶》、《朝中措》各一阕。尤可笑者，元本第六卷缺处，《丑奴儿近》后半适与《洞仙歌》"飞流万壑"一首相接，毛遂牵

连书之，几似《丑奴儿近》有三叠，令人无从句读。又《鹊桥仙》寿词："长贴在、儿儿额上"句，校者妄书"下'儿'字当作孙"，为顾涧薲、黄荛圃所嗤，毛刻于此正改作"儿孙"，是以确知其出于此也。中间讹夺，触处皆是。然亦有元本讹夺，而毛刻是正之处。顾跋谓元本夺叶，用汲古阁抄本校补，何以此本缺处又适与元刻相符，殊不可解。往年刻双白、漱玉词成，即拟续刊苏、辛二集，以无善本而止。今此本既已校正，闻凤阿家尚有宋椠眉山乐府，倘再假我以毕此志，其为益为何如耶？又稼轩词向以信州十二卷者为足本，莫子偲《经眼录》有《跋万载辛氏编刻稼轩全集》，云："词五卷，校汲古阁本增多三十六阕。"按毛本虽云四卷，实并十二为四，并非不足。其间缺漏，亦只校元本共少十阕，不知辛氏所补云何。附志以俟知者。先冬三日。半塘老人记。

校刊稼轩词成，率题三绝于后。（其一其二略）其三：信州足本销沉久，汲古丛编亥豕多。今日雕镌拨云雾，庐山真面问何如？

戊子初春临桂王鹏运幼霞书于四印斋。

跋作于清光绪十三年（1887），知借杨氏海源阁藏元刊本为底本，校以毛氏汲古阁刊本，并以为毛刻也出自元刊，只是并十二卷为四卷，又"元本所缺三叶，毛皆漏刻，又无端夺去《新荷叶》、《朝中措》各一阕。尤可笑者"，前文知毛晋刻本并非据信州本合并的，而是据明刊李濂评本。莫子偲即莫友芝。王氏又跋云：

是刻既成，适同里况夔笙孝廉周仪来自蜀中，携有万载辛启泰编刻《稼轩全集》。其长短句四卷，悉仍毛刻；诗文四卷，词补遗一卷，则云自《永乐大典》抄出。补词共三十六阕。内唯《洞仙歌》"寿叶丞相"一阕已见元刻。近又见明人李濂评点稼轩词，为万历间刻本。始知毛刻误处，皆沿袭于此。安得荛圃所云毛抄旧本一为雠勘也。半塘再记。

知又比勘辛启泰编《稼轩全集》本和明李濂评点辛氏词集，按：前知李氏评点本今存明嘉靖刊本二种，此云为明万历间刻本，俟考。王氏刊本多见于藏家的著录，章钰《章氏四当斋藏书目》卷上之四著录有《稼轩词》十二卷，云："宋历城辛弃疾撰，清光绪十四年临桂王氏四印斋刊本，一册。全书墨笔批点。"批点者不详。又《中国古籍善本书目》载此书批校本二，其一为沈曾植批校，其二为孝臧校并跋。二者均藏浙江图书馆。

7.《吴氏石莲庵山左人词》本，清光绪吴重熹辑刻，其中有《稼轩长短句》一卷补遗一卷附录一卷。是据四印斋刻本覆刊。

8.《景刊宋金元明本词》本，其中有景明小草斋抄本《稼轩长短句》十二卷，末有题记云："大德己亥仲吕月刊毕于广信书院，后学孙粹然、同职张公俊。"知抄本所据为元成宗大德三年（1299）广信书院刊本。陶湘《叙录》云：

> 湘案：此与王氏四印斋本同出一源，半叶十行，行二十字。大德原本今犹在聊城杨氏海源阁，与元延祐云间本《东坡词》均为莞圃旧藏。莞圃别有景摹两本，亦归杨氏，见于《楹书隅录》。湘与伯宛先后十数年间所未能假获者，独此苏、辛二集，及潘文勤旧藏《淮海长短句》残宋本，良为慊事。附记于此。

知黄丕烈曾据元刊苏、辛影抄，影抄本连同元刻本均归藏杨氏海源阁。

9. 中华书局辑《四部备要》本，民国二十五年（1936）上海中华书局排印本，其中有《稼轩长短句》十二卷补遗一卷附补遗校记一卷。

B. 抄本

1. 缪荃孙《清学部图书馆善本书目》著录有《稼轩长短句》十二卷，云："明小草斋影写大德乙亥广信书院本，绝精。有'晋安谢氏家藏图书'朱文大长方印、'东吴毛氏图书'朱文长印、'西河季子之印'

朱文方印、'平江贝氏文苑'朱文长印、'简香曾读'白文长印。"知曾为明谢肇淛、毛氏汲古阁、贝墉等收藏。按：贝墉（1780—1846），字既勤，一字定甫，号简香，又号礀香居士，清吴县（今江苏苏州）人。袁廷梼婿。嗜古书、金石、字画，藏书处为友汉居、千墨庵等。藏书印有"平江贝氏文苑"、"礀香居士"等。此本又见《京师图书馆善本书目》著录，云归安姚氏书。又云："小草斋影写大德乙亥广信书院本，绝精，有'晋安谢氏家藏图书'朱文大长方印、'东吴毛氏图书'朱文长印、'西河季子之印'朱文方印、'平江贝氏文苑'朱文长印、'简香曾读'白文长印。"知此书曾为归安姚觐咫进斋藏物。又见王重民《中国善本书提要》著录，云四册（北图），提要云：

> 明抄本［十行二十字］
>
> 宋辛弃疾撰。下书口刻"小草斋抄本"五字，卷末有"大德己亥仲吕月刊毕于广信书院，后学孙粹然、同职张公俊"一行。按黄丕烈有大德原刻本，后归海源阁，校以杨氏所记，题款同而行款不同，盖谢氏小草斋抄此书时，的据大德本而改变其行款也。［原刻本九行十六字。］卷内有："晋安谢氏家藏图书"、"西河季子之印"、"东吴毛氏图书"、"简香读书"、"友汉居藏"、"蔡印廷桢"、"金匮蔡氏醉经轩收藏章"等印记。［陶氏涉园曾依此本校刻。］

知此书又曾藏金匮蔡氏，按：蔡廷桢（1802？—？），字卓如，号佳木，祖籍金匮（今江苏无锡），迁居山阴（今浙江绍兴）。兄蔡廷相，均富于藏书，藏书楼有醉经轩，藏书印有"梁溪蔡氏"、"金匮蔡氏醉经轩收藏章"等。《"中央"图书馆典藏国立北平图书馆善本书目》著录有《稼轩长短句》十二卷，云明晋安谢氏小草斋乌丝栏抄本，四册。知此书藏台北。

2. 佚名《善本书志》著录有《稼轩长短句》十二卷，云毛氏汲古阁抄本。

3. 清吴衡照《莲子居词话》卷一云：

　　辛稼轩别开天地，横绝古今。《论》、《孟》、《诗小序》、《左氏春秋》、《南华》、《离骚》、《史》、《汉》、《世说》、选学、李杜诗，拉杂运用，弥见其笔力之峭。《稼轩长短句》十二卷，元大德己亥孙粹然、张公俊刊于广信书院，余在知不足斋见写本。

知所见为抄本，所据当为信州本。

　　C. 版本不详者

　　1. 《宋史》卷二〇八"艺文志"载《辛弃疾长短句》十二卷。

　　2. 明钱溥《秘阁书目》著录有《稼轩长短句》，四册。

　　3. 明晁瑮《晁氏宝文堂书目》著录有《稼轩长短句》。

　　4. 明杨士奇等《文渊阁书目》卷十"诗词·月字号第二厨书目"著录有《稼轩长短句》一部一册，阙。按："阙"字意指此书曾藏文渊阁，而今不存。

　　5. 明徐图《行人司重刻书目》"文部五·古诗集类"著录有《稼轩长短句》四本。

　　6. 明朱睦㮮《万卷堂书目》卷四"杂文"著录有《稼轩长短句》十二卷。

　　7. 清朱彝尊《曝书亭藏书目》著录有《稼轩长短句》，四册。

　　8. 清朱彝尊《词综》卷十三小传云有《稼轩长短句》十二卷。

　　9. 《御选历代诗馀》卷一百四"词人姓氏"云有《稼轩长短句》十二卷传于世。

　　10. 清黄虞稷《千顷堂书目》卷三十二著录有《稼轩长短句》十二卷。

　　11. 清陈维崧《陈检讨四六》卷十《徐竹逸荫绿轩词序》一文注：宋辛弃疾字幼安，有《稼轩长短句》十二卷。苏轼字子瞻，有《东坡居士词》二卷。时号辛、苏。

　　12. 清查为仁、厉鹗《绝妙好词笺》卷一小传云有《稼轩长短句》十二卷。

13. 清何焯《存寸堂书目》四十三著录有《稼轩长短句》十二卷，二册。

14. 清赵昱《小山堂藏书目录备览》著录有《稼轩长短句》。

15. 清姚燮《大梅山馆藏书目》卷十一著录有《稼轩长短句》四卷。

以上著录的均未言版本，其中标明卷数的，除《大梅山馆藏书目》著录的为四卷本（疑与汲古阁本有关），其馀均作十二卷，当与宋元信州本有关，至于未标明卷数的，多为明代藏家著录的，所载当以善本为主。

三、《稼轩词甲乙丙丁集》

今存抄本词集丛编，收有此种有二：

1. 明吴讷编《唐宋名贤百家词》本，明抄本，梁启超跋。其中有《稼轩词甲集》一卷乙集一卷丙集一卷丁集一卷。此书今藏天津图书馆。

2. 《宋元名家词》本，明抄本，清毛扆校，唐晏跋。其中有《稼轩词丙集》一卷，知为残本。此为明紫芝漫抄本，今藏北京大学图书馆。

又今存清初毛氏汲古阁影宋抄本《稼轩词》甲乙丙丁共四集，前有范开序。《中华再造善本》收录，钤有"宋本"、"甲"、"汲古主人"、"毛氏子晋"、"子晋之印"、"毛扆之印"、"斧季"、"海盐张元济经收"、"林泉珍秘图籍"、"汲古阁"、"谀闻斋"、"旧山楼"、"涵芬楼"、"涵芬楼藏"诸印，藏国家图书馆。此本四集在流传中分散，甲乙丙三集为太仓顾锡麒谀闻斋所有，丁集为赵宗建旧山楼所有，故"旧山楼"印仅在丁集中，后涵芬楼将四集收藏，得以完璧。

检张元济《宝礼堂宋本书录》，著录有《稼轩词》四卷，云："汲古阁抄本，四册，毛子晋旧藏。"又张人凤编《张元济古籍书目序跋汇编·序跋·其它古籍》载有《影印汲古阁毛氏精写本〈稼轩词〉跋》云：

　　光绪季年，余为涵芬楼收得太仓谀闻斋顾氏藏书，中有汲古阁毛氏精写《稼轩词》甲、乙、丙三集，诧为罕见。取与所刊《宋六十一家词》相校，则绝然不同。刊本以词调长短为次，此则以撰作先后为次也。久思覆印，以缺丁集，不果行。未几，双照楼景印《宋金元明人词》，刊是三集，顾不言其所自来，而行款悉合，意必同出一源，然何以亦缺丁集，殆分散后而始传录者钦？吾友赵斐云据抄明吴文恪辑本补印丁集，同一旧抄，滋多误字。拾遗补缺，美犹有憾。去岁斐云南来，语余近见某估得精写丁集，为虞山旧山楼赵氏故物，正可配涵芬楼本，且或为一书两析者。余踪迹得之，介吾友潘博山、顾起潜索观，果如斐云言。毛氏印记与前三集悉同，且原装亦未改易，遂斥重金得之。龙剑必合，不可谓非书林佳话矣。娅婿请夏剑丞，精于倚声，亟亟假阅，谓与行世诸本有霄壤之别，定为源出宋椠。余初不能无疑，回环复诵，乃知毛氏写校，即一点一画之微，亦不肯轻率从事。丹铅杂出，其为字不成，暨空格未填补者，凡数十见，盖为当时校而未竟之书。然即此未竟之工，尤足证其有独具之胜。……《稼轩词》为世推重，余既得此仅存之本，且赖良友之助，得为完璧，其何敢不公诸同好。剑丞既为之书后，胡君文楷又取行世诸本勘其异同，撰为《校记》，其为是本独有而不见于他本者，亦一一胪举，今俱附印于后，俾阅者有所参核。范开《序》谓："衰集冥搜，才逾百首。"是编乃有四百三十九首。梁任公疑丙、丁集未经范手厘订，然即甲、乙二集，亦已得二百二十五首，或范《序》专为甲集而作，乙集而下，续《序》不无散佚。又诸家所刊在是编外者，有词一百七十首，岂即出于范《序》所言近时流布海内之赝本欤？吾甚望他日或有更胜之本出，得以一释斯疑也。民国纪元二十有九年二月四日，海盐张元济。

检《宝礼堂宋本书录》，录有张氏题识二则，已整合于上述跋文中，盖跋文后出，《书录》又录诸藏书印。按：顾锡麒，字敦淳，号竹泉，别署谀闻斋主人，娄江（今江苏太仓）人。生卒年不详，少有书癖，好宋元刊本，所藏多为黄丕烈、汪阆源两家故物，藏书处为谀闻斋。后藏书散出，多归郁松年宜家堂和张氏涵芬楼。张元济先得本不全，仅为甲、乙、丙三集。又知丁集原为虞山赵宗建旧山楼藏物，是书得以全璧，得好友赵万里（斐云）、潘厚（博山）、顾廷龙（起潜）前后襄助。又得胡文楷校勘并撰《校记》、夏敬观审阅并为作序。按：胡文楷（？—1988），字世范，昆山（今属江苏）人。民国时曾在银行供职数年，后任上海中华书局编辑所校对。编著有《昆山胡氏仁寿堂闺秀书目》、《昆山胡氏怀琴室藏闺秀书目》等。

又傅增湘《藏园群书经眼录》卷十九著录有《稼轩词甲乙丙丁集》四卷，云："汲古阁影宋精抄本，十行十八字。前有淳熙戊申正元日门人范开序，钤有毛氏父子藏印。"（涵芬楼藏，己未借校）己未为民国八年（1919）。又见《中国古籍善本书目》，载《稼轩词》四卷，云清初毛氏汲古阁影宋抄本。毛氏汲古阁藏书极其富有，其中词集也是如此，同一作家词集的种类也是多样的，尤其是名家词集。不过所刊《宋名家词》，其中取用的底本，与今所知所藏的词集，并不是最佳善的，辛氏词集也是如此，不可解。

民国时，有《景刊宋金元明本词》本《稼轩词》甲集一卷乙集一卷丙集一卷，为影宋刻本，陶湘《叙录》云：

> 湘案：《稼轩长短句》十二卷，元大德广信书院本。王半塘给谏据以刊传。惟仅依行款，未模版式。明李濂刻本正同。汲古《六十家词》亦从此出，并为四卷，而中有缺叶，故《丑奴儿令》、《洞仙歌》语句不相联属，与直斋所见长沙本无涉也。近别出一本，题曰《稼轩词》，分甲乙丙三集。甲集百十一首，乙集百十四首，丙集百七首，都三百三十二首。甲集前有淳熙戊申正月元日门人范开序，称："暇日裒集冥

搜，才逾百首，皆亲得于公者。以近时流布于海内者率多赝本，故不敢独阅，以祛传者之惑。"半叶十行，行十八字，景写精善，犹仍宋刊之旧。盖为最初之本，在长沙、信州二本以前也。

此本存甲乙丙三集，缺丁集。梁启超《跋四卷本〈稼轩词〉》（载《国学论丛》第2卷第1号，民国十八年排印，清华学校研究院）云：

> 《文献通考》著录《稼轩词》四卷，《宋史·艺文志》同，而引《直斋书录解题》注其下云："信州本十二卷，视长沙为多。"或误以为此四卷者即长沙本，实则《直斋》所著录乃长沙本，只一卷耳。十二卷之信州本，宋刻无传，黄荛圃旧藏之元大德间广信书院本，今归聊城杨氏，而王半塘四印斋据以翻雕者，即彼本也。可见稼轩词在宋有三刻：一为长沙一卷本，二为信州十二卷本，三即四卷本。明清以来传世者惟信州本，毛刻《六十一家词》亦四卷，实乃割裂信州本以求合《通考》之卷数，毛氏常态如此，不足深怪，而使读者或疑毛、王二刻不同源，而毛刻即《通考》与《宋志》之旧，则大不可也。近武进陶氏景印宋元本词集，中有《稼轩词》甲乙丙三集，其编次与毛、王本全别，文字亦多异同，余读之颇感兴趣，顾颇怪其何以卷数畸零，与前籍所著录者悉无合也。嗣从直隶图书馆假得吴文焌（讷）所辑《唐宋名贤百家词》，其《稼轩集》正采此本，而丁集赫然在焉，乃拍案叫绝，知马贵与所见四卷本固未绝于人间也。甲集卷首有淳熙戊申正月元日门人范开序，称："开久从公游，暇日裒集冥搜，才逾百首，皆亲得于公者，以近时流布于海内者率多赝本，吾为此惧，故不敢独阅，将以祛传者之惑焉。"范开贯历无考，然信州本有赠送酬和范先之之词多首，而此本先之皆作廓之，盖一人而有两字，开与先与廓义皆相属，疑即是人，诚从公游最久矣。戊申为淳熙十五年，稼轩年四十九岁，知

甲集所载皆四十八岁以前作。稼轩年寿虽难确考，但六十八岁尚存，则集中有明证，乙丙丁三集所收，则戊申后十馀年间作也。其是否并出范开衰录，抑他人续辑，下文当更论之。此本最大特色，在含有编年意味。盖信州本以同调名之词汇录一处，长调在先，短调在后，少作晚作，无从甄辨。此本阅数年编集一次，虽每首作年难一一确指，然某集所收为某时期作品，可略推见。……要之四集皆在稼轩生存时已编成，则可断言也。若欲为稼轩词编年，凭藉兹本，按历年游宦诸地之次第，旁考其来往人物，盖可十得五六，就中江西一地，稼轩家在广信，而数度宦隆兴（南昌），故在江西所作词及赠答江西人之词，集中最多，其时代亦最难梳理，略依此本甲、乙、丙三集所先后收录，划分为数期，而推考其为某期所作，虽未能尽正确，抑亦不远也。惟四集中，丙、丁集所甄采，似不如甲、乙集之精严，其字句间与信州本有异同者，甲、乙集多佳胜，丙、丁集时或劣误，似非同出一手编辑。若吾所忖范廓之即范开之说果不谬，则似甲、乙集皆范辑，丙、丁集则非范辑。盖辛、范分携在绍熙元二年间，廓之赴行在，稼轩起为闽宪，故丙集中即无复与廓之往还之作。廓之既不侍左右，自无从检集箧稿，他人因其旧名而续之，未可知也。信州本共得词五百七十二首，此本四集合计，除其复重，共得四百二十七首。但其中却有二十首为信州本所无者。内四首辛敬甫补遗本有之。丙集有《六州歌头》一首，丁集有《西江月》一首，皆谀颂韩平原作。《西江月》之非辛词，《吴礼部诗话》引谢叠山文已明辨之。《六州歌头》当亦是嫁名。本传称："朱熹殁，伪学禁方严，门生故旧至无送葬者，弃疾为文往哭之。"时稼轩之年亦已六十一矣，其于韩不惮批其逆鳞如此，以生平澹荣利、尚气节之人，当垂暮之年，而谓肯作此无聊之媚灶耶？范序谓惧流布者多赝本，此适足证丙、丁集之未经范手厘订尔。戊辰中元，新会梁启超。

跋作于民国十七年（1928），云辛词宋刊有三，其中《直斋》著录长沙本为一卷，又云"知马贵与所见四卷本固未绝于人间"，马贵与即马端临，是指其《文献通考》著录的四卷本，按：前文知《直斋》著录长沙本为四卷，又作一卷，而《文献通考》是据《直斋》著录的。梁氏认为四集本即四卷本，这是不对的。至于云四集本大体是依编年排次，其中甲乙二集疑同出于范开之手编订，丙丁二集则为他人所编，故品质有别，可存一说。又按：今存梁氏朱墨批校辛氏词集，手批在《彊村丛书》本上，有中国书店影印本，多处有题识文，均作于民国十七年，谈及用陶氏影宋本和明吴讷辑《唐宋名贤百家词》本校，吴氏书为明抄本，有梁启超题，今藏天津图书馆。

此外，还有赵万里辑《校辑宋金元人词》本《稼轩词》丁集，校明抄本，题记云：

　　辛稼轩词，自宋迄元，版刻可考者得三本焉：一曰长沙坊刻一卷本，今已无传，见《直斋书录解题》。二曰信州刻十二卷本，《直斋书录解题》、《宋史·艺文志》并著于录，传世有元大德己亥广信书院刊本，此本流传最广，明嘉靖间大梁李濂重刻之，毛氏汲古阁再刻之，毛本虽并为四卷，然其章次与信州本合，其沿误与李本同，盖即自李本出，非真见原本也。《刘须溪集》六载《辛稼轩词序》，称宜春张清则取稼轩词刻之，是宋末又有宜春张氏刻本。宜春于宋世属袁州，或与信州本相近。三曰四卷本，马端临《通考》著于录，天津图书馆藏吴文恪讷《四朝名贤词》本，以甲、乙、丙、丁分卷，较信州本互有出入。盖即《通考》所云之四卷本，武进陶氏尝据影宋残本刊入丛书中，而缺其丁集，今吴本丁集独完，辛词四卷本殆以此为硕果矣。余尝据《花庵词选》、《阳春白雪》、《全芳备祖》、《草堂诗徐》诸书所引，以校四卷本及信州本，凡异于信州本者大都与四卷本合，且所载亦罕出四卷本外者，足征四卷本乃当时通行本，而信州本为晚出，无可疑也。然辛词除此三本外，恐尚有他本。法式善自《永乐大典》录出佚词，除《洞仙歌·为叶丞相寿》一首已载信州本第六卷、四卷本甲集，《鹧鸪天》二首为朱希真词外，馀则见于四卷本者仅《菩萨蛮》"稼轩日向儿曹说"、《南乡子·赠妓》、《唐多令》"淑景斗清明"、《踏歌》、《鹊桥仙·送粉卿行》等五首，其他《生查子》等二十八首，诸本俱未载。设《大典》所引非诬，则辛词必尚有他刻。《刘后村大全集》九十八载《辛稼轩集序》，序中盛称其词"横绝六合，扫空万古，秾纤绵密，不在小晏秦郎下，是宋世稼轩文集必附载其词，而《大典》所引，殆据集本矣。惜法氏录自《大典》者，仅佚词数十首，至其他不佚诸阕，亦未据他本校之，其有无异同，更不可知矣。兹移录四卷本丁集全卷如后，明抄本多误字，其显见者悉为改正。并据信州本校之，以补陶本之遗。新会梁先生启超尝据以草《辛稼轩年谱》，且认为有编年意味，有跋语考之甚详。顾于自来辛词版刻，迄未真切言之，故聊发其概焉。万里记

与梁启超一样，以为马端临《文献通考》著录的四卷本即是四集本，与《直斋书录解题》著录的不同，这是误解，参见前文说明。此本是据吴讷《唐宋名贤百家词》本录出丁集排印，存词一百零四首。

另有讱庵抄《稼轩词》丁集，见《唐宋词书录》，与《静春词》合册，今藏上海师范大学图书馆，题识云：

> 庚午冬托沅叔从北京图书馆所藏吴文恪（讷）《四朝名贤词》本抄得，但讹字极多。辛未七月从赵万里《校辑宋金元人词》中校元大德己亥广信书院刊本，复校注于眉端。七月二十三日讱庵识。

知民国十九年（1930）托傅增湘借吴讷《唐宋名贤百家词》本抄录，校以赵万里辑本。林葆恒（1871—1951），字子有，号讱庵，侯官（今福

建福州）人。清光绪十九（1893）年进士，曾任直隶提学使。民国时寓居天津，组织词社；后居上海，创建沤社。著有《㓨庵词》，辑有《闽词征》。

四、《辛稼轩词》

A. 刊本

1. 明嘉靖何孟伦刻《辛稼轩词》十二卷，明李濂评。此书见清范懋柱《天一阁藏书目》卷四之四著录。又清丁丙《善本书室藏书志》卷四十著录有《辛稼轩词》十二卷，明刊本，五砚楼藏书。云："有《稼轩长短句》十二卷传于世，毛晋《六十家词》刻作《稼轩词》四卷，海源阁杨氏藏元刊十二卷。此为大梁李濂评本，《天一阁书目》有之，旧为袁氏五砚楼所藏，有'廷梼之印'、'袁氏又恺'二印。"按：袁廷梼（1764—1810），曾更名廷寿，字又恺，号绥阶，又作寿阶，清吴县（今江苏苏州）人。监生，富藏书，得先世藏砚五方，名藏书处为五砚楼，后又改藏书楼为红蕙山房。著有《金石书画所见记》、《红蕙山房吟稿》等。又《江南图书馆善本书目》著录有《辛稼轩长短句》十二卷，云明刊本，五砚楼藏书。按：丁氏藏书多归藏江南图书馆，两者著录的书名略异，但所指为同一书。又《善本书志》著录有《稼轩长短句》十二卷，明何孟伦刻本，张㓨庵校元本并跋。并录张氏跋（详前）。按：《中国古籍善本书目》载《稼轩长短句》十二卷，明李濂评，明嘉靖二十四年（1545）何孟伦刻本，清黄丕烈跋并录清张绍仁跋。今藏国家图书馆。

2. 清张宗松《清绮斋藏书目》著录有《辛稼轩词》十二卷，旧板，四册。

B. 抄本

1. 清孙从添《上善堂书目》著录有元人抄《辛稼轩词》十卷，吴岫跋。按：孙从添（1692—1767），字庆增，号石芝，江苏常熟人，迁居苏州。诸生。精于医学。有书癖，藏书逾万卷，家虽贫而不愿弃之。编有《上善堂书目》，多载宋元版书和影宋抄本。吴岫，字方山，号濠南居士，吴县（今江苏苏州）人。明嘉靖诸生。性喜藏书抄书，积书过万卷，藏书楼名尘外轩，著有《姑苏吴氏书目》。所载辛氏词集情况不详，云元抄本，十卷，未见其他明清人著录。

2. 清孙从添《上善堂书目》著录有旧抄《辛稼轩词》二本，赵清常校本。按：赵琦美（1563—1624），字元度，号清常道人，直隶常熟（今属江苏）人。少入国子监，终刑部郎中。博学强识，酷嗜藏书，脉望馆为其储书处。编著有《容台小草》、《铁网珊瑚》、《脉望馆书目》等。检《脉望馆书目》载词集十九种，其中有《辛稼轩词》，作一本，与《上善堂书目》载作二本不同，或重新装订过，此书情况不明。

3. 宋焜《静思轩藏书记甲编》著录有《辛稼轩词》，云："潘德舆选，吴昆田写本。四金。"又云："昆田亦字稼轩，四农先生高弟，书法秀逸可喜。四农前后有题词，声情激越，高入云霄，不减稼轩也。"[1]按：潘德舆（1785—1839），字彦辅，号四农，山阳（今江苏淮安）人。性至孝，道光八年（1828）举江南乡榜第一，六试礼部不遇，以知县分发安徽，未到官卒。著有《养一斋集》。吴昆田（1808—1882），原名大田，改名昆田，字云圃，号稼轩，晚号漏翁，清河（今江苏淮安）人。清道光十四年（1834）顺天乡试举人，授中书舍人。咸丰间任刑部河南司郎中，晚年主讲于崇实书院。著有《漱六山房全集》等。此为辛氏词集选本，具体不详。

4. 叶德辉《观古堂藏书目》著录有《辛稼轩词》八卷，厉鹗手抄本。又叶氏《郋园读书志》卷十六著录有《辛稼轩长短句》十二卷，厉樊榭先生手书本。叶氏题识云：

> 辛稼轩词，宋时有二本，陈振孙《直斋书录解题》著录为四卷本，又云信州本十二卷，视长沙本为多，然则《直斋》著录之四卷本当是长沙本。明毛晋汲古阁刻《宋六十家词》中有辛稼轩长短句四卷，后跋不言出自何本，而目录注原本十

---

[1] 另一本《静思轩藏书记甲编》著录有《辛稼轩词》，云："潘德舆选，吴昆田写本。"又云："昆田亦字稼轩，四农先生高弟，书法秀逸可喜。四农前后有题词，声情激越，高入云霄，不减稼轩也。值十六金。"

二卷，则是信州本矣。《宋史·艺文志》云十二卷，必据信州本入载。明嘉靖丙申王诏所刊，及近时桂林王氏四印斋重刊元大德信州书院本，皆此本。黄丕烈《士礼居题跋记》有元本十二卷，今归聊城杨氏海源阁。桂林王氏假以重刊，王跋谓毛氏汲古阁本之四卷，即十二卷之合并，是固然矣，特未考原目当时已注明耳。士礼居又有校元本，即以信州本校于王诏本之上，其本亦归聊城杨氏。黄跋云：卷十为人庆八十席上戏作，有云："人间八十最风流，长贴在、儿儿额上。"校者云：下"儿"字当作"孙"，顾涧薲以为"儿儿"是奴家之称，二语之意，以"八"作眉字解，如此则改"儿"为"孙"，岂不可笑？今按毛晋、王诏两刻皆以改"儿"为"孙"，可见通人难遇，古今同慨。此本八卷，为厉樊榭征君鹗手抄，"儿儿"未改"儿"为"孙"，知所据必是善本。全谢山撰《征君墓碣》称其词深入南宋诸家之胜，王述庵《蒲褐山房诗话》称其词直接碧山、玉田，今观此册，知征君用力之勤，嗜书之笃，宜其与朱竹垞并为浙西一代词宗，岂仅书法古拙足供清玩已哉？光绪丙午夏六月初二日叶德辉识。

题识作于清光绪三十二年（1906），依然是认汲古阁刻本是自信州本而来，因袭四库提要等说法。又《郋园读书志》著录为十二卷，而文中却云："此本八卷，为厉樊榭征君鹗手抄。"与《观古堂藏书目》著录的同。按：此书见莫伯骥《五十万卷楼群书跋文》集部七著录，作《辛稼轩词》八卷，云："清厉樊榭手写本，叶郋园旧藏。"又莫氏《五十万卷楼藏书目录初编》卷二十二著录有《辛稼轩词》十二卷，云："清厉鹗手写本，叶郋园旧藏。"同为厉鹗手写本，同为叶郋园旧藏，而著录的卷数歧出，一为全本，一为残本，或所得前后时间有差别所致。《五十万卷楼藏书目录初编》有莫氏题识云：

此本为厉樊榭手写，老树著花，丑枝少矣，凫波（当作没）鸥浮，人各有好。厉为词人，宜其嗜之笃而书之细也。

前藏长沙叶氏，有跋语附卷末，惟叶氏所论辛词板刻尚未清晰。盖辛词自宋迄元有三刻：一曰长沙刻一卷，见《直斋书录解题》，今已佚。二曰信州刻十二卷，即《宋艺文志》所著录者也，元大德己亥广信书院刻本、明嘉靖间大梁李濂评点本，则从之出，而明毛氏汲古阁重雕，此本已并为四卷。三曰四卷本，见马氏《通考》，清嘉庆间法式善自《永乐大典》录出稼轩佚词，《洞仙歌》为叶丞相寿一阕，已见信州本第六卷及四卷本甲集，《鹧鸪天》二阕为朱淑贞词，馀则见四卷本者仅《菩萨蛮》"稼轩日向儿曹说"、《南乡子·赠妓》、《唐多令》"淑景斗清明"、《踏歌》、《鹊桥仙·送乡粉行》等首，其他《生查子》等二十八首，诸本俱未载，故辛词以嘉庆本为最备。……明张大复《梅花草堂集》卷十第十三叶云："往时见阁本《辛稼轩集》，用真、行、篆、隶杂书之，镌刻遒润，类名手新落墨者。或云稼轩自为之，凡二本，而诗馀得半。"然则稼轩亦书法卓绝欤？记此待考。

题识文字颇长，杂采《清波别志》、《鹤林玉露》、《寿亲养老新书》、《十驾斋养新录》、《书史会要》、《贵耳录》、《后村大全集》、《花草蒙拾》、《乡园忆旧录》、《存素堂诗续集录存》、《四库提要》、《梅花草堂集》等诸书所载，涉及词集版本、词作典事、生平行迹、异文别字、语言词风、佚作拾遗等。其中认马端临《文献通考》著录的辛氏词集与陈振孙《直斋书录解题》著录的不同，这是误解，详见前文说明。《五十万卷楼藏书目录初编》与《五十万卷楼群书跋文》所载行文异同参半，按：《群书跋文》有莫氏题识文三则，《目录初编》是整合三则为一则者。《群书跋文》题识中有小字注云：

> 今按：信州本共得词五百七十二首，明李濂校刊本共得五百六十八首，海上新景印毛抄本甲乙丙丁四集合计，除其重复，共得四百二十七首，但其中有二十首为信州本所无者，内四首嘉庆本有之，尚须校定，互相补苴，海上景印本成

于中华民国二十九年。夏氏敬观、张氏元济均有题志。

原书录夏氏、张氏二人题识文。嘉庆本指清嘉庆间法式善自《永乐大典》中录出稼轩佚词，海上景印本即陶湘影刻本，陶氏本仅有甲乙丙三集，缺丁集。

C、版本不详者

1.《永乐大典》自《辛稼轩词》录词四首，即《满庭芳》（2262/16B，指卷数及页码，下同）、《念奴娇》和《好事近》二首（2265/4A）。

2. 明钱溥《秘阁书目》"文集"著录有《辛稼轩词》，二册。

3. 明叶盛《菉竹堂书目》著录有《辛稼轩词》，四册。

4. 明杨士奇等《文渊阁书目》卷十"诗词·月字号第二厨书目"著录有《辛稼轩词》一部二册。又著录有《辛稼轩词》一部三册，阙。又著录有《辛稼轩词》一部四册，完全。又著录有《辛稼轩词》一部四册。以上著录文渊阁曾藏辛氏词集四种，二册到四册不等，均未言卷数。其中云阙者，是指文渊阁曾有而今不存者。又明杨士奇、清傅维麟《明书经籍志》著录有《辛稼轩词》一部二册，又一部三册，阙。又一部，四册，完全。又一部，四册。菉竹堂同文渊阁。所载同《文渊阁书目》著录者。

5. 明赵琦美《脉望馆书目》著录有《辛稼轩词》一本。

6. 清钱曾《钱遵王述古堂藏书目录》著录有《辛稼轩词》四卷。又钱氏《也是园藏书目》卷七著录有《辛稼轩词》四卷。

7. 清林佶《天一阁书目》著录有《辛稼轩词》，四本。又清佚名《四明天一阁藏书目录》著录有《辛稼轩词》四本。又舒木鲁氏抄《天一阁书目》：辛稼轩词四本。

8. 清曹寅《楝亭书目》卷四著录有《辛稼轩词》，四卷，一函六册。

以上著录的多未标明卷数、版本，所载多属抄本。

五、《稼轩乐府》

1. 元王恽《玉堂嘉话》卷五云：

> 宋宏（一本作弘）道说其舅刘景元先生善记，一日，友人
> 与游市，取染工历，令读，数面试之，一览背诵，一字不差。
> 又徒单侍讲与孟解元驾之亦善诵记，取新刻《稼轩乐府》吴
> 子音前序，一阅即诵，亦一字不遗。

有"新刊《稼轩乐府》吴子音前序"云云，为元刻本。卷数不详，吴子音序不存，其人生平无考。

2. 元耶律铸《双溪醉隐集》卷六《鹊桥仙》"皇都门外"序云："阆州得《稼轩乐府》全集，有《西江月》：'而今何事最相宜，宜醉宜闲宜睡。'或曰不若道：'宜笑宜狂宜醉。'请足成之。"所谓《稼轩乐府》全集，存词当不少，未言卷数。

3. 清朱彝尊《词综》"发凡"云有《稼轩乐府》十二卷。

以上知元时有《稼轩乐府》，王恽云"新刻"，知有元刊本，然均未言卷数，而朱彝尊云十二卷，或与元信州刊本《稼轩长短句》同源。

六、《稼轩集》（或《辛稼轩集》）

此类多属别集本，其中或为词集单行本，只是不易识别，一并述如下：

1. 《宋史》本传云："弃疾雅善长短句，悲壮激烈，有《稼轩集》行世。" 与《宋史》卷二〇八"艺文志"载《辛弃疾长短句》十二卷不同，前者当为别集本。

2. 《永乐大典》自《辛稼轩集》录词二首，即《定风波》（9763/16B，指卷数及页码，下同）、《满江红》（9766/18B）。

3. 明孙能传、张萱等《内阁藏书目录》卷三著录有《稼轩集》四册，全，云宋辛弃疾长短句。 又：又四册，全。 又：又一册，不全。

4. 《钦定词谱》卷十《恋绣衾》"长夜偏冷添被儿"、卷十三《锦帐春》"春色难留"、卷三十《水龙吟》"听兮清佩琼瑶"注均云见《稼轩集》。

5. 《词律》卷十程垓《金人捧露盘》"爱春归"注云又《稼轩集》

"九衢中"一首前结云云，又苏轼《念奴娇》"大江东去"注云："而《稼轩集》参差处更多，总是误刻，不然，如此极平熟之调，岂有诸名公不谙者？"

6. 叶德辉《郋园读书志》卷八著录有《辛稼轩集》四卷、词四卷、年谱一卷，嘉庆十六年（1811）裔孙启泰辑刻《永乐大典》本。提要云：

> 宋辛忠敏弃疾，一代名臣，生平所为奏疏诗文久已散佚者，仅宋以来所传《稼轩词》十二卷，而毛晋汲古阁本溷并为四卷，已非原书之旧，一文一字之传，真有不可自恃者矣。此忠敏疏议、札子、论文、启三卷、诗一卷、词四卷、补遗一卷，前附年谱一卷，嘉庆中裔孙启泰从《永典大典》及群书中搜辑而出，分类而成。是编词则仍汲古本之卷第，以新搜得者为《补遗》一卷。文集中《美芹十论》尤见公经猷宏远，有古大臣之遗风，数百年来，公以词与集（疑误）文忠齐称，不知公经济文章亦足与文忠抗手。惟因其集，世无传本，人莫测其高深，故仅以词著称于今，几使人忘其为伟大之人物。得此辑刻本行世，益令后人兴景仰之思，人固乐有贤子孙如启泰者，可谓不忘祖矣。此本流传颇少，莫友芝《宋元旧本经眼录》附录载之，云："偶思读辛稼轩词，适得此本，鼠蛀几无完叶，竭半日之力，挥汗整补重装，亦几玩物丧志矣。"莫氏时，旧书尚多，所获仅此，则全集如此之完美者，使莫氏见之，不知如何欣赏也。

知辛启泰辑本附有词四卷，是据汲古阁本录入，又有补遗一卷，近世多据此辑本录辛氏词补一卷，如：

① 吴昌绶《宋金元词集见存卷目》附《双照楼续辑宋金元百家词目》著录有《稼轩词补》一卷，云："万载辛启泰刻《辛忠敏集》，从《大典》补词三十六首，内一首已见元刻，今删去。"

② 《彊村所刻词甲编》本（十五卷），朱孝臧编，清宣统三年

（1911）、民国二年（1913）刻本，朱孝臧校，其中有《稼轩词补遗》一卷。又见于《彊村丛书》中，据辛启泰辑刊稼轩集本辑出。有诸宗元跋云：

> 畜岁居南昌，馆俸所入，先大夫命以聚书，竭十年之力，盖得书数十万卷，宋代文籍尤所笃嗜。洎游江淮，挟以自随。万载辛氏辑刻《稼轩集》，其一也，其补遗词三十馀阕，为他本所无。半塘老人刊《稼轩词跋》称未见此本，盖流传亦已鲜矣。辛氏辑刻在嘉庆中叶，距今不逾百年，世遂诧为罕见，于此可征古籍之散佚，有什百千万于此者也。沤尹先生尝与论及，相为慨叹，遂出箧衍，谋付梓人，俾稼轩之词，海内复睹足本。宗元所著录之籍亦以流布，此岂兵尘涢洞中所易得耶？宗元尝造听枫之园，坐无著之龛，积书如山，几尘不扫，先生歗歌其间，屏谢世事，他日必更有佳刻以饷学人，此又宗元矫首跂踵以请于先生者也。癸丑夏孟，绍兴诸宗元跋。

跋作于民国二年。朱祖谋跋云：

> 《稼轩词补遗》一卷，万载辛敬甫启泰辑得于《永乐大典》中者稼轩词，毛氏汲古阁刊本四卷，与《文献通考》合。王氏四印斋重刊元大德信州书院本十二卷，视毛本增多十一阕。是卷补毛本之遗，其见诸大德本者仅《洞仙歌·寿叶丞相》一阕，编纂《大典》者殆亦未睹大德本耶？敬甫稼轩集志语谓所得长短句五十首，词跋则称三十六首，盖初有他人之作，后又芟汰者。而《鹧鸪天》有二阕曾见朱希真《樵歌》，当时或未致详审。今《大典》已散佚殆尽，此数十阕者，使非敬甫表襮而出之，几何不有亡书之叹也。卷中讹误，间亦未免，刊既毕，为条举所校者如右。壬子立冬后四日，彊村遗民朱孝臧跋。

跋作于民国元年（1912）。意在补毛氏汲古阁刻本之缺。

以上诸家著录的除《内阁藏书目录》载《稼轩集》为词集外，其馀或为诗文别集本。另晁瑮《晁氏宝文堂书目》"乐府"著录有《稼轩馀兴》，或也是指辛氏词集，存疑。

赵善括

赵善括，字无咎，号应斋居士，隆兴（今江西南昌）人。生卒年不详。宋孝宗朝登进士第，乾道年间知常熟县，通判平江府。淳熙年间知鄂州，知常州。著有《应斋杂著》。

赵氏词见于诗文别集中，《永乐大典》卷 20353 第 9B 页自《应斋杂著》录词三首，即《水调歌头》、《念奴娇》二首。入清则有《四库全书》本《应斋杂著》六卷，提要云：

> 是集宋志不载，其原本卷帙不可考，今以《永乐大典》所载裒为六卷，宋人奏议多浮文妨要，动至万言，往往晦蚀其本意。善括所上诸札，率简洁切当，得论事之要，如论纷更之弊，纠赏罚之失，皆深中时弊。而永乐中修历代名臣奏议，乃不载其一字，未明何故。诗词多与洪适章甫唱和，而与辛弃疾酬赠尤多，其词气骏迈亦复相似。观其《金陵有感》诗有"谢安王导亦可罪，至今遂使南北分"句，其不满于湖山歌舞、文恬武嬉意趣，盖与弃疾等固宜其相契也。

知自《永乐大典》中辑录出，其中卷六存词一卷。又有《豫章丛书·九宋人集》本，是据八千卷楼抄本刊刻。

民国时朱祖谋据《大典》本《应斋杂著》录《应斋词》一卷，收入《彊村丛书》中，无校记，无跋文。

虞俦

虞俦，字寿老，宁国（今属安徽）人。生卒年不详。宋孝宗隆兴初入太学，中进士。知绩溪县，又知湖州，迁监察御史。光宗绍熙年间为国子监丞，出为浙东提刑，徙知湖州。宁宗庆元年间召入为太常少卿，迁兵部侍郎。著有《尊白堂集》。

虞氏词见载于诗文集中，《永乐大典》自《尊白堂集》录词二首，即《满庭芳》（2811/17B，指卷数与页码）和《临江仙》（20353/13B）。

《四库全书》收有《尊白堂集》六卷，提要云："据陈贵谊原序，集本二十四卷，今从《永乐大典》中采掇裒次，厘为诗四卷文二卷，录而存之。"知是据《永乐大典》辑录出，检库本，无词。按陈贵谊序云："绍定己丑秋八月，武冈守朝请郎虞君衡遣介奉一编书谒余，序其首，启而视之，曰《尊白堂集》，乃其先人兵部侍郎讳俦字寿老所作也。卷二十有二，词制奏议之卷七，诗之卷十五。"凡二十二卷，而非二十四卷。

黄人杰

黄人杰，字叔万，南城（今属江西）人。生卒年不详。宋孝宗乾道二年（1166）进士。按：明周复俊《全蜀艺文志》卷六十四载黄人杰《卧龙纪行》一文，末署："庆元己未七月十有四日鲁斋黄人杰书。"知号鲁斋。著有《可轩集》、《可轩曲林》。

黄氏词集宋时已刊行，陈振孙《直斋书录解题》卷二十一著录有《可轩曲林》一卷，为宋刊《百家词》本。元马端临《文献通考》卷二百四十六"经籍考七十三"据以录入。宋以后见于藏家著录的有：

1. 明钱溥《秘阁书目》著录有《可轩曲林》，未标明卷数。

2. 明毛晋《汲古阁毛氏藏书目录》著录有《可轩典（曲）林》一卷。

另《永乐大典》卷2265第3B页自《可轩词》录《感皇恩》和《念奴娇》二首。又卷2808第19B页录黄人杰词《浣溪沙》一首。又自《可轩集》录词四首，即《生查子》和《蓦山溪》（2810/19A，指卷数及页码，下同）、《柳梢青》（2810/21A）、《满江红》（15139/15A）。

以上知黄氏词集明时尚存，入清则佚。民国时赵万里辑《可轩曲林》一卷，收入《校辑宋金元人词》中，赵氏题记云：

> 《永乐大典》所引《可轩词》，并从本集出。此题《可轩曲林》者，则从《直斋书录解题》所载长沙坊肆《百家词》本也。万里记。

知是自《永乐大典》中辑录，凡七首。

徐安国

徐安国，字衡仲，号春渚，富阳（今属浙江），或云上饶（今属江西）人。宋孝宗乾道二年（1166）进士，知华亭县。光宗绍熙中知横州，迁广西提举常平。宁宗嘉泰中授湖南提举。著有《西窗集》。

徐氏词见载于诗文集中，《永乐大典》自《西窗集》录词四首，即《蓦山溪》（2808/11A 指卷数及页码，下同）、《鹧鸪天》和《满江红》二首（20353/6B）。徐氏文集不见宋人著录，检清黄虞稷《千顷堂书目》卷二十九载徐安国《西窗先生文集》十五卷，知明时徐氏文集尚在，今不见存。

蔡戡

蔡戡（1141—？），字定夫，仙游（今属福建）人。以荫补溧阳尉，宋孝宗乾道二年（1166）进士，授秘书省正字，知江阴军，为广东转运判官。光宗绍熙元年（1190）知明州，知临安府。宁宗朝知隆兴府，以宝谟阁直学士致仕。著有《定斋集》。

蔡氏词见载于诗文别集中，《永乐大典》卷 15139 第 16A 页自《蔡定斋集》录《水调歌头》词一首。

入清则有《四库全书》本《定斋集》二十卷，提要云："其集久佚不传，故迪知莫能考也。集本四十卷，乃绍定三年其季子户部郎官总领四川财赋㠭所刊，眉山李壄为序，见于陈振孙《书录解题》。今据《永乐大典》所载者搜采汇集，并集历代名臣奏议，得所未载者二十篇，互相订正，厘为二十卷，较诸原目十殆得其五矣。"知据《永乐大典》辑录，检库本，卷二十附载诗馀三首。按李塈序（绍定庚寅，1230）云："既以公集四十卷锓木，将广其传，以幸惠后学。"知其集理宗绍定间已刊刻。

民国时，朱祖谋据《永乐大典》本《定斋集》辑录《定斋诗馀》一卷，收入《彊村丛书》中，存词三首，同库本。无校记，无跋文。

刘光祖

刘光祖（1142—1222），字德修，号后溪，又号山堂，简州阳安（今属四川）人。宋孝宗乾道五年（1169）进士，授剑南东川节度推官。淳熙年间除太学正，迁校书郎。光宗绍熙除殿中侍御史，改太府少卿。宁宗时除直秘阁，知潼川，进显谟阁直学士。卒谥文节。著有《后溪集》、《鹤林词》。

刘氏词集宋时已刊刻，陈振孙《直斋书录解题》卷二十一著录有《鹤林词》一卷，云："简池刘光祖德修撰。绍熙名臣，为御史起居郎，晚以杂学士终。蜀之耆德，有文集未见。"为宋刊《百家词》本。元马端临《文献通考》卷二百四十六"经籍考七十三"据以录入。又黄昇《中兴以来绝妙词选》卷五云："有《鹤林文集》，小词附焉。"知诗文别集中附有词，未言卷数、版本。

见于宋以后著录的有：

1. 明钱溥《秘阁书目》著录有《鹤林词》，未标明卷数。

2. 明曹学佺《蜀中广记》卷九十九"著作记第九·集部"著录有《后溪集》十卷、《鹤林词》一卷、《山堂疑问》一卷。或为别集附词者。

3. 明毛晋《汲古阁毛氏藏书目录》著录有《鹤林词》一卷。

4. 清朱彝尊《词综》卷十六小传云有《鹤林词》一卷。

5. 《御选历代诗馀》卷一百六"词人姓氏"云有《鹤林词》一卷。

6. 清查为仁、厉鹗《绝妙好词笺》卷一小传云有《鹤林词》一卷。

7. 清郑元庆《湖录经籍考》卷五著录有《鹤林词》一卷。

以上诸家均未言版本，所载当以抄本为主，其词集清以来不见存于世。民国时有赵万里辑《鹤林词》，收入《校辑宋金元人词》中，题记云：

> 《鹤林词》，宋世有长沙书肆《百家词》本，《花庵词选》所引，则自本集录出。花庵云："光祖有《鹤林文集》，小词附焉。"然集亦久佚。今于《花庵》外，于《翰墨大全》辑得一首，录为一卷如后。万里记。

为民国排印本，录词十一首。

陈亮

陈亮（1143—1194），原名汝能，字同甫，人称龙川先生，婺州永康（今属浙江）人。宋孝宗隆兴初，婺州以解头荐，因上《中兴五论》，不报。孝宗淳熙时诣阙上书论事，曾两次被诬入狱。光宗绍熙四年（1193）策进士第一，授建康军节度判官公事，未行而卒。著有《龙川文集》、《龙川词》。

陈氏词宋时见载于诗文集中，陈振孙《直斋书录解题》卷十八著录有《龙川集》四十卷、外集四卷，提要云："平生不能诗，外集皆长短句，极不工，而自负，以为经纶之意具在是，尤不可晓也。叶适未遇时，亮独先识之，后为集序及跋，皆含讥诮，识者以为议。"为别集本，词凡四卷。又叶适《水心先生文集》卷二十九《书龙川集后》云："又有长短句四卷，每一章就，辄自叹曰：'平生经济之怀略已陈矣。'余所谓微言多此类也。"云词集四卷，与陈振孙所言同。又文及翁《雪坡集原序》云：

> 昔龙川陈同父，亦癸丑伦魁也，尝伏阙三上书，孝庙览之，惊异，俾执政召问，当从何处下手，晚得一第，未及大用而殁。又尝自作长短句四卷，酒酣，浩歌一章，辄自叹曰：

> "平生经济之怀略已陈矣。"抑亦可悲也，夫时东莱吕成公迁居金华，同父数造焉，成公深期之，曰："未可以为世不能用，虎帅以听，谁敢犯子？"

序作于理宗景定五年（1264），所见也是词集四卷，均当为别集本。按：《龙川集》卷二十一《与郑景元提干》云：

> 作近拍词三十阕，以创见于后来，本之以方言俚语，杂之以街谭巷歌，抟搦义理，劫剥经传，而卒归之曲子之律，可以奉百世豪英一笑，顾于今未能有为我击节者耳。并七月三十日，已成十一阕，并香一片，押罗一端，祈千百之寿，能为我令善歌者一歌之，以侑一觞自举之，而还以酹我乎？

"作近拍词三十阕"，又"并七月三十日，已成十一阕"云云，凡四十馀首，外集四卷所收当不止此。

见于宋以后著录的有：

1. 《宋史》卷二〇八"艺文志"载陈亮集四十卷，又《外集词》四卷。

2. 《永乐大典》自《龙川集》录词三首，即《谒金门》（2265/15B，指卷数及页码，下同）、《汉宫春》二首（2808/12A）。又自《龙川先生集》录词《贺新郎》二首（14381/25B、26A）。

3. 明焦竑《国史经籍志》卷五著录有《龙川集》四十卷，又外集四卷。

知陈氏别集四十卷附词四卷本明时尚存。入清则不见存，但有三十卷本，存有词，不见外集。叙录如下：

1. 《四库全书》收《龙川文集》三十卷，提要云："叶适序谓亮集凡四十卷，今是集仅存三十卷，盖流传既久，已多佚缺，非复当时之旧帙，以世所行者只有此本，故仍其卷目，著之于录焉。"为浙江巡抚采进本。检库本，卷十七有"词选三十阕"，存词三十首。

2. 《金华丛书》本《龙川文集》三十卷，清同治七年（1868）刊。

胡凤丹《重刊龙川文集序》云：

> 《龙川文集》三十卷，其后裔故明时吾邑陈某及国朝道光间义乌陈东屏司马皆尝校刊于世，此外湘蜀间亦间有锓本，然不多觏也。……今余从《词综》中搜出朱竹垞先生采选《水龙吟》、《洞仙歌》、《虞美人》三首附入补遗，《梅花》五律之后所称《龙川集词》一卷，未窥全豹，兹合邹、陈二编互相雠校，其间时有讹误，谨就所知者，另纂《辨讹考异》二卷，刊正之。

序作于清同治七年，邹、陈二编分别指明崇祯钱塘邹质士和清义乌陈东屏刊本，有《补遗》一卷，其中据《词综》补《水龙吟》、《洞仙歌》、《虞美人》三词，又《辨讹考异》卷下词有校文。

3. 《四部备要》本《龙川文集》三十卷，民国二十五年（1936）排印本，是据《金华丛书》付印的。

见于清人著录的有：

1. 清朱彝尊《词综》"发凡"云曾见《龙川集词》二卷。又卷十五小传云有《龙川集词》二卷。

2. 《御选历代诗余》卷一百六"词人姓氏"云有《龙川集词》二卷。

3. 清查为仁、厉鹗笺《绝妙好词笺》卷一小传云有《龙川集词》二卷。

4. 《浙江通志》卷二百五十二著录有《龙川集词》二卷。

以上云《龙川集词》，当源自别集，均作二卷。

除别集本外，至明代，陈亮词集析出别行，叙录如下：

一、 印本

1. 明末毛氏汲古阁刊《宋名家词》本《龙川词》一卷补遗一卷，毛晋跋云：

> 同甫一名同，永康人，光宗策进士，群臣奏其卷第三，御

笔擢第一。既知为同甫，大喜。又有天留遗朕之诏，其恩遇
如此。据叶水心序，其集云四十卷，今行本止三十卷，想尚
多佚遗。其最著者，莫如上皇帝四书，及《酌古论》，自赞
云："人中之龙，文中之虎，真无忝矣。"第本集载词选三十
阕，无甚诠次，如寄辛幼安《贺新郎》三首，错见前后。予家
藏《龙川词》一卷，又每调类分，未知孰是？读至卷终，不作
一妖语、媚语，殆所称不受人怜者欤？湖南毛晋识。

又补遗跋云：

> 余正喜同甫不作妖语、媚语，偶阅《中兴词选》，得《水
> 龙吟》以后七阕，亦未能超然，但无一调合本集者，或云赝
> 作。盖花庵与同甫俱南渡后人，何至误谬若此？或花庵专选
> 绮艳一种，而同甫子沉所编本集，特表阿翁磊落骨干，故若
> 出二手？况本集云词选，则知同甫之词不止于三十阕，即补
> 此花庵所选，亦安得云全豹耶？姑梓之，以俟博雅君子。

所刻《龙川词》收词三十首，同库本等，只是次第不同。又据黄昇词
选辑七首为补遗一卷。此本见清郑德懋辑《汲古阁校刻书目》载《宋
名家词六集》第四集著录，云凡十八叶。

2. 《续金华丛书》本《龙川词》一卷补遗一卷，胡宗楙跋云：

> 《宋史·艺文志》载龙川词四卷久佚，兹集词凡三十阕，
> 在本集内，前后不甚诠次。汲古阁毛氏由家藏旧刻内分调类
> 编，摘出别行。又补遗七首，则从黄昇《花庵词选》采入，花
> 庵选多纤丽，或疑赝作，毛晋辟之是矣。但以与本集殊，疑
> 为同甫子沉特表阿翁磊落骨干，似又近于臆测。永康应氏所
> 刻《龙川文集》有词十五首入补遗，义乌陈坡刻本册去《水龙
> 吟》旧（疑作洞）仙歌七首，仍以赝作为疑。家刻陈龙川集系
> 从《词综》宋词录刊，厪三首。余此刻从汲古阁本录出别
> 行。季樵胡宗楙。

知据毛氏汲古阁本覆刻。陈坡为陈亮二十二世孙，有道光二十九年
（1849）跋，见《金华丛书》本《龙川文集》附，跋云觅得旧刻本三
种，为订正重梓。又云："其见于他集者，补刻数篇，如金华书目所
载。毛晋跋本有词七首从黄昇《花庵词选》采入，语多纤丽，或疑赝
作者，概从略焉。"

3. 王鹏运四印斋刻《龙川词补》一卷，收在《宋元三十一家词》
中，存词二十八首，无序跋文，不知据何而来。叶德辉《叶氏观古堂
藏书目》著录有《龙川词》一卷，又补一卷，云桂林王氏四印斋刊本。
当是据补一卷而言。

二、 抄本

今存抄本丛编中收有陈氏词集的有：

1. 《典雅词》本，毛氏汲古阁影宋抄本，清陆氏皕宋楼藏书，藏
日本静嘉堂文库，其中有《龙川词》一卷。检陆心源《皕宋楼藏书志》
卷一百十九著录有《龙川词》一卷，云汲古影宋本。盖析出另著录
者。此外，据汲古阁本传抄的《典雅词》有二：其一，清丁氏八千卷楼
藏书，藏南京图书馆。其二，原北平图书馆藏书，今藏台湾，此为民
国美国国会图书馆摄制的胶卷。二者均有陈氏词集。另缪荃孙《目录
词小说谱录目》著录有《龙川词》一卷，云传写《典雅词》本，当指北
平图书馆藏书。

2. 明吴讷编《唐宋名贤百家词》本，明抄本，梁启超跋，其中有
《龙川词》一卷。

3. 明李东阳辑《南词》本，抄本，其中有《龙川词》一卷。

4. 《宋元名家词》本，明抄本，清毛扆校，唐晏跋，其中有《龙川
词》一卷。

5. 《四库全书》本《龙川词》一卷补遗一卷，提要云：

> 宋陈亮撰，亮有《三国纪年》已著录，《宋史·艺文志》
> 载其词四卷，今不传。此集凡词三十首，已具载本集，然前
> 后不甚铨次。此本为毛晋所刻，分调类编，复有晋跋，称据

家藏旧刻，盖摘出别行之本。又补遗七首，则从黄昇《花庵
词选》采入者，词多纤丽，与本集迥殊，或疑赝作。毛晋跋称
黄昇与亮俱南渡后人，何至谬误若此？或昇惟选绮丽一种，
而亮子沇所编本集特表其父磊落骨干，故若出二手云云。考
亮虽与朱子讲学，而不废北里之游，其与唐仲友相忤，谗构
于朱子，朱子为其所卖，误兴大狱，即由亮狎台州官妓，嘱仲
友为脱籍，仲友沮之之故事，载《齐东野语》第十七卷中，则
其词体杂香奁，不足为异，晋之所跋，可谓得其实矣。

据毛氏汲古阁本抄录，为安徽巡抚采进。又《四库全书简明目录》著
录有《龙川词》一卷补遗一卷，提要云：

> 宋陈亮撰。亮词已载本集中，然无艳绮之作。其艳绮之
> 作乃载于黄昇《花庵词选》，盖为其子沇所编，意有所讳，黄
> 昇则据其流传之稿也。此本合两书所载为一编，差为完备。

又《钦定续通志》卷一百六十三据文渊阁著录有《龙川词》一卷补遗
一卷，当与库本同。又清《续文献通考》卷一九八著录有《龙川词》一
卷补遗一卷，也当同。

6. 《宋元人词》本，清抄本，藏上海图书馆，其中有《龙川词》
一卷。

除此外，见于藏家著录的抄本还有：

1. 清汪宪《振绮堂书目》卷二"闻·抄本集类杂集并总集·第一
格"著录有《龙川词补》、《和清真词》、《天籁词》合一册，注云：
"《龙川词补》一卷，陈亮同父撰。《和清真词》一卷，宋杨泽民撰。
《天籁词》一卷，金白朴仁甫撰。小山堂抄本。"又《中国古籍善本书
目》载《龙川词补》一卷，云清赵氏小山堂抄本。按：赵昱（1689—
1747），原名殿昂，字功千，号谷林，仁和（今浙江杭州）人。诸生，
清乾隆元年（1736）与弟赵信同荐试博学鸿词科，未中。兄弟均喜藏
书，藏书处为小山堂，藏书数万卷。编著有《小山堂书目》、《小山堂

藏书目录备览》等。赵氏又与吴焯、汪宪相友善，彼此互抄互借图书。

2. 清朱学勤《别本结一庐书目》"抄本"著录有《龙川词补》一卷。

3. 王修《诒庄楼书目》卷八著录有《龙川词》二卷，写本。

4. 傅增湘《双鉴楼善本书目》卷四著录有《龙川词》一卷，明抄本。

5. 傅增湘《藏园群书题记》卷二十《明抄本宋五家词跋》云：

> 陈亮《龙川词》一卷、刘过《龙洲词》二卷、杨炎正《西樵语业》一卷、戴复古《石屏词》一卷、毛平仲《樵隐诗馀》一卷，明写本，棉纸，蓝格，十二行，行二十字。有"研叟"朱文圆印，"吴城"、"敦复"朱文两小印，"谢桢"白文印、"提月"朱文印。此癸亥八月余得之海王村坊肆者，字画草率，朱墨点抹，凌乱纷糅，乍睹之颇不耐观，然笔致疏古，是嘉、万时风气。取刻本勘正，则佳胜殊出意表。披沙拣金，往往得宝，若以皮相取之，几失之交臂矣。壬申二月二十日，藏园记。

> 《龙川词》以汲古阁本校之，次第、阕数皆同，惟改正之字得二十有一。如登多景楼词："凭却长江"不误"江山"，"宁问疆场"不误"疆封"。寄辛幼安见怀："管精金不是寻常铁"不脱"寻常"二字。又酬幼安："壮气尽消人脆好""气"不误"笔"，"人"不误"入"。观木樨有感："是天上馀香剩馥""天上"不误"天公"。怀王道甫："美尔微官作计优""优"不误"周"。寿朱元晦："问唐虞禹汤文武"不脱"文"字。其佳处殊足玩味也。

题记作于民国二十一年（1932），知明抄词集得于民国十二年（1923）。

三、版本不详者

1. 清陆漻《佳趣堂书目》著录有《龙川词》一卷。

2. 清徐元文《含经堂藏书目》著录有《龙川词》一卷。

3. 傅增湘《藏园群书经眼录》卷十九著录有《龙川词》一卷。

以上均未标明版本，所载当为抄本。

刘爚

刘爚（1144—1216），字晦伯，号云庄，建阳（今属福建）人。宋孝宗乾道八年（1172）进士，授山阴主簿。宁宗庆元中通判潭州，伪学禁兴，从朱熹武夷山讲道读书，怡然自适。嘉定年间召为吏部郎中，进国子祭酒，兼权兵部侍郎，除刑部侍郎，权工部尚书。卒谥文简。著有《云庄集》。

其词见载于诗文集中，《云庄集》聂逊后序（天顺庚辰）云："又出公之神像、年谱、文章、诗词，悉以示予，复言昔罹兵燹煨烬之际，惟此幸存。"当为手稿。今未见存词。按：天顺庚辰为明英宗天顺四年（1460）。

杨炎正

杨炎正（1145— ？），字济翁，庐陵（今江西吉安）人。宋宁宗庆元二年（1196）进士，为宁远簿，除吏部架阁，寻罢官。嘉定年间以大理司直知藤州，改知琼州。著有《西樵语业》。

杨氏词集宋时已刊行于世，陈振孙《直斋书录解题》卷二十一著录有《西樵语业》一卷，为宋刊《百家词》本，元马端临《文献通考》卷二百四十六"经籍考七十三"据以录入。

一、印本

较早有明末毛氏汲古阁刊《宋名家词》本《西樵语业》一卷，毛晋跋云：

> 止济翁，庐陵人也，西樵，乃清海府城西山名，相去数百里。或曰曾流寓于此，因以名集，今亦无考，但其《语业》一卷，俊逸可喜，不作妖艳情态，虽非词家能品，其品之闲闲可

想见云。

按：汲古阁刊本卷下或题"宋杨炎"，即名杨炎，脱"正"字，误以
"止济翁"为字号，而"止"又为"正"之讹，参见后文引四库提要。
此本见清郑德懋辑《汲古阁校刻书目》之《宋名家词六集》著录，云凡
十五叶。

　　又清陆心源《皕宋楼藏书志》卷一百二十著录有《西樵语业》一
卷，云陆敕先、毛斧季手校本。录陆贻典、毛扆题识，陆氏手跋曰：
"庚戌四月二十日底本校，敕先。"毛氏手跋曰："己巳二月十六日从孙
氏抄本校，毛扆。"毛、陆手校底本为毛氏汲古阁刊本，今存日本静嘉
堂文库，盖析出著录者。

　　另叶德辉《叶氏观古堂藏书目》著录有《西樵语业》一卷，为清光
绪汪氏振绮堂重刊汲古阁本。

　　二、抄本

　　今存抄本丛编数种，收有杨氏词集的有：

　　1.明吴讷编《唐宋名贤百家词》本，明抄本，梁启超跋，其中有
《西樵语业》一卷。

　　2.明李东阳辑《南词》本，抄本，其中有《西樵语业词》一卷。

　　3.《宋元名家词》本，明抄本，清毛扆校，唐晏跋，其中有《西樵
语业》一卷。

　　4.《宋五家词》本，明抄本，其中有《西樵语业》一卷。检傅增
湘《双鉴楼善本书目》卷四著录有《西樵语业》一卷，明抄本。又傅氏
《藏园群书经眼录》卷十九著录有《西樵语业》一卷，提要云：

　　　　明写本，棉纸蓝格，十二行二十字。卷中有朱墨点抹之
　　处。钤"研叟"朱、"吴城"、"敦复"朱、"谢榛"白、"提
　　月"朱各印。（癸亥八月得于厂肆。）

　　　　按：此书笔致疏古，是明嘉靖、万历时风气。《龙川词》
　　以汲古本校之，改正二十一字。《龙洲词》正彊村本六十字；
　　《西樵语业》正汲古本三十三字；《石屏词》正双照楼本二十二

字。别为跋志之。

知此书为民国十二年（1923）所得。又傅氏《藏园群书题记》卷二十《明抄本宋五家词跋》云：

> 陈亮《龙川词》一卷、刘过《龙洲词》二卷、杨炎正《西樵语业》一卷、戴复古《石屏词》一卷、毛平仲《樵隐诗馀》一卷，明写本，棉纸，蓝格，十二行，行二十字。有"研叟"朱文圆印，"吴城"、"敦复"朱文两小印，"谢榛"白文印、"提月"朱文印。此癸亥八月余得之海王村坊肆者，字画草率，朱墨点抹，凌乱纷糅，乍睹之，颇不耐观，然笔致疏古，是嘉、万时风气。取刻本勘正，则佳胜殊出意表。披沙拣金，往往得宝，若以皮相取之，几失之交臂矣。壬申二月二十日，藏园记。

题记作于民国二十一年（1932），又云：

> 《西樵语业》以汲古本校之，补正之字凡三十有三，举其胜者如："乘兴特上最高楼""乘"不误"发"；"为乞钓鱼竿""鱼"不误"渔"；"故园且回首""园"不误"国"；"暂住紫泥诏""暂"不误"约"，"诏"不误"认"；"可叹一年游赏""叹"不误"杀"；"诏黄飞下""诏"不误"韶"；"旋买扁舟归来闲早""闲"不误"闻"；"独倚阑干闲自觑""觑"不误"戏"。余昔年曾据汲古阁紫芝抄本校此词，然以上各字汲古本皆仍沿误，是此本远出汲古阁之上也。

知是以毛氏汲古阁本校订。

5. 《四库全书》本《西樵语业》一卷，提要云：

> 宋杨炎正撰，炎正字济翁，庐陵人。陈振孙《书录解题》载《西樵语业》一卷，杨炎正济翁撰。马端临《文献通考》引之，误以"正"字为"止"字，毛晋刻六十家词，遂误以杨炎

为姓名，以止济翁为别号，近时所印始改刊杨炎正姓名，跋中止济翁字亦追改为杨济翁，然旧印之本与新印之本并行，名字两岐，颇滋疑惑，故厉鹗《宋诗纪事》辨之曰：尝见《西樵语业》旧抄本作杨炎正济翁，后考《武林旧事》载杨炎正钱塘迎酒歌一首，《全芳备祖》亦载此诗，称杨济翁是炎正其名，济翁其字，可见云云。今观辛弃疾《稼轩词》中屡有与杨济翁赠答之作。又杨万里《诚斋诗话》曰：余族弟炎正字济翁，年五十二乃登第，初为宁远簿，甚为京丞相所知。有启上丞相云："秋惊一叶，感蒲柳之先知；春到千花，叹桑麻之后长。"丞相遂厚待，除掌故之令。其始末甚明，足证厉鹗所辨为不误，而毛氏旧印之本为不足凭矣。是集词仅三十七首，而因辛弃疾作者凡六首，其纵横排奡之气，虽不足敌弃疾，而屏绝纤秾，自抒清俊，要非俗艳所可拟，一时投契，盖亦有由云。

知是据汲古阁刊本录入，为江苏巡抚采进。《四库全书简明目录》提要云：

《西樵语业》一卷，宋杨炎正撰。词凡三十七首，而与辛弃疾唱和者六，其奇逸排奡之气虽不足以敌弃疾，而洗涤铅华，独标清隽，要非俗艳所能拟。

又《钦定续通志》卷一百六十三据文渊阁著录，有《西樵语业》一卷。又《四库著录江西先哲遗书目》著录有《西樵语业》一卷。均与库本同。

6. 清厉鹗《宋诗纪事》卷五十七小传云：

鹗按：炎正工词，有《西樵语业》一卷，毛氏汲古阁刊本误作杨炎号止济翁，予见旧抄本，作杨炎正济翁，是炎正其名，济翁其字也。今考《武林旧事》有杨炎正诗，《全芳备祖》有杨济翁诗，即是一人，毛氏之误可见矣。

所见有旧抄本。

7.《中国古籍善本书目》载《西樵语业》一卷，清抄本。

三、版本不详者

1. 明钱溥《秘阁书目》著录有《西樵语丛（当作业）》。

2. 清黄虞稷《千顷堂书目》卷三十二著录有《西樵语业》一卷。

3. 清倪灿撰，卢文弨校正《宋史艺文志补》著录有《西樵语业》一卷。

4. 清钱曾《也是园藏书目》卷七著录有杨炎（脱正字）《西樵话丛（当作语业）》一卷。

5. 清徐元文《含经堂藏书目》著录有《西樵语业》一卷。

6. 清陆漻《佳趣堂书目》著录有《西樵语业》一卷。

7. 清朱彝尊《词综》"发凡"云曾见《西樵语业》一卷。又卷十五小传云有《西樵语业》一卷。

8.《御选历代诗馀》卷一百六"词人姓氏"云：

> 杨炎，号止济翁，庐陵人。偃蹇仕进，悒悒不得志。清海有山曰西樵，尝寓居其中，因取以名集。乐府一卷，亦名《西樵语业》。

云号止济翁，盖误。

9. 清庄仲芳《映雪楼藏书目考》卷十著录有《西樵语业》一卷。提要云：

> 宋庐陵杨炎正撰。炎正字济翁，晚年登第，受知京丞相，除掌故之令，不知仕止何官。其词屏绝纤浓，独标清隽，为辛弃疾之亚。

以上诸家均未言版本，所载当以抄本居多。

何澹

何澹（1146—？），字自然，龙泉（今属浙江）人。宋孝宗乾道二年（1166）进士。为秘书省正字，迁秘书丞，为将作监，除兵部侍郎。

光宗绍熙年除御史中丞。宁宗庆元年间知枢密院事兼参知政事，嘉定年间除江淮制置大使兼知建康府，卒赠少师。著有《小山杂著》。

其词见载于诗文集中，《永乐大典》自《小山杂著》录词五首，即《鹧鸪天》（2604/19B，指卷数及页码，下同）、《桃源忆故人》（3005/12A）、《满江红》二首和《鹧鸪天》（20354/20A、B）。何氏别集今不存。

倪思

倪思（1147—1220），字正甫，号齐斋，归安（今浙江湖州）人。宋孝宗乾道二年（1166）进士，淳熙五年（1178）中博学宏词科，迁太学博士，除中书舍人。光宗绍熙初兼侍讲，除礼部侍郎。宁宗朝知建宁府，除宝文阁学士。卒谥文节。著有《齐山甲乙稿》、《兼山集》、《经锄堂杂志》等。

宋魏了翁《重校鹤山先生大全文集》卷八十五《显谟阁学士特赠光禄大夫倪公墓志铭》云：

> 所著《齐斋甲稿》二十卷、《乙稿》十五卷、《兼山小集》三十卷、《兼山四六集》十卷、《词科旧稿》五卷、《翰林前稿》二十卷、《后稿》二卷、《翰林奏章》一卷、《披垣词章》二十卷、《缴论》四卷、《银台章奏》五卷、《南宫集》一卷、《奏议》二十六卷、《历官表奏》十卷、《承明集》四十卷、《丙寅录》一卷、《更化奏对录》一卷、《台谏论》二卷、《昆命元龟说》一卷、《北征录》七卷、《合宫严父书》五卷、《南征南辕诗》二卷、《论著》三十卷、《近体乐府》二卷、《些章》二卷、《易章》三十卷、《易说》二卷、《中庸集义》、《大学解辩》、《颜子》、《子思子》、《续曾子》各一卷、《论语义证》二十卷、《孟子问答》十二卷、《老子原旨遗事》六卷、《刀笔集》十五卷、《家传》六卷、《经锄杂志》十卷、《马班异辞》三十五卷、《马史删改古书异辞》十二卷，藏于家。

知有词集《近体乐府》二卷，与其他著作一样，为书稿。词集今不存。

叶适

叶适（1150—1223），字正则，号水心居士，永嘉（今浙江温州）人。宋孝宗淳熙五年（1178）进士，为太学正，除太常博士兼实录院检讨官。光宗时为尚书左选郎。宁宗时迁国子司业，权吏部侍郎，兼直学士院。知建康府兼沿江制置使，进宝文阁待制，兼江淮制置使。著有《水心先生文集》、《水心别集》等。

宋刘克庄《后村先生大全集》卷一百二十二"启"《叶寺丞》云：

> 七十古来稀，已践暮迟之境；一篇三致意，喜闻倡叹之音。奖借过情，衰陈增气。恭惟某官：临风玉树，承露金茎。素负大历才子之名，尝在贞元朝士之列。沉酣古制，可追《芝房》、《宝鼎》之歌；游戏新腔，不减《花间》、《香奁》之作。念病翁之晚景，借贫女之隙光。某心愧暗投，谊难虚受。痴年偶长，获接洛英之游；俚耳微聋，徒听郢人之曲。

所谓"游戏新腔，不减《花间》、《香奁》之作"，知是能词者。《全宋词》据《水心先生文集》录词一首。

黄荦

黄荦（1151—1121），字子迈，宋分宁（今江西修水）人。以父郊恩补将仕郎，授龙泉簿。知连城、归安，迁司农寺丞，官至秘阁修撰、朝请郎。著有《介轩诗词》。

元袁燮《絜斋集》卷十四《秘阁修撰黄公行状》云："杂著二十卷，《介轩诗词》三十卷，藏于家。"今未见存词。

张镃

张镃（1153—1211），字时可，易字功甫，号约斋，成纪（今甘肃天水）人，徙居临安（今浙江杭州）。宋孝宗淳熙年间直秘阁、权通判临安府。宁宗庆元初为司农寺主簿，迁司农寺丞。嘉定四年（1211）除名编管象州，死于贬所。著有《南湖集》、《玉照堂词》等。

张氏词集不见于宋人提及，今所见为清人著录者如下：

一、《玉照堂词》

今有清陈德溥辑《宋人小集四十二种》本，清海宁陈氏抄本，藏北京大学图书馆，其中有《玉照堂词抄》一卷。

又清黄丕烈《荛圃藏书题识续录》卷四著录有《玉照堂词抄》一卷，云："绣谷亭吴氏抄本，黄荛圃据知不足斋丛书《南湖集》本校。"录诸题识：

> 余藏毛抄词极夥，多有出于六十家外者。癸酉夏，有友人携吴绣谷抄藏宋人词三册，计四家，《日湖渔唱》、《闲斋琴趣外编》及《箫台公馀词》，多为敝藏所有，惟《玉照堂词抄》向所未有，遂收之，不知此本外尚有专行词本否也？癸酉七月初五日，复翁记。

> 望日，往访吴丈枚庵，固素工词者。因询《玉照堂词》有专刻否？应云：此刻在鲍氏《知不足斋丛书》中，《南湖集》亦出《永乐大典》所载，故鲍刻亦有来于他处者。是册虽非专刻，然不与鲍刻同源，可取也。名曰词抄本，非全文，鲍刻有多于此者，各存其旧可耳。七月八日，复翁校鲍本讫，书此。

题识作于清嘉庆十八年（1813），以为名"词抄"，不是足本。检《中国古籍善本书目》，载有《玉照堂词抄》一卷，云清吴绣谷亭抄本，清黄丕烈校并跋。按：吴焯（1676—1733），字尺凫，号绣谷，清钱塘（今浙江杭州）人。有藏书楼名瓶花斋，编著有《绣谷亭薰习录》、《药园诗稿》、《玲珑帘词》、《绣谷杂抄》等。

又见于著录而未言版本的有：

1. 清黄虞稷《千顷堂书目》卷三十二著录有《玉照堂词》一卷。

2．清倪灿撰，卢文弨校正《宋史艺文志补》著录有《玉照堂词》一卷。

3．清朱彝尊《词综》"发凡"云曾见《玉照堂词》一卷，又卷十四小传云有《玉照堂词》一卷。

4．清查为仁、厉鹗《绝妙好词笺》卷一小传云有《玉照堂词》一卷。

5．《御选历代诗馀》卷一百五"词人姓氏"云有《玉照堂词》一卷

6．清赵昱《小山堂藏书目录备览》著录有《玉照堂词》，未标卷数。

7．《浙江通志》卷二百五十二著录有《玉照堂词》一卷。

二、 别集本

其词见载于诗文集中，《永乐大典》自《南湖集》录词三首，即《菩萨蛮》（2810/1B，指卷数与页码，下同）、《朝中措》（11313/13A）、《八声甘州》（15139/16A）。又自《张镃诗》录《谒金门》和《蝶恋花》二词（2265/14B）。又录张约斋词《柳梢青》一首（2265/3A）。入清则有：

1．《四库全书》本《南湖集》十卷，提要云：

> 其集久佚不传，杨士奇《文渊阁书目》虽载有张约斋《南湖集》一部五册，藏弃家亦皆未见。今检《永乐大典》各韵中收入镃诗尚多，评其格律，大都清新，独造于萧散之中，时见隽永之趣，以视嘈杂者流，可谓翛然自远。诗固有不似其人者，镃之谓欤？镃又工长短句，有《玉照堂词》，选本多见采录，而原本亦久散佚，谨裒集编次，以类相从，厘为诗九卷词一卷，用存其略。《永乐大典》所载多题曰《湖南集》，以诸书参考，知为传写之误，今亦并从改正焉。

知据《永乐大典》辑录，库本卷十为诗馀，存词一卷。

2．《知不足斋丛书》本《南湖集》十卷附录三卷，《刻南湖集缘

起》云：

> 恭遇圣天子右文稽古，命儒臣检集《永乐大典》中遗籍，汇入《四库全书》，于是历代名家诗之散见于各韵者，俱得裒录成帙，而约斋之诗始出，诸体具备，以类相从，厘为诗九卷词一卷。据方万里题词，称其前集二十五卷三千馀首，兹所得者，计诗一千十七首、词七十八阕，虽较方所称仅三之一而已，灿然可观矣。……谨依馆阁原编，校写既毕。偶检志乘，补其漏佚。至于遗文逸事，与夫后人景仰题咏之作，亦辑而附焉，爰付剞劂，以广流传，开雕于庚子初冬，竣工于辛丑首夏，为文告公，以志盛事，并详其缘起于首简云。乾隆四十六年岁次辛丑闰夏既望鲍廷博谨识。

鲍氏自杨万里《诚斋集》卷八十一补刻杨氏淳熙己酉（1189）《约斋南湖集序》，有"予出守高安，约斋子寄其诗千馀篇，曰《南湖集》"云云，杨氏云并非三千馀篇。据"题词"，有方回《读张功父南湖集并序》云："南湖生于绍兴癸酉，循忠烈王之曾孙。近得其前集二十五卷三千馀首，嘉定庚午自序。"鲍氏刻本末较库本增补词五首，据《阳春白雪》补《鹧鸪天》、《宴山亭》，《花庵词选》补《贺新郎》、《柳梢青》，《词综》补《兰陵王》。

另清耿文光《万卷精华楼藏书记》卷一百四十三著录有《张南湖诗》附词四十四首，云明本。

其后多是自别集中将词一卷析出别行，见于著录的有：

1. 清耿文光《万卷精华楼藏书记》卷一百四十三著录有《南湖词》一卷，集本。

2. 吴昌绶《宋金元词集见存卷目》附《双照楼续辑宋金元百家词目》著录有《南湖诗馀》一卷，秦川张镃功父。附张枢词。云：《知不足斋丛书》《南湖集》本，旧名《玉照堂词》。枢字斗南，功父孙，叔夏父，仁和许增辑其词于《山中白云》卷首，今录附此集后。

3. 缪荃孙《目录词小说谱录目》著录有《南涧诗馀》一卷，

集本。

民国则有《彊村丛书》本《南湖诗馀》一卷，跋云：

> 右《南湖诗馀》一卷，鲍氏知不足斋刻《南湖集》本，乾隆间馆臣辑自《永乐大典》者。其中《兰陵王》一阕，从《词综》录补，可知竹垞所称《玉照堂词》一卷，必有此本所未载，惜无传本可斠耳。偶得沈氏颐校本，采记如右。寄闲老人张枢，字斗南，一字云窗，叔夏父也，为功甫诸孙。仁和许增辑其词于《山中白云》卷首，老友吴伯宛以为宜附此集后，今从其说，并录付剞氏云。甲寅四月朔辛巳，彊村老民朱孝臧跋。

作于民国三年（1914），是据鲍氏《知不足斋丛书》本刻入，又附张枢词于后。

王大受

王大受，字仲可，一字宗可，号拙斋，又号易斋，饶州（今江西鄱阳）人，居吴。叶适弟子。宋光宗绍熙四、五年（1193），助吴琚调剂二宫，以吴琚三郊异姓恩补为绍兴盐官。宁宗庆元中，坐与楼镛争执罢。著有《拙斋诗集》、《近情集》。

王氏词集宋时已刊行，陈振孙《直斋书录解题》卷二十一著录有《近情集》一卷，为宋《百家词》本。元马端临《文献通考》卷二百四十六"经籍考七十三"据以录入。宋以后见于著录的有：

1. 明钱溥《秘阁书目》著录有《近情集》，未标卷数。
2. 明毛晋《汲古阁毛氏藏书目录》著录有《近情集》一卷。

知明时词集尚存，其后则不见著录。

李叔献

李叔献，字东老，生平不详。著有《东老词》。

其词集宋时已刊行，陈振孙《直斋书录解题》卷二十一著录有《李东老词》一卷，为宋《百家词》本。元马端临《文献通考》卷二百四十六"经籍考七十三"据以录入。宋以后见于著录的有：

1. 明钱溥《秘阁书目》著录有《李东老词》。

2. 明毛晋《汲古阁毛氏藏书目录》著录有《东老词》一卷。

知明时词集尚存，其后则不见著录。

郑域

郑域（1153—？），字中卿，号松窗，闽县（今福建福州）人。宋孝宗淳熙十一年（1184）进士，授清流县尉。宁宗庆元年间随张贵谟使金，著有《燕谷剽闻》二卷，记金国事甚详。嘉泰中知宜春、仁和、婺源等县，嘉定中为行在诸军粮料院干办。著有《松窗丑镜集》。

其词见载于诗文集中，王炎《双溪类稿》卷二十五《松窗丑镜序》云：

> 三山郑中卿来宰婺源，予郊居杜门，相见不能数，间一见，相与论古人成败得失，商天下事，利害如指诸掌，而绪馀及于文章，其言缅缅，使人属耳忘倦。予因知其蓄之渊渊，轸之源源也。久之，中卿始出平日所著示某，其别有六：一梅隐，二哦松，三南游，四北辕，五经论，六诗馀，而总目为《松窗丑镜》。……至有唐，诗称李、杜，文称韩、柳，然后唐之文方驾乎汉之文。至我朝有宋，文有欧、苏，古律诗有黄豫章，四六有王金陵，长短句有晏、贺、秦、晁，于是宋之文掩迹乎汉、唐之文。夫自汉至今，上下二千年间，卓然名世者不三十人，噫！难矣哉！今前辈雕谢，翰墨中未闻有与古人比肩者。予得《丑镜》阅之，议论以意胜，诗以格胜，词以韵胜。中卿虽慨焉以文鸣自许，是诚无与多逊，而乃自以为丑，不以为美，何也？岂不足则夸诩、有馀则贬损故耶？

知有词，且成卷，附于诗文集后。按：曾丰，字幼度，号撙斋，著有《缘督集》，卷十八《松窗丑镜集序》云："嘉泰四年，余得宜春邑大夫三山郑域字中卿《松窗丑镜》散语、韵语十数种。大抵散语，文体；韵语，诗体也。其种十，其力百，故十者全。其体二，其心一，故二者精。"序作于宁宗嘉泰四年（1204），词为韵语，当在其中，其全集或已刊行。

民国时，赵万里《校辑宋金元人词》辑有《松窗词》一卷，为民国排印本，存词十一首。

刘过

刘过（1154—1206），字改之，号龙洲道人，吉州太和（今江西泰和）人。多次应举不中。宋孝宗朝曾上书宰臣，不被采用。绍熙年间曾扣阍上书，请光宗过宫。以诗侠名湖海间，布衣终身。著有《龙洲集》、《龙洲词》。

刘氏词集宋时已刊行于世，陈振孙《直斋书录解题》卷二十一著录有《刘改之词》一卷，为宋刊《百家词》本。元马端临《文献通考》卷二百四十六"经籍考七十三"据以录入。此种见于明人著录的有二：

1. 明钱溥《秘阁书目》著录有《刘改之词》，未标卷数。

2. 明毛晋《汲古阁毛氏藏书目录》著录有《刘高（当作改）之词》一卷，云刘过改之。

入清，名《龙洲词》的行于世，叙录如下：

一、印本

1. 明末毛氏汲古阁刊《宋名家词》本《龙洲词》一卷，毛晋跋云：

> 改之家于西昌，自号龙洲道人，为稼轩之客，故小词亦相溷，如"堂上谋臣尊俎"之类是也。宋子虚称为"天下奇男子"，平生以气义撼当世，其词激烈，读者感焉。花庵谓其词学辛幼安，如别妾《天仙子》、记画眉《小桃红》诸阕，稼轩集中能有此纤秀语耶？

此本见于清郑德懋辑《汲古阁校刻书目》之《宋名家词六集》著录,云凡二十三叶。

又叶德辉《叶氏观古堂藏书目》著录有《龙洲词》一卷,为清光绪汪氏振绮堂重刊汲古阁本。

2.《彊村丛书》本《龙洲词》二卷补遗一卷,曹元忠跋云:

> 《龙洲词》,陈直斋著录一卷,乃长沙书坊所刻《百家词》,疑即汲古阁所据,卷末无《长相思》词者也。至其弟懈所编《龙洲道人集》十五卷,今存明嘉靖间昆山令王朝用重刻本,于词亦分二卷,与此本同。然下卷《柳梢青》后所列咏茶筅、赠妓二词,已脱《好事近》、《清平乐》调名。其《醉太平》、《长相思》则并词逸之。钱唐丁松生得陈西畇所藏旧抄《龙洲道人诗集》十二卷,其卷十一、二为词,有《醉太平》、《长相思》矣,而此本新增之《沁园春》上郭殿岩及附录之苏绍叟《摸鱼儿》、《雨中花》诸词,又皆无之。考《游宦纪闻》云:"寿皇锐意亲征,大阅禁旅,军容肃甚,郭杲为殿岩,从驾还内,改之以词与郭。"又云:"余于菊磵高九万处见苏绍叟手书忆刘改之《摸鱼儿》一阕,又赋《雨中花》"云云,悉与此合。疑此本在张光叔《游宦纪闻》既出之后,据彼增附可知。又考《沁园春》上郭殿岩,《阳春白雪外集》作"御阅上郭帅",而不著所出。与《贺新凉》荷花词称得于王乐道家所藏墨迹异。疑此本在赵立之《阳春白雪》未出之前,彼即据此入选,又可知。则此《龙洲词》为各本中善之善者。虽只士礼居所藏旧抄,论其行款,每半叶八行,每行十四字。知出宋椠。即使宋椠集本复出,尚无以过之,况其他耶?因从读有用书斋假录,并书所臆于后,就古微正之焉。癸丑六月丁酉朔,曹元忠写记。

跋文作于民国二年(1913),又朱孝臧跋云:

曩刻钱遵王校本《龙洲词》，曹君直谓出宋椠，罗经之则谓出明王朝用覆刊，端平中龙洲弟瀚辑刻《龙洲道人集》而加补辑者，是亦源出宋椠也。经之得明沈愚《怀贤录》载龙洲词六十九首，其为他本所无者三十一首，又就他本及《全芳备祖》诸书补辑若干首，称足本。刘龙洲词斠订精核，洵为刘词最善之本，据校，拙刻讹脱处者，皆迎刃而解。修改既竣，别为补遗，校记附后，而识其大略如此，罗本据周止庵《词辨》补《玉楼春》"春风只在园西畔"一首，为严仁作，见花庵《中兴绝妙词选》，非龙洲词，未补入。乙丑除夕朱孝臧跋。

跋作于民国十四年（1925），罗经之即罗振常。此本是以黄丕烈士礼居藏钱遵王校本为底本，校以明沈愚刻《龙洲词》和明王朝用辑《龙洲道人集》本，而补遗一卷系由朱氏辑录。按：《彊村丛书》本《龙洲词》有前后印本，略有不同。一本有校记一和校记二，有曹氏跋，却无朱氏跋。一本校记不分其一、其二，有曹、朱二氏跋。

3. 罗振常辑《蟫隐庐丛书》本《龙洲词》一卷附《怀贤录》一卷，民国十二年（1923）蟫隐庐排印本。罗氏序云：

> 词自唐历五代以迄北宋之初，以温婉为宗，自东坡以歌行之笔为词，尽变旧格。稼轩因之，益扩其范围，充其才气，于是温婉之外，别成雄杰一派，虽曰变体，然两派并称言词者，莫能废也。特以作之难工，故数百年来绝少嗣响。即当时攻此派者，亦仅龙洲、后村等数家，后村词多俚语，人亦晚节不终。龙洲则纵横跌宕，浩气屈盘，虽不能方驾苏辛而为之骖乘，无愧色也。惜其词传刻既久，讹脱错出，至不可读，每以为憾。自四明范氏天一阁藏书散出，乃得见明初沈愚刻黑口本，以校通行诸本，不独讹脱悉可补正，且多载词三十馀首，急录副本，而以明王朝用刻本校其异同，记于书眉，欲续勘诸本，度眉端纸陈不可更容，遂置之。匆匆十年，今秋

理书，获见此词，惧其久置，而遂失也。爰命长女庄更校其他二本，用细楷书之，上下四周，星列棋布，又以诸词选参校辑补，然后写为定本，付诸手民，自谓龙洲词自今有善本矣。夫词为诗馀，厥体兴于晚近，然上溯其源，实出于古之乐府，格调犹视律体为高作者，必本诸性情，根于忠孝，然后可观。龙洲生当南宋，痛中原之不复、二帝之辱死，又伤光庙不能孝养上皇以治天下，愤激于中，发为歌词，其忠义磊落之气，固无殊于东坡、稼轩，而谓其词之不能副之，无是理也。方今伦纪废绝，节概销亡，苟天下士夫皆能以龙洲之心为心，几何不返叔季为唐虞也，然而罕矣，则其人其词固可藉以廉顽立懦，而非寻常绮语之比，是又余校刻此词之微意也。夫时癸亥孟冬月上虞罗振常书于海上之蟫隐庐。

龙洲词之脍炙人口者为《沁园春》"风雨渡江"一阕及咏指甲咏足二阕，余案：龙洲词不乏佳什，长调凡可用偶句处多以散语行之，乃觉错综变化，跌宕生姿，此其气旺而力有馀，故能如此。小令间有气息，上追《花间》者。如《长相思》第二首"燕高飞"云云。若寄稼轩之《沁园春》落墨自佳，而设想太奇，白日见鬼。倦翁固已讥之，咏指甲等二首，开后世刻画纤巧之渐，可云体格最卑，而南村隐湖均称之，若全词中无逾此者，雅郑无分，解人难索，自古然矣。校毕重读一过，又记。

序作于民国十二年（1923），又有校订凡例。据序和凡例，知以明沈愚刻本为底本，以明王朝用刻本、毛氏汲古阁本、《彊村丛书》本校勘。沈氏刻本存词六十九首，其中为他本所无者三十一首，他本有而沈本无者十三首，又据《全芳备祖》等补四首，共得词八十六首，另附和词一首。末附曹元忠跋，又有罗氏跋。

按：《蟫隐庐出版书籍提要》著录有《龙洲词》一卷附《怀贤录》一卷，云："宋刘过撰。《怀贤录》，明沈愚辑，聚珍仿宋本，中国墨印，二册。"提要云：

> 词有温婉、雄杰二派，东坡、稼轩为雄杰派之首倡，因其难作，其后绝少嗣音，当时之作，此派可与苏辛骖靳者，实为龙洲。其词有汲古阁六十家本与近刊朱氏《疆村丛书》本。概篇什不多，错误相袭，殆不可读。此为明初黑口本，四明范氏天一阁藏书，明沈愚所辑。以校今本，不独多词三十馀，且可补脱字、正误字、韵、衍字至一百馀处之多，诚校勘家未有之奇遇，谅倚声学者所急欲快睹也。沈氏，昆山人，为明代隐沦，因龙洲为昆山寓贤，爰集资修葺其祠墓，并采录遗文遗事以表彰之，亦有心人也。

截取罗氏序文，详前。此本多见著录，如《墨缘堂经籍金石书画目录》、赵诒琛《赵氏图书馆藏书目录》、刘承干《嘉业藏书楼书目》"补遗"等。

二、抄本

今存抄本丛编中收有其词集的有：

1. 明吴讷编《唐宋名贤百家词》本，明抄本，梁启超跋，其中有《龙洲词》二卷。

2. 明李东阳辑《南词》本，抄本，其中有《龙洲词》二卷。

3. 《宋五家词》本，明抄本，其中有《龙洲词》二卷。按：傅增湘《藏园群书题记》卷二十《明抄本宋五家词跋》云：

> 陈亮《龙川词》一卷、刘过《龙洲词》二卷、杨炎正《西樵语业》一卷、戴复古《石屏词》一卷、毛平仲《樵隐诗馀》一卷，明写本，棉纸，蓝格，十二行，行二十字。有"研叟"朱文圆印，"吴城"、"敦复"朱文两小印，"谢桢"白文印、"提月"朱文印。此癸亥八月余得之海王村坊肆者，字画草率，朱墨点抹，凌乱纷糅，乍睹之，颇不耐观，然笔致疏古，是嘉、万时风气。取刻本勘正，则佳胜殊出意表。披沙拣

金，往往得宝，若以皮相取之，几失之交臂矣。壬申二月二
十日，藏园记。

跋作于民国二十一年（1932），知得于民国十二年（1923）。又云：
"《龙洲词》以《彊村丛书》本校之，补正凡得六十字，彊村刻既成，
曹君直侍读又为校记附其后。然此抄本校改之处出曹校外者乃至三十
三字。"又傅氏《双鉴楼善本书目》卷四著录有《龙洲词》二卷，明抄
本，与前四家合订二帙，有吴城、敦复、研叟诸印。

4. 《四库全书》本《龙洲词》一卷，提要云：

> 宋刘过撰。过有《龙洲集》已著录，陈振孙《书录解题》
> 载《刘改之词》一卷，此本为毛晋所刊，题曰《龙洲词》，从
> 全集之名也。黄昇《花庵词选》谓改之乃稼轩之客，词多壮
> 语，盖学稼轩。然过词凡赠辛弃疾者，则学其体，如"古岂无
> 人，可以似吾稼轩者谁"等词是也，其馀虽跌宕淋漓，实未尝
> 全作辛体。陶九成《辍耕录》又谓改之造语赡逸有思致，《沁
> 园春》二首尤纤丽可爱。今观集中咏美人指甲、美人足二
> 阕，刻画猥亵，颇乖大雅。九成乃独加推许不及。张端义
> 《贵耳集》独取其南楼一词，为不失赏音矣。《渚山堂词话》
> 云：改之《沁园春》"绿鬓朱颜"一阕系代寿韩平原，然在当
> 时，不知竟代谁作，今亦无从详考。观集中《贺新郎》第五首
> 注曰："平原纳宠姬，奏方响，席上赋。"则改之且身预南园
> 之宴，不止代人祝嘏矣。盖纵横游士，志在功名，固不能规
> 言而矩行，亦不必曲为之讳也。又《沁园春》第七首注曰：
> "寄辛承旨，时承旨招不赴。"此原注也，其事本明。又注：
> "或作风雪中欲诣稼轩，久寓湖上，未能一往，赋此以解。"
> 此毛晋校本注也。已自生诧异，《乐府纪闻》乃谓幼安守京口
> 日，改之即敝衣曳履，承命赋诗，是两人定交，在幼安未帅越
> 之前。《山房随笔》载此词，又称稼轩帅越东时，改之欲见，
> 辛不纳藉，晦庵、南轩二人为之地，始得进见云云。考岳珂

　　与过相善，珂所作《桯史》第二卷载此事，云嘉泰癸亥改之在
　　中都时，辛稼轩帅越，闻其名，遣介招之，适以事不及行，因
　　效辛体《沁园春》一词云云。与集中自注相合，则诸说之诬
　　审矣。珂又称过诵此词，掀髯有得色，珂乃以白日见鬼调
　　之，其言虽戏，要亦未尝不中其病也。

据毛氏汲古阁刊本录入，为安徽巡抚采进。又《钦定续通志》卷一百
六十三据文渊阁著录，有《龙洲词》一卷，当与库本同。又《四库著录
江西先哲遗书目》著录有《龙洲词》一卷。

　　另见于藏家著录的还有：清韩应陛《读有用书斋书目》著录有《龙
洲词》，旧抄本，士礼居旧藏。又见《韩氏藏书目》和《云间韩氏藏书
目附书影》著录。按：张乃熊《菦圃善本书目》卷五上"抄稿本上·旧
抄精抄本"著录有《龙洲词》二卷，云："旧抄本，一册，校，读有用
书斋旧藏。"所指当为此书。

　　三、版本不详者

　　1. 清倪灿撰，卢文弨校正《宋史艺文志补》著录有《龙洲词》
一卷。

　　2. 清钱曾《钱遵王述古堂藏书目录》著录有《龙洲词》一卷。

　　3. 清钱曾《也是园藏书目》卷七著录有《龙洲词》一卷。

　　4. 清朱彝尊《词综》"发凡"云曾见《龙洲词》一卷，又卷十五小
传云有《龙洲词》一卷。

　　5.《御选历代诗馀》卷一百六"词人姓氏"云有《龙洲词》
一卷。

　　6. 清陆漻《佳趣堂书目》著录有《龙洲词》一卷。

　　7. 清徐元文《含经堂藏书目》著录有《龙洲词》一卷。

　　8. 清赵昱《小山堂藏书目录备览》著录有《龙洲词》，未标卷数。

　　9. 清许宗彦《鉴止水斋藏书目》"集部第九厨"著录有《龙洲词》
等六家一本。

　　10. 傅增湘《藏园群书经眼录》卷十九著录有《龙洲词》二卷。

以上诸家均未标明版本，所载多为抄本。

此外，刘氏诗文集宋时也附载有词，《龙洲集》刘瀞序云：

> 古人以诗名家者众矣，予兄改之晚出，每有作，辄伸尺纸
> 以为稿，笔法遒纵，随为好事者所拾，故无抄集。诗章散漫
> 人间，无从会稡。瀞尝游江浙、涉淮甸，得诗、词、表、启、
> 赋、序于所交游中，才成帙，多为同侪取去。岁月久淹，应酬
> 几不能给，或以是而获谤。吁！上而李、杜、韩、柳，近而
> 欧、苏、陈、黄，大篇巨帙，烂如星日，绚如绮组，膏泽流于
> 无穷，于此何足秘哉！用是锓木，以广其传。每得名贤序跋
> 诗文，亦多尝陆续以刻，少有舛阙，不敢轻易窜易。或收善
> 本，能一赐参对，至愿。时端平纪元六月望日，刘瀞谨题。

序作于理宗端平元年（1234），所谓“用是锓木，以广其传”，知为别
集刻本。

《永乐大典》卷2265第1B页自刘过《刘麟（当作龙）洲集》录
《贺新郎》一词。又录刘龙洲词四首：即《沁园春》（2265/5B，指卷数
及页码，下同）、《贺新郎》（3004/11B）、《沁园春》（10115/25B）、
《满江红》（20353/9B）。

入清则有《四库全书》本《龙洲集》十四卷附录二卷，提要云：
“集凡十四卷，后附宋以来诸人所题诗文二卷，合十六卷。”为浙江鲍
士恭家藏本，库本卷十一、卷十二为词。又清查为仁、厉鹗《绝妙好
词笺》卷一小传云有《龙洲集词》一卷。

刘仙伦

刘仙伦，一名儗，字叔儗，号招山，庐陵（今江西吉安）人。宋孝
宗淳熙间与刘过并以诗名，有“庐陵二刘”之称，终身布衣。著有《招
山小集》一卷。

宋黄昇《中兴以来绝妙词选》卷五云：“乐章尤为人所脍炙，吉州
刊本多遗落，今以家藏善本选集。”未言卷数，知版本不一，中有江西

吉州刊本。

民国时赵万里辑《招山乐章》一卷，收入《校辑宋金元人词》中，赵氏题记云：

> 《花庵词选》称："仙伦，庐陵人，自号招山。有诗集行于世，乐章尤为人所脍炙。吉州刊本多遗落，今以家藏善本选集。"《诗人玉屑》二十一亦云："招山之词佳者绝多，近世庐陵刊本，余所有者皆不载，莫如何也"云云。知宋世所刊，已非全帙。案：招山事迹无考。陈氏《两宋名贤小集》有《招山小集》，独词集无传，今于《花庵词选》、《绝妙好词》外，又于《翰墨大全》搜得七首，传世招山词，殆尽于此矣。万里记。

为民国排印本，存词二十七首附录一首。

姜夔

姜夔（1155？—1221？），字尧章，号白石道人，饶州鄱阳（今江西鄱阳）人。屡试不第，宋宁宗庆元间曾奏进乐章，免解，终生布衣。转徙江湖，往来于湖州、杭州、苏州、金陵、合肥等地，结识杨万里、范成大、辛弃疾、朱熹、叶适等名流。精音乐，工诗词，善书法。著有《白石道人集》。

姜氏词集宋时已刊行于世，赵与訔《白石道人歌曲跋》云：

> 歌曲，特文人馀事耳，或者少谐音律。白石留心学古，有志雅乐。如《会要》所载，奉常所录，未能尽见也。声文之美，概具此编。嘉泰壬戌刻于云间之东岩，其家转徙自随，珍藏者五十载。淳祐辛亥复归嘉禾郡斋，千岁令威，夫岂偶然？因笔之以识岁月。端午日，菊坡赵与訔书。

知刻于宁宗嘉泰二年（1202），按：今存词集末又有题云："嘉泰壬辰至日刻于东岩之读书堂，云间钱希武。"检嘉泰无"壬辰"年，当系

"壬戌"之讹。所谓"其家转徙自随，珍藏者五十载"，似乎没有印刷，珍藏的只是刻版。至理宗淳祐十一年（1251），刻版复归嘉禾官府，得以印刷。

见于宋元人著录的有：

1. 陈振孙《直斋书录解题》卷二十一著录有《白石词》五卷，元马端临《文献通考》卷二百四十六"经籍考七十三"据以录入。

2. 周密《齐东野语》卷十二云："尧章诗词已板行，独杂文未之见，余尝于亲旧间得其手稿数篇，尚思所以广其传焉。"知已有刻本。

3. 张炎《词源序》云：

> 旧有刊本《六十家词》，可歌可诵者，指不多屈。中间如秦少游、高竹屋、姜白石、史邦卿、吴梦窗，此数家格调不伜，句法挺异，俱能特立清新之意，删削靡曼之词，自成一家，各名于世。

知有刊《六十家词》本，既云旧刊本，或为宋刻本。

4. 陶宗仪《白石道人歌曲跋》云：

> 至正十年岁在庚寅正月望日，如叶君居仲本于钱唐之用拙幽居，既毕，因以识其后云。天台陶宗仪九成。
>
> 此书俾他人抄录，故多有误字。今将善本勘雠，方可人意。后十一年庚子夏四月也。

跋作于元惠宗至正十年（1350），至正二十年（1360）以善本校勘，其中善本或含宋刻本。

明清以来著录的姜氏词集名称不一，卷数也歧出，叙述如下：

一、刊本

1. 明末毛氏汲古阁刊《宋名家词》本《白石词》一卷，毛晋跋云：

> 白石词盛行于世，多逸"五湖旧约"及"燕雁无心"诸调。前人云：花庵极爱白石，选录无遗。既读《绝妙词选》，

果一一具载，真完璧也。范石湖评其诗云："有裁云缝月之妙手，敲金戛玉之奇声。"予于其词亦云。萧东夫于少年客游中独赏其词，以其兄之子妻之。不第而卒，惜哉！

知是据《绝妙词选》辑录而成，此本又见于清郑德懋辑《汲古阁校刻书目》之《宋名家词六集》著录，云凡十八叶。《四库全书总目》著录有《别本白石词》一卷，提要云：

> 宋姜夔撰。此本为毛晋《六十名家词》中所刻，凡三十四阕，较康熙甲午陈撰刊本少二十四阕，盖第据《花庵词选》所录，仅增《湘月》一阕、《点绛唇》一阕而已。

知据毛氏刊本著录，为江苏巡抚采进本。又《钦定续通志》卷一百六十三著录有《别本白石词》一卷，又《四库著录江西先哲遗书目》著录有《别本白石词集》一卷。二者均当同库本。

毛氏刻本多见藏家著录，如刘声木《苌楚斋书目》、李盛铎《天津延古堂李氏旧藏书目》等。又清陆心源《皕宋楼藏书志》卷一百十九著录有《白石词》一卷，毛斧季手校本。录陆贻典手跋云："六月廿九日，二抄本校，章次题注与此全别。按一本卷面有云宜依花庵章次，则此本盖依花庵付梓云。"此本是据汲古阁本手校的，藏日本静嘉堂文库，盖析出著录的。另叶德辉《叶氏观古堂藏书目》著录有《白石词》，为清光绪汪氏振绮堂重刊汲古阁一卷本者。

2. 晚清王鹏运四印斋刻《双白词》本《白石道人词集》三卷别集一卷，前有许赓飏《四印斋合刊双白词序》云：

> 自群雅音沦，《花间》实倚声之祖；大晟论定，《片玉》以协律为工。建炎而还，作者尤盛。竹斋、竹屋、梅溪、梅津。公谨以渔笛按腔，君特以梦窗名集。花庵有选，蘋云竞歌。然好为纤秾者，不出乎秦、柳；力矫靡曼者，自此于苏、辛。求其并有中原，后先特立，尧章、叔夏，实为正宗。此仇氏山村、郑氏所南所由扬彼前徽，推为极轨也。幼霞同年得光禄

之笔，乘马当之风，茹书取腴，餐秀在渌。泊来都下，跌宕琴尊，刻画宫徵，时有新意，辄发奇弄。以吾乡戈顺卿先生《词林正韵》，分别部居，最为精审。旧刻既毁，搜访为难，从赓飔乞得抄本付刊，嘉惠同志。又以毛氏丛刻暨诸家总集繁简失均，折衷罕当，乃取尧章所著《白石道人歌曲》、叔夏《山中白云词》，合刻成书，命曰双白词，属为弁首。

知许氏有抄本，王鹏运得以付刻，王氏跋云：

> 白石道人集，余所见凡四：汲古阁《六十家词》本，裒辑最略。洪氏及陆氏二本，皆诗词合刻；陆氏以陶南村写本付梓，独称完善，即为祠堂本所从出。辛巳岁首，合刻双白词集，此词即遵用陆本，而去其铙歌、琴曲，以意主刻词，固非与陆异也。三月既望，刻工就竣，识其校勘之略如右。临桂王鹏运书于四印斋。

知是据清乾隆陆钟辉刻本，于光绪七年（1891）刻成《双白词》。见于藏家著录的，如梁启超《梁氏饮冰室藏书目录》、叶德辉《叶氏观古堂藏书目》等，又缪荃孙《目录词小说谱录目》著录有《白石道人歌曲》四卷，云四印堂本。"四印堂"当作"四印斋"之讹。

又《邃雅斋书目己巳年》（北平）著录有《姜白石曲》，云："初印，竹纸，一册。"或指四印斋本。

二、抄本

今存抄本词集丛编中收有姜氏词集的有：

1. 明李东阳辑《南词》本，抄本，其中有《白石先生词》一卷。

2. 《宋元名家词》本，明抄本，清毛扆校，唐晏跋，其中有《白石词选》一卷。

3. 《宋元明三十三家词》本，明石村书屋抄本，其中有《白石先生词》一卷。

4. 《宋二十家词》本，明抄本，清许宗彦、丁丙跋，其中有《白石先生词》一卷。

5.《宋元明词》本（存二十一卷），明抄本，其中有《白石先生词》一卷。

又见于著录的抄本有：

1. 清陆心源《皕宋楼藏书志》卷一百十九著录有《白石先生词》一卷，旧抄本。

2. 清丁丙《善本书室藏书志》卷四十著录有《白石先生词》一卷，明抄本。提要云：

> 汲古阁所刊《白石词》，前有花庵词客题云：姜夔尧章，自号白石道人，中兴诗家名流。其《岁除舟行十绝》脍炙人口，词极精妙，不减清真乐府，其间高处有美成所不能及。善吹箫，自制曲，初则率意为长短句，然后协以音律云。居鄱阳，进乐书，免解，不第而卒。顾词仅三十四阕，《四库》著录《白石道人歌曲》四卷《别集》一卷，因置附存。此本较汲古多二十馀阕，亦入存目。然宋以来固各本并行，况此为明抄者耶？

或指《宋二十家词》本，盖析出著录者。

3. 清陈徵芝《带经堂书目》卷四下著录有《姜白石词》一卷，旧抄本。

4. 清沈德寿《抱经楼藏书志》卷六十四著录有《白石词》一卷，抄本。

5.《大华书店新旧书目甲戌年三月第二号》著录有《姜白石词曲》，红格旧抄，有批校。又《大华书店新旧书目乙亥年一月第四期》著录有《姜白石词曲》一卷，红格旧抄本，竹纸，一册。又《大华书店新旧书目乙亥年五月第五期》著录有《姜白石词曲》一卷，红格旧抄本，竹纸，一册。按：甲戌、乙亥分别为民国二十三年（1934）和二十四年。

另国家图书馆藏有《白石词》一卷《石林词》一卷，清抄本，乌丝栏。

三、 版本不详者

1．明钱溥《秘阁书目》著录有《姜白石词》，未标卷数。

2．《永乐大典》自《姜白石词》录四首，即：《角招》（2265/6A，指卷数与页码，下同）、《庆春宫》（2266/9B）、《小重山》（2808/17B）、《卜算子》（2809/23B）。又卷2810第10B页自《白石道人词》录《玉梅令》一词，又卷8845第24A页自《姜白石道人词》录《倚阑干》一词。

3．明赵用贤《赵定宇书目》著录有：向丰之、白石、竹屋、履斋等词一本。

4．明毛晋《汲古阁毛氏藏书目录》著录有《白石词》五卷。

5．清黄虞稷《千顷堂书目》卷三十二著录有《白石词》五卷。

6．清钱曾《钱遵王述古堂藏书目录》著录有《白石词》一卷，又钱氏《也是园藏书目》卷七著录有《白石词》一卷。

7．清朱彝尊《词综》"发凡"云曾见《白石词》一卷，卷十五小传云有《白石词》五卷。又"发凡"云："《白石乐府》五卷，今仅存二十馀阕也。"又《曝书亭集》卷四十《黑蝶斋诗馀序》云："《白石词》凡五卷，世已无传，传者惟《中兴绝妙词选》所录仅数十首耳。"

8．《御选历代诗馀》卷一百五"词人姓氏"云有《白石词》五卷。

9．清陆漻《佳趣堂书目》著录有《姜白石词》一卷，曹秋岳选定。按：曹溶（1613—1685），字秋岳，一字洁躬，号倦圃、锄菜翁，秀水（今浙江嘉兴）人。明崇祯十年（1637）进士，官御史。入清，任顺天学政、擢左副都御史、户部右侍郎，授广东布政使。康熙时诏举博学鸿词，未试。著有《静惕堂集》、《静惕堂书目》。

10．清徐元文《含经堂藏书目》著录有《白石词》一卷。

11．清卢址《抱经楼书目》著录有《姜白石词》，一本，未标卷数。

12．蔡宾年编《墨海楼书目》著录有《白石词》五卷，一本。

13．清郑元庆《湖录经籍考》卷五著录有《白石乐府》五卷，云：

赵子固曰：白石，词家之申韩也。董（当为黄）叔旸云：
"白石词极精妙，不减清真乐府，其间高处有美成所不能及。
善吹箫，自制曲。初则率意为长短句，然后协以音律云。"沈
伯时云："白石清劲知音，亦未免有生硬处。"张叔夏云："白
石词如野云孤飞，去留无迹，不惟清虚，且又骚雅，读之使人
神魂飞越。"毛晋云："白石词盛行于世，多逸，'五湖旧约'
及'燕雁无心'诸调，前人云花庵极爱白石，选录无遗。既读
《绝妙词选》，果一一具载，真完璧也。"《尧山堂外纪》云：
"尧章《湘月》、《翠楼吟》、《玲珑四犯》诸腔，皆自度者，传
至今，不得其调，难入管弦也。"竹垞先生云："世人言调必
称北宋，然词至南宋始极其工，至宋季而始极其变。姜尧章
氏最为杰出，惜乎《白石乐府》五卷，今仅存二十馀阕也。"

未言版本所据。

14. 清赵宽《小脉望馆书目》"贞册·寿字架"著录有《白石词》，
未标卷数。

15. 清秦嘉谟《思补精舍书目》著录有《白石词》一卷。

16. 清赵昱《小山堂藏书目录备览》著录有《白石词》，未标卷数。

以上诸家均未言版本，有一卷者，也有五卷者，但与毛氏汲古阁
刊一卷本所载当不同，汲古本为毛氏辑录本，而诸藏家著录的多属抄
本。又徐世昌《书髓楼藏书目》卷四著录有四种词四卷，姜夔、陈允
平、周密、王沂孙撰。或为词集丛编本，未标词集名，各一卷。

姜氏词集自宋代就有诗词合刊者，陈振孙《直斋书录解题》卷二
十著录有《白石道人集》三卷，云：

> 鄱阳姜夔尧章撰，千岩萧东夫识之于年少客游，以其兄
> 之子妻之。石湖范至能尤爱其诗，杨诚斋亦爱之，尝称其
> 《岁除舟行》十绝以为有"裁云缝月之妙思，敲金戛玉之奇
> 声"，夔颇解音律，进乐书免解，不第而卒，词亦工。

未言附有词否，不过后世姜氏全集多附载有词集，为诗词等合刊或合抄本，而词集也多析出著录，常称作《白石道人歌曲》，也有名《白石词集》等，有的标明全集，有的则否，但仍源自全集本，或诗词合刊合抄本，此一并叙之如下。

一、印本

1. 清孔广陶《三十有三万卷堂书目略》"贞号·集部·词曲类"著录有《白石道人歌曲》五卷，云明翻元仿宋本，一函一本，四库著录。按：沈曾植《海日楼书目》著录有仿宋本《白石道人歌曲》，云一本。又一部，一本。

2. 《白石道人歌曲》四卷别集一卷，清康熙八年（1669）水云渔屋刻本，为《姜白石诗词合集》本。

3. 《白石诗集》一卷词集一卷，清康熙年间广陵书局刻本。为诗词等合刊本。陈撰跋云：

> 石帚词凡五卷，草窗、花庵所录虽多少不同，均只十之二三。汲古阁本第增"五湖旧约"、"燕雁无心"二调，馀佚不传。咏草《点绛唇》复见逋翁集中，援据无征，亦难臆定也。

跋作于清康熙五十三年（1714）。又有曾时灿序云："此为钱塘陈氏玉几山房勘定本，最为完善。洎石帚词一卷，亦多世本所未见者，爰请合刻之广陵书局以行。"序作于康熙五十七年（1718）。此本今有清鲍倚云批并跋。又清余集校跋并录厉鹗批校题识。

按：《四库全书总目》著录有《白石词集》一卷，提要云："是集为康熙甲午陈撰所刻，附于诗集之后，凡五十八阕，较毛晋汲古阁本多二十四阕。然其中多意为删窜，非其旧文。"所据为康熙甲午（1714）陈撰刻本，为安徽巡抚采进本。又《钦定续通志》卷一百六十三据《四库全书存目》著录有《白石词集》一卷，与库本同。又见《四库著录江西先哲遗书目》著录，有《白石词集》一卷。

4. 《白石诗抄》一卷词抄一卷，清康熙年间武唐俞氏刊本。吴淳还序云：

　　白石乐府相传凡五卷，常熟毛氏汲古阁本，于姜氏一家，仅据《中兴绝妙词选》载三十四阕，其为不全不备可知。余尝以暇日广搜远辑，更得散见者廿四阕，合之共计五十八阕，录成一帙。中年无欢，聊代丝竹而已。一日，俞子圣梅过余小斋，读而善之，遂付诸梓。圣梅故有词癖，加之好事，致足喜也。刻既竣，因书其端。改庵居士吴淳还。

又俞兰跋云：

　　白石翁以诗称于南渡，词尤精诣，惜乎流传绝少。一日偶造改庵草堂，出此帙示余，视旧本搜辑不啻倍之，矍然惊叹，如获拱璧。近人为词，竞宗白石、玉田两家，玉田《山中白云词》，钱塘龚氏已有刻，惟白石词则尚缺然，洵为恨事。爰加校勘，镂版以行，用贻世之好读白石词者。武塘俞兰跋。

知是辑录而成，或是据抄本刻入。

　　5. 《白石诗词》，清雍正五年（1727）刻本，有洪正治序云：

　　白石自定诗一卷，世鲜流传。词五卷，所存止草窗、花庵撰录数十首而已。……今始获睹其合集，因不敢自秘，亟镂诸木，以广其传，庶几如昔人所云欲饮则人人适河，索照而家家取燧，讵不称愉快也耶？雍正丁未四月歙县陔华洪正治书。

序作于清雍正五年（1727）。此本又有陈撰序，结处文字与康熙本略异，作："即连江太守思顺名履信之子，陔华先生服奇道古，雅喜是编，爰为开雕，冀垂永久，盖其表章之功匪细也。丁未清和，钱唐陈撰玉几书。"知是据康熙陈撰校勘本覆刊。陈□《养松山馆藏书目录》"阙字号"著录有《白石诗词》，云雍正时刊本，一本。

　　6. 《白石道人歌曲》四卷别集一卷，此为《白石道人四种》本，清乾隆八年（1743）陆钟辉刻、二十一年（1756）江春补刊，所收有

《白石诗词评论》一卷《评论补遗》、《白石道人集事》一卷《集事补遗》、《白石道人诗集》二卷《集外诗》、《附录诸贤酬赠诗》、《附录补遗诗词》、《白石道人说诗》一卷、《白石道人歌曲》四卷《别集》一卷，有江春序（乾隆三十六年，1771），又陆钟辉序云：

> 南宋鄱阳姜尧章，以布衣擅能诗声。所为乐章更妙绝一世，今所传《白石道人诗集》一卷，盖本临安睦亲坊陈起所刊《群贤小集》，更窜入丽水姜特立《梅山稿》中诗，几于邾娄之无辨。乐章自黄叔旸所辑《花庵绝妙词选》二十馀阕外，流传者寡，虽以秀水朱竹垞太史之搜讨，亦未见其全，疑《白石道人歌曲》六卷，著录于贵与马氏者，久为《广陵散》矣。近云间楼廉使敬思购得元陶南村手抄，则六卷完好无恙，若有神物护持者。予友符户部药林从都下寄示，因并诗集亟为开雕，公之同好。诗集稍分各体厘定，去窜入之作。歌曲第二卷、第六卷为数寥寥，因合为四卷。其中自制曲俱有谱旁注，虽未析其节奏，悉依元本钩摹，以俟知音识曲者论定云尔。乾隆癸亥冬十月既望，江都陆钟辉书。

序作于清乾隆八年（1743）。此本有《四部丛刊》影印本。《中国古籍善本目录》载《白石道人歌曲》四卷别集一卷，云清乾隆八年陆钟辉刻《白石道人四种》本，清方成培批。又载一本，云清张祥龄跋，郑文焯校。又许槤《古韵图书目》卷四著录有《白石道人歌曲》四卷别集一卷，云乾隆氏刊本。按：《愚斋图书馆书目》集部卷一著录有《白石道人集》十卷，陆钟辉影宋本，八本。所谓影宋本，是指仿宋刊本。

7. 《白石道人歌曲》四卷别集一卷，清乾隆年间鲍氏知不足斋刻《姜白石集》本，据陆氏本校刊，也是《白石道人四种》本。此本见叶德辉《郋园读书志》卷八著录，有姜白石集诗二卷、歌曲四卷，云乾隆癸亥鲍氏知不足斋校刻江都陆钟辉本。云：

> 宋姜尧章撰，集曰《白石道人诗集》二卷、《白石道人歌

曲》六卷，宋嘉□（即泰字）壬戌钱希武刻本，卷帙原数，元人陶南村宗仪手抄以传者也。乾隆癸亥江都陆钟辉据以重刻，乃并歌曲为四卷，又改易其行格，于是宋元旧本之真全失，今所传此本是也。阮文达《广陵诗事》五有云：白石诗词，宋版皆旁注笛色。盐官张氏既刊复辍，松陵汪氏继之不果，陆南圻司马钟辉刻成之。同时诗人皆有诗识事，是则宋元孤本独赖陆氏以传，其刊播之功，可以掩其擅改之失矣。陆刻以前尚有雍正丁未歙人洪陵华正治刻本，凡诗词各一卷，歌曲无旁注笛色。乾隆辛卯又重刻，未知所据何本，余并藏之。《宋史》无姜尧章传，阮文达编《诂经精舍文集》五有徐养原、严杰诸人补传，于其生平事实考证最详，可云发潜德之幽光矣，光绪三十有三年丁未重九前二日郋园叶德辉记。

作于光绪三十三年（1907）。见于藏家著录的有：王国维编《大云书库藏书目》卷中著录有《白石道人诗集》二卷集外诗一卷附录一卷诗说一卷歌曲四卷歌曲别集一卷，云知不足斋仿宋本。又顾家相《勷堂读书记》卷九著录有《白石道人诗集》一册，歌曲一册，云知不足斋重雕本。云：

> 宋姜夔撰。是本有乾隆癸亥陆钟辉序，诗集用陈起本，而去其窜入他人之作。歌曲则据元陶南村手抄本重刊。余见此书于戚属吴丹成处，伊有二部，乃乞其一。嗣为鼠所啮，复借丹成所藏，依式抄补焉。至白石自制旁注之谱，人所不识，赵耦村能解之。惜耦村死后，其谱仍不传也。

按：赵福云，字耦村，清浙江山阴人，著有《三惜斋诗集》。叶昌炽《五百经幢馆藏书目录》著录有《姜白石集》七卷，二册，知不足斋本。

8.《白石道人歌曲》六卷别集一卷，清乾隆十四年（1749）张奕枢松桂读书堂刻本。张奕枢序云：

> 宋白石老仙，世所称词坛大宗也。奕枢自总角时既喜诵其
> 小令，既读竹垞朱氏《词综》及《黑蝶斋诗馀序》，俱云白石
> 词凡五卷，世已无传，传者仅数十阕，盖竹垞亦未见全书
> 矣。壬子春，客都门，与周子畊馀过澹虑汪君邸舍，见案头
> 有《白石道人歌曲》六卷别集一卷，系陶南村手抄本，而楼观
> 察敬思所珍藏者。澹虑为诵"异书浑似借荆州"之句，意颇
> 矜之。因共襄录副，加校雠焉。嗣是南北分驰，居诸荏苒，
> 迨戊午秋而澹虑云亡，畊馀以抄本属余。顾自维虽好倚声，
> 未谐音律，质之黄宫允唐堂、历孝廉樊榭、陆大令恬浦，先后
> 重加点勘，而与姚徵士鲈香商定付诸梓。

序作于清乾隆十四年（1749），壬子为雍正十年（1732），所得为楼观
察藏抄本，按：楼俨（1669—？），字敬思，号西浦，义乌人，家上
海。工于辞章，勤政为民。以词学名于世。康熙四十八年（1709）奉
诏修《词谱》，书成，议叙选广西灵川县知县，官至提刑按察使。著有
《蓑笠轩仅存稿》。楼氏藏本源自陶宗仪藏本。按陆刻《歌曲》四卷：
卷一《圣宋铙歌鼓吹曲》十四首、《越九歌》十首、《琴曲》一首，卷二
令曲，卷三慢曲，卷四自制曲。张刻本《歌曲》六卷：卷一《皇朝铙歌
鼓吹曲》十四首、《琴曲》一首，卷二《越九歌》十首，卷三令曲，卷
四慢曲，卷五自度曲，卷六自制曲。即六卷本将四卷本卷一、卷四各
析作二卷，所收实同。

叶德辉《郎园读书志》卷八著录有《姜白石歌曲》六卷、别集一
卷，云乾隆己巳（1749）张奕枢刻本。提要云：

> 此乾隆己巳云间张奕枢校刻宋姜夔《白石道人歌曲》六
> 卷、《别集》一卷，歌曲旁注工尺。据称原书为元陶南村手抄
> 本，分六卷，《别集》为一卷。先是乾隆癸亥长塘鲍氏知不足
> 斋曾刻此书，据称亦陶南村抄本，但并六卷为四卷，殊失原

抄之旧。此刻悉照原卷，工尺旁注行间，胜于鲍刻远甚。《白石词》，《四库全书》仅据毛晋刻《六十家词》中一卷本著录，殊为疏陋。鲍氏收藏多宋元旧抄，而所刻《知不足斋丛书》实未精审，此亦如毛子晋之好刻古书而不根据善本者，同一恶习。即如宋玉沂孙《碧山乐府》一卷，鲍氏原藏明文抄本在余许，以校鲍刻丛书，确系依据抄本，而改题为《花外集》，竟不知其何因。且文抄经秦大史恩复校补逸词于书楣，鲍刻既补刻卷末，而不言出自秦手，则之任意合并，又无足怪矣。

鲍氏知不足斋刻本是据乾隆陆钟辉本覆刻，陆氏本为四卷，云为鲍氏并六卷为四卷是不对的。《中国古籍善本目录》载《白石道人歌曲》六卷别集一卷，云清乾隆十四年（1749）张奕枢松桂读书堂刻本，清周南跋，吴梅圈点批注并跋。又载二部，分别云清张文虎校并跋和清沈祥龙校并跋。又《国立北平图书馆善本书目乙编续目》卷四著录有《白石道人歌曲》六卷附别集，云清乾隆刻本，或指此本。

9.《白石道人歌曲》六卷别集一卷，清乾隆十四年张奕枢松桂读书堂刻、嘉庆二十五年（1820）张应时印本。为后印本，此本见《中国古籍善本目录》著录。又郑振铎《西谛书目》卷五著录有《白石道人歌曲》四卷歌曲别集一卷，云清嘉庆二十五年张应时刊本，二册。

10.《白石道人歌曲》四卷别集一卷，清乾隆华亭姜氏祠堂刻《白石道人集》本。姜文龙跋云：

今年秋，世戚史汇东先生起假来京，于黄获村先生处得公集，手自抄录，详加订正，岁杪以示文龙。诗分上下卷，歌曲分四卷，又有集外诗、别集歌曲及《诗说》、《续书谱》，各以类附。盖元人陶南村写本，相沿至今，实五百年来硕果也。文龙喜出望外，捧至旅馆，再四寻绎。窃谓《诗说》中"自然高妙"一语，当是公诗确评。至于歌曲节奏，竟茫然不解，敢谓能读公之书哉！特念公以旷代逸才，知己遍海内，制作达明廷，而以布衣终老，造物者固当使此书不朽，而文龙又于成均考满束装旋里时，幸及见之，箕裘之赐，岂曰偶然？用是口诵手写，风晨雪夜，不敢告劳。盖藉以还报家君，知此行不为无益，并欲积砚田馀赏，付剞劂氏，以传诸无穷耳。校勘既竣，因附识于卷末。时乾隆丙子季冬廿二日也。

跋作于乾隆二十一年（1756）刻本，为裔孙刻本，知所据为全集本。

11.《白石道人诗集》二卷集外诗一卷附录一卷题赠补遗八卷诗说一卷歌曲、歌曲别集，清乾隆三十六年（1771）江春随月读书楼刻本。

12.《白石诗集》一卷《白石词集》一卷，清乾隆刻本。

13. 傅增湘《国立北京图书馆由沪运回中文书籍金石拓本舆图分类清册》著录有《白石道人歌曲》一册，清乾隆刻本。

14.《白石道人歌曲》六卷别集一卷，清道光华亭姜氏祠堂刻《姜尧章先生集》本。姜熙跋云：

> 熙先世由鄱阳流寓吴兴，转徙永康，前明叔世，复侨籍云间，至熙已九世矣。九世以上，谱牒图书悉毁于嘉靖间之倭，再毁于鼎革时之盗，自越中来者只远祖遗像数帧耳。而尧章公全集亦仅存古近体诗及《诗说》数番。六世祖宏璧府君，缮补成帙，庋藏箧衍中，至先大夫次谋府君，复取诗馀及遗事与夫酬唱之作，汇刻附编，盖乾隆之丁卯岁也。……训俗遗规，则先考之治命也，因付手民雕鐭之。而尧章公集缘未获全稿，因循未果。曩族父丰台先生幕游永康，冀彼中宗人或有副墨，而卒不可得，并世表亦复迄无可考，唯知自迁松始祖瑶溪府君上溯尧章公十五世耳。熙且垂垂老，恐一旦陨越，为咎滋大，遂授之梓而谨识其缘起如左云。道光二十有三年太岁癸卯莫春之月，华亭裔孙熙盥手谨叙。

作于道光二十三年（1843），为裔孙刻本。郑文焯校谓此本："前有小象，共十卷，合诗词八卷，后集二卷，附录酬唱及征事评跋。"为诗词合刊本，诗凡二卷，则词为六卷。此本不刊旁谱。《愚斋图书馆书目》集部卷一著录有《姜尧章集》十卷，祠堂批点本，二本。《中国书店散页书目十九年十二月寄到》著录有《姜尧章先生集》，道光癸卯（1843），华亭裔孙熙刻，二本，三元。

15.《白石道人歌曲》一卷，戈载《宋七家词选》本，清道光十七年（1837）刻本。

> 《白石道人歌曲》，赵菊坡原跋云：嘉泰壬戌刻于云间之东岩，自随珍藏者五十载，声文之美，概具此编。是当时已有刊本，后不知何以遗失。惟陶九成手抄六卷，录于至正十年正月，又校于十一年四月，共有词八十四首，较之花庵所谓选录无遗者，多至三倍。向但见载于贵与马氏，今乾隆间为楼廉使敬思所得，完好无恙，殆有神物护持之与？……凡此虽为管窥蠡测，或者有合于古人之处，世有知音者，读其词，订其谱，相与切究而详言之，匪特予之深幸，当亦古人所深许者尔。戈载识。

是书又有冯熙《蒙香室丛书》本，光绪十一年（1885）重刊。又有光绪十一年曼陀罗华阁重校刊本。

16.《白石道人歌曲》六卷别集一卷，清张文虎校本，所据为张奕枢刻本，张文虎跋云：

> 白石词以张渔村本为最佳，此本后入南荡张氏书三味楼，饱白蚁久矣。扬州有陆钟辉诗词合刊本，后归鹤亭江氏，入阮文达家，道光癸卯毁于火。岁乙巳，文达以存本寄余，属校入《指海》。予乃合陆本及休宁戴氏律语本校之，而仍以渔村本为主。屡次涂改，不可认识。又觅得一本过录之，仍时有所改窜。去秋匆匆，竟未携出，不复可知矣。时

时忆及，至形梦寐。今夏在沪寓，夏君贯甫于书摊子上买得此本以见赠，不觉狂喜。秋凉无俚，随手覆校，于其音节顿挫，似稍能领悟，惜乎无可共语者。晴窗朝爽，有木犀香一缕自远吹至，鼻观馞然，独享为愧。时同治建元闰月上弦，文虎识于三林塘寓舍。

跋作于清同治元年（1862），知乾隆五十年（1785），奉阮元之请，以陆本为底本，合校姜词，欲收入《指海》中，检清道光中钱熙祚等辑刻《指海》中，无姜氏词集，或因"觉总不如张刻之善"，未收入。按：张文虎（1808—1885），字孟彪，一字啸山，号天目山樵，南汇（今上海）人。同治时由诸生保举训导，光绪中援例加州判衔。精于校勘，曾至金山钱熙祚家坐馆，助钱氏辑《守山阁丛书》、《指海》、《珠丛别录》等，著有《古今乐律考》、《舒艺室随笔》、《舒艺室诗存》、《索笑词》等。夏今，字贯甫，江苏娄县人。清咸丰时在世，工画山水，兼工花卉。张氏《舒艺室馀笔》卷三收有姜氏词集校文，凡五六十则，前有引言，与前跋文文字互有出入，可参看。

17.《白石道人歌曲》六卷别集一卷，清同治十年（1871）桂林倪鸿刊本，此为《白石道人四种》本。倪氏跋云：

> 《白石诗集》一卷，附《诗说》一卷、《歌曲》四卷《别集》一卷、《续书谱》一卷，四库皆著录。其通行者，有陆氏钟辉刻本、姜氏文龙刻本、江氏春刻本，姜本、江本皆出于陆本，然陆本无《续书谱》，姜本则有之。江本亦无《续书谱》，而有评论补遗、集事补遗、投赠诗词补遗。今刻陆本三种及姜本《续书谱》、江本补遗，并增《四库简明目录》、诂经精舍集《姜夔传》。其歌曲旁注字谱，临写陆本，无一笔舛误。白石尚有《绛帖平》一书，当续刻之也。同治十年十月桂林倪鸿书于野水闲鸥馆。

是据陆氏刻本覆刊。见于藏家著录的有：刘体智《善斋墨本录》著录有《白石道人诗集》二卷附录一卷评论一卷投赠一卷歌曲四卷补遗一卷续书谱一卷,云同治十年桂林刊本。又《梁氏饮冰室藏书目录》著录有《白石道人四种》:诗集二卷附诗说一卷歌曲四卷别集一卷诗词评论一卷续书谱一卷。云清同治十年刻本,二册。

18.《白石诗集》二卷附《诗说》一卷《歌曲》四卷《歌曲别集》一卷,清同治年刊本。

19.《榆园丛刻》本《白石道人歌曲》四卷别集一卷,清光绪十年(1884)刻本。为诗词合刊本,末有许增《缀言》数则,选录二则如下:

> 《白石道人歌曲》,无论宋嘉泰本不可得见,即贵与马氏本亦少流传。就所知者:常熟汲古阁本、江都陆钟辉本、华亭张奕枢本、歙县洪正治本、华亭姜氏祠堂本、扬州知足知不足斋本,陆版后入江鹤亭家,再归阮文达,道光癸卯毁于火。张版入南荡张氏书三味楼,后亦不存。陆本、洪本、祠堂本皆诗词合刻,馀则有调无诗。近又有闽中倪耘劬本、临桂王鹏运本。至于雠勘精审,当推陆本为最。兹据陆本重刊,间有与别本互异者,附刊本字之下,以墨围隔之。

> 南汇张啸山征君文虎著《舒艺室馀笔》载《白石道人歌曲考证》,谓陆钟辉本所刻谱式,以意窜改,每失故步,不如张奕枢所刻之善。不知陆、张两刻皆从楼敬思所藏陶南村手抄本录出,陆本刻于乾隆癸亥,张本刻于己巳,相去才数年,中间或以抄胥致讹,两本对勘,似陆刻犹胜于张,啸山但据张本订正,指陆为讹,其实陆本未尝讹也,安得嘉泰本一正是之。

作于清光绪十年(1884)。

又陶方琦《重刻白石道人歌曲序》(光绪甲申)云:"白石歌曲,旧椠鲜存,依乎昔轨,最为众美。字旁记曲,拍底量音;分刌不逾,情文既翕。百年心事,惟有玉阑之知;十亩梅花,不隔生香之路。"末有张预《重刻白石道人诗词序》(光绪甲申)云："萧家诗派，诧白石之有双；宋代词流，除玉田而无偶。然而最工令慢，或掩诗名；绝妙歌行，分传别集。是以史臣著录，但标《丛稿》之名；嘉泰初编，仅有《歌曲》之刻。流传将七百载，刻劂且十馀家。纵复竞握灵蛇，未必尽窥全豹。兵尘况涉，板棫亦灰。偶贯丛残，鲜离焱蠹，吁其惜矣！"二序均作于清光绪十年(1884)。王修《诒庄楼书目》卷八著录有《白石道人歌曲》四卷别集一卷，云："郑叔问批校本，鄱阳姜夔尧章著，仁和许增迈孙校刊。有老芝审音、冷红簃、侍儿可可掌记、秘阁校官、善竹楼、鹤语诸印，又郑文焯墨笔跋。"又见刘复《半农书目》、《文友堂书目第一期》(民国二十五年，1936)等著录。

20. 清陈作霖《冶麓山房藏书跋尾》"丁部·历朝别集类"著录有《白石集跋》，云：

> 南宋歌词清空超妙，以姜白石夔为冠，而诗亦高秀，不在范、陆之下。广南本合而刊之，附以《诗说》、《续书谱》，都为四种。凡集事评论投赠诗文皆经采入，可谓搜葺无遗矣。而求之许久，不可得。此假诸傅苕生观察春官以供刘览焉。

傅苕生，江西南昌人。

21. 《彊村丛书》本《白石道人歌曲》六卷别集一卷，据江研南传录陶南村抄本，有江炳炎题记等四则，录二则如下：

> 白石词世不多见，洪陔华先生获藏本刻于真州，于是近日词人稍知南宋有姜尧章者。第字画讹舛，颇多缺失。上海周晚菘因语予曰："昔留汉上，见书贾持陶南村手录《白石词》五卷别集一卷，可称善本，索金六十两，遂不能有，听其他售。犹记集中有'莺声绕红楼'一调，为诸谱中未睹，此名至今往来胸臆，叹息不可复见。"未几，符药林老友自京师过扬州，于酒座闲论及倚声上乘，遂出白石全词相示，云自吴淞楼观察处借抄，即南村所书旧本。沉渊之珠，忽耀人间，

不愉快乎？爰秉烛三夜，缮完而归之，后之才人得予此书，其珍惜又复何如？乾隆二年四月十九日，仁和江炳炎记于扬州寓斋。

　　药林宦京师者十年，勤治之暇，不废吟咏，而于倚声尤深，得此中味外之味。故能搜讨幽潜，以发奇秘，且俾朋辈传抄，冀有心者为之雕播，洵称白石功臣，更可作词坛津筏。乾隆丁巳清和月下浣，冷红词客又书。

题记作于清乾隆二年（1737），知传抄自清楼俨藏本。按：江炳炎，字砚南，号冷红词客，钱塘（今浙江杭州）人，乾隆年间客寓扬州，又迁居真州。善画工书能诗，称三绝。著有《琢春词》和《冷红词》。符曾（1688—？），字幼鲁，号药林，钱塘（今浙江杭州）人，监生，清乾隆元年举博学鸿词，以父忧未试。以荐，累官至户部郎中，著有《春凫小稿》等。此本卷六末录钱希武、赵与訔、陶宗仪题记。又朱祖谋跋云：

　　云间楼敬思得陶南村抄本姜白石歌曲六卷，江都陆淳川钟辉刻于乾隆癸亥，华亭张渔村奕枢录于雍正壬子，越十八年，乾隆己巳始刻之。陆本合六卷为四卷，张啸山文虎讥其以意窜改，每失故步，不如张刻之善。许迈孙增据陆本重刊，谓二刻相去才数年，中间或以抄胥致误。两本对勘，陆犹胜张。今年秋，陈彦通方恪于吴门得江研南乾隆二年手录《白石道人歌曲》，亦陶南村本也。以校二刻，互为异同，且有与二刻并歧者。大抵张之失在字画小讹，尚足存旧文资异证；陆则并卷移篇，部居失次，大非陶抄六卷之旧。江氏手自写校，未付刻人，亥豕之嫌，自较二刻为鲜。惟是张刻经黄唐堂、厉樊榭、陆恬浦先后勘定，或有据他本点窜者。陆刻自称悉依元本，且与江本同出符药林，何以并不吻合？三本各有短长，未敢辄下己意，迷瞀来者。爰一依江本授梓，兼胪二家同异，以待甄明。他刻校文，苟非臆说，随所采案，附著于篇。

意有所疑，不复自闷。至其旁谱，亦稍参差，依样钩摹，未遑
纠举云尔。癸丑五月日短至，彊村老民朱孝臧跋于苏州
寓园。

跋作于民国二年（1913），以江炳炎手抄本为底本，校以陆钟辉、张奕
枢等刻本。后又附张文虎《舒艺室馀笔》校姜氏词文及曹元忠《舒艺
室白石词校语跋》。此本见《来青阁善本新旧书大廉价目录二十三年四
月》著录，有《白石道人歌曲》六卷别集一卷，朱彊村刊本，偶有朱
校，一本。

22.《白石道人歌曲》四卷别集一卷，清光绪年间高邮宣古愚刻
本，据陆氏刻本覆刊。宣古愚（1866—1942），江苏高邮人，清朝监察
大员，辛亥革命后移居上海，以遗老自居。善绘画，喜收藏，以收藏
古钱币为主。著有《元钱秘录》。王国维编《大云书库藏书目》卷中著
录有《白石道人诗集》二卷集外诗一卷附录一卷诗说一卷歌曲四卷歌
曲别集一卷。云扬州宣氏刊本。又伊其淦《生白斋读书自省记》著录
有《姜白石诗词合集》，一册，不分卷。云："此本为扬州刻本，精妙
无比。此予插架之善本也。"知为宣氏刻本。

23.《白石道人歌词》一卷，清宣统二年（1910）沈曾植刻本。逊
斋题识云：

宣统庚戌，试用安庆造纸厂新造纸印此书，《事林广记》
音乐二卷，可与旁注字谱相证明，附印于后，以资乐家研
究。逊斋识。

逊斋即沈曾植，沈氏（1850—1922），字子培，号巽斋，别号乙盦，晚
号寐叟，又称巽斋老人、逊斋居士、瘤禅、寐翁、乙僧等，浙江嘉兴
人。清光绪六年（1880）进士，历任刑部主事、员外郎、郎中，擢安徽
提学使，署布政使。入民国，寓居上海，以遗老自居。富藏书，藏书
处有海日楼、全拙庵、逊斋等。著有《海日楼诗集》、《海日楼文集》、
《海日楼札丛》、《海日楼题跋》、《寐叟题跋》、《菌阁琐谈》等。刘复

《半农书目》著录有《白石道人歌曲》六卷别集一卷，云宣统庚戌（1910）印本，一册。

24.《白石道人歌曲》一卷，清刻《四家词》本。

25.《白石道人歌曲》四卷别集一卷，民国七年（1918）扫叶山房石印《姜白石全集》本。

26.《四部备要》本，民国二十五年（1936）上海中华书局排印本，其中有《白石道人诗集》二卷集外诗一卷附录一卷附录补遗一卷歌曲四卷歌曲别集一卷，是据榆园本排印的。

27.梁启超《梁氏饮冰室藏书目录》著录有《白石道人歌曲》四卷别集一卷。有正书局石印本，一册。又郑振铎《西谛书目》卷五著录有《白石道人歌曲》五卷，有正书局石印本，一册。

28.《白石道人歌曲》四卷别集一卷，四川存古书局民国三十一年（1942）刊《四种词》本，据陆氏刊本。

29.《白石道人歌曲》一卷，民国三十四年（1945）国立中央研究院历史语言研究所石印《四种词》本。

30.《辽海丛书》本《白石道人歌曲》六卷别集一卷，民国排印本。又附《白石道人歌曲》二卷，陈思疏证。

31.《藻玉堂书籍目》著录有《白石道人歌曲》四卷别集一卷，精刊本，竹纸，二册，内有周叔弢批校，五元。

32.《博古斋书目》著录有《白石道人歌曲》四卷，精刊，四册。

33.《大华书店新旧书目乙亥年一月第四期》著录有《白石道人歌曲》六卷别集一卷，影印本，白纸，巾箱本，二册。

34.《西泠印社金石印谱法帖藏书目》"家刻善本"著录有《白石道人歌曲》四卷别集一卷，洋一元。

35.刘承干《嘉业藏书楼书目》著录有《白石道人歌曲》四卷别集一卷，精刊，郑叔问批校本，二册。又一部，多《诗说》一卷，宋姜夔撰，精刊本。

另莫友芝《郘亭知见传本书目》卷十六著录有《白石道人歌曲》四卷《别集》一卷。注云：

汲古二集。　《白石词》一卷，乃从诸选本录出，甚不
备。竹垞选《词综》亦未见全本。　嘉泰壬戌刊于云间。
乾隆八年江都陆钟辉诗集刊本最佳。　知不足斋重刊陆本亦
可。　《群贤小集》本不佳。　道光中祠堂刊本于自制曲削
去工尺，亦与诗集同刊。　道光辛丑乌程范锴、全椒金望华
单刊词三卷于汉口，亦无工尺，与碧山、叔夏为三家。

罗列诸家刻本，略评优劣。

二、抄本

1. 清曹炳曾《放言居诗集》卷六"杂著"《书姜白石集后》云：

> 南宋词家推白石、玉田为领袖，而玉田实祖白石。所南
> 郑氏叙张词，谓其仰扳尧章。山村仇氏亦云与白石老仙相鼓
> 吹，而玉田尝称白石如："野云孤飞，去留无迹。不惟清虚，
> 兼又骚雅。"两人之词，实属一家。余既刻《山中白云词》，
> 欲并雕尧章先生白石词以成合璧。全词罕见于世，竹垞朱太
> 史云《白石乐府》五卷，仅存三十馀阕。汲古阁沿花庵本所
> 录，视他选较备，亦不过三十四调而已。然则白石词之佚而
> 不见者多矣，小阮谔廷近从其外家郡城陆氏借得抄本，为前
> 辈钱君介维所藏，焦征君广期校阅者，计共五十八阕，虽非
> 五卷之全，较之花庵、汲古、竹垞三家之藏，则兹本所获独
> 多。至其诗与杂著，世尤罕传。御儿吕氏抄宋诗，一代名集
> 大备，独逸白石，艺林以为憾事。而兹本有诗二百馀首，杂
> 著数种，是可宝也。因重加参校，藏之家塾，他日倘得五卷
> 之全，当合刻以成完本。陆君名祖琳，字孝谷，别号希庵老
> 人，吾郡博雅士也。抄是集时，年七十有一，并附志之。

曹炳曾（1660—1733），字为章，号巢南，上海人。诸生，以藏书、刻
书著名于一时，藏书、刻书处所为城书室，收藏和刊刻古籍数万卷。
著有《放言居诗集》。据跋知抄自诗词全集本，为曹一士借自陆氏，小

阮谔廷，即曹一士，所据原为钱介维家藏物，有焦袁熹校，按：焦袁熹（1660—1735），字南浦，号广期，金山（今属上海）人。康熙三十五年（1696）举人，授山阳教谕。著有《此木轩诗集》、《直寄词》等。曹一士（1678—1736），字谔廷，号济寰，又号沔浦生，青浦（今属上海）人。清雍正八年（1730）进士，改庶吉士，授编修，为山东道监察御史。乾隆元年（1736）迁工科给事中。著有《四焉斋文集》《诗集》等。

2.《白石道人歌曲》六卷别集一卷，抄本。

夏承焘《版本考》云浙江师范学院图书馆藏抄本《白石道人歌曲》一本，六卷别集一卷，书口下方刻有"小玲珑山馆"，并有"小玲珑山馆"朱文方印、"马佩兮家珍藏"朱文长方印。末有厉鹗跋云：

> 白石歌曲世无足本，此册予友符君幼鲁得于松江楼君敬思家藏。积年怀慕，获睹，忻慰无量，亟假手录。旁注音律谱，一时难解，故去之，玩其清妙秀丽之词可矣。时乾隆二年四月立夏日，钱唐兼葭里人厉鹗。

跋作于清乾隆二年（1737），符幼鲁即符曾，传抄于楼俨家藏，参见前《彊村丛书》本条说明。又录袁克文跋云：

> 厉太鸿手写白石歌，乃为马佩兮过录元本，予曾见厉氏所校书，与此册书法正同，是真迹无疑。或有以纤弱忽之，必未见厉书者也。戊午冬寒云。

跋作于民国七年（1918），并认为此本为厉氏手写本，夏氏以为不是厉氏手写，但属清初抄本。又录罗振常跋二，云：

> 《白石道人歌曲》六卷别集一卷，厉樊榭手写本，马氏小玲珑山馆藏书。后有樊榭手跋及"太鸿"朱文方印，第一页有"小玲珑山馆"朱文方印、"马佩兮家珍藏"朱文长印，书口下方有"小玲珑山馆"五字。跋称此本符君幼鲁得之娄（当作楼，下同）君敬思家，假以手录，盖娄氏所藏，乃陶九

成抄本。固与陆渟川、张渔村所刊江研南所录同源者也。卷后赵与訔、陶九成识语均与诸本同。跋尾署"乾隆二年四月立夏日",案《蒲褐山房诗话》:樊榭以孝廉需次入京,不就选而归,扬州马秋玉兄弟延为上客,来往竹西者数载云。乾隆二年,正当樊榭词科报罢需次既归之后,其时恰主马氏,所录即藏小玲珑山馆。又江研南录本序亦称符药林过扬州,出词本相示,因而假。后则署"乾隆二年四月十九日",盖符氏以是本遍示诸人,互求假录,厉、江两本同时所写,故日月亦略同也。余每遇名家词善本,辄讽玩不忍置,况作者、写者、藏者均为名家,一开卷间,古香盈把,其为幸何如乎?因志眼福,并书岁时。丙辰正月二十一日,上虞罗振常题于海上寓庭之终不忍斋。

白石词近有朱氏刻,即研南本,而以张、陆两刻校之,可谓集诸本之大成。彊村老人谓三本同出符药林,何以并不吻合,颇以为怪,不知尚有第四本也。今以此本粗校朱刻,仍有异同,如卷三后此本有《砚北杂志》一则,卷六后有《庆元会要》一则,江本均无之。……

按:马曰琯(1688—1755),字秋玉,号嶰谷,祖籍安徽祁门,迁居江都(今江苏扬州)。弟马曰璐,字佩兮,号南斋,又号半槎。二人诸生,清乾隆初举博学鸿词,均辞,俱以诗名,人称扬州二马。以盐业起家,成巨富。慷慨好义,名闻四方,一时名流如厉鹗、全祖望、陈撰、金农等均馆于其家。兄弟酷嗜典籍,曾购得传是楼、曝书亭藏书,所藏达十馀万卷,家有丛书楼、小玲珑山馆以藏书,藏书甲大江南北。曰琯著有《沙河逸老集》、《嶰谷词》,曰璐著有《南斋集》。

3. 姜忠肃祠堂抄本,有姜福四、姜鳌、姜虬绿三人跋,录如下:

公诗一卷歌曲六卷,早已板行,暮年复加删窜,定为五卷,无雕本,藏于家。经兵火两朝,流离迁播,帖轴无只字,而此编独存，属有呵护其间，非偶然也。病后闲居，录写两本，一付儿子，一付犹子通，世世宝之，尚当广其行焉。洪武十年二月二十四日八世孙福四谨志。

此青坡征君手书以遗侍御哦客公者，今又二百馀年，楮虽蠹落，而字迹犹在，前人世守之功不为不至，因付匠整顿，且命鲤弟以侧理浆纸照本临出，用时庄诵焉。万历二十一年岁次癸巳日，南至十六世孙鳌谨书。

公诗多自定取去，务精不务博。初本刻于嘉泰间，晚又涂改删汰，录为定本，藏于家。五六百年世无知者，虽经青坡、五山两先生缮写装潢，未有能广其传也。庚申春杪，山居无事，爰搜取各家刊本，彼此雠勘，知公晚年用意之精，审律之细，于此道真有深入，因附以累朝诗话掌故，有入近代者并为笺略，独篇什不敢擅为增损，间有掇拾，仅以附别之，亦不敢多入，以拂公意。乾隆甲子岁不尽五日，二十世孙虬绿谨书。

姜氏词集传抄情况如后：① 明洪武年间抄本，据明太祖洪武十年（1377）姜福四跋，知有白石别集，有诗一卷词六卷，为刻本，云"早已板行"，或为宋元时所刊，福四据以删改，定为五卷。又据删改本另抄录二本，付与儿侄宝藏。② 明万历年间抄本，据明神宗万历二十一年（1593）姜鳌跋知，有青坡征君抄本，在二百馀年前，即武洪年间，则青坡征君抄本当指姜福四抄本，此为姜鲤据洪武抄本传抄者。③ 清乾隆年间抄本，据清高宗乾隆九年（1744）姜虬绿跋，青坡、五山两先生抄本，当分别指洪武、万历抄本，乾隆五年虬绿始取各家刊本校勘，略为笺注。今藏上海图书馆，有郑文焯校。

4. 《四库全书》本《白石道人歌曲》四卷别集一卷，提要云：

宋姜夔撰，夔有《绛帖平》已著录，此其乐府词也。夔诗格高秀，为杨万里等所推。词亦精深华妙，尤善自度新腔，故音节文采并冠绝一时。其诗所谓"自制新词韵最娇，小红低唱我吹箫"者，风致尚可想见。惟其集久无善本，旧有毛晋汲古阁刊板，仅三十四阕，而题下小序往往不载原文。康熙甲午陈撰刻其诗集，以词附后，亦仅五十八阕，且小序及题下自注，多意为删窜，又出毛本之下。此本从宋槧翻刻，最为完善。卷一宋《铙歌》十四首、《越九歌》十首、《琴曲》一首。卷二词三十三首，总题曰令。卷三词二十首，总题曰慢。卷四词十三首，皆题曰自制曲。别集词十八首，不复标立总名，疑后人所掇拾也。其《九歌》皆注律吕于字旁，琴曲亦注指法于字旁，皆尚可解。惟自制曲一卷及二卷《鬲溪梅令》、《杏花天影》、《醉吟商小品》、《玉梅令》，三卷之《霓裳中序第一》皆记拍于字旁。宋代曲谱今不可见，亦无人能歌，莫辨其似波似磔，宛转欹斜，如西域旁行，字者节奏安在？然歌词之法，仅仅留此一线，录而存之，安知无悬解之士能寻其分刌者乎？鲁鼓薛鼓亡其音而留其谱，亦此意也。旧本卷首冠以《诗说》，仅三页有馀，殆以不成卷帙，附词以行。然夔自有《白石道人诗集》列于词集，殊为不类，今移附诗集之末，此不复录焉。

云所据为宋刊本，所谓"旧本卷首冠以《诗说》，仅三页有馀，殆以不成卷帙，附词以行"，似指全集本，但已残，原为监察御史许宝善家藏本。《四库全书总目》又著录有《白石诗集》一卷附《诗说》一卷，提要云："夔又有《诗说》一卷，仅二十七则，不能自成卷帙，旧附刻词集之首，然既有诗集，则附之词集，为不伦，今移附此集之末，俾从其类，观其所论，亦可以见夔于斯事所得深也。"此是据编修汪如藻家藏本录入，为全集本，诗附于词后。此外，《钦定续通志》卷一百六十三据文渊阁著录，有《白石道人歌曲》四卷别集一卷，又《四库著录江西先哲遗书目》著录有《白石道人歌曲》四卷别集一卷。二者均与库本同。

5. 清蒋凤藻《铁华馆家藏书目》著录有《白石道人歌曲》，一本，抄本，未标卷数。按：《中国古籍善本目录》载《白石道人歌曲》三卷别集一卷，清抄本，清蒋凤藻跋，藏国家图书馆。

6. 清周星诒《传忠堂书目》卷四著录有《白石诗词集》□卷，一册。云："抄本，白石诗集一卷、诗说一卷，无词，当非此本。近白石集足本为诗二卷、诗说一卷、歌曲五卷。"又云："振常案：蒋目有抄本。"

7. 《双宋书斋善本书目》著录有《白石道人歌曲》四卷，一本，旧抄本，未标卷数。

三、 版本不详者

1. 明杨士奇等《文渊阁书目》卷十"诗词·月字号第二厨书目"著录有《白石道人歌曲》一部一册，完全，未标卷数。

2. 明杨士奇、清傅维麟《明书经籍志》著录有《白石道人歌曲》，一部一册，完全，菉竹堂同文渊阁，未标卷数。

3. 明孙能传、张萱等《内阁藏书目录》卷五"乐律部"著录有《白石道人歌曲》，一册，全，未标卷数。

4. 明叶盛《菉竹堂书目》著录有《白石道人歌曲》，一册，未标卷数。

5. 清倪灿撰，卢文弨《宋史艺文志补》著录有《白石道人歌曲》四卷，又别集一卷。

6. 清查为仁、厉鹗《绝妙好词笺》卷二小传云："有白石诗一卷词五卷。"

7. 清佚名《小万卷楼书目》著录有《白石道人歌曲》四卷别集一卷，此本合诗集。

8. 清赵宗建《旧山楼书目》"庚"著录有《白石诗词》，一本。

9. 清卢址《抱经楼藏书记》卷十二著录有《白石道人歌曲》四卷别集一卷附白石诗词后。

10. 清顾千里《思适斋集》卷十五《姜白石集跋》云：

> 　　向者山尊学士见语曰：子曾校《文选》，亦知《吴都
> 赋》，今本有脱句否？予叩其故，则举姜白石《琵琶仙》词题
> 中引《吴都赋》"户藏烟浦，家具画船"二句，予心知白石虽
> 圣于词，而此却不可为典要，然当时无切证，未能夺之也。
> 今校姚鼎臣《文粹》，至李庚《西都赋》有曰："其近也方塘
> 含春，曲沼澄秋。户闭烟浦，家藏画舟。"则正其所引矣。
> "藏"、"具"两字皆误，又误"舟"为"船"，致失原韵，且移
> 唐之西都于吴都，地理尤错，可见白石但袭志书或类书之舛
> 耳，岂得便谓之《文选》脱文哉？知其所无，为之一快，遂识
> 于姜集后，以谂读者。

知为全集附词本。

11. 清乔载繇《吾园书目》著录有《姜白石诗词》，二本。

12. 清金武祥《粟香室藏书目录》著录有《白石道人四种》。

13. 清张宗祥《补抄文澜阁四库阙简记录》著录有《白石道人歌曲》四卷别集一卷，二册。

14. 清庄仲芳《映雪楼藏书目考》卷十著录有《白石道人歌曲》四卷别集一卷，云："夔诗格高秀，词亦精深华妙，娴于音律，尤善自度新腔，音节文采，冠绝一时。"

15. 清赵宽《小脉望馆书目》"元册·既字橱"著录有《白石道人歌曲》，二本。

16. 清耿文光《万卷精华楼藏书记》卷一百四十三著录有《白石词》三卷别集一卷，尧章集本。

17. 佚名编《澹鞠书屋主人藏书目录以所得先后为次》著录有《姜白石诗词》，乙册。

18. 伦明《东莞伦氏续书楼藏书目录》"第二十五箱"著录有《白石道人歌曲》。

19. 余一鳌《无锡西溪余氏负书草堂书目》著录有《白石道人歌曲》四卷别集一卷，一本。

20. 余一鳌《无锡西溪余氏负书草堂所藏书目》著录有《白石道人歌曲》四卷，附别集诗词，评论逸事，一本。

21. 清姚燮《大梅山馆藏书目》卷十一著录有《白石道人歌曲》六卷。

22. 陈口《养松山馆藏书目录》"腾字号"著录有《白石词集》，二本。

23. 《浙江省公立图书馆附设印行所书目》（章程，民国十九年）"寄售价目"著录有《白石道人歌曲》附别集，一本，连史，三角八分。

24. 《抱经堂新书目第一期》著录有《白石道人歌曲》附别集，一本四角。

25. 《镕经铸史斋印行书目》著录有姜白石四种，本槽纸，一线五分。

26. 《墨香书屋藏书目》著录有《姜白石诗词曲》，云白纸，式本。

以上著录的，有的标明为全集本，或诗词合刊、合抄本，未标明的，或多与之有关。至于未言版本的，其中多为清以来刻本，只是未能确认罢了。

李廷忠

李廷忠，字居厚，号橘山，於潜（今属浙江）人。宋孝宗淳熙八年（1181）进士。为於潜教授、无为教官，知旌德。终夔州通判。著有《洞霄诗集》、《橘山四六》、《橘山乐府》。

李氏词集宋时就已行世，黄昇《中兴以来绝妙词选》卷四云："有乐府一卷，然多是献寿之词。"未言版本。宋以后见于著录的有：

1. 《永乐大典》卷 20353 第 14B 页自《橘山词》录《卜算子》一词。

2. 清黄虞稷《千顷堂书目》卷三十二著录有《橘山乐府》一卷。

3. 清倪灿撰，卢文弨校正《宋史艺文志补》著录有《橘山乐府》

一卷。

知明末清初其词集尚存，其后佚。民国时赵万里辑李氏词十一首，成《橘山乐府》一卷，收入《校辑宋金元人词》中，有民国排印本。

汪莘

汪莘（1155—1227），字叔耕，号柳塘，休宁（今属安徽）人。不事科举，隐居黄山。宋宁宗嘉定年间曾三次上疏，不报。筑室柳溪之上，围以方渠，自号方壶居士。著有《汪方壶存稿》。

其词集宋时已行于世，汪氏《方壶存稿》卷一《诗馀序》云：

> 唐宋以来，词人多矣。其词主乎淫，谓不淫，非词也。余谓词何必淫，顾所寓何如尔。余于词所爱喜者三人焉：盖至东坡一变，其豪妙之气隐隐然流出言外，天然绝世，不假振作；二变而为朱希真，多尘外之想，虽杂以微尘，而其清气自不可没；三变而为辛稼轩，乃写其胸中事，尤好称渊明。此词之三变也。余平昔好作诗，未尝作词，今五十四岁。自中秋之日至孟冬之月，随所寓赋之，得三十篇，乃知作词之乐过于作诗，岂亦昔人中年丝竹之意耶？每水阁闲吟，山亭静唱，甚自适也。则念与吴诸友共之，欲各寄一本，而穷乡无人佣书，乃刊本而模之，盖以寄吾友尔，匪敢播诸众口也。嘉定元年仲冬朔日，柳塘汪莘叔耕书。

序作于宁宗嘉定元年（1208），所作三十篇，"乃刊本而模之"，知曾刻印，当为自刊本。

其词见载于诗文集中，清朱彝尊《词综》"发凡"云曾见《方壶存稿词》二卷，又卷十八小传云有《方壶存稿词》二卷，知为别集本。又朱氏《曝书亭藏书目》著录有《汪方壶词》一册，未言卷数。与《词综》云所见或同。又《御选历代诗馀》卷一百六"词人姓氏"云有《方壶存稿词》二卷。

清有《四库全书》本《方壶存稿》八卷，提要云：

> 是编第一卷为书辨序说颂，第二为赋歌行，第三卷至第
> 七卷为古今体诗，第八卷为诗馀，附录李以申所撰传，及交
> 游往来书。前有程珌、孙嵘叟、王应麟三序，后有宇文十朋、
> 史唐卿、刘次皋、汪循四跋……诗馀前有自序，称所爱者苏
> 轼、朱希真、辛弃疾三人，谓之词家三变，故所作稍近粗豪。
> 其中《水调歌头》二首至以持志存心为题，则自有诗馀，从无
> 此例，苟欲讲学，何不竟作语录乎？

为编修汪如藻家藏本，库本卷四为诗馀，存词三十首，与方氏自序所
言同。库本前有程珌序，作于理宗端平二年（1235），又孙嵘叟序云：

> 古赋似宋玉，诗歌似太白，长短句似坡翁，不受音律束缚
> 者，真是邦之英材间气也，韦斋、龙溪岂得专美于前欤？夫
> 以方壶之望受知于文公、慈湖、西山三先生，实焯焯自足以
> 名世矣。至于叩阍三疏，极论时政六事，忠肝义胆，皆自学
> 问中流出，虽曰畸于人，而合于天，使其一语悟主，岂徒日入
> 议论路而已。世有枉道而徇时，违忠而耦意者，闻方壶之
> 风，亦可少愧。掌书兄世克其家，荟萃遗编，以传不朽。惜
> 三疏尚未之见，愿披访以辑大全，他日太史氏必有传逸民
> 者。咸淳重光叶洽中秋日，山阴孙嵘叟书于歙之简肃轩。

序作于度宗咸淳七年（1271），知已非全稿。今所见词集，多是据《方
壶存稿》析出别行，如吴昌绶《宋金元词集见存卷目》附《双照楼续辑
宋金元百家词目》著录有《方壶词》三卷，云传抄《方壶存稿》本。又
缪荃孙《目录词小说谱录目》著录有《方壶词》三卷，云传写集本。

近世朱祖谋据传抄《方壶存稿》本析出词，存词六十七首，成《方
壶诗馀》二卷，收入《彊村丛书》本。无校记，无跋文。此本比四库本
存词数多出一倍以上。

又见于著录的有：

1. 《四库全书总目》著录有《方壶词》三卷《水云词》一卷，提要云：

> 《方壶词》，宋汪莘撰。《水云词》，宋汪元量撰。莘词本载所著《方壶存稿》中，元量词亦载所著《湖山类稿》中，此本乃休宁汪森从二集摘出合刊者。《方壶词》前有自序，则宋嘉定元年尝刊板别行故也。

是汪森据二汪别集分别辑出词单行者，所据为编修汪如藻家藏本。按：汪森（1653—1726），字晋贤，号碧巢，清桐乡（今属浙江）人，原籍安徽休宁。康熙时拔贡生，历官桂林、太平知府，擢户部江西司郎中。与兄文桂、弟文柏均好藏书，藏书处为裘杼楼、古香楼，著有《小方壶存稿》、《桐扣词》、《裘杼楼藏书目》等。汪如藻，字念孙，一作彦孙，号鹿园，清桐乡（今属浙江）人。汪森玄孙，乾隆四十年（1775）进士，官山东粮道，入四库馆为总目协勘官，修《四库全书》时，献家藏书二百余种。又《钦定续通志》卷一百六十三据《四库全书存目》著录有《方壶词》三卷《水云词》一卷，又清《续文献通考》卷一九八著录有《方壶词》三卷，均与库本同。按：《四库存目》著录为词三卷，同为汪如藻家藏书，同样附载别集中，四库本仅有一卷，两者虽出汪如藻进呈，疑所据是不同的二个本，否则不会一个收入《四库全书》中，一个又见《四库存目》著录。

2. 清丁丙《善本书室藏书志》卷四十著录有《方壶词》三卷，旧抄本。今南京图书馆藏《汪氏二家词》，抄本，其中有《方壶词》三卷，《善本书室藏书志》著录的或指此本，盖析出著录者。

另《"中央"图书馆善本序跋集录》著录有《汪氏二家词》四卷，一册，云："清不著编人，精抄本，朱校。"又："《方壶词》三卷，宋汪莘撰；《水云词》一卷，宋汪元量撰。"

吴仲方

吴仲方，字季仁，雪川人。行迹不详，著有《秋潭集》、《虚斋乐府》。

陈起《江湖后集》卷十七吴仲方小传云：“著《秋潭集》，今辑自《永乐大典》散篇者，惟词若干阕，名《虚斋乐府》。”检今存《永乐大典》，卷540第18A页自《江湖诗》“乐府”录吴仲方《芙蓉月》“黄叶舞”一词。按：《四库全书》本《江湖后集》卷十七存其词七首，不见存诗，其中无《芙蓉月》一词。检《御选历代诗馀》卷五十七和《钦定词谱》卷二十三均归《芙蓉月》“黄叶舞空碧”一词的作者为赵以夫，按：赵以夫词集也名《虚斋乐府》，或因此而致误。吴氏词集明以来不见著录，《彊村丛书》等辑录的词集，存数在十首以下者不止其一，而吴氏不在其中。

张辑

张辑，字宗瑞，号东泽，宋鄱阳（今江西鄱阳）人。生卒年不详。受诗法于姜夔，终老布衣。著有《欸乃集》、《清江渔谱》、《东泽绮语》等。

张氏词集宋时已刊行于世，黄昇《中兴以来绝妙词选》卷九云：

> 有词二卷，名《东泽绮语债》。朱湛卢为序，称其得诗法于姜尧章。世所传《欸乃集》，皆以为采石月下谪仙复作，不知其又能词也，其词皆以篇末之语而立新名云。

朱湛卢序今不存。见于后世著录的有：

一、《清江渔谱》

今存《典雅词》本，清劳权抄本，清劳权校并跋，藏国家图书馆，其中有《清江渔谱》一卷。

又宋人陈起辑《江湖后集》，有《四库全书》本，其中卷十七载张氏词十二首，却不见存诗。小传云：“有《欸乃集》，朱湛卢序其词云：东泽得诗法于姜尧章，世所传《欸乃集》皆以为采石月下谪仙复出，不知其又能词也。今辑自《永乐大典》散篇者，只词若干首，名《清江渔谱》。”知小传为后人补撰。

此外见于著录的有：

1．《永乐大典》自《清江渔谱》录词三首，即《醉蓬莱》（2265/4B，指卷数及页码，下同）、《临江仙》和《琐窗寒》（14381/27）。又卷5839第9B页录张宗瑞词《谒金门》一首。又卷12043第25A页录张辑词《霜天晓角》一首。

2．明叶盛《菉竹堂书目》著录有《清江渔谱》一册。

3．明杨士奇等《文渊阁书目》卷十"诗词·月字号第二厨书目"著录有《清江渔谱》一部一册，阙。又杨士奇、清傅维麟《明书经籍志》著录有《清江渔谱》一册，阙。按："阙"之意是指曾为文渊阁所藏，今则无。

4．吴昌绶《宋金元词集见存卷目》附《双照楼续辑宋金元百家词目》著录有《东泽绮语债》一卷《清江渔谱》一卷。云："《绮语债》，董氏、丁氏皆有抄本，从《花庵词选》出。《渔谱》，《江湖后集》辑，《大典》本重校补。"

明以后《清江渔谱》就不见于藏家的著录，吴昌绶是据《江湖后集》辑出的。

二、《东泽绮语》（《东泽绮语债》）

今存抄本词集丛书中收有其词的有：

1．《典雅词》本，清劳权抄本，清劳权校并跋，藏国家图书馆，其中有《东泽绮语》一卷补遗一卷。

2．明李东阳辑《南词》本，抄本，其中有《绮语词》一卷。

3．《宋元明词》本（存二十一卷），明抄本，其中有《东泽绮语》一卷。

4．《宋明九家词》本，明抄本，清丁丙，其中有《东泽绮语》一卷。

5．《宋金元名家词抄》本，清抄本，其中有《东泽绮语》一卷。

6．《宋明十六家词》本，清丁氏嘉惠堂抄本，其中有《东泽绮语》一卷。

7．《宋八家词》本，清初抄本，其中有《东泽绮语》一卷。

此外见于著录的有：

1. 《永乐大典》卷 11313 第 20A 页自《东泽绮语》录《阮郎归》一首。

2. 清黄虞稷《千顷堂书目》卷三十二"词曲类·补·宋"著录有《东泽绮语债》二卷。

3. 清倪灿撰，卢文弨校正《宋史艺文志补》著录有《东泽绮语债》二卷。

4. 清朱彝尊《词综》"发凡"云曾见《东泽绮语债》一卷，又有"《东泽绮语》传亦寥寥"云云。又卷十五小传云有《东泽绮语债》二卷。

5. 《御选历代诗馀》卷一百六"词人姓氏"云有长短句二卷，名《东泽绮语债》。

6. 清查为仁、厉鹗《绝妙好词笺》卷二小传云有《东泽绮语债》二卷。

7. 清王闻远《孝慈堂书目》著录有《东泽绮语》一卷。

8. 清丁丙《善本书室藏书志》卷四十著录有《东泽绮语》一卷，明抄本。提要云：

> 是书一名《东泽绮语债》，其词皆以篇末之语而立新名。朱湛卢称其得诗法于姜尧章，世所传《欸乃集》，皆以为谪仙复作。今观其词风流跌宕，一往情深，亦有太白《忆秦娥》、《菩萨蛮》之遗。此集皆抄自《花庵词选》，惟卷末《念奴娇》、《祝英台》二阕为《花庵》所未选，想其精华已萃于斯矣。

9. 清赵昱《小山堂藏书目录备览》著录有《东泽绮语债》。

10. 缪荃孙《目录词小说谱录目》著录有《东泽绮语》一卷，传写明抄本。

11. 吴昌绶《宋金元词集见存卷目》附《双照楼续辑宋金元百家词目》著录有《东泽绮语债》一卷。

以上著录的或作一卷，或作二卷。多未言版本，但所载仍以抄本
居多。

近世朱祖谋据善本书室藏明抄本《东泽绮语》一卷和吴昌绶辑本
《清江渔谱》一卷，刻入《彊村丛书》中，无校记，无跋文。

周端臣

周端臣，字彦良，号葵窗，建业（今江苏南京）人。宋光宗绍熙三
年（1192）寓临安，曾官御前应制，约卒于理宗淳祐、宝祐年间。著有
《葵窗稿》。

《永乐大典》自《葵窗稿》录词六首：即《六桥行》二首、《少年
游》、《喜迁莺令》、《八声甘州》（2265/2A、B，指卷数及页码，下
同），《贺新郎》（14381/29A）。

周氏词集不见明清人著录，民国时赵万里据《绝妙好词》等辑录
五首，成《葵窗词稿》一卷，收入《校辑宋金元人词》中，有民国排
印本。

李壁

李壁（1159—1222），字季章，号石林，又号雁湖居士，丹棱（今
四川眉山）人。宋光宗绍熙元年（1190）进士，除将作监簿。宁宗时
除著作佐郎、秘书少监，权兵部侍郎，权礼部尚书，拜参知政事，兼同
知枢密院事。卒谥文懿。著有《雁湖集》等。

《永乐大典》自《雁湖集》录词五首，即《好事近》、《江神子》、
《阮郎归》（12043/22A，指卷数及页码，下同），《鹧鸪天》、《西江月》
（20353/12A）。又卷 10999 第 22A 页录李壁词三首，即《小重山》、
《满江红》、《南歌子》。

知李氏别集是收有词的，只是《雁湖集》今不存。

韩淲

韩淲（1159—1224），字仲止，号涧泉，祖籍雍丘（今河南杞

县），南渡后寓居信州上饶（今属江西）。以父荫入仕，为主簿，曾官贵池。宋宁宗庆元中官药局，嘉泰中辞官归隐，居家二十年。著有《涧泉集》、《涧泉诗馀》。

韩氏词集不见宋时刻印，其诗文集中是收有词的。《永乐大典》自《涧泉集》录词八首，即《谒金门》（2267/28B，指卷数及页码，下同）、《古梅曲》（2808/17B）、《贺新郎》和《鹊桥仙》二首（2809/17B）、《一剪梅》和《少年游》（2811/17A）、《江城子》（3581/9B）。入清则有《四库全书》本《涧泉集》二十卷，提要云："今检《永乐大典》所载，凡得诗二千四百馀首、词七十九首，编为二十卷。又得制词一首、铭二首，亦并附焉。而所以鹿门人一篇终不可见，知所佚者尚多。然较诸书所载，仅得残章断句者已，可谓富有矣。"知是据《永乐大典》中辑录，库本卷二十载有词，存九十八首。

除别集本外，韩氏词集另行者有《涧泉诗馀》，一作《涧泉词》，有抄本，有刻本，叙录如下：

今存抄本词集丛编中收有其词集的有：

1. 《宋元名家词》本，明抄本，清毛扆校，唐晏跋。此为明紫芝漫抄本，藏北京大学图书馆。其中有《涧泉诗馀》二卷。

2. 《宋元人词》本，清抄本，藏上海图书馆，其中有《涧泉词》一卷。

3. 清顾沅辑《宋五大家词集》本，清元和顾氏艺海楼抄本，其中有《涧泉诗馀》二卷，藏台湾。

除此外，见于藏家著录的抄本有：

1. 清曹寅《楝亭书目》卷四著录有《涧泉词》，抄本，一卷。

2. 清汪宪《振绮堂书目》卷二"闻·抄本集类杂集并总集·第一格"著录有：《涧泉诗馀》一册，一卷，宋韩淲撰。又《抚掌词》一卷，宋欧良撰。

3. 《劳氏碎金》卷中著录有《涧泉诗馀》一卷，旧抄本。录题识云：

咸丰丙辰四月十八日，借丁月河家藏旧本校此本，共百
九十五阕，《大典》本《涧泉集》只九十八阕，校补《摊破浣
溪沙》一阕，权记。

知清咸丰六年（1856）借丁月河家藏旧抄本校勘，按：丁白，字芮朴，
号宝书，清归安（今浙江湖州）人。咸丰至道光间在世，终生布衣，精
于目录之学，富藏宋元旧籍、手抄本等，手抄书达万卷，藏书处为宝
书阁、月河精舍、迟云楼，编撰《宝书阁著录》、《古书刊鋗闻见录》
（一名《读书识馀》），刊有《月河精舍丛抄》等。丁月河当指丁白。

4. 清陆心源《皕宋楼藏书志》卷一百二十著录有《涧泉诗馀》一
卷，旧抄本。录劳权等题识文。云：

咸丰丙辰四月十八日，借丁月河家藏旧本校此本，共百
九十五阕，《大典》本《涧泉集》只九十八阕，校补《摊破浣
溪沙》一阕，丁巳十二月朔日灯前记。

参见前《劳氏碎金》，其中末句不同。又见河田罴编《静嘉堂秘籍志》
卷五十"陆氏十万卷楼旧藏·词曲类"著录，有《涧泉诗馀》，抄，一
本。并录题识文，末句同《劳氏碎金》。又云："案：《提要》滤见杂家
类《涧泉日记》。从《永乐大典》编《涧泉集》二十卷，凡诗二千四百
馀首，词七十九首，盖此书别行本，《四库》所未收也。"

5. 清丁丙《善本书室藏书志》卷四十著录有《涧泉诗馀》一卷，
明抄本，梅禹金藏书。提要云：

滤著有《涧泉日记》，集久散失。《四库》采自《永乐大
典》中，得词九十七阕。此明抄本，得词几二百阕，尚是宋时
别行流传之本。朱氏《词综》一字未登，迨当日未见也。通
卷梅禹金以朱笔点勘，附以评语，首钤"梅禹金藏书印"朱文
方印。

此书民国时归藏江南图书馆，见《江南图书馆善本书目》著录，云：
"《涧泉诗馀》一卷，宋韩溥（当作滤），明抄本，梅禹金藏书。"又

《中国古籍善本书目》载《涧泉诗馀》一卷，云明抄本，清丁申校补并跋，清丁丙跋。藏南京图书馆，《善本书室藏书志》著录的当指此书。

6. 吴昌绶《宋金元词集见存卷目》附《双照楼续辑宋金元百家词目》著录有《涧泉诗馀》一卷，云："颍川韩淲仲止。钱塘丁氏旧抄本。《大典》本《涧泉集》未全，此足本，凡一百九十八首。"

7. 缪荃孙《艺风藏书续记》卷七著录有《涧泉诗馀》一卷，云："传抄本，宋韩淲撰。多出阁本乙百三首。"

8. 缪荃孙《目录词小说谱录目》著录有《涧泉诗馀》一卷，传写竹书堂校本。又李盛铎《木犀轩收藏旧本书目》著录有《涧泉诗馀》一卷，云："抄本，竹书堂主人用阁本校，一册。"按：丁申（？—1887），原名丁壬，字竹舟，清钱塘（今浙江杭州）人。丁丙兄，诸生。官六部主事，有室名竹书堂，编有《武林藏书录》。则所据传抄的当是丁氏家藏书。

9. 张元济《涵芬楼原存善本草目》著录有《涧泉诗馀》，云："抄本，潜采堂、谦牧堂藏印。"又傅增湘《藏园群书经眼录》卷十九著录有《涧泉诗馀》一卷。云："旧写本，十行二十字。有旧人校笔。钤有潜采堂、谦牧堂藏印。（甲寅）"甲寅为民国三年（1914），潜采堂为朱彝尊室名，谦牧堂为揆叙室名。

10.《藻玉堂书籍目》著录有：《涧泉诗馀》一卷，韩淲。《抚掌词》一卷，欧良。旧抄本，棉纸，一册，五十元。

11. 傅增湘《藏园群书经眼录》卷十九著录有《涧泉诗馀》一卷，云："旧写本。有竹素堂主人跋。较《四库》本多数十阕。（古书流通处送阅。壬戌）"壬戌为民国十一年（1922）。

12.《中国古籍善本书目》载《涧泉诗馀》一卷，清抄本。

又见于著录而版本不详者有：

1. 明钱溥《秘阁书目》著录有《涧泉诗馀》一册。

2. 明叶盛《菉竹堂书目》著录有《涧泉诗馀集》，一册。

3. 明杨士奇等《文渊阁书目》卷十"诗词·月字号第二厨书目"著录有《涧泉诗馀》一部一册，完全。又明杨士奇、清傅维麟《明书经籍志》著录有《涧泉诗馀》一部一册，完全，云："菉竹堂作《涧泉诗馀集》。"

4. 清朱彝尊《竹垞行笈书目》"人字号"著录有《渭（当作涧）泉词》一本。

5.《御选历代诗馀》卷一百六"词人姓氏"云有《涧泉诗馀》一卷。

以上著录的虽未言版本，但所载多为抄本。

民国时朱孝臧收入《彊村丛书》中，朱氏跋云：

> 《涧泉诗馀》一卷，钱塘丁氏善本书室藏明抄本也。《涧泉集》久散佚。四库采自《永乐大典》中，得词九十八首。提要云七十九，丁跋云九十七，并误。此本都百九十七首，卷末《摊破浣溪沙》一首，劳氏权据《大典》本《涧泉集》增。劳格《读书杂志》云百九十五阕，亦误。传写甚夥。余前后凡三见，略有同异。调下辄摘词中三数字标题，恐出后人臆注。或谓如《东山寓声》、《东泽绮语》之例，寻绎辞义，殊不尽然。校录若干条，其摘注之题，并依次移附，以俟读者斟订。吴伯宛谓宋人父子并有词集，临川晏氏、江阴葛氏而外，殆不多觏。余方刊《南涧词》，又获此本，一家父子皆属完书，尤可喜矣。甲寅九月，朱孝臧跋于沪北春江里行窝。

跋作于民国三年（1924），所据为丁氏善本书室藏明抄本，原为明梅鼎祚家藏物，有校记，知取他本校过。

吴礼之

吴礼之，字子和，号顺受老人，宋钱塘（今浙江杭州）人。生平不详。著有《顺受老人词》。

吴氏词集见于宋人著录，黄昇《中兴以来绝妙词选》卷四云："有词五卷，郑国辅序之。"未言词集名和版本，或已刊行，郑氏序《御选历代诗馀》曾引录数句，详后，然全文不存。见于后世著录的有：

1. 清黄虞稷《千顷堂书目》卷三十二"词曲类·补·宋"著录有《顺受老人词》五卷。

2. 清倪灿撰，卢文弨校正《宋史艺文志补》著录有《顺受老人词》五卷。

3. 清朱彝尊《词综》"发凡"云曾见《顺受老人词》五卷。

4. 《御选历代诗馀》卷一百六"词人姓氏"云有《顺受老人词》五卷。又卷一百十八引郑国辅云："吴礼之顺受老人词久著名，其《雨中花慢》及《丑奴儿》长调皆能以寻常语言为极透脱文字。"黄昇《中兴以来绝妙词选》言吴氏词集有郑国辅序，知所引为序中之言。

5. 清赵昱《小山堂藏书目录备览》著录有《顺受老人词》。

6. 《浙江通志》卷二百五十二"经籍十二·集部五"著录有《顺受老人词》五卷。

另《永乐大典》录吴子和词三首，即《霜天晓角》（2265/5B，指卷数及页码，下同）、《好事近》和《柳梢青》（20353/12A）。

以上知吴氏词集明末及清时尚存于世，其后不存。民国时赵万里收入《校辑宋金元人词》中，赵氏云：

> 《花庵词选》云："子和有词五卷，郑国辅序之。"然其书《直斋书录解题》不著于录，元以后更无人知矣。今于《花庵》外，于《全芳备祖》得一阕，辑为一卷。《备祖·后集》卷二菡门引昭顺老人《浣溪纱》词，疑昭顺乃顺受之讹，以无左证，故不录，万里记。

据《中兴以来绝妙词选》、《全芳备祖》、《乐府雅词》、《草堂诗馀》等辑词十七首附一首。有民国排印本。

佚名《抚掌词》

《抚掌词》，宋佚名作，欧良编，前人或误作欧氏词集。欧氏，南城（今属江西）人。宋理宗景定三年进士（1262），官司户。

今存抄本词集丛编中收有《抚掌词》的有：

1.《典雅词》本，清劳权抄本，清劳权校并跋，藏国家图书馆，其中有《抚掌词》一卷。检《劳氏碎金》卷中著录有《抚掌词》一卷，旧抄本。题识云：

> 《抚掌词》，前不署姓名，从《典疋词》传出，盖南渡人词也。欧良，乃编集者之名。此本去"后学"二字，遂以当作者矣。末附效李长吉《十二月宫乐词》，此系乐府，故不得入词。原本所有，仍补入之。良，南城人，官司户。见刘后村所作诗集序。咸丰癸丑五月廿三日午后，据曝书亭抄本《典疋词》校过。饮香词隐劳騨卿记于沤喜亭池上。

作于清咸丰三年（1853），《典疋词》即《典雅词》，取朱彝尊抄《典雅词》本校。按：国图藏书封面题云"竹垞先生抄本"，又题有"丹铅精舍辑"等，为清劳权咸丰二年（1852）传抄重辑本。末有朱彝尊跋文，云："《典雅词》，不知凡几十册。予未通籍时，得一册于慈仁寺。集笺皆罗纹，惟书法潦草，宋日胥史所抄南渡以后诸公词也。……考正统中《文渊阁书目》止著诸家词三十九册，而无《典雅》之名，疑即是书，著录者未之详尔。予所得不及十之二，然合离聚散之故可以感已。"知据为南宋抄本，书法潦草，检朱氏《竹垞行笈书目》"待字号"和"人字号"分别载《典雅词》各一本，所指当是朱氏所藏及所抄的两册。又清丁丙《善本书室藏书志》卷四十著录有《抚掌词》一卷，劳巽卿抄本。云："今读其词，颇多清婉之语，小令亦尚有风致，惟瑜瑕杂陈耳。卷首有劳权印白文小方印。"盖析出著录者。

2.《宋金元明十六家词》本，清抄本，佚名录清劳权校跋，清丁丙跋，其中有《抚掌词》一卷。

3.《宋八家词》本，清初抄本，其中有《抚掌词》一卷。

4.《宋九家词》本，清道光蒋氏别下斋抄本，清许光清跋，其中有《抚掌词》一卷。

5.《宋元人词》，清抄本，其中有《抚掌词》一卷。

6. 清赵辑宁辑《星凤阁抄五代宋人词》本，清赵氏星凤阁抄校

607

本，其中有《抚掌词》一卷，藏台湾。

另《中国古籍善本书目》载《抚掌词》二种，均一卷，均为清抄本。

除此外，见于著录的有：

1．《御选历代诗馀》卷一百七"词人姓氏"云欧良有《抚掌词》一卷。

2．清汪宪《振绮堂书目》卷二"闻·抄本集类杂集并总集·第一格"著录有：《涧泉诗馀》一册，一卷，宋韩淲撰。《抚掌词》一卷，宋欧良撰。

3．清王闻远《孝慈堂书目》著录有《抚掌词》一卷，云："抄，白八番。合上一册。"

4．清陆心源《皕宋楼藏书志》卷一百二十著录有《抚掌词》一卷，旧抄本。又录劳格手跋文。

5．《藻玉堂书籍目》著录有：《涧泉诗馀》一卷，韩淲。《抚掌词》一卷，欧良。旧抄本，棉纸，一册，五十元。

6．《涵芬楼原存善本草目》著录有《抚掌词》，云："抄本，潜采堂、谦牧堂藏印。"知曾为朱彝尊潜采堂和揆叙谦牧堂庋藏过。按：朱彝尊抄藏有《典雅词》，收有《抚掌词》，参见前文，此本或为其中之一。

7．王重民《中国善本书提要》著录有《抚掌词》一卷，与《乐斋词》同订一册（北图）。提要云：

赵氏星凤阁抄本。[十行二十一字]

原题："后学南城欧良。"《北京图书馆善本书目》即以欧良为撰人，似非是。按《劳氏碎金》卷中有辨云："《抚掌词》卷前不署姓氏，从《典雅词》传出，盖南渡人词也。欧良乃编集者之名，此本去'后学'二字，遂以当作者矣。良，南城人，官司户，见刘后村所作诗集序。"卷内有"赵印辑宁"印记。又有辑宁题签云："甲戌夏四月十五日灯下写于知不足斋，某泉志。"

按：赵箖，字素门，一字典承，号辑宁，清钱塘（今浙江杭州）人。清乾隆时人，仕履不详，喜藏书，与鲍廷博为友，互借互抄，藏书处为古欢书屋和星凤阁。辑宁有长子名之玉，号梅泉（一作某泉）居士，喜抄书，星凤阁抄本多属其所为。此本为赵之玉嘉庆十九年（1814）抄于鲍氏知不足斋。

以上除《御选历代诗馀》外，所载均为抄本。

近时则有四印斋汇刻《宋元三十一家词》本，其中有有《抚掌词》一卷，王鹏运跋云：

> 《抚掌词》卷前不署姓名，从《典疋词》传出，盖南渡人词也。欧良乃编集者之名。此本去"后学"二字，遂以当作者矣。末附效李长吉十二月宫乐词，此系乐府，固不得入词，原本所有，仍补入之。良，南城人，官司户，见刘后村所作诗集序。咸丰癸丑五月廿三日午后，据曝书亭抄本《典疋词》校过。饮香词隐劳翚卿记于沤喜亭池上。案：陌宋楼藏本有此跋，据补"后学"字于首。所云十二月宫乐词，此亦有之。馀与劳本同不同，未可知耳。半塘老人。

知据陆心源陌宋楼藏书刊刻，见于藏家著录，如缪荃孙《目录词小说谱录目》和叶德辉《叶氏观古堂藏书目》等。

赵闻礼

赵闻礼，字立之，又字粹夫，号钓月，临濮（今属山东）人。生卒年不详，曾为胥口监征，宋理宗淳祐年间客居临安。编著有《钓月集》、《阳春白雪》。

赵氏词集见于宋人著录，周密《浩然斋雅谈》卷下云：

> 《谒金门》云："人病酒，生怕日高催绣。昨夜新翻花样瘦，旋描双蝶凑。　　慵凭绣床呵手，却说新愁还又。门外

东风吹绽柳，海棠花厮勾。"《踏莎行》云："照眼菱花，剪情
菰叶，梦云吹散无踪迹。听郎言语识郎心，当时一点谁消
得。　　柳暗花明，萤飞月黑，临窗滴泪研残墨。合欢带上
旧题诗，如今化作相思碧。"此二词并见赵闻礼《钓月集》，
然集中大半皆楼君亮、施仲山所作，安知非他人者？

知混同有他人之作，按：楼采，字君亮，鄞县（今浙江宁波）人。宁宗
嘉定十年（1217）进士。施岳，字仲山，号梅川，吴（今江苏苏
州）人。

其词集不见于明人著录，入清则有抄本，见于词集丛编中的有：

1. 清汪曰桢编《又次斋词编》本，稿本。其中有《钓月词》
一卷。

2. 清汪曰桢编《宋元十家词》本，清又次斋抄本，清汪曰桢校，
吴昌绶校。其中有《钓月词》一卷。检吴昌绶《宋金元词集见存卷
目》附《双照楼续辑宋金元百家词目》著录有《钓月词》一卷，云：
"临濮赵闻礼立之。乌程汪曰桢辑本，谢城又次斋《宋元十家词》仅见
传抄，四印斋已刻四家，馀皆入此目中。"

又见于著录的有：

1.《御选历代诗馀》卷一百七"词人姓氏"云有《钓月轩词》。

2. 缪荃孙《目录词小说谱录目》著录有《钓月词》一卷，石莲室
抄校本。又缪氏《艺风藏书续记》卷七著录有《钓月词》一卷，云：

> 传抄本，宋赵闻礼撰。闻礼字立之，临濮人。《阳春白
> 雪》即立之所选，久已脍炙人口。此近人所辑，亦从《阳春白
> 雪》、《绝妙好词》录出，刻入东人词中。

按：吴重熹（1838—1918），字仲怡，亦字仲饴、仲怿，号蓼舸、石
莲，晚号石莲老人，海丰（今山东无棣）人。举人。1900 年由江安粮
台道升福建按察使，历任江宁布政使、江西巡抚、河南巡抚等。藏书
处名石莲庵，或作石莲轩。辑刻有《九金人集》、《石莲庵山左人词》

等。此或为吴氏抄本。

3. 李盛铎《天津延古堂李氏旧藏书目》著录有《钓月词》一卷，抄本，一册。又李氏《木犀轩收藏旧本书目》著录有《钓月词》一卷，抄。

民国时赵万里辑有《钓月词》一卷，收入《校辑宋金元人词》中。赵氏题记云：

> 案：赵闻礼《阳春白雪》，至道光间始有江都秦氏、钱唐瞿氏两刻本，独《钓月集》宋以后久佚。就《白雪》所引观之，与《绝妙好词》所载楼采词相重者凡四首，此在宋时已然。《浩然斋雅谈》下云：“《谒金门》、《踏莎行》二词，并见赵闻礼《钓月集》，然集中大半皆楼君亮、施仲山所作，安知非他人者。”案：施仲山词，今收入《绝妙好词》，内缺六首。就所存《水龙吟》诸阕，与今所辑《钓月词》十五首核之，无重出者，则赵氏词散佚多矣。万里记。

据《绝妙好词》、《阳春白雪》等录词十五首，为民国排印本。

汪莘

汪莘（1162—1237），字处微，绩溪（今属安徽）人。宋宁宗开禧中，尝一至阙下，不就举试而归。栖隐山中，结庐曰环谷，里人私谥康范先生。著有《环谷存稿》、《康范诗集》。

汪氏词见载于诗文集中，《康范诗集》汪梦斗跋云：

> 右先大父康范先生诗词共七十首，其馀杂著亦尝编辑，得二十篇，并《静观常语》三十馀卷，皆录成正本。甲戌因表进曾思二书，携以呈诸时贤，悉留武林亲故家。其冬兵兴，乙亥春遣人征索，则其家已迁避他郡。事平，问之，答云：“皆失之矣。”先庐丙子燔于寇，家藏图书悉为煨烬，其寄山中者诗词草本幸无恙，而杂著则无草本矣，令人怆然涕泣不

能禁。先生所为文，多不蓄稿，昔梦斗集诗词时，往往得之戚友所传诵，与二父所记者，视所作已百无一二存也。……此之存稿，恐后复散轶也，亟谋锓梓，置之静观堂，以传不朽。至元戊寅夏四月望日三世孙梦斗书于天井峰下农舍。

作于元惠宗至元四年（1338），知别集中载有词。又元张纯仁《康范诗集》序云：

> 观其《环谷存稿》所为诗词数十首，其言典雅，其声和平，无一毫晚宋气习。……惜乎其所述作不复尽传于世，此其幸存而未泯者耳，非惟汪氏子孙所宜珍重，亦斯文之所当共惜者也。余再来新安，校文郡庠，纠录赵君遇偕先生五世孙畴，为征余文题其端，以锓诸梓。执笔汗颜，姑论其概，俾览遗风传逸民者亦将有感于斯文。至正己丑九月既望，奉议大夫、江浙等处行中书省左右司郎中致仕张纯仁叙。

序作于元惠宗至正九年（1349），知诗文集原名《环谷存稿》，后更今名，屡经刊刻，其中载有词。按：《康范诗集》"康范实录"之唐廷瑞《康范先生行状》（嘉熙二年）云：

> 开禧丁卯，先生犹觅举阙下，时方用兵，事日异。因客邸中，重午有感，赋小词，慨然曰："是尚可求仕也欤哉！"即归不应举，因此遂弃举文，翛然无世累，不以名第介意，乡人高仰而钦慕之。……嘉熙改元丁酉岁，先生七十有六，病以死矣，寝疾，李公亲问医药，请所属，曰："咸无之。"赋小词《如梦令》，以舟自况，有"把柁更须牢，无碍，无碍，匹似子猷访戴"之句，盥手整衣衾，奄然而逝，实四月二十有六也。邑人聚哭甚哀，酿金为仙佛供者无数。李公率属致祭，及合三老士人会于学宫，诔其行，私谥曰康范先生。

作于理宗嘉熙二年（1238）。

入清有《四库全书》本，其中有《康范诗集》一卷附录三卷，提要云：

> 末有晖三世孙梦斗跋，语称其诗词共七十首，其馀杂著亦尝编辑得二十篇，并《静观常语》三十馀卷，亡于兵火，惟诗词草本仅存云云。盖掇拾于残毁之馀，已非其完帙，故所存仅此集后……又有附录外集，载诸名贤与其先世酬唱题赠之作，皆后人所续集也。是集及梦斗《北游集》旧本合，题曰《西园遗稿》，西园盖其先世监簿琛别业，苏辙有《题汪文通谹然亭诗》，即在其地，今以二人相距三世，本各为一集，故仍分著于录，而附存其改题之总名于此焉。

所据为江苏巡抚采进本，原为《西园遗稿》之一，《四库全书总目》于《西园遗稿》提要云：

> 明汪茂槐编，茂槐字廷植，绩溪人。以岁贡授宜阳主簿，是编一曰《康范诗集》，宋汪晖撰；一曰《北游诗集》，宋汪梦斗撰。皆已著录。茂槐为二人裔孙，复合而刻之。西园者，乃汪氏所居里名也，后有外集，则宋苏轼赠汪罩、苏辙赠汪琛、汪宗臣诸人之诗，以其皆为汪氏而作，故亦附之于末云。

所据为安徽巡抚采进本，未标卷数，为明汪氏裔孙刻本。按：库本《康范诗集》存词十二首。

除库本外，又有民国时李之鼎宜秋馆刻《宋人集》本，其中有《康范诗集》一卷，存词同库本。李氏跋云：

> 此集从文津阁库本移录，为康范三世孙梦斗搜辑于兵火煴烬之馀，得诗五十一首词十二阕，编为一卷，后附诔、行状、墓铭、进曾、思二子墨本表及曾、思二子全书序四篇、祭文二篇，为附录一卷，乃后人续辑而成。惟提要所称酬倡题赠之作、褒赠通直郎指挥二篇，暨瞿氏《铁琴铜剑楼藏书志》载有元至正张纯仁序、明弘治章瑞序、嘉靖裔孙茂槐序，编

中未见，殆经馆臣刊削欤？处微父行谊事实见于附录各篇，颇为详备，能以道德化其乡里，所谓没而可祭于社者也，旧本与梦斗《北游集》合刊，题曰《西园遗稿》，库本离而为二，今刊此集，《北游集》亦同时付刊，庶西园原帙不至终于沉晦矣。庚申季夏南城李之鼎识于世德堂。

跋作民国九年（1920），知是据传抄文津阁四库本而刊刻的。

民国时又有《彊村丛书》本，其中有《康范诗馀》一卷，吴昌绶跋云：

> 《康范集》一卷，劳氏巽卿传抄《四库》本，诗馀只十二首。元至元戊寅，其三世孙梦斗跋，称有咏木犀乐府，末云："可是东风，当日欠商量。百紫千红春富贵，无半点，似渠香。"因不得全篇，故不在集中。晖以儒术著，词非所长。重是宋人遗著，录之以备一家。劳藏无一非精抄善校，此出佣书人手，讹脱不免。未著校语，仅卷端钤有印记耳。仁和吴昌绶。

知是据劳权传抄《康范集》本刊刻。《中国古籍善本书目》载《康范诗馀》一卷，云吴氏双照楼抄本，朱孝臧校。藏浙江图书馆。《彊村丛书》本或是据浙图藏本。

史达祖

史达祖，字邦卿，号梅溪，祖籍汴（今河南开封）人，生卒年不详。寓居杭州。屡试不第，漂泊于荆楚一带，做过幕僚。韩侂胄当国时，倚为亲信，负责撰拟文书。韩败被诛，史被黥面流放。著有《梅溪词》。

史氏词宋时就已结集并刊行，张镃序：

> 《关雎》而下三百篇，当时之歌词也，圣师删以为经，后世播诗章于乐府，被之金石管弦，屈、宋、班、马由是乎出。

而自变体以来，司花傍辇之嘲，沉香亭北之咏，至与人主相友善，则世之文人才士，游戏笔墨于长短句间，有能瑰奇警迈，清新闲婉，不流于诡荡污淫者，未易以小伎言也。余扫轨林扃，草长门径。一日，闻剥啄声，园丁持谒入，视之，汴人史生邦卿也。迎坐竹阴下，郁然而秀整。俄起谓余曰："某自冠时，闻约斋之号，今亦既有年矣。君身益湮晦，某以是来见，无他求。"袖出词一编，余惊笑而不答，生去，始取读之……

序作于宋宁宗嘉泰元年（1201），所见或为手稿。

见于宋人著录的有：

1. 陈振孙《直斋书录解题》卷二十一著录有《梅溪词》一卷，云："汴人史达祖邦卿撰，张约斋磁为作序，不详何人。"为宋刊《百家词》本。元马端临《文献通考》卷二百四十六"经籍考七十三"据以录入。

2. 黄昇《中兴以来绝妙词选》卷七云：

　　史邦卿，名达祖，号梅溪。有词百馀首，张功父、姜尧章为序，尧章称其词奇秀清逸，有李长吉之风韵。

未言卷数，当为刻本，张功父即张镃，其序详前，姜夔序不存。

3. 张炎《词源》卷下云：

　　旧有刊本《六十家词》，可歌可诵者，指不多屈。中间如秦少游、高竹屋、姜白石、史邦卿、吴梦窗，此数家格调不侔，句法挺异，俱能特立清新之意，删削靡曼之词，自成一家，各名于世。

所云《六十家词》当为南宋刻本，元以后不存于世。

明清以来见于著录的有：

一、印本

1. 明末毛氏汲古阁刊《宋名家词》本《梅溪词》一卷，毛晋跋云：

> 余幼读《双双燕》词，便心醉梅溪。今读其全集，如"醉玉生春柳"、"发梳月"等语，则"柳昏花暝"之句又不足多矣。姜白石称其奇秀清逸，有李长吉之韵，益能融情景于一家，会句意于两得，岂易及耶？

未言所据，此本见清郑德懋辑《汲古阁校刻书目》之《宋名家词六集》著录，云凡五十一叶。又叶德辉《叶氏观古堂藏书目》著录有《梅溪词》一卷，为清光绪汪氏振绮堂重刊汲古阁本。

2. 戈载辑《宋七家词选》本《梅溪词》一卷，戈氏跋云：

> 周清真善运化唐人诗句，最为词中神妙之境，而梅溪亦擅其长，笔意更为相近。予尝谓梅溪乃清真之附庸，若仿张为作词家主客图，周为主，史为客，未始非定论也。张功甫序云："情辞俱到，能事无遗，有瑰奇警迈，清和闲婉之长，妥帖轻圆，特其馀事。姜白石亦叹其奇秀清逸，有李长吉之韵，盖能融情景于一家，会句意于两得者。"集中如《东风第一枝》、《寿楼春》、《湘江静》、《绮罗香》、《秋霁》，皆推杰构，正不独汲古所称"醉玉生春"、"柳发梳月"也，惟《双双燕》一首亦脍炙人口，然美则美矣，而其韵庚青杂入真文，究为玉瑕珠颣。予此选律韵不合者，虽美弗收，故是词割爱从删。至各本异同之处，两可者亦不论。……

所谓"各据善本改正"，知其中当有词集善本。

3. 王鹏运四印斋刻《梅溪词》一卷，王鹏运跋云：

> 右史邦卿《梅溪词》一卷，陈氏《书录解题》云："汴人史达祖邦卿撰，张约斋镃为作序，不详何人。"叶绍翁《四朝闻见录》云：韩侂胄为平章，专倚省吏史达祖。韩败，黥焉。或遂谓邦卿即侂胄吏，并引词中"陪节北行"、"一钱不值"等语实之。按：陈氏去侂胄未远，邦卿果为其省吏，何必曲

为之讳，猥云不详。即以词论，如《满江红》之"好领青衫"、《齐天乐》之"郎潜白发"，皆非胥吏所能假托。且约斋为手刃侂胄之人，何至与其吏唱酬，复作序倾倒如此，殆不然矣。堂吏非舆台，侂胄之奸，视秦、贾有间，邦卿即真为省掾，原不必深论，特古今同时同姓名者正自不乏，强为牵合，亦知人论世者所宜辨也。其集毛氏丛刻外绝少单行，爰为雠校，付之厥氏。其与诸选本字句异同，互有得失，悉为详载，不复标明所据之书，以省繁复。唯周氏稺圭、戈氏顺卿二选，辄好臆改，以自伸其说。夫长调一阕不过百许言，似此意为删润，再经数手，庐山真面必至不可复识。故两家选本参互处，特为标明，略示区别，俟知音者鉴定焉。光绪十五年九月，临桂王鹏运识。

跋作于清光绪十五年（1889），未言所据。按此本有况周颐校字，末有况氏跋云：

> 按：梅溪此集，历斠宋以来选本，别无补遗，惟《词统》载《喜迁莺·莫春》一阕，元注一刻蒋捷，《古今词话》引作史词，兹附卷末："游丝纤弱，谩著意绊春，春难凭托。水暖成纹，云晴生影，芳草渐侵裙幄。露添牡丹新艳，风摆秋千闲索。对此景，动高歌一曲，何妨行乐。　　行乐，君听取。莺啭绿窗，也似来相约。粉壁题诗，香街走马，争奈鬓丝输却。梦回昼长无事，聊倚阑干斜角。翠深处、看悠悠几点，杨花飞落。""芳草"句一作"双燕又窥帘幕"，"行乐"下一作"春正好，无奈绿窗，孤负敲棋约。锦瑟调弦，银瓶索酒，年少也曾迷著。自从发涠心倦，长倚钩阑斜角。"

知是据况氏校本刻印的。又见缪荃孙《目录词小说谱录目》等著录。

二、　抄本

今存抄本丛编中收有词集的有：

1. 明吴讷编《唐宋名贤百家词》本，明抄本，梁启超跋，其中有《梅溪词》一卷。

2. 《宋元名家词》本，明抄本，清毛宸校，唐晏跋，其中有《梅溪词》一卷

3. 《四库全书》本《梅溪词》一卷，提要云：

> 宋史达祖撰，达祖字邦卿，号梅溪，汴人。田汝成《西湖志馀》称韩侂胄有堂吏史达祖擅权用事，与之名姓皆同。今考集中《齐天乐》第五首注中秋宿真定驿，《满江红》第二首注九月二十一日东京怀古，《水龙吟》第三首注陪节欲行留别社友，《鹧鸪天》第四首注卫县道中，《惜黄花》一首注九月七日定兴道中，核其词意，必李璧使金之时，侂胄遣之随行觇国，故有诸词，知撰此集者即侂胄所用之史达祖。又考玉津园事，张镃虽预其谋，而镃实侂胄之狎客，故于《满头花》生辰得移厨张乐于其邸，此篇前有镃序，足证其为侂胄党，序末称数路得人，恐不特寻羹于汉，亦足证其实为掾史，迥非两人。惟序作于嘉泰元年辛酉，而集中有壬戌立春一首，序称初识达祖，出词一编，而集中有与镃唱和词二首，则此本又后来所编，非镃所序之本矣。达祖人不足道，而词则颇工。镃称其分镳清真，平睨方回，而纷纷三变行辈不足比数。清真为周邦彦之号，方回为贺铸之字，三变为柳永之原名，其推奖未免稍溢，然清词丽句，在宋季颇属铮铮，亦未可以其人掩其文矣。

库本前有张镃序，后有毛晋跋，知所据为毛氏汲古阁刊本，为江苏巡抚采进本。又《钦定续通志》卷一百六十三据文渊阁著录，其中有《梅溪词》一卷，同库本。

另见于著录的有：

1. 清陆心源《皕宋楼藏书志》卷一百十九著录有《梅溪词》一卷，云毛斧季手校本。录陆贻典手跋云："六月廿九日，二抄本校，其

一即底本也。"

2.《中国古籍善本书目》载《梅溪词》一卷，云清抄本，周叔弢校并跋。藏国家图书馆。

三、 版本不详者

1.《永乐大典》自《梅溪词》录三首，即《瑞鹤仙》（2809/18B，指卷数及页码）、《醉客魂》（3006/7B）、《菩萨蛮》（11077/8A）。又自《梅溪集》录《贺新郎》二首（2265/6B）。

2. 明钱溥《秘阁书目》著录有《梅溪词》，未标明卷数。

3. 明梅鼎祚《青泥莲花记》"采用书目"，其中有《梅溪词》，未标明卷数。

4. 清黄虞稷《千顷堂书目》卷三十二著录有《梅溪词》二卷。

5. 清倪灿撰，卢文弨校正《宋史艺文志补》著录有《梅溪词》二卷。

6. 清钱曾《钱遵王述古堂藏书目录》著录有《梅溪词》一卷。

7. 清钱曾《也是园藏书目》卷七著录有《梅溪词》一卷。

8. 清朱彝尊《词综》"发凡"和卷十七小传云有《梅溪词》二卷。

9《御选历代诗馀》卷一百六"词人姓氏"云有《梅溪词》二卷，张镃序之。

10. 清陆漻《佳趣堂书目》著录有《梅溪词》一卷，曹秋岳选定。曹溶（1613—1685），字秋岳，一字洁躬，号倦圃、锄菜翁，秀水（今浙江嘉兴）人。明崇祯十年（1637）进士，官御史。入清，任顺天学政，擢左副都御史、户部右侍郎，授广东布政使。清康熙时诏举博学鸿词，未试。著有《静惕堂集》、《静惕堂书目》。

11. 清徐元文《含经堂藏书目》著录有《梅溪词》一卷。

12. 清赵昱《小山堂藏书目录备览》著录有《梅溪词》，未标明卷数。

13. 清庄仲芳《映雪楼藏书目考》卷十著录有《梅溪词》一卷。

以上均未言版本，有作一卷，有作二卷，或未标卷数。除庄仲芳外，其馀各家所载，当以抄本为主。

高观国

高观国，字宾王，号竹屋，宋山阴（今浙江绍兴）人。生平不详。曾与史达祖等结社唱和。著有《竹屋痴语》。

高氏词集宋时就行于世，见于著录的有：

1. 陈振孙《直斋书录解题》卷二十一著录有《竹屋词》一卷，云："高观国宾王撰，亦不详何人。高邮陈造并与史二家序之。"为宋刊《百家词》本，元马端临《文献通考》卷二百四十六据以录入。陈造为史达祖和高观国二人词集合作的序今不存。

2. 黄昇《中兴以来绝妙词选》卷六云：

> 高宾王，名观国，号竹屋。词名《竹屋痴语》，陈造为序，称其与史邦卿皆秦、周之词，所作要是不经人道语，其妙处少游、美成若唐诸公亦未及也。

未言卷数版本。

3. 佚名《氏族大全》卷七云："高观国，字宾王，号竹屋。工词，有词集名《竹屋痴语》。"未言卷数版本。

4. 张炎《词源》卷下：

> 旧有刊本《六十家词》，可歌可诵者，指不多屈。中间如秦少游、高竹屋、姜白石、史邦卿、吴梦窗，此数家格调不侔，句法挺异，俱能特立清新之意，删削靡曼之词，自成一家，各名于世。

所云《六十家词》，或为南宋时所刻。

以上知宋时高氏词集有多种刻本，名称有二：《竹屋词》和《竹屋痴语》。见于宋以后著录的有：

一、《竹屋词》

今存抄本词集丛编中收有高氏词集的有：

1. 明吴讷编《唐宋名贤百家词》本，明抄本，梁启超跋，其中有

《竹屋词》一卷。

2.《宋元名家词》本，明抄本，清毛扆校，唐晏跋，其中有《竹屋痴语》一卷。

3.《宋金明人九家词》本，清抄本。其中有《竹屋痴语》一卷。

除此外，见于著录的有：

1.《永乐大典》卷2265页5B页自《高竹屋词》录《菩萨蛮》一首。又卷14381第26A页录高观国词三首，即《烛影摇红》、《江神子》、《醉落花》。

2. 明钱溥《秘阁书目》著录有《竹屋词》，未标明卷数。

3. 明赵用贤《赵定宇书目》著录有：向丰之、白石、竹屋、履斋等词一本。

4. 明毛晋《汲古阁毛氏藏书目录》著录有《竹屋词》一卷。

5. 清钱曾《钱遵王述古堂藏书目录》著录有《竹屋词》一卷。

6. 清钱曾《也是园藏书目》卷七著录有《竹屋词》一卷。

以上均未言版本，所载当以抄本为主。

二、《竹屋痴语》

此书见《永乐大典》引录，自《竹屋痴语》录词七首，即《菩萨蛮》（540/17B，指卷数及页码，下同）、《青玉案》（2265/7B）、《鹧鸪天》（2265/7B）、《留春令》（2809/16B）、《兰陵王》（3005/12B）、《酹江月》（9766/7B）、《凤栖梧》（20353/15A）。

明末有毛氏汲古阁刊《宋名家词》本《竹屋痴语》一卷，毛晋跋云：

> 宾王词，《草堂》集不多选，选入如《玉蝴蝶》，坊刻竟逸去。又如《杏花天》、《思佳客》诸作混入他人，先辈多拈出，以慨时本之误。陈造叙云：高竹屋与史梅溪皆周、秦之流所作，要是不经人道语，其妙处少游、美成亦未及也。

未言所据，所引陈造叙今不存，毛氏引录数句，可见一斑。此本见清郑德懋辑《汲古阁校刻书目》之《宋名家词六集》著录，云凡三十九叶。

又清陆心源《皕宋楼藏书志》卷一百二十著录有《竹屋痴语》一卷，云毛斧季手校本。所据为汲古阁本，有批校，今存日本静嘉堂文库，盖析出著录者。

又叶德辉《叶氏观古堂藏书目》著录有《竹屋痴语》一卷，为清光绪汪氏振绮堂重刊汲古阁本。

入清则有《四库全书》本《竹屋痴语》一卷，提要云：

> 宋高观国撰，观国字宾王，山阴人。陈振孙《书录解题》载："《竹屋词》一卷，高观国撰，不详何人。高邮陈造并与史达祖二家为之序。"此本为毛晋所刊，末有晋跋，仅录造序，中所称"竹屋、梅溪语皆不经人道，其妙处少游、美成不及"数语。而不载全文，然考造《江湖长翁集》亦不载是序，或当时削其稿欤？词自鄱阳姜夔句琢字炼，始归醇雅，而达祖、观国为之羽翼，故张炎谓数家格调不凡，句法挺异，俱能特立清新之意，删削靡曼之词，乃《草堂诗馀》于白石、梅溪则概未寓目，竹屋词亦止选其《玉蝴蝶》一阕，盖其时方尚甜熟，与风尚相左故也。观国与史达祖叠相酬唱，旗鼓俱足相当，惟梅溪词中尚有《贺新郎》一阕，注云湖上与高宾王同赋，今集中未见此调，殆佚之欤？

知是据毛氏汲古阁本录入，为安徽巡抚采进本。《钦定续通志》卷一百六十三据文渊阁著录，其中有《竹屋痴语》一卷。

除此外，见于藏家著录的有：

1. 清黄虞稷《千顷堂书目》卷三十二著录有《竹屋痴语》一卷。

2. 清倪灿撰，卢文弨校正《宋史艺文志补》著录有《竹屋痴语》一卷。

3. 清徐元文《含经堂藏书目》著录有《竹屋痴语》一卷。

4. 清朱彝尊《词综》"发凡"和卷十七小传云有《竹屋痴语》一卷。

5.《御选历代诗馀》卷一百六"词人姓氏"云："乐章一卷，名《竹屋痴语》，高邮陈造序之。"

6. 清查为仁、厉鹗《绝妙好词笺》卷二小传云有《竹屋痴语》一卷。

7. 清陆漻《佳趣堂书目》著录有《竹屋痴语》一卷。

8. 清赵昱《小山堂藏书目录备览》著录有《竹屋痴语》，未标明卷数。

9. 清庄仲芳《映雪楼藏书目考》卷十著录有《竹屋痴语》一卷。

以上均未言版本，除庄仲芳、章篯外，其他所载多属抄本。

民国时朱祖谋据毛氏汲古阁抄本，收入《彊村丛书》中，成《竹屋痴语》一卷。无校记，无跋文。

程珌

程珌（1164—1242），字怀古，号洺水遗民，休宁（今属安徽）人。宋光宗绍熙四年（1193）进士，授昌化主簿。宁宗嘉泰元年（1201）除建康府教授，嘉定年间知富阳县，迁枢密院编修官，除秘书丞，累迁守礼部侍郎兼直学士院、同修国史。理宗宝庆年间兼权礼部尚书，除翰林学士知制诰。淳祐二年（1242）以端明殿学士致仕。著有《洺水集》。

程氏词见载于诗文集中，今有《四库全书》本《洺水集》三十卷，提要云："集本六十卷，载于《书录解题》，此本乃崇祯乙巳其裔孙至远所刻，仅三十卷。原序称岁久散佚，旧缺其半云。"为江苏巡抚采进本，所据为明崇祯刊三十卷本，与宋时原六十卷相较，已佚其半。库本卷三十为乐府一卷，存词四十首。

又有自别集析出别行者，今有明末毛氏汲古阁刊《宋名家词》本《洺水词》一卷，毛晋跋云：

> 字怀古，休宁人，世系本河北洺川，自号洺水遗民。十岁咏冰，便有"莫言此物浑无用，曾向滹沱渡汉兵"之句，舅氏

黄寺丞叱非常儿，挟以自随，以平生所得二吴之学及有闻于程大昌者，悉以付之。由乡荐，旅试南宫，时丞相赵公典举，见其文曰："天下奇才也。"擢魁多士。或以道学相猜，置本经第二，论者莫不称抑。尝读《宋史》，详其功业，恨未得全集读之。癸酉中秋，衍门从秦淮购得端明《洺水集》二十六卷，虽考之伊子志中，卷次遗逸甚多，而大略已概见矣。先辈称其宗欧、苏而长于文章，洵哉！急梓其诗馀二十有一调，以存其人云。

知是据诗文别集二十六卷本所载词录入，才二十一首，检上海古籍影印的《宋六十名家词》本《洺水词》，存词实四十首，与库本同，或汲古阁后有补刻，或为重刊，或系毛晋之子毛扆所为。此本见清郑德懋辑《汲古阁校刻书目》之《宋名家词六集》著录，云凡十九叶。叶德辉《叶氏观古堂藏书目》著录有《洺水词》一卷，为汪氏振绮堂重刊汲古阁本。

又有《四库全书》本《洺水词》一卷，提要云：

> 宋程珌撰，珌有《洺水集》已著录，诗馀二十一阕已载集中，此毛晋摘出别行之本也。珌文宗欧苏，其所作词亦出入于苏、辛二家之间，多寿人及自寿之作，颇嫌寡味，至《满庭芳》第二阕之萧歌通叶，《减字木兰花》后阕之好坐同韵，皆系乡音，尤不可为训也。

所据为毛氏汲古阁本，为安徽巡抚采进本。《钦定续通志》卷一百六十三据《四库全书存目》著录，其中有《洺水词》一卷。又清《续文献通考》卷一九八著录有《洺水词》一卷，均当同库本。

此外见于藏家著录的有：

1. 清徐元文《含经堂藏书目》著录有《洺水词》一卷。
2. 清陆漻《佳趣堂书目》著录有《洺水词》一卷。

以上未言版本，所载当为抄本。

释居简

　　释居简（1164—1246），字敬叟，号北磵，潼川（今四川三台）人。王氏子，一云龙氏子。依邑之广福院圆澄得度，参别峰涂毒于径山，谒育王参佛照德光。宋宁宗嘉泰年间初住台之般若，迁报恩光孝寺。居杭之飞来峰北磵十年。理宗嘉熙中奉诏住净慈光孝寺，晚居天台委羽。著有《北磵文集》、《诗集》、《外集》、《续集》及《语录》。

　　居简诗文集中是附有词的，《永乐大典》卷 14545 第 22A 页自《北磵禅师集》录《凤箫行》一词。按：《四库全书》收有《北磵集》十卷，前有宁宗十年（1217）张自明叙。检库本，并未附有词。

王武子

　　王武子，字文翁，丰城（今属江西）人。生卒年不详。宋宁宗开禧元年（1205）进士，为江夏尉，知荔浦县。有词一卷。

　　王氏词集宋时已刊印，陈振孙《直斋书录解题》卷二十一著录有《王武子词》一卷，云未详其名字。此为宋刊《百家词》本。元马端临《文献通考》卷二百四十六"经籍考七十三"据以录入。见于宋以后著录的有：

　　1. 明钱溥《秘阁书目》著录有《王武子词》，未标明卷数。

　　2. 清朱彝尊《词综》卷二十二小传云有词一卷。

　　3.《御选历代诗馀》卷一百七"词人姓氏"云王武子一作子武，有词一卷。

　　以上知王氏词集清初或存，其后则佚。

佚名《章华词》

　　《章华词》，作者不详。

　　此书今存于抄本词集丛编中，计有：

　　1.《典雅词》本，毛氏汲古阁影宋抄本，清陆氏皕宋楼藏书，藏日本静嘉堂文库，其中有《章华词》一卷。检清陆心源《皕宋楼藏书志》卷一百十九著录有《章华词》一卷，为汲古影宋本。所指即此本，盖析出著录者。另据汲古阁本《典雅词》传抄的有两种：一为清丁氏八千卷楼藏书，藏南京图书馆；一为原北平图书馆藏书，今藏台湾。二者均有《章华词》一卷。

2.《宋六家词》本，清抄本，其中有《章华词》一卷。

3.《宋九家词》本，清道光蒋氏别下斋抄本，清许光清跋，其中有《章华词》一卷。

晚清有王鹏运汇刻《宋元三十一家词》本，其中有《章华词》一卷，况周仪跋云：

> 此卷移抄皕宋楼景宋本，词笔清隽有生气。宋人传作，或有不逮者。作者姓名失考，词亦断残过半，人事显晦，文字何莫不然。显微阐幽，重有望于世之好事者。光绪癸巳六夕，半唐属斠一过。羼提生记于第一生修梅华馆。

跋作于清光绪十九年（1893），所据是况氏抄自皕宋楼影宋抄《典雅词》本。此本见缪荃孙《目录词小说谱录目》、叶德辉《叶氏观古堂藏书目》等著录。又清赵魏《竹崦庵传抄书目》著录有《章华词》一卷，云八页，检四印斋刻本，共计八页，则著录的也当属四印斋刊本。

沈端节

沈端节，字约之，号克斋，吴兴（今浙江湖州）人，寓居溧阳（今属江苏）。生卒年不详。宋孝宗乾道年间知芜湖县，淳熙年间知衡州，提举江东茶盐，官至朝散大夫、江东提刑。著有《克斋集》、《克斋词》。

沈氏词集宋时已刊行于世，陈振孙《直斋书录解题》卷二十一著录有《克斋词》一卷，为宋刊《百家词》本，元马端临《文献通考》卷二百四十六"经籍考七十三"据以录入。

明末则有毛氏汲古阁刊《宋名家词》本《克斋词》一卷，毛晋跋云：

　　按：《花庵》、《草堂》二集俱不载沈端节，故其品行亦无
从考。惟马端临云字约之，家于苕溪，岂即沈会宗同族孙？
会宗词亦不多见，其脍炙人口者，惟咏贾耘老苕上水阁一阕
云："景物因人成胜概，满目更无尘可碍。等闲帘幕小阑干，
衣未解，心先快，明月清风如有待。　　　谁信门前车马隘，
别是人间闲世界。坐中无物不清凉，山一带，水一派，流水
白云长自在。"苕溪渔隐云：贾耘老水阁遗址正与余水阁相
近，景物清旷，悉如会宗之词。故余尝有句云："三间小阁贾
耘老，一首佳词沈会宗。"今读《克斋词》，风致亦甚相类，
独长于咏物写景，又不堕郑、卫恶习，殆梅溪、竹屋之流欤？
海云毛晋识。

未言所据，或据《汲古阁毛氏藏书目录》所载本刊入。此本见于清郑
德懋辑《汲古阁校刻书目》之《宋名家词六集》著录，云凡十七叶。

　　今存抄本丛书中收录有其词集的有：

　　1. 明吴讷编《唐宋名贤百家词》本，明抄本，梁启超跋。其中有
《克斋词》一卷。

　　2. 明李东阳辑《南词》本，抄本，其中有《克斋词》一卷。

　　3.《宋元名家词》本，明抄本，清毛扆校，唐晏跋。其中有《克
斋词》一卷。

　　4.《宋元明八家词》本，清何元锡家抄本，清丁丙跋。其中有
《克斋词》一卷。检清丁丙《善本书室藏书志》卷四十著录有《克斋
词》一卷，精抄本，何梦华藏书。云：

　　　　陈氏《书录解题》载其《克斋词》，然不详始末。毛晋刻
入《六十家词》，跋称《花庵》、《草堂》均未采录，疑为沈会
宗之同族。四库馆考湖州府、溧阳县二志载：端节寓溧阳，
令芜湖，知衡州，提举江东盐茶，淳熙间官至朝散大夫。又
按其词云"自笑飘零经岁晚，欲挂衣冠神武"及"群玉图书，
广寒宫殿，一一经行处"，则端节固曾官京职者。词凡四十馀

阕，吐属婉约，颇有风致，往往以调为题，犹唐末五代间之旧
例耳。有"钱江何氏梦华馆藏书"一印。

所据即《宋元明八家词》本，盖析出著录者。

5.《四库全书》本《克斋词》一卷，提要云：

> 宋沈端节撰，端节字约之，吴兴人。是集见陈振孙《书录
> 解题》，然振孙亦不详其始末。毛晋跋语疑其即咏贾耘老苕上
> 水阁沈会宗之同族，亦无确证。惟《湖州府志》及《溧阳县
> 志》均载端节寓居溧阳，尝令芜湖，知衡州，提举江东茶盐，
> 淳熙间官至朝散大夫，其说必有所据。独载其词名《充斋
> 集》，则充、克二字形近致讹耳。其词仅四十馀阕，多有词而
> 无题。考《花间》诸集往往调即是题，如《女冠子》则咏女道
> 士，《河渎神》则为送迎神曲，《虞美人》则咏虞姬之类。唐末
> 五代诸词例原如是，后人题咏渐繁，题与调两不相涉，若非
> 存其本事，则词意俱不可详。集中如《念奴娇》二阕之称太
> 守，《青玉案》第一阕之称使君，第三阕之称贤侯，竟不知所
> 赠何人。至《念奴娇》"寻幽览胜"一阕，似属端节自道。据
> 词中"自笑飘零惊岁晚，欲挂衣冠神武"及"群玉图书，广寒
> 宫殿，一一经行处"云云，则端节固当曾官京职，以其题已
> 佚，遂无可援据，宋人词集似此者颇少，疑原本必属调与题
> 全辗转传写，苟趋简易，遂遭删削耳。今无可考补，姑仍其
> 旧，至其吐属婉约，颇具风致，固不以《花庵》、《草堂》诸选
> 不见采录减价矣。

所据为汲古阁刊本，为安徽巡抚采进本。又《钦定续通志》卷一百六
十三据文渊阁本著录，其中有《克斋词》一卷，当与库本同。

又见于藏家著录的抄本有：

1. 清陈徵芝《带经堂书目》卷四下著录有《克斋词》一卷，云旧
抄本。

2．清陆心源《仪顾堂题跋》卷十四《克斋词跋》云：

> 《克斋词》，题曰苕溪沈端节，旧抄本。《提要》云：《溧阳志》载端节寓居溧阳，尝令芜湖，知衡州，提举江东茶盐，淳熙间官至朝散大夫，其说必有所据。愚案：端节，乾道三年任芜湖县丞，加意民瘼，时大旱，祷雨有感，建志喜斋于神山，后升芜湖知县，见《太平府志》、《芜湖县志》，盖克斋亦当时循吏，非仅以词见长者，余前修《湖州府志》，未为补传，深愧疏漏，因备著于此。

检陆心源《皕宋楼藏书志》卷一百二十著录有《克斋词》一卷，云旧抄本。所指为同一本子。

此外见于著录而版本不详者有：

1．明钱溥《秘阁书目》著录有《克斋词》，未标明卷数。

2．明董其昌《玄赏斋书目》卷七著录有《克斋词》，未标明卷数。

3．明毛晋《汲古阁毛氏藏书目录》著录有《克斋词》一卷。

4．清黄虞稷《千顷堂书目》卷三十二著录有《克斋词》一卷。

5．清倪灿撰，卢文弨校正《宋史艺文志补》著录有《克斋词》一卷。

6．清钱曾《钱遵王述古堂藏书目录》著录有《克斋词》，未标明卷数。

7．清钱曾《也是园藏书目》卷七著录有《克斋词》一卷。

8．清朱彝尊《词综》"发凡"及卷十八小传云有《克斋词》一卷。

9．《御选历代诗馀》卷一百六"词人姓氏"云有《克斋词》一卷。

10．清徐元文《含经堂藏书目》著录有《克斋词》一卷 。

11．清陆漻《佳趣堂书目》著录有《克斋词》一卷。

12．《浙江通志》卷二百五十二著录有《克斋词》一卷。

13．清郑元庆《湖录经籍考》卷五"历代人词曲"著录有《克斋词》一卷。

14. 叶德辉《叶氏观古堂藏书目》著录有《克斋词》一卷。

以上诸家均未标明版本，陆澪以上所载当多属抄本。

方千里

方千里，宋信安（今浙江衢州）人。生卒年不详，曾官舒州签判。著有《和清真词》。

方氏所和词集见于宋人提及，黄昇《中兴以来绝妙词选》卷九云："方千里，三衢人，尽和美成词。"见于宋以后著录的如下。

一、 印本

1. 明末有汲古阁刊《宋名家词》本《和清真词》一卷，毛晋跋云：

> 美成当徽庙时，提举大晟乐府，每制一调，名流辄依律赓唱。独东楚方千里、乐安杨泽民有和清真全词各一卷，或合为《三英集》行世，花庵词客止选千里《过秦楼》、《风流子》、《诉衷情》三阕而已，而泽民不载，岂扬劣于方耶？

未言所据，或为《三英集》本。此本见清郑德懋辑《汲古阁校刻书目》之《宋名家词六集》著录，云三十八叶。其后有清光绪汪氏振绮堂覆刻汲古阁本，见叶德辉《叶氏观古堂藏书目》著录。又分别见傅增湘《国立北京图书馆由沪运回中文书籍金石拓本舆图分类清册》和《国立北平图书馆善本书目乙编续目》卷四著录，均云吴昌绶校。

2. 题吉庵居士辑《清真倡和集》本，清道光二十五年（1845）王氏活字印本，清劳权、劳格校，吴昌绶跋。其中有《和清真词》二卷。

二、 抄本

有《四库全书》本《和清真词》一卷，提要云：

> 宋方千里撰，千里，信安人。官舒州签判，李蒘《宋艺圃集》尝录其《题真源宫》一诗，其事迹则未之详也。此集皆和周邦彦词，邦彦妙解声律，为词家之冠。所制诸调，不独音

之平仄宜遵，即仄字中上去入三音亦不容相混。所谓分刊节
度，深契微芒，故千里和词字字奉为标准。今以两集相较，
中有调名稍异者，如《浣溪沙》目录与周词相同，而题则误作
《浣沙溪》。《荔枝香》周词作《荔枝香近》，吴文英《梦窗
稿》亦同此集，独少"近"字。《浪淘沙》周词作《浪淘沙
慢》，盖《浪淘沙》制调之始，皇甫松惟七言绝句，李后主始
用双调，亦止五十四字，周词至百三十三字之多，故加以
"慢"字，此去"慢"字即非此调，盖皆传刻之讹，非千里之
旧，又其字句互异者，如《荔枝香》第二调前阕"是处池馆春
遍"，周词作"但怪灯偏帘卷"，不惟音异，平仄亦殊。《霜叶
飞》前阕自"遍拂尘埃，玉镜羞照"句止九字，周词作"透入
清辉半晌，特地留残照"共十一字，则和词必上脱二字。《塞
垣春》前阕结句短长音，如写句止五字，周词作"一怀幽恨如
写"乃六字句，则和词亦脱一字，后阕"满堆襟袖"，周词作
"两袖珠泪"，则第二字不用平声，和词当为"堆满襟袖"之
误。《三部乐》前阕"天际留残月"句止五字，周词作"何用
交光明月"亦六字句，则和词又脱一字。若《六丑》之分段，
以"人间春寂"句属前半阕之末，周词刊本亦同，然证以吴文
英此调，当为过变之起句，则两集传刻俱讹也。据毛晋跋，
乐安杨泽民亦有《和清真词》，或合为《三英集》刊行，然晋
所刻六十一家之内无泽民词，又不知何以云然矣。

所据为汲古阁刊本，为安徽巡抚采进本。《钦定续通志》卷一百六十三
据文渊阁著录，其中有《和清真词》一卷。又清《续文献通考》卷一九
八著录有《和清真词》一卷。所指均同库本。

此外，见于清以来著录的抄本有：

1. 清朱彝尊《词综》"发凡"云曾见《和清真词》一卷。按：朱氏
《曝书亭藏书目》著录有《和清真词》一册，云抄本。但未标明作者
名，当与《词综》"发凡"所云同，指方氏。

2. 《劳氏碎金》卷中著录有《和清真词》一卷，手抄本。题识云：“咸丰丁巳十一月中浣秋井草堂校写，廿一日小雪，用汲古阁刊本、家典叔秀才手校本覆勘。”知为清咸丰七年（1857）抄校本。检傅增湘《藏园群书经眼录》卷十九著录有《和清真词》一卷宋方千里撰，又一卷宋杨泽民撰。清咸丰七年劳权抄本，有跋云：“咸丰丁巳五月下旬，据传校赵氏小山堂抄本并迟云楼抄本对写，闰月夏至后一日覆勘。”（余藏。）赵氏小山堂抄本即赵昱《小山堂藏书目录备览》著录者，迟云楼抄本当指丁丙迟云楼藏书，参见后文。又见傅氏《双鉴楼善本书目》卷四著录，有《和清真词》一卷，云劳巽卿手抄校本。

3. 清丁丙《善本书室藏书志》卷四十著录有《和清真词》一卷，旧抄本。提要云：

> 千里，信安人，官舒州签判。其词所和者，皆周美成《清真词》也。美成妙解音律，为词家之冠，所制诸调不独音之平仄宜遵，即仄声中上去入三音亦不容相混。千里和词，字字奉为标准。今检核其词，亦间有参差，当为传写之讹。考乐安杨泽民亦有《和清真词》，毛氏拟三种合刻之为《三英集》，惜乎未偿其愿也。

又《江南图书馆善本书目》著录有《和清真词》一卷，旧抄本。按：丁氏藏书民国时多归藏江南图书馆。

4. 清赵昱《小山堂藏书目录备览》著录有《和清正（当作真）词》，未标明卷数，也未言版本，据傅增湘《藏园群书经眼录》著录，知此本当为抄本，参见前文说明。

5. 缪荃孙《目录词小说谱录目》著录有《和清真词》一卷，石莲室抄本。按：吴重熹（1838—1918），字仲怡，亦字仲饴、仲怿，号蓼舸、石莲，晚号石莲老人，海丰（今山东无棣）人。举人。1900年由江安粮台道升福建按察使，历任江宁布政使、江西巡抚、河南巡抚等。藏书处名石莲庵，或作石莲轩。辑刻有《九金人集》、《石莲庵山左人词》等。此或为吴氏抄本。

三、版本不详者

1. 清黄虞稷《千顷堂书目》卷三十二"词曲类·补·宋"著录有《和清真词》一卷。

2. 清倪灿撰，卢文弨校正《宋史艺文志补》著录有《和清真词》一卷。

3.《御选历代诗馀》卷一百六"词人姓氏"云有《和清真词》，未言卷数。

4. 清陆漻《佳趣堂书目》著录有《和清真词》一卷。

5. 清徐元文《含经堂藏书目》著录有《和清真词》一卷。

以上著录的当多属抄本。

杨泽民

杨泽民，宋乐安（今属江西）人，生平不详，著有《和清真词》。

杨氏词集不见宋人提及，见于清以来著录的有：

一、印本

1. 题吉庵居士辑《清真倡和集》本，清道光二十五年（1845）王氏活字印本，清劳权、劳格校，吴昌绶跋。其中有《和清真词》二卷。

2. 清江标辑《宋元名家词》本，清光绪二十一年（1841）思贤书局刻本。其中有宋杨泽民《和清真词》一卷。

另吴昌绶《宋金元词集见存卷目》附《双照楼续辑宋金元百家词目》著录有《和清真词》一卷，云吴刻《山左人词》。按：吴刻《山左人词》是指清光绪吴重熹辑刻《吴氏石莲庵山左人词》，检其中，并无《和清真词》一卷。

二、抄本

词集丛编中收录的有：

1. 清彭元瑞辑《汲古阁未刻词》二十七卷，清光绪抄本，清江标跋。其中有《和清真词》一卷。

2. 清顾沅辑《宋五大家词集》本，清元和顾氏艺海楼抄本，其中有《续和清真词》一卷，藏台湾。

又见于著录的有：

1.《劳氏碎金》卷中著录有《和清真词》一卷，手抄本。题识云："咸丰丁巳五月下旬，据传校赵氏小山堂抄本并迟云楼抄本对写，闰月朔夏至后一日覆勘。"傅增湘《藏园群书经眼录》卷十九著录有《和清真词》一卷宋方千里撰，又一卷宋杨泽民撰。清咸丰七年（1857）劳权抄本，跋云：

> 咸丰丁巳五月下旬据传校赵氏小山堂抄本并迟云楼抄本
> 对写，闰月夏至后一日覆勘。（余藏。）

为清咸丰七年抄校本，参见方千里条相关说明。

2. 清汪宪《振绮堂书目》卷二"闻·抄本集类杂集并总集·第一格"著录有《龙川词补》、《和清真词》、《天籁词》合一册，注云："《龙川词补》一卷，陈亮同父撰。《和清真词》一卷，宋杨泽民撰。《天籁词》一卷，金白朴仁甫撰。小山堂抄本。"又吴格整理《嘉业堂藏书志》著录有《和清真词》一卷，小山堂抄本，有缪氏撰提要云：

> 宋杨泽民撰。泽民字□□，乐安人。此盖和周美成之作
> 也。美成当徽宗时提举大晟乐府，每制一调，名流辄依律赓
> 和。同时尚有东楚方千里，亦有《和清真词》一卷。《四库》
> 收方词而未及此集，盖传本甚罕见也。（缪稿）

为缪荃孙所撰。

3. 清汪宪《振绮堂书目》卷二"闻·抄本集类杂集并总集·第一格"著录有《圭塘长短句》、《续和清真词》合一册，注云："长短句一卷，元许有壬撰。续词一卷，宋杨泽民撰。"

4. 清朱学勤《别本结一庐书目》"抄本"著录有《和清真词》一卷。

5. 清王闻远《孝慈堂书目》著录有《和清真词》一卷，云："一册，抄，白十六番。"

6. 清丁丙《善本书室藏书志》卷四十著录有《和清真词》一卷，

精抄本。提要云：

> 毛子晋云：周邦彦当徽庙时，提举大晟乐府，每制一调，
> 名流辄依律赓和，独东楚方千里、乐安杨泽民有《和清真词》
> 各一卷，或合周、方、杨为《三英集》，刻以行世，花庵词客
> 止选千里《过秦楼》、《风流子》、《诉衷情》三阕，而泽民不
> 载，岂杨劣于方耶？谓花庵选词初无成意，子晋即以未选为
> 劣，殆未见泽民原本，故作影响之辞。此本系旧抄传本，甚
> 罕，可珍也。

又《江南图书馆善本书目》著录有《和清真词》一卷，云旧抄本。按：
丁氏藏书民国时归藏江南图书馆。

7. 李盛铎《天津延古堂李氏旧藏书目》著录有《和清真词》一
卷，抄本，一册。

8. 李盛铎《木犀轩收藏旧本书目》著录有《和清真词》一卷，都
公钟室抄本，一册。又缪荃孙《艺风藏书续记》卷七著录有《和清真
词》一卷，云："都公钟室抄本，宋杨泽民撰，此书罕见。"此又见缪
氏《目录词小说谱录目》著录。按：周大辅，字左季，江苏常熟人。清
光绪间人，喜藏书，家有鸽峰草堂。又有笺纸，版心下印有"都公钟
室抄本"字样。

9. 王重民《中国善本书提要》著录有《和清真词》一卷，一册
（北图）。提要云：

> 抄本［十行十八字］
>
> 宋杨泽民撰。泽民，乐安人。是集有江标校刻本，唐圭
> 璋据以编入《全宋词》卷二百二十。余持来相校，此本稍有
> 胜处。如《丹凤吟》："登□楼阁"，抄本墨钉处是"高"字；
> 《丁香结》："□事无长寸"，抄本墨钉作"走"；《水龙吟》：
> "素馨□长"，抄本作"推"，又"□高枝比"，抄本作"把"；
> 《满路花》："恁□早早来呵"，抄本作"时"。卷内有"平江黄

氏图书"、"学剑楼"、"包虎臣"等印记。

知此书曾藏黄丕烈士礼居。

10.《"中央"图书馆典藏国立北平图书馆善本书目》著录有《和清真词》一卷，云："宋杨泽民撰，旧抄本，一册。附《道情鼓子词》一卷，宋张抡撰。"

三、 版本不详者

1. 清钱曾《也是园藏书目》卷七著录有《和清真词》一卷。

2. 清朱彝尊《词综》"发凡"云曾见《续和清真词》一卷。

3.《御选历代诗馀》卷一百六"词人姓氏"云有《续和清真词》，未言卷数。

4. 傅增湘《藏园群书经眼录》卷十九著录有《和清真词》一卷。

以上均未言版本，所载当以抄本为主。

葛郯

葛郯（？—1181），字谦问，丹阳（今属江苏）人，徙居归安（今浙江吴兴）。宋高宗绍兴二十四年（1154）进士，孝宗乾道七年（1171）为常州通判，知临川。著有《信斋词》。

葛氏词集宋时已刊行于世，陈振孙《直斋书录解题》卷二十一著录有《信斋词》一卷，为宋刊《百家词》本。元马端临《文献通考》卷二百四十六"经籍考七十三"据以录入。见于宋以后著录的有：

一、 刻本

1. 清侯文灿辑《十名家词集》本，清康熙二十八年（1689）侯氏亦园刻本，其中有《信斋词》一卷。缪荃孙《目录词小说谱录目》著录有《信斋词》一卷，云《名家词》本。

2. 清江标辑《宋元名家词》本，清光绪二十一年（1895）思贤书局刻本，其中有《信斋词》一卷。

3.《常州先哲遗书》本《信斋词》一卷，清光绪二十四年（1898）刻本。此本见缪荃孙《目录词小说谱录目》著录，有《信斋词》一卷，云《常州先哲遗书》本。

二、抄本

今存抄本词集丛编中收有葛氏词集的有：

1. 明吴讷编《唐宋名贤百家词》本，明抄本，梁启超跋，其中有《信斋词》一卷。

2. 明李东阳辑《南词》本，抄本，其中有《信斋词》一卷。

3. 《宋元名家词》本，明抄本，清毛扆校，唐晏跋，其中有《信斋词》一卷。

4. 《宋名贤七家词》本，明抄本，清鲍廷博校，清丁丙跋，其中有《信斋词》一卷。检清丁丙《善本书室藏书志》卷四十著录有《信斋词》一卷，明抄本，鲍以文校藏。提要云：

> 郏仕履无考。词笔婉畅，颇多雅令。抄本格式甚古，后有鲍以文记云：乾隆己丑二月廿又五日晨起，从亦园所刻《十名家词》勘一过，积雨五旬，是日始见朝旭，欣喜无量。

知清乾隆三十四年（1769）鲍廷博用侯氏《十名家词》本校过。此本即《宋名贤七家词》本，盖析出著录者。

5. 清彭元瑞辑《汲古阁未刻词》本，清光绪抄本，清江标跋，其中有《信斋词》一卷。

6. 《宋元人词》本，清抄本，其中有《信斋词》一卷。

7. 明李东阳辑《南词》本，清董氏诵芬室抄本，吴昌绶、朱孝臧校，其中有《信斋词》一卷。检吴昌绶《宋金元词集见存卷目》附《双照楼续辑宋金元百家词目》著录有《信斋词》一卷，云武林董氏旧抄《南词》本。

又见于藏家著录的抄本有：

1. 清汪宪《振绮堂书目》卷二"闻·抄本集类杂集并总集·第一格"著录有《金谷遗音》、《丹阳词》、《归愚词》、《信斋词》合一册，注云："《金谷遗音》一卷，宋石孝友次仲撰。《丹阳词》一卷，宋葛胜仲鲁卿撰。《归愚词》一卷，宋葛立方常之撰。《信斋词》一卷，宋葛郏谦问撰。旧抄本。"

2. 清王闻远《孝慈堂书目》著录有《信斋词》，云："一卷，一册，抄，十一番。"

三、版本不详者

1. 明钱溥《秘阁书目》著录有《信斋词》，未标明卷数。

2. 明董斯张《吴兴备志》卷二十二著录有《信斋词》一卷。

3. 明毛晋《汲古阁毛氏藏书目录》著录有《信斋词》一卷。

4. 清钱曾《也是园藏书目》卷七著录有《信斋词》一卷。

5. 清朱彝尊《词综》"发凡"云曾见《信斋词》一卷。又卷八小传云有《信斋词》一卷。

6. 《御选历代诗馀》卷一百三"词人姓氏"云有《信斋词》一卷。

7. 清郑元庆《湖录经籍考》卷五著录有《信斋词》一卷。

8. 叶德辉《叶氏观古堂藏书目》著录有《信斋词》一卷。

以上均未言版本，朱彝尊以上诸家所载当以抄本为主。另《永乐大典》录葛郯词五首，即：《鹧鸪天》二首（2808/20B，指卷数及页码，下同），《洞仙歌》（2811/18B），《柳梢青》二首（20353/12B）。

黄谈

黄谈，字子默，自号涧壑居士，宋分宁（今江西修水）人。黄庭坚侄孙，受知于胡寅。刘珙、张孝祥帅湖南，辟为属。官止权务，年未满五十卒。著有《涧壑诗馀》。

黄氏词集宋时已刊行于世，陈振孙《直斋书录解题》卷二十一著录有《涧壑词》一卷，为宋刊《百家词》本。元马端临《文献通考》卷二百四十六"经籍考七十三"据以录入。

宋以后见于著录的有：

1. 明钱溥《秘阁书目》著录有《涧壑词》，未标明卷数。

2. 明毛晋《汲古阁毛氏藏书目录》著录有《涧壑词》一卷。

3. 《江西通志》卷六十七"人物·南昌府"云："有《涧壑诗集》

并词行于世。"知词集有刻本,未言卷数。

以上钱溥、毛晋著录的当属抄本。另《永乐大典》卷 2265 第 3B 页录黄谈词《念奴娇》一首。

卢炳

卢炳,字叔阳,自号丑斋,里贯不详。宋宁宗嘉定七年(1214)守融州。著有《烘堂词》(一作《哄堂集》、《哄堂词》)。

卢氏词集宋时已刊行于世,陈振孙《直斋书录解题》卷二十一著录有《哄堂集》一卷。注:"案《文献通考》作哄堂,原本作烘,今改正。"元马端临《文献通考》卷二百四十六据以录入。

明末有毛氏汲古阁刊《宋名家词》本《烘堂词》一卷,毛晋跋云:

> 卢炳,字叔阳,自号丑斋。多与同官唱和,词中喜用僻字,如祥褥、皱皲、褪子之类,异花幽鸟,虽属小品,亦自可人。共六十馀调,长于描写,令人生画思。昔陈去非见颜持约画梅,题诗云:"窗前光景晚清新,半幅溪藤万里春。从此不贪江路远,胜拼心力唤真真。"又云:"夺得斜枝不放归,倚窗乘月看熹微。墨池雪岭春俱好,付与诗人说是非。"一时赏识家谓诗中有画,若烘堂,可谓词中有画矣。古虞毛晋识。

未言所据,此本见清郑德懋辑《汲古阁校刻书目》之《宋名家词六集》第六集著录,云凡二十四叶。

此本见《四库全书总目》著录,有《哄堂词》一卷,提要云:

> 宋卢炳撰,炳字叔阳,其履贯未详,时代亦无可考。陈振孙《书录解题》列词集九十二家,而总注其后,曰自《南唐二主词》以下皆长沙书坊所刻,号《百家词》,其最末一家为郭应祥,振孙称嘉定间人,则诸人皆在宁宗以前。炳词次序犹在侯寘词后。寘,绍兴中知建康,则炳亦南渡后人。集中有

庚戌正月字，庚戌为建炎四年，故集中诸词多用周邦彦韵，其时代适相接也。其集《书录解题》本作《哄堂词》，毛晋刊本则作"烘堂"，按唐赵璘《因话录》：御史院合座俱笑，谓之哄堂。炳盖谦言博笑，故以为名，若作烘堂，于义无取，知晋所刊为误。炳盖尝仕州县，故多同官倡和之词，然其同官无一知名士，其颂祝诸作亦俱庸下。至于《武陵春》之以老叶头，《水龙吟》之以斗奏叶表，《清平乐》之以皱叶好笑，虽古韵本通，而词家无用古韵之例，亦为破格。他若《贺新郎》之"问天公、底事教幽独，待拉向，锦屏曲"，《玉团儿》之"把不定、红生脸肉"，《蓦山溪》之"鞭宝马、闹竿随篼，著花藤轿"，皆鄙俚不文，有乖雅调，惟咏物诸作尚细腻熨贴，间有可观耳。

此为《四库存目》之书，所据为毛氏汲古阁本，为江苏巡抚采进。《钦定续通志》卷一百六十三据《四库全书存目》著录，其中有《哄堂词》一卷，当同库本。

今存抄本词集丛编数种，收有卢氏词集，计有：

1. 明吴讷编《唐宋名贤百家词》本，明抄本，梁启超跋，其中有《烘堂词》一卷。

2. 明李东阳辑《南词》本，抄本，其中有《烘堂词》一卷。

3.《宋元名家词》本，明抄本，清毛扆校，唐晏跋。其中有《烘堂集》一卷。

4.《宋二十家词》本，明抄本，清许宗彦、丁丙跋。其中有《烘堂集》一卷。

5.《宋元明词》本（存二十一卷），其中有《烘堂集》一卷。

6.《宋金元名家词抄》本，清抄本，其中有《烘堂集》一卷。

7.《宋元人词》本，清抄本，其中有《哄堂词》一卷。

又见于著录的抄本有：

1. 清钱曾《也是园藏书目》卷七著录有《烘堂集》一卷。检

《"中央"图书馆善本书目第一次》著录有《烘堂集》一卷，云："一册，宋卢炳撰，明抄本，清韩应陛朱笔题记。"又云：附《审斋词》一卷，宋王千秋撰；《杜寿域词》一卷，宋杜安世撰；《知稼翁词》一卷，宋黄公度撰，清钱曾手校。又见于《"中央"图书馆善本序跋集录》著录。

2. 清丁丙《善本书室藏书志》卷四十著录有《烘堂词》一卷，明抄本。提要云："炳履贯未详，陈振孙《书录解题》载其词，作哄堂，此本作烘堂，毛子晋亦沿其讹。《四库》列之附存。"

3. 清韩应陛《读有用书斋藏书志》著录有《烘堂词》一卷，明抄本。又云："旧抄本，丑菊卢炳叔易撰。有目无序。收藏有'陆贻裘印'白文方印、'虞山臣裘冶先氏之印'、'清晖馆'白文长方印、'以薪'朱文、'孙祖诒印'白文二方印、'祖训私印'白文、'六麘'朱文二方印、'黄印丕烈'、'荛圃'朱文二方印。"知先后归陆贻裘、孙祖诒、黄丕烈等收藏，又《云间韩氏藏书目附书影》著录有《烘堂词》一卷，云旧抄本，士礼居旧藏。又见载于《读有用书斋书目》和《韩氏藏书目》著录。所指为同一抄本。

至于未言版本，见于明清以来著录的尚多，计有：

1. 明钱溥《秘阁书目》著录有《哄堂词》。未言卷数。

2. 清黄虞稷《千顷堂书目》卷三十二"词曲类·补·宋"著录有《哄堂词》一卷。

3. 清倪灿撰，卢文弨校正《宋史艺文志补》著录有《哄堂词》一卷。

4. 清朱彝尊《词综》"发凡"云曾见《哄堂词》一卷，又卷十八云有《哄堂词》一卷。

5.《御选历代诗馀》卷一百六"词人姓氏"云有《哄堂集》一卷。

6.《浙江通志》卷二百五十二"经籍·集部·乐府"著录有《哄堂集》一卷。

7. 清王闻远《孝慈堂书目》著录有《烘堂词》一卷。

8. 傅增湘《藏园群书经眼录》卷十九著录有《烘堂词》一卷。

9. 叶德辉《叶氏观古堂藏书目》著录有《烘堂词》一卷。

以上诸家均未言版本，朱彝尊以上诸家著录的当以抄本居多。

林淳

林淳，字太冲，一作质甫，号定斋，三山（今属福建）人。宋孝宗隆兴元年（1163）进士，授朝阳尉。乾道八年（1172）以嘉议郎为泾县令。著有《定斋集》、《定斋诗馀》一卷。

林氏词集宋时已刊行，陈振孙《直斋书录解题》卷二十一著录有《定斋诗馀》一卷，元马端临《文献通考》卷二百四十六"经籍考七十三"据以录入。宋以后见于著录的有：

1. 明钱溥《秘阁书目》著录有《定斋诗馀》，未标明卷数。

2. 明毛晋《汲古阁毛氏藏书目录》著录有《定斋诗馀》一卷。

以上二家，一为明初人，一为明末人，知《定斋诗馀》明代尚存，只是版本不详。入清，未见著录，知已佚。

又《永乐大典》据《定斋集》录词十首，即：《鹧鸪天》、《柳梢青》二首、《浣溪沙》、《水调歌头》三首（2265/1A，指卷数与页码，下同），《减字木兰花》二首、《浣溪沙》（20353/10A）。又录林淳诗（当作词）二首，即：《水调歌头》（2262/10A），《菩萨蛮》（2813/17A）。知除词集另行外，林氏别集中也附载有词的，其别集今不存。

民国时，周泳先辑《定斋诗馀》，收入《唐宋金元之词钩沉》，题记云：

> 《定斋诗馀》一卷，其目见于《直斋书录解题》歌词类，久佚。今于《大典》残帙中共辑得八首，殊可珍瑰。自《大典》残帙辑长沙本《百家词》，当以此卷为较多矣。泳先记。

为民国排印本。

邓元

邓元，字南秀，丰城（今属江西）人。宋孝宗淳熙二年（1175）进士，任分宜主簿，为广西经干。著有《漫堂集》。

邓氏词集宋时已刊行，陈振孙《直斋书录解题》卷二十一著录有《漫堂集》一卷。元马端临《文献通考》卷二百四十六"经籍考七十三"据以录入。宋以后见于著录的有：

1. 明钱溥《秘阁书目》著录有《漫堂集》，未标明卷数。

2. 明毛晋《汲古阁毛氏藏书目录》著录有《漫堂集》一卷。

以上二家，一为明初人，一为明末人，知《漫堂集》明代尚存，只是版本不详。入清，未见著录，知已佚。

管鉴

管鉴，一作董鉴，字明仲，龙泉（今属浙江）人，徙临川（今江西抚州）。以父泽补官，宋孝宗淳熙年间知全州，为广东转运判官，权知广州兼经略安抚使。著有《养拙堂词》一卷。

管氏词集宋时已刊行于世，陈振孙《直斋书录解题》著录有《养拙堂词集》一卷，董鉴明仲撰。元马端临《文献通考》卷二百四十六"经籍考七十三"据以录入。

今存抄本词集丛编中收有管氏词集的有：

1. 明吴讷辑《唐宋名贤百家词》本，其中有《养拙堂词》一卷。

2. 明李东阳辑《南词》本，抄本，其中有《养拙堂词》一卷。

3.《宋金元名家词抄》本，清抄本，其中有《养拙堂词》一卷。

4.《宋金元明十六家词》本，清抄本，佚名录清劳权校跋，清丁丙跋，其中有《养拙堂词》一卷。

又见于著录的抄本有：

1. 清黄丕烈《荛圃藏书题识》卷十著录有《省斋诗馀》一卷、《养拙堂词》一卷，旧抄本。录诸家题识文如下：

乙丑六月十一日从周氏旧录本再校一过，时斜风细雨，毛扆。

毛氏旧藏诸词，余所收最富，精抄本二种，都有稿本，止

> 有廖词，余皆列诸《读未见书斋词目》矣。此二种又出汲古
> 后人毛斧季手校者，非特旧抄，且于所校之本，必溯其原，详
> 哉！言之，小毛公其真知笃好者耶？余往往见毛氏词本，有
> 旧抄手校者，有誊清稿本者，有画一精抄者，虽一词部不嫌
> 再三讲求，余何幸而一一收之，如前人之兼有其本自幸，窃
> 自怪也。癸酉四月朔，复翁。

> 同得尚有词选一本，偶检董（当作管）鉴词《水龙吟·夷
> 陵雪中作》"晓来密雪如筛"，此尚误"密"为"蜜"，漏校于
> 此，见几尘风叶之论为不谬矣，复翁。

黄丕烈题识作于清嘉庆十八年（1813），所云毛氏汲古阁抄本词集有
"有旧抄手校者，有誊清稿本者，有画一精抄者"三种，其中誊清稿本
是指汲古阁刊本所据的清样，画一精抄是指影宋元等抄本。知黄丕烈
所得，原为毛氏汲古阁之物，毛扆为汲古主人毛晋之子，其题识作于
清康熙二十四年（1685）。此书后归丁日昌，见清江标《丰顺丁氏持静
斋书目》著录，有《养拙堂词》一卷，云毛扆手校旧抄本，后有黄丕烈
跋。又见清莫友芝《持静斋藏书记要》卷下著录，有《养拙堂词》一
卷，云汲古阁藏旧抄本。按：丁日昌（1823—1882），字持静，小名雨
生，又名禹生，清丰顺（今属广东省）人。贡生。历任江苏布政使，江
苏巡抚、福州巡抚、节制沿海水师兼理各国事务大臣。喜藏书，藏书
楼为实事求是斋，后改名百兰山馆，又改为持静斋、读五千卷书室
等，延请莫友芝、江标等学者为之整理校勘。丁氏所藏又归张均衡，
张均衡《适园藏书志》卷十六著录有《养拙堂词》一卷，旧抄本。云：

> 宋管鉴撰，鉴字明仲，尝节镇岭表。《直斋书录解题》载
> 《养拙堂词》一卷，不著鉴之仕履，殆据长沙书坊所刻《百
> 家》本也。《入蜀记》云：余前入蜀时，以江涨不可溯，自峡
> 山来，极天下之艰险，乃告峡州守管鉴、归州守叶默、倅熊浩
> 及夔漕沈作砺，请略修治。是鉴又尝守峡州也。此黑口本旧
> 抄，毛斧季手校，为黄荛圃旧藏。

又录毛扆、黄丕烈诸题识文。检《"中央"图书馆善本书目第一次》著录有《省斋诗馀》一卷，一册，云："明乌丝栏抄本。清毛扆朱笔手校，黄丕烈手跋。"又附《养拙堂词》一卷，宋管鉴撰。此书今藏台湾。

2. 清瞿世瑛《清吟阁书目》卷一"抄本"著录有《养拙》、《省斋诗》一本。"诗"当为"词"之误。

3.《劳氏碎金》卷中著录有《养拙堂词》一卷，旧抄本。题识云：

> 《直斋书录解题》载《养拙堂词集》一卷，但云管鉴明仲撰，而不著其籍贯，与此本相同。《直斋》所据，盖长沙书坊所刻《百家》本也。此本从吴兴丁月河借得，为毛斧季手校。乘暇手写一帙，以补宋词之缺。道光己酉七月十二日校毕志，蟫盦词隐劳权。

作于道光二十九年（1849）。按：丁白，字芮朴，号宝书，清归安（今浙江湖州）人。咸丰至道光间在世，终生布衣，精于目录之学，富藏宋元旧籍、手抄本等，手抄书达万卷，藏书处为宝书阁、月河精舍、迟云楼，编撰《宝书阁著录》、《古书刊轶闻见录》（一名《读书识馀》），刊有《月河精舍丛抄》等。丁月河即指丁白。

4. 清丁丙《善本书室藏书志》卷四十著录有《养拙堂词》一卷，明抄本。云：

> 鉴，字明仲，尝节镇岭表。《直斋书录解题》载《养拙堂词》一卷，不著鉴之仕履，殆据长沙书坊所刻《百家》本也。《入蜀记》云：余前入蜀时，以江涨不可溯，自峡山来，极天下之艰险。乃告陕州守管鉴、归州守叶黙、倅熊浩及夔漕沈作砺，请略修治。是鉴又尝守陕州也。

又《江南图书馆善本书目》著录有《养拙堂词》一卷、《后村诗馀》二卷，云明抄本。按：丁氏藏书民国时归藏江南图书馆。又《中国古籍善本书目》载《养拙堂词》一卷，明抄本，清丁丙跋。今藏南京图书馆。

5. 清陆心源《皕宋楼藏书志》卷一百二十著录有《养拙堂词》一卷，毛斧季手抄本，录毛氏手跋云："乙丑六月十一日，从周氏旧录本再校一过，时斜风细雨，毛扆。"

另有为明清人著录却未言版本者有：

1. 明钱溥《秘阁书目》"诗集"：《养拙堂集》。疑指词集，未言卷数。

2. 明毛晋《汲古阁毛氏藏书目录》著录有《养拙堂词》一卷。

3. 清黄虞稷《千顷堂书目》卷三十二"词曲类·补·宋"著录有《养拙堂词》一卷。

4. 清倪灿撰，卢文弨校正《宋史艺文志补》著录有《养拙堂词》一卷。

5. 清朱彝尊《词综》"发凡"云曾见《养拙堂词》一卷。又卷十四小传云有《养拙堂词》一卷。

6. 《御选历代诗馀》卷一百五"词人姓氏"云有《养拙堂词》一卷。

7. 清王闻远《孝慈堂书目》著录有《养拙堂词》一卷。

以上诸家均未言版本，所载当以抄本为主。

晚清有王鹏运四印斋刻本《养拙堂词》一卷，收入《宋元三十一家词》中，此本见叶德辉《叶氏观古堂藏书目》和缪荃孙《目录词小说谱录目》等著录。

赵师侠

赵师侠，或作赵师使，字介之，号坦庵，新淦（今江西新干）人。宋孝宗淳熙二年（1175）进士，为江华郡丞。著有《坦庵长短句》（一作《坦庵词》）。

赵氏词集宋时已刊行于世，尹觉《题坦庵词》云：

> 　　词，古诗流也。吟咏情性，莫工于词。临淄、六一，当代
> 文伯，其乐府犹有怜景泥情之偏，岂情之所钟不能自已于言
> 耶？坦庵先生，金闺之彦，性天夷旷，吐而为文，如泉出不择
> 地，连收两科，如俯拾芥。词章，乃其馀事，人见其模写风
> 景，体状物态，俱极精巧，初不知得之之易，以至得趣忘忧，
> 乐天知命，兹又情性之自然也，因为编次，俾锓诸木，观者当
> 自识其胸次云。门人尹觉先之叙。

知为门人尹觉刻本，未言卷数。

　　又陈振孙《直斋书录解题》卷二十一著录有《坦庵长短句》一卷，
为宋刊《百家词》本，元马端临《文献通考》卷二百四十六"经籍考七
十三"据以录入。

　　今存抄本词集丛编收有赵氏词集的有：

　　1.《宋元明三十三家词》本，明石村书屋抄本，其中有《坦庵长
短句》一卷。

　　2.《宋元名家词》本，明抄本，清毛扆校，唐晏跋，其中有《坦庵
长短句》一卷。

　　另有明末毛氏汲古阁刊《宋名家词》本《坦庵词》一卷，毛晋
跋云：

> 　　介之，汴人，一名师侠，生于金闺，捷于科第，故其词亦
> 多富贵气。或病其能作浅淡语，不能作绮艳语。余正谓诸家
> 颂酒赓色，已极滥觞，存一淡妆，以愧浓抹，亦初集中放翁一
> 流也。

未言所据，此本又见于清郑德懋辑《汲古阁校刻书目》之《宋名家词
六集》著录，云凡五十一叶。又见于李盛铎《天津延古堂李氏旧藏书
目》著录。又叶德辉《叶氏观古堂藏书目》著录有《坦庵词》一卷，云
汪氏振绮堂重刊汲古阁本。

　　入清则有《四库全书》本《坦庵词》一卷，提要云：

> 宋赵师使撰，师使字介之，燕王德昭七世孙。集中有和叶梦得、徐俯二词，盖南宋初人也。案：陈振孙《书录解题》载《坦庵长短句》一卷，称赵师侠撰。陈景沂《全芳备祖》载《梅花》五言一绝，亦称师侠，与此本互异，未详孰是？盖二字点画相近，犹田肯田宵，史传亦姑两存耳。毛晋刊本谓师使一名师侠，则似其人本有两名，非事实也。是集前有其门人尹觉序，据云坦庵为文如泉出，不择地，词章乃其馀事，其模写体状虽极精巧，皆本情性之自然。今观其集，萧疏淡远，不肯为剪红刻翠之文，洵词中之高格，但微伤率易，是其所偏。师使尝举进士，其官游所及，系以甲子，见于各词注中者，尚可指数，大约始于丁亥而终于丁巳，其地为益阳、豫章、柳州、宜春、信丰、潇湘、衡阳、莆中、长沙，其资阶则不可详考矣。

知所据为毛氏汲古阁刊本，为安徽巡抚采进本。《钦定续通志》卷一百六十三"艺文略·词曲·词集"据文渊阁著录，其中有《坦庵词》一卷，当与库本同。

又见于藏家著录的有：

1. 明钱溥《秘阁书目》著录有《坦庵长短句》，未标明卷数。

2. 明晁瑮《晁氏宝文堂书目》著录有《坦庵长短句》，未标明卷数。

3. 明毛晋《汲古阁毛氏藏书目录》著录有《坦庵长短句》一卷。

4. 清钱曾《也是园藏书目》卷七著录有《坦庵长短句》一卷。

5. 清朱彝尊《词综》"发凡"云曾见《坦庵长短句》一卷，又卷十一小传云有《坦庵长短句》一卷。

6. 《御选历代诗馀》卷一百三"词人姓氏"云有《坦庵长短句》一卷。

7. 清徐元文《含经堂藏书目》著录有《坦庵长短句》七卷。

8. 清陆漻《佳趣堂书目》著录有《坦庵词》一卷。

9. 清赵昱《小山堂藏书目录备览》著录有《坦庵长短句》，未标明卷数。

10. 清庄仲芳《映雪楼藏书目考》卷十著录有《坦庵词》一卷，云："宋赵师使撰，师使字介之，燕王德昭七世孙。其词萧疏淡远，不为剪红刻翠之文。"

以上均未言版本，所载当以抄本为主。至于徐元文著录为七卷本，也属罕见。

郭应祥

郭应祥，字承禧，号遁斋，临江（今江西樟树）人。生卒年不详，宋孝宗淳熙八年（1181）进士，为巴陵簿，光宗绍熙时赴衡阳丞。宁宗开禧年间为知县，嘉定间为进士，官楚越间。著有《笑笑词》一卷。

郭氏词集宋时已刊行于世，陈振孙《直斋书录解题》卷二十一著录有《笑笑词集》一卷，云：

> 临江郭应祥承禧撰，嘉定间人。自《南唐二主词》而下皆长沙书坊所刻，号《百家词》。其前数十家皆名公之作，其末亦多有滥吹者，市人射利，欲富其部帙，不暇择也。

为宋刊《百家词》本，元马端临《文献通考》卷二百四十六"经籍考七十三"据以录入。詹傅《笑笑词序》云：

> 傅窃闻之，下士闻道大笑之，不笑不足以为道。乐，然后笑，人不厌其笑，则知笑之为辞，盖一名而二义也。遁斋先生以宏博之学，发为经纬之文，形于言语论定，著于发策决科，高妙天下，模楷后学，以其绪馀，寓于长短句，岂惟足以接张于湖、吴敬斋之源流而已。窃窥其措辞命意，若连冈平陇，忽断而后续。其下语造句，若奇葩丽草，自然而敷荣，虽参诸欧、苏、柳、晏，曾无间然，而先生自谓诗不甚工，棋不甚高，常以自娱。人或从而笑之，岂非类下士之闻道也欤？

先生亦有时而笑人，岂非得乐，然后笑之笑也欤？窃尝盥浴诵瑞庆节之词，如"福若高宗，太平赛过仁祖"之句，则知爱君之意为甚厚。送太夫人之词如"别驾奉安舆，前呵方塞途"之句，则知尊亲之心为甚笃。如"妇姑夫妇孙和子，同住人间五百年"，"花好飞凫鸟，芝庭捧鹤书"之句，则知庆源流长，椿桂争芳，卓为当世之伟观。如"一笑付西风"，如"一声啼鴂五更钟"之句，则知有言外不足之意，殆不食烟火人所作。近世词人如康伯可，非不足取，然其失也诙谐；如辛稼轩，非不可喜，然其失也粗豪。惟先生之词，典雅纯正，清新俊逸，集前辈之大全，而自成一家之机轴。傅稽山末学，璧水书生，天假厚幸，获遇先生展骥雄藩，傅深愧栖鸾下邑，首蒙知遇，赐以珠玉，敛衽庄诵，玩味三复，不容自默，辄推原笑笑之旨，记于篇云。时太岁庚午嘉定三祀仲春既望，会稽詹傅书。

序作于嘉定三年（1210），吴敬斋即吴镒。又滕仲因《笑笑词跋》云：

词章之派，端有自来，溯源徂流，盖可考也。昔闻张于湖一传而得吴敬斋，再传而得郭遁斋，源深流长，故其词或如惊涛出壑，或如绉縠纹江，或如净练赴海，可谓冰生于水而寒于水矣。长沙刘氏书坊既以二公之词镂诸木，而遁斋《笑笑词》独家塾有本，一日，余叩遁斋，愿并刊之，庶几来者知其气脉，且以成湘中一段奇事。况三公俱尝从宦是邦，则珍词妙句，岂容有其二而阙其一？遁斋笑而可之，于是并书于后云。嘉定元年立春日，宋人滕仲因谨书。

跋作于宁宗嘉定元年（1208），家塾本或指刻本。又有长沙刘氏书坊刻本，即陈振孙所云长沙坊刻《百家词》本。

今存抄本词集丛编中收有词集的有：

1. 明吴讷辑《唐宋名贤百家词》本，明抄本，梁启超跋，其中有

《笑笑词》一卷。

2.《宋元明三十三家词》本，明石村书屋抄本，其中有《笑笑词》一卷。

3.《宋元名家词》本，明抄本，清毛扆校，唐晏跋，其中有《笑笑词》一卷。

4. 清赵辑宁辑《星凤阁抄五代宋人词》本，清赵氏星凤阁抄校本，其中有《笑笑词》一卷，藏台湾。

见于藏家著录的抄本有：

1. 清范懋柱《天一阁藏书目》卷四之四著录有《笑笑词》一卷，绵纸，抄本。

2. 王重民《中国善本书提要》著录有《笑笑词》一卷，一册（北图）。赵氏星凤阁抄本（十行二十字），云卷内有："赵印辑宁"印记。

又见于著录而未言版本的有：

1. 明钱溥《秘阁书目》著录有《笑笑词》，未标明卷数。

2. 明毛晋《汲古阁毛氏藏书目录》著录有《笑笑词》一卷。

3. 清黄虞稷《千顷堂书目》卷三十二著录有《笑笑词》一卷。

4. 清倪灿撰，卢文弨校正《宋史艺文志补》著录有《笑笑词》一卷。

5. 清朱彝尊《词综》"发凡"云曾有见《笑笑词》一卷。又卷十六小传云有《笑笑词》一卷。

6.《御选历代诗馀》卷一百六"词人姓氏"云有《笑笑词》一卷。

7. 清赵魏《竹崦庵传抄书目》著录有《笑笑词》一卷，云："宋临江郭应祥撰，三十五。"

以上著录的多未言版本，所载当以抄本为主。

民国时朱祖谋据毛扆校紫芝抄本刻入《彊村丛书》中，成《笑笑词》一卷，前录詹傅序，后录笑笑先生传赞、滕仲因跋二。无校记，无朱氏跋。

王澡

王澡（1166—？），字身甫，号瓦全，初名津，字子知，宋宁海（今属浙江）人，一作四明（今浙江宁波）。宋光宗绍熙元年（1190）进士，为主簿。宁宗嘉定年间为国子、太常博士，以朝散郎通判平江府。著有《瓦全居士诗词》、《瓦全集》。

王氏词见于诗词合编，宋时已刊行。陈振孙《直斋书录解题》卷二十著录有《瓦全居士诗词》二卷，云："太常博士宁海王澡身甫撰，初名津，字子知。"又元盛如梓《庶斋老学丛谈》卷中下云：

> 王澡落梅词："疏明瘦直，不受东皇识。留取伴春应肯，万红里，怎著得。　夜色，何处笛，晓寒无那力。若在寿阳宫里，一点点、有人惜。"萧泰来梅词："千霜万雪，受尽寒磨折。赖得生来瘦硬，尽不怕，角吹彻。　清绝，影也别，知心惟有月。元没春风情性，如何共、海棠说。"皆佳作也。二公命意措词大略相似。王，四明人，有《瓦全集》。萧，临江人，有《大山集》。

知又有《瓦全集》，附载有词。

见于明清著录的有：

1. 明钱溥《秘阁书目》著录有《瓦全居士诗词》，未标明卷数。

2. 明毛晋《汲古阁毛氏藏书目录》著录有《瓦全居士诗词》二卷。

3.《御选历代诗馀》卷一百六"词人姓氏"云有《瓦全居士诗词》二卷。

4.《浙江通志》卷二百四十八载有《瓦全居士诗词》二卷。

以上均未言版本，知其诗词集明时尚存，入清则佚。

魏子敬

魏子敬，生平不详。

其词集宋时已刊行，陈振孙《直斋书录解题》卷二十一著录有《云溪乐府》四卷，为宋刊《百家词》本。元马端临《文献通考》卷二百四十六"经籍考七十三"据以录入。见于宋以后著录的有：

1. 明钱溥《秘阁书目》著录有《云溪乐府》，未标明卷数。

2. 明毛晋《汲古阁毛氏藏书目录》著录有《云溪乐府》四卷。

以上二家，一为明初，一为明末，知明时词集尚存。另《御选历代诗馀》卷一百五"词人姓氏"云有《云溪乐府》四卷。或是据前人所言著录，未必真见其书。

徐得之

徐得之，字思叔，号西园先生，清江（今江西樟树）人。生卒年不详。宋孝宗淳熙十一年（1184）进士，历仕州县。宁宗开禧中以通直郎致仕，嘉定中特转朝请郎。著有《静安作具》、《西园鼓吹》。

徐氏词集宋时已刊行于世，陈振孙《直斋书录解题》卷二十一著录有《西园鼓吹》二卷，为宋刊《百家词》本。元马端临《文献通考》卷二百四十六"经籍考七十三"据以录入。见于宋以后著录的有：

明钱溥《秘阁书目》著录有《西园鼓吹》，未标明卷数。

明毛晋《汲古阁毛氏藏书目录》著录有《西园鼓吹》，未标明卷数。

以上二家，一为明初，一为明末，知明时词集尚存，其后则佚。

戴复古

戴复古（1168—1247），字式之，号石屏，宋天台黄岩（今属浙江）人。浪游江湖五十馀年，以诗游诸公间。理宗绍定中为邵武军学教授，年近八十，归家隐居。著有《石屏诗集》及《长短句》等。

戴氏词宋时见附于诗文集中，今存明末毛氏汲古阁影宋抄《南宋群贤六十家小集》本，末署"临安府棚北大街睦亲坊南陈宅书籍铺印行"，为南宋坊肆刻本。其中有《石屏续集》四卷《石屏长短句》一卷，存词四十首，前后无序跋文。按：邓邦述《寒瘦山房鬻存善本书目》卷一著录有《南宋小集》五十册，云汲古阁景宋抄本。又云：每卷前有"宋本"、"希世之珍"、"毛晋"、"汲古主人"，后有"毛氏之印"、"毛氏子晋"诸印。提要云：

> 隐湖毛子晋父子当明季鼎革之际，独以好书驰声于东南间，其所刻书极多，号雠校，未尽精审，而世竟宝之，然犹不及其景抄之美善，为千秋绝业也。此五十册皆据南宋书棚本影抄，内有陈解元书铺印行木记者，得十四五处。亦有版式疏阔，或原有缺叶至十叶者，悉仍其旧，无窜改臆断之习，乃至序后图印亦俱摹写酷肖，一见令人辄疑为原版初印，不知出于写官，技能工巧至此而极。后人虽雅慕深思，苦难企及，于是毛抄乃成一种版本之学，足见一艺之成，卓尔千古，未可目为小道而忽视之也。宋贤小集传本至夥，皆由传抄，其多寡均不一致，要托始于陈氏，意当时得一家即刻一家，本无定数。刻本既不易得，抄时每有参差。此五十册未可遽云完帙，但确从刻本移写，不失庐山真面目，与宋本只隔一尘，与他家著录传抄之本不可同年而语矣……此书毛氏抄成，其前后所钤诸印亦皆精美，且每卷俱有，可谓不惮烦者。宣统纪元，余在沈阳，书友谭笃生贻书告余，劝余收之。余始未见此书，但嫌书价太昂。笃生乃亲赍出关，举以相视。及余亦既觌止，遂不复问价，唯恐其不为我有矣。世间尤物，何必南威、西子然后足以移情而动魄哉？后有览者，其不必以余言为过分也。辛酉六月初归安吴门正闇居士。

辛酉为民国十年（1921），正闇居士即邓邦述，谭笃生为北京琉璃厂正文斋的书估。毛氏汲古阁据宋刊本而影抄的书一向为人所称赏，就在于这些影宋本尽可能保存了宋刊本的风貌，在宋刊本多湮没无闻的情况下，使后人从影宋抄本中仍能品味宋本的精神和面貌，存宋本之真，这也是影宋本的价值所在。至于邓氏疑南宋群贤小集原本是"得一家即刻一家"，达到一定数量，就视之为丛编了，《南宋群贤六十家小集》原本也是如此，刻本已不可见，影抄本仍不失为佳选，其中有《石屏长短句》一卷和《梅屋诗馀》一卷。

毛扆《汲古阁珍藏秘本书目》著录有宋板岳倦翁《宫词》、宋板《石屏词》、许棐《梅屋词》，云："二本，合一套。藏经纸面。许、岳二家，人间绝无。石屏比世行本不同，校便知。六两。"著录的当为《南宋群贤六十家小集》中之物，云宋板，当指影宋本。检潘祖荫《滂喜斋藏书记》卷三著录有影宋抄棠湖《宫词》，不分卷，一册。云：

> 汲古阁影宋抄本，有木图记云"临安府棚北大街陈宅书籍辅印行"，所谓书棚本也。按茇翁跋云：何梦华示……《汲古秘本书目》有宋板岳倦翁《宫词》，与《石屏词》、许棐《梅屋词》合为一函，当即茇翁所见本。附藏印："毛晋之印"，"毛氏子晋"。

据此，与毛扆《书目》著录的为同一种书，《汲古阁珍藏秘本书目》原本是个售书单，清黄丕烈《荛圃藏书题识》卷十于元刊本《稼轩长短句》题识云：

> 余素不能词，而所藏宋元诸名家词独富，如《汲古阁珍藏秘本书目》中所载原稿皆在焉，然皆精抄、旧抄，而无有宋元椠本，顷从郡故家得此刻稼轩词，而欢其珍秘无匹也。

由此知，毛扆《书目》所谓宋板仍是指影宋抄本而言，后为黄丕烈士礼居所得。《荛圃藏书题识》卷八于"《石屏诗集》十卷明刊抄补本"条有黄氏题识文数则，其一云：

> 《石屏长短句》：此汲古阁抄本，词中目其序次，余所定也。《满江红》第一　《水调歌头》第二　《沁园春》第三　《贺新郎》第四　又第五　又第六　《水调歌头》第七　《满庭芳》第八　又第九　（二）　《醉落魄》第十　（三）　《柳梢青》第十一（一）　《锦帐春》第十二　（四）　《行香子》第十三　（十一）

《鹊桥仙》第十四 （五） 《木兰花慢》第十五 《洞仙歌》第十六 《西江月》第十七 又第十八 《贺新郎》第十九 《沁园春》第二十 （六）《鹧鸪天》第二十一 （十三） 《减字木兰花》第二十二 （十四） 又第二十三 （十五） 又第二十四 （七） 《浣溪纱》第二十五 （十七） 《清平乐》第二十六 （八） 《临江仙》第二十七 （十） 《鹊桥仙》第二十八 （九） 《祝英台近》第二十九 （十二） 《大江西上曲》第三十 《满江红》第三十一 （十九） 《望江南》第三十二 （二十） 又第三十三 （二十一） 又第三十四 （二十二） 又第三十五 （二十三） 又第三十六 （二十四） 又第三十七 （二十五） 又第三十八 （十六） 《清平乐》第三十九 （十八） 《醉太平》第四十

朱笔序次，皆此集刻本所有，较毛抄缺十五首。荛翁记。

《木兰花慢》上阕"莺啼啼不住"，此刻多一墨钉，而毛抄去之而顶格，谬之至矣。即此可见其佳。

汲古阁藏书后归黄丕烈所有，黄氏有批校。其中《石屏长短句》存词四十首，括注的数是指别集本存词之次第。又《荛圃藏书题识》卷八著录有《石屏续集》四卷长短句一卷，汲古景宋本，题识云：

《石屏续集》，余向藏旧抄本，晋江黄氏物也，四卷而止，无《石屏长短句》，此册从坊间购得。行款的是书棚本，以二番饼易之，因记，戊辰夏六月复翁。

余向藏旧抄四卷，又得明刻黑口本，从未以此雠勘也，顷索居无聊，取与黑口本相校，知书棚本字句胜明刻多矣。虽未全校，略见一斑，烧烛书此。壬申中秋后下弦日，复翁。

戊辰为清嘉庆十三年（1808），壬申为嘉庆十七年，知黄丕烈于嘉庆年间得到影宋抄本《石屏续集》，只是不全，缺长短句一卷，至于"书棚本字句胜明刻多"云云，知宋本品质的确不错。此书后归韩氏读有用书斋，清韩应陛《读有用书斋书目》著录有《石屏续集》四卷长短句一卷，云旧抄影宋书棚本，黄荛圃跋二则并书签。又见《云间韩氏藏书目》著录，云旧抄影宋书棚本，黄荛圃跋。检《"中央"图书馆善本书目第一次》著录有《梅屋诗馀》一卷，云："一册，宋许棐撰，明虞山毛氏汲古阁影抄宋临安书籍铺刊本。近人邓邦述、吴湖帆、张元济、吴梅、叶恭绰、沈尹默等各手书题记。"又："附《石屏词》一卷，宋戴复古撰。"著录的即此本。

民国时有陶湘刻《景宋金元明本词》，其中有《景宋本石屏长短句》一卷，陶湘《叙录》："湘案：江宁邓孝先邦述得汲古景宋人小集数十册，词只戴、许二家，半叶十行，行十八字，即临安陈氏本也。"章钰《章氏四当斋藏书目》卷上之四著录有《石屏长短句》一卷，云："宋天台戴复古撰，民国五年仁和吴氏双照楼景刊宋本，一册，与《梅屋诗馀》、《渭南词》同函。"即指《景宋金元明本词》本。

除影宋抄本、影宋刻本，还有明刊本，今所见较早的有明弘治年间刻本，有《四部丛刊续编》影印本，名《石屏诗集》，凡十卷，前后录宋元明人序跋文若干，此本当与宋刊有渊源，卷八为词，存词二十五首，以小令为主，均见于《南宋群贤六十家小集》本《石屏长短句》中，而《石屏长短句》所收的长调如《满江红》（二首）、《水调歌头》（二首）、《贺新郎》（四首）、《满庭芳》（二首）、《洞仙歌》（一首）、《沁园春》（二首），凡十三首，均不见载于弘治本中。

又清有《四库全书》本《石屏诗集》六卷，其中卷六附载的词，凡二十四首，有阙，这些词均见于弘治刊本中。

另《荛圃藏书题识》卷八著录有《石屏诗集》十卷，为明刊抄补本，黄氏题识文数则，其一云：

前所校毛抄本，系板心下方有"汲古阁"字，亦抄上，非刻上也。宋元人词不下百馀种，内有石屏词，故取以校此种。词本已归邢沟秦敦夫太史。而余尚有毛抄紫芝漫抄黑格本，间有"斧季手校"朱字，似属初录稿本，而汲古阁黑格本当系缮清本，今取紫芝漫抄本校是刻，大段都同，又似照集本录出，唯《醉落魄》下半阕、"牢裹乌纱""牢"下"裹"上多一"长"字、《木兰花慢》上半阕"□莺啼啼不尽"□，硃笔校"尽"。与集本稍有美字及补字，未知毛氏又何据也？闲窗偶检及此毛抄词，因出石屏集，复校其中所有之词，而又多同异若此。其《沁园春》集本所无，因补于词后。惜汲古阁黑格本不在，未知目中何阙为恨耳。道光二年岁在壬午五月十有七日，复翁记。其去得此书时已二十二年矣。

壬戌夏五月自都门归，世事皆淡，惟此几本破书，尚有不能释然者，故每闻坊间新收故家书，彼以为无宋元旧刻，不敢送观。而余必欲触热，到彼恣意寻觅。此戴石屏诗，为璜川吴氏旧藏，余收诸酉山堂者也，所收书不下数十种，其最得意者为此。……诗后有词，词虽与毛抄多寡不合，然卷端总目词数与存者合，词后又无他著述，则所阙者，果何物耶？安得有宋刻本出相与证明之。笔翁。

作于清道光二年（1822），所得原为吴铨藏书，其中有词，存词同明弘治本。紫芝漫抄黑格本指《宋元名家词》，明抄本，今存北京大学图书馆，其中有毛扆校。按：吴铨，字容斋，号璜川。随父迁居上海，老而复迁居苏州。清雍正年间为吉安知府，归田后，居璜川，室名璜川书屋，又筑遂初园，以校书藏书为事，多宋元善本。

见于著录的有：

1. 清朱彝尊《词综》卷十六戴复古小传云有《石屏集词》一卷。

2. 《御选历代诗馀》卷一百六"词人姓氏"亦云有《石屏集词》一卷。

3. 杨晨编《台州艺文略》载《戴氏复古石屏集》十卷《四库全书》著录，《石屏词》附刻《石屏集》后，刻入《台州丛书》。

除别集附载有词外，戴氏词析出别行，多见于明清以来人的著录，叙录于下：

一、刊本

明末毛氏汲古阁刊《宋六十名家词》本，其中有《石屏词》一卷，毛晋跋云：

> 式之以诗名东南半天下，所称南渡后江湖四灵之一也。石屏，其所居山名，因以为号。性好游，南适瓯闽，北窥吴越，上会稽，绝重江，浮彭蠡，泛洞庭，望匡庐五老、九嶷诸峰，然后放于淮泗，归老委羽之下。读其自述《沁园春》一阕、自嘲《望江南》三阕，可想见其大概矣。一时楼四明、吴荆溪辈盛称其痛念先人，固穷继志，以为天台诗品莫出其右者。杨用修乃以江西烈女一事疵其为人，不几以小节掩大德耶？至如胸中无千百字书云云，是石屏自恨少孤失学之语，方虚谷指而短之，抑谬矣。楼大防、陶南村所记二则，聊附于左，以俟赏识君子。

未言所据，此本存词三十三首，除末首《满庭芳》"草木生春"外，馀均见《南宋群贤六十家小集》本《石屏长短句》中，《满庭芳》"草木生春"一词或据黄昇《中兴以来绝妙词选》增补。前文知毛氏汲古阁藏有宋刊本和影宋抄本戴复古词集，存词数较此本多，却不见用，毛氏刊《宋名家词》中多有这种情况，不可解。序中所云楼四明、吴荆溪分别指宋人楼钥和吴子良，二人序文见弘治本《石屏诗集》中，楼序作于宁宗嘉定三年（1210）岁末，吴序作于理宗淳祐三年（1243）六月。毛氏识语后附有楼大防、陶南村所记二则，楼大防记即为节抄楼钥的序文。此录陶南村记文如下：

> 戴石屏先生复古未遇时，流寓江右武宁，有富家翁爱其才，以女妻之。居二三年，忽欲作归计，妻问其故，告以曾娶，妻白之父，父怒，妻宛曲解释，尽以奁具赠夫，仍饯以词云："惜多才，怜薄命，无计可留汝。揉碎花笺，忍写断肠句。道傍杨柳依依，千丝万缕，抵不住，一分愁绪。　　捉

月盟言，不是梦中语。后回君若重来，不相忘处，把杯酒，浇奴坟土。"夫既别，遂赴水死，可谓贤烈也已。

陶南村即陶宗仪，此段文字见载于陶氏《辍耕录》卷四，武宁，今属江西九江。此事又见载于元佚名《广客谈》，末有吴中蒋堂识云："右归安县尹杨景行，字贤可，号吟窗，言此事，失其妇姓名，尚诣其详，当传传矣。"据《元史》本传等载：杨景行（1277—1347），字贤可，太和（今江西吉安）人，元仁宗延祐二年（1315）进士，授会昌州判官，调永新州判官，升抚州路总管府推官，转湖州路归安县，以翰林待制朝列大夫致仕。知杨氏为江西人，曾在江西昌州、永新、抚州等地为官。江西烈妇事，杨慎《词品》有载，可参见。

二、抄本

今存抄本丛书中收有其词集的有：

1. 明吴讷编《唐宋名贤百家词》本，明抄本，有梁启超跋，藏天津图书馆，其中有《石屏词》一卷，收词二十六首。末有真德秀《石屏词后语》，云：

> 戴复古诗词高处不减孟浩然，予叨金銮夜直，顾不能邀入殿庐中，使一见天子，予之愧多矣。嘉定甲戌四月哉生魄，建安真德秀书。

嘉定甲戌为宋宁宗嘉定七年（1214），真德秀（1178—1235），字景元，改希元，号西山，福建浦城人。宁宗庆元五年（1199）进士，开禧元年（1205）又中博学宏词科。历官礼部侍郎、户部尚书、翰林学士知制诰、参知政事，卒谥文忠。学宗朱熹，庆元党禁后，程朱理学得以复盛，与力为多。著有《真文忠公集》。戴复古有《贺新郎·为真玉堂寿》词，云：

> 说与黄花道。九秋深、三光五岳，气钟英表。金马玉堂真学士，蕴藉诗书奥妙。一一是、经纶才调。斟酌古今来活国，算忠言、谠论知多少。又入奏，金门晓。　　朝回问寝

披萱草。对高堂长说，一片君恩难报。更待痴儿千载遇，膝
下十分荣耀。趁绿鬓、朱颜不老。整顿乾坤济时了，奉板
舆、拜国夫人号。可谓忠，可谓孝。

词是寿真德秀，玉堂指翰林院，理宗端平元年（1234）九月真德秀除
翰林学士知制诰，时年六十八。《百家词》本所载二十六首，除末一词
《沁园春》"一曲狂歌"外，均同明弘治本《石屏诗集》卷十所载，次
第也同，二者当是同源。

2. 明李东阳辑《南词》本，抄本，其中有《石屏词》一卷。

3.《宋元名家词》本，为明紫芝漫抄本，清毛扆校，唐晏跋，藏
北京大学图书馆，其中有《石屏词》一卷。

4.《宋五家词》本，明抄本，藏国家图书馆。五家为陈亮《龙川
词》、刘过《龙洲词》、杨炎正《西樵语业》、戴复古《石屏词》、毛开
《樵隐诗馀》。检傅增湘《藏园群书题记》卷二十，著录有《明抄本宋
五家词跋》，云：

> 陈亮《龙川词》一卷、刘过《龙洲词》二卷、杨炎正《西
> 樵语业》一卷、戴复古《石屏词》一卷、毛平仲《樵隐诗馀》
> 一卷。明写本，棉纸，蓝格，十二行，行二十字。有"研叟"
> 朱文圆印，"吴城"、"敦复"朱文两小印，"谢梫"白文印，
> "提月"朱文印。此癸亥八月余得之海王村坊肆者，字画草
> 率，朱墨点抹，凌乱纷糅，乍睹之，颇不耐观，然笔致疏古，
> 是嘉、万时风气。取刻本勘正，则佳胜殊出意表。披沙拣
> 金，往往得宝，若以皮相取之，几失之交臂矣。壬申二月二
> 十日，藏园记。

壬申为民国二十一年（1932），又云：

> 《石屏词》一卷，故人吴伯宛曾据汲古阁影宋本刊入《双
> 照楼丛书》，余取以对校，抄本仅二十五阕，视汲古本只得半
> 数，而订正之字乃得二十有二，如："醒时杯酒醉时歌"，毛

本"醉"作"即";"任莺啼啼不尽",毛本脱"任"字;"莫沈钩",毛本"沈"作"垂";"机心一露使多愁",毛本"多"作"鱼";"历尽间关",毛本作"艰关";"一声鹈鴂断人肠",毛本"鹈"作"啼"。此皆舛误显然者,赖此本纠正之。其卷末有真德秀跋,尤足补汲古本之缺,兹录如后。

所收五家词均见于吴讷的《唐宋名贤百家词》,又《石屏词》所载词的数量以及所附真德秀跋文同,知当与《百家词》本同源。

5.《四库全书》本,其中有《石屏词》一卷,提要云:

> 复古有《石屏集》已著录,此词一卷,乃毛晋所刻别行本也。复古为陆游门人,以诗鸣江湖间。方回《瀛奎律髓》称其清新健快、自成一家,今观其词亦音韵天成,不费斧凿。其《望江南》自嘲第一首云:"贾岛形模元自瘦,杜陵言语不妨村,谁解学西昆。"复古论诗之宗旨于此具见,宜其以诗为词,时出新意,无一语蹈袭也。集内《大江西上曲》即《念奴娇》,本因苏轼词起句故称《大江东去》,复古乃以己词首句,又改名《大江西上曲》,未免效颦。至赤壁怀古《满江红》一阕则豪情壮采,实不减于轼,杨慎《词品》最赏之,宜矣。此本卷后载楼钥所记一则,即系《石屏集》中跋语,陶宗仪所记一则,见《辍耕录》。其江右女子一词,不著调名,以各调证之,当为《祝英台近》,但前阕三十七字俱完,后阕则逸去起处三句十四字,当系流传残阙。宗仪既未经辨及,后之作图谱者因词中第四语有"揉碎花笺"四字,遂另造一调,名殊为杜撰。至于《木兰花慢》怀旧词前阕有"重来故人不见"云云,与江右女子词"君若重来,不相忘处"语意若相酬答,疑即为其妻而作,然不可考矣。

是据毛氏汲古阁刻本移录,提要云江西女子所作遗词名《祝英台近》,只是下阕缺三句十四字,明蒋一葵《尧山堂外纪》卷六十一、郭子章

《豫章诗话》卷二、冯梦龙《情史类略》卷十四等所载同。《全宋词》据《广客谈》录此词，注云据《古今词选》补三句十四字，云："如何诉，便教缘尽今生，此身已轻许。"但注又云所补"未必可信"。又《钦定续通志》卷一百六十三著录有《石屏词》一卷，云"文渊阁著录"，又清《续文献通考》卷一九八著录有《石屏词》一卷，二者当与库本同。

见于著录的抄本有：

1. 清范懋柱《天一阁藏书目》卷四之四著录有《石屏词》一卷，绵纸，抄本。

2. 清王修《诒庄楼书目》卷八著录有《石屏词》一卷，写本。

3. 傅增湘《双鉴楼善本书目》卷四著录有《石屏词》一卷，明抄本。又傅氏《藏园群书经眼录》卷十九著录有《石屏词》一卷。

又见于著录而版本不详者有：

1. 明高儒《百川书志》卷六著录有《石屏词》一卷。

2. 明赵用贤《赵定宇书目》著录有"张元干、戴复古词"一本。

3. 清钱曾《也是园藏书目》卷七著录有《戴石屏长短句》一卷。

4. 清倪灿撰、卢文弨校正《宋史艺文志补》著录有《石屏词》一卷。

5. 清朱彝尊《词综》"发凡"云曾见《石屏词》一卷。

6. 清徐元文《含经堂藏书目》著录有《石屏词》二卷。

7. 清陆漻《佳趣堂书目》著录有《石屏词》一卷。

8. 清赵昱《小山堂藏书目录备览》著录有《石屏词》，未标卷数。

9. 叶德辉《叶氏观古堂藏书目》著录有《石屏词》一卷。

10. 章篯《文澜阁浙江书目》著录有《石屏词》一卷。

以上诸家均未言版本，所载当以抄本为主。另项元勋《台州经籍志》卷四十著录有《石屏词》一卷，云："宋黄岩戴复古撰，载毛晋六十四家词中。"六十四当是六十一之误。又有注："《汲古阁书目》、《四库全书总目》、《简明目录》、《浙江采集遗书总录》、《天一阁书目》、《台州外书》、《邵亭知见传本书目》、《台州书目》、《静观书舍藏书目》。"知是据诸书目著录的，并移录《四库全书总目》提要全文。

刘镇

刘镇，字叔安，号随如，南海（今广东广州）人。宋宁宗嘉泰二年（1202）进士。谪居三山二十馀年，理宗绍定间真德秀奏令自便。著有《随如百咏》。

刘镇词集宋时已刊行于世，黄昇《中兴以来绝妙词选》卷八云："名镇，号随如。兄弟皆以文鸣，有《随如百咏》刊于三山。"知有《随如百咏》，刻于福州。刘克庄《后村先生大全集》卷九十九《跋刘叔安感秋八词》云：

> 长短句肪于唐，盛于本朝。余尝评之：耆卿有教坊丁大使意态，美成颇偷古句，温、李诸人困于拇撺，近岁放翁、稼轩一扫纤艳，不事斧凿，高则高矣，但时时掉书袋，要是一癖。叔安刘君，落笔妙天下，间为乐府，丽不至亵，新不犯陈，借花卉以发骚人墨客之豪，托闺怨以寓放臣逐子之感，周、柳、辛、陆之能事庶乎其兼之矣。然词家有长腔，有短阕，坡公《戚氏》等作，以长而工也；唐人《忆秦娥》之词曰"西风残照，汉家陵阙"、《清平乐》之词曰"夜常留半被，待君魂梦归来"，以短而工也。余见叔安之似坡公者矣，未见其似唐人者，叔安当为余尽发秘藏，毋若李卫公兵法，妙处不以教人也。

如同《随如百咏》，"感秋八词"或也是一组词。

宋之后，《永乐大典》卷 2265 第 5B 页自《刘随如镇集》录《江神子》一首，又卷 7960 第 4B 页录刘叔安词《念奴娇》一首。《刘随如镇集》或为诗文别集。《随如百咏》今见于清人著录的有：

1. 清朱彝尊《词综》"发凡"云曾见《随如百咏》。

2. 《御选历代诗馀》卷一百六"词人姓氏"云自号随如子，著有《随如百咏》。

3. 清赵昱《小山堂藏书目录备览》著录有《随如百咏》。

以上均未言版本。民国时赵万里据黄昇《中兴以来绝妙词选》等辑词二十六首，名《随如百咏》，收入《校辑宋金元人词》中，有民国排印本。

许棐

许棐，字忱夫，海盐（今属浙江）人。宋理宗嘉熙中隐居秦溪，种梅数十，构屋读书，自号梅屋。著有《梅屋诗稿》《献丑集》等。

许氏诗文集附载有词集，宋时就有刻本，今所见有明末毛氏汲古阁影宋抄《南宋群贤六十家小集》本，其中有《梅屋诗稿》四卷《梅屋诗馀》一卷，末署"临安府棚北大街睦亲坊南陈宅书籍铺印行"，为南宋坊肆刻本，存词十八首，前后无序跋文。检邓邦述《寒瘦山房鬻存善本书目》卷一著录有《南宋小集》五十册，汲古阁景宋抄本。云：每卷前有"宋本""希世之珍""毛晋""汲古主人"，后有"毛氏之印""毛氏子晋"诸印。提要云：

> 隐湖毛子晋父子当明季鼎革之际，独以好书驰声于东南间，其所刻书极多，号雠校，未尽精审，而世竟宝之，然犹不及其景抄之美善，为千秋绝业也。此五十册皆据南宋书棚本影抄，内有陈解元书铺印行木记者，得十四五处。亦有版式疏阔，或原有缺叶至十叶者，悉仍其旧，无窜改臆断之习，乃至序后图印亦俱摹写酷肖，一见令人辄疑为原版初印，不知出于写官，技能工巧至此而极。后人虽雅慕深思，苦难企及，于是毛抄乃成一种版本之学，足见一艺之成，卓尔千古，未可目为小道而忽视之也。宋贤小集传本至夥，皆由传抄，其多寡均不一致，要托始于陈氏，意当时得一家即刻一家，本无定数。刻本既不易得，抄时每有参差。此五十册未可遽云完帙，但确从刻本移写，不失庐山真面目，与宋本只隔一尘，与他家著录传抄之本不可同年而语矣……此书毛氏抄

成，其前后所钤诸印亦皆精美，且每卷俱有，可谓不惮烦者。宣统纪元，余在沈阳，书友谭笃生赉书告余，劝余收之。余始未见此书，但嫌书价太昂。笃生乃亲赍出关，举以相视。及余亦既覩止，遂不复问价，唯恐其不为我有矣。世间尤物，何必南威、西子然后足以移情而动魄哉？后有览者，其不必以余言为过分也。辛酉六月初归安吴门正闇居士。

辛酉为民国十年（1921），正闇居士即邓邦述，谭笃生为北京琉璃厂正文斋的书估。邓氏疑南宋群贤小集原本是"得一家即刻一家"，达到一定数量，就视之为丛编了，《南宋群贤六十家小集》原本也是如此，刻本已不可见，影抄本仍不失为佳选，其中有《梅屋诗馀》一卷。

　　按：毛扆《汲古阁珍藏秘本书目》著录有宋板岳倦翁《宫词》、宋板《石屏词》、许棐《梅屋词》，云："二本，合一套。藏经纸面。许、岳二家，人间绝无。石屏比世行本不同，校便知。六两。"著录的当为《南宋群贤六十家小集》中之物，云宋板，当指影宋本。又潘祖荫《滂喜斋藏书记》卷三著录有影宋抄棠湖《宫词》，不分卷，一册。云：

　　　　汲古阁影宋抄本，有木图记云"临安府棚北大街陈宅书籍辅印行"，所谓书棚本也。按茈翁跋云：何梦华示……《汲古秘本书目》有宋板岳倦翁《宫词》，与《石屏词》、许棐《梅屋词》合为一函，当即茈翁所见本。附藏印："毛晋之印"，"毛氏子晋"。

据此，与毛扆《书目》著录的为同一种书，《汲古阁珍藏秘本书目》原本是个售书单，清黄丕烈《荛圃藏书题识》卷十于元刊本《稼轩长短句》题识云：

　　　　余素不能词，而所藏宋元诸名家词独富，如《汲古阁珍藏秘本书目》中所载原稿皆在焉，然皆精抄、旧抄，而无有宋元椠本，顷从郡故家得此刻稼轩词，而欢其珍秘无匹也。

由此知，毛扆《书目》所谓宋板仍是指影宋抄本而言，其书后为黄丕烈士礼居所得，参见戴复古条。

此本多见藏家著录，如清马瀛《唫香仙馆书目》卷四著录有毛氏影宋抄《梅屋诗馀》一卷，汲古阁写本，一本。又张人凤编《张元济古籍书目序跋汇编·序跋·其它古籍》著录有《汲古阁抄宋临安书棚本〈梅屋诗余〉题识》，云："夏历辛未正月廿五日，海盐张元济观。"辛未为民国二十年（1231）。又王重民《中国善本书提要》著录有《梅屋诗馀》一卷，与《和清真词》同订一册（北图）。抄本（十行十八字），云：

> 宋许棐撰。按：棐有《梅屋集》五卷，《四库全书》已著录。汲古阁有影宋抄本，附《诗馀》一卷，即是集也。

检《"中央"图书馆善本书目第一次》著录有《梅屋诗馀》一卷，云："一册，宋许棐撰，明虞山毛氏汲古阁影抄宋临安书籍铺刊本。近人邓邦述、吴湖帆、张元济、吴梅、叶恭绰、沈尹默等各手书题记。"又："附《石屏词》一卷，宋戴复古撰。"著录的即此本。按：叶德辉《叶氏观古堂藏书目》著录有《梅屋诗馀》一卷，王氏四印斋刊本。提要云：

> 许棐，名《梅屋诗馀》，一卷。清钱泰吉《曝书杂记》卷下载咸丰四年（1854）春曾于蒋光煦处见汲古阁影宋抄本许氏《梅屋诗馀》等，原为钱仪吉藏物。按邓邦述《群碧楼善本书录》卷一载汲古阁景宋抄本《南宋小集》（五十册）中有此书，并云："此五十册皆据南宋书棚本影抄，内有陈解元书铺印行木记者，得十四五处。"为同一书。《"中央"图书馆善本书目第一次》载："《梅屋诗馀》一卷，一册，宋许棐撰，明虞山毛氏汲古阁影抄宋临安书籍铺刊本。近人邓邦述、吴湖帆、张元济、吴梅、叶恭绰、沈尹默等各手书题记。"今有《汲古阁景抄南宋六十家小集》本，诗集后附《梅屋诗馀》

一卷。

按：钱仪吉（1783—1850），初名逮吉，字蔼人，号衎石，又号新梧、心壶等，浙江嘉兴人。清嘉庆十三年（1808）进士，改翰林院庶吉士，官户部主事等。酷爱藏书，藏书处名仙蝶斋。著有《衎石斋记事稿》等。钱泰吉（1791—1863），字辅宜，号警石，别署深庐、冷斋，浙江嘉兴人。为钱仪吉从弟。精于鉴赏和校雠之学，藏书处名可读书斋等，著有《甘泉乡人诗文稿》等。

民国时陶湘据此刻入《景宋金元明本词》中，有《景宋本梅屋诗馀》一卷，陶湘《叙录》："湘案：江宁邓孝先邦述得汲古景宋人小集数十册，词只戴、许二家，半叶十行，行十八字，即临安陈氏本也。"章钰《章氏四当斋藏书目》卷上之四著录有《梅屋诗馀》一卷，云："宋海盐许棐撰，民国五年仁和吴氏双照楼景刊宋本，与《石屏词》合册。"

除诗文集本外，戴氏词集析出别行者，叙录如下。

今存抄本丛编中收有其词集的有：

1. 《宋元明六家词》本，清道光、咸丰间劳权抄本，清劳权校跋并录清赵辑宁题识，清丁丙跋。其中有《梅屋诗馀》一卷。检丁丙《善本书室藏书志》卷四十著录有《梅屋诗馀》一卷，精抄本，劳巽卿藏书。提要云：

> 棐，字忱父，海盐人，有《梅屋稿》及《献丑集》，嘉熙间俱自为序，则为理宗时人矣。此诗馀一卷，词笔秾艳绮丽，有《金荃》、《阳春》之遗意。抄本小楷精工，劳巽卿以《绝妙好词》、《阳春白雪》、《历代诗馀》诸书校正讹字，蝇头细字书之，上下皆满。洵为宋词善本，卷首钤有巽卿朱文小方印。

所指即此本，盖析出著录者。

2. 《宋元八家词》本，清抄本，其中有《梅屋词》一卷。

3.《宋元人词》本，清抄本，其中有《梅屋词》一卷。

4. 清彭元瑞辑《汲古阁未刻词》本，清光绪抄本，清江标跋，其中有《梅屋诗馀》一卷。

5.《宋六家词》本，抄本，其中有《梅屋诗馀》一卷，藏台湾。

又见于著录的抄本词集有：

1. 清钱曾《也是园藏书目》卷七著录有《梅屋诗馀》一卷，按：《中国古籍善本书目》载《梅屋诗馀》一卷，清初钱氏述古堂抄本。

2. 清周星诒《传忠堂书目》卷四著录有《梅屋诗馀》一卷，一册，旧抄本。又清蒋凤藻《秦汉十印斋藏书目》卷四著录有《梅屋诗馀》一卷，旧抄本。按：周、蒋二人为同年和姻亲，周氏书后归蒋氏。

3. 清王闻远《孝慈堂书目》著录有《梅屋诗馀》，云："一卷，一册，抄，白五番。"

4.《双宋书斋善本书目》著录有《道情歌（当作鼓）子词》、《五峰词》、《梅屋诗馀》、《梅词》，云合一本，旧抄本。当为词集丛编。

另见藏家著录却未言版本的有：

1. 明董其昌《玄赏斋书目》卷七著录有《梅屋诗馀》，未标明卷数。

2. 清黄虞稷《千顷堂书目》卷三十二著录有《梅屋词》一卷。

3. 清倪灿撰，卢文弨校正《宋史艺文志补》著录有《梅屋词》一卷。

4. 清朱彝尊《词综》"发凡"云曾见《梅屋诗馀》一卷。

5. 清查为仁、厉鹗《绝妙好词笺》三小传云有《梅屋诗馀》一卷。

6. 傅增湘《藏园群书经眼录》卷十九著录有《梅屋诗馀》一卷。

以上诸家均未言版本，所载多以抄本为主。

晚清有王鹏运四印斋刻《梅屋诗余》一卷，收入《宋元三十一家词》中。此本见于藏家著录，如缪荃孙《目录词小说谱录目》等。

程贵卿

程贵卿，进士，朱熹门人。生平待考。著有《梅屋词》。

程氏词集不见宋人提及，见于宋以后著录的有：

1. 明高儒《百川书志》卷六著录有《梅屋词》一卷，云："宋进士朱子门人程贵卿著，凡十八阕。"

2. 清黄虞稷《千顷堂书目》卷三十二著录有《梅屋词》一卷，云："字□□，宋进士，朱子门人。"

3. 清倪灿撰，卢文弨校正《宋史艺文志补》著录有《梅屋词》一卷。

以上均未言版本。知明末清初词集尚存，入清则佚。

陈振

陈振，字震亨，号止安居士，福州（今属福建）人。宋光宗绍熙元年（1190）进士。官至太府寺丞，知永、瑞二州，以朝议大夫致仕，卒赠通议大夫。著有《止安集》五十卷。

陈氏词见于诗文集中，宋时已刊行于世。边实《咸淳玉峰续志》"名宦"载云：

> 陈振，字震亨，绍熙进士，工于作文，而诗词尤高雅，自
> 号止安居士，有文集五十卷行于世。

检马端临《文献通考》卷二百四十一载有《止安集》十八卷，云："陈氏曰太府寺丞三山陈振震亨撰。"按：马氏所据为陈振孙《直斋书录解题》，云《止安集》有十八卷，五十卷当为后出。又明王鏊《姑苏志》卷五十一"人物九·名臣"云："有《止安集》五十卷，好楷书，有欧、虞气骨。"知明时五十卷本《止安集》尚存，仍是宋本面目。又《江南通志》卷一百九十三"艺文志·集部"载陈氏《止安集》五十卷。今未见存词。

李好古

　　李好古，南宋时期人，自署乡贡免解进士，曾到过扬州。生平不甚详。清吟阁本《阳春白雪》云好古字仲敏，原籍下邽（今陕西渭南），不知为同一人否？著有《碎锦词》。

　　今存抄本词集丛编多种，其中收有李氏词集的有：

　　1.《典雅词》本，毛氏汲古阁影宋抄本，清陆氏皕宋楼藏书，今藏日本静嘉堂文库。其中有《碎锦词》一卷。检陆心源《皕宋楼藏书志》卷一百二十著录有《碎锦词》一卷，云汲古阁影宋本。所指即此书，盖析出著录者。又据此丛书传抄的有二：其一为清丁氏八千卷楼藏书，藏南京图书馆。其二为原北平图书馆藏书，今藏台湾。二者均收有《碎锦词》一卷。按：缪荃孙《目录词小说谱录目》著录有《碎锦词》一卷，云传写《典雅词》本，所指为原北平图书馆藏书，盖析出著录者。

　　2.《典雅词》本，清劳权抄本，清劳权校并跋，藏国家图书馆，其中有《碎锦词》一卷，另有补遗一卷。

　　3.《典雅词》本，清吴氏拜经楼旧藏抄本，藏上海图书馆，其中有《碎锦词》一卷。

　　4.《宋五家词》本，清初毛氏汲古阁抄本，清丁丙跋。其中有《碎锦词》一卷。

　　5.《五家词》本，清十万卷楼抄本，其中有《碎锦词》一卷。

　　6.《宋九家词》本，清道光蒋氏别下斋抄本，清许光清跋。其中有《碎锦词》一卷。

　　7.《宋六家词》本，清抄本，其中有《碎锦词》一卷。

　　8.《宋词》本，清抄本，朱孝臧校，其中有《碎锦词》一卷。

　　9.《宋元人词》本，清抄本，其中有《碎锦词》一卷。

　　另有《唐宋元三朝名贤小集》本，清乾隆、嘉庆间赵之玉抄本。见《湖南省古籍善本书目》著录，其中有《碎锦词》一卷。

　　除此外，见于藏家著录的抄本有：

1. 清曹寅《楝亭书目》卷四著录有《碎锦词》，抄本，一册。

2. 清陆心源《皕宋楼藏书志》卷一百二十著录有《碎锦词》一卷，旧抄本。

3. 清丁丙《善本书室藏书志》卷四十著录有《碎锦词》一卷，汲古阁抄本。提要云：

> 好古籍贯未详，宋本结衔称乡贡免解进士，当未尝入仕途也。词十四阕，用笔浑灏，无末流纤弱之习，集中若《八声甘州》、《江城子》等阕，雄声壮态，仿佛稼轩，所逊者生辣耳。抄手极旧，版式心有"汲古阁"三字，盖毛氏旧手也。

4. 清王闻远《孝慈堂书目》著录有《碎锦词》，云："一卷，合一册，抄，五十三番。"

另清陆漻《佳趣堂书目》著录有《碎锦词》一卷，又清赵魏《竹崦庵传抄书目》著录有《碎锦词》一卷，六页。均未言版本。

晚清有王鹏运四印斋刻本，收入《宋元三十一家词》中，王氏云：

> 李好古《碎锦词》未见著录，宋以来选本亦无只字。近陶兔香侍郎纂《词综补遗》，始登数阕，盖尘埋数百年矣。乡贯仕履，皆无可考。皕宋楼所藏二本，其一题云乡贡免解进士，岂终于场屋者耶？亦白石老仙之亚也。癸巳四月四日校毕记。是日沉黔欲雨，始雷。半塘老人。
>
> 兔香《词综补遗》录《碎锦词》在卷十二，其卷十五又载李好古字敏仲《谒金门》词云："花过雨，又是一番红素。燕子归来愁不语，旧巢无觅处。谁在玉关劳苦，谁在玉楼歌舞。若使胡尘吹得去，东风侯万户。"按云："李好古有《碎锦词》一卷，自署乡贡免解进士。今集中此词不载，当别是一人。"附录于此，俟博识者考订之。半塘再记。

跋作于清光绪十九年（1893），未言所据。此本见缪荃孙《目录词小说谱录目》和叶德辉《叶氏观古堂藏书目》等著录。

方信孺

　　方信孺（1168—1222），字孚若，号好庵，又号紫帽山人，兴化军
（今福建莆田）人。以父荫补番禺尉，任萧山丞。宋宁宗开禧三年
（1207）使金议和，嘉定中知韶州、道州，提点广西刑狱，除转运判
官，知真州。著有《南海百咏》、《好庵游戏集》等。

　　方氏词集宋时就已刊行于世，陈振孙《直斋书录解题》卷二十一
著录有《好庵游戏》一卷，云："莆田方信孺孚若撰，开禧中使入金
国，后至广西漕。"为宋刊《百家词》本，元马端临《文献通考》卷二
百四十六据以录入。又刘克庄《后村先生大全集》卷一百六十六《宋
故朝奉大夫直宝谟阁前淮南路总运判官提点淮东刑狱兼知贞州寺丞方
公行状》云：

> 　　公讳信孺，字孚若，系出河南，繇琡而下代有闻人，琡自
> 固始迁莆田，至金紫公廷范六子皆贵显，而少监公仁岳之后
> 最蕃，公其八世孙也。……公自号紫帽山人，又曰好庵，葬
> 处盖紫帽之第三峰，而好庵扁墓庐云。公美姿容，性疏豁豪
> 爽。幼及交辛稼轩、陈同父诸贤，安公素不识公面，一见握
> 手如旧，晚开宣幕，辟公参谋，不就。与李公璧、吴公猎、傅
> 公伯成尤善。……有《南海百咏》、《南冠萃稿》、《南辕拾
> 稿》、《曲江啸咏》、《九疑漫编》、《桂林丙三集》、《击缶
> 编》、《好庵游戏集》，皆板行。《出岭后诗文》三卷、《寿湖
> 稿》一卷、《通问语录》三卷，藏于家。

知诗文集等已刊刻，其中含词集《好庵游戏集》，未言卷数。见于宋以
后著录的有：

　　1. 明钱溥《秘阁书目》著录有《好庵游戏》，未标卷数。

　　2. 明毛晋《汲古阁毛氏藏书目录》著录有《好庵游戏》一卷，作
方孝儒孚若，误。

　　以上二家，一为明初，一为明末，知方氏词集明时尚存，其后则

佚。按:《福建通志》卷六十八"艺文一"著录方氏有《桂林甲乙丙》三集、《击缶编》、《好庵游戏集》。或只是据前人记载著录而已。

石孝友

石孝友,字次仲,南昌(今属江西)人。生卒年不详。宋孝宗乾道二年(1166)进士。著有《金谷遗音》。

石氏词集宋时已刊行于世,陈振孙《直斋书录解题》卷二十一著录有《金谷遗音》一卷,为宋刊《百家词》本。元马端临《文献通考》卷二百四十六"经籍考七十三"据以录入。

见于明人著录的有:

1.《永乐大典》卷2809第20A页自《金谷遗音》录《满庭芳》一首。

2. 明钱溥《秘阁书目》著录有《金谷遗音》,未标明卷数。

3. 明毛晋《汲古阁毛氏藏书目录》著录有《金谷遗音》一卷。

以上均未言版本,今存明抄本词集丛编收有石氏词集的有:

1. 明吴讷编《唐宋名贤百家词》本,明抄本,梁启超跋。其中有《金谷遗音》一卷。

2. 明李东阳辑《南词》本,抄本,其中有《金谷遗音词》二卷。

3.《宋元明三十三家词》本,明石村书屋抄本。其中有《金谷遗音》二卷。

4.《宋元名家词》本,明抄本,清毛扆校,唐晏跋。其中有《金谷遗音》一卷。

明末有毛氏汲古阁刊《宋名家词》本《金谷遗音》一卷,毛晋跋云:

> 余初阅蒋竹山集,至"人影窗纱"一调,喜谓周、秦复生:"又恐白雪寡和。"既更得次仲《金谷遗音》,如《茶瓶儿》、《惜奴娇》诸篇,轻倩纤艳,不堕"愿奶奶兰心蕙性"之鄙俚,又不堕"霓裳缥缈,杂佩珊珊"之叠架,方之蒋胜欲,

南　宋

予未能伯仲也。

未言所据。此本见清郑德懋辑《汲古阁校刻书目》之《宋名家词六集》著录，云凡四十八叶。又见梁启超《梁氏饮冰室藏书目录》著录。又叶德辉《叶氏观古堂藏书目》著录有《金谷遗音》一卷，为清光绪汪氏振绮堂重刊汲古阁本。

入清，《四库全书存目》著录有《金谷遗音》一卷，提要云：

> 宋石孝友撰，孝友字次仲，南昌人。乾道中进士。其著作世不多见，《钓台集》载其七言绝句一首，亦无可采录。其词则至今犹传，《书录解题》载孝友《金谷遗音》一卷，与此本合。其词长调以端庄为主，小令以轻倩为工；而长调类多献谀之作，小令亦间近于俚俗。毛晋跋黄机词，恨《草堂诗馀》不载机及孝友一篇。跋孝友词又独称其《茶瓶儿》、《惜奴娇》诸篇为轻倩纤丽，今考《茶瓶儿》结句云："而今若没些儿事，却枉了、做人一世。"《惜奴娇》前一阕云："我已多情，更撞著、多情底你。"后一阕云："冤家，你教我、如何割舍。""冤家，休直待、教人咒骂。"直是市井俚谈。而晋乃特激赏之，反置其佳者于不论，其为颠倒，更在《草堂诗馀》下矣。又杨慎《词品》极称孝友《多丽》一阕，此集不载，详考其词，乃张孝祥所作，慎偶误记，今附辨于此，不复据以补入焉。

知据毛氏汲古阁本录入，为安徽巡抚采进本。《钦定续通志》卷一百六十三"艺文略·文类"据《四库全书存目》著录，其中有《金谷遗音》一卷。又《四库著录江西先哲遗书目》著录有《金谷遗音》一卷。均同库本。

此外，见于清代藏家著录的有：

1. 清黄虞稷《千顷堂书目》卷三十二著录有《金谷遗音》一卷。

2. 清倪灿撰，卢文弨校正《宋史艺文志补》著录有《金谷遗音》

675

一卷。

3．清钱曾《也是园藏书目》卷七著录有《金谷遗音》一卷。

4．清朱彝尊《词综》"发凡"及卷二十二小传云曾见《金谷遗音》一卷。

5．《御选历代诗馀》卷一百七"词人姓氏"云有《金谷遗音》一卷。

6．清陆漻《佳趣堂书目》著录有《金谷遗音》一卷。

7．清徐元文《含经堂藏书目》著录有《金谷遗音》二卷。

8．清汪宪《振绮堂书目》卷二"闻·抄本集类杂集并总集·第一格"著录有：《金谷遗音》、《丹阳词》、《归愚词》、《信斋词》，合一册。《金谷遗音》一卷，宋石孝友次仲撰。《丹阳词》一卷，宋葛胜仲鲁卿撰。《归愚词》一卷，宋葛立方常之撰。《信斋词》一卷，宋葛郯谦问撰。旧抄本。

9．《中国古籍善本书目》载《金谷遗音》二卷，云朱孝臧辑，稿本。藏上海图书馆。

以上诸家著录的，徐元文之前七家均未言版本，所载当以抄本居重。

赵与峕

赵与峕（1175—1231），字行之，又字德行，宋宗室，寓临江（今江西樟树）人。应举不第，宁宗即位，补官右选，调管库之任，又监御前军器所，司行在草料场。理宗宝庆二年（1226）始及第，调丽水丞。著有《甲午存稿》、《宾退录》。

陈宗礼《宾退录序》云：

> 及得大梁赵君《宾退录》，见其包罗今古，抉隐发微，有
> 著儒硕生所未及，然后知公族未尝无人，特惜不得升堂叩
> 击，以闻所未闻尔。既而又见《甲午存稿》，亦君所吟，赋主
> 以义理之精微，而铸辞以发之；古律清润闲远，不作时世妆；
> 长短句亦不效《花间》靡丽之习。……余分符章贡，君之子

孟适来为宰，余尝荐之于朝，曰："有儒生廉谨之风，无公子
贵骄之习。"盖纪实也。一日，出示二书，又以《甲午存稿》
请为之序，翻阅之久，又知宰之所以为宰者，有所自传也。
因不复辞，遂书所见，以与之。君讳与訔，字德行，尝从慈湖
先生问学。宝祐五年腊月朔，千峰陈宗礼书于崆峒小院。

序作于宋理宗宝祐五年（1257），知有诗文集《甲午存稿》，其中载有
词，今未见存词。

洪咨夔

洪咨夔（1176—1236），字舜俞，号平斋，於潜（今属浙江临
安）人。宋宁宗嘉泰二年（1202）进士，授如皋主簿，试饶州教授。嘉
定中召为秘书郎。理宗宝庆元年（1225）迁金部员外郎，绍定中拜监
察御史，端平中擢中书舍人，除翰林学士、知制诰。著有《平斋文
集》。

洪氏词宋时未见单刻另行者，也未见提及。入明仅见明董其昌
《玄赏斋书目》卷七著录，其中有《平斋词》，未言卷数与版本。今北
京大学图书馆藏有明紫芝漫抄本《宋元名家词》，清毛扆校，唐晏跋，
其中有《平斋词》一卷。明末有毛氏汲古阁刊《宋名家词》本《平斋
词》一卷，毛晋跋云：

舜俞，於潜人，其功烈载在史册，如毁邓艾祠，更祠诸葛
武侯，告其民曰："毋事仇雠而忘父母。"尤为当时称叹。迨
卒时，御笔批其鲠亮忠悫，令抄所著两汉诏暨诗文行世，楼
大防又极赏《大冶赋》一篇，予恨未见全集。其诗馀四十有
奇，多送行献寿之作，无判花嗜酒之篇，昔人谓王岐公文多
富贵气，予于舜俞之词亦云。

未言所据，也不是据全集本。此本见清郑德懋辑《汲古阁校刻书目》
之《宋名家词六集》著录，云凡十七叶。

入清则有《四库全书》本《平斋词》一卷，提要云：

> 宋洪咨夔撰，咨夔有《春秋说》已著录。是编为毛晋所刊，晋跋称未见其集，盖汲古阁偶无其本，仅见其词也。咨夔以才艺自负，新第后上书卫王，自宰相至州县无不揣摭其短，遂为时相所忌，十年不调。故其词淋漓激壮，多抑塞磊落之感，颇有似稼轩、龙洲者。晋跋乃徒以王岐公文多富贵气拟之，殊为未允。咨夔父名钺，号谷隐，有诗名。咨夔出蜀时，得书数千卷，藏萧寺。父子考论讽诵，学益宏肆。词注内所称老人，即其父也。其子勋、焘、熹亦皆能绍其家学。《鹧鸪天·为老人寿》后阕云："诸孙认取翁翁意，插架诗书不负人。"可想见其世业之盛。又《汉宫春》一阕乃庆其父七十作，据《平斋集》有《壬辰小雪前奉亲游道场何山》五言古诗一首，中有句云"老亲八十健"，而集内未载其词，疑其传稿尚多散佚矣。

据毛氏汲古阁本录入，为安徽巡抚采进本。《钦定续通志》卷一百六十三据文渊阁著录，其中有《平斋词》一卷。又清《续文献通考》卷一九八著录有《平斋词》一卷。所载均同库本。

此外，见于藏家著录的有：

1. 清钱曾《钱遵王述古堂藏书目录》著录有《平斋词》一卷。

2. 清钱曾《也是园藏书目》卷七著录有《平斋词》一卷。

3. 清陆漻《佳趣堂书目》著录有《平斋词》一卷。

4. 清朱彝尊《词综》"发凡"云曾见《平斋词》一卷，卷十六小传云有《平斋集词》一卷。

5. 《御选历代诗馀》卷一百六"词人姓氏"云有《平斋集词》一卷。

6. 清徐元文《含经堂藏书目》著录有《平斋词》一卷。

7. 清查为仁、厉鹗《绝妙好词笺》卷一小传云有《平斋集词》一卷。

8. 清王闻远《孝慈堂书目》著录有《平斋词》一卷。

9. 清庄仲芳《映雪楼藏书目考》卷十著录有《平斋词》一卷，提要云：

> 宋洪咨夔撰。咨夔以才艺自见，早年扼于权幸。词淋漓激壮，多抑塞磊落之感，颇似苏、辛。

10. 王修《诒庄楼书目》卷八著录有《平斋词》一卷，写本。

11. 叶德辉《叶氏观古堂藏书目》著录有《平斋词》一卷。

以上除《诒庄楼书目》著录的为抄本外，其馀均未言版本，徐元文以上诸家著录的当以抄本为主。

另上述著录有《平斋集词》，当是据别集所附析出者，检南京图书藏有抄本《平斋文集》，其后即附有词一卷。

马子严

马子严，字庄父，自号古洲居士，宋建安（今福建建瓯）人。博涉经史，工诗文，尤长于词。孝宗淳熙二年（1175）进士，历铅山尉，为丹阳郡文学，知岳阳。著有《古洲词》。

《永乐大典》录马古洲词三首，即《花心动》（2809/16B，指卷数及页码，下同），《十拍子》、《浪淘沙》（2811/19A、B）。

民国时赵万里辑《校辑宋金元人词》，其中有《古洲词》，赵氏题记云：

> 马子严，建安人。《八闽通志》"建守府·人物志"失载。故事迹无考，观集中金陵杯古词、咏琼花诸作，及《诗人玉屑》十九所引《乌林行》古风，知其足迹殆及大江甫北。《宋史·艺文志》三载《岳阳志》二卷，则古洲或尝宦于湘矣。子严其名，庄夫其字也。花庵误举子严为字，《历代诗馀》一百六"词人姓氏"从之，非是。万里记。

录词二十七首，为民国排印本。

葛立方

葛立方（？—1164），字常之，号归愚，江阴（今属江苏）人。宋高宗绍兴八年（1138）举进士，除秘书省正字，转校书郎，任考功员外郎。权吏部侍郎，出知袁州。著有《归愚集》、《韵语阳秋》、《归愚词》等。

葛氏词集宋时已刊行于世，陈振孙《直斋书录解题》卷二十一著录有《归愚词》一卷，为宋刊《百家词》本。元马端临《文献通考》卷二百四十六"经籍考七十三"据以录入。

入明见于藏家著录的有：

1．明钱溥《秘阁书目》著录有《归里（当作愚）词》。

2．明董斯张《吴兴备志》卷二十二"经籍征第十八"载有《韵语阳秋》三十卷，《归愚集》二十卷，又《归愚词》一本。

3．明毛晋《汲古阁毛氏藏书目录》著录有《归愚词》一卷。

今存明抄本词集有：

1．明吴讷编《唐宋名贤百家词》本，明抄本，梁启超跋。其中有《归愚词》一卷。

2．《宋元名家词》本，明抄本，清毛扆校，唐晏跋。其中有《归愚词》一卷。

明末又有毛氏汲古阁刊《宋名家词》本《归愚词》一卷，毛晋跋云：

> 字常之，清孝公书思之孙，文康公胜仲之子，文定公郯之父也。丹阳人，后以文康守吴兴，因家于泛金溪，与弟立象同登绍兴戊午进士第，所著《西畴笔耕》五十卷、《方舆别志》二十卷、《归愚集》五十卷、《外制集》五卷。其脍炙人口者，莫如《韵语阳秋》二十卷，前有小引，以晋人褚裒自况，托故人徐林为之序，未果而卒。复于梦中索之，岂文人平生得力处、至死未能已已耶？其自题草庐曰："归愚识夷途，游

宦泯捷径。"故文集与诗馀俱名《归愚》。第集中如《雨中花》、《眼儿媚》诸调俱不合谱，未敢妄为更定云。

未言所据，此本见清郑德懋辑《汲古阁校刻书目》之《宋名家词六集》著录，云凡十七叶。又叶德辉《叶氏观古堂藏书目》著录有《归愚词》一卷，为清光绪汪氏振绮堂重刊汲古阁本。

入清有《四库全书》本《归愚词》一卷，提要云：

> 宋葛立方撰，立方有《归愚集》已著录。宋人之中父子以填词名家者，惟晏殊、晏几道，后则立方与其父胜仲为最著。其词多平实铺叙，少清新宛转之思，然大致不失宋人规格，流传既久存之，亦可备一家。卷末毛晋跋称集内《雨中花》、《眼儿媚》两调俱不合谱，未敢妄为更定，今参考诸家词集，其《眼儿媚》乃《朝中措》之讹，欧阳修"平山栏槛倚晴空"一阕可以互证。至《雨中花》调，立方两词迭韵，初无舛误，以音律反复勘之，实题中脱一"慢"字。京镗、辛弃疾皆有此调，立方词起三句可依辛词读，第四第五句京、辛两作皆作上五下四，立方则作上六下三，虽微有不同，而同是九字，其馀则不独字数相符，平仄亦毫无相戾，其为《雨中花慢》亦可无疑。晋盖考之未审，他如《满庭芳》一调连成十阕，凡后半换头二字有用韵者，亦有不用韵，而直作五字句者，考宋人此词此二字本无定式，山谷词用韵，书舟词不用韵，立方两存其体，亦非传写有讹也。

所据为汲古阁刊本，为安徽巡抚采进本。又《钦定续通志》卷一百六十三据文渊阁著录，其中有《归愚词》一卷。

除此外，见于清人著录的有：

1. 清朱彝尊《词综》"发凡"云曾见《归愚词》一卷。

2. 《御选历代诗馀》卷一百四"词人姓氏"云有《归愚词》一卷。

3. 清徐元文《含经堂藏书目》著录有《归愚词》一卷。

4. 清陆漻《佳趣堂书目》著录有《归虞（当作愚）词》一卷。

5. 清郑元庆《湖录经籍考》卷五著录有《归愚词》一卷。

6. 清赵昱《小山堂藏书目录备览》著录有《归愚词》。

7. 清汪宪《振绮堂书目》卷二"闻·抄本集类杂集并总集·第一格"著录有：《金谷遗音》、《丹阳词》、《归愚词》、《信斋词》，合一册，旧抄本。注云：《金谷遗音》一卷，宋石孝友次仲撰。《丹阳词》一卷，宋葛胜仲鲁卿撰。《归愚词》一卷，宋葛立方常之撰。《信斋词》一卷，宋葛郯谦问撰。

8. 缪荃孙《目录词小说谱录目》著录有《归愚词》一卷，旧抄本。

以上除汪宪、缪荃孙著录的为抄本外，其馀均未言版本，所载当以抄本为主。

葛氏词集除单行者外，还有诗文别集本，《永乐大典》自《归愚集》录词二首，即《满庭芳》（15139/15A，指卷数及页码，下同）、《夜行船》（20353/12B）。又朱彝尊《词综》卷十三小传云有《归愚集词》一卷。考清王士禛《居易录》卷十六云：

> 宋葛立方常之《归愚集》十卷，诗四卷、乐府一卷、骚赋杂文一卷、外制二卷、表启二卷。谥文康胜仲之子，谥文定郏之父也。《国史经籍志》作二十卷。文定公，南渡贤相，有文集二百卷、词业五十卷，不知传于世否？

提及有二种：一为十卷本，附词一卷。一为二百卷，附词五十卷。均未言版本，后者或指宋时原编，情况不明。

葛氏文集宋刊本清时尚存，黄丕烈《百宋一廛书录》云：

> 《侍郎葛公归愚集》，载诸王渔洋《居易录》卷十六，有云宋葛立方常之《归愚集》十卷诗四卷，乐府一卷，骚赋、杂文一卷，外制二卷，表启二卷。……适于故家得一残本，自五卷至十三

独全，足证经籍志二十卷之说，但并无乐府一卷。

又顾广圻《百宋一廛赋》黄氏注云：

> 残本《侍郎葛公归愚集》，每半叶十二行，每行廿二字。
> 所存五至十二（当为三），凡九卷。渔洋山人《居易录》云宋
> 葛立方常之《归愚集》十卷：诗四卷，乐府一卷，骚赋、杂文
> 一卷，外制二卷，表启二卷。今宋椠无乐府，而予藏汲古毛
> 氏精抄宋词百种中有之，即刻入六十家者也，或是传抄者取
> 以附益之。《书录解题》二十卷，此椠当与之同，但不识乐府
> 在缺卷内否？

检《续修四库全书》影印有宋刊配清抄本《侍郎葛公归愚集》，宋刊存
卷五至十三，其中配抄部分为词一卷，标作卷五，有朱彝尊题记。检
宋刻卷五并不见存词。又潘祖荫《滂喜斋藏书记》卷三著录有宋刻残
本《归禺（当作愚）集》九卷，一函四册。提要云：

> 宋葛立方撰，原本二十卷，见《国史经籍志》，此本卷五
> 至十五，共九卷，每半页十二行，行二十二字，楮墨精雅，宋
> 刻中之上驷也。旧为士礼居所藏书，前有阮亭、竹垞题识，
> 茋圃翁从别一抄本影写，抄本多乐府一卷，今归丽宋楼矣。

又《善本书志》著录有《侍郎葛公归愚集》十卷（前有宋刊），云："旧抄
本，池北书库旧藏。"录诸题识文：

> 侍郎名直方，谥文定，邲之父也。按《经籍志》：《归愚
> 集》二十卷，此佚其半矣。文定公，南渡贤相，有集三百卷、
> 词业五十卷，不知传于世否，当访之，济南王士祯书。
>
> 竹垞娱老斋成，展读一过，时康熙丁丑八月二日。
>
> 眉端墨笔题：此本系从宋刻残本录出，卷中行款间有不
> 同。宋本自五卷止十三卷，与此本合，此本中多乐府一卷，
> 为宋刻所无，系后人从他处补入，以足十卷之数，惜与宋刻

剌谬耳，阮亭、竹垞未见原本之旧，故语跋亦未及之。

录王士禛和朱彝尊跋，按：王士禛（1634—1711），又作士祯、士正，字贻上，号阮亭，别号渔洋山人，清新城（今山东桓台）人。顺治十五年（1658）进士，官至刑部尚书。卒谥文简。家富藏书，藏书楼名池北书库，与朱彝尊曝书亭并称盛一时。编著有《带经堂集》、《居易录》、《池北偶谈》、《池北书库藏书目》等。知残宋本原为王士禛家藏书。

清光绪中武进盛氏刊《常州先哲遗书》本《侍郎葛公归愚集》十卷补遗一卷，扉页题曰："光绪丙申武进盛氏用影宋抄本开雕并辑补遗一卷。"知据影宋抄本录入。其中卷五为乐府一卷，存词三十八首。清光绪二十二年（1896）盛怀远跋云："兹据翰林院底本及劳季言校宋本校定上板，又辑《播芳大全》、《临安志》、《韵语阳秋》为补遗一卷附益之。"

吴康

吴康，字用章，南丰（今属江西）人。生于宋高宗绍兴年间，试不利，孝宗朝在世。著有《雪香绝唱》。

元刘壎《水云村集》卷四《词人吴用章传》云：

> 吴用章名康，南丰人。生宋绍兴间，敏博逸群。课举子业，擅能名，而试不利。乃留情乐府，以舒愤郁。当是时，去南渡未远，汴都正音，教坊遗曲，犹流播江南，用章博采精探，悟彻音律，单词短韵，字征协谐。性爱梅，为赋词，自"访梅"至"结实"凡十有二阕，自"红梅"至"蜡梅"凡六阕，又取古人梅咏可命题者，自"南枝先暖"至"粉薄香残"凡四十四阕，总为六十有二，乡寓公仙源赵学士师有为名之曰《雪香绝唱》，且亟称其红梅之句曰："试问海棠健否？海棠虽似，减清香。"又称其蜡梅之句曰："凌空蜂翼递香来，惊破蜜房幽梦。"闻者以赵为知言。乾道丁亥岁，用章携以见

刘季高侍郎岑，侍郎负重名，靳许可，特为之序，而称其"意密词清，上达古人用心未到处"。夷陵尉胡舜良梦赓，文士也，又序其词为"有所感而发"。盖亦见用章浮沉困厄，托之词咏，往往借梅自况尔。其赋此也，年逾强仕矣，不知又逾几年而终，子孙无述焉。悲哉！用章殁，词盛行于时，不惟伶工歌妓以为首唱，士大夫风流文雅者，酒酣兴发，辄歌之，由是与姜尧章之《暗香》《疏影》，李汉老之《汉宫春》，刘行简之《夜行船》并喧竞丽者，殆百十年。至咸淳永嘉戏曲出，浇少年化之。而后淫哇盛，正音歇，然州里遗老犹歌用章词不置也。其苦心，盖无负矣。用章善谑，尝坐系得释，或询以狱中风景，用章怃然曰："种种不便。"闻者绝倒，因是里人祖以为俚语至今云。词集久磨灭，惟余手抄一本幸存。赞曰：韵人胜士，刻斫陶冶，岂不冀千载之传，曾几何年？扫空澌泯宇宙间，若此何限？可为永慨也。用章词笔，居然罕俦，苟不怜其才，加袭藏焉，谁复知南丰有词人哉？用章同时同里，有玉壶彭氏，亦赋梅花百咏，其半则自作，其半则集句。宝祐中，陈文定公宗礼典中秘书，下部使者移乡郡，抄其诗，藏秘府，追记其自作。有曰："一溪烟月无人共，吹落梨花晓梦初。"兴寄远矣。里中有刊本，余尝蓄此，寇毁失之，故老凋零，不惟无有存其诗者，乃亦无有知其名者，益可悲夫。

知有词集，名《雪香绝唱》，乃仙源居士赵师有命名。有刘岑、胡梦赓二序，有刻本，未言卷数。又有陈宗礼抄本，按：陈宗礼（？—1270），字立之，江西南丰人。少贫力学，理宗淳祐四年（1244）举进士，累官至参知政事，卒赠盱江郡公，谥文定。

赵师有

赵师有，字长卿，号仙源居士，南丰（今属江西）人。宋宗室，生平不详。著有《惜香乐府》。按：赵长卿名原不详，考元刘壎《水云村集》卷四《词人吴用章传》有"乡寓公仙源赵学士师有为名之曰《雪香绝唱》"云云，知仙源居士名赵师有。

赵氏词集不见宋人提及，也不见明代藏家著录，明末有毛氏汲古刊《宋名家词》本《惜香乐府》十卷，毛晋跋云：

> 长卿自号仙源居士，盖南丰宗室也，不栖志纷华，独安心风雅。每遇花间莺外，辄觞咏自娱。乡贡士刘泽集其乐府，以春景、夏景、秋景、冬景及总词贺生辰补遗，类编厘为十卷，虽未敢与南唐二主相伯仲，方之徽宗，则迥出云霄矣。

未言所据，知为宋时所编，今本前后无宋人序跋文。此本见清郑德懋辑《汲古阁校刻书目》之《宋名家词六集》著录，云凡一百三十叶。《"中央"图书馆善本序跋集录》著录有《惜香乐府》十卷，云："四册，宋赵长卿撰，明末虞山毛氏汲古阁刊《宋六十家词》本。"又叶德辉《叶氏观古堂藏书目》著录有《惜香乐府》十卷，为清光绪汪氏振绮堂重刊汲古阁本。

入清则有《四库全书》本《惜香乐府》十卷，提要云：

> 宋赵长卿撰，长卿自号仙源居士，南丰人，宗室子也。是集凡春景三卷，夏景一卷，秋景一卷，冬景一卷，总词三卷，拾遗一卷。据毛晋跋语，乃当时乡贡进士刘泽所定，其体例殊属无谓，且夏景中如《减字木兰花·咏柳》一阕、《画堂春·辇下游西湖》一阕，宜属之春；冬景中《永遇乐》宜属之秋，是分隶亦未尽惬也。其词往往瑕瑜互见，如卷二中《水龙吟》第四阕以了、少、峭叶昼、秀、纯，用江右乡音，终非正律。卷五中《一剪梅》尾句"才下眉尖，恰上心头"，剿袭李清照，此调原句窜易二字，殆于点金成铁。卷六中《叨叨令》一阕纯作俳体，已成北曲。至卷七中《一丛花》一阕本追和张先作，前半第四句，张词三字一句、四字一句，此乃作七

字一句；后半末三句，张词四字二句、五字一句，此乃作三字
一句、五字二句，是并音律亦多不协。然长卿恬于仕进，觞
咏自娱，随意成吟，多得淡远萧疏之致，固不以一眚废之。
他如《小重山》前阕结句用"疏雨韵入芭蕉"六字，亦不合
谱，殆毛晋刊本误增两字。又卷六中梅词一首题曰《一剪
梅》，而注曰或刻《摊破丑奴儿》，不知此调非《一剪梅》，当
以别本为是。卷五之《似娘儿》即卷八之《青杏儿》，亦即名
《丑奴儿》。晋于《似娘儿》下注云或作《青杏儿》，于《青
杏儿》下注云旧刊《摊破丑奴儿》，非不知误在摊破二字，
《丑奴儿》实非误刻，是又明人校雠之失，其过不在长卿矣。

是据毛氏汲古阁本录入，为安徽巡抚采进本。又《钦定续通志》卷一
百六十三据文渊阁著录，其中有《惜香乐府》十卷。又清《续文献通
考》卷一九八著录有《惜香乐府》十卷，《四库著录江西先哲遗书目》
著录有《惜香乐府》十卷。三书所载均指库本。

另见于著录的抄本有：

1. 清陆心源《皕宋楼藏书志》卷一百二十著录有《仙源居士惜香
乐府》十卷，陆敕先校宋本。云："宋南丰宗室赵长卿词，乡贡进士刘
泽编，门生迪功郎峡州夷陵尉胡赓校正。"录陆贻典手跋云："庚戌四
月十八日晚刻，抄本校毕，敕先。"又曰："辛亥六月廿二日汉威重
校。"此书今存日本静嘉堂文库，见河田罴《静嘉堂秘籍志》卷五十
著录。

2. 清陈徵芝《带经堂书目》卷四下著录有《惜香乐府》十卷，云
厉太鸿先生手校本。

3. 清王闻远《孝慈堂书目》著录有《仙源居士惜香乐府》十卷，
云："一册，抄，白十三番。"

4. 傅增湘《藏园群书经眼录》卷十九著录有《仙源居士惜香乐
府》十卷，云："存卷六至九，计四卷。"又云："汲古阁精抄本，墨
格，十行十八字。版心下方有汲古阁三字。钤有西河季子、汲古后人

二印。(德化李氏藏书。癸未)"癸未为清光绪九年（1883），德化李氏藏书，即李盛铎木犀轩藏书。此书今藏北京大学图书馆，见《中国古籍善本书目》载，有《仙源居士惜香乐府》十卷（存四卷：六至九），清初毛氏汲古阁抄本。

除此外，见于藏家著录而未言版本者有：

1. 清黄虞稷《千顷堂书目》卷三十二著录有《惜香乐府》十卷。

2. 清倪灿撰，卢文弨校正《宋史艺文志补》著录有《惜香乐府》十卷。

3. 清钱曾《也是园藏书目》卷七著录有《惜香乐府》九卷。

4. 清朱彝尊《词综》"发凡"云曾见《惜香乐府》十卷，又卷十一小传云有《惜香乐府》十卷。

5. 《御选历代诗馀》卷一百三"词人姓氏"云有《惜香乐府》十卷。

6. 清徐元文《含经堂藏书目》著录有《惜香乐府》十卷。

7. 清赵昱《小山堂藏书目录备览》著录有《惜香乐府》，未言卷数。

8. 清陆漻《佳趣堂书目》著录有《惜香乐府》十卷。

9. 清庄仲芳《映雪楼藏书目考》卷十著录有《惜香乐府》十卷。

以上除庄仲芳外，诸家著录的当以抄本为主。

楼锷

楼锷，字景山，一字巨山，鄞县（今属浙江）人。宋高宗绍兴三十年（1160）进士，孝宗乾道间为婺州教授，淳熙中以枢密院编修官守江阴。著有《求定斋诗馀》。

其词集宋时已刊行于世，楼钥《攻媿集》卷五十二《求定斋诗馀序》云：

> 吾宗自高祖正议先生以儒学起家，仍三世登科者五人，
> 最后伯祖宗子博士元符三年锁试以来，雁塔不书者至于五

纪。从兄编修景山始因太学舍选，与教授兄少虚同上绍兴三
十年进士第，又三年而后钥继之，大率群从中入上庠，蹑世
科，登朝行，拥州麾，皆兄为之倡。兄少有场屋声，一语不苟
作，遂以词章闻于时，由太学正、宗正寺主簿、玉牒所检讨
官、枢密院编修官守江阴，以治最闻，自九江移武昌，以疾奉
祠而遂已矣。门户不竞，可胜叹哉！遗文散失，未暇会稡。
平日游戏为长短句甚多，深得唐人风韵，其得意处，虽杂之
《花间》、《香奁集》中，未易辨也。其婿黄定之安道偶得残
稿，遽锓之版，而求序引。呜呼！吾兄抱负不凡，志尚高远，
居家孝谨，临政明恕。读书博而能精，属文丽而有体。长短
句特诗之馀，又尚多遗者，此何足以见兄之所存耶？少工赋
篇，骈俪尤高，曾不得一日为文字官。韩退之云乃令吾徒掌
帝之制，翻阅此篇，为之于邑。兄尝以为能定未易言，故自
号曰求定斋云。

所谓"其婿黄定之安道，偶得残稿，遽锓之版，而求序引"，知有刊
本，未言卷数。

卢祖皋

卢祖皋，字申之，一字次夔，号蒲江，永嘉（今浙江温州）人。宋
宁宗庆元五年（1199）进士，为池州教授。嘉定中历秘书省正字、校
书郎、著作佐郎，以军器少监直北门。著有《蒲江集》。

卢氏词集宋时已刊行于世，见于著录的有：

1. 陈振孙《直斋书录解题》卷二十一著录有《蒲江集》一卷，为
宋刊《百家词》本，元马端临《文献通考》卷二百四十六"经籍考七十
三"据以录入。

2. 张端义《贵耳集》卷上云："蒲江卢申之祖皋，貌宇修整。作小
词纤雅，曰《蒲江集》。"未言卷数版本。

3. 黄昇《中兴以来绝妙词选》卷八云：

> 卢申之，名祖皋，号蒲江。楼攻媿先生之甥，赵紫芝、翁
> 灵舒诸贤之诗友。乐章甚工，字字可入律吕，浙人皆唱之，
> 有《蒲江词稿》行于世。

未言卷数版本。

以上知宋代卢氏词集名《蒲江集》，或作《蒲江词稿》。宋以后见于明代著录的有：

1. 明钱溥《秘阁书目》著录有《蒲江词》，未标明卷数。

2. 明曹学佺《蜀中广记》卷九十九"著作记第九·集部"载云："《蒲江集》一卷，永嘉卢祖皋申之撰乐章，甚工。"

3. 明凌迪知《万姓统谱》卷十一云："工乐府，意度清远，江浙间多歌之，有《蒲江集》。"

又《永乐大典》卷 540 第 17A 页自《卢祖皋集》录《瑞鹤仙》一词。又卷 2265 第 2B 页录卢申之词《乌夜啼》一首。

见于今存明人词集丛编中收录的有：

1. 明吴讷编《唐宋名贤百家词》，有梁启超跋。其中有《蒲江居士词》一卷。

2. 明李东阳辑《南词》本，抄本，其中有《蒲江词》一卷。

3. 明末有毛氏刊《宋名家词》本《蒲江词》一卷，毛晋跋云：

> 卢祖皋，字申之，自号蒲江居士，永嘉人，楼大防之甥
> 也。一时永嘉诗人争学晚唐体，徐照字道晖，徐玑字文渊，
> 翁卷字灵舒，赵师秀字紫芝，称为四灵，与申之倡和，莫能伯
> 仲，惜其诗集不传。黄叔阳（当作旸）谓其乐府甚工，字字可
> 入律吕，浙人皆唱之，《中兴集》中几尽采录。或病其偶句大
> 多，未足惊目。余喜其"柳色津头法绿，桃花渡口啼红"，较
> 之秦七"莺嘴啄花红溜，燕尾点波绿皱"，不更鲜秀邪？又
> "玉萧吹未彻，窗影梅花月"、"无语只低眉，闲拈双荔枝"，
> 直可步趋南唐"孤枕梦回鸡塞远，小楼吹彻玉笙寒"矣。至
> 如"江涵雁影梅花瘦"、"花片无声帘外雨"云云，盖古乐府

> 佳句也。惜乎《蒲江词》一卷，仅仅二十有五阕耳。古虞毛
> 晋识。

未言所据。此本又见清郑德懋辑《汲古阁校刻书目》之《宋名家词六集》著录，云凡十二叶。

入清有《四库全书》本《蒲江词》一卷，提要云：

> 宋卢祖皋撰，祖皋字申之，又字次夔，号蒲江，永嘉人。
> 登庆元五年进士，嘉定中为军器少监，权直学士院。祖皋为
> 楼钥之甥，学有渊源，尝与永嘉四灵以诗相倡和，然诗集不
> 传。惟《贵耳集》载其《玉堂有感》、《松江别友》二绝句
> "舟中独酌"一联，《梅磵诗话》载其《庙山道中》一绝句，
> 《全芳备祖》载其《酴醾》一绝句，《僧北磵集》附载其《读
> 书》、《种橘》二绝句，《东瓯诗集》载其《雨后得月小饮怀赵
> 天乐》五言一律而已。《贵耳集》又称其小词纤雅，曰《蒲江
> 集》，然不言卷数。陈振孙《书录解题》著录一卷，其篇数多
> 寡亦不可考。此本为明毛晋所刻，凡二十五阕，今以黄昇
> 《花庵词选》相校，则前二十四阕悉《词选》之所录，惟最后
> 《好事近》一阕为晋所增入。疑原集散佚，晋特抄撮黄昇所
> 录，以备一家耳。其中字句与《词选》颇有异同，如开卷《贺
> 新郎》"荒词谁继风流"后句，《词选》作"荒祠"；《水龙吟》
> "带酒离恨"句，"带酒"《词选》作"带将"；《乌夜啼》第三
> 首后阕"昨日几秋风"句，"昨日"《词选》作"昨夜"，并应
> 以《词选》为长，晋盖未及详校。惟《贺新郎》序首沈传师
> 字，晋注《词选》作传帅，然今《词选》实作传师，则不知晋
> 所据者何本矣。至《鹧鸪天》后阕"丁宁须满玉西东"句，据
> 文应作"玉东西"，而此词实用东韵，则由祖皋偶然误用，如
> 黄庭坚之押秦西巴为巴西，非校者之误也。

所据为毛氏汲古阁刻本，为江苏巡抚采进本。《钦定续通志》卷一百六

十三"艺文略·词曲·词集"据文渊阁著录,其中有《蒲江词》一卷。当与库本同。

此外,见于藏家著录的有:

1. 清朱彝尊《词综》"发凡"云曾见《蒲江词》一卷,又卷十七云有《蒲江集词》一卷。

2. 《御选历代诗馀》卷一百六"词人姓氏"云有《蒲江集词》一卷。

3. 清徐元文《含经堂藏书目》著录有《蒲江词》一卷。

4. 查为仁、厉鹗《绝妙好词笺》卷一小传云有《蒲江词》一卷。

5. 清赵昱《小山堂藏书目录备览》著录有《蒲江词》,未标明卷数。

6. 清孙诒让《温州经籍志》卷三十三著录有《蒲江词》一卷,存,毛晋《宋六十家词》本。孙氏云:

> 案:《蒲江词》,毛刻本仅二十五阕,《四库提要》疑其从黄氏《花庵词选》抄出,今考周密《绝妙好词》一,所录《蒲江词》凡十阕,而《江城子》、《清平乐》、二阕,毛本存一。《谒金门》、凡二阕,毛本别有一阕,与此并异。《乌夜啼》二阕,毛本存一,别有二阕,亦与此异。五阕,毛本并未载。又赵闻礼《阳春白雪》所选蒲江词凡十一阕,而《江神子》、即《绝妙好词》所选《江城子》。○右卷一。《夜行船》、《西江月》、凡二阕,毛本存一。○右二。《丑奴儿慢》、○右三。《谒金门》、即《绝妙好词》所选第二阕,○右四。《秋霁》○右五六阕,毛刻亦并未载,则《蒲江词》之佚者不少,《提要》所疑不误也。至《贺新郎》序首彭传师,毛校《中兴词选》作傅师,《提要》谓今《词选》实作传师,考岳珂《桯史》十五载彭法传师为泗州法曹,即其人也,则词本与今本《词选》并不误,毛氏所校《词选》,殆偶据讹本耳。

著录的是毛氏汲古阁刊本。

7. 叶德辉《叶氏观古堂藏书目》著录有《蒲江词》一卷。

8. 王国维编《大云书库藏书目》卷中著录有《蒲江词稿》一卷，抄本。

9. 吴昌绶《宋金元词集见存卷目》附《双照楼续辑宋金元百家词目》著录有《浦江词稿》一卷，云："武林董氏旧抄《南词》本。汲古本从《花庵词选》出，未全。此足本，凡九十五首。"

10. 《蟫隐庐旧本书目十六期》著录有《蒲江词稿》一卷，双照楼精抄足本。

上述诸家著录，赵昱以上未言版本，所载当以抄本为主。

民国时，卢氏词集印本有：

1. 《彊村丛书》本《蒲江词稿》一卷，朱氏跋云：

> 右《蒲江词稿》一卷，南昌彭氏知圣道斋藏明抄《南词》本。比毛氏汲古阁刻本多七十一阕，疑即黄叔旸所谓有《蒲江词稿》行于世者。毛刻与花庵《中兴绝妙词选》略同，而增《好事近》"雁外雨丝丝"一阕，《中兴词选》载之，标为吴君特词。今考彭本，亦无是阕，殆非申之作也。癸丑仲夏校讫并记，归安朱孝臧。

作于民国二年（1913），以彭氏知圣道斋藏明抄本为底本，校以毛氏汲古阁刻本，以及《花庵词选》、《阳春白雪》等。

2. 《永嘉诗人祠堂丛刻》本《蒲江词》一卷，民国四年（1915）如皋冒氏刻本。

3. 《蜀十五家词》本《蒲江词稿》一卷，民国排印本，所据为《彊村丛书》本。

孙杓

孙杓，字居敬，号畸庵，东阳（今属浙江）人。宋孝宗淳熙十四年（1187）进士，为太学博士，知汉阳军，寻知黄州，调湖南提刑，终兵部郎中。著有《畸庵集》。

《永乐大典》自《畸庵词》录词七首，即《临江仙》二首和《贺新郎》（2265/6B，指卷数及页码，下同）、《风入松》二首（3006/10A）、《好事近》（3580/10B）、《西江月》（20353/14B）。按：《浙江通志》卷二百四十八"经籍八·集部一·别集"载《畸庵集》，云："《金华先民传》：孙初著，字居敬，东阳人。"孙初当为孙构之讹。

张侃

张侃，字直夫，号拙轩，祖籍大梁（今河南开封），徙家邗城（今江苏扬州），宋高宗绍兴末居湖州（今属浙江）。宁宗嘉定中监奔牛镇酒税，迁上虞丞。理宗宝庆初知句容，端平间为镇江签判。著有《拙轩集》。

《永乐大典》卷2809第19B页自《拙轩初稿》录词四首，即《秦楼月》、《月上海棠》、《感皇恩》二首。按：《四库全书》收有《张氏拙轩集》，自《永乐大典》辑出，云："其集久佚，仅存实为世所未睹，谨排订编次，厘为六卷，俾言宋诗者犹得以知其名氏焉。"今本未见存词。

宋伯仁

宋伯仁，字器之，号雪岩，广平（今属河北）人，一作湖州（今属浙江）人。宋理宗嘉熙中为盐运司属官。著有《雪岩吟草》、《西塍集》、《烟波渔隐词》、《梅花喜神谱》。

宋氏《烟波渔隐词》未见宋人提及，吕午《竹坡类稿》卷一《宋雪岩诗集叙》云：

> 晚唐诗盛行于时，雪岩酷好之，至有轻轩冕之意。每诵其编，令人欲尽弃人间事，从而之吟。弄于山颠水涯、烟霞缥缈之间。如"桥影分溪月，柳丝绾住东风脚"句，尤清新可爱。今捧辟书渡淮，恐此事便废。尽出古锦囊，手自删改，得百篇，将镂之梓，与江湖诸人相角逐，而属予序其首。惟

是侨寓马城，过从绝少，幸雪岩亦卜筑于此，论交虽晚，欢如平生。兹又别去，能不介介于怀耶？虽然，尊酒重论，岂无他日？淳祐二年五月二十二日竹坡吕某序。

叙作于理宗淳祐二年（1242），所谓"桥影分溪月，柳丝绾住东风脚"，或为词句，《全宋词》不载，俟考。知别集中或也存有词。

宋氏词集见于明人著录：

1. 明钱溥《秘阁书目》著录有《烟波渔隐词》，一册。

2. 明杨士奇等《文渊阁书目》卷十"诗词·月字号第二厨书目"著录有《烟波渔隐词》一部，六册，阙。按："阙"之意是指此书曾藏文渊阁，而后不存。又明杨士奇、清傅维麟《明书经籍志》著录有《烟波渔隐词》六册，阙。

3. 明叶盛《菉竹堂书目》著录有《烟波渔隐词》，一册。

以上上均未言卷数和版本。

《烟波渔隐词》清初尚存，《四库全书存目》载《烟波渔隐词》二卷，提要云：

> 宋宋伯仁撰，伯仁有《西塍集》已著录，其书盖作于淳祐元年，取太公范蠡、陶潜诸人，各系以词一首。又有潇湘八景、春夏四时景，亦系以词调，皆《水调歌头》也，后附《烟波渔具图》，凡舟笛蓑笠之属各系以七绝一首，绝句小有意致，词殊浅俗。

为《永乐大典》辑本。《钦定续通志》卷一百六十三著录有《烟波渔隐词》二卷。《钦定续通志》卷一百六十三据《四库全书存目》著录，其中有《烟波渔隐词》二卷。又清《续文献通考》卷一九八著录有《烟波渔隐词》二卷。所言均同库本。又清孙骥《四库全书辑永乐大典本书目》著录有《烟波渔隐词》二卷。

黄昇

黄昇，字叔旸，号玉林，又号花庵词客，建安（今属福建）人。生卒年不详。不事科举，宋理宗淳祐四年（1244）曾为魏庆之《诗人玉屑》作序。编著有《散花庵词》、《绝妙词选》。

黄氏词集不见宋人提及，也不见明代藏家著录。今存明抄本，计有：

1. 明吴讷编《唐宋名贤百家词》本，有梁启超跋。其中有《玉林词》一卷。

2. 《宋元名家词》本，明抄本，清毛扆校，唐晏跋。其中有《玉林词》一卷。

明末则有毛氏汲古阁刊《宋名家词》本《散花庵词》一卷，毛晋跋云：

> 叔阳（当作旸）自号玉林，别号花庵词客。早弃科举，雅意读书，颜其居曰散花庵。尝选唐宋词及中兴以来词各十卷，曰《绝妙词选》，末载自制词四十首。有总跋云："其间体制不同，无非英妙杰特之作。昔游受斋称其诗为晴空冰柱，楼秋房喜其与魏菊庄友善，以泉石清士目之。"余于其词亦云。湖南毛晋识。

当是据《中兴以来绝妙词选》辑录而成，此本又见清郑德懋辑《汲古阁校刻书目》之《宋名家词六集》著录，云凡十七叶。又见吴昌绶《宋金元词集见存卷目》"汲古阁刻唐宋名家词目"著录，云："第三集十家，黄昇《散花庵词》，十七叶。案：黄昇字叔旸，旧本《花庵词选》自序署名作旸，毛刻亦同，盖从篆体，此刻乃误作昃，又误旸为阳，据《提要》订正。"又叶德辉《叶氏观古堂藏书目》著录有《散花庵词》一卷，为清光绪汪氏振绮堂重刊汲古阁本。

入清则有《四库全书》本《散花庵词》一卷，提要云：

> 昇所选《绝妙词》末附以己词四十首，盖用王逸编《楚词》、徐陵编《玉台新咏》、芮挺章编《国秀集》之例，此本全录之。惟旁掫他书，增入三首耳。昇早弃科举，雅意歌

咏，曾以诗受知游九功，见胡德方所作词选序。其词亦上逼
少游，近摹白石。九功赠诗所云"晴空见冰柱"者，庶几似
之。德方序又谓闽帅楼秋房闻其与魏菊庄相友，以泉石清士
目之。按：菊庄，名庆之，建安人，即撰《诗人玉屑》者，
《梅磵诗话》载庆之《过玉林》诗绝句云："一步离家是出尘，
几重山色几重云。沙溪清浅桥边路，折得梅花又见君。"则昇
必庆之之同里，隐居是地，故获见称于闽帅。又游九功亦建
阳人，其答叔旸五言古诗一首尚载在《诗家鼎脔》，是昇为闽
人，可以考见。朱彝尊《词综》及近时厉鹗《宋诗纪事》均未
及详其里籍，今附著于此焉。

知是据毛氏汲古阁刊本，为安徽巡抚采进本。《钦定续通志》卷一百六
十三"艺文略·词曲·词集"据文渊阁著录，其中有《散花庵词》一
卷。又清《续文献通考》卷一九八"经籍考"著录有《散花庵词》一
卷。二者所载均同库本。

此外，见于藏家著录的有：

1. 清倪灿撰，卢文弨校正《宋史艺文志补》著录有《散花庵词》
一卷。

2. 清朱彝尊《词综》"发凡"云曾见《散花庵词》一卷。卷十八小
传云有《散花庵词》一卷。

3. 《御选历代诗馀》卷一百六"词人姓氏"云有《散花庵词》
一卷。

4. 清陆漻《佳趣堂书目》著录有《散花庵词》一卷。

5. 清徐元文《含经堂藏书目》著录有《散花庵词》一卷。

以上均未言版本，所载当以抄本为主。

蒋捷

蒋捷，字胜欲，阳羡（今江苏宜兴）人。生卒年不详。宋度宗咸淳
十年（1274）进士。宋亡后隐居竹山，人称竹山先生。元成宗大德年

间被荐不出。著有《竹山词》。

今存景元人抄本《竹山词》一卷，前有序云：

> 竹山先生出义兴钜族，宋南渡后，有名璪字宣卿者。善书，仕亦通显。子孙俊秀。所居擅溪山之胜，故先生貌不扬，长于乐府。此稿得之于唐士牧家藏本，至正乙巳秋七月录。

至正乙巳为元惠宗至正二十五年（1365）。据汲古阁本，序末句作："虽无诠次，庶几无遗逸云。至正乙巳岁秋七月十有七日，湖滨散人题。"湖滨散人，其人名姓不详。按：罗本，字贯中，号湖海散人，祖籍东原（今山东东平），或云山西太原等，流寓浙江杭州。善词曲，编撰有《三国演义》通俗小说等。据元末明初贾仲明《录鬼簿续编》载，罗氏与贾氏于至正二十四年（1364）曾相会，罗氏元末明初尚在世，不知湖滨散人即湖海散人否？

元人抄本为清黄丕烈所得，《荛圃藏书题识》卷十著录有《竹山词》一卷、《静修词》一卷，元抄本，黄氏跋云：

> 余藏词本甚富，宋元刻而外，旧抄都蓄焉。此册近从意香毛公处得之，实枚庵吴君物也，旧题元人抄本，以他书元人抄本对之，良是。若明抄，不及如是之古拙矣。且竹山词以此为主本，枚庵或尚有原本，元刻集中可勘。向装二册，姑仍之，读者勿视可耳。嘉庆庚午中秋后七日，复翁识。

作于清嘉庆十五年（1810），知由毛怀处得到此书，原为吴翌凤藏书。按：毛怀（1753—？），字意香，别署士清、野鹤、铁道人，清吴县（今江苏苏州）人。工书法，善谈谑。著有《南园草堂集》。吴翌凤（1742—1819），字伊仲，号枚庵，一作眉庵，晚号漫叟，别号古欢堂主人，祖籍安徽休宁，侨居吴郡（今江苏苏州）。嘉庆诸生。藏书处为古欢堂、古香楼，多至万卷。勤于抄书，近千百卷，多罕见之书。著有《与稽楼丛稿》、《怀旧集》。

此本后归张钧衡庋藏，张氏《适园藏书志》卷十六著录有《竹山词》一卷，元抄本。提要云：

> 宋蒋捷撰，捷字胜欲，自号竹山，宜兴人。德祐中尝登进士，宋亡之后，遁迹不仕以终。此本与静修先生词同订，孙胤伽藏本，有至正元年前人跋语，字亦古拙，有旧气。

按：孙胤伽（1571—1639），字唐卿，一字伏生，号生洲居士，常熟（今属江苏）人。性嗜聚书，手自缮写，藏书处曰春雪（一作云）楼。著有《艳雪斋集》。《适园藏书志》录有孙氏手跋曰："乙巳春季，假锡山剑光阁本校阅一过。"乙巳为明万历三十三年（1605）。按：华夏，字中甫，号东沙居士，江苏无锡人。生卒年不详，明成化至嘉靖间在世。家有剑光阁、真赏斋，多藏宋元之书。知元抄本于明代曾入藏华氏、孙氏二家。《"中央"图书馆善本书目第一次》著录有《竹山词》一卷，一册，云："宋蒋捷撰，元人抄本。元至正乙巳无名氏题记，又明天启三（当作三十三）年孙胤伽手校并补遗及跋，清黄丕烈手书题记。"又云附元刘因静修先生词及诗。此本见佚名《善本书目》著录，云元元人抄。又见佚名《善本书志》著录，云："元抄本，宋义兴蒋捷撰，吴梅庵旧藏。"

蒋氏词集见于明人著录的有：

1.《永乐大典》自《蒋竹山词》录词二首，即《高阳台》（540/17B，指卷数及页码，下同）、《昭君怨》（3006/1B）。

2. 明李廷相《濮阳蒲汀李先生家藏目录》"中间朝东、头柜二层"著录有：蒋竹山等五家词集，三本。

3. 明董其昌《玄赏斋书目》卷七著录有《竹山词》。

以上均未言卷数与版本。今存有明抄词集丛编中收有蒋氏词集的有：

1. 吴讷编《唐宋名贤百家词》本，明抄本，梁启超跋。藏天津图书馆。其中有《竹山词》二卷。

2.《宋元名家词》本，明抄本，清毛扆校，唐晏跋。藏北京大学图书馆，此为明紫芝漫抄本。其中有《竹山词》一卷。

明末则有毛氏汲古阁刊《宋名家词》本《竹山词》，毛晋跋：

> 昔人评词，盛称李氏、晏氏父子及耆卿、子野、少游、子瞻、美成、尧章止矣，蒋胜欲泯焉无闻，今读《竹山词》一卷，语语纤巧，真世说糜也；字字妍倩，真六朝隃也，岂其稍劣于诸公耶？或读招落梅魂一词，谓其磊落横放，与辛幼安同调，其殆以一斑而失全豹矣。

未言所据。此本见清郑德懋辑《汲古阁校刻书目》之《宋名家词六集》著录，云凡四十二叶。又见蔡宾年编《墨海楼书目》、《苌楚斋书目》、李盛铎《天津延古堂李氏旧藏书目》等著。又叶德辉《叶氏观古堂藏书目》著录有《竹山词》一卷，为清光绪汪氏振绮堂重刊汲古阁本。

入清有《四库全书》本《竹山词》一卷，提要云：

> 宋蒋捷撰，捷字胜欲，自号竹山，宜兴人。德祐中尝登进士，宋亡之后遁迹不仕以终。是编为毛晋汲古阁所刊，卷首载至正乙巳湖滨散人题词，谓此稿得之唐士牧家，虽无诠次，已无遗逸，当犹元人所传之旧本矣。其词练字精深，词音谐畅，为倚声家之榘矱。间有故作狡狯者，如《水龙吟·招落梅魂》一阕，通首住句用些字、《瑞鹤仙·寿东轩》一阕通首住句用也字，而于虚字之上仍然叶韵，盖偶用诗骚之格，非若黄庭坚、赵长卿辈之全不用叶，竟成散体者比也。他如《应天长》一阕注云次清真韵，前半阕"转翠笼池阁"句止五字，而考周邦彦词作"正是夜堂无月"，实六字句；后半阕"漫有戏龙盘"句亦五字，而考周词"又见汉宫传烛"实亦六字，此必刊本各有脱字。至于《沁园春》"绝胜珠帘十里楼"句"楼"字上讹增"迷"字，《玉楼春》"明朝与子穿花去"句"花"字讹作"不"字，《行香子》"奈云溶溶"句

"奈"字下讹增"何"字,《粉蝶儿》"古今来人易老"句讹脱
一"来"字,《翠羽吟》"但留残月挂苍穹"句讹脱"月""苍"
二字,皆为疏舛。《唐多令》之讹为"糖多"尤足嗢噱。其
《喜迁莺》调所载改本一阕,视元词殊减风韵,似非捷所自
定,《词统》讥之甚当,但指为史达祖词,则又误记耳。

据毛氏汲古阁本录入,为安徽巡抚采进本。《钦定续通志》卷一百六十
三据文渊阁著录,其中有《竹山词》一卷。又清《续文献通考》卷一九
八著录有《竹山词》一卷,均当同库本。

另有《宋人词》本,清抄本,清冯登府校并跋,其中有《竹山词》
一卷。此外见于藏家著录的抄本有:

1. 范懋柱《天一阁藏书目》卷四之四著录有《竹山词》一卷,
云:"绵纸,抄本。"

2. 清王闻远《孝慈堂书目》著录有《竹山词》,云:"一卷,一
册,抄,白三十七番。"

3. 清忻宝华《澹庵书目》著录有抄本《竹山词》一卷。

除此外,见于藏家著录而未言版本者有:

1. 清黄虞稷《千顷堂书目》卷三十二著录有《竹山词》一卷。

2. 清倪灿撰,卢文弨校正《宋史艺文志补》著录有《竹山词》
一卷。

3. 清钱曾《钱遵王述古堂藏书目录》著录有《竹山词》一卷。

4. 清钱曾《也是园藏书目》卷七著录有《竹山词》一卷。

5. 清朱彝尊《词综》"发凡"云曾见《竹山词》一卷,又卷十九小
传云有《竹山词》一卷。

6.《御选历代诗馀》卷一百六"词人姓氏"云有《竹山词》
一卷。

7. 清陆漻《佳趣堂书目》著录有《竹山词》一卷。

8. 清徐元文《含经堂藏书目》著录有《竹山词》一卷。

9. 清赵昱《小山堂藏书目录备览》著录有《竹山词》。

10. 清钱大昕《补元史艺文志》卷四著录有《竹山词》一卷。

11. 清庄仲芳《映雪楼藏书目考》卷十著录有《竹山词》一卷，云："其词炼字精深，调音谐畅，为倚声家正轨。"

12. 清姚燮《大梅山馆藏书目》卷十一著录有《竹山词》一卷。

以上均未言版本，赵昱以上所载当以抄本居重。

民国时，朱祖谋据黄丕烈藏元抄本，刻入《彊村丛书》中，成《竹山词》一卷，朱氏跋云：

> 《竹山词》一卷，黄荛圃藏抄本。卷端有明孙唐卿胤嘉记云："乙巳春季，假锡山剑光阁本校一过。"荛圃称嘉庆庚午得之毛意香，实吴枚庵物，《竹山词》祖本也。毛子晋刊本似从兹出。而词佚目存之：《谒金门》、《菩萨蛮》、《卜算子》、《霜天晓角》、《点绛唇》十四阕，及上半阕之《忆秦娥》、下半阕之《昭君怨》，毛本并目不载。《喜迁莺》，毛本二阕，复十馀句，兹本并缺。而目称一阕，或传写有异耶？荛圃定为元抄，意极珍秘。往从吾乡张石铭假录，勘正毛本数十字。异时倘并其缺佚者补得之，是所蕲于同志已。癸丑清明前一日，朱孝臧跋于吴下听枫园寓。

跋作于民国二年（1913），张石铭即张钧衡，知是借张氏适园藏书录副而刊印的，校以毛氏汲古阁刻本。

又有《景宋金元明本词》本《景元人抄本竹山词》一卷，陶湘《叙录》云：

> 湘案：此昔年艺风先生模寄伯宛者。前有题字四行，不著姓名。称此稿得之于唐士牧家藏本，至正乙巳秋七月录。末有明人题及杨五川、梦羽二印，亦士礼居旧藏。半叶十行，行二十字。其词凡次行以下皆低一字，特为创格。伯宛曾据以校汲古刻，订补极多。惜辗转移写，不能尽如原本耳。

知原本为吴昌绶所得缪荃孙临摹元本者。按：杨仪（1488—？），字梦羽，号五川，江苏常熟人。明嘉靖五年（1526）进士，授工部主事，转礼部、兵部郎中，官至山东副使。喜蓄书，筑七桧山房和万卷楼以藏。著有《螭头密语》、《南宫集》等。由是知元抄本在明代，曾为杨氏、华夏、孙胤伽三家收藏过。

赵彦侯

赵彦侯，字简叔，号东岩，寓怀安（今属河北）。补将仕郎，宋理宗宝庆二年（1226）进士，为常熟主簿，通判绍兴，知惠州，擢湖南提刑，调转运判官，除直秘阁。

宋刘克庄《后村先生大全集》卷一百六十九《秘阁东岩赵公行状》云："诗律、琴趣妙一世，尤工草圣。"知有词集名《琴趣》者，卷数、版本不详。

黄孝迈

黄孝迈，字德夫，一作德文，号雪舟，宋闽清（今属福建）人。事迹不详。著有《雪舟长短句》。

刘克庄《后村先生大全集》卷一百六"题跋"《黄孝迈长短句》云：

> 为洛学者皆崇性理而抑艺文，词尤艺文之下者也。昉于唐而盛于本朝，秦郎"和天也瘦"之句，脱换李贺语尔，而伊川有亵渎上穹之诮，岂惟伊川哉？秀上人罪鲁直劝淫，冯当世顾小晏损才补德，故雅人修士相戒不为。或曰："鲁庵亦为之，何也？"余曰：议论至圣人而止，文字至经而止。"杨柳依依"、"雨雪霏霏"，非感时伤物乎？"鸡栖日久"、"黍离麦秀"，非行役吊古乎？"熠熠宵行"、"首如飞蓬"，非闺情别思乎？宜鲁庵之为之也。鲁庵已矣，子孝迈年英妙，才超轶，词采出天设神授，朋侪推独步，耆宿辟三舍。酒酣耳热，

倚声而作者，殆欲剿刘改之、孙季蕃之垒。今士非簧策子不暇观，不敢习，未有能极古今文章变态节奏，而得其遗意如君者。昔孔氏欲其子为《周南》、《召南》，而不欲其面墙，它日与人歌而善，必使反之而后和之，盖君所作，原于二南，其善者，虽夫子复出，必和之矣，乌得以小词而废之乎？

又卷一百八《再题黄孝迈短长句》云：

> 十年前曾评君乐章，耄矣，复睹新腔一卷，赋梨花云："一春花下，幽恨重重。又愁晴，又愁雨，又愁风。"水仙花云："自侧金卮，临风一笑，酒客吹尽。恨东风，忙去薰桃染柳，不念淡妆人冷。"又云："惊鸿去后，轻抛素袜，杳无音信。细看来，只怕蕊仙，不肯让、梅花俊。"暮春云："店舍无烟，关山有月。梨花满地，二十年好梦，不曾圆合，而今老、都休矣。"其清丽，叔原、方回不能加；其绵密，骎骎秦郎"和天也瘦"之作矣。昔和凝贵显，时称曲子相公。韩偓抗节唐季，犹以《香奁》为累。惟本朝庐陵、临淄二公，于高文大册之外，时出一二，存于集者可见也。君他文皆工，余恐其为乐章所掩，因以箴之。

知勤于倚声的写作，所谓"十年前曾评君乐章，耄矣，复睹新腔一卷"，知其后有所增益，或为手稿。

魏了翁

魏了翁（1178—1237），字华父，号鹤山，邛州蒲江（今属四川）人。宋宁宗庆元五年（1199）进士，授签书剑南西川节度判官。为秘书省正字，出知嘉定府，擢潼川路提点刑狱，召为兵部郎中，迁秘书监、起居舍人。理宗朝为潼川路安抚使、知泸州，召权礼部尚书兼直学士院，官至福建安抚使。卒谥文靖。著有《鹤山集》、《鹤山长短句》等。

魏氏词见附于诗文别集后，宋刊本即是如此，黄昇《中兴以来绝妙词选》卷七云：

> 魏华父，名了翁，临邛人，号鹤山先生。庆元己未黄甲第三名。晚与真西山齐名，有词附《鹤山集》，皆寿词之得体者。

未言卷数版本。宋吴泳《鹤林集》卷二十八《与魏鹤山书》云：

> 今观《渠阳》一编，则又岂可例以文士目之耶？然尚有可商量者，记、序、铭、说、诗、词，各自有体，虽文公老先生素号秉笔太严，而乐府十三篇咏梅花与人作生日，清婉骚润，未尝不合节拍。如侍郎歌词"内重卦三三，后天八八"、"三三律管"、"九九玄经"等语，觉得竟非词人之体，是虽胸次义理之富浇，灌于舌本，滂沛于笔端，不自知其然而然。但恐或者见之，乃谓侍郎尽以《易》元之妙谱入歌曲，是则可惧也。

知宋时诗文集是附载有词的。检《四部丛刊》影印有宋刊本《重校鹤山先生大全文集》一百十卷，其中卷九十四至九十六存词三卷。

清有《四库全书》本《鹤山全集》一百九卷，提要云：

> 所著作诗文极富，本各自为集，此本乃后人裒合诸本，共次为一编，其三十五卷下题《渠阳集》，三十七卷下题《朝京集》，九十卷下题《自庵类稿》，则犹仍其旧名，刊削未尽者也。……其集原本一百卷，见于焦竑《经籍志》。前有淳熙己酉宛陵吴渊序，凡诗十二卷，笺、表、制诰、奏议等十八卷，书牍七卷，记九卷，序、铭、字说、跋等十六卷，启三卷，志状二十一卷，祭文、挽诗三卷，策问一卷，长短句三卷，杂文四卷，又制举文三卷，周礼折衷四卷，拾遗一卷，师友雅言二卷，共成一百一十卷，此十卷皆注有新增字，盖书坊刊板所续入，然了翁尚有《古今考》一卷，又不入此集，盖偶遗也。

元明间集板湮废，嘉靖辛亥四川兵备副使高翀等始重刻于邛州，而校订草率，与目多不相应，或书中有此文而目反佚之，疑有所窜改，已非其旧。又目凡一百十卷，而吴凤后序称一百七卷，盖重订时失于检勘。又《周礼折衷》并为三卷，以《师友雅言》并为一卷，又缺拾遗一卷，故实止此数。然世间仅存此本，流传甚鲜，今重加校定，仍其所阙，析其所并，定为一百九卷，而原目之参错不合者，则削而不录焉。

所据为明嘉靖刊本，为浙江鲍士恭家藏本。库本卷九十四至九十六存词三卷。

民国时有《景宋金元明本词》本《景宋本鹤山先生长短句》三卷，陶湘《叙录》云：

> 湘案：宋刻《重校鹤山先生大全文集》一百九卷，半叶十一行，行二十一字。前有淳祐己酉吴渊序，吴潜后序。又有一跋，题开庆改元夏五月甲子诸朝请大夫成都府提点刑狱公，以下阙。明锡山安氏馆活字本，即从此出。复有嘉靖辛丑四川兵备使高翀刻本。此从诸暨孙廷翰所收宋刻景写。卷九十四至九十六，凡长短句三卷。书体古雅，犹存蜀本之旧。

知是据影抄宋刊本而影刻的。按：孙廷翰（？—1917），字问清，清浙江诸暨人。光绪十五年（1889）进士，授翰林院检讨，充国史馆纂修、文渊阁校理。家富藏书。民国时曾任浙江省教育厅副厅长。后侨居上海，任浙江旅沪公学校长。此本多见藏家著录，如章钰《章氏四当斋藏书目》卷上之四著录有《鹤山先生长短句》三卷，云民国五年（1916）仁和吴氏双照楼景刊宋本，一册，与《云山集》同函。

又吴昌绶《宋金元词集见存卷目》附《双照楼续辑宋金元百家词目》著录有《鹤山长短句》三卷，云传抄鹤山全集本。

除别集本外，还有词集另行本，见于词集丛编的有：

1.《宋元名家词》本，明紫芝漫抄本，藏北京大学图书馆，清毛
扆校，唐晏跋。其中有《鹤山长短句》一卷。

2. 清顾沅辑《宋五大家词集》本，清元和顾氏艺海楼抄本，其中
有《鹤山长短句》二卷，藏台湾。

又见于著录的有：

1. 清朱彝尊《词综》"发凡"云曾见《鹤山词》，未言卷数。

2.《御选历代诗余》卷一百五"词人姓氏"有《鹤山词》一卷。

3.《劳氏碎金》卷中著录有《鹤山长短句》一卷，旧抄本。劳氏
题识云：

> 鹤山词虽非常行家，当其语气，故自高旷，惟应酬之作存
> 之太多，为可憎耳。通卷不标词调，或于题中间著一二，殊
> 不可解。此津门查莲坡藏本，吾乡陈江皋先生所校，十馀年
> 前购之。顷王吉甫持本属校，对勘一过，缺词一阕。彼此俱
> 各正误焉。甲辰九月十三日劳权手识。
>
> 道光廿四年九月十三日丹铅生校。 在卷尾

知此书原为查为仁藏书，有陈皋校，清道光二十四年，劳氏应王吉甫
之嘱，又校勘一过。按：查为仁（1693—1748），字心谷，号莲坡，又
号莲坡居士。宛平（今北京）人。清康熙五十九年（1720）举人，居天
津水西庄，贮书万卷。著有《庶塘未定稿》、《莲坡诗话》等。陈皋，
字江皋，号对鸥，钱塘（今浙江杭州）人，陈章之弟。生卒年不详，清
乾隆初年前后在世。著有《吾尽吾意斋集》、《对鸥漫语》等。又王文
进《文禄堂访书记》卷五著录有《鹤山长短句》一卷，云："清陈江
皋、劳舜卿校，旧抄本，半页十行，行十九字。"录题识如下：

> 宣统辛亥依宋本《大全集》再校，宋本孙问清所藏，百宋
> 一廛故物也。彊村记，时三月三日。
>
> 右查连坡旧藏《鹤山先生长短句》，所据明安国本，中缺
> 三叶，而词调适相接。故陈江皋、劳舜卿递校，均未之觉。

昌绶得安本，亦多残缺，独此三叶幸存。排比行款，移录别纸，寄彊村侍郎，从江宁图书馆本补完缺字，手写卷中。又假孙检讨宋本重校一过，距江皋补校时百六十九年，始成善本。昔黄叔旸谓鹤山集皆寿词之得体者，竹垞《词综》遂云华父非此不作，殆未详检全集耶？附书卷尾以雪古人之诬。宣统辛亥六月京师寓斋昌绶记。

　　宣统己酉十一月望甘逊再校。

又云："有霁卿、吴昌绶伯宛藏书、澹室藏本印。"知此本曾藏黄丕烈百宋一廛，后为吴昌绶所得，吴氏宣统元年（1909）再校，三年又借孙廷翰藏宋本重校。又有朱祖谋宣统三年题。《中国古籍善本书目》载《鹤山长短句》一卷，云清抄本，清劳权校并跋，朱孝臧、吴昌绶校补并跋。藏国家图书馆。

严仁

　　严仁，字次山，号樵溪，宋邵武（今属福建）人。生卒年不详。好古博雅。与同族严羽、严参齐名，人称"三严"。著有《清江欸乃集》。

　　严氏词集宋时已刊行于世，陈振孙《直斋书录解题》卷二十一著录有《欸乃集》八卷，云："欸，音暖；乃，如字。余尝辨之，甚详。"为宋刊《百家词》本，元马端临《文献通考》卷二百四十六"经籍考七十三"据以录入。又黄昇《中兴以来绝妙词选》卷五云："严次山，名仁，樵溪人。词集名《清江欸乃》，杜月渚为之序，其词极能道闺闱之趣。"未言卷数版本。按：杜东，字晦之，号月渚，宋福建邵武人。宁宗嘉定七年（1214）进士。杜氏序今不存。

　　宋以后见于藏家著录的有：

　　1. 明钱溥《秘阁书目》著录有《欸乃词》，未标明卷数。

　　2. 明毛晋《汲古阁毛氏藏书目录》著录有《欸乃集》八卷。

　　3. 清黄虞稷《千顷堂书目》卷三十二著录有《清江欸乃》一卷。

4. 清倪灿撰，卢文弨校正《宋史艺文志补》著录有《清江欸乃》
一卷。

5. 清朱彝尊《词综》卷十六小传云有《清江欸乃》一卷。

6. 《御选历代诗馀》卷一百六"词人姓氏"云有《清江欸乃词》
一卷。

7. 《福建通志》卷六十八"艺文一"著录有《清江欸乃集》，未标
明卷数。

以上均未言版本，所载当以抄本为主。

民国时周泳先辑《唐宋金元词钩沉》，其中有《欸乃集》，周氏题
记云：

> 花庵《中兴绝妙词选》五云："次山名仁，樵溪人。词集
> 名《清江欸乃》，杜月渚为之序。其词极能道闺闱之趣。"陈
> 振孙《直斋书录解题》著录长沙坊刻本《欸乃集》八卷，顾其
> 书已久佚。明以来诸选本选次山词均未有除花庵外者。《千顷
> 堂书目》二十一载《清江欸乃》一卷，盖即据花庵以补宋志，
> 恐非真见其书也。泳先记。

为民国排印本。

苏泂

苏泂，字召叟，宋山阴（今浙江绍兴）人。生卒年不详，少从陆游
学诗。曾做过朝官，在荆湖等地作幕宾，与之唱和者，卒年七十馀。
著有《泠然斋集》。

苏氏词集宋时已刻印，陈振孙《直斋书录解题》卷二十一著录有
《泠然斋诗馀》一卷，为宋刊《百家词》本，元马端临《文献通考》卷
二百四十六"经籍考七十三"据以录入。宋以后见于著录的有：

1. 明钱溥《秘阁书目》著录有《泠然斋诗馀》，未标卷数。

2. 明毛晋《汲古阁毛氏藏书目录》著录有《令（眉批：令疑作
冷）然斋诗馀》一卷。

前者为明初人，后者为明末人，知明时此书尚存，明以后则佚。

真德秀

真德秀（1179—1235），字景元，后更为希元，号西山，浦城（今属福建）人。宋宁宗庆元五年（1199）进士，调南剑州判官。开禧元年又中博学宏词科，为太学正。嘉定年间迁博士，历秘书郎、著作佐郎、知隆兴府兼江西安抚使、知潭州兼湖南安抚使。理宗即位，召为中书舍人兼侍读，擢礼部侍郎，直学士院。宁宗宝庆元年（1195）忤史弥远而落职。著有《真文忠公集》。

真氏词集宋时已刊行于世，清季振宜《季沧苇藏书目》"宋元杂板书"载云："欧文忠、秦淮海、真西山琴趣，四本，宋刻。"知为宋刊《琴趣外编》本，清时尚存，除此外，罕见其他人著录。又《永乐大典》卷2809第16A页录真西山词《蝶恋花》一首，未言所据。

孙惟信

孙惟信（1179—1243），字季蕃，号花翁，开封（今属河南）人，寓居婺州（今浙江金华）。以祖荫调监当，宋光宗时弃官归隐。著有《花翁集》。

孙氏词集宋时已刊行于世，陈振孙《直斋书录解题》卷二十一著录有《花翁词》一卷，云：

> 开封孙惟信季蕃撰，在江湖中颇有标致，多见前辈，多闻旧事，善雅谈。长短句尤工，尝有官，弃去不仕。

为宋刊《百家词》本，元马端临《文献通考》卷二百四十六"经籍考七十三"据以录入。又《直斋书录解题》卷八著录有《庐阜纪游》一卷，云："惟信能为诗词，善谈谑，盖尝有官，弃去不仕，自号花翁，游江湖间，人多爱之。"又刘克庄《后村先生大全集》卷一百五十《孙花翁墓志铭》云：

自号花翁，名重江浙公卿间，孙花翁至，争倒屣，所谈非
山水风月，一不挂口。长身缊袍，意度疏旷，见者疑为侠客
异人。其倚声度曲，公瑾之妙；散发横笛，野王之逸；奋袖起
舞，越石之壮也。尤重义气，尝客孟常甫、方孚若家，孟死，
犹拳拳其子孙；孚若葬，徒步赴义。其卒以淳祐三年九月壬
寅，年六十五，葬以其年腊月乙卯。杜公，辅臣；赵公，大京
兆也。季蕃，一布衣，以死托二公，卒赖二公以葬，且筑室买
田祠焉，天下两贤之。季蕃长于诗，水心叶公所谓"千家锦
机一手织，万古战场两锋直"者也，中遭诗禁，专以乐府行。
余每规季蕃曰："王介甫惜柳耆卿缪用其心，孙莘老讥少游放
泼，得无似之乎？"季蕃笑曰："彼践实境，吾特寓言耳。"然
则以诗没节，非知季蕃者，以词没诗，其知季蕃也愈浅矣。

知以写词著称于世。

宋以后见于著录的有：

1. 明钱溥《秘阁书目》著录有《花翁词》。

2. 清黄虞稷《千顷堂书目》卷三十二著录有《花翁词》一卷。

3. 清倪灿撰，卢文弨校正《宋史艺文志补》著录有《花翁词》
一卷。

4. 清朱彝尊《词综》卷二十二小传云："孙惟信，字季蕃，号花
翁，有词一卷。"

5. 《御选历代诗馀》卷一百七"词人姓氏"云有《花翁词》一卷
传于世。

以上《词综》和《御选历代诗馀》所载，未必是实见有其书。其词
集明末尚存，其后情况不明。

民国时赵万里据《绝妙好词》等辑录十一词，成《花翁词》一卷，
收入所辑《校辑宋金元人词》中，为民国排印本。

方寔孙

方寔孙，字端卿，一字端仲，号淙山。累举不第，以所著《易说》

上于朝，以布衣入史局，时相以其累上春官，欲令免省奉对，遽以风闻报罢，浩然而归。著有《淙山读周易记》等。

刘克庄《后村先生大全集》卷十八《跋方寔孙长短句》云：

> 金针玉指巧安排，直把天孙锦剪裁。樊素口中都道得，春莺啭处细听来。欲歌郢客声难和，才误周郎首已回。可惜禁中无应制，等闲老却谪仙才。

按：卷一百七"题跋"《方寔孙经史说》云："曩余见场屋之作及古律诗、长短句，知君之豪于文也。"知善于长短句的写作，未言卷数版本。

翁应星

翁应星，生平不详。

刘克庄《后村先生大全集》卷九十七《翁应星乐府序》云：

> 曩余使江左，道崇安，君袖诗谒余于逆旅，余读而奇之，访其家世，君曰："浩堂，吾兄也。"余叹息曰："君可为难为弟矣。"别去一甲子，不与君相闻，君忽贻书，抄所作长短句三十馀阕寄余。其说亭郭堡戍间事，如荆卿之歌、渐离之筑也；及为闺情春怨之语，如鲁女之啸、文姬之弹也；至于酒酣耳热、忧时愤世之作，又如阮籍、唐衢之哭也。近世惟辛、陆二公有此气魄，君其慕蔺者欤？然长短句，当使雪儿、啭春莺辈可歌，方是本色。范蜀公晚喜柳词，以为善形客太平；伊川见小晏"梦魂惯得无拘检，又踏杨花过谢桥"之句，笑曰："鬼语也。"噫！此老先生亦怜才耶？余谓君当参取柳、晏诸人以和其声，不但词进，而君亦自此官达矣。

知为手稿，凡三十首。

汤野孙

汤野孙，生平不详。

刘克庄《后村先生大全集》卷一百十一"题跋"《汤野孙长短句又四六》云：

> 孙花翁死，世无填词手。后有黄孝迈，近又有汤野孙，惜花翁不及见。此事在人赏好，坡、谷亟称少游，而伊川以为亵渎，莘（当为莘，下同）老以为放泆；半山惜耆卿谬用其心，而范蜀公晚喜柳词，客至，辄歌之。余谓坡、谷，怜才者也；半山、伊川、莘老，卫道者也。蜀公感熙宁、元丰多事，思至和、嘉祐太平者也。今诸公贵人怜才者少，卫道者多，二君词虽工，如世不好何？然二君皆约而在下世，故忧患不入其心，姑以流连光景歌咏太平为乐，安知他日无蜀公辈人击节赏音乎？

知以善词著称于世，未言卷数版本。

韩疁

韩疁，字子耕，号萧闲。生平不详。著有《萧闲词》。

韩氏词集宋时已刻印，陈振孙《直斋书录解题》卷二十一著录有《萧闲词》一卷，为宋刊《百家词》本，元马端临《文献通考》卷二百四十六"经籍考七十三"据以录入。宋以后见于著录的有：

1. 明钱溥《秘阁书目》著录有《萧闲词》。

2. 清查为仁、厉鹗《绝妙好词笺》卷二小传云有《萧闲词》一卷。

知入清，其词集已不传。民国时赵万里据《阳春白雪》等辑录六首，成《萧闲词》一卷，收入民国时排印的《校辑宋金元人词》中。

章谦亨

章谦亨，字牧叔，一字牧之，吴兴（今浙江湖州）人。宋理宗绍定间为铅山令，端平年间除京西路提举，嘉熙二年（1238）除直秘阁，为浙东提刑，兼知衢州。

章氏词集宋以来罕见著录，清郑元庆《湖录经籍考》卷五"历代人词曲"著录有《章谦亨词》一卷，云：

> 按：谦亨，嘉定十七年知泰兴县，见《江西通志》。嘉熙三年以朝请大夫直秘阁，为浙东提刑、兼知衢州，词十六首，载于铅书。

知有词集，存词十六首。今不见存。

吕午

吕午（1179—1255），字伯可，号竹坡，歙（今属安徽）人。宁宗嘉定四年（1211）进士，授乌程主簿，知馀杭县。理宗朝兼沿海制置司事，擢监察御史兼崇正殿说书，迁起居郎兼史院官，卒赠华文阁学士。著有《竹坡类稿》。

祝穆跋《竹坡类稿》云：

> 淳祐癸卯夏，诏左浙宪部使者竹坡先生吕公再除监察御史。穆往省侍于柏厅，见棐几间有题曰《竹坡类稿》，披而诵之，手不容释。辄跪请曰："先生斯文如日光玉洁，孰不愿睹？盍板行以惠后学？"先生曰："司马在西都而《史记》未振，昌黎至我朝而文集竟传，子姑听之，毋容庸速。"穆请再三，因粲笑而首肯。载念吾家自曾大夫以来玉润率多伟人，吏部韦斋朱公，及今御史竹坡吕公，则以学问文章负盛名于世。《韦斋集》既已刻梓，豫章此刻《竹坡类稿》，盖使二集并行，以彰盛美。先生著述尚多楗韬，今所得者特泰山之毫芒，如奏疏、书启、诗词，及继今有作，方月增岁益，尚当嗣请而刻之。是岁腊月望日表侄建安祝穆拜手谨识。

淳祐癸卯为宋理宗淳祐三年（1243），知有词，情况不明，今未见存词。

张端义

张端义（1179—　？），字正夫，自号荃翁，原籍郑州（今属河南）人，居姑苏（今江苏苏州）。曾为真州录事参军。宋理宗端平中应诏三上书，坐妄言韶州安置，又谪居化州而卒。著有《荃翁集》、《贵耳集》。

《贵耳集》卷上自序云：

> 余生于淳熙之己亥，书于淳祐之辛丑，年六十有三。有上皇帝三书，诗五百首，词二百首，杂著三百篇，曰《荃翁集》。

知有词二百首，附载全集中，未言卷数版本。

陈耆卿

陈耆卿（1180—1236），字寿老，号筼窗，台州临海（今属浙江）人。宋宁宗嘉定七年（1214）进士。为青田县主簿、庆元府府学教授。理宗宝庆年间召试馆职，迁校书郎，端平中官至国子监司业。著有《筼窗集》。

陈氏词见载于别集中，《永乐大典》卷540第17A页自《筼窗集》录词三首，即《三台令》和《鹧鸪天》二首。入清，有《四库全书》本《筼窗集》十卷，提要云：

> 《读书附志》载所著《筼窗初集》三十卷续集三十八卷，《宋史·艺文志》、马端临《经籍考》已不著录，世亦久无传本。今从《永乐大典》中采摭荟粹，共得文一百三十一篇、诗三十八篇、词四篇，中如《林下偶谈》所称《代谢希孟上钱相启》、《游中鸿谥议》之类，均已亡缺，盖所存仅十之一二矣。谨厘正讹舛，录为十卷，俾不终就湮没。其叶适、吴子良序跋及耆卿自序，仍录置前后，庶有以考见其大略焉。

知是据《永乐大典》辑录，与宋本相较，残缺已多。库本卷十附词四首，即《柳初新·咏柳》"东郊向晓"、《三台令·咏芙蓉》"鱼藻池边射鸭"、《鹧鸪天·南教场赏芙蓉》"莫惜花前泥酒壶"、又"艳朵珍丛间舞衣"。

近世朱祖谋据《大典》《筼窗集》本辑《筼窗词》一卷，收入《彊村丛书》中，存词三首，即《柳初新·临安春日》"东郊向晓"、《鹧鸪天·南教场赏芙蓉》"莫惜花前泥酒壶"、又再赋"艳朵珍丛间舞衣"。无校记，无跋文。与四库本所收略异。

吴泳

吴泳（1180—？），字叔永，号鹤林，潼川（今属四川）人。宋宁宗嘉定元年（1208）进士。除秘书郎，迁著作郎，为起居舍人，兼权吏部侍郎，直学士院。理宗时历知宁国府、温州、隆兴府等，以言罢。著有《鹤林集》。

吴氏词见载于诗文别集中，《永乐大典》自《鹤林集》录词八首，即《贺新郎》、《满江红》（2265/1B、2A，指卷数及页码，下同），《卜算子》（2810/10B），《洞庭春色》二首、《菩萨蛮》三首（20354）。

入清则有《四库全书》本《鹤林集》四十卷，提要云："史称所著有《鹤林集》而不详卷数，艺文志亦不著录，惟《永乐大典》各韵中颇散见其诗文，谨裒辑编次，厘为四十卷。放佚之馀，篇什尚夥，亦可见其著作之富矣。"库本卷四十为词一卷，存三十二首。

近代朱祖谋据《大典》本《鹤林集》辑《鹤林词》一卷，收入《彊村丛书》中，无校记，无跋文。又民国时有吴虞辑《蜀十五家词》排印本《鹤林词》一卷，无跋文。二者存词数均与库本同。

夏元鼎

夏元鼎（1181—？），字宗禹，自号云峰散人、西城真人，永嘉（今浙江温州）人。屡试不第，宋宁宗嘉定间曾为小校武官，后弃官入道。著有《悟真篇讲义》、《蓬莱鼓吹》等。

夏氏词集，今存抄本词集丛编本数种，计有：

1. 明吴讷编《唐宋名贤百家词》本，明抄本，梁启超跋。其中有《蓬莱鼓吹》一卷。

2. 明李东阳辑《南词》本，抄本，其中有《蓬莱鼓吹词》一卷。

3. 《宋元明三十三家词》本，明石村书屋抄本，其中有《蓬莱鼓吹》一卷。

4. 《宋金元明十六家词》本，清抄本，佚名录清劳权校跋，清丁丙跋。其中有《蓬莱鼓吹》一卷。

5. 朱孝臧编《彊村丛书》本（二十二卷），稿本，其中有《蓬莱鼓吹》一卷。

另有《唐宋元三朝名贤小集》本，清赵篪编，清乾隆、嘉庆间赵之玉抄本，清赵篪、赵之玉批校并跋，又录翁方纲、鲍廷博批校题识，王礼培批校并跋。其中有《蓬莱鼓吹》一卷。见《湖南省古籍善本书目》著录。

除此外，见于藏家著录的有：

1. 清陆漻《佳趣堂书目》著录有《蓬莱鼓吹词》一卷，壬寅。按：壬寅为清康熙六十一年（1722）。

2. 清赵魏《竹崦庵传抄书目》著录有《蓬莱鼓吹》一卷，十。

3. 清陆心源《皕宋楼藏书志》卷一百二十著录有《蓬莱鼓吹》一卷，旧抄本。

4. 吴昌绶《宋金元词集见存卷目》附《双照楼续辑宋金元百家词目》著录有《蓬莱鼓吹》一卷，武林董氏旧抄《南词》本。

近代朱祖谋据知圣道斋藏明抄本《蓬莱鼓吹》一卷，刻入《彊村丛书》中，无校记，无跋文。

岳珂

岳珂（1183—？），字肃之，号亦斋，又号东几，晚号倦翁，汤阴（今属河南）人。岳飞之孙，岳霖之子。宋宁宗嘉泰初以荫监镇江府户部大军仓，嘉定间知嘉兴，为江南东路转运判官，除军器监丞、淮东总领。理宗嘉熙年间为湖广总领，知太平州。著有《玉楮集》、《续东几诗馀》。

岳氏词集仅见于明人著录，计有：

1. 明钱溥《秘阁书目》著录有《续东几诗馀》，一册。

2. 明杨士奇等《文渊阁书目》卷十"诗词·月字号第二厨书目"著录有《续东几诗馀》，一部一册，完全。

3. 明杨士奇、清傅维麟《明书经籍志》著录有《续东几诗馀》，一册，完全。

4. 明孙能传、张萱等《内阁藏书目录》卷八著录有《续东□（当作几）诗馀》，一册，全。

5. 明叶盛《菉竹堂书目》著录有《续东几诗馀》，一册。

以上均属明代前期书目所载，其后罕见藏家著录，知失传已久。

刘克庄

刘克庄（1187—1269），初名灼，字潜夫，号后村，莆田（今属福建）人。宋宁宗嘉定二年（1209）以郊恩补将仕郎，更今名。理宗端平初，除枢密院编修官，兼权侍右郎官。嘉熙间知袁州，为广东提举。淳祐六年（1246）赐同进士出身，除秘书少监兼国史院编修官、实录院检讨官。景定年间除秘书监，为起居郎兼权中书舍人，权工部尚书兼侍读。度宗咸淳时特加龙图阁学士。著有《后村先生大全集》。

刘氏词集宋时已刊行于世，黄昇《中兴以来绝妙词选》卷七云：

> 刘潜夫，名克庄，莆田人，号后村先生。负一代盛名，诗文甚高，有《后村别调》一卷。淳祐辛丑八月御笔："刘某文名久著，史学尤精，可特赐同进士出身。"

未言版本。见于宋以后著录的有：

一、《后村别调》

A. 印本

1. 明末毛氏汲古阁刊《宋名家词》本《后村别调》一卷，毛晋跋云：

> 考淳祐辛丑八月御批云："刘克庄文名久著，史学尤精，可特赐同进士出身。"由是负一代盛名。偶有题跋，后人辄以为定衡。所撰《别调》一卷，大率与辛稼轩相类。杨升庵谓其壮语足以立懦，予窃谓其雄力足以排奡云。

未言所据。此本见清郑德懋辑《汲古阁校刻书目》之《宋名家词六集》第三集著录，云凡五十四叶。

清有《四库全书存目》著录有《后村别调》一卷，提要云：

> 宋刘克庄撰，克庄有《后村集》已著录，其诗馀已附载集中，毛晋复摘出别刻。克庄在宋末以诗名，其所作词，张炎《乐府指迷》讥其直致近俗，效稼轩而不及。今观是集，虽纵横排宕，亦颇自豪。然于此事究非当家，如赠陈参议家舞姬《清平乐》词"贪与萧郎眉语，不知舞错《伊州》者"，集中不数见也。

所据为毛氏汲古阁刊本，为安徽巡抚采进本。毛晋未言所据，馆臣以为毛氏据《后村集》析出，检《四库全书》收有《后村集》，凡五十卷，附有词，参见后文。又《钦定续通志》卷一百六十三据《四库全书存目》著录，其中有《后村别调》一卷。又清《续文献通考》卷一九八"经籍考"著录有《后村别调》一卷。二书所载当同库本。

另叶德辉《叶氏观古堂藏书目》著录有《后村别调》一卷，为清光绪汪氏振绮堂重刊汲古阁本。

2.《晨风阁丛书》本《后村别调》一卷补一卷。沈宗畸跋云：

> 右后村词二十九阕，汲古刻《后村别调》所无，见于侯官叶申芗《闽词抄》，而叶氏又得之于同县陈左海先生所录天一阁《大全集》本者也。毛刻缺字亦得校补，故重刻毛本，而以此帙附焉。宣统改元夏五番禺沈宗畸。

跋作于清宣统元年（1909），知正集据汲古阁本覆刻，校以天一阁藏全集本，另辑为汲古阁不载者为补遗一卷。

3. 《海宁王忠悫公遗书》本《后村别调补遗》一卷，王国维辑，民国十六年（1927）海宁王氏印本。

此外《国立北平图书馆善本书目乙编续目》卷四著录有《后村别调》一卷，清刻本（吴昌绶校）。

B. 抄本

《中国古籍善本书目》载《后村别调补》一卷，云王国维抄本，王国维跋。

C. 未言版本者

1. 清朱彝尊《词综》"发凡"云曾见《后村别调》一卷，又卷十四小传云有《后村别调》一卷。

2. 《御选历代诗馀》一百五"词人姓氏"云有词一卷，名《后村别调》。

3. 清陆漻《佳趣堂书目》著录有《后村别调》一卷。

4. 清徐元文《含经堂藏书目》著录有《后村别调》三卷。

5. 清查为仁、厉鹗《绝妙好词笺》卷三云有《后村别调》一卷。

以上均未标版本，所载当以善本为主。

二、《后村诗馀》（《后村居士诗馀》）

今存抄本词集丛编，收录有此种，计有：

1. 明吴讷编《唐宋名贤百家词》本，明抄本，梁启超跋。其中有《后村诗馀》二卷。

2. 《宋金人词》本，清光绪三十四年（1908）缪氏艺风堂抄本，缪荃孙校。其中有《后村诗馀》二卷长短句五卷。

又见于书目著录的有：

1. 明晁瑮《晁氏宝文堂书目》著录有《后村居士诗馀》。

2. 范懋柱《天一阁藏书目》卷四之四著录有《后村居士诗馀》二卷，云："绵纸，抄本。"

3. 清钱曾《也是园藏书目》卷七著录有《后村诗馀》二卷。另钱曾《钱遵王述古堂藏书目录》著录有《后村词》一卷。

4. 清丁丙《善本书室藏书志》卷四十著录有《后村诗馀》二卷，明抄本。提要云：

> 门人迪功郎新差昭州司法参军林秀发编次。宋刘克庄撰，克庄学问颇赅博，文亦尚守旧格，不为江湖末派所圈。词则思矫然自异，力洗铅华，大致效辛稼轩而逊其魄力，虽颇纵横排奡，而一泻无馀，故张叔夏讥其直致近俗。然亦时有合作，掇其精英，未尝不可以药浮艳。毛氏《六十家词》所刊，改题《后村别调》。此为明时抄本，核其格式，尚从宋本出也。

以为汲古本所载与《后村诗馀》同，只是改其书名罢了。按：《江南图书馆善本书目》著录有《后村诗馀》二卷，云明抄本。当指同一本书，盖丁氏藏书后多归藏江南图书馆。此书又见《中国古籍善本书目》著录，云《后村诗馀》二卷，明抄本，清鲍廷博校，清丁丙跋。

以上晁瑮、钱曾著录的均未言版本，所载当以抄本为主。

三、　别集本

刘克庄别集卷数不一，今存数种，多附载有词，述于下：

A. 五十卷本

1. 据《中国古籍善本目录》著录，今存宋刊本及抄本多种，存有诗馀的计有：

① 刊本

宋刊本《后村居士集》，藏国家图书馆。

宋刊本《后村居士集》（存四十八卷），藏国家图书馆。

宋刊本《后村居士集》（存四十卷），藏国家图书馆。

宋刊配清影宋抄本《后村居士集》，藏国家图书馆。

宋刊元修本《后村居士集》（存三十七卷），藏国家图书馆。

宋刊元修本《后村居士集》（存三十五卷），藏中国社科院文研所。

宋刊元修本《后村居士集》（存二十二卷），藏上海图书馆。

按：曹元忠《笺经室所见宋元书题跋》于《宋椠残本后村居士集跋》云：

> 宋刊《后村居士集》，为石门吕留良、满洲揆叙旧藏，故每卷钤有朱文"吕晚村家藏图书"长印、白文"谦牧堂藏书记"方印。其书半叶十行，行二十一字，双边板心，鱼尾，上下皆细黑口。今存卷十四至二十，为诗、诗话、诗馀，三十一至三十五为题跋、祭文，三十八至五十为墓志铭、表、玉牒初草、书、行状，世所谓五十卷本也。自十六卷已上，题后村居士诗。十七卷已下，题后村居士集。《丽宋楼藏书志》乃谓前二十卷题后村诗，后三十卷题后村居士集，及每行二十字，误矣。然其五十卷首尾完全，惜后人不能世守，于光绪丙午岁举所有尽售诸日本岩崎氏静嘉堂文库，从此宋刊后村集，余所知者，只莆阳刘澹斋有五十卷，曾据以校祥符周八丈季况旧藏天一阁抄本《大全集》一百九十六卷补正，脱文误字甚多。盖《大全集》刻于后村身后，《隐居通议》所谓后村卒，其家尽荟萃其平生所著，别刊小本，为《大全集》，而此犹淳祐原刻。诗馀卷末有"门人迪功郎新差昭州司法参军林秀发编次"一行，或经后村手定也。至铁琴铜剑楼所藏宋刊残本三十八卷，亦称五十卷本，但据其藏书目录，所云记三卷、题跋四卷，而此皆二卷，祭文哀词三卷，而此三卷无哀词，墓志二卷，而此三卷，校见在所存卷帙，各有不同，恐是残本《大全集》耳。明岁当往吾里村目验之，甲寅九月癸卯，元忠。

跋作于民国三年（1914），知宋本存世不止其一。一为明末清初吕留良、揆叙藏书，晚清时为陆氏丽宋楼所得，今存日本静嘉堂文库。二为莆阳刘澹斋藏本，按：刘棨，字文中，号澹斋，清平阳人。莆阳刘澹斋不知即刘棨否？三为瞿氏铁琴铜剑楼藏宋刊残本，诗馀是否存不可知。

② 抄本

明抄本《后村居士集》（存二十三卷），藏国家图书馆。

明抄本《后村居士诗文集》，清江藩校，藏上海图书馆。

清初抄本《后村居士诗文集》，藏上海图书馆

清康熙五十年南阳讲习堂吕无隐抄本《后村居士集》，清黄丕烈跋，藏国家图书馆。

清抄本《后村居士集》，藏国家图书馆。

清抄本《后村居士集》，藏国家图书馆。

清抄本《后村居士集》，藏湖南师范大学图书馆。

清经锄堂抄本《后村居士集》，藏国家图书馆。

清抄本《后村居士集》，清沈警校并跋，清翁同龢跋，藏国家图书馆。

清抄本《后村居士集》，清丁丙跋，藏南京图书馆。

清抄本《后村居士集》，藏浙江图书馆。

清抄本《后村居士集》（存四十七卷），佚名批校，藏湖北省图书馆。

2. 《四库全书》本《后村集》五十卷，提要云：

> 坊本所刻诗十六卷，诗话、诗馀各一卷，毛晋《津逮秘书》又刻其题跋二卷，而他作并阙。此为抄传足本，前有淳祐九年林希逸序，较坊刻多文集三十卷，诗话亦较多后集二卷，盖犹从旧刻缮录云。

是据编修汪如藻家藏抄本录入，卷十九至二十诗馀，所收词卷数及词作次第均同影宋刻本，当是据宋刊本传抄。

3. 《景宋金元明本词》本，据宋刊《后村居士集》（五十卷本）景刻，其中卷十九至二十存诗馀二卷。陶湘《叙录》云：

> 《后村词》今存凡三本，汲古刻《后村别调》传世最广，

> 即《四库》所著录。《后村大全集》一百八十七至一百九十
> 一，凡长短句五卷。朱侍郎祖谋据刘氏嘉荫簃抄本刻于南
> 中，京师图书馆庋内阁旧库书，有宋刻《后村居士集》五十
> 卷，《诗馀》二卷，具存。溧阳张君允亮复见一宋刻全本，每
> 半叶十行，行二十一字，因手摹以存。世有读后村词者，可
> 以参观互校矣。此本第二叶《贺新郎》前段"休作寻常看"上
> 有缺文，张君据五卷本乃"胡儿"二字审为元初所印，讳避划
> 去，景写悉存其真，因附著之。

知据张允亮出示的宋刊本影刻，按：张允亮（1889—1952），字庚楼，
河北丰润人。1911年毕业于北京京师译字馆。辛亥革命以后，居北
平，先后供职故宫博物院、北平图书馆、北京大学图书馆等。喜收藏
图书，精目录版本之学，编有《故宫善本书影》、《故宫善本书目》、
《北京大学善本书目》等。

　　另缪荃孙《目录词小说谱录目》著录有《后村诗馀》二卷，云传写
五十卷集本。

　　B. 六十卷本

　　《中国古籍善本书目》载有二种：

　　1. 明谢氏小草斋抄本《后村集》，藏国家图书馆。《宋集珍本丛
刊》据以影印。前有林希逸咸淳六年（1270）序，知刘氏集为多次编
集刊刻，先成前集，刊之郡庠，二十年后，又成后、续、新三集。又云
刘氏"季子季高既成负土之役，各取先生四集合为一部而汇聚之，名
《后村全集》六十卷"。核以六十卷本所载，除卷四十二至五十五为诗
话、卷五十六至六十为长短句外，前四十一卷所载均为文类，而没有
录其诗。与一百六十卷本相较，不仅文有溢出，词也较其有多者。所
存长短句五卷，与《大全》本所存五卷每卷收录的词及次第是一样
的，两种《大全集》本词之最后一卷末《西江月》"思邈方书去失"下
片缺"邀饮不能从，难伴诸公上雍"十一字，又其后的四首《朝中措》
词也残缺，朱氏跋云见夏悔生藏《后村集》残抄本，卷六十，词仅存

目，编次同《大全》本，卷末《西江月》后有《朝中措》四阕，知与明抄本同，但有缺。又云《朝中措》四阕"张、刘二本并阙，惜乎无从采获"。《彊村》本有此四词，校记中并未说明所来自。其中第三首《朝中措》"仙风道骨北山翁"之"怍□醉面桃红"句，《彊村》本作"作□醉面桃红"，一字不同，其他缺字均同，疑是抄自明抄本，而误"怍"为"作"字。其他在文字上也略有出入者，如卷五十七《水调歌头·和仓部弟寿词》"岁晚太玄草"，张藏本题无"和"字，丛刊本、彊村本则同明抄本。又《沁园春·送孙季蕃吊方漕西归》"岁暮天寒"，"西"字，《大全》本均作"四"，当误，彊村本则同明抄本。又卷五十七《木兰花慢·赵守生日》"郡人元未识"，张藏本、彊村本作"赵叟"，丛刊本同明抄本，考词中云"郡人元未识，新太守、定何如"，知称"赵守"为妥。

2. 清经锄堂抄本《后村集》，藏上海图书馆。

C. 一百九十六卷本

此种属宋刊二百卷本者，即《后村先生大全集》，凡一百九十六卷，目录四卷。林希逸序（咸淳六年）云其季子季高"又为一部而汇聚之，名以大全，共二百卷"，季高名山甫。《大全集》卷一八七至卷一九一为长短句，凡五卷。

《大全集》宋刊本今不存，《中国古籍善本目录》著录有抄本数种，其中存长短句者录如下：

1. 清抄本《后村先生大全集》。藏国家图书馆。

2. 清抄本《后村先生大全集》，佚名校，清翁同书校。藏国家图书馆。

3. 清道光张氏爱日精庐抄本《后村先生大全集》，清刘尚文校补。清张金吾、周星诒、傅以礼跋，孙毓修校并跋。藏南京图书馆。按：此本《宋集珍本丛刊》影印，书中钤有"秦伯敦父"、"臣恩复"、"石研斋秦氏印"等印，书前有张金吾《爱日精庐藏书志》之《后村先生大全集》一百九十六卷的提要，书末有题识，原为张月霄藏书。

除此外，又有《四部丛刊》本，是据无锡孙氏小绿天藏赐砚堂旧抄本影印。此本所载长短句的卷数及次第与爱日精庐抄本同，缺字处也多同，略有差异，如卷一八九《满江红》"不见西山，料他日面无惭色"，丛刊本"不见"作"一见"，张藏本意较胜。

据《大全集》本析出词以单行者有：

1. 缪荃孙《目录词小说谱录目》著录有《后村先生长短句》四卷，云传抄一百六十九卷集本。

2. 《中国古籍善本书目》载《后村先生长短句》五卷，云清刘氏嘉荫抄本，朱孝臧校补并跋。按：刘喜海（1793—1852），字燕庭，一作燕亭，山东诸城人。清嘉庆二十一年（1816）举人，知福建汀州，官至浙江布政使。酷嗜金石，藏书甚富，好收藏书目。藏书楼有嘉荫簃、味经书屋，著有《嘉荫簃藏器目》、《长安获古编》、《金石苑》等。

民国初，朱祖谋编《彊村所刻词甲编》十五卷，分别有清宣统三年（1911）、民国二年（1913）刻本，朱孝臧校。其中有《后村长短句》五卷。又见《彊村丛书》中，朱祖谋跋云：

> 后村先生长短句，汲古阁刊本为《别调》一卷，今通行者也。林秀发编《后村居士集》五十卷，诗馀为二卷。曾见残宋本，鲍渌饮得明抄《后村词》，以为胜于毛刻，未获寓目。缪小珊前辈藏抄本《后村大全集》一百九十六卷，乃爱日精庐故籍，张月霄录自范氏天一阁者，长短句五卷，视林本几倍之。仅《水调歌头》"君看郭西景"一阕，未之编入。吾郡陆氏皕宋楼旧有此本，今流入东瀛，天一祖本亦久亡佚，惟艺风秘笈孤度人间矣。亟谋录副，授梓人，以中有阙文，尚俟斠补。适老友吴伯宛以刘燕庭藏抄《大全》本长短句寄示，视张本为完善，间有讹脱，即援张本参校写定，兼取残宋本、汲古本及《阳春白雪》改补若干条，举其异同之足备参考者疏记如右。刊既成，又见夏眉生同年藏《后村集》残抄本，为卷六十，与诸本又别。词仅存目，编次同《大全》本，卷末

《西江月》后有《朝中措》四阕，张、刘二本并阙，惜乎无从采获。海内同志，或发箧藏，俾成完帙，跂予望之已。壬子九日，彊村遗民朱孝臧跋。

　　癸丑秋仲，吾郡张石民得旧抄《后村集》六十卷本于沪上小珊前辈，录张、刘二本所阙《西江月》结拍二句、《朝中措》四阕见示，遂补刻之，孝臧又记。

跋分别作于民国元年（1912）和民国二年，所据为刘燕庭藏抄《大全集》本，以宋本、张月霄抄本、毛晋刻本校的。核以《彊村丛书》本校记，张氏藏本有批校字，与朱氏校字一本作某同。如卷一《沁园春》"我梦见君"一词，"戴飞霞冠"之"戴"，张本作"带"，"掀髯啸"之"髯"张本作"然"，其余张本同朱本。又如卷四《贺新郎》"南国秋容晚"，张藏本"壶山"作"湖山"、"刘遍"作"刘边"、"福星见"作"福星现"。从彊村本校记来看，文字上出入较多的是毛晋刻本，宋刊所收不全，且与张抄本出入有限，也就是说《大全集》系统的出入不大。又按：《西泠印社金石印谱法帖藏书目》"家刻善本"著录有《后村长短句》五卷，云洋六角。又《修绠堂书目二十二年（北平）》著录有《后村长短句》五卷，云竹纸，一册。二者当均指《彊村丛书》本。

　　另《永乐大典》自《刘后村集》录词五首，即《浪淘沙》（7960/4B指卷数及页码，下同）、《念奴娇》三首（13495/14B）、《鹧鸪天》（20310/3A）。所据不明。

冯取洽

　　冯取洽（1188—？），字熙之，号双溪翁、双溪拟巢翁，延平（今福建南平）人。宋理宗淳祐初前后在世。著有《双溪词》。

　　冯氏词集见于宋人编的《典雅词》中，计有：

　　1. 毛氏汲古阁影宋抄《典雅词》本，清陆氏皕宋楼藏书，现藏日本静嘉堂文库。其中有《双溪词》一卷。检陆心源《皕宋楼藏书志》

卷一百十九著录有《双溪词》一卷，为汲古影宋本，盖析出著录者。又陆氏《仪顾堂题跋》卷十三《双溪词跋》云：

> 《双溪词》一卷，题曰双溪拟巢翁延平冯取洽熙之，汲古阁影宋抄本，《四库》所未收也。愚案：取洽字熙之，自号双溪拟巢翁，福建延平人。宋季诗人，语意不减唐人，送别刘筼嶟诗云："来似孤云出岫间，去如高月耿难攀。若为化作修修竹，长伴先生筼嶟山"见《梅磵诗话》卷下。

2. 传抄汲古阁《典雅词》本，清丁氏八千卷楼藏书，藏南京图书馆。其中有《双溪词》一卷。按：清丁丙《善本书室藏书志》卷四十著录有《双溪词》一卷，精抄本。云：

> 熙之为黄玉林之友，词多与玉林倡和之作。玉林编《花庵词选》，录其词五阕入集中，陆存斋藏有毛氏影宋本。此抄自《典雅词》，缺尾数叶，《花庵词选》有遗蜕山中桃花《摸鱼儿》一阕、《西江月》一阕、《蝶恋花》一阕，可补其缺。

知抄自皕宋楼藏影宋本，也是析出著录的。按：吴昌绶《宋金元词集见存卷目》附《双照楼续辑宋金元百家词目》著录有《双溪词》一卷，云：钱塘丁氏旧抄本，此本从《典雅词》出，后阙十八首，有目可案，从《花庵词选》补三首。

3. 传抄汲古阁本《典雅词》本，原北平图书馆藏书，今藏台湾。其中有《双溪词》一卷。

4. 清劳权抄本《典雅词》本，清劳权校并跋，藏国家图书馆，其中有《双溪词》一卷。

5. 抄本《典雅词》本，清吴氏拜经楼旧藏书，藏上海图书馆。其中有《双溪词》一卷。

又见于其他词集丛编中收录的还有：

1. 《宋元人词》本《双溪词》一卷，清抄本，藏上海图书馆。其中有《双溪词》一卷。

2.《宋六家词》本，清抄本，藏国家图书馆。其中有《双溪词》一卷。

3.《宋八家词》本，清初抄本，藏国家图书馆。其中有《双溪词》一卷。

4.《宋九家词》本，清道光蒋氏别下斋抄本，清许光清跋。藏国家图书馆。

另有《唐宋元三朝名贤小集》本，清赵篪编，清乾隆、嘉庆间赵之玉抄本，清赵篪、赵之玉批校并跋，又录翁方纲、鲍廷博批校题识，王礼培批校并跋。其中有《双溪词》一卷。见《湖南省古籍善本书目》著录。

除此外，见于藏家著录的有：

1. 清曹寅《楝亭书目》卷四著录有《双溪词》，抄本，一卷。

2. 清王闻远《孝慈堂书目》著录有《双溪词》，一卷，抄，白二十番。

3. 清赵魏《竹崦庵传抄书目》著录有《双溪词》一卷，十二。

4. 缪荃孙《目录词小说谱录目》著录有《双溪词》一卷，传写《典雅词》本。

5.《中国古籍善本书目》载《双溪词》一卷，清抄本。藏苏州市图书馆。

近代朱祖谋据《典雅词》本刻入《彊村丛书》本，并以《花庵中兴词选》补。无校记，无跋文。

刘克逊

刘克逊（1189—1246），字无竞，莆田（今属福建）人。以父任补官，宋宁宗嘉定间调古田令，通判临安府。理宗嘉熙初知邵武军，召为工部郎官。淳祐年间知泉州，卒于官。著有《西墅集》。

《永乐大典》卷 9765 第 10B 页自《西墅集》录《水调歌头》一首。知别集中是有词的，其别集今不存。

刘子寰

刘子寰，字圻父，号篁嵊翁，建阳（今属福建）人。生卒年不详。宋宁宗嘉定十年（1217）进士，曾知钦州，官至观文殿学士。著有《篁嵊集》。

刘氏词集见于宋人编的《典雅词》中，今收有《篁嵊词》的有：

1. 毛氏汲古阁影宋抄《典雅词》本，清陆氏皕宋楼藏书，藏日本静嘉堂文库。其中有《篁嵊词》一卷。检清陆心源《皕宋楼藏书志》卷一百十九著录有《篁嵊词》一卷，云汲古影宋本。提要云：

> 案：刘子寰，字圻父，建阳人，自号篁嵊翁，嘉定十年进士，游朱子之门，能诗文，与刘清夫齐名，著有《麻沙集》，刘克庄为之序。其词《四库》未收，各家书目亦罕著录。

盖析出著录著。

2. 传抄汲古阁《典雅词》本，清丁氏八千卷楼藏书，藏南京图书馆。其中有《篁嵊词》一卷。

3. 传抄汲古阁本《典雅词》本，原北平图书馆藏书，今藏台湾。其中有《篁嵊词》一卷。

除此外，另有朱孝臧编《彊村丛书》二十二卷，稿本。其中有《篁嵊词》一卷。

见于藏家著录的有：

1. 吴昌绶《宋金元词集见存卷目》附《双照楼续辑宋金元百家词目》著录有《篁嵊词》一卷，云：

> 建阳刘子寰圻父。钱塘丁氏旧抄本，《篁嵊》、《双溪》，陆氏并有汲古景宋本，未见，此本只三首，末首并未全。《花庵》所选八首皆在其外存，俟校补。

2. 缪荃孙《目录词小说谱录目》著录有《篁嵊词》□卷，云传写《典雅词》本。

民国时，赵万里辑有《校辑宋金元词》，其中有《篔嵥词》，赵氏题记云：

> 江阴缪氏旧藏《典雅词》本《篔嵥词》，仅存中间一叶，前后俱残脱。兹据《花庵词选》、《全芳备祖》、《翰墨大全》补之，尚得十有九首，冯取洽《双溪词》有和子寰《金菊对芙蓉》一词，原作今未见，知散佚已多。《皕宋楼藏书志》一百十九载汲古阁影宋本《篔嵥词》，未知视缪本何如，他日当贻书静嘉堂文库求副本校之。至子寰事迹，散见于《花庵词选》及杨应诏《闽南道学源流》十二者，仅"居麻沙，早登朱文公之门"、"有《己未文公语录》一卷，尝题武夷毛竹山挨人石，刘后村序其诗集"寥寥数语而已，其详则不可知矣。万里记。

录词十九首，为民国排印本。

黄机

黄机，字几仲，一作几叔，号竹斋，宋东阳（今属浙江）人。曾官永兴，与岳珂、辛弃疾唱酬。著有《竹斋诗馀》。

黄氏词集现存较早的有明吴讷编《唐宋名贤百家词》本，明抄本，梁启超跋。藏天津图书馆，其中有《竹斋诗馀》一卷。

明末则有毛氏汲古阁刊《宋名家词》本，毛晋跋云：

> 《草堂诗馀》若干卷，向来艳惊人目，每秘一册，便称词林大观，不知抹倒几许骚人。即如次仲、几叔辈，不知"宠柳娇花"、"燕眄莺眄"等语，何愧大晟上座耶？《草堂》集竟不载一篇，真堪太息。予随得本之先后，次第付梨，凡经商纬羽之士，幸兼撷焉。

未言所据，此本又见清郑德懋辑《汲古阁校刻书目》之《宋名家词六集》著录，云凡三十五叶。又叶德辉《叶氏观古堂藏书目》著录有《竹斋诗馀》一卷,为清光绪汪氏振绮堂重刊汲古阁本。

入清,则有《四库全书》本《竹斋诗馀》一卷,提要云:

> 宋黄机撰,机字几仲,一云字几叔,东阳人。其事迹无可考见,据词中所著有时欲之官永兴语,盖亦尝仕宦于州郡,但不知为何官耳。其游踪则多在吴楚之间,而与岳总干以长调唱酬为尤夥,总干者,岳飞之孙珂也,时为淮东总领兼制置使。岳氏为忠义之门,故机所赠词亦皆沉郁苍凉,不复作草媚花香之语。其《乳燕飞》第二阕乃次徐斯远寄辛弃疾韵者,弃疾亦有和词,世所传稼轩词本赋字凡复用两韵,今考机词,知前阕所用乃付字,足证流俗刊刻之误。又辛词调名《贺新郎》,此则名《乳燕飞》者,以苏轼此调中有“乳燕飞华屋”句,后人因而改名,实一调也。卷末毛晋跋:“惜《草堂诗馀》不载其一字。”案:《草堂诗馀》乃南宋坊贾所编,漫无鉴别,徒以其古而存之,故朱彝尊谓《草堂》选词可谓无目,其去其取,又何足为机重轻欤?

据毛氏汲古阁刊本录入,为安徽巡抚采进本。又《钦定续通志》卷一百六十三据文渊阁著录,其中有《竹斋诗馀》一卷。又清《续文献通考》卷一九八著录有《竹斋诗馀》一卷。二者著录的当同库本。

除此外,见于清人著录的有:

1. 清黄虞稷《千顷堂书目》卷三十二“词曲类·补·宋”著录有《竹斋诗馀》一卷。

2. 清倪灿撰,卢文弨校正《宋史艺文志补》著录有《竹斋诗馀》一卷。

3. 清朱彝尊《词综》“发凡”云曾见《竹斋诗馀》一卷,又卷十六小传云有《竹斋诗馀》一卷。

4. 清陆漻《佳趣堂书目》著录有《竹斋诗馀》一卷。

5. 清徐元文《含经堂藏书目》著录有《竹斋诗馀》一卷。

6. 清赵昱《小山堂藏书目录备览》著录有《竹斋诗馀》。

7. 清范懋柱《天一阁藏书目》卷四之四著录有《竹斋诗馀》一卷，云："绵纸，抄本。"

8. 清丁丙《善本书室藏书志》卷四十著录有《竹斋诗馀》一卷，明抄本。提要云：

> 机，一字几仲，东阳人。词中有与岳倦翁、辛稼轩、杜仲高、叔高投赠之作，游迹则在吴、楚之间。毛子晋刊入汲古阁《六十家词》，但惜《草堂诗馀》不登一字，亦不能考其事迹也。几叔词笔沉郁豪浑，在南宋人颇近辛稼轩，盖相友既久，耳濡目染，几于具体。特逊其雄厚耳，要非批风抹月者所及也。

以上多未言版本，所载当以抄本为主。

民国时有胡宗楙辑《续金华丛书》本，为民国十三年（1924）永康胡氏梦选庼刊本。胡氏跋云：

> 吾乡倚声颛家不多觏，宋黄机字几仲，东阳人。所著《竹斋诗馀》，凡词一百有六阕，沉郁苍凉，尤推巨制。岳倦翁、辛稼轩皆与往还，投赠最多。毛氏汲古阁刻入《六十家词》，以《草堂诗馀》未选一字为憾，《四库提要》谓去取无足为机重轻，良然。季樵胡宗楙。

所据当为汲古阁刊本。

赵以夫

赵以夫（1189—1256），字用父，号虚斋，自称芝山老人，宋宗室，居长乐（今属福建）。宁宗嘉定十年（1217）进士，知监利县。理宗朝知漳州，迁枢密都丞旨，兼国史院编修官，出知建康府，又知平江府，以资政殿学士致仕。著有《虚斋乐府》。

赵氏词集宋时已刊行于世，自序云：

> 唐以诗鸣者千馀家，词自《花间集》外不多见，而慢词尤

不多。我朝太平盛时，柳耆卿、周美成羹为新谱，诸家又增益之，腔调备矣。后之倚其声者，语工则音未必谐，音谐则语未必工，斯其难也。余平时不敢强辑，友朋间相勉属和，随辄弃去，奚子偶于故书中得断稿，又于黄玉泉处传录数十阕，共为一编。余笑曰：文章小技耳，况长短句哉？今老矣，不能为也，因书其后，以志吾过。淳祐己酉中秋，芝山老人。

序作于理宗九年（1249）。宋刻本今不见，后世存有影宋本，有牌记："临安府棚前北睦亲坊南陈解元书籍铺刊印。"知为坊刻本。

已知影宋抄本有二，一是清初毛氏汲古阁影宋抄本，一是钱氏述古堂影宋抄本。前者见《中华再造善本》中收录，有《虚斋乐府》二卷，钤有"子晋书印"、"汲古阁"、"子晋私印"、"汲古主人"、"竹垞"、"黄丕烈印"、"荛圃"、"茶烟阁"、"子晋之印"、"平江黄氏图书"、"曹氏藏书"、"松溪珍赏"、"虞阳□叔衡过眼"等印。知此书曾经朱彝尊、黄丕烈等收藏，现藏国家图书馆。前有赵氏自序，末有黄丕烈手跋云：

> 此《虚斋乐府》，毛抄影宋本也。先是书友携来，索重直，余因有钱遵王家抄本，遂属顾千里手校其佳处而还之，不知其售于何所也，此嘉庆丁巳秋事。及岁己巳秋，余姻袁寿阶病殁，所遗书籍不免散失，余检点及此，方知是书归宿，遂复收之。余思藏书如毛、钱，可云精矣，而汲古较胜于述古，即一书已分优劣，其他不从可知乎？余所收词本极富，故不厌其重复云尔。甲戌仲春，复翁。

此跋又见载于王大隆辑《荛圃藏书题识续录》卷四，跋作于嘉庆十九年（1814），己巳为嘉庆十四年（1809），知汲古阁影宋抄本曾为袁廷梼庋藏，后又为黄氏所得。按：袁廷梼（1764—1810），曾更名廷寿，字又恺，号绶阶，又作寿阶，清吴县（今江苏苏州）人。监生，富藏书，得先世藏砚五方，名藏书处为五砚楼，后又改藏书楼为红蕙山房。著有《金石书画所见记》、《红蕙山房吟稿》等。《中国古籍善本书目》载《虚斋乐府》二卷，云清初毛氏汲古阁影宋抄本，清黄丕烈跋。藏国家图书馆。

钱氏述古堂藏影宋抄本，见《四部丛刊三编》影印，有《虚斋乐府》二卷，后有二跋，一为顾千里跋，云：

> 右依汲古毛氏抄本改正，此亦影写者，但每有不审耳。如上卷《夜飞鹊》云"竹枕练衾"，《玉篇》糸部已收练字，《集韵》曰："练，绤属，后汉祢衡著练巾。"《类篇》同于六书假借，亦用疏字，此作练，误矣，他皆准是。其下卷《摸鱼儿》当于"长堤路"句换头起，又《荔支香近》当云"凉馆薰风绕"，以押韵，毛本讹，与此无异，则似宋椠已如是者也。嘉庆丁巳七月十九日，顾广圻为荛圃校于王洗马巷士礼居。

此跋又见载于王大隆辑《思适斋书跋》卷四，另有一跋云：

> 此钱遵王述古堂藏书，余得诸碧凤坊顾氏，是影宋写本。近有书友携一本来，亦系影宋，而出于汲古阁毛氏，恐二本或有异同。爰倩塾师顾涧蘋校此，赖正讹字，"竹枕练衾"之"练"字，其最精者也。毛本索直甚昂，因还之，既而思所藏尚有精抄宋元人词，亦出于汲古阁，遂取以覆校，此本"练"字固不误，而《摸鱼儿》"长堤路"句换头已校毛氏影写本为是。《荔支香近》"凉馆薰风透"，仍不能为"绕"以押韵，则传讹已久矣。至下卷"白白红红多体态"，此据毛本改"体"为"多"，然重一"多"字，与文义不合，检精抄本亦作"体"字，仍当以"体"字为是。涧蘋属予自记，复书此数语于后。嘉庆丁巳孟秋月下浣五日，读未见书斋主人黄丕烈跋。

此跋又见载《荛圃藏书题识》卷十。二跋作于嘉庆二年（1797），述古堂抄本为黄氏所得，顾氏用汲古阁藏本校勘。按：清钱曾《也是园藏书目》卷七著录有《芝山老人虚斋乐府》二卷，未标明版本，或指影宋抄本。又《中国古籍善本书目》载《虚斋乐府》二卷，云清初钱氏述古堂影宋抄本，清顾广圻校并跋，清黄丕烈跋。藏国家图书馆。

　　汲古阁藏本后为莫伯骥所有，莫氏《五十万卷楼群书跋文》著录有《虚斋乐府》上下卷，云："明汲古阁毛氏景宋本，朱竹垞、黄荛圃旧藏。"提要云：

　　　　此本连序共三十一叶，半叶十行，行二十八字，卷末有字一行，曰临安府棚前北睦亲坊南陈解元书铺刊行……此本由宋刻本景写，故神采特佳，毛氏又以景写著名，两美之合，宜其传数百年而如新矣。《天禄琳琅·前》卷二……序前有汲古阁长形章、子晋印方形章、黄印丕烈、荛圃二章，均朱文。卷上目前有茶烟阁长形章、竹垞二字方形章……

钱氏述古堂藏本后归宝礼堂，张元济《宝礼堂宋本书录》著录有《虚斋乐府》二卷，云影宋抄本，一册，顾千里校，钱遵王、黄荛圃旧藏。提要云：

　　　　宋赵以夫撰。以夫字虚斋，自号芝山老人，居于长乐，嘉定中正奏名，历知邵武军漳州。嘉熙初为枢密都承旨，除沿海制置副使，旋拜同知枢密院事。淳熙初乞祠，进吏部尚书，纂修国史。其词《四库》未收，汲古阁毛氏亦未刊行。是本前有淳祐己酉自序。上、下二卷，词凡六十八阕。半叶十行，行十八字。卷末有"临安府棚北睦亲坊南陈解元书籍铺刊行"一行。每叶阑外有耳，署"钱遵王述古堂藏书"八字，盖钱氏据宋本影写也。

又录藏书印有"黄丕烈印"、"荛圃"、"士礼居藏"。

　　民国时有《景宋金元明本词》本《景宋本虚斋乐府》二卷，陶湘《叙录》云：

湘案：《虚斋乐府》上下二卷，半叶十行，行十八字。末有"临安府棚前北睦亲坊南陈解元书籍辅刊行"一行。卷端自叙大字一叶，题淳祐己酉中秋芝山老人，即以夫自号。南宋行都书籍铺如二陈、尹氏之属刻唐宋诗及小种说部为多，一时文士，虽孙花翁辈改业为词，而未闻雕板。伯宛所刻石屏、梅屋二家外，独此种耳。虚斋宗贤老宿，当日必甚重之，卷中缺笔谨严，亦毛抄甲观也。钱氏抄本为张氏涵芬楼所藏，正拟借景，适获是本，遂以景摹上版。

知是据毛氏汲古阁影宋抄本影刻的。

又清汪宪《振绮堂书目》卷二"闻·抄本集类杂集并总集·第一格"著录有《虚斋乐府》一册，云："二卷，赵以夫撰，小山堂仿宋本抄。"按：赵昱（1689—1747），原名殿昂，字功千，号谷林，仁和（今浙江杭州）人。诸生，清乾隆元年（1736）与弟赵信同荐试博学鸿词科，未中。兄弟均喜藏书，藏书处为小山堂，藏书数万卷。编著有《小山堂书目》、《小山堂藏书目录备览》等。赵氏与汪宪相友善，彼此互抄互借图书。

除影宋抄本、影宋刻本外，见于著录的还有：

一、印本

1. 清侯文灿编《十名家词集》本，清康熙二十八年（1689）侯氏亦园刻本，其中有《虚斋乐府》一卷。缪荃孙《目录词小说谱录目》著录有《虚斋乐府》二卷，为《名家词》本。

2. 清江标辑《宋元名家词》本，清光绪二十一年（1895）湖南思贤书局刊本，其中有《虚斋乐府》一卷。

3. 《中国古籍善本书目》载《虚斋乐府》二卷，清活字印本。藏南京图书馆。

二、抄本

今存抄本词集丛编中收有赵氏词集的有：

1. 《宋元名家词》本，明抄本，清毛扆校，唐晏跋，其中有《虚斋乐府》二卷。

2. 清彭元瑞辑《汲古阁未刻词》本，清光绪抄本，清江标跋。其中有《虚斋乐府》一卷。

3.《宋金元名家词抄》本，清抄本，其中有《虚斋乐府》一卷。

除此外，见于藏家著录的有：

1. 清徐元文《含经堂藏书目》著录有《虚斋乐府》二卷，抄本，一册，在京。

2. 清丁丙《善本书室藏书志》卷四十著录有《虚斋乐府》二卷，云："明抄本，鲍以文藏书。"又云：

> 汲古阁不列此词，康熙间锡山侯文灿编《十家词集》，有《书（当为虚）斋乐府》一卷。此明抄本分上、下二卷，与《历代诗馀》卷数相合。首有淳祐己酉中秋以夫自序，署名芝山老人。鲍以文用朱笔点勘一过。

知原为鲍氏知不足斋藏书，有鲍廷博校。此书后归藏江南图书馆，见《江南图书馆善本书目》著录，有《虚斋乐府》二卷，云明抄本，鲍以文藏书。又《中国古籍善本书目》载《虚斋乐府》二卷，云明抄本，清鲍廷博校并跋，清丁申、丁丙跋。藏南京图书馆。

3. 吴昌绶《宋金元词集见存卷目》附《双照楼续辑宋金元百家词目》著录有《虚斋乐府》一卷，云武进董氏藏《汲古未刻词》本。按：《汲古未刻词》本为抄本。

4. 袁荣法《刚伐邑斋藏书记》著录有《虚斋乐府》一卷，提要云：

> 今以此本校陶本，凡陶本误而此本不误者不下数十处，又远胜陶本矣。为钱塘梁同书频罗庵抄传本，书衣有同叔题识，惜未记其所自，不得知其源流耳。有朱笔据明抄本校字，核与汲古阁本不同，当别有所祖，殊可贵也。别有朱笔圈点校字，则未注所据何本。观其行次，当出影抄。首有淳

祐己酉自序，末有以夫小传，似从宋元本出者。每半页六行，行十六字，有"日贯斋"朱文长印，"梁同书者"、"萧山蔡陆士藏玩书画铃江"朱文方印，"蔡圣涯家珍藏"朱文长印，"钱塘丁氏正修堂藏书"朱文方印，书衣有"八千卷楼珍藏善本"真书木记，"糵"篆文木记。钱唐梁氏频罗庵传抄校本，一册。

知为梁同书传抄本，据明抄本校过，曾为萧山蔡氏、钱塘丁氏收藏，陶本即陶湘影刻本。按：梁同书（1723—1815），字元颖，号山舟，晚号不翁、新吾长翁，清钱塘（今浙江杭州）人。乾隆十七年（1752）特赐进士，改翰林院庶吉士，官至翰林院侍讲。工诗善书，富藏书，藏室名有频罗庵、日贯斋等。著有《频罗庵遗集》等。

5. 《中国古籍善本书目》载《虚斋乐府》二卷，清抄本。藏国家图书馆。

三、未言版本者

1. 清黄虞稷《千顷堂书目》卷三十二著录有《虚斋乐府》二卷。

2. 清倪灿撰，卢文弨校正《宋史艺文志补》著录有《虚斋乐府》二卷。

3. 清朱彝尊《词综》"发凡"云曾见《虚斋乐府》二卷，又卷十八小传云有《虚斋乐府》二卷。

4. 《御选历代诗馀》一百六"词人姓氏"云有《虚斋乐府》二卷。

5. 清王闻远《孝慈堂书目》著录有《虚斋乐府》一卷。

6. 叶德辉《叶氏观古堂藏书目》著录有《虚斋乐府》一卷。

以上均未标明版本，所载当以抄本为主。

吴淑姬

吴淑姬，名不详，宋湖州（今属浙江）人。士人杨子治妻，生卒年不详。著有《阳春白雪词》五卷。

吴氏词集宋时已行于世，黄昇《唐宋诸贤绝妙词选》卷十"吴淑姬"云："女流中黠慧者，有词五卷，名《阳春白雪》，佳处不减李易安也。"未言卷数版本。此后不见传藏，入清见于著录的有：

1. 清朱彝尊《词综》卷二十五小传云："嫁士人杨子治，有《阳春白雪词》五卷。"

2. 《御选历代诗馀》卷一百六"词人姓氏"云："嫁士人杨子治，有词五卷，名《阳春白雪》。"

3. 郑元庆《湖录经籍考》卷五"历代人词曲"著录有《阳春白雪词》五卷。

以上三家或只是据宋人记载而著录的，未必是真见其书。

林正大

林正大，字敬之，号随庵，永嘉（今浙江温州）人。宋宁宗开禧中为严州学官。著有《风雅遗音》。

一、印本

1.《风雅遗音》二卷，明刻本，黄丕烈、丁丙跋。钤有"张廷臣元忠印"、"古谭州袁卧雪庐收藏"、"黄印丕烈"、"荛圃"、"平江黄氏图书"、"嘉惠堂丁氏藏书之印"、"八千卷楼珍藏善本"等印。现藏南京图书馆，《中华再造善本》收录。自序云：

> 古者燕飨则歌诗章，今之歌曲于宾主酬献之际，盖其遗意。乃若花朝月夕，贺筵祖帐，捧觞称寿，对景纾情，莫不有歌，随寓而发。然风雅寥邈，郑卫纷纶，所谓声存而操变者，□□□（当作"尤愈于"）声操，俱亡矣，则怀似人之见者，得□□□（当作"无有感"）于昔人之思乎？世尝以陶靖节之《归去来》、杜工部之《醉时歌》、李谪仙之《将进酒》、苏长公之《赤壁赋》、欧阳公之《醉翁记》类凡十数被之声歌，按合宫羽，尊俎之间一洗淫哇之习，使人心开神怡，信可乐也。而酒酣耳热，往往歌与听者交倦，故前辈为之隐括，稍

入腔律，如《归去来》之为《哨遍》、《听颖师琴》为《水调歌》、《醉翁记》为《瑞鹤仙》，掠其语意，易繁而简，便于讴唫，不惟可以燕寓欢情，亦足以想象昔贤之高致。予酷爱之，每辄效颦而忘其丑也。余暇日阅古诗文，撷其华粹，律以乐府，时得一二，裒而录之，冠以本文，目曰《风雅遗音》。是作也，婉而成章，乐而不淫，视世俗之乐固有间矣。岂无子云者出，与余同好，当一唱三叹而有遗味焉。嘉泰壬戌日南至随庵林正大敬之书。

作于宋宁宗嘉泰二年（1202）。书末有黄丕烈手跋云：

此《风雅遗音》上下二卷，余疑为元刻，因其纸纹之阔而字画之古也。初书友携是书来，略一翻阅，见其杂载诗文，认为古文选本，且索直甚昂。拟置之矣，是时适有友人借抄毛氏抄本宋元人词，尽发所藏以供展玩，见其中有《风雅遗音》，始知是书为宋词，遂取刻本对勘，行款不甚相同。卷首仅林序一首，馀序俱阙目录，分上卷下卷，卷中标题下多"林下林正大敬之"一行，上下卷俱如是。每词下阙俱空一格，直下不提行，每叶二十行，每行十八字，于最后李太白《清平调》辞阙，《酹江月》上下阙处皆有之。此抄本虽未知何自出，然与刻本大段相类，则刻本与抄本宜并存之。且读《四库全书总目》词曲类载有是书，有云卷末有徐釚跋云：《风雅遗音》上下卷，南宋刊本，泰兴季沧苇家藏书，灵寿傅使君于都门珠市口购得，遂付小胥抄录，林序阙前七行，卷末《清平调》逸其半，皆旧时脱落，今亦仍之。此本殆从南宋本翻雕者耶？爰从书友购得，手补《酹江月》一阕，林序阙文亦以朱笔填之，较抄本反多序二首，即非元刻，究为希有，所见古书录中，定与稼轩词争胜矣。原书俱用字纸实褙，命工重装，装讫，书此以志颠末云。嘉庆壬戌季夏月十有二日，荛圃主人黄丕烈书于学耕堂。

作于清嘉庆七年（1802），疑为元刻本。检《顾鹤逸藏书目》"宋元旧椠"著录有《风雅遗音》，云："季沧苇藏，二本。"当指此书，后归黄氏皮藏，《荛圃藏书题识》卷十著录有此书，云旧刻本。又《四库全书存目》著录有《风雅遗音》二卷，提要云：

> 宋林正大撰，正大字敬之，号随庵。据卷首易嘉猷序，盖开禧中为严州学官，其里籍则不可考。是编皆取前人诗文，隐括其意，制为杂曲，每首之前仍全载本文，盖仿苏轼隐括《归去来词》之例，然语意蹇拙，殊无可采。卷末有徐釚跋云：《风雅遗音》上下卷，南宋刊本。泰兴季沧苇家藏书，灵寿傅使君于都门珠市口购得，遂付小史抄录，林序阙前七行，卷末《清平调》逸其半，皆旧时脱落，今亦仍之。此本字画讹缺，盖又从釚本传写云。

所据为编修汪如藻家藏本，云为南宋刻本，原为泰兴季沧苇家藏书，按：傅燮词（1643—1706），字去异，一字浣岚，号绳庵，清河北灵寿人。荫生，清康熙间知鲁城县，又知邛州，编著有《绳庵诗稿》、《绳庵词》、《词觏初编》等。灵寿傅使君或指此人。傅氏命人补抄林氏自序。《钦定续通志》卷一百六十三据《四库全书存目》著录，其中有《风雅遗音》二卷。又清《续文献通考》卷一九八著录有《风雅遗音》二卷，所指均同。

此书后归钱塘丁氏所藏，清丁丙《善本书室藏书志》卷四十著录有《风雅遗音》二卷，明刊本，黄荛圃藏书。提要云：

> 宋林正大撰，前有嘉泰壬戌、甲子自序二篇，云世以陶靖节《归去来》、杜工部《醉时歌》、李谪仙《将进酒》、苏长公《赤壁赋》、欧阳公《醉翁记》类凡十数被之声歌，按合宫羽，一洗浮哇之习，故前辈为之隐括，稍入腔律。如《归去来》之为《哨遍》、《听颖师琴》为《水调歌》、《醉翁记》为《瑞鹤仙》，余暇日阅古诗文，撷其华粹，律以乐府，冠以本

文，目曰《风雅遗音》云云。《四库》列入存目，《提要》云：

> 正大字敬之，号随庵。据卷首易嘉猷序，盖开禧中为严州学
> 官，其里籍则不可考。此本为明初据南宋本重刊，尚多。嘉
> 泰甲子陈子武一序云：居士实永嘉林君正大敬之，为道州史
> 君之子，尚书吏部开府之孙。生长华胄，恪守诗礼，体易随
> 时之义，故自号曰随庵。是正大乃永嘉人也。后有黄荛圃手
> 跋，钤有"黄丕烈印"、"荛圃"、"平江黄氏图书"三印。

认为是明覆宋刻本。丁氏藏书后归藏江南图书馆，见《江南图书馆善
本书目》著录，有《风雅遗音》二卷，明刻本，黄荛圃藏书。又《中国
古籍善本书目》载《风雅遗音》二卷，明刻本，清黄丕烈、丁丙跋。

　　2. 清纪昀《镜烟堂十种》本，清乾隆中嵩山书院刊本。其中有
《风雅遗音》二卷。

　　3. 清阮元《文选楼藏书记》卷四著录有《风雅遗音》二卷，为刊
本。云："是书系将前人诗、古人词可采入乐律者汇辑成编。"

　　4. 清江标辑《宋元名家词》，清光绪二十一年（1895）湖南思贤书
局刻本，其中有《风雅遗音》二卷。

　　二、抄本

　　1. 清彭元瑞辑《汲古阁未刻词》本，清光绪抄本，清江标跋，其
中有《风雅遗音》一卷。按：吴昌绶《宋金元词集见存卷目》附《双照
楼续辑宋金元百家词目》著录有《风雅遗音》二卷，云武进董氏藏《汲
古未刻词》本。

　　2.《中国古籍善本书目》载《风雅遗音》二卷，清抄本，清翁同
书校并跋。藏上海图书馆。

　　除此外，见于藏家著录的抄本有：

　　1. 清徐乾学《积学斋书目》著录有《风雅遗音》二卷，云：

> 宋林正大敬之撰。影抄明覆宋本，首有嘉泰壬戌敬之自
> 序，又竹隐懒翁序，又陈子武序，又易嘉猷跋。敬之号随庵，
> 永嘉人，末有黄荛圃跋。

另附加纸签："影抄明覆南宋刻本。"又："陈子武：影抄'武'作'式'，丁目作'武'。"

2. 清瞿世瑛《清吟阁书目》卷四"影宋元抄本"著录有《风雅遗音》一本。

3. 清朱学勤《结一庐书目》卷四著录有《风雅遗音》四卷，云："计二本，宋林正大撰，影写宋刊本。"

4. 清陈徵芝《带经堂书目》卷四下著录有《风雅遗音》二卷，旧抄本。

5. 缪荃孙《目录词小说谱录目》"词类二"著录有《风雅遗音》二卷，影写明刻本。又缪氏《艺风藏书续记》卷七著录有《风雅遗音》二卷，云：

> 影写明刊本，宋林正大撰，正大字敬之，号随厂，永嘉人，开禧中为严州学官。前有嘉泰壬戌、甲子自序二篇，开禧乙丑易嘉犹序，嘉泰甲子陈子武序。此书阅古诗文，撷其华粹，律以乐府，冠以本文，为词学另开一径，后有黄芄圊跋。

6. 傅增湘《藏园群书经眼录》卷十九著录有《风雅遗音》二卷。云："影写宋刊本，九行十八字。录黄丕烈跋。（缪氏遗书。壬戌）"壬戌为民国十一年（1922）。

以上或云影宋本，或云影元本，或云影明本，所据当均是明覆宋本。

三、 版本不详者

1. 明王道明《笠泽堂书目》著录有《风雅馀（当作遗）音》一册。

2. 明高儒《百川书志》卷六著录有《风雅遗音》二卷，云：

> 宋随庵林正大猷之以六朝唐宋诗文四十一篇括意度腔，以洗淫哇，振古风，更冠本文于前。

3. 明赵琦美《脉望馆书目》著录有《风雅遗音》一本。

4. 明董其昌《玄赏斋书目》卷七著录有《风雅遗音》。

5. 明赵用贤《赵定宇书目》著录有《风雅遗音》一本。

6. 清黄虞稷《千顷堂书目》卷三十二著录有《风雅遗音》四卷。

7. 清倪灿撰、卢文弨校正《宋史艺文志补》著录有《风雅遗音》四卷，云一作二卷。

8. 清佚名《四明天一阁藏书目录》著录有《风雅遗音》二本。又清林佶《天一阁书目》著录有《风雅遗音》一本。又舒木鲁氏抄《天一阁书目》著录有《风雅遗音》一本。又清薛福成《天一阁见存书目》卷末"重编进呈书目"著录有《风雅遗音》一卷。

9. 清钱曾《也是园藏书目》卷七著录有《风雅遗音》一卷。

10. 清朱彝尊《词综》"发凡"云曾见《风雅遗音》四卷，又卷二十二小传云有《风雅遗音》四卷。

11.《御选历代诗馀》一百七"词人姓氏"云著有《风雅遗音》四卷。

12. 清赵魏《竹崦庵传抄书目》著录有《风雅遗音》一卷，云宋林正名（当作大）撰，五十二。

13. 清许宗彦《鉴止水斋藏书目》"集部第九厨"著录有《筠溪词》、《风雅遗音》、《磻溪词》，一本。

以上均未标明版本，所载当以抄本为主。

吴渊

吴渊（1190—1257），字道父，号退庵，宁国（今属安徽）人。宋宁宗嘉定七年（1214）进士，调建德主簿，知武陵县。理宗朝迁秘书丞，除兵部尚书，进端明殿学士，为资政殿大学士，拜参知政事。卒谥庄敏。著有《退庵文集》。

吴氏词见载于诗文集中，今有《汲古阁景宋钞南宋群贤六十家小集》本《退庵先生遗集》附诗馀三首，即《念奴娇·牛渚》"我来牛渚"、《水调歌头·杏》"太白已仙去"、《沁园春·寿弟相国》"喜我新归"。又宋陈思编、元陈世隆补《两宋名贤小集》卷二百二十一有《退庵遗集》，所附诗馀同。另《永乐大典》卷 2603 第 8A 页录吴渊《满江红》一词，所据不明。

近代朱祖谋据善本书室藏抄《退庵遗集》本辑成《退庵词》一卷补遗一卷，收进《彊村丛书》中，正集存词四首，较《六十家小集》本多《沁园春·梅》"十月江南"。补遗一卷存《满江红·乌衣园》"投老未归"和《满江红·雨花台用弟履斋乌衣园韵》"秋后钟山"二首。无校记，无跋文。

徐经孙

徐经孙（1192—1273），字仲立，初名子柔，号矩山，丰城（今属江西）人。宋宝庆二年（1226）进士，授浏阳主簿，知永兴县，召为国子博士，除监察御史，累迁礼部尚书、翰林学士知制诰。忤贾似道，罢归。闲居十馀年，卒谥文惠。著有《矩山存稿》。

徐氏词见载于诗文集中，计有：

1. 《四库全书》本《矩山存稿》，凡五卷附一卷，为衍圣公孔昭焕家藏本。其中卷四存词五首，即《水调歌头·致仕得请》"客问矩山老"、《百子令》"八旬加二荷"、《哨遍》"江山风月"、《乳燕飞》"一尔炎洗"、《鹧鸪天》"安分随缘事事宜"。

2. 李之鼎辑《宋人集》本，有民国李氏宜秋馆刻本，作《徐文惠存稿》五卷附录一卷，前有万历甲寅（1614）裔孙徐鉴序，末有李氏民国四年（1915）跋，知是据明万历本重刊。其中卷四存词五首，同四库本。

民国时，朱祖谋据明刊《矩山存稿》本辑《矩山词》一卷，收入《彊村丛书》本，后有李之鼎跋云：

> 徐文惠公《矩山存稿》五卷，明万历中其裔孙鉴与徐鹿卿《清正存稿》同刊，名为《二徐集》。公字仲立，丰城人，宝庆二年进士，历官至刑部侍郎。与贾似道忤，退居林下，十

年乃卒。志气严正，文章浩瀚，奏疏则指斥时事，剀切敷陈，惟诗词直抒胸臆，不复研炼，与《击壤集》相似，亦宋人道学派体也。余已刊《宋人集甲编》，彊村侍郎搜刊宋元词，此词或亦可以备一格欤？南城李之鼎识。

《彊村》本存词四首，与四库本和《宋人集》本相较，少《哨遍》"江山风月"一词，同出李之鼎藏书，存词却不一，不解何故。

赵希瀞

赵希瀞（1194—1251），字无垢，号静斋，衢州西安（今属浙江）人。宋宁宗嘉定十年（1217）进士。历官永丰尉、邵武军司户、兴国军司理，官至福建安抚。

刘克庄《后村先生大全集》卷一百十一《赵静斋诗稿后叙》云："咸淳戊辰，公子与积自田里奉公遗稿一卷，古律诗百一十五首，长短句十四首。"当为手稿。今未见存词。

葛长庚

葛长庚（1194—？），字如晦，闽清（今属福建）人，生于琼州。父亡，母改适白姓，为白氏继子，改名白玉蟾，字白叟等，在罗浮山、武夷山等修道，号海琼子、海南翁、武夷散人、神霄散吏等。宋宁宗嘉定中诏赴阙，命馆太乙宫，赐号紫清真人，著有《海琼集》、《武夷集》、《上清集》、《琼琯真人集》等。

葛氏词见载于诗文集中，计有：

1. 明正统《道藏》本，其"修真十书"卷四十一《上清集》存词一卷，凡二十五首。

2. 《道藏辑要》本《琼琯真人集》，其曲类存词七十一首。

此外，清彭元瑞辑《汲古阁未刻词》本，清光绪抄本，清江标跋。其中有《白玉蟾词》一卷。

除此外，见于清人著录的有：

1. 清朱彝尊《词综》"发凡"曾见《海璃词》二卷，又卷二十四云《海璃集词》二卷。

2.《御选历代诗馀》卷一百七"词人姓氏"云有《海璃集词》二卷。

3. 吴昌绶《宋金元词集见存卷目》附《双照楼续辑宋金元百家词目》著录有《海琼词》一卷，云传抄《白玉蟾集》本。

4.《中国古籍善书目》载《海琼子词》一卷，明抄本。藏国家图书馆。

近世朱祖谋据唐元素校旧抄本《玉蟾集》本辑《玉蟾先生诗馀》一卷续一卷，收入《彊村丛书》中，正集存一百二十二首，续集存十一首。无校记，无跋文。

赵善湘

赵善湘（？—1242），字清臣，濮安懿王五世孙。宁宗庆元二年（1196）进士，历大理少卿，知镇江府。理宗绍定间进江淮制置使，官至浙东安抚使。

《宋史》本传云：

> 所著有《周易约说》八卷、《周易或问》四卷、《周易续问》八卷、《周易指要》四卷、《学易补过》六卷、《洪范统论》一卷、《中庸约说》一卷、《大学解》十卷、《论语大意》十卷、《孟子解》十四卷、《老子解》十卷、《春秋三传通议》三十卷、诗词杂著三十五卷。

今未见存词。

吴潜

吴潜（1196—1262），字毅夫，又作毅甫，号履斋，宁国（今属安徽）人。宋宁宗嘉定十年（1217）进士，迁校书郎。理宗朝通判嘉兴府，知绍兴府，除工部侍郎，为翰林学士，权参知政事，拜右丞相，任左丞相，封许国公。著有《履斋遗稿》、《履斋诗馀》。

吴氏词集宋时已行于世，黄昇《中兴以来绝妙词选》卷九云："有《履斋诗馀》行于世。"未言卷数。又《开庆四明续志》卷十一、十二载其诗馀二卷。吴昌绶《宋金元词集见存卷目》附《双照楼续辑宋金元百家词目》著录有《履斋先生词》二卷，云："《开庆四明续志》本，梅鼎柞辑《履斋诗馀》未全，此足本，凡百三十首。"见于后世著录的如下。

一、《履斋诗馀》(《履斋先生诗馀》)

今存抄本词集丛编中收有吴氏词集的有：

1. 明吴讷编《唐宋名贤百家词》本，明抄本，梁启超跋，其中有《履斋先生诗馀》一卷续集一卷。

2. 《宋元明三十三家词》本，明石村书屋抄本，其中有《履斋先生诗馀》一卷续集一卷，清朱彝尊题款。

3. 《宋元明词》本（存二十一卷），明抄本，其中有《履斋先生诗馀》一卷续集一卷。

4. 《宋元名家词》本，明抄本，清毛扆校，唐晏跋，其中有《履斋先生诗馀》一卷续集一卷。

5. 《宋明十六家词》本，清丁氏嘉惠堂抄本，其中有《履斋先生遗集》一卷。

6. 《宋金元名家词抄》本，清抄本，其中有《履斋先生诗馀》一卷续一卷。

7. 朱孝臧编《彊村丛书》（二十二卷）本，稿本，其中有《履斋先生诗馀》一卷。

除此外，见于藏家著录的有：

1. 《永乐大典》卷2265第2B页自《履斋先生诗馀》录《满庭芳》和《卜算子》二词。又卷20353第13A页自《履斋诗馀》录《满江红》一词。

2. 明董其昌《玄赏斋书目》卷七著录有《履斋诗馀》。

3. 清黄虞稷《千顷堂书目》卷三十二著录有《履斋诗馀》三卷。

4．清倪灿撰，卢文弨校正《宋史艺文志补》著录有《履斋诗馀》三卷。

5．清钱曾《也是园藏书目》卷七著录有《履斋诗馀》一卷。

6．清朱彝尊《词综》"发凡"曾见《履斋诗馀》三卷，又卷十八小传云有《履斋诗馀》三卷。

7．《御选历代诗馀》卷一百六"词人姓氏"云有《履斋诗馀》二卷。

8．《江南通志》卷一百九十三"艺文志·集部一"著录有《履斋诗馀》。

9．清王闻远《孝慈堂书目》著录有《履斋诗馀》，云：正一、续一卷。

10．清丁丙《善本书室藏书志》卷四十著录有《履斋先生诗馀》一卷，旧抄本。云：

> 毅夫忠谠之节炳著百世。遗集原本已佚，后梅鼎祚编其集为四卷，此旧抄诗馀一卷，亦前明录本也。集中有与辛稼轩、吴梦窗、张仲宗诸词人唱和之作。毅夫词格亦与梦窗、仲宗为近，在南宋词家当为巨擘，与梦窗、白石无多让焉。而明以来不甚传诵，殆为功业所掩耳。

或认作明抄本。丁氏藏书后归藏江南图书馆，见《江南图书馆善本书目》著录，有《履斋遗集》二卷，旧抄本。又《中国古籍善书目》载《履斋先生遗集》一卷，云清眠云精舍抄本，清丁丙跋。藏南京图书馆。

11．清郑元庆《湖录经籍考》卷五"历代人词曲"著录有《履斋诗馀》三卷。

12．缪荃孙《目录词小说谱录目》著录有《履斋先生诗馀》一卷。

13．傅增湘《国立北京图书馆由沪运回中文书籍金石拓本與图分类清册》著录有《履斋诗馀》一册，清抄本。

14．《国立北平图书馆善本书目乙编续目》卷四著录有《履斋诗馀》二卷附补遗，抄本（□□□校）。

15.《中国古籍善书目》载《履斋诗馀》二卷补遗一卷，清抄本。藏国家图书馆。

以上或标明版本，未标明的还是以抄本为主。

近代朱祖谋辑《履斋先生诗馀》一卷续集一卷别集二卷，收入《彊村丛书》中，朱氏跋云：

> 《履斋先生诗馀》一卷《续集》一卷，吾乡姚氏邃雅堂藏旧抄本，《别集》二卷，南汇江韵秋茂才校录宋本《开庆四明志》而改题者也。南昌彭氏知圣道斋《南词》本与此同，而《续集》六首不分卷。梅禹金编《履斋遗集》次序略异。末多《水调歌头》"问子规"一首，注云"见吴氏家谱"，亦不分卷。梅本题下注《遗集》者，即此本《续集》之六首，知《遗集》之名不始于禹金，特重为编定耳。吴伯苑又见旧抄《履斋遗集》，首有"十二代孙吴伯敬阅梓"一行，禹金之辑，当是应吴氏族裔所求，而不述所据何本。然与彭本同为正、续合卷，决出此本后矣。《四明志》所载乃丙辰至己未先生守庆元时所作，原析二卷，其重见姚氏诸本者，只《满江红》"拟卜三椽"一首。今据梅本及《至元嘉禾志》补《水调歌头》二首，据《景定建康志》补《满江红》二首，附入《续集》。而以彭氏、梅氏两本校姚本。《别集》乃江韵秋录于甬上，韵秋意校若干字，皆确然无疑者，并录如右。惜原书佚一叶、缺词二首，不免俄空之叹矣。辛酉二月社日，朱孝臧跋于礼霜堂。

跋作于民国十年（1921），是据吴兴姚氏邃雅堂藏旧抄本刻入，又据宋刊《开庆四明续志》成别集二卷。按：姚晏，字圣常，号婴斋，浙江归安人。清道光时在世，二品荫生，任刑部主事。自其父即于书无所不读，有邃雅堂藏书。江韵秋其人俟考。

二、《履斋词》

今存明李东阳辑《南词》本，抄本，其中有《履斋先生词》一卷。

又见于著录的有：

1. 明赵用贤《赵定宇书目》著录有：向丰之、白石、竹屋、履斋等词，一本。

2. 清钱曾《钱遵王述古堂藏书目录》著录有《履斋词》一卷。

3. 清陆心源《皕宋楼藏书志》卷一百二十著录有《履斋词》一卷，旧抄本，叶石君旧藏。

以上前二家所载当为抄本。

三、 别集本

吴氏诗文别集中附有词，《永乐大典》卷 14381 第 25B 页自《履斋先生集》录《满江红》一首。又卷 2603 第 8A 页录吴公潜《满江红》词一首，又卷 14381 第 23A 页录吴毅甫《贺新郎》词一首。

入清则有《四库全书》本《履斋遗集》四卷，提要云：

> 是集为明末宣城梅鼎祚所编，凡诗一卷，诗馀一卷，杂文二卷，盖裒辑而成，非其原本。如诗馀中有和吕居仁侍郎一首，居仁即吕本中字，吕好问之子也，为江西派中旧人，在南北宋之间。宝祐四年潜论鄂渚被兵事，称年将七十，则其生当在孝宗之末，何由见本中而和之？则捃拾残剩，不免滥入他人之作。……今皆不见集中，则其散佚者尚多。又如题金陵乌衣园《满江红》词"天一笑，满园罗绮，满城箫笛"句，乃用杜甫"每逢天一笑，复似物皆春"语，甫则用《神异经》玉女投壶天为之笑事，本非僻书，而鼎祚乃注天疑作添，则其校雠亦多妄改。然潜原集既佚，则收拾放佚，以存梗概，鼎祚亦不为无功矣。潜诗颇平衍，兼多拙句，求如《送何锡汝》五言律诗之通体浑成者，殆不多见。其诗馀则激昂凄动兼而有之，在南宋不失为佳手。杂文虽所存不多，其中如与史弥远诸书，论辨明析，犹想见岳岳不挠之概，是固不但其人品足重矣。

为明梅鼎祚辑本，原为浙江鲍士恭家藏本，已非宋时原貌。又《四库全书简明目录》提要云：

> 《履斋遗集》四卷，宋吴潜撰。原本久佚，今从《永乐大
> 典》鼎祚所辑，故宋传所载奏疏皆已无存，仅得诗一卷、词一
> 卷、杂文二卷。其诗绝少警策。词则激昂凄动，往往感人。
> 杂文中与史弥远诸书，亦见鲠直之气。

似梅氏据《大典》本中辑录而成，库本卷二为诗馀，存词一百十三首。

王柏

王柏（1197—1274），字会之，一号伯会，宋金华（今属浙江）
人。少慕诸葛亮为人，自号长啸。曾受聘丽泽、上蔡两书院，乡之耆
德皆执弟子礼。卒谥曰文宪。著有《鲁斋集》。

王氏词见载于诗文集中，《永乐大典》卷 2813 第 17A 页自《王鲁
斋甲寅稿》录《酹江月》一首[1]。按：今存《鲁斋集》，有十卷本和
二十卷本的，均未见存词。

赵崇嶓

赵崇嶓（1198—1255），字汉宗，号白云山人，南丰（今属江
西）人。宋宁宗嘉定十六年（1223）进士。授金溪主簿，知石城县，改
淳安。理宗嘉熙初知乐平县，宝祐间为大宗丞。著有《白云小稿》。

赵氏词见载于诗文集中，宋陈起《江湖后集》卷八收录《白云小
稿》，其中存词十五首。吴昌绶《宋金元词集见存卷目》附《双照楼续
辑宋金元百家词目》著录有《白云小稿》一卷，云《江湖后集》辑，
《大典》本重校补。后朱祖谋据吴昌绶辑校本刻入《彊村丛书》中，无
校记，无跋文。

李曾伯

李曾伯（1198—1268），字长孺，号可斋，原籍怀州（今河南沁

---

[1]　原作《王会斋甲寅稿》，按王柏，字会之，号鲁斋，此改。

阳），南渡后寓居嘉兴（今属浙江）。宋理宗绍定知襄阳县，淳祐年间为两淮制置使、知扬州，知静江府兼广西经略安抚使、转运使。宝祐初为四川宣抚使兼京湖制置大使，召赴阙，特赐同进士出身。度宗咸淳元年为贾似道所忌褫职。著有《可斋杂稿》、续稿、续稿后。

李氏词宋时见载于诗文别集中，有清初毛氏汲古阁影宋抄本《可斋词》，二册，是据别集中析出词卷者，《中华再造善本》中收录，钤有汲古阁毛氏父子诸印及"赵钫珍藏"、"佞宋"、"汪士钟印"、"阆原甫"、"克文"、"三琴趣斋"、"袁钦克文"、"赵氏元方"、"曾居无悔斋中"、"一廛十驾"、"寒云秘笈珍藏之印"、"孤本书室"等印，知曾经汪士钟、袁克文、赵钫递藏，现藏国家图书馆。

此书见傅增湘《藏园群书经眼录》卷十九"诗馀类"著录，有《可斋杂稿》□卷存卷三十一至三十四、续稿□卷宋李曾伯撰，存卷七、八、十一，计七卷。云：

> 影写宋刊本，半叶十行，行二十字。均词。续稿影摹原序两叶尤精。卷后有"嗣男杓编次"一行。钤有汲古阁毛氏及汪阆源诸印。（戊寅）

戊寅为民国二十七年（1938），知原为毛氏汲古阁影宋抄本，是自别集中析出词，凡七卷。又见《中国古籍善本书目》著录，云《可斋杂稿词》四卷续稿三卷，清初毛氏汲古阁影宋抄本。

除影宋抄本外，还有影宋刻本，见《景宋金元明本词》，有《景宋本可斋词》七卷，陶湘《叙录》云：

> 湘案：汲古景宋本《可斋杂稿》卷三十一至三十四，《续稿前》卷七八，《续稿后》卷十一，凡七卷，亦专存其词也。每半叶十一行，行二十字。《续稿前》并摹大字序三叶，是曾伯手书。有曾伯、长孺、可斋、河内开国、御享李氏五印。原书家刻精善，摹写尤极工整。卷首尾有宋本、毛晋私印、子晋、汲古主人、毛宸之印、斧季、虞山毛晋、子晋书印、汲古

得修缏诸印。

是据汲古阁影宋抄本刻印的。此本多见藏家著录，如章钰《章氏四当斋藏书目》卷上之四著录有《可斋词》七卷，为民国五年（1916）仁和吴氏双照楼景刊宋本，二册。函签题："景宋本可斋词，茗簃所校。"茗簃即章钰。

按：《四库全书》收有《可斋杂稿》三十四卷续稿八卷续稿后十二卷，李曾伯《可斋杂稿序》（淳祐壬子，1252）云："一日与书塾亲友偶阅旧作一二，有劝以刊诸梓示儿曹者，姑俾芟次之。"尤焴《可斋杂稿序》（宝祐二年，1254）："余既以此意复于公，仍书以遗湖北仓使刘和甫籧，俾刊之编首，益相勉励以尽朋友之义云。"知《杂稿》刻于理宗宝祐二年，其中《杂稿》卷三十一至三十四为词。李曾伯《可斋续稿序》（宝祐甲寅，1254）云"杂稿锓梓出，于儿辈裒次中多少作，未尝不动壮夫之悔。一二季间复应酬，又欲从而续之，姑徇其意。"知《续稿》也是刻于宝祐二年，其中《杂稿》卷七至八为词。又《续稿后》卷十一为词。《四库提要》云：

> （李曾伯）为南渡以后名臣，集中多奏疏表状之文，大抵深明时势，究悉物情，多可以见诸施用。惟诗词才气纵横，颇不入格，要亦夐复异人，不屑拾慧牙后。其《杂稿》编于淳祐壬子，《续稿》编于宝祐甲寅，《续稿后》不著年月，不知编于何时，皆有曾伯自序。其子杓尝汇三稿刻之荆州湖北仓使，刘籧又刻之武陵，咸淳庚午书肆又为小本刊行。其序即杓所作，盖其人其文并为当时所重，故流传之广如是也。然三稿皆各自为编，《至元嘉禾志》始称为《可斋类稿》，盖后人合而名之，殊非宋刻之旧，今仍标三集之本名，从其朔焉。

知李氏文集宋时多有刊刻，四库所据为浙江鲍士恭家藏本，知为鲍氏知不足斋藏书。检《知不足斋宋元文集书目》"宋人文集"著录有《可斋杂稿》，云："宋观文殿学士李曾伯著，覃怀人，三十四卷，《可斋续稿》前八卷、后十二卷。诗文，抄本。"知库本所据为抄本。

除诗文别集本外，今有抄本词集丛编中收有李氏词集的有：

1.《宋五家词》本，清初毛氏汲古阁抄本，清丁丙跋，其中有《可斋词》六卷。按：清丁丙《善本书室藏书志》卷四十著录有《可斋词》六卷，汲古阁抄本。提要云：

> 右词六卷，为汲古阁抄本，毛晋未缀跋尾，当属待梓之本。王奕清曾纂刊《历代诗馀》，未尝选取其一阕，词人姓氏不列其名，殆当日未见此书，则传本之罕亦可见矣。

与前毛氏汲古阁影宋抄本不是同一抄本，卷数也歧出，此为丛书本，《善本书室藏书志》是析出著录者。

2.《宋元人词》本，清抄本，藏上海图书馆，其中有《可斋词》六卷。

3. 清顾沅辑《宋五大家词集》本，清元和顾氏艺海楼抄本，其中有《可斋词稿》四卷《续稿》一卷《后集》一卷，藏台湾。

除此外，见于藏家著录的有：

1. 清王闻远《孝慈堂书目》著录有《可斋词》，四卷。

2. 缪荃孙《目录词小说谱录目》著录有《可斋词》六卷，传写汲古本。又李盛铎《木犀轩收藏旧本书目》著录有《可斋词》六卷，云轮阁抄本，一册。按：《中国古籍善本书目》载《可斋词》六卷，缪氏云轮阁抄本，缪荃孙校。藏北京大学图书馆。

3. 吴昌绶《宋金元词集见存卷目》附《双照楼续辑宋金元百家词目》著录有《可斋词》六卷，云钱塘丁氏旧抄本。

4.《中国古籍善本书目》载《可斋词》六卷，吴氏双照楼抄本，朱孝臧跋，屈伯刚校并跋。藏国家图书馆。按：屈燧，字伯刚，浙江平湖人，寓居苏州。富藏书，曾为平湖葛嗣浵编写《传朴堂藏书目》。

陈德武

陈德武，宋三山（今福建福州）人。生平不详，曾仕宦过。著有

《白雪遗音》，又名《白雪词》等。

陈氏词集见于今存的词集丛编，计有：

1. 明吴讷编《唐宋名贤百家词》本，明抄本，梁启超跋，其中有《白雪词》一卷。

2. 明李东阳辑《南词》本，抄本，其中有《白雪词》一卷。

3.《宋元明词》本（存二十一卷），明抄本，其中有《白雪词》一卷。

4.《宋元名家词》本，明抄本，清毛扆校，唐晏跋，其中有《白雪词》一卷。

5.《宋明十六家词》本，清丁氏嘉惠堂抄本，其中有《白雪词》一卷。

6.《宋元明八家词》本，清何元锡家抄本，清丁丙跋，其中有《白雪词》一卷。

7. 明李东阳辑《南词》本，清董氏诵芬室抄本，吴昌绶、朱孝臧校，其中有《白雪词》一卷。按：吴昌绶《宋金元词集见存卷目》附《双照楼续辑宋金元百家词目》著录有《白雪遗音》一卷，云武林董氏旧抄《南词》本。

8. 清赵辑宁辑《星凤阁抄五代宋人词》本，清赵氏星凤阁抄校本，其中有《白雪词》一卷，藏台湾。

除此外，见于藏书家著录的有：

1. 明高儒《百川书志》卷六著录有《白雪遗音》一卷，六十七首。

2. 明王道明《笠泽堂书目》"集部·词曲"著录有陈德武《白雪遗响（当作音）》

3. 清黄虞稷《千顷堂书目》卷三十二著录有《白雪遗音》一卷。

4. 清倪灿撰，卢文弨校正《宋史艺文志补》著录有《白雪遗音》一卷。

5. 清朱彝尊《词综》"发凡"曾见《白雪遗音》一卷，又卷二十二小传云有《白雪遗音》一卷。

6.《御选历代诗馀》卷一百六"词人姓氏"云有《白雪遗音》一卷。

7. 清王闻远《孝慈堂书目》著录有《白雪词》,云:"陈德(脱武字),一卷,合一册,抄,百二十二番。"

8. 王重民《中国善本书提要》著录有《白雪词》一卷,与《乐斋词》同订一册(北图),赵氏星凤阁抄本[十行二十字]。云原题:"三山陈德武。"卷内有"赵印辑宁"印记。

近世朱祖谋据知圣道斋藏明抄本《白雪遗音》一卷刻入《彊村丛书》中,无校记,无跋文。

方岳

方岳(1199—1262),字巨山,号秋崖,祁门(今属安徽)人。宋理宗绍定五年(1232)进士,调滁州教授,授淮东安抚司干官。淳祐中除秘书郎,权工部郎官,知南康军等。著有《秋崖先生小稿》。

方氏词见载于诗文集中,宋刻本不存,较早的为元刻本,今有《景宋金元明本词》本《景元本秋崖先生词》四卷,陶湘《叙录》云:"湘案:元椠《秋崖先生小稿》卷三十五之三十八,凡词四卷,每半叶十一行,行十九字。"又《永乐大典》卷 15139 第 15B 页自《方秋崖稿》录《酹江月》一词,又卷 20353 第 13B 页自《方秋崖集》录《木兰花慢》一词。

清有《四库全书》本《秋崖集》四十卷,提要云:

> 其集世有二本:一为《秋崖新稿》,凡三十一卷,乃从宋宝祐五年刻本影抄;一为《秋崖小稿》,凡文四十五卷、诗三十八卷,乃明嘉靖中其裔孙方谦所刊。今以两本参校,嘉靖本所载较备,然宝祐本所有而嘉靖本所无者,诗文亦尚各数十首。又有别行之本题曰《秋崖小简》,较之本集多书札六首,谨删除重复,以类合编,并成一集,勒为四十卷。

知是以明嘉靖本为主,参校其他增补重编,其中卷十六为词,存词九十一首。

此外见于藏家著录的有：

1. 清钱曾《也是园藏书目》卷七著录有《秋崖词》四卷。

2. 清陆漻《佳趣堂书目》著录有《方秋崖词》四卷。

3.《御选历代诗馀》卷一百七"词人姓氏"云有《秋崖词》。

4. 清查为仁、厉鹗《绝妙好词笺》卷三小传云有《秋崖先生词稿》。

5. 清王闻远《孝慈堂书目》著录有《秋崖词》云："一卷，一册。抄，白二十八番。"

6. 李盛铎《木犀轩收藏旧本书目录》著录有《秋崖词稿》一卷，云王乃□手抄。又《木犀轩收藏旧本书目》著录有《秋崖先生词稿》四卷，云王乃昭手抄本，从杨五川手抄本传录。按：杨仪（1488—？），字梦羽，号五川，常熟（今属江苏）人。明嘉靖五年（1526）进士，官山东副使。藏书楼有七桧山房、万卷楼，多聚宋元旧本及法书名画、鼎彝古器等。编著有《古虞文录》、《南宫集》等。王乃昭（1608—？），名慎德，号乐饥翁，江苏常熟人。明末清初时在世，喜藏书抄书。

以上前四家未言版本，所载当以抄本为主。

晚清则有王鹏运四印斋刻本《秋崖词》一卷，收入所辑的《宋元三十一家词》中，况周颐跋云：

> 癸巳上元前夕斠毕，疏浑中有名句，不坠宋人风格。应酬率意之作，亦较它家为少，置之六十家中，不在石林、后村下也。玉梅词人并记。

知所据为况氏抄校本，癸巳为清光绪十九年（1893）。缪荃孙《目录词小说谱录目》著录有《秋崖词》一卷，云《宋元三十一家词》本。又叶德辉《叶氏观古堂藏书目》著录有《秋崖词》一卷，云桂林王氏四印斋刊本。

王云焕

王云焕，生平不详。

《永乐大典》卷 2603 第 7B 页自《王云焕文集》录《沁园春》一词，知文集中有词。按：宋周应合《景定建康志》卷二十二"城阙志三"于"雨花台"录诸家题咏，其中有"王云焕题《沁园春》词"云云。

李昂英

李昂英（1201—1257），一作李昴英，字俊明，号文溪，番禺（今广东广州）人。宋理宗宝庆二年（1226）进士，调汀州推官。历官太学博士、著作郎、吏部侍郎等。卒谥忠简。著有《文溪集》、《文溪词》。

今存抄本词集丛编数种，其中收有《文溪词》的有：

1. 明吴讷编《唐宋名贤百家词》本，明抄本，梁启超跋。其中有《文溪词》一卷。

2. 明李东阳辑《南词》本，抄本，其中有《文溪词》一卷。

3. 《宋元明三十三家词》本，明石村书屋抄本，其中有《文溪词》一卷。

4. 《宋元名家词》本，明抄本，清毛扆校，唐晏跋。其中有《文溪词》一卷。

又有明末毛氏汲古阁刊《宋名家词》本《文溪词》一卷，毛晋跋云：

> 《花庵词选》云："李俊明，名昂英，号文溪。"升庵《词品》云："李公昴，名昴英，资州盘石人，予家藏《文溪词》。"又云："名公昂，字俊明，番禺人。"未知孰是？因送太平州太守王子文词得名，叔旸亦止选此一调，称为词家射雕手。用修又极称《兰陵王》一首可并秦、周，予读《摸鱼

儿》诸篇，其佳处宁逊"杨柳外、晓风残月"耶？

未言所据。此又见于清郑德懋辑《汲古阁校刻书目》之《宋名家词六集》著录，云凡十五叶。又吴昌绶《宋金元词集见存卷目》"汲古阁刻唐宋名家词目"著录有李昴英《文溪词》，十五叶。又云："案：原刻误作李公昂，从《提要》订正。"

入清见于著录的有：

1. 清钱曾《也是园藏书目》卷七著录有《文溪词》一卷。

2. 清朱彝尊《词综》"发凡"云曾见《文溪词》一卷，又卷十八小传云有《文溪词》一卷

3. 《御选历代诗馀》卷一百六"词人姓氏"云有《文溪词》一卷。

4. 《四库全书存目》著录有《文溪词》一卷，提要云：

> 宋李昴英撰，昴英有《文溪集》已著录。此本为毛晋所刊，卷首题宋李公昴撰，卷后跋语称《花庵词选》作名昴英字俊明，杨慎《词品》作名公昴字昴英，资州盘石人。晋有家藏本，作名公昴字俊明云云。考昴英附见《宋史·黄雍传》，其《文溪集》载始末甚详，不云别名公昴。且今本黄昇词选亦实作昴英，不知晋所据词选当属何本？至杨慎资州盘石人之说，观词内所述，惟有岭南，无一字及于巴蜀，慎引为乡人，尤为杜撰，原集具在，何可强诬？其词集本分为二卷，此本合为一卷，字句舛谬非一，亦不及集本之完善，盖慎与晋均未见文溪全集，故有此辗转讹异也。

据毛氏汲古阁刊本录入，为安徽巡抚采进本。又《钦定续通志》卷一百六十三据《四库全书存目》著录，有《文溪词》一卷。又清《续文献通考》卷一九八著录有《文溪词》一卷。二者均当同库本。

5. 清陆漻《佳趣堂书目》著录有《文溪词》一卷。

6. 清徐元文《含经堂藏书目》著录有《文溪词》一卷。

7. 清范懋柱《天一阁藏书目》卷四之四著录有《文溪词》一卷，绵纸，抄本。

8. 叶德辉《叶氏观古堂藏书目》著录有《文溪词》一卷。

除词集单行外，李氏诗文集也附载有词，今有《四库全书》本《文溪存稿》二十卷，为两江巡抚采进本，提要云："是集为元至元间其门人李春叟所辑，凡奏稿杂文一百二十二篇、诗词一百二十五首，明成化中重刻，陈献章为之序。"按：李春叟《重刊李忠简公文溪集序》云：

> 春叟耄矣，于师门无能为役，大惧放失，永负夙心。于是勉收烬馀，仅得奏稿杂文一百二十二篇、诗词一百二十五首，编次成集，命之曰《文溪存稿》。卷饬而归之群玉府，俾登诸梓，以寿其传。尝鼎一脔，知味者有遗恨焉。

知有元至元三十一年（1294）刻本，库本所据为明成化重刻本，其中卷十八至十九为诗馀，存词二卷。除库本外，另又《粤十三家本》本《文溪集》，存词同库本。清耿文光《万卷精华楼藏书记》卷一百四十三著录有《文溪词》二卷，云《粤十三家本》，是指诗文别集本。

万俟绍之

万俟绍之，字子绍，自号郓庄，宋郓（今湖北江陵）人，寓常熟（今属江苏）。生卒年不详。万俟卨曾孙，两举不第。著有《郓庄吟稿》。

民国时赵万里辑《郓庄词》一卷，收入所编《校辑宋金元人词》中，赵氏题记云：

> 《永乐大典》本《江湖后集》卷十七载吴仲方词七首，张辑词十二首。张氏词吴伯宛昌绶校辑《清江渔谱》时已录入，吴作则均见赵以夫《虚斋乐府》，盖馆臣失号也，此外卷十一有万俟绍之《郓庄词》三首。余覆检《大典》残帙，于"寄"

字韵续得《江神子·寄梦窗》一首。因辑为一卷，以备宋词一格焉。绍之字子绍，郢人，有《郢庄吟稿》，鲍以文据卷中谒墓诗，谓为禹曾孙。万里记。

自《永乐大典》中辑词四首。按：《永乐大典》卷 14381 第 24B 页录万俟子绍词《江神子》一首。

潘牥

潘牥（1204—1246），字庭坚，号紫岩，初名公筠，避理宗讳改，闽县（今属福建福州）人。宋理宗端平二年（1235）进士，历浙西提举常平司干官，除太学正，通判潭州。淳祐六年（1246）卒于官。著有《紫岩集》。

其词集不见前人著录，民国时赵万里辑《紫岩词》一卷，据《阳春白雪》等辑词五首附录二首，收入所编《校辑宋金元人词》中。按：《永乐大典》卷 11313 第 20A 页录潘庭坚词《南乡子》一首。

吴文英

吴文英（1212?—1272?），字君特，号梦窗，晚年又号觉翁，四明（今浙江宁波）人。本姓翁氏，出嗣吴氏。以布衣游幕终身，宋理宗绍定间游幕于苏州转运使署，为常平仓司门客，淳祐间往来于苏杭，困踬以死。著有《梦窗词》。

吴氏词集多见同时人提及，周密《草窗词》卷上有《玉漏迟·题吴梦窗〈霜花腴词集〉》，又张炎《山中白云词》卷三有《声声慢·题吴梦窗自度曲〈霜花腴卷〉后》"烟堤小坊"，卷五有《醉落魄·题赵霞谷所藏吴梦窗亲书词卷》"镂花镌叶"。知词集名《霜花腴词集》。

又黄昇《中兴以来绝妙词选》卷十云：

吴君特，名文英，自号梦窗，四明人。从吴履斋诸公游。山阴尹焕叙其词，略曰："求词于吾宋者，前有清真，后有梦窗，此非焕之言，四海之公言也。"

未言卷数版本，尹焕序存。张炎《词源》卷下：

> 旧有刊本《六十家词》，可歌可诵者，指不多届。中间如秦少游、高竹屋、姜白石、史邦卿、吴梦窗，此数家格调不侔，句法挺异，俱能特立清新之意，删削靡曼之词，自成一家，各名于世。

知有《六十家词》本，或为南宋末刻印。

按：明赵琦美《赵氏铁网珊瑚》卷七载其《新词稿》，有《瑞鹤仙》十六首，又清卞永誉《书画汇考》卷十五作《吴梦窗词稿》，为手稿。原物存台北中央图书馆，见饶宗颐《词集考》别集类卷六。

明时，吴氏词集见于著录的并不多，《永乐大典》自《梦窗稿》录词三首，即《西江月》（2810/20B，指卷数及页码，下同），《暗香》、《疏影》（2813/17B）。又卷2811第19B页自《吴梦窗词》录《天香》一词。又录吴文英词二首：《庆春宫》（1056/10A）、《一剪梅》（3005/3A）。又卷20354第20A页录吴梦窗《玉楼春》一首。又明李廷相《濮阳蒲汀李先生家藏目录》"中间朝东、二柜四层"著录有《梦窗词》二本。

现存吴氏词集最早者为明抄本，张元济《宝礼堂宋本书录》著录有《吴梦窗词集》不分卷，云："明抄本，一册，太原张氏旧藏。"

> 《梦窗词》世唯甲乙丙丁四稿，为汲古阁毛氏所刻。《四库》著录亦即此本。彊村前辈与半塘翁相约雠勘，求旧本不可得。余闻之，发箧相示。彊村大喜，录副以归，用校前刻之本，多所纠正，亟毁去重刻。其跋有言："分调类次，略同甲、乙稿而小有出入，汰去误入他人之作，凡得二百五十六首，视毛本少六十八首。标注宫调者六十有四，为从来著录家所未载。"又言："覆审襄刻，都凡订补毛刊二百馀事，并调名亦有举正者。"由是观之，可见是书声价矣。原本无序跋，卷末有"万历廿六年置"一行。前有"太原张家文苑"、

"太原廷璋"二印，初亦不知为何许人。邓君正闇新刊《寒瘦
山房书目》中有是词，注："康熙六年太原张女古图校录。"
跋言："此为张夫人学象手书。张为太原名族，清初从父拱端
侨居吴门，其姊名学典，以能画名。"又言："词不分卷，与
毛刻四稿不同，中有标宫调者六十馀阕。与涵芬楼明抄本同
出一源。夫人即就其家藏本传抄"云云。清门世泽，源远流
长，洵足为是书引重焉。

藏印："太原张家文苑"、"太原廷璋"。知为明万历抄本，原为明太原
张廷璋藏书。又傅增湘《藏园群书经眼录》卷十九著录有《梦窗词
集》不分卷。云："明写本，九行十六字。后题'万历廿六年置'，后
钤'太原廷璋'、'太原张氏文苑'印。（己未）"己未为民国八年
（1919）。按：《中国古籍善本书目》载《梦窗词集》不分卷，明抄
本。藏国家图书馆，当指张氏藏书。邓君正闇即邓邦述，详后。

又有明末毛氏汲古阁刊《宋名家词》本《梦窗甲稿》一卷乙稿一卷
丙稿一卷丁稿一卷，又梦窗绝笔及补遗一卷，毛晋《跋梦窗乙稿》云：

> 余家藏书未备，如四明吴梦窗词稿，二十年前仅见丙、丁
> 二集，因遂授梓。盖尺锦寸绣，不忍秘诸枕中也。今又得
> 甲、乙二册，但错简纷然，如"风里落花谁是主"，此南唐后
> 主亡国词谶也；"无可奈何花落去，似曾相识燕归来"巧对，
> 晏元献公与江都尉同游池上一段佳话，久已耳热，岂容攘
> 美？又如秦少游"门外绿阴千顷"、苏子瞻"敲门试问野人
> 家"、周美成"倚楼无语理瑶琴"、欧阳永叔"佳人初试薄罗
> 裳"之类，各入本集，不能条举，但如"云接平冈，对宿烟
> 收"诸篇，自注附某集者，姑仍之，未识谁主谁宾也。古虞毛
> 晋识。

又跋云：

> 或云梦窗词一卷，或云凡四卷，以甲乙丙丁厘目，或又云

> 四明吴君特从吴履斋诸公游，晚年好填词。谢世后，同游集
> 其丙丁两年稿若干篇，厘为二卷，末有《莺啼序》，遗缺甚
> 多，盖绝笔也，与予家藏本合符。既阅花庵诸刻，又得逸篇
> 九阕附存卷尾，山阴尹焕序略云："求词于吾宋，前有清真，
> 后有梦窗，此非焕之言，四海之公言也。"湖南毛晋识。

知四集所得前后有别，先刻丙丁集，后刻甲乙集。均未言所据。此又
见于清郑德懋辑《汲古阁校刻书目》之《宋名家词六集》第三集著录，
云《梦窗稿》四卷，凡一百四十九叶。又梦窗绝笔又补遗，六叶。

此本见于藏家著录的有：

① 清陆心源《皕宋楼藏书志》卷一百二十著录有《梦窗甲稿》一
卷，毛斧季手校本。按：手批于汲古阁刊本上，此析出著录者。

② 清沈德寿《抱经楼藏书志》卷六十四著录有《梦窗甲稿》一卷
乙稿一卷，汲古阁刊，高士奇旧藏。

③ 清庄仲芳《映雪楼藏书目考》卷十著录有《梦窗稿》四卷补遗
一卷，云："词分甲乙丙丁四稿，补遗为毛晋所编，其词深得清真之
妙，为南宋一大宗。"知为毛氏汲古阁刻本。

④ 《苌楚斋书目》卷二十二著录有《梦窗稿》四卷补遗一卷，汲
古阁本。

⑤ 《涵芬楼原存善本草目》著录有《梦窗词甲集》，明汲古阁刊
本，古华词隐校。

另叶德辉《叶氏观古堂藏书目》著录有《梦窗稿》四卷补遗一卷，
为清光绪汪氏振绮堂重刊汲古阁本。

入清以来，见于著录的印本、抄本等如下。

一、印本

1. 《梦窗甲稿》一卷乙稿一卷丙稿一卷丁稿一卷补遗一卷续补遗
一卷，清咸丰十一年（1861）刻《曼陀罗华阁丛书》本。叙云：

> 南宋端平、淳祐之间，工于倚声者，以吴梦窗为最著。梦
> 窗名文英，字君特。据《蘋洲渔笛谱》末附录，梦窗所题《踏

莎行》自称觉翁，盖晚年之号。家于四明，高尚不仕，久客杭
都及浙西淮南诸郡，与吴履斋诸公游。尹惟晓、沈义甫、张
叔夏皆称之，与周草窗为忘年之交。《草窗词》有《玲珑四
犯》一阕，题为"戏调梦窗"，《拜星月慢》一阕题为"春暮寄
梦窗"，《朝中措》一阕题为"拟梦窗"，而《玉漏迟》一阕即
"题梦窗《霜花腴词集》"，倾倒尤至。梦窗词以绵丽为尚，
笔意幽邃，与周美成、姜尧章并为词学之正宗。顾《片玉
词》、《白石歌曲》均行于世，而梦窗手定《霜花腴词集》为
周草窗所题者，散轶不传，后人补辑之甲乙丙丁四稿，仅附
刻于汲古阁六十家词集中，无单印本，因摘出校勘付梓，以
广其传焉。秀水杜文澜叙。

知是据汲古阁刊本付梓。按：此文又见载刘毓崧《通义堂文集》卷十
三，作《重刊吴梦窗词稿自序》，注云："代秀水杜小舫观察作。"又有
刘毓崧叙云：

观察杜公博极群书，深于词律。重编吴梦窗词稿既成，
以定本见示，属为作叙。其校正之精，删移之善，辑补之密，
评论之公，具见自叙及凡例之中，本无待于扬榷。惟是梦窗
之词品，诸书言之甚详，而梦窗之人品，诸书言之甚略。故
声律之渊源可溯，而行事之本末罕知。汲古阁毛氏跋语言其
绝笔于淳祐十一年辛亥，今以词中所述推之，知其寿不止于
此。……观察尚友古人，为之刊布，是帙不特其词籍以传
播，即其人亦藉以表章，此实扶轮大雅之盛意也夫。咸丰十
年十二月既望仪征刘毓崧叙。

此跋又见《通义堂文集》卷十三，作《重刊吴梦窗稿序》。前有凡例五
则，其一云："毛子晋汲古阁刊本失于勘校，脱落舛误甚多，此四稿别
无宋刻可校，因就各家选集逐阕核对，约得十之五六，校订之语即附
注于各阕后。"其中又有所增删。《中国古籍善本书目》载《梦窗甲

稿》一卷乙稿一卷丙稿一卷丁稿一卷补遗一卷续补遗一卷，为清咸丰十一年刻曼陀罗华阁丛书本，清孙衣言校。藏杭州大学图书馆。按：孙衣言（1815—1894），字邵闻，号琴西，晚号逊学老人，浙江瑞安人。清道光三十年（1850）进士，授编修，光绪间官至太仆寺卿。注重乡邦文献的搜辑，筑玉海楼以藏书。刻《永嘉丛书》，著有《逊学斋诗文抄》）。

此本又见伊其淺《生白斋读书自省记》著录，云："此书为杜小舫观察所刊，精好之至。"又见郑振铎《西谛书目》卷五著录。另有郑文焯手校本，见龙沐勋辑《大鹤山人词集跋尾》之《梦窗词跋》一，云：

> 汲古毛氏始刻梦窗甲乙丙丁稿，随得随入，不复诠第，踳驳错复。至戈顺卿选宋七家词，乃稍稍订正，苦无善本，足资佳证。戈氏又黯浅寡闻，缪托声家，动以意窜易，于毛刻之讹夺确可斠订者，漫无关究。秀水杜氏墨守一先生言，粗为勘正，附会实多。验其拟改拟补，疏妄等诮，专辄之散，厥失惟钧，耳为心师，徒自弃于高听尔。夫君特为词，用隽上之才，别构一格，拈均习取古谐，举典务出奇丽，如唐贤诗家之李贺，文流之孙樵、刘蜕，锤幽凿险，开逕自行，学者匪造次所能陈其细趣也。今加搜校，黜戈砭杜，略复旧观，其所盖阙，以俟宏达。叔问记。

末注云："敝箧所藏郑校杜刻梦窗词本。"知为龙氏所藏。

2.《梦窗甲稿》一卷乙稿一卷丙稿一卷丁稿一卷补遗一卷附校勘梦窗词札记一卷。清光绪二十五年（1899）王鹏运四印斋刻本。王氏跋云：

> 右《梦窗甲乙丙丁稿》四卷补遗一卷，附《札记》一卷。校勘之略，已详《述例》中。夫校词之难易，有与它书异者。词最晚出，其托体也卑，又句有定字，字有定声，不难按图而索，但得孤证，即可据依，此其易也。然其为文也，精微要

眇，往往片辞悬解，相饷在语言文字之外，有非寻行数墨所能得其端倪者，此其难也。况梦窗以空灵奇幻之笔，运沉博绝丽之才，几如韩文杜诗，无一字无来历。复一误于毛之失校，再误于杜之妄改，庐山真面，遂沉薶云雾中，令人不可复识。是刻与古微学士再四雠勘，俶落于己亥始春，冬至初断手，约计一岁中无日不致力于此，其于毛氏之失，庶乎免矣。其能免于杜氏之妄与否，则尚待论定。回首丹铅杂沓，一灯荧然，与古微相对冥搜，几不知门外风尘，今夕何夕，盖校书之难与思误之适，于此刻实兼得之云。临桂王鹏运跋。

己亥为清光绪二十五年（1899），知历时近一年完成校刻。此本见吴昌绶《宋金元词集见存卷目》"四印斋所刻词目"著录，云：校本，己亥。

3.《梦窗甲稿》一卷乙稿一卷丙稿一卷丁稿一卷补遗一卷附校勘梦窗词札记一卷。清光绪三十年（1904）王鹏运四印斋刻民国九年（1920）赵氏惜阴堂影印本。此为四印斋刻三校本，末有况周颐跋云：

半唐老人刻梦窗词凡三易板，第三次斠雠最精。甲辰五月授梓于扬城，秋初断手，而半唐先殇于吴阊，书未印行，版及元稿，亦不复可问，余从剞氏购得样本，每叶悉缀字数，盖半唐所未见也。以是书无第二本，绝珍弆之。叔雍仁兄邃于词学，凤规模梦窗，从余假观，谋付印行，以广其传，为识崖略如此。庚申熟食日，临桂况周颐书于海上凭虒之天春楼。

跋作于民国九年，甲辰为清光绪三十年（1904），知三校本在扬州已刻版，因王鹏运突然过世而未能刷印。民国九年由赵尊岳惜阴堂影印出版。除况氏跋外，又有赵氏跋云：

有清一代，词学起元明之衰，直接南北两宋。自吾乡皋文、翰风两先生提倡倚声家言，以沉著醇厚为宗旨，而斯道

> 益尊，大江以南，承学缀文之士齝律吕、陈风雅者殆指不胜
> 偻。洎光绪中叶，半唐老人崛起于广右，广右词派于吾常州
> 为近。老人工词，尤精斠雠，四印斋丛刻与汲古阁、石研斋
> 相颉颃也。尊岳生晚，弗获接老人謦欬趋庭，暇日学步《兰》
> 《荃》，未尝不摩挲老人之遗书。岁庚申，进谒夔笙先生于天
> 春楼，请益之馀，先生手《梦窗词》一卷，郑重示尊岳，曰：
> 半唐尝三刻梦窗词，此最后至精之本，杀青未竟，而半唐遽
> 归道山者也。吾二人情同昆季，至今循览是书，犹有黄垆之
> 痛焉，尊岳受而雒诵，诧为孤本，请广其传，先生亟奖藉之，
> 并为题记卷尾。嗟嗟！神州忧离，风雅弁髦。词，小道也，
> 纵不传，奚足悲？矧梦窗词之传，即王刻先有二本在，唯是
> 老人致力之勤，字斠句酌，至于再三，所谓修学好古，实事求
> 是，与夫夔笙先生箓旧之雅举，足增重是编，顾乌可勿传
> 也。爰付石版印行，行格壹是悉依元书，而识其缘始，为之
> 跋。庚申上巳武进赵尊岳书于惜阴堂。

为民国石印本，此书见于著录的有：《中国书店新旧书目第一卷》"补
遗"著录有《梦窗词》四卷补遗一卷札记一卷，赵氏影印，白纸，一
本。《中国书店新旧书目第七卷，壬申年九月》"补遗"著录有《梦窗词》
四卷补遗一卷札记一卷，影印，白纸，一本，二元。

4.《梦窗甲稿》一卷乙稿一卷丙稿一卷丁稿一卷补遗一卷。清光
绪三十四年（1908）朱祖谋刊本。此本有"无著庵校刊"字样，又牌记
有"光绪戊申之岁九月归安朱氏校刊"云云，戊申即清光绪三十四
年。此本见吴昌绶《宋金元词集见存卷目》、刘承干《嘉业藏书楼书
目》、王国维编《大云书库藏书目》、郑振铎《西谛书目》卷五等
著录。

5.《梦窗词集》一卷《梦窗词集补》一卷附《梦窗词小笺》一卷，
《彊村丛书》本。张尔田跋云：

> 《梦窗词集》一卷，明万历二十六年，太原张廷璋氏藏旧

抄本，彊村先生重校墨版者也。始先生与半塘翁约斠梦窗，实岁己亥。越数年，又发箧研核同异，薪竟翁志。驰书海内藏家，求汲古以前传本不可得。辍简跋咏，疢焉于心。久之，谋于沪，则获焉。急移副归，硕黟纤屑，暽旦钩撢，凡订补二百馀言。盖先生治梦窗，半塘翁实牖之，今三矣，其勤也若此。梦窗词殿天水一朝，分镳清真，碎璧零玑，触之皆宝。虽埋藩溷，其精神行天壤，固自不敝。顾阅岁七百，自汲古外无诇之者。半塘翁始通其邮，而先生益发其蔀，精神乃与古通。文之显晦，孰见魄兆而果諗白耶？书成，距半塘翁没八稔矣。先生顾以不及商榷，见此书布乐苑为戚。虽然，当半塘翁世，士大夫久厝承平，叆养诪词，为嘄杀不详之音。先生与半塘翁独理孤蘖，振危绪，汲汲然谋所以永之。今则清响阒然，锦绣湖山，但有颓涕，昔之韬光沉馨，烟答霞唱，又何如？其果足戚也哉？陆墙东题玉田《词源》，感于梨园白发，濩宫蛾眉，所谓言外之意，异代谁复知者？抚是编，不禁弥襟同叹也。癸丑仲春遁堪居士钱唐张尔田跋。

跋作于民国二年（1913）。又朱祖谋跋云：

> 梦窗词，毛氏汲古阁刻《甲乙丙丁稿》外，传椠极鲜，此旧抄本，不分卷，明万历中太原张廷璋藏，今归嘉兴张氏涵芬楼，疑即子晋所称或云《梦窗词》一卷者也。通卷分调类次，略同甲乙稿而小有出入。汰去误入他人之作，凡得二百五十六首，视毛本少六十八首。标注宫调者六十有四，为从来著录家所未载，则沉翳也久矣。君持以隽上之才，举博丽之典，审音拈韵，习谱古谐。故其为词也，沉邃缜密，脉络井井，缒幽抉潜，开径自行。学者匪造次所能，陈其义趣。余治之二十年，一校于己亥，再勘于戊申，深鉴戈氏、杜氏肆为专辄之敝，一守半塘翁五例，不敢妄有窜乱，迷误方来。今遘是编，覆审曩刻，都凡订补毛刊二百馀事，并调名亦有举

正者。旧校疏记，兼为理董，依词散附，取便翻阅，质之声家，或无訾焉。比见邓正闇《群碧楼藏书目》有张夫人学象手录《吴梦窗词集》一卷。夫人国初时从父拱端侨吴中，亦属籍太原，与廷璋同氏里，而后之百年所录，或出一源。他日稽谋异同，倘犹有创获于是编之外者，当别为校录云。归安朱孝臧跋于无著庵。

知《梦窗词集》是据张廷璋氏藏明抄本刊刻的，又取为毛氏汲古阁刊本中为明抄本所不载者辑为补遗一卷。

6. 《彊村遗书》本《梦窗词集》一卷，扉页题"彊村老人四校定本"。

> 右《梦窗词集》为彊村先生最后手校写定待刊者，先生以光绪己亥与半塘翁同校吴词，有四印斋本行世，意犹未慊，守翁五例，再勘于戊申。后从嘉兴张氏涵芬楼假得明万历中太原张廷璋藏旧抄本，钩稽同异，即依张本刻入《丛书》，而以别见毛、王诸本者为补编，并所撰小笺附焉。先生治吴词二十年，盖至癸丑而三镂版矣。近数年来，每谒先生于沪上，从问词家正变，辄谦让未遑，独于觉翁颇自负，能窥厥奥，尝出示此本，谓将精刻单行，并拟以广征时人专治吴词著述，如新会陈述叔洵《海绡说词》、永嘉夏瞿禅承焘《梦窗词后笺》之类，汇为钜帙，以成一家之言。孤怀未竟，遽归道山，绝学销沉，深滋危惧，爰先取此本镌入《遗书》，其补编及小笺之曾见《丛书》者，以先生无所增删，暂不重录。此本原出张藏旧抄，视初刻《丛书》本又多所订正。虽先生自谓尚有疑义，若无旧椠可资比勘，而吴词沉黟六七百年，得先生而绝业重光，觉翁有灵，亦当惊知己于地下矣。壬申岁暮，龙沐勋谨跋。

作于民国二十一年（1932）。此本见刘承干《嘉业藏书楼书目》著录，有《梦窗词》一卷，彊村四校定本，壬申，刊宣纸大本，一册。

7.《梦窗甲稿》一卷乙稿一卷丙稿一卷丁稿一卷补遗一卷新词稿一卷附录一卷校勘记一卷梦窗词集小笺一卷校议二卷补校新词稿一卷，《四明丛书》本。序云：

> 余搜罗乡献，不敢忽于屯邅之士者，梦窗，其一也。顾梦窗既以词著，其流传于世者，《霜花腴词集》仅见周雪（当作草）窗题词，今不可得矣。即张玉田《山中白云词》所云梦窗亲书词卷，复不知尚存天壤间否？独余所藏朱性甫《铁网珊瑚》为明季旧抄，所录《梦窗新词稿》，与郑叔问所见刻本不同。一字之精，足校诸本，至可贵也。因取朱、郑之所校，与明抄相勘比，就毛刻而正其错讹，仍其名《梦窗四稿》。别录手稿十六阕，亦仍其名曰《梦窗新词稿》，汇刻之，而附以朱氏小笺与校勘记，余补校者凡九则并殿焉。庶乎梦窗之词得见其真，攻词学者有所津逮，非仅表章乡先哲也，是为序。时民国二十一年十月，后学张寿镛。

汇校刊本、抄本以及手稿等，详情可参见新刻梦窗词稿凡例，凡七则。又有跋朱孝藏《梦窗词校勘记》，云：

> 右《梦窗词校勘记》，汇彊村先生戌、壬两次所校各本字句异同而刻之者也。顾有依他本所校而误者，如甲稿《瑞鹤仙》"春申"，毛本误作"巾"，非误作"中"。……新刻本今从毛本，亦有从四印本者，皆取其长，而彊村原校仍之，此三也。校既毕，爰志于此，壬申秋，张寿镛跋。

又跋云：

> 余既定凡例，重刊《梦窗词稿》。梦窗行事本末，乡志不详。仅征刘毓崧序其词，历述生平，以辛亥之作为非绝笔。且云曳裾王门而老于韦布，足见襟怀恬淡，不肯籍藩邸以攀援，其品概之高，固已超乎流俗。更以梦窗受知吴履斋，义

不肯负，显绝似道于当国之日，其西湖小筑诸词皆似道未握权以前作也，尤为确论。余刻梦窗词，凡诸刻叙跋校记，均附于后。其字句取诸本之长，间与校记不尽符合，见知见仁，后有才者，藉以参考，是又区区意也。壬申秋，张寿镛跋。

均作于民国二十一年（1932）。此本见《修绠堂书目第三期》著录，云张氏刊，白纸，三册。又见《修绠堂书目二十二年（北平）》著录，云白纸，二册。

8. 戈载《宋七家词选》本《甲乙丙丁稿》，跋云：

近惟吾友朱酉生善学之，予则有志未逮，而极爱其词，故所选较多。汲古刻本共有三百四十七阕，其舛讹脱落，不可胜计。盖因子晋刻书，得书一种，即付梓人，刊成，便为了事，初不知所谓校勘也。后其子斧季深明其弊，曾求善本重校，今六十一家中，或刻本，或抄本，自宋至今，尚有流传。予前在戴竹友太守家见其旧藏宋本不少，曾先刻第四集十家，馀集亦多校者，惟梦窗词则绝无宋本。略有斧季校语，惜不全备。予因参之以各家选集，择其是者改正，大缪之处，亦如周、史两家，指而出之。因录从汲古，凡曰原者，皆汲古之误也。……梦窗词以甲乙丙丁厘目，或谓梦窗谢世后，同游集其丙丁两年稿，分为二卷。末有《莺啼序》绝笔一首。毛氏谓与其家藏本合符。然丙稿内有甲辰重午、冬至、乙巳中秋，丁稿内有壬寅元夕、癸卯除夜、甲辰七夕、中秋、丙午冬至，就其纪年者，已有五年，并无丁未年月。且绝笔一首末行自书云"淳祐十一年二月甲子"，此乃理宗辛亥年，去丁未又有五年，岂此五年中竟无别词，惟此绝笔耶？可知甲乙丙丁四目，乃四卷之名，即一二三四耳。毛氏先得丙丁二稿，故列入第三集，甲乙二稿得之较后，故在第六集，原有混入晏、秦、苏、欧阳诸词，已为删去。然尚有《绕佛阁》、

《庆春宫》、《大酺》，清真三词；《洞仙歌》、《凄凉犯》，白石
　　二词。亦不宜屏入也。所惜斧季既为覆校，何不重刊，他日
　　当语竹友，再将五集全刻之，方为快耳。浙中黄霁青太守亦
　　有此意，未识谁能成之，是又予之所深望者已。戈载识。

知所据为毛氏汲古阁刻本，参校他本选录等。按：戴延祁，字受滋，
号竹友，安徽休宁人。官户部郎中。

　　9. 中华书局辑《四部备要》本，民国二十五年（1936）上海中华
书局排印本，其中有《梦窗词集》一卷补一卷附小笺一卷。

　　又见于著录的有：

　　1. 徐世昌《书髓楼藏书目》卷四著录有《梦窗稿》五卷，光绪
刊本。

　　2. 《西泠印社金石印谱法帖藏书目》"家刻善本"著录有《梦窗词
甲乙丙丁稿》四卷，宋吴文英，补遗一卷，洋六角。

二、抄本

　　1. 邓邦述《群碧楼书目初编》卷六"抄校本"著录有《梦窗词
集》不分卷，云张夫人学象手抄本。张皋文藏印。又见邓邦述《寒瘦
山房鬻存善本书目》卷五著录，有《吴梦窗词集》，四册。云："张夫
人学象手抄本。康熙六年岁次丁未太原张女古图校录。张女，字学象，古
图。"又云有张皋文一印、乌丝醉墨一印[1]。录诸题识文云：

　　　　余颇爱梦窗词，比之玉谿生诗，纵有奇□□□□沉雄温
　　丽，自不可及。玉田讥之"七宝楼台，眩人眼目，拆碎下来，
　　不成片断"者，未免太刻也。暇日偶过市中，见鬻残书者挟
　　此求售，因以青蚨数十易之以归。徐检尾末有张夫人小印，
　　知出名媛香阁中，尤足宝贵。特误字颇多，帝虎满目，间有
　　数首加硃墨笔圈读者，亦未尽当。因通本重加点勘，心知其

[1]　按：另一本《寒瘦山房鬻存善本书目》卷六"抄校本"著录有《梦窗词集》不分卷，云张
　　夫人学象手抄本，张皋文藏印。

误，标于每首之上，惜无他本参阅，闻汲古阁曾刻过，余虽收得十馀家，独无吴集，将求以对校，庶成善本耳。顿塘倪承茂记。

余于旧书丛中得此本，披阅再过，苦于差误字多，不能卒读，继以己见改易数十字，跋数语于卷尾。戊午秋试归，适得汲古阁刻本，重取对勘，而汲古阁刻本差误尤多，文义两可者则并存之，亦阙不符，知此本未为全备。不知张夫人据何本抄得，行将补其缺略，为梦窗全集与玉田《山中白云词》同作词坛鼓吹倚声家，庶几得所指归，而不蹈于淫哇之习乎？承茂又记。

知为张学象于清康熙初抄校本，后为倪承茂购得，又为张惠言所藏。按：张学象，字古图，号凌仙，山西太原人。明末清初在世，佚第五女，吴县诸生沈载公室。中岁寡且贫，不能自存，依姊为生，以苦节著。能诗词，日手经史，自课其子，又为闺塾师。著有《砚隐集》。倪承茂，字稼咸，号顿塘，清江苏吴县人。监生，清乾隆元年（1736）举博学鸿词科，与试未用，三年中举人。著有《顿塘诗稿》。其中"戊午秋试归"云云，戊午指乾隆三年。张惠言（1761 一 1802），原名一鸣，字皋文，武进（今江苏常州）人。清嘉庆四年（1799）进士，改庶吉士，充实录馆纂修官。卒于官。著有《茗柯文编》、《茗柯词》等。

又邓邦述云：

此四册为张夫人学象手书，张为太原名族，清初从父拱端侨居吴门。其姊名学典，以能书名。词不分卷，与毛刻四稿不同，中有标宫调者六十馀阕，自是旧本。倪顿塘用毛本校过，用功极勤。近朱彊村师重刻《梦窗词》，系假涵芬楼藏明抄本，为大历中太原张廷璋藏书，两书同出一源，夫人即就其家所藏本传抄者也。书虽校刊，然名媛手迹，固当珍重存之。乙卯二月群碧。

乙卯为民国四年（1915），知与张廷璋藏本同出一源。按：邓邦述
（1868—1939），字正暗，号孝先，又号沤梦老人、群碧翁。江宁（今
江苏南京）人。清光绪二十五年（1899）进士，授翰林。为端方幕僚，
曾任吉林民政使。辞官后移居祖籍江苏吴县，喜藏书，藏书近四万
卷。光绪末在沪上获宋本《群玉诗集》、《碧云集》两部唐人集子，名
其书楼为群碧楼和双沤居，之后又得到孟郊、贾岛两人明刊集，取郊
寒岛瘦之意，名藏书楼名寒瘦山房。著有《群碧楼书目》、《寒瘦山房
鬻存善本书目》、《双沤居藏书目初编》等。

2.《四库全书》本《梦窗稿》四卷补遗一卷，提要云：

> 宋吴文英撰，文英字君特，梦窗，其自号也，庆元人。所
> 著词有甲乙丙丁四稿，毛晋初得其丙丁二稿，刻于宋词第五
> 集中，复撫其绝笔一篇、佚词九篇附刻于末，续乃得甲乙二
> 稿，刻之第六集中。晋原跋可考，此本即晋所刻，而四稿合
> 为一集，则又后人所移并也。所录绝笔《莺啼序》一首残缺
> 过半，而乃有全文在乙稿补遗之中，《绛都春》一首亦先载乙
> 稿之中，今卷末仍未削去，是亦刊非一时，失于检校之故
> 矣。其分为四集之由，不甚可解，晋跋称文英谢世之后，同
> 游集其丙丁两年稿厘为二卷。案：文英卒于淳祐十一年辛
> 亥，不应独丙丁二年有词，且丙稿有乙巳所作《永遇乐》，甲
> 辰所作《满江红》，而甲午岁旦一首乃介于其中。丁稿有癸卯
> 所作《思佳客》，壬寅所作《六丑》，甲辰所作《凤栖梧》，而
> 丙午所作《西江月》亦在卷内，则丙丁二稿不应分属丙丁二
> 年。且甲稿有癸卯作，乙稿有端平丙申作、淳祐辛亥作，亦
> 绝不以编年为序，疑其初不自收拾，后衰辑旧作，得一卷即
> 为一集，以十干为之标目，原未尝排比先后耳。文英及与姜
> 夔、辛弃疾游，倡和具载集中。而又有寿贾似道诸作，殆亦
> 晚节颓唐，如朱希真、陆游之比，其词则卓然南宋一大宗。
> 沈泰嘉《乐府指迷》称其深得清真之妙，但用事下语太晦处

人不易知。张炎《乐府指迷》亦称其如七宝楼台，炫人眼目，拆碎下来，不成片段，所短所长，评品皆为平允。盖其天分不及周邦彦，而研炼之功则过之。词家之有文英，亦如诗家之有李商隐也。其稿屡经传写，多有讹脱，如朱存理《铁网珊瑚》载文英手书《江南春》词题下注张筠庄、杜衡山庄，而刻本佚上三字，是其明证他。如《夜飞鹊》后阕"轻冰润"句"轻"字上当脱一字，《解语花》"门横皱碧"一首后阕"冷云荒翠"句，"翠"字与全首之韵不叶。《塞翁吟》别一首后阕"吴女晕浓"句"女"字，据谱当作平声，"高山流水"后阕"唾碧窗喷花茸"句音律不叶，文义亦不可解。《惜红衣》一阕仿白石调而作，后阕"当时醉近绣箔夜吟"句止八字，考姜夔原词作"维舟试望故国渺天北"句实九字，不惟少一字，且脱一韵。《齐天乐》尾句"画旗塞鼓"，据谱尚脱一字，《垂丝钓》前阕"波光掩映，烛花黯淡"二句，"掩"字不应叶，又不宜作四字句。《绕佛阁》"旧霞艳锦"一首前阕"东风摇，扬花絮"下阙三字，然"花絮"二字乃句尾押韵，以前词"怕教彻胆寒光见怀抱"句推之，则阙字当在"花絮"二字之上。毛本校刊，皆未及是正。至乙亥之《丑奴儿慢》，丙稿又易其名曰《愁春未醒》，则因潘元质此词以"愁春未醒"作起句，故后人又有此名，据以追改旧题，尤乖舛矣。

据毛氏汲古阁本录入，为江苏巡抚采进本。《钦定续通志》卷一百六十三据文渊阁著录有《梦窗稿》四卷补遗一卷，又清《续文献通考》卷一九八著录有《梦窗稿》四卷补遗一卷。二书所载均同库本。

又见于藏家著录的有：

1. 清汪宪《振绮堂书目》卷二"闻·抄本集类杂集并总集·第一格"著录有《梦窗甲乙词稿》一册，各一卷。

2. 清王闻远《孝慈堂书目》著录有《吴梦窗词》一卷，云：一册，抄，白二十二番。

3. 李盛铎《木犀轩收藏旧本书目》著录有《梦窗稿》四卷补遗一卷，云抄本，四册。

另刘承干《嘉业藏书楼钞本书目》著录有《梦窗词校议》一卷，云北海郑文焯校订，绿丝稿本，四册。此又见于周子美编《嘉业堂抄校本目录》卷四，著录有《梦窗词校议》一卷，清郑文焯校订，稿本，四册。龙沐勋辑《大鹤山人词集跋尾》之《梦窗词跋》二，云：

> 词意固宜清空，而举典尤忌冷僻。梦窗词高隽处固足矫一时放浪通脱之弊，而晦涩终不免焉。至其隶事虽亦渊雅可观，然锻炼之工，骤难索解，浅人或以意改窜，转不能通，此近世刻本讹变之甚于诸家，当时流传所为不广也。兹略举一二以证之：如《扫花游》换头"天梦"句用秦穆上天事，《塞垣春》起句"漏瑟"用温飞卿诗。《声声慢》"宏庵宴席"一阕，起句"寒筲惊坠"用陆天随"黄精满绿筲"句意，筲，竹器也，今本误作箫，则不可解，惟明抄本作"筲"可证。《木兰花慢·寿秋壑》"汉节葆仍红"句用汉礼仪志赤葆故事，今讹"葆"作"枣"。《宴清都·送马林屋赴南宫》上阕末句"唯潮"用《中吴纪闻》夷亭潮讯，引谚"潮到夷亭出状元"，按："夷"《吴郡志》亦作"唯"，《图经》只作"唯"，梦窗正用此吴谚，以颂马南宫之捷，马号林屋，盖洞庭山人，今毛本则讹作"淮潮"，失考，并失作意已。此类尚不止此，诚务博之过，亦字意用晦之所致也。

末注："嘉业堂藏手稿本。"

三、版本不详者

1. 清林佶《天一阁书目》著录有《梦窗词》一本，又舒木鲁氏抄《天一阁书目》著录有《梦窗词》一本。

2. 清黄虞稷《千顷堂书目》卷三十二著录有《梦窗甲乙丙丁四稿》四卷。

3. 清倪灿撰，卢文弨校正《宋史艺文志补》著录有《梦窗甲乙丙丁四稿》四卷，又补遗一卷。

4. 清朱彝尊《竹垞行笈书目》"人字号"著录有《梦窗甲乙稿》一本。

5. 清朱彝尊《词综》"发凡"曾见《梦窗甲乙丙丁稿》四卷，又卷十九小传云有《梦窗甲乙丙丁稿》四卷。

6.《御选历代诗馀》卷一百六"词人姓氏"云有《梦窗甲乙丙丁稿》四卷。

7. 清查为仁、厉鹗《绝妙好词笺》卷四云有《梦窗甲乙丙丁稿》。

8. 清陆漻《佳趣堂书目》著录有《梦窗丙稿》三卷。

9. 清徐元文《含经堂藏书目》著录有《梦窗甲稿》□卷乙稿□卷丙稿□卷丁稿□卷。

10. 清赵昱《小山堂藏书目录备览》著录有《梦窗四稿》。

11.《浙江通志》卷二百五十二著录有《梦窗甲乙丙丁稿》四卷。

12. 清赵宽《小脉望馆书目》"元册·亨字橱·第四层"著录有《梦窗词》，一本。

13. 清忻宝华《澹庵书目》著录有《梦窗词》四卷。

14. 周庆云编《晨风庐书目》著录有：《梦窗词》、《草窗词》、《采香词》，四册，周密、吴文英、杜文澜。

15. 缪荃孙《目录词小说谱录目》著录有《梦窗甲乙稿》。

16.《北京直隶书局图书目录》著录有《梦窗词》，竹纸，一册。

17. 伦明《东莞伦氏续书楼藏书目录》"第二十五箱"著录有《梦窗词甲乙丙丁稿》，二部。

18.《陈逆群藏书目》著录有《梦窗词集》，一册。

以上均未标明版本，《小脉望馆书目》以上所载当以抄本为主。

宋自逊

宋自逊，字谦父，号壶山，宋金华（今属浙江）人，居南昌（今属江西）。生卒年不详。与戴复古有交往。著有《渔樵笛谱》。

宋氏词集宋时已刊行于世，黄昇《中兴以来绝妙词选》卷九云：

　　宋谦父，名自逊，号壶山，南昌人。文笔高绝，当代名流
皆敬爱之。其词集名《渔樵笛谱》。

未言卷数版本。又戴复古《石屏词》之《望江南》序云："壶山宋谦父
寄新刊《雅词》，内有《壶山好》三十阕，自说平生。"知生前即有刻
本，卷数不详。

　　《渔樵笛谱》宋以后罕见藏家著录，而多见于诸般传记中，如：

　　1. 元阴时夫《韵府群玉》卷十三云"词笔绝高，词集名《渔樵
笛谱》"。

　　2. 元佚名《新编排韵增广事类氏族大全·辛集》云：

　　　　宋自逊，字谦父，南昌人，号壶山。词笔绝高，尝作《蓦
　　山溪》自述云："壶山居士，未老心先懒。爱学道人家，办竹
　　几、蒲团茗椀。青山可买，小结屋三间。开一径，俯清溪，修
　　竹栽教满。　　客来便请，随分家常饭。若肯小留还（当为
　　连），更薄酒、三杯两盏。吟诗度曲，风月任招呼，身外事，
　　不相关，自有天公管。"有词集名《渔樵笛谱》。

　　3. 明凌迪知《万姓统谱》卷九十二云："著词集名《渔樵
笛谱》。"

　　4.《御选历代诗馀》卷一百五"词人姓氏"云所著乐府名《渔樵
笛谱》。

　　5.《江西通志》卷九十五"寓贤"云："所著有诗馀名《山（当作
渔）樵笛谱》。安志"

　　以上均为小传中提及，当是因袭宋人之言。至于吴乃应编《退补
斋书目》卷四著录有《渔樵笛谱》，云："《万姓统谱》：宋自逊撰。按
《统谱》自逊作附录。"或也是据前人著录，实未见其书。

　　民国时赵万里辑《渔樵笛谱》一卷，收入《校辑宋金元人词》中。
题记云：

　　　　壶山词集，《花庵词选》云名《渔樵笛谱》。然宋时必尚

有他本。戴复古《石屏词》《望江南》序云："壶山宋谦父寄新刊《雅词》，内有《壶山好》三十阕，自说平生。"是其生前已刊版，且号称《雅词》，与张安国之《紫微雅词》、程垓之《书舟雅词》、赵彦端之《宝文雅词》相同，盖当时风气使然也。石屏词自注云："壶山有催归曲，赠仆甚妙。"今未见称引，知其散佚多矣。万里记。

据《花庵词选》等辑录七首附一首，有民国排印本。

蒋龙甲

蒋龙甲，字定叔，号半樵。生平不详。工于诗词，赍志以没。著有《樵吟集》。

陈著《本堂集》卷三十七《蒋定叔樵吟集序》云：

> 半樵蒋龙甲定叔有《樵吟集》，其子应日来见，拜且泣曰：先君尝缉是集，欲求一印，可书未发间，俄感暴疾，赍志而没。余闻其言，恻然。披阅竟，见其诗调平句清，有意于古，而年不多与，止于斯邪？其词则非余所知，莫能赞一字。姑笔数语于卷首，以答应日之孝思之切。若夫定叔冥冥于九泉之下，爱莫起之。悲夫！旃蒙协洽孟春望日嵩溪遗耄陈某八十二岁书。

序作于元成宗元贞元年（1295）。知《樵吟集》中是存有词的。

曾布之

曾布之，生平不详，曾仕宦。著有《丹丘使君诗词》。

《宋史》卷二〇八"艺文志"载有《丹丘使君诗词》一卷。为诗词混编本。今未见有存词。

薛氏

薛氏，名不详，为上舍。著有《薛上舍集》。

方逢辰《蛟峰先生文集》卷六《题薛上舍集后》云：

> 孟轲氏发性善一语，反以激荀、杨、韩子之争端，周茂叔说无极而太极，亦以启陆子静之排诋，立言之难如此乎？薛君某过予，袖示一编，五言、七言、长短句，皆有可观，首卷曰《性理论》也、《河洛辨》也、《中庸》、《大学论》也、《井田议》也，噫！是数者，皆当世大儒所难言者，君乃脱口如泻，滟浥，似不见其所谓难者，何欤？轲远矣，请试以问茂叔。

知集中是有词的，未言卷数、版本。

李九思

李九思，生平俟考。

陈仁子《牧莱脞语》卷五《李氏九思翁诗序》云：

> 吾读九思翁诗，亦如是。公生真定，壮游宦西洛，与雪斋姚左辖、紫阳杨先生、西庵杨参政、李九山作斋辈交。晚老襄、邓，缔章绘句，篝唱埙和，嗣子尹耒纂集，得诗、乐章凡二百三十首，濯濯有雅南气味。川深土厚，道理均平，柳媚花明，情景自别。加以经传子史博其思，典型模楷相其聪，微阳著树，云霭淡疏，兴寄所临，雄浑杰卓，香山、击壤未易伯仲。至嗣子灞峰世其学，精妙更倍，后出者弥巧也。思深哉！诗其昌乎？兰根信馨，泉骨信清，观者合稽其世。

未言卷数，版本。今未见存词。

柴望

柴望（1212—1280），字仲山，号秋堂，江山（今属浙江）人。宋理宗嘉熙间为太学上舍生，供职中书省。淳祐六年（1246）上自编《丙丁龟鉴》，忤时相，被逮入狱，放归田里。端宗景炎间特旨授迪功郎，史馆国史编校。宋亡，与堂弟随亨、元亨、元彪一同辞官归隐，世称柴氏四隐。著作有《道州台衣集》、《凉州鼓吹》、《秋堂集》。

柴氏词集《凉州鼓吹》生前已行于世，其自叙云：

> 《凉州鼓吹》，山翁诗馀稿也，诗馀以鼓吹名，取谐歌曲之律云耳。夫诗可以歌功德、被金石而垂无穷，其来尚矣。自蒉桴土鼓泄而韶濩，桑间濮上转而郑卫，《玉树后庭》变而霓羽，于是亡国之音肆，正雅之道熄。悲夫！词起于唐而盛于宋，宋作尤莫盛于宣、靖间，美成、伯可各自堂奥，俱号称作者。近世姜白石一洗而更之，《暗香》、《疏影》等作当别家数也。大抵词以隽永委婉为尚，组织涂泽次之，呼噪叫啸抑末也。惟白石词登高眺远，慨然感今悼往之趣，悠然托物寄兴之思，殆与《古西河》、《桂枝香》同风致，视青楼歌、红窗曲万万矣。故余不敢望靖康家数，白石衣钵或仿佛焉。故以鼓吹名，亦以自况云尔。幸同志者谅之，宋逋臣柴望识。

知词学取向，以姜夔为宗。《秋堂集》附录苏幼安撰《宋国史秋堂柴公墓志铭》云：

> 为诗文率效古法，而出以己见，今所存者，驰骋晋魏，驾轶盛唐，工小词，蕴藉风流，每每与辛、黄诸名家并，可谓彬彬之作矣。其大者则能韬晦终身，不忘故君。黍离悠悠之怀，未尝少释。彼有抱琵琶过别船者，视公端可以少愧矣。公所著有《丙丁龟鉴》、《道州台衣集》、《咏史诗》、《凉州鼓吹》，皆行于世。

又欧阳玄《秋堂集序》（至正四年，1344）云：“公诗有《道州台衣集》、《咏史诗》、《凉州鼓吹》，《鼓吹》在公生时已盛传于世。”又杨仲弘《宋国史柴望诗集原序》云：

> 予过江郎，访公遗迹，公从侄季武出公集若干卷，祈予叙。余素慕公高义，又嘉季武之请，因遂书之。公诗有《道州台衣集》、《咏史诗》、《凉州鼓吹》，在公生时已盛传于

世。兵燹日久，散逸不次，兹录其遗存者若此云。至正四年
七月既望，襄阳杨仲弘叙。

知词集《凉州鼓吹》生前已刊刻行于世，未言卷数。

《凉州鼓吹》明清罕见著录，清钱大昕《补元史艺文志》卷四著录
有《凉州鼓吹》一卷，又清查为仁、厉鹗《绝妙好词笺》卷六小传云有
《道州苔衣集》一卷、《凉州鼓吹》一卷。又《浙江通志》卷二百四十
八著录有《秋堂集》，注云："《弘治衢州府志》：柴望著，字仲山，江
山人。按：一作《道州苔衣集》、《咏史诗》、《凉州鼓吹》。"三家所载
或是据前人记录，未必真见到《凉州鼓吹》。柴氏裔孙跋云：

> 昔有骚客张云谷见公集评云："忧国声诗，足追大雅；匡
> 时谏草，可续三馍。"识者以为确论。至其诗馀诸稿，可与美
> 成、伯可比肩，顾自谓仿佛白石衣钵者，谦语耳。自新常记
> 数阅，每对诸名家诵之，靡不倾耳悚听，惟恐其易尽焉。万
> 历丁亥举祀乡贤，复于蠹简搜采，仅得十首。然多亥豕，考
> 而正之，录呈宗师苏行台云。十二世孙自新识。

作于明万历十五年（1587），知其词集早已佚亡。

柴氏诗文集中附载有词，计有：

1.《四库全书》本，其中有《秋堂集》三卷，提要云："其诗有
《道州苔衣集》、《咏史诗》、《西凉鼓吹》诸编，俱佚不存。此本乃后
人杂裒而成，诗末尚有《道州苔衣集序》。"所据为编修汪如藻家藏
本，《西凉鼓吹》或指《凉州鼓吹》。库本实存二卷附一卷，卷一为诗
词，卷二为文，其中卷一存词十首。

2. 李之鼎辑《宋人集》本，民国李氏宜秋馆刻本，其中有《秋堂
集》三卷补遗一卷附录一卷。卷一为文，卷二为诗，卷三为诗馀，存
词十一首，其中据《绝妙好词》增补《念奴娇》"春来多困"一词，其
馀同库本。又补遗一卷，补诗馀三首，即《桂枝香》"今宵月色"、《齐
天乐》"凄凄杨柳潇潇雨"、《摸鱼儿·严州西楼》"望长江、几分秋

色"。末有跋云：

> 右词三阕，凤鼎自赵闻礼《阳春白雪》录出，邮寄宜秋馆
> 主人，刊附集后。其《摸鱼儿》一阕虽已见本集，而题目字句
> 间有不同，合依《山中白云词》例两存之。秋堂词悽惋沉郁，
> 与泗水潜夫相视而笑。昔人云词至宋末而始极其变，谅哉！
> 甲寅初秋，临川雷凤鼎菊农识于拜鹃楼。

作于民国三年（1914），按：雷凤鼎（1866—1922），字仪臣，别号菊农，江西临川人。累次赴考进士皆不中，以父荫任兵部主事。清光绪年间考入仕学官，曾为陆军兵部员外郎。辛亥革命后辞归，以遗老自居。著有《灵谷山房集》、《拜鹃楼诗稿》、《冰瓯馆词》等。

除《秋堂集》外，还有《四库全书》本《柴氏四隐集》三卷，为浙江鲍士恭家藏本，据提要，知为明清人辑录本，其中卷一所收为柴望诗词文，存词十一首，与《宋人集》本卷三所载同。吴昌绶《宋金元词集见存卷目》附《双照楼续辑宋金元百家词目》著录有《凉州鼓吹》一卷，云传抄《柴氏四隐集》本。

近代朱祖谋据善本书室藏抄《秋堂集》本辑出《秋堂诗馀》一卷，收入《彊村丛书》中，存词十三首，其中末三首是据《阳春白雪》增补。无校记，无跋文。

刘学箕

刘学箕，字习之，自号种春子，又号方是闲居士，崇安（今福建武夷山）人。生平未仕，曾历游襄汉，经蜀都，寄湖浙，历览名山大川，交友于天下，宋宁宗嘉泰四年（1204）始返乡。著有《方是闲居士小稿》。

刘氏词见存于诗文集中，《方是闲居士小稿》"自记"云：

> 游季仙来山中相访，索予诗文不置口，辞拒不能，为检寻
> 旧唱和，独出一百首，新作七十一首，杂著二十七首，词四十

一首，集成两编，以酬其雅志。予语尘俗，不足道，季仙先世
文学彰彰在人口，而季仙伯仲词翰又皆称于朋侪，今弃彼取
此，岂厌膏粱而思藜糗、忘黄钟而取瓦缶者乎？因书其后而
归之。嘉定丁丑重阳后十日，种春子刘学箕习之父书于方是
闲堂。

作于宁宗嘉定十年（1217），或为手稿，其中存词四十一首。今有元惠
宗至正二十年（1360）南山书院刊本，二卷，藏台湾，详饶宗颐《词集
考》别集类卷五。又有《景刊宋金元明本词》本，是据明影元抄本《方
是闲居士小稿》卷下析出景刻的。又《永乐大典》录其词四首，即《长
相思》（2265/8A，指卷数及页码，下同）、《贺新郎》（10877/8B）、《鹧
鸪天》二首（14383/25B）。

清有《四库全书》本《方是闲居士小稿》二卷，提要云：

> 是编上卷古今体诗一百七十一首，下卷赋及杂文二十七
> 首、长短调三十八首。前有嘉定间建阳刘淮、东里赵蕃、开
> 封赵必愿三序，末有学箕自记及其门人游彬等跋。初已镂
> 板，因兵乱散失，元至正辛丑其裔孙名张者复重刻之，此编
> 盖从刻本影抄者也。刘淮序称其笔力豪放，诗摩香山之垒；
> 词拍稼轩之肩，今观集中诸词，魄力虽少逊辛弃疾，然如其
> 和弃疾《金缕词》韵述怀一首，悲壮激烈，忠孝之气奕奕纸
> 上，不愧为翰之子孙，虽置之稼轩集中，殆不能辨，淮所论者
> 不诬。至其诗，虽大体出白居易，而气味颇薄；歌行则往往
> 放笔纵横，时露奇崛，或伤于稍快稍粗，与居易又别一格，淮
> 以为抗衡居易，则似尚未能矣。

所据为元惠宗至正二十一年（1361）刻本，为两淮盐政采进本。库本
卷下附载有词，凡三十八首，与自记云四十一首有出入，盖后有散
佚。吴昌绶《宋金元词集见存卷目》附《双照楼续辑宋金元百家词
目》著录有《方是闲居士词》一卷，云传抄《方是闲居士小稿》本。

近代朱祖谋据善本书室藏抄《方是闲居士小稿》本辑出《方是闲居士词》一卷，收入《彊村丛书》中，无校记，无跋文。

陈著

陈著（1214—1297），字谦之，一字子微，号本堂，晚年号嵩溪遗耄，鄞（今浙江宁波）人。宋理宗宝祐四年（1256）进士，调监饶州商税。景定元年为白鹭书院山长，知安福县，除著作郎。度宗咸淳间通判扬州，擢太学博士，以监察御史知台州，宋亡，隐居四明山中。著有《本堂集》。

陈氏词见载于诗文集中，今有《四库全书》本《本堂集》九十四卷，提要云：

> 宋陈著撰，著字子微，号本堂，鄞县人。宝祐四年进士，官著作郎，出知嘉兴府，忤贾似道，改临安通判。是集凡诗三十四卷、词五卷、杂文五十五卷，据其原目，尚有讲义二卷，此本有录无书，盖传写佚之矣。宋代著作获存于今者，自周必大、楼钥、朱子、陆游、杨万里外，卷帙浩博，无如斯集。

此为浙江汪启淑家藏本，按书末有蒋岩元武宗至大元年（1308）跋，其中有"余老阳羡，公之子深来山中，以示遗稿若干卷，读之使人激发，而不能不使人叹恨也"云云，当为元刻本，提要云为宋人旧帙，疑有误。库本卷三十九至四十三为词，凡五卷。

后人自别集中析出词另行，见于藏家著录的有：

1. 张钧衡《适园藏书志》卷十六著录有《本堂词》一卷，传抄本。云："集凡九十四卷，此抄出别行者。"

2. 吴昌绶《宋金元词集见存卷目》附《双照楼续辑宋金元百家词目》著录有《本堂词》一卷，云钱塘丁氏旧抄本。也当是据别集本辑录出的，参见后文。

近代朱祖谋据钱塘丁氏善本书室藏抄《本堂集》本辑出《本堂词》

一卷，刻入《彊村丛书》中，无校记，无跋文。

另有《宋人词四种》本，近代沈韵斋手抄本，其中有《本堂词》一卷，藏台湾。

张矩

张矩，字方叔，号芸窗，润州（今江苏镇江）人。生卒年不详。宋理宗端平元年（1234）为建康府观察推官。淳祐间知句容县。宝祐中为江东制置使司主管机宜文字。著有《芸窗词稿》。

张氏词集见于明清人著录，明董其昌《玄赏斋书目》卷七著录有《芸窗词》，未标明卷数版本。又有明末汲古阁刊《宋名家词》本《芸窗词》一卷，毛晋跋云：

> 方叔，南徐人，与了翁、虚斋相友善。最喜作次韵小令，惜诸家词选不载，予偶得《芸窗词》全帙，如"正挑灯、共听夜雨"，幽韵不减陆放翁；如"小楼燕子话春寒"，艳态不减史邦卿，至如"秋在黄花羞涩处"，又"苦被流莺，蹴翻花影，一阑红露"等语，直可与秦七、黄九相雄长。或病其饶贫寒气，毋乃大贬乎？

未言所据，此又见于清郑德懋辑《汲古阁校刻书目》之《宋名家词六集》第五集著录，云凡二十四叶。又见《四库全书存目》著录，有《芸窗词》一卷，提要云：

> 宋张矩撰，矩字方叔，南徐人。其始末不可考。观集中被檄出郊《青玉案》词有"六朝旧事一江水"句，又和上元王仇香含山邵梅仙叙别《浪淘沙》词有"钟阜石城何处是"句，知尝官于建康，又次虚斋先生雨花宴《水龙吟》词有"何时脱了尘埃墨绶"句，则官乃县令也。其词诸家选本罕见采录，此本为毛晋所刻，亦不详其所自。词仅五十首，而应酬之作凡四十三首，四十三首之中寿贾似道者五，寿似道之母者

二，其馀亦大抵谀颂上官之作，尘容俗状，开卷可憎，惟小令
时有佳语。毛晋跋称其《摸鱼儿》之"正挑灯、共听夜雨"、
《浪淘沙》之"小楼燕子话春寒"、《青玉案》之"秋在黄花羞
涩处"、《水龙吟》之"苦被流莺蹴翻花影，一栏红露"诸句，
固自稍稍可观，然不能掩其全集之陋也。

据毛氏汲古阁本著录，为江苏巡抚采进本。《钦定续通志》卷一百六十三据《四库存目》著录，又清《续文献通考》卷一九八著录有《芸窗词》一卷。二者均同库本。

见于清以来人著录的有：

1. 清黄虞稷《千顷堂书目》卷三十二著录有《芸窗词》一卷。

2. 清倪灿撰，卢文弨校正《宋史艺文志补》著录有《芸窗词》一卷。

3. 清钱曾《钱遵王述古堂藏书目录》著录有《芸窗词》一卷。

4. 清钱曾《也是园藏书目》卷七著录有《芸窗词》一卷。

5. 清朱彝尊《词综》"发凡"云曾见《芸窗词》一卷，又卷十八小传云有《芸窗词》一卷。

6.《御选历代诗馀》卷一百六"词人姓氏"云有《芸窗词》一卷。

7. 清徐元文《含经堂藏书目》著录有《芸窗词》一卷。

8. 清陆漻《佳趣堂书目》著录有《芸窗词》一卷。

9. 清赵昱《小山堂藏书目录备览》著录有《芸窗词》。

10. 叶德辉《叶氏观古堂藏书目》著录有《芸窗词》一卷。

以上著录的多未标明版本，所载当以抄本为主。

近代有陈庆年辑《横山草堂丛书》，其中有《芸窗词》一卷，为清宣统三年（1911）丹徒陈氏刊本。

方汝一

方汝一（1215—1259），字清卿，宋莆田（今属福建）人。幼奇

逸，以考古著书自娱。著有《易论》、《江东将相论》、《评两汉史赞》、《小园僻稿》。

刘克庄《后村先生大全集》卷一百五十八《方清卿墓志铭》云："著《易论》二十篇、《江东将相论》十篇、评二汉史赞若干篇、记序诗词名《小园僻稿》者数百篇。"知别集《小园僻稿》中有词，今未见存词。

姚勉

姚勉（1216—1262），字述之，又字成一，号雪坡，高安（今属江西）人。宋理宗宝祐元年（1253）进士第一，除校书郎，兼太子舍人。著有《雪坡舍人集》。

姚氏词集见载于诗文集中，饶宗颐《词集考》别集类卷六云有双照楼影印宋本《姚舍人文集》附词三十二首。检《景刊宋金元明本词》中，并未收录有姚氏词。又检吴昌绶《宋金元词集见存卷目》附《双照楼续辑宋金元百家词目》著录有《雪坡词》一卷，云传抄《雪坡集》本。并未谈及是否为宋刊本。

又《永乐大典》卷 2265 第 7A 页自《雪坡集》录《柳梢青》一词。入清，有《四库全书》本《雪坡文集》五十卷，提要云："是集艺文志亦失载。此本为其从子龙起所编，凡奏对笺策七卷、讲义二卷、赋一卷、诗十一卷、杂文二十九卷，勉受业于乐雷发，诗法颇有渊源，虽微涉粗豪，然落落有气。文亦多婉雅可观，无宋末语录之俚词。外间传本颇稀，讹缺特甚，今以《永乐大典》所载各为校补，其《永乐大典》不载者，则仍其旧集，首有文及翁序……"库本前有文及翁序，云：

> 宝祐元年岁在癸丑，上临轩赐进士第，予与姚成一适相后先联镳入期集所，一见倾盖……龙起汇编成一文稿五十卷，予读之，悲不自胜。乌乎？此特成一之文而已，其志与气节固自有不恃生而存、不随死而止者。昔龙川陈同父亦癸丑伦魁也，尝伏阙三上书，孝庙览之惊异，俾执政召，问当从

> 何处下手。晚得一第，未及大用而殁。又尝自作长短句四
> 卷，酒酣浩歌一章，辄自叹曰："平生经济之怀略已陈矣。"
> 抑亦可悲也夫。

序作于理宗景定五年（1264），又方逢辰景定四年序云："其族子龙起刊其平生所为文，属予序。"知库本所据为宋景定刊本，为江苏巡抚采进本，其中卷四十四为长短句一卷。又有《豫章丛书》本《雪坡舍人集》五十卷补遗一卷，为民国刊本，其中卷四十四为诗馀一卷。

姚氏词集又有单行者，《御选历代诗馀》卷一百七"词人姓氏"云有《雪坡词》一卷。今存抄本词集丛编中收有姚氏词集的有：

1. 清彭元瑞辑《汲古阁未刻词》二十七卷，清光绪抄本，清江标跋。其中有《雪坡词》一卷。

2.《宋元八家词》本，清抄本，其中有《雪坡词》一卷

3.《宋元人词》，清抄本，其中有《雪坡词》一卷。

另有江标辑《宋元名家词》本，为清光绪二十一年（1895）湖南思贤书局刊本，其中有《雪坡词》一卷。

潘清可

潘清可，号月崖，生平不详。著有《月崖集》。

姚勉《雪坡舍人集》卷三十七《月崖近集序》云："月崖潘清可初喜为歌词，余每以莘老讥少游者讥之，乃易学诗，即有警语。"又卷四十四《贺新郎·及第作》"月转宫墙曲"序云：

> 尝不喜旧词，所谓宴罢琼林，醉游花市，此时方显男儿
> 志。以为男儿之志岂止在醉游花市而已哉？此说殊未然也，
> 必志于致君泽民而后可。尝欲作数语易之而未暇。癸丑叨忝
> 误恩，方圆前话，以为他日魁天下者之劝，非敢自炫也。夫
> 以天子之所亲擢，苍生之所属望，当如之何而后可以无负之
> 哉？友人潘月崖首求某书之，是其志亦不在彼而在于此矣。
> 故书不敢辞，是年一阳，来复之日。姚某书。

今未见有存词。

张矩

张矩，一作张榘，又作张龙荣，字成子，号梅深，或作梅渊，居临安（今浙江杭州）。事迹不详。著有《梅渊词》。

张氏词集见于清人著录：清朱彝尊《词综》"发凡"云曾见张矩《梅渊词》，又卷二十二小传云有《梅渊词》。又清赵昱《小山堂藏书目录备览》著录有张矩《梅渊词》。均未言卷数与版本。

民国时赵万里自《阳春白雪》等辑录《梅渊词》一卷，存词十二首，收入《校辑宋金元人词》中，有民国排印本。

陈人杰

陈人杰（1219— ?），一名陈经国，字刚夫，号龟峰，长乐（今属福建）人。宋理宗嘉熙元年（1237）曾至建康应江东漕试，不中。宝祐四年（1256）进士及第，时年三十八。著有《龟峰词》。

陈氏词集后有跋文二，移录于下：

> 长吉、惇夫俱不尽其才而死，世人工诃丑好，卒然而定，自古勋业之士皆然，重可哀也已。刚父兄悼其旧作已轶，盖尝所哜嚅者，惜不及见之。甲辰淳五，所斋陈容公储父。
>
> 龟峰词，有所斋诸兄为之跋，安用复著赘语？谩书癸卯冬所作怀旧一绝系于后，陈合惟善：
>
> 西晋风流自一家，忆君魂梦到梅花。梅花深处无人迹，明月一枝霜外斜。

按：陈容，字公储，号所翁，福唐（今福建福清）人。宋理宗端平二年（1235）进士，通判临江，召为国子监主簿。陈合，字惟善，又作维善，号中山，长乐（今属福建）人。宋理宗淳祐四年（1244）进士，历翰林学士、礼部侍郎等。癸卯、甲辰分别为淳祐三年、四年。

陈氏词集见于明清人著录，今存抄本词集丛编数种，收有《龟峰

词》的有:

1. 明吴讷编《唐宋名贤百家词》本,明抄本,梁启超跋。其中有《龟峰词》一卷。

2. 明李东阳辑《南词》本,抄本,其中有《龟峰词》一卷。

3. 《宋元明三十三家词》本,明石村书屋抄本,其中有《龟峰词》一卷。

4. 《宋元名家词》本,明抄本,清毛扆校,唐晏跋。其中有《龟峰词》一卷。

5. 《唐宋八家词》本,清鲍氏知不足斋抄本,吴昌绥跋。其中有《龟峰词》一卷。

6. 《宋金元明十六家词》本,清抄本,佚名录清劳权校跋,清丁丙跋。其中有《龟峰词》一卷。

7. 《五家词》本,清十万卷楼抄本。其中有《龟峰词》一卷。

又见于著录的抄本有:

1. 清陆心源《皕宋楼藏书志》卷一百二十著录有《龟峰词》一卷,旧抄本。

2. 清丁丙《善本书室藏书志》卷四十著录有《龟峰词》一卷,劳季卿抄本。云:"此劳季(脱卿字)从知不足斋所藏魏柳洲抄本录出,有蟫盦一印。"按:前知陈氏词集有鲍氏知不足斋抄本《唐宋八家词》,劳校本当是据此抄录。

3. 《中国古籍善本书目》载《龟峰词》一卷,明抄本。藏国家图书馆。

此外见于著录版本不详者有:

1. 清黄虞稷《千顷堂书目》卷三十二著录有《龟峰词》一卷。

2. 清倪灿撰,卢文弨校正《宋史艺文志补》著录有《龟峰词》一卷。

3. 清朱彝尊《词综》"发凡"云曾见陈经国《龟峰词》一卷,又卷十八小传云有《龟峰词》一卷。

4. 《御选历代诗馀》卷一百六"词人姓氏"云有《龟峰词》

一卷。

5. 清陆漻《佳趣堂书目》著录有《龟峰词》一卷，壬寅。按：壬寅指清康熙六十一年（1722）。

6. 清赵魏《竹崦庵传抄书目》著录有《龟峰词》一卷，十七。

以上均未言版本，所载当以抄本为主。

近代王鹏运四印斋刻有《龟峰词》一卷，收入《宋元三十一家词》中，此本见叶德辉《叶氏观古堂藏书目》、缪荃孙《目录词小说谱录目》等著录。

陈允平

陈允平，字君衡，一字衡仲，号西麓，鄞（今浙江宁波）人。生卒年不详。试上舍不遇，宋恭宗德祐年间授沿海制置司参议官。元初被征至大都，托病辞归。著有《西麓诗稿》、《日湖渔唱》、《西麓继周集》等。

陈氏词集宋时已问世，陈思《两宋名贤小集》卷三百十五于《西麓诗稿》云：

> 陈允平，字衡仲，又字君衡，号西麓，鄞县人。才高学博，一时名公卿皆倾倒。试上舍不遇，放情山水，往来吴淞淮泗间。倚声之作，推为特绝。尝著《石（当作日）湖渔唱》词，元初以人才征至北都，不受官放还。

卷数版本情况不明。又方岳《秋崖集》卷三十八《跋陈平仲诗》云：

> 云谷谢公使冶铸之年，过予崖而西也，手其友陈平仲诗若词三巨篇示余，读且评曰：本朝诗自杨、刘为一节，昆体也，四瑚八琏，烂然皆珍，乃不及夏鼎商盘自然高古。后山诸人为一节，派家也，深山云卧，松风自寒，飘飘欲仙，芰荷衣而芙蓉裳也，而极其挚者，黄山谷。词自欧、苏为一节，长短句也，不丝不簧，自成音调，语意到处，律吕相忘。晏叔原

诸人为一节，乐府也，风流蕴藉，如王、谢家子弟，情致宛转，动荡人心，而极其挚者，秦淮海。山谷非无词，而诗掩词；淮海非无诗，而词掩诗。若西麓君，所谓奄有二子成三人者，与窥豹一班，则"娥眉不及宫前柳，一度春风一度开"，唐人得意句也。"白露横塘，一片孤山几夕阳"，真情顺下风而立矣。因笔其语集中，明当啾白山水焚不乳，尽观之。

知不仅能诗，而且善词。其词集见于后世著录的情况如下。

一、《日湖渔唱》

A. 抄本

见于词集丛编的有：

1. 《宋金元名家词抄》本，清抄本，其中有《日湖渔唱》一卷。

2. 清赵辑宁辑《星凤阁抄五代宋人词》本，清赵氏星凤阁抄校本，其中有《日湖渔唱》一卷，藏台湾。

此外见于著录的抄本有：

1. 清曹寅《栋亭书目》卷四著录有《日湖渔唱》，抄本，一卷，一册。

2. 清汪宪《振绮堂书目》卷二"闻·抄本集类杂集并总集·第一格"著录有《日湖渔唱》一册，一卷。又清丁丙《善本书室藏书志》卷四十著录有《日湖渔唱》一卷，精抄本，何梦华藏书。云：

> 宋陈允平君衡撰。按袁清容集：允平德祐时授沿海制置司参议官，祥兴元年，允平与苏刘义书，期九月以兵船下，庆元当内应，为怨家所讦，同官袁洪解之，得释。其诗词与吴文英、翁元龙齐名。《千顷堂书目》载《日湖渔唱》二卷，此并一卷。阮文达公抚浙时，录以进御，有提要，见《揅经室外集》中。《继周集》，乾隆以前传本甚罕，以文达搜罗之博，竟不可得。此帙为何梦华合抄本，有"钱塘何元锡字敬祉号梦华又号蝶隐"朱文大方印。

检《江南图书馆善本书目》著录有《日湖渔唱》一卷，云："宋陈允平，精抄本，何梦华藏书。《西麓继周集》一卷，同上，旧抄本，汪鱼亭藏书。"按：汪宪（1721—1771），字千陂，号鱼亭，钱塘（今浙江杭州）人。清乾隆十年（1745）进士，官刑部主事，迁员外郎。性好藏书，多善本，藏书楼名振绮堂、存悔斋等。著有《振绮堂稿》等。知汪氏藏书曾归钱塘丁氏所有，后为江南图书馆收藏。又《中国古籍善本书目》载《日湖渔唱》一卷《西麓继周集》一卷，云清抄本，清丁丙跋。藏南京图书馆。

3. 清黄丕烈《荛圃藏书题识》卷十著录有《日湖渔唱》一卷，旧抄本。黄氏跋云：

> 癸酉夏日，五柳书居以抄本宋词四种示余，余以其皆重本，故未留。越日思之，书不厌复，为有异处也。遂复问之，索直三番，余因携归，出此《日湖渔唱》一种以校，却有一二佳字，误者亦未免，悉标诸行间。书经绣谷插架，绣谷者，西冷吴氏也。吴君名焯，字尺凫，盖藏书家。今其书皆散矣，表之以著雪泥鸿爪云尔。七月初四，伏日挥汗识，复翁。

癸酉为嘉庆十八年（1813），知原为吴焯绣谷亭藏书。《善本书目》著录有《日湖渔唱》一卷，云旧抄本，又云："千顷堂书载《日湖渔唱》二卷，此并一卷也，旧为绣谷亭旧藏。"按：陶庭学，原籍浙江乌程，占籍苏州。以五柳先生陶渊明后裔自况，为书商，在苏州开"五柳书居"。乾隆时开四库馆，被荐至京师，鉴别并搜访异书秘本，并在琉璃厂开"五柳居"书肆。检清陆心源《皕宋楼藏书志》卷一百十九著录有《日湖渔唱》一卷，云旧抄本，并录黄丕烈手跋。知此书后归藏皕宋楼。

4. 清王闻远《孝慈堂书目》著录有《日湖渔唱》，云：一卷，合一册，抄，百二十番。

5. 清朱学勤《别本结一庐书目》"抄本"著录有《日湖馀（当作渔）唱》一卷。

6. 吴昌绶《宋金元词集见存卷目》附《双照楼续辑宋金元百家词目》著录有《日湖渔唱》一卷《西麓继周集》一卷，云："钱塘何氏梦华馆抄本，重校，秦刻从选本搜集，少二十馀首，字句亦有肌疤。西麓和周词，依强焕本为次，与杨、方和《清真集》次序多寡不同。"按：《中国古籍善本书目》载《日湖渔唱》三卷补遗一卷续补遗一卷，清抄本，郑文焯、吴昌绶校。藏上海图书馆。

7. 章钰《章氏四当斋藏书目》卷中之四著录有《日湖渔唱》一卷补遗一卷续补遗一卷，云刘履芬写本，一册。又："函签题：《日湖渔唱》一卷补遗一卷续补遗一卷，刘泖生先生手写，潘麐生先生校订。光绪季年得而藏之。"又录刘氏手跋云：

> 同治辛未六月，依《粤雅堂丛书》刊本录于吴门僦舍，七
> 月初四日完，江山刘履芬记。潘氏手跋云：是岁八月既望，
> 长洲潘钟瑞校读一过于香禅精舍。卷末。

知是刘履芬同治十年（1871）据《粤雅堂丛书》本移录，潘钟瑞校勘。按：刘履芬（1827—1879），字彦清，号泖生，祖籍浙江江山，客居江苏苏州。以同知直隶州充苏州书局提调，光绪初调署嘉定知县。著有《古红梅阁集》、《沤梦词》等。潘钟瑞（1822—1890），字麐生、麟生，号近僧、瘦羊，别号香禅居士，清江苏苏州人。贡生，为太常博士。长于金石考证，擅书法篆刻。此书见《中国古籍善本书目》著录，云《日湖渔唱》一卷补遗一卷续补遗一卷，清同治十年刘履芬抄本，清潘钟瑞校。藏国家图书馆。

8. 王重民《中国善本书提要》著录有《日湖渔唱》一卷，与《笑笑词》同订一册（《四库未收书目》卷一）（北图）云：赵氏星凤阁抄本[十行二十一字]。又原题："句章陈允平君衡。"卷内有"赵印辑宁"印记。

9. 《中国古籍善本书目》载《日湖渔唱》三卷补遗一卷续补遗一卷，清徐氏烟屿楼抄本，清徐时栋批校。藏天一阁文物保管所。按：徐时栋（1814—1873），字定宇，一字同叔，号柳泉。鄞县（今浙江宁

波）人。清道光二十六年（1846）举人，授内阁中书。藏书极富，有烟屿楼，著有文集四十卷。

B. 刊本

1.《词学丛书》本《日湖渔唱》一卷补遗一卷续补遗一卷，跋云：

> 南渡词人推白石、玉田，得雅音之正宗。此外如梅溪、竹屋、梦窗、竹山、弁阳、碧山，指不胜屈，并皆高挹前贤，别开生面，如五色之相宣，如八音之迭奏，洵乎无美不备，有境必臻，洋洋乎钜观也。汲古阁所缉《六十家词》，独四明陈允平词不在甄录之内，学者憾焉。允平，字君衡，号西麓，有《日湖渔唱》一卷，前列慢曲及西湖十咏三十首，后列引、令三十五首，末附寿词十九首，又有补遗二十二首，通为一卷，不知何人所集。余又于诸名家词中搜得长短调七十六首，为续补遗一卷，于是西麓著述综括靡遗。与鲍丈渌饮所刻《花外集》、《蘋洲渔笛谱》可以相媲矣。西麓词清丽芊绵，小令尤为擅长，其和周清真韵者甚多，知其胎息于前人者深也。校录既定，为叙其崖略，以著于篇。道光岁次己丑仲冬月日长至，江都秦恩复跋于词隐草堂。

跋作于清道光九年（1829），原本二卷，续补遗一卷为秦氏辑录。此本多见藏家著录，如清阮元《揅经室经进书录》卷四著录有《日湖渔唱》一卷，云《词学丛书》本，有补遗、续补遗，按阮元《揅经室外集·四库未收书提要》卷一云：

> 宋陈允平撰，允平字君衡，鄞县人。德祐时授沿海制置司参议官，祥兴元年允平与苏刘义书，期九月以兵船下庆元，当内应，为怨家所评，同官袁洪解之，得释，事见袁清容集。其诗词与吴文英、翁元龙齐名，张玉田尝论其所作平正，《千顷堂书目》载《日湖渔唱》二卷，此作一卷，或为后

人所并欤?

又见清耿文光《万卷精华楼藏书记》、缪荃孙《目录词小说谱录目》、李盛铎《天津延古堂李氏旧藏书目》、叶德辉《叶氏观古堂藏书目》等著录。

2.《粤雅堂丛书》本《日湖渔唱》一卷补遗一卷续补遗一卷。跋云:

> 右《日湖渔唱》一卷,宋陈允平撰。案:允平字君衡,号西麓,句章人。张炎《乐府指迷》称词欲雅而正,志之所之,一为物所役,则失其雅正之音。近代陈西麓所作,平正亦有佳者。我朝朱竹垞撰《词综》,尝谓论词必出于雅正,故曾慥录《雅词》,鲖阳居士辑《复雅》,其论实本于炎,而炎以属之西麓,固依声嫡派矣。考西麓词如《摸鱼儿》云"春已暮,纵燕约莺盟,无计留春住",《江城子》云"燕初还,杏花残,帘里春深,帘外雨声寒",《祝英台近》云"春自年年,花自为春开。是他春为花愁,花因春瘦,花残后人未归来",《清平乐》云"去年共倚秋千,今年独倚阑干,误了海棠时候,不成直待花残"等句,清转华妙,宜玉田生秀冠江东,亦相推挹矣。厉樊榭等《南宋杂事诗注》称西湖十景始自南宋,瞿宗吉称周草窗赋《木兰花慢》,张子成赋《应天长》,皆晚宋名作。今草窗十景,已轶不传,独张子成、陈君仲所作具在,各存五首,以见胜概,盖亦甚重其词也。又知西麓字君衡,复字君仲,抑传写之讹也?此本为江都秦太史恩复所刻,自署所居曰词隐草堂,盖亦究倚声之学者。咸丰辛亥三月之望,时清明后十一日矣,南海伍崇曜谨跋。

跋作于清咸丰元年(1851),是据《词学丛书》本覆刊。此本见于藏家著录的有清阮元《揅经室经进录》卷四、王国维编《大云书库藏书目》卷中、叶德辉《叶氏观古堂藏书目》等。

3. 《彊村丛书》本《日湖渔唱》一卷附校记一卷，跋云：

> 《日湖渔唱》一卷，吴伯宛校录何梦华藏旧抄本。考阮文达《挈经室外集》云：《千顷堂书目》称二卷，或并《西麓继周集》计之，江都秦氏本跋称补遗二十二首与慢曲西湖十咏、引令、寿词通为一卷，此盖前人所为。秦辑续补遗云于诸名家词中搜得，实皆见《继周集》中，以补《渔唱》，殊失旧观。惟《瑞鹤仙》"垂杨"二首，不知据何本辑入。今依伯宛说，附此卷后。并据秦本及周公谨所选诸作校举如右。丙辰五月夏至后二日，朱孝臧跋。

跋作于民国五年（1916），检《彊村丛书》总目，《日湖渔唱》是据劳巽卿传录新城罗氏抄本刻入，校以《词学丛书》本及选本。

4. 《四明丛书》本《日湖渔唱》一卷附校记一卷。张寿镛《西麓诗稿序》云：

> 有《西麓诗稿》一卷，黄俞邰《两宋群贤小集》刊之；《日湖渔唱》补遗、续补遗一卷，《词学丛书》刊之；朱古微更依吴伯宛校录、何梦华旧抄，并据江都秦氏本，与《西麓继周集》一卷同刊入《彊村丛书》，且作校记。西麓诗词传于世者，如此而已。鄞志所谓《蜩鸣稿》者，未见也。夫以少师之老孙子见全谢山咏西麓诗，世纶堂中之阿咸。清敏卓世纶堂在梅江，见袁陶轩《鄞北杂诗》。家学渊源，其来有自，故君故国，悬悬胸怀。读其诗词，既悲其遇，一唱三叹，其志寓之，独惜李杲堂录《甬上耆旧诗》于三十卷中，未见其选。袁陶轩编《四明诗萃》及《乐府》始录之。余得《四明诗萃》三十卷，明以后未见。董丈觉轩编《甬上宋元诗略》重录之，吾乡有西麓其人，是亦宋之忠义士也。张炎拜其墓，尝吊以词矣。余汇而刻其诗词，盖亦崇其志，岂徒重其才哉？

序作于民国二十七年（1938），《四明丛书》本是据《彊村丛书》本覆刊。

C. 版本不详者

1. 清黄虞稷《千顷堂书目》卷三十二著录有《日湖渔唱》二卷。

2. 清倪灿撰，卢文弨校正《宋史艺文志补》著录有《日湖渔唱》二卷。

3. 清朱彝尊《词综》"发凡"云曾见有《日湖渔唱》二卷，又卷二十小传云有《日湖渔唱》二卷。

4. 《御选历代诗馀》卷一百六"词人姓氏"云有《日湖渔唱》一卷。

5. 清陆漻《佳趣堂书目》著录有《日湖渔唱》□卷。

6. 清查为仁、厉鹗《绝妙好词笺》卷五小传云著有《西麓诗稿》一卷《继周集》一卷、《日湖渔唱》二卷。

7. 清钱大昕《补元史艺文志》卷四著录有《日湖渔唱》二卷。

8. 《浙江通志》卷二百五十二著录有《日湖渔唱》二卷。

9. 清赵昱《小山堂藏书目录备览》著录有《日湖渔唱》。

10. 清忻宝华《澹庵书目》著录有《日湖渔唱》一卷补遗二卷。

11. 庞元澄《百匮楼藏书目录》著录有《日湖渔唱》一册。

12. 伦明《东莞伦氏续书楼藏书目录》"第二十五箱"著录有《日湖渔唱》，又一部一册。

13. 《博古斋书目》著录有《日湖渔唱》，云仿宋本，一册。

14. 《大华书店新旧书目第一号》（苏州）著录有《日湖渔唱》三卷，句章陈允平撰，白纸。

以上均未标明版本，钱大昕以上所载当以抄本为主。另王维翰校录《黄岩九峰名山阁藏书目录》卷四著录有："《日湖渔唱》、《石湖》、《花外》、《蜕岩》、《贞居》，知不。"检鲍氏刊《知不足斋丛书》本未见有《日湖渔唱》，或是指为鲍氏所藏词集而言。

二、《西麓继周集》

A. 抄本

今存抄本词集丛编中收有陈氏词集的有：

1. 《典雅词》本，为毛氏汲古阁影宋抄本，存日本静嘉堂文库，其中有《西麓继周集》一卷。检清陆心源《皕宋楼藏书志》卷一百十九著录有《西麓继周词》一卷，云汲古影宋本。即指此书，盖析出著录者。又传抄汲古阁本的有二种：一为清丁氏八千卷楼藏书，藏南京图书馆。一为原北平图书馆藏书，今藏台湾。二者均有《西麓继周集》一卷。又检缪荃孙《目录词小说谱录目》著录有《西麓继周集》一卷，云传写《典雅词》本。所指当为北平图书馆藏本，盖析出著录者。

2. 《宋九家词》本，清道光蒋氏别下斋抄本，清许光清跋，其中有《西麓继周集》一卷。

3. 《宋元人词》本，清抄本，其中有《西麓词》四卷。

此外见于藏家著录的抄本有：

1. 清曹寅《楝亭书目》卷四著录有《西麓继周词》，云："抄本，一册，宋莆郧陈允平著，一卷，一册。"

2. 清王闻远《孝慈堂书目》著录有《西麓继周词》，云：抄，白三十七番。

3. 清汪宪《振绮堂书目》卷二"闻·抄本集类杂集并总集·第一格"著录有《西麓继周集》一册，一卷。此书后归钱塘丁氏所有，清丁丙《善本书室藏书志》卷四十著录有《西麓继周集》一卷，旧抄本，汪鱼亭藏书。提要云：

> 《继周集》流传甚罕，朱竹垞选《词综》，所采衡仲词皆在《日湖渔唱》中，未登《继周集》只字，是渊博如竹垞当日尚未见其书矣。其词张叔夏以平正许之，其实词旨清婉，音节亢爽，佳处不仅平正也。卷端有"汪鱼亭藏阅书"一印。

汪宪号鱼亭，详见前文。此书后归藏江南图书馆，见《江南图书馆善本书目》著录，其中有《西麓继周集》一卷，云："旧抄本，汪鱼亭藏书。"今藏南京图书馆，见《中国古籍善本书目》著录，载《西麓继周集》一卷，云清抄本，清丁丙跋。

4. 清朱学勤《别本结一庐书目》"抄本"著录有《西麓继周集》

一卷。

5. 清韩应陛《读有用书斋藏书志》著录有《西麓继周集》一卷，云："旧抄本，陈允平撰，朱竹垞旧秘本也。有己未三月借王精宏本校改字，原题书面称《典雅词》。"按：己未为清康熙十八年（1679），王精宏其人俟考。又张乃熊《菦圃善本书目》卷五上"抄稿本上·旧抄精抄本"著录有《西麓继周集》一卷，云："旧抄本，一册，校，潜采堂、读有用书斋旧藏。"按：张乃熊，字芹伯，又字芹圃，张钧衡长子，浙江吴兴人。清光绪末贡生，能继承父志，喜藏书。

6.《劳氏碎金》卷中著录有《西麓继周集》一卷，手抄本。云："咸丰丁巳二月十六日望，传新城罗氏写本，二十五日春分社前一日，双声阁录毕记。"为清咸丰七年（1857）抄本。此书后归傅增湘所得，见傅氏《藏园群书经眼录》卷十九著录，有《西麓继周集》一卷，云：

> 清咸丰七年劳权手抄精校本。有跋录后："咸丰丁巳二月
> 十六日望传新城罗氏写本，二十五日春分社前一日双声阁录
> 毕记。"（余藏）

此又见傅氏《双鉴楼善本书目》卷四著录有《西麓继周集》一卷，云劳巽卿手抄校本。今藏国家图书馆，见《中国古籍善本书目》著录，载《西麓继周集》一卷，云清咸丰七年劳权抄本，清劳权校并跋。

7. 傅增湘《国立北京图书馆由沪运回中文书籍金石拓本舆图分类清册》著录有《西麓继周集》一册，云双照楼抄本（吴昌绶、朱祖谋校）。检《中国古籍善本书目》载《西麓继周集》一卷，云清光绪吴氏双照楼抄本，吴昌绶、朱孝臧校并跋。藏国家图书馆。

8.《中国古籍善本书目》载《西麓继周集》一卷，清宣统元年（1908）吴氏双照楼抄本，朱孝臧校。藏国家图书馆。

另清许宗彦《鉴止水斋藏书目》"集部第九厨"著录有《西麓继周集》一本。未标明版本。

B. 刊本

1.《彊村丛书》本《西麓继周集》一卷，朱祖谋跋云：

《西麓继周集》一卷，劳巽卿传录新城罗氏写本。都词百二十有三首。和美成韵者百二十一首，其《过秦楼》前一首，琴调《相思引》一首，并非周韵。吴伯宛疑宋时周词别有存此二阕者，理或然欤？又载《苏幕遮》、《蓦山溪》、《玉团儿》、《三部乐》、《玉烛新》五调而缺其词，为何氏梦华馆、朱氏结一庐藏两抄本所未有。集中序次与汲古阁《片玉词》粗合，惟多在上下卷之前半，亦有同调而未尽和者，窃意当时周词原有此本，后经强焕增辑，故较衡仲所和有溢出者，然衡仲所见亦非善本。观于《荔枝香》、《拜星月》、《满路花》、《西平乐》诸词可见也。先衡仲而和周词者有方千里、杨泽民，时人并周词裒刻之，称为《三英集》。方、杨所据同为周词分类本，此与迥异，然足以见美成旧本面目，亦可贵已。《莲子居词话》称鲍渌饮抄本，词中有《继周集》，彭文勤《知圣道斋宋元词目》亦有之。吾乡陆氏皕宋楼尝有汲古影宋本，惜皆无由寓目。辄依何、朱两抄本罗举同异如右。江都秦氏刻《日湖渔唱》，续补各卷，乃从《历代诗馀》辑出，颇有臆改，不足深据。其可两通者，亦附著焉。《历代诗馀》采此集至九十馀首之多，则康熙时必见《继周集》可知。丁氏《善本书室藏书志》谓乾隆前罕见，亦未然也。丙辰端阳日，朱孝臧校毕记。

跋作于民国五年（1916）。所据为劳格传录新城罗氏写本，此本见前《劳氏碎金》著录，后为傅增湘所有，藏国家图书馆。

2. 《四明丛书》本《西麓继周集》一卷，与《日湖渔唱》合刊，详见前文。

三、《陈允平词》

见于著录的有：

1. 《永乐大典》卷 3005 第 2B 页自《陈允平词》录《红林檎》一首。

2. 清林佶《天一阁书目》著录有《陈允平词》一本，又舒木鲁氏抄《天一阁书目》著录有《陈允平词》一本。又清范懋柱《天一阁藏书目》卷四之四著录有《陈允平词》一卷，云："抄本，陈继周撰。"又清薛福成《天一阁见存书目》卷四著录有《陈允平词》，云："一册，全，抄，明陈继周撰。"称陈继周，是就《西麓继周集》而言，云为明人，盖误。此书后为刘承干所得，刘氏《嘉业藏书楼抄本书目》著录有《陈允平词》一卷，云："明乌丝抄本，一册。天一阁旧藏，末有尹焕梦窗词序。"又周子美编《嘉业堂抄校本目录》卷四著录有《陈允平词》一卷，明抄本，一册。检吴格整理《嘉业堂藏书志》著录有《陈允平词》一卷，旧抄本。录缪荃孙撰提要云：

> 即《西麓继周集》。允平字君衡，鄞县人，德祐时授沿海制置司参议官。祥兴元年，允平与苏刘义书，期九月以兵船下庆元，当内应，为怨家所讦，同官袁洪解之，得释，事见袁清容集。著有《日湖渔唱》一卷，《西麓继周集》一卷。此盖别本，与彊村刻本不同。（缪稿）

认为此种即《西麓继周集》。此书藏国家图书馆，见《中国古籍善本书目》著录，载《陈允平词》一卷，明抄本。

3. 徐世昌《书髓楼藏书目》卷四著录有四种词四卷，即姜夔、陈允平、周密、王沂孙撰。

除以上三种词集外，又有《和清真词》，见题吉庵居士辑《清真倡和集》本，有清道光二十五年（1845）王氏活字印本，清劳权、劳格校，吴昌绶跋，其中有陈允平撰《和清真词》二卷。

李彭老

李彭老，字商隐，号筼房，又号漫翁，德清（今属浙江）人。生卒年不详。与弟李莱老齐名，人称龟溪二隐。宋理宗淳祐中官沿江制置司属官，景定间知盐官县。与其弟有《龟溪二隐集》。

周密《浩然斋雅谈》卷下云：

筼房李彭老词笔妙一世，予已择十二阕入《绝妙词》矣，兹不重见。外可笔者甚多，今复摭数首于此。《惜红衣》云……又张直夫尝为《词叙》云：“靡丽不失为国风之正，闲雅不失为骚雅之赋，摹拟《玉台》，不失为齐梁之工，则情为性用，未闻为道之累。”楼茂叔亦云：“裙裾之乐，何待晚悟。笔墨劝淫，咎将谁执？或者假正大之说，而掩其不能，其罪我必焉。虽然，与知我等耳。”

知有词集，有张侃（直夫）所作词叙，又楼茂叔亦云云，也当指序跋言，未言卷数版本。宋以后罕见著录，《御选历代诗馀》卷一百七“词人姓氏”云有《筼房词》，或是据宋人所云著录，未必真见其书。

近世朱祖谋据汪谢城辑本《龟溪二隐词》一卷，刻入《彊村丛书》中，无校记，无跋文。

李莱老

李莱老，字周隐，号秋崖，又号遁翁，德清（今属浙江）人。生卒年不详。宋度宗咸淳六年（1270）以朝请郎知严州。与兄李彭老所为词合称《龟溪二隐集》。

周密《浩然斋雅谈》卷下云：

秋崖李莱老，与其兄筼房竞爽，号龟溪二隐。予已刊十二阕于《绝妙选》矣，今复别见《倦寻芳》云：“缭墙粘藓，糁径飞梅，春绪无赖。绣压垂帘骨，有许多寒在。宝幄香销龙麝饼，钿车尘冷鸳鸯带。想西园，被一程风雨，群芳都碍。　逗晓色、莺啼人起，倦倚银屏，愁沁眉黛。待挤千金，却恨好晴难买。翠苑欢游孤解佩，青门佳约妨桃叶。柳初黄，罩池塘，万丝愁蔼。”《点绛唇》云：“绿染春波，袖罗金缕双鸂鶒。小桃匀碧，香衬蝉云湿。　舞带歌钿，闲傍秋千立。情何极，燕莺尘迹，芳草斜阳笛。”《西江月》赋海棠云：“绿凝晓云苒苒红，酣晴雾冥冥。银簪悬烛锦官城，困倚墙头半影。　　雨后偏饶艳冶，燕来同作清明。更深犹唤玉靴笙，不管西池露冷。”

未言卷数版本。宋以后罕见著录，《御选历代诗馀》卷一百七“词人姓氏”云有《秋崖词》，或是据宋人所云著录，未必真见其书。

近世朱祖谋据汪谢城辑本《龟溪二隐词》一卷，刻入《彊村丛书》中，无校记，无跋文。

李芸子

李芸子，字耘叟，号芳洲，宋昭武（今属甘肃）人。生平不详。

宋黄昇《中兴以来绝妙词选》卷十云：“石屏序其词，最称赏‘予怀渺渺’以下数语。”知有词集，未言卷数版本。宋以后不见提及。

施岳

施岳，字仲山，号梅川。吴（今江苏苏州）人，侨居武林（今浙江杭州）。生卒年不详。能诗，精于律吕。宋理宗景定末前后卒，葬于西湖虎头岩下。

施氏词集只见于清人著录，《御选历代诗馀》卷一百七“词人姓氏”云有《梅川词》，又清赵昱《小山堂藏书目录备览》著录有《梅川词》。均未言卷数和版本。

张枢

张枢，字斗南，号云窗，又号寄闲，宋西秦（今属陕西）人，居临安（今浙江杭州）。曾为宣词令、合门簿书。善音律，尝度《依声集》百阕，著有《寄闲集》。

周密《浩然斋雅谈》卷下云：

云窗张枢，字斗南，又号寄闲，忠烈循王五世孙也。笔墨萧爽，人物酝藉。善音律，尝度《依声集》百阕，音韵谐美，真承平佳公子也。予已选六阕于《绝妙词》，今别见于此……

所云《依声集》，未言卷数版本。又张炎《词源》卷下"音谱"云："先人晓畅音律，有《寄闲集》，旁缀音谱，刊行于世。每作一词，必使歌者接之，稍有不协，随即改正。"知《寄闲集》是有刻本的，未言卷数。

张枢词集不见明清时人著录，近代许增辑校张枢诗词，附于张炎《山中白云词》后，刊刻于清光绪八年（1882），收在《榆园丛刻》中。又朱祖谋据《知不足斋丛书》本刻入《彊村丛书》中，附于张镃《南湖诗馀》后。

杨缵

杨缵，字继翁，号守斋，又号紫霞翁，本鄱阳（今属江西）洪氏，出继宋宁宗杨太后侄杨石之子，居钱塘（今浙江杭州）。除太社令，官至司农卿、浙东帅，以女选为度宗淑妃赠少师。著有《紫霞洞谱》。

周密《浩然斋雅谈》卷下云：

> 杨缵，字嗣翁，号守斋，又称紫霞，本鄱阳洪氏恭圣太后侄杨石之子。麟孙早夭，遂祝为嗣。时数岁，往谢史卫王，王戏命对云："小官人当上小学。"即答云："大丞相已立大功。"卫王大惊喜，以为远器。公廉介自将，一时贵戚无不敬惮，气习为之一变。洞晓律吕，尝自制琴曲二百操。又常云："琴一弦，可以尽曲中诸调。"当广乐合奏，一字之误，公必顾之，故国工乐师无不叹服，以为近世知音无出其右者。任至司农卿、浙东帅，以女选进淑妃赠少师。所度曲多自制谱，后皆散失。

所谓"洞晓律吕，尝自制琴曲二百操。……所度曲多自制谱，后皆散失"，未言卷数版本。

何梦桂

何梦桂（1229—？），字岩叟，号潜斋，初名应祈，字申甫，淳安（今属浙江）人。宋咸淳元年（1265）省试第一，举进士，廷试第三名。为台州军事判官，召为太常博士，恭宗德祐元年（1275）除监察御史，端宗时为大理寺卿。元世祖至元初，荐授江西儒学提举，不赴，累征不起。筑室小西源，著书自娱，终老家中，学者称潜斋先生。著有《潜斋文集》、《潜斋词》。

何氏词见载于诗文集中，今有《四库全书》本《潜斋文集》十一卷附《铁牛翁遗稿》一卷，提要云：

> 此集凡遗诗三卷，词及试策一卷，杂文七卷。诗颇学白居易体，殊不擅长，王士禛《池北偶谈》以酸腐庸下诋之，则似乎已甚。文则颇援引证佐，有博辨自喜之意。明成化中其八世孙淳访得旧印本于同邑汪廷贵家，校正刊行，后其远孙之论等又为重刊。

知所据为明刊本，为浙江鲍士恭家藏本。库本卷四为词，凡一卷。

何氏词集清以前不见著录，清朱彝尊《词综》"发凡"云有《潜斋词》一卷。又今有清抄本《宋元人词》，藏上海图书馆，其中有《潜斋词》一卷。

晚清有王鹏运四印斋刻本《潜斋词》一卷，收入所刊《宋元三十一家词》中，王氏跋云：

> 仪真刘伯山序《草窗词》，据草窗、白石与梦窗唱和年月，谓梦窗与草窗唱和时，其年当在八十上下，白石与梦窗唱和亦在七十以外。今岩叟此集，有和邵清溪词二阕。按：岩叟，咸淳乙丑进士第三人，邵清溪之生，据《蛾术词选》考之，为至大二年己酉，词选卷二和赵文敏词自序云生十四年而公薨，文敏之殁为至正二年壬戌，逆而溯之，当生于是年。距乙丑已四十五年。

岩叟生年无考。其《摸鱼子》题云"和邵清溪自寿"，清溪元作本集不载，不知作于何年。词选纪年之始为后至元二年己卯，是年清溪三十有一。自寿之词即作于二十内外，而岩叟又弱龄登第，是时亦年逾大变矣。厥后清溪亦年至九十有二，何词人老寿之多耶？书之以备词坛佳话。半塘老人校讫记。

此书见缪荃孙《目录词小说谱录目》、《叶氏观古堂藏书目》等著录。

吕自牧

吕自牧，生平不详。

牟巘《牟氏陵阳集》卷十七《跋吕自牧词卷》云：

> 云中吕晋卿以其乃祖自牧公乐府词卷见示，或豪宕，或凄惋，或容与，固能者也。但其压卷一首，有不忍观伐国，不问仁人，朝歌墨子回车，全忍之哉！丞卷还之。晋卿年虽少，好学善问，用意不苟，尝从予友邓善之游。其进未有艾，愿益以学自勉，不必作晏叔原、康伯可辈人可也。毋以吾言为过。

知为手稿。

刘辰翁

刘辰翁（1232—1297），字会孟，号须溪，庐陵（今江西吉安）人。宋理宗景定三年（1262）登进士第，任赣州濂溪书院山长，历福建转运司幕、福建安抚司幕。度宗咸淳年间为临安府教授、中书省架阁。宋亡，归隐。著有《须溪集》、《须溪词》。

刘氏词见载于诗文集中，《永乐大典》自《刘须溪集》录词三首，即《添字浣溪沙》和《虞美人》（2809/18A，指卷数及页码，下同）、《绮寮怨》（11313/19B）。又卷2262第16B页自《刘须溪诗》录《金缕曲》一首。又自《刘须溪词》录词九首，即《江城子》（2265/7B），《临江仙》二首（3005/3A），《木兰花慢》二首、《水调》二首、《千秋岁》、《祝英台近》（20353/16B、17A）。

入清有《四库全书》本《须溪集》十卷，提要云：

> 《须溪集》明人见者甚罕，即诸书亦多不载其卷数。韩敬选订晚宋诸家之文，尝以不得辰翁全集为恨。闻兰溪胡应麟遗书中有其名，往求之，卒弗能获，盖其散失已久。世所传者惟《须溪记抄》及《须溪四景诗》二种，仅寥寥数篇。今检《永乐大典》所录记序杂著诗尚多，谨采辑衰次，厘为十卷。

知是据《永乐大典》辑录出，库本卷八至卷十为词，凡二卷。按：《钦定四库全书考证》卷八十四于《须溪集》卷九略有订正，如于《扫花游》云："按《扫花游》又名《扫地花》、《扫地游》，调俱九十五字，原本讹作《扫花边》，据《词律》改。"又于《忆江南》云："原本讹《梧桐子》，据《词律》改。"又于《内家娇》云："原本家讹多，据《词律》改。"又《百字令》云："原本讹作《赤壁词》，据《词律》改。"按：清朱彝尊《词综》卷二十三小传云有《须溪集》附词。

另有词集别行者，见于明代藏家著录的有：

1. 明钱溥《秘阁书目》著录有《须溪词》二。

2. 明杨士奇等《文渊阁书目》卷十著录有《须溪词》一部，云：二册，完全。又明杨士奇、清傅维麟《明书经籍志》著录有《须溪词集》一部，云：二册，完全，菉竹堂同文渊阁。

3. 明叶盛《菉竹堂书目》著录有《须溪词》，二册。

入清则有《宋明十六家词》本，为清丁氏嘉惠堂抄本，其中有《须溪词》一卷。又见于清人著录的有：

1. 胡桐庵《新昌胡氏问影楼藏书目·续编》卷下著录有《须溪词》一卷。

2. 吴昌绶《宋金元词集见存卷目》附《双照楼续辑宋金元百家词目》著录有《须溪词》一卷，钱塘丁氏旧抄本。

3. 傅增湘《国立北京图书馆由沪运回中文书籍金石拓本舆图分类清册》著录有《须溪词》等十六种，四册，清嘉惠堂抄本。

近代朱祖谋据丁氏善本书室藏抄本刻入《彊村丛书》，成《须溪词》一卷，又据《翰墨全书》辑成补遗一卷，朱祖谋跋云：

> 《须溪词集》本分三卷，自《望江南》至《声声慢》为卷八，自《汉宫春》至《莺啼序》为卷九，自《沁园春》至《摸鱼儿》为卷十。兹刻初据钱塘丁氏嘉惠堂藏旧抄不分卷本，讹舛屡见。丐吴郡金养之孝廉文粱校勘一过，沈山臣明经修覆斠若干条，率授剞氏。庚申春，南城李振唐大令之鼎传录文渊阁本《须溪集词》三卷见贻，稽其异同，又无虑数十百字。亟就原刻比勘遵改，庶臻完善。其不可通者，仍参以他校。惟卷叶未分，但于目录标明卷次耳。丁本虽讹文叠出，然资以诋正阁本，亦往往而有，若《水龙吟》之"移将剃棹"，《莺啼序》之"千载能胡语"，又颇疑阁本非本来面目也。养之墓草久宿，比闻山臣亦归道山，辄为之掩卷面唏矣。辛酉二月朱孝臧跋于礼霜堂。

作于民国十年（1921），知庚申（民国九年）得李之鼎传抄文渊阁本《须溪集词》三卷校勘，按：文渊阁本《须溪集》中存词凡三卷，李氏传抄本当为别集本。

周密

周密（1232—1298），字公谨，号草窗，又号蘋洲，晚年号四水潜夫、弁阳老人、弁阳啸翁等，祖籍山东济南，南渡时寓居吴兴（今浙江湖州）。宋理宗景定年间入浙西帅司幕，度宗咸淳初为两浙司掾属，端宗景炎初迁义乌令，旋解职归里。宋亡，入元不仕，隐居弁山。后家业毁于大火，移居杭州癸辛街。编著有《草窗韵语》、《草窗词》、《蘋洲渔笛谱》、《绝妙好词》，以及《武林旧事》、《齐东野语》、《癸辛杂识》、《浩然斋雅谈》、《志雅堂杂抄》、《云烟过眼录》等。

周氏词生前已结集，张炎《山中白云词》卷三《一萼红》"制荷衣"词序云："弁阳翁新居堂名志雅，词名《蘋洲渔笛谱》。"又《蘋洲渔笛谱》宋王橚《草窗词跋》云：

> 昔登霞翁之门，翁为予言，草窗乐府妙天下。因请其所赋观之。不宁惟协比律吕，而意味迥不凡，《花间》、柳氏，真可为舆台矣。翁之赏音，信夫！近观《征招》、《酹月》之作，凄凉掩抑，顿挫激昂，此时此意，犹宋玉之悼屈平也欤？一唱三叹，使人泫然增畴昔之感。因为书之，以识予怀云，王橚。

未言卷数版本。又王沂孙《花外集》有《踏莎行·题草窗词卷》，当为手稿，具体不详。

见于明清人著录的如下。

一、《草窗词》

A. 抄本

今存抄本词集丛编收有周氏词集的有：

1. 明吴讷辑《唐宋名贤百家词》本，明抄本，其中有《草窗词集》二卷附录一卷。

2.《宋金元名家词抄》本，清抄本，其中有《草窗词》二卷。

3.《宋元人词》本，清抄本，其中有《草窗词》一卷。

另上海图书馆藏有《草窗词补》二卷，清同治九年（1870）抄本。

又见于著录的抄本有：

1. 范懋柱《天一阁藏书目》卷四之四著录有《草窗词》二卷，绵纸，抄本。

2. 清朱学勤《别本结一庐书目》"抄本"著录有《草窗词》二卷。

3. 清汪宪《振绮堂书目》卷二"闻·抄本集类杂集并总集·第一格"著录有《草窗词》一册，二卷。按：此书后为钱塘丁氏收藏，见丁丙《善本书室藏书志》卷四十著录，有《草窗词》一卷，云旧抄本，汪鱼亭藏书。提要云：

密祖父侨寓吴兴铁佛寺，寻移天圣佛刹，几二十年，杜门著述。密承家学，博通经史，能诗，藏名画法书颇多，善画梅兰竹石。晚岁居弁山，更号弁阳老人。著书二十馀种，尤精于词。顾《四库》惟著录其所编《绝妙好词》，而未及其自著之词。阮氏元抚浙时，曾录其《蘋洲渔笛谱》二卷进呈，《挈经室外集》载有提要。此《草窗词》比《笛谱》增多数阕，殆为后人掇拾而成。鲍氏知不足斋并刊入《丛书》中，更从《绝妙好词》补词十八阕，从《蘋洲渔笛谱》补词二十二阕。暇当抄足之。有"汪鱼亭藏阅书"一印。

按：汪宪号鱼亭。此书后归藏江南图书馆，见《江南图书馆善本书目》著录，其中有《草窗词》一卷，云旧抄本，汪鱼亭藏书。又《中国古籍善本书目》载《草窗词》一卷，云清抄本，佚名校，清丁丙跋，藏南京图书馆。当指此书。

4. 李盛铎《木犀轩收藏旧本书目录》著录有《草窗词》二卷，抄。又李氏《木犀轩收藏旧本书目》著录有《草窗词》二卷，云旧抄本，朱士楷旧藏，二册。

5. 《蟫隐庐书目（一）第七期》著录有旧抄《草窗词》一卷，二册。

6. 《"中央"图书馆善本书目第一次》著录有《草窗词》二卷，一册，旧抄本。又《"中央"图书馆善本序跋集录》著录有《草窗词》二卷，旧抄本。

B. 刊本

1. 《知不足斋丛书》本《草窗词》二卷补二卷。卷上末题识云："右上卷词五十八阕，见《蘋洲渔笛谱》者五十阕、《乐府补题》者三阕。"卷下末题识云："右下卷词五十七阕，见《蘋洲渔笛谱》者四十一阕、《绝妙好词选》六阕。《点绛唇》'午梦初回'一阕、《清平乐》'图书一室'一阕，借刻周晋，晋字叔明，即公谨之父也。"按：周晋，字明叔，号啸斋，其先济南（今属山东）人，寓居吴兴（今浙江湖州）。宋理宗绍定四年（1231）官富阳令。历官衢州通判、知汀州。富藏书。知《草窗词》二卷于周密生前或已刊行。又补卷上所收十八阕据《绝妙好词》补，补卷下所收二十二阕据《蘋洲渔笛谱》补。书末有《题草窗词卷后》一组，即毛翊《踏莎行》、王沂孙《踏莎行》、李莱老《清平乐》、李彭老《浣溪沙》。此本多见藏家著录，如清耿文光《万卷精华楼藏书记》、清庄仲芳《映雪楼藏书目考》、刘体智编《远碧楼经籍目》、叶德辉《叶氏观古堂藏书目》等。

2.《曼陀罗华阁丛书》本《草窗词》二卷补二卷，清咸丰十一年（1861）刻本。叙云：

> 周草窗之词，以姜白石为模范，与吴梦窗同志友善，并驱争先，自来选家采录虽多，而专集流传甚少。汲古阁毛氏旧藏《草窗词稿》二卷，复就昆山叶氏借录《蘋洲渔笛谱》二卷，毛斧季曾作两跋，惜未曾刊入《六十家词集》之中，故《四库全书》词曲类止收草窗所选《绝妙好词》，而其自作之词未经著录。阮文达公始从知不足斋鲍氏传抄《蘋洲渔笛谱》缮录，进呈内府。《揅经室外集》提要云："《词综》以为《草窗词》一名《蘋洲渔笛谱》，今考《草窗词》比斯谱实增多数阕，则知《笛谱》是其当日原定，《草窗词》或后人掇拾所成。"其说甚核。其后鲍氏刻《笛谱》于《丛书》第八集，又得《草窗词》善本，刻入第二十三集。并以《笛谱》及《绝妙好词》、《蓉塘诗话》之异同，注于《草窗词》逐句之下，其《绝妙好词》及《笛谱》所有，而《草窗词》内逸去者，复补辑二卷，于是读《草窗词》者，始获见其全帙。然自《丛书》以外，未有单行之本，购求甚艰。余既重编《梦窗词稿》付刊，因取鲍本《草窗词》重为校正，凡各家选本之异同，鲍本未经涉及者，分注各阕之末，亦授诸梓人，俾与《梦窗词稿》同时流播焉。秀水杜文澜叙。

知据知不足斋刊本付梓，按：此文系刘毓崧代笔，见刘氏《通义堂文集》。又有刘毓崧叙云：

> 虽词稿之中署年月者不多，其次第后先未易揣度，然其寄托遥深，比兴精切，志趣所在，尚可推测而知。故详考其出处始终，俾善读者以意逆志，获知微指所存，用副观察阐扬前哲、嘉惠来学之心焉。咸丰十一年二月既望仪征刘毓崧识。

知刻于清咸丰十一年（1861）。又郑振铎《西谛书目》卷五著录有《草窗词》二卷补遗二卷，云清咸丰十一年刊本，一册。又见周庆云编《晨风庐书目》著录，有《梦窗词》、《草窗词》、《采香词》，四册，周密、吴文英、杜文澜。又伊其淦《生白斋读书自省记》著录有《草窗词》二卷补二卷，提要节录杜文澜序云云，三家著录的均为《曼陀罗华阁丛书》本。又《中国古籍善本书目》载《草窗词》二卷补二卷，云清咸丰十一年刻曼陀罗华阁丛书本，清孙衣言批并跋，藏杭州大学图书馆。

3. 王鹏运四印斋刻《草窗词》二卷补二卷，清光绪年间刊本。王氏跋云：

> 右周公谨《草窗词》二卷，词补二卷，归安朱古微学士辑校本。初，余以杜刻《草窗词》体例踳驳，欲取鲍氏知不足斋本校刊，而以《蘋洲渔笛谱》诸词序附见各阕之后，并旁及草窗杂著之足与其词相发明者，概附著之。即校录字句，亦止据《蘋洲渔笛谱》、《绝妙好词》二书，以成周氏一家之言。商之古微，古微以草窗著籍弁阳，又词中多吴兴掌故，遂欣然从事。往复商榷，逾月而书成。案：草窗杂著之传于今者，曰《齐东野语》二十卷、《癸辛杂志》四集六卷、《武林旧事》十卷、《浩然斋雅谈》三卷、《志雅堂杂抄》一卷、《云烟过眼录》二卷《续录》一卷、《澄怀录》二卷、《绝妙好词》七卷。若陶氏《说郛》所刊为目几廿馀种，皆从以上诸书摘出，

另立新名，以眩观听，为明人刻书陋习，《南宋杂事诗》所引《乾淳起居注》、《乾淳岁时记》、《武林市肆记》等皆是也。所歉然者，《浩然斋视听抄》、《浩然斋意抄》，二书未得寓目耳。词中标目讹舛，古微跋语中已详言之。其尤误者，下卷羼入周明叔之词，杜氏遂题曰："借刻周晋。"考草窗所以称述其亲见之诸杂著者，皆据事直书，无夸大溢美之意，而谓欲于自选词借刻己作以诬亲而增重，贤如草窗，谅不出此，其为后人掇拾讹误无疑。今仍存三词而著其说于此，质之古微，当亦谓然也。庚子三月，古微以刊本属校，记其缘始如此。半塘老人王鹏运识于校梦龛。

又朱祖谋跋云：

右周公谨《草窗词》二卷，词补二卷。按：公谨词自定名为《蘋洲渔笛谱》，长塘鲍氏先据琴川毛氏本刻之，中有脱简。后刻《草窗词》，复辑《笛谱》及《绝妙好词》所载，而兹集逸去者，为词补二卷，秀水杜氏据之刻于吴中，而或列原题，或以《笛谱》词序羼入，体例殊未尽善。去年春夏间，半塘老人约校《梦窗词》，既卒业，复取鲍氏《草窗词》重加商榷，编题一依其旧，而以《笛谱》诸题移附词后，并仿查心穀、厉太鸿《绝妙好词笺》之例为之辑校，取征本事，间载轶闻。所引皆公谨自著书，不复泛滥旁涉，其摭及查、厉词笺者，以犹是弁阳翁志也。集中诸题与《笛谱》详略得失，颇相悬异。如《渡江云·再雪》、《齐天乐·梅》、《一枝春·春晚》，又和韵《长亭怨慢·怀旧》、《乳燕飞·夏游》、《明月引·寄恨》、《柳梢青·梅》，皆为未尽当时事实。至《拜星月慢·春晚寄梦窗》、《齐天乐》之"赤壁重游"、《声声慢》之"水仙"、《江城子》之"闺思"，讹舛尤甚，阮氏谓为后人掇拾所成，其说至审，惟《笛谱》既非完书，不得不据此为定本。校既毕，爰述其崖略。光绪庚子三月归安朱祖谋跋。

二跋均作于清光绪二十六年（1900），知是取《知不足斋丛书》本校印的。此种多见藏家著录，如梁启超《梁氏饮冰室藏书目录》、刘承干《嘉业藏书楼书目》、王国维编《大云书库藏书目》、吴昌绶《宋金元词集见存卷目》、刘声木《苌楚斋书目》、缪荃孙《目录词小说谱录目》等，多作朱氏无著庵校刻本，实为四印斋刊本。

4. 清吴重熹辑《吴氏石莲庵刻山左人词》本，清光绪二十七年（1901）海丰吴氏金陵刊本，其中有《草窗词》二卷补二卷。是据《知不足斋丛书》本覆刊。

又见于著录的有：

1. 刘体智编《远碧楼经籍目》卷三十一著录有《草窗词》二卷补遗二卷，乐地庵仿宋本。按：蒋汝藻（1877—1954），字孟苹，号乐庵，吴兴（今浙江湖州）人。清光绪二十九年（1903）举人。曾任学部总务司郎中，又任浙江军政府首任盐政局长及浙江省铁路公司董事长等职。为吴兴藏书世家，有传书楼、密韵楼等，又有藏书楼名乐地庵，因庋藏苏轼《乐地帖》旧拓而名。检蒋氏辑有《密韵楼景宋本七种》，有民国乌程蒋氏乐地盦刊本，其中有周密《草窗韵语》六卷，为诗集，其中并无词集。疑著录有误。

2. 《西泠印社金石印谱法帖藏书目》“家刻善本”著录有《草窗词》二卷词补二卷，洋五角。版本所指具体不详。

C. 版本不详者

1. 明王道明《笠泽堂书目》著录有《草窗词》一册。

2. 清朱彝尊《词综》“发凡”云有《草窗词》二卷，又卷二十小传云有《草窗词》二卷，一名《蘋洲渔笛谱》。

3. 《御选历代诗馀》卷一百七“词人姓氏”云有《草窗词》二卷，一名《蘋洲渔笛谱》。

4. 《浙江通志》卷二百五十二著录有《草窗词》二卷。

5. 清陆漻《佳趣堂书目》著录有《草窗词》□卷。

6. 清倪灿撰、卢文弨校正《宋史艺文志补》著录有《草窗词》二卷，一名《蘋洲渔笛谱》，又《绝妙好词》八卷。

7. 清郑元庆《湖录经籍考》卷五"历代人词曲"著录有《草窗词》二卷。

8. 清许宗彦《鉴止水斋藏书目》著录有《草窗词》一本。

9. 《今生读作来生用藏书目录》著录有《草窗词》二卷补二卷。

10. 伦明《东莞伦氏续书楼藏书目录》"第二十五箱"著录有《草窗词》。

11. 周庆云编《晨风庐书目》著录有《草窗词》五卷，二册。

12. 周庆云编《晨风庐书目》著录有《草窗词》两卷附补二卷。

13. 《北京直隶书局图书目录》著录有《草窗词》，竹纸，一册。

14. 《修绠堂书目二十二年（北平）》著录有《草窗词》二卷补二卷，白纸，二册。

以上均未标明版本，所载当以刻本居多，尤其是郑元庆以下诸家著录的。

二、《蘋洲渔笛谱》

A. 抄本

今存清阮元辑《宛委别藏》本，稿本，其中有《蘋洲渔笛谱》二卷。又见《故宫善本书目·宛委别藏书目》著录，有《蘋洲渔笛谱》二卷，二册，旧抄本。检阮元《揅经室外集·四库未收书提要》卷一云：

> 宋周密撰，密著有《癸辛杂识》，《四库全书》已著录。是书乃其所作诗馀，秀水朱彝尊撰《词综》，以为《草窗词》一名《蘋洲渔笛谱》。今考《草窗词》比斯谱实增多数阕，则知《笛谱》是其当日原定，《草窗词》或后人掇拾所成，特以此为蓝本耳。是书从长塘鲍氏知不足斋旧抄传写，前有吴文英题词，后附《微招》、《醉月》二阕，并王楙识尾。据琴川毛扆旧跋，云西湖十景词向缺末二首，偶阅《钱塘志》中载此，亟命儿抄补之，然其脱略仍无从搜辑也。

知是据知不足斋藏旧抄本传写，又见陈榮仁《揅经室经进书录》卷四著录。

又见于著录的抄本有：

1. 清耿文光《万卷精华楼藏书记》卷一百四十三著录有《蘋洲渔笛谱》二卷，汲古老人摹本、叶氏旧录本。

2.《中国古籍善本书目》载《蘋洲渔笛谱》二卷，清乾隆四年抄本，清江昱批并跋，清王霓跋，藏国家图书馆。

3.《中国古籍善本书目》载《蘋洲渔笛谱》二卷集外词一卷，清乾隆四年抄本，清江昱批并跋，藏杭州大学图书馆。

B. 刊本

1.《知不足斋丛书》本《蘋洲渔笛谱》二卷。卷端下题云"汲古主人摹本开雕"，知是据毛氏汲古阁影抄本刊刻的。卷二末有题识二，录如下：

> 甲子仲夏，借昆山叶氏旧录本影写，用家藏《草窗词》参校。毛扆识。
>
> 西湖十景词，向缺末二首。偶阅《钱塘志》中载公谨词三首，所缺者恰有之，亟命儿抄补。其馀脱落处，未识今生得见全本否也。己巳端午前一日，扆又识。

毛扆题识作于清康熙二十八年（1689），毛氏所据当为明叶盛菉竹堂藏书。此本见清耿文光《万卷精华楼藏书记》、清秦嘉谟《思补精舍书目》、清庄仲芳《映雪楼藏书目考》、清吴昌绶《宋金元词集见存卷目》附《双照楼续辑宋金元百家词目》、王国维编《大云书库藏书目》、缪荃孙《目录词小说谱录目》、叶德辉《叶氏观古堂藏书目》等著录。

2.《蘋洲渔笛谱》二卷集外词一卷，清乾隆五十一年（1786）江恂新安郡斋刻本。江昱跋云：

> 草窗，南宋遗老，风雅博洽，多所述造，于词尤为擅场，同时如张玉田辈极称之。然所谓《蘋洲渔笛谱》究未之见，昨从慈溪友人处见有副本，方体宋字，于当时避讳字皆阙点

画，似从刻本影抄者，计五十叶，中阙四页。后大字有跋者二词，又梦窗题词一阕，字体与前无异，末亦脱落数字，想皆原刻。但草窗所选《绝妙好词》中附己作二十二阕，俱不载入此集。朱秀水《词综》亦有八阕为此所无，意此或其一集，而非生平全稿也。嗟乎！草窗，词家大宗，康、柳擅艳之作遍天下，而此萧萧寸帙，不灭没于网蠹者，殆于一线，亦可慨已。缘抄而藏之，悉仍其旧。复以家藏草窗词诸本编附于后，为集外词，以存草窗一家之全璧。至题中人地岁月，以及本事、轶事、词话、倡和之作，凡有交涉，可互相发明者，并疏附词后。冬釭夏簟，时复披玩，恍听渔笛静吹，觉蘋洲夜月，差不冷落耳。大清乾隆四年己未五月，扬州江昱识。

作于清乾隆四年（1739），知所据为影抄本。

3. 《宋七家词选》本《蘋洲渔笛谱》一卷。戈载跋云：

弁阳啸翁词有两名，一曰《草窗词》，一曰《蘋洲渔笛谱》，汲古阁刻《宋名家词》，未见是书，故未列入。后鲍氏刊在《知不足斋丛书》内，二本并存，略有异同。今予所录多从鲍刻，始知各家选本缪误不少。如：《少年游》"那处春多"……草窗博闻多识，著述宏富，《癸辛杂识》、《齐东野语》之外，又有《浩然斋雅谈》，下卷词话，持论精确。所辑《绝妙好词》采掇菁华，无非雅音正轨。故其词尽洗靡曼，独标清丽，有韶倩之色，有绵渺之思，与梦窗旨趣相侔，二窗并称，允矣无忝。其于律亦极严谨，盖交游甚广，深得切劘之益。如集中所称霞翁，乃杨守斋也，守斋名缵，字继翁，又号紫霞翁，善弹琴，明宫调，有《圈法周美成词》，又有《紫霞洞箫谱》。尝著《作词五要》，于填词按谱、随律押韵二条，详哉言之。守律甚细，一字不苟作。又有寄闲者，即张斗南，名枢，号云窗，玉田之父，尝度《依声集》百阕。玉田《词源》称其晓畅音律，有《寄闲词》，旁缀音谱。每作一词，必令歌者按之，稍有不协，随即改正，故无落腔之病。草窗与此二公暨梦窗、王碧山、陈西麓、施梅川、李篔房辈，相与讲明而切究之，宜其律之无不谐矣。学问之道，相得益彰，友顾可不重乎？惟用韵则逊于梦窗，是其疏忽之处。予此选，律乖韵杂者，不敢滥收。如《木兰花慢》西湖十景，洵为佳构，大胜于张成子《应天长》十阕，惜有四首混韵者，故仅登六首。其小序有云：词不难于作而难于改，不难于工而难于协。旨哉是言，可与知者道，难与俗人言尔。戈载识。

知是据《知不足斋丛书》本选录。

4. 《彊村丛书》本《蘋洲渔笛谱》二卷集外词一卷，据江宾谷考证本刻入。书末有江昱跋，又陈祺寿跋云：

> 右《蘋洲渔笛谱》二卷，仪征江明经昱为之考证，集外词一卷，明经所辑以补《渔笛谱》之遗，其弟恂刻于新安郡斋者也。明经跋称原本于宋帝讳皆阙点画，盖影宋本抄者。祺寿考之朱竹垞《词综》发凡，有云周公谨集虽抄传赋西湖十景，今集无之。又举所选辑诸集，有《草窗词》而无《渔笛谱》，十景词乃冠此谱之首，知竹垞未见此本也。厉樊榭《南宋杂事诗注》有云："西湖十景，周草窗赋《木兰花慢》，已轶不传。"是又樊榭所未见，《杂事诗》引用书目虽有此谱，恐为残本，则此本信足贵矣。明经考证致精，然亦间有疏者。如《长亭怨慢》注称，《淳安县志》：洪梦炎号然斋。昱按："然"字草书类"恕"，或有一讹。存以备考云云。祺寿按：《癸辛杂识》续集下卷秦九韶条有云："既至，遍谒台幕，洪恕斋勋为宪。"知恕斋名勋，非梦炎也。按《仪征县志》：昱字宾谷，号松泉，廪贡生，与弟恂笃学孝友，著有《尚书私学》、《韵歧》、《松泉诗集》、《梅鹤词》、《潇湘听雨录》五种行世，而不载及《渔笛谱考证》，《志》为刘孟瞻、张石樵合纂。两先生熟谙乡故，而皆不知明经此书，矧今又百年后乎？明经

> 又有《山中白云疏证》，彊村先生尝得其稿本刻之，爰出示此
> 帙，以供赏析。先生忻然命工重雕，表章先哲，惠此来者。
> 丰城双剑，久而必合，其诸海内倚声家所乐闻乎？岁在彊圉
> 大荒落仲夏之月，丹徒陈祺寿跋。

跋文作于民国六年（1917）。

　　另叶德辉《叶氏观古堂藏书目》著录有《蘋洲渔笛谱》二卷，一伍
氏粤雅堂刊本、一鲍氏知不足斋刊。按：检伍氏《粤雅堂丛书》，并无
此书。

　　5. 中华书局辑《四部备要》本，民国二十五年（1936）上海中华
书局排印本，其中有《蘋洲渔笛谱》二卷集外词一卷。

　　6.《蘋洲渔笛谱》一卷，民国三十一年（1942）成都存古书局刻
《四种词》本。

　　C. 版本不详者

　　1. 清黄虞稷《千顷堂书目》卷三十二著录有《草窗词》二卷，一
名《蘋洲渔笛谱》。

　　2. 清朱彝尊《曝书亭集》卷四十三《书绝妙好词后》云："公谨自
有《蘋洲渔笛谱》，其词足与陈衡仲、王圣与、张叔夏方驾。"

　　3. 清陆漻《佳趣堂书目》著录有《蘋洲渔笛谱》□卷。

　　4. 清汪宪《振绮堂书目》卷四"上格"著录有《蘋洲渔笛》
一册。

　　5. 清赵昱《小山堂藏书目录备览》著录有《蘋洲渔笛谱》。

　　6. 清孙星衍《孙氏祠堂书目》卷四著录有《蘋洲渔笛谱》二卷。

　　以上均未标明版本。

三、《弁阳老人词》

　　清韩应陛《读有用书斋书目》著录有《弁阳老人词》一卷，旧抄
本，钱遵王手校。又见《云间韩氏藏书目附书影》著录，有《弁阳老人
词》一卷，旧抄本。又《韩氏藏书目》著录有《弁阳老人词》一卷，旧
抄本，鲍渌饮手校。按：张乃熊《菦圃善本书目》卷五上"抄稿本上·

旧抄精抄本"著录有《弇阳老人词》一卷，云："苗兰之室抄本，一册，校，梦华馆、知不足斋、读有用书斋旧藏。"何元锡（1766—1829），字敬祉，号梦华，又号蝶隐，清钱塘（今浙江杭州）人。监生，候选县主簿。富藏书，藏书处名梦华馆。又按：《中国古籍善本书目》载《弇阳老人词》一卷，清芷兰之室抄本，藏国家图书馆。《迻園善本书目》著录的即此书，"苗兰之室"当为"芷兰之室"之讹。

另徐世昌《书髓楼藏书目》卷四著录有四种词四卷，云姜夔、陈允平、周密、王沂孙撰。

曹良史

曹良史，字之才，号梅南，钱塘（今浙江杭州）人。咸淳故老，与周密游。著有诗词三摘，即《咸淳诗摘》、《梅南诗摘》、《镂冰词摘》。

元方回《桐江集》卷四《跋曹之才诗词三摘》云：

> 曹君良史，字之才，钱塘人。衣冠佳盛，湖傲山酣，则有《咸淳诗摘》。兵火变迁，江淮奔走，之才则有《梅南诗摘》。予特以后摘为多于前摘。"云生画佛壁，叶落病僧房"、"幽迥而新异，闲来闭门处"、"认得读书声，平易而只永"。《丹阳》云："深树月昏神火出，断烟雪霁猎人回。"《毗陵》云："墙围败屋知无主，风响荒林似有人。"昔名邑佳郡，今野有荒磷，市无全区，何为而至于此？虽前摘中有云："驾犊渡溪水，夕阳满田畈。"萧散古淡，然未若后摘之感慨有味也。或谓诗作于全盛之时，题平而著语难；作诗于变迁之后，题险而著语易。予谓不然，老杜诗，世无敢优劣，惟山谷独谓夔州后诗不烦绳削，盖暮年加进于妙年，而老作深于少作也。之才辗转征旗战鼓间逾十年，则笔力益老矣。至如《镂冰词摘》，则以诗之馀，演为刻雕流丽之作，以至宝丹之事料，生姜白之文法，寄于少游、美成之声调，予非闲于此

者，故不敢辞。

词集《镂冰词摘》宋以后不见著录，今存《江城子》"夜香烧了夜寒生"一词，见载于《全宋词》中。

王沂孙

王沂孙（1233—1293），字圣与，号碧山、中仙、玉笥山人，会稽（今浙江绍兴）人，与周密、张炎等有交往。元世祖至元中曾任庆元路儒学学正。著有《花外集》，又名《碧山乐府》。

王氏词集见于交游者记录，周密《踏莎行·题中仙词卷》云：

> 结客千金，醉春双玉。旧游宫柳藏仙屋。白头吟老茂陵西，清平梦远沉香北。　　玉笛天津，锦囊昌谷。春红转眼成秋绿。重翻花外侍儿歌，休听酒边供奉曲。

又张炎《洞仙歌·观王碧山〈花外词〉集有感》云：

> 野鹃啼月，便角巾还第。轻掷诗瓢付流水。最无端、小院寂历春空，门自掩，柳发离离如此。　　可惜欢娱地。雨冷云昏，不见当时谱银字。旧曲怯重翻，总是离愁，泪痕洒、一帘花碎。梦沉沉、知道不归来，尚错问桃根，醉魂醒未。

具体不详，或为手稿。

今存明抄本词集丛编中收有其词集的有：

1. 明吴讷编《百家词》本，明抄本，梁启超跋，其中有《玉笥山人词集》一卷。

2. 《宋元明三十三家词》本，明石村书屋抄本，其中有《玉笥山人词集》一卷，清朱彝尊题款。

3. 《宋元名家词》本，明抄本，清毛扆校，唐晏跋，其中有《玉笥山人词》一卷。

又见于明代藏家著录的有：

1. 明晁瑮《晁氏宝文堂书目》著录有《碧山乐府》，另《晁氏宝文堂书目》"乐府"又著录有《碧山诗馀》。

2. 明赵用贤《赵定宇书目》著录有《碧山乐府》，二本。

均未标明卷数，又明梅鼎祚《青泥莲花记》"采用书目"，其中有《碧山乐府》，未标明卷数版本。

入清，见于著录的有：

一、《碧山乐府》

1. 清林佶《天一阁书目》著录有《碧山乐府》一本，又清佚名《四明天一阁藏书目录》"岁字号厨"著录有《碧山乐府》，二本。又舒木鲁氏抄《天一阁书目》著录有《碧山乐府》一本。

2. 清黄虞稷《千顷堂书目》卷三十二著录有《碧山乐府》二卷，云一名《花外集》。

3. 清倪灿撰，卢文弨校正《宋史艺文志补》著录有《碧山乐府》二卷，云一名《花外集》。

4. 清朱彝尊《词综》"发凡"云有《碧山乐府》二卷，又卷二十一小传云有《碧山乐府》二卷，一名《花外集》。

5.《御选历代诗馀》卷一百七"词人姓氏"云有《碧山乐府》二卷，一名《花外集》。

6. 清查为仁、厉鹗《绝妙好词笺》卷七小传云有《碧山乐府》二卷，又名《花外集》。

7. 清钱大昕《补元史艺文志》卷四著录有《碧山乐府》一卷，又《花外集》二卷。

8.《浙江通志》卷二百五十二著录有《碧山乐府》二卷。

9. 清赵昱《小山堂藏书目录备览》著录有《碧山乐府》。

以上均未言版本，所载当以抄本为主。

二、《玉笥山人词》(《玉笥山人词集》)

今存抄本词集丛编中收有此种词集的有：

1.《宋九家词》本，清道光蒋氏别下斋抄本，清许光清跋，其中有《玉笥山人词集》一卷。

2.《宋金元名家词抄》本，清抄本，其中有《玉笥山人词抄》

一卷。

3.《宋元人词》本，清抄本，其中有《玉笥山人词集》一卷。

4.《三家词》本，清抄本，清冯登府校并跋，其中有《玉笥山人词集》一卷，藏台湾。

又见于著录的有：

1. 清范懋柱《天一阁藏书目》卷四之四著录有《玉笥山人词》一卷，云绵纸，抄本。

2. 清王闻远《孝慈堂书目》著录有《玉笥山人词抄》一卷。

3. 清忻宝华《澹庵书目》著录有抄本《玉笥山人词集》一卷。

4. 叶德辉《郋园读书志》卷十六著录有《玉笥山人词集》一卷，云明文端淑女史手抄本，有叶氏诸题识文云：

> 右《玉笥山人词集》，下注云：一名《花外集》，前有玉磬山房白文长印，玉磬山房者，明文衡山徵明斋名也。先生书画墨迹多用此印，则是明抄本矣。后有"鲍氏正本"四字朱文印、"知不足斋"四字白文印，则又鲍刻丛书所自出矣。又首页有"石研斋秦氏"（当脱一字）六字朱文印，尾页有"秦伯敦父"四字、"秦印恩复"四字两白文印，则又辗转藏于江都秦氏矣。首页又有"金石录十卷人家"七字朱文印。按：韩泰华小亭《无事为福斋随笔》云："《金石录》，阮文达有宋椠十卷，余得之，刻'金石录十卷人家'小印。"则此又为钱塘韩氏物，自后则不知转徙几人至厂肆，而乃为余得也。鲍刻标题云《花外集》，小注：一名《碧山乐府》，与此不同。其结衔称"玉笥山人王沂孙"，此本作"山阴王沂孙碧山父著"，亦迥然各别。鲍刻《天香·咏龙涎香》"泛远槎风"，此本"泛"作"汛"。……此皆鲍刻之臆为窜易，不可据也。至二本篇第之异，鲍本自十九页以下补遗有《醉蓬莱》、《法由献仙音》、《醉落魄》、《长亭怨》、《西江月》、《踏莎行》、《淡黄柳》七首，注云见《绝妙好词》。有《望梅》一

首，注云见《花草粹编》。有《金盏子》、《更漏子》各一首，《锦堂春》两首，《如梦令》、《青房并蒂莲》各一首，注云见《阳春白雪》。而此本原有《踏莎行》、《望梅》二首，不知鲍刻何以挽入《补遗》。其《西江月》、《法曲献仙音》、《醉蓬莱》、《长亭怨》四首，此本亦补录书之上方，《庆宫春》一首，鲍刻文全，此本有题无词，而上方亦一并采录。而《西江月》后有《一斛珠》一首，则又鲍刻所无，岂鲍氏刻此书时颇有出入耶？若此本旁注一本作某者，胪载颇多，往往与鲍刻引一本者不合，且较鲍刻所引亦加详。审其字迹，盖石研斋主人笔，他人亦无此博洽也。近临桂王氏重刊鲍本，杂引戈顺卿校勘列于逐句之下，亦不及此校之赅备云。光绪壬辰九月二十一日长沙叶德辉跋。

钱遵王《读书敏求记》卷一《金石录》三十卷云：昔者吾友冯砚祥有不全宋椠本，刻一图记曰"金石录十卷人家"，长笺短札，帖尾书头，每每用之，亦艺林中美谈了。按：此事在韩小亭以前，此书卷首印记，盖冯氏旧藏耳。乙巳立秋德辉再记。

此明文淑手抄本也，文淑字端容，为衡山之曾女孙。祖嘉，字休承，衡山仲子，世称文水道人。父从简，字彦可，又号枕烟老人。三世皆以书画名。后适赵宦光凡夫子灵均为妇，事迹见钱牧翁《列朝诗集小传》、《初学集》及鲁骏《画人姓氏录》，姜绍书《无声诗史》以为衡山孙女，误矣。曩读孙庆曾《藏书纪要》论抄录本，盛称文待招文，三桥赵凡夫抄本之精，恒以未得一见为恨。壬辰三月寓都门，从厂肆购得此本，去价银四金。喜其字迹有待诏家风，又见首有玉磬山房印，固知其为文抄本。惊喜出望外，不知为端容手抄物也。近见文淑墨竹一帧，傍题款字与此绝似，再三比证，乃知此本即出端容手抄。谛视笔致秀而腕弱，亦确是女郎手笔，然则此书又文抄中之无上品矣。据玉磬山房印，是未适

赵时在闺中之作，一门韵事，照耀词林。而又佳偶天成，同
以书画名海内，且同以藏书名海内，方之易安之于德父，有
兰闺唱随之乐，无流离颠沛之苦。女子遭遇，固亦有幸有不
幸耶？甲午嘉平腊八日丽廔主人再跋。

"乔叶贞蕤绝世姿，生来娇小爱临池。衡山山水三桥印，
鼎足兰闺一卷词。"乔叶贞蕤，端容印文也。又有"兰闺"二
字朱文印，见书画真迹。

三跋分别作于清光绪十八年（壬辰，1892）、二十年（甲午）和三十一
年（乙巳），知为文徵明曾孙女文淑未出阁时所抄，入清曾为冯文昌、
秦恩复、韩泰华等收藏，后为叶氏购得。按：冯文昌，字研祥，一字砚
祥，号吴越野民，清初浙江嘉兴人，移居杭州。诸生。家富藏书，因
藏有王羲之《快雪时晴贴》真迹，命藏书楼为快雪堂，在杭州西湖孤
山之侧。又因藏宋椠《金石录》十卷，视作镇库之宝，篆刻"金石录十
卷人家"一印，每每用之。著有《吴越野民集》。韩泰华，字小亭，清
仁和（今浙江杭州）人。道光年间由兵部侍郎历官至陕西粮储道。喜
金石图画，晚年侨居江宁，筑玉雨堂、无事为福斋以藏之，有元人文
集百馀种。又得宋椠《金石录》十卷，刻"金石录十卷人家"印，以示
纪念。编著有《无事为福斋随笔》，《玉雨堂丛书》。又按：叶德辉《观
古堂藏书目》卷四著录有《碧山乐府》一卷，云明女士文淑手抄本，秦
恩复补校。又《叶氏观古堂藏书目》著录有《玉笥词》一卷，云："明
文氏玉磬山房抄本，秦伯敦校补最多，均批于书之上方。"词集名称虽
不同，所指为同一抄本。

5. 张钧衡《适园藏书志》卷十六著录有《玉笥山人词集》一卷，
为旧抄本。云："即《碧山乐府》，一名《花外集》，宋王沂孙撰，沂
孙字碧山，又号中仙，会稽人。至正中为庆元路学正。"又录冯氏手
跋曰：

此种词在南宋至为纯正，然亦多可学到者。《山中白云》
全稿中出色者固多，率意腐庸亦不少，未若玉笥之全美。惟

白石不可及，玉笋可与梅溪方驾，竹山固不及也。

6. 张乃熊《菦圃善本书目》卷五上"抄稿本上·旧抄精抄本"著录有：《唐宋三家词》三卷，云："旧抄本，一册，江南春柳校跋。"又云："冯延巳《阳春集》、侯寘《懒窟词》、王沂孙《玉笋山人词集》。"

7.《"中央"图书馆善本书目第一次》著录有《草窗词》二卷，一册，宋周密撰，旧抄本。附《玉田词》二卷，宋张炎撰。《玉笋山人词集》一卷，宋王沂孙撰。

三、《花外集》

A. 印本

1.《知不足斋丛书》本《花外集》（一名《碧山乐府》）一卷，前有张炎《琐窗寒》"断碧分山"吊词。又周密《踏莎行·题中仙词卷》和张炎《洞仙歌·观王碧山〈花外词〉集有感》。此本略有校，又后有补遗：据《绝妙好词》补《醉蓬莱·归故山》"扫西风"等七词，据《花草粹编》补《望梅》"昼闲人静"一词，据《阳春白雪》补《金盏子》"雨叶吟蝉"等六词。此本多见藏家著录，如清耿文光《万卷精华楼藏书记》、清庄仲芳《映雪楼藏书目考》、缪荃孙《目录词小说谱录目》、叶德辉《叶氏观古堂藏书目》等著录。

2. 清戈载辑《宋七家词选》本，戈氏跋云：

> 王中仙，越人也。玉田称其能文工词，琢语峭拔，有白石意度，特谱《锁窗寒》词吊之玉笋山，又有《洞仙歌》题其词集。玉田之于中仙，可谓推奖之至矣，要其词笔洵是不凡。予尝谓白石之词空前绝后，匪特无可比肩，抑且无从入手。而能学之者，则惟中仙。其词运意高远，吐韵妍和。其气清，故无怨懑之音；其笔超，故有宕往之趣。是真白石之入室弟子也。词名《花外集》，一名《碧山乐府》，原有二卷，今鲍氏刻入《知不足斋丛书》者，仅五十一阕，似非完璧。补遗复得十四阕，予因取各选本互校之，从其是者。如……兹所校正四十一首，皆其精美之作，可诵可歌者矣。犹忆同社

中有王井叔名嘉禄者，负不羁才，跌荡自喜，时露英锐。诗集甚富，始犹规规于明七子门面，继而肆力唐贤，卓然成家。填词则谬附鄙见，亦坚持律与韵不苟之说，曾偕同志刻吴中七家词，沈兰如、朱酉生、沈闰生、吴清如、陈小松之外，井叔与予也。井叔词名《桐月修箫谱》，后幕游广陵，则曰《骑鹤移家集》，笔意绝类《碧山乐府》，人皆以中仙后身称之。辛巳壬午间，知心聚首，选举消寒会。尝修岛佛故事，祭所作词，分用宋名家词韵。予得清真，井叔则取中仙，且为予言欲重刊《花外集》，以志私淑之意。嗟乎！言犹在耳，而断碧分山，故人天外，计归道山，时年仅二十八。予哭之青桐仙馆，赋《微招》一阕。又作楹帖挽之云："梦酣红药春风，琼箫俊赏，继白石之前游，骑鹤更移家，题襟邗上成千古。泪洒青桐秋雨，玉笛离愁，感碧山之遗集，盟鸥重结社，领袖吴中少一人。"是岁为甲申九月，转瞬已一纪矣。今选录是词，尤不胜怀旧之感云。戈载识。

跋文作于清道光四年（1824），知是据知不足斋本等选录。

3. 王鹏运四印斋刻本《花外集》一卷，王鹏运跋云：

> 右玉笥山人《花外集》，一名《碧山乐府》，一卷。碧山词颉颃双白，揖让二窗，实为南宋之杰。顾其集传本绝少，诸家谱录均未之及。鲍氏《知不足斋丛书》所刊为词六十有五。《御选历代诗馀》云《碧山乐府》二卷，则此刻似非完书。光绪戊子春日覆刊元本苏、辛词毕，复取鲍氏刻本重加校订，并增入戈顺卿校勘数则，付诸手民，以公同志。张皋文云："碧山咏物并有君国之忧。"周止庵云："咏物最争托意，录事处以意贯串，浑化无痕，碧山胜场也。"年丈端木子畴先生释碧山《齐天乐·咏蝉》云：详味词意，殆亦黍离之感。"宫魂"字点出命意，"乍咽"还移，慨播迁也。"西窗"三句，伤敌骑暂退，燕安如故。"镜暗"二句，残破满眼，而

修容饰貌，侧媚依然。衰世臣主，全无心肝，千古一辙也。
"铜仙"三句，宗器重宝，均被迁夺，泽不下究也。"病翼"二
句，更是痛哭流涕，大声疾呼，言海岛栖流，断不能久也。
"余音"三句，遗臣孤愤，哀怨难论也。"漫想"二句，责诸臣
到此，尚安危利灾，视若全盛也。其论与张、周两先生适合，
详录于后，以资学者之隅反焉。临桂王鹏运识。

据《知不足斋丛书》本覆刊。此本见缪荃孙《目录词小说谱录目》、叶
德辉《叶氏观古堂藏书目》等著录。

4.《四种词》本，清宣统年间活字印本，其中有《花外集》
一卷。

5. 孙人和校刊有《花外集》一卷，民国二十二年（1933）朱印
本。孙氏跋云：

右《花外集》一卷，五十一首，补遗十四首，宋末王沂孙
碧山撰。《延祐四明志》：至元中王沂孙庆元路学正，其馀事
迹无可考见。徐光溥《自号录》引及周草窗，而于碧山条下
独阙其姓字，当时声闻未远，此可征也。《词综》、《历代诗
馀》、《绝妙好词笺》并谓《碧山乐府》二卷，陆辅之《词旨》
引碧山"挑云研雪"之句，今本所无，则此六十五首非完书
也。近世所刻，鲍本为先。乌程范氏，临桂王氏，并递为校
补，士之所尚，王本而已。王增戈顺卿校勘数则，范用金铜
孙手校之本。戈校似精，而苦无确证。又如《齐天乐·送秋
崖道人西归》云"如今休说"，戈云"今"字宜仄，故选作
"今向谁说"，考四明别友一首作"凉生江满"，则今字亦可
用平，所谓失之眉睫者也。集中《高阳台》词换头多七字，无
韵，惟纸被一首六字协韵。揆诸本调，实有二体，范本忘补
"了"字，强使齐一，又所谓知其一而不知其二也。遂检点各
本，参互校订，凡征引事类，必寻其源，字句差池，必准于
律。臆说无考，惟分注词后，谊得两通，亦摘录靡遗，虽未敢

> 谓为善本，比于诸家所校，则加详矣。昔江宾谷得两抄本，
> 一名《玉笥山人花外集》，一名《玉笥山人词集》，不知与余
> 所见两抄本异同如何，他日别有所获，当重勘也。庚午夏六
> 月二十四日，临城孙人和识。

跋作于民国十九年（1920）。《中国书店新旧书目第十三号，甲戌年五月》著录有《花外集》，云盐城孙人和校本，白纸、官堆纸，一本，一元、八角。又《中国书店第十七卷书目民国二十四年九月》著录有《花外集》，云盐城孙人和校刻本，官堆白纸，一本。

6. 中华书局辑《四部备要》本，民国二十五年（1936）上海中华书局排印本，其中有《花外集》一卷附录一卷。

7. 《四种词》本，民国三十一年（1942）成都存古书局刻本。徐世昌《书髓楼藏书目》卷四著录有：《四种词》四卷，姜夔、陈允平、周密、王沂孙撰。

另郑振铎《西谛书目》卷五著录有《花外集》一卷，刊本，一册。

B. 版本不详者

1. 清厉鹗《宋诗纪事》卷八十小传云有词名《花外集》。

2. 清汪宪《振绮堂书目》卷四"上格"著录有《花外集》一册。

3. 清孙星衍《孙氏祠堂书目》卷四著录有《花外集》一卷。

4. 《今生读作来生用藏书目录》著录有《花外集》一卷。

5. 伊其淦《生白斋读书自省记》著录有《花外集》一卷。

以上均未标明版本，另清陆漻《佳趣堂书目》著录有《王碧山词》□卷，也未言版本。

文天祥

文天祥（1236—1283），初名云孙，字履善，又字宋瑞，号文山，吉州庐陵（今江西吉安）人。宋理宗宝祐四年（1256）状元，除秘书省正字，权刑部郎官，为江西提刑。度宗咸淳年间知宁国府，为湖南提刑，端宗朝除右丞相兼枢密史。著有《文山集》、《文山乐府》。

文氏词集仅见于清以来人著录：

1. 清朱彝尊《词综》"发凡"云有《文山集词》一卷，所指当为诗文别集附载有词的，如《四部丛刊》影明嘉靖刊本《文山先生全集》卷二诗附《齐天乐》"南楼月转银河曙"和"夜来早得东风信"二词，又卷十四"指南后录"载《满江红》"燕子楼中"和"试问琵琶"二词等。

2.《御选历代诗馀》卷一百七"词人姓氏"云有《文山乐府》一卷。

3. 吴昌绶《宋金元词集见存卷目》附《双照楼续辑宋金元百家词目》著录有《文山乐府》一卷，云武进董氏藏《汲古未刻词》本。

今有清彭元瑞辑《汲古阁未刻词》本，为清光绪抄本，清江标跋，其中有《文山乐府》一卷。后江标辑《宋元名家词》一书，有清光绪二十一年（1895）湖南思贤书局刻本，其中有《文山乐府》一卷，所据为《汲古阁未刻词》，存词凡八首。

又有《宋六家词》本，抄本，其中有《文山乐府》一卷，藏台湾。

汪元量

汪元量（1241—1317?），字大有，号水云，又号楚狂，钱塘（今浙江杭州）人。宋理宗景定间入宫给事，度宗咸淳间以善琴供奉宫掖。恭宗德祐二年（1276）临安陷，随三宫入燕。元世祖至元二十五年（1288）出家为道士，获南归，终老湖山。著有《水云集》、《湖山类稿》。

汪氏词集明朝罕见藏家著录，如高儒《百川书志》卷六著录有《水云词》二卷。又有明吴讷辑《唐宋名贤百家词》本，明抄本，梁启超跋。其中有《水云词集》一卷附《宋旧宫人赠水云词》一卷，宋刘辰翁批点。

清以来存抄本丛编数种，收有汪氏词集的计有：

1. 清汪曰桢编《又次斋词编》本，稿本，其中有《水云词》一卷。

2. 清汪曰桢编《宋元十家词》本，清又次斋抄本，汪曰桢校，吴昌绶校。其中有《水云词》一卷。

3.《宋明十六家词》本，清丁氏嘉惠堂抄本，其中有《水云词》一卷。

4.《汪氏二家词》本，清抄本，清丁丙跋，其中有《水云词》一卷。

5.《彊村丛书》本，稿本，其中有《水云词》一卷。

此外见于清以来著录的有：

1. 清黄虞稷《千顷堂书目》卷三十二著录有《水云词》二卷。

2. 清倪灿撰、卢文弨校正《宋史艺文志补》著录有《水云词》二卷。

3. 清朱彝尊《竹垞行笈书目》"人字号"著录有《水云词》一本。

4.《御选历代诗馀》卷一百七"词人姓氏"云有《水云词》一卷。

5.《浙江通志》卷二百五十二著录有《水云词》二卷。

6. 清丁丙《善本书室藏书志》卷四十著录有《水云词》一卷，旧抄本，提要云：

> 此卷文文山跋后云："吴人汪水云羽扇纶巾，访予于幽燕之国，袖出行吟一卷，读之如风樯阵马，快逸奔放。"今览其词，沉郁苍凉，与玉田并驾。集中钱塘元夕"浙江楼闻笛"及《忆王孙》十首尤为哀感顽艳，黍离麦秀之痛，一于词发之。录而存之，以为南宋词家后劲。

7. 缪荃孙《目录词小说谱录目》著录有《水云词》一卷，旧抄本。

此外，汪氏诗文集中也载有词，如《四库全书》本，其中有《湖山类稿》五卷《水云集》一卷，提要云：

> 黄虞稷《千顷堂书目》载《湖山类稿》十三卷《水云词》

三卷，久失流传。此本为刘辰翁所选，只五卷，前脱四翻，间
存评语。近时鲍廷博因复采《宋遗民录》补入，辰翁元序合
《水云集》刻之，以二本参互校订，诗多重复，今亦姑仍原
本焉。

所据为浙江巡抚采进本，其中《湖山类稿》卷五存词一卷，凡二十
八首。

又见于《四库全书存目》著录的有《方壶词》三卷《水云词》一
卷，提要云：

> 《方壶词》，宋汪莘撰；《水云词》，宋汪元量撰。莘词本
> 载所著《方壶存稿》中，元量词亦载所著《湖山类稿》中，此
> 本乃休宁汪森从二集摘出合刊者。《方壶词》前有自序，则宋
> 嘉定元年尝刊板别行故也。

所据为编修汪如藻家藏本，知是自诗文集中析出者。《钦定续通志》卷
一百六十三据《四库存目》著录有《方壶词》三卷《水云词》一卷，又
清《续文献通考》卷一九八著录有《水云词》一卷。所载均同库本。
检吴昌绶《宋金元词集见存卷目》附《双照楼续辑宋金元百家词目》
著录有《水云词》一卷，云："传抄《湖山类稿》本，康熙间休宁汪森
与《方壶词》合刻，未见。"知四库著录的即为康熙刊二汪刻本。又
《"中央"图书馆善本序跋集录》著录有《汪氏二家词》四卷，一册，
云："清不著编人，精抄本，朱校。二家为：《方壶词》三卷，宋汪莘
撰；《水云词》一卷，宋汪元量撰。"

近世朱祖谋据赵氏小山堂抄《湖山类稿》本辑《水云词》一卷，收
入《彊村丛书》中，末据《永乐大典》补《柳梢青》"滟滟平湖"一
首。无校记，无跋文。

梁栋

梁栋（1242—1305），字隆吉，祖籍相州，生于鄂州（今属湖

北），迁居镇江（今属江苏）。宋度宗咸淳四年（1268）进士第一，选宝应簿，调钱塘仁和尉，入帅幕。宋亡，归武林，晚依弟柱于茅山以终。

其词见于诗文集中，《永乐大典》卷 540 第 18B 页自《梁隆吉集》录《一萼红》一首。

赵必瑑

赵必瑑（1245—1295），字玉渊，号秋晓，太宗十世孙，东莞（今属广东）人。宋度宗咸淳元年（1265）进士，为四会令，任南康县丞，宋末文天祥辟摄惠州军事判官。入元不仕，隐居于乡。著有《覆瓿集》。

《秋晓先生覆瓿集》附陈纪撰《行状》（皇庆元年，1312）云："有《覆瓿集》四卷，永嘉林资山、资中、郭颐堂为序引。公诗文清逸，乐府风流动荡，得秦、晏体，皆已板行。"知词集生前已刊行。

赵氏诗文集中附载有词，有《四库全书》本《覆瓿集》六卷，提要云：

> 是集诗二卷、长短句一卷、杂文二卷附录一卷，必瑑治邑有惠政，属宗邦沦丧，慷慨从军，其志可取。沧桑以后，肥遁终身，其节亦不可及。诗文篇帙无多，在宋末诸家中未为颖脱，然体格清劲，不屑为靡靡之音，如"一雨鸣蛙乱深夜，数声啼鸟怨斜阳"诸句，固未尝不绰有情韵也。

未言所据版本，为编修汪如藻家藏本。又《四库全书简明目录》云：

> 《覆瓿集》六卷，宋赵必瑑撰，凡诗二卷词一卷杂文二卷附录一卷，诸体之内当以诗为专门。虽风格不高，而颇饶韵调，如"一雨鸣蛙乱深夜，数声啼鸟怨斜阳"句，亦复有致。

库本卷三为长短句一卷，存词三十一首。

又有清伍元薇辑《粤十三家集》本《秋晓先生覆瓿集》四卷附录一

卷末一卷，为清道光二十年（1840）南海伍氏诗雪轩刻本，其中卷二存有词。按：清耿文光《万卷精华楼藏书记》卷一百四十三著录有《覆瓿集词》，云"三十一首，粤东本"。当指《粤十三家集》本。

晚清有王鹏运四印斋刻本《覆瓿词》一卷，收入所辑《宋元三十一家词》中，此书见缪荃孙《目录词小说谱录目》、叶德辉《叶氏观古堂藏书目》等著录。

张炎

张炎（1248—1320?），字叔夏，号玉田，晚号乐笑翁。祖籍成纪（今甘肃天水），寓居临安（今浙江杭州）。循王张俊六世孙，宋亡，家道中落。元世祖至元二十七年（1290）召赴大都缮写金字藏经，次年春南归，落拓而终。著有《词源》、《山中白云词》。

张炎词生前已结集，见于同时交游等多人论及，如舒岳祥、郑思肖、邓牧、仇远等，多为宋遗民。其中仇远云："读《山中白云词》，意度超玄，律吕协洽，不特可写音檀口，亦可被歌管，荐清庙，方之古人，当与白石老仙相鼓吹。"其他人则罕言其词集，以上诸人序跋文也未言是否刊印过，又舒氏文有"岁丁酉三月客我宁海"云云，知是在元成宗大德元年（1297），时张炎已五十岁。按：邓牧《伯牙琴》有《张叔夏词集序》，云：

> 盖其父寄闲先生善词名世，君又得之家庭所传者，中间落落不偶，北上燕南，留宿海上，憔悴见颜色。至酒酣浩歌，不改王孙公子，酝藉身外，穷达诚不足动其心、馁其气与。岁庚子相遇东吴，示予词若干首，使为序云。

庚子为元成宗大德四年（1300），时已结集，当为手稿，也未言卷数。

此外，元孔齐《静斋至正直记》卷四云：

> 钱唐张炎，字叔夏，自号玉田，长于词曲。尝赋孤雁词，有云："写不成字，书难成字，只寄得、相思一点。"人皆称

> 之曰张孤雁，有《山中白云集》，首论作词之法，备述其
> 要旨。

知有《山中白云集》，未言卷数版本，至于云"首论作词之法，备述其
要旨"，当指《词源》而言。

张氏词集元时是否刊刻不得而知，也罕见明代藏家著录，不过已
知明代张氏词集存二种，一名《玉田词》（或称《玉田集》），一名《山
中白云词》。《永乐大典》自《玉田集》录词三首，即《尾犯》（2808/
17B，指卷数与页码，下同）、《清平乐》（2810/1B）、《风入松》（3581/
9B）。此外又录张炎词六首，即《壶中天》（1056/10A）和《祝英台
近》、《渡江云》、《忆旧游》二首、《满江红》（14383/24B、25A）。又
录《张叔夏词》二首，即《祝英台近》（2536/12B）和《声声慢》
（8844/18B）。按：国家图书馆藏明水竹居抄本《张玉田词》二卷，又
明吴讷《唐宋名贤百家词》（明抄本）和明石村书屋抄《宋元明三十三
家词》中，均有《玉田词》二卷。《百家词》本为上下卷，前有郑思肖
序，后有仇远序，存词一百五十三首，核以所载词作年代可考者，如
《高阳台》"古木迷鸦"（世祖至元十五年，1278）、《台城路》"十年前
事翻疑梦"（至元十六年）、《疏影》"柳黄未结"（至元二十八年）、《西
子妆》"白浪摇天"（至元三十一年）、《长亭怨》"记横笛玉关高处"（大
德二年，1298）、《声声慢》"穿花省路"和《探春》"列屋烘炉"（大德
三年）、《新雁过妆楼》"遍插茱萸"（大德九年），知在大德年间张炎对
自己的词作进行了结集，也就是说《玉田词》中所收诸作不会晚于六
十岁。前云孔齐《静斋至正直记》所载《山中白云集》是前附有所撰
《词源》的，这个本应是后世所谓的足本词集。其与《玉田词》是不同
的，盖《玉田词》结集时，《词源》尚未写成。孔齐，字肃夫，号行
素，又号静斋。山东曲阜人，生卒年不详，元惠宗至正间，避居四明
（今浙江宁波）之东湖，为元代晚期时人。

清以来所见《山中白云词》，都是源自陶宗仪抄本，见于明人
序跋：

成化丙午春二月朔，偶见是帙鹤城东门药肆中，即购得之，南村先生手抄者，盖百馀年矣，凡三百首，惜无录目。五月初九日辑录，以便检阅。或笑余衰迟目眩，何不求诸善书者，曰：身健在，饱食终日，岂不胜博弈乎？何计字之工拙，使得时时展玩，恍惚坐春风中，听玉田子慷慨洒落之言笑焉。"并录以记岁月，并时年六十有五。

知得于明宪宗成化二十二年（1486），按：陶宗仪（1316—？），字九成，元末明初黄岩（今属浙江）人。元末隐居华亭，明洪武初累征不就，晚年出应聘为教官。编著有《南村辍耕录》、《说郛》等。据井氏文，知所得为陶氏抄本词集，又殷重跋有所谓"几经兵燹，犹自璧全"云云，知陶氏抄本是足本保全下来的。殷重，字孝思，明初吴门（今江苏吴县）人，事迹不详。

张氏词集的刊印与传抄，主要是入清以后的事。叙如下：

一、《山中白云词》

A. 刊本

清朱彝尊得到了《山中白云词》，友人龚翔麟、李符等取以校刊，自此后，历康熙、雍正、乾隆、嘉庆、道光、光绪朝，屡有校勘刻印，述如下：

1. 《山中白云》八卷，清康熙龚氏玉玲珑阁刻本。有李符跋云：

予曩客都亭，从宋员外牧仲借抄《玉田词》，仅一百五十三阕。越数年，复睹《山中白云》全卷，则吾乡朱检讨竹垞录钱编修庸亭所藏本也。累楮百翻，多至三百首，始识向购特半豹耳，参殷孝思璧全一语，更阅陆辅之《词旨》载乐笑翁警句奇对，无有出于是编之外者，知为完书无疑。竹垞厘卷为八，与诸同志辨正鱼鲁，缄寄白门，予复与龚主事蘅圃取他本较对，或字句互异，题目迥别，则增入两存之，镂枣以传，可称善本。继又从戴帅初、袁清容集内得送赠序疏与诗，因附刻于后，而其生平约略可见。予布袍落魄，放浪形骸，自

> 谓颇类玉田子。年来亦以倚声自遣，爱读其词。今得是帙，
> 日与古贤为友，移我情矣。嘉兴李符。

又龚翔麟跋云："独《山中白云》得陶、井两君后先藏护，竹垞、庸亭传写于今，幸而不至散轶，予得借以镂板。"知朱彝尊传抄自钱中谐家藏本，存词三百余首，是源自陶宗仪抄本，原本不分卷，朱氏厘为八卷，龚氏据以刊印。按：钱中谐，字宫声，号庸亭，清吴县（今江苏苏州）人。顺治戊戌（1658）进士，官泸溪知县。康熙己未（1679）召试博学鸿词，授编修。

此本见于藏家著录的有刘复《半农书目》、《无锡西溪余氏负书草堂书目》、缪荃孙《目录词小说谱录目》、李盛铎《天津延古堂李氏旧藏书目》等，又《博古斋书目》著录有《山中白云词》，云龚刊，有莫友芝批校，四册。按：龚氏刻本有赵氏小山堂覆刊本，此本或也标作玉玲珑阁本，参见后文清乾隆元年赵氏刻本说明。

2. 《山中白云词》八卷附录一卷，清康熙六十一年（1722）曹炳曾城书室刻本。杜诏序云：

> 康熙乙酉冬，余奉命分纂《御选历代词》，始得竹垞所寄《玉田词》抄本，时亦未知有《山中白云》名目也。迨己丑春，复命修《钦定词谱》，同馆楼敬思视余《山中白云词》，盖钱唐龚氏所刊，当是陶南村手书本子，为完书无疑。既而失之，叹恨不能已。比上海曹子巢南氏重加校刊，惠余一帙，余惊喜出望外。往时余友周纬苍谓余云：上海某氏有白石词三百余阕，亦出自陶南村手书。若巢南并购得之，并为刊布，则是两家足以概南宋，从此沂源北宋，研味乎淮海、清真，一归诸和雅，则词之能事毕矣，其有功于词学岂浅哉？雍正四年春二月浣花词客杜诏书于吴江舟次。

序作于清雍正四年（1726），知是据龚氏玉玲珑阁本覆刊。后有二跋，曹一士跋（康熙六十一年）云："宋玉田生词，朱竹垞先生极推之，世

卒未睹全集。余叔购得旧本，将授梓，以公同好，命余志其后。"又曹炳曾跋云：

> 曩者余友简兮陆先生相契甚笃，朝夕过从，讨论古今，乐府诗馀必推玉田张叔夏。一日出《山中白云词》见示，乃先生手录批阅者，曰世无善本，子盍镂枣以传？……会余刻海叟诗集，因将此编重加参订，附以《乐府指迷》、名贤诗序赠别之作，精书镂板，以酬宿诺。

跋作于康熙六十一年，陆简兮手批本，当为刊本而手批其上者。陆简兮其人俟考。

此本多见藏家著录，如叶德辉《郋园读书志》卷十六著录有《山中白云词》八卷，雍正四年（1726）上海曹氏刻本。云：

> 《山中白云词》，康熙中有钱塘龚翔麟刻本，源出朱竹垞太史彝尊曝书亭抄本，即明初陶南村所传三百馀阕之足本也，其书印不多，故世罕传本。雍正四年，上海曹炳曾据以重刊，版心下有"城书室"三字，即此本也。乾隆时其版售之仁和赵氏，去版心"城书室"三字印行，亦不多见，光绪庚寅余获之京师厂肆，印已在后，行字间有损……此为曹刻初印，卷四前七叶火毁其半。余据赵印本影抄补之。余书有圈点，以牙刻印之，较之朱墨涂抹尚不刺目，虽无佳人黥面之恨，然寿阳点额，不如虢国扫眉之倾城绝世也。王孙福记。

知为曾氏刻本，过半已残，有抄配，有批点。又《叶氏观古堂藏书目》著录有《山中白云词》八卷，云康熙年曾（当作曹）氏刊本。按：《中国人民大学图书馆古籍善本书目》著录有《山中白云词》八卷。云：

> 清康熙六十一年（1722）曹炳曾刻，珍艺堂印本，叶德辉跋。二册一函。九行十九字，白口，单鱼尾，左右双边。封面镌"珍艺堂藏板"，书前有厉鹗、赵昱、赵信三序。为叶氏据龚翔麟本转抄。钤"叶德辉焕彬甫藏阅书印"。

知叶氏又抄补了厉鹗、赵昱、赵信三序。

又《中国古籍善本书目》载有《山中白云词》八卷《乐府指迷》一卷，云清康熙六十一年曹炳曾城书室刻本，清邵渊耀录清吴蔚光、许廷诰批跋。又载《山中白云》八卷《乐府指迷》一卷，云清康熙六十一年曹炳曾城书室刻本，清赵宗建跋并录清吴蔚光批。二书今均藏南京图书馆。按：吴尉光（1743—1803），又作吴蔚光，字悊甫，一字执虚，自号竹桥，晚号湖田外史，江苏常熟人。乾隆四十五年（1780）进士，选翰林院庶吉士，改礼部主事。据清李放《皇清书史》卷二十四云："许廷诰，字八谦，常熟诸生，工楷隶。"又云："许元恺，字宾门，廷诰子。国子生，八分书。"瞿冕良《常熟先哲藏书考略》云："许廷诰，原名景诰，字八谦，清嘉庆间人。工汉隶，尤善诗词，有《硕宽堂诗草》、《荷锄轩乐府》。"

另见于清许梿《古韵图书目》、叶昌炽《五百经幢馆藏书目录》、刘承干《嘉业藏书楼书目》、徐世昌《书髓楼藏书目》、《北平直隶书局图书目录》、王国维编《大云书库藏书目》、《抱经堂临时书目》（第十期）、《国立北平图书馆善本书目乙编续目》、傅增湘《国立北京图书馆由沪运回中文书籍金石拓本舆图分类清册》等著录。

3. 《山中白云》八卷，清乾隆元年（1736）宝书堂印本。有赵昱、赵信、厉鹗跋，厉氏跋云：

> 元张炎叔夏《山中白云》八卷，吾乡龚侍御蘅圃得抄本于秀水朱检讨竹垞，因镂版以传。侍御晚节家居食贫，物故后琴书散落，是版几入庸贩手，吾友赵君谷林幸购得之。谷林好畜僻书，必留其真，力于校勘，复弗吝流布人间，可谓得所归矣。

跋作于乾隆元年，按：赵昱（1689—1747），字功千，号谷林，赵氏跋云："予购得龚侍御所刻《山中白云》版，藏弄小山堂，间摹印以贻同好。"知赵昱得龚氏《山中白云词》刻版，重新刷印。按：清赵昱《小山堂藏书目录备览》著录有《山中白云词》。当指龚氏刊本。

南　宋

此书见于藏家著录的有：

① 清汪沆《小眠斋读书日札》著录有《山中白云词》八卷，云：
"元张炎叔夏著，吾乡龚侍御蘅圃得抄本于秀水朱氏，因镂版以传。侍
御没，版归予友赵意林。"按：赵信（1701—？），字辰垣，号意林，
赵昱之弟。汪沆，字西颢，一字师李，号槐堂，一作槐塘，浙江钱塘
人。诸生，乾隆十二年（1747）举博学鸿词。好收藏书籍，家有书屋
名小眠斋、听雨楼，著有《小眠斋读书日札》、《槐堂诗文集》等。

② 河田罴编《静嘉堂秘籍志》卷五十"陆氏十万卷楼旧藏·词曲
类"著录有《山中白云词》，云："此本即龚翔麟所校刊，前有郑思肖
跋、仇远序、厉鹗跋、赵昱、赵信兄弟跋。"既然有厉鹗和赵昱、赵信
兄弟跋，知为赵氏覆刻本。

③ 叶德辉《郋园读书志》卷十六著录有《山中白云词》八卷，乾
隆元年赵昱印曹氏本。云：

> 宋张炎《山中白云词》，曹氏重刻龚翔麟本，版心下原有
> "城书室"三字，此即原版，而于此三字，盖版辗转易主，久
> 已剜去也。今版又归熟熟坊估鲍氏知不足斋。余取曹刻初本
> 较之，却无差异，惟厂甸书友有曲阜孔昭任家抄本，系据龚
> 本移抄，而前有厉鹗、赵信三人序，而无杜诏一序，乃知龚版
> 乾隆中尚在赵昱家，不知赵印何以亦复稀见？

作于清光绪十六年（1890）。

④《中国古籍善本书目》载有《山中白云词》八卷，云清康熙龚
氏玉玲珑阁刻乾隆元年（1736）宝书堂印本，清许廷诰批并跋，清许
元恺跋。此本今藏南京图书馆。

4.《山中白云疏证》，清江昱疏证，清乾隆江氏刻本。有江昱序
（乾隆十八年，1753），又陈撰序云：

> 吾友济阳宾谷君承其家学，稚节嗜古，擅淹通之声，既与
> 其弟蔗畦镞羽括砺，自为师友，光华才气，昭灼近远，谈艺之

外，工为倚声。每谓词莫尚于南宋，景淳、德祐间，要以白石为宗主，其嗣白石起者，无逾于玉田，《白云》一集，可按而知也。顾其间有不可以臆测者，盖玉田之先忠烈王以功开国，家世兰锜，遭时不偶，流落播迁，客游无方，彳亍南北，所与交率遗民退士，境会遭适，等诸落叶之聚散。其词一往而深，隐约结嘉，使非熟悉诸人之生平与其情事之曲折，则纪其铿锵而不说其义，犹然袭于音者已。今得济阳兄弟疏通证明之，搜罗旁魄，甄检精审，寤疑而辨惑，并乏一句之讹，一字之误，读之忼忼与诸君子屐齿相蹑，抚尘拂几于一室之中，遂使词之精蕴，挹之而逾以出，是岂特玉田数百年之桓谭，抑亦吾侪后来读之者之厚幸也。昔张华读书遍三十车，其后所作《博物志》仅十卷；左思讨论之力，遨游逾十稔，其所为文不过三赋。夫俗学之相蒙也久矣，试讯是编，诸所考证，是岂寻条步屈，聊尔稗贩之所能得者哉？乾隆癸酉古阳，钱塘陈撰书于韩江寓馆之琴牧轩。

癸酉即乾隆十八年（1753）。按：江昱（1706—1775），字宾谷，号松泉，江苏仪征人，居扬州。诸生。安贫嗜学，与弟江恂著述唱酬。长于诗词，尤好南宋人词，作论词诗十八章，又著有《松泉诗集》、《潇湘听雨录》等。

此书见于叶德辉《郋园读书志》卷十六著录，有《山中白云词》八卷，乾隆辛未（1751）扬州汪（当为江，下同）氏刻本。云：

> 《山中白云》，余所藏者乾隆时仁和赵氏印，上海曹刻版心"城书室"三字。版归赵氏，遂去此三字，继有桂林王氏四印斋刻《双白词》本，因与《妻（当作姜）白石词》合刻，谓之双白，版心总题曰双白，而以白云、白石旁注，殊为臆造，且所据此词本系传抄不全者，后得曹本续刻，名曰《补遗》，并失原卷之旧次，非善本也。此为乾隆辛未扬州汪氏据龚、曹两刻校刻本，行字精神爽朗，视两刻过之。自来藏书，珍

尚宋元旧抄，似此精刻，对之使明目怡神，是亦何让天水旧椠耶？光绪乙未仲春春分前一日记。

作于清光绪二十一年（1895）。

5.《山中白云》，清道光三年（1823）文德堂刻本。

6. 清戈载《宋七家词选》本《山中白云》一卷，戈氏云：

> 《山中白云》八卷，陶南村抄本，钱庸亭藏之，朱竹垞录之，龚蘅圃刻之。词多至三百首，洵为完璧，字句各异者，或并存，或分注，可谓精详矣。予读是集，手校五过，又将顾丈涧蘋、李丈子仙批本互勘。近寓秦邮，复与王君宽甫商榷，一一皆识于简端。兹所录者，就其异同，更将各选家参订，折衷于至当不易，似无遗憾。惟原本有阙而未补，误而未改，及别本谬处，特指出之。……

所据为龚氏刻之，所谓"予读是集，手校五过，又将顾丈涧蘋、李丈子仙批本互勘"云云，按：顾广圻（1766—1835），字千里，号涧蘋、思适居士等。江苏吴县人。县诸生，通经学、小学，尤精校雠。著有《思适斋集》。李福（1769—1821），字备五，号子仙，吴县人。嘉庆十五年举人，擅诗词，著有《拜玉词》。王敬之，字宽甫，江苏高邮人。尝北游燕赵，词宗南宋姜夔，集名《三十六陂渔唱》，盖取白石句以名也。

7.《榆园丛刻》本《山中白云词》八卷附《词源》二卷，清光绪刊本。张大昌《重刻山中白云词序》云：

> 许丈迈孙先生，笛家探胜，琴旨阐微。每坐石而论音，自画苔而订谱。灵芬扇雅，则私淑频伽；纳兰振馨，则凤契容若。亦既缃袭频发，琬镌递新，取玖倾昆，截肪灯席矣。壬午秋，又以《山中白云词》付梓，拨张好音，诒惠来哲。……

作于光绪九年（1883），又有"缀言"数则，择录二三如下：

  《白云词》世无传本，惟明初天台陶南村宗仪手抄本，为吴县钱庸亭中谐所藏。秀水朱锡鬯彝尊厘为八卷，钱塘龚蘅圃翔麟始为刊行。后为上海曹巢南炳曾重刊，所谓城书堂本是也。蘅圃先生殁后，琴书散轶，《白云词》版为仁和赵谷林昱所得，流布未广。劫后，龚刻、曹刻皆不易得，兹就弊筐售旧藏龚刻初印本重加校勘，有疑似者，悉仍其旧。曹刻讹文脱简，触目纷然，或当时不暇详校。序中谓精书镂版，以酬宿愿，亦言之过情耳。

  龚刻本与《钦定历代诗馀》、《钦定词谱》、周密《绝妙好词笺》、陈耀文《花草粹编》、朱彝尊《词综》、万树《词律》、先著《词洁》、许昂霄《晴雪雅词》、戈氏《词谱》、丁氏八千卷楼抄本，及予所藏旧抄本有互异者，加注本字之下，以墨围别之。

  《四库存目》仍其名，中间帝虎陶阴，指不胜屈。曹巢南附刻于《白云词》之后，复加删乙，所存才什之二三。阮文达采进四库未收古书始著录焉。江都秦敦甫恩复从元人旧抄足本刊行，近亦仅有存者。兹照秦本重刊，以公同好，或庶几焉。

作于光绪八年（1882），知是据龚氏刻本重加校勘。又有张预《重刻山中白云词跋》（光绪九年）、丁丙跋（光绪八年）。此书又见刘声木《苌楚斋书目》、刘承干《嘉业藏书楼书目》等著录。

  8.《山中白云词》，清光绪九年（1883）后知不足斋刊。检伊其淹《生白斋读书自省记》著录，有《山中白云词》八卷，云："此书为后知不足斋所刊之本。"

  9. 王鹏运四印斋《双白词》本《山中白云词》二卷补录二卷续补一卷。前有许赓飏《四印斋合刊双白词序》，参见姜夔条。张氏词正集二卷前有龚翔麟序，补录后有王氏跋云：

    乐笑翁渊源家学，究心律吕。值铜驼荆棘之时，吊古伤今，长歌当哭，《山中白云词》直与白石老仙方驾。论者谓词之姜张，诗之李杜，不诬也。尝欲合白石、白云为双白词之刻。顾《白石道人词集》传本尚夥，《山中白云词》虽一刻于龚翔麟，再刻于曹炳曾，皆迄未之见。客腊，端木子畴年丈从金陵故人家觅得抄本二卷，与《四库总目》及三朝《词综》所云卷数皆不合，虽首尾完善，而序跋缺如，不知据何本移抄，中间字句以近今选本校之，亦多歧异，或亦旧传之别本也。抄本为词一百五十首，复广为搜辑，又得词一百七首，为补录二卷附后，不知于足本何如？然视白石词则三倍之矣。至订讹补缺，当再觅全集校雠，特欲为倚声家先睹之快。故不辞疏漏，遽付剞劂云。辛巳寒食日，临桂王鹏运吟皋识。

作于清光绪七年（1881），知是据抄本付梓的。又《续补》前王鹏运序云：

自余《双白词》刻出，仁和许君迈孙以此词尚非足本，为重翻龚刻。南中书贾复得曹氏旧板，整比印行。余刻最劣下。藉以订讹补缺，复为完书。特颠倒凌杂，殊失旧观耳。原本八卷二百九十六阕。《双白词》所刻少四十阕，为续补附后。编次既失龚氏之旧，铅椠复逊许氏之精。然二本之出，实余刻为之嚆矢，虽率尔操觚，未始无功于乐笑翁也。陆氏《词旨》渊源具在，龚氏集序，考证为详，并为附入，以资观览云。光绪丁亥冬日王鹏运志。

作于光绪十三年（1887），《续补》又有王鹏运跋（光绪十四年）云："余曩编《白云词补》，曾于《词源》钱良祐跋得《齐天乐》一阕，附刻卷末。今复录此以殿续补，亦墨缘快事也。"

此本见《梁氏饮冰室藏书目录》、《叶氏观古堂藏书目》、缪荃孙《目录词小说谱录目》等著录，又见吴昌绶《宋金元词集见存卷目》

"四印斋所刻词目"著录,有《山中白云词》二卷《补录》二卷《续补》一卷附陆辅之《词旨》一卷。云:

> 昌绶案:《白石曲》,张奕枢本最善。《山中白云词》,龚翔麟本最善。陆钟辉刻姜词、曹炳刻张词,及许增合刊,皆匽易失真。叔夏词二卷本,丁氏亦有之,名《玉田词》,与半唐所刻未谂同异,要皆别行旧本,足资勘订也。

丁氏藏《玉田词》为抄本,参见后文。

10. 《彊村丛书》本《山中白云》八卷,朱祖谋跋云:

> 《山中白云》八卷,广陵江宾谷疏证本。《山中白云》为陶南村手抄,流传晚出,著录罕及。朱竹垞录自钱庸亭,厘卷为八。龚蘅圃始刊之,曹巢南重刻,标曰《山中白云词》,恐非旧称。宾谷以龚本裁缀成帙,其词后所附别本全章,概未之载。今于夹注一作某某而疏所不及者一律芟去,犹是江氏志也。疏校诸条,既据更订,其所未及,兼取他刻参录记之。疏证尚阙五十馀事,今举所知者条写如左(略)。甲寅冬十有一月日长至,归安朱孝臧记。

是据江宾谷疏证本梓行,作于民国三年(1924)。

11. 《山中白云词》八卷,清宣统三年(1911)北京龙文阁书庄石印本。

12. 中华书局辑《四部备要》本,民国二十五年(1936)上海中华书局排印本,其中有《山中白云》八卷附录一卷校记一卷。

又见于著录的印本有:

1. 阮元《文选楼藏书记》卷一著录有《山中白云词》八卷,刊本。是书系自著词稿,末附炎所作《乐府拾遗》一本。

2. 《遁叟藏书目》著录有:原刻《山中白云词》,乙本。

3. 清瞿世瑛《清吟阁书目》卷三"名人批校刊本"著录有《山中白云词》,云樊桐山人手批,二本。按:朱炎,初名琰,字桐川,号笠亭，又号樊桐山人，清浙江海盐人。乾隆三十一年（1766）进士，官直隶阜城知县。喜聚书，著有《笠亭诗抄》等。

4. 清孔广陶《三十有三万卷堂书目略》著录有《山中白云词》八卷，云："龙尾山房重刊本，一函一本，已入。"

5.《北平直隶书局旧书目录》（丙寅年新到）"家藏刻本书籍类"著录有：竹纸，《山中白云词》，四册，十元。

6.《文友堂书目第一期》（民国二十五年）著录有《山中白云词》八卷，光绪刊，白纸，二本，十五元五角。

7.《西泠印社金石印谱法帖藏书目》"家刻善本"著录有《山中白云词》八卷，洋一元。

8.《山东书局木板书籍目录》著录有《山中白云词》，四册，八元。

9.《抱芳阁书目》著录有《山中白云词》，棉料，洋五角。

10.《汉文渊书肆目录第四期（上海）》著录有《山中白云词》八卷附录一卷，白纸，二本。

11.《墨缘堂经籍金石书画目录》著录有《山中白云词》八卷，二本。

以上不少未言版本，当以刊本为主。

B. 抄本

1.《四库全书》本《山中白云词》八卷，提要云：

> 宋张炎撰，炎字叔夏，号玉田，又号乐笑翁，循王张俊之五世孙。家于临安，宋亡后潜踪不仕，纵游浙东西，落拓以终。平生工为长短句，以春水词得名，人因号曰张春水，其后编次词集者即以此首压卷，倚声家传诵至今。然集中他调似此者尚多，殆如贺铸之称梅子，偶遇品题，便为佳话耳，所长实不止此也。炎生于淳祐戊申，当宋邦沦覆，年已三十有三，犹及见临安全盛之日，故所作往往苍凉激楚，即景抒情，借写其身世盛衰之感，非徒以剪红刻翠为工。至其研究声

律，尤得神解，以之接武姜夔，居然后劲宋元之间，亦可谓江
东独秀矣。炎词世鲜完帙，此本乃钱中谐所藏，犹明初陶宗
仪手书。康熙中钱塘龚翔麟始为传写授梓，后上海曹炳曾又
为重刊，旧附《乐府指迷》一卷，今析出，别著于录。其仇远
原序、郑思肖原跋及戴表元送炎序，则仍并录之，以存其
旧焉。

此本后附《乐府指迷》一卷，又有曹炳曾、曹一士二跋，知是据曹炳曾
城书室刻本录入，为江苏巡抚采进本。又《钦定续通志》卷一百六十
三据文渊阁著录有《山中白云词》八卷。清《续文献通考》卷一九八
著录有《山中白云词》八卷、《乐府指迷》一卷。当同库本。

2. 上海图书馆藏《山中白云词》八卷，清抄本。一册，纸本。有
目，无格栏，版心中书写"山中白云词卷一"，下书页码。楷书，十行
二十字，朱笔圈点。有印：翁之廉长寿印、锦芝、翁之廉印。此书见
《常熟翁氏藏书图录》"第七十七幅"著录，云邓日心批注。

3. 国家图书馆藏《山中白云》八卷，清江昱疏，稿本，清朱康寿
跋。此书见《中华再造善本》收录，扉页题："江宾谷山中白云疏证稿
本，密韵廔秘笈，癸酉五月，吴湖帆署检。"前有朱康寿题识，录
如下：

> 此江宾谷先生稿也，先生广陵人，樊榭老人尝主其家，与
> 马氏秋玉并称。此稿殆先生清本，而复加订补者，读之，称
> 快累日。
> 戊辰重阳后四日，曼叔展读一过，识于玉峰官廨。（钤
> 印：仁和朱康寿曼叔甫观、渌卿词翰）
> 陈先生，字玉几，又称玉几山人。以画名海内，识者置之
> 于逸品，至今每帧值千馀金焉。诗词亦清逸绝伦，有集行
> 世。（钤印：菉卿手笔）

按：朱康寿，字曼叔，又字渌卿，或作菉卿，仁和（今浙江杭州）人。

陈撰（1678—1758），字楞山，号玉几，又号玉几山人。钱塘（今浙江杭州）人。国子监生。喜蓄书，藏书楼名玉几山房。著有《玉几山房吟卷》等。此书有陈撰和江昱序，钤有"密均廔"、"乌程蒋祖诒藏书"、"縠孙校读"、"祖诒审定"、"宾谷"、"江昱之印"、"漱霞仙馆"、"山阴谢氏家宝"、"竹西词客"、"小东轩"、"某景书屋"等印，知是书曾为蒋祖诒密均楼、朱康寿漱霞仙馆、吴湖帆某景书屋等收藏。又见《中国古籍善本书目》著录。

又见于著录的抄本有：

1. 伦明《东莞伦氏续书楼藏书目录》"第二十五箱"著录有《山中白云词》，抄本。

2. 李盛铎《木犀轩收藏旧本书目录》著录有《山中白云词》一卷，旧抄本。

3.《藻玉堂书籍目》著录有《山中白云词》八卷，抄本，竹纸，三册，六元。

4. 袁荣法《刚伐邑斋藏书记》著录有《山中白云词》八卷，提要云：

> 此定远方氏十万琳琅阁抄本，每半页九行，行二十字。首有郑思肖、仇远、舒岳祥、陆文奎、殷重、井时、李符、龚翔麟诸序……有目录，目录后有光绪乙酉方伯融记。有"一粟园主人印"朱文方印、"黄金散尽为收书"白文方印、"十万琳琅阁珍藏"朱文方印、"蕊初过眼"白文长印。……光绪乙酉定远方氏十万琳琅阁抄本，一册，此本原附《浙西六家词》后。

知为方氏十万琳琅阁抄本，按：方燕昭，字伯融，定远（今属安徽）人。清同治癸酉（1873）拔贡，官江苏候补道。著有《十万琳琅阁诗存》。

C. 版本不详者

1. 清黄虞稷《千顷堂书目》卷三十二著录有《玉田词》二卷，又

《山中白云词》八卷。

2. 清倪灿撰，卢文弨校正《宋史艺文志补》著录有《玉田词》三卷，又《山中白云》八卷。

3. 清钱曾《读书敏求记》卷四著录有张炎《词源》二卷，云："炎，字叔夏，西秦玉田人，著《词源》，上卷详考律吕，下卷泛论乐章。别有《山中白云词》行于世。"

4. 清曹寅《楝亭书目》卷四著录有《山中白云词》八卷，郑思肖、仇远题词，一册。

5. 《御选历代诗馀》卷一百七"词人姓氏"云著《乐府指迷》，有《玉田词》三卷，郑思肖为之序，又《白云词》八卷。

6. 清陆漻《佳趣堂书目》著录有《山中白云词》□卷。

7. 清钱大昕《补元史艺文志》卷四著录有《山中白云词》八卷，又《乐府指迷》二卷。

8. 清倪模《江上云林阁书目》卷四著录有《山中白云词》八卷，二本。

9. 清王闻远《孝慈堂书目》著录有《山中白云词》八卷，戴表元序，一册。

10. 清乔载繇《吾园书目》著录有《山中白云词》一本。

11. 清赵宽《小脉望馆书目》"元册·既字橱"著录有《山中白云词》，二本。又"贞册·寿字架"著录有《山中白云词》。

12. 清姚燮《大梅山馆藏书目》卷十一著录有《山中白云词》二卷。

13. 清赵宗建《旧山楼书目》"庚"著录有《山中白云词》，临吴竹桥看本，两本。按：吴尉光（1743—1803），又作吴蔚光，字悊甫，一字执虚，自号竹桥，晚号湖田外史，江苏常熟人。清乾隆四十五年（1780）进士，选翰林院庶吉士，改礼部主事。以病退，闲居林下二十馀载，莳花艺竹，杖履优游，以图书琴鼎自随。著有《姜张词得》、《素修堂文集》。

14. 清庄仲芳《映雪楼藏书目考》卷十著录有《山中白云词》

八卷。

15. 清张宗松《清绮斋藏书目》著录有《山中白云词》八卷。

16. 清佚名《小万卷楼书目》著录有《山中白云词》八卷。

17. 清许宗彦《鉴止水斋藏书目》"集部第九厨"著录有《山中白云词》二本。

18. 清归曾福《碧玲珑馆书目》著录有《山中白云词》四册一函，八卷。

19. 清佚名《墨香书屋藏书目》著录有：白纸，《山中白云词》，弍本。

20. 王祖畬《书籍簿记》著录有《山中白云词》，二册。

21. 沈维桢《同畹书屋藏书目录》"丁·集类"著录有《山中白云词》，四本。

22. 《无锡西溪余氏负书草堂所藏书目》著录有《山中白云词》八卷《词源》二卷，二本。

23. 李盛铎《木犀轩收藏旧本书目》著录有《山中白云词》六卷，孙文川旧藏，一册。按：孙文川，字澄之，上元（今江苏南京）人。诸生。清咸丰中避兵上海，由曾国藩推荐人都，以功保举知县，升同知。又入两江总督沈葆桢幕，擢知府，旋以母老乞归。以金石书画自娱，终年六十一岁。藏书甚富，喜金石，著有《读雪斋诗集》等。

24. 《墨缘堂经籍金石书画目录》著录有《山中白云词》八卷，二本。

以上均未言版本。

二、《玉田词》

A. 抄本

1. 清汪宪《振绮堂书目》卷二"闻·抄本集类杂集并总集·第一格"著录有《玉田词》一册，云："二卷，玉玲珑馆藏本。"另一本《振绮堂书目》卷四"上格"著录有《山中白云词》二卷，所指为同一书。此本后为钱塘丁氏所藏，丁丙《善本书室藏书志》卷四十著录有《玉田词》二卷，旧抄本，汪鱼亭藏书。提要云：

炎字叔夏，号玉田，又号乐笑翁，循王五世孙，宋亡不
仕。工长短句，以春水词得名，人因号为张春水，与贺梅子
同称佳话。实则名章秀句，尚不止此。《四库》著录者为《山
中白云词》八卷，此旧抄二卷，有郑思肖序、仇远后序。卷首
钤"汪鱼亭藏阅书"一印。

汪宪，号鱼亭。此书后归藏江南图书馆，见《江南图书馆善本书目》
著录，有《玉田集》二卷，旧抄本，汪鱼亭藏书。《中国古籍善本书
目》载《玉田集》二卷云清抄本，清丁丙跋，藏南京图书馆。

2. 王文进《文禄堂访书记》卷五著录有《张玉田词》二卷，提
要云：

宋张炎撰。明林氏抄本，半页十行，行二十三字，蓝格，
板心上刊"水竹居漫抄"五字，下刊"械东林氏藏"五字，书
衣题曰："抄本《玉田词》，吴嘉椿题应上之尊兄属。"有"嘉
定钱生巨侗之印"。

按：吴嘉椿，号语樵，又号敖馀，吴县（今江苏苏州）人，清同治年间
候补员外郎，育婴堂董事。钱侗（1778—1815），字同人，号赵堂，嘉
定（今属上海市）人。大昕侄。清嘉庆十五年（1810）举人。充文颖
馆校录，叙知县。传大昕历算之学。著有《乐斯堂印存》、《集古印
存》等。又《中国古籍善本书目》载《张玉田词》二卷，明水竹居抄
本，藏国家图书馆。

3. 王修《诒庄楼书目》卷八著录有《玉田词》一卷，黎二樵写
本。有黎二樵手跋。按：黎简（1747—1799），字简民，一字未裁。号
二樵，清广东顺德人。乾隆五十四年（1789）拔贡。诗画书称三绝，
著有《五百四峰草堂诗文抄》、《药烟阁词抄》等。

4. 王修《诒庄楼书目》卷八著录有《玉田词》一卷，旧抄本。有
"朱士楷印"、"曾在新塍朱氏家过"二印，朱笔批校，极精，不识出何
人手。

5. 《蟫隐庐书目（一）第七期》著录有：旧抄《玉田词》一卷，一册。

6. 《"中央"图书馆善本书目_{第一次}》著录有《草窗词》二卷，一册，旧抄本。附《玉田词》二卷，宋张炎撰；《玉笥山人词集》一卷，宋王沂孙撰。又见《"中央"图书馆善本序跋集录》著录，有《草窗词》二卷，一册，宋周密撰。旧抄本。附《玉田词》二卷，宋张炎撰。

B. 版本未详者

1. 清黄虞稷《千顷堂书目》卷三十二著录有《玉田词》二卷，又《山中白云词》八卷。

2. 清倪灿撰，卢文弨校正《宋史艺文志补》著录有《玉田词》三卷，又《山中白云》八卷。

3. 清朱彝尊《词综》"发凡"云有《玉田词》二卷。按：卷二十一小传云有《玉田词》三卷，郑思肖为之序。一云二卷，一云三卷。

4. 《御选历代诗馀》卷一百七"词人姓氏"云著《乐府指迷》，有《玉田词》三卷，郑思肖为之序，又有《白云词》八卷。

5. 《浙江通志》卷二百五十二著录有《玉田词》三卷。

以上均未言版本。

汪梦斗

汪梦斗，字以南，号杏山，绩溪（今属安徽）人。宋理宗景定二年（1261）魁江东漕试，授江东制置司干官。度宗咸淳间为史馆编校。宋亡，元世祖特召赴京，时年近五十，卒不受官放还。著有《北游集》。

汪氏词见载于别集中，《影印文渊阁四库全书》有《北游集》一卷，为安徽巡抚采进本，其中诗后附有"诗馀"，存词六首。民国时李之鼎据文津阁《四库全书》本刻入《宋人集》中，有《北游诗集》一卷，附诗馀，存词同文渊阁本。

近代朱祖谋辑出《北游词》一卷，刻入《彊村丛书》中，李之鼎跋云：

《北游集》者，为宋绩溪汪杏山先生梦斗所撰。杏山以明经发解江东漕试，授承节郎，咸淳初迁史馆编校。与叶李劾贾似道等，坐罪归里。宋亡，元世祖因谢昌言之荐召赴京，《北游集》即作于是时者也。至京后，抗节不屈，卒不受官而归。高风亮节，不愧宋末节义之士。此本录自文津阁库本，词六阕，附于集后，彊村先生辑刊宋元词，录此贻之，传布海内，俾读者如听雍门之琴焉。时在己未岁暮，南城李之鼎呵冻书于宜秋馆。

跋作于民国八年（1919），知是据文津阁《四库全书》本付梓的。

蒲寿宬

蒲寿宬，号心泉，泉州（今属福建）人。宋度宗咸淳初，为右领卫将军，知梅州。著有《心泉学诗稿》六卷。

蒲氏词见载于诗集中，今有《四库全书》本《心泉学诗稿》六卷，是自《永乐大典》中辑录出，其中卷六附有诗馀，存词十八首。

近代朱祖谋据结一庐藏《心泉学诗稿》抄本，辑录《心泉诗馀》一卷，刻入《彊村丛书》中，吴昌绶跋云：

蒲寿宬《心泉学诗稿》六卷，四库以其名不见于史志，仅据《万姓统谱》、《八闽通志》，知为泉州人，而书名作宬、晟，又互有异同。其事迹亦所传不一。因附录南宋之末。授经京卿以所藏旧写本见示，后附诗馀十八首，大半皆《渔父词》。珍其罕觏，故录存之。光绪戊申十二月，甘遁记。

吴昌绶号甘遁，跋作于清光绪三十四年（1908），知是据董康（授经）藏抄本析出词者。

朱嗣炎

朱嗣炎，字明叔，姑苏（今江苏苏州）人。以荫授将仕郎，宋理宗宝祐二年（1254）铨中授迪功郎海盐尉，改泰州司户参军。度宗咸淳年间调定城簿，转真州司法参军制置使印。卒年六十二。著有《樵唱集》。

明王鏊《正德姑苏志》卷四十九"人物七·名臣"云其"为词章慕朱希真，亦名曰《樵唱集》"。知《樵唱集》为词集，不见后人著录。

胡侨

胡侨，字汲古，号天放，宋严州（今属浙江）人。生平俟考。

林景熙《霁山先生集》卷五《胡汲古乐府序》：

> 唐人《花间集》，不过香奁组织之辞，词家争慕效之，粉泽相高，不知其靡。谓乐府体固然也，一见铁心石肠之士，哗然非笑，以为是不足涉吾地。其习而为者，亦必毁刚毁直，然后宛转合宫商，妩媚中绳尺，乐府反为情性害矣。乐府，诗之变也。诗发乎情，止乎礼义，美化厚俗，胥此焉寄？岂一变为乐府，乃遽与诗异哉？宋秦、晁、周、柳辈，各据其垒，风流酝藉，固亦一洗唐陋，而犹未也。荆公金陵怀古，末语"后庭遗曲"，有诗人之讽。裕陵览东坡月词，至"琼台玉宇，高处不胜寒"，谓苏轼终是爱君。由此观之，二公乐府根情性而作者，初不异诗也。严陵胡君汲古，以诗名，观其乐府，诗之法度在焉，清而腴，丽而则，逸而敛，婉而庄。悲凉于残山剩水，豪放于明月清风，酒酣耳热，往往自为而歌之，所谓乐而不淫，哀而不伤，一出于诗人礼义之正，然则先王遗泽，其犹寄于变风者，独诗也哉！

未言卷数版本，又卷一有《东山渡次胡汲古韵》，题下注云："汲古名侨，号天放，严州人。"

陈以庄

陈以庄，字敬叟，号月溪，宋建安（今福建建瓯）人。少时登刘子翠之门，与刘克庄交厚。著有《月溪集》。

刘克庄《后村先生大全集》卷九十四《陈敬叟集序》云："至其为人旷达如列御寇、庄周，饮酒如阮嗣宗、李太白，笔札如谷子云，行草篆隶如张颠、李潮，乐府如温飞卿、韩致光，余每叹其所长，非复一事。"又真德秀《西山先生真文忠公文集》卷二十八《黄子厚诗后序》云："翁之甥陈君以庄，字敬叟，少学于翁，为诗、歌、词，皆酷似其舅，隶、古、行草往往迫真。"或为诗文附载有词者，今有存词。

陈氏词集宋之后未见著录，清赵昱《小山堂藏书目录备览》著录有陈以庄《月溪集》，知清时其集仍存。

王与义

王与义，字公矩，宋天台（今属浙江）人。

刘克庄《后村先生大全集》卷九十六《王与义诗序》云："天台王君公矩示余古律诗四十首、长短句十首……"或为附载于诗文集中者。今未见有存词。

张玉娘

张玉娘，字若琼，号一贞居士，松阳（今属浙江）人。生有殊色，敏惠绝伦，及笄，字沈生佺，与玉娘为中表。佺尝宦游京师，时年二十有一，两感寒疾，疾革不治，寻卒。玉娘誓不更适，得阴疾以卒，时年二十有八。著有《兰雪集》。

清赵宗建《旧山楼书目》"庚"著录有：《张玉娘诗词》，明抄，一本。

按：《四库全书存目》著录有《兰雪集》一卷，为浙江鲍士恭家藏本，其中或有词。

下册

词籍文献通考

邓子勉

——

著

中国出版集团　东方出版中心

蔡松年

蔡松年（1107—1159），字伯坚，号萧闲老人，真定（今河北正定）人。宋徽宗宣和末从父镇守燕山，兵败，随父降金。金太宗天会年间授真定府判官，熙宗时为刑部员外郎，迁左司员外郎。完颜亮时擢户部尚书，进参知政事，迁尚书右丞，封卫国公，卒谥文简。著有《萧闲集》、《明秀集》。

蔡氏词集宋时已刊行于时，陈振孙《直斋书录解题》卷二十一著录有《萧闲集》六卷，元马端临《文献通考》卷二百四十六"经籍考七十三"据以著录。

此本见于明人著录：

1. 明钱溥《秘阁书目》著录有《销闲词》，"销"当为"萧"之讹。

2. 明毛晋《汲古阁毛氏藏书目录》著录有《萧闲集》六卷。

钱溥和毛晋分别为明初期和明晚期人，此本明以后不见著录。

入清以来，蔡氏词集见于著录的是《明秀集》。元王恽《秋涧先生大全文集》卷七十二《跋蔡萧闲醉书〈风檐梨〉、〈雪瑞香〉乐府二篇赠王尚书无竞，王后有跋语小楷数十字，极妍劲可爱》云：

> 乐府尚豪华，然非纨绮中人，未免邻女效颦耳。《明秀》一集以崇高之馀，发而为词章，如饮内府酒，金沙雾散，六府为之醺酣。方之逢鞠车而口流涎者，固有间矣。

未言卷数版本，当为入金后蔡氏词作的结集本。

已知有金刻本《萧闲老人明秀集注》六卷，为金魏道明注。《中华再造善本》收录，钤有"稽瑞楼"、"铁琴铜剑楼"、"绍基秘笈"、"瞿润印"等印。检清陈揆《稽瑞楼书目》"邑中著述捐入兴福寺"著录有《明秀集注》三卷，云："金刻本，一册。"未言是否有残缺。此本后归瞿氏所有，清瞿镛《恬裕斋藏书记》卷四著录有《萧闲老人明秀集注》残本三卷，金刊本。提要云：

> 金蔡松年撰，题雷溪子魏道明元道注解。原书六卷，无序跋，今存卷一至三。案：目卷一二为广雅上下，卷三四为宵雅上下，卷五六为时风上下。案：松年字伯坚，翰林学士靖之子，官至尚书右丞相。始寓汴都，其第曰萧闲堂，人（当作又）作园于镇阳，曰萧闲圃。故自号萧闲老人，元遗山《中州集》诗传云：百年以来，乐府推伯坚与吴彦高，号吴蔡体。集中《念奴娇》第二首为公最得意作，读之，其平生自处可见也已。道明，易州人，官安国军节度使，著有《鼎新诗话》，可见《中州集》。昔秀水朱氏辑《词综》，未见此集，仅于《中州乐府》中录取，讹以所著为《萧闲公集》，是本虽不全，亦罕觏之秘籍矣。每半叶十二行，行廿三字，双行夹注，行三十字。凡光、尧、乘字皆有减笔，陈子准得诸郡中周氏。

按：陈揆（1780—1825），字子准，清江苏常熟人。道光时诸生。富藏书，因购得唐刘赓《稽瑞》一卷，遂改藏书楼为稽瑞楼。编著有《稽瑞楼书目》。此书又见瞿镛《铁琴铜剑楼藏宋元本书目（景宋元刻本附）》和《铁琴铜剑楼藏书目录》著录，另清江标《宋元本行格表》著录有《金残本萧闲老人明秀集注》六卷，云行廿三字，双行三十字，三卷。《中国古籍善本书目》载《萧闲老人明秀集注》六卷，云："金刻本，存三卷：一至三。"藏国家图书馆。

除金刻本外，又有影抄本。清黄丕烈《荛圃藏书题识》卷十著录有《萧闲老人明秀集注》三卷，影写金本。黄氏题识云：

> 琉璃厂里两诗淫，莌友莌翁是素心。我羡小娜嬛福地，
> 子孙世守到于今。

> 作宦游仙事渺茫，故交零落感沧桑。传家祖印分明在，
> 添得新诗媲旧藏。

> 卅年前见两奇书，觌面相逢付子虚。小读书堆藏弃久，
> 云烟化去已无馀。宋椠《续颜氏家训》、金椠蔡松年词，皆郡城故家
> 物，先携示余。时因次儿病危，无心绪及此。后归顾明经抱冲，及今散出，
> 余未之知，故不及收。

> 琴川好古有专家，秘籍储藏富五车。一取蔡词一颜训，
> 两人勍敌互相夸。《颜训》归张月霄，蔡词归陈子准。

> 颜训曾经借我抄，蔡词相示又谁教？收书不惜黄金尽，
> 珍重相期属世交。余向收书，不惜多金，今芙川亦颇类此。

> 词山曲海费搜罗，宋刻元雕几许多？只有金源《明秀
> 集》，错教当日眼前过。李中麓家词山曲海，余藏词曲甚多，名其藏弃
> 之所曰学山海居。

> 集虽剩半目犹全，宵雅时风次第编。好事词山数□万，
> 只将两阕世间传。

> 中州文献问遗山，乐府诸家一一斑。四库但登《天籁
> 集》，萧闲兀自在人间。金人词专集登诸四库者止白朴。

> 道光四年岁在甲申九月大尽日，莌翁为芙川世讲书于百
> 宋一廛，聊以记事而已。

跋作于清道光四年（1824）。又王大隆辑《荛圃藏书题识续录》卷四著
录有《古今杂剧》六十六册，云：

> 余不喜词曲，而所蓄词极富。向年曾见蔡松年词金刊
> 本，因其未全，失之交臂，后为抱冲所得，盖其时犹于古书未
> 能笃好，不免有完缺之见存也。嗣后收得词本极多，宋刻单
> 行词一册都无，元刻如苏、辛极古矣，外此者毛抄、旧抄、

各校都备。往欲得宋本《太平御览》而无其资，始有去词之意，其目稍稍散去，有杭州某几几乎欲全得去，幸免力购得《御览》，以他书易之而酬其半直，词本可保守勿失。至曲本，略有一二种，未可云富。今年始从试饮堂，购得元刊、明刊、旧抄、名校等种列目如前，即欲买词之杭人亦曾议并售去今词，议未成，而曲更无论。因思毛氏云：李中麓家词山曲海，无所不备，而余所藏培埭沟渠也。然世之好书者绝少，好书而及词曲者尤少。或好之而无其力，或有其力而未能好之。即有力矣，好矣，而惜钱之癖与惜书之癖交战而不能决，此好终不能专。余真好之者也，非有力而好之者也，故几几乎得而复失，皆绌于力，以致未能伸所好也，兹幸矣，幸世之有力而不能好者，得遂余之无力而卒能好者也。拟哀所藏词曲者卷勺之助乎？甲子冬十一月二十有八日，读未见书斋主人黄丕烈识于百宋一廛之北窗。

作于清嘉庆九年（1804）。知为影抄金刊本，原为张蓉镜藏物，又归顾之逵，后为黄丕烈所得。按：张蓉镜（1802—？），字芙川，一字伯元，清江苏常熟人。喜藏书，藏书处名小琅嬛福地。顾之逵（1753—1797），字抱冲，清元和（今江苏苏州）人。诸生，好读书藏书，藏书处为小读书堆，为乾嘉间大藏书家，著有《一瓻录》。与黄丕烈友善。

影抄金刊本后又归张氏爱日精庐庋藏，清张金吾《爱日精庐藏书志》卷三十六著录有《萧闲老人明秀集注》三卷，影写金刊本，从陈君子准藏金刊本影写。提要云：

> 金蔡松年撰，雷溪子魏道明元道注解。原六卷，今存一至三三卷，目录全。卷一、二曰广雅，卷三、四曰宵雅，卷五、六曰时风。松年、道明俱见《中州集》。明秀者，湖山名，松年雅爱之，故以为名。金源乐府推松年与吴彦高，当时号吴蔡体。《中州集》小传附载《念奴娇》自序一篇，元遗山谓是松年乐府中最得意者，此词今载第一卷中，苍凉悲

壮，诚集中不多见之作也。王渟南、元遗山于松年词俱极倾倒，而于道明注颇致不满。见《渟南遗老集》、《中州乐府》。如《忆恒阳家山》云"暮凉白鸟归乔木"，盖写宅前真景，而注以为洁身而退，如白鸟之归林；《满江红》词云"一枝梅绿横冰萼，对淡云新月炯，疏星都如昨"，盖总述所见之景，而注以淡云为衣，新月为眉，疏星为目，凡此之类皆近穿凿，故不为二公所许。然集中所与酬赠诸人如陈沂、范季沽、梁兢、曹浩、杜伯平、吴杰、田秀实、高凤庭、李彧、李舜臣、赵松石、陈唐佐、赵伯玉、许采、杨仲亨、赵愿恭、张子华等，《中州集》俱未载，道明详注其仕履始末，则赖以传者不少矣。至若金人逸句，如《水龙吟》词序引吴激诗云："梦思淇园上，春林布谷声。"又云："故交半在青云上，乞取淇园作醉乡。"《满江红》词注引松年《赠康显之》诗云："楼枕月溪三尺玉，眼横松雪一山春。"零章剩句，弥足珍贵。又如《念奴娇》词注引松年《木犀》诗，自注云："木犀，湖湘之间谓之九里香，江东乃号岩桂，惟钱塘人最重之，直呼桂花。"是则不第为吟咏之资，亦可作多识之助也。是书自《直斋书录解题》外绝无著录者，原本尚是金源旧椠，遇尧、睿宗讳，恭、显宗讳等字皆缺末笔。陈君子准得自郡城周氏子，从之传录者。

又《爱日精庐藏书简目》云从陈君子准藏金刊本影写，即是从陈揆稽瑞楼藏金刊本影抄的。

此本又归陆氏皕宋楼收藏，清陆心源《皕宋楼藏书志》卷一百二十著录有《萧闲老人明秀集注》三卷，影写金刊本，并移录黄丕烈、孙原湘、张金吾手跋等，孙氏跋云：

> 蔡松年字伯坚，本杭人，长于汴都，从父靖知真定府判官，遂籍真定。累官吏部尚书，参知政事，进右丞相，卒封吴国公，谥文简。明秀峰在汴梁，公与梁慎修、许师圣、田唐卿

辈觞咏处集，以是名萧闲老人，其退居后自号也。原集六卷，魏道明注，今存一至三三卷，金人专集传世者，自元遗山外，惟滹南、滏水数家，兹集久不著录。陈子准得之吴门周氏，月霄、芙川辗转传录，出以见示。松年词与吴彦高齐名，称吴蔡体。朱竹垞《词综》仅录《尉迟杯》一阕，万红友《词律》只存《月华清》一阕。按全集目录，《月华清》在第四卷，《尉迟杯》在第五卷，俱在此三卷之外，后三卷尚有百馀阕，今所存者七十二阕耳。零玑剩璧，弥足珍爱。即雷溪之注，虽失之繁冗，而于当时酬赠诸君，俱一一详其仕履，亦足以补《中州集》之未备也。道光四年岁在甲申闰七月，昭文孙原湘跋。

又见河田罴编《静嘉堂秘籍志》卷五十"陆氏十万卷楼旧藏·词曲类"著录有《明秀集注》，影金抄，一本。云：

案：卷尾又有张氏跋云：金有天下百十年，所传惟赵秉文、王若虚、李俊民、元好问等别集数种。《绛云楼书目》载有耶律履集，遍觅，未睹其书。词曲惟毛刻《中州乐府》一卷，所采如恒河中一沙耳。《明秀集》者，萧闲老人蔡松年撰，以下述松年仕履，大抵与孙跋同，但吴国公作卫国公，未知孰是？今略。原集六卷，著录《直斋书录解题》，元明以来久无传本。此三卷，陈君子准得之郡城周氏，金源旧椠，古色盎然，一时诧为奇秘。月霄以巨资倩名手影抄，行间小楷，毫发不差，余更从爱日精庐假归摹写，精益求精，不觉青过于兰。惟其中尧、恭等字，俱系金讳，刊板并缺末笔，今间为抄者添补，稍失本来面目耳。甲申七月付装，漫记于卷尾。后之藏弆者，其尚知所宝爱焉。道光甲申七月下浣，芙川张蓉镜识于小嫏嬛阁。

又案：此书亦四库未收，魏道明者，元好问《中州集》序曰：商右司平叔衡尝手抄《国朝百家诗略》，云是魏邢州元道

道明所集，平叔为附益之者，然犹其家有之，而世未之知也
云云。又《中州乐府》，蔡松年《江城子》词后好问识云：公
有诗"八尺五湖明秀峰"，又云"十丈琅玕倒冰玉，明年为写
五湖真"，正用此词意，魏道明作注，义有不通，故表出之。

张蓉镜跋作于清道光四年（1824），知张金吾据金刊本影抄，张蓉镜又
据张金吾影抄本临摹。据《中国古籍善本书目》载有《萧闲老人明秀
集注》六卷，云："清道光四年张蓉镜家抄本，清黄丕烈题诗，清孙原
湘、张蓉镜、翁同龢跋。存三卷：一至三。"今藏国家图书馆。又载有
《萧闲老人明秀集注》六卷，云："清张蓉镜家抄本，佚名录清黄丕烈
题诗，清孙原湘、张蓉镜跋。存三卷：一至三。"知
两抄本均为张蓉镜家抄本，国图藏本即黄丕烈藏影抄金刊本者，至于
上图藏本也应是影抄金刊本的。

又清丁丙《善本书室藏书志》卷四十著录有《萧闲老人明秀集注》
三卷，抄金椠本，提要云：

> 雷溪子魏道明元道注解。
>
> 金蔡松年撰。松年字伯坚，本杭人，长于汴都。从父靖
> 除真定府判官，遂籍真定。累官吏部尚书、参知政事，进右
> 丞相，卒封吴国公，谥文简。明秀峰在汴梁，松年与梁慎修、
> 许师圣、田唐卿辈觞咏其间，集因以名。萧闲老人，则退居
> 后自号也。原集六卷，著录于《直斋书录解题》，顾不及魏道
> 明之注。道明，易州人，官安国军节度使，著有《鼎新诗
> 话》，见《中州集》。此书元明以来久无传本，陈子准得之吴
> 门周氏，仅前三卷，凡七十二阕，幸四、五、六卷目录尚存。
> 朱氏《词综》录其《尉迟杯》一阕，今检目录在第五卷中，万
> 氏《词律》录《月华清》一阕，检目录乃第四卷中之词，是此
> 书在康熙中尚有全本，安得珠还剑合，重成完璧耶？芙蓉川
> 张蓉镜子潇、孙原湘并有跋，黄荛圃有《纪事八绝》附于后。

知是据张蓉镜临摹本传抄的，此本后归藏江南图书馆，见《江南图书馆善本书目》著录，有《萧闲老人明秀集》六卷，云抄金椠本。今藏南京图书馆，见《中国古籍善本书目》著录，有《萧闲老人明秀集注》六卷，云清抄本，清丁丙跋。存三卷：一至三。

另清朱彝尊《词综》卷二十六小传云有《萧闲公集》六卷，据"发凡"，朱氏是未见过蔡氏词集的。又《御选历代诗馀》卷一百八"词人姓氏"云有《萧闲公集》六卷。

晚清以来，蔡氏词集被刊印，计有：

1. 王鹏运四印斋刻本《萧闲老人明秀集注》六卷（存一至三），金蔡松年撰，金魏道明注。末刻张蓉镜、孙原湘跋和黄丕烈题识。王鹏运跋云：

> 右金蔡松年萧闲老人《明秀集》，魏道明注三卷。按：目共六卷，今仅存前半矣。是书向惟见于《直斋书录解题》，乾嘉间藏书家得金椠残本，递相影写，始显于世。元遗山《中州乐府》、王从之《滹南遗老集》皆于此注有微词，从之指摘尤夥，想当时固盛行也。金人撰述，流传最罕，此注虽穿凿冗复，皆在所不免，然于萧闲同时赓和诸人，如陈沂、范季沾、梁斿、曹治、杜伯平、吴杰、田秀实、高廷凤、李彧、李舜臣、赵松石、陈唐佐、赵伯玉、许采、杨仲亨、赵愿恭、张子华辈，《中州集》俱未载。道明一一详其仕履始末，又遗闻轶事，零章断句，往往而有，足与刘祁《归潜志》并为金源文献之征。且萧闲词与吴激并称，时号吴蔡体，尤为风尚所宗。因校付手民，以永其传。盖自金源至今，越五百馀年，始再登梨枣也。独是屡经影写，字多形近之讹。与万莪生水部再三校雠，始可卒读。其引用诗文字句，与今本间有异同，与疑而无从校正者，皆仍之。至引《礼记》"畴昔之夜"作"宿昔"，《文选·南都赋》"堤睦相辒"之"辒"作"箸"，此类不乏，恐所本如是，亦仍其旧焉。光绪二十一年乙未上

灯日，临桂王鹏运跋。

跋文作于清光绪二十一年（1895），所据当为影抄金刊本者。此本多见藏家著录，如胡桐庵《新昌胡氏问影楼藏书目·续编》、刘承干《嘉业藏书楼书目》、缪荃孙《目录词小说谱录目》、叶德辉《叶氏观古堂藏书目》等。

2. 清吴重熹辑《石莲庵汇刻九金人集》本，其中有《萧闲老人明秀集注》六卷（原缺卷四至六）补遗一卷，清光绪三十年（1904）刻本。

另有孙德谦《金源七家文集补遗》本，稿本，其中有《明秀集补遗》一卷。

吴激

吴激（？—1142），字彦高，自号东山散人，建州（今福建建瓯）人。米芾之婿，出使金，以知名留不遗。仕为翰林待制，熙宗皇统二年（1142）出知深州。著有《东山集》。

吴氏词集宋金时已刊行于世，见于著录的有：

1. 宋陈振孙《直斋书录解题》卷二十一著录有《吴彦高词》一卷，元马端临《文献通考》卷二百四十六"经籍考七十三"据以录入。

2. 元刘祁《归潜志》卷八云："彦高词集篇数虽不多，皆精微尽善。"

3. 金元好问《中州乐府》卷一"吴学士激"小传云有《东山集》十卷，并乐府行于世。

以上虽然未明言版本，但当为刊行者。

明清以来见于著录的有：

一、《吴彦高词》

1. 《永乐大典》卷 14381 第 24B、25A 页自《吴彦高词》录五首，即《满庭芳》四首、《瑞鹤仙》一首。

2. 明钱溥《秘阁书目》著录有《吴彦高词》。

3. 明毛晋《汲古阁毛氏藏书目录》著录有《吴彦高词》一卷。

以上均未言版本。

二、《东山乐府》（《东山词》）

1. 清朱彝尊《词综》卷二十六小传云有《东山集词》一卷，据"发凡"，朱氏是未见过蔡氏词集的。

2. 《御选历代诗馀》卷一百八"词人姓氏"云有《东山词》一卷。又卷一百十九引《竹坡丛话》云："金九主，百一十八年间，独蔡松年丞相乐府与吴彦高《东山乐府》脍炙艺林，推为吴蔡体。"

3. 清赵昱《小山堂藏书目录备览》著录有《东山乐府》。

以上均未言版本。

民国时赵万里辑《东山乐府》一卷，收入《校辑宋金元人词》中，提要云：

> 吴彦高《东山乐府》一卷，《直斋书录解题》歌词类著于录，明以后久佚。叶申芗《闽词抄》四所录仅七首，且真赝杂出，未为善本。兹据《中州乐府》、《阳春白雪》、《词品》及《永乐大典》"寄"字韵所引辑为一卷，视叶辑则加详矣。万里记。

据《中州乐府》等辑词十首又附二首，有民国排印本。

王嚞

王嚞（1112—1170），始名中孚，字允卿。陕西咸阳人。金熙宗天眷初应武举，易名德威，字世雄。正隆四年（1159）学道，改名嚞（一作喆），字知明，号重阳子。为金初全真道的创始人。著有《重阳全真集》、《重阳教化集》、《重阳分梨十化集》等。

《御订全金诗增补中州集》卷六十"道释·重阳真人王嚞"附引唐顺之《史纂左编》云：

> 师至南京，憩于王氏旅邸。时孟宗献友之以同知单州，

丁忧归，有神风先生杜某者尝预言友之四魁事，凡所发，莫不应，友之以仙待之。一日，忽告友之曰："元师来，我当参谒。"友之令僮仆默蹬其后，径入王氏邸中，一膝跪见。师方卧而阅书，殊不少顾，友之雅重杜，及闻大惊，杜再往，始为一盼，三往，笑而视之，杜乃雀跃而去，友之因之就谒，师阅书而不为礼，问读何书，亦不答，就视，《乐章集》也。问全乎？师曰："止一帙尔。"友之曰："家有全集，可观也。"即为送至，师自到京日，使马钰等四人乞钱于市，市及斤之鲤，煮食之，秤不及，则不食。友之颇惑，默念道人看《乐章集》，已非所宜，又食鱼，必其斤重，果何为哉？他日友之问："《乐章集》彻乎？"师不言，但付其旧本，友之检阅其空行间，逐篇和讫，不觉叹曰："神仙语也。"即还，沐浴更衣，焚香请教，日益加敬，师自是不复食鱼，盖以友之为大鲤，故示意尔。

所谓"逐篇和讫"，知王嘉有逐篇和唱《乐章集》之举。

王氏词见载于诗文集中，其《重阳全真集》、《重阳教化集》、《重阳分梨十化集》均存有词，其中《重阳全真集》卷三至八、卷十一至十三为词，存词九卷。前有序数则，范怿《重阳全真集序》云：

重阳，悯化妙行真人。博通三教，洞晓百家。遇至人于甘河，得知友于东海。化三州之善士，结五社之良缘。行化度人，利生接物。闻其风者，咸敬惮之。杖屦所临，人如雾集。有求教言，来者不拒。诗章词曲，疏颂杂文，得于自然。应酬即辨，大率诱人。还醇返朴，静息虚凝。养亘初之灵物，见真如之妙性，识本来之面目，使复之于真常，归之于妙道也。

序作于金世宗大定二十八年（1188），又有三序，录如下：

先生入道之后，凡述作赋咏仅数百篇幅，一一明达至理，深得真筌，门人高弟等命同其议，裒缀成集，门人灵真子朱抱一命工镂板，将行于世，乃属本府医学博士韩宸同扶风马川访予求序。（国师尹序）

凡诗词往来，赓唱迭和，皆余一一目睹而亲见之，虽片言只字，无非发挥至奥，冥合于希夷之趣也，是以收聚所藏，编次至三百馀篇，分为三帙，共成一集。丹阳门人灵真子朱抱一欲镂板蓝根印行，广传四方，属余为序。（范怿序）

故门人裒聚二先生（另一为马丹阳）之诗词，分为三集，上曰教化下手迟，次曰分梨十化，又其次曰好离乡，共三百馀篇，玩其文，究其理者，则全真之道，思过半矣。自丹阳得遇，殆今一纪有馀，阐扬其教，四民瞻礼，多入道而从化。下手迟三集，虽关中已镂板印行，以道途辽邈，传于山东者百无一二，而乐道之士罕得闻见。一日丹阳门人灵真子朱抱一访予曰：……欲命工重雕印造，以广其传，俾世人皆得以披览稽考，知趋正而归真矣。求予为文以叙其事。（赵抗序）

三序均作于大定二十三年（1183）。又《重阳教化集》三卷、《重阳分梨十化集》二卷，为诗词混编，均与马丹阳唱和者。前后序跋也作于大定二十三年。据三集序跋诸文知三集均为朱抱一金大定年间重刊本。又有明英宗正统年间《道藏》本。

马钰

马钰（1123—1183），原名从义，字宜甫，宁海（今山东牟平）人。金世宗大定八年（1168）从王喆出家学道，更名钰，字玄宝，号丹阳子，全真教北七真之一。著有《洞玄金玉集》、《渐悟集》、《丹阳神光灿》等。

明正统《道藏》收有《渐悟集》二卷、《丹阳神光灿》一卷和《洞玄金玉集》十卷，其中前二书收的均是词曲，后者卷七至十为词，凡四卷。又《丹阳神光灿》前有宁师常大定乙未序，乙未即金世宗大定十五年（1175），据此知生前已结集，但未言是否刊刻。其他二书未见序跋文。

又《永乐大典》录马丹阳词三首，即《忆三三》、《炼丹砂》（12018/10 A、B，指卷数与页码，下同）和《炼丹砂》（13344/15A）。

谭处端

谭处端（1123—1185），初名玉，字伯玉，宁海（今山东牟平）人。少感风痹疾，金世宗大定中，往谒王喆求治，因出家学道，更名处端，字通正，号长真子，世称长真真人。元世祖至元六年（1269）赠长春云水蕴德真人。著有《水云集》。

谭氏词见载于诗文集中，今有明正统《道藏》本，《水云集》，凡三卷，卷中、卷下为词。前有范怿序云：

> 濬州全真庵主王琇辉等镂板印行，广传四方。值丙午岁大水漂没，其板散亡。披水长生先生刘公运慈悲心，开方便路，遣门人徐守道、李道微于悟山等诣吾乡，属余为序，欲再命工发椠，以永其传。

序作于金世宗大定二十七年（1187），丙午为大定二十六年。又范怿之子后序云：

> 有留语录、词章仅数百篇，皆包藏妙用穷达造化，命之曰《水云集》，传之四方久矣。值丙午间濬郡大水，漂没其板，神仙长生刘公闻之，不胜悯悼，即命工重刊于东莱全真堂。今又值累年兵革，天下无有全者，路钤高友并其妻孟常善举家孜孜慕道，往来于淮楚间，访寻真人遗稿，乃于门弟子处，疑若神授，得其全帙，恐其斯文泯绝，今复镂板印行于山阳城西庵，实见高君用心于教门之初也。

知生前殁后，文集屡有刊印。又有明刊本《水云集》，见《续修四库全书》影印本，存词卷数同《道藏》本。

王寂

王寂（1128—1194），字元老，蓟州玉田（今属河北）人。金海陵王天德三年（1151）进士，世宗大定初为太原初令，官通州刺史兼知军事，迁中都副留守，为户部郎，提点辽东路刑狱，章宗明昌初终转运使之职，卒谥文肃。著有《拙轩集》。

王氏词见载于诗文集中，《永乐大典》卷 540 第 18A 页据《拙轩集》录《水调歌头》一词。入清有《四库全书》本《拙轩集》六卷，是自《永乐大典》中辑出，其中卷四为词，凡一卷，存词三十七首，其中第一首《古渔父词》为诗，实收三十六首。又有《武英殿聚珍版书》本，存词三十五首，较库本少《好事近·赠妓》"玉帝掌书仙"一词。又有清吴重熹辑《石莲庵汇刻九金人集》本，其中有《拙轩集》六卷补遗一卷，清光绪二十年（1894）刻本。

其后有自集本中析出词另行者，见于著录的有：

1. 清耿文光《万卷精华楼藏书记》卷一百四十三著录有金王寂《拙轩词》，云："一百三十五首，集本。"一百三十五首疑为三十五首之讹。

2. 吴昌绶《宋金元词集见存卷目》附《双照楼续辑宋金元百家词目》著录有《拙轩词》一卷，云聚珍版《拙轩集》本。

近代朱祖谋据聚珍版《拙轩集》本辑出《拙轩词》一卷，收入《彊村丛书》中，无校勘，无跋文。

耶律履

耶律履（1131—1191），字履道，契丹族。以荫补承奉班，累官礼部尚书兼翰林院直学士，官至尚书右丞。卒谥文献。著有《文献公集》。

耶律氏文集今不存，《永乐大典》卷 14381 第 24B 页录耶律履词三首，即《虞美人》、《朝中措》、《念奴娇》。民国时赵万里辑《耶律文献公词》一卷，收入《校辑宋金元人词》中，提要云：

> 耶律文献公集，《文渊阁书目》九著录，知明初尚有传本，故《永乐大典》引之，然明以后久佚。乾隆间四库馆臣于《大典》中辑出耶律铸《双溪醉隐集》，而于文献公集独置若罔闻，耶律氏三世之集，惟履道无传。考金源史事者，于此自不能无憾。兹于《大典》中辑得佚词数首，或足偿馆臣疏漏之咎于万一与？至履道事迹，则国朝文类五十七、元好问所撰神道碑《遗山先生文集》未收详之，兹不赘。万里记。

据《永乐大典》辑录三首。有民国时排印本。

韩玉

韩玉（？—1211），字温甫，渔阳（今天津蓟县）人。金章宗明昌五年（1194）中经义、词赋两科进士，入翰林为应奉文字。泰和中授同知陕州东路转运使事、凤翔府判官。完颜永济大安中夏人犯边，陕西帅府檄为都统，或诬其有异谋，收鞫死。著有《东浦词》。

韩氏词集宋金时已刊行于世，宋陈振孙《直斋书录解题》卷二十一著录有《东浦词》一卷，为宋刊《百家词》本，元马端临《文献通考》卷二百四十六"经籍考七十三"据以录入。

见于明清人著录的有：

一、印本

1. 明末毛氏汲古阁刊《宋名家词》本《东浦词》一卷，毛晋跋云：

> 韩温甫家于东浦，因以名其词。虽与康顺庵、辛稼轩诸家酬唱，其妍媸相去，非嫫母无盐也。余去冬日事雠雠，研田久芜，托友人较雠诸词集以行世。入年读之，如兹集开卷《水调歌头》，为之掩鼻。又"且坐""令其"，自度曲也，

> 押韵颇峭，但"冤家何处贪欢乐，引得我心儿恶"等语，又未
> 免俳笑矣。古虞毛晋识。

未言所据，此本见于清郑德懋辑《汲古阁校刻书目》之《宋名家词》著录，云凡十二叶。王国维编《大云书库藏书目》卷中著录有：《寿域词》一卷，宋杜安世。《审斋词》一卷，宋王千秋。《东浦词》一卷，宋韩玉。汲古阁刊本，宁都魏伯子藏书。

2. 陶湘辑《景汲古阁抄宋金词七种》本《东浦词》一卷，民国阳湖陶氏影印本。

二、抄本

今存抄本词集丛编数种，收有韩氏词集的有：

1. 明吴讷编《唐宋名贤百家词》本，明抄本，梁启超跋。其中有《东浦词》一卷。

2.《宋二十家词》本，明抄本，清许宗彦、丁丙跋。其中有《东浦词》一卷，清丁丙跋。

3.《宋元名家词》本，明抄本，清毛扆校，唐晏跋。其中有《东浦词》一卷。

4.《宋元明词》本（存二十一卷），明抄本，其中有《东浦词》一卷。

5.《宋金明人九家词》本，清抄本，其中有《东浦词》一卷。

另有《四库全书》本《东浦词》一卷，提要云：

> 宋韩玉撰，案：是时有二韩玉，刘祁《归潜志》曰：韩府判玉，字温甫，燕人。少读书，尚气节，擢第，入翰林。为应奉文字，后为凤翔府判官。大安中陕西帅府檄授都统，或诬以有异志，收鞫，死狱中。《金史》、《大金国志》并同此一韩玉也，其人终于金。叶绍翁《四朝闻见录》曰：司马文季使北不屈，生子名通国，盖本苏武之意。通国有大志，尝结北方之豪韩玉举事，未得要领。绍兴初玉挈家而南，授江淮都督府计议军事。其兄璘在北，亦与通国善，癸未九月以扇寄玉

诗，都督张魏公见诗，甲申春遗信往大梁讽璘、通国等，至亳州，为逻者所获，通国、璘等三百馀口同日遇害，此又一韩玉也。其人由金而入宋，考集中有张魏公生旦、上辛幼安生日、自广中出过庐陵赠歌姬段云卿《水调歌头》三首，广东与康伯可《感皇恩》一首，则是集为归宋后所编，故陈振孙《书录解题》有《东浦词》一卷著于录也。毛晋刻其词入《宋六十家词》，又诋其虽与康与之、辛弃疾唱和，相去不止苎罗无盐，今观其词，虽庆贺诸篇不免俗滥。晋所摘"且坐""令中"二句，亦体近北曲，诚非佳制，然宋人词内此类至多，何独刻责于玉？且集中如《感皇恩》、《减字木兰花》、《贺新郎》诸作，未尝不凄清宛转，何独摈置不道而独纠其"冤家何处"二语？盖明人一代之积习无不重南而轻北，内宋而外金，晋直以畛域之见曲相排诋，非真出于公论也。又鄙薄既深，校雠弥略，如《水调歌头》第二首前阕"容饰尚中州"句，"饰"字讹为"饬"字。《曲江秋》前阕"凄凉扬舟"句，本无遗脱，乃于"扬"字下加一方空；后阕"潇然伤"句，"伤"字下当脱一字，乃反不以方空记之。《一剪梅》前阕"只怨闲纵绣鞍尘"句，"怨"字据谱不宜仄。《上西平》调即《金人捧露盘》，前阕"暗惜双雪"句，"惜"字据谱亦不宜仄；后阕"不知早"句，"早"字下据谱尚脱一字。《贺新郎》第三首后阕"冷"字韵复，当属讹字。《一剪梅》一名《行香子》，乃误作《竹香子》，不知《竹香子》别有一调，与此迥异。上辛幼安《水调歌头》误脱一"头"字，遂不与《水调歌头》并载，而别立一《水调歌》之名，排比参错，备极讹舛。晋刻宋词，独此集称托友人校雠，殆亦自知其疏漏欤？至《贺新郎·咏水仙》以玉曲与注女并叶，《卜算子》以夜谢与食月互叶，则由玉参用土音，如林外以扫叶锁、黄庭坚之以笛叶竹，非校雠之过矣。

知所据为毛氏汲古阁刻本，为江苏巡抚采进本。又《钦定续通志》卷一百六十三据文渊阁著录有《东浦词》一卷，当与库本同。

此外见于藏家著录的有：

1. 清丁丙《善本书室藏书志》卷四十著录有《东浦词》一卷，明抄本。提要云：

> 韩玉有二，《提要》辨之详矣，此词开卷第二行题韩玉温甫四字，大误。玉于绍兴初自金归宋，集载有张魏公生日、上辛幼安生日、与康伯可诸阕。陈振孙《书录解题》载玉《东甫词》一卷，即此书也。汲古阁刊颇草草，如《提要》所举《水调歌头》"容饰尚中州"，"饰"误"饬"，《行香子》误《竹香子》，上辛幼安《水调歌头》脱一"头"字，遂别立一《水调歌》之名，此本皆不误不脱。玉词笔凄清宛转，所诣颇深，毛晋谓其比之康伯可、辛稼轩，非仅芣苢之与无盐，未免薄视太甚矣。

2. 缪荃孙《艺风藏书续记》卷七著录有《东浦词》一卷，传抄诵芬室抄本。并录董氏手跋云：

> 右韩玉温甫《东浦词》一卷，常熟毛子晋刻入《宋六十家词》，讹舛特甚。余藏明抄本李西涯所辑《南词》，为南昌彭文勤公知圣道斋故物，是词亦在其中。因取两本互勘，以毛本标注于下，《南词》本小有脱误，然足以纠正毛刻，固不仅提要列举数条也。己巳夏日武进董康校讫记，翌日复取《历代诗馀》互校，以朱志于旁，并补《沁园春》一阕于卷尾，康又记。

己巳为民国十八年（1929），为董康校本。

3. 缪荃孙《目录词小说谱录目》著录有《东浦词》一卷，石莲室抄校本。按：吴重憙（1838—1918），字仲怡，亦字仲饴、仲怿，号蓼舸、石莲，晚号石莲老人，海丰（今山东无棣）人。举人。历江宁布政使、江西巡抚、河南巡抚等。著有《海丰吴氏文存》，辑刻有《九金人集》、《石莲庵山左人词》等。

三、版本不详者

1. 明钱溥《秘阁书目》著录有《东浦词》。

2. 明毛晋《汲古阁毛氏藏书目录》著录有《东浦词》一卷。

3. 清黄虞稷《千顷堂书目》卷三十二著录有《东浦词》一卷。

4. 清倪灿撰、卢文弨补《补元史艺文志》著录有韩玉《东浦词》一卷。

5. 清钱曾《也是园藏书目》卷七著录有《东浦词》一卷。

6. 清朱彝尊《词综》"发凡"云曾见《东浦词》一卷，又卷二十六小传云有《东浦词》一卷。

7. 《御选历代诗馀》卷一百八"词人姓氏"云有《东浦词》一卷。

8. 清陆漻《佳趣堂书目》著录有《东浦词》一卷，丁酉。

9. 清徐元文《含经堂藏书目》著录有《东浦词》一卷。

10. 叶德辉《叶氏观古堂藏书目》著录有《东浦词》一卷。

以上均未标明版本，所载当以抄本居多。

王丹桂

王丹桂，字昌龄，号五峰白云子，利州（今四川广元）人。师事马钰，修习全真教义，隐于昆嵛山神清洞。工填词，著有《草堂集》。

《草堂集》一卷，为词集，有明正统《道藏》本，前后无序跋文。

赵可

赵可，字献之，高平（今属山西）人。生卒年不详，金海陵王贞元二年（1154）进士，世宗时为翰林修撰，章宗时仕至翰林直学士。著有《玉峰散人集》、《玉峰闲情集》。

元刘祁《归潜志》卷十云：

> 献之少轻俊，文章健捷，尤工乐章，有《玉峰闲情集》行
> 于世。晚年奉使高丽，高丽故事，上国使来馆中，有侍妓，献
> 之作《望海潮》以赠，为世所传，其词云："云垂馀髪，雾拖
> 广袂，人间自有飞琼。三馆俊游，百衙高选，翩翩老阮才
> 名。银汉会双星，尚相看脉脉，似隔盈盈。醉玉添春，梦云
> 同夜惜卿卿。　　离觞草草同倾，记灵犀旧曲，晓枕馀酲。
> 海外九州，邮亭一别，此生未卜他生。江上数峰青，怅断云
> 残雨，不见高城。二月辽阳芳草，千里路傍情。"归而下世，
> 人以为他生未卜之谶云。

所谓《玉峰闲情集》当指赵氏词集。元好问《中州集》卷二"赵内翰可"小传有"诗、乐府皆传于世，号《玉峰散人集》"云云。又《金史》本传云："其歌诗、乐府尤工，号《玉峰散人集》。"《玉峰散人集》当指其诗文集。

明清时见于相关著录的有：《永乐大典》卷14381第26B页录赵献之词《望海潮》一首。《御选历代诗馀》卷一百八"词人姓氏"云有《玉峰散人集》，又《钦定续通志》卷五百六十五"文苑传"云："其歌诗乐府尤工，号《玉峰散人集》。"前此均未著录诗文集的卷数，按：《山东通志》卷三十四"经籍志"著录有赵可《玉峰散人集》二卷，不知是否为原貌。

民国时周泳先辑《玉峰散人词》，收入《唐宋金元词钩沉》中，题记云：

> 《归潜志》七云："献之少轻俊，文章健捷，尤工乐章，有
> 《玉峰闲情集》行于世。"《中州集》选可诗仅三数首，而录
> 乐府多至十首。又称可风流有文采，诗、乐府皆传于世。知
> 可固以乐府见长也。泳先记。

此书有民国排印本。

刘迎

　　刘迎，字无党，号无诤居士，东莱（今山东掖县）人。生卒年不详，金世宗大定十三年（1173）以荐书对策为当时第一，明年登进士第。除豳王府记室，改太子司经。著有诗文乐府，号《山林长语》，又有《藤斋小集》。

　　元好问《中州集》卷三"刘记室迎"小传云："有诗文乐府，号《山林长语》，诏国学刊行。"于钦《齐乘》卷六云："金刘迎，东莱人，太子司经。有文集号《山林长语》，章宗诏国学刊行。"知刻于金章宗时。又宋陈思编、元陈世隆补《两宋名贤小集》卷三百六十三载《藤斋小集》，小传云：

　　　　刘迎，字无党，东莱人。初以荫试部掾，大定十三年用荐书对策为当时第一，明年登进士第。除豳王府记室，改太子司经。显宗特亲重之，二十年从驾凉陉，以疾卒。章宗即位，录旧学之劳，赐其子国枢进士第。无党自号无诤居士，有诗文乐府，号《山林长语》，诏国学刊行。

知《山林长语》为诗文集，附载有词。清朱彝尊《词综》卷二十六小传云有诗文乐府号《山林长语》，又《御选历代诗馀》卷一百八"词人姓氏"云："所著诗文乐府名《山林长语》，诏国学刊行之。"又卷一百十九"词话"引《词统》云："刘仲尹《龙山词》盖参涪翁而得法者，《草堂》中与刘迎词并入选，皆金昌词人也。"

王处一

　　王处一（1142—1217），号玉阳子，又号全阳子，世称玉阳真人，宁海（今山东牟平）人。金世宗大定八年（1168），师事王重阳。章宗承安年间赐号体玄大师。著有《云光集》。

　　王氏词见载于诗文集中，明正统《道藏》中收有《云光集》四卷，前后无序跋，其中卷四为词，凡一卷。

刘处玄

刘处玄（1147—1203），字通妙，号长生子，东莱（今山东掖县）人。金世宗大定九年（1169）从王重阳学道，游寓齐豫，任全真掌教。金章宗承安初，聘召问道，次年乞归，赐名灵虚。世称长生真人，为全真教北七真之一。著有《仙乐集》。

刘氏词见载于诗文集中。正统《道藏》本收有《仙乐集》，前后无序跋，卷四为词，存词一卷。

丘处机

丘处机（1148—1227），字通密，号长春子，登州（今属山东）人。年十九为道士，为全真道教七真之一。著有《磻溪集》、《鸣道集》等。

丘氏词见载于诗文集中，今有金刻本《栖霞长春子丘神仙磻溪集》三卷，《续修四库全书》据以影印，其中卷三为词，凡一卷，存词一百二十七首。前有胡光谦序（大定丙午，1186）序。此本前有傅增湘题识手迹，后有沈曾植跋手迹。

民国时有《景宋金元明本词》本《景金本磻溪词》一卷，陶湘《叙录》引录二节文字，录如下：

> 白云霁《道藏目录》：《长春子磻溪集》卷一之六，在友字号，栖霞长春子丘处机集内，诗词歌曲，其中片言只字皆可以警聋瞽、洗尘嚣也。

> 沈曾植跋：钱氏补《元艺文志》：道藏七千四百馀卷，披云子刻于平阳府。余尝考披云姓宋，为长春弟子。其刻在金元之间，实为明藏祖本。沅叔方倡刻《道藏》，而得此金本《磻溪集》，仙缘为不浅也。长春曾栖真关陇，故披云后驻关中，盖承磻溪之绪。集中又有进呈世宗皇帝诗，则在金时已名动九重，可与史传"金宋之季，皆尝遣使来召"语相证。钱

志亦有《磻溪集》六卷。庚申二月寐叟借读识。

前者见明白云霁《道藏目录详注》卷四，后者沈氏跋作于民国九年（1920）。又陶湘云：

> 湘案：此本首题"栖霞长春子丘神仙磻溪集"，凡诗词七卷，每半叶九行，行十六字。有"沈与文印"、"姑馀山人"及"毛子晋"、"刘燕庭"诸印，体仿颜书，写刻朴雅，核其卷中，无一入元后作。版本亦与元代绝异，审为金刻无疑。江安傅沅叔得之南中。湘借摹第三卷上版。卷中原阙二十一、二两叶，以道藏本对校，尚少一行。意原书中当有提行夹注，未敢臆补。昔人称金刻者只天文、医家诸籍，如《祖庭广记》之类，皆未足深信，此卷古泽足珍，实于宋元本外增一佳椠也。

其中云"凡诗词七卷"，疑误，金刻本实三卷。又有明正统《道藏》本《磻溪集》六卷，其中卷五卷六为词，凡二卷。前有胡光谦序（大定丙午）、毛麾序（大定丁未），又陈大任序云：

> 大定戊申世宗皇帝闻之，驿召至京师，赐以冠巾条服，见于便殿，前后凡四进长短句，以述修真之意，上嘉叹焉。及还山之后，接物应俗，随宜答问，有诗颂歌词无虑若干首，文直而理到，信乎无欲观妙、深造自得者欤。其徒裒为巨帙，将锓木以广其传，谒文以冠篇首。

序作于泰和戊辰，即金章宗泰和八年（1208），知有刻本。

近世朱祖谋据晦木斋藏旧抄《磻溪集》本辑出《磻溪词》一卷，刻入《彊村丛书》中，无校勘，无跋文，存词一百三十四首又补遗二首。

此外见于藏家著录的有：

1. 清陆漻《佳趣堂书目》著录有《磻溪词》，丁酉。按：丁酉为清康熙五十六年（1717）。

2. 清赵魏《竹崦庵传抄书目》著录有《磻溪集》一卷，四十六。

3. 清许宗彦《鉴止水斋藏书目》"集部第九厨"著录有《筠溪词》、《风雅遗音》、《磻溪词》，一本。

4. 河田罴编《静嘉堂秘籍志》卷五十"陆氏十万卷楼旧藏·词曲类"著录有《磻溪词》一卷，云："抄，一本。"又云："此本《藏书志》及《提要》不载。"又："案卷首题《栖霞长春子丘神仙磻溪集》。"

以上多不言版本，均当是据诗文集中析出者。另《中国古籍善本书目》载有《磻溪词》一卷，云清抄本，朱孝臧校。藏浙江图书馆。

郝大通

郝大通（1149—1212），宁海（今山东牟平）人。原名生，金世宗大定年间从王重阳入道，改名璘，字太古，号恬然子，又号广宁子，法名大通，世称广宁真人。著有《太古集》等。

今存明正统《道藏》本《太古集》四卷，自序（大定十八年戊戌，1178）云："以为图象、述怀、应问、诗词、歌赋，共一十五卷，分并三帙，以慕太古之风，目之曰《太古集》。"知《道藏》本残缺颇多，今四卷本已未见存词。又冯璧序云："其先师太古真人旧有《昆嵛文集》，当时刊行者蔑裂讹漏极多……众人徒见圆曦营建葺累之勤，孰知于《昆嵛文集》补缀阙遗，改正差缪，亦颇有一日之劳焉。书已补完，子盍为之序引？"圆曦姓范氏，有范圆曦序（大定十六年丙申，1176），知曾刊印过。

赵秉文

赵秉文（1159—1232），字周臣，号闲闲，滏阳（今河北磁县）人。金世宗大定二十五年（1185）进士，为户部主事，翰林修撰，宣宗兴定中拜礼部尚书。仕五朝，官六卿，自奉养如寒素。著有《滏水集》。

赵氏词见载于诗文集中，《永乐大典》卷12043第24B页自《滏水集》录《青杏儿》词一首。又录赵秉文词三首，即《满江红》（2811/

18A，指卷数与页码，下同）、《水龙吟》二首（14381/27A）。按：今存赵氏诗文集有二十卷者，如《四部丛刊》本（影印毛氏汲古阁抄本）、《四库全书》本、《畿辅丛书》本、《石莲庵汇刻九金人集》本等，其间并不见存词。

民国时周泳先辑有《滏水词》，见《唐宋金元词钩沉》中，题记云：

> 《中州集》云："秉文所著文章，号《滏水集》者，前后三十卷。"《归潜志》七曰："赵闲闲本喜佛学，然方之屏山，顾畏士论。又欲得扶教传古之名，晚年自择其文，凡主张佛老二家者，皆削去，号《滏水集》。其为二家所作文及其葛藤诗句，另作一编，号《闲闲外集》。"今传世之二十卷本不附词，疑附于外集中。兹编所辑较《中州乐府》美三首，殊快意焉。泳先记。

此书有民国时排印本。

赵思文

赵思文（1164—1231），字庭玉，一作廷玉，平州（今属河北完县）人。金章宗明昌五年（1194）进士，为省掾。官至通奉大夫、礼部尚书。著有《耐辱居士集》。

王恽《秋涧先生大全集》卷四十二《礼部尚书赵公文集序》云：

> 至元丙子夏五月，予考试河南道，出临汝，馆望崧楼者再宿，历览后圃，总为尘迹，所谓汝海虚舟者。于苍烟老树间岿然独存。因得防御赵公亭记于壁间，倚杖披读者久之，令人想见承平官府之盛，惜公遗文不多见也。后七年，予自齐还卫，日与公孙维弘杖屦倘佯，言笑者无时。一日，出《耐辱集》一编示予，曰："此先祖通奉君之遗稿也。"予请而读之者数日，得辞赋、古律诗及杂著、乐府等篇若干首，其气浑以

厚，其格精以深，不雕饰，不表襮，遇事遣兴，因意达辞，略
无幽忧憔悴、尖新艰险之语，信乎太平君子，假乐有馀，而神
明与佑者也。维弘遂以集序见属。

序作于元世祖至元二十五年（1288），知《耐辱集》中是存有词的。

尹志平

尹志平（1169—1251），字太和，或作大和，号清和子，东莱（今
山东掖县）人。年十四随马钰入道，金章宗明昌年间，师事丘处机，
宣宗兴定四年（1220）随丘处机应元太祖成吉思汗之召，远赴西域，
丘处机死后，嗣主长春宫，继掌全真教事。著有《葆光集》等。

尹氏词见载诗文集中，明正统《道藏》收有《葆光集》三卷，卷
中、卷下所载为词，凡二卷。烟霞逸人三肃序云：

> 夫《葆光集》者，即真人之所作也。自承教一十三年，常
> 坐于大长春宫，宝玄堂之重，室葆光之轩，日有在京士大夫
> 及远方尊宿，参问请益，求索唱和，或自述怀遣兴，警诫劝
> 示，复因诸方游历，经临景物，题跋赞咏，所得诗词歌颂，编
> 列次第，分为三卷，以轩名而立号焉。……唯沁州长官杜德
> 康，为当世贤者也，一见此集，普愿众闻，遂募工镂板，以广
> 其传。

序作于己亥，即元成宗元贞三年（1299），知曾刊刻过。

完颜璹

完颜璹（1172—1232），本名寿孙，字仲实，一字子瑜，自号樗轩
居士，金世宗孙。累封密国。南渡以开府仪同三司奉朝请。著有《如
庵小稿》。

其词见载于诗文集中，元刘祁《归潜志》卷一云："公平生诗文甚
多，晚自刊其诗三百首、乐府一百首，号《如庵小稿》，赵闲闲序之，

行于世。"知有刊本,检赵秉文集,其序不载。又《金史》本传云:"平生诗文甚多,自删其诗,存三百首、乐府一百首,号《如庵小稿》。"又《御选历代诗馀》卷一百八"词人姓氏"云:"自刊其诗三百首、词百首,名《如庵小集》,赵秉文序之。"知词是与诗文合刊的。金元好问《遗山先生文集》卷三十七《如庵诗文叙》云:

> 公诗五卷,号《如庵小稿》者,汴梁鬻书家有之。乐府云:"梦到凤凰台上,山围故国周遭。"又云:"咫尺又还秋,也不成,长似云闲。"识者闻而悲之。予窃谓古今爱作诗者,特晋人之自放于酒耳。吟咏情性,留连光景,自当为缓忧之一物,在公则又以之遁世无闷、独立而不惧者也。使公得时行所学,以文武之材,当颙面正朝之任,长辔远驭,何必减古人?愿与槁项黄馘之士争一日之长于笔砚间哉?朝家疏近族而倚疏属,其敝乃至于此,可为浩叹也。

知《如庵小稿》几经刊刻。

民国时,周泳先辑《如庵小稿》一卷,收入《唐宋金元词钩沉》中,周氏题记云:

> 《归潜志》一谓:"子瑜晚年自刊其诗三百首、乐府一百首,号《如庵小稿》,赵闲闲序之,行于世。"遗山《中州乐府》录金一代词凡三十六家,而女真作者仅子瑜及完颜文卿二人。今除元本乐府外,复于《中州集》辑得二首,录为一卷,聊备金人词之一格焉。泳先记。

此书有民国排印本。

李俊民

李俊民(1176—1260),字用章,号鹤鸣老人,泽州晋城(今属山西)人。金章宗承安五年(1200)以经义举进士第一,应奉翰林文字。未几弃官,教授乡里。金室南迁,隐居嵩山。金亡后,元世祖忽必烈召见，仍乞还山。卒谥庄靖。著有《庄靖集》、《鹤鸣集》。

李氏词见于诗文集中，《永乐大典》卷 2813 第 17B 页自《鹤鸣集》录《谒金门》一首。清有《四库全书》本《庄靖集》十卷，为两淮马裕家藏本，提要云："先生集凡诗七卷文三卷，尝为泽州守段正行所刊行。长平李仲绅等为之序，明正德间郡人李瀚重付诸梓，今板已久佚，所存只抄本而已。"知所据为明正德刊本。库本卷七为乐府，存词一卷。又有《石莲庵汇刻九金人集》本和《山右丛书》本《庄靖先生遗集》十卷，存词卷数同库本。

另有据诗文集析出另行者，缪荃孙《目录词小说谱录目》著录有《庄靖乐府》一卷，云传写集本。又朱祖谋据汪鱼亭藏抄《庄靖先生集》本辑录《庄靖先生乐府》一卷，收入《彊村丛书》中，无校勘，无序跋。

陶氏

陶氏（1142—1227），号无名老人，平水襄陵人，师事马丹阳。著有《天游集》。

李俊民《庄靖先生遗集》卷八《无名老人天游集序》云：

> 元阳子一日携无名老人《天游集》见嘱曰：守一自簪冠以来，出入玄门中，皆老人引度也，不敢忘其德，今将平日遗稿，命工刊行，使传于后，庶不负平昔谆谆之意，愿题其端，且为老人光华。老人姓陶，农家子，平水襄陵人。……集中诗颂一百八十三，长短句九十一，信手拈得，如万斛泉源，不择地而出，皆仙家日用事也。七言有"造化远离生死外，机关超过有无中"、"古木开花春寂寂，寒潭浸月夜澄澄"、"但言造化都归妄，毕竟阴阳总属私"、"千里暮霞烹绛雪，半林明月捣玄霜"、"汞死铅乾天地静，龙吟虎啸鬼神藏"、"有作有为俱妄想，无名无字是真常"、"愿君早悟玄中趣，学我优游物外修"，五言有"对客谈黄卷，呼童烹紫芝"、"性似山猿

独，心如野鹤孤"、"颐神春寂寂，调息夜绵绵"、"俯仰长春
景，遨游不夜乡"，若此等句，头头见道，无一字闲，非烟火
食人所能道也。中间舛错，讲师祁定之校正，观者无憾焉，
辛丑年七月望日序。

辛丑为公元 1241 年，知《无名老人天游集》为诗文集，附载有词，曾
刊印过。

杨弘道

杨弘道（1187—1270），字叔能，号素庵，淄川（今属山东）人。
金末补父荫不就，金哀宗正大元年（1224）尝监麟游酒税。后又仕
宋，以理宗端平元年（1234）为襄阳府学教谕，二年摄唐州司户。入
元未仕，寓益都，仁宗延祐三年（1316）赠文节。著有《小亨集》。

杨氏词见载于诗文集中，清有《四库全书》本《小亨集》六卷，提
要云："焦竑《经籍志》载《小亨集》十五卷，世久失传，今从《永乐
大典》中搜辑编缀，厘为诗五卷文一卷。"前有元好问己酉序，己酉为
公元 1249 年。库本卷五附诗馀七首。

民国时，赵万里据校补《大典》《小亨集》本辑《小亨诗馀》一
卷，收入《校辑宋金元人词》中，在库本所收七词外增补《三奠子》一
首，有民国排印本。

王翼

王翼（？—1232），字辅之，河中人。善医，平生著述有《素问注
疑难》二十卷，《本草》、《伤寒歌括》各一卷，《算术》一卷，诗文
词等。

李俊民《庄靖先生遗集》卷九《故王公辅之墓志铭》云："平生著
述有《素问注疑难》二十卷，《本草》、《伤寒歌括》各一卷，《算术》一
卷，古律诗三百馀篇，长短句二百首，杂文四十篇。"未言是否刊刻。

元好问

元好问（1190—1257），字裕之，号遗山，秀容（今山西忻州）人。金宣宗兴定五年（1221）进士及第，不就选。哀宗正大元年（1224）中宏词科，授儒林郎，充国史编修。入翰林，知制诰。著有《遗山文集》、《遗山乐府》。

元好问《遗山乐府序》云：

> 世所传乐府多矣，如山谷《渔父词》："青箬笠前无限事，绿蓑衣底一时休，斜风细雨转船头。"陈去非《怀旧》云："忆昔午桥桥下饮，坐中都是豪英。长沟流月去无声，杏花疏影里，吹笛到天明。　　三十年来成一梦，此身虽在堪惊。闲登高阁赏新晴，古今多少事，渔唱起三更。"又云："高咏楚辞酬午日，天涯节序忽忽。榴花不似舞裙红，无人知此意，歌罢满帘风。　　万事一身伤老矣，戎葵凝笑墙东。酒杯深浅去年同，试浇桥下水，今夕到湘中。"如此等类，诗家谓之言外句。含咀之久，不传之妙，隐然眉睫间，惟具眼者乃能赏之。古有之"人莫不饮食，鲜能知味"。譬之赢悴老羝，千煮百炼，椒桂之香，逆于人鼻，然一吮之后，败絮满口，或厌而吐之矣。必若金头大鹅，盐养之再宿，使一老奚知火候者烹之，肤黄肪白，愈嚼而味愈出，乃可言其隽永耳。岁甲午，予所录《遗山新乐府》成，客有谓予者云："子故言宋人诗大概不及唐，而乐府歌词过之，此论殊然。乐府以来，东坡为第一，以后便到辛稼轩，此论亦然。东坡、稼轩即不论，且问遗山得意时，自视秦、晁、贺、晏诸人为何如？"予大笑，拊客背云："那知许事，且啖蛤蜊。"客亦笑而去。十月五日，太原元好问裕之题。

甲午为金哀宗天兴三年（1234），知是年《遗山新乐府》已结集，当为书稿，尚未刊印。又元许有壬《至正集》卷二十六《题遗山乐府墨迹》："银蟾渝魄景星微，闲杀天孙织锦机。回首蓬莱三万里，彩鸾犹傍五云飞。"或为手稿。

元氏词集流传于后世的主要是五卷本和一卷本，也有二卷、三卷、四卷者，一卷者多源自明凌云翰选辑本。其词集刊刻主要是清以后的事，其前主要是以抄本形式流传于世。

一、抄本

今存抄本词集丛编中收有元氏词集的有：

1. 明吴讷编《唐宋名贤百家词》本，明抄本，梁启超跋，藏天津图书馆，其中有《遗山乐府》一卷，明凌云翰辑。

2.《宋金元名家词抄》本，清抄本，藏上海图书馆，其中有《遗山乐府》一卷，明凌云翰辑。

3.《宋金元明十六家词》本，清抄本，佚名录清劳权校跋，清丁丙跋，藏南京图书馆，其中有《遗山乐府》一卷。

均为一卷本，源自凌云翰选本。又有五卷本者，有清阮元辑《宛委别藏》本，清抄本，藏台北故宫博物院，中有《遗山乐府》五卷。阮氏《揅经室外集》卷五《遗山乐府》五卷提要云：

> 金元好问撰，好问有《续夷坚志》，《四库全书》已著录。伏读《御定历代诗馀》载词人姓氏，云《遗山乐府》钱唐凌云翰编辑，是编从旧抄本依样过录，无云翰姓氏，疑转写者误脱耳。案：《锦机集》云僧李菩萨洒洒作花开牡丹二株，遗山为赋《满庭芳》，传诵一时。是作今载集中，张炎称其词深于用事，精于炼句，风流蕴藉，不减周、秦，合观诸作，良非虚美也。

知是据旧抄本传写的，为五卷足本。又见《故宫善本书目·宛委别藏书目》著录，有《遗山乐府》五卷，二册，录旧抄本。按：虽然名作《遗山乐府》，却是源自五卷本，与名《遗山乐府》多作一卷者不同。

此外今存五卷抄本单行者尚有：

1. 南京图书馆藏《遗山先生新乐府》五卷，清丁氏迟云楼抄本，见《中国古籍善本书目》著录。按：丁丙（1821—1890），字芮朴，号宝书，归安（今浙江湖州）人。布衣终生，精于目录之学，曾手抄书达万卷，藏书处有宝书阁、月河精舍、迟云楼。编著有《宝书阁著录》、《古书刊榉闻见录》（一名《读书识馀》），刻印有《月河精舍丛抄》等。《宝书阁著录》一卷，著录所藏善本，检其中，不载元氏词集。

2. 天津图书馆藏《遗山先生新乐府》五卷，清抄本，见《中国古籍善本书目》著录。

3. 上海图书馆藏《遗山先生新乐府》五卷，姚椿抄本，卷首有姚氏清道光七年（1827）序，钤有"华亭封氏赍进斋藏书印"[1]。按：姚椿（1777—1853），字春木，一字子寿，自号樗寮生、寒道人，上海娄县人。国子监生，清道光元年（1821）举孝廉方正，不就。曾掌教开封夷山书院、湖北荆南书院、松江景贤书院。喜抄书，藏书处名通艺阁、晚学斋，著有《樗寮先生全集》、《姚氏家藏书目》。又：封文权（1868—1943），字衡甫，号庸庵，江苏松江（今属上海）人。不事举业。自其高祖起，三代藏书至数十万卷，筑赍进斋藏之。编有《赍进斋书目》、《赍进斋书画录》等。知姚氏抄本归封氏收藏，1949 年后所藏书分别归上海图书馆和南京博物院收藏。

又见于明清以来著录的抄本有：

1. 明叶盛《菉竹堂书目》著录有《遗山乐府》一册。未言卷数和版本。检清王闻远《孝慈堂书目》著录有《遗山新乐府》五卷，云："叶文庄藏，有关防印，一册，抄，白六十八番。"知《菉竹堂书目》著录的即抄本《遗山新乐府》五卷者，书名或脱一"新"字。

2. 清陆漻《佳趣堂书目》著录有《遗山先生新乐府》五卷，壬辰。又云"叶文庄公藏本录出"，知是据叶盛藏本移录，当为五卷。按：壬辰为清康熙五十一年（1712），盖为得书之年。

3. 清范懋柱《天一阁藏书目》卷四之四著录有《遗山乐府》一卷，绵纸，抄本，韩彦州编次。按："韩彦州"当为"凌云翰彦翀"

---

[1] 参见颜庆馀《元好问词集的版本问题》一文，载《书目季刊》2008 年第 4 期。

之误。

4. 清彭元瑞《知圣道斋读书跋》卷二著录有《遗山乐府》，云：

> 嘉庆戊午立夏曝书，阅之终卷。此公于此事全无解处，
> 第五卷全是寿词，逾形尘坌，固宜集中不入此体也。抄手多
> 讹脱，亦无庸再校矣。

作于清嘉庆三年（1798），据题识文知为五卷本。此书后归朱氏结一庐
书，见清朱学勤《结一庐书目》卷四著录，有《遗山新乐府》五卷，计
一本，南昌彭氏藏书。又《别本结一庐书目》"抄本"著录有《遗山新
乐府》五卷，彭氏抄，一册。此书又为莫氏五十万卷楼所得，莫伯骥
《五十万卷楼藏书目录初编》卷二十二著录有《元遗山新乐府》五卷，
提要云：

> 金元好问撰，前有彭氏识语，此略之。按遗山著作有集
> 四十卷，旧刊有明弘治间本。汲古阁则刊其诗集二十卷，《新
> 乐府》虽著录《文渊阁书目》，尚未见椠本流传，清《四库》
> 只著录遗山《续夷坚志》及其遗集，而乐府未收。仪征阮氏
> 曾以进呈，今《揅经室外集》有此，《提要》据《御定历代诗
> （脱馀字）》载词人姓氏，谓为明人凌云翰编辑，所录之本无
> 凌名字，当是误脱，实则凌编乃《遗山词选》，与五卷本不
> 同，盖阮氏误也。阮氏引《锦机集》云：僧李菩萨洒洒作花开
> 牡丹二株，遗山为赋《满庭芳》，传诵一时，并引张氏炎之
> 言，谓遗山词风流蕴藉，不减周、秦，玉田当非妄语者。而文
> 勤乃曰：此公于此事全无解处见此题识，则又何也？竹坨曾
> 选凌选入《词综》，有出此本外者。近人威远周岸登以阳泉山
> 庄本《遗山集》校彊村朱氏覆弘治高丽本《遗山乐府》，得增
> 添词五十四首，据《辍耕录》录出一首，次为补遗一卷。又以
> 《石莲庵九金人集》本补刊《新乐府》第五卷校之，除去重
> 复，得词为百十四首，什九寿人之作，次为外集一卷。合之

朱刊三卷词二百十九首，共得词三百八十八首，遗山乐府之传于今者具是矣。周氏云：遗山词，张氏炎称其深于用事，精于炼句，余谓其切实发挥，抑扬顿挫，如诗家之有老杜，实开两宋词家未有境界，非第非杜善夫所述中边皆甜已也，此则遗山乐府之定评矣。

又见莫伯骥《五十万卷楼群书跋文》，著录有《元遗山新乐府》五卷，南昌彭氏知圣道斋写本，有提要，略同《五十万卷楼藏书目录初编》。至于提及周岸登的辑校，或有手抄本，俟考。

5. 清赵魏《竹崦庵传抄书目》著录有《遗山新乐府》五卷，百十九。

6. 清赵魏《竹崦庵传抄书目》著录有《遗山乐府》一卷，四十。

7. 清庄仲芳《映雪楼藏书目考》卷十著录有《遗山乐府》五卷，抄本。

8. 清张金吾《爱日精庐藏书志》卷三十六著录有《遗山先生新乐府》五卷，旧抄本，云：

> 金元好问撰。遗山之诗，人无间然，而词则不甚显于世。今读此集，风流蕴藉，和易不流，盖亦金元间一大作家。是书《文渊阁书目》著录，前后无序跋，未知系何人所编。明凌云翰有《遗山乐府选》，朱氏竹垞据以录入《词综》，虽间有出此本外者，然究不及是本之备也。

又见《爱日精庐藏书简目》著录。此书后为瞿氏铁琴铜剑楼收藏，清瞿镛《恬裕斋藏书记》卷四著录有《遗山新乐府》五卷，抄本。提要云：

> 金元好问撰。是书惟见《文渊阁书目》，世无刊本，朱竹垞辑《词综》，取诸明人选本，未见是编也。旧为爱日精庐张氏藏书，中多讹脱，近于张子谦处借得王莲泾藏旧本校勘一过。

眉批：凌云翰所选。

又：凌所据新、旧乐府合选，多出十馀阕，乃旧乐府也。

《抱经集》跋未明析。

又见瞿氏《铁琴铜剑楼藏书目录》著录，按：王闻远（1663—1741），字声宏，号莲泾居士，又号灌稼村翁，清吴县（今江苏苏州）人。家多藏书，藏书楼有孝慈堂，所藏后多为黄丕烈士礼居所得，编著有《孝慈堂书目》、《金石契言》。前文知王氏收有《遗山新乐府》五卷，原为明叶氏箓竹堂藏书，瞿氏当是借得此本校勘的。又瞿良士辑《铁琴铜剑楼藏书题跋集录》著录有《遗山新乐府》五卷，抄本，录题识一则云：

> 《遗山新乐府》五卷，十年前得之四美堂书铺，即《爱日精庐书目》第一次著录之本，因彼处更得一旧抄本，故弃之也。旧抄本系王莲泾藏书，后归诸子谦处。去秋余假得之，置大案头，未遑一校，近子谦欲刻词数种，将归是书，爰尽两日功对勘一过。卷四抄补三叶，卷五抄补一叶，至牌儿名下诸题，旧抄本反不及此本之备，讹字亦不少，甚矣善本之难言也。时丁亥孟秋下浣校讫记。甲案：下有先祖子雍印。

按：瞿镛字子雍，丁亥为清道光七年（1827），知校勘在是年。《中国古籍善本书目》载《遗山先生新乐府》五卷，清抄本，清瞿镛校并跋。藏国家图书馆。

9. 《劳氏碎金》卷中著录有《遗山乐府》一卷，旧抄本，劳氏题识云：

> 《遗山先生新乐府》五卷，此凌柘轩编选一卷本，今秋抄于王吉甫，复遇赵氏星凤阁抄本校补，缺一阕，此本虽不如《新乐府》本之全，顾有出于其外者，《抱经堂文集》有题辞行附录之。道光甲辰十二月初九日灯下巽卿记。
>
> 咸丰丁巳八月二十日《新乐府》本校于秋井草堂。

> 《词综》发凡作两卷，即此本也。凡选廿有一阕，随勘一
> 过，漏三下，饮香生识。

分别作于清道光二十四年（1844）和咸丰七年（1857）。知有五卷和一卷抄本，有校。王吉甫其人俟考。又缪荃孙《艺风藏书续记》卷七著录有《遗山乐府》一卷，云：

> 传抄本，首行"遗山乐府"，次行"前乡贡进士钱唐凌云
> 翰彦翀编选"。按：遗山新、旧乐府，旧乐府久佚，《新乐
> 府》五卷。《四库》未收，阮文达录以进呈，此乐府一卷，为
> 明时凌彦翀所编，盖合新旧乐府选之，故出《新乐府》外十八
> 首。按：云翰著《柘轩集》，《四库》著录，元至正十九年举
> 浙江乡试，洪武年，本是元末明初人，有仁和劳巽卿跋。

其中又移录劳氏题识文三则。又吴昌绶《宋金元词集见存卷目》附《双照楼续辑宋金元百家词目》著录有《遗山乐府》一卷，云："凌云翰编，仁和劳氏丹铅精舍抄本。"又云："《遗山新乐府》五卷，华亭张氏锄月山房本，互有多寡，盖此较近古。张石洲刻《遗山全集·新乐府》，补前四卷未足。"张石洲即张穆，详后。

10. 清瞿世瑛《清吟阁书目》卷二"名人批校抄本"著录有《元遗山乐府》，一本。

11. 清张文虎《舒艺室杂著·甲编》下《书遗山乐府后》云：

> 昔岁华亭张梅生尝校刊《遗山乐府》五卷，所据抄本题为
> 何义门校，然讹脱百出，误者未尽校，校者又未必然，因别为
> 订误一卷，而卷一诸长题原本脱去，仅雁丘词、双蕖怨、遇仙
> 楼三题，从《词综》、《历代诗馀》、《词苑丛谈》录出，附订
> 误中，又采其漏载为补遗一卷，刊甫竟，而梅生病没，予为作
> 序印行。其后复从友人转借得一抄本，讹脱及校语与前本无
> 异，而诸长题具在，乃悟前本乃抄者苦繁删却耳，因亟为补
> 录。又从《锦机集》、《花草粹编》、《敬斋古今黈》、《山堂肆

考》诸书搜采异同，汇入订误，付梅生后人重刊之，未印行而遭流寇之祸，板片悉毁，予所存本亦失去矣。今年来皖，于李壬叔处检得印本，即予所转赠者，怆然如对故人，吟玩不尽。顷华君若汀出旧藏抄本见视，亦题何义门校，与予后所借得者大略相同。惟多补遗一卷，然第五卷末朱笔跋语尾已剥落，不知其姓名。又据所偁赵清常自记，从各书采录补遗如其数，当有四十首，而今只二十三首。又复出其二只二十一首，则此又非跋者所见本也。卷中校订殊卤莽，窃意义门即疏于词，亦不至如此，恐是托名，又忆卢学士《抱经堂集》遗山词跋言五卷本为钱唐凌云翰所编，而此跋谓赵清常所藏凌本仅数十阕，以为凌未见五卷本，则更谬矣。抄本脱烂不可读，为依刊本补全，别有订正处及可疑者揭于眉上，他日有重刻者，宜知所审择云。

提及的抄本有三：何焯藏抄本（详后），华若汀藏抄本，友人藏抄本。三种同源，后二种传抄自何氏本。梅生即张家骥，详后。按：华蘅芳（1833—1902），字若汀，江苏无锡人。出生于世宦门第，早年为曾国藩擢用，一生与洋务运动关系密切。在数学领域颇有造诣。清光绪时曾在天津武备学堂任教习，又在湖北武昌主讲两湖书院，先后担任常州龙城书院和江阴南菁书院院长。编著有《行素轩算稿》等。又邵瑞彭《重刊阳泉山庄本〈遗山乐府〉跋》云：

其后啸山得一抄本，与前本无异，而长题较多，遂付梅生后人再刊，版毁于寇。彊翁校记所标南塘本，即张氏第一次刻本。啸山又见华若汀藏传抄五卷附补遗本，相承为何校。跋尾用朱笔书之，末行剥落，不知出义门手。其为义门原本，抑从华刻转写。

又吴庠《书邵次公重刊阳泉山庄本〈遗山乐府〉跋后》云："此本为啸山别据一抄本，补录词题及校订异文，付梅生后人重刊之本，刊成，尚未印行，版毁于辛酉洪杨兵火之劫。"知张氏所藏抄本，是自友人转借得，为五卷本，有校补。按：张文虎（1808—1885），字孟彪，一字啸山，别号天目山樵，江苏南汇（今上海）人。家贫，靠友人资助入学，成年后至金山钱家坐馆，历三十年，出任南菁书院院长。著作甚丰，主要有《舒艺室诗存》、《舒艺室杂著》、《索笑词》、《舒艺室随笔》、《古今乐律考》等。

12. 清赵宗建《旧山楼书目》"戊"著录有《遗山乐府》，抄本，三本。

13. 清丁丙《八千卷楼书目》卷二十著录有《遗山新乐府》五卷，旧抄本。又丁氏《善本书室藏书志》卷四十著录有《遗山先生新乐府》五卷，旧抄本。提要云：

> 遗山先生诗集，人无间然，词则不甚显于世，惟著录于《文渊阁书目》，前后无序跋，未知何人所编。阮氏元抚浙时，尝录以进御，《揅经室外集》提要云："按《锦机集》云：僧李菩萨洒酒作花，开牡丹二株，遗山为赋《满庭芳》，传诵一时，是作今载集中。张炎称其词深于用事，精于练句，风流蕴藉不减周、秦，合观诸作，良非虚美也。"

此书后归江南图书馆收藏，见《江南图书馆善本书目》著录，有《遗山新乐府》五卷，旧抄本。此书今藏南京图书馆，见《中国古籍善本书目》著录，有《遗山先生新乐府》五卷，清抄本，清丁丙跋。

14. 清丁丙《八千卷楼书目》卷二十著录有《遗山乐府》一卷，明抄本。又丁氏《善本书室藏书志》卷四十著录有《遗山乐府》一卷，明抄本，云：

> 前乡贡进士钱塘凌云翰彦翀编选。
>
> 此则凌云翰所选遗山之词也，《历代诗馀》及朱彝尊《词综》所选皆据此编，云翰当时殆合新、旧两本选而成此，故有出于《新乐府》五卷之外者，旧乐府不知若干卷，久已佚

去耳。

此书后归江南图书馆收藏，见《江南图书馆善本书目》著录，有《遗山乐府》一卷，明抄本。此书今存南京图书馆，见《中国古籍善本书目》著录，有《遗山乐府》一卷，明抄本，清丁丙跋。

15. 清丁丙《八千卷楼书目》卷二十著录有《遗山乐府》一卷，劳氏抄本。

16. 清陆心源《皕宋楼藏书志》卷一百二十著录有《遗山先生新乐府》五卷，旧抄本，此书又见河田罴编《静嘉堂秘籍志》卷五十"陆氏十万卷楼旧藏·词曲类"著录，有《遗山先生新乐府》，抄，一本。

17. 清陆心源《皕宋楼藏书志》卷一百二十著录有《遗山乐府》一卷，旧抄本，并录劳氏道光题识。

18. 王国维编《大云书库藏书题记》卷四著录有《遗山新乐府》五卷，旧抄本。云：

> 此书向无刻本，爱日精庐、铁琴铜剑楼所藏并是抄本。此本得之苏州，前有"蒋维培印"、"季卿"二朱记，后有朱书二行，曰："己酉秋从林屋叶氏明抄本校缮，元恺。"《孝慈堂书目》所载所藏有叶文庄藏本，洞庭叶氏本，或即据文庄本传抄者耶？元恺不知何许人。

按：叶闇，字岂僧、隐僧，号林屋山人，清吴县（今江苏苏州）人。善画。林屋叶氏即洞庭叶氏，当指叶闇，洞庭当是就太湖中的洞庭山而言。知为明叶氏藏抄校本，原为蒋氏求是斋藏书，后为罗振玉大云书库收藏，罗氏有跋文云云，略同，详后。按：蒋鏊（？—1860），原名蒋维培，字季卿，南浔（今浙江湖州）人。诸生，聚书万卷，藏书楼为求是斋，著有《求是斋杂著》等。

19. 王国维《词录》著录有《遗山乐府》一卷，又《新乐府》五卷，云："钱唐丁氏旧抄本，全集本仅前四卷。"按：钱唐丁氏指丁丙藏书，详前。

20．沈德寿《抱经楼藏书志》卷六十四著录有《遗山乐府》一卷，抄本。

21．缪荃孙《目录词小说谱录目》著录有《遗山乐府》一卷，传写明抄本。又《石莲庵汇刻九金人集》本《元遗山先生全集》附有《遗山先生新乐府》五卷补遗一卷，缪荃孙跋有"荃孙有明抄本，只一卷"云云。

22．李盛铎《木犀轩收藏旧本书目》著录有《遗山乐府》一卷，抄本，缪艺风手校，一册。

23．张钧衡《适园藏书志》卷十六著录有《遗山乐府》一卷，旧抄本。提要云：

> 金元好问撰，前乡贡进士钱塘凌云翰彦翀编选。遗山词，张玉田称其深于用事，精于炼事，风流蕴藉，不减周、秦。此选此一卷，然《历代诗馀》及《词综》所选皆据此编，当时合新、旧两乐府选成，故有出于《新乐府》五卷之外者。

知是源自凌云翰选本。

24．傅增湘《藏园群书经眼录》卷十九著录有《遗山先生新乐府》五卷，云：

> 旧写本，十三行二十一字。卢文弨朱笔校，有卢氏序。赵曦明跋，称原本出何义门家。（同古堂见。丁巳）

丁巳为民国六年（1917）。知为清卢文弨抄本，卢文弨（1717—1795），字召弓，一作绍弓，号矶渔，又号檠斋、抱经，晚年更号弓父。仁和（今浙江杭州）人。清乾隆十七年（1752）进士，授翰林院编修，为侍读学士，提举湖南学政等。历主江浙各地书院讲席二十馀年。富藏书，藏书处名抱经堂，贮书数万卷。精于校勘，编有《抱经堂汇刻书》、《群书拾补》，著有《抱经堂文集》等。检《抱经堂文集》卷七，有《遗山乐府题辞乙未》云：

> 遗山诗浑雄沉郁，有唐大家之嗣响也。老来更得其乐

府，读之妍雅而不淫，和易而不流。其抒情也婉以畅，其赴
节也亮以清。使竹山、草窗诸公见之，亦当推为作者。遗山
生当易代，其诗不胜故国故君之思，今乐府中亦时时遇之。
朱竹垞、黄俞邰所见本俱只二卷，今此五卷者，出于义门何
氏，卷帙过倍。而竹垞《词综》所选，顾尚有出于是本之外
者，则亦未得为全书也。继从友人鲍氏所借得明初钱塘凌云
翰彦翀编选之本，则凡《词综》所选皆在焉，比是本增多十三
首。又附见李冶仁卿之辞四首及玉华谷古仙人词一首。后又
有雷渊题语。今皆补录，以系于后，至如雁丘词、双蕖怨之
类，亦得凌本始著其事焉。凌本词之属遗山者，只一百二十
首，固不及是本之多。然是本第五卷"清晓千门开寿宴"以
下八十二首皆酬应之作，而其中"春垣秋草"一首注见辛稼
轩集，疑有他人之作误阑入焉者矣。第二卷中附闲闲公赵秉
文《促拍丑奴儿》一首，余因疑第一卷《满庭芳》前首亦闲闲
公作也，以其词推之，所赋是十月牡丹。次首题云："同座主
闲闲公赋"，则前为赵作明甚。既不著其题，又不别其人，
疑皆转写脱去。其他不及考者尚多，倘有好事者为之剖劂，
余当更整比以授之。

作于清乾隆四十年（1775），知五卷本抄自何焯藏书。又张文虎《舒艺
室杂著・甲编》下《书遗山乐府后》云："昔岁华亭张梅生尝校刊《遗
山乐府》五卷，所据抄本题为何义门校。"又邵瑞彭《重刊阳泉山庄本
〈遗山乐府〉跋》云："康熙癸巳何义门取凌、赵二家本，与此本对
勘，凌、赵有而此本无者二十三首，亦录为补遗一卷，并系跋语。"康
熙癸巳为康熙五十二年（1713），凌、赵二家本当指明凌云翰选一卷本
和明赵琦美抄五卷本（参见后文）。按：何焯（1661—1722），字润
千，改字屺瞻，号茶仙、蓼谷、憩闲老人，学者称义门先生，清长洲
（今江苏苏州）人。清康熙四十二年（1703）进士，官翰林院编修。著
有《义门读书记》。又知五卷本有赵曦明乾隆二十四年（1759）跋，赵

曦明，字敬夫，清江苏江阴人。诸生。卢文弨校雠诸籍，得赵氏之力为多。著有《读书一得》、《桑梓见闻录》、《中隐集》。由《藏园群书经眼录》知卢氏抄校既有五卷本，也有一卷本，卢氏取以互校补，均撰有跋文，参见后文。

25. 傅增湘《藏园群书经眼录》卷十九著录有《遗山乐府》一卷，题前乡贡进士钱唐凌云翰彦翀编选，云："旧写本。有卢文弨序。"（同古堂见。丁巳）丁巳为民国六年（1917）。卢文弨《抱经堂文集》卷七《遗山乐府题辞乙未》云：

> 元遗山词五卷，余既以尽抄之矣。此为明初钱塘凌彦翀氏所编选，不分卷，虽甚简约，然亦有出于五卷之外者。余又录于五卷之后为补遗矣，而复抄此，何也？此遗山辞之精华也。有五卷，以荟其全。有此选，以标其隽。春之朝，秋之夕，联佳客于一榻，怀故人于千里，意有甚适，则引之而永焉，情有不怡，则融之而释焉。便观览，资吟讽，莫若此选也。宜且吾乡前辈之所甄综也，不可以莫之传也。彦翀在元膺乡荐，为兰亭书院山长，洪武初以荐授成都府教授。此书题"前乡贡进士"，不忘元也。所著有《柘轩集》五卷，余未之见。是书本出裘杅楼，盖桐乡汪氏之写本也。汪氏多藏书，有《词综》之选，其所得宋、金、元以来诸词人之作必大备，而今散失者已多矣。《韩诗外传》云："君子之居也，绥若安裘，晏若覆杅。"汪氏之名所居，义必出于此。然"杅"实"杅"之误，杅即盂也，覆之乃安。若杅、柚不可以覆言。抑《庄子·山木篇》有云孔子辞其交游："逃于大泽，衣裘褐，食杼栗。入兽不乱群，入鸟不乱行。"此则裘杅之可连文者，而义则远矣，夫宁取于是乎？

亦作于清乾隆四十年（1775），知一卷本抄自鲍氏知不足斋藏汪森裘杅楼抄本。按：汪森（1653—1726），字晋贤，号碧巢，浙江桐乡人，原籍安徽休宁。清康熙拔贡。官广西桂林府通判、户部江西司郎中等。

建裘杼楼以藏典籍。编著有《小方壶存稿》、《桐扣词》、《裘杼楼藏书目》等。又袁荣法《刚伐邑斋藏书记》云：

> 《遗山乐府选》一卷、《遗山新乐府》五卷外录一卷，金元好问撰。此钱塘卢文弨精抄本，选本一卷，即前凌云翰所选编者。有乾隆四十年文弨序，谓是书本出自桐乡汪氏裘杼楼写本，而文弨从知不足斋鲍氏假抄者。后有"乾隆乙未五月晦东里卢弓父阅"朱笔细字一行，文弨手书也。集中有文弨校字，又经先世父以星凤阁本校过。《新乐府》五卷，乃好问词全集，朱竹垞、黄俞邰所见本，俱只二卷，此本出于义门何氏，亦文弨精抄并选本合存之者。首有乾隆四十年文弨序，有目录，目录后有文弨题字，后有乾隆己卯赵曦明跋，乃其师车质斋传自何义门，而曦明更从校录者。补录一卷，则文弨从凌选本补五卷本之阙者，并有文弨校字，亦有先世父校，皆朱笔。二集书衣并有先世父题书名，每半页十一行，行二十一字，乾隆乙未卢文弨写校本。四册，一木英。

可知卢氏传抄本是含有一卷本和五卷本的，另辑有外录一卷。又有赵曦明乾隆二十四年（1759）跋，赵曦明其人详前条。至于车质斋，《抱经堂文集》卷二十九《瞰江山人传丁未》有"山人始就外傅，便知好古学，少长，就老儒车质斋学，其家多藏书"云云。丁未为乾隆五十二年（1787）。

26. 傅增湘《藏园群书经眼录》卷十九著录有《遗山乐府》一卷，云："旧写本。过录清劳格校。（古书流通处送阅。壬戌）"壬戌为民国十一年（1922）。

27. 袁荣法《刚伐邑斋藏书记》著录有《遗山乐府》，云：

> 此乃明初钱塘凌云翰所编选本，出自浅山赵氏梅泉星凤阁手抄，有朱笔原校，当亦出赵氏手。首有赵辑宁印，辑宁当即梅泉之名。又有浮签，题浅山赵氏，浅山不知何地也。

仁和吴昌绶刻《遗山乐府》，始从丁氏善本书室假传抄劳校本，颇有写误，后即以此本覆勘者。有宣统己酉一笺记其事，谓是本即劳氏所曾见者。书眉并卷中间有朱校，则昌绶据他本勘正者。板心下镌"星凤阁正本，赵梅泉手校"小字两行。有"湘潭袁氏伯子藏书之印"朱文方印。每半页十行，行二十一字。有朱笔圈点，似亦赵氏笔。二册。

知为清赵氏星凤阁传抄的一卷本，有吴昌绶校。按：赵箎，字典承，号素门，又号辑宁，钱塘（今浙江杭州）人。喜藏书，藏书处为古欢书屋和星凤阁。著有《闽游杂诗》。辑宁有长子名之玉，号梅泉（一作某泉）居士，清嘉庆时在世。喜抄书，星凤阁抄本多属其所为。提要中云"辑宁当即梅泉之名"，这是不确切的。又袁荣法（1907—1976），字帅南，号沧州，一号玄冰，一署晤歌庵主人，晚署玄冰老人，袁思亮从子，湘潭（今属湖南）人。著有《玄冰词》。

二、印本

1. 清咸丰五年（1855）南塘张氏锄月山房刊《遗山先生新乐府》五卷补遗一卷。张文虎《遗山先生新乐府序》云：

> 元遗山诗为金源巨擘，评者拟之尤、杨、范、陆，海内外几家有其集。乃其词疏快名隽，上者逼苏、辛，次亦在西樵、放翁间。玉田则谓风流蕴藉，不减周、秦，其推挹至矣。而乐府五卷，仅见于阮文达公外集，抄本流传，谬乱百出，几不可解，读者惜之。于是华亭张梅生反复雠校，正其讹舛，补其残脱。有不能决者，存方空以阙疑。其见《历代诗馀》及朱氏《词综》而此本所无者，附录于后。又别为订误一卷，以待质于世之博览者。客冬，同人祝东坡生日于锄月山房，出以见视，予为之惊喜。盖梅生体羸多病，是时方杜门养疴，而能于此残阙错乱之书，不惮详审，以成善本，其用力诚勤，用心亦良苦矣。因怂恿付梓，以供同好。比今年夏五，剞劂甫就，而梅生疾已不可为，病榻弥留，仅一翻阅而已。嗟

乎！遗山著述自足千古，不在区区之词，而其词不容不传于
世。今此集校刊自梅生始，遗山有灵，未始无知己之感，他
日流布世间，不湮没于乌焉帝虎之本，而梅生之名亦赖是不
朽，是传遗山者梅生，而使梅生得附骥以传者，遗山之力
也。梅生聪明善悟，能为诗词骈体，而词尤长，清俊处略得
遗山一体。不幸天不永年，不能竟其所学。读是集者，观其
用力之勤，用心之苦，想见其为人，梅生其亦可无憾矣夫。
咸丰五年秋分前一日，南汇张文虎撰。

按：张家骧，字调甫，号梅生，清华亭（今上海松江）人。著有《曼陀
罗馆诗词》。张家骧《遗山先生新乐府跋》云：

《遗山先生新乐府》五卷，从叔筱峰先生藏本，予近学填
词，因假读之，错乱讹脱，触目皆是，行间眉上虽间有黄笔校
正处，不及百中之一，或有反失之者。盖辗转传写，既无刻
本，而选家及遗山词者寥寥，且有此本不误而选本妄改致误
者，乱丝颇不易理也。秋冬杜门养疴，以校雠自遣，正讹补
脱，别缮清本，复于卷尾跗识所疑，待质博雅。按：朱竹垞
《词综》"发凡"：元遗山乐府只二卷，钱莘楣《元史艺文志
补》卷数亦同，惟阮文达《挲经室外集》著录五卷，当即此
本。朱、钱二君所见，或非全帙。然《词综》及《历代诗馀》
所录《点绛唇》"醉里春归"、《洞仙歌》"黄尘鬓发"、《青玉
案》"芷萝坊里"三阕，《历代诗馀》又录《鹊桥仙》"梨花春
暮"、《鹧鸪天》"姚宋明光"二阕，此本皆无之，则亦有遗漏
矣。相传《遗山乐府》系钱唐凌云翰编集，未知所集凡几卷，
今二卷本不可得见，此少彼多，无从考审，姑以所缺补于
后。又《古今词话》引《锦机集》载遗山所作《小圣乐》，亦
名《骤雨打新荷》，其体在词曲之间，《历代诗馀》亦录之，
今并附补遗之末。姊婿钱梦华见之，喜曰："向拟刊此入《小
万卷楼丛书》，今工既止矣，子所校甚善，盍单行以公同

好?"予愧谢不敏,既而质之张君啸山,君以为可,遂绣诸梓,凡题目编次及过变连接处,悉仍原本以存其旧云。咸丰甲寅醉司命日,华亭张家鼒调甫识。

跋作清咸丰四年(1854),所谓:"秋冬杜门养疴,以校雠自遣,正讹补脱,别缮清本,复于卷尾驸识所疑,待质博雅。"又邵瑞彭《重刊阳泉山庄本遗山乐府跋》有"咸丰间华亭张家鼒梅生—字调甫得传抄五卷本刻之,亦无补遗"云云。知筱峰先生是有抄本的,且有批校,张家鼒据此誉录缮写,付之刻印。按:张鸿卓(1803—1876),字伟甫,号筱峰,又作小峰、啸峰等,清华亭人。增贡生。官训导。著有《绿雪馆词抄》、《百和词》等。啸山即张文虎。此本见缪荃孙《目录词小说谱录目》著录,有《遗山先生新乐府》五卷,锄月山房本。

2. 清光绪三年(1877)南塘张氏刊《遗山先生新乐府》五卷补遗一卷。有章耒《重校元遗山先生新乐府序》云:

> 古之贤者,有所得于心,则发其心之所得,以传于后传矣,而后之读者又视乎所托之尊卑以定其高下。夫所托之至尊者,莫如经史,次之古文,次之诗,又次之若词,则卑之又卑者也。然而词之所托,尊卑亦分焉。词盛于南宋,南宋人以姜、张为宗,吾谓姜、张非苏、辛比,苏、辛词外有词,其所托盖至尊,已而即事寄意。与苏、辛可并传者,于本朝得顾贞观,于金源得元好问。好问之诗,金源诗人之巨擘也。词亦如其诗,或谓好问词能刚不能柔,故多笳角之音,律以梁汾《弹指词》,似不知词者。耒应之曰:《弹指词》之足传于后者,曲耳,真耳。好问词境真意真,其曲处虽不逮贞观,而词法则以苏、辛之法为法,吊古伤今,于世道人心颇有关系。且无天阏抑塞之病,岂石帚、玉田浅斟低唱所能仿佛万一哉!其词世鲜传本,华亭张君梅生曾授梓人,咸丰庚申、辛酉间,粤贼寇我郡,板毁于兵火,而梅生已先期殁。今梅生令子石斋复刊之,继父志也。石斋乞余序,因取好问之所

托而论之如此。光绪丙子十月中浣，娄县章耒序。

作于清光绪二年（1876），张梅生刊本即咸丰年间张家骧刊本。又张鸿卓《遗山先生新乐府跋》云：

> 遗山先生词世无刊本，乾隆初钱唐陈君皋录于邗上，卷面记云何义门校本，而跋中不及，或系伪托。然审字迹与跋似出一手，何欤？道光庚寅春，金山姚君古然以此见赠，如获至宝，忽忽二十年矣。长夏无事，偶检行箧，简墨依然，而古然墓草已宿。为怊怅久之。己酉六月，张鸿卓识于丹阳学舍之东斋。

跋作于清道光二十九年（1849），知所据为陈皋藏抄本，原题为何焯校本。张鸿卓于道光十年（1830）得到陈氏抄本，为姚进枢（古然）所赠。又有陈皋《遗山乐府跋》云：

> 遗山乐府，余曩时闻吴下藏书家有之，十馀年未尝得觏。今春吴门薄自昆兄挟旧书数千卷鬻于邗上，中有是本。即假归掌录，喜不自胜，不啻疲人之获起、盲人之获视也。先生为金朝遗老，其述作称一代文章宗匠，他如诗文杂著镌刻行世者人人得共赏之，独是册《新乐府》五卷见者盖寡，即当日竹垞太史选词亦未之觏，不然何以三百五十首内只收十八首，岂妙处尽在是耶？元张玉田许先生词云"深于用事，精于炼句"，洵不诬矣。惜乎！近今好事无人，倘能合诸作刊而传之，岂不成全璧乎？乾隆八年夏五小暑前一日，钱塘陈皋漫识。

跋作于清乾隆八年（1743），知抄本为陈氏乾隆时购藏。按：陈皋，字对鸥，浙江钱塘人，陈章之弟。生卒年不详，清乾隆时人。工诗，与兄章有"陈氏二难"之目，兄弟二人曾同寓扬州。著有《吾尽吾意斋集》、《对鸥漫语》。

又有张声玿《重刻元遗山新乐府跋》云：

遗山于金源时为中州大家，其诗豪迈，与东坡相近。词亦卓绝千古，先君子酷好之，尝校正其乐府，以行诸世。未几，先君子殁，又未几而粤寇至矣。家中长物百无一存，板亦毁于兵火。声匏以先君子之酷好是书也，属次柯章先生为之重校，复授诸梓。忆先君子在时欲录海曲诸人诗，续熊露蕤先生之选，以疾未果。声匏学殖荒落，不能读先君子遗书，清夜问心，负疚深矣。吾家昆季倘能搜罗捃摭，得成是书，以竟先君子未竟之志，岂特声匏一人之幸哉！读遗山词，因牵连书之。华亭张声匏盥手谨跋。

张声匏，号石斋，华亭人。先君即指张家蕭。又张声驰《遗山乐府跋》云：

梅生从父与先君子并工诗，先君子学山谷，从父学遗山，二家皆出少陵，异派实同源也。从父所刻《遗山新乐府》，板为兵燹所毁，今石斋从兄重刻之。吾家自从祖啸峰公殁后，南塘风雅光焰日燔。石斋之为是举，承父志，并欲振家学也，驰当与诸昆弟勉之。声驰又跋。

张声驰，字谦甫，张声匏从弟。知为张氏兄弟重刊本。

3. 清光绪三十四年（1908）南塘张文虎刊《遗山先生新乐府》五卷补遗一卷订误一卷。

4. 《景宋金元明本词》本《景明弘治高丽晋州本遗山乐府》三卷，后有李宗准跋云：

乐府，诗家之大香奁也。遗山所著清新婉丽，其自视似羞比秦、晁、贺、晏诸人，而直欲追配于东坡、稼轩之作，岂是以东坡为第一而作者之难得也耶？然后山以为"子瞻以诗为词，如教坊雷大使之舞，虽极天下之工，要非本色"。李易安亦云："子瞻歌词，皆句读不葺之诗耳，往往不协音律。王半山、曾南丰文章似西汉，若作小歌词，则人必绝倒，不可读也。乃知别是一家，知之者少。"彼三先生之集大成，犹不免人之讥议，况其下者乎？夫诗文分平侧，而歌词分五音五声，又分六律，清浊轻重，无不克谐，然后可以入腔矣。盖东坡自言平生三不如人，歌舞一也，故所作歌词间有不入腔处耳。然与半山、南丰皆学际天人，其于作小歌词直如酌蠡水于大海，岂可谤伤耶？吾东方既与中国语音殊异，于其所谓乐府者，不知引声唱曲只分字之平侧、句之长短，而协之以韵，皆所谓以诗为词者，捧心而颦，其里只见其丑陋耳。是以文章巨公皆不敢强作，非才之不逮也，亦如使中国人若作郑瓜亭、小唐鸡之解，则必且使人抚掌绝缨矣。唯益斋入侍忠宣王，与阎、赵诸学士游，备知诗馀众体者，吾东方一人而已。然使后山、易安可作，未知以弊衣缓步为真孙叔敖也耶？以此知人不可造次为之，虽未知乐府，亦非我国文章之累也。愚之诵此言久矣，今以告监司广原李相国。相国曰："子之言是矣，然学者如欲依样画胡芦，不可不广布是集也。"于是就旧本考校残文误字，誊写净本，遂属晋州庆牧使任绣梓。时弘治纪元之五年壬子重阳后一日，都事月城李宗准仲钧识。

跋作于明弘治元年（1488），为晋州官刻本。又陶湘《叙录》云：

湘案：《遗山乐府》一卷，仁和劳氏丹铅精舍抄校本。《遗山新乐府》五卷，华亭张氏锄月山房刻本。互有多寡。张石洲刻遗山全集，新乐府只前四卷。张多末一卷，颇羼杂不伦。此高丽刻本，三卷，半叶十行，行十七字，与前二本又异。有弘治五年壬子都事月城李宗准跋，谓遗山所著清新婉丽，其自视似羞比秦、晁、贺、晏诸人，而直欲追配于东坡、稼轩之作。又云：吾东方既与中国语音殊异，其所谓乐府者，不知引声唱曲，只分字之平侧、句之长短，而协之以韵，皆所谓以诗为词者。捧心而颦其里，只见其丑陋耳。是以文章巨公皆不敢强作，非才之不逮也，亦如使中国人作郑瓜亭、小唐鸡之解，则必且使人抚掌绝缨矣。唯益斋入侍忠宣王，与阎、赵诸学士游，备知诗馀众体者，吾东方一人而已。今以告监司广原李相国。相国曰："子之言是矣，然学者如欲依样画胡卢，不可不广布是集。"于是就旧本考校残文误字，誊写净本，遂属晋州庆牧，使纡绣梓云云。盖彼国知文之士，其谓不谙声律，以诗为词，自知甚明。视明清间人谬谈词律者，迥不侔矣。"郑瓜亭"、"小唐鸡"，不知何语，意是高丽歌曲。益斋乃李齐贤字，所著《益斋乱稿》，有诗馀一卷。东海藩封，奉明正朔，倚声度曲，雅慕中邦。玉阳别本，转藉流传于世，尤足重也。江安傅氏藏园所收，假以摹版。

知原为傅增湘藏书，又前引《藏园群书经眼录》有"陶氏所刻即据余旧藏朝鲜古刻摹刊，字句小有不同"云云。

5.《彊村丛书》本《遗山乐府》三卷，据高丽本覆刻，朱祖谋跋云：

右《遗山乐府》三卷，明弘治壬子高丽刊本也。《遗山乐府》一卷本，明钱塘凌彦翀云翰编选，劳巽卿谓即《词综》发凡之二卷本，阮伯元以五卷本《新乐府》当之，误矣。《新乐府》五卷，卢抱经谓出义门何氏。平定张硕洲穆、华亭张调甫家蔚两刻之。平定张氏本今止四卷，末卷海盐吴氏补刻。顾是编遗山自序亦称新乐府。新之云者，殆别乎诗中之乐府而言。或谓遗山词有旧乐府已佚者，非也。而篇次多寡，与五卷本不合，且有廿馀阕溢乎其外者。张啸山谓五卷抄本流传，谬乱百出。故二张所刊未为尽善，或脱载全题，或漏列注语。且有附刻他人之作，不为标明，尤其失之甚者。是编讹字阙文间亦不免，老友吴伯宛寄属校刊，遂援凌、张诸本勘举若干条，其异文得两通者，亦附著焉。原本每半叶十行，每行十七字，上下黑口，双边，惟厕工稍陋，篇幅漫漶，爰为移刻，

而记其行款如此。张玉田谓先生词深于用事，精于炼句。杜
善夫谓先生诗如佛说法，其言如蜜，中边皆甜。吾于先生词
亦云。癸丑六月归安朱孝臧跋。

跋作于民国二年（1913），以高丽本为底本，校以两张氏刻本。此本见
梁启超《梁氏饮冰室藏书目录》著录，有《遗山乐府》三卷附校记，
云："封面任公先生题云《遗山乐府》三卷，朱彊村所刻。甲寅浴佛日
牡丹盛放，时吴印丞在崇效寺见赠。饮冰记。"甲寅为民国三年
（1914），吴印丞即吴昌绶。

6. 民国三年（1914）上海扫叶山房石印本《元遗山新乐府》
四卷。

7. 罗振玉辑《殷礼在斯堂丛书》本，民国时东方学会排印，其中
有《遗山先生新乐府》五卷，跋云：

> 《遗山新乐府》旧刻不传，惟张石州先生校刊遗山全集有
> 之，凡四卷。此本及爱日精庐、铁琴铜剑楼所藏抄本并是五
> 卷，盖张本佚末卷也。予往岁得此本于吴中，前有"蒋维培
> 印"、"季卿"二朱记，后有朱书二行，曰："己酉秋从林屋叶
> 氏明抄本校缮，元恺。"《孝慈堂书目》载所藏有叶文庄藏
> 本，称元恺者，不知何人。至所云林屋叶氏本，殆即传抄叶
> 文庄本也。戊辰九月上虞罗振玉记。

作于民国十七年（1928），与前王国维《大云书库藏书题记》提要云云
略同。

8. 民国重刊阳泉山庄本《遗山乐府》，《词学季刊》第一卷第三号
载邵瑞彭《重刊阳泉山庄本遗山乐府跋》：

> 遗山先生新乐府，向与诗文集别行，自明以来，传世者计
> 有三本：一为一卷本，明凌云翰彦翀编，赵清常从焦漪园借
> 抄，复就选本类书搜得五十首，录为补遗一卷，故竹垞《词
> 综》"发凡"总之曰二卷。此本有毛斧季旧藏，何义门全见

之，彊村老人刊高丽本时曾参校劳巽卿抄本，有凌选而无赵补，校记所标凌本是也。二为上中下三卷本，明弘治壬子高丽人李宗准刊，今有武进陶氏覆刊景写本，彊翁所据祖本也。三为五卷本，不知何人所编。《文渊阁书目》曾见著录，有叶文庄菉竹堂旧藏。康熙癸巳何义门取凌、赵二家本，与此本对勘，凌、赵有而此本无者二十三首，亦录为补遗一卷，并系跋语。华希闵豫原于刊行《遗山集》之后，又刊何校《新乐府》五卷附补遗，卷末缀义门跋语，卢抱经文集、阮文达外集皆述及五卷本。抱经且知其出自屺瞻。但二家同认为凌氏所编，盖二家之本均失载补遗，又未睹凌氏旧本，致贻此误。但其时去康熙未远，何以并华刻而未之见，意者印行甚少之故，否则骛远忘近，厝意不及耳。道光末，大兴刘位坦宽夫藏有华本，补遗跋尾具在。屺斋刊《遗山全集》，从刘氏借抄付椠，版心有"阳泉山庄"四字，工未竣而屺斋殁。海丰吴子苾汇刻《九金人集》，取屺斋版片充数。其乐府版片据彊翁说，仅第五卷为吴氏续刊，今未由明辨。但补遗及何跋，刊本无之。彊翁以阳泉本校高丽本，并不知有补遗，可见吴氏草草从事，失于点检。光绪辛巳桐城方戊昌季方，官忻州，重刊遗山全集，用屺斋本为底本，而乐府只四卷。疑方氏所见，乃吴子苾补版之本，仍缺乐府卷五及补遗，世称为读书山房本者也。咸丰间华亭张家鼐梅生一字调甫得传抄五卷本刻之，亦无补遗。张啸山为之订误，复从选本类书搜得若干首，别撰补遗一卷，未及付刊。啸山故不知原有何氏补遗也。其后啸山得一抄本，与前本无异，而长题较多，遂付梅生后人再刊，版毁于寇。彊翁校记所标南塘本，即张氏第一次刻本。啸山又见华若汀藏传抄五卷附补遗本，相承为何校。跋尾用朱笔书之，末行剥落，不知出义门手。其为义门原本，抑从华刻转写，未能悬断。啸山杂著有《遗山乐府书后》一篇，记述甚详。惜误会跋语，牵合赵、何二补遗为一事，不悟赵本五十首，补凌本之遗，何本二十三首，补五卷本之遗，固截然二事也。何氏补遗，天壤间止存二本，北有刘藏华刻，南有华藏旧抄，今皆不审飘零何处矣。近日门下武福鼎在天桥冷摊买得残本，与扆斋、子苾合刻本同。版心有"阳泉山庄"四字，较合刻本多出何氏补遗及跋语，每卷末有"任丘边浴礼袖石覆校"一行，但失去卷一，从卷二为始。其书蜡纸扁格，洪武字体，盖手民所写，准备上版者。眉间行间签校剟改甚多，窃意此即扆斋校讫付雕之本。卷一适已刊就，故无之。扆斋既殁，此本归空青馆，因添写己名一行，拟用原本上版，俾《遗山乐府》成一完帙，以竟扆斋之志，不知何故，仍未锓行。据此推测，吴氏所取版片止有卷一，其卷二至卷五，由吴氏续刻，必别据五卷本。倘仍出自此本，何致漏失补遗？彊翁谓吴氏仅刊卷五，殆非事实也。扆斋文集有《重刻遗山先生集序》，末载吴子肃识语，记扆斋访刻新乐府事，谓手校付梓，未获毕工，今样本仅存云云，并无刻成四卷之说。样本云者，指此写定未刻之本而言，然则卷中签校，宜为扆斋、袖石二家手迹，弥可贵也。五卷本之可考者，尚有爱日精庐藏抄本，见张志及莫目。平安馆藏抄本，见扆斋序。蠹简浮沉，不知存佚，独怪何民（疑作氏）补遗屡遭厄会，幸赖此本岿然独存，似有鬼神为之呵护。愚劝福鼎举原本镂版，并从《九金人集》录刊第一卷，别撰校记附焉。断手有日，喜而书此。癸酉中秋，蓬累居士。

前年向仲坚告予，谓周君癸叔新刊《遗山乐府》，末附补遗，未睹其书，不知是否何本。记此待访。

作于民国二十二年（1933）。知虽名《遗山乐府》，实自《新乐府》而来。其中提及传世本有三，其一为"一卷本，明凌云翰彦翀编，赵清常从焦漪园借抄，复就选本类书搜得五十首，录为补遗一卷，故竹垞《词综》'发凡'总之曰二卷。此本有毛斧季旧藏，何义门全见之。"

按：赵琦美（1563—1624），字元度，号清常道人，明直隶常熟（今属江苏）人，编著有《脉望馆书目》等。检《脉望馆书目》，不见载有元氏词集。赵氏抄自明焦竑家藏，焦竑（1541—1620），字弱侯，号澹园，又号漪园、漪南生，山东日照人，一云上元（今江苏南京）人。明万历十七年（1589）状元，官翰林院修撰。性喜藏书，著作甚丰，著有《焦氏藏书目》、《国史经籍志》等。赵氏抄本后归毛氏汲古阁庋藏。

又《遗山乐府编年小笺》附吴庠《书邵次公重刊阳泉山庄本〈遗山乐府〉跋后》云：

> 次公此跋，于《遗山乐府》五卷本叙述颇详，然亦小有疏误。张硕洲阳泉山庄本《遗山集》版片，初归北京厂肆韩估，后由福山王文敏作缘，归海丰吴仲怿重熹。光绪乙巳江阴缪艺风荃孙为补刊乐府第五卷，并辑逸词十八阕，汇入《九金人集》，艺风跋尾言之綦明，今观印本乐府版心，前四卷为阳泉山庄，第五卷为石莲庵补刻，彊村翁谓吴氏仅刻卷五，不误也，次公或未检阅印本与艺风跋尾耶？华亭南塘张氏刊本有三：一为咸丰四年梅生家麃刊本，其所据之本，乃乾隆八年钱塘陈皋借吴门薄自昆旧藏何义门校本而手录者。此本后归金山姚古然，道光庚寅转赠张筱峰鸿卓，即梅生之从叔也。梅生撰《订误》一卷，辑补遗六阕，附刊于后，其识语叙及之。次年刊成，南汇张啸山文虎为作序，说亦如是，次公谓《订误》、补遗出啸山手，误也。一为重刊本，此本为啸山别据一抄本补录词题及校订异文付梅生后人重刊之本，刊成尚未印行，版毁于辛酉洪杨兵火之劫。啸山杂著中书后一篇，即为此本而发，不知次公何以未加细审也。一为光绪丁丑梅生之子石斋声鋾重刊本。此本于诸词长题既未补入，而订误中于张啸山书后所举据校诸书亦未涉及，可知仍用梅生第一刻翻雕而已。啸山订误，不可得见，惜哉！至补遗各本，最初为赵清常琦美补凌彦翀云翰选本之遗。按凌选存词

百二十阕，此卢抱经说，赵补得四十阕，此张啸山说，次公云五十阕，合计之，才得百六十阕耳。遗山词所遗尚多，五卷本之补遗，何义门为二十三阕（张啸山云复出二阕，仅得二十一阕），张本为六阕（据《历代诗馀》及《词综》补，除《小圣乐》一首外，馀见弘治本），吴本为十八阕（末注出处，复出《点绛唇》"绣佛长斋"一首、《相见欢》即《古乌啼怨》咏玉簪花一首，误收李仁卿附作二阕），愚意三家所补必是同多而异少，盖皆未得见弘治高丽刊本也。今就弘治本录出五卷本未载之词，得二十九阕，加《小圣乐》一阕（见《历代诗馀》），《朝中措》一阕（见《翰墨大全》），《望江南》一阕（见《琼花集》），凡得三十二阕，以阕数论，已较何补多十一阕，但不识异同如何耳。次公盛称何氏补遗，未取弘治本一比勘之。今次公殁，而刊本已否印行不可问，洵憾事也。第五卷编次凌杂，与前四卷不同，不知何人所辑。其中《千秋岁》（塞垣秋草）一阕见景宋抄《稼轩词甲集》，《黄鹂绕碧树》一阕见景宋刻晁次膺《闲斋琴趣》，恐阑入他人之作尚不止此，安得好事者为一一检寻而订正之？庚辰二月廿五日庠记。

偶检别下斋翻刻嘉靖本《琼花集》，《望江南》一阕乃韩琦作，庚辰五月十九日记。

作于民国二十九年（1940）。按：吴庠（1879—1961），原名清庠，字眉孙，别号寒筜，江苏镇江人。毕业于上海南洋公学，为南社社友，尤工于词，藏书数万卷。吴庠又有《旧抄鲍渌饮校本〈遗山乐府〉跋》云：

平定张硕洲阳泉山庄刊本不及华亭张梅生刊本，梅生所据抄本亦不及此本，缪艺风跋阳泉本云原刻只存卷一，其二三四卷为厂肆韩估补刻，今取旧印本阅之，后三卷刻工远不及前一卷，其说信然，无怪其谬误多也。阳泉本从华豫原刊

> 本出，样本写成，刻未竣工，而硕洲下世。数年前老友邵次
> 公门人武君，从天桥冷摊买得阳泉二卷以下之样本，次公为
> 作跋，云已重刻，想必甚佳，俟访得印本，再补校之。艺风为
> 海丰吴氏补刻阳泉本第五卷，于前四卷一字未改，跋云校
> 误，直欺人语耳。庚辰二月廿六校毕记，庠。

作于民国二十九年（1940）。按：叶德辉《叶氏观古堂藏书目》著录有
《遗山乐府》五卷，云张氏阳泉山庄刊本。当指民国覆刻本。

又见于著录的有：

1. 《善本书目》著录有《遗山乐府》，金刊，十一行廿一字。

2. 张宗祥《铁如意馆手抄书目》著录有《遗山乐府》三卷，一
册。提要云：

> 金元好问撰（小传，略）此为所撰乐府单行本，高丽刊，
> 后有弘治纪元之五年壬子重阳后一日都事月城李宗准仲钧
> 跋，前有遗山自序，小黑口，半页十行，行十七字，字体古拙
> 可爱，盖泥模活字之外，此为高丽善本矣。

知为高丽活字印本。有明孝宗弘治五年（1492）李宗准跋，当是据明
刊本印行的。清江标《宋元本行格表》著录有元本《遗山乐府》，云：
"行十七字，黑口，版四面双线，边字极古拙。《留真谱》。"又傅增湘
《藏园群书经眼录》卷十九著录有《遗山乐府》三卷，云："朝鲜古刊
本，十行十七字，大黑口，四周双阑。前遗山自题乐府引草书。卷上
四十一阕，卷中七十阕，卷下一百阕。"此为傅氏藏书，又傅氏《双鉴
楼善本书目》卷四著录有《遗山先生乐府》三卷，云明弘治高丽刊本，
十行十七字。又《"中央"图书馆善本序跋集录》著录有《遗山乐府》
三卷，云高丽旧刊本，近人吴庠手书题记。

3. 傅增湘《藏园群书经眼录》卷十九著录有《遗山乐府》三
卷，云：

> 明时朝鲜刊巾箱本，半叶十行十八字，黑口，四周双阑。

> 次第与陶兰泉刻本同。陶氏所刻即据余旧藏朝鲜古刻摹刊，
> 字句小有不同。（己卯四月）

知与弘治高丽刊本行款略异，为另一刊本。己卯为民国四年（1915）。

三、 版本不详者

1. 《永乐大典》卷 3005 第 13A 页自《元遗山乐府》录词一首《临江仙》。

2. 明晁瑮《晁氏宝文堂书目》著录有《元遗山乐府》。

3. 明杨士奇等《文渊阁书目》卷十"诗词·月字号第二厨书目"著录有《遗山乐府》，一部一册，阙。按："阙"字意指曾藏文渊阁，而后佚。

4. 清黄虞稷《千顷堂书目》卷三十二著录有《遗山乐府》二卷。

5. 清倪灿撰、卢文弨补《补元史艺文志》著录有《遗山乐府》二卷。

6. 清朱彝尊《词综》"发凡"云《遗山乐府》二卷。

7. 《御选历代诗馀》一百八"词人姓氏"云其所自著者，钱塘凌云翰编集之为《遗山乐府》。

8. 清陆漻《佳趣堂书目》著录有《元遗山乐府》一卷。

9. 清陆漻《佳趣堂书目》著录有《遗山先生新乐府》五卷，壬辰。按：壬辰为清康熙五十一年（1712）。

10. 清赵魏《竹崦庵传抄书目》著录有《遗山新乐府》五卷，百十九。

11. 清赵魏《竹崦庵传抄书目》著录有《遗山乐府》一卷，四十。

12. 清王闻远《孝慈堂书目》著录有《遗山乐府》一卷。

13. 清许宗彦《鉴止水斋藏书目》著录有《元遗山乐府》一本。

14. 王祖畬《书籍簿记》著录有《遗山乐府》一册。

15. 《修绠堂书目二十二年（北平）》著录有《遗山乐府》三卷，竹纸，一册。

以上均未言版本，所载不少当为抄本。其中有三家著录的为二卷

本，前引卢文弨《遗山乐府题辞》有"朱竹垞、黄俞邰所见本俱只二卷"云云，邵瑞彭《重刊阳泉山庄本遗山乐府跋》云："一卷本，明凌云翰彦翀编，赵清常从焦漪园借抄，复就选本类书搜得五十首，录为补遗一卷，故竹垞《词综》'发凡'总之曰二卷。"不知邵氏所言确否。

除词集别行本外，见于元氏诗文集附载有词的，叙录如下：

1. 清道光三十年（1850）平定张穆校刊《元遗山先生集》四十卷附录一卷补载一卷年谱四卷《新乐府》四卷《续夷坚志》四卷。张穆《重刻元遗山先生集序》云：

> 乐府五卷，阮太傅《揅经室外集》载有提要，而《文选楼书目》初无其名。闻汉阳叶氏有写本，数从相假检，未获也。尝拟都为一集绣梓，版存冠山书院。

凡四卷，知所收词是不全的。按：邵瑞彭《重刊阳泉山庄本遗山乐府跋》（民国二十二年，1933）有"平安馆藏抄本，见月斋序"云云，月斋即张穆，知平安馆藏抄本即指汉阳叶氏写本。按：叶志诜（1779—1863），字东卿，湖北汉阳人。贡生，任内阁典籍、兵部郎中等，后辞官归。长于金石文字。著有《简学斋文集》《平安馆诗文集》《金山鼎考》《稽古录》《咏古录》等。又邵氏《重刊阳泉山庄本遗山乐府跋》又云："道光末，大兴刘位坦宽夫藏有华本，补遗跋尾具在。月斋刊《遗山全集》，从刘氏借抄付梓，版心有'阳泉山庄'四字，工未竣而月斋殁。"知张穆是传抄刘位坦藏本而付梓的，但生前并未印行。按：张穆（1805—1849），字蓬仙，一字石洲、石舟、硕洲，号月斋，晚号靖阳亭长，平定州（今山西平定县）人。幼丧双亲，清道光十一年（1831）贡生，候选知县，不事举子业，一意著述。富于藏书，编著有《月斋诗文集》、《张石洲所藏书籍总目》、《连筠簃丛书》、《山右丛书初编》等。又：刘位坦（1802—1861），字宽夫，号后园，顺天大兴（今属北京）人。清道光五年（1825）拔贡生，咸丰初以御史出守辰州府，后乞归。家富藏碑帖拓、典籍书画，藏书楼有杞乐轩、叠书龛、竹坳春雨楼、校经堂等。

2. 清光绪七年（1881）刊《元遗山先生集》四十卷《新乐府》四卷《续夷坚志》四卷《考证》三卷《广年谱》二卷。后有光绪七年忻州知州方戊昌所刊读书山房本，属重刊张本而有所增订，附有赵培英《考证》三卷。

3. 清光绪八年（1882）灵石杨氏刻《元遗山先生集》四十卷附年谱三种《新乐府》四卷《续夷坚志》四卷，京都瀚文斋书坊印本。此为重刊清道光灵石阳泉山庄本。

4. 清吴重熹辑《石莲庵汇刻九金人集》本《元遗山先生全集》之《遗山先生新乐府》五卷补遗一卷，清光绪三十一年（1905）刻本。灵石杨氏刊本归海丰吴氏，所据即此本。其中"乐府"卷端下题：无锡后学华希闵豫原校，平定后学张穆硕洲重校。末有缪荃孙跋云：

> 元遗山诗文为金源一大家，而词未编入集，有旧乐府、新乐府两种，旧乐府早佚，新乐府五卷，辗转传抄，至嘉庆间阮文达公录以进呈，见《挈经堂（当作室）外集》，道光庚戌平定张石洲阳泉山庄、咸丰乙卯华亭张梅生锄月山房两刻之，讹缺颇多，梅生成订误一卷补遗五首附后，以为彼善于此矣。近读张啸山书后，方知啸山别为校勘，附入订误，而遭乱遗失。又见华若汀藏旧抄，有补遗二十二首，方知梅生刻本亦未尽善也。卢抱经以五卷本为钱唐凌云翰编集，则误彦翀所编。荃孙有明抄本，只一卷，合新旧两乐府选成，故有出此五卷之外者。《历代诗馀》、《词综》所见亦此本一卷二卷之不同，或有分并耳。阳泉山庄本书甫成而石洲殁。后板归琉璃厂韩估，为补缺板印行，海内始见遗山全书。今仲怿侍郎汇刻金源人集，福山王文敏作缘，从韩估购归。而乐府原刻只留一卷，二卷以下皆补刻，讹舛最甚，又缺卷五，石洲序并不云有缺，恐是韩估漏补，惟乐府前四卷一词若干首萃于一处，四卷不重复，五卷词则丛杂，不特与前四卷重，即本卷亦

互见，似此一卷，又疑原本所无，为后人重辑者，第刻遗山全集，无论何人所逸，总宜补全，为是因，为写第五卷，及前四卷校误，以覆侍郎，侍郎因嘱荃孙在金陵刊板，并辑逸词十八阕，惜未见华本，恐尚有遗珠也。光绪乙巳九月，江阴缪荃孙跋。

跋作于清光绪三十一年（1905），知是据购得张穆已刊而未印的书版订补印行的。缪荃孙《目录词小说谱录目》著录有《遗山先生新乐府》五卷，云石莲室补刻本，有补遗一卷、订误一卷。

张胜予

张胜予，号新轩，行迹不详。著有《新轩乐府》。

元好问《遗山先生文集》卷三十七《新轩乐府引》云：

> 唐歌词多宫体，又皆极力为之，自东坡一出，情性之外，不知有文字，真有"一洗万古凡马空"气象，虽时作宫体，亦岂可以宫体概之？人有言："乐府本不难作，从东坡放笔后便难作。"此殆以工拙论，非知坡者所以然者。《诗》三百所载小夫贱妇幽忧无聊赖之语，时猝为外物感触，满心而发，肆口而成者尔。其初果欲被管纹、谐金石、经圣人手以与六经并传乎？小夫贱妇且然，而谓东坡翰墨游戏乃求与前人角胜负，误矣。自今观之，东坡圣处，非有意于文字之为工，不得不然之为工也。坡以来，山谷、晁无咎、陈去非、辛幼安诸公俱以歌词取称，吟咏情性，留连光景，清壮顿挫，能起人妙思，亦有语意拙直、不自缘饰、因病成妍者，皆自坡发之。近岁新轩张胜予，亦东坡发之者。与新轩三世辽宰相家从，少日滑稽玩世，两坡二枣所谓入其室而啖其炙者，故多喜而谑之之辞。及随计两都，作霸诸彦，时命不偶，至得初掾中台，时南狩已久，日薄西山，民风国势有可为太息而流涕者，故又多愤而吐之之辞。予与新轩臭味既同，而相得甚欢，或别

之久而去之远，取其歌词读之，未尝不洒然而笑，慨焉以叹。……

序作于甲寅，为公元 1254 年。至于其词，盖与苏轼同调者。

李冶

李冶（1192—1279），一作李治，字仁卿，号敬斋，栾城（今属河北）人。金哀宗正大七年（1230）登进士，知钧州。元蒙兵至，城溃，微服出逃。元世祖即位，聘为学士，期月，以老疾辞。著有《敬斋集》、《敬斋古今黈》、《敬斋乐府》等。

王沂《伊滨集》卷二十二《题李敬斋乐府后》云：

> 余尝观敬斋赋雁丘《双蕖怨》乐府数章于《元遗山集》中，经纬绵密，词旨清楚，似胜元作。意者如黄鲁直、陈无己和东坡诗，前辈所谓极力以压此老者，今观全集，其语意浑厚，绝类晏元献父子，乃知遗山附入之意有在也。

知有词集，未言卷数版本。

白华

白华，字文举，号寓斋，陕州（今山西曲沃）人。白朴父。金宣宗贞祐三年（1215）进士，初为应奉翰林文字。哀宗正大元年（1224）累迁为枢密院经历官。金亡入宋，未几北归，移家真定，隐居以终。

《永乐大典》卷 13344 第 15A 页自《白文举寓斋》录《满庭芳》词一首[1]。知其诗文集中是收有词的，今其集不存。

段克己

段克己（1196—1254），字复之，号遁庵，绛州稷山（今属山西）人。早年与弟成己并负才名，赵秉文目之为"二妙"。金哀宗正大

---

[1] 原作"白君举寓斋"，按白华，字文举，号寓斋，此据《全金元词》改。

七年（1230）以进士贡，金亡，与弟避乱隐居于龙门山中。著有《遁庵乐府》。

段氏兄弟词见载于元刊诗文集中，见段辅合刻《二妙集》卷七和卷八，今有影刻元本，即《景刊宋金元明本词》之《景元本遁庵乐府》一卷和《景元本菊轩乐府》一卷。段辅跋云：

> 显祖遁庵君与从祖菊轩君，才名道业，推重一世。值金季乱亡，避地龙门山中。遁庵君既没，菊轩君徙晋宁北郭，闭门读书馀四十年，优游以终。凛然清风，视古不愧。其遗文惜多散逸，所幸者古律诗、乐府三数百篇，皆先侍郎手自纪录，屡欲传梓不克。小子不肖，痛先志之未遂，惧微言之或泯，谨用录梓，藏之家塾，俾后之子孙，毋忘先业云。泰定四年丁卯春，别嗣辅拜手谨志。

跋作于泰定四年（1327）。陶湘《叙录》云：

> 湘案：此即世传《段氏二妙集》，末有"泰定四年丁卯春别嗣辅志"语。其第七卷为遁庵克己，八卷为菊轩成己也。每半页九行，行十六字。明成化辛丑贾定补刊。爱日精庐有旧抄，亦出贾本。此据元椠影写。

知所据为元泰定刻明宪宗成化十七年（1481）补刊本。入清则有《四库全书》本《二妙集》八卷，为江苏巡抚采进本，其中卷七、卷八所载分别为段克己、段成己词。又有清吴重熹辑《石莲庵汇刻九金人集》本《二妙集》，收词同前。按：吴昌绶《宋金元词集见存卷目》附《双照楼续辑宋金元百家词目》著录有《遁庵乐府》一卷，云传抄段氏《二妙集》本。《中国古籍善本书目》著录有《遁庵乐府》一卷、《菊轩乐府》一卷，云清宣统元年（1909）吴氏双照楼抄本，吴昌绶跋。藏国家图书馆。

今存抄本词集丛编中收有段氏词集的有：

1. 明吴讷辑《唐宋名贤百家词》本，明抄本，梁启超跋。其中有

《遁庵居士词》一卷。

2．《宋元明三十三家词》本，明石村书屋抄本，其中有《遁庵乐府》一卷，清朱彝尊题款。

3．《宋元名家词》本，明抄本，清毛扆校，唐晏跋。其中有《遁庵居士词》一卷。

4．《宋金元名家词抄》本，清抄本，其中有《遁庵乐府》一卷。

5．《宋元明八家词》本，清何元锡家抄本，其中有《遁庵居士词》一卷。

又见于清代藏家著录为抄本的有：

1．清范懋柱《天一阁藏书目》卷四之四著录有《遁庵乐府》一卷，绵纸，抄本。

2．清瞿世瑛《清吟阁书目》卷一"抄本"著录有段遁庵、菊轩词一卷。

3．清王闻远《孝慈堂书目》著录有《遁庵乐府》一卷，合一册，抄，百十三番。

此外见于著录而未言版本的有：

1．清黄虞稷《千顷堂书目》卷三十二著录有《遁斋乐府》一卷。

2．清钱大昕《补元史艺文志》卷四著录有《遁斋乐府》一卷。

3．清倪灿撰，卢文弨补《补元史艺文志》著录有《遁斋乐府》一卷。

4．《御选历代诗馀》卷一百八"词人姓氏"云有《遁斋乐府》一卷。

5．清朱彝尊《词综》"发凡"和卷二十六小传云有《遁斋乐府》一卷。

6．清赵魏《竹崦庵传抄书目》著录有《遁庵乐府》一卷，二十。

以上均未言版本，所载当以抄本为主。

近世朱祖谋据邃雅堂藏抄本《遁庵乐府》一卷，刻入《彊村丛书》中。无校记，无跋文。

段成己

段成己（1199—1279），字诚之，号菊轩，绛州稷山（今属山西）人。克己弟。哀宗正大七年（1230）举进士，授宜阳主簿。金亡，与兄避乱隐居于龙门山中，克己殁后，自龙门山徙居晋宁北郭，闭户读书。元世祖召为平阳儒学提举，辞不赴。著有《菊轩乐府》一卷。

段氏兄弟词见载于元刊诗文集中，有段辅合刻《二妙集》，参见段克己条。

今存抄本词集丛编中收有段氏词集的有：

1. 明吴讷辑《唐宋名贤百家词》本，明抄本，梁启超跋。其中有《菊轩居士词》一卷。

2.《宋元明三十三家词》本，明石村书屋抄本，其中有《菊轩乐府》一卷，清毛扆校并跋。

3.《宋元名家词》本，明抄本，清毛扆校，唐晏跋。其中有《菊轩居士词》一卷。

4.《宋金元名家词抄》本，清抄本，其中有《菊轩乐府》一卷。

5.《宋元明八家词》本，清何元锡家抄本。其中有《菊轩居士词》一卷。

6.《宋金明人九家词》本，清抄本，其中有《菊轩乐府》一卷。

又见于清以来著录的有：

1. 清黄虞稷《千顷堂书目》卷三十二著录有《菊庄（当作轩，下同）乐府》一卷。

2. 清钱大昕《补元史艺文志》卷四著录有《菊庄乐府》一卷。

3. 清倪灿撰，卢文弨补《补元史艺文志》著录有《菊庄乐府》一卷。

4.《御选历代诗馀》卷一百八"词人姓氏"云有《菊轩乐府》一卷。

5. 清朱彝尊《词综》"发凡"云有《菊轩乐府》一卷。

6. 清瞿世瑛《清吟阁书目》卷一"抄本"著录有段遁庵、菊轩词一卷。

7. 清王闻远《孝慈堂书目》著录有《菊轩乐府》一卷。

8. 《竹崦庵传抄书目》著录有《菊轩乐府》一卷，二十。

以上多未言版本，所载当以抄本为主。

近世朱祖谋据邃雅堂藏抄本《遁庵乐府》一卷，刻入《彊村丛书》中。无校记，无跋文。

又有陶湘辑《景汲古阁抄宋金词七种》本，民国阳湖陶氏据明毛氏汲古阁抄本影印，其中有《菊轩乐府》一卷。

白朴

白朴（1226—？），原名恒，字仁甫，后改名朴，字太素，号兰谷，祖籍河曲隩州（今山西曲沃）。生于金元之际，随父枢判真定，遭元兵，父子相失，自是不茹荤酒。著有《天籁集》（一作《天籁词》）。

白氏词集元时已成编，王博文序云：

乐府始于汉，著于唐，盛于宋。大概以情致为主，秦、晁、贺、晏虽得其体，然哇淫靡曼之声胜。东坡、稼轩矫之以雄词英气，天下之趋向始明。近时元遗山每游戏于此，掇古诗之精英，备诸家之体制，而以林下风度消融其膏粉之气，白枢判寓斋序云裕之法度最备，诚为确论，宜其独步当代，光前人而冠来者也。元、白为中州世契，两家子弟每举长庆故事，以诗文相往来。太素即寓斋仲子，于遗山为通家侄，甫七岁，遭壬辰之难，寓斋以事远适。明年春，京城变，遗山遂挈以北渡，自是不茹荤血，人问其故，曰："俟见吾亲则如初。"尝罹疫，遗山昼夜抱持凡六日，竟于臂上得汗而愈。盖视亲子弟不啻过之。读书颖悟异常儿，日亲炙遗山，謦欬谈笑，悉能默记。数年，寓斋北归，以诗谢遗山云："顾我真成丧家狗，赖君曾护落巢儿。"居无何，父子卜筑于滹阳，律赋为专门之学，而太素有能声，号后进之翘楚者，遗山每过之，必问为学次第。常赠之诗曰："元白通家旧，诸郎独汝贤。"未几生长见闻，学问博览。然自幼经丧乱，苍皇失母，便有山川满目之叹。逮亡国，恒郁郁不乐，以故放浪形骸，期于适意。中统初，开府史公将以所业力荐之于朝，再三逊谢，栖迟衡门，视荣利蔑如也。太素与予三十年之旧，时会于江东。尝与予言作诗不及唐人，未可轻言诗。平生留意于长短句，散失之馀，仅二百篇，愿吾子序之。读之数过，辞语道严，情寄高远，音节协和，轻重稳惬。凡当歌对酒，感事兴怀，皆自肺腑流出，予因以"天籁"名之。噫！遗山之后，乐府名家者何人？残膏剩馥，化为神奇，亦于太素集中见之矣。然则继遗山者不属太素而奚属哉？知音者览其所作，然后知予言之不为过。太素名朴，旧字仁甫，兰谷，其号云。至元丁亥春二月上休日，正议大夫行御史台中丞、西溪老人王博文子勉序。

序作于元世祖至元二十四年（1287），似为手稿。

白氏词集元明罕见著录，明晁瑮《晁氏宝文堂书目》著录有《兰谷新词》，未言卷数版本。今存本前有孙大雅序云：

余以洪武甲寅春，掾姑孰郡文学，时真定白溪子南分教诸生，间示其祖兰谷先生《天籁集》。谨按：先生讳朴，字仁甫，后改字太素，姓白氏，号兰谷，金季寓斋先生枢密院判之子也。先生生长兵间，流离窜逐，父子相失，遂鞠于元遗山先生所。遗山教之成人，始归其家。先生少有志天下，已而事乃大谬，顾其先为金世臣，既不欲高蹈远引，以抗其节，又不欲使爵禄以污其身，于是屈己降志，玩世滑稽，徙家金陵，从诸遗老放情山水间，日以诗酒优游，用示雅志，以忘天下。诗词篇翰，在在有之。是编计词二百馀首，名《天籁集》。兵燹散失，其孙溪得之姑孰士大夫家，传写失真，字多谬误，余既考订一二归之。比召赴京，复求语以叙之。余惟先生词章翰墨挥洒奋迅，出于天才。既以得名当时，板行于世，余又何足以轻重哉？然又不可以不一言者。先生出处大节，微而婉，曲而肆，庸人孺子所不能识，非志和、龟蒙、林君复往而不返之俦可同日语，故序以著其出处之大略云。洪武丁巳春二月，国学助教江阴孙大雅序。

序作于明太祖洪武十年（1377），知其词集曾刊印过。元明刊本今不存。

入清，白氏词集盛行于世，叙录于下：

一、 刊本

1. 清杨友敬刻《天籁集》二卷摭遗一卷，清康熙刻本。此本又见《中华再造善本》收录，钤有"延古堂李氏珍藏"、"古黟挹百城楼主人珍藏书画印记"、"廖世阴印"、"谷木"等印，藏国家图书馆。前有朱彝尊《白兰谷天籁集序》云：

> 明宁献王权谱元人曲，作者凡一百八十有七人，白仁父居第三，虽次东篱、小山之下，而喻之鹏抟九霄，其矜许也至矣。余少日避兵练浦，村舍无书，览金元院本，最喜仁父《秋夜》、《梧桐》两剧，以为出关、郑之上，及辑唐宋元人诗馀为《词综》，憾未得仁父只字，意世无复有储藏者。康熙庚辰八月之望，六安杨希洛氏千里造余，袖中出兰谷《天籁集》，则仁父之词也。前有王尚书子勉序，述仁父门世本末颇详，始知仁父名朴，又字太素，为枢判寓斋之子。后又有洪武中国子助教江阴孙大雅序及安丘儒学教谕松江曹安赞，余因考元人诗集，则匪独遗山元氏与枢判袗契，若秋涧王氏、雪楼程氏皆有与白氏父子往来赠送之诗，盖寓斋子三人，仁父，仲氏也，其伯叔则诚父、敬父，敬父官江西理问，雪楼送其之官，有"思君还读寓斋诗"之句，此亦敬父昆弟之父执矣。白氏于明初由姑孰徙六安，是集希洛得之于其裔孙驹，将刊行，属余正其误，乃析为二卷，序其端。竹垞老人朱彝尊书。

作于清康熙三十九年（1700）。又朱彝尊跋云：

> 兰谷词源出苏、辛，而绝无叫嚣之气，自是名家。元人擅
> 此者少，当与张蜕庵称双美，可与知音道也。康熙庚辰八月
> 既望，江湖载酒词客朱彝尊校过。
>
> 兰谷先生集，环溪王皞重校并手书，始康熙戊子早春，至
> 己丑冬补成全卷。风晨月夕，时一披吟，如对先生绝尘迈俗
> 之标格也。书隐不传已数百载，吾友希洛氏一旦命工镂版，
> 与天下后世共之，洵快举哉！庚寅岁花朝识于拙宜园之
> 东轩。

作于康熙四十九年（1710）。知王氏抄校始于清康熙四十七年，至次年
完事。按：王皞，字又皞，号雪鸣，清安徽六安人，雍正、乾隆间人。
编有《六经图》。又王氏跋云：

> 先生自定词编，久逸其半，希洛十载购求，终不可得。因
> 采录集外诸篇，意犹未惬。顷共余商榷，读书故应论世，为
> 之博稽史乘，傍参百家，编列年谱，兼撰音训，它日补刊，足
> 称善本，庚寅三月共学弟王皞记。

作于清康熙三十九年。又杨友敬跋云：

> 兰谷先生《天籁集》，至元丁亥王西溪为作序，已云二百
> 篇，集内有戊子至辛卯作者，可知尚有增益。今传一百八
> 篇，散轶多矣。无已，姑掇拾他书所载套数小令，编附卷
> 末。昔陶南村先生云：金季国初乐府，犹宋词之流也，海内
> 不乏具眼人，其亦有取于斯乎？戊子冬仲，雪萝真隐杨友
> 敬识。

作于康熙四十七年。按：杨友敬，字希洛，号晴麓，六安（今属安
徽）人。贡生，绩学敦行，清乾隆元年（1736）恩诏保举孝廉方正，任
太和教谕，旋乞归。又词集后附有洪昇《隐括兰亭序》套曲一，有徐

材跋云：

> 稗畦填词四十馀种，自谓一生精力在《长生殿》，竹垞检
> 讨序而传之，谓元人杂剧如白仁甫《幸月宫》、《梧桐雨》等
> 作，后人自当引避，譬登黄鹤楼，岂可复和崔颢诗？然善书
> 者必草《兰亭》，善画者多仿《清明上河图》，就其同而不同
> 乃见矣。雪萝与稗畦雅相善，尝共商订《天籁集》，其服膺仁
> 甫甚至，亟怂恿版行，迨今工竣，而稗畦竟没水不及见。雪
> 萝深慨于中，并乞环溪录其所为兰亭词，刊附卷终，其诸挂
> 剑之意欤？余又考元人周挺斋编，曲名双调内《德胜令》、
> 《雁儿落》，天台陶氏所记正同。今"德"作"得"，"落"作
> "飞"，为向来传写之误无疑矣。庚寅夏五月，徐材仲堪题于
> 东山墅之竹深处。

作于康熙四十九年。按：洪昇（1645—1704），字昉思，号稗畦，又号
稗村、南屏樵者。钱塘（今浙江杭州）人。清康熙七年（1668）北京国
子监肄业，科举不第，穷困潦倒，于乌镇酒醉后失足落水而死。著有
《稗畦集》、《啸月楼集》、《长生殿》。又魏象枢（1617—1687），字环
极，一作环溪，号庸斋，又号寒松老人，蔚州（今属山西）。顺治三年
（1646）进士，官至刑部尚书。著有《寒松堂集》。

又清戴名世《南山集》卷二有《天籁集序》，云：

> 《天籁集》者，元初白仁甫所作诗馀也。诗馀莫盛于元，
> 而仁甫所作尤称隽妙，至今流传人间者无多，而此集乃仁甫
> 自定，藏于家，距今逾四百年，屡经兵火，其子孙皆能守之不
> 失。而今裔孙某惧其磨灭，乃介其乡人杨君希洛请序于余，
> 而属为刊而行之于世。余惟子孙之欲不朽其先人者，其情无
> 所不至，至于文字之可以公之于世者，即残编断简，而不忍
> 其没焉，必思所以流传于不朽，故古之作者赖有贤子孙为之
> 表彰，不致泯灭而无闻。如白氏之世守其先人遗书，数百年

而卒显于世，此孝子贤孙之所为效法者也。顷余有志于先朝
文献，欲勒为一书，所至辄访求遗编，颇略具。而今侨寓秦
淮之上，闻秦淮一二遗民所著书甚富，当其存时，冀世有传
之者而不得，深惧零落，往往悲涕不能自休，死而付其子
孙。余诣其家，殷勤访调，欲得而为雕刻流传之，乃其子孙
拒之甚坚，惟恐其书之流布而姓名之彰著。呜呼！祖父死不
数年，而其子孙视之不啻如仇雠，其终必至于磨灭。倘其见
此集，而比量于白氏之裔孙，吾不知其颡有泚而汗浃于背否
也。余故感某之意而牵连及之。至于仁甫诗馀之隽妙，则当
元时已有称为如鹏抟九霄，而今词家之所共宗仰者也，故
不著。

述及杨氏刻本。其书又见傅增湘《藏园群书经眼录》卷十九著录，云：

> 清康熙四十九年杨希洛友敬刊本，九行二十一字，白口，
> 四周单阑。首朱彝尊序，称杨希洛得之于其裔孙驹，将刊
> 行，属余正其误，乃析为二卷，序其端云云。次洪武丁巳孙
> 大雅序，次至元丁亥王博文子勉序，次像赞，次目录。卷下
> 之末有朱彝尊康熙庚辰八月校过识语。后有王晫识语，称兰
> 谷先生集环溪王晫重校并手书，吾友希洛氏一旦命工镂版，
> 与天下后世共之云云。下钤"又晫"朱文方印。摭遗后有杨
> 友敬识语，称掇拾他书所载套数小令，编附卷末云云。又王
> 晫、姜颖新二识语。
>
> 卷末附洪昇《隐括兰亭序》一首，及杨友敬题，盖为其门
> 人书贻杨氏者。
>
> 按：是书环溪王晫手书上版，书法秀美，如铁画银钩，雕
> 镌亦精，堪与林鹿原手书《渔洋精华录》相伯仲。其朱竹垞
> 序、像赞及诸跋以行书隶书上版，印记套朱，实清初精刻本
> 中之至精者，故详志之。

又见傅增湘《国立北京图书馆由沪运回中文书籍金石拓本舆图分类清册》著录，有《天籁集》一册，云清康熙刻本。

2. 清王鹏运四印斋刻《天籁集》二卷，王氏跋云：

> 右白仁甫《天籁集》二卷。按：仁甫工度曲，明涵虚子评论元曲，品居第三，其词则未见著录，诸家选本亦均不载。国朝康熙中六安杨氏希洛以曝书亭订本授梓，《四库全书》提要、《御选历代诗馀》复盛推之，名始大显。此本从丽宋楼藏书移抄，即杨刻也。仁甫词洵如《提要》所云清隽婉逸，调适均谐，足与张玉田相匹。乃沉晦越数百年，始得竹垞、希洛为表襮，而别集孤行，流传绝鲜。其由显而晦，又将二百年矣。杨刻卷首有仁甫小象，末附《撷遗》，为所制曲，兹刻皆未之及。卷中讹阙，以无可校正，悉仍其旧云。光绪十八年七月壬辰，临桂王鹏运识于吟湘小室。

跋作于清光绪十八年（1892），所据是清康熙杨友敬刊本，而《撷遗》一卷因所收为曲而未刻入。此本见傅增湘《国立北京图书馆由沪运回中文书籍金石拓本舆图分类清册》著录，云有《天籁集》一册，清光绪四印斋刻本，李慈铭校并跋。又见《国立北平图书馆善本书目乙编续目》卷四著录，有《天籁集》二卷，清光绪四印斋刻本，李慈铭校跋。检《中国古籍善本书目》载《天籁集》二卷，云清光绪王氏家塾刻四印斋所刻词本，清李慈铭校并跋。藏国家图书馆。按：缪荃孙《目录词小说谱录目》著录有《天籁集》一卷，四印斋本，作一卷，当误。

3. 清吴重熹辑《石莲庵汇刻九金人集》本《天籁集》二卷撷遗一卷，是据清康熙杨友敬刻本覆刊的。

二、抄本

清有《四库全书》本《天籁集》二卷，提要云：

> 金白朴撰，朴字仁甫，一字太素，号兰谷，真定人。父寓斋，失其名，仕金为枢密院判官，会世乱，父子相失。尝鞠于

元好问家，得其指授，金亡后被荐不出，徙居金陵。放浪诗
酒，尤精度曲。是本乃所作词集，世久失传。康熙中六安杨
希洛始得于白氏之裔，凡一百篇，前有王博文序，后有孙作
序及曹安赞。希洛以示朱彝尊，彝尊分为二卷，序而传之。
朴词清隽婉逸，意惬韵谐，可与张炎《玉田词》相匹。惟以制
曲掩其词名，故沉晦者越数百年，词家选本遂均不载其姓
字。朱彝尊辑《词综》时亦尚未见其本，书成之后，乃得之，
书虽晚出，而倚声家未有疑其伪者，盖其词采气韵皆非后人
之所能，固一望而知为宋元人语矣。

知是据康熙杨友敬刻本录入，为编修汪如藻家藏本。《钦定续通志》卷
一百六十三据文渊阁著录，有《天籁集》二卷。又清《续文献通考》卷
一九八著录有《天籁集》二卷。二家著录的均当同库本。

见于清以来著录的有：

1. 清曹寅《楝亭书目》卷四著录有《天籁集》，抄本，一卷，王博
文序，一册。按：徐凌云《天籁集编年校注》附录据曹楝亭藏抄本录
佚名题识云：

> 兰谷名朴，金源白寓斋仲子也。生长兵间，家丧，鞠于元
> 遗山所。自念其先为金世臣，遂恣意林壑，销磨岁月。至胸
> 臆轮囷逼塞，槎丫横出，所不能销，悉发而为词。词二百馀
> 首，散佚其半。皋城白氏千里，实兰谷裔，倬其中表希洛杨
> 子携至，乞序于余。余叹曰：兰谷心乎中州者也。余往题
> 《中州乐府》谓：诗而至于馀、诗馀而至于金源，是亦世外之
> 世，韵外之韵，譬之水中之有雁字、月下之有花影而已。夫
> 当金源百馀年间，汗青漶漫，丹粉凋残，得传于今，赖有遗山
> 为之抉摘篇章，指陈趋尚，遗山之后，憾无遗山，以致元词工
> 若兰谷，亦复碑沉剑伏，罕有觏者。而终元之世，戎马倥偬，
> 此又水中之雁影将排，而激湍忽鼓荡之；月下之花阴将布，
> 而阴云忽蒙晦之。水月云泥，不能自主。且词至元，降而为

曲，三声杂揉，淫哇迭出。曲盛则词益衰，即涵虚子谓兰谷为鹏抟九霄，谓其曲非谓其词也。世传《黄鹤楼》剧乃兰谷作，是亦因其有吕仙词一阕而附会之，要皆无关生平，余不复辨。余第就仅存之词，略为披读，深取其性情有独挚焉。曰："韩非死孤愤，虞叟坐穷愁。"盖忆儿时，其姐教之诵《放言》于遗山家，老不能忘也。曰："羡东方臣朔，从容帝所，西真阿母，唤作儿郎。"痛兵燹失母，见凡有母，如见阿母也。曰："照影来今往古，圆缺阴晴几度。"藉月自形，往者流离窜逐，父子散失，靡有宁止也。曰："梦中鸡犬新丰，眼底姑苏麋鹿。"曰："飙轮蓬莱去好，又愁沧海尘扬。"则更缅怀上世，甘作洛顽，托神仙之渺邈无稽，极黍离之涕泗满目，沉郁顿挫，曾何异于少陵江头之哭，同谷之歌也哉。然意婉思深，必辗转乃出，是尤霜寒阵断之有嗷嗷孤唳而为雁外之雁，且落参横之有彳亍无偶而为影外之影矣。词于白下留吟居多，余故愿为之序。至白氏后裔，《中庐郡志》载永乐中，白侍御春自黄州徙皋城。又《中州集》有白先生贲，号决寿老。《元文类》碣铭部有白彦邻号颐乐先生，元诗人不著爵里有白仁秦。时因希洛之问牵连书之。

知白氏词稿为其后裔名千里者所藏，千里与杨希洛为中表，杨氏有刻印之举。

2. 清汪宪《振绮堂书目》卷二"闰·抄本集类杂集并总集·第一格"著录有《龙川词补》、《和清真词》、《天籁词》，合一册，注云："《龙川词补》一卷，陈亮同父撰；《和清真词》一卷，宋杨泽民撰；《天籁词》一卷，金白朴仁甫撰。小山堂抄本。"此书后归刘氏嘉业堂，刘承干《嘉业藏书楼抄本书目》著录有《天籁词》二卷，小山堂乌丝抄本，一册。吴格整理《嘉业堂藏书志》著录有《天籁词》二卷，小山堂抄本。录缪荃孙撰提要云：

此小山堂抄本，甚精。首有至元丁亥西溪老人王博文

序，后有洪武丁巳江阴孙大雅序。附孙大雅、曹安题兰谷先
生像赞，李道纯、陈霆题词。

又周子美编《嘉业堂抄校本目录》卷四著录有《天籁词》二卷，小山堂
抄本，一册。《中国古籍善本书目》载《天籁词》二卷附录一卷，云清
赵氏小山堂抄本，藏国家图书馆。

3. 清王闻远《孝慈堂书目》著录有《天籁集》二卷，一册，抄，白
四十三番。

4. 清朱学勤《结一庐书目》卷四著录有《天籁集》二卷，计一
本，旧抄本。又见《别本结一庐书目》"抄本"著录，有《天籁词》二
卷，一册。此书后归刘氏嘉业堂，刘承干《嘉业藏书楼抄本书目》著
录有《天籁词》二卷，旧抄本，一册，结一庐旧藏。按：董康《嘉业堂
藏书志》著录有《天籁词》二卷，旧抄本。提要云：

> 白朴兰谷撰。
>
> 分上、下二卷，后附录为孙大雅及曹安兰谷先生像赞，及
> 李道纯题《水调歌头》、陈霆题《酹江月》各一阕。朴字仁
> 甫，素以制曲得名，而词亦婉丽可诵。惟大雅序称二百馀
> 首，是编实仅一百零四首，岂又有散佚耶？有"臣征私印"、
> "子清"、"结弋庐藏书印"、"大兴朱氏藏书印"。

又见吴格整理《嘉业堂藏书志》著录，有《天籁词》二卷，旧抄本。录
有董康和缪荃孙撰提要，缪氏云：

> 元白朴撰。朴字仁甫，又字太素，号兰谷，真定人，金季
> 枢密院判官白寓斋之子。值世乱，父子相失，兰谷鞠于元遗
> 山家，得其指授。金亡，遂放情诗酒，被荐不出。《提要》
> 云，其词集久佚，康熙中六安杨希洛始得于白氏之裔，凡二
> 百篇。前有王博文序，后有孙作序，及时人题词。以示朱竹
> 垞，竹垞分为二卷，序而传之，即是本所从出也。是本王、孙
> 二序与题词俱存，竹垞序则无之。有"大兴朱氏竹君藏书之

印"朱文长印,"结一庐藏书印"朱文方印,"臣澄私印"白
文、"子清"朱文两方印。

又周子美编《嘉业堂抄校本目录》卷四著录有《天籁词》二卷,旧抄
本,一册,结一庐旧藏。

5. 清张金吾《爱日精庐藏书志》卷三十六著录有《天籁集》二
卷,文渊阁传抄本。又见《爱日精庐藏书简目》著录,有《天籁集》二
卷,文渊阁传抄本。

6. 清孔广陶《三十有三万卷堂书目略》"贞号·集部·词曲类"著
录有《天籁集》二卷,旧抄,朱竹垞原校本,一函一本,《四库》
著录。

7. 清陆心源《皕宋楼藏书志》卷一百二十著录有《天籁集》二
卷,文澜阁传抄本。河田罴编《静嘉堂秘籍志》卷五十"陆氏十万卷
楼旧藏·词曲类"著录有《天籁集》,抄,一本。提要云:

> 志《天籁集》二卷,文澜阁传抄本
>
> 又案:此本卷首有王博文、孙作洪武丁巳二月二序及朱
> 彝尊序。朱序损缺,仅存末半页。又有兰谷小像,孙作、曹
> 安、陈霆、王蓍赞。次目录,卷端第二行题兰谷白朴太素
> 著。……尾有蛰庵徐洪鏊跋,此本洪鏊旧藏,卷中有"徐洪
> 鏊之信印"、"蛰庵居士"白文二方印。《藏书志》为(疑
> 谓)文澜阁传抄本,似误。

8. 清丁丙《善本书室藏书志》卷四十著录有《天籁词》二卷,旧
抄本。此书后归藏江南图书馆,见《江南图书馆善本书目》著录,有
《天籁词》二卷,旧抄本。《中国古籍善本书目》载《天籁词》二卷附
录一卷,云清盛起校,清丁丙跋,藏南京图书馆。

9. 缪荃孙《艺风藏书续记》卷七著录有《天籁集》一卷,云:传
抄本,与六安杨希洛刻本不同,其来旧矣。仲饴侍郎刻入金人遗集
中,荃孙跋之,今附录。跋云:

　　白仁父《天籁词》，六安杨希洛刻于康熙庚寅，朱竹垞定
为二卷，并为之序。前载元王博文序，明孙作序，字画精妙，
藏书家亦罕见。光绪壬辰，吾友王君佑遐重刻于四印轩，而
小象、《摭遗》均删去。今仲饴侍郎借钱塘丁氏旧抄本录副，
并属荃孙与杨本合校付梓，而丁本颇异杨本。朱序云：希洛
得之仁父裔孙，析为二卷，似已前无刻本，而丁本亦分二卷，
长号联属。王序在前，孙序在后，标明后序，一也。《摸鱼
子》五首，杨本在上卷，抄本在下卷，二也。有杨本脱抄本有
者，如《夺锦标·得友人李友蔚书》、《水龙吟·兼简卢师
道》、《水调歌头·十月海棠》，均存，小注：《夺锦标》之
惨，哀音令人嗟，惜"惨"字未脱；《满江红·同郑都事复用
前韵》"同"字未脱；《沁园春》"世事就里"，"就里"二字未
脱；《烛影摇红》"环能解结，合运同心，□谁表"十字未脱，
疑有误字，三也。有杨本误而抄本不误者，《水龙吟·曹光辅
和作》"从今都付黄粱"，杨作"黄粮"；《念奴娇·月娥》，杨
作"嫦娥"；《满庭芳·序用寒删先韵》，"用"下不增无字，
四也。有两本不同而两通者，如《秋色横空》杨本题咏梅，顺
天张侯、毛氏以丈母命题索赋，抄本题顺天张侯、毛氏以早
梅命题索赋，时壬子冬，《石州慢》"疗饥赖有楚萍"，不作
"商芝"，五也。今刊杨本而以抄本改正之字，均缀于此，慎
弗再以杨本正之，至四印本则重翻杨本，又不完全，更无论
矣。光绪乙巳，江阴缪荃孙跋。

作于清光绪三十一年（1905），此本见缪荃孙《目录词小说谱录目》著
录，云石莲室抄校本。又李盛铎《木犀轩收藏旧本书目》著录有《天
籁词》二卷，抄本，吴石莲书衣，缪艺风手校，一册。按：吴重熹
（1838—1918），字仲怿，一字仲饴，晚号石莲，海丰（今山东无
棣）人。藏书甚富，藏书处为石莲庵，辑有《九金人集》、《吴氏石莲
庵刻山左人词》等。

10. 傅增湘《藏园群书经眼录》卷十九著录有《兰谷先生天籁集》一卷，云：

> 清初写本，十二行二十四字。有至元丁亥春二月上休日正议大夫行御史台中丞西溪老人王博文子勉序，又朱彝尊跋二则。别有序不著人。后有洪武丁巳江阴孙大雅叙。钤有"棟亭曹氏藏书"、"长白敦樨氏董斋昌龄图书印"二印。

（丁卯）

丁卯为民国十六年（1927），按：《中国古籍善本书目》载《兰谷先生天籁集》一卷附录一卷，清抄本，藏国家图书馆。即指此书。

11. 《中国古籍善本书目》载《天籁集》二卷，清初抄本（四库底本），藏上海图书馆。

12. 《中国古籍善本书目》载《天籁集》二卷，清抄本，清劳权校，藏上海图书馆。

13. 《中国古籍善本书目》载《天籁词》二卷附录一卷，清抄本，藏国家图书馆。

三、 未言版本者

1. 清钱大昕《补元史艺文志》卷四著录有《天籁集》二卷。

2. 清倪灿撰，卢文弨补《补元史艺文志》著录有《天籁集》二卷。

3. 清陆漻《佳趣堂书目》著录有《天籁词》二卷，庚子。

4. 清吴焯《绣谷亭熏习录》著录有《天籁词集》二卷，云："凡录词一百八首，至元丁亥王博文子勉序。"

5. 陈徵芝《带经堂书目》卷四下著录有《天籁集》二卷，云：朱竹垞跋称兰谷词，源出苏、辛而无叫嚣之习，元人擅此者少，可与张蜕庵词并传。

6. 清许宗彦《鉴止水斋藏书目》"集部第九厨"著录有《天籁集》一本。

7. 清赵魏《竹崦庵传抄书目》著录有《天籁词》二卷，五十八。

此上均未言版本，所载当以抄本为主。

长筌子

长筌子，名不详。金元时人，道士。著有《洞渊集》。按：《洞渊集》卷端下题曰"龟山长筌子著"，龟山或为其里贯。又卷四《幽居》云："正大辛卯岁孟春望日，时有龟山长筌子逃干戈于古唐之境，避地于泌阳畎亩之中。"正大辛卯为金哀宗正大八年（1231）。

明《正统道藏》有《洞渊集》五卷，其中卷五为词，凡一卷，存词七十六首。民国时周泳先据《道藏》本辑《洞渊词》，见收于《唐宋金元词钩沉》中，周氏题记云：

> 宋元道士词集入汇刻者，张伯端《紫阳真人词》、张继仙《虚靖真君词》、葛长庚《玉蟾先生诗馀》、夏元鼎《蓬莱鼓吹》、丘处机《磻溪词》、李道纯《清庵先生词》，并见《彊村丛书》。姬翼《知常先生云山集》，见吴氏双照楼本。余检《道藏》，复得金元道家词多卷，除已见汇刻者外，尚有王喆《重阳全真集》附词三卷，《重阳教化集》、《重阳分梨十化集》各附词及散曲多篇；谭处端《水云集》附词二卷；马珏《洞玄金玉集》附词四卷，《丹阳神光灿》一卷，《渐悟集》二卷，并全为长短句；王处一《云光集》附词一卷；刘处玄《仙乐集》附词一卷；长筌子《洞渊集》附词一卷；白云子《王先生草堂集》附词一卷；王吉昌《会真集》附词二卷；刘志渊《启真集》附词二卷；尹志平《葆光集》附词一卷。卷帙之富，较两宋大家尚过之。但皆作炼形服气语，千篇一律，读之生厌，唯于词调巧立名目，复多自度腔，近散曲者尤夥，可供考订词律及稽索散曲渊原之用。而长筌子《洞渊》一集，造语颇多精美清绮之辞，虽仍不免作道家语，但较诸玉蟾、长春，已高出一着矣。因亟为录出，以实吾书。《洞渊集》凡五卷，无序跋，题龟山长筌子撰，一至卷四为诗文杂著，词载

于卷五。其姓氏字里均无考，但卷四《幽居》诗序云"正大辛卯岁孟春望日，时有龟山长筌子逃干戈于古唐之野"语，可断为金时人。又卷中有称颂重阳全真教诗文，盖与王喆同为全真派道士也。泳先记。

此为民国排印本。

王吉昌

王吉昌，号超然子，里贯生平均不详，金元时人，道士，著有《会真集》。

明《正统道藏》有《会真集》五卷，其中卷二至卷五为词，凡四卷。

刘志渊

刘志渊，号通玄子，万泉（今山西闻喜）人，金元时人，道士，师事王吉昌。著有《启真集》。

明《正统道藏》有《启真集》三卷，其中卷中为词，凡一卷。

元

饶克明

饶克明，新城人。行迹不详。

其词生前已结集出版，元刘将孙《养吾斋集》卷九《新城饶克明词集序》云：

> 古之人未有不歌也，歌非他，有所谓辞也，诗是已。登高能赋，可以为大夫，虽床第之言不逾阈，乃诵之会同，不为之惭。抑扬高下，随其长短，而音节之由是，习于声者裁之以律吕而中。而房中之乐或异于公庭，然有其调，不必皆有其辞，丝竹之所调，或不待于赋，降及《竹枝》、《金缕》，始各为之辞，以媲乐与舞，而有能歌不能歌者矣。然犹未离乎诗也，如七言绝句止耳，未至一长一短而有谱与调也。今曲行而参差不齐，不复可以充口而发，随声而协矣，然犹未至于大曲也。及柳耆卿辈以音律造新声，少游、美成以才情畅制作而歌，非朱唇皓齿，如负之矣。自是以来体亦屡变，长篇极于《哨遍》、《大酺》、《六丑》、《兰陵》，无不可以反复浩荡。而豪于气者，以为冯陵大叫之资；风情才子，乃复宛转作屏帏呢呢以胜之，而词亦多术矣。乐府有集，自《花间》始，皆唐词；《兰畹集》，多唐末宋初词；曾慥集《雅词》，近年赵闻礼集《阳春白雪》，他如称“大成”、称“妙选”数十家未憖。然歌喉所为，喜于谐婉者，或玩辞者所不满；骚人

墨客乐称道之者，又知音者有所不合。新城饶克明，盛年有志兹事，以美成为祖，类其合者，调别而声从之，近年以之鸣者无不有，且四方增益而刻布之，予以其主于调也，为言歌焉。

知是学周邦彦的，已刊刻，未言卷数。

奥屯希鲁

奥屯希鲁，女真族，姓奥屯，又作奥敦，字周卿，号竹庵，居山东淄州（今山东淄川）。元世祖至元初为怀孟路判官，任江东宪使，官终侍御史。

元俞德邻《佩韦斋集》卷十《奥屯提刑乐府序》云：

> 乐府，古诗之流也。丽者易失之淫，雅者易邻于拙，求其丽以则者，鲜矣。自《花间集》后迄宋之世，作者殆数百家，雕镂组织，牢笼万态，恩怨尔汝，于于喁喁，佳趣政自不乏，然才有馀德不足，识者病之。独东坡大老以命世之才游戏乐府，其所作者皆雄浑奇伟，不专为目珠睫钩之泥，以故昌大嚣庶，如协八音，听者忘疲。渡江以来，稼轩辛公其殆庶几者，下是《折杨》、《皇荂》，诲淫荡志，不过使人嗑然一笑而已。疆土既同，乃得见遗山元氏之作，为之起敬。至元丙戌，余留山阳，宪使奥屯公以乐府数十阕示，豪宕清婉，律吕谐和，似足以追配数公者。尝试观之，如取骅骝，饰以金镳玉勒，所谓驰骤于白帝城水云之外，江村野堂争入吾目，已而垂鞭辒鞑，恣睢凌厉于紫陌间，一何奇也。然则舍坡老、稼轩、遗山外，如公者，其讵肯兄视馀子哉？虽然，是特公之馀事也。余尝与张君达善读公之诗，铿铿幽眇，发金石而感鬼神。及造公之庐，几案间阒无长物，惟羲文、孔子之《易》，熏炉静坐，世虑泊如，超然若欲立乎万物之表者。是余之于公知之浅矣，不知深矣，即区区乐府，视公不几于管

窥而蠡测者乎？余故表而出之，使后之从公游者，当求之于
未始出吾宗之趣，而杜德衡气，殆未足以尽壶子也。

至元丙戌为元世祖至元二十三年（1286），知奥屯所示词当为手稿。

许衡

许衡（1209—1281），字仲平，号鲁斋，怀孟河内（今属河南）
人。元世祖时召为国子祭酒，议事中书，拜中书省左丞。卒谥文正。
著有《鲁斋集》。

许氏词见载于诗文集中，《永乐大典》卷 11313 第 20A 页自许衡
《大全文集》录《沁园春》一首。入清有《四库全书》本，提要云：

《鲁斋遗书》八卷附录二卷，元许衡撰。衡有《读易私
言》已著录。初，衡七世孙婿郝亚卿辑其遗文未竟，河内教
谕宰延俊继成之，何瑭为之序。嘉靖乙酉山阴萧鸣凤校刊于
汴，自为之序，序后复有题识云："鸣凤方校是书，适应内翰
元忠奉使过汴，谓旧本次第似有未当，乃重编如左。续得内
法及《大学》、《中庸直解》俱以次增入，旧本名《鲁斋全
书》，窃谓先生之书尚多散佚，未敢谓之全也，故更名遗
书。"盖此本为应良所重编，而鸣凤更名者也。首二卷为语
录。第三卷为《小学大义直说》、《大学要略》、《大学直
解》。第四卷分上下，上为《中庸直解》，下为《读易私言》、
《读文献公揲蓍说》及《阴阳消长》一篇。第五卷为奏疏。第
六卷亦分上下，上为杂著，下为书状。第七第八卷为诗乐
府。附录二卷，则像赞诰敕之类，及后人题识之文。其书为
后人所裒辑，无所别择。如《大学》、《中庸直解》皆课蒙之
书，词求通俗，无所发明。其编年歌括尤不宜列之集内，一
概刊行，非衡本意。然衡平生议论宗旨亦颇赖此编以存，弃
其芜杂，取其精英，在读者别择之耳。其文章无意修词而自
然明白醇正，诸体诗亦具有风格，尤讲学家所难得也。

所据为明嘉靖四年（1525）刊本，已属不全，为清左都御史张若淮家藏本。按：文渊阁《四库全书》本所收《鲁斋遗书》实作十二卷附录二卷，其中卷十一附有"乐府"，存词五首。

见于清人著录的有：朱彝尊《词综》"发凡"云《许衡鲁斋集》附词，又《御选历代诗馀》卷一百九"词人姓氏"云有《鲁斋集》附词。

近世朱祖谋据明刊《鲁斋遗书》本辑《鲁斋词》一卷，收入《彊村丛书》中，存词五首，同库本。无校记，无跋文。与库本不同的是《彊村》本末首《满江红·别大名亲旧》"河上徘徊"是据《元草堂诗馀》补辑的，知明刊本实存词四首。

姬翼

姬翼（1193—1268），字辅之，号洞明子，高平（今属山西）人。金熙宗皇统中游五岳，舍宅作观，名清梦，服紫衣，为道士。金亡，遇栖云王真人，执弟子礼，赐名志真，号知常子。著有《云山集》。

姬氏词见载于诗文集中，明正统《道藏》本《云山集》卷五、六为词，凡二卷。前有裴宪序云："庚戌夏五月，友人论伯瑜，至自相台，话旧之馀，忽出《知常先生文集》一编，将以板行垂世，且索序引义，不得以荒鄙辞。"知曾刊印过。

民国时有《景刊宋金元明本词》之《景元延祐本知常先生云山集》一卷，后有章钰手跋云：

> 知常真人事迹详见行实，所著《道德经总章》诸书均未见著录。《云山集》收入《道藏》。嘉定钱氏据以补《元史·艺文志》，卷数均误五为十。壬子冬间，残本三、四、五三卷流转都门厂肆，以明人墨书一行考之（《叙录》引作：以洪武三十五年正月十九日朝天宫道士姚孤云进到墨书考之），知此书明初先入南京，后归北京。顾起元《客座赘语》云：永乐辛丑，敕南内文渊阁所藏书籍各取一部送至北京。修撰陈循如数检得百柜，督一舟载之。此集即百柜中一种，盖沉霾五百

馀年矣。墨书旧黏卷尾，钱遵王藏《列女传》，黄荛夫藏《山谷诗注》，及今京师图书馆藏《南史》均有"永乐二年七月苏叔敬买到"题记，与此略同，可见明代采进书籍程式。洪武三十五年，实为建文四年壬午六月十七日，太宗即位，诏革除建文年号，仍称洪武。此行必系其时改书。钱谦益《列朝诗集》高侍郎逊志小传引周元初《鹤林集》云：逊志作周尊师传，后题洪武三十五年岁次壬午春正月初吉，前吏部侍郎高逊志。与此书法一律，足为佳证。朝天宫今为江宁府学，杨吴时，就宋总明观旧址建紫极宫，历宋及元皆为道观，逮宋（《叙录》引作明）乃有朝天宫之名。释蒲庵有《同朝天宫道士朝回口号》，李昌祺有《驾幸朝天宫祭星》诗。知宫道士为当时羽流领袖，通籍禁门，岁首进书，足备南都雅故。姚孤云事无考，袁海叟《在野集》有《观朝天宫方道士画三山图》诗，则知主管其地者必非凡流也。仁和吴氏双照楼剌取词集影刊，为疏记大概于后。昭阳赤奋若夏至节，长洲章钰识于津门侨寓。

跋作于民国二年（1913），知民国元年（壬子）于京城得元仁宗延祐年刊《知常先生云山集》，残存卷三、四、五，凡三卷，词原收在卷三，凡一卷，知与《道藏》本是不同的。按：章钰《章氏四当斋藏书目》卷上之四著录有《知常先生云山集》一卷，云："宋高平姬翼撰，民国五年仁和吴氏双照楼景刊元本，一册，与《鹤山先生长短句》同函。"又云函签题："《景宋本鹤山先生长短句》、《景元本知常先生云山集》，茗簃为松邻校。"茗簃为章钰，松邻为吴昌绶。

邓有功

邓有功（1211—1280），字子大，号月巢，江西人。少举进士，累试礼部不中，以恩补迪功郎，为抚州金溪尉。著有《月巢遗稿》。

其词见于诗文集中，元刘壎《隐居通议》卷九《邓月巢遗稿》云：

平生所作甚多，家学断绝，无能存其稿者，今所录，徒得之畴昔所记诵，而又缺落不完，如此重可叹也。公喜作词，赋《点绛唇》曰："卷上珠帘，晚来一阵东风恶。客怀萧索，看尽残花落。　　自把银瓶，买酒成孤酌。伤漂泊，知音难托，闷倚阑干角。"又尝赋《过秦楼》一曲曰："燕蹴飞红，莺迁新绿，几阵晚来风急。谢家池馆，金谷园林，还又把春虚掷。年时恨雨愁云，物换星移，有谁曾忆。把一尊试酹，落花芳草，总成尘迹。　　麼频自笑，流浪孤萍，沾泥弱絮，有底困春无力。银屏香暖，宝篆波寒，又负月明今夕。往事梦里，沉思惟有，罗襟泪痕犹湿。奈垂杨万缕，不系西风白日。"词旨流丽，富于情者也。少举进士，累试礼部不中，以恩补迪功郎，为抚州金溪尉，得年七十以卒，后学尊称之曰月巢先生。予近得《月巢遗稿》，谩摘一二，录于此。予后公三十年而生，公不以辈行前予，雅相爱重，时与倡酬。

知别集中是载有词的，未言卷数版本。按：刘壎生于宋理宗嘉熙四年（1240），知邓有功生于宋宁宗嘉定四年（1211）。又刘壎《水云村稿》卷七《跋吴贯道所藏邓月巢与吴云卧书》有"月巢、云卧二先生，俱昔江西诗伯也"云云，《隐居通议》云有诗材，喜作词，并据其《月巢遗稿》录诗词若干首。

刘秉忠

刘秉忠（1216—1274），初名侃，字仲晦，号藏春散人，邢台（今属河北）人。曾祖仕金，蒙古王朝灭金后，刘秉忠补邢台节度府令史，不久归隐武安山，后出家为僧，更名子聪。元世祖忽必烈即位，拜光禄大夫，位太保，参领中书省事，改名秉忠。卒谥文贞。著有《藏春集》、《藏春词》。

刘氏诗文集中收有词，《刘太傅藏春集》卷六附张文谦《故光禄大夫太保赠太傅仪同三司谥文贞刘公行状》云：

> 公博学无方，明通而溥。其勋业之著见于世，昭昭然不可掩也。论艺业，则字画出鲁公笔法，草书，二王三昧；发邵氏《皇极》之奥旨，改前代已差之历法，得琴阮徽外之遗音。至天文、卜筮、算数，皆有成书，无一不极其至。诗章、乐府，又皆脍炙人口。

行状作于至元乙亥，即元世祖至元十二年（1275），又阎复序云："至于裁云镂月之章，阳春白雪之曲，在公乃为馀事。公殁后十有四年，是集始行于世，夫人窦氏暨其子璋介翰林待制王之纲求为叙引。"序作于至元丁亥，知元世祖至元二十四年（1287）已有刊本。又《永乐大典》卷3005第12B页自《刘文贞公集》录《谒金门》、《南乡子》词二首。

入清有《四库全书》本《藏春集》六卷，提要云：

> 至其所著文集，见于本传者十卷，今此只六卷，乃明处州知府马伟所刊，前五卷为各体诗，末一卷为附录，诰敕志文行状而不及所著杂文，故秉忠所上万言书及其他奏疏见于本传者概阙焉。盖文已佚。而仅存其诗，故卷目多寡与本传不合也。

知所据为明刊本，为浙江鲍士恭家藏本，已非元刊足本。库本卷五为乐府，存词一卷。

刘氏词集有单行者，名《藏春词》，或作《藏春乐府》。明代罕见著录，明高儒《百川书志》卷六著录有《藏春词》一卷，云："元光禄大夫太保文贞公刘侃著，凡七十六首。"按：库本诗文集存词七十九首，高儒著录的词数与库本相当，知单行者当是自别集中析出别行者。

清以来见于著录的有：

1. 清黄虞稷《千顷堂书目》卷三十二著录有《藏春词》一卷。

2. 清钱大昕《补元史艺文志》卷四著录有《藏春词》一卷。

3. 清倪灿撰，卢文弨补《补元史艺文志》著录有《藏春词》一卷。

均未言版本，今存抄本词集丛编收有刘氏词集的有：

1. 清汪曰桢辑《又次斋词编》本，稿本，其中有《藏春词》一卷。

2. 清汪曰桢辑《宋元十家词》本，清又次斋抄本，汪曰桢校，吴昌绶校。其中有《藏春词》一卷。

3. 《三家诗馀》本，清抄本，其中有《藏春诗馀》一卷，藏台湾。

晚清时有王鹏运四印斋刻本《藏春乐府》一卷，收入《宋元三十一家词》中，王氏跋云：

> 藏春散人词，世罕传刻。夔笙舍人假缪太史云自在堪抄本录副见贻，词并诗为六卷，明正德时刻。复于《元草堂诗馀》补《木兰花慢·混一后赋》、《朝中措·书怀》二阕，盖原非足本也。逞与碧瀣翁论词，谓雄廓而不失之伧楚，酝藉而不流于侧媚，周旋于法度之中，而声情识力常若有馀于法度之外，庶为填词当行，目论者庶不薄填词为小道，藏春词境雅与之合。碧瀣已矣，谁与共赏此奇者？质之夔笙，当同此慨叹也。癸巳岁首，汇刻宋元名家词，托始于此。书此以志岁月。三月廿三日扶病记于吟湘小室，半塘老人。

跋作于清光绪十九年（1893），知所据为况周颐手抄本，是传抄自缪荃孙云自在盦藏本，缪本是据明正德刻诗文集六卷本传抄的，此析出词另行。四印斋本见缪荃孙《目录词小说谱录目》、叶德辉《叶氏观古堂藏书目》等著录。

陈季渊

陈季渊（？—1273），一作陈济渊，号斫云，元京兆（今属陕西）人。官侍臣。与元好问同辈，有交往[1]。

其词见载于诗文集中，元戴表元《剡源戴先生文集》卷八《陈季渊诗序》云：

> 昔年尝为人赋海东青诗，有言此诗经斫云公题，绝似难复措手也，并举全章云云，余记之不能忘。来江东，夹谷子括都事以使杭，经过席间，及前诗，始知为畸亭陈季渊所作。季渊，京兆人，与遗完裕之（当作遗山元裕之）同辈，遗完（当作遗山）盛推下之。他诗文极多，《海青》诗斫云外尚馀七章，皆清豪可讽。既而子括云归杭，将倡率朋友之知畸亭者，尽刻其所藏以传。会郡守朱侯适同其语，忻然属意，以为不烦他人，遂下诸学官，为之汇叙厘正，登载版本，凡得古赋一、古诗六、律诗九十四、绝句七、乐府三，自古文人才士能以著述名字闻于后世，要自有不可泯灭，然亦岂无不幸而不自传者？如杜子美称薛华长句，至与李太白相埒，而华无一语行世，计当时留连颠倒，淋漓挥写，歌阑兴尽，不自收拾，而诸公虽相赏爱，或者不免脱落散失，故为是可惜耳。然则是编之传，不但后生可以想见中原文献之美，如夹谷君之尚友、朱侯之好事，皆不易，易得也。

知诗文集曾刊印过，其中存词三首。

---

[1] 按：陈季渊，行迹不详。金元好问《遗山集》卷五有《醉中送陈季渊》诗。又元王恽《秋涧集》卷十五《陈季渊挽章三首》序云："至元十年十二月望陈季渊子次翁道出平阳，以其父季渊丧来告，且请诗哀挽，故勉为赋此。"其一有"玉斧惊传修月手，旦评推绝斫云翁"云云，又卷十八《筠溪轩诗卷补亡》诗序云："筠溪旧有亭，雅甚，往年为秋潦所圮，亭与诗卷俱波荡不存。今岁冬来游，紫微道者丐余诗，欲将补亡，且致重构之意，仍为赋此，中间饮客，盖廿八年前同游者：侍臣陈季渊、奉使覃溪焕然平河牧、今右丞史晋臣、礼部尚书王子勉、侍御史雷彦正与不肖，紫微道者，威仪杜大用也。时乙酉十月廿一日。"知辛于元世祖至元十年（1273），曾仕宦过。又知陈季渊有子名次翁，元蒲道源《闲居丛稿》卷四《察司陈知事》诗注："次翁，斫云陈先生之子。"知斫云为陈季渊号。又元傅习《元风雅·前集》卷四陈济渊《海青》诗一首，佚名辑《元音》卷十一作陈济渊《海冬青》诗，知陈济渊即陈季渊。

徐元得

徐元得（1220—1293），字耕道，上饶（今属江西）人。宋末历官淮阴县尉，入元家居。著有《横塘小草一笔》、《二笔》。

其词见载于诗文集中，元戴表元《剡源戴先生文集》卷十七《徐耕道迁葬碣》云：

> 而岁年老矣，于是归傍乡井。既而避地于饶德兴之宗儒村，宗儒有王氏，故大家，能以礼馆穀君，学徒为之填委。会李制置弟宰祁门于德兴邻邑也，复招游祁门，为刊所为诗词，曰《横塘小草一笔》、《二笔》者若干篇。君平生轻财，有俸馈，即散以周人之急，故晚而益贫。三年不得已，遂归黄塘，课子读书，督奴灌畦，殊不为前时意度闲暇。惟去宗族乡党，相倡和，命诗社曰明远，并主邻社，香林社友又为刊《小草六笔》者若干篇，癸巳夏感疾，至秋加剧，索纸作书别所尝交往，有"此行遥指柯山"云云数十字，若寓升游洞天之意。书毕而逝，十月某日也。生庚辰十一月某日，年七十四。

知诗文集曾刊印过，其中载有词，存词情况不明。

耶律铸

耶律铸（1221—1285），字成仲，号双溪，耶律楚材子。元世祖中统二年（1261）为中书左丞相，至元初改平章事，迁平章军国重事，因罪免职。著有《双溪醉隐集》。

耶律氏词见载于诗文集中，《永乐大典》卷 8628 第 16A 页自《双溪醉隐集》录《南乡子》一首，又卷 3004 第 4B 页自耶律铸《乐府》录《忆秦娥》一首，又录耶律铸词三首，即《鹊桥仙》（2604/2A，指卷数与页码，下同）、《满庭芳》和《六国朝令》（20353/17B）。明孙能传、张萱等《内阁藏书目录》卷五著录有《双溪醉隐乐府》，云："十二册，不全。"又云："分前、续、别、外、新五集，中多阙逸。"《双溪醉隐乐府》中当包含乐府诗、曲、词等。

见于清人著录的有：

1. 清钱大昕《补元史艺文志》卷四著录有《双溪醉隐乐府》十一册。

2. 清倪灿撰，卢文弨补《补元史艺文志》著录有《双溪醉隐乐府》十一册，分前、续、别、外、新五集。

清有《四库全书》本《双溪醉隐集》六卷，提要云：

> 铸集久佚不传，藏书家至不能举其名氏。惟明钱溥《内阁书目》有耶律丞相《双溪集》十九册，亦不详其卷目。检勘《永乐大典》，所收铸《双溪醉隐集》篇什较夥，有前集、新集、续集、别集、外集诸名，又别载赵著、麻革、王万庆诸序跋，乃为铸年少之诗，名《双溪小稿》者而作，是所作诸集本各为卷帙，颇有琐碎之嫌，谨裒集编次，都为一集，而仍以《双溪小稿》原序原跋分系首末，用存其概。

是自《永乐大典》中辑出，其中卷六附载有诗馀，存词四首。

近代以来，其词集多见于刊印，计有：

1. 清龙凤镳辑《知服斋丛书》本《双溪醉隐集》六卷，清李文田笺，清光绪十八年（1892）刻本。据李文田后记，知所据为缪荃孙于光绪十六年传抄本。存词同库本。

2. 金毓黻辑《辽海丛书》本，其中有《双溪醉隐集》六卷，有民国排印本，所据为李文田笺本，存词同。

3. 朱祖谋辑《彊村丛书》本，据丁氏善本书室藏《双溪醉隐集》本辑《双溪醉隐词》一卷，存词四首，无校记，无跋文。

胡祗遹

胡祗遹（1227—1295），字绍开，号紫山，武安（今属河北）人。元世祖至元元年（1264）授应奉翰林文字，转右司员外郎。为济宁路总管，召拜翰林学士，不赴，改任江南浙西提刑按察使。卒谥文靖。著有《紫山大全集》。

胡氏词见载于诗文集中，《永乐大典》自《紫山集》录词二首，即《木兰花慢》（3526/8B，指卷数与页码，下同）和《太常引》（14380/22A）。

清有《四库全书》本《紫山大全集》二十六卷，提要云：

> 是集为其子太常博士持所编，前有其门人翰林学士承旨刘赓序，原本六十七卷，岁久散佚，今据《永乐大典》所载裒合成编，厘为赋诗诗馀七卷、文十二卷、杂著四卷、语录三卷，其间杂著一类，祗通一生所学具见于斯，然体例最为冗杂，有似随笔札记者，有似短章小品者，有似莅官条约者，有似公移案牍者，层见错出，殆不可名以一格。……今观其集，大抵学问出于宋儒，以笃实为宗，而务求明体达用，不屑为空虚之谈。诗文自抒胸臆，无所依仿，亦无所雕饰。惟以理明词达为主，元代词人往往以风华相尚，得兹布帛菽粟之文，亦未始非中流一柱矣。惟编录之时，意取繁富，遂多收应俗之作，颇为冗杂。甚至如《黄氏诗卷序》、《优伶赵文益诗序》、《赠宋氏序》诸篇，以阐明道学之人作，媟狎倡优之语，其为白璧之瑕，有不止萧统之讥陶潜者。陶宗仪《辍耕录》载其钟爱歌儿珠帘秀，赠以《沉醉东风》小曲，殆非诬词矣。以原本所有，姑仍其旧录之，而附纠其谬于此，亦足为操觚之炯戒也。

知是自《永乐大典》中辑录而成书。门生刘赓序云："平生著述：《易解》三卷、《老子解》一卷，诗文号《紫山集》者六十七卷。公薨二十年，赓以事道过彰德，其子太常博士持将锓梓，以寿其传，恳以序引为请。"序作于元仁宗延祐二年（1315），知所据源自元刊本。库本卷七附有诗馀，存词二十三首。

近世张凤台辑《三怡堂丛书》，收有《紫山大全集》二十六卷，为民国十二年（1923）刊本，当是据库本录入，存词情况同库本。

民国时周泳先辑《紫山诗馀》，收入《唐宋金元词钩沉》，题记云：

> 胡紫山北曲小令散见于《阳春白雪》、《太平乐府》中者尚多，唯词殊仅见。《词综补遗》十七据陶南村《辍耕录》录其赠歌儿珠帘秀《沉醉东风》一首，亦北小令也。此卷自《大典》本《紫山集》七录出，其散见各本非词体之散曲，均不拦入焉。泳先记。

此书有民国排印本。

王恽

王恽（1227—1304），字仲谋，号秋涧，卫州汲县（今属河南）人。金中统初左丞姚枢宣抚东平，辟为详议官。上书论时政，累擢中书省都事。元世祖至元五年（1268）拜监察御史，官至翰林学士。卒谥文定。著述《秋涧先生大全集》。

王氏词见载于诗文集中，《秋涧先生大全集》附其子王公孺撰《王公神道碑铭》云："平昔著《相鉴》五十卷、《汲郡志》十五卷，其《承华事略》、《守成事鉴》、《中堂事记》、《乌台笔补》、《玉堂嘉话》、赋颂、诏诰、表启、书疏、诗文、碑志、铭赞、乐府，号《秋涧大全文集》者一百卷。延祐六年蒙朝廷公议，为之刊播焉。"知诗文集元时曾刊印，其中收有词。按：《景宋金元明本词》有《景元本秋涧先生乐府》四卷，陶湘《叙录》云：

> 湘案：元本《秋涧先生大全文集》一百卷，延祐时朝命江浙省刊梓，始工于至治辛酉三月，毕于壬戌正月。每半叶十二行，行二十字。自卷七十四至七十七为乐府。

知刻本始于元英宗至治元年（1321），完工于次年，名《秋涧先生大全文集》，其中卷七十四至七十七为乐府。

明弘治时，又据元刊覆刻《秋涧先生大全文集》一百卷附录一卷，有《四部丛刊》影印本，存词情况同元刊本。又今存《宋元名家词》，明抄本，清毛扆校，唐晏跋。其中有《秋涧先生乐府》四卷，当是自别集本中析出另行者。

入清有《四库全书》本《秋涧集》一百卷，所据为两淮马裕家藏本，库本前后无序跋文，提要也未言所据版本。其中卷七十四至卷七十七为乐府，存词四卷。

清以来见于著录的有：

1. 清朱彝尊《词综》"发凡"和卷二十七小传均云《秋涧集词》四卷。

2. 《御选历代诗馀》卷一百九"词人姓氏"云有《秋涧集词》四卷。

3. 吴昌绶《宋金元词集见存卷目》附《双照楼续辑宋金元百家词目》著录有《秋涧乐府》四卷，云诸暨县孙氏旧抄《秋涧集》本。

近世朱祖谋据元刊《秋涧大全集》本析出《秋涧乐府》四卷，刻入《彊村丛书》中，朱氏跋云：

> 《秋涧乐府》四卷，为《秋涧大全集》之卷七十四至七十七，元至治壬戌嘉兴路学刊本，洵倚声中一秘笈也。十年前与吴伯宛同客沪上，见一旧写本，有朱竹垞、姚伯昂藏印，为孙问清所得。伯宛尝从假录一帙。去年伯宛于都中获觏此本，属章式之就写本比勘见寄，中仍不免脱误，疏校如右。明弘治中，河南按察副使车玺与河北道祝直夫、佥事包好问有校正翻刻本，或视此又有异同也。乙卯五月小暑后二日，归安朱孝臧跋。

跋作于民国四年（1915）。章式之即章钰，知其间用抄本校勘。

魏初

魏初（1232—1292），字太初，号青崖，弘州顺圣（今属河北）

人。元世祖中统元年（1260）辟为中书省掾吏，授国史院编修，寻拜监察御史，官至南台御史中丞。卒谥忠肃。著有《青崖集》。

魏氏词见载于诗文集中，《永乐大典》自魏初《青崖集》录词二首，即《太常引》（2809/18A，指卷数与页码，下同）和《木兰花慢》（2813/16A）。

清有《四库全书》本《青崖集》五卷，提要云：

> 焦竑《经籍志》载魏初《青崖集》十卷，《文渊阁书目》
> 亦载魏太初《青崖文集》一部七册，是明初原集尚存，其后乃
> 渐就亡佚。今从《永乐大典》所载诗文搜辑裒缀，厘为五卷，
> 犹可见其崖略。

知是自《永乐大典》中辑录而成，已非足本。库本卷三为诗馀，存词四十四首。

民国时赵万里辑《青崖词》一卷，收入《校辑宋金元人词》中，为民国排印本，存词四十三首，未言所据。

张弘范

张弘范（1238—1280），字仲畴，定兴（今属河北）人。中统初授御用局总管，改行军总管。元世祖至元元年（1264）进顺天路管民总管，授镇国上将军，追封淮阳王，卒谥献武。著有《淮阳集》等。

张氏词见附于诗文别集后，今有《四库全书》本《淮阳集》一卷附录诗馀一卷，提要云：

> 其遗诗一百二十篇、词三十馀篇，燕山王氏尝刻之敬义
> 堂，庐陵邓光荐为之序。光荐即宋礼部侍郎，弘范南征时被
> 获不屈，因命其子珪事以为师者也。后其曾孙监察御史旭重
> 刊，明正德中公安知县周钺又重刊之。此本即从钺刻传录，
> 盖犹旧帙。

知其集屡有刊印，库本所据为明武宗正德年间刻本，为浙江鲍士恭家

藏本。前有序云：

> 曩者天兵克季宋于崖山，时则淮阳献武王实以元帅统
> 师，爰振其武，用燔赵烬，勋劳之大，载在史册，藏之金匮，
> 天下后世知其功高。乃若词章之盛，人或不能尽知也。王之
> 里人金台王氏，尝以王之诗歌、乐府刻于其家敬义堂，虽特
> 其仅存之稿，然于是足以知王之词章为优为耳。……今其曾
> 孙旭为江南诸道行御史台监察御史，访求先世遗文，得敬义
> 堂所刻，顾其集，犹王之旧，谥武烈，题其首，欲重梓之。从
> 宣因僭为之叙，以著王之好儒尚文，辞章只其馀事，且使天
> 下后世之人知王之世家不独高于武功也。至正十年庚寅九月
> 吉日，中宪大夫、江南诸道行御史台治书侍御史许从宣
> 谨叙。

又邓光荐序云："惟武烈公所作未尝属稿，篇什随手散落，后亲友网罗
遗失，得其仅有者为诗词若干，将传于后，属余序。"知元时较早有金
台王氏敬义堂刻本，元惠宗至正年间其裔孙据敬义堂本覆刊，其中均
收有词。书末又有周钺后序云：

> 诗集首题淮阳张献武王，元人盖侈其爵谥云尔，乃今僭
> 易之曰《张淮阳诗集》，若唐之韦苏州以诗鸣、宋之秦淮海以
> 乐府鸣之类是已，乐府仍附于其后。顾旧本触首随落，且传
> 之者复甚钞（疑作鲜），于是拾遗补阙，重加校正，命工翻
> 刻，庶备元诗之一家。

跋作于明武宗正德六年（1511），当是据元刊本翻刻的。库本诗集后附
乐府，凡一卷，存词二十九首，另末有《天净沙》二首，当属元曲。

张氏词集只见于清以来人著录：

1. 清倪灿撰，卢文弨补《补元史艺文志》著录有《张弘范诗馀》
一卷。

2. 清陆漻《佳趣堂书目》著录有《张淮阳词》一卷。

3. 缪荃孙《目录词小说谱录目》著录《淮阳乐府》一卷，旧抄本。

4. 《江南图书馆善本书目》著录有《张淮阳诗集》一卷附诗馀一卷，旧抄本。

以上所载多是据诗集本析出著录的。

晚清有王鹏运四印斋刻本《淮阳乐府》一卷，收入《宋元三十一家词》中。此本见缪荃孙《目录词小说谱录目》、叶德辉《叶氏观古堂藏书目》等著录。

姚燧

姚燧（1238—1313），字端甫，号牧庵，洛阳（今属河南）人，原籍柳城（今属辽宁）。元世祖至元中为秦王府文学，除陕西汉中道提刑，按察司副使，累迁翰林学士。成宗元贞初奉诏修《世祖实录》，书成，诏拜太子少傅，明年进翰林学士承旨。卒谥曰文。著有《牧庵集》。

姚氏词见载于诗文集中，文集前有序云：

> 至顺壬申，公之门人翰林待制刘公时中，始以公之全集自中书移命江浙，以郡县赡学馀钱，命工镂木，大惠后学。予时承乏提举江浙儒学，因获董领其事，私窃欣幸。乃与钱塘学者叶景修重加校雠，分门别类，得古赋三篇、诗二百二十二篇、序三十八篇、记五十三篇、碑铭墓志一百四十篇、制诰五十八篇、传二篇、赞十五篇、说十一篇、祝册十篇、杂著十三篇、乐府百二十四篇，总六百八十九篇，案：《牧庵集》今无全本，即此序及年谱，犹可见其各体文之原数。凡五十卷。窃惟公之文雄深雅赡，世罕有知焉，譬之太羹玄酒，食而无味，然足以飨天。呜呼！草玄者之有望于后世之子云也宜哉！至顺昭阳作噩之岁季春之闰，儒林郎江浙等处儒学提举鄱阳吴善序。

跋作于元至顺四年（1333），知元刊本凡五十卷，存词一百二十四首。

明《永乐大典》自《姚牧庵集》录词六首，即《江梅引》二首（2808/19B，指卷数与页码，下同）、《减字木兰花》（2810/10A）、《浪淘沙》（7238/1A）、《绿头鸭》（14383/25A）、《黑漆弩》（20353/18A）。

清有《四库全书》本《牧庵文集》三十六卷，提要云：

> 其集久佚不传，明《文渊阁书目》有《牧庵集》二十册，而诸家著录皆未之及。刘昌辑《中州文表》所选燧诗，较《元文类》仅多数首，文则无出文类之外者。昌跋称《牧庵集》五十卷，闻松江士人家有刻本，南北奔走，竟莫能致。今所得乃录本，多残缺，视刻本仅十之二。黄宗羲序《天一阁书目》云尝闻胡震亨家有《牧庵集》，后求之不得，盖已久佚。惟《永乐大典》所收颇夥，校以刘时中年谱所载，文目虽少十之二三，而较之文类所选则多十之五六矣，诗词更多出诸家选本之外。谨排比编次，厘为三十六卷，以存其概。集中诸体皆工，而碑志诸篇叙述详赡，尤多足补《元史》之阙，又不仅以词采重焉。

是自《永乐大典》本中辑出，已非元刊原貌。库本卷三十五、卷三十六为诗馀，存词四十七首。又有清乾隆时《武英殿聚珍本书》活字印本，存词同库本。又有《四部丛刊》影印武英殿本。

后人又据集本析出词著录，如吴昌绶《宋金元词集见存卷目》附《双照楼续辑宋金元百家词目》著录有《牧庵词》二卷，云聚珍版《牧庵集》本。又缪荃孙《目录词小说谱录目》著录有《牧庵诗馀》二卷，云传写集本。

近世朱祖谋据武英殿本《牧庵集》析出词，成《牧庵词》二卷，收入《彊村丛书》中。另据程文海《雪楼集乐府》补《感皇恩》一词。

另今存词集丛编收有姚氏词集的有：

1. 清汪曰桢编《又次斋词编》本，稿本，其中有《牧庵词》二卷。

2. 清汪曰桢编《宋元十家词》本，清又次斋抄本，清汪曰桢校，吴昌绶校。其中有《牧庵词》二卷。

赵文

赵文（1239—1315），字仪可，一字惟恭，号青山，元庐陵（江西吉安）人。南宋末入学为上舍。宋亡，入闽依文天祥。元初隐居不仕，后为东湖书院山长，选授南雄路儒学教授。著有《青山集》。

赵氏词见载于诗文集中，清有《四库全书》本《青山集》八卷，提要云："今观其诗文，皆自抒胸臆，绝无粉饰，亦可谓能践其言矣。焦竑《国史经籍志》载《青山稿》三十一卷，世鲜流传。今从《永乐大典》中裒辑编订，勒为八卷。"知是自《永乐大典》中辑录出，库本卷八附诗馀，存词十首。

近世吴昌绶《宋金元词集见存卷目》附《双照楼续辑宋金元百家词目》著录有《青山乐府》一卷，云传抄《青山集》本。又朱祖谋据《永乐大典》本《青山集》辑出《青山诗馀》一卷，收入《彊村丛书》中，存词同库本。又据元本《凤林书院草堂诗馀》和《花草粹编》辑词十四首，成《青山诗馀补遗》一卷，均无校记，无跋文。

又有赵万里辑录《青山诗馀》一卷，收入《校辑宋金元人词》中，提要云：

> 此书归安朱氏刻本据《元草堂诗馀》、《花草粹编》补辑十四首，附于《永乐大典》本后，殆未为完善。《粹编》所引赵作均自《翰墨大全》传录，而《大全》所载，《粹编》实未能尽之也。兹据《元草堂诗馀》、《翰墨大全》、《大典》本《青山集》为主，辑得三十一首，视朱本增出七首，聊以备元词别集一格焉。赵万里。

此为民国时排印本。

另有《宜秋馆诗馀丛抄》本，民国李氏宜秋馆抄本，况周颐批校，朱孝藏校。其中有《青山诗馀》一卷补遗一卷。

刘壎

刘壎（1240—1319），字起潜，号水云村，南丰（今属江西）人。宋末以诗文鸣，宋亡后隐居乡里近二十年，受荐署郡学正，又教授延平。著有《水云村稿》、《隐居通议》等。

刘氏词集晚清以来方见著录，计有：

1. 清丁丙《善本书室藏书志》卷四十著录有《水云村诗馀》一卷，精抄本。此书后归江南图书馆收藏，见《江南图书馆善本书目》著录，有《水云村诗馀》一卷，精抄本。检吴昌绥《宋金元词集见存卷目》附《双照楼续辑宋金元百家词目》著录有《水云村诗馀》一卷，云丁氏旧抄本。所指当指此本。

2. 缪荃孙《目录词小说谱录目》著录有《水云村诗馀》一卷，云《名家词》本。检清侯文灿《名家词》，其中无《水云村诗馀》。又缪荃孙辑有《云自在龛丛书》，其中第四集为《名家词》，所收均为清人词集。

近世朱祖谋据南丰刘氏家刻《水云村稿》本辑出《水云村诗馀》一卷，收入《彊村丛书》中，无校记，无跋文。

何尧

何尧（1241—1310），字唐佐，乐安（今属江西）人。宋进士，为道州判官。入元不仕。著有《草亭漫稿》，编有《资暇录》、《鳌溪群贤诗选》。

元吴澄《临川吴文正集》卷三十七《故宋文林郎道州判官何君墓碣铭》云：

> 君所作四六典丽赡密，应律合度，渊原盖有自云。他文温淳雅健，诸诗谨严精妥，近体尤长，乐府长短句绰有风致。昔在理宗时，闽人刘公克庄驰文誉，资望堪掌制，以世赏，非进士，于例不可，朝廷怜才，特赐进士出身，入翰苑。

识者评君四六、杂文、诗词与刘伯仲，且有科名，拟君所到不减于刘，而竟不获大用，惜哉！平生论著多不存，存者有《草亭漫稿》、《深衣图说》、《郭孝子后传》，所编纂有《小学提纲》、《资暇录》、《鳌溪群贤诗选》。

知善诗词，具体不详。

萧㪺

萧㪺（1241—1318），字维斗，一作惟斗，号勤斋，奉元（今陕西西安）人。初出为府史，语当道不合，即引退。力学三十年，不求进。元世祖时辟为陕西儒学提举，不赴，后累授集贤直学士、国子司业，改集贤侍读、学士，皆不赴。武宗至大元年（1308）拜太子右谕德，俄擢集贤学士、国子祭酒，依前右谕德，疾作固辞，而归卒，谥贞敏。著有《勤斋集》。

萧氏词见载于诗文集，有元张冲至正四年（1344）序，又元李瀚《勤斋集序》云：

> 其年冬，京兆同州王君仲方由枢府判持宪东淮，因出今集贤学士国子祭酒苏公伯修前侍御西行台时所裒先生文稿十五卷，刻之郡庠，属瀚序之……文八十篇、诗二百六十首、乐府二十八篇，盖先生立志，笃制行高，其处心正，其识趣远，其力学充积华赡，一以洙泗为本，濂洛、考亭为依，其发于辞章，所谓有德者斯有言，未宜以文人才士律之也。

序作于元惠宗至正六年（1346），知为元苏天爵主持的官刻本，存词二十八篇。

清有《四库全书》本《勤斋集》八卷，提要云：

> 㪺卒于仁宗延祐五年，诗文多散佚。顺帝至正四年苏天爵官西台，始裒辑其遗稿，得文八十篇、诗二百六十首、乐府二十八篇，分为十五卷，官为刊板于淮东，盖距㪺之殁几三

> 十年矣。自明以来刊板久佚，惟《永乐大典》所载尚存崖略，谨依类编辑，得文四十二首、诗二百六十一首、词四首，厘为八卷。按：焦竑《国史经籍志》称萧斠《勤斋贞敏集》，而《永乐大典》但题作《勤斋集》，颇不相合。然姚广孝等修辑《永乐大典》，距至正刊板时未远，其所据本当即天爵所编，不容有误，殆焦竑误增其文也。

知是自《永乐大典》中辑录而出，库本卷八附有词，凡四首，知佚失颇多。

近代吴昌绶《宋金元词集见存卷目》附《双照楼续辑宋金元百家词目》著录有《勤斋乐府》一卷，云传抄《勤斋集》本。又朱祖谋据钱塘丁氏善本书室藏抄《勤斋集》本辑录《勤斋词》一卷，刻入《彊村丛书》中，存词同库本，无校记，无跋文。

卢挚

卢挚（1242？—1315？），字处道，一字莘老，号疏斋，涿郡（今属河北）人。弱冠充元世祖侍从，累迁少中大夫。成宗大德初授集贤学士，为翰林学士，迁承旨。著有《疏斋集》。

卢氏词见载于别集中，《永乐大典》自《卢疏斋集》录词六首，即《贺新郎》（540/18B，指卷数及页码，下同）、《蝶恋花》（2809/16A）、《天仙子》（2810/8B）、《行香子》（3579/5A）、《黑漆弩》等二首（14381/30B）。又录卢挚词四首，即《鹊桥仙》（2265/8B）、《蝶恋花》二首和《最高楼》（20353/17B）。

民国时赵万里辑有《疏斋词》一卷，收入《校辑宋金元人词》中，提要云：

> 《疏斋集》，明以后久佚，其所著套数、小令散见《阳春白雪》、《太平乐府》、《乐府群珠》者甚多，余别有辑本。兹校录长短句为一卷，较《天下同文》多出六首，聊以备元初词集一格焉。万里记。

此为民国时排印本，存词十七首附录一首。

张之翰

张之翰（1243—1296），字周卿，晚号西岩老人，邯郸（今属河北）人。元世祖至元中除真定路知事，为户部郎中，又为翰林侍讲学士，知松江府事。著有《西岩集》。

张氏词见载于诗文集中，《永乐大典》自《张西岩集》录词七首，即《太常引》二首（2809/19B，指卷数及页码，下同）、《贺新郎》（2811/21A）、《水调歌头》（3527/17B）、《满江红》和《太常引》二首（14382/2A）。又卷 2271 第 2A 页录张西岩《木兰花慢》词一首。

清有《四库全书》本《西岩集》二十卷，提要云：

> 其集据《松江府志》所载本三十卷，今于《永乐大典》中搜采缀辑，分体编次，厘为二十卷。虽当时旧本篇页多寡不可知，而约略大数计已得什之六七矣。《永乐大典》所载有标题《张西岩集》，而核其诗文，实为张起岩作者。起岩字梦臣，济南人，有《华峰漫稿》、《类稿》、《金陵集》尚行于世，与之翰截然两人，殆当世缮录之人以张西岩集与张起岩集声音略近，故随读而讹，致相淆乱，今并厘正，各存其真焉。

知自《永乐大典》中辑录发，库本卷十一至卷十二为词，凡二卷。

民国时赵万里辑有《西岩词》一卷，校补《永乐大典》之《西岩集》本，收入《校辑宋金元人词》中，存词六十九首，有民国时排印本。

张鼎

张鼎，字辅之，号澹然，济阳（今属山东）人。登金哀宗正大八年（1231）词赋第，历省掾，授郡倅。

其词见载于诗文集中，元张之翰《西岩集》卷十四《张澹然先生文

集序》云:

> 有诗、文、乐府数百篇,子维仲安任,国子博士,集为若干卷,请序某。伏读再四,爱其篇目少而体制备。盖诗寓去国之情,而不露其悲伤;文尽叙事之实,而不失于冗长;乐府达处顺之理,而不流于浮艳谑浪。非天资高、学力笃、道味深、世故熟,其孰能到?

序文作于元世祖至元二十八年(1291),知诗文集中有词,未言是否刊印。

张伯淳

张伯淳(1243—1303),字师道,号养蒙先生,崇德(今浙江桐乡)人。宋末应童子科,举进士。元世祖至元二十三年(1286),荐授杭州路儒学教授,擢福建廉访司知事,授翰林院直学士。著有《养蒙集》。

张氏词见载于诗文集中,其子题云:

> 先公文穆在宋世,由童子科及第。逮事圣朝,复以词臣锡封受爵。然不喜以藻翰自能,既没,无成稿。命男炯访求遗逸,仅得若干篇,厘为十卷,刊之右塾,使无忘前人之徽烈。其藏诸人散于四方者,未能兼收并录,则中心之深歉也。至正六年正月望日,中议大夫河东宣慰副使致仕,男采拜手谨识。

作于元惠宗至正六年(1346),知有元刻本。傅增湘《藏园群书经眼录》卷十五载《养蒙先生集》十卷,云:"元至正刊本,九行十七字,白口,四周双阑。……卷九七言律诗、卷十词。"又录其子张采跋(至正六年)云:"仅得若干篇,厘为十卷,刊之右塾。"

入清则有《四库全书》本《养蒙文集》十卷,提要云:

> 殁后无成稿,其子河东宣慰副使采、长孙武康县尹炯访

求遗逸，厘为十卷。今观其文，源出韩愈，多谨严峭健，得立言之体。……其集刊板久佚，辗转传抄，残缺颇甚。此本凡文六卷、诗三卷、词一卷，乃钱塘厉鹗抄自绣谷吴氏者，鹗颇为校正，然脱简终弗能补。考顾嗣立《元诗选》中阙字与此本并同，则嗣立所见亦即此本矣。

知所据为刊本，为两江总督采进本。卷十为词，凡一卷。

张氏词集罕见著录，清陆漻《佳趣堂书目》著录有张伯淳词一卷，未言版本。

近代朱祖谋据吴氏绣谷亭藏明刊《养蒙先生集》本辑《养蒙先生词》一卷，收入《彊村丛书》中，吴昌绶跋云：

> 《绣谷亭熏习录》：《养蒙集》十卷，元翰林侍讲学士谥文穆、嘉兴张伯淳师道著。伯淳在宋世以童子科登第，入元历仕通显。《集》为子采、孙炯编次，至正六年刊于家塾。采有跋，至顺三年奎章阁学士虞集、泰定三年翰林侍讲学士邓文原并序。宣德七年重刊，曾孙铨跋。伯淳为安抚使赵与訔婿，与訔，子昂之父也。案：此即四库著录厉樊树抄自绣谷亭本。辗转移写，益多讹阙。第十卷凡词二十二首，因校存，以备浙西先献。后跋称与内弟子昂赵公同时，集中《书梁中砥画卷》云：子昂，余所亲，《萧山县学重建大成殿记》，文穆撰，文敏书。石本今存，并记之。仁和吴昌绶。

知所据为明宣宗宣德七年（1432）刊本，卷十为词。无校记，无跋文。

丁杰

丁杰，字英仲，号山臞，嘉兴（今属浙江）人。宋末能诗善词，有名声，入元隐于清江。

其词见载于诗文集中，元吴澄《临川吴文正集》卷十《丁英仲集序》云：

> 嘉兴丁英仲吟古近体诗，又善乐府长短句，又工四六骈俪语，挟三长。客诸侯，有名声。时命革，依皮南雄老于清江之野，予及见之，严厉振整，盖虽游客，而自贵重。玉霄滕君推为文人行，心服可知也。平生著述多轶，子埴录其存稿，予读之而叹，斯人之不可复见也。埴克绍先业，廪廪绪言之坠遗，可谓能子矣。英仲讳杰，人号为山臞先生。

知善词，载于别集中，未言卷数版本。

刘敏中

刘敏中（1243—1318），字端甫，号中庵，章丘（今属山东）人。元世祖至元中由中书掾擢监察御史，成宗大德间为辽东山北宣抚使，召为集贤学士，历翰林学士承旨，以疾辞归。卒谥文简。著有《中庵集》。

刘氏词见载于诗文集中，有元刊本。傅增湘《藏园群书经眼录》卷十五著录有《中庵先生刘文简公文集》二十五卷，提要云：

> 元刊本，题"正议大夫前户部尚书魏谊编类"，半叶十一行，行二十一二字，细黑口双阑。　前有元统二年儒林郎江浙等处儒学提举番吴善序隶书，元统二年甲戌安阳韩性序楷书。目录上下卷，每卷后有"后学钱唐叶森校正"一行。编次与四库本迥异，卷数亦视四库本多五卷。卷一至三碑记，卷四至十一碑铭墓志，十二、十三序，十四铭、赞、颂，十五表笺、册、奏议，十六经疑、策问、杂著，十七赋、诗，十八至二十三诗，二十四、二十五乐府上、下。所收诗文视四库本溢出不少，词共一百二十六首，四库本仅三十二首耳。

知元刊本有词二卷，存词一百二十六首。又知原为杨氏海源阁藏书。提要末署辛未十月，知傅氏见此书时为民国二十年（1931）。

又《藏园群书经眼录》卷十五著录有《中庵先生刘文简公文集》二十五卷，云："旧写本，自元刊本出，与四库本不同。（己卯岁收得）"己卯为民国二十八年（1939）。按：傅氏《藏园群书题记》卷十六有《抄本刘文简公集跋》云：

> 元刘敏中撰《中庵集》，文渊阁著录者为二十卷，提要言原本已佚，今从《永乐大典》所载搜罗裒辑，以类编次，故与原本不能符也。然阁本辑成亦未刊行，余从文津阁本写存一帙，以资浏览。嗣闻北京图书馆中收得元刊本，为元统二年公之婿魏谊刻于杭州者，黑口，密行，细字，半叶十一行，行二十一字，每卷后有"钱唐叶森校正"一行。余从守和假得，以阁本校勘，阅时半载，粗完文集十六卷，诗词未暇著笔而南运之议起。中途辍业，深用叹嗟，束置高阁，倏已逾年。今夏斐云赵君来园闲话，言及此书厂肆忽有旧写本，因属物色得之，而前后篇叶盫损已甚，爰付工缮治，越百日而始成。展卷审观，虽行格变易，而篇第如旧，实由元本而传，以目录核之，各体文增至八十二篇，诗溢出三之二，词溢出十之八。以此观之，凡古人著述，百世之后欲网罗放失，以复其旧观，盖戛戛乎其难矣哉！至两本之异同得失，异时丹铅既辍，当别为文以志之。己卯八月二十四日，藏园记。

斐云赵君即赵万里，所得为旧抄本，存词。

民国时赵万里又据元刊本辑《中庵乐府》一卷，收入《校辑宋金元人词》中，提要云：

> 刘敏中《中庵集》，韩小亭玉雨堂有元刻本，邵懿辰撰《四库简明目录标注》时似见之，顾久已无可踪迹。近估人有持聊城杨氏书求售，则元刻《中庵集》二十五卷赫然在焉，为之狂喜。篇首题"中庵先生刘文简公文集"，下题"正议大夫前户部尚书魏谊编类"，半叶十一行，行二十一字，卷后有

"后学叶森校正"一行。元刻《玉海》亦森所手校，而森为钱塘人，知此本乃浙刻矣。以校《四库》本，匪特篇第全非元刻之旧，其讹误错落，殆不胜偻指。盖库本录自《永乐大典》，当时馆臣固未见原书也。库本诗馀凡三十六首，元刻则四倍之。然元刻无而库本独有者，亦得四首。其他各首序题与元本亦时有出入，疑《大典》所据者为又一刻本，否则无若是之悬殊也。兹移录元本乐府二卷如下，并以库本疏校于行间，元词别集传世已罕，吾书垂成，忽觏此佳本，此中亦殆有宿缘欤？万里记。

此本有民国排印本，存词凡一百四十九首，其中据《程雪楼文集》和文津阁《四库全书》本《中庵集》补遗五首，则据元刊本二卷辑词一百四十四首，与《藏园群书经眼录》云元刊存词一百二十六首，出入近二十首，疑统计有误所致。

清有《四库全书》本《中庵集》二十卷，提要云：

> 《元史》载敏中《中庵集》二十五卷，《文渊阁书目》作五册，不著卷数。梁维枢《内阁书目》不载其名，则是时官书已佚。明人藏书之家，惟叶盛《菉竹堂书目》仅著于录，亦无卷数。黄虞稷《千顷堂书目》虽有其名而独作三十五卷，与史不符，盖虞稷所列诸书，乃遍征各家书目为之，多未亲见其本，故卷数多讹，存佚不确，未可尽援为据也。苏天爵《元文类》中仅载其《贺正旦表》、《忠献王庙碑》二首，其他作则不概见。今从《永乐大典》所载搜罗裒辑，以类编次，尚可得二十卷，则所佚者不过十之二三矣。

知是自《永乐大典》中辑录出的，库本卷六为诗馀，存词一卷。

近代朱祖谋据《永乐大典》本《中庵集》辑《中庵诗馀》一卷，收入《彊村丛书》中，另补《点绛唇》一词。无校记，无跋文。

杨桂芳

杨桂芳，清江（今属江西）人。杨无咎之孙，生平俟考。著有《聱斋集》。

其词见载于诗文集中，元吴澄《临川吴文正集》卷二十七《跋聱斋集》云：

> 清江杨氏名其读书之斋曰聱，犹元次山自称赘聱云尔。其诗词甚清淳，其为逃禅翁之诸孙，文学君之令子，真可谓不颓其家声。以名斋之名名集，表斯集为斯人所作也，非有意义，而人人因其名以序其文，曰聱，曰不聱，曰聱而不聱，曰不聱而聱，或曰聱于俗，或曰聱于命，累十百言，反复缭绕，而聱之一字不舍置。噫！是岂所以评诗词也哉？然则作者本为明顺之辞而序之，未免颇僻之，见聱者，其谁乎？

所谓"其为逃禅翁之诸孙，文学君之令子，真可谓不颓其家声"，按：扬无咎，一作杨无咎，字补之，自号逃禅老人，清江人，能词。《吴文正公集》卷十七《杨桂芳诗序》云：

> 清江杨桂芳工词赋而善歌诗，诗甚淳美。然桂芳才与年俱盛，非山泽枯槁田野闲旷者，由词赋而歌诗，由歌诗而上达屈骚风雅颂之旨，声其声，实其实，则为子而孝，为臣而忠，政可以官言，可以使诗之为诗，盖如此，岂徒吟咏风花雪月，如今世所谓诗人而已哉？予将有俟于子。

聱斋杨氏当指此人。著有《聱斋集》，有诗，也有词。

缪穆

缪穆（1245—1301），字舜宾，崇仁（今属江西）人。宋度宗咸淳间以能赋中程试第一，知乐安县，以疾归。

元吴澄《临川吴文正集》卷三十六《缪舜宾墓志铭》云：

> 舜宾之诗卓卓不群，乐府长短句、四六骈俪语皆工。家徒四壁立，未尝有戚容，授徒以给。其妻子娶吴氏，继胥氏，男三女一。十二月七日葬故里峦坊之原，附修职君之兆。舜宾名穆，前郡守徐公霖所钖且字之，后自更名无咎。所著诗文及书语谩抄藏于家。铭曰：四科之一，学与文。六极之二，疾与贫。得其一，不免其二。天匪人，已乎舜宾后，千千春，眠此墓门。

知为手稿，其中有词。

郭翀

郭翀（1245—1306），字德基，号梅西，长乐（今属福建）人也。元世祖至元中举遗逸，授兴化路教授，改吴江州守，再迁兴化，未行卒，学者私谥曰纯德先生。著有《梅西先生集》。

其词见载于诗文集中，元揭傒斯《揭文安公全集》卷八《纯德先生梅西集序》云：

> 郑国史钺曰："先生之文流出肺腑，诗有开元、元和风致，长短句妙处逼秦、晏。"今翰林学士承旨程公廉问闽海时，尤相雅爱，亦曰："其谈经明白统贯，不刻凿以为异；其诗若文和平沉深，不琢镂以为工；其为人疏通慷忼，谨简易直，不矫亢，为以高；其为子为父，孝以慈；其与人交，弥久而孚益远，而不可忘。盖先生之质全于天，先生之文粹于学，不求敬而人敬之，不求爱而人爱之，不求知而人知之，不求传而人传之。乌乎！此所以为先生也耶。"皇庆二年夏，先生之子履由太子太傅府长史出知靖州，其行也，集先生之诗若文若干卷，曰《梅西集》，属余序。噫！余能序先生之文耶？然余乐其人，慕其道，好其文，庶几可以托不泯，遂序之。纯德，其门生故友之所谥云。是岁六月朔豫章揭傒斯序。

著有《梅西集》，所谓："诗有开元、元和风致，长短句妙处逼秦、晏。"知集中收有诗词，卷数不详。

仇远

仇远（1247—1326），字仁近，一字仁父，号山村、山村民，钱塘（今浙江杭州）人。宋亡后以逸民自居。元世祖至元中任溧阳儒学教授，改将仕郎，杭州路总管府知事，晚退隐以终。著有《山村集》、《金渊集》、《无弦琴谱》等。

仇氏词集不见明代藏书家著录，《永乐大典》卷2808第11B页自《无弦琴谱》录《早梅芳近》一词。

清以来见于著录的有：

1. 清汪宪《振绮堂书目》卷四"上格"著录有《无弦琴谱》一册。

2. 清瞿世瑛《清吟阁书目》卷一"抄本"著录有《无弦琴谱》，一本。

3. 清陆心源《皕宋楼藏书志》卷一百二十著录有《无弦琴谱》二卷，旧抄本。云："著有《山村遗集》，《四库》著录，此其所作词也。《四库》未收，《千顷堂书目》亦未著录。"

4. 清丁丙《善本书室藏书志》卷四十著录有《无弦琴谱》二卷，明抄本。云：

> 此书卷一词六十一阕附录一阕，卷二词五十八阕附录二阕，湮而复显，真不易得。山村在宋咸淳中，诗与白珽齐名，人称仇、白，而未尝以词称，迨为诗所掩耳。今取而读之，其清丽似中仙，和雅似玉田，在三人之中未为蜂腰。原书湮没已久，嘉庆中孙平叔从《大典》录出，此则明人抄本，晦而复显，真词苑瑰宝也。

除此外，另有《宋金元明十六家词》本，云清抄本，佚名录清劳权校跋，清丁丙跋。其中有《无弦琴谱》二卷。

仇氏词集被刊印有三：

1. 清道光孙尔准刻本《无弦琴谱》二卷，孙氏序云：

> 曩在史馆翻《永乐大典》，见有《无弦琴谱》，不著撰人名字，读其词，清丽和雅，与玉田、中仙、草窗相鼓吹。证以《绝妙好词》、《花草粹编》所载，及贞居、蜕岩和作，知为仇仁近词。仁近名远，一字仁父，自号山村民，所著有《山村集》、《金渊集》、《稗史》、《式古堂书考》、《批注唐百家诗选》。《元史》不传文苑，不志艺文，其姓名著作仅散见于他书，虽存其目，类皆遗佚。惟《金渊集》著录《四库》，其诗皆官溧阳学官时所作，地有投金濑，故取以为名，不收他什。又有《山村遗集》，则项梦昶就所见编次。而《兴观集》者，乃曹倦圃侍郎得仁近手书诗数十篇，倦圃以"兴观"二字题其卷首者也。其书皆掇拾残剩，非仁近之旧。《无弦琴谱》名不经见，而数百年后，出之于弃掷销蚀之馀，独完无阙，光景如新，尤足为艺林瑰宝。尔准录藏箧衍，未尝示人。今年夏，冯云伯太史闻而索观，因与陆莱庄司马校正羼补，喜识真有人，而赏心之不孤也。因述其缘起，以诏来者。时道光九年秋，金匮孙尔准叙。

作于清道光九年（1829），知自《永乐大典》中辑录出。又冯登府跋云：

> 仁父家馀杭溪上之仇山，高文简为作《山村图》，后居虎林白龟池。咸淳间与白湛渊同以诗称。入元，又同应荐为儒官，不达，归老西湖，偕林昉、吴大有、胡件弓辈七人，江山跌宕，以诗酒送年，一时若张翥、张雨、莫维贤皆出其门，著有《兴观》、《山村》诸集，顾其集久佚，见于孟宗宝《洞霄诗集》、《湛渊遗稿》仅数首而已，后人几无复称之者。我朝四库馆开，从《永乐大典》录《金渊集》六卷，项梦昶又辑《遗

集》一卷，而山村诗始显于世。至其词清微要渺，与玉田、草窗为近，流传绝鲜。周密《绝妙好词》、朱彝尊《词综》仅录二首。查为仁、厉鹗从《乐府补题》采《齐天乐》一首，《花草粹编》采《瑶华慢》一首，《补词综》仅载入《生查子》一首，此外诸家都未收录，亦不见于宋元艺文补志，盖无弦琴绝响久矣。金匮尚书孙先生曩于纂修史馆时，从《永乐大典》录得此谱，不著撰人姓氏，证以《观月咏雪》之作，知为山村作，久庋箧衍。道光己丑长夏，命为覆校，爰补蝉词一阕，及伯雨、仲举和作附焉，析为二卷，使宋百馀年遗篇坠简重见于世，非艺林盛事与？因志颠末，窃以附名简尾为幸云。小长芦冯登府。

末据《乐府补题》补《齐天乐·蝉》一词。《无锡西溪余氏负书草堂书目》著录有《无弦琴谱词》二卷，云："八禅公朱句本，一本，宋钱塘仇远山村著，金口孙尔准平叔氏校刊。"知有朱笔批，八禅公俟考。

2. 清丁丙《西泠词萃》本，其中有《无弦琴谱》二卷，清光绪十一年（1885）刻本，所据为清道光孙尔准刊本。见于吴昌绶《宋金元词集见存卷目》附《双照楼续辑宋金元百家词目》著录，又见缪荃孙《目录词小说谱录目》著录，云杭州词本，即指《西泠词萃》本。

3.《彊村丛书》本《无弦琴谱》二卷，朱祖谋据邃雅堂藏抄本刻入，无校记，无跋文。

另有诗文集本，如《四库全书》本《山村遗集》一卷，提要云：

元仇远撰，远所撰《金渊集》皆官溧阳日作，故取投金濑事以为名，所载皆溧阳之诗而他作不预焉。其他作为方凤、牟巘、戴表元等所序者仅散见诸家集中，而诗则久佚。世所传《兴观集》、《山村遗稿》皆后人以墨迹裒刻，非其完本。此本为歙县项梦昶所编，后有梦昶跋，称留意披访，从《珊瑚木难》、《清河书画舫》、《成化杭州府志》、《嘉兴志补》、《上天竺寺志》、《绝妙好词》、《花草粹编》诸书中复得诗词题跋如干首，编排成帙，虽其时《永乐大典》犹庋藏清秘，外间不得而窥。《金渊集》所载，梦昶皆不及录，不足以尽远之著作。然此集之诗皆不作于溧阳，不可并入《金渊集》内，故仍存其书各著于录，以不没远之佚篇。

所据为浙江鲍士恭家藏本，库本附载词五首。按：四库收有《金渊集》，未存有词。

刘因

刘因（1249—1293），字梦吉，号静修。初名骃，字梦骥，号雷溪真隐，又号樵隐，人称静修先生，雄州容城（今属河北）人。元世祖至元十九年（1282）应召入朝，为承德郎、右赞善大夫，后以母病辞归。母死后居丧在家。至元二十八年（1291），复征集贤学士，以疾固辞。卒赠翰林学士，又封容城郡公，谥文靖。著有《静修集》、《樵庵词》等。

刘氏词见载于诗文集中，有元宗文堂刊《静修先生文集》二十二卷，今有《四部丛刊》影印本，卷十五为乐府，存词一卷，凡三十二首。按：《"中央"图书馆善本书目第一次》著录有《竹山词》附元刘因静修先生词及诗。云：

> 《四部丛刊》影印有元刊《静修先生文集》，其中卷十五存乐府词一卷，李谦序云："门生哀集诗文，得数百篇，右辖张公子有笃故旧之义，且哀其无后，将锓木传，需仆为序。"为元文宗至顺庚午（1330）宗文堂刊本。

民国时又有《景宋金元明本词》本《景元本静修先生乐府》一卷，陶湘《叙录》云：

> 湘案：元本《静修集》二十二卷，半叶十三行，行二十一字。有"至顺庚午孟秋宗文堂刊"十字。此其第十五卷也。

清有《四库全书》本《静修集》三十卷，提要云：

元刘因撰，因有《四书集义精要》已著录。其早岁诗文才
情驰骋，既乃自订丁亥诗集五卷，尽取他文焚之。卒后门人
故友裒其轶稿，得《樵庵词集》一卷、遗文六卷、拾遗七卷，
最后杨俊民又得续集二卷，捃拾残剩，一字不遗，其中当必
有因所自焚者一例编辑，未必因本意也。后房山贾彝复增入
附录二卷，合成三十卷，至正中官为刊行，即今所传之本。

为两江总督采进本，所据为元惠宗至正年间刊本，凡三十卷，与《四
部丛刊》影元刊本不同，其中有《樵庵词集》一卷。库本卷六为《樵庵
词》，存二十二首。又卷十八附载有乐府，存词十一首。共计三十
三首。

除别集本外，还有词集单行者，今存抄本词集丛编中收有刘氏词
集的有：

1. 明吴讷辑《唐宋名贤百家词》本，明抄本，梁启超跋。其中有
《静修词》一卷。

2. 《宋元明三十三家词》本，明石村书屋抄本，其中有《静修
词》一卷。

3. 清彭元瑞辑《汲古阁未刻词》本，清光绪抄本，清江标跋。其
中有《樵庵词》一卷。

又见于著录的抄本有：

1. 清黄丕烈《荛圃藏书题识》卷十著录有《竹山词》一卷、《静修
词》一卷，元抄本。黄丕烈跋云：

余藏词本甚富，宋元刻而外，旧抄都蓄焉。此册近从意
香毛公处得之，实枚庵吴君物也，旧题元人抄本，以他书元
人抄本对之，良是。若明抄，不及如是之古拙矣。且《竹山
词》以此为主本，枚庵或尚有原本，元刻集中可勘，向装二
册，姑仍之，读者勿视可耳。嘉庆庚午中秋后七日，复翁识。

作于清嘉庆十五年（1810），知原为吴翌凤藏书，由毛怀处得到此书。

按：毛怀（1753—？），字意香，别署士清、野鹤、铁道人，清吴县（今江苏苏州）人。工书法，善谈谑。著有《南园草堂集》。吴翌凤（1742—1819），字伊仲，号枚庵，一作眉庵，晚号漫叟，别号古欢堂主人，祖籍安徽休宁，侨居吴郡（今江苏苏州）。嘉庆诸生。藏书处为古欢堂、古香楼，多至万卷。勤于抄书，近千百卷，多罕见之书。著有《与稽楼丛稿》、《怀旧集》。

2. 清丁丙《善本书室藏书志》卷四十著录有《静修词》一卷，明抄本。提要云：

> 钱大昕《补元史艺文志》载因所作《樵庵词》一卷，此作《静修词》，凡三十三阕。棉纸蓝格，为明人手抄。梦吉学问渊懿，在元与程雪楼、虞道园抗行。诗尤见重于时，馀事为词，直抒胸臆，皆学养之气，喷薄而出。惟道园可与旗鼓相当，自足俯视馀子矣。

此本后藏江南图书馆，见《江南图书馆善本书目》著录，有《遗山乐府》一卷、《静修词》一卷，明抄本。今藏南京图书馆，《中国古籍善本书目》载《静修词》一卷，云明抄本，清丁丙跋。

3. 张均衡《适园藏书志》卷十六著录有《静修先生词》一卷，旧抄本。云："元刘因撰，因字静修，容城人。后附静修诗廿一首。收藏有'海虞杨仪梦羽图书记'朱文方印、'孙胤伽印'朱文小方印。"录孙氏手跋曰："天启三年季夏六月借许子含元刻文集校过，研北居士孙胤伽识。"按：孙胤伽（1571—1639），字唐卿，一字伏生，号生洲居士。明常熟（今属江苏）人。好异书，藏书多奇本秘籍。著有《艳雪斋集》、《谈觚》、《玉台外史》。又录黄丕烈跋，详前。

此外，见于著录而未言版本的有：

1. 明李廷相《濮阳蒲汀李先生家藏目录》"中间朝东、头柜二层"著录有刘静修等五家词集，三本。

2. 明高儒《百川书志》卷六著录有《樵庵词》。

3. 明董其昌《玄赏斋书目》卷七著录有《静修词》。

4. 清黄虞稷《千顷堂书目》卷三十二著录有《樵庵词》一卷。

5. 清倪灿撰、卢文弨补《补元史艺文志》著录有《樵庵词》一卷。

6. 清朱彝尊《词综》"发凡"著录有《樵庵词》一卷。又卷二十七小传云有《静修集词》一卷。

7. 《御选历代诗馀》卷一百九"词人姓氏"云有《樵庵词》一卷。

5. 清钱大昕《补元史艺文志》卷四著录有《樵庵词》一卷。

8. 清钱曾《也是园藏书目》卷七著录有刘因《静斋（当作修）词》一卷。

9. 清陆漻《佳趣堂书目》著录有《刘静修乐府》一卷。

10. 缪荃孙《目录词小说谱录目》著录有《静修词》一卷。

以上均未言版本，所载当以抄本居多。

晚清有王鹏运四印斋刻《樵庵词》一卷，收入《汇刻宋元三十一家词》中，有况周颐跋云：

> 真挚语见性情，和平语见学养。近阅刘太保《藏春词》，其厚处、大处亦不可及，孰谓词敝于元耶？癸巳上巳，据《御选历代诗馀》、《花草粹编》、《词综》斠知圣道斋旧抄本。并遵《历代诗馀》补《菩萨蛮》、《玉楼春》两阕于后。玉梅词隐并记。

> 补遗二阕，疑非刘词，气格不逮远甚。《菩萨蛮》一阕尤逊。癸巳中秋前四夕，刻成覆斠再记。

知刻于清光绪十九年（1893）。又见叶德辉《叶氏观古堂藏书目》著录。

又有《彊村丛书》本，凡二种，一是据元刊《静修先生文集》本辑《樵庵词》一卷，存词二十二首；一是据元刊《静修先生遗诗》本辑《樵庵乐府》一卷，存词十一首。二者均无校记，无跋文。

程文海

程文海（1249—1318），字钜夫，避元武宗海山讳，以字行，号雪楼，又号远斋，建昌南城（今属江西）人。宋恭宗德祐元年（1275）从叔父西渠官于洪，讲学东湖之上。元世祖至元十三年（1276）随叔父入觐，赐见面，试文字，署翰林院，除应奉文字，升集贤院直学士，擢侍御史，行御史台事。除江南湖北道肃政廉访使，召除翰林学士知制诰。著有《雪楼集》。

程氏词见载于诗文集中，有元时抄本，民国时有《景宋金元明本词》本《景元本雪楼先生乐府》一卷，陶湘《叙录》云：

> 湘案：《雪楼文集》三十卷，其曾孙潜刻。跋曰"誊写始于至正癸卯之春，书市余通父笔也。前十卷刻而复毁，后二十卷写而未刻。洪武辛未春以印本写本并刻于朱氏之肆"云云。是在洪武年锓木，实为至正年写本。每半叶十二行，行二十三字。卷三十第十一叶后半至二十二叶为乐府。

知为元惠宗至正年抄本，明太祖洪武二十四年（1391）据以刊印。

清有《四库全书》本《雪楼集》三十卷，提要云：

> 所著《玉堂集类稿》、《奏议存稿》及诗文杂著，本各自为部，其子大本合辑为四十五卷，门人揭傒斯校正之。此本并作三十卷，乃至正癸卯其曾孙潜所重编，明太祖洪武甲戌诏取其本入秘阁，盖数十年后，已隔异代，犹重为著作典型云。

知原本四十五卷，元至正二十三（1363）裔孙潜重编时，成三十卷，此为两淮马裕家藏本，未言是否刊刻。李好文序（元至正十四年，1277）云："今其存者，内外制词及诸杂文若干篇，诗若干首，乐府若干首，总四十五卷，仲子大本之所录也。"知原四十五卷，有词。库本卷三十附载乐府，存词五十三首。又有《湖北先正遗书》本，是据文津阁《四库全书》本影印。

今存词集丛编中收有程氏词集的有：

1. 清彭元瑞辑《汲古阁未刻词》本，清光绪抄本，清江标跋。其中有《雪楼先生乐府》一卷。按：吴昌绶《宋金元词集见存卷目》附《双照楼续辑宋金元百家词目》著录有《雪楼乐府》一卷，云《汲古未刻词》本。

2. 清江标辑《宋元名家词》本，清光绪二十一年（1895）湖南思贤书局刻本，其中有《雪楼乐府》一卷。

吴澄

吴澄（1249—1333），字幼清，号草庐，抚州崇仁（今属江西）人。元成宗大德末年除江西儒学副提举，武宗至大初为国子监司业，迁翰林学士。泰定元年（1324）为讲官，修英宗实录，诏加资善大夫。卒谥文正，学者称为草庐先生。著有《吴文正集》等。

吴氏词见载于诗文集中，《永乐大典》卷 14381 第 27B 页自吴澄《支言集》录《水调歌头》一首。

清有《四库全书》本《吴文正集》一百卷私录二卷，提要云：

> 是集为其孙当所编，永乐丙戌其五世孙燿所重刊。后有燿跋曰"《支言集》一百卷私录二卷，皆大父县尹公手所编类刊行于世，不幸刻板俱毁于兵火，旧本散落，虽获存者，间亦残缺，迨永乐甲申始克取家藏旧刻本重寿诸梓，篇类卷次悉仍其旧，不敢更改。惟卷首增入年谱、神道碑、行状、国史传以冠之，但旧所缺简，遍求不得完本，今故止将残缺篇题列于各卷之末，以俟补续"云云，则此本乃残缺之馀，非初刻之旧矣。

知诗文集原名《支言集》，凡一百卷，有明成宗永乐二年（1404）刻本，此为浙江孙仰曾家藏本，收入四库时改今名。库本卷九十九元为韵语，存词一卷，凡十一首。

今存词集丛编中收有吴氏词集的有：

1. 《宋元四家词》本，清初抄本，清梁同书、丁丙跋。其中有《吴文正公词》一卷。

2. 《十家词抄》本，清何元锡家抄本，清何元锡校，清丁丙跋。其中有《吴文正公词》一卷。按：清丁丙《善本书室藏书志》卷四十著录有《吴文正公词》一卷，精抄本，何梦华藏书。提要云：

> 幼清深于经术，著述极富。诗文亦闳深巨丽，凌跨一代。此诗馀一卷，仅十三阕，寥寥数简，似非所注意。然根本既富，出笔自殊，颇有因辞见道之意。为何梦华旧藏，有"钱塘何元锡字敬祉号梦华又号蝶隐"朱文大方印。卷尾钤有"钱江何氏梦花馆藏"朱文方印。

所指为《十家词抄》本，盖析出著录者。

3. 《宋金人词》本，清光绪三十四年（1908）缪氏艺风堂抄本，缪荃孙校。其中有《吴文正公词》一卷。

又见于藏家著录的有：

1. 朱彝尊《词综》"发凡"载《草庐词》一卷，又卷二十七小传云有词一卷。

2. 《御选历代诗馀》卷一百九"词人姓氏"云有《草庐词》一卷。

3. 清汪宪《振绮堂书目》卷二"闻·抄本集类杂集并总集·第一格"著录有黄勉仲、陈子微、吴幼青三家词合一册，注云："《演山词》二卷，宋延平黄裳撰；《宁极斋稿》一卷，宋吴陈淳子微撰；《吴文正公词》一卷，元临川吴澄幼青撰，小山堂抄本。"

4. 缪荃孙《艺风藏书再续记》著录有《吴文正公诗馀》一卷，影毛抄本，诸题识云：

> 从汲古阁抄本影写。
>
> 庚申除夕借陆翼皇集本录出《诗馀》一卷，第九十九卷。

　　辛酉新正四日灯下校于金台旅馆。省庵。

　　此毛斧季校本，从文正公集百卷本抄出，若通行四十九

无此词也。百卷本明初刻，颇罕见，癸丑五月小珊。

　　传抄本第七。

此又见缪氏《艺风堂新收书目》著录。缪氏题识作于民国二年
（1913），按：毛扆（1640—1713），字斧季，号省庵，毛晋第五子，为
邑庠生。知是汲古后人毛扆于康熙二十年（1681）自集本卷九十九抄
出。陆翼皇疑指陆贻典（1617—1686），字敕先，号觌庵，常熟人。诸
生。陆氏为毛扆丈人，翁婿二人常共同抄校图书。

　　晚清有王鹏运四印斋刻《草庐词》一卷，收入《宋元三十一家词》
中。此本见叶德辉《叶氏观古堂藏书目》著录，又缪荃孙《目录词小
说谱录目》著录有《吴文正公词》一卷，云《宋元三十一家词》本。
按：《吴文正公词》当指《草庐词》。

胡炳文

　　胡炳文（1250—1333），字仲虎，号云峰，婺源（今属安徽）人。
尝为信州道一书院山长，再调兰溪州学正，不赴。著有《云峰集》。

　　胡氏词见载于诗文集，有《四库全书》本《云峰集》十卷，提
要云：

　　　元胡炳文撰，炳文有《周易本义通释》已著录，据林瀚所
作是集序，其原本盖二十卷，后毁于兵。明成化中，其七世
孙用光、八世孙浚乃掇拾散佚，编为此本，凡杂文七卷，附以
赋四篇、歌词一篇；诗一卷，附以词三首。附录二卷，则本传
行状及赠答题咏诗文也。

知所据已非全本，为两淮马裕家藏本。库本卷八附诗馀三首。

　　近世朱祖谋据明刊《云峰文集》本辑《云峰诗馀》一卷，收入《彊
村丛书》中。存词同库本，无校记，无跋文。

邹次陈

邹次陈（1251—1324），字周弼，一字悦道，宜黄（今属江西）人。宋度宗咸淳十年（1274）进士，中博学宏辞科。入元隐居不仕。著有《遗安集》。

其词见载于诗文集，元吴澄《临川吴文正集》卷十三《遗安集序》云：

> 前进士宜黄邹次陈悦道甫精于时文，少年魁乡贡，成科名，名成而不及仕，隐居讲授，日从事于文。若古近诗，若长短句，若骈俪语，固时文之支绪，其工也宜。馀力间作古文，浸浸逼古之人，盖其才气优裕，义理明习，故文有根柢，非徒长于辞而已。子成大辑其稿，凡十八卷，诸体毕具，森然如武库兵，予为序其首，俾有志于文者观焉。

知《遗安集》中收有词，未言是否刻印。

陈栎

陈栎（1252—1334），字寿翁，号定宇，休宁（今属安徽）人。宋亡，科举废，发愤致力于理学。元仁宗延祐初诏以科举取士，有司强之，试举于乡，不复赴礼部，教授于家。所居堂曰定宇，学者因以定宇先生称之。著有《定宇集》。

陈氏词见载于诗文集，有《四库全书》本《定宇集》十六卷别集一卷，提要云："是集为其族孙嘉基所刊，凡文十五卷、诗及诗馀一卷、别集一卷，则附录序记志状之类。"知所据为刻本，为浙江鲍士恭家藏本。库本卷十六附诗馀，存词十六首。

见于藏家著录的有：

1. 清耿文光《万卷精华楼藏书记》卷一百四十三著录有《定宇集词》，十五首。

2. 缪荃孙《目录词小说谱录目》著录有《定宇诗馀》一卷，传写集本。

以上二家均是据集本析出著录的。

近世朱祖谋据裘杼楼藏抄《陈定宇文集》本析出《定宇诗馀》一卷，刻入《彊村丛书》中，存词同库本。无校记，无跋文。

陆文圭

陆文圭（1252—1336），字子方，人称墙东先生，江阴（今属江苏）人。宋咸淳初以《春秋》中乡选，元仁宗延祐中乡举，以老疾不应征召，卒于家。著有《墙东类稿》。

陈氏词见载于诗文集，有《四库全书》本《墙东类稿》二十卷，提要云：

> 是集本二十卷，世久无传，今从《永乐大典》中搜采遗
> 佚，共得文三百馀篇，诗词六百馀篇，仍依原目，厘为二十
> 卷，虽割裂之馀，重为辑缀，亡失者已多，而据所存者观之，
> 固元初一作者也。

知自《永乐大典》中辑录出，库本卷二十为诗馀，存词二十七首。又有《常州先哲遗书》本《墙东类稿》二十卷补遗一卷，清光绪二十二年（1896）刊，载词卷次与数目同库本。

见于藏家著录的有：王修《诒庄楼书目》卷八著录有《墙东诗馀》一卷，李莼客写本。云："元陆文圭撰，有'李慈铭印'一印并手跋。"按：李慈铭（1830—1894），初名模，字式侯，后改今名，号莼客，晚年自署越缦老人，清会稽（今浙江绍兴）人。光绪六年（1880）进士，官至山西道监察御史。喜藏书，藏书室名越缦堂等，编纂有《越缦堂书目》、《越缦堂读书记》、《越缦堂词录》、《越缦堂日记》等。

晚清有王鹏运四印斋刊《墙东诗馀》一卷，收入《宋元三十一家词》中。此本见叶德辉《叶氏观古堂藏书目》、缪荃孙《目录词小说谱录目》等著录。

另有《三家诗馀》本，清抄本，其中有《墙东诗馀》一卷，藏台湾。

王桂

王桂（1252—1339），字仲芳，号月溪，东阳（今属浙江）人。黄溍岳丈，为丽水主簿，受而不赴。

元黄溍《金华黄先生文集》卷四十《外舅王公墓记》云：

> 公生长宦家，自少亲炙诸老，痛洗绮纨子弟侈靡之习，而刻意于学。为文操笔力就，若不经思，而蔼然有前辈典刑。尤工于歌诗乐府、骈四俪六之语，善楷书，端劲方严，得颜、柳遗法。……至元之五年某月某日，不疾而卒，享年八十有八。有《四书训诂》十卷、诗文杂稿十卷、随笔一卷。

知有集十卷，其中是载有词的，未言版本。

上官璪

上官璪（1253—1330），字伯润，饶州安仁（今属江西）人。

元李存《鄱阳仲公李先生集》卷二十五《上官氏古修墓志铭》云：

> 公幼而端敏，尝读书上饶徐岩，国初科举废□□□颇亦时出奇。又喜为长短句，及常所往来简牍，必新俊脍炙人口。有诗文若干卷行于世。所居室，琴瑟书画，几案间，汇置整整，客至，与清坐煮茶，日竟夜分无倦容，人亦不忍遽舍去。……至顺元年十月十九日卒，生宋宝祐癸丑，享年七十有八。娶冯氏，先卒。子男四人：伸、佐、亿、僎。女一人，适同邑李卓。孙男七人，孙女忍，曾孙二人。公于是年春，尝自为文，预志其墓，及病中，作中秋等词，类旷远于生死无滞碍者。

知善词，有诗文集刊行于世，其中当载有词。

赵孟頫

　　赵孟頫（1254—1322），字子昂，号松雪道人，又号水精宫道人，宋秦王德芳之后，五世祖为孝宗父，赐第湖州，遂为湖州（今属浙江）人。十四岁以父荫补官，宋末为真州司户参军。元世祖至元中以程巨夫荐授兵部郎中，迁集贤直学士，累擢翰林学士承旨。卒追封魏国公，谥文敏。著有《松雪斋集》。

　　赵氏词之手稿清代尚存于世，清卞永誉《书画汇考》卷五十五有《启南翁十二峰图并书赵松雪词卷》，题下注云："纸本长三丈馀，图仿米南宫，笔法墨气，点染湿润，装卷首。"十二词为：净坛峰"迭嶂千重碧"、登龙峰"片月生危岫"、松鹤峰"松鹤堆岚霭"、上升峰"云里高唐观"、朝云峰"绝顶朝云散"、集仙峰"雨过藐汀远"、望霞峰"碧水鸳鸯浴"、栖凤峰"芍药虚投赠"、翠屏峰"碧水澄清黛"、聚鹤峰"鹤信三山远"、望泉峰"晓色飘红豆"、起云峰"袅娜江边柳"。有跋云：

　　　　此松雪翁咏巫山十二峰词也，读之则楚宋风流宛然在目。秋来因雨连绵，偶录此卷，以遣孤兴，并仿米南宫笔意于卷首。时弘治癸丑八月望后六日长洲沈周。行书

　　　　嘉靖己亥冬日有客持此卷来，余展玩不能去手。文敏公之词既得宋人三昧，而石田先生能以涪翁书法书之卷首，又以南宫墨法图之，精神溢于几案，令人醒爽，诚不易得。知者当视为重宝，可也。白阳山人陈道复。行草书，卷尾。

沈氏跋作于明弘治六年（1493），陈氏跋作于明嘉靖十八年（1539），按：沈周（1427—1509），字启南，号石田、白石翁，长洲（今江苏苏州）人。不应科举，善书画，著有《石田集》、《客座新闻》等。陈道复，初名淳，字道复，以字行，改字复甫，号白阳山人，长洲人。诸生。尝从文徵明学书画，著有《白阳集》。赵氏十二词调为《巫山一段云》。明杨慎《升庵集》卷十《跋赵文敏公书巫山词》云：

巫山十二峰在楚蜀之交，余尝过之，行舟迅疾，不及登览。近巫山，王尹于峰端摹得赵松雪石刻小词十二首，以乐府《巫山一段云》按之可歌。古传记称帝之季女曰瑶姬，精魂化草，实为灵芝。宋玉本此以托讽，后世词人转加缘饰，重葩累藻，不越此意。余独爱袁松之语，谓："秀峰叠嶂，奇构异形，林木萧森，离离蔚蔚，乃在霞气之表。仰瞩俯睐，不觉忘返，自所履历，未始有也。山水有灵，亦当警知己于古矣。"寻此语意，使人神游八极而爽然，自失于晔花温莹之外，欲以袁意和赵词，以洗兹丘之黩，未暇也。乃临松雪墨妙一纸，邀曹太狂作图，藏之行笥，为他日游仙兴端云。

此又见明周复俊编《全蜀艺文志》卷二十五"诗馀"，文字略异，未标何氏所言，其中作："近巫山，尹王道于峰端摹得赵松雪词十二首传之，其词集中不载，以乐府《巫山一段》云按之，可歌也。"又末"自失于晔花温莹之外"句后作"暇日因录松雪词，并附袁语于后，以洗名山之诬，而识余未登之慊云。"按：《全蜀艺文志》一作杨慎编。

其词见载于诗文集，元时曾刊刻，《四部丛刊》有影印元至元十六年（1279）吴兴沈氏义塾刊本《松雪斋文集》十卷外集一卷，沈璜跋云：

松雪翁词翰妙天下，片言只字，人辄传玩。公薨几二十年矣，而平生所为诗文犹未镂板。今从公子仲穆求假全集，与友原诚郑君再加校正，凡得赋五、古诗一百八十四、律诗一百五十、绝句一百四十、杂著五、序二十、记十二、碑志廿六、制诰策题批答廿五、赞十、铭一、题跋五、乐府二十，总五百三十四，并公行状、谥文一卷，目录一卷，合为一十二卷，亟锓诸梓，识者得共观焉。至元后己卯良月十日花溪沈璜伯玉书。

卷十末附载有词。按：元邵亨贞《蚁术词选》卷二有《追和赵文敏公旧作十首》，均为小令，序云：

> 客有持文敏公手书所作小词一卷见示者，且求作长短句题于后。公以承平王孙，而婴世变，离黍之悲，有不能忘情者，故深得骚人意度。

检元刊赵氏文集卷十存词二十一首，邵氏和作除《点绛唇》"萼绿仙人"赵氏原作不见外，馀均存，知尚有佚。

民国时又有《景宋金元明本词》本《景元本松雪斋乐府》一卷，陶湘《叙录》云：

> 湘案：至元后己卯，花溪沈璜伯玉刻《松雪斋文集》，卷十末六叶凡乐府二十篇，每半页十二行，行二十二字，学松雪体，写刻绝工。

所据影印的同《丛刊》本。

明时《永乐大典》卷13497第5A页自《松雪斋集》录词二首，即应制《月中仙》、应制《万年欢》。

清有《四库全书》本《松雪斋集》十卷外集一卷，提要云：

> 杨载作孟頫行状，称所著有《松雪斋诗集》，不详卷数。明万历间江元禧所编《松雪斋集》，寥寥数篇，实非足本。惟焦竑《经籍志》载孟頫集十卷，与此本目次相合。而史所称琴原乐原，得律吕不传之妙者，检勘均在其中。外集杂文十九首，亦他本所未载，盖全帙也。

所据为两淮马裕家藏本，库本载词数及卷数同《丛刊》本。

除见载于别集外，其词集多见于析出别行。今存词集丛编中收有其词集的有：

1. 明吴讷辑《唐宋名贤百家词》本，明抄本，梁启超跋。其中有《松雪词》一卷。

2.《宋元名家词》本，明抄本，清毛扆校，唐晏跋。其中有《松雪词》一卷。

3. 清侯文灿《十名家词集》本，清康熙二十八年（1689）亦园刻本。其中有《松雪斋词》一卷。

4. 清汪曰桢编《又次斋词编》本，稿本，其中有《松雪词》一卷补遗一卷，清汪曰桢校并跋。

5. 清汪曰桢编《宋元十家词》本，清又次斋抄本，清汪曰桢校，吴昌绶校。其中有《松雪词》一卷补遗一卷。

6. 清彭元瑞辑《汲古阁未刻词》本，清光绪抄本，清江标跋，其中有《松雪斋词》一卷。

7. 清江标《宋元名家词》本，清光绪二十一年（1895）湖南思贤书局刻本，其中有《松雪斋词》一卷。

以上抄本五种，刻本二种。

赵氏词集见于明代藏家著录的不多，仅见明董其昌《玄赏斋书目》卷七著录有《松雪词》，未言卷数版本。而见于清以来著录不少，计有：

1. 清陆潨《佳趣堂书目》著录有《赵松雪词》一卷。

2. 清钱曾《钱遵王述古堂藏书目录》著录有《松雪词》一卷。

3. 清钱曾《也是园藏书目》卷七著录有《松雪词》一卷。

4. 清朱彝尊《词综》"发凡"著录有《松雪词》一卷，又卷二十七小传云有《松雪词》一卷。

5.《御选历代诗馀》一百九"词人姓氏"云有《松雪词》一卷。

6.《浙江通志》卷二百五十二著录有《松雪词》一卷。

7. 清郑元庆《湖录经籍考》卷五著录有《松雪词》一卷，引邵复孺云："公以承平王孙而婴世变，黍离之悲，有不能情也，故长短句深得骚人意度。"

8. 清耿文光《万卷精华楼藏书记》卷一百四十三著录有《松雪斋集词》二十一首。

9. 吴昌绶《宋金元词集见存卷目》附《双照楼续辑宋金元百家词

目》著录有《松雪斋词》一卷，云：

> 吴兴赵孟頫子昂，附管夫人词，城书室《松雪斋集》本，以《汲古未刻词》本校补。侯本重易次第，与各本皆异，未详所据。

10. 叶德辉《叶氏观古堂藏书目》著录有《松雪翁词》一卷。
11. 缪荃孙《目录词小说谱录目》著录有《松雪词》一卷。
以上多未言版本，所载当以抄本居多。

陈益稷

陈益稷（1254—1329），安南王日烜弟，初为昭国王。元世祖至元中归朝后，封安南国王。久留鄂州，遥授湖广行中书省平章政事。武宗朝累进金紫光禄大夫仪同三司，文宗天历中卒，谥忠懿王。著有《拱北集》。

元程文海《雪楼集》卷二十五《跋安南国王陈平章诗集》云："右平章政事安南国王集一卷，诗二百三十，乐府十，皆至元中归朝后作。皇庆元年入觐间，以视余，始获读之。"作于元仁宗皇庆元年（1312），知诗文集中载有词。按：《元史》多载其归元后事迹，卷十七《世祖本纪》有"以安南国王陈益稷遥授湖广等处，行中书省平章政事，佩虎符，居鄂州"云云。

黎崱

黎崱，字景高，号东山，安南国人。仕其国至侍郎，迁左静海军节度使陈键幕。元世祖至元中入朝，授奉议大夫，居于汉阳。著有《安南志》。

元程文海《雪楼集》卷十五《黎景高诗序安南人》云：

> 予尝读黎君景高《安南志》、《郎官湖记》等作，未始不击节惊叹，去之耿耿，不能忘于心。今复览此编，其五七言

诗森整丰暇，若不经意，而乃得于苦心；长短句秾丽婉至，字字欲与花月争妍，而决非儿女口中语。善夫景高！如安南人斫轮手，圆规而方矩，靡不合乎度；如伶伦管含宫而激商，靡不应乎节。惟其学之审，积之厚，故其发也无不中。然予不独爱其文，复敬其人也。

知诗集中是附载有词的。

曹伯启

曹伯启（1255—1333），字士开，砀山（今属安徽）人。元世祖至元间荐授西台御史，迁刑部侍郎，为御史台侍御史。升福建行省平章政事，改浙江行省，召入为中书平章事。卒赠太师，追封武宁王，谥正宪。著有《汉泉漫稿》。

曹氏词见载于诗文集，元时曾刊刻，《北京图书馆古籍珍本丛刊》有影印至元刊《汉泉曹文贞公诗集》，吴全节跋云：

> 右《汉泉漫稿》，故赠河南左丞曹文贞公所作也。五七言古诗长句、律体、乐府，总若干首，其子江南诸道行御史台管勾复亨什袭成帙，国子生胡益编为十卷，江南诸道行御史台侍御史济南张公、翰林侍讲学士国子祭酒庐陵欧阳公、礼部侍郎赵郡苏公、国子司业太原吕公为叙其端。复亨以余与文贞公有平生之好，故于余言是征。

跋作于元惠宗至元四年（1339），其中卷十有词一卷，存三十五首。

明《永乐大典》卷 14381 第 30B 页自《汉泉集》录词二首，即《鹧鸪天》、《清平乐》。

清有《四库全书》本《曹文贞诗集》十卷后录一卷，提要云：

> 是集一名《汉泉漫稿》，后有至元戊寅吴全节跋，称为其子江南诸道御台管勾复亨所类次，国子生胡益编为十卷。又称有张梦臣、欧阳原功、苏伯修、吕仰实四序，此本皆不载。

　　总目于四序之前又列有御史台咨文太常博士谥议，亦皆有录

　　无书，盖传写佚之。后录一卷，为曹鉴奉敕所撰碑及像赞、

　　祭文、哀词、挽章，而目中提调校刊誊写姓名一条亦未载入，

　　则后人删之也。

知所据为抄本，有缺，为江苏蒋曾莹家藏本。库本卷十为乐府，存词
二十一首。

　　民国有《景刊宋金元明本词》本《景元本汉泉漫稿》一卷，陶湘
《叙录》云：

　　　湘案：曹伯启《汉泉漫稿》元刻大字本，半叶九行，行十

　　五字。此别本亦题"汉泉曹文贞公诗集"，十行，二十字。世

　　所绝无，汲古景模，目为元本之甲，洵称珍秘。文贞，砀山

　　人，曾为常州路总管府推官，后卒于毗陵别第。集中附录挽

　　章，如吴克恭，许士浚、陈显曾、王德元、蒋翰、蒋翰，皆吾

　　常先哲，甘棠蔽芾之爱，桑梓敬恭之遗，六百馀年，荟粹墨

　　缘，尤足重也。癸亥岁除，藏园祭书，见此残帙，因借模乐府一卷上版。

知自元刊《汉泉曹文贞公诗集》卷十析出，所据为毛氏汲古阁景抄元
刊本，为傅增湘藏园藏书。癸亥为民国十二年（1923）。

　　见于藏家著录的有：

　　1. 吴昌绶《宋金元词集见存卷目》附《双照楼续辑宋金元百家词
目》著录有《汉泉乐府》一卷，传抄《汉泉漫稿》本。

　　2. 缪荃孙《目录词小说谱录目》著录有《汉泉词》一卷，传写集
本。按：缪氏有《宋金人词》二十八卷，为清光绪三十四年（1908）缪
氏艺风堂抄本，缪荃孙校，其中有《汉泉词》一卷。

　　近世朱祖谋据钱塘丁氏善本书室藏抄本《汉泉乐府》一卷，刻入
《彊村丛书》中，无校记，无跋文。

谢君植

谢君植，生平不详。

元吴师道《吴礼部文集》卷十六《题谢君植吴立夫诗词后》云：

> 延祐庚申冬，余北上过彭城黄鹤故基，俯汴泗交流，四望青山逶迤，残冬参差，孤城低黯。问戏马台何处，同行吴立夫喜为诗，予因相与诵苏子由《黄楼赋》、文文山《彭城行》，为凄然而罢。后三年之淮东，泊舟京口，遇故人谢君植，饮酣，同上北固多景楼。时云物冥晦，风起浪作，江中来去船千百，远若凝立不动者，望维扬隐隐，凄凉满目。君植善乐府，因举辛稼轩、姜白石旧赋一二阕，悲壮顿挫，使人涕下不自禁，倏忽十年，思二友未即见。一日，阅故纸，得所寄他诗词，联缀成卷，念昔游所欲赋，援笔记此。倘有二友作，必能道余所不能言，感慨激烈，与古人争雄，异时庶几见之。

知为手稿，得见于元仁宗延祐七年（1320）。又卷十一有《答谢君植书》。

范忠

范忠（1256—1325），字子诚，真定（今河北正定）人。为浙东宣尉府掾，辟江浙行省掾，授平江路经历，授湖州路推官，以选能为海道府千户，历知台州、婺源，改福建盐运司同知，元泰定元年（1324）擢浙西金宪。著有《礼殿祭器书》等。

元袁桷《清容居士集》卷三十《金事范君墓志铭》云："凡所为乐府，梓刻以传。"知撰有词，并已刊行于世。

冯华

冯华，字君重，福州闽县（今属福建）人。游太学，尝以漕荐上春官。入元，授南剑州儒学教授，不果行。著有《四书直解》以及诗文集等，藏于家。

元黄溍《黄文献公集》卷八下《冯君墓志铭》云："君平生所著，

有《四书直解》若干卷，文三卷，诗五卷，乐府一卷，藏于家。"知有乐府一卷，为手稿。按：清钱大昕《补元史艺文志》卷四"集部·词曲类"著录有《冯华乐府》一卷。

刘将孙

刘将孙（1257—？），字尚友，号养吾，庐陵（今江西吉安）人。宋末第进士，元仁宗皇庆二年（1313）荐授光泽（一作将乐）主簿，尝为延平教官、临汀书院山长。著有《养吾斋集》。

刘氏词见载于诗文集中，今有《四库全书》本《养吾斋集》三十二卷，提要云："据曾以立序，原集本四十卷，而自明以来罕见藏弄。惟周南瑞《天下同文集》首有将孙序一篇，中录其文一篇，顾嗣立《元诗选》仅载其诗一首，盖亡佚久矣。今据《永乐大典》所载辑为三十二卷，以备文章之一格，亦欧阳修偶思螺蛤之意尔。"知是据《永乐大典》辑录出，库本卷七附载有诗馀，存词二十首。

近世朱祖谋据《永乐大典》本《养吾斋集》辑《养吾斋诗馀》一卷，收入《彊村丛书》中，况周颐跋云：

> 宋刘尚友《养吾斋诗馀》一卷，彊村朱先生依《大典》《养吾斋集》本锲行，凡二十阕。检元凤林书院《草堂诗馀》有刘尚友《忆旧游》论字韵云："正落花时节，憔悴东风，绿满愁痕。悄客梦，惊呼伴侣，断鸿有约，回泊归云。江空共道惆怅，夜雨隔篷闻。尽世外纵横，人间恩怨，细酌重论。　　叹他乡异县，渺旧雨新知，历落情真。匆匆那忍别，料当君思我，我亦思君。人生自非麋鹿，无计久同群。此去重消魂，黄昏细雨人闭门。"此阕《大典》本《养吾斋诗馀》未载。樊榭山民跋《元草堂诗馀》：无名氏选至元、大德间诸人所作，皆南宋遗民也。词多凄恻伤感，不忘故国，而于卷首冠以刘藏春、许鲁斋二家，厥有深意云云。抑余观于刘、许之后，即以信国文公继之，不啻为之揭橥诸人何如人

者。刘尚友诗馀有《摸鱼儿》"己卯元夕"、"甲申客路闻鹃"各一阕。己卯,宋帝丙祥兴二年,是年宋亡。甲申,元世祖至元二十一年,上距宋亡五年,尚友两词,并情文慨慷,骨干近苍。"闻鹃"阕有"少日曾听,摇落壮心"之句,盖虽须溪之子,而身丁国变,已届中年。(略)抗志自高,得力庭训。诗馀二十一阕,无只字涉宦迹。如《踏莎行·闲游》云:"血染红笺,泪题锦句。西湖岂忆相思苦。只应幽梦解重来,梦中不识从何去。"《八声甘州·送春》云:"春还是多情多恨,便不教绿满洛阳宫。只消得无情风雨,断送匆匆。"樊榭所谓凄恻伤感,不忘故国,旨在斯乎。彊村所刻词成,就余商定编目。余谓《养吾斋诗馀》宜绷属须溪词后,不当下侪元人。因略抒己意,为之跋,冀不拂昔贤之意云尔。临桂况周颐。

存词二十首,同库本。

见于藏家著录的有:缪荃孙《目录词小说谱录目》著录有《养吾斋诗馀》一卷,传写集本。

王旭

王旭,字景初,东平(今属山东)人。元世祖至元时在世。家贫力学,教授四方,尝为砀山令。著有《兰轩集》。

王氏词见载于诗文集中,清有《四库全书》本《兰轩集》十六卷,提要云:

> 其诗随意抒写,不屑屑于雕章琢句,而气体超迈,亦复时见性灵。古文多讲学家言,其《井田说》一篇务欲复三代之制,迂阔尤甚,殆全不解事之腐儒。然如记序诸作和平通达,与之坐而谈理,其持论则未尝不醇正,未可废也。其集见于《文渊阁书目》者一部一册,而焦竑《经籍志》则作二十卷,今从《永乐大典》采撷排比,尚可得一十六卷,决非一册所能尽,或一册,"一"字为"十"字之讹欤?

知自《永乐大典》中辑出，库本卷九附载有词，存词二十九首。

近世朱祖谋据《永乐大典》本《兰轩集》辑《兰轩词》一卷，收入《彊村丛书》中，末有跋云：

> 右《兰轩词》一卷，传抄王旭《兰轩集》本。旭，《元史》无传，与王磐、王构俱以文章名，时称三王。其《上许鲁斋书》云："旭布衣穷居，于时事无所好，独尝有志于古，披尘编，扣断简，盖十年于此。"则旭固笃修之士也。考金门诏补三史艺文志，卢文弨补辽金元艺文志集，并二十卷。钱大昕《元史艺文志》则以十六卷著录。卢《志》自注亦云十六卷。余喜收金元人著述，往读《元诗选》，仅见其诗六首，方冀一睹全集，今校此词，虽只鳞片羽，而一斑之窥，差慰凤愿已。抑余重有感者，立言之士，孰不期垂世行远，成不朽之盛业，卒之烟沉雾灭，有文采湮翳之叹。语曰：莫为之后，虽美勿传，岂非鸠缉散亡，大有赖于后之嗜古者哉。沤尹先生辑刻宋元人词集，已成甲乙两编。今又赓续刊布，而以此词属校，爰识数语归之。乙卯秋八月，隘堪居士孙德谦跋。

跋作于民国四年（1915）。按：孙德谦（1869—1935），字受之，一字寿芝，号龙鼎山人，晚号隘堪居士，吴县（今江苏苏州）人。历任东吴大学、交通大学等大学教授。

胡以实

胡以实，里贯及生平不详。

元刘将孙《养吾斋集》卷十一《胡以实诗词序》云：

> 文章之初，惟诗耳。诗之变为乐府，尝笑谈文者鄙诗为文章之小技，以词为巷陌之风流，概不知本末至此。余谓诗入对偶，特近体，不得不尔。发乎情性，浅深疏密，各自极其中之所欲言，若必两两而并，若花红柳绿、江山水石，斤斤为

格律，此岂复有情性哉？至于词，又特以途歌俚下为近情，不知诗词与文同一机轴，果如世俗所云，则天地间诗仅百十对，可以无作，淫哇调笑皆可谱以为宫商，此论未洗诗词无本色。夫谓之文者，其非直致之谓也。天之文为星斗，离离高下，未始纵横如一；水之文为风行，波鳞鳞汹涌，浪浪不相似；声成文谓之音，诗乃文之精者，词又近。自吾家先生教人，始乃有悟者，然或谓好奇，或谓非规矩绳墨，惟作者证之大方而信，对以意称者重于字，字以精炼者过于篇，篇以脉贯者严于法，脱落蹊径而折旋蚁封，狭袖屈伸而舞有馀地，是固未易为不知者道也。诚不意姻亲中有以实诗若词也，凡天趣语难得，以实自证自悟，故一出而高。其远者，矫首发于寥廓；近者，悠然出于情愫。意空尘俗，径解悬合，所谓诗若词之妙，横中而起者，颠倒而出之者，与离而去、推而远者，如堕如吐，如拾而得，了莫之测者，往往有焉，即此能使予骇而敬，况其年之不可几而学之不可既哉？故予于题其集端也，尚深望之。

为诗词混编本，未言卷数及是否刊印。

朱晞颜

朱晞颜，字景渊，长兴（今属浙江）人。历平阳州蒙古掾、长林丞、瑞州监税。著有《瓢泉吟稿》。

朱氏词见于诗文集中，今有《四库全书》本《瓢泉吟稿》五卷，提要云：

> 其集藏书之家罕见著录，惟焦竑《国史经籍志》载有《瓢泉集》四卷，而世无传本，顾嗣立录元诗三百家，亦不及其名。今据《永乐大典》所载抄撮编次，厘为诗二卷、诗馀一卷、文二卷。又牟巘、郑僖原序二首尚存，仍以弁诸卷首。集中所与酬赠者为鲜于枢、揭傒斯、杨载诸人，故耳目熏濡，

具有法度，所作虽边幅稍狭而神理自清。牟巘序所称拟古之作，今具在集中，颇得汉魏遗意，异乎以割剥字句为工。其杂文亦刻意研练，不失绳墨，惟郑僖所赏《曲生》、《菊隐》二传，沿《毛颖》、《革华》之体，自罗文叶嘉以来，已为陈因之窠臼。僖、顾以奇赡许之，殆所谓士俗不可医欤？

知是自《永乐大典》中辑录而成，库本卷三为诗馀，存词四十七首。

又缪荃孙《目录词小说谱录目》著录有《瓢泉诗馀》一卷，传写集本。

近世朱祖谋据章怡田校《瓢泉吟稿》本辑《瓢泉词》一卷，收入《彊村丛书》中，朱祖谋跋云：

> 《瓢泉词》一卷，传抄《瓢泉吟稿》本。《四库提要》考元代有两朱晞颜：其一为作《鲸背吟》者，一字景渊，长兴人，即著此稿者也。卷中原有《浣溪沙》"银海清泉"一调，《菩萨蛮》"乡关散尽"、"芙蓉红落"一调，《柳梢青》、《临江仙》、《蓦山溪》、《苏武慢》各一调，并见宋朱希真《樵歌》。吾友章怡田明经校此词，以为馆臣误录。如《菩萨蛮》之"嵩少参差碧"，《柳梢青》之"洛浦莺花，伊川云水，何时归得"，率非浙人语气。余曩刻《湖州词征》，已依其说，删此七调。今怡田墓已宿草，故附著之。宣统辛酉仲秋之月，朱孝臧跋。

作于民国十年（1921）。存词四十首，无校记。

周伯恭

周伯恭，字晴山，庐陵（今江西吉安）人。周邦彦从孙，行迹不详。著有《埙箎乐府》，又作《吹埙吹箎词稿》。

朱晞颜《瓢泉吟稿》卷五《跋周氏埙箎乐府引》云：

> 旧传唐人《麟角》、《兰畹》、《尊前》、《花间》等集富艳

流丽，动荡心目，其源盖出于王建宫词，而其流则韩渥《香奁》、李义山西昆之馀波也。五季之末，若江南李后主、西川孟蜀王号称雅制，观其忧幽隐恨，触物寓情，亡国之音，哀思极矣。洎宋欧、苏出，而一扫衰世之陋，有不以文章而直得造化之妙者，抑岂轻薄儿、纨绔子游词浪语而为诲淫之具者哉？其后稼轩、清真各立门户，或以清旷为高，或以纤巧为美，正如桑叶食蚕，不知中边之味为如何耳。最晚姜白石尧章以音律之学为宋称首，其遗词缀谱迥出尘俗，真有一洗万古凡马空之气。宋亡以来，音韵绝响，士大夫悉意诗文名理之学，人罕及之。惟遗山《中州》一集近见流播，寥寥逸韵，独出骚馀，非有高情远韵者不能学也。今观庐陵周氏兄弟所赋乐章，则知二公所学又非止老师宿儒、骚人墨客之一二得也。盖其灵襟融会，万吹一律，故能以之前者唱于后者唱喁而不自知，其作之妙，自今词家观之，真江湖一家数也。余尝评伯恭之作，绝类白乐天闲退时卧香山，命小蛮、樊素持衣捉麈，谈谐谑浪，出入闾巷，而其忧时剀切之意，初不为外物少衰也。伯淳则又如杜牧之少日侠游名都，沉酣花柳，时青楼紫曲，雨约云情，更唱迭和，然其千金百斛之费，益不知其所可靳惜也。余谓才、情、韵三事，惟长短之制尤费称停，大抵才胜者失于矜持，情胜者失于刻薄，韵胜者失于虚浮，故前辈有曲中缚不住之诮，信哉言乎！杜子美诗云："美人细意熨贴平，裁缝灭尽针线迹。"吾于周氏之作亦谓此，伯淳其然乎？

知周氏兄弟名伯恭和伯淳，又《瓢泉吟稿》卷三有《水龙吟·简周晴川教授会饮和韵，其兄晴山有〈吹埙吹篪词稿〉》"一春剩雨怪晴"，又《大圣乐·至日与周晴川兄弟会饮》"霜护庭鸳"。知晴山为伯恭，晴川为伯淳。所作《埙篪乐府》未言卷数版本。

周伯淳

周伯淳，字晴川，号玉晨，庐陵（今江西吉安）人。周邦彦从孙，行迹不详，参见"周伯恭"，著有《晴川乐府》。

元程文海《雪楼集》卷二十五《题晴川乐府》云：

> 苏词如诗，秦诗如词，此盖意习所遣，自不觉耳。要之，情吾情，味吾味，虽不必同人，亦不必强人之同。然一往无留，如戴晋人之㖷，则亦安在？其为写中肠也哉！余于近世诸家，惟清真犁然当于心。《晴川乐府》殊有宗风，雨坐空山，试阅一解，便如轻衫骏骑上下五陵、花发莺啼、垂杨拂面时也。起敬，起敬。

未言卷数版本。按《御选历代诗馀》卷一百九"词人姓氏"云："周玉晨，字晴川，邦彦从孙。"

陈深

陈深（1260—1344），字子微，号宁极，又号清全，平江（今属江苏）人。习举子业，宋亡，弃故习，笃志古学，闭门著书。元文宗天历间，天章阁臣以能书荐之，潜匿不出以终。著有《宁极斋稿》。

陈氏词见载于诗文集中，有清《四库全书》本《宁极斋稿》一卷附《慎独叟遗稿》一卷，据提要云云，知所据原为顾嗣立藏书，后为编修汪如藻家所得，库本据以录入，附乐府，存词七首。又有《宋人集乙编》本，存词同库本。

其词集仅见于清以后人著录，今存抄本词集丛编中收有陈氏词集的有：

1.《宋元四家词》本，清初抄本，清梁同书、丁丙跋，其中有《宁极斋乐府》一卷。

2.《十家词抄》本，清何元锡家抄本，清何元锡校，清丁丙跋，其中有《宁极斋乐府》一卷。检丁丙《善本书室藏书志》卷四十著录有《宁极斋乐府》一卷，精抄本，何梦华藏书。云："《四库》著录《宁极斋稿》一卷，此其词也，虽仅七阕，而婉雅安详，篇篇可诵。后附传略一篇，有何元锡白文小方印。"所指当为《十家词抄》本，盖析出著录者。

3.《宋明十六家词》本，清丁氏嘉惠堂抄本，其中有《宁极斋乐府》一卷。

4.《宋金人词》本，清光绪三十四年（1908）缪氏艺风堂抄本，缪荃孙校。其中有《宁极斋乐府》一卷。

5.《彊村丛书》本，朱孝臧编，稿本，其中有《宁极斋乐府》一卷。

见于藏家著录的有：

1. 清汪宪《振绮堂书目》卷二"闻·抄本集类杂集并总集·第一格"著录有：黄勉仲、陈子微、吴幼青三家词合一册，注云："《演山词》二卷，宋延平黄裳撰。《宁极斋稿》一卷，宋吴陈淳子微撰。《吴文正公词》一卷，元临川吴澄幼青撰。小山堂抄本。"

2. 清朱学勤《别本结一庐书目》"抄本"著录有《宁极斋乐府》一卷。

3. 王国维编《大云书库藏书目》卷中著录有：《竹友词》一卷，宋谢薖。《赤诚词》一卷，宋陈真（当为克）。《诚斋乐府》一卷，宋杨万里。《宁极斋乐府》一卷，宋陈深。抄本。原书或属词集丛编中之物。

4. 吴昌绶《宋金元词集见存卷目》附《双照楼续辑宋金元百家词目》著录有《宁极斋乐府》一卷，传抄《宁极斋稿》本。

5. 缪荃孙《目录词小说谱录目》著录有《宁极斋乐府》一卷，传写何梦华藏本。

以上知著录的不少是自别集中析出另行者，近世朱祖谋据钱塘丁氏善本书室藏明抄《宁极斋稿》本辑《宁极斋乐府》一卷，收入《彊村丛书》中。存词七首。无校记，无跋文。

袁易

袁易（1262—1306），字通甫，长洲（今江苏苏州）人。少敏于学，不求仕进。部使者拟荐于朝，谢不应。行中书省署为徽州路石洞书院山长，旋亦罢归。居吴淞、具区之间，筑室名静春，藏书万卷，手自校定。著有《静春堂诗集》。

袁氏词集见于今存词集丛编中收录的有：

1．明吴讷编《唐宋名贤百家词》本，明抄本，梁启超跋，其中有《静春词》一卷。

2．《宋元明三十三家词》本，明石村书屋抄本，其中有《静春词》一卷。

其词集少见藏家著录，见于清以来著录的有：

1．清黄虞稷《千顷堂书目》卷三十二著录有《静春词》一卷。

2．清钱大昕《补元史艺文志》卷四著录有《静春词》一卷。

3．清倪灿撰、卢文弨补《补元史艺文志》著录有《静春词》一卷。

4．清朱彝尊《词综》"发凡"和卷二十九小传云有《静春词》一卷。

5．《御选历代诗馀》卷一百九"词人姓氏"有《静春堂词》一卷。

民国时赵万里据校明抄本辑《静春词》一卷，收入《校辑宋金元人词》中，赵氏题记云：

> 右《静春词》一卷，明以后久佚。康熙间朱彝尊曾见之，录入《词综》者仅二首。今所传知不足斋本《静春集》四卷，盖本八卷而佚其半。黄丕烈旧藏抄本《静春诗集》四卷，八卷之目尚全。与施国祁《礼耕堂丛说》称"张诂庵藏有诗集后四卷之佚目，诗馀目亦在焉"说相似。此本自明抄《四朝名贤词》录出，与黄氏藏本《静春集》卷目全合，盖即录自集

本，非别见他本也，通甫与玉田交善，故词境亦空灵疏秀，与玉田相似。《山中白云》与通甫往还之作凡三首，可互观也。

万里记

《四朝名贤词》即吴讷编《唐宋名贤百家词》，按：张绍仁，字学安，号切庵，又号巽翁，清长洲（今江苏苏州）人。不事科举，专心于藏书和校勘，藏书处有绿筠庐、执经堂、读异斋等。此书为排印本，存词三十首，略有校。

丘世良

丘世良（1269—1337），字子正，钱塘（今浙江杭州）人。元成宗大德中除海盐州教授，历庆元路知事、於潜主簿、江宁县尹，以松江府同知致仕。著有《梯云集》、《随笔》。

元陈旅《安雅堂集》卷十二《丘同知墓志铭》云："为文不事艰险，善为诗，尤善长短句，有《梯云集》六卷、《随笔》二卷。"知诗文集中是收有词的，未言是否刊印。

沈茂寔

沈茂寔（1270—1324），字伯隽，钱塘（今浙江杭州）人。用荐者补录绍兴儒学，改杭儒学录，为石门洞书院长，迁太平儒学正。著有《菊泉乐府》。

元王沂《伊滨集》卷二十三《沈伯隽墓志铭》云："其著述有《古刀尺》、《野人谈录》、《视听录》、《菊泉集》、《姑孰稿》、《菊泉乐府》，藏于家。"知为手稿。

张养浩

张养浩（1270—1329），字希孟，号云庄，又称齐东野人，济南（今属山东）人。为监察御史，拜礼部尚书，参议中书省事。以父老弃官归，寻丁父忧，累召不起。元文宗天历初，关中饥，特拜陕西行台御史中丞，闻命即到官，得疾不起，卒封滨国公，谥文忠。著有《归田类稿》、《江湖长短句》、《云庄乐府》。

张氏词集生前已成集，元刘敏中《中庵先生刘文简公集》卷十六《江湖长短句引》云：

> 声本于言，言本于性情。吟咏性情莫若诗，是以《诗》三百皆被之弦歌，沿袭历久，而乐府之制出焉，则又《诗》之遗音馀韵也。逮宋而大盛，其最擅名者，东坡苏氏，辛稼轩次之，近世元遗山又次之，三家体裁各殊，然并传而不相悖，殆犹四时之气律不同，而其元化之所以斡旋未始不同也。至于有得，惟能者能之。礼部侍郎济南张养浩希孟使江南，往返仅半岁，得乐府百有馀首，辑为一编，目之曰《江湖长短句》，归以示余。余读之，藻丽葩妍，意得神会，横纵卷舒，莫可端倪。其三湘五湖晴阴明晦之态，千岩万壑竞秀争流之状，与夫羁旅之情、观游之兴、怀贤吊古之感隐然动人，视其风致，盖出入于三家之间，可谓能也。昔太史迁南游而文益奇，故知宏才博学，必待山川之胜有以激于中而后肆于外，山川之胜亦必待名章巨笔有以尽其真而后播于远。然则是编之出，固非偶然矣，其永于传，盖无疑。

知《江湖长短句》为一时之作的结集，凡百馀首，未言卷数版本。此集元以后不见著录，知久已失传。按：张养浩《归田类稿自序》云：

> 文章，天下难事，自昔耗精殚神以薪立言而迄泯泯无闻者何可枚数？呜呼！奚作者夥而传之于今者不多见耶？余蚤尝从事焉，筮仕来，益知非易。欲中辍未能，间虽操觚弄翰，第因事寓怀及应酬征索而已，初非有心班古人、甲当世，以图不朽之传也。历年既久，所述浸多，顷退休，家野出而录之，凡得诗、若赋、若文、若乐府九百馀首，岐为四十卷，名曰《归田类稿》，柜而藏之，用示张氏子孙，使知吾家亦有嗜

学勤文墨如仆者，庶因而有所观感兴起，增光其前，讵不愈
于贻货利以愚子孙者乎？恐或者訾其不火而存之，自列其所
以然于编首。

知别集中是收有乐府的，今有《四库全书》本《归田类稿》二十四卷，
提要云："别采《永乐大典》所载，删其重复，补其遗阙，得杂文八十
八首、赋三首、诗四百六十三首，共为五百八十四首，厘为二十四卷，
较之九百原数已及其大半，亦足见其崖略矣。"知是自《永乐大典》中
辑录而成，佚去的颇多，按：库本不见存词。考元人诗文集中"乐府"
类多指词，张养浩有《云庄乐府》，此书多见明代藏家著录，如：

1．晁瑮《晁氏宝文堂书目》著录有《云庄乐府》和《归朝乐府》。

2．朱睦㮮《万卷堂书目》卷一著录有《云庄乐府》一卷。

3．高儒《百川书志》卷六著录有《云庄休居自适小乐府》一卷，
云："元文忠公济南张养浩瀚希孟归休时作也，小令二十七首。"

4．赵琦美《脉望馆书目》著录有《云庄乐府》一本。

5．周弘祖《古今书刻》上编载有《云庄乐府》。

6．黄虞稷《千顷堂书目》卷三十二著录有《云庄休居自适小乐
府》一卷。

以上著录的，有指元曲的，如高儒，黄虞稷也是如此。至于其他，
或是相同的。

虞集

虞集（1272—1348），字伯生，号道园，世称邵庵先生，崇仁（今
属江西）人。元成宗大德初以荐为大都路儒学教授，历国子助教博
士，累官秘书少监、翰林直学士兼国子祭酒。文宗天历中除奎章阁侍
书学士，进侍讲学士。卒赠江西行中书省参知政事，封仁寿郡公，谥
文靖。所著有《道园学古集》、《道园遗稿》、《道园乐府》及《鸣鹤馀
音》等。

虞氏词见载于诗文集中，元以来著录的有：

1. 《北京图书馆古籍珍本丛刊》有影印元至正刊本《道园遗稿》，杨椿序云虞氏孙克用："闻士友间有公诗文，辄手编成帙，如是者累年，积其所得，凡七百馀篇，皆板行二集所无者。遂分类编次，为六卷，附以乐府，曰《道园遗稿》……（金）伯祥亟命锓诸梓。"序作于元惠宗至正十九年（1359），按：卷六存词一卷，凡十七首，其中自《鸣鹤馀音》中采其《苏武慢》十二首、《无俗念》一首。《鸣鹤馀音》前自序云：

> 全真冯尊师，本燕赵书生，游汴，遇异人，得仙学，所赋歌曲高洁雄畅，最传者《苏武慢》廿篇，前十篇道遗世之乐，后十篇论修仙之事。会稽费无隐独善歌之，闻者有凌云之思，无复流连光景者矣。予山居，每登高望远，则与无隐歌而和之，无隐曰："公当为我更作十篇。"居两年，得两篇半，殊未快意也。昭阳协洽之年嘉平之月，长儿之官罗浮，予与客清江赵伯友、临川黄观我、陈可立游、东叔吴文明、平阳李平、幼子翁归，泛舟送之，水涸，转鄱阳湖，上豫章，遇风雪，十五六日不能达三百里。清夜秉烛危坐，高唱二三，夕间得七篇半，每一篇成，无隐即歌之。冯尊师天外有闻，能乘风为我一来听耶？明春舟中又得二篇，并《无俗念》一首，后三年仙游山彭致中取而刊之，与瓢笠高明共一笑之乐也。道园道人虞集翁生记。

昭阳协洽之年嘉平之月，为癸未年腊月，知《鸣鹤馀音》曾于元惠宗至正五年（1346）刊印过。

2. 明《永乐大典》卷 2813 第 17A 页自《道园学古录》录《柳梢青》一首。又卷 14381 第 30B 页自《道园遗稿》录《鹊桥仙》一词。

3. 《四部丛刊》影印明代宗景泰年间覆元刊本《道园学古录》，其中卷四（《在朝稿》）存乐府词七首、卷三十（《归田稿》）存词六首。其门人李本跋云：

　　　本与先生之幼子翁归及同门之友编缉之，得《在朝稿》二
　　　十卷、《应制录》六卷、《归田稿》一十八卷、《方外稿》六
　　　卷，盖先生在朝时为文多不存稿，固已十遗六七；归田之稿
　　　间亦放轶，今特就其所有者而录之，所谓泰山一豪芒也。

跋作于元惠宗至正元年（1341），又欧阳玄序（至正六年）云："太史
夏台刘君伯温蚤岁鼓箧从公成均，及为江右肃政使者，近公寓邑，乃
裒公之文，将传诸梓。"知原为至正六年刻本。

　　4. 清《四库全书》本《道园学古录》五十卷，所据为元刊，为浙
江巡抚采进本。库本卷四附词四首，卷三十附乐府六首。

　　5. 清《四库全书》本《道园遗稿》十六卷，提要云：

　　　元虞集撰，其从孙堪编。盖以补《道园学古录》之遗也，
　　　凡古律诗七百四十一篇，附以乐府，刻于至正十四年。考裒
　　　录集之遗文者，别有《道园类稿》，以校此编，《类稿》所已
　　　载者仅百馀篇，《类稿》所未载者尚五百馀篇。集著作虽富而
　　　散佚亦多，当李本编《学古录》时已有泰山一豪芒之叹，则云
　　　烟变灭者不知凡几，堪续加搜访，辑缀成编，纵未能片楮不
　　　遗，要其名篇隽制挂漏者亦已少矣。

所据为元刊本，为江西巡抚采进。库本卷六为乐府，有跋云：

　　　右《苏武慢》三十二首、《无俗念》一首，全真冯尊师、
　　　道园虞先生所共作也。天瑞昔刊《道园遗稿》，而先生所作已
　　　附于编，然其所谓冯尊师者最传者二十篇，世莫全睹。今复
　　　并类编次，以刻诸梓，庶方外高人便于通览。惟先生道学文
　　　章传著天下，冯尊师仙证异论超迥卓绝，其自有洞源。集行
　　　于世可考见云。时至正二十四年岁次甲辰秋八月二日癸巳，
　　　渤海金天瑞谨识。

作于元惠宗至正二十四年（1364），知曾刊刻。

　　6. 民国时有《景刊宋金元明本词》本《景元本道园乐府》一卷，

《叙录》引缪荃孙跋云：

> 《道园遗稿》元刊本，每半叶十行，行二十字。高五寸四分，宽四寸八分，小黑口，单边。从孙堪辑，于《学古录》、《翰林珠玉》外，得诗七百馀首，编为五卷。乐府一卷，共六卷。吴江金伯祥刻之，其子镠手书，至正十四年五月堪跋。本有杨椿、黄溍两序，此脱。黄荛圃手摹黄溍序，补卷三内二诗后加一跋，原委甚晰。

又陶湘案云：

> 《道园遗稿》卷六为乐府，《鸣鹤馀音》即附其后。半叶十一行，行二十字。伯宛曾据《道园学古录》补辑诸词，彊村刻入丛书。他日得《学古》旧本，可增附也。

知是据元惠宗至正年间刊本影刻。

7.《彊村丛书》本《道园乐府》一卷附《鸣鹤馀音》一卷。吴昌绶跋云：

> 道园乐府无专集，散见《学古录》及《遗稿》，合抄之，得十有八首。原附《鸣鹤馀音》，乃道园与全真冯尊师所作《苏武慢》、《无俗念》诸词。案：《鸣鹤馀音》八卷，仙游山道士彭致中编，《四库存目》未详时代，以朱存理《野航存稿》有跋，疑为明初人。据道园自记，则致中实元人也。《提要》谓："所录多方外之言，不以文字工拙论。而寄托幽旷，亦时有可观。"丰顺丁氏持静带有旧抄全帙。此至正间金天瑞录附道园稿后，即沿其名。凌云翰《柘轩词》所和标题正同，今并仍之。光绪丙午十月二十九日写毕，呈彊村先生审定。昌绶记上。
>
> 丁未冬来京师，假授经所藏《南词》本对校。《南词》中道园作第十二全阙。冯尊师作十二、十三有阙文，误联为一。此本则十七、十八阙百数十字。两本互补，各成完璧。

> 《南词》脱误固多，然藉以证佐，复加勘定，略皆可读。授经
> 又得明顺阳李蓘《黄谷谦谈》，备录道园之作，云出蓥屋令郑
> 达所书石本，小有异同，并校一过。昌绶再记。

所据为吴昌绶自《道园学古集》和《道园遗稿》中辑录出，并有吴氏
校。《鸣鹤馀音》后又附冯尊师《苏武慢》二十首。

8. 吴虞辑《蜀十五家词》本《道园乐府》一卷附《鸣鹤馀音》一
卷，民国排印本。所据同《彊村丛书》本。

后人自文集中析出词另行，见于明抄词集丛编中收录的有：

1. 明吴讷编《唐宋名贤百家词》本，明抄本，梁启超跋，其中有
《鸣鹤馀音》一卷附《遗稿乐府》一卷。

2. 《宋元明三十三家词》本，明石村书屋抄本，其中有《鸣鹤馀
音》一卷。

3. 《宋元明词》（□□卷）本，明抄本，其中有《鸣鹤馀音》
一卷。

此外见于明清人著录的有：

1. 明王道明《笠泽堂书目》著录有《道园乐府》一卷。

2. 明高儒《百川书志》卷六著录有《道园乐府》一卷，云：元雍
虞集伯生著，词止四阕，馀皆《鸣鹤馀音》。

3. 清黄虞稷《千顷堂书目》卷三十二著录有《道园乐府》一卷。

4. 清朱彝尊《词综》"发凡"著录有《道园学古录词》一卷。

5. 《御选历代诗馀》卷一百九"词人姓氏"云有《道园学古录
词》一卷。

6. 清钱大昕《补元史艺文志》卷四著录有《道园乐府》一卷。

7. 清倪灿撰、卢文弨补《补元史艺文志》著录有《道园乐府》
一卷。

8. 吴昌绶《宋金元词集见存卷目》附《双照楼续辑宋金元百家词
目》著录有《道园乐府》一卷，云："明刻《道园学古录》、旧抄《道园
遗稿》汇辑。《鸣鹤馀音》八卷，丰顺丁氏有旧抄本，未见。道园与冯

尊师所作在此卷中，凌柘轩和词见本集。"按：《中国古籍善本书目》载《道园乐府》一卷附一卷，吴昌绶抄本，吴昌绶跋，朱孝臧校并录目。

9. 叶德辉《叶氏观古堂藏书目》著录有《道园乐府》一卷，孙氏古棠书屋刊本。

以上著录的多未言版本，所载当均是自集本中析出，以抄本为主。

另有清李调元辑《函海》本《鸣鹤馀音》一卷，后附冯尊师《苏武慢》二十首。分别有清乾隆、道光、光绪等刻本。

薛昂夫

薛昂夫（1273?—1350），原名薛超吾，字昂夫，回鹘人，其名为蒙古人，其字为汉人。汉姓马，字昂夫，号九皋。其先定居南昌（今属江西）。元成宗大德间以父荫为江西行省令史，先后任太平、池州、建德诸路总管，以秘书监卿致仕。著有《薛昂夫诗集》。

元赵孟頫《松雪斋文集》卷六《薛昂夫诗集序》云："昂夫乃事笔砚，读书属文，学为儒生，发而为诗、乐府，皆激越慷慨，流丽闲婉。"又元周南瑞编《天下同文集》卷十五王德渊《薛昂夫诗集序》云："今观集中诗词，新丽飘逸，如龙驹奋迅，有并驱八骏一日千里之想。"知诗集中是载有词的。

张埜

张埜（1273?—?），埜一作野，字野夫，号古山，邯郸（今属河北）人。曾官翰林修撰。元成宗大德初客居京师，仁宗延祐中曾在京任职。著有《古山集》、《古山乐府》。

张氏词集元时已刊行，李长翁序云：

诗盛于唐，乐府盛于宋，宋诸贤名家不少，独东坡、稼轩杰作，磊落倜傥之气溢出毫端，殊非雕脂镂冰者所可仿佛。

往年仆游京师，古山张公一见，招置馆下，灯窗雪案，披诵公所著乐章，湛然如秋空之不云，烨然如春华之照谷，凄然如猿啼玉涧，昂然如鹤唳青霄，恚然如庖丁鼓刀，翩然如公孙舞剑，千变万态，意高语妙，真可与苏、辛二公齐驱并驾。然其词林根柢实得于西岩先生之嫡传，集五采色丝成一家机轴，持此黼黻皇猷，弥缝衮绣，岂但游戏翰墨而已哉？仆不敢私闷，敬锓诸梓，庶使同志获窥公之一斑云。至治初元中秋日，临川李长翁书于三山之光霁亭。

知刊刻于元世祖至元元年（1264）。今存明清词集丛编中收有张氏词集的有：

一、抄本

1. 明吴讷编《唐宋名贤百家词》本，明抄本，梁启超跋。其中有《古山乐府》二卷。

2. 《宋元明三十三家词》本，明石村书屋抄本，其中有《古山乐府》二卷。

3. 清彭元瑞辑《汲古阁未刻词》本，清光绪抄本，清江标跋，其中有《古山乐府》一卷。按：吴昌绶《宋金元词集见存卷目》附《双照楼续辑宋金元百家词目》著录有《古山乐府》二卷，云《汲古未刻词》本。

4. 《宋金元名家词抄》本，清抄本，其中有《古山乐府》一卷。

5. 《南词》本，董氏诵芬室抄本，吴昌绶、朱孝臧校，其中有《古山乐府》二卷。

二、刊本

1. 清侯文灿编《十名家词集》本，清康熙二十八年（1689）侯氏亦园刻本，其中有《古山乐府》一卷。

2. 清江标辑《宋元名家词》本，清光绪二十一年（1895）湖南思贤书局刻本，其中有《古山乐府》一卷。

3. 《彊村丛书》本《古山乐府》二卷，是据知圣道斋藏明抄本刻入。无校记，无跋文。

又见于明清以来著录的有：

1. 明董其昌《玄赏斋书目》卷七著录有《古山乐府》。

2. 清黄虞稷《千顷堂书目》卷三十二著录有《古山乐府》二卷。

3. 清钱大昕《补元史艺文志》卷四著录有《古山乐府》二卷。

4. 清倪灿撰、卢文弨补《补元史艺文志》著录有《古山乐府》二卷。

5. 清钱曾《也是园藏书目》卷七著录有《古山乐府》一卷。

6. 清朱彝尊《词综》"发凡"云曾见《古山乐府》一卷，而卷三十小传云有《古山乐府》二卷。

7. 《御选历代诗馀》卷一百九"词人姓氏"云有《古山乐府》二卷。

8. 清王闻远《孝慈堂书目》著录有《古山乐府》，云：一卷。李长翁序，合一册，抄，一百二十番。

9. 叶德辉《叶氏观古堂藏书目》著录有《古山乐府》一卷。

以上著录的多未标明版本，所载当以抄本居重。

萨都剌

萨都剌（1274—1345？），字天锡，号直斋，西域回回，一说蒙古人。以世勋镇云代，居于雁门。元泰定四年（1327）中进士，时年五十五岁。入翰林国史院，官至燕南宪司经历。著有《雁门集》等。

萨氏词见载于诗文集中，有元刊本。《文渊阁四库全书补遗》录《雁门集》毛晋跋云："复从获匦王氏得《雁门集》八卷，分体诗四百二十有奇，末附诗馀十有一阕，至正间吴郡于文博为序。"知为元惠宗至正年间刊本。按：《四库全书》有《雁门集》三卷集外诗一卷，提要云：

> 集本八卷，世罕流传，毛晋得别本刊之，并为三卷。后得获匦王氏旧本，乃以此本未载者别为集外诗一卷，而其集复

完。其中《城东观杏花》一诗今载《道园学古录》中，显为误入，则编类亦未甚确。然八卷之本今不可得故，姑仍以此本著录。晋跋又称尚有无题七言八句百首，别为一集，惜其未见。今距晋又百馀载，其存佚益不可知矣。

知毛氏汲古阁藏元刊八卷本入清已不传，四库所据为江苏巡抚采进本，未见存词。按：叶德辉《叶氏观古堂藏书目》著录有《萨天锡诗馀》一卷，云萧氏刊诗集附本。

萨氏词集仅见清以来人的著录，见收于词集丛编中的有：

1. 清侯文灿编《十名家词集》本，清康熙二十八年（1689）侯氏亦园刻本，其中有《天锡词》一卷。

2. 清江标辑《宋元名家词》本，清光绪二十一年（1895）湖南思贤书局刻本，其中有《雁门集》一卷。

3. 清彭元瑞辑《汲古阁未刻词》本，清光绪抄本，清江标跋，其中有《雁门集》一卷。又吴昌绶《宋金元词集见存卷目》附《双照楼续辑宋金元百家词目》著录有《雁门词》一卷，云《汲古未刻词》本。

江嵒

江嵒，字天泽，号古修，晚号陶陶翁，婺源（今属江西）人。宋度宗咸淳七年（1271）进士。元初任晦庵书院山长，累迁兰溪主簿。

元方回《桐江续集》卷三十三《江天泽古修文集序》云：

> 天泽从师不一，自奋科第，平生所为文至多，脱稿，学者辄取去，故回今之所见仅二百馀篇，知州平阳讷怀尝刊置家塾。诗句妥字稳，文言隽味永，中有词，不为艳体。

知文集中有词，曾刊刻，所谓"知州平阳讷怀尝刊置家塾"，当指金讷怀，《桐江续集》卷十六《送金汉臣明府徐辈英赞府还婺源》云："诗外更工长短句，腹中何限古今书。"按：金讷怀，字汉臣，平阳人。世祖至元年间为婺源县尹，又为知州。

王结

王结（1275—1336），字仪伯，定兴（今属河北）人。历事武宗至顺帝，累官翰林学士、中书左丞，卒封太原郡公，谥文忠。著有《王文忠集》。

王氏词见载于诗文集中，《永乐大典》自《王文忠公集》录词二首，即《望江南》（2813/17B，指卷数及页码，下同）和《沁园春》（3005/13A）。

清有《四库全书》本《王文忠集》六卷，提要云：

> 史称结有集十五卷，王圻《续文献通考》所载亦同，今久散佚，惟散见《永乐大典》者，采缀排比，尚得诗一百三十四首、诗馀十三首，编为三卷，又杂文九首为一卷，问答五首为一卷，善俗要义三十三条为一卷，共成六卷。

知自《永乐大典》中辑录出，库本卷三附载有词，存十三首。

近世朱祖谋据韩氏玉雨堂藏抄《王文忠集》本辑《王文忠诗馀》一卷，收入《彊村丛书》中，存词同库本。无校记，无跋文。

廉惇

廉惇（1278?—1340），字公迈，西域畏兀人，祖籍北庭（今新疆吉木萨尔），入中原后占籍大都（今北京）。以父荫入仕，元仁宗延祐中为西蜀四川道肃政廉访使，英宗至治年间为秘书卿、江西参政。卒谥文靖。著有《廉文靖公集》。

廉氏词见载于诗文集中，《永乐大典》卷9765第13 B页自《廉文靖公集》录《水调歌头》一首。其文集今不见存。

杨镇

杨镇，字子仁，自号中斋，严陵（今属浙江）人。尚宋理宗女周汉国公主，官至左领军卫将军驸马都统。元初为江西行省左丞，卒谥端孝。

元王义山《稼村类稿》卷三《跋杨中斋诗词集》云：

> 江西派已远，后来无闻人。许大能诗声，来自浙之滨。奚奴背锦囊，马蹄踏青春。来派江西诗，风月浩无垠。翩翩佳公子，皆绮纨其身。惟君独不然，每恨无书贫。胸中国子监，所积皆轮囷。把酒读君诗，一字一精神。句里带梅香，不涴半点尘。家本住孤山，和靖与卜邻。吾闻诗之天，不在巧与新。纤秾寄淡泊，清峭寓简淳。古律尤崛奇，可与子建亲。此诗实兼之，体具众美纯。载哦长短篇，音节中韶钧。少游词如诗，二者皆逼真。再拜卷锦还，愿言宝所珍。

为诗词混编本，情况不明。

丁直谅

丁直谅，号退斋。行迹不详。著有《退斋集稿》。

元王义山《稼村类稿》卷五《丁退斋诗词集序》云：

> 后山云："子瞻词如诗，少游诗如词。"二先生大手笔也，而犹病于一偏，兼之之难如此。余友丁直谅以所作诗词名《退斋集稿》示余，观其风雅调度，可以谐韶濩，沮金石，虽不敢谓其兼二先生之长，然视他人一偏之长则兼之矣。退之兼人之长而以退名，果退欤？子不云乎："由也，兼人。"故退之，夫"由也，兼人"，而犹待于圣人之退，退斋兼之而自处以退，虽然，难进易退者，君子也。王辅嗣以知进而不知退为愚人，若夫为学之道，则如撑上水船，一篙不可放缓。

按：《稼村类稿》卷三《送丁直谅赴西涧山长》云："西涧元来只是刘，叶公争取过台州。退斋赤手来兴复，上水篙撑急向流。"知丁退斋即丁直谅。

周权

周权（1280？—1330），字衡之，号此山，松阳（今浙江西屏）人。通经史，工诗。尝游京师，以诗贽翰林学士袁桷，桷深重之，荐为馆职，竟报罢。著有《此山集》。

周氏词集见载于诗文集中，有元刊本。民国有影刊本二：

1. 张钧衡辑《择是居丛书》本《此山先生诗集》十卷，民国十五年（1926）吴兴张氏据元至正刊本影刻。其中卷十为乐府，存词一卷，凡三十四首。

2. 《景刊宋金元明本词》本《景元本此山先生乐府》一卷，自元刊《此山先生诗集》卷十析出景刻。陶湘《叙录》云：

> 湘案：括苍周权衡之《此山先生集》第十卷为乐府，卷前题"登仕郎江浙等处儒学副提举陈旅校选，翰林直学士中宪大夫知制诰同修国史欧阳玄批点"。每半叶十一行，行十九字。从元本摹刻，并存其圈点评语。古人批点，但标志精警之处，全文不悉加句读，此犹旧式，非明以来蒙求帖括之比也。

所据同《择是居丛书》本。

近世朱祖谋据元刊《此山先生集》本辑《此山先生乐府》一卷，收入《彊村丛书》中。无校记，无跋文。

乔吉

乔吉（1280—1345），字梦符，号笙鹤翁，又号惺惺道人，太原（今属山西）人。飘泊江湖，寓居杭州。美姿容，善词章，创作杂剧十一种，今存三种。著有《乔梦符乐府》、《惺惺老人乐府》、《文湖州集词》等。

乔氏词罕见，今存集中所收均为散曲，昔人或视同词。如今存《宋元明八家词》九卷，清何元锡家抄本，清丁丙跋，其中有乔吉《文湖州集词》一卷。此略为考之，以备一格。

1. 清黄虞稷《千顷堂书目》卷三十二著录有《乔梦符小令》一卷，号笙鹤翁，又号惺惺道人，太原人。

2. 清朱彝尊《词综》"发凡"著录有《惺惺老人乐府》一卷。

3.《御选历代诗馀》卷一百九"词人姓氏"云有《惺惺道人乐府》一卷。

4. 清蒋汝藻《传书堂善本书目》卷十二著录有《乔梦符乐府》二卷，旧抄本，劳平甫手跋（归张芹伯）。又王国维《传书堂藏善本书志》著录有《乔梦符乐府》二卷，抄本，云："文林郎双门吟隐拜校，厉鹗跋雍正壬子，又雍正三年，劳平甫手跋，咸丰丁巳正月蟫隐文房校本重录，丹铅精舍记，亦平甫手抄，与《小山乐府》同册。"按：张芹伯名张乃熊，张乃熊《莚圃善本书目》卷五上"抄稿本上·名人手抄本"著录有《乔梦符乐府》一卷，云劳覮卿抄校本，一册。

5. 吴昌绶《宋金元词集见存卷目》附《双照楼续辑宋金元百家词目》著录有《惺惺道人乐府》一卷，提要云：

> 太原乔吉梦符，明隆庆丁卯李中麓刊本。《南词》中有《文湖州词》，即梦符小令，比此本少数十阕，传讹已久，后樊榭尝辨之。张、乔二家由词入曲，附元代末以志流别。董抄侨庵、耐轩，丁抄梦庵，皆明初人，不录。

按："董抄侨庵、耐轩"分别指民国董氏诵芬室抄《南词》本李昌祺《侨庵诗馀》和王达《耐轩词》，"丁抄梦庵"指清丁氏嘉惠堂抄《宋明十六家词》本张肯《梦庵词》。今存明李东阳辑《南词》本，抄本，其中有《文湖州词》一卷，署名宋人文同，系误。

张可久

张可久（1280—？），字仲远，号小山，庆元（今属浙江）人。历任绍兴、衢州、婺州路吏，元惠宗至元间任桐庐典吏，至正间为徽州松源监税。著有《张小山小令》、《小山乐府》。

据今存作品，张氏集名"乐府"者，所收有曲，也有词。在不能确认下，一并考之。元李祁《云阳李先生文集》卷十《跋贺元忠遗墨卷后》云：

> 又卷中所书陈大卿文一篇，全述张小山词，因记余在浙省时，领省檄督事昆山，坐驿舍中，张率数吏来谒，一见，问姓名，乃知其为小山也。时年已七十馀，匿其年，为昆山幕僚，遂与坐谈笑，仍数数来驿中语，数日乃别，别时复书其新词十馀首来饯。其词稍雅正，非近世所传妖淫艳丽之比，故余亦颇惜之，今此词亦不复存。感念今昔，忽忽如梦。

知为张氏手书词，凡十馀首。明唐文凤《梧冈集》卷七《跋张小山所书乐府》云：

> 前元全盛之时，海内升平几八十馀祀，人才猬兴，比隆唐宋，休明之运、淳庞之气见于文章，散于篇什，率皆光华俊伟，一扫衰世委靡之习。当时所尚乐府新声，至于文士才子讲治正学之馀，往往嗜好，矢口而成，挥笔而就，于琼筵绮席间度以歌喉，协以声律，亦可谓快意矣。昔之所称者北有关汉卿、马九皋辈，语意雄浑，殊乏纤巧态。南有张小山，自《吴盐集》一出，流传京师，宠书于奎章，脍炙人口，珠玑璀灿，锦襕青红，新奇而工致，艳丽以清腴，论浑厚之气，则有间矣。小山张公聪明过人，博闻广记，推其才，究其所蕴，殆不止于是，惜乎以乐府之名掩其所长。今汪景荣氏购得此卷，乃生平亲洒字画，虽不拘于草法，笔势翩翩，自成一家也。展玩之馀，辄题其末，当永葆之。

知为所书手卷，所载情况不明。

见于著录的抄本有：

1. 清毛扆《汲古阁珍藏秘本书目》著录有精抄《张小山乐府》，云：

> 二本，李中麓家词山曲海，无所不备，独无小山词全本，
> 曾从总集搜集其词，刻而行世。余细校之，此元板，比李刻
> 多一百几十首，真至宝也。三两。

知有元刊本。

2. 清汪宪《振绮堂书目》卷二"闻·抄本集类杂集并总集·第一格"著录有《张小山北曲联乐府》一册，三卷，仿元刊精抄本。

3. 清孙从添《上善堂书目》著录有钱遵王手抄《张小山乐府》一本。

4. 清王闻远《孝慈堂书目》"诗馀"著录有《张小山词》，云：六卷，一册，抄，一百番。

5. 清朱学勤《结一庐书目》卷四著录有《小山乐府》六卷，计二本，旧抄本。又《别本结一庐书目》"抄本"著录有《小山乐府》六卷，一册。

6. 清蒋汝藻《传书堂善本书目》卷十二著录有《新刊张小山北曲联乐府》三卷外集一卷别集一卷，旧抄本，劳平甫手跋（归张芹伯）。又王国维《传书堂藏善本书志》著录有《新刊张小山北曲联乐府》三卷外集一卷别集一卷，抄本，提要云：

> 元张可久撰，冯子振题词，高栻题词。
> 劳平甫手跋，咸丰丙辰九月朔据蟫隐文房校本重录，十月初十日立冬写毕，丹铅精舍记。
> 仁和劳平甫手写本，字迹精雅，并据诸本校正，传世元刊及旧抄本多阙别集，此本有之。末附嘉靖丙寅李开先序二首，则自李中麓所刊张小山小令录入。

按：张乃熊《菦圃善本书目》卷五上"抄稿本上·名人手钞本"著录有《张小山北曲联乐府》三卷外集一卷，劳季言抄校本，一册，袁寒云二跋。附乔梦符乐府一卷，元乔吉甫。张乃熊即张芹伯。

7. 吴昌绶《宋金元词集见存卷目》附《双照楼续辑宋金元百家词

目》著录有《小山北曲联乐府》三卷《外集》一卷《补遗》一卷，仁和
劳氏丹铅精舍抄校本。明嘉靖丙寅（1566）李中麓刊本二卷，不如此
本详备。

8. 李盛铎《木犀轩收藏旧本书目录》著录有《小山乐府》六卷，
旧抄本。又《木犀轩收藏旧本书目》著录有《小山乐府》六卷，旧抄
本，二册一夹板。

9. 王国维《传书堂藏善本书志》著录有《新刊张小山北曲联乐
府》三卷外集一卷，抄校本，提要云：

> 此先大夫藏书，张君菊生所贻，卷末有"厚轩校"三字，
> 乃先大夫手笔，有先大父藏印及荃孙、云轮阁、艺风审定
> 诸印。

10. 张乃熊《菦圃善本书目》卷五上"抄稿本上·名人手钞本"著
录有《张小山北曲联乐府》三卷外集一卷，云：张芙川抄本，三册。程
恩泽义西、孙心青跋，邵渊雄题词，芙川跋。

11. 张乃熊《菦圃善本书目》卷六下"批校本下"著录有《张小山
北曲联乐府》三卷外集一卷，明景元抄本，一册。下卷士礼居抄配。
菦圃二跋，张芙川跋。

12. 《善本书目》著录有《小山乐府》六卷，墨格抄本，前有嘉靖
丙寅李开先序，半页，十行，行二十字。

13. 《善本书目》著录有《小山乐府》，旧抄本。

又见于著录而未言版本的有：

1. 明朱睦㮮《万卷堂书目》卷一著录有《小山乐府》一卷。

2. 清朱彝尊《词综》"发凡"著录有《小山乐府》二卷。

3. 《御选历代诗馀》卷一百九"词人姓氏"云有《小山乐府》
二卷。

4. 《浙江通志》卷二百五十二著录有《小山乐府》二卷。

5. 清陆漻《佳趣堂书目》著录有《张小山乐府》三卷、外集
一卷。

6. 清林佶《天一阁书目》著录有《小山乐府》一本。又舒木鲁氏抄《天一阁书目》著录有《小山乐府》一本，又有《小山词》一本。

以上未言版本，所载当以抄本为主。

宋本

宋本（1281—1334），字诚夫，褧兄，大都（今北京）人。元英宗至治二年（1322）进士第一，授翰林修撰，历官集贤学士、国子祭酒。卒谥正献。著有《至治集》。

元许有壬《至正集》卷三十《宋诚夫文集序》云：

> 延祐己未，赠翰林直学士谥正献宋公诚夫偕其弟显夫始入京，过予陋巷，一见如平生，出所著曰《千树粟》者……既葬，显夫出所为诗文，监察御史上之台，台檄山南宪下所部刻之梓，而俾予叙其端。……幸得显夫为之弟，使其文著于世，传于后，又类所删文。若乐府为别集，片言只字，无所遗逸。显夫可谓能弟，诚夫可谓不死矣。诚夫自选其文，更《千树粟》曰《至治集》，其传不待予叙也。

所谓"若乐府为别集，片言只字无所遗逸"，知词是另成编的，卷数、版本不详。

吴庆熙

吴庆熙（1281—1349），字德明，号樟南山人，抚州金溪（今属江西）人。

元李存《鄱阳仲公李先生集》卷二十四《樟南吴山人墓铭》云：

> 有著述三十馀卷，先正评之曰："文则端削刻厉，无山林枯槁之气；诗则声辨而闳，节幽而适；长短句则辞丽而音婉。"咸以为然。

知有词收于文集中，未言是否刊印过。

洪希文

洪希文（1282—1366），字汝质，号去华山人，莆田（今属福建）人。在乡授徒为业，受聘为郡庠训导。其父有《轩渠集》，希文自名其集曰《续轩渠集》。

洪氏《续轩渠集自序》云：

> 《续轩渠》之作，始于天历戊辰馆于游洋寿峰方氏也。方氏子淑年未志学，予以讲习馀力，覃思于诗，岁顷，得律诗及绝诗、古诗、长短句五百首，方氏子集以示予，予目阅旧稿，时有佳处，亦不可尽谓村舍学堂中语也。因追念先君子晚岁试校游洋，琴书日永，灯火夜阑，翁季谈及此事，翁有《轩渠》卷帙行于世，视予斯作往往窃肖之，然未免有具体而微之嫌。儿子琦执笔侍而言曰："请名以《轩渠续集》，可乎？"予曰：汝大父之学，我弗敢言，今汝之请似也，然续之义谈何易易。

知别集中是载有词的。

清有《四库全书》本《续轩渠集》十卷附录一卷，提要云：

> 元洪希文撰，附录一卷，则其父岩虎诗也。岩虎字德章，号吾圃，莆田人。宋末尝为教谕。希文字汝质，号去华，尝官训导。岩虎诗名《轩渠集》，故希文集以续名，然《轩渠集》断烂不存，故摭其遗诗附于卷末。旧有希文自序，又有至治辛酉、至正壬辰、癸巳林以顺、林以拧、卓器之、南誉等题词，皆在未刻之前，不言原编卷数。嘉靖癸巳，其七世族孙绍兴知府珠，请山阴蔡宗兖刊定，宗兖序称删去一百三十五首，存四百三十五首，编为十卷，附刻一卷，则原集五百七十首也。王凤灵序则称诗二卷，为七律一百九十二首，古诗九十七首，绝句一百首，为数不同，又皆不及其词与杂文。

　　此本凡诗三百六十九首，词三十三首，杂文十八首，与两序
　　所言皆不符，疑传写者又有所刊削也。

所据为明嘉靖刊本，为江苏巡抚采进本，库本卷九为词调，存词三十
三首。

　　见于著录的有：

　　1. 清朱彝尊《词综》"发凡"和卷二十九小传著录有《续轩渠集
词》一卷。

　　2.《御选历代诗馀》卷一百九"词人姓氏"云著词一卷，号《续
轩渠集》。

　　近世朱祖谋据钱塘丁氏善本书室藏抄《续轩渠集》本辑《去华山
人词》一卷，收入《彊村丛书》中，存词十三首，与库本相较，少二十
首。无校记，无跋文。

　　又赵万里辑有《去华山人词》一卷，收入《校辑宋金元人词》中，
提要云：

　　　　此足本《去华山人词》，从江安傅氏校旧抄本《续轩渠
　　集》卷九内录出，四库著录本《如梦令》后脱落二十首，此本
　　俱全。洪氏新刊集本与《彊村丛书》本，并据钱唐丁氏藏抄
　　本校录，与库本殆出一源，故缺佚亦如之。旧抄本半叶八
　　行，行二十字。有郁元礼印，现藏上海涵芬楼，亦元人丁部
　　书中一秘笈也。惜卷中多误字，无他本可校，惟择其舛误显
　　见者正之而已。万里记。

存词三十三首，有民国排印本。

张雨

　　张雨（1283—1350），字伯雨，一字天雨，别号贞居子，自称句曲
外史，钱塘（今浙江杭州）人。年二十馀弃家为道士，居茅山，能诗
词，工书翰。著有《句曲外史集》、《贞居词》。

张氏词见载于诗文集中，元刊不存，今有：

1. 《四库全书》本《句曲外史集》三卷补遗三卷集外诗一卷，提要云：

> 元张雨撰，雨有《元品录》已著录，其平生诗文尝手录成
> 帙，然当时未及刊板，故零缣断素，赏鉴家多传其墨迹，而集
> 则无传。明成化间姚绶始购得其稿，嘉靖甲午陈应符始厘为
> 三卷，校雠付刊，而以刘基所作墓志、姚绶所作小传附之。
> 崇祯中常熟毛晋复取乌程闵元衢所录佚诗为补遗三卷，附以
> 同时酬赠之作，晋又与甥冯武搜得雨集外诗若干首续刻于
> 后，仍以徐世达原序冠于简端者，即此本也。

知是据毛氏汲古阁刊本录入，为浙江鲍士恭家藏本，然此本残佚颇
多，库本卷下存词二首，即《东风第一枝》和《蝶恋花》。

2. 《武林往哲遗著》收有《贞居先生诗集》七卷补遗二卷附录二
卷，为清光绪二十三年（1897）刊本。丁丙跋云：

> 四库著录《句曲外史集》，乃汲古阁本，首三卷陈节斋手
> 编，徐良夫序，末附刘基所撰墓铭、姚绶所作小传，及陈应符
> 跋，补遗三卷，闵康侯、王凯度、康与可辈所寄，又名公投赠
> 诸作附焉。集外诗一卷，毛晋同其甥冯武搜茸而刻也，后有
> 闵元衢二跋、毛晋二跋。其先有诗集五卷本，题吴郡海昌张
> 雨伯雨撰，浙江乡贡进士俭谊类编，桐乡金星轺文瑞楼藏有
> 其书，称为先生俭谊所编，徐达左校正，从吴门旧家传出
> 者。核之毛刻，诗特为多，洵秘册也。黄丕烈士礼居亦藏有
> 是本，而士礼居更藏《贞居先生诗集》六卷词一卷杂文一卷，
> 缀之以跋云"五柳主人以柳大中手抄贞居诗词旧本见示，诗
> 四卷，与此多不合，惟词编次第多同"云。近陆氏皕宋楼藏
> 钱天树跋本云：是本七卷，虽同四库所载之数，然第七卷内
> 诗馀"茅山逢故人"至《跋定武兰亭》九页，半为厉征君樊榭

手补。又有丁龙泓征君硃笔，更所谓赵一清校者，则不知所在矣。要之，贞居诗词编于侄谊者为最先，刻于毛晋者为最早，而世之最先最早者往往不及晚出者之为备。余藏七卷者凡二本：一为瓶花斋吴城所写，各卷后有补遗之作；一为蝶隐盦何元锡藏旧抄本。两本相较，何本更善，疑即与钱跋本相合。因乞罗明经榘校付剞劂，以广汲古之传。罗君更博搜载籍，旁及碑版书画，辑为补遗二卷附录二卷，与犹子立诚详审精确，辅之翼之，立诚固不敢拟之为谊，罗君实今之闵欧馀、冯窦伯也。光绪丁酉夏日钱塘丁丙。

跋作于清光绪二十三年（1897）卷七，知张氏集最早为其侄谊所编，明清以来多据此传抄，然有五卷、六卷、七卷之分，黄丕烈士礼居藏本为六卷，另有词一卷。此本七卷，其中卷七附载有"诗馀"，存词五十一首。

张氏词又有自别集中析出另行者，此类罕见明代藏家著录，今存明抄词集丛编中收有张氏词集的有：

1. 明吴讷编《唐宋名贤百家词》本，明抄本，梁启超跋，其中有《贞居词》一卷。

2.《宋元明三十三家词》本，明石村书屋抄本，其中有《贞居词》一卷，清朱彝尊跋。

清以来其词集多见刻印与传抄，计有：

一、印本

1.《知不足斋丛书》本《贞居词》一卷，厉鹗跋云：

外史词翰高绝，即作乐章，气韵亦自不凡。予爱书之，不计字画之工拙也。乾隆丁巳醉司命之夕，入春八日，风雨萧然，录毕记此。樊榭生厉鹗。

跋作于清乾隆二年（1737），知据厉氏抄本刻入。此本多见藏家著录，如清秦嘉谟《思补精舍书目》、清耿文光《万卷精华楼藏书记》、清庄仲芳《映雪楼藏书目考》、伊其淦《生白斋读书自省记》、缪荃孙《目录词小说谱录目》、叶德辉《叶氏观古堂藏书目》等。

2. 清丁丙辑《西泠词萃》本《贞居词》一卷，清光绪十二年（1886）刊本。此本后有厉鹗跋，当是覆刻《知不足斋丛书》本。此本见吴昌绶《宋金元词集见存卷目》附《双照楼续辑宋金元百家词目》著录，又缪荃孙《目录词小说谱录目》著录有《贞居词》一卷，云杭州词本，即《西泠词萃》本。

3.《彊村丛书》本《贞居词》一卷。是据逐雅堂藏抄本刻入，末又补《东风第一枝》和《柳梢青》二词。无校记，无跋文。

4. 中华书局辑《四部备要》本，民国二十五年（1936）上海中华书局排印本，其中有《贞居词》一卷补遗一卷。

二、抄本

1.《宋金元名家词抄》本，清抄本，其中有《贞居词》一卷。

2.《宋元人词》本，清抄本，其中有《贞居词》一卷。

又见于著录的抄本有：

1. 清范懋柱《天一阁藏书目》卷四之四著录有《贞居词》一卷，绵纸，抄本。

2. 清陆心源《皕宋楼藏书志》卷一百二十著录有《贞居词》一卷，旧抄本。又云："案：天雨字伯雨，句曲人，著有《句曲外史集》，四库著录，此其所作词也。"

3. 清张宗松《清绮斋藏书目》著录有《贞居词》一卷，抄本，一册。

4. 清沈德寿《抱经楼藏书志》卷六十四著录有《贞居词》一卷，明人抄本。又云："案：天雨，字伯雨，句曲人。著有《句曲外史集》，四库著录，此其所词也。"

5. 缪荃孙《艺风藏书续记》卷七著录有《贞居词》一卷，云："旧抄本，元张伯雨撰，首叶有'笛江'二字白文小长印，目录有'古香楼'朱文大圆印、'休宁汪季青家藏书籍'朱文大方印，后有'武原马氏藏书'白文方印。"录有厉氏跋，又章煚二跋云：

　　旧抄《句曲外史贞居词》一卷，世鲜传本，求诸数年不可得。己酉正月下浣，偕辛田赴武林，以舟为寓。雨中闷甚，著屐登吴山，得是本于积书堂主人陶一斋处，系汪季青家藏物，后属鲍氏，最后为马群二楼所获。比年来，马氏储蓄书籍散落茗贾手不少，余曾购得数种，今复得是词，不觉转闷为喜。舟中无事，辄提笔志诸卷首。道光二十有九年岁次己酉孟陬月二十五日，章愫书于舟次。

　　道光己酉正月二十八日，灯下取鲍氏知不足斋本对校，互有异同，一一记出篇什，与鲍本亦多前后参差，然此本系古香楼物，当是国初旧抄，未敢照鲍本窜易，为两存之，并录樊榭先生跋语，此外尚有补遗两阕，俟再补录于后，章愫又记。

跋作于清道光二十九年（1849），知原为汪文柏家藏书，按：汪氏，字季青，号柯庭，一作柯亭，安徽休宁人，居浙江桐乡。汪森弟。清康熙时官东城兵马司指挥，改行人司行人。工诗画，家有古香楼、摛藻堂、拥书楼等，收藏古书法帖名画极多。著有《古香楼吟稿》等。又《中国古籍善本书目》载有《贞居词》一卷，云清初抄本，清章愫校并跋。今藏上海图书馆。

　　6. 缪荃孙《目录词小说谱录目》著录有《贞居词》一卷，旧抄本。

　　7. 《中国古籍善本书目》载有《贞居词》一卷，清抄本，今藏国家图书馆。

三、版本不详者

　　1. 清朱彝尊《词综》"发凡"著录有《贞居词》一卷。

　　2. 《御选历代诗馀》卷一百九"词人姓氏"云有《贞居词》一卷。

　　3. 清陆漻《佳趣堂书目》著录有《张伯雨词》一卷又一部，丁酉。按：丁酉为清康熙五十六年（1717）。

4. 清徐元文《含经堂藏书目》著录有《贞居词》一卷。

5. 清王闻远《孝慈堂书目》著录有《贞居词》一卷。

6. 《浙江通志》卷二百五十二著录有《贞居词》一卷。

7. 清孙星衍《孙氏祠堂书目》卷四著录有《贞居词》一卷。

8. 《今生读作来生用藏书目录》著录有《贞居词》一卷。

以上著录的均未标明版本，所载当以抄本为主。

王国器

王国器（1284—？），字德琏，号云庵，又号筠庵，吴兴（今属浙江）人。赵孟頫婿。

元杨维桢《铁崖古乐府·铁崖先生复古诗集》卷五《香奁集》序云：

> 云间诗社《香奁八题》，无春坊才情者多为题所困，纵有篇什，正如三家村妇学宫妆院体，终带鄙状，可丑也。晚得玉楼子八作，众推为甲，而长短句乐府绝无可拈出者。云庵老先生寄示《踏莎行》八阕，读之惊喜。先生盖松雪翁门倩，今年八十有三矣，而坚强清爽，出语娟丽流便，此殆雪月中神仙人也，谨以付翠儿度腔歌之，又评付龙洲生，附八咏诗后绣梓，以见王孙门中旧时月色，虽阅丧乱，固无恙也。至正丙午春三月初吉，锦窠老人杨维桢叙。

叙作于元惠宗至正二十六年（1366），杨氏诗后附载王氏撰《踏莎行》，凡八首，略有品评。知有手稿，又曾刊刻过。《踏莎行》手稿又见明清人著录，明汪砢玉《汪氏珊瑚网法书题跋》卷十《王云庵书香奁八咏卷》移录八词，附杨维桢诗及序文，又有章琬跋云：

> 香奁有二十题，裁剪浴思，信配，凡四先生。又有和赵八节使廿咏，尤脍炙于粉黛筵中，惜逸去，令琬补，琬何敢？龙州生章琬孟文谨拜手跋。

章琬当为杨氏侍姬。此又见载于清卜永誉《书画汇考》卷十八和倪涛《六艺之一录》卷三百九十二。

清有《知不足斋丛书》本《赵待制遗稿》，后附王国器词一卷，存《菩萨蛮·题黄大痴画卷》和《踏莎行·题破窗风雨为性初征君》二词，后有跋云：

> 右二词见于《铁网珊瑚》，吴兴王国器之作，自题筠庵，其自号也。词致风流潇洒，不愧玉润之对冰清焉，乃今氏名灭没志吴兴者，寂寥无闻，良可慨已。因校仲穆遗稿，书此，附于卷末。己亥谷日，焯跋。

为吴焯跋，作于清康熙五十八年（1719）。按：二词见明赵琦美《赵氏铁网珊瑚》卷十四《黄大痴画卷》和卷十五《王彦强破窗风雨卷》。又吴昌绶《宋金元词集见存卷目》附《双照楼续辑宋金元百家词目》著录有《赵待制词》一卷，云吴兴赵雍仲穆，附王国器词，《知不足斋丛书》《赵待制遗稿》本辑录，以援鹑、振绮二刻校正。

又清郑元庆《湖录经籍考》卷五著录有王德琏词一卷。

民国时周泳先辑《筠庵词》，收入《唐宋金元词钩沉》，周氏题记云：

> 杨维祯《复古诗集》五序《古乐府香奁集》云："筠庵老先生寄示《踏莎行》八阕，读之惊喜。先生盖松雪翁门婿，今年八十有三矣，而坚强清爽，出语娟丽，殆雪月中神仙人也。"按：国器，字德琏，号筠庵，吴兴人，王蒙之父。陶南村《辍耕录》记胡僧杨琏真伽发宋陵事，并有称引。《历代诗余》词人姓氏录称王德琏，字国器，失之。杨维祯序撰于至正丙午，是国器当生于至元二十年也。泳先记。

此书有民国排印本。

李孝光

李孝光（1285—1350），字季和，号五峰狂客，温州乐清（今属浙江）人。少博学，笃志复古，隐居雁荡山五峰下，四方之士远来受学。元惠宗至正七年（1347）以秘书监著作郎召，明年升文林郎、秘书监丞，卒于官。著有《五峰集》、《五峰词》。

李氏词集见于清以来人的著录，计有：

1. 《御选历代诗馀》卷一百九"词人姓氏"云有《五峰词》。

2. 清丁丙《善本书室藏书志》卷四十著录有《五峰词》一卷，劳氏手抄本。提要云：

> 孝光字季和，乐清人，隐居雁荡山五峰下。至正七年诏征隐士，以秘书监著作郎召赴京，进《孝经图说》，顺帝大悦，赐上尊。明年升文林郎、秘书监丞，卒于官。有《五峰词》，即此本也。其词跌宕流利，无绮罗纤秾之态，殆得于山泽间清气者深也。卷首有巽卿小印。

知为清劳格抄本。

3. 清周星诒《传忠堂书目》卷四著录有《五峰词》一卷，一册。又清蒋凤藻《秦汉十印斋藏书目》卷四著录有《五峰词》一卷，旧抄本。按：周、蒋为同年，又为姻亲，周氏书后多归蒋氏。

4. 傅增湘《藏园群书经眼录》卷十九著录有《五峰词》一卷，云：

> 旧写本，十行十八字，钤有"黄丕烈印"、"荛圃"、"平江黄氏图书"、"吴兴包子庄书画金石记"均朱文、"学剑楼"、"包虎臣"、"包伯子"均白文。（端匋斋遗书。丁卯）

知原为端方藏书，丁卯为民国十六年（1927）。又王重民《中国善本书提要》著录有《五峰词》一卷，与《和清真词》同订一册。（《四库总目》卷一百六十七）（北图）提要云：

> 抄本［十行十八字］
>
> 原题："乐清李孝光。"按：《四库全书》收孝光撰《五峰集》十卷，余未见，据《提要》所述，内有乐府若干首，疑即

此词集也。卷末有："黄印丕烈"、"荛圃"、"吴兴包子庄书画
金石记"等印记。

按：包虎臣，初名锟，一作乃锟，字子庄，一作名子庄，字虎臣。清归
安（今浙江湖州）人。诸生。精书画，富藏书。著有《题画诗》。

5.《双宋书斋善本书目》著录有：《道情歌（当作鼓）子词》、《五
峰词》、《梅屋诗馀》、《梅词》，合一本，旧抄本。

晚清有王鹏运四印斋刻《五峰词》一卷，见所刊《宋元三十一家
词》中。此本见缪荃孙《目录词小说谱录目》、叶德辉《叶氏观古堂藏
书目》等著录。

贯云石

贯云石（1286—1324），父名贯格根，因以贯为氏，名小云石，号
酸斋。元仁宗时拜翰林学士、中奉大夫、知制诰同修国史，既又辞疾
还江南，诡姓名，易服色，卖药钱塘市中，人无有识之者。卒谥文
靖。著有《酸斋集》。

元程文海《雪楼集》卷二十五《跋酸斋诗文》云：

> 右诗文一卷，故勋臣楚国武定公之孙酸斋所作。皇庆二
> 年二月，拜翰林侍读学士，与余同僚，因出此稿，余读至《洪
> 弟之永州序》恳款教告，五七言诗、长短句情景沦至，乃叹
> 曰："妙年所诣已如此，况他日所观哉？"君初袭万夫长，政
> 教并行，居顷之，逊其弟以学行见知于上而有令命。余听其
> 言，审其文，盖功名富贵有不足易其乐者，世德之流，讵可
> 涯哉？

知诗文集中是有词的，按：《永乐大典》卷20354第20B页录贯酸斋词
《蝶恋花》一首。

许有壬

许有壬（1287—1364），字可用，汤阴（今属河南）人。元仁宗延

祐二年（1315）进士，累拜监察御史。泰定初为左司员外郎，升左司郎中。惠宗至正六年（1346）召为参知政事，累官集贤殿大学士，阶至光禄大夫。历事七朝，垂五十年。卒谥文忠。著有《至正集》、《圭塘小稿》。

许氏词见载于诗文集中，《永乐大典》自《至正集》录词七首：《浣溪沙》（13824/13B，指卷数与页码，下同）、《满江红》二首和《木兰花慢》三首（14381/31A）、《水调歌头》（14544/20A）、《沁园春》（20353/18A）。

清有《四库全书》本《至正集》八十一卷，提要云：

> 所著《至正集》本一百卷，据其弟有孚《圭塘小稿序》云："门生集录缮写方毕，先生捐馆，犹子太常博士桢忽遭起遣，仓皇之际，轻身南行，书籍弃掷，稿亦俱亡。"是其集自有壬既没，即已沦佚无传。明弘治间其五世孙颙刊行《圭塘小稿》时亦未之见，故叶盛《水东日记》载颙尝言先公《至正集》一百卷，遗失久矣，闻杨少师尝收有副本，就叔简少卿求之，少卿云：书籍在泰和，有无未可知也。此本不知何时复出，而尚阙其十九卷。据黄虞稷《千顷堂书目》所载卷数正同，盖相传只有此本，其即杨士奇家所藏欤？中如笺表传状书简诸体并阙。又有录而失其辞者：诗十一篇，乐府八篇。有孚序又称其论天下事，嘉言谠论，见《至正集》。而此本疏稿实无一篇，则其散佚者亦复不少，然观《元史》本传载有壬于泰定初言特扪德尔之子索南与闻大逆，乞正典刑。平章政事赵世延受祸尤惨，为辨冤复职，及上正始十事诸大端，皆见是集。公移类中亦足窥见崖略，而其论特克什之妹勿令污染宫壶，更人所难言，本传顾未之及，是尤可以补史阙矣。

所据为河南巡抚采进本，已非百卷足本，库本卷七十八至卷八十一为乐府，存词四卷，较百卷本所载已有缺佚。

又许氏《圭塘小稿》中也存有词，许有孚《圭塘小稿序》云：

《至正集》册帙重大，必不能顾，稿亦并亡。使先生平生著述沦没无闻，深可痛惜。然而窃闻军中多具眼者，斯文天相，或遇知音，必不毁弃，苟存全集，未可知也。行橐中止存昔者应酬诸人所谓《圭塘小稿》而有孚为序之本，幸无失坠。力疾编类，得赋四、古诗二十五、歌行十二、律诗四十四、绝句三十五、序十八、记十六、碑志十一、赞五、铭二、辞一、题跋六、文一、长短句六十三，总二百四十三，为一十三卷。酬赠及见寄有孚诗文、赞议、跋铭、传记、长短句，共八十五，为《别集》上，继献可出其先世所收《文过集》并林虑记游诗文共九十三，为《别集》下，而其残编断简，得于倚尖野人家者，为《外集》一卷，继《小稿》后并目录共一十六卷，以示子孙，所谓存十百于一二也。

序作于明太祖洪武二年（1369），知《圭塘小稿》存词六十三首。

清有《四库全书》本《圭塘小稿》十三卷别集二卷续集一卷附录一卷，提要云：

元许有壬撰，其《小稿》为有壬所自辑，至正庚子其弟有孚录而序之，所谓即《至正集》所不具录者也。迨有壬既没，集本散亡，而有孚所携此本独存，因重加编次，得诗文二百四十三首，厘为十三卷，又辑尝寄有孚诗文八十五篇，继献可所收文过集，及林虑记游诗文九十三篇为别集二卷，其残编断简得于倚尖野人家者为外集一卷。有孚复为之序，题屠维作噩二月，乃洪武二年己酉，在元亡之后矣。子孙世藏其书，宣德间复失其外集，成化己丑，其五世孙南康知府颙始校正刊行，而以家乘载志文、祭文及有孚等倡和之作编为续集一卷，附之于末。叶盛《水东日记》曰相台许可用中丞文章表著一时，有盛名，今世所见者可数耳。耿好问言其裔孙颙尚藏文集若干卷，惜乎不得见之，即此本也。其后《至正集》复出于世，而阙佚未全，今以两书校核，虽大略相同，亦互有出入。如《忍经》、《春秋经说》、《成中丞诗》诸序,《雪斋书院》、《龙德宫》、《上清储祥宫》、《河南省左右赞治堂》、《辽山县儒学》诸记,《武昌万寿崇宁宫》、《林州同知孙承事克哷公神道》诸碑,皆《至正集》所无而独见于此本,又别集中长短句,《至正集》未载者亦二十三阕,其他异同详略甚多,以其为有壬手订原本,又经有孚排定,视集本之晚出者较为精详,故并著于录,以备参证焉。

知所据为明刊本,为浙江鲍士恭家藏本。库本《圭塘小稿》卷十三为长短句,存词一卷。又别集卷上附载有长短句,存词二十五首。又有张凤台辑《三怡堂丛书》本《圭塘小稿》,有民国十二年（1923）刊本,存词卷数同库本。

后人自诗文集中析出词别行,今有《宋元名家词》本,明抄本,清毛扆校,唐晏跋,其中有《圭塘集》一卷。清以来见于著录的有:

1．清朱彝尊《词综》"发凡"和卷二十九小传云《圭塘小稿词》一卷。

2．《御选历代诗馀》卷一百九"词人姓氏"云有《圭塘小稿词》一卷。

3．清汪宪《振绮堂书目》卷二"闻·抄本集类杂集并总集·第一格"著录有《圭塘长短句》。

4．清朱学勤《别本结一庐书目》"抄本"著录有《圭塘长短句》一卷。

5．清许宗彦《鉴止水斋藏书目》著录有《圭塘词》一本。

6．吴昌绶《宋金元词集见存卷目》附《双照楼续辑宋金元百家词目》著录有《圭塘长短句》一卷附《圭塘欸乃》一卷,云:转抄《至正集》、《圭塘小稿》及《艺海珠尘》,《圭塘欸乃》汇辑本。

近世朱祖谋据《至正集》本辑《圭塘乐府》四卷,又据吴昌绶自《圭塘小稿》中辑别集一卷,刻入《彊村丛书》中。无校记,无跋文。

张翥

张翥（1287—1368），字仲举，号蜕庵，晋宁（今属山西）人。元惠宗至正初以隐逸荐，为国子助教、国史院编修官，累迁翰林侍讲学士兼祭酒，除学士承旨。著有《蜕岩集》。

张氏词见载于诗文集中，《永乐大典》自《蜕庵集》录词二首：《江城梅花引》（2809/21A，指卷数与页码，下同）和《水龙吟》（2811/20B）。又自《张仲举集》录词二首：《疏影》和《摸鱼儿》（2813/17B、18A）。又录张翥词二首：《南乡子》（540/17A）和《风流子》（2952/9B）。又自《国朝张仲举词》录三首：《八声甘州》（2265/8A）、《江城子》和《定风波》（20353/18A）。

张氏词集罕见明代藏家著录，不过今存明抄本词集丛编中收有其词，计有：

1. 明吴讷编《唐宋名贤百家词》本，明抄本，梁启超跋，其中有《蜕岩词》二卷。

2. 《宋元明词》（□□卷）本，明抄本，其中有《蜕岩词》二卷。

清以来，张氏词集多见于刊印与传抄，计有：

一、印本

1. 《知不足斋丛书》本《蜕岩词》二卷。有跋云：

> 蜕岩，河东人，幼从父官于杭，与贞居子张伯雨俱学于仇山村先生之门，故诗文俱有源本。而词笔亦复俊雅不凡，足继白石、梅溪、草窗、玉田诸公之后。惜山村、伯雨诗集仅存，而词只三数阕，使人有零珠断璧之恨，不若《蜕岩词》二卷一百二十馀首之完好无恙也。是本为予友金君绘卣抄于龚田居侍御家，予从绘卣令子以宁借抄，遂得充几席研玩之娱。侍御所藏异书甚多，生平清介自处，罢官后绝不竿牍当事，贫至食粥。闻其身后书籍大半散佚矣，为之累叹。雍正改元十月二十三日樊榭生厉鹗书。

> 近得张外史《贞居词》一卷，又校定《蜕岩词》讹字，消
> 遣馀春，殊不冷落。鹗。

所据为厉氏抄本。按：龚翔麟（1658—1733），字天石，号蘅圃，晚号田居，仁和（今浙江杭州）人。康熙二十年（1681）副贡生，累官迁御史，有直声。工词，为浙西六家之一。家富藏书，藏书处名玉玲珑阁。著有《田居诗稿》、《红藕庄词》。金志章，初名士奇，字绘卣，号江声，钱塘（今浙江杭州）人。雍正元年（1723）举人，由内阁中书迁侍读，出为直隶口北道。曾馆龚翔麟家，尽读所藏之书。著有《江声草堂诗集》。知金氏自龚氏家传抄，龚氏又据金氏抄本转抄，并有校。此本多见藏家著录，如清卢址《抱经楼藏书记》、清秦嘉谟《思补精舍书目》、清佚名《小万卷楼书目》、《今生读作来生用藏书目录》、清耿文光《万卷精华楼藏书记》、清沈德寿《抱经楼藏书志》、清庄仲芳《映雪楼藏书目考》、叶德辉《叶氏观古堂藏书目》、缪荃孙《目录词小说谱录目》等。

2.《彊村丛书》本《蜕岩词》二卷，据《知不足斋丛书》本，校以汪季青、金绘卣二抄本。

3. 中华书局辑《四部备要》本，民国二十五年（1936）上海中华书局排印本，其中有《蜕岩词》二卷。

二、抄本

清有《四库全书》本《蜕岩词》二卷，提要云：

> 元张翥撰，翥有《蜕庵诗集》已著录。此编附载诗集之后而自为卷帙。案：《元史》翥本传称翥长于诗，其近体长短句尤工，殁后无子，其遗稿不传，传者有乐府律诗仅三卷。则在当日即与诗合为一编，然云三卷，与今本不合。考诗集前有僧来复序，称至正丙午僧大杼选刻其遗稿，又有僧宗泐跋，作于洪武丁巳，仍称将刊板以行世，是大杼之编次在至正二十六年，其刊板则在洪武六年，而宋濂等修《元史》则在洪武二年，未及见此足本，故据其别传之本与诗共称三卷

也。来复序题《蜕庵诗集》，宗泐跋亦称右潞国张公诗集若干卷，均无一字及词。然宗泐称大杼取其遗稿归江南，选得九百首，今诗实七百六十七首，合以词一百三十三首，乃足九百之数，则其词亦大杼之所编，特传写者或附诗集，或析出别行耳。耆年八十二乃卒，上犹及见仇远，传其诗法；下犹及与倪瓒、张羽、顾阿瑛、郯九韶、危素诸人，与之唱和。以一身历元之盛衰，故其诗多忧时伤乱之作。其词乃婉丽风流，有南宋旧格。其《沁园春》题下注曰：读白太素《天籁词》，戏用韵效其体。盖白璞（当作樸）所宗者多东坡、稼轩之变调，耆所宗者犹白石、梦窗之馀音，门径不同，故其言如是也。又《春从天上来》题下注曰：广陵冬夜与松云子论五音二变十二调，且品箫以定之，清浊高下，还相为宫，犁然律吕之均、雅俗之正，则其于倚声之学，讲之深矣。

知为诗词合编本，而词独自成卷，附于诗集后。此为两淮盐政采进本，当为明刊本。今有《四部丛刊续编》影印明刊本《蜕庵诗》四卷、《四库全书》本《蜕庵集》五卷等，均未见载有词，盖词已剥离单行了。又《钦定续通志》卷一百六十三据文渊阁著录《蜕岩词》二卷，清《续文献通考》卷一九八著录有《蜕岩词》二卷。二家著录的当同库本。

又见于著录的抄本有：

1. 清曹寅《楝亭书目》卷四著录有《蜕岩集》，云："抄本，二卷，一册。"检傅增湘《藏园群书经眼录》卷十九著录有《蜕岩词》二卷。云清初写本，十二行二十四字。钤有"楝亭曹氏藏书"、"董斋考查印"二印。（德化李氏旧藏。癸未）知原为清曹寅楝亭藏书，后为德化李盛铎所得，癸未为民国三十二年（1943）。当指此本。

2. 徐秉义《培林堂书目》著录有《蜕岩词》三卷，抄，一册。

3. 清卢址《抱经楼书目》著录有《蜕岩词》，一本。又卢氏《抱经楼藏书记》卷十二著录有《蜕岩词》二卷，一本，抄本。按：刘承干

《嘉业藏书楼抄本书目》著录有《蜕岩词》二卷，摘藻堂乌丝抄本，二册，抱经楼旧藏。又吴格整理《嘉业堂藏书志》著录有《蜕岩词》二卷，云汪氏摘藻堂抄本，录缪荃孙、吴昌绶撰提要如下：

> 元张翥撰。翥字仲举，晋宁人，至元初用隐逸荐召，为国子助教，分教上都。寻退居淮东，修宋、辽、金三史，起翰林国史院编修官，累迁翰林学士承旨，致仕，加河南行省平章政事，给俸终身，事迹具《元史》本传。仲举长于诗，长短句尤工，殁后无子。至正间僧大杼选其遗稿，于洪武间刻之。词即附于诗后，凡百三十余首。此词二卷，盖即由原本析出单行者。抄本甚工，有"摘藻堂藏书印"白文方印、"休宁汪季青家藏书籍"朱文方印、"平阳季子收藏图书"朱文方印、"四明卢氏抱经楼藏书印"白文方印。（缪稿）

> 洪武仅刻《蜕岩诗》，鲍氏以文始将词刻入《知不足斋丛书》，此摘藻堂抄本，有"摘藻堂藏书印"印、方白文。"平阳季子收藏图书"、方朱印。"休宁汪季青家藏书籍"方朱印。诸记。（吴稿）

按：汪文柏，字季青，号柯庭，一作柯亭，安徽休宁人，居浙江桐乡。汪森弟。清康熙时官东城兵马司指挥，改行人司行人。工诗画，家有古香楼、摘藻堂、拥书楼等，收藏古书法帖名画极多。著有《古香楼吟稿》等。又《中国古籍善本书目》载有《蜕岩词》二卷，云清汪氏摘藻堂抄本，藏国家图书馆。

4. 清王闻远《孝慈堂书目》著录有《张蜕庵词》二卷，一册，抄，白二十九番。

5. 清陆心源《皕宋楼藏书志》卷一百二十著录有《蜕岩词》二卷，旧抄本。

6. 王国维编《大云书库藏书目》卷中著录有《蜕岩词》二卷，抄本。按：王国维《观堂别集》之《跋蜕岩词》云：

> 《蜕岩词》二卷，厉樊榭先生校本，长塘鲍氏刻入《知不
> 足斋丛书》。此乾隆间旧抄，亦从鲍出，所缺字略同。唯上卷
> 《南浦》词自注："舣舟南浦，因赋题。"鲍刻漏"赋题"二
> 字，知从抄本出，不从刻本出矣。宣统改元闰二月，取鲍刻
> 校勘一过，并录厉跋，因记于后。

跋作于清宣统元年（1909），为乾隆抄本，校以《知不足斋丛书》本。

7. 吴昌绶《宋金元词集见存卷目》附《双照楼续辑宋金元百家词
目》著录有《蜕岩词》二卷，海丰吴氏旧抄《蜕岩集》本，《知不足斋
丛书》本校补。

8.《江南图书馆善本书目》著录有《蜕岩诗》五卷《蜕岩词》二
卷，旧抄本。

9. 傅增湘《藏园群书经眼录》卷十九著录有《蜕岩词》二卷，清
初写本。有厉鹗、张鸣珂跋，录后者如下：

> 光绪乙巳冬十月，从谢蓉征许借得是册，出鲍刻知不足
> 斋本对斟一过，互有得失。附录小签，黏诸眉间，以俟博雅
> 者审定焉。秋泾七十七老人张鸣珂记于邃学庐。（苏估柳蓉村
> 送阅。）

光绪乙巳为清光绪三十一年（1905）。按：张鸣珂（1829—1909），字
玉珊，改字公束，晚号寒松老人，窳翁，浙江嘉兴人。清咸丰十一年
（1861）拔贡，同治时知新建县。致仕后寓居江苏苏州，致力于书画
创作和藏书，藏书处名寒松阁，编撰有《寒松阁书目》、《寒松阁行箧
书目》，著有《寒松阁文集》、《寒松阁诗集》、《寒松阁词》、《寒松阁
谈艺琐录》等。柳蓉春（？—1924），号蓉村，洞庭东山（今江苏苏
州）人。书商，在苏州、上海开设博古斋，刻印古籍。

10.《中国古籍善本书目》载有《蜕岩词》二卷，清初抄本，藏北
京大学图书馆。

三、版本不详者

1. 清黄虞稷《千顷堂书目》卷三十二著录有《蜕岩乐府》三卷。

2．清钱大昕《补元史艺文志》卷四著录有《蜕岩乐府》三卷。

3．清倪灿撰、卢文弨补《补元史艺文志》著录有《蜕岩乐府》三卷。

4．清朱彝尊《竹垞行笈书目》"人字号"著录有《张仲举词》一本。

5．清朱彝尊《词综》"发凡"著录有《蜕岩词》二卷，又卷二十九小传云《蜕岩乐府》三卷。

6．《御选历代诗馀》卷一百九"词人姓氏"云有《蜕岩乐府》三卷。

7．清陆漻《佳趣堂书目》著录有《蜕岩词》二卷。

8．清赵昱《小山堂藏书目录备览》著录有《蜕岩乐府》，云：张翥，《元史》本传云："其传者有律诗、乐府，仅三卷。"

9．清孙星衍《孙氏祠堂书目》卷四著录有《蜕岩词》二卷。

10．清黄澄量《五桂楼书目》卷四著录有《蜕岩词》一卷。

11．清姚燮《大梅山馆藏书目》卷十一著录有《蜕岩词》二卷。

12．伊其淦《生白斋读书自省记》著录有《蜕岩词》二卷。

以上著录均未言版本，所载当以抄本为主。

项一鹗

项一鹗，字宏甫，号嘉善，又称临清居士。行迹待考。

元徐明善《芳谷集》卷下"题跋"《项廷实编曾祖诗词》云：

> 临清居士有诗名，江湖名胜，时偕俊髦，遍与之游。尝记明善七岁时，山房许先生来访居士，走价呼使拜许公，公以"乾坤万里眼"为题，索二十字，明善缀其左云："织翠见高轩，不愁书眼昏。一亭共临观，万里豁乾坤。"许公大称赏之。诗云："双眸万里乾坤豁，五字殷勤当赠言。击瓮未妨颂司马，垂髫遮莫赋高轩。"居士喜甚，赐以纸笔，今六十年矣。居士与许公久为飞仙，旧赋诗处，轩亭亦非昔，甚可慨

也。居士曾孙林辑居士诗集，得四十首，盖林之生也后，又
当变革散落之馀，所得止此，而泣砚之意惓惓然。居士名一
鶚，字宏甫，又号嘉善。既嗜善，又乐人之善，貌古而韵和，
魁然长者也。林亹亹经术，进未可量。嘉善之报，其在
兹乎？

所谓"居士曾孙林辑居士诗集，得四十首"，为诗词混编，未言卷数
版本。

赵雍

赵雍（1290？—？），字仲穆，号山斋，湖州（今属浙江）人。赵
孟頫次子。以父荫入仕，元泰定中授海州知州，惠宗至正年间除集贤
待制、湖州路总管。著有《赵待制遗稿》。

赵氏词混编于诗中，生前已是如此。今有《知不足斋丛书》本《赵
待制遗稿》一卷，为诗词混编，存词十七首。书末有作者题识云：

延祐六年春正月寄呈德琏姊丈一观，冀改抹，幸甚。书
于大都咸宜里之寓舍，赵雍。

作于元仁宗延祐六年（1319），为赵氏手书，德琏姊丈指王国器，赵氏
集后附王氏词二首，参见前文相关条目。又有跋三则，录如下：

赵待制风流习尚不减魏公，而诗文不传，间见于卷轴间，
不过单辞数言而止，未有若此卷之富者。楷行间作，转益妍
美。后云书寄德琏姊丈，盖魏公长倩王国器也。国器长于今
乐府，杨铁崖亟称之，故此卷所书乐府为多，岂亦因其所好
耶？余从乌程王天雨借观，遂题其后。是岁正德己卯五月既
望，微明题。

赵仲穆书克绍松雪家学，时能乱真。此卷尾非署名，及
与姊丈德琏云云，殆以乃翁目之矣。所书凡卅五首，而艳词

特多，或偶兴尔。闲如少恨凭阑干《水调歌头》二阕并古诗二篇，思归一律，颇以孤忠自许，纷华是薄，而兴亡骨肉之感默寓其中。意其父子之仕，当时亦容有不得已者，良可悲已。吴兴太峰茅君携示此卷，实出乌镇王少白氏，太峰之于少白，亦犹仲穆之于德琏者，是宜与共，何嫌也。仲穆书法之善，衡山公论之已详，予复何赘？辛酉春吴郡许初题于茅君舟次。

赵待制诗词流传希少，前年偶得此墨迹横卷，以校顾氏秀野堂《元百家诗》，则正从此卷采获，但其诗尚有遗者，而词更有所不暇及也。余因并付开雕，以志区区嗜古之癖。其前后次第胥仍旧云。乾隆七年八月援鹑居士书。

其一为文徵明跋，作于明武宗正德十四年（1519）。其二为许初，作于明世宗嘉靖四十年（1561）。文徵明是从乌程王天雨借观，许初所见实出乌镇王少白，王天雨或即王少白。按：许初，字复初，明吴县人。以贡授教职，书法师二王，尤工篆籀，累官汉阳通判。其三为援鹑居士，作于清乾隆七年（1742）。按：姚范（1702—1771），字南青，号姜坞。安徽桐城人。乾隆七年进士，官编修。著有《援鹑堂诗集》、《文集》等，援鹑居士或为此人。

缪荃孙《目录词小说谱录目》著录有《赵待制遗稿》一卷，振绮堂影元刊本。知赵氏手卷元时已刊印，其中有词。

《四库全书总目》著录有《赵仲穆遗稿》一卷，提要云：

旧本题元赵雍撰，雍字仲穆，孟頫子也。官至集贤待制，同知湖州路总管府事。是集凡诗十七首，词十七首，卷末题延祐元年春正月寄呈德琏姊丈，后有文徵明跋，称此卷行楷兼作，转益妍美，从乌程王天羽借观，因题其后。盖从墨迹抄出者，诗词皆浅弱，如所谓"坐对荷花三两朵，红衣落尽秋风生"者，殊不多得。徵明跋又云德琏，孟頫婿王国器也，长

　　于乐府，杨铁崖亟称之云云。疑好事者依托雍作，并假借国

　　器名也。顾嗣立《元诗选》已附录其父孟頫诗末，今姑存其

　　目焉。

知所据为抄本，为两淮马裕家藏本，库本未收此书。

　　后人自赵氏集中析出词另行，见于抄本词集丛编中的有：

　　1. 清汪曰桢编《又次斋词编》本，稿本，其中有《赵待制词》一卷。

　　2. 清汪曰桢编《宋元十家词》本，清又次斋抄本，汪曰桢校，吴昌绶校，其中有《赵待制词》一卷。

　　3.《宋元八家词》本，清抄本，其中有《待制词》一卷。

　　4.《宋元人词》本，清抄本，其中有《待制词》一卷。

　　5.《宋金人词》本，清光绪三十四年（1908）缪氏艺风堂抄本，缪荃孙校，其中有《赵待制遗稿》一卷。

　　又见于藏家著录的有：

　　1. 清陆漻《佳趣堂书目》著录有《赵仲穆词》一卷。

　　2. 吴昌绶《宋金元词集见存卷目》附《双照楼续辑宋金元百家词目》著录有《赵待制词》一卷，吴兴赵雍仲穆，附王国器词，《知不足斋丛书》《赵待制遗稿》本辑录，以援鹑、振绮二刻校正。

　　近世朱祖谋据《知不足斋丛书》本刻入《彊村丛书》中，成《赵待制词》一卷。无校记，无跋文。

韩梦臣

　　韩梦臣（1291—1352），字希说，号梅雪，盱江（今属江西）人。由乡校推择为吏，试永新、安成，从事庐陵。

　　元李祁《云阳李先生文集》卷八《韩希说墓志铭》云："又闻君博通经史子籍百氏，好校雠古书，为文章，尤善乐府，有集行于世。"知有集刊行于世，有词，未言卷数版本。

宋褧

宋褧（1292—1354），字显夫，大都（今北京）人。元泰定元年
（1324）进士，除秘书监校书郎，改翰林国史院编修官。惠宗至元初
擢监察御史，迁国子司业，拜翰林直学士，兼经筵讲官。卒谥文清，
有《燕石集》。

宋氏词见载于诗文集中，元许有壬《圭塘小稿》卷五《宋显夫文集
序》云：

> 孤旴奉《燕石集》，拜且泣曰："此先子所遗，见旴编次
> 者也。世父《至治集》，公既序之，敢援例以请？"予序诚夫
> 文不一纪，又序其弟，人之生世，其可悲也。……集凡若干
> 卷，文、若诗、乐府若干首，自名《燕石》，然世皆信其为玉
> 也。旴由奉礼郎为丞相东曹掾，汇从父之文，不使遗逸，不
> 愧显夫之于诚夫矣。旴甫襄事，即谋刻父文，宋之后，其益
> 昌矣哉！

知文集中存词，曾刻印过。清有《四库全书》本《燕石集》十五卷，提
要云：

> 褧集为其侄太常奉礼郎旴所编，凡诗十卷，文五卷，首载
> 至正八年御史台咨浙江行中书省刊行，咨呈一道，欧阳元
> （当作玄，下同）、苏天爵、许有壬、吕思诚、危素五序，末
> 附谥议、墓志、祭文、挽诗。又有洪武中何之权、吕荧二跋，
> 盖犹旧本。

前有欧阳玄、苏天爵序，所据当为元刊本，为江苏巡抚采进本。库本
卷十附"近体乐府"，存词四十首。

见于著录的有：

1. 清朱彝尊《词综》"发凡"和卷二十九小传云有《燕石集词》
一卷。

2. 吴昌绶《宋金元词集见存卷目》附《双照楼续辑宋金元百家词目》著录有《燕石词》一卷，云传抄《燕石集》本。

3. 缪荃孙《目录词小说谱录目》著录有《燕石近体乐府》一卷，传写集本。按：今有《宋金人词》本《燕石集近体乐府》一卷，为清光绪三十四年（1908）缪氏艺风堂抄本，缪荃孙校。《录目》盖析出著录者。

近世朱祖谋据梁氏两般秋雨庵藏《燕石集》本辑《燕石近体乐府》一卷，刻入《彊村丛书》中，无校记，无跋文。

张子静

张子静，生平不详。

明陈谟《海桑集》卷五《张子静乐府序》：

> 始予得张子静《灵宫乐部曲》四章而读之，爱其兼有《丽情》、《团扇》、《花间》之趣，且辞翰俱美，恨不识其人，意非今时耳目所及也。暨物色解后，则吾庐陵先辈也仅仅交一臂而去，尝恨不得其全集而读之。兹复聚首，乃辱以集为贶，桂隐、闻廷二刘先生序其端矣，极所推服。予昼帘夜烛，把玩不能释手，子静复介予题辞。呜呼！予七十又二，子静逾八望九矣。三影之韵度，于湖之侠气，尚往来于心，不尚可征乎？当其壮游武昌，我龙洲道人神交物表，买桂花，上南楼，载酒黄鹤矶下，少年俊迈，盖可想见，今具存集中。惜无好事者刻梓以传，徒使四方见其一二者以为古人也。昔留侯佐汉，服其筹策者以为必雄杰伟丈夫也，及见，则如美妇人焉。读子静词，孰不曰此月下秦淮、海花前晏小山也，抑有知其皤然雪颠，歉然寠人，癯然列仙者乎？吾又以子静盛年不偶，于场屋安知其中无留侯之所存哉！若留侯者，方益敛其华，击节于《大风》之歌，彼其荟蔚朝隮，婉娈斯饥，国风之伤，楚骚之怨，盖未尝一个怀抱，则吾子静独擅之。呜

呼！世道之感叹歔嘘，其不在是哉。

知为手稿。按：元刘诜《桂隐文集》卷二《张子静诗词》云：

> 张子静乐府柔情妩态，芳趣婉词，纤徐而为妍，凄婉而馀
> 怨，如听昭君马上琵琶、蔡琰塞外十八拍，不自知其能使人
> 断肠也。五言古体贮幽寄淡而不失散朗，崇朴反古而自是敷
> 腴，如入宗庙而抚罍洗。七言长篇浩荡不羁，悲壮自悼，如
> 公孙大娘之舞剑器也，虽时有未适中，亦可谓有奇气。他日
> 学益充，神益完，宜有大过人者。子静少负才志，尝航胥涛，
> 棹洞庭，窥庐山衡岳以自激发，然迄今未有遇，其尚俯首场
> 屋，亦以经术干时用哉！

又卷二《送张子静游武昌》云："张子静旧从中斋邓先生之季子元宏游，处乡校以隽闻。一日来告曰：局蹐丘里间久矣，誓将自西山而武昌以勔吾学焉。"知张氏由元入明，已年过八旬，按：陈谟生于元成宗大德九年（1305），卒于明惠帝建文二年（1400），年九十六岁。陈氏七十二岁，为明洪武九年（1376），时张氏"逾八望九"，知张氏生于明成宗元贞、大德年间。

谢应芳

谢应芳（1296—1392），字子兰，号龟巢，武进（今属江苏）人。自幼笃志好学，以道义名节自励。元惠宗至正中荐授三衢清献书院山长，阻兵不能赴，知时不可为，隐白鹤溪上，构小室曰龟巢，因以为号。辟教乡校子弟，及江南底定，徙居芳茂山，达官缙绅过郡者必访其庐，明洪武中归隐横山以终。著有《龟巢集》。

谢氏词见载于诗文集中，清《四库全书》本《龟巢集》十七卷，提要云：

> 元谢应芳撰，应芳有《思贤录》已著录。集一卷为赋，二
> 卷至五卷为诗，六卷至十一卷为杂文，十二卷为诗馀，十三

卷至十五卷又为杂文，十六卷十七卷又为诗。编次颇为无绪，疑后人传写，乱其旧第，抑或本为前集十二卷后集五卷，一则先诗而后文，一则先文而后诗，传写误并为一集，故参错如是也。

所据或为抄本，为编修汪如藻家藏本。库本卷十二为词，凡一卷，存词十三首。此外还有《四部丛刊三编》本《龟巢稿》二十卷，影印抄本，其中卷十一为词，凡一卷，存词同库本。又有《常州先哲遗书后编》本《龟巢稿》二十卷补遗二卷，其中卷十为词，凡一卷，存词同库本。又补遗中有词一卷，存词十三首。

近世自别集中析出词著录另行者有：

1. 缪荃孙《目录词小说谱录目》著录有《龟巢词》一卷，传写集本。按：今有《宋金人词》本《龟巢词》一卷补遗一卷，为清光绪三十四年（1908）缪氏艺风堂抄本，缪荃孙校。《录目》盖析出著录者。

2. 郑振铎《西谛书目》卷五著录有《龟巢词》一卷补遗一卷，朱祖谋抄本，一册。

近代朱祖谋据钱塘丁氏善本书室藏抄《龟巢集》本辑《龟巢词》一卷补遗一卷，刻入《彊村丛书》中，无校记，无跋文。

萧景能

萧景能（1301—1326），字祥嘉，庐陵（今江西吉水）人。以疾卒。

元揭傒斯《揭文安公全集》卷十三《萧景能墓志铭》云：

> 泰定三年九月五日，庐陵萧祥嘉景能以疾卒，将瘗矣，其妻之兄乡贡进士刘性粹哀告所知揭傒斯曰："女弟之夫萧祥嘉生而甚贤，不幸年廿六以殁。生而无所成名，殁无以表显于世，女弟甚哀之，愿得为之铭，庶几为不没也。"敢请问其善状，则曰："祥嘉少有志操，尝以古人自期，笃学好问，未尝有子弟过。父早丧，事其母刘、生母张及二兄，画礼与人交，

和易简谅，言必可复。诸经皆通大义，诸子史方术百家皆能提其纲、领其要，虽进士程文，未尝苦学，下笔辄出人上。尤喜为歌诗，以汉魏晋为宗，下此惟陈子昂、李太白、韦应物以为稍近于古，长短句则曰：'周美成、秦少游、姜尧章，吾师也。'又多藏三代彝鼎罍洗、汉魏金石刻、唐宋名人图画墨迹之属。客至，赋诗弹琴，围棋赌酒，连日夜不厌。平居焚香默坐，不知斯世为何如时？……"有文集三卷，藏于家。

知为手稿，其中有词。

梁寅

梁寅（1303—1390），字孟敬，号石门，新喻（今江西新余）人。元末累举不第，辟集庆路儒学训导，隐居教授。明初征至京，修礼书，书成，辞疾归，结庐石门山，学者称为梁五经。著有《石门集》。

梁氏词集见于明代藏家著录，计有：

1. 明赵琦美《脉望馆书目》"词类·集"著录有《石门乐府》一本。

2. 明赵用贤《赵定宇书目》"小说书"著录有《石门乐府》一本。

清以来罕见藏家著录，已知有：

1. 吴昌绶《宋金元词集见存卷目》附《双照楼续辑宋金元百家词目》著录有《石门词》一卷，海丰吴氏旧抄《石门集》本。

2. 缪荃孙《目录词小说谱录目》著录有《石门先生近体乐府》，传写集本。按：今有《宋金人词》本《石门先生乐府近体》一卷，为清光绪三十四年（1908）缪氏艺风堂抄本，缪荃孙校。《录目》盖析出著录者。

以上知是自梁氏诗文集中析出著录者，检《四库全书》，有《石门集》七卷，为浙江汪启淑家藏本，提要云："其集世有二本：一即此本，乃马氏玲珑山馆所抄；一为新喻知县崇安暨用其所刊本，分为十卷，与此本稍有详略而大致不甚相远，盖即此本，而析其卷帙以就成数耳。"库本所据为抄本，凡七卷，未见有词。知七卷非足本。

近世朱祖谋据吴昌绶校唐鹣庵抄本刻入《彊村丛书》中，成《石门词》一卷，无校记，无跋文。

民国时赵尊岳辑《明词汇刊》本，今有上海古籍影印本，其中有《石门词》一卷，赵氏跋云：

> 寅，字孟敬，学者称石门先生，又称梁五经，新喻人。元末累举于乡，不第，辟集庆路儒学训导。居二岁，以亲老辞归，隐居教授。洪武初征入礼局，书成，赐金币。有《石门集》，词附。沤尹侍郎已据吴伯宛校唐鹣庵抄本，刻入《彊村丛书》，列诸元代。惟首缺六阕，又多误字，至不可读。考孟敬出仕朱明，以次于明，亦未始不可也，为特以明刊本重付剞劂，并为校记。乙卯六月，高梧轩。

乙卯为民国四年（1915），知是据别集本录出，末有赵氏手书二行云："丙子五月秒，以盍山书藏明刊本传抄校正。珍重阁。"

叶宋英

叶宋英，自号峰居，临川（今属江西）人。天性妙悟，自制谱曲，均间合节。赵子昂、虞集亟称之，欲引入禁林议乐律，而宋英已卒，取所著曲谱及乐律遗书上之。著有《千林白雪》。

元张翥《蜕岩词》有《虞美人·题临川叶宋英〈千林白雪〉，多自度腔，宋英自号峰居》："千林白雪花间谱，价重黄金缕。尊前自听断肠词，正是江南风景落花时。　　红楼翠舫西湖路，好写新声去。为凭宫羽授歌儿，不道峰居才子鬓如丝。"知有自度曲集，名《千林白雪》。又虞集《道园学古录》卷三十二《叶宋英自度曲谱序》：

> 《诗》三百篇皆可被之弦歌，或曰：《雅》、《颂》施之宗庙朝廷，《关雎》、《麟趾》为房中之乐，则是矣。桑间濮上之音，将何所用之哉？噫！"歌永言，声依永，律和声"，盖未

有出乎六律、五音、七均而可以成声者。古者子生师出，皆吹律以占之，盖其进反之间，疏数之节，细微之辨，君子审之，是故郑、卫之音特其发于情，措诸辞，有不善尔。声必依律而后和，则无以异也。后世雅乐黄钟之寸，卒无定说。今之俗乐，视夫以夹钟为律本者，其声之哀怨淫荡，又当何如哉？近世士大夫号称能乐府者，皆依约旧谱，仿其平仄，缀缉成章，徒谐俚耳则可，乃若文章之高者，又皆率意为之，不可叶诸律不顾也。太常乐工知以管定谱而撰词实腔，又皆鄙俚，亦无足取。求如三百篇之皆可弦歌，其可得乎？临川叶宋英，予少年时识之，观其所自度曲，皆有传授，音节谐婉，而其词华则有周邦彦、姜夔之流风馀韵，心甚爱之，盖未及与之讲也。及忝在朝列，与闻制作之事，思得宋英其人，本雅以训俗，而去出久矣，不可复得，老归临川之上，因其子得见其遗书十数篇，皆有可观者焉。俯仰畴昔，为之增慨，序其故而归之。

知有十数篇，未言卷数版本。按：清钱大昕《补元史艺文志》卷四"集部·词曲类"著录有叶氏《自度曲谱》。

倪瓒

倪瓒（1306—1374？），字元镇，号云林子、曲全叟，无锡（今属江苏）人。工诗，善书画，所居有阁曰清閟，藏书数千卷，古鼎法书名琴奇画陈列左右。家故雄于赀，元惠宗至正初悉散给亲故，兵兴后扁舟箬笠，往来震泽三泖间，黄冠野服以终。著有《清閟阁集》、《云林乐府》等。

倪氏词有手迹传于后世，明汪砢玉《汪氏珊瑚网法书题跋》卷十一载《曲全叟诗馀手稿》，云：

"东风花外小红楼，南浦山横眉黛愁。春寒不管梅花瘦，无情水自流。　　檐间燕，语娇柔。□□□惊回幽梦□□

□难寻旧游。望天涯、落日帘钩。"右调《水仙子》。（笔者按：倪瓒《云林乐府》和《清閟阁全集》载此词下片均作"檐间燕，语娇柔。惊回幽梦，难寻旧游，落日帘钩"，盖误。）　"吹箫声断更登楼，独自凭阑独自愁。斜阳绿惨红消瘦，长江日际流。　百般娇千种温柔，《金缕曲》、新声低按，碧油车、名园共游。绛纱裙、罗袜如钩。"前调。"扶疏玉，蟾宫树影阑干曲。（脱"阑干曲"三字）一襟香雾，几枝金粟。　姮娥镜掩秋云绿，无端风雨声相续。（脱"声相续"三字）不须澄霁，为沽醽醁。"右调《忆秦娥》。　"参差玉，笙声莫起瑶台曲。（脱"瑶台曲"三字）清香没□，夜凉肌粟。　黄云巧缀飞霞绿，清吟未断秋霖续。（脱"秋霖续"三字）恐孤花意，倒樽中醁。"右前调。　"春渚芹蒲，秋郊梨枣，西风沃野收红稻。檐前炙背媚晴旸，天涯转瞬凄芳草。　鲁望渔村，陶朱烟岛，高风峻节如今扫。黄鸡啄黍浊醪香，开门迎笑东邻老。"右调《踏沙荇（当作行）》。　"夜永愁人偏起早，客鬓萧萧，镜里看枯槁。雨叶铺庭风为扫，闭门寂寞生幽草。　竹路难行悲远道，说着客行，真个令人恼。久客还家贫亦好，无家漫自伤怀抱。"右调《蝶恋花》。　"篷上雨潺潺，篷底幽人梦故山。碉户林扉元不闭，萧闲，只有飞云可往还。　波冷玉珊珊，一壑松风引佩环。咏得池塘春草句，更阑，行尽千峰半霅间。"右调《南乡子·东林桥雨篷梦归》。曲全叟倪瓒。　弇州以倪如风女儿离褵长袖，未知其早年笔也。

凡七首。又见卞永誉《式古堂书画汇考》卷十九刑部左侍郎《曲全叟诗馀手迹》。弇州即王世贞。

其词又见载于诗文集中，清有《四库全书》本《清閟阁全集》十二卷，提要云：

　　　　元倪瓒撰。瓒字元镇，号云林，无锡人。画居逸品，诗文不屑屑若吟，而神思散朗，意格自高，不可限以绳墨。明天顺间宜兴蹇朝阳有刻本，至万历中，其八世孙珵等复为汇刊，凡十五卷，岁久漫漶。惟毛晋所刊《十元人集》本行世，国朝康熙癸巳上海曹培廉重为编定，校勘付梓，多所增补。考朱存理《楼居杂著》有题云林子诗后一篇，称素爱其诗，每见一篇一咏，辄收录之。近得蹇氏新刻本，参校其所遗者，存而萃集成帙，多吴游之作，计得诸体诗及杂文共若干篇，为外集一卷，则蹇刻原非足本，故培廉更为搜辑也。凡诗八卷杂文二卷外纪二卷，上卷列遗事传铭并赠答吊挽之作，下卷专载诸家品题诗画语，毛晋尝刊云林遗事，于集外别行，培廉裒为一编，瓒之始末备列无遗矣。世又有别本文集二卷，末有崇祯戊寅纪同人跋曰：云林诗集，毛子晋家有刊本，此文集二卷，自沧江刘氏抄得之，盖裒辑墨迹而成，非原本也。后见刻本，较此本增多数篇，分为四卷，序次亦稍不同，然文中《荆溪图序》一首，据《宜兴县志》载入者核之，即题陈惟允画荆溪图之节本，前后复见，略不一检，则冗杂无绪，可知不及此本之清整也云云。其考正颇核。今考集中所载，如《题天香深处卷后》、《题紫华周公碑传行状后》、《题师子林图》、《重览柴华周公碑传》、《题周逊学府君遗翰后》、《鹤林周元初像赞》等六篇，皆词意猥鄙，决非瓒笔。盖自伪本墨迹抄撮窜入，同人未及辨正，培廉此本亦尚载集中，以流传既久，姑仍刊本存之，而附著其可疑如右。

据清康熙刊本录入，为安徽巡抚采进本。库本卷九附载有乐府，存词二十六首。又有《常州先哲遗书》本《清閟阁全集》十二卷，存词情况同库本。

其词集有另行者，今知抄本词集丛编中收录的计有：

1. 明吴讷编《唐宋名贤百家词》本，明抄本，梁启超跋，其中有《云林乐府》一卷。

2.《宋元名家词》本，明抄本，清毛扆校，唐晏跋。其中有《云林乐府》一卷。

3. 明李东阳辑《南词》本，董氏诵芬室抄本，吴昌绶、朱孝臧校，其中有《云林乐府》一卷。

4. 清汪曰桢编《又次斋词编》本，稿本，其中有《清闷阁词》一卷，汪曰桢校。

5. 清汪曰桢编《宋元十家词》本，清又次斋抄本，汪曰桢校，吴昌绶校。其中有《清闷阁词》一卷。

6. 清彭元瑞辑《汲古阁未刻词》本，清光绪抄本，清江标跋，其中有《云林词》一卷。

7.《宋金人词》本，清光绪三十四年缪氏艺风堂抄本，缪荃孙校。其中有《清闷阁乐府》一卷。按：缪荃孙《目录词小说谱录目》著录有《清闷阁乐府》一卷，传写集本。盖析出著录者。

另有清江标编《宋元名家词》本，清光绪二十一年思贤书局刻本，其中有《云林词》一卷。

此外见于著录的有：

1. 清朱彝尊《词综》卷三十小传云有《清闷阁遗稿词》一卷。

2.《御选历代诗馀》卷一百九"词人姓氏"云有《清闷阁遗稿词》一卷。

3. 吴昌绶《宋金元词集见存卷目》附《双照楼续辑宋金元百家词目》著录有《清闷阁词》一卷，云城书室《清闷阁集》本，以《汲古未刻词》本校补。

韩奕

韩奕，字公望，平江（今属湖南）人。生于元文宗时，入明遁迹不仕，终于布衣。著有《韩山人集》、《易牙遗意》。

韩氏词集仅见于清人著录：

1. 清陆漻《佳趣堂书目》著录有《韩山人词》一卷。

2. 清汪宪《振绮堂书目》卷二"闻·抄本集类杂集并总集·第一

格"著录有：南唐二主、冯相国、陈简斋、韩山人合一册，注云："《二主词》一卷，李璟、李煜撰，自序。《阳春集》一卷，冯延巳撰。《简斋词》一卷，宋陈与义撰。《韩山人词》一卷，宋韩奕撰。卷末有毛扆朱笔跋，少岳道人手抄本。"按：项元淇（1500—1572），字子瞻，号少岳，秀水（今浙江嘉兴）人。南太学生，以赀为光禄寺署丞。于书无所不窥，尤好临摹古法书。著有《少岳集》。少岳道人复初氏当指此人。

近世朱祖谋据明刊《韩山人集》本刻入《彊村丛书》中，成《韩山人词》一卷，无校记，无跋文。

沈禧

沈禧，字廷锡，归安（今属浙江）人。著有《竹窗词》。

沈氏词集不见明人著录，明有《南词》本，有民国董氏诵芬室抄本，吴昌绶、朱孝臧校，其中有《竹窗词》一卷附录一卷。检吴昌绶《宋金元词集见存卷目》附《双照楼续辑宋金元百家词目》著录有《竹窗词》一卷，云《南词》本。

其词集多见于清以来人的著录，计有：

1. 清黄虞稷《千顷堂书目》卷三十二著录有沈禧《竹庄（当作窗）词》一卷。

2. 清钱大昕《补元史艺文志》卷四著录有沈禧《竹庄（当作窗）词》一卷。

3. 清倪灿撰、卢文弨补《补元史艺文志》著录有沈禧《竹庄（当作窗）词》一卷。

4. 清朱彝尊《词综》"发凡"和卷二十九小传云有《竹窗词》一卷。

5. 《御选历代诗馀》卷一百九"词人姓氏"云有《竹窗词》一卷。

6. 《浙江通志》卷二百五十二著录有《竹窗词》一卷。

7. 清郑元庆《湖录经籍考》卷五著录有《竹窗词》一卷。劳志云："禧字廷锡，归安人，工长短句，有名于时。"

8. 清赵魏《竹崦庵传抄书目》著录有《竹窗词》一卷，二十六。

近世朱祖谋据知圣道斋藏明抄本刻入《彊村丛书》中，成《竹窗词》一卷，无校记，无跋文。

王可与

王可与，字晋卿，号濯缨，汤阴（今属河南）人。奉训大夫知宿州事，拜南台御史，佥江东建康道提刑按察司事，投绂而归。著有《濯缨集》。

元许有壬《至正集》卷三十二《王濯缨集序》云：

> 先生殁，子植仲武索遗稿，得古律诗并长短句若干首，走书属序，将寿诸梓。有壬每恨弗获亲炙，乡先生两至先茔，皆衰经，从事不敢有请。仲武能不泯其亲之善而扬于世，可谓孝矣。诗之雄浑而清健，长短句之婉丽而飘逸，皆可传者也。眉山长公谓君子用心固无所私爱，而于父母之邦，岂如行道之人漠然而已哉？有壬喜吾乡文教之有素，而又喜是集之出，吾乡之后进益有所取法矣，然非一乡所得而私也。有壬辱后进，窃愿附名集中，是区区之私也。先生讳可与，字晋卿，濯缨，其自号云。

知诗文集中是载有词的，并曾刊印。

邵亨贞

邵亨贞（1309—1401），字复孺，号贞溪，又号清溪，严陵（今属浙江）人，徙居华亭（今上海松江）。博通经史，隐居不仕。入明为松江府学训导。著有《蛾（一作蚁，下同）术文集》、《蛾术词选》、《野处集》。

其词集附载于诗集之后，《四库全书》有《野处集》四卷，提要云：

是编后有冯迁、汪稷二跋，谓其书本出上海陆深家，深之孙郑以授稷而刊行之，并所著《蛾术诗选》、《蛾术词选》为十六卷，今诗词二选世已无传，惟此本独存，共杂文六十八首，亨贞终于儒官，足迹又不出乡里，故无雄篇巨制以发其奇气。而文章大致清快，步伐井然，犹能守先正遗矩者。其诗词世不多见，陶宗仪《南村辍耕录》载所作咏眉目《沁园春》词二首，隽永清丽，颇有可观。盖所长尤在于是，惜《词选》今已久佚矣。

《野处集》为文集，曾刊印，库本所据为浙江巡抚采进本。冯迁、汪稷二跋库本未载，按：《文渊阁四库全书补遗》于邵亨贞《野处集》录冯迁跋，云陆文裕之孙山君"尝检藏书，得元人邵复孺《蛾术词选》一册，披阅叹赏，欲梓于家塾，不幸痁卧良久，未遂厥志。"知《诗选》、《词选》时未曾刊印。入明，《蛾术诗选》和《蛾术词选》（或是《蚁术词》）已刊印，而《词选》多是析出另行，见于下：

一、印本

1. 明穆宗隆庆年间新都汪稷校刊《蛾术诗选》八卷《蛾术词选》四卷，见于著录的有：

① 清林佶《天一阁书目》著录有《蚁术词》一本，又舒木鲁氏抄《天一阁书目》著录有《蚁术词》一本。按：清范懋柱《天一阁藏书目》卷四之四著录有《蛾术词选》四卷，云："刊本，云间邵复孺著，明新都汪稷校，隆庆壬申四明沈明臣序云……"又林集虚编《目睹天一阁书录》卷四著录有《蚁术词选》四卷，云缺卷四，又云："黄纸，一本，蛀。明隆庆壬申好德轩刻本，有'甬上东人'白文方印。"又清薛福成《天一阁见存书目》卷四著录有《蚁术词选》四卷，缺，存卷一至三。

② 清朱绪曾《开有益斋读书志》卷五著录有《蛾术诗词》，提要云：

《蛾术诗选》八卷、《词选》四卷，元云间邵亨贞复孺撰。亨贞杂文有《野处集》，其诗词未采入《四库》，此本为明新都汪稷所刊，有隆庆壬申四明沈明臣序。亨贞祖桂子，字德芳，淳安人，咸淳辛未登进士第，教授处州，宁亡不仕，娶华亭曹泽之女，因家小蒸。所著有《慵庵小集》，余曾抄得其诗，有《蔬屋》诗四言最奇古。父祖义，亦有文名。亨贞生元时，与钱思复、杨廉夫、倪云林唱和。洪武间以荐为松江府学训导，以长子克颖、次子克淳诖误，戍颖上，久之赦归，年九十三乃卒。古诗疏秀有骨，无元人秾纤习气……词近白石、弁阳，与余所得仇仁父《无弦琴》、白朴《天籁集》可并传也。集中曹云西翁、曹安雅翁、曹新民、曹升范，即小蒸曹氏，《和杨铁崖曹园感怀韵》云："曹氏家园百岁馀，承平遗迹久湮芜。"盖其祖处宋末依曹氏居华亭，迄明初，百年馀也。

2. 晚清王鹏运四印斋刻本《蚁术词选》四卷，目录末有王氏题识云：

> 案：汪氏原刻所载目录觊缕冗复，殊乖宋人编目体例，况本削之是也，此特另编如右。是集每卷各标令、慢，其第二卷《玲珑四犯》以下十六调皆慢体，而列令卷之末，且篇页视他卷惟倍。窃意原书似分五卷，汪刻并五为四，又不知令、慢之别，遂尔混淆，非原编失次也。又沈明臣一序，乃总序。邵氏全集不专为词选而作，其有关复孺生平者，况跋已详节之，不复录。卷中字句，间有与况刻异处，皆据皕宋楼藏本校出，并附著于此，鹏运再记。

知用陆氏皕宋楼藏抄本校过。乃况周仪所为，况氏跋云：

> 右元云间邵亨贞复孺《蚁术词选》四卷，知不足斋影抄本，庚寅孟冬，余客羊城，从方柳桥观察借抄，覆校付梓。按：亨贞词世不多见，国朝仪征阮氏《擘经室外集》始著录。《御选历代诗馀》载十二阕。明以来诸选本并仅载《沁园春》

"眉"、"目"二阕，《古今词话》载《凭阑人》一阕，今此本多
至百四十三阕，每卷首题"新都汪穆校"，末题"长洲吴曜
书，袁宸刻"。盖即阮氏提要所云上海陆郏授穆刊行之本也。
元抄有隆庆壬申四明沈明臣后序，称复孺元末人，入明初。
通博敏赡，虽阴阳医卜佛老书，靡弗精核。元时训导松江府
学，以子诖误戍颍上，久乃赦还，卒年九十三。所著《野处
集》、《蚁术诗选》、《词选》三种。而《词选》实通宋词三昧
云。光绪十七年辛卯，正月丙子，临桂况周仪夔笙识于夫容
旧庐。

庚寅为清光绪十六年（1890），知况氏是借方功惠家藏书传抄。按：方
功惠（1829—？），字庆龄，号柳桥，清巴陵（今湖南岳阳）人。以父
荫任广东监道知事，官至潮州知府。喜藏书，在广东为官三十馀年，
俸禄多用购书，藏书处名碧琳琅馆、十文选斋等。又喜欢刻书，刊有
《碧琳琅馆丛书》等。方氏藏书后归莫伯骥所得（参见后文）。又王鹏
运跋云：

> 此词夔笙舍人刻于粤西，雠勘精审。时余方覆刻白兰谷
> 《天籁集》，遂并此合刻之。复孺、兰谷二词，不在山村、蜕
> 岩、伯雨诸贤下，而论元词者罕及之。书之显晦，岂真有时
> 耶？壬辰七夕雨窗校毕记此，临桂王鹏运。

跋作于清光绪十八年（1892）。此本多见藏家著录，如王其毅《宿迁王
氏池东书库简目》、叶德辉《叶氏观古堂藏书目》、缪荃孙《目录词小
说谱录目》、《天津延古堂李氏旧藏书目》等，或云况周仪刊，或云弟
一生修梅花馆刊本。又刘承干《嘉业藏书楼书目》著录有《蚁术词
选》四卷，云临桂况氏刊本，一册，郑叔问批校。

3. 民国陶湘《景刊宋金元明本词》本影明隆庆本《蚁术词选》四
卷。前有沈明臣隆庆壬申（1572）序，云："今其集，盖得三种云。《蛾
术词选》，实通宋词三昧；《蛾术诗选》，盖习胜国语者；《野处集》，盖

杂著者。"

4. 民国时《四部丛刊三编》本，张元济跋云：

> 右诗词选，邵亨贞撰。卷首题元云间邵复孺。复孺，亨贞字也。其先自睦州移居华亭，元末兵乱，浙中尤甚，一时骚人墨士，如会稽杨廉夫、天台陶九成、曲江钱惟善辈，多避居松江横泖之上，亨贞声应气求，更相唱和，故其诗亦有名于时。所著有《野处集》，《四库》著录称其与《蚁术诗选》、《词选》同为汪稷所刻。惜诗词皆不传。清嘉庆时，阮文达据旧抄本传录呈进。涵芬楼旧藏《诗选》为汪氏原刊本，卷一第十一、二叶均佚，借校阮氏抄本，所阙亦同，但叶号前后，已相联接。按：第十叶之末为《春晴次申屠仲权韵》第二首之前半，第十三叶之始为《庚子岁暮极寒入春余冻不解与子敬催春之作》之后半，一尾一首相接，适成五言，韵既相通，词意亦复相类，使非《总目》具存，得见其间尚有五题，几无能判为两诗，且反可执阮本以绳是刻，谓此叶号为误刊矣。阮氏《提要》云："凡古今体三百七十六首，又联句三首。"是本联句三首在卷八，余仅得三百四十二首，增入卷一所缺四首，尚欠三十首。两本行款悉同，不应互有赢缩，或阮氏误计欤？《词选》刊本已佚，从故宫博物院图书馆借《宛委别藏》本配合印行，可称完璧。海盐张元济。

知是据《宛委别藏》本影印的，

二、抄本

今存清阮元辑《宛委别藏》本，其中有《蚁术诗选》八卷和《蚁术词选》四卷。按：阮氏《揅经室外集》卷三《蚁术词选》提要云：

> 元邵亨贞撰。亨贞有《野处集》，见《四库全书》。伏读《四库全书总目》云："亨贞所著《蚁术词选》，世已无传。"又云："其词世不多见，惟陶宗仪《辍耕录》载所作《沁园

春》二首隽永清丽，颇有可观，盖所长尤在于是。惜《词选》
今已久佚矣。"是编从旧抄依样影写，藏书家未见著录，《古
今词话》亦称其《沁园春》词新艳入情，书中追和赵孟頫十
首。案：侯文灿所辑《松雪词》已佚其《点绛唇》一阕、《感
皇恩》一阕、《蝶恋花》一阕，未尝不籍是以见其梗概也。

知是据抄本影写的，又陈榮仁《犨经室经进书录》卷四著录有《蚁术
词选》四卷，并录阮氏提要。又《故宫善本书目·宛委别藏书目》著
录有《蚁术词选》四卷，一册，影写旧抄本。

又见于著录的抄本有：

1. 清陆心源《皕宋楼藏书志》卷一百二十著录有《蚁术词选》四
卷，旧抄本。

2. 清丁丙《善本书室藏书志》卷四十著录有《蚁术词选》四卷，
旧抄本。

3. 张钧衡《适园藏书志》卷十六著录有《蚁术词选》四卷，传抄
本。云："元邵亨贞撰，复孺诗选入文集类，明新都汪稷刊本。词清微
拗折，为元人最高之境。"

4. 清孔广陶《三十有三万卷堂书目略》著录有《蚁术词》四卷，
蓝丝阑，旧抄本，一函二本。

5. 莫伯骥《五十万卷楼藏书目录初编》卷二十二著录有《蚁术词
选》四卷，云："精抄本，知不足斋旧藏。"提要云：

> 元邵亨贞撰。卷首题元云间邵复孺著，明新都汪稷校。
> 复孺者，亨贞字，不题名者，汪氏之陋也。目录叶有"世守陈
> 编之家"、"老屋三间"、"赐书万卷"、"歙西长塘鲍氏知不足
> 斋藏书印"各章，卷首有"长塘"圆形朱文章、"鲍家田"方
> 形朱文章、"知不足斋藏书"白文方形章，别有"巴陵方氏碧
> 琳琅馆珍藏秘籍"朱文方形章，当是鲍渌饮、方柳桥前后收
> 藏者。邵所著《野处集》，著录清《四库》，而《诗选》、《词
> 选》，《四库总目》则谓世无传本，又谓其词世不多见，惟陶

宗仪《辍耕录》载所作《沁园春》二首隽永清丽，颇有可观，盖所长尤在于是。惜《词选》今已久佚之。嘉庆间仪征阮氏始得旧抄本，影写进呈，今《揅经室外集》及之，唯未言此书有无前后序。鲍氏此本有隆庆壬申沈明臣跋，略谓复孺生胜国时，卒于洪武间，才名籍甚，以荐起家，训导松江府学，卒年九十三。志称其通博敏赡，娴于文辞，阴阳、医卜、佛老书靡弗精核，集得三种，《蚁术词选》实通宋词三昧，《蚁术诗》盖习胜国语者，《野处集》盖杂著。复孺书法尤精篆隶，其私印朱文有"邵复孺氏"、"独冠元人"印章。余盖闻之王幼郎文云云。于此可见邵氏之事略，而阮氏不言，当未见此跋矣。明臣，郏县人，太学生，有《丰对楼诗选》四十三卷、《越草》一卷。朱氏彝尊云：沈在胡少保宗宪幕府，岳岳不阿，少保遥望见必起立。尝宴将士于烂柯山，酒酣乐作，沈于席上赋《凯歌》十章，吟至"狭巷短兵相接处，杀人如草不闻声"，少保起将其须曰："何物沈郎，雄快乃尔？"命刻石山上。《列朝诗集》于复孺事实颇详，可参订。

知原为鲍氏知不足斋藏书，后为方功惠所得。又见莫氏《五十万卷楼群书跋文》集部七著录，有《蚁术词选》四卷，云："精写本，知不足斋旧藏。"

6. 张元济《涵芬楼原存善本草目》著录有《蚁术词选》，旧抄本，何元锡藏印。

7. 李盛铎《木犀轩收藏旧本书目录》著录有《蛾述词》四卷，旧抄本。又《木犀轩收藏旧本书目》著录有《蛾述词》四卷，旧抄本，二册，一夹板。

8. 《中国古籍善本书目》著录有《蚁术词选》四卷，清抄本。

三、版本不详者

1. 明王道明《笠泽堂书目》著录有《蚁术词选》二册。

2. 清黄虞稷《千顷堂书目》卷三十二著录有《蛾术词选》四卷。

3. 清朱彝尊《词综》"发凡"和卷三十小传著录有《蛾术词选》四卷。

4. 《御选历代诗馀》卷一百九"词人姓氏"云有《蛾术词选》四卷。

5. 清陆漻《佳趣堂书目》著录有《蚁术词选》四卷，丙申。按：丙申为清康熙五十五年（1716）。

6. 清许宗彦《鉴止水斋藏书目》著录有《蚁术词》一本。

7. 《北平直隶书局图书目录》著录有《蛾术词选》，白纸，一册。以上均未言版本，所载当以抄本为主。

钱霖

钱霖，字子云，松江（今上海华亭）人，生卒年不详。元文宗天历间为黄冠，更名抱素，号素庵，迁居湖州，晚年寓居嘉禾，筑室鸳湖之上，名曰藏六窝，又以泰窝道人自号。著有《渔樵谱》、《醉边馀兴》，编有《江湖情思集》。

元杨维桢《东维子文集》卷一《渔樵谱序》云：

《诗》三百后一变为骚赋，再变为曲引，为歌谣，极变为倚声制辞，而长短句、平吴调出焉。至于今乐府之靡，杂以街巷齿舌之狡，诗之变，盖于是乎极矣。嘉禾素庵老人过予云间邸次，出古锦幪一帙，曰《渔樵谱》者，凡若干阕，虽出乎倚声制辞，而异乎今乐府之靡者也。吾尝求今辞于白石、梦窗之后，斤斤得寄闲父子焉，遗山、天籁之风骨，花间镜上之情致，殆兼而有之。盖风骨过道则邻于文人，诗情致过媒则沦于诨官语也。其得体裁，亦不易易。嗣馀响于寄闲父子后者，今又得素庵云。夫谱之云者，音调可录，节族可被于弦歌者也，《诗》三百，曷无一不可被于弦歌，吾不知亦先有谱、后有声邪？抑先有声、后有辞邪？寄闲分谱于依之之殊，其腔有可度不可度者则何如，敢于素庵乎质焉？素庵蓋

1065

然而笑曰："嘻！吾忘律吕于渔樵欸乃中焉，知所谓声依永、律和声许事哉？虽然，击辕之歌，野人之雅也，吾谱殆亦目当楚雅乎？"素庵名抱素，字子云，裔出吴越王有起，进士第，号竹乡翁，家置万卷堂者，其曾王父云。

寄闲父子即张枢、张炎父子，《渔樵谱》所收为词，未言卷数版本。

顾瑛

顾瑛（1310—1369），一名阿瑛，又名德辉，字仲瑛，昆山（今属江苏）人。少轻财结客，年三十始折节读书，举茂才，署会稽教谕，辟行省属官，皆不就。年四十，即以家产尽付其子。喜购古书名画、彝鼎秘玩，鉴赏无虚日，筑园于旧宅西偏，名曰玉山，池馆声伎、图画器玩甲于江左，一时名士咸主其家，风流文采，倾动一时。及母丧，庐墓，阅释氏书有悟，遂祝发，乃谢绝尘事，侨居嘉兴合溪，渔钓五湖三泖间，自称金粟道人。编著有《玉山璞稿》、《玉山乐府》、《玉山名胜集》、《草堂名胜集》、《草堂雅集》、《玉山纪游》等。

元杨维桢《东维子文集》卷七《玉山草堂雅集序》云："仲瑛读书之室曰玉山草堂，故集以之名，其自著有《玉山瑛（当作璞）稿》、《玉山乐府》行于时云。"序作于元惠宗至正九年（1349），知曾刊印。

《玉山乐府》今不存，或为词集，或存有词。清有《四库全书》本《玉山璞稿》一卷，为两淮马裕家藏本。提要云：

> 今观所作，虽生当元季，正诗格绮靡之时，未能自拔于流俗，而清丽芊绵，出入于温岐、李贺间，亦复自饶高韵，未可概以诗馀斥之。集末附《步虚词》四章，体摹《真诰》，又小词二首、文二篇。《拜石坛记》颇疏峭，《玉鸾》一传为杨维桢得箫而作，摹拟《毛颖》、《革华》，则不免陈因窠臼矣。

库本存词二首，即《天香词》"金粟缀仙树"和《清平乐》"凤箫声度"。又有《读画斋丛书》本《玉山璞稿》二卷和《玉山逸稿》四卷续补一卷，后者为清鲍廷博辑录。《玉山璞稿》卷二存有《青玉案》"春寒恻恻春阴薄"一阕。《玉山逸稿》卷二自《玉山草堂名胜集》辑《天香词》"金粟缀仙树"一阕，卷三自《玉山名胜外集》辑《蝶恋花》"春江暖涨桃花水"一阕。

按：清朱彝尊《词综》"发凡"著录有顾瑛《玉山璞》附词，存词情况不明。

民国时周泳先辑《玉山璞词》，收入《唐宋金元词钩沉》，周氏题记云：

> 《千顷堂书目》二九著录顾德辉《玉山璞稿》二十卷，与华亭殷奎撰顾氏墓志铭所记者合，但此集久佚，今传世之《玉山璞稿》，所得见者凡三焉：一为《读画斋丛书》所刊朱存理手抄二卷本，一为四库著录之一卷本，一为拙藏旧抄一卷本。除二卷本载诗词多世所未见者外，四库与拙藏两本并为后人掇拾《草堂名胜集》、《草堂雅集》而成，均非旧本矣。四库本附词二首，拙藏本附词较库本多《蝶恋花》一首，盖即据《草堂名胜集外集》辑出者。今以拙藏旧抄本为主，而补以二卷本所附《青玉案》一首，录为一卷，聊以存玉山词之旧焉。泳先记。

此书有民国排印本。

周文安

周文安，号月湖，四明（今浙江宁波）人。邦彦裔孙，生平不详。著有《月湖今乐府》。

元杨维桢《东维子文集》卷十一《周月湖今乐府序》云：

> 士大夫以今乐成鸣者，奇巧莫如关汉卿、庚吉甫、杨淡斋、卢苏斋，豪爽则有如冯海粟、滕玉霄，酝藉则有如贯酸斋、马昂父，其体裁各异，而宫商相宣，皆可被于弦竹者也。

继起者不可枚举，往往泥文采者失音节，谐音节者亏文采，兼之者实难也。夫词曲，本古诗之流，既以乐府名编，则宜有风雅馀韵在焉。苟专逐时变，竞俗钱，不自知其流于街谈市谚之陋，而不见夫锦脏绣腑之为懿也，则亦何取于今之乐府，可被于弦竹者哉？四明周月湖文安，美成也，公之八叶孙也，以词家剩馥，播于今日之乐章，宜其于文采节音兼济而无遗恨也。间尝令学子吴毅辑而成帙，薰香摘艳，不厌其多，好事者又将绣诸样，以广其传也。不可无一言以引之，故为书其编首者如此。至正七年十一月朔序。

序作于元惠宗至正七年（1347），知曾刊印，未言卷数。

《浙江通志》卷二百五十二著录有《四明周月湖今乐府》，云吴毅辑，至正七年徐一夔序。按：徐氏序不存，徐一夔（1319—？），字大章，天台（今属浙江）人。工文，明太祖洪武二年（1369）诏纂修礼书，用荐教授杭州，授翰林院官。著有《始丰稿》。

沈子厚

沈子厚，吴兴（今属浙江）人。元惠宗至正年间在世，行迹不详。按：元沈梦麟《花溪集》卷三《侍沈子厚先生访雪林讲师》云："苕水东头开佛筵，野桥当户玉联拳。池莲夏茂多重蒂，林木春青只半边。石刻舍田由宋代，山门锡额自唐年。白蘋洲上清风远，历世诸孙不乏贤。"清卞永誉《式古堂书画汇考》卷十二《王晋卿颍昌湖上诗〈蝶恋花〉词卷》云："花城沈子厚，好古之士，每纵游，携此帖以自随。至正丁酉春日遇余京邸，雨窗闲集，谈及四大家书，出此以示，展玩再三，敬题其后而归之。吴兴赵肃识。"至正丁酉为元惠宗至正十七年（1357）。

元杨维桢《东维子文集》卷十一《沈氏今乐府序》云：

吴兴沈子厚氏，通文史，善为古诗歌，间亦游于乐府。记余数年前客太湖上，赋《铁龙引》一章，子厚遽和余四章，皆效《铁龙》体，飘飘然有变云气，心已异之。今年余以海漕事往吴兴者阅月，子厚时时持酒肴与今乐府至，至必命吴娃度腔引酒为吾寿，论其格力，有杨、卢、滕、李、冯、贯、马、白诸词伯之风，而其句字与小叶徘辈街谈市谚之陋，闵庚氏而有传，子厚氏其无传，吾不信也已。书成帙，求一言以引重，因而论次乐府之有古今，为沈氏今乐府序。至正十二年夏四月十四日序。

序作于元惠宗至正十二年（1352），未言卷数版本，所收或为曲。此又见《江南通志》卷一百九十二"艺文志"著录，有《沈氏今乐府》。又《浙江通志》卷二百五十二著录有《沈氏今乐府》，云吴兴沈子厚著，徐一夔序。

沈嵩

沈嵩，松江（今属上海）人。生平不详。

元杨维桢《东维子文集》卷十一《沈生乐府序》云：

张右史尝评贺方回乐府，谓其肆口而成，不待思虑雕琢，又推其极至，华如游金、张之堂，冶如揽嫱、施之袪，幽洁如屈、宋，悲壮如苏、李，具是四工夫，岂可以肆口而成哉？益肆口而成者，情也；具四工者，才也。情至而此，贺才子妙绝一世。而文章巨公不能擅其场者，情之两至也。我朝乐府辞益简，调益严，而句益流媚不陋，自疏斋、酸斋以后，小山局于方，黑刘纵于圆。局于方，拘才之过也；纵于圆，恣情之过也。二者胥矢之。松江沈氏嵩尝从余朔南士间，听于音，往能吹余大小《铁龙》，作《龙吟曲》十二章，遂游笔乐府，积以成帙，求余一言重篇端。披其帙，见其情发于成才者亦似矣。生益造其诣，以小山之拘者自通，黑刘之恣者自撙，生之乐府不美于贺才子者，吾不信矣。生读书强记，有志晋人帖、南唐人画，乐府特其馀耳。有求生之才者，勿以是掩之。

未言卷数版本。

余景游

余景游，庆元（今属浙江）人。生平不详。

元戴表元《剡源戴先生文集》卷九《余景游乐府编序》云：

> 词章之体累变，而为今之乐府，犹字书降于后世，累变而
> 为草也，草之于书、乐府之于词章，礼法士所不为。余于童
> 时亦弃不学，及后有闻，乃知二艺者本为不悖于古，而余所
> 知，特未尽也。今夫小学之家钩毫布画，一人意而创之，千
> 万人楷而习之者，世之所谓正书。而古法之坏，则自夫正书
> 者始也，放焉而为草，草之自然，其视篆隶相去反无几耳。
> 国风、雅、颂，古人所以被弦歌而荐郊庙，其流而不失正，犹
> 用之房中焉，此乐府之所由滥觞也。余尝得先汉以来歌诗诵
> 之，大抵乐府而已。宋、梁之间，诗有律体，而继之作者，遂
> 一守而不变，声病偶俪，岁深月盛，以至于唐人之衰，而诗始
> 自为家矣。其为乐府者，又溢而陷于留连荒荡、杯酒狎邪之
> 辞，故学者讳而不言，以为必有托焉，陈礼义而不烦，舒性情
> 而不乱，其事宁出于诗？刘梦得有言"五音与政通，而文章
> 与时高下"，乐府之道，岂端使然？同乡友朱君景游自绝四方
> 之事，捐书避俗，日课乐府一二章，有所愤切，有所好悦，有
> 所感叹，有所讽刺，一系之于此编。成，久之不敢以示人，而
> 先私于余，余跃然曰：此固畴昔所悔以为未及尽知者也，君
> 强记洽闻，法度修谨，故其所作，援古多而谐今少，览者多有
> 以余为知言。岁阳在玄默、阴在敦祥，良月晦日，剡源戴表
> 元序。

序作于元世祖至元十九年（1282），未言卷数版本。

陈强甫

陈强甫，山阴（今属浙江）人。与义后裔，生平不详。著有《无

我词》。

元戴表元《剡源戴先生文集》十九《题陈强甫乐府》云：

> 少时，阅唐人乐府《花间集》等作，其体去五七言律诗不远，遇情愫不可直致，辄略加隐括以通之，故亦谓之曲。然而繁声碎句，一无有焉。近世作者几类散语，甚者竟不可读，余为之愤愤久矣。山阴陈强甫示余《无我词》一编，体用姜白石，趣近陆渭南，而编名适与其家去非公《无住词》相似，是有以爽然于余心者哉！

知为陈与义后裔。未言卷数版本。

吴孔瞻

吴孔瞻，生平不详。著有《山房乐府》。

元赵文《青山集》卷二《吴山房乐府序》云：

> 观欧、晏词，知是庆历、嘉祐间人语；观周美成词，其为宣和、靖康也无疑矣。声音之为世道邪？世道之为声音邪？有不自知其然而然者矣。悲夫！美成号知音律者，宣和之为靖康也，美成其知之乎？"绿芜凋尽台城路"、"渭水西风，长安乱叶"，非佳语也，凭高眺远之馀，蟹螯玉液以自陶写，而终之曰："醉翁山翁，但愁斜照敛。"观此词，国欲缓亡，得乎？渡江后，康伯可未离宣和间一种风气，君子以是知宋之不能复中原也。近世辛幼安跌荡磊落，犹有中原豪杰之气，而江南言词者宗美成，中州言词者宗元遗山，词之优劣，未暇论，而风气之异，遂为南北强弱之占，可感已。《玉树后庭花》盛，陈亡；《花间》、《丽情》盛，唐亡；清真盛，宋亡。可畏哉！吾友吴孔瞻所著乐府，悲壮磊落，得意处不减幼安、遗山，意者其世道之初乎？天地间能言之士骎骎欲绝，后此十年作乐歌，告宗庙，示万世，非老于文学，谁宜为？

未言卷数版本。

吴景山

吴景山，里贯名号等不详，晚始第，佐金陵阃府。

元袁桷《清容居士集》卷四十八《书吴景山乐府》云：

> 景山吴先生佐金陵阃府，时先子实为贰车，亦入幕。尝为桷言：先生壮岁客群公，飞笺疾记，坐宴席即就，就亦弗视，言论冰雪，怀吐奇磊，不肯屈人下。晚始第，奉常尝郁郁自慨，语昔时承平事，谓今当不复有。未几逃难解散，先生亦竟谢人世。后十馀年，其子博文为四明郡博士，先子家居，敦叙夙昔，犹一日也。桷客京师，博文适先后至，乃出先生手泽一通以示，盖方回、尧章之伯仲，非如刘改之徒喑呜叱咤，以气为言者也。唐子西之咏梅，不免以倨傲得罪。先生之词蕴而不露，哀而不怨，情见乎辞而莫知其止，殆骎骎乎国风矣。俯仰畴昔，悲不自胜，并志先子遗语而归之。大德乙巳，契家子四明袁桷书。

作于成宗大德九年（1305），知为手稿。

金承安

金承安，生平不详。

元袁桷《清容居士集》卷四十八《题金承安乐府》云：

> 幼岁见老乐工歌梨园音曲，若不相属，而均数无少间断，犹累累贯珠之遗意也。承安老人所补歌曲，按其音节无少异，此殆以文为戏者。黄豫章尝评小山乐府为狭邪之鼓吹、豪士之大雅，风流日远，惜不得共论承平王孙故态，为之慨然。

未言卷数版本。

胡涧翁

胡涧翁，生平不详。

元王礼《麟原文集》卷五《胡涧翁乐府序》云：

> 文语不可以入诗，而词语又自与诗别。曾苍山尝谓："词曲必词语婉娈曲折，乃与名体称。世欲畅意者，气使豪放语直，俳伶辈饰妇衣作社舞耳。其不苟句者，刻镂缀簇求字工，殆宫妆木偶人，形存而神不运。"余深以为知言。自《花间集》后，雅而不俚，丽而不浮，合中有开急处，能缓用事而不为事用，有叙实而不至塞滞，惟清真为然，少游、小晏次之，宋季诸贤至斯事所诣尤至。姑即乡国论，吾家松竹居士暨胡古潭、彭巽吾，皆词林之雄也。国初太原元裕之以此擅名，其后涿郡卢处道、河南张仲美，韵度俱非寻常可及。亲友胡善乐以其季父涧翁词稿示余，无前二者之失，而得诸老之遗，缠绵依约，语意深到，令人不能释手。既而谓余曰："往者季父词稿，司马昂夫尝序之矣，锓梓未完，而兵变尽废，捃拾记忆，存十一于千百。俟力稍舒，仍托工人寿之，子为序所以。"顾惟浅陋，奚足以窥曹、刘之墙？第念胡氏自宋以来，诗书阀阅，雄长当时，涧翁于古潭孙行，克传弓冶，不坠家声，又能傲睨凡流，得其礼接，甚登龙门，尚有承平王孙故态。今观其美制，可谓无愧古潭矣；回视松竹清风，绍其遗向者，其抑无愧于涧翁也乎。因序其稿，归之，并以识余之不武云耳。

知曾刊印，未言卷数。

倪孟明

倪孟明，生平不详，曾卜居漳州（今属福建）。著有《梁山樵唱集》。

元林弼《林登州集》卷十三《梁山樵唱集序》云：

> 梁山樵唱者，古定倪君孟明乐府集也。君蚤岁自大江以南游扬州，历览燕、赵、齐、鲁之墟，嵩、岱、河、洛之雄。侨京师十数年，巨公闻人定文字交，贵游豪士气谊相许，其伟迈奋发，酝藉风致，一寓乐府。故或追事吊古以舒情泄愤，或嘲花诮柳以赏心行乐，其意雄，其词婉，其声浑和壮厉，有中州作者气，大为酸斋贯公、玉霄滕公称赏。洎来漳，爱梁山泉石之胜，卜筑其下，酒酣耳热，浩歌一曲，樵夫牧子皆狎闻之而知其谱，因名曰《梁山樵唱》云。一日出示余，余虽不审其声，而粗识其语意，知其足以鸣国家治平之盛，与《阳春白雪集》并行于世也。然余闻长短句者，诗之馀也，虽南北之声不同，其为诗之馀也则一。君能诗，得李、杜家法，具在别集，是编特其绪耳，知孟明者当不专于是也。

未言卷数版本。

李道纯

李道纯，字元素，号清庵，又号莹蟾子，都梁（今属湖南）人。道士。著有《道德经注》、《中和集》、《太上大通经注》。

李氏词见载于诗文集中，明《正统道藏》本有《中和集》六卷，其中卷六为词和隐语，存词五十八首。按：《四库全书总目》有《中和集》三卷后集三卷，提要云：

> 元李道纯撰，道纯字元素，号清庵，都梁人。又自号莹蟾子。是书乃其门人蔡志颐所编，次题曰"中和集"者，盖取其师静室名也。前集上卷曰元门宗旨、曰画前密意，中卷曰金丹秘诀，下卷曰问答语录、曰全真活法。后集上卷曰论、曰说、曰歌，中卷曰诗，下卷曰词、曰隐语。大旨尽辟一切炉鼎服食修炼之说，而归于冲虚浑化，与造化为一。前有大德丙

午杜道坚序,盖世祖时人也。

此为《四库存目》书,为浙江巡抚采进本,前后集各三卷,总六卷,后集卷下有词。检《四库全书存目丛书》,子部收有《清庵先生中和集》前集三卷后集三卷附《道德会元》一卷,蔡志颐辑,明弘治十年(1497)许孟仁刻本。其中后集卷下载词和隐语,存词同《道藏》本。

其词又自诗文集中析出另行,见于藏家著录的有清陆漻《佳趣堂书目》载有《清庵李道纯词》一卷。

近世朱祖谋据元刊《清庵先生中和集》本辑《清庵先生词》一卷,刻入《彊村丛书》中,况周仪跋云:

> 庚申嘉平月既望,阅《清庵先生词》竟,皆道家言,说理圆彻,引而申之,乃至三教一源,庶几闳旨。其于禅乘,信有悟入处。其言性言道,言中言默,所谓示众无分彼此,不能出入二氏范围。唯如《沁园春》云:"中是儒宗,中为道本,中是禅机。"言之郑重,分明以殊途同归为注脚,与援儒入墨、推墨附儒有间。清庵生平,其殆固所守而观其通者。白太素朴《天籁集》《水调歌头》序云:"丙戌夏四月八日夜,梦有人以'三元秘秋水'五言谓予,请三元之义,曰:'上中下也。'恍惚玩味,可作《水调歌头》首句,恨秘字之义未详。后从相国史公欢游如平生,俾赋乐章,因道此句,但不知秘字何意。公曰:秘即封也,甫一韵而寤。后三日成之,以识其异。"前调序云:"予既赋前篇一月,举似京回郭义山。义山曰:此词固佳。但详梦中所得之句,元者应谓水府。今止咏甲子及秋水篇事,恐未尽也。因请再赋两阕,皆以'三元秘秋水'为起句。"清庵词《水调歌头》有赠白兰谷及言道、言性各一阕,亦皆以"三元秘秋水"为起句,太素词乃酬答清庵之作,顾必托诸梦幻,何耶?清庵赠兰谷词歇拍云:"谁为白兰谷,安寝感羲皇。"以太素有《水龙吟》睡词二阕,可知当日商榷文字,过从甚密。太素词作于丙戌至元二十三年,

清庵词当亦是时作也。临桂况周颐识于沪寓之天春楼。

庚申为民国九年（1920）。此本无校记。

滕斌

滕斌，一作滕宾，号玉霄，黄冈（今属湖北）人，一云睢阳（今河南商丘）人。元武宗至大间任翰林学士，出为江西儒学提举，后弃家入天台为道士。著有《玉霄集》。

滕氏词集见于明代藏家著录，计有：

1. 明钱溥《秘阁书目》著录有《滕玉霄词》，六。

2. 明叶盛《菉竹堂书目》著录有《滕玉霄词》，六册。

3. 明杨士奇等《文渊阁书目》卷十"诗词·月字号第二厨书目"著录有《滕玉霄词》，云一部六册，阙。又明杨士奇、清傅维麟《明书经籍志》著录有《滕玉宵（当作霄）词》，云一部六册，阙，菉竹堂同文渊阁。按："阙"之意是指此书已不存于文渊阁。

均未言卷数，然均标明六册，知存词量当有一定的规模。明都穆《寓意编》云：

> 李后主《崔屏图》，后有宋人书白乐天及荆公诗。元滕玉霄词，杨仪部藏，杨致仕回，已赠之京师人矣。

所指不知是否为词集。入清后，不见著录，知其词集久佚。

近世刘毓盘辑校有《涵虚词》，跋云：

> 《历代词人姓氏录》曰：滕宾，字玉霄，睢阳人。官江西儒学提举，后弃去，入天台山为道士，自号涵虚子。有词一卷，王奕清《曲谱》、李玄王《北词广正谱》皆曰玉霄精音律，善为曲。宁献王权《太和正音谱》曰玉霄之曲如碧汉闲云。陈继儒《太平清话》亦曰有元士大夫以制曲名者，豪爽则有冯海粟、滕玉霄二家，论曲者于玉霄尤津津述之不衰。王国维作《曲录》六卷，《戏曲考原》一卷，凡宋、金、元、

明、清以来杂剧传奇，搜罗殆尽，独于玉霄无一字道及，盖玉霄以散套负盛名，未作剧本，钟嗣成《录鬼簿》言之矣。杨慎《词品》曰：元人工于小令套数，而词学渐衰，惟滕玉霄《涵虚词》不减宋人之工。其《鹊桥仙》、《齐天乐》二词，清绮极矣。余尤喜其《瑞鹧鸪》、《念奴娇》二词，以其工于隶事也。按：玉霄初入仕途，旋游方外。蒋子正《山房随笔》曰：宋亡，士大夫多有出家者，或其流亚欤？又金元间方外人词如丘处机《磻溪词》、姬翼《知常先生云山集》，亦若唐之吕岩词、南平之伊用昌词、宋之张伯端《紫阳真人词》、张继先《虚靖真君词》、葛长庚《玉蟾先生词》、夏元鼎《蓬莱鼓吹词》，皆作炼形服气者言，千篇一律。《磻溪词》并改《念奴娇》曰《无俗念》、《望江南》曰《望蓬莱》、《西江月》曰《清心镜》、《浣溪沙》曰《玩丹砂》，巧立异名，此无谓之甚者。《唐书·礼乐志》曰：高宗自以李氏，老子之后也，于是命乐工制道调。玄宗即位，浸喜神仙之事，诏道士司马承祯制《玄真道曲》，茅山道士李会元制《大罗天曲》，工部侍郎贺知章制《紫清上圣道曲》，更迭奏之，由是道调与法曲及胡地新声并立为三部乐，诸家词已不传，吕岩等词或其遗响也。馀则若左誉则传其在家时词，刘澜则传其还俗后词，陈刚中则传其献赋得官后词，故一无蔬笋气。玉霄词九首明系在官时作，皆以绮语胜，辑为一编。散套则不录，以词曲固有别尔。癸亥冬，江山刘毓盘校毕并识。

作于民国十二年（1923）。

又周泳先辑《玉霄集》一卷，收入《唐宋金元词钩沉》，题记云：

杨升庵《词品》五称元人工于小令套数，而宋词又微，惟滕玉霄集中填词不减宋人之工。《太和正音谱》云玉霄之曲如碧汉闲云，《太平清话》云：有元士大夫以制曲名家者，豪爽则有冯海粟、滕玉霄二家。顾其集久佚，词传世者，除《元草堂》外，谨于《词品》得二首。但如《鹊桥仙》、《齐天乐》、《点绛唇》诸阕，清婉处较两宋名家不稍让也。泳先记。

此书有民国排印本。

吴会

吴会（1316—1388），字庆伯，号书山，金溪（今属江西）人。元惠宗至正三年（1343）举江西乡试第一，以足疾优游乡里，教书卖文为主。明初屡荐不起。著有《独足雅言》，又名《书山遗集》。

吴氏词见载于诗文集中，《四库全书总目》有《书山遗集》二十卷，提要云：

> 所作诗文即名《独足雅言》，凡二十卷，李梦阳《怀麓堂诗话》尚引其《挽张性》诗证杜律注非虞集作，则正德间尚存，近世已久无传本。是集为其裔孙尚纲所搜辑，以已非原本，故改题曰《书山遗集》，而仍编为二十卷，以存其旧。原刻《独足雅言解》一篇仍冠于首，会自序云："和乐畅易，清平时所著，为最先；愁促感激，辟地时所著，其次也；超逸迈放，学仙时所著，为最后也。"今观其诗雕缋有馀，而兴寄颇浅，在元末明初尚未能独立一帜。

此为《四库存目》书，为江西巡抚采进本。检《四库全书存目丛书》和《续修四库全书》，均收有《吴书山先生遗集》二十卷末一卷，均是据清乾隆三十四年（1769）刻本影印。前有"凡例"，之四云："原本诗馀谱著名，惟《朝中措》、《法曲献仙音》、《百字令》三谱著名，其馀如《浪淘沙》、《永遇乐》二谱原本无载，今俱照谱填明。"其中卷十四为诗馀，凡一卷，存词八首。

马清泉

马清泉，号需庵，生平不详。清黄虞稷《千顷堂书目》载《需庵马先生集》，云至元间人称清泉马需庵，失其名。

马氏词见载于诗文集中，《永乐大典》自《马需庵清泉集》录《临江仙》一首（2952/9A，指卷数和页码，下同），又自《马清泉需庵集》录《满江红》一首（3006/8A、9B），又自《需庵马先生集》录《西江月》、《清平乐》（11313/20A），自《马需庵诗》录《太常引》、《望江潮》、《水调歌头》、《江城子》二首、《蓦山溪》（14382/8A、B）。

其诗文集今不存。

詹玉

詹玉，字可大，号天游，江西人。生卒年不详，元惠宗至元间除翰林应奉、集贤学士，为桑哥党羽，桑歌败，为崔劾罢。著有《天游词》。

詹氏词集不见于藏家著录，晚清王鹏运四印斋刻《天游词》一卷，收入《汇刻宋元三十一家词》中，王鹏运跋云：

> 光绪甲申秋日，薄游淇上，道出封丘，于败肆中得抄本词一巨册，首尾断烂，不可属读。完善者唯《安陆词》及此耳。《安陆词》后题云："弘治丙辰春二月花朝前四日录于王氏馆。"复翁此本不知是否同时所录，然皆传抄，非明本也。癸巳春日，校付手民，亦元词眉目也。吟湘病叟记。

跋作于清光绪十九年（1893），此本见缪荃孙《目录词小说谱录目》、叶德辉《叶氏观古堂藏书目》等著录。

叶兰

叶兰，字楚庭，号醉翁，鄱阳（今属江西）人。隐居不仕。元末明初人，至景泰中卒，年九十九岁。著有《寓庵集》。

民国时赵尊岳辑《明词汇刊》，其中有《寓庵词》一卷，今有上海古籍影印刻本，赵氏跋云：

兰，字楚庭，别号醉翁，鄱阳人。隐居不仕。元末入明，
至景泰中卒，年九十九岁。著《寓庵集》，其乡后学史简为刊
之，附词一首。金陵盇山精舍藏其书，余获读而录之，以授
梓焉。丙寅秋日，叔雍。

丙寅为民国十五年（1926），是据别集本录出，存词一首，末有赵氏手
书一行云："同日校传抄盇山集本。珍重。"

陶宗仪

陶宗仪（1320—？），字九成，号南村，黄岩（今属浙江）人。曾
为松江胥吏，元惠宗至正间两应乡试不中，以避兵乱居松江华亭。明
太祖洪武年间朝廷诏征儒士，荐不出。晚年曾出任教官。著有《辍耕
录》、《南村诗集》、《书史会要》等，又辑有《说郛》。

陶氏词见附于诗集后，计有：

1. 《元人十种诗》本《南村诗集》四卷，毛氏汲古阁刊本，其中
卷四末载有词，存六首。

2. 《四库全书》本《南村诗集》四卷，提要云：

是集不知何人所编，考其题中年月及诗中词意，入明所
作十之九，惟《铙歌鼓吹曲》诸篇似为元时作耳。其编次年
月颇为无绪，殆杂收遗稿而录之，未遑铨次。又顾阿瑛《玉
山草堂雅集》所载《澄怀楼》七律一首、《送殊上人》七律一
首，皆不见收，知非宗仪自编也。

所据为毛氏汲古阁刊本，为浙江鲍士恭家藏本，存词情况同汲古
阁本。

3. 《台州丛书后集》本《南村诗集》四卷，存词情况同汲古
阁本。

4. 《读画斋丛书》本《沧浪棹歌》一卷，为明唐锦选辑的陶氏诗
词，末附词，存词情况同汲古阁本。

民国时赵尊岳辑《明词汇刊》，其中有《沧浪棹歌》一卷，今有上海古籍影印刻本，赵氏跋云：

> 右《沧浪棹歌》一卷，附《陶南村集》中。南村名宗仪，字九成，黄岩人。元时举进士，一不中，即弃去。古学无所不窥，工诗文。家贫，教授自给。洪武初累征不就，晚年有司聘为教官。常客松江，躬亲稼穑，暇则憩于树阴，有所得，摘叶书之，贮一破盎。十年积盎十数，一日发而录之，得三十卷，名《辍耕录》，盛传于世。其他《书史》、《四书》、《古刻丛编》之属，纂述亦夥。《棹歌》则附于《南村诗集》以行者也。戊辰七月，高梧轩。

戊辰为民国十七年（1928），是自《沧浪棹歌》析出，末有赵氏手书一行云："同日以传抄盍山藏本校。叔邕。"

明

张以宁

张以宁（1301—1370），字志道，号翠屏山人，古田（今属福建）人。元泰定四年（1327）进士。知六合县，累官至翰林侍讲学士。入明，授翰林侍读学士，奉使安南，卒于归途。著有《翠屏集》。

张氏词见载于诗文集中，今有《四库全书》本《翠屏集》四卷，提要有"是集为宣德三年所刊"云云，知是据明刊本录入，为浙江汪汝瑮家藏本。其中卷二附载有词，存二首。

民国时赵尊岳辑《明词汇刊》，其中有《翠屏词》一卷，今有上海古籍影印刻本，赵氏民国十六年（1927）跋云："著《学士集》，词二首附焉。"末有赵氏手书一行云："同日以传抄盍山藏本校。高梧。"又《词学季刊》第二卷第一号（民国二十三年出版）载赵氏《惜阴堂汇刻明词提要》，其中有《翠屏词》一卷，云："有《翠屏集》，词二首附，意境高迥。"知是据别集本录出，存词二首，与库本同源。

魏观

魏观（？—1374），字杞山，蒲圻（今属湖北）人。元末隐居蒲山，明太祖洪武初奉命侍太子说书，迁国子祭酒，为礼部主事。出知苏州府，擢四川参知政事。后被谮伏诛，帝寻悔之，命致祭归葬。著有《蒲山牧唱》。

民国时赵尊岳辑《明词汇刊》，其中有《蒲山渔唱》一卷，今有上海古籍影印刻本，赵氏民国二十四年（1935）跋云："遗集题《蒲山渔唱》，余在京师得见成化刊本，三词并在集中，为移录之。"知是据别集本录出。末有赵氏手书一行云："同日校北海书藏成化刊本。高梧。"

刘基

刘基（1311—1375），字伯温，青田（今属浙江文成）人。元文宗至顺四年（1333）以明经登进士第，除高安丞，为江浙儒学副提举。明太祖洪武初拜御史中丞兼太史令，授弘文馆学士。封诚意伯，卒谥文成。著有《犁眉公集》、《覆瓿集》、《写情集》。

刘氏词集明时已刊行，叶蕃《写情集序》（洪武十三年，1380）云："《写情集》者，诚意伯括苍刘先生六引三调之清唱，四上九成之至音也。……今先生既薨，其仲子仲璟与其长孙廌谋以是编锓梓垂远，以蕃于先生辱平昔之好，命为之序。"知为其后人刊印。又有杨守陈序云：

> 国初诚意伯刘公伯温尝著《郁离子》五卷、《覆瓿集》并拾遗二十卷、《犁眉公集》五卷、《写情集》暨《春秋明经》各四卷，其孙廌集御书及状序诸作，曰《翊运录》，皆锓梓行世。然诸集涣而无统，板画久而浸湮，学者病之。巡浙御史戴君用与其寀薛君谦、杨君琅谋重锓，乃录善本，次第诸集，而冠以《翊运录》，俾杭郡守张君僖成之，属守陈序。……三御史之重锓兹集，盖高山景行之志也。守陈之序，居培塿而论嵩岱，持土苴而置之夜光朝采之上，可乎哉？成化六年夏六月四明杨守陈序。

序作于明宪宗成化六年（1470）。知明时多次刊刻过，先是各自梓行，后又合编成全集刊印，其中均有《写情集》，凡四卷。黄伯生《诚意伯刘公行状》（洪武十六年，1383）云："遗文《郁离子》十卷、《覆瓿集》二十四卷、《写情集》四卷，长子琏又集所遗文稿五卷，名曰《犁眉公集》。"

今有《四部丛刊》本，是影印明刊《太师诚意伯刘文成公集》二十卷，前有新旧序多篇，涉及明代多个朝代。据前序后跋，此本当为明穆宗隆庆六年（1572）重刻本。其中卷十八为诗馀，凡一卷，存词二百三十三首。

又有《四库全书》本《诚意伯文集》二十卷，提要云："其诗文杂著，凡《郁离子》四卷、《覆瓿集》十卷、《写情集》二卷、《春秋明经》二卷、《犁眉集》二卷，本各自为书，成化中巡按浙江御史戴璟等始合为一帙，而冠以基孙廌等所撰《翊运录》。"知所据为明刊全集本，为浙江巡抚采进本。库本卷十一、十二为《写情集》，凡二卷。又张廷玉等《明史》卷九十九著录有："《覆瓿集》二十四卷拾遗二卷皆元时作，《犁眉公集》四卷，《文成集》二十卷汇诸集及《郁离子》、《春秋明经》诸书，词四卷。"又明凌迪知《万姓统谱》卷六十小传云所著有《郁离子》、《覆瓿集》、《写情集》、《犁眉公集》。

其词集见于明代藏家著录的有：

1．明晁瑮《晁氏宝文堂书目》著录有《写情集》一本。

2．明高儒《百川书志》卷六著录有《写情集》二卷，凡二百一十六首。

3．明赵琦美《脉望馆书目》著录有《写情集》一本。

4．明董其昌《玄赏斋书目》卷七著录有《写情集》。

以上均未标明版本，亦罕标明卷数。明陈霆《渚山堂词话》卷一云："刘伯温有《写情集》，皆词曲也，惜其大阕颇窒滞，惟小令数首觉有风味。"

见于清人著录的有：

1．清黄虞稷《千顷堂书目》卷三十二著录有《写情集》四卷。

2．清钱曾《钱遵王述古堂藏书目录》著录有《写情集》。

3．清钱曾《也是园藏书目》卷七著录有《写情集》四卷。

4．清林佶《天一阁书目》著录有《写情集》一本。又舒木鲁氏抄《天一阁书目》著录有《写情集》一本。又清薛福成《天一阁见存书目》卷四著录有《写情词》一册，全。按：王国维《传书堂藏善本书志》著录有《写情集》二卷，云明刊本。又云："处州府知府林富重编，叶蕃序，洪武十三年，此即诚意伯刘先生文集之十五、十六二卷，天一阁藏书。"知为别集本。又蒋汝藻《传书堂善本书目》卷十二著录有《写情集》二卷，明刻本（归西谛），当同王国维的著录。检郑振铎《西谛书目》卷五，著录有《诚意伯刘先生文集写情集》二卷，明刊本，一册。

5. 清曹寅《楝亭书目》卷四著录有《写情集》，抄本，一卷，一册。

6. 清徐秉义《培林堂书目》著录有刘基词，一册。

7. 清陈撰《稽瑞楼书目》"邑中著述捐入兴福寺"著录有《写情集》，一册，旧刻本。

8. 《浙江通志》卷二百五十二著录有《写情集》二卷。

以上或标作四卷，或作一卷、二卷，也有未标明卷数者。且多未言版本情况。

民国时有《景刊宋金元明本词》本，附有《明洪武本写情集》四卷，前有叶蕃序。

民国时又有赵尊岳辑《明词汇刊》，其中有《诚意伯词》一卷，今有上海古籍影印刻本，赵氏跋（民国二十二年，1933）云："有明三百馀年，刊本不一。余初得睹芝田令万里续梓本于金陵，裁录其词。渐又见丽水何镗刊本，以相雠校。"知是据别集本录出。又跋云：

> 乙亥秋七月，陶本甫杀青，因得假校一过。其编次盖与丽水本同，文字亦无同异。前有叶蕃序一篇。按之为洪武十三年刊本，题《写情集》，实为刘词之祖本。凡分四卷：自《河传·江上作》至《怨王孙·翠被》一首为第一卷，《谒金门》至《蝶恋花·春梦》一首为第二卷，《摸鱼儿·晚春》至《清平乐·春风》一首为第三卷，《锦堂春》至《满庭芳·清明》为第四卷。不知丽水覆锓，何以合四卷为一篇。陶刻精整，几可乱真，雠校之馀，并移录叶序以冠兹刻，用存全豹。

尊岳再记于宣武城南。夜镫人静，漏下两鼓，明河在天，
斯景清绝，恰宜词境，未易轻忘也。

乙亥为民国二十四年（1935），陶本是指《景刊宋金元明本词》。末有
赵氏手书一行云："丁丑三月，据何本、陶覆本重校。珍重阁。"丁丑
为民国二十六年。

另《四库全书总目》著录有《蕉窗意隐词》一卷，提要云：

详考其词，皆明刘基之作，盖奸巧书贾抄基词以售伪，嫁
名于明代编辑《古今逸史》之吴管，既而觉集中舒穆尔，按：
舒穆尔原作石抹，今改正。元师之类不似明人，又增题一元字，并
其人而伪之耳。

所据为抄本，为编修汪如藻家藏本。又清《续文献通考》卷一九八著
录有《蕉窗意隐词》一卷，云："不著撰人名氏。臣等谨按：旧本题元
吴管撰，管，里贯无考。核其词，皆明刘基之作，盖书贾托名售
伪者。"

陶安

陶安（1312—1368），字主敬，当涂（今属安徽）人。元惠宗至正
四年（1344）中浙江乡试，授明道书院山长。明太祖洪武初迁江西参
政，卒赠封姑孰郡公。著有《陶学士集》。

陶氏词见载于诗文集中，今有《四库全书》本《陶学士集》二十
卷，提要云："此本分体编次，与所作赋、词共为十卷，其文亦十卷，
而送人之序引居其半。"未言版本情况，为浙江汪汝瑮家藏本，其中卷
十附载有词，存二十三首。

民国时赵尊岳辑《明词汇刊》，其中有《陶学士词》一卷，今有上
海古籍影印刻本，赵氏跋（民国十五年，1926）云："右《陶学士词》
一卷，盖自全集中裁篇别出者也。……所著题《陶学士集》，余得之于
金陵，因为属锓者也。"末有赵氏手书一行云："丙子除夕，校盉山藏

明刊本。高梧。"丙子是民国二十五年（1936）。又《词学季刊》第二卷第一号（民国二十三年出版）载赵氏《惜阴堂汇刻明词提要》，其中有《陶学士词》一卷，云："著《陶学士集》，词二十四首附。"知是据别集本录出。

刘夏

刘夏（1314—1370），字迪简，号简卿，安福（今属江西）人。元末避地瑞州。明太祖洪武元年（1268）上书撰《大学旨要》进呈，应诏称旨，差往汴陕访采前代政绩，笔削成书以献。又复差往交址竣事，归途没于南宁。著有《刘尚宾文集》。

刘氏词见载于诗文集中，今有明永乐刘拙刻成化刘衢增修本《刘尚宾文集》五卷附录一卷、《刘尚宾文续集》四卷，《续修四库全书》据以影印，其中卷一末附有诗馀，存词五首。

林鸿

林鸿，字子羽，福清（今属福建）人。明太祖洪武初以人材荐授将乐县儒学训导，擢礼部员外郎。著有《鸣盛集》、《鸣盛词》。

林氏词见载于诗文集中，《四库全书》有《鸣盛集》四卷，提要云："此本为成化初鸿郡人温州知府邵铜所编，末有铜跋，称览其旧稿，慨然兴思，因详加校勘，补其缺略。"所据为明刊本，为浙江汪启淑家藏本。有倪桓洪武三年（1370）序和刘嵩洪武庚申（1380）序。库本卷四附有词，存十三首。

另见于著录的有：

1. 明高儒《百川书志》卷六著录有《鸣盛词》一卷，云凡三十一首。

2. 清黄虞稷《千顷堂书目》卷三十二著录有《鸣盛词》一卷。

二家均未言版本，《百川书志》著录的数目较别集本为多，黄虞稷为明末清初人，知入清后，其词集已佚。

民国时赵尊岳辑《明词汇刊》，其中有《鸣盛词》一卷，今有上海古籍影印刻本，赵氏跋（民国十五年，1926）云："其所昵张红桥能诗文，辄与唱酬，终委身事之，一时传为艳遇。集中《蝶恋花·记得红桥西畔路》一首，盖红桥作，误入《鸣盛集》中者。兹依明本授梓，故未为删乙，一如其旧云。"末有赵氏手书一行云："同日以传抄盉山藏本校。叔邕。"按：《词学季刊》第二卷第一号（民国二十三年出版）载赵氏《惜阴堂汇刻明词提要》，于《鸣盛词》一卷云："其所昵张红桥能诗文，相与唱酬，卒归事之，一时传为嘉话。遗著题《鸣盛集》，词附，都三十一首。就中《蝶恋花》则红桥所作而羼入者也。其和虞道园、冯尊师之《苏武慢》凡八首，外此二十二首，词笔雅整，而不免于弱。"知是据别集本析出。

杨琢

杨琢，字季成，号放鹤翁，休宁（今属安徽）人。元末儒生。明太祖洪武初荐授本县儒学教谕。著有《心远楼存稿》。

杨氏词见载于诗文集中，今有清康熙三十九年（1700）杨湄等刻本《心远楼存稿》八卷，《四库未收书辑刊》据以影印，其中卷六为词调，存词一卷。

民国时赵尊岳辑《明词汇刊》，其中有《心远楼词》一卷，今有上海古籍影印刻本，有赵万里跋（民国二十五年，1936），云："弘治中其裔孙凤梓其遗书，题《心远楼存稿》，凡八卷，其书久佚不传。《明史·艺文志》及《千顷堂书目》均未著录，余得见汉阳叶氏所藏书抄本，弥可珍秘，因传录其词以示叔雍焉。"知是据别集本录出。

贝琼

贝琼（1314—1378），初名阙，字廷臣，又字廷琚，号清江。明太祖洪武三年（1370）征修《元史》，除国子助教。著有《清江贝先生集》等。

贝氏词集附载于诗文集后，计有：

1. 《四部丛刊》本影印明初刊本《清江贝先生文集》三十卷诗集

十卷，其中诗集卷十附有诗馀，存词十四首。

2.《四库全书》本《清江诗集》十卷文集三十一卷，提要云："仅有抄本流传。康熙丁亥桐乡金坛购得之，始为刊板。"知所据为清康熙刻本，为编修汪如藻家藏本，其中诗集卷十附有诗馀，存词情况同《四部丛刊》本。按：清金檀辑《文瑞楼丛刊》，其中有《贝清江先生全集》四十卷，为清康熙五十八年（1719）燕翼堂刻本，库本所据，当为此本，诗文集合计四十卷。

民国时赵尊岳辑《明词汇刊》，其中有《清江词》一卷，今有上海古籍影印刻本，赵氏跋（民国十七年，1928）云："著《清江集》，附词。余初得写本于金陵，既以《四部丛刊》景明初刊本校之，以附椠焉。"末有赵氏手书一行云："同日校明景刊本。高梧。"又《词学季刊》第二卷第一号（民国二十三年出版）载赵氏《惜阴堂汇刻明词提要》，其中有《清江词》一卷，云："著《清江集》，词十五首附存。"知是据别集本析出。

刘三吾

刘三吾（1318—1400），初名昆，后改如孙，字三吾，以字行，号坦斋。茶陵（今属湖南）人。仕元为广西静江路副提举。明太祖洪武十八年（1385）以荐授左赞善，迁翰林学士。著有《坦斋刘先生文集》。

刘氏词见载于诗文集中，今有明万历六年（1578）贾缘刻本《坦斋刘先生文集》二卷，《四库全书存目丛书》据以影印，其中卷下附有诗馀，存词七首。

民国时赵尊岳辑《明词汇刊》，其中有《坦斋先生词》一卷，今有上海古籍影印刻本，赵氏跋（民国十五年，1926）云："有《琼署》、《春坊》、《北园》、《知非》、《化鹤》、《正气》等集，合为《坦斋集》，词一卷附。"末有赵氏手书一行云："同日校传抄盋山藏本。高梧。"又《词学季刊》第二卷第一号（民国二十三年出版）载赵氏《惜阴堂汇刻明词提要》，其中有《坦斋先生词》一卷，云："有《琼署》、《北园》、《春坊》、《鹤池》、《知非》、《正气》等集，合为《坦斋集》，词一卷十二首附。多酬赠之作，间有流畅之笔。"知是据别集本析出。

凌云翰

凌云翰（1323—1388），字彦翀，号柘轩、避俗翁、五云，钱塘（今浙江杭州）人。元惠宗至正十九年（1359）举浙江乡试，授兰亭书院山长，不赴。明太祖洪武初以荐授四川成都教授，卒于任所。著有《柘轩集》四卷。

凌氏词见于诗文集中，清有《四库全书》本《柘轩集》五卷，为两淮盐政采进本。其中卷五为词，凡一卷，所录有和唱《鸣鹤遗音》之《苏武慢》并序，序云：

> 世传全真冯尊师《苏武慢》廿篇，前十篇道遗世之情，后十篇论学仙之事。……著雍阉茂之岁夕夕后三日，偶阅《道园遗稿》，欲尽和之，甫成一篇，辄为韵拘，笔弗得骋，于是行思坐惟，或得一句一韵，索纸书之，越三日又成四篇，尚少大半，意殊闷闷。廿三日城南醉归，拥炉孤咏，连得四篇半，兴未已，而夜寒手龟，不能足也。明日更成二篇半，并《无俗念》一篇，凡十又三篇，览者幸为正焉。

除《苏武慢》十二首和《无俗念》一首和词外，还另有十四词，共存词二十七首。

晚清以来或自别集析出刊刻另行，计有：

1. 清丁丙辑《西泠词萃》本《柘轩词》一卷，清光绪十三年（1887）刻本。按：此本见吴昌绶《宋金元词集见存卷目》附《双照楼续辑宋金元百家词目》著录，又见缪荃孙《目录词小说谱录目》著录，云杭州词本。

2. 《彊村丛书》本，朱氏跋云：

> 凌彦翀《柘轩词》一卷，吴伯宛据《西泠词萃》重为编校

　　本，和全真冯尊师《苏武慢》十二首，又《无俗念》一首本在
　　前，伯宛既写定《道园乐府》，因校是词，移编于后，与《道
　　园》同例。……瞿佑《归田诗话》称彦翀以梅词《霜天晓角》
　　百首、柳词《柳梢青》百首，号《梅柳争春》。《历代诗馀》引
　　《词品》曰：杨复初筑室南山，以村居自号。凌彦翀赋《渔家
　　傲》寿之云："采芝步入南山道，道深宛似蓬莱岛。闻说村居
　　诗思好，还被恼，苍苔满地无人扫。　　　载酒亭前松合抱，
　　客来便许同倾倒。玉兔已将灵药捣。秋意早，月华长似人难
　　老。"据此，则彦翀佚词尚多，《词萃》所刻，殆非足本欤？
　　归安朱孝臧跋。

是以吴昌绶据《西泠词萃》本重编本刻入。所谓《梅柳争春》，见明瞿
佑《归田诗话》"钟馗图"，云："继以梅词《霜天晓角》一百首，柳词
《柳梢青》一百首，号《梅柳争春》者，属予和之。"知《梅柳争春》
存词二百首。又明田汝成《西湖游览志馀》卷十二："作梅词《霜天晓
角》一百首、柳词《柳梢青》一百首，号《梅柳争春》，韵调俱美。"
《梅柳争春》二百首未见收入诗文集中，或已散佚。检黄虞稷《千顷堂
书目》卷三十二著录有凌云翰《梅柳争春词》一卷，则明末清初此书
尚存。入清未见著录。

林弼

　　林弼（1325—1381），一名唐臣，字元凯，龙溪（今属福建）人。
元惠宗至正八年（1348）进士，授漳州路知事。明太祖洪武年间授吏
部主事，擢礼部郎中，转吏部，出知登州。著有《登州集》。

　　林氏词见载于诗文集中，今有《四库全书》本《登州集》二十三卷，
未言所据版本，为福建巡抚采进本，其中卷七附有诗馀，存词三首。

　　民国时赵尊岳辑《明词汇刊》，其中有《登州词》一卷，今有上海
古籍影印刻本，赵氏跋（民国十八年，1929）云："著《登州集》，词
附，亦丁氏故物也。"知是据别集本录出，存词三首，末有赵氏手书一

行云："同日以传抄盇山藏本校。叔雍。"

杨基

杨基（1326—？），字孟载，号眉庵，晚号海雪，吴县（今江苏苏州）人。明太祖洪武初知荥阳县，被荐为江西行省幕官，奉使湖广、广西，还授兵部员外郎，出为山西按察使。著有《眉庵集》。

杨氏词集附载诗文集后，张廷玉等《明史》卷九十九"艺文志"载有杨基《眉庵集》十二卷词一卷。今有《四部丛刊三编》影印明成化刊本《眉庵集》十二卷补遗一卷，前有江朝宗序云："先生所著《眉庵集》有五七言古体、五七言律诗及歌行、排律、绝句、词曲，总若干篇，教授郑钢编集，已板行矣。……厘为十二卷，绣梓以广其传，其用心亦厚矣哉。"又《后志》云："后至天顺间，郡人郑教授尝为刊行，间多讹谬，矧诸奇作失载，识者病焉。……爰命庠生颜恭文起会各本录就，请前翰林学士西蜀江君序诸首，重图锲梓以传。"序作于明宪宗成化二十年（1484），知刊于成化年间。卷十二为词曲，存词一卷。

清有《四库全书》本《眉庵集》十二卷，提要云："集初为郑钢板行成化中，吴人张习重刻，嘉州江朝宗为之序，习为后志云。"所据为明成化刊本，为安徽巡抚采进本，存词卷数同《丛刊》本。

其词集有单行者，罕见明代藏家著录，如明高儒《百川书志》卷六著录有《眉庵词》一卷。而清以来多见藏家著录，计有：

1. 清黄虞稷《千顷堂书目》卷三十二著录有《眉庵词》一卷。

2. 《劳氏碎金》卷中著录有《眉庵词》一卷，手抄本。按：清丁丙《善本书室藏书志》卷四十著录有《眉庵词》一卷，云劳氏抄本。与《劳氏碎金》著录的为同一本书。

3. 清陆心源《皕宋楼藏书志》卷一百二十著录有《眉庵词》一卷，旧抄本，并录劳氏跋。

4. 清沈德寿《抱经楼藏书志》卷六十四著录有《眉庵词》一卷，抄本。

另今存有《宋金元明十六家词》本，清抄本，佚名录清劳权校跋，清丁丙跋。其中有《眉庵词》一卷。

民国时见于刊刻的有：

1. 沈宗畸辑《晨风阁丛书》本，为清宣统元年（1909）番禺沈氏刊本，其中有《眉庵词》一卷，沈氏跋（宣统元年）云："右杨孟载《眉庵词》一卷，从明高安陈邦瞻所刻明初四家诗写录，即《眉庵集》十二卷之末。"知是自别集中析出。

2. 赵尊岳辑《明词汇刊》本，其中有《眉庵词》一卷，今有上海古籍影印刻本，赵氏跋（民国二十七年，1938）云："著《眉庵集》，词即附载集中。余得其集于杭州，遂录其词焉。"末有赵氏手书一行云："丁丑元日，校传抄西泠书藏本。高梧。"丁丑为民国二十六年（1937）。又《词学季刊》第二卷第一号（民国二十三年出版）载赵氏《惜阴堂汇刻明词提要》，其中有《眉庵词》一卷，云："著《眉庵集》，词七十一首附见。余在盍山书藏得读其书，为之裁编以别行。词笔清新雅令，间失之弱而不伤靡。"知是据别集本录出。

史迁

史迁（1326—？），字良臣，号清斋，金坛（今属江苏）人。元季隐居，以教授自给。明太祖洪武间应召，除蒲城令，知忻州，又知廉州。著有《青金集》。

民国时赵尊岳辑《明词汇刊》，其中有《青金词》一卷，今有上海古籍影印刻本，赵氏跋（民国二十四年，1935）云："著《青金集》八卷，原书刊于成化间，传世甚罕。四明卢氏抱经楼藏传抄本，此则就抄本乙录者也。"是据别集本录出。末有赵氏手书一行云："同日据北海书藏藏抱经楼本校。叔邕。"

王行

王行（1331—1393），字止仲，号淡如居士，又号半轩、楮园，长洲（今江苏苏州）人。明太祖洪武初郡庠延为经师，隐居石湖。后游京师，居凉国公蓝玉西塾，玉被诛，行父子同坐法。著有《楮园集》、

《半轩集》、《学言稿》。

王氏词集见于清以来著录，今存词集丛编中收其词集的有：

1. 《宋元明六家词》本，清道光、咸丰间劳权抄本，清劳权校跋并录清赵辑宁题识，清丁丙跋，其中有《半轩词》一卷。

2. 《十家词抄》本，清何元锡家抄本，清何元锡校，清丁丙跋，其中有《半轩词》一卷。检清丁丙《善本书室藏书志》卷四十著录有《半轩词》一卷，精抄本，何梦华藏书。同《十家词抄》本，盖析出著录者。

3. 《宋金人词》本，清光绪三十四年（1908）缪氏艺风堂抄本，缪荃孙校，其中有《半轩词》一卷。检缪荃孙《目录词小说谱录目》"词类二"著录有《半轩集》一卷，传写何梦华本。

又见于藏家著录的有：

1. 清曹寅《楝亭书目》卷四著录有《半轩词》，抄本，一卷。

2. 张元济《涵芬楼原存善本草目》著录有《半轩词》，旧抄本，批校。

此外，其诗文集也载有词，《四库全书》有《半轩集》十二卷，所据为两淮马裕家藏本，库本卷十一为词，凡一卷，存十八首。又卷十二附有词，凡三首。又清朱彝尊《词综》"发凡"和卷三十小传云有《半轩集词》一卷。

民国时赵尊岳辑《明词汇刊》，其中有《半轩词》一卷，今有上海古籍影印刻本，赵氏跋（民国二十七年，1938）云："行善泼墨山水，著《二王法书辨》、《半轩集》，词附。兹为别行，以广其传云。"又《词学季刊》第二卷第一号（民国二十三年出版）载赵氏《惜阴堂汇刻明词提要》，于《半轩词》一卷云："著《半轩集》、《二王法书辨》，词十四阕，载于集中。词笔流畅，可与《眉庵》、《扣舷》相伯仲。"知是据别集本录出。

刘炳

刘炳（1331—1399），一作刘昺，镏炳，字彦昺，以字行，号懒云翁，鄱阳（今江西鄱阳）人。明初任中书典签，出为大都督府掌记，知东阿县。著有《春雨轩集》。

刘氏词见载于诗文集中，有《四库全书》本《刘彦昺集》九卷，未言是否为刻本，为编修汪如藻家藏本。库本卷八为"南词"，存词一卷，凡十八首。按：张廷玉等《明史》卷九十九"艺文志"著录有刘炳《春雨轩集》十卷词一卷。

又《四库全书》有清史简编《鄱阳五家集》十五卷，为江西巡抚采进本，其中有《春雨轩集》四卷，提要云："所录以诗为主，间亦载诗馀及杂赋。"库本《鄱阳五家集》卷十四附"南词"，存词十四首。

其词集见于藏家著录的不多，有：

1. 明高儒《百川书志》卷六著录有《春雨轩词》一卷，凡十八阕。

2. 清黄虞稷《千顷堂书目》卷三十二著录有《春雨轩词》一卷。

《百川书志》载词之数目同库本诗文集所附，知是自别集中析出另行，入清后则罕见藏家著录。

民国时赵尊岳辑《明词汇刊》，其中有《鄱阳词》一卷，今有上海古籍影印刻本，赵氏跋（民国二十三年，1934）云："有《鄱阳集》九卷，词一卷。案：卷端署"南词"，《明词综》小传：《春雨轩词》一卷。末题'春雨轩'名也。"末有赵氏手书一行云："同日以传抄盖山藏本校。高梧。"又《词学季刊》第二卷第一号（民国二十三年出版）载赵氏《惜阴堂汇刻明词提要》，于《鄱阳词》一卷云："有《鄱阳集》九卷，词一卷，凡十九首，词笔宛转如意。是据别集本析出者。"

高启

高启（1336—1374），字季迪，号槎轩，又号青丘子，长洲（今江苏苏州）人。博学工诗，隐居吴淞青丘。明太祖洪武初召修《元史》，授翰林编修，擢户部侍郎，固辞。坐魏观事诛。著有《大全集》、《扣舷集》。

高氏词集见附于诗文集后，今有《四部丛刊》本《高太史凫藻集》五卷《高太史扣舷集》一卷，是据明正统九年（1444）周忱刊本影印的。

又清张廷玉等《明史》卷九十九"艺文志"载高启《槎轩集》十卷《大全集》十八卷词一卷。

其词集《扣舷集》后另行，今存有《宋金元明十六家词》本，清抄本，佚名录清劳权校跋，清丁丙跋，其中有《扣舷词》一卷。

又多见藏家著录，计有：

1．明王道明《笠泽堂书目》著录有《高太史扣舷集》一册。

2．明高儒《百川书志》卷六著录有《高太史扣舷集》一卷，凡二十九首。

3．清黄虞稷《千顷堂书目》卷三十二著录有《扣舷集》一卷。

4．《御选历代诗馀》卷一百十"词人姓氏"云词一卷，名《扣舷集》。

5．清陆漻《佳趣堂书目》著录有《扣船（当作舷）词》一卷。

6．清曹寅《楝亭书目》卷四著录有《扣舷集》，抄本，一卷。

7．《劳氏碎金》卷中著录有《扣舷集》一卷，手抄本。检清丁丙《善本书室藏书志》卷四十著录有《扣舷集》一卷，云劳氏抄本，与《劳氏碎金》著录当同。

8．清陆心源《皕宋楼藏书志》卷一百二十著录有《扣舷集》一卷，旧抄本。录有劳氏手跋。

民国时赵尊岳辑《明词汇刊》，其中有《扣舷词》一卷，今有上海古籍影印刻本，赵氏跋（民国二十七年，1938）云："所著《大全集》、《鸳（当作凫）藻集》。余则以文瑞楼刊本摘录其词者也。"末有赵氏手书一行云："丁丑元日校《四部丛刊》本。叔邕。"丁丑为民国二十六年（1937）。又《词学季刊》第二卷第一号（民国二十三年出版）载赵氏《惜阴堂汇刻明词提要》，于《扣舷词》一卷云："词凡三十二首，虽较柔脆，而思理才情，咸臻上乘。"知据别集本析出。

董纪

　　董纪（1338—？），字良史，后以字行，更字述夫，号一槎，松江（今属上海）人。明太祖洪武十五年（1382）举贤良方正，廷试对策称旨，授江西按察使金事，未几告归，筑西郊草堂以居，因以名其集。著有《西郊笑端集》。

　　董氏词见载于诗文集中，今有《四库全书》本《西郊笑端集》二卷，所据为明成化刊本，为两淮盐政采进本。其中卷一附载有词，存六首。

　　民国时赵尊岳辑《明词汇刊》，其中有《西郊笑端词》一卷，今有上海古籍影印刻本，赵氏跋（民国十六年，1927）云："有《西郊笑端集》二卷，词附。余得之于金陵，归示蕙风先生，欣然共读。时先生方辑《历代词人考鉴》，因录副以贻之。"末有赵氏手书二行云："丙子天中日，以传抄盍山藏本校。高梧轩记。"丙子为民国二十五年，1936。又《词学季刊》第二卷第一号（民国二十三年出版）载赵氏《惜阴堂汇刻明词提要》，于《西郊笑端词》一卷云："有《西郊笑端集》二卷，词六首附。余得之于金陵，归示蕙风先生，相共欣赏。词稳沉淡泊，大有元代许鲁斋之风。"知是据别集本录出。

朱朴

　　朱朴，字元素，号西村，海盐（今属浙江）人。布衣，性耽诗，明正德、嘉靖间与文徵明、孙一元相唱酬。著有《西村诗集》。

　　朱氏词见载于诗文集中，今有《四库全书》本《西村诗集》二卷补遗一卷，提要云："是集为其孙彩所编，分上下二卷，下卷附以集句、诗馀，又别辑补遗一卷。"未言版本，为浙江巡抚采进本。其中卷下附诗馀，存词二首。

　　民国时赵尊岳辑《明词汇刊》，其中有《西村词》一卷，今有上海古籍影印刻本，赵氏跋（民国二十二年，1933）云："余初得之于浙江西湖书藏，仅词二首，而《念奴娇》犹有阙文，盖集本遗脱，恨非全豹。既而张菊生先生乃以补词三首见示，因并汇刊之。"末有赵氏手书一行云："同日校传抄本。高梧。"又见《词学季刊》第二卷第一号（民国二十三年出版）载赵氏《惜阴堂汇刻明词提要》之《西村词》一卷云云，知是据别集本录出。

胡文焕

胡文焕，字德甫，号全庵，又号抱琴居士。钱塘（今浙江杭州）人。监生，明神宗万历间任耒阳县丞。通音律，善鼓琴，好藏书，于万历、天启间设文会堂于杭州，以刻书为业。编著有《文会堂琴谱》、《胡氏粹编》、《文会堂词韵》等。

民国时赵尊岳辑《明词汇刊》，其中有《全庵诗馀》一卷，今有上海古籍影印刻本，有赵万里跋（民国二十二年，1933），云："此从所编《游览粹编》中辑出，以备明词之一家。"末有赵氏手书一行云："同日校北海书藏本。叔邕。"又见《词学季刊》第二卷第一号（民国二十三年出版）载赵氏《惜阴堂汇刻明词提要》之《全庵诗馀》一卷云云。

程本立

程本立（？—1402），字原道，号巽隐，崇德（今浙江桐乡）人。明太祖洪武九年（1376）以明经擢秦王府引礼舍人，以母忧去。坐累谪云南马龙他郎甸长官司吏目。官至左佥都御史，调江西按察副使。著有《巽隐集》。

程氏词见载于诗文集中，今有《四库全书》本《巽隐集》四卷，是据明万历本录入，为浙江巡抚采进本，其中卷二附辞曲歌，存词二首。

民国时赵尊岳辑《明词汇刊》，其中有《巽隐诗馀》一卷，今有上海古籍影印刻本，赵氏跋（民国四年，1915）云："有《巽隐集》四卷，词附，因裁录之。"知是据别集本录出，存词二首，末有赵氏手书一行云："同日以传抄盏山藏本校。叔邕。"

瞿佑

瞿佑（1341—1427），字宗吉，号存斋，晚号乐全叟，钱塘（今浙江杭州）人。明太祖洪武中为仁和县学训导，升国子监助教。成祖永乐间诗祸作，谪戍保安。著有《存斋诗集》、《归田诗话》、《乐府遗音》等。

明徐伯龄《蟫精隽》卷四"吕城怀古"云瞿氏：

> 所著有《通鉴集览镌误》、《香台集》、《剪灯新话》、《乐府遗音》、《归田诗话》、《兴观诗》、《顺承稿》、《存斋遗稿》、《咏物诗》、《屏山佳趣》、《乐全稿》、《馀清》、《曲谱》、《保安新录》、《保安杂录》等集，一见存其目。丧乱以来，所失亡者往往人为惜之，如《剪灯录》、《采芹稿》、《春秋贯珠》、《春秋捷音》、《正葩掇英》、《诚意斋稿》、《管见摘编》、《鼓吹续音》、《风木遗音》、《存斋类编》、《天机云锦》、《游艺录》、《大藏搜奇》、《学海遗珠》等集，兹不可复得也。

知著述颇丰，今多不存。所云《乐府遗音》、《馀清》、《曲谱》，其中均收有词作。又明陈霆《渚山堂词话》卷二云："瞿宗吉号山阳道人，有《馀清》及《乐府遗音》等集，皆南词也。"所谓南词，相对于北曲（即元曲）而言，主要是指词。

瞿氏词集多见明清人著录，叙录如下：

一、《馀清词集》（《馀清集》、《馀清词》）

1. 明晁瑮《晁氏宝文堂书目》"乐府"著录有《馀清集》。

2. 明赵琦美《脉望馆书目》"词类·集"著录有《馀清集》一本。

3. 明高儒《百川书志》卷六著录有《馀清词集》一卷，共二百首。

4. 明赵用贤《赵定宇书目》著录有《馀清词集》一本。

5. 清黄虞稷《千顷堂书目》卷三十二著录有《馀清词》一卷。

6.《浙江通志》卷二百五十二著录有《馀清词集》一卷。

以上多均未言版本，据《百川书志》载，知存二百首。与所著《乐府遗音》有出入，参见后文。

二、《乐府遗音》（《乐府馀音》、《存斋遗音》等）

1. 明晁瑮《晁氏宝文堂书目》著录有《乐府遗音》。

2. 明赵琦美《脉望馆书目》著录有《乐府遗音》一本。

3. 明赵琦美《脉望馆书目》著录有《存斋乐府遗音》一本。

4. 明高儒《百川书志》卷六著录有《乐府馀音》二卷，云凡一百十二首，与《馀清》相出入。

5. 明朱睦㮮《万卷堂书目》卷一著录有《乐府遗音》五卷。

6. 明赵用贤《赵定宇书目》著录有《乐府遗音》一本。

7. 明赵用贤《赵定宇书目》著录有《存斋遗音》一本。

8. 清黄虞稷《千顷堂书目》卷三十二著录有《乐府馀音》二卷。

9. 清《四库全书存目》著录有《乐府遗音》五卷，为浙江汪启淑家藏本。提要云："是集自卷一至卷二皆古乐府，自卷三至卷五皆词曲。其古乐府绮靡软熟，近于温、李，不出元末习气。词欲兼学南北宋，反致夹杂不纯。"按：《钦定续通志》卷一百六十三据《四库全书存目著》录有《乐府遗音》五卷。又清《续文献通考》卷一九八著录有《乐府遗音》五卷。二者均同《四库》本。

10. 清汪宪《振绮堂书目》卷二"闻·抄本集类杂集并总集·第一格"著录有《乐府遗音》一卷，云："五卷，明仁和瞿佑存斋撰，汲古阁藏本。"

11.《浙江通志》卷二百五十二著录有《乐府馀音》二卷。

12. 清丁丙《善本书室藏书志》卷四十著录有《乐府遗音》一卷，旧抄本。检《江南图书馆善本书目》著录有《乐府遗音》一卷，旧抄本。即此本，丁氏藏书后归藏江南图书馆，今藏南京图书馆，见《中国古籍善本书目》著录，云清抄本，清丁丙跋。

13. 郑振铎《西谛书目》卷五著录有《乐府遗音》一卷，明抄本，一册。按：国家图书馆藏明抄本《乐府遗音》一卷，《续修四库全书》

据以影印。

以上多未言版本，著录的有五卷本，或一卷、二卷本，其中五卷所录不尽属于词。

另清张廷玉等《明史》卷九十九"艺文志"载瞿佑《存斋乐全集》三卷词三卷。

民国时赵尊岳辑《明词汇刊》，其中有《乐府遗音》一卷，今有上海古籍影印刻本，丁丙跋云：

> 右《乐府遗音》一卷，从明影抄天顺七年刊本传录，大半皆塞垣所作。《四库》附存有《存斋乐府》五卷，当为别本，余未之见。……余集刊宋元明武林诸名家词，拟以此卷入梓，因详加诠次云。光绪丁亥二月十二日，为亡妇陆氏三周忌辰，礼佛云栖，镫下漫识。丁丙。

跋作于光绪十三年（1887），又赵氏跋（民国十七年，1928）云："曩尝见《四库提要》著录《存斋乐府》，向往求之不可得。渐在金陵盋山书藏，得见丁氏八千卷楼藏《乐府遗音》，差以自慰，命胥移写。"知是据丁氏藏明抄本刊印。

王达

王达（1343—1407），字达善，号耐轩居士，又号天游道者，无锡（今属江苏）人。明太祖洪武中以明经荐为县学训导。改大同府学教授，除国子助教，擢翰林编修，迁侍读学士。著有《耐轩集》、《天游集》。

王氏词集多见收于词集丛编中，计有：

1. 明吴讷辑《唐宋名贤百家词》本，明抄本，梁启超跋，其中有《耐轩词》一卷。

2.《宋元明三十三家词》本，明石村书屋抄本，其中有《耐轩词》一卷。

3. 明李东阳辑《南词》本，抄本，其中有《耐轩词》一卷。

4. 明李东阳辑《南词》本，清董氏诵芬室抄本，吴昌绶、朱孝臧校。其中有《耐轩词》一卷。

5.《宋元明八家词》本，清何元锡家抄本，清丁丙跋。其中有《耐轩词》一卷。检丁丙《善本书室藏书志》卷四十著录有《耐轩词》一卷，精抄本，何梦华藏书。即《宋元明八家词》本，盖析出著录者。

6.《宋明十六家词》本，清丁氏嘉惠堂抄本。其中有《耐轩词》一卷。

另《江南图书馆善本书目》著录有《耐轩词集》八卷，云："旧抄本，何梦华藏书。"云八卷，疑误。

又王氏词见载于诗文集中，今有明正统间胡滨刻本《翰林学士耐轩王先生天游杂稿》十卷，《四库全书存目丛书》据以影印，其中卷六附有宋辞，存词二十六首。按：《四库全书总目》有《王天游集》十卷，为两江总督采进本，提要未云是否附载有词。

黎贞

黎贞（1358—1416），字彦晦，号秫坡，新会（今属广东）人。明太祖洪武初举邑训导不就，坐事戍辽东，寻放归。坦荡不羁，以诗酒自放，号陶生。著有《秫坡集》。

黎氏词见载于诗文集中，《四库全书总目》载《秫坡诗稿》七卷附录一卷，所据为清康熙刊本，为浙江孙仰曾家藏本。其中存有词。按：《四库全书存目丛书》影印有清光绪元年（1875）重刻本《重刻秫坡先生文集》八卷首一卷，其中卷四附有词，存六首。

张宇初

张宇初（1359—1410），字信甫，又字子璿，号正一，又号无为子、龙虎山人，贵溪（今属江西）人。道士，四十二代天师张正常之子，明太祖洪武十年（1377）袭教职。著有《岘泉集》。

张氏词见载于诗文集中，今有《四库全书》本《岘泉集》四卷，未言版本，为江苏巡抚采进本，其中卷四附有词，存十二首。

民国时赵尊岳辑《明词汇刊》，其中有《岘泉词》一卷，今有上海古籍影印刻本，赵氏跋（民国十七年，1928）云："有《岘泉集》二十卷，王仲缙序之。诗笔清利绝俗，词亦道园之一流也。"知是据别集本录出，末有赵氏手书一行云："同日以传抄盔山藏本覆校。高梧。"

胡俨

胡俨（1360—1443），字若思，南昌（今属江西）人。通览天文、地理、律历、卜算等，尤对天文纬候学有较深造诣。洪武年间考中举人。明成祖朱棣成帝后，以翰林检讨直文渊阁，迁侍讲。永乐二年（1404）累拜国子监祭酒。重修《明太祖实录》、《永乐大典》、《天下图志》，皆充总裁官。洪熙时进太子宾客，仍兼祭酒。后退休回乡。同时擅长书画，著有《颐庵文选》、《胡氏杂说》。

胡氏词见载于诗文集中，今有《四库全书》本《颐庵文选》二卷，提要云："《明史·艺文志》载《颐庵集》本三十卷，此集诗文各止一卷，乃后人选本，非其全帙，然尝鼎一脔，亦足以知其概矣。"知所据非足本，为两淮盐政采进本，其中卷上"古曲歌词"载有《折杨柳歌》五首、《四时词》四首、《竹枝词》四首、《杨柳枝词》四首、《调笑词》四首、《三台词》三首，凡二十四首。

民国时赵尊岳辑《明词汇刊》，其中有《颐庵诗馀》一卷，今有上海古籍影印刻本，赵氏跋（民国二十二年，1933）云："著《颐庵集》，涵虚子为之序。余畴昔得读于西湖，因为录副以存之。"录《调笑词》四首和《三台词》三首，凡词七首。末有赵氏手书一行云："同日以传抄西湖书藏本校。高梧。"又《词学季刊》第二卷第一号（民国二十三年出版）载赵氏《惜阴堂汇刻明词提要》，于《颐庵诗馀》一卷云："著《颐庵集》，凡词七首，均小令。风致楚楚，尚能浑成，窥前人之堂庑。"知是据别集本析出。

杨士奇

杨士奇（1365—1444），名寓，以字行，泰和（今属江西）人。明惠帝建文中充翰林编修官，成祖永乐年间试吏部第一。成祖即位，入直文渊阁，累迁左谕德，进翰林学士左春坊大学士。仁宗立，进礼部侍郎兼华盖殿大学士，寻进少保兵部尚书。英宗正统初进少师，卒进太师，谥文贞。著有《东里集》。

杨氏词见载于诗文集中，《四库全书》中有《东里集》（文集二十五卷，诗集三卷，续集六十二卷，别集三卷），所据当为明成化刻本，为江苏巡抚采进本。库本续集卷六十二附载有"诗馀"，存词二十四首。

杨氏词集罕见著录，清曹寅《楝亭书目》卷四著录有《东里诗馀》，抄本，一卷。当是据集本析出另行者。

黄淮

黄淮（1367—1449），字宗豫，永嘉（今浙江温州）人。明太祖洪武三十年（1397）进士，授中书舍人。成祖即位，召对称旨，命入翰林，直文渊阁，进侍读，迁左春坊大学士。仁宗即位，释为通政使，兼武英殿大学士，进少保、户部尚书。宣宗宣德初以疾乞归，卒谥文简。著有《省愆集》、《介庵集》等。

黄氏词集见于明清人著录的有：

1. 明高儒《百川书志》卷六著录有《省愆词》一卷，一首。按：云仅一首，疑误。

2. 清黄虞稷《千顷堂书目》卷三十二著录有《省愆词》一卷。

3. 清孙诒让《温州经籍志》卷三十三著录有黄氏淮《省愆词》一卷，云未见。又云：

> 案：《省愆词》，陈敬宗《黄文简墓志》未载，详二十五卷《省愆集》下。而明刊《省愆集》下亦附词二十四阕，高氏《百川书志》所载疑即由集内析出著录，非真有单行刊本也。高书诗词，析出著录者甚众。然明志及黄目并相沿著录，今姑存之，用备考核。

归为宋人，当误。至于疑词是自别集中析出者，是有道理的。

黄氏词见载于诗文集中，计有：

1．《四库全书》本《省愆集》二卷，所据为江西巡抚采进本，库本卷下附载有词曲，存词十首。

2．黄群辑《敬乡楼丛书》本《省愆集》二卷，民国二十年，1931永嘉黄氏排印本。其中卷下附有词曲，存词十首。

3．黄群辑《敬乡楼丛书》本《黄文简公介庵集》十一卷补遗一卷，民国二十年永嘉黄氏排印本。其中卷二附有词，存二首。又卷十（原卷十四）有词，存原唱与和唱各一首。按：《四库全书总目》著录有《黄介庵集》十一卷，为浙江汪启淑家藏本，云："据目录本十二卷，今第七卷已佚，故以十一卷著录焉。"此本《四库全书存目丛书》据以影印。

4．民国时赵尊岳辑《明词汇刊》，其中有《省愆词》一卷，今有上海古籍影印刻本，赵氏跋云：

> 著《介庵集》、《省愆集》、《归田稿》。其题"省愆"者，盖系狱所作也。《介庵集》凡十五卷，《四库》著录，翰林院储明刻本，逊学斋藏影明写本。又《明史·艺文志》、《百川书志》、《千顷堂书目》并著录《省愆词》一卷。明刊集本则附词二十四阕，盖词集固尝以合行者矣。仁和丁氏旧藏《省愆集》，后归盍山书藏，余饬胥录词，仅得十阕，恐有脱落，惜无从得他本为补足也。丁卯四月，叔雍。

丁卯为民国十六年（1927），是据别集本录出，末有赵氏手书一行云："丙子七月十六日，以传抄盍山集本校。叔邕。"丙子民国二十五年（1936）。

另清张廷玉等《明史》卷九十九"艺文志"著录有《省愆集》二卷词一卷。

解缙

解缙（1369—1415），字大绅，一字缙绅，号春雨，吉水（今属江西）人。明太祖洪武二十一年（1388）进士，选翰林院庶吉士。晋翰林学士兼左春坊大学士，卒谥文毅。著有《解学士集》、《文毅集》等。

民国时赵尊岳辑《明词汇刊》，其中有《解学士诗馀》一卷，今有上海古籍影印刻本，赵氏跋（民国十七年，1928）云："有《春雨斋集》十卷、《似罗隐集》二卷、《学士集》三十卷，词则裁篇别出者也。"知是据别集本录出，存词二首，其中第二首《长相思》"吴山深"见载于宋汪元量《湖山类稿》卷五，又《御选历代诗馀》卷三也归作宋人汪元量词。末有赵氏手书二行云："同日以传抄盋山藏本校勘一过。叔邕。"

王偁

王偁（1370—1415），字孟扬，又字孟旸，永福（今福建永泰）人。明成祖永乐初，荐授国史院检讨，充《永乐大典》副总裁，坐解缙党案，下狱死。著有《虚舟集》。

王氏词见载于诗文集中，今有《四库全书》本《虚舟集》五卷，所据或为明刻本，为山东巡抚采进本，其中卷四附词一首。

民国时赵尊岳辑《明词汇刊》，其中有《虚舟词》一卷，今有上海古籍影印刻本，赵氏跋（民国二十二年，1933）云："所著《虚舟集》，桑悦为之序，称其临终有自诔词一篇，与陶渊明、秦少游自挽诗意同，得陶之旷达、秦之悽怆，读之，令人泪下也。词一首，附集中，因为别录以行焉，"末有赵氏手书一行云："同日以传抄西湖书藏本校。高梧。"又《词学季刊》第二卷第一号（民国二十三年出版）载赵氏《惜阴堂汇刻明词提要》，于《虚舟词》一卷云："词《唐多令》一首，附在集中，取法龙洲，得其神似。"知是据别集本录出，存词一首。

杨荣

杨荣（1372—1440），原名子荣，字勉仁，建安（今属福建）人。明惠帝建文二年（1400）进士，授翰林编修。进文渊阁大学士，拜太子少傅、谨身殿大学士兼工部尚书。卒赠太师，谥文敏。著有《杨文敏集》等。

杨氏词见载于诗文集中，今有《四库全书》本《杨文敏集》二十五卷，为福建巡抚采进本，其中卷一附载有词，存十首。

民国时赵尊岳辑《明词汇刊》，其中有《杨文敏公词》一卷，今有上海古籍影印刻本，赵氏跋（民国二十二年，1933）云："著《北征记》及《文敏集》，王直为之序。词载集中，此其裁篇别出者也。"末有赵氏手书一行云："同日以传抄西湖书藏本校。高梧。"又《词学季刊》第二卷第一号（民国二十三年出版）载赵氏《惜阴堂汇刻明词提要》，于《杨文敏公词》一卷云："著《北征记》及诗文集，词十首在集尾，词笔亦富丽，多应制之作，犹大晟月节之遗音也。"知是据别集本析出。

张肯

张肯，字继孟，一字寄梦，号梦庵，吴县（今江苏苏州）人。生于元惠宗至正年间，卒于明武宗正德初。少从金华宋濂学，以填词著。著有《梦庵集》。

张氏词集见于词集丛编的有：

1. 《宋明十六家词》，清丁氏嘉惠堂抄本，其中有《梦庵词》一卷。

2. 《彊村丛书》（二十二卷）本，稿本，其中有《梦庵词》一卷。

又见于藏家著录的有：

1. 清曹寅《楝亭书目》卷四著录有《梦庵词》，抄本，一卷。

2. 清丁丙《善本书室藏书志》卷四十著录有《梦庵词》一卷，抄本，梅禹金藏书。此书后归藏江南图书馆，见《江南图书馆善本书目》著录，有《梦庵词》一卷，抄本，梅禹金藏书。此书今藏南京图书馆，见《中国古籍善本书目》著录，有《梦庵词》一卷，明抄本，清鲍廷博校。

3. 《涵芬楼原存善本草目》著录有《梦庵词》，旧抄本，批校。

民国时赵尊岳辑《明词汇刊》，其中有《梦庵词》一卷，今有上海古籍影印刻本，唐圭璋跋云：

> 《梦庵词》一卷，明浚仪张肯撰，明梅禹金藏旧抄本。又有何梦华抄本、赵辑宁抄本，似皆从旧抄本传抄得之，以三本脱略从同也。……余辑元词，初收肯之《梦庵词》及王行之《半轩词》，《半轩》亦《词综》谓为元词者也。嗣考之，皆当属明人，因举以视叔雍社兄。叔雍方汇刻明词，逾二百家，珍本秘籍，重见人间。寻三百年前词人之坠绪，集朱明一代文苑之大观，此虽蹄涔，当足为沧海一勺之助也。甲戌四月望日，江宁唐圭璋识。

甲戌为民国二十三年（1934），是据抄本录入。末有赵尊岳手书一行云："同日据传抄本校。"

李昌祺

李昌祺（1376—1452），名祯，字昌祺，以字行，号侨庵，又运甓居士，庐陵（今属江西）人。明成祖永乐二年（1404）进士，选为庶吉士，为官礼部郎中。又官河南左布政使。著有《运甓漫稿》。

李氏词见载于诗文集中，今有《四库全书》本《运甓漫稿》七卷，所据为浙江巡抚采进本，提要云："是编皆古近体诗并诗馀，乃天顺三年吉安教授郑纲所编。"库本卷七为诗馀，凡一卷。

又有词集另行者，多见于词集丛编中，计有：

1. 明李东阳辑《南词》本，抄本，其中有《侨庵词》一卷。

2.《宋元名家词》本，明抄本，清毛扆校，唐晏跋。其中有《侨庵诗馀》一卷附录一卷。

3.《宋明九家词》，明抄本，清丁丙跋。其中有《侨庵诗馀》一卷附录一卷。

4.《宋元明词》（□□卷），明抄本，其中有《侨庵诗馀》一卷附录一卷。

5. 明李东阳辑《南词》，清董氏诵芬室抄本，吴昌绶、朱孝臧校。其中有《侨庵诗馀》一卷附录一卷。

6.《宋金明人九家词》，清抄本。其中有《侨庵诗馀》一卷附录一卷。

7.《宋元明八家词》，清何元锡家抄本，清丁丙跋。其中有《侨庵诗馀》一卷附录一卷。

8.《宋明十六家词》本，清丁氏嘉惠堂抄本。其中有《侨庵诗馀》一卷附录一卷。

其词集罕见藏家著录，清曹寅《栋亭书目》卷四著录有《侨庵诗馀》，抄本，一卷，附北乐府一卷，一册。

民国时赵尊岳辑《明词汇刊》，其中有《运甓词》一卷，今有上海古籍影印刻本，赵氏跋（民国二十四年，1935）云："著《运甓集》，词曲咸附集中，兹独取其词刊行之。"知是据别集本录出，末有赵氏手书二行云："丙子七月十七日，据传抄盦山藏本校。叔雍。"丙子为民国二十五年（1936）。

朱植

朱植（1377—1424），明太祖第十五子，封辽王，卒谥简，世称辽简王。太祖洪武二十六年（1393）封居广宁城，谙练边务，屡树奇功。

朱氏词集罕见著录，清黄虞稷《千顷堂书目》卷三十二"词曲类"著录有《辽简王莲词》二卷。

朱高炽

朱高炽（1378—1425），即明仁宗，公元1424—1425年在位，成祖长子，年号曰洪熙，在位不及一年而死，葬献陵。

民国时赵尊岳辑《明词汇刊》，其中有《仁宗皇帝御制词》一卷，今有上海古籍影印刻本，赵氏跋（民国二十四年，1935）云："有《御制诗集》传世，其第六卷凡词八首，录之以轩冕朱明一代文治之盛云。"知是据别集本录出。末有赵氏手书一行云："据北海藏本传抄本校。叔邕。"

王洪

王洪（1379—1420），字希范，号毅斋，钱塘（今浙江杭州）人。明太祖洪武三十年（1397）进士，授行人。擢吏科给事中，以荐入翰林检讨。升修撰，进侍讲。著有《毅斋诗文集》。

王氏词见载于诗文集中，今有《四库全书》本《毅斋诗文集》八卷附录一卷，为两淮盐政采进本。其中卷四附载有诗馀，存词十三首。

民国时赵尊岳辑《明词汇刊》，其中有《毅斋诗馀》一卷，今有上海古籍影印刻本，赵氏跋（民国二十二年，1933）云："著《毅斋集》，八词咏夹城八景者附焉。为别裁篇，以合于明初诸词家云。"按：原有《舟人竹枝词》五首，未录。末有赵氏手书一行云："同日以传抄西湖书藏本校。高梧。"又《词学季刊》第二卷第一号（民国二十三年出版）载赵氏《惜阴堂汇刻明词提要》，于《毅斋诗馀》一卷云："著《毅斋集》，词八首，咏夹城八景者附焉。词笔清迥，似山林闲人作濠濮上想，弥复佳胜。"知是据别集本录出，存词八首。

朱有燉

朱有燉（1379—1439），号诚斋，明太祖孙，袭封周王，谥宪，世称周宪王。谨好文辞，兼工书法，集古名迹十卷，手自摹临，勒石传世，名曰《东书堂法帖》。著有《诚斋集》、《诚斋乐府》、《诚斋词》。

朱氏词集见明清人著录，有：

1. 明高儒《百川书志》卷六著录有《诚斋词》一卷。又同卷录有《诚斋乐府》二卷，云："大明周府锦窠老人著散曲套数各为一卷。"前者为词，后者为曲。

2. 清黄虞稷《千顷堂书目》卷三十二著录有《诚斋乐府》十卷（一作二卷），又《诚斋词》一卷。

按：黄虞稷为明末清初人。其词集入清后不见著录，当已佚。

朱氏词见载于诗文集中，今有明嘉靖十二年（1533）同藩刻本《诚斋录》四卷《诚斋新录》一卷《诚斋牡丹百咏》一卷《诚斋梅花百咏》一卷《诚斋玉堂春百咏》一卷，《续修四库全书》据以影印，其中卷四附载有词。

民国时赵尊岳辑《明词汇刊》，其中有《诚斋词》一卷，今有上海古籍影印刻本，赵氏跋（民国二十五年，1936）云："著《诚斋录》四卷、《杂录》如干卷。又长南北曲，其杂剧三十一本盛传于世，论者以为有明曲学之盛，实出藩封振导之力。词附载《诚斋集》卷四，因为裁篇别出云。"知是据别集本析出。末有赵氏手书一行云："同日校京师书藏明刊本。高梧。"

王直

王直（1379—1462），字行俭，号抑庵，泰和（今属江西）人。明成祖永乐二年（1404）进士，授修撰。历礼部侍郎、吏部尚书，进太子太师，以老疾乞休，卒谥文端。著有《抑庵集》。

民国时赵尊岳辑《明词汇刊》，其中有《抑庵诗馀》一卷，今有上海古籍影印刻本，赵氏跋（民国二十二年，1933）云："著《抑庵集》，庐陵刘教为之序，盖直五世孙有霖乞教为编订者也，词附集中，为别行之。"末有赵氏手书一行云："同日以传抄西湖书藏本校。高梧。"又《词学季刊》第二卷第一号（民国二十三年出版）载赵氏《惜阴堂汇刻明词提要》，于《抑庵诗馀》一卷云："著《抑庵集》，盖其五世孙为编校授梓者也，词十首附载。词瑕瑜互见，亦有思理。"知是据别集本析出。

朱瞻基

朱瞻基（1398—1435），即明宣宗，仁宗长子，公元1425—1435年在位。

其词见附于诗文集后。清黄虞稷《千顷堂书目》卷三十二著录有《宣宗御制乐府》一卷。按：《四库全书》本黄虞稷《千顷堂书目》卷十七著录有《明宣宗章皇帝御制文集》四十四卷又诗集六卷又乐府一卷。又清张廷玉等《明史》卷九十九"艺文志"载《宣宗文集》四十四卷诗集六卷乐府一卷。按：《四库全书总目》著录有《明宣宗诗文》一卷，为浙江范懋柱家天一阁藏本，提要云："按：《明史·艺文志》载《宣宗文集》四十四卷，今未见传本。此册仅《广寒殿记》一卷、《玉簪花赋》一首，诗歌词曲三十九首，非其全帙也。"知诗文中是存有词的。此为《四库存目》本，检《四库全书存目丛书》影印有明内府抄本《大明宣宗皇帝御制集》四十四卷（存二十六卷），其中卷四十四为乐府词，凡一卷，有词，也有曲。

聂大年

聂大年（1402—1456），字寿卿，号东轩，临川（今属江西）人。明宣宗宣德末荐为仁和县学训导。景泰初征入翰林。著有《东轩集》。

聂氏词见载于诗文集中，今有《东轩集选》一卷补遗三卷附录一卷，见《武林往哲遗著》中，其中补遗卷中为词，凡一卷。

民国时赵尊岳辑《明词汇刊》，其中有《东轩词》一卷，今有上海古籍影印刻本，赵氏跋（民国二十三年，1934）云："所著《东轩集》行于世，《补遗》一卷，中有赋八景词，为移录之。"知是据别集本录出。末有赵氏手书一行云："同日以盋山藏本传抄本校定。高梧。"

魏俌

魏俌，字达卿，号云松，鄞县（今浙江宁波）人。诸生，明孝宗弘治年间以贡授石城训导。著有《云松诗略》。

民国时赵尊岳辑《明词汇刊》，收有《云松近体乐府》一卷，今有上海古籍影印刻本，赵氏跋（民国二十四年，1935）云："著《云松诗略》八卷，翰林院庶吉士泰和欧阳鹏为之评点，盖明人刻书标榜之陋习也。书为弘治原刊本，旧藏天一阁，其卷七载词十二首，为裁录之。"知是据别集本录出。末有赵氏手批一行云："同日校北海藏本。叔邕。"

倪谦

倪谦（1415—1479），字克让，号静存，上元（今江苏南京）人，明英宗正统四年（1439）进士，授翰林编修。进侍讲学士，迁左春坊大学士，官至南京礼部尚书。卒谥文僖。著有《倪文僖公集》。

倪氏词见载于诗文集中，今有《四库全书》本《倪文僖集》三十二卷，提要云："此本凡赋辞、琴操、古今体诗、诗馀十一卷，颂、赞、表、笺、箴、铭一卷，文二十卷，盖谦所自编于生平著作汰存六之一者也。"未言所据版本，为副都御史黄登贤家藏本，其中卷十一附有诗馀，存词十三首。又有《武林往哲遗著后编》本《倪文僖公集》三十二卷补遗一卷，载词同库本。

民国时赵尊岳辑《明词汇刊》，其中有《倪文僖公词》一卷，今有上海古籍影印刻本，赵氏跋（民国十五年，1936）云："有集三十二卷，诗馀附，多题画之作，雅隽可诵也。"末有赵氏手书一行云："同日以传抄盍山藏集本校读。珍重。"又《词学季刊》第二卷第一号（民国二十三年出版）载赵氏《惜阴堂汇刻明词提要》，于《倪文僖公词》一卷云："有集三十二卷，诗馀十三首附，多题画之作，清景芊绵，丽思稠叠，洵为声党名手。"知是据别集本录出。

叶盛

叶盛（1420—1474），字与中，号蜕庵，昆山（今属江苏）人。明英宗正统十年（1445）进士，授兵科给事中，出山西参政，官至吏部左侍郎。卒谥文庄。著有《菉竹堂稿》、《菉竹堂书目》、《水东日记》等。

叶氏词见载于诗文集中，今有清初抄本《菉竹堂稿》八卷，《四库全局存目丛书》据以影印，其中卷四附诗馀，存词五首。

民国时赵尊岳辑《明词汇刊》，其中有《菉竹堂词》一卷，今有上海古籍影印刻本，赵氏跋（民国二十二年，1933）云："有《菉竹堂集》八卷，词附。又有《水东文稿》、《诗稿》、《泾东小稿》。与中富藏书，其《书目》盛传于世。癸酉新岁余过昆山，谒先生墓茔，碑仆蔓草中，盖不胜其低徊矣。归校其词，以授锲氏。"末有赵氏手书一行云："同日以传抄盍山藏本校之。珍重。"又《词学季刊》第二卷第一号（民国二十三年出版）载赵氏《惜阴堂汇刻明词提要》，于《菉竹堂词》一卷云："有《菉竹堂集》八卷，词五首附。初非作家，亦有疏俊处。"知是据别集本录出，存词五首。

丘濬

丘濬（1421—1495），字仲深，号琼山，琼山（今属广东）人。明代宗景泰五年（1454）进士，授翰林院编修，累官至礼部右侍郎，加太子太保兼文渊阁大学士。卒赠太傅，谥文庄。著有《丘文庄集》、《重编琼台会稿》。

丘氏词见载于诗文集中，计有：

1. 清焦映寒辑《丘海二公文集合编》本《丘文庄公集》十卷，有清康熙四十七（1708）年关中焦氏刊本，《四库全书存目丛书》据以影印，其中卷十附有诗馀，存词七首。《丘海二公文集合编》又有清乾隆十八年（1753）丘氏可继堂刊嘉庆二十年（1815）桂林朱启修补印本和同治十年（1871）丘氏可继堂刊本。

2. 《四库全书》本《重编琼台会稿》二十四卷，所据版本情况不明，为副都御史黄登贤家藏本，其中卷六附载有诗馀，存词十八首。

民国时赵尊岳辑《明词汇刊》，其中有《琼台词》一卷，今有上海古籍影印刻本，赵氏跋（民国十五年，1926）云："有《琼台会稿》，诗馀并附。向与海忠介公齐名，学者为刊《丘海合集》。余尝得《会稿》，为次其词，以列于盛明诸家云。"末有赵氏手书一行云："同日以传抄盍山藏本校。高梧手记。"按：《词学季刊》第二卷第一号（民国二十三年出版）载赵氏《惜阴堂汇刻明词提要》，于《琼台词》一卷云："有《琼台会稿》，词一卷附，凡十九首。"知是据别集本析出。

姚绶

姚绶（1422—1495），字公绶，号谷庵，又号仙痴、丹丘生、云东逸史，嘉善（今属浙江）人。明英宗天顺八年（1464）进士，授监察御史，出知永宁。著有《谷庵集》、《云东集》等。

民国时赵尊岳辑《明词汇刊》，其中有《谷庵词》一卷，今有上海古籍影印刻本，赵氏跋（民国二十三年，1934）云："著《云东集》，杭州西湖书藏有之。余畴昔买棹往游，获睹斯帙，因摘而存之。"知是据别集本析出。

张弼

张弼（1425—1487），字汝弼，号东海，华亭（今属上海）人。明宪宗成化二年（1466）进士，授兵部主事，出为南安知府。著有《东海集》。

张氏词见载于诗文集中，今有明正德十三年（1518）周文仪福建刻本《张东海先生诗集》四卷文集五卷，《四库全书存目丛书》据以影印。其中卷四末附诗馀，存词三首。

民国时赵尊岳辑《明词汇刊》，其中有《东海词》一卷，今有上海古籍影印刻本，赵氏跋（民国十三年，1924）云："著文集五卷、诗集四卷，词二首附，即此是也。盍山书藏有全集，盖仁和丁氏八千卷楼故物。曩岁过金陵，移录付梓，并题岁月。"末有赵氏手书一行云："同日校传抄盍山藏明刊本。叔邕。"知据别集本录出，存词二首。按：诗文别集附载的三首词，其中第三首《南归散词》未录，或以为不属于词。

张宁

张宁（1426—1496），字靖之，号方洲，海盐（今属浙江）人。明代宗景泰五年（1454）进士，授礼科给事中。擢都给事中，出知汀州。著有《方洲集》等。

张氏词见载于诗文集中，今有《四库全书》本《方洲集》二十六卷附《读史录》六卷，所据或为明刊本，为两淮马裕家藏本，其中卷十一附新词，存词十一首。

民国时赵尊岳辑《明词汇刊》，其中有《方洲诗馀》一卷，今有上海古籍影印刻本，赵氏跋（民国十七年，1928）云："遗著《方洲集》，词附存，亦酬酢所作为多。余前过金陵，得读之，因录覆本付梓。"知是据别集本录出，末有赵氏手书一行云："同日以传抄金陵盋山藏本校。高梧。"

郑棠

郑棠，字叔美，号道山，浦阳（今浙江金华）人。受学于宋濂，明成祖永乐初与修《永乐大典》，书成，除翰林院典籍，升翰林检讨。著有《道山集》。

郑氏词见载于诗文集中，今有清活字本《道山集》六卷，《四库全书存目丛书》据以影印，其中卷二附有曲，存词七首。

民国时赵尊岳辑《明词汇刊》，其中有《道山词》一卷，今有上海古籍影印刻本，有赵氏跋（民国十八年，1929），末有赵氏手书一行云："同日校传抄西泠书藏本。高梧。"又《词学季刊》第二卷第一号（民国二十三年出版）载赵氏《惜阴堂汇刻明词提要》，于《道山词》一卷云："著《道山集》，词九首，次于集后。"知是据别集本录出。

王越

王越（1426—1499），字世昌，浚县（今属河南）人。明代宗景泰二年（1451）进士，授御史。擢右副都御史，巡抚大同。进兵部尚书，以功封威宁伯，加少保兼太子太傅，卒赠太傅，谥襄敏。著有《王襄敏集》等。

王氏词见载于诗文集中，计有：

1. 明嘉靖九年（1530）刻本《黎阳王太傅诗文集》二卷，《四库全书存目丛书》据以影印，卷下附有诗馀，其中有幛词。

2. 明嘉靖三十二年（1553）中山徐氏刻本《黎阳王襄敏公疏议诗文辑略》二卷，《四库全书存目丛书》据以影印，卷下附有诗馀，其中有幛词。

民国时赵尊岳辑《明词汇刊》，其中有《黎阳王太傅诗馀》一卷，今有上海古籍影印刻本，赵万里跋（民国二十二年，1933）云："今年仲夏，得正德刊本于海上，乃四明范氏天一阁故物。中附诗馀十五首，亟录出以贻叔雍宗兄，聊备明词一格焉。"末有赵氏手书一行云："同日校传抄天一阁藏本。叔邕。"又《词学季刊》第二卷第一号（民国二十三年出版）载赵氏《惜阴堂汇刻明词提要》，于《王太傅诗馀》一卷云："四明天一阁藏其全集，渐渐流出，赵斐云兄于上海市上得之，诗馀十五首附见。词笔淡宕清逸，盖钟鼎而有山林气息者矣。"知据别集本录出，存词二首。按：赵斐云即赵万里。

吴敏道

吴敏道，号南莘，又号射阳畸人。宝应（今属江苏）人。明隆庆、万历间诸生，不乐仕进，以布衣终老。著有《观槿稿》。

民国时赵尊岳辑《明词汇刊》，其中有《观槿长短句》一卷，今有上海古籍影印刻本，赵万里跋（民国二十二年，1933）云："隆庆庚午自刊其集，名《观槿稿》，凡诗赋六卷，长短句殿焉。兹为辑录，俾叔雍兄校刊明人词集之一助。"末有赵氏手书一行云："同日校传抄本。叔邕。"按：《词学季刊》第二卷第一号（民国二十三年出版）载赵氏《惜阴堂汇刻明词提要》，于《观槿长短句》一卷云："迨隆庆庚午自刊其集，名《观槿稿》，凡诗赋六卷，长短句殿焉，凡六首，闲雅恬适，信为乐道忘贫之所为，于词可以见其志焉。"知是据别集本录出。

马文升

马文升（1426—1510），字负图，号约斋，晚号三峰居士、友松道人，钧州（今河南禹州）人。明代宗景泰二年（1451）进士，授监察御史。历山西、湖广，迁福建按察使，拜兵部尚书，改吏部尚书。卒谥端肃。著有《马端肃公诗集》。

马氏词见载于诗文集中，今有明万历刊本《马端肃公诗集》一卷，其中存词一首。

民国时赵尊岳辑《明词汇刊》，其中有《马端肃公词》一卷，今有上海古籍影印刻本，赵氏跋（民国十七年，1928）云："有集，词附。余得集本于金陵，遂付写官，以广其传云。"知是据别集本录出，存词一首，末有赵氏手书二行云："同日以传抄蓉山藏本校。高梧。"

沈周

沈周（1427—1509），字启南，号石田，晚号白石翁，长洲（今江苏苏州）人。明代宗景泰间举贤良，筮得遁之九五，遂不应，耕读于相城里，所居曰有竹庄。工诗画。著有《石田先生集》。

沈氏词见载于诗文集中，计有：

1. 稿本《石田稿》不分卷，《续修四库全书》据以影印，词散见其中。

2. 明崇祯十七年（1644）瞿式耜刻本《石田先生诗抄》八卷文抄一卷附事略一卷，《四库全书存目丛书》据以影印，诗集后附诗馀，存词一卷。

民国时赵尊岳辑《明词汇刊》，其中有《石田诗馀》一卷，今有上海古籍影印刻本，赵氏跋（民国十七年，1928）云："著《客座新闻》、《石田集》、《江南春词》、《石田诗抄》、《石田杂记》，此则出自集中。《江南春》和倪作，以已别行，不更附此。"知据别集本录出。

沈氏词集罕见藏家著录，清陆漻《佳趣堂书目》著录有《沈石田词》一卷，己亥。按：己亥为清康熙五十八年（1719）。

周瑛

周瑛（1430—1518），字梁石，号蒙中子，又号白贲道人，晚号翠渠，莆田（今属福建）人。明宪宗成化五年（1469）进士，授广德知州，迁南京礼部郎中，为四川右布政使等。著有《翠渠摘稿》等。

周氏词见载于诗文集中，今有《四库全书》本《翠渠摘稿》七卷补遗一卷，当是据清刻本录入，为福建巡抚采进本。其中卷六附词调，存词九首。

民国时赵尊岳辑《明词汇刊》，其中有《翠渠词》一卷，今有上海古籍影印刻本，赵氏跋云："著《书纂》及《翠渠类稿》，前有嘉靖戊子蜀人冯驯序，盖其甥林云从以《类稿摘抄》付梓也。乙丑重五，余获读于西湖书藏，为录其词，并志岁月。"末有赵氏手书一行云："同日以传抄西湖书藏本校。高梧。"按：《词学季刊》第二卷第一号（民国二十三年出版）载赵氏《惜阴堂汇刻明词提要》，于《翠渠词》一卷云："著《书纂》及《翠渠类稿》，至传本则为其甥林云抄摘，录而行之者，冯驯为之序，力绳其文行之美。词九首，在类稿中，蕴藉有致，亦时时能露其风骨。"知据别集本录出。

吴麒

吴麒，字日千，华亭（今属上海）人。崇祯诸生，入几社、复社，国变后匿迹韬影。著有《颅颔集》。

吴氏词集，见民国时赵尊岳辑《明词汇刊》，其中有《颅颔词》一卷，今有上海古籍影印刻本，赵氏跋云："所传《颅颔集》八卷，此则为其戚盛步青所手抄，盖犹外集也。"末有赵氏手批数行云：

> 丙子三月十五日重校，即以旧藏传抄本覆勘，盖杭州西湖书藏所传写者。此本校雠至再，又得讹字，信矣落叶之喻，无可为讳也。叔雍。

丙子为民国二十五年（1936）。又《词学季刊》第一卷第三号（民国二十二年出版）载赵氏《惜阴堂汇刻明词提要》，于《颅颔词》一卷云："所传《颅颔集》八卷，则其戚盛步青所手抄，盖犹外集也。词凡三十九首，同在集中。"知是据传抄别集本录入。按：《颅颔集》有清康熙间刻本，《四库未收书辑刊》据以影印，凡八卷，所收为各体诗，未见附词。盛步青所抄词集为另行者，故有"犹外集"之说。

史鉴

史鉴（1434—1496），字明古，号西村，吴县（今属江苏）人。隐居不仕，于书无不读，尤熟于史。著有《西村集》。

史氏词见载于诗文集中，今有《四库全书》本《西村集》八卷附录一卷，未言版本情况，为两淮马裕家藏本，其中卷四附诗馀，存词三十五首。

民国时赵尊岳辑《明词汇刊》，其中有《西村词》一卷，今有上海古籍影印刻本，赵氏跋（民国二十七年，1938）云："著《西村集》。朱竹垞《静志居诗话》谓其撰曾祖墓志，仅称权推为税长，质实不华，非同后世之冒滥，足知其文行。此盖自明刊本移录者也。"末有赵氏手书二行云："丙子元月四日（丁丑误作丙子，有年光倒流之夷），校传抄盋山书藏明刊本。叔雍。"丙子、丁丑分别为民国二十五、二十六年。又《词学季刊》第二卷第一号（民国二十三年出版）载赵氏《惜阴堂汇刻明词提要》，于《西村词》一卷云："著《西村集》，词三十五首，附集以行。词多艳丽，笔亦能曲达其意，不落凡障。"知是据别集本录出。

黄仲昭

黄仲昭（1435—1508），名潜，以字行，号退岩居士，学者称未轩先生。明宪宗成化二年（1466）进士，授翰林院编修。谪知湘潭县，改南京大理评事。任江西提学佥事。著集《未轩集》。

黄氏词见载于诗文集中，今有《四库全书》本《未轩文集》十二卷，提要云："是集为其门人刘节所编，凡文六卷、诗五卷、词一卷，而以碑文、墓志铭附之。"未言版本，为江苏巡抚采进本。其中卷十二为幛词，凡一卷。

民国时赵尊岳辑《明词汇刊》，其中有《未轩词》一卷，今有上海古籍影印刻本，赵氏跋（民国十四年，1925）云："幛词附载集中，为乙其骈序。"末有赵氏手书一行云："丙子五月二十九日，叔雍校传抄盋山集本。"丙子为民国二十五年（1936）。按：《词学季刊》第二卷第一号（民国二十三年出版）载赵氏《惜阴堂汇刻明词提要》，于《未轩词》一卷云："其遗集为韶州同知孙希白编梓。词八首附，兹汰其幛词而存之。"知是据别集本录出。

陆容

陆容（1436—1494），字文量，号式斋，昆山（今江苏苏州）人。明宪宗成化二年（1466）进士，授南京吏部主事，官至浙江右参政。著有《式斋集》、《菽园杂记》等。

民国时赵尊岳辑《明词汇刊》，其中有《式斋词》一卷，今有上海古籍影印刻本，赵氏跋（民国二十四年，1935）云："著《式斋集》三十七卷、《菽园杂记》十五卷。词杂厕诗集中，不别为诠次。兹董辑别裁，用广其传焉。"知是据别集本录出。末有赵氏手书一行云："同日校北海藏本传抄本。高梧轩。"

吴宽

吴宽（1436—1504），字原博，号匏庵，长洲（今江苏苏州）人。明宪宗成化八年（1472）状元，授翰林编修。迁左春坊左庶子兼侍读，拜礼部尚书，卒赠太子太保，谥号文定。著有《匏庵集》。

吴氏词见载于诗文集中，计有：

1. 《四部丛刊》本《匏翁家藏集》七十七卷补遗一卷，据明正德刻本影印，其中卷三十附诗馀，存词三十二首。

2. 《四库全书》本《家藏集》七十七卷，为两淮盐政采进本，其中卷三十附诗馀，存词三十四首。

民国时赵尊岳辑《明词汇刊》，其中有《匏翁词》一卷，今有上海古籍影印刻本，赵氏跋（民国二十三年，1934）云："词亦窥见门径，不同庸下，因为刊存之。"未言所据。

章懋

章懋（1436—1522），字德懋，号闇然子，晚号瀫滨遗老，兰溪

（今属浙江）人。明宪宗成化二年（1466）会试第一，成进士，选翰林庶吉士，授编修。改南京大理寺评事，又为南国子监祭酒。至南礼部右侍郎，卒赠太子太保，谥文懿。著作有《枫山集》等。

章氏词见载于诗文集中，今有《金华丛书》本《枫山章先生集》九卷，其中卷九附有词，存六首。

民国时赵尊岳辑《明词汇刊》，其中有《枫山先生词》一卷，今有上海古籍影印刻本，赵氏跋（民国十四年，1925）云："有集四卷，词附，盖酬应幛词也，为移写汇刊之。"末有赵氏手书一行云："同日以传抄盋山藏本校。叔邕。"又《词学季刊》第二卷第一号（民国二十三年出版）载赵氏《惜阴堂汇刻明词提要》，于《枫山先生词》一卷云："有集四卷，诗馀六首附，盖幛词也，然有淳朴处，不似明人之敝疲。"知是据别集本录出。

章玄应

章玄应（1443—1511），字顺德，号曼亭，晚号雁荡山樵，乐清（今浙江温州）人。明宪宗成化十一年（1475）进士，授南京礼科给事中。迁湖广左参议，升陕西右参政，终广东右布政使。著有《雁荡山樵诗集》、《曼亭稿》。

章氏词见载于诗文集中，今有明嘉靖刊本《雁荡山樵诗集》十五卷，其中卷十五载有词，存二十三首。

民国时赵尊岳辑《明词汇刊》，其中有《雁荡山樵词》一卷，今有上海古籍影印刻本，赵氏跋（民国二十五年，1936）云："《雁荡山樵集》则为嘉靖中朝凤官闽中时所刊，故均题吴玄应也。词在第十五卷中。《曼亭稿》未之前见，此则北海书藏有刊本，余遂得辗转假录，并志其行谊于右。"是据别集本录出。末有赵氏手书一行云："丙子腊月廿七，校京师书藏明刊本。高梧。"

倪岳

倪岳（1444—1501），字舜咨，号青溪，上元（今江苏南京）人。

明英宗天顺八年（1464）进士，授编修。进礼部侍郎，拜礼部尚书，加太子太保。著有《青溪漫稿》（一作《清溪漫稿》）。

倪氏词见载于诗文集中，今有《四库全书》本《清溪漫稿》二十四，为浙江汪汝瑮家藏本，其中卷九附有诗馀，存词一首。又有《武林往哲遗著》本《青溪漫稿》二十四补遗一卷，存词同库本。

民国时赵尊岳辑《明词汇刊》，其中有《青溪诗馀》一卷，今有上海古籍影印刻本，赵氏跋（民国二十七年，1938）云："有《清溪漫稿》二十四卷，诗馀附，仅一阕，为梓存之。"是据别集本录出，存词一首，末有赵氏手书一行云："同日以传抄盍山藏本校。高梧。"

桑悦

桑悦（1447—1503），字民怿，号思玄居士，常熟（今属江苏）人。明宪宗成化元年（1465）举人，会试得副榜，除泰和训导，迁长沙府通判，改柳州通判，丁忧，遂不再出。著有《思玄集》。

桑氏词见载于诗文集中，今有明万历二年桑大协活字印本《思玄集》十六卷附录一卷，《四库全书存目丛书》据以影印。其中卷十六为诗馀，存词一卷。

民国时赵尊岳辑《明词汇刊》，其中有《思玄词》一卷，今有上海古籍影印刻本，赵氏跋云："著《桑子庸言》及《思玄集》。《明史》有传，附见徐祯卿传后。余在金陵盍山书藏读其书，为移写其词，合之有明中叶诸家云。"知是据别集本析出，末有赵氏手书一行云："同日以盍山藏本传抄本校。叔雍。"

李东阳

李东阳（1447—1516），字宾之，号西涯，茶陵（今属湖南）人。明英宗天顺八年（1464）进士，选庶吉士，授编修，累迁礼部右侍郎，进太子少保、礼部尚书兼文渊阁大学士，以吏部尚书兼华盖殿大学士致仕。卒赠太师，谥文正。著有《怀麓堂集》。

李氏词见载于诗文集中，今有《四库全书》本《怀麓堂集》一百卷，所据为明正德年间刻本，为兵部侍郎纪昀家藏本，库本卷二十"诗稿二十"附有"词曲"，存词九首。

李氏词集罕见著录，清许宗彦《鉴止水斋藏书目》"集部第九厨"著录有《怀麓堂词选》二十四本，云二十四本，当含有曲。

民国时赵尊岳辑《明词汇刊》，其中有《怀麓堂词》一卷，今有上海古籍影印刻本，赵氏跋（民国十五年，1926）云："有《怀麓堂集》，词附，余得读于金陵，因为裁篇，付锓人云。"末有赵氏手书二行云："丙子五月校传抄盝山藏本，匆匆盖十易寒暑矣。叔雍读记。"丙子为民国二十五年（1936），又《词学季刊》第二卷第一号（民国二十三年出版）载赵氏《惜阴堂汇刻明词提要》，于《怀麓堂词》一卷云："有《怀麓堂集》，词九首附。"知是据别集本录出。

罗玘

罗玘（1447—1519），字景鸣，号圭峰，建昌南城（今属江西）人。明宪宗成化二十三年（1487）进士，选庶吉士，授翰林院编修，进侍读。官至南京吏部右侍郎，卒谥文肃。著有《罗圭峰文集》。

罗氏词见载于诗文集中，今有《四库全书》本《罗圭峰文集》三十卷，提要云："此本为康熙庚午玘八世从孙美才所刊，编次颇无体例，如文以寿文为冠而以奏议列杂著后，诗亦以寿诗为冠而名之曰古乐府，又以词置赋之后诗之前，皆为颠舛。"知据清康熙刊本，为江苏巡抚采进本。库本卷二十四附有调，存词三首，实属幛词。

民国时赵尊岳辑《明词汇刊》，其中有《圭峰先生词》一卷，今有上海古籍影印刻本，赵氏跋（民国二十三年，1934）云："有集十八卷，续集十五卷，幛词附。兹为辑出，列诸明词别集云。"末有赵氏手书一行云："同日以传抄盝山藏元刊本校。叔邕。"又《词学季刊》第二卷第一号（民国二十三年出版）载赵氏《惜阴堂汇刻明词提要》，于《圭峰先生词》一卷云："著诗文集十八卷，续集十五卷，幛词三首附。"知据别集本录出，存词三首。

卢格

卢格（1450—1516），字正夫，号荷亭，东阳（今属浙江）人。明宪宗成化十七年（1481）登进士第，知贵溪县，征为江西道监察御史，出按广东，以母老乞归。著有《荷亭文集》。

民国时赵尊岳辑《明词汇刊》，其中有《荷亭诗馀》一卷，今有上海古籍影印刻本，赵氏跋（民国十七年，1928）云："有《荷亭文集》十四卷，诗馀附，每多酬应之作，盖幛词也。"是据别集本录出，末有赵氏手书一行云："同日以传抄盉山藏本校。高梧。"

王鏊

王鏊（1450—1524），字济之，号守溪，晚号拙叟，学者称其为震泽先生，吴县（今江苏苏州）人。明宪宗成化十一年（1475）进士，授翰林编修。历侍进、吏部左侍郎，拜户部尚书、文渊阁大学士，加少傅兼太子太傅、武英殿大学士。卒赠太傅，谥文恪，著有《震泽集》、《震泽长语》、《震泽纪闻》等。

王氏词见载于诗文集中，今有《四库全书》本《震泽集》三十卷，为江苏巡抚采进本，其中卷九附有词（含曲）。

民国时赵尊岳辑《明词汇刊》，其中有《震泽词》一卷，今有上海古籍影印刻本，赵氏跋（民国二十二年，1933）云："著《姑苏志》、《震泽集》、《震仲（当作泽）长语》、《春秋词命》、《史馀》诸书。南海霍韬序其集，盛称其人品学力有格，尤拳拳于不通寿宁侯及忤瑾二端焉。词、南北曲附见集中，曲非所长，因为乙去，仅存其词焉。"末有赵氏手书一行云："同日以传抄西湖书藏本校。高梧。"又《词学季刊》第二卷第一号（民国二十三年出版）载赵氏《惜阴堂汇刻明词提要》，于《震泽词》一卷云："著述甚夥，诗文汇之为《震泽集》，词七首附。"知据别集本析出。

谢迁

谢迁（1450—1531），字于乔，号木斋，余姚（今浙江绍兴）人。明宪宗成化十一年（1475）进士第一。授翰林修撰。升少詹事兼侍讲学士，进詹事。为兵部尚书兼东阁大学士。卒赠太傅，谥文正。著有《归田稿》等。

谢氏词见载于诗文集中，今有《四库全书》本《归田稿》八卷，所据为清康熙年刻本，为浙江巡抚采进本。其中卷四附有词类，存二首。

民国时赵尊岳辑《明词汇刊》，其中有《归田词》一卷，今有上海古籍影印刻本，赵氏跋（民国二十二年，1933）云："著《归田稿》八卷，康熙中其族孙为重梓之，余为别存其词焉。"末有赵氏手书一行云："同日以传抄西湖书藏本校。高梧。"又《词学季刊》第二卷第一号（民国二十三年出版）载赵氏《惜阴堂汇刻明词提要》，于《归田词》一卷云："著《归田稿》八卷，康熙中其族孙为重梓之。前年余至武林书藏，往检藏书，得其集本，附词二首，因裁录之。词笔直率，非所专长。二词又为酬应之作，无可评骘，聊存家数而已。窃意于乔存词当不止此数，应别于明人选集及书画丛谈，广为搜集，庶获全豹云。"知据别集本析出，存词二首。

徐子熙

徐子熙（1452—1511），字世昭，号丹峰，上虞（浙江绍兴）人。明孝宗弘治十八年（1505）进士，授兵部职方司主事。升武库司员外郎，晋光禄寺少卿。著有《贻谷堂集》、《丹峰先生文集》。

民国时赵尊岳辑《明词汇刊》，其中有《丹峰词》一卷，今有上海古籍影印刻本，赵氏跋（民国二十四年，1935）云："著《贻谷堂集》，余所见者，为其孙南京工部主事启东万历间所校刻之《丹峰先生文集》，当为其私谥也。词虽不工，饶有逸趣，为录存之。"是据别集本录出。末有赵氏手书一行云："同日校传抄北海本。叔邕。"

林俊

林俊（1452—1527），字待用，号见素，晚号云庄，莆田人（今属福建）人。明宪宗成化十四年（1478）进士，授刊部主事。历工部尚书、刑部尚书，加太子太保，卒谥贞肃。著有《见素集》。

民国时赵尊岳辑《明词汇刊》，其中有《林见素词》一卷，今有上海古籍影印刻本，赵氏跋（民国十七年，1928）云："俊盖直臣也，为录其词，并征其行谊。"未言所据，末有赵氏手书一行云："同日以盋山藏本传抄本校。高梧。"

林廷玉

林廷玉（1454—1532），字粹夫，号南涧，侯官（今属福建）人。明宪宗成化十七年（1481）进士，授吏科给事中。孝宗初年转右给事中，寻转工科都给事。历广东佥事副使，山西参政。武宗掌南都察院事，丐归杜门二十馀年，屡荐不起。著有《南涧文录》。

林氏词集见于明清藏家的著录：

1. 明王道明《笠泽堂书目》著录有《南涧诗馀》一册。

2. 明高儒《百川书志》卷六著录有《南涧诗馀》一卷。

3. 清黄虞稷《千顷堂书目》卷三十二著录有《南涧诗馀》一卷。

4. 清徐元文《含经堂藏书目》著录有《南涧诗馀》一卷，云："正德十二年丁丑序，八册。"词一卷，却云八册，疑指别集册数而言，其中有诗馀一卷，否则不通。

以上均未言版本，所载当以抄本为主。

赵宽

赵宽（1457—1505），字栗夫，号半江，吴江（今江苏苏州）人。明宪宗成化十七年（1481）进士。历员外郎、四川司郎中、浙江提学副使，终广东按察使。著有《半江集》。

赵氏词见载于诗文集中，今有明嘉靖四十年（1561）赵禬刻本《半江赵先生文集》十五卷附录一卷,《四库全书存目丛书》据以影印。其中卷八附有词,存十三首。

民国时赵尊岳辑《明词汇刊》,其中有《半江词》一卷,今有上海古籍影印刻本,赵氏跋(民国二十四年,1935)云:"有《半江集》传世,词附,并复雅令可诵。兹付梓人,用广其传播云。"是据别集本析出,末有赵氏手书一行云:"同日以传抄盉山藏本校。叔邕。"

杨循吉

杨循吉(1458—1546),字君谦,号南峰,吴县(今江苏苏州)人。明宪宗成化二十年(1484)进士,授礼部主事。以病乞归,结庐支硎山下,课读著述。著有《松筹堂集》、《南峰逸稿》、《南峰乐府》等。

杨氏词见载于诗文集中,今有清金氏文瑞楼抄本《松筹堂集》十二卷,《四库全书存目丛书》据以影印,其中卷十二为词,凡一卷。

民国时赵尊岳辑《明词汇刊》,其中有《松筹堂词》一卷,今有上海古籍影印刻本,赵氏跋(民国二十二年,1933)云:"著《松筹堂集》。北海书藏得原刊本,斐云宗兄过录见惠,因辑入明词别集云。"末有赵氏手书一行云:"丁丑五日,校传抄明刊本。高梧。"按:《词学季刊》第二卷第一号(民国二十三年出版)载赵氏《惜阴堂汇刻明词提要》,于《松筹堂词》一卷云:"著《松筹堂集》,词十四首在集中,词尚平整,惟不能通体无疵,盖善作俳优乐府者,固不能与《金荃》、《兰畹》相同论也。"是据别集本录出。

杨氏词集见于明清藏家著录的有:

1. 明赵琦美《脉望馆书目》"词类·集"著录有《南峰乐府》等三书一本。

2. 明赵用贤《赵定宇书目》"小说书"著录有《南峰乐府》一本。

3. 清林佶题名《天一阁书目》"词曲"著录有《南峰乐府》一本。又舒木鲁氏抄《天一阁书目》著录有《南峰乐府》一本。

4. 清黄丕烈《荛圃藏书题识》卷十著录有《南峰乐府》□卷,明本。黄氏题识云：

> 己巳春三月，余为武林之游，三上城隍山，索观古书于集古斋。盖其主人在杭城书贾中为巨擘，而去岁又新收开万楼书，故不惮再三至也，最后为立夏前一日，与钱塘何梦华偕行，小憩临江之楼。山旧多茶肆，并有点心之佳者，主人煮茗相待，取蓑衣饼、韭菜饼于旁肆，以继晨飧，心颇乐焉。因邀坐在店后小楼，见《南峰乐府》、《太平乐府》签出架上，手探之，乃明旧刻，遂与他书捆载而归，归家，遍检诸家书目，偶及《孝慈堂书目》有之，序次目录先后、书名本数正合，可见书之得失显晦有定数也。复翁识。

己巳为嘉庆十四年（1809），按：汪启淑（1728—1799），字秀峰，号切庵，一字慎仪，自称“印癖先生”，安徽歙县人，居于杭州。以经商致富，捐官为工部都水司郎中，迁至兵部郎中。嗜古代印章，家中藏书极富，藏书楼名开万楼、飞鸿堂，藏书数千种，数万册，其子汪庚编有《开万楼藏书目》。著有《水曹清暇录》、《集古印存》、《飞鸿堂印谱》、《续印人传》等。又李盛铎《木犀轩收藏旧本书目》著录有《新选南峰乐府》一卷，云：“明刊本，黄荛圃手跋，汪启淑旧藏，一册。”即此本。

李万年

李万年，字维衡，号茫湖，丰城（今属江西）人。明孝宗弘治时官至刑部尚书郎。著有《饥豹存稿》。

民国时赵尊岳辑《明词汇刊》，其中有《饥豹词》一卷，今有上海古籍影印刻本，赵氏跋（民国二十二年，1933）云：“遗集八卷，题《饥豹存稿》。卷八词调三十八首，仅此一首为词，馀皆南北曲也。过拍‘青蛇壮气’不协律调，姑以存之，备明词家数云。癸酉仲春圭璋社兄自金陵寄示，为识其崖略。”末有赵氏手书一行云：“同日校传抄本。叔邕。”又《词学季刊》第二卷第一号（民国二十三年出版）载赵氏《惜阴堂汇刻明词提要》，于《饥豹词》一卷云：

> 遗集八卷，题《饥豹存稿》。其卷八目录题词调三十八
> 首，按之词仅一首，馀皆南北曲散套小令也，存稿绝少见。
> 金陵唐圭璋社兄于友人处见之，亟录以示，固不协律，而思
> 致雄抗幽愤，感时寓事，必有难言之隐者在，惜未尽按其事，
> 为毛苌之笺、郑康成之注也。

是据别集本录出，存词一首。

傅珪

傅珪（1459—1515），字邦瑞，号北潭，保定（今属河北）人。明宪宗成化二十三年（1487）进士，选庶吉士，授翰林院编修。迁侍读学士、翰林学士，擢吏部侍郎，进礼部尚书。卒赠太子少保，谥文毅。著有《文毅公集》。

傅氏词见载于诗文集中，今存明嘉靖年刊本《北潭傅文毅公集》，附载有词，存一首。

民国时赵尊岳辑《明词汇刊》，其中有《北潭词》一卷，今有上海古籍影印刻本，赵氏跋（民国二十五年，1936）云："著《北潭集》，附词一首。丙子孟夏，黄公渚社兄就刘氏嘉业堂藏集本录示，亦足以张吾军也。"知据别集本录出，存词一首。

毛宪

毛宪（1459—1535），字式之，号古庵，武进（今江苏常州）人。明武宗正德六年（1511）进士，授刑科给事中。历兵科给事中、礼科右给事中，谢病归。著有《古庵文集》等。

毛氏词见载于诗文集中，今有明嘉靖四十一年（1562）毛欣刻本《古庵毛先生文集》十卷，《四库全书存目丛书》据以影印，其中卷十附有词调，存词五首。

民国时赵尊岳辑《明词汇刊》，其中有《古庵先生词》一卷，今有

上海古籍影印刻本，赵氏跋（民国二十五年，1936）云："著《古庵文集》、《谏垣奏草》，词亦雅洁骀荡。"知是据别集本录出。末有赵氏手书一行云："同日校京师书藏藏本。珍重阁。"

邵宝

邵宝（1460—1527），字国贤，号泉斋，别号二泉，无锡（今属江苏）人。明宪宗成化二十年（1484）进士。知许州。历江西提学副使、浙江右布政使、贵州巡抚等，拜南礼部尚书，恳辞。卒赠太子太保，谥文庄。著有《容春堂集》等。

邵氏词见载于诗文集中，今有《四库全书》本《容春堂前集》二十卷后集十四卷续集十八卷别集九卷，为浙江汪汝瑮家藏本，其中后集卷十三附载有词，存五首，又别集卷三附载有词，存四首。

民国时赵尊岳辑《明词汇刊》，其中有《容春堂词》一卷，今有上海古籍影印刻本，赵氏跋（民国二十二年，1933）云："著《左觿学史》、《简端二馀》、《定性书说》、《漕政举要》、《慧山记》，《容春堂词》则载诸集中者也。"末有赵氏手书一行云："同日以传抄西湖书藏本校，高梧。"又《词学季刊》第二卷第一号（民国二十三年出版）载赵氏《惜阴堂汇刻明词提要》，于《容春堂词》一卷云："著《左觿学史》、《简端二馀》、《定性书说》、《漕政举要》、《慧山记》、《容春堂集》，词八首在集中。"知是别集本录出，存词八首。

杨旦

杨旦（1460—1530），字晋叔，号偲庵，建安（今属福建）人，明孝宗弘治三年（1490）进士。官太常少卿，谪知温州，迁浙江提学副使，升南京吏部尚书。著有《偲庵文集》。

民国时赵尊岳辑《明词汇刊》，其中有《偲庵词》一卷，今有上海古籍影印刻本，赵氏跋（民国二十二年，1933）云："所著《偲庵文集》十卷，有旦自序，其少子襄又为增辑梓行。诗多题识赠遗之作、和平忠爱之音。幨词附诗后，兹汰其骈序而存其词焉。"末有赵氏手书一行云："同日校传抄西泠书藏本。叔雍。"又《词学季刊》第二卷第一号（民国二十三年出版）载赵氏《惜阴堂汇刻明词提要》，于《偲庵词》一卷云："所著《偲庵文集》十卷，自为撰定，其少子襄又为增辑梓行。幛词九首附，咸有骈序，兹为汰其序而裁成之，骈序为明人陋习，浮烟涨墨，固一无可取者也。词虽酬应之作，然尚凝重典雅，要为可取。"知是据别集本录出。

祝允明

祝允明（1461—1527），字希哲，长洲（今江苏苏州）人。因右手枝生手指，故号枝山、枝指生、枝山老樵。明孝宗弘治五年（1492）举人，授兴宁县知县，迁应天通判。著有《怀星堂集》。

民国时赵尊岳辑《明词汇刊》，其中有《枝山先生词》一卷，今有上海古籍影印刻本，赵氏跋云：

> 有《衷星堂集》三十卷，案《静志居诗话》：有《祝氏集略》，又有《金缕》、《醉红》、《窥帘》、《畅哉》、《掷果》、《拂弦》、《玉期》等集。今存残本四卷，词附见集中。余得读于江宁盋山书藏，因饬胥录副，重付剞氏。迨刻成，又得斐云宗兄函，谓北海书藏有嘉靖甲辰谢雍手抄《枝山集》，可以互校，遂复寄勘正，此书庶可为善本矣。癸酉腊月，珍重阁。

癸酉为民国二十二年（1933），末有赵氏手书一行云："同日合校两本。叔邕。"又《词学季刊》第二卷第一号（民国二十三年出版）载赵氏《惜阴堂汇刻明词提要》，于《枝山先生词》一卷云：

> 有《怀星堂集》三十卷，按《静志居诗话》：有《祝氏集略》，又有《金缕》、《醉红》、《窥帘》、《畅哉》、《掷果》、《拂弦》、《玉期》等集，今俱未之见，所存仅四卷本，题曰《枝山集》，希哲与唐寅同负文名，好事者播之说部，于是妇孺咸知其名矣。长于法书，诗文亦楚楚可观。词三十六首，则非其所长，然智慧流露处，亦见妙谛。其和虞道园、冯尊

师《苏武慢》十二首，则尽羽流口吻，枝山固非丹灶中人，然
文章游戏，固又无所不通也。

是据别集本录出。按：今有《四库全书》本《怀星堂集》三十卷，为江
苏巡抚采进本，检其中并无词存。

李堂

李堂（1462—1524），字时升，号堇山，鄞县（今浙江宁波）人。
明宪宗成化二十三年（1487）进士，授工部主事。迁应天府丞、南京
光禄卿，升工部右侍郎。著有《堇山文集》。

李氏词见载于诗文集中，今有明嘉靖间刻本《堇山文集》十五卷
附录一卷，《四库全书存目丛书》据以影印，其中卷六附有诗馀。

民国时赵尊岳辑《明词汇刊》，其中有《堇山诗馀》一卷，今有上
海古籍影印刻本，赵氏跋（民国二十五年）云："著《堇山文集》，词附
见，为裁存之。"是据别集本录出。末有赵氏手书一行云："同日校京
师书藏藏本。高梧。"

蒋冕

蒋冕（1463—1532），字敬之，一字敬所，号湘皋。全州（今属广
西）人。明宪宗成化二十三年（1487）进士，选庶吉士，授编修。任吏
部右侍郎，掌詹事府典诰敕，迁礼部尚书，兼文渊阁大学士，为户部
尚书，谨身殿大学士。卒谥文定。著有《湘皋集》等。

蒋氏词见附于诗文集中，今有明嘉靖三十三年（1554）王宗沐等
刻本《湘皋集》三十三卷，《四库全书存目丛书》据以影印，卷十七为
诗馀，存词一卷，其中含有幛词。

民国时赵尊岳辑《明词汇刊》，其中有《湘皋词》一卷，今有上海
古籍影印刻本，赵氏跋（民国二十二年，1933）云："著《湘皋集》及
《璃台诗话》，此则附载集中者也。"末有赵氏手书一行云："同日以刻
本校读。珍重。"又《词学季刊》第二卷第一号（民国二十三年出

版）载赵氏《惜阴堂汇刻明词提要》，于《湘皋词》一卷云："著《湘皋集》及《琼台诗话》，词三十四首附。词笔尚有风致，而幛词为多，要为酬应之作，不足论也。"知是据别集本析出。

郑满

郑满（1465—1515），字守谦，号勉斋，慈溪（今属浙江）人。明孝宗弘治五年（1492）举人。历知道州、濮州。著有《勉斋遗稿》。

今有清康熙间刻本《勉斋先生遗稿》三卷，《四库全书存目丛书》据以影印，其中卷三有幛词。

民国时赵尊岳析出，辑《勉斋词》一卷，收入《明词汇刊》中，今有上海古籍影印刻本，赵氏跋（民国二十二年，1933）云："著《勉斋遗稿》，幛词五首附焉，兹删其骈俪引序而存其词。"末有赵氏手书一行云："同日以传抄盋山藏本校读。叔邕。"又《词学季刊》第二卷第一号（民国二十三年出版）载赵氏《惜阴堂汇刻明词提要》，于《勉斋词》一卷云："著《勉斋遗稿》，词五首同在稿中，均酬赠之作，盖明人重幛词，申以骈序，用为酬酢贶行之致语，亦俚俗也。词多颂扬，而间有佳作，古朴似南来寿人之词，惟不多觏耳。"知是据别集本析出，存词五首。

罗钦顺

罗钦顺（1465—1547），字允升，号整庵，泰和（今属江西）人。明孝宗弘治六年（1493）进士，授编修。历南京国子监司业、吏部右侍郎、南京吏部尚书、礼部尚书。卒赠太子太保，谥文庄。著有《整庵存稿》等。

罗氏词见载于诗文集中，今有《四库全书》本《整庵存稿》二十卷，为江西巡抚采进本，其中卷二十末附载有词二首。

民国时赵尊岳辑《明词汇刊》，其中有《整庵诗馀》一卷，今有上海古籍影印刻本，赵氏跋（民国二十二年，1933）云："所著曰《整庵存稿》，喻时序之，盛称其学。附二词，因为辑存之。"末有赵氏手书一行云："同日以传抄西湖书藏本校。高梧。"又《词学季刊》第二卷第一号（民国二十三年出版）载赵氏《惜阴堂汇刻明词提要》，于《整庵诗馀》一卷云："著《困知记》、《整庵集》，学者称整庵先生。词二首，在集中，非其所长，而间有隐逸气。"知是据别集本录出，存词二首。

费宏

费宏（1468—1535），字子充，号健斋。又号鹅湖，晚号湖东野老，铅山（今属江西）人。明宪宗成化二十三年（1487）进士第一，授翰林修撰。历文渊阁大学士、谨身殿大学士、华盖大学士。卒赠太保，谥文宪。著有文集二十四卷。

费氏词见载于诗文集中，计有：

1. 《太保费文宪公摘稿》二十卷，明嘉靖三十四年（1555）吴遵之刻本，《续修四库全书》据以影印。其中卷一附有词类，凡十七篇，多属幛词。

2. 《明太保费文宪公文集选要》七卷，明徐阶、刘同升选，明崇祯间刻清印《费文宪公文通公合集》本，《四库全书存目丛书》据以影印。其中卷一附有词类，存二篇。

民国时赵尊岳辑《明词汇刊》，其中有《费文宪公词》一卷，今有上海古籍影印刻本，赵氏跋（民国二十三年，1934）云："有《宸章集录》及遗集行世，《明史》自有传。余曩岁薄游金陵，得就盋山书藏裁写其词，穷移暑之功，付诸剞氏，因并征其行谊为跋。"知据别集本录出，存词二首，末有赵氏手书二行云："同日以传抄盋山藏本校。珍重阁。"

王九思

王九思（1468—1551），字敬夫，号渼陂，鄠（今属陕西）人。明孝宗弘治（1496）进士，选庶吉士，授翰林检讨。改吏部，为文选郎中，谪倅寿州。著有《渼陂集》、《碧山乐府》、《碧山诗馀》。

　　王氏词集见收于全集中，今有明嘉靖十二年（1533）王献等刻二十四年翁万达续刻崇祯十三年（1640）张宗孟修补本《渼陂集》十六卷续集三卷，《四库全书存目丛书》据以影印，前有"渼陂王太史先生全集目录"，其中有《碧山诗馀》，注云："小令五十六调。"又有明嘉靖刻崇祯补修本《渼陂集》十六卷《渼陂续集》三卷，《续修四库全书》据以影印。前有"渼陂王太史先生全集目录"，其中有《碧山诗馀》，注云："小令五十六调。"

　　后《碧山诗馀》多单行，今有明嘉靖刻本《碧山诗馀》二卷，《续修四库全书》据以影印。又《中国古籍善本书目》载《碧山诗馀》二卷，云明嘉靖三十年（1551）宋廷琦刻本。另见于藏家著录的有：

　　1．清黄虞稷《千顷堂书目》卷三十二著录有《碧山诗馀》。

　　2．清王闻远《孝慈堂书目》著录有《碧山诗馀》一卷，一册，棉纸。

　　以上均未言版本。

　　民国时赵尊岳辑《明词汇刊》，其中有《碧山诗馀》一卷，今有上海古籍影印刻本，赵氏跋（民国二十五年，1936）云："著有《渼陂集》、《碧山乐府》、《碧山诗馀》、《游春记》、《中山狼》传奇，盛时于时。丙子孟秋，余自上虞罗氏蟫隐庐得见嘉靖原刻本，因饬写官过录存之。"知是据嘉靖本刻印的。

唐寅

　　唐寅（1470—1524），字伯虎，一字子畏，号六如居士、桃花庵主、逃禅逸史等，吴县（今江苏苏州）人。明孝宗弘治十一年（1498）举应天乡试第一，次年赴春闱，被诬作弊系狱。出狱后遂绝意仕进，以卖文鬻画为生计。著有《唐伯虎集》等。

　　唐氏词见载于诗文集中，计有：

　　1．《唐伯虎先生集》二卷外编五卷附录一卷续刻十二卷，明万历刻本，《续修四库全书》据以影印。其中外编卷八为词，凡一卷。卷九为曲，凡一卷，另卷十载幛词一篇，调名《鹧鸪天》。

2. 《六如居士全集》本，清嘉庆六年（1801）长沙唐仲冕刊本，有诗文集七卷补遗一卷，其中卷四收有词。

3. 《唐伯虎全集》本，民国二十四年（1935）大道书局排印本，其中卷四为词曲。

民国时赵尊岳辑《明词汇刊》，其中有《六如居士词》一卷，今有上海古籍影印刻本，赵氏跋（民国二十二年，1933）云：

> 全集以当时袁中郎批四卷本、万历何君立刊二十二卷本为最佳。嘉庆六年其长沙族裔名仲冕字陶山者复裒辑重梓，为内集七卷外集六卷，凡遗事、投赠、题跋、诗话，无不毕详，别附所作制艺、画谱，缅属以行，盖居士遗著至是庶几备具。兹篇所录，即出陶刊本之卷四，其悼词有入他卷者，则汰其骈文而合存之。

知自别集中析出录入，末有赵氏手书一行云："同日以两本覆校。叔邕。"

王磐

王磐（1470？—1530），字鸿渐，号西楼，高邮（今属江苏）人。明正德、嘉靖间人，著有《西楼集》。

其词集见于著录的有：

1. 明赵用贤《赵定宇书目》"小说书"著录有《王西楼乐府》一本。

2. 明晁瑮《晁氏宝文堂书目》"乐府"著录有《王西楼乐府》。

3. 明高儒《百川书志》卷六"词曲"著录有《王西楼乐府》一卷，云："词旨警绝，附其婿《南湖近词》。"

4. 明赵琦美《脉望馆书目》"词类·集"著录有《王西楼乐府》一本。

5. 清黄虞稷《千顷堂书目》卷三十二著录有《西楼乐府》一卷。

6. 《江南通志》卷一百九十四著录有《西楼乐府》。

7. 傅增湘《藏园群书经眼录》卷十九"诗馀类"著录有《王西楼先生乐府》一卷。云："明刊本，九行二十字。题'高邮王盘鸿渐父著'，'郡人王应元一之父校'。有嘉靖辛亥甥张守中序。（壬午二月）"壬午为民国三十一年（1942）。

以上多未言版本。按：明王舜耕亦有《西楼乐府》，参见相关条目。

文徵明

文徵明（1470—1559），初名璧，以字行，更字征仲，号衡山，长洲（今江苏苏州）人。明世宗嘉靖初以贡入京，用荐授翰林院待诏，三载谢病归。优游林泉，主持风雅者三十馀年，卒私谥贞宪先生。著有《莆田集》、《玉磬山房词》。

文氏词集罕见著录，清陆漻《佳趣堂书目》"词"著录有文衡山《玉磬山房词》一卷。

按：《四库全书》有《莆田集》三十五卷附录一卷，附录有文嘉《先君行略》云："公平生雅慕元赵文敏公，每事多师之，论者以公博学，诗词、文章、书画虽与赵同，而出处纯正，若或过之。"知是能词，但《莆田集》中未载词。

顾潜

顾潜（1471—1534），字孔昭，号栟斋，晚号西岩，昆山（今属江苏）人。明弘治九年（1496）进士，选翰林院庶吉士，授山西道御史。著有《静观堂集》。

顾氏词见载于诗文集中，今有清雍正十年（1732）桂云堂刻《玉峰雍里顾氏六世诗文集》本《静观堂集》十四，《四库全书存目丛书》据以影印，其中卷六附有诗馀，存词二十二首。

民国时赵尊岳辑《明词汇刊》，其中有《静观堂词》一卷，今有上海古籍影印刻本，赵氏跋（民国二十四年，1935）云："所著有《静观堂稿》、《读史新知》、《林下记闻》、《湖堧醉韵》、《惇史梦林》等集，此自集本卷六裁出者也。"是据别集本录出。末有赵氏手书一行云："丁丑季春十一日，校北海传抄本。珍重阁。"丁丑为民国二十六年（1937）。

顾鼎臣

顾鼎臣（1473—1540），初名全，字九和，号未斋，昆山（今属江苏）人。明孝宗弘治十八年（1505）状元及第，授修撰。迁左谕德，进礼部右侍郎，改吏部左侍郎，官至礼部尚书兼文渊阁大学士。卒赠太保，谥文康。著有《未斋集》。

顾氏词见载于诗文集中，今有明万历至清顺治顾氏家刻本《顾文康公文草》十卷诗草六卷续稿六卷三集四卷首一卷，《四库全书存目丛书》据以影印。其中卷六附诗馀，存词三首。又续稿卷六附有词（补遗），凡十一首，然有目而正文缺。又三集卷四附有词，存二首。

民国时赵尊岳辑《明词汇刊》，其中有《顾文康公词》一卷，今有上海古籍影印刻本，赵氏跋（民国二十四年，1935）云："遗集中附小词，有与桂洲酬和者，并存其元作，兹为依式重梓之，亦以见匪躬之节，固非易语于常人也。"是据别集本录出。末有赵氏手书一行云："同日以传抄盋山藏本覆勘一过。雍。"

何孟春

何孟春（1474—1536），字子元，号燕泉，郴州（今属湖南）人。明孝宗弘治六年（1493）进士，授兵部主事，历河南左参政、都察院右副都御史巡抚云南、兵部右侍郎、拜吏部左侍郎。卒谥文简。著有《燕泉何先生遗稿》。

民国时赵尊岳辑《明词汇刊》，其中有《何文简公词》一卷，今有上海古籍影印刻本，赵氏跋（民国二十三年，1934）云："著《疏议》、《馀冬序录》、《家语注》及《何燕泉诗》。《明史》有传。二词附见集中，为裁刊之。"是据别集本录出，存词二首，末有赵氏手书一行云："同日以传抄盋山藏本校。高梧。"

王济

王济（1474—1540），字伯雨，号雨舟，晚号白铁道人，又自称紫髯仙客，嘉兴（今属浙江）人。诸生，明武宗正德十六年（1521）以赀授广西横州通判，摄知州事。著有《谷应集》、《水南词》、《和花蕊夫人宫词》。

明董斯张《吴兴备志》卷二十二云：

> 吴兴王雨舟济，人物高远，刻意诗词，其所著有《宫词》一卷，有《水南词》一卷，有《谷应集》，有《铁老吟馀》。其《宫词》尤蕴藉可喜。《夷白斋诗话》

知有词集一卷，未言版本。

王氏词集见于著录的有：

1. 《千顷堂书目》卷二十四著录有《谷应集》，又《水南词》，又《和花蕊夫人宫词》。

2. 《浙江通志》卷二百五十著录有《水南词》，又《谷应》，又《和花蕊夫人宫词》。

3. 清郑元庆《湖录经籍考》卷五"历代人词曲"著录有《水南词》一卷、《和花蕊夫人宫词》。

以上均未言版本。

王廷相

王廷相（1474—1544），字子衡，号浚川，仪封（今河南兰考）人。明孝宗弘治十五年（1502）进士，选庶吉士。授兵科给事中，巡按陕西、山西，任兵部尚书。卒谥肃敏。著有《王氏家藏集》等。

王氏词见载于诗文集中，今有明嘉靖十五年（1536）张鹏刻本《内台集》七卷，《续修四库全书》据以影印，其中卷三为乐府长短句，存词一卷。

民国时赵尊岳辑《明词汇刊》，其中有《内台词》一卷，今有上海古籍影印刻本，赵氏跋云："廷相，字子衡，仪封人。宏（当作弘）治进士，选翰林院庶吉士，授兵科给事中。因事忤中官刘瑾、廖镗，遂尔屡黜屡起。嘉靖中以右副都御史巡抚四川，讨平茫部贼沙保，累迁至左都御史。廷相博学，好议论，以经术著称。卒谥肃敏，《明史》自有传。其所著《内台集》附词至富，为别行之。乙亥人日，高梧轩书。"作于民国二十四年（1935），是据别集本析出，存词一卷。

游潜

游潜，字用之，号几山，丰城（今属江西）人。明孝宗弘治十四年（1501）举人，授宾州知州。以病还乡，潜心学术。著有《梦蕉存稿》。

游氏词见载于诗文集中，今有明嘉靖刻清康熙三十六年（1697）补修本《梦蕉存稿》四卷，《四库全书存目丛书》据以影印，其中卷二附有词，存二十二首。

康海

康海（1475—1540），字德涵，号对山、沜东渔父，武功（今属陕西）人。明孝宗弘治十五年（1502）进士第一，授翰林院修撰，以救李梦阳事坐刘瑾党削籍。以诗文名列"前七子"之一，著有《对山集》、《沜东乐府》等。

其词集见于著录的有：

1. 明晁瑮《晁氏宝文堂书目》著录有《沜东乐府后录》。

2. 清黄虞稷《千顷堂书目》卷三十二著录有《沜东乐府》二卷。

3. 清林佶题名《天一阁书目》著录有《沜东乐府》一本。又清佚名《四明天一阁藏书目录》著录有《沜东乐府》一本。又舒木鲁氏抄《天一阁书目》著录有《沜东乐府》一本。按：清蒋汝藻《传书堂善本书目》卷十二著录有《沜东乐府》一卷，明刻本（归西谛）。检王国维《传书堂藏善本书志》著录有《沜东乐府》一卷，明刊本。云："明康海撰，自序正德八年，弟浩跋嘉靖甲申，天一阁藏书。"知天一阁藏有明刊本。

4. 清张宗松《清绮斋藏书目》"集部·诗馀类"著录有《沜东乐府》，一册。

5.《陕西通志》卷七十五著录有《沜东乐府》二卷。

6. 李盛铎《木犀轩收藏旧本书目》著录有《碧山乐府》一卷、《沜东乐府》二卷，明嘉靖刊本。

7. 刘承干《嘉业藏书楼明刊本书目》著录有《碧山乐府》一卷续一卷、《沜东乐府》二卷、《杜子美沽酒游春记》一卷、《浒西山人初度录》，正德刊本，十二册。

以上所载，当含有曲。另清张廷玉等《明史》卷九十九"艺文志"著录有《对山集》十九卷乐府二卷。按：《四库全书》有《对山集》十卷，未见附有乐府。

边贡

边贡（1476—1532），字廷实，号华泉，历城（今山东济南）人。明孝宗弘治九年（1496）进士，授太常博士。擢兵科给事中，改太常丞，出知卫辉府。嘉靖初起南京太常少卿，进南京刑部右侍郎，晋户部尚书。著有《华泉集》。

边氏词见载于诗文集中，今有《四库全书》本《华泉集》十四卷，所据为明刊本，为山东巡抚采进本，其中卷八附诗馀，存词六首。

民国时赵尊岳辑《明词汇刊》，其中有《华泉词》一卷，今有上海古籍影印刻本，赵氏跋（民国二十二年，1933）云："有集十四卷，诗馀附。余得其集于金陵，因次其词，以付梓人。"末有赵氏手书一行云："丙子五月廿九日，以传抄盋山书藏明刊本校读。高梧。"又《词学季刊》第二卷第一号（民国二十三年出版）载赵氏《惜阴堂汇刻明词提要》，于《华泉词》一卷云："有集十四卷，词六首在集中，尚有逸趣。"知是据别集本录出。

顾璘

顾璘（1476—1545），字华玉，号东桥居士，其先吴县（今江苏苏州）人，寓居上元（今江苏南京）。明孝宗弘治九年（1496）进士，授广平知县。又知开封府，升浙江左参政，累官至南京刑部尚书。著有《浮湘集》、《山中集》、《凭几集》、《息园诗文稿》等。

顾氏词见载于诗文集中，今有《四库全书》本《浮湘集》四卷、《山中集》四卷、《凭几集》五卷续集二卷、《息园存稿诗》十四卷文九卷、《缓恸集》一卷，所据为明嘉靖刻本，为山西巡抚采进本。其中《浮湘集》卷四附有诗馀，存词七首；《山中集》卷四附有词，存词六首；《凭几集》卷四为词，存一卷。又有《金陵丛书》本《顾华玉集》四十卷，收词情况同库本。

民国时赵尊岳辑《明词汇刊》，其中有《凭几词》一卷《山中词》一卷《浮湘词》一卷，今有上海古籍影印刻本，赵氏跋（民国十七年，1928）云："著《浮湘》、《山中》、《凭几》诸集及《息园诗文稿》、《国宝新编》、《近言》三书，合之为《顾华玉集》。今分著其词，而沿其旧名云。"知是据别集本析出，分集编印。

周用

周用（1476—1547），字行之，号白川，又号伯川，吴江（今属江苏）人。明孝宗弘治十五年（1502）进士，授行人。历官南京兵部给事中、广东左参议、南京工部尚书、吏部尚书。卒谥恭肃。著有《周恭肃公集》。

周氏词见附于诗文集中，今有明嘉靖二十八年（1549）周国南川上草堂刻本《周恭肃公集》十六卷附录一卷，《四库全书存目丛书》据以影印，其中卷十为诗馀，存词一卷。

民国时赵尊岳辑《明词汇刊》，其中有《周恭肃公词》一卷，今有上海古籍影印刻本，赵氏跋（民国十五年，1926）云："有集十六卷，诗馀附，南北曲亦杂置其间，今汰去之，仅刻其词。"末有赵氏手书二行云："同日校传抄瓷山藏本。高梧轩。"又《词学季刊》第二卷第一号（民国二十三年出版）载赵氏《惜阴堂汇刻明词提要》，于《周恭肃公词》一卷云："有集十六卷，词四十四首附，所作韶丽，可为师法。"知是据别集本录出。

桂华

桂华（1477—1522），字子朴，号古山，安仁（今江西饶州）人。明武宗正德八年（1513）举人，无意功名。著有《古山集》。

桂氏词见载于诗文集中，今有明刻本《古山先生文集》四卷，《四库全书存目丛书》据以影印。其中卷三附有"乐府"，存词十馀首，其中多为幛词。

民国时赵尊岳辑《明词汇刊》，其中有《古山词》一卷，今有上海古籍影印刻本，赵氏跋（民国二十二年，1933）云："著《古山集》四卷，其弟萼为梓行之。萼，盖任至礼部尚书者也。余所得见为史珥重校，而其九世从孙五同弟瞻等重刊本，盖非明刻之旧矣。集附幛词，删其序而存之。"末有赵氏手书一行云："同日以传抄覆刻本校读。高梧。"又《词学季刊》第二卷第一号（民国二十三年出版）载赵氏《惜阴堂汇刻明词提要》，于《古山词》一卷云："集本屡有覆刻，余得见者为其九世孙所校梓，已为清刊本矣。词十四首附，而幛词为多。"知是据别集本录出。

陆深

陆深（1477—1544），字子渊，号俨山，松江府（今属上海）人。明孝宗弘治十八年（1505）进士，授编修，改南京礼部主事，累官四川左布政使、詹事府詹事。卒，赠礼部侍郎，谥文裕。著有《俨山文集》、《俨山外集》等。

陆氏词见于诗文集中，计有：

1. 明陆起龙刻清康熙六十一年（1722）陆瀛龄补修本《陆文裕公行远集》二十三卷外集一卷，《四库全书存目丛书》据以影印。其中卷二十三附有诗馀，存词七首。

2. 清《四库全书》本《俨山集》一百卷续集十卷，为兵部侍郎纪昀家藏本。其中卷二十三为乐章，凡六十二首；卷二十四为诗馀，凡三十二首。

民国时赵尊岳辑《明词汇刊》，其中有《俨山词》一卷，今有上海古籍影印刻本，赵氏跋（民国二十二）云："著述尤夥，有《南巡日录》……《溪山馀话》、《顾丰堂漫书》、《俨山集》词附。余得集本，为辑其词以付剞氏。"知是自别集中析出另行。末有赵氏手书二行云："同日以盋山藏集本传抄本校。高梧。"又："辛巳春社日，珍重客复校。"辛巳为民国三十年（1941）。

王尚絅

王尚絅（1478—1531），字锦夫，号苍谷，郏县（今属河南）人。明孝宗弘治十五年（1502）进士，任兵部主事，历山西、陕西、四川参政，迁浙江右布政使等。著有《苍谷集》。

王氏词见载于诗文集中，今有清乾隆二十三年（1758）王纯密刻本《苍谷全集》十二卷，《四库未收书辑刊》据以影印，其中卷六附诗馀，存词二首。

民国时赵尊岳辑《明词汇刊》，其中有《苍谷诗馀》一卷，今有上海古籍影印刻本，赵氏跋（民国二十三年，1934）云："有《苍谷集》十二卷，诗馀附。余曩者获读于金陵，因为辑录，以授梓人。"末有赵氏手书一行云："丙子天中节，就传抄盋山藏本校。叔邕。"按：《词学季刊》第二卷第一号（民国二十三年出版）载赵氏《惜阴堂汇刻明词提要》，于《苍谷诗馀》一卷云："有《苍谷集》十二卷，词二首附存。词笔尚韶秀，而不尽协于音律，此明词之弊，不足以专责苍谷者也。"知据别集本录出，存词二首。

夏旸

夏旸，字汝霖，贵溪（今属江西）人。曾任府司狱。著有《葵轩词》。

夏氏词集多见于明清人著录：

1. 明李廷相《濮阳蒲汀李先生家藏目录》"东间南架、二层"著录有《葵轩词》二本。

2. 明晁瑮《晁氏宝文堂书目》著录有《葵轩词》。

3. 明高儒《百川书志》卷六著录有《葵轩词》一卷，凡三十九首。

4. 清黄虞稷《千顷堂书目》卷三十二著录有《葵轩词》一卷。

5. 清林佶题名《天一阁书目》著录有《葵轩词》一本。又舒木鲁氏抄《天一阁书目》著录有《葵轩词》一本。又清范懋柱《天一阁藏书目》卷四之四著录有《葵轩词》一卷，抄本。又清薛福成《天一阁见存书目》卷四著录有《葵轩词》一册，全。

6. 清蒋汝藻《传书堂善本书目》卷十二著录有《葵轩词》一卷，明刻本（归西谛）。又检郑振铎《西谛书目》卷五著录有《葵轩词》一卷，明刊本，一册。又王国维《传书堂藏善本书志》著录有《葵轩词》一卷，明刊本，天一阁藏书。

7. 《中国古籍善本书目》著录有《葵轩词》一卷，明刻本。藏国家图书馆。

除词集另行者外，夏氏词还见载于诗文集中，《四库全书总目》著录有《桂洲集》十八卷，提要云："此集凡赋诗词八卷，文十卷。首有年谱，言未相时以词曲擅名，然集内词亦未甚工，诗文宏整而平易，犹明中叶之旧格。"知别集中载有词，为江西巡抚采进本，此为《四库存目》之书。检《四库全书存目丛书》，有崇祯十一年（1638）吴一璘刻本《夏桂洲先生文集》十八卷年谱一卷，其中卷七附载有词，又卷八为乐章，含有词曲。

民国时赵尊岳辑《明词汇刊》，其中有《葵轩词》一卷，今有上海古籍影印刻本，赵氏跋云：

右《葵轩词》一卷……甲戌仲春海宁赵斐云宗兄得传抄

本，盖犹明刻所孳乳，以之惠寄，广吾所藏，称快何似，亟以授梓，为广其传。斐云兼治南北曲，坚属勿为删乙，故并存之。是岁天中节，高梧轩书。

甲戌为民国二十三年（1934），知是据传抄本刻入。

陈霆

陈霆（1479—1552），字声伯，号水南，德清（今属浙江）人。明孝宗弘治十五年（1503）进士，授给事中。为刘瑾陷害系狱，谪判六安。瑾诛，出为山西按察司佥事。后退隐，居渚山四十载。著有《水南集》、《两山墨谈》、《渚山堂诗话》、《渚山堂词话》等。

陈氏词见载于诗文集中，计有：

1. 明正德五年（1510）刻本《水南稿》十九卷，《四库全书存目丛书》据以影印，其中卷十一至十四为词，凡四卷。按：《四库全书总目》著录有《水南稿》十九卷，提要云："惟诗馀一体较工，其豪迈激越，犹有苏、辛遗范。末附诗话二卷，中间论词一条，谓明代骚人多不务此，间有知者，十中之一二，则其自负亦不浅矣。"未言所据版本，为浙江汪汝瑮家藏本。

2. 刘承干辑《吴兴丛书》本《水南集》十七卷，民国八年，1919刊本。其中卷十为词，凡一卷。

其词亦有析出另行者，见于著录的有清郑元庆《湖录经籍考》卷五"历代人词曲"著录有《水南词》。未言卷数。

民国时赵尊岳辑《明词汇刊》，其中有《水南词》一卷，今有上海古籍影印刻本，赵氏跋云：

> 著述百馀卷，诗古文词，则合为《水南集》，别有《渚山堂词话》三卷，吴兴刘氏嘉业堂得明刊集本，归安朱彊村侍郎即据以辑入《湖州词征》，惟《点绛唇》"碧水澄秋"一阕集中两见之，《词微》已为删乙。余以刘氏原本覆锓，故一仍其旧云。庚午十月校讫，越四载癸酉五月上板。珍重阁记。

庚午为民国十九年（1930），癸酉为民国二十二年（1933），知是自《吴兴丛书》本析出另行。末有赵氏手书一行云："四月初七日，以刘氏所藏明刊本校。叔邕。"

崔桐

崔桐（1479—1556），字来凤，号东洲，海门（今属江苏）人。明武宗正德十二年（1517）进士，授翰林编修。由翰林侍读降为湖广右参议，迁提学副使。任南京太仆寺卿，升为国子监祭酒，晋南京礼部右侍郎。著有《东洲集》。

崔氏词见载于诗文集中，有明嘉靖二十九年（1550）曹金刻三十四年周希哲续刻本《崔东洲集》二十卷续集十一卷，《四库全书存目丛书》据以影印。其中卷十为词，存三十一首。又续集卷十一末有幛词一首。

民国时赵尊岳辑《明词汇刊》，其中有《东洲词》一卷，今有上海古籍影印刻本，赵氏跋（民国十七年，1928）云："著《东洲集》，词附，多酬应之作。明人好幛词致语，于此见之。"知是据别集本录出。

韩邦奇

韩邦奇（1479—1556），字汝节，号苑洛，朝邑（今属陕西）人。明武宗正德三年（1508）进士，任吏部员外郎，谪为平阳通判。迁浙江按察司金事，为山西参议，以南京兵部尚书致仕。著有《苑洛集》、《苑洛志乐》等。

韩氏词见载于诗文集中，今有《四库全书》本《苑洛集》二十二卷，提要云："是集凡序二卷、记一卷、志铭三卷、表一卷、传一卷、策问一卷、诗二卷、词一卷、奏议五卷、《见闻考随录》五卷。乃嘉靖末所刊，汾阳孔天允为之序。"所据为嘉靖刻本，为副都御史黄登贤家藏本。其中卷十二所载为词曲。

民国时赵尊岳辑《明词汇刊》，其中有《苑洛词》一卷，今有上海古籍影印刻本，赵氏跋（民国二十二年，1933）云："有《苑洛集》二十二卷，词一卷，南北曲附，此其辑本也。"末有赵氏手书一行云：
"同日叔邕校传抄蕘山藏本。"又《词学季刊》第二卷第一号（民国二
十三年出版）载赵氏《惜阴堂汇刻明词提要》，于《苑洛词》一卷云：
"有《苑洛集》二十二卷，词一卷，南北曲附。词凡三十八首，南北曲
三十一首，兹汰其南北曲而存之。"知是据别集本析出者。

严嵩

严嵩（1480—1566），字惟中，号介溪，分宜（今属江西）人。明
孝宗弘治十八年（1505）进士，授编修。世宗嘉靖年间拜吏部尚书，
入直武英殿，居首辅。著有《钤山堂集》。

严氏词见载于诗文集中，今存有明嘉靖二十四年（1545）刻增修
本《钤山堂集》四十卷附录一卷，《续修四库全书》据以影印。其中卷
十七末附诗馀，存词六首。

民国时赵尊岳辑《明词汇刊》，其中有《钤山堂词》一卷，今有上
海古籍影印刻本，有赵氏跋（民国二十一年，1932）云："诗馀六首，
则附全集以传者也。全集刊成于嘉靖三十年，兵部尚书湛若水为之
序……诗文临池，咸有法度，馀事为词，宜不止此数，全集所收或仅
尝鼎之一脔而已，容当以别本较之。"知是自别集中析出另行者，存词
六首。末有赵氏手书一行云："同日以传抄蕘山藏嘉靖刊本校。
高梧。"

孙承恩

孙承恩（1481—1561），字贞甫，号毅斋，华亭（今属上海）人。
明武宗正德六年（1511）进士，授编修，官至礼部尚书，兼掌詹事府。
卒谥文简。

孙氏词见载于诗文集中，今有《四库全书》本《濬溪草堂稿》五十
八卷，提要云："是集为其门人杨豫孙、董宜阳、朱大韶所编，七卷以
前为疏表讲章，皆进呈之作；八卷以后为赋诗词曲，二十七卷以后为
杂文。"未言版本情况，为浙江巡抚采进本。按：《四库全书总目》书

名题作《瀼溪草堂稿》，而文渊阁《四库全书》本书名题作《文简集》，其中卷二十六为词曲，前为诗馀，存词十三首。

民国时赵尊岳辑《明词汇刊》，其中有《瀼溪草堂词》一卷，今有上海古籍影印刻本，赵氏跋（民国十八年，1929）云："著《瀼溪草堂稿》，余得读于西湖书藏，因录副本，并纪其仕履。"末有赵氏手书一行云："同日校传抄本。叔雍。"又《词学季刊》第二卷第一号（民国二十三年出版）载赵氏《惜阴堂汇刻明词提要》，于《瀼溪草堂词》一卷云："著《讓（当作瀼）溪草堂稿》，词四首附存，虽不尽协律调，而意旨高抗。其揆一也。"知是据别集本录出，存词四首。

夏言

夏言（1482—1548），字公谨，号桂洲，贵溪（今属江西）人。明武宗正德十二年（1517）进士，由行人擢给事中。进礼部侍郎兼翰林学士，累官吏部尚书、华盖殿大学士，后为严嵩所陷，遂弃市。追谥文愍。著有《桂洲集》、《桂洲词》等。

夏氏词集多见明清以来人的著录，计有：

一、《桂洲词》（《桂洲集》）

A. 刊本

1. 清蒋汝藻《传书堂善本书目》卷十二著录有《桂洲词》一卷，明刻本（归西谛），又王国维《传书堂藏善本书志》著录有《桂洲词》一卷，明刊本。又云："明夏言撰，吴一鹏序嘉靖戊戌，石迁高跋嘉靖庚子，桂翁词，嘉靖凡四刻，此大明府知府石迁高刊本，为第二刻也，天一阁藏书。"检郑振铎《西谛书目》卷五著录《桂洲词》一卷，明嘉靖刊本，一册。按：《中国古籍善本书目》著录《桂洲词》一卷，明嘉靖十九年（1540）石迁高刻本。藏国家图书馆。按：此本见《中华再造善本》收录，钤有"长乐郑振铎西谛藏书"、"长乐郑氏臧书之印"诸印。前有吴一鹏序（嘉靖戊戌）云："今年冬巡按侍御陈君蕙以公诗馀，命吾郡守王侯仪刻焉，俾予序之。"又皇甫汸跋云：

> 戊戌之秋，沄承谴出理楚黄时，桂洲元相赠之以词，并以
> 内阁所录一编视之，曰："吴匠氏善梓，尔归，其谋诸，且为
> 我纪之。"乃郡守王公仪荣任其事，沄也校而刊焉。

嘉靖戊戌为明嘉靖十七年（1538）。又石迁高跋云：

> 先是侍御陈公蕙曾刻之吴，吴之人珍传之。嗣扈跸渡
> 河，诸词未布也。时侍御樊公得仁按历畿南，风纪之馀，雅
> 重文教，乃亟命迁高曰："子知夫桂翁扈跸诸作乎？其言指而
> 远，其事肆而隐，其理典而则，渢渢乎大雅之稀音也，有裨世
> 教多矣，盍并刻之，以溥其传？"迁高弗毂，祗若命焉。

作于嘉靖庚子，即嘉靖十九年。知其词是与诗文同时刊刻的，且刻印时间不止其一。

2. 莫伯骥《五十万卷楼群书跋文》著录有《桂洲词》六卷，明刊本。又莫伯骥《五十万卷楼藏书目录初编》卷二十二著录有《桂洲词》六卷，明刊本。

3. 王国维《传书堂藏善本书志》著录有《桂洲集》六卷，明刊本。云："《桂洲集》六卷，次行题'近体乐府'，一名'玉堂馀兴'，姑苏、大名、铅山递有刊本，此本行款与全集同，殆贵溪所自刊，天一阁藏书。"又《"中央"图书馆善本序跋集录》著录有《桂洲集》六卷，一册，明嘉靖辛丑（1541）铅山知县朱选刊本。按：《中国古籍善本书目》著录有《桂洲词》六卷，明嘉靖二十年（1541）朱选刻本。藏上海图书馆。

4. 缪荃孙《目录词小说谱录目》著录有《桂洲词》十卷，嘉靖丙午刊本。按：嘉靖丙午为嘉靖二十五年（1546）。

5. 缪荃孙《艺风藏书记》卷七著录有《桂洲词》十卷，云：吴莱编，万历丁亥（1587）刊本。莱自序缘起，有吴一朋、费寀、史道三序。《"中央"图书馆典藏国立北平图书馆善本书目》著录有《桂洲先生词》九卷，明万历丁亥吴莱校刊本。云九卷，当有残。

6. 赵尊岳辑《明词汇刊》本，其中有《桂洲集》六卷《桂洲集外词》一卷，今有上海古籍影印刻本，赵氏跋云：

> 曩日过金陵盍山书藏，获读《赐闲堂稿》，因饬工裁录其词。稿凡二集，一得五十六首，一得七十六首，意其详尽，行授梓人矣。壬申冬日复见明刊本《桂洲集·玉堂馀兴》，盖嘉靖间皇甫汸刊于吴中者，都六卷，每半叶十行，行十八字，每行辄空首二字，其有涉及庙堂者则顶格书，同于制策之双抬。词籍刊本，体制特崇，殊复罕觏。余旧藏《延露词》原刻本，亦视界阑低二格，每用为异，兹乃知其有所沿溯。意者贵溪官阶特达，词籍又及身刊行，故不得不师制策之成格，用为颂圣之资乎？书题《桂洲集》，别题"玉堂馀兴"一行，据跋，则单行词籍，初不丽于《桂洲全集》者也。六卷合词二百五十五首，视《赐闲》多至倍蓰。然以校《赐闲集》，除互见外，又得别出者八十首，其间复有字句题目之异同，大约以《桂洲》为较胜。兹刻率准《桂洲》，原有序跋一不删乙，而《赐闲堂集》之八十首则次第二集别编之，题曰《桂洲集外词》，缅属以行，贵溪所作，庶备于是矣。癸酉元夜，高梧轩识。

癸酉为民国二十二年（1933），末有赵氏手书二行，云"丙子五月杪，武进赵叔雍以明刊本校读。人事儵□，亡辍兼旬，徒唤奈何。"丙子为民国二十五年（1936）。

B. 抄本

清吴引孙《扬州吴氏测海楼藏书目录》卷八著录有《夏桂洲词集》六卷，影抄天一阁本，一本。

C. 版本未详者

1. 明晁瑮《晁氏宝文堂书目》著录有《桂州词》。

2. 明陈第《世善堂藏书目录》卷下著录有《夏桂州词》二卷。

3. 明董其昌《玄赏斋书目》卷七著录有《桂州词》。

4. 明赵用贤《赵定宇书目》著录有《桂州词》一本。

5. 清黄虞稷《千顷堂书目》卷三十二著录有《桂洲词》一卷。

6. 清徐乾学《传是楼书目》卷四著录有《桂洲词》一本；又一部，一本。

7. 清钱曾《钱遵王述古堂藏书目录》卷二著录有《桂州词》一卷。

8. 清钱曾《也是园藏书目》卷七著录有《桂洲词》十卷。

9. 清佚名《存寸堂书目》卷四十三著录有《桂州词》一卷，一册。

10. 清薛福成《天一阁见存书目》卷四著录有《桂洲词》一卷。

以上著录的均未言版本，所载或一卷，或二卷，或十卷，或未标明卷数。所载当以明刊本居多。另清徐釚《词苑丛谈》卷十"辨证"云："黄俞邰所藏《桂洲词》本甚有可观，但不传于世，故人无知者，予欲专梓之，以公同人。"今未见刻本。

二、《桂翁词》

1. 《御选历代诗馀》卷一百十"词人姓氏"云有《桂翁词》及《鸥园新曲》行世。

2. 柳蓉春《旧书经眼录》著录有《桂翁词》六卷，云前载嘉靖丙午（1546）常熟杨仪序，又嘉靖辛丑（1541）钟石费寀序，又嘉靖戊戌（1538）长洲吴鹏序。每半页十行十八字，白皮纸印。

3. 刘承干《嘉业藏书楼书目》著录有《桂翁词》六卷附《鸥园新曲》一卷，嘉靖二十五年（1546）刊本，三册。又刘承干《嘉业藏书楼明刊本书目》卷四著录有《桂翁词》六卷附《鸥园新曲》一卷，嘉靖二十五年刊本，三册。按：吴格整理《嘉业堂藏书志》著录有《桂翁词》六卷附《鸥园新曲》一卷，嘉靖刻本。录缪荃孙撰提要云："初刻于吴郡，再刻于铅山，名《玉堂馀兴》。三刻于闽中。此嘉靖丙午仲春陈尧文刻于常熟，杨五川仪为之序，皇甫少元汸为之刻，字画极工。"

4. 郑振铎《西谛书目》卷五著录有《桂翁词》六卷《鸥园新曲》一卷，明嘉靖四十五年（1566）金陵双泉童氏刊本，四册。

5．王国维编《大云书库藏书目》卷中著录有《桂翁词》六卷《鸥园新曲》一卷，怡邸藏书，嘉靖丙寅（1566）金陵童子山刊本。

6．《"中央"图书馆典藏国立北平图书馆善本书目》著录有《桂翁词》六卷，明嘉靖丙午常熟陈尧文刊本。又《"中央"图书馆善本序跋集录》著录有《桂翁词》六卷附《鸥园新曲》一卷，三册，明嘉靖丙午常熟陈尧文刊本。

7．《中国古籍善本书目》著录有《桂翁词》六卷《鸥园新曲》一卷，明嘉靖四十五年双泉童氏刻本。藏国家图书馆。

三、《桂州诗馀》

1．明徐𤊶《徐氏家藏书目》卷五著录有《夏桂州诗馀》一卷。

2．清林佶题名《天一阁书目》著录有《桂州诗馀》一本。又舒木鲁氏抄《天一阁书目》著录有《桂州诗馀》一本。又清范懋柱《天一阁藏书目》卷四之四著录有《桂州诗馀》六卷。又清薛福成《天一阁见存书目》卷四著录有《桂洲诗馀》六卷。

以上均未言版本。另明朱睦㮮《万卷堂书目》卷一著录有《桂洲乐府》一卷，亦未言版本。

顾应祥

顾应祥（1483—1565），字惟贤，号箬溪，长兴（今属浙江）人。明孝宗弘治十八年（1505）进士，授饶州府推官。补锦衣卫经历，出为广东按察佥事。以右副都御史巡抚云南，召为刑部尚书。卒赠太子少保。著有《崇雅堂集》、《归田诗》等。

顾氏词集罕见著录，计有：

1．明王道明《笠泽堂书目》著录有《崇雅堂乐府》一册。

2．清黄虞稷《千顷堂书目》卷三十二著录有《崇雅堂乐府》一卷。

以上均未言版本，黄虞稷为明末清初人，知入清后其词集就已失传了。另清张廷玉等《明史》卷九十九"艺文志"载顾应祥文集十四卷乐府一卷，知诗文集是附有词集的。

民国时赵尊岳辑《明词汇刊》，其中有《箬溪词》一卷，今有上海古籍影印刻本，赵氏跋（民国二十二年，1933）云："词在《归田诗选》中，兹辑出单行之。"末有赵氏手书一行云："同日校传抄北海集本。高梧。"又《词学季刊》第二卷第一号（民国二十三年出版）载赵氏《惜阴堂汇刻明词提要》，于《箬溪词》一卷云："词八首，在《归田诗集》中，词有直率处，澹远得前人遗法。"知是据别集本录出。

舒芬

舒芬（1484—1527），字国裳，号梓溪，进贤（今属江西）人。明武宗正德十二年（1517）状元，授翰林修撰。疏谏南巡，谪福建市舶副提举。世宗立，召复故官。嘉靖三年（1524）议大礼，再杖夺俸，遭母丧归。卒谥文节。著有《梓溪集》。

民国时赵尊岳辑《明词汇刊》，其中有《梓溪词》一卷，今有上海古籍影印刻本，赵氏跋（民国十七年，1928）云："有集十卷，词附，仅送王阳明三首耳，为裁录之。"知是据别集本录出，存词三首，末有赵氏手书一行云："丙子七月十八日，以盍山藏本传抄覆校。珍重阁。"丙子是民国二十五年，1936。

陈淳

陈淳（1484—1544），字道复，后以字行，号白阳，又称白阳山人，长洲（今江苏苏州）人。以诸生援例入国子监，绝意仕进。著有《白阳集》。

陈氏词见载于诗文集中，今存有《陈白阳集》十卷附录一卷，为明万历四十三年（1615）陈仁锡阅帆堂刻《陈沈两先生稿》本，《四库全书存目丛书》据以影印，其中卷九为诗馀，存词一卷。

民国时赵尊岳辑《明词汇刊》，收有《陈白阳先生词》一卷，今有上海古籍影印刻本，赵氏跋云：

全集附词如干首、曲一首，以全集罕觏，兰泉《明词综》

亦仅录其《如梦令》一阕，雅人深致，固不必于章句间绳其格律也。曩岁甲子春日自江宁盋山精舍属胥移写，藏之箧衍，今始付剞，荏苒七更寒暑矣，为并识其岁月。庚午冬日，高梧主人。

跋作于民国十九年（1930），末有赵氏手批一行云："同日以传抄盋山本校。叔邕。"又《词学季刊》第一卷第三号（民国二十二年出版）载赵氏《惜阴堂汇刻明词提要》，于《陈白阳先生词》一卷云："遗集附词二十五首，曲一首。雅人深致，固不必于章句间绳其格律也。"知是据别集本析出另行。

方凤

方凤，字时鸣，号改亭，昆山（今属江苏）人。明武宗正德三年（1508）进士，除行人。除监察御史，出为广东提学佥事。著有《改亭存稿》。

方氏词见载于诗文集中，今有明崇祯十七年（1644）方士骧刻本《改亭存稿》十卷续稿六卷，《续修四库全书》据以影印。其中续稿卷六附载有词，存词数十首，其间有空白缺页，另末有幛词一篇。

民国时赵尊岳辑《明词汇刊》，其中有《改亭诗馀》一卷，今有上海古籍影印刻本，赵氏跋（民国十七年，1928）云："著《改亭存稿》十卷《续稿》六卷，词在《续稿》中。仁和丁氏八千卷楼藏书，余得读于金陵，为辑存之。"知是据别集本录出，末有赵氏手书一行云："同日以传抄盋山藏本校。叔雍。"

王舜耕

王舜耕（1484—1554），字于田，号两湖，常熟（今属江苏）人。明武宗正德十二年（1517）进士，授庐陵知县，擢监察御史，巡按河南，左迁光州判官，罢官归。

明王世贞《弇州四部稿》卷一百五十二《艺苑卮言》附录一云：

"王舜耕，高邮人，有《西楼乐府》，词颇警健。工题赠，善调谑，而浅于风人之致。"

其词集见于著录的有：

1. 明高儒《百川书志》卷六著录有《王舜耕词》二卷，云：不知何许人，嘲咏戏谑之作也，率多小令。

2. 明赵琦美《脉望馆书目》著录有《王舜耕词》三本。

3. 明赵用贤《赵定宇书目》著录有《王舜耕词》一本。

4. 清黄虞稷《千顷堂书目》卷三十二著录有《王舜耕词》二卷。

以上均未言版本，知入清其词集则佚。按：明王磐亦有《西楼乐府》，参见相关条目。

戴冠

戴冠（1485—1525），字仲鹖，号邃谷，信阳（今属河南）人。明武宗正德三年（1508）进士，授户部主事。上疏极谏，贬增城乌石驿丞。起户部员外郎，官至山东提学副使。著有《邃谷集》、《戴氏集》。

其词见载于诗文集中，今有明嘉靖二十七年（1548）张鲁刻本《戴氏集》十二卷，《四库全书存目丛书》据以影印，其中卷十一为词，存词一卷。

民国时赵尊岳辑《明词汇刊》，其中有《邃谷词》一卷，今有上海古籍影印刻本，赵氏跋（民国十七年，1928）云："著《邃谷集》，词附，以和朱淑真《断肠词》者为多。余见明刊集本，遂录其词，以授锓焉。"知是据别集本录出。

徐应丰

徐应丰，字德中，号平山，上虞（今浙江绍兴）人。明嘉靖间由儒士考选制敕房中书，奉诏侍直，晋礼部主客司郎中。著有《平山先生集》。

徐氏词见载于诗文集中，今有明万历刊《平山先生集》五卷，附载有词。

民国时赵尊岳辑《明词汇刊》，其中有《平山词》一卷，今有上海古籍影印刻本，赵氏跋（民国二十四年，1935）云："所著诗稿并刊于《贻谷集》，惟别题《平山先生集》，以别于宝丰之《丹峰先生集》而已。子启东，官南京工部主事，集本即所手刊也。词见第五卷中，兹与《丹峰词》合行之。"知是据别集本录出。末有赵氏手书一行云："同日校传抄北海藏本。高梧。"

张綖

张綖（1487—1543），字世文，号南湖，高邮（今属江苏）人。明武宗正德八年（1513）举人，除武昌通判，迁知光州。著有《南湖集》、《南湖诗集》、《南湖诗馀》。

张氏词见载于诗文集中，今存有明嘉靖三十二年（1553）张守中刻本《张南湖先生诗集》四卷附录一卷，《四库全书存目丛书》据以影印。诗集是编年的，起于弘治十四年（1501），迄于嘉靖二十二年（1543），每卷均附载有词，四卷共存词一百又一首。

按：《四库全书总目》著录有《南湖诗集》四卷，提要云："是集诗多艳体，颇涉佻薄，殆《玉台》、《香奁》之末流。每卷皆附词数阕，考綖尝作《填词图谱》，盖刻意于倚声者，宜其诗皆如词矣。"未言所据版本，为浙江汪汝瑮家藏本，当指嘉靖本。

明末毛氏汲古阁刻有《词苑英华》，其中有《南湖诗馀》一卷。又见清郑德懋辑《汲古阁校刻书目》之《词苑英华九种》著录，有《南湖诗馀》，十二叶。

又有《秦张诗馀合璧》本，《四库全书总目》著录有《秦张诗馀合璧》二卷，为内府藏本，提要云："是书乃以宋秦观《淮海词》、明张綖《南湖词》合为一编，以二人皆产于高邮也。然一古人，一时人，越三四百年而称为合璧，已自不伦沕，綖词何足以匹观？是不亦老子、韩非同传乎？"又清《续文献通考》卷一九八著录有王象晋《秦张诗馀合璧》二卷：云："是书以宋秦观《淮海词》、明张綖《南湖词》合为一编，以二人皆产于高邮也。"又清王士禛《分甘馀话》卷三云："又张南湖綎《诗馀图谱》、《少游》、《南湖诗馀》合刻，二公皆高邮人也，今版皆毁于兵燹，余所见者仅此，略记其目以示后人。"又见清祁理孙《奕庆藏书楼书目》集之六著录，有少游、湖南（当作南湖）诗馀，一卷，一本。

另清黄虞稷《千顷堂书目》卷三十二著录有《南湖诗馀》□卷。

民国时赵尊岳辑《明词汇刊》，其中有《南湖诗馀》一卷，今有上海古籍影印刻本，赵氏跋云：

> 著《杜诗通》、《诗馀图谱》、《南湖诗集》、《南湖诗馀》。复以《诗馀》与《淮海词》合刊，谓之《秦张诗馀合璧》，以其同里闬，遂附托于千载以上，俾获同传，亦复不思之甚矣。《图谱》谬误不胜枚举，自红友《词律》出，其书遂废。汲古阁尝刊《图谱》、《合璧》，与《花间》、《尊前》、《花庵》、《草堂》、《词林万选》，汇为《词苑英华》，余即以《诗馀》别付移录辑存之。癸酉仲春，高梧主人。

癸酉为民国二十二年（1933），末有赵氏手书二行云："三月廿四日，以汲古本校改订正。叔邕。"又："辛巳社日重校一过，复得讹字若干。梧。"辛巳为民国三十年（1941）。

聂豹

聂豹（1487—1563），字文蔚，号双江，吉安永丰（今属江西）人。明武宗正德十二年（1517）进士，知华亭县，升御史，巡抚福建，任兵部尚书，加太子少保。卒谥贞襄。著有《双江集》等。

聂氏词见载于诗文集中，今有明嘉靖四十三年（1564）吴凤瑞刻隆庆六年（1572）印本《双江聂先生文集》十四卷，《四库全书存目丛书》据以影印，其中附有调，存词三首。

民国时赵尊岳辑《明词汇刊》，其中有《双江诗馀》一卷，今有上海古籍影印刻本，赵氏跋（民国二十二年，1933）云："有《双江先生集》，附词三首，盖狱中作也，存之以备家数。"末有赵氏手书一行云："同日以传抄盋山藏本校读。高梧。"又《词学季刊》第二卷第一号（民国二十三年出版）载赵氏《惜阴堂汇刻明词提要》，于《双江诗馀》一卷云："有《双江先生集》，词三首附集中，盖狱中作，分论儒释道三教，忠贞之气流露行间，词不能工，而凛凛有馀威。"知是据别集本录出。

陈铎

陈铎（？—1507），字大声，号秋碧，又号七一居士，邳州（今属江苏）人，居上元（今江苏南京）。明武宗正德间袭职济州卫指挥。能诗词，尤工散曲。著有《草堂馀意》、《秋碧轩集》、《香月亭集》、《雪秀亭稿》等。

陈氏词集名《草堂馀意》，明陈霆《渚山堂词话》卷二云："江东陈铎大声尝和《草堂诗馀》，几及其半，辄复刊布江湖间。"今有明万历汪氏环翠堂刻《坐隐先生精订陈大声乐府全集》，凡七种，其中有《坐隐先生精订草堂馀意》二卷，《续修四库全书》据以影印。

此书又见于藏家著录，计有：

1. 明高儒《百川书志》卷六著录有《草堂馀意》二卷。
2. 明赵琦美《脉望馆书目》著录有《草堂馀意》一本。
3. 清黄虞稷《千顷堂书目》卷三十二著录有《草堂馀意》二卷。

以上均未载版本，知入清此书已罕见。民国时赵尊岳辑《明词汇刊》，其中有《坐隐先生精订草堂馀意》二卷，今有上海古籍影印刻本，赵氏跋云：

> 曩治词学，读《渚山堂词话》，屡及陈大声，谓其有宋人风致，使杂之《草堂集》中，未必可辨。又谓篇中亦时有佳句，凡此婉约清丽，使其用为己调，当必擅声一时，而以之追步古作，遂蹈村妇斗美毛、施之失。……其书越三十年见于京师厂肆，徐森玉社兄博学好古，见之，即饬胥影写精本，藏之箧衍。癸酉孟夏，余以事北行，寇迫京师，而谈艺之乐一

如恒日。忽一日，森玉出以相视，爱不忍释，且谋复锁，遂慨然举以相赠。厚我者何止百朋而已。丞挟之南归付墨，亦庶可弥半唐、蕙风、艺风三先生之遗憾。素云有知，黄鹤来下，其亦执卷以共为欣赏乎？是年九月朔日，赵尊岳跋记。

癸酉为民国二十二年（1933），知是源自影抄明刊本，凡二卷。末又有赵氏手书一行云："丙子五月以景抄本重校一过。叔邕。"丙子为民国二十五年（1936）。

张治

张治（1488—1550），字文邦，号龙湖，茶陵（今属湖南）人。明武宗正德十六年（1521）进士，选翰林院庶吉士，授编修。世宗嘉靖间历南京吏部右侍郎、南京吏部尚书，晋礼部尚书兼文渊阁大学士，加官至太子太保。卒谥文隐，改谥文毅，又改文肃。著有《龙湖先生文集》。

张氏词见载于诗文集中，今有清雍正四年（1726）彭思眷刻本《张龙湖先生文集》十五卷，《四库全书存目丛书》据以影印，其中卷十五附载有诗馀，存词七首。

民国时赵尊岳辑《明词汇刊》，其中有《龙湖先生词》一卷，今有上海古籍影印刻本，赵氏跋（民国十九年，1930）云："右《龙湖先生词》一卷，附见于《文集》第十五卷，盖其婿治中彭宣于嘉靖间所辑，门人薛应旂、雷礼、陈柏为之序。迨雍正四年，彭氏裔孙思眷复重校梓行之。……诗馀凡二首，附应制燕乐歌五首，兹并存之。"知是据集本析出录入，末有赵氏手书一行云："同日以集本校定。高梧。"

杨慎

杨慎（1488—1559），字用修，号升庵，新都（今属四川）人。明武宗正德六年（1511）进士第一，授修撰。世宗嘉靖三年（1524）擢翰林学士，及议大礼，力谏，下诏狱廷杖之，谪戍云南永昌卫。既投荒多暇，书无所不览，诗文杂著至一百馀种，并行于世。天启中追谥文宪。著有《升庵文集》、《升庵遗集》、《升庵诗》、《南中集》、《七十行戍稿》、《归田集》、《晚秀集》、《升庵长短句》、《升庵外集》、《续升庵集》等。

明王世贞《弇州四部稿》卷一百四十九"说部·艺苑卮言六"云：

明兴，称博学饶著述者，盖无如用修，其所撰有《升庵诗集》、《升庵文集》、《升庵玉堂集》、《南中集》、《南中续集》、《七十行戍稿》、《升庵长短句》、《陶情乐府》、《续陶情乐府》、《洞天玄记》、《滇载记》、《转注古音略》、《古音丛目》、《古音猎要》、《古音复字》、《古音骈字》、《古音附录》、《异鱼图赞》、《丹铅馀录》、《丹铅续录》、《丹铅摘录》、《丹铅闰录》、《丹铅别录》、《丹铅总录》、《墨池琐录》、《书品》、《词品》、《升庵诗话》、《诗话补遗》、《箜篌新咏》、《月节词》、《檀弓丛训》、《墐户录》、《瀑布泉行》、《须候记》、《夏小正录》、《升庵经说》、《杨子卮言》、《卮言闰集》、《敝帚》、《病榻手欤》、《晞筩钦》、《六书索隐》、《六书练证》、《经书指要》。其所编纂，有《词林万选》、《禅藻集》、《风雅逸编》、《艺林伐山》、《五言律祖》、《蜀艺文志》、《唐绝精选》、《唐音百绝》、《皇明诗抄》、《赤牍清裁》、《赤牍拾遗》、《经义模范》、《古文韵语》、《叙管子录》、《引书晶钝》、《选诗外编》、《交游诗录》、《绝句辨体》、《苏黄诗体》、《宛陵六一诗选》、《五言三韵诗选》、《五言别选》、《李诗选》、《杜诗选》、《宋诗选》、《元诗选》、《群书丽句》、《名奏菁英》、《群公四六节文》、《古今风谣》、《古韵诗略》、《说文先训》、《文海钓鳌》、《禅林钩玄》、《填词选格》、《百琲明珠》、《古今词英》、《填词玉屑》、《韵藻》、《古谚》、《古隽》、《寰中秀句》、《六书索隐》、《六书练证》、《逸古编》、《经书指要》、《诗林振秀》。

又明何宇度《益部谈资》卷中云：

> 杨用修著述之富，古今罕俦。予所见，已刻者二十九种：
> 《升庵全集》、《升庵诗集》、《升庵诗话》、《杨子卮言》、《赤
> 牍清裁》、《词林万选》、《丹铅要录》、《丹铅总录》、《丹铅摘
> 录》、《丹铅馀录》、《丹铅续录》、《艺林伐山》、《墨池琐
> 录》、《诗话补遗》、《五言律祖》、《绝句辨体》、《禅林钩元
> （当作玄，下同）》、《水经》、《古文韵语》、《转注古音略》、
> 《古音骈字》、《古音复字》、《古音附录》、《异鱼图赞》、《韵
> 林原训》、《李诗选》、《杜诗选》、《风雅遗编》、《皇明诗
> 抄》，未见已刻者三十九种：《南中续集》、《玉堂集》、《长短
> 句》、《长短句续集》、《书品》、《词品》、《金石古文画跋》、
> 《赤牍拾遗》、《选诗外编》、《选诗拾遗》、《唐绝精选》、《唐
> 音百绝》、《唐绝增奇》、《六言诗选》、《古文音释》、《古音猎
> 要》、《古音丛目》、《奇字韵》、《古文参同契》、《温泉诗
> 集》、《洞天元纪》、《檀弓丛训》、《禅藻集》、《谭苑醍醐》、
> 《陶情乐府》、《乐府续集》、《箜篌新咏》、《墐户录》、《滇载
> 记》、《脉位图说》、《连夜吟卷》、《月节词》、《千里面谈》、
> 《经义模范》、《崔氏志铭》、《山海经补注》、《七十行戌稿》，
> 闻未刻者尚有七十一种：《各史要语》、《晋史精语》、《夏小
> 正解》、《管子叙录》、《庄子刊误》、《古隽》、《谢华启秀》、
> 《群书丽句》、《文海钓鳌》、《名奏菁英》、《四诗表证》、《古
> 文韵语别录》、《古文诗选》、《皇明诗续抄》、《诗林振秀》、
> 《五言绝选》、《选唐百绝》、《寰中秀句》、《古今柳诗》、《古
> 谚》、《古今风谣》、《苍珥记游》、《填词选格》、《百琲明
> 珠》、《词苑增奇》、《草堂诗馀补遗》、《六书传证》、《六书探
> 赜》、《篆韵索隐》、《古篆要略》、《六书统摘要录》、《骈铭心
> 神》、《品韵藻》、《晞筴彄笔》、《清暑录》、《希姓录》、《滇程
> 纪》、《书画名跋》、《书画神品目》、《素问纠略》、《群艳传

神》、《江花品藻》、《滇候记》、《引书晶托（一作钝）》、《丹
铅别录》、《丹铅闰录》、《丹铅赘录》、《升庵经说》、《文游馀
录》、《卮言闰录》、《敝帚》、《病榻手欤》、《苏黄诗髓》、《宛
陵六一诗选》、《五言三韵诗选》、《五言别选》、《宋诗选》、
《元诗选》、《群公四六节文》、《古韵诗略》、《说文先训》、
《古今词英》、《填词玉屑》、《六书练证》、《逸古编》、《经书
指要》、《唐史要》、《偶语》、《六书索隐》，总之一百四
十种。

知杨氏著作繁富，在词学方面也是如此，如《升庵长短句》、《长短句
续集》、《月节词》、《词品》、《词林万选》、《填词选格》、《百琲明
珠》、《古今词英》、《填词玉屑》、《词苑增奇》、《草堂诗馀补遗》等，
有自撰词集，也有编辑的词选集、词话等。有不少是已被刊刻的，《升
庵长短句》及续集即是如此。

杨氏词集多见于刊印，计有：

一、《升庵长短句》（《升庵先生长短句》）

A. 明嘉靖刻本，见于著录的有：

1. 清林佶题名《天一阁书目》著录有《升庵长短句》一本。又舒
木鲁氏抄《天一阁书目》著录有《升庵长短句》一本。又清佚名《四明
天一阁藏书目录》"盈字号厨"著录有《升庵长短续句集》一本。以上
均未言版本。按：冯贞群编《鄞范氏天一阁书目内编》"劫馀书目第
四·集部·词曲类"著录有《升庵长短句》三卷续集三卷，云："明嘉
靖丁酉门生李发重刻本，有天一阁主人朱文长方印。存续集三卷。"嘉
靖丁酉为嘉靖十六年（1537），知天一阁藏有明嘉靖刊本，其后仅存续
集三卷。又林集虚编《目睹天一阁书录》卷四著录有《升庵长短句续
集》三卷，云："黄皮纸，一本，明嘉靖丁酉李发重刻本，有天一阁主
人印。"又按：清薛福成《天一阁见存书目》卷四著录有《升庵长短
句》三卷续集三卷，全。云"全"，疑有误，或著录的不是嘉靖刊本。

2. 清丁丙《善本书室藏书志》卷四十著录有《升庵长短句》三卷

续三卷，明嘉靖刊本。提要云：

> 明杨慎撰。升庵词集未入《四库》，《全集》八十一卷亦未编入。惟《天一阁书目》有《升庵长短句续集》三卷、《玲珑唱和》二卷附刻一卷、《乐府拾遗》一卷。此明嘉靖陆氏刊本，虽无《玲珑唱和》以下诸刻，然前多《正集》三卷，有唐锜及杨南金序，后有临安王廷表跋，次又列"门生楪榆韩宸拜书，门生南华李发重刻"两行，《续集》三卷则不知谁所编辑也。

丁氏藏书后归藏江南图书馆，见《江南图书馆善本书目》著录，有《升庵长短句》三卷续三卷，云明嘉靖刻本。

3.《"中央"图书馆典藏国立北平图书馆善本书目》著录有《升庵长短句》二卷，续集三卷，明嘉靖丁酉南华李发重刊本，二册。

4. 傅增湘《藏园群书经眼录》卷十九著录有《升庵长短句》四卷。云："明嘉靖刊本，十行二十字，黑口。有嘉靖庚子晋宁池南唐锜序。（戊午文德堂送阅）"戊午为民国七年（1918），嘉靖庚子为嘉靖十九年（1540），明嘉靖刊本，四卷，与李发刊本卷数不一。

5. 王重民《中国善本书提要》著录有《升庵长短句》二卷《续集》三卷，二册（北图）。提要云：

> 明嘉靖间刻本［十行二十字］
>
> 明杨慎撰。卷内有"万卷楼藏"、"韩氏藏书"等印记。
>
> 续集杨南金序后有："门生楪榆韩宸拜书，门生南华李发重刻"两行，此本盖为嘉靖末李发汇刻者。

云正集二卷，或为三卷之误。

6.《中国古籍善本书目》著录有《升庵先生长短句》三卷续集三卷，明嘉靖十六年李发刻本。此书又有《续修四库全书》影印本。

B. 明刊本，见于著录的有：

1. 明徐图《行人司重刻书目》"文部六·国朝诗集类"著录有《升

庵长短句》。

2. 刘承干《嘉业藏书楼书目》著录有《杨升庵先生长短句》四卷《杨夫人乐府词馀》五卷，明杨慎夫妇撰，明刊本，四册。又刘氏《嘉业藏书楼明刊本书目》著录有《杨升庵先生长短句》四卷《杨夫人乐府词馀》五卷，明刊本，四册。

3. 郑振铎《西谛书目》卷五著录有《杨升庵先生长短句》四卷，明杨慎撰。《杨夫人乐府词馀》五卷，明黄峨撰。明刊本，一册。

4. 《"中央"图书馆善本序跋集录》著录有《杨升庵先生长短句》四卷附《杨升庵先生夫人乐府词馀》五卷，四册，明刊本。

5. 《中国古籍善本书目》著录有《杨升庵先生长短句》四卷，明杨慎撰。《杨升庵先生夫人乐府词馀》五卷，明黄峨撰，明刻本。国家图书馆、上海图书馆等有藏本。

6. 《中国古籍善本书目》著录有《升庵长短句》四卷，明刻本。藏上海图书馆。

C. 赵尊岳辑《明词汇刊》本，民国朱印本，其中有《升庵长短句》三卷续三卷，今有上海古籍影印刻本，赵氏跋云：

> 著述宏富，多至百馀种。尤好治词，所撰辑者《升庵长短句正续集》、《陶情乐府正续集》、《词品》、《词品拾遗》、《词林万选》、《词林选格》、《百琲明珠》、《填词玉屑》、《词选增奇》、《古今词英》、《草堂诗馀补遗》、《词苑增奇》，凡十一种，惟传本不广，蜀中虽有《升庵全集》，不足尽其流播也。《天一阁书目》有《长短句》三卷、《玲珑唱和》三卷附刻一卷、《乐府拾遗》一卷，合之，适正续集三卷。钱唐丁松生征君丙得之于武林，讶为单传，既而所藏率归江宁盋山书藏，余因得往读，并录福本。惟正集卷三有缺叶，末由校补，乃恳诸斐云宗兄据所经见，以万历福刻本补正见示，万历本共三卷，无续集，然其卷三多至此本续集卷二《西江月·画观音寿意》一首，则知其渊源有自祖本早出者，迨后升庵续有所

作，遂分襄刻卷三之词为续集一二，以合成正续六卷之数耳。于此不特得所正是，且因谱前后二刻之不同，殊快事矣。再《陶情乐府》涵芬楼有活字本，《词品》及《词品拾遗》有李调元覆锲本，《词林万选》有毛氏汲古阁本，《草堂诗馀补遗》有明万历坊本，均尚易得。外此初未经见，一瓻以求，何当获之，并付写官，用合于斯，宁非嘉事？同声笙磬，乞有以惠我也。癸酉三月高梧轩。

癸酉为民国二十二年（1933），知卷数虽同明嘉靖本，但所收略有改易。末有赵氏手书二行云："丙子四月上浣，京师归来，重理故业，排日校词，雨中题记。叔邕。"丙子为民国二十五年（1936）。

除以上刻本外，见于明清藏家著录的有：

1. 明孙能传、张萱等《内阁藏书目录》卷三著录有《长短句》，一册。

2. 明赵用贤《赵定宇书目》"杨升庵书集目录"著录有《长短句》一本。又著录有《长短句续》一本。

3. 清黄虞稷《千顷堂书目》卷三十二著录有《升庵长短句》四卷。

4. 清王闻远《孝慈堂书目》著录有《杨升庵长短句》四卷，唐绮、许孚远序，一册，云南纸。

5. 清徐乾学《传是楼书目》卷四著录有《升庵长短句》，一本。

6. 清许宗彦《鉴止水斋藏书目》"集部第九厨"著录有《升庵长短句》一本。

7. 清忻宝华《澹庵书目》著录有《杨升庵长短句》四卷。

以上均未言版本，所载当以明刊居多。另清张廷玉等《明史》卷九十九"艺文志"载《杨慎文集》八十一卷、《南中集》七卷、诗五卷、词四卷。

二、《月节词》（《滇南月节词》）

1. 明赵用贤《赵定宇书目》"杨升庵书集目录"著录有《滇南月

节词》。

2. 清钱曾《也是园藏书目》卷七著录有《升庵月节词》一卷。

检嘉靖本续卷一载《渔家傲·滇南月节》十二首，《月节词》即谓此，盖原本另行，后辑录入续集中。按：《云南通志》卷三十"杂纪·遗文·杨慎遗诗"云：

> 《渔家傲》词自序云："宋欧阳六一作十二月鼓子词，即今之《渔家傲》也。元欧阳圭斋亦拟为之，专咏燕京风物。予流居滇云廿载，遂以滇之土俗拟两欧为十二阕，虽藻丽不足俪前贤，亦纪并州故乡之怀耳。"其调有云"四月滇南春迤逦"、"八节常如三月里"、"共倾浴佛金盆水"，"五月滇南风景别，清凉国里无烦热，双鹤桥边人卖雪"、"六月滇南波漾渚"、"东寺云生西寺雨"、"水桩断处馀霞补"、"松炬荧荧宵作午"、"兰舟桂楫喧箫鼓"，又云"八月滇南秋可爱，红芳碧树花仍在"，又云"十二月滇南娱岁宴，家家玉饵雕盘荐"，皆实录也。滇人谓虹为水桩，岁暮蒸白粲捣为丸，以雕盘盛之，荐于祖祢。

自序嘉靖本无，《明词汇刊》本已补录。

三、《二十一史弹词》

1. 清曹寅《楝亭书目》卷四"词"著录有《升庵十段锦》，抄本，二卷，一册。

2. 徐世昌《书髓楼藏书目》卷四"词曲类"著录有《二十一史弹词》十一卷，明杨慎、清张三异撰。

按：《廿一史弹词》原名《历代史略十段锦词话》，为杨慎谪戍云南时所作，被认为是弹词之祖，为一种说唱文学。说唱历朝史，凡十段，第一段为总说，此下自三代至元代，凡九段，每段均有二首词，调名分别是《西江月》、《南乡子》、《临江仙》、《清平乐》、《点绛唇》、《定风波》、《蝶恋花》等。

杨仪

杨仪（1488—1564），字梦羽，号五川，又号七桧山人，常熟（今属江苏）人。明世宗嘉靖五年（1526）进士，授工部主事。迁礼部郎中，调兵部，官至山东按察司副使。以疾辞归，家富藏书，以读书著述为事。著有《南宫集》等。

杨氏词见载于诗文集中，今存《杨氏南宫集》七卷，其中卷七收有词，存七十三首。

民国时赵尊岳辑《明词汇刊》，其中有《南宫诗馀》一卷，今有上海古籍影印刻本，赵氏跋（民国二十五年，1936）云："著有《螭头密语》、《骊珠随录》、《高坡异纂》、《古虞文录》及《南宫集》七卷，其第七卷为词，亦间入散曲，兹付移刊，未为汰乙也。"知是据别集本录出。

朱弥钳

朱弥钳，号秋江翁，庄王第三子。初封交城王，明武宗正德中薨，谥恭靖，后以子宇温袭王改称唐王，定谥曰恭。著有《谦光堂诗集》、《秋江词》。

朱氏词集罕见著录，计有：

1. 明晁瑮《晁氏宝文堂书目》著录有《秋江词》。
2. 清黄虞稷《千顷堂书目》卷三十二著录有《秋江词》。

均未言版本，黄虞稷为明末清初人，知入清后《秋江词》已失传。

李濂

李濂（1488—1566），字川父，号嵩渚，祥符（今河南开封）人。明武宗正德九年（1514）进士，授沔阳知州，迁宁波同知，官至山西按察司佥事。罢归。闲居里中四十馀年。著有《嵩渚集》、《汴京遗迹志》、《医史》等。

民国时赵尊岳辑《明词汇刊》，其中有《乙巳春游诗馀》一卷，今有上海古籍影印刻本，有赵氏跋（民国二十五年，1936）云："著有《嵩渚集》一百集（当作卷）、《乙巳春游稿》五卷、《祥符文献志》十七卷、《祥符乡贤传》八卷。丙子仲秋，斐云宗兄自京师写示，为付墨板。"知是据别集本录出。按：今有明嘉靖间刻本《嵩渚文集》一百卷目录二卷，《四库全书存目丛书》据以影印，检其中，并未附载有词。

李汎

李汎，字彦夫，号镜山，歙人，一作祁门（今属安徽）人。明弘治十八年（1505）进士，授工部主事，出为思恩知府，致仕。著有《镜山稿》。

民国时赵尊岳辑《明词汇刊》，其中有《镜山诗馀》一卷，今有上海古籍影印刻本，赵氏跋云：

> 有《镜山稿》十三卷、《诗馀》一卷，余得之海上，每卷端署"歙县李"而阙其名，据《国史经籍志》，知为李汎之作。《千顷堂书目》亦著录是书，"歙"作"祁门"，与《经籍志》异。诗多作于弘治、正德、嘉靖间，与李汎登第之年正合。《诗馀》有客寓梧州寺《渔家傲》、梧州寺挹清亭上作《临江仙》、梧州冰井寺作《天仙子》各一阕，宾州、梧州皆广西省属，而汎曾守思恩，足以证之。惟卷首阙名不可解，或书贾纂夺脱刊之误，亦有所讳耶？癸酉腊日，叔雍。

癸酉为民国二十二年（1933），末有赵氏手书一行云："同日以原刊本校读。叔邕。"又《词学季刊》第二卷第一号（民国二十三年出版）载赵氏《惜阴堂汇刻明词提要》，于《镜山诗馀》一卷云：

> 有《镜山稿》十三卷，《诗馀》一卷，余曩者得之于海上，每卷端题"歙县李"而阙名，据《国史经籍志》，知为汎作。《千顷堂书目》亦著录之，卷首不知何所由而阙其名，或有所讳耶？词四十八首为一卷，非必尽工，律句咸有误处。

而闲雅冲夷，动得真趣。

知是据别集本析出。

常伦

常伦（1493—1526），字明卿，号楼居子，沁水（今属山西）人。明武宗正德六年（1511）进士，除大理评事。谪寿州判官，知宁羌州。著有《常评事集》、《写情集》。

常氏词见载于诗文集中，今有明嘉靖七年（1528）王溱刻本《常评事集》四卷、《写情集》二卷，《四库全书存目丛书》据以影印，《写情集》所载为词曲。

又见于著录的有：

1. 明晁瑮《晁氏宝文堂书目》"乐府"著录有《楼居写情集》。

2. 舒木鲁氏抄《天一阁书目》著录有《写情集》一本。按：原书未标明作者。

以上均未言版本。

刘玉

刘玉，字咸栗，号执斋，万安（今属江西）人。明孝宗弘治九年（1496）进士。知辉县，升御史，以劾刘瑾系狱，削籍放归。瑾诛，起为河南按察司佥事，累官至刑部左侍郎。坐李福达狱，削籍归，卒，隆庆初赐谥端毅。著有《执斋集》。

刘氏词见载于诗文集中，今有明嘉靖二十八年（1550）傅镇源济南刻本《执斋先生文集》二十卷，《续修四库全书》据以影印，其中卷八附诗馀，存词三首。

民国时赵尊岳辑《明词汇刊》，其中有《执斋诗馀》一卷，今有上海古籍影印刻本，赵氏跋（民国十九年，1930）云："《执斋集》二十卷，其门人傅镇源所辑，刊于济南。乡人山东故御史彭黯为之序……道光庚寅裔孙翘等复为重校雕行。三词附见诗集，因为裁篇移写。同日又得张龙湖词,并校付梓,为记岁月。"知是据别集本录出,存词三首。末有赵氏手书一行云:"同日以原刊本校读。珍重阁。"又见《词学季刊》第二卷第一号(民国二十三年出版)载赵氏《惜阴堂汇刻明词提要》之《执斋诗馀》一卷云云。

杨爵

杨爵(1493—1549),字伯修,号斛山,富平(今属陕西西安)人。明世宗嘉靖八年(1529)进士,授行人,擢御史。卒谥忠介。著有《斛山遗稿》、《杨忠介集》等。

杨氏词见载于诗文集中,今有《四库全书》本《杨忠介集》十三卷附录五卷,为陕西巡抚采进本,卷十三附载有词,存八首。

民国时赵尊岳辑《明词汇刊》,其中有《杨忠介公词》一卷,今有上海古籍影印刻本,赵氏跋云:"全集附词凡八首,并有错简,持律虽疏,然生气虎虎,令千百世下犹想见其为人也。"知所据为别集本,末有赵氏手批一行云:"同日以覆刻全集校读。高梧。"又见《词学季刊》第一卷第三号(民国二十二年出版)载赵氏《惜阴堂汇刻明词提要》之《杨忠介公词》一卷云云。

许论

许论(1495—1566),字廷议,号默斋,灵宝(今属河南)人。明世宗嘉靖五年(1526)进士,除顺德府推官。入为兵部主事,迁右佥都御史,擢兵部尚书。著有《默斋集》。

许氏词见载于诗文集中,今存明刊本《默斋集》四卷,其中附载有词,存十首。

民国时赵尊岳辑《明词汇刊》,其中有《默斋诗馀》一卷,今有上海古籍影印刻本,赵氏跋(民国二十五年,1936)云:"著《默斋集》,诗馀十首附。丙子暑中边患告亟,余北行,客京师,得见集本,为辑存之。"知是据别集本录出。

吴子孝

吴子孝（1496—1563），字纯叔，号海峰，晚更号龙峰，长洲（今江苏苏州）人。明世宗嘉靖八年（1529）进士，改庶吉士。以光禄寺丞出补湖藩参议，提督太和山宫。尝病《宋史》繁芜，欲加删润，稿未就而卒。著有《玉涵堂集》、《明珠集》。

明皇甫汸《皇甫司勋集》卷五十六《明朝列大夫湖广布政使司右参议吴公墓表》云："凡有述造，示余商榷评定之，《玉涵集》，余所选次，并《明珠集》皆为之序。"又："所著有《说守》、《问马集》、《仁恕堂日录》、《玉涵堂集》、《明珠集》、《防敌论》及序记碑铭若干卷行于世，重修《宋史》，杀青未就，以俟后人。字学虞、欧，稍变戈法。词宗晁、晏，尤长小令。下笔辄成，倚马可待。得之者列开府之屏，题蔽山之篚，照乘掩辉，径尺非宝也。"《明珠集》（又名《玉霄仙明珠集》）为词集，《四库全书总目》著录有《玉霄仙明珠集》二卷，提要云："此乃所作词集，凡一百八十馀阕，颇具凄惋之致，而造诣未深，不能入宋人阃奥。"此为《四库存目》之书，未言是否刊印，为浙江郑大节家藏本，《钦定续通志》卷一百六十三据《四库存目》著录有《玉霄仙明珠集》二卷，又清《续文献通考》卷一九八著录有《玉霄仙明珠集》二卷，均当同库本。

见于明清人著录的有：

1. 清黄虞稷《千顷堂书目》卷三十二"词曲类"著录有《明珠集》二卷。

2. 清林佶题名《天一阁书目》著录有《玉霄仙明珠集》一本，又舒木鲁氏《天一阁书目》著录有《玉霄仙明珠集》一本。又清佚名《四明天一阁藏书目录》著录有《玉霄仙明珠集》一本。

3. 清孔广陶《三十有三万卷堂书目略》著录有《玉霄仙明珠词选》三卷，毛氏汲古阁藏明抄本，一函四本。

4. 《中国古籍善本书目》著录有《玉霄仙明珠集》二卷，明嘉刻本。

另《御选历代诗馀》卷一百十"词人姓氏"云:"吴子孝,字纯叔,长洲人。大学士一鹏之子,嘉靖己丑进士,选庶吉士,改工部主事。历光禄寺丞,迁湖广参议,提督太和山,有《海峰词集》。"

周复俊

周复俊(1496—1574),字子吁,号木泾,昆山(今属江苏)人。明世宗嘉靖十一年(1532)进士,授工部主事。擢四川按察使,转云南左布政使,官至南京太仆寺卿。著有《泾林集》。

周氏词见载于诗文集中,今有明万历二十年周玄暐刻本《泾林诗文集》八卷,《四库全书存目丛书》据以影印,其中卷三附《忆滇南》三词。

民国时赵尊岳辑《明词汇刊》,其中有《泾林词》一卷,今有上海古籍影印刻本,周宪跋(民国二十五年,1936)云:"著有《六梅馆集》八卷、《内泾林诗集》三卷、《泾林文集》五卷,词不多作,仅此三篇附刻诗集后,集本流播未广,窃惧湮没,因写寄叔雍道兄辑刊之。"知是据别集本录出,存三词。

黄峨

黄峨(1498—1569),字秀眉,四川遂宁人。杨慎妻,称黄安人,杨夫人。能诗词散曲,著有《杨夫人乐府》。

其词集见于著录的有:

1. 明祁承爍《澹生堂藏书目》卷十二"馀集类·艳诗附词曲"著录有《杨夫人乐府》,一册,三卷。

2. 清黄虞稷《千顷堂书目》卷三十二著录有《杨夫人词曲》五卷。

3. 清张廷玉等《明史》卷九十九"艺文志"著录有《杨夫人词曲》五卷。

4. 清曹寅《楝亭书目》卷四"词"著录有《杨夫人词》,云升庵夫人孙(当作黄)氏著,五卷,山阴徐渭订,一册。

5. 清赵魏《竹崦庵传抄书目》"集部·词类"著录有《杨夫人词曲》五卷，明杨慎妻撰，五十四。

以上均未言版本。

袁袠

袁袠（1499—1549），字补之，号谷虚子，吴县（今江苏苏州）人。明世宗嘉靖十七年（1538）进士，授庶吉士，知庐陵县，迁礼部主事，转员外郎。著有《礼部集》。

袁氏词见载于诗文集中，今有明嘉靖袁氏家刊本《袁礼部诗》二卷，附载有词二首。

民国时赵尊岳辑《明词汇刊》，其中有《袁礼部词》一卷，今有上海古籍影印刻本，赵氏跋云："词二首附载集中，为裁存之。"知是据别集本录出，存词二首。

朱东阳

朱东阳，字清溪，山阴（今浙江绍兴）人。布衣终老。著有《濯缨馀响》。

朱氏词见载于诗文集中，今有山阴朱氏家刊本《濯缨馀响》二卷，其中附载有词十三首。

民国时赵尊岳辑《明词汇刊》，其中有《濯缨馀响词》一卷，今有上海古籍影印刻本，赵氏跋（民国二十五年，1936）云："斐云宗兄得见明万历刊本《濯缨馀响》，附词十三首，知为拙藏所未备，因以写示，弥可感动已。"知是据别集本录出。

陈如纶

陈如纶（1499—1552），字德宣，号午江、二馀，太仓（今属江苏）人。明世宗嘉靖十一年（1532）进士，知侯官，累官至福建布政司右参议。著有《冰玉堂缀逸稿》、《兰舟漫稿》、《二馀词》。

陈氏词见附于诗文集后，今存有明万历间刻本《冰玉堂缀逸稿》

二卷《兰舟漫稿》一卷附《二馀词》一卷，《四库全书存目丛书》据以影印。

民国时赵尊岳辑《明词汇刊》，其中有《二馀词》一卷，今有上海古籍影印刻本，赵氏跋（民国二十三年，1934）云："遗集传世，见《四库存目》，后附《二馀词》，则里中酬唱之作。斐云宗兄于京师见明刊本，即以写寄，为付绣梓，如纶盖不仅以词传也。甲戌上巳客乐清雁荡灵岩寺，长夜校讫并记。"斐云宗兄即赵万里。知是自明刊别集中析出另行者。末有赵氏手书二行云："廿二日以传抄明刊本校。高梧。"又："辛巳春社日重校一过。"辛巳为民国三十年（1941）。

李默

李默（1499—1558），字时言，号古冲，瓯宁（今福建建瓯）人。明武宗正德十六年（1521）进士，改庶吉士。嘉靖初授户部主事，进兵部员外郎，迁浙江左布政使，升吏部尚书兼翰林院学士。卒追谥文愍。著有《群玉楼稿》。

李氏词见载于诗文集中，明万历元年（1573）李培刻本《群玉楼稿》七卷《困亨别稿》一卷附录一卷，《四库全书存目丛书》据以影印，其中卷六末附诗馀，存词二首。又《困亨别稿》附有诗馀，存词二首。

民国时赵尊岳辑《明词汇刊》，其中有《群玉楼诗馀》一卷，今有上海古籍影印刻本，赵氏跋（民国二十五年，1936）云："此盖从明刻《群玉楼集》、《困亨别稿》辑录者，前二首见集本卷六，后二首见《别稿》卷一也。"知是据别集本录出，存词四首，末有赵氏手书一行云："同日校京师书藏藏本。叔邕。"

崔廷槐

崔廷槐（1499—1560），字公桃，号楼溪，莱州（今属山东）人。明世宗嘉靖五年（1526）进士，知阳曲县。调神木典史，知束鹿县。迁户部主事，官至四川提学按察司佥事。著有《楼溪集》。

崔氏词见载于诗文集中，今有明万历间刊本《楼溪先生集》，存三十一卷，其中卷十六、十七收有词，存十八首。

民国时赵尊岳辑《明词汇刊》，其中有《十美词纪》一卷，今有上海古籍影印刻本，有赵氏跋（民国二十五年，1936）云："著有《楼溪集》三十六卷。此则从明刻集本卷十六、十七裁篇别录，合之为一卷者也。"知是据别集本录出。

朱曰藩

朱曰藩（1500—1561），字子价，号射陂，宝应（今属江苏）人。明世宗嘉靖二十三年（1544）进士，授乌程令，终九江知府。著有《山带阁集》。

朱氏词见载于诗文集中，今存有明万历间刻本《山带阁集》三十三卷，《四库全书存目丛书》据以影印，其中卷二十四载有《鹧鸪天》、《南柯子》二词。

民国时赵尊岳辑《明词汇刊》，其中有《山带阁词》一卷，今有上海古籍影印刻本，赵氏跋（民国二十一年，1932）云："有《山带阁集》三十三卷，词二首附，此其裁篇别出者也。" 知自集本析出者。末有赵氏手书二行云："同日以传写盋山藏集本校。高梧。"又："辛巳社日，叔雍重校。"辛巳为民国三十年（1941）。

薛应旂

薛应旂（1500—1575），字仲常，号方山，武进（今属江苏）人。明世宗嘉靖十四年（1535）进士，知慈溪县。历南京考工郎中、浙江提学副使、陕西副使等。著有《方山薛先生全集》等。

薛氏词见载于诗文集中，今有明嘉靖刻本《方山薛先生全集》六十八卷，《续修四库全书》据以影印。其中卷五十六附词调，存《水调歌头》一首。

民国时赵尊岳辑《明词汇刊》，其中有《方山先生词》一卷，今有上海古籍影印刻本，有赵氏民国二十二年（1933）跋，未言所据，存词一首。末有赵氏手书一行云："同日以明刊本校词。叔邕。"

吴承恩

吴承恩，字汝忠，号射阳山人，山阳（今江苏淮安）人。少习举子业，屡困场屋。明世宗嘉靖中补贡生，任长兴县丞。著有《射阳先生存稿》。

吴氏词见载于诗文集中，今存有明万历刊本《射阳先生存稿》四卷，卷四为幛词和词曲。

民国时赵尊岳辑《明词汇刊》，其中有《射阳先生词》一卷，今有上海古籍影印刻本，赵氏跋云：

> 承恩工词，别辑词总集《花草新编》，盖托于《花间》、《草堂》之流。其书与存稿均少传本。甲子之役，移宫事定，董其事者整治书藏，遂获得之，先印存稿，始传于世。其第四卷，凡幛词、词曲如干首，今汰幛词之引言及南北曲，为重梓之。原有陈文烛、李维桢序、吴国荣跋。文烛、维桢均与承恩友善，国荣又预校刊之役，故志其渊源尤详云。壬申小除日，叔雍。

跋作于民国二十一年（1932），末有赵氏手书一行云："同日以故宫刊本校。叔邕。"又《词学季刊》第二卷第一号（民国二十三年出版）载赵氏《惜阴堂汇刻明词提要》，于《射阳先生词》一卷云："承恩工词，尝选词为《花草杂（当作新）编》而不传。甲子之役，移宫事定，董其事者整治书藏，始获得之，以聚珍板印行遗集，词凡九十首，合南北曲为第四卷，幛词十馀首。"知是自别集中析出另行。

朱让栩

朱让栩（1501—1547），明武宗正德五年（1510）袭封蜀王，卒谥成。著有《怡斋诗集》、《长春竞辰稿》。

朱氏词见载于诗文集中，今存有明嘉靖二十八年（1549）蜀藩刻本《长春竞辰稿》十三卷《馀稿》三卷，《四库未收书辑刊》据以影印。其中卷二有诗馀，凡一卷。

民国时赵尊岳辑《明词汇刊》，收有《长春竞辰馀稿》二卷，今有上海古籍影印刻本，赵氏跋（民国二十二年，1933）云："著《长春竞辰馀稿》，词附焉。《馀稿》流播未广，客岁金陵唐君圭璋获见之，亟饬胥写示。唐君劬学媚古，较宋元佚词数千首，补名家词千馀首，方驾《彊村》，凌轹《四印》。惠而好我，锡比百朋，并为题名，用志笙磬之谊。"知是自别集中析出。末有赵氏手批二行云："丙子闰三月初七日，以圭璋兄写寄元本校。叔邕。"丙子为民国二十五年（1936）。

黄正色

黄正色（1501—1576），字士尚，号斗南，无锡（今属江苏）人。明世宗嘉靖八年（1529）进士，授仁和知县，改南海。为南京监察御史，劾中官鲍忠、驸马崔元等，被诬下狱，戍辽东三十年。穆宗初召还，迁南京太仆卿，致仕归。著有《辽阳稿》。

黄氏词见载于诗文集中，今有明刊本《斗南先生辽阳稿》二卷，附载有词，存八首。

民国时赵尊岳辑《明词汇刊》，其中有《斗南先生辽阳诗馀》一卷，今有上海古籍影印刻本，赵氏跋（民国二十四年，1935）云："余得读其集本，裁取其词，惜有阙失，容以他本补之。"知是据别集本录出。末有赵氏手书一行云："同日校北海藏传抄本。叔邕。"

李开先

李开先（1502—1568），字伯华，号中麓，章丘（今属山东）人。明世宗嘉靖八年（1529）进士，授户部主事，改吏部，历太常少卿，提督四夷馆。著有《中麓闲居集》。

其词集见于著录的有：

1. 明晁瑮《晁氏宝文堂书目》"乐府"著录有《中麓乐府》。

2. 清黄虞稷《千顷堂书目》卷三十二著录有《中麓乐府》□卷，

又《中麓小令》。

3. 清黄虞稷《千顷堂书目》卷三十二著录有《欹指调古今词》一卷。

以上所载或为曲，均未言版本。

朱公节

朱公节（1503—1564），字允中，号东武山人，山阴（今浙江绍兴）人。明世宗嘉靖十年（1531）举人，连试春官不第，选官知彭泽县，又知泰州。著有《东武集》。

朱氏词见载于诗文集中，今有清乾隆刊本《东武山人集》七卷，内附载有词，存四首。

民国时赵尊岳辑《明词汇刊》，其中有《东武山人词》一卷，今有上海古籍影印刻本，赵氏跋（民国二十五年，1936）云："著《东武山人集》，盖乾隆辛巳间八世孙继相为之板行者也。词四首附载卷七，为裁梓之。"知是据别集本录出。

徐阶

徐阶（1503—1583），字子升，号少湖，又号存斋，华亭（今属上海）人。明世宗嘉靖二年（1523）进士，授翰林编修。为延平推官，进礼部尚书，兼文渊阁大学士，取代严嵩为首辅。卒赠太师，谥文贞。著有《世经堂集》、《少湖文集》等。

徐氏词见载于诗文集中，今有明万历间徐氏刻本《世经堂集》二十六卷，《四库全书存目丛书》据以影印，其中卷二十六附载有词，存八首。

民国时赵尊岳辑《明词汇刊》，其中有《世经堂词》一卷，今有上海古籍影印刻本，赵氏跋（民国二十四年，1935）云："有《世经堂集》、《少湖文集》行世。词多酬应之作，同在集中，兹特为裁篇，以合之隆、万诸家云。"知是据别集本录出。末有赵氏手书一行云："同日校传抄北海藏本。高梧。"

成始终

成始终，字敬之，号澹庵，无锡（今属江苏）人。明英宗正统四年（1439）进士，河南道御史，出为湖广按察佥事。著有《蓬庵》、《观光》、《纪行》、《澹轩》等集。

成氏词集罕见著录，计有：

1. 明高儒《百川书志》卷六"歌词"著录有《纪行词》一卷，凡十一首。

2. 清黄虞稷《千顷堂书目》卷三十二"词曲类"著录有《纪行词》一卷。

以上均未言版本，按：黄虞稷为明末清初人，知入清后，其词集已佚。

沈炼

沈炼（1507—1557），字纯甫，号青霞，会稽（今浙江绍兴）人。明世宗嘉靖十七年（1538）进士，知溧阳。迁锦衣卫经历，上疏劾严嵩十大罪，谪居保安州为民，被诬谋反而遇害。追谥忠愍。著有《青霞集》。

沈氏词见载于诗文集中，今有《四库全书》本《青霞集》，其中卷三载《送菊坡邓先生致政还河南小词并序》（调《满江红》）、《赠牛总戎膺御史台嘉奖歌词一首并序》（调《念奴娇》）、《赠蒋元戎膺奖歌词一首并序》（调《水龙吟》），凡三首。

民国时赵尊岳辑《明词汇刊》，其中有《青霞词》一卷，今有上海古籍影印刻本，赵氏跋（民国二十一年，1932）云："后其子襄始以遗集属之俞咨益，为梓行之，俞又属归安茅维为之序。附幛词三首，为汰其引而存之。"知是自别集析出另行，凡三首，存其词作，而序文则删云。又有赵氏手书一行云："同日以传抄西湖书藏元刊本校。叔邕。"

马洪

马洪，字浩澜，号鹤窗，仁和（今浙江杭州）人。善诗咏而词调尤工，明正德、嘉靖间以词名世，皓首韦布。著有《花影集》。

明田汝成《西湖游览志馀》卷十三云：

> 马浩澜著《花影集》，自序云：予始学为南词，漫不知其要领。偶阅《吹剑录》中载：东坡在玉堂日，有幕士善歌，坡问曰："吾词何如柳耆卿？"对曰："柳郎中词，宜十七八女孩儿按红牙拍歌'杨柳岸、晓风残月'，学士词须关西大汉执铁板唱'大江东去'。"缘是，求二公词而读之，下笔略知蹊径，然四十馀年，仅得百篇，亦不可谓不难矣。法云道人尝劝山谷勿作小词，山谷云："空中语耳。"予欲以空中语名其集，或曰不文，改称《花影集》，花影者，月下灯前，无中生有，以为假则真，谓为实犹涉虚也。

未言是否刊印。《花影集》罕见著录，计有：

1. 清黄虞稷《千顷堂书目》卷三十二著录有《花影集》□卷。

2. 《御选历代诗馀》卷一百十"词人姓氏"云："马洪，字浩澜，仁和人。善吟诗，词调尤工，有《花影集》。"

3. 《浙江通志》卷二百五十二著录有《花影集》三卷。

均未言是否为刻本。

郭珍

郭珍，武定侯郭英长子镇之子，镇尚永嘉公主，明英宗初永嘉公主乞以其子珍嗣侯，授锦衣卫指挥佥事。著有《宾竹诗馀》。

郭氏词集罕见著录，计有：

1. 明高儒《百川书志》卷六著录有《宾竹诗馀》一卷。

2. 清黄虞稷《千顷堂书目》卷三十二著录有《宾竹诗馀》一卷。

以上均未言版本，按：黄虞稷为明末清初人，知入清后，其词集已佚。

南溪散人

南溪散人，其人待考。其词集见于著录的有：

1. 明高儒《百川书志》卷六著录有《小隐乐农集》一卷，云南溪散人著，小令百阕。

2. 清黄虞稷《千顷堂书目》卷三十二"词曲类"著录有南溪散人《小隐乐农集》一卷。

以上均未言版本，按：黄虞稷为明末清初人，知入清后，其词集已佚。

赵贞吉

赵贞吉（1508—1576），字孟静，号大洲。内江（今属四川）人。明世宗嘉靖十四年（1535）进士，授翰林编修，迁国子司业，为监察御史，官至礼部尚书兼文渊阁大学士等，卒谥文肃。著有《赵文肃公文集》等。

赵氏词见载于诗文集中，今有明万历十三年（1585）赵德仲刻本《赵文肃公文集》二十三卷，《四库全书存目丛书》据以影印，其中卷六有《苏武慢》一词。

民国时赵尊岳辑《明词汇刊》，其中有《赵文肃公词》一卷，今有上海古籍影印刻本，赵氏跋（民国二十一年，1932）云："有集三十三卷，诗五卷，词一首附存全集，刑部尚书丹阳姜宝为之序。"知是自别集中析出。又有赵氏手书一行云："同日以西湖书藏本校。高梧。"

王慎中

王慎中（1509—1559），字道思，号遵岩居士，又号南江，晋江（今福建泉州）人。明世宗嘉靖五年（1526）进士，擢山东提学佥事，改江西布政参议，升河南参政。著有《遵岩集》、《玩芳堂摘稿》等。

王氏词见载于诗文集中，今有《四库全书》本《遵岩集》二十四卷，提要云："慎中集旧有《玩芳堂摘稿》、《遵岩》、《家居》诸刻，率杂以少作。是本乃隆庆辛未慎中子同康及婿庄国祯稍为芟削重锓，较为精整。"所据为明刊本，为两淮盐政采进本，库本实二十四卷，其中卷七附载有词，存词四十三首。

民国时赵尊岳辑《明词汇刊》，其中有《遵岩先生词》一卷，今有上海古籍影印刻本，赵氏跋（民国二十一年，1932）云："有《遵岩先生集》，词附见。嘉、隆之际，人文特盛，遵岩亦其翘楚者也。"末有赵氏手书二行云："同日以传抄盍山藏集本校读。高梧。"又："辛巳二月廿二日重校。雍。"辛巳为民国三十年（1941）。

赵时春

赵时春（1509—1567），字景仁，号浚谷，平凉（今属甘肃）人。明世宗嘉靖五年（1526）进士第一，选庶吉士。改户部主事，寻调兵部，迁山东佥事，转副使，擢巡抚山西佥都御史，提督雁门诸关。著有《浚谷集》。

赵氏词集罕见著录，傅增湘《藏园群书经眼录》卷十九著录有《稽古绪论》一卷《洗心亭诗馀》一卷，云："明刊本。前有孙应鳌序。诗馀，隆庆庚午周鉴序，男守岩刊。"（缪艺风藏书。庚午）知为缪荃孙艺风堂藏书。

民国时赵尊岳辑《明词汇刊》，其中有《洗心亭诗馀》一卷，今有上海古籍影印刻本，赵氏跋（民国二十五年，1936）云："词曲合为《洗心亭诗馀》一卷，门人周鉴为之序，男守严于隆庆间刊行之。余得其原刊本，因辑次其词，别为锓木，以彰吾宗之典雅。惜有阙叶，无自校补也。"末有赵氏手书一行云："丙子小除夕，据明刊本校。叔邕。"丙子为民国二十五年（1936）。

朱衮

朱衮，字子文，号昭北，永州（今属湖南）人。明孝宗弘治十五年（1502）进士，选翰林院庶吉士，授南京监察御史。擢南京礼部郎中，出补云南左参议，升按察副使，晋四川右参政。著有《白房集》。

民国时赵尊岳辑《明词汇刊》，其中有《白房词》一卷，今有上海古籍影印刻本，黄孝纾跋（民国二十五年，1936）云："词凡七阕，从吴兴刘氏嘉业堂所藏正德刊本《白房集》中录出。叔雍嗜搜明词，因移写付梓。"知是据别集本录出。末有赵尊岳手书一行云："同日据刘氏藏本校。高梧。"

王立道

王立道（1510—1547），字懋中，号尧衢，无锡（今属江西）人。明世宗嘉靖十四年（1535）进士，授翰林院编修。著有《具茨集》。

王氏词见载于诗文集中，今有《四库全书》本《具茨集》五卷补遗一卷文集八卷补遗一卷附录一卷遗稿一卷，提要云："原目列诗集五卷文集七卷附录一卷，今诗集之末复载补遗附录二十馀首，文集七卷之后亦增论表等十馀篇为一卷，载于附录之前，而附录后又别载遗稿一卷，盖其后人掇拾续刊，零星增入，故书与目不相应耳。"知所据为刻本，为江苏巡抚采进本。其中卷五附载有词，存十首。

民国时赵尊岳辑《明词汇刊》，其中有《具茨诗馀》一卷，今有上海古籍影印刻本，赵氏跋（民国二十一年，1932）云："有《具茨诗集》五卷文集八卷，词附。余曩岁赴江宁，过盋山书藏，获读全集，因为移写授锲。"知是自刻本别集析出另行。末有赵氏手书二行云："同日以传抄盋山藏集本校读。叔邕。"又："辛巳社日重校。"辛巳为民国三十年（1941）。

陈德文

陈德文，号石阳山人，吉州（今属江西）人。明世宗嘉靖四年（1525）举人，知建州，入为工部员外郎，官至顺天府尹。著有《石阳山人集》、《陈建安诗馀》、《孤竹宾谈》等。

陈氏词集见清以来人的著录：清薛福成《天一阁见存书目》卷四著录有《陈建安诗馀》一册，残，明陈德文撰。此书后归蒋氏传书堂所有，清蒋汝藻《传书堂善本书目》卷十二著录有《陈建安诗馀》一卷，明刻本（归西谛）。又王国维《传书堂藏善本书志》著录有《陈达（前作建）安诗馀》一卷，明刊本。又："石阳山人吉川陈德文，杨肇序嘉靖丙午。程宽序，天一阁藏书。"又检郑振铎《西谛书目》卷五著录有《陈建安诗馀》一卷，明刊本，一册。按：建安或为其字。

孙楼

孙楼（1515—1584），字子虚，号百川，常熟（今属江苏）人。明世宗嘉靖二十五年（1546）举人，选授湖州府推官，改汉中，不赴归家。家藏书逾万卷，杜门雠校，著有《百川集》、《丽词百韵》等。

孙氏词见载于诗文集中，今有明万历四十八年（1620）华滋蕃刻本《刻孙百川先生文集》十二卷，《四库全书存目丛书》据以影印，其中卷十二附有诗馀长短句，存词十五首。另卷五有幛词一。

民国时赵尊岳辑《明词汇刊》，其中有《百川先生长短句》一卷，今有上海古籍影印刻本，赵氏跋（民国二十五年，1936）云："著《百川集》、《丽词百韵》，《四库存目》著录及之。《丽词》未及见，《百川集》卷十二为长短句，因辑存之。"知是据别集本析出。末有赵氏手书一行云："同日校京师书藏明刊本。叔邕。"

万士和

万士和（1516—1586），字思节，号履庵，宜兴（今属江苏）人。明世宗嘉靖二十年（1541）进士，授礼部主事，改南京兵部，出为江西按察佥事，贵州提学副使，湖广参政，广东布政使，进户部右侍郎。卒谥文恭。著有《履庵集》等。

万氏词见载于诗文集中，有明万历二十年（1592）万氏素履斋刻本《万文恭公摘集》十二卷，《四库全书存目丛书》据以影印，其中卷三附诗馀，存词十首。

民国时赵尊岳辑《明词汇刊》，其中有《履庵诗馀》一卷，今有上海古籍影印刻本，赵氏跋（民国二十四年，1935）云："有《履庵集》。词非所工，而恬澹冲雅，犹存风骨，为付梓人，并记岁月。"知是据别集本录出。末有赵氏手书一行云："同日校传抄北海藏本。叔邕。"

陈士元

陈士元（1516—1597），字心叔，号养吾，自号江汉潜夫，又称环中愚叟，应城（今属湖北）人。明世宗嘉靖二十三年（1544）进士，授滦州知州。后辞官归里，杜门著述垂四十年。著有《归云集》。

民国时赵尊岳辑《明词汇刊》，其中有《归云词》一卷，今有上海古籍影印刻本，赵氏跋（民国二十一年，1932）云："有《归云三集》七十五卷《诗馀》一卷。江宁蕰山书藏藏其全集，盖仁和丁氏旧物也。饬胥移写付梓，并纪岁月。"知别集附有词一卷，是自别集中析出另行。末有赵氏手书二行云："同日以移写本校。叔邕。"又："辛巳仲春廿二日重校。梧。"辛巳为民国三十年（1941）。

顾起纶

顾起纶（1517—1587），字更生，号玄言，无锡（今属江苏）人。诸生，入太学，累不举。官至郁林州同知，以罪罢归。著有《玄言斋集》、《赤城集》、《九霞山人集》等。

民国时赵尊岳辑《明词汇刊》，其中有《九霞山人词》一卷，今有上海古籍影印刻本，赵万里跋云："顾其所著《九霞山人集》独罕传，今年盛暑，观书于四明范氏天一阁，《山人集》赫然在焉，然前后虫伤残破，不忍触手。卷一后附词三阕，幸未损字，亟命胥录于阁中，以贻我叔雍词长，刊入明人词辑中，备一格焉。"末有赵尊岳手书一行云："同日校赵斐云传抄本。叔邕。"又《词学季刊》第二卷第一号（民国二十三年出版）载赵氏《惜阴堂汇刻明词提要》，于《九霞山人词》一卷云："顾其所著《九霞山人集》殊少流布，癸酉暑日，海宁赵斐云宗兄得观于四明天一阁，犹范氏旧藏，因为移录见付，殊可感已。词三首，附见集中，亦是山林中人语。"知是据别集本录出，存词三首。

任环

任环（1519—1558），字应乾，号复庵，长治（今属山西）人。明世宗嘉靖二十三年（1544）进士。历知广平、沙河、滑县三县，迁苏州府同知，官至山东右参政。著有《山海漫谈》。

任氏词见载于诗文集，今有《四库全书》本《山海漫谈》三卷附录二卷，提要云："是集为乾隆丁丑其乡人庾玙所刻，凡文二卷、诗词一卷。"知所据为清乾隆刻本，为山西巡抚采进本。卷三附有词，存八首，其中五首实属幛词。

民国时赵尊岳辑《明词汇刊》，其中有《山海漫谈词录》一卷，今有上海古籍影印刻本，赵氏跋（民国二十一年，1932）云："遗集曰《山海漫谈》，盖其六世孙世燮字理臣者所编，凡诗文咸付校辑，并及先辈所纪平倭事迹、章奏、谕祭诸文，都为一编，刊成于康熙间，邻世爵为之序。此则自《漫谈》裁篇移写者也。"知是自别集附词析出另行。末有赵氏手书数行，其中"丙子五月十四日，暑热雨后校刊本。叔邕"。丙子为民国二十五年（1936）。

周思兼

周思兼（1519—1565），字叔夜，号莱峰，华亭（今上海松江）人。明世宗嘉靖二十六年（1547）进士，授平度知州，擢工部员外郎，官至湖广按察佥事。学者私谥贞靖先生。著有《周叔夜先生集》。

周氏词见载于诗文集中，今有明万历十年（1582）刻本《周叔夜先生集》十一卷，《四库全书存目丛书》据以影印，其中卷四附载有词，存二十四首。

民国时赵尊岳辑《明词汇刊》，其中有《胶东词》一卷，今有上海古籍影印刻本，赵氏跋（民国二十五年，1936）云："著《叔夜集》、《学道纪言》，此则就集本第四卷裁篇以行者也。"知是据别集本录出。

徐渭

徐渭（1521—1593），初字文清，改字文长，号青藤、天池山人、田水月等，山阴（今浙江绍兴）人。诸生，以教授生徒为生计，屡应乡试不举。入浙江总督胡宗宪幕为书记。因疑杀妻系狱七年，晚年贫甚。善书画曲文。著有《徐文长文集》、《南词叙录》、《四声猿》等。

徐氏词见于诗文集中，计有：

1. 明刻本《徐文长文集》三十卷，《续修四库全书》据以影印，其中卷十三为词，凡一卷，存七首。

2. 明天启三年（1623）张维城刻本《徐文长逸稿》二十四卷畸谱一卷，《续修四库全书》据以影印，其中卷十二为诗馀，凡一卷，存三首。

3. 清潘仕成辑《海山仙馆丛书》本《青藤书屋文集》三十卷补遗一卷，道光二十六年（1846）刻本。其中卷十三为词，凡一卷，存七首。

4. 清初息耕堂抄本《徐文长佚草》十卷，《续修四库全书》据以影印，其中卷十为小调，凡一卷，存五首，为曲。

民国时赵尊岳辑《明词汇刊》，其中有《徐文长先生词》一卷，今有上海古籍影印刻本，赵氏跋（民国二十一年，1932）云："所著有《阙编》、《樱桃馆》诸集，而公安袁宏道评点本尤盛传。词七首附，兹所据者即袁本也。"知是自别集附词析出另行。末有赵氏手书数行，其中"壬申腊尽日，珍重阁"二句改云："刊成，复得唐圭璋社兄辑佚三首，因并存之。珍重阁。"又："同日以盍山藏袁刊评点本校词。高梧。"又手批补辑佚词三首，同《徐文长逸稿》所载。

朱宪㸒

朱宪㸒（1526—1582），朱元璋七世孙。辽王植六世孙。明世宗嘉靖年间袭封辽王，以笃奉道教为世宗宠信，赐号清微忠教真人。隆庆初废为庶人，国除。著有《味秘草堂集》、《种莲岁稿》等。

朱氏词见载于诗文集中，今有明嘉靖刊《种莲岁稿》六卷《种莲文略》二卷，其中《种莲文略》卷上附载有词。

民国时赵尊岳辑《明词汇刊》，其中有《种莲诗馀》一卷，今有上海古籍影印刻本，赵氏跋（民国二十四年，1935）云："著《味秘草堂集》、《种莲岁稿》传世，八词散见《种莲集》中，为别存之。"知是据别集本录出。末有赵氏手书一行云："同日校北海藏本。高梧。"

王世贞

王世贞（1526—1590），字元美，号凤洲，又号弇州山人等，太仓（今属江苏）人。明世宗嘉靖二十六年（1547）进士，历刑部主事、山东按察副使、浙江左参政、山西按察使。神宗万历年间为湖广按察使、广西右布政使、应天府尹、南京兵部侍郎，累官至南京刑部尚书，卒赠太子少保。著有《弇州山人四部稿》、《弇山堂别集》、《艺苑卮言》等。

王氏词见载于诗文集中，《四库全书》本《弇州四部稿》卷五十四"诗部"载词曲，凡一卷，其中存词八十六首。

民国时赵尊岳辑《明词汇刊》，收有《弇州山人词》一卷，今有上海古籍影印刻本，有赵氏跋（民国二十二年，1933），未言所据。末有赵氏手书二行云："丙子五月初三日，以《四部稿》本校，盖传抄崔山所藏也。叔雍并记。"丙子为民国二十五年（1936），知是据集本采录的。

张凤翼

张凤翼（1527—1613），字伯起，号灵虚、冷然居士，长洲（今江苏苏州）人。明世宗嘉靖四十三年（1564）举人，多次会试落第。潜心写作，尤喜为乐府新声。著有《处实堂集》等。

张氏词见载于诗文集中，今有明万历间刻本《处实堂集》八卷续集十卷后集六卷，《续修四库全书》据以影印，其中卷四附词，存八首。又见《四库全书存目丛书》影印明万历间刻本《处实堂集》八卷续集十卷。

民国时赵尊岳辑《明词汇刊》，其中有《处实堂词》一卷，今有上海古籍影印刻本，赵氏跋（民国二十二年，1933）云："《四库》并著录其集。词八首，在第四卷中，为裁存之。"知是据别集本录出。末有赵氏手书一行云："同日校传抄北海藏本。叔雍。"

陈尧德

陈尧德，字安甫，嘉兴（今属浙江）人。布衣，明神宗万历时在世。著有《小草》、《数茎髭》。

民国时赵尊岳辑《明词汇刊》，其中有《安甫诗馀》一卷，今有上海古籍影印刻本，赵氏跋（民国二十五年，1936）云："诗馀十三首，盖自旧抄本陈安甫《小草》所裁录。"知是据别集本录出。

苏惟霖

苏惟霖，字云浦，号潜夫，江陵（今属湖北）人。明神宗万历二十六年（1598）进士，授中书舍人。巡按山西，官至河南按察副使。卒年五十。著有《两淮集》、《西游草》。

民国时赵尊岳辑《明词汇刊》，其中有《西游诗馀》一卷，今有上海古籍影印刻本，赵氏跋（民国二十五年，1936）云："著《西游集》，词附，虽不能工，而林泉潇洒，亦复清逸可喜也。丙子暑中，北游得于王城，见而移写，因并考其仕履。"知是据别集本录出。

高濂

高濂（1527—？），字深甫，号瑞南，钱塘（今浙江杭州）人。捐赀为南京龙江关提举，迁忻州府推官。明穆宗隆庆元年（1567）又捐赀入北国子监。著有《雅尚斋诗草》、《遵生八笺》、《芳芷栖词》等。

河田罴编《静嘉堂秘籍志》卷五十"陆氏十万卷楼旧藏·词曲类"著录有《芳芷栖词》二卷，抄，一本。云：

案：第二行题端南居士高濂深甫，是编《四库》未收。
《提要》存目有《雅尚斋诗草二集》二卷，云：濂，字深甫，
号端南，仁和人。前有万历辛巳自序云云，卷中有毛晋私印
朱文、汲古阁朱文二方印，盖毛晋所抄录也。

民国时赵尊岳辑《明词汇刊》，其中有《芳芷栖词》二卷，今有上
海古籍影印刻本，赵氏跋（民国二十四年，1935）云："又《雅尚斋
诗》、《芳芷栖词》。兹得读仁和丁氏八千卷楼藏本，为重梓之。"末有
赵氏手书一行云："丙子七月十八日，以传抄丁藏本福校。叔邕。"丙
子为民国二十五年（1936）。

胡汝嘉

胡汝嘉（1529—1578），字懋礼，号秋宇，江宁（今江苏南京）
人。明世宗嘉靖三十二年（1553）进士，授翰林院编修。神宗万历年
间官至浙江兵备副使。能词曲，善书画。著有《沁南稿》。

胡氏词见载于诗文集中，今存有明万历刊《沁南稿》二卷，其中诗
后附有诗馀。

民国时赵尊岳辑《明词汇刊》，收有《沁南词》一卷，今有上海古
籍影印刻本，赵氏跋（民国二十一年，1932）云："著《沁南稿》，词附
存。笔意清新，亦庶几明词之上乘也。"知是据别集本录出。末有赵氏
手批一行云："同日以盋山藏集本校。高梧。"

赵完璧

赵完璧，字全卿，号云壑，晚号海壑，胶州（今属山东）人。由岁
贡生任职锦衣卫，任巩昌府通判。著有《海壑吟稿》。

赵氏词见载于诗文集中，今有《四库全书》本《海壑吟稿》十一
卷，其中卷七附有幛词，凡四篇。

民国时赵尊岳辑《明词汇刊》，其中有《海壑吟稿》一卷，今有上
海古籍影印刻本，赵氏跋云："其诗文集曰《海壑吟稿》，万历十年浙

西王三锡为之序……诗馀四首附见集中，因为裁篇，并删其幛词，以列于嘉靖诸家云。"知是自别集中录出，而删其序文，仅存其词。末有赵氏手书数行，其中有"同日校传抄西湖书藏本。高梧"。

王祖嫡

王祖嫡（1531—1592），字胤昌，号师竹，信阳（今属河南）人。明穆宗隆庆五年（1571）进士，选庶吉士，授检讨，官至右春坊右庶子兼翰林院侍读。著有《师竹堂集》。

王氏词见载于诗文集中，计有：

1. 明天启间刻本《师竹堂集》三十七卷，《四库未收书辑刊》据以影印。卷六附有词，存词四十二首，其中含有幛词。

2. 张凤台辑《三怡堂丛书》本《师竹堂集》三十卷，民国十二年，1923 刊本，载词卷数及数量同明天启刊本。

民国时赵尊岳辑《明词汇刊》，收有《师竹堂词》一卷，今有上海古籍影印刻本，赵氏跋（民国二十四年，1935）云："著《师竹堂集》，词附，盖所以为辅弼启沃之资，语详小序中，亦词苑所罕见者也。乙亥仲春，北游京师，得见《三怡堂丛书》本，移录一过，斐云宗兄复以雍正间其裔孙兑之手抄本校正数字，为付剞人。"知是据别集本析出。末有赵氏手批一行云："同日校北海藏本传抄本。叔邕。"

王世懋

王世懋（1536—1588），字敬美，号麟州，又号损斋，太仓（今属江苏）人。明世宗嘉靖三十八年（1559）进士，历南京礼部主事、江西参议、福建提学，终南京太常少卿。著有《王奉常集》、《秋圃撷馀》。

王氏词见载于诗文集中，今有明万历间刻本《王奉常集诗》十五卷文五十四卷，《四库全书存目丛书》据以影印。其中诗集卷十五附载有词，存八首。

民国时赵尊岳辑《明词汇刊》，其中有《王奉常词》一卷，今有上海古籍影印刻本，赵氏有跋（民国二十二年，1933），未言所据。又有赵氏手书一行云："同日以盍山所藏《王奉常集》传抄校读。高梧。"

吕坤

吕坤（1536—1618），字叔简，号心吾、新吾，宁陵（今属河南）人。明神宗万历二年（1574）进士，知襄垣，改知大同。历山西按察使、陕西布政使，拜刑部侍郎。著有《去伪斋集》、《呻吟语》等。

吕氏词见载于诗文集中，今存有清康熙三十三年（1694）吕慎多刻本《吕新吾先生去伪斋文集》十卷，《四库全书存目丛书》据以影印。其中卷八载《望江南》五首。

民国时赵尊岳辑《明词汇刊》，其中有《去伪斋词》一卷，今有上海古籍影印刻本，赵氏跋云："有《去伪斋集》十卷，具详《明史》本传。然以序刻郑贵妃《女诫》，为朝论所哗。生平不求工声律，全集附词及南北曲，词仅《望江南》五首，曲则《折桂令》、《收塞北》等，今为删乙，要非词人之词也。"末有赵氏手批一行云："同日雨中以盍山藏集本传抄本正读。邕。"又《词学季刊》第一卷第三号（民国二十二年出版）载赵氏《惜阴堂汇刻明词提要》，于《去伪斋词》一卷云："诗词非其所长，亦不求工于声律，词仅五首，调《望江南·示儿》者，类为告诫，未足取也。"知所据为别集本。

王家屏

王家屏（1537—1604），字忠伯，号对南，山阴（今山西大同）人。明穆宗隆庆二年（1568）进士，授翰林院编修。神宗万历年间以吏部左侍郎兼东阁大学士，入内阁，为首辅。卒谥文端。著有《王文端公诗集》、《复宿山房集》。

王氏词见载于诗文集中，今存有明万历四十年至四十五年（1612—1617）刻本《王文端公诗集》二卷奏疏四卷尺牍八卷，《四库全书存目丛书》据以影印，其中诗集卷下附诗馀，凡二首。

民国时赵尊岳辑《明词汇刊》，其中有《复宿山房词》一卷，今有上海古籍影印刻本，赵氏跋（民国十三年，1924）云："《复宿山房集》二卷……词附集中，但此二首而已。岁甲子，余就江南图书馆藏本传写，盖仁和丁氏善本书室旧藏本。近晋省别有排印新本，视此无所增益。"又末有赵氏手书一行云："同日以传抄本校。高梧。"又《词学季刊》第一卷第三号（民国二十二年出版）载赵氏《惜阴堂汇刻明词提要》，于《复宿山房词》一卷云："词二首，亦复如斯。旧椠本流传不广，盋山精舍有其书，因为传写，近晋省复有排印本，播布较广矣。"知是据别集本析出。

焦竑

焦竑（1540—1619），字弱侯，号漪园、澹园，祖籍日照（今属山东），寓居江宁（今江苏南京）。明神宗万历十七年（1589）进士，授翰林院修撰，知福宁州。南明时追谥文端。著有《澹园集》、《焦氏笔乘》、《焦氏类林》、《国史经籍志》等。

焦氏词见载于诗文集中，计有：

1. 明万历三十四年（1606）刻本《焦氏澹园集》四十九卷，《续修四库全书》和《四库禁毁书丛刊》据以影印，其中卷四十六为诗馀，凡一卷，存词三十六首。又卷十一为幛词，凡一卷，存三篇。

2. 明万历三十九年（1611）朱汝鳌刻本《焦氏澹园续集》二十七卷，《续修四库全书》据以影印，其中卷二十七为诗馀，凡一卷，存词九首。又卷七为幛词，凡一卷，存一篇。

3. 翁长森、蒋国榜辑《金陵丛书》本《澹园集》四十九卷续集二十七卷，有民国初上元蒋氏慎修书屋排印本，其中正、续集载词卷数同明万历刊本。

民国时赵尊岳辑《明词汇刊》，其中有《澹园词》一卷，今有上海古籍影印刻本，有赵氏跋，未言所据，末有赵氏手批一行云："三月十七日，以传抄集本校读。叔邕。"又《词学季刊》第一卷第三号（民国二十二年出版）载赵氏《惜阴堂汇刻明词提要》，于《澹园词》一卷云："词四十三首，附《澹园集》后，酬应之作为多，言雅音远，尚有矩矱，惜不能超拔而已。"知是据别集本析出。

李嵩

李嵩，平阳（今属山西）人。明神宗万历三十二年（1604）进士，授行人。为江南道御史，为太仆卿，官至南京户部侍郎。著有《醒园文略》。

李氏词见载于诗文集中，今存万历末刊本《醒园文略》二十卷，其中卷五为诗馀，存词十五首。

民国时赵尊岳辑《明词汇刊》，其中有《醒园诗馀》一卷，今有上海古籍影印刻本，赵氏跋（民国二十五年，1936）云："著《醒园文略》二十卷《杂咏》一卷《疏草》一卷，亦一时敢言之士也。词在《文略》卷五中，为别存之。"知是据别集本录出。末有赵氏手书一行云："同日校京师书藏明刊本。叔邕。"

马朴

马朴，字敦若，号阆风山人，同州（今属陕西）人。明神宗万历三十四年（1606）举人，知襄阳，官至云南按察司副使。著有《阆风馆全集》。

民国时赵尊岳辑《明词汇刊》，其中有《阆风馆诗馀》一卷，今有上海古籍影印刻本，赵氏跋云：

> 著述繁富，《阆风馆全集》凡六十二卷，诗赋古文无不毕具。卷二十一、二为词，而《黄莺儿》、《玉芙蓉》、《清江引》等南北小令并厕其间，则编者未暇细为类例也。原书藏北海书藏。乙亥伏日逭暑都城，得加披录，因合之为一卷，以付传梓云。高梧并记。

乙亥为民国二十四年（1935），是据别集本录出。末有赵氏手书一行云："丙子腊月下浣，校北海藏本。叔雍。"丙子为民国二十五年。

屠本畯

屠本畯（1542—1622），原名畯，字田叔，号憨先先，又号豳叟，鄞县（今浙江宁波）人。以父荫授刑部检校，迁太常典簿，历南礼部郎中，出为两淮盐运司同知，移福建盐运司同知，迁辰州知府。编著有《山林经济籍》、《屠田叔诗草》、《笑词》等。

屠氏词集见于著录的有：

1. 明徐𤊹《徐氏家藏书目》卷五"集部·词调类"著录有《笑词》一卷。

2. 清黄虞稷《千顷堂书目》卷三十二"词曲类"著录有《笑词》一卷。

以上均未言版本。按：黄虞稷为明末清初人，知入清后，其词集已佚。

卢龙云

卢龙云，字少从，号起溟，南海（今广东广州）人。明神宗万历十一年（1583）进士。知马平县。补邯郸县，调长乐县，进南京大理寺副、户部员外郎，终贵州参议。著有《四留堂稿》等。

卢氏词见载于诗文集中，今有明万历刊本《四留堂稿》（存十七卷），其中存词七首。

民国时赵尊岳辑《明词汇刊》，其中有《四留堂词》一卷，今有上海古籍影印刻本，赵氏跋（民国二十五年，1936）云："著《四留堂集》、《尚论全篇》、《易经补篆》、《谈诗类要》诸书，词则在集本卷十七，移录校梓者也。"知是据别集本录出。末有赵氏手书一行云："丙子小除夕，据北平图书馆传抄本校。高梧。"丙子为民国二十五年。

陈翼飞

陈翼飞，字少翻，一作元朋，平和（今福建漳州）人。明神宗万历三十八年（1610）进士，授宜兴令。著有《长梧集》、《慧阁诗》、《紫芝集》、《梧院填词》等。

陈氏词集见于著录的有：

1. 明徐𤊽《徐氏家藏书目》卷五著录有《梧院填词》一卷。

2. 清黄虞稷《千顷堂书目》卷三十二著录有《梧院填词》一卷。

以上均未言版本。按：黄虞稷为明末清初人，知入清后，其词集已佚。

吴奕

吴奕，字世于，武进（今江苏常州）人。明神宗万历三十八年（1610）进士，知龙溪县，以忤巨室，投劾以归。著《观复庵集》。

吴氏词见载于诗文集中，今有明万历刊本《观复庵集》十六卷《续集》四卷，其中附载有词，存八首。

民国时赵尊岳辑《明词汇刊》，其中有《观复庵诗馀》一卷，今有上海古籍影印刻本，赵氏跋（民国二十五年，1936）云："著《观复庵集》八卷、《续集》十二卷，传播未广。岁甲子，移宫事定，始得就大内所藏明刻本裁录其词。景行乡贤，缅怀先哲，亟授之剞氏焉。"知是据别集本录出。

卢维祯

卢维祯（1543—1610），字司典，号瑞峰，别号水竹居士。漳浦（今属福建）人。明穆宗隆庆二年（1568）进士，授太常寺博士。任太常寺少卿，升工部右侍郎，转户部左侍郎。卒赠户部尚书。著有《醒后集》等。

卢氏词见载于诗文集中，今有明万历年间刻本《醒后集》五卷（存四卷）续集一卷，《四库全书存目丛书》据以影印，其中卷三附诗馀，存词四首。

民国时赵尊岳辑《明词汇刊》，收有《瑞峰诗馀》一卷，今有上海古籍影印刻本，赵氏跋（民国二十四年，1935）云："有《醒后集》传世。……斐云宗兄就北海藏本录词见视，为刊存之。"知是据别集本录出，存词四首。末有赵氏手批一行云："同日校传抄北海藏本。叔邕。"

范守己

范守己（1544—1611），字介儒，号岫云，又号御龙子、九二闲人，洧川（今河南开封）人。明神宗万历二年（1574）进士，授松江司理。历山西、四川、陕西按察佥事及山西按察副使，官至陕西参政。著有《御龙子集》。

范氏词见载于诗文集中，今有明万历十八年（1590）侯廷佩刻本《御龙子集》七十七卷，《四库全书存目丛书》据以影印，其中卷二十为诗馀，存词一卷。

民国时赵尊岳辑《明词汇刊》，收有《吹剑诗馀》一卷，今有上海古籍影印刻本，赵氏跋云：

> 有《肃皇外史》、《御龙子集》、《郪垔集》、《吹剑草》诸书，《四库》著录。《郪垔集》中附乐府，渴欲求得，卒不易致，而京师书藏藏目有《吹剑集》。乙亥仲春，养疴北行，客豫邸者经月，抽暇往读，于卷二十中得五词。尝鼎一脔，聊副宿怀，亟为辑录，以广余明词之圈。叔雍校馀并记。

乙亥为民国二十四年（1935），知是据别集本录出。末有赵氏手批一行云："同日校传抄北海传藏本。叔邕。"

王潝初

王潝初，字启哲，山阴（今山西太同）人。明神宗万历十三年（1585）举人，以荫授中书舍人，官至柳州知府。著有《薇垣小草》。

王氏词见载于诗文集中，今有明末刊本《薇垣小草》六卷，其中卷六附有诗馀，存词四首。

民国时赵尊岳辑《明词汇刊》，收有《薇垣诗馀》一卷，今有上海古籍影印刻本，赵氏跋（民国十九年，1930）云："著《薇垣小草》，传本不多见。乙亥仲春，病客宣南，就北海书藏得读一过，为辑存之。"知是据别集本录出。末有赵氏手批一行云："同日校传抄北海藏本。叔邕。"

安绍芳

安绍芳（1548—1605），字茂卿，号西林，又号砚亭居士，后更名泰来，字未央，无锡（今属江苏）人。诸生，屡试不利，弃去。著有《西林全集》。

安氏词见载于诗文集中，今存明万历刻本《西林全集》二十卷，其中卷十三存词二首。

民国时赵尊岳辑《明词汇刊》，收有《西林词》一卷，今有上海古籍影印刻本，赵氏跋（民国十九年，1930）云："有《西林集》传世……二词附载全集，因为裁篇付墨，以合之同时诸家云。"末有赵氏手批一行云："同日以西湖书藏本较。高梧。"又见《词学季刊》第一卷第三号（民国二十二年出版）载赵氏《惜阴堂汇刻明词提要》之《西林词》一卷云云，知是自《西林集》中析出，存词二首。

王乐善

王乐善（1551—1595），字存初，霸州（今属河北）人。明神宗万历二十年（1592）进士，除行人，迁吏部主事，升郎中。著有《鹦适轩诗》、《扣角集》等。

民国时赵尊岳辑《明词汇刊》，其中有《鹦适轩词》一卷，今有上海古籍影印刻本，赵氏跋云："有《鹦适轩诗》、《扣角集》。《明诗综》谓《扣角》多写自伤不遇之意，词但二阕，盖酬应幛词，明人之陋习，亦词圃之别裁也。"末有赵氏手批二行云："三月十七日以传抄盎山藏集本校读。珍重阁。"又《词学季刊》第一卷第三号（民国二十二年出版）载赵氏《惜阴堂汇刻明词提要》，于《鹦适轩词》一卷云："遗集有《鹦适轩诗》及《扣角集》二种，幛词二首附焉。《明诗综》谓'《扣角》多写自伤不遇之意'，词则酬酢献祝而已，无足称也。兹辑之以备明词一家。"知是据集本析出，凡二词。

岳和声

岳和声，字尔律，一作之律，号石梁、梁父，又号餐微子，秀水（今浙江嘉兴）人。明神宗万历二十年（1592）进士，授汝阳令。擢礼部主事，迁福建提学副使，巡抚顺天。著有《餐微子集》等。

岳氏词见于诗文集中，今存明天启刻本《餐微子集》三十卷，其中附载有诗馀。

民国时赵尊岳辑《明词汇刊》，其中有《餐微子词》一卷，今有上海古籍影印刻本，有赵氏跋（民国十八年，1929），末有赵氏手批一行云："同日以传抄西湖书藏集本校。高梧。"又《词学季刊》第一卷第三号（民国二十二年出版）载赵氏《惜阴堂汇刻明词提要》，于《餐微子词》一卷云："遗集题《餐微子》，又有《后骖鸾录》，则守庆远时，仿范至能《骖鸾》之作也。词五首，附集中。词虽间有意致，而宫律舛误，犯明季之通弊。"知是据别集本析出另行者，存词五首。

郑以伟

郑以伟（？—1633），字子钥，号方永、笨庵，上饶（今属江西）人。明神宗万历二十九年（1601）进士，选翰林院庶吉士，授检讨，历赞善、谕德、庶子、少詹府，迁礼部侍郎，以忤魏忠贤告归。卒赠太子太保，谥文恪。著《灵山藏集》。

郑氏词集见附于全集后，今有明崇祯间刻本《灵山藏》二十二卷，《四库禁毁书丛刊》据以影印，其中卷五为"灵山藏诗馀"，凡一卷，前有郑氏自序。

民国时赵尊岳辑《明词汇刊》，其中有《灵山藏诗馀》一卷，今有上海古籍影印刻本，赵氏跋（民国二十五年，1936）云："著《灵山藏集》，诗馀附。诤臣风骨，禁苑词林，所作自可珍秘也。"知是据别集本录出。

夏树芳

夏树芳（1552—1635），字茂卿，号冰莲老人，江阴（今属江苏）人。明神宗万历十三年（1585）举人。家居数十年，以著述自娱。著有《冰莲集》、《消暍集》等。

民国时赵尊岳辑《明词汇刊》，收有《消暍词》二卷，今有上海古籍影印刻本，赵氏跋（民国十九年，1930）云："右《消暍集》二卷，江阴夏树芳著。……全集有词一卷、幛词一卷，兹次第为上下二卷，并删其幛词之骈序。明人滥俪之文固不足存，亦不以徒费楮墨已。"末有赵氏手批一行云："同日以传抄集本校一过。叔邕。"又《词学季刊》第一卷第三号（民国二十二年出版）载赵氏《惜阴堂汇刻明词提要》，于《消暍词》二卷云："有《消暍集》行世，一时达人文士咸为之序。词一百首为上卷，幛词二十六首为下卷。兹删其幛词之骈文序言而辑梓之，词笔未易超脱，而酬应之作为多。"知是自别集中析出另行。

李应策

李应策（1554— ？），字成可，号苍门，又号苏愚山人，蒲城（今属陕西）人。明神宗万历十一年（1583）进士，授任丘县令。又知成都、安阳诸县，升太常少卿，官至通政司左通政。著《苏愚山人续稿》。

李氏词见载于诗文集中，今有明末刻《苏愚山人续稿》三十卷，其中附载有词曲。

民国时赵尊岳辑《明词汇刊》，其中有《苏愚山洞词》一卷，今有上海古籍影印刻本，赵氏跋（民国二十五年，1936）云："有《谏垣题稿》八卷、《苏愚山洞正续集》三十卷、《黉宫补漏》二卷、《六纬质难》七卷、《摹真藻》四卷、《婚丧泊堤》一卷、《李氏世遗录》三卷、《裁邑志》四卷，词与南北曲羼厕分见正续集，兹则别为类辑，以从者也。"知是据别集本录出。

张萱

张萱（1557—1641），字孟奇，号九岳，别号西园，博罗（今属广东）人。明神宗万历十年（1582）举人，屡上春官不第。考中内阁，授制敕中书舍人，转户部主事，升户部郎中，擢贵州平越知府，未到任。编著有《秘阁藏书录》、《西园存稿》等。

张氏词见载于诗文集中，今存明崇祯刻清康熙印本《西园存稿》四十三卷，内附载有词。

民国时赵尊岳辑《明词汇刊》，其中有《西园诗馀》一卷，今有上海古籍影印刻本，赵氏跋（民国二十五年，1936）云："著《汇雅西园集》，诗馀附，斐云宗兄于京师见明刊集本，录词见视，即以授梓焉。"知是据别集本录出。

冯琦

冯琦（1558—1603），字用韫，号琢庵，又号胸南，益都（今山东青州）人。明神宗万历五年（1577）进士，授编修，为礼部右侍郎，拜礼部尚书。卒赠太子少保，谥文敏。著有《宗伯集》等。

冯氏词见载于诗文集中，今有明万历间刻本《宗伯集》八十一卷，《四库禁毁书丛刊》据以影印。其中卷六词部存词六首。

民国时赵尊岳辑《明词汇刊》，其中有《北海词》一卷，今有上海古籍影印刻本，赵氏跋（民国二十二年，1933）云："著《北海集》、《经济类编》，《明史》自有传。填词，其馀事也。"当是据别集本录出。末有赵氏手书一行云："同日以盍山旧藏集本传抄校读。高梧。"

陈继儒

陈继儒（1558—1639），字仲醇，号眉公、麋公等，华亭（今上海松江）人。诸生，年二十九，三试乡试不举，遂绝意科考。杜门著述，工诗文，善书画。著有《陈眉公全集》等。

陈氏词见载于诗文集中，计有：

1. 明万历四十三年（1615）史兆斗刻本《陈眉公集》十七卷，《续修四库全书》据以影印。其中卷四附载有词曲，凡二十三首。

2. 明崇祯间刻本《眉公诗抄》八卷，《四库禁毁书丛刊》据以影印。其中卷八为词，凡一卷。

3. 明夏云鼎辑《崇祯八大家诗选》本，明刊本，其中卷二之七选陈氏诗馀一卷。

4. 明夏云鼎辑《前八大家诗选》本，清康熙二十一年（1682）季正爵刻本，其中卷二之七选陈氏诗馀一卷。按：此即《崇祯八大家诗选》而改其名，《四库禁毁书丛刊》据以影印。

民国时赵尊岳辑《明词汇刊》，其中有《陈眉公诗馀》一卷，今有上海古籍影印刻本，有赵氏跋，未言所据，末有赵氏手批一行云："同日以刊行集本校。珍重阁。"又《词学季刊》第一卷第三号（民国二十二年出版）载赵氏《惜阴堂汇刻明词提要》，于《陈眉公诗馀》一卷云："词多见道之言，澹泊之致，然论律论格，要非高手，凡五十首，附见集中。"知是自别集中析出另行者。

范允临

范允临（1558—1641），字长倩，号石公，吴县（今江苏苏州）人。明神宗万历二十三年（1595）进士，授南京兵部主事，为云南提学金事，迁福建右参议，未至任而归。晚居苏州天平山麓，筑室其中，建园林，乐声伎。著有《输廖馆集》。

范氏词见载于诗文集中，今有清初刻本《输寥馆集》八卷，《四库禁毁书丛刊》据以影印，其中卷一附有诗馀，存词六首。

民国时赵尊岳辑《明词汇刊》，其中有《输寥馆诗馀》一卷，今有上海古籍影印刻本，赵氏跋（民国二十四年，1935）云："著《输寥馆集》，词在卷一，因次录之。允临妇徐小淑亦工韵令，有声于时，有《东海集》、《络纬吟》传世，已授梓同行矣。"知是据别集本录出。

徐媛

徐媛（1560—1619），字小淑，长洲（今江苏苏州）人。徐时泰女，云南提学佥事范允临妻。著有《络纬吟》。

徐氏词见载于诗文集中，今有明末抄本《络纬吟》十二卷，《四库未收书辑刊》据以影印，其中卷九为诗馀，凡一卷，存词四首。

民国时赵尊岳辑《明词汇刊》，其中有《二馀词》一卷，今有上海古籍影印刻本，赵氏跋（民国二十一年，1932）云："《络纬吟》十二卷，范夫人徐小淑女史著。卷一赋、楚词、四言诗，卷二五言古，卷三七言古，卷四五言律，卷五五言排律，卷六七言律，卷七五言绝，卷八七言绝，卷九诗馀，卷十词馀，卷十一序、传、颂、诔、悼词、祀文、祭文，卷十二赤牍，盖几于无所不工。此则最录其卷九诗馀以别行者也。"知是自别集中析出另行。末有赵氏手书一行云："三月十九日，假董大理授经藏原刊本校。高梧。"

徐𤊹

徐𤊹（1561—1599），字惟和，号幔亭，闽县（今福建福州）人。明神宗万历四十六年（1588）举人。著有《幔亭集》。

徐氏词见载于诗文集中，今有《四库全书》本《幔亭集》十五卷，为福建巡抚采进本，其中卷十五为诗馀，存词一卷。

民国时赵尊岳辑《明词汇刊》，其中有《幔亭词》一卷，今有上海古籍影印刻本，赵氏跋云："有《幔亭集》十五卷……词附集以传，亦庶其不失典型者也。"末有赵氏手批数行云："同日以传抄集本覆校，夺文过多，应再以库本补正重刻。集本明刻，藏盍山，盖八千卷楼故物也。余于十五年前游览金陵时饧宵移写，兹方刊成，亦见居诸之推序矣。"又《词学季刊》第一卷第三号（民国二十二年出版）载赵氏《惜阴堂汇刻明词提要》，于《幔亭词》一卷云："有《幔亭集》十五卷……词十七首，亦雅饬不失典型。"知是据《四库》本《幔亭集》析出另行。

王衡

王衡（1561—1609），字辰玉，号缑山，太仓（今属江苏苏州）人。明神宗万历二十九年（1601）进士，授翰林院编修。后请归家养亲，家居十年。著有《缑山集》、《归田词》。

王氏词见载于诗文集中，今存《缑山先生集》二十七卷，明万历间刻本，《四库全书存目丛书》据以影印。其中卷五载有词，存五首。

民国时赵尊岳辑《明词汇刊》，收有《缑山词》一卷，今有上海古籍影印刻本，赵氏跋（民国十九年，1930）云："著《缑山集》二十七卷，词一卷，南北曲附。仁和丁氏八千卷楼藏之。余自江宁盋山精舍图书馆移写付刊。"末有赵氏手批一行云："同日以移写盋山藏本校。叔邕。"又《词学季刊》第一卷第三号（民国二十二年出版）载赵氏《惜阴堂汇刻明词提要》，于《蜃园诗馀》一卷云："著《缑山集》二十七卷，词五首，曲五首，合为一卷。词不必求工，而怡淡自适。"知是据别集中析出，存词五首。

另见于著录的有：

1. 明徐𤊹《徐氏家藏书目》卷五"集部·词调类"著录有《壬辰归田词》一卷。按：壬辰为万历二十年（1592），知有《归田词》。

2. 清黄虞稷《千顷堂书目》卷三十二著录有《归田词》一卷。

以上均未言版本，又知《归田词》入清已佚。

孙承宗

孙承宗（1564—1638），字稚绳，号恺阳，高阳（今属河北）人。明神宗万历三十二年（1604）进士，除翰林院编修。进兵部尚书，兼东阁大学士。卒赠太师，谥文正。著有《高阳集》等。

孙氏词见载于诗文集中，所著《高阳集》，凡二十卷，有清初刻嘉庆补修本，《续修四库全书》和《四库禁毁书丛刊》据以影印。其中卷十为诗馀，存词一卷。

民国时赵尊岳辑《明词汇刊》，收有《孙文忠公词》一卷，今有上海古籍影印刻本，赵氏有跋，未言所据，末有赵氏手批二行云："三月十九日以传抄菱山藏集本校。叔邕。"又《词学季刊》第一卷第三号（民国二十二年出版）载赵氏《惜阴堂汇刻明词提要》，于《孙文忠公词》一卷云："词凡四十七首，附集以传。清雄挺秀，落落有致，其尤似辛者。"知是据别集中析出。

李日华

李日华（1565—1635），字君实，号竹懒，又号九疑，嘉兴（今属浙江）人。明神宗万历二十年（1592）进士，除九江府推官。为南京礼部主事，官至太仆寺少卿，告归。著有《李太仆恬致堂集》、《六砚斋笔记》、《紫桃轩杂缀》、《味水轩日记》等。

李氏词见附于诗文集中，今有明崇祯间刻本《李太仆恬致堂集》四十卷，《四库禁毁书丛刊》据以影印，其中卷十附有诗馀，存词九首。

又清忻宝华《澹庵书目》著录有《红豆词》四卷。

民国时赵尊岳辑《明词汇刊》，其中有《恬致堂诗馀》一卷，今有上海古籍影印刻本，赵氏跋（民国二十四年，1935）云："《恬致堂集》颇不多见，此则自集中第十卷别录以行者也。"知是据别集本析出。末有赵氏手书一行云："同日校北海藏集传抄本。叔邕。"

另李盛铎《天津延古堂李氏旧藏书目》著录有《红豆词》四卷，云清李日华撰，嘉庆壬申（1812）刊本，一册。

王道通

王道通（1566—？），字晋卿，自号简平子，嘉定（今属上海）人。邑诸生。科举不售。著有《简平子集》。

王氏词见载于诗文集中，今有明崇祯间古吴张氏刊《简平子集》十六卷补遗一卷，其中附有诗馀，存词九首。

民国时赵尊岳辑《明词汇刊》，其中有《简平子诗馀》一卷，今有上海古籍影印刻本，赵氏跋（民国二十三年，1934）云："遗著《简平子集》，附诗馀九首。彊村翁旧于友人案头见之，亲为传录见贻。越七年，为锓之木。墨沈犹新，翁已谢世，中夜雠校，人琴之恸，固有不能自已者也。"知是据别集本录出，末有赵氏手书二行云："丙子七月十八日，以彊村翁写本校。叔邕手记。"丙子为民国二十五年。

葛一龙

葛一龙（1567—1640），字震甫，吴县（今江苏苏州）人。国子生，入赀为云南布政司理问，未几，谢病归。著有《葛震甫诗集》等。

葛氏词集见载于诗文集中，今有明崇祯间刻本《葛震甫诗集》十七卷，《四库禁毁书丛刊》据以影印，其中《艳雪篇》所载为词，凡一卷。

民国时赵尊岳辑《明词汇刊》，其中有《艳雪篇》一卷，今有上海古籍影印刻本，赵氏跋（民国二十四年，1935）云："有《尺木斋》、《艳雪篇》诸集，竹垞谓读之未免有枫落吴江之憾，盖微词也。此从明刊集本中移写，题鉴湖蒋埏植之校，前有吴江周永年序，兹并存之。"知是据别集本录出。末有赵氏手书一行云："同日校传抄北海藏集本。珍重阁。"

俞彦

俞彦（1569—？），字仲茅，一字容自，号柳下老人，太仓（今属江苏）人。明神宗万历二十九年（1601）进士，授兵部主事。历官兵部员外郎，升光禄少卿。著有《俞少卿集》。

俞氏词集见载于诗文集中，今有明崇祯间刻本《俞少卿集》四卷，《四库全书未收书辑刊》据以影印，其中附有《近体乐府》，存词一卷。

其《近体乐府》有另行者，见于著录的有：

1. 明徐𤊻《徐氏家藏书目》卷五著录有《近体乐府》一卷。

2. 清黄虞稷《千顷堂书目》卷三十二著录有《近体乐府》一卷。

以上均未言版本。按：黄虞稷为明末清初人，知入清后，其词集已佚。

程可中

程可中，字仲权，休宁（今属安徽）人。明神宗万历间在世。家贫，为童子师。著有《程仲权先生集》。

程氏词见载于诗文集中，今存有明程胤万、程胤兆刻本《程仲权先生诗集》十卷文集十六卷，《四库全书存目丛书》据以影印。其中文集卷十四为诗馀，录《浣溪沙》二十二首，凡一卷。另卷十五为北曲一卷，卷十六为南曲一卷。

民国时赵尊岳辑《明词汇刊》，其中有《程仲权词》一卷，今有上海古籍影印刻本，赵氏跋云："有《汉上集》，《四库》著录，谓为七子末派。词附集以行，所传止此。"末有赵氏手批一行云："同日以盍山藏集本传抄本校。高梧。"按：《词学季刊》第一卷第三号（民国二十二年出版）载赵氏《惜阴堂汇刻明词提要》，于《程仲权词》一卷云："可中有《汉上集》，《四库》著录，谓为七子末派。词二十二首，轻清骀荡，盖咏槐荫园二十二景者。"知是据别集本录入。

杨涟

杨涟（1571—1625），字文孺，号大洪，应山（今湖北广水）人。明神宗万历三十五年（1607）进士，除常熟知县，任户科给事中。熹宗时擢兵科给事中，累迁至左副都御史。因弹劾魏忠贤二十四大罪，被诬入狱，拷死狱中。毅宗崇祯初，追赠太子太保、兵部尚书，谥忠烈。著有《杨忠烈公文集》。

杨氏词见附于诗文集中，今有清道光十三年（1833）世美堂刻本《杨忠烈公文集》十卷附表忠录一卷补遗一卷年谱一卷，《四库禁毁书丛刊》据以影印，其中卷十载词一首。

民国时赵尊岳辑《明词汇刊》，其中有《杨忠烈公词》一卷，今有上海古籍影印刻本，赵氏跋（民国十七年，1928）云："传集六卷，但附一词，亟为移写刊存之。"末有赵氏手批数行云："同日以传抄集本付校，适有夺简，遂致题既脱落，词亦不可句读。忠烈传集尚夥，容再以它本校定覆刊之。"又《词学季刊》第一卷第三号（民国二十二年出版）载赵氏《惜阴堂汇刻明词提要》，于《杨忠烈公词》一卷云："遗集但有一词，吉光片羽，为移录梓之，以存其人。词题笺上画莲花，亦未尽协也。"知所据为别集本，存词一首。

刘荣嗣

刘荣嗣（1571—1638），字敬仲，号简斋，别号半舫，曲周（今属河北）人。明神宗万历四十四年（1616）进士，授户部主事。出为山东左布政使，入为光禄卿，拜户部侍郎，至工部尚书、总督河道。著有《简斋先生文集》、《半舫诗集》。

刘氏词见载于诗文集中，今有清康熙元年（1662）刘佑刻本《简斋先生集诗选》十一卷文选四卷，《四库禁毁书丛刊》据以影印，其中诗集卷十一为诗馀，存词一卷。

民国时赵尊岳辑《明词汇刊》，收有《简斋诗馀》一卷，今有上海古籍影印刻本，赵氏跋（民国二十四年，1935）云："有《简斋集》行世，词则附载集中，卷十一者也。"知是据别集本析出，末有赵氏手批一行云："同日校传抄北海藏本。高梧。"

汪廷讷

汪廷讷（1573—1619），字去泰，改昌朝，号无如，别署坐隐先生、全一真人、无无居士，休宁（今属安徽）人。家以贩盐致富，捐赀为盐课副提举，官长汀县丞、宁波府同知。善词曲，著有传奇《环翠堂乐府》、《坐隐先生全集》。

汪氏词集见附于诗文集，今有明万历三十七年（1609）环翠堂刻本《坐隐先生全集》十八卷，《四库全书存目丛书》据以影印，其中卷八为诗馀，存词一卷；又卷七附有集唐句诗馀，存词四首。

民国时赵尊岳辑《明词汇刊》，其中有《坐隐先生诗馀》一卷，今有上海古籍影印刻本，赵氏跋（民国二十五年，1936）云："集本凡三十卷，别为《坐隐集选》，《四库存目》著录之。按萧和中序，坐隐，乃其园名，故别自摘选为四卷本，凡诗词南北曲各一卷，随录一卷，词如干首，无不纬以奕事，足见癖嗜之深，亦兰苑之别裁矣。"知是据别集本析出。

刘铎

刘铎（1573—1626），字我以，号洞初，安福（今属江西吉安）人。明神宗万历四十四年（1616）进士。授刑部主事，升郎中。出知扬州，天启中坐大辟死。崇祯初赠太仆少卿。著有《来复斋稿》。

民国时赵尊岳辑《明词汇刊》，其中有《来复斋词》一卷，今有上海古籍影印刻本，赵氏跋（民国二十四年，1935）云："遗著诗文多散逸，淑为辑刊之，又请于其同年瞿式耜为铭其墓，内侄萧琦为序其书，而自系以跋，集凡十卷，诗赋古文，粲然俱备。词在五卷中，兹为裁篇别行，亦以作正气于海岳之际、阳九之秋也。"知是据别集本录出，淑为其女。末有赵氏手书一行云："同日校原刊本。叔雍。"

来继韶

来继韶（1573—1627），字八宣，号舜和，萧山（今浙江杭州）人。诸生，神宗万历三十四年（1606）乡试副榜。晚岁专于医。著有《可困先生稿》等。

民国时赵尊岳辑《明词汇刊》，其中有《舜和先生词》一卷，今有上海古籍影印刻本，赵氏跋（民国二十一年，1932）云："遗集一卷，为玄孙汝诚家抄本，董大理绶金（当作经）得之以见视者，为移录付刊，并识其行履。"知是自别集中析出另行，存词五首。末有赵氏手书一行云："同日以董抄本福校。叔邕。"

俞琬纶

俞琬纶（1574—1618），字君宣，长洲（今江苏苏州）人。明神宗万历四十一年（1622）进士，知西安县。著有《自娱集》等。

民国时赵尊岳辑《明词汇刊》，其中有《自娱集》一卷，今有上海古籍影印刻本，赵氏跋云："词附集以行，但有三首。《疏帘澹月》歇拍弥见远致。"末有赵氏手批数行云：

> 丙子清明，全书杀青甫竟，潢整初成，晴窗重校一过。珍重阁。
>
> 《自娱集》以旧藏传抄江宁蕋山书藏集本福斟之。
>
> 辛巳二月廿二日重校，盖先后历有年所矣。雍。

丙子、辛巳分别为民国二十五（1936）年和三十年。又《词学季刊》第一卷第三号（民国二十二年出版）载赵氏《惜阴堂汇刻明词提要》，于《自娱集》一卷云："词附集以行，仅有三首而已，未能尽其美备也。"知所据为别集本。

茅维

茅维（1575—？），字孝若，号僧昙，归安（今浙江湖州）人。茅坤子。明神宗万历四十四年（1616）进士，拟授翰林孔目，协修国史，辞不就。家居以著述为事，大概卒于清顺治间。著有《十赉堂甲乙丙丁四稿》。

茅氏词集见附于诗文集中，今有明刊本《十赉堂甲集》十七卷乙集十八卷丙集十二卷，其中乙集附载有词一卷。

民国时赵尊岳辑《明词汇刊》，其中有《十赉堂词》一卷，今有上海古籍影印刻本，赵氏跋云：

> 著《十赉堂甲乙丙丁四稿》，词在《丙集》卷十二，凡三十六阕。《甲》、《乙稿》中遍检无他词也。彊村侍郎辑《湖州词征》，甄录四首，均不见《丙稿》，当从选本所得，知茅词之散落者多矣。吴兴刘氏嘉业堂旋得《四稿》，临桂况蕙风先生尝见之，驰书告尊岳，后拟往录副本，而北海书藏已写寄，近始付刊。蕙风先生谓其笔近沉著，未坠先正典型，洵知言也。乙亥孟夏，尊岳校读记。距蕙风先生之殁，忽忽盖且十

年，发缄犹新，人琴之痛，曷其能已，因并志之。

乙亥为民国二十四年（1935），知是据别集本录出。末有赵氏手书二行云：“同日校传抄北海藏本。珍重阁。”

徐石麒

徐石麒（1578—1645），初名文治，字宝摩，号虞求，嘉兴（今属浙江）人。明熹宗天启二年（1622）进士，授工部营缮主事，以忤魏忠贤削籍。迁南京礼部主事，累迁刑部侍郎，福王时召拜吏部尚书。清兵陷破，朝服自缢。著有《可经堂集》、《坦庵诗馀瓮吟》。

徐氏词见载于诗文集中，今有清顺治间可经堂刻本《可经堂集》十二卷，《四库禁毁书丛刊》据以影印，其中卷五附载有诗馀，存词九首。

又有清康熙刻本《坦庵词》三卷，徐元美序云：

> 长夏，二客话斋中，或问曰：“世有情与性异者乎？”客曰：“无有。”“有行清正而言绮靡者乎？”亦曰：“无有。”余闻之哑然，于旁曰：“是殆未交吾坦庵者也。坦庵之为人沉静寡言，门无杂宾，四壁图书，终日危坐。则其性之介然正、冽然清，可知矣。乃读其诗骚词剧者，每每拟为风流倜傥，或一觌其容止，则使人疑而不知信。然则性与情岂尽同乎？言与行岂尽一乎？”客曰：“否，否，否，闻言清而行浊者矣，不闻反是。”余曰：“抑有说，坦庵静研经史，博猎典籍，多所论著，而以其感愤滑稽之致寄之诗骚，乃世之见我坦翁者，特其寄耳。”客曰：“然则盍以研经史而猎典籍者传乎？”余曰：“杨子之书每欲俟之后世，班氏之学不能喻诸俗人，殆以其可知者示人，而馀则有待。是以远有《唾珠》、《癣佳》二集，近有《瓮吟》、《忝香》数种，兹复有《且谣》之役，大抵先后一意也。”客唯唯而退。余因归白坦庵，坦庵手一编，拂其髯而笑，拊余臂而微言曰：“子知我哉，吾将饮狂泉以避

针艾，哺糟醨而辞清醒，今当谓我性与情同、行与言一也，无不可。"侄元美敬识。

徐石麒出示的当为手稿，后有刊印之举。

又有《北湖三家词》本，清嘉庆刻本，其中有《坦庵词》三卷。吴康《北湖三家词》序云：

> 《坦庵词》三卷、《霞汀词》一卷、《石湖词》五卷，玄真《渔父》之歌，偶传西塞；逍遥白鸟之阅，未遇东坡。美人香草，见寄托之殊深；白露蒹葭，欲溯从而何在？录为《三家词抄》，存其梗概，亟付梓人。窥管中之豹，虽止一斑；拾沙内之金，已堪千古。庶几红牙按拍，想江湖茶灶之风；勿以白石吹箫，等儿女莺花之曲。可也。嘉庆庚午夏六月，甘泉吴康序。

嘉庆庚午为嘉庆十五年（1810）。

又郑振铎《西谛书目》卷五著录有《坦庵诗馀瓮吟》四卷，清刊本，一册。

冯元仲

冯元仲（1579—1660），字尔礼，又字次牧，慈溪（今浙江宁波）人。诸生。明毅宗崇祯年间授县丞，不就，归隐故里，改名天益。著有《天益山堂遗集》等。

民国时赵尊岳辑《明词汇刊》，其中有《天益山堂词》一卷，今有上海古籍影印刻本，赵氏跋云："壬申秋仲余过析津，于友人案头获读斯集。因录其词，行箧无书可资订正，留俟异日也。"壬申为民国二十一年（1932），未言所据，末有赵氏手书一行云："同日以抄本福校，既知盋山亦有其书。高梧。"

施绍莘

施绍莘（1588—？），字子野，号峰泖浪仙，华亭（今上海松江）人。诸生，明万历、天启间屡试不第，因弃城市，退居郊外别业，饮宴游艺。著有《花影集》。

今存有明末刻《秋水庵花影集》五卷，《续修四库全书》和《四库全书存目丛书》据以影印。其中卷一至四为乐府（即曲），卷五为诗馀，凡一卷。按：李盛铎《天津延古堂李氏旧藏书目》著录有《花影集》五卷，明刊本，十册。又刘复《半农书目》著录有《秋水庵花影集》五卷，明刻本，四册。二家著录的均当同。

施氏词集多见清以来人著录，《四库全书总目》著录有《花影集》五卷（内府藏本），此为《四库存目》之书，提要云："是集前二卷为乐府，后三卷为诗馀，多作于崇祯中，大抵皆红愁绿惨之词，所谓亡国之音哀以思也。"未言所据，云"前二卷为乐府，后三卷为诗馀"，与明末刊本不同。《钦定续通志》卷一百六十三据《四库存目》著录有《花影集》五卷，又清《续文献通考》卷一九八著录有《花影集》五卷，二者所载当同库本。

此外见于藏家著录的有：

1. 清卢址《抱经楼藏书记》卷十二著录有《花影集》五卷，四本。

2. 清吴骞《观复堂书目》著录有《花影集》。

3. 清张宗松《清绮斋藏书目》著录有《花影集》五卷，五册。

4. 佚名编《海宁张渭渔藏书目》著录有《花影集》，四册。

5. 王其毅《宿迁王氏池东书库简目》著录有《秋水庵花影集》五卷，四本。

6. 徐世昌《书髓楼藏书目》卷四著录有《花影馆词集》五卷，小嬛嬛刊本。

以上除《书髓楼藏书目》标明版本外，其他均未言，所载多同明末刻本。

民国时赵尊岳辑《明词汇刊》，收有《秋水庵花影词》一卷，今有上海古籍影印刻本，赵氏有跋（民国十九年，1930），未言所据，末有赵氏手批一行云："三月廿五日，以拙藏传抄蓥山集本校。叔邕。"又

《词学季刊》第一卷第三号（民国二十二年出版）载赵氏《惜阴堂汇刻明词提要》，于《秋水庵花影词》一卷云："有《花影集》五卷，词一卷。《明词综》谓《花影词》四卷，殊未之见。……生平慕宋子野郎中所作乐府，遂以花影名之，盖明季逸民之流也。词疏俊有馀，工力未逮，凡一百九十一首。"

陈龙正

陈龙正（1585—1645），初名龙致，字惕龙，号几亭，嘉善（今属浙江）人。明毅宗崇祯七年（1634）进士，授中书舍人，左迁为南国子监丞。卒后私谥文洁。著有《几亭全集》。

陈氏词见载于诗文集中，今存有清康熙间云书阁刻本《几亭全书》六十四卷，《四库禁毁书丛刊》据以影印，其中卷六十为诗馀，存词八首。

民国时赵尊岳辑《明词汇刊》，其中有《几亭诗馀》一卷，今有上海古籍影印刻本，有赵氏跋（民国二十一年，1932）云："殁后，其子揆修重加订次，辑成《几亭全书》六十馀卷……词八首，附于篇末，《广平》一赋，媲美先后。裁篇授梓，并志其行谊如此。"知自别集中析出另行，存词八首。末有赵氏手书一行云："同日以盍山藏刊本覆校。高梧。"

黄道周

黄道周（1585—1646），字幼玄，又字螭若，号石斋，又号大涤，漳州（今属福建）人。明熹宗天启二年（1622）进士，选翰林院庶吉士，授编修，迁詹事府少詹事兼侍读。南明时进礼部尚书等。参与抗清，兵败不降被杀，赐谥忠烈，著有《石斋集》等。

黄氏词作罕见，清陈寿祺重辑《黄漳浦集》五十卷年谱二卷，有道光年间刻本，其中卷五十末附诗馀，凡二首，是自黄氏《大涤函书》中补录。

民国时赵尊岳辑《明词汇刊》，收有《黄忠端公词》一卷，今有上海古籍影印刻本，赵氏有跋（民国十四年，1925），未言所据。末有赵氏手批二行云："同日校传抄本。叔邕。"又："辛巳春社日重校。"辛巳为民国三十年，1941。又《词学季刊》第一卷第三号（民国二十二年出版）载赵氏《惜阴堂汇刻明词提要》，于《黄忠端公词》一卷云：

> 全集附载《满江红》二首，校之，不尽合律。忠端生平大节卓著天壤，即文章法书亦大家名世。馀事为词，固不止此数。遗集盖得自辑存，散佚必多矣。即此二词，盘空偃强，风骨骞举，雅似涪翁。忧国愤时之感，随寓而发。又有《西江月》一首未入遗集，兹并补辑。盖忠贞翰墨，传播未广，片纸只字，亦几于隋珠和璧矣。

知是自别集中析出，按：《西江月》一词未见《明词汇刊》本《黄忠端公词》中，盖先已刊刻，而后有发现。

阮大铖

阮大铖（1587—1646），字集之，号圆海，又号石巢、百子山樵，怀宁（今属安徽）人。明神宗万历四十四年（1616）进士，授行人，迁户科给事中。阴结魏忠贤，为光禄寺卿。南明时官兵部尚书。著有《咏怀堂诗集》、《石巢传奇四种》等。

民国时赵尊岳辑《明词汇刊》，其中有《咏怀堂词》一卷，今有上海古籍影印刻本，赵氏跋（民国二十五年，1936）云："词四首，分见诗集及《今词初集》，江陵唐圭璋社兄辑写见寄，因付墨板，庶与《春灯》、《燕子》共传于世云。"知是据诗集及《今词初集》录词四首。

沈宜修

沈宜修（1590—1635），字宛君，吴江（今江苏苏州）人。山东按察副使沈珫之女，沈璟侄女。十六岁嫁同郡叶绍袁为妻。著有《鹂吹集》（一名《绣垂馆遗稿》，又名《午梦堂遗集》），见叶绍袁所编妻及其子女的作品集《午梦堂集》。

沈氏词见载于诗文集，计有：

1. 叶启倬辑《郎园先生全书》本《鹂吹》（一名《午梦堂遗集》）二卷附集一卷《梅花诗》一卷，为民国二十四年（1935）长沙中国古书刊印社刻本。其中卷二载有诗馀，存词一百九十首。

2. 张静庐辑《中国文学珍本丛书第一辑》本《鹂吹》（一名《午梦堂遗集》）二卷附一卷《梅花诗》一卷，为民国二十四年至二十五年上海贝叶山房排印本。存词情况同《郎园先生全书》本。

后人又将其词自别集中析出另行，见于刊刻的有：

1. 徐乃昌辑《小檀栾室汇刻闺秀词》，有清光绪二十一年（1895）至二十二年南陵徐氏刊本，其中有《鹂吹词》一卷。

2. 赵尊岳辑《明词汇刊》本《鹂吹词》一卷，今有上海古籍影印刻本，赵氏有跋（民国二十二年，1933）云："《鹂吹》二卷，卷上五七言诗，卷下文词，此即就以裁出者也。……叶氏一门风雅，天寥汇刻为《午梦堂集》。迨乾隆戊寅，其五世孙恒椿又选刻八种。宣统三年南阳叶焕彬以系出吴江，又授覆锓，余所得，盖宣统刊本也。"末有赵氏手批二行云："辛巳春社日重校。雍。"又："廿三日以叶氏福刻本校误数字。叔邕。"辛巳为民国三十年（1941）。又《词学季刊》第一卷第三号（民国二十二年出版）载赵氏《惜阴堂汇刻明词提要》，于《鹂吹》一卷云："叶氏一门风雅，天寥尝辑家人所作，合刊《午梦堂全集》，乾隆间，其五世孙覆刊之，而宣统三年长沙族孙叶焕彬又刊之，此取长沙本裁篇别出者也。词宛约妍媚，一如其人，凡一百九十首。"知是据《午梦堂全集》本《鹂吹》卷下析出。

万时华

万时华（1590—1639），字茂先，南昌（今属江西）人。诸生，明毅宗十二年（1639）应征北上，卒于途中。著有《溉园初集》、《溉园二集》、《东湖集》等。

民国时赵尊岳辑《明词汇刊》，其中有《溉园诗馀》一卷，今有上海古籍影印刻本，赵氏跋（民国十六年，1927）云："所传《溉园》、

《东湖》二集，词则附见《溉园》。余丁卯仲冬薄游京师，偶至大方家胡同图书馆，得获循诵，即为最录。时不逾暑，为示秋岳，共赏之。"末有赵氏手批一行云："同日以手写京师藏本校。叔邕。"又《词学季刊》第一卷第三号（民国二十二年出版）载赵氏《惜阴堂汇刻明词提要》，于《溉园诗馀》一卷云："所传有《溉园》、《东湖》二集，词十一首，附见《溉园集》中，尚能沉挚。"知是自别集中析出另行。检《四库禁毁书丛刊》影印明末刻本《溉园初集》二卷《二集》三卷和《豫章丛书》本《溉园诗集》五卷，均未见附有词。

沈自徵

沈自徵（1591—1641），字君庸，吴江（今江苏苏州）人。沈璟侄。性好兵家言，精治边势。明毅宗崇祯年间永平副使张椿延为幕府，居京十年而归，居吴江之野，茨屋躬耕。后以贤良方正科辟，辞不就。工诗文北曲，著有《沈君庸先生集》。

民国时赵尊岳辑《明词汇刊》，其中有《君庸先生词》一卷，今有上海古籍影印刻本，赵氏跋（民国二十一年，1932）云："右君庸先生词十首，辑自集中。集少传本，盖董大理绶金得之传抄者。"知是自别集中析出另行，绶金即绶经。末有赵氏手书一行云："同日以董抄本校读。高梧。"

查应光

查应光（？—1638），字宾王，号玄岳，休宁（今属安徽）人。明神宗万历二十五年（1597）年举人，数上春官不第，遂绝意仕进，教授生徒。著有《丽崎轩集》。

查氏词见载于诗文集中，今有明崇祯十二年（1639）刻本《丽崎轩诗》四卷诗馀一卷，《四库禁毁书丛刊》据以影印。

民国时赵尊岳辑《明词汇刊》，其中有《丽崎轩诗馀》一卷，今有上海古籍影印刻本，赵氏跋云："所著有《回（当作四）书》、《易经陶瓶集》、《丽崎轩诗文集》，辑有《群书纂》、《靳史》、《裸象录》、《古文逸选》诸书。此则自诗文集第四卷裁录者也。"知是据别集本析出。末有赵氏手书一行云:"同日据北海藏本传抄本校。叔邕。"

李应升

李应升(1593—1626),字仲达,号次见,又号石照居士,江阴(今属江苏)人。明神宗万历四十四年(1616)进士,授南康府推官。熹宗天启年间授福建道监察御史。忤魏忠贤,系狱拷死,年三十四。追谥忠毅。著有《落落斋遗集》。

李氏词见载于诗文集中,今存有明崇祯间刻本《落落斋遗集》十卷,《四库禁毁书丛刊》据以影印,其中卷四有词,凡一首。此外又有清盛怀远辑《常州先哲遗书》本《落落斋遗集》十卷附录一卷,清光绪二十二年(1896)刊本,存词同崇祯本。

民国时赵尊岳辑《明词汇刊》,其中有《落落斋词》一卷,今有上海古籍影印刻本,赵氏有跋,末有赵氏手批二行云:"同日以武进盛氏《常州先哲遗书》本校。尊岳。"又《词学季刊》第一卷第三号(民国二十二年出版)载赵氏《惜阴堂汇刻明词提要》,于《落落斋词》一卷云:"遗稿十卷,英姿爽魄,照耀卷册。遗词一首,同在集中。武进盛杏荪尝辑武阳八邑先哲所著,汇为遗书。李集亦授覆锲,词在书中,即辑出之以别存焉。"知是据《常州先哲遗书》本辑出。

曹元方

曹元方(1593—1674),字介皇,号耘庵,海盐(今属浙江)人。明毅宗崇祯十六年(1643)进士,未授官而明亡。南明时授常熟令。

民国时赵尊岳辑《明词汇刊》,收有《淳村词》二卷,今有上海古籍影印刻本,赵氏跋云:

> 词凡二卷,音律多谬,而家国之感间有流露,闲居之趣辄以自娱,亦易代中高士也。余汇刻明词所得不少,以涉园张氏庋藏尤富,因往请益,菊生先生欣然以此见贻。穷日夕之

力，手自移写，付之剞氏，并识其崖略如右。岁在丙寅天中节，武进赵尊岳。

跋作于民国十五年（1926），末有赵氏手批数行云："丙子闰月初七日，以手抄覆本重校。盖匆匆已逾十稔，人事如流，方获断手，重可念也。高梧轩。"丙子为民国二十五年（1936）。

官抚辰

官抚辰（1594—1671），字凝之，黄冈（今属湖北）人。岁贡生，明毅宗崇祯初知桃源县，又知徐州府。明亡后出家为僧，法名德罡，称石雨和尚、智剑道人、剑叟，老归黄州。著有《贵希函云鸿洞稿》。

民国时赵尊岳辑《明词汇刊》，其中有《贵希函诗馀》一卷，今有上海古籍影印刻本，赵氏跋（民国二十四年，1935）云："著《贵希函云鸿洞稿》，余于厂肆见崇祯刊本，因为录其词。"知是据别集本录出。末有赵氏手书一行云："同日校北海书藏本。叔邕。"

傅冠

傅冠（1595—1646），字元甫，号寄庵，一作季庵，号适园居士，进贤（今属江西）人。明熹宗天启二年（1622）进士，授翰林院编修。毅宗崇祯十年擢礼部尚书兼东阁大学士。清兵攻陷江西，被执，不屈赴死。著有《宝纶楼集》。

傅氏词见载于诗文集中，今存有明崇祯年刊《宝纶楼集》六卷，其中附载有词。

民国时赵尊岳辑《明词汇刊》，收有《宝纶楼词》一卷，今有上海古籍影印刻本，赵氏有跋，末又有赵氏手批一行云："丙子灌佛节，以西湖书藏本福校。叔邕。"丙子为民国二十五年（1936），存词六首。又《词学季刊》第一卷第三号（民国二十二年出版）载赵氏《惜阴堂汇刻明词提要》，于《宝纶楼词》一卷云："遗著《宝纶楼全集》，词六首附。"知是自别集中析出另行。

王屋

王屋（1595—？），字孝峙，初名畹，字兰九，嘉善（今属浙江）人。布衣，清康熙初尚在世。著有《学可斋诗笺》、《草贤堂词笺》、《蘖弦斋词笺》等。

其词集见于著录的有：

1. 清许宗彦《鉴止水斋藏书目》"集部第九厨"著录有《草贤堂词笺》三本。

2. 郑振铎《西谛书目》卷五著录有：《草贤堂词笺》十卷《蘖弦斋词笺》一卷杂笺一卷，明王屋撰。《雪堂词笺》一卷，明钱继章撰。《非水居词笺》三卷，明吴熙撰。明崇祯刊本，四册。

余绍祉

余绍祉（1596—1648），字子畴，号玄丘，更号疑庵，婺源（今属江西）人。明光宗泰昌年补邑诸生，数试不举。入清，缁服，更名大疑，又号西山放民。著有《晚闻堂集》等。

余氏词见载于诗文集中，今有清道光十七年（1837）单士修刻本《晚闻堂集》十六卷，《四库未收书辑刊》据以影印，其中卷十三存词一首。

民国时赵尊岳辑《明词汇刊》，收有《宝纶楼词》一卷，今有上海古籍影印刻本，赵氏跋云：

> 所著《赋草》一卷、《诗草》四卷、《杂文》二卷，《山居琐谈》、《元丘素话》、《访道日录》各一卷。子藩卿，字翰臣，能继其学，其再任孙知章辑而刊之，曰《晚闻堂稿》，周沐润为之序，道光间和源单氏又为覆锓。岁在癸酉立春后一日，帅南社兄见之海上廛肆，举以相告，即往购读，并辑其杂文中仅存之一词，列于明季诸贤，用彰大节云。珍重阁识。

癸酉为民国二十二年（1933），知是据别集本析出者，存词一首。末有赵氏手书一行云:"同日以刊本校读。叔邕。"

盛于斯

盛于斯(1597—1640),字此公,初名钱,字铿侯,号错翁,又号休庵,南陵(今属安徽)人。晚明诸生,先世有义声,屋多藏书,有声邑里。明季鼎革之际,家居屏迹,壹意著述,著有《休庵杂抄》、《休庵集》等。

盛氏词见载于诗文集中,今有《休庵前集》一卷后集一卷,见民国徐乃昌辑《南陵先哲遗书》中,为民国二十三年(1934)南陵徐氏影印清顺治五年(1648)刻本。其中后集有诗馀。

民国时赵尊岳辑《明词汇刊》,其中有《休庵词》一卷,今有上海古籍影印刻本,赵氏跋(民国二十四年,1935)云:"大梁周栎园为经纪其丧,并梓其遗稿之仅存者,曰《休庵集》,前有佟国栋、甘文奎、陈周政及亮工所为序,传本亦极罕觏。南陵徐氏积学斋幸而得之,为刊入《南陵先哲遗书》中,余盖就《遗书》本裁篇授梓者也。"知是据别集本录出。

杨宛

杨宛(?—1644),字宛叔,一作宛若。明末金陵秦淮名妓,十六岁为茅元仪侍妾,寓居南京。能诗词书画,明熹宗天启年间,元仪刻其诗词名《钟山献》以传,名于一时。

其词见载于《钟山献》中,民国时赵尊岳析出《钟山献诗馀》,刻入《明词汇刊》,今有上海古籍影印刻本,赵氏跋(民国二十三年,1934)云:"其传集曰《钟山献》,有二刻本:一四卷本,为归茅止生时所刊行,前有茅序……又一则为《正》《续集》本,朱竹垞《静志居诗话》曾及之,金陵盍山书藏有藏本,亦即此刻之祖本也。……余得遍读二本,合补为一卷,镂板以行。"末有赵氏手批一行云:"同日以积学斋本校。叔邕。"又《词学季刊》第一卷第三号(民国二十二年出版)载赵氏《惜阴堂汇刻明词提要》,于《钟山献诗馀》一卷云:"遗著

《钟山献》正续集，词附卷末，凡五十六首，多浑朴之音。"知是据别集本录出。

张岱

张岱（1597—？），又名维城，字宗子，又字石公，号陶庵、天孙，别号蝶庵居士，晚号六休居士，山阴（今浙江绍兴）人。诸生，两试不第。遂潜心文史，编书著述。著有《陶庵梦忆》、《西湖梦寻》、《夜航船》、《瑯嬛文集》等。

张氏词见载于诗文集中，今有《中国文学珍本丛书》本《瑯嬛文集》六卷，其中卷六附有词，存十七首。

民国时赵尊岳辑《明词汇刊》，其中有《陶庵诗馀》一卷，今有上海古籍影印刻本，赵氏跋（民国二十四年，1935）云："著《西湖梦寻》及《陶庵集》。词虽未合法度，而清才逸思，时露故国之思。万载龙榆生社兄以集本见视，特为裁篇授梓，用以殿明季诸家云。"知是据别集本录出。末有赵氏手书一行云："丁丑三月十六日，据榆生写本校。珍重阁。"丁丑为民国二十六年（1937）。

郭豸

郭豸，字汝平，上党（今属山西）人。行迹不详。著有《松林畅怀词》。

郭氏词集见于著录的有：

1. 明高儒《百川书志》卷六著录有《松林畅怀词》二卷。
2. 明晁瑮《晁氏宝文堂书目》著录有《松林畅怀词》。
3. 清黄虞稷《千顷堂书目》卷三十二著录有《松林畅怀词》二卷。

以上均未言版本。按：黄虞稷为明末清初人，知入清后，其词集已佚。

张恂

张恂，一作张闲，里贯不详，官金吾左卫指挥。著有《虚舟词》。

张氏词集见于著录的有：

1. 明高儒《百川书志》卷六著录有《虚舟词》二卷，凡二十套。

2. 清黄虞稷《千顷堂书目》卷三十二著录有《虚舟词》二卷。

以上均未言版本。按：黄虞稷为明末清初人，知入清后，其词集已佚。

陈洪绶

陈洪绶（1599—1651），字章侯，幼名莲子，一名胥岸，号老莲，又号老迟、悔迟等，诸暨（今属浙江）人。生员，明毅宗崇祯年间召为中书舍人。明亡削发为僧，以卖画为生。著有《宝纶堂集》。

陈氏词见载于诗文集中，今有清康熙年间宝纶堂刻本《宝纶堂集》，书末存有词一卷。又有清光绪年间印本《宝纶堂集》，存词一卷。

其词集后被析出另行，民国时赵尊岳辑《明词汇刊》，收有《宝纶堂词》一卷，今有上海古籍影印刻本，赵氏跋（民国十八年，1929）云："有《宝纶堂集》行世……今集所传，盖犹嗣君幼字鹿头者求诸四方友朋以辑存者也。诗词并潇洒，翛然尘表，惟律以词格，终一间未达耳。集中附南北曲《鹧鸪天》四阕，删之。"末有赵氏手批三行云："三月十九日以盉山藏集本校西湖书藏本，别有补遗一卷附刊以行，则友人就家藏手书词卷过录见惠者也。叔邕。"按：《明词汇刊》本未见补遗。又《词学季刊》第一卷第三号（民国二十二年出版）载赵氏《惜阴堂汇刻明词提要》，于《宝纶堂词》一卷云："词凡二十九首，并南北曲四首，颇多清刚之气，胜于同时笠翁、澹心诸人，间患失律拈韵，则明人治词固不尚此也。"当是据别集本录出。

卢象升

卢象升（1600—1639），字建斗，又字斗瞻、介瞻，号九台。宜兴（今属江苏）人。明熹宗天启二年（1622）进士，毅宗崇祯年间，历右副都御史，总理河北、河南、山东、湖广、四川军务，兼湖广巡抚，任兵部尚书。后战死，追赠太子太师等。南明时追谥忠烈，清朝追谥忠肃。著有《卢忠肃公集》等。

卢氏词见载于诗文集中，《四库全书》有《忠肃集》三卷，提要云：

> 象升奏疏凡六集，其侄孙豪然尝汇刻别行，今未之见，此则其诗文集也。初刻于康熙戊辰，为其幼子天驭、孙声谐所编，万锦雯序之，后其曾孙安节又搜罗遗墨补葺。此本第一卷为诗三十五首、诗馀八首、传一首、墓志一首，诗馀末一首为《七夕歌》，盖古诗，误编，实得诗三十六首、诗馀七首也。第二卷为记一首、书二十七首。第三卷为《明史》列传、年谱、世表。诗文皆有注，不著姓名。……藏书家亦多不肯收录，而象升遗集至今留天地间，录而存之，亦圣朝敦崇风教、扶植纲常之义也。旧本题曰《忠烈集》，盖用明福王时旧谥，今既蒙特典褒荣，光垂千古，谨改题，所赐新谥，昭表章之至意焉。

知所据为清初卢氏裔孙刊本，为江苏巡抚采进本。库本卷一附有诗馀，存八首，其中末一首《军中七夕歌》不是词，实存七首，多次韵之作。

民国时赵尊岳辑《明词汇刊》，收有《卢忠烈公词》一卷，今有上海古籍影印刻本，赵氏跋（民国十四年，1925）云："遗集附词七首，风格婉约，校付剞氏，以见忠义大节之士，即馀事亦足增重艺林也。"末有赵氏手批二行云："同日以传抄盋山藏集本校。叔邕。"又："辛巳春社日重校。尊。"辛巳为民国三十年（1941）。又《词学季刊》第一卷第三号（民国二十二年出版）载赵氏《惜阴堂汇刻明词提要》，于《卢忠烈公词》一卷云："遗集附词七首，风格遒上。"知是据别集本录出。

罗明祖

罗明祖，字宣明，号纹山，永安（今属福建）人。明毅宗崇祯四年

（1631）进士，知华亭县。改知繁昌县，谪浙江布政司藩幕，又知萧山县，终知襄阳县。卒年四十四岁。著有《罗纹山全集》。

罗氏词集见附于诗文集中，今有明末古处斋刻本《罗纹山先生全集》十八卷，《四库禁毁书丛刊》据以影印，卷九载诗馀（即词）和词调（即曲），凡一卷。

民国时赵尊岳辑《明词汇刊》，其中有《纹山先生诗馀》一卷，今有上海古籍影印刻本，赵氏跋（民国二十五年，1936）云："著《纹山先生集》三十卷，词在卷九中，虽律调乖误，而其人忠勇奋发，亦在可传之列也。"知是据别集本录出。末有赵氏手书一行云："同日校京师书藏本。叔邕。"

王永积

王永积（1600—1660），字稛实，号崇岩，又号蠡湖野叟，无锡（今属江苏）人。明毅宗崇祯七年（1634）进士，知武定，官至兵部职方员外郎。著有《心远堂集》。

王氏词见载于诗文集中，今有清刻本《心远堂遗集》二十卷，《四库全书存目丛书》据以影印，卷二十附诗馀，目作四首，实存二首半，其中第三首残，末首缺。

民国时赵尊岳辑《明词汇刊》，其中有《心远堂词》一卷，今有上海古籍影印刻本，赵氏跋（民国二十二年，1933）云："著《锡山景物略》、《心远堂集》。余曩在杭州获读于西湖书藏，因辑存之。"未言所据，存词二首半，知是据别集本。又有赵氏手书一行云："同日以西湖书藏传抄本校读。叔邕。"

祁彪佳

祁彪佳（1603—1645），字虎子，一字幼文、弘吉，号世培，别号远山堂主人，山阴（今浙江绍兴）人。明熹宗天启二年（1622）进士，毅宗崇祯年间为监察御史，乞归养，家居八年。崇祯末年复官，巡按苏松。南明王朝亡，投池殉国，卒谥忠敏。著有《远山堂诗集》、《远山堂文稿》、《远山堂曲品》、《远山堂剧品》等。

民国时赵尊岳辑《明词汇刊》，收有《祁忠惠公词》一卷，今有上海古籍影印刻本，赵氏有跋（民国十四年，1925），未言所据。末有赵氏手批二行云："西泠归艑，读校明词，以盋山藏本传抄覆雠之。丙子四月中浣，叔邕。"丙子为民国二十五年，1936，存词五首。又《词学季刊》第一卷第三号（民国二十二年出版）载赵氏《惜阴堂汇刻明词提要》，于《祁忠惠公词》一卷云："惜全集中仅词五首，或尚不足以窥其全豹也。"知是据别集析出。

钱继章

钱继章（1603—1674），字尔斐，号菊农，嘉善（今属浙江）人。明毅宗崇祯九年（1636）举人，入清为遗民。著有《雪堂自删集》、《溪默山房集》、《菊农词》。

钱氏词集见于著录的有：

1. 《御选历代诗馀》卷一百十"词人姓氏"云有《菊农词》。

2. 《浙江通志》卷二百五十二著录有《菊农词》。

3. 郑振铎《西谛书目》卷五著录有：《草贤堂词笺》十卷《蘗弦斋词笺》一卷杂笺一卷，明王屋撰。《雪堂词笺》一卷，明钱继章撰。《非水居词笺》三卷，明吴熙撰。明崇祯刊本，四册。

来集之

来集之（1604—1682），初名伟才，又名镕，字元成，号倘湖，萧山（今属浙江杭州）人。明毅宗崇祯十三年（1340）进士，除安庆府推官。南明时官至太常寺少卿。南明灭亡后，隐居倘湖之滨，潜心著述。著有《倘湖樵书》、《倘湖文集》等。

民国时赵尊岳辑《明词汇刊》，其中有《倘湖诗馀》一卷，今有上海古籍影印刻本，有赵氏跋（民国二十一年，1932）云："至遗稿则传之子孙，未有刊本。余亦就董大理传抄所得，最录其词，以合之舜和先生词集者也。"又末有赵氏手书一行云："同日以传抄董大理藏本校。叔邕。"

商景兰

商景兰（1605—1675），字媚生，会稽（今浙江绍兴）人。明兵部尚书商周祚之女，祁彪佳妻。著有《锦囊集》（一名《香奁集》）。

近代徐乃昌辑《小檀栾室汇刻闺秀词》，有清光绪二十一年（1895）至二十二年南陵徐氏刊本，其中有《锦囊诗馀》一卷。

民国时赵尊岳辑《明词汇刊》，收有《锦囊诗馀》一卷，今有上海古籍影印刻本，赵氏跋（民国十四年，1925）云："所著《锦囊诗馀》，一名《香奁集》，篇什甚富，词亦秀蒨。"末有赵氏手批一行云："同日以传抄盍山藏集本校读。叔邕。"按：《词学季刊》第一卷第三号（民国二十二年出版）载赵氏《惜阴堂汇刻明词提要》，于《锦囊诗馀》一卷云："诗馀一名《香奁集》，篇什甚富，凡五十六首。清初人辑闺媛之作为《众香集》，甄录不少，全集多雅令可诵。"

卓人月

卓人月（1606—1636），字珂月，一字蕊渊，仁和（今浙江杭州）人。明毅宗崇祯年间副贡生。著有《蕊渊集》、《蟾台集》、《卓子创调》等，辑有《古今词统》（一名《诗馀广选》）。

民国时赵尊岳辑《明词汇刊》，其中有《蕊渊词》一卷，今有上海古籍影印刻本，赵氏跋（民国二十四年，1935）云："著《蕊庵集》、《诗馀广选》、《晤歌》，拈声订韵，无间晨夕。《蕊庵集》卷十二为词，即兹刻之祖本。"知是据别集本录出。末有赵氏手书一行云："丁丑季春十一日，校北海书藏全集传抄本。雍。"丁丑为民国二十六年。

陈子龙

陈子龙（1608—1647），字人中，一字卧子，号大樽，华亭（今上海松江）人。明毅宗崇祯十年（1637）进士，选绍兴府推官。后鲁王以为兵科给事中，事败被执，乘间投水死。清乾隆时谥忠裕。著有

《陈忠裕公集》、《安雅堂稿》、《草庐居稿》、《湘真阁稿》等。

陈氏词见载于诗文集中，今有清嘉庆八年簳山草堂刻本《陈忠裕公集》三十卷，其中卷二十为诗馀及曲，凡一卷。

民国时有赵尊岳辑《明词汇刊》本，收录《陈忠裕公词》一卷，今有上海古籍影印刻本，赵氏有跋，未言所据。末有赵氏手批二行云："丙子四月廿四日，武进赵叔邕据移写盍山藏本《陈忠裕公集》本校读一过。"丙子为民国二十五年（1936），又《词学季刊》第一卷第三号（民国二十二年出版）载赵氏《惜阴堂汇刻明词提要》，于《陈忠裕公词》一卷云："词七十九首，亦渐近沉著。"或是自《陈忠裕公集》中辑录出。

其词集又有单行者，见于著录的有：

1.《御选历代诗馀》卷一百十"词人姓氏"云有《湘真阁》、《江蓠槛词》行世。又卷一百二十引《古今词话》云："明季词家竞起，然妙丽惟《湘真阁》、《江蓠槛》诸什，如……"

2. 王国维《大云书库藏书目》卷中著录有《湘真阁词》一卷，抄本。按：大云书库为罗振玉所有。

叶纨纨

叶纨纨（1610—1632），字昭齐，吴江（今江苏苏州）人。叶绍袁、沈宜修长女，十七岁嫁袁俨之子。著有《芳雪轩遗稿》（一名《愁言》）。

叶氏词见载于诗文集中，计有：

1. 叶启倬辑《郎园先生全书》本《愁言》（一名《芳雪轩遗集》）一卷附一卷，为民国二十四年（1935）长沙中国古书刊印社刻本。其中附载有词，存四十七首，又补遗一首。

2. 张静庐辑《中国文学珍本丛书第一辑》本《愁言》（一名《芳雪轩遗集》）一卷附一卷，为民国二十四年至二十五年上海贝叶山房排印本。存词情况同《郎园先生全书》本。

后人又将其词自别集中析出另行，见于刊刻的有：

1. 徐乃昌辑《小檀栾室汇刻闺秀词》本，有清光绪二十一年（1895）至二十二年南陵徐氏刊本，其中有《芳雪轩词》一卷。

2. 民国时赵尊岳辑《明词汇刊》本《芳雪轩词》一卷，今有上海古籍影印刻本，赵氏跋（民国二十二年）云："遗著诗词如干首，天寥为之编次，题曰《愁言》，即《芳雪轩遗集》，汇刻《午梦堂全集》中，兹裁取其词，合于宛君、琼章之列。"末有赵氏手批一行云："同日以长沙叶氏覆刻本校读。叔邕。"又《词学季刊》第一卷第三号（民国二十二年出版）载赵氏《惜阴堂汇刻明词提要》，于《芳雪轩词》一卷云："遗著诗文词翰，天寥为合辑为《愁言》，词四十八首。"知是自别集中析出另行。

易震吉

易震吉，字起也，号月槎，上元（今江苏南京）人。明毅宗崇祯七年（1634）进士，授刑部主事，升郎中，出为大名知府，官至江西按察副使。著有《秋佳轩诗馀》。

《秋佳轩诗馀》凡十二卷，有明崇祯刻本，《续修四库全书》据以影印。

其词集罕见藏家著录，清曹寅《楝亭书目》卷四著录有《秋佳轩诗馀》，云："十二卷，吴郡文震孟序，六册。"未言版本，当指明刊者。

民国时赵尊岳辑《明词汇刊》，其中有《秋佳轩诗馀》一卷，今有上海古籍影印刻本，赵氏跋（民国二十三年，1934）云："有《秋佳轩诗馀》十二卷，明人作词，此其篇帙最富者也。词笔取径稼轩一流，力求以疏秀取胜，虽不能至，犹较矉眉龋齿强增色泽者为善矣。甲戌岁暮校刊竣事，并为之跋。"未言版本。末有赵氏手书一行云："丙子五月，以传抄盍山本校。叔邕。"丙子为民国二十五（1936）年。

吴易

吴易（1612—1646），易或作易，字日生，号惕斋，吴江（今属江苏苏州）人。明毅宗崇祯十六年（1643）进士，授兵部主事。参加抗清，被执，不屈而死。著有《吴长兴伯集》、《惕斋遗书》等。

吴氏词见载于诗文集中，晚清有国学保存会辑《国粹丛书》本《吴长兴伯集》五卷，为光绪三十三年（1907）排印本，其中收有词。

又民国时赵尊岳辑《明词汇刊》，收录有《吴长兴伯词》一卷，今有上海古籍影印刻本，赵氏跋（民国十八年，1929）云："遗书罕觏，光绪乙巳吴江陈佩忍辑《松陵文录》，得抄本于其族人尧栋，以校旧刻，方为全璧。就中词一卷，曰《北征小咏》，即兹所刻也。"末有赵氏手批一行云："四月初九日以国粹学报社刊本覆校，叔邕。"国粹学报社刊本即《国粹丛书》本。又《词学季刊》第一卷第三号（民国二十二年出版）载赵氏《惜阴堂汇刻明词提要》，于《吴长兴伯词》一卷云："遗集藏之于族人，世所罕觏，清季松陵陈佩忍辑《松陵文录》，始得之，铸板以传。词凡二十一首，题《北征小咏》，在集中，兹裁篇以梓之。"知是据抄本《北征小咏》刻入。

陆钰

陆钰，字真如，改名苌谊，字忠夫，号退庵，海宁（今属浙江）人。明神宗万历四十六年（1618）举人，国变后归隐，未几绝食而卒。工诗文，善书画。著有遗集十卷及《射山诗馀》。

民国时赵尊岳辑《明词汇刊》，收录有《射山诗馀》一卷，今有上海古籍影印刻本，前有陆氏小传。末有赵氏手批一行云："同日校孙式熊重抄本，珍重阁。"又《词学季刊》第一卷第三号（民国二十二年出版）载赵氏《惜阴堂汇刻明词提要》，于《射山诗馀》一卷云："有《遗集》十卷、《宗谱》四卷、《古文存法》二十卷，《五经注传删》二十卷、《周礼辨注》四卷，均烬于火，不复传。词三十九首，蕙风移获传抄本，题孙式熊抄存各家小传，盖未有刊本，辗转传写以获存者也。"知所据为况周颐藏抄本刻入。

莫秉清

莫秉清（1612—1691），字紫仙，号葭士，自称月下五湖人，华亭

（今上海松江）人。明诸生，入清隐居不出。著有《傍秋庵文集》、《采隐草》。

莫氏词见载于诗集中，见于《采隐草》中。民国时赵尊岳辑《明词汇刊》，其中有《采隐诗馀》一卷，今有上海古籍影印刻本，赵氏跋（民国二十一年，1932）云："清社既屋，其七世孙子经属明经雷君毅校刊之。书成，子经已先逝。全集凡文集二卷，诗二卷，有钱玉度、张齐廉序，诗集有葭士自序。全集之行，余得受而读之，裁其诗馀，合诸翁山、二陆之林，胥明季词林之大师也。"知是自别集中析出另行。又有赵氏手书一行云："丙子天中节前夕，以近刊活字本校。叔邕。"丙子为民国二十五年（1936）。

潘炳孚

潘炳孚（1612—？），字大文，号鹤湖，嘉善（今属浙江）人。庠生，明毅宗崇祯三年（1630）应乡试，以违格见遗，卒年未三十。著有《珠尘遗稿》。

潘氏词见载于诗文集中，今有明钱继章辑《人琴集》，有清刻本，其中有《珠尘遗稿》一卷，附有词。

民国时赵尊岳辑《明词汇刊》，其中有《珠尘词》一卷，今有上海古籍影印刻本，赵氏跋（民国二十五年，1936）云："有《珠尘遗稿》一卷，同里钱继章为辑入《人琴录》中。"知是据别集本录出。

方于鲁

方于鲁，初名大澂，字于鲁，以字行，改字建元。歙县（今属安徽）人。明神宗万历以制墨名于世。著有《方氏墨谱》。

方氏词集见附于诗文集后，今存有明万历间刻本《方建元集》十四卷《佳日楼词》一卷《续集师心草》一卷，《四库全书存目丛书》据以影印。

民国时赵尊岳辑《明词汇刊》，其中有《佳日楼词》一卷，今有上海古籍影印刻本，赵氏跋（民国十九年，1930）云："佳日楼诗词之名，乃为其技所掩。有《方建元集》传世，词亦附见。"末有赵氏手批一行云："同日以传抄盉山藏集本校。叔邕。"按：《词学季刊》第一卷第三号（民国二十二年出版）载赵氏《惜阴堂汇刻明词提要》，于《佳日楼词》一卷云："诗词之名，乃为其技所掩。有《方建元集》传世，词十首附焉。"知是据别集本附词刻入。

陈子升

陈子升（1614—1692），字乔生，号中洲，又号南雪，南海（今广东广州）人。诸生，数试未举。永历时授兵科给事中，入清潜藏不仕。著有《中洲草堂诗》等。

陈氏词见载于诗文集中，有清伍元薇辑《粤十三家集》本《中洲草堂遗集》二十三卷，其中卷十九为词，凡一卷。

民国时赵尊岳辑《明词汇刊》，收有《中洲草堂词》一卷，今有上海古籍影印刻本，有赵氏跋，末有赵氏手批二行云："十九日以传抄本校粤刻《十三家集》本。高梧。"又《词学季刊》第一卷第三号（民国二十二年出版）载赵氏《惜阴堂汇刻明词提要》，于《中洲草堂词》一卷云："所撰《中州（当作洲）草堂集》，钱牧斋盛称之，盖世所目为粤东三家者也。词二十四首，附集以传。"知是据别集本析出。

韦明杰

韦明杰，字叔万，乌程（今属浙江）人。明毅宗崇祯元年（1628）进士，任万载县。著有《听雨斋集》。

韦氏词见于藏家著录的有：

1. 明赵琦美《脉望馆书目》著录有《听雨斋小词》一本。
2. 明赵用贤《赵定宇书目》"小说书"著录有《听雨斋小词》一本。

以上均未言版本。

季大来

季大来，原名应申，字来之，号绮里，泰州（今属江苏）人。明毅宗崇祯十五年（1642）举人，补博士弟子员。甲申国变，潜居一楼，禁足不下十馀年。著有《季大来先生遗稿》。

民国时赵尊岳辑《明词汇刊》，收有《季先生词》一卷，今有上海古籍影印刻本，赵氏有跋，未言所据，存词二首。末有赵氏手批一行云："同日以《国粹学报》本辑校。叔邕。"又《词学季刊》第一卷第三号（民国二十二年出版）载赵氏《惜阴堂汇刻明词提要》，于《季先生词》一卷云："《遗集》附二词，盖赞百岁周少溪夫子者。《遗集》久已勿传，光绪末年，或有得此二词者，以刊之《国粹学报》，今所辑存，即自《学报》裁篇以出者也。"知二词是源自《遗集》所附。

蔡道宪

蔡道宪（1615—1643），字元白，号江门，晋江（今福建泉州）人。明毅宗崇祯十年（1637）进士，授大理府推官，后补长沙府推官，张献忠破陷长沙被执，拒降被杀，卒谥忠烈。著有《诲后集》。

蔡氏词见载于诗文集中，清邓显鹤辑《蔡忠烈公遗集》一卷首一卷续编二卷，有清道光十六年（1836）邓显鹤刻本，《四库未收书辑刊》据以影印。其中存词二首，又续编存词六首。

民国时赵尊岳辑《明词汇刊》，收有《蔡忠烈公词》一卷，今有上海古籍影印刻本，赵氏有跋（民国十八年，1929），末有赵氏手批一行云："同日以传抄盍山藏集本校。叔邕。"又《词学季刊》第一卷第三号（民国二十二年出版）载赵氏《惜阴堂汇刻明词提要》，于《蔡忠烈公词》一卷云："诗词清婉绝俗，词凡八首。"均未言所据，当是析自别集中。

叶小鸾

叶小鸾（1616—1632），字琼章，一字瑶期，号煮梦子，吴江（今江苏苏州）人。叶绍袁、沈宜修之女。许张立平为妻，婚前数日染疴忽逝，卒年仅十七。工诗词，著有《返生香》（一名《疏香阁遗集》）。

叶氏词见载于诗文集中，计有：

1. 叶启倬辑《郋园先生全书》本《返生香》（一名《疏香阁遗集》）一卷附集一卷，为民国二十四年（1935）长沙中国古书刊印社刻本。其中附载有词，存九十首。有题云："但知其能作词，不知其如此之多。"

2. 张静庐辑《中国文学珍本丛书第一辑》本《返生香》（一名《疏香阁遗集》）一卷附集一卷，为民国二十四年至二十五年上海贝叶山房排印本。存词情况同《郋园先生全书》本。

后人又将其词自别集中析出另行，见于刊刻的有：

1. 徐乃昌辑《小檀栾室汇刻闺秀词》，有清光绪二十一年（1895）至二十二年南陵徐氏刊本，其中有《疏香阁词》一卷。

2. 民国时赵尊岳辑《明词汇刊》，收有《返生香》一卷，今有上海古籍影印刻本，赵氏跋（民国二十二年）云："其事凄艳，率载于《窃闻》、《续窃闻篇》中，不具，详《返生香》，一题《疏香阁遗集》，今汰诗赋古文，仅录其词，而略缀遗事，为之跋云。"末又有赵氏手书三行云："丙子浴佛后一日，以长沙叶氏覆刻本校，匆匆，盖四易寒暑矣。叔邕校记。"丙子为民国二十五年（1936）。又《词学季刊》第一卷第三号（民国二十二年出版）载赵氏《惜阴堂汇刻明词提要》，于《返生香》一卷云："《返生香》，其遗著也，一题《疏香阁遗集》，诗赋俱备。今乙取其词九十首，刊之丛书，亦用长沙叶氏本。"知是据《郋园先生全书》本析出另行。

蒋平阶

蒋平阶，原名阶，一名雯阶，字大鸿，又字斧山，松江（今属上海）人。明诸生，入清不仕。精通地学。著有《东林始末》、《地理辨证》、《支机词》等。

今有清康熙刻本《支机集》三卷，蒋氏序云："命以支机，表候也。"又有沈亿年撰"凡例"，共八则，录数则如下：

一、我师留思名理，不尚浮华。词曲细娱，尤所简略。今春周子偶呈数阕，师欣然绝赏，遂共作词。花落酒阑，吐言成妙，本以啸歌为适，非矜字句之妍。

一、杜陵小友，暨两生幼弟，年未胜衣，风气日上。追随胜览，亦有和歌。间附篇端，以志我师河西之化。

一、梓人之役，我师独缓，予成编以后，复有数章，因附师集。正见倡和之欢，不以卷帙为限。

一、盛明诗宗较振，而词鲜名家。我师虽一时偶涉，意不苟安。周子轶才，良足羽翼大雅，予有志焉而未逮也。是集流传，岂曰无关风会。欲求定论，将俟知音。大梁沈亿年幽祈氏述。

按：此集卷一载蒋平阶所作，卷二、卷三分别载蒋氏弟子周积贤、沈亿年所作。知是一时所作，为蒋氏所作，并附弟子和词。

民国时赵尊岳辑《明词汇刊》，收有《支机集》三卷，今有上海古籍影印刻本，赵氏跋（民国二十四年，1935）云："右《支机集》三卷，其第一卷为蒋平阶撰词，次则弟子周积贤、沈亿年所分撰也。皆小令，无长调，温厚馨逸，直逼《花间》，朱明一代，允推独步。"又知得赵万里相告而辗转得之付梓。跋文末又有赵氏手批一行云："同日以元刊本校读。叔邕。"

汤传楹

汤传楹（1620—1644），字子翰，一字子辅，更字卿谋，吴县（今江苏苏州）人。诸生，能诗文。著有《湘中草》、《闲馀笔话》等。

汤氏词见载于诗文集中，今有清康熙间刻本《湘中草》六卷，附刻于《尤太史西堂全集》后，《四库禁毁书丛刊》据以影印。其中《湘中草》卷三附载有词，存三十一首。

民国时赵尊岳辑《明词汇刊》，收有《湘中草》一卷，今有上海古籍影印刻本，赵氏有跋，未言有据。末又有赵氏手书一行云："丙子四月廿二日，以传抄集本校。叔邕。"丙子为民国二十五年（1936）。

按：《词学季刊》第一卷第三号（民国二十二年出版）载赵氏《惜阴堂汇刻明词提要》，于《湘中草》一卷云："词三十一首，合之集中。绮语较多，遂稍失之轻。然风致流美，意态便娟，亦多慧语也。"知是自别集中析出。

张煌言

张煌言（1620—1664），字玄着，号苍水，鄞县（今浙江宁波）人。明毅宗崇祯十五年（1642）举人，官至南明兵部尚书。后抗清被俘，不屈遇害，谥忠烈。著有《张忠烈公集》。

张氏词见载于诗文集中，今有《张忠烈公集》十二卷补遗一卷首一卷末一卷附录二卷，为清傅氏长恩阁抄本，《续修四库全书》据以影印。其中卷十《奇零草》之七附载有诗馀，存词六首。

又有张寿镛辑《四明丛书》本《张苍水集》九卷附录八卷，有民国张氏约斋刊本，其中卷四《采薇吟》附有诗馀，张氏案云："谢山编先生集，不别立诗馀一目，以诗馀皆狱中作也，今附《采薇吟》。"存词同《奇零草》所附，共六首。

民国时赵尊岳辑《明词汇刊》，收有《张尚书词》一卷，今有上海古籍影印刻本，赵氏跋（民国十八年，1929）云："有《奇零草》十二卷、《冰槎集》四卷。词虽不多，风格自高抗，孤忠所托，岂偶然哉！"又《词学季刊》第一卷第三号（民国二十二年出版）载赵氏《惜阴堂汇刻明词提要》，于《张尚书词》一卷云："遗集附六词，风格骞举，雅韵欲流。"知是自《奇零草》中析出另行。

刘芳

刘芳，字墨仙，嘉善（今属浙江）人。明毅宗崇祯年间，年三十为诸生。著有《清唤斋遗稿》。

刘氏词见载于诗文集中，今有明钱继章辑《人琴集》，有清刻本，其中有《清唤斋遗稿》一卷，附有词，存三十三首。

民国时赵尊岳辑《明词汇刊》，其中有《清唤斋词》一卷，今有上海古籍影印刻本，赵氏跋云："有《清唤斋遗稿》一卷，同里钱继章汇梓朋好之作为《人琴录》，因辑存之。丙子仲冬，珍重阁得斐云宗兄传抄本校记。"丙子为民国二十五年（1936），知是据赵万里传抄的别集本析出刊刻。

邹枢

邹枢，字贯衡，号酒城渔叟，吴江（今江苏苏州）人。行迹不详，明末在世。撰《十美词纪》，追忆交往之事，末各赋一词咏之。

民国时赵尊岳辑《明词汇刊》，其中有《十美词纪》一卷，今有上海古籍影印刻本，有赵氏跋云：

> 邹贯衡，明季人。长南北曲，又作《十美词》，若圆圆、玉京，均预其列，一时传诵，后鲜传本。光绪中有辑古今香奁诸作为丛书者，因付剞氏。余复采自丛书，厕诸明词之列。癸酉伏日，高梧主人。

跋作于民国二十二年（1933），存词九首。末有赵氏手书一行云："同日以《香艳丛书》本校。珍重。"

周拱辰

周拱辰，字孟侯，桐乡（今属浙江）人。明毅宗崇祯岁贡生。著有《圣雨斋诗文集》等。

周氏词见附于诗文集中，今有清初刻本《圣雨斋诗集》五卷诗馀二卷赋集二卷文集四卷，《四库禁毁书丛刊》据以影印。

民国时赵尊岳辑《明词汇刊》，其中有《圣雨斋诗馀》二卷，今有上海古籍影印刻本，赵氏跋云：

> 著《庄子影史》、《离骚草木史》、《离骚拾细》、《公羊墨史》、《南华真经影史》、《圣雨斋诗文》，词二卷附，当湖金柳城璞玉、娄江浦甄玉为琛为刊其集。余过江宁，得之于蕋山

书舍，因裁出其词，以合于明季诸家。渐又见光绪九年其七
世孙重刊本，遂为覆校付锓云。癸酉春仲，高梧。

跋作于民国二十二年（1933），知是自别集本析出另行，凡二首。又有
赵氏手书一行云："同日以两本互校。叔邕。"

夏完淳

夏完淳（1631—1647），原名复，字存古，号小隐，又号灵首。松
江华亭（今属上海）人。诸生，夏允彝之子，师从陈子龙。随父抗清，
其父殉难后，继与其师抗清，兵败被俘，不屈而死。著有《玉樊堂
集》、《南冠草》、《夏内史集》等。

夏氏词见载于诗文集中，今有清吴省兰辑《艺海珠尘》本《夏内史
集》九卷附录一卷，清嘉庆中南汇吴氏听彝堂刻本。其中卷八为词，
凡一卷。

其后有将词自别集中析出另行者，有民国时赵尊岳辑《明词汇
刊》，收录有《夏内史词》一卷，今有上海古籍影印刻本，赵氏跋云：
"所传《夏内史集》，一出吴氏《艺海珠尘》，一出兰泉司寇辑本，视吴
刻为胜，词意境具足。"末有赵氏手批一行云："四月初九日，以王兰
泉辑刊本校，叔邕。"又《词学季刊》第一卷第三号（民国二十二年出
版）载赵氏《惜阴堂汇刻明词提要》，于《夏内史词》一卷云："所传集
本，一出吴氏《艺海珠尘》，一出兰泉司寇辑本，视吴刻为增益。其所
为词蓄艳凄丽，意境具足。余初得《珠尘》本，移写待梓，旋又获辑
本，遂改用之，而以吴刻过校。……词四十一首，曲十三首，率以上
墨。"知原本自《艺海珠尘》本辑出，后改用王兰泉辑本，以后者优于
前者。

清

刘应宾

刘应宾（1588—1660），字元桢，号思皇，沂水（今属山东）人。明神宗万历四十一年（1613）进士。知赞皇县，调吏部稽勋司任郎中。左迁南京礼部，为南京吏部考功司任郎中。南明时任太常寺少卿，升正卿，又升通政使。入清，巡抚徽宁等地。著有《平山堂集》。

刘氏词见附于诗集后，今有清顺治刻本《平山堂诗集》四卷，《四库禁毁书丛刊》补编据以影印，其中卷四附有"诗馀"，存词八首。

民国时赵尊岳辑《明词汇刊》，其中有《平山堂诗馀》一卷，今有上海古籍影印刻本，有跋云：

> 思皇，天启进士，官安徽巡抚，又转他省，旋擢都察院金都御史。著《平山堂诗集》，词附。此即自集中裁篇以出者也，亟邮叔雍宗兄梓之。岁次癸酉腊月，海宁赵万里并识。

跋作于民国二十二年（1933）。末有赵尊岳手书一行云："同日以斐云抄本校。叔邕。"斐云即赵万里。按：《词学季刊》第二卷第一号（民国二十三年出版）载有赵尊岳《惜阴堂汇刻明词提要》，其中有《平山堂诗馀》一卷，有"著《平山堂诗集》，词八首附"云云，知是自别集中录出。

李天植

李天植（1591—1672），字因仲，平湖（今属浙江）人。明毅宗崇祯六年（1633）举人。明亡，更名确，字潜夫，易僧服，遁迹乍浦陈山，自号龙湫山人。教书为给，穷饿而死。著有《屡园集》。

李氏词见附于诗集后，今《四库未收书辑刊》收有李天植《李介节先生全集》十二卷，为影印清嘉庆十九年（1814）钱椒刻本。其中《屡园诗前集》卷五附诗馀，存词五首。

民国时赵尊岳辑《明词汇刊》，收有《屡园诗馀》一卷，今有上海古籍影印刻本，有赵氏民国十四年（1925）跋，未言所据。末有赵氏手批二行云："同日以传抄盍山藏集本校。珍重阁。"又："辛巳春社日校补一过。雍。"辛巳为民国三十年（1941），存词五首。按：《词学季刊》第一卷第三号（民国二十二年出版）载赵氏《惜阴堂汇刻明词提要》，其中有《屡园诗馀》一卷，有"集附五词，多新亭涕泪之音"云云，知词是自别集本所载析出另行。

朱一是

朱一是，字近修，号欠庵，海宁（今属浙江）人。明毅宗崇祯十五年（1642）举人，入清不仕。著有《为可斋集》、《梅里词》。

朱氏词集清初曾刊刻，计有：

1. 清初清远堂刻本《梅里词》三卷，《续修四库全书》据以影印，自序云："天都孙无言既集成数家，亟揪予作，不令终自秘。"

2. 清顺治、康熙间朱愿愚、朱愿为等刻为可堂初集本，其中有《梅里词》三卷。见《清词别集知见目录汇编》。

另今存有清孔传铎编《名家词抄》本，清抄本，其中有《梅里词》一卷。

朱氏词集见于著录的有：

1. 清吴骞《海宁经籍志备考·海宁名贤著书目》著录有《梅里词》。

2. 清张宗松《清绮斋藏书目》著录有《梅里词》，一册。

3. 《浙江通志》卷二百五十二著录有《梅里词》。

以上均未言卷数与版本。

李元鼎、朱中楣

李元鼎（1595—1670），字吉甫，号梅公，吉水（今属江西）人。明熹宗天启二年（1622）进士，官光禄寺少卿。入清，授太仆寺少卿，累擢兵部侍郎。坐事论绞，免死。著有《石园全集》、《文江酬唱》。朱中楣（1622—1672），本名懿则，世称远山夫人，南昌（今属江西）人。明宗室女，李元鼎继室。所作诗馀，多为与元鼎唱和之作，故称《随草诗馀》，又有《镜阁新声》、《亦园嗣响》等，收入《石园全集》中。

其词集见载于别集中，今有清康熙四十二年（1703）香雪堂刻《石园全集》本，其中有《文江倡和集》二卷。

又见于词集丛编的有：

一、《文江酬唱》

1. 清聂先、曾王孙辑《百名家词抄》（一百卷），清康熙绿荫堂刻本，其中有《文江酬唱》一卷。

2. 清聂先、曾王孙辑《百名家词抄初集》（六十卷），清康熙绿荫堂刻本，其中有《文江酬唱》一卷。

3. 清聂先、曾王孙辑《百名家词抄》（二十卷），清康熙绿荫堂刻本，其中有《文江酬唱》一卷。丛书又见《中华再造善本》收录，末有聂先题识云：

> 吾乡梅公侍郎之词极为艺林推重，此稿为曹秋岳先生手抄，内多未刻酬唱，较云间张砚铭、董苍水两孝廉藏本迥异。其远山夫人原唱已另冠《名媛词抄》之前，兹卷不列。

知所据为曹溶抄本，又董俞、张砚铭所藏亦当为抄本。按：曹溶（1613—1685），字秋岳，一字洁躬，号倦圃，秀水（今浙江嘉兴）人。明崇祯十年（1637）进士，历官副都御史。入清任顺天学政督学。筑书楼于嘉兴南湖之滨的倦圃别业，称静惕堂，藏书极富，编著有《静惕堂书目》、《静惕堂藏宋元人集目》。董俞（1631—1688），字苍水，号樗亭，又号莼乡钓客，江南华亭（今上海松江）人。清顺治十七年（1660）举人，康熙十八年（1679）举博学鸿词，以奏销案除名，因弃举业。悉心诗词辞赋，著有《玉凫词》（一名《盟鸥草阁词》）、《樗亭集》、《浮湘集》、《度岭集》等。张砚铭其人俟考。

二、《镜阁新声》

1. 清蔡殿齐辑《国朝闺阁诗抄》本，清道光年间娜嬛别馆刊本，其中有《镜阁新声》一卷。

2. 徐乃昌辑《小檀栾室汇刻闺秀词》本，清光绪年间南陵徐氏刊本，其中有《镜阁新声》一卷。

另见于清徐乾学《传是楼书目》卷五著录，有《随草诗馀》，一本。

赵士春

赵士春（1599—1675），字景之，号苍霖，常熟（今属江苏）人。明毅宗崇祯十年（1637）进士。授翰林院编修，官终左中允，入清不仕。著有《保闲堂集》。

其词集见附于别集中，今有清光绪九年（1883）活字印《保闲堂诗集》本，其中有词，见《清词别集知见目录汇编》著录。

民国时赵尊岳辑《明词汇刊》，其中有《保闲堂词》一卷，今有上海古籍影印刻本，赵氏民国二十五年（1936）跋云："著《保闲堂集》二十六卷，词亦分见诸卷中，兹合辑存之。"知是据别集本录出。

王翃

王翃（1602—1653），字介人，嘉兴（今属浙江）人。布衣，诗为陈子龙所推许，与同邑周筼、李良年并好学能诗，朱彝尊少居梅里，以三人为师友，终身严事之。著有《春槐集》、《秋槐集》、《槐堂词》。

《槐堂词存》一卷，清康熙刻本，序云：

　　本朝以词名者如刘伯温、杨用修、王元美，各有短长，大都不能及宋人。禾中王子介人示予所著词，不下千馀首，自前世李、晏、周、秦之徒，未有多于兹者也。其小令、长调动皆擅长，莫不有俊逸之韵、深刻之思、流畅之调、秾丽之态，于前所称四难者多有合焉。进而与升元父子、汴京诸公连镳竞逐，即何得有下驷耶？王子真词人也。已而王子示予以诗，则又澹宕庄雅，规摹古人，远非宋代可望，而后知王子深远矣，王子非词人也。云间友弟陈子龙撰。

此文又见陈子龙《安雅堂稿》卷三，题作《王介人诗馀序》。按：清范懋柱《天一阁藏书目》卷四之四著录有《媿（当作槐）堂词》一卷，刊本，国朝王翊撰，陈子龙序。

　　又《四库全书总目》之《二槐草存》提要云："工词曲，又进攻诗。然贫日甚，抱膝苦吟，落落不问家人产云云。……殁后，无子，遗稿多佚，是本乃朱彝尊所选定者也。"按：《浙江通志》卷一百七十九"人物六·文苑二"引《嘉兴县志》云："字介人，日以吟哦为乐，有《春槐》、《秋槐》二集，里中诸子更唱迭和，因有梅里派之称，诗馀三千馀首，长短诸体莫不备。"知诗文别集中存有词。按：《全清词·顺康卷》据《槐堂词存》等收录有王翊词，存一百六十五首，知失传颇多。

吴脉鬯

　　吴脉鬯（1605—？），字灌先，蓬莱（今属山东）人。明毅宗崇祯九年（1636）副贡，甲申南航，授参军，寻题武材推官，以亲老不就，旋里。著作《易象图说》、《易经卦变解》、《昱青堂杂集》。

　　民国时赵尊岳辑《明词汇刊》，其中有《昱青堂词》一卷，今有上海古籍影印刻本，夏承焘跋云：

　　　脉鬯，字灌先，蓬莱人。据《昱青堂集》，有《庚寅四月朔日自寿三省（当作首）》云："二千馀里客话，四十七度年华。"又据《四库·易象图说》提要，称国朝人，则庚寅当为顺治十七年，是生于明神宗万历三十三年甲辰，北京破时为四十七岁也。《遥寄玉水兄诗》云："为官为士事全非，朗朗前朝一布衣。自许血忱坚似铁，敢将名教等闲违。"又和前韵云："解含薇蕨有几人，闭门一任世交睽。"是入清未尝出仕。晚年有南京、武林、越中、毗陵诸诗，而无东鲁行迹，殆寄寓南土、不复北归者欤？集中年岁以《丙辰岁暮寄石公》一首为最后，丙辰，七十三岁，康熙十五年也。著《易象图说》及《昱青堂集》，杭州书藏有之。叔雍社兄以付剞劂，为识其崖略如此。癸酉八月，瘫禅夏承焘记。

作于民国二十二年（1933），未言所据，存词三首。末有赵氏手书一行云："同日以传抄西湖藏刊本校。高梧。"

陈世祥

陈世祥，字善伯，号散木，通州（今属江苏）人。崇祯十二年（1639）举人。入清，知新安县。著有《含影词》等。

陈氏词集有清刻本，见于词集丛编中，计有：

1. 清孙默编《四家诗馀》本，清康熙七年（1668）孙氏留松阁刻本，其中有《含影词》二卷。《中国古籍善本书目》著录。

2. 清孙默编《国朝名家诗馀》本，清康熙孙氏留松阁刻本，其中有《含影词》二卷。此种见《中华再造善本》收录，又有《清词珍本丛刊》影印本，孙金砺序云：

> 语言文字之所发，恒本乎其人之性情，尝持此以取友，百不失一。今读吾友陈子散木《含影词》而窃有怪焉。散木素狷介，不为苟容，落落寡合。……既屡困公车，又颠连大故，不得已而筮仕，得保定之新安令，终以不肯折腰解组归。益独行其意，托兴于诗词。……梓成，属序于予，予曰：散木之词不待予文而传也，然千载而下，读其词而观予斯文，以想

见其为人，则其人之性情非予莫之传也。然兹刻也，为家桴
庵董其役以传于世，则桴庵表彰之功，谓又可没也哉？

又见《中国古籍善本书目》著录。按：孙默（1617—1678），字无言，
又字桴庵。江南休宁（今属安徽）人。布衣，客居扬州而卒，著有《笛
松阁集》。

3. 清孙默编《十五家词》本，见收于《四库全书》，为浙江巡抚采
进本，其中卷十四、十五为《含影词》，凡二卷。按：《四库全书简明
目录》作《十六家词》三十九卷。

又见于著录的有：

1. 张均衡《适园藏书志》卷十六著录有《含影词》二卷，旧抄
本。提要云：

> 陈世祥撰，世祥字散木，通州人。举人，官至直隶新城
> 县。词是国初派标，新城王士禄西樵、江都宗元鼎梅岑选，
> 休宁孙默无言校，与聂晋人所刻《百家词》相仿，孙无言即除
> 夕渡江求彭、陈、王三家词汇刻，阮亭赠以诗云："柳七黄九
> 自佳耳，此事何与君饥寒。"即此人也。

又张乃熊《菦圃善本书目》卷五上"抄稿本上·旧抄精抄本"著录有
《含影词》二卷，精抄本，二册。按：张乃熊，字芹伯，一字芹圃，浙
江吴兴人。清光绪贡生，张均衡长子，承继其父大部分藏书并有所
增益。

2. 《"中央"图书馆善本序跋集录》著录有《含影词》二卷，二
册，旧抄本。

王庭

王庭（1607—1693），字言远，号迈人，嘉兴（今属浙江）人。清
世祖顺治六年（1649）进士，授广州府知府，擢江西右布政使，官至山
西右布政使。著有《漫馀草》、《秋闲词》等。

其词集见于词集丛编的有:

1. 清聂先、曾王孙编《百名家词抄》(一百卷)本,清康熙绿荫堂刻本,其中有《秋闲词》一卷。见《中国古籍善本书目》著录。

2. 清聂先、曾王孙编《百名家词抄》(初集六十卷)本,清康熙绿荫堂刻本,其中有《秋闲词》一卷。见《中国古籍善本书目》著录。

3. 清聂先、曾王孙编《百名家词抄》(三十卷)本,清康熙刻本,中有《秋闲词》一卷。见《中国古籍善本书目》著录。

4. 清聂先、曾王孙编《百名家词抄》(二十卷)本,清康熙绿荫堂刻本,中有《秋闲词》一卷。见《中国古籍善本书目》著录。丛书又见《中华再造善本》收录,末有吴绮题识云:"兹以秋闲名词,淡雅不俚,真刻不率,何似执襁褓子而服以清凉散也。"又聂先题识云:

> 向之学者求精于诗,近来风气一移于词,则所难又在词矣。先生自序尚有孰似孰优之间,故于句法章法之妙,从不拾人齿牙后慧,则知先生所蕴实深矣。

另见于著录的有:

1. 清范懋柱《天一阁藏书目》卷四之四著录有《秋闲词》一卷,刊本。

2. 《中国古籍善本书目》著录有《秋闲词》一卷,清康熙二十二年(1683)自刻本。又见《清词别集知见目录汇编》著录。

张星耀

张星耀,原名台柱,字砥中,钱塘(今浙江杭州)人。清圣祖康熙间三藩乱时从军,授招抚教谕职衔,旋被斥。后以杀人案牵连被杀。工词,师事沈谦。著有《洗铅词》、《屑云别录》。

其词集有清孔传铎辑《名家词抄》本,清抄本,其中有《洗铅词》一卷。见《中国古籍善本书目》著录。

又清徐乾学《传是楼书目》卷五著录,有《洗铅词选》,一本。未言版本。

吴伟业

吴伟业（1609—1672），字骏公，号梅村，别署鹿樵生，太仓（今属江苏）人。明崇祯四年（1631）进士，曾任翰林院编修、左庶子等职。清世祖顺治十年(1653)被迫应诏北上，次年被授予秘书院侍讲，升国子监祭酒。顺治十三年（1656）底，以奉嗣母之丧为由乞假南归，此后不复出仕。著有《梅村家藏稿》、《梅村诗馀》等。

其词集见载于诗文集中，计有：

1. 《四库全书》本《梅村集》四十卷，提要云："此集凡诗十八卷，诗馀二卷，文二十卷。"库本所据为通行本，其中卷十九、二十为诗馀，存词二卷。

2. 清乾隆四十年（1775）凌云亭刻本《吴诗集览》二十卷，《续修四库全书》据以影印，其中卷十九上下、卷二十上下为诗馀，存词四卷。

3. 清嘉庆十六年（1811）黄氏士礼居抄《吴梅村先生诗集笺注》本，其中有《吴梅村诗馀》一卷。见《清词别集知见目录汇编》著录。

4. 董康辑《诵芬室丛刊》本，清宣统三年（1911）董氏诵芬室刻本，其中有《梅村家藏稿》五十八卷补遗一卷世系一卷年谱四卷，卷二十二（后集卷十四）为诗馀，存词一卷。此书又有《四部丛刊》影印本。

5. 俞庆恩辑《太昆先哲遗书》本，中有《吴梅村先生编年诗集》十二卷诗馀一卷诗话一卷诗词补抄一卷，民国十八年（1929）排印本。

又见收于词集丛编中的，计有：

1. 清聂先、曾王孙编《百名家词抄》（一百卷）本，清康熙绿荫堂刻本，其中有《梅村词》一卷。见《中国古籍善本书目》著录。

2. 清聂先、曾王孙编《百名家词抄》（初集六十卷）本，清康熙绿荫堂刻本，其中有《梅村词》一卷。见《中国古籍善本书目》著录。

3. 清聂先、曾王孙编《百名家词抄》（三十卷）本，清康熙刻本，中有《梅村词》一卷。见《中国古籍善本书目》著录。

4. 清聂先、曾王孙编《百名家词抄》（二十卷）本，清康熙绿荫堂刻本，中有《梅村词》一卷。见《中国古籍善本书目》著录。丛书又见《中华再造善本》收录，末有聂先题识云：

> 有欲合刻梅村、香严、棠村为三大家词者，以梅村骀宕，香严惊挺，棠村有柳敧花骈之致。或谓河北河南代为雄视，未若三公之旨之一也。意气道上，感慨苍凉，当以梅村为冠。

香严、棠村即龚鼎孳、梁清标。

5. 清聂先编《名家词抄》（不分卷）本，见收于《四库全书》。此为《四库存目》著录，为浙江范懋柱家天一阁藏本，所据当为清康熙刻本。

6. 清孙默编《国朝名家诗馀》本，清康熙孙氏留松阁刻本，中有《梅村词》二卷。见《中国古籍善本书目》著录。此种见《中华再造善本》收录，又有《清词珍本丛刊》影印本，尤侗序略云：

> 近日虞山号诗文宗匠，其词仅见《永遇乐》数首，颓唐殊极，兼人之才，吾目中惟见梅村先生耳。先生文章仿佛班、史，然犹谦让未遑。尝谓予曰：若文则吾岂敢，于诗或庶几焉。今读其七言古律诸体，流连光景，哀乐缠绵，使人一唱三叹，有不堪为怀者。及所制《通天台》、《临春阁》、《秣陵春》诸曲，亦于兴亡盛衰之感三致意焉，盖先生之遇为之也。词在季孟之间，虽所作无多，要皆合于《国风》好色、《小雅》怨诽之致，故予尝谓先生之诗可为词，词可为曲，然而诗之格不坠、词曲之格不抗者，则下笔之妙，古人所不及也。休宁孙无言遍征当代名家词，将以梅村编首，亡何而梅村殁矣。孙子手卷不释，仍寓予评次刻之，可谓笃好深思。而予于先生琴樽风月，未忘平生，故谬附知言，序其本末如

此。予观先生遗命，于墓前立一圆石，题曰词人吴某之墓，盖先生退然以词人自居矣，夫使先生终于词人，则先生之遇为之也，悲夫！

孙无言即孙默。

7. 清孙默编《十五家词》本，见收于《四库全书》中，为浙江巡抚采进本，其中卷一、二为《梅村词》，凡二卷。

8. 陈乃乾辑《清名家词》本，民国二十六年（1937）上海书店排印本，其中有《梅村诗馀》一卷。

又见于著录的有：

1. 《碧玲珑馆书目》著录有《吴梅村词》一册，一卷，扫叶山房石印，精本。按：《清词别集知见目录汇编》著录有石印本《吴梅村词》（一卷）数种，分别是清宣统元年（1909）和二年上海扫叶山房石印本，以及民国五年（1916）和十年（1921）上海扫叶山房石印本。

2. 《中国古籍善本书目》著录有《吴梅村词》一卷，清光绪十六年（1890）湖北官书处刻本，清王仁俊批注并跋。

许尚质

许尚质，字又文，又作幼文，号酿川，山阴（今浙江绍兴）人。少业诗，著有《酿川集》。

许氏词见于诗文集中，今有清刊本《酿川集》十二卷。其中有填词五卷，有序云：

> 词成于宋，舍宋无取词也。然而人好宋诗，不以宋之为词者为词，而以宋之为诗者为词，而于是宋无诗，亦并无词。夫词虽宋体，然自唐复乐府，减四十八调为二十四调，而后诗馀曲子由大晟以迄金元，其所为九宫十三调者，皆二十四调之遗，则上自齐梁，下逮金元，无不以是为宫悬夏击之端，原非北宋一代所得而限，故予乡襄时有创为西蜀、南唐之音者，华亭蒋大鸿也，其法宗《花间》，而人之为《草

堂》者却而不进。有创为德祐、景炎之音者，禾中朱竹垞也。竹垞客予郡，觅予郡之景炎处士所称菊山唐珏、蘋洲周密、后村仇远辈，而效其倡和，相牵为恧急逼剥之词，而人卒局步而不敢前，迄于今又三十年矣。而又文接踵而兴，标新领隽，萃《草堂》之精，而一轨于正。有近晚者，亦有类德祐、景炎者，要之，皆大晟之声也，宋人之词于是有真面目矣。予老去，不能为词，居钱湖之滨，而目盼西陵，所谓青骢油壁者，皆惘惘若隔世矣。观又文之词，细榷车回，小蛮人去，虽逮老犹想见之。西河毛奇龄撰。

按：《四库全书总目》著录有《酿川集》十三卷，提要云：

> 国朝许尚质撰，尚质字又文，山阴人。是集赋一卷、杂文一卷、诗五卷、词五卷，宋祖昱序谓尚质少而业诗，亦喜饮。指邑中所谓沈酿川者自号，因以名集，其文颇有法律，词亦修整，惟歌诗稍嫌故纵，或不甚入律云。

为《四库存目》之书，所据为浙江巡抚采进本。

又见于著录的有：

1. 清姚燮《大梅山馆藏书目》卷十一著录有许尚宝《酿川词》五卷，许尚宝当为许尚质之误。

2. 蔡宾年编《墨海楼书目》著录有《酿川词》五卷，一本。

以上均未言版本。

徐喈凤

徐喈凤，字竹逸，一作竹溪，号荆南墨农，宜兴（今属江苏）人。清世祖顺治十五年（1658）进士，为永昌府推官。工诗词，著有《荆南墨农全集》、《荫绿轩词》等。

其词集见附于诗文集中，今有《四库全书》本《荆南墨农全集》不分卷，提要云：

国朝徐喈凤撰，喈凤字竹逸，宜兴人。顺治戊戌进士，官永昌府推官。是编首曰《滇游诗集》，官永昌府时所作；次曰《愿息斋诗文集》，里居后所作。又附《荫绿轩词》初集、续集及《秋泛诗馀》、《两游诗馀》四种，而以《荆南墨农集》为总名。荆南墨农，喈凤晚年自号也。

为江苏巡抚采进本，所据版本不明，知附载有《荫绿轩词》初集、续集及《秋泛诗馀》、《两游诗馀》四种。

其词集见于词集丛编的有：

1. 清聂先、曾王孙编《百名家词抄》（一百卷）本，清康熙绿荫堂刻本，其中有《荫绿词》一卷。见《中国古籍善本书目》著录。

2. 清聂先、曾王孙编《百名家词抄》（初集六十卷）本，清康熙绿荫堂刻本，其中有《荫绿词》一卷。见《中国古籍善本书目》著录。

3. 清聂先、曾王孙编《百名家词抄》（二十卷）本，清康熙绿荫堂刻本，中有《荫绿词》一卷。见《中国古籍善本书目》著录。丛书又见《中华再造善本》收录，末有诸家题识，其中周稚廉云："今读《荫绿轩词》，不愧词坛老将之目。"又聂先云：

荆溪其年昆仲独倡声教，而先生鼓吹之功实多。故其词自辟堂奥，不落前人窠臼。看其起结联络，处处别开生面。

其后又有清光绪年间刊本《荫绿词集》正续集，有诸家序跋文，史可程序云："爰命剞劂，布诸国门。"徐士俊序云："生平著作，久矣价重鸡林，今复出诗馀一卷问世，飘萧秀艳，兼备风骚，使人读之如聆清琴，饮醇酒，不觉意消心醉。"又万锦雯续集序云：

徐子《荫绿轩词》已梓行于世矣，今集其稿，复得二百馀首。……徐子者，能不以穷达累心者也。幼而学，壮而行，一试未竟其施，遽以沦弃。材不为世用，道不显于时，可谓穷矣，而徐子晏如也。衣粗饭糗，屏居二十年，泊乎无营，淡乎无嗜。辟斋于堂之左，一几一榻一蕉团，列经史数卷，读书危坐，酬酢千古。是固飘然脱去世俗之乐，而自乐其乐也。

此本见郑振铎《西谛书目》卷五著录，有《荫绿轩词》三卷续集三卷，清刊本，二册。

李渔

李渔（1610—1680），初名仙侣，后改今名，字谪凡，号笠翁，兰溪（今属浙江）人，生于雉皋（今江苏如皋）。补博士弟子员，明毅宗崇祯入府学，屡赴乡试，皆不第。清顺治年间移居杭州，卖文为生。不久又移居南京，名所居曰芥子园，开设书辅，编辑刻印图书。著述颇富，有《笠翁十种曲》、《笠翁一家言》、《闲情偶寄》、《耐歌词》等。

李氏词见附于诗文集后，今有清康熙刻《笠翁一家言全集》本，其中有《耐歌词》四卷。又有清雍正刻本，载词集同康熙刻本。

民国时赵尊岳辑《明词汇刊》，其中有《笠翁诗馀》一卷，今有上海古籍影印刻本，赵氏民国二十三年（1934）跋云："遗著诗文词集、史评十卷，《闲情偶集（当作寄）》六卷，都为《一家言》。外则传奇十种，咸有刊本。词在全集卷八，附词话二十二则，今裁刻其词，以备家数云。"知是据别集本录出，存词二首，末有赵氏手书一行云："丙子五月十三日，以《一家言》坊本校之。叔邕。"丙子为民国二十五年（1936）。

又见于著录的有：

1. 郑振铎《西谛书目》卷五著录有《耐歌词》四卷《词韵》四卷，清康熙刊本，四册。又《中国古籍善本书目》著录有《耐歌词》四卷首一卷、《笠翁词韵》四卷，清康熙刻本。

2.《中国古籍善本书目》著录有《李笠翁词》一卷，清焦廷琥抄本。

陆世仪

陆世仪（1611—1672），字道威，号刚斋，晚号桴亭，太仓（今属江苏）人。明诸生，入清隐居讲学。著有《陆桴亭先生遗书》、《桴亭词》。

其词集见民国时赵尊岳辑《明词汇刊》收录，其中有《桴亭词》一卷，今有上海古籍影印刻本，有赵氏跋，未言所据。末有赵氏手批二行云："闰三月朔日自吴阊归来，以传抄盋山藏集本校。叔邕记。"按：《词学季刊》第一卷第三号（民国二十二年出版）载赵氏《惜阴堂汇刻明词提要》，其中有《桴亭词》一卷，云：

> 太仓陆桴亭先生，言理学，主敦守礼法，不虚谈诚敬之旨。同治间从祀孔庙。而所为词亦颇作侧艳语，此广平铁石之所以为梅花作赋欤？词二十二首，见《桴亭全集》。其小令《卜算子》："人道柳如眉，妾道眉输柳。柳叶逢春却肯舒，眉只时时皱。 风懒燕葳蕤，花落春消瘦。望断天涯芳草深，人在天涯否。"妮妮作小儿女语，敏慧如此，真复匪夷可思。其作激昂语者，亦不失之犷悝。《大江东去》云："江河日下，忙迫里、有甚清闲时节。华发生颠，看眼底无数，死生离别。苍狗白云，鼠肝虫臂，底事和谁说。一声长啸，闷来惟过双月。"而感事之沉痛者。《满江红》下半阕云："铜柱陨，朱崖缺。铁索断，沧澜绝。看石搂王屋，翻增悲咽。梅尉西山身未遂，鲁连东海心徒切。倚梅花沉醉澹然堂，凭谁说。"则岳鄂王之遗音也。亦有苍劲处，略似白石。《潇湘逢故人》有云："酒数行清泪，天意近如何，欲醒还睡。"则哀思内掩，繁音外流，足征其感事之深，愤时之切已。

有"词二十二首，见《桴亭全集》"云云，知是自别集中辑录出。检清光绪年间唐受祺刻《陆桴亭先生遗书》本，收陆氏著作二十二种，并无《桴亭词》。又检《桴亭先生文集》和《桴亭先生诗集》，也未见附载有词。

程康庄

程康庄（1613—1679），字坦如，号昆仑，武乡（今属山西）人。

明毅宗崇祯八年（1635）拔贡，入清，授镇江通判，迁安庆府同知，为耀州知州。著有《自课堂文》、《衍愚词》。

程氏词见于诗文集中，今有民国排印本《山右丛书初编》，其中有《自课堂文》一卷诗馀一卷诗选一卷。

其词集又见载于词集丛编中，今有清孙默编《国朝名家诗馀》四十卷附二卷，清康熙孙氏留松阁刻本，其中有《衍愚词》一卷。此种见《中华再造善本》收录，又有《清词珍本丛刊》影印本，孙金砺序（康熙丁未，1667）云："客岁秋，予过京口，读昆仑程先生诗文若干篇，尝为序。今夏留广陵，家枒庵携一编适予旅馆，曰：'此昆仑先生所作词也，颜曰衍愚，曷再为之序？'"枒庵即孙默。王士禄序云：

> 昆仑以文章名海内，乃点笔为诗，诗工，倚声为词，词又工。其《衍愚词》四十馀篇具在，试取而读之，纵复专家独诣，能远过乎？是以词求昆仑，雅不足以尽昆仑，亦可以见其才大而无不宜矣。

此本见王其毅《宿迁王氏池东书库简目》著录，有《国朝十六家词》三十八卷附《衍愚词》一卷，清孙默编，十本一函。

余光耿

余光耿，字介遵，婺源（今属江西）人。清世祖顺治二年（1645）举人，圣祖康熙初诸生，淡泊自守。著有《一溉堂诗集》、《蓼花词》。

《蓼花词》一卷，今有清康熙刻本，胡以旌序有"爰授兹集，兼属弁言"云云，又方正璐序云："临岐把卷，不又将叹盛会之不易得也与？于其行也，为书此以志之，并以为别。"序均作于清康熙三十二年（1693）。

其词集见《四库全书》著录，有《蓼花词》一卷，提要云：

> 国朝余光耿撰，光耿有《一溉堂诗集》已著录。其父懋衡

于明末遭党祸，光耿少而孤苦，中多感慨，往往托填词以自遣。《满江红》诸作思亲忆弟，寄兴颇深。其以"蓼花"名者，殆亦取多难集蓼之意欤？

为江西巡抚采进本，版本情况不明。又《清朝文献通考》卷二百三十六著录有《蓼花词》一卷，《清朝通志》卷一百四著录有《蓼花词》一卷，二者均当同库本。按：《四库全书存目丛书》据清康熙本影印。

又见于著录的有：

1. 郑振铎《西谛书目》卷五著录有《蓼花词》一卷，清康熙刊本，一册。

2. 《中国古籍善本书目》著录有《蓼花词》一卷，清抄本，邓之诚跋。

曹溶

曹溶（1613—1685），字洁躬，又作鉴躬，号秋岳、倦圃，秀水（今浙江嘉兴）人。明毅宗崇祯十年（1637）进士，官御史。清顺治间历副都御史，户部侍郎，出为广东布政使，左迁山西阳和道，裁缺归里。清圣祖康熙十七年（1678）诏举博学鸿词，疏荐未试，以疾辞。十八年举鸿博，不赴。编著有《静惕堂诗文》、《粤游草》、《静惕堂词》、《寓言集》、《静惕堂书目》。

《静惕堂词》一卷，清康熙朱丕戭等刻本，《清词珍本丛刊》据以影印，有序云：

> 吾乡倦圃曹先生著述之富，在牧斋、梅村伯仲间，乃钱、吴专集行世已久，近且墨渝纸敝，独静惕堂诗文未之雕刻，岂著述之传否固有数存焉耶？抑其出也愈后，则其传之者弥永耶？从孙恺仲昆季取所填词先付梨枣。彝尊忆壮日从先生南游岭表，西北至云中，酒阑灯炧，往往以小令慢词更迭倡和，有井水处辄为银筝檀板所歌。念倚声虽小道，当其为之，必崇尔雅，斥淫哇，极其能事，则亦足以宣昭六义，鼓吹

元音。往者明三百祀，词学失传，先生搜辑南宋遗集，尊曾
表而出之。数十年来浙西填词者家白石而户玉田，春容大
雅，风气之变，实由先生。当世君子得先生词诵之，必有思
雕先生之诗文者，先生之著作虽出之也晚，庶几传之弥永
焉。同郡年家子朱彝尊序。

恺仲即朱丕戴，为曹溶外孙，曾辑刻有《静惕堂诗集》等。此种见《中
国古籍善本书目》著录，有《静惕堂词》一卷，云清康熙四十六年
（1707）朱丕戴刻本。

曹氏词多见于词集丛编中，计有：

1. 清聂先、曾王孙编《百名家词抄》（一百卷）本，清康熙绿荫堂
刻本，其中有《寓言集》一卷。见《中国古籍善本书目》著录。

2. 清聂先、曾王孙编《百名家词抄》（初集六十卷）本，清康熙绿
荫堂刻本，其中有《寓言集》一卷。见《中国古籍善本书目》著录。

3. 清聂先、曾王孙编《百名家词抄》（三十卷）本，清康熙刻本，
中有《寓言集》一卷。见《中国古籍善本书目》著录。

4. 清聂先、曾王孙编《百名家词抄》（二十卷）本，清康熙绿荫堂
刻本，中有《寓言集》一卷。见《中国古籍善本书目》著录。丛书又见
《中华再造善本》收录。

5. 陈乃乾辑《清名家词》本，民国二十六年（1937）上海书店排
印本，其中有《静惕堂词》一卷。

另见于著录的有：

1. 清姚燮《大梅山馆藏书目》卷十一著录有《静惕堂词》一卷。

2. 清乔载繇《吾园书目》著录有《倦圃词》一本。

3. 蔡宾年编《墨海楼书目》著录有《静惕堂词》，二本。

以上均未言版本。

宋琬

宋琬（1614—1674），字玉叔，号荔裳，莱阳（今属山东）人。清

世祖顺治四年（1647）进士，授户部主事，累迁户部郎中，升永平副使，擢浙江按察使，授四川按察使，致仕居家。著有《安雅堂全集》。

宋氏词集见载于全集中，今有清康熙刻本《安雅堂诗》八卷文集二卷、《重刻安雅堂文集》二卷、《安雅堂书启》一卷、《安雅堂未刻稿》八卷、《入蜀集》二卷、《二乡亭词》三卷、《祭皋陶》一卷，《四库全书存目丛书·补编》据以影印。

其词集多见于词集丛编中，计有：

1. 清聂先、曾王孙编《百名家词抄》（一百卷）本，清康熙绿荫堂刻本，其中有《二乡亭词》一卷。见《中国古籍善本书目》著录。

2. 清聂先、曾王孙编《百名家词抄》（初集六十卷）本，清康熙绿荫堂刻本，其中有《二乡亭词》一卷。见《中国古籍善本书目》著录。

3. 清聂先、曾王孙编《百名家词抄》（三十卷）本，清康熙刻本，中有《二乡亭词》一卷。见《中国古籍善本书目》著录。

4. 清聂先、曾王孙编《百名家词抄》（二十卷）本，清康熙绿荫堂刻本，中有《二乡亭词》一卷。见《中国古籍善本书目》著录。丛书又见《中华再造善本》收录，末有施闰章题识云：

> 词固以艳丽为工，尤须蕴藉，始称作手。读《二乡词》，方可谓秾纤雅洁。

5. 清孙默编《国朝名家诗馀》四十卷附二卷，清康熙孙氏留松阁刻本，其中有《二乡亭词》二卷。此种见《中华再造善本》收录，又有《清词珍本丛刊》影印本，董俞《小引》云：

> 莱阳宋荔裳先生以文章名海内久矣，乃人称其登临宴集之暇，好为小词，甫脱稿，辄为好事袖去。尚书红杏、郎中花影之句，恒津津人齿颊间云。间读《安雅堂》所载古文辞暨各体韵语，绝似昌黎、庐陵诸大家与建安、开元时人，不禁叹曰：美哉！泱泱乎东海之风，于麟以后一人而已。顾以未得读其诗馀为恨。一日，先生驻骖五茸，得追随杖履，采菱淀

湖，玩月九峰。历寿梦之遗墟，吊平原之故馆。夕阳蔓草，流水寒鸦，相与徘徊不忍去。于是出其奚囊中诸长调歌之，多商羽之音，秋飙拂林，哀泉动壑，不足喻其峥嵘萧瑟也。已而置酒名园，银屏绛腊，掩映于花榭竹屿间，檀板红牙，肉倡丝和，先生复出其小令，为曼声歌之。如新筝乍调，雏莺初啭，尖俏新艳，不数齐梁《子夜》、《读曲》诸歌。噫！观止矣。湖海之作，伧父辛、刘；闺帏之制，衙官秦、柳，此真子建天人之才，邯郸生能不为之咋舌汗下乎？余尝谓之曰："不朽之道，人患其少，公患其多，岂欲占尽文苑诸家耶？抑公以生平风波危惧，跋胡疐尾者尚少，而更将深造物之忌耶？"先生为之扪腹微笑而已。

按：一本末有"康熙己酉暮春下浣，云间年家后学董俞苍水题于玉屏梵间"二句，序作于清康熙八年（1669）。

6. 清孙默编《十五家词》本，见《四库全书》中收录，其中有《二乡亭词》二卷。

7. 陈乃乾辑《清名家词》本，民国二十六年（1937）上海书店排印本，其中有《二乡亭词》一卷。

另有《四库全书》本《二乡亭词》四卷，提要云：

> 今三十卷之本久已散佚，所谓《入蜀集》者，其后人亦无传本。此本题《安雅堂诗》者不分卷数，有来集之、蒋超二序，皆题顺治庚子，盖犹少作。题《安雅堂拾遗诗》者，与其文集、词集皆乾隆丙辰其族孙邦宪所刻，掇拾残剩，非但珠砾并陈，亦恐真赝莫别，均不足见琬所长。其视闰章，盖有幸有不幸矣。

知为刻本，为大理寺卿陆锡熊家藏本。按：《清朝文献通考》卷二百三十一著录有《安雅堂集》十卷、《安雅堂诗》、《安雅堂拾遗诗》俱无卷数、《安雅堂拾遗文》二卷附《二乡亭词》四卷。又《清朝通志》卷一百三著录有《安雅堂诗》、《安雅堂拾遗诗》,皆无卷数,《安雅堂拾遗文》二卷附《二乡亭词》四卷。知词是附载于诗文集后的。

又见于著录的有:

1. 罗振玉《罗氏藏书目录》著录有《二乡亭词》三卷拾遗一卷,一本。又见王国维编《大云书库藏书目》卷中著录。

2. 刘承干《嘉业藏书楼书目》著录有《二乡亭词》一卷,原刊本,一册。

3. 王其毅《宿迁王氏池东书库简目》著录有《二乡亭词》三卷、《祭皋陶传奇》一卷、《安雅堂书启》一卷,一本。

金堡

金堡(1614—1680),字道隐,仁和(今浙江杭州)人。明毅宗崇祯十三年(1640)进士,授临清知县。明亡,起兵抗清。后削发为僧,名今释,字澹归,号跛阿师,住韶关丹霞山寺。著有《遍行堂集》。

金氏词见载于诗文集中,今有清乾隆五年(1740)刻本《遍行堂集》四十九卷目录二卷,《四库禁毁书丛刊》据以影印,其中卷四十二至卷四十四为词部,存词三卷。

民国时赵尊岳辑《明词汇刊》,有《遍行堂词》一卷,所录为《遍行堂集》卷四十二所载。

彭孙贻

彭孙贻(1615—1673),字仲谋,一字羿仁,号茗斋,海盐(今属浙江)人。明末拔贡生,入清不仕,卒后门人私谥为孝介先生。著有《茗斋集》、《茗斋诗馀》。

彭氏词见载于诗文集中,今有《四部丛刊续编》本《茗斋集》二十三卷附《明诗抄》九卷,是据手稿、抄本和刻本影印的。其中卷十八为诗馀,存词二百又八首,所据为手稿。又卷二十为补遗,补诗馀二首,所据为抄本。前有王士祯《彭孙贻传》,云:"小词、乐府,亦无不与秦、柳并驱争衡者。"又云:"所著有《茗斋诗文集》、《流寇志》、

《诗馀》、《乐府》、《百花诗》，并杂著若干卷。"按：虽然总目卷十八标作"诗馀"，检正文，原诗馀手稿实分抄作三部分，即视为三卷。

其后《茗斋诗馀》另行，今有清蒋光煦辑《别下斋丛书》本，凡二卷，有清道光中海昌蒋氏刊本。蒋氏序略云：

> 济南王文简称其诗宏深奥衍，穷变极奇，尤工倚声。《茗斋诗馀》二卷，俊爽婉媚兼而有之，实擅南北宋之长，间有闲情侧艳之作，亦属词家之常。昔尤悔庵检讨题美门《延露词》云："彭子与王子阮亭《无题》唱和，叹其淫思古意，两玉一时。"盖即美人香草之遗，借以抒其幽郁之情，词家固不以为嫌，则茗斋之词当与延露并传矣。道光丙申秋孟（当作孟秋），海昌蒋光煦跋。

跋作于清道光十六年（1836），未言所据。此本见叶德辉《叶氏观古堂藏书目》著录。

民国时又有赵尊岳辑《明词汇刊》本《茗斋诗馀》二卷，有上海古籍影印刻本，有赵氏民国十四年（1925）跋。又《词学季刊》第一卷第三号（民国二十二年出版）载赵氏《惜阴堂汇刻明词提要》，其中有《茗斋诗馀》二卷，云：

> 此词原有道光蒋氏《别下斋丛书》刊本，以授覆锓者也。蒋跋胪举茗斋行谊甚详，谓茗斋为明太常节愍公子，公死赣难。先生冒白刃以求遗骨，负骸送归。奉母杜门以居，孝行闻于时，乡人私谥孝介先生。诗馀则侧艳芬芳，淫思古意，以俊爽药庸下，以婉约运清空，惟开清初神韵之途，则亦未能遽免尔。词凡上卷一百三十三首，下卷九十八首。其俊爽者，如《水调歌头》："今古此春色，几个客登楼。把杯还问，春色毕竟为谁留。岁岁燕来燕去，月月花开花谢，白尽少年头。花下一壶酒，且莫替春愁。"其婉约者，如《长亭怨慢》云："是何处流莺低语，不道高楼，有人闲倚。飞絮漫

天，马蹄蹂碎暗尘里。青山江尾，堆积到愁多处。山自不销愁，何苦两峰窝，云敛碧聚。　　春江非有泪，那只管流难住。纵饶是泪，也和杂楚天风雨。是不合独自凭阑，见无限江山如此。取次若重来，无杜鹃时方许。"至短调则学《花间》，虽工力或有未逮，而新词丽句，终乎可传也。

知是据蒋氏《别下斋丛书》本覆刊的。

又《今生读作来生用藏书目录》著录有《茗斋诗馀》二卷。未标明版本。

龚鼎孳

龚鼎孳（1615—1673），字孝升，号芝麓，合肥（今属安徽）人。明毅宗崇祯七年（1634）进士，授兵部给事中。入清召用，官至礼部尚书。卒谥端毅。著有《定山堂集》、《定山堂诗馀》、《香严斋词》。

龚氏词集见附于诗文集中，今有清康熙十五年（1676）吴兴祚刻本《定山堂诗集》四十三卷诗馀四卷，《续修四库全书》和《四库禁毁书丛刊》据以影印。诗馀有丁澎序略云：

> 间以其闲情发为诗馀，授而梓之于锡山，总其事者为吾友姜子子嚣。余以今年冬来游梁溪，子嚣手先生全卷，问序于余，余得邀先生之知者已数十年，其沐浴教泽者深矣。于是取是编而读之，沨沨乎有三百篇之遗音焉。其珥珰槐掖，濡笔承明，则雅音亮节，依然《彤弓》、《湛露》之赋答也；其遣情山水，放目云烟，抚白日以流连，漱清漪而沧溯，则逸兴遄飞。陶然《卷阿》、《菶照》之高致也。其凄心悄志，悱恻缠绵，寄悲怨于花辰，托遥思于月夕，则殷然忧谗畏讥，离夫思妇之萧骚也；其香闺忆别，霜塞鸣笳，听木叶于宵砧，响愁鸿于铁马，则杨花雨雪，色然以惊，凄然以悲，而瞻望勿及者也；其春郊约友，曲水联心，就云中而招鹤，开金井以投轮，则鸟鸣伐木，慕友声而恩兰味者也。然则先生之诗馀，非古

> 乐府之馀、盛中晚之馀，而三百篇之馀也，亦非仅三百篇之馀，直可上溯夫八伯卿云之烂、白云西母之谣，"元首""股肱"之赓飏，而为其馀者也。

序作于清康熙十二年（1673）。

又其词集有另行者，叙录如下：

一、《定山堂诗馀》

见于丛书中收录的有：

1. 陈乃乾辑《清名家词》本，民国二十六年（1937）上海书店排印本，其中有《定山堂诗馀》一卷。

2. 中华书局辑《四部备要》本，民国二十五年（1936）上海中华书局排印本，其中有《定山堂诗馀》四卷。

又见于藏家著录的，计有：

1. 清周星诒《传忠堂书目》著录有《定山堂诗馀》四卷一册，抄本。又蒋氏藏《铁华馆家藏书目》著录有《定山堂诗馀》，一本，抄本。

2.《双宋书斋善本书目》著录有《定山堂诗馀》，一本，云抄本。

二、《香严斋词》

见于词集丛编中的计有：

1. 清聂先、曾王孙编《百名家词抄》（一百卷）本，清康熙绿荫堂刻本，其中有《香严斋词》一卷。见《中国古籍善本书目》著录。

2. 清聂先、曾王孙编《百名家词抄》（初集六十卷）本，清康熙绿荫堂刻本，其中有《香严斋词》一卷。见《中国古籍善本书目》著录。

3. 清聂先、曾王孙编《百名家词抄》（三十卷）本，清康熙刻本，中有《香严斋词》一卷。见《中国古籍善本书目》著录。

4. 清聂先、曾王孙编《百名家词抄》（二十卷）本，清康熙绿荫堂刻本，中有《香严斋词》一卷。见《中国古籍善本书目》著录。丛书又见《中华再造善本》收录，末有邹衹谟题识云：

> 小词不学《花间》，则当学欧、晏、秦、黄。《花间》绮琢

处于诗为靡，而于词则如古锦纹理，自有黯然异色，欧、晏蕴藉，秦、黄生动，一唱三叹，总以不尽为佳。清真乐章以短调行畏调，故滔滔莽莽处如唐初四杰作七古，嫌其不能尽变。至姜、史、高、吴，而融篇、炼句、琢字之法无一不备。今惟合肥兼擅其胜，正不如用修好入六朝丽字，似近而实远也。

5. 清孙默辑《国朝名家诗馀》本，有清康熙留松阁刻本，其中有《香严词》二卷，此种见《中华再造善本》收录，又有《清词珍本丛刊》影印本，纪映钟序略云：

> 黄山孙子无言宿擅词学，于海内名家，尽空其箧衍而刳剔以传，尤与端毅公有花间之契。今公人琴俱亡，孙子感车过腹痛，因取其数年所寄诸帙，更博采而手订之，以沾溉饥渴，俾同人见公之全豹，与两文忠颉颃今古。呜呼！意良厚矣。苟息有言，使死者复生，生者不愧，其言，孙子之谓乎？然端毅公病中尚有词十馀首，易箦之前三日重九尚拈一调，绝笔也。今藏家笥，孙子其索而补之。

孙子无言即孙默。又见于著录的有：

1. 郑振铎《西谛书目》卷五著录有《香严斋词》一卷，清康熙刊本，一册。

2. 《中国古籍善本书目》著录有《香严斋词》一卷，清康熙十一年（1672）徐釚刻本。

金人望

金人望，字留村，又字道洲，一作道驹，淮安（今属江苏）人。生卒年不详。清圣祖康熙十一年（1672）副贡，知马平、长武，充陕西乡试同考官。著有《瓜庐词》。

其词集见于著录的有：

1. 清乔载鷟《吾园书目》著录有《瓜庐词》一本。

2. 清姚燮《大梅山馆藏书目》卷十一著录有《瓜庐词》一卷。以上均未言版本为何。

陈孝逸

陈孝逸，原名士凤，字少游，号痴山，临川（今属江西）人。明毅宗崇祯间诸生，性淡泊，隐居不仕。著有《痴山集》等。

陈氏词见载于诗文集中，今有清初刻本《痴山集》六卷，《四库禁毁书丛刊》据以影印，其中卷五附有诗馀。

民国时赵尊岳辑《明词汇刊》，其中有《痴山词》一卷，今有上海古籍影印刻本，赵氏跋云：

> 孝逸，字少游，杭州人。崇祯间诸生，性淡泊，隐居不仕。著《痴山集》，临川傅占衡为之序。占衡与少游以文章相切磋，傅居西溪，陈居迎仙山，相距二里许。迎仙即少游取以号痴山者也。论文一以简婉淡约为尚，而以不作文字为主，其学可从知也。集凡六卷，词附存，因以授梓，并最傅序以代跋言。珍重阁。

知是自别集附词析出另行。末有赵氏手书一行，云"同日叔雍校西湖书藏本"。

胡介

胡介（1616—1664），初名上登，字彦远，号旅堂，钱塘（今浙江杭州）人。明诸生，入清不仕。著有《旅堂诗文集》。

胡氏词见载于诗文集中，今有清康熙间刻本《旅堂诗文集》二卷，《四库未收书辑刊》据以影印，其中卷一诗集末附诗馀，存词四十七首。

民国时赵尊岳辑《明词汇刊》，其中有《旅堂诗馀》一卷，今有上海古籍影印刻本，有赵氏民国十九年（1930）跋，末有赵氏手批一行云："同日校传抄菾山藏集本。高梧。"又《词学季刊》第一卷第三号

（民国二十二年出版）载赵氏《惜阴堂汇刻明词提要》，其中有《旅堂诗馀》一卷，云：

> 介初名上登，字彦远，钱塘人。诸生，有《旅堂诗集》行世，词四十七首。兰泉司寇著录有《河渚吟》，今未之见，或即词题下注"河渚吟"者是已。《明词综》选《满江红》"走马归来"一首，词句迥异，足征流传尚有别本，安得一一为之重行校勘耶？词间有高抗之笔，寓意甚深。《芳草渡》云："三生路，十年情。人初老，草初青。伤心难上旧西陵。花雨细，饧笛短，又天明。　　空回首，人如柳，穿过春风四九。画楼远，马蹄轻。青云外，红帘里，总飘零。"《望远行》上半阕云："梦里沉沉听鹧鸪，一向关山路迷。草堂去后草萋萋。夜深人倦立棠梨。"《巫山一段云》上半阕云："夜自高秋迥，寒从落叶生。芦花深处一舟横，水满石桥平。"均矫健卓荦，不同流俗之音者也。

知是自别集中析出另行。

余怀

余怀（1616—1695），字澹心，一字无怀，号鬘翁、鬘持老人。莆田（今属福建）人，侨居江宁，晚年退隐吴门。工词善曲，著有《味外轩文稿》、《板桥杂记》、《研山堂集》、《秋雪词》、《玉琴斋词》、《研山词》等。

一、《秋雪词》

此种多见于词集丛编中，计有：

1. 清聂先、曾王孙编《百名家词抄》（一百卷）本，清康熙绿荫堂刻本，其中有《秋雪词》一卷。见《中国古籍善本书目》著录。

2. 清聂先、曾王孙编《百名家词抄》（初集六十卷）本，清康熙绿荫堂刻本，其中有《秋雪词》一卷。见《中国古籍善本书目》著录。

3. 清聂先、曾王孙编《百名家词抄》（二十卷）本，清康熙绿荫堂刻本，中有《秋雪词》一卷。见《中国古籍善本书目》著录。丛书又见《中华再造善本》收录，末有龚鼎孳题识云：

> 《秋雪词》惊才绝艳，绣口锦心，人所易知也。而其一寸柔肠，千年绝调，腴而不靡，丽而不纤，悲壮而不激烈，旷达而不肤廓，不必以雕镂为工，而玉光剑气，隐现于声律芳香之外，非人所易知也。一觞一咏，吾当北面，岂敢以旗鼓抗中原哉？

二、《玉琴斋词》

见于藏家著录的有：

1. 清曹寅《楝亭书目》卷四著录有《玉琴斋词》，云："抄本，本朝下邳余怀著，四卷，娄东吴伟业序，四册。"按：清丁丙《善本书室藏书志》卷四十著录有《玉琴斋词》四册，云："手稿本，曹楝亭藏书。"提要略云：

> 此澹心词稿四册，不分卷，卷首有吴梅村、尤展成题词，后有顾千里、孙渊如二跋。澹心词世无刻本，其体格与渔洋、珂雪相伯仲。旧为曹楝亭昌敷斋转辗宝藏，其后为马二槎所得，蒋生沐载入《东湖杂记》，今藏余家，亦三十馀年矣。

按：王大隆辑《思适斋书跋》卷四著录有《玉琴斋词》不分卷，稿本，录顾千里题识（详后）。民国时此书归藏江南图书馆，见《江南图书馆善本书目》著录，有《玉琴斋词》四册，云："清闽县余怀手写本，曹楝亭藏书。"此书今存南京图书馆，又见《中华再造善本》收录，凡四册，前有吴伟业题云：

> 澹心之词大要本于放翁，而点染藻艳，出脱轻俊，又得诸《金荃》、清真，此縠学富而才隽，无所不诣其胜耳。余少喜学词，每自恨香奁艳情，当升平游赏之日，不能渺思巧句，以规摹秦、柳。中岁悲歌侘傺之响间有所发，而转喉扪舌，喑

噫不能出声。比垂老，而生气渐已衰矣，此余词所以不成
也，读澹心之作不能无愧。娄东弟梅村居士题。

第二册末有魏锡曾题识云：

> 按：此四册旧未标识前后，观自寿诸作，当以有序者为首
> 册。次《山花子·为李云田侍儿作》一册，次《水调歌头》一
> 册，次《山花子·怀园次西湖》一册。顾、孙两跋偶书在弟二
> 册，读者勿因此讹其次序。时乙丑八月，豹人属录蒋氏语，
> 因记。

作于清同治四年（1865），豹人指孙枝蔚，蒋氏指蒋光熙。按：魏锡曾
（？—1881），字稼孙，清仁和（今浙江杭州）人。贡生，官福建盐大
使。嗜金石拓本，购墨本甚富。著有《绩语堂诗文集》、《绩语堂碑
录》。所谓"顾、孙两跋偶书在第二册"，检《中华再造善本》，顾、孙
两跋在第四册末，即全书末，顾、孙两跋分别指顾广圻、孙星衍所撰
（详后）。又书末有诸题识，录三家如下：

> 填词宗派，五代、南北宋各极其妙。近人惟拼扯玉田，附
> 会竹西六家，自外皆未之寓目，乌足与知此事耶？观梅村题
> 中举放翁、《金荃》、清真，而归之学富才隽，无所不诣其
> 胜，可以知前辈诚不可轻及矣。嘉庆癸酉岁八月下旬，元和
> 顾广圻观并识。

> 梅村作序，澹心手迹，棟亭弆藏，此本可称三绝。赏鉴家
> 当于花香茗椀间披阅之，如对古人矣。阳湖孙星衍题，癸酉
> 年重九。

> 向读鼍持老人《板桥杂记》，一手一珠，一字一泪，非寻
> 常说部可比。《味外轩诗》不多见，《感旧集》选录，韵在弦指
> 之外，足阄宋人之室。此卷手书秀逸，词格婉丽，与《金陵杂

诗》相辉映。先有骏公、展成两跋，后有思适、平津题记，亦千古墨妙。倘得句模登椠，以广其传，实艺林奇迹也。初春雪霁，获观鸿秘，今年第一眼福耳。光绪十五年正月十日，仁和许增谨志，时年六十六岁。

顾广圻、孙星衍题记均作于清嘉庆十八年（1813）。许增题记作于光绪十五年（1889），其中骏公、展成两跋分别指吴伟业、尤侗所撰，思适、平津题记分别指顾广圻、孙星衍所撰。又有二跋，录如下：

吾友柳君翼谋主金陵图书馆，出所藏余澹心《玉琴斋词》若干卷，为澹心手抄本，将付诸石印。过沪持示余，盖世所未经见者也。澹心独以《板桥杂记》显于世。按：杭州丁氏《善本书室藏书志》题其《玉琴斋词》，称别有《味外轩稿》、《板桥杂记》、《茶史》。又蒋光煦《东湖丛记》称澹心《江山集》，今所见者凡四种，一《平生萧瑟诗》、一《三吴游览志》、一《枫江酒船诗》、一《梅花诗》，而皆不及其所撰《东山谈苑》。《东山谈苑》者，为余家旧藏抄本，笔致娴雅，疑亦澹心所手录。早岁侍先公居长沙，曾用坊肆铅制字印行，今垂五十年矣。印稿既散尽，原抄本亦失去。然可知澹心生平撰著未列著录者，或尚有他书，翼谋耽奇嗜古，倘续有所获，并为流传，亦书生好事作痴之私幸也。戊辰伏日，散原老人陈三立题记。

盋山图书馆藏《玉琴斋词》四帙，其藏弆源流，详《东湖丛记》及丁氏《善本书室藏书志》。按：《清词综》、《续清词综》均称余怀著有《秋雪词》。王选录《浣溪纱》、《忆秦娥》二阕，姚选录《转应曲》、《浪淘沙》二阕、《虞美人》、《水调歌头》凡五阕，送其年归荆溪之《水调歌头》不载此稿中，"六代兴亡地，分手各茫然。长松落落千尺，黛色直参天。山上龙蛇蜿蜒，山下楼台缥缈，白石涌清泉。玉笛吹花外，银甲卸尊前。　　徐娘老，秋娘病，倩谁怜。怜君湖海豪气，彩笔撼风烟。我有新词丽句，自付雪儿红豆，不必万人传。惜别在今日，相见是何年。"馀词亦多异同。《浣溪纱》"隋家宫殿久湮消"，稿本作"隋家宫殿已烟消"。《忆秦娥》"莺儿声唤"，稿本作"阿娘惊唤"。《转应曲》，稿本作《调笑令》。《浪淘沙·人日看梅花》阕"香凝冰雪影横斜"，稿本作"香云冉冉影横斜"；"酒晕生潮心自醉"，稿本作"酒晕生潮人欲醉"。《浪淘沙·寒月同曹子顾登千人石》阕"虎丘片石晓苍苍"，稿本作"虎丘片石晚苍苍"。疑此本尚系六旬前手稿，兰泉、茝汀所见之《秋雪词》则晚年定本欤？此稿书法清挺，后稍率易，然仍弈弈有神彩。《古今词话》载龚芝麓曰："澹心余子，惊才绝艳，吐气若兰，而搦管题词，直搴淮海之旗，夺小山之篿。"允为定评，不独墨妙可宝也。《续疑年录》据尤西堂《宫闺小名录》推澹心生年为万历四十四年丙辰，今据其词自四十九岁感遇之作，继有五十进酒词，五十一岁自寿词，五十加三自寿词，盖编年体也。五十一岁自寿词后有《百字令·题丁未四月重游西湖》，又《水龙吟》序有乙巳六月游武林，丙午避暑吴兴，丁未休夏灵岩，今年归白下栖故庐诸语。五十三岁自寿词则与祝吴梅村六十词相接，梅村生明万历三十七年己酉，澹心少梅村七岁，适为万历四十四年丙辰生。甲申鼎革，财廿九岁，至康熙四年乙巳年五十，丙午五十有一，丁未五十有二，戊申五十有三，可为《续疑年录》增一确证。五十进酒词序谓寇莱公同日生，五十加三自寿词亦云："明日中元，今朝修禊。"民国十七年戊辰中元，影印适竣，爰为题记。柳诒徵。

二跋均作于民国十七年（1928），知是民国时据《玉琴斋词》手稿石印。又有佚名跋云：

> 《玉琴斋词》，手稿本，曹栋亭、董斋先后藏。前有娄东梅村居士题，又尤侗序，皆真迹。澹心别有《味外轩稿》、《板桥杂记》、《茶史》，此《玉琴斋词》旧藏马二樵处，蒋生

沐载之《东湖丛记》。有"余怀之印"、"广霞"、"味外轩图书"及"楝亭曹氏藏书"、"长白槎氏"、"菫斋昌龄图书记"。

知手稿曾为曹楝亭、菫斋、马二槎等收藏。按：曹寅（1658—1712），字子清，号荔轩，又号楝亭，满洲正白旗包衣。清康熙历官江宁织造、巡视两淮盐漕监察御史等，官至通政使司通政使。以校勘、购书为乐事，编著有《楝亭集》、《楝亭书目》等。昌龄，姓富察氏，字晋蘅，号菫斋，一作谨斋，满洲镶白旗人。为曹寅外甥。清雍正元年（1723）进士。马瀛（1750—1820），字二槎，一作仁槎。浙江宁海人。监生。家富藏书，贮于吟香山馆，一作吟香仙馆。编有《吟香仙馆书目》。此书又见《中国古籍善本书目》著录：《玉琴斋词》不分卷，稿本，清吴伟业、尤侗题词，清顾广圻、孙星衍、魏锡曾、许增、丁丙跋。

2. 刘承干《嘉业藏书楼书目》"补遗"著录有《玉琴斋词》不分卷，戊辰国学图书馆影印本，四册。按：此即据江南图书馆藏手稿本石印者，参见前陈三立、柳诒徵跋。

三、《研山词》

有清孔传铎编《名家词抄》本，清抄本，其中有《研山词》一卷。

曹尔堪

曹尔堪（1617—1679），字子顾，号顾庵，嘉善（今属浙江）人。清世祖顺治九年（1652）进士，改庶吉士，授翰林院编修，升侍讲学士。著有《南溪词》、《南溪集》、《秋水轩唱和词》。

曹氏词多见于词集丛编中，计有：

1. 清聂先、曾王孙编《百名家词抄》（一百卷）本，清康熙绿荫堂刻本，其中有《南溪词》一卷。见《中国古籍善本书目》著录。

2. 清聂先、曾王孙编《百名家词抄》（初集六十卷）本，清康熙绿荫堂刻本，其中有《南溪词》一卷。见《中国古籍善本书目》著录。

3. 清聂先、曾王孙编《百名家词抄》（三十卷）本，清康熙刻本，中有《南溪词》一卷。见《中国古籍善本书目》著录。

4. 清聂先、曾王孙编《百名家词抄》（二十卷）本，清康熙绿荫堂刻本，中有《南溪词》一卷。见《中国古籍善本书目》著录。丛书又见《中华再造善本》收录，末有丁澎题识云：

> 词以温、韦为则，自欧、秦、姜、史，盛极而衰，至明末习气颓唐，迄今日而始盛，其犹诗之在开元、天宝欤？学士之词实得《花间》、《绝妙》之致，似《兰畹》、《金荃》之丽。阮亭先生尝谓："学士词其源出于《豳风》，一洗郑卫馀习。"其知言乎？

5. 清孙默编《六家诗馀》本，清康熙六年（1667）孙氏留松阁刻本，其中有《南溪词》二卷。

6. 清孙默编《国朝名家诗馀》本，清康熙孙氏留松阁刻本，其中有《南溪词》二卷。此种见《中华再造善本》收录，又有《清词珍本丛刊》影印本，尤侗序略云：

> 予间以《花》、《草》之馀度曲梨园，陶写丝竹，而顾庵出所著近词，一唱三叹，遂使铁板承前，红牙侍后，狂奴故态，吾两人可相视而笑矣。予惟近日词家烘写闺襜，易流狎昵，蹈扬湖海，动涉叫嚣，二者交病。顾庵独以深长之思发大雅之音，如桐露新流，松风徐举，秋高远唳，霁晚孤吹。第其品格应在眉山、渭南之间，会须诃周、柳为小儿，嗤辛、刘为伧父。予又何人，敢与之较长絜短哉？假使今日有上官昭容秤量天下，则顾庵必受明月夜珠之宠，而予则纸落如飞矣。又使今日有旗亭妙伎，双鬟发声，则顾庵必擅黄河远上之名，而予且未得画壁。然则顾庵之词，予岂惟不敢望肩背，虽欲品题甲乙，亦不能赞一辞也。盖新城王阮亭亟称之矣，曰："学士词其源出于《豳风》，一洗郑卫。"予尝以为知言。

7. 清孙默编《十五家词》本，见《四库全书》中收录，其中有《南溪词》二卷。

8. 陈乃乾辑《清名家词》本，民国二十六年（1937）上海书店排印本，其中有《南溪词》一卷。

另见于著录的有：

1. 清乔载繇《吾园书目》著录有《南溪词》一本。

2. 《浙江通志》卷二百五十二著录有《南溪词》二卷。

以上未言版本。

陆求可

陆求可（1617—1679），字咸一，号密庵，山阳（今江苏淮安）人。少孤，事祖母与母极孝，笃志好学。清世祖顺治十二年（1655）进士，授河南裕州知州，入为刑部员外郎，历迁福建提学佥事，转参议，未任卒。著有《密庵文集》、《月湄词》。

陆氏词集见附于诗文集后，今有清康熙二十年（1681）王霖刻本《陆密庵文集》二十卷录馀二卷诗集八卷诗馀四卷，《四库全书存目丛书》据以影印。按：《四库全书总目》著录有《陆密庵文集》二十卷录馀二卷诗集八卷诗馀四卷，提要云：

> 国朝陆求可撰，求可字咸一，淮安人。顺治乙未进士，官至刑部郎中。其古文颇疏畅，而机调多类时艺，诗词亦酬应之作居多。

未言版本，为浙江郑大节家藏本。又《清朝文献通考》卷二百三十二著录有《陆密庵文集》二十卷录馀二卷诗集八卷诗馀四卷，又见《清朝通志》卷一百三著录，均同库本。

其词集又有另行者，见于词集丛编中的，计有：

1. 清孙默编《国朝名家诗馀》本，清康熙孙氏留松阁刻本，其中有《月湄词》四卷。此种见《中华再造善本》收录，尤侗序云：

> 山阳陆密庵先生尝视学八闽，坐高堂，施绛帐，以五经六

艺训其子弟，盖庄庄乎道学君子也。癸丑来游虎丘，与予辈饮酒赋诗，谈谐间作，大似江山韵人。今冬寄予《月湄词》，读之，芳华旖旎，不减晓风残月，其彭泽之闲情、广平之梅花耶？至其命题分门别部，以良辰为一集，美景为一集，古迹为一集，艳情为一集。似《花间》之类苑，为《草堂》之丛书。字里云霞，灿于金谷；行间珠玉，富于铜陵矣。吾吴诗馀自云间发源，武塘分派，西湖溯其流，毗陵扬其波。今兹风气自南而北，由维扬以达淮海，而先生卓然为词坛总持。山阳故楚州地，楚人善怨，小山招隐，有沅湘遗风焉。先生其倚户而歌，邻人有吹笛者嚼徵含商，移宫换羽，当为使君洗尽蛮烟瘴雨作霜天晓矣。

癸丑为清康熙十二年（1673）。又范国禄跋云："余从孙子无言搜辑名家词，得备参阅，独至《月湄集》，不觉快心叫绝，梓成，因缀数语其后。"孙子无言即孙默。

2. 清孙默编《十五家词》本，见《四库全书》中收录，其中有《月湄词》四卷。

3. 清孔传铎编《名家词抄》本，清抄本，其中有《月湄词》一卷。

又见于藏家著录的有：

1. 清姚燮《大梅山馆藏书目》卷十一著录有《月湄词》四卷。

2. 蔡宾年编《墨海楼书目》著录有《月湄词》四卷，一本。

李方湛

李方湛，里贯行迹俟考。著有《红杏词》。

《红杏词》二卷，有清嘉庆小石梁山馆刻本，有吴锡麒题《壶中天》一首，词序云："读《红杏词》，爱其情味绵邈，可以继声竹翁。枨触旧怀，惝恍如梦，老冉冉至矣。停灯听雨，有述于言。"

其词集见于著录的有：

1. 清姚燮《大梅山馆藏书目》卷十一著录有《红杏词》一卷，作李光湛。

2. 清忻宝华《澹庵书目》著录有《红杏词》二卷。

3. 蔡宾年编《墨海楼书目》著录有《红杏词》，一本。

4. 《中国古籍善本书目》著录有《红杏词》二卷，清抄本。

叶光耀

叶光耀，字斗文，号在园，新城（今浙江杭州）人。举明经，选为博士，授吴兴外翰。著有《浮玉词》。

叶氏词集见于著录的有：

1. 清姚燮《大梅山馆藏书目》卷十一著录有《浮玉词》三卷。

2. 蔡宾年编《墨海楼书目》著录有《浮玉词》三卷，二本。

以上均未言版本。

尤侗

尤侗（1618—1704），字展成，号悔庵，又称艮斋，又号西堂，长洲（今江苏苏州）人。明末诸生，清世祖顺治年间由拔贡为永平推官，缘事罢归，家居二十馀年。清圣祖康熙十八年（1679）举博学宏词，授检讨，纂修《明史》。未几乞归，优游林壑复二十馀年。著有《百末词》。

尤氏词集附载于全集中，今有清康熙刻《西堂全集》本，其中有《百末词》五卷附词馀一卷，《续修四库全书》据以影印。前有序云：

> 余以放废馀生停骖吴市，悔庵握手劳苦如平生，各有近词一帙，拟授无言校梓者，迭为序之。追惟三十年以来世事沧桑，功名荣落，不可胜计，独笔墨之缘、少年积习老而不辍，自髫龀至今追随唱和者，同里尚木、质生、尔斐、寅仲诸君子引为同调，而扁舟过从，商榷《花间》、《草堂》之胜事

者，吴门独吾悔庵耳。悔庵古文词下笔妙天下，《西堂杂俎》
首登虎观，走鸡林，其所为词供奉于内庭，流传于酒楼邮壁，
天然绮艳，粉黛生妍，未许元微、杜牧独擅风流也。余与悔
庵齿既肩随，息机近亦相似，年且半百，意气渐平，回忆画舫
寻春，山房听雨，如梦如幻，请从此。斗笠枯筇，婆娑于支
硎、邓尉之间，咽冰雪，嚼梅花，槁木形骸，慢然悟道，则青
箱红豆之缠绵，檀板金尊之婉娈，皆可一齐放下。翻读平日
所作小词，疑是古人，疑吴前身，不复记忆，则吾两人当有嗒
然而自得者，况临去秋波，悔庵早从此证入，又何俟余之饶
舌耶？康熙乙巳夏日嘉善年家同学弟曹尔堪拜题。

康熙乙巳为康熙四年（1665）。

其词集有另行者，见于词集丛编中的，计有：

1. 清聂先、曾王孙编《百名家词抄》（一百卷）本，清康熙绿荫堂
刻本，其中有《百末词》一卷。见《中国古籍善本书目》著录。

2. 清聂先、曾王孙编《百名家词抄》（初集六十卷）本，清康熙绿
荫堂刻本，其中有《百末词》一卷。见《中国古籍善本书目》著录。

3. 清聂先、曾王孙编《百名家词抄》（三十卷）本，清康熙刻本，
中有《百末词》一卷。见《中国古籍善本书目》著录。

4. 清聂先、曾王孙编《百名家词抄》（二十卷）本，清康熙绿荫堂
刻本，中有《百末词》一卷。见《中国古籍善本书目》著录。丛书又见
《中华再造善本》收录，末有题识，录如下：

> 沈绎堂荃曰：悔庵词妙在流丽圆转，无一滞笔，如新莺啼
> 树，细管临风，不须调笙鼓瑟，而已清沁心腑矣。至于感慨
> 诙谐之作，直夺化工。设色之奇，较昔周、秦、辛、陆，人各
> 擅长，惟吾悔庵其兼有之耶？

> 王阮亭士祯曰：百末诸调，不蹈《花间》、《草堂》一字，
> 而有追魂沥魄之妙。

5. 清孙默编《六家诗馀》本，清康熙六年（1667）孙氏留松阁刻本，其中有《百末词》二卷。

6. 清孙默编《国朝名家诗馀》本，清康熙孙氏留松阁刻本，其中有《百末词》二卷。此种见《中华再造善本》收录，又有《清词珍本丛刊》影印本。

7. 清孙默编《十五家词》本，见《四库全书》中收录，其中有《百末词》二卷。

8. 陈乃乾辑《清名家词》本，民国二十六年（1937）上海书店排印本，其中有《百末词》一卷。

另见于著录的有：

1. 清邹鸣鹤《斫砚山房书目》卷四著录有《百末词》一卷。

2. 清姚燮《大梅山馆藏书目》卷十一著录有《百末词》一卷。

3. 蔡宾年编《墨海楼书目》著录有《百末词》六卷，二本。

4. 郑振铎《西谛书目》卷五著录有《百末词》二卷，清留松阁刊本，二册。

前三家未言版本，《墨海楼书目》著录的为六卷，当同清康熙刻《西堂全集》本，词五卷附词馀一卷。

王夫之

王夫之（1619—1692），字而农，号姜斋，又号夕堂，自署船山病叟、南岳遗民，衡阳（今属湖南）人。明毅宗崇祯十五年（1642）举人，明亡后曾举兵抗清，后知事不可为，遂隐遁著述以终。所著有《船山遗书》。

王氏著述多见于《船山遗书》中，所收近七十种。有清道光二十二年（1842）新化邓显鹤长沙刊本，其中词集有《愚鼓词》一卷、《鼓棹初集》一卷、《鼓棹二集》一卷、《潇湘怨词》一卷，凡四种。《船山遗书》又有清同治四年（1865）湘乡曾国荃金陵刻本和民国二十二年（1933）上海太平洋书店排印本。此外又有《四部丛刊》本《姜斋诗文集》二十八卷，是据《船山遗书》本影印，其中收有《鼓棹初集》一卷、《鼓棹二集》一卷、《潇湘怨词》一卷。

民国时赵尊岳辑《明词汇刊》，收有《鼓棹初集》一卷《鼓棹二集》一卷《潇湘怨词》（《夕堂戏墨》卷七）一卷，今有上海古籍影印刻本，赵氏跋云：

> 船山先生经术文章彪炳一代，学者尚焉。遗集流布，光被宇内，迄于同治初元，湘乡曾文正公削平发逆，于长沙设思贤书局，即汇辑先生遗著，首刊《船山遗书》。词集凡《鼓棹》二卷、《潇湘怨》一卷，同在集中，最为足本。先生词婉约潇丽，雅韵欲流，缘知大儒，固无所不工，亦以卓然殿朱明《兰畹》之盛也。岁癸酉孟冬移写付梓，并书卷尾。武进赵尊岳。

跋作于民国二十二年（1933），末有赵氏手批一行云："同日以涵芬楼《四部丛刊》景印本校。高梧。"

陆野

陆野，字我谋，号旷庵，平湖（今属浙江）人。长于词。著有《旷庵集》、《旷庵词》。

清彭孙遹《松桂堂全集》（《四库全书》本）卷三十七有《旷庵词序》，略云：

> 旷庵与仆交十年矣，晦明风雨，踪迹虽疏而穷愁略似。仆自难后郁伊无聊，时浮沉于八十四调之中，淫思绮语，不免为秀禅师所诃遣。旷庵年来濩落不偶，亦复有香草美人之感，其所作长短调及和漱玉词若有所寄托而云然者，仆览而心善之，以为妍雅绵丽，颇与晚唐北宋诸家风致相似。梦窗、后村、白石以下雕缋过之，终无以尚其天然之美也。或谓语涉言情，不嫌刻画，审尔则色飞魂艳之句，将不得擅美于词场耶？不知填词之道以雅正为宗，不以冶淫为诲。譬犹

> 声之有雅正，色之有尹邢，雅俗顿殊，天人自别，政非徒于闺
> 禤巾帼之馀，一味儇俏无赖，遂窃窃光草阑苓之目也。昔扬
> 子云尝有言矣，曰"诗人之赋丽以则"，仆于旷庵之词亦云。

未言是否刻印。其词集见孙振麟《平湖孙氏雪映庐书目》卷一"邑
人"著录，有《旷庵词》一卷，云："抄本，一册。""又一部，一册，
抄本。"知藏有二部抄本。

吴绮

吴绮（1619—1694），字薗次，又字园次，一字丰南，号绮园、听
翁、红豆词人，江都（今江苏扬州）人。清世祖顺治中以拔贡授中书，
历官至湖州知府，罢归。著有《林蕙堂集》、《艺香词》等。

宋琬《安雅堂文集》卷一《吴薗次艺香词序》略云：

> 吾友吴君薗次以水部郎出守吴兴，下车伊始，廉得郡中
> 大猾主名，单舸禽治，不俄顷而歼之，湖人欢声动天地。政
> 行期月，刑清而赋完，放衙散帙，萧然洛诵。绳床柴几，灯火
> 青荧。吏人从屏户间窥之，不辨其为二千石者，四方名士多
> 从之游。而又有道场、浮玉、铜官、顾渚，与夫馀不、罨画、
> 苕霅之胜，以供其发抒。以故挥毫命屐，几遍岩壑。而于填
> 词尤最工，其吴兴一阕有曰："诗瓢酒盏茶炉，是湖中簿
> 书。"呜呼！斯可以见其志矣。《乐记》言："声音之道与政事
> 通。"薗次丰采既为吏民所畏爱，而其长歌短令，尤足以被管
> 弦而宣金石。去武康百里而近，有所谓前溪者，非昔人歌舞
> 地乎？斯编既出，当令青衣二八按拍而奏之，相与乐斯民之
> 无事，而消其咨嗟愁叹之声者，其道或由乎此也，区区引商
> 刻羽云乎哉？

词集取名艺香，与供职吴兴有关。又陈维崧《俪体文集》卷六《三芝
集序》："广陵吴园次先生，天上谪仙，人间傲吏……香词丽制，约近

千篇。玉轴牙签，都为一集。命小胥而缮写，托副墨以流传。"词凡近千首，可知其规模。按：《艺香词》含《歌吹词》、《登楼词》、《扶醉词》、《萧瑟词》、《凤乡词》、《水嬉词》、《怀古词》诸集，有清康熙刻本，见《中华再造善本》收录。诸词集或有序跋文，如周斯盛《怀古词序》略云：

> 辛酉秋日，始识先生于秦淮寓阁。先生亦久不至金陵，以故金陵之士及四方士大夫之至止者，闻先生来，则载酒过从乞诗文者无虚日。而先生方与二三酒徒携短筇，陟降山郭，长啸疏林落叶间，有触辄书。久之，得《怀古词》四十首。上下千有馀年，其于战争兴废之故，与夫名流畸士之所寄托，红儿狎客之所流连，朱楼画舫，高台繁榭之或有或无，为得为失，亦略见于此矣。……

辛酉为清康熙二十年（1681），作于客寓金陵时，凡四十首。又选录其他一二如下：

> 郑钟蔚《扶醉词序》（节录）：白傅情浓，何处得无感慨；骆丞句好，此中煞有因缘。缅彼山灵，遭斯人杰。壶觞忆旧，笔墨敷新。泪欲为之频弹，心遂因而固结。此吴先生怀词六卷，有《扶醉》一编欤？

> 汪国梓《水嬉词序》（节录）：致辍含毫之技，因惭顾曲之工。握卷徐吟，目眩天机之锦；披函数过，衣沾海浦之香。况夫红豆关情，伤哉旧约；青苔埋恨，渺矣前缘。忆湖上之春迟，略似樊川去后；叹人间之梦醒，何堪巫岭归来。因以芜词，弁兹丽句。永异传于花草，亟合寿诸枣梨。庶使名守风流，徽齐苏李；益令双鬟按曲，拜下高王也。

> 闵长虹《登楼词序》（节录）：挟颖君以遨游，延陵历聘；

谱乐府而呕歌，供奉重来。隋苑荒凉，曾吟水调；白门萧瑟，
久叹降幡。虽吴宫越沼之堪悲，奈桃坞梅庄之未远。一溪一
壑，直待褰裳；某水某丘，先为想像。绸缪缱绻之致，举世所
无；仁人孝子之思，先我而得。寄怀丝竹，座右拾情；触手珠
玑，行间纪事。绚然花灿，江文通之梦里生来；蔚尔云蒸，苏
学士之指中流出。瑰异似赤城霞起，洵堪酬酢山灵；珍奇如
青海波明，直可羽仪盛世。

三人均为吴绮同乡后学。

吴氏词见载于诗文集中，今有《四库全书》本《林蕙堂集》二十六
卷，提要云："王方岐作绮小传，称所著有《亭皋集》、《艺香词》、《林
蕙堂文集》诸编，绮没之后，其子寿潜搜访遗稿，合而编之。此本一
卷至二十卷为四六，即所谓《林蕙堂集》也；十三卷至二十二卷为诗，
即所谓《亭皋集》也；二十三卷至二十五卷为诗馀，即所谓《艺香词》
也；二十六卷则以所作南曲附焉。"版本情况不明，为浙江巡抚采进
本，库本卷二十三至二十五为"艺香词"，凡二卷。

其词集有另行者，见于词集丛编中，计有：

1. 清聂先、曾王孙编《百名家词抄》（一百卷）本，清康熙绿荫堂
刻本，其中有《艺香词》一卷。见《中国古籍善本书目》著录。

2. 清聂先、曾王孙编《百名家词抄》（初集六十卷）本，清康熙绿
荫堂刻本，其中有《艺香词》一卷。见《中国古籍善本书目》著录。

3. 清聂先、曾王孙编《百名家词抄》（三十卷）本，清康熙刻本，
中有《艺香词》一卷。见《中国古籍善本书目》著录。

4. 清聂先、曾王孙编《百名家词抄》（二十卷）本，清康熙绿荫堂
刻本，中有《艺香词》一卷。见《中国古籍善本书目》著录。丛书又见
《中华再造善本》收录，末有聂先题识云：

> 吴兴有艺香山，相传为西施种兰处。先生之词香艳异
> 常，词名艺香，其果称其实耶？

5. 陈乃乾辑《清名家词》本，民国二十六年（1937）上海书店排印本，其中有《艺香词》一卷。

又见于藏家著录的有：

1. 清徐乾学《传是楼书目》卷五著录有《艺香词》，一本。

2. 刘承干《嘉业藏书楼书目》著录有《艺香词》二卷，康熙七年（1668）刊本，二册。

3. 郑振铎《西谛书目》卷五著录有《艺香词抄》四卷，清刊本，一册。

4. 郑振铎《西谛书目》卷五著录有《歌吹词》一卷、《登楼词》一卷、《扶醉词》一卷、《萧瑟词》一卷、《凤乡词》一卷、《水嬉词》一卷，清刊本，四册。

5. 《中国古籍善本书目》著录有《艺香词》六卷（《歌吹词》一卷、《萧瑟词》一卷、《扶醉词》一卷、《水嬉词》一卷、《登楼词》一卷、《凤乡词》一卷），清康熙刻本。

6. 《中国古籍善本书目》著录有《萧瑟词》一卷，稿本。

何采

何采，字第五，又字敬舆，号省斋，又号南礵，桐城（今属安徽）人。清世祖顺治六年（1649）进士，改庶吉士，授翰林院编修，官至侍读。著有《南礵集》、《南礵词》。

何氏词集见载于丛编中，计有：

1. 清聂行、曾王孙辑《百名家词抄》本（一百卷），清康熙绿荫堂刻本，其中有《南礵词》一卷。

2. 清聂行、曾王孙辑《百名家词抄》本（二十卷），清康熙绿荫堂刻本，其中有《南礵词》一卷。丛书又见《中华再造善本》收录，末有汤斌题识云：

> 省斋先生文章风雅，为词林领袖。遨游湖山，六桥烟树，
> 双峰白云，杖屦几遍。时同年不期而聚者六七人携酒登高，

赋诗倡和，甚相得也。追忆昔时长安并辔，忽忽三十年事，少壮者今鬖发种种矣。酒酣为小词数阕，萧凉高逸，与稼轩、放翁驰骋上下。济武先生将南游太末，余以使事告竣，亦且北归。叹我辈相聚之难而后会之未可期也，不能不抚卷流连云。

济武先生当指唐梦赉（1627—1698），字济武，号豹岩，又号岚亭，淄川（今属山东）人。清顺治六年（1649）进士，授翰林院庶吉士，迁翰林院检讨。因逾职上疏罢官归里，时年仅二十六岁。著有《志壑堂集》、《志壑堂词》、《林皋漫录》等。

3. 清光聪谐辑《龙眠丛书》本，清桐城光氏刊本，其中有《南碉词选》二卷。

又郑振铎《西谛书目》卷五著录有《南涧词选》二卷，清归云堂刊本，四册。

沈谦

沈谦（1620—1670），字去矜，号东江渔父，又号研雪子，仁和（今浙江杭州）人。明诸生，入清绝口不谈时事。编著有《东江集》、《词韵略》、《词谱》、《古今词选》等。

沈氏词见附于诗文集后，今有清康熙十五年（1676）沈圣昭、沈圣晖刻本《东江集抄》九卷附录一卷别集五卷，《四库全书存目丛书》据以影印，其中别集卷一至三为诗馀，存词三卷。

民国时赵尊岳辑《明词汇刊》，其中有《东江别集》三卷，今有上海古籍影印刻本，跋云：

> 所著诗赋二十一卷、文十卷、词学十二卷，又有《词韵》、《词谱》、《南曲谱》、《古今词选》，多有刻本，流播未广，别集一卷，为填词南北曲，《四库存目》著录之，然绝罕觏。泉唐丁氏尝有传抄本，既而归之金陵盋山书藏，凡词三卷曲二卷，灿然大备矣。岁在己未归安姚虞琴社兄景瀛以别集

无他本，重为排印，其书始显。拙藏则亦传抄丁本，与姚刻

同源者也，兹删其南北曲，为梓行之。癸酉仲春，珍重阁。

癸酉为民国二十二年（1933），是据别集本析出另行，末有赵氏手书一行云："同日以姚刊本及传抄本互校。叔邕。"

其词集又有另行者，见清孔传铎辑《名家词抄》本，为清抄本，其中有《东江词》一卷。

孙枝蔚

孙枝蔚（1620—1687），字豹人，号溉堂，三原（今属陕西）人。明末尝起兵，后经商致富，又弃商读书。清圣祖康熙十八年（1679）举博学宏词，授内阁中书。著有《溉堂集》。

孙氏词见载于诗文集中，今有清康熙间刻本《溉堂前集》九卷后集六卷续集六卷文集五卷诗馀二卷，《四库全书存目丛书》和《续修四库全书》据以影印。

按：《四库全书总目》著录有《溉堂前集》九卷续集六卷后集六卷诗馀二卷，提要云：

> 此集题曰溉堂，即所僦居处也。前集十卷各以体分，续集六卷则起康熙丙午止戊午，后集六卷起己未还山以后迄丙寅，皆编年为次。诗馀则以小令、中调为一卷，长调为一卷。枝蔚在当时名甚重，然诗本秦声，多激壮之词，大抵如昔人评苏轼词如铜将军铁绰板唱"大江东去"也。

未言版本，为陕西巡抚采进本。又《清朝文献通考》卷二百三十二著录有《溉堂前集》九卷续集六卷后集六卷诗馀二卷，当与《四库存目》著录的同。

除别集本外，其词集有另行者，即《溉堂词》一卷，清康熙刻本，尤侗序略云：

> 予闻豹人先生名久矣，每读其诗，想其人，意谓身长八

尺，声如洪钟，须眉皓白，衣冠甚伟者，必是人也。今冬偶客扬州，先生来访予。甫入门望见，即跃起曰："噫！此孙先生也，吾固识之。"相与握手大笑。无何，先生以《溉堂词》一卷见示。予读之，有飞扬跋扈之气，嶔崎历落之思，噌吰镗鞳之音，浑脱浏漓之势，此先生本色也。……

序作于清康熙十六年（1677）。

其词集见于词集丛编中的有：

1. 清聂先、曾王孙编《百名家词抄》（一百卷）本，清康熙绿荫堂刻本，其中有《溉堂词》一卷。见《中国古籍善本书目》著录。

2. 清聂先、曾王孙编《百名家词抄》（初集六十卷）本，清康熙绿荫堂刻本，其中有《溉堂词》一卷。见《中国古籍善本书目》著录。

3. 清聂先、曾王孙编《百名家词抄》（二十卷）本，清康熙绿荫堂刻本，中有《溉堂词》一卷。见《中国古籍善本书目》著录。丛书又见《中华再造善本》收录，末有诸家题识，录二家如下：

> 周冰持稚廉曰：豹人倚声大都发源眉山、剑南，而新爽之致，则其自抒机轴。譬之于书法，此擘窠大字，非蚊脚蝇头矣。余最赏其"小妾不嫌，白发先生，对坐花间"，何等风致。

> 聂晋人先曰：读《溉堂词》，觉元声充塞，有非南唐北宋人所能及。若以针灸炼僻好奇之病，自有脱皮换骨之效。

另见于著录的有：

1. 《陕西通志》卷七十五"经籍第二"著录有《溉堂词》一卷。

2. 郑振铎《西谛书目》卷五著录有《溉堂诗馀》二卷，清刊本一册。

梁清标

梁清标（1620—1691），字玉立，又字苍岩，号棠村，又号蕉林，直隶正定（今属河北）人。明毅宗崇祯十六年（1643）进士，授翰林院庶吉士。清圣祖康熙时补刑部尚书，拜保和殿大学士。著有《蕉林诗集》、《蕉林文集》、《棠村词》等。

《棠村词》一卷二集一卷词话一卷，清康熙梁允植刻本。汪懋麟序略云：

> 先是松陵徐子电发梓公《棠村词》一卷，俱收散佚于屏素纨扇间者，惜未窥全豹。近公小阮冶湄复请公新旧诸作，合龚大宗伯《香严词》、吴祭酒《梅村词》并行于世。以懋受业于公，属为序。

序作于清康熙十二年（1673），冶湄即梁允植，字承笃，号冶湄，正定（今属河北）人。拔贡生，清康熙初年官延平知府。著有《藤坞诗集》。又梁允植跋云：

> 故允植得从间窃观叔父《蕉林集》，凡乐章小令，必一一从纨素间志之。先是松陵徐子电发请于叔父，合宗伯龚公词刻之吴郡，已风行海内矣。然《棠村词》犹孔翠麟角，未睹全豹也。允植因搜辑叔父前后诸稿，与徐子重为校订。徐子益劝允植增梅村祭酒为三先生诗馀行世，云南北鼎峙，似宋珠玉、六一、东坡，后世必有传者。

徐子电发即徐釚，又丁澎序（康熙丙辰）云："仆更获交先生之小阮冶湄明府，来宰钱江。才同潘令，但种名花；清若胡威，曾无匹绢。独手授先生新词一卷，得卒读焉。"康熙丙辰为康熙十五年（1676）。徐釚跋云：

> 釚既刻合肥宗伯《三十二芙蓉词》成，携至京师，西樵、阮亭诸先生都称善本，共赞刊播宇内名作，以备乐府之选。一日谒大司农梁公于蕉林书屋，公从末座，召釚至前，指陈风雅，乃得窃侍几杖，读公撰著。请效校雠之役，先以诗馀从事。未几南游钱塘，仓卒倮装，不遑尽启枕秘，仅从蛟门

> 舍人许，搜得公《棠村词》数十阕，并散见于断纨零素间者，
> 归锼之吴郡，虽片商尝鼎，而词场宿老已争购不置。公小阮
> 冶湄令君因力请全集，先生遂从家邮中以先后诸稿授梓。冶
> 湄政事之暇，细为裒辑，时鈇与公家云麓适在署内，冶湄订
> 与同校，因遂得窥全豹。始知公不独以诗歌古文为海内所传
> 诵，即长短句亦夺寇平仲、欧阳永叔之座也。

跋作于康熙十三年（1674），西樵、阮亭分别指王士禄和王士禛，蛟门舍人即汪懋麟。《中国古籍善本书目》著录有《棠村词》一卷二集一卷词话一卷，清康熙十二年梁允植刻本。

其词集有另行者，见于词集丛编中，计有：

1. 清聂先、曾王孙编《百名家词抄》（一百卷）本，清康熙绿荫堂刻本，其中有《棠村词》一卷。见《中国古籍善本书目》著录。

2. 清聂先、曾王孙编《百名家词抄》（三十卷）本，清康熙刻本，中有《棠村词》一卷。见《中国古籍善本书目》著录。

3. 清聂先、曾王孙编《百名家词抄》（二十卷）本，清康熙绿荫堂刻本，中有《棠村词》一卷。见《中国古籍善本书目》著录。丛书又见《中华再造善本》收录，末有聂先题识云：

> 抄《棠村词》，有未尽收佳句，如《浣溪纱》之"莺声愁
> 杀画楼人"、《忆王孙》之"细雨孤城尽闭门"、《菩萨蛮》之
> "茅店闲黄昏，孤灯何处村"、《满庭芳》之"闲消受，幽花文
> 蝶，秋水玉簪香"、《夏初临》之"小立斜阳，映纱厨、笑看残
> 妆"、《苏幕遮》之"天意也知离别苦，片片轻云，遮断人行
> 路"，即置之《片玉》、《漱玉》集中，若相伯仲。至若《百字
> 令》之"道在斯人，晴窗高卧，闲却经纶手"，竟是一幅画中
> 人物，如此数阕，惜皆未列全豹，谨为拈出。

4. 清孙默编《国朝名家诗馀》本，清康熙孙氏留松阁刻本，其中有《棠村词》三卷。此种见《中华再造善本》收录，又有《清词珍本丛

《刊》影印本，汪懋麟序云：

> 词莫盛于南北宋，人各一集，集有专名，如毛氏所梓百名家，其最著者，元明以后作者多有，而传者少逊矣。本朝词学近复益胜，实始于武进邹进士程村《倚声集》一选，同时休宁孙子无言复有《三家诗馀》之选，由是广为六家，又十家，今且十六家，势不百家不已，岂不与毛氏争雄长乎？十六家最后出者，为吴祭酒之《梅村词》、龚尚书之《香严词》与梁大司农之《棠村词》。司农公以勋业名天下，誉望端凝，不矜不伐，所为古今诗数十卷，以及门屡请，始付梓于吴浙之间。常作小词，不以示宾客，初懋麟侍左右，与公从子承笃从几案间抄积，授徐子电发梓于钱唐，遂流播远近，家有是书。乃无言取冠诸集，予复以公奉使东粤山川道路之作益于后，较钱唐本加多矣，而实未足尽公之作也。顷予来自京，见公所作词复累累，惜未及尽抄而南，无言悬板莫能待，予知他日视此本殆复如钱唐矣。公词雅丽浑成，不事雕饰，不搎拾隐僻，得北宋诸贤之遗意焉。予尝论宋词有三派：欧、晏正其始，秦、黄、周、柳、姜、史、李清照之徒备其盛；东坡、稼轩，放乎其言之矣；其馀子非无单词只句可喜可诵，苟求其继，难矣哉！若今之专事故实，蠹窃幽险，神韵索然，予莫知其派之所由矣，愿亟药以棠村之词。时康熙丁巳仲夏。

序作于康熙十六年（1677），孙子无言即孙默，知孙默刊本较徐釚刻本有所增益。按：孙默选刊清名家诗馀，先有《三家诗馀》，继有《六家诗馀》、《十家诗馀》，最后有《十六家诗馀》，即《国朝名家诗馀》。

5. 清孙默编《十五家词》本，见《四库全书》中收录，其中有《棠村词》三卷。

6. 陈乃乾辑《清名家词》本，民国二十六年（1937）上海书店排印本，其中有《棠村词》一卷。

此外见于著录的有：

1. 清赵宽《小脉望馆书目》"元册·亨字橱·第四层"著录有《棠村词》，二本。

2. 郑振铎《西谛书目》卷五著录有《棠村词》一卷，清康熙刊本，一册。又同卷著录有《棠村词》不分卷，清康熙刊本，二册。

3. 《中国古籍善本书目》著录有《棠村词》一卷，清抄本。

曾灿

曾灿（1622—1689），原名传灿，字青藜，号止山，又号六松老人，宁都（今属江西）人。明亡，削发为僧。著有《六松堂集》、《六松堂诗馀》等。

曾氏词见载于诗文集中，计有：

1. 清抄本《六松堂集》十四卷，《四库未收书辑刊》据以影印，其中卷十为诗馀，存词一卷。

2. 胡思敬辑《豫章丛书》本《六松堂诗集》九卷诗馀一卷文集三卷尺牍一卷，有民国南昌《豫章丛书》编刻局刊本。其中卷十为诗馀，存词一卷。

民国时赵尊岳辑《明词汇刊》，收有《六松堂诗馀》一卷，今有上海古籍影印刻本，有赵氏跋，末有赵氏手批一行云："十五日以传抄集本校读一过。高梧。"又《词学季刊》第一卷第三号（民国二十二年出版）载赵氏《惜阴堂汇刻明词提要》，其中有《六松堂词》一卷，云："词凡八十六首，短调绰约清绵，渐窥北宋门径，长调亦间有矫健处。"均未言所据。

严绳孙

严绳孙（1623—1702），字荪友，号藕塘渔人，无锡（今属江苏）人。清圣祖康熙十八年（1679）举博学鸿儒，授翰林院检讨，历任日讲起居注官、右中允等职，辞官归隐。著有《秋水集》、《秋水词》。

严氏词见载于诗文集中，今有清康熙间雨青草堂刻本《秋水集》十卷，《四库禁毁书丛刊》据以影印，其中卷九、卷十为词，凡二卷。

吴绮词序略云：

> 往余解组溪干，系船河曲。见当垆之酒母，瓮酿百花；有
> 题壁之词人，墨成五采。则藕渔严子所制《望海潮》一章
> 也。……洞庭落木，凄清葭荻之声；湘浦层波，澹荡芙蓉之
> 影。此《秋水》一集所由名耶？嗟乎！名士无多，虚声何
> 益。上林三奏，惟相如能赋大人；汾水一篇，独李峤可称才
> 子。吾不能无生瑜之叹，且重有怀璧之伤也。

其词集有另行者，见于词集丛编中，计有：

1. 清聂先、曾王孙编《百名家词抄》（一百卷）本，清康熙绿荫堂刻本，其中有《秋水词》一卷。见《中国古籍善本书目》著录。

2. 清聂先、曾王孙编《百名家词抄》（初集六十卷）本，清康熙绿荫堂刻本，其中有《秋水词》一卷。见《中国古籍善本书目》著录。

3. 清聂先、曾王孙编《百名家词抄》（二十卷）本，清康熙绿荫堂刻本，中有《秋水词》一卷。见《中国古籍善本书目》著录。丛书又见《中华再造善本》收录，末有聂先题识云：

> 词本以艳情丽质为宗，而出语天然蕴藉，始号作手。才
> 如秋水，可谓秾纤合度，泼墨淋漓，足称当代大家。

4. 陈乃乾辑《清名家词》本，民国二十六年（1937）上海书店排印本，其中有《秋水词》一卷。

另见于《劳氏碎金》卷中著录，有《秋水词》一卷，手抄本。云："双声阁读本，己未六月校写，廿又四日大暑，陈氏染兰手装。"

毛奇龄

毛奇龄（1623—1716），原名甡，字大可，又字于一、齐于，号秋晴，又号初晴、晚晴、僧弥等，人称西河先生，萧山（今浙江杭州）人。明末廪生，曾参与抗清活动，亡命江湖十馀年。清圣祖康熙十八年（1679）举博学鸿儒，授翰林院检讨，与修《明史》。引疾归里。著

有《西河合集》、《当楼词》等。

毛氏词集见于《西河合集》中，计有：

1. 清康熙中李塨等刊本《西河合集》，其中有填词六卷。

2. 清乾隆三十五年（1770）陆体元据康熙中李塨等刊修补本《西河合集》，其中有填词六卷。

3. 清《四库全书》本《西河文集》一百七十九卷，提要云：

> 此本为康熙庚子其门人蒋枢所编，但分经集、文集二部。经集自《仲氏易》以下凡五十种已别著录，文集凡二百三十四卷，而策问一卷、表一卷、《集课记》一卷……本各自为书，今亦分载于各部，其当编于集部者实文一百二十九卷、诗五十三卷、词七卷，统计一百七十九卷。

所据当为清康熙刻本，为浙江巡抚采进本。库本卷一百三十一至卷一百三十六为填词，凡六卷。又卷一百三十七为《拟连厢词》，注云"应删"，此卷库本实未录。提要云词七卷，当是就填词六卷与《拟连厢词》一卷而言。

其词集有另行者，见于词集丛编中，计有：

1. 清聂先、曾王孙编《百名家词抄》（一百卷）本，清康熙绿荫堂刻本，其中有《当楼词》一卷。见《中国古籍善本书目》著录。

2. 清聂先、曾王孙编《百名家词抄》（二十卷）本，清康熙绿荫堂刻本，中有《当楼词》一卷。见《中国古籍善本书目》著录。丛书又见《中华再造善本》收录，末有题识，录如下：

> 姜汝长浚曰：河右小令、中调宗李、秦、张、晏之间，长调稍及周、柳，总取其当家者，以《花间》、《草堂》不同时，小令、长调又不同体也。或曰宗《花间》，宜屏《草堂》，则作古体者必无近体，宗淮海，宜却柳七，则作沈、宋短律，必务绝卢、骆诸曼章矣。河右随体填合，不务一格，要其断不为辛、蒋馀习，则自有坊域耳。

> 曾道扶王孙曰：河右论词，几如哪吒太子折骨还父，折肉
> 还母。其自运小令，琢字雕句，刻意不堕太平兴国以后。近
> 代能合《花间》者，此公而外，又如宋长白、吴伯憩、金子
> 闇。然三人皆出越东，山阴道上，钟英毓秀，如是灵杰
> 耶？ 又曰：学河右者，当，看其圆通，不当，但仿其组织。

3．陈乃乾辑《清名家词》本，民国二十六年（1937）上海书店排
印本，其中有《毛翰林词》一卷。

另见于藏家著录的有：

1．叶德辉《叶氏观古堂藏书目》著录有《填词》六卷，《西河全
集》本。另著录有《连厢词》一卷，《西河全集》本。

2．郑振铎《西谛书目》卷五著录有《毛翰林集填词》五卷《拟连
厢词》一卷，清刊本，一册。

43．郑振铎《西谛书目》卷五著录有《毛翰林词》六卷，清抄本，
一册。

陈维崧

陈维崧（1625—1682），字其年，号迦陵，宜兴（今属江苏）人。
清圣祖康熙十八年（1679）举博学鸿儒，授翰林院检讨，与修《明
史》。卒于官。著《湖海楼诗集》、《迦陵文集》、《乌丝词》、《湖海楼
词》、《迦陵词》等。

陈氏词集见附于诗文集后，今有清患立堂刊本《陈迦陵文集》六
卷、《俪体文集》十卷、《湖海楼诗集》八卷、《迦陵词全集》三十卷。
高佑釲序略云：

> 予固不知填词，间尝从先子坐隅窃闻春波词人钱而介先
> 生之绪论矣。词始于唐，衍行于五代，盛于宋，沿于元，而榛芜
> 于明。明词佳者不数家，馀悉蹂《草堂》之习，鄙俚裹狎，风
> 雅荡然矣。文章气运，有剥必复，吾友朱子锡鬯出而振兴斯
> 道，俞子右吉、周子青士、彭子美门、沈子山子、融谷、抟

九、李子武曾、分虎共阐宗风。陈子其年起阳羡，与吾里旗鼓相当，海内始知词之为道，非浅学率意所能操管者也。……今年春予归自河东，适家弟六谦为深泽令，遂憩装焉。其年季弟子万时令安平，安平与深泽接壤，子万以公事至上谷，纡道访予兄弟，一相见，即言及其年诗古文已刻成二十四卷，词则海内尚未睹全本，方汇辑迦陵词全集三十卷，授梓单行，属予为之序。予既不知词，而其年之词世已推重，又何用予序哉？予间至京师，偶与友人顾咸三共读其年之词，合小令、中调、长调，计四百一十六调，得词一千六百二十九阕。咸三谓："宋名家词最盛，体非一格，辛、苏之雄放豪宕，秦、柳之妩媚风流，判然分途，各极其妙。而姜白石、张叔夏辈以冲澹秀洁得词之中正。至其年先生纵横变化，无美不臻，铜军铁板，残月晓风，兼长并擅。其新警处，往往为古人所不经道，是为词学中绝唱。"予闻其言，而益信其年之词之必宜单行也。夫其年与锡鬯并负轶群才，同举博学宏词，入为翰林院检讨，交又最深，其为词工力悉敌。锡鬯《江湖载酒集》为友人选刻已久，今方高视词坛，著作且日新，其年词虽富，而今已矣。子万梓成后，锡鬯必竭力为之表章，又何用予序哉？特以子万惓惓为其兄身后名计，友于之谊，足以风世，不敢以不文辞向者。新城王阮亭先生梓其令兄西樵、东亭两先生遗集，海内重之，子万游先生之门，而亦不忍忘其兄是刻也，又何渊源之无忝乎？以子万之孝弟与其吏治学问，行且扬历中外，致君泽民，以绳其祖武，岂仅仅以词章为其兄不朽计者？独予以长贫糊口四方，祖父遗诗略已问世，而古文词未能授梓，以竟后人之事。则见子万梓其年词，属为之序，而不忍固辞者，亦用以自志吾愧云尔。康熙二十九年秋七月秀水同学弟高佑釲谨序。

序作于清康熙二十九年（1690），子万即陈宗石（1644—1720），字子万，号富园，陈维崧之弟。《迦陵词全集》有其跋云："先伯兄诗古文，予于丙寅丁卯两年节俸金，次第付梓。惟词最富，因力不逮，至己巳春又鸠工镂板，簿书之假，反复校雠……计四百一十六调，共词一千六百二十九阕，分编三十卷。自唐宋元明，未有如吾伯兄之富且工也。"跋作于安平官署之强善堂，时康熙二十八年（1689）。又陈维岳跋云：

> 先伯兄中年始学为诗馀，晚年尤好之不厌。至于赠送应酬，往往以词为之，或一月作几十首，或一韵迭十馀阕。解衣盘薄，变化错落，几于昔人所谓嬉笑怒骂皆成文者，故多至千馀，古今人为词之多，未有过焉者也。伯兄存日，有《乌丝词》一刻，身后京少有天藜阁迦陵词刻，犹非全本，盖至今子万弟所刻而后洋洋乎大观矣。扬子云称"雕虫小技，壮夫不为"，填词尤其小者，不过聊同弃日，差贤博奕耳。畴昔之日，尝戏语阿兄云："兄词如此之多，不难为梨枣耶？"兄笑而颔之，假令伯兄至今存，恐亦未必尽付镂板。四弟勇往贾锐，有进无退，以下吏穷官作此举，不量其力，幸而成是，然而惫矣。《诗》曰："岂无他人，不如我同父。"言及益慨然，增棠棣之重也。伯兄后死，有弟三人，乃独四弟仔之梓成，寄索跋，因书，以美四弟，且志维岳之愧而已。己巳冬杪，弟维岳谨跋。

京少即蒋景祁，四弟即陈宗石。又吴璠跋云："迦陵陈先生词集三十卷，余师子万先生刊竟，小子璠受读之。"此本又见郑振铎《西谛书目》卷五著录，有《迦陵词全集》三十卷，清康熙二十九年患立堂刊本，十册。又见《中国古籍善本书目》著录，有《迦陵词全集》三十卷，清康熙二十八年患立堂刻本。民国时《四部丛刊》又据以影印。又有《四部备要》排印本《湖海楼词集》三十卷，名不同，实同患立堂本。又郑振铎《西谛书目》卷五著录有《迦陵词全集》三十卷，清康熙二十九年患立堂刊本，十册。又《中国古籍善本书目》著录有《迦陵词全集》三十卷，清康熙二十八年患立堂刻本。

又见于著录的有：

1. 清卢址《抱经楼藏书记》卷十二著录有《湖海楼词集》三十卷，附诗文集后。按：卢址《抱经楼书目》著录有"陈其年词，六本"。两书目所载或为同一种书。

2. 缪荃孙《目录词小说谱录目》著录有《迦陵词》三十卷，集本。

其词集多另行者，计有：

一、《迦陵词》

陈氏词今存手稿本，藏南开大学图书馆，八册一函，木函上刻有"先检讨公手书词稿"，下署名"六世从孙实铭谨藏"，八册分别以八音命名，即金、石、丝、竹、匏、土、革、木，不分卷。今有南开大学出版社影印本，分上下二册。原稿每册题名曰"迦陵词"，其中个别册题名页有残破或缺失。手稿民国时重新装订，封面签题各册不一，计有"迦陵先生手书词稿"（金册、土册、革册）、"迦陵词"（石册、丝册）、"陈检讨词稿"（竹册、木册）、"迦陵检讨手书乌丝词稿"（匏册），题写者依次为李放、李准、冒广生、郑孝胥、陈曾寿、朱孝藏、胡嗣瑗、温肃。其中落款署有"乙丑仲春"，或"乙丑四月"，又金册前有墨笔题识云：

> 乙丑四月十九日，词龛小集，跼公二丈携先集见过，与归安朱彊村侍郎、宛平查杏湾观察、遵化李龠厂提学、开州胡愔仲阁丞、番禺黎潞厂参议、顺德温矆庵副宪同观。义州李放写记。

乙丑为民国十四年（1925），按：陈实铭，字葆生，号跼公，清末拔贡，曾知临朐、费县等。又金册封面书签题名下有"跼公二丈世守"、匏册封面书签题名下有"跼公仁兄家藏"。

原手稿无格栏，各册前有词目，每册正文首页无卷端题名，然石册末前页中有卷端题名"岁寒词"，所载字体与前不同。眉端墨笔批云："此数词已有刊本。"所指为《喜迁莺》以下十一词。又木册中间页有卷端题名"乌丝词第三集"。石册前有《陈其年词集序》，下题："同学友弟蒋平阶大鸿撰"，序云：

> 今天下工文辞才士者且甚多，而吾必以阳羡陈其年为之冠，盖以文章家所应有之事，其年无一不有，而其所有者，又能度越馀子故也。予与其年壬辰定交，早定此目，迄今二十五年，所见后来之俊又不知凡几，而终不能易我昔日之言，何哉？岂天之生才，止有此数乎哉？其年诗古文，虽是人不能尽知，然大率震于其名，知与不知，同声推服，独填词为其年生平所最忽，未有专书，予以为此不足轻重乎其年也。今复示予《迦陵词集》五卷，予发而读之，窃谓今日之为词者，又可废矣。此如构名园者，必称主家沁水，石氏金谷。盖以天家贵女，耦国高赀，率其材力，虽构数十园而绰有馀裕，然后以之构一园，则雄观丽瞩，殆非耳目所常经矣。吴下有顾辟疆者，隐约之士，亦以园名，彼一丘一壑之幽奇，纵能穷天工，极人巧，而寒窭之态，不觉自露。又何得比于煌煌巨丽哉？吾谓其年词之工，不工于其年其词，而工于其年之才，人必见其年之词而后称其工，何足以知其年矣。

所示《迦陵词集》五卷，当为手稿。又章钰跋云：

> 宜兴陈检讨其年先生手写词稿八册，系先生后人裒集遗墨成帙，以八音为次，不分体，亦不分年。检乾隆刻二十卷本，十得八九。先生为词妙兼众体，不可方物，得读手写本，如见当时掀髯按拍气象，神观飞越，尤难得者。一时朋好评泊，朱墨斑斓，署姓字如邓孝威、施愚山、宋既庭、徐电发诸人，不署姓名而以书迹定之者如王渔洋、毛西河诸人，皆当时鸿雅，炳赫至今。一展卷间，而国初老辈之馨欬风流，显显心目间。此昭代文苑中瑰宝，非仅家集之可珍也。比又见

> 与先生同举海宁吴庆百评先生骈体文十二卷，于当时都下集试时事及诸名流往来踪迹，记注极详，与此稿若合符节。钰幸生二百馀年后，风徽若接，"不见古人吾不恨"，陈同甫词，若为我言之矣。特念国朝三举大科，康、乾两科均以鸿博名，光绪则以经济名。钰也不才，曾预召试之列。顾前者如麟凤之来游，后者为枭鸾之并集，沦胥至此，谁实为之？俯仰之间，有不忍竟言者。寂居无俚，辄竭二日之力，校录于二十卷本。稿本有刻本无者，别录一分藏之。既讫事，书于其后，愿湖海楼后人世世宝之。癸亥孟春。

作于民国十二年（1923），原稿有多人评批，或朱笔，或墨笔，或蓝笔，有眉批，有旁注，有尾评。今稿本存词近一千四百首。此本又见《中华再造善本》收录，又见《中国古籍善本书目》著录，有《迦陵词稿》不分卷，稿本，清史可程、蒋平阶、尤侗、吴绮跋，朱孝臧、胡嗣瑗、陈曾寿、冒广生题款。

见于词集丛编的有：

1. 清聂先、曾王孙编《百名家词抄》（一百卷）本，清康熙绿荫堂刻本，其中有《迦陵词》一卷。见《中国古籍善本书目》著录。

2. 清聂先、曾王孙编《百名家词抄》（初集六十卷）本，清康熙绿荫堂刻本，其中有《迦陵词》一卷。见《中国古籍善本书目》著录。

3. 清聂先、曾王孙编《百名家词抄》（二十卷）本，清康熙绿荫堂刻本，中有《迦陵词》一卷。见《中国古籍善本书目》著录。丛书又见《中华再造善本》收录，末有聂先题识云：

> 太史前十年刻《乌丝词》，后十年为《迦陵词》，合千八百阕。殁后，蒋京少去其应酬祝嘏之篇，芟十二卷行世，颜曰《词抄》，志阙也。但太史小词妙在长调，不知何故，其长调多不照谱编填，或句之长短，或字之多寡，声调平仄，无从厘正。今姑撷其最为传诵者约数十首付之梓，亦不过以一羽见凤、一班（当作斑）见豹也。京少序云："迦陵为西王母所

使之鸟，其羽毛世不可得而见，其文彩世不可得而知。朝游碧落，暮返西池。"余又考释典《长阿含》云："迦陵为西域并头共命之鸟，人若多情，化生此类。"未知二说孰合？

知为选本。

4. 王煜辑《清十一家词抄》本，民国二十五年（1936）正中书局铅印本，其中有《迦陵词抄》一卷。

5. 王煜辑《清十一家词抄》本，民国三十六年（1947）正中书局铅印本，其中有《迦陵词抄》一卷。

另清徐乾学《传是楼书目》卷五著录有《迦陵词》，云："二本，抄本。""又一部，一本，抄本。"知有二套抄本，均未言卷数。

二、《乌丝词》

见于词集丛编的有：

1. 清孙默辑《四家诗馀》本，清康熙七年（1668）孙氏留松阁刻本，其中有《乌丝词》四卷。

2. 清孙默编《国朝名家诗馀》本，清康熙孙氏留松阁刻本，其中有《乌丝词》四卷。此种见《中华再造善本》收录，又有《清词珍本丛刊》影印本，宗元鼎《乌丝词序》云："丙午之秋余与陈子其年俱落第，后会黄山孙子无言，意欲以吾两人诗馀梓以行世者。"丙午为清康熙五年（1666），黄山孙子无言即孙默。又季振宜序云："使同青鸟，集曰《乌丝》。班竹驱驰，不仅风云月露；画船迎送，将无城郭山河。振宜幸得买山，何须种豆。虽不及郑五之歇后，敢轻嗤柳七之为词。"

3. 清孙默编《十五家词》本，见《四库全书》中收录，其中有《乌丝词》四卷。

又见于藏家著录的有：

1. 清姚燮《大梅山馆藏书目》卷十一著录有《乌丝词》四卷。

2. 章钰《章氏四当斋藏书目》卷中之四著录有《乌丝词》四卷，清康熙中刊本，二册。云："收有畬宾文氏宾冒印、春荣甚原、黄绢幼妇外孙齑臼、畬璜私印、自玉一字文宾别号髯痴诸印。"又："函首题：乌丝词，松邻旧物，茗理得而记之。"知原为吴昌绶藏书，茗理即章钰。又有冒氏春荣手跋云：

> 著《乌丝词》者，陈鬠也；藏此编者，俞鬠也，俱吾家通门前辈。陈鬠密赴鱼符，惜未克亲炙。俞鬠过九十，长干伟貌，予幼时犹及侍仗（当为杖）履，曾以徐碧画梅扇乞题一诗。身后藏书插标市上，予购得残本，深惜前辈手泽之存，每一展玩，觉二老风流，于兹未坠。壬申新秋，花源渔长识于杭州之仁和官斋。序末
>
> 丙辰年得于城北鹅胫湾书肆。卷首

按：冒春荣（1702—1760），字寒山，一字葚原，自称花源渔长，又号柴湾樵客。江苏如皋人。布衣，著有《葚原集》、《萦翠阁诗抄》。

三、《湖海楼词》（《湖海楼词集》）

《湖海楼词》有清乾隆六十年（1795）浩然堂刻本，凡二十卷。有蒋景祁《陈检讨词抄序》、宗元鼎《乌丝词序》和季振宜《乌丝词序》等。

见于丛书中收录的有：

1. 《四部备要》本，《湖海楼词集》三十卷，民国二十五年（1936）上海中华书局排印本。

2. 陈乃乾辑《清名家词》本，民国二十六年（1937）上海书店排印本，其中有《湖海楼词》一卷。

又见于藏家著录的有：

1. 清梁启超《梁氏饮冰室藏书目录》著录有《湖海楼词集》二十卷，清光绪十七年弇州铎署重刻本。

2. 徐世昌《书髓楼藏书目》卷四著录有《湖海楼词集》二十卷。

四、《陈检讨词抄》

《陈检讨词抄》十二卷，清康熙刊本，蒋景祁序略云：

> 予既序迦陵先生《俪体集》行世，他所著散体古文，悉归

其季子万之手，而无副。然先生之词，则先生之真古文也。盖尝论之，文章之源流，古今同贯。……其年先生幼工诗歌，自济南王阮亭先生官扬州，宣导倚声之学，其上有吴梅村、龚芝麓、曹秋岳诸先生主持之。先生内联同郡邹程村、董文友，始朝夕为填词。然刻于倚声者，过辄弃去，间有人诵其逸句，至哕呕不欲听，因厉志为《乌丝词》。然《乌丝词》刻，而先生志未已也。向者诗与词并行，迨倦游广陵归，遂弃诗弗作，伤邹、董又谢世，间岁一至商丘，寻失意返，独与里中数子晨夕往还，磊珂抑塞之意，一发之于词。诸生平所诵习经史百家、古文奇字，一一于词见之。如是者近十年，自名曰《迦陵词》。夫迦陵者，西王母所使之鸟名也，其羽毛世不可得而见，其文彩世不可得而知。划然啸空，声若鸾凤，朝游碧落，暮返西池，神仙之与偕，而缥缈之与宅……计原稿未刻《迦陵词》，合《乌丝词》，几千八百篇。今选定凡若干首，颜曰《陈检讨词抄》，志其阙也。若世有钟期，爱其全操，则搜补遗缺，尚自有待，予且拭目俟之，同里蒋景祁。

知为选本。见于著录的有：

1. 李盛铎《天津延古堂李氏旧藏书目》著录有《陈检讨词抄》十二卷，清顾贞观、蒋景祁同编，康熙刊本，四册。

2. 罗振玉《罗氏藏书目录》著录有《陈检讨词抄》十二卷，二本。又一部，二本。按：此又见王国维编《大云书库藏书目》卷中著录，有《陈检讨词抄》十二卷，又一部。

王士禄

王士禄（1626—1673），字子底，号西樵，新城（今山东桓台）人。清世祖顺治九年（1652）进士，选莱州教授，迁国子监助教，官至吏部考功司员外郎典试河南，以事下狱。著有《表徵堂诗存》、《十笏堂诗选》、《辛甲集》、《上浮集》、《炊闻词》等。

陈维崧《陈迦陵文集》卷二《王西樵炊闻厄语序》略云：

> 甲辰春三月，吏部王先生以蜚语下羁所，越数月，事大白。先生南浮江淮，出其诗若干篇，词若干篇，令维崧读之，词则所谓《炊闻厄语》者是也。

甲辰为清康熙三年（1664），知词集名《炊闻厄语》。

王氏词集见载于词集丛编中，计有：

1. 清孙默辑《六家诗馀》本，清康熙六年（1667）孙氏留松阁刻本，其中有《炊闻词》二卷。

2. 清孙默编《国朝名家诗馀》本，清康熙孙氏留松阁刻本，其中有《炊闻词》二卷。此种见《中华再造善本》收录，又有《清词珍本丛刊》影印本，王氏自序云：

> 康熙甲辰三月，余以磨勘之狱，入羁于司勋之署。于时捕檄四出，未即对簿。伏念日月旷邈，不有拈弄，其何以荡涤烦懑、支距幽忧？忆自髫齿颇耽词调，虽未能研审其精妙，聊可籍彼抗坠，通此蕴结。因取《花间》、《尊前》、《草堂》诸体，稍规模为之，日少即一二，多或六七，漫然随意，都无约限。既检积稿，遂逾百篇，因录而存之，识时日焉。其间或得之负手，或得之摇膝，或得之矫首，或得之瞪目，或得之隐几，或得之面壁，或得之绕廊，或得之倚柱，或得之酒酣，或得之梦破，或得之孤灯之欲烬，或得之晨鸡之乍鸣。其文无谓，其绪无端，伦脊难寻，阡陌莫指。诚欲引而远之，使此寸心如游丝之飏空、轻兔之信流，不令与愁相怅触，故不复引绳点墨，断髭落眉耳。读者循其声节，逆其行叹坐愁之意，故当于行间字外仿佛遇之，傥以之絜温较韦，拟李比秦，殊自迳庭，亦非仆意之所存也。其客岁使豫道中旧作二十许篇亦附见焉。曰"炊闻"者，兀兀南冠，不殊邯郸一枕，

故取杜陵诗语断章而命之也。其文无谓，其绪无端，系之以
厄，抑又宜矣。王士禄记。

知所作为系狱时所为，凡百馀首。又尤侗序云："今遇西樵于邗上，出
《炊闻厄语》，读之，静情艳致，撮《花》、《草》之标，似未肯放阮亭
独步，何也？"

3. 清孙默编《十五家词》本，见《四库全书》中收录，其中有《炊
闻词》二卷。前有王士禄序。

4. 清吴重熹辑《吴氏石莲庵刻山左人词》本，清光绪二十七年
（1901）海丰吴氏金陵刻本，其中有《炊闻词》二卷。

5. 陈乃乾辑《清名家词》本，民国二十六年（1937）上海书店排
印本，其中有《炊闻词》一卷。

又见于著录的有：

1.《四库全书总目》著录有《炊闻词》二卷，提要云：

是集本名《炊闻厄语》，前有士禄自序，称兀兀圃扉，不
殊邯郸一枕，故取杜陵诗语断章而命之，其文无谓，其绪无
端，故系之以厄。此本改题《炊闻词》而目录末有附记，称初
名《炊闻厄语》，殆士禄晚所自改而序则未改耶？是集皆其以
科场磨勘事系狱时作，初本一百二十首，后删二首增五十五
首，为一百七十三首。

所据为副都御史黄登贤家藏本，版本情况不明。知其词集原名《炊闻
厄语》。按：《四库全书总目》又著录有《司勋五种集》二十卷，提要
云：

国朝王士禄撰，士禄有《读史蒙拾》已著录，是集一曰
《表馀堂诗存》二卷，一曰《十笏草堂诗选》九卷，一曰《辛甲
集》七卷，一曰《上浮集》二卷，皆古今体诗；曰《炊闻厄语》
二卷，则词也。然《表馀堂诗存》未刻，刻者实止四种耳。

所据也是副都御史黄登贤家藏本，知所据《炊闻厄语》（即《炊闻

词》）为刻本，当为清康熙年间刊本。又《清朝文献通考》卷二百三十六"经籍考二十六·集歌词"和《清朝通志》卷一百四"艺文略"均著录有《炊闻词》二卷，当同库本。

2. 清孙星衍《孙氏祠堂书目》卷三著录有《炊闻词》二卷。

3. 缪荃孙《目录词小说谱录目》著录有《炊闻词》二卷，云写本。又云有石画轩刊本。

4. 郑振铎《西谛书目》卷五著录有《炊闻词》一卷，云"清刊本，一册"，又同卷著录有《炊闻词》二卷，云"清刊本，二册"，前者是一卷一册，后者是二卷二册，前者并未注明是否有缺，或为残本。

魏学渠

魏学渠，字子存，号青城，嘉善（今属浙江）人。清世祖顺治五年（1648）举人，授成都推官，升刑部主事，官至江西湖西道。著有《青城山人集》、《青城词》。

《青城词》三卷，清康熙刻本。《清词珍本丛刊》据以影印，自序云：

> 予十四五岁时从先大夫于曹氏塾，与顾庵兄弟同学，举业之暇，先大夫教之为诗，间读《花间》、《草堂》诸体，心窃喜之，顾未能工也。嗣后诗坛文社往往有所酬唱，终为制举所格，其有韵之言成即弃去。迨申、酉，江左鼎沸，屡遭兵燹，生平诗文杂稿俱不可问矣。亥、子、丑、寅间，家居寓感叹之音，出门纪凭吊之什，片纸寸帙，间有存者。迨庚子入蜀，凡耳目之所睹记，山川之所登涉，半以长短句述之。至于浮湛金马，赠答为多，憔悴荆湘，讽咏杂见，皆如候虫时鸟自鸣其志，不问工拙，亦不欲以工拙同人耳。诸稿并置废簏中，都无诠次。昨岁秋日，钱子饮光慨然谓子曰："子于一切世好都能澹忘，但我辈诗文亦一生性情所寄也，奈何竟湮诸尘土乎？"予时复有荆南之行，舟中旅次，萧寂无事，感钱子

之言，先简所存长短句，手为编录，得三卷。我老矣，笔墨结习未忘，倘有正我者，或尚能弃其故技，与诸君问旗亭诗价也。青城山人魏学渠自识。

又钱继章序略云：

> 吾友魏青城先生初仕而得蜀，再迁而得楚，其自蜀而归也……因忾然叹息，乃出其诗馀一卷示余，曰："此余游蜀、楚时所得，其馀则从燕市酒垆游者亦间入一二焉。关河犹昔，风景已殊，有令人怆然以怀，高吟而不忍置者，子其叙之。"余受而卒读，见其绵延幽冶，秀色撩人，时而排荡雄奇，惊魂夺目，文心之妙，真有与山川形胜相似者。近世填词家不曰秦、柳，则曰辛、刘，然琢句妍丽者，往往不协于律，而考律精核者，又自然之趣寡，求其匠心独裁、体兼众制如魏子者，未之见也。

知所收为一时之作。

其词集见于词集丛编中，计有：

1. 清聂先、曾王孙辑《百名家词抄》（一百卷）本，清康熙绿荫堂刻本，其中有《青城词》一卷。见《中国古籍善本书目》著录。

2. 清聂先、曾王孙辑《百名家词抄》（初集六十卷）本，清康熙绿荫堂刻本，其中有《青城词》一卷。见《中国古籍善本书目》著录。

3. 清聂先、曾王孙辑《百名家词抄》（三十卷）本，清康熙刻本，中有《青城词》一卷。见《中国古籍善本书目》著录。

4. 清聂先、曾王孙辑《百名家词抄》（二十卷）本，清康熙绿荫堂刻本，中有《青城词》一卷。见《中国古籍善本书目》著录。丛书又见《中华再造善本》收录。

另见于著录的有：

1. 清朱彝尊《曝书亭藏书目》著录有《青城词》，一册。

2. 《浙江通志》卷二百五十二"经籍十二·集部五"著录有《青

城词》。

以上均未言卷数与版本。

丁炜

丁炜，字澹汝，号雁水，晋江（今属福建）人。清世祖顺治八年（1651）补诸生，授漳州教谕。迁户部主事，官至湖广按察使。著有《问山集》、《紫云词》。

《紫云词》一卷，有清康熙希郋堂刻本，《清词珍本丛刊》据以影印，丁氏自序略云：

> 余之词以紫云名也，客有问之曰："昔明皇梦游月宫，闻上清之乐，按以玉笛，尽得其妙，曲度《紫云回》，是子之意与？"余曰："非敢然也。"客又曰："昔者鲁敢遇仙女，曰：'尝见紫云娘诵君佳句。'其取诸此乎？"余曰："未能也。"客又曰："分司御史杜牧饮于洛阳李镇，女伎数百侑酒，牧瞪目曰：'闻有紫云者，孰是？当以与我。'子其有牧之心耶？"余曰："是则所谓狂言也。"自念家处滨海温陵，宫羽倚声，鲜有讲肄。余早岁习为诗，间从游览，下曾效填词数曲，然弗深知其旨，稿既不留，亦未有以名吾词。迨岁戊午，于燕亭交陈子其年，其年曰："吾见子之诗矣，迩者将梓海内佳词为一集，子之词未有闻，宁可无以益吾集？"余乃退而肆力谱图，上下唐、宋、元、明所作，于辛、苏、秦、柳、姜、史、高、吴诸名家尤致专心，虑莫有合。复得朱子锡鬯相为磨劘辨缘，讹证离似，始存一二矣。至出而西，道途所经，驴背舟中，登临览眺，又称是焉。嗣入虔南，方谓自公馀闲，可益求精此道，以报其年、锡鬯。而比岁过经师旅络绎，动走数百里，累数阅月，往来调发，其会时事于洪都，岁率数至，遂不暇工。辛亥，吴子蔺次、陈子纬云遥来，晨夕尚有花下筵前、良辰美景唱酬诸章，外此则皆军旅山谷、风尘霜雪、舆马舟

榷之间劳者之歌，合成此数，正自无几，北南两宋规仿未尽，敢云付诸雪儿，其于歌喉檀板无所于庚也耶？至其名以紫云，则乐操土音云耳。吾乡城北有山紫帽，紫云尝冒其上，即唐真人郑文叔遇羽衣授金粟处也。余少遨游，尝有终焉之志。弱冠仕宦，屈指离乡，忽忽二十馀载，尘鞅未脱，荆棘在心，其于乡里栖真胜地，时重致思，思而望之，望之而不可几及，情弗自已，词之所以志耳。然则上清难拟，仙女纵不易逢，而抱此有待区区，或者庶几悬车税驾之日，聊奉以卒业乎？若夫小杜文章固足称豪一代，而脱略不羁，红粉场中寻春适兴，以自写其风流，余又岂暇效之哉？康熙甲子二月花朝，丁炜澹汝识。

作于清康熙二十三年（1684）。

其词集见于词集丛编中，计有：

1. 清聂先、曾王孙辑《百名家词抄》（一百卷）本，清康熙绿荫堂刻本，其中有《紫云词》一卷。见《中国古籍善本书目》著录。

2. 清聂先、曾王孙辑《百名家词抄》（三十卷）本，清康熙刻本，中有《紫云词》一卷。见《中国古籍善本书目》著录。

3. 清聂先、曾王孙辑《百名家词抄》（二十卷）本，清康熙绿荫堂刻本，中有《紫云词》一卷。见《中国古籍善本书目》著录。丛书又见《中华再造善本》收录，末有曹溶题识云：

> 蔺次粤游归，艳称雁水新词开八闽风气，恨不得赚全璧捧咏之。一叶湖上，飞涛出示手抄一帙。时方盛暑，科跣梧阴，璧月未沉，银湾乍泻，不觉神怡心旷。蔺次之叹赏，洵然。

另见于著录的有：

1. 清朱彝尊《曝书亭藏书目》著录有《紫云词》，一册。

2. 蔡宾年编《墨海楼书目》著录有《紫云词》，一本。

以上均未言卷数与版本。

邹祗谟

邹祗谟（1627—1670），字讦士，号程村，别号丽农山人，武进（今属江苏）人。清世祖顺治十五年（1658）进士。著有《远志斋集》、《丽农词》、《远志斋词衷》等。

邹氏词集见于词集丛编中，计有：

1. 清孙默编《六家诗馀》本，清康熙六年（1667）孙氏留松阁刻本，其中有《丽农词》二卷。

2. 清孙默编《国朝名家诗馀》本，清康熙孙氏留松阁刻本，其中有《丽农词》二卷。此种见《中华再造善本》收录，又有《清词珍本丛刊》影印本，宗元鼎略序云：

> 忆十年前邹子程村游广陵，与余定交于谢太傅之法云寺。庭树婆娑，相对促膝，酒馀，示我诗馀一编。见其寄情绵邈，致语清扬，令人想见风帘霜幕，素蟾初霁，玉杯醺酥，纤手破橙，橘香浓时也。庚子秋邹子复游广陵，则高车驷马已属长卿得意后，然不减昔年布衣豪宕。与余步出西郊，登欧阳平山眺望，访萤苑、鸡台、九曲池、玉钩斜故址，憩旗亭小饮，亭有当垆妓，命歌萧竹屋《蝶恋花》词"记得来时，买酒朱桥畔。远树平芜空目断。乱山惟见斜阳半"之句，邹子怅然者久之，因就奚囊中复出诗馀示余，已梓成帙矣，而属余序之。……

庚子为清顺治十七年（1660）。

3. 清孙默编《三家词》本，清康熙刻本，其中有《丽农词》二卷。《三家词序》略云：

> 自济南王阮亭先生莅广陵，而兰陵邹程村、盐官彭羡门两先生来。予从之游，得尽读三先生词，不觉赏心击节，终

日读，读且起舞歌，浮白叫快，至秉烛不倦。词至是靡憾矣，固不敢私所好，妄较寿梨枣而亟公诸宇内。虽家徒壁立，竭蹶从事不惮也。夫以阮亭之蒨冶，程村之淹丽，美门之便妩，三先生词出，不独方驾秦、晏、晁、柳、周、辛诸家，且轶而上之，追乐府之遗，溯采风之始，聿见朝庙登歌、輶轩问俗之盛者，讵不繄此？非仅与《花间》、《兰畹》夺标角胜已也。读三先生之词者，或谓予为知言也夫？康熙甲辰秋仲，黄岳山人孙默谩题于广陵客舍。

作于清康熙三年（1664），另二家为彭孙遹《延露词》三卷、王士禛《阮亭词》一卷。

4. 清孙默编《十五家词》本，见《四库全书》中收录，其中有《丽农词》二卷。序云："邹子怅然者久之，因就奚囊中复出诗馀示余，已梓成帙矣，而属余序之。"知曾刊刻，当指清康熙刻本。

5. 陈乃乾辑《清名家词》本，民国二十六年（1937）上海书店排印本，其中有《丽农词》一卷。

陆弘定

陆弘定（1628—？），字紫度，号轮山，海宁（今属浙江）人。性高洁，工于诗。著有《爱始楼诗删》等。

民国时赵尊岳辑《明词汇刊》，收有《凭西阁长短句》一卷，今有上海古籍影印刻本，赵氏跋云：

> 明季二陆词，夔笙先生所得旧抄本，署孙式熊抄存，各系小传，疑其未有刻本，欲授梓，未能也，以贻尊岳。……荏苒岁年，始付剞氏，先生乃墓有宿草，每一展卷，涕来无从矣。己巳仲冬，高梧。

跋作于民国十八年（1929），末有赵氏手批一行云："同日以手抄蕙风簃藏本福（即覆字）校。珍重阁。"又《词学季刊》第一卷第三号（民国二十二年出版）载赵氏《惜阴堂汇刻明词提要》，其中有《凭西阁长短句》一卷，云：

> 宏（当作弘）定字紫度，钰次子。九岁善属文，与兄辛斋齐名。好交游，与曹秋岳等往来酬唱无虚日。一生高洁，止子侄与科举。遗稿已梓者有《一草堂》、《爰始楼》两集，未梓者有《宁远堂诗集》。妇周夫人本豪富，追嫔陆，以游侠轻其家。词六十一首，亦孙式熊本，与射山同，未审已有刊本否也。词增于射山，而风格少逊。蕙风先生亦尝撰录以入《餐樱庑词话》。兹别以欣赏者移录一二……

所据为况周颐藏抄本，为孙式熊传抄。射山指陆嘉淑，有《射山诗馀》。

董以宁

董以宁（1629—1669），字文友，号宛斋，武进（今属江苏）人。明末诸生，工填词，与邹祗谟齐名。著有《正谊堂文集》和《蓉渡词》。

董氏词集见附于诗文集，今有清盛宣怀辑《常州先哲遗书》本，有清光绪中武进盛氏刊本，其中后编收有《正谊堂诗集》十七卷、《文友文选》三卷、《蓉渡词》三卷。

陈玉璂《学文堂文集》卷二《蓉渡词序》云：

> 文友少好为词，近复弃去，断自《满江红·述哀》十阕而止。孙无言刻《名家词》，文友出应其请，而属予序之。……予观文友《正谊堂集》所拟乐府《趋艳》、《捉搦》、《企喻》、《子夜》、《读曲》，以及黄初、建安、齐梁、唐微之、乐天、致光、君平之诗，骚、赋、连珠、七之属，殆无不备。文友之词未尝不寓于其中，然则《蓉渡》一刻，殆亦如宋人创为一格以名家者乎？予向有《耕烟集》，亦将以应无言，以视《蓉

渡》，奚啻莛楹也与？

孙无言即孙默，所辑词详后。

其词集见载于词集丛编中，计有：

1. 清孙默辑《四家诗馀》本，清康熙七年（1668）孙氏留松阁刻本，其中有《蓉渡词》三卷。

2. 清孙默辑《国朝名家诗馀》本，清康熙孙氏留松阁刻本，其中有《蓉渡词》三卷。此种见《中华再造善本》收录，又有《清词珍本丛刊》影印本，杨岱序云：

> 往岁吾友孙无言称毗陵董文友先生有弟子数百人，谈经不辍，私意董子当不必求之风流轶宕中矣。他日，无言出董子《蓉渡词》，读之，何其嫣然以媚、婉约而多思也。昔子瞻《尚书》、《论语》、《易》皆有传，而舞裙歌板之间又复新声缭绕，乃知风流轶宕亦犹风人之旨也。董子著书满家，天下称之，填词特董子馀事耳。吾近得从董子饮琼花台畔，见其翩翩霞举，异时过其读书处，则绛帐后当必有季长女乐，书此，以为后堂之券。

3. 清孙默辑《十五家词》本，《四库全书》本，其中有《蓉渡词》三卷。

4. 董康辑《广川词录》本，民国二十九年（1940）武进董氏刊本，其中有《蓉渡词》三卷。

5. 陈乃乾辑《清名家词》本，民国二十六年（1937）上海书店排印本，其中有《蓉渡词》一卷。

朱彝尊

朱彝尊（1629—1709），字锡鬯，号竹垞，晚号小长芦钓鱼师，又号金风亭长，秀水（今浙江嘉兴）人。清圣祖康熙十八年（1679）以博学鸿词征试殿廷取高等，除翰林院检讨，充起居注日讲官，入直南书房。主考江南，既而归里。著有《曝书亭集》、《日下旧闻》、《经义考》，所作词集有《江湖载酒集》、《静志居琴趣》、《茶烟阁体物集》、《蕃锦集》等，均已收入《曝书亭集》，又辑有《明诗综》和《词综》。

朱氏词见载于诗文集中，计有：

1. 清康熙年间刻本《曝书亭集》八十卷附录一卷，潘耒序（康熙戊子）有"既已著书数百卷，编成文集又八十卷"云云，又查慎行序云：

> 下至乐府篇章，跌宕清新，一扫《花间》、《草堂》之旧，填词家至与玉田、白石并称，先生亦自以无愧也。平生纂著，曾两付开雕，未仕以前曰《竹垞诗类》《文类》，序之者多一时名公巨卿，高材绩学之彦。通籍后曰《腾笑集》，先生自为序，并属余附缀数言者也。晚归梅会里，乃合前后所作，手自删定，才八十卷，更名《曝书亭集》，刻始于己丑秋，曹通政荔轩实捐赀倡助，工未竣而先生与曹相继下世，贤孙稼翁遍走南北，乞诸亲故续成兹刻，断手于甲午六月，于是八十卷衮然成全书矣。

序作于清康熙五十三年（1714），己丑是康熙四十八年（1709），即朱氏去逝之年，只是朱氏生前全集尚未刊成。此本存词情况，卷二十四至二十六为《江湖载酒集》，凡三卷；卷二十七为《静志居琴趣》一卷；卷二十八至卷二十九为《茶烟阁体物集》，凡二卷；卷三十为《蕃锦集》。存词凡七卷。集前又存原词序三，其一云：

> 往壬寅夏日与锡鬯聚首湖上，时画船歌扇，午风涤暑，各有诗篇和答，倏忽已十年矣。中间离合不常，锡鬯时理游，屐历穷边，汾阴之横吹已遥，青冢之琵琶欲咽。据鞍吊古，音调弥高，而仆且蹉跌不振，奔走困顿于四方，不减屈吟而贾赋也。顷与锡鬯同客邗沟，出示近词一帙，芊绵温丽，为周柳擅场，时复杂以悲壮，殆与秦岳燕筑相摩荡。其为闺中

之逸调邪？为塞上之羽音邪？盛年绮笔造而益深，固宜其无
所不有也。仆发已种种，力衰思钝，望其旗纛精整，郁若茶
墨，为之曳戈却走，退三舍避之已。嘉善曹尔堪。

壬寅为清康熙元年（1662）。另有柯维桢《蕃锦集序》，详后。此本附
录为"叶儿乐府"，所载为曲。

  2.《四库全书》本《曝书亭集》八十卷附叶儿乐府一卷，提
要云：

  国朝朱彝尊撰，彝尊有《日下旧闻》己著录。此集凡赋一
卷，诗二十二卷，皆编年为次，始于顺治乙酉，迄于康熙己
丑，凡六十五年之作，其纪年皆用《尔雅》岁阳岁阴之名，从
古例也。词七卷，曰《江湖载酒集》，曰《茶烟阁体物集》，
曰《蕃锦集》。杂文五十卷，分二十六体。附录叶儿乐府一
卷，则所作小令也。

所据为通行本，存词情况同康熙本。

  3. 清孙福清辑《槜李遗书》之《曝书亭外集》本，清光绪四年
（1878）秀水孙氏望云仙馆刊本，李宗昉序略云：

  嘉庆丁丑之夏，余试禾中，闻朱竹垞先生五世孙墨林补
辑先生遗稿，而未见其书，秋冬间□观浙江诸郡山水归，已
岁暮，秀水令陈君警堂乃邮致曝书亭集外诗词六卷，于梅香
竹韵中诵之，戊寅三月警堂又邮致集外文二卷，因得受而卒
读……

嘉庆丁丑即清嘉庆二十二年（1817），又朱墨林序（嘉庆丁丑）云：
"今夏合冯君云伯之所搜辑，汇纂得五卷，而以词一卷文二卷并列
焉。"按：是书含集外诗五卷词一卷文二卷。

  4.《四部丛刊》本《曝书亭集》八十卷附录一卷，据清康熙年间
刻本影印。存词情况同四库本。

  又有诸词集另行者，计有：

1.《江湖载酒集》六卷、《茶烟阁体物集》三卷、《静志堂诗馀》二卷、《叶儿乐府》一卷，稿本，《清词珍本丛刊》据以影印。有曹尔堪、叶舒崇二序，又有周栻跋云：

> 右竹垞先生词稿二册，几十二卷。详其字迹，系抄胥代缮，具傍注改窜，皆先生手笔。惟《江湖载酒集》卷六《清平乐令》二阕，《静志堂诗馀》卷上《摸鱼儿》一阕、卷下《菩萨蛮》及《如梦令》二阕的系先生亲书，每阕上原标数目乃本调字数，检点无讹，精审如此，其为先生手订定本无疑也。又云司马得此于尘蠹之中，真翰墨奇缘，毋徒以识美玉于碱砆之中，自夸老眼无花也。甲寅仲秋题于禾城寒泉斋。

按：周栻（1783—1861），字敬之，号小莲，又号未庵。浙江诸暨人。清道光丙午（1826）科进士。历知天津、南宫、玉田等县，兼治理冀州直隶州知州。工书善画，长于诗文。著有《未庵诗稿》。

2. 陈乃乾辑《清名家词》本，民国二十六年（1937）上海书店排印本，其中有《曝书亭词三种》，三种为《静志居琴趣》一卷、《茶烟阁体物集》一卷和《江湖载酒集》一卷。

至于诸词集散见著录及续补拾遗者，叙录如下：

一、《眉匠词》

1. 清江标《丰顺丁氏持静斋书目》"抄本·集部"著录有《眉匠词》一卷，旧抄本，朱竹垞手稿，犹未编《江湖载酒集》时之本。又清莫友芝《持静斋藏书记要》卷下著录有《眉匠词》一卷，云词皆已入集，此手稿也。

2. 张乃熊《菦圃善本书目》卷五上"抄稿本上·旧抄精抄本"著录有《眉匠词》一卷，三馀书斋抄本，一册，批点。

二、《江湖载酒集》

此种词集丛编中著录的有：

1. 清龚翔麟辑《浙西六家词》本《江湖载酒集》三卷，清康熙龚氏玉玲珑阁刻本。李符序云：

> 竹垞昔游大同，始为词，其后客太原，客济南，客燕，客
> 闽，客白下，皆有词。然在燕为最久，其词亦数倍于他所，合
> 计之，凡数百阕，遗坠者什之三，删者什之二，故所辑甫得半
> 耳，自题其卷曰《江湖载酒集》，取杜牧感旧之句以自况其生
> 平也。……其友蒹圃虑其稿之散漫而易失，亟授剞氏。

郑振铎《西谛书目》卷五著录有《江湖载酒集》三卷，云清刊本，一册。当指此书。

2. 清聂先、曾王孙编《百名家词抄》（一百卷）本，清康熙绿荫堂刻本，其中有《江湖载酒集》一卷。见《中国古籍善本书目》著录。

3. 清聂先、曾王孙编《百名家词抄》（三十卷）本，清康熙刻本，中有《江湖载酒集》一卷。见《中国古籍善本书目》著录。

4. 清聂先、曾王孙编《百名家词抄》（二十卷）本，清康熙绿荫堂刻本，中有《江湖载酒集》一卷。见《中国古籍善本书目》著录。丛书又见《中华再造善本》收录，末有诸家题识，录如下：

> 李分虎符曰：竹垞自题其集曰江湖载酒，取杜牧感旧之
> 句，以自况其生平也。集中虽多艳曲，然皆一归雅正，不若
> 屯田《乐章》徒以香泽为工者。从来托旨遥深，非假闺阁裙
> 裾不足以写我情怀。《高唐》、《洛神》婉而多风，亦何伤于文
> 人之笔，而况于调乎？词之能艳，能如竹垞，斯可矣。

> 聂晋人先曰：世之论词者多宗《草堂》一选，先生博搜群
> 集，以辑《词综》，尽收唐宋金元妙句，玉峰谓其一洗《草
> 堂》之陋，而倚声者知所宗矣。《载酒》词句琢字炼，归于醇
> 雅，深得白石、梅溪之精髓，学者当洗涤肠胃，读之以新
> 耳目。

另清姚燮《大梅山馆藏书目》卷十一著录有《江湖载酒集》三卷。未言版本。

三、《蕃锦集》

钱澄之《田间文集》卷十六《蕃锦集引》云：

> 往见张南垣山人为人选石作假山，聚万石于前，略加审视，若为峰，若为崖，若为岩壑，若为麓。向背横斜，一切现成。其石大至寻丈，小或径尺，役者如其指嵌合之，不失尺寸，尝以为神巧。今锡鬯集庸人诗句，自一字以至十馀字，辏成小词，多至二百馀调。长短自合，宫商悉谐，似唐人有意为之，留以待锡鬯之驱使。又觉其句在唐人诗中未工，而入之锡鬯词中乃转工也。神乎！神乎！南垣末技，不足喻矣。予观今人善集诗者，取诸人以为诗，其学近于无我。若锡鬯此集不惟无我，抑且无人。凡古人字句一经其用，音义俱化，虽使作者按之，不复能认为己作也。此虽锡鬯馀艺，然不可不谓之绝技矣。

《蕃锦集》有清康熙刊本，柯维桢序云：

> 自严仪卿论诗别唐为初盛中晚，高廷礼遂按籍分之，同一开元也，或为初，或为盛；同一乾元、大历也，或为盛，或为中。论世者因之定声律高下，予尝惑之。近见同郡朱锡鬯集唐人诗为词，取而读之，不能辨其为诗中之句，又何初盛中晚、声律高下之殊焉。乃知拘方之论，不足语于赏音者也。而予之惑，庶几可释已。乃编为二卷，为镂板以传好事之君子。嘉善柯维桢。

此本见缪荃孙《目录词小说谱录目》著录：《蕃锦集》二卷，柯维桢刊本。

四、《曝书亭删馀词》

此种见收于丛书中，计有：

1. 叶德辉辑《观古堂所刊书》本《曝书亭删馀词》一卷《曝书亭词手稿原目》一卷附校勘记一卷，清光绪二十九年（1903）刻本。

2. 叶德辉辑《观古堂汇刻书》本《曝书亭删馀词》一卷《曝书亭词手稿原目》一卷附校勘记一卷，清光绪二十九年刻本。

3. 叶启倬辑《郋园先生全书》本《曝书亭删馀词》一卷《曝书亭词手稿原目》一卷附校勘记一卷，清光绪二十九年刻本。

以上三种丛书所收为同一刻本，序云：

> 朱竹垞先生《曝书亭词手稿》十二卷，相传为先生之妾徐姬手抄本，旧藏杨氏星凤堂。杨名继振，字幼云，据其跋云，得之由拳西埏里，全书朱墨烂然，图印满幅，书首有先生八世孙拱辰题字，其为先生手定本无疑也。余取以校全集，有手稿删而集存者，有手稿无而集有者，有手稿之字句一易再易而集据后易为定者，亦有并不据所易而全与手稿异者。其他编次前后亦各不同，此足见刻集时去取之指矣。冯柳东与先生五世孙墨林辑《曝书亭外集》，所收逸词或出手稿之外，而手稿所有者亦未全刻，岂此稿在当日早已散出墨林亦不及见耶？今取全集及集外稿所未刻者录而存之，凡四十四阕，别录抄本原目并为校勘记一卷，以著先生改定之苦心，而后抄本刻本之同异亦藉可考证焉。昔先生序《振雅堂词》，称其用心勤，倚声敏，殆习伏众神而臻于巧者，吾以为先生自道也，后之学者由是以探词家之消息，当有得于文字之外者矣。光绪癸卯初秋长沙叶德辉序。

作于清光绪二十九年（1903）。末附原稿题跋六则。又清刘肇隅编《郋园四部书叙录》著录有《曝书亭词删馀》一卷校勘记一卷原稿目录一卷，云："吾师藏竹垞先生手定词稿，录其删者及与今异同者，别为校勘记，属肇隅复刊行。"

五、《曝书亭词拾遗》

《曝书亭词拾遗》三卷，翁之润辑录，清光绪二十二年（1896）刻本。张预序略云：

尝于书肆见老人诗馀手稿焉，纸墨阅三百年之久，喜羽
陵蠹册之未亡；篇题多数十阕而赢，疑《鸿烈》外篇之初出，
乃入洛阳之市；王仲任未暇终篇，而求西蜀之书；桓君山争
先购去，望尘莫及，割爱仍难。既失鹿于后期，亟借鹓以录
副。翁君以为《兰亭》千亿，实从初本为化身；《论衡》一
篇，讵秘帐中为谈助。爰乃聚旧日刊行之帙，合后人补辑之
编。辨异斠同，略等马攷之戡缪；征存订佚，俨师束晳之《补
亡》。斟酌瘁于谟觞，瘦疏尽夫臬简。虽是楚弓之未得，庶赵
璧之能完。荟粹频烦，雕镂亟付。

序作于清光绪二十二年（1869），知张氏曾于书肆见朱氏词手稿。又翁
之润光绪二十二年序有"原稿为竹垞姬人手抄，见杨氏识语中"云
云，又云："坊友持竹垞词稿求沽，索二百金，许以六十金，不售。后
为文学士道希益二十金得之，道希落职南返，传闻其书笈尽付东流，
未详确否。"道希即文廷式（1856—1904），字道希，又字芸阁，号纯
常子等，江西萍乡人。清光绪十六年（1890）榜眼，授编修，升翰林院
侍读学士，兼日讲起居注。1898年戊戌政变后出走日本。编著有《知
过轩目录》、《云起轩词抄》、《文道希先生遗诗》、《云起轩文录》、《纯
常子枝语》等。张预序云："文君芸阁得老人手稿后，旋落职归。闻其
渡海遇风，携书漂没，不知老人手稿无恙否？"知文氏曾得到朱氏词手
稿。又翁之润跋云：

右《曝书亭词拾遗》三卷《志异》一卷，大凡九十三调。
误收一阕。皆集中所无者。冯氏登府、朱氏墨林辑集外词，板
已久毁，颇不易得，兹附载焉。理董既戢，付之杀青。惜梓
人之技，京师绝无精者。刊椠草草，终为憾事。丁君叔雅惠康
笃嗜词学，雅有同癖。前见是集，欣然许以《眉匠词》稿本录
副见贻，并谓《眉匠词》乃竹垞先生少年之作，专师清真者。
异日叔雅南归，寄示《眉匠词》后，当再与是编同厘定之，别
为精刻，庶几小长芦钓师一生心力，不致日就湮没，则校雠

雕镂之役，仆当与叔雅共任之也。丙申七月晦，之润识于茗
华词馆。

作于清光绪二十二年（1896）。翁氏序云："丁氏持静斋藏书极富，有
《眉匠词》一卷，竹垞未编《江湖载酒集》以前之旧本也。今丁丈叔雅
在京，未识肯假一校否？"丁氏持静斋即丁日昌持静斋。按：丁惠康
（1868—1909），字叔雅，号惺庵，广东丰顺人。丁日昌之子。不屑于
科举，持静斋所藏之书，悉数被其继承，尽发所藏书读之。精于版
本、目录，编著有《清经籍志》、《丁征君遗集》。此书多见藏家著
录，如：

1. 梁启超《梁氏饮冰室藏书目录》著录有《曝书亭词拾遗》三
卷志异一卷，云：清翁之润辑，清光绪二十二年常熟翁氏校刻本，
二册。

2. 刘复《半农书目》著录有《曝书亭词拾遗》三卷附志异一卷，
翁之润辑录，光绪丙申（1896）常熟翁氏刻本。

3. 郑振铎《西谛书目》卷五著录有《曝书亭词拾遗》三卷志异一
卷，翁之润辑，清光绪二十二年刊本，一册。

另有王煜辑《清十一家词抄》本《曝书亭集词》一卷，有民国二十
五年（1936）和民国三十六年（1947）正中书局铅印本。

六、《曝书亭集词注》

《曝书亭集词注》七卷，清李富孙注，清嘉庆十九年（1814）校经
庼刻本，《续修四库全书》据以影印。李氏序云：

读书著论，贵有用于世，雕虫小技，前人尝薄之而不为。
至以他人之诗若文，斤斤焉为之注释，其学更琐琐不足言。
富孙自弱冠间喜为倚声，于本朝诸家尤爱先征士秋锦公暨竹
垞先生词，实能兼清真、白石、梅溪、玉田之长，顾先生之
诗，已有江、杨、孙三家注，而未及其词，有欲为之，亦未迄
就。顷客莫厘，萧寥无绪，重读先生词，因随加注释。曩厉
征君樊榭辈、查孝廉莲坡同笺《绝妙好词》，自惭见闻弇陋，

不敢望征君肇藩篱。惟与先生同里居，遗韵流风，犹得擩染于百馀年间，心窃慕之，虽有以琐琐相诮者，亦奚辞？嘉庆十有九年七月，后学李富孙书于七十二峰精舍。

作于清嘉庆十九年（1814）。又有"凡例"数则，其一云：

> 原集系先生晚年手定之本，其词尚见于《六家词》、《瑶华集》等书，或删去不存，当非惬意之作，今不敢附入，并有与《六家词》字句互异，亦为后来审改，兹不复引。

此书多见藏家著录，计有：

1. 刘承干《嘉业藏书楼书目》著录有《曝书亭词注》七卷，嘉兴李富孙注，嘉庆十九年刊本，二册。

2. 张元济《海盐张氏涉园藏书目录》著录有《曝书亭词注》七卷，清嘉兴李富孙（萝垞）撰，清嘉庆十九年校经庼刊本，八册。

3. 缪荃孙《目录词小说谱录目》著录有李辑《曝书亭词注》五卷。李富孙，校经庼刊本。

4. 李盛铎《天津延古堂李氏旧藏书目》著录有《曝书亭词注》七卷，清李富孙撰，校经庼本，四册。又：又一部七卷，三册。

5. 郑振铎《西谛书目》卷五著录有《曝书亭集词注》七卷，李富孙注，清嘉庆刊本，四册。

又见于著录而未言版本者有：

1. 清许宗彦《鉴止水斋藏书目》"集部第四厨·附存第十厨书"著录有《曝书亭词注》二本。

2. 清曾之撰《明瑟山庄书籍分藏易检总目》著录有《曝书亭词注》，二本。

3. 清王祖畬《书籍簿记》著录有《曝书亭词注》，四册。

4. 清忻宝华《澹庵书目》著录有《曝书亭词注》七卷。

5. 汪元懋《也是轩书目》著录有《曝书亭词注》。

6. 伊其淦《生白斋读书自省记》著录有《曝书亭词注》七卷。嘉兴李富孙撰。

7.《双宋书斋善本书目》著录有《曝书亭词注》二本。

8. 清赵宽《小脉望馆书目》"元册·亨字橱·第四层"著录有《曝书亭词注》，四本。

9. 佚名编《海宁张渭渔藏书目》著录有《曝书亭词注》，四册，李富孙。 又，三册。

10. 罗振玉藏《罗氏藏书目录》著录有《曝书亭词注》七卷，李富孙，二本。又：又一部，缺第一卷，三本。按：王国维编《大云书库藏书目》卷中著录有《曝书亭词注》七卷，李富孙。又：又一部，缺第一卷。

以上虽未言版本，但不少当属于嘉庆刊本。

另清蒋凤藻《铁华馆家藏书目》著录有《曝书亭词注》，二本，精抄本。

周清原

周清原，字雅楫，一字浣初，号蓉湖，又号且朴、蝶周，武进（今江苏常州）人。清圣祖康熙十八年（1679）举博学鸿词，授翰林院检讨，历官浙江提学使、工部右侍郎。著有《司空遗集》、《浣初词》。

周氏词集见于词集丛编中，今有清聂先、曾王孙辑《百名家词抄》（二十卷）本，为清康熙绿荫堂刻本，其中有《浣初词》。丛书又见《中华再造善本》收录。

其词集见于藏家著录的有：

1. 李盛铎《天津延古堂李氏旧藏书目》著录有《浣初词》一卷，抄本，一册。

2. 缪荃孙《目录词小说谱录目》著录有《浣初词》一卷，写本。

屈大均

屈大均（1630—1696），字骚馀，又字翁山、介子，号泠君，番禺（今广东广州）人。幼时随父入赘邵家，父归原籍，复屈姓，易名绍隆。明末曾从其师陈邦彦起义，后削发为僧，名今种，字一灵。入清返儒服，更今名，图谋抗清。所著有《道援堂集》、《翁山诗外》、《翁山文外》、《道援堂词》（又名《骚屑词》）、《广东新语》等。

屈氏词见载于诗文集中，计有：

1. 清康熙刻凌凤翔补修本《翁山诗外》十八卷，《续修四库全书》据以影印，其中卷十六至十八为词，凡三卷，而卷十八实未刻。

2. 清刻本《道援堂诗集》十三卷，《四库禁毁书丛刊》据以影印，其中卷十三附词，共一卷。

3. 清康熙间李肇元等刻本《屈翁山诗集》八卷附词一卷，《四库禁毁书丛刊》据以影印。

另见于词集丛编中，今有清孔传铎辑《名家词抄》，清抄本，其中有《骚屑词》一卷。

民国时赵尊岳辑《明词汇刊》，收有《道援堂词》一卷，今有上海古籍影印刻本，赵氏跋云：

> 大均，初名绍隆，字介子，番禺诸生。国变后易服为僧，名今种，字一灵，返儒后更今名。入越，读书祁氏寓山园，不下楼者五月，渐游秦陇。殁后以文网特兴，集本遂为禁书，词益罕觏。此自蕙风箧藏抄本传写，其《梦江南·赋落叶》诸阕哀感顽艳，上俪骚竽，不当与后主《浪淘沙》同传耶？珍重阁。

末有赵氏手批一行云："丙子四月廿二日，以传抄蕙风箧藏本覆校。高梧。"丙子为民国二十五年（1935）。又《词学季刊》第一卷第三号（民国二十二年出版）载赵氏《惜阴堂汇刻明词提要》，其中有《道援堂词》一卷，略云：

> 《道援堂词》一百八十二首，不在全集。以翁山文字罹禁网，益不易求得也。况蕙风先生藏有传抄本，特赏其词，暇日辄以见示，因得请以梓行之。迨刻成，闻京师藏家尚有别

本，与此少有增损，未及比勘，当俟续校矣。

知是据况周颐藏抄本刻入。

万树

万树（？—1687），字红友，一字花农，宜兴（今属江苏）人。监生，工词曲，著有《堆絮园集》、《璇玑碎锦》、《香胆词》，以及《拥双艳三种曲》（《风流棒》、《空青石》、《念八翻》三种传奇）等。

万氏词见载于诗文集中，今有清乾隆五年（1740）扬州江氏柏香堂刻本《璇玑碎锦》二卷，《四库全书存目丛书》据以影印，其中卷上末附有词，凡三十二调。卷下末附有词，凡十二调。

又见于词集丛编中者，计有：

1. 清聂先、曾王孙编《百名家词抄》（一百卷）本，清康熙绿荫堂刻本，其中有《香胆词》一卷。见《中国古籍善本书目》著录。

2. 清聂先、曾王孙编《百名家词抄》（二十卷）本，清康熙绿荫堂刻本，中有《香胆词》一卷。见《中国古籍善本书目》著录。丛书又见《中华再造善本》收录，末有聂先题识云：

> 选词将竟，忽得《香胆词》，付抄，不觉狂喜，当以生平从未赠人"绝妙好辞"四字相赠。但词中有纤新妙句，极类涪翁，足见文人锦心绣口。吾闻昭中称先生词如初日芙蕖，光艳夺目，如天衣无缝，自然成章，信然！

另见于著录的有：

1. 李盛铎《天津延古堂李氏旧藏书目》著录有《香胆词》一卷，抄本，一册。

2. 缪荃孙《目录词小说谱录目》著录有《香胆词》一卷，写本。

陈恭尹

陈恭尹（1631—1700），字元孝，初号半峰，晚号独漉子，又称罗浮布衣，顺德（今属广东）人。明清之季，曾参加抗清。善诗文，与屈大均、梁佩兰同称岭南三大家。著有《独漉堂集》。

陈氏词见载于诗文集中，今有清康熙间晚成堂刻本《独漉堂诗集》十五卷文集十五卷，《四库禁毁书丛刊》据以影印，其中诗集卷十五为诗馀，存词一卷。又有清道光五年（1825）陈量平刻本《独漉堂诗集》十五卷文集十五卷续编一卷，《续修四库全书》据以影印，其中诗集卷十五为诗馀，存词一卷。

民国时赵尊岳辑《明词汇刊》，其中有《溉园诗馀》一卷，今有上海古籍影印刻本，有赵氏跋，未言所据，末有赵氏手批一行云："同日以粤三大家集本校。叔邕。"又《词学季刊》第一卷第三号（民国二十二年出版）载赵氏《惜阴堂汇刻明词提要》，其中有《独漉堂诗馀》一卷，云："今裁其词二十九首，刊于明季诸贤之列，亦犹金风亭长之遗意也，然视翁山逊色。"

吴绡

吴绡，字素公，又字片霞，号冰仙，长洲（今江苏苏州）人。通判吴水苍女，常熟进士许瑶妻。善琴，工书画诗词。著有《啸雪庵诗集》、《啸雪庵诗馀》。

吴氏词集刻本有二：

1. 徐乃昌辑《小檀栾室汇刻闺秀词》，有清光绪二十一年（1895）至二十二年（1896）南陵徐氏刊本，其中有《啸雪庵诗馀》一卷。

2. 民国时赵尊岳辑《明词汇刊》，其中有《啸雪庵诗馀》一卷，今有上海古籍影印刻本，有赵氏民国二十一（1932）年跋，云："冰仙著诗词各一卷，未经剞劂，盖武进董大理绥金所藏传抄本，最录其词，冠以诗序，庶使后人得知所本。"又末有赵氏手书一行云："同日以董抄本校。叔邕。"

葛筠

葛筠，字柬之，丹阳（今属江苏）人。明季人。清圣祖康熙十四年

（1675）举于乡，选长洲外翰。著有《名山藏》。

民国时赵尊岳辑《明词汇刊》，其中有《名山藏词》一卷，今有上海古籍影印刻本，赵氏跋云：

> 葛筠，字崬之，明季人。康熙乙卯举于乡，选长洲外翰。长于文学，与魏叔子、侯朝宗交厚，为序其文集。遗著《名山藏》二十八卷，道光二十七年元孙华为梓行之。余就金陵书藏检得其词，为附于明季诸家之后云。甲戌四月既望，珍重阁书。

甲戌为民国二十三年（1934），知是据别集本录出。

潘廷章

潘廷章，一作廷璋，字美含，号梅岩，自称海峡樵人，海宁（今属浙江）人。明诸生，入清不仕。著有《渚山楼集》、《硖川志》。

民国时赵尊岳辑《明词汇刊》，其中有《渚山楼词》一卷，今有上海古籍影印刻本，赵氏跋云：

> 廷章，字美含，号梅岩，明季诸生。工诗文，中年不复应试，留心经学，多所撰述。家居硖石，尝辑《硖川志》。与仁和陆圻、同邑陆嘉淑友善，多有酬唱。门人王廷献编其诗文为《渚山楼集》，嘉淑昆季序而行之，书甚罕觏，海宁陈君乃乾近刻其乡先贤遗词三家，始盛传于世焉。丙子八月朔日，高梧轩书。

作于民国二十五年（1936），知是自别集中辑出。

彭孙遹

彭孙遹（1631—1700），字骏孙，号羡门、金粟山人，海盐（今属浙江）人。清世祖顺治十六年（1659）进士，授中书舍人。圣祖康熙十八年（1679）试博学鸿词第一，授翰林院编修，官至吏部右侍郎。

著有《松桂堂全集》、《延露词》、《金粟词》、《金粟词话》等。

彭氏词集见附于诗文集后,今有《四库全书》本《松桂堂全集》三十七卷《延露词》三卷《南淮集》三卷,提要云:"孙遹所著《南淮集》、《香奁倡和集》、《金粟词》、《延露词》,俱先有刊本,惟全集未刊,孙遹没后五十年,至乾隆癸亥,其孙景曾始为开雕,并以旧刊《南淮集》、《延露词》附录于后云。"知是据刊本录入,为江苏巡抚采进本。其中库本卷三十八至卷四十为"延露词",凡三卷。按:《清朝文献通考》卷二百三十二"经籍考二十二·集别集"著录有《松桂堂全集》三十七卷《延露词》三卷《南淮集》三卷,当与库本同。

又见于丛书中的有:

1. 清孙福清辑《槜李遗书》本,清光绪四年(1878)秀水孙氏望云仙馆刊本,其中有《延露词》三卷。

2. 清尊闻阁主辑《申报馆丛书》本,清光绪中申报馆排印本,其中"续集·纪丽类"《屑玉丛谈》四集收有《延露词》一卷。

3. 清虫天子辑《香艳丛书》本,清宣统二年(1910)国学扶轮社排印本,其中有《金粟闺词百首》一卷。

另见于词集丛编的有:

1. 清聂先、曾王孙编《百名家词抄》(一百卷)本,清康熙绿荫堂刻本,其中有《金粟词》一卷。见《中国古籍善本书目》著录。

2. 清聂先、曾王孙编《百名家词抄》(初集六十卷)本,清康熙绿荫堂刻本,其中有《金粟词》一卷。见《中国古籍善本书目》著录。

3. 清聂先、曾王孙编《百名家词抄》(三十卷)本,清康熙刻本,其中有《金粟词》一卷。见《中国古籍善本书目》著录。

4. 清聂先、曾王孙编《百名家词抄》(二十卷)本,清康熙绿荫堂刻本,其中有《金粟词》一卷。见《中国古籍善本书目》著录。丛书又见《中华再造善本》收录,末有王士禛题识云:

> 词至金粟,情景兼胜,字字清丽,一语之工,能生百媚,
> 不仅作六朝金粉也。其为慷慨淋漓、沉雄悲壮处,能使古人

缩舌。徐天池所云读之如"冷冰浇背，陡然一惊"，恐不足以尽化工之笔也。

5. 清孙默编《三家词》本，清康熙刻本，其中有《延露词》三卷。《三家词序》略云：

> 自济南王阮亭先生莅广陵，而兰陵邹程村、盐官彭美门两先生来。予从之游，得尽读三先生词，不觉赏心击节，终日读，读且起舞歌，浮白叫快，至秉烛不倦。词至是，靡憾矣，固不敢私所好，妄较寿梨枣而亟公诸宇内。虽家徒壁立，竭蹶从事，不惮也。夫以阮亭之蒨冶，程村之淹丽，美门之便妍，三先生词出，不独方驾秦、晏、晁、柳、周、辛诸家，且轶而上之，追乐府之遗，溯采风之始，聿见朝庙登歌、辀轩问俗之盛者，讵不繄此？非仅与《花间》、《兰畹》夺标角胜已也。读三先生之词者，或谓予为知言也夫？康熙甲辰秋仲，黄岳山人孙默谩题于广陵客舍。

作于清康熙三年（1664），另二家为王士禛《阮亭词》一卷、邹祗谟《丽农词》二卷。

6. 清孙默辑《六家诗馀》本，清康熙六年（1667）孙氏留松阁刻本，其中有《延露词》三卷。

7. 清孙默辑《国朝名家诗馀》本，清康熙孙氏留松阁刻本，其中有《延露词》三卷。此种见《中华再造善本》收录，又有《清词珍本丛刊》影印本。尤侗序略云：

> 向读彭子美门与王子阮亭《无题》唱和，叹其淫思古意，两玉一时。阮亭既官扬州，美门有客信宿，会邹子程村初集《倚声》，于是《延露》之词成焉，然则《延露》者，其《无题》之馀乎？盖维扬佳丽，固诗馀之地也。……而彭子乃诗馀之人也，有其地，有其人，有其人，有其词，诗馀人乎？人馀诗乎？寄语王、邹，想当绝倒。

8. 清孙默辑《十五家词》本，有《四库全书》本，其中有《延露词》三卷。

9. 陈乃乾辑《清名家词》本，民国二十六年（1937）上海书店排印本，其中有《延露词》一卷。

此外见于著录的有：

1.《浙江通志》卷一百七十九"人物六·文苑二·嘉兴府"彭孙遹传云："孙遹工诗词，与新城王士禛名埒，时号彭、王。尝步萧寺，寺僧方制琉璃长明灯，请为赋，孙遹诺之。僧退煮茗，以饷茗未熟而赋就。著有《柏悦堂集》、《南淮集》、《香奁倡和集》、《金粟词》、《延露词》行世。"均未言卷数。

2.《双宋书斋善本书目》著录有《延露秋崖词》，一本，抄本。

3. 徐世昌《书髓楼藏书目》卷四著录有《延露词》三卷。

毛际可

毛际可（1633—1708），字会侯，号鹤舫，晚号松皋老人，遂安（今属浙江）人。清世祖顺治十五年（1658）进士，授彰德府推官，知固城，调祥符令，圣祖康熙十七年（1678）举博学鸿词科不第，不久罢归。著有《安序堂文抄》、《松皋诗集》、《浣雪词》（一名《映竹轩词》）。

毛氏词集见载于词集丛编中，计有：

1. 清聂先、曾王孙编《百名家词抄》（一百卷）本，清康熙绿荫堂刻本，其中有《映竹轩词》一卷。见《中国古籍善本书目》著录。

2. 清聂先、曾王孙编《百名家词抄》（初集六十卷）本，清康熙绿荫堂刻本，其中有《映竹轩词》一卷。见《中国古籍善本书目》著录。

3. 清聂先、曾王孙编《百名家词抄》（二十卷）本，清康熙绿荫堂刻本，其中有《映竹轩词》一卷。见《中国古籍善本书目》著录。丛书又见《中华再造善本》收录。

此外见于著录的有：

1. 清曹寅《楝亭书目》卷四著录有《浣雪词抄》，二卷。

2．清许宗彦《鉴止水斋藏书目》"集部第九厨"著录有《浣雪词》一本。

3．清姚燮《大梅山馆藏书目》卷十一著录有《浣雪词》二卷。

4．《浙江通志》卷一百八十二"人物六·文苑五"有《浣雪词》。

5．清忻宝华《澹庵书目》著录有《浣雪词抄》二卷。

6．蔡宾年编《墨海楼书目》著录有《浣雪词》二卷，一本。

7．郑振铎《西谛书目》卷五著录有《浣雪词抄》二卷，清刊本，二册。

8．李盛铎《天津延古堂李氏旧藏书目》著录有《浣雪词抄》二卷，康熙戊辰（1688）刊本，一册。

以上多未标明版本，按：今存清康熙刻本《浣雪词抄》二卷，清李天馥、王士禛评。

陆次云

陆次云，字云士，号北墅，钱塘（今浙江杭州）人。清圣祖康熙初由拔贡生知江阴县。著有《澄江集》、《湖壖杂记》、《玉山词》（一名《北墅词》）等。

陆氏词集见载于词集丛编中，计有：

1．清聂先、曾王孙编《百名家词抄》（一百卷）本，清康熙绿荫堂刻本，其中有《玉山词》一卷。见《中国古籍善本书目》著录。

2．清聂先、曾王孙编《百名家词抄》（初集六十卷）本，清康熙绿荫堂刻本，其中有《玉山词》一卷。见《中国古籍善本书目》著录。

3．清聂先、曾王孙编《百名家词抄》（二十卷）本，清康熙绿荫堂刻本，其中有《玉山词》一卷。见《中国古籍善本书目》著录。丛书又见《中华再造善本》收录。

此外见于著录的有：

1．清朱彝尊《曝书亭藏书目》著录有《玉山词》，一册。

2．《四库全书总目》著录有《玉山词》（无卷数），提要云：

是集凡小令五十九，长调十八，中调九，尤侗、秦松龄为之选评。次云《北墅绪言》有属友人改正诗馀姓氏，书盖因《西泠词选》借名刻其词三首，故力辨之，高士奇称其自处甚高，今观所作，乃往往多似元曲，不能如书中所称周、秦、苏、辛体也。

未言版本，为浙江巡抚采进本。《清朝文献通考》卷二百三十六"经籍考二十六·集歌词"著录有《玉山词》（无卷数），又《清朝通志》卷一百四著录有《玉山词》（无卷数）。所载均与库本同。

3.《浙江通志》卷二百五十二"经籍十二·集部五"著录有《玉山词》。

4. 清卢址《抱经楼藏书记》卷十二著录有《玉山词》附《湖壖杂记》一卷一本，抄本。

曹垂璨

曹垂璨，字天祺，号绿岩，上海人。清世祖顺治四年（1647）进士，知遂安县。著有《明志堂集》、《竹香亭诗馀》。

曹氏词集见载于词集丛编中，计有：

1. 清聂先、曾王孙编《百名家词抄》（一百卷）本，清康熙绿荫堂刻本，其中有《竹香亭诗馀》一卷。见《中国古籍善本书目》著录。

2. 清聂先、曾王孙编《百名家词抄》（初集六十卷）本，清康熙绿荫堂刻本，其中有《竹香亭诗馀》一卷。见《中国古籍善本书目》著录。

3. 清聂先、曾王孙编《百名家词抄》（二十卷）本，清康熙绿荫堂刻本，其中有《竹香亭诗馀》一卷。见《中国古籍善本书目》著录。丛书又见《中华再造善本》收录。

此外清曹骧《上海曹氏书存目录编》著录有《竹香亭诗馀》。未言版本。

董元恺

董元恺，字舜民，号子康，长洲（今江苏苏州）人。清世祖顺治十七年（1660）举人，著有《苍梧词》。

清王士禛《居易录》卷四云：

> 武进董元起，故友御史玉虬文骧之子，遗其先人《微泉阁集》十六卷、从兄元恺舜民《苍梧词》十二卷。玉虬昔在京师，与予辈为文社，外转秦州监司，乞休归，年未五十家居，注三礼。予官祭酒时，曾见寄数卷。今集中经说数十篇，皆注礼经之绪论也。舜民乐府自成一家，洞庭、阳羡、西泠诸山水，居庸关、白羊城、虎牢关诸边塞之作尤为奇特。其内子亦有易安风调，今十二卷中大半予所评次者。

又王士禛《古夫于亭杂录》卷四云：

> 本朝诗馀颇有十数名家，惟禾中曹讲学顾庵尔堪《南溪词》冲澹，如陶靖节田园诗；彭少宰美门孙遹《延露词》清新俊逸，逼似秦、李二家，尤天然难及；毗陵董孝廉舜民元恺感慨悲凉，不减横槊，亦后劲也。三家词皆余所选定，故特论之。

知王氏有评选，按：王士禛《精华录》卷八《题董舜民〈苍梧词〉追悼讦士文友》云："南望毗陵路，江流日夜东。应徐常调尽，嵇吕旧游空。才子苍梧怨，清词白苎工。依然邻笛起，凄断夕阳中。"

陈维崧《陈迦陵俪体文集》卷七有《苍梧词序》，略云：

> 仆也老而失学，雅好填词；壮不如人，仅专顾曲。慨自邹讦士、董文友既亡之后，泪满蝉钿；况复曹顾庵、王西樵久别以来，心灰兔管。见吾友之一编，动鄙人之三叹。啼成绀碧，不让江潭红豆之思；泣化琼瑰，何殊风雨苍梧之恨。永传乐府，长播词林。

今有清康熙刊本《苍梧词》十二卷，《续修四库全书》据国家图书馆藏本影印。陈玉璂序略云：

> 余与舜民居同里，同举孝廉，二十馀年，会晤殊密，欢好甚。数年前，舜民移居青墩，距城五六里许，踪迹稍稍疏。然舜民每入城，必过余谈笑。今年春，余偕毛旦斋、龚琅霞二子过青墩，舜民摘园蔬佐酒，茂林修竹间，分韵赋诗，因出《苍梧词》，命为序。越两月，忽传舜民就医来城中，急访之。见舜民肩背发肿，呻吟转侧，手握白麈尾，坐地上，谓予曰："《苍梧词序》成乎？毋负予也。"予曰："待秋风时，为之未晚。"未几，而舜民病益甚，竟不起。嗟乎！舜民而竟如是已乎。爰更反复其词，拟即述数言，付其孤，一展诵灵帏之侧，甫握管而泪涔涔下不可止，又已之。一日，其兄宾实过余，曰："《苍梧词》刻将竟矣，子序勿更缓也。"余翻然曰：人生百年之物，忽忽与腐草同湮没者，何可胜计？舜民能以《苍梧》一词流传后日，使姓氏不没人间。虽死何恨，而予又奚悲？况舜民之词能按古谱，出新意，在所必传。宋之能词者六十馀家，如秦少游、高竹屋、姜白石、史邦达、吴梦窗数子，始可称以新意合古谱者。杨诚斋论词六要，一曰按谱，一曰出新意是也。苟不按谱，则歌韵不协；歌韵不协，则凌犯他宫，非复本调。不出新意，则必蹈袭前人，即或炼字换句，而趣旨雷同，其神味亦索然易尽。今观《苍梧词》既绝此二病，而于秦、史诸家贯穿变化，别成一家之言，其并传也奚疑哉？

序作于清康熙二十六年（1687）。又董元名后叙略云：

> 岁丁卯三月，易农叔《微泉阁集》成，余顾舜民弟而叹，叹已而泣，泣已而复叹……舜民愀然愕然曰："微兄言，兹事殆不可缓也。"因即出箧中之已刻未刻者若干篇，其有揽胜纪

游，有情无文者，其为题又若干篇，计日补成之，不三月而付
梓。取而读焉，驯矣，肆矣。向之阮亭先生所谓晋陵、阳羡
者，果不虚矣，嗟乎哉！谁料良工苦心，天夺其纪，卒以七月
之望，疽发背死。

丁卯即清康熙二十六年（1687）。此本见于藏家著录，如：

1. 章钰《章氏四当斋藏书目》卷中之四著录有《苍梧词》十二
卷，清康熙二十六年刊本，二册。

2. 缪荃孙《目录词小说谱录目》著录有《苍梧词》十二卷，康熙
丁卯刊本。按：刘承干《嘉业藏书楼书目》著录有《苍梧词》十二卷，
康熙二十六年刊本，二册。缪艺风旧藏。又董康《嘉业堂藏书志》著
录有《苍梧词》十二卷，刻本。

其词集见于词集丛编中，计有：

1. 清孔传铎辑《名家词抄》本，清抄本，其中有《苍梧词》
一卷。

2. 陈乃乾辑《清名家词》本，民国二十六年（1937）上海书店排
印本，其中有《苍梧词》一卷。

3. 董康辑《广川词录》本，民国二十九年（1940）武进董氏刊
本，其中有《苍梧词》十二卷。

另郑振铎《西谛书目》卷五著录有《苍梧词》一卷，清抄本，
一册。

王士禛

王士禛（1634—1711），字贻上，又字子真，号阮亭，别号渔洋山
人，殁后避清世宗讳，改名士正，高宗命改士禛，新城（今山东桓
台）人。清世祖顺治十五年（1658）进士，官扬州推官。圣祖康熙朝
入为礼部主事，改翰林院侍讲，官至刑部尚书。著有《带经堂全集》、
《渔洋诗话》、《渔洋山人精华录》、《居易录》、《池北偶谈》、《衍波
词》等。

王氏《衍波词自序》略云：

> 向十许岁，学作长短句，不工，辄弃去。今夏楼居，效比丘休夏自恣，桐花苔影，绿入巾舄，墨卿毛子，兼省应酬。偶读《啸馀谱》，辄拈笔填词，次第得三十首。易安《漱玉》一卷，藏之文笥，珍惜逾恒，乃依其原韵尽和之，大抵涪翁所谓空中语耳。适内丘乔子文衣、云间田子羼渊征檄至，聊命奴子录一通寄之，文衣谬奖为好手。余落魄之馀，聊以寄兴，无心与秦七黄九较工拙，文衣之许我过矣。

按：乔钵，字文衣，直隶内丘（今属河北）人。明贡生，入清后历任郏县主簿、湖口知县、剑州知州等。著有《越吟》、《苦吟》、《剑阁草》、《匡蠡草》、《燕齐咏》、《石钟集》等集。田茂遇，字楳公，号羼渊，云间（今属上海）人。清顺治十四年（1657）举人。授直隶新城知县，不赴。举博学鸿儒，报罢。晚年筑水西草堂，藏书万卷，觞咏以终。著有《水西草堂集》等。又王士禛《居易录》卷二十一云：

> 予生平喜竹，所居辄种之。顺治庚子、辛丑间任扬州府推官，于谳事厅前后皆种竹，爱书之暇，辄啸咏其下。厅后故有小亭，可置床几，倦即偃息其中，自赋一词题壁上，偶未编入《衍波词》，今录于左云：“手种墙南千个竹，春雨潇潇，拔地参天绿。斫取杉皮新缚屋，直须傲煞筼筜谷。解道难医惟有俗，试问旁人，无竹何如肉。未必禅心超忍辱，且从玉版参尊宿。”存之，亦可追想少年高迈之气，不为卑冗缚束如此。

顺治庚子、辛丑即顺治十七年（1660）和十八年，知《衍波词》所收尚有遗漏。

其词集见于词集丛编中的有：

1. 清聂先、曾王孙编《百名家词抄》（一百卷）本，清康熙绿荫堂刻本，其中有《衍波词》一卷。见《中国古籍善本书目》著录。

2. 清聂先、曾王孙编《百名家词抄》（初集六十卷）本，清康熙绿荫堂刻本，其中有《衍波词》一卷。见《中国古籍善本书目》著录。

3. 清聂先、曾王孙编《百名家词抄》（三十卷）本，清康熙刻本，其中有《衍波词》一卷。见《中国古籍善本书目》著录。

4. 清聂先、曾王孙编《百名家词抄》（二十卷）本，清康熙绿荫堂刻本，其中有《衍波词》一卷。见《中国古籍善本书目》著录。丛书又见《中华再造善本》收录，末有题识，录如下：

> 邹程村祗谟曰：序《衍波词》，如唐祖命云："极哀艳之深情，穷倩盼之逸趣。其旖旎而秾丽者，则璟、煜、清照之遗也；其芊绵而俊爽者，则淮海、屯田之匹也。"丁景吕云："朦胧萌折，明隽清圆，即令小山选句以争妍，淮海含毫而竞秀，谅无惭夫入室，或兴叹于积薪。"徐东痴云："流商激楚之音，发皓扬清之技。芳泽杂揉，竹丝渐近。锦囊之句，兼善夫短长；团扇之篇，妙得诸参错。"凡兹数则，不独为《阮亭诗馀》写照，亦可以溯洄词蕴矣。

> 聂晋人先曰：《衍波词》香艳惊人耳目，每读一阕，便称词坛大观，不知抹倒海内几许词人。至其纵笔任意之妙，公孙氏舞剑器，浑脱浏漓，差足相拟。美门先生每拈其佳句云："《衍波》一集，体备唐宋之长。"信夫！

5. 清孙默编《三家词》本，清康熙刻本，其中有《阮亭词》一卷。《三家词序》略云：

> 自济南王阮亭先生莅广陵，而兰陵邹程村、盐官彭美门两先生来。予从之游，得尽读三先生词，不觉赏心击节，终日读，读且起舞歌，浮白叫快，至秉烛不倦。词至是靡憾矣，固不敢私所好，妄较寿梨枣而亟公诸宇内。虽家徒壁立，竭蹶从事不惮也。夫以阮亭之蒨冶，程村之淹丽，美门之便妍，三先生词出，不独方驾秦、晏、晁、柳、周、辛诸家，且

> 轶而上之，追乐府之遗，溯采风之始，聿见朝庙登歌、辂轩问
> 俗之盛者，讵不繇此？非仅与《花间》、《兰畹》夺标角胜已
> 也。读三先生之词者，或谓予为知言也夫？康熙甲辰秋仲，
> 黄岳山人孙默谩题于广陵客舍。

作于清康熙三年（1664），另二家为彭孙遹《延露词》三卷、邹祗谟
《丽农词》二卷。

6. 清孙默辑《六家诗馀》本，清康熙六年（1667）孙氏留松阁刻
本，其中有《衍波词》二卷。

7. 清孙默辑《国朝名家诗馀》本，清康熙孙氏留松阁刻本，其中
有《衍波词》二卷。此种见《中华再造善本》收录，又有《清词珍本丛
刊》影印本，邹祗谟《衍波词序》略云：

> 阮亭年少才丰，无所不擅，千古文义书词直欲一时将
> 去。即如诗馀一事，于阮亭直雕虫耳。而以余读之，篝灯萧
> 寺，中夜琅琅，觉十年中离别之苦，哀乐之多，无不怦然欲
> 动，而艳思绮语令人手推口维而不能解，则阮亭之移我情与
> 我情之合于阮亭，诚有不自知者，又何色飞魂绝之足拟也
> 哉？如余舌本作强，笔底如椎，偶赋短言，无关佳事。即至
> 同里诸子好工小词，如文友之偎艳，其年之矫丽，云孙之雅
> 逸，初子之清扬，无不尽东南之瑰宝，以视阮亭，并驱中原，
> 犹恐不免为黄、沛耳。

文友即董以宁，其年即陈维崧，云孙即黄永，初子即黄京。

8. 清孙默辑《十五家词》本，有《四库全书》本，其中有《衍波
词》二卷。

9. 陈乃乾辑《清名家词》本，民国二十六年（1937）上海书店排
印本，其中有《衍波词》一卷。陈乃乾《衍波词跋》云：

> 王氏《带经堂全集》中无诗馀，其别刻流传者有二本：一
> 为孙默刻本，名《衍波词》）；一为赵之谦刻本，名《阮亭诗

馀》。《衍波词》出渔洋手授,《居易录》记之甚详。《阮亭诗
馀》则赵氏据阙里孔氏所藏抄本付刻,以卷首有自序,或指
为渔洋晚年定本,余未敢信也。《阮亭诗馀》凡词四十六首,
其不见于《衍波词》者有《怨王孙》"碧天云晚"一首,而
《衍波词》校《阮亭诗馀》,则溢出七十馀首,岂七十馀首皆
当删,而《怨王孙》独在可存之列耶?兹并录为一卷,其见于
《阮亭诗馀》者,以○识之,明眼人当能辨焉。

另见于丛书中收录的有:

1. 清许增辑《榆园丛刻》本,其中有《衍波词》二卷,为清光绪
十五年(1889)刻本。谭献《校刻衍波词序》云:

> 许君迈孙笃好填词,与予同嗜,中年以来,予选录古今人
> 词成十馀卷,迈孙则校刻古今名家倚声别集宋元而来成十馀
> 家,予愧泛滥,不及迈孙之专也。今年夏予谢事赋归,乃晨
> 夕来坐竹石间,与迈孙纵论填词正变,皆以为王贻上尚书以
> 诗篇弁冕一代,顾论者曰"王爱好",又曰"绝代消魂王阮
> 亭",其言不尽王诗之量,而于词适合。出箧中《衍波词》写
> 本共读之,所谓"爱好"与"消魂"者,其在是与?迈孙以世
> 鲜传本,欣然手校付梓,布诸艺苑。迈孙旧藏《阮亭诗馀》一
> 卷,只三十调,有尚书自叙,为当日手定之本。今据以雠勘,
> 并存叙目附后。尝读《带经堂全集》,尚书撰述备具,而《衍
> 波词》未尝著录,殆以少岁绮靡之习弃之。然则予与迈孙垂
> 白之年,方与研寻先正之绪馀,微吟奇想,世事都忘,亦古今
> 人之不相及也。光绪十有三年闰月既望,谭献书于榆园今雨
> 楼下。

作于清光绪十三年(1887)。知有抄本《衍波词》,又有稿本《阮亭诗
馀》,据前者刊刻,校以后者。又许增跋云:

> 予旧藏《阮亭诗馀》一卷,从陶子缜太史录副者,后有阮

> 亭自叙其词，皆《衍波集》中所有，仲修谓当附录叙目，以存
> 其真，因缀数语于后，俾读者有所考焉。光绪丁亥六月既
> 望，迈孙识。

光绪丁亥即光绪十三年（1887），许增，字迈孙。仲修即谭献。

　　2. 清赵之谦辑《仰视千七百二十九鹤斋丛书》本，清光绪中会稽
赵氏刊本，其中有《阮亭诗馀》一卷，清丘石常、徐夜评。

　　3. 清吴重熹辑《吴氏石莲庵刻山左人词》本，清光绪二十七年
（1901）海丰吴氏金陵刻本，其中有《衍波词》二卷附一卷。有跋云：

> 　　新城王文简公《带经堂全集》撰述备具，而词未见著录。
> 世所流传者有二本，一曰《衍波词》，刻入孙无言《十六家
> 词》中。《居易录》："孙无言居广陵，尝告予欲渡江往海盐，
> 询以有底急，则云欲访彭十美门，索其新词，与予及邹程村
> 作合刻为三家耳。"陈其年赠诗曰："秦七黄九自佳耳，此事
> 何与聊饥寒。"指此也。初刻为三家，后广之为《十六家》，
> 《炊闻词》亦在其中。一曰《阮亭诗馀》，相传为公手定，有
> 自序及宛陵唐允甲、东武丘石常、南昌丁弘海、吴嘷沈履夏、
> 同里徐夜各序，丘石常、徐夜评注。此本亦为阙里孔传铎藏
> 本，抄极精，赵益甫刻入丛书，评注俱存。中《浪淘沙》一阕
> 误作《雨中花》，赵亦承其误，是赵所见即本。近日仁和许
> 迈孙又刻入《榆园丛书》，亦既风行海内矣。兹重刻孙本《衍
> 波词》，而以《阮亭诗馀》校勘，并存序目，又辑逸词四调以
> 益之。至词之佳处，诸家评论至当，兹不赘。海丰吴重
> 熹识。

赵益甫刻本即《仰视千七百二十九鹤斋丛书》本。

　　又见于著录的有：

　　1. 汪元懋《也是轩书目》著录有《渔洋诗馀》，抄本。

　　2. 王修《诒庄楼书目》卷八著录有《阮亭诗馀》一卷，云郑文焯

批本。又云："新城王士禛贻上著，叔问师朱墨批点。"

3. 缪荃孙《目录词小说谱录目》著录有《衍波词》二卷，写本。

4. 蔡宾年编《墨海楼书目》著录有《冶春词》，一本。

宋荦

宋荦（1634—1713），字牧仲，号漫堂，又号西陂、绵津山人，商丘（今属河南）人。清世祖顺治朝以大臣子侍卫禁廷，圣祖康熙初通判黄州，擢刑部郎中，历迁江苏布政使，巡抚江西。调抚江苏，晋吏部尚书，加太子少师致仕。著有《西陂类稿》、《绵津山人诗集》、《枫香词》。

宋氏词见载于诗文集中，今有《四库全书》本《西陂类稿》三十九卷，提要云："是编凡诗二十二卷、词一卷、杂文八卷、奏疏六卷，其诗之目曰《古竹圃稿》、曰《嘉禾堂稿》……凡二十有五。其初本各自为集，晚年致仕，居西陂，乃手自订定，汇为兹帙。惟初刻《绵津山人诗集》删除不载，盖以早年所作格调稍殊，故别为一编，不欲使之相混也。"为两江总督采进本，未言版本。其中卷二十三为《枫香词》，凡一卷。按：《四库全书总目》著录有《绵津山人诗集》十八卷附《枫香词》一卷《纬萧草堂诗》一卷，提要云：

> 荦所作诗有《古竹圃稿》，有《嘉禾堂稿》，有《柳湖草》，有《将母楼稿》，有《和松庵稿》，有《都官草》，有《双江倡和集》，有《回中集》，有《西山倡和诗》，有《续都官草》，有《海上杂诗》，有《漫堂草》，有《漫堂倡和诗》，又有《漫堂草》（前已有，当误），凡十四集。大抵沿明季诗社之习，旋得旋刊，出之太早，故利钝不免互见。此集则荦为江西巡抚时重自删汰，并为一编，而仍存诸集之旧目，故有六首为一卷者，视旧集为精简矣。

知为刊本，为内府藏本。所附《枫香词》一卷，当与《西陂类稿》所存词一卷相同。又《清朝文献通考》卷二百三十四"经籍考二十四·集诗集"著录有《绵津山人诗集》十八卷附《枫香词》一卷、《纬萧草堂诗》一卷。所载当与库本同。

其词集另行者，有清康熙刊本《枫香词》一卷，朱彝尊序略云：

> 理藩院判宋君牧仲倜傥好结客，其谈论古今，衮衮不倦。至为长短句，虚怀讨论，一字未安，辄历翻古人体制，按其声之清浊，必尽善乃已。故其所作，咸可上拟北宋，虽东南以词名者，或有逊焉。不观夫函乎？必先为容，乃以制革，权其上下旅，衣之始可无龃。至于庐、摩镯矣，又置而摇之，使其无蜎，炙诸墙，以视其桡之均，横而摇之，以视其劲，盖专且审如是，然后谓之国工，则非燕秦夫人之所能然矣。君之词，殆类是欤？

此文又见朱氏《曝书亭集》卷四十，题作《宋院判词序》。又吴绮《林蕙堂全集》卷十《宋牧仲枫香词跋》云：

> 近之词家互为涩体，施于乐府，竞号新声，实有江河之忧，岂独风雅之变哉？先生楷模八代，衣被九州，乃以大雅之才，间为小山之制，具周、秦之丽节而去其靡，写辛、苏之壮怀而去其亢，所谓永嘉之末复闻正始之音也。

又见于词集丛编的有：

1. 清聂先、曾王孙编《百名家词抄》（二十卷）本，清康熙绿荫堂刻本，其中有《枫香词》一卷。见《中国古籍善本书目》著录。丛书又见《中华再造善本》收录，末余怀题识云：

> 《枫香词》情深今古，思入风云。组织之工，胜于铺锦列绣；运思之巧，居然轹柳凌秦。赋铁石之梅花，闹枝头之红杏。何其丽也，宜广播于艺林；技至此乎，爰永传于乐府。

2. 陈乃乾辑《清名家词》本，民国二十六年（1937）上海书店排印本，其中有《枫香词》一卷。

另清邹鸣鹤《斫砚山房书目》卷四著录有《枫香词》一卷。未言版本。

曹贞吉

曹贞吉（1634—？），字升六，又字升阶、迪清，号实庵，安丘（今属山东）人。清圣祖康熙三年（1664）进士，官至礼部郎中。著有《珂雪集》、《朝天集》、《鸿爪集》、《珂雪词》。

曹氏词集见附于诗文集中，今有清康熙间刻本《珂雪集》一卷、《珂雪二集》一卷、《珂雪词》二卷补遗一卷、《朝天集》一卷、《鸿爪集》一卷、《黄山纪游诗》一卷，《四库全书存目丛书》据以影印。其中《珂雪词》有二序，王炜序略云：

> 二三十年来，诗屡变而下，学士髦俊出其馀勇于诗馀，诗馀则屡进而上。安丘曹实庵先生以《咏物》、《怀古》诸编为海内所推。予受《珂雪词》读之，真如仰昆仑，泛溟渤，莫测其所际。肮脏磊落，雄浑苍茫，是其本色。而语多奇气，惝恍傲睨，有不可一世之意。至其珠圆玉润，迷离哀怨，于缠绵款至中自具潇洒出尘之致。绚烂极而平淡生，不事雕镂，俱成妙诣。其融篇则如万顷澄湖，千重岩嶂，长涛细漪，随风而成，瑰异秀冶，触目而得。琢句则如爨金结绣，层剥蕉心，天成于初日芙蓉，不尽于抽丝独茧。炼字则险丽摇曳而生香，隽逸蜒蜒而流奕，洵乎此宗之大家，不但于苏、辛、秦、李、姜、史分其一席而已也。

另有陈维崧《咏物词序》并附有"咏物词评"、"怀古词评"、"词话"、"题辞"等。

其词集后另行，见于丛书中收录的有：

1. 清聂先、曾王孙编《百名家词抄》（一百卷）本，清康熙绿荫堂刻本，其中有《珂雪词》一卷。见《中国古籍善本书目》著录。

2. 清聂先、曾王孙编《百名家词抄》（二十卷）本，清康熙绿荫堂

刻本，其中有《珂雪词》一卷。见《中国古籍善本书目》著录。丛书又
见《中华再造善本》收录，末有诸家题识，录一二如下：

> 汪修如俊曰：家仲绳侄极艳称《珂雪词》，如娇莺欲醉，
花晓初舒。一日，今歌者按红牙度之，会心处几令心痒欲
搔，惜不能向麻姑借爪耳。请付诸梓，以公同好。

> 张山来潮曰：先君视学山左，每谓词章之妙，无过宋莱
阳、王新城昆季。而尤重曹安丘，每抄其《珂雪词》，把玩不
释。以其才情渊博，寄调清新，能于咀商嚼羽处，凌轹苏、
黄，揶揄秦、柳，真山左三大家也。

3. 《四库全书》本《珂雪词》二卷，提要云：

> 国朝曹贞吉撰，贞吉有《珂雪诗》已著录。是编则其诗馀
也，上卷凡一百三十四首，下卷凡一百五首，其总目所载补
遗尚有《卜算子》、《浪淘沙》、《木兰花》、《春草碧》、《满江
红》、《百字令》、《木兰花慢》、《台城路》等八调，而皆有录
无书，殆以附在卷末，装缉者偶佚之欤？

未言版本，为山东巡抚采进本。又《清朝文献通考》卷二百三十六
"经籍考二十六·集歌词"著录有《珂雪词》二卷。又《清朝通志》卷
一百四"艺文略八·文类第十二下"著录有《珂雪词》二卷。所载当
与库本同。

4. 清吴重熹辑《吴氏石莲庵刻山左人词》本，清光绪二十七年
（1901）海丰吴氏金陵刻本，其中有《珂雪词》二卷补遗一卷。

5. 中华书局辑《四部备要》本，民国二十五年（1936）上海中华
书局排印本，其中有《珂雪词》二卷补遗一卷。

6. 陈乃乾辑《清名家词》本，民国二十六年（1937）上海书店排
印本，其中有《珂雪词》一卷。

又见于藏家著录的有：

1．清姚燮《大梅山馆藏书目》卷十一著录有《珂雪词》二卷。

2．清乔载飆《吾园书目》著录有《珂雪词》一本，二部。

3．《今生读作来生用藏书目录》著录有《珂雪词》二卷，曹氏合编本，一函二本。

4．《今生读作来生用藏书目录》著录有《珂雪词》二卷，一函二本，六吊。

5．胡桐庵《新昌胡氏问影楼藏书目·初编》卷下著录有《珂雪词》二卷补遗一卷，康熙丙辰刻本。

6．缪荃孙《目录词小说谱录目》著录有《珂雪词》二卷，康熙丙辰刊本。

7．李盛铎《天津延古堂李氏旧藏书目》著录有《珂雪词》二卷附补遗一卷，康熙丙辰刻本，二册二部。 又：又一部，一册二部。

8．河田罴编《静嘉堂秘籍志》卷五十"陆氏十万卷楼旧藏·词曲类"著录有《珂雪词》，二卷。云："案此本卷首有王炜、高珩、陈维崧三序，词评、词话、题辞。末有《补遗》一卷，《提要》云：有录无书者皆存，盖康熙中刊本也。"

李良年

李良年（1635—1694），字符曾，又字武曾，号秋锦，秀水（今浙江嘉兴）人。监生，清圣祖康熙十八年（1679）举试博举鸿词科，不遇。著有《秋锦山房集》、《秋锦山房词》等。

李氏词见载于诗文集中，今有清康熙间刻乾隆间续刻《李氏家集四种》本《秋锦山房集》二十二卷外集三卷，《四库全书存目丛书》据以影印，其中卷十一、十二为词，存词二卷。按：《四库全书总目》著录有《秋锦山房集》二十二卷，提要云："是编凡诗集十卷、词二卷、文集一卷……词则已刻入六家词中者，殆三分之二，品在其诗文之间云。"此为《四库存目》之书，为江苏巡抚采进本。

其词集有另行者，见于丛书著录的有：

1．清龚翔麟辑《浙西六家词》，清康熙龚氏玉玲珑阁刻本，其中有《秋锦山房词》一卷。有序云：

> 秋锦敢游都下，与予论诗相倡和，盖自己亥之岁。其后秋锦游处相半，虽在万里外，缄书寄咏，岁必一二，至以为常。倚声一事，秋锦固素为之，未尝示予也。予近颇废诗，以填词自遣。适秋锦以应诏北至，复时时过从，相与论词，遂录其曩作，合以新制如干首见示。然其散失者多矣，非全帙也。秋锦论词，必尽扫蹊径，独露本色。尝谓南宋词人如梦窗之密、玉田之疏，必兼之乃工。今读是集，洵非虚语。以秋锦之才，顾落魄不偶，顷者赋诗殿上，竟遭摈落，其诗得之惋惜者之口，始传于外。或有相劳苦者，惟笑谢而已。出都时，自吟断句云："还家未敢焚诗草，翻恐人疑是不平。"又云："儿童莫笑诗名贱，已博君王一饭来。"其意致洒然，不近于荣利如此。著述不足以尽秋绵，而况乎其为词也？安丘曹贞吉。

己亥为清顺治十六年（1659）。又《四库全书总目》著录有《浙西六家词》十卷，为浙江汪启淑家藏本，其中有《秋锦山房词》一卷。又《浙江通志》卷二百五十二著录有《浙西六家词》十卷，其中有《秋锦山房词》一卷。

2. 清孙福清辑《槜李遗书》本，清光绪四年（1878）秀水孙氏望云仙馆刊本，其中有《秋锦山房词》一卷。

3. 陈乃乾辑《清名家词》本，民国二十六年（1937）上海书店排印本，其中有《秋锦山房词》一卷。

又清姚燮《大梅山馆藏书目》卷十一著录有《秋锦山房词》一卷。未言版本。

丁澎

丁澎（1622—1686），字飞涛，号药园，仁和（今浙江杭州）人。清世祖顺治十二年（1655）进士，官刑部主事，升礼部郎中。著有《药园集》、《扶荔词》。

《扶荔词》三卷别录一卷，清康熙刻本，《续修四库全书》据此影印。其中卷一至三所载分别为小令、中调、长调，各一卷，卷四为别录，载回文词一卷，凡三十九首。词集前有梁清标序，略云：

> 从之索新篇，则又知方肆力于词学，撰著盈帙，出以示余，浏览再四，骎骎乎踞南唐、北宋之室，犷欤盛哉！益叹丁子之才如万斛之舟，而又服其道气湛深，有大过人者，不独为词人之雄也。……观集中之词，流丽隽永，一往情深，所谓言近指远，语有尽而意无穷者，令人讽咏之馀，穆然以思，式歌且舞。至其写闺房之委曲，摹旅况之萧森，畅叙樽罍，流连赠答，事存乎闾巷妇子之微，而情系乎君臣友朋之大，寄寓闳而托兴婉，抑何其乐而不淫、怨而不怒耶？是丁子风雅之一变，而不失古人温厚和平之旨，非深于道者，乌足以语此？观丁子之所遭如彼，其所造如此，较昔之穷愁所著，抑又远矣。余固陋失学，坐井窥管，何足以尽之？聊缀数言简末，使海内读斯集者，知丁子以词名家，而又不徒以词见长，则庶几乎？康熙戊申冬日，年弟梁清标序。

作于清康熙七年（1668）。又宗元鼎《扶荔词记》略云：

> 康熙庚戌春，余读书于芜城道院，评阅丁药园仪部《扶荔词》三卷，曰：美哉斯词，庶不愧扶荔之名乎？夫扶荔，汉武之宫也，在上林苑中，汉武既破南越，起扶荔宫，以植所得之奇草异木。宫中有甘蕉十二本，留求子十本，桂百本，密香指甲花百本，龙眼、荔枝、槟榔、橄榄、千岁子、甘橘皆百馀本，是宫中所植，不独一种，而宫名扶荔，岂非以荔枝又独异于群芳乎？……

康熙庚戌为清康熙九年（1670）。此本见郑振铎《西谛书目》卷五著录，有《扶荔词》四卷，清康熙十年刊本，二册，丁辰盘跋。又见《中国古籍善本书目》著录，有《扶荔词》三卷别录一卷，清康熙刻本。

王氏词集见于词集丛编中的有：

1. 清聂先、曾王孙编《百名家词抄》（一百卷）本，清康熙绿荫堂刻本，其中有《扶荔词》一卷。见《中国古籍善本书目》著录。

2. 清聂先、曾王孙编《百名家词抄》（初集六十卷）本，清康熙绿荫堂刻本，其中有《扶荔词》一卷。见《中国古籍善本书目》著录。

3. 清聂先、曾王孙编《百名家词抄》（三十卷）本，清康熙刻本，其中有《扶荔词》一卷。见《中国古籍善本书目》著录。

4. 清聂先、曾王孙编《百名家词抄》（二十卷）本，清康熙绿荫堂刻本，其中有《扶荔词》一卷。见《中国古籍善本书目》著录。

又见于著录的有：

1. 清许宗彦《鉴止水斋藏书目》著录有《扶荔词》一本。

2.《浙江通志》卷二百五十二著录有《扶荔词》四卷。

以上均未言版本。另尤侗《西堂杂俎三集》卷三《问鹂词序》略云：

> 西湖固词人胜地也，而吾友丁药园能以宫商雅调鼓吹两峰间，洵为邺下独步矣。乃小阮欧冶复起而叶和之，《玉笙》一卷，药园比之王子晋虬轩鹤氅，于缑山顶作楚妃数弄。今来吴门，携《问鹂》新制示予，予读之，宛然如见空蒙潋滟、西子淡妆于湖上也。嫣然如睹夭斜婀娜苏小之油壁西陵也。其超腾浩森，踔然如伍相素车白马乘潮汐于钱塘也；其萧闲高旷，翩然如林处士放鹤于孤山也。……

则除《扶荔词》外，丁氏又曾有《玉笙词》和《问鹂词》各一卷。

查容

查容（1636—1685），字韬荒，号浙江，海宁（今属浙江）人。清世祖顺治间布衣。著有《浣花词》、《弹筝集》。

查氏词集见收于罗振玉辑《嘉草轩丛书》，其中有《浣花词》一卷，民国七年（1918）上虞罗氏据手稿本影印。罗氏跋语略曰：

> 《浣花词》，海宁查韬荒先生撰。书法婉妙，前有先生名
> 字小印三，盖先生手书也。先生有异禀，读书经目不忘，论
> 古今成败、人物臧否、制度因革、地形险易，明如指掌。……
> 平生著作有《咏归录》、《弹筝集》、《尚志堂文集》、《浙江文
> 抄》、《浙江诗抄》、《江汉诗集》，均载《海昌备志·艺文》，
> 而不载词集，仅姚氏《国朝词雅》选登一阕，意此册人间无别
> 本，诚希世之秘笈也。雪翁罗振玉书于海东寓居之云窗。

知据查氏手稿影刊。或引录罗氏跋语末作："乃付影印以传之。戊午之
月。"戊午为民国七年。此本见于著录，如梁启超《梁氏饮冰室藏书目
录》著录有《浣花词》不分卷，民国七年影印手写本。又李春编《贞松
堂校刊书目解题》著录有《浣花词》一卷，一册。

又有陈乃乾辑《海宁三家词》本，民国印本，三家为潘延章、陆嘉
淑、查容，各一卷。陈乃乾《三家词序》云：

> 硖石隶浙江海宁县，山川明秀，风俗淳朴，余童年游钓地
> 也。自遭乱去乡，忽忽二十馀载，追维旧游，有如隔世。行
> 箧储书无多，频年流转，斥卖殆尽。惟涉及故乡文献者，则
> 谨守之而已。今年校读清代名家之词，拟次第刻布。于明遗
> 民例不收录，而吾邑词人如梅岩、辛斋、浙江三先生，当有清
> 之初，弃科名，辞征辟，完节终老，皆遗民也。其遗著散佚，
> 仅乃得之，安可使其湮没不彰乎？因别刊为一册，名曰《海
> 宁三家词》，庶使故乡父老知离乡失学之人犹倦倦于此也。考
> 三遗民中梅岩、辛斋居硖石，浙江家距硖石十馀里，余生同
> 里闬，于三百年之后诵遗文而刊传之，固其责也。辛斋先生
> 遗事，余已别辑为年谱，梅岩、浙江二先生事迹较晦，然与辛
> 斋往还，读《辛斋年谱》者亦可窥其大略矣。丙子首夏，陈乃
> 乾序。

作于民国二十五年（1936）。

又王修《诒庄楼书目》卷八著录有《浣花词》一卷，抄本。云："闻上虞罗氏有印本，未知有无异同。"

民国时赵尊岳辑《明词汇刊》，其中有《浙江词》一卷，今有上海古籍影印刻本，有赵氏民国二十五年（1936）跋，未言所据。

释正岩

释正岩，俗姓郭，字豁堂，号苄庵、藕渔，别号南屏隐叟，金陵（今江苏南京）人。明亡后入灵隐寺为僧，尝主常熟三峰方丈。善书画，工诗词。著有《同凡草》、《屏山集》。

民国时赵尊岳辑《明词汇刊》，其中有《豁堂老人诗馀》一卷，今有上海古籍影印刻本，赵氏民国二十五年（1936）跋云："著《同凡草》，王新城目为汤惠休、帛道猷之流，亦工书，能画山水，笔意苍秀。此则自《同凡草》卷九移录者也。"知是据别集本录出。

王晫

王晫（1636—？），初名棐，字丹麓，号木庵，自号松溪子，仁和（今浙江杭州）人。不仕，喜宾客。工于诗文。编著有《遂生集》、《霞举堂集》、《墙东草堂词》、《峡流词》、《今世说》等。

毛奇龄《西河集》卷二十九有《峡流词序》，略云：

> 王子丹麓擅掞天之才，华文四发，自著记撰述外，多为诗歌雅骚。凡比声切律，调商按徵，无不启其扃镝而开其幼眇，乃复以馀者溢而为词，予受读之，一何情之厚而辞之绮如是也。夫温柔绮靡固始于诗，而以准其馀，如岷流然。齐梁乐府，羊膊之源也，缘崖数百，犹未滥觞，王维、李白，则已湔湔而下矣。灂岩潡石，淫淫溶溢，历峡已尽也。相其势，可以到海，逮大晟以后，逡巡元明间，汩焉而已，丹麓，其峡流之际乎？唐词肇李白，而白诗有云"词源倒流三峡

水",以为倒流,但言其滂洋莫御焉尔,然其源可睹也。予读盛弘之《荆州记》云:"自峡七百里中,春冬之时,素湍渌潭,回清倒影,备极猗旎。"而宋玉赋高唐,更有姣姬扬袂之喻,以较之词,其温柔绮丽具在也。读《峡流词》,吾将徘徊于黄牛朝暮之间矣。

王氏词集见于词集丛编的有:

1. 清聂先、曾王孙编《百名家词抄》(一百卷)本,清康熙绿荫堂刻本,其中有《峡流词》一卷。见《中国古籍善本书目》著录。

2. 清聂先、曾王孙编《百名家词抄》(初集六十卷)本,清康熙绿荫堂刻本,其中有《峡流词》一卷。见《中国古籍善本书目》著录。

3. 清聂先、曾王孙编《百名家词抄》(二十卷)本,清康熙绿荫堂刻本,其中有《峡流词》一卷。见《中国古籍善本书目》著录。丛书又见《中华再造善本》收录,末有诸家题识,录如下:

> 毛稚黄先舒曰:猗旎风流,又兼远韵清豪,顿挫不堕嘈杂,此南唐北宋人之所难有也。吾读丹麓词,便谓山谷、少游、清真、子野诸公间,当虚一座以待。

> 施愚山闰章曰:词贵清空,不尚质实,盖清空则灵,质实则滞,所以梦窗、白石未免有偏胜之弊耳。词名峡流,则全以气胜,能使清空质实相为表里,此丹麓之词在所必传也夫?

> 毛大可奇龄曰:《峡流》长调每于换头处生情生景,自有翠叠千峰、蓝拖百顷之致。至其胸怀磊落,傲睨天地,非仅词人所能及之者。

又见于藏家著录的有:

1. 清徐乾学《传是楼书目》卷五著录有《峡流词》,一本。

2. 郑振铎《西谛书目》卷五著录有《峡流词》三卷，清霞举堂刊本，二册。按：今存清霞举堂刻本《峡流词》三卷，见《中国古籍善本书目》著录。

徐釚

徐釚（1636—1708），字电发，号拙存，又号虹亭，晚称枫江渔父，吴江（今江苏苏州）人。监生，清圣祖康熙十八年（1679）末以布衣举博学鸿词，授翰林院检讨，纂修《明史》。著有《南州草堂集》、《词苑丛谈》、《菊庄词》。

清徐釚《词苑丛谈》卷五"品藻三"云：

> 余旧有《菊庄词》，为吴孝廉汉槎在宁古塔寄至朝鲜，有东国会宁都护府记官仇元吉题予词云："中朝寄得《菊庄词》，读罢烟霞照海湄。北宋风流何处是，一声铁笛起相思。"故阮亭先生有"新传春雪咏，蛮徼绣弓衣"之句，益都相国冯公有"记载三长矜虎观，风流一调动鸡林"之句，皆一时实录也。同时有以成容若《侧帽词》、顾梁汾《弹指词》寄朝鲜者，朝鲜人有"谁料晓风残月后，而今重见柳屯田"句，惜全首不传。

未言版本，按：《江南通志》卷一百六十五"人物志·文苑一"云：

> 徐釚，字电发，吴江人。以布衣举博学宏词，授检讨，纂修《明史》，寻乞归。所著诗文脍炙艺苑，少刻《菊庄乐府》，朝鲜贡使仇元吉见之，以金饼购去，贻诗云："中朝携得《菊庄词》，读罢烟霞照海湄。北宋风流何处是，一声铁笛起相思。"

知为徐氏早年所作，有自刻本，名《菊庄乐府》，即《菊庄词》。

《菊庄词》二卷，有清康熙刻本，丁澎序略云：

> 乃徐子电发者翩然而来，握手欢甚，相与蹋太白之酒

楼，寻竹溪之旧址。长吟短句，散落于旗亭驿壁、青帘白板中。旅况羁态，怡然顿释，益以服苍岩之知人，而深叹徐子为不可及也。今来游武林，出其《菊庄词》若干阕读之，便娟芊丽，以轶《花间》、《草堂》而上，称贵轻婉而戒浮腻者，其在兹乎？冶湄令君以宗伯小阮化理钱塘，日与徐子觞咏于六桥三竺之间，将见赋金门，游上苑，正未有艾，岂仅柳岸晓风、枝头红杏足尽其才也哉？徐子更出予友既庭、甫草之门。夫左徒作骚，兰台嗣响；伯牙抚弦，钟期改听。固知徐子之渊源有自，将与莱阳、吴苑诸君并驱争先，又何疑耶？时康熙甲寅中春上浣，西陵同学弟丁澎药园撰。

作于清康熙十三年（1674）。又傅燮调序略云：

忆昔丙午、丁未间，有客自江南来者，贻余电发先生所著《菊庄词》，余读之竟，钦其用意幽曲，造语雅当。窃以为必元以前人物，非近今人所能为，辄兴生不同时之感。……客岁，余由西曹一麾出守临汀，迨今甲戌桂月，买舟东下省会，先生有玉华、武彝之游，侨寓榕城，因修刺往谒，乃一见如故。快谈今古之馀，先生出《菊庄词二集》见示，展卷捧读，觉情怀顿爽，齿颊为芬。闻高丽使臣在宁古，曾以金一饼易《菊庄词》一帙，且题绝句以咏叹之。是诚先生之才之名，薄海内外无有不知者矣。而先生方且日事铅椠，肆力于古文词，填词一种，亦不屑为，此岂与彼啧啧公卿间者同日语哉？

序作于清康熙三十三年。丙午、丁未、甲戌分别为康熙五年（1666）、康熙六年（1667）、康熙三十三年（1694），此本见郑振铎《西谛书目》卷五著录，有《菊庄词》一卷，清康熙刊本，一册。

其词集见于词集丛编中的有：

1. 清聂先、曾王孙编《百名家词抄》（一百卷）本，清康熙绿荫堂刻本，其中有《菊庄词》一卷。见《中国古籍善本书目》著录。

2. 清聂先、曾王孙编《百名家词抄》（初集六十卷）本，清康熙绿荫堂刻本，其中有《菊庄词》一卷。见《中国古籍善本书目》著录。

3. 清聂先、曾王孙编《百名家词抄》（三十卷）本，清康熙刻本，其中有《菊庄词》一卷。见《中国古籍善本书目》著录。

4. 清聂先、曾王孙编《百名家词抄》（二十卷）本，清康熙绿荫堂刻本，其中有《菊庄词》一卷。见《中国古籍善本书目》著录。丛书又见《中华再造善本》收录，末有聂先题识云：

> 《菊庄词》秾艳中有高华，清新处见本色，直追南唐、北宋，不可以草窗、玉田同日而语也。

5. 陈乃乾辑《清名家词》本，民国二十六年（1937）上海书店排印本，其中有《菊庄词》一卷。

又见于藏家著录的有：

1. 清徐乾学《传是楼书目》卷五著录有《菊庄词》，一本。

2. 柳弃疾《养馀斋松陵书目》卷四著录有《菊庄词》甲集一卷。

3. 柳弃疾《养馀斋松陵书目》卷四著录有《菊庄词》二集一卷，抄本。

顾贞立

顾贞立，原名文婉，字碧汾，自号避秦人，无锡（今属江苏）人。顾贞观姊，嫁同邑侯晋。善诗词，著有《栖香阁词》、《餐霞子集》。

顾氏词集见载于词集丛编中的有：

1. 清侯晰编《梁溪词选》本，清康熙醉书阁刻本，其中有《栖香阁词》一卷。

2. 徐乃昌辑《小檀栾室汇刻闺秀词》本，清光绪年间南陵徐氏刊本，其中有《栖香阁词》二卷。

又见于藏家著录的有：

1. 王祖畲《书籍簿记》著录有《栖香阁词》，一册。

2. 徐世昌《书髓楼藏书目》卷四著录有《栖香阁词》二卷。

以上均未言版本，按：今有清道光四年（1824）李氏闻妙香室刻本《栖香阁词》二卷，见《中国古籍善本书目》著录。

许田

许田，字莘野，钱塘（今浙江杭州）人。清圣祖康熙四十二年（1703）进士，授四川高县令。以五部主事用，未授而卒。著有《屏山春梦词》、《水痕词》、《屏山词话》。

其词集见于著录的有：

1. 《浙江通志》卷二百三十五"陵墓·杭州府·钱塘县"云："主事许田墓，在石屋岭筲箕湾。"注云：

> 《万经许田墓志》：字莘野，钱塘人，康熙癸未进士，授四川高县令。县接壤乌蒙镇，雄两土府，民獠杂居，素称难治。田抚驭有方，修治桥梁道路，建立义学，士民颂之。行取入京，以五部主事用，未授而卒。所著有《屏山诗抄》、《燕邸西征》等集，《水痕词》、《春梦词》行世。

知有词集，名《水痕词》、《春梦词》，刊行于世。

2. 清姚燮《大梅山馆藏书目》卷十一著录有《屏山春梦词》二卷。

3. 蔡宾年编《墨海楼书目》著录有《春梦词》，一本。

以上均未言版本。

张梁

张梁，字大木，一字奕山，号幻花居士，华亭（今上海松江）人。清圣祖康熙五十二年（1713）进士，官行人司行人。著有《澹吟楼诗抄》、《澹吟楼词》、《幻花庵词抄》。

《幻花庵词抄》八卷，有清乾隆刻本，自序云：

文章一小技耳，词于诸体中愈小，而工之愈难，此真壮夫所不为也。又圆通秀禅师戒山谷语，士君子熟闻之，以故为者益寡。余年近壮，偶一按谱，见赏于征君焦夫子，曰："知子才试于此。已入晚宋四家之室，此事固关天分。"又仿元曲字评语曰："子词可谓如竹风梧雨。"家居无事，遂与缪子雪庄、家兄珠岩相倡和。癸巳入都，识陈编修秋田、杜庶常紫纶、顾文学倚平，诸君词坛名宿，皆相见恨晚，有玉东词社之订，自此所作日多。丁酉南还，与雪庄时时聚首，酒边花底，未尝不以倚声为乐。丙午春紫纶过访，欲效浙西例合刻数家词，商略未定。既而忽遭骑省之戚，哀悼之馀，究心白业，闲笔浪墨，一切屏弃。缅怀圆通之戒，刻骨尤深，而稿亦旋失，不知所之。去年秋，小园桂花特盛，雪庄过余，联夕饮花下，宿习未忘，故态复发。雪庄劝余更缉旧稿，因思"杨柳岸、晓风残月"，醉僧高唱示寂，"今宵剩把银釭照，犹恐相逢是梦中"，左与言拂衣东渡，专意空门。可知染净在心，不在法也。苟悟一心万法皆幻，如以幻人而唱幻曲，奚不可之有？请为山谷老人代一转语。乃搜箧中残稿，什存五六，重加编次。录竟展阅一过，其间或即事兴怀，或托物喻志，忽忽二十年中，若欣若戚，真耶？幻耶？思之，不犹梦耶？俄闻燕语花梢，恍然惊觉，遂书以弁其端。雍正六年岁次戊申花朝前二日，幻花庵主识。

作于清雍正六年（1728）。癸巳、丁酉、丙午分别为康熙五十二年（1713）、五十六年（1716）和雍正四年（1726）。又沈大成序略云：

乡先生幻花老人工诗，而兼擅倚声，自编所为词若干卷，曰《幻花庵词》，盖仿黄叔旸《散花庵词》而名也。既没，长君芋村初刻老人《澹吟楼诗》，余既僭为之引，今兹将从事于此，复继以请。适秀水王比部谷原、全椒金孝廉棕亭同客淮南，余方辟诗词不两能之说，因取老人词共观，两君洞彻纲要，意无渗漏，首肯余言，相视而笑。夫幻花老人之诗，其旨趣在王、孟之间，而暇为长短句，又能宗尚石帚、玉田，刊落凡艳，求之色香味之外，而独领其妙。平生专修净土，去来如意，凡有所作，皆从静境中流出，故不假思惟，自然各臻于极也。余私幸鄙言之足征，又辱两君之印可，辄牵连书于简末。余非知词者，聊质老人于九京，且以谂芊村云。乾隆己卯腊八日，醉红游子沈大成书于玉句洞天。

作于清乾隆二十四年（1759）。此本见《中国古籍善本书目》著录，云清乾隆二十四年刻本。

又有清王昶辑《琴画楼词抄》本，清乾隆四十三年（1778）刊本，其中有《澹吟楼词》一卷。

其词集见于著录的有：

1. 清蒋凤藻《铁华馆家藏书目》著录有《幻花庵词抄》，一本，云张大有自校本。又清周星诒《传忠堂书目》卷四著录有《幻花庵词抄》□卷，一册，张大木自校本。按：蒋、周二家为姻亲，蒋氏藏书不少归周氏。

2. 《双宋书斋善本书目》著录有《幻花庵词抄》一本，张大有自校本。

3. 郑振铎《西谛书目》卷五著录有《幻花庵词抄》八卷，清刊本，二册。

顾贞观

顾贞观（1637—1714），原名华文，字华峰，号梁汾，无锡（今属江苏）人。由监生，清圣祖康熙十一年（1672）举人，官内阁中书。著有《泸塘诗》、《弹指词》、《积书岩集》等。

顾氏词集多见刊刻，计有：

1. 清雍正刻本《弹指词》二卷，杜诏序云：

华亭姚子平山于书无所不窥，平时采摭诗文甚夥，偶与予论次当代词人，予以梁汾师所著《弹指词》示之，因重加校刊行世。夫弹指与竹垞、迦陵埒名，迦陵之词横放杰出，大都出自辛、苏，卒非词家本色。竹垞神明乎姜、史，刻削隽永，本朝作者虽多，莫有过焉者。虽然，缘情绮靡，诗体尚然，何况乎词？彼学姜、史者辄屏弃秦、柳诸家，一扫绮靡之习，品则超矣，或者不足于情。若《弹指》则极情之至，出入南北两宋，而奄有众长，词之集大成者也。予少好填词，每为吾师所矜许，后遇竹垞先生，复窃闻其绪论，乃摩挲白石、梅溪之间，词体为之稍变，而生平瓣香，实在《弹指》。予向所镂版，藏于家有年，四方争购之不可得。今平山之服膺《弹指》，不减于予，因属予序而传之。夫予固穷且老矣，何足以传吾师？而能大其传者，庶几其在平山也哉！雍正甲辰夏四月，浣花词客杜诏。

序作于雍正二年（1724）。又姚廷谦序略云：

> 比予游锡山，得交杜云川太史，论次当代词家，则又屈指先生为第一，因以《弹指词》若干卷示予。其品超，其情至，其取裁非一体，其造就非一诣，洵能出入于南北两宋而集词之大成者夫。乃叹予当时所见，未足以尽先生，而先生之于诗于词，本无所不能者也。然非与杜太史游，予亦何由而知先生之才之无所不能也邪？时因校刊《弹指集》告成，而序之如此。雍正甲辰五月下浣，华亭姚廷谦书于北垞之小杯湖。

此本见郑振铎《西谛书目》卷五著录，有《弹指词》二卷，清雍正刊本，二册。

2. 清乾隆十八年（1753）刻本《弹指词》二卷。诸洛序云：

> 余弱冠与徐子石渔定交于一一堂，见其手录梁汾先生《弹指词》一卷，每风清月夜，相与歌"季子平安否"二阕，

激昂慷慨，如李少卿更衣徇发时，于以见情词入人深也。越今二十馀年，先生之孙仲温重刻《弹指词》成，而属余为之序。……类编辑于门生后起，如昌黎之有李汉，少陵之有微之，六一之有东坡。薪尽火传，瓣香在是。故苦心搜辑，以昭示来兹。至为其子孙者，往往不能敬承先绪，以刊布流行，岂极盛之下难乎为继？抑家庭之教或转有所未至耶？曩者庐州张太守见阳聘先生修郡志，先生却所赠，而请刊端文公遗书，是先生既表章先业于前，今仲温复刻兹集于一再传之后，祖武孙绳，后先济美。于以知顾氏之泽源远流长，而理学文章之衣被于后人者，浩乎其未有涯涘也，故乐为之序如此。时乾隆癸酉二月之望，同里后学杏程诸洛拜手书。

乾隆癸酉即乾隆十八年（1753）。此本多见著录，如郑振铎《西谛书目》卷五著录有《弹指词》二卷，清乾隆十八年刊本，二册。又傅增湘《藏园群书经眼录》卷十九著录，有《弹指词》二卷，乾隆癸酉裔孙仲温重刻。（辛未二月）按：辛未为民国二十年（1931）。又见《中国古籍善本书目》著录，有《弹指词》二卷，清乾隆十八年刻本，邓之诚跋。

　　3. 清乾隆刻本《弹指词》二卷，扉页题有"乾隆甲辰重镌"，又题"积书岩藏版"，知为清乾隆四十九年（1784）积书岩刻本。此本见《中国古籍善本书目》著录，有《弹指词》二卷，清乾隆四十九年积书岩刻本，清严元照校并跋。按：此有严氏朱笔批语，严氏手跋曰："梁汾下笔有独到处，所惜全无功力，只凭笔之所到，不能自主，苟有竹垞工力，正未知鹿死谁手耳。甲戌二月廿四日悔庵力疾书。"甲戌为清嘉庆十九年（1814）。又有"严印元照"、"白夕蕙櫋"朱文两方印，"秋月"朱文小圆印，"香修"朱文小方印。秋月为严氏姬人张氏，香修，其小字。按：严元照（1773—1817），字元能，或作修能、久能、九能，号悔庵，又号蕙櫋，归安（今浙江湖州）人。贡生。性偏傥，绝意仕进。好藏宋版书，致力经传，于声音训诂之学多所阐发。著有《悔庵文抄》、《诗抄》、《柯家山馆词》等。

4. 清嘉庆刊本《弹指词》，邹文炳序略云：

> 吾邑顾梁汾先生，其诗固婉丽清新，直入中晚唐人阃奥，不似外间好谈初盛而仅得其皮毛。至《弹指词》，则肌理清妍，格律苍老，雄深感慨，顿挫沉郁。其残膏剩粉，俱足沾溉后人……先生后人味澹七兄欲将家刻杜刻汇集，重校付梓，问序于余。余一行作吏，未遑操觚，因忆先君子文稿中有是序，遂出而录以畀之。

序作于清嘉庆二十一年（1816）。

5. 清光绪四年（1878）刻本《弹指词》三卷，秦赓彤序略云：

> 先生词初刊于其门人杜云川先生，后屡有刊本，今皆毁失。先生族孙酉山醵资付手民，属予为之序。予后进末学，何足以序先生之词？惟予服膺有年，亟思得是词而传之，故于斯役也，乐为序之，而且怂恿之。顾念吾邑自咸丰庚申遭兵燹，文献亡缺殆尽。先宫谕公《苍岘集》被毁，司寇公《小岘山人集》亦毁，即抄存《无碍山房词稿》久散失，无可搜罗，深以为憾。而又念藕渔、云川诸集均无存者，未知何时谁为重刊而传之？

序作于清光绪四年。又顾绥珊跋云：

> 族祖典籍公著有《弹指词》三卷，当时声传海外，与竹垞、迦陵有词家三绝之称。自遭兵燹，藏版俱毁，旧本亦鲜有存者。今春于同邑龚葆贤茂才处得其藏本，足见文字有灵，苟有可传，虽历劫而不毁。谨与侯翔千、龚赓臣两茂才重为校正，付诸剞劂。此外已刻之稿，尚有《古文选略》、《全唐诗选》、《宋诗删》、《明诗记》、《唐五代词删》、《宋词删》、《今词初集》、《泾皋渊源录》、《邑志补订》、《微纬堂诗集》、《楚颂堂诗集》、《扈从诗》、《清平遗调》、《栌塘集》及文集如干卷，俱因寇乱，散佚无存。倘海内世家藏有稿本，

尚其惠寄，以备续刊，幸甚。岁著雍摄提格阳月之望，八世从孙绥珊谨跋。

跋作于戊寅，即光绪四年。

6. 清光绪十九年（1893）刻本《弹指词》三卷补遗一卷，裴廷梁《补遗序》略云：

国初乡先辈以诗名者三人，而梁汾顾先生《弹指词》尤为世所推奉……先生他所著皆亡佚，诗存者曰《鑪塘集》，不盈卷，而《弹指词》世盛称之，以故流传不绝。八世族孙又山重刊行之，既又得补遗一卷于澄江金桂生，谋续刊行世，以序属廷梁。廷梁窃考先生为人，并论其世，不胜今昔之感焉，因不辞而为之序。先生兄景行，弟倚平，皆诸生，姊碧汾，嫁侯氏。词稿久佚，又山刺取诸词选所收，益以晴芬侍郎及母夫人词别为卷，附于末。

序作于清光绪十九年。又顾绥珊《补遗跋》云：

《听秋声馆词话》云：羯末封胡，均工协律。自庐陵李氏《花萼集》外，近推山左王氏、宜兴陈氏，然不能人人有集。惟吾邑顾梁汾典籍有《弹指词》，兄景行明经有《饱园词》，弟倚平茂才有《清琴词》，堪与李氏相埒。今《弹指词》业已付梓，《饱园》、《清琴》以及公姊《栖香词》俱经毁失，遍求无获。前数年澄江金湛生同转武祥介同里杜子扔孝廉学谦由岭南寄示《弹指词补遣》一卷，为狂喜累日，今岁九秋归自武林，小窗无事，重加较正，以授梓人，而《饱园》、《清琴》、《栖香》各词之散见他选者，亦取以附焉，俾读者想见一门风雅之隆。曾伯祖司农公著述甚富，乱后仅存《峰峦集》一种，词数阕。先慈朱宜人工诗词，善写翎毛花卉，精命理。所推无不验。庚申之变，先大夫殉节泾皋，遂废吟咏。所著《锈馀吟稿》，亦于乱中失去。词本无多，今仅存一阕，碎玉零玩，恐遂抛失，并刊附于后。癸巳小阳月之望，绶珊谨跋。

知补遗一卷来自杜学谦，杜氏，字子挐，无锡（今属江苏）人。清光绪二年（1876）举人，六赴会试皆不第。游幕河北、湖北、山东、广东等地，选授上海教谕。辛亥革命后归里隐居，以遗老自居。卒年七十三岁。著有《镜研斋诗稿》及《鹪智居文稿》。此本见罗振玉《罗氏藏书目录》著录，有《弹指词》三卷补遗一卷附《栌塘集》一卷，三本。又见于王国维编《大云书库藏书目》卷中著录，有《弹指词》三卷补遗一卷附《栌塘集》一卷。

其词集见于词集丛编的有：

1. 清聂先、曾王孙编《百名家词抄》（一百卷）本，清康熙绿荫堂刻本，其中有《弹指词》一卷。见《中国古籍善本书目》著录。

2. 清聂先、曾王孙编《百名家词抄》（初集六十卷）本，清康熙绿荫堂刻本，其中有《弹指词》一卷。见《中国古籍善本书目》著录。

3. 清聂先、曾王孙编《百名家词抄》（三十卷）本，清康熙刻本，其中有《弹指词》一卷。见《中国古籍善本书目》著录。

4. 清聂先、曾王孙编《百名家词抄》（二十卷）本，清康熙绿荫堂刻本，其中有《弹指词》一卷。见《中国古籍善本书目》著录。丛书又见《中华再造善本》收录，末有题识二，录如下：

> 曹秋岳溶曰：弹指早负盛名，而神姿清澈，俨如琼林琪树，故其填词缠绵悽惋，恍听坡公"柳绵"句，那得不使朝云声咽？又曰：读《弹指词》，有凌云驾虹之势，无镂冰剪彩之痕。具此手笔，方可言香艳之妙。

> 聂晋人先曰：先生理学传家，早置身于薇香禁苑，海内钜儒争相订交。吾友吴汉槎极称其诗文妙天下，今读其《弹指词》，则其考声选调，吐华振响，浸浸乎薄辛、苏而驾周、秦矣。但未知以何因缘，游华严性海，于弹指顷直登楼阁，其中梵音清雅，令人悦闻，又当何如耶？

5. 陈乃乾辑《清名家词》本，民国二十六年（1937）上海书店排印本，其中有《弹指词》一卷。此种见郑振铎《西谛书目》卷五著录，有《弹指词》二卷，海宁陈氏活字印本，二册。

又有《四部备要》本，民国二十五年（1936）上海中华书局排印本，其中有《弹指词》二卷。

此外见于藏家著录的有：

1. 清徐乾学《积学斋书目》著录有《弹指词》二卷。

2. 清许宗彦《鉴止水斋藏书目》"集部第九厨"著录有《弹指词》一本。

3. 清乔载繇《吾园书目》著录有《弹指词》一本。

4. 缪荃孙《目录词小说谱录目》著录有《弹指词》二卷，写本。

5. 缪荃孙《目录词小说谱录目》著录有《弹指词》二卷，男开陆刊本。

以上前三家未言版本。另《江南通志》卷一百九十四"艺文志·集部"载云：《征纬堂集》、《泸塘诗》、《弹指词》，俱无锡顾贞观。

汪懋麟

汪懋麟（1639—1688），字季用，号蛟门，江都（今江苏扬州）人。清圣祖康熙六年（1667）进士，授内阁中书，升刑部主事。著有《百尺梧桐阁集》、《锦瑟词》。

《锦瑟词》三巷，清康熙刻本，《续修四库全书》据以影印。宗元鼎序略云：

> 同里汪子蛟门，制科文章之外，名久著于古学诗歌。予每吟咏其好句，艳于郑之鹧鸪、谢之蝴蝶。至其情词缱绻，唾月羞花，尤于诗馀一道，沉眠周、柳。今读其"十咏"、"十索"诸调，不令人不销魂不可得。且其词若干首，尽得之酒边花下、马上舟中。才捷腕敏，以建安之七步，使玉溪之三眠。人方疑其惨澹捻须，孰知蛟门昵语温柔，从十指冰弦

中，不异轻调绵瑟消长昼乎？集成，而命以《锦瑟》。以汪子科甲得之早岁，将来勋业名位，正未易量也。他日或以此词嫁名于河阳书记，亦无妨也。

又曹尔堪序略云：

> 汪子蛟门以《锦瑟词》见示，予笑谓之曰："是可以传矣。"蛟门曰："自释褐以来，一二年间，偶一为之，同于博奕耳，未敢自位于古人也。愿卒业于古文焉、诗焉，源深而流远，殆茫茫乎未见其所止矣。"

又梁允植序略云：

> 乃今岁花朝，蛟门忽以《锦瑟词》见寄，嘱予与徐子电发互相厘定。遂从簿书之暇，按谱微吟，转觉藻采飙流，艳逸竞爽，仿佛花影郎中、清狂从事，令人益想竹西烟月、红桥画舫中，歌出柳绵佳句，抵按银筝，醉弹锦瑟。窃愿携此词以献家叔司徒公，亦应击节唤奈何也。时康熙丙辰仲春望日。

作于清康熙十五年（1676）。此本见郑振铎《西谛书目》卷五著录，有《锦瑟词》三卷，清康熙刊本，一册。

汪氏词集见于词集丛编的有：

1. 清聂先、曾王孙编《百名家词抄》（一百卷）本，清康熙绿荫堂刻本，其中有《锦瑟词》一卷。见《中国古籍善本书目》著录。

2. 清聂先、曾王孙编《百名家词抄》（初集六十卷）本，清康熙绿荫堂刻本，其中有《锦瑟词》一卷。见《中国古籍善本书目》著录。

3. 清聂先、曾王孙编《百名家词抄》（三十卷）本，清康熙刻本，其中有《锦瑟词》一卷。见《中国古籍善本书目》著录。

4. 清聂先、曾王孙编《百名家词抄》（二十卷）本，清康熙绿荫堂刻本，其中有《锦瑟词》一卷。见《中国古籍善本书目》著录。丛书又见《中华再造善本》收录，末有徐釚题识云：

或为锦瑟，古乐器也，以之名词，亦欲按红牙檀板，与柳郎中争胜于歌头犯尾之下欤？或谓锦瑟，令狐丞相家青衣也，岂蛟门亦有取托欤？皆不必深求。要之，温柔昵语，正宜弹拨于鹍鸡雁柱中，至其豪迈宕往，淋漓感激，直欲上掩和凝，下凌温尉，非仅花间酒边，夸为丽句已也。

又见于藏家著录的有：

1. 清徐乾学《传是楼书目》卷五著录有《锦瑟词》，一本。

2.《江南通志》卷一百九十四"艺文志·集部二"著录有《百尺梧桐阁集》十六卷、《锦瑟词》二卷。

姜垚

姜垚，字如皋，号苍崖，余姚（今属浙江）人。贡生，毛奇龄门人。尤邃于《易》，著有《易原》、《樗里山樵稿》、《柯亭词》。

《柯亭词》三卷，清康熙刻本。毛甡序略云：

向与苍崖作集字诗，平陂单复，顷刻裁押，予早知其能填词。及其游大梁，作大梁《竹枝》若干首，愿雅而隽妍，得填词家遗法。《竹枝》者，填词中一体也。盖苍崖才多，其于学无所不窥，然且未尝习为之，略涉即得，故其为词，固未尝知其为词，而其词工焉。况履甲得乙，予已早见其能工者哉？……

毛甡即毛奇龄，此文又见毛氏《西河集》卷三十五。又有诸家题词数则，其中王叔道云：

予与苍崖缔交，盖十载馀矣。见其对客挥毫，洋洋洒洒，未尝不咨嗟叹绝。未见其填词，私心疑之，岂以词者诗之馀，才人有所不屑耶？丁巳之夏，予过两水亭，苍崖手一编相示，俨然成帙，则词家正派也。予填词有年，愧未能入其室奥。四方之工词者，皆心慕其人，惜山川修阻，不及晨夕，暇刻惟与吴子伯憩综论词派，较量工拙，当其会心，颇有相视之乐。今苍崖落笔辄妙天下，予之不足以尽苍崖，有如此词矣。古之以词名者，大都在闺阁怀思之句、边塞羁愁之作耳，苍崖能于缟纻应酬间领异标新，情文美备，予且为尹夫人哉？

丁巳为清康熙十六年（1677）。

其书又见《中华再造善本》收录的清康熙金闾绿荫堂刻《百名家词抄》（二十卷）中，有《柯亭词》一卷。末有题识，录二则如下：

陆芠思进曰：词有两体，闺禧之作宜于旖旎，登临赠答则又以豪迈见长。此秦、柳之与苏、辛并足千古也，柯亭词柔情逸韵，一往而深，固是得鉴湖之清、金山之秀者。

蒋曾策守大曰：苍崖妍词秀句若不经思，正复他人百思不逮。尝与余同策蹇驴，千里并辔，每拈一题，不数武而已成矣。子建援牍如口诵，仲宣举笔如宿构，两公子今复见耶？

其词集见清徐乾学《传是楼书目》卷五著录，有《柯亭词》，一本。未标明版本。

何五云

何五云，字鹅亭，号蜀山，合肥（今属安徽）人。清圣祖康熙十一年（1672）贡生，知测水县。著有《红桥词》。

其词集见于词集丛编的有：

1. 清聂先、曾王孙编《百名家词抄》（一百卷）本，清康熙绿荫堂刻本，其中有《红桥词》一卷。见《中国古籍善本书目》著录。

2. 清聂先、曾王孙编《百名家词抄》（二十卷）本，清康熙绿荫堂刻本，其中有《红桥词》一卷。见《中国古籍善本书目》著录。丛书又见《中华再造善本》收录，末有许嗣隆题识云：

昔昭明著述广陵，遂以文选名楼。鹅亭刻其词于邗江，而以红桥名。三月烟花，六朝金粉，皆收拾奚囊中去矣。红桥，其籍鹅亭以不朽哉！

又有民国十九年（1930）绣月轩本《红桥词》一卷，序云：

有清之初，吾肥人文蔚起，龚、李、田、许名被海内，何鹅亭大令亦其一也。往者吾弟子渊辑《合肥诗话》，求大令遗诗不可得，引以为憾。今读朱竹垞《国朝词综》，选大令《减字木兰花》一首，复于《名家词抄》中得大令《红桥词》一卷并李、王、许三公评语，始知大令且工词也。考县志艺文略载大令著有《对未斋集》，《选举表》载大令为康熙时贡生，官山东泗水县知县，馀不详。许山涛评语谓是词刊于扬州，故以红桥名，当《对未斋集》外更有《红桥词》也，词刊于扬，当曾居杨，吴门、虎丘亦有纪游之作，或亦宦辙所经，所官不只泗水一邑。独怪县志中不为立传，至事迹无可考。词中屡有用儿宝田韵，窦田自亦非弱者，志中亦无纪载，何其疏也？按《名家词抄》：康熙时庐陵聂晋人先、长水曾道抉王孙合选，所载《红桥词》一卷，只二十六首，非其全帙也明矣。全帙既不可求，吉光片羽，弥足可珍。因为抽印，并附《词综》所选一首，以广其传。乡人君子或不以好事见讥也。共和十九年三月，李家恒。

作于民国十九年（1930），知是据《百名家词抄》本录入，并据《词综》补一词。

又刘承干《嘉业藏书楼书目》著录有《红桥词》一卷，铅印小本，一册。

邵瑸

邵瑸，初名宏魁，字柯亭，大兴（今北京）人。清圣祖康熙三十八年（1699）举人，官新河县教谕，迁昌邑知县。著有《情田词》。

《情田词》三卷附录一卷，清乾隆十七年（1752）石帆花屋刻本。《四库全书存目丛书》据以影印。有序云：

> 柯亭童年与余同研席，余先柯亭为文章，不三四年，而柯亭先余歌鹿蘋之诗。丁巳秋，余再遭摈落，踯躅东华，益无聊赖，与柯亭买骑出春明门，登日观，渡扬子，浃旬抵白下，侍奉行省。暇则以填词自遣，后得桃乡农共晨夕，酒边花外，倚声日益多。柯亭见之，时妒我两人吟兴之豪也。乃手披宋元人词一卷，键户苦吟，不数月间，衮然成集。取而读之，缠绵温丽，多言闺阁裙裾之情。梦窗之密，玉田之疏，殆兼之而工者欤？桃乡农以情田题其集，而属徐子虎侯篆石以遗之，是余又将妒柯亭矣。夫余于文章之外，又先柯亭为词，而其词又出余上，抑何柯亭之多才也？辛酉小春，红藕庄龚翔麟题。

序作于清康熙二十年（1681），丁巳为康熙十六年（1677）。又序云：

> 忆康熙丁亥小阳春五日，龚侍御田居舅氏自浙西省先君于昌邑署，携先君白门所著《情田词》一卷来，将补《浙西六家词》之后而为七。先人感其意，于政暇及谢政后足成三卷，集就，适大兄怀白有江右之役，因命兄别录副本，取道钱塘，寄舅氏，欲付梓，而舅氏已期东下，副本遂留舅氏家。己丑仲冬先君捐馆，明年庚寅诸弟奉母扶榇旋浙，舅氏以副本付四弟之楷存焉。越三十年己未，嘉卜葬先君于姚江，旋赴之楷定襄署，再亲卷轴，另录一册置橐中。于役南北，逡巡又十年。今壬申同堂弟大业守开封，嘉与之旭、之楷两弟咸在郡舍，始得合谋付梨枣，成先志焉。副本为大兄赴江右濒行时所书，匆卒多焉乌亥豕之讹。今原本既失，嘉耄昏，且与倚声未尝研究，唯借有友人《词律》、《词综》、《啸馀谱》

三书及宋人词集一二种，依律考声，敬谨校订。凡有疑字，悉注于本调之下。窃念先君兹集为前辈朱竹垞、李耕客诸公所赏，田居舅氏尤三致意焉，如以疑字之嫌而不公诸世，是负诸公及舅氏意，且死吾父也，岂人子之所敢出乎？所望海内宗工瞩时临文改正，以救嘉校雠未详之罪戾，嘉等弟兄感且不朽矣。癸酉上元日，不肖次男履嘉百拜识。

作于清康熙三十二年（1693），丁亥、己丑、庚寅、壬申分别为清顺治四年（1647）、六年、七年和清康熙元年（1662）。又邵瑸跋云：

畴曩客白门，朱竹垞、龚蘅圃雅爱填词，一唱迭和者为沈融谷章九、李武曾耕客，余慕之而未作也。未几耕客过瞻园，余始与之同赋，次为二卷，题曰情田，按其岁为庚申。从此浮沉垂三十年，皲南奔走，词不复作，即向所制，已化为烟云，不知销归何所。每览诸君子倚声，不禁神往焉。昨蘅圃游东莱，始出余旧本，然只一卷，又大半涂抹，不复完好矣。昼帘无事，补缀成之，仍其卷为二。嗟呼！余冉冉老矣，强饭安眠是其分，乃为移宫换羽之学，而舒啸春风，不几看花雾中乎？是可哂也。康熙戊子年腊八日。

作于清康熙四十七年（1708）。庚申为康熙十九年。又跋云：

先伯父讳弘魁，改讳瑸，字殿先，号柯亭。先君昆弟四人，先伯父，其长也。我先世为馀姚人，自先伯父登顺天己卯榜，始为大兴人。先伯父殁世早，业未及侍伯父，自幼时闻先君言，伯父长身白晰，美髭须，性至孝，其于兄弟间怡怡如也，生平无疾言遽色。尤好文词，自十二龄时读《通鉴》，即仿潘氏作《历代帝王论》。虽服官，每放衙辄手一编不辍，所著有《春明倦游录》一百六十卷、《石帆花屋诗》十六卷、《情田词》三卷，业退而识之。乾隆丁巳余小子官黄陵，二兄耘研自江南来，一日坐双桐书屋，几上有友人词一册，余向不解填词法，乃戏拈一二小令，依平仄赋之。耘研以为可，因出所录伯父《情田词》相示，始得受而读之也。耘研言是集作于康熙己未、庚申之间，其时伯父外舅光禄龚公总藩安庆，为伯父辟甥馆。秀水朱竹垞先生在幕府，伯父与舅氏蒻圃侍御公从之游，结文社。先是竹垞暨李耕客、沈覃九、徐菘塍及某公并侍御舅氏争为词，号浙西六子，得伯父而七云。先伯父始为新河教谕，邑有宋鹤池先生故迹，先伯父言于邑宰新之，又刊其遗集。日与诸生讲论，著《堂阳课艺》五十六首，以教诸生。新邑阙甲乙选垂二十年，至是有登贤书者。继为山东昌邑令，值岁大祲，先伯父为请粟于上官，亲历村墟，振枯起瘠，全活以万计。邑人为立祠尸祝之，至今新河、昌邑之人有能言伯父遗泽者。先伯父居家有令闻，历官有善政，文章，其馀也，《情田词》，则又文章之馀也。然而冲虚容与之致，于是乎见。读伯父之词，亦可以想见伯父之为人与为政矣。岁壬申业守开封，耘研校其字，将付梓。维时尘定三兄留署修辑郡志，端圃四兄先数年设教卫源，一时合并郡斋，相与藏其事，而耘研以书后相属。噫嘻！业于伯父未之见也，于所著诗文若干卷未尽读也，即此《情田词》者，幼闻于先君之口，越二十年始得受而读之，又越十六年始得与耘研谋付梓，抑何艰欤？后之子孙受是集而读之，使知先人之流风遗韵有若此者，而并以想见前辈诸公文宴盛事有所欣慕，是则耘研与余小子之志也夫。同怀侄大业谨书。

乾隆丁巳即清乾隆二年（1737），所谓"耘研言是集作于康熙己未、庚申之间"，知《情田词》结集于康熙十八年（1679）和十九年之间。又《四库全书总目》著录有《情田词》三卷，提要云：

> 国朝邵瑸撰，瑸初名宏魁，字柯亭，大兴人。康熙己卯举人，官新河县教谕，迁昌邑知县。其填词之学出于朱彝尊，此集乃乾隆癸酉其子履嘉所刊也。

知所据为乾隆刊本，为邵庚曾家藏本，此为《四库存目》之书。按：《清朝文献通考》卷二百三十六著录有《情田词》三卷，又《清朝通志》卷一百四著录有《情田词》三卷，所载均当同库本。

邵氏词集见于著录的有：

1. 清姚燮《大梅山馆藏书目》卷十一著录有《情田词》二卷。

2. 蔡宾年编《墨海楼书目》著录有《情田词》三卷，二本。

3. 《今生读作来生用藏书目录》著录有《惜田词》附《试院怀旧诗》，一函二本，三吊。

4. 郑振铎《西谛书目》卷五著录有《情田词》三卷，清咸丰六年刊本，二册。

以上前三家均未言版本，所载卷数不一，或作二卷，或作三卷。

李符

李符（1639—1689），原名符远，字分虎，号耕客，又号桃乡，嘉兴（今属浙江）人。布衣。善诗词，尤工骈体，清圣祖康熙年间在京师曾馆于龚氏，往来唱和，月举一会。著有《香草居集》、《耒边词》。

李氏词见载于诗文集中，今有清康熙至乾隆间刻《李氏家集四种》本《香草居集》七卷，《四库全书存目丛书》据以影印，其中卷六、卷七为词。凡二卷。有序云：

> 余家濒海之乡，椎鲁少文。比学为填词，发音辄伧鄙不可耐，正如扣缶击髀，其声呜呜，断不能拥鼻作一情语，方自厌之。每思曰："此岂才有所限邪？抑求之而未得其道也？"丙辰冬分虎自南来，见示《耒边》新制，其温丽者真可分周、柳之席，而入《花间》之室。即间作辛、陆体，而和平大雅，亦不至于铁将军铜绰板。余曰："道在是矣，持此以往，虽上掩昔人可也。"因题数语归之，且以志余愧云。北海弟曹贞吉。

丙辰为清康熙十五年（1676）。又《四库全书总目》著录有《香草居集》七卷，提要云：

> 是集后有其从孙菊房跋，称所作诗词，刻于滇南者曰《香草居诗》，刻于金陵者曰《耒边词》，未刻诗词曰《花南老屋集》，排偶之文曰《补袍集》、《后补袍集》，寄于容城胡具庆家，遂亡其木，《花南老屋集》亦仅存诗一册。此集即菊房以香草、花南二集合为一编，凡古今体五卷，第六卷以下为词，即所谓《耒边词》也。符早受知于曹溶，得读其藏书，又与朱彝尊等结诗社，故其学颇有渊源。诗则词意清婉，似源出于范成大，与彝尊等格又异焉。

所据为浙江巡抚采进本，此为《四库存目》之书。

其词集有另行者，见于丛书中收录的有：

1. 清龚翔麟辑《浙西六家词》，清康熙龚氏玉玲珑阁刻本，其中有《耒边词》二卷。有序云：

> 二十年来词人多寓声为词，吾里若右吉、庚清、青士、山子、武曾，咸先予为之者也。逮予客大同，与曹使君秋岳相倡和，其后所作日多，谬为四方所许。然自诸子外，乡党之论或不尔也。使君既归倦圃，李子分虎时时过从，相与论词。其后分虎游屐所向，南朔万里，词帙之富不减予曩日，殆善学北宋者。顷复示予近稿，益精研于南宋诸名家。而分虎之词愈变而极工，方之武曾，无异填篪之迭和也。今海内甄综人物，辄数吾乡三李，惟斯年独不以词鸣。比闻自怀宁转客长洲，江左固多词人，苏友、子山、其年、葆酚，其词皆与南北宋方驾，斯年当必见猎而喜，然则三李之词庶其可继《花萼》成集。南归之日，将并序之。同里朱彝尊。

又《四库全书总目》著录有《浙西六家词》十卷，为浙江汪启淑家藏本，其中有《耒边词》二卷。

2. 清孙福清辑《槜李遗书》本，清光绪四年（1878）秀水孙氏望云仙馆刊本，其中有《耒边词》二卷。

3. 陈乃乾辑《清名家词》本，民国二十六年（1937）上海书店排印本，其中有《耒边词》一卷。

又见于藏家著录的有：

1. 清徐乾学《传是楼书目》卷五著录有《耒边词》，一本。

2. 清姚燮《大梅山馆藏书目》卷十一著录有《耒边词》二卷。

3. 佚名编《海宁张渭渔藏书目》著录有《耒边词》，一册。

以上均未标明版本。

江闿

江闿，榜姓越，字辰六，歙县（今属安徽）人。清圣祖康熙二年（1663）举人，十八年举博学鸿儒，不第，官解州知州。著有《江辰六文集》、《春芜词》。

江氏词见载于诗文集中，今有清康熙间刻本《江辰六文集》二十四卷首一卷，《四库禁毁书丛刊》据以影印，其中卷十四为词，凡一卷。

其词集另有单行者，计有：

1. 清康熙孙氏留松阁刻本《春芜词》二卷，《四库未收书辑刊》据以影印。尤侗序云：

> 吾友吴菌次才华敏妙，以词论之，亦《草堂》中秦九（疑为七）也。雅闻有婿江辰六，风流吐纳，不减乃翁，恨未识其人。今秋寓桃叶渡，孙子无言自广陵邮书至，发之，得《春芜词》。篝灯快读，江山眉目，花月精神，江子在焉，呼之或出矣。予尤喜其《庐山》诸作，搜奇抉奥，引入胜地，如坐香炉之峰，饮珠帘之谷，不止嘲风弄月作儿女子语。此《草堂》诸公得未曾有者，恐吴兴太守亦让一头矣。昔少游《满庭芳》"山抹微云"一阕传播人口，其婿某为细小所侮，因大言曰"我乃山抹微云女婿也"，闻者笑之。若辰六笔下自有雨打梨

> 花，岂乞灵于泰山哉？因序而归之。康熙横艾浑敦广寒之月
> 序于青溪旅次。

康熙横艾浑敦即康熙壬子，即康熙十一年（1672），吴蔺次即吴绮，吴氏有《越辰六春芜词序》。孙子无言即孙默。

2. 任可澄等辑《黔南丛书》本，民国贵阳文通书局排印本，其中有《春芜词》三卷续刻词一卷。

又清徐乾学《传是楼书目》卷五著录有《春芜词》，一本。

另魏禧《魏叔子文集外编》卷九《漱芳词序》云：

> 文之与诗，可恃学而成。天资朴鲁者，积其攻苦之力，恒足入古人之室。唯诗馀则视夫人之才与情，才与情弗善者，虽学之而不工。越子辰六，予向见其中式文，典雅湛深，为明堂辟雍之器。及读《漱芳词》庐山诸作，峭然高岸邃壑，潆漾激湍之水接于目。所拟宫词婉恋多艳，如闻幽房曲室季女愁叹之声，何其又工也。予于诗文诸体每学为之，独生平未尝作诗馀，非志不欲，才俭而不能豪，情朴而不能艳。世之为豪者多生撰桀劣，不称其体；而艳者往往杂出于吴歈曲调，吾不能工，所以不作。辰六作之而能工，然辰六固不以诗馀为工也。今天下诗馀大兴，而歌法无传。唐时小妓以能歌白乐天诗遂得名，广陵佳丽地，其有能歌辰六诗馀者，吾知必名于江淮之间矣。

则江阎又有《漱芳词》，版本不详。

堵霞

堵霞，字岩如，号绮斋，又号蓉湖女士。梁溪（今江苏无锡）人。堵廷芳女，庠生吴元音室。好学能诗，兼工绘事。著有《三到堂稿》、《含烟阁诗》、《含烟阁词》。

其词集见于著录的有：

1. 清瞿世瑛《清吟阁书目》卷一"抄本"著录有《含烟阁诗词》，一本。

2. 缪荃孙《艺风藏书再续记》著录有《含烟阁诗词》一卷，提要云：

> 堵霞撰，霞字绮斋，号蓉湖女士，无锡人。进士伊令女，同邑庠生吴元音室。所著共有《三到堂稿》，此其一斑，词特隽秀。

此又见载于《艺风堂新收书目》，有《含烟阁诗词》一卷，提要同上。

沈皞日

沈皞日（1637—1703），字融谷，号柘西，又号茶星，平湖（今属浙江）人。拔贡，知来宾县，调大河，升辰州同知，卒于任。工词，为浙西六家之一。著有《柘西精舍词》。

其词集有另行者，见于丛书中收录的有：

1. 清龚翔麟辑《浙西六家词》，清康熙龚氏玉玲珑阁刻本，其中有《柘西精舍集》一卷。按：《四库全书总目》著录有《浙西六家词》十卷，为浙江汪启淑家藏本，其中有《柘西精舍集》一卷。有序云：

> 吾友沈子融谷工于词久矣，戊午春来游集庆，与予相遇秦淮之上，索其稿，则自逊为少作之未尽善。隐而不出，逮倡和累月，得数十调，予录而藏诸椟。未几别去，复游京师，越一载，更邮近制，愈多而愈工。因取前所存者合为一卷，况之古人，殆类王中仙、张叔夏。叔夏尝谓中仙词极娴雅，有白石意趣。仇山村亦云："叔夏词律吕协洽，当与白石老仙相鼓吹。"是二家之词，非深于情者未必能好，即好之而不善学，亦未必能似。今融谷情之所至，发为声音，莫不缠绵谐婉，诵之可以忘倦。虽其博综乐府，兼括众长，固不尽出于二家。然体格各有所近，不位置融谷于二家之间，不可也。

> 融谷足迹半天下，从前篇帙最富，若尽出以传，吾知有井水
> 饮处咸歌柘西之词矣，惜乎其不得见也。钱唐龚翔麟。

戊午为清康熙十七年（1678）。又《四库全书总目》著录有《浙西六家词》十卷，为浙江汪启淑家藏本。

2. 清孙福清辑《槜李遗书》本，清光绪四年（1878）秀水孙氏望云仙馆刊本，其中有《柘西精舍词》一卷。

3. 陈乃乾辑《清名家词》本，民国二十六年（1937）上海书店排印本，其中有《柘西精舍词》一卷。

又清姚燮《大梅山馆藏书目》卷十一著录有《柘西精舍词》一卷。未言版本。

蒲松龄

蒲松龄（1640—1715），字留仙，又字剑臣，号柳泉，淄川（今属山东）人。十九岁应童子试，以县、府、道第一补博士弟子员，久困场屋。清圣祖康熙五十年（1711）援例为岁贡生，时已七十一岁。著有《聊斋文集》、《聊斋词》、《聊斋志异》等。

蒲氏词有手稿传于后世，名《柳泉居士词稿》，详路大荒整理的《蒲松龄集》（上海古籍出版社），其中高智怡《蒲松龄词稿手迹题记》略云：

> 他的手迹词稿，为世所罕见。解放之初，得这部词稿于
> 西安，细读之后，是和《聊斋志异》的奇谈寓言隐喻之意相类
> 似。这部词稿原藏于蒲氏裔孙某，后藏于淄川李氏席珍家，
> 三藏于李秉衡家。秉衡，奉天人，光绪间由冀州知州累官山
> 东巡抚。李氏于光绪丙戌冬月题跋于广西龙州。稿后又有毛
> 长杰一跋。毛氏字俊臣，江苏人，听官陕西。

文写于1950年。又有"惜仅有四十二纸，且残缺不全"云云，知有残损。原稿后有跋二，录于下：

柳泉居士词稿手迹，世好李子席珍所贻。李家淄川，与居士裔孙某故文字交，是即有之于某者，居士旷怀逸趣可见一斑，字亦古拙多姿，迥不犹人。计四十有二纸，旧多窜易涂勒，间注曰"真本无"或"亦无"等字，自系副本。有数阕见于《志异》，岂闲情偶寄而文生欤？居士著作未梓者甚夥，惜强半毁于兵。尝因席珍就抄古文多卷，亦尘劫之馀已。是迹虽小有残脱，喜其面目之真，不足为庐山病也。光绪丙戌冬月，鉴堂氏补识于龙州防次。

序作于光绪十二年（1886），按：李秉衡（1830—1900），字鉴堂，辽宁庄河人。清光绪初知冀州，擢永平知府。移任广西按察使，主持龙州西运局。1900年庚子之变，北上保卫京城，兵败自杀，谥忠节。又跋云：

柳泉居士《聊斋》一书，传遍宇内，吾国十龄以上稍识字童子，无不知者。其书法即见之者甚少，此稿随意挥洒，疏宕中饶古拙之趣，可宝也。辛未秋长安毛长杰识。

作于民国二十年（1931）。

其词集多见近代刊印，计有：

1.《柳泉居士词稿》一卷，清光绪石印本。

2.《聊斋词》一卷，清宣统元年（1909）国学扶轮社石印本。唐梦赉序云：

词家有二病：一则粉黛病，柔腻殆若无骨，李清照为之则是，秦淮海为之则非矣。此当世所谓上乘，我见亦怜，然为之则不愿也。一则关西大汉病，黄齿猬须，喑哑叱咤，四平弋阳之板，遏云裂石者也。此当时所共非之，然须眉如戟，有丈夫气者，于此殆不能免。免是二病，其惟峭与雅乎？峭如雪后晴山，岹嶤皆出，一草一石，皆带灵气。雅如商彝汉尊，斑痕陆离，设之几案间，令人游神三代以上。《聊斋词》

都无二病，可谓峭矣。若夫武陵源上人，衣冠犹是汧渭故制，竟不知练裙高屐为何代时事，则鄙词之所不能免也。聊斋以为何如？豹岩唐梦赉。

3.《柳泉居士诗馀》一卷，清宣统元年（1909）开封厚生印书馆石印本。有李秉衡序，又跋云：

> 是册乃李鉴帅昔军淄川时得居士手迹，岁久残脱，字句亦间有阙遗。本馆一遵原本，庶不失庐山真面，计凡六十馀阕，并李鉴帅序，一共三十有馀纸。居士旷怀逸趣，超越世表，所谓木秀于林者，宜其一生贫病。然以喜笑慢骂寄于诗歌，俾世之高人奇士潦倒困于风尘，读是书，可藉畅愁襟。本馆主人识。

前李秉衡序云手稿有四十二页，此云三十多页，存词六十馀首。

4.《聊斋词》一卷，清宣统二年铅印本。

5.《聊斋词》，民国三年（1914）国学扶轮社铅印本（序题"柳泉居士词稿"）。

6.《聊斋词》二卷，民国九年（1920）中华图书馆石印《聊斋全集》本。

7.《聊斋词》一卷，民国刻《聊斋先生文集》本。

又国家图书馆藏抄本《聊斋词》二卷，附于《聊斋文集》、《诗集》后。

其词集见于著录的有：

1. 王祖畲《书籍簿记》著录有《聊斋词》，一册。

2. 郑振铎《西谛书目》卷五著录有《聊斋词》一卷，清宣统国学扶轮社铅印本，一册。

周铭

周铭（1641—？），字勒山，吴江（今江苏苏州）人。诸生，终身未仕。著有《华胥语业》，辑有《松陵绝妙词选》、《林下词选》。

周氏词集《华胥语业》附于所辑《松陵绝妙词选》后，一卷，有清康熙十一年（1672）宁静堂刻本。

又刘承干《嘉业藏书楼书目》著录有《松陵绝妙词选》四卷，丙寅吴江薛氏邃汉斋铅印本，一册。附《华胥语业》。

沈岸登

沈岸登，字覃九，号惰耕叟，平湖（今属浙江）人。布衣。著有《黑蝶斋诗抄》、《黑蝶斋词》。

清朱彝尊《曝书亭集》卷四十《黑蝶斋诗馀序》云：

> 词莫善于姜夔，宗之者张辑、卢祖皋、史达祖、吴文英、蒋捷、王沂孙、张炎、周密、陈允平、张翥、杨基，皆具夔之一体。基之后，得其门者寡矣，其惟吾友沈覃九乎？覃九鲜交游，故无先达之誉。又所作词不多，人或见其一二辄忽之，然其《黑蝶斋词》一卷可谓学姜氏而得其神明者矣。白石词凡五卷，世已无传，传者惟《中兴绝妙词选》所录，仅数十首耳。今覃九年方壮为之，日久其篇章必数倍于姜氏，尽出以示人，人未有不好之者，序其端，窃自喜，属和之，有人并以见予赏音之独早也。

其词集有另行者，见于丛书中收录的有：

1. 清龚翔麟辑《浙西六家词》，清康熙龚氏玉玲珑阁刻本，其中有《黑蝶斋词》一卷。按：《四库全书总目》著录有《浙西六家词》十卷，为浙江汪启淑家藏本，其中有《黑蝶斋词》一卷。

2. 清孙福清辑《携李遗书》本，清光绪四年（1878）秀水孙氏望云仙馆刊本，其中有《黑蝶斋词》一卷。

3. 陈乃乾辑《清名家词》本，民国二十六年（1937）上海书店排印本，其中有《黑蝶斋词》一卷。

又清姚燮《大梅山馆藏书目》卷十一著录有《黑蝶斋词》一卷。未言版本。

孙致弥

孙致弥（1642—1709），字海似，又字恺似，号松坪，嘉定（今属上海）人。清圣祖康熙二十七年（1688）进士，改翰林院庶吉士，官至翰林院侍读学士。著有《枕左堂集》。

孙氏词见载于诗文集中，今有清乾隆间刻本《枕左堂集》，其中诗六卷词四卷续集三卷，《四库全书存目丛书》据以影印。按：词四卷分别题名曰《别花馀事词》一卷、《梅沜词》二卷、《衲琴词》一卷。词集前有序云：

> 往余在都下，谒松坪先生于古藤书屋，首问作词之法。先生教以当学乐笑翁，因举"只有空山，近来无杜宇"，叹为文外独绝，并述乐笑警句奇对，与陆辅之《词旨》互相发明，余退而读乐笑词，其源似出于淮海、清真，而旁及于玉局、青兕，后则变化于白石、梅溪、竹屋。迨与同时之梦窗、花翁、草窗、碧山，日湖二隐、山村、学舟薰习最久，清空骚雅，直可与白石并驱，不独得音律之学于杨守斋、徐南溪也。及取先生之词读之，其《别花馀事》则绝似东山、东堂、小山、淮海，其《梅沜词》则又旁及于青兕而变化于乐笑，其清空骚雅，骎骎乎可追乐笑矣。余三十年前从先生案头抄得《梅沜词》，藏之箧衍。今先生外孙程说岩谋与余，付之剞劂，命予序之。予学词五十年，毫无进步，读《梅沜词》，深有愧于师门之绪言也。受业楼俨百拜。

又《四库全书总目》著录有《枕左堂诗集》六卷词四卷续集三卷，提要云：

> 殁后诗稿散佚，雍正中张鹏翀、朱厚章得抄本于戴玑家，始选而刻之。词凡三种：曰《别花馀事》，曰《海沜》，曰

《衲琴》），皆其门人楼俨所定。续集附词后，则未详何人编次也。

知所据为刻本，为江西巡抚采进本。又《清朝文献通考》卷二百三十五著录有《杕左堂诗集》六卷词四卷续集三卷，《清朝通志》卷一百三著录有《杕左堂诗集》六卷词四卷续集三卷，所载当同库本。

孙氏词集见于词集丛编的有：

1. 清聂先、曾王孙编《百名家词抄》（一百卷）本，清康熙绿荫堂刻本，其中有《梅沜词》一卷。见《中国古籍善本书目》著录。

2. 清聂先、曾王孙编《百名家词抄》（二十卷）本，清康熙绿荫堂刻本，其中有《梅沜词》一卷。见《中国古籍善本书目》著录。丛书又见《中华再造善本》收录，末有题识，录如下：

> 赵承哉维烈曰：余有赋抄之役，晋人有词抄之选。各运斤斧，利钝不侔，不觉瞠乎其后。梅沜太史寄有新词，不敢自私，质之晋人，晋人击节叹赏云："隽永清芬，真不啻鸡酥佛、橄榄仙矣。"

> 聂晋人先曰：填词之妙，如伯牙入海，对天风海涛，曰："先生怡我情。"是怡情在山水，而印之于徽轸，所以为今古绝伦。梅沜太史精研谱调，字字从千锤百炼而出，可以衔官姜、史，奴隶辛、苏，最妙在先于用意，后于运笔，如对天风海涛，不禁狂叫曰："先生怡我情。"

又刘承干《嘉业藏书楼书目》"词曲类"著录有《杕左堂集》四卷，精刊原本，二册。所指即词集三种四卷。

王顼龄

王顼龄（1642—1725），字颛士，一字容士，号瑁湖，晚号松乔老人，华亭（今上海松江）人，清圣祖康熙十五年（1676）进士，授太常博士。十八年（1679）举博学鸿儒，改授编修，纂修《明史》，累官工部尚书，武英殿大学士。卒谥文恭。著有《世恩堂集》、《螺舟绮语》（又名《兰雪词》）。

王氏词见载于诗文集中，今有清康熙刻本《世恩堂诗集》三十卷词集二卷经进集三卷，《四库全书存目丛书》据以影印。按：《四库全书总目》著录有《世恩堂集》三十五卷，提要云："是编凡诗集三十卷、经进集三卷、诗馀二卷。"未言版本，为江苏巡抚采进本。

王氏词集见于词集丛编的有：

1. 清聂先、曾王孙编《百名家词抄》（一百卷）本，清康熙绿荫堂刻本，其中有《螺舟绮语》一卷。见《中国古籍善本书目》著录。

2. 清聂先、曾王孙编《百名家词抄》（初集六十卷）本，清康熙绿荫堂刻本，其中有《螺舟绮语》一卷。见《中国古籍善本书目》著录。

3. 清聂先、曾王孙编《百名家词抄》（三十卷）本，清康熙刻本，其中有《螺舟绮语》一卷。见《中国古籍善本书目》著录。

4. 清聂先、曾王孙编《百名家词抄》（二十卷）本，清康熙绿荫堂刻本，其中有《螺舟绮语》一卷。见《中国古籍善本书目》著录。丛书又见《中华再造善本》收录，末有丁澎题识云：

> 金粟谓近日诗馀云间极盛，但能作景语，不能作情语。蓉渡谓景语多，情语少，同是一病。但言情至色飞神动处，乃能于无景中着景，此意亦近人所未解。鬶渊谓螺舟解此意以制词，所以妙绝古今，选《螺舟词》者，解此意以选调，即起李、晏、周、秦而谱新声，于以引商刻羽，骋妍抽秘，罔弗协也，又何情与景之偏病欤？

又郑振铎《西谛书目》卷五著录有《世恩堂词集》二卷，清刊本，一册。

高士奇

高士奇（1643—1702），字澹人，号竹窗，又号江村，钱塘（今浙江杭州）人，清圣祖康熙初以监生荐直内廷，为中书舍人，授翰林院侍讲，拜礼部侍郎。卒谥文恪。著有《清吟堂集》、《江村销夏录》等。

高氏诸诗文集，如《清吟堂集》九卷、《城北集》八卷、《苑西集》十二卷、《独旦集》八卷、《随辇集》十卷续集一卷、《经进文稿》六卷、《归田集》十四卷、《竹窗词》一卷、《蔬香词》一卷等，均有清康熙间刻本，《四库未收书辑刊》据以影印。知词集《竹窗词》和《蔬香词》是合刊于诗文集中的。自序云：

> 昔浪游都市，与藕渔、竹垞、梁汾偶为长短句，迨入直禁中，夙兴夜寝，此兴渐阑。壬戌春扈从奉天乌喇，途次尚成六阕。此后遂不复作。所存《蔬香词》散失十之三四，不意梁汾刻于江南，顷归江村，田居多暇，咏物写情，诗所不能尽者，时一托之诗馀，经年成帙。自怜年齿将迈，不能澄怀观道，乃作绮语，得无为士君子所讥议？然每怪缙绅先生身退林泉，恋慕名禄，或探讨声伎，致失其生平所守，又不若以此遣其岁月。故刻竹窗近词，而附《蔬香词》于首，见今昔志念之不同也。其《蔬香词》前后铨次错乱，亦不更为检校云。康熙辛未夏五，竹窗高士奇序。

序作于清康熙三十年（1691），壬戌为康熙二十一年（1682）。

其词集有另行者，见于词集丛编者有：

1. 清聂先、曾王孙编《百名家词抄》（一百卷）本，清康熙绿荫堂刻本，其中有《蔬香词》一卷。见《中国古籍善本书目》著录。

2. 清聂先、曾王孙编《百名家词抄》（二十卷）本，清康熙绿荫堂刻本，其中有《蔬香词》一卷。见《中国古籍善本书目》著录。丛书又见《中华再造善本》收录，末有诸家题识，录二如下：

> 丁飞涛澎曰：月是何色？水是何味？芝兰之香何香？水烟山雾之气何气？其间皆有自然化境，本之于天，印之于心，

出而成声，沉雄浩瀚，有非人力所能臆造者。如学士所制
《蔬香词》，比之菊英兰露，香沁心脾，读之信然。

聂晋人_先曰：葵能拱日，不如绛云；墨可腾蛟，不如白
凤。此正言天工之妙，莫可拟议，仰之即之，自臻化境，如喑
哑啖香柑，能禁其手舞足蹈，然得之于心，格格不能道只
字。吾于《蔬香词》七襄组织，华彩天成，迦陵一序，恐不足
以尽之。

3. 陈乃乾辑《清名家词》本，民国二十六年（1937）上海书店排
印本，其中有《竹窗词》一卷、《蔬香词》一卷，合称《清吟堂词
二种》。

又郑振铎《西谛书目》卷五著录有《蔬香词》一卷，清康熙刊本，
一册。又同卷著录有《竹窗词》一卷，清康熙刊本，一册。

郑景会

郑景会（1649？—？），字慕韩，慈溪（今属浙江）人，客居钱塘
（今浙江杭州）。清圣祖康熙间诸生，著有《柳烟词》。

毛奇龄《西河集》卷四十九《柳烟词序》略云：

郑君丹书以词示予，且请予言序其词。予思魏公文靖年
八十馀尚示门人何穆之曰："晚来读《离骚》，殊动人思。"夫
宋词者，唐诗之馀也。齐梁清商曲词、吴声歌词者，汉魏诗
之馀也。楚词者，三百之馀也。文靖读诗馀而思生矣，不观
柳烟乎？春云羃䍥，结初黄而曼布之，长条细缕，芊绵而可
爱。而至于秋潦，至于冬烈，武昌官渡，櫹椮都尽。而朝暮
艳豔，犹尚有霏霏之色。舒卷其际，诗之馀，不犹是乎？然
则读诗馀而以为可思，老少无二时，宋人与楚人无二词矣。
丹书以柳烟名词，而意有在也，吾故叙其词而告以是言。

清姚燮《大梅山馆藏书目》卷十一著录有《柳烟词》四卷。未言版本，按：今有清红蕚轩刻本《柳烟词》四卷、《词评》一卷，见《中国古籍善本书目》著录。

查慎行

查慎行（1650—1727），初名嗣琏，字夏重，号他山，后更今名，字悔馀，号初白，又号查田，海宁（今属浙江）人。清圣祖康熙四十二年（1703）进士，特授翰林院编修，入直内廷。五十二年（1713）乞休归里。著有《敬业堂集》、《馀波词》（又名《他山词》）。

查氏词集见载于诗文集中，计有：

1. 清康熙刻本《敬业堂诗集》五十卷续集六卷，《四部丛刊》据以影印。卷四十九、卷五十"馀波词"，凡二卷，存词二百三十三首。自序云：

> 余少不喜填词，丁巳秋，朱竹垞表兄寄示《江湖载酒集》，偶效颦焉。已而偕从兄韬荒楚游，舟中多暇，遍阅唐宋诸家集，始知词出于诗，要归于雅，遂稍稍究心。自己未迄癸亥，五年中得长短句，凡百四十馀阕，甲子夏携至京师，就正于竹垞，留案头，许加评定，旋失原稿，已四十年矣。裹刻拙集时，颇以为阙事。雍正癸卯正月，忽从沈子房仲、楚望、椒园兄弟获此抄本，故物复归，殊出望外。昔人有悲坠履哭亡簪者，兹集之失而复得，视敝履著簪不又多乎哉？因取前后所作编次为二通，用少陵诗语题曰《馀波集》，仁和赵子意田为补刊于诗后，初白翁手识，时年七十有四。

丁巳、己未、癸亥、甲子分别为清康熙十六年（1677）、十八年、二十二年和二十三年，雍正癸卯为雍正元年（1723）。《馀波集》即《馀波词》，曾经刊刻，附于全集后。又前有清王士禛序有"老友海昌陆先生辛斋尝携其爱婿查夏重词一卷见示"云云，或为初次结集者，未言版本情况。

2. 《四库全书》本《敬业堂集》五十卷，提要略云：

> 是编裒其生平之诗，随所游历，各为一集，凡《慎旃集》三卷，《遄归集》……附载《馀波词》二卷。自古喜立集名，以杨万里为最多，慎行此集随笔立名，殆数倍之。其中有以二十四首为一集者，殊伤烦碎，然亦征其无时无地不以诗为事矣。

未言所据版本，为浙江巡抚采进本。库本卷四十九、卷五十"馀波词"，存词情况的同康熙本。

3. 陈乃乾辑《清名家词》本，有民国二十六年（1937）上海书店排印本，其中有《馀波词》一卷。

又《双宋书斋善本书目》著录有《馀波词》一本，抄本。未言卷数。

钱芳标

钱芳标，原名鼎瑞，字宝汾，一字葆酚，号莼斅，江南华亭（今上海松江）人。清圣祖康熙五年（1666）举人，授中书舍人。十七年（1678）举博学鸿儒科，抚臣荐为江南第一才人，以丁内艰不赴。著有《金门稿》、《湘瑟词》、《瑶华词》。

《湘瑟词》四卷，清康熙刻本。《续修四库全书》据以影印。有钱谦益顺治十三年（1656）序，又吴绮序略云：

> 今葆酚阁暎湘真，楼邻仿佛。彼徒形其倚树，此益美乎积薪。君将奉敕以填，七宝施诸上苑；我且选声而听，六么付与歌鬟。倘或问陆贾之装，黄金几两；则请诵姜夔所谱，白石一编耳。康熙戊午且月天贶节，旧寅同学弟吴绮拜撰。

作于康熙十七年。

又有清孔传铎辑《名家词抄》本，清抄本，其中有钱氏《瑶华词》一卷。

其词集见于著录的有：

1. 清许宗彦《鉴止水斋藏书目》"集部第九厨"著录有《湘瑟词》二本。

2. 清姚燮《大梅山馆藏书目》卷十一著录有《湘瑟词》四卷。

3. 蔡宾年编《墨海楼书目》著录有《湘瑟词》四卷，二本。

以上均未标明版本。

李继燕

李继燕（1655？—1715？），字骏诒，号参里，东莞（今属广东）人。拔贡生，清圣祖康熙五十一年（1712）知吴江县。著有《拓花亭词稿》。

《拓花亭词稿》二卷，清康熙刻本，《清词珍本丛刊》据以影印，陈阿平序略云：

> 吾友李君骏诒博学高才，有体有用。其所著《白云》、《罗浮》、《珠池》、《凤车》诸赋，飚发泉涌，下笔辄数千言，皆原本风骚，根柢两汉，取材六朝，可与《上林》、《羽猎》、《二京》、《三都》、《闲居》、《江南》相抗衡者也。出其绪馀为填词，尽妍极态，能于格律逼侧中掉臂游行，五丁之凿蚕丛，巨灵之劈华岳，非由其神力包举者哉？以长公、稼轩之才而兼柳七、少游之巧，此文人之词，非仅词人之词也。

又林贻熊序略云：

> 余友李子骏诒深沉好古，于书无所不窥，所作诗古文卓有家法，今夏自雷阳归，手一编示余，则其所填词也。咀微含宫，酝酿风雅，余惊叹以为白石、玉田复出，而李子不自以为能，断断然慎审四声，比音协律。间尝过余，纵论词曲，时有神悟心解出于诸谱之外。

按：《中国古籍善本书目》著录有《拓花词稿》二卷附一卷，清康熙刻朱墨套印本,《拓花词稿》当系《拓花亭词稿》之误。

又王其毅《宿迁王氏池东书库简目》著录有《拓花亭词稿》二卷,云:"明李继燕撰,一本。"称明代,当误。未言版本。

纳兰性德

纳兰性德（1655—1685）,原名成德,后改性德,字容若,号饮水、楞伽山人,满洲正黄旗人。清圣祖康熙十五年（1676）进士,官至一等侍卫。著有《通志堂集》、《侧帽集》、《饮水词》等。

纳氏词集多见刊刻,叙录于下:

一、 诗文集本

1. 清康熙刊《通志堂集》本,纳兰氏去世后,徐乾学辑其遗作为《通志堂集》,凡二十卷,有清康熙三十年（1691）刻本,《续修四库全书》和《四库全书存目丛书》据以影印,其中卷六至卷九为词,存四卷。按:《四库全书总目》著录有《通志堂集》十八卷附录二卷,提要云:

> 国朝纳兰性德撰,性德有《合订删补大易集义粹言》已著录,性德生长华阀,颇喜文翰,乡试出徐乾学之门,遂受业焉。《九经解》即其所刻,而徐乾学延顾湄校正之,以书成于性德,殁后板藏徐氏,世遂称徐氏九经解,并通志堂而移之徐氏,实相传之误也。是编乾学所裒辑,凡诗五卷、词四卷、文五卷、《渌水亭杂识》四卷,又附录碑志哀挽之作为二卷。

为《四库存目》之书,未言版本,为江西巡抚采进本。

2. 清康熙刻《饮水诗集》二卷词集三卷,张纯修序略云:

> 余既裒容若诗词付之梓人,刻既成,谨泚笔而为之序曰:……此卷得之梁汾手授,其诗之超逸,词之隽婉,世共知之,而其所以为诗词者依然,容若自言如鱼饮水、冷暖自知

而已。区区痛惜之私，欲不言不忍，姑述其大略如是云。

序作于清康熙三十年。

3. 清张祥河辑《小重山房丛书》本《饮水诗集》一卷词集一卷，序云：

> 《国朝诗别裁集》载：容若，辽阳人，康熙癸丑进士，丙辰殿试，官侍卫，著有《通志堂集》。其诗登五首，而全集罕见。是集饮水诗词，锡山顾贞观阅定，古燕张纯修序而行之。盖两公与容若交最深，故思所以不朽容若者。考《别裁》所登《拟卢子谅时兴》、《山海关》、《柳枝词》，俱是集所未录，则知是集亦选存之本。余在桂林侧闻大中丞稚圭先生绪论及词学，推容若为南唐后主真派，令曲胜于慢序。出是集，云得之京师厂肆，惜其后阙页。余亟请刊布，以广其传，先生领之。窃思容若为大学士明公之子，天姿慧悟，清澈灵府，年少通籍，不永其年。所作善言情，又好言愁，其缠绵悱恻之概时动简外，谓非得风人之旨而为骚雅之遗哉？道光乙巳夏五月既望，华亭张祥河。

作于清道光二十五年（1845）。

4. 清伍崇曜辑《粤雅堂丛书》本，其中有《饮水诗集》一卷词集一卷。清咸丰元年（1851）刊本。前有张祥河、张纯修序，伍氏跋云："右《饮水诗集》二卷词集二卷，国朝性德撰。……词旧为袁简斋太史所刻，经梁汾审定者，殆足本耶？"作于清咸丰元年，知是与张氏刊本同源。云诗词各二卷，而实各作一卷。此本见于著录的有：叶德辉《叶氏观古堂藏书目》著录有《饮水词》一卷，伍氏粤雅堂刊本。又罗振玉《罗氏藏书目录》著录有《饮水词集》一卷，粤雅堂刊本。又王国维《大云书库藏书目》卷中著录有《饮水词集》一卷，粤雅堂刊本。

5. 《饮水诗词集》三卷，民国十四年（1925）胡子晋影印本。

6. 《纳兰饮水词侧帽词全稿》（词集后附有诗集），民国二十四年

（1935）中国图书馆排印本

另见胡玉缙《许廎经籍题跋目录》著录，有《饮水诗集》一卷《饮水词》一卷。未言版本。

二、 词集另行本

1. 清康熙年间刊《侧帽词》，《侧帽词》为纳兰性德生前词作的结集，顾贞观把自己的《弹指词》与《侧帽词》合刊。赵函《纳兰词序》云："向所见者唯《侧帽词》刊本，并与顾梁汾合刻本。"

又清徐乾学《传是楼书目》卷五著录有《侧帽词》，一本。未言版本。

2. 清康熙年间刊《饮水词》，顾贞观序云：

> 非文人不能多情，非才子不能善怨。骚雅之作，怨而能善，惟其情之所钟为独多也。容若天资超逸，翛然尘外。所为乐府小令婉丽凄清，使读者哀乐不知所主，如听中宵梵呗，先凄惋而后喜悦，定其前身，此岂寻常文人所得到者。昔汾水秋雁之篇，三郎击节，谓巨山为才子。红豆相思，岂必生南国哉？荪友谓余，盍取其词尽付剞劂？因与吴君蔺次共为订定，俾流传于世云。同学顾贞观识。时康熙戊午又三月上巳，书于吴趋客舍。

作于清康熙十七年（1678），吴君蔺次即吴绮，吴氏《林蕙堂全集》卷五《饮水词二刻序》云：

> 一编《侧帽》旗亭，竞拜双鬟千里。交襟乐部，惟推只手。吟哦送日，已教刻遍琅玕；把玩忘年，行且装之玳瑁矣。迤因梁汾顾子高怀远讯，停云再得，容若成君新制，仍名《饮水》。披函昼读，吐异气于龙宾；和墨晨书，缀灵葩于虎仆。……

按：顾贞观与吴绮校定《饮水词》，于康熙十七年刊于吴中。

3. 清嘉庆小仓山房刻本《饮水词抄》二卷。扉页有"小仓山房藏板"，卷端下题"钱唐袁通兰村选录"。按：赵函《纳兰词序》有"吾友袁兰村近有刊本二百馀阕，亦非其全"云云，知为袁通刊本。袁通（1775—1829），字达夫，号兰村，浙江钱塘人。袁枚嗣子，知汝阳、河内等县。著有《捧月楼诗》。

4.《纳兰词》五卷补遗一卷，清嘉庆二年（1797）刻本。

5. 清道光十二年（1832）汪氏结铁网斋刻《纳兰词》五卷补遗一卷，《中华再造善本》收入，有序云：

> 诗之为道，非具湛深通博之学、雄骏绝特之才，不足以神明其事。词则不然，发乎性情，合乎骚雅，刻画乎律吕分寸，一毫矜才使气不得。故有诗才凌轹一代，而词则瞠乎莫陟藩篱者，山谷、放翁且贻口实，况其下此者乎？国朝诗人而兼擅倚声者，首推竹垞、迦陵，后此则樊榭而已。然读三家之词，终觉才情横溢，般演太多，与黄叔旸质实清空之论往往不洽，盖其胸中积轴未尽陶熔，借词发挥，唯恐不极其致，可以为词家大观，其实非词家正轨也。纳兰成容若以承平贵胄，与国初诸老角逐词场，所传《通志堂集》二十卷，其板久毁，不可得见。而词则卓然冠乎诸公之上，非其学胜也，其天趣胜也。向所见者唯《侧帽词》刊本，并与顾梁汾合刻本。既在京师见抄本《饮水》、《侧帽》两种，共三百馀阕，惜冗次不及借抄。吾友袁兰村近有刊本二百馀阕，亦非其全。娄东汪君珊渔精于倚声，落笔辄似纳兰氏，不独肖其口吻，抑且得其性情。以所辑容若词二百七十馀阕示余，可谓搜录无遗矣。珊渔拟付重刊，且属鄙人为之序。余以未得纳兰氏碑板事实，迟迟报命。闻吴门彭桐桥家藏有《通志堂集》，亟往借观。桐桥告余曰："唏，是书藏余家数十载，无有顾而问者。昨娄东友人寓书来素是集，今吾子又借观，岂此书将复显于世耶？"因出其书，流览一过。余心知珊渔之先购是书，欣幸无极，故向桐桥争购之，而桐桥以有成约坚靳

弗与，一噱而罢。按：集中所刻词四卷，共三百四阕，首尾完善，盖至是始得全豹焉。其所著诗赋、经解、杂识皆可观，然不逮词远甚。因寓书珊渔校勘原本，全刻之。纳兰氏生前得梁汾辈为之羽翼，身后得珊渔辈为之表章，斯人一生幽怨芳芬之致，可以不泯人间矣。余尝登惠山之阴，有贯华阁者在群松乱石间，远绝尘轨，容若扈从南来时，尝与迦陵、梁汾、荪友信宿其处。旧藏容若绘像及所书贯华阁额，近毁于火，为可惜也，因序其词，并记于此，以为异日词家掌故云。道光壬辰长夏，震泽赵函序于娜如山馆。

作于清道光十二年（1832）。又周僖序略云：

> 汪子珊渔辑纳兰氏词竟，问序于余。余受而读之，曰：异哉！汪子之用心也。纳兰词其必传于后无疑，不待言。窃怪诸君子先后所刊，无汇其全者，何也？……今珊渔于《饮水》、《侧帽》诸刊外，汇诸家所录，分体编辑，美矣，备矣，读者无遗憾矣。珊渔方偕其兄子泉辑娄东词派，断章残简，靡不兼收，以继静崖宫庶诗派之选。

序作于清道光十二年。知为汪元浩刊本，汪氏跋略云：

> 所共知者词，而又罕睹其全，读者恨之。余弟仲安从王丈少仙假得先生《侧帽词》，好之笃，故其笔墨间有近之者。曾质之赵丈艮甫，丈赏为纳兰再世，仲安未敢当也。余因谓之曰："古人于所好得似者而喜矣，况其真乎？纳兰词之散见于他选者，诚搜而辑之，以子之好，公之海内，吾知海内必争先睹为快。"仲安乃因顾梁汾原辑本及杨蓉裳抄本、袁兰村刊本、《昭代词选》、《名家词抄》、《词汇》、《词综》、《词雅》、《草堂嗣响》、《亦园词选》等书，汇抄得二百七十余阕。其前后之次，则按体编之，字句异同，悉加注明，并采词评、词话录于卷首。夫纳兰氏异时必有全集汇刊，并朱、陈二集以

传。兹特嘉仲安搜罗之勤，付诸剞劂，以公同好。且望海内
得见其全者补所未备焉。道光壬辰夏六月上浣，汪元浩跋于
梦云馆。

作于清道光十二年（1832）。所谓"杨蓉裳抄本"，杨蓉裳即杨芳灿，
杨氏序略云：

余向欲以朱、陈二家词合先生所著为三家词选，顾力有
未暇，先手抄此本，藏之箧笥。凄风暗雨，凉月三星，曼声长
吟，辄复魂销心死。声音感人，一至此乎？先生有知，其以
余为隔世之知己否也？时嘉庆丁巳夏五，梁溪杨芳灿蓉裳
氏序。

作于清嘉庆二年（1797）。按：汪元浩（1808—1867），字孟养，号册
渔。清镇洋人。中岁目眚，弃举业，专肆力古诗文，长于倚声，于词
律尤细，与弟元治倡和，不务雕琢而自然浑雅。著有《烟村集》、《娄
东词派》、《平阳词抄》、《红蔻香室词》、《双玉词》、《结铁网斋诗
稿》、《结铁网斋词》等。又有后跋云：

元治辑《纳兰词》四卷，伯兄跋之详矣，剞劂告竣，将次
刷印，复于吴门彭丈桐桥处，得《通志堂全集》，共二十卷，
内词四卷，计三百四阕，参互详考，所遗有四十六阕，爰即补
于后，编为卷五。而元治所辑亦有一十九阕，为全集所未
载，殆当时失传故耳。今汇得三百二十三阕，可称大备无遗
憾矣。复跋数语以志深幸云。道光壬辰秋七月既望，汪元治
书于结铁网斋。

作于清道光十二年。

此本多见藏家著录，如章钰《章氏四当斋藏书目》卷中之四著录
有《纳兰词》五卷补遗一卷，云："清长白纳兰成德撰，镇洋汪元治
编，清道光十二年结铁网斋刊本，一册，有潘钟瑞圈点。"又："收藏
有曾藏吴趋潘氏香禅精舍一印。"又郑振铎《西谛书目》卷五著录有

《纳兰词》五卷补遗一卷，汪元治编，清道光十二年刊本，一册，石友跋。又见《中国古籍善本书目》著录：其中有一本有清李慈铭跋，一本有清杨继振题词，清秦光第批并跋。

6. 《饮水词》一卷，清道光二十六年（1846）金梁外史刻本。此本见《中国古籍善本书目》著录。又郑振铎《西谛书目》卷五著录有《饮水词》一卷，清道光刊本，一册。

7. 《饮水词抄》一卷《筝船词》一卷，清袁通选录，清光绪三十四年（1908）铅印本。

8. 《纳兰词》五卷补遗一卷，民国四年（1915）上海有正书局石印本。

9. 《纳兰词》五卷，民国二十八年（1939）年上海新光书局出版。

10. 《饮水词侧帽词合稿》，民国上海有正书局石印本。按：刘复《半农书目》著录有《饮水词侧帽词》合稿五卷，影仁和许氏刻本，一册。

11. 《纳兰词》三卷，抄本，藏上海图书馆。

12. 《饮水词集》一卷，抄本，藏南京图书馆。

三、丛书本

1. 清聂先、曾王孙编《百名家词抄》（一百卷）本，清康熙绿荫堂刻本，其中有《饮水词》一卷。见《中国古籍善本书目》著录。

2. 清聂先、曾王孙编《百名家词抄》（初集六十卷）本，清康熙绿荫堂刻本，其中有《饮水词》一卷。见《中国古籍善本书目》著录。

3. 清聂先、曾王孙编《百名家词抄》（三十卷）本，清康熙刻本，其中有《饮水词》一卷。见《中国古籍善本书目》著录。

4. 清聂先、曾王孙编《百名家词抄》（二十卷）本，清康熙绿荫堂刻本，其中有《饮水词》一卷。见《中国古籍善本书目》著录。丛书又见《中华再造善本》收录。

5. 清袁枚《随园三十种》本，清乾隆、嘉庆刊本，其中有袁通选《饮水词抄》二卷。

6. 清袁枚《随园三十种》本,清同治五年(1866)三让睦记刊本,其中有袁通选《饮水词抄》二卷。

7. 清袁枚《随园三十八种》本,清光绪十八年(1892)勤裕堂排印本,其中有袁通选《饮水词抄》二卷。

8. 清袁枚《随园三十六种》本,清光绪十九年(1893)石印本,其中有袁通选《饮水词抄》二卷。

9. 清袁枚《随园全集》本,民国七年(1918)石印本,其中有袁通选《饮水词抄》二卷。

按:缪荃孙《目录词小说谱录目》著录有《饮水词抄》三卷,小仓山房刊本。此本即袁氏本。

10. 清许增辑《榆园丛刻》本,其中有《纳兰词》五卷补遗一卷,清光绪六年(1880)刻本。张预《重刻纳兰词序》略云:

> 庚辰之夏,还自京师,将客武昌。许丈迈孙方有《纳兰词》之刻,授简命序。……此其词之所由传也。若乃汉槎塞外,携《侧帽》之编;梁汾吴中,创《饮水》之刻。梁溪后起,乃瘁手抄;娄东私淑,益殚采茸。良以先生通侻好友,嵚崎嗜才,故能谟觞斟酌,走胜流于并时;臭简廙疏,役名隽于隔世。微特旗亭壁画,解唱黄河;蛮徼弓衣,都织春雪而已。今许丈刻频迦词既成,乃仍娄东《纳兰词》旧本,踵为斯刻。笙磬迭奏,绝傺池之音;玑翠并罗,粲雕镂之色。

作于清光绪六年(1880)。此本见于藏家著录的有:罗振玉藏《罗氏藏书目录》著录有《纳兰词》五卷,娱园刊本。又见王国维编《大云书库藏书目》卷中著录,有《纳兰词》五卷,娱园刊本。又李盛铎《天津延古堂李氏旧藏书目》著录有《纳兰词》五卷补遗一卷,娱园刊本,二册。另梁启超《梁氏饮冰室藏书目录》著录有《纳兰词》五卷补遗一卷,清光绪六年重刻本,二册。

11. 清光绪十八年(1892)著易堂铅印《七家词》本《饮水词》二卷。

12. 中华书局辑《四部备要》本，民国二十五年（1936）上海中华书局排印本，其中有《纳兰词》五卷补遗一卷。

13. 清王煜辑《清十一家词抄》本，民国三十六年（1947）正中书局铅印，其中有《饮水词抄》一卷。

14. 陈乃乾辑《清名家词》本，有民国二十六年（1937）上海书店排印本，其中有《通志堂词》一卷。

15. 胡云翼等辑《词学小丛书》本《纳兰性德词》一卷（罗芳洲辑），民国三十五年（1946）上海文力出版社排印本。

16.《纳兰词》五卷，1939 年长沙商务印书馆出版《国学基本丛书》本。

17.《饮水词集》，1932 年上海光华书局出版《欣赏丛书》本。

18. 清王煜辑《清十一家词抄》本，民国三十六年上海正中书局铅印本，其中有《饮水词抄》一卷。

又见于藏家著录而未言版本的有：

1. 清赵宽《小脉望馆书目》"元册·集字橱"著录有《纳兰词》，二本。

2. 清赵宽《小脉望馆书目》"贞册·寿字架"著录有《纳兰词》。

3. 清赵宗建《旧山楼书目》"庚"著录有《纳兰词》，一本。

4. 清赵宗建《旧山楼书目》"庚"著录有《纳兰词》，两本。

5. 清姚燮《大梅山馆藏书目》卷十一著录有《纳兰词》五卷。

6. 清姚燮《大梅山馆藏书目》卷十一著录有《饮水词抄》二卷。

7.《今生读作来生用藏书目录》著录有《饮水词抄》二卷。

以上均未言版本。

龚翔麟

龚翔麟（1658—1733），字天石，号蘅圃，仁和（今浙江杭州）人。清康熙二十年（1681）以副榜补兵部主事，为监察御史，历掌浙江、山西、陕西、京畿、河南诸道事，既而罢归。著有《田居诗稿》、《红藕庄词》。

其词集见于丛书中收录的有：

1. 清聂先、曾王孙编《百名家词抄》（一百卷）本，清康熙绿荫堂刻本，其中有《红藕庄词》一卷。见《中国古籍善本书目》著录。

2. 清聂先、曾王孙编《百名家词抄》（初集六十卷）本，清康熙绿荫堂刻本，其中有《红藕庄词》一卷。见《中国古籍善本书目》著录。

3. 清聂先、曾王孙编《百名家词抄》（三十卷）本，清康熙刻本，其中有《红藕庄词》一卷。见《中国古籍善本书目》著录。

4. 清聂先、曾王孙编《百名家词抄》（二十卷）本，清康熙绿荫堂刻本，其中有《红藕庄词》一卷。见《中国古籍善本书目》著录。丛书又见《中华再造善本》收录，末有聂先题识云：

> 秋岳先生极称蘅圃工长短句，大约以姜、史为宗，而兼玉田、西麓诸家之胜。然闻其倚声最蚤，无纤毫俗尚得以混其笔端。今展读《红耦（当作藕）庄词》，故有瑶天笙鹤之致。

5. 清龚翔麟辑《浙西六家词》，清康熙龚氏玉玲珑阁刻本，其中有《红藕庄词》三卷。序云：

> 词至晚宋，极变而工，一时名流往往托迹西泠，篇章传播为最盛。数百年来，残谱零落，未有起而裒集之者。竹垞工长短句，始留意搜访，十得八九，当其客通潞时，蘅圃与之朝夕悉取诸编而精研之，故为倚声最早，无纤毫俗尚得以入其笔端。予曩游都门，与蘅圃甫定交，即戒装归，惜未多见其词。近复合并白下，尽观新制，大率以石帚为宗，而旁及于梅溪、碧山、玉田、蘋洲、蜕岩、西麓各家之体格。吟牐相对，与予续有倡和。予既叹服蘅圃之敏且工，而又自幸同调之得朋也。蘅圃家钱唐，少长京师，今方在盛年，需次郎署，然一丘一壑之想，与林薮逸民且有同好。间返里门，吊南渡以来诸词人觞咏陈迹，感湖山之寂寞，辄低徊不能去。今所

雕《红藕庄词》二卷，大半削稿羁旅，而乡国之思居多焉。读蘅圃之词者，亦可以见其意志之所存矣。嘉兴李符。

又邵瑸序云：

> 《红藕庄词》第三卷，乃续刻于日下者，清空流逸，视前所作为更进。……与君同称六家者为竹垞、武曾、融谷、耕客、南溟，一时酬唱甚盛。余倚声独后于诸君，今诸君多归乡曲，而武曾、畊客墓已拱，京华合并者仅余一人而已，读君之词，其能已于今昔之感乎？石帆邵瑸题。

武曾即李良年（1635—1694），耕客即李符（1639—1689）。按：《四库全书总目》著录有《浙西六家词》十卷，为浙江汪启淑家藏本，其中有《红藕庄词》三卷。

6. 陈乃乾辑《清名家词》本，民国二十六年（1937）上海书店排印本，其中有《红藕庄词》一卷。

又见于藏家著录的有：

1. 清徐乾学《传是楼书目》卷五著录有《红藉庄词》。

2. 清姚燮《大梅山馆藏书目》卷十一著录有《红藕庄词》三卷。

3. 《浙江通志》卷二百五十二"经籍·集部"著录有《浙西六家词》十卷，其中有《红藕庄词》二卷。按：卷一百七十八"人物·文苑"云有《红藕庄词》六卷。《浙江通志》与四库提要所云均与刊本卷数歧出。

以上均未标明版本。

赵执信

赵执信（1662—1744），字伸符，号秋谷，晚号饴山老人，益都（今属山东）人。清圣祖康熙十八年（1679）进士，授翰林院编修，迁右春坊右赞善。后因国丧期间观看《长生殿》，被劾革职，时年未三十。著有《因园集》、《饴山集》、《谈龙录》、《声调谱》等。

赵氏词集见收于词集丛编中，计有：

1. 清吴重熹辑《吴氏石莲庵刻山左人词》本，清光绪二十七年（1901）海丰吴氏金陵刻本，其中有《饴山诗馀》一卷。

2. 陈乃乾辑《清名家词》本，民国二十六年（1937）上海书店排印本，其中有《饴山诗馀》一卷。

又《今生读作来生用藏书目录》著录有《饴山诗馀》一卷，《饴山集》本。

另有清抄本《海鸥小谱》一卷，《清词珍本丛刊》据以影印，有跋云：

> 《海鸥小谱》，秋谷先生于康熙甲申岁寓津门所作，风流放旷，尽态极妍，所系诗词，旖旎缠绵，出入《香奁》、《疑雨》二集，洵艺林艳品也。先生杂著如《谈龙录》、《声调谱》，德州卢氏皆已梓行，独此帙尚少流传。壬寅孟冬，武林鲍丈以文过访，谈次及之，则云箧中久藏写本，丙戌春间，莱阳赵荷村太守借刻于杭，束板寄睦，荷村捐馆，此书亦不可问闻矣，为惋惜者久之。余因忆吴兴同年闵太史裕中曾云家有其书，许为持赠，邮书索之。仲冬上浣，太史专函寄示，余得之狂喜，亟倩友人抄入丛书续编而录其副以诒以文。廿年剑化，一旦珠还，遥稔知不足斋主人应不禁掀髯一粲也。此帙为笠泽书院山长闵敦甫先生手校本，后附题辞二绝句，今并录后。壬寅小除夕松陵杨复吉识。

作于清乾隆四十七年（1872）。康熙甲申为康熙四十三年（1704）。

王策

王策（1663—1708），字汉舒，号香雪，太仓（今属江苏）人。诸生。著有《香雪词抄》。

今有陈柱辑《二香词》本《香雪词抄》二卷，民国上海扫叶山房石印本。

又见于著录的有：

1. 王祖畲《书籍簿记》著录有《香雪词》，抄本，一册。

2. 王祖畲《书籍簿记》著录有《香雪词》，刊本，一册。

3. 王祖畲《书籍簿记》著录有《香雪》、《小山词》附《今秀阁诗馀》，一册。

4.《溪山草堂书目》卷一"木号·上格"著录有《香雪词抄》乙册，家汉舒弟著，乾隆元刻本。

姚之骃

姚之骃，字鲁斯，号仲容，钱塘（今浙江杭州）人。清圣祖康熙六十年（1721）进士，改庶吉士，授翰林院编修，官至陕西道监察御史。著有《类林新咏》、《镂空集》等，后者为词集。

《镂空集》四卷，清康熙刻本。自题云：

> 昔黄涪翁少时，喜作纤淫小调，法秀师呵之，涪翁曰："空中语耳。"予惟填词之体，贵宛转绵丽，句艳字冶，故词宗如温助教、牛给事辈，大都专意闺帷，则镂脂镂粉，修饰哀怨，毕填词之能事矣，彼曷言乎空也？曰有取尔也。今夫蜃楼海市，璀璨葳郁，一气所结耳。云霞之在天半也，虚无缥缈，然蔚蔚离离，倬然为章，是知大块之文，多在太虚冥冥中耳矣。蒙庄曼衍，屈平离忧，极之举步效颦，托之姚娥姝女，鸟使鸠媒，彼孰非空中结撰者哉？夫填词亦犹是也。予故曰彼有取尔也。予不自知其不能文，酉秋失意后，白云黄叶，水涸霜凝，秋冬之际，尤难为怀，日取寸许薄蹄，拈弄长短句，久而汇抄，都成一集。亦惟以宛转绵丽为趋，不觉其已见讪于法秀师也。昔人云："以水色山光替却玉肌花貌。"予甚愧斯言，因取涪翁语以解嘲。休阳姚之骃题并书。

又姚际恒序云："吾家仲容视余填词一编，题之曰《镂空集》，盖取双井老人答秀师意也，余读其词，审其篇名，不觉有感焉。"又《中国古籍善本书目》著录有《镂空集》四卷，清康熙刻本。

姚氏词集见于著录的有：

1. 清姚燮《大梅山馆藏书目》卷十一著录有《镂空集》四卷。

2. 王其毅《宿迁王氏池东书库简目》著录有《镂空集》四卷，一本。

以上均未标明版本。

孔传铎

孔传铎（？—1735），字振路，号牖民。曲阜（今属山东）人。清世宗雍正元年（1723）袭封衍圣公，世宗幸孔庙，曾召传铎陪祀。著有《申椒集》、《盟鸥集》、《红萼词》等，又辑有《名家词抄》。

《红萼词》二卷，清康熙刻本，《四库未收书辑刊》据以影印，孔氏《小引》云：

> 诗当工后，移我性情；文人妙来，沁人肝腑。顾此上乘之事，岂伊浅识所能？惟是《花间》、《草堂》，差觉易窥涯涘；不揣巴人下里，居然学步邯郸。红豆拈来，未会移宫换羽；乌丝界就，聊供刻烛传筋。小语詹詹，要避诘屈聱牙之调；王臣蹇蹇，敢作桑间濮上之音。况予属在壮龄，末曰悲哉秋气；方当雅化，何言仆本恨人。无如洋望苏、辛，窃愿寝兴周、柳。身非羁客，常驰晓风柳岸之怀；情不香奁，爱诵少妇绮窗之句。凡系迷香解佩，悉同子虚乌有之辞；其馀捉月拈花，亦在笔径墨畦之外。在作者非以辞害志，愿观者无以文害辞，可也。红萼主人自识。

此本见《中国古籍善本书目》著录。

另刘承干《嘉业藏书楼书目》著录有《红萼词》二卷，丙戌刊本，二册。又郑振铎《西谛书目》卷五著录有《红萼词》二卷，清刊本，四册。二者或指清康熙刊本。

除刻本外，还有张宗祥抄本《红萼词》二卷、《炊香词》一卷。《清词珍本丛刊》据以影印，宋荦序略云："今观《红萼轩词》，芊绵俊迈，别具胜情，信孔君之善于词也。"陈于王序（己丑）略云："己巳秋，予游广陵，访吴蔺次先生别业，名归鸿柴。烧笋煮珍珠菜，留余晚饭，饮于桐阴下，与之论词。先生云……予闻斯言有年矣，昔缘游遨海山，豪尚于诗，未暇及此。于今春储公孔振路先生来都，出《红萼轩词》，问序于余。"又有张宗祥二题，录如下：

> 《红萼词》二卷，清孔传铎撰。传铎字振路，曲阜人。前有宋荦、陈于王、顾彩、汪芳藻、黄郑琚及自序，录自稿本。张宗祥记。

> 《炊香词》一卷，清孔传铎撰。词虽不能与朱竹垞辈比并，然仍有清初风范。稿无刻本，故当抄藏。张宗祥记。

按：二种词集又见张宗祥《铁如意馆手抄书目》著录，有《红萼词》二卷、《炊香词》一卷，二册。

陈聂恒

陈聂恒（1673— ？），原名鲁得，字秋田，又字曾起，武进（今属江苏）人。清圣祖康熙三十九年（1700）进士，知长宁县，官刑部主事。著有《朴斋文集》、《栩园词》等。

《栩园词弃稿》四卷，清康熙刻本，自序云：

> 余儿时于故纸中搜得《花间》、《草堂》词，妄以意为句读，携之乡塾，时时窃观之。客有言之先君子者，先君子知而哂之，然亦弗之止也。已而复以意窃为之，一二同学少年相传以口，乡先生黄艾庵谬许其能，家椒峰先生且为之序，庚午前所刻是也，而老成之风愧未逮焉。十馀年来，当代之君子薄填词为小道，而知其解者益鲜，往往俳优之习与铜琵琶、铁绰板交讥。又其甚者求新不得，而好为涩体，一物而

必美其名，识者笑之。……旧稿散失，箧中所馀如干者，阅之如叔子弄环，前因仿佛可记，或亦结习使然。因次其时之先后，汇为四卷，又以余向者固尝弃之，题曰《栩园弃稿》。因识其缘起如此，以发为士者之笑云。甲申立秋前五日，毗陵陈聂恒自题于且朴斋。

序作于清康熙四十三年（1704）。庚午为康熙二十九年（1690）。黄艾庵即黄永，椒峰先生即陈玉璂。按：傅增湘《藏园群书经眼录》卷十九著录有《栩圆词弃稿》四卷，云："清康熙四十三年陈氏且朴斋刊本。前有顾贞观书一通，曲阿贺宽岑居序。（辛酉）"辛酉为民国十年（1921）。又《中国古籍善本书目》著录有《栩园词弃稿》四卷，清康熙四十三年陈氏且朴斋刻本。又缪荃孙《目录词小说谱录目》著录有《栩园词弃稿》四卷，且朴斋刊本。

其词集见清聂先、曾王孙辑《百名家词抄》（二十卷）本收录，清康熙绿荫堂刻本，其中有《栩园词》。丛书又见《中华再造善本》收录，末有杨通俀题识云：

余家有小圃，与曾起相连咫尺，每花敧月邃，香烬灯阑，偕二三知己，分题限韵，以词之迟速优劣为胜负，博饮巨觥。而曾起慧颖过人，深情独往，时时超伦拔类，正如昔人旗亭燕会，不得不推王郎《凉州》一绝，许十二娘檀板歌之；若余辈，视连夫、少伯又远不逮矣。

另缪荃孙《目录词小说谱录目》著录有《栩园词弃稿》四卷，写本。

韩纯玉

韩纯玉（1674—？），字子蘧，号蘧庐居士，归安（今浙江吴兴）人。明翰林韩敬之子也，敬以党附汤宾尹见摈于时，纯玉以是抱憾终身，不求仕进。著有《蘧庐诗》、《蘧庐词》。

其词集见附于诗集后，今有清康熙间凤晨堂刻本《蘧卢诗》不分

卷词一卷,《四库全书存目丛书》据以影印,词集前自叙云:

> 余少未学诗,尝好为小词,忆年十四时戏作《蝶恋花》、《满庭芳》二阕,恐为塾师所见,书短笺藏研席间。适金坛于御君、东皋严仁叔过访小斋,检得,谬加称赏,曰:"此晏同叔幼龄珠玉也。"遍示同人,交相赓赠,辄诩诩自喜。及世乱,谢去帖括,山居无事,每月夕花晨、水边林下,与朱子元驭、让木大小阮倚声相和,聊以自娱。初未尝有意求工,第若樵歌牧唱,偶叶宫商而已。二子相继修文二十馀年,几成绝响。殆年将五秩,儿辈亦学步如余年少时,且与里中同学诸少年共效《金荃》、《兰畹》之句,汇为《蘋洲词选》,含英咀华,斐然可诵。不禁见猎心喜,时复间作。然剑光难淬,笔老无花,矢口任情,颓唐自放。既无由发纵横豪迈之音,又岂能为芊绵绮丽之语,与古今擅场者相颉颃哉?甲子秋,儿辈编次诗草就,请以近岁所作《醉太平》诸阕并书存元驭手录数十调,附之简末,以见一时兴会及此。言念畴昔,盖不胜人琴之感云。蘧庐居士书于甜雪轩。

甲子为清乾隆九年(1744)。

《蘧庐词》又有民国二十三年(1934)印本,有易孺叙与跋各一,叙云:

> 朱彊村《湖州词征》卷二十三录韩纯玉词十首,采录《湖州府志》,云:韩纯玉,号蘧庐,诸生,终身不求仕进,避迹栖贤山,选近诗兼系以小传。有《蘧庐诗》一册,多凄楚之音。又载《明词综》云:纯玉,字子蘧,归安人,有《蘧庐词》一卷。予前得凤晨堂刊本诗词各一册,不分卷。诗分古、律、绝,词分小令、中调、长调。词后有阙叶,至《洞庭春色》一首,末数字亦不完,而《词综》、《词徵》均未选此首,他无可校,惜哉!今先将词册入《民智艺文杂俎》中,即

取《词综》、《词徵》二本校一过，附记卷后。纯玉，逸人也，家国种族之恨甚深，宜流布矣。二十三年，大厂居士。

作于民国二十三年（1934）。

又清郑元庆《湖录经籍考》卷五著录有《蘐庐词》一卷。未言版本。

王时翔

王时翔（1675—1744），字皋谟，又字抱翼，号小山，太仓（今属江苏）人。诸生，清世宗雍正六年（1728）荐授福建晋江县，高宗乾隆元年（1736）知成都。著有《小山诗稿》、《小山诗馀》。

其词集见载于诗文集中，今有清乾隆十一年（1746）王氏泾东草堂刻本《小山诗文全稿》二十卷，《四库全书存目丛书》据以影印，其中诗馀四卷，包括《青涛词》、《绀寒集》、《青绡乐府》各一卷，《初禅绮语》和《旗亭梦呓》合一卷。

又有陈柱辑《二香词》本《小山诗馀》五卷，民国上海扫叶山房石印本，其中含《青涛集》、《绀寒集》、《青绡乐府》、《初禅绮语》和《旗亭梦呓》各一卷。

又刘承干《嘉业藏书楼书目》著录有《小山诗馀》四卷，乾隆精刊本，二册。按：今存有清乾隆刻本《小山诗馀》四卷，《续修四库全书》据以影印。当是据诗文集本析出著录者。

吴焯

吴焯（1676—1733），字尺凫，号绣谷，别号蝉花居士，钱塘（今浙江杭州）人，祖籍安徽歙县。清圣祖康熙时献诗书，称旨。世宗雍正年间以贡生叙正八品用。家富藏书，编有《薰习录》，记所藏图书。著有《径山游草》、《药园诗稿》、《玲珑帘词》、《渚陆飞鸿集》等。

《玲珑帘词》一卷，清雍正刊本，《清词珍本丛刊》据以影印。序云：

　　两宋词派推吾乡周清真，婉约隐秀，律吕谐协，为倚声家圭臬，自是里中之贤。若俞青松、张约斋、翁五峰、张寄闲、胡苇航、范药庄、曹梅南、张玉田、仇山村诸人，皆分镳竞爽，为时所称。元时嗣响则张贞居、凌柘轩，明瞿存斋稍为近雅，马鹤窗阑入俗调，一如市伶语，而清真之派微矣。我朝沈处士去矜号能词，未洗鹤窗馀习，出其门者波靡不返，赖龚侍御蘅圃起而矫之，绣谷《玲珑帘词》盖继侍御而畅其旨者也。绣谷之为词也，在中年以后，故寓托既深，揽撷亦富，纤徐幽窅，懊恼绵丽，使人有清真再生之想。予素有是好，与绣谷倡和，见其掐谱寻声，不失刌度，且兢兢于去上二字之分，若宋人禺指、正平诸调遗论犹未坠者，亦可见其使才之工矣。绣谷属序于予，愧不能文，聊述其派别如此。雍正七年岁次己酉人日，厉鹗书于无尽意斋。

作于清雍正七年（1729）。此文又见厉鹗《樊榭山房文集》卷四《吴尺凫玲珑帘词序》。又跋云：

　　甲子夏家董卿叔寄示所刊《药园诗》二册，并以书来，属觅绣谷先生已刊未刊诸稿，将赓续校梓，以广其传。适同里杨君见心藏有《玲珑阁词》初印本，亟为代假。又宪奎往曾传抄《渚陆鸿飞集》一册，乞家修老审定，修老旋归道山，纲斋叔检遗箧得之，遂索还，并寄京师，以塞董卿叔之望。绣谷先生诗词格调清真，西河、樊榭诸老序中论之详矣。浅学暜识，何容更赘一语，独念时局颎洞，斯文将丧，董卿叔犹能于兵戈俶扰之际，勤求精椠，扇扬先芬，岂仅劫馀快事？抑亦吾宗文献绝续所关，非偶然也。宪奎谨识。

又刘承干《嘉业藏书楼书目》著录有《玲珑帘词》一卷，雍正七年精刊本，一册。

　　其词集见于著录的有：

1. 清许宗彦《鉴止水斋藏书目》"集部第九厨"著录有《玲珑帘词》一本。

2.《浙江通志》卷二百五十一著录有《药房诗集》二卷、《蝉华集》二卷、《鱼睨轩集》四卷、《卷鸿飞遵渚集》一卷、《玲珑轩词》二卷。知是附在诗文集后，未言版本。

曹士勋

曹士勋，字名竹，桐邑（今浙江桐乡）人。诸生，工于填词，著有《萍梗集》、《翠羽词》。

《翠羽词》一卷，清康熙卧云书屋刻本，《清词珍本丛刊》据以影印，自序略云：

> 《花间》、《兰畹》，凤擅雕华；《玉树》、《金荃》，雅多绮艳。流传乐府，鸾笙歌懊侬之章；腾布骚坛，凤纸写相思之引。仆也鸳水鄙儒，桐溪冗士。袭前贤之丽藻，浃背怀惭；缅囊哲之风流，效颦滋愧。然而性耽铅椠，情艳绮罗。雅爱宫商，沉缅歌鬟舞扇；几忘岁月，浸淫缥帙缃囊。壮不如人，廿载棘闱，裂尽丘迟之锦；今犹故我，半生艺苑，开残潘岳之花。时耶命耶，悲不自胜；天只人只，泣将何及？……敛雄心于艳史柔乡之内，益复无聊；传哀怨于偷声减字之馀，大非得已。姑存什一，用博轩渠。

序作清康熙五十八年（1719）。又有诸家题识若干，录二则如下：

> 己丑春，因岵怀汪先生得交曹子名竹，时恨相见之晚，适家表兄吴桥令杜果斋欲延西席，余即代为敦请，知其人品端方，不苟訾笑，心益重之。辛卯秋果斋兄摄篆津门，余将赴任，信宿官署，尊酒联吟，更深款洽。乃以所作《翠羽词》索序，唱叹之下意颤神摇，疑其人品端方，不善作温柔香艳之语而婉丽至此，则当日宋广平之铁肠石心而能吐媚辞，亦若

是则已矣。武陵胡期恒元方。

> 名竹多才好学，诗文而外尤善倚声。栖迹金台，赏音寂寂。庚子九月访余寓庐，出所著《翠羽词》见赠，兼索余序。余见其文生于情，情生于文，令人咏叹淫泆，不能自禁。夫君臣父子皆情所钟，曹子之词发乎情、止乎礼义，岂特寄遥情于婉娈，结深怨于寒修也哉！前溪高怡鹤洲。

己丑、辛卯、庚子分别为康熙四十八年（1709）、五十年、五十九年。此本见《中国古籍善本书目》著录，有《翠羽词》一卷，清康熙间刻本。

又清许宗彦《鉴止水斋藏书目》"集部第九厨"著录有《翠羽词》一本。未标明版本。

沈钟

沈钟，字鹿坪，武进（今江苏常州）人。清圣祖康熙四十七年（1708）举人，知屏南县，调闽清，罢归。著有《霞光集》、《柳外词》。

沈氏词集见于著录的有：

1. 清姚燮《大梅山馆藏书目》卷十一著录有《柳外词》二卷。

2. 缪荃孙《目录词小说谱录目》著录有《柳外词》一卷，写本。又见缪氏《艺风藏书续记》卷七著录，有《柳外词》一卷，提要云：

> 抄稿本，沈钟撰，钟字鹿坪，康熙戊子举人，沧州籍，阳湖人。官福建屏南县知县，有善政，武阳合志入宦绩，而误为乾隆戊子举人。后检选举表载入康熙戊子。今词首有毛西河书，其为康熙时人无疑。

按：今有抄本《柳外词》一卷，沈氏自序云：

> 余少时好作小词，已积有数百首。表叔钱半溪先生见而叹曰："此子异日必以词名世。"无何，一二先达诃为填词小

道，恐妨举业，遂戒弗为。旧词亦不甚收拾，悉为他人取去，恍如隔世矣。戊子举京兆后，屡蹶春官，多浪游四方，奔走衣食，益不暇及。或于车尘马足间睹晓风残月，偶有感触，又皆随作随弃，箧中仍寥寥也。甲辰调选都门，时陈秋田太史居曹郎，秋田故吾乡之能词者，善病，每往候，间论及焉。因追理昔梦，搜索散篆，计前后所存，尚得十之一，以质于秋田，秋田亦以为可，爰付之剞劂。嘻！做阿婆时，回忆三五少年，东涂西抹，不禁哑然失笑也。柳外词人自识。

戊子、甲辰分别为清康熙四十七年（1708）和雍正二年（1724），知雍正时曾刊刻。

徐长龄

徐长龄，字彭年，钱塘（今浙江杭州）人。诸生，清圣祖康熙中曾在端州制军幕府。工词，著有《清怀词草》。

《清怀词草》一卷、《滇南福清洞天二十四咏》一卷，清徐览、孙元芳评，清康熙刻本。见《中国古籍善本书目》著录。《清词珍本丛刊》有影印本，佚名跋云：

古今论诗体贵大雅，劣纤巧。贵平淡，劣艳丽。词体反是，故诗宜用之清庙明堂，词宜用之闺闱燕私，此但一偏之论。

又郑振铎《西谛书目》卷五著录有《清怀词草》一卷，清康熙刊本，一册。

郑熙绩

郑熙绩，字懋嘉，江都（今江苏扬州）人。清圣祖康熙十七年（1678）举人，官刑部主事。著有《蕊栖词》（又名《含英阁诗馀》）。

其词集见于丛书中收录的有：

1. 清聂先、曾王孙编《百名家词抄》（一百卷）本，清康熙绿荫堂刻本，其中有《蕊栖词》一卷。见《中国古籍善本书目》著录。

2. 清聂先、曾王孙编《百名家词抄》（初集六十卷）本，清康熙绿荫堂刻本，其中有《蕊栖词》一卷。见《中国古籍善本书目》著录。

3. 清聂先、曾王孙编《百名家词抄》（二十卷）本，清康熙绿荫堂刻本，其中有《蕊栖词》一卷。见《中国古籍善本书目》著录。丛书又见《中华再造善本》收录，末有吴绮题识云：

> 宋词宗尚秦、柳，以其缠绵旖旎，不求藻缋，自有馀妍也。苏、辛之词调极高迈，语极流畅，当时犹有訾议，谓如诗之有变风变雅。后之填词家动辄持铁绰板唱"大江东去"，直如使酒骂坐，与此道奚啻河汉哉？懋嘉孝廉隽才天授，逸兴遄飞。其《蕊栖词》婉丽清芬，不减《花间》飘渺，真足奴七郎而婢清照。才人无所不能，于斯益信。

又郑振铎《西谛书目》卷五著录有《含英阁诗馀》三卷，云："清康熙刊本，一册，书名叶题《蕊栖诗馀》。"按：今存《含英阁诗馀》三卷，清康熙二十六年（1687）含英阁自刻本，见《中国古籍善本书目》著录。

孔传铄

孔传铄（1678—？），字振文，号西铭，别号蝶庵，曲阜（今属山东）人。清圣祖康熙四十五年（1706）袭五经博士，为鸿胪寺寺丞。著有《补闲集》、《清涛词》、《蝶庵词》。

《清涛词》二卷，清康熙刻本。《清词珍本丛刊》据以影印，自识云：

> 余束发学吟，穷思求工，苦于望洋，初未知诗律之外有所谓词也。及长，见叔父、长兄皆作词成帙，窃窥之，风流蕴藉，犁然有当于人心。情跃跃动，试操管效颦，觉与诗各相

径庭，而入门较易。盖吾之情，诗所不能尽写者，词皆足以伸之。诗所一写无馀者，词又足以留之，单之而不觉其简，复之而不病其烦。累而续之，不病其长，剪而断之，不虞其短。盖古人先以其小调当泓下之一吟，以其中调当峡中之三泪，而长调则众窍怒号，无所不可。唯余所拈不若诗律之严也，于是亦自谱成帙，而名之曰清涛。或问词曷以清涛名也，余曰：风行水上，瓬而成涛，实天下之至文也。枚叟《七发》云"涛何气哉"，夫涛以气言，则又文而不弱者矣。顾余技短，未能浑灝流转，无所不纳，独生平狷洁自喜，不欲泥滓之犯我笔端。系之曰清，亦聊以鉴我心耳。至于集中绮语曼词虽或不免，要同庄叟之寓言，观者视为尘埃野马可也。时丙戌长至后三日，阙里传铎自识于清涛轩。

作于清康熙四十五年（1706）。又沙克岐跋略云：

余未能矢口谈词，然见人含毫伸纸，挥洒不休，辄羡其才思横溢。及取而哦咏玩味之，不自觉其情思动跃，曼曼不能止。信乎词入妙来，足以移人也。中表孔君西铭锦绮为肠，芝兰为味。自弱龄已才情道上，出语惊人，其叶宫商而中丝竹，乃熟极自生之巧，尤喜拈调作词，乃其集外之绪馀耳。……于是凡录数百首，命之曰《清涛词》，复要余题其端。

此本见《中国古籍善本书目》著录，有《清涛词》二卷，清康熙刻本。

孔氏词集见清孔传铎辑《名家词抄》收录，清抄本，其中有《清涛词》一卷。

又见于著录的有：

1. 郑振铎《西谛书目》卷五著录有《清涛词》二卷，清刊本，二册。

2. 郑振铎《西谛书目》卷五著录有《清涛词》二卷，清光绪十二年（1886）刊本，一册。

3.《中国古籍善本书目》著录有《清涛词》二卷，清康熙刻本。

4.《中国古籍善本书目》著录有《清涛词》二卷，清抄本。

5.《中国古籍善本书目》著录有《蝶庵词》一卷，清抄本。按：
《清词珍本丛刊》影印有抄本《蝶庵词》一卷。

陆培

陆培（1686—1752），字翼风，号南香，又号白樵，平湖（今属浙
江）人。清世宗雍正二年（1724）进士，知东流县。乾隆中任崇文书
院山长。著有《白蕉词》。

清厉鹗《樊榭山房文集》卷四《陆南香白蕉词序》云：

> 癸丑秋，有客传《白蕉词》至，鹅水陆君南香作也。清丽
> 闲婉，使人意消。询知南香以南宫上第，出宰东流，叹诧，以
> 为此酒边花外风调，腰章手版间无是人也。既而南香竟以不
> 合上官意拂衣归里，为汗漫游。今年春暮，得晤于芜城僧
> 舍，相与纵论词家流别，因及近时名胜，大都新绮有馀，而深
> 窈空凉之旨终逊宋贤一筹，盖南香辱引予为同调亦已久矣，
> 南香复出续稿二卷，则燕山后游及客梁园之作，其中访邯郸
> 之瑟，觅铜台之瓦，年长多愁，声情每变而愈上。昔东坡赏
> 毛泽民《惜分飞》一阕，谓郡有词人而不知，此既不可望之今
> 人，既欲如梅溪、梦窗诸公遨嬉于山绿湖光，歌云舞绣，以寄
> 其沦落无聊之思，亦不易得，可胜叹哉！可胜叹哉！

癸丑即清雍正十一年（1733）。今有清雍正八年（1730）刻本《白蕉
词》四卷，陆奎勋序云：

> 少好倚声，不脱《草堂》故习。竹垞太史、南潀征君相率
> 而宗白石、玉田，虽心知其工，顾弗能效也。南香为昭文兄
> 少子，负才隽异，于书无所不窥，所著《白蕉词》，薄苏、辛

之粗豪，陋周、柳之轻靡侧艳，而自谓未能工诗者，何居？夫词者，诗之馀也。其道较难于诗，诗可直可质，可拙可硬；词必曲若穿珠，华若铺锦，巧若缝云，软若滚絮，后乃得其三昧，堪与宋人争席。南香倚声不数年，跻登兹境，变而益上，接武尧章，嗣响叔夏，岂惟超绝词坛，即于称诗之道，思过半矣。戊戌重三日，陆堂奎勋。

作于清康熙五十七年（1718）。又有陆氏自识数则，作于雍正八年（1730），其中首则云：

> 旧刊《白蕉词》八十馀首，碌碌劳人，酬应居多。今芟存十之六七，益以箧中续定诸稿，厘为四卷，自觉体裁稍归丽则，乃转悔向时之漫，未检勘也。有爱我者，脱作曹丘游扬，仍希马魏收藏拙。

知前此曾刊刻过，此本是在旧刊基础上删芟而成，是旧刻的十分之六七，分为四卷。此本见《中国古籍善本书目》著录，有《白蕉词》四卷，清雍正八年刻本。

陆氏词见清王昶辑《琴画楼词抄》收录，有清乾隆四十三年（1778）刊本，其中有《白蕉词》一卷。

又见于藏家著录的有：

1. 清卢址《抱经楼藏书记》卷十二著录有《白蕉词》四卷续集四卷，合二本。

2. 清卢址《抱经楼书目》著录有《白蕉词》，二本。

3. 清姚燮《大梅山馆藏书目》卷十一著录有《白蕉词》四卷。

4. 孙振麟《平湖孙氏雪映庐书目》卷一"邑人"著录有《白蕉词》四卷，抄本，二册。

5. 蔡宾年编《墨海楼书目》著录有《白蕉词》，一本。

6. 王其毅《宿迁王氏池东书库简目》著录有《白蕉词》四卷，一本。

以上均未标明版本。

金农

金农（1687—1764），字寿门，又字司农，号冬心先生，钱塘（今浙江杭州）人。清高宗乾隆元年（1736）举博学鸿词，不就，布衣终身。晚年寓居扬州，以鬻书画自给，为扬州八怪之一。著有《冬心集》、《冬心自度曲》等。

《冬心先生自度曲》一卷，清乾隆刻本，《续修四库全书》据以影印，自序云：

> 昔贤填词，倚声按谱，谓之长短句，即唐宋以来乐章也。予之所作，自为己律。家有明童数辈，宛转皆擅歌喉，能弹三弦四弦，又解吹中管。每一曲成，遂付之宫商，哀丝脆竹，未尝乖于五音而不合度也。鄱阳姜白石、西秦张玉田，亦工斯制，恨不令异代人见之。若目前三五少年掜缚旧调者，酒天花地间，何可与之迭唱，使其骂老奴不晓事也，岁月既久，积为一卷。广陵诗弟子项均、罗聘、杨爵各出橐金，请予开雕，因漫述之如此。乾隆二十五年二月朔日，七十四翁金农在龙梭仙馆书。

作于清乾隆二十五年（1760）。此本见郑振铎《西谛书目》卷五著录，有《冬心先生自度曲》一卷，清乾隆刊本，又见《中国古籍善本书目》著录，有《冬心先生自度曲》一卷，清乾隆二十五年自刻本。

又郑振铎《西谛书目》卷五著录《金冬心先生自度曲》一卷，清当归草堂刊本，一册。

马曰琯

马曰琯（1688—1755），字秋玉，号嶰谷，又号沙河逸老，祁门（今属安徽）人，以经营盐业居扬州。清高宗乾隆初举博学鸿儒，不就。藏书甚富。著有《沙河逸老小集》、《嶰谷词》。

其词集见附于诗文集中，今有清伍崇曜辑《粤雅堂丛书》本《沙河逸老小集》六卷《嶰谷词》一卷，为清咸丰元年（1851）刊本。此本见叶德辉《叶氏观古堂藏书目》著录，有《嶰谷词》一卷，伍氏粤雅堂刊本。

又有安徽丛书编印处辑《安徽清代名家词第一集》本，民国时安徽丛书编印处景印本，其中有《嶰谷词》一卷。

孙鼎煊

孙鼎煊（1690—？），字耀干，号慎斋，休宁（今属安徽）人。著有《籽香堂词》三卷。

《籽香堂词》三卷，清乾隆刻本。有序云：

> 休宁孙慎斋先生于书无所不读，大江南北负硕望。性耽山水，时往来江浙闽越间，船唇鞍背，凡遇景物之感触，古迹之凭吊，以及友朋亲串之饯送宴衎赠答，一寄之于长短句，用抒怀抱。长谣短令，有井水处固已无不歌之矣。吾友唐子授吕自歙来杭，箧中出先生词若干首示余，每读一阕，如把兰蕙而聆韶濩，未尝不击节叹服也。授吕别去三载，辱先生以余为牙生，缄寄二词相赠，且录稿介授吕督序于余。余素不工倚声，窃闻余师樊榭先生论词之绪馀有年矣，谓词权舆于唐，盛于宋，沿流于元明，以及于今。门户各别，好尚异趋，然于豪迈者失之于粗厉，香艳者失之于纤衰。惟有宋姜白石、张玉田诸君清真雅正，为词律之极则。今诵先生作，与余师论词之旨宛相吻合，使置之曾端伯《乐府雅词》、黄叔旸《花庵词选》、周密《绝妙好词》诸集中，定可并参一席也。爰缀数语于卷末以复之。乾隆壬午年闰五月下浣，钱唐弟汪沆拜题。

作于清乾隆二十七年（1762）。

其词集见于著录的有：

1. 清许宗彦《鉴止水斋藏书目》"集部第九厨"著录有《籽香堂词》三本。

2. 清姚燮《大梅山馆藏书目》卷十一著录有《籽香堂词》三卷。

3. 蔡宾年编《墨海楼书目》著录有《籽香堂词》，三本。

以上均未标明版本。

厉鹗

厉鹗（1692—1752），字太鸿，一字雄飞，号樊榭，又号南湖花隐、西溪渔者，钱塘（今浙江杭州）人。清圣祖康熙五十九年（1720）举人，高宗乾隆元年（1736）荐举博学鸿词。著有《樊榭山房集》、《秋林琴雅》、《樊榭山房词》。

厉氏词见载于诗文集中，计有：

1. 《四库全书》本《樊榭山房集》十卷续集十卷，提要云：

> 前集诗分甲乙丙丁戊己庚辛八卷，附以词，分甲乙二卷。为康熙甲午至乾隆己未之作；续集亦诗八卷，而以北乐府一卷小令一卷附焉，则己未至辛未作也。

未言版本，为浙江巡抚采进本。自序云：

> 昔唐杨绾为文耻于自白，非知己不可得而见，而魏丁敬礼尝求人定其文，夫耻于自白者，自珍其文者也。求定其文者，自疑其文者也。仆少好篇咏，晚颇知难，三十年以来所作随手弃斥，存箧中者仅十之二三。暇日编次古今体诗为八卷、长短句二卷，譬之山谣村笛，虽无当于钟吕之响，而向来所阅闲居羁旅，怡愉忧悴，历历在目，每一开视，聊以省忆。生平窃亦自珍自疑，愿与审音者共定之，外有杂文若干卷，丛缀若干卷，将次第排缵焉，得毋蹈谂痴符之诮邪？乾隆四年三月朔钱唐厉鹗自序。

库本前集卷九为词甲、卷十为词乙，续集卷九为词甲、卷十为词乙

（北乐府小令附），存词凡三卷。提要以续集末二卷均为曲，这是不确切的。

2.《四部丛刊》影印清振绮堂刊本《樊榭山房集》十卷续集十卷文集八卷集外诗三卷又一卷集外词四卷又一卷集外曲二卷。此本有清光绪年间序，知为晚清刻本，载词情况同库本。续集存词情况亦同库本。集外词四卷所载为"秋林琴雅"，为少年所为。又一卷词则为辑佚，录《河传》七首，又据《灵芬馆词话》辑录十五首，凡二十二首。又"轶事"前有汪曾唯题序（光绪十年）云：

> 厉先生居东园，高大父鱼亭公居古驿后，相去二里，过从最密。读书务根柢之学，每著一书辄订可否，手稿皆留余家：《辽史拾遗》、《东城杂记》、《湖船录》，先后雕于振绮堂。《宋诗纪事》、《南宋杂事诗》、《绝妙好词笺》、诗词集、文集俱有刊本，惟《南宋院画录》、《玉台书史》仅见抄本。《四库全书》著录七种，咸丰末板毁兵燹，越二十载，余检古文诗词旧本，与范诚民士麒、朱英甫士俊雠校重雕。其《游仙诗》三卷、《秋林琴雅词》四卷，少年作也。《迎銮新曲》二卷，与吴瓯亭城同撰也，并集中未载之若干首，都为集外诗词。

知辑佚诸作为汪氏所为，又"轶事"中一则云：

> 近见凌仲子论词云：……大抵樊榭之于词专学姜、张，竹垞则兼收众体也。蒋君梦华以顾升山疏果画册索题，上有樊榭《河传》十八首，后予与二娱皆以《菩萨蛮》词题之，曹种水亦用《河传》调而止用一体，樊榭则一首用一调也。樊榭词集中不存，今录以补亡。按：词仅十五首，今列集外词中。

知《河传》原有十八首，所收已属不全。又集外词前有序题数则，其中一则云：

> 是集名《秋林琴雅》，计一百六十阕，先生三十以前之作

也。越十九年，手编《樊榭山房集》，录五十六阕，有间易字句之处，馀一百四阕不复存录，而后进得残篇剩句，往往等诸吉光片羽，翅全帙乎？爰以集外词附于后。光绪十年甲申孟冬同里后学汪曾唯。

按：《秋林琴雅》编入集外词中，有所取舍，标示于目下，如：

> 集外词卷一《秋林琴雅》注：原四十七阕，编入正集二十四阕。
>
> 集外词卷二《秋林琴雅》注：原三十七阕，编入正集八阕。
>
> 集外词卷三《秋林琴雅》注：原三十五阕，编入正集十一阕。
>
> 集外词卷四《秋林琴雅》注：原四十一阕，编入正集十三阕。

知此本四卷，存五十六首，未录者一百又四首。

3. 佚名编《澹麹书屋主人藏书目录》著录有《樊榭山房集》三十八卷，十册。又："初集诗八卷、词式一卷，续集诗八、文集八、外诗四、词二、外词四、外曲二。"未标明版本。

其词集又有另行者，计有：

一、《秋林琴雅》

《秋林琴雅》四卷，清康熙六十一年（1722）刻本，《续修四库全书》据以影印，又见《中华再造善本》收录。有序云：

> 词调六百六十，体凡千一百八十有奇，一调有一调之章程，一体有一体之变化。作法既殊，音响亦异，殆难于诗远矣。余友徐紫山尝教余作词，谢不能也。厉君太鸿于诗古文之外，刻意为长短句，拈题选调，与紫山相倡和，大约怀古咏物之作为多，数月之间，动成卷帙，声谐律叶，骨秀神闲，当于豪苏腻柳之间别置一席。至于琢句之隽，选字之新，直与

梅溪、草窗争雄长矣。余学诗垂四十年，尚不能工。太鸿工
诗，工古文，而《琴雅》一刻各极其妙，人之智愚，何相去之
夐绝也。石仓吴允嘉。

又有跋云：

> 樊榭先生幽居道古，翛然清远。诗文之外，锐意于词。
> 尝病倚声家诡荡者失之靡，豪健者失之肆，因约情敛体，深
> 秀绵邈。兴至思集，辄自比之孙氏一弦，柳家双镲，要以自
> 写胸抱，非求悦众耳也。十年以来已有三数曲流传朋游间，
> 赏音者以所见未多为憾，予因请于先生，尽发箧衍之藏，厘
> 为四卷，镂而行之。夫昔贤论词，雅正为宗，故清真堂名顾
> 曲，草窗堂名志雅，惟志雅而后可言顾曲也。嗣是必有援琴
> 受谱者，予仍得而读之，快何如已。壬寅十一月三日，宛平
> 瓷熺履吉谨跋。

作于清康熙六十一年（1722）。是本存词一百六十首，较诗文集附载本
而言，此为足本。此本多见藏家著录，如：清周星诒《传忠堂书目》卷
四著录有《秋林琴雅》四卷，二册，樊榭初刻词，手改定本。又清蒋凤
藻《铁华馆家藏书目》著录有《秋林琴雅》，二本，樊榭初刊词，手校
定本。按周氏与蒋氏为姻亲，前者所藏多归后者。《双宋书斋善本书
目》著录有《秋林琴雅》，二本，樊榭初刻手改定本。以上诸家中所谓
"樊榭初刻"云云，当指清康熙刊本。

又有清光绪十年（1884）汪氏酒边人倚红楼刊本《秋林琴雅》四
卷，有汪曾唯光绪十年题。详前。按：梁启超《梁氏饮冰室藏书目
录》著录有《秋林琴雅》四卷，云："民国七年酒边人倚红楼汪氏刻
本，一册。"或为民国重印本。

另见于著录的有：

1. 清姚燮《大梅山馆藏书目》卷十一著录有《秋林琴雅》四卷。
2. 罗振玉《罗氏藏书目录》著录有《秋林琴雅》四卷，一本。又

王国维《大云书库藏书目》卷中著录有《秋林琴雅》四卷。

以上均未言版本。

二、《樊榭山房词》

此种词集丛编中收录的有：

1. 清王昶辑《琴画楼词抄》本，清乾隆四十三年（1778）刊本，其中有《樊榭山房词》一卷。

2. 陈乃乾辑《清名家词》本，民国二十六年（1937）上海书店排印本，其中有《樊榭山房词》一卷。

3. 王煜辑《清十一家词抄》本，民国二十五年（1936）正中书局铅印本，其中有《樊榭山房词抄》一卷。

4. 王煜辑《清十一家词抄》本，民国三十六年（1947）正中书局铅印本，其中有《樊榭山房词抄》一卷。

见于藏家著录的有：

1. 清姚燮《大梅山馆藏书目》卷十一著录有《樊榭山房词》二卷。

2. 清顾麟士《顾鹤逸藏书目》"旧精抄本"著录有《樊榭山房词》，一本。

江炳炎

江炳炎，字研南，号冷红词客，钱塘（今浙江杭州）人。清康熙至乾隆初寓居扬州。著有《琢春词》、《冷红词》。

《琢春词》二卷，清乾隆刻本。有序云：

> 词学精微，要归于雅，此之不可以力雄，不可以材致，不可以思得，不可以意求。或者刻饰以几，不则佻滑是骋，去之逾远矣。读琢春近稿，艳艳如月，亭亭若云，萧然遇之，清风入林，程物赋形，而无遗声焉。至于审音之妙，钥合尺围，靡间丝发。昔人所称神解者，非耶？姜、史、高、张而后，迄今乃复见此殊绝。乾隆丁巳中秋，同学弟陈撰书于真州之净

交芦室。

作于清乾隆二年（1737）。

又见于著录的有：

1. 清姚燮《大梅山馆藏书目》卷十一著录有《琢春词》一卷。

2. 蔡宾年编《墨海楼书目》著录有《琢春词》，一本。

以上均未言版本。

郑燮

郑燮（1693—1765），字克柔，号板桥，兴化（今属江苏）人。清高宗乾隆元年（1736）进士，知山东范、潍二县，前后达十馀年。以忤上司罢职，以鬻书画为生。著有《板桥诗抄》、《板桥词抄》、《板桥道情》等。

其词见载于诗文集中，今有清清晖书屋刻本《板桥集》六编，《续修四库全书》据以影印。其中第三篇为"词抄"，凡一卷，存七十七首。词抄自序云：

> 燮词不足存录，简亭楼夫子谓燮词好于诗，且付梓人，后来进益，不妨再更定。嗟呼！燮何进也？燮年三十至四十，气盛而学勤，阅前作，辄欲焚去。至四十五六，便觉得前作好。至五十外，读一过，便大得意。可知其心力日浅，学殖日退，忘己丑而信前是，其无成断断矣。楼夫子是燮乡试房师，得毋爱忘其丑乎？

> 陆种园先生讳震，邑中前辈。燮幼从之学词，故刊刻二首以见一斑。

> 为文须千斟万酌，以求一是，再三更改，无伤也。然改而善者十之七，改而谬者亦十之三。乖隔晦拙，反走入荆棘丛中去，要不可以废改，是学人一片苦心也。燮作词四十年，屡改屡蹶者，不可胜数。今兹刻本，颇多仍旧，而此中之酸甜苦辣备尝，而有获者亦多矣。世间为父师者见其子弟之文

疏松爽豁便喜，见其拗涩晦拙便忧。吾愿少宽岁月以待之，必有屈曲达心、沉著痛快之妙，天下岂有速成而能好者乎？

少年游冶学秦、柳，中年感慨学辛、苏，老年淡忘学刘、蒋，皆与时推移而不自知者，人亦何能逃气数也？

又郑振铎《西谛书目》卷五著录有二：其一《板桥词抄》一卷，清乾隆刊本，一册。其二《板桥词抄》一卷，清刊本，一册。

陈皋

陈皋，字江皋，号对鸥，钱塘（今浙江杭州）人。贡生，清高宗乾隆时在世。著有《吾尽吾意斋诗》、《对鸥阁漫语》、《沽上醉里谣》（又名《吾尽吾意斋乐府》）。

《吾尽吾意斋乐府》二卷，清乾隆刻本。杭世骏叙略云：

> 《对鸥阁漫语》，陈子江皋倚声之绝唱也。江皋生于钱唐山水之乡，往来竹西歌吹之地，吸金焦于酒杯，挟南北两高峰如几案。竹町为之贤兄，樊榭为之密友。青灯雪屋中，幽吟苦语，漫淫不已。欲词之不工，岂可得乎？

作于清乾隆四年（1739）。万光泰叙略云：

> 乾隆己未秋予自南来，九月抵津门，同人又多南返，馀或以事近游。予与对沤夜窗相对，高论古昔，退则作小词相应和。既而见者各有嗣音，独余与对沤所作尤夥。予不善饮，对沤数石不乱，清辞丽句，得之酒边者属多，遂自名其集曰《沽上醉里谣》。

作于清乾隆四年。

其词集见著录的有：

1. 清徐乾学《积学斋书目》著录有《沽上醉里谣》一卷。

2. 王其毅《宿迁王氏池东书库简目》著录有《吾尽吾意斋乐府》二卷，一本。

以上均未言版本。

王一元

王一元（1694— ？），字畹仙，又字宛先，号子初居士，无锡（今属江苏）人。寄籍铁岭（今属辽宁）。榜姓吴。清圣祖康熙四十二年（1703）进士，知甘肃灵台县，官内阁中书。著有《芙蓉舫词》、《岁寒咏物词》等。

《岁寒咏物词》一卷，今有清康熙四十一年芙蓉舫刻本，《清词珍本丛刊》据以影印，作者自序（乾隆二十五年，1760）有"小令长谣，快深情于一往；偷声减字，置工拙于两忘。时计三旬，词成二百"云云，又跋云：

> 此吾畹仙二兄《岁寒咏物词》也，二兄负不羁之才，幼孤食贫。予兄弟同研席时尚未弱冠，其才情意气已卓荦不群。稍长，好为诗歌俪体，惊才绝艳，下笔有神，而嗜词尤甚。游历阅二十年，一切临水登山、吊古言情之作，多半托之于词，顾旋作旋弃，不甚爱惜，散佚居多。年来始加珍重，手录成帙，尚存数千首。其绮丽香艳、豪放沉雄，直兼周、秦、辛、苏而成一家言。至其卷帙之多，又未知词人中谁堪比数者。庚辰下第，留滞都门，客窗岁暮，作咏物词自娱，未匝月，已得二百馀阕，兴方勃勃未已。适余从济上来，以他事凌杂，遂懊恨辍笔，比之催租人。客冬，汪子紫沧入都，读之击节，曰："此片片旃檀香也，当与吾辈共赏之，那得私置箧中？"因相与评次，而先梓其半。二兄胸襟拓落，不可一世，岂欲以词名家？顾久困公车，意亦少倦，姑借长谣小令以发泄其抑郁无聊之思。《咏物》一编，又其游戏及之者也。壬午杏月下浣，弟赍拜跋。

序作于清乾隆二十七年（1762）。

其词集见《今生读作来生用藏书目录》著录，有《岁寒咏物词》，一函一本，三吊。未标明版本。

马曰璐

马曰璐（1695—？），字佩兮，号南斋、半槎，祁门（今属安徽）人。与兄曰琯以经营盐业居江苏扬州。国子监生，候选知州。清高宗乾隆元年（1736）举博学鸿词，不就。家有小玲珑山馆，富藏书。著有《南斋集》。

其词见附于诗文集中，今有清伍崇曜辑《粤雅堂丛书》本《南斋集》词二卷，为清咸丰元年（1851）刊本。此本见叶德辉《叶氏观古堂藏书目》著录，有《南丝词》一（当作二）卷，伍氏粤雅堂刊本。

又有安徽丛书编印处辑《安徽清代名家词第一集》本，民国时安徽丛书编印处景印本，其中有《南斋词》二卷。

张四科

张四科，字喆士，号渔川，临潼（今属陕西）人。贡生，官候补员外郎。与马曰琯兄弟相邻，结集诗社，觞咏其间。著有《宝闲堂集》、《响山词》。

《响山词》四卷，清乾隆刻本。自识云：

> 词至今日，古调消亡，与琴等。家有古琴，闲从人授三数曲，率杂弹琵琶筝耳。因研思于攫绎案抑之外，惟期怡情，不务悦耳，久之，觉琅然有雅音。迩年社中以词相倡和，余亦漫为之。心薄绮罗芗泽之习，删削靡曼，以几乎雅，而究未能也。朋笺往复，及游迹所经，遂多倚声之作。爰写成净本，取宗少文语意，颜曰《响山词》。若夫分刊节度，穷极幼眇，则安得起海上成连而问之？乾隆丙子九日，清河张四科自识。

作于清乾隆二十一年（1756）。此本见缪荃孙《目录词小说谱录目》著录，有《响山词》四卷，乾隆丙子（1756）刊本。又郑振铎《西谛书目》卷五著录有《响山词》四卷，清乾隆刊本，一册。

其词集见清王昶辑《琴画楼词抄》收录，清乾隆四十三年（1778）刊本，其中有《响山词》一卷。

另清乔载繇《吾园书目》著录有《响山词》一本。

王汝璧

王汝璧（？—1806），字镇之，号铜梁山人，铜梁（今属重庆）人。清高宗乾隆三十一年（1766）进士，授吏部主事。仁宗嘉庆年间擢山东按察使，迁江苏布政使，旋授安徽巡抚，擢礼部侍郎，调刑部。著有《铜梁山人集》、《铜梁山人词》等。

《铜梁山人词》四卷，清光绪刻本。王氏自记云：

> 弱冠汗漫江湖，偶弄笔作小词，为好事携去。云间沈沃田征君年六十始为诗馀，有白石老仙风调，曾和《扬州慢》阕，为忘年交。歙人江云溪上舍，词家玉田生也。挥金且尽，贫不能存，流寓杭之马塍，为白石葬处。有《桥南借宅图》，予为题句云："桥南好问仙人卜，商略清寒最可君。"可以想见其人。钱唐汪鱼亭西曹，学者也，时与大恒、让山两僧以机锋驰骋于南北高峰间，遮予信宿净慈，有《松风留客图词卷》留传山舫。及余通籍为郎，不十年来，落月晨星，迢然尽矣。惟山舫一阕，片羽仅存，引宫召商，抚时增感。秋虫春鸟，怅触遂多，乃复不自收拾，落叶随风，不能成缚。又二十年，蓟州丞蒋生勤斋以词问余，于散笈中得《玉脂词》三十阕并《莲果词》一卷，录以付之。铜梁山人识。

又李符清叙略云：

> 余弱冠时颇喜填词，及攻举子业，遂废之。然每读古今名作，辄为手抄珍秘。镇之师词二卷，余抄存词箧中十年矣。今春谒师于上谷，杯酒话旧，偶论及此，索观之，翻然

曰："此稿失久矣，不虞君之为余存也。"及还天雄使署，复检得十三阕寄示，余为续入卷末，虽吉光片羽，而慢令中或如七宝楼台眩人眼目，或如天风海雨逼人，读之令人色舞神飞，直可凌轹唐宋，俯视金元，允宜付之剞劂，以与秦、柳、苏、辛诸家并传艺林。邮请于师，师许之，并缀数语以弁首。嘉庆丁巳，海门李符清谨叙。

作于清嘉庆二年（1797）。按：《铜梁山人词》含《玉脂词》一卷、《莲果词》一卷、《华不词》一卷、《皖江词》一卷。

此书见梁启超《梁氏饮冰室藏书目录》著录，有《铜梁山人词》四卷，清光绪间刻本，一册。

张宗橚

张宗橚（1705—1775），字咏川，一作永川，号思岩，又号藕村，海盐（今属浙江）人。监生。编著有《藕村词存》、《词林记事》。

《藕村词存》一卷，清嘉庆刻本。有序云：

先外祖张公讳宗橚，字咏川，号思岩。太学生，为海盐望族。少习帖括，屡踬场屋。性恬雅，不求闻达。家有涉园，林亭之胜甲于浙右，时偕戚友觞咏其间。与人恂恂，动止有礼，终身不道人过，乡人咸爱敬之。中年后舅氏皆夭逝，郁郁不适，遂绝意进取，惟以诗词自遣。……因念外祖生平著述甚富，而舅氏三人俱早世，嗣孙嘉谷亦亡，曾孙锡光、锡咸尚未成立。先君在日，欲梓遗稿未果，设不亟谋剞劂，恐岁渐久，遗逸益多，余怼益重。索求遗稿，诗文均散失无存，仅得《藕村词》一帙，亦多残缺。受而读之，词旨清丽，无纤佻靡曼之习，得力于南宋诸家，于本朝竹垞、美门、樊榭诸先辈无多让焉。爰加校录付梓，以竟先志云。嘉庆二十二年岁次丁丑六月，外孙陆光宗谨识。

作于清嘉庆二十二年（1817）。此本见郑振铎《西谛书目》卷五著录，有《藕村词存》一卷，清嘉庆二十二年刊本，一册。

又有张元济辑《海盐张氏涉园丛刻》本，清宣统三年（1911）海盐张氏排印本，其中有《藕村词存》一卷。

张埙

张埙（？—1789），字商言，号瘦铜，又号吟乡，别号石公山人、小茅山人，吴县（今江苏苏州）人。清乾隆三十四年（1769）进士，官内阁中书。著有《竹叶庵文集》。

张氏词附载于诗文集中，今有清乾隆五十一年（1786）刻本《竹叶庵文集》三十三卷，《续修四库全书》据以影印。其中卷二十五、二十六为《红桐书屋拟乐府》，词凡二卷，卷二十七至卷三十三为《林屋词》，凡七卷。所收词为编年，起于乾隆七年（1742），迄于乾隆三十七年（1772），凡三十馀年，得词五百三十四首。陆燿《红桐书屋拟乐府序》略云：

> 文章体裁至词而极卑，然其声吻乃与三百篇、汉魏乐府相近，闻者莫不以予言为诞。予既不好词，亦未暇与辨也。同郡张子吟芗于诗古文外，兼爱填词，久之而得其神理，以谓体裁虽卑，而其道甚尊。

按：《林屋词》卷一下注："《碧箫词》五卷，今删存一卷。"卷二下注："《春水词》二卷，今删存一卷。"卷三下注："《瓷青馆悼亡词》二卷，今删存一卷。"卷四下注："以下《荣宝词》十卷，今删存四卷。"知《林屋词》是据《碧箫词》、《春水词》、《瓷青馆悼亡词》、《荣宝词》四种删并而成的。《林屋词自序》云：

> 予十二岁咏初寒词，先君便赏之，嗣是习为词二十年。文坛诸君谬推予为能词，后又习为诗，习为古文，于是绝不作词。然积二十年之久，撰《碧箫词》五卷，沈文悫公序而刻

之。又撰《春水词》二卷、《荣宝词》十卷、《瓷青馆悼亡词》二卷、《红桐书屋拟乐府》二卷，大概《碧箫》少作，最不足存。《瓷青》履境惨毒，词旨哀伤，当非正声。《荣宝》其庶几精华昭灼，有瞭然难掩者矣。今年在关中，眼痛经旬，志局虽忙，不能纂书，乃哀乡作，汰□十之六七，排为七卷，总题曰《林屋词》，以《红桐》单行已著，并是拟古之作，不□入焉。林屋洞在太湖洞庭西山，其地男女让道，无盗贼，民风淳古，它年归老，拟结庐于斯矣。忆予始初唱和□侣，里中有盛云思晓心，铅山有蒋心馀士铨，曲阜有孔誧孟继涵，皆童年蚤慧，诧无难事。盛之《捌莲词》、蒋之《听秋词》今日《铜琶词》、孔之《斫冰词》皆未成集，既皆有名于世，寒暑易迈，云思先归道山，心馀、誧孟齐脱朝籍，浮湛乡里，而予亦垂垂其老矣，岂不可感也。乾隆四十三年二月八日吴张埙记。

作于乾隆四十三年（1778）。张氏《碧箫词》、《春水词》、《瓷青馆悼亡词》、《荣宝词》等均曾于清乾隆时刊刻另行，其《碧箫词自序》云：

辛未春暮尝编小词为一卷，亡友葛临皋序之。继北走燕洛，登临燕会之间，多红儿按板，而不自收拾，散同云烟。甲戌被放南下，始复补理残阙，得十之六七，分三卷，题曰《碧箫词》。适故人蒋舍人心馀乞假还，过吴门，饮予舟中，喜读予词，纳于袖，以醉堕江。寒星密雾，篙工挽救，群呼如沸鼎，既得无恙，而此卷亦不就漂没。然虫鱼弥漫，又十之二三，明日，心馀词所谓"一十三行真本在，衍波纹、皱了桃花纸"也。迨乙亥、丙子，所积稍多。盛秀才云思为予统前后作，五卷辑成，沈宗伯归愚师携示其老友盛青嵝，青嵝死，是稿东诸侯取去。师以予无副本也，索之力，始获，盖存而不亡者，幸矣。嗟嗟！荣华摇落，苍狗白衣，区区寻声协韵，何必定传？特探源于唐，烂熳于宋，沿及于明，其际升降损益，涉猎颇遍，意有所极，梦亦同趣。以斯告人，亦何不可？

辛未、甲戌、乙亥、丙子分别为清乾隆十六年（1751）、十九年、二十年、二十一年。

郑振铎《西谛书目》卷五著录有《碧箫词》存四卷，清四雨庄刊本，二册，存卷二至五。又《中国古籍善本书目》著录有《碧箫词》五卷《瓷青馆悼亡词》一卷，清乾隆四雨庄刻本。

陈沆

陈沆（1705—？），字湛斯，号澄斋，海宁（今属浙江）人。监生，清世宗雍正、高宗乾隆间三赴秋闱不第。著有《小波词抄》。

《小波词抄》一卷，清乾隆刻本。陈氏自序略云：

> 予词学无所授受，辄奉尤雅者为圭臬，尚于词曲气韵间稍稍能辨之。抄存一百六十馀阕，且不揣而付诸剞劂焉。《尔雅》"小波为沦"，微之诗"水得风兮小而已波"，夫涔蹄行潦，难为水矣，乃好风披拂，时麏微澜。予词无当老成之目，或庶几小波云。乾隆戊辰仲冬下浣，海宁陈沆湛斯甫自叙于蕊书之楼。

作于清乾隆十三年（1748）。

其词集见于著录的有：

1. 清吴骞《海宁经籍志备考·海宁名贤著书目》著录有《小波词抄》一卷。

2. 《今生读作来生用藏书目录》著录有《小波词抄》，一函一本，三吊。

以上均未言版本。

刘锡嘏

刘锡嘏，字纯斋，一字淳斋，号拙存，又号茶仙，顺天通州（今北京通县）人。清高宗乾隆三十四年（1769）进士，改庶吉士，授翰林院编修，官至江苏淮徐道。著有《十砚斋集》、《快晴小筑词》。

杨芳灿《芙蓉山馆文抄》卷五《刘茶仙快晴小筑词序》略云：

> 一樽江月，苏长公盖代之才；百战河梁，辛幼安凌云之
> 气。如秦青转喉，响振林木；渐离击筑，精感风云。诚壮思
> 之雄宗，亦雅才之变例。正无事裙裾溺志，和周、柳之曼声；
> 山水移情，貌姜、张之逸格也。茶仙先生风裁通侻，才性都
> 长；早饮香名，即登清秩。传洞箫之谧，宫人尽识子渊；记乐
> 句之书，座客咸推僧孺。……一编循讽，百感纵横。皱水风
> 高，返潮笛脆。聆音识曲，我惭花影郎中；缀玉编珠，公有微
> 云佳婿。览南徐怀古之作，寻北固感旧之篇。风骨高奇，音
> 情顿挫。始信赋才相远，如秦淮海之倾心；敢云使事太多，
> 效岳倦翁之指摘也。

按：今有清嘉庆刻本《快晴小筑词》二卷，杨芳灿序末署嘉庆丁卯，即作于清嘉庆十二年（1807）。

又佚名编《海宁张渭渔藏书目》著录有《快晴小筑词》，一册。未言版本。

吴烺

吴烺（1719—1768 后），字荀叔，号杉亭，全椒（今属安徽）人。吴敬梓长子。清高宗乾隆十六年（1751）南巡，诏试，赐举人，授内阁中书，官至山西宁武府同知。著有《杉亭集》，词有五卷，另有少作《靓妆词抄》附于吴敬梓《文木山房集》后。

《杉亭词》四卷，清乾隆刻本。江炎序云：

> 风严之体，降而为词，穷极变化矣。本朝诸先生辈如竹
> 垞之雅，迦陵之豪宕，皆跨绝前代，直接宋元，词至今日乃为
> 极盛。余寓居芜城，无可为欢，而独嗜填词，海内之作者太
> 半相识。自厉孝廉樊榭、王比部谷原归道山，此间之坛坫日
> 就冷落。诸君子或旅宦京华，或薄游吴会，倡酬之作，间得

之邮筒书尺中，然舟船偶来邗上，酒间花下，一为倚声，未尝不互相倾倒。而杉亭舍人之词，则于十馀年前见之金孝廉棕亭寓庐，叹赏叫绝，恨不得识面。癸未春杉亭来寓邗江，相见如平生欢，出词稿示余，且索余序。重良友之请，辄为序我两人投契之好。惜乎厉、王之墓木拱矣。回忆曩者，凉月在牅，一灯青荧，犹以吟安一二字为快，夫又安知今日复与杉亭共斯境邪？乾隆昭阳协洽辜月，歙江炎撰。

序作于清乾隆二十八年（1763）。

其词集见清王昶辑《琴画楼词抄》收录，清乾隆四十三年（1778）刊本，其中有《杉亭词》一卷。

又清秦嘉谟《思补精舍书目》著录有《杉亭词》一卷。未言版本。

曹锡宝

曹锡宝（1719—1792），字鸿书，一作鸣书，号剑亭，又叫检亭，晚号容圃，上海人。清高宗乾隆六年（1741）举人，考授内阁中书，充军机处章京。二十二年（1757）成进士，改庶吉士。授刑部主事，官陕西道监察御史。著有《古雪斋诗》、《剑亭初稿》、《花湾词》。

今有清乾隆十二年（1747）刻本《剑亭初稿》四卷附《花湾词》一卷。词跋云：

明季诗道榛芜，吾郡陈黄门起而廓清之，比于武事，雄伟不常。至于所作长短句，未免绮罗香粉，间存《草堂》旧习。钱舍人《湘瑟词》出，上薄温、韦，下该姜、史，竹垞先生推为昭代第一。诗坛词坫，先后主持，盖云间风雅之绝盛。廿年以来，寝就衰歇，邑中自西浦楼公殁后，倚声一道更无从问津矣。剑亭曹舍人具出群之雄才，悯大雅之不作，提唱宗风，力追正始。其诗歌初稿业已具体，黄门偶按谱为乐府，又尔清丽流逸，不愧湘瑟替人，洵少陵所云"奄有二子成三人"者也。虽然，花湾者，九龙中之一坞，石湖如镜，近绕几席，真山川胜处，剑亭泷冈所在，取以名词，怆然有松楸之念焉，即此已得风骚真种子，岂徒红牙檀板唱晓风残月而已耶？乾隆丁卯季春，重阳道人凌应曾拜跋。

作于清乾隆十二年（1747）。

又清曹骧《上海曹氏书存目录编》著录有《花湾词》。未标明版本。

茹敦和

茹敦和（1720—1791），字逊来，号三樵，会稽（今浙江绍兴）人。幼嗣妇翁李青阳为子。清高宗乾隆十九年（1754）进士，授直隶南乐知县，调大名县，迁大理寺左评事，知德安府。罢官居乡，授徒谈经以终。著有《竹香斋文录》、《竹香斋诗抄》、《和茶烟阁体物词》。

山阴平氏藏《安越堂藏书目》著录有《竹香斋古文》二卷，二本。《竹香斋诗抄》二卷，二本。《和茶烟阁体物词》二卷，一本。

陈朗

陈朗，字泰晖，号青柯，又号梦欧，平湖（今属浙江）人。清高宗乾隆三十四年（1769）进士，授刑部主事，官至抚州知府。著有《青柯馆诗集》、《青柯馆词》、《六铢词》。

《青柯馆词》二卷，清陈循古抄本，《中国古籍善本书目》著录，有跋云：

> 先君子雅好吟咏，殆无虚日。诗稿积五千馀首，今存自定《青柯馆诗集》二十卷，不及十分之三。至诗馀，前所刻《六铢词》二卷，皆集汉魏六朝句，间有未尽协律处，盖句既集古，一时兴到为之耳。又词三卷，前二卷俱未第时作，后一卷乾隆己丑岁后作也。循古忆幼年趋庭时，闻先君子诲云："作诗与填词迥别，诗分平仄，以气为主，体无论今古，

篇无论短长，总当一气贯串，故可迅笔直书。词则四声俱叶，非独叶韵为然，即句中之平上去入，清浊高下，必推敲精当，一归于律。若信口吟成，虽字句清新，未尝不绚人耳目，然句调舛错，平仄迁就，是遗后人误，而为方家笑耳。"循古心铭诲言，每于古人名作按之声律，无不一辙。因知先君子于官刑曹、历外任十数年间仅存后卷二十馀阕，良有以也。嘉庆己卯岁闲居无事，检出先君子词三卷，亟欲清缮，而稿中改易数次，字画重叠。若倩人书写，不免书鱼亥豕之讹，谨自抄录，以存手泽云。男循古谨识。

乾隆己丑即清乾隆三十四年（1769），嘉庆己卯即嘉庆二十四年（1819）。

其词集见于著录的有：

1. 清瞿世瑛《清吟阁书目》卷一"抄本"著录有《青柯馆诗词集》稿本，六本。

2. 清姚燮《大梅山馆藏书目》卷十一著录有《六铢词》二卷。

汪棣

汪棣（1720—1801），字韡华，号对琴，又号碧溪，仪征（今属江苏）人。贡生，官刑部员外郎。著有《持雅堂集》、《对琴初稿》、《春华阁词》。

王其毅《宿迁王氏池东书库简目》著录有《春华阁词》二卷，一本。未言版本，按：今有清乾隆刻本《春华阁词》二卷，见《中国古籍善本书目》著录。

张九钺

张九钺（1721—1803），字度西，号紫岘，又号陶园，别号梅花梦叟，湘潭（今属湖南）人。清高宗乾隆二十七年（1762）举人，知海阳县。著有《陶园文集》、《诗集》、《拾翠词》、《雪鸿绮语》、《秋莲词》

（又名《紫岘山人诗馀》）、《陶园诗馀》等。

其词集见附于诗文集中，今有清咸丰元年（1851）张氏赐锦楼刻本《紫岘山人全集》五十四卷（文集十二卷诗集二十八卷外集十二卷诗馀二卷），《续修四库全书》据以影印。其中外集卷十一（《拾翠词》）、卷十二（《雪鸿绮语》）为词，又《紫岘山人诗馀》二卷（又名《秋莲词》），存词凡四卷。

又蔡宾年编《墨海楼书目》著录有《陶园诗馀》二卷，一本。

吴贯勉

吴贯勉，字尊五，号秋屏，祖籍歙县（今属安徽）人，流寓金陵（今江苏南京）。诸生。曹寅于扬州设刻字局，贯勉任雠校事。著有《绿意词》、《秋屏词》。

《秋屏词抄》三卷，清康熙健碧山房刻本。《清词珍本丛刊》据以影印，有序略云：

> 嗟乎！仆本楚狂，身留吴市。楚天似墨，魂销画里家山；湘草如罗，肠断梦中归路。不得扫愁之竹，赖此银筝；倘无蠲忿之犀，端惟玉管。把君词而期过日，缀余序以订忘年。快绝一时，共成千古。然而朱君竹垞月旦，业已进于雅音；杜老茶村揄扬，急欲引为同调。观其止矣，复何言乎？独步于《花间》、《兰畹》之中，桓子野大为抚掌；竞爽于蝶扑、莺歌之下，周公瑾极其赏心。则惟夸井华汲处，咸披李峤之章；且遥炉池馆开时，争唱元稹之曲云尔。癸巳仲春既望，长沙陈鹏年题于润州之玉映山房。

作于清康熙五十二年（1713）。又有题辞云：

> 《花间》、《尊前》而后，言词者多主曾端伯所录《乐府雅词》。今江淮以北称倚声者，辄曰雅词。甚矣，词之当合乎雅矣。自《草堂》选本行，不善学者流而俗不可医。读《秋屏

词》，尽洗铅华，独存本色，居然高竹屋、范石湖遗音。此有
井水饮处所必歌也。小长芦朱彝尊识。

此本见《中国古籍善本书目》著录，有清健碧山房刻本《秋屏词抄》□
卷，存一卷。

又王其毅《宿迁王氏池东书库简目》著录有《秋屏词抄》一卷，
一本。

《中国古籍善本书目》又著录有清康熙五十二年扬州书局刻雍正
二年续刻本《绿意词》一卷、《秋屏词续编》一卷。

赵文喆

赵文喆（1725—1773），字损之，一作升之，号璞函、璞庵，松江
（今属上海）人。清高宗乾隆二十七年（1762）召试赐举人，授内阁中
书，擢户部主事。卒赠光禄寺少卿。著有《婧雅堂集》、《婀隅集》、
《婧雅堂词》。

其词集见清王昶辑《琴画楼词抄》中，清乾隆四十三年（1778）刊
本，其中有《婧雅堂词》一卷。

又见于著录的有：

1.《钦定大清一统志》卷五十九"松江府"云著有《婧雅堂诗
集》十二本，藏海庐。诗集四卷，《婀鲷集》十卷，词集四卷。

2. 王其毅《宿迁王氏池东书库简目》著录有《婧雅堂词集》四
卷，一本。

蒋士铨

蒋士铨（1725—1785），字心馀，一字苕生，号藏园，又号清容居
士，晚号定甫，铅山（今属江西）人。清高宗乾隆十二年（1747）举
人，官内阁中书。二十二年成进士，改庶吉士，授翰林院编修，供职
国史馆。著有《忠雅堂文集》、《藏园九种曲》（一名《红雪楼九种
曲》）、《铜弦词》。

其词集见附于诗文集后，计有：

1. 稿本《忠雅堂诗集》不分卷，附《铜弦词》不分卷，《续修四库全书》据以影印。

2. 清嘉庆二十一年（1816）藏园刻本《忠雅堂文集》三十卷，《续修四库全书》据以影印。其中卷二十八、卷二十九所收为《铜弦词》，凡二卷。

3. 清咸丰中刊《蒋氏四种》本，其中有《忠雅堂文集》十二卷诗集二十七卷补遗二卷《铜弦词》二卷。

又词集丛编中收录的有：

1. 清冯震祥辑《国朝六家词抄》本，抄本，其中有《忠雅堂词》二卷。

2. 陈乃乾辑《清名家词》本，民国二十六年（1937）上海书店排印本，其中有《铜弦词》一卷。

又见于藏家著录的有：

1. 清耿文光《万卷精华楼藏书记》卷一百四十三著录有《铜弦词》四卷，初名《听秋词南北杂曲》一卷，《忠雅堂集》本。

2. 胡桐庵《新昌胡氏问影楼藏书目·初编》卷下著录有《清容外集词》十二卷，乾隆《红雪楼九种传奇》本。

3. 缪荃孙《目录词小说谱录目》著录有《铜弦词》二卷，全集本。

曹锡黼

曹锡黼（1729?—1757?），字诞文，号菽圃，又号旦雯，上海人。早岁科第，曾官员外郎。与族兄锡宝并有才名。著有《碧藓斋诗集》、《无町诗馀》，以及《四色石》杂剧。

清曹骧《上海曹氏书存目录编》著录有《无町词馀》。未言版本。

程瑜

程瑜，字宝擎，一字去瑕，号少海，钱塘（今浙江杭州）人。清高宗乾隆四十五年（1780）举人，官义乌教谕。著有《小红楼词》。

其词集见于著录的有：

1. 清许宗彦《鉴止水斋藏书目》"集部第九厨"著录有《小红楼词》一本。

2. 蔡宾年编《墨海楼书目》著录有《小红楼词》四卷，一本。

以上均未标明版本。

王初桐

王初桐（1730—1821），原名丕烈，字于阳，又字耿仲、无言，号竹所，又号思玄，嘉定（今属上海）人。诸生，知新城县。著有《罉堃山人集》、《罉堃山人词集》、《古香堂文薮》、《小琅嬛词话》等。

清阮元《揅经室三集》卷五《王竹所词序》云：

> 词人之作小令，以五代十国为宗，守其派者，有晏氏父子、欧阳公、张先、秦观、贺铸、毛滂诸人；慢曲以清真、白石为宗，沿其流者，有吴文英、张炎、卢祖皋、高观国、王沂孙、周密、蒋捷、陈允衡诸人。自元明以来传染《草堂》结习，而《花间集》、《乐府雅词》、《绝妙好词》诸书之遗意莫或窥寻，无怪乎词学之不振也。王子竹所深于词三十年，前即以之名大江南北，兹复手自删订，扫去骫骳从俗之作，其所存者，小令则寓秾纤于简厚，慢曲乃如溪流溯风，波纹自行，而冷光翠色，一望演漾不可尽，盖于四声二十八调中独得唐宋人精髓，深于此者，乃知其为必传也。福案：竹所名初桐，太仓人。

王氏词集见收于全集中，今有清乾隆、嘉庆间刻本《古香堂丛书》，所收为王氏诗词及杂著十馀种，中有《罉堃山人词集》，为乾隆五十八年（1793）刊本，其中含《杏花村琴趣》一卷、《杯湖欸乃》三卷，凡二种。自序云：

> 初桐幼喜填词，三十年前有词五百馀阕，虽为世所推许，

多近甜熟，不存也。三十年来词不多作，仅得三百馀阕，而应酬之作亦不存也。一刻于练川，再刻于京师。三刻于西安，皆合刻，非专刻。兹因都中、吴中书来，催请搜诸故箧，排为四卷，计词二百四十二阕，所存十之二，所亡十之七，庶几体裁略归一致云。壬子嘉平，书于祝阿之槐东书屋。

作于清乾隆五十七年（1792）。又跋云：

余不能为词，心最好词，尤最好竹所之词。每见一篇，必为一歌，虽不合节，离合悲欢，差得词中之意。甲戌孟冬寄余全稿百翻，其山将游括苍，遂付行箧。渡江入山，羁愁大发，奴聋佣蠢，不可告语。孤舟村店，惟竹所词是亲。朝吟夕诵，能记忆六七十阕。酒后耳热，辄击节呜呜。浙东之人无知音律者，闻余歌声，无不群聚倾听，争相赞叹。新年还至武林，渐渐遗忘，只十六七阕一字不误。登紫阳山顶再歌之，又有笑我者矣。一江之分，风俗大异，江东为硃砂，江西为赤土，乃我之口因之亦异。江西得毁，江东获誉，而竹所之词因之亦异。誉我者不复知其词，笑我者间有以词为好者。未轩张龙辅。

甲戌为清乾隆十九年（1754）。又郑振铎《西谛书目》卷五著录有《巏堥山人词集》四卷，清刊本，一册。或指乾隆本。

另见于词集丛编中的有：

1. 清王昶辑《琴画楼词抄》本，清乾隆四十三年（1778）刊本，其中有《杯湖欸乃》一卷。

2. 清王昶选《练川五家词》，清嘉庆中刊本，其中收有《杯湖欸乃》、《云兰词》、《羹天阁琴趣》，凡三种。王昶《练川五家词选序》略云：

练川虽僻在海隅，其士人皆通经酌古，风雅相尚。与之游，率有文酒酬倡之乐。盖自檀园垫巾楼滥觞于前，其流风有甚焉者。予家泖上，距练川不二舍，风帆行一宿可至。犹忆未通籍时，常往来焉，得尽识其才人钜儒。于时叔华、殿抡、绉青、禹美诸君子方以诗歌相角逐，独无言偷声减字，跌宕于红牙檀板间。比数年，无言之词益富且工，诸君子吟咏之馀，亦溢为词章，几于有井水处，无不能歌之。……夫词以南宋为盛，姜夔而下，工者如林。今所传《绝妙好词》、《乐府补题》，大都皆中兴后之制作。而浙东西之同起一邑者，未尝及三四焉。今五家联翩鹊起于海邦数十里之内，以词名雄大江南北，一时作者之众，遂为古人所未有，何其盛欤？诸君子之诗流播海内，予尝以为高古雄丽，有汉魏盛唐之风。序其词，并以告世之知言者，又不得以词人尽之也。

按：《练川五家词》五卷，卷一为王丕烈《杯湖欸乃》、《夔天阁琴趣》、《云蓝词》，卷二为诸廷槐《蝶庵词》、《吹兰厄语》，卷三为王元勋《樵玉山房词》、《涉江词》、《幻花别集》，卷四为汪景龙《月香绮业》、《美人香草词》、《碧雪词》，卷五为钱塘《响山阁词》、《玉叶词》。

另有《选声集》二卷，清嘉庆刻本。王氏自序云：

余既刻词四卷，别有未刻旧词六卷、新制词一卷、改姬人词一卷，归田以后取出观之，虽体裁风调前后不同，顾亦有不欲尽废者。……兹于未刻六卷内决择若干阕，复益以近作若干阕，改作若干阕，汇成二卷，姑附于杂著选录之列。大旨仍主姜、张，而出入周、秦，旁及辛、刘，庶几不拘一格云。嘉庆五年，罐垫山人书于小娜嬛，时年七十有一。

作于嘉庆五年（1800），既刻词四卷，当指《罐垫山人词集》四卷。

姚倬

姚倬，常熟（今属江苏）人。生平不详。著有《锦华集诗馀》。

清陈揆《稽瑞楼书目》"邑中著述捐入兴福寺"著录有《锦华集诗馀》十卷，姚倬撰，抄，二册。

郑沄

郑沄，字晴波，号枫人，仪征（今属江苏）人。清高宗乾隆二十七年（1762）举人，授内阁中书，官浙江督粮道。著有《玉句草堂诗集》、《玉句草堂词》。

《玉句草堂词》三卷，清嘉庆九年（1804）刻本。有叙略云：

> 鳣以门下，亡，每欲撰述行略，碌碌未遑。比岁客吴，得交于先生甥戴君竹友，方为开雕遗集，而《玉句草堂词》三卷先竣，属叙其端。夫先生之诗，以典籍之华舒沉郁之致。常校刊杜诗行世，知其宗尚所在。又好为词，小令则发纤秾于简古，慢曲则寄至味于澹泊。直欲躏玉田，攀石帚，至其佗傺无聊之概，亦间露焉。怆曾命鳣隶书曹楝亭句作楹帖，云："称心岁月荒唐过，垂老文章忧患成。"盖寓感也。鳣于声调未暇专勤，深幸竹友韶年好学，擅美词坛，克寻先生旨趣。排次校录，付刻流传，殆与李汉之编韩集晖映后先，竹友亦贤矣哉！嘉庆九年三月既望，海盐陈鳣书于中吴别业。

作于清嘉庆九年。又跋云：

> 《玉句草堂词》，外舅郑枫人先生著也。先生以词章名世，历官至浙江督粮道，有惠政。被放后，宦情弥淡，与先君子交最深，遂缔姻戚。忆乙卯岁先生来游，获侍砚席，意有所得，欣然为诗。间与缁流数辈覃究释典，类东坡、香山晚岁襟期。顾绝不及四声二十八调，旋以是夏恒化，竟不识先生为词人也。今年春，少司寇王述庵先生有《续词综》之辑，采先生词甚夥，因出所藏词稿三卷授延介，且曰："先生词流逸似玉田，老苍则尤近白石。近代词人竹垞、樊榭后，鲜有

能及之者。"盖先生守杭时，寻石帚翁墓不得，旷世相感，欷歔凭吊，辄为歌吟，固知瓣香有凤矣。延介雅好倚声，墨守南宋诸家，故于先生词略能寻扯旨趣，犹恐久而散佚也，爰加编次，付之剞劂，并识数语于后。嘉庆八年仲冬下浣，休宁戴延介书于银藤花馆。

作于清嘉庆八年（1803）。乙卯为清乾隆六十年（1795）。

其词集见清乔载繇《吾园书目》著录有《玉句草堂词》一本。未言卷数与版本。

李调元

李调元（1734—1802），字羹堂，又字雨村，号童山、蠢翁，绵州（今属四川）人。清高宗乾隆二十八年（1763）进士，改翰林院庶吉士，授吏部主事，迁考功司员外郎，为广东学政。后遭诬陷，拟遣戍伊犁，以母老赎归，遂不复出，著有《童山文集》、《蠢翁词》，编辑有《函海》。

其词集见附于所编的诗文集中，今有《函海》本《童山诗集》四十二卷文集二十卷《蠢翁词》二卷文集补遗一卷，其中《蠢翁词》附在诗集后，为清道光增补本。此书又见《今生读作来生用藏书目录》著录，有《春（当作蠢）翁词》二卷，云《玉（当作函）海》本。

张锦

张锦，号菊知，阳城人。清乾隆三十三年（1768）举人，知清河、清丰等县，以事贬谪伊江。著有《菊知著述》、《蜃楼集》、《塞外词》、《新西厢记》、《新琵琶记》等。

《塞外词》二卷，清乾隆刻本。《清词珍本丛刊》据以影印，张锦《塞外词引》云：

> 余当弱冠即喜为词，迄今三十年来，统计所作几及千首，焚其不欲存者十之七八，业订为《餐英》、《悔绮》两小集

矣。而戍塞无聊，兴之所至，故态复萌，偶得如干首，录而藏之，命曰《塞外词》，将于生入玉门关时代，羌笛之吹，以博稚人之笑耳。乾隆己酉秋尽日，菊知山人自题。

作于清乾隆五十四年（1789）。又范建杲跋略云：

> 庚戌夏，余蟄伏芦沟荒屯中，败屋一椽，数十里无人迹。我菊知公怜余独，济余粟，念余之愁思，寄余《塞外词》，词计小令、中吕、长调，凡六十有八阕。余受而读焉，其咏物幻也工而刻，其赋野斋也隽而逸，《河传》十二体，拟香闺情事而如揭，不图酣畅清音复流露于耕牧渔樵、风花雪月，变而为颂，为疏，为表，为牍，为制，为檄，为露布记传，为序跋铭说，恍然如游十地香云，听钧天，赡贝阙，振于耳，眩于睫，火齐珊林，更不觉舌桥为之撑而心旌为之折。……

庚戌为乾隆五十五年（1790）。此本见佚名《平妖堂藏书目》著录，有《塞外词》，清乾隆刊，一册。

吴会

吴会，字晓岚，卒于清道光初年。生平不详。著有《竹所词稿》。《吴储合稿序》二卷，清道光刻本。有序云：

> 晓岚于余世交也，而十年以长，成童时诗文多就正焉。稍长，学为倚声，尤奉之为一字师。缝云裁月，共商榷者有年。嗣余薄宦杭州，迹阻南北，惟效唐贤故事，以邮筒往来订可。今则晓岚捐馆，而余发亦骎骎白，此调不复弹矣。公馀，检其词，并拙作付之剞劂，名以《吴储合稿》。倘遇有白石、梦窗其人，削而存之，亦晓岚与余之厚幸也夫？道光癸未秋八月，泰州储梦熊记于西泠公署。

作于清道光三年（1823）。按：《吴储合稿》含吴会《竹所词稿》一卷和储梦熊《余栖书屋词稿》一卷。

又见于藏家著录的有：

1. 清姚燮《大梅山馆藏书目》卷十一著录有《竹所词稿》一卷。

2. 蔡宾年编《墨海楼书目》著录有《余栖书屋词》、《竹所词》，合一本。

以上均未言版本。

宋忍玉

宋忍玉，生平里贯不详。

清徐乾学《传是楼书目》卷五著录有《花想词》，一本。未言版本。

余集

余集（1738—1823），字蓉裳，号秋室，仁和（浙江杭州）人。清高宗乾隆三十一年（1766）进士，候选知县。授翰林院编修，官至侍读学士。著有《梁园归棹录》、《忆漫庵剩稿》、《秋室诗抄》。

其词见载于诗文集中，今有清道光刻本《秋室学古录》六卷、《梁园归棹录》一卷、《忆漫庵剩稿》一卷，《续修四库全书》据以影印，其中《梁园归棹录》夹杂有词。

傅增湘《藏园群书经眼录》卷十九著录有《酒边琴外词》一卷，云：

> 清余秋室集手写本，墨格，边阑外有"东啸轩抄本"、"花可可斋抄本"款字，似为秋室自撰词也。钤有："集"、"秋室手抄"、"只可自怡悦"、"书生考古"各印。（庚年闰六月）

庚辰是民国二十九年（1940），按：今有《酒边琴外词》一卷，稿本，见《中国古籍善本书目》著录。

孔继涵

孔继涵（1739—1784），字体生，一字葡孟，号荭谷，又号研冰词客，曲阜（今属山东）人。清高宗乾隆三十六年（1771）进士，任户部河南司主事，兼理军需局事，诰授朝议大夫。以母病乞养归。著有《红桐书屋诗集》、《斫冰词》等，编刻有《微波榭丛书》。

其词集见于著录的有：

1. 清孙星衍《孙氏祠堂书目》卷三著录有《斫冰词》三卷。

2. 叶德辉《叶氏观古堂藏书目》著录有《斫冰词》一卷，《微波榭遗书》本。

3. 刘承干《嘉业藏书楼书目》"补遗"著录有《红桐书屋词集》八卷，乾隆刊本，二册。按：云词集八卷，疑含诗文。

4. 郑振铎《西谛书目》卷五著录有《斫冰词》三卷，清乾隆刊《微波榭遗书》本，一册。

吴展成

吴展成（1740？—1800？），字庆咸，号螟巢，又号二瓢，嘉兴（今属浙江）人。清高宗乾隆诸生，久困场屋，以授徒终老。著有《庚觚集》、《啖蔗词》。

《啖蔗词》四卷，清乾隆刻本。有跋云：

> 吾师螟巢夫子幼耽风雅，长复折节好学，笔擅词场，著有《庚觚集》如干种。然数奇不耦，以青衿困场屋者屡矣。辛丑岁铨获从游，又七年，见其绝意进取，思出所作为身后计。顾贫不能授剞劂，怅然有秦火之感。诸同学起而请曰："夫子之嗜尤深于词，盍先以词梓乎？"乃于全集中手选为四卷刻之。其词之佳固有目所共赏，铨不复赞一辞焉，览是编者亦可以见夫子之全体已。乾隆己酉岁秋孟月，受业门人吕铨谨跋。

作于清乾隆五十四年（1789）。

其词集见于著录的有：

1. 清姚燮《大梅山馆藏书目》卷十一著录有《啖蔗词》二卷。

2. 蔡宾年编《墨海楼书目》著录有《啖蔗词》，一本。

以上均未标明版本。

潘奕隽

潘奕隽（1740—1830），字守愚，一字榕皋，号水云漫士，晚号三松老人，吴县（今江苏苏州）人。清高宗乾隆三十四年（1769）进士，授内阁中书，任户部主事，典试黔中，引疾归田。著有《三松堂集》、《水云漫士水云笛谱》。

其词见载于诗文集中，今有清嘉庆刻本《三松堂集》二十四卷续集六卷，《续修四库全书》据以影印，其中卷十九、卷二十载《水云词》，凡二卷，存词六十四首。

又有清光绪刻本《水云笛谱》一卷，自序云：

> 唐人歌诗，宋人歌词，沿及金元，曲行而词谱亡矣。刘昺所编《燕乐新书》不可复见，所可见者，白石自度新腔与《朱子全书》所载宋乐工度曲谱耳。非仙现重来，未能洞晓，于是文人学士专事藻采，鲜有复播之弦管者矣。夫依永和声，著于虞代，四上竞气，见于《大招》。孟子言今乐犹古乐，虽风会所趋，日与古远，唇齿喉舌，固无异也。闲居弄笔，偶谱新吟，水轩云舫，试以笛度之，颇冲和简淡，异乎时曲。不知而作，难免落韵之讥，亦聊以自遣岑寂云尔。因索观者多，检付梓人，用贻同好。倘有明于二十八调如尧章、叔夏者纠其缪讹，示以矩度，是所深望焉。嘉庆乙丑新秋，水云漫士识于松风萝月之轩。

作于清嘉庆十年（1805）。又潘钟瑞跋（光绪十三年，1887）云："此卷虽寥寥数阕，已开《碎金》之先声，示学者以矩度，岂仅饩羊之比哉？"

又清姚燮《大梅山馆藏书目》卷十一著录有《水云漫士水云笛谱》一卷。未言版本。

沈起凤

沈起凤（1741—？），字桐威，号蘋渔，又号红心词客，吴县（今江苏苏州）人。清高宗乾隆三十三年（1768）举人，官祁门县教谕。善词曲，高宗南巡，迎銮供御大戏，皆出其手笔。著有《蒉渔初稿》、《红心词》（一名《吹雪词》）。

其词集见于著录的有：

1. 清姚燮《大梅山馆藏书目》卷十一著录有《红心词》一卷。
2. 蔡宾年编《墨海楼书目》著录有《红心词》，一本。

以上均未标明版本。

王翰青

王翰青，字文虎，归安（今属浙江）人。著有《东游集》、《鹤野词》。

其词集见附于诗集后，今见周延年辑《万洁斋丛刊》中收录，为稿本，其中有《东游集》一卷《鹤野词》一卷。

又张均衡《适园藏书志》卷十六"词曲类"著录有《东游集》一卷、《鹤野词》一卷，旧抄本。云：

> 王翰青撰，翰青字文虎，归安人。文虎曾依王兰泉滇南江右，继又留于珠家角里第，命以校书，有词二卷，兰泉收入《琴画楼续抄》，赠以《湘月》词，中有云："袖里长编，灯前好句，石帚真堪敌。"可以想见其词格矣。

知其词集又收入清王昶辑《琴画楼续抄》中。

詹肇堂

詹肇堂（？—1827），字南有，号石琴，仪征（今属江苏）人。清高宗乾隆、仁宗嘉庆时在世，孝廉，工词。著有《心安隐室诗集》、《心安隐室词集》。

《心安隐室词集》四卷，清道光二十三年（1843）刻本。吴锡麒序略云：

辛亥，余以艖使全公之聘，主讲来兹。詹子石琴，乃书院
肄业士也。希真之《樵歌》，东泽之《绮语》，超轶尘外，传
播人间。余校艺馀闲，倾怀相接。始知其师蒋君东樗，固得
词法于樊榭者，石琴受其传钵，闯乎祖庭。尝以全稿示余，
见其含怀夐远，造语幽腴。郁烟山以表姿，荡霞水而辅态。香
弦欲语，万花竞飞，野笛忽秋，一鸥成梦。愁端桄触，别绪横
生。白苎歌长，翠楼吟缓，绵绵渺渺，不知情之何以深也。

辛亥为清乾隆五十六年（1791）。

又詹氏词附载于诗文集后，今有清光绪十年（1884）成德堂刻本
《心安隐室诗集》九卷词集四卷（有前序后跋），《清代诗文集汇编》
据以影印。按：刘承干《嘉业藏书楼书目》著录有《心安隐室词集》四
卷，光绪十年刊本，一册。

另清乔载繇《吾园书目》著录有《心安隐室词》一本。未言版本。

林蕡钟

林蕡钟，字毓奇，号蠡槎，元和（今江苏苏州）人。清高宗乾隆三
十三年（1768）举人，官华亭县教谕。著有《兰叶词》。

其词集见于著录的有：

1. 清姚燮《大梅山馆藏书目》卷十一著录有《兰叶词》一卷。

2. 蔡宾年编《墨海楼书目》著录有《兰叶词》，一本。

以上均未标明版本。

吴翌凤

吴翌凤（1742—？），原名凤鸣，字伊仲，号枚庵，吴县（今江苏
苏州）人。诸生，少寓陶氏东斋，攻读书史。中年游历楚湘等，垂老
始归，卜居城南。著有《与稽斋丛稿》、《曼香词》等。

其词集见附于诗文集中，计有：

1. 稿本，《与稽斋丛稿》十六卷、《曼香词》四卷，藏上海图书

馆。自序云:

> 忆往岁与沈蒉渔、余啸山、林蠡艖、施蒙泉作为填词,酒尊茗碗之馀,各出所作,互相评骘,意甚乐也。夫词虽创始太白,而小令工于唐末五代,慢词则盛于宋南渡以后,其间若清真、白石、梅溪、草窗、玉田,尤为两宋之冠。顾世之言词者,群奉《草堂》一编为金科玉律,不曰秦、柳,则曰欧、苏。问以五家,则愕然不能举一字,而词之正声绝矣。凤昔谈艺时,竞竞奉五家为茅菹,思有以得其臭味,而合其旨趣。虽不能至,心向往之,乃弹指十馀年,蒙泉一行作吏,此事遂废。蒉渔肆意高、王、关、马之学,啸山奔走衣食,蠡艖则墓有宿草久矣。同志无人,发言莫赏,偶录旧作,不胜今昔之感也。乾隆戊申小除,时在武昌试院,书于见山楼。

清乾隆五十三年(1788)。按:邓邦述《寒瘦山房鬻存善本书目》卷六"抄校本"著录有《曼香词》四卷,稿本。

2. 清嘉庆刻本《与稽斋丛稿》十八卷,《续修四库全书》据以影印。其中卷十七、卷十八为《曼香词》,凡二卷,存词一百四十一首。

又有陈乃乾辑《清名家词》本,民国二十六年(1937)上海书店排印本,其中有《曼香词》一卷。

又见藏家著录的有:

1. 清姚燮《大梅山馆藏书目》卷十一著录有《曼香词》一卷。

2. 蔡宾年编《墨海楼书目》著录有《曼香词》,一本。

以上二家未言版本。

钱之鼎

钱之鼎,字伯调,又字君铸,号鹤山,丹徒(今属江苏)人。清仁宗嘉庆十五年(1810)举人,著有《三山草堂集》、《双花阁词抄》。

《双花阁词抄》二卷(含《绣笙词》一卷、《酒边人语》一卷),清嘉庆刻本,有钱氏《绣笙词弁言》和《酒边人语弁言》,录如下:

予十七始为词，苦不甚工，故岁不多作。又辄好短令，以为生香真色，定推南唐北宋，斤斤仿姜、张、周、史，苟无其幽思静致，如雕旃檀古佛，或少生趣。然今之君子多左轩而右轾，意者吴歈赵瑟，各有当耶？每制一阕，按拍而歌，小奴以绣囊笙宛转和之，颇清越可听。当夫酒边月晕，花底香清，思往事而低回，溯微音而要眇。虽其梦雨荒唐，灵云虚幻，而情之所钟，乌能自已？爰裒所作为一册，得如干首，心犹豫而狐疑，吾将进美人而奏之。嘉庆十二年岁在乙丑三月十二日，燊生氏序。（《绣笙词》）

文生于情，情者，文之质也。有唐而降，诗嬗为词，崇卑不同，其能感人一也。仆素不谙此，然于古人之佳作者窃好之，而抄之，咏歌而三复之。偶有所触，即按其律以抒吾心之所欲言。虽与古人工拙不同，其写吾情一也。夫荆卿燕市，阮生穷路，牢愁交集，悲歔痛绝，有不知情之所自者。仆束发行天下，关山雪寒，江湖风急，羁孤无藉，备尝此味久矣。方其始也，亦尝跌宕欢场，羊灯衫扇，而迟歌荡心，停樽掩泣，岂独少年流落柔肠易断？矧夫情随境迁，览物陈事，酒酣耳热，当奈何矣。嘉庆十年三月二十六日，燊生氏灯下志于棠湖寓楼。（《酒边人语》）

此本见郑振铎《西谛书目》卷五著录，有《双花阁词抄》一卷，清嘉庆三山草堂刊本，一册。又有民国二十四年（1935）影印嘉庆本。有跋云：

今岁夏五，吴君眉孙以活字过录鹤山钱先生《双花阁词》贻予，予以其传本之少也，寓书眉孙，乞假原本，由山馆影印，眉孙慨然允之，遂举以付手民。吾乡多诗家，而词人罕著，惟庄蒿庵、陈亦峰为世矜重。嚣衫年辈先于庄、陈，取径南唐北宋，不屑屑规仿姜、张、周、史，是尤宜举以张吾乡词苑矣。眉孙既录紫芝先生传及《三山草堂诗序》于卷端，予又从钱氏家乘得紫芝、鹤山两先生传，附之词后，并载心弟哀词，以章钱氏世学，而闵其后之不昌云。乙亥冬十二月，柳诒徵。

乙亥为民国二十四年。

吴蔚光

吴蔚光（1743—1803），字悊甫，一字执虚，号竹桥，别号湖田外史，休宁（今属安徽）人，自幼随父迁居昭文（今江苏常熟）。清高宗乾隆四十五年（1780）进士，选翰林庶吉士，改礼部主事，以病辞归，家居二十馀年，潜心著述。著有《素修堂文集》、《诗馀辨讹》、《姜张词得》、《小湖田乐府》等。

其词集见清王昶辑《琴画楼词抄》收录，有清乾隆四十三年（1778）刊本，其中有《小湖田乐府》一卷。

又王昶《春融堂集》卷四十一《吴竹桥小湖田乐府序》略云：

> 吾友吴君竹桥素工诗，已而专精词学。少登进士，入词馆，转仪曹。年甫及壮，解组而归，流连山水，宾朋酬答，一于词发之。余曩在西安，已录其《执虚词》入《琴画楼词抄》矣，近复以《小湖田乐府》若干卷见示，情深文明，微婉顿挫。于四朝词之精粹无不掇其芳华，比其格律，纵横变化，一以清虚骚雅为归，卓然为当代名家无疑也。

又有清嘉庆刻本《小湖田乐府》十卷，自序略云：

> 蔚光幼读太白词而爱之，后稍稍学为小中调，至长调亦始爱秦、柳，久而乃知姜、张。岁积月累，成词十卷，共五百馀阕，见者或颇有巧之目。巧非蔚光志也，特有所托而逃，以私冀夫文与诗之不至甚敝。抑谓夫词之断续闭合，抑扬吞吐，神而明之，则未尝不通于文与诗，存乎其人耳。卷一曾锓于木，王述庵少司寇复选入《琴画楼词抄》，中有数调未

合，赖鲍生叔冶为书副本来，摘其讹，因而改正，并自识所以为词之大略于卷末，以质得见余词之君子云。时在嘉庆元年冬十二月初六日。

作于清嘉庆元年（1796）。

又有《小湖田乐府续集》三卷，稿本。自序云：

> 既刻乙卯以前词十卷矣，拟不复作，遇题咏宜于词者，间蹈故辙，月累岁积，手录又得二卷，后有则附益之。饱食终日，无所用心，博奕犹贤乎已。余性妍静，于游戏征逐皆以为苦。纂述之馀，按节而倚声，使余有用之心不至荡废于无用，以校博奕，又孰贤乎哉？嘉庆五年庚申首夏，湖田外史吴蔚光戏书。

作于清嘉庆五年（1880）。乙卯为清乾隆六十年（1795）。

又见于著录的有：

1. 清邹鸣鹤《斫砚山房书目》卷四著录有《小湖田乐府》十卷。

2. 清许宗彦《鉴止水斋藏书目》"集部第九厨"著录有《小湖田乐府》。

3. 清姚燮《大梅山馆藏书目》卷十一"集部五·词"著录有吴蔚光《执虚诗（当作词）》抄一卷。

4. 清赵宽《小脉望馆书目》"亨册·胎字箱"著录有《小湖田乐府》，二本。

5. 蔡宾年编《墨海楼书目》著录有《执虚词》，一本。

6. 王其毅《宿迁王氏池东书库简目》著录有《小湖田乐府》十卷，二本。

以上均未标明版本。

刘可培

刘可培（1745—1812），字元赞，号阮山，武进（今属江苏）人。

增贡生，官候选训导。善词曲，著有《石帆词》。

《石帆词》二卷，清嘉庆刻本。汤大奎序略云：

> 及门刘子阮山，系吾友旭岑令子。少具雏凤之目，长随其尊人宦游滇中，趋庭授受，而又得名山大川之助，其学乃大进。举业之暇，旁及诗词，人传点苍、玉洱间，井华汲虚，都有歌阮山词者。辛丑夏，阮山来鳌江，留余署中数月，因出其《石帆词》稿，请质于余。风华蕴藉，出入梅溪、白石间，所谓假绮罗香粉之辞，通之风骚比兴之义。

辛丑为清乾隆四十六年（1781）。

其词集见于著录的有：

1. 清姚燮《大梅山馆藏书目》卷十一著录有《石帆词》二卷。
2. 蔡宾年编《墨海楼书目》著录有《石帆词》二卷，一本。

以上均未标明版本。

盛晓心

盛晓心，生平里贯不详。

其词集见于著录的有：

1. 清姚燮《大梅山馆藏书目》卷十一著录有《拗莲词》一卷。
2. 蔡宾年编《墨海楼书目》著录有《拗莲词》，一本。

以上均未标明版本。

洪亮吉

洪亮吉（1746—1809），初名莲，字华峰，后更今名，字君直，又字稚存，号北江，晚号更生居士，阳湖（今江苏常州）人。清高宗乾隆五十五年（1790）进士，授翰林院编修，充国史馆纂修官。后下狱，流放伊犁，次年放还归里，以著述终。著有《卷施阁诗文集》、《附鲒轩诗》、《更生斋集》、《北江诗话》等。

其词集见载于诗文集中，计有：

1. 清嘉庆刻《更生斋诗集》本，其中有《更生斋诗馀》二卷，其中卷一为《冰天雪窖词》，卷二为《机声灯影词》。《冰天雪窖词》前洪氏题识云：

> 主人少喜填词，壮岁后恐妨学，辍不复作。即偶一为之，终岁不过一二首。岁戊午自京邸乞假回，车箱无事，辄填至数十阕。及自塞外回里，亦时时作之，遂满一卷，名曰《冰天雪窖》，从其后言之也。少日所作，亦不忍弃，并裁作一卷附焉，《机声灯影词》是矣。

按：《续修四库全书》收有《更生斋诗馀》二卷，是据嘉庆刻《更生斋诗集》本影印的。

2. 清光绪中洪用勤授经堂刻《洪北江全集》本，其中有《更生斋诗馀》二卷，为光绪三年（1877）刻本。

3. 民国时《四部丛刊》本《洪北江诗文集》六十六卷，是据《北江遗书》本影印的，其中有《更生斋诗馀》二卷。

又《今生读作来生用藏书目录》著录有《更生斋诗馀》二卷，洪北江著作本。

另有陈乃乾辑《清名家词》本，民国二十六年（1937）上海书店排印本，其中有《更生斋诗馀》二种，即《冰天雪窖词》一卷和《机声灯影词》一卷。

李澧

李澧（1746—1813后），字兰友，号篁园，秀水（今浙江嘉兴）人。清高宗乾隆诸生，三十岁曾游闽中。著有《意香阁词》。

《意香阁词》四卷，清嘉庆刻本。有序云：

> 昔龚蘅圃侍御选《浙西六家词》，吾里独居其半，如朱竹垞太史《江湖载酒集》暨先征士秋锦公《山房词》、耕客公《耒边词》三家，噫！盛矣。族祖篁园先生为醵院峄山公冢

孙，少从尊甫养恬先生游淮上，酒筒歌版，每侍席间，渊源有素。年十三归里，即工诗律，尤酷爱倚声。后复之淮，抚先人之棠荫，怀昔日之绮筵吟宴，缠绵悱恻，寓情于词。三十后游闽中，览屏山、螺江之胜，擘荔枝，啖瑶柱，曾谱《竹枝》若干首，其为词亦极工。比年下榻梧溪桐华馆，与四方名士晨夕酬倡，帙愈富，制愈工。合前后所作，授诸梓氏。先生词以石帚为宗，旁及屯田、清真、梦窗、玉田诸家，洵兼南北宋之长。倘有继龚氏而为词选者，吾知先生之词足与吾里三家后先耀也。嘉庆三年重阳前一日，族孙富孙。

作于清嘉庆三年（1798）。又跋云：

灏知浙西有意香词人，由于鄂岩比部以此稿见示，并日读之始竟，于是乎心中目中遂时时有一捻须据案之吟翁在。盖其精思妙笔，每不屑依傍古人。而细寻意趣，乃知辬香在南唐北宋之间，趋向既高，学力弥邃，固不当以一家目之。灏于此道略窥其樊，何足以誉意香之词？谬评数语，附于卷末，以作他日神交一证云。丁巳七夕后五日，簣山杨之灏盥手拜识。

作于清嘉庆二年（1797）。此本见张元济《海盐张氏涉园藏书目录》著录，有《意香阁词》二卷，清嘉庆三年序刊本，二册。

又见于著录的有：

1. 清忻宝华《澹庵书目》著录有《意香阁词》二卷。
2. 蔡宾年编《墨海楼书目》著录有《意香阁词》二卷，二本。

吴锡麒

吴锡麒（1746—1818），字圣征，号谷人，别署东皋生，钱塘（今浙江杭州）人。清高宗乾隆四十年（1775）进士，改庶吉士，授翰林院编修。仁宗嘉庆朝为国子监祭酒。著有《有正味斋集》等。

其词集见于诗文集中，计有：

1. 清嘉庆年刻《有正味斋诗集》十六卷续集八卷、《有正味斋骈体文》二十四卷续集八卷、《有正味斋词集》八卷续集二卷外集二卷，《续修四库全书》据以影印。其中《有正味斋词集》（含《伫月楼琴言》卷一至四、《三影亭写生谱》卷五至七、《铁拨馀音》卷八）、续集（含《江上寻烟语》一卷、《红桥笛唱》一卷），另外集所载为南北曲。按：续修影印时诗文与词曲分别置于别集与词类中。

2. 清吴清鹏辑《吴氏一家稿》本，清咸丰五年（1855）钱塘吴氏刊本，其中有《有正味斋诗》十二卷、骈体文二十四卷、词七卷、曲一卷、律赋一卷、试帖四卷。

又见词集丛编中收录的有：

1. 清王昶辑《琴画楼词抄》本，清乾隆四十三年（1778）刊本，其中有《有正味斋词》一卷。

2. 清冯震祥辑《国朝六家词抄》本，抄本，其中有《有正味斋词》四卷。

3. 陈乃乾辑《清名家词》本，民国二十六年（1937）上海书店排印本，其中有《有正味斋词》五种，按：五种分别是：《伫月楼琴言》一卷、《三影亭写生谱》一卷、《铁拨馀音》一卷、《江上寻烟语》一卷、《红桥笛唱》一卷。

又见于藏家著录的有：

1. 清邹鸣鹤《斫砚山房书目》卷四著录有《有正味斋词集》八卷续词集二卷。

2. 缪荃孙《目录词小说谱录目》著录有《有正味斋词续》二卷，全集本。

3. 郑振铎《西谛书目》卷五著录有《有正味斋词集》八卷外集五卷又外集二卷，清刊本，四册。

赵怀玉

赵怀玉（1747—1823），字亿孙，号味辛，武进（今属江苏）人。

清高宗乾隆四十五（1780）举人，授内阁中书。出为山东青州府海防同知，署登州、兖州知府。丁父忧归，不复出。著有《亦有生斋文集》、《亦有生斋词》（一名《荃提室词》、《秋籁吟》、《亦有生斋乐府》）。

《亦有生斋词抄》五卷，清嘉庆刻本。有序略云：

> 荟萃曩作，编录近著，辑为《亦有生斋词抄》四卷。颉颃晏、范，出入秦、苏。销稼轩激楚之音，摈梦窗浮懵之色。促拍短吟，长言永叹。莫不风雨和于节，丝竹赴于心，又何必持言意之畦町，分内外之畛域哉？……仪晰行陪撰杖，职任分雠，猥以菲才，属之编次，谨抒所见，以著于篇。嘉庆二十年二月，同里后学周仪晰。

作于清嘉庆二十年（1815）。

其词集有陈乃乾辑《清名家词》本，民国二十六年（1937）上海书店排印本，其中有《秋籁吟》一卷。

又清姚燮《大梅山馆藏书目》卷十一著录有《亦有生斋词》五卷。未言版本。

沈丰垣

沈丰垣，字通声，一字骏声，号柳亭，仁和（今浙江杭州）人。诸生，工词。著有《兰思词》。

《兰思词抄》二卷，清康熙吴山草堂刻本。有序略云：

> 吾友沈子通声，深于情者也，深于情而才足以副之，故其所为词言情者什之七，而无不臻于妙丽，每读一首，如睹一琪花，每展一叶，如逢一艳女。若通斯集而观之，则纷红骇绿，惊魂动魄，又不啻巫峰之十二、离宫之三十六矣，美哉！沈子之词乎。才必有情，情必有才，绝世之情人，洵为千秋之才子矣。汤若士所谓"他人言性，我独言情"者，移似沈

子，当不谬也。然而沈子固有以自信矣。《诗》三百篇，妇人女子列其首；汉魏乐府，闺房欢宴居其多。要以气服于内，心正于怀，读等身之书，作言情之什。题之曰兰思，公子、美人随所寓言可耳。世有同心之士，拾其香草，岂不尔思也哉？康熙壬子季秋望后四日，徐士俊题。

作于清康熙十一年（1672）。此本见郑振铎《西谛书目》卷五著录，有《兰思词抄》二集二卷，清吴山草堂刊本，五册。

其词集见清孔传铎辑《名家词抄》，清抄本，其中有《兰思词》一卷。

另《浙江通志》卷二百五十二著录有《兰思词抄》四卷。未言版本。

黄景仁

黄景仁（1749—1783），字汉镛，一字仲则，号鹿菲子，阳湖（今江苏常州）人。清高宗乾隆时应童子试，置第一，补博士弟子员，授武英殿书签官。一生不得志，穷困潦倒。入资为县丞，未及补官，客死他乡。著有《两当轩全集》、《悔存词抄》、《竹眠词》。

黄氏词见载于诗文集中，今有清咸丰八年（1858）黄氏家塾刻本《两当轩全集》二十卷附考异二卷附录六卷，《续修四库全书》据以影印，其中卷十七至十九为诗馀，凡三卷，存词二百一十六首（含补遗二首）。

又见于词集丛编者有：

1. 清袁通辑《三家词》本，清道光十一年（1831）袁祖惠刊本，其中有《悔存词选》一卷。杨芳灿《三家词序》略云：

嗟乎！相灵鼓瑟，曲终人去之悲；子野闻歌，叹逝伤离之感。《黄华》一阕，春树鹃呼；碧血千年，秋坟鬼唱。平池废苑，愁听雍门之琴；斜日寒冰，怆赋山阳之笛。锦字销磨于白蠹，钿筝零落于寒灰。不遇知音，谁传绝调？此袁子兰村所以有《三家词选》之辑也。……此三君者，俱推艺苑之英，旧是随园之客。金迷纸解，极赏会于琴筝；茗苦香甜，每流连于花月。何图业传青简，人隔黄垆。坠雨不收，抟云易远。玉楼天上，散比晨星；玄冢人间，悲逾宿草。兰村乃晨书而瞑写，俾俪景而同声。未妨椒桂连枝，何必尹邢避面？庶才名之不朽，或逝者之有知。律吕相和，竟跃蓨宾之铁；弦歌赴节，能涌盖山之泉云尔。嘉庆丁卯重阳前五日，会匮杨芳灿蓉裳撰。

作于清嘉庆十二年（1807），三家为黄景仁、高文照、钱枚。

2. 陈乃乾辑《清名家词》本，民国二十六年（1937）上海书店排印本，其中有《竹眠词》一卷。

另有清道光刻本《竹眠词》二卷，有跋云：

> 仲则词稿在京时，不知为谁攫去，复自追忆，兼于诸知好搜辑，得还旧观。赵渭川为刻《两当轩诗》成，欲续刻此，未果也。去秋杨荔裳自蜀书来，属余取之小仲，小仲今由洪稚存寄余，因使人抄一副，而以原本致之荔裳。嘉庆七年五月，昭文吴蔚光识。

作于清嘉庆七年（1802）。

又见于藏家著录的有：

1. 清赵宗建《旧山楼书目》"戊"著录有《竹眠词》，抄本。

2. 郑振铎《西谛书目》卷五著录有《悔存词抄》二卷，清嘉庆刊本，一册。

3.《中国古籍善本书目》著录有《悔存诗馀》三卷，清抄本，清吴蔚光跋。

孙锡

孙锡（1750？—1810后），字备衷，号雪惟，仁和（今浙江杭州）人。清高宗乾隆五十八年（1793）进士，为光化令，以功擢补绵州，知宁州，以老乞休。著有《雪帷韵竹词》。

其词集见于著录的有：

1. 清姚燮《大梅山馆藏书目》卷十一著录有《雪帷韵竹词》一卷。

2. 蔡宾年编《墨海楼书目》著录有《雪帷韵竹词》，一本。

以上均未标明版本，按：今有清乾隆刻本《雪帷韵竹词》一卷，见《中国古籍善本书目》著录。

李焱

李焱，生平里贯不详。著有《瘦人诗馀》。

《瘦人诗馀》三卷，清嘉庆刻本。孙星衍序（嘉庆五年，1800）云："余不能为词，于诗亦不过抒写性灵、应酬牵率之作，故无存稿。吾友李瘦人以所作诗馀索叙，读之，但觉其感人深至，是真从至性中流出者。"又有序云：

> 余与瘦人交二十年矣，忆戊戌夏偕江都汪容甫访瘦人于剪湘巢水榭，时瘦人方临流授徒，意气闲雅，然不数十语即握别，未暇窥其撰述也。今年秋复来白门，瘦人年已七十馀，精力尚若少壮时，因日与游于城南胜地。瘦人间出其所著诗馀示余，余反复读之，其境地之清远，音律之谐切，于南渡后可以追白石、玉田，即在近时亦可颉颃竹垞、红友，非用功数十寒暑，不能臻此意境，洵必传之技矣。余幼喜为词，始意偶欲脱略绳检，不拘拘于格律。每一篇出，亦尝为里中艳传。然自知非正格，以是中岁即辍，今见瘦人词益瞠然自失耳。嘉庆三年七月晦日，北江同学弟洪亮吉跋。

作于清嘉庆三年（1798），戊戌为清乾隆四十三年（1778）。

其词集见于著录的有：

1. 清姚燮《大梅山馆藏书目》卷十一著录有《瘦人诗馀》四卷。

2. 蔡宾年编《墨海楼书目》著录有《瘦人诗馀》四卷，一本。

以上均未标明版本。

左辅

左辅（1751—1833），字仲甫，一字蘅友，号杏庄，阳湖（今属江苏）人。清高宗乾隆五十八年（1793）进士，历官浙江按察史、湖南布政使和巡抚。著有《念宛斋诗词》。

其词集见徐乃昌辑《怀豳杂俎》中收录，其中有《念宛斋词抄》一卷，清宣统元年刊本。

又见于著录的有：

1. 缪荃孙《目录词小说谱录目》著录有《念宛斋词》一卷，写本。

2. 李盛铎《天津延古堂李氏旧藏书目》著录有《念宛斋词抄》一卷，抄本，一册。

杨芳灿

杨芳灿（1753—1815），字才叔，号蓉裳，金匮（今江苏无锡）人。清高宗乾隆四十二年（1777）拔贡生，廷试得补伏羌知县，擢知灵州。入赀为户部员外郎，与修会典。旋丁母忧。尝主讲衢杭、关中、锦江三书院。著有《芙蓉山馆全集》、《吟翠轩初稿》。

其词附载于诗文集中，今有清光绪十七年（1891）活字印本《芙蓉山馆全集》二十卷附录一卷，《续修四库全书》据以影印。其中诗集后有《芙蓉山馆词抄》二卷，又词附抄一卷，含《移筝词》、《拗莲词》二种，均为集句体。

又见于词集丛编者有：

1. 清王昶辑《琴画楼词抄》本，清乾隆四十三年（1778）刊本，其中有《吟翠轩初稿》一卷。

2. 陈乃乾辑《清名家词》本，民国二十六年（1937）上海书店排印本，其中有《芙蓉山馆词》一卷。

又缪荃孙《目录词小说谱录目》著录有《芙蓉山馆词》二卷《移筝词》一卷，全集本。

另《中国古籍善本书目》著录有《芙蓉山馆词抄》二卷、《拗莲词集温庭筠诗》一卷、《移筝语》一卷，清抄本，朱孝臧跋。

唐仲冕

唐仲冕（1753—1827），字六枳，号陶山，善化（今属湖南）人。清乾隆五十八年（1793）进士，历任荆溪、吴江、吴县知县，海州、通州知州，署松江、苏州知府，官至陕西布政使权巡抚。著有《陶山文录》、《陶山诗录》、《露蝉吟词抄》等。

《露蝉吟词抄》一卷，清嘉庆刻本。有跋二，录如下：

> 陶山先生学本汉唐，故诗文精粹，独有千古，词令雕虫，向不为也。昨于入觐北上时，舟行迤逦，偶效倚声，以消岑寂，而词中精义动关身世之故，虽绮语而亦寄托遥深耳。昔人谓少陵为诗史，今当谓陶山为词经，非红牙象板之所能传意也。余雅附填词数十年矣，读此，始知风云月露之不可久也。吴下多曼声，公守是郡，自当一洗滥竽之习。读公词，为国家庆，为斯民幸矣。余托知音，亦与人不同耳。弟端光识。

> 姜、张之清拔流转，王、陈之细腻熨帖，高、史之凄冷幽艳，吴、蒋之零碎组织，苏、辛之豪纵开拓，得其一体，皆足以流声乐府，著迹曲部。陶山词萃诸家之长而自出杼机，以纬贯其间，故其旨清而不失于弱，繁而不伤于缛，艳而不流于衷，豪而不近于粗，固当世之词宗，而姜、张、王、陈诸公不得擅美于前矣。奉读陶山先生词集，端光。

又清姚燮《大梅山馆藏书目》卷十一著录有《露蝉吟词》一卷。未言版本。

李佩金

李佩金，字纫兰，一字晨兰，长洲（今江苏苏州）人。邦燮女，何湘室。工诗词，年三十馀卒。著有《生香馆集》。

其词集见于词集丛编者有：

1. 清瘦鹤词人辑《三闺媛词合集》本，抄本，其中有《生香馆词》一卷。

2. 徐乃昌辑《小檀栾室汇刻闺秀词》本，清光绪年间南陵徐氏刊本，其中有《生香馆词》一卷。彭俪鸿《琴清阁、生香馆词集叙》略云：

> 《琴清阁》、《生香馆》词集者，梁溪女史杨蕊渊、长洲女士李纫兰之所作也。……若乃中朝世系，名族令媛。翩如织绵之才，婉若飞鸾之貌。生小侍侧，妙解琴声二弦；长成问名，能赋玉台一体。灵珠抱其径寸，慧业具于三生者，尤可得而言焉。盖蕊渊、纫兰者，杨蓉裳、李虎观二先生之淑女也。名人之子，稚爱吟诗，不栉之上，更工按拍。世有姻旧，时相过从。……予昔居京师，曾识纫兰之母倪夫人，尚未知蕊渊与纫兰为同心友也。适夫子自锦城归，蓉裳先生以此二集属夫子命予为叙！

作于清嘉庆十九年（1814）。

又见于著录的有：

1. 清姚燮《大梅山馆藏书目》卷十一著录有《生香馆词》一卷。

2. 缪荃孙《目录词小说谱录目》著录有《生香馆词》四卷，嘉庆己卯刊本。

赵友兰

赵友兰，字佩芸，一字书卿，无锡（今属江苏）人。张曜孙表姊，工词，著有《澹音阁词》。

其词集见徐乃昌辑《小檀栾室汇刻闺秀词》收录，清光绪年间南陵徐氏刊本，其中有《澹音阁词》一卷。

又缪荃孙《目录词小说谱录目》著录有《澹音阁词》一卷，稿本。

凌廷堪

凌廷堪（1755—1809），字次仲，歙县（今属安徽）人。清高宗乾隆五十五（1790）进士，官宁国府教授。著有《燕乐考原》、《校礼堂文集》、《梅边吹笛谱》等。

其词集见于丛书中收录，计有：

1. 《校礼堂全集》本，其中有《梅边吹笛谱》二卷补录一卷，清道光六年（1826）张其锦刻本。

2. 清伍崇曜辑《粤雅堂丛书》本，其中有《梅边吹笛谱》二卷补录一卷，清光绪六年（1880）刊本。凌氏自序云：

> 少时失学，居海上，往往以填词自娱。相倡和者，唯同里章君酌亭。后出游，渐知治经，得交仪征阮君伯元，谈说之馀，时或及此，盖亦深于词者。其他朋辈多以小道薄之，不敢与论也。年二十许，遂屏去，一意向学，不复多填词。旧稿久束之箧中，及官宛陵，暇日检出阅之，颇有敝帚千金之想，乃编为二卷，酌亭已前卒，不得见矣，旧取白石《暗香》句意，名之曰《梅边吹笛谱》，盖词人习气，亦不复追改也。又少作但依旧词填之，不知宫调为何物，近因学乐律，少少有所悟，而宋人之谱多零落失传，又以琵琶证琴声，故燕乐二十调多与雅乐异名也。今取其可考者注宫调于其下，不可考者不注也。阮君今以侍郎巡抚浙江，命小史录一本质之，不审能传于后否？稿中所用四声，非于唐宋人有所本者，不敢辄为假借。所用韵，凡闭门不敢阑入抵腭、鼻音，至于抵腭与鼻音亦然。异时有扬子云，当鉴此苦心也。嘉庆五年岁在庚申端午日，凌廷堪次仲书。

作于清嘉庆五年（1800）。张其锦跋略云：

> 《梅边吹笛谱》二卷，先师次仲先生所手定也。……吾师

之词不专主一家，而尤严于律，尝自谓幼年精力误弊于此。壬申冬，江郑堂先生亦语锦曰："令师学问精博，悉臻绝诣，礼经乐律，固其千秋大业，即骈体文章、诗馀小技，亦不落第二流也。"爰案次写其目录，置诸卷端，以便检阅。外有《花犯》一阕与《折桂令》诸散曲，既不欲弃置，亦不敢窜入，惟补录于后，以公同好云。时道光六年仲秋月望日，受业宣城张其锦谨识。

作于清道光六年（1826），壬申为清嘉庆十七年（1812）。又伍绍棠跋云：

> 《梅边吹笛谱》二卷，国朝凌廷堪次仲撰，后附《花犯》一阕并《折桂令》诸散曲，则其弟子张其锦补录也。按：《国朝汉学师承记》称次仲十二岁即弃书学贾，偶在友人家见《词综》，携归，在灯下读，遂能长短句。浙人张宾鹤见其词，大奇之，荐之板浦大使汤某，某敬礼之，邀君至扬州。是时醝使置词曲馆，检校词曲中之字句违碍者，从事雠校，得修脯以自给，然则精南北曲而能审宫调者，固髫龄已然矣。考国朝经生能填词者，近推张皋文、江郑堂，然皋文论词，往往求深反晦，如姜白石《暗香》、《疏影》二词，乃指为二帝之愤，不几于钱蒙叟之解"云鬟"、"玉臂"耶？江郑堂论词，于万氏《词律》深致不满，而自诩其倚声为得古今不传之秘，余未敢遽以为然。惟次仲此词婉约清新，能得宋贤三昧。次仲本精律吕，著有《燕乐考原》一书，宜其能精研入细也。其锦字裂伯，宣城人，闻次仲殁，徒步走海州，于败簏中掊摭残稿，假居僧寺，辑录以归。其人盖亦笃于师门之谊者。光绪乙亥中秋前二日，南海伍绍棠谨跋。

作于清光绪元年（1875）。

3.《安徽丛书》本《梅边吹笛谱》二卷补录一卷，民国时据《校礼堂全集》本影印。

4. 陈乃乾辑《清名家词》本，民国二十六年（1937）上海书店排印本，其中有《梅边吹笛谱》一卷。

又见于藏家著录的有：

1. 李盛铎《天津延古堂李氏旧藏书目》著录有《梅边吹笛谱》二卷补录一卷，嘉庆五年（1800）刊本，一册。

2. 叶德辉《叶氏观古堂藏书目》著录有《梅边吹笛谱》二卷，一原刻本，一伍氏粤雅堂刊本。

3. 缪荃孙《目录词小说谱录目》著录有《梅边吹笛谱》二卷，《校礼堂文集》本。

4. 郑振铎《西谛书目》卷五著录有《梅边吹笛谱》二卷，清道光刊本，二册。

吴鼐

吴鼐（1755—1821），字及之，一字山尊，号抑庵，别号达园锄菜叟，全椒（今属安徽）人。清仁宗嘉庆四年（1799）进士，选翰林院庶吉士，授编修，终侍讲学士。著有《吴学士文集》、《百萼红词》。

其词集见于刊印的有：

1. 清道光刻本《百萼红词》二卷，吴氏自序云：

> 余次韵剑翁寿余之作调《一萼红》一阕，自是彼此倡和，暨怀人、咏物、题图，多用此调，积之至百首，生徒汇刻为是编。谨稽仁庙《钦定词谱》，此调有平仄两韵，平韵有三体，其二一字不可通用。余谨倚声如谱，或有时遵以入代平之例。又白石集中一首，据谱可通用字甚多，或酒次不检，有一二字不入律，然而董矣。鼐少受词术于表兄汪存南先生，先生循循善诱，于嘉古今体诗及杂体文多所奖借，而独于诗馀，谓小子笔不相近，不作可也。今一调为之多，而于唐五代宋元人诗馀擅场处无所当，有以知先生之言不谬矣。道光

初元岁月阳皆在辛,达园锄菜叟自叙。

作于清道光元年（1821）。

2. 清光绪五年（1879）刻本《百萼红词》二卷,有序云:

> 山尊学士晚为词,有《百萼红》一卷,为倚声家所称,毁于兵。老友王宝斋藏有剩本,其原稿藏之予家,予欲广其传。未几合肥张楚宝开敏嗜学,尤私淑学士,因就宝斋剩本重付剞劂。学士自序论《一萼红》声律异同甚核,而漫灭不复识,因截其半。又前载白石诸家词,初刻削之,今就予所藏本补于简端,以尽此阕之变。学士涉学该博,所为诗古文词闯然入古作者之室。而盈尺之稿尽付一炬,子姓亦无世其学者,可悲孰甚。今此卷复出,宝斋护持于前,楚宝表章于后,并足弥予不逮,而见学士所学之百一也。光绪五年六月,同里眷世侄薛时雨谨志。

作于清光绪五年。按:缪荃孙《目录词小说谱录目》著录有《百萼红词》二卷,云光绪戊寅刊本。光绪戊寅为光绪四年。又郑振铎《西谛书目》卷五著录有《吴学士百萼红词》二卷,清光绪五年刊本,一册。

3. 安徽丛书编印处辑《安徽清代名家词第一集》本,民国时安徽丛书编印处景印本,其中有《百萼红词》二卷。

石韫玉

石韫玉（1756—1837）,字执如,号琢堂,吴县（今江苏苏州）人。清高宗乾隆五十五年（1790）进士,授翰林院修撰。历官重庆知府、山东按察使。著有《独学庐诗文集》、《花韵庵诗馀》、《微波词》、《花间乐府》等。

其词集见《独学庐全稿》中,有清乾隆、嘉庆刊本,其中《独学庐二稿》附有《花韵庵诗馀》一卷、《花间乐府》一卷外集一卷、《微波词》四卷。

又清姚燮《大梅山馆藏书目》卷十一著录有《花韵庵诗馀》一卷。未言版本。

储梦熊

储梦熊，或作梦雄，字渔溪。附贡生，官至浙江盐运副使。著有《馀栖书屋诗草》、《馀栖书屋词稿》。

其词集有《吴储合稿》本，清道光刻本。其中有吴会《竹所词稿》一卷，储梦熊《馀栖书屋词稿》一卷。储梦熊《吴储合稿序》云：

> 晓岚于余世交也，而十年以长，成童时诗文多就正焉，稍长学为倚声，尤奉之为一字师。缝云裁月，共商榷者有年。嗣余薄宦杭州，迹阻南北，惟效唐贤故事，以邮筒往来订可。今则晓岚捐馆，而余发亦骎骎白，此调不复弹矣。公馀，检其词，并拙作付之剞劂，名以《吴储合稿》。倘遇有白石、梦窗其人，削而存之，亦晓岚与余之厚幸也夫？道光癸未秋八月，泰州储梦熊记于西泠公署。

作于清道光三年（1823）。此本见蔡宾年编《墨海楼书目》著录，有《馀栖书屋词》、《竹所词》，合一本。

又清姚燮《大梅山馆藏书目》卷十一著录有《馀栖书屋词稿》一卷。未言版本。

黄湘南

黄湘南（1757—1785），字一吾，号石榘，宁乡（今属湖南）人。子黄本骐、黄本骥均以诗文名著，人比之眉山三苏。著有《大沩山房遗稿》、《红雪词抄》等。

其词集见于清黄本骥辑《三长物斋丛书》中，清道光中湘阴蒋瑰刻、光绪四年（1878）古香书阁印本，其中有《红雪词抄》四卷附录二卷。有序云：

　　《红雪词抄》四卷，黄虎痴尊甫封翁石樵先生遗稿也。闻之虎痴言，先生自幼随侍天津，弱冠归里，其后一游都门，一游武昌，一游南海，三游靖州之通道。年才三十，卒于浙之玉环丞署。检点遗箧，弱冠以前、浙游以后之作今皆无存，见存者尚得古近体诗二千馀首，长短调词又如干首。盖无日不与舟车为缘，亦无日不与笔墨为缘矣。其古近体诗，于道光壬寅年经溆浦谌君芸帆选刻八百馀首，所谓《大沩山房稿》也。瑰为虎痴汇刊《三长物斋丛书》行世，因并索先生词抄，编次付样，且类及虎痴之兄花耘及花耘之女葆仪之词亦如干首，分二卷，附录以传。时道光丁未孟冬上浣，湘阴蒋瑰谨识。

作于清道光二十七年（1847）。此本见郑振铎《西谛书目》卷五著录，有《红雪词抄》四卷，清黄湘南撰；附录一卷，清黄本骐撰；又一卷，清黄婉璩撰。清道光刊《三长物斋丛书本》，二册。

范锴

　　范锴（1758—1837后），原名音，字声山，号白舫，别号苕溪渔叟，乌程（今浙江湖州）人。贡生，无意仕进。工诗词，著有《苕溪渔隐词》、《花笑庼词》。

　　其词集见范锴辑《范白舫所刊书》中，其中有《苕溪渔隐词》二卷，为清道光十四年（1834）刻本。严学淦序略云：

　　范子声山家住苕溪，半汀鹭老；门临箬下，几点莺雏。石帚暗香，雅振孤飞之韵；罗衾寒雨，兼工敧旒之词。七宝楼台，春心珠络；半江铅水，花语金明。认锁骨之连环，香痕獭髓；谱断魂于清镜，筝柱龙弦。在梦窗、西麓之间，驾竹屋、梅溪而上。不独《三株》令小，拍妙波纹；《六丑》声迟，名喧花影已也。而且一道蘼芜，绿闪凉莹之冢；二分明月，红偎瘦蝶之烟。禅智山光，六朝金粉；玉钩斜路，满地胭脂。

作珠尘麝土之游，入纸醉金迷之社。秋千笋柱，时逢谢女衣香；锦瑟杏钿，消得何郎花恼。每忆高台芳榭，舞困榆钱；画阁重帘，书残鸳字。值飞絮落花之时候，此恨难平；忆秦七欧九之风流，和天也瘦。三生结习，一往而深矣。

作于清嘉庆二十一年（1816）。

又郑振铎《西谛书目》卷五著录有《苕溪渔隐词》二卷，清刊本，一册。

秦恩复

秦恩复（1760—1843），字近光，一字澹生，号敦夫，号澹生。江都（今江苏扬州）人。清高宗乾隆五十二年（1787）进士，改翰林院庶吉士，授编修。读书好古，所居玉笥仙馆有藏书处曰石研斋，蓄书数万卷，日夕检校，丹黄不去手。著有《石研斋集》、《享帚词》、《石研斋书目》。

《享帚词》四卷，清道光刻本。自序（道光十一年，1831）云："仆家有藏书二万卷，辟屋三楹，坐卧其中，暇则吟讽，以资笑傲，随意所感，寓之于词。或矢口而讴吟，或曼声而长啸，等诸击壤之尧民，有类悲秋之宋玉。"又阮元序云：

> 乡前辈秦敦夫先生与元暨江郑堂先生年学相近，先生学问渊雅，于书无所不窥，尤工倚声。尝校刻宋元人词集秘本为《词学丛书》。所著《享帚词》久已刊行，道光丙申年不戒于火，凡宋元精刻及传抄秘籍为藏书家所未见者，悉归煨烬，词板亦焚毁无存。令子玉生孝廉求得初印佳本，重刊行世，而问序于余。夫以先生之才学品望，幼承庭训，两世称名翰林，为同时老辈所折服。既己策名清时，宜膺大用。乃屡次从容恬退，乞假以归。博闻强识，闭门著书，凡若干种。词学虽其馀事，然寝馈于斯数十年，所倚声皆绵丽温柔，清转华妙，即古之梅溪、白石不能过之也，而卒以掩其钜

学。他日玉生续刊全集，蔚为大观，则是集不过艺苑之初桄、词林之嚆矢耳。元垂老矣，尚欲拭目以睹其成，故先乐得而叙之。岁在丙午二月初吉，前翰林院后一科侍生仪征阮元撰。

作于清道光二十六年（1846）。道光丙申为道光十六年（1836），知秦氏词集道光时刊印不止一次。

其词集见刘承干《嘉业藏书楼书目》著录，有《享帚词》四卷，道光十一年（1831）精刊本，二册。又《中国古籍善本书目》著录有《享帚词》三卷，清道光十一年刻本。

另《故宫普通书目》卷四著录有《享帚词》一卷，抄本，一册。

张惠言

张惠言（1761—1802），原名一鸣，字皋文，一作皋闻，号茗柯，武进（今江苏常州）人。清仁宗嘉庆四年（1799）进士，改庶吉士，授翰林院编修。著有《茗柯文集》、《茗柯词》等。

其词集见于诗文集中，计有：

1. 清张惠言撰《张皋文笺易诠全集》本，清嘉庆、道光刊本，其中有《茗柯词》一卷。

2. 清杨绍文辑《受经堂汇稿》本，清道光三年（1823）刊本，其中有《茗柯文初编》一卷二编二卷三编一卷四编一卷《茗柯词》一卷。

3. 清张寿荣辑《花雨楼丛抄》本，其中有《茗柯文初编》一卷二编二卷三编一卷四编一卷《茗柯词》一卷，清光绪八年（1882）刊。

4. 王煜辑《清十一家词抄》本，民国二十五年（1936）正中书局铅印本，其中有《茗柯词抄》一卷。

5. 陈乃乾辑《清名家词》本，民国二十六年（1937）上海书店排印本，其中有《茗柯词》一卷。

6. 王煜辑《清十一家词抄》本，民国三十六年（1947）正中书局铅印本，其中有《茗柯词抄》一卷。

又见于藏家著录的有：

1. 清庄仲芳《映雪楼藏书目考》卷十著录有《茗柯词》一卷。提要云："惠言文章诗赋无所不工，而皆取法乎其上，其词亦然，得婉约和平之旨，无佚荡噍杀之音，凡四十六首。"

2.《今生读作来生用藏书目录》著录有《茗柯词》一卷，张皋文全集本。

3. 叶德辉《叶氏观古堂藏书目》著录有《茗柯词》一卷，茗柯全集本。

4. 缪荃孙《目录词小说谱录目》著录有《茗柯词》一卷，全集本。

5.《中国古籍善本书目》著录有《茗柯词》一卷，稿本。

钱枚

钱枚（1761—1803），字枚叔，号谢盦，仁和（今浙江杭州）人。清仁宗嘉庆四年（1799）进士，官吏部文选司主事。以纵酒成疾卒。著有《心斋草堂集》及《微波词》。

其词集见于丛书中收录的有：

1. 清许增辑《榆园丛刻》本，其中有《微波词》一卷，清光绪十五年（1889）刊本。有叙云：

> 浙西词人云属霞举，揭橥六家以为职志，先声同调，接武旁流，莫能尽也。乃有杳眇湘君之佩，苍凉成连之琴。屈刀为镜，唾地生珠，如钱吏部谢盦先生《微波词》，非朱、厉以来所能盖也。先生高言令德，旷代逸才，遐举人海之中，托兴国风之体。玄微其思，锵洋其音，如谢朓、柳恽之诗，所谓芳兰竟体者已。同时龚定庵仪曹横绝一世，目空千古，填词超超有飞仙创客之概，而倾倒先生若同工而异曲。其言曰："疑涩于口，而声音欲飞，殆不可状。"则夫六家之流或有前贤之畏。五十年来传本颇稀，许迈孙氏重刻于榆园，此非乡

曲之见，是为骚雅之馀，卷中有句云“人为伤心才学佛”，予举似迈孙，以为倚声家触类之微言在是矣。时光绪丁亥十月，后学谭廷献序。

作于清光绪十三年（1887）。

2. 清钱锡宾等辑《湖墅钱氏家集》本，清光绪二十二年（1896）刊本，其中有《微波词》一卷。

3. 清袁通辑《三家词》本，清道光十一年（1831）袁祖惠刊本，其中有《微波亭词选》一卷。有杨芳灿《三家词序》，参见黄景仁。

4. 陈乃乾辑《清名家词》本，民国二十六年（1937）上海书店排印本，其中有《微波词》一卷。

又有清嘉庆刻本《微波词》一卷，钱氏自序云：

仆虽非察士，颇以思虑为劳；未到中年，已多哀乐之感。承闲簉乏，援笔即书。每览词曲诸家，声调迭起；辄谓情之所钟，言各有当。服姑蓄之草，自然生媚；约九拜之珥，亦足写哀。是以《西昆》一集，妙擅无题；南唐诸作，偏工小令。盖有用意尚巧，以少为贵者焉。每一闲写，即效其格。抑扬其调，浩唐其心。侘傺所托，盖可知矣。嗟乎！一身之内，剩有回肠；频年以来，居然落魄。酒人已去，空留旧日衫痕；春梦能来，未到黄昏时候。思夫君兮不见，托微波以通辞。好儠嚞之音者，将毋以诡赴为讥；嗜蛤蜊之肉者，或不以味少见弃乎？谢盦自识。

又杨芳灿序（嘉庆九年，1804）有“《微波》一卷，片羽仅存，品贵《阳春》，名齐《兰畹》”云云。

又清姚燮《大梅山馆藏书目》卷十一著录有《微波词》三卷。未标明版本。

刘嗣绾

刘嗣绾（1762—1820），字醇甫，一字简之，号芙初、扶初，阳湖

（今江苏常州）人。清仁宗嘉庆十三年（1808）进士，改庶吉士，授翰林院编修。著有《尚絅堂集》、《筝船词》。

刘氏词见载于丛书中，计有：

1. 清汪世泰辑《七家词抄》本《筝船词》一卷，清乾隆、嘉庆刊《随园三十种》本。

2. 清汪世泰辑《七家词抄》本《筝船词》一卷，清同治五年（1866）三让睦记刊《随园三十种》本。

3. 清汪世泰辑《七家词抄》本《筝船词》一卷，清光绪十八年（1892）勤裕堂排印《随园三十八种》本。

4. 陈乃乾辑《清名家词》本，民国二十六年（1937）上海书店排印本，其中有《筝船词》一卷。

又见于藏家著录的有：

1. 清姚燮《大梅山馆藏书目》卷十一著录有《筝船词》一卷。

2. 缪荃孙《目录词小说谱录目》著录有《筝船词》二卷，全集本。

3. 郑振铎《西谛书目》卷五著录有《筝船词》一卷，清抄本，与《捧月楼词》、《玉山堂词》合一册。

张琦

张琦（1764—1833），原名翊，字翰风，又字翰墨，武进（今江苏常州）人。清仁宗嘉庆十八年（1813）举人，历知邹平、馆陶县。善医术，精舆地之学，与兄张惠言齐名。著有《立山词》。

其词见载于诗文集中，今有清盛怀远辑《常州先哲遗书》本《宛邻集》六卷，清光绪中武进盛氏刊本，其中卷五为《立山词》一卷，凡五十七首。

其词集有另行者，见于丛书中者有：

1. 清张琦《宛邻书屋丛书》本，其中有《立山词》一卷，清道光十九年（1839）刊本。

2. 清佚名辑《酌古准今》本《立山词》一卷，清道光二十年

（1840）刊本。

3. 缪荃孙辑《云自在龛丛书·名家词》本，清光绪中江阴缪氏刊本，其中有《立山词》一卷。

4. 陈乃乾辑《清名家词》本，民国二十六年（1937）上海书店排印本，其中有《立山词》一卷。

又见于藏家著录的有：

1. 叶德辉《叶氏观古堂藏书目》著录有《立山词》一卷。

2. 缪荃孙《目录词小说谱录目》著录有《宛邻诗（疑为词）》二卷，全集本。

3.《中国古籍善本书目》著录有《立山词》一卷，稿本。

孙云鹤

孙云鹤，字友兰，一字仙品，钱塘（今浙江杭州）人。云凤妹，金玮室。善画，工诗词。著有《相筠馆遗稿》、《听雨楼词》。

《听雨楼词》二卷，清嘉庆十九年（1814）桐花阁刻本。有序云：

> 此词上卷，半属儿时所为，藏之箧中十馀稔矣；次卷，庚申后作，多伤离忆远、抚今追昔之言，录为自遣之计。去岁吴石华先生著《女文选》一书，于铁峰武妹处索去，既附名卷中，复抄是编，将并付枣，且征鹤自序。昔先严有言，闺中儿女子之言，不足为外人道。然而结习未忘，人情不免，多年心血，若听其散失无存，亦觉可惜，令自录而藏之。今之此举固非所望，然不敢固辞者，盖因先严平日溺爱之心，且重违先生一时表彰之意，是以略加删校，并志数言。至于词之工拙，则非鹤之所得而知也，嘉庆十九年甲戌岁七月，钱塘女史孙云鹤自序于广州邸舍。

作于清嘉庆十九年。此本见徐世昌《书髓楼藏书目》卷四著录，有《听雨楼词》二卷，桐华馆本。又《中国古籍善本书目》著录有《听雨楼词》二卷，清嘉庆年吴兰修桐花阁刻本。

其词集见徐乃昌辑《小檀栾室汇刻闺秀词》中，清光绪年间南陵徐氏刊本，其中有《听雨楼词》二卷。

又见于藏家著录的有：

1. 清许宗彦《鉴止水斋藏书目》"集部第九厨"著录有《听雨楼词》一本。

2. 郑振铎《西谛书目》卷五著录有《听雨楼词》二卷，清抄本，一册。

赵棻

赵棻，字仪姞，一字婉卿，号子逸，又号次鸿，晚号善约老人，上海人。户部侍郎赵秉冲女，乌程汪延泽室。清道光时在世，工诗词，著有《滤月轩集》、《滤月轩诗馀》。

其词集见丛书中收录的有：

1. 清汪曰桢辑《荔墙丛刻》本《滤月轩诗集》二卷续集二卷文集一卷续集一卷诗馀一卷。

2. 徐乃昌辑《小檀栾室汇刻闺秀词》本，清光绪年间南陵徐氏刊本，其中有《滤月轩诗馀》一卷。

又郑振铎《西谛书目》卷五著录有《滤月轩诗馀》一卷，清刊本，一册。

邓祥麟

邓祥麟，字樵香，号幼鸣，又号桃生、二槎过客，栾城（今属河北）人。清仁宗嘉庆举人，入国史馆充录事，知横州。著有《六影词》。

其词集见于著录的有：

1. 佚名《平妖堂藏书目》著录有邓樵香词五种，清道光刊，一册，八元。

2. 郑振铎《西谛书目》卷五著录有《六影词》六卷，清道光五年（1825）刊本，四册。

按：邓氏手订其词集，编为《喜桃斋灯影词》、《长短亭柳影词》、《香云寓梦影词》、《丛翠轩笠影词》、《十丈尘驹影词》、《第二槎波影词》，各一卷，总称《六影词》。"邓樵香词五种"所指当谓其中的五种。

乐钧

乐钧（1766—1814），原名宫谱，字元淑，号莲裳居士，临川（今江西抚州）人。清仁宗嘉庆六年（1801）举人。著有《青芝山馆集》、《断水词》。

其词集见附于诗文集后，今有清嘉庆二十二年（1817）刻后印本《青芝山馆集》，其中含诗集二十二卷、骈体文二卷、《断水词》三卷，《续修四库全书》据以影印。词集前有乐氏题识云：

> 少拾香草，颇眤幺弦，长而悔之，每思焚弃。意蕊未剪，情尘间飞。同调纵臾，谓非乖雅。兴旨回向，增制日夥，如刀断水，斯之谓矣。抄撮成帙，取以为名，泛涉浅尝，要非所解。莲裳居士识。

其词集又见陈乃乾辑《清名家词》中，民国二十六年（1937）上海书店排印本，其中有《断水词》一卷。

又见藏家著录的有：

1. 蔡宾年编《墨海楼书目》著录有《断水词》三卷，一本。

2. 缪荃孙《目录词小说谱录目》著录有《断水词》三卷，全集本。

3. 郑振铎《西谛书目》卷五著录有《断水词》三卷，清刊本，一册。

朱声希

朱声希（1767—1827），初名声铿，字廉夫，一字莲桴，号吉雨，秀水（今浙江嘉兴）人。邑庠生。以子仕鼬赠修职郎。著有《山矾山房吟稿》、《吉雨词稿》。

《吉雨词稿》二卷，清道光刊本。有序略云：

> 余所受教于吉雨者，乃获益于吉雨既殁之后，呜呼！吉
> 雨能使余一日忘耶？哲嗣欣甫以道光丁酉拔贡生为金华县学
> 训导，奉母之官舍，将排比先人遗著，授之梓，先以词稿示
> 余，属为序。余于词学之未成，吉雨之词则本诸竹垞太史，
> 而心造独得，非余所能推阐也。乃叙述吉雨生平大旨，以告
> 读吉雨之撰著者。道光二十年岁次庚子中秋前二日，甘泉乡
> 人钱泰吉拜序于海昌之可读书斋。

作于清道光二十年（1840）。此本见《海盐张氏涉园藏书目录》著录，
有《吉雨词稿》二卷，清道光二十年木活字排印本，一册。

沈莲生

沈莲生，字远亭，平湖（今属浙江）人。清宣宗道光年间知天津
县。著有《香草溪词》。

今存《香草溪乐府》四卷，稿本，董思诚后序略云：

> 暇日以所著《香草溪乐府》示余，余受而读之，廓然以
> 容，浏然以澄，铿然以谐，缜然以密。娴熟于绳墨之中，神明
> 于法度之外，而一归于温柔敦厚，可谓得情之正矣。其前两
> 卷已付梓人，于君之索言也，书其三四卷之后以质之。

作于清道光二十年（1840）。又有袁通题辞《买陂塘》一词后识云：

> 向于汪忆兰斋头读远亭先生词，遐想风裁，拳拳弗释。
> 顷过津门，忽得相见，馀缕凤抱，把臂恨晚。酒阑，出示《香
> 草溪乐府》，绮思霞灿。柔情波潆。直诇上友玉田，平视锡
> 鬯，曩昔所见，吉光片羽耳。倾倒之馀，倚此奉赠，即用集中
> 题胡瘦山魏塘访友图韵。

作于清道光五年（1825）。

蔡宾年编《墨海楼书目》著录有《香草溪词》二卷，一本。未言版本。

郭麐

郭麐（1767—1831），字祥伯，号频伽，又号蘧庵、复翁，吴江（今属江苏）人。诸生，科举不第，遂绝意举业，专力于诗文。著有《灵芬馆诗集》、《灵芬馆词》等。

其词集见附于诗文集中，计有：

1. 郭麐《灵芬馆集》本，清嘉庆、道光间刊本，其中有《灵芬馆词》，包括《蘅梦词》二卷、《浮眉楼词》二卷、《忏馀绮语》二卷。诸词集有郭氏序跋文，录如下：

> 余少喜为侧艳之辞，以《花间》为宗，然未暇工也。中年以往，忧患鲜欢，则益讨沿词家之源流，藉以陶写厄塞，寄托清微，遂有会于南宋诸家之旨。为之稍多，其于此事不可谓不涉其藩篱者已。春鸟之啾喁，秋虫之流喝，自人世之观，似无足以说耳目者，而虫鸟之怀，亦自其胸臆间出，未易轻弃也。爰抄丙辰以前为《蘅梦词》，丙辰迄今日《浮眉楼词》，各二卷，序而存之。自此以往，息心学道，以治幽忧之疾，其无作可也。嘉庆八年癸亥，频伽居士郭麐叙。（《浮眉楼词》）

> 余自存《蘅梦》、《浮眉》二集，意不复更作。而数年以来，学道未深，幻情妄想，投闲纷然，加以友朋牵率，多体物补题之作，共得如干首，不忍弃去，过而存之。铁秀之呵，固所不免；休文之忏，窃或庶几。亦自恨结习之难除、悔过之不勇也。嘉庆丁卯长至日，铅山舟中，频伽居士自序。（《忏馀绮语》）

分别作于清嘉庆八年（1803）和十二年。又《忏馀绮语序》略云：

> 吾友郭子频伽少习倚声，长娴诗教，走马磩碻塞上，沽酒
> 岛丸城边。回肠荡气，摇曳情灵。既而端忧多暇，杂以变
> 徵，盖蓄隐而意愉，实怀愁而慕思也。频伽本吴产，年来侨
> 寓魏塘。魏塘为昔贤歌筋之地，醋坊桥畔，肠断东山，水磨
> 头前，情缘白石。近乃取所为《蘅梦》、《浮眉》两词刊而行
> 之。余读之既，作而靳之曰："东泽绮语，家世番阳；草窗笛
> 谱，渊源历下。鸠以剪而语慧，杏必嫁而实繁。岂薄虹亭而
> 心折小长芦钓师耶？"频伽笑而不答，遂书之以弁其端。钱唐
> 友弟陈鸿寿。

2. 清许增辑《榆园丛刻》本《灵芬馆词》（含《蘅梦词》二卷、《浮眉楼词》二卷、《忏馀绮语》二卷、《爨馀词》一卷），为清光绪五年（1879）刻本。又有序云：

> 迈孙重锓《灵芬馆词》甫竟，高君龚甫出所藏《爨馀词》
> 一卷相视，盖道光壬午冬频伽先生寓楼不戒于火后，从友好
> 抄集而成者，迈孙得之，如获拱宝，为补刊以成完璧。龚甫
> 之有功于灵芬，为不浅矣。古人遗文坠业散佚不传者不知凡
> 几，世有如迈孙、龚甫其人者，为之搜辑而存之。吾当铸金
> 事之，尤愿迈孙力充此意于无穷已也。庚辰二月，秀水沈景
> 修记。

作于清嘉庆二十五年（1820）。郭氏《爨馀词跋》云：

> 壬午十二月廿二日，所假馆之楼火，仅跳而免。所著皆
> 烬，友朋掇拾，间以抄寄，不复次第，得即存之。频伽记。

壬午为清道光二年（1822）。又王诒寿跋略云：

> 迈孙先生灵襟浣月，吟吻粲花。握云机之九张，兼工众
> 制；叠冰调之百阕，最擅倚声。漱玉液于露葩，纫兰馨于秋

佩。冥契独结，灵芬是师。古佛之事，铸同黄金；私淑之称，
镌之翠琬。瑶杅所出，琼丝合奏矣。海桑阅变，云叶鲜遗。
先生慨焉，乃发袭芸之藏，重付雕梨之手。合其三种，仍为
一编。爰以校字，得快先睹。

作于清光绪五年（1879）。此本多见著录，如梁启超《梁氏饮冰室藏书
目录》著录有《灵芬馆词》《蘅梦词》二卷、《浮眉楼词》二卷、《忏馀绮语》二
卷，清光绪五年娱园刻本，三册。又李盛铎《天津延古堂李氏旧藏书
目》著录有《灵芬馆词》七卷，《娱园丛刻》本，二册。又郑振铎《西
谛书目》卷五著录有《灵芬馆词》七卷，清光绪五年许增刊本，四册。

3. 清冯震祥辑《国朝六家词抄》本，抄本，其中有《灵芬馆词》
二卷。

4. 中华书局辑《四部备要》本，民国二十五年（1936）上海中华
书局排印本，其中有《灵芬馆词四种》（含《蘅梦词》二卷、《浮眉楼
词》二卷、《忏馀绮语》二卷、《爨馀词》一卷）。

5. 陈乃乾辑《清名家词》本，民国二十六年（1937）上海书店排
印本，其中有《灵芬馆词四种》（含《蘅梦词》一卷、《浮眉楼词》一
卷、《忏馀绮语》一卷、《爨馀词》一卷）。

6. 《郭频伽词》一卷，抄本，藏上海图书馆。

又见藏家著录的有：

1. 清赵宽《小脉望馆书目》"元册·集字橱"著录有《灵芬馆
词》，二本。

2. 清赵宽《小脉望馆书目》"贞册·寿字架"著录有《灵芬
馆词》。

3. 胡桐庵《新昌胡氏问影楼藏书目·续编》卷下著录有《灵芬馆
词》四种。

以上均未言版本。

曹言纯

曹言纯（1767—1837），字丝赞，号古香，又号种水，秀水（今浙

江嘉兴）人。贡生，家贫无书，喜借书抄录，藏书处名五千卷室。著有《征贤堂集》、《种水词》等。

《种水词》四卷，包括《步瑟集》二卷、《削缕集》一卷、《扇影集》一卷，清道光十一年（1831）由卷征贤堂刻本。诸集曹氏自序，录如下：

《步瑟集叙》：余自幼与从兄绳其同塾，兄长三岁，余年十三，教余学诗，且授之词。曰：是易于诗，而工实难，学之自知，然未及为也。及长为之，得二卷，兄题曰《步瑟集》，《尔雅》："徒鼓瑟谓之步。"清庙之瑟，朱弦而疏越。壹倡而三叹，有不求合于俗耳者矣。后游四方，遇无聊辄以自写，杂投于篋。己丑冬日息影村舍，始出录之，删前之存者八九，后所作者六七，仍为二卷。及编成，而余兄倏逝，言之痛心。兄之殁，在道光九年十二月十四日，是编之成，在二十五日。曹言纯叙。

《削缕集叙》：窃谓乐府《欢闻》之曲，江南多《子夜》之歌。似出帷房，大半肖痴呆之吻；有关骚雅，无非属寄托之辞。徵短拍于《花间》，日增丽制；求亡声于《水调》，在获遗音。黄山谷犁舌难辞，周公谨效颦更作。偷声减字，谱成于寂寞之馀；捉影捕风，想人乎虚无之际。……家馀织锦之妻，新图叠寄；身作剪绡之衲，外集重编。三百名子弟同来，别求小部；十五种笙箫并奏，试按清商。天上支机，未许艳瓜之宿；人间裂素，任传团扇之郎。一片灰心，木居七之形模若此；千言绮语，玉观音之忏悔何如。嘉庆六年辛酉十一月九日，嘉兴曹言纯自叙于新安石门山陈氏小青城仙馆。

《扇影集序》：歌尘扇影，盖所谓我辈中人无是也。余家藏有书画旧扇，友朋间亦颇有藏者，陈新荟、戴松门、钱麃山、文后山、庄雪膡、殷云楼、吴馀山皆逾百面，或数十面，唐大令至满千数，屠居士亦有数百。然云烟过眼，交易互换，甚且售卖聚散可慨矣。其铭心绝品，胸目间如或有在。追忆作者姓氏，约略题署款目，益以箧中现有，并近日所见，各赋小词纪之。往者已亡，存者亦何可知？触绪兴怀，不知其所以言，空中之寄，皆影而已。既成，念陶潜形影赠答、神释自然之诗曰："应尽便复尽，无复独多虑。"悚然愧焉。至区区之词，拟诸古人，何有三影之一哉？道光戊子十一月十六冬至前七日，种水曹言纯寓清江浦上汪氏观复斋叙。

分别作于清道光九年（1829）、嘉庆六年（1801）、道光八年。此本见缪荃孙《目录词小说谱录目》著录，有《种水词》四卷，道光辛卯刊本。

又其词集见于著录的有：

1. 清姚燮《大梅山馆藏书目》卷十一著录有《种水词》四卷。
2. 蔡宾年编《墨海楼书目》著录有《种水词》四卷。

以上均未言版本。

徐达源

徐达源（1767—1846），字岷江、无际，号山民，别号小峨山人，吴江（今江苏苏州）人。曾任翰林院待诏，旋归故里，闭门著述。著有《涧上草堂纪略》、《紫藤花馆词》等。

其词集见刘承干《嘉业藏书楼抄本书目》著录，有《紫藤花馆词》一卷，乌丝抄本，一册。又周子美编《嘉业堂抄校本目录》卷四著录有《紫藤花馆词》一卷，抄本，一册。

按：《中国古籍善本书目》著录有《紫藤花馆词》一卷，稿本。

杨时英

杨时英，海盐（今属浙江）人。生平不详，著有《雪椀词》。

其词集见刘承干《嘉业藏书楼抄本书目》著录，有《雪椀词》一卷，抄稿本，一册。又周子美编《嘉业堂抄校本目录》卷四著录有《雪椀词》一卷，抄稿本，一册。

赵函

赵函，字元止，号艮甫，震泽（今江苏吴江）人，侨寓无锡。诸生，工词。著有《乐潜堂集》、《飞鸿阁琴意》。

《飞鸿阁琴意》二卷，清道光刻本。自序云：

> 往岁六合汪紫珊太守征刻七家词，滥及鄙制。属袁兰村定之，而彭甘亭为之序。仆旋悔未能深研律吕之源，坚向兰村索还稿本。故各家之词刻成，而鄙制实未付手民也。三十年萍蓬浪迹，蕉萃胥疏，掐谱倚声，终无当于骚雅清空之旨，近遂辍而不为。偻指七家，如紫珊、兰村暨袁湘湄、刘芙初先后归道山，杨伯夔、顾蒹塘各宰一方，惟仆则奔驰旅食如曩时，且垂垂老矣，追念旧游，不复能引商刻羽，而一片泓峥萧瑟之怀，犹欲与故人相质也。去岁蒹塘在水西刻其《拜石山房词》，寄仆润州，清夜篝灯读之，海水江风，如赠如答，乃发箧，尽搜同人词读之，既又自取旧时丛稿读之，泠泠然有笙磬之感。繇是不忍割弃，辄复录存，删汰之馀，不满百阕，厘为二卷刻之，以就正于同人，亦聊酬紫珊宿昔相推之雅云尔。道光丙申七月中浣，香严居士赵函自序。

作于清道光十六年（1836）。

又清姚燮《大梅山馆藏书目》卷十一著录有《飞鸿阁琴意》二卷。未言版本。

王贞仪

王贞仪，字德卿，上元（今江苏南京）人。王锡琛女，詹枚室。嗜天算之学，又知晓医学。著有《德风亭集》等。

其词集见徐乃昌辑《小檀栾室汇刻闺秀词》中，清光绪年间南陵徐氏刊本，其中有《德风亭词》一卷。

又清朱绪曾《开有益斋读书志》卷五著录有《德风亭初集》，云："《德风亭初集》文九卷、诗三卷、词一卷，金陵王贞仪德卿撰，知府王者辅惺斋之女孙，宣城詹枚文木之室也……"知附载于诗文集后。

丁履恒

丁履恒（1770—1832），字若士，一字道久，号冬心，又号东心，武进（今属江苏）人。拔贡生，清仁宗嘉庆十三年（1808）召试二等，知肥城县。著有《思贤阁集》、《宛芳楼草》（一名《思贤阁词》）、《宛芳阁杂著》等。

其词集见缪荃孙《目录词小说谱录目》著录，有《思贤阁词》一卷，稿本。

孙尔准

孙尔准（1770—1832），字平叔，一字莱甫，金匮（今江苏无锡）人。清仁宗嘉庆十年（1805）进士，选庶吉士，授翰林院编修。历江西按察使、福建布政使、广东布政使、安徽巡抚、福建巡抚等，官至闽浙总督。卒谥文靖。著有《泰云堂集》、《雕云词》、《荔香乐府》。

其词集见附于诗文集中，今有清道光刻本《泰云堂集》二十五卷，《续修四库全书》据以影印，其中末附《泰云堂词集》三卷。其中卷一为《雕云词》，卷二为《海棠巢乐府拈题》，卷三为《荔香乐府》。

凌廷堪《校礼堂文集》卷三十二《书孙平叔〈雕云词〉后》云：

> 无锡孙平叔孝廉驰情绮丽，托兴缠绵。猥通研粉之笺，远示《雕云》之集。未遑谋面，获捧琼瑶。敢诩同心，谬膺缟纻。慢则织绡泉底，得传石帚全神；今则弄影云边，不拾《草堂》馀唾。可云金风亭长顿遇替人，樊榭山民忽来同调者矣。

又郑振铎《西谛书目》卷五著录有《泰云堂词集》三卷，清刊本，一册。

汪度

汪度（1777—？），字白也，又字仲客，上元（今江苏南京）人。庠生，清嘉庆年间曾馆于随园，后隐居摄山读书，晚居古佛庵。著有《玉山堂词》。

汪氏词集见于丛书中收录的有：

1. 清汪世泰辑《七家词抄》本《玉山堂词》一卷，清乾隆、嘉庆刊《随园三十种》本。

2. 清汪世泰辑《七家词抄》本《玉山堂词》一卷，清同治五年（1866）三让睦记刊《随园三十种》本。

3. 清汪世泰辑《七家词抄》本《玉山堂词》一卷，清光绪十八年（1892）勤裕堂排印《随园三十八种》本。

又见于藏家著录的有：

1. 清姚燮《大梅山馆藏书目》卷十一著录有《玉山堂词》一卷。

2. 郑振铎《西谛书目》卷五著录有《玉山堂词》一卷，清抄本，与《筝船词》、《捧月楼词》合一册。

3. 郑振铎《西谛书目》卷五著录有《玉山堂词》一卷，清抄本，与《崇睦山房词》合一册。

许赓皞

许赓皞，号秋史，字子规，瓯宁（今属福建）人。以修《武夷山志》，坠岩死。著有《平远堂诗》、《萝月词》。

《萝月词》二卷，清道光刻本。跋云：

> 明人诗号为复古，不读唐以后书，故三百年来词学迄以不振。我朝竹垞倡之于前，樊榭和之于后。两浙乐章之盛几欲抗手两宋，希踪五代，独吾闽作者寥寥，惟丁雁水以小令

擅场，他无闻焉。赓鳞幼习韵语，即酷好倚声。辛卯秋试省门，以所业质之吴淞沈梦塘先生，极蒙奖掖，且授以《词律》一书归，从浦城黄树百先生学四声清浊，乙未游蒋荃臣夫子之门，受诗法，间以词请益。夫子曰："词与诗一也，《周颂》三十一篇，长短句居十八，是词已发源于三百篇矣。子既学诗，何有于词？"退而恍然有悟，遂尽弃少作。长调主白石、玉田，短调主少游、漱玉。戊戌与里中诸子举词社，所得益多，因合旧作共六百阕，删存二卷，聊以自娱。嗟乎！人生只此百年耳。赓鳞少不努力，弱冠稍志于学，又牵拂于人事之鞅辔，时作时辍，荏苒逮壮，百无一成。仅习此无用之词章，虽悔且愧，为之复不能自已，信乎结习之难忘也。然竹垞有云："诗所难言者，委曲倚之于声。其辞愈微，而其旨益远。"又云："去《花庵》、《草堂》之陈言，不为所役。倬䜌涤濯，以孤技自拔于流俗。"以斯为则，或不至乖于大雅矣乎？道光己亥端午后十日，克犟许赓鳞自识于萝月山馆。

作于清道光十九年（1839）。

其词集见于著录的有：

1. 清姚燮《大梅山馆藏书目》卷十一著录有《萝月词》二卷。
2. 徐世昌《书髓楼藏书目》卷四著录有《萝月词》二卷。

以上二家均未言版本。

陈文述

陈文述（1771—1843），初名文杰，字隽甫。号云伯，别号退庵、碧城外史、颐道居士、莲可居士等，钱塘（今浙江杭州）人。清仁宗嘉庆五年（1800）举人，历知全椒、昭文、崇明等县。著有《碧城仙馆诗抄》、《颐道堂集》、《碧城仙馆玉笙词》、《紫鸾笙谱》等。

《紫鸾箫谱》二卷，清道光刻本。陈氏序略云：

女弟子吴蘋香以《花帘书屋词》乞序，远追漱玉，近接生香，深得此中微妙。谓余词虽非专家，然在全稿中自是一种文字，劝为付梓。因掇拾丛残，都为二卷，名之曰《紫鸾笙谱》，仿《蘋洲渔笛谱》、《月底修箫谱》例也。

作于清道光十一年（1831）。

其词集见于著录的有：

1. 清徐乾学《积学斋书目》著录有《紫鸾笙谱》四卷。

2. 罗振玉《罗氏藏书目录》著录有《紫鸾笙谱》二卷。又王国维编《大云书库藏书目》卷中著录有《紫鸾笙谱》二卷。

以上均未标明版本。

陶梁

陶梁（1772—1857），字宁求，号凫芗，一作凫香，长洲（今江苏苏州）人。清仁宗嘉庆十三年（1808）进士，改庶吉士，授编修。历正定知府、大名知府、甘肃按察使、江西布政使、内阁学士，官至礼部侍郎。著有《红豆树馆诗稿》、《红豆树馆词》、《语儿村笛》，编有《国朝词综补遗》。

《红豆树馆词》八卷补遗一卷，清道光刻本。序云：

红豆出南海，载《南州异物记》、《益部方物略》诸书，有藤种，有树种，初见于王摩诘诗，其实圆而红。然不能移植他处，故江浙间绝少。近时惟吴门惠学士半农家有之，以名其斋，而他处无闻焉。陶子凫乡居娄齐之间，家亦有此树。结实累累下垂，殊可爱玩，憩其下者每流连往复，若不能去。盖红豆一名相思子，思发乎情，止乎礼义，乃不堕纤巧浮靡之习，得为风骚之苗裔。今凫乡娴雅歌，通诗古文，性情风格似魏晋间人，而尤以词擅名于时。所作前以石帚、玉田、碧山、蜕岩诸公为师，近则以竹垞、樊榭为规范，其幽洁妍靓，如水仙之数萼、冻梅之半树，用寄其清新婉约之思，信可为南末以来词家之别子矣。凫乡博雅嗜古，从余游。余绪

《续词综》，得其搜采之功居多。余少时于倚声一事颇曾致力，今衰老，久辍不作，而凫芗年力初壮，进而不已，行将以著作擅长艺苑，集词学之大成。读《红豆词》者，其以此为骥之一毛、豹之一斑可也。昭阳大渊献窝月望日，青浦八十老人王昶序。

作于清嘉庆癸亥，即嘉庆八年（1803）。又有跋略云：

> 凫芗观察曩著《红豆树馆词》梓行已久，后复有感旧纪恩之作，都为八卷，合而刊之，授柏心使论其大略。……今读《红豆树馆词》，包含宏大，直举胸情，然后知此境正自无穷，人特未能穷其所至耳。集中他美，诸公论之详矣。余以为自有倚声以来，兼众长而扩其境之所未至者，独于兹集见之。遂举所见，识于简末。时道光癸卯夏五，监利王柏心谨跋。

作于清道光二十三年（1843）。此本见郑振铎《西谛书目》卷五著录，有《红豆树馆词》八卷，清道光二十三年刊本，二册。

另缪荃孙《目录词小说谱录目》著录有《语儿村笛》一卷，咸丰甲寅刊本。又著录有《红豆树馆词》一卷，嘉庆壬戌刊本。

梁祚昌

梁祚昌，字克斋，孝感（今属湖北）人。廪膳生员，曾宦。著有《倚萝山馆词抄》。

其词集见于著录的有：

1. 徐世昌《书髓楼藏书目》卷四著录有《倚萝山馆词抄》一卷。

2. 郑振铎《西谛书目》卷五著录有《倚萝山馆词抄》五卷，清宣统元年（1909）刊本，一册。

蒋笃

蒋笃，号楚亭，浙江平湖人。负奇不偶，著有《秋影集》、《潇湘馆词》等。

《潇湘馆词》一卷，清道光刻本。郁载瑛序略云：

> 后数日，偕沈君浪仙顾余乳溪客舍，青衫落拓，白发飘萧，气夺垂虹，貌争瘦鹤。纵吻宛合乎前契，倾襟俨对乎古人。遂托琴尊，时接光采。旋以言旋桑梓，遽隔山川；每溯风期，辄郁霞想。己酉春，友人盛君云泉谋梓其《潇湘馆词》，寄余属为序之。……

作于清道光二十九年（1849），知蒋氏道光末已去世。又王峻明跋云：

> 《潇湘馆词》者，蒋丈楚亭之所著也。蒋丈负奇不偶，游迹半天下，所至贤士大夫倒屣迎之。然胸次磊落，旷放不羁，若不可一世者。故所遇辄穷，而其词亦哀感顽艳，仿佛楚骚之遗。读者每至涕洟。岁己酉，友人盛君云泉谋付剞劂，嗣以云泉长逝，遂不果。暇偶假读一过，为之怆然。爰校录而授诸梓，且并述其大概云。

作于清道光三十年，己酉即道光二十九年。

又见于著录的有：

1. 蔡宾年编《墨海楼书目》著录有《潇湘馆词》，一本。

2. 郑振铎《西谛书目》卷五著录有《潇湘馆词存》一卷，清刊本，一册，存卷一。

改琦

改琦（1773—1828），字伯蕴，号香白，又号七芗、玉壶外史等，松江（今属上海）人。清仁宗嘉庆、宣宗道光间以善画人物著称于世，能诗词，著有《玉壶山房词选》。

《玉壶山人词稿》一卷《泖东夏课》一卷，稿本，藏上海图书馆，此本见《中华再造善本》收录，又《续修四库全书》和《清词珍本丛刊》有影印本。

《玉壶山房词》二卷，清道光刻本。《校刊玉壶山房词引》略云：

> 先生初嗜诗，后专力于词，所作甚尠。郡中同人刻《泖东近课》，曾刻词一卷。先生意不自足，后以全稿属其友郭君麐选存若干首，又复自为删定，未及付梓，遽归道山。伟以通家子，少承一字之师，感旧伤情，无由追慰。求遗稿于苦次，寿诸枣梨，使读者知先生为今时之郑虔也。至其词之工，则有当世能文之士序而传之，伟何人哉？岂敢复赘，聊缀数语，识校刊之缘起云。道光戊子既望，后学沈文伟谨书。

作于清道光八年（1828）。又郭麐跋云：

> 烟波渺然，孤云无迹，四山弄影，时见髻鬟，七芗词竟似之。辛巳四月，郭麐读一过，妄为加墨围于上，并记。

作于清道光元年（1821）。此本见缪荃孙《目录词小说谱录目》著录，有《玉壶山房词选》二卷，道光戊子（1828）刊本。又见郑振铎《西谛书目》卷五著录，有《玉壶山房词选》二卷，清道光八年云间沈氏刊本，二册。

其词集见于陈乃乾辑《清名家词》中，民国二十六年（1937）上海书店排印本，其中有《玉壶山房词》一卷。

又见于藏家著录的有：

1. 清姚燮《大梅山馆藏书目》卷十一著录有《玉壶山房词选》二卷。

2. 刘承干《嘉业藏书楼书目》"补遗"著录有《玉壶山房词选》二卷，聚珍仿宋印书局庚申活字本，一册。按：庚申为民国九年（1920）。又郑振铎《西谛书目》卷五著录有《玉壶山房词选》二卷，1920年聚珍仿宋印书局铅印本，一册。

倪稻孙

倪稻孙（1774—1818），本姓凌，字谷民，号米楼，又号梦隐子、鹤林外史，仁和（今浙江杭州）人。补诸生，终无所遇。著有《剪云楼

词》、《芦中秋瑟谱》、《梦隐词》、《酒边花外词》、《海沤剩词》各一
卷，总名《云林堂词集》。

严元照《悔庵学文》卷三《酒边花外词序》略云：

> 米楼十许岁时即有《剪云楼词》刻行世，吾友杨秋室尝为
> 予极道其工。予固未识米楼，亦未尝见其词也，顾秋室于时
> 人少许可，独心折米楼，知米楼下笔必有绝人者。思欲一见
> 之，而往还虎林，终不得观。今兹予佣书来杭，会米楼丁母
> 忧居家，亦暂为人佣书。过从累日夕，索其《剪云》一刻，则
> 曰："此少作，吾悔之久矣。"间为予诵其近作，大爱之。翼
> 日出其稿三种畀予，长调多者曰《芦中秋瑟谱》，曰《梦隐
> 词》，清真婉约，掩绝流辈，番阳一瓣香，舍米楼，其谁与
> 归？义衷其小令，别为一卷，合取向芗林、王碧山之词名，命
> 之曰《酒边花外词》，丽而不淫，雅而多姿，意不竭于句中，
> 情弥永于言外，草窗《效颦十解》，视之殆有愧色。近世词家
> 长调多而小令少，犹作诗者之无五言四句也。若米楼，殆能
> 出入南唐北宋者矣。

又沈钦韩《幼学堂文稿》卷二《倪米楼酒边花外词序》有"《酒边花外
集》者，衷所作小令，同《花间》、《尊前》之例也"云云。又吴锡麒《有正
味斋骈体文》卷八有《倪米楼芦中秋瑟谱序》和《倪米楼剪云楼词序》。

其词集见《劳氏碎金》卷中著录，有《云林堂词》五卷，刻本校
补。云：

> 卷一　《剪云词》，凡三十三阕。中《菩萨蛮》一阕后编
> 入《酒边花外词》，已删。
> 卷二　《芦中秋瑟谱》，凡七十四阕，沈东畇分作两帙。
> 卷三　《梦隐词》，凡三十八阕。
> 卷四　《酒边花外词》，凡六十四阕。
> 　　　《海沤剩词》，凡五十八阕。

共二百六十七阕。

《剪云词》初刻名《剪云楼词》。

《云林堂词》，刻本四卷，无《海沤剩词》及序、题词，借高叔荃抄本补录。朱立斋云：吴门戴竹友延介曾刊之，借吴兴陈氏鱼计亭藏小敷山农沈东畇镃抄本勘，刻本《芦中秋瑟谱》中多四阕，盖删汰之词。又有它人倡和之作，附抄于末。东畇抄于嘉庆戊寅之夏，道人犹自识以印记，是秋道人下世，则其刻尚在道人身后矣。东畇所抄与刻本多异同，似仍就初稿传录，而刻本则定本也。顾可正刻本之误者，今著其字句于行间，要当以刻本为据。

东畇抄本与钱唐汪剑秋鋆选本所据之本相同，与《词综》二集本亦多相合，间有异处，似王氏所见尤在前之初稿也。

以《海沤日记》中丙寅、丁卯、戊辰三年词稿证之，信东畇所抄，为稿本。

东畇抄本，不标《云林堂词》，各自为卷。

东畇抄本《酒边花外词》少《鹤冲天》一阕，《梦隐词》无自跋，又少李澹畦题及题词三阕，剩词少末十阕。

道人生于乾隆三十九年甲午，卒于嘉庆二十三年戊寅，年四十六。

吴兴陈氏鱼计亭抄本，于《芦中秋瑟谱》多出刻本四阕，盖删汰词也。又有倡和之作五阕，刻本不载附作，因并录存之，其戴简窗、李处士三阕，则从其集抄附，非元本所有也，戊午花朝记。

陈氏抄本，道人自识。

印记：梦隐子，鹤林外史，西湖梦隐，稻孙，米楼，梦隐庵，燕雁无心。

知曾借高叔荃抄本、沈镃（东畇）抄本、陈经（鱼计亭）抄本补录或校勘。

今有抄本《梦隐词》一卷，江藩叙略云：

> 往年吴谷人太史、蒋藕船孝廉每为予言米楼工词赋，恨未之见也。嘉庆四年冬有友人自京师来邗上，出《剪云词》示予。思致雅丽，风骨清真，始知米楼之词俎豆姜、张，乃词家之正宗。未几米楼亦来邗上，在汪饮泉明经斋中见予题友人画蘋花《籏水》一调，即访予于众香精舍。于是剪烛谈艺，杯酒流连，遂成莫逆交。五年冬，复相遇于芜城，出《梦隐词》，属予数言弁卷端。……

又倪氏《梦隐词自志》云：

> 自丁丑冬迄今，凡三易寒暑，存此一卷，计五十六调。不师秦七，不师黄九，酒边花外，熏香锈丝，怀我白石。东望黄鹤山中之云，隐者自怡悦也。即或叩草窗，疑竹屋，渔笛黯淡，痴语缠绵。春带愁来，大江东去，二分尘土，一分流水，如梦如梦。此境若或遇之，吾无隐尔，不足当独醒人一唱喋之也。嘉庆庚申重阳前一日，梦隐生自志于芦中秋瑟亭。

作于清嘉庆五年（1800）。丁丑为清乾隆二十二年（1757），按：倪氏生于清乾隆三十九年（1774），则丁丑疑误。

又有抄本《海沤剩词》一卷，倪氏自序云：

> 年来断句零词，不耐收拾，脱稿日记中。顷归自吴门，好春方水，相于茗碗，意境萧闲。因检点一过，录为此帙。亦自知回肠荡魄之作，久不系怀，若铜弦铁板，又非所近。此中得失，胸次了然，顾弃之可惜，聊复寓于楮墨云。甲戌丛残之月，梦隐子稻孙识于西隐楼。

作于清嘉庆十九年（1814）。

孔昭虔

孔昭虔，字元敬，号荃溪，曲阜（今属山东）人。清仁宗嘉庆六年

（1801）进士，改庶吉士，授翰林院编修，官至贵州布政使。著有《镜虹吟室词集》、《绘声琴雅》、《扣舷小草词》等。

《镜虹吟室词集》二卷，清道光刻本。陶梁序略云：

> 梁自丁卯应京兆试，出荃溪先生之门，先生博雅嗜古，尤好倚声之学，以兰泉司寇《续词综》、《国朝词综》诸书曾与编校，故不鄙弃之，以为可教也。每于侍坐之顷，究心词学指归，相与上下其议论……余自出守畿辅，不及师门者三十年矣。尺书往复，诲我谆谆，恤民之方，临政之要，一一通之于词，旧辑《词综补遗》一书，多所订正。先生既归道山，公子小齐裒寄《绘声琴雅》，命为之序。

作于清道光十七年（1837）。

其词集见于著录的有：

1. 清姚燮《大梅山馆藏书目》卷十一著录有《镜虹吟室词》二卷。

2. 蔡宾年编《墨海楼书目》著录有《镜虹吟室词》二卷，一本。

以上均未言版本。

邓廷桢

邓廷桢（1775—1846），字维周，号嶰筠，又号妙吉祥室老人、刚木老人，江宁（今江苏南京）人。清仁宗嘉庆六年（1801）进士，授编修。历知宁波、延安、榆林、西安，任安徽巡抚，升两广、闽浙、陕甘总督。著有《双砚斋诗抄》、《双砚斋词抄》等。

其词集见于词集丛编者有：

1. 陈潜辑《邓林唱和诗词合刻》本，清宣统元年（1909）江浦陈氏刻本，其中有《双砚斋诗抄》一卷词抄一卷。

2. 邓邦述辑《双砚斋丛书》本，民国十一年（1922）江宁邓氏刻本，其中有《双砚斋诗抄》十六卷词抄二卷。邓氏跋云：

右先曾祖《双砚斋词抄》二卷，先伯祖文慤公曾刻之滇中，经乱板毁，子姓守而弗失者，印本一二部而已，外间鲜有见者。往年先伯笏臣公官浙，谭仲修先生就录十首于箧中续集，陈雨生年丈裒刻《金陵词抄》，录过百首，寒家世守绌帙，而先人著作没焉无存。邦述惧久更失传，重付梓人，且遍刻文慤公《小如舟舍词》、笏臣公《空一切盒词》、先君子《晴花暖玉词》，汇为家集，用以贻当代作者，兼示子孙云。庚申二月，曾孙邦述谨识。

作于民国九年（1920）。

又清赵宽《小脉望馆书目》"亨册·落字箱"著录有《双砚斋词》，一本。未言版本。

汪初

汪初（1777—1808），字问樵，一字绛人，钱塘（今浙江杭州）人。诸生，捐资为库大使，以军功补县丞，未仕而卒。著有《沧江虹月词》。

其词集见于著录的有：

1. 《劳氏碎金》卷中著录，有《沧江虹月词》二卷。云：

周生驾部作绛人小传，谓其词见赏于青浦王少司寇，其《国朝词综》二集所选，此本具存。周生又称其入蜀诸作尤工，不知绛人身后曾有续刻否？向未见此稿，从其族人剑秋丈索之，许觅以见畀，未几而剑秋下世。兹季言于城中书摊买得此帙，寄归展阅一过。偶忆往事，漫笔卷端。剑秋亦工词，见其草稿。丛杂不自料检，今亦不可复问，唯所注《樊榭山房诗集》稿本，予为收拾之。己未十月小尽日小雪，灯下夓卿记。

《莲子居词话》载：潘湘云小影《金缕曲》二阕，又摘其警句，云皆翩翩有致，十一月朔黄昏，双声阁主人书。

二跋为清劳权所作，己未为清咸丰九年（1859），此书为劳权弟劳格（字季言）购藏。

2. 清许宗彦《鉴止水斋藏书目》"集部第九厨"著录有《沧江虹月词》一本。按：许宗彦《鉴止水斋集》卷二十有《沧江虹月词序》略云："汪甥绛人生山水名区，饶咏歌韵事。兰闺之好，过于画眉；竹屋之徒，咸从捧手。熙飙送暖，寻陌上之花钿；腊吹凝寒，记梅边之月色。偷声冢指，不少新篇；滴粉搓酥，每抒丽制。大都留连文酒，怡悦性灵；揆阙襟神，存乎旷邈。"

3. 清姚燮《大梅山馆藏书目》卷十一著录有《沧江虹月词》二卷。

4. 蔡宾年编《墨海楼书目》著录有《沧江虹月词》二卷，一本。

5. 张宗祥《铁如意馆手抄书目》著录有《沧江虹月词》一卷，一册。录咫进斋主人跋文，云："是本即自咫进斋本移录，朱笔批点，亦照原书。"又缪荃孙《清学部图书馆善本书目》著录有《沧江虹月词》一卷，稿本。仁和沈星炜题辞，后有无名氏跋。又见《京师图书馆善本书目》著录，有《沧江虹月词》一卷，归安姚氏书。稿本。沈星炜题辞。按：姚觐元，字彦侍，号裕万，清浙江归安人。好聚书，刻有《咫进斋丛书》。又按：国家图书馆藏有抄本《沧江虹月词》，云归安姚觐元咫进斋，有朱笔圈点、眉批。

6. 郑振铎《西谛书目》卷五著录有《沧江虹月词》三卷，清嘉庆九年（1804）汪氏振绮堂刊光绪十五年（1889）补刊本，一册。

又上海图书馆藏有赵氏寿华轩抄本《沧江虹月词》一卷，有序略云：

> 余与问樵总角订交，迄今数载，素心晨夕，未尝一日离也。余好倚声，问樵复有此癖，每于花前月下对酒当歌，唱予和汝，曲尽其欢，及至酒酣争胜，气复不能相下。余曰："是真结习未除，未能免俗矣。"问樵乃笑而颔之。余尝赠问樵词，有"落落高情自许"之句，盖问樵少具隽才，自负诗

词，不可一世，而独以余为知音，故其所作多就余删定，其中怀人咏古诸篇并皆佳妙，至闺情纤丽之作尤其所长。余又有云："相思不共卿争艳，自向东风剪绮霞。"问樵闻而戏之曰："是儿大有妒意。"余厉声曰："以此非老于温柔乡者不能，盖美之也，何妒之有？"其一时诙谐类此者不可枚举。今春将有吴门之行，淮南桂树，鸡犬皆仙，从此风流销歇，愁绝东阳，而春树暮云，可胜怅望哉？问樵因出词稿索题，余为识数语于卷首，以当词话一则。并附《减字木兰花》八首，亦止就集中所有情事，略一数陈，非敢泛设赞词也。（八首词略）仁和沈星炜秋卿拜题。

按：沈星炜，字吉晖，号秋卿，仁和（今杭州）人。清道光年间知随州。工诗词，善隶书，兼擅绘事。著有《梦绿山庄集》。

汪潮生

汪潮生（1777—1832），字汝信，号饮泉，晚号冬巢，仪征（今江苏扬州）人。乾隆六十年（1795）副贡。工花卉，精填词。著有《冬巢诗集》、《冬巢词集》。

《冬巢词集》四卷，清道光刻本。有序略云：

岁壬辰，予已为饮泉作词序，今越数载而刊其词，固不必更作。惟念昔之为君序也，意君自刊之，或待刊诸异日，而予不及见，岂料反为予刊，而君不及见也。今者未读君词，乃先见予前序，而不能自已，可胜叹哉？前序云："予与饮泉相契垂四十年，终始如一，可谓善交矣。……君尤酷嗜诗馀，所作婉约隽妙，兼具淮海、清真之韵味，而于美成尤近。……因辑所作词若干卷，属予为序。且以札至，谓乞早为脱稿，俾得反复读之，死当瞑目。盖谓予知君最深，故以相托。然君之病实不死，君之词则必传。自《宋史·艺文志》多以词集别为著录，而其时作者如乐章、书舟、筠溪等作，徒以斯艺相传，至今遂获不朽。然则君词之必传于后，不愈可信邪？君愈后，试梓而行之，观者当必以予为知言也。"前序之辞如此。呜呼！序中谓君实不死，未几而竟死矣。彼时怛切之况如在目前，回忆人琴，弦遗影绝，夫名山未竟，论已底于盖棺；没世相称，见更殊乎享帚。今日之览予前序者，莫不谓曩者之作其信然也，则即以所作为今日之事可也。道光丁酉春三月，黄承吉序。

作于清道光十七年（1837），壬辰为道光十二年（1832）。

其词集见王其毅《宿迁王氏池东书库简目》著录，有《冬巢居士词》四卷，二本。未言版本。

黄锡庆

黄锡庆（？—1860），字铁盦，一字小园，甘泉（今江苏扬州）人，一云杭州人，寓居扬州。清宣宗道光十三年（1833）举人，分发广东候选道。工书擅词，著有《铁盦甲乙稿》、《铁盦词甲乙稿》。

《铁盦词甲稿》一卷《乙稿》一卷，清道光刊本。廊道人《铁盦词稿序》略云：

> 同年黄子铁盦辑其所为词，仿宋吴文英《梦窗词稿》例，以甲乙第其编，属廊道人为之序。道人不知词，能知铁盦之深于词也，且铁盦之词之深，有不仅于其词知之也。

作于清道光二十五年（1845），又许宗衡《铁盦词乙稿序》（道光己酉）略云：

> 铁盦同年以所著词乙稿属宗衡点定，宗衡粗才，不知为倚声。早岁读屯田、淮海、白石、玉田、草窗诸集，窃亦心仪之。……而铁盦乃以声律字句之细，强宗衡点定，宗衡则第曰：铁盦之词不伤侧艳，不以按谱寻声失其真，情古而意柔，读之涩于口，和于心。近世叫嚣淫曼、务为圆媚之习，毋为

铁盦虑矣。

作于清道光二十九年（1849）。

其词集见王其毅《宿迁王氏池东书库简目》著录，有《铁盦词甲稿》一卷，一本。未言版本。又《中国古籍善本书目》著录有清道光刻本《铁盦词甲稿》一卷，清王筠校。

黄锡禧

黄锡禧，字子鸿，一作勺园，号鸿道人、涵青阁主。清文宗咸丰在世，官同知。著有《栖云山馆词存》。

其词集见清李肇增辑《淮海秋笳集》中收录，清咸丰十年（1860）迟云山馆刊本，其中有《栖云山馆词》一卷。

又有《栖云山馆词存》一卷，清同治刻本。自序云：

> 锡禧幼嗜倚声，苦无师授，每作辄弃，存者不过十之二三。癸丑兵燹后，转徙流离，稿尽散失。嗣因感事触情，复得近作若干首。今春同人促付手民，为鉴前失。于是以稿就吴让之师删削，猥蒙手录数十阕，示为可存，姑就已录者刻之，留以验异时进退，且益重先生之书云。同治六年六月上浣，锡禧自识。

作于清同治六年（1867）。此本见郑振铎《西谛书目》卷五著录，有《栖云山馆词存》一卷，清同治刊本，一册。

徐本立

徐本立，号诚庵，德清（今属浙江）人。诸生，知南汇县。著有《荔园词》。

《荔园词》二卷，清同治刊本。俞樾序略云：

> 徐诚庵大令，余三十六年前与同补博士弟子员者也。今需次吴下，而余适寓吴，晨夕过从，相得甚欢。出所著《荔园

词》二卷见示，余读之，则于紫芝翁所论作词五要无一不合，盖严于持律者也。以余亦尝从事于此，问序于余。

又王其淦序（同治十年，1871）有"近乃删其少作，付诸手民"云云。此本见郑振铎《西谛书目》卷五著录，有《荔园词》二卷，清同治刊本，一册。

顾翎

顾翎（1778—1849），字羽素，无锡（今属江苏）人。顾敏恒女，泾县知县顾翰姊，杨敏勋妻。性爱梅，颜所居曰绿梅影楼。著有《茝香词》、《绿梅影楼词存》。

其词集见词集丛编中收录者有：

1. 清瘦鹤词人辑《三闺媛词合集》本，抄本，其中有《茝香词抄》一卷。

2. 徐乃昌辑《小檀栾室汇刻闺秀词》本，清光绪年间南陵徐氏刊本，其中有《茝香词》一卷。

又缪荃孙《目录词小说谱录目》著录有《绿梅影楼词》一卷。

袁通

袁通（1778—？），字达夫，号兰村，钱塘（今浙江杭州）人。袁枚子。诸生，曾官河南汝阳知县。著有《捧月楼词》。

袁氏词集今存有稿本，即《捧月楼词》□卷（存一卷：五），清杨芳灿、钱烺题款。见《中国古籍善本书目》著录。

又有《捧月楼绮语》八卷，清嘉庆刊本，郭麐序略云：

兰村袁子，其先人随园先生以诗古文雄一代，独生平未尝为词。兰村顾甚好之，以其馀力精研四声二十八韵，而求其离合。其所作曰《春影词》，间出示余。盎然而春和，凄然而秋思。丰情绵态，曼视远指，工于友朋赠答别离往复之言，未知于古谁比，要非今世之士涂泽肥腻以为之者也。然兰村年甚少，学甚勤，承过庭之训，负绝人之才。方且极命古今，覃思著述，以世其家声。区区小道，何足为兰村重者？

作于清嘉庆五年（1800）。又有跋云：

乾隆乙卯之秋，谒随园先生于小仓山房，始识兰村，得读其所为诗文，沉博绵丽，初未及诗馀也。戊午载赴白门，乃知其工于长短调。丙辰、丁巳两岁中所得，已不下千馀阕。杭州钱谢庵吏部既去其十之七八，为序而存之。阅二年庚申，所制益宏富，吴江郭频伽上舍又去其十之七八，为序而存之。凡前后共存者约五百馀阕。当时过江诸子言词者无不推兰村，兰村亦渺虑澄思，肆力从事，务求造乎其极。癸亥余客都下，兰村适以谒选来寓谢庵吏部绿伽楠精舍，朝夕倡和，殆无虚日。时杨蓉裳农部、程春庐驾部、吴兰园大令、杨畹香上舍雅有同好，研究益精。兰村自以少作过多，欲自删削，予与诸君子辄沮之。甲子春，捧檄维扬，余亦奔走四方，不更通音问。比余南归，兰村则又改官豫中，匆匆不相见者几十载。甲戌夏，游大梁，得再遇于繁台之下，握手道故后，出《捧月楼绮语》一编见示，是癸酉年手自删定者也。其中谢庵吏部所选者存三阕，频伽上舍所选者存二十有四阕，益以辛酉迄壬申所作，共存二百馀阕。统计二十年来所存，盖不及十之一二矣。因念古人著述，可传处正无取乎多。唐人小令，太白、飞卿不过数阕，南北两宋如美成、淮海、梅溪、白石、幼安、玉田诸公，以词为专门名家，至多亦无逾三百阕者，岂其所存仅止此耶？以余所见兰村所为词，而所存仅仅止此，从以知诣益进，则识益精，殆所谓咳唾珠玉、弃如泥沙者也，造其极而犹欿然自下如此，尤为时人所难。至于赋情清绮，托旨遥深，夫人得而知之，固不俟予之赘言也已。嘉庆乙亥春初，昭文邵广铨拜跋。

作于清嘉庆二十年（1815）。其中提及诸干支年，即乾隆乙卯为清乾隆六十年（1795），又戊午为嘉庆三年（1798），丙辰为嘉庆元年，丁巳为嘉庆二年，庚申为嘉庆五年，癸亥为嘉庆八年，甲子为嘉庆九年，甲戌为嘉庆十九年，癸酉为嘉庆十八年，辛酉为嘉庆六年，壬申为嘉庆十七年。按：《捧月楼绮语》八卷，其中含《春影词》一卷、《柳雪词》二卷、《伴云词》二卷、《泥忆云室词》一卷、《通潞泛舟词》一卷、《无定庵词》一卷。此本见郑振铎《西谛书目》卷五著录，有《捧月楼绮语》八卷，清嘉庆刊本，二册。

除嘉庆本，今还有清光绪刊本《捧月楼绮语》八卷。此本见郑振铎《西谛书目》卷五著录，有《捧月楼绮语》八卷，清光绪十一年（1885）刊本，二册。

其词集见载于丛书中，计有：

1. 清汪世泰辑《七家词抄》本《捧月楼词》二卷，清乾隆、嘉庆刊《随园三十种》本。

2. 清汪世泰辑《七家词抄》本《捧月楼词》二卷，清同治五年（1866）三让睦记刊《随园三十种》本。

3. 清汪世泰辑《七家词抄》本《捧月楼词》二卷，清光绪十八年（1892）勤裕堂排印《随园三十八种》本。

又见于著录的有：

1. 山阴平氏藏《安越堂藏书目》著录有《捧月楼词》二卷附《饮水词抄》二卷，一本。

2. 清姚燮《大梅山馆藏书目》卷十一著录有《捧月楼词》二卷。

3. 《中国古籍善本书目》著录有《捧月楼词》二卷，清嘉庆九年（1804）杨芳灿刻本，缪荃孙批校。

4. 《今生读作来生用藏书目录》著录有《奉月楼词》八卷，《随园全集》。

5. 郑振铎《西谛书目》卷五著录有《捧月楼词》一卷，清抄本，与《筝船词》、《玉山堂词》合一册。

周青

周青，字木君，荆溪（今江苏宜兴）人。工词，著有《柳下词》。
《柳下词》一卷，清道光刻本。周济序云：

> 木君蹇于遇，居恒愁苦怨抑，恤然不可以终日，故其词多酸涩之味，思力沉挚，求诸古人，往往而合也。余既常出游，木君益困瘁，竟以死。遗词散失，为录其完善者刻之。吾郡多词人，木君足不出里门，概未之识，惟与余相切劘。余不能专精，而木君生死以之，宜其刻琢泰甚，竟夭天年也。曩见木君才三十而叹老，心窃忧之，今信矣其自谶也。情溢乎词，然则世之富贵寿考而修词者，亦独何哉？道光三年癸未冬日，族孙济序。

作于清道光三年（1823）。又有跋云：

> 族曾祖木君公能文工词，与先君交最密，蹇不遇时，以抑郁卒。曩昔《存审轩词》之刻，并刊行其《柳下词》，盖非特笃于故交，亦伟其才、悲其遇也。兹刻谨承先志，仍以是编并订以识。佐臣陋劣，不敢少有所损益焉。戊寅孟冬望日，族曾孙佐臣谨识。

作于清嘉庆二十三年（1818）。

其词集见载于丛书中，计有：

1. 清周济《求志堂存稿汇编》本，其中有《柳下词》一卷，清光绪四年（1878）周佐臣刊。

2. 缪荃孙辑《云自在龛丛书·名家词》本，清光绪中江阴缪氏刊本，其中有《柳下词》一卷。

又见于藏家著录的有：

1. 叶德辉《叶氏观古堂藏书目》著录有《柳下词》一卷。

2. 缪荃孙《目录词小说谱录目》著录有《柳下词》一卷，刊本。

严骏生

严骏生，字小秋，原籍海宁（今属浙江），侨寓上元（今江苏南京）。清高宗乾隆时诸生，屡试不售，落拓江湖，奔走四方。著有《餐花吟馆词抄》等。

清顾广圻《思适斋集》卷十三《严小秋词序》云："严君小秋以道光丙戌之冬还自淮上，路由邗江，过予寓斋，相劳苦外，举所刻词属为之序。"道光丙戌即道光六年（1826）。又郭麐《灵芬馆杂著三编》卷四《餐花馆词序》云：

> 曩余客白下，与袁君兰村数相过从，兰村方锐意倚声之学，欢场酒座，客去灯残，辄下笔不能自休，朋辈间一和之，时兰村所作，已盈帙矣。别后数年，以《奉月楼词》见寄，则向者之作，仅存十一。展卷细读，清微绵邈，校其少作，如出二手。因叹其日进之益，而凡艺之不可以不深造也如此。兰村固言白下多工此事者，而余胥疏江湖，久不为秦淮之游，莫由得而见之。今年于邗上获遇严君小秋，握手道旧，并出所为《餐花词》一册，属为之引。其上有兰村一序，述通家之谊，而称赏其清幽雄丽之致，诚有昧乎其言之也。尝谓词之为道与诗同，而亦与诗异者，故虽有高才妙手，而或不兼能。其离合上下之故，非深造不能尽知，即知之，而不能如其意之所欲赴。然至于清也，幽也，雄也，丽也，词之能事已毕矣。兰村之序，考其年月，正《奉月楼词》成之时，其所以称赏小秋者至此，是诚知言者哉。顾余衰迟废亡，艳情绮语，刊落殆尽。兰村又远宦楚中，不得于灯红酒绿间，为之分刊节度，穷极幼眇也，他日当以鄙言质之。

又董士锡《齐物论斋文集》卷二《餐华吟馆词叙》略云：

> 小秋之词主乎清，以赅三长，为之四十年，今五十馀矣，

仅六卷耳，而生平游历踪迹具在。余少小秋十年，而为词且三十年，所得亦止三卷，自非身历焉不知也。夫小秋负非常之才，困顿穷抑，以至今日，但以词称，其所得不已鲜乎？虽然，小秋于世事无所就，一寄之于词，后之人读其词者如见小秋也，此则小秋之可以自信于他日者，而余亦所得而同勉也夫。于小秋之索言也，书以质之。

今有《餐花吟馆词》四卷，清嘉庆刊本。袁通序略云：

> 严子小秋、乔梓均以诗受业于先公，余因结纪群之好。乾隆甲寅岁，先公招小秋来仓山司笔墨，又同学为词，举凡南唐小令，北宋新腔，靡不切究。小秋深情在抱，隽语动人，以故悱恻缠绵，迥非时手所及。嘉庆丁巳冬，先公捐馆舍，小秋作吴越之行，既而游历下，入洛中，馆莅山，客袁浦。今春归来，出此编见视。斧藻群言，漱涤百态，灵猿嗷月，皓鹤警露，未足比其清也；竹雪铿风，梨云缟夜，未足喻其幽也；绮霞破晓，秾花笑春，未足方其丽也；长鲸跋浪，快马斫阵，未足肖其雄也。《花间》琢句，有金石管磬之声；《兰畹》选辞，无脂粉绮罗之习。

作于清嘉庆十二年（1807）。又自序略云：

> 余年十五，偶于藏书故麓中检得白石老人暨《山中白云》二词，篝灯夜读，心向往之。越二年，从随园先生游，先生长君兰村工填词，每当春鹂鸣花，秋蛩诉月，蓺酒枪，瀹茗碗，辄谱新声以示余。余亦仿为之，寄闲情焉。……爰理旧稿，为排遣计。断章零句，强半遗亡。仅就行箧所存若干阕，聊为删订，其句读之讹，四声之舛，尚不可胜数焉。

作于清嘉庆十一年。此本见缪荃孙《目录词小说谱录目》著录，有《餐花吟馆词抄》二卷，嘉庆甲戌（1814）刊本。又见郑振铎《西谛书目》卷五著录，有《餐花吟馆词抄》四卷，清嘉庆二十四年（1819）刊本，二册。

其词集见于藏家著录的有：

1. 清姚燮《大梅山馆藏书目》卷十一著录有《粲花吟馆词草》四卷。

2. 蔡宾年编《墨海楼书目》著录有《粲花吟馆词》四卷，二本。

3. 刘承干《嘉业藏书楼书目》著录有《餐花吟馆词抄》五卷，道光三年精刊本，六册。

前二者未言版本，其中"粲花"当作"餐花"。

董毅

董毅，字子远，又字思诚，武进（今江苏常州）人。清道光二十年（1840）举人，张惠言外孙，继张氏《词选》编有《续词选》。又著有《蜕学斋词》。

《蜕学斋诗馀》二卷，清同治刊本，有识语云：

> 族叔子远先生，为贻清童子师。先生有《续词选》一刻，渊源张氏，不愧外家宗风，大江南北久已风行。至其生平著作，亦沉博绝丽，尤工倚声。惜庚申之变，尽归零落。今夏，哲昆子中先生自南中来，出《蜕学斋词》二卷见示。徐子楞丈云："晴丝丽空，落花无主，可以方斯文境。"洵知言也。亟为付梓，以示仰止之意。辛未六月，受业侄贻清谨识。

作于清同治十年（1871）。此本见缪荃孙《目录词小说谱录目》著录，有《蜕学斋诗馀》二卷，同治辛未刊本。

又有民国铅印本《蜕学斋词》二卷，有识语云：

> 十九世祖子远公讳毅，又字思诚。道光庚子举人，为晋卿公冢嗣。其《续词选》一刻，已家置一编，为世所珍视，此书刊于咸丰辛未，流传绝少。搜访有年，仅获一帙。此次遭难，未携行箧。事定而还，琴书俱烬，独是编仅存。藉非神

灵呵护，何以及此？略加厘正，先付聚珍，垂谋剞劂。第国
难方殷，未知何日能偿此愿耳。戊寅初夏，裔孙覠庵谨识。

作于民国二十七年（1938）。其中"咸丰辛未"为"同治辛未"之讹。
按：董士锡（1782—1831），字晋卿，武进（今江苏常州）人。清嘉庆
十八年（1813）副贡，历主南通紫琅书院、扬州广陵书院、泰州书院讲
席。著有《齐物论斋集》等。

宋翔凤

宋翔凤（1779—1860），字于庭，长洲（今江苏苏州）人。清仁宗
嘉庆五年（1800）举人，官宝庆府同知。著有《忆山堂诗录》、《乐府
馀论》、《过庭录》等，又有《香草词》、《洞箫词》、《碧云庵词》，总称
《鲟溪精舍词》。

其词集见于丛书中收录的有：

1. 《浮溪精舍丛书》本，清嘉庆、道光刊本，其中有《洞箫词》一
卷、《碧云庵词》二卷。

2. 缪荃孙辑《云自在龛丛书·名家词》本，清光绪中江阴缪氏刊
本，其中有《香草词》二卷、《洞箫词》一卷、《碧云庵词》二卷。《香
草词序》略云：

> 余弱冠后始游京师，就故编修张先生受古今文法，先生
> 于学皆有源流，至于填词，自得宗旨。其于古人之词必缒幽
> 凿险，求义理之所安，若讨河源于积石之上，若推经度于辰
> 极之表。其自为词也，必穷比兴之体类，宅章句于性情，盖
> 圣于词者也。还而自念，方粗疏其心，眩瞀其境，不敢以鄙
> 倍之未化轻涉藩篱也。……乃编定旧作，为《香草词》二卷，
> 期敛散越之意，约以宛转之言。出之靡尽，而留其有馀，庶
> 几掉臂忧患之中，游鞅尘埃之外。苟得之于微眇，非小慧之
> 及知。则愿与同志之士，由其声律，精乎神理，离合之际更
> 有万端也。道光元年六月廿六日，长洲宋翔凤记。

作于清道光元年（1821）。又《洞箫词跋》云：

> 箧藏《洞箫》，曾不解吹画桥月明，天涯路歧，长言短言，疑喜疑悲，中多郁郁，世未易知，同心几人，请观此词。道光九年五月望后三日，刻《洞箫词》一卷，因缀数语。长洲宋翔凤。

作于清道光九年（1829）。

3. 陈乃乾辑《清名家词》中，民国二十六年（1937）上海书店排印本，其中有《浮溪精舍词三种》（含《香草词》一卷、《洞箫词》一卷、《碧云庵词》一卷）。

又清姚燮《大梅山馆藏书目》卷十一著录有二：其一，《香草词》二卷。其二，《洞箫词》一卷。均未标明版本。按：今有清道光九年自刻本《洞箫词》一卷，见《中国古籍善本书目》著录。

王履基

王履基（1779—？），字葆初，号蜕兰居士，自称洞阳子、洞阳山人、洞阳道人、洞阳外史等，太仓（今属江苏）人。清仁宗嘉庆五年（1800）举人。补陕西肤施知县，权高陵、白水两县事。著有《云门诗草》、《洞阳九种词》。

赵怀玉《亦有生斋文集》卷五《王葆初洞阳乐府序》略云：

> 吾友王君葆初家世娄东，累代通显。少有圣童之目，下笔为诗，辄惊其长老。而尤喜填词，所得积有卷帙。癸酉之冬，予久婴末疾，病榻支离，门稀剥啄。君则时过近林精舍，藉遣岑寂。一日，以所著《洞阳乐府》七种见视，于汴京以前、南渡而后，胥已哜其腴而漱其润。而生平服膺弗失，尤在朱氏一人。如集中《翠寒巢体物词》，则《茶烟阁》之遗也；《百衲琴》，则《蕃锦》之遗也。馀皆舍貌追神，不求形似，岂非小长芦后大有替人哉？近仁和杭大宗编修谓朱词绵

密温丽，诚第一作手。

癸酉为清嘉庆十八年（1813）。

南京图书馆藏《洞阳九种词》九卷，抄本，一册。有序云：

> 洞阳子者，叔祖云门先生自号也。词为公手定，刊于关中，兵燹后鲜有存者。曾孙凤台觅得原本，拟重印行世，而属余一言以弁诸首。先生为先大父再从弟，嘉庆庚申年二十二，举于乡。戊辰以大挑一等分发陕西，甫至省会，大府下车求工笔札者，同僚以公应。公被酒上谒，时薄暮，出书百函，期明旦取。公曰无庸，遽命仆磨墨伸纸，斜倚厅事，笔不停缀，文不加点，漏三下立就。众视之，词旨双美，皆惊叹啧啧，称江南才子不置。旋权高陵、白水两县事，充丙子、辛巳同考官，内艰归，服阕赴原省，补肤施，殁于任。词凡九种：曰《同功茧词》，良朋聚首，抱膝长吟，附以鸾音数阕，仙乎！仙乎！岂凡夫所能道乎？曰《百衲琴词》，天吴紫凤，花样翻新，争巧前人，别开我法，谦言未敢，其殆庶几。曰《梅帐商音》，鼓缶无聊，长歌当哭，悼亡之作，益以凄怆之词，人孰无情，谁能遣此？曰《骑鲸汗漫语》，游仙招隐，别有洞天，海阔天空，飘然有凌云之志焉。曰《兰坪馀咭》，兴来神往，事过情迁，而与先大父角量，想见酒酣落笔，其乐何如？曰《蜕兰绮语》，云间论词，先从香艳，竹垞始尊南宋，学者翕然从之，艳体小词，慧业文人，何伤风雅？曰《翠寒巢体物词》，卷分上下，妙绝古今，或□雅以超群，或秾纤以合度，体物人情，犹存宗派。曰《正味馀音》，瓣香祭酒，私淑有年。祭酒之言曰："词家工于修句，忽于订律，红友去上双声，唯子丝毫无假。"知己之感，岂独伯牙？独其中《兰露词》者，大都拟迹前贤，不著命名微意。岂臭味如兰，而风云月露之词犹是睹物怀人之旨与？余家词学夙有承传。康熙朝宫詹订正《词谱》，寻源溯流，精审无匹。同时汉舒《香雪

词》、《小山诗馀》，海内并推绝唱。先生晚出，当鼎立为三矣。先生豪于饮，少时与母弟守根酒酣耳熟，长篇斗险，互相惊咤，有郊祁、轼辙之目。殁后不名一钱，诸子饥驱奔走，或殉粤寇之难，不独先生著述消归乌有，即居官行事、生平出处之大略，几无能称道之者。独此词犹流传于八九十年之后，俾后世子孙观感兴起，以想见其音容笑貌，谓非公之灵爽式凭与？余故因凤台之请，而据所知者备述之，以志向往之诚云。宣统三年辛亥四月，族孙祖畬谨序。

作于清宣统三年（1911），知曾经多次刊刻。又序云：

> 先曾大父《洞阳九种词》皆嘉庆初年之作，公年未及三十也。其后宦秦中，手自定本刊行，每种自有小引，独《兰露词》阙焉。大伯祖暨先祖殉粤寇之难，诸伯叔祖亦先后去世，公之著述散佚殆尽。先君子搜罗数十年，始得此本，临殁以授凤台，曰：此先人心血也，当谨藏无失。因重复印行，而乞漱山伯父弁于首，以传不朽，且使我世世子孙无忘先泽云。宣统三年五月，曾孙男凤台谨识。

又有跋略云：

> 所著有文集四卷、《云门诗草》八卷及《洞阳九种词》二卷。《洞阳九种词》先高祖刊自关中，经粤寇之乱，散佚殆尽。先王父搜罗数十年，始获全稿。宣统三年，先君子谋付梨枣未果，并乞从伯祖文贞公弁于首。今先君忽焉见背四载，展览手泽，益用惘然。文集四卷已阙焉无存，即《云门诗草》八卷亦经庚申兵燹以还，遍觅遗稿不得，仅于《娄水琴人集》内得读一二，然零珠碎锦，已足见其意概矣。沧桑如梦，又逢世乱，若不及今搜集珍藏，深恐先人遗墨祖若父所珍如拱璧者，一旦自我而失之，益深滋咎戾。用是重为抄录，以俟剞劂，俾祖宗手泽留遗常存于天壤间而传之不朽也。戊寅

九月，玄孙男有恒谨识。

作于民国二十七年（1938）。《洞阳九种词》中诸种词集均有王氏自序，录如下：

《同功茧词自引》：《同功茧词》一卷，洞阳子与赵子坚联吟之作也，清微婉约，骎骎乎升石帚之堂、摩玉田之垒矣。卷帙无多，以鸾音数阕附焉。仙心媚骨，气象迥殊，非凡夫能道。或谓麻姑狡狯，即是方平，则吾岂敢？丁卯嘉平，洞阳子记。

《百衲琴词自引》：昔小长芦《蕃锦词》，试七襄手，制百家衣，固已针妙灵芸、机工苏蕙矣。然窃谓各人抒轴，花样不同，一处补缝，组文或杂，戏思夺目，别构匠心，葛采一田，丝缫独茧。虽玉溪锦囊，扯捭不免，而天吴紫凤，颠倒逾奇。非敢争巧前工，庶几别开我法耳。嘉庆癸亥腊月，洞阳山人自识。

《梅帐商音小引》：《梅帐商音》者，洞阳居士悼亡之作，而以词之凄怆者附焉。鹦鹉离魂，芙蓉泣露。从古文人善怨，何况我辈钟情？南华老鼓缶无憀，恐亦长歌当哭；维摩诘革囊勘破，何妨即色观空。且碧海青鸾，空期浩渺；南乡红豆，最惹相思。岂曰无病呻吟，抑亦自怜憔悴云尔。嘉庆甲子白露节，洞阳居士自引。

《骑鲸汗漫语弁言》：洞阳子抱冲举之志，时作凌云语自遣。甲子岁暮编茸乐府，因取游仙之作另为一册，而以《海天游语》附焉，名曰《骑鲸汗漫》，盖别于《兰露》、《绮语》诸集，自成别调，不以绳墨律也。嘉庆甲子嘉平月，洞阳道人自记。

《兰坪馀呓小引》：洞阳子既葺六种乐府，其有偶然适兴，与幼时之作无可类附者，录为别帙，曰《兰坪馀呓》。格既不高，调复多杂，敝帚之爱，不忍弃去，论词者分别观之可也。嘉庆乙丑孟春，洞阳外史编。

《蜕兰绮语自引》：《蜕兰绮语》一卷，洞阳子仿《花间》乐府体也。昔云间论词，谓当从香艳入手，故《湘真》、《幽兰》集中绝无吴、史诸调。评者谓如襄阳、左司不能李、杜歌行，未害雅人深致。至竹垞始尊南宗，学者翕然从之，耳食者遂并易安、秦、晏皆指为靡靡，斯则不通之论。善乎兰泉先生曰："长调以南宋为极，中小令则南唐五代较胜。离之两美，合之互伤。"斯不易之语。余故另辑艳体小词别于南宋者为一卷，虽未敢如寒簧子参禅，以绮语为慧业，要于此法秀道人所诃劝淫者不同，敢以质之词坛审音君子。嘉庆甲子花朝，蜕兰居士书。

《翠寒巢体物词自叙》：古来咏物词如苏子瞻、章质夫杨花，姜白石、张功甫促织，张玉田春水、绿阴，王碧山海棠、牡丹，及残宋词社诸子龙涎香、白莲、咏蝉、咏莼等作，清微超妙，冠绝古今。他如刘改之指甲、足二词，高竹屋咏橙、咏帘、轿诸篇，纤丽入情，斯为次之。至本朝朱竹垞、彭美门、陈迦陵诸公，逼仄题小词，以尖刻肖物争奇，去古稍远，又其次也。余所作体物词法此三种，暇日编为两册，以雅淡超浑者列上卷，以秾纤适俗者列下卷，虽不敢追步前贤，窃自谓未失宗派，好事者或有采焉。嘉庆甲子长夏，洞阳山人书。

分别作于清嘉庆八年（癸亥，1803）、九年（甲子）、十年（乙丑）、十二年（丁卯）。

按：王祖畲《书籍簿记》"集部·词曲类"著录有《洞阳九种词》，

一册。未言版本。

朱紫贵

朱紫贵，长兴（今属浙江）人。生平俟考。著有《枫江草堂集》、《枫江渔唱》、《清湘瑶瑟谱》。

《清湘瑶瑟谱》今存稿本，《清词珍本丛刊》据以影印。

《枫江渔唱》一卷、《清湘瑶瑟谱》一卷续谱一卷，清道光刻本。自序略云：

> 爰取旧作，益以今篇，共五十馀阕，为一卷。尝恨宫调失传，庸音自缀，茫乎宫楣之梵字，寂然太乐之哑钟，无由发唱歌喉，写声横竹。世有娴音律如杨守斋、徐南溪其人乎？固将北面求之，窃比于玉田焉。

作于清道光八年（1828）。

其词集见附于诗文集后，今有刘承干辑《吴兴丛书》本《枫江草堂诗集》十卷文集一卷、《枫江渔唱》一卷、《清湘瑶瑟谱》一卷续谱一卷，民国四年（1915）刊本。刘承干跋略云：

> 《枫江草堂诗集》十卷文一卷词三卷，朱紫贵立斋撰。……承干先得未刻稿七卷词一卷刻之，继又得文一卷，嗣又得刻本，诗三卷词二卷，因荟萃以传。

作于民国四年。

又王修《诒庄楼书目》卷八著录有《清湘瑶瑟谱》一卷续谱一卷，旧写本。云：

> 长兴朱紫贵撰，有"四世儒官"、"孙德祖印"二印。并跋云"庚寅六月望夕读，学舍无旧谱可校脱讹处，恨未能以意订正也。寄龛居士并识卷末"一行，光绪元年清和月三十日，堂曾孙叔伦抄藏。

作于清光绪元年（1875），为传抄本。

叶申芗

叶申芗（1780— ？），字维彧，号小庚，又号萁园，闽县（今福建福州）人。林则徐姻亲。清仁宗嘉庆十四年（1809）进士，选翰林院庶吉士，历知宁波、洛阳府等，代理河陕汝道。编著有《小庚词存》、《本事词》、《天籁轩词谱》、《天籁轩词选》等。

今有稿本《小庚词存》二卷，见《中国古籍善本书目》著录。

其词集见于丛书中收录的有：

1. 清叶申芗撰《天籁轩五种》本《小庚词存》四卷，清道光十四年（1834）刊本。有序云：

> 余素不习倚声，而好读北宋词，以其豪壮可喜也。壬辰小庚来都晤谈，间出所著《词存》一册相证，读之，神为一爽，知其沉酣于此者久矣，为识数语而归之。季秋之月望日，友生英和书于溯流垂荫之居。

壬辰为清道光十二年（1832）。又跋云：

> 词者，乐章之流派也。唐始萌芽，至宋畅其流，作者与诗争富，大约多大江南北之人。而言四宫十二律八十四调者，以柳屯田为宗，实闽产也。它如蔡君谟、李伯纪之勋业文章，朱仲晦之道学，葛琼琯之神仙，并喜为之，份份称盛矣。顾自元以后，几失其传。国初惟紫云、沧霞而已，小庚太守虑绝学之莫继，既缉宋元六十馀家为《闽词抄》，使车所隶，多白石、碧山词隐之乡，酒阑灯灺，每乐道其古欢逸事。顷者赋四明之窗，寻六街之梦，舞绣歌云，极鼓吹太平之盛，为愈多而愈工，将见枫亭、荔浦之间，有井水饮处咸能唱晓风残月，岂第续覽园之嘉话云尔哉？乙未花朝，馆后学由拳冯登府书。

作于清道光十五年（1835）。

2．清叶申芗撰《天籁轩五种》本《小庚词存》四卷，民国三年（1914）扫叶山房石印本。

3．陈乃乾辑《清名家词》本，民国二十六年（1937）上海书店排印本，其中有《小庚词》一卷。

又见于著录的有：

1．清姚燮《大梅山馆藏书目》卷十一著录有《小庚词存》二卷。

2．《涵芬楼原存善本草目》著录有《小庚词存》，抄本，潘曾莹、陈寿祺评。

3．罗振玉《罗氏藏书目录》著录有《天籁轩词选》六卷、《闽词抄》四卷、《本事词》二卷，附《小庚词存》四卷，十二本。又王国维编《大云书库藏书目》卷中著录有《天籁轩词选》六卷、《闽词抄》四卷、《本事词》二卷，附《小庚词存》四卷。

李曾裕

李曾裕，字小瀛，上海人。屡应京兆试不售，以磋尹分发两浙。历官府同知，引疾归。卒年七十有七。有《舒啸楼诗稿》、《舒啸楼词稿》、《桉山房词草》。

《舒啸楼词稿》一卷，清同治刻本。黄宗起序略云：

> 往岁小瀛先生有《舒啸楼诗稿》之刻，令弟小云司马任其事。今夏又刊其所为词，命鲲生校而序之。先生词久刊于秀水孙次公《同人词选》中，传播海角，奚待赘言？抑有疑焉者，平日与友人究声韵之学，因旁搜填词家言，窃疑古人所为诗馀者，非以为词章藻缋也。……

作于清同治十二年（1873）。又秦光第序云：

> 予于己酉岁幕游仁和，得识李啸瀛太守。公馀唱和，各订心交。癸甲以来，浙漕创行海运，由沪达津，太守主其

事。每岁自冬徂夏，檄赴申城，踪迹睽隔，虽邮筒时递，而觌面为难。今夏复奏调驻沪，筹饷济师，以书见招，下榻官舍，而军书旁午，日无暇晷，不克更谈韵事。昨夕中秋，花月明媚，挑灯呼酒，重话前游。兴酣，出旧作《舒啸楼词》全稿见示，受而读之，可歌可弦，神清则无俗态，情深则无腐词，苏、辛之爽健，秦、范之缠绵，合为一手。此卷若出，直令柳七、张三一齐俯首，不独我侪为之避舍也。

作于清咸丰七年（1857）。

又有清孙瀜辑《同人词选》本，清咸丰三年（1853）刊本，其中有《枝安山房词草》一卷。孙瀜《同人词选序》略云：

> 余自中年以来始学为词，岁月既久，稍稍成帙。邮筒还往，获以见许于友人。于是友人之以词名者各以词至，姜、张超逸，辛、刘豪宕，方回、梦窗之精炼，梅溪、竹屋之清新，不胜珠玉在前之叹。壬子冬，余就侯官王雪轩太守招，橐笔笤上，官斋偶暇，裒集诸家词草，择其尤精雅者付之梓。

壬子为清咸丰二年。

又《南陵徐氏藏书目》（残）"第四十六箱"著录有《舒啸楼词稿》，二本。未言版本。

屠倬

屠倬（1781—1828），字孟昭，号琴坞，晚号潜园，又号耶溪渔隐，钱塘（今浙江杭州）人。清仁宗嘉庆十三年（1808）进士，改翰林院庶吉士，知仪征县。宣宗道光初知袁州府，改知九江府，以病辞归。著有《是程堂诗文集》、《耶溪渔隐词》、《是程堂词》。

《耶溪渔隐词》二卷，清嘉庆刊本。夏宝晋序略云：

> 吾师琴坞先生弱冠振藻，匡居表志，放浪山水，陶写丝

竹，其本来襟尚远矣。既而出入芸局，翱翔木天，未尝不红杏噪名，霓裳播咏，而乱雅催梦，野云易飞，小谪江干，几成吏隐。弦歌不辍，风瑶杂陈。偶为长短句之体，不拘一先生之论。山谷绮语，大率空中之言；元献闲情，不作妇人之语。……今则于役都门，扬帆通潞。听风听水，谱入么弦；长亭短亭，传诸画壁。酬答之事寡，哀乐之致深。创变新声，搜罗旧作，爰命小胥，录为二卷。邮示宝晋，俾墨其端。

作于清嘉庆二十一年（1816）。此本见刘承干《嘉业藏书楼书目》著录，有《耶溪渔隐词》二卷，嘉庆二十三年精刊本，一册。又见郑振铎《西谛书目》卷五著录，有《耶溪渔隐词》二卷，清嘉庆刊本，二册。

其词集又见清冯震祥辑《国朝六家词抄》中收录，抄本，其中有《是程堂词》二卷。

陈行

陈行（？—1815），字小鲁，处士。著有《一窗秋影庵词》。

《一窗秋影庵词》一卷，清道光刊本。张云璈序略云：

新岁无俚，梁晋竹茂才端然而过余，手残稿数叶，谓余曰："此陈君小鲁倚声也，小鲁惊才绝艳，不可一世，乃人厄而天又穷之，贫病交迫，以致于死。所著皆散，仅存此数十阕，思有以章之，幸质于先生。"余读之，见其语华，其气爽，出入苏、辛间，纯乎性灵。虽文豹一斑，吉光片羽，已足想见其为人。……今晋竹又梓其词，于友谊亦挚矣哉。

作于清道光元年（1821）。又跋云：

陈君小鲁负才跅弛，生平所作词多不自收拾。嘉庆乙亥仲夏病殁，余为搜辑遗稿，积五六年得如干阕，手录一帙，将请于乡先生为之序而刊之。岁在庚辰，张仲雅先生自楚归里，特请其点定，甫成卷帙，会余北行，留都下逾年。去冬南归，始得雠校，以付剞劂，盖距小鲁之殁已十阅寒暑矣。书不盈寸，而迁延若此，书以志小子因循之过云。道光甲申季夏，晋竹梁绍壬跋。

作于清道光四年（1824）。

又见于著录的有：

1. 许宗彦《鉴止水斋藏书目》"集部第九厨"著录有《一窗秋影庵词》，附《小红楼词》后。

2. 郑振铎《西谛书目》卷五著录有《一窗秋影庵词》一卷，清刊本，与《鹦鹉帘栊词抄》合一册。

周济

周济（1781—1839），字保绪，号未斋，又号止庵、介存，荆溪（今江苏宜兴）人。清仁宗嘉庆十年（1805）进士，官淮安府教授。著有《介存斋文稿》、《止庵遗集》、《味隽斋词》（又名《存审轩词》）、《止庵词》、《词辨》、《介存斋论词杂著》，辑有《宋四家词选》。

董士锡《齐物论斋文集》卷二《周保绪词叙》略云：

> 周子保绪工于为词，隐其志意，专于比兴，以寄其不欲明言之旨。故依喻深至，温良可风。丙寅岁，都为三卷，属予叙之。夫予之言词，乌足以尽保绪哉？保绪往年已举进士，而不得意于有司，感慨悲愤，颇形于色，既且释然。予谓保绪锐然以直道自任，末为非也。君子之道，不以用舍颣其志，不以逆顺挫其气。而况保绪年未三十，遏不用，方以此增益其不能，又岂足为怪？而人或且称保绪，以其勇敢骏厉之气为可以风。夫保绪之学之有深浅得失，固宜与世共见之也，而岂在是哉？抑余之所以知保绪者，其有以异乎人也。读其词而有感于斯焉，故复论之，亦唯保绪自知之而已。

丙寅为清嘉庆十一年（1806）。

其词集见于丛书中收录的有：

1. 清周济撰《求志堂存稿汇编》本，清光绪十八年（1892）周恭寿刊本，其中有《存审轩词》二卷。自序云：

> 词之为技小矣，然考之于昔，南北分宗，征之于今，江浙别派，是亦有故焉。吾郡自皋文、子居两先生开辟榛莽，以国风雅骚之旨趣，铸温、韦、周、辛之面目，一时作者竞出，晋卿集其成。余与晋卿议论，或合或否，要其指归，各有正鹄，倘亦知人论世者所取资也。既刻诗，乃并平时所为词刻之。两先生往矣，聊以质之晋卿焉。道光癸未仲冬，介存居士自叙。

作于清道光三年（1823）。晋卿即董士锡。

2. 清盛宣怀辑《常州先哲遗书》本，清光绪中武进盛氏刊本，其中有《止庵遗集文》一卷诗一卷词一卷。

3. 陈乃乾辑《清名家词》本，民国二十六年（1937）上海书店排印本，其中有《味隽斋词》一卷。

以上前二家著录的为诗文全集本。又见于著录的有：

1. 刘承干《嘉业藏书楼书目》"补遗"著录有《止庵词》一卷，道光刊本，一册。

2. 缪荃孙《目录词小说谱录目》著录有《存审轩词》一卷，道光癸未刊本。

3. 郑振铎《西谛书目》卷五著录有《存审轩词》二卷，清道光刊本，一册。

王怀孟

王怀孟，字小云，四川大竹人。清嘉庆十五年（1810）举人。工书法，著《零砾诗存》、《小云词剩》。

《小雪词剩》不分卷，民国成都昌福公司排印本。王柏心序略云：

> 大竹王小云以童年举于乡，与其兄鲁之并名噪长安，世

方之二陆。鲁之蹭蹬为外吏以殁，小云偃蹇公车，客死中道。海内识与不识，无不高其才而悲其遇者。小云既下世，其同邑江晓帆先生为掇遗诗梓之，黔中唐子方廉访从晓帆处乞取其词稿，授柏心别择之，将谋剞劂，未果而难作，几失之矣，竟获全。观察严公渭春者，小云乡人也，持节莅荆南，柏心语及之，公曰："吾任其梓，子为其序，可乎？"既承命，乃序之曰：小云于诗以奇气为主，不规规体格，词亦然。瑶台大醉一阕最雄宕，他豪逸者往往不减稼轩、龙洲。又好作情语，掩抑凄断，大类屯田、方回之作。……词凡二百馀阕，汰而存之，得七十六首，此不足尽君才，然览者可以得其概矣。

作于清咸丰九年（1859）。其书见梁启超《梁氏饮冰室藏书目录》著录，有《小云词剩》不分卷，民国初年铅印本，一册。

董士锡

董士锡（1782—1831），字晋卿，一字损甫，武进（今江苏常州）人。年十六从舅氏张惠言游，清仁宗嘉庆十八年（1813）副榜贡生，候选直隶州州判。著有《齐物论斋集》。

其词集见于丛书中收录的有：

1. 清杨绍文辑《受经堂汇稿》本，清道光三年（1823）刊本，其中有《齐物论斋赋》一卷词一卷。此本《续修四库全书》据以影印。

2. 缪荃孙辑《云自在龛丛书·名家词》本，清光绪中江阴缪氏刊本，其中有《齐物论斋词》一卷。

3. 陈乃乾辑《清名家词》本，民国二十六年（1937）上海书店排印本，其中有《齐物论斋词》一卷。

4. 董康辑《广川词录》本，民国二十九年（1940）武进董氏刊本，其中有《齐物论斋词》一卷。

又叶德辉《叶氏观古堂藏书目》著录有《齐物论斋词》一卷。未标明版本。

顾翰

顾翰（1782—1860），字兼塘，一作简堂，无锡（今属江苏）人。清仁宗嘉庆十五年（1810）举人，知泾县，晚岁主讲东林书院。著有《拜石山房集》、《拜石山房词》、《绿秋草堂词》等。

其词集见载于丛书中，计有：

1. 清汪世泰辑《七家词抄》本《绿秋草堂词》一卷，清乾隆、嘉庆刊《随园三十种》本。

2. 清汪世泰辑《七家词抄》本《绿秋草堂词》一卷，清同治五年（1866）三让睦记刊《随园三十种》本。

3. 清汪世泰辑《七家词抄》本《绿秋草堂词》一卷，清光绪十八年（1892）勤裕堂排印《随园三十八种》本。

4. 清许增辑《榆园丛刻》本，其中有《拜石山房词抄》四卷，清光绪十五年（1889）刻本。《重刻拜石山房词叙》云：

> 兼塘先生，吾友许君迈孙少从受诗学者也。先生偃蹇乙科，沉沦下僚，卒以简书中吏议，蕉萃于晚岁，仅而得归，竟死于寇，有识哀之。先生夙饮香名，诗篇深美而闳约，五言善者妙绝时人，虽登选楼，亦亡愧色。刻意填词，思旨高迥，声哀厉而弥长，又未尝不折衷柔厚，使人识安雅之君子。与杨伯夔唱和，而清转华妙，反复胜邪？先生词卷近无锡有重刻本，皖浙之士求而未过读者众，老成逝矣，遗书如线。迈孙笃念师资，手自雠校，覆刻于榆园。少陵云："今兹弟子，亦匪盛颜。"流离顿挫，夫有所受，观舞剑器，吾且为迈孙赋之。光绪戊子冬，仁和谭献。

作于清光绪十四年（1888）。此本见缪荃孙《目录词小说谱录目》著录，有《拜石山房词》四卷，清光绪己丑（1889）榆园刊本。又见郑振铎《西谛书目》卷五著录，有《拜石山房词抄》四卷，清光绪十五年刊本，一册。

5. 陈乃乾辑《清名家词》本，民国二十六年（1937）上海书店排印本，其中有《拜石山房词》一卷。

又有清道光刊本《拜石山房词》四卷，蔡宗茂序略云：

> 词盛于宋代，自姜、张以格胜，苏、辛以气胜，秦、柳以情胜，而其派乃分。然幽深窅眇，语巧则纤；跌宕纵横，语犷则浅。异曲同工，要在各造其极而已、辛巳岁汪丈白也见示《七家词选》，获读蒹塘先生所为《绿秋草堂词》，穆羽均调，奇弄迭发，深幸竹垞、迦陵而后克有嗣音，乃驹光匆匆，星纪一周，良觌未申，瑶想时结。客冬省视来皖，始通謦欬，见其造怀夐远，著语幽微，花魂自清，鹤影能瘦。半面之接，得慰乎輖饥；一夕之谭，若醉乎醇酎。坐次，出《拜石山房词稿》，索叙于予。

作于清道光十四年（1834）。

又见于藏家著录的有：

1. 清姚燮《大梅山馆藏书目》卷十一著录有《绿秋草堂词》一卷。

2. 清乔载籧《吾园书目》著录有《拜石山房诗词》一本。

3. 蔡宾年编《墨海楼书目》著录有《绿秋草堂词》，一本。

4. 清赵宽《小脉望馆书目》"元册·亨字橱·第四层"著录有《拜石山房词抄》，一本。

5. 清赵宽《小脉望馆书目》"贞册·寿字架"著录有《拜石山房词》，二本。

6. 郑振铎《西谛书目》卷五著录有《拜石山房词抄》四卷，清光绪二年刊本，二册。

以上著录的多未言版本。

周之琦

周之琦（1782—1862），字稚圭，号退庵，祥符（今河南开封）

人。清仁宗嘉庆十三年（1808）进士，改庶吉士，授翰林院编修。任刑部侍郎，官至广西巡抚，以病乞归。著有《心日斋词集》，又辑有《心日斋十六家词录》。

其词集见于丛书中收录的有：

1. 周之琦辑《心日斋所刻词》本，清道光间刻本。其中有《心日斋词集》，含《金梁梦月词》二卷、《怀梦词》一卷、《鸿雪词》二卷、《退庵词》一卷。

2. 缪荃孙辑《云自在龛丛书·名家词》本，清光绪中江阴缪氏刊本，其中有《金梁梦月词》二卷和《怀梦词》一卷。

3. 清汪大钧辑《食旧堂丛书》本，民国十四年（1925）钱塘汪氏刊本，其中有《金梁梦月词》二卷、《怀梦词》一卷、《鸿雪词》二卷、《退庵词》一卷。

4. 陈乃乾辑《清名家词》本，民国二十六年（1937）上海书店排印本，其中有《心日斋词四种》（含《金梁梦月词》一卷、《怀梦词》一卷、《鸿雪词》一卷、《退庵词》一卷）。

又见于藏家著录的有：

1. 清蒋凤藻《铁华馆家藏书目》著录有《心日斋词稿》，一本，抄本。

2. 山阴平氏藏《安越堂藏书目》著录有《金梁梦月词》二卷、《忆（疑作怀）梦词》一卷，一本。

3. 山阴平氏藏《安越堂藏书目》著录有《鸿雪词》二卷，一本。

4. 李盛铎《天津延古堂李氏旧藏书目》著录有《心日斋词集》六卷，同治刊本，二册。

5. 胡玉缙《许廎经籍题跋目录》著录有《金梁梦月词》二卷、《怀梦词》一卷。

6. 刘承干《嘉业藏书楼书目》著录有《金梁梦月词》二卷、《怀梦词》一卷、《鸿雪词》二卷，精刊本，一册。

7. 《双宋书斋善本书目》著录有《心日斋词抄》，二本。

8. 缪荃孙《目录词小说谱录目》著录有《金梁梦月词》二卷、《怀梦词》一卷,刊本。

9. 郑振铎《西谛书目》卷五著录有《金梁梦月词》二卷、《怀梦词》一卷,清刊本,一册。

10. 郑振铎《西谛书目》卷五著录有《鸿雪词》二卷,清刊本,一册。

以上或有未言版本者。按:《中国古籍善本书目》著录清周之琦词集有二:其一,清爱日轩刻本《金梁梦月词》二卷、《怀梦词》一卷,清李慈铭批并跋。其二,清管庭芬抄本《金梁梦月词》二卷、《怀梦词》一卷。又《续修四库全书》影印有清刻本《心日斋词集》六卷。包括《金梁梦月词》二卷、《怀梦词》一卷、《鸿雪词》二卷、《退庵词》一卷。

又南京图书馆藏周氏词集抄本有二:

其一,《金梁梦月词》二卷、《怀梦词》一卷,清管庭芬抄本,《中国古籍善本书目》著录。

其二,《金梁梦月词》二卷,抄本。

又上海图书馆藏周氏词集抄本有三:

其一,词集不分卷,清咸丰抄本。

其二,《金梁梦月词》二卷、《怀梦词》一卷,清抄本。

其三,《金梁梦月词》二卷、《怀梦词》一卷,清光绪六年(1880)抄本。有杜文澜跋二,录如下:

> 祥符周稚圭中丞为词坛名手,纳兰侍卫成容若之后,推为第一人。盖吾朝词学盛行,才人辈出,往往摹仿两宋,而此中格律音韵不免参差,以讲求,未能精核也。独中丞细意探讨,按节谐声,不失半黍,海内知音者悉宗之。所著《金梁梦月词》刊于中州,余屡求未得。前年于友人处见抄稿二十馀阕,摘录入近人词话中,犹以未窥全豹为憾,今从金销英廉访长君借观遗书,忽睹原刻,为之喜甚。因托朱茂才代抄之,书此以纪。光绪庚辰十一月,杜文澜。

丙子秋在吴门，陈仲泉观察言及《心日斋词选》二卷，为稚圭中丞选刊。比从假读，抉择至精，附有手批，籍知功力深厚，因托皖友抄存。今复得此，当检寻，并作一函，以便展读而资揣摹，筱舫又记。时月当头夕，适逢薄蚀，书此之际，邻署及报忠禅寺救护正殷，钟钲刮耳也。

前者作于清光绪六年，后者丙子为光绪二年（1876）。

李贻德

李贻德（1783—1832），字天彝，号次白，又号杏村、净缘居士，嘉兴（今属浙江）人。清仁宗嘉庆二十三年（1818）举人，屡试进士不第。著有《揽青阁诗抄》、《梦春庐词》等。

《梦春庐词》一卷，清同治刊本。李氏《自志》云：

余弱冠时作香艳词近二百首，啸雯过斋头，以秀道人语相规，遂弃去不复作。今年春，风雨连旬，客窗岑寂，风怀物趣，怅触于胸，辄倚短长声出之。又检箧，存其纤佻不甚者，通得四十馀首，写成一卷，以消客况，非问世意也。净缘居士志于鹓湖行馆。

又有序云：

余既编定次白遗书，损资属乌程周缦云侍御、秀水杜小舫观察付梓，今春夏间可蒇事矣。顷次白孙保恩复自其家搜得《梦春庐词稿》一卷，盖次白所手定也。犹记次白病革时，余索其稿，次白指示余曰："我死，老弟幸为我刻此。"余法然应之。呜呼！息壤前盟，如梦如昨，而次白墓木已拱。余方以未能尽刻次白所著为憾，乃词卷复出于故纸堆中，尚无甚残损，是岂九原呵护之灵，隐留是编以待余之刊布耶？抑文人结习犹倦倦于此而不能忘耶？乌可令其湮没不传也。因亟抄录，附刻诗后，其编次悉依其旧云。同治六年二月，朱兰序。

作于清同治六年（1867）。此本见郑振铎《西谛书目》卷五著录，有《梦春庐词》一卷，清李贻德撰；《早花集》一卷，清吴筠撰，清同治六年刊本，一册。又见李盛铎《天津延古堂李氏旧藏书目》著录，有《梦春庐词》一卷附《早花集》一卷，江苏局本，一册。另清忻宝华《澹庵书目》著录有《梦春庐词》一卷。

孙荪意

孙荪意（1783—？），原名琦，字秀芬，一字苕玉，仁和（今浙江杭州）人，孙震元女，萧山高第室。工诗，著有《贻砚斋诗稿》、《衍波词》。

《衍波词》二卷，清嘉庆刻本。许宗彦序略云：

> 《金荃》、《兰畹》，大都闲丽之篇；芳草夕阳，不少销凝之句。乐府之制，缘情以生。溯源骚楚，语不尚夫偭奇；选律宫商，韵独取其清越。虽一千馀调，才俊之作为多；而五百年来，闺阁之音尤雅。《断肠》、《漱玉》，既响振于曩朝；海虞吴江，复誉闻于当代。是则诗人之馀事，实为女士所专门。屈指近时，盱衡秀淑。若尊古发藻虞山，佩珊扬华歇浦。李湘朗润，琴瑟之律一均；碧梧清新，䳀兑之爻竞爽。其他四姓五陵之媛，不少六幺三叠之传。任长短而皆工，会句意于两得。则《衍波词》又其最焉。

作于清嘉庆十二年（1807）。

其词集见于丛书中收录的有：

1. 清江标辑《灵鹣阁丛书》本《衍波词》一卷，清光绪二十二年（1896）刊本。

2. 徐乃昌辑《小檀栾室汇刻闺秀词》本，清光绪年间南陵徐氏刊本，其中有《衍波词》一卷。

又清姚燮《大梅山馆藏书目》卷十一著录有《衍波词》一卷。未标明版本。

吴筠

吴筠，字湘萍，号畹芬，嘉兴（今属浙江）人。上虞训导吴基之季女，举人李贻德妻。善诗歌，著有《早花集》、《梦春庐词》。

其词集见于著录的有：

1. 李盛铎《天津延古堂李氏旧藏书目》著录有《梦春庐词》一卷附《早花集》一卷，江苏局本，一册。

2. 郑振铎《西谛书目》卷五著录有《梦春庐词》一卷，清李贻德撰；《早花集》一卷，清吴筠撰。清同治六年刊本，一册。

汪全德

汪全德，字修甫，号小竹，一号竹素，仪征（今属江苏）人。清仁宗嘉庆十年（1805）进士，改庶吉士，官江西吉南赣宁道。著有《崇睦山房词》。

其词集见载于丛书中，计有：

1. 清汪世泰辑《七家词抄》本《崇睦山房词》一卷，清乾隆、嘉庆刊《随园三十种》本。

2. 清汪世泰辑《七家词抄》本《崇睦山房词》一卷，清同治五年（1866）三让睦记刊《随园三十种》本。

3. 清汪世泰辑《七家词抄》本《崇睦山房词》一卷，清光绪十八年（1892）勤裕堂排印《随园三十八种》本。

又见于藏家著录的有：

1. 山阴平氏藏《安越堂藏书目》著录有：《筝缸词》一卷，刘嗣跋；《彩秋草堂词》一卷，顾翰；《玉山堂词》一卷，汪度；《崇睦山房词》一卷，汪全德。一本。

2. 缪荃孙《目录词小说谱录目》著录有《崇睦山房词》一卷，光绪乙未（1895）刊本。

3. 郑振铎《西谛书目》卷五著录有《崇睦山房词》一卷，清抄本，与《玉山堂词》合一册。

冯登府

冯登府（？—1840），字云伯，号勺园，又号柳东，嘉兴（今属浙江）人。清仁宗嘉庆二十五年（1820）进士，改庶吉士。知将乐县，官宁波府教授。著有诗文集，另有《红兰春雨词》、《种芸仙馆词》等。

今存稿本《柳阴渔笛谱》二卷，自序云：

> 余少喜侧艳，长益工愁。年时乃溺志于参同考异之编，烨掌于《凡将》元尚之画。思以史游小学，抉田敏注经。而秋士鲜欢，春蚕惊梦，穷愁未著，烦忧已多。又翘白云无崖，青山望极，故人久别，游子不归。每至桐雨夕疏，柳风晓薄，未尝不惢焉心轓也。今夫妙鬘之云，郁而乃鲜，爨烈之竹，燋而始脆。木屈则成理，水尽则思归。达人狂士，又何耐蝇钻故纸，蠹蚀破砚哉？爰乃削莲叶为情岳，挹井华作心波。倩翠羽，转唇簧，呼青猿，拍腰鼓，《杨枝》、《竹枝》之曲，《团雪》、《散雪》之歌，一管吴中之箫，二分扬州之月。或落花满院，教婴武之啼笼；或残照六朝，寻鸳鸯之坠瓦。哀乐之音为多，绮靡之词间作。亦聊等于枯鱼泣釜、荒蚕絮草而已。录凡二卷，调合数家，自斯以后又将闭关寻悟，效苏晋之故智。绮语之债，罪花之枝，其还之清净无极园，可乎？嘉庆重光协洽闰月朔，柳东居士冯登府叙。

作于清嘉庆十六年（1811）。

又有《种芸仙馆词》五卷，包括《月湖秋瑟》二卷、《钓船笛谱》一卷、《花墩琴雅》二卷，清道光刻本。冯氏《种芸仙馆词序》云：

> 余幼有愁癖，耽为侧艳之辞。曾刻《种芸词》二卷，通籍后，复合前后所作重订，仍得二卷，《花墩琴雅》是也。己丑

客闽，平叔孙宫保为刻《钓船笛谱》一卷。自来甬东，妄肆力
于文，辍不复为。壬辰秋，安居多暇，稍稍为之，删存得二
卷，曰《月湖秋瑟》。寄江上之愁心，寻芦中之渔父，倘有延
缘鼓枻棹明月而来乎？道光癸巳花朝，由拳山人冯登府书于
四明窗。

作于清道光十三年（1833）。己丑、壬辰分别为道光九年、十二年。

又《种芸仙馆词》多有赠言，录数则如下：

云伯精研经学，以馀事为词，其《7琴雅》集有白石之清
空，无梦窗之质实。例之宋贤，于中仙、梅溪为近。（刘
凤诰）

《钓船笛谱》婉约如玉田，清虚如石帚，体物诸作，虽
《乐府补题》何以加焉？（孙尔准）

近日大江以南竞尚倚声，然辨音审调者或拙于修辞，口
吟舌言者或昧其音旨，二者交讥。张春水之称石帚云："如白
云孤飞，去留无迹。不惟清虚，又极骚雅。"读《月湖秋
瑟》，吾亦云然。（李富孙）

此本见《海盐张氏涉园藏书目录》著录，有《种芸仙馆词》四卷，清道
光十四年（1834）刊本，一册。又刘承干《嘉业藏书楼书目》著录有
《种芸仙馆词》四卷，道光十四年刊本，二册。又《中国古籍善本书
目》著录有二：其一，《种芸仙馆词》五卷，清道光刻本。包括《月湖
秋瑟》一卷、《花墩琴雅》二卷、《一勺园琴话》一卷、《蓬山邀笛谱》
一卷。其二，《种芸仙馆词》二卷、《钓船笛谱》一卷、《月湖秋瑟》二
卷，清道光刻本。

其词集见陈乃乾辑《清名家词》中收录，民国二十六年（1937）上
海书店排印本，其中有《种芸仙馆词三种》（含《花墩琴雅》一卷、《月

湖秋瑟》一卷、《钓船笛谱》一卷三种）。

又见于藏家著录的有：

1. 清姚燮《大梅山馆藏书目》卷十一著录有《种芸仙馆词》四卷。

2. 清沈德寿《抱经楼藏书志》卷六十四著录有《红兰春雨词》三卷，旧抄本。

3. 佚名编《海宁张渭渔藏书目》著录有《种芸仙馆词》，一册。

4. 蔡宾年编《墨海楼书目》著录有《种芸仙馆词》二卷，一本。

5. 郑振铎《西谛书目》卷五著录有《种芸仙馆词存》三卷，清刊本，一册。

以上或未标明版本。另《中国古籍善本书目》著录的除有道光本外，还有二种：其一，《种芸词》二卷，清嘉庆刻本，清郭麐删订并跋。其二，《柳东居士长短句》五卷，清抄本。包括《柳阴渔笛谱》一卷、《红兰春雨词》一卷、《处清彭斋琴趣》一卷、《梨华馆悼亡辞》一卷、《第四桥渔唱》一卷。

管绳莱

管绳莱（1784—1839），字孝逸，武进（今属江苏）人。累举不第，入赀为知县，选知安化，改知含山。著有《万绿草堂诗文集》、《凤孙楼词》。

其词集见于著录的有：

1. 缪荃孙《目录词小说谱录目》著录有《凤孙楼填词》二卷，道光壬辰（1832）刊本。

2. 郑振铎《西谛书目》卷五著录有《凤孙楼词》二卷，清光绪元年（1875）刊本，一册。

谢堃

谢堃（1784—1844），初名均，字佩禾，号春草词人，甘泉（今江苏扬州）人。国子监生。著有《春草堂集》、《春草堂诗话》等。

其词集见载于诗文集中，今有《春草堂集》（一名《春草堂丛书》）本《春草堂骈体文》一卷古近体诗六卷词录一卷，清道光二十年（1840）曲邑奎文斋刊二十五年（1845）印本。词录自序云：

> 余既刻诗十二卷，曲四种，或有问余曰："子知倚声者乎？"噫！是何言哉？余于词垂三十年，岂仅知之耳？夫词之于诗，犹齿发之于身也，何则？词为诗之馀，即齿为骨之馀，发乃血之馀也。况词与诗同发源于汉魏，诗变于六朝，成于李唐，词创于五代，备于赵宋。元之曲，又一变也。元人之于曲，分南界北，遂使词有姜柳、苏辛之门户，诗有台阁、香奁之体例，纷纷聚讼，贤者弗免。窃谓汉兴以来，有郊庙之歌，有房中之曲，夫人之技艺，能造精诣极，又何必以体例门户为哉？当我国家幅员之大，承平之久，英才竞出，无媺不备，殆孔子所谓集大成者也。爰缮近词如干首，并系数语，聊为知音者道之。

按：另有清道光刊《春草堂词》二卷，自序末有："道光庚寅秋九月，谢堃并识于兰言书室。"作于清道光十年（1830）。

又《今生读作来生用藏书目录》著录有《春草堂词录》一卷，云《春草堂丛书》本。

庄缙度

庄缙度，字眉叔，号黄雁山人，阳湖（今江苏常州）人。清宣宗道光十六年（1836）进士，授户部主事。工诗词、楷书，著有《迦龄庵诗抄》、《黄雁山人词》。

其词集见于藏家著录的有：

1. 李盛铎《天津延古堂李氏旧藏书目》著录有《黄雁山人词录》四卷，抄本，一册。

2. 缪荃孙《艺风藏书续记》卷七著录有《黄雁山人词》四卷，提要云：

> 传抄稿本，庄缙度撰，缙度字眉叔，阳湖人。道光丙申进
> 士，官户部主事，发河工学习，改同知。有《黄雁山人词》四
> 卷。眉叔诗文稿为河帅慧成索去，欲梓行而不果。今河帅后
> 人已零落，全稿遂不可问。词四卷，从董寿京比部抄得。

又缪氏《目录词小说谱录目》著录有《黄雁山人词》四卷，传抄本。

孙若霖

孙若霖（1785—1838 后），字伯雨，号雨村，上元（今江苏南京）人。弱冠补弟子员，食饩于庠，屡试，不得志于有司。著有《双红豆阁词》。

《双红豆阁词》三卷，清道光刊本。严廷中序略云：

> 上元孙君雨村，诗人莲水先生之子，少嗜学，操管辄有家
> 法，江东人士称名父子焉。君于诗古文词无不工，尤嗜为
> 词，与陈曼生令尹、郭频伽明经订文字交，频伽固以词名江
> 南者，于世少所许可，乃独心折于君，引为畏友。所著《双红
> 豆阁诗馀》胎息于屯田、少游，而实酝酿于南唐二主。金陵
> 为南朝佳丽地，残山剩水，零金断粉，犹有存者。君生长其
> 间，每遇春花秋月，江水东流，玉砌雕阑，樱桃落尽，青衫练
> 裙，登临吊古，自不觉其言之婉而音之悲也。……

作于清道光十七年（1837）。道光丁酉即道光十七年。

又王其毅《宿迁王氏池东书库简目》著录有《双红豆阁词》三卷，一本。未言版本。

潘德舆

潘德舆（1785—1839），字彦辅，号四农，山阳（今江苏淮安）人。清宣宗道光八年（1828）举乡榜第一，试礼部不第。以知县分安徽，未到官卒。著有《养一斋集》、《养一斋词》。

《养一斋词》三卷，清咸丰刊本。自序云：

> 余年二十七始学为词，爱韦端己、冯正中风调。一岁得一卷，流转友人，索之不可得。平心思之，情取跌宕，不无佻冶，无足恨也。兹帙起癸酉，至今得三卷，又自删其十之二，盖此事虽小技，未易矜许。近人诗爱佻靡，于词益纵恣，淫荡之章十可八九，研琢为工，纤屑丛迭，气不转输，遑言神理。高者标唐为宗，坛宇金荃，笼盖有宋，不知其佻荡纤屑，未尽融释也。窃论词莫备于宋，莫高于北宋，词尊北宋，犹诗崇盛唐，皆直接三百篇、汉魏乐府者也。自竹垞以白石、玉田导人，已殊中声。迦陵师稼轩，凌厉有馀，未臻虚浑。一代作手，悉数不审谁属。余中年颇泛滥于稼轩、玉田两家，数岁来欲参北宋一唱三叹之旨，恨才思庸下，万万不足以追蹑也。姑存新制，俟良友之规绳云尔。道光十六年嘉平月，潘德舆书。

作于清道光十六年（1836）。此本见缪荃孙《目录词小说谱录目》著录，有《养一斋词》三卷，咸丰癸丑（1853）刊本。又郑振铎《西谛书目》卷五著录有《养一斋词》三卷，清咸丰三年（1853）刊本，一册。

又罗振玉《罗氏藏书目录》著录有《养一斋词》二卷，一本。又见王国维编《大云书库藏书目》卷中著录，有《养一斋词》二卷。

王僧保

王僧保，字西御，仪征（今属江苏）人。诸生。著有《秋莲子词前后稿》、《论词绝句》等七种，总名《词林丛著》。

《秋莲子词稿》三卷，清道光刊本。自叙云：

> 予于词有笃好，究心者几二十年，颇窥宋人旨趣。尝谓宋以后无词，近乃知五代之妙矣。忆童时初授书，即爱学吟咏，虽有声无辞，然皆能长短其声以为句，亦性使之然也。

> 甲戌以前不足论，自甲戌至壬午，为词若干首，可存者仅十
> 之一二，自订为一卷，题曰《秋莲子词前稿》，自壬午以后为
> 《后稿》。夫予之所处可谓穷矣，姑藉是以抒其抑塞无聊而
> 已，故自谓秋莲子词客，言摇落可伤，而苦心独喻焉尔。仪
> 征西御王僧保自叙。

甲戌为清嘉庆十九年（1814），壬午为清道光二年（1822）。按：《中
国古籍善本书目》著录《秋莲子词前稿》一卷后稿二卷，清道光二十
九年（1849）自刻本。

其词集见王其毅《宿迁王氏池东书库简目》著录，有《秋莲子词
稿》三卷，一本。未言版本。

朱昂

朱昂，字适庭，一字德基，号秋潭，监生，安徽休宁人（一说长
洲）人。著有《百缘语业》、《卷云亭诗抄》、《绿阴槐夏阁词》等。

《绿阴槐夏阁词》四卷，清乾隆刊本。有序云：

> 吾友朱子适庭凤以诗名吴会，吟什流播东南，士争推挹
> 之。既乃为倚声之学，浏然以清，子然以峭，宗法在白石、碧
> 山、玉田、草窗诸家，而于律尤细。适庭性故澹诞，所居绿阴
> 槐阁，掩关却扫，石衣生阶。研墨沌笔，日考索七音二十八
> 调，而复与余辈寥萧简散者流相酬和，或把盏而思，或抚弦
> 而谣，其词与诗偕工也宜。岁初秋，槐影逾碧，凉蝉间鸣，夕
> 霏暮雨，几砚如水，循览兹卷，可缅想其标格也已。乾隆乙
> 亥相月，青浦同学弟王昶书于蘋花池馆。

作于清乾隆二十年（1755）。

又见清王昶辑《琴画楼词抄》中，清乾隆四十三年（1778）刊本，
其中有《绿阴槐夏阁词》一卷。

又《百缘语业》一卷，清乾隆刊本。自序云：

　　寒宵岑寂，趺坐小楼中，庄诵《首楞严经》，自课拈花微旨，戏演《沁园春》十阕，题取象外，言含个中，泡景电光，初无染净，题曰《十眉词》。既复引而伸之，合为一百首，甄综十部，汇编三卷，更名《百缘语业》。本《百缘经》所云供养三宝，勿堕种种善恶因果，用证喜悦。儿曹未晰宗风，亦既各续于简末，阅之殊喜。倘同调有人，惟幸进教所未协，而一一和焉。昔寒岩枯木，几被婆子烧庵，而檀郎听声，为参学人千古公案，乃知普照圆通，具见无上因缘。而以平等参之，是为第一妙义。若谓溺于色相，浑及光明，便落声闻辟支果矣。书竟，曙光映窗，炉灰犹热，瓣香合掌，忏除一切绮业于无何有之乡，可尔。乾隆丙戌小除夕，香严庵主自识。

作于清乾隆三十一年（1766）。又王鸣盛序略云：

　　适庭大兄，词坛老宿，名满江湖，所著诗歌超妙殊绝，今世盛行四家诗，适庭固已为之弁冕矣。中岁出其馀技，究心词学，而《绿阴槐夏》一编，遂奄有两宋之长，予亦既序而刊之。乃今复读其《百缘语业》，以一调填至百阕，实前人之所稀有。

作于清乾隆三十二年。

　　又清邹鸣鹤《斫砚山房书目》卷四著录有《百缘语业》一卷。

谢学崇

　　谢学崇（1785？—1842），字仲兰，号椒石，又号蕉石，南康（今属江西）人。清仁宗嘉庆七年（1802）进士，选庶吉士，授翰林院编修。知陈州，升开归陈许兵备道台。著有《小苏潭词》、《亦园诗剩》。

　　刘敦元《悦云山房文》卷一《谢蕉石观察词序》略云：

　　若夫檀槽低度，禁隽旨于味先；铁绰高歌，纵豪言于弦外。竹垞为姜史之嫡派，迦陵振苏辛之遗音。本皆怀瑾握瑜，镂肝钵肺。眠蚕细裛，俊鹘捷飞。勿缥缈而无依，勿流荡而忘止。大雅斯协，中声以谐。蕉石先生：西清才子，南国胜流。律吕餍心，筝琶洗耳。云沉巫峡，久传秾艳三章；壁画旗亭，早唱孤城一片。举凡春肥红豆，秋老青苔。月上弯环，风生料峭。莫不悄寻琴趣，密数笛家。……

今有清道光刻本《小苏潭词》六卷，包括《宋鹥翔风集》一卷、《桃坞琴言集》一卷、《南鸿秋语集》一卷、《绣谷云心集》一卷、《潜石蛩吟集》一卷、《茶烟梦馀集》一卷。自序云：

> 束发就塾，间习声诗。扯唐酾宋，未涉藩篱。稍长觅举，衣冠优孟。画样壶卢，贫粮饾饤。蓬山沧滴，换骨非仙。卮词脞说，蝉蜕弃捐。馀情度曲，聊复尔尔。墨守姜张，膏沾周史。梁园赋雪，吴苑筹花。征夫杨柳，商妇琵琶。旅寄芜城，簪长带短。料理琴书，寂寥箫管。吁嗟身世，聚貉一丘。荣名已矣，知命奚尤？窭歌俯仰，早生华发。兴往流云，悲来落月。痴语如梦，瘦言若狂。后有知我，为引百觞。道光纪元岁在著雍阉茂斗指析木之次，蕉南旧史自识。

作于清道光十八年（1838）。

又见于藏家著录的有：

1. 缪荃孙《目录词小说谱录目》著录有《小苏潭词》六卷，清道光辛巳刊本。

2. 郑振铎《西谛书目》卷五著录有《小苏潭词》四卷，清道光四年（1824）刊本，一册。

戈载

戈载（1786—1856），字弢甫，号顺卿，又号宝士、山塘词隐、双红词客。吴县（今江苏苏州）人。诸生，官国子监典籍。著有《翠薇花馆诗》、《翠薇花馆词》、《词林正韵》，编有《宋七家词选》。

《翠薇花馆词》三十卷，清嘉庆刊本。董国华序（嘉庆戊寅，1818）云："《翠薇花馆词》八卷，戈子顺卿所著也。"又陆损之序（嘉庆戊寅）云："戈子宝士所作长短句编校已了，将付剞劂，以予有杨穆之雅，谬使为序。"此本见缪荃孙《目录词小说谱录目》著录有《翠薇花馆词》三十卷，嘉庆丁丑（1817）刊本。

又有《吴中七家词》本《翠薇雅词》一卷，自序略云：

> 予于词致力亦已十数年，向时所制，刊成十卷，见闻未广，校勘未精，草草问世，深自愧悔。虽舛错之处亦多依据，然事不从其朔，非探原之举也；法不取乎上，非择音之旨也。故修改之志，无日去怀。今春王井叔议刻《吴中七家词》，以予谬窃时名，属更录稿，同付刊行。予乃就十卷中遴其稍可者，重加订正，又细考四声，必求合乎古人，且必求合乎古人之名作以为法。所选仅十之三，后益以庚辰至今所作，共得一百五十一阕。宫调之理，间亦发明一二，自谓于律或可无憾，虽未能造乎自然，似不至有束缚之状。周草窗云："词不难于作，而难于改；不难于佳，而难于谐。"仇山村云："言顺律舛，律协言缪，俱非本色。"予今日益信其言之不妄已。薄海内外不乏赏音，更望以此一卷论其工拙，藉以验予之学力较十年前为何如，即涧蘋丈及同社诸子亦当有以教我也。词仍旧名，而题曰雅词，正所以示别尔。道光壬午立夏日，戈载自识。

作于清道光二年（1822）。此本见郑振铎《西谛书目》卷五著录，有《翠薇雅词》一卷，清道光刊本，一册。

又清姚燮《大梅山馆藏书目》卷十一著录有《翠薇雅词》一卷。未言版本。

朱和羲

朱和羲，字子鹤，自号么凤词人，吴县（今江苏苏州）人。诸生，任国子监典簿。曾与戈载等唱和，著有《万竹楼词》(又名《洞庭渔唱》)、《新声谱》、《词律遗拾刊误》。

《万竹楼词》三卷，清道光刊本。自叙云：

> 道光己酉春，予游学云间，偶于书肆中得《草堂诗馀》一册，吟咏一周，爱不忍释，但觉花柳怡情，风月遣兴，览物而动，感人甚深，于是始知有词学之道。依谱填腔，奉为圭臬。戊戌岁谒姚春木丈于苇城，越六载，谒戈顺卿丈于山塘，纵谈律吕，细论渊源。则知向之所奉为圭臬者，见其小而未见其大也，见其浅而未见其深也。浑厚者易流于板滞，妍丽者易入于冶靡，峭拔者易近于粗豪。欲祛流弊，宜探正宗。乃以曩时所作付诸一炬，遴取南北宋诸名家之词，朝夕研究之，复购专集以参考之，既获指迷，兼资就正。自是而词之源流升降、正变雅俗，稍稍得有领悟矣。凡阅十几寒暑，得词三百馀首，自为删汰，编成三卷，名曰《洞庭渔唱》。质诸顺卿戈丈，曰："盍付梓人，出而问世？"予悚然谢曰："予之词如春鹍秋蝉，自鸣其天，不过陶情适性而已，乌可灾梨祸枣，而贻笑于方家耶？"丈曰："子迂矣，子未读杜子美'文章千古事'之诗乎？文章一事，信诸己者可以证诸人，著于今者可以传于后。世之一无表见，一无述作者，斯已矣。今学词既成，衮然成集，则千古之事已有始基，若欲待贤子孙以继志述事，吾见世之为子孙者虽曰能贤，未必即为祖父阐扬手择，即有之，往往假手于他人，操其选政，嗜好不同，去留未当，不若得失审于寸心。一生呕出心肝，自少而壮而老，可以觇境遇之盛衰，可以验学力之进退，勿谓自刊其稿之为谬也。"予乃应之曰："唯。"即请顺卿丈弁言，以冠诸简端，而自述其缘起如此。道光三十年岁在上章阉茂黄钟之月，么凤词人朱和羲自叙。

作于清道光三十年（1850）。戊戌为道光十八年（1838）。

又有清同治刊本《万竹楼词选》一卷，有序云：

> 昔年有以紫鹤所刊贺方回词见贻者，服其搜辑之勤，心识之。壬戌秋就居筠溪，紫鹤亦避寇寓此，以许姬殉节事求题，并惠读《万竹楼词》，于是始知紫鹤。盖紫鹤虽祖居莫厘，而常客我郡，席故资。他无嗜好，独好为长短句，以为言情之作莫善于此，又尝与其乡先辈戈顺卿游，多闻绪论，故其为词持律甚严，而用意深细，其师法在姜、张、二窗，凡世所尚以叫嚣为豪，涂饰为丽，尖刻为巧者，皆所不屑也。中年得许姬，闺房静好，唱和为乐，人谓神仙中人。比遭乱倾覆，姬骂贼死，君逃难奔走，转徙浦江南北，索居凄怆，有不堪回忆者。然其于许姬感悼不已，时见之于词。而今昔菀枯之戚未尝及焉，亦足见其志趣已。今年春予归自金陵，君合前后稿凡二册，属为序。予曰："存稿不必多，贵精而已，请简为一卷。"以视君，君亦自知之深也。有议此卷为少者，其非紫鹤知己也欤？同治丙寅长夏，南汇张文虎序于金陵宾馆。

作于清同治五年（1866），壬戌为清同治元年（1862）。此本见郑振铎《西谛书目》卷五著录，有《万竹楼词选》一卷，清同治刊本，一册。

又见于著录的有：

1. 徐世昌《书髓楼藏书目》卷四著录有《绿雪馆词》一卷、《万竹楼词》一卷，张鸿卓、朱和羲撰。

2. 蔡宾年编《墨海楼书目》著录有《万竹楼词》三卷，一本。

张熙

张熙，山阴（今浙江绍兴）人。生平不详，著有《扁舟草词集》。

其词集见《咫园藏书楼善本书目·阅览室检查书目》"集部抄本书及稿本"著录，有《扁舟草词集》一卷，一册。

沈鋆

沈鋆，字晴庚，号秋白，无锡（今属江苏）人。三十岁补诸生，以教书为业。清文宗咸丰年间太平军陷无锡，携家避难，连丧妻女，遂憔悴而卒。与郭麐、戈载等友善。著有《七二青芙蓉馆诗集》、《留沤吟馆词草》。

《留沤吟馆词存》一卷，清光绪年间师郲室刻本。有序云：

> 无锡沈晴庚先生工词，存稿甚富，名《留沤吟馆词草》。先生殁时，值庚申之变，遗稿大半散失。华笛秋舅氏，先生旧友也。事平，觅其遗著，得词仅四十馀阕，为全稿之第四卷，亟录副本以归。光绪己卯秋九月，标泛舟濠湖，谒舅氏于藤花盦中，出此册以示。标惜其才富而遇穷，并言二十年来犹无刊本，爰假归，录付手民。嗟乎！词学一道莫盛于宋，其时即可付之伶工，被诸筦弦，故必谐于声律，而后称工。后人于风晨月夕，多率意为之，而叩以付伶工、被管弦之遗意，知者鲜矣。惟先生词则调归宫谱，字严起煞，真能为雅音者。噫！斯词也，庶可传欤？至于先生孝友事迹及艺术之工，大略已详于志传中，其馀亦非后生小子所得知，故不敢赘云。光绪五年冬十月，元和江标建霞甫拜序。

作于清光绪五年（1879）。又华翼纶序略云：

> 有词若干卷，藏于家。庚申之岁，适馆于吴江学秦谊亭署，闻乱，归视眷属，为寇掠，行箧殆尽，而词亦失焉。惟存于馆中者，为谊亭携至乡间，存此数十阕。余得之于其婿秦皖卿，即谊亭四子也，其自题为《留沤吟馆词草》卷之四，其第一至第三不复可踪迹矣。夫晴庚之遇，天既厄之，女死妻亡，至于身死，亦可为极矣。而其著作犹复散失几尽，天之待才人，抑何忍耶？然犹存此，则因其词以想见其人，不可

为非幸也。余甥江建霞毅然为刻之，可谓勇矣。

作于清光绪己卯，即光绪五年。

又见赵诒琛辑《又满楼丛书》中收录，有民国昆山赵氏刊本，其中有《留沤吟馆词存》一卷。

又《咫园藏书楼善本书目·阅览室检查书目》"集部抄本书及稿本"著录有《留沤吟馆词存》一卷，一册。

葛湘

葛湘，字吟劬，江阴（今属江苏）人。生平不详，著有《春鸥词》。

《春鸥词》二卷，清光绪刊本。有序云：

> 世丈葛吟劬先生词稿，一曰《春鸥词》，道光末谢君清卿以原稿持赠，有数百首，卷中或注删字，或注存字，语句亦有抹改处，皆为先生手泽所注。存者凡百十一首，继复假得谢君侃如抄本，增多一首，因录入稿中，跋而藏之。庚申之劫，藏书十万卷，百仅存一。其中邑先哲著述数十种，无一存者。独先生词免于兵燹，惟略有污损，爰重录清本，记以一跋，藏之箧中，原稿则转赠友人。今冬，先生宅相勖初周君以此本相示，乃出拙抄本对勘一过，阕数及附录并同，惟次序先后不同，字句亦多互异，知此本已出于先生删定，而尚非先生改定之本。闻将传诸枣梨，甚盛举也。第付刊之日，似当以拙抄本为据。时光绪戊寅长至节，眉生叶长龄。

作于清光绪四年（1878），庚申为咸丰十年（1860）。又跋云：

> 右世丈葛吟劬先生《春鸥词》二卷，先生手自删订，原稿中抹改处，悉出先生手，继复假得其门下士谢侃如茂才抄本，对勘一过，增多一首，都一百十二首，盖谢本即从先生定本录出者也。先生著有《五碧螺中诗集》六卷，尝自谓吾诗

聊以寄兴，词则用力稍勤，似尚堪质诸世，武进李申耆先生亦许其可。传先生先世在宋时有葛胜仲《丹阳词》、葛立方《归愚词》，琴川毛氏刊入《六十家词》中，并文渊阁著录，然其于南北宋间实未能名家。今读先生词，超轶先代，殆不啻倍蓰矣。校讫，因识数语，以志景仰云。时咸丰乙卯夏，静观楼主人长孙叶长龄眉生氏跋于水心斋之养默室。

作于清咸丰五年（1855）。此本见刘承干《嘉业藏书楼书目》著录，有《春鸥词》二卷，光绪刊巾箱本，一册。又郑振铎《西谛书目》卷五著录有《春鸥词》二卷，清光绪五年（1879）刊本，一册。

又有民国排印本《春鸥词稿》二卷，有序略云：

先生世居邑东张岐山，其居四面环山，故自颜其居曰五碧螺中，著《五碧螺中诗集》六卷，咸丰庚申之乱，诗稿尽失，仅剩词稿。光绪己卯其甥周顼磋世丈曾与先生门人陈君应堂为之刊行，五十年来，日就渐灭。余以先生词既卓卓可传，而其平生只字不入公门。道光间修志，独能以毅力为已黜之乡贤力争复祀，其行谊亦有足多者。刊《水云楼词》竟，乃即以先生词付之，俾知芙蓉城郭间固不乏晓风残月之才人与衰草微云之佳士也。癸酉季夏，冶盦谢鼎镕识。

作于民国二十二年（1933），光绪己卯为光绪五年。又跋略云：

谢子冶盦校刊蒋鹿潭先生《水云楼词》既竣，复与余言曰："吾乡有清一代词人，首推蒋鹿潭、葛吟舫二先生。余家藏有葛氏《春鸥词》一册，刊于光绪初年，五十年来日渐散失，盍重刊之，以广流传乎？"余曰："唯。"亟假是书观之……书成，附跋数语，留示后贤，亦藉以志余心之景仰云尔。甲戌春日，祝廷华。

作于民国二十三年（1934）。

张泰初

张泰初（？—1843），字安甫，号松溪，钱塘（今浙江杭州）人。清仁宗嘉庆年间贡生。著有《花影吹笙谱》，又名《横经堂诗馀》。

《横经堂诗馀》二卷，清光绪刊本。金安清序略云：

> 松溪于学无所不窥，尤深于金石律吕。所著诗颇多，而不甚经意，独于词律极严，戈君顺卿为之推服，同时江浙倚声家亦无出其右者。曾刊词集于杭，以兵燹失去，仅有副本存王君芗谷处，今年共谋付梓，余既为筹剂剞劂费，芗谷属为弁言，因述交谊颠末如此。

作于清咸丰元年（1851）。又金氏跋云：

> 此余亡友张松溪之词也，松溪殁已及四十年。咸丰初曾为镂板于袁江，今亦二十六年矣。兵燹后，梨枣无存，惟石甥似梅有一旧本，似梅研精词律，嗜之甚深。前年以海运阻于黑水洋，搜检遗箧得此，重为付梓，以广其传。嗟乎！少年裙屐之会如在目前，电光石火，曾几何时，而余已皤然一叟矣。既悲旧雨，复念亡甥，人世事何堪把玩耶？再为后跋，以志重刊岁月。时在光绪丙子孟秋，六幸翁金安清。

作于清光绪二年（1876）。

其词集见郑振铎《西谛书目》卷五著录，有二：其一，《花影吹笙谱》一卷，清道光刊本，一册。《横经堂诗馀》卷一。其二，《花影吹笙谱》一卷，清咸丰刊本，一册。《横经堂诗馀》卷一。

胡金胜

胡金胜（1788—1830），字东井，号梦香，平湖（今属浙江）人。诸生，有《听秋室诗抄》、《笛家词》等。

其词集见于著录的有：

1. 清姚燮《大梅山馆藏书目》卷十一著录有《笛家词》四卷。
2. 蔡宾年编《墨海楼书目》著录有《笛家词》四卷，一本。
3. 郑振铎《西谛书目》卷五著录有《笛家词》四卷，清道光刊本，一册。

冯云鹏

冯云鹏，字晏海，通州（今江苏南通）人。清仁宗嘉庆、宣宗道光时在世，著有《扫红亭吟稿》、《金石索》、《红雪词》。

《红雪词甲集》二卷，清嘉庆刊本。有序云：

> 晏海，奇士也，以文鸣，以诗鸣，以篆隶鸣。暇则出其馀技，而以长短句鸣，洵善鸣矣。予酷好九宫十三调，因有《自怡轩词选》，今见此集，心尤怡。相与仿宋人吴梦窗词，分甲乙集，兹名红雪，故大致以香艳者为甲，疏放者为乙。十七八女郎歌红牙拍，与关西大汉执铁绰板，古人不既区别其间乎？绮窗绣榻，取是编而绎之。花有态，月有香，且一切禽鸟虫鱼之殊观，山川草木之异致，罔不尽其物情，自谐音律。都哉！予欲以薛氏浣花笺书之，蔷薇露洒之，真红聚八仙锦覆之，直可于我朝十六名家词外别树一帜也。为识数语弁其首。乾隆己酉，穆堂许宝善题于虎阜旅次。

作于清乾隆五十四年（1789）。又冯氏《自题红雪词》云：

> 放银毫，拈粉笔，月底修箫谱。旧拍新腔，不把四声误。近来气轶苏辛，香沾周柳，想南北、宋人千古。　审宫羽。每逢拗句拗声，轻盈似莺语。心不如丝，难知这甘苦。偶将甲乙编题，飞红舞雪，任飘向、有情天去。
>
> 《月底修箫谱》，嘉庆元年竹醉日，晏海自题。

作于清嘉庆元年（1796）。此本见佚名《平妖堂藏书目》著录，有《红雪词甲集》，清嘉庆刊，二册，十元。又郑振铎《西谛书目》卷五著录有《红雪词甲集》，存二卷，清嘉庆刊本，二册，存卷一至二。

姜宁

姜宁，生平里贯不详，著有《怡亭词》。

其词集见于著录的有：

1. 清姚燮《大梅山馆藏书目》卷十一著录有《怡亭词》二卷。
2. 蔡宾年编《墨海楼书目》著录有《怡亭词》二卷，一本。

以上均未标明版本。

姚斌桐

姚斌桐，字秋士，汉军正白旗，襄平（今辽宁辽阳）人。清宣宗道光十六年（1836）进士，官兵部职方司主事。著有《还初堂词抄》。

《还初堂词抄》一卷，清道光刊本。有序云：

> 《还初堂词》一卷，姚子秋士所著。秋士隶汉军，名斌桐，家大人丙申所得士，官兵部主事。贫且困，不得迁，卒于官。为人冷隽孤洁，不与时俯仰，无私谒。予亦以疏懒，罕得见之，至今不识其状貌为何如也。友人张仲远曾见其词，亟称于予，访之，已物化矣。觅其词，不可得，既访于承子久仪部，子久访于杨简侯观察，乃得其所为《还初堂词》，因知秋士尝往来于吴越楚黔，遍历名胜，胸次洒然，有得于山川灵秀之助。故其为词沉微俳恻，无世俗温蠖之态，益信仲远之言不诬矣。今夫穷巷之士，聚粮挟策，以奔走于京师，幸而得一第，其不幸者老死牖下。秋士幸得以进士宫中枢，亦当仰眉而伸气，不可谓不遇矣。乃卒贫且困，又久之不得迁，且重之以不中寿而死。虽举进士，官中枢，其不遇于时则一也，而况又重之以不中寿而死也耶？词总为一卷，间有一二不谐声律，属同里尤子信甫为之参订，以付剞劂，要其存于世者止此，已矣。此予所以汲汲焉而不能自已者也。合

> 肥徐懿甫谓予云:"尝见秋士诗,慷慨任气,多幽燕之声。"
> 惜乎予不得而见之也,要其存于世者将止此已耶?予是以益
> 叹秋士之不幸也。道光二十七年夏五月,吴县潘曾玮。

作于清道光二十七年(1847)。又郑振铎《西谛书目》卷五著录有《还
初堂词抄》一卷,清道光刊本,一册。

又有杨钟羲辑《留垞丛刻》本《还初堂词抄》一卷,清光绪二十五
年(1899)刊本。有跋略云:

> 雪窗岑寂,读秋士先生诗馀,念其牢落不偶,生无补于
> 时,死无述于后。少年绮语,无当高怀,孤本留遗,将成星
> 凤。为之重付手民,为他日丛刻之虑无焉。见者若以为吾八
> 旗之读书识字者特工此等言,则亦未足与观其大也。时光绪
> 二十有四年,兴意园弟录八旗文,告成之岁冬十有二月,汉
> 军杨钟羲芷晴父写记。

作于清光绪二十四年(1898)。

吴兰修

吴兰修(1789—?),字石华,号荔村,一号古输,嘉应州(今广
东梅县)人。清仁宗嘉庆十三年(1808)举人,官信宜训导。著有《桐
华阁词》、《荔村吟草》等。

其词集见于丛书中收录的有:

1. 清佚名辑《学海堂丛刻》本,清光绪三年(1877)年刊本,其
中有《桐花阁词抄》一卷。

2. 汪兆镛辑《微尚斋丛刻》本《桐花阁词》一卷补遗一卷,清宣
统二年(1910)刊本。自序云:

> 余隐桐村,素有词癖,春声秋绪,固不在残月晓风也。乃
> 草草出山,十年万里,边笳警梦,江雨怀人,声音所触,感慨
> 系之矣。近检吟囊,残怏殆尽,篝灯坐忆,叹息弥襟。爰取

近草若干首刻之，虽非凤昔称心之作，亦留此误弦以博周郎
一顾云尔。嘉庆二十一年九月十九日，吴兰修自序。

作于清嘉庆二十一年（1816）。又序云：

> 粤中词家，桐花阁最著，陈朗山先生曾刊其词入《学海堂
> 丛刻》中。偶与陈孝坚宗颖论及，因出所藏原刻本见视，互
> 相校勘。山堂本删汰过半，其中不少佳制弃去可惜，且原有
> 吴兰雪、郭频伽两序及自序共三首，均未刻入，亦缺憾也。
> 今为重刊，其原刻本所有，而山堂本删去者，附刻补遗一卷，
> 庶可窥全豹焉。上卷悉依山堂本，惟《题汪玉宾士女图》四首，山堂本
> 只录《缄书》二首，今并刻入补遗四首内，俾还旧观。宣统二年夏六
> 月，番禺汪兆镛。

作于清宣统二年（1910）。又跋云：

> 汪君伯序工倚声，重刊《桐花阁词》，校勘极精。如《声
> 声慢·集惜砚斋》"风帘"原误作"花帘"，《琵琶仙·题珠江
> 重叙图》"怎禁得"原误作"怎受得"，皆能订正学海堂本之
> 讹。词虽小道，一字之误，全篇减色，得此，足称善本矣。宣
> 统三年正月，番禺沈泽棠。

作于清宣统三年（1911）。此本见郑振铎《西谛书目》卷五著录，有
《桐花阁词》一卷首一卷补遗一卷，清宣统二年刊本，一册。

又有民国三年（1914）抱瓮斋印本《桐花阁词》一卷、《桐花阁集
外词》一卷。有跋云：

> 吾州吴石华先生《桐花阁词》身后流传甚罕，番禺陈兰甫
> 先生曾搜访原本，刊入《学海堂丛刻》，今日《丛刻》亦非人
> 人能得，过此以往，流风歇绝，吾滋惧焉。爰从《丛刻》中抽
> 出，刊为单行本行世，以绍灵芬，好事君子或有取乎尔。中
> 华民国三年四月，邑子古直题于抱瓮斋。

又有序云:

> 余年来到处搜访《桐花阁词》原本,迄不可得。惟先后从旧抄本中抄得数十阕,以与《学海堂丛刻》所刊相校,无一重复者,知为集外遗词也。因即校定若干首,附刊集后,题曰《桐花阁集外词》。中华民国三年四月,古直记。

其词集又见清许宗彦《鉴止水斋藏书目》著录,有《桐华阁词》一本。未言版本。

朱绶

朱绶(1789—1840),字仲环,又字仲洁,号酉生,元和(今江苏苏州)人。清宣宗道光十一年(1831)举人。尝佐梁章钜幕。著有《知止堂文集》、《知止堂词录》。

《知止堂词录》三卷,清道光刊本。包括《缇锦词》一卷、《湘弦别谱》一卷、《黛湖渔唱》一卷。戈载序略云:

> 予与酉生交三十年,同志莫逆,白头如新,赏奇析疑,互相商榷,此真生平之益友也。数年来奔走淮徐间,虽简其面,分著情深,偶返家弄,谭艺益密。今春予匆促出门,人日仅一见于慕园,是时酉生已得喉痹疾,尚冀其不至绵顿,初夏言旋,可图良觌,讵料予至袁江未及十日,而君已千古耶!归晤高苇堂、董琴涵两观察,知其遗诗刊成十二卷,词则命予校勘。酉生词不多作,惬意之篇靡不录稿见示,今所存三卷,乃其手自编定。去秋曾属予为序,言犹在耳,遗墨尘封,解帙重吟,涕湩交集,真有不堪卒棠者。……爰校毕,而复诸两观察,其即书此数语于简端,以应其生前之请也可。

作于清道光二十年(1840)。又有朱氏自序二,录如下:

> 《缇锦词自序》:绶填词之学,于今十年,不欲多存者,

虑萧艾盈目，徒败人意也。清真、白石、梅溪、碧山皆所笃嗜，而私淑之愿尤在梦窗、草窗。蒋君澹怀曾言殚精竭虑，为举世不好之物叹息而已。先后交曹君艮甫、沈君闰生，互有所益，而审定声律，则戈君顺卿之力居多。绥自维年过三十，幽居憔悴，而美人香草，自言所言，有韵之文，词尤善感。篝灯自诵，唏乎悲矣。闺人序之，谓思沉志郁，不乐恒耳，宜以缇锦重袭，遂以名编。嘉庆己卯五月既望，元和朱绥环之自序。

《湘弦别谱自序》：壬午春日，戈君顺卿、王君井叔议刻吴中六家词，而征余所作。余词不足与诸君竞美也，顾念致力于此者既久，不忍听神智之自腐，录十之二三为一卷。昔唐李文山自序其诗，谓居住沅湘，宗师屈宋，平生服习，首在斯吉。矧憔悴幽忧，俛寄所托，美人香草，寻绪无端，有韵之文，词尤善感。准诸六义，亦比兴之遗也。此则独成为余之词，而诸君之所许者，否邪？两宋去今远，宫调失传，凡士夫所作，类不能被乐府。而起调毕曲间有旁谱可证，意欲与古人求其合，其理在芒忽之际。世固有知音者乎？文字之外，或当有以相赏也。元和朱绥仲环自序。

前者作于清嘉庆二十四年（1819）。后者其中的壬午为清道光二年（1822）。此本见缪荃孙《目录词小说谱录目》著录，有《知止斋词》三卷，道光庚子刊本。

又有《吴中七家词》本《湘弦别谱》一卷，顾千里《吴中七家词序》略云：

词始于唐，盛于五代宋元，衰于明。盖明人于此，大抵不过强作解事，而二百馀年几失其传。逮我朝乃有起而振之者，前若浙西，后则琴话、卓荦诸君，骎骎乎步武玉田、草窗之后，以继其薪火。而近日吾吴七家亦其选也。七家者为戈子顺卿、沈子兰如、朱子酉生、陈子小松、吴子清如、沈子闰生、王子井叔，英年随肩，妙才把臂，生同里闬，长共笔砚。凡于诗古文词罔不互相切劀，必诣最胜，其论词之指，则首严于律，次辨于韵，然后选字炼句、遣意命言从之。闻诸子尝尽取凡有词以来专集若干，类选若干，旁及乎散见小说笔记者又若干，博考精究，以求夫律之出入、韵之分合，以暨其字其句其意其言，如是者得之，如是者失之。权衡矩矱，于斯大备；轻重方圆，未之或差。是故诸子之词平奇浓淡，各擅所长，而无一字无来历，则七家未有不同也。今将合刊，出以问世，过辱以卑耳之马推予，属之以序。

作于清道光二年。

其词集见于著录的有：

1. 清姚燮《大梅山馆藏书目》卷十一著录有《湘弦别谱》一卷。

2. 郑振铎《西谛书目》卷五著录有《知止堂词录》三卷，清光绪二十年湖南思贤书局刊本，一册。

朱骏声

朱骏声（1789—1858），字丰芑，号允倩，晚号石隐山人，元和（今属江苏）人。清仁宗嘉庆二十三年（1818）举人，官黟县训导。文宗咸丰初赏国子监博士衔，旋迁扬州府学教授，以疾未之官。著有《朱氏群书》、《临啸阁诗馀》。

《临啸阁词选》六卷，抄本，《清词珍本丛刊》据以影印，朱师辙跋云：

先大父少与家酉生、戈顺卿先生游，遂擅倚声。初宗竹垞，继法玉田，辅以辛、刘，气韵浑融，意境豪放，体格之高，远迈同时诸子。存稿四卷，首卷《红药词》，皆玉台吟咏、香阁缠绵之作，取芍药赠答之意。次卷《拜石词》，皆闲居游览访旧之作，取寄情泉石之意。三卷《玉屑词》，皆咏物寄兴之作，取镂玉馀屑之意。四卷《对影词》，皆题赠良朋之作，取"对影成三人"之意。总题曰《临啸阁词》，都百十八首，为先大父手订，师辙搜集残稿，复得拾遗二卷，计六十九首。民国辛酉抄录成帙，恳邵子次公重为校定，藏之箧衍。乏资付刊，甲戌复祈夏丈闰庵选录，得百七首，先梓行世，俾好学君子得睹一斑。先大父遗著甚夥，尚望海内大雅匡助刊行，不胜盼祷。乙亥春，孙师辙谨识。

作于民国二十四年（1935）。按：《临啸阁词选》包括《红药词》一卷、《拜石词》一卷、《玉屑词》一卷、《对影词》一卷、《拾遗》二卷。又跋云：

> 右《临啸阁词》六卷，少滨先生借抄，后有次公弟跋。次公弟曾校三次，然误字仍多。如末首"戍削春葱"原不误，而改戍为感，反不成词。《醉春风》一篇应删后一首，而次公弟删去前首，此皆应改正者。题词中惟夏闰庵为得体，其他趁韵而已，与题无涉，姑存之以见真相。癸巳夏，张宗祥记。

作于民国二十八年（1939）。

又郑振铎《西谛书目》卷五著录有《临啸阁词选》一卷，油印本，一册。

方履篯

方履篯（1790—1831），字彦闻，一字术民，顺天大兴（今属北京）人。清仁宗嘉庆二十三年（1818）举人，署永定，调闽县，卒于任。著有《万善花室集》、《万善花室词》。

其词集见于著录的有：

1. 叶德辉《叶氏观古堂藏书目》著录有《万善花室词》一卷。

2. 缪荃孙《目录词小说谱录目》著录有《万善花室词》一卷，传写本。

周梦台

周梦台，字叔斗，号柳初，吴江（今江苏苏州）人。诸生。清宣宗道光年间在世，著有《初盦剩稿》、《茶瓜轩词》。

《茶瓜轩词》一卷，柳弃疾抄本。有跋云：

> 此集祖本藏陈祥叔家，以嫩油纸写成，笔势欹斜，疑叔斗先生亲笔。余先从陆赓南处假得副本，觅人抄出。后以陈本对勘，计比此少《秋霁》、《沁园春》两阕，盖赓南《握红梨社诗抄》补入者，又许监学云："此集门叔斗中年所作，并非完帙。"其言度有所本也。中华民国七年秋八月，邑后学柳弃疾校毕并记。

按：柳弃疾（1887—1958），原名慰高，字安如，改字人权，号亚庐，再改名弃疾，字稼轩，别号亚子，江苏吴江人。清末发起南社。著有《磨剑室诗集》、《词集》、《文集》、《南社纪略》，编有《南社丛刻》等。此本见柳弃疾《养馀斋松陵书目》卷四著录，有《茶瓜轩词》一卷，抄本。

检上海图书馆藏抄本《茶瓜轩词》数种，叙录如下：

1. 《茶瓜轩词》一卷，抄本，一册。
2. 《茶瓜轩词》一卷，民国七年（1918）抄本，一册。
3. 《茶瓜轩词》一卷，善本，合册。
4. 《初盦剩稿》二卷《茶瓜轩词》一卷，民国八年（1919）抄本，一册。薛凤昌题跋。有钤印：公侠手录、邃汉斋藏、网罗文献、公侠、凤昌、公侠校过。按：薛凤昌（1876—1944），原名蛰龙，字砚耕，号公侠，一号病侠，同里镇人。早年留学日本，民国元年（1912）与人创办吴江县立中学，任校长。又与柳亚子等人组织吴江文献保存会，又与人创办私立同文中学，任校长。后因拒绝敌伪派驻日籍教员而被捕遇害。编著有《松陵文征》、《游庠录》、《吴江文献保存会书目》（与柳亚子合辑）、《邃汉斋碑帖目》等。

以上四种，其中民国七年抄本或即柳弃疾抄本。

陈希恕

陈希恕（1790—1859），字养吾、梦琴，吴江（今属江苏苏州）人。诸生，医家。著有《灵兰精舍诗选》、《红树怀人阁词》、《闹红一舸词录》。

上海图书馆藏有《红树怀人阁词》一卷，抄本。又有《闹红一舸词录》一卷，抄本。又有《灵兰精舍诗选》不分卷《闹红一舸词抄》一卷，抄本。

其词集见柳弃疾《养馀斋松陵书目》卷四著录，有《红树怀人阁词》一卷，抄本。

郭去呰

郭去呰，维县（淮县?）人。著有《震庵文集》、《太璞庐诗集》、《松香词集》、《郭氏诗存》等。

其词集见孙耀卿《通学斋书目》著录，有《松香词抄》一卷，道光抄本。

吴嘉洤

吴嘉洤（1790—1865），一作嘉诠，字清如，吴县（江苏苏州）人。清宣宗道光十八年（1838）进士，以副考官典试四川，由内阁中书入直，官至户部员外郎。著有《仪宋堂诗文集》、《秋绿词》、《乘桴小草》等。

《秋绿词》一卷，《吴中七家词》本。自序云：

> 予少时喜汉魏六朝之学，稍长又习为欧、苏、曾、王之文，乐府古近体之作，于词则好之而未暇为之也。洎交朱君环之、沈君隐之，两君皆工于词，予始稍稍为之，成章而已。继交戈君顺卿，乃始精究阴阳清浊之分，九宫八十一调之

变，又以暇日遍览南宋以来诸大家之集，互参博考，而知诸
子所论撰，殆无累黍异。后每得一解，必薪合乎古人之绳尺
而止。然予又以为言顺律舛，律协言谬，古人所讥。即顺与
协矣，而律严，而止于律，斯亦未造乎谐之极也。近王君绥
之议合梓《吴中七家词》，谬以予备其数。予固不敏，又以致
力于他，所服习者久，馀所及，于诸子无能为役矣。然以数
年之冥讨，与夫同志之讲求，虽不敢遽希古之作者，而如上
所讥，庶其免乎？书此以质诸子，当不以为河汉也。道光壬
午冬至前七日，吴嘉洤自序。

作于清道光二年（1822）。

其词集见清姚燮《大梅山馆藏书目》卷十一著录，有《秋绿词》一
卷。未言版本。

张应昌

张应昌（1790—1874），字仲甫，号寄庵，钱塘（今浙江杭州）
人。清仁宗嘉庆十五年（1810）举人，选内阁中书。道光初补授实录
馆誊录，因病辞归，闭门著述。编纂《国朝词综续编》，著有《彝寿轩
诗抄》、《烟波渔唱》、《寄庵杂著》等。

其词集见载于诗文集中，今有清同治二年（1863）西昌旅舍刻增
修本《彝寿轩诗抄》十二卷、《烟波渔唱》四卷，《续修四库全书》据以
影印。

其词集见于著录的有：

1. 清姚燮《大梅山馆藏书目》卷十一著录有《烟波渔唱》一卷。

2. 蔡宾年编《墨海楼书目》著录有《烟波渔唱》，一本。

3. 郑振铎《西谛书目》卷五著录有《烟波渔唱》一卷续抄一卷附
抄一卷，清道光二十四年（1844）刊本，一册。

汪世泰

汪世泰，字紫珊，六合（今属江苏）人。官太守。著有《碧梧山

馆词》。

汪氏词见载于丛书中，计有：

1. 清汪世泰辑《七家词抄》本《碧梧山馆词》一卷，清乾隆、嘉庆刊《随园三十种》本。有序云：

> 余尝评吾友汪紫珊太守之词曰："思态逸妍，音律中雅，语出于性情，旨归于忠厚。"船山以为知言。兹于所刊《七家词》中又获观其与妇弟袁兰村赠答倡酬之作。盖兰村以名父之子、旷代之才评量风月，睥睨坛坫，弟视灌夫，儿呼德祖，杰作之悬，一字不易，久要之践，千金屡散。……吾前所以许紫珊之词者正在此。今海内工诗馀者，家谷人师、杨蓉裳、汪剑潭、郭频伽四君，与袁氏皆敦群纪之交，并具成才之赏。请以质诸，或谓余之不失听也。嘉庆十有四年青龙己巳招摇指亥，全椒吴鼒题。

作于清嘉庆十四年（1809）。

2. 清汪世泰辑《七家词抄》本《碧梧山馆词》一卷，清同治五年（1866）三让睦记刊《随园三十种》本。

3. 清汪世泰辑《七家词抄》本《碧梧山馆词》一卷，清光绪十八年（1892）勤裕堂排印《随园三十八种》本。

又见于著录的有：

1. 清姚燮《大梅山馆藏书目》卷十一著录有《碧梧山馆词》一卷。

2. 山阴平氏藏《安越堂藏书目》著录有《碧梧山馆词》二卷，一本。

以上均未标明版本。

杨夒生

杨夒生，初名承宪，字伯夒，号浣芗，金匮（今江苏无锡）人。监生，官蓟州知州。著有《真松阁集》、《真松阁词》、《过云精舍词》。

其词集见于著录的有：

一、《过云精舍词》

此种见载于丛书中，计有：

1. 清汪世泰辑《七家词抄》本《过云精舍词》二卷，清乾隆、嘉庆刊《随园三十种》本。

2. 清汪世泰辑《七家词抄》本《过云精舍词》二卷，清同治五年（1866）三让睦记刊《随园三十种》本。

3. 清汪世泰辑《七家词抄》本《过云精舍词》二卷，清光绪十八年（1892）勤裕堂排印《随园三十八种》本。

又见于著录的有：

1. 清姚燮《大梅山馆藏书目》卷十一著录有《过云精舍词》二卷。

2. 蔡宾年编《墨海楼书目》著录有《过云精舍词》二卷，一本。

3. 山阴平氏藏《安越堂藏书目》著录有《过云精舍词》二卷，杨夔生；《碧梧山馆词》二卷，汪兴泰。一本。

二、《真松阁词》

《真松阁词》六卷，清道光十四年（1834）刻本，《续修四库全书》据以影印。有序云：

> 梁溪多词人，国朝以来，严秋水宫允、顾梁汾舍人所著词稿，至今脍炙人口。刘芙初太史晚出，受业于杨蓉裳先生之门，得其传衣，名噪艺苑。伯夔刺史为先生冢嗣，早岁敦敏嗜学，青缃劬好，含咀道腴。平生富著述，尤工倚声。守其家钵，更陶冶于唐宋诸名家，而撷其精华，抒以妙笔，江南北一时称宗匠焉。顾以文憎命达，连不得志于有司。岁己卯，以县丞简发来直，始宣力于河防，旋补雄县丞，调蠡邑，擢固安令，洊升蓟州牧。鸣琴退食之暇，乃编录《真松阁词》如干卷，先以授梓。邮筒寄示，属弁一言。余窃谓北宋词人，不袭南唐之貌，而或失之过刚。南宋则力矫刚劲险率之弊，而

常流于纤腻。过犹不及，君子疑之。《真松阁词》六卷，譬之于文，殆合江、鲍、徐、庾为一炉之冶，古艳以树骨，悱恻以寓情，酝郁以铸词，抑扬感慨以寄意，掩群雅而成专家。传世行远，又奚疑哉？伯夔诗古文俱有专集，他日手自纂订，汇付剞劂，与先世《芙蓉山馆全集》同播词坛，并垂不朽。斯尤余之所厚望者耳。道光甲午季春既望，石门弟方廷瑚拜叙。

作于清道光十四年（1834）。己卯为嘉庆二十四年（1819）。此本见缪荃孙《目录词小说谱录目》著录，有《真松阁词》六卷，道光甲午（1834）刊本。又《中国古籍善本书目》著录有《真松阁词》六卷，清道光十四年刻本。

又有陈乃乾辑《清名家词》中收录，民国二十六年（1937）上海书店排印本，其中有《真松阁词》一卷。

又见于著录的有：

1. 清姚燮《大梅山馆藏书目》卷十一著录有《真松阁词》六卷。

2. 刘承干《嘉业藏书楼书目》著录有《真松阁词》六卷，光绪元年（1875）心禅室重刊本，二册。

3. 徐世昌《书髓楼藏书目》卷四著录有《真松阁词》六卷，心禅室重刊本

4. 蔡宾年编《墨海楼书目》著录有《真松阁词》六卷，一本。

陈彬华

陈彬华（1790— ？），原名兆元，字元之，易字小松，吴县（今江苏苏州）人。贡生，官训导。著有《瑶碧词》一卷。

《瑶碧词》一卷，今有《吴中七家词》本，有序云：

词之为道，原本风诗。沿流齐梁，俶始太白。及宋立大晟乐府，作者大盛，绮靡华缛。至辛、苏而一变，矫逸亢厉，或谓非正声也。自姜夔尧章氏出，以清空之笔，运骚雅之

思，吴君特、王圣与、周公谨、张叔夏诸君相羽翼之，由是南宋之词遂为唐以来所未有。国朝诸家如竹垞、樊榭，皆法南宋者也。吾友小松心喜倚声，刻意媚学，哀丝豪竹，一往而深。近复精究四声，务合乎南宋诸家而止。故所作《瑶碧词》一卷，回肠宕魄，凄然以迷，其神则孤月入抱，其气则异香悦魂，其音则空中仙乐，摇曳清圆，其旨则高山白云，绵渺无限。凡诸聚妙，直可上追南宋诸君，又不仅与竹垞、樊榭诸老争此词坛一席也已。同县董国琛撰。

其词集见于著录的有：

1. 清姚燮《大梅山馆藏书目》卷十一著录有《瑶碧词》一卷。

2. 蔡宾年编《墨海楼书目》著录有《瑶碧词》，汲古阁本，一本。

董佑诚

董佑诚（1791—1823），初名曾臣，字方立，阳湖（今江苏常州）人。嘉庆二十三年（1818）举人。著有《董方立集》、《兰石词》。

《兰石词》一卷，清道光刻本。有序云：

> 《兰石词》一卷，为方立遗书之九。方立既早弃辞赋之学，于词尤不常作，此亦于殁后从友人所集录者，附存于遗书后，固知非方立意也。噫！方立生十八年始锐意于学，年三十三遂卒。其间疾病间之，死生间之，衣食奔走间之，计十五六年中，得一意为学之日仅八九年耳，此八九年所作既不能尽存，即今所存，又半非作者之意。然则是书遂足以传方立耶？道光三年冬十有二月九日，基诚序。

作于清道光三年（1823）。

其词集见金武祥编《粟香室藏书目录》著录，有《兰石词》一卷。未言版本。

龚自珍

龚自珍（1792—1841），字璱人，号定庵，又号羽琌山民等，仁和（今浙江杭州）人。清仁宗嘉庆二十三年（1818）举人，授内阁中书。宣宗道光九年（1829）进士，迁宗人府主事，改礼部主事。辞官南归，主丹阳云阳书院，未几暴卒。著有《定庵文集》。

段玉裁《经韵楼集》卷九《怀人馆词序》云：

> 仁和龚自珍者，余女之子也。嘉庆壬申其父由京师出守新安，自珍见余吴中，年才弱冠。余索观其所业，诗文甚夥，间有治经史之作，风发云逝，有不可一世之概。尤喜为长短句，其曰《怀人馆词》者三卷，其曰《红禅词》者又二卷。造意造言，几如韩、李之于文章，银碗盛雪，明月藏鹭，中有异境。此事东涂西抹者多，到此者鲜也。自珍以弱冠能之，则其才之绝异，与其性情之沉逸，居可知矣。予少时慕为词，词不逮自珍之工。先君子诲之曰："是有害于治经史之性情，为之愈工，去道且愈远。"予谨受教，辍勿为，一行作吏，俄引疾归，遂锐意于经史之学，此事谢勿谈者五十年。今见自珍词，乃见猎心喜焉。昔伊川于晏叔原梦踏杨花之句，徘徊赏之。矧余远不逮伊川者，为所动宜矣。虽然，余之爱自珍之词也，不如其爱自珍也，予之爱自珍也，不如其自爱也。李伯时之画马，黄鲁直之为空中语，规之者皆以为有损于性情，况其人之愈幽而出之愈工者耶？余髦矣，重援昔所闻于趋庭者以相赠也。茂堂老人序，时年七十有八。

其词集附载于诗文集后，计有：

1.《四部丛刊》本《定盦文集》三卷续集四卷补五卷，据吴氏本影印。其中补有词选，名《定盦别集》，凡五卷，具体如下：

①《无著词选》一卷，末云："右《无著词》一卷，始名《红禅词》，凡九十二阕，壬午春选录二十五首，癸未夏付刊。"

②《怀人馆词选》一卷，末云："右《怀人馆词选》一卷，原集凡九十阕，辛巳春日选录三十二首，癸未六月付刊。"

③《影事词》一卷，末云："右《影事词》一卷，原集十九首，辛巳春选录六首，癸未六月付刊。"

④《小奢摩词选》一卷，末云："右近作《小奢摩词》一卷，本三十三阕，删存十五首，补入旧作，合为二十首，癸未六月付刊。同治甲子七月十六日，悲盫校毕记。"

⑤《庚子雅词》一卷。

以上词集凡五种，知前四种曾刊于清道光三年（1823）。末有跋二，其一云：

> 此玉泫潘丈所录定盦词，余借读将十年。昨复携至武林，适晓帆吴方伯栞定盦文成，后搜得诗草刊附文集后。余因出此词，请附其诗并栞之，使定盦著作各见一斑也。同治戊辰十二月，古升州何兆瀛志于武林官署之知所止斋。

作于清同治七年（1868）。又一跋云：

> 同治己巳补刊龚定盦先生遗文及《破戒草》、《己亥杂诗》，承何青士观察惠假定公词钞本，正在付梓，适赵益甫孝廉过杭，携有定公词四卷，乃先生手定，刻于道光癸未，取校何本，增多不少。惟《庚子雅词》一卷，则未刻本也，遂改依原刻本重刊，而以《庚子雅词》附后，其为别集五种，得窥全豹，亦一快事也。晓帆吴煦记。

同治己巳为同治八年（1869）。

2. 邓实辑《风雨楼丛书》本，清宣统中顺德邓氏排印本，其中有《定盦诗集定本》二卷词定本一卷集外未刻诗一卷集外未刻词一卷。

3.《续修四库全书》本《龚定盦全集》二十卷，据清光绪二十三年（1897）万本书堂刻本影印，所载词情况实同《四部丛刊》本。

另见陈乃乾辑《清名家词》中收录，民国二十六年（1937）上海书店排印本，其中有《定盦词五种》，包括《无著词》一卷、《怀人馆词》一卷、《影事词》一卷、《小奢摩词》一卷、《庚子雅词》一卷。

又见于著录的有：

1. 《峐园藏书楼善本书目·阅览室检查书目》"集部抄本书及稿本"著录有《定盦词》，一册。

2. 郑振铎《西谛书目》卷五著录有《定盦词集》一卷，清许增刊朱印本，一册。

3. 郑振铎《西谛书目》卷五著录有《定盦词》五卷，清抄本，龚橙抄补，一册。此本见《中华再造善本》收录，含《无著词》一卷、《怀人馆词》一卷、《小奢摩词》一卷、《景事词》一卷、《庚子雅词》一卷，封面墨题"《定盦词》，孝恭手校本。梦云。"又末有题识云：

> 此先集定本，咸丰辛酉冬识。
>
> 子山先生上海索观词稿，录副请正。龚橙校上。

按：龚橙（1817—1870），字公襄，以字行，号孝恭、孝拱、石匏等，仁和（今浙江杭州）人。龚自珍长子。嗜藏古书，编有《孝拱手抄词》。又《中国古籍善本书目》著录有《定盦词》五卷，清抄本，《续修四库全书》据以影印，所指当同。

赵庆熺

赵庆熺（1792—1847），字秋舲，仁和（今浙江杭州）人。清宣宗道光二年（1822）进士，选延川知县，因病未赴。改金华府教授。工诗词散曲，著有《楚游草》、《蘅香馆诗稿》、《香消酒醒词》、《香消酒醒曲》。

《香消酒醒词》一卷，清道光刊本。魏谦升序（道光二十八年，1848）有"哲嗣子循茂才将梓遗稿以传，谓蘋香女兄及余皆曩时与君论词学者，属为商订"云云。又项名达序（道光己酉，1849）云："此《香消酒醒词》为秋舲少时作，其一往情深，谐姜、张之声，缊吴、蒋之色，深入南宋诸名家三昧，所不待言。"此本见郑振铎《西谛书目》

卷五著录，有《香销酒醒词》一卷曲一卷，清道光刊本，二册。

又《香消酒醒词》一卷，清同治间刊本。有跋云：

> 赵秋舲先生《香销酒醒词曲》脍炙人口久矣，咸丰辛酉粤
> 逆陷杭，版尽毁。同治壬戌夏，余出险渡江，适信臣许丈自
> 山左旋南，寓泰州，因馆焉。哲嗣季蓉出视一册，乃赵君子
> 循道经山左时携其先人遗集赠许丈者，片羽之存，盖有天
> 焉。余亟借录，课读之馀，恒展玩不置，每以未得重刊为
> 憾。越五年，越沪上，辄出向所手录者示同人，王君箧圃见
> 而喜之，愿醵金付手民，此殆先生之灵，俾得偿夙愿耶？时
> 许丈已归里，余致书季蓉索原刻，重为校刊，两阅月而毕，爰
> 志颠末，以附卷尾。时同治七年戊辰秋八月，仁和江亦显芷
> 铭甫谨识。

作于清同治七年（1868）。此本多见著录，如梁启超《梁氏饮冰室藏书
目录》著录有《香消酒醒词》一卷，清同治间重刊本，二册。又刘承干
《嘉业藏书楼书目》著录有《香销酒醒词》一卷附曲一卷，同治七年精
刊本，四册。又郑振铎《西谛书目》卷五著录有《香销酒醒词》一卷曲
一卷，清同治七年西泠王氏刊本，一册。

另有清钱塘金绳武活字印《十家词汇》本《香销酒醒词》。

沈传桂

沈传桂（1792—？），字隐之，一字闰生，号伽叔，长洲（今江苏
苏州）人。清宣宗道光十二年（1832）举人，官松陵教谕。著有《海粟
诗抄》、《清梦盦二白词》。

《清梦盦二白词》五卷，清道光二十五年（1845）刻本，其中分
《莺天笛夜新声》、《今雪雅馀》、《兰骚剩谱》、《小临邛琴弄》、《霏玉
集》五种，各一卷。《续修四库全书》据以影印。董国华序略云：

> 嘉庆戊寅冬，予在里门始识闰生于吴巢松斋中，襟抱萧

远，渺如邈如，清言不多，元解能永。麈谈之次，乃知君盖会心于琴趣笛谱，故能惉惉而静、绵绵而深也。久之，得尽读所制长短句，琅然清圆，一弹三叹。

作于清道光七年（1827）。沈氏自题云：

词之为道，意内言外，选音考律，务在精研。予幼即嗜此，朋侣翕集，互相唱酬。忽忽中年，身世多故。秋碧雁语，春红鹃啼，侧轸哀弦，恨深欢渺。其幽凄宵迥，则如明妃远嫁，楚客孤吟，塞草湘花，动增骚屑。至若美人迟暮，蝉鬓飞蓬，酒倦灯阑，不无怅触。缘情之什，半属伤心，长夏闭门，检理旧制，十存其四，授诸梓人。世事苍凉，交知零替，今无白司马，谁肯为商妇琵琶泣下者？此中甘苦与岭上白云共之而已。道光二十五年乙巳六月，沈传桂自记于清梦盦。

作于清道光二十五年（1845）。诸集前多有自识，录如下：

《莺天笛夜新声》：元（当作玄）发变素，流光电驰，裙屐欢妍，飘忽若梦。酒阑花早，曼声微吟，如闻峡猿，如泛湘瑟，支离憔悴，我怀如何？长洲沈传桂识。

《今雪雅馀》：征衫乍披，山水异色，客程迂阻，旅怀贫辛。归旌摇摇，缟素已化，清筝如语，冶花不春。离忧万端，协以变徵。长洲沈传桂识。

《兰骚剩谱》：寥碧无际，烟霜满秋，玉轸一弹，人天俱寂。窈窕蘼薄，忽逢灵妃，萝衣飒然，睐笑相接。如有恨语，我为楚歌。长洲沈传桂识。

《小临邛琴弄》：璧月照夕，罗襦当风，秾欢易阑，苕玉春改。坠香零粉，无复曩情，幽兰自芳，微波谁托。短箫凄引，言愁始愁。长洲沈传桂识。

又《霏玉集》有自序，为集两宋词句而成。有跋云：

> 叔父自存之集，庚申后已毁于火，专集行世，止此诗馀，
> 而所镌板亦多残缺。乙丑岁都门调选，得其印本，再为补
> 刻，并附小传墓志于后，以俟来者详焉。壬申冬至后三日，
> 胞侄宝恒谨跋。

作于清嘉庆十七年（1812）。庚申、乙丑分别为嘉庆五年（1800）和十年（1805）。此本见郑振铎《西谛书目》卷五著录，有《清梦盦二白词》五卷，清道光刊本，一册。

又见于著录的有：

1. 清姚燮《大梅山馆藏书目》卷十一著录有《清梦盦二白词》五卷。

2. 徐世昌《书髓楼藏书目》卷四著录有《清梦盦二白词》五卷。

3. 蔡宾年编《墨海楼书目》著录有《清梦庵二白词》，一本。

4. 罗振玉藏《罗氏藏书目录》著录有《清梦盦二白词》一卷，一本。又王国维编《大云书库藏书目》卷中著录有《清梦盦二白词》一卷。

以上均未言版本。

黄以炳

黄以炳，字蔚文，号少霞，山阳（今江苏淮安）人。清仁宗嘉庆十三年（1808）举人，为金匮训导。著有《茗香亭诗词集》。

其词见于诗集中，宋焜《静思轩藏书记甲编》著录有《茗香亭诗词集》，云黄以炳手稿，三金。又云：

> 此少霞先生手稿也，郡邑志"艺文门"仅列先生诗集，不
> 知先生之词端庄流丽，卓然成家。先生孝行与节孝先生遥相
> 辉映。遗集当亟为刊行，以为后世矜式也。

知尚未刊行于世。

李堂

李堂（？—1831），字允升，号西斋，钱塘（今属浙江）人。不事科举，工诗词。著有《篷窗剪烛集》、《梅边笛谱》。

《梅边笛谱》一卷，清嘉庆刊本。有序略云：

> 西斋孤根自振，无所凭依，自其少时即以诗闻于乡。余旧尝识之，犹未相与昵。戊辰之岁佣书留杭，始缔交焉。其时又好作长短句，杭之词学盛于樊榭，而陈孝廉雪庐、吴祭酒谷人继之，吾友朋中以此事有声于时者，推倪君米楼。西斋与米楼生同闾巷，为总角之交，年少长米楼，学词在米楼后，曾未几时，已骎骎焉逼米楼矣。……西斋近芟定所作为《梅边笛谱》一卷，力屏淫哇，独存清响，词品竣洁，居然尧章之耳孙矣。吴祭酒、郭祥伯既为之序，西斋复以属余，乃为书其简瑞。西斋其为余示米楼，共商订之，何如？辛未季夏，归安严元照序。

作于清嘉庆十六年（1811）。此本见李盛铎《天津延古堂李氏旧藏书目》著录，有《梅边笛谱》一卷，嘉庆己巳（1809）刊本，一册。

又《篷窗剪烛集》二卷，清道光刊本，有序云：

> 西斋先生既刊其《梅边笛谱》二卷，后复汇一二年往来江湖之作如干阕，名之曰《篷窗剪烛集》，盖取白石翁诗意也。稿既定，属序于余。余词学既浅，古文辞又不工，何足以序西斋之词？且西斋以词鸣大江南者垂三十年，当世名公卿及骚雅士莫不交称其才，复何取小子蠡管之测耶？虽然，西斋于余家为三世交，且生同乡，居同巷，每一稿成，必袖以相示，且不以为窜鄙，而谆谆商定之。则知西斋之深者，似又莫若余。矧是役也，校雠之事，余实任之，其何敢以不文

辞？因谨识数语于卷首，而述其命名之意。至其词之清真婉约、幻眇绵邈，则频伽先生前序言之详矣，又奚赘焉？道光乙酉嘉平既望，钱塘梁绍壬序。

作于清道光五年（1825）。此本见郑振铎《西谛书目》卷五著录，有《篷窗剪烛集》二卷，清道光刊本，二册。

又见于著录的有：

1. 清姚燮《大梅山馆藏书目》卷十一著录有《梅边笛谱》二卷。

2. 清许宗彦《鉴止水斋藏书目》"集部第九厨"著录有《篷窗剪烛集》一本。

以上均未言版本。

赵起

赵起（1794—1860），字于冈，号约园，武进（今江苏常州）人。瓯北孙。清宣宗道光二十年（1840）举人。曾应聘治江南盐政。著有《约园词稿》。

《约园词稿》十卷，清光绪刊本。自叙云：

> 夫人无所建白，仅仅托之于言，末矣。不为炎炎大言，仅仅托于言之至小者，抑又末矣。余少多疾病，稍长，逐行辈猎取浮名，未尝学问。中年多感，间制小词，既阅岁时，遂多卷帙。丙辰夏，惊飙沓至，满目流离，弥月不雨，炎歊特挚。余病目数载，久废书不读，兀坐萧斋，黯然而已。因检旧所为词，删汰改窜，得若干阕。呜呼！蚓唱蝉嘶，其声极微，阅时而尽，莫之与听。然蚓与蝉方且鼓翮引吭，振响于林樾，流音于泉壤，卒未尝闷其声而寂寂也。余坎坷终身，块然偃息于约园，与食槁壤、吸冷露者正同调而异响也。因分类录出，以存泥爪，又曷计其时之易尽与否、人之或听与否也？书毕，蝉噪于林间，蚓歌于砌下，将小词随意吟之，以相和答。咸丰丙辰季夏，识于约园之十二峰山房。

作于清咸丰六年（1856）。又序云：

> 吾郡赵于冈先生殉庚申之难，特旨褒恤。光绪庚子就所
> 居园旁专祠落成，文孙子耀大令既梓所奉谕旨，并奏疏、行
> 述、哀诔之文为《专祠录》一卷，复重刊先生所著《约园
> 词》，以武祥累世有连，属为之序。按：先生词著录于丁杏舲
> 司马、谢枚如进士所撰词话及缪筱珊编修所辑《常州词录》
> 者，仅略见一斑。此本几十卷，分十集，为先生自定之本。
> 集各有小序，亦可考见其生平。尝谓瓯北观察遗书最富，词
> 独无传。先生为观察之孙，仰承家学，各体皆工，而经燹后，
> 仅剩此词，若留以补家学之缺，历劫不磨，亦可异矣。词以
> 约园名者，盖先生所购谢氏旧园，葺而新之以奉母，有十二
> 峰二十四景之胜。先生循陔多暇，游艺诗画，为风雅主。盍
> 簪题襟，皆当世贤俊。武祥弱冠以前尝从许师受业于此园，
> 时时起居先生，猥荷奖异，尝绘扇题诗以为贶。迄今流连池
> 馆，慨想风徽，益不禁黄炉之感。而崇祠式焕，孙曾踵兴，食
> 报且未有艾。循讽斯编，又有足为先生慰者。爰不辞而叙其
> 梗概如此。光绪二十六年仲夏月，江阴金武祥谨序。

作于清光绪二十六年（1900）。又有跋略云：

> 《约园词稿》者，先祖考于冈府君遗著也，稿分十卷，卷
> 各为类，皆府君手定。始于咸丰丙辰刊行，洎于庚申，发逆
> 陷郡城，才不越五年，而府君与全家竟殉于难，约园者遂为
> 千古埋忠之地矣。……府君尝葺治园林，奉养曾王母谢太淑
> 人以居以老者，曰约园，林壑茂美，为一郡冠。园之中浚池
> 极广，其馀佳胜如《幽居篇》所咏十二峰二十四景者，皆纪实
> 也。春秋佳日，辄集宾朋联觞咏，课文史于其中。既杂莳兰
> 菊，复广蓄图书，其有见于词者，则如《旧雨吟》、《幽兰操》
> 皆是。人事不常，则《逝水歌》之作也，陶写素襟，则《丽情

编》之咏也。尝应聘治江南鹾务，领纲运，岁往来淮扬徐海诸郡，则前后《朐游抄》、《雪舫吟》、《芜城咏》之类所由名也。至若唱晚诸词，则在寇氛日逼，端居有忧，拟于杜陵《诸将》、兰成《哀江南》之作，同此伤心矣。凡兹数类，略可考见当早情事，署稿曰《约园》者大抵以此。为词之旨，则见于府君自序，而未可以概生平也。……祀事既竣，爰将词稿原本赓续刊印，卷分类次，悉如旧例，所以广流传，志馀痛者，濡泪吮墨，不能文尔。光绪二十六年庚子四月，孙男赵承炳谨跋。

作于清光绪二十六年。此本见缪荃孙《目录词小说谱录目》著录，有《约园词稿》十卷，光绪庚子（1900）刊本。

又郑振铎《西谛书目》卷五著录有《约园词稿》五卷，清咸丰刊本，一册。

黄曾

黄曾，字菊人，钱塘（今浙江杭州）人。清宣宗道光十二年（1832）举人，官香河知县。著有《瓶隐山房诗抄》、《瓶隐山房词》。

其词集见于著录的有：

1. 清姚燮《大梅山馆藏书目》卷十一著录有《瓶隐山房词抄》八卷。

2. 缪荃孙《目录词小说谱录目》著录有《瓶隐山房词》八卷，道光丁未（1847）刊巾箱本。

3. 郑振铎《西谛书目》卷五著录有《瓶隐山房词》八卷，清道光二十七年（1847）刊本，四册。

谢应芝

谢应芝（1794—1860），字子阶，号浣村，晚号蒙泉子，常州（今属江苏）人。终身布衣，以研求经文自娱。著有《会稽山斋文集》、

《会稽山斋词》。

其词见载于诗文集中，今有清光绪十四年（1888）年刊《会稽山斋全集》本《会稽山斋文》十二卷诗五卷词一卷。

又金武祥编《粟香室藏书目录》著录有《会稽山斋全集》，六册，词一卷。

徐金镜

徐金镜（1796—1843），字以人，号芸岘，武康（今属浙江德清）人。清宣宗道光二年（1822）举人，未仕，主讲乍浦书院。著有《山满楼集》、《山满楼词抄》。

其词集见于著录的有：

1. 郑振铎《西谛书目》卷五著录有《山满楼词抄》三卷，清道光刊本，一册。

2.《王岩堂储藏书目》著录有《山满楼词抄》一本。

张鸿卓

张鸿卓，字伟甫，号筱峰，亦作啸峰，江苏华亭(今上海市)人。生平不详。著有《绿雪馆词》、《百和词》等。

《绿雪馆词》十卷，清道光刊本。朱琦序略云：

> 倚声一艺，诗之委曲之端也，始唐李白《菩萨蛮》，后乃渐推渐衍，而极盛于宋。然宋词自晏元献、柳屯田以下，诸家率仅存一卷，其二、三者者殊寥寥。赵长卿《惜香乐府》十卷，名复不甚著，惟姜白石四卷精深华妙，奄有群美。逮张玉田《山中白云词》得八卷，何工且富之难若是？大抵古人重朴学，词只馀暇及之，故军为专门之业。本朝陈迦陵多至千首，朱竹垞力足相敌。他如王桐花、吴红豆，片语品题，遂成佳话。百数十年来作者继起，云间张伟甫广文少喜填词，长而研究。更欲溯流穷源，神明于变化之中，独立门户。才

> 壮岁，刊就《绿雪馆词》六帙，从此充积，当可步陈、朱后
> 尘，末附《百和词》皆集旧句，亦与竹垞《蕃锦词》差类。

作于清道光二十二年（1842）。又夏际唐跋（道光二十年）云："啸峰
惠诗三卷、词六卷，诗则王新城，词则姜白石，前评论之详矣。"此本
见刘承干《嘉业藏书楼书目》著录，有《绿雪馆词》七卷、《百和词》
一卷，道光二十二年刊本，二册。又缪荃孙《目录词小说谱录目》著
录有《绿雪词》四卷，道光壬寅（1842）刊本。又郑振铎《西谛书目》
卷五著录《绿雪馆词》五卷、《百和词》一卷，清道光刊本，一册。

又有《绿雪馆词抄二集》二卷，清咸丰刊本。董兆熊序（咸丰元
年）有"其词以石帚为宗，具玉田之体"云云，戈载序略云：

> 筱峰之《绿雪词》已刊十卷，年来复编四卷，兹于吴门唱
> 和，又得二卷，拟续付梓，属为弁言。予受而读之，觉深情遥
> 寄，逸韵高骞，有子野之格调焉；怀古苍凉，论今慷慨，有芦
> 川之才气焉；寓声妍雅，按拍和平，有东泽之意度焉；炼骨清
> 华，运思绵眇，有玉田之丰神焉；远绍宗风，旁寻坠绪，漱涤
> 百态，斧藻群言。而且研求七始，谐协四声。律以严而愈
> 细，韵以谨而弥工，可为好之专，信之笃，深造有得，驯至自
> 然，其进境正未可量。

作于清咸丰二年（1852）。

其词集又见清佚名辑《绿竹词》中，清同治中刊本，其中有《绿雪
馆词抄》一卷。张文虎序云：

> 筱峰弱岁即喜为长短句，初专效姜、张，后乃扩充于南北
> 宋诸名家。有所仿拟，必神似。而尤严于声律，盖元以后词
> 家往往率意为之，至近世诸老始兴言复古，然康熙间《钦定
> 词谱》，民间既不能家有其书，而万氏《词律》疏漏阙误，不
> 尽可据。非取古人所作，毕力研究，无以悉其分刌谐律之
> 妙。筱峰寝馈于斯，盖四十年矣。吴门戈君顺卿精于倚声，

独引君为同志。要其微至之处，戈亦以为弗如也。《绿雪馆
词》前后付梓者，凡已十二卷。今秀水孙溮次公选同人词，
复征及于君，因录尤惬心者为一卷，索予为序。且曰："某于
词盖无以及诸君，若律则庶乎附骥。"此君自谦云尔。若予
者，亦尝从事于律，而执笔矫强不自胜，遂复放逸，未尝不服
君之持论严而能不自恕也。戊午立夏后二日，文虎识。

作于清咸丰八年（1858）。

又见于著录的有：

1. 清姚燮《大梅山馆藏书目》卷十一著录有《绿雪馆词》五卷。

2. 徐世昌《书髓楼藏书目》卷四著录有《绿雪馆词》一卷。

3. 郑振铎《西谛书目》卷五著录《绿雪馆词抄》一卷，清刊本，
一册。

以上均未言版本。

王嘉福

王嘉福，字穀之，号二波，长洲（今江苏苏州）人。王芑孙之子，
诸生，袭云骑尉，清宣宗道光时官仪征靖江营守备。著有《二波轩诗
稿》、《二波轩词选》、《丽香馆词话》。

《二波轩词选》四卷，清道光刊本。蒋志凝序略云：

昔乾、嘉之际，海内谈艺家皆以吾郡王先生惕甫为英绝
领袖。今《渊雅堂全集》诗文分编，累数十卷。惟所存《瑶想
词》才二十余阕，盖非先生所极意，然峭蒨新丽，识者称焉。
先生诸子皆才隽，世其学。少子井叔负文誉早，吾里戈君宝
士旧有《吴中七家词》之刻，井叔其一也。井叔仲兄二波骑
尉袭门荫为今官，革抉唲茙，勤于其职。然不以是废著书，
填词尤盛，有名江淮间。二十年来几于有井水处皆歌屯田乐
府矣。君词声情窈眇，凄动心脾。小令之工，直仿佛《握
兰》、《金荃》及鸳鸯寺主；慢词清空婉约，专意玉田生，时

出入于竹屋、竹山、草窗、西麓，方今倚声家交口推之，君顾
歉然不自是也。会同人亟劝刻行，乃选其十之四五，付余校
勘，并属为序。

作于清道光十四年（1834）。按：王芑孙（1755—1817），字念丰，一
字沤波，号惕甫，又号铁夫、云房、楞伽山人。长洲（今江苏苏州）
人。清乾隆五十三年（1788）召试举人，任国子监典籍、华亭县教谕
等。著有《楞伽山房集》、《渊雅堂集》。又张安保序略云：

君古近体诗近三千首，所为《二波轩词》亦不下千首，皆
随手散弃，不自收拾。今年春夏之交，余为厘订，抄写成
帙。复与蒋淡怀、王西御、家讯槎、白华诸君，择其尤者，分
为二卷，先付诸梓，不足尽其全也。君词哀感顽艳，悦魄荡
心，淡怀言之详矣。校勘既竟，为述其缘起如此。道光甲午
仲冬，石樵张安保序。

作于清道光十四年。此本见郑振铎《西谛书目》卷五著录，有《二波
轩词选》四卷，清道光刊本，四册。

王嘉禄

王嘉禄（1797—1824），字绥之，号井叔，长洲（今江苏苏州）
人。王芑孙之子，贡生，工诗词，著有《嗣雅堂集》、《桐月修箫谱》。
郭麐《灵芬馆杂著三编》卷四《桐月修箫谱序》略云：

往在乾、嘉间，吾友王惕甫先生以诗古文词惊爆海内，操
觚之士靡不慹服。今其令嗣绥之承其家学，亦以能诗文名于
时，岂非昔人所云"有子不亡"者耶？今年七月余来扬州，留
数日，绥之亦为寓客于此，文酒招要，时时过从。谈艺之馀，
出其新刻之词见示，而乞一言为序。……又念惕甫手订全
集，附词于后，盖以非所注意，特不忍割弃而已。今绥之之
词不惟不愧之而已，由是益进其学力于诗文，追古作者而继

先人之后，使苏家父子不得专美于前，此则区区所深望者。
至于分刌度曲，判别音声，此非余之所敢知，而亦非所望于
绥之者也。

其词集有《吴中七家词》本，清道光刊本，其中有《桐月修箫谱》
一卷。又见赵诒琛、王大隆辑《丁丑丛编》中收录，民国二十六年
（1937）排印本，其中有《桐月修箫谱》一卷。有跋云：

王嘉禄字绥之，为长洲惕甫先生季子，黄荛圃女婿。继
配为曹佩英小琴，能诗。惕甫名芑孙，字念丰，乾隆戊申高
宗巡幸天津，献赋，赐举人，授华亭教谕，著《渊雅堂集》。
绥之别号井叔，聪敏好学，嘉庆十六年辛未补诸生，年十四，
道光五年乙酉卒，年二十八。遗言属蒋茂才志凝定其诗稿，
遂删存为万卷，名《嗣雅堂集》，彭氏刊本。此《桐月修箫
谱》一卷，亦为井叔所著，十年前抄自某所，因赠王君九先
生，盖君九与井叔为同族，望其刻行，而因循未果。今年排
印丛编，含及是书，适吴县顾君巍成藏抄本见借，于是印入
《丁丑丛编》，虽未能寿梨枣，庶几流传，不致湮没也。丙子
三月中浣，昆山赵诒琛识。

作于民国二十五年（1936）。又王大隆跋（民国二十五年）云："其诗
曰《嗣雅堂集》，已刊行，而词则无传。今得抄本校印，以存吴中名家
词之一云。"

又见于著录的有：

1. 清姚燮《大梅山馆藏书目》卷十一著录有《桐月修箫谱》
一卷。

2. 佚名编《海宁张渭渔藏书目》著录有《嗣雅堂词集》，一册。
以上均未标明版本。

陈山寿

陈山寿，生平里贯不详。著有《众香盦词稿》。

其词集见柳弃疾《养馀斋松陵书目》卷四著录,有《众香盒词稿》一卷,抄本。

王棠

王棠,字台叔,震泽人。清道光时在世。著有《蕉雪庵诗抄》、《蕉雪庵词抄》。

其词集见柳弃疾《养馀斋松陵书目》卷四著录,有《蕉雪庵词抄》一卷,抄本。

按:南京图书馆藏有《蕉雪庵诗抄》八卷词抄一卷,抄本,二册。有跋数则,择录一二如下:

> 辛丑十月三日,砚农征君携示其哲弟《蕉雪庵长短句》一卷,并属加勘。顾余与台叔交垂二十年,凡五七言诗更唱迭和,积有卷轴,然未尝讨论倚声之学。今读其词,不意其造诣之深如此,有水碧金膏之气,有斜风细雨之声,疏而能隽,缛而不淫,想见平昔为学之勤,不啻瓦灯五千盏矣。掩卷三叹,灵音渺然。教弟唐寿荨。

> 去年三月予访砚农征君于梅堰,宿青来草堂,时令弟台叔已抱疾,犹力起酬酢。席间谈诗,娓娓不倦,予心识为诗人,顾未知其能词也。乃今得遗稿读之,温厚之旨,凄戾之音,固深于此道矣。然或欲听其娓娓谈词,岂可得哉?寻讽再三,曷胜于邑。道光壬寅四月,丹徒严保庸跋于吴下之辟疆小筑。

> 甲辰小春薄游海上,访张君春水于壶天,得读震泽王台叔先生《蕉雪庵词稿》,苏豪柳腻,兼而有之。近与魏唐黄霁青观察、武林袁又村少尹以诗馀订交,倩黄君秋士画《海上论词图》纪事,惜先生未之见也。华亭雷葆廉约轩氏识。

唐寿萼跋中辛丑为清道光二十一年（1841），严保庸跋作于清道光二十二年，雷葆廉跋中甲辰为清道光二十四年。

仲湘

仲湘，吴江（今江苏苏州）人。生平不详。著有《咒红豆庵词》、《宜雅堂词录》。

其词集见于著录的有：

1. 柳弃疾《养馀斋松陵书目》卷四著录有《咒红豆庵词》一卷，抄本。

按：上海图书馆藏《咒红豆庵词》一卷，抄本。顾悼秋跋云：

> 此册原本为陈梦琴先生手写菽羊叔家。卷中《洞仙歌·兰香小影词》之"转回"二字本作"递登"二字，为先生所改。兹依之，圈点亦悉依原本。戊午秋七月晦日，悼秋录副并识。

作于民国七年（1918）。

2. 张乃熊《菦圃善本书目》卷五上"抄稿本下·手稿本"著录有《宜雅堂词录》二卷，云："稿本，一册，戈顺卿校，赵宗建题记。"

按：《中国古籍善本书目》著录仲氏词集有二：其一、《宜雅堂词》二卷，稿本，清戈载、潘钟瑞、杨廷栋、宋志沂评点。其二、《宜雅堂词续录》一卷，稿本，清戈载、潘遵璈、潘钟瑞、杨廷栋、宋志沂评注并跋。

陶芑孙

陶芑孙（？—1880），名然，字黎青，吴中人。清咸丰十一年拔贡，光绪朝任吏部尚书。擅词章，富诗名。著有《味闲堂诗文集》、《味闲堂词抄》、《十愿窝词》等。

其词集见柳弃疾《养馀斋松陵书目》卷四著录，有《十愿窝词》一卷，抄本。《味闲堂词钞》一卷，又名《蚬江渔唱词》，陶然撰，民国中华书局。

张星

张星，生平里贯不详。著有《璿甫绮语》、《小嫏嬛词笺》。

陆树棠辑《二张先生词剩》本，民国吴江柳氏抄本，其中有《璿甫绮语》一卷和《小嫏嬛词笺》一卷。《二张先生词剩序》云：

> 二张先生皆红梨人，其词清空骚雅，得姜、张神致。此卷原稿藏芦墟陈子祥叔家，为其曾祖梦琴先生当时随见随录者。兹乞老友沈剑霜录副，题曰《二张先生词剩》。吉光片羽，弥足珍已。民国七年戊午秋七月，邑后学顾无咎识。

作于民国七年（1918）。

又柳弃疾《养馀斋松陵书目》卷四著录有《璿甫绮语》一卷。

项鸿祚

项鸿祚（1798—1835），原名继章，改名廷纪，字莲生，钱塘（今属浙江）人。清宣宗道光十二年（1832）举人，再应礼部试，不第。著有《忆云词甲乙丙丁稿》、《水仙亭词》。

《忆云词甲乙丙丁稿》四卷，清道光年间武林鸿文斋姚氏刊本，四集均有项氏自序，录如下：

> 《忆云词甲稿自序》：忆云生自束发学填词，少作存若干首。夫词者，意内而言外也。意生言，言成声，声分调，亦犹春庚秋蟀，气至则鸣，不自知其然也。生幼有愁癖，故其情艳而苦，其感于物也郁而深。连峰巉巉，中夜猿啸，复如清湘夏瑟，鱼沉雁起，孤月微明。其宵夐幽凄，则山鬼晨吟，琼妃暮泣。风襞雨霫，相对支离。不无累德之言，抑亦伤心之极致矣。一二知者强附我于名胜之后，虽复悄然自疑，而学之愈笃。今乃削墨晋山之云，涤笔娥江之水，次为新编，以

吟以叹，谓之甲稿焉。癸未小除夕，雨中书。

《忆云词乙稿自序》：余尝集癸未以前之词为一卷，自序而刻之。甲申至今，四五年来复得数十阕，因次第成续稿，编以甲乙，从吴梦窗例也。近日江南诸子竞尚填词，辨韵辨律，翕然同声，几使姜、张俯首，及观其著述，往往不逮所言，而弁首之辞以多为贵，心窃病之。余性疏慢，不能过自刻绳，但取文从字顺而止。削稿既竣，仍自识数语，雅不欲与诸子抗衡，又何敢邀名公鉴赏耶？戊子十一月十七日，小墨林书。

《忆云词丙稿自序》：己丑冬编次近作为丙稿，未授梓，弊庐不戒于火，弱骨成灰，藏书略尽，遑问词哉？夫丙位南方，火象也。丙稿垂成而毁，殆有先几焉。嗣是叠遭家难，索居鲜欢，追忆前尘，十遗八九。合寅、卯、辰、巳所作，仅有此数，录刊一卷，仍列甲、乙之后。嗟乎！不为无益之事，何以遣有涯之生。时异境迁，结习不改。《霜花腴》之剩稿，《念奴娇》之过腔，茫茫谁复知者。俯仰生平，百端交集，正不独此事而已。甲午人日，记于焦琴旧馆。

《忆云词丁稿自序》：患难以来，人事有不可言者。癸巳下第南归，已逼岁除。甲午春，葺烬馀老屋数椽，偃卧其中，颜曰睡隐。读书之暇，惟仿《花间》小令自遣而已。今年正月再上春官，此事遂废。留京师五十日而去，还我睡乡，始检旧稿，次为一卷。嗟乎！当沉顿无僇之极，仅托之绮罗芗泽，以泄其思，盖辞婉而情伤矣。不知我者，即谓之醉眠梦呓也可。乙未闰六月二十一日，书于睡隐盦蕉雨声中。

分别作于清道光三年（1823）、道光八年、道光十四年和道光十五年。此本见郑振铎《西谛书目》卷五著录，有《忆云词》四卷，清道光刊本，一册，孙元垲跋。又《中国古籍善本书目》著录有《忆云词甲稿》一卷乙稿一卷丙稿一卷丁稿一卷，清道光刻本。

又有王鹏运四印斋抄本《忆云词》四卷、删存一卷。有王鹏运识语数则，其中有"光绪甲午秋九成抄，四印斋藏国朝词别集之一"云云，光绪甲午即光绪二十年（1894）。又云：

> 莲生词笔为浙西后起，雄杰足殿全军。清空婉约，能化竹垞之方重、樊榭之堆垛。故为浙西之说者惊为神诣，拟之纳兰侍卫，推为本朝大宗。其实莲生心目仍围浙西派中，长调拟玉田，小品言情，幽秀独绝，时与北宋暗合，洵非频伽、微波所能企及。若谓笼罩词坛，领袖一代，则浙人之过誉也。予尝谓嘉道以来词人，周稚圭似竹垞，蒋鹿潭似伽陵，而莲生则近容若。较浙人之专标饮水、忆云为一代词宗者，似为平允。吾友夔笙舍人论词特擅高远，乃亦以浙人之论为然，何耶？殆为谭大令先人之言所夺耳。它日见夔笙再商榷之，文章千古，不容稍假借也。光绪丙申三月廿六日，鹜翁识。

> 补遗一卷，多前四集所已见者，其诗则不可不存，以备一家之作。

作于清光绪二十二年（1896）。

其词集见于丛书中收录的有：

1. 清许增辑《榆园丛刻》本，其中有《忆云词甲稿》一卷乙稿一卷丙稿一卷丁稿一卷删存补遗附一卷，清光绪十九年（1893）刊本。《重斠刻忆云词书后》云：

> 先生姓项氏，名廷纪，乡举名鸿祚，字莲生。道光壬辰举人。幼失怙，艰苦力学，弱岁已有声庠序间。性沉默，寡言

语，不乐与人酬酢。每同辈狎集，终日无一言，微笑而已。喜填词，奉《花间》为宗旨，以为词之有晚唐五代，犹文之先秦诸子、诗之汉魏六朝也。故所著小令抑扬抗坠之音，独擅胜场，盖浸淫于此久矣。《忆云词丁稿》一卷，皆拟韦昭（当作庄）、薛昭蕴诸人之作，循绳引墨，不失累黍。先生尝语人曰："予词可与时贤角一日之名。"其自负如此。嗣以家毁于火，奉母北行，途次，母与侄皆殉于舟中，号擗旋里，幽忧之疾因此益深，既领乡荐，再上春官，不得意归，即病，病遂不起，此道光乙未秋间事，年才三十八岁。噫！天酷斯人，亦云至矣。自订《忆云词》甲乙丙丁四稿，乱后故籍灰烬，从藏书家锐意搜索，仅得甲乙，而无丙丁，十数年来，遍觅不可得。近始于闽中辗转传录，若有冥契焉。解衣得珠，为之狂喜，亟付手民，遂吾初愿。先生所著诗无专集，近更无可问津，先后抄存十馀首。《忆云词》初刻删存词二十馀阕，未刻词两阕，零玑寸羽，尤足宝贵。兹附刻于词集之后，并从汪氏所藏《东轩吟社图》摹先生象冠于首，俾后之学者知所瞻慕焉。光绪癸巳八月，仁和许增迈孙谨识，时年政七十。

作于清光绪十九年（1893）。

2. 陈乃乾辑《清名家词》本，民国二十六年（1937）上海开明书店排印本，其中有《忆云词》一卷。

3. 王煜辑《清十一家词抄》本，民国二十五年（1936）正中书局铅印本，其中有《忆云词抄》一卷。

4. 王煜辑《清十一家词抄》本，民国三十六年（1947）正中书局铅印本，其中有《忆云词抄》一卷。

又见于藏家著录的有：

1. 清姚燮《大梅山馆藏书目》卷十一著录有《忆云词甲稿》一卷。

2. 蔡宾年编《墨海楼书目》著录有《忆云词》，一本。

3. 缪荃孙《目录词小说谱录目》著录有《忆云楼词》四卷，睡隐盦刊本。

4. 李盛铎《天津延古堂李氏旧藏书目》著录有《忆云词稿》四卷删存补遗一卷，石印本，一册。

5. 郑振铎《西谛书目》卷五著录有《忆云词甲乙丙丁稿》四卷补遗一卷，清光绪石印本，一册。

王曦

王曦（1798—1846），字季旭，太仓（今属江苏）人。监生。工词曲，著有《鹿门词》。

《鹿门词》三卷，清道光刊本。录诸序一二如下：

> 《鹿门词》二卷，季旭手写，携以自娱。甲午游聊城，为友人借阅，毁于火。贻书曜孙，为检旧稿，重录之，录毕未校，同里吕子星田见而善之，借读一过，并墨识其佳处。第二卷则余照旧稿，录其评点，邮寄季旭，并书数语于简端。乙未闰月，张曜孙识。

> 王子梅将以《鹿门词》付剞劂，知楥之与鹿门善也，因属以言。鹿门胸次超迈，博经史，心习韬钤，固学人，而岂仅词人哉？而其词则艳冶中饶秀逸之致，固是词家正宗。子梅艰于资，鸠工殊不易，乃其虚怀集益，有不能自已如斯耶？甲辰秋七月既望，宣城李楥识于济南寓斋。

> 季旭宗翁撰《东海记》，海内传诵，今观《鹿门词》三卷，古雅幽秀，品格在白石上。鸿不谙词律，粗豪气习，铁板铜琶，当从君审正声也。鸿将东归，仙源剞劂氏最善，代付麻沙。甲辰夏五，炎热殊甚，藤舟亭下，子梅王鸿志。

三序分别作于清道光十五年（1835）和道光二十四年（1844）。

又见清张曜孙辑《同声集》中收录，清同治中刊本，其中有《鹿门词》一卷。张曜孙《同声集序》略云：

> 余尝欲取嘉庆词人之合者，汇为一编，名曰《同声集》，以著一家之言，备后来者摘。适长洲王子梅刻王季旭《鹿门词》成，又取吴伟卿《塔影楼词》刊之。伟卿、季旭皆受法于先子者也，因举平日所闻于先子者序其端，属汇编之。他日搜集诸家，以次编苫，继《词选》以传。

作于清道光二十四年。

又见于藏家著录的有：

1. 清庄仲芳《映雪楼藏书目考》卷十著录有《鹿门词》一卷，提要云：

> 国朝太仓王曦撰，曦字季旭，有经世才而不遇，一放于酒以卒，余悲之。其词艳冶中饶秀逸之致，固是倚声家正宗。

2. 王祖畬《书籍簿记》著录有《鹿门词》，一册。

以上均未言版本。

张宝钟

张宝钟（1798—1854），字颖甫，号香吏，张兆鹏孙，张坚第四子，著有《玉海书堂诗抄》、《琯朗阁词抄》、《饼说庵词》、《梅边吹笛谱》。

其词集见柳弃疾《养馀斋松陵书目》卷四著录，有《梅边吹笛谱》一卷、《饼说庵词》一卷。未言版本。

吴藻

吴藻（1799—1862），字蘋香，号玉岑子，仁和（今浙江杭州）人。适黄氏，移家南湖，后皈依佛门以终。琴棋书画均擅，尤工词曲。著有《花帘词》、《香南雪北词》，总称《香雪庐词》。

《花帘词》一卷、《香南雪北词》一卷，清道光刊本。《花帘词序》云：

> 无岁而无落花也，无处而无芳草也，无日而无夕阳明月也，然而古今之能言落花芳草者几人？古今之能言夕阳明月者几人？则甚矣，写物之难、写愁之难也。花帘主人，工愁者也，花帘主人之词，善写愁者也。不处愁境，不能言愁，必处愁境，何暇言愁？袅袅然，荒荒然，幽然，悄然，无端而愁，即无端而词。其词，落花也，芳草也，夕阳明月也，皆不必愁者也。不必愁而愁，斯视天下无非可愁之物，无非可愁之境矣。此花帘主人之所以能愁，而花帘主人之所以能词也。爰刊此词，以示世之爱言愁者。若夫词之体律，词之音韵，向者尝评之矣，夫又何言？道光庚寅花朝，秋舲赵庆熺书于蘅香馆。

作于清道光十年（1830）。又《香南雪北词序》云：

> 余自道光己丑岁订所作《花帘词》，陈颐道先生暨赵秋舲、魏滋伯两君序而刊之。聊以自怡，非敢问世。丁酉移家南湖，古城野水，地多梅花，取梵夹语颜其室曰香南雪北庐。樊榭老人昔尝卜宅于此，文采风流今尚存，不独王孙桂隐，遗迹未湮也。十年来忧患馀生，人事有不可言者。引商刻羽，吟事遂废，此后恐不更作，因检丛残剩稿，恕而存焉，即以居室之名名之。自今以往，扫除文字，潜心奉道。香山南，雪山北，皈依净土，几生修得到梅花乎？甲辰春陬，蘋香自记。

作于清道光二十四年（1844）。此本见刘承干《嘉业藏书楼书目》著录，有《花帘词》一卷、《香南雪北词》一卷，道光九年（1829）刊本，二册。又缪荃孙《目录词小说谱录目》著录有《花帘词》一卷、《雪北香南词》一卷，道光己丑（1829）刊本。又郑振铎《西谛书目》

卷五著录有《花帘词》一卷、《香南雪北词》一卷，清道光刊本，
一册。

其词集见于丛书中收录的有：

1. 清冒俊辑《林下雅音集》本，清光绪十年（1884）如皋冒氏如
不及斋刊本，其中有《花帘词》一卷附《香南雪北词》一卷。

2. 徐乃昌辑《小檀栾室汇刻闺秀词》本，清光绪年间南陵徐氏刊
本，其中有《花帘词》一卷附《香南雪北词》一卷。

3. 清钱塘金绳武活字印《十家词汇》本《香南雪北词》。

又见于藏家著录的有：

1. 清许宗彦《鉴止水斋藏书目》"集部第四厨·附存第十厨书"著
录有《花帘词》一本。

2. 刘承干《嘉业藏书楼书目》著录有《香南雪北词》一卷，咸丰
刊本，二册。

3. 胡桐庵《新昌胡氏问影楼藏书目·续编》卷下著录有《香南雪
北词》一卷。

4.《愚斋图书馆书目》集部卷四著录有《香南雪北词》一卷。

以上多未言版本。

王庆勋

王庆勋（1799—1866），字叔彝，号椒畦，上海人。以浙江候补道权
严州知府，卒于任。工诗能书。著有《诒安堂诗稿》、《诒安堂诗馀》。

上海图书馆藏有《叔彝诗馀》二卷，稿本，有王松、吴廷燮、贾履
上、萧英等题跋，又吴廷燮、贾履上批校。钤印：履上、云阶、梅华词
人、修府。有跋云：

> 庚戌仲冬至鸳湖，次公出叔彝先生词见示，并属校定。
> 乃携至魏唐，挑灯重读，其清快隽永，在坡翁、稼轩之间，真
> 必传之作也。十一月十九日，海盐吴廷燮识。

作于清宣统二年（1910）。

其词集见附于诗文集后，今有清咸丰年间刊《诒安堂全集》，其中有《诒安堂诗初稿》八卷、二稿八卷、诗馀三卷、试贴诗抄一卷。《续修四库全书》据以影印。按：《诒安堂诗馀》三卷，包含《芦洲渔唱词》一卷、《梅嶂樵吟词》一卷、《沿波舫词》一卷。又郑振铎《西谛书目》卷五著录有《诒安堂诗馀》三卷，清咸丰五年（1855）刊本，一册。

又见清孙溶《同人词选》中，清咸丰三年（1853）刊本，其中有《沿波舫词》一卷。孙溶《同人词选序》略云：

> 余自中年以来始学为词，岁月既久，稍稍成帙。邮筒还往，获以见许于友人。于是友人之以词名者各以词至，姜、张超逸，辛、刘豪宕，方回、梦窗之精炼，梅溪、竹屋之清新，不胜珠玉在前之叹。壬子冬，余就侯官王雪轩太守招，橐笔筦上，官斋偶暇，衰集诸家词草，择其尤精雅者付之梓。

壬子为清咸丰二年（1852）。

又有《沿波舫词》一卷，清光绪刻本。杨还吉跋云：

> 己丑季秋，从林讱盦借咸丰五年槎□刊《诒安堂诗馀》本校一过。惟题建始雁足灯考一阕在卷尾，其馀序次皆同。盖紫珊在尔时颇涉嫌忌，故重刊时欲去此首，后乃芟改题注，遂附末简也。充庵记。

按：杨还吉，字启旋，号充庵，即墨（今山东平度）人。清康熙二十七年（1688）岁贡生，博综能文，著有《云门集》、《燕台集》。

陆豫

陆豫，宝应（今属江苏）人。拔贡生，任芜湖县令。著有《东虬草堂词》。

其词集见清孙溶《同人词选》本，清咸丰三年（1853）刊本，其中有《东虬草堂词》一卷。有孙溶《同人词选序》，参见前则。又《东虬

草堂词序》云:

> 《东虬草堂词》一卷,余友陆君树斋所著。树斋名豫,宝
> 山拔贡生,以教习官安徽县令。工书,善诗古文词。其未仕
> 也,余往来浙西东,必招与俱,为余襄校试事,称得士。性至
> 孝,老母在堂,每念及,泣数行下。为人浑厚朴质,处众以
> 和,然与余酒酣论事,有不合,辄面折不稍屈,真益友也。今
> 树斋令芜湖,皖江多事,戎马倥偬,孤城如斗,朝不保夕。犹
> 复邮寄诗章,慷慨见志。而余方守吴兴,抚字未暇,迫于催
> 科,加以军书旁午,议防议饷,两地睽违,各效其难,欲如曩
> 日之剪烛开尊,商略心曲,乌可得耶? 秀水孙君次公有《同
> 人词选》之刻,因属以此卷纂入。词句婉丽,风光细腻,《饮
> 水》、《侧帽》之亚欤? 梓成,告之树斋,俾知数百里外犹有
> 人焉,当政务丛杂之余,谋传所著于不朽,得毋于艰难困苦
> 中一解颐乎? 乃援笔而为之序。咸丰三年冬十月,权知湖州
> 府事侯官王有龄。

作于清咸丰三年(1853)。

又见刘承干《嘉业藏书楼书目》著录,有《东虬草堂词》一卷,庚午石印本,一册。

顾春

顾春(1799—1876?),字子春,号太清,自署西林春、太清春,晚号云槎外史,满洲镶蓝旗人,原姓西林觉罗。为清宗室奕绘侧福晋。著有《天游阁集》、《东海渔歌》。

其词见载于诗集中,今有清宣统二年(1910)风雨楼铅印本《天游阁集》五卷诗补一卷附录一卷,《续修四库全书》据以影印,其中诗补附载有词数首。

又日本内藤炳卿藏有《天游阁集》,抄本,其中有词六卷,《续修四库全书》据以影印。

另有词集别行者，计有：

1. 民国三年（1914）西泠印社木活字印本《东海渔歌》四卷补遗一卷。有序云：

> 光绪戊子己丑间，与半塘同客都门，于厂肆得太素道人所著《子章子》及顾太清春《天游阁诗》，皆手稿。太清诗，楷书秀整，惜词独缺如。其后仅得闻《东海渔歌》之名，或告余手稿在盛伯希处，得自锡公子。或曰文道希有传抄本，求之，皆不可得，思之，思之，二十年于兹矣。癸丑十月索居海隅，冒子瓯隐自温州寄《东海渔歌》来，欹床炳烛，雒诵竟卷，低徊三复而涵泳玩索之。太清词得力于周清真，旁参白石之清隽，深稳沉着，不琢不率，极合倚声消息。……余则谓言为心声，读太清词，可决定太清之为人，无庸断断置辩也。余有词癖，唯半塘实同之。曩在京师搜罗古今人词，以不得《渔》、《樵》二歌为恨事，宋朱希真《樵歌》及《东海渔歌》也，洎余出都后数年，半塘乃得《樵歌》刻之。今又十数年，而余竟得《渔歌》，而半塘墓木拱矣。嗟乎！一编幸存，九原不作，开兹缥帙，能无悁悁以悲耶？《东海渔歌》凡四卷，缺第二卷，曩阅沈女士善宝《闺秀词话》，得《太清词》五阕，录入《兰云菱梦楼笔记》，今此三卷中适无此五阕，当是编入第二卷者，则是第二卷亦不尽缺，惜乎不得与半塘共赏会也。上元癸丑仲冬，桂林况周颐夔笙序于海上寓庐。

作于民国二年（1913）。又况氏《东海渔歌校记》云：

> 右词五阕，见钱唐沈湘佩女史善宝《闺秀词话》，适为三卷中所无，当是编入弟二卷者。甲寅六月蕙风词隐记。
>
> 《东海渔歌》三卷附补遗五阕，甲寅荷花生日校毕。各阕后闲缀评语，太清词亦未即卓然成家，阅者能知其词之所以为佳，再以评语参之，则于倚声消息思过半矣。蕙风再记。

作于民国三年（1914）。此本见郑振铎《西谛书目》卷五著录有《东海渔歌》三卷，1914 年西泠印社活字印本，二册。

2. 民国三十年（1941）竹西馆铅印本《东海渔歌》四卷补遗一卷。有序云：

> 丁丑春，老友庆博如先生出示国朝闺秀顾太清《天游阁诗集》，因而录之，集后附词四阕，有况蕙笙笔记，称太清词集名《东海渔歌》，求之逾十年不得。予窥见一斑，更思睹其全豹，向往之殷，殆同况氏，然亦无从寻觅也。庚辰六月，表弟张霈卿于齐君景班斋中假得《东海渔歌词》，为蕙风排印本。嗣又得朱彊村抄本《渔歌》一卷，况氏称四卷缺第二卷，附补遗五阕，朱氏本适足补卷二之缺。数日之间，于况氏未曾梦见者一并见之，可谓有美必合者矣。于是尽两日工，录副以归之。因念缥缃易散，已少留传，竹简久磨，颇难寻觅，忍使既合之璧，随故国以飘零，遗世之编，作空山之风雨也哉？爰用聚珍板合印一通，以贻海内同好。并乙太清轶事数则，附诸卷首，以资尚论。传闻日本铃木博士藏有《渔歌》六卷，况氏疑《闺秀词话》所载之五阕，是编入第二卷者。今考抄本中与补遗重见者只二阕，馀三首未载入。又《天游阁集》有《柳枝词》十二首，冒钝宦注称此十二首有太清朱笔自注：此词移入《东海渔歌集》。今此四卷中亦未见此十二首，是此外犹有遗帙也。海外有《渔歌》六卷，其信然欤？尚冀旦暮遇之，俾成足本，是又予所私幸者也。辛巳首夏，王佳寿森序于竹西小隐。

作于民国三十年。

3. 南京图书馆藏有抄本《东海渔歌》，存一卷（卷二）。

4.《东海渔歌》四卷，抄本。吴昌绶题识云：

> 甘遁村萌校定《天游阁词》曰《东海渔歌》者，旧凡四

卷，中阙其一，而首卷篇叶特多，因分析之，以足四卷之数，别录一奉。中有《金缕曲·为阮相国题宋本〈金石录〉》，其后段云："南渡君臣荒唐甚，谁写乱离怀抱。抱遗憾、讹言颠倒。赖有先生为昭雪，算生年、特纪伊人老。"自注："相传易安改适事，相国及静春居刘夫人辨之最详。"三复斯言，悄然兴感。夫以幽栖居士遭佚女之讥，惠斋夫人腾棋客之谤，才媛不幸，大抵如斯。异代相怜，端在同病。如易安者，汴京故家，建炎命妇，流离多难，已逾四旬。喘息仅存，惟欠一死，庸讵蒙羞多露，觍汗下堂。跋彼谰言，徒乖雅道。敬援风人托兴之旨，以助前哲辩诬之论。后有览者，当鉴其衷。宣统元年己酉三月，京师寓庐写记。

作于清宣统元年（1909）。

徐又陵

徐又陵，字坦庵，善画花卉，工诗词曲。著有《坦庵六种》，有《诗馀瓮吟》、《忝香集》、《蜗亭杂记》等。

清姚燮《大梅山馆藏书目》卷十一"集部五·词"著录有《诗馀瓮吟》一卷《忝香集》一卷。

顾复初

顾复初，字子远，一字道穆，号幼耕，又号听雷居士、曼罗山人，元和（今江苏苏州）人。拔贡生，官光禄寺署正。著有《蜀桐弦词》、《海风箫词》、《绛河笙词》、《梵天瑟语》，附《乐馀静廉斋集》中。

《蜀桐弦词》一卷，清咸丰刻本。自叙略云：

> 顾念生平独未尝作词，即有，亦辄弃去，不复能省记，爰遂涉笔。广莘来谓仆言："长令不规南宋，短令不域南唐。秾丽香温，按之无著；豪迈超俊，索之无端。子能之乎？"仆曰："试为之。"广莘不以为恶，且加饰焉，麋君素不喜词，

每诵鄙作，辄讽咏不去口，仆亦不知其有合否也。积年馀，居然成帙，爰遴其百阕存之。昔昭明序陶公集曰："白璧微瑕，只在《闲情》一赋，"仆方游于寥廓，不复与辨云尔。咸丰丙辰日南至，听雷居士顾复初序于亦园之四婵娟室。

作于清咸丰六年（1856）。

又《绛河笙词》一卷，清光绪元年（1875）安般息室刻本。自序略云：

生平雅好文字，尤喜为长短句，往往殚精竭虑，不能自己。既自悔鄙，旋复蹈之。因更自晒曰："是殆造物者所以消遣余闲者耶？"性情，我所自有，不必求助他人。于是杂取古人所著，广览而博采之。虽有所学，然不敢剽窃依傍，以冀率余之真而适余之志焉。爰名其词曰《绛河笙》，续附旧作之后，盖改官以后所作也。涕唾瓦砾，道或在是，曼衍天倪，因以穷年，谓贤于博奕云尔。曼罗山人顾复初自序。

又罗凤冈序略云：

山人继室菱波女史慈淑娴雅，清远出尘，山人既得之，则敝屣一官，有高柔爱玩之情、鹿门偕隐之志，嗣女史蜕去，山人感伤悲悼，不能自己，乃刻其词，名之曰《绛河笙》，以致其情焉。

作于清光绪元年（1875）。此本见郑振铎《西谛书目》卷五著录，有《绛河笙词稿》一卷，清光绪元年刊本，一册。

又《海风箫词》一卷，清同治四年（1865）锦城刻本。自叙云：

余既刻《蜀桐弦词》后，辍不为者三年。庚申之夏，陈懿叔先生自黔来川，以词授我，遂相唱和，得二十馀阕。因问先生曰："比前如何？"曰："进。""不为亦进邪？"曰："必为而后进焉者，所进止于是也。不为而亦进者，所进不止于是也。"余曰："是安能然？"顾自审意象则固变矣。时海上大扰，吾苏亦为贼陷，余东归省母，间关兵旅间，生死吉凶，顷刻万状。既无可奈何，忧患之馀，则仍陶以吟咏。积年，余又得词百馀阕，以两浮于海，名之曰海风箫。呜呼！天运变于上，人事变于下，知见变于中，语言变于外，是殆有莫能自主者，非关学也。同治上元甲子秋七月，听雷顾复初自叙于锦城乐馀静廉室。

作于清同治三年（1864）。

其词集又见缪荃孙《目录词小说谱录目》著录，有《蜀桐弦词》一卷、《海风啸词》一卷、《绛河笙词》一卷，全集本。

魏谦升

魏谦升（1800？—1861），字雨人，号滋伯，晚号无无居士，仁和（今浙江杭州）人。以廪贡生选仙居训导，辞不就。以著述自娱，著有《书三味斋稿》、《翠浮阁词》。

其词集有清钱塘金绳武活字印《十家词汇》本《翠浮阁词》。又见于著录的有：

1. 清姚燮《大梅山馆藏书目》卷十一著录有《翠浮阁词》一卷。
2. 蔡宾年编《墨海楼书目》著录有《翠浮阁词》，一本。

以上均未言版本。

唐壎

唐壎，字益庵，号苏庵老人，秀水（今浙江嘉兴）人。诸生，以功铨富阳训导。著有《苏庵诗馀》。

《苏庵诗馀》五卷，清同治刊本。自序云：

余本不能词，以心之所好，就前贤传作，偶一效颦。道光辛丑依邓蠘筠制府温陵节幕判牍，暇论及倚声，余有和其《高阳台》一阕，内云："胡奴碧眼捐多宝，愿苍生、一梦齐圆。"盖时重禁烟也。公大加击赏，并出《妙吉祥室词》嘱题，索阅旧作，前所刻《月痴子词》一卷，公所选定也。邓公即以此事被谴，再起督陕甘，余则遭时既乖，投簪海曲，偶得微宦，而毡寒蓿冷，屡换泥鸿，燹乱家亡，重携梅鹤，寄情烟墨，凄惋为多。知音不作，而余亦以源流未析，宫羽背驰，未敢出以示人也。咸丰辛酉复游三山，适无锡丁杏舲有《听秋声馆词话》之刻，虽蒙采录，未惬鄙怀。同治庚午与新城杨卧云中翰同渡鲲洋，得读其所选《词轨》，溯雅追骚，分唐别宋，搜辑繁富，题识尤宜，知其于此事为九折肱者。倾箧就正，遂浼其制序。夫词以言情，半借闺襜以寓托讽。自欧、苏作丈夫语，以硬语盘空，一洗五代绮靡之习，而究之谐声按节，仍有规矩运乎其间。则虽谓豪迈之风与温柔之韵，作沆瀣一家观可也。卧云见序，未免溢美。惟訾余有数阕为院本语，随笔溜入，此则余盖有不自觉者，因于暇时痛自芟削。良友之箴，自当奉为金石云。苏庵老人自叙。

按：《苏庵诗馀》包括《小桃花坞词》一卷、《乘槎词》一卷、《双璪词》一卷、《镂白词》一卷、《俟秋词》一卷。此本见《海盐张氏涉园藏书目录》著录，有《苏庵诗馀》五卷，清同治十二年（1873）平阳张启坦刊本，四册。又郑振铎《西谛书目》卷五著录有《苏庵诗馀》五卷，清同治十二年吴玉田刊本，二册。

吴存义

吴存义（1802—1868），字和甫，江苏泰兴人。清宣宗道光十八年（1838）进士，选庶吉士，授翰林院编修。任云南学政，直南书房，擢侍讲。署刑部侍郎，调吏部左侍郎。著有《榴实山庄集》。

其词集见附于诗文集中，佚名编《澹鞠书屋主人藏书目录》著录有《榴实山庄文稿》一卷、诗抄六卷、词一卷，四册。

吴廷燮

吴廷燮（1803—1856），字彦宣、研仙，海盐（今属浙江）人。诸生。工倚声，著有《小梅花馆诗集》、《小梅花馆词》（一名《水仙别谱》）。

《小梅花馆词集》三卷，清咸丰刻本。自序云：

> 《水仙》，琴操也，曷名我词？余家固海上也。昔伯牙学琴于成连，三年不成，乃令刺船居海中山，见海水澒洞，林木杳冥，怆然曰："先生移我情乎？"援琴成操，为天下妙。夫情不触则不生，情不感则不妙，人之于言也亦然。情动于中，发于自然，故言之不足则长言之，长言之不足，则有音响节族以顺导之。其言之所至，而情至焉，其言之所不至，而情亦至焉。如蒸成菌，如乐出虚。其然也，吾恶乎知之？其不然也，吾恶乎知之？情固生于触而妙于感耶？余辨昧宫角，少多隐忧。稍长，历吴楚，涉江汉，览山川之奇丽，时物之变迁，与夫人事之悲愉离合，有感于中，辄寄于词：呜呼！其将移我情乎？抑移我情以移人之情乎？不可得而知也。然而成连往矣，则我自移我情耳。于是编次旧作，得百二十篇，而记之如是。道光辛丑花朝日，海盐吴廷燮书于闻溪客舍。

作于清道光二十一年（1841）。又序略云：

> 亟索其所刻《小梅花馆词稿》读之，清空激荡，每阕足度旗亭，直是玉田的派，近时所仅见也。……余讶其菁华易竭，乃未几而病已失音矣，不数日遂逝。余趋而哭之，因与黄韵珊孝廉、陈湘渔上舍商订，择其可存者，裒为六卷，属其弟慎堂付之剞劂。吁！余凤昔所期于彦宣者，而今已矣。然其诗词流传人间，非第悲其遇，亦聊足以仿佛其生平焉尔。刻既竣，为识颠末于简端。咸丰七年丁巳夏五月下浣，朱昌颐序并书。

作于清咸丰七年（1857）。

又《小梅花馆词集》三卷，清光绪四年（1878）刻本。有跋云：

> 小梅花馆诗词集皆彦宣兄手订，同人集资付刊，版藏倚晴楼。辛酉年，粤逆陷海盐，倚晴楼毁于火，版亦灰烬。后粤匪荡平，余自楚北回里，访求遗集，则原稿无存，印本亦散失无遗。因于故交处转辗相托，广为搜罗，历数年之久，始得抄撰全稿，幸无缺失，若有神助也。噫！彦宣一生数奇不偶，惟此区区者欲作豹皮之留，良可慨已。今殁后无嗣，诸知交亦零落殆尽，若不急付剞劂，后之人谁复起而任之？然则今日之事，岂非余之责也夫？刻既竣，爰识数语，以慰九原。光绪四年仲冬，弟镤谨跋。

作于清光绪四年。

其词集见于著录的有：

1. 清姚燮《大梅山馆藏书目》卷十一著录有《小梅花馆词集》二卷。

2. 蔡宾年编《墨海楼书目》著录有《小梅花馆词》二卷，一本。

以上均未言版本。

齐学裘

齐学裘（1803—？），字子贞，一字子治，号玉溪，晚号老颠，婺源（今属江西）人。清光绪年间流寓上海，工书能画。著有《蕉窗诗抄》、《云起楼词》、《见闻随笔》等。

《云起楼词》三卷（含《蕉窗词》一卷、《卖鱼湾词》二卷），清同治刻本，方濬颐序略云：

> 乃玉溪引为同调，猥以《云起楼词》三卷浼予作序。……日者，雨窗无事，展卷以观，始知玉溪于辛卯岁在南岳寺中，甫学倚声。首卷《蕉窗词》堇数阕，《卖鱼湾词》则厘为二卷，所存较多。雄浑悲壮，是专学苏辛体者。

作于清同治十二年（1873）。此本见郑振铎《西谛书目》卷五著录，有
《云起楼词》三卷，清同治十年（1871）刊本，一册。

其词集又见于著录的有：

1. 蔡宾年编《墨海楼书目》著录有《云起楼词》三卷，一本。

2. 徐世昌《书髓楼藏书目》卷四著录有《云起楼词》三卷。

以上均未言版本。

唐寿萼

唐寿萼，字菱伯，号子珊，吴江（今江苏苏州）人。曾习贾，工诗
善书。著有《绿语楼词》。

《绿语楼依声续集》二卷，清道光刊本。自序云：

> 余年二十三，孤贫无以自存，因溉翁师获交陈丈秋史，适
> 馆授餐，俾家口勿致露馁。会丈令子子玉方治倚声之学，郑
> 君瘦山时相过从，灯前酒边，闻其寻究大晟倚声谱之遗。余
> 厕其间，懵然无所觉悟。一日，两君以《帘波》、《灯晕》酬
> 倡诸作督和，余谢不敏，敦迫之。乃于枕上择调模拟，迟明
> 缮稿，请质两君，惊诧曰："何工之速也？"并赏其《帘波》
> 警句云："画潇湘、因风自看。"《灯晕》云："视朱成碧，转绿
> 回黄，梦魂颠倒。"自兹以往友朋率率，辄稍稍为之。积有卷
> 帙，爰自嘉庆戊辰迄庚辰，删存二卷，为《绿绮楼倚声初
> 集》。道光纪元迄今，删存如干首为续集。乌虖！陈丈耄矣，
> 子玉与余齐年，人琴遽杳，瘦山远客山左节署，区区所存，第
> 未知得稍愈于曩作，抑三十年厄穷潦倒，知慧消亡，反不逮
> 学制《帘波》、《灯晕》时耶？要皆不能自信，其又何堪持以
> 问人？道光丙申初伏日，寿萼书于清真道院。

作于清道光十六年（1836）。此本见刘承干《嘉业藏书楼书目》著录，
有《绿语楼依声续集》二卷，道光二十一年（1841）刊本，二册。

其词集又见于著录的有：

1. 清姚燮《大梅山馆藏书目》卷十一著录有《绿语楼倚声续集》二卷。

2. 蔡宾年编《墨海楼书目》著录有《绿语楼词》二卷，一本。

以上均未言版本。

汪适孙

汪适孙（1804—1843），字亚虞，号又村，又号甲子生，钱塘（今浙江杭州）人。候选州同。著有《松声池馆诗》、《甲子生梦馀词》等。

其词集见于著录的有：

1. 清姚燮《大梅山馆藏书目》卷十一著录有《甲子生梦馀词》一卷。

2. 蔡宾年编《墨海楼书目》著录有《甲子生梦馀词》，一本。

以上均未言版本。

黎兆勋

黎兆勋（1804—1864），字伯庸，一作伯容，号檬村，晚号碉门居士，遵义（今属贵州）人。诸生，官湖北鹤峰州州判，调随州州判。著有《侍雪堂诗》、《葑烟亭词》。

黎氏词集多有刊印，计有：

1. 《葑烟亭词》二卷，清道光刊本。莫友芝序略云：

> 窃论近日海内言词率有三病，质犷于藏园，气实于谷人，骨孱于频伽，其偶然不囿习气，溯源正宗者又有三病，服淮海而廓，师清真而靡，袭梅溪而佻。故非尧章骚雅，划断众流，未有不摭粗遗精、逐波忘返者也。伯庸少近辛、刘，翻然自嫌，严芟痛改，低首周、秦诸老，而引出以白石空凉之音，所谓前后三病，既无从阑入，顾犹不自信，见面必出所得相质证，余每持苛论，即一字清浊小庋于古，必疵乙之。而伯

> 庸常以为不谬，日锻月炼，不尽善不已。……今年夏编其
> 《莳烟亭词》三卷，将付雕，而属余序。

作于清道光二十六年（1846）。

2.《莳烟亭词抄》四卷，清同治刊本。自序云：

> 予壮岁草《莳烟亭词》三卷，子尹以此规予，遂弃去，几
> 近廿年，不复为之。迨宦游武昌，久客无憀，每值事情感触，
> 实有不能尽遏者。长笺短纸，时抒所怀，歌咏之作，由此复
> 成。辛酉腊月，检理书簏，已戢戢如束笋，乃编录成卷，附于
> 前抄之后。若云新声漫赋，自当韵谐律吕，则仆病未能也。
> 咸丰辛酉腊八日，涧门黎兆勋。

作于清咸丰十一年（1861）。子尹即郑珍，字子尹，贵州遵义人。莫友
芝序有"余少长遵义，交郑子尹，既冠言诗，乃因以交其内兄黎伯庸"
云云。又黎兆祺序略云：

> 同治二年秋，先君子见弃，兄奔丧回籍，哀毁之馀，绝口
> 不道风雅。无何，兄亦继逝，祺收遗稿，淋漓墨沈，手迹犹
> 新。追念往昔，徒增悲痛。以贼迫近砦堡，深惧稿草散失，
> 无以传后。时方刻先君子行状、诗抄，始检兄前后著述，编
> 次成卷，词则出兄自审定，因并付梓，质诸当世。

知为清同治初刊本。此本见郑振铎《西谛书目》卷五著录，有《莳烟
亭词抄》四卷，清同治四年（1865）敦复堂刊本，二册。

3. 清黎庶昌辑《黎氏家集》本，清光绪十四年（1888）日本使署
刊本，其中有《莳烟亭词》四卷。

4. 任可澄等辑《黔南丛书》本，民国二十五年（1936）贵阳文通
书局排印本，其中有《莳烟亭词》四卷。陈德谦跋略云：

> 昔人评词，多以辛、刘为不可学，其实非不可学，特不易
> 学耳，学之，虑得其犷悍粗疏耳。能学其清雄沉挚之处，济

以清真、淮海之婉约，斯为得之。邵亭、眠叟序黎伯庸先生之词，曰："伯庸少近辛、刘，翻然自嫌，严芟痛改，低首周、秦诸老，而引出以白石空凉之音。"盖亦以近辛、刘为嫌。今观伯庸先生词曰莳烟亭者，凡四卷……黔人为词者本甚寥寥，亦无派别之可言，为之专且善，允推伯庸先生。当时与柴翁、眠叟以锄经之馀绪致力倚声，惜萍梗仕途，未能时时相聚，使昕夕劇菁，吾逆知黔中词史将异军特起，别立宗风，以与浙水、阳羡、常州相颉颃，抑先生将不屑此为也。

作于民国二十五年（1936）。

赵我佩

赵我佩，字君兰，仁和（今浙江杭州）人。赵庆熺女，工词，著有《碧桃馆词》。

《碧桃仙馆词》一卷，清程秉钊清写底稿本。文海出版社影印《清代稿本百种汇刊》本。序云：

> 《碧桃仙馆词》一卷，仁和赵媛我佩撰。同治壬戌从海陵录归，友琴主人熟诵倾服，以为不可磨灭，将屏当以授诸梓。迫人事，未及行，友琴寻亦奄谢。今年春，检散篋得之，爰录副，以存亡如之志。我佩字君兰，秋舲教授庆熺女，嫁同里张水部上策。教授为杭名宿，所著《香消酒醒词》，清丽婉约，小令极似南唐。君兰幼承指授，故亦工于此。昔尝闻其叔笛廔上舍之言曰："吾兄女体至孱弱，工愁善病，然饮酒极豪，言论磊磊，有不可一世之概。人恒怪之，殆非凡女子也。"继于友人所见五言律诗数章，风格在中唐以上。乱后又获观所画山水，气韵深秀，然后知其才无乎不可，信如上舍所谓非凡者，而词特其馀事焉已矣。同治九年孟陬月，同里程秉钊。

作于清同治九年（1870）。又有跋有：

> 《碧桃仙馆词》，多怀远之作，丙寅六月复读一过，率题
> 《卖花声》一解，时外子客信州未归也。友琴。

> 庚午正月，自吴门还寓庐，检箧得此，距妇殁已三年矣。
> 补录卷尾，曷胜天上人间之感！蒲孙。

> "丽句写愁，工刻翠裁红。词仙名早擅而翁，北宋南唐，
> 神妙笔，都付闺中。　山水秀灵钟，诗画旁通。桃花短命可
> 怜虫，展卷宛留人影瘦，慊卷西风。"调寄《卖花声》。蘅皋
> 先生作，祺寿书之。

其词集又见徐乃昌辑《小檀栾室汇刻闺秀词》中收录，清光绪年间南陵徐氏刊本，其中有《碧桃馆词》一卷。郑振铎《西谛书目》卷五著录《碧桃馆词》一卷，清光绪刊本，二册。

另上海图书馆藏《碧桃馆词》一卷，抄本，一册。

又郑振铎《西谛书目》卷五著录《碧桃馆词》一卷，清咸丰八年（1858）刊本，一册。

姚燮

姚燮（1805—1864），字梅伯，号复庄，又号大梅山民、大某山民、复道人、野桥等，镇海（今浙江宁波）人。清宣宗道光十四年（1834）举人，以例选候补知县。多识广闻，著有《今乐考证》、《大梅山馆集》、《疏影楼词》、《玉笛楼词》、《种玉词》、《苦海航》（一作《苦海杭》）等。

姚氏词集叙录如下：

1. 《疏影楼词》五卷（存四卷），稿本，藏宁波天一阁博物馆。《续修四库全书》据以影印，又见《中华再造善本》收录。有序云：

> 《疏影楼词》凡二卷，余友姚子野桥为甬上名秀才，生禀
> 异资，于学无所不窥，而尤邃于诗，诗工矣，故置弗论。其凿

肠搯肾，冥搜旷求，萃毕生之心思寸力而与之颠倒出入者，于词较深，近人无与敌也。词学自李唐以迄昭代，前贤已有成说，若必为作者，牵合比拟，添赘一词，乃其生平得力之处，追踪秦、柳，胎息苏、辛。取裁于梦窗、竹屋之间，沉幽固闷，挥洒流落，体制不名一长，当失模影象形，挑声染色，合南宋诸家神明而变化之，收揖豪横，覃精擢思，极毫厘分寸之辨，泊乎弄墨，则骈然肴然，挥毫落纸，若坠若逼，若猛狮抟球，若烈风送雨，而妃句俪辞，一造于工稳。呜呼！可以传矣。野桥为人疏旷，而为时辈所挤，家贫落魄，辄思橐笔作四方之游，因循未果。壬辰秋，余识君于吴山旅舍，逾年始订交，自唯相契之深而知之者，素也，因嘅为之序。道光十三年癸巳华朝后三日，平湖姚儒侠书于武林行馆。

作于清道光十三年（1833）。按：此本包括《吴泾蘋唱》一卷、《听雨窗》一卷、《剪灯夜语》一卷、《画边词》一卷，凡四种。又按：《剪灯夜语》卷端首行题"上湖草堂诗馀"，次行低二格题"剪灯夜语"。

2.《疏影楼词续抄》一卷，稿本，藏国家图书馆，《续修四库全书》据以影印。此本见郑振铎《西谛书目》卷五著录，有《疏影楼词续抄》一卷，稿本，一册。

3.《玉笛楼词》一卷，稿本，藏国家图书馆。又郑振铎《西谛书目》卷五著录有《玉笛楼词》一卷，稿本，一册。

4.《苦海航》一卷，稿本。藏国家图书馆，《清词珍本丛刊》据以影印，又见《中华再造善本》收录。自序云：

复道人尝为狭斜游，今行将年五十，此中色声香味触法所在，殆尽阅矣，屡欲著之辞，以为世惩而未果。今来游沪，沪之堂名，其蛊人尤甚他方。阅岁阅月中，陷其中不自拔，以至于而贫而贱而病而且死者，不知凡几。道人闵之，因制《沁园春》词六十有四阕，以当晨钟莫鼓，唤醒痴聋。如云曼倩工谐，灌夫善骂，道人何敢焉？由他离未（即魑魅）千般

影，不出秦台一镜中，读者其谅而省之乎？咸丰二年壬子小
春月。

作于清咸丰二年（1852）。

5.《疏影楼词》五卷，见《大梅山馆集》，清道光十三年
（1833）刊，为诗文别集本。有姚儒侠序，文字颇有出入，其中"《疏
影楼词》凡二卷"作"《疏影楼词》四种"，四种为《画边琴趣》二
卷、《吴泾蘋唱》一卷、《剪灯夜语》一卷、《石云吟雅》一卷。与稿本
标示的也不尽同。又有姚氏自题云：

> 词，小道也，然均不骚雅则俚，旨不微婉则直。过炼者气
> 伤于辞，过疏者神浮于意。而叫噪积习、淫曼为工者尤弗
> 取。余幼辄耽此，搜宋元来诸家名集，沉浸讨索，效之似，锢
> 之益深。迨弱冠后，日与世涉，哀乐渐多，兼以友朋宴游，饥
> 寒驱逐，每有感触，即寄之，数年以往共得千阕馀，并少作册
> 存六一，厘为五卷，各以类从，此中甘苦，余颇自信。其有合
> 于古人之旨否，余未敢自断也。成连安在乎？吾抱琴以俟
> 之。道光十三年癸巳五月端四日，姚燮自记于怡道山庄。

作于清道光十三年。此本见缪荃孙《目录词小说谱录目》著录，有
《疏影楼词》五卷，道光癸巳（1833）刊本。又郑振铎《西谛书目》卷
五著录有《疏影楼词四种》五卷，清道光上湖草堂刊本，一册。又胡
桐庵《新昌胡氏问影楼藏书目·续编》卷下著录有《疏影楼词》五卷，
上湖草堂本。又李盛铎《天津延古堂李氏旧藏书目》著录有《疏影
词》五卷，《大梅山馆集》单行本，二册。

6. 陈乃乾辑《清名家词》本，民国二十六年（1937）上海开明书
店排印本，其中有《疏影楼词四种》，包括《画边琴趣》一卷、《吴泾蘋
唱》一卷、《剪灯夜语》一卷、《石云吟雅》一卷。

7.《苦海杭》一卷，清光绪刊本。冒广生序云：

> 《苦海杭》十卷，凡一百八首，镇海姚梅伯撰，吴潘笏盦

藏，后归元和江建霞。建霞博雅嗜古，多收藏异书。为人任侠，负奇气。与余交，若胶投漆。沪上为烟花薮，湘兰宛在，人人而是。建霞狎名妓曰林蘩蘩，创议修花冢，余与诸同人和之。银烛分明，尚会此意。寻余归如皋，建霞亦还姑苏。飞书走使，敦促吴门之游，遂于仲秋买舟山塘，与建霞、屺怀、叔衡、君直无日不会，而建霞婆娑甚矣。一日余在高小宝座，从容语建霞当谋治生，建霞仰天而吁，若有大不得已者，小宝乱以他语而罢。小兰谓余："忧能伤人，建霞不永年矣。"已余母有书促余归，余行箧未携棉衣，不可以久留。建霞走别余，以先巢民征君手书《菊影诗卷》见赠，余以水晶砚匣报之。归家，得王义门书，言建霞复作沪游，而君直书来，遽言建霞已逝。琴樽未冷，芳草成尘，怆念前游，潸焉出涕。重披此卷，益盬伤于申浦回潮、吴宫落月，酒旗歌板从此凋零也。己亥冬仲，水绘庵主记。

作于清光绪二十五年（1899）。又有跋云：

> 光绪丁酉如皋冒君鹤亭以抄本《苦海杭》见赠，以托上海著易堂代排数百本，其中脱误，无别本可校。
>
> 惜霜李氏名成溪，不审即今时之李息霜否也？李君书法近似，附识于此，计与惜霜不见廿馀年矣。南雅识。

光绪丁酉为清光绪二十三年（1897）。

8.《疏影楼词四种》五卷附录一卷，抄本，藏南京图书馆。四种为《画边琴趣》一卷、《吴泾蘋唱》一卷、《剪灯夜语》一卷、《石云吟雅》一卷。

9.《疏影楼词》五卷，抄本，藏南京图书馆。

10.《疏影楼词续抄》一卷，抄本，藏上海图书馆。

11.《苦海航》一卷，抄本。藏上海图书馆。

12.《苦海杭》一卷，抄本。藏南京图书馆。

另见于藏家著录的有：

1. 清忻宝华《澹庵书目》著录有《疏影楼词》四卷。

2. 山阴平氏藏《安越堂藏书目》著录有《疏影楼词》五卷。

3. 徐世昌《书髓楼藏书目》卷四著录有《疏影楼词》四卷。

以上未言版本。

程鸿诏

程鸿诏（？—1874），字伯敷，黟县（今属安徽）人。两中顺天副榜，选鸡泽县教谕。清宣宗道光二十九年（1849）举人，擢山东候补道，未赴。著有《有恒心斋集》等。

其词集见附于诗文集中，今有清同治刊《有恒心斋集》本，其中有《有恒心斋前集》一卷文十一卷诗七卷骈体文六卷诗馀二卷词馀一卷外集二卷。

又郑振铎《西谛书目》卷五著录有《有恒心斋诗馀》二卷词馀一卷，清刊本，一册。

丁至和

丁至和，字保庵，别号萍绿词人，江都（今江苏扬州）人。诸生，著有《萍绿词》，又名《十三楼吹笛谱》。

《萍绿词》二卷，清咸丰八年（1858）刊本。自叙云：

> 词至南宋，叹观止矣。余颇好为长短句，每拍一解，或十数日而后定，或十数月而后定。斤斤然蕲与古人相吻合，而犹未敢自信也。照旧月于梅边，唤玉人于竹外，吾将招石帚老仙以问之。丁巳小雪后三日，萍绿词人书于沤梦馆。

作于清咸丰七年（1857）。此本见郑振铎《西谛书目》卷五著录，有《萍绿词》二卷，清咸丰八年刊本，一册。

又《萍绿词》三卷，清咸丰十一年（1861）刊本。有跋云：

丁巳冬刊词二卷于袁浦，越三年庚申毁于兵燹，同人深为惜，余则谓频年迫饥驱，疏考证，尚多未协处，不足惜也。是年三月游东亭，杜小舫观察为余删订原稿，循声按拍几一载，存十之七，益以近作，重付手民，凡三卷，综八十二首，庶几于律无舛。草窗谓词不难作，而难于改，语不难工，而难于协，余深有味乎斯言，辛酉四月，萍绿词人又记。

作于清咸丰十一年。又跋云：

综览此集，作者取径婉约，功候殊深。惟一味模仿白石、梦窗，专从刻画堆砌上著手，细腻有馀，苍劲不足。且全集中无新意，鲜警句，平淡无奇，未能引人入胜，殆缺乏天才及读书不多之故欤？黄炳华注。

作者与蒋鹿潭同时同游，且互相唱和，然试取蒋之《水云楼词》，与此参互观之，奚啻有上下床之别？甚战！才力之不可强求也。炳华又注。

此本见郑振铎《西谛书目》卷五著录，有《萍绿词》三卷续编一卷再续一卷补遗一卷，清咸丰刊本，二册。

又《萍绿词续编》一卷（又名《十三楼吹笛谱续编》），清同治刻本。自序云：

意内言外谓之词，大率郁结难伸之隐，托为咏歌，非仅刻翠裁红，作儿女喁喁私语也。又须情景交炼，出以自然，如凭虚御风，绝无迹相。此中三昧，于诗有别。余诗稿久散佚，其所得词一刻于袁浦，一刻于东亭。辛酉后复搜旧谱及新咏，续存若干首。余年将老，心血渐枯，偶一拈毫，犹必殚精竭虑，其亦性之所耽，不能自已者乎？时同治七年戊辰秋八月，萍绿翁书于昭阳古翠堂。

作于清同治七年（1868）。缪荃孙《目录词小说谱录目》著录有《萍绿词》三卷续一卷，刊本。或指同治本。

黄燮清

黄燮清（1805—1864），原名宪清，字韵甫，一作韵珊，号吟香诗舫主人，海盐（今属浙江）人。清宣宗道光十五年（1835）举人，后屡试不第。知宜都县，调任松滋县，未几卒。著有《倚晴楼集》、《倚晴楼诗馀》（又名《拙宜园词》）。

其词集见附于诗文集中，今有清咸丰、同治间海盐黄氏拙宜园刊《倚晴楼集》，其中有《倚晴楼诗集》十二卷续集四卷诗馀四卷。《倚晴楼诗馀》序略云：

> 即论其词，无愧于古。联绵旷邈，哀感顽艳。截竹依永，累黍罔忒。固已挹周、柳之袖，入姜、张之室。余托同乡郡，试席屡接。中更别离，遽悼奄忽。羁绁尘鞅，零落藻绮。即事抒指，间为新声。独茧自缫，晚蝉孤唱。中仙去后，谁订元音；梦窗云徂，空题遗笔。津梁所逮，馨逸斯播。爱婿宗君子城刊斯编既竣，以余与君雅故，属为喤言。沘笔述此，盖不禁俙然而感矣。同治六年岁次丁卯秋八月，同郡张炳堃鹿仙氏拜撰。

作于清同治六年（1867）。郑振铎《西谛书目》卷五著录有《倚晴楼诗馀》四卷，清同治六年刊本，一册。

又有陈乃乾辑《清名家词》本，民国二十六年（1937）上海书店排印本，其中有《倚晴楼诗馀》一卷。

又见于著录的有：

1. 清姚燮《大梅山馆藏书目》卷十一著录有《拙宜园词》二卷。

2. 蔡宾年编《墨海楼书目》著录有《拙宜园词》二卷，一本。

3. 缪荃孙《目录词小说谱录目》著录有《拙宜园集词》二卷，道光乙未（1835）刊本。

4. 刘承干《嘉业藏书楼书目》著录有《拙宜园集词》二卷，道光乙未刊本，一册。

5. 郑振铎《西谛书目》卷五著录有《拙宜园集词》二卷，清道光十五年（1835）刊本，一册。

汤成烈

汤成烈（1805—1880），字果卿，晚号确园，常州（今属江苏）人。清宣宗道光十一年（1831）举人，历知武康、永嘉、玉环、仁和等。著有《古藤书屋文集》、《诗集》、《清淮词》。

今存汤氏词集稿本《清淮词稿》二卷，清张曜孙跋，见《中国古籍善本书目》著录。

又有清同治刊本《清淮词》二卷，有跋云：

> 常州词人自先世父、先子《词选》出，而词格为之一变，故嘉庆以后词家与雍、乾间判若两途也。果卿表兄工力尤至，每一调必以全力运转，有约千篇于一阕、蹙万里为径寸之概。至于声情激越，感遇深远，尤为可歌可泣，真词家之正宗、继轨之轶迹也。客邸相逢，日事吟诵，俯仰身世，悲从中来，词之移我情乎？情之触于词乎？质之果卿，恐亦未能言其故也。行将分袂，因书数语归之。壬戌六月，张曜孙记于沪上寓邸。

作于清同治元年（1862）。此本见缪荃孙《目录词小说谱录目》著录，有《清淮词》二卷，同治壬戌（1862）刊本。

又郑振铎《西谛书目》卷五著录有《清淮词》二卷，清刊本，一册。

蒋敦复

蒋敦复（1808—1867），原名尔锷，字纯甫，一字克父、子文、超存，号剑人，又号江东剑、丽农山人等，一度为僧，法名妙尘，号铁岸和尚，宝山（今属上海）人。补博士弟子员，五赴乡试不售。著有《啸古堂诗文集》、《芬陀利室词》、《山中和白云》、《芬陀利室词话》。

蒋氏词集计有：

1.《山中和白云》一卷、《拈花词》一卷，稿本，藏国家图书馆，又见《中国古籍善本书目》著录。《山中和白云》自序云：

> 往时好为长短句，殊不知有声律，近借得玉田生《山中白云》观之，颇有会悟。每遇闲写，辄和其韵，刻画乃尔，大是轩渠。

又序云：

> 铁岸上人生长吾乡，以诗名闻于世。玉关杨柳，唱遍旗亭；石室瑯嬛，识完奇字。乃所如不合，撒手入山，作如来弟子者二年于兹。癸卯桃花月还里，出词稿示余。余与上人同究倚声之学，然而智慧聪明，终让上人一席。今得山川之秀，作哀艳之音，刻微引宫，直超梅村而上，余愿侍蒲团而听讲也。或谓是词也，未免犯绮语戒，不知诸佛菩萨须解色。

癸卯为清道光二十三年（1843）。

按：章钰《章氏四当斋藏书目》卷上之四著录，有《山中和白云》一卷，云："清宝山蒋敦复撰，先生手抄本，一册。有陈如升签校，有先生签校并补录《清平乐》、《眉妩》、□□□三阕。"又移录跋云：

> 右词二卷、诗两首，宝山蒋剑人敦复手写稿，未经付刊者也。丙申四月二十三日陈同叔丈手以见示，五月初八、初九灯下录之，并烦请陈丈校误焉，坚孟写毕并记。
>
> 三首从剑翁墨迹录出，墨迹乃同叔丈所藏也，末阕下半纸，已腐烂，故多缺字。丁酉三月十九日灯下。卷末

此又见顾廷龙编《章氏四当斋藏书目》卷上之四著录。

2.《紫鸳词》一卷，稿本。有题词数则，录二家如下：

> 北宋人小令，如六一，如晏殊，并能得唐人遗韵。今有老剑，俾古人不能专美于前矣。往还吐纳，瑰玮连犿，斯人斯

才，乃处斯境。故诗云："文章曹植今堪笑，却卷波澜入小诗。"尤令人低徊不置。辛酉孟夏二十日，乌程小弟汪曰桢拜识。

《紫鸳词》一册，回环雒诵，不忍释手。爰穷一夜之力，录为副本，置讲案头，为瓣香之奉。

瀚于倚声一道实无所得，故不敢妄赘一语。自悔少年失学，老大无成。饥驱鹿鹿，笔研都废，何时得息俗虑，执贽门下，一问词源乎？孀今弟王瀚于翌日再读，并于灯下手录，录竟谨识。

戊午三月下浣，南武弟王瀚拜读十过。

前者作于清咸丰十一年（1861）。后者作于清咸丰八年（1858）。

3. 清光绪十一年（1885）王韬淞隐庐刻本《芬陀利室词集》五卷，《续修四库全书》据以影印，凡五种：卷一为《绿箫词》一卷，存五十三首；卷二为《碧田词》一卷，存五十一首；卷三为《红衲词》一卷，存三十九首；卷四为《青瑟词》一卷、存三十八首；卷五为《白华词》一卷，存三十九首。序云：

机读写墨楼内史序朱君酉生之词曰："意蓄语中，韵溢弦外。"又云："言苦者思沉，辞隐者志郁。"喟然曰："何甚似吾剑人之词也？"剑人才气高迈，务为有用之学，不屑屑以诗名，而竟以诗名。其于词也亦然，每一申纸，哀艳欲绝，比兴所作，绵眇无极。顾君子山评之，以为"凄厉动魂，芬芳竟体，得力在白云、白石间"是已。虽然，词者，意内言外也。今海内多知言，知剑人之意乎否？夫谁与同忧患者？勿以示人可也。戊申冬十月，灵石山人支机序。

作于清光绪四年（1878）。

4. 《芬陀利室词》，清光绪二十四年（1898）刻本，《郑盦遗书》

之一。

5. 陈乃乾辑《清名家词》本，民国二十六年（1937）上海书店排印本，其中有《芬陀利室词六种》，含《绿箫词》一卷、《碧田词》一卷、《红衲词》一卷、《青瑟词》一卷、《白华词》一卷、《拈花词》一卷。

潘曾莹

潘曾莹（1808—1878），字申甫，又字星斋，吴县（今江苏苏州）人。清宣宗道光二十一年（1841）进士，改庶吉士，授编修。历官翰林院学士、内阁学士、吏部侍郎，官至工部侍郎。著有《小鸥波馆文抄》、《诗抄》、《词抄》、《鹦鹉帘栊词抄》、《花间笛谱》等。

潘氏词集计有：

1. 《小鸥波馆词抄》□卷，稿本，存一卷：卷三。见《中国古籍善本书目》著录。

2. 《小鸥波馆词抄》□卷、《花间笛谱》一卷，稿本，存一卷：卷三。又《花间笛谱》全。见《中国古籍善本书目》著录。

3. 《小鸥波馆词抄》二卷，清道光二十五年（1845）刊本。

4. 《小鸥波馆词抄》一卷，清道光二十五年（1845）刊本。姚燮序（道光二十四年）云："绳尺之中，自有天籁；羽宫所在，能移我情。此《小鸥波馆词》之大略也。……清商大石，并抚瓠巴之琴；减字偷声，细撷尧章之谱。此又序星斋之词而怦怦不能自已者也。"

5. 《鹦鹉帘栊词抄》二卷，与《一窗秋影庵词》合册，清刻本。郑振铎《西谛书目》卷五著录有《鹦鹉帘栊词抄》二卷，清刊本，与《一窗秋影庵词》合一册。

6. 《花间笛谱》一卷，民国二十九年影印本。

其词集见于著录的有：

1. 清姚燮《大梅山馆藏书目》卷十一著录有《小鸥波馆词抄》一卷、《鹦鹉帘栊词》二卷。

2. 蔡宾年编《墨海楼书目》著录有《鸥波馆词》，一本。

以上均未标明版本，另缪荃孙《目录词小说谱录目》"词类二"著录有□□□卷，云潘曾莹，刊本。

何兆瀛

何兆瀛（1809—1890），字通甫，号青耜，上元（今江苏南京）人。清宣宗道光二十六年（1846）举人，历官户部郎中、御史、浙江杭州湖道。著有《老学后盦自订诗二诗》、《老学后盦忆语》、《心盦诗存》、《心盦词存》等，合称《心盦全集》。

《心盦词存》四卷，清同治刊本。如山序略云：

> "明月几时有"，词而仙者也。"吹皱一池春水"，词而禅者也。仙不易学，而禅可学。学矣而非栖神幽遐，涵趣寥旷，通拈花之妙悟，穷非树之奇想，则动而为惉懘之音矣。其何以澄观一心而腾踔万象？是故词之为境也，空潭印月，上下一澈，屏智识也；清磬出尘，妙香远闻，参净因也；鸟鸣珠箔，群花自落，超圆觉也。心盦道兄，其四禅中人乎？纤金缛绣，视若无有。现宰官身而说法，澄辟支果而离垢。啸咏则茅压屋头，谈谐则花飞天口。其言情也，及情而不过乎情；其体物也，寓物而不滞于物。吾知其游心太空，而咒妙莲于飞钵矣。

其词集见李盛铎《天津延古堂李氏旧藏书目》著录，有《心盦词存》四卷，同治癸酉（1873）刊本，二册。

又有《老学后盦自订词》二卷，清光绪刻本。谭献序云：

> 昨岁凉秋九月，湖上晚归，偶率意为长短句曰："拂水杨枝依稀似，老子婆娑风月。"盖谓何心盦先生也。入城以后，病忘按拍，今读先生自订词，乃忆之。先生种桓公之柳，比召伯之棠。寓公杖屦，望若神仙，金石大年，正八十矣。回忆冷泉判事，南海建牙，有如昨日。澄清凤志，付之委辔看

山，而当年画省之趋、青蒲之伏，则蓬莱云气尚裴回于窈寐间。悱恻缠绵，固先生之词旨也。昔者乌衣公子有公辅之器，结客少年之场，命畴啸侣，五六十载，雨散云飞之怀感深矣。挛下文游，末座后生如献者，蒲柳蚤衰，犹得以飘萧白发从游在彭宣、卢植间，奉袂撰杖，与闻绪言，何其幸与？两宋词人之耆寿者，前称子野，后则放翁。放翁乐府曲而至，婉而深，跌宕而昭彰，抑亦先生因寄所托，把臂遇之者乎？献题先生《白门归棹图》云："西风问渡，怅老倦津梁，柳枝非故。词笔依然，写愁无一语。"举似海内，尚不愧亲炙之言以否？弟子谭献拜叙。

潘曾绶

潘曾绶，字绂庭，吴县（今江苏苏州）人，曾莹弟，潘祖荫父。清宣宗道光二十年（1840）举人，官内阁中书。著有《兰陔书屋诗集》、《词集》、《文集》等。

潘氏词集多是附于诗文集中一起刊印的，计有：

1. 《陔兰书屋诗集》六卷《陔兰书屋诗二集》二卷《陔兰书屋文集》、《睡香花室词》一卷、《秋碧词》一卷、《忆佩居词》一卷、《潇碧词》一卷。清道光刻本。

2. 《陔兰书屋诗集》六卷二集三卷补遗一卷、《睡香花室词》一卷、《秋碧词》一卷、《同心室词》一卷、《忆佩居词》一卷、《蝶园词》一卷、《花好月圆室词》一卷、附《睡香花室诗抄》一卷。清同治刻本。郑振铎《西谛书目》卷五著录有《睡香花室词》一卷、《秋碧词》一卷、《同心室词》一卷、《忆佩居词》一卷、《蝶园词》一卷、《花好月圆室词》一卷，清同治刊本，一册。

3. 《陔兰书屋词》六卷，包括《睡香花室词》一卷、《秋碧词》一卷、《同心室词》一卷、《忆佩居词》一卷、《潇碧词》一卷、《花好月圆室词》一卷。清光绪刊本。

《陔兰书屋词》有序云：

> 乾隆间吴中以填词名者，张商言舍人、施实君、尤巖堂两大令及李备之孝廉，凡四家，张通籍后锐志于诗，施以举子棠为门弟子倡，尤与李才名相后先，皆博通群艺，非沾沾于倚声者。今绂庭出，而又立一帜矣。绂庭门望冠乡鄙，逾弱冠，著述等身。而其词顾深自韬秘，刻成，远寄一编，意者其待予论次乎？顾向所称四家者，张于晚年将少作《碧箫词》涂抹过半，施与李词俱不传，惟尤集单行，词二卷，实胜于诗，绂庭之词取径与尤相似，而构思曲，而遣言隽，时复过之。他日专门名家，如辛幼安自成一子，其可量乎？追述旧闻，用资评骘，非以云喤引也。吴云撰。

又姚燮序（道光十五年，1835）云：“曩刻《睡香花室词》暨《秋碧词》，通二卷，盥薇雒诵，吹梔益芬。遘近亦罕，传后可筮。”又许宗衡序略云：

> 潘绂庭丈以生平所著词示余，曰《睡香花室词》，曰《秋碧词》，曰《同心室词》，曰《忆佩居词》，曰《蝶园词》，曰《花好月圆室词》，凡六种，数百篇。丈自定仅存九十馀篇，以视古人甲乙分稿，盖较严矣。

作于清同治七年（1868）。

其词集见于著录的有：

1. 清姚燮《大梅山馆藏书目》卷十一著录有《同心室词》一卷、《忆佩居词》一卷、《睡香花室词》一卷、《秋碧词》一卷。

2. 山阴平氏藏《安越堂藏书目》著录有《睡香花室诗抄》一卷、《睡香花室词》、《秋碧词》、《同心室词》、《忆佩居词》、《蝶园词》、《花好月圆词》，共一本。

3. 蔡宾年编《墨海楼书目》著录有三：其一，《睡乡花室词》，一本。其二，《蝶园词》，一本。其三，《秋碧词》，一本。

4. 缪荃孙《目录词小说谱录目》著录有《绂庭词》六卷，刊本。

以上多未言版本，所载当以刊本为主。

陈钟祥

陈钟祥（？—1840？），字息凡，号抑叟，别署亭亭山人，山阴（今浙江绍兴）人，侨寓贵筑（今贵州贵阳）。清宣宗道光十一年（1831）举人，历署四川青神、绵竹、大邑知县，擢沧州、赵州知州。著有《趣园初集》。

其词集见载于诗文集中，今有清咸丰十年刻《趣园初集》本，其中有《香草词》五卷、《鸿爪词》一卷、《哀丝豪竹词》一卷、《菊花词》一卷、《集牡丹亭词》一卷、《香草词补遗》一卷、曲一卷。《香草词序》略云：

> 同岁息凡子凤擅诗笔，年馀四十，始涉为词，即洞其奥。亦既更历世故，牵掣宦场，属时多事鞅掌，鲜有居息，涸怵耳目，桭挂怀抱，默之不甘，言之不可，忧从中来，辄假闺闱謷笑，倚声而写之。……咸丰庚申，将举十年所得授梓以存，命友芝叙其端。因念乡里词人自辰六《春芜》、鹿游《明日悔》两集后，罕有闻者。近则黎伯庸、郑子尹，黄子寿、章子和、张半塘诸君子，颇复讲求。伯庸尤自信，已有初集问世，然当以慢近并驱，引令一道，不能不为息凡避舍。他日两君相遇，宫吕互兴，于喁间作，倘不议吾漫轩轻也。正月立春日，年小弟莫友芝书于赵州试院西厅。

咸丰庚申即咸丰十年（1860）。又黄彭年《香草词序》（咸丰十年）略云："陈丈息凡遇余论词，及南宋诸家，因书所见相质，即以序所撰《香草》诸词集。"又诸集有陈氏自序跋，录如下：

> 《哀丝豪竹词跋》：词以联章襐咏，非古也，近世蒋先生心馀诸公始有之，余于戊申、己酉连殇两儿女，返厝于黔，旋

丁内艰，妹倩司葆田孝廉亦于酉夏中殂。壬子秋，泊越来黔，展墓悲吟，率多蒿露之感。各为联章词若干阕，哀从中来，不能自已。适荫棠漕帅以尊甫朱勇烈公《射斗昭忠录》索题，勇烈一代名将，绩著两川，马革裹尸，凛凛生气，更缀数拍，以志敬慕，并录之为《哀丝豪竹词》。

《菊花词后跋》：黄香榙丫，题各有家。宜古宜今，是耶非耶。变自然相，作旷达观。千状万变，来我笔端。芝兰有性，入室者知。松柏有心，后凋者如。花尽疑无，草脱自喜。世境真空，如此而已。

《集牡丹亭词序》：《王茗堂四梦》传奇脍炙人口，《牡丹亭》尤极幽艳。舟中无事，偶检原曲句，依谱集成慢词八阕。虽游戏之作，而一时兴到，或亦偶得之耶？咸丰壬子九月，并识于楚江舟次。

戊申、己酉分别为清道光二十八年（1848）、二十九年，壬子为咸丰二年（1852）。又郑振铎《西谛书目》卷五著录有《香草词》五卷补遗一卷附录一卷，清咸丰刊本，二册。

又有任可澄等辑《黔南丛书》本，民国二十五年（1936）贵阳文通书局排印本，其中有《香草词》五卷附五卷附录一卷。

又缪荃孙《目录词小说谱录目》著录有《香草词》五卷。未言版本。

陈澧

陈澧（1810—1882），字兰甫，号东塾，自号江南倦客，番禺（今属广东）人。清宣宗道光十二年（1832）举人，六应会试不中，选授河源县训导，选知县，不仕。先后受聘为广东学海堂学长、菊坡精舍山长。著有《东塾集》、《东塾读书记》、《忆江南馆词》等。

其词集见汪兆镛辑《微尚斋丛刻》中，其中有《忆江南馆词》一卷，民国三年（1914）刊本。《续修四库全书》据此影印。自序云：

> 余少日偶为小词，桂君星垣见之曰："此诗人之词也。"自是十馀年不复作，或为之，岁得一二阕而已。去岁黄君蓉石、许君青皋邀为填词社，凡五会，而余仅成二词，两君谓余真词人也。此三君皆工词，而其言如此，盖词之体与诗异，诗尚雅健，词则靡矣。方余学为诗，故词少婉约，今十馀年，不学诗久矣，或可以为词欤？然亦才分薄耳，昔之诗人工词者岂少耶？今年下第归，行箧书少，铅椠遂辍，江船雨夜，稍稍为词，以销旅愁。时方以广文待选，取杜诗语题之曰《灯前细雨词》，并旧作，都为一卷。甲辰新秋章贡舟中识。

> 谨案：先京卿以大挑得教职，迨选任河源，到官两月即告病归，而粤贼起矣，既而贼踞金陵，以先世为上元人，凡甲辰后所为词虽无多篇，并前作题曰《忆江南馆词》，以寄思念故乡之意。晚年复手自删定，兹将遗稿重写，仍录前序，并附注于后。壬子重阳宗颖谨记。

> 先京卿词存稿不多，遗命不必付梓，如海内有选词者付选，刻数首足矣。憬吾孝廉曩从先京卿游，顷索读此编，谨用写上，如有讹脱，幸谡正之。宗颖又识。

甲辰为道光二十四年（1844），壬子为咸丰二年（1852）。又有跋云：

> 右《忆江南馆词》一卷，番禺陈先生撰。先生少意填词，中岁后专治经，不欲以词人传。所为词见于许青皋、沈伯眉两先生辑《粤东词抄》中者仅八首。壬子秋，孝坚世兄出先生手定稿相视，都凡二十五首，爰移录一过。嗣复采获四首，皆原稿所未载，附录为集外词。诸本字句有异同者，别为校字记一篇。久拟付刊，孝坚以先生遗命勿刻阻之。今年春孝坚归道山，每抚此编，惜往日之云徂，哀大雅之不作，人

间何世，失坠是惧。先生不欲刻词，特自谦之意耳，谨命工剞劂，刊成，用识简末。甲寅八月，门人汪兆镛记。

作于民国三年（1914）。刘承干《嘉业藏书楼书目》著录有《忆江南馆词》一卷，微尚斋刊本，一册。

又有陈乃乾辑《清名家词》本，民国二十六年（1937）上海书店排印本，其中有《忆江南馆词》一卷。

许光治

许光治（1811—1855），字龙华，号羹梅，别号穗嫣，海宁（今属浙江）人。廪贡生。自书画篆刻，以至医药音乐等，无不通晓。著有《红蝉香馆集》、《江山风月谱》。

其词集见清蒋光煦辑《别下斋丛书》中，清道光中海昌蒋氏刊本，其中有《江山风月谱》一卷。有序云：

> 羹梅弟六岁学为诗，有句云："年年春日好，人在百花中。"及读汤西涯少宰《怀清堂集》下句在焉，因笑曰："稚子竟默符昔人耶？"年十一，不复从师。余授之读，亦间为之。既攻举业，杂治制义、试帖、经解、律赋及骈散各体文，诗益少。弱冠以后授徒为生，又旁涉各艺事。学为书，长于隶篆；学为画，长于写生；学为篆刻，长于工整，而不喜奇古。辨订金石碑刻文字，下及壬易、星平、医药，无不涉猎，即奇门、皇极、音乐，亦尝讨论之，愈以鲜暇，而吟咏固未尝废也，且有征题者，征和者，洎中年为人题图，多缀以词。至将没数年，则又易为散曲，顾余兄弟落笔不甚推敲，是以稿中复争疵句往往而有。其所好尤在乐府，于《玉台新咏》、张小山小令，皆手自抄录，故今所存亦曲胜于词，词胜于诗。然令享大年，所造或不止此，乃不谓未五十而遽没也。平生于所作不自收拾，惟题画诗词曲而有手书之本，今得依以入梓，而诗则集乱帙成之，无复先后。没之明年，蒋君生沐为

刊之，而顾余述其端。夫弟不为余序，而余顾为弟序遗稿
耶？噫！咸丰六年丙辰初夏，同怀兄光清书。

作于清咸丰六年（1856）。叶德辉《叶氏观古堂藏书目》著录有《江山
风月谱》二（当作一）卷，蒋氏别下斋刊本。按：清管庭芬《花近楼丛
书序跋记》卷上于《红蟬馆词隽》跋云：

> 案：硖川许夔梅茂才丰才多艺，工于倚声，惜仅中寿而
> 殁。生沐为刊其《江山风月谱》，惜版已烬于劫火，此册系馆
> 别下斋时所选南宋长调，半从《绝妙好词》，余见其酒后耳热
> 时，拍案一歌，其风趣尚可想见也。顷从其友人传抄本假
> 录，不啻人亡琴在之叹。

《红蟬馆词隽》为许氏所选词集。

陈长孺

陈长孺（1811—1862），初名丙绶，字稚君，又字伯章、秋毂，归
安（今浙江吴兴）人。清宣宗道光十七年（1837）拔贡生。工诗，善词
曲。著有《偕隐堂诗文集》、《画溪渔唱》、《频香水阁琴雅》。

其词集见于著录的有：

1. 清姚燮《大梅山馆藏书目》卷十一著录有《画溪渔唱》二卷。

2. 蔡宾年编《墨海楼书目》著录有《画溪渔唱》二卷，一本。

3. 郑振铎《西谛书目》卷五著录有《画溪渔唱》二卷，清道光十
三年（1833）刊本，二册。

另《中国古籍善本书目》著录有《频香水阁琴雅》一卷，稿本。

秦云

秦云（1812—1817以后），字肤雨，原名桢，字贞木，别号西脊山
人、胥母山人，长洲（今江苏苏州）人。诸生，工词曲，著有《裁云阁
词抄》、《伏鸾堂诗剩》等。

《裁云阁词抄》六卷，清同治刊本。自序略云：

> 红牙少女，唱晓风仙掌之词；白石道人，继明月歌头之
> 调。陆务观之绮丽，罗帊莺窗；李后主之清新，玉笙鸡塞。
> 源流各别，应合兼营；蹊径纷殊，何堪偏废。余徒务雕虫，终
> 嗤刻鹄。喜石帚之奇声，爱铜琶之豪唱。未登竹屋之堂，莫
> 入草窗之室。美词名于贺梅子，旧谱重翻；按歌板于郑樱
> 桃，新腔敢度。无滴粉搓酥之妙，漫欲成章；欠雕琼镂玉之
> 工，辄思弄翰。当夫烟花荡魄，风月销魂。难除绮习，偶赋
> 闲情。……或即景挥毫，缘情拈调。或抒怀订谱，体物倚
> 声。凡诸所感，安得无言？惟念前身青兕，输凤慧于稼轩；
> 好句黄鹂，愧清才于淮海。何得如微云女婿，争附高名；花
> 影郎中，独夸绝调。然而摛华撷藻，或有合乎古人；爵微咀
> 宫，当无讥于作者。敢望龙标乐府，画向旗亭；忍同韩偓诗
> 篇，补来窗纸。于是存录一编，厘为四卷。嗟呼！欲求同
> 调，渺两宋之遗风；尚待赏音，辨四声于雌霓。同治六年秋
> 九月，秦云自序。

作于清同治六年（1867）。按：《裁云阁词抄》包括《锦鸳词》、《瑶笙
词》、《红蕅词》、《湘瑟词》、《井华词》、《青衫词》，各一卷，附散曲
一卷。此本见刘承干《嘉业藏书楼书目》著录。有《裁云阁词抄》六
卷词馀一卷，同治六年刊本，一册。又郑振铎《西谛书目》卷五著录
有《裁云阁词抄》六卷曲一卷，清同治七年（1868）刊本，一册。

顾文彬

顾文彬（1812？—1890？），字蔚如，号子山，晚号艮盦、过云楼
主，元和（今江苏苏州）人。清宣宗道光二十一年（1841）进士，授刑
部主事。历福建司郎中、汉阳知府、武昌盐法道、浙江宁绍道台。著
有《眉绿楼词》。

《眉绿楼词》八卷，清光绪刊本。俞樾序略云：

故余谓诗不宜分类，而词宜分类。乃世之编词者，或仿诗集编年之例，或不编年，而以小令长调为别，不分类而分体，反不如其编年矣。艮庵主人，余尝题其小像，以为今之草窗、竹屋也。今年夏以所著《眉绿楼词》见示，分为八集：曰《灵岩樵唱》，则咏怀之作也；曰《今雨吟》，则酬赠之作也；曰《小横吹剩谱》，则纪游也；曰《莺花醉吟》，则言情也；曰《蝶版新声》，则咏百花也；曰《蟭巢碎语》，则咏物也；曰《百衲琴言》，则皆集古人之句以为词；曰《跨鹤吹笙谱》，则皆赋其怡园中之景物也。富矣哉，艮庵之词乎！其持律之细，琢句之工，同时作者盖无以尚，而其编次之体例亦未有善于此者也。余曩时曾得其《跨鹤吹笙谱》，喜其清辞丽句，无一非长吉锦囊、梅舜俞算袋中物。辄录出数十联，有以楹帖属书者，即书此付之。今得窥全豹，情辞兼称，又非徒妃青俪白之美而已。此集一出，传唱旗亭，草窗、竹屋，真不得专美于前，异时有为之笺注者，仍当以此为定本，勿执施武子之说而移易之也。光绪十年岁次甲申闰五月，德清俞樾。

作于清光绪十年（1884）。按：《眉绿楼词》含《灵岩樵唱》、《今雨吟》、《小横吹剩谱》、《莺花醉吟》、《蝶板新声》、《蟭巢碎语》、《百衲琴言》、《跨鹤吹笙谱》，各一卷，每种均有序。此本见刘承干《嘉业藏书楼书目》著录，有《眉绿楼词》三卷，光绪刊本，三册。又：又一部一卷，刊本，一册。又郑振铎《西谛书目》卷五著录有《眉绿楼词》不分卷，清光绪十年刊本，四册。

其词集又《小脉望馆书目》"元册·亨字橱·第四层"著录有《眉绿楼词》，四本。未言版本。

另《中国古籍善本书目》著录有《百衲琴言》七卷，稿本。

汪曰桢

汪曰桢（1813—1881），字刚木，号谢城，又号薪甫，乌程（今属

浙江）人。清文宗咸丰二年（1852）举人，官会稽教谕。好填词，著有
《玉鉴堂诗集》、《荔墙词》等。

《荔墙词》一卷，稿本，《清词珍本丛刊》据以影印。前有题
识云：

> 守律谨严，自是学人本色。妙在能情景交融，题目佳境，
> 以视翠薇华馆之窒僿，翛然远矣。校读一过，僭拟之曰：疏
> 于梦窗，密于玉田，其蹊径于蜕岩为近。何如？己未季夏，
> 莲伯弟周学濂跋于爱日居之西楼。

> 学人之词，莲伯言是也。谓近蜕岩则未必然，蜕岩疏隽
> 处多，荔墙词绵密，似不类细意熨贴，铢两悉称。近来江浙
> 词学盛行，谁似此洗伐功深之作。咸丰十有一年夏六月，宝
> 山蒋敦复读并志，时同客沪城。

> 录《六丑》一首及小词摘句入拙著《词话》中。

前者作于清咸丰九年（1859），后者作于咸丰十一年。又末有手跋云：

> 不浅不深，每于澹中见隽，分明玉田家法，炼处则近中
> 仙。时俗尖新纤巧之习，无一犯其笔端，知其洗伐者深矣。
> 昔校《乐府杂录》，其论二十八调，以七羽配平声，七角配上
> 声，七宫配去声，七商配入声。尝疑其错乱，及阅白石歌词
> 及柳耆卿、张子野词，其所入宫调又不一例，则宋人已自不
> 拘。又寻白石词旁谱，协律处与所谓轻清配上去、重浊配平
> 入者不尽合，然则歌词之法不复可求矣，倚声家借此抒情，
> 毋失其句度而已。其平仄上去，宋人有通融者，因之过于拘
> 执，反使词意窒碍，似乖言志永言之旨。鄙见如是，诸质之
> 通人。同治壬戌立秋日，愚弟张文虎校并识。

作于清同治元年（1862）。

其词集又见汪曰桢辑《荔墙丛刻》，清同治、光绪间乌程汪氏刊

本，其中有《荔墙词》一卷。末有题跋四则，周学濂、蒋敦复见前，另二则如下：

> 不浅不深，每于澹中见隽，分明玉田家法，炼处则近中仙。时俗尖新纤巧之习，无一犯其笔端，知其洗伐者深矣。同治壬戌立秋日，南汇啸山弟张文虎校并识。

> 词旨雅正，词律谨严，小令秀婉清新，慢词密丽中间以疏隽，意度绝类南渡名家。诸君评语拟以玉田、蜕岩，殆非溢美。同治癸亥十二月，晚学劳权谨识于上海旅舍。

以上分别作同治元年（1862）、同治二年。

又见于著录的有：

1. 《劳氏碎金》卷中著录有《荔墙词》二卷。跋云：

> 词旨雅正，词律谨严，小令秀婉清新，慢词密丽，中间以疏隽意度，绝类南渡名家诸君，评语拟以玉田、蜕严，殆非溢美。鄙人于此道未窥精诣，更无从赘词。管见所及，辄敢献疑一二，自知徒取强作解事之诮耳。同治癸酉十二月，晚学劳权谨识于沪上旅舍。

与《荔墙丛刻》本末附劳氏跋文有出入，且撰文时间也不同，此为清同治十二年（1873）。

2. 蒋汝藻《传书堂善本书目》卷十二著录有《荔墙词》一卷，稿本。检王国维《传书堂藏善本书志》著录有《荔墙词》一卷，手稿本。云："乌程汪曰桢谢城，周莲伯手跋。蒋剑人手跋。张啸山手跋。劳平甫手跋。此谢城先生手写本，张啸山、劳平甫并为校订，已入《荔墙丛刻》。"

3. 罗振玉《罗氏藏书目录》著录有《荔墙词》一卷，一本。又王国维编《大云书库藏书目》卷中著录有《荔墙词》一卷。未言版本。

施垂青

施垂青，字绥珊，清长兴（今属浙江）人。生平不详，著有《却病词》。

其词集见王修《诒庄楼书目》卷八著录，有《却病词》一卷，写本。

边浴礼

边浴礼，字夔友，一字袖石，直隶任丘（今属河北）人。清宣宗道光二十四年（1844）进士，改庶吉士，授翰林院编修，擢吏部给事中，授河南布政使。著有《袖石诗抄》、《东郡趋庭集》、《健修堂诗录》、《空青馆词稿》等。

《空青馆词稿》三卷，清刊本。《续修四库全书》据以影印。引言云：

> 边君袖石问词法于陶凫芗先生，得不传之秘，在天雄幕中所作甚多。近游洺洲，出以相示。宫商要眇，分刌吻合，并皆佳妙。体物尤色色工绝，类《乐府补题》中语。盖词以南宋为正宗，北宋诸公犹不免有粗豪处。稼轩、龙洲、后村，流派原本东坡居士，但别有寄托，未可以一例视也。金风亭长句云："我既爱姜史，君亦厌辛刘。"愿与高贤共勉之。戊戌九秋，携李沈涛识于广平郡斋。

作于清道光十八年（1838）。

其词集见陈乃乾辑《清名家词》中，民国二十六年（1937）上海书店排印本，其中有《空青馆词》一卷。

又郑振铎《西谛书目》卷五著录有《空青馆词稿》三卷，清刊本，一册。

姚辉第

姚辉第，字子篴，辉县（今属河南）人。清宣宗道光年间进士，曾知上海县。著有《菊寿盦词稿》。

其词集见于著录的有：

1. 徐世昌《书髓楼藏书目》卷四著录有《菊寿盦词》四卷。

2. 郑振铎《西谛书目》卷五著录有《菊寿盦词稿》四卷，清同治刊本，一册。

承龄

承龄（1814—1865），字子久，一字尊生，满洲裕瑚鲁氏，隶镶黄旗人。清宣宗道光十六年（1836）进士，官至桂州按察使。著有《大小雅堂集》、《大小雅堂诗馀》、《冰蚕词》。

其词集见于丛书中收录的有：

1. 清张曜孙辑《同声集》本，清同治中刊本，其中有《冰蚕词》一卷。张曜孙《同声集序》略云：

> 余尝欲取嘉庆词人之合者汇为一编，名曰《同声集》，以著一家之言，备后来者摘。适长洲王子梅刻王季旭《鹿门词》成，又取吴伟卿《塔影楼词》刊之。伟卿、季旭皆受法于先子者也，因举平日所闻于先子者序其端，属汇编之。他日搜集诸家，以次编葺，继《词选》以传。

作于清道光二十四年（1844）。

2. 缪荃孙辑《云自在龛丛书·名家词》本，清光绪中江阴缪氏刊本，其中有《冰蚕词》一卷。

3. 金武祥辑《粟香室丛书》本，其中有《冰蚕词》一卷，清光绪十六年（1890）刻本。

4. 陈乃乾辑《清名家词》本，民国二十六年（1937）上海书店排印本，其中有《冰蚕词》一卷。

又见于著录的有：

1. 清赵宽《小脉望馆书目》"元册·亨字橱·第四层"著录有《大小雅堂诗词》，二本。

2. 郑振铎《西谛书目》卷五著录有《大小雅堂诗馀》一卷，清刊本，一册。

王拯

王拯（1815—1876），原名锡振，字定甫，号少鹤，又号龙壁山人，马平（今属广西）人。清宣宗道光二十一年（1841）进士，授户部主事，充军机章京。累迁大理寺少卿，官至通政司通政使。著有《龙壁山房文集》、《龙壁山房诗草》、《茂陵秋雨词》、《瘦春词》等。

《茂陵秋雨词》四卷，清咸丰刊本。自序云：

> 《茂陵秋雨词》者，大都山人病馀之作也。始自潘岳悼亡之岁，洎乎王粲从军之年。往往床空竹簟，药裹金疮，哀动长言，感存微旨。其间中年恶疾，远道沉疴。皋桥赁庑，伯鸾则永噫而歌；樵泾负薪，翁子乃同声以唱。其创益甚，所作实多。夫词虽小文，道由依永。情文缭绕，家风既愧碧山；声谱荒唐，工匠大惭红友。爰事删夷，都为斯集。寓香草美人之旨，敢冀骚人；聆钧天广乐之音，犹疑梦呓。呜呼！倦游老矣，依然渴疾难消；薄宦无憀，惟是幽忧长抱。则相如自比，原非有托于其他；使主病当年，敢望何如之借问乎？咸丰己未新秋，龙壁山人自序。

作于清咸丰九年（1859）。此本见缪荃孙《目录词小说谱录目》著录，有《茂陵秋雨词》四卷，咸丰辛亥（1851）刊本。又郑振铎《西谛书目》卷五著录《茂陵秋雨词》四卷，清咸丰九年刊本，一册。

又《茂陵秋雨词》四卷，清同治刊本。自跋云：

> 庚申之秋，曾刻《龙壁山房词草》二卷。自维倚声一事，本强作解人，聊以宣幽导郁；不自爱重，遂亦不甚检点。声谱荒唐，而音韵尤非素习也。唯年以往，精力渐疲，文辞潦倒，亦颇知自悔艾。乃以溧阳再役，比辛酉秋重有悼亡之

戚，往往情不自禁，独弦哀歌。虽声文幼眇之间，依然卤莽从事，而用律用韵时，较前刻稍知谨慎，抑不知果能免咎戾否？惜冉冉老矣，即此文章最小技，而戒弃一再，不能屏绝，迄又靡所成就。为忆向所酬和，若梦玉、海门，死丧离别，罔可就正。爰自搜检，复为两卷，付之手民，仍附庚申所刻之后，聊志年来不慭心迹云雨。同治三年甲子秋八月，茂陵秋雨词人自记。

作于清同治三年（1864），庚申为咸丰十年（1860）。此本见刘承干《嘉业藏书楼书目》著录，有《茂陵秋雨词》四卷，同治三年刊本。又郑振铎《西谛书目》卷五《茂陵秋雨词》四卷，清同治三年刊本，一册。

其词集见收于丛书中，计有：

1. 清唐岳辑《涵通楼师友文抄》本，清咸丰四年（1854）临桂唐氏涵通楼刊本，其中有《瘦春词抄》一卷。有题识云：

> 《瘦春词抄》，临桂唐氏涵通楼刊于咸丰四年，其重见于《茂陵秋雨词》者凡二十九首，悉为删去，而加墨圈于原目之上以识之。

2. 黄蓟辑《岭西五家诗文集》本，民国二十四年（1935）桂林排印本，其中有《龙壁山房文集》五卷诗集十七卷、《茂陵秋雨词》一卷、《瘦春词抄》一卷。

3. 陈乃乾辑《清名家词》本，民国二十六年（1937）上海书店排印本，其中有《龙壁山房词二种》，包括《茂陵秋雨词》一卷、《瘦春词》一卷。

以上所载词集或附于诗文集后。

杜文澜

杜文澜（1815—1881），字小舫，秀水（今属浙江）人。入赀为县丞，历官直隶州知府、江苏按察使、两淮盐运使、苏松太道员。著有《采香词》、《憩园词话》、《曼陀罗华阁琐记》、《词律校勘记》等。

其词集见杜文澜辑《曼陀罗华阁丛书》中收录，清咸丰、同治间秀水杜氏刊光绪修补印本，其中有《采香词》四卷。有序云：

> 繄夫阳春白雪，律协于郢歌；北渚秋风，辞鸣于楚些。长言托风诗之始，哀艳本乐府之遗。洎乎近代，别曰倚声。审体则云璈善谐，类情则露兰自馥。义出于幽沉，言归于隐秀。盖非导源夔石，末繇嗣响凤韶已。小舫杜君，幼禀苕霅之秀，长揽吴越之胜。鸳湖花暖，青雀携春；萤苑藓荒，紫箫怨暝。或长涂橐笔，静夜囊琴。击处仲之壶，咳唾并玉；节子登之磬，心骨皆仙。既而皖江命棹，汉皋啸侣。船滑浪白，篷背山青。狎客则沙兔一双，美人则烟鬟十二。清抱所寄，赓唱方滋。重以汀若赠香，岸荝溯趣。小姑黛淡，彭郎月凉。危楼黄鹤，魂屡招而未归；芳草青莺，恨终古兮畴诉。戈鋋则同时洗雨，江山以无聊笑人。君握奇馀勇，持筹暇晷。青简则班班就核，红盐则昔昔工吟。诸葛纶巾，风雅自足；征南武库，家声斯在。于是侔色藼芜，希音灵琐。绿水坐愁之弄，媲美西汉；前溪读曲之奏，擅誉南朝。采香自怡，瞻前谁匹。仆本恨人，间作廋语。池塘春黯，断鹥胡温；尘鞅困苏，羁怀犹眷。飞来秘笈，如聆迦陵之和；憾后绮缘，尚托天花之灿。啖蜜而中边皆澈，咀霞则齿颊亦芳。鸳鸯彩缕，思绣平原；翡翠笔床，请贻孝穆。谨序。冠九弟如山书于淄阳湖西寓馆，时在乙丑上巳后三日。

作于清同治四年（1865）。此本多见著录，如：

1.《海盐张氏涉园藏书目录》清代之属（词）著录有《采香词》□卷，清咸丰十一年（1861）曼陀罗华阁刊本，一册。

2. 缪荃孙《目录词小说谱录目》著录有《采香词》四卷，清咸丰辛酉（1861）刊本。

3. 郑振铎《西谛书目》卷五著录有《采香词》二卷，清咸丰曼陀罗华阁刊本，一册。

4. 《晨风庐书目》"第一类·词类·乙·词集之属"著录有《梦窗词》、《草窗词》、《采香词》，四册，周密、吴文英、杜文澜。

按：《梦窗词》、《草窗词》及《采香词》均见于《曼陀罗华阁丛书》中，故诸家著录的均为曼陀罗华阁刊本。

又有陈乃乾辑《清名家词》本，民国二十六年（1937）上海书店排印本，其中有《采香词》一卷。

方濬颐

方濬颐（1815—？），又名濬益，字子箴，号梦园，别号忍斋，定远（今属安徽）人。清宣宗道光二十四年（1844）进士，授翰林院编修。历两淮盐运使、广东布政使、四川按察史等。去职后至扬州开设淮南书局，校刊群籍。著有《二知轩诗文集》、《古香凹诗馀》等。

《古香凹诗馀》二卷，清光绪刊本。序云：

> 忍斋前辈刻所作《古香凹诗馀》既竣，属一言以弁诸卷首。湛年自二十一岁饥驱走南北，文艺无所造就，四声二十八调尤未尝留意，曷敢以不文之辞贻大雅笑？惟念我两人倚声之作，均于辛巳年冬间在扬州与张榕园、汪研山、王小汀、黄子鸿、吴次潇诸君结消寒词社为始，其时忍老年六十有七岁，湛年亦六十有一。同在花甲既周之后，则《古香凹诗馀》之序之作，舍湛年复奚属哉？窃惟词始作于唐，盛于宋，稍衰于元明，至国朝，朱竹垞、陈其年诸公振而兴之不懈，遂及于古。其间作者不可更仆数，要皆幼而学之，积数十年之久乃成一集。至晚年始意于词，卒以词鸣者，吴梦窗一人耳。我忍斋前辈以名翰林转台谏，外擢监司，两摄藩篆，久笵鹾纲。既而陈臬西蜀，垂垂十稔，所至多政声。尤以诗古文雄海内，著作宏富，夙为士林所推重。诗馀乃作于六十岁以

后，不三年，得三百馀阕之多。忆每成一作，辄录以见示。
中间邗江、淝水，离索年馀，邮筒不绝于道。综而观之，其豪
放者似苏辛，绵丽者似秦柳，颖慧处似清真，又似梅溪，整练
处兼似玉田。前闻轶事，一经迴溯，则无旧非新，市语方言，
一经锻炼，则有俗皆雅。不名一家，实兼有诸家之胜。盛矣
哉！先生不过出其绪馀，已足与古人相颉颃。梦窗虽因一名
于晚岁，而他文世未概见，谓非古今词人中之最奇特者，得
乎？湛年学殖荒落，仅以白发填词，追随砚削之后，附骥而
名显，既自幸，尤自惭矣。光绪十年太岁在甲申冬月，年馆
晚生大城刘湛年谨序。

作于清光绪十年（1884）。又自记云：

右其一百五十七阕，成于壬午九秋。至癸未暮春，以视
友人，毁誉参半。梦园则汇而存之，号为诗馀。我用我法，
自鸣天籁，初不敢言词也。忍斋自记。

此本见刘承干《嘉业藏书楼书目》著录，有《古香凹诗馀》二卷，光绪
甲申（1884）刊本，二册。又郑振铎《西谛书目》卷五著录有《古香凹
诗馀》二卷，清光绪十年刊本，二册。

金鸿佺

金鸿佺，字希偓，号莲生。秀水（今属浙江）人。候选训导。著有
《双柏词》。

《双柏词》一卷，清宣统元年（1909）铅印本。有跋云：

右《双柏词》一卷，先叔祖莲生公所撰也。公内行修谨，
笃守家范，于学无不研讨，尤工诗词，书法率更，高秀矜重。
以耿介迕俗，终身不仕。同治甲戌先学士宰南汇，迎公至
署，是时兆蕃生七年，初识字，公有所造述，或呼使诵习，犹
记诵《野茉莉词》，偶解一语，公色喜，以语先学士公。所居

室牖北向庭中有竹，日影落窗纸上鬖鬖然，公于窗格中置名字私印，作诗或寄人书，就窗拭尘抑印，兆蕃辄为还置，公顾而哂。童时琐细事，永永不能忘也。公生丈夫子二，先从叔良甫公，居公丧毁卒。勤甫公以去年春即世，公遗稿一巨册，勤甫公置行箧，出入必以自随。兆蕃从写副本，诗三百馀篇，第入瓯山《金氏诗录》。公于词犹自赏，兹四十二阕，神理风度，深到古人所谓绝去笔墨畦径者。先以付印，《野茉莉词》亦在卷中，往复披诵，不自知涕之何从也。宣统元年夏五月，从孙兆蕃校毕谨记。

作于清宣统元年（1909）。此本见郑振铎《西谛书目》卷五著录，有《双柏词》一卷，清宣统元年铅印本，一册。

又清赵宽《小脉望馆书目》著录有二：其一，"利册·宙字架·第四层"著录有《双柏词》，一本。其二，"贞册·洪字架·第四层"著录有《双柏词》，一本。

李允升

李允升，字晋阶，号蔼溪，文登（今属山东）人。清高宗乾隆五十七年（1792）举人，仁宗嘉庆六年（1801）恩科贡士，殿试列三甲第一百二十名。吏部考核授国子监学正，历济南府教授。著有《诗义旁通》、《四书证疑》、《论语补遗》。

其词集见蔡宾年编《墨海楼书目》"集部"著录：李允升词，一本。未言版本。

杨传第

杨传第，字听胪，阳湖（今江苏常州）人，包世臣婿。清文宗咸丰二年（1852）举人，会试不第。入河道总督黄赞汤幕，旋以知府分发河南。奉母赴开封，未入城而捻军至，母死，遂仰药自尽。长于文，亦能诗词。著有《汀鹭遗文》、《汀鹭词》。

其词集见缪荃孙辑《云自在龛丛书·名家词》本，清光绪中江阴缪氏刊本，其中有《汀鹭诗馀》一卷。

又叶德辉《叶氏观古堂藏书目》著录有《汀鹭词》一卷。未言版本。

蒋春霖

蒋春霖（1818—1868），字鹿潭，江阴（今属江苏）人，寄籍大兴（今属北京）。监生，清宣宗道光末为淮南盐官，文宗咸丰初权东台富安盐场大使，以母忧去官。一生潦倒，投水而卒（一说仰药死）。著有《水云楼词》、《水云楼词续》、《水云楼烬馀稿》。

蒋氏词集刊印者计有：

1.《水云楼词》二卷，清咸丰曼陀罗华阁刻本，《续修四库全书》据以影印。有叙略云：

> 呜呼！君之词亦工矣。君尝谓词祖乐府，与诗同源，儇薄破琐，失风雅之旨。情至韵会，溯写风流。极温深怨慕之意，亦未知其同与异否也。故以此悉力于词，登山临川，伤离悼乱，每有感慨，于是乎寄。夫以君之才思，排金门，历元阙，任承明，著作无愧。即出肩民社之责，理棼干剧，有馀裕也，顾名不通版，浮沉掾曹，又为世摈弃，将以词人终，遇世亦穷矣。然而君羁泊海上时，有晏大夫其人者，慰恓孤穷，分粟以哺之，得免槁饿，可以闭门啸歌。则君之穷，又未至留落不偶如余者也，因感而叙焉。咸丰辛酉年午月上旬，甘泉李肇曾撰。

作于清咸丰十一年（1861）。此本见刘复《半农书目》著录，《水云楼词》二卷，咸丰辛酉（1861）刻本。又章钰《章氏四当斋藏书目》卷上之四著录有《水云楼词》二卷续一卷，云："清咸丰十一年刊，朱印本，有圈句并签记。"又郑振铎《西谛书目》卷五著录《水云楼词》二卷，清咸丰十一年刊本，一册。

2. 《水云楼词》二卷《水云楼词续》一卷，清同治十二年
（1873）刻本，《续修四库全书》据续集影印。有序云：

> 同治壬戌以后，予居泰州数年，兵戈方盛，人士流离。渡
> 江而来，率多才杰，一时往还，如王雨岚、杨柳门、姚西农、
> 黄琴川、钱揆初、黄子湘，皆以诗名，而蒋鹿潭之词尤著。鹿
> 潭名春霖，江阴人，少负隽才，不拘绳尺。屡不得志于有司，
> 乃俯就盐官。尝权东台场，恤灶利，课团丁御侮，人咸德
> 之。罢官后，犹供食数年。生平抑塞激宕之意，一托之于
> 词，运以深沉之思、清折之语，先刻《水云楼词》东台，同时
> 作者莫不敛手。而鹿潭慨然自谓，欲以骚经为骨，类情指
> 事，意内言外，造词人之极致，誉以南唐两宋，意弗满也。鹿
> 潭既死，于汉卿裒其未刻之词畀予，予弟载之复于箧中得乡
> 所札致者，都为四十九首，并以付梓。鹿潭晚岁困甚，益复
> 无聊，倒心回肠，博青睐之一顾。词中所谓黄婉君者，聚散
> 乖合，恩极怨生，鹿潭卒为婉君而死，婉君亦以死殉鹿潭，濒
> 死，向陈百生再拜，乞佳传，从容就绝。论者谓此可以慰鹿
> 潭，而鹿潭愈足伤矣。鹿潭复能诗，子弟亦尝录其可传者数
> 十篇，安得与雨岚、柳门、西农、琴川、揆初、子湘诸故友之
> 作，搜辑而并刊之，一慰幽沉于地下乎？岁在癸酉冬十一
> 月，上元宗源瀚。

作于同治十二年（1873），壬戌为同治元年。

3. 缪荃孙辑《云自在龛丛书·名家词》本，清光绪中江阴缪氏刊
本，其中有《水云楼词》二卷续一卷诗剩稿一卷。

4. 《水云楼词》二卷续一卷。民国吴中丁氏适存庐刊本，有
跋云：

> 右《水云楼词》二卷续集一卷，逊清咸、同间江阴蒋鹿潭
> 翁所著也。翁以沉博绝丽之才为悱恻缠绵之体，燕钗蝉鬓，

传恨空中；锦瑟瑶琴，知音弦外。综其一生，忧时念乱之怀，牢落坎凛之遇，而一以倚声出之。故语该正变，体兼风谕。于引商刻羽之中寓沉郁苍冻之概，卓然为一代之大家。仁和谭仲修谓"咸丰兵事，天挺此才，为倚声家老杜"，洵知言也。《水云楼词》二卷为翁自定之本，秀水杜文澜刻之于《曼陀罗华阁丛书》中，而归其板于蒋氏。民国纪元之岁，蒋氏尽室北迁，贮版于余处。检视，则朽蠹者十之八矣。尝思搜剔补缀，重为印行，而人事扰累，因循未果。今岁之春偶语其事于丁君志伟，丁君欣然以修锓为己任，余遂畀版予之，丁君乃鸠工剞劂，弥其残缺，易其漫漶，衰然复成完帙。又求上元宗源瀚续刊之词四十九首，重雕以续其后。复由黄君颂尧较辨同异，戡定鲁鱼，凡五阅月而竣其事。从此鹿潭翁一生心力不致日就湮没，而丁君流传之功，亦可与之并垂不朽矣。丙寅十月望，平凌周念永跋。

作于民国十五年（1926）。此本见刘复《半农书目》著录，有《水云楼词》二卷续一卷，吴中丁氏适存庐刻本。

5.《水云楼词》二卷续一卷，民国二十二年（1933）木活字印本。有跋云：

吾乡词人首推蒋鹿潭先生，一时海内翕然有词中杜工部之称。其所著《水云楼词》，一刊之于《曼陀罗华阁丛书》中，再刊于《云自在庵丛书》中。沪上坊肆间牟利，亦有刻本，顾讹俗字不一而足。余刊先生是编，以坊本为底本，而校之以曼陀罗华阁本，纠正讹俗字颇不少。至两本互有不同而皆可从者，则注"一作某某"于其下，复以金粟香先生所为传及邑志文苑本传列为卷首，俾读先生之词者，得以知人论世，庶于词中意内言外之旨较易领会。惜一时手头未能得云自在庵本更加订正，故书中尚不无可疑之处。此则遗憾所在而未容曲为自恕者也。癸酉夏日，冶庵谢鼎镕识。

作于民国二十二年。

6. 陈乃乾辑《清名家词》本，民国二十六年（1937）上海开明书店排印本，其中有《水云楼词》一卷。

7. 王煜辑注《清十一家词抄》本，民国二十五年（1936）正中书局铅印本，其中有《水云楼词抄》一卷。

8. 王煜辑注《清十一家词抄》本，民国三十六年（1947）正中书局铅印本，其中有《水云楼词抄》一卷。

9. 《水云楼词》二卷《水云楼烬馀稿》一卷，民国有正书局铅印本。此本见梁启超藏《梁氏饮冰室藏书目录》著录，有《水云楼词》二卷、《水云楼烬馀稿》一卷，有正书局铅印本，一册。又郑振铎《西谛书目》卷五著录《水云楼词》二卷、《水云楼烬馀稿》一卷，有正书局铅印本，一册。

10. 《水云楼词》二卷《水云楼词续》一卷，抄本，《清词珍本丛刊》据以影印，许增题识云：

> 《水云楼词》，箧中仅有孤本，因属写人录副本寄，病中约略校正数字，乌焉帝虎，知不能免。能再抄精本，附存邺架，庶有珠船之获矣，亦惟鹿潭词足以当之。壬辰十月十日，迈孙题记，明年政七十。

又续集末许增题识云：

> 鹿潭《词续》为上元宗湘文观察刊于衢州，刻工恶劣，又未精校，误处知不少。娱园抄手又复草草，与初集迥异，必得重校精抄，庶不衰此俊品。初集为杜小舫方伯所刻，安得小舫其人为之从事邪？迈孙再记。

作于清光绪十八年（1892）。

11. 《水云楼词续》一卷，抄本，藏上海图书馆。

又见于藏家著录的有：

1. 罗振玉《罗氏藏书目录》著录有《水云楼词》二卷续一卷，排印本，一本。又王国维编《大云书库藏书目》卷中著录有《水云楼词》二卷续一卷，排印本。

2.叶德辉《叶氏观古堂藏书目》著录有《水云楼词》一卷续一卷。

3.王其毅《宿迁王氏池东书库简目》著录有《水云楼词》二卷，一本。

4.缪荃孙《目录词小说谱录目》著录有二：其一，《水云词》二卷，传写本。其二，《水云楼续》一卷，刊本。

5.郑振铎《西谛书目》卷五又著录有《水云楼词续》一卷，清光绪二年（1876）严州刊本，一册。

以上或未标明版本，至于缪荃孙《目录词小说谱录目》中著录的传写本，或指国图藏抄本。

薛时雨

薛时雨（1818—1885），字慰农，一字澍生，晚号桑根老人，全椒（今属安徽）人。清文宗咸丰三年（1853）进士，知嘉兴县，补杭州知府，后署粮储道，代行布政、按察两司事，告病辞官。著有《藤香馆诗抄》、《藤香馆词》（一名《江舟欸乃》）、《西湖橹唱词》。

其词集见于刊印的有：

1.清薛时雨辑《薛氏五种》本，清同治七年（1868）全椒薛氏刊本，其中有《藤香馆词》一卷。自序云：

> 蘧伯玉行年五十而知四十九年之非，余四十有九矣，生平之非在直，居官涉世，获戾不少，思有以变化之。计文字中最曲者莫如词，向曾肆业及之，簿书鞅掌，久弗托于音矣。乙丑闱后挂冠，由之江买棹，出吴门，陟会焦，渡扬子江返里。复西上至皖江，过彭蠡湖，达章江度岁。丙寅自章江归，再经里门，泛秦淮，涉黄浦，重入钱塘。往返七千里，舟中壹意倚声，积成一册，题曰《江舟欸乃》。自取读之，律疏

而语率，无柔肠冶态以荡其思，无远韵深情以媚其格。病根仍是犯一直字。噫！言者，心之声；几者，动之微。词翰小道，无足比数，顾能直不能曲，倘所谓习与性成耶？游迹所寄，姑录存之，以志吾过，欲寡未能，吾其私淑蘧大夫乎？桑根山农自记。

乙丑、丙寅分别指清同治四年（1865）和五年。又金鸿佺跋略云：

> 尝考唐宋倚声之制，犹有齐梁乐府之遗。其后作者竞尚尖新，流为儇薄，以至法曲飘零，而正始之源绝矣。慰农观察才思超迈，长于诗章，妙解音律。去冬解组归田，往来于大江南北者数月。评量客邸风光，探问故山消息，以王郎抑塞之怀作为长歌小令，颜其稿曰《江舟欸乃》。虽潜心按谱，仍能挥洒如意，一气卷舒。

此本见缪荃孙《目录词小说谱录目》著录，有《藤香馆词》一卷，同治丙寅（1866）刊本。又郑振铎《西谛书目》卷五著录有《藤香馆词》一卷，清同治五年刊本，一册。

2. 清孙瀜辑《同人词选》本，清咸丰三年（1853）刊本，其中有《西湖橹唱词》一卷。

3. 《藤香馆词删存》二卷（含《西湖橹唱》一卷、《江舟欸乃》一卷），清光绪刊本，《西湖橹唱》自序云：

> 余以甲寅抵浙，需次暇日，辄以长短句自遣，积久成册，题曰《西湖橹唱》。秀水孙次公外史刊入《同人词选》，宝山蒋剑人司马摘入《芬陀利室词话》。嗣是两任剧邑，又奔走南北，间有所作亦附入焉。庚申遭浙变，播越经年，藏书散佚。辛、壬之交流寓西江，寇警日逼，心摇摇如悬旌。贼退，稍事掇拾，而生平长物遗弃略尽。偶于散箧检得《橹唱》初稿，十存四五，适亡倪葆樟随侍，为抄录之。癸、甲以后重膺民社，时会垣新复，事事草创，日不暇给。直至乙丑闰后桂

冠,始得重亲翰墨。既订诗稿,遂兼及词,取樟俌所录并近作,都为一卷,仍其旧名。噫!余俗吏,非词人也,顾十年游迹强半寄此,姑编存之,以志春梦。若云搓酥滴粉,咀宫含商,于律法不差铢黍,则词人之能事,俗吏谢不敏矣。同治丙寅冬十月。

作于清同治五年(1866)。此本见刘承干《嘉业藏书楼书目》著录,有《藤香馆词删存》四卷,光绪五年(1879)刊本,四册。

4. 陈乃乾辑《清名家词》本,民国二十六年(1937)上海书店排印本,其中有《藤香馆词二种》,包括《西湖櫓唱》一卷和《江舟欸乃》一卷。

陆志渊

陆志渊,字静夫,江阴(今属江苏)人。诸生。著有《兰纫词》、《瓠落词》。

《兰纫词》一卷、《瓠落词》一卷,清同治刊本。有自序。

其词集见叶德辉《叶氏观古堂藏书目》著录,有《兰纫词》一卷、《瓠落词》一卷。未言版本。

潘曾玮

潘曾玮(1818—1886),字宝成,号玉泉,又号季玉,吴县(今江苏苏州)人。世恩子,以荫生纳资入仕,历官刑部郎中。著有《自镜斋文抄》、《咏花词》、《玉泉词》等。

《玉泉词》一卷,清咸丰刊本。自序云:

余弱冠即学为词,当时侪辈谬相推许,辄自矜惜。及见张皋文、翰风两先生《词选》,读其所为序,乃悟向之所作如灭烛夜行,虽驰逐毕生,不离幽室,今而后始识康庄也。夫词虽文章馀事,必本诸性情,归于风雅。六书以意内言外谓之词,盖作者缘情造意,有感斯通,因物寓言,虽微必中。故使读者于此反复流连，有兴观群怨之思而不能自已焉，斯为工矣。至于摹绘风月，刻画虫鱼，虽眩异鬻新，取悦时尚，不过雕琢曼辞以自饰，曷足贵乎？余幼时之作十不一存，道光乙巳张仲远太守曾录三十首刊入《同声集》中，今编自癸卯至癸丑十年中所作百首，名为《玉淀词》，属蒋子研诒书而付梓，以就正海内同志者。吴县潘曾玮。

道光乙巳为道光二十五年（1845）。癸卯、癸丑分别为道光二十三年（1843）和咸丰三年（1853）。此本见缪荃孙《目录词小说谱录目》著录，有《玉淀词》一卷，咸丰甲寅（1854）刊本。又刘承干《嘉业藏书楼书目》著录有《玉淀词》一卷，咸丰四年（1854）写刊本，一册。又郑振铎《西谛书目》卷五著录《玉淀词》一卷，清咸丰四年刊本，一册。

又有清张曜孙辑《同声集》本，清同治中刊本，其中有《玉淀词》一卷。张曜孙《同声集序》略云：

> 余尝欲取嘉庆词人之合者，汇为一编，名曰《同声集》，以著一家之言，备后来者摘。适长洲王子梅刻王季旭《鹿门词》成，又取吴伟卿《塔影楼词》刊之。伟卿、季旭皆受法于先子者也，因举平日所闻于先子者序其端，属汇编之。他日搜集诸家，以次编茸，继《词选》以传。

作于清道光二十四年（1844）。又《玉淀词》附载张氏题识云：

> 其恩深，故言近旨远；其志隐，故如幽匪藏。以《国风》、《小雅》之心，《离骚》、《九歌》之诣，约之于短章片什之内。阖辟回互、缠绵反覆以寓之，所以独振正声，一空时习也。积之厚者流必光，不有蕴焉，谁为发之？诵诗读书，以知其人，良有以也。讽咏再三，钦叹毋任。敬录三十章，刊入《同声集》，以公海内有识者之欣赏焉。道光乙巳三月，世愚侄张曜孙敬识。

作于清道光二十五年（1845）。

又《咏花词》一卷，清光绪刻本。有诸家题词，其中云：

> 拜读大著，得北宋之清空，兼南宋之幽秀。时而张、姜，时而苏、辛，不拘一格，妙在拟雄浑则绝不叫嚣，仿幽瘦则屏去晦涩，真天分绝顶之笔也。更妙者，叙悲辛无衰飒气，愤时事无牢骚语。用韵无不铁铸，落笔必如餂而出，尤足觇福泽之厚矣。甲戌六月上浣，筱舫弟杜文澜妄识。

作于清同治十三年（1874）。此本见郑振铎《西谛书目》卷五著录，有《咏花词》一卷，清光绪十三年（1887）刊本，一册。

又见于著录的有：

1. 蔡宾年编《墨海楼书目》著录有《玉淬词》，一本。

2. 徐世昌《书髓楼藏书目》卷四著录有《玉泉（当作淬）词》一卷。

以上均未言版本。

郑守廉

郑守廉（1820—1876），字仲廉，世居洗银营。清文宗咸丰二年（1852）进士，选翰林院庶吉士，以主事用，签分工部行走，签掣吏部考功司主事。著有《考功词》。

其词集见罗振玉《罗氏藏书目录》著录，有《考功词》一卷，一本。又王国维编《大云书库藏书目》卷中著录有《考功词》一卷。均未言版本。

庄盘珠

庄盘珠，字莲佩，阳湖（今江苏常州）人。吴轼妻。工诗词。著有《秋水轩词》、《紫薇轩集》。

庄氏词集多有刊印，计有：

1. 《秋水轩词》一卷，清道光二十一年（1841）刻本。

2.《秋水轩词》一卷，清咸丰六年（1856）刻本。关锳序（咸丰五年）略云："此盘珠夫人《秋水词》所以选炼妍华，甄综众婢。西风蜩柳，附会其光阴；薄日鱼梛，迷离其音响。比之蕡洲遗谱，竹枝清歌，无是过也。"

3.《秋水轩词》一卷，清光绪二年（1876）刻本。

4.《秋水轩词》一卷，抄本，藏国家图书馆。按：缪荃孙《目录词小说谱录目》著录有《秋水轩词》一卷，写本。或指同本一书。

又见丛书中收录的有：

1. 清冒俊辑《林下雅音集》本，清光绪十年（1884）如皋冒氏如不及斋刊本，其中有《秋水轩诗选》一卷词一卷。

2. 徐乃昌辑《小檀栾室汇刻闺秀词》本，清光绪年间南陵徐氏刊本，其中有《秋水轩词》一卷。

3.《盘珠词》一卷，清光绪二十六年（1900）刊《十二楼丛书》本。有序云：

> 先慈性喜文墨，尤爱词曲，有未见书，丐读之尽日，不畏烦。犹记余四五岁时，侍先慈寝，侵晓，纸窗甫白，披衣起坐，怀中口授庄夫人《盘珠词》，诵声琅琅。余稍长，嗜倚声之学，始此，虽未登古人之堂，惟先慈之教不敢忘。今岁内子傅湘蘋录《盘珠词》一卷，刻入《十二楼闺秀丛书》，盖继先慈之志也。光绪二十六年冬十月，性绚居士吴蔚光。

作于清光绪二十六年。此本见郑振铎《西谛书目》卷五著录，有《盘珠词》一卷，清光绪二十六年刊《十二楼丛书》本，一册。

4. 清虫天子辑《香艳丛书》本，清宣统二年（1910）国学扶轮社排印本，其中有《盘珠词》一卷。

5.《盘珠词》一卷，民国十年（1921）铅印《苔岑丛书》本。此本见郑振铎《西谛书目》卷五著录，有《盘珠词》一卷，铅印《苔岑丛书》本，一册。

6.《盘珠词》一卷，民国二十五年（1936）上海群学社铅印《红袖添香室丛书》本。

又缪荃孙《目录词小说谱录目》著录有《秋水轩词》一卷，活字本。

叶英华

叶英华，字莲裳，番禺（今属广州）人。清道光、咸丰间在世，工诗词，著有《斜月杏花屋诗抄》、《花影吹笙词》、《小游仙词》。

《花影吹笙词抄》二卷《小游仙词》一卷，清光绪刊本。潘祖荫《花影吹笙词抄序》（同治癸酉，1873）略云："同年叶君兰台搜辑年丈莲裳先生词稿，经数年而成帙，属荫序之以付梓。丈旧有手定稿，毁于兵，兰台梓之，意甚挚。"又《花影吹笙词抄跋》云：

> 先府君少工吟咏，尤善倚声。所作皆苦心孤诣，改易数四，始行定稿，古今体诗及词集皆有定本，手自录存。丁巳岁贼匪犯粤，避寇乡居，阅四匝月始还家，书籍尽遭毁坏，仅于灰烬中检获今体诗一册，余悉散佚。先府君以兵燹之馀，家业凋弊，吟事斯辍，所失亦无由记录。乙丑岁衍兰奉讳南旋，于故纸中遍行搜讨，觅得词一百十馀首，随获随编，不复能按年排比，所存不过十之三四，敬谨详校，厘为二卷。窃念先人遗墨，经数年捃摭，始获成编，亟付手民，用代掌录。独愧衍兰等笔砚荒芜，家学未能负荷，每一念及，沚颡汗背，不知所云。兹因剞劂告峻，谨志颠末，不禁涕泗之涟如也。光绪三年二月上巳，男衍兰、衍桂、衍寿谨识。

作于清光绪三年（1877）。又陈澧《小游仙词序》云：

> 梦蝉居士见示《小游仙词》百章，此真所谓裁云缝雾之妙思、敲金戛玉之奇声，昔坡仙借《小秦王》以唱渭城，居士善南北曲，盍藉以歌此词，当令闻者如听仙乐也。江南倦客读毕并题。

又《小游仙词跋》云：

　　昔樊榭老人制《游仙词》三百首，西泠词客矜为黄河远上之作，残年杜关，折梅花度岁，梦禅居士赐读大著《小游仙词》百阕，海风洗月，暖玉蒸云，如泛清霄瑶瑟，令人作碧天霞想。位置当在玉田、梦窗间，非仅为岭南樊榭翁也。长公兰台孝廉方计偕入都，明春泥金帖至，当烦方平治具，令飞琼辈歌此词侑酒，为居士寿，第不知座中能致鞠秀才否？乙卯腊八日，快读数过，呵冻书此，以志服膺，愚侄沈世良拜题于梦陔草堂。

作于清咸丰五年（1855）。此本见清孔广陶《三十有三万卷堂书目略》"贞号·集部·词曲类"著录，有《花影吹笙词抄》二卷《小游仙词》一卷，光绪丁丑（1877）家刻本，一函一本，二套。又见刘承干《嘉业藏书楼书目》著录有《花影吹笙词抄》二卷《小游仙词》一卷，光绪三年（1877）刊本，一册。

　　又见于著录的有：

　　1. 蔡宾年编《墨海楼书目》著录有《花影吹笙谱》，一本。

　　2. 梁启超《梁氏饮冰室藏书目录》著录有《双辛夷楼词》不分卷，附《花影吹笙室词》，民国九年（1920）铅印本，一册。

应宝时

　　应宝时（1821—？），字心易，又字可凡，号敏斋，永康（今属浙江）人。清宣宗道光二十四年（1844）举人。以军功授苏松太道，擢江苏按察使，乞休侍亲，侨居杭州，晚年隐居绍兴。著有《射雕词》。

　　《射雕词》二卷续抄一卷，清光绪刊本。《射雕词》跋云：

　　　　方伯永康应公有《射雕词》两卷，庆云见于外舅薛慰农先生所。尝录副本，每诵之，有馀味也。既筮仕吴中，受公知最深。不数年，公归隐鉴湖，念公政绩，吴人至今能言之。公所为词，见者尚鲜，爰请慰农先生为之序，刊行于世，以见公于词特为馀事，犹精且能如是云。监利李庆云谨跋。

又自跋略云：

> 余道长半生，动足即数千里，马背船唇，时有言情之什；
> 酒阑灯灺，不无侧艳之辞。然皆三十岁前客中少作也，示人
> 且不可，何况传后？同治甲子于役金陵，并诗稿两巨册为胠
> 箧者攫去，心窃幸之。不期十数年后有人于邵籽云广文案头
> 见余词一帙，亟索归毁之。又将十年，忽为李景卿观察所
> 刻，不能不感观察之意。而余词实俚，且未谙宫谪，往往援
> 笔一日成十数阕，其不工又可知，徒资笑柄而已。三十以后
> 亦绝不轻作。光绪癸未冬，乃成《采桑子》一首云……

作于清光绪十年（1884）。又《射雕词续抄跋》略云：

> 长夏无事，襆被东渡，馆先生城南别墅。乃以李景卿观
> 察所刻本见视，不啻还我合浦之珠。读自跋语，审畴昔已毁
> 之言不我欺也。另存数调，乃近年所谱，缘情之作既删，变
> 徵之音殆近，先生自云胜于少作，亦杜诗所谓"文章千古事，
> 得失寸心知"与？亟请增入。庆辰既自任校雠之役，喜先生
> 之词不假雕饰，而发情止礼，无惭风雅。又叹三十年来文字
> 离合之缘，盖亦有数存焉。爰附数语，以识岁月。若夫辞美
> 而律细，诸名公已详言之，庆辰不学，固不能赞一词也。光
> 绪十四年岁在戊子夏六月，仁和邵庆辰谨跋。

作于清光绪十四年（1888）。

其词集又见郑振铎《西谛书目》卷五著录，有二：其一，《射雕
词》二卷，清光绪十年刊红蕉馆丛书本，一册。其二，《射雕山馆词》
一卷，清抄本，一册。

俞樾

俞樾（1821—1907），字荫甫，号曲园居士，德清（今属浙江）
人。清宣宗道光三十年（1850）进士，授翰林院庶吉士，授编修，为河

南学政。罢官后移居苏州，以讲学著述为主。著述颇丰，合称《春在堂全书》。

其词集见附于诗文集中，今有清光绪二十五年（1899）刊《春在堂全书》本，其中有《春在堂诗编》二十三卷词录三卷。自记云：

> 余不谙音律，填词素非所长，偶一作之，亦不存稿。少时之作，及今犹能记忆者，止《烛影摇红》一阕，《满江红》二阕而已。中岁研经，尽从吐弃。两《平议》告成，息焉游焉，复有所作。昔周草窗作《西湖十景词》，杨守斋见之曰："语丽矣，如律未协何？"遂相与订正，阅数月而后定。然则填词非难，协律为难，当今之世，有霞翁其人乎？姑录而待之。庚午春正月，俞樾记。

作于清同治九年（1870）。

又郑振铎《西谛书目》卷五著录有《春在堂词录》二卷，清同治刊本，一册。

江顺诒

江顺诒（1822—？），字子谷，号秋珊，晚号凿窳子，别署明镜生、愿为明镜室主人，旌德（今属安徽）人。廪贡生，清穆宗同治时署浙江钱塘县丞。工诗词，善戏曲，著有《梦花草堂诗抄》、《梦花草堂诗话》、《愿为明镜室词稿》、《蓬因室诗词集》等，又辑有《词学集成》。

《愿为明镜室词》九卷，稿本。见《中国古籍善本书目》著录。

又《愿为明镜室词》九卷，清同治刊本。自序云：

> 余性刚，而词贵柔；余性直，而词贵曲；余性拙，而词贵巧；余性脱略，而词贵缜密；余性质实，而词贵清空；余性浅率，而词贵蕴蓄。以余为词，不几南辕北辙乎？顾阅历世途，动辄得咎，未尝不悔。悔而终不能改，乃学为词，冀以移

我性也。然而移我情矣，性则如故。今落拓半生，不复有所建白，惟思觅湖山一角，结庐作归老计，因先取旧所属词，付之手民，词之不工，诚自知之。柳堤梅屿间徜徉啸傲，或夕阳半落，或明月当空，四无人声，持此卷而长吟，复取短笛以相和，庶几世虑俱忘，将不仅移我情，而可以任吾性乎？同治己巳仲春，识于杭州旅次。

作于清同治八年（1869）。又卜奉篯序（同治己巳，1869）略云："秋珊以名诸生试棘闱，屡荐不售，俯而就丞椽，其于诗于文无不可睥睨一世，顾独以词见，则其得之于心者倘果有以无愧于古乎？今将付之梓，属余一言。" 此本见缪荃孙《目录词小说谱录目》著录，有《愿为明镜室词》二卷，同治己巳刊本。又郑振铎《西谛书目》卷五著录有《愿为明镜室词稿》九卷，清同治刊本，一册。

又有《愿为明镜室词》二卷，清同治刊本。此本见郑振铎《西谛书目》卷五著录，有《愿为明镜室词稿》二卷，清同治刊本，一册。

又山阴平氏藏《安越堂藏书目》著录有二：其一，《愿为明镜室词稿》九卷，乙本。其二，《蓬因室诗词集》三卷，二本。均未言版本。

唐辒贞

唐辒贞，一作蕴贞，字佩蘅，武进（今属江苏）人，唐兴忠女，同邑董介贵室。著有《秋瘦阁词》。

其词集见徐乃昌辑《小檀栾室汇刻闺秀词》中，清光绪年间南陵徐氏刊本，其中有《秋瘦阁词》一卷。

又缪荃孙《艺风藏书续记》卷七著录有《秋瘦阁词》一卷，提要云：

传抄稿本，武进闺秀唐辒贞撰。辒贞，字佩衡，唐与忠女，适同邑董介贵，存词一卷。寿京比部，其次子也。

知为抄本。又见缪氏《目录词小说谱录目》著录，有《秋瘦阁词》一卷，写本。按：《清词珍本丛刊》影印有抄本《秋瘦阁词抄》一卷。

叶衍兰

叶衍兰（1823—1897），字南雪，又字兰台，番禺（今属广东）人。清文宗咸丰六年（1856）进士，改翰林院庶吉士，官至军机章京，直枢垣二十馀年。以疾归里。著有《秋梦庵词》。

《秋梦盦词抄》二卷续一卷再续一卷，清光绪十六年（1890）羊城刻后印本，《续修四库全书》据以影印。自序云：

> 余幼喜长短句，在书塾中偶得《花间集》一本，如获异宝。时学为之，未敢示人也。迨乎弱冠，填拍浸多，大都侧艳之词。酒阑灯畔，倚醉挥毫，散见舞裙歌扇中，无稿可录。壮岁而还，忧愁幽思，所作半缘寓感，又叠遭兵燹，十无一存。壬午秋间乞假旋里，仅从故纸堆中检得数首，同人复以昔时所录环示，丛残拉杂，随手抄存，厘为二卷。索观者众，苦乏抄胥，爰付手民，以代掌录。今年已垂暮，学道未能，不复作少年绮语。然春蚕未死，尚有馀丝，早雁新莺，月阑花谢，情怀怅触，忍俊不禁，嗣有所作，当续附于后。麝香鸾彩，爱惜斯珍，聊以自娱，不堪问世。光绪甲申仲秋端五，秋梦主人自记。

作于清光绪十年（1884）。又易顺鼎序略云：

> 国朝岭南诸老，若翁山、独漉，若鱼山、二樵，若香铁、石华，若兰浦、南山，若墨农、玉生，若先德莲裳公，三百年间文采风流，非先生莫为赓续，词特先生一艺耳，固足以传先生。而先生岂仅以词传者乎？某于先生为年家子，曩在京师，过从谈艺，谬许为忘年之契。先生归粤后，犹时以邮筒相问讯，尝寄所作《秋梦盦词》命序，且望其为岭海之游。荏苒浮沉，久未报命，去年甫属草稿，而老母婴疾，遘遘闵凶，

依墓筑庐，虽生犹死。惟文章交道，宿诺终偿，旧稿尚存，爰
缀数语以报知己。

作于清光绪二十年（1894）。此本多见著录，如：刘承干《嘉业藏书楼
书目》著录有《秋梦盦词抄》二卷续一卷再续一卷，光绪十六年
（1890）刊本，一册。又刘复《半农书目》著录有《秋梦盦词抄》二卷
续一卷，光绪十六年刻本，一册。又缪荃孙《目录词小说谱录目》著
录有《秋梦词》一卷续一卷，光绪甲申（1884）刊本。又郑振铎《西谛
书目》卷五著录有《秋梦盦词抄》二卷，清光绪十六年刊本，一册。

又有叶衍兰辑《粤东三家词抄》本，清光绪二十一年（1895）刊
本，其中有《秋梦龛词》一卷。叶衍兰《粤东三家词抄叙》云：

余与伯眉、芙生为总角交，舞勺之年，即共学为词，剪烛
联吟，擘笺斗句，无间晨夕。弱冠糊口四方，音尘顿隔。咸
丰丙辰余通籍假旋，《楞华词》已付梓。迨光绪壬午解组归，
伯眉墓有宿草矣。因与芙生互订词稿，剖劂甫竟，芙生又归
道山。余孤弦独张，抑郁谁语，海内词人有淄渑味合者，不
惮驰书千里，以通缟纻。杭城谭仲修、张韵梅论交尤挚。仲
修有《箧中词》之刻，曾将三人词选入续编，别采数十阕，标
为粤东三家。复得蕴梅补辑遗漏，校雠声律，与仲修各加弁
言，先后寄粤。余惟故人唱和之情与良友切磋之谊均不可
没，遂锲板以行。嗟夫！卅年旧雨，一曲春风，湖海题襟，恍
如梦幻。余舟舟老矣，忧愁幽思，学道未能，日惟焚香写经，
以忏少年绮语之过。而畴昔朋笺酬唱，谬役心脾者，犹不能
割置焉，亦结习之未忘也。士衡之诮，法秀之诃，弗暇计
已。光绪二十有二年岁次丙申仲夏之月刻成，曼伽并识。

作于清光绪二十二年（1896）。又张景祁序（光绪二十一年）略云：
"《岭南三家词》者，沈伯眉、汪芙生、叶曼伽诸先生之所著也。"按：
《粤东三家词抄》之三家为沈世良《楞华室词》一卷、汪瑔《随山馆

词》一卷、叶衍兰《秋梦盫词》一卷。

江人镜

江人镜（1823—1900），字彦云，号蓉舫，一作容方，婺源（今属江西）人。清宣宗道光二十九年（1849）举人，任内阁中书，升内阁侍读，任两淮盐运使。著有《双桥小筑词存》。

《双桥小筑词存》六卷《词存集馀》一卷，清光绪刊本。周天麟序略云：

> 国朝词学，至今日可谓盛矣。然填词之大要有二：一曰律，一曰韵。律不协则声音之道乖，韵不审则宫调之理失，二者阙一不可也。婺源江蓉舫方伯早擅才名，中外咸仰。诗古文辞而外兼工倚声，秘不示人，惜未多见。仅记得公摄晋藩时，天麟曾为僚友，以《紫桐花西填词图》册子乞公题，读公《满江红》一阕，刻羽引商，声情绵邈，乃知公持律谨严，选韵精确，虽一字不苟作，为钦服者久之。第仍窥豹一斑、见骥一毛耳。丁酉夏五月，天麟由晋之濩泽郡乞假南归，舟次邢上，时公榷两淮醎政，亟修抠谒之仪，复得瞻其丰采。公精神矍铄，挥麈清言，娓娓不倦，略分言情，光景一如畴曩。谈次，出所梓诗词集若干卷见示，并命以一言为词存弁首。

作于清光绪二十三年（1897）。此本见郑振铎《西谛书目》卷五著录有二：其一，《双桥小筑词存》四卷、《词存集馀》一卷，清光绪刊本，一册。其二，《双桥小筑词存》六卷、《词存集馀》一卷，清光绪刊本，二册。

杜贵墀

杜贵墀（1824—1901），字吉阶，别号仲丹，巴陵（今属湖南）人。清穆宗同治十三年（1874）举人，两试礼部不第。著有《桐华阁丛书》等。

其词集见于所著《桐华阁丛书》中，有《桐华阁词抄》二卷，清光绪二十六年（1900）刊本。

又有叶启倬辑《郋园先生全书》本《桐华阁词抄》二卷，清光绪二十六年刻本。

又郑振铎《西谛书目》卷五著录有《桐华阁词抄》二卷，清光绪二十六年刊本，一册。

潘遵璈

潘遵璈（？—1860），字子绣，号谱士，又号幻蕡词客，吴县（今江苏苏州）人。清文宗咸丰九年（1859）贡生，次年死于战乱中，年仅三十馀。著有《香隐盦词》。

潘氏词刊本计有：

1.《香隐盦词》二卷，清咸丰八年刊本。孙麟趾序略云：

> 同里潘君子绣访余陋巷，出示所制《香隐盦词》一编，受而读之。见其用意婉约，运笔空灵，艳而不腻，清而不弱，是能入南宋诸家奥窔者。而气韵之间尤神似草窗，不觉喜出望表。自是把臂入林，谈艺极乐，花前月下，此倡彼和。余屡以草窗后身目之，而君顾欿然不自居也。

作于咸丰六年（1856）。按：《香隐盦词》包括《小蕡洲笛弄》一卷、《鹤唳瑶天谱》一卷。此本见郑振铎《西谛书目》卷五著录，有《香隐盦词》二卷，清咸丰八年（1858）刊本，一册。

2. 清潘钟瑞辑《四家诗词合刻》本，清光绪十年（1884）吴郡潘氏香禅精舍刊本，其中有《香隐盦词》一卷。又清潘钟瑞辑《香禅精舍集》本，清光绪中长洲潘氏香禅精舍刊本，其中有《香隐盦词》一卷，为光绪十年刻本。有跋云：

> 我族叔子绣之为词，盖专且精。既推敲于一字半字间，

毫发无憾矣。逾时又改之，以是自刻其词二卷，仅十之二三耳。身殉寇乱，居室亦毁，其未刻稿尽佚矣。刘君泖生贻余印本，亦绝无仅有者。兹取四十一阕，与子上、拙孙、养初三君之作并刊以传：不全刻者，犹叔当日谨严之志也，冥冥中其谅我乎？光绪十年甲申三月，侄钟瑞跋。

作于清光绪十年（1884）。

3.《香隐盦词》二卷，民国刊本。有跋云：

先兼祧祖子绣公尝自刊《香隐盦词》二卷，庚申之乱，身殉寇难，未刊稿尽佚矣。已刊之稿板片无存，印本行世者亦绝鲜，搜访之久，渺不可得。岁丁巳，语揆一曹同年，因告孙君伯南转辗访求，果于同邑顾子巍成处觅得原印本，感且喜，因重付剞劂，以广流传。按：前稿刻于咸丰戊午，至今甲子一周，复得镌行，岂显晦有定时耶？抑亦有先灵呵护之耶？噫！异己。戊午六月，兼祧孙志询谨跋。

作于民国七年（1918）。

张丙炎

张丙炎（1826—1905），字午桥，号药农、榕园，仪征（今属江苏）人。清文宗咸丰九年（1859）进士，知廉州，移知肇庆。著有《冰瓯馆词抄》。

其词集见清李肇增辑《淮海秋笳集》中收录，清咸丰十年（1860）迟云山馆刊本，其中有《冰瓯馆词》一卷。

又《冰瓯馆词抄》一卷，清光绪刊本。《清词珍本丛刊》据以影印，有序云：

冰瓯馆主人少工倚声，已而弃去，解组后，复稍稍为之。刻羽引商，声情窈眇，少陵所谓"老去渐于诗律细"也。每出一章，互相传写，主人顾不自爱惜，随手散弃。朝溪子谓少游性不耐聚稿，间有淫章醉草，辄散落青帘红袖间，主人殆有似焉。近多倡和之作，余辄为庋藏，又征诸忍斋、约叟、砚山、勺园、仲海、次潇诸君，裒而录之，灯窗展读，爱玩不忍释手，同人索观，各加评骘。乃择其最惬鄙意者得如干首，适刊拙稿既竣，并付手民，窥豹一斑，见骥一毛，用慰求读者之愿。他日全集梓成，此特筌蹄焉尔。光绪乙酉中秋前五日，井南小汀王葰书，时年六十又八。

作于清光绪十一年（1885）。此本见郑振铎《西谛书目》卷五著录，有《冰瓯馆词抄》一卷，清光绪十一年（1885）刊本，一册。

汪士进

汪士进（1794—？），字逸云。武进（今江苏常州）人。清宣宗道光二十三年（1843）举人，屡试不售。任延陵书院山长，著述颇丰，尤好为词。著有《鬈云轩文稿》、《鬈云轩词》、《听雨词》等。

《鬈云轩词》二卷，清同治刊本。删贺荪序略云：

贺荪少侍先大夫官浙江，受业于武进汪逸云先生，先生时馆于宁坡太守吕公仲英所，因得常闻绪论。先生于书无所不读，著述日富。暇时复好为倚声，顾所作不自检拾，而门弟子辄录副以去。……先生生平所著作，经庚申之乱，即门弟子所手录者亦尽付劫灰，其季子晋莱别驾仅于故友处得《鬈云轩词》二卷，蒋子良给谏从而录置箧中，给谏即吕太守之甥，亦受业于先生者也，兹贺荪猥以菲材，陈臬浙江，请觐入都，给谏授以此卷，捧读一过，窃叹先生之才之学，词特其绪馀，此卷又先生之词什中之一二，然篇中多感喟身世之作，导源风骚，托情比兴，略具于此，不可谓非吉光片羽矣。

作于清同治十年（1871）。此本见郑振铎《西谛书目》卷五著录，有《鬈云轩词》二卷，清同治十年刊本，一册。

其词集见清张曜孙辑《同声集》中收录，清同治中刊本，其中有《听雨词》一卷。张曜孙《同声集序》略云：

> 余尝欲取嘉庆词人之合者，汇为一编，名曰《同声集》，以著一家之言，备后来者摘。适长洲王子梅刻王季旭《鹿门词》成，又取吴伟卿《塔影楼词》刊之。伟卿、季旭皆受法于先子者也，因举平日所闻于先子者序其端，属汇编之。他日搜集诸家，以次编葺，继《词选》以传。

作于清道光二十四年（1844）。

又见于著录的有：

1. 蔡宾年编《墨海楼书目》著录有《鬟云轩词》二卷，一本。
2. 缪荃孙《目录词小说谱录目》著录有《鬟云词》二卷，刊本。

以上均未言版本。

陈寿嵩

陈寿嵩，钱塘（今浙江杭州）人。生平不详。著有《眉山冷翠词》、《海棠香梦词》、《和白香词谱全集》。

其词集见于著录的有：

1. 金广泳《金氏面城楼善本书目》著录有《眉山冷翠词》一卷，原刻本，一本。
2. 郑振铎《西谛书目》卷五著录有《海棠香梦词》四卷、《和白香词谱全集》一卷，清光绪刊本，二册。

沈星炜

沈星炜，字秋卿，武林（今浙江杭州）人。著有《梦绿山庄集》、《梦绿庵词》（一名《梦绿山庄词》）。

郭麐《灵芬馆杂著》卷二《梦绿庵词序》云：

> 余游武林最久，获识一二贤士大夫，见其诗文、字画、篆

隶、金石、刻画，莫不皆有师法，循循然必规于古。盖武林自国初以来，诸先生类能守矩矱，以诏后学，而后之学者亦遵奉弗失，足以见风俗之厚，而老师宿儒之不可无也如此。词之为道，诗文之小者，而国初之最工者莫如朱竹垞，沿而工者莫如厉樊榭。樊榭之词，其往复自道不及竹垞，清微幽眇，间或过之。白石、玉田之旨，竹垞开之，樊榭浚而深之，故浙之为词者，有薄而无浮，有浅而无衰，有意不逮而无涂泽叫嚣之习，亦樊榭之教然也。沈君秋卿年方弱冠，刻志媚学，于词尤有独嗜，其所作虽不多，而涂泽、叫嚣、浮衰之病则已断然无之。由是以追樊榭、竹垞，且上溯白石、玉田，我知其不至于古不止耳。近世之学者或守一隅之说，或荣古而虐今，豪杰之士则不然。其始由也，必于耳目所及，师友之服习，久于其道，而后精神问学之所至，能识古人之所以卓然者，而追而从之。古与今非有二也，在我精神问学之与为浅深而已。凡夫诗文、字画、篆隶、金石莫不皆然。是沈君之所至，固未可以所见为限，而余之所云，又岂仅在词也哉！

又张云璈《简松草堂文集》卷五《沈秋卿梦绿山庄词序》略云：

> 沈君秋卿，善于言情者也。今年秋，介予戚好，投示《梦绿山庄词》二百馀阕，且索弁言。予受而读之，以清便妙丽之辞写深宵空凉之思，恬吟密咏，使人意消。夫词家之弊，柔曼不已，必至波靡，波靡不已，必至甜俗。虽柳屯田不免此，何况其他？秋卿知其故，而力矫之。含风吐雅，出入周、秦、姜，史之间，不失刌度，于此道三折肱矣。

作于清道光三年（1823）。

其词集见于著录的有：

1. 清姚燮《大梅山馆藏书目》卷十一著录有《梦绿庵词》二卷。

2. 蔡宾年编《墨海楼书目》著录有《梦绿庵词》二卷，一本。

以上均未言版本。

了袁

了袁，生平里贯不详。著有《诗馀春红篇》、《诗馀花月篇》。

其词集见于著录的有：

1. 清姚燮《大梅山馆藏书目》卷十一"集部五·词"著录有二：其一，了袁《诗馀春红篇》一卷。其二，《花月篇》一卷。

2. 蔡宾年编《墨海楼书目》著录有二：其一，《诗馀春红篇》，抄本，一本。其二，《诗馀花月篇》，抄本，一本。

范作镇

范作镇，生平里贯不详。著有《洗春词》。

其词集见清姚燮《大梅山馆藏书目》卷十一著录，有《洗春词》一卷。未言版本。

姚世钧

姚世钧，生平里贯不详。著有《玉湖渔唱》。

其词集见清姚燮《大梅山馆藏书目》卷十一著录，有《玉湖渔唱》二卷。未言版本。

黎庶焘

黎庶焘（1827—1865），字鲁新，号筱庭，遵义（今属贵州）人。清文宗咸丰元年（1851）举人，因病未能远行，任教于本县育才讲舍。著有《慕耕草堂诗抄》、《琴洲词》。

其词集见于丛书中收录的有：

1. 清黎庶昌辑《黎氏家集》本，清光绪十四年（1888）日本使署刊本，其中有《琴洲词》二卷。自序云：

词之为道，虽属小技，然萌芽于六代，具体于三唐，条衍于五季，扬葩于两宋，萎于元，落于明，而复振采于我朝。与运会相升降者，几千五百年，其间名人代兴，流派各别，要非漫无其故也。予性拙，顾喜为此，曾五阅寒暑，得近三百首。录正吉林承龄子九观察，先生固当世之精于倚声者。为墨识十数阕，持论无多，而语皆切要。既又取张皋文、翰风、少存三先生所选唐宋名词印证之，始恍然于向者之所为，其所谓以《国风》、《离骚》之旨趣，铸温、韦、周、辛之面目者，安在也？爰悉弃旧作，又历六年之久，始不揣谫陋，恕存百阕，副拙诗刊之。噫！妄矣。同治癸亥仲秋，黎庶焘。

作于清同治二年（1863）。又有题后云："原存一百阕，今删定为七十七阕。庶蕃记。"

2. 任可澄等辑《黔南丛书》本，民国二十五年（1936）贵阳文通书局排印本，其中有《琴洲词》二卷。

又郑振铎《西谛书目》卷五著录有《琴洲词抄》二卷，清同治刊本，二册。

刘履芬

刘履芬（1827—1879），字彦清，一字泖生，号沤梦，江山（今属浙江）人，父殁后曾迁居苏州。诸生，清仁宗嘉庆十三年（1808）恩科乡魁，历知奉贤、溧水，援例为户部主事，改同知直隶州，代理嘉定知县。著有《古红梅阁集》、《鸥梦词》。

其词集见于丛书中收录的有：

1. 沈宗畸辑《晨风阁丛书第一集》本，清光绪三十四年（1908）至宣统三年（1911）国学萃编社排印本，其中有《鸥梦词》一卷。

2. 陈乃乾辑《清名家词》本，民国二十六年（1937）上海书店排印本，其中有《鸥梦词》一卷。

又见于著录的有：

1. 罗振玉《罗氏藏书目录》著录有《鸥梦词》一卷，稿本，一本。又王国维编《大云书库藏书目》卷中著录有《鸥梦词》一卷，稿本。又王国维《观堂别集》卷三《跋鸥梦词》云：

> 江山刘彦清先生履芬《鸥梦词》手稿一卷，光绪乙巳得于吴中，上有彦翁手录同时词人评骘商榷之语。小者，杜小舫文澜；少者，勒少仲方锜；瘦者，潘瘦羊钟瑞也。宣统改元夏四月。

作于清宣统元年（1909）。光绪乙巳为光绪三十一年（1905）。

2. 缪荃孙《目录词小说谱录目》著录有《鸥梦词》一卷。

按：《中国古籍善本书目》著录有《古红梅阁未定稿》□卷，稿本，清蒋敦复、潘钟瑞评并跋（存一卷：卷三）。

冯履和

冯履和（1827—1896？），原名晨，字小艭，金坛（今属江苏）人。煦堂兄，长居宝应。著有《浪馀词》。

其词集见刘承干《嘉业藏书楼书目》"补遗"著录，有《浪馀词》一卷，丙寅刊本，一册。

潘观保

潘观保（1828—1894），字辛芝、辛之，吴县（今江苏苏州）人。清文宗咸丰八年（1858）举人，署彰卫怀兵备道。著有《鹊泉山馆集》。

《鹊泉山馆词》一卷，清光绪刊本。有序云：

> 词为诗馀，近于诗，而通于南北曲，始于唐，而盛于南北宋。美人香草，寄托遥深，犹有楚骚之遗意，故多柔情旖旎、清丽芊绵之作。令人歌咏流连，累欷感喟而不能自禁。辛芝

同年弱冠负文名，潜心经史，著有《十三经异文考义》、《疑年汇编》各若干卷，藏稿待梓。馀事工倚声，偶以删存《鹊泉山馆词》若干阕见示，余受而读之，镂辞锻意，抽秘骋妍，深入温、李、姜、张之室，而能得意内言外之旨。后半卷情辞凄恻，伊郁善感，则当劫火苍黄之后，镜掩钗分，兰摧玉折，情随事迁，宜乎百端交集，黯然魂销也。噫！余与君订交垂三十年，沧海共涉，惊涛骇人。继同索米长安，春风秋月，辄相聚为乐。后君观察中州，阔别者十馀稔，今幸先后退居林下，得以昕夕过从。竹屋纸窗，坠欢重拾。回首前尘，恍如昨梦矣。读君词，不能无感于中，因并志君与余交好之踪迹云。光绪己丑秋八月，新阳朱以增。

作于清光绪十五年（1889）。此本见刘承干《嘉业藏书楼书目》著录，有《鹊泉山馆词》一卷，光绪己丑（1889）刊本，一册。

又郑振铎《西谛书目》卷五著录有《鹊泉山馆词》一卷，清光绪复始堂刊本，一册。

吕耀斗

吕耀斗（1828—1895），字庭芷，一字定子，阳湖（今江苏常州）人。清宣宗道光三十年（1850）进士，改庶吉士，授翰林院编修，历官直隶天津道。著有《鹤缘词》。

《鹤缘词》一卷，清光绪刊本。谭献序略云：

君以文为馀事，不自收拾，身后丛残散失，今陈养原廉访草萃词二卷，吉光之裘，片羽而已。定子填词婉丽，乐府之馀，而通于比兴，可讽咏也。遗集传之其人，君之志行遭遇，必有玮异而嗟惜之者。所谓以少胜者，亦在是。

作于清光绪二十五年（1899）。又陈豪跋略云：

吾师阳湖吕庭芷先生既殁之五年，嗣君叔焘明府奉遗稿

《鹤缘词》一帙重付剞劂氏，命书之于后。……先生闳篇巨制信手散佚，凤鸾之瑞未翀霄汉，今乃仅以片羽与鹤为缘，推求立言本末，导源六义，反复循诵，非一时一境可尽，固已凡鸟敛翮，俯视尘埃，其他则复堂老人序之详矣，奚以赘为？

作于清光绪二十六年（1900）。此本见缪荃孙《目录词小说谱录目》著录，有《鹤缘词》，一卷，光绪庚子（1900）刊本。又郑振铎《西谛书目》卷五著录有《鹤缘词》一卷，清光绪二十六年刊本，一册。

其词集见于著录的有：

1. 清赵宽《小脉望馆书目》"元册·亨字橱·第四层"著录有《鹤缘词》，一本。又"利册·宙字架·第四层"著录有《鹤缘词》，一本。

2. 郑振铎《西谛书目》卷五著录有《鹤缘词》一卷，清光绪江氏师鄦室刊本，与《红蕉词》合一册。

刘观藻

刘观藻（1829—1860），字玉叔，侨居苏州（今属江苏），刘履芬弟。著有《紫藤花馆诗馀》。

《紫藤花馆词》一卷，清光绪刊本。有跋云：

作词与作诗异，诗可以矜才使气，词则镂迹虫鸟，织辞鱼网，非静细其心，缜密其意，未有不失之粗豪者。故虽以东坡之才、稼轩之学，而按谱填词，辄有铜琶铁板之诮，以知斯道之具有别裁也。玉叔少时未尝为词，一二年间始习之。其始不免涉于豪放，人皆以苏、辛目之。及与子绣、浣花诸子游，渐识宋贤蹊径，约而弥精，炼而不肆，骎骎乎登草窗、玉田之堂而哜其胾矣。抑其志甚锐而力甚猛，一年之内所得不少，著述衰然，甲于侪辈，率是以往，将与梦窗甲、乙、丙、丁四部稿并称繁富，属为点定，爰识数语而归之。吴县吴嘉淦。

其词集又见缪荃孙《目录词小说谱录目》著录，有《紫藤花馆诗馀》一卷。未标明版本。

张鸣珂

张鸣珂（1829—1909），字玉珊，改字公束，晚号寒松老人、窳翁，嘉兴（今属浙江）人。清文宗咸丰十一年（1861）拔贡，德宗同治年间知德兴县，又知德化。工诗词，性嗜书。著有《寒松阁谈艺琐录》、《寒松阁诗》、《寒松阁词》、《寒松阁骈文》、《寒松阁题跋》、《秋风红豆楼词》、《绿蚕词》等。

今存张氏词集稿本数种，计有：

1.《秋风红豆楼词》一卷，稿本，藏上海图书馆。

2.《秋风红豆楼词》一卷，稿本，藏复旦大学图书馆。

3.《秋风红豆楼词抄》□卷，稿本，清戈载、黄燮清批注并跋，清陈鸿诰、赵铭、孙仁渊等题词。存一卷，即卷一。藏国家图书馆。

4.《寒松阁词》一卷《绿蚕词》一卷，稿本，清谭献、张景祁等题款，藏复旦大学图书馆。

5.《寒松阁词》二卷，稿本，藏上海图书馆。

6.《寒松阁词》四卷，稿本，清程秉钊评，清李慈铭跋。存三卷，即卷一，卷三至四，藏南京图书馆。

7.《寒松阁词》四卷，稿本，佚名批。存一卷，即卷三，藏南京图书馆。

以上均见《中国古籍善本书目》著录。

其词集又见附于诗文集中，今有清光绪中嘉兴张氏刊《寒松阁集》本《寒松阁词》四卷，刊于光绪十年（1884）。按：《续修四库全书》影印有清光绪十年江西书局刻本《寒松阁词》四卷，当指同一刊本。有序云：

> 词虽小道，不善学者不能为，为之，亦不能工也。檇李，词薮也，自朱竹垞太史、李秋锦征君开其先，数十年寻声揎

谱，不乏其人。所为词虽薄不浮，虽浅不俚，有清空婉约之致，无肥泽浮靡之习。师程具在，律吕精严，良可慕也。张君玉珊家携李，年才弱冠，雅好谱词，著有《秋风红豆楼词抄》，一日寄予索序。读之，以温、李之才写缠绵之格。春情丰繁，秋思往复，笔意最近静志居。予素喜填词，酒边灯下，雁晚花前，每有感托，付之倚声。今读玉珊词，不禁有触予好，明年春水生时，当袖我笛谱，载雏鬟，泊舟鸳鸯湖畔，与君赌唱红牙数拍也。咸丰纪元醉司命前五日，桐乡马兰芬拜手序。

作于清咸丰元年（1851）。

又有陈乃乾辑《清名家词》本，民国二十六年（1937）上海书店排印本，其中有《寒松阁词》一卷。

又见于著录的有：

1. 佚名编《澹鞠书屋主人藏书目录》著录有《寒松阁词》二卷。

2. 缪荃孙《目录词小说谱录目》著录有《寒松阁词》二卷，刊本。

王诒寿

王诒寿（1830—1881），字眉子，山阴（今浙江绍兴）人。贡生，任武康训导。曾入杭州书局，任校理。著有《笙月词》、《花影词》、《缦雅堂文》。

其词集有清许增辑《榆园丛刻》本，其中有《笙月词》四卷《花影词》一卷，为清同治十一年（1872）刊本。《花影词自序》云：

夫暝色高楼，山寒写怨，一池春水，风皱干卿。言情之工，讵泥迹象，刻画脂黛，为下驷矣。仆笛里寻声，花间访谱，骚吟所寄，艳制遂多。然而银汉迢递，尽步虚之声；金楼缥纱，蔵藏香之迹。虽寄情乎酥粉，乃幻墨作云烟。别录一编，自珍敝帚。泥犁可畏，安谢法秀之呵；绮语勿删，聊偿东泽之债。同治壬申夏日，山阴王诒寿自序。

作于清同治十一年（1872）。又《花影词跋》云：

> 壬申之秋，山阴王丈眉子脊其倚声稿草，属谭丈仲仪删
> 订之。既刻其《笙月词》四卷外，尚有《花景词》数十阕，皆
> 言情之作。藏箧衍中，索而读之，凄艳乎其旨，宛转乎其
> 声。锦瑟晓梦，蝶情自春，洞箫微吟，花语斯答。《金荃》、
> 《兰畹》，去人不远。夫楚江写怨，兴言美人，河梁赠诗，亦
> 托燕婉。比兴所存，何云累德。因为之校阅，举付梓人。古
> 锦所发，美理益珍。仆亦工愁，愿附同调。同治癸酉仲夏之
> 月，仁和朱文炳慕庵。

作于同治十二年（1873）。此本见郑振铎《西谛书目》卷五著录：《笙月词》五卷《花影词》一卷，清同治十一年（1872）刊本，一册。

潘祖荫

潘祖荫（1830—1890），字在钟，号伯寅，又号少棠、郑盦，吴县（今江苏苏州）人。清文宗咸丰二年（1852）进士，探花，授翰林院编修。署国子监祭酒，擢光禄寺卿，授军机大臣，为兵部尚书，卒赠太子太傅，谥文勤。著有《芬陀利室词》、《郑庵诗文存》等，辑有《滂喜斋丛书》、《功顺堂丛书》。

其词集见于著录的有：

1. 刘承干《嘉业藏书楼书目》著录有《芬陀利室词》一卷，《郑盦遗书》之九，光绪二十四年刊本，一册。

2. 徐世昌《书髓楼藏书目》卷四著录有《芬陀利室词话》一卷。

李慈铭

李慈铭（1830—1894），初名模，字式侯，后改今名，字炁伯，号莼客，晚年号越缦老人，会稽（今浙江绍兴）人。清德宗光绪六年

（1880）进士，补户部江南司资郎，为山西道监察御史。著有《越缦堂文集》、《越缦堂日记》、《越缦堂词录》、《霞月花隐词》等。

李氏词集见于刊印的有：

1. 樊增祥辑《樊山集》之《二家词抄》本《霞月花隐词》二卷，清光绪刊本。樊增祥《二家词抄序》略云：

> 余所得先生（指李慈铭）诗词、书牍，积一巨簏，毁于庚子之变，为可惜也。先生诗及骈体文先有刻本，散文则甲申岁属余寿平抄得四十许篇，今已散轶。词则辛未以前手抄成帙，自后所作散见日记中。发夫京卿录为一册，先生并手稿授之，曰："吾词尽于是矣。"先生殁四年，余再入都，发夫以词抄授余，俾付手民。迟至今日，始果此缘。因先生视余为黄梅之慧能，苏门之淮海，遂附拙词于后，题曰《二家词抄》。恨秦、越间阻，求子珍词不可得。吾曩欲刻四家馆课，近欲刻三家词，皆仅得二家而止。若伯熙、廉生、子珍者，并人海虬鸾，神仙官府，遗鳞坠羽，俱足千秋。终当搜求付梓，以竟吾志，不使幽冥之中负此良友也。光绪壬寅五月，樊增祥叙。

作于清光绪二十八年（1902）。又自序略云：

> 余所见世之人盖有喜为淫艳侧媚之词，而所行务与之称者，然则人之自托于文章，可不慎欤？予少不解此，其始为之也，在道光庚戌，盖较他所著为最后，其所作亦于山水间为多。乙卯冬尝删定为一编，名曰《松下集》。自后作更稀，至间岁不得一二。入都以后，行事乖迕，精神流飘，感触益多，篇什稍富。盖美人香草之旨所不免矣。士友传写，遂在人口，恶事千里，君子所羞，知我者以为展禽、阮籍则可耳。抄此编者，所以志予过也。同治壬戌四月，霞川花隐生自序。

作于清同治元年（1862），道光庚戌为道光三十年（1850），乙卯为咸丰五年（1855）。又自序云：

> 霞川者，越地水名，而李氏世居其侧者也。越西门外为迎恩桥，下为直河，古运河也。东距姚江，西距钱江，而自迎恩桥西至高桥凡五里曰霞川，高桥以东有村曰霞头，左为青田湖，右为大树港。而迎恩桥之北别为横河，横河直河之间，予家焉。盖自有明汔今，历十一世五百馀年，田宅相望，不见兵火。至去年辛酉九月粤贼陷绍，而故里尽焚，家藏困学楼书万卷无一存者。所为《松下集》者，亦已化焦土之一尘矣。岂天之欲大吾学而不欲以无谓之文字留于世耶？抑命之奇蹇者，虽无用之文，亦必使其泯焉无所见耶？岂以其技之不足以悦人，故为之藏拙，而欲其求工于儿女子之所为耶？是皆不可知也。则此编也，他日之传与不传，又不可得而知也。夫子之为此，盖亦在有意无意之间，而能必造物之去留哉？然则世人之爱憎，又乌所用其心也？题曰《霞川花隐词》者，志无一日去其乡也。霞川平直演迤，无幽深渺弥之观，其地冲要，杂阛阓，无他可称。而川之两旁，居人颇植桃李，春时花开，舟行其间，远山映发，烟水烂漫，每至晨霏夕暾之际，立红桥上望之，层绛间素，迤逦若霞。盖闲居之乐，歌诗之兴，水边林下，斯时为多矣，故以自号，兼以名词云。莼客又书。

辛酉为清咸丰十一年（1861）。按：《二家词抄》所收为李慈铭词集以及樊增祥《五十麝斋词赓》三卷。

2. 樊增祥辑《樊山集》之《二家词抄》本《霞月花隐词》二卷，清民国石印本。

3. 《霞月花隐词》二卷词补一卷，民国中华书局铅印本。有跋云：

《霞月花隐词》二卷，系先生自定稿本。据樊增祥《二家词抄》序言，先生自称所作之词已尽于是。兹以《越缦堂日记》及《日记补》勘校，尚有词四十四阕，为此本所无者，因补缀于后，以成全璧。虽非先生之志，或亦爱读先生之词者所先睹为快乎？汝霖附识。

4. 《越缦堂词录》二卷，民国二十四年（1935）商务印书馆铅印本。此本见郑振铎《西谛书目》卷五著录，有《越缦堂词录》二卷，商务印书馆铅印本，一册。

5. 陈乃乾辑《清名家词》本，民国二十六年（1937）上海书店排印本，其中有《霞月花隐词》一卷。

又王修《诒庄楼书目》卷八著录有《霞月花影词》一卷，稿本。云：前有自序二篇，后有"豫生读过"题字。

郑由熙

郑由熙（1830？—1897？），字晓涵，一字伯庸，号啸岚道人，又号坚庵。祖籍安徽歙县，寄居江宁（今江苏南京）。清穆宗同治优贡，历知瑞金、新昌诸县。著有《晚学斋集》、《莲漪词》。

《莲漪词》二卷，清光绪江右书局刊本。张鸣珂序略云：

> 晓涵郑君十年前刻所著《莲漪词》两卷，雕琢曼词，荡而不返，未尽善也。近乃悔其少作，复加芟改，存十之二，益以近制，仍分二卷，授予读之。取径于碧山、玉田之间，逼近稼轩、石帚，幽折疏宕，一洗秾纤之习。虽于清真尚隔一间，而已视世之摹绩绮靡者判若霄渊矣。

作于清光绪十三年（1887）。又自跋云：

> 曩昔刻《莲漪词》二卷，半得之舟车逆旅，谱律未携善本，剞劂又失雠校。近年一再翻阅，疵累毕呈。爰检今旧作，重加删订。旧作存少半，并今作增入，仍二卷。语涉浅

质，限于才力，欲深入，其阻未能也。王定甫通政谓填词能
损年寿，老冉冉至，多病却虑，行将录录逐逐，与世浮沉，延
吾岁月。存稿不入琴丝，留供覆瓿。香销酒醒，拈花粲然。

光绪己丑秋九月，黄山郑由熙识于江右东湖寓庐。

作于清光绪十五年（1889）。此本见郑振铎《西谛书目》卷五著录，有
《莲漪词》二卷，清光绪十六年（1890）江右书局刊本，一册。

其词集见附于诗文集中，今有清光绪二十四年（1898）靖安县署
刊《晚学斋集》本，其中收有《晚学斋诗初集》二卷二集十二卷续集一
卷文集二卷、《莲漪词》一卷、《暗香楼乐府》三卷、《晚学斋外集》
四卷。

又郑振铎《西谛书目》卷五著录有《莲漪词》二卷曲一卷，清同治
刊本，一册。

凌祉媛

凌祉媛（1831—1852），字莅沅，钱唐（今浙江杭州）人。光禄寺
署正凌咏女，年二十，嫁同邑诸生丁丙，二年后病逝。卒后，丁丙为
刊遗稿，名《翠螺阁诗词稿》。

其词集见徐乃昌辑《小檀栾室汇刻闺秀词》中，清光绪年间南陵
徐氏刊本，其中有《翠螺阁词》一卷。

又见清赵宽《小脉望馆书目》"利册·宙字架·第四层"著录，有
《翠螺阁诗词集》，一本。

楼杏春

楼杏春（1831—1895），字芸皋，义乌（今属浙江）人。清穆宗同
治十三年（1874）进士，历任新城、万安、建昌、石城知县。善文词。
著有《粲花馆诗》、《粲花馆词》。

其词集见附于诗集后，今有黄侗辑《义乌先哲遗书》本，民国二十
二年（1933）义乌黄氏排印本，其中有《粲花馆诗抄》一卷词抄一卷。

有序云：

> 楼芸皋先生为吾乡名进士，善属文，长于词。性倜傥，好作狎邪游。清咸、同间，公车北上，所过名胜辄留题咏，而又以赠女校书诸作为尤胜。同治辛未自裒《青楼杂咏》如干首，名曰《恋花集》，丐同邑朱竹卿先生为之序，将付梓矣，不知因何障碍，卒未刊行。迄今六十馀载，已无从悉其原委。今余所印者，其全集也，全集中除《青楼杂咏》外，尚有他作。如忆内，如哭子，如避乱，以及在江右与友朋酬唱，篇什既多，范围加广，不宜再以恋花名矣。然余今仍将竹卿先生《恋花集序》附载卷首者，非谓刊书之例如此，实不忍没前人之陈迹耳。或曰："楼公词虽佳，而多忆妓之作，不足表率后进。君乃为之刊行，得毋犯诲淫之嫌欤？"余曰："不然，孔子删诗不废郑卫，桑间濮上，何尝不与《关雎》、《葛覃》并列国风？岂孔子亦诲淫耶？况集中忆内诸作至情至性，并不因偶有冶游而伤夫妇之正。以视今世薄倖男子，喜新厌故，动辄遗弃糟糠者，不啻有人禽之判矣。余为印行，正欲藉此讽末世云。"民国二十二年八月。同里后学黄侗撰于杭州客次。

作于民国二十二年。此本又见刘承干《嘉业藏书楼书目》著录，有《餐花馆词抄》一卷，癸酉铅印本，一册。

赵烈文

赵烈文（1832—1893），字惠甫，一字能静，号静圃，别署能静居士，阳湖（今江苏常州）人。历知磁州、易州、隶州。喜藏书，家有天放楼，藏书数万卷。著有《天放楼集》、《静圃词抄》。

其词集见缪荃孙《目录词小说谱录目》著录，有《静圃词抄》一卷，写本。

朱珩

朱珩，字少白，宜兴（今属江苏）人。著有《橘亭词》一卷。

《橘亭词》一卷补遗一卷，清光绪刊本。有跋云：

> 焕常少孤，第闻家慈言大父好音律，所著词阕不下千百
> 馀首。咸丰间刻本，不过十分之一耳。其馀未刊词稿藏于箧
> 者甚夥，迨遇发逆难，尽行散佚。焕常聆之，深以不获尽睹
> 先泽为憾，遂于邑中故旧藏书家搜访数载，杳不可得。近阅
> 任沛丞先生所辑，借舫居同社，仅存集，见有大父《金缕曲》
> 词一首，吴驯亭姊丈又于友人抄本中录得大父词二首，焕常
> 欣喜者累日，窃思大先祖著述，只字单辞，为子孙者但宜珍
> 惜。今蒙姊丈吴肖村、徐慎旃、吴驯亭重梓大父词稿，急将
> 以上词三首补入卷内，以见大父所著词阕不仅此区区原刻已
> 也。丁酉仲春花朝日，孙男焕常恭识。

作于清光绪二十三年（1897）。

又缪荃孙《目录词小说谱录目》著录有《橘亭词》一卷，写本。又
缪氏《艺风藏书续记》卷七著录有《橘亭词》一卷，提要云：

> 传抄稿本，朱珩撰。珩字少白，宜兴人。与吴仲伦同时，
> 李申耆以为橘亭之词，庶几闻皋文之风者。

与《目录词小说谱录目》著录的当属同一本书。

谭献

谭献（1832—1901），初名廷献，字涤生，更今名，改字仲修，号
复堂，又号半厂居士，仁和（今浙江杭州）人。少孤，清穆宗同治六年
（1867）举人，选署秀水教谕。屡试进士不第。历知歙县、全椒、合
肥、宿松等县，以疾去官归隐。著有《复堂类集》、《复堂词》。

谭氏词集今存稿本《复堂词》一卷，藏临海县博物馆，《中国古籍

善本书目》著录。

其词集多见附于诗文集中，计有：

1. 清蔡寿祺辑《三子诗选》本，清咸丰七年（1857）京师刊本，其中有《复堂词》一卷。

2. 清同治刻《复堂类集》本《复堂词》三卷，《续修四库全书》据以影印。

3. 清谭献辑《半厂丛书初编》本《复堂类集文》四卷诗十一卷词三卷，清光绪年间刊本。

4. 陈乃乾辑《清名家词》本，民国二十六年（1937）上海书店排印本，其中有《复堂词》一卷。

另佚名编《澹鞠书屋主人藏书目录》著录有《复堂类集》文四卷诗九卷词二卷日记六卷。

沈彦曾

沈彦曾，字士芙，号兰如，长洲（今江苏苏州）人。清宣宗道光二十年（1840）前后在世。诸生，工词，著有《兰素词》。

《兰素词》一卷，《吴中七家词》本。王嘉禄《兰素词序》略云：

> 吾友兰如，芷生丈季子也。少负殊禀，以馀力精研四声二十八调，而求其离合。又性喜游历，客武林最久，烟晨月夕，回青饮渌，辄以宋人乐府写之。顷将刻行所作，削稿相质，循节揣声，动谐律吕。有空灵之气，有宕往之神，有凄缛之采，有绵邈之旨。

其词集见于著录的有：

1. 清姚燮《大梅山馆藏书目》卷十一著录有《兰素词》一卷。

2. 蔡宾年编《墨海楼书目》著录有《兰素词》，一本。

3. 赵诒深《赵氏图书馆藏书目录》卷四著录有《兰素词》一卷一册，新抄本。

金石

金石，字夔伯，号石翁，会稽（今浙江绍兴）人。清咸丰、光绪间人。室名强自宽斋，著有《强自宽斋外集》、《蔗畦词》等。

《蔗畦词》二卷，稿本，《清词珍本丛刊》据以影印。

又《蔗畦词》二卷，清光绪刊本。有序云：

> 己亥、庚子间，予视榷番阳，寻白石道人故居不可得。湖波浩淼，一碧无际，风帆沙鸟时出时没于遥汀远树间，天然词境也。而予焉寡俦，吟啸遂辍。阳湖刘语石结寒碧词社于吴中，联襟褰裳，腾舴艨爵，朋笺络绎，藻采纷披，移写一通，邮筒远递。追玉山之雅集，续乐府之补题。予于夔伯金君之作尤三复而心折焉，夔伯家瓜湖之隈，赋性冲澹，负米出游，或登钟山，或陟三竺。流连景光，雕镌秀句，圆珠哀玉，撋气回肠。去冬予旋里门，与夔伯把臂于落帆亭畔，以所作《蔗畦词》两卷畁予读之。婉媚深窈，于清真、梅溪为近，根柢风骚，托词比兴，接瓣香于前哲，扇芳轨于将来。武陵王梦湘尝谓予曰："世人以词为诗馀，非五七言之馀，乃三百篇之馀也。"予深有味乎其言。今读夔伯词，而益信梦湘之言为不谬，遂书以质之。光绪二十有七年辛丑夏五月，同社弟嘉兴张鸣珂。

作于清光绪二十七年（1901）。此本见缪荃孙《目录词小说谱录目》著录，有《蔗畦词》一卷，光绪辛丑（1901）刊本。

邓嘉纯

邓嘉纯，字笏臣，江宁（今江苏南京）人。清光绪六年（1880）进士及第，知处州，卒年六十九。著有《空一切盦词》。

其词集见清吴唐林辑《侯鲭词》中，清光绪十一年杭州吴氏刻本，其中有《空一切庵词》一卷。吴唐林《侯鲭词序》略云：

爰辑新词，附益少作。互倾筐而倒箧，复称玉而量珠。抄胥既成，匠事伊始。计上元邓筱臣嘉纯、吴县俞小圃廷瑛、铁岭宗啸吾山、任丘边竺潭保枢词，都为若干首。集萃四灵，业富千古。而东家忘丑，幽谷求声。妄推卿子为冠军，共引公孙以同乘。不佞所作，亦附列焉。旁倚蒹葭，自惭形秽；仰施松柏，将共岁寒。遂令敝帚享珍，几忘滥竽充数。此所以坐居蓝尾，不辞满酌金垒。拍按红牙，谬许抗声铁板也。

作于清光绪十一年（1885）。

又有邓邦述辑《双砚斋丛书》本，其中有《空一切盦词》一卷，民国九年（1920）刊本。有跋云：

右先二伯父筱臣公《空一切盦词》一卷，公为文慤公元子，幼承家学，即好倚声。为客梁园，弥负时誉。光绪庚辰通籍，殿士得二甲，朝考复居高等，例入翰林，自以年老家贫，请就知府。慕湖山之胜，听鼓浙中，闻者莫不惜也，一署处州，年六十九终于浙。在浙时，同官刻《侯鲭词》，有吴县俞小圃廷瑛、铁岭宗啸吾山、任丘边竺潭保枢、武进吴晋壬唐林，与公凡五家，而公为首。词刻于乙酉之秋，后有所作稿，藏于家。今年始从诵臧从兄处邮索，并前所刻者校录之为一卷，以付梓人。庚申九月侄男邦述敬识。

作于民国九年。

又清赵宽《小脉望馆书目》"亨册·落字箱"著录有《空一切盦词》，一本。未言版本。

邓嘉缜

邓嘉缜（1834—1916），字季垂，江宁（今江苏南京）人。邓邦述之父。清穆宗同治九年（1870）优贡，用知县。德宗光绪元年

（1875）举人，历知襄阳、徽州、锦州等，署奉天巡警道。著有《暖花晴玉词》。

其词集见邓邦述辑《双砚斋丛书》中，民国十一年（1922）江宁邓氏刊本，其中有《晴花暖玉词》二卷。《民国词集丛刊》据以影印，有跋云：

> 右裒录先大夫《晴花暖玉词》，凡二卷，共一百九十五首。先大夫生平所为诗文多不存稿，四十以后之官黔中始为小词。在官二十五年，所历五行省，虽久速简剧不一，然治事有暇，不废倚声。中间惟在诸罗，簿书填委，遭时多故，吟咏偶稀，自馀未尝辍也。宣统纪元，先大夫年六十有五，乞身敝门，益以度曲自遣。七年之中积稿盈寸，比诸在官正复相埒。今之所录，以在官时为上卷，去官后为下卷，茧纸蚓书，杂厕丛束，不敢谓移写必无失次，粗举先后，以告子孙。嗟乎！使先大夫得假贞寿，则不肖所述宁止此耶？宁止此耶？己未十一月长至，不肖男邦述录竟谨识。

作于民国八年（1919）。

又清赵宽《小脉望馆书目》"亨册·落字箱"著录有《晴花暖玉词》，一本。未言版本。

吴唐林

吴唐林（1835—1890），字子高，号晋壬，又号苍缘，阳湖（今江苏常州）人。清文宗咸丰十一年（1861）举人，官浙江候补知府。著有《横山草堂词》，编有《侯鲭词》。

其词集见清吴唐林辑《侯鲭词》中，清光绪十一年（1885）杭州吴氏刻本，其中有《横山草堂词》一卷。吴唐林《侯鲭词序》略云：

> 爰辑新词，附益少作。互倾筐而倒箧，复称玉而量珠。
> 抄胥既成，匠事伊始。计上元邓笏臣嘉纯、吴县俞小圃廷

瑛、铁岭宗啸吾山、任丘边竺潭保枢词，都为若干首。集萃
四灵，业富千古。而东家忘丑，幽谷求声。妄推卿子为冠
军，共引公孙以同乘。不佞所作，亦附列焉。旁倚蒹葭，自
惭形秽；仰施松柏，将共岁寒。遂令敝帚享珍，几忘滥竽充
数。此所以坐居蓝尾，不辞满酌金垒。拍按红牙，谬许抗声
铁板也。

作于清光绪十一年（1885）。

又清赵宽《小脉望馆书目》"元册·亨字橱·第四层"著录，有
《侯鲭词》，二本。未言版本。

方荫华

方荫华，字季娴，毗陵（今江苏常州）人。赵仁基（1789—
1831）继室。通经史，兼涉绘事，与仁基唱和，著有《双清阁诗》。

其词集见附于诗集后，今有陶湘辑《喜咏轩丛书》本，其中有《双
清阁诗》一卷诗馀一卷，民国十七年（1928）武进陶氏涉园石印本。

又清赵宽《小脉望馆书目》"贞册"著录有《双清阁诗词》，一
本。未言版本。

周天麟

周天麟，字石君，别署水流云在馆主人，丹徒（今江苏镇江）人。
官泽州知府。著有《水流云在馆诗抄》、《水流云在馆词抄》等。

《水流云在馆诗词》一卷、《水云欸乃》一卷、《泥爪词》一卷、
《竹窗秋籁》一卷、《悔馀词》一卷、《双红豆词》二卷，附《月楼琴
语》一卷，清光绪十七年（1891）石印本。此本见郑振铎《西谛书目》
卷五著录，有《水云欸乃》一卷、《泥爪词》一卷、《竹窗秋籁》一卷、
《悔馀词》一卷，清光绪十七年石印本，一册。

又有《水流云在馆词抄》八卷续抄一卷，清光绪刊本。自序云：

> 是集曩曾一刻于并门，以知交索观者众，抄胥不能给，草

草付梓，殊不惬怀。辛卯秋复加编次，手缮净本，又益以近作，并附内子《月楼琴语》，厘为八卷。先以石印成书，各书其命名之意以喻吾怀。兹因取法泰西，究非所愿，爰召手民重付剞劂，亦敝帚千金之义也。……

作于清光绪二十一年（1895），辛卯为光绪十七年（1891）。此本见李盛铎《天津延古堂李氏旧藏书目》著录有《水流云在馆词抄》八卷续抄一卷，光绪己亥（1899）刊本，二册。按：《水流云在馆词抄》八卷包括《倚月楼词》二卷、《水云欸乃》一卷、《泥爪词》一卷、《竹窗秋籁》一卷、《悔馀词》一卷、《双红豆词》一卷、《悔馀词续刊》一卷。

张祖同

张祖同（1835—1905），字雨珊，号词缘，长沙（今属湖南）人。清穆宗同治元年（1862）举人。善词，著有《湘雨楼词抄》。

《湘雨楼词》五卷，民国刊本。王闿运序略云：

> 湘人质实，宜不能词，故先辈遂无词家。近代乃有杨蓬海，与雨珊并驱，闿运不能骖靳也。王益吾自负宗工，乃选六家词，欲以张楚军。益吾、雨珊，昆弟交也。余不能词，以交张、杨，亦时示笔，而酬唱之作无多。及蓬海先殂，雨珊继逝，益寂寥矣。蓬海蓄刻工，有作辄付印行，雨珊亦有书局，顾不肯刻己作，词稿丛残，多不可辨，有类于竹垞手笔。其子仲卣抄集成卷，中有疑字，未敢写定，则三阙之，余以为非子刻父集所宜，属其以所知见存焉，而加墨识，因并论天下词派，以谂知者。词之工妙，览者自得之，非私所赞赏也。

作于民国三年（1914）。又跋云：

> 先公著述未有定本，所为词尤矜慎，每成一阕，辄窜易数四，意犹未惬。所遗词若干卷，皆式恭掇拾丛残，都成一集者也。其有涂乙至不可辨者，未敢肊断，以方罫代之，存其

真也。湘绮丈谓非子刻父集所宜，式恭惕然自讼，苟阙焉弗录。惟手泽散亡之是罪，用不避弇陋，以申己意，谨诠次目录，并述如右。辛酉十月，男式恭谨识。

作于民国十年（1921）。又郑业本跋略云：

> 右外舅雨珊张公《湘雨楼词》三卷，公子听侯诸昆季谋付剞劂，属业本从事校雠。公词手订外，多散佚无定本，其撰造之日月前后已不可考，故仅第为三卷，益以《步清真词》、《湘弦离恨谱》各一卷，都为五卷，既卒业，谨书其后曰……

作于民国二年（1913）。按：《湘雨楼词》五卷包括《湘雨楼词》三卷、《步清真词》一卷、《湘弦离恨谱》一卷。

又有清王先谦辑《诗馀偶抄》本，清光绪十六年（1890）长沙王氏自刻本，其中有《湘雨楼词抄》一卷。

另叶德辉《郋园读书志》卷十六著录有《湘雨楼词》三卷、《步清真词》一卷、《湘弦离恨谱》一卷，子仲卣刻本。云：

> 填词而不辨字之阴阳，以求协乎律吕，此只谓之长短句，不得谓之词也。近日吾湘词人以宗所交者，如巴陵杜仲丹孝廉、贵墀龙阳易实父观察顺鼎、同年武陵陈伯弢大令锐，皆其首屈一指也。三子行辈稍后，其先老宿则王湘绮侍读闿运、张雨珊观察祖同，二老于词用力至深，侍读力追北宋，观察则学白石、白云，以视三字者，固高出一头，然侍读尚不如观察审音定律之精密也。仲丹，学者实父才人，出其馀绪，不愧作手。伯弢诗词，传侍读衣钵，而词则拔帜立帜，脱屣师门，海内词家如桂林王幼霞侍御鹏运、汉军郑小坡孝廉文焯、仁和朱古微侍郎祖谋，共相推许于伯弢者甚至，然亦不如观察之精微高洁，秀出一时。余不工词，观察每过余斋借检《钦定词谱》、《御选历代诗馀》等书，一字推敲，至数易其稿而未定，今词中所缺字是也。余偶有商榷，从善如流。

尝谓余惜不爱填词，填词必是高手。又尝谓余不通小学，不能考定字音，子固深于小学者，入门则得捷径，胜于他人黑夜行路也。余固心知其意，雅不愿为此琐琐者，一日，送山阴俞虞轩中丞廉三解组去官，饯于濯锦坊贾傅祠，同人皆以诗文相赠，观察出《大江东去》词一首见示曰："子试阅之，此词以何句为余得意处？"余曰："词中以'贾傅祠前闻太息，此意苍生能说'二句为最佳，是得意处否？"观察太笑曰："此清冷处，人或不措意，子独知之。"余向谓子如填词，必超出时流，同时作者，皆当退避三舍，即此可断也。观察归道山已廿年，世兄仲卣太令刻其词稿，以一册见贻。读集中诸词，多太平游宴、赠答友朋之作。忽经世变，使观察犹健在，则视白石、白云遭遇相似，其词必更有进者，岂仅学得其神髓已乎？乙丑暮春清明后一日。

作于民国十四年（1925），知曾刊刻。

另徐世昌《书髓楼藏书目》卷四著录有《湘雨楼词》五卷。未言版本。

李恩绶

李恩绶（1835—1911），字丹叔，号亚白，晚号讷庵，镇江（今属江苏）人。清末附贡生。以教馆、作幕和卖文自给。著有《读骚阁赋存》、《讷庵骈体文存》、《缝月轩词》、《冬心草堂诗选》等。

《缝月轩词录》二卷，清光绪印本。有序云：

余近六十始填词，迨谭公复堂宰吾邑所作渐多，今集中《道园诗馀》一卷是也。复堂刊《箧中词》，余与丹叔皆入选。丹叔年未冠即喜为之，历年积至五六百阕，颇多可存者。丹叔先世本舒人，明万历中叶始著籍京口。按舒城李氏谱牒，以北宋李伯时为始，丹叔距伯时二十五世，班班可考。余又按周必大题鞠城铭，载伯时为南唐先主昪四世孙。

先主词最工，然则丹叔之嗜词，其渊源有由来也。余又闻王荆公为李重光后身，荆公于词有野狐精之称。后益封为舒王，即龙舒也。吾舒大好山水，又多良畴，而历代词人多萃于此。宜丹叔侨肥上时，登高而望龙眠，徘徊俯仰，有无穷之思焉。吾将歌招隐之诗乎？丹叔年已周甲，其婿杨彦三茂才暨及门诸子意将梓君之词，皆复堂所审定者。特问叙于余，余因详其世系，以见丹叔之往来词乡，亦犹石帚当日客吾肥故事也。顷偕丹叔游赤栏桥归，古怀弥襟，爰挑灯书数语还之。光绪己亥七月，虱隐庵主王尚辰题，五峰山人铙应祎书。

作于清光绪二十五年（1899）。

其词集见缪荃孙《目录词小说谱录目》著录，有《缝月轩词录》二卷，光绪甲辰（1904）铅印本。

张上龢

张上龢（1839—1916），字芷荺，钱塘（今浙江杭州）人。先后任直隶昌黎、博野等知县。从蒋鹿潭学词，著有《吴沤烟语》。

《吴沤烟语》一卷，民国刊本。吴昌绶序略云：

> 比先生谢事还，卜居苏州，与叔问、沤尹商榷旧艺，倚声益富。平生寝馈宋贤，造语下字，分刌节奏，悉合榘度。可传者逾数百篇，矜慎芟订，录《吴沤烟语》，仅一卷。今年盂劬与昌绶同在史馆，述先生意，命为之序。

作于民国四年（1915）。又跋云：

> 家大人少从蒋鹿潭先生学词，晚侨吴中，与一时词流推襟送抱，唱和日益夥。辛亥遭国变，箧稿积寸，恐遂佚坠，尔田以刊刻请，大人靳之，则曰："词之有集，始于《金荃》，五代惟《阳春》而已，大都出后人所裒辑。宋词往往附集以行，

振孙《解题》始别立一目，多者耆卿、美成、幼安，然亦溢矣。《白石歌曲》出尧章手定，仅数十阕，故最精审。今姑徇儿辈意，汰存一二，非敢传播乐苑，聊省朋好抄诵云尔。"因命舍弟东荪鸠工墨版，而志其缘起。乙卯秋八月，男尔田谨识。

作于民国四年（1915）。此本见刘承干《嘉业藏书楼书目》著录，有《吴沤烟语》一卷，乙卯刊本，一册。又郑振铎《西谛书目》卷五著录有《吴沤烟语》，刊本，一册。

舒昌森

舒昌森，字问梅，号梅庵，宝山（今属上海）人。民国初年为文学团体希社成员。著有《问梅山馆诗抄》、《艳体诗剩》附《凝香书屋诗抄》、《问梅山馆词抄》。

其词集见刘承干《嘉业藏书楼书目》"补遗"著录，有《问梅山馆词抄》六卷，丁卯铅印本，一册。

王颐正

王颐正（1840?—1880），字子登，宿迁（今属江苏）人。曾为府县幕僚。著有《痕梦词》。

《痕梦词》一卷，清光绪刊本。有跋云：

右词一卷，叔外王父子登先生所作也。先生于先君子齿相若，情亦最亲，皆喜为词，商榷宫徵，笺毕无虚月。先君子既弃昭案，先生每追述往事，未尝不流涕泫然。庚辰冬先生返自沪上，病已革，昭案由南清河送归，时暴寒，风大作，舟递不遽达。昭案伏枕畔，问生平撰述，先生太息者三，既而曰："它无足存，惟旧作词数阕，或可附家集耳。"先生书牍都雅，亦颇为诗歌，而所言如此，盖其慎也。兹辅山舅氏承先生之志，缮稿授梓人，舟中垂没之言至是始竟。先君子遗

> 稿多散佚，存者尚未能刊行，读先生是编，昭棠又重自悲
> 巳。光绪丙戌春正月，昭棠谨识。

作于清光绪十二年（1886），庚辰为光绪六年（1880）。此本见刘承干
《嘉业藏书楼书目》著录，有《痕梦词》一卷，光绪刊本，一册。又郑
振铎《西谛书目》卷五著录有《痕梦词》一卷，清光绪十四年
（1888）刊本，一册。

孙德祖

孙德祖（1840—1908），字彦清，号岘卿，会稽（今浙江绍兴）
人。清穆宗同治六年（1867）举人，历任长兴、淳安县学教谕。著有
《寄龛文存》、《寄龛诗质》、《寄龛词》等。

《寄龛词问》四卷，清光绪刻本。自叙云：

> 德祖少日，严亲见怜，不忍督责以进取，樗散之材获遂其
> 性，昕夕承颜致足乐矣。庚、壬之间荐丁大故，因以时难田
> 庐灰灭。三数年中忧伤劳瘁，仅而得存。然且饥驱倦翼，寒
> 逐劳薪，区区之私坐与昔迁。计自祥琴既调，迄今七稔，江
> 萍风絮，戢影无日，其间行迹略见于词。夫其露晨霜夕，过
> 涉哀伤；巫雨湘烟，偶侵侧艳。汰其甚者，亡虑什三。至若
> 寓物抽思，感时起兴，性情所寄，亦侏儒一节矣。寻声按节，
> 岂曰能工，天涯之契，期盟肝鬲云尔。同治庚午冬，孙德祖
> 自叙。

作于清同治九年（1870）。又王承湛后叙（光绪二十六年）略云："文
诗杂著诸刻以次流传遐迩，谅有目者，宜有公好，无所不悦，岂惟及
门。乃者以多能馀事，有《词问》之编，简端自叙，言之备矣。"此本
见郑振铎《西谛书目》卷五著录，有《寄龛词》四卷，清光绪二十六年
（1900）刊本，一册。

又见于藏家著录的有：

1. 金广泳编《金氏面城楼善本书目》著录有《寄龛词》四卷，同治九年（1870）山阴许氏刻本，一本。

2. 蔡宾年编《墨海楼书目》著录有《寄龛词》，一本。

3. 郑振铎《西谛书目》卷五著录有《寄龛词》四卷，清同治九年（1870）刊本，一册。

宗得福

宗得福（1841—？），字载之，上元（今江苏南京）人。官浙江知县、湖北知府、清末煤铁总办。著有《堕兰馆词存》。

其词集见清赵宽《小脉望馆书目》"利册·宙字架·第四层"著录，有《堕兰馆词存》，一本。

汪承庆

汪承庆，字馨士，又字稚泉，镇洋（今江苏太仓）人。清文宗咸丰二年（1852）副贡生，官国子监博士。著有《墨寿阁词抄》（又名《兰笑词》）、《墨寿阁诗集》等。

其词集见钱溯耆辑《沧江乐府》收录，有民国五年（1916）刊本，其中有《墨寿阁词抄》一卷。有序云：

> 词自南宋白石、玉田辈出，遂为乐府雅音。本朝竹垞、樊榭继之，海内言倚声者固已祧苏、黄而越秦、柳矣。稚泉汪君文学镞镞，无能不新，以馀事为长短句，而句章隽旨，徽徽溢目。盖其性灵坌涌，自乃人所不能及者。抚西子之容，无假铅黛；剖干将之硎，非由淬炼。故能合姜、张、朱、厉为一手，而运以绮思，纬以灵襟。昔人称谢康乐诗"初日出芙蓉，天然去雕饰"者庶几似之。丁巳立冬后五日，梁溪顾翃。

作于咸丰七年（1857）。

又有《墨寿阁词抄》一卷续抄一卷，清光绪刊本。徐乃昌《墨寿阁词抄序》略云："《兰笑词》一卷，盖先生遗作也，壬寅之秋，令子闰生广文持以相示，并属一言为之序。"又跋略云：

> 戊午岁嘉定程序伯廷鹭、宝山朱伯康焘、沈小梅彦和、陈同叔升、太仓杨师白敬傅、钱芝门恩荣诸先生汇刻词集，合先君子《兰笑词》为七家。茧园钱中丞题简瑞曰《沧江乐府》。先君子宦游京师，所交皆海内知名士。槐署清暇，酬唱无虚日，往往有素，无一面识，而投刺造访，以诗词相商榷者。朝鲜使臣金某，彼都博雅，一再请谒，索《沧江乐府》以去，同时侪辈方诸鸡林贾人之购香山诗本，传为韵事焉。集中丙辰三十书感《满江红》四阕，一时和者尤夥。粤逆之难，板毁于兵，乱后归来，先君子以旧侣星散，绝少倚声之兴。往来赠答，诗歌为多。有时偶拈一解，脱稿辄即弃去。光绪庚寅弃养后，遗箧所存诗馀仅二十馀首。客岁谨将《墨寿阁诗集》先行付梓，冷斋无事，检旧藏《兰笑词》原本，重为抄录。乱后所作附编于后。呜呼！距先君子见背已十有二年矣。自恨不肖，不克追承家学以慰先志，手泽留遗，兢兢惟恐失坠。因谨述斯集之前后梗概，志诸卷末，爰付手民，冀传不朽。时光绪二十八年壬寅孟春，男曾萌识于射阳学舍。

作于清光绪二十八年（1902），戊年为咸丰八年（1858），光绪庚寅为光绪十六年（1890）。

又王祖畲《书籍簿记》著录有《墨寿阁词抄》，一册。未言版本。

许德蘋

许德蘋，字香宾，自号采白仙子，吴县（今江苏苏州）人。著有《和漱玉词》、《涧南词》。

《和漱玉词》一卷、《涧南词》一卷，清同治刊本。《和漱玉词跋》二则，其一云：

> 此《和漱玉词》已于己未岁刊过，辛酉岁粤匪劫掠吾山，

香滨被难，家资什物荡然一空，而书籍稿板亦俱殆尽。后检敝箧中，幸原稿在焉，急为抄正，携至申江。适顾子山观察忧归，亦避于申，为余另书一通，并嘱余重付梓人。因念香姬遇贼损命，悯其激烈，何忍弃此不再为之开雕乎？倘能传之后世，亦足以答其临难之意也，并《涧南词》二十三阕附刊于后。同治二年癸亥春尽日，么凤词人又识。

作于清同治二年（1863），己未为清咸丰九年（1859），辛酉为咸丰十一年（1861），知咸丰末曾刊印过。

右和《漱玉词》一卷、《涧南词》一卷，朱子鹤姬许香宾撰，香宾死节事具冯林一所撰传中。其词如出水芙蓉，绝去雕饰，天然娟秀。又如蛩吟雁唳，清越以凄。稿版经乱失去，子鹤重谋付梓，属余点窜。余校读数过，不敢僭易一字，因恐稍加雕饰，转失天然风韵也。质之子鹤，以为然否？癸亥花朝日，顾文彬识。

作于清同治二年（1863）。

又有徐乃昌辑《小檀栾室汇刻闺秀词》本，清光绪年间南陵徐氏刊本，其中有《和漱玉词》一卷附《涧南词》一卷。

又王祖畬《书籍簿记》著录有《和漱玉词》、《涧南词》，一册。未言版本。

张汝南

张汝南，字子和，上元（今江苏南京）人。清咸丰时人，工书画。著有《惜剩文稿》、《金陵省难纪略》、《江南好词》等。

《江南好词》一卷，清光绪上海著易堂铅印本。自识云：

或作《望江南》，伤今也；蒙作《江南好》，忆昔也。昔日江南地多名胜，景足游观，乐事赏心，良辰寓目，盛矣快哉！而乃粤氛一起，风景全消，市井丘墟，梵宫泡影。嗟乎！旋见金汤克复，莫寻古迹以重游；可怜玉碎难全，谁拨劫灰而再造。然则口虽道好，心不仍哀耶？兹乃撮有百端，咏成一集，庶几名蓝古刹，俾空中现出昙花。旧市新廛，似海上幻成蜃气，若谓有遗待补，还盼好事如蒙。丙辰秋识于濑阳戴埠旅寓。

作于清咸丰六年（1856）。又张元方跋略云：

忆咸丰癸丑年金陵城陷，先君子率全家赴水不死，死者仅二人，继先君子又自觅死不得。越明年秋，遂挈眷属出重围，自是避地转徙于江南北及苏杭城乡者，何止数十处。异地流离，风景山河，先君子触目增感，爰成《忆江南》词百阕。屡思付刻，皆不果，而先君子于同治癸亥年，遽捐馆于沪上。

作于清光绪二十三年（1897）。

又王祖畲《书籍簿记》著录有《江南好词》，一册。未言版本。

冯煦

冯煦（1843—1927），字梦华，号蒿盦，晚号蒿叟、蒿隐，金坛（今属江苏）人。清德宗光绪十二年（1886）进士，授翰林院编修。为安徽凤阳府知府，迁四川按察使和布政使，授安徽巡抚。辛亥革命后，寓居上海，以遗老自居。著有《蒿盦类稿》、《蒿盦词》（一名《蒙香室词》）。

《蒿盦词剩》一卷，民国刊本。有序云：

往岁在京师，同年冯君蒿盦示以宝应成恭恪公《澂泉词》一卷，因举倚声源流正变之故，辄瞠然不晓所谓。丙申、丁酉间始从半塘老人学为词，而君已之官皖中，劳燕分飞，晌为十稔，谏律稽谱，未获奉手，喝于之雅，邈不可致。辛亥国变，后先侨海上，同作流人。忧离伤生，往往托之遥咏，以遣

无涯之悲。而与孝臧唱酬为独多，逃空谷者闻足音而喜，君
与孝臧殆有同感矣。君词瓣香石帚，又出入草窗、玉田间。
数十年前吾乡词宗谭复堂大令已倾心敛手，固无俟孝臧妄赞
一语也。甲子始春，归安朱孝臧。

作于民国十三年（1924）。丙申、丁酉、辛亥分别为光绪二十二年
（1896）、二十三年和宣统三年（1911）。此本见刘承干《嘉业藏书楼
书目》"补遗"著录有《蒿盦词剩》一卷，甲子刊本，一册。

又见陈乃乾辑《清名家词》收录，民国二十六年（1937）上海书店
排印本，其中有《蒿盦词》一卷。

樊增祥

樊增祥（1846—1931），字嘉父，号云门，又号樊山、天琴老人、
身云居士，恩施（今属湖北）人。清德宗光绪三年（1877）进士，历知
宜川、咸宁、渭南诸县，累官至陕西布政使、江宁布政使、护理两江总
督。辛亥革命后以遗老避居沪上。著有《樊山集》、《五十麝斋
词赓》。

其词集见收于全集中，计有：

1.《东溪草堂词》二卷，清光绪十九年（1893）刻《樊山集》本。

2.《五十麝斋乐府》二卷，清光绪十九年刻《樊山集》本。

3.《五十麝斋词赓》三卷，清光绪二十八年（1902）刻《樊山集》
之《二家词抄》本。《民国词集丛刊》据以影印，樊氏《二家词抄序》
略云：

> 余所得先生（指李慈铭）诗词、书牍，积一巨簏，毁于庚
> 子之变，为可惜也。先生诗及骈体文先有刻本，散文则甲申
> 岁属余寿平抄得四十许篇，今已散轶。词则辛未以前手抄成
> 帙，自后所作散见日记中。叕夫京卿录为一册，先生并手稿
> 授之，曰："吾词尽于是矣。"先生殁四年，余再入都，叕夫
> 以词抄授余，俾付手民。迟至今日，始果此缘。因先生视余

为黄梅之慧能，苏门之淮海，遂附拙词于后，题曰《二家词抄》。恨秦、越间阻，求子珍词不可得。吾曩欲刻四家馆课，近欲刻三家词，皆仅得二家而止。若伯熙、廉生、子珍者，并人海虬鸾，神仙官府，遗鳞坠羽，俱足千秋。终当搜求付梓，以竟吾志，不使幽冥之中负此良友也。光绪壬寅五月，樊增祥叙。

作于清光绪二十八年（1902）。庚子、甲申、辛未分别为清道光二十年（1840）、光绪十年（1884）、同治十年（1871）。又自叙云：

余在渭南刻词二卷，曰《东溪草堂乐府》，始癸酉，终甲午，二十二年间所存裁百数十首，所沙汰者盖三倍于是。自尔以还所作盖寡，良以官舍栖迟，无酬和则情孤，无感发则意怠，然亦有时孤花媚晚，好鸟啼春，缀锦欺霞，团酥拟雪。及己亥入都，与意园、鸥簃时时赠答，意园词不多作，作则必工，鸥簃不能词，以诗为词，而词亦工。要知此事具有根柢，惟邃于学者为真词人也。余年十二学诗，十六学为词，二十以后始读红友《词律》。岁庚午与诸迟菊同年定交，迟菊精音律，相与往复讨论，乃知词学阃域。自后从悉师子珍游，而所学益进。始学苏、辛、龙洲，继乃专意南唐二主及清真、白石。居京师日，每一篇出，子珍必于桐花下置酒相属，命小伶弹金镂琵琶和之。团扇屏风，留题殆遍，即前所刻者是也。五十以后不名一家，多师为师，取届曲尽意而止。自甲午迄庚子春，可盈一卷。是年都下奇变，执殳前驱，历晋入秦，寝疏声律。会与研苏观察比邻而居，皆侘傺无聊，端忧多暇，相约和古词以寓今事，自秋徂春，得百馀解。迨辛丑夏骧躐柏台，遂尘薇省，笏卿、亚蘧、石甫、淇泉诸君前喁后于，更唱迭和，余以公暇周旋其间，捣麝捔莲，雕云镂月，味调鲭鲊，音合琴筝。长女阿频、女弟子祝蕊并耽风雅，暝写晨书，逸兴遄飞。老怀弥慰，检视所作又百许篇，遂衰七年

> 所得，厘为三卷，以授梓人，命之曰《五十麝斋词赓》。余性好焚香，迷迭都梁，氤氲房户，故取《逸周书》语以名吾斋，又以名吾词云。壬寅五月二十一日，樊山樊增祥自叙。

作于清光绪二十八年（1902）。癸酉、甲午、己亥、庚子、辛丑分别为同治十二年（1873）和光绪二十年（1894）、二十五年、二十六年、二十七年。又自跋略云：

> 世传侯朝宗刻集，凡属稿未竟者，一夕皆成之。余刻《词赓》第三卷，仅数十阕。幕僚王君少之，乃议日课一词，时余方还柏台。十二时中，常以六时接僚属，治公事，三时理咏，三时燕息。不两旬，得慢令七十馀首。倘无劳形案牍、延谒宾客之累，壹意为文，则侯生毕世所作，可一岁竟耳。世有得放翁残稿者，计一月作诗六十许篇，吾未陈臬事时，率月得五六十篇，亦有及百篇者，此固不足难也。

作于清光绪二十八年。又郑振铎《西谛书目》卷五著录有《五十麝斋词赓》三卷，清刊《二家词抄》本，一册。

4.《五十麝斋词赓》三卷，民国十二年（1923）石印《樊山集》之《二家词抄》本。

5.《双红豆馆词赓》一卷，清光绪二十八年刻《樊山续集》本。

6.《弄珠词》一卷，清光绪二十八年刻《樊山续集》之《二家词赓》本。

7.《咏物词》一卷，见雷瑨辑《娱萱室小品》中，民国六年（1917）上海扫叶山房石印本。

8.《樊山诗词文稿》十二卷，民国十五年（1926）上海广益书局铅印本。

9.《弄珠词》一卷，抄本，书衣题"微云榭词抄"，藏国家图书馆。

成肇麘

成肇麘（1847—1901），字漱泉，宝应（今属江苏）人。清穆宗同治十二年（1873）举人，德宗光绪六年（1880）依大挑授知县，分发直隶，署沧州知州。后又知静海、天津、灵寿县。卒赠太仆寺卿，谥恭恪。辑著有《唐五代诗选》、《宋六十一家词选》、《漱泉词》等。

其词集见于藏家著录的有：

1. 刘承干《嘉业藏书楼书目》著录有《漱泉词》一卷，刊本，一册。

2. 郑振铎《西谛书目》卷五著录有《漱泉词》一卷，清刊本，一册。

刘炳照

刘炳照（1847—1917），字光珊，号语石词隐，又号复丁老人、泡翁，阳湖（今江苏常州）人。诸生，一生漂荡，不得志于世。著有《留云借月盦词》、《无长物斋词存》。

其词集见于藏家著录的有：

一、《留云借月盦词》

《留云借月盦词》五卷续一卷，清光绪刊本。刘炳照跋云：

> 是刻自晋翁归道山后，因事中辍。今春由苏旋里，晤金君湛生，执手道契阔，日以文字相娱乐。出《粟香五笔》索叙，予亦出词稿，属为审定。湛生于予词有嗜痂之癖，鸠合同好，解囊相助，促付剞劂氏。续庚寅以后所作为五卷，越三月而工毕。倚声末技，诸君子谬加青眼，辱赐弁言，俾得附骥以得传。谨缀颠末，永志雅贶于勿谖云。癸巳立夏，语石词人再识于苏州留园之五峰仙馆。

作于清光绪十九年（1893），庚寅为光绪十六年（1890）。又盛星怀跋（光绪十九年）云："刘君光珊既写定《留云借月盦词》，将谋付梓。"

又金石《词续叙》（光绪二十五年）略云："刘君语石既刻《留云借月盦词》八卷，复哀戊巳所作，邮寄写本，俾缀一言。"又《词续跋》云：

不佞伏处金阊者十稔矣，客春校艺平湖，便棹武林。湖滨梅柳，喜逢故人。买舟蜡屐，游宴几无虚日。与山阴金君夔伯定交，绘一舸载诗图照行，嗣是逍遥海上者六阅月。偶作北里之游，遍览无一当意者。天涯沦落，知己难逢。仲冬复有甬郡校艺之行，毕勋阁大令，西泠酒侣，适馆授粲，庄坚白太守，情联今雨，针芥相投，互出填词图索题。客中度岁，人日方归。别后书来，望风怀想。今春由沪而杭，重寻旧梦，与夔伯、祉文唱和喝于，勾留两月，始返奇庐。近续词社，邮筒往来，友朋之乐，于斯为盛。岁晚境迫，闭产养病。删汰两年所作，录为一卷。吴会同好，赠言酿赏，促校续刊，聊存梗概。己亥岁不尽七日，泡翁斠毕并志，时年五十有三。

作于清光绪二十五年（1899）。

见于藏家著录的有：

1. 刘承干《嘉业藏书楼书目》著录有《留云借月盦词》五卷，光绪二十年（1894）刊本，一册。

2. 缪荃孙《目录词小说谱录目》著录有《留云借月盦词》九卷，光绪癸巳（1893）刊本。

3. 郑振铎《西谛书目》卷五著录有二：其一，《留云借月盦词》五卷，清光绪十九年（1893）刊本，一册。其二，《留云借月盦词》六卷，清光绪十九年刊本，一册。

二、《无长物斋词存》

《无长物斋词存》三种，民国三年（1914）刊本。三种为《梦痕词》二卷、《焦尾词》二卷、《春丝词》一卷。《民国词集丛刊》据以影印，缪荃孙叙（民国三年）云："语石曾刻《留云借月盦词》八卷续一卷，今删旧作，复益新篇五卷，编成，示余索叙。"又每种前均有题记，录如下：

少作悔存天遣，六丁收去，殆欲为我藏拙也。前尘如梦，

不复省忆。海内知己藏予初稿，力劝删存若干首，写定续
样。苏长公云"事如春梦了无痕"，梦而有痕，仍不过痴人说
梦而已。大难初过，拨云扶起吟魂，结习未忘喝月，复萌故
态，此梦何时醒邪？吾将呼趾离以诤之。光绪丙午中秋，语
石词隐刘炳照记。（《梦痕词》）

晚学有进，颇多新得，少陵云"老去渐于诗律细"，庐陵
云"诗以穷而后工"，吾谓词何独不然。书城罹劫，故纸成
灰，词笺赠答，遥结墨缘，癖等嗜痂，藏之篋衍，远道返璧，
如逢故人，不忍捐弃，最录副本，书经秦火，虽云幸草犹存，
世少中郎，敢冀焦桐入听，请质之好事者，下一转语。丁未
重阳，复丁老人炳照再记。（《焦尾词》）

予自甲辰罹灾，藏书尽毁，不复究心文字，偶有感触，辄
以小诗记之。词辍不作，海内凤好，属题索咏。驰书敦迫，
至再至三，不忍固却，聊复尔尔。玉溪生云"春蚕到死丝方
尽"，诚哉！宣统辛亥中秋，老复丁后盦主人续记。（《春
丝词》）

分别作于光绪三十二年（1906）、光绪三十三年、宣统三年（1911）。

此本见王祖畲《书籍簿记》著录，有《无长物斋词存》，一册。又
刘承干《嘉业藏书楼书目》著录有《无长物斋词存》五卷，甲寅刊本，
一册。

又见于著录的有：

1. 清赵宽《小脉望馆书目》"利册·宙字架·第四层"著录有《无
长物斋词存》，一本。

2. 郑振铎《西谛书目》卷五著录有《无长物斋词存》五卷，吴兴
刘氏刊本，一册。

王鹏运

王鹏运（1849—1904），字佑遐，一字幼霞，号半塘老人，又号鹜翁，晚年号半塘僧鹜，临桂（今广西桂林）人，原籍浙江山阴。清穆宗同治九年（1870）举人，授内阁中书，迁侍读，擢监察御史，升礼科掌印给事中。离京南归后居扬州，主仪董学堂，道经苏州，病卒。著有《半塘定稿》等。

王氏所撰词集多种，有《袖墨集》（即《半塘乙稿》）、《味梨集》（即《半塘丙稿》）、《鹜翁集》（即《半塘丁稿》）、《蜩知集》（即《半塘戊稿》）、《校梦龛集》（即《半塘己稿》）、《庚子秋词》（即《半塘庚稿》）、《南潜集》（即《半塘辛稿》）、《虫秋词》、《春蛰吟》等，其中有的是与他人唱和词的结集，如《庚子秋词》、《春蛰吟》以及《梁苑集》、《和珠玉词》等。后又据诸集删并，成《半塘定稿》及《半塘剩稿》。

今存王氏词集稿本数种，即：《半塘乙稿》一卷《己稿》一卷，稿本，郑文焯校。又：《梁苑集》不分卷，稿本。又：《袖墨词》一卷，稿本。均藏上海图书馆。又：《校梦龛集》一卷，稿本。

又国家图书馆藏有《四印斋词卷》，抄本，其中含《袖墨集》、《梁苑集》、《磨驴集》、《中年听雨词》四种。又夏承焘《天风阁学词日记（二）》于一九四七年十月八日云：

> 夕，见周雁石所抄王半塘词一本，分《袖墨集》、《梁苑集》、《中年听雨词》三种，见于半塘定稿者仅数首，雁石过录于友人处，云得于开封者。

其词集多见于刊印，计有：

1.《半塘词稿》丙稿一卷丁稿一卷戊稿一卷，清光绪刻本。其中丙稿《味梨集》自记云：

> 光绪癸巳七月移官西台，夺我凤池，吟事渐废，去年得四

词，而小令居其三，懒慢可知已。今年春延蓟州李簟先生为序，楫序柯两孙课师，文字之益，旁及老夫，乃复稍稍为之。三四月之交，忧愤所触，间为长歌以自抒写，而同人唱酬投赠之作其来纷如，吟兴愈不可遏，几成日课。然不审律，不琢句，期于尽意而止，非不求工，盖实不能工也。秋风浩至，候虫有声，渐不复作，适得影写元巾箱大字本《清真集》，拟仿刊入所刻词中，恐工之未善也。试刻拙作一通，以为之式。嗟乎！当沉顿幽忧之际，不得已而托之倚声，又无端而付之梓，可谓极无聊之致矣。蒙庄有言："楂梨橘柚，味各不同，而皆适于口。"然梨之为味也，外甜而心酸，此则区区名集之意云。乙未九月，半塘老人自记。

作于清光绪二十一年（1895），癸巳为光绪十九年（1893）。按：《味梨集叙目》曰："半塘填词丙稿，共令慢九十首，附录九首，续刻三十二首，附录一首。"又郑文焯《半塘丁稿题记》云：

> 半塘老人俎刲溪，半多戊戌春夏间在京华与予倡酬之作。甲辰三月后之见寄，并以未刻稿一卷索予删订，将寄古微侍郎于岭南学使署中，开雕有日矣。予旅沪，遇鹜翁，一日留，遂举作成订本报之。及翁自西湖游吴，时已六月十四，以宿拙政园感疾，凛凛极，余犹及一问，不三日而忽俎逝，则廿三日子时也。痛毒之怀，百感横集。颂此集中有《点绛唇》曲，记余言半塘故实，今翁竟殁于吴中，半塘稿其息壤欤？哀哉！鹤记。[1]

戊戌、甲辰分别为清光绪二十四年（1898）、三十年。

此本见刘承干《嘉业藏书楼书目》著录，有《味梨集》一卷，光绪二十一年刊本，一册。又郑振铎《西谛书目》卷五著录《味梨集》一卷，清光绪二十一年刊本，一册。

---

[1] 录自孙克强、杨传庆辑校《大鹤山人词话》卷三。

2.《半塘定稿》二卷、《半塘剩稿》一卷，清光绪刻本。朱祖谋序略云：

> 半塘词尝刻于京师，为丙、丁、戊三集。今刻于广州者，乃君衷其前后七稿，删汰几半，仅存百许首，自定本也。予校雠既竣而序之曰：……比年君客扬州，予来粤东，踪迹乖阻，书问时月相往还，每有所作，必以寄示。予谓君词于回肠荡气中，仍不掩其独往独来之概。君乃大以为知言。今年春邮寄小象，属摹卷端，谓令人他日得见此老鬓眉，其风趣如此。方冀易一二岁，予解组北去，从君襄羊山水间，各出所作相质证，此乐正未有艾，未几而君讣至矣。悲夫！悲夫！

按：《半塘定稿》卷一选自《袖墨集》（丙戌至己丑）、《虫秋集》（庚寅至癸巳）、《味梨集》（甲午、乙未）、《鹜翁集》（丙申、丁酉），卷二选自《校梦龛集》（己亥）、《春蛰吟》（庚子、辛丑）、《南潜集》（辛丑至甲辰）。又《剩稿》跋云：

> 半塘翁填词凡七稿，自刻者为丙、丁、戊三稿，既衷其已刻未刻诸集删存百馀阕，付余写定。翁没后一年，余为刊之广州，所谓《半塘定稿》也，然刊落泰甚，翁所挥为涕唾糠秕不屑屑者，世之人率踵汗奔喘，望尘而趋之若不及者也。端居循省，良不能忍而割舍。辄剌取《袖墨》、《虫秋》、《校梦龛》、《南潜》四集所薙者，得五十五阕，排录成帙，其已墨版者不复重及。昔黄仲则与洪稚存论诗不合，戏要（疑为要）之曰："脱不幸先稚存死，吾稿经若删定，必乖吾旨趣矣。"翁生平旨趣，余不敢谓不知，今之为是刻也，其果不至于乖与否也，则卒不敢自知，愿以俟之世之知翁词者。丙午八月，朱祖谋跋。

作于清光绪三十二年（1906）。

又梁启超藏《梁氏饮冰室藏书目录》著录，有《半塘填词定稿》二卷《剩稿》一卷，清光绪十年（1884）刻本，一册。梁氏跋云：

> 沤尹刻鹜翁词成，以初印本赠蜕庵，蜕庵携赴日本，与余同客须磨之双涛园，蜕庵归，此本遂置我箧中十七年，蜕庵墓亦拱矣。摩莎签题，凄感无已，乙丑五月启超记。

作于民国十四年（1925）。按：麦孟华（1875—1915，或作1916），字孺博，号蜕庵，笔名曼殊、先忧子、伤心人等，顺德（今属广东）人。入万木草堂，为康有为弟子。少时与梁启超齐名，在草堂弟子中有"梁麦"之称。清光绪十九年（1893）与康有为同科中举。二十一年（1895）与康有为、梁启超一起进京应试，梁、麦同寓。同年夏在康有为创办的《万国公报》任撰述和编辑，参加康有为等创立的保国会，戊戌政变后，逃亡日本，协助梁启超创办《清议报》。著有《麦孟华集》。

又郑振铎《西谛书目》卷五著录有《半塘定稿》二卷《剩稿》一卷，清光绪刊本，一册。

3. 清彭銮辑《薇省同声集》本，清光绪十六年（1890）刻本，其中有《袖墨集》一卷。彭氏《薇省同声集叙录》略云：

> 銮守邕州之明年，政暇，闲事吟弄，顾穷山密箐，无可是正，京华文燕，思之黯然。幸旧日吟侣端木子畴前辈、许鹤巢比部、王佑遐阁读，间有书来，每贻近作，兼多见忆之什，所以慰离群，联旧欢，意至渥也。回忆戊子入粤，湘上败舟，诸君投赠之珍，丧失殆尽，对此倍加珍惜。暇日整比，都为一编，益以临桂况夔笙舍人所为，命曰《薇省同声集》。况到官在，銮转外后，佑遐以同里后进寄其词，相矜诧。銮与彼都士人游，亦时闻况舍人名，因并甄录，以志向往省中文雅知名士，不翅四君，即四君之所成就及所期许，亦不翅此选声订均之末技。独念掖垣载笔垂二十年，与诸君子视草看

花，无三日不聚。暇则命驾，互相过酒垆僧寺，载酒分题，其
乐何极？丁亥秋，相约尽和白石自制曲，畴丈一夕得五六
解。佑遐性懒，词不时成，罚以酒，又不能饮，突梯滑稽，每
乱觞政，同人无如何，而乐即在其中，当时妄拟此乐可长，乃
自銮出后，畴丈近以老疾决退，鹤巢转秋部，佑遐行擢台垣，
一俯仰间云集者星散。曩时踪迹，几不可复识，正不独銮之
束缚，驰骤于蛮烟瘴雨中，望长安如在天上也。然则此选声
订均之微，其有关于吾曹之离合聚散，不綦重哉！录成，邮
京师，付之剞氏，略志其缘起如此，若诸君所诣阅者当自得
之，无烦觊缕。光绪十六年闰二月识于邕州郡斋。

作于清光绪十六年（1890）。戊子、丁亥为清光绪十四年（1888）和光
绪十三年，又许玉瑑《薇省同声集跋》云："光绪庚寅，前辈彭瑟轩太
守集官京朝时同人倡和诸作，并别后所寄，甄录成帙，付之手民，以
江宁端木子畴采、临桂王幼霞鹏运、况夔笙周仪、及玉瑑先后同直，
命曰《薇省同声集》，属书其后。"光绪庚寅即光绪十六年。

　　4.《半塘丁稿》一卷《半塘戊稿》一卷，清宣统元年（1909）铅印
《吉林日报社文苑专集》本之一。

　　5. 陈柱辑《粤西词四种》本，民国二十三年（1934）北流十万卷
楼刊朱印本，其中有《校梦龛集》一卷。

　　6. 陈乃乾辑《清名家词》本，民国二十六年（1937）上海书店排
印本，其中有《半塘定稿》一卷。

　　7. 薛季泽辑《清季四家词》本，民国二十八年（1939）成都薛崇
礼堂刻本，其中有《半塘定稿》一卷。毕节路《清季四家词序》略云：

　　　　清代词学昌明，作者如林，远追两宋。洎乎末造，流风渐
被，俊彦复兴，幼遐振采于燕都，叔问蜚声于江左，古微、夔
笙响应景从，如骖之靳，主盟坛坫，垂三十年，海内翕然宗
之。……今观清季四家之作，证诸皋文氏所称，述隐若符
契。盖兹四子者，生历同、光之际，海宇多故，国势岉危，外

侮洊臻，内政窳敝。半塘、彊村早岁通籍台省，蒿目时艰，抗言得失，亟思有所补捄。戊戌、庚子两役几蹈不测，大鹤、蕙风又皆侨寓东南，为诸侯宾客恒有江湖魏阙之思，四子出处虽殊，而感时抚事，忧深思远，未尝不同，方其前于后喝，劳歌互答，若琴瑟笙磬之同声相应，即其襮发于外者以观，而知其中之所蕴蓄者深矣。间尝考其晚节，半塘罢官数年，客死吴中，彊村、大鹤、蕙风胥丁国变，偕隐苏淞二十年间，相继凋谢，故其晚作，尤多苍凉伊郁，以视南宋中仙、叔夏、公谨诸人，宋亡，徜徉湖山，寓物感兴者，后先一揆。

作于民国二十八年。

8.《半塘词抄》一卷，民国二十五年（1936）和民国三十六年（1937）正中书局铅印《清十一家词抄》本。

另龙榆生有《跋彊村先生旧藏王鹏运〈味梨〉、〈鹜翁〉、〈蜩知〉三集原刊初印本，〈校梦龛集〉原抄本》云：

> 右临桂王鹏运幼遐《味梨集》一册，光绪乙未原刊初印本。又《鹜翁集》、《蜩知集》合一册原刊初印本，并经彊村先生标识，选入《半塘定稿》中。又《校梦龛集》一卷，清秘阁朱丝栏纸原抄本，亦彊村先生所藏。册中别录灵川苏汝谦栩谷《雪坡词》一卷，尾有半塘老人手书跋语。三十年前，北流陈柱尊柱曾从予假录，雕版行世。彊村先生尝语予五十后始学填词，实出半塘翁诱导。又称翁以不获登甲科颇引为憾，因之自定词集，独缺甲乙两编。今观《味梨集》题"半塘填词丙稿"、《鹜翁集》题"半塘丁稿"、《蜩知集》题"半塘戊稿"，《校梦龛集》题"半塘己稿"，则彊翁之说为不虚矣。清季词家，以愚所见，当推半塘老人及萍乡文道希先生廷式最为杰出，半塘直逼稼轩，而道希迳入东坡之室。其系心宗国，怵目外侮，一以抑塞磊落不平之气发之，故自使人读之神王。兹检敝箧，得此诸本，寄赠广西图书馆，庶永保之。

一九六四年五月十四日，万载龙元亮榆生书于上海南昌路寓庐之葵倾室。[1]

又见于藏家著录的有：

1. 徐世昌《书髓楼藏书目》卷四著录有《味梨集》、《鹜翁集》、《蜩知集》各一卷。

2. 罗振玉藏《罗氏藏书目录》著录有二：其一，《味梨集》一卷，鹏运，一本。其二，《半塘定稿》二卷《剩稿》一卷，一本。按：王国维编《大云书库藏书目》卷中著录有三：其一，《味梨集》一卷。其二，《鹜翁词》一卷《蜩知集》一卷。其三，《半塘定稿》二卷《剩稿》一卷。云："按此稿后为冯君翰飞强斋所藏，刊本未收者至多，因移录之。"

另张宗祥《铁如意馆手抄书目》著录有《四印斋词》一卷，与《说文辨疑》合订一册。按：此《四印斋词》一卷不知是指王氏所著词集，还是指王氏所刻词集。

边保枢

边保枢，字竺潭，任丘（今属河北）人。清穆宗同治九年（1870）举人。官浙江盐大使。工词，著有《剑虹盦词》。

其词集见清吴唐林辑《侯鲭词》中，清光绪十一年（1885）杭州吴氏刻本，其中有《剑虹盦词》一卷。吴唐林《侯鲭词序》略云：

> 爰辑新词，附益少作。互倾筐而倒箧，复称玉而量珠。抄胥既成，匠事伊始。计上元邓笏臣嘉纯、吴县俞小囿廷瑛、铁岭宗啸吾山、任丘边竺潭保枢词，都为若干首。集萃四灵，业富千古。而东家忘丑，幽谷求声。妄推卿子为冠军，共引公孙以同乘。不佞所作，亦附列焉。旁倚蒹葭，自惭形秽；仰施松柏，将共岁寒。遂令敝帚享珍，几忘滥竽充

---

[1] 录自《龙榆生词学论文集》之"词集题跋"。

数。此所以坐居蓝尾，不辞满酌金垒；拍按红牙，谬许抗声铁板也。

作于清光绪十一年（1885）。

又《剑虹盦词存》一卷，抄本，《清词珍本丛刊》据以影印。

又见徐世昌《书髓楼藏书目》卷四著录，有《剑虹盦词》一卷。未言版本。

岑应麟

岑应麟，字希白、荔舫，会稽（今浙江绍兴）人。年既冠，无所遇，遂归里，益折节读书。

《蠢盦遗词》二卷，清光绪印本。陶濬宣序略云：

> 予友岑希白既殁，同人集其词刊之，属序于予。予素不能词者，虑亡以重希白词以传希白。……其死也，无不扼腕叹息，思辑其遗书以示后。而所为经史之学，俱无成就，诗若文亦多散佚，唯存词如干首，厘为二卷刊之。夫希白之词，豪迈奔放，清新芊丽，皆可喜者，吾知其必有以传于后矣。

作于清光绪元年（1875）。

又徐世昌《书髓楼藏书目》卷四著录有《蠢盦遗词》二卷。未言版本。按：作者名署常应苔。

杨调元

杨调元（1851—1911），字孝羹，一字和甫，号仲和，贵筑（今贵州贵阳）人。清德宗光绪三年（1877）进士，官渭南知县，卒于任。著有《绵桐馆词》。

《绵桐馆词》一卷，民国活字印本。《民国词集丛刊》据以影印，李岳瑞序（民国三年，1914）略云："年丈贵筑裼先生殉国之三年，其子通哀集先生遗著，得所为《绵桐馆词》若干首，将以付之剞劂，而命岳瑞为叙言以弁其瑞。"

其词集见于著录的有：

1. 刘承干《嘉业藏书楼书目》著录有《绵桐馆词》一卷，甲寅（1914）仿宋铅印本，一册。

2. 郑振铎《西谛书目》卷五著录有《绵桐馆词》一卷，活字印本，一册。

汪渊

汪渊（1851—1916），字时甫，号诗圃，绩溪（今属安徽）人。贡生，淡于仕宦。好诗词，与夫人程淑集注《麝尘莲寸集》，又有《瑶天笙鹤词》、《藕丝词》、《味菜堂诗集》等。

《麝尘莲寸集》四卷补遗一卷，清光绪刊本。叙云：

> 词之集句滥觞坡、谷、荆公，及九重乐府之《调笑》，至国朝朱氏竹垞、柴氏次山辈而调始繁，然皆集唐诗为之，非集词句也。集词为词则始自《金谷遗音》，而万氏红友、江氏橙里遥为继起，顾万仅自寿数短阕，江亦仅集《山中白云》一卷，欲求慢令具备，多至二三百阕者盖寡。我诗圃夫子心嗛焉，因就所见诸词撷其菁英，比其节奏，成《麝尘莲寸集》四卷。今观其句偶之工，声律之细，气格之浑成，一一如自己出，殆所谓人巧极而天工错者乎？淑来归夫子时，见所刊自著《藕丝词》，喜雒诵之，而于是编尤爱不忍释。爰为详订出处，务使撰者不欺，读者有考，庶是集一出，得竟坡、谷诸贤未竟之绪，而为古今集词之大观也夫。光绪庚寅春，程淑绣桥撰。

作于清光绪十六年（1890）。又汪渊补遗序云："词刻将峻，偶检书簏，得残稿十数阕，续存于后，亦敝帚自享之意也。"

又见于著录的有：

1. 徐世昌《书髓楼藏书目》卷四著录有《瑶天笙鹤词》二卷。

2. 郑振铎《西谛书目》卷五著录有《藕丝词》四卷，清光绪七年（1881）刊本，一册。

3. 郑振铎《西谛书目》卷五著录有《麝尘莲寸集》四卷，清光绪刊本，二册。

奭良

奭良（1851—1930），字召南，满州裕瑚鲁氏，镶黄旗人。荫生，屡试不举，官至江苏淮扬道。著有《野棠轩文集》、《野棠轩词集》。

其词集见附于诗文集中，今有民国十八年（1929）吉林奭氏排印本《野棠轩全集》，其中有《野棠轩文集》五卷诗集四卷词集四卷。

又刘承干《嘉业藏书楼书目》"补遗"著录有《野棠轩词集》四卷，己未刊本，一册。按：己未为民国八年（1919）。

文廷式

文廷式（1856—1904），字道希，又作道羲、道溪、道兮，号云阁，又作芸阁，别号纯常子、罗霄山人、芗德，萍乡（今属江西）人，出生于广东潮州。清德宗光绪十六年（1890）榜眼，授翰林院编修、国史馆协修，擢翰林院侍讲学士，署理大理寺正卿。戊戌政变，出走日本。著有《云起轩词抄》、《文道希先生遗诗》、《纯常子枝语》等。

《云起轩词》一卷，稿本，藏中国社科院文学研究所。见《中国古籍善本书目》著录。

又见于丛书中的有：

1. 徐乃昌辑《怀豳杂俎》本《云起轩词抄》一卷，清光绪三十三年（1907）刻本。自序云：

> 词家至南宋而极盛，亦至南宋而渐衰，其衰之故可得而言也，其声多啴缓，其意多柔靡，其用字则风云月露、红紫芬芳之外，如有戒律，不敢稍有出入焉。迈往之士无所用心，

沿及元明，而词遂亡，亦其宜也。有清以来此道复振，国初诸家颇能宏雅，迩来作者虽众，然论韵遵律辄胜前人，而照天腾渊之才，溯古涵今之思，磅礴八极之志，甄综百代之怀，非窘若囚拘者所可语也。词者，远继风骚，近沿乐府，岂小道欤？自朱竹垞以玉田为宗，所选《词综》，意旨枯寂，后人继之，尤为冗漫。以二窗为祖祢，视辛、刘若仇雠，家法若斯，庸非巨谬。二百年来不为笼绊者，盖亦仅矣。曹珂雪有俊爽之致，蒋鹿潭有沉深之思，成容若学阳春之作而笔意稍轻，张皋文具子瞻之心而才思未逮，皆斐然有作者之意，非志不离于方罫者也。余于斯道无能为役，而志之所在，不尚苟同。三十年来，涉猎百家，榷较利病，论其得失，亦非扪籥而谈矣，而写其胸臆，则率尔而作，徒供世人之指摘而已。然渊明诗云"兀傲差若颖"，故余亦过而存之，且书此意，以自为其序焉。光绪壬寅十二月。萍乡文廷式。

作于清光绪二十八年（1902）。此本见郑振铎《西谛书目》卷五著录，有《云起轩词抄》一卷，清光绪三十三年（1907）南陵徐氏刊本，一册。

2. 陈乃乾辑《清名家词》本，民国二十六年（1937）上海书店排印本，其中有《云起轩词》一卷。

又见于藏家著录的有：

1. 刘承干《嘉业藏书楼书目》著录有《云起轩词》一卷，甲戌石印手稿本，一册。

2.《南陵徐氏藏书目》"第四十五箱"著录有《云起轩词抄》，抄本。

3. 郑振铎《西谛书目》卷五著录有《云起轩词抄》一卷，清光绪二十一年（1895）刊本，一册。

郑文焯

郑文焯（1856—1918），字俊臣，号小坡，又号叔问，晚号大鹤山人，别署冷红词客、瘦碧、石芝崦主等，奉天铁岭（今属辽宁）人，隶正黄旗汉军籍，自称汉代郑康成后裔，北海高密（今属山东）。清德宗光绪元年（1875）举人，授内阁中书，屡试不售，遂绝意仕进，弃官居吴不出。辛亥革命后以遗老自居，以行医鬻画自给。著有《瘦碧词》、《冷红词》、《比竹馀音》、《苕雅馀集》，其后删存诸词集为《樵风乐府》，又有《词源斠律》、《绝妙好词校录》等，合刊所著为《大鹤山房全集》。

郑氏词集今存稿本数种，计有：

1. 《大鹤山人词翰》不分卷，稿本，三册。藏南京图书馆。

2. 《冷红词》四卷，稿本，藏南京图书馆。又见《中华再造善本》收录。按：刘承干《嘉业藏书楼抄本书目》著录有《冷红词》四卷，红格稿本，二册。又见周子美编《嘉业堂抄校本目录》卷四著录，《冷红词》四卷，稿本，二册。

3. 《樵风乐府》不分卷，稿本，四册。藏南京图书馆。又见《中华再造善本》收录。按：刘承干《嘉业藏书楼抄本书目》著录有《樵风乐府》不分卷，红格稿本，四册。又见周子美编《嘉业堂抄校本目录》卷四著录，《樵风乐府》五卷，稿本，四册。

4. 《比竹馀音》四卷，稿本，藏四川省图书馆。

5. 《苕雅》四卷、《馀集》一卷、《苕华诗馀》一卷，稿本，藏国家图书馆。又见《中华再造善本》收录。按：刘承干《嘉业藏书楼抄本书目》著录有《苕雅》不分卷，绿丝稿本，六册。又见周子美编《嘉业堂抄校本目录》卷四著录，《苕雅》不分卷，稿本，六册。

6. 《瘦碧诗词稿》不分卷，稿本，一册。藏国家图书馆。

7. 《大鹤山人词翰》，稿本，藏上海图书馆。

以上稿本多见于《中国古籍善本书目》著录，另国家图书馆藏有《樵风乐府》一卷，抄本。龙沐勋编《同声月刊》第一卷《大鹤山人未刊词识》云：

叔问先生以贵介公子侨居吴下，专治倚声之业，为清季

词学宗师，先后刻有《瘦碧词》二卷、《冷红词》四卷、《比竹
馀音》四卷、《樵风乐府》八卷、《苕雅馀音》一卷，原稿归吴
兴刘氏嘉业堂，经与刊本比勘，多所删落，其中不少佳词。
当托沪友移录一通，以备异时补刻焉。辛巳季春，龙沐勋
附识。

作于民国三十年（1941）。

其词集见于刊印的有：

1.《瘦碧词》二卷，清光绪刊本，又民国苏州振新书局重刊本。
《民国词集丛刊》据以影印，自叙云："瘦碧何谓也？余尝梦游石芝崦，
所见石上文也。昔姜尧章客武康，居与白石洞天为邻，因以自号，且
以名其词，此其义例也。"又自序略云：

> 余幼嗜音，尝于琴中得管吕论律本之旨，比年雕琢小词，
> 自喜清异而苦不能歌，乃大索陈编，按之乐色，穷神研核，始
> 明夫管弦声数之异同、古今条理之纯驳，杂连笔之于书，曰
> 《律吕古义》，曰《燕乐字谱考》附《管色应律图》，曰《五
> 声二变说》，曰《白石歌曲补调》，曰《词源斠律》，曰《词韵
> 订》，曰《曲名考原》。凡兹所得，虽孤学荒冗，未为佳证，
> 庶病于今弗畸于古焉。世有解音善歌如尧章者，齐以抗坠，
> 取余词而声之，倘亦乐府之一缕哉？岁在徒维大梁月，文焯
> 叙于大鹤山房。

作于民国七年（1918）。又郑文焯序略云：

> 予从弟小坡少工侧艳之词，而不尽协律。南游十年，学
> 琴于江夏李复翁，讨论古音，乃大悟四上竞气之指，于乐纪
> 多所发明。故其为词，声出金石，极命风谣，感兴微言，深美
> 闳约，如杨守斋所讥转折怪异成不祥之音者，庶几免与。兹
> 先梓《瘦碧词》二卷，皆其手自勘定。少乖于律，虽工弗录，
> 故少作咸弃之。

又郑文焯题云：

> 此戊子年中冬所初印者，比以吴布政仲饴索丛刻全函，因向苏局取版，知已于戊戌秋裁局时失去。此本尚是从吴孝廉印臣许搜致，仅存一帙。十数年前自刻之书零佚如是，况乾、嘉以来名家善本，流传迄今，不益难乎？

戊子为清光绪十四年（1888），戊戌为光绪二十四年（1898）。又王树荣《重刊瘦碧词跋》略云：

> 北海郑叔问先生擅词学，耳其名久矣。因江君竹圃为介得读大著。微特运笔选言直造白石之室，即小序亦几与抗手。有清三百年来推为词坛老斫轮手，非虚誉也。……所著《瘦碧词》风行海内，板久毁失，近得原稿，因与江君亟谋重付剞劂，虽曲高和寡，知音寂寥，犹幸《广陵散》尚在人间，古调故不妨自爱也。

又缪荃孙《目录词小说谱录目》著录有《瘦碧词》一卷，光绪戊子（1888）刊本。

2. 《冷红词》四卷，清光绪归安沈氏耦园刊本。《民国词集丛刊》据以影印，沈瑞琳序略云：

> 自《瘦碧词》行于世，而海内以声应者亡虑数十百家，自《词原斠律》之书出，而海内承学之士又弗敢偭律而自鸣其词。北海中书叔问丈之所谓词者，于传则意内而言外，于诗则出入变风、小雅之间，汉魏乐府之遗音，唐宋燕乐之律本也。其为词造乎端也，朗丽以哀志；舒于文也，耀艳而深华。中年丧乱，哀乐所经，则又隐缪其辞，要眇其致，旁寄于一物一事，以喻夫忠爱离忧。扬之以雅声，齐之以乐句。说者以其令曲比诸《花间》。其曼词亦不亚片玉、石帚，南渡以后，求夫风力奇高，声文谐美，举世竞称无间然者，此其独焉已。顾世或病其前刻过少，尝有索其佚稿，为之续刊者，丈

辄笑而谢之。而吴越间爱其词者珍若枕秘，往往断楮零纨辄为藏庋。至于海壖名僧，皋桥小伎，亦且传写而歌诵之，其高致可知矣。去年因过大鹤山房，得丈手写《冷红词》，则戊子岁以后所作，凡百数十首，深美闳约，有过前编，固请付锲。逾年录副，依编年例，都为四卷。

作于光绪二十二年（1896）。目录后题云："右《冷红词》四卷，始己丑讫丙申，共得一百四十五首。"此本见刘承干《嘉业藏书楼抄本书目》著录，有二《冷红词》四卷、《比竹馀音》四卷，光绪二十年（1894）刊本，二册。又缪荃孙《目录词小说谱录目》著录有《冷红词》一卷，光绪□□刊本。又郑振铎《西谛书目》卷五著录有《冷红词》四卷，清光绪刊本，一册。

3.《比竹馀音》四卷，清光绪刊本。有序云：

> 往昔邓辛眉从孙月坡学词，邓父语余曰："词能幽人，使志不申，非壮夫之事、盛世之音也。"余窃笑焉，以为才人固甘于寂寞，传世无怨于凉独。使我登台鼎，不如一清吟远矣。特病不工词，不恨穷而工也。未三五年天下大乱，曩之公卿多福寿者，相继倾覆，而客楚士流转兵间，憔悴行歌，不妨其乐。余亦渐收摄壮志，时一曼声，既患学者粗率，颇教以词律。东南底定，海氛未起。于天津行辕得见叔问中书。叔问，贵公子，不乐仕进，乞食吴门，与一时名士游。文章尔雅，艺事多能，而尤工倚声。吴门，孙君故国也，前五十年，孙君与如冠九以词唱和于浔阳庐山间，佳句犹在人口。冠九则叔问乡前辈，再前，则成容若湛沦盛时，而词冠本朝，邓丈所言，吁其验矣。余交叔问，又将廿年，而时事愈变，吴越海疆，不能有歌舞湖山之乐，余居三间之祖土，无公子之离忧，樵唱田歌，一销绮思。穷则至矣，词于何有，邓丈之言，其犹衰世之盛耶？叔问远来征文，辄述师友身世之感以告之。时光绪壬寅夏四月五日，王闿运题于长沙城中湘绮楼。

作于清光绪二十八年（1902）。此本见梁启超藏《梁氏饮冰室藏书目录》著录，有《比竹馀音》四卷，清光绪间刻本，一册。又刘承干《嘉业藏书楼抄本书目》著录有《冷红词》四卷、《比竹馀音》四卷，光绪二十年刊本，二册。

4.《苕雅馀集》一卷，民国吴兴朱氏无著盦刊本。《民国词集丛刊》据以影印，朱孝臧叙略云：

> 海内称词家高流而精于音吕者，必首高密叔问先生。盖声文之感人深者，可以知其工矣。君旧刻词有《瘦碧》、《冷红》、《比竹馀音》三集行世，始丙戌，以次编年。辛丑以后所作，同人屡谋续刊，君以多难畏事，卒卒未之应也。曩者仁和吴伯宛舍人尝驰书吴中，固请裒前后集都为一编，重梓以饷学者，君抑然不自慊，久之乃删定见示，则旧刻汰存者十才二三。其《苕雅》四卷，皆十馀年箧稿，其义殆取之小雅篇终《苕之华》，闵时而作，有怨诽之音，又乱之以哀思也。岁在癸丑刻《樵风乐府》成，明年不佞北游，语伯宛因缘，以版归遗于君。而南北风行，不胫而走，读者恒以君自为去取，简择泰严。又自辛壬以来绝唱高辒，久无嗣响，佥以未窥全豹为憾。因忆近十年间相从林下，为苍烟寂寞之交，时一曼声，传笺满箧。乃取君近稿略为整比，亟付雕印，以广其传。补《樵风》之佚，即以附《苕稚》之馀焉。

作于清光绪五年（1879）。

5.《樵风乐府》九卷，民国二年（1913）仁和吴氏双照楼刊本。《续修四库全书》和《民国名家词集选刊》据以影印。此种是由以上诸集删并而成的，其中卷一末云："右《瘦碧词》旧刻二卷，凡六十七首，删存七首。"卷三末云："右《冷红词》旧刻四卷，始己丑，讫丙申，凡一百四十五首，删存五十六首。"卷五末云："右《比竹馀音》旧刻四卷，始丁酉，讫辛丑，凡一百六十二首，删存五十二首。"卷九末云："右《苕雅》旧稿四卷，始壬寅，讫辛亥，凡一百七十三首，删存一百十首。"所载为清光绪十五年（1889）至宣统三年（1911）之作，凡二百十八首。此书见梁启超《梁氏饮冰室藏书目录》著录，有《樵风乐府》九卷，民国二年仁和吴氏双照堂刻本，一册。云："封面任公先生题云：《樵风乐府》九卷，癸丑六月著者赠，饮冰室藏。"又刘承干《嘉业藏书楼抄本书目》著录有《樵风乐府》九卷，癸丑仁和吴氏双照楼刊本，一册。又《（上海）来青阁书庄书目庚午年十月》著录有《樵风乐府》九卷，云：癸丑仁和吴氏双照楼原刻，宣纸初印，阔大高密，郑文焯亲手密批校本。

其后又有《大鹤山房全书》，以上诸词集见收其中，即：

1. 《冷红词》四卷，清光绪二十二年（1896）归安沈氏耦园刊本。

2. 《比竹馀音》四卷，清光绪二十八年（1902）刊本。

3. 《樵风乐府》九卷，民国二年（1913）仁和吴氏双照楼刊本。

4. 《苕雅馀集》一卷，民国四年（1915）吴兴朱氏无著盦刊本。

5. 《瘦碧词》二卷，民国六年（1917）吴中刊本。

又刘复《半农书目》著录有《瘦碧词》二卷，大鹤山房刻本，一册。郑振铎《西谛书目》卷五著录有《瘦碧词》二卷，清光绪大鹤山房刊本，一册。二家著录的当指《大鹤山房全书》本。

又见于词集丛编的有：

1. 陈乃乾辑《清名家词》本，民国二十六年（1937）上海书店排印本，其中有《樵风乐府》一卷。

2. 薛季泽辑《清季四家词》本，民国二十八年（1939）成都薛崇礼堂刻本，其中有《樵风乐府》二卷。有毕节路《清季四家词序》，参见王鹏运条。

3. 王煜辑《清十一家词抄》本，民国二十五年（1936）正中书局铅印本，其中有《樵风词抄》一卷。

4. 王煜辑《清十一家词抄》本，民国三十六年（1947）正中书局铅印本，其中有《樵风词抄》。

又见于藏家著录的有：

1. 梁启超《梁氏饮冰室藏书目录》著录有《樵风乐府》六卷，传抄本，一册。

2. 佚名编《海宁张渭渔藏书目》著录有《瘦碧词》，四册。

李宗祎

李宗祎（1857—1895），一名向荣，字次玉，又字佛客，闽县（今福州）人。工填词。画山水、花鸟，楚楚有致。著有《双辛夷楼词抄》。

《双辛夷楼词》一卷附《花影吹笙室词》，民国印本。《重刊双辛夷楼词序》云：

> 呜呼！吾弟次玉竟以乙未六月客死江南，其孤宣龚以旧所刊词邮示余，余读之，益触余悲。继若有以塞余悲者，盖吾弟虽死，其所以不死者，政赖有此也。余方听鼓南昌，与张公束大令雅故。公束，今之词宗也，因乞鉴定，删去不合律者二阕。丙申九月余捧檄权守信州，濒行，校正副本付手民，今始蒇事。忆甲午冬余监榷建昌之涂家埠，弟侍太夫人来视余，居旬日，即别去。余送之江浒，有惘惘状。呜呼！岂知此去即死别耶？东坡寄颖滨诗云"与君世世为兄弟"，愿持此为来世券，弟其知耶？其不知耶？闽县李宗言识于滕王阁。时光绪丁酉二十有二日也。

作于清光绪二十三年（1897）。乙未、丙申、甲午分别为光绪二十一年（1895）、二十二年和二十年。又跋云：

> 先府君词凡再刻，初刻为《零鸳词》，时在光绪癸未、甲申，吾母何太淑人见背之后，再刻为《双辛夷楼词》，则府君殁后之二年，先世父偿园老人编梓于江西者。宣龚生二十岁而孤，奔走旅食，故于府君撰著未能随时编录。今校印之，诗馀一卷，大都府君年二十五岁以前所制，以府君他著多未留稿，前二刻板复佚失，用谨补印，以存家集。后附《花影吹

笙室词》一卷，则为孙氏妹慎溶之遗作。曩者南陵徐积馀观察曾为刻入《小檀栾室闺秀词》中，妹以光绪戊寅生，癸卯卒，年仅二十有六。所填《蝶恋花》一阕，有"飒飒墙蕉，恐是秋来路"之句，当时传诵，称之为李墙蕉。府君嗜倚声，而宣龚未能承学，妹工此，复不永年，良可追痛，校竟，谨志卷末。时距府君之殁已二十有六年，妹之即世亦十有八年矣。庚申九月二十日，宣龚谨记于海上观槿斋。

作于民国九年（1920）。癸未、甲申、戊寅、癸卯分别为光绪九年（1883）、十年、四年、二十九年。此本见梁启超《梁氏饮冰室藏书目录》著录，有《双辛夷楼词》不分卷，附《花影吹笙室词》，民国九年（1920）铅印本，一册。又刘承干《嘉业藏书楼书目》著录有《双辛夷楼词》一卷，附《花影吹笙室词》，仿宋印本，一册。

张仲炘

张仲炘（1857—1919），字慕京，号次珊，江夏（今湖北武汉）人。清德宗光绪三年（1877）进士，选为庶吉士，授翰林院编修。官至通政司参议。著有《瞻园词》。

《瞻园词》二卷，清光绪刊本。《民国词集丛刊》据以影印，周以存序（光绪三十一年）云："先生是集之刻意盖在是，愿以质天下后世之知词者。"

又《瞻园词续》一卷，民国刊本，《民国名家词集选刊》据以影印。夏敬观序略云：

> 通参有《瞻园词》刊于乙巳，其未刊者，大率丙午至辛亥所作。壬子、癸丑再遇于上海，意态极萧索。予请读新词，则曰："小雅不歌，吾曹复奚用词为？"以故及身无续刊，而遗稿亦放散。顷陈君倦鹤获自其孙，茸录成帙，将为刊行。

作于民国二十五年（1936）。乙巳、丙午、辛亥、壬子、癸丑分别为清

光绪三十一年（1905）和三十二年、宣统三年（1911）、民国元年
（1912）和二年，又跋云：

> 《瞻园师词》二卷，清光绪乙巳刻于金陵。嗣由宁而皖而
> 苏而鄂而沪，暂游燕京，复归鄂渚。己未秋谢宾客，晚年之
> 作竟未付刊，世宜屡求遗著于公家。去年九月公嗣孙忠似就手
> 稿移写见寄，凡六十首，壁中闳藏，爨馀重见，拟诸玄草，惭
> 非侯生，盥手斠录，付之剞氏，庶与手定词集同寿名山。公
> 又有奏议八卷，《光绪见闻录》如干卷，忠似谨守之，不轻示
> 人，从治命也。中华民国二十五年二月，弟子陈世宜谨跋。

乙巳、己未分别为清光绪三十一年（1905）和民国八年（1919）。

其词集见郑振铎《西谛书目》卷五著录有《瞻园词》二卷，清光绪
刊本，一册。

朱祖谋

朱祖谋（1857—1931），原名孝臧，字古微，号沤尹，又号彊村，
归安（今浙江湖州）人。清德宗光绪九年（1883）进士，改庶吉士，授
翰林院编修，擢侍讲，充日讲起居注官，迁少詹事、内阁学士，官至礼
部侍郎兼署吏部侍郎。辛亥革命后，以清遗老自居，住上海。著有
《彊村词》，编刻有《彊村丛书》、《彊村遗书》。

朱氏词集叙录如下：

一、《彊村词》

《彊村词》三卷、前集一卷、别集一卷，清光绪刊本。此本见于藏
家著录的有：1. 章钰《章氏四当斋藏书目》卷上之四著录有《彊村
词》三卷、前集一卷、别集一卷，清光绪三十一年（1905）刊本，二
册，有墨笔圈识。录跋云："前集及此卷，存词起光绪二十三年，讫三
十三年，以后所作均入《语业》卷中。卷末" 2. 郑振铎《西谛书目》卷
五著录有二：其一，《彊村词》二卷，刊本，一册。其二，《彊村词》三
卷，清光绪三十一年刊本，一册。

又有王煜辑《清十一家词抄》本，分别有民国二十五年（1936）和民国三十六年正中书局铅印本，其中有《彊村词抄》。

二、《彊村语业》

今存《彊村语业》三卷，稿本，龙榆生、汪兆镛题跋。存一卷，即卷三。藏上海图书馆。按：民国二十三年（1934）上海开明书店影印有《朱彊村先生手书词稿》一卷，存《语业》卷三，所据当为上图藏本。《民国词集丛刊》据以影印，后有多人题词识语。其中吴梅《秋霁》一词末题识云：

> 宣统庚戌访古微丈于听枫园，庭菊盛开，倚此就教，过承奖掖，良用惭奋。今岁榆生道兄印丈手稿，属撰小词，即录旧作，见上交之始，追念畴曩，曷禁泫然。甲戌夏，吴梅。

作于民国二十三年（1934）。又黄孝纾《木兰花慢》一词末题识云：

> 彊村丈下世，忽忽数年，其《语业》卷三手稿，大半为沤社词科而作，榆生词兄检付影印，缀词卷末，盖不胜人琴之思焉。黄孝纾敬题。

又所见刊本有：

1. 《彊村语业》三卷，民国十三年（1924）托鹃楼刻本，《民国名家词集选刊》据以影印，张尔田序引略云：

> 《语业》二卷，彊村先生晚年所定也。曩者半塘翁固尝目先生词似梦窗。夫词家之有梦窗，亦犹诗家之有玉溪。……复堂老人评《水云词》曰："咸同兵事，天挺此才，为声家老杜。"余亦谓当崇陵末叶，庙堂厝薪，玄黄水火，天生先生，将使之为曲中玉溪耶？

作于民国十三年（1924）。此本见于藏家著录的有：① 梁启超《梁氏饮冰室藏书目录》著录有《彊村语业》二卷，民国十三年（1924）托鹃楼刻本，一册。② 刘承干《嘉业藏书楼书目》著录有《彊村语业》二卷，甲子刊本，一册。又三卷，宣纸大本，一册。③章钰《章氏四当斋藏书目》卷上之四著录有《彊村语业》二卷，民国十三年托鹃楼刊本，一册。全书墨笔圈句。又于《减字木兰花》"冷官风"跋云："沤尹俳体，从王半塘尺牍中录出，乙亥中元。叙末。"乙亥为民国二十四年（1935）。

2.《彊村遗书》本，有《彊村语业》三卷、《彊村词剩稿》二卷、《彊村集外词》一卷，民国二十二年（1933）刊本。《语业》有跋云：

> 右《彊村语业》三卷，前二卷为先生所自刻，而卷三则先生卒后据手稿写定补刊者也。先生始以光绪乙巳从半塘翁旨，删存所自为词三卷，而以己亥以前作为前集，曾见《庚子秋词》、《春蛰吟》者为别集附焉。后又增刻一卷，而汰去前集、别集，即世传《彊村词》四卷本是也。晚年复并各集，厘订为《语业》二卷，嗣是不复多作。尝戏语沐勋："身丁末季，理屈词穷，使天假之年，庶几足成一卷。"而竟不及待矣，伤哉！先生临卒之前二日，呼沐勋至榻前，执手呜咽，以遗稿见授曰："使吾疾有间，犹思细定。"其矜慎不苟如此。兹所编次，一以定稿为准。其散见别本，或出传抄者，不敢妄有增益，虑乖遗志也。壬申初夏，龙沐勋谨跋。

作于民国二十一年（1932）。又《剩稿》于王鹏运《彊村词原序》后有朱氏题识云：

> 予素不解倚声，岁丙申重至京师，半塘翁时举词社，强邀同作。翁喜奖借后进，于予则绳检不少贷，微叩之，则曰："君于两宋涂径固未深涉，亦幸不睹明以后词耳。"贻予《四印斋所刻词》十许家，复约校梦窗四稿，时时语以源流正变之故，旁皇求索，为之且三寒暑。则又曰："可以视今人词矣。"示以梁汾、珂雪、樊榭、稚圭、忆云、鹿潭诸作。会庚子之变，依翁以居者弥岁。相对咄咄，倚兹事度日，意似稍

稍有所领受，而翁则翩然投劾去。明年秋遇翁于沪上，出示所为词九集，将都为《半塘定稿》，且坚以互相订正为约。予强作解事，于翁之闳指高韵，无能举似万一。翁则敦促录副去，许任删削。复书至，未浃月而翁已归道山矣。自维劣下，靡所成就，即此趄趄小言，度不能复有进益。而人琴俱逝，赏音阒然，感叹畴昔，惟有腹痛。既刊翁《半塘定稿》，复用翁旨薙存拙词若干首，姑付剞氏，即以翁书弁之首，以永予哀云。乙巳夏五月，上彊村人记。

作于清光绪三十一年（1905）。丙申、庚子分别为光绪二十二年（1896）、二十六年（1900），又《剩稿跋》云：

《彊村词剩》二卷，归安朱先生《语业》删馀稿也。先生既于光绪乙巳薙存丁酉以来所为词，刻《彊村词》三卷，前集、别集各一卷。而三卷末有丁未岁作，是此集虽开雕于乙巳，亦续有增益，以沦于宣统辛亥，足成四卷。而汰其前集、别集，不复附印，世几不获见先生词集之全矣。戊午岁先生复取旧刊各集，益以辛亥后作，删存一百一阕，为《彊村乐府》，与临桂况氏《蕙风琴趣》，以活字版合印为《鹜音集》。后五年癸亥，续加订补，刻《语业》二卷。先生词盖以是为定本焉。其癸亥以后有手稿，题《语业》卷三者，已为写定续刊矣。先生临卒之前数月，曾举手圈《彊村词》四卷本，及前集、别集见付。其词为定本所删者过半在，先生固不欲其流传。然先生所不自喜者，往往为世人所乐道，且于当时朝政以及变乱衰亡之由，可资考镜者甚多，乌可任其散佚？爰商之夏闰枝、张孟劬两丈，仿先生刻半塘翁词例，取诸集中词为《语业》所未收者，次为《剩稿》二卷。而以辛亥后存有手稿不入《语业》卷三者别为《集外词》，以附《遗书》之末。俾世之爱诵先生词者不复以缺失为憾云。壬申冬十二月，龙沐勋谨跋于真如寓居。

作于民国二十一年（1932）。乙巳、丁酉、丁未、辛亥、戊午、癸亥分别为光绪三十一年（1905）、二十三年、三十三年、宣统三年（1911）、民国七年（1918）、十二年。又《集外词跋》云：

> 《彊村集外词》一卷，据先生手稿写定，稿原二册，于先生遗箧中检得之，大抵皆二十年来往还吴门沪渎间所作，亦有成于国变前者。料其初当为零缣断楮，掇拾汇存，故不尽依岁月编次。各词每自加标识，隐寓去取之意，今悉仍之。其卷首《买陂塘》一阕，则江阴夏闰枝丈自旧京录示者也。先生晚岁酬应题咏之笔，间或假手他人，即此册中亦复时有代作。先生往矣，辄本过而存之之意，并付手民，学者分别观之可也。校录既竟，附识数语于此。壬申重九，龙沐勋谨跋于真茹寓居之受砚庐。

作于民国二十一年（1932）。又龙氏题跋有二，节录如下：

> 右彊村杂稿一册，归安朱孝臧古微手写本，有词七十七首。《薄倖》一首早由先生改定，录入《彊村语业》卷三，其馀除经先生乙去及注明代表者外，先生逝后，徇诸故旧之请，辑为《彊村集外词》，附刻《彊村遗书》中。……

> 彊村晚岁词一册，自《百官令·沈石田三桧图卷，郭季仁藏》以下至《清平乐·题所南翁画兰用玉田韵》共五十四阕，为归安朱先生晚居上海时手稿。其间除《高阳台·过苍虬湖舍》、《清平乐·何诗孙为梅兰芳画长卷征题》、《小重山》三阕，已由先生选入《彊村语业》卷三外，馀则先生下世后，余徇诸朋旧之请，别录为《彊村集外词》，刊入《彊村遗书》中。……[1]

---

[1] 见《龙榆生词学论文集》之"词籍题跋"。

均作于 1964 年。

3. 薛季泽辑《清季四家词》本，民国二十八年（1939）成都薛崇礼堂刻本，其中有《彊村语业》三卷。有毕节路《清季四家词序》，参见王鹏运条。

4. 陈乃乾辑《清名家词》本，民国二十六年（1937）上海书店排印本，其中有《彊村语业》一卷。

又罗振玉《罗氏藏书目录》著录有《彊村语业》二卷，一本。又见王国维编《大云书库藏书目》卷中著录，有《彊村语业》二卷。

三、《彊村乐府》

此种见孙德谦辑《鸳音集》，民国七年（1918）元和孙氏四益宧排印本，其中有《彊村乐府》一卷。孙德谦《鸳音集序》略云：

> 归安沤尹侍郎、临桂阮盫太守，今之词坛宿老也。两先生刊有词稿，传之其人，故以孝穆密裁，藏家成诵。著卿妍唱，饮处都歌矣。近者侍郎删存若干阕，太守亦重加理董。……往者两先生客居京师，与半塘老人渔谱齐妍，樵歌互答。半塘之词深文隐蔚，高格远标，雕琢曼辞，蹈入夸饰，则不屑染其烟墨也。今读两先生词，亦复道林造微，参轨乎正始；泉明指事，植体于比兴。东莞论文，标举才略。以阮籍命诗，嵇康遣论，谓其殊声合响，异翮同飞。吾于两先生今亦云然。半塘别字鸳翁，因以鸳音题其集，授之削氏，为序其简端云尔。

作于民国七年。按：梁启超《梁氏饮冰室藏书目录》著录有《彊村乐府》不分卷、《蕙风琴趣》不分卷。民国七年铅印本，一册。又云：封面任公先生题云："朱古微《彊村乐府》、况夔生《蕙风琴趣》合刻本，乙丑五月启超题藏。"按：此种即《鸳音集》本。

蒋左贤

蒋左贤（1849—1885），字翰香，号梅边女史，海昌（今属浙江）人。蒋光熙女，诸生张葆恩妻，年仅三十七而卒。著有《梅边笛谱》。

《梅边笛谱》一卷，清光绪刊本。序云：

> 海昌蒋氏藏书甲于浙右，生沐先生精雠校，所刻《别下斋丛书》，学者珍之。其嗣君泽山孝廉从余游，恂恂儒雅，善守父书，未尝不叹先生之有子也。乃今又得读先生女公子翰香女史之词，女史为先生第十六女，所居别下斋畔有老梅一株，因号梅边女史。所著词即题曰《梅边笛谱》，辞旨深长，音节凄惋，论者以其乡徐湘苹夫人比之，向无愧色。盖其耳濡目染，得于家学者深矣。乃年仅三十有七而卒，可悲也。夫余第二子归武林许氏者亦能诗词，其年较翰香女史更短二龄，将卒，自焚其稿，身后仅遗诗词数十首，刻《慧福楼幸草》，附余全卷以行。今读《梅边笛谱》，触余旧痛，不禁衰泪之沾襟也。光绪戊子端午前一日，曲园叟俞樾书。

作于清光绪十四年（1888）。又跋云：

> 吾乡闺媛代兴，能诗者指不胜屈，而长短句则湘苹夫人后无复嗣其音者，有之，自我友翰香始。翰香为峡川蒋生沐广文第十六女，擩染家学，好长短句逾于诗，曼声自度，深得南宋遗响。在室时与余唱酬最密，吟筒往还，殆无虚日。洎适花溪张氏，卅里间隔，书问久疏。乙酉冬闻归兜率，尽焉伤之。今其婿吟梅主政衷辑遗稿，属外子衍庐斠定，因得而尽读焉。昔夫人《拙政园词》，相国刊后，旋为吴兔床明经收入《海昌丽则》，而益传于世。吾知是集出必有踵明经而起者，行将拭目俟之矣。时丁亥九日，同邑女士朱孙凤韵书于沙滨之小绿窗。

作于清光绪十三年（1887），乙酉为光绪十一年（1885）。此本见郑振铎《西谛书目》卷五著录，有《梅边笛谱》一卷，清光绪十五年

（1889）刊本，一册。

又许宗彦《鉴止水斋藏书目》著录有《梅边笛谱》一本。未言版本。

易顺鼎

易顺鼎（1858—1920），字实甫，又作实父、中硕，别号哭庵、一广居士等，龙阳（今湖南汉寿）人。清德宗光绪元年（1875）举人，六应会试不第，改河南侯补道。后在广西、云南、广东等地任道台。辛亥革命后隐居上海。所著均见《琴志楼丛书》中。

《琴志楼丛书》中收录的有清光绪年间刊本，其中词集有三，即《楚颂亭词第四集》一卷、《鬘天影事谱》五卷（含《红蕉梦语》一卷、《红桥笛语》一卷、《忏红碎语》二卷、《橐括古人诗文词》一卷）、《摩围阁诗》二卷词二卷。《鬘天影事谱自序》云：

> 余年十三四即学为词，篇成，虽友人称善，未能自慊也。曩岁游京师，始获读宋名家词如吴君特、周公谨其人者，寻声按谱，时一效颦。抱瑟空弹，背灯独语。盖自春明下第，万感无聊，而于此道乃稍稍进矣。余性疏慵，脱稿后每不置副本，久多散佚。爰检录近作，自丙子春仲讫丁丑春孟，得词百首，分为四卷于左。

作于清光绪三年（1877），丙子、丁丑分别为光绪二年、三年。《摩围阁词》二卷（含《岁寒三友社言》一卷、《旧鸥今社言》一卷），自叙略云：

> 忆戊寅、己卯间，余与友人张紫帆、蒋次香同居黔东，刻意为词，酬唱殆无虚日，余所得颇多，遂成斯集，皆与二君切磋讲论之功。携至京师，将就正有道，尘积敝篋，卒无谈者。

作于清光绪六年（1880）。戊寅、己卯分别为光绪四年、五年。

又有《琴台梦语词》，清光绪刻本。自叙略云：

> 光绪丁亥，余三十之年也，是年在姑苏，尝与数友登灵岩琴台，悲歌吊古，意气甚壮。九月之望，骊驹入燕，曾几何时，而旧游已如梦幻，仅存此数十篇之词，亦如梦中语耳，余又何能无慨耶？且余固尝悔词，悔之而不废者何也？哀乐难忘，而聚散可感也。不知我者以为雕虫篆刻之事，而知我者必以为穷愁枯槁所为也。

光绪丁亥为清光绪十三年（1887）。又张百熙序（丁亥）云："《琴台梦语词》二卷，吾友易子中实游艺江南之所作也。"

又郑振铎《西谛书目》卷五著录有《楚颂亭词》一卷、《琴台梦语》一卷，清光绪十年（1884）刊《宝瓠斋杂俎》本，一册。

潘飞声

潘飞声（1858—1934），字兰史，号剑士、老兰等，番禺（今广东广州）人。清德宗光绪十三年（1887）应聘赴德国柏林讲授汉语言文学，三年后回国，旅居香港十年，晚年旅居上海，入南社。著有《说剑堂著书》、《饮琼浆馆词》。

所撰《说剑堂著书》有清光绪二十四年（1898）仙城药洲刊本，词集有四，即《海山词》一卷、《花语词》一卷、《珠江低唱》一卷、《长相思词》一卷。

又有沈宗畸等辑《晨风阁丛书第一集》本，清光绪至宣统国学萃编社排印本，其中收有潘氏《饮琼浆馆词》一卷。此又见郑振铎《西谛书目》卷五著录，有《饮琼浆馆词》一卷，云清宣统铅印《晨风阁丛书第一集》本，一册。

况周颐

况周颐（1859—1926），原名周仪，字夔笙，又字揆孙，号玉梅词人、蕙风词隐、阮盦，晚号蕙风，临桂（今广西桂林）人。清德宗光绪五年（1879）举人，授内阁中书，曾入张之洞、端方幕府。辛亥革命后，以清遗老自居，住上海，卖文为生。著有《第一生修梅花馆词》，晚年删订为《蕙风词》，又有《蕙风词话》等。

况氏词集多见刊印，计有：

1.《第一生修梅花馆词》，其中收录有《新莺词》、《玉梅词》、《锦钱词》、《蕙风词》、《菱景词》、《二云词》、《餐樱词》、《菊梦词》和《存悔词》，附《香海棠馆词话》，因刊刻时间不同，所收多寡也不一，有四种本、六种本、七种本、九种本，均为清光绪刊本。叙录如下：

其一，四种本，所收为《新莺词》、《玉梅词》、《锦钱词》、《存悔词》。其中《存悔词》前自识云：

> 余性耆倚声，是词为己卯以前作，固陋，无师友切磋，不自揣度，谬祸梨枣。戊子入都后，获睹古今名作，复就正子畴、鹤巢、幼遐三前辈，寝馈其间者五年始决。知前刻不足存，以少年微尚所寄，未忍概从弃置，择其稍能入格者十数阕，录附卷末。功候浅深，不可强如是，后之视今，犹今视昔，庶有进焉。壬辰小寒后四日。

作于清光绪十八年（1892）。

其二，六种本，较四种本新增《蕙风词》、《菱景词》二种。其中后者前有自识云：

> 乙未九月秦淮即事《金缕曲》句云："憔悴菱花年时影，忍向天涯重见。况呜咽、秦淮翠晚。别有西风消魂样，是芙蓉、老去鸳鸯散。"盖有所触，继此所为词，因以为名也，是词全阕不足存耳。夔笙自记。

乙未为清光绪二十一年（1895）。此本见郑振铎《西谛书目》卷五著录有《第一生修梅花馆词》五卷、《存悔词》一卷、《香海棠馆词话》一卷，清末刊本，一册。又罗振玉《罗氏藏书目录》著录有《新莺词》一卷、《玉梅词》一卷、《锦钱词》一卷、《蕙风词》一卷、《菱景词》一卷、《存梅词》一卷、《香海棠馆词话》一卷，一本。此又见王国维编《大云书库藏书目》卷中著录。

其三，七种本，较六种本新增《二云词》一种，前有自识云：

> 《菱景词》刻于戊戌夏秋间，距今十六年。中间刻《玉梅后词》十数阕，附笔记别行，谓涉淫艳，为伦父所诃，自是断手，间有所作，辄复弃去，亦不足存也。岁在癸丑，避地海隅，索居多暇，稍复从事。顽而不艳，穷而不工。姜白石乘肩小女，花月堪悲；张材甫回首长安，星霜易换。此际浔阳商妇，琵琶忽闻；何戡旧人，渭城重唱。有不托兰情之婉娈，缔瑶想之蝉嫣者乎？重以江关萧条，知爱断绝。言愁欲愁，则春水方滋；斯世何世，则秋云非薄。似曾相识，唯吾二云，二云而外，吾词何属？以二云名，非必为二云作也。写付乌丝，但博倾城一笑。上元甲寅花朝自题于海上眉庐。

作于民国三年（1914）。戊戌为清光绪二十四年（1894）。癸丑为民国二年。此本见刘承干《嘉业藏书楼书目》著录，有《第一生修梅花馆词》七卷附词话一卷，壬辰刊本，二册。又郑振铎《西谛书目》卷五著录有《第一生修梅花馆词》六卷、《存梅词》一卷、《香海棠馆词话》一卷，清末刊本，一册。

其四，九种本，有《蕙风丛书》本，较七种本新增《餐樱词》和《菊梦词》，其中前者自识云：

> 余自壬申、癸酉间即学填词，所作多性灵语，有今日万不能道者，而尖艳之讥在所不免。己丑薄游京师，与半唐共晨夕，半唐于词凤尚体格，于余词多所规诫。又以所刻宋、元人词属为斠雠，余自是得窥词学门径，所谓重、拙、大，所谓自然从追琢中出，积心领神会之，而体格为之一变，半唐亟奖藉之，而其他无责焉。夫声律与体格并重也，余词仅能平

侧无误，或某调某句有一定之四声。昔人名作皆然，则亦谨守弗失而已，未能一声一字剖析无遗，如方千里之和清真也，如是者廿余年。壬子已还，辟地沪上，与沤尹以词相切磋。沤尹守律綦严，余亦恍然向者之失，断断不敢自放。《餐樱》一集，除寻常三数熟调外，悉根据宋、元旧谱，四声相依，一字不易，其得力于沤尹，与得力于半唐同。人不可无良师友，不信然欤？大雅不作，同调甚稀，如吾半唐，如吾沤尹，宁可多得？半唐长已矣，于吾沤尹虽小别，亦依黯，吾沤尹有同情焉，岂过情哉？岂过情哉？乙卯风雪中，沤尹为锲《餐樱词》竣，因略述得力所由，与夫知爱之雅。为之序，与沤尹共证之。岁不尽六日，夔笙书于餐樱庑。

作于民国四年（1915）。壬申、癸酉、己丑、壬子、乙卯分别为清同治十一年（1872）和十二年、光绪十五年（1889）、民国元年（1912）和四年。

以上四种本、六种本、七种本，扉页虽然均署"壬辰"，而所收所刻时间并不统一。三种本为同一版刻，只是后者较前者增刻重印。六种本和七种本又与《香海棠馆词话》合一册。与《蕙风丛书》本所收九种本版刻不同。

2.《玉梅后词》一卷，自识云：

《玉梅后词》者，甲龙仲如，玉梅词人后游苏州作也。是岁四月自常州之扬州，晤半唐于东关街仪董学堂，半唐谓余是词淫艳，不可刻也。夫艳，何责焉？淫，古意也。三百篇杂鼎淫，孔子奚取焉？虽肰，半唐之言甚悉我也。唯是甚不似吾半唐之言，宁吾半唐而顾出此？余回常州，半唐旋之镇江而杭州、苏州，略举余词似某名士老于苏州者，某益大何之，其言浸不可闻。未几而半唐遽离，两广会馆之戚言反常，则亦为妖。半唐之言，非吾半唐之常也。而某名士无恙至今，则道其常故也。吾刻吾词，亦道其常云尔。丁未小寒食，自识于秦淮俟庐之珠花籍。

作于清光绪三十三年（1907）。此书多见刊印，计有：其一，《阮盦笔记五种》本，清光绪丁未（1907）刊于南京，《玉梅后词》附刻其中。其二，《阮盦笔记》本，绿印本，所收凡三种，附有《玉梅后词》，藏国家图书馆。其三，《蕙风丛书》本，附于《粤西词见》后，清光绪刊本。其四，《香艳丛书》本，清宣统年间排印本。

3.《秀道人修梅清课》一卷，民国活字印本。孙德谦序略云：

> 临桂况夔笙先生襟宇孤洁，艺业通深，乐府之工，允称独秀。每当露晨星晚，候雁初莺，往往绛蜡烧残，犹寻幽绪，黄华笑冷，自写傲情。顷岁以来遗世介立，琼楼高处，东坡恋其凄寒；玉田梦余，西杭增其怊怅。意有郁结，则一寓之词，此《修梅清课》先生近为畹华作，延年特善其技，郭讷能言其佳。于是蘋洲按谱，辄造新声；竹屋酣谣，几成痴语矣。

作于民国九年（1920）。按：上海图书馆藏况周颐题赠赵尊岳本《秀道人修梅清课》，有朱墨笔批校。此本见刘承干《嘉业藏书楼书目》著录，有《秀道人修梅清课》一卷，庚申仿宋铅印本，一册。

4.《秀道人咏梅词》，民国时惜阴堂铅印本。收《清平乐》二十一首，另附《减字浣溪沙》"梦入罗浮即会真"一词。

5.《存悔词》一卷，所收与《弟一生修梅花馆词》之《存悔词》不尽同。此书多次刊印，上海图书馆、南京图书馆均藏有清光绪丁亥（1887）刊本，上图藏本有牌记，题曰"丁亥仲秋镌于香海棠馆"，为南图藏本所无。南图又藏有光绪壬寅（1902）刊本，所收与丁亥本同同，半页行数字数也同，只是版框字号略小些。自识云：

> 吾生二十以外，便非妙龄。明镜笑人，黯然今昔，况复养花天气，薄暖轻寒，㽞酒情怀，才醒又睡。一春鱼鸟，不信浮沈，两字鸳鸯，也拌惆怅。寻芳倦矣，和影怜谁？不得已，以恨遣情，以悔分恨，悔而存之，仍无不悔之一时也。央花比

瘦，忏甚红愁；着柳伤离，依然绿怨。至若铜琶铁拨，尤多当
哭之音；玉引砖抛，强索无憀之作。既无庸悔，更不足存。
冬郎风格，不能例以香奁；秋士萧疏，不过好为妮语云尔。
己卯花朝，悔道人识于明月梅花共一窗下。

作于清光绪五年（1879）。

　　6.《养清书屋存悔词》一卷，刻本，藏中国国家图书馆，存词五
十六首，其中有六首不见于丁亥刊《存悔词》中。

　　7.《新莺词》一卷，清彭銮辑《薇省同声集》本，清光绪十六年
（1890）刻本，有彭氏《薇省同声集叙录》和许玉瑑《薇省同声集
跋》，参见王鹏运条。

　　8.《蕙风琴趣》一卷，孙德谦辑《鸳音集》本，民国七年
（1918）元和孙氏四益宧排印本，有孙氏《鸳音集序》，参见朱祖谋
条。此本见刘承干《嘉业藏书楼书目》"补遗"著录，有《鸳音集》二
卷，归安朱祖谋，临桂况周颐撰，戊午四益官仿宋铅印本，一册。

　　9.《蕙风词》一卷，陈乃乾辑《清名家词》本，民国二十六年
（1937）上海书店排印本。

　　10.《蕙风词》二卷，薛季泽辑《清季四家词》本，民国二十八年
（1939）成都薛崇礼堂刻本，有毕节路《清季四家词序》，参见王鹏
运条。

　　11.《蕙风词》二卷，民国赵尊岳刊《惜阴堂丛书》本，所收与
《弟一生修梅花馆词》之《蕙风词》不尽同。赵氏跋云：

　　　　吾师临桂况先生自定词，曩与归安朱先生词合编为《鸳
　　音集》者，名《蕙风琴趣》，前于丁巳夏秋间仿聚珍版印行，
　　仅二百本，未足广其传也。客岁尊岳校刻《蕙风词话》断手，
　　亟请并刻自定词缅属以行，词凡如干阕，视曩编《琴趣》增益
　　无多。吾师词可传者，宁止此数？盖从严格矜慎之至也。自
　　卷下《握金钗》迄《霜花腴》并辛亥国变后作，抚时感事，无
　　一字无寄托，盖词史也。昔人谓苏文忠才大如海，其为诗无

不可赋之题，无不可用之典，吾师之于词亦然。晚岁避地沪滨，鬻文为活，沪人士对于吾师无论知与不知，咸欲得一词自增重，于是乎吾师之词之题，乃至陆离光怪，匪夷所思，求之前人集中，殆未曾有，而其词益妥帖易施，题不足为词病，而皆为自定词所不取。其他惊才绝艳之作，蚤岁克副盛名，中年用自排遣者，吾师之所吐弃，它人得其一二，以之收名定价而有馀，则夫自定词之风流自赏，寸心千古，岂偶然哉？并世承学之彦，受而读之，于格调、旨趣、气息间深窥其得力之故，由门径而涂辙，而堂奥，一一与《词话》相印证，而歧趋与时习，未由而中之，则庶几《兰畹》、《金荃》去人不远矣。乙丑闰四月下浣，受业武进赵尊岳谨跋。

作于民国十四年（1925）。此本见郑振铎《西谛书目》卷五著录有《蕙风词》二卷，惜阴堂丛书本，一册。

江标

江标（1860—1899），字建霞，一作建赮，号师鄦，一作师许，别号苦諦，元和（今江苏苏州）人。清德宗光绪十五年（1889）进士，改翰林院编修，任湖南学政，变法失败后被革职，永不叙用。著有《红蕉词》等。

《红蕉词》一卷，清光绪江氏师鄦室刊本，自序云：

> 余十六七时，尝学词于阳湖吕鹤缘丈、金匮华笛秋舅氏。凡《花庵》、《草堂》诸刻，无一日废也。弱冠后熹为辑录之学，且奔走楚粤齐鲁间，不暇考声律。丁亥岁莫复来岭南，戊子正月罗浮舟中检箧，得诸名公词，爱而效之，三日得四十馀阕，并去夏在珠崖之作，共得五十二阕，删录三十六首，名之曰《红蕉》，志广南作也。词多无题，从竹垞翁《琴趣》、龚定公《无著词》例也。吕丈既远在津门，舅氏已撤瑟百日，标亦十许年来负米南北，希识两公颜笑久矣。人事变

迁，可慨也夫。光绪十四年戊子人日，元和江标建霞记于惠
州使院。

作于光绪十四年（1888）。此本见郑振铎《西谛书目》卷五著录，有
《红蕉词》一卷，清光绪江氏师鄌室刊本，与《鹤缘词》合一册。

又见赵诒琛辑《又满楼丛书》中，有《红蕉词》一卷，民国十二年
（1923）刊本。检王祖畬《书籍簿记》著录有：《瓣花词》、《莺边
词》、《留沤吟馆词》、《红蕉词》，一册。按：著录的四种词集均属《又
满楼丛书》中之物。

邱璋

邱璋，渭水人。与邱冈、邱璿兄弟三人，为贡生、或附贡生，未
仕。淡泊自持，崇信佛学。著有《诸华香处诗文集》、《诸华香处词》、
《晚安阁词稿》、《晚安阁时文》等。

其词集见柳弃疾《养馀斋松陵书目》卷四著录，有《晚安阁词稿》
木卷，抄本。

朱云翔

朱云翔，字遂佺，清江苏元和人。诸生，工词。著有《蝶梦词》。

其词集见赵诒深《赵氏图书馆藏书目录》卷四著录，有《蝶梦词》
一卷一册，新抄本。

汪兆镛

汪兆镛（1861—1939），字伯序，号憬吾，番禺（今属广东）人。
清德宗光绪十年（1884）举人，两应礼部会试不中，遂南归，为幕僚。
辛亥革命后以清朝遗老自居，避居澳门，以著述终老。著有《微尚斋
诗文集》、《雨屋深灯词》等。

《雨屋深灯词》一卷续稿一卷，清宣统三年铅印本，《民国名家词
集选刊》据以影印。

其词集又见汪兆镛辑《微尚斋丛刻》中，有《雨屋深灯词》一卷，民国元年番禺汪氏微尚斋刻本。

又见藏家著录的有：

1. 刘承干《嘉业藏书楼书目》著录有《雨屋深灯词》一卷续稿一卷，仿宋印本。

2. 郑振铎《西谛书目》卷五著录有《雨屋深灯词》一卷续稿一卷，清宣统三年（1911）铅印本，一册。

胡延

胡延（1862—1904），字长木，号研孙，成都（今属四川）人。清德宗光绪十一年（1885）优贡，知平遥、永济等县，官江苏江安粮储道。工词，著有《兰福堂诗集》、《蕊刍馆词集》等。

《蕊刍馆词集》六卷，清光绪刻本。有序云：

> 研孙先生词清微婉约，预乎无际，兼南宋作者之长，余剧赏之。研孙顾谓余："曩者尚有流丽疏快之作，今兹则日趋于涩矣。"余曰："词本遣兴之具，譬之作小楷书，方欲运法，而笔划已了，不以涩持之，则无含蓄深厚之趣。"余曩尝执断字论诗词，谓惟断故转，惟断故远。今研孙涩字之旨，殆与余断字不谋而合者。呜呼！词虽小道，通乎讽喻，未可以浅说馨也。研孙天姿超隽，学必诣极，当契余言。适刻《蕊刍馆词》将竟，爰题其简端。光绪丁亥之岁日南至，长洲顾复初潜叟。

作于清光绪十三年（1887）。按：《蕊刍馆词集》包括《兜罗绵词》一卷、《宝鬘云词》一卷、《祇洹珠词》一卷、《恒河鬓影词》一卷、《籫伽佗词》一卷、《燕子龛词》一卷。

其词集见于藏家著录的有：

1. 刘承干《嘉业藏书楼书目》著录有《蕊刍馆词集》六卷，光绪十三年刊本，四册。

2. 缪荃孙《目录词小说谱录目》著录有《苾刍馆词集》六卷，光绪癸卯（1903）刊本。

3. 郑振铎《西谛书目》卷五著录有《苾刍馆词集》六卷，清光绪二十九年（1903）刊本，一册。

陈克劬

陈克劬，字子勤，丹徒（今江苏镇江）人。清穆宗同治六年（1867）举人，客游湖北，主讲勺庭书院。著有《红豆帘琴意》。

《红豆帘琴意》一卷，清光绪刻本。方燕昭序略云：

> 吾师人师，非经师也。燕昭不敏，不能步武以为完人。所执业者，经而已，于师之经又未能窥见闳奥。所辨识者，经之绪馀，诗古文词而已。师所为诗古文词，燕昭以为直出古作者之手，非近时规仿剽窃者所能道。曾请刊布，以惠来兹。师曰："吾先人学综诸有，著作等身，以遭乱散佚，未遑搜辑梓行。余方以为大戚，敢自先乎？"不许。既而燕昭为太师母刻诗词集既竟，请于师，欲遂继刊，师又不许。年来，师搜辑先太夫子遗集，燕昭偕及门诸子襄校卒业，既已梓行。因欣然曰："今而后，师其无辞矣。"复申前意，且固以请。师曰："著作之事，非可苟焉已也。必其人有不没之性情与独到之学问，而后精神意气乃得托于文字，以垂永久。子之视吾何如邪？曷姑置之？"於乎！师之撝谦，可谓至矣。燕昭终不能自己，复从容请问，乃得诗词集若干卷刻之。

作于清光绪十三年（1887）。此本见郑振铎《西谛书目》卷五著录，有《红豆帘琴意》一卷，清光绪十三年刊本，一册。

又徐世昌《书髓楼藏书目》卷四著录有《红豆帘琴意》一卷。未言版本。

董受祺

董受祺（1862—1921），字绶紫，后名祺，阳湖（今属江苏）人。

清德宗光绪十五年（1889）举人，捐内阁中书，改同知，分发山东。著有《碧云词》、《铸铁词》。

《铸铁词》一卷，清光绪刊本。《民国词集丛刊》据以影印，董氏自识云：

> 庚辰岁从先师徐慕云先生游淮北，时以填词相问难，成《吮雪词》一卷，半多少年盛气作。张玉甫刺史怂付手民，未经校雠，颇有舛错。溯十年中初学玉田，继仿白石，复易而规抚南唐，所谓学邯郸舞，未得仿佛，辄弃其故步者也。近作不自爱惜，往往为人携去，不留副本。兹从书簏中检出，编残字缺，补缀而成之，忆丙戌从军旅顺，袁子久观察有"引满一觞，令人魂梦都清"之语，今慕师久归道山，子久亦于前岁捐馆舍。知音顿杳，感慨不胜。回首曩年都如梦寐，有不禁为之神往者矣。时丁酉五月，毗陵董受棋自记。

作于清光绪二十三年（1897）。庚辰、丙戌分别为光绪六年（1880）和十二年，又张景昭序略云："昔年得《吮雪词》刻本一编，时时展诵，见其镂玉缀珠，啼红怨绿，每叹作者忧思之深。……其夫人亦能诗，余近从之游，故知内翰最审，因有续刊之举，爰援笔以志之。辽阳女士班卿张景昭识。"此本见郑振铎《西谛书目》卷五著录，有《铸铁词》一卷，清光绪二十五年（1899）刊本，一册。

又《碧云词》一卷，民国武进董氏刊本。《民国词集丛刊》据以影印，董康序略云：

> 先兄绶紫庚申冬从事库伦，未几变作，遂以身殉。检索遗箧，仅《碧云词》一帙尚完，因校写付刊。兄夙擅文誉，尤好倚声。少日负不羁才，纵横自意。光绪己丑举京兆试，官中书，改外至山左，晋阶道员，佐军事数有功。涡阳剿匪之役，或追言其过，当被劾落职，隐于醵有年。复弃去，颇尝积赀，旋辄罄尽，以贫故，垂老犹糊口四方。意忽忽不自得，抑

塞磊落之概，多寓于词，求诸吾乡前辈，有止庵、弢甫二周先
生之馀风。此卷皆罢官衰耦后作，回曲隐轸，恒假物以宣
滞。声情激宕，往往肖其为人。顾性不习拘检，时或率易出
之。兹不敢有所去取，以存其真。

作于民国十年（1921）。庚申、己丑分别为民国九年和光绪十五年
（1889），此本见刘承干《嘉业藏书楼书目》著录，有《碧云词》一
卷，壬戌诵芬室精刊本，一册。又徐世昌《书髓楼藏书目》卷四著录
有《碧云词》一卷，武进董氏刊本。

程颂万

程颂万（1864—1932），字子大，号十发居士，宁乡（今属湖
南）人。曾入湖广总督张之洞幕，长住武昌。以例贡生盐提举衔、湖
北候补用通判加二级提调湖北自强学堂（武汉大学前身），兼管湖北洋
务局各事。又任湖南岳麓书院山长。毕生致力于教育和实业，晚年曾
寓居上海。著有《楚望阁诗集》、《石巢诗集》、《鹿川诗集》、《美人长
寿盦词》、《定巢词》等，合刊为《十发居士全集》。

其词集多见刊印，计有：

1.《美人长寿盦词》六卷，清光绪二十六年（1900）刊本。《民国
词集丛刊》据以影印，自序略云：

> 岁己亥，提调自强学堂，况君夔笙适来分校。夔笙旧家
> 湘野，尤邃于词，因为余撰录旧词，得三百六十阕，复谋别撰
> 若干阕，并己作与中实（即易顺鼎）诸子合为六家。

作于清光绪二十六年（1900）。按：《美人长寿盦词》包括《言愁阁笛
谱》二卷、《蛮语词》一卷、《湘社雅词》一卷、《十鞸词抄》一卷、《十
鞸后词》一卷。总目后况氏题云：

> 十发先生《美人长寿盦词》，于宋人近清真、白石，其致
> 密绵丽之作又似梦窗。于国朝近朱锡鬯《载酒》、《琴趣》两

集，兼而有之，清而不枯，艳而有骨，以昔之邹董，今之郭姚例，君非知君词者也。词最六卷，都三百六十阕，庚子燕九前十日，斠毕于武清杏花天之剑为琴室，玉梅词人况周仪。

作于清光绪二十六年。诸词集后有题跋，录如下：

> 右词二卷，最初之作起己卯讫丙戌，都如干阕。易子中实撰录于前，况君夔笙斠勘于后。余得以审知音病，审易芜俦，刻而襥之，既竟，识其缘起。光绪庚子灌佛日，颂万自记。（《言愁阁笛谱》）

> 右词一卷，戊子客溪州作，初名《鸥笑词》，凡六十九阕，己丑春仲刻于长沙，越十有一年庚子夏，重校订于武昌，易今名，以次《言愁》之末。十发盒人颂万记。（《蛮语词》）

> 右编起戊子冬讫辛卯春，为《湘社雅词》一卷。社作录存甚简，多所审易，其秋词集句，不系于社，以里居所作，因与社稿同撰录焉。庚子竹醉前二日病起，颂万自记。（《湘社雅词》）

> 右《十韗词抄》一卷，初名《悔梦词》，最七十三阕，附录一阕。光绪壬辰秋七月，撰次于海南药洲。冬十月上浣，校刻讫工，杭州徐珂附记。（《十韗词》）

> 右一卷起壬辰讫己亥，凡八年所得词，都如干阕，命曰《十韗后词》。丁酉入都还鄂，得词仅十有四阕。《白海棠》题，前客羊城作，《临江仙》题，前里居作。颂万记。（《十韗后词》）

以上诸文中涉及的干支纪年有庚子、戊子、辛卯、壬辰、己亥、丁酉，分别为清光绪二十六年（1900）、十四年、十七年、十八年、二十五年、二十三年。此本见郑振铎《西谛书目》卷五著录，有《美人长寿盦词》六卷，清光绪二十六年刊本，一册。

2.《定巢词集》十卷，民国十三年（1924）刊本。《民国名家词集选刊》据以影印。谢善诒序略云：

> 《定巢词》十卷，《十发居士全集》之一，宁乡程丈子大观察所作也。溯原骚辨，合辙风雅，颉颃同辈，左右数人。往则王半塘给谏、郑大鹤山人扇其芬，存则况阮盦舍人、朱古薇侍郎媷其美，惟缘情体物，作者攸同，行气驱才，成章各异，同归殊毂，合微契妙，独论积健，终以推袁丈之于词，少规双白，继步二窗。……《鹿川》二卷，直造于成。综其所制，删勒八卷，又附集句、联句各一卷，妙同蕃锦，百衲春葩，嫩比城南，连璧绮藻，乃以善诒粗解倚声，命参订律，僭为雠校，以付剞劂。

作于民国十二年（1923）。又有诸家题词，况氏题云：

> 子大先生属余斠酌词集，余颇有刍荛之献，乃荷壤流，不择一声一下字，斠酌靡遗，且必互商而后定稿，可谓能充谦受之量者矣。子大词本精丽，近更沉着。收五代之华藻，入南宋之高格，周吴可作，何以易之。庚子饯春前五日，楚望阁夜谭，记此时子大提调荆湖，强学余分斠德俄文斋，素心晨夕，尊酒论文，致足乐也。玉梅词人况周仪记。
>
> 余尝谓清真词是两宋关键，子大胜处酷似清真，是不为南北宋两派所囿者，同夕又记。

按：《定巢词集》包含《言愁词》三卷、《蛮语词》一卷、《横览词》一卷、《石巢词》一卷、《鹿川词》二卷、《集句词》一卷、《连句词》一卷。

3.《鹿川词》三卷，程颂万辑《三程词抄》本，民国十八年（1929）眉山夏忠道排印本，有跋云：

年丈程雨沧师《湖天晓角词》二卷，冢嗣子君翼刻于浏阳，未几板毁，子大亲家搜辑师晚年定本，将并其兄彦清《牧庄词》付诸手民。其门人吕、夏二子因请并子大《鹿川词》合辑，遂为《三程词抄》之刻。时予自北还，舍子大沪邸，读吾师词，气浑而骨苍，造诣骎骎荟于两宋，而审律精严，高睨流辈。忆吾师尝教人曰："无论所学何事，非严守古法，不能得其变处、至处。学焉而有馀于学之外，则凡所学所至，靡不有传。"知此者，岂仅可与言词哉？牧庄才力天纵，中遘末疾，尝自焚其词稿，赖子大搜求遗烬，以有是编。微婉幽脆，光景常新，亦必传作也。予别子大十二年矣，而《十发居士全集》已刻至十数种之多，家集衰然，词犹其馀也。予尝欲覆刻先布政公《函楼全集》暨先中实兄《哭庵遗书》，衰疾交侵，校理未毕，读此不胜感喟。己巳夏六月望，汉寿易顺豫由甫谨识于海上。

十发门人为援二王、三苏例，校印《三程词抄》，意至厚也，又援天地人三才之例，以人出于天，义原统括，号曰三才。与兹编以子出于父，署曰三程，义得类证，为附书之。顺豫又记。

作于民国十八年（1929）。按：《三程词抄》包括程霖寿《湖天晓角词》二卷、程颂芳《牧庄词》三卷、程颂万《鹿川词》三卷。

4.《沧浪榭词集》一卷，又名《鸥笑集》，清光绪刻本。程氏跋略云：

仆之生，历于春二十有七，历于秋二十有八，都所为论辩、传记、碑颂、辞赋之文，得二百篇。乐府歌行杂体之什，又二千六百馀篇，亦既夥矣。今年秋友人杭州徐君仲可最录予辛卯行卷《十鞬词》七十三阕，刻之岭南，既成，而自讼曰：……徐君既尝鞫吾词矣，曷观吾之自鞫？

作于清光绪十八年（1892）。

又郑振铎《西谛书目》卷五著录有二：其一，《十韀词抄》一卷，清光绪十七年刊本，一册。其二，《定巢词集》存四卷，一九二四年武昌刊本，一册。存卷一至四。

曹元忠

曹元忠（1865—1923），字夔一，一作揆一，号君直，晚号凌波居士，吴县（今江苏苏州）人。医学世家，清德宗光绪二十年（1894）举人，捐官内阁中书，任学部图书馆纂修，宣统元年迁内阁侍读学士。辛亥革命后为清遗老，居乡不出。著有《笺经室遗集》、《赐福堂诗词稿》、《笺经室书目》、《乐府补亡》等。

其词集见全集中，今有清光绪曹氏笺经室刊《笺经室丛书》本，其中有《乐府补亡》一卷，清光绪二十七年（1901）刊本。

此外又有刊本二：

1. 朱孝臧辑《彊村遗书·沧海遗音集》本，民国二十二年（1933）刊本，其中有《凌波词》一卷。

2. 翁之润辑《题襟集》本，清光绪二十四年（1898）宜南刻本，其中有《云瓿词》一卷。

又刘承干《嘉业藏书楼书目》著录有《乐府补亡》一卷，光绪写刊本，一册。

参考文献 |

一、书目书志类

崇文总目　宋王尧臣 等编　1987 年现代出版社影印《中国历代书目丛刊》(第一辑)本，以下同

昭德先生郡斋读书志　宋晁公武 撰　《中国历代书目丛刊》(第一辑)本

遂初堂书目　宋尤袤 撰　《中国历代书目丛刊》(第一辑)本

直斋书录解题　宋陈振孙 撰　《中国历代书目丛刊》(第一辑)本

通志　宋郑樵 撰　浙江古籍出版社 2007 年影印本

文献通考　元马端临 撰　浙江古籍出版社 2000 年影印本

秘阁书目　明钱溥 撰　《四库全书存目丛书》本

文渊阁书目　明杨士奇 撰　《读画斋丛书》本

明书经籍志　明杨士奇、清傅维麟 编　1978 年台湾成文出版社有限公司印行《书目类编》本

内阁藏书目　明孙能传、张萱等 撰　《续修四库全书》本

菉竹堂书目　明叶盛 撰　《四库全书存目丛书》本

晁氏宝文堂书目　明晁瑮 撰　《四库全书存目丛书》本

百川书志　明高儒 撰　《丛书集成续编》本

万卷堂书目　明朱睦㰌 撰　《丛书集成续编》本

徐氏家藏书目　明徐㷆 撰　《明代书目题跋丛刊》本

濮阳蒲汀李先生家藏目录　明李廷相 撰　《玉简斋丛书》本

脉望馆书目　明赵琦美 撰　《丛书集成续编》本

赵定宇书目　明赵用贤 撰　《明代书目题跋丛刊》本

世善堂藏书目　明陈第 撰　《知不足斋丛书》本

江阴李氏得月楼书目　明李鹗翀 撰　《丛书集成续编》本

国史经籍志　明焦竑 撰　《四库全书存目丛书》本

澹生堂藏书目　明祁承㸁 撰　《丛书集成续编》本

笠泽堂书目　明王道明 撰　2003 年北京图书馆出版社影印《稿抄本明清藏书目
　　三种》本

玄赏斋书目　明董其昌 撰　《明代书目题跋丛刊》本

古今书刻　明周弘祖 撰　《丛书集成续编》本

行人司重刻书目　明徐图 撰　《己卯丛编》本

内板经书纪略　明刘若愚 撰　《明代书目题跋丛刊》本

汲古阁毛氏藏书目录　明毛晋 撰　抄本

隐湖题跋　明毛晋 撰　《明代书目题跋丛刊》本

汲古阁校刻书目　清郑德懋 辑　《明代书目题跋丛刊》本

汲古阁珍藏秘本书目　清毛扆 撰　《士礼居丛书》本

虞山钱氏绛云堂藏书全目　清钱谦益 撰　抄本

牧斋书目　清钱谦益 撰　抄本

上善堂书目　清孙从添 撰　民国己巳刻本

也是园藏书目　清钱曾 撰　《玉简斋丛书》本

钱遵王述古堂藏书目录　清钱曾 撰　《四库全书存目丛书》本

读书敏求记　清钱曾 撰　《四库全书存目丛书》本

钱遵王读书敏求记校证　清钱曾 撰　清管庭芬、章钰 校证　民国丙寅长洲章氏
　　刻本

千顷堂书目　清黄虞稷 撰　《丛书集成续编》本

曝书亭藏书目　清朱彝尊 撰　清抄本

潜采堂书目四种　清朱彝尊 撰　抄本

竹垞行笈书目　清朱彝尊 撰　抄本

好古堂书目　清姚际恒 撰　民国十八年中社影印稿本

抱经楼藏书记　清卢址 编　稿本

抱经楼书目　清卢址 编　清抄本

四库全书总目　清永瑢等 撰　1995 年中华书局影印本

四库全书简明目录　清永瑢等 撰　1985 上海古籍出版社出版

续文献通考　清乾隆 敕撰　2000 年浙江古籍出版社出版

钦定续通志　清乾隆 敕撰　《景印文渊阁四库全书》本

季沧苇藏书目　清季振宜 撰　清嘉庆乙丑刻本

含经堂藏书目　清徐元文 撰　铁琴铜剑楼传抄本

存寸堂书目　清佚名 撰　清嘉庆黄氏士礼居抄本

行素草堂目睹书录　清朱记荣 撰　清光绪甲申刻本

四库全书辑永乐大典本书目　清孙骥 撰　《辽海丛书》本

佳趣堂书目　清陆漻 撰　《郋园先生全书》本，又 2005 年商务印书馆影印《中国
　　著名藏书家书目汇刊》本

楝亭书目　清曹寅 撰　《丛书集成续编》本

积学斋书目　清徐乾学 撰　积学斋抄本

传是楼宋元板书目　清徐乾学 撰　《传砚斋丛书》本

传是楼书目　清 徐乾学 撰　清道光八年刘氏味经书屋抄本

振绮堂书目　清汪宪 撰　清光绪十二年铅印本

宝闲斋藏书目　清张仁美 编　清张元龄抄本

古韵图书目　清许梿 撰　古韵阁藏抄本

小眠斋读书日札　清汪沆 撰　抄本

恬裕斋藏书记　清瞿镛 撰　抄本

铁琴铜剑楼藏宋元本书目　清瞿镛 撰　清光绪丁酉元和江氏刻本

铁琴铜剑楼藏书目　清瞿镛 撰　清光绪常熟瞿氏刊于罟里家塾

铁琴铜剑楼藏宋元本书目　清瞿镛 撰　清光绪丁酉元和江氏辑刻

铁琴铜剑楼藏书题跋集录　瞿良士 辑　2005 年上海古籍出版社出版

钮非石日记　清钮树玉 撰　1998 年辽宁教育出版社出版

爱日精庐藏书志　清张金吾 撰　《续修四库全书》本

爱日精庐藏书简目　清张金吾 撰　2005 年商务印书馆影印《中国著名藏书家书
　　目汇刊》本

思补精舍书目　清秦嘉谟 撰　2005 年商务印书馆影印《中国著名藏书家书目汇
　　刊》本

天一阁书目　清康熙佚名抄本

天一阁书目　舒木鲁氏抄本

天一阁书总目　清阮元 编　清嘉庆刻本

天一阁藏书目　清范懋柱 编　清文选楼刊本

四明天一阁藏书目录　清佚名 撰　《玉简斋丛书》本

目睹天一阁书录　林集虚 编　民国二十七年刻本

鄞范氏天一阁书目内编　冯贞群 编　民国二十六年活字印本

天一阁见存书目　清薛福成 编　光绪乙丑无锡薛氏刊本

士礼居藏书题跋记　清黄丕烈 撰　中华书局影印《清代书目丛刊》本

士礼居藏书题跋补录　清黄丕烈 撰　中华书局影印《清代书目丛刊》本

百宋一廛书录　清黄丕烈 撰　中华书局影印《清代书目丛刊》本

百宋一廛赋　清顾千里 撰、清黄丕烈 注　中华书局影印《清代书目丛刊》本

求古居宋本书　清黄丕烈 撰　《观古堂书目丛刻》本

荛圃藏书题识　清黄丕烈 撰　潘祖荫 辑　中华书局影印《清代书目丛刊》本

思适斋书跋、思适斋集补遗　王大隆 辑　中华书局影印《清代书目丛刊》本

江上云林阁书目　清倪模 辑　清道光癸卯刻本

孝慈堂书目　清王闻远 撰　《郎园先生全书》本

竹崦庵传抄书目　清赵魏 撰　《郎园先生全书》本

小山堂藏书目录备览　清赵昱 撰　2005 年商务印书馆影印《中国著名藏书家书
　目汇刊》本

海宁经籍志备考　清吴骞 撰　稿本

温州经籍志　清孙诒让 撰　民国十年浙江公立图书馆校刊

文选楼藏书记　清阮元 撰　《四库未收书辑刊》本

绣谷亭薰习录　清吴焯 撰　《松邻丛书乙编》本

知圣道斋读书跋　清彭元瑞 撰　《丛书集成初编》本

知圣道斋书目　清彭元瑞 撰　《玉简斋丛书》本

清吟阁书目　清瞿世瑛 撰　《松邻丛书乙编》本

稽瑞楼书目　清陈揆 编　《丛书集成初编》本

劳氏碎金　清劳权、劳格 撰　吴昌绶 辑　《丛书集成续编》本

结一庐书目　清朱学勤 撰　《郎园先生全书》本

别本结一庐书目　清朱学勤 撰　《丛书集成续编》本

楹书隅录　清杨绍和 撰　清光绪甲午海源阁刊本

楹书隅录续编　清杨绍和 撰　清光绪甲午海源阁刊本

海源阁书目　清杨绍和 撰　清光绪戊子刻本

宋存书室宋元秘本书目　清杨绍和 撰　《续修四库全书》本

安雅楼藏书目　清唐翰 撰　2005年商务印书馆影印《中国著名藏书家书目汇刊》本

读有用书斋藏书志　清韩应陛 撰　稿本

读有用书斋书目　封文权 编　抄本

澹庵书目　清忻宝华 撰　清光绪嘉兴忻氏不暇懒斋抄本

云间韩氏藏书目附书影　石印本

韩氏藏书目　抄本

周氏传忠堂藏书目　清周星诒 撰　《丛书集成续编》本

秦汉十印斋藏书目　清蒋凤藻 撰　抄本

铁华馆家藏书目　清蒋凤藻 藏　抄本

三十有三万卷堂书目略　清孔广陶 撰　《四库未收书辑刊》本

艺芸书舍宋元本书目　清汪士钟 撰　《晨风阁丛书》本

宋元本行格表　清江标 辑　清光绪二十三年刻本

滂熹斋宋元本书目　清江标 辑　《晨风阁丛书》本

上海曹氏书存目录　清曹骧 编　《上海掌故丛书第一集》本

湖录经籍考　清郑元庆 撰　《吴兴丛书》本

孙氏祠堂书目　清孙星衍 撰　《丛书集成初编》本

开有益斋读书志　清朱绪曾 撰　清光绪庚辰金陵翁氏茹古阁校刊本

带经堂书目　清陈徵芝 藏　民国顺德邓实校刊本

汲古阁校刻书目、书目补遗、汲古阁刻版存亡考　清顾湘 编　清郑德懋 辑补
　　抄本,又《丛书集成续编》本

旧山楼书目　清赵宗建 撰　稿本

皕宋楼藏书志　清陆心源 撰　清光绪八年十万卷楼刻本

仪顾堂题跋、续跋　清陆心源 撰　清刻《潜园总集》本

善本书室藏书志　清丁丙 撰　清光绪辛丑钱唐丁氏开雕

鉴止水斋藏书目　清许宗彦 撰　2005年商务印书馆影印《中国著名藏书家书目汇刊》本

万卷精华楼藏书记　清耿文光 撰　《山右丛书》本

映雪楼藏书目考　清庄仲芳 撰　稿本

斫砚山房书目　清邹鸣鹤 编　稿本

五桂楼书目　清黄澄量 藏书　清光绪乙未刊本

吾园书目　清乔载繇 撰　2005 年商务印书馆影印《中国著名藏书家书目汇刊》本

生白斋读书自省记　清伊其淦 撰　稿本

清绮斋藏书目　清张宗松 撰　抄本

大梅山馆藏书目　清姚燮 撰　2005 年商务印书馆影印《中国著名藏书家书目汇刊》本

扬州吴氏测海楼藏书目录　清吴引孙 撰　清宣统庚戌刻本

抱经楼藏书志　清沈德寿 撰　甲子美大印局排印本

抱芳阁书目　清鲍廷爵 撰　清光绪刻本

安越堂藏书目　山阴平氏 藏　抄本

顾鹤逸藏书目　清顾麟士 撰　清抄本

持静斋藏书记要　清莫友芝 撰　苏州文学山房印本

邵亭知见传本书目　清莫友芝 撰　傅增湘 订补　2009 年中华书局出版

丰顺丁氏持静斋书目　清江标 编　清光绪二十一年江氏刻本

小脉望馆书目　清赵宽 撰　抄本

唫香仙馆书目　清马瀛 撰　潘景郑 校订　1957 年铅印本

冶麓山房藏书跋尾　清陈作霖 撰　1976 年台北联经出版事业公司出版《明清未刊稿汇编》本

静思轩藏书记甲编　宋焜 撰　江苏省立国学图书馆抄本，又民国静思轩石印本

五十万卷楼群书跋文　莫伯骥 撰　民国铅印本

五十万卷楼藏书目录初编　莫伯骥 撰　民国二十五年上海商务印书馆铅印本

五百经幢馆藏书目录　叶昌炽 撰　抄本

培林堂书目　徐秉义 撰　乙卯铅印本

墨海楼书目、墨海楼善本书目(又名:明存阁书目)　蔡宾年 编　宁波李氏墨海楼抄本

粟香室藏书目录　金武祥 编　稿本

明瑟山庄书目　曾之撰 撰　抄本

百匮楼藏书目录　庞元澄 撰　抄本

海宁张渭渔藏书目　佚名 编　抄本

铁如意馆手抄书目　张宗祥 撰　油印本

古籍书目　稿本

朱衎庐旧藏抄本书目　朱昌燕 藏书　费寅 编　抄本

东莞伦氏续书楼藏书目录　伦明 撰　抄本

平湖孙氏雪映庐书目　孙振麟 编　稿本

碧玲珑馆书目　清归曾福 撰　抄本

宿迁王氏池东书库简目　王其毅 撰　民国铅印本

同龢书屋藏书目录　沈维桢 撰　戊子铅印本

博古斋书目　铅印本

无锡西溪余氏负书草堂书目　余一鳌 撰　抄本

苌楚斋书目　刘声木 撰　民国印本

粞米楼书目　2003 年北京图书馆出版社《中国近代古籍出版发行史料丛刊》本

邃雅堂书目（民国廿六年）　姚晏 撰　2004 年线装书局出版《北京琉璃厂旧书店
　　古书价格目录》

邃雅斋书目己巳年（北平）　姚晏 撰　2003 年北京图书馆出版社《中国近代古籍
　　出版发行史料丛刊》本

黄岩九峰名山阁藏书目录　清王维翰 校录　清光绪五年九峰书院刊板

陈逆群藏书目　抄本

善本书志　佚名 编　抄本

善本书目　佚名 编　抄本

滂喜斋藏书记　潘祖荫 撰　缪荃孙传录本

滂喜斋藏书记　潘祖荫 撰　潘承弼 增补　清末刻民国十七年增修本

书髓楼藏书目　徐世昌 撰　民国铅印本

章氏四当斋藏书目　章钰 撰　民国二十七年燕京大学图书馆铅印本

艺风藏书记　缪荃孙 撰　中华书局影印《清人书目丛刊》本

艺风藏书续记　缪荃孙 撰　中华书局影印《清人书目丛刊》本

目录词小说谱录目　缪荃孙 撰　2005 年商务印书馆影印《中国著名藏书家书目
　　汇刊》本

艺风堂新收书目（即再续藏书记稿本）　缪荃孙 撰　1996 年天津古籍出版社影
　　印《稿本丛书》本

传书堂善本书目　蒋汝藻 撰　抄本

传书堂藏善本书志　王国维 撰　1974 年台北艺文印书馆影印手稿本

木犀轩收藏旧本书目　李盛铎 撰　2005 年商务印书馆影印《中国著名藏书家书

目汇刊》本

天津延古堂李氏旧藏书目　李盛铎 撰　2005 年商务印书馆影印《中国著名藏书
　　家书目汇刊》本

木犀轩收藏旧本书目录　李盛铎 撰　稿本

木犀轩藏书题记及书录　李盛铎 撰　1985 年北京大学出版社

诒庄楼书目　王修 撰　民国铅印本

故宫善本书目　张允亮 编　民国二十三年故宫博物院排印本

寒云手写所藏宋本提要廿九种　袁克文 撰　民国石印本

宋金元词集见存卷目、附双照楼续辑宋金元百家词目　吴昌绶 撰　上海鸿文书
　　局丁未石印本

适园藏书志　张钧衡 撰　民国刊本

莐圃善本书目　张乃熊 撰　台湾广文书局影印本

观古堂藏书目　叶德辉 撰　叶氏观古堂排印本

叶氏观古堂书目　叶德辉 撰　2005 年商务印书馆影印《中国著名藏书家书目
　　汇刊》本

郋园读书志　叶德辉 撰　民国十七年铅印本

郋园四部书叙录、附刻板书提要　清刘肇隅 编　丁卯观古堂刊行

拾经楼紬书录　叶启勋 撰　上海古籍出版社出版《中国历代书目题跋丛书》本

雁影斋题跋　李希圣 撰　民国二十五年石印本

宝礼堂宋本书录　张元济 编　2003 年商务印书馆出版《张元济古籍书目序跋汇
　　编》本

张元济古籍书目序跋汇编　张人凤 编　2003 年商务印书馆出版

宝礼堂宋元本书目　张元济 编　2005 年商务印书馆影印《中国著名藏书家书目
　　汇刊》本

涵芬楼烬馀书录(附涵芬楼原存善本草目)　2003 年商务印书馆出版《张元济古
　　籍书目序跋汇编》本

海盐张氏涉园藏书目录　2003 年商务印书馆出版《张元济古籍书目序跋汇
　　编》本

藏园群书经眼录　傅增湘 撰　1983 年中华书局出版

双鉴楼善本书目　傅增湘 撰　2005 年商务印书馆影印《中国著名藏书家书目汇
　　刊》本

藏园群书题记　傅增湘 撰　1989 年上海古籍出版社出版

景宋金元明本词叙录　陶湘 撰　《景刊宋金元明本词》本

远碧楼经籍目　刘体智 撰　朱丝栏抄本

善斋墨本录　刘体智 撰　稿本

静嘉堂秘籍志　日本河田罴 撰　2003 年北京图书馆出版社影印《日本藏汉籍善本书志书目集成》本

国立北平图书馆善本书目乙编续目　民国廿六年排印本

国立北京图书馆由沪运回中文书籍金石拓本舆图分类清册　傅增湘 编　民国三十二年铅印本

愚斋图书馆书目　抄本

赵氏图书馆藏书目录　赵诒深 撰　2005 年商务印书馆影印《中国著名藏书家书目汇刊》本

笺经室所见宋元书题跋　曹元忠 撰　民国刊《吴中文献小丛书》本，又 2003 年北京图书馆出版社《宋版书考录》本

海日楼题跋（寐叟题跋）　沈曾植 撰　1962 年排印本

海日楼书目　沈曾植 编　稿本

退补斋书目　吴乃应 编　抄本

晨风庐书目（残）　周庆云 编　打印本

平妖堂藏书目　佚名 编　抄本

养馀斋松陵书目　柳弃疾 辑　稿本

群碧楼善本书录、寒瘦山房鬻存善本书目　邓邦述 撰　刻本

群碧楼书目初编　邓邦述 撰　民国铅印本

南陵徐氏藏书目（残）　抄本

养松山馆藏书目录　柳弃疾 辑　稿本

双宋书斋善本书目　抄本

梁氏饮冰室藏书目录　梁启超 撰　民国二十二年国立北平图书馆铅印本

文禄堂访书记　王文进 撰　民国三十一年铅印本

新昌胡氏问影楼藏书目　胡桐庵 撰　民国十七年铅印本

澹鞠书屋主人藏书目录　佚名 编　琢玉轩抄本

粹芬阁珍藏善本书目　粉芬阁主人 编　民国铅印本

金氏面城楼善本书目　金广泳 编　抄本　民国四年十二月订

小万卷楼书目　清佚名 编　抄本

旧书经眼录　柳蓉春 撰　抄本

今生读作来生用藏书目录　稿本

也是轩书目　汪元悰 藏　稿本

溪山草堂书目　蓝丝栏抄本

书籍簿记　清王祖畲 撰　稿本

嘉业藏书楼书目　刘承干 撰　2005 年商务印书馆影印《中国著名藏书家书目汇刊》本

嘉业藏书楼抄本书目　刘承干 撰　2005 年商务印书馆影印《中国著名藏书家书目汇刊》本

嘉业藏书楼明刊本书目　刘承干 编　民国铅印本

嘉业堂藏书志　董康 撰　稿本

嘉业堂抄校本目录　周子美 编　1986 年华东师大出版社出版

嘉业堂藏书志　吴格 整理校点　1997 年复旦大学出版社出版

大云书库藏书目　王国维 编　2003 年辽宁教育出版社出版《雪堂类稿》本

大云书库藏书题记　罗振玉 撰　癸未铅印本

罗氏藏书目录　罗振玉 撰　2005 年商务印书馆影印《中国著名藏书家书目汇刊》本

蟫隐庐书目(一)第七期　2003 年北京图书馆出版社《中国近代古籍出版发行史料丛刊》本

蟫隐庐出版书籍提要　2003 年北京图书馆出版社《中国近代古籍出版发行史料丛刊》本

蟫隐庐新板书目第五期　2003 年北京图书馆出版社《中国近代古籍出版发行史料丛刊》本

蟫隐庐旧本书目十六期　2003 年北京图书馆出版社《中国近代古籍出版发行史料丛刊》本

贞松堂校刊书目解题　李春 编　油印本

言言斋藏书目　周越然藏并编　2005 年商务印书馆影印《中国著名藏书家书目汇刊》本

山东书局木板书籍目录　2003 年北京图书馆出版社《中国近代古籍出版发行史料丛刊》本

关东现存宋元版书目　长泽规矩也 编　昭和十三年铅印本

清学部图书馆善本书目　缪荃孙 撰　《古学丛刊》本

西泠印社金石印谱法帖藏书目　2003 年北京图书馆出版社《中国近代古籍出版发行史料丛刊》本

四库著录江西先哲遗书目　《豫章丛书》本

西谛书目　郑振铎 撰　2004 年北京图书馆出版社出版

四部备要书目提要　1989 年中华书局影印《四部备要》本附

京师图书馆善本书目　民国铅印本

江南图书馆善本书目　民国铅印本

遁叟藏书目　稿本

萃文书局书目　2005 年广陵书社影印《江南旧书店古书价格目录》本

修绠堂书目二十二年（北平）　2003 年北京图书馆出版社《中国近代古籍出版发行史料丛刊》本

宝铭堂书目（第一期）　2004 年线装书局出版《北京琉璃厂旧书店古书价格目录》本

半农书目　刘复 编　2005 年商务印书馆影印《中国著名藏书家书目汇刊》本

三友堂书目（民国二十三年）　2003 年北京图书馆出版社《中国近代古籍出版发行史料丛刊》本

中国书店书目第十五期乙亥年一月　2003 年北京图书馆出版社《中国近代古籍出版发行史料丛刊》本

中国书店第十七卷书目民国二十四年九月　2003 年北京图书馆出版社《中国近代古籍出版发行史料丛刊》本

中国书店散页书目十九年十二月寄到　2003 年北京图书馆出版社《中国近代古籍出版发行史料丛刊》本

北京直隶书局图书目录　2003 年北京图书馆出版社《中国近代古籍出版发行史料丛刊》本

北京直隶书局旧书目录　2003 年北京图书馆出版社《中国近代古籍出版发行史料丛刊》本

大华书店新旧书目甲戌年三月第二号　2003 年北京图书馆出版社《中国近代古籍出版发行史料丛刊》本

大华书店新旧书目乙亥年一月第四期　2003 年北京图书馆出版社《中国近代古籍

出版发行史料丛刊》本

大华书店新旧书目乙亥年五月第五期　2003 年北京图书馆出版社《中国近代古籍出版发行史料丛刊》本

浙江省公立图书馆附设印行所书目(章程,民国十九年)　2003 年北京图书馆出版社《中国近代古籍出版发行史料丛刊》本

来青阁善本新旧书大廉价目录二十三年四月　2003 年北京图书馆出版社《中国近代古籍出版发行史料丛刊》本

文友堂书目第一期(民国二十五年)　2003 年北京图书馆出版社《中国近代古籍出版发行史料丛刊》本

抱芳阁书目　2003 年北京图书馆出版社《中国近代古籍出版发行史料丛刊》本

抱经堂新书目第一期　2003 年北京图书馆出版社《中国近代古籍出版发行史料丛刊》本

抱经堂临时书目第十期　2003 年北京图书馆出版社《中国近代古籍出版发行史料丛刊》本

镕经铸史斋印行书目　2003 年北京图书馆出版社《中国近代古籍出版发行史料丛刊》本

复初斋书目录(杭州,第一期,民国二十三年春)　2003 年北京图书馆出版社《中国近代古籍出版发行史料丛刊》本

树仁书店书目(二十四年,上海)　2003 年北京图书馆出版社《中国近代古籍出版发行史料丛刊》本

汉文渊书肆目录第四期(上海)　2003 年北京图书馆出版社《中国近代古籍出版发行史料丛刊》本

墨缘堂经籍金石书画目录　2003 年北京图书馆出版社《中国近代古籍出版发行史料丛刊》本

墨香书屋藏书目　抄本

藻玉堂书籍目　2004 年线装书局出版《北京琉璃厂旧书店古书价格目录》本

咫园藏书楼善本书目　抄本

台州经籍志　项元勋 编　民国乙卯铅印本

杭州抱经堂旧书目录(民国二十年十二月第六期)　2003 年北京图书馆出版社《中国近代古籍出版发行史料丛刊》本

中国善本书目提要　王重民 撰　1983 年上海古籍出版社出版

刚伐邑斋藏书记　袁荣法　撰　1988年台湾"中央"图书馆出版

故宫善本书目　民国二十三年故宫博物院排印本

故宫普通书目　民国二十二年故宫博物院排印本

故宫已佚书籍书画目录四种　民国排印本

"中央"图书馆善本书目第一次　稿本

"中央"图书馆善本序跋集录　1994年台湾"中央"图书馆印本

"中央"图书馆典藏国立北平图书馆善本书目　1969年台湾"中央"图书馆出版

中国古籍善本目录(集部)　1996年上海古籍出版社出版

中国丛书综录　上海图书馆　编　1986年上海古籍出版社出版

中国丛书广录　阳海清　主编　1999年湖北人民出版社出版

清词别集知见目录汇编——见存书目　吴熊和、严迪昌、林玫仪　编　1997年"中
　　央"研究院中国文哲研究所筹备处出版

宋人别集叙录　祝尚书　撰　1999年中华书局出版

二、词集词学类

典雅词(残)　宋佚名　辑　南京图书馆藏清丁氏八千卷楼藏乌丝栏抄本

典雅词(残)　宋佚名　辑　上海图书馆藏清吴氏拜经楼旧藏抄本　吴氏梅影书
　　屋珍藏

典雅词(残)　宋佚名　辑　国家图书馆藏清劳权抄本(胶卷)

典雅词(残)　宋佚名　辑　日本静嘉堂文库藏毛氏汲古阁影宋抄本

典雅词（残）　宋佚名　辑　民国美国国会图书馆摄制北平图书馆善本书(胶卷)

唐宋名贤百家词　明吴讷　辑　1989年天津古籍出版社影印明朱丝栏抄本

百家词　明吴讷　辑　林坚之　校　1992年天津古籍出版社影印本

宋金元明十六家词　佚名　辑　抄本　劳权批校

明抄宋名贤词　佚名　辑　明蓝格抄本　鲍廷博批校

明抄宋九家词　佚名　辑　明抄本

明抄本宋十六家词　佚名　辑　明抄本　佚名校　许宗彦、丁氏跋

宋元明六家词　佚名　辑　抄本　劳权批校　丁丙跋

宋元明八家词　佚名　辑　抄本　丁丙跋

汲古四家词　佚名　辑　抄本

汲古阁未刻词　清彭元瑞　辑　清江标红格抄本

宋名家词　明毛晋 辑　《中华再造善本》影印明崇祯毛氏汲古阁刻本　陆贻典、
　　毛扆、何元锡校并跋

宋名家词（残）　明毛晋 辑　静嘉堂文库藏毛氏汲古阁刻本　清毛扆、陆贻典朱
　　笔批校

宋六十名家词　明毛晋 辑　1992 年上海古籍出版社影印本

词苑英华　明毛晋 辑　全国图书馆文献缩微复制中心影印明末毛氏汲古阁
　　刻本

诗词杂俎　明毛晋 辑　民国上海医学书局影印毛氏汲古阁刻本

国朝名家诗馀　清孙默 辑　《中华再造善本》影印清康熙孙氏留松阁刻本

百名家词抄　清聂先、曾王孙 辑　《续修四库全书》本，又《中华再造善本》影印
　　清康熙金阊绿荫堂刻本

浙西六家词　清龚翔麟 辑　清康熙中钱塘龚氏玉玲珑阁刊本

名家词集　清侯文灿 辑　清康熙刻本　亦园藏板

十名家词集　清侯文灿 辑　清康熙刻本　亦园藏板

名家词　清侯文灿 辑　1981 年台湾商务印书馆影印《宛委别藏》本，又《粟香室
　　丛书》本

词学丛书　清秦恩复 辑　清嘉庆、道光年间刻本

四印斋汇刻宋元三十一家词　清王鹏运 辑　1989 年上海古籍出版社影印本

四印斋所刻词　清王鹏运 辑　1989 年上海古籍出版社影印本

小檀栾室汇刻闺秀词　徐乃昌 辑　清光绪南陵徐氏刊本

宜秋馆诗馀丛抄　李氏宜秋馆抄本　况周颐批校　朱孝臧校

彊村所刻词甲编　朱祖谋 辑　清宣统朱氏自刻本　朱孝臧校

彊村丛书　朱祖谋 辑　1989 年上海书店、江苏广陵古籍刻印社影印本

彊村丛书、附彊村遗书　朱祖谋 辑并撰　1989 年上海古籍出版社影印本

宋元名家词　清江标 辑　清光绪乙未湖南思贤书局刻本

西泠词萃　清丁丙 辑　清光绪钱塘丁氏刊本

吴氏石莲庵刻山左人词　清吴重熹 辑　清光绪辛丑刻本

薇省同声集　清彭銮 辑　清光绪十六年刻本

清季四家词　薛季泽 辑　民国二十八年成都薛崇礼堂刻本

名家词　缪荃孙 辑　《云自在龛丛书》本

鹜音集　孙德谦 辑　民国七年元和孙氏四益宦排印本

景刊宋金元明本词　吴昌绶、陶湘 辑　1989 年上海古籍出版社影印本

景汲古阁抄宋金元词　陶子麟 辑　民国陶湘景印本

校辑宋金元人词　赵万里 辑　民国二十年国立中央研究院历史语言研究所排
　　印本

北宋三家词　易大厂 辑　民国二十二年上海民智书局排印本

蜀十五家词　吴虞 辑　民国排印本

清名家词　陈乃乾 辑　1982 年上海书店出版

明词汇刊　赵尊岳 辑　1992 年上海古籍出版社影印本

唐宋金元词钩沉　周泳先 辑　民国二十六年商务印书馆排印本

唐五代二十一家词辑　王国维 辑　2010 年浙江教育出版社和广东教育出版社
　　出版《王国维全集》本

全宋词　唐圭璋 辑　1986 年中华书局出版

全金元词　唐圭璋 辑　1979 年中华书局出版

全清词·顺康卷　2002 年中华书局出版

清词珍本丛刊　张宏生 编　2007 年凤凰出版社影印本

民国名家词集选刊　朱惠国、吴平 编　2015 年国家图书馆出版社影印本

民国词集丛刊　曹辛华 主编　2016 年国家图书馆出版社影印本

金奁集　唐温庭筠等 撰　《知不足斋丛书》本

金奁集　唐温庭筠等 撰　1989 年上海古籍出版社影印《彊村丛书》本

阳春集　南唐冯延巳 撰　1989 年上海古籍出版社影印《四印斋所刻词》本

逍遥词　宋潘阆 撰　明抄本

二晏词笺注　宋晏殊、晏几道 撰　张草纫 笺注　2009 年上海古籍出版社出版

醉翁琴趣外篇六卷(宋)欧阳修撰　《中华再造善本》影印清初影宋抄本

景宋吉州本欧阳文忠公近体乐府　宋欧阳修 撰　1989 年上海古籍出版社影印
　　《景刊宋金元明本词》本

欧阳修词校注　宋欧阳修 撰　胡可先、徐迈 校注　2015 年上海古籍出版社
　　出版

张先集编年校注　宋张先 撰　吴熊和、沈松勤 校注　1996 年浙江古籍出版社
　　出版

乐章集校勘记　缪荃孙 撰　曹元忠 补遗　刻蓝印本

乐章集校注　宋柳永 撰　薛瑞生 校注　1997年中华书局出版

乐章集校笺　宋柳永 撰　陶然、姚逸超 校笺　2016年上海古籍出版社出版

冠柳词　宋王观 撰　《如皋冒氏丛书》本

东坡乐府　宋苏轼 撰　《中华再造善本》影印元刻本

东坡乐府　宋苏轼 撰　1959年中华书局上海编辑所影印元刻本

苏轼词编年校注　宋苏轼 撰　邹同庆、王宗堂 校注　2002年中华书局出版

注坡词　宋苏轼 撰　宋傅干 注　2001年北京图书馆出版社影印本

东坡乐府笺　宋苏轼 撰　龙榆勋 校笺　1999年台湾商务印书馆股份有限公司
　　出版

傅干《注坡词》　宋傅干 注　刘尚荣 校证　1993年巴蜀书社出版

张子野词　宋张先 撰　《知不足斋丛书》本

山谷琴趣外篇　宋黄庭坚 撰　《四部丛刊》本

山谷词　宋黄庭坚 撰　马兴荣、祝振玉 校注　2001年上海古籍出版社出版

淮海居士长短句　宋秦观 撰　叶恭绰 校　民国影印宋刻配抄本

淮海居士长短句　宋秦观 撰　徐培均 笺注　1992年上海古籍出版社出版

东山寓声乐府　宋贺铸 撰　清王迪 辑　抄本

东山词(存卷上一卷)　宋贺铸 撰　《中华再造善本》影印宋刊本

东山词　宋贺铸 撰　钟振振 校注　1989年上海古籍出版社出版

晁氏琴趣外篇　宋晁补之 撰　《中华再造善本》影印清初影宋抄本

晁氏琴趣外篇　宋晁补之 撰　刘乃昌、杨庆存 校注　1991年上海古籍出版社
　　出版

闲斋琴趣外篇六卷　宋晁补之 撰　《中华再造善本》影印清初毛氏汲古阁影宋
　　抄本。

详注周美成词片玉集　宋周邦彦 撰　《中华再造善本》影印宋刊本

详注周美成词片玉集　宋周邦彦 撰　宋陈元龙 注　2008年福建人民出版社影
　　印《宋元闽刻精华》本

清真集、补遗　宋周邦彦 撰　郑文焯校刊本

清真集　宋周邦彦 撰　吴则虞 校点　1981年中华书局出版

清真集校注　宋周邦彦 撰　孙虹 校注　薛瑞生 订补　2002年中华书局出版

清真集笺注　宋周邦彦 撰　罗忼烈 笺注　2008年上海古籍出版社出版

周邦彦珍本词集三种　宋周邦彦 撰　2019年浙江古籍出版社出版

樵歌　宋朱敦儒 撰　清抄本

樵歌　宋朱敦儒 撰　清光绪许巨楫听香仙馆刻本

樵歌　宋朱敦儒 撰　邓子勉 校注　1998 年上海古籍出版社出版

阳春集　宋米友仁 撰　《知不足斋丛书》本

漱玉词汇抄、附易安事辑　宋李清照 撰　清汪玢 辑　道光二十年刊本　清劳权
　　手批校（复印件）

漱玉词　宋李清照 撰　知圣道斋抄本（复印件）

李清照集校注　宋李清照 撰　王仲闻 校注　1997 年人民文学出版社出版

酒边词　宋向子諲 撰　《中华再造善本》影印清光绪十四年汪氏刻《宋名家词》
　　本 章钰校

酒边集　宋向子諲 撰　《中华再造善本》影印清初毛氏汲古阁影宋抄本

芦川词　宋张元干 撰　《中华再造善本》影印宋刊本

张孝祥词笺校　宋张孝祥 撰　宛敏灏 笺注　1993 年黄山书社出版

稼轩长短句　宋辛弃疾 撰　《中华再造善本》影印元刻本

稼轩词甲乙丙丁四集　宋辛弃疾 撰　《中华再造善本》影印清初毛氏汲古阁影
　　宋抄本

稼轩长短句　宋辛弃疾 撰　明李濂 批点　明嘉靖丙申王诏刻本

稼轩长短句　宋辛弃疾 撰　陈允吉 校　1975 年上海人民出版社出版

辛弃疾选集　宋辛弃疾 撰　吴则虞 选注　1999 年上海古籍出版社出版

龙川词　宋陈亮 撰　《续金华丛书》本

龙川词笺注　宋陈亮 撰　姜书阁 笺注　1998 年人民文学出版社出版

石湖词　宋范成大 撰　《知不足斋丛书》本

和石湖词　宋陈三聘 撰　《知不足斋丛书》本

竹斋诗馀　宋黄机 撰　《续金华丛书》本

日湖渔唱　宋陈允平 撰　《粤雅堂丛书》本，又《四明丛书》本

虚斋乐府　宋赵以夫 撰　《四部丛刊三编》本

虚斋乐府　宋赵以夫 撰　《中华再造善本》影印清初毛氏汲古阁影宋抄本

可斋杂稿词四卷续稿三卷　宋李曾伯 撰　《中华再造善本》影印清初毛氏汲古
　　阁影宋抄本

风雅遗音二卷　宋林正大撰　《中华再造善本》影印明刻本　清黄丕烈、清丁
　　丙跋

白石道人歌曲　宋姜夔 撰　《榆园丛刻》本

白石道人歌曲　宋姜夔 撰　《辽海丛书》本

白石道人歌曲　宋姜夔 撰　清鲍廷博 校　1981 年四川人民出版社影印清乾隆
　　张奕枢刻本

姜白石词编年笺校　宋姜夔 撰　夏承焘 笺校　1998 年上海古籍出版社出版

松坡词　宋京镗 撰　清吴氏双照楼抄本　朱孝臧批校

花外集　宋王沂孙 撰　《知不足斋丛书》本

花外集　宋王沂孙 撰　吴则虞 笺注　1988 年上海古籍出版社出版

草窗词　宋周密 撰　《知不足斋丛书》本

蘋洲渔笛谱　宋周密 撰　《知不足斋丛书》本

草窗词　宋周密 撰　清杜文澜 校　《曼陀罗华阁丛书》本

梅溪词校注　宋史达祖 撰　雷履平、罗焕章 校注　1998 年上海古籍出版社
　　出版

山中白云　宋张炎 撰　清康熙龚氏玉玲珑阁刻　清佚名批并录清吴蔚光批

山中白云　宋张炎 撰　清康熙龚氏玉玲珑阁刻、乾隆元年宝书堂印本　清许廷
　　诰批并跋　清许元恺跋并录　清吴蔚光批

山中白云　宋张炎 撰　清康熙六十一年曹炳曾城书室刻本　清邵渊耀批并录
　　清吴蔚光、许廷诰批跋

山中白云、乐府指迷　宋张炎 撰　清康熙六十一年曹炳曾城书室刻本　清赵宗
　　建批跋并录　清吴蔚光批

山中白云词、附词源　宋张炎 撰　《榆园丛刻》本

山中白云词　宋张炎 撰　清光绪九年后知不足斋刊本

山中白云　宋张炎 撰　清常熟翁氏藏抄本

山中白云　宋张炎 撰　清江昱 疏证　《中华再造善本》影印清稿本　朱康寿跋

山中白云词　宋张炎 撰　吴则虞 校辑　1983 年中华书局出版

山中白云词笺校　宋张炎 撰　黄畲 笺注　1994 年浙江古籍出版社出版

梦窗甲乙丙丁稿　宋吴文英 撰　清杜文澜 校　《曼陀罗华阁丛书》本

梦窗甲稿、乙稿、丙稿、丁稿、补遗、新词稿、梦窗词集小笺　《四明丛书》本

龙洲词　宋刘过 撰　《蟫隐庐丛书》本

遗山乐府校注　金元好问 撰　赵永源 校注　2006 年凤凰出版社出版

萧闲老人明秀集注　金蔡松年 撰　金魏道明 注　《中华再造善本》影印金刻本

天籁集二卷摭遗一卷　金白朴 撰　《中华再造善本》影印清康熙杨友敬刻本

天籁集编年校注　金白朴 撰　徐凌云 校注　2005 年安徽大学出版社出版

蜕岩词　元张翥 撰　《知不足斋丛书》本

贞居词　元张雨 撰　《知不足斋丛书》本

桂洲词一卷　明夏言 撰　《中华再造善本》影印明嘉靖十九年石迁高刻本

秋佳轩诗馀　明易震吉 撰　《续修四库全书》本

碧山诗馀　明王九思 撰　《续修四库全书》本

弹指词　清顾贞观 撰　《四部备要》本

纳兰词　清纳兰性德 撰　《中华再造善本》影印清道光十二年汪元治结铁网斋
　　刻本

纳兰词　清纳兰性德 撰　《榆园丛刻》本，又《四部备要》本

秋林琴雅　清厉鹗 撰　《中华再造善本》影印清康熙六十一年瓮熻刻本

艺香词　清吴绮 撰　《中华再造善本》影印清康熙刻本

微波词　清钱枚 撰　《榆园丛刻》本

玉琴斋词　清余怀 撰　《中华再造善本》影印稿本

忆云词甲稿、乙稿、丙稿、丁稿　清项鸿祚 撰　《榆园丛刻》本

采香词　清杜文澜 撰　《曼陀罗华阁丛书》本

疏影楼词　清姚燮 撰　《中华再造善本》影印稿本

苦海航　清姚燮 撰　《中华再造善本》影印稿本

玉壶山人词稿、泖东夏课　清改琦 撰　《中华再造善本》影印稿本

王鹏运词集校笺　王鹏运 著　沈家庄、朱存红校笺　2017 年上海古籍出版社
　　出版

茗雅、余集、茗华诗馀　清郑文焯 撰　《中华再造善本》影印稿本

冷红词　清郑文焯 撰　《中华再造善本》影印稿本

樵风乐府　清郑文焯 撰　《中华再造善本》影印稿本

饮琼浆馆词　清潘飞声 撰　《晨风阁丛书第一集》本

第一生修梅花馆　清况周颐 撰　《蕙风丛书》本

莳烟亭词　清黎兆勋 撰　《黔南丛书》本

芬陀利室词集　清蒋敦复 撰　《续修四库全书》

江山风月谱　清许光治 撰　《别下斋丛书》本

琴洲词　清黎庶焘 撰　《黔南丛书》本

鸥梦词　清刘履芬 撰　《晨风阁丛书第一集》本

珂雪词　清曹贞吉 撰　《四部备要》本

浣花词　清查容 撰　《嘉草轩丛书》本

春芜词　清江闿 撰　《黔南丛书》本

柘西精舍词　清沈皞日 撰　《檇李遗书》本

梅边吹笛谱　清凌廷堪 撰　《粤雅堂丛书》本，又《安徽丛书》本

灵芬馆词　清郭麐 撰　《榆园丛刻》本，又《四部备要》本

拜石山房词抄　清顾翰 撰　《榆园丛刻》本

定盦词　清龚自珍 撰　《中华再造善本》影印清抄本　龚橙校并跋

花间集　赵崇祚 辑　1989 年上海古籍出版社影印《四印斋所刻词》本

绝妙好词笺　清查为仁、厉鹗 笺　1984 年上海古籍出版社影印本

百琲明珠　明杨慎 辑　1992 年上海古籍出版社影印《明词汇刊》本

坐隐先生精订草堂馀意　明陈大声 编　《续修四库全书》本

花草粹编　明陈耀文 编　明刻本

古今词统　明卓人月 编　《续修四库全书》本

词综　清朱彝尊 编　1975 年中华书局影印清康熙刻本

历代诗馀　清王奕清等 编　1998 年浙江古籍出版社影印本

宋七家词选　清戈载 辑　清光绪十一年刻本

曼陀罗华阁重刊宋七家词选　清戈载 辑　清杜氏曼陀罗华阁刻本

词律　清万树 撰　《四部备要》本

词谱　清王奕清等 编　中国书店 1979 影印本

词系　清秦巘 编　1996 年北京师范大学出版社出版

碧鸡漫志　宋王灼 撰　《知不足斋丛书》本

词源　宋张炎 撰　《词学丛书》本

词品　明杨慎 撰　明嘉靖刻本

渚山堂词话　明陈霆 撰　1973 年台湾广文书局出版《古今诗话续编》影印明嘉
　　靖刊本

古今词话　清沈雄 撰　《词话丛编》本

大鹤山人词话　孙克强、杨传庆 辑校　2009 年南开大学出版社

大鹤山人词集跋尾　龙沐勋 辑　《词话丛编》本

词学季刊　龙榆生 主编　2015 年国家图书馆出版社影印本

龙榆生词学论文集　1997 年上海古籍出版社出版

天风阁学词日记（二）　夏承焘 撰　浙江古籍出版社出版

宋词四考　唐圭璋 撰　1985 年江苏古籍出版社出版

词学论丛　唐圭璋 撰　1986 年上海古籍出版社出版

词集考　饶宗颐 撰　1992 年中华书局出版

词籍序跋萃编　施蛰存 主编　1994 年中国社会科学出版社出版

唐宋词通论　吴熊和 撰　1998 年浙江古籍出版社出版

词集考　饶宗颐 撰　1992 年中华书局出版

词学史料学　王兆鹏 撰　2004 年中华书局出版

唐宋词书录　蒋哲伦、杨万里 编撰　2007 年岳麓书社出版

中国词学大辞典　马兴荣等 主编　1996 年浙江教育出版社出版

宋金元词籍文献研究　邓子勉 撰　2008 年上海古籍出版社出版

两宋词集的传播与接受史研究　邓子勉 撰　2015 年华东师范大学出版社出版

清词序跋汇编　冯乾 编校　2013 年凤凰出版社出版

三、文集文评类

温庭筠全集校注　刘学锴 校注　2007 年中华书局出版

安陆集　宋张先 撰　清乾隆年间安邑葛鸣阳校刻本

元献遗文　宋晏殊 撰　《景印文渊阁四库全书》本

钱塘韦先生集　宋韦骧 撰　《武林往哲遗书》本

潞公文集　宋文彦博 撰　《景印文渊阁四库全书》本

重编东坡先生外集　宋苏轼 撰　明焦竑 编　《宋集珍本丛刊》本

苏东坡全集　宋苏轼 撰　1992 年中国书店出版

姑溪居士文集　宋李之仪 撰　《丛书集成初编》本

舒懒堂诗文存　舒亶 撰　《四明丛书》本

山谷集　宋黄庭坚 撰　《景印文渊阁四库全书》本

淮海集　宋秦观 撰　《四部丛刊》本

宝晋英光集　宋米芾 撰　《四库全书》，又《涉闻梓旧》本，又《湖北先正遗书》本

济南集　宋李廌 撰　《景印文渊阁四库全书》本

演山集　宋黄裳 撰　《景印文渊阁四库全书》本

后山居士文集　宋陈师道 撰　《北京图书馆古籍珍本丛刊》本

增广笺注简斋诗集　宋胡穉 撰　《四部丛刊》本

张右史文集　宋张耒 撰　《四部丛刊》本

龙云先生文集　宋刘弇 撰　《丛书集成续编》本

双溪集　宋苏籀 撰　《粤雅堂丛书》本

云溪居士集　宋华镇 撰　《景印文渊阁四库全书》本

苕溪集　宋刘一止 撰　《景印文渊阁四库全书》本

华阳集　宋张纲 撰　《四部丛刊》本

石林居士建康集　宋叶梦得 撰　《丛书集成续编》本

斐然集　宋胡寅 撰　1993 年中华书局出版

水心先生集　宋叶适 撰　《四部丛刊》本

崧庵集　宋李处权 撰　《宋人集》本

太仓稊米集　宋周紫芝 撰　《景印文渊阁四库全书》本

止斋先生文集　宋陈傅良 撰　《四部丛刊》本

北山文集　宋郑刚中 撰　《金华丛书》本

筠溪集　宋李弥逊 撰　《景印文渊阁四库全书》本

简斋集　宋陈与义 撰　《景印文渊阁四库全书》本

栟榈集　宋邓肃 撰　《景印文渊阁四库全书》本

定斋集　宋蔡戡 撰　《常州先哲遗书》本

芦川归来集　宋张元干 撰　《景印文渊阁四库全书》本

于湖居士文集　宋张孝祥 撰　《四部丛刊》本

欧阳修撰集　宋欧阳澈 撰　《景印文渊阁四库全书》本

毗陵集　宋张守 撰　《常州先哲遗书》本

东溪集　宋高登 撰　《景印文渊阁四库全书》本

屏山集　宋刘子翚 撰　《景印文渊阁四库全书》本

澹庵集　宋胡铨 撰　《景印文渊阁四库全书》本

鄮峰真隐漫录　宋史浩 撰　《景印文渊阁四库全书》本

知稼翁集　宋黄公度 撰　《景印文渊阁四库全书》本

莆阳知稼翁集　宋黄公度 撰　《宋人集》本

梅溪王先生文集　宋王十朋 撰　《四部丛刊》本

盘洲文集　宋洪适 撰　《四部丛刊》本，又《景印文渊阁四库全书》本

南涧甲乙稿　宋韩元吉 撰　《景印文渊阁四库全书》，又《武英殿聚珍版书》本

澹斋集　宋李流谦 撰　《景印文渊阁四库全书》本

竹洲集　宋吴儆 撰　《景印文渊阁四库全书》本

渭南文集　宋陆游 撰　《景印文渊阁四库全书》本

陆放翁全集　宋陆游 撰　1992 年中国书店出版

梅山续稿　宋姜特立 撰　《景印文渊阁四库全书》本

文忠集　宋周必大 撰　《景印文渊阁四库全书》本

诚斋集　宋杨万里 撰　《四部丛刊》本，又《景印文渊阁四库全书》本

宋宗伯徐清正公存稿　宋徐鹿卿 撰　《豫章丛书》本

芸庵类稿　宋李洪 撰　《景印文渊阁四库全书》本

鹤林集　宋吴泳 撰　《景印文渊阁四库全书》本

鲁斋王文宪公文集　宋王柏 撰　《续金华丛书》本

晦庵集　宋朱熹 撰　《景印文渊阁四库全书》本

重校鹤山先生大全文集　宋魏了翁 撰　《四部丛刊》本

艮斋先生薛常州浪语集　宋薛季宣 撰　《永嘉丛书》本

江湖长翁集　宋陈造 撰　《景印文渊阁四库全书》本

雪山集　宋王质 撰　《武英殿聚珍版书》本，又《景印文渊阁四库全书》本

双溪类稿　宋王炎 撰　《景印文渊阁四库全书》本

客亭类稿　宋杨冠卿 撰　《景印文渊阁四库全书》本

撙斋先生缘督集　宋曾丰 撰　《北京图书馆古籍珍本丛刊》本

缘督集　宋曾丰 撰　《景印文渊阁四库全书》本

梅野集　宋徐元杰 撰　《景印文渊阁四库全书》本

定斋集　宋蔡戡 撰　《景印文渊阁四库全书》本

絜斋集　宋袁燮 撰　《景印文渊阁四库全书》本

龙川文集　宋陈亮 撰　《金华丛书》本，又《景印文渊阁四库全书》本

云庄集　宋刘爚 撰　《景印文渊阁四库全书》本

龙洲集　宋刘辰翁 撰　《景印文渊阁四库全书》本

方壶存稿　宋汪莘 撰　《北京图书馆古籍珍本丛刊》本，又《景印文渊阁四库全
　书》本

洞泉集　宋韩淲　撰　《景印文渊阁四库全书》本

康范诗集　宋汪晫　撰　《景印文渊阁四库全书》本

洺水集　宋程珌　撰　《景印文渊阁四库全书》本

侍郎葛公归愚集　宋葛立方　撰　《常州先哲遗书》本

攻媿集　宋楼钥　撰　《四部丛刊》本

竹坡类稿　宋吕午　撰　《北京图书馆古籍珍本丛刊》本

潜斋集　宋何梦桂　撰　《景印文渊阁四库全书》本

筼窗集　宋陈耆卿　撰　《景印文渊阁四库全书》本

鹤林集　宋吴泳　撰　《景印文渊阁四库全书》本

后村先生大全集　宋刘克庄　撰　《四部丛刊》本

后村居士集　宋刘克庄　撰　《宋集珍本丛刊》影印宋刊本

后村集　宋刘克庄　撰　《宋集珍本丛刊》影印明谢氏小草斋抄本,又《景印文渊
　　阁四库全书》本

矩山存稿　宋徐经孙　撰　《景印文渊阁四库全书》本

上清集　宋葛长庚　撰　《道藏》本

琼琯真人集　宋葛长庚　撰　《道藏辑要》本

履斋遗集　宋吴潜　撰　《景印文渊阁四库全书》本

白云小稿　宋赵崇嶓　撰　宋陈起辑《江湖后集》本

可斋杂稿、续稿、续稿后　宋李曾伯　撰　《景印文渊阁四库全书》本

秋崖集　宋方岳　撰　《景印文渊阁四库全书》本

蛟峰先生文集　宋方逢辰　撰　《宋集珍本丛刊》本

牧莱脞语　宋陈仁子　撰　《续修四库全书》本

秋堂集　宋柴望　撰　《景印文渊阁四库全书》本,又《宋人集》本

方是闲居士小稿　宋刘学箕　撰　《景印文渊阁四库全书》本

张氏拙轩集　宋张侃　撰　《景印文渊阁四库全书》本

本堂集　宋陈著　撰　《景印文渊阁四库全书》本

雪坡文集　宋姚勉　撰　《景印文渊阁四库全书》本

潜斋文集　宋何梦桂　撰　《景印文渊阁四库全书》本

牟氏陵阳集　宋牟巘　撰　《景印文渊阁四库全书》本

须溪集　宋刘辰翁　撰　《景印文渊阁四库全书》本,又《豫章丛书》本

湖山类稿、水云集　宋汪元量　撰　《景印文渊阁四库全书》本

覆瓿集　宋赵必瑑 撰　《景印文渊阁四库全书》本

伯牙琴　宋邓牧 撰　《知不足斋丛书》本

北游集　宋汪梦斗 撰　《影印文渊阁四库全书》本

心泉学诗稿　宋蒲寿宬 撰　《景印文渊阁四库全书》本

霁山先生集　宋林景熙 撰　《景印文渊阁四库全书》本

重阳全真集、重阳教化集、重阳分梨十化集　金王嚞 撰　《道藏》本

渐悟集、丹阳神光灿、洞玄金玉集　金马钰 撰　《道藏》本

水云集　金谭处端 撰　《道藏》本

拙轩集　金王寂 撰　《景印文渊阁四库全书》本

云光集　金王处一 撰　《道藏》本

仙乐集　金刘处玄 撰　《道藏》本

栖霞长春子丘神仙磻溪集　金丘处机 撰　《续修四库全书》本

太古集　金郝大通 撰　《道藏》本

葆光集　金尹志平 撰　《道藏》本

庄靖集　金李俊民 撰　《四库全集》本，又《石莲庵汇刻九金人集》本

庄靖先生遗集　金李俊民 撰　《山右丛书》本

遗山先生文集　金元好问 撰　《景印文渊阁四库全书》本

元遗山先生全集　金元好问 撰　《石莲庵汇刻九金人集》本

小亨集　金杨弘道 撰　《景印文渊阁四库全书》本

伊滨集　金王沂 撰　《景印文渊阁四库全书》本

洞渊集　金题长筌子 撰　《道藏》本

会真集　金王吉昌 撰　《道藏》本

启真集　金刘志渊 撰　《道藏》本

养吾斋集　元刘将孙 撰　《景印文渊阁四库全书》本

佩韦斋集　元俞德邻 撰　《景印文渊阁四库全书》本

鲁斋遗书　元许衡 撰　《景印文渊阁四库全书》本

云山集　元姬翼 撰　《道藏》本

刘太傅藏春集　元刘秉忠 撰　《元人文集珍本丛刊》本

藏春集　元刘秉忠 撰　《景印文渊阁四库全书》本

剡源戴先生文集　元戴表元 撰　《四部丛刊》本

双溪醉隐集　元耶律铸 撰　《景印文渊阁四库全书》本，又《知服斋丛书》本，又

《辽海丛书》本

紫山大全集　元胡祗遹 撰　《景印文渊阁四库全书》本，又《三怡堂丛书》本

秋涧先生大全文集　元王恽 撰　《四部丛刊》本

秋涧集　元王恽 撰　《景印文渊阁四库全书》本

青崖集　元魏初 撰　《景印文渊阁四库全书》本

淮阳集　元张弘范 撰　《景印文渊阁四库全书》本

牧庵文集　元姚燧 撰　《景印文渊阁四库全书》本

牧庵集　元姚燧 撰　《四部丛刊》本

青山集　元赵文 撰　《景印文渊阁四库全书》本

勤斋集　元萧㪺 撰　《景印文渊阁四库全书》本

水云村集　元刘壎 撰　《景印文渊阁四库全书》本

西岩集　元张之翰 撰　《景印文渊阁四库全书》本

养蒙文集　元张伯淳 撰　《景印文渊阁四库全书》本

中庵集　元刘敏中 撰　《景印文渊阁四库全书》本

中庵先生刘文简公集　元刘敏中 撰　《北京图书馆古籍珍本丛刊》本

揭文安公全集　元揭傒斯 撰　《四部丛刊》本

山村遗集　元仇远 撰　《景印文渊阁四库全书》本

静修先生文集　元刘因 撰　《四部丛刊》本

静修集　元刘因 撰　《景印文渊阁四库全书》本

雪楼集　元程文海 撰　《景印文渊阁四库全书》本

临川吴文正集　元吴澄 撰　《元人文集珍本丛刊》本

吴文正集　元吴澄 撰　《景印文渊阁四库全书》本

云峰集　元胡炳文 撰　《景印文渊阁四库全书》本

定宇集　元陈栎 撰　《景印文渊阁四库全书》本

墙东类稿　元陆文圭 撰　《景印文渊阁四库全书》本

金华黄先生文集　元黄溍 撰　《四部丛刊》本

黄文献公集　元黄溍 撰　《丛书集成初编》本

鄱阳仲公李先生集　元李存 撰　《北京图书馆古籍珍本丛刊》本

松雪斋文集　元赵孟頫 撰　《四部丛刊》本

松雪斋集　元赵孟頫 撰　《景印文渊阁四库全书》本

汉泉曹文贞公诗集　元曹伯启 撰　《北京图书馆古籍珍本丛刊》本

曹文贞诗集　元曹伯启　撰　《景印文渊阁四库全书》本

吴礼部文集　元吴师道　撰　《续金华丛书》本

清容居士集　元袁桷　撰　《四部丛刊》本

芳谷集　元徐明善　撰　《豫章丛书》本

瓢泉吟稿　元朱晞颜　撰　《景印文渊阁四库全书》本

宁极斋稿　元陈深　撰　《景印文渊阁四库全书》本，又《宋人集乙编》本

安雅堂集　元陈旅　撰　《景印文渊阁四库全书》本

伊滨集　元王沂　撰　《景印文渊阁四库全书》本

道园学古录　元虞集　撰　《四部丛刊》本，又《景印文渊阁四库全书》本

道园遗稿　元虞集　撰　《北京图书馆古籍珍本丛刊》本，又《景印文渊阁四库全书》本

雁门集　元萨都剌　撰　《景印文渊阁四库全书》本

桐江集　元方回　撰　《宛委别藏》本

桐江续集　元方回　撰　《景印文渊阁四库全书》本

王文忠集　元王结　撰　《景印文渊阁四库全书》本

稼村类稿　元王义山　撰　《景印文渊阁四库全书》本

此山先生诗集　元周权　撰　《择是居丛书》本

云阳李先生文集　元李祁　撰　《北京图书馆古籍珍本丛刊》本

圭塘小稿　元许有壬　撰　《景印文渊阁四库全书》本，又《三怡堂丛书》本

至正集　元许有壬　撰　《北京图书馆古籍珍本丛刊》本，又《景印文渊阁四库全书》本

续轩渠集　元洪希文　撰　《景印文渊阁四库全书》本

贞居先生诗集　元张雨　撰　《武林往哲遗著》本

句曲外史集　元张雨　撰　《景印文渊阁四库全书》本

东维子文集　元杨维桢　撰　《四部丛刊》本

铁崖先生古乐府　元杨维桢　撰　《四部丛刊》本

赵待制遗稿、附王国器词　元赵雍　撰　《知不足斋丛书》本

燕石集　元宋褧　撰　《景印文渊阁四库全书》本

龟巢集　元谢应芳　撰　《景印文渊阁四库全书》本

龟巢稿　元谢应芳　撰　《四部丛刊三编》本，又《常州先哲遗书后编》本

揭文安公全集　元揭傒斯　撰　《四部丛刊》本

清闷阁全集　元倪瓒　撰　《景印文渊阁四库全书》本，又《常州先哲遗书》本

野处集　元邵亨贞　撰　《景印文渊阁四库全书》本

蚁术诗选、蚁术词选　元邵亨贞　撰　《宛委别藏》本，又《四部丛刊三编》本

玉山璞稿　元顾瑛　撰　《景印文渊阁四库全书》本

玉山璞稿、玉山逸稿　元顾瑛　撰　《读画斋丛书》本

清容居士集　元袁桷　撰　《四部丛刊》本

麟原文集　元王礼　撰　《景印文渊阁四库全书》本

林登州集　元林弼　撰　《景印文渊阁四库全书》本

中和集　元李道纯　撰　《道藏》本

清庵先生中和集　元李道纯　撰　《四库全书存目丛书》本

吴书山先生遗集　元吴会　撰　《四库全书存目丛书》本，又《续修四库全书》本

南村诗集　元陶宗仪　撰　《元人十种诗》本，又《景印文渊阁四库全书》本，又《台
　州丛书后集》本

沧浪棹歌　元陶宗仪　撰　《读画斋丛书》本

翠屏集　明张以宁　撰　《景印文渊阁四库全书》本

太师诚意伯刘文成公集　明刘基　撰　《四部丛刊》本

诚意伯文集　明刘基　撰　《景印文渊阁四库全书》本

陶学士集　明陶安　撰　《景印文渊阁四库全书》本

鸣盛集　明林鸿　撰　《景印文渊阁四库全书》本

心远楼存稿　明杨琢　撰　《四库未收书辑刊》本

清江贝先生文集　明贝琼　撰　《四部丛刊》本

清江诗集　明贝琼　撰　《景印文渊阁四库全书》本

海桑集　明陈谟　撰　《景印文渊阁四库全书》本

坦斋刘先生文集　明刘三吾　撰　《四库全书存目丛书》本

柘轩集　明凌云翰　撰　《景印文渊阁四库全书》本

登州集　明林弼　撰　《景印文渊阁四库全书》本

梧冈集　明唐文凤　撰　《景印文渊阁四库全书》本

眉庵集　明杨基　撰　《景印文渊阁四库全书》本，又《四部丛刊三编》本

刘彦昺集　明刘炳　撰　《景印文渊阁四库全书》本

高太史凫藻集、扣舷集　明高启　撰　《四部丛刊》本

西郊笑端集　明董纪　撰　《景印文渊阁四库全书》本

西村诗集　明朱朴 撰　《景印文渊阁四库全书》本

巽隐集　明程本立 撰　《景印文渊阁四库全书》本

翰林学士耐轩王先生天游杂稿　明王达 撰　《四库全书存目丛书》本

重刻秫坡先生文集　明黎贞 撰　《四库全书存目丛书》本

岘泉集　明张宇初 撰　《景印文渊阁四库全书》本

颐庵文选　明胡俨 撰　《景印文渊阁四库全书》本

东里集　明杨士奇 撰　《景印文渊阁四库全书》本

省愆集　明黄淮 撰　《景印文渊阁四库全书》本

黄文简公介庵集　明黄淮 撰　《敬乡楼丛书》本

虚舟集　明王偁 撰　《景印文渊阁四库全书》本

杨文敏集　明杨荣 撰　《景印文渊阁四库全书》本

运甓漫稿　明李昌祺 撰　《景印文渊阁四库全书》本

毅斋诗文集　明王洪 撰　《景印文渊阁四库全书》本

东轩集选　明聂大年 撰　《武林往哲遗著》本

倪文僖集　明倪谦 撰　《景印文渊阁四库全书》本

菉竹堂稿　明叶盛 撰　《四库全书存目丛书》本

丘文庄公集　明丘濬 撰　《四库全书存目丛书》本

重编琼台会稿　明丘濬 撰　《景印文渊阁四库全书》本

张东海先生诗集、文集　明张弼 撰　《四库全书存目丛书》本

方洲集　明张宁 撰　《景印文渊阁四库全书》本

道山集　明郑棠 撰　《四库全书存目丛书》本

黎阳王太傅诗文集　明王越 撰　《四库全书存目丛书》本

黎阳王襄敏公疏议诗文辑略　明王越 撰　《四库全书存目丛书》本

石田稿　明沈周 撰　《续修四库全书》本

石田先生诗抄、文抄　明沈周 撰　《四库全书存目丛书》本

翠渠摘稿　明周瑛 撰　《景印文渊阁四库全书》本

西村集　明史鉴 撰　《景印文渊阁四库全书》本

未轩文集　明黄仲昭 撰　《景印文渊阁四库全书》本

匏翁家藏集　明吴宽 撰　《四部丛刊》本

家藏集　明吴宽 撰　《景印文渊阁四库全书》本

枫山章先生集　明章懋 撰　《金华丛书》本

清溪漫稿　明倪岳 撰　《景印文渊阁四库全书》本，又《武林往哲遗著》本

思玄集　明桑悦 撰　《四库全书存目丛书》本

怀麓堂集　明李东阳 撰　《景印文渊阁四库全书》本

罗圭峰文集　明罗玘 撰　《景印文渊阁四库全书》本

震泽集　明王鏊 撰　《景印文渊阁四库全书》本

归田稿　明谢迁 撰　《景印文渊阁四库全书》本

半江赵先生文集　明赵宽 撰　《四库全书存目丛书》本

松筹堂集　明杨循吉 撰　《四库全书存目丛书》本

古庵毛先生文集　明毛宪 撰　《四库全书存目丛书》本

容春堂前集、后集、续集、别集　明邵宝 撰　《景印文渊阁四库全书》本

董山文集　明李堂 撰　《四库全书存目丛书》本

湘皋集　明蒋冕 撰　《四库全书存目丛书》本

勉斋先生遗稿　明郑满 撰　《四库全书存目丛书》本

整庵存稿　明罗钦顺 撰　《景印文渊阁四库全书》本

太保费文宪公摘稿　明费宏 撰　《续修四库全书》本

明太保费文宪公文集选要　明费宏 撰　《四库全书存目丛书》本

渼陂集　明王九思 撰　《四库全书存目丛书》本

唐伯虎先生集　明唐寅 撰　《续修四库全书》本

甫田集　明文徵明 撰　《景印文渊阁四库全书》本

静观堂集　明顾潜 撰　《四库全书存目丛书》本

顾文康公文草、诗草、续稿、三集　明顾鼎臣 撰　《四库全书存目丛书》本

内台集　明王廷相 撰　《续修四库全书》本

华泉集　明边贡 撰　《景印文渊阁四库全书》本

浮湘集、山中集、凭几集、息园存稿、缓恸集　明顾璘 撰　《景印文渊阁四库全书》本

周恭肃公集　明周用 撰　《四库全书存目丛书》本

古山先生文集　明桂华 撰　《四库全书存目丛书》本

陆文裕公行远集　明陆深 撰　《四库全书存目丛书》本

俨山集　明陆深 撰　《景印文渊阁四库全书》本

苍谷全集　明王尚䌹 撰　《四库未收书辑刊》本

夏桂洲先生文集　明夏昜 撰　《四库全书存目丛书》本

水南稿　明陈霆 撰　《四库全书存目丛书》本

水南集　明陈霆 撰　《吴兴丛书》本

崔东洲集　明崔桐 撰　《四库全书存目丛书》本

苑洛集　明韩邦奇 撰　《景印文渊阁四库全书》本

钤山堂集　明严嵩 撰　《续修四库全书》本

灉溪草堂稿　明孙承恩 撰　《景印文渊阁四库全书》本

陈白阳集　明陈淳 撰　《四库全书存目丛书》本

改亭存稿、续稿　明方凤 撰　《续修四库全书》本

戴氏集　明戴冠 撰　《四库全书存目丛书》本

张南湖先生诗集　明张綖 撰　《四库全书存目丛书》本

双江聂先生文集　明聂豹 撰　《四库全书存目丛书》本

张龙湖先生文集　明张治 撰　《四库全书存目丛书》本

常评事集、写情集　明常伦 撰　《四库全书存目丛书》本

执斋先生文集　明刘玉 撰　《续修四库全书》本

杨忠介集　明杨爵 撰　《景印文渊阁四库全书》本

泾林诗文集　明周复俊 撰　《四库全书存目丛书》本

冰玉堂缀逸稿、兰舟漫稿、二馀词　明陈如纶 撰　《四库全书存目丛书》本

群玉楼稿、困亨别稿　明李默 撰　《四库全书存目丛书》本

山带阁集　明朱曰藩 撰　《四库全书存目丛书》本

方山薛先生全集　明薛应旂 撰　《续修四库全书》本

长春竞辰稿、馀稿　明朱让栩 撰　《四库未收书辑刊》本

世经堂集　明徐阶 撰　《四库全书存目丛书》本

青霞集　明沈炼 撰　《景印文渊阁四库全书》本

赵文肃公文集　明赵贞吉 撰　《四库全书存目丛书》本

遵岩集　明王慎中 撰　《景印文渊阁四库全书》本

具茨集　明王立道 撰　《景印文渊阁四库全书》本

刻孙百川先生文集　明孙楼 撰　《四库全书存目丛书》本

万文恭公摘集　明万士和 撰　《四库全书存目丛书》本

山海漫谈　明任环 撰　《景印文渊阁四库全书》本

周叔夜先生集　明周思兼 撰　《四库全书存目丛书》本

徐文长文集　明徐渭 撰　《续修四库全书》本

徐文长逸稿　明徐渭 撰　《续修四库全书》本

青藤书屋文集　明徐渭 撰　《海山仙馆丛书》本

徐文长佚草　明徐渭 撰　《续修四库全书》本

弇州四部稿　明王世贞 撰　明万历五年王氏世经堂刻本

处实堂集　明张凤翼 撰　《续修四库全书》本

海壑吟稿　明赵完璧 撰　《景印文渊阁四库全书》本

师竹堂集　明王祖嫡 撰　《四库未收书辑刊》本，又《三怡堂丛书》本

王奉常集诗　明王世懋 撰　《四库全书存目丛书》本

吕新吾先生去伪斋文集　明吕坤 撰　《四库全书存目丛书》本

王文端公诗集　明王家屏 撰　《四库全书存目丛书》本

焦氏澹园集　明焦竑 撰　《续修四库全书》本，又《四库禁毁书丛刊》本

焦氏澹园续集　明焦竑 撰　《续修四库全书》本

澹园集　明焦竑 撰　《金陵丛书》本

醒后集　明卢维祯 撰　《四库全书存目丛书》本

御龙子集　明范守已 撰　《四库全书存目丛书》本

灵山藏　明郑以伟 撰　《四库禁毁书丛刊》本

宗伯集　明冯琦 撰　《四库禁毁书丛刊》本

陈眉公集　明陈继儒 撰　《续修四库全书》本

眉公诗抄　明陈继儒 撰　《四库禁毁书丛刊》本

输寥馆集　明范允临 撰　《四库禁毁书丛刊》本

络纬吟　明徐媛 撰　《四库未收书辑刊》本

幔亭集　明徐熥 撰　《景印文渊阁四库全书》本

缑山先生集　明王衡 撰　《四库全书存目丛书》本

高阳集　明孙承宗 撰　《续修四库全书》本，又《四库禁毁书丛刊》本

李太仆恬致堂集　明李日华 撰　《四库禁毁书丛刊》本

葛震甫诗集　明葛一龙 撰　《四库禁毁书丛刊》本

俞少卿集　明俞彦 撰　《四库未收书辑刊》本

程仲权先生诗集、文集　明程可中 撰　《四库全书存目丛书》本

杨忠烈公文集　明杨涟 撰　《四库禁毁书丛刊》本

简斋先生集诗选、文选　明刘荣嗣 撰　《四库禁毁书丛刊》本

坐隐先生全集　明汪廷讷 撰　《四库全书存目丛书》本

容台文集　明董其昌 撰　《四库全书存目丛书》本

可经堂集　明徐石麒 撰　《四库禁毁书丛刊》本

秋水庵花影集　明施绍莘 撰　《续修四库全书》本，又《四库全书存目丛书》本

儿亭全书　明陈龙正 撰　《四库禁毁书丛刊》本

鹂吹(一名《午梦堂遗集》)　明沈宜修 撰　《郋园先生全书》本，又《中国文学珍
　　本丛书第一辑》本

丽崎轩诗、诗馀　明查应光 撰　《四库禁毁书丛刊》本

落落斋遗集　明李应升 撰　《四库禁毁书丛刊》本，又《常州先哲遗书》本

晚闻堂集　明余绍祉 撰　《四库未收书辑刊》本

休庵前集、后集　明盛于斯 撰　《南陵先哲遗书》本

瑯嬛文集　明张岱 撰　《中国文学珍本丛书》本

忠肃集　明卢象升 撰　《景印文渊阁四库全书》本

罗纹山先生全集　明罗明祖 撰　《四库禁毁书丛刊》本

心远堂遗集　明王永积 撰　《四库全书存目丛书》本

愁言(一名《芳雪轩遗集》)　明叶纨纨 撰　《郋园先生全书》本，又《中国文学珍
　　本丛书第一辑》本

方建元集、佳日楼词、续集师心草　明方于鲁 撰　《四库全书存目丛书》本

中洲草堂遗集　明陈子升 撰　《粤十三家集》本

蔡忠烈公遗集　明蔡道宪 撰　《四库未收书辑刊》本

返生香(一名《疏香阁遗集》)　明叶小鸾 撰　《郋园先生全书》本，又《中国文学
　　珍本丛书第一辑》本

湘中草　明汤传楹 撰　《四库禁毁书丛刊》本

张忠烈公集　明张煌言 撰　《续修四库全书》本

清唤斋遗稿　明刘芳 撰　《人琴集》本

圣雨斋诗集、诗馀、赋集、文集　明周拱辰 撰　《四库禁毁书丛刊》本

夏内史集　明夏完淳 撰　《艺海珠尘》本

平山堂诗集　清刘应宾 撰　《四库禁毁书丛刊·补编》本

李介节先生全集　清李天植 撰　《四库未收书辑刊》本

梅村集　清吴伟业 撰　《景印文渊阁四库全书》本

吴诗集览　清吴伟业 撰　《续修四库全书》本

梅村家藏稿　清吴伟业 撰　《四部丛刊》本

荆南墨农全集　清徐嗜凤 撰　《景印文渊阁四库全书》本

自课堂文、诗馀、诗选　清程康庄 撰　《山右丛书初编》本

安雅堂诗　清宋琬 撰　《四库全书存目丛书·补编》本

放言居诗集　清曹炳曾 撰　《四库全书存目丛书》本

西堂全集　清尤侗 撰　《续修四库全书》本

遍行堂集　清金堡 撰　《四库禁毁书丛刊》本

茗斋集　清彭孙贻 撰　《四部丛刊续编》本

定山堂诗集　清龚鼎孳 撰　《续修四库全书》本，又《四库禁毁书丛刊》本

痴山集　清陈孝逸 撰　《四库禁毁书丛刊》本

旅堂诗文集　清胡介 撰　《四库未收书辑刊》本

陆密庵文集、诗集、诗馀　清陆求可 撰　《四库全书存目丛书》本

姜斋诗文集　清王夫之 撰　《四部丛刊》本

林蕙堂集　清吴绮 撰　《景印文渊阁四库全书》本

东江集抄　清沈谦 撰　《四库全书存目丛书》本

溉堂前集、后集、续集、文集、诗馀　清孙枝蔚 撰　《四库全书存目丛书》本，又
　《续修四库全书》本

田间文集、田间诗集　清钱澄之 撰　《续修四库全书》本

六松堂集　清曾灿 撰　《四库未收书辑刊》本

六松堂诗集　清曾灿 撰　《豫章丛书》本

秋水集　清严绳孙 撰　《四库禁毁书丛刊》本

西河文集　清毛奇龄 撰　《景印文渊阁四库全书》本

陈迦陵文集、俪体文集、湖海楼诗集、迦陵词全集　清陈维崧 撰　《四部丛刊》本

正谊堂诗集、文友文选、蓉渡词　清董以宁 撰　《常州先哲遗书》本

学文堂文集　清陈玉璂 撰　《四库全书存目丛书·补编》本

曝书亭集　清朱彝尊 撰　《景印文渊阁四库全书》本，又《四部丛刊》本

曝书亭集外诗、词、文　清朱彝尊 撰　《槜李遗书》本

翁山诗外　清屈大均 撰　《续修四库全书》本

道援堂诗集　清屈大均 撰　《四库禁毁书丛刊》本

屈翁山诗集　清屈大均 撰　《四库禁毁书丛刊》本

璇玑碎锦　清万树 撰　《四库全书存目丛书》本

独漉堂诗集　清万树 撰　《四库禁毁书丛刊》本

挈经室集、外集　清阮元 撰　《四部丛刊》本

思适斋集　清顾广圻 撰　中华书局《清人书目题跋丛刊》本

独漉堂诗集、文集、续编　清万树 撰　《续修四库全书》本

松桂堂全集、延露词、南淮集　清彭孙遹 撰　《景印文渊阁四库全书》本

西陂类稿　清宋荦 撰　《景印文渊阁四库全书》本

珂雪集、珂雪二集、珂雪词、朝天集、鸿爪集　清曹贞吉 撰　《四库全书存目丛书》本

南山集　清戴名世 撰　《续修四库全书》本

秋锦山房集　清李良年 撰　《四库全书存目丛书》本

香草居集　清李符 撰　《四库全书存目丛书》本

江辰六文集　清江闿 撰　《四库禁毁书丛刊》本

魏叔子文集外篇、诗集　清魏禧 撰　《续修四库全书》本

蒲松龄集　清蒲松龄 撰　路大荒 整理　1986 年上海古籍出版社出版

枞左堂集　清孙致弥 撰　《四库全书存目丛书》本

世恩堂诗集、词集、经进集　清王顼龄 撰　《四库全书存目丛书》本

清吟堂集、城北集、苑西集、独旦集、随辇集、经进文稿、归田集　清高士奇 撰
　　《四库未收书辑刊》本

敬业堂诗集　清查慎行 撰　《四部丛刊》本

敬业堂集　清查慎行 撰　《景印文渊阁四库全书》本

通志堂集　清纳兰性德 撰　《续修四库全书》本，又《四库全书存目丛书》本

饮水诗集、词集　清纳兰性德 撰　《粤雅堂丛书》本

蓬卢诗　清韩纯玉 撰　《四库全书存目丛书》本

小山诗文全稿　清王时翔 撰　《四库全书存目丛书》本

沙河逸老小集、嶰谷词　清马曰琯 撰　《粤雅堂丛书》本

樊榭山房集　清厉鹗 撰　《景印文渊阁四库全书》本

樊榭山房集　清厉鹗 撰　《四部丛刊》本

板桥集　清郑燮 撰　《续修四库全书》本

竹叶庵文集　清张埙 撰　《续修四库全书》本

紫岘山人全集　清张九钺 撰　《续修四库全书》本

忠雅堂诗集、铜弦词　清蒋士铨 撰　《续修四库全书》本

忠雅堂文集　清蒋士铨 撰　《续修四库全书》本

童山诗集、文集、蠢翁词、文集补遗　清李调元 撰　《函海》本

秋室学古录、梁园归棹录、忆漫庵剩稿　清余集 撰　《续修四库全书》本

三松堂集　清潘奕隽 撰　《续修四库全书》本

心安隐室诗集、词集　清詹肇堂 撰　《清代诗文集汇编》本

与稽斋丛稿　清吴翌凤 撰　《续修四库全书》本

春融堂集　清王昶 撰　《续修四库全书》本

洪北江诗文集　清洪亮吉 撰　《四部丛刊》本

有正味斋诗集、有正味斋骈体文、有正味斋词集　清吴锡麒 撰　《续修四库全书》本

南斋集　清马曰璐 撰　《粤雅堂丛书》本

两当轩全集　清黄景仁 撰　《续修四库全书》本

通义堂文集　清刘毓崧 撰　《续修四库全书》本

芙蓉山馆全集　清杨芳灿 撰　《续修四库全书》本

宛邻集　清张琦清 撰　《常州先哲遗书》本

青芝山馆集　清乐钧 撰　《续修四库全书》本

泰云堂集　清孙尔准 撰　《续修四库全书》本

悔庵学文　清严元照 撰　《清代诗文集汇编》本

幼学堂文稿　清沈钦韩 撰　《续修四库全书》本

齐物论斋文集　清董士锡 撰　《续修四库全书》本

经韵楼集　清段玉裁 撰　《续修四库全书》本

枫江草堂诗集、文集、枫江渔唱、枫湘瑶瑟谱　清朱紫贵 撰　《吴兴丛书》本

彝寿轩诗抄、烟波渔唱　清张应昌 撰　《续修四库全书》本

灵芬馆杂著三编　清郭麐 撰　《清代诗文集汇编》本

定盦文集　清龚自珍 撰　《四部丛刊》本

龚定盦全集　清龚自珍 撰　《续修四库全书》本

诒安堂全集　清王庆勋 撰　《续修四库全书》本

天游阁集　清顾春 撰　《续修四库全书》本

鉴止水斋集　清许宗彦 撰　《续修四库全书》本

简松草堂文集　清张云璈 撰　《续修四库全书》本

宁乡程氏全书　清程颂万 撰　清光绪二十六年刊本

舒艺室馀笔　清张文虎 撰　《续修四库全书》本

舒艺室杂著　清张文虎 撰　《续修四库全书》本

观堂别集　王国维 撰　2010 年浙江教育出版社和广东教育出版社出版《王国维全集》本

赤城集　宋林表民 辑　《景印文渊阁四库全书》本

两宋名贤小集　宋陈思 辑　《景印文渊阁四库全书》本

中州集　金元好问 辑　《四部丛刊》本

全蜀艺文志　明周复俊 编　《景印文渊阁四库全书》本

崇祯八大家诗选　明夏云鼎 辑　明刊本

前八大家诗选　明夏云鼎 辑　《四库禁毁书丛刊》本

文渊阁四库全书补遗——据文津阁四库全书补　杨讷、李晓明 编　1997 年北京图书馆出版社影印

御订全金诗增补中州集　清郭元釪 编　《景印文渊阁四库全书》本

后山诗话　宋陈师道 撰　《百川学海》本

增修诗话总龟　宋阮阅 撰　明抄本

苕溪渔隐丛话　宋胡仔 撰　清耘经楼藏板

诗人玉屑　宋魏庆之 撰　1978 年上海古籍出版社出版

艇斋诗话　宋曾季狸 撰　1986 年中华书局出版《历代诗话续编》本

陈学士吟窗杂录　宋陈应行 撰　《续修四库全书》本

浩然斋雅谈　宋周密 撰　清乾隆武英殿活字印本

吴礼部诗话　元吴师道 撰　1986 年中华书局出版《历代诗话续编》本

归田诗话　明瞿佑 撰　1986 年中华书局出版《历代诗话续编》本

宋诗纪事　清厉鹗 撰　2013 年上海古籍出版社出版

新校注古本西厢记　明王骥德 撰　《续修四库全书》本

四、史籍子杂类

嘉定镇江志　宋史弥坚 修　宋卢宪 纂　《宋元方志丛刊》本

嘉泰吴兴志　宋谈钥 撰　《宋元方志丛刊》本

新安志　宋罗愿 纂　《宋元方志丛刊》本

淳熙三山志　宋梁克家 撰　《宋元方志丛刊》本

吴郡志　宋范成大 撰　《宋元方志丛刊》本

景定建康志　宋马光祖 修　宋周应合 纂　《宋元方志丛刊》本

景定严州续志　宋钱可则 修　郑瑶、方仁荣 纂　《宋元方志丛刊》本

咸淳临安志　宋潜说友 撰　《宋元方志丛刊》本

咸淳玉峰续志　宋边实 撰　《宋元方志丛刊》本

开庆四明续志　宋梅应发、刘锡 撰　《宋元方志丛刊》本

至元嘉禾志　元徐硕 撰　《宋元方志丛刊》本

齐乘　元于钦 纂修　《宋元方志丛刊》本

正德姑苏志　明王鏊 撰　《北京图书馆古籍珍本丛刊》本

益部谈资　明何宇度 撰　《景印文渊阁四库全书》本

吴兴备志　明董斯张 撰　《景印文渊阁四库全书》本

蜀中广记　明曹学佺 撰　《景印文渊阁四库全书》本

浙江通志　清嵇曾筠 等修　《景印文渊阁四库全书》本

江南通志　清赵宏恩 等修　《景印文渊阁四库全书》本

福建通志　清郝玉麟 修　清谢道承 编纂　《景印文渊阁四库全书》本

云南通志　清鄂尔泰 修　清靖道谟 编纂　《景印文渊阁四库全书》本

金陀粹编　宋岳珂 编　1999 年中华书局整理本

名贤氏族言行类稿　宋章定 撰　《景印文渊阁四库全书》本

岁时广记　宋陈元靓 编　《十万卷楼丛书》本

新编排韵增广事类氏族大全　《中华再造善本》本

万姓统谱　明凌迪知 撰　《景印文渊阁四库全书》本

南唐书　宋马令 撰　清光绪五年古冈刘氏藏修书屋刻《述古丛抄》本

宋史　元脱脱等 撰　中华书局校点本

金史　元脱脱等 撰　中华书局校点本

元史　明宋濂等 撰　中华书局校点本

明史　清张廷玉等 撰　中华书局校点本

艺风老人日记　缪荃孙 撰　1986 年北京大学出版社影印本

侯鲭录　宋赵德麟 撰　《知不足斋丛书》本

梦溪笔谈　宋沈括 撰　《津逮秘书》本

湘山野录　宋释文莹 撰　《择是居丛书》本

玉壶野史　宋释文莹 撰　《守山阁丛书》本

清波别志　宋周辉 撰　《知不足斋丛书》本

能改斋漫录　宋吴曾 撰　清乾隆武英殿活字印本

石林燕语　宋叶梦得 撰　《郋园先生全书》本

类说　宋曾慥 撰　1956 年文学古籍刊行社影印明刻本

江行杂录　宋廖莹中 撰　《历代小史》本

邵氏闻见后录　宋邵博 撰　《学津讨原》本

扪虱新话　宋陈善 撰　《儒学警悟》本

玉照新志　宋王明清 撰　《学津讨源》本

云麓漫抄　宋赵彦卫 撰　《涉闻梓旧》本

游宦纪闻　宋张世南 撰　《知不足斋丛书》本

泊宅编　宋方勺 撰　《读画斋丛书》本

宾退录　宋赵与时 撰　《择是居丛书初集》本

西塘集耆旧续闻　宋陈鹄 撰　《知不足斋丛书》本

贵耳集　宋张端义 撰　《津逮秘书》本

夷坚志　宋洪迈 撰　1981 年中华书局整理本

桯史　宋岳珂 撰　《四部丛刊》本

野客丛书　宋王楙 撰　1991 年上海古籍出版社出版

新雕皇朝事实类苑　宋江少虞 撰　《诵芬室丛刊初编》本

鹤林玉露　宋罗大经 撰　1983 年中华书局整理本

涧泉日记　宋韩淲 撰　《武英殿聚珍版书》本

中吴纪闻　宋龚明之 撰　《丛书集成初编》本

齐东野语　宋周密 撰　《津逮秘书》本

武林旧事　宋周密 撰　《知不足斋丛书》本

归潜志　元刘祁 撰　《知不足斋丛书》本

隐居通议　元刘壎 撰　《读画斋丛书》本

烬馀录　元徐大焯 撰　《望炊楼丛书》本

嫏嬛记　元伊世珍 撰　《津逮秘书》本

静斋至正直记　元孔齐 撰　《粤雅堂丛书》本

玉堂嘉话　元王恽 撰　《守山阁丛书》本

庶斋老学丛谈　元盛如梓 撰　《知不足斋丛书》本

广客谈　元佚名 撰　《广四十家小说》本

辍耕录　元陶宗仪 撰　《四部丛刊》本

蟫精隽　明徐伯龄 撰　《景印文渊阁四库全书》本

青泥莲花记　明梅鼎祚 撰　《续修四库全书》本

西湖游览志馀　明田汝成 撰　《笔记小说大观》本

画禅室随笔　明董其昌 撰　《笔记小说大观》本

永乐大典　明解缙 等编　中华书局影印本

少室山房笔丛　明胡应麟 撰　《广雅书局丛书》本

吴兴掌故集　明徐献忠 撰　《吴兴丛书》本

居易录　清王士禛 撰　《景印文渊阁四库全书》本

古夫于亭杂录　清王士禛 撰　《景印文渊阁四库全书》本

池北偶谈　清王士禛 撰　《景印文渊阁四库全书》本

曝书杂记　清钱泰吉 撰　《别下斋丛书》本

宋稗类抄　潘永因 编　《景印文渊阁四库全书》本

皇宋书录　宋董史 撰　《知不足斋丛书》本

宝真斋法书赞　宋岳珂 撰　《武英殿聚珍版书》本

凤墅残帖释文　清姚衡 撰　清光绪归安姚氏刻本

赵氏铁网珊瑚　明赵琦美 撰　《景印文渊阁四库全书》本

清河书画舫　明张丑 撰　《景印文渊阁四库全书》本

寓意编　明都穆 撰　《景印文渊阁四库全书》本

汪氏珊瑚网法书题跋 明汪砢玉 撰　《适园丛书》本

书画汇考　清卞永誉 撰　《景印文渊阁四库全书》本